A Faint Cold Fear Thrills Through My Veins · William Shakespeare

Zu diesem Buch

Mahmud sprach in schnellem Arabisch auf Abdul ein: «Ich hab dich gesucht. Sie haben Leila geschnappt.»
«Das ist schlecht. Meinst du, sie wird reden?»
Mahmud zuckte die Achseln. «Wenn's andersrum wäre und wir uns eine von ihnen gegriffen hätten, die was wüßte – also, ich würde sie bestimmt zum Reden bringen.»

In Israel sieht das tägliche Leben etwas anders aus als in den Vereinigten Staaten, muß Rabbi Small feststellen. Schon in der ersten Nacht, die er im Gelobten Land verbringt, geht dicht in seiner Nachbarschaft eine Bombe hoch und ein Professor von der Universität in Jerusalem wird getötet. Und nun ist auch noch am Sabbatabend der Gebrauchtwagenhändler Memavet umgekommen. Es sieht aus, als sei er vom Druck der Explosion so unglücklich gegen den Sims in seiner Wohnung geschleudert worden, daß er dabei eine tödliche Schädelfraktur erlitten hat – wenige Stunden nachdem Rabbi Small mit seinem Freund Dan Stedman und dessen Sohn Roy bei Memavet gewesen sind, um über den Ankauf eines Wagens zu verhandeln.

Ein zweifellos unverfängliches Zusammentreffen, aber – in Israel sehen die Dinge oft anders aus als in der westlichen Welt. Für den Inspector, der sich offiziell mit dem Fall befaßt – und den Leiter des Geheimdienstes, der im Hintergrund bleibt, sich dafür aber nicht weniger stark für die Vorgänge interessiert, die zu Memavets Tod geführt haben, wirkt es verdächtig, daß ein Rabbi sich am Sabbat mit Geschäften befaßt. Und daß Roy Stedman, ein junger Amerikaner, der an der Universität von Jerusalem studiert, seine Freunde ausschließlich unter den arabischen Kommilitonen sucht, wird ebenfalls mit Argwohn betrachtet.

Wird Roy Stedman von einer arabischen Untergrundorganisation erpreßt? Wird er, nichtsahnend, mißbraucht? Arbeitet er womöglich mit voller Absicht für die andere Seite? Roy Stedman, ein Amerikaner jüdischen Glaubens? Alles scheint möglich, nichts ist beweisbar.

Bis sich dann Rabbi Small der Sache annimmt.

Harry Kemelman erhielt für seinen ersten Kriminalroman, Am Freitag schlief der Rabbi lang (Nr. 2090), den Edgar Allan Poe Award. Sein zweiter, Am Samstag aß der Rabbi nichts (Nr. 2125), wurde von der Darmstädter Jury zum Buch des Monats gewählt. Es folgten Am Sonntag blieb der Rabbi weg (Nr. 2291), Am Montag flog der Rabbi ab (Nr. 2304), Am Dienstag sah der Rabbi rot (Nr. 2346), Am Mittwoch wird der Rabbi naß (Nr. 2430), Der Rabbi schoß am Donnerstag (Nr. 2500), Eines Tages geht der Rabbi (Nr. 2720) und Ein Kreuz für den Rabbi (Nr. 2860). Acht Detektivstories erschienen unter dem Titel Quiz mit Kemelman (Nr. 2172).

Harry Kemelman

Am Montag flog der Rabbi ab

Deutsch von
Liselotte Julius

Rowohlt

rororo thriller
Herausgegeben von Bernd Jost

Veröffentlicht im Rowohlt Taschenbuch Verlag GmbH,
Reinbek bei Hamburg, Mai 1990
Die deutsche Erstausgabe erschien im Rowohlt Taschenbuch Verlag GmbH,
Reinbek bei Hamburg, 1974
Die Originalausgabe erschien bei G. P. Putnam's Sons, New York,
unter dem Titel «Monday the Rabbi Took Off»
Redaktion Brigitte Fock
Umschlagfoto Fred Dott
Umschlagtypographie Peter Wippermann / Nina Rothfos

Satz Aldus (Linotron 505 C)
Gesamtherstellung Clausen & Bosse, Leck
Printed in Germany
ISBN 3 499 42992 6

Die Hauptpersonen

Rabbi Hugo Deutch	übernimmt eine Urlaubsvertretung.
Jakob Carmi	ist einem Attentat zum Opfer gefallen.
Benjamin Memavet	offensichtlich auch.
Inspector Ish-Kosher	sieht Zusammenhänge, wo möglicherweise keine sind.
Abner Adoumi	vom israelischen Geheimdienst traut so ohne weiteres nicht einmal einem Rabbiner.
Abdul el Khaldi	hat Schwierigkeiten beim Grenzübertritt.
Roy Stedman	macht zwei Fehler und wird verhaftet.
Daniel Stedman	läßt seine Beziehungen spielen.
Dr. Ben Ami	schiebt einen Krankenbesuch ein.
Rabbi David Small	deutet nicht nur Schriften, sondern auch ein Foto.

Verwandten und Freunden
in Israel gewidmet

1

Vom Sofa im Wohnzimmer, wo sie in die Sonntagszeitung vertieft saß, hörte Miriam, wie die Tür zwischen Windfang und Küche geöffnet und geschlossen wurde. «David?» rief sie und sagte, als ihr Mann hereinkam: «Mr. Raymond hat angerufen, gleich nachdem du weggegangen bist. Hörte sich an, als ob es wichtig wäre.»

Rabbi David Small nickte und rieb sich die kalten Hände. Er durchquerte das Zimmer und stellte sich vor den Heizkörper. «Ich hab ihn in der Synagoge gesehen.»

«Hast du keinen Mantel angehabt?» fragte sie.

«Für die paar Schritte vom Wagen bis zur Gemeindesaaltür?»

«Du bist den ganzen Winter über erkältet gewesen, vergiß das nicht.»

«Nur eine Erkältung . . .»

Rabbi Small war zwar bei guter Gesundheit, aber blaß und mager. Die leicht vorgebeugte Haltung eines kurzsichtigen Gelehrten ließ ihn älter erscheinen als seine fünfunddreißig Jahre. Seine Mutter redete ständig auf Miriam ein, sie solle ihn anhalten, ordentlich zu essen.

«Aber sie ist dir dafür den ganzen Winter geblieben . . . Was wollte er denn? Mit dir über den Vertrag sprechen?»

Er schüttelte den Kopf. «Nein, er wollte mir mitteilen, daß der Vorstand beschlossen hat, diesmal zu *Pessach* keinen Gemeinde-*Seder* abzuhalten.»

Sie sah, daß er erregt war. «Bis dahin sind es doch noch vier Monate.»

«Viereinhalb Monate», berichtigte er. «Aber es dreht sich gar nicht um eine rechtzeitige Benachrichtigung. Er hat es mir gesagt, damit ich als Vorsteher der Religionsschule den Leiter informieren kann, daß er gar nicht erst anfängt, die Kinder auf ihre Aufgaben bei der Feier vorzubereiten . . . In der Armee heißt das dann ‹der Dienstweg›.»

Der bittere Unterton entging ihr nicht. «Hat er gesagt, warum sie das beschlossen haben?»

«Erst als ich danach fragte. Die Sache wäre uns in den letzten Jahren zu teuer gekommen», erklärte er.

Sie sah zu ihm auf. «Ärgert dich das?»

«Es ärgert mich, daß man nicht mal meine Meinung dazu eingeholt hat. Daß mich der neue Vorstand nicht mehr zu den Vorstandssitzungen einlädt – darüber bin ich hinweg, obwohl es sechs Jahre lang anders gehandhabt wurde. Aber die Frage wegen *Pessach* liegt so ausschließlich im Zuständigkeitsbereich des Rabbi, daß man eigentlich annehmen sollte, sie würden meine Meinung dazu gern kennenlernen. Wenn ich in solchen Dingen nicht entscheiden soll – wo soll ich dann eigentlich entscheiden? Bin ich hier bloß noch für das reine Zeremoniell zuständig? Glauben die vielleicht . . .»

«Bist du wirklich sicher, daß das Absicht war, David?» fragte sie besorgt. Er war in letzter Zeit so reizbar. Sie versuchte, ihn zu besänftigen. «Sie sind doch noch neu; vielleicht ist ihnen einfach nicht klar . . .»

«Neu! Sie sind jetzt drei Monate im Amt. Und wenn sie irgendwelche Zweifel haben, gibt es genug Leute, bei denen sie sich erkundigen können. Nein, es ist ihre ganze Einstellung. Sie haben alles unter sich, und ich bin bloß ein Angestellter. Denk nur an die Sache mit meinem Vertrag . . .»

«Hat er den erwähnt?» fragte sie rasch.

«Nein.»

«Und du auch nicht?»

«Ich habe darauf hingewiesen, bevor er ablief», sagte er steif, «und das sollte genügen. Erwartest du von mir, daß ich ihnen dauernd damit in den Ohren liege? Soll ich ihn ihnen abschwatzen?»

«Aber du arbeitest ohne Vertrag.»

«Na, und? Was heißt das?»

«Das heißt, daß sie dich jederzeit rauswerfen können. Sie können dich binnen einem Monat kündigen mit der Begründung, daß deine Dienste nicht länger benötigt werden.»

«Das könnten sie vermutlich. Und das gleiche gilt umgekehrt. Ich könnte ihnen genauso kündigen.» Er lächelte spitzbübisch. «Der Gedanke ist verlockend.»

«Ach, das tätest du doch nie.»

Er begann auf und ab zu wandern.

«Warum nicht? Wenn ich's recht bedenke, wäre das eine gute Idee. Was würde ich verlieren? Die paar Monate bis zum Jahresende? Wenn sie mir bis jetzt keinen Vertrag gegeben haben, kann das nur bedeuten, daß sie nicht beabsichtigen, mich im nächsten Jahr weiterzubeschäftigen. Aus welchem anderen Grund haben sie nicht mit mir darüber gesprochen? Warum sonst haben sie mich nicht gebeten, an den Vorstandssitzungen teilzunehmen? Und das heute – mir einfach zu sagen, sie würden keinen Gemeinde-*Seder* abhalten. Ja, ich bin überzeugt davon, daß sie genau das vorhaben. Ich soll für den Rest des Jahres sämtliche Aufgaben erledigen – Trauungen, kleine Reden zu *Bar Mizwah,* die Predigt am Freitagabend –, und dann teilen sie mir mit, daß sie für das nächste Jahr einen Wechsel planen. Also warum sie dann nicht mit ihren eigenen Waffen schlagen?»

«Ach, das täten sie nie», widersprach Miriam. «Damit kämen sie nicht durch. Mr. Wasserman und alle deine Freunde würden dagegen ankämpfen . . .»

«Na, ich bin gar nicht so sicher, ob ich einen Kampf möchte. Wieso habe ich es nötig zu kämpfen? Und wie lange? Bis sie mich akzeptieren?

Ich bin jetzt sechs Jahre hier. Das ist mein siebentes, und es hat fast in jedem Jahr eine Krise um meine Stellung gegeben. Entweder haben sie versucht, mich zu feuern, oder mich in eine Position manövriert, in der mir keine andere Wahl blieb, als meinerseits zu kündigen. Ich habe das satt. Wenn ein Job so geartet ist, daß ein Mensch seine ganze Zeit und Kraft darauf verwenden muß, ihn zu behalten, stimmt doch was nicht daran.»

«Der letzte Vorstand wollte dir doch einen Vertrag auf Lebenszeit und außerdem ein Sabbatjahr geben.»

«Solche Gerüchte habe ich auch gehört. Vermutlich hätte ich angenommen, wenn sie dazu bereit gewesen wären», sagte er niedergeschlagen. «Und trotzdem – wozu ist ein Vertrag auf Lebenszeit gut? Er bindet mich, aber nicht sie. Wenn sie mich loswerden wollen, brauchen sie nur einen Vorschlag zu machen, der für mich unannehmbar ist, und schon würde ich kündigen. Denk doch mal an damals, als ich eine rabbinische Entscheidung über das Begräbnis für den armen Isaac Hirsh getroffen habe und der damalige Gemeindevorsteher Mort Schwarz einfach darüber hinwegging und die Leiche exhumieren ließ. Das war im ersten Jahr meines Fünfjahresvertrages, wenn du dich erinnerst. Und mir blieb keine Wahl, als meinen Rücktritt einzureichen.»

«Aber sie haben ihn nicht angenommen», wandte Miriam ein.

«Ach, das hätten sie ohne weiteres getan, wenn es nicht um die Goralskys gegangen wäre, denen sie gefällig sein wollten. Und hat nicht Ben Gorfinkle mir erst voriges Jahr klipp und klar gesagt, er würde mich für die letzten paar Monate meines Vertrages auszahlen und mich mitten im Jahr auf die Straße setzen?»

«Das stimmt. Aber da dachten er und seine Freunde im Vorstand, du hetzt ihre Kinder gegen sie auf. Es war eine reine Machtfrage. Ich bin sicher, sie hätten das nicht bis zu Ende durchgespielt. Deine Freunde im Vorstand, Wasserman, Becker und die anderen, wären bestimmt dagegen eingeschritten.»

«Irrtum, Wasserman und Becker konnten nichts dergleichen tun», entgegnete er. «Sie konnten mir höchstens einen Posten in einer anderen Gemeinde anbieten, die sie gründen wollten. Erst als dieselben Kinder in einen Mordfall verwickelt wurden, hat mir das die Stellung gerettet. Und vergiß eins nicht – gerade Becker war derjenige, der in meinem allerersten Jahr hier an der Spitze meiner Gegner stand. Er wollte mich unbedingt fallenlassen, als es nicht nur um meinen Posten, sondern um meinen Kopf ging.»

«Ach, David, das sind doch uralte Geschichten», sagte Miriam vorwurfsvoll. «Seitdem hat dir Becker ebenso die Stange gehalten wie Wasserman. Willst du ihm etwa heute noch vorwerfen, daß er im ersten Jahr gegen dich war?»

«Ich mache es keinem zum Vorwurf, wenn er gegen mich war»,

antwortete er. «Weder Becker noch Schwarz noch Gorfinkle. Sie haben alle nur das getan, was sie für richtig hielten. Vielleicht ist der einzige, dem ich etwas übelnehmen sollte, Jacob Wasserman.»

Miriam sah ihn ungläubig an. «Wasserman! Wieso denn, er war doch von Anfang an dein Freund. Er ist derjenige, der dich hergebracht und sich gegen alle Widerstände dafür eingesetzt hat, daß du hier bleibst.»

Der Rabbi nickte. «Genau das meine ich. Er war *zu* gut zu mir. Hätte er sich im ersten Jahr der Mehrheitsmeinung angeschlossen, wäre ich vielleicht von hier weggegangen und in einer anderen Gemeinde angestellt worden. Vielleicht habe ich hier um meinen Posten kämpfen müssen, weil ich nicht richtig dazugehöre. Und wenn ich das nach sechs Jahren immer noch tun muß, ist es vielleicht der falsche Job. Vielleicht würde eine andere Gemeinde . . .»

«In diesen Stadtrandgebieten ist eine wie die andere», meinte Miriam.

«Dann liegt es vermutlich an mir. Vielleicht bin ich nicht flexibel genug. Vielleicht gehöre ich überhaupt nicht ins Rabbinat, zumindest nicht in die Leitung einer Gemeinde. Vielleicht tauge ich besser für ein Lehramt, vielleicht für wissenschaftliche oder organisatorische Arbeit.» Er setzte sich aufs Sofa und sah sie an. «Erinnerst du dich an das letzte *Pessach*? Damals waren wir überzeugt davon, hier sei alles aus und vorbei. Und wir beschlossen, anstatt gleich auf Stellungssuche zu gehen, zunächst nach Israel zu fahren. Weißt du noch?»

«Na, und?»

Der Anflug eines Lächelns überzog sein Gesicht. «Na, und warum tun wir es nicht? Wenn sie mich binnen eines Monats feuern können, wieso kann ich dann nicht genauso binnen vier Wochen kündigen?»

«Du meinst, du willst deine Stellung aufgeben?» Sie war sichtlich erschrocken.

«Nicht unbedingt aufgeben. Ich könnte ja um einen Urlaub bitten.»

«Und wenn sie ihn dir nicht bewilligen?»

«Dann würde ich ihn trotzdem nehmen. Ich bin müde und habe diese Stadt gründlich satt. Ist dir eigentlich klar, daß wir seit sechs Jahren hier sind und ich in der ganzen Zeit keine Ferien gehabt habe? Im Sommer ist viel weniger los. Die Religionsschule ist geschlossen, es gibt keine Feiertage und keinen Gottesdienst am Freitagabend. Nur Trauungen und *Bar Mizwahs* oder Kranke, die mit meinem Besuch rechnen. Trotzdem waren wir bloß gelegentlich mal übers Wochenende fort, weiter gar nichts. Ich muß weg – irgendwohin, wo ich eine Zeitlang für mich sein kann.» Er lächelte. «Und in Israel wäre es warm.»

«Wir könnten ja eine von diesen Drei-Wochen-Reisen buchen», überlegte sie. «Die Sehenswürdigkeiten besichtigen und . . .»

«Ich will keine Sehenswürdigkeiten besichtigen», unterbrach er sie. «Das sind entweder neue Bauten oder die Überreste von alten oder

Erdlöcher. Nein, ich möchte eine Zeitlang in Jerusalem leben. Wir Juden haben uns jahrhundertelang nach Jerusalem gesehnt. Jedes Jahr sagen wir zu *Pessach* und *Jom Kippur*: ‹Nächstes Jahr in Jerusalem.› Am vorigen *Pessach* war es uns Ernst damit. Wir dachten wirklich, daß wir fahren würden. Ich zumindest. Na, und jetzt ist unsere Chance. Ich habe keinen Kontrakt, der mich bindet.»

«Aber der Vorstand würde das als Kündigung auffassen, und seine Stellung aufzugeben . . .»

«Und was wäre, wenn sie's täten? Wir sind noch jung und können es uns leisten, das Risiko einzugehen.»

Miriam musterte ihn besorgt. «Und für wie lange?»

«Ach, das weiß ich nicht», entgegnete er leichthin. «Drei, vier Monate, vielleicht länger. Jedenfalls lange genug, um das Gefühl zu bekommen, wir haben in Jerusalem gelebt und waren nicht nur auf Besuch.»

«Und was würdest du dort tun?»

«Was tun andere Leute dort?»

«Nun, die Bevölkerung arbeitet. Und die Touristen sind unentwegt mit der Besichtigung von Sehenswürdigkeiten beschäftigt . . .»

«Also wenn du dir darüber Gedanken machst, womit ich mir die Zeit vertreiben würde, dann könnte ich ja meinen Aufsatz über Ibn Esra für das *Quarterly* fertigstellen. Die wissenschaftlichen Vorarbeiten habe ich hinter mir; meine Notizen sind komplett. Was ich jetzt brauche, ist viel Zeit zum Schreiben, ohne ständige Unterbrechungen.»

Sie sah ihn an. Er machte dasselbe eifrige Gesicht wie der kleine Jonathan, wenn er um etwas ganz Besonderes bat. Außerdem spürte sie, wie dringend er diese Reise brauchte. «Das ist dir doch nicht eben erst eingefallen, David. Du denkst schon eine ganze Weile daran, nicht wahr?»

«Mein ganzes Leben lang.»

«Nein, ich meine . . .»

Er hielt ihren Blick fest. «Als es letztes Jahr so aussah, als würde ich hier aufhören, dachte ich, wir könnten fahren, bevor ich mit der Suche nach einer neuen Stellung anfing. Wann würden wir sonst wieder die Gelegenheit bekommen? Und als sich dann herausstellte, daß ich meinen Posten behielt, hätte ich wohl froh darüber sein sollen, weiter mein Gehalt zu beziehen. Aber ich war es nicht. Ich hatte mein Herz an diese Reise gehängt – und jetzt kann ich den Gedanken daran nicht mehr loswerden.»

«Aber dafür eine Stellung aufzugeben . . .»

«Nach unserer Rückkehr werde ich eine neue finden, verlaß dich darauf. Außerdem sieht es ganz so aus, als wäre ich nächstes Jahr sowieso nicht mehr hier.»

Sie lächelte. «Gut, David, ich schreibe an Tante Gittel.»

Jetzt machte er ein erstauntes Gesicht. «Was hat die denn damit zu tun?»

Miriam legte die Zeitung ordentlich zusammen. «Ich bin dir bei jeder wichtigen Entscheidung gefolgt, David. Als du die Stellung in Chicago, die so viel Geld einbrachte, gekündigt hast, weil dir die Gemeinde nicht paßte, war ich einverstanden. Und das, obwohl wir von meinem Stenotypistinnengehalt lebten und von dem, was du durch Gelegenheitsarbeiten in den Ferien in irgendeiner Kleinstadt dazuverdienen konntest. Und dann der Posten in Louisiana, den du nicht wolltest. Und der Job als zweiter Rabbi in Cleveland, der höher dotiert war als die meisten regulären Stellen für Rabbis, die gerade mit dem Studium fertig sind. Du sagtest damals, du wolltest dich in deinen Ansichten keinem anderen Rabbi unterordnen. Und als du in der Ära Schwarz hier kündigen wolltest, war ich auch einverstanden, obwohl ich damals Jonathan erwartete und nicht besonders scharf darauf war, in eine andere Stadt zu ziehen und eine Wohnung für uns und ein neugeborenes Baby zu suchen. Und jetzt möchtest du das Risiko eingehen, deinen Posten zu verlieren, damit du wegfahren und eine Zeitlang in Jerusalem leben kannst. Wieder werde ich dir darin folgen. Die große Strategie ist deine Sache, aber in Taktik bist du weniger gut. Wenn wir mehrere Monate in Jerusalem leben wollen, müssen wir eine Bleibe haben. Wir können es uns nicht leisten, die ganze Zeit in einem Hotel zu wohnen. Außerdem ist man dann noch immer mehr Gast. Ich werde also Tante Gittel schreiben. Sie lebt seit den Zeiten der britischen Mandatsregierung in Israel. Ich sage ihr genau, was wir vorhaben. Mal sehen, ob sie uns eine möblierte Mietwohnung verschaffen kann.»

«Aber sie lebt doch in Tel Aviv, und ich möchte nach Jerusalem.»

«Da kennst du meine Tante Gittel nicht.»

2

Bert Raymond klopfte auf den Tisch, um sich Gehör zu verschaffen. «Das Verlesen des letzten Sitzungsprotokolls können wir uns wohl schenken, glaube ich. Soweit ich mich erinnere, haben wir nicht viel getan.»

Ben Gorfinkle hob die Hand. «Ich würde das Protokoll gern hören, Mr. Chairman», erklärte er gelassen.

«Aber sicher, Ben. Würdest du bitte das Protokoll vorlesen, Barry.»

«Na ja, also, Bert, Mr. Chairman wollte ich sagen – ich bin nämlich noch nicht zum Abschreiben gekommen. Ich meine – Notizen hab ich mir ja gemacht, aber – na, eben nur als Entwurf gewissermaßen.»

«Schon gut, Barry. Ben wird an kleinen Stilfehlern bestimmt keinen Anstoß nehmen . . .»

«Ich wollte auf was anderes raus. Ich hab nämlich meine Notizen gar nicht dabei. Ich dachte, da fehlt sowieso noch der letzte Schliff, und dann haben wir ja in der letzten Sitzung auch keine besonderen Beschlüsse gefaßt – na ja, und da fand ich's eben nicht der Mühe wert, sie mitzubringen.»

Der Chairman war ein hochgewachsener, nett aussehender junger Mann, ein guter Kerl, den jeder gern hatte und den niemand unnötig in Verlegenheit bringen wollte. Die Nachlässigkeit des Schriftführers war ihm sichtlich peinlich. Gorfinkle zuckte die Achseln. «Wenn sich sowieso nichts getan hat, spielt's ja wohl keine Rolle.» Bei diesem neuen Vorstand gab es so viele Einwände gegen gewichtigere Dinge, daß es sinnlos erschien, sich bei einer solchen Bagatelle zu widersetzen.

«Okay», sagte der Chairman dankbar, «dann kommen wir zum Hauptthema dieser Sitzung. Was halten Sie vom Brief des Rabbi?»

Wieder hob Gorfinkle die Hand. «Ich muß doch was in der letzten Sitzung verpaßt haben. Von einem Brief des Rabbi hab ich kein Wort gehört.»

Der Chairman war zerknirscht. «Ach ja, natürlich, du weißt ja nichts davon, Ben. Ich hab ihn diese Woche bekommen und mit ein paar Leuten darüber gesprochen. Daher nahm ich an, jeder weiß Bescheid. Der Rabbi hat mir geschrieben und gebeten, ihn ab Neujahr für drei Monate zu beurlauben.»

«Kann ich den Brief mal sehen?»

«Ich hab ihn nicht bei mir, Ben. Aber sonst steht nichts weiter drin – nur, was ich gesagt habe. ‹Hiermit bitte ich darum, mich für drei Monate zu beurlauben.› So in der Preislage, ein reiner Geschäftsbrief.»

«Hat er keinen Grund für seine Bitte angegeben?» fragte Gorfinkle.

«Nein. Nur, was ich dir gesagt habe . . .»

«Und ich sage euch, das ist ein Schachzug», unterbrach Stanley Agranat. «Um eine Beurlaubung geht's ihm doch gar nicht. Ein Vertrag – daran ist er interessiert. Er schickt uns diesen Brief, also müssen wir zu ihm gehen und fragen: ‹Was gibt's, Rabbi?› Darauf sagt er, er möchte drei Monate frei nehmen. Darauf sagen wir: ‹Aber, Rabbi, Sie können doch nicht einfach so drei Monate mitten im Jahr frei nehmen. Sie haben ja schließlich einen Job hier.› Darauf stellt er sich dumm und sagt: ‹Ach, tatsächlich? Ich hab aber gar keinen Vertrag.› Darauf müssen wir ihm wieder um den Bart gehen und erklären, wieso wir noch nicht dazu gekommen sind, die Sache mit dem Vertrag zu besprechen, und wie leid es uns tut und lauter so 'n Schmus. Und das soll uns in die Defensive bringen, versteht ihr? Die reinen Schmonzes, sag ich euch.»

«Und was ist, wenn wir ablehnen?» fragte Arnold Bookspan. «Als du mir den Brief gezeigt hast, Bert, hab ich sofort gesagt, das ist ein Ultimatum. Er bittet uns nicht, er teilt es uns mit. Wenn er nun ein redlicher Angestellter des Tempels ist, kann er nicht einfach so mir nichts, dir nichts abhauen. Und geht er einfach so fort, dann ist er in meinen Augen eben kein redlicher Angestellter des Tempels.»

«Nun hört mal zu, Leute», sagte der Chairman. «Man muß fair sein. Sie arbeiten immer mit einem Vertrag, und wir haben seinen auslaufen lassen.»

«Wir sollten hier logisch vorgehen», mischte sich Paul Goodman ein, der wie Bert Raymond Rechtsanwalt war und einen methodischen Verstand hatte. «Zuerst müßten wir entscheiden, ob wir überhaupt einen Rabbi brauchen, dann . . .»

«Was soll das heißen, ob wir überhaupt einen Rabbi brauchen? Wie sollen wir denn ohne Rabbi zurechtkommen?»

«Viele Gemeinden haben keinen», antwortete Goodman. «Ich meine, keinen fest angestellten. Sie kriegen jeden Freitag abend einen jungen Spund vom Seminar und zahlen ihm vielleicht fünfzig oder hundert Dollar und Spesen.»

«Freilich, und weißt du, was du dafür kriegst? Einen jungen Spund kriegst du.»

«Nicht einfach einen jungen Spund», widersprach Goodman, «einen jungen Spund, der Rabbi ist.»

«Pah, ich hab ein paar von diesen Knaben vom Seminar gesehen. Eine Horde von Hippies, wenn du mich fragst.»

«Hört mal zu, Leute», wandte Bert Raymond ein, «das können wir doch nicht machen. Wir haben das ganze Jahr über Leute, die den Tempel für ihre Trauungen und *Bar Mizwahs* benutzen. Was sollen wir denen erzählen, wenn sie kommen und Einzelheiten vereinbaren wollen? Vielleicht haben wir einen Rabbi, vielleicht aber auch nicht? Bei uns läuft der Betrieb das ganze Jahr über, und deshalb müssen wir einen Rabbi haben, der ständig zur Verfügung steht.»

«Na schön, dann kommen wir also zum nächsten Schritt», sagte der methodische Goodman. «Wollen wir diesen Rabbi haben? Wenn's denn unbedingt so ein Rabulist sein muß, der mir sagt, was Recht und was Unrecht ist, dann wäre mir persönlich ein älterer Mann lieber. Das ist bei mir 'ne Gefühlssache.»

«Also für mich ist das eine rein geschäftliche Sache. Und ich halte Gefühl und Geschäft strikt auseinander», sagte Marty Drexler, der Schatzmeister. «Als mir Bert von dem Brief erzählt hat, hab ich mich ein bißchen umgehört. Ich kann euch ein paar harte Fakten zum Nachdenken geben. Der Preis für Rabbis ist seit dem Zweiten Weltkrieg Jahr für Jahr gestiegen. Jeder Studentenjahrgang hat nach Abschluß des Seminars ein höheres Anfangsgehalt verlangen können als der vorige. Wenn ihr auf dem freien Markt einen Rabbi engagieren wollt, der wie unserer fünf oder sechs Jahre Berufserfahrung hat, müßt ihr drei- bis fünftausend Dollar mehr hinblättern als jetzt. Denn bei ihm handelt es sich um jemand, der bereits einen Posten hat und dem wir den Wechsel schmackhaft machen müssen. Wenn ihr einen Rabbi engagiert, kauft ihr geistige Führung. Ich frage euch, warum sollen wir die Kosten für unsere geistige Führung um dreitausend Dollar erhöhen, wenn wir's gar nicht nötig haben?»

«Das leuchtet mir ein.»

«Mir auch.»

Der Chairman sah einen nach dem anderen an. «Na schön, ich glaube, in dem Punkt herrscht Einstimmigkeit. Wir sind uns also alle weitgehend darin einig, daß es im Augenblick für uns das Beste ist, die Dienste unseres jetzigen Rabbi auch weiterhin in Anspruch zu nehmen. Und damit wären wir wieder beim Anfang. Was tun wir mit dem Brief? Ich bin der Auffassung, daß Stan Agranat recht hat und daß der Rabbi an einem Vertrag interessiert ist. Wie steht's damit? Seid ihr alle auch der Meinung?» Wieder ließ er den Blick um den Tisch wandern und wartete bei jedem ein bestätigendes Nicken ab.

Nur Ben Gorfinkle erhob Einwände. «Ich habe den Eindruck, der Rabbi meint gewöhnlich auch das, was er sagt.»

Bert Raymond zuckte die Achseln. «Vielleicht als er ihn schrieb. Vielleicht war er ein bißchen eingeschnappt. Ehrlich gesagt, fand ich, er hat ziemlich sauer reagiert, als ich ihm mitteilte, daß wir keinen Gemeinde-*Seder* abhalten. Kann sein, daß es damit etwas zu tun hatte. Aber ich bin der Meinung, wenn wir ihm einen Vertrag anbieten, wird er ganz schnell feststellen, daß er eigentlich gar nicht beurlaubt werden möchte. Es wäre ja durchaus denkbar, daß er den Urlaub zur Stellungssuche haben will.»

«Da hast du recht, Bert.»

«Na schön, also was für einen Vertrag bieten wir ihm an?»

Ben Gorfinkle, Chairman des Vorjahres, fühlte sich genötigt, abermals das Wort zu ergreifen. Er nahm nur an der Sitzung teil, weil sämtliche ehemaligen Chairmen nach den Statuten automatisch Vorstandsmitglieder wurden. Seine Vorgänger, Wasserman, Becker und Schwarz, waren nur zu den ersten paar Sitzungen erschienen und dann ausgeblieben. Dieser neue Vorstand bestand aus lauter jungen Männern; keiner war über fünfunddreißig, und alle waren eng befreundet. Sie besprachen die einschlägigen Angelegenheiten bei ihren gesellschaftlichen Zusammenkünften, so daß sich Vorstandssitzungen praktisch erübrigten, außer daß formal über das abgestimmt wurde, was sie bereits untereinander beschlossen hatten. Trotzdem ging Ben Gorfinkle weiter unbeirrt hin, auch wenn er meist den Mund nicht aufmachte. Diese Geschichte aber war wichtig. Langsam, bedächtig setzte er dem Vorstand auseinander, daß der Rabbi mit Ablauf des letzten Jahres auch sein sechstes Dienstjahr in der Gemeinde beendet hatte. Der vorige Vorstand habe geplant, ihm einen Vertrag auf Lebenszeit sowie im siebten Jahr das sogenannte Sabbatjahr anzubieten. «Aber wir meinten, ein solcher Vertrag sollte besser von dem neuen Vorstand abgeschlossen werden.»

«Ich erinnere mich nicht, in den Sitzungsprotokollen vom letzten Jahr etwas davon gelesen zu haben», sagte der Schriftführer.

«Stimmt, ich erinnere mich auch an nichts Derartiges», bestätigte Raymond.

«Natürlich nicht», entgegnete Gorfinkle. «Damals nahm der Rabbi an den Vorstandssitzungen teil. Deshalb konnten wir bei den regulären Sitzungen nicht gut darüber sprechen.»

«In dem Fall», unterbrach ihn der Chairman, «müssen wir davon ausgehen, daß diese Angelegenheit lediglich inoffiziell zwischen einigen Mitgliedern erörtert wurde. Ich bin nicht der Auffassung, daß wir daran gebunden sind.»

«Ich habe euch nur über die Vorgeschichte informiert», erklärte Gorfinkle steif.

«Na schön, also angenommen, wir gehen davon aus», sagte der Chairman. «Was haltet ihr von Bens Idee eines Vertrags auf Lebenszeit und eines Sabbatjahres?»

«Ich kann dazu nur eins sagen – mir sieht das nach einem ganz hübschen Rebbach für den Rabbi aus», meinte Agranat. «Glaubt mir, ich hab nichts gegen den Rabbi, aber er macht dabei 'nen guten Schnitt.»

«Irrtum», widersprach Gorfinkle. «Das ist gang und gäbe. Der Rabbi hatte ein Probejahr, und danach bekam er einen Fünfjahresvertrag. Der nächste Vertrag läuft gewöhnlich noch länger, in den meisten Gemeinden sogar auf Lebenszeit.»

«Wie wird das Gehalt bei diesen Verträgen festgesetzt?» erkundigte sich Marty Drexler. «Gibt's da jährliche Erhöhungen oder . . .»

«Das nehme ich an», erwiderte Gorfinkle. «Oder man vereinbart eine Angleichung an die steigenden Lebenshaltungskosten. Damit haben wir uns seinerzeit nicht befaßt.»

«Mir scheint, das müssen wir uns noch genau überlegen», meinte Drexler. «Wenn wir ihm ein Sabbatjahr geben, müssen wir während seiner Abwesenheit einen Stellvertreter engagieren. Denkt mal darüber nach.»

«Worauf willst du hinaus, Marty?» fragte Bert Raymond.

«Ich werd euch sagen, worauf ich hinauswill. Hier geht's um eine Synagoge, und er ist ein Rabbi. Also Religion und all das. Aber ein Vertrag ist 'ne geschäftliche Vereinbarung, egal, zwischen wem. Da muß alles ausgetüftelt werden, und jede Seite muß dabei das bestmögliche Geschäft machen. Nehmt zum Beispiel mal das, was ich vorhin über die von Jahr zu Jahr steigenden Kosten für Rabbis gesagt habe. Das stimmt, aber ihr müßt bedenken, wenn ein Rabbi erst mal um die Fünfzig ist, sind seine Aussichten, einen anderen Job zu kriegen, nicht mehr so gut. Er ist sozusagen auf dem absteigenden Ast. Also ist er dann in einer etwas schwächeren Position, und wir sind dafür in einer etwas stärkeren. Wie alt ist er jetzt? Fünfunddreißig oder so was? Nehmen wir nun mal an, wir bieten ihm einen Fünfzehnjahresvertrag, und wenn der ausläuft, verhandeln wir erneut.»

«Na, ich weiß nicht . . .»

«Das ist doch irgendwie schofel.»

«Was ist daran schofel?» fragte Drexler.

Stanley Agranat hob die Hand. «Ich möchte einen Antrag stellen.»

«Was für einen Antrag?»

«Einen Augenblick, Mr. Chairman, da ist noch ein Antrag auf Wortmeldung.»

«Was für ein Antrag?»

«Es gibt keinen Antrag auf Wortmeldung. Wir haben nur diskutiert, die Sache sozusagen durchgekaut.»

Raymond schlug mit dem Hammer auf den Tisch. «Einen Moment bitte, immer der Reihe nach. Niemand hat einen Antrag gestellt, also besteht kein Grund, warum Stan das nicht tun sollte. Schieß los, Stan.»

«Ich beantrage, Mr. Chairman, daß Sie eine Kommission benennen, die zum Rabbi geht, ihn sozusagen abtastet und den Preis aushandelt . . .»

«Bist du sicher, daß du vom Rabbi sprichst, Stan?»

Der Chairman klopfte auf den Tisch. «Keine Witze, bitte.»

«Also gut, ernsthaft gesagt, möchte ich Stans Antrag dahingehend ergänzen, daß diese Kommission aus einem Mann bestehen sollte», erklärte Goodman. «Ich schlage Marty Drexler für diese Aufgabe vor.»

«Sehr richtig, soll nur einer mit ihm verhandeln.»

«Wie steht's? Seid ihr alle dafür, einen Mann die Verhandlung führen zu lassen?»

«Unbedingt.»

«Die einzige Möglichkeit.»

«Die einzig faire Art – einer gegen einen.»

«Na schön», sagte Bert Raymond. «Stimmen wir ab. Also – ja. Aber ich meine, vielleicht sollte *ich* lieber mit ihm reden statt Marty.»

«Nein, laß Marty das tun.»

«Wieso Marty? Mir scheint, als Gemeindevorsteher sollte ich mit ihm sprechen.»

Keiner von ihnen wollte eingestehen, daß sie befürchteten, er könnte zu großzügig sein. Schließlich übernahm Paul Goodman die Erklärung: «In erster Linie habe ich Marty vorgeschlagen, weil er der Schatzmeister ist und es sich hier eindeutig um 'ne Geldsache handelt. Außerdem ist Marty im Finanzierungsgeschäft und genau im Bilde über Fragen, die mit steigenden Lebenshaltungskosten und diesen Dingen zu tun haben. Aber wenn nicht Marty, dann wärst du wohl der letzte, den wir dafür haben möchten, gerade weil du Chairman bist. Marty oder wer auch sonst kann immer sagen, er muß sich vom Vorstand weitere Anweisungen holen oder er braucht dessen Zustimmung zu der getroffenen Abmachung. Aber Vorschläge, die der Chairman selber gemacht hat, müßten wir doch wohl oder übel unterstützen, jedenfalls wäre das sicher die allgemeine Ansicht. Und gesetzt den Fall, du versprichst was und bekommst dann von uns keine Rückendeckung, wärst du schön in der Bredouille, wenn du zum Rabbi zurückgehen und ihm sagen müßtest, dein Vorstand paßt.»

«Na schön, von mir aus», sagte Raymond. «Also gehst du zum Rabbi, Marty, und handelst was aus.»

3

Miriam öffnete die Tür und führte Marty Drexler ins Wohnzimmer, wo der Rabbi saß. «Da es sich um eine Angelegenheit des Tempels handelt, Mr. Drexler, lasse ich Sie beide . . .»

«Nun, vielleicht wäre es besser, wenn Sie dabei sind, Mrs. Small», meinte Marty. «Wenn sich's bei mir im Geschäft um Belange der Familie dreht, zum Beispiel um ein Familiendarlehen, sage ich dem Kunden immer, er soll seine Frau mitbringen. Sie verstehen mich doch?»

«Natürlich, Mr. Drexler, wenn Ihnen das lieber ist.»

Der Rabbi war aufgestanden, wies mit einer einladenden Geste auf einen Sessel für den Besucher und setzte sich dann wieder. «Es hat also etwas mit unseren Familienfinanzen zu tun, Mr. Drexler?»

Marty Drexler lächelte, das strahlende Lächeln des Darlehenvermittlers. «Allerdings, das würde ich schon sagen. Wir haben im Vorstand beschlossen, Ihnen einen Vertrag zu geben. Bert Raymond hat mich als Ein-Mann-Kommission benannt, damit ich die kleinen Detailfragen und Finessen mit Ihnen bespreche.»

«Das ist sehr freundlich vom Vorstand», entgegnete der Rabbi liebenswürdig. Er lehnte sich im Sessel zurück und blickte zur Decke. «Ich hatte zwar bisher einen Vertrag für eine Vereinbarung zwischen zwei gleichberechtigten Parteien angesehen – jede hat etwas, was die andere haben möchte – und nicht für eine Gefälligkeit, die eine Partei der anderen erweist.»

Drexler war entschlossen, sich nicht zu ärgern. Er nickte. «Ja, damit haben Sie vermutlich recht. Ich wollte sagen, ich bin hier, um den

Vertrag auszuhandeln.»

«Und warum gerade jetzt?» fragte der Rabbi.

Drexler sah ihn vorwurfsvoll an. «Rabbi, wir sind doch erwachsene Männer und keine Kinder. Wir haben's kapiert. Sie schicken uns einen Brief und bitten um Beurlaubung. Ist doch klar, daß Sie wegen des Vertrages angebohrt haben. Schließlich sind wir alle Geschäftsleute. Gut, vielleicht haben wir die Sache zu sehr auf die lange Bank geschoben. Vielleicht haben wir auf unseren Hintern gehockt – Verzeihung, Mrs. Small –, anstatt uns ernstlich damit zu befassen. Um die Wahrheit zu sagen, das Ganze ist uns noch ziemlich neu. Wir hielten es einfach für 'ne Formsache. Gut, tut mir leid; tut uns allen leid. Aber jetzt zum Geschäft. Wie wär's, wenn Sie mir sagen, was Sie sich vorstellen, und dann sage ich Ihnen, was den anderen als fair vorschwebt. Und sollten sich da Differenzen ergeben, reden wir darüber. Und Sie sprechen bitte frisch von der Leber weg, Mrs. Small, denn es geht Sie ja wohl genauso an wie den Rabbi. Vielleicht sogar mehr. Ich sage immer, die Frau führt schließlich den Haushalt. Sie weiß, was eine Familie an Lebensmitteln braucht und was die kosten. Also ihr legt jetzt eure Karten auf den Tisch, und ich werde euch sagen, wie der Vorstand darüber denkt. Wir werden schon was ausknobeln, und falls das anders aussieht als das, was wir uns vorgestellt hatten, rede ich mit dem Vorstand darüber, bis wir uns geeinigt haben. Ein faires Angebot?»

«Durchaus fair, Mr. Drexler», entgegnete der Rabbi. Er zögerte und trommelte mit den Fingerspitzen auf die Sessellehne, während er seine Sätze formulierte. «Sie mögen es vielleicht nicht glauben, Mr. Drexler, aber als ich den Brief abschickte, war ich ausschließlich an einer Beurlaubung interessiert. Und das ist immer noch alles, woran ich interessiert bin. An den Vertrag habe ich dabei überhaupt nicht gedacht und glaube auch nicht, daß ich jetzt gewillt bin, mir darüber Gedanken zu machen. Ich habe um Beurlaubung gebeten, und genau das ist es, was ich möchte.»

Drexler war immer noch nicht überzeugt. Er konnte sich eine gewisse Bewunderung für das Verhandlungsgeschick des Rabbi nicht verkneifen. Er versuchte es auf eine andere Tour. «Gut, wenn Sie es so rum haben wollen, ich spiele mit. Denken wir also darüber nach und sehen wir, wohin es führt. Sie möchten beurlaubt werden, sagen Sie. In Ihrem Brief sprachen Sie von drei Monaten. Ist das immer noch Ihr Wunsch?»

Der Rabbi nickte.

«Sie wollen also für drei Monate weg. Bezahlten Urlaub, nehme ich an?»

«Das habe ich mir, ehrlich gesagt, noch nicht überlegt.» Der Rabbi dachte nach. «Nein, ich glaube nicht, daß ich unter diesen Umständen auf irgendein Entgelt Anspruch hätte.»

Drexler war verärgert. Wie feilscht man mit jemand, der nichts von einem will? Er hatte darlegen wollen, wenn die Gemeinde ihm drei Monate Gehalt zahlte, immerhin eine beachtliche Summe, müßte man sich darüber einigen, wie er das auszugleichen gedachte. Aber wenn er keine Bezahlung erwartete ...

«Und wenn wir Ihr Gesuch um Beurlaubung ablehnen, Rabbi?»

Der Rabbi lächelte leicht. «Ich fürchte, das würde mich nicht zurückhalten.»

«Sie meinen, Sie würden kündigen?»

«Sie würden mir ja keine andere Wahl lassen.»

«Das heißt also, daß Sie bestimmt zurückkommen, wenn wir die Beurlaubung bewilligen?»

Der Rabbi war ehrlich bekümmert. «Ich weiß es nicht. Ich habe keine Ahnung, wie ich in drei Monaten denken werde oder was ich dann möchte.» Er lächelte. «Wer von uns weiß das schon?»

«Aber hören Sie, das bringt uns ziemlich in Verlegenheit. Ich meine, wir müssen doch jemand engagieren, der Sie während Ihrer Abwesenheit vertritt, und wenn Sie nicht sicher sind, ob Sie zurückkommen ...»

«Ich sehe Ihre Schwierigkeit, Mr. Drexler. Na gut, warum setzen wir nicht einfach voraus, daß ich zurückkomme? Wenn es dann soweit ist, können wir über einen Vertrag verhandeln, der für beide Seiten akzeptabel ist.» Er lächelte. «Wenn ich nicht komme, brauchen wir das natürlich nicht.»

Das Telefon klingelte. Miriam eilte an den Apparat. Nach einem Augenblick sagte sie: «New York, David. Vermutlich deine Mutter. Am besten sprichst du vom Nebenanschluß.»

Der Rabbi entschuldigte sich und hastete aus dem Zimmer. Am Telefon sagte Miriam: «Hallo, Mutter. Alles in Ordnung? Danke, uns geht's gut ... Ja, Jonathan geht's auch gut ... Ja, David ist da, er geht eben an den anderen Apparat.» Sie wartete auf das Klicken, das anzeigte, daß ihr Mann den Hörer abgenommen hatte. «Ich muß mich jetzt verabschieden, Mutter. Wir haben Besuch.» Sie legte auf und kehrte an ihren Platz zurück.

Nachdem sie sich bei Marty Drexler wegen der Unterbrechung entschuldigt hatte, fuhr sie fort: «Mein Mann ist seit über sechs Jahren in Barnard's Crossing, Mr. Drexler. In der ganzen Zeit hat er keinen richtigen Urlaub gehabt – nur gelegentlich ein freies Wochenende. Er ist erschöpft und überarbeitet. Er muß weg von seiner gewohnten Arbeit, damit er Gelegenheit zum Nachdenken bekommt. Glauben Sie, es ist leicht für mich, zusammenzupacken, auf drei Monate wegzugehen und von unseren Ersparnissen zu leben? Sie haben recht, ich führe den Haushalt. Ich bin diejenige, die sich Sorgen über Ausgaben macht. Und diese Reise wird teuer – allein die Fahrtkosten ...»

«Haben Sie eine Rundreise vor oder was in der Art?»

«Wir wollen nach Israel, nach Jerusalem.»

«Ach so. Hören Sie, Mrs. Small, wenn sich's um Israel dreht, also das kann ich verstehen. Ich meine, er ist doch Rabbi, natürlich muß er mal dort gewesen sein. Wahrscheinlich ist er der einzige Rabbi in der Gegend, der noch nicht in Israel war. Wissen Sie was, Don Jacobson – er sitzt im Vorstand – ist in der Touristikbranche. Ich wette, er kann da was arrangieren. Vielleicht eine dreiwöchige Rundreise mit Ihrem Mann als Reiseleiter. Das kostet ihn dann keinen roten Heller. Ich spreche mit Jacobson.»

Der Rabbi kam bei den letzten Sätzen zurück. Er sagte zu Miriam: «Nichts Wichtiges.» Und zu Drexler: «Nett von Ihnen, daß Sie etwas arrangieren wollen, aber wir möchten eine Zeitlang dort leben, in Jerusalem, und keine Stippvisite als Touristen machen.»

«Sie wollen bloß nach Jerusalem? Keine Rundfahrt, keine Sehenswürdigkeiten? Und für drei Monate? Warum?»

Der Rabbi lachte kurz auf. «Die Begründung wird Ihnen vielleicht nicht zwingend vorkommen, Mr. Drexler, aber ich will versuchen, es Ihnen zu erklären. *Pessach* ist eines unserer Hauptfeste. Wir feiern es nicht nur mit einem Gottesdienst, sondern mit einem durchdachten Ritual, damit sich uns seine Lehre, die Philosophie, auf der unsere Religion basiert, einprägt.»

«Ach, Sie sind immer noch verärgert über unseren Beschluß, den Gemeinde-*Seder* ausfallen zu lassen? Also da gab es begründete finanzielle . . .»

«Nein, Mr. Drexler, ich bin nicht verärgert über den Beschluß des Vorstands», versicherte ihm der Rabbi. «Es gibt auf beiden Seiten gute Argumente, obwohl ich darauf hinweisen möchte, daß in dieser Frage der Rabbi der Gemeinde normalerweise konsultiert wird. Nein, ich wollte sagen, daß das Ritual mit einem frommen Wunsch endet: ‹Nächstes Jahr in Jerusalem.› Diesen Wunsch habe ich nun bei jedem *Pessach-Seder* am Schluß ausgesprochen, aber vergangenes Jahr war es für mich kein Wunsch, sondern ein Versprechen, eine religiöse Verpflichtung, wenn Sie so wollen.»

Drexler war beeindruckt und blieb in den restlichen Minuten seines Besuches gedämpft und respektvoll. Doch als er nach Hause kam, hatte sein angeborener Zynismus wieder die Oberhand gewonnen, und er antwortete auf die Frage seiner Frau nach dem Verlauf des Gespräches: «Er sagt, er möchte weg und eine Weile in Jerusalem leben. Für ihn ist das so was wie 'ne religiöse Verpflichtung. Wem will er damit was vormachen? Er ist einfach faul und möchte 'ne Zeitlang rumgammeln. Da spart er nun ein bißchen Geld, und jetzt will er's verpulvern.»

«Na, er kriegt doch wohl sein Gehalt . . .»

«Nein.»

«Was, ihr wollt ihm sein Gehalt nicht weiterzahlen?» fragte sie ungläubig.

«Hör mal, er läßt sich beurlauben. Kein Mensch zahlt jemand, der sich beurlauben läßt, das Gehalt weiter.»

«Ziemlich schofel, findest du nicht? Hat das der Vorstand beschlossen, oder war das deine Idee, Marty?»

«Sieh mal, Ethel, es ist nicht mein Geld, sondern das der Gemeinde. Als Schatzmeister ist es meine Pflicht, es in ihrem Sinne zu verwalten. Ich kann es doch nicht einfach zum Fenster rauswerfen, nur weil sich's um den Rabbi handelt. Außerdem war das sein Vorschlag.»

Sie antwortete nicht, weder jetzt noch später, als er während der Werbesendungen im Fernsehen gelegentlich Bemerkungen fallenließ, wie: «Manche Männer haben's wirklich gut. Sie machen drei Monate blau, und ihre Frauen sagen auch noch ja und amen zu dem Blödsinn.» Und: «Wenn er's aus der eigenen Tasche bezahlt, hat er uns gegenüber natürlich keinerlei Verpflichtung. Wahrscheinlich schreibt er jetzt an Dutzende von Gemeinden und fragt nach wegen 'ner Stellung.»

Sie lagen bereits zu Bett, und er war gerade am Einschlafen, als sie sagte: «Weißt du, Marty, es ist sicher verrückt, ich weiß, aber irgendwie finde ich's auch nett.»

«Wovon redest du eigentlich?»

«Ich meine, wenn man seine Stellung hinschmeißt und einfach abhaut . . .»

4

«Er hat gebeten, ihn drei Monate zu beurlauben, und das haben sie ihm bewilligt.» Harvey Kanter schwang ein Bein über die Sessellehne, fuhr sich durch das dichte eisengraue Haar und richtete die hervorstehenden blauen Augen auf seinen Schwager Ben Gorfinkle. «Was ist daran schofel?» Harvey war gute zehn Jahre älter als Gorfinkle, ein Fünfziger, und mit der älteren der beiden Schwestern verheiratet. Er neigte dazu, seinen Schwager zu begönnern, genau wie seine Frau ihre jüngere Schwester. Als Chefredakteur des *Times-Herald* von Lynn, einer Lokalzeitung, die Nachrichten von ernstester nationaler oder internationaler Bedeutung mit einem knappen Einspalter abhandelte, während sie der Vorstandswahl im örtlichen Frauenverein zwei Kolumnen widmete, vertrat er in seinen Leitartikeln die engherzigen, konservativen Ansichten der besitzenden Schicht und Wähler der Republikanischen Partei. Im Privatleben aber war er radikal, Atheist und durch und durch respektlos – vor allem, wenn es sich um die Beziehung seines Schwagers zur jüdischen Gemeinde von Barnard's Crossing handelte, die ihn überaus amüsierte.

«Aber ohne Bezahlung, und der Mann kann nicht viel Geld gespart haben.»

«Du hast doch gesagt, der Rabbi habe das ausdrücklich gewollt.»

«Ich sagte, Marty Drexler hat gesagt, daß er das wollte», berichtigte Ben.

«Und du meinst, dieser Drexler hat gelogen? Das ist doch der Geldverleiher, oder?»

«Great Atlantic Finance. Nein, ich glaube nicht, daß er gelogen hat. Das hätte rauskommen müssen. Aber jemand wie Marty Drexler könnte den Rabbi sehr wohl in eine Position hineinmanövrieren, wo ihm gar nichts anderes übrigbleibt, als auf die Bezahlung zu verzichten. Ungefähr so: ‹Wollen Sie damit sagen, Rabbi, daß Sie drei Monate frei nehmen möchten, und wir einen Stellvertreter engagieren und Sie auch noch bezahlen müssen – dafür, daß Sie nichts tun?› Das wäre ihm zuzutrauen.»

«Na ja, der Rabbi ist immerhin erwachsen und sollte imstande sein, selber seine Interessen zu vertreten.»

«Was Geld und Geschäft angeht, ist er tatsächlich sehr naiv.» Ben schüttelte den Kopf. «Einen Vertrag auf Lebenszeit und ein Sabbatjahr hätte er haben können. Der Vorstand hätte das bewilligt, wenn er's verlangt hätte.»

«Damit warst du einverstanden?» Harvey sah seinen Schwager an.

«Das hat ihm jedenfalls der Vorstand letztes Jahr anbieten wollen», entgegnete Ben. «Aber das war zu Ende der Amtsperiode, und weil's um einen Vertrag auf Lebenszeit ging, fanden wir, damit sollte sich der neue Vorstand befassen. Natürlich dachten wir, der neue Vorstand würde nicht viel anders aussehen als der alte. Jedes Jahr wird Spreu ausgesondert, verstehst du, und man nimmt ein paar neue Leute dazu, aber im Prinzip ändert sich nicht viel. Nur hat diesmal die Clique Raymond–Drexler 'ne ganz neue Vorschlagsliste aufgestellt, und sie sind damit durchgekommen.»

«Wie haben sie denn das gedeichselt?»

«Paß auf. Einmal war die Gemeinde Mitte vorigen Jahres ziemlich gespalten. Da gab's meine Clique und die von Meyer Paff. Wir hatten natürlich die Mehrheit, allerdings eine sehr kleine. Und dann sind unsere Kinder in den Schlamassel geraten. Das hat uns ziemlich durcheinandergebracht. Offen gestanden hatten wir danach kein großes Interesse daran, uns um die Führung in der Gemeinde zu reißen. Viele von uns hat die Geschichte quasi ernüchtert, glaube ich. Jedenfalls haben wir nicht übermäßig gekämpft.»

Der skeptische Blick seines Schwagers veranlaßte Ben zu einer ausführlichen Begründung. «Wir waren der Meinung, wir brauchen uns gar nicht so sehr anzustrengen. Die Leute um Raymond–Drexler sind noch jung, dachten wir, unter fünfunddreißig, und alle verhältnismäßig neu in der Gemeinde – die meisten gehörten erst zwei oder drei Jahre dazu –, na, und da haben wir uns eben eingebildet, sie würden nicht weit kommen. Aber im Lauf der Jahre hat diese Altersgruppe in der Gemeinde an Zahl zugenommen. Wahrscheinlich gibt es jetzt mehr von ihnen als von uns Älteren. Die Kinder wachsen heran, die Leute setzen sich heutzutage viel früher zur Ruhe, es gibt 'ne Menge Gründe . . .»

Harvey sah immer noch nicht überzeugt aus. Ben legte sich ins Zeug:

«Der Tempel ist von Jake Wasserman und Al Becker und solchen Leuten ins Leben gerufen worden, als sie schon gut bei Jahren waren. Sie hielten auf Tradition, und deshalb war die Synagoge wichtig für sie. Für Wasserman mal auf jeden Fall, er ist ein tiefreligiöser Mensch. Außerdem brauchten sie damals in der Gründungszeit Leute mit Geld. Man erwartete von ihnen, daß sie dauernd in die Tasche griffen, um eine Rechnung für Heizmaterial oder das Gehalt für einen Lehrer selber zu bezahlen, wenn in der Gemeindekasse Ebbe war. Sie bekamen dafür Schuldscheine von der Gemeindeverwaltung, aber meiner Meinung nach haben sie nie wirklich damit gerechnet, daß die Gemeinde je imstande wäre, ihnen das Geld zurückzuerstatten. Soviel ich weiß, stehen ein paar Beträge immer noch offen. Na ja, man mußte schon ganz schön bei Jahren sein, um dieses Geld anzusammeln.»

«Stimmt», gab Harvey zu.

«Und als die Gemeinde sich dann zu stabilisieren begann, ich meine, als wir die laufenden Ausgaben bestreiten konnten, da kamen Leute wie Mort Schwarz ans Ruder. Etwas jüngere Männer, aber immer noch ganz schön betucht. Damals hatten wir nämlich dauernd Spendensammlungen, und man konnte doch niemand drängen, 'ne große Schenkung oder 'ne Geldzusage zu machen, wenn man nicht selber ordentlich berappt hatte.»

Harvey zog übertrieben überrascht eine Augenbraue hoch. «Na, du hast doch für so was kein Geld. Oder hältst du das etwa geheim, Ben?»

Aber Gorfinkle reagierte nicht. «Ach, als meine Clique ans Ruder kam, war die Gemeinde völlig schuldenfrei», sagte er ernst. «Sie wollten jemand, der den Laden richtig schmeißen konnte, einen Verwaltungsfachmann und Geschäftsführer.»

«Was ist mit Raymond und Drexler? Sind sie nicht auch Verwaltungsspezialisten?»

Ben schüttelte den Kopf. «Nein, sie sind anders. Zunächst mal jünger. Und dann sind sie alle entweder Akademiker oder Geschäftsleute. Ich vermute, sie stehen sich durch die Bank recht gut, aber natürlich sind sie trotzdem auf Geld aus. Und für einen Rechtsanwalt wie Bert Raymond oder Paul Goodman ist es nützlich, ein großes Tier in so 'ner Organisation wie der Gemeinde zu sein. Da wird man auch bei Leuten bekannt, mit denen man sonst nie zusammenkommen würde. Sehr günstig für Wirtschaftsprüfer wie Stanley Agranat oder für die Ärzte und Zahnärzte, die zu der Clique gehören.»

«Mit anderen Worten, du meinst, sie sind nur wegen der Publicity dabei?» neckte ihn Harvey gutmütig. «Ganz anders als ihr zum Beispiel.»

Ben überhörte die Stichelei. «Nein, das wäre nicht fair. Sagen wir lieber so – sie achten auf so was. Außerdem wollen sie natürlich mitmischen, klar. Aus demselben Grund mischen sie auch in der Stadtverwaltung mit.»

«Also gut», sagte Harvey, der endlich ernst wurde. «Und aus welchem Grund haben sie deiner Meinung nach den Rabbi auf dem Kieker?»

Gorfinkle überlegte kurz. «Das ist ein bißchen schwierig zu erklären. Einmal ist er gleichaltrig, fünfunddreißig, und denkt trotzdem nicht so wie sie. Für Geld hat er kein besonderes Interesse, und an mehr Prestige liegt ihm auch nichts. Seitdem er hier ist, hat er ein paar ganz hübsch sensationelle Dinge gemacht, aber nie dafür um Publicity geworben. Nicht etwa aus Bescheidenheit – er ist nicht bescheiden –, sondern weil er so was nicht für wichtig hält. Bei einem Älteren würden sie das vielleicht hinnehmen, aber nicht bei einem Gleichaltrigen. Verstehst du?»

Harvey nickte. «Ich denke schon.»

«Und dann noch was. Der Rabbi weiß genau, was er will, und sagt alles, was er denkt – ohne Hemmungen.»

«Du meinst, er ist autoritär? Überheblich? Stur?»

«Nein. Allerdings hat es gelegentlich den Anschein, und vielleicht finden das manche auch.» Ben lachte trocken. «Ich gehörte auch einmal zu diesen Leuten.»

«Ich erinnere mich.»

«Aber es ist was anderes», fuhr Ben fort. «Der alte Jake Wasserman hat mal von ihm gesagt, er hätte so 'ne Art Radarstrahl für jüdische Tradition in seinem Kopf. Wenn die Gemeinde nach der einen oder anderen Seite ausschert, hört er einen Pfeifton. Dann weiß er Bescheid und treibt uns auf den rechten Weg zurück. Die Kinder auf der High School und im College, wie mein Stuie, sind ganz weg von ihm. Ich hab Stuie danach gefragt. Er hat mir erklärt, es läge daran, daß sie bei ihm genau wissen, woran sie sind. Soweit ich verstanden habe, schmeißt er sich nicht an sie ran und behandelt sie auch nicht von oben herab.»

«Ich glaube, ich kann mir jetzt ein Bild machen. Und was verursacht dir nun Kopfschmerzen?»

«Hm. Also einmal stimmen die Jungen nicht mit ab.»

«Ach so, du hast Angst, dieser Drexler und seine Freunde werden ihn herausmanövrieren?» Harvey war bemüht, dem Gedankengang seines Schwagers zu folgen.

«Das, und . . . na ja . . .» Ben sah weg. «Also ich möchte nicht, daß er gekränkt wird.»

«Ist das alles?» Harvey lachte und stand auf. «Darüber brauchst du dir keine Sorgen zu machen. Solche Menschen, Menschen mit persönlicher Integrität, können durch Leute wie Drexler nicht gekränkt oder verletzt werden.»

5

Der junge Absolvent des Seminars kam eigentlich von Anfang an nicht ernstlich in Frage. Zunächst – weshalb wollte er überhaupt herkommen? Warum sollte er bei dem großen Bedarf an Rabbis eine Vertretung übernehmen, wenn er eine feste Anstellung bekommen konnte?

«Er sagte, er möchte sich erst mal 'ne Zeitlang umschauen.»

«Na, und kann er das denn nicht in einer festen Stellung? Kein Mensch kann ihn mit Gewalt festhalten, wenn er nach 'ner Weile lieber woanders hingehen will! Ich sag euch, warum er auf diesen Job scharf ist: Es muß daran liegen, daß er keinen anderen kriegen kann. Und warum sollen wir uns um so jemand reißen? Außerdem hat er einen Bart. Das haben wir nötig – einen Rabbi mit Bart!»

«Und seine Frau – habt ihr die gesehen? Die Augen bemalt wie ein Waschbär und das Kleid gerade bis zum *pupek*!»

Rabbi Harry Shindler machte dagegen einen ganz anderen Eindruck. Ein Mittvierziger von gewinnender und trotzdem starker Persönlichkeit. Der Haupteinwand gegen ihn bestand darin, daß er seit Jahren kein Rabbinat mehr innegehabt hatte. Shindler erklärte das mit entwaffnender Offenheit. «Das lag an Folgendem: Als ich vom Seminar kam, bot man mir in einer großen Gemeinde in Ohio die Stellung als Mitarbeiter des Rabbi an. Es hieß, der Rabbi würde sich in ein bis zwei Jahren zur Ruhe setzen, dann könnte ich seine Stellung haben. Bitte, ich war nicht bloß Assistent. Ich hatte den Titel eines beigeordneten Rabbi. Mitte des zweiten Jahres wurde der Rabbi krank, und ich vertrat ihn in den restlichen Monaten. Ja, und als es dann Anfang des nächsten Jahres Zeit wurde, einen neuen Vertrag auszuhandeln, erklärte eine Gruppe im Vorstand, sie brauchten einen älteren Mann, aber ich könnte als Assistent bei gleichem Gehalt bleiben. Es war tatsächlich ein Ein-Mann-Job, und sie ließen mich nur einspringen, weil der Rabbi es eben aus Gesundheitsrücksichten nicht machen konnte.

Nun hat ein Mann doch in erster Linie Verpflichtungen seiner Familie gegenüber – ich meine, ich hatte Frau und Kinder –, und das Gehalt als Assistent des Rabbi reichte einfach nicht aus. Eins möchte ich allerdings mit aller Deutlichkeit sagen – es lag nicht an der Gemeinde. Und den Vorstand traf auch keine Schuld. Es war eben eins von den

Mißverständnissen, die gelegentlich vorkommen. Vielleicht war es auch meine Schuld, weil ich nicht alles schwarz auf weiß fixiert habe, die Gemeinde jedenfalls halte ich nicht für verantwortlich.»

Diese beharrliche Beteuerung, die Gemeinde sei nicht im Unrecht, machte auf die Kommission großen Eindruck.

«Und so nahm ich den Job als Verkäufer an und habe es keine Sekunde bereut. Manchmal glaube ich sogar, es wäre gar nicht schlecht, wenn sämtliche Absolventen des Seminars ein bis zwei Lehrjahre in einem kaufmännischen Beruf ableisteten, damit sie sich eine Vorstellung machen können, wie die Mitglieder ihrer Gemeinde denken, was sie beschäftigt, was sie ärgert, was für Probleme sie haben. Ich glaube, die meisten Rabbis haben keinen Kontakt zum täglichen Leben, und das heißt von meinem Standpunkt aus – keine Beziehung zur Realität.»

«Wie meinen Sie das, Rabbi?»

«Nehmen Sie die Sache mit unseren Feiertagen. Vorwiegend sind es zwei, und die meisten Rabbis legen ziemlichen Wert darauf, daß der zweite eingehalten wird. Da ich selber im Geschäftsleben stand, weiß ich, daß es manchmal fast unmöglich ist, den zweiten Feiertag freizunehmen. Also kann ich es verstehen und nachfühlen, wenn eins der Gemeindemitglieder, etwa ein großer Geschäftsmann, beim besten Willen am zweiten Tag nicht in die Synagoge gehen kann. Und ich mache ihm das nicht zum Vorwurf. Ich vertrete nicht den Standpunkt, weil er vielleicht dem Gemeindevorstand angehört, müsse er nun unbedingt an beiden Tagen erscheinen.

Allgemeines beifälliges Nicken. Dadurch ermutigt, fuhr Rabbi Shindler fort: «Ich hatte mich entschlossen, die Probe aufs Exempel zu machen. Wenn Gott mich berief, ihm dadurch zu dienen, daß ich mich kaufmännisch betätigte, würde ich so lange dabeibleiben, bis ich Erfolg hatte. Ich arbeitete schwer und scheue mich nicht zu sagen, daß ich oft daran dachte, in die Sicherheit und Geborgenheit des Rabbinats zurückzukehren. Doch dann fand ich, das wäre gleichbedeutend mit dem Eingeständnis meiner Niederlage. Als ich zum stellvertretenden Generaldirektor des Gebiets Nordost-Ohio befördert wurde, fand ich, daß ich meine Zeit abgedient hätte und noch mehr. Jetzt könnte ich wieder ein Rabbinat übernehmen, ohne das Gefühl haben zu müssen, ich täte es nur, weil ich im Geschäftsleben versagt hätte. Und ich stehe nicht an, Ihnen, Gentlemen, zu erklären, daß ich wesentlich mehr Geld machen könnte, wenn ich bei der National Agrochemical Corporation bliebe, als ich je als Rabbi zu verdienen hoffen kann. Aber das Rabbinat ist meine eigentliche Aufgabe. Meiner Meinung nach bin ich dazu berufen, und deshalb interessiere ich mich für diese Position.»

«Aber Sie sind doch aus allem heraus; Sie waren weg . . .»

«O nein, das stimmt nicht. Manchmal denke ich, daß ich nach meinem Ausscheiden aktiver war als in der Zeit, in der ich meine offiziellen Pflichten als Rabbiner wahrgenommen habe. Ich war Präsident der lokalen zionistischen Gesellschaft. Faktisch habe ich sie sogar mit ins Leben gerufen. Und ich war drei Jahre lang stellvertretender Vorsitzender in der Etatkommission der Gemeinde. Das steht alles in meinem Lebenslauf. Ich war im Vorstand des Ökumenischen Komitees – einer Vereinigung, die bessere Beziehungen zwischen Juden, Katholiken und Protestanten herstellen möchte. Ich gehörte dem Inspektionsausschuß von Slocumbe General an – das ist das städtische Krankenhaus. Außerdem war ich drei Jahre lang Ausschußvorsitzender der *Kiwanis Bible Study Class*, die jeden zweiten Donnerstag, Sommer wie Winter, zusammenkommt. Sie, Gentlemen, können sich sicher vorstellen, wer in dieser Gruppe der Wortführer war. Schließlich brauche ich Ihnen wohl nicht zu erzählen, was als erstes in mein Gepäck kommt, wenn ich verreisen muß – selbstverständlich mein *Tallit* und meine *Tefillin*. Denn als ich meine Stellung als Rabbi aufgab, habe ich keineswegs darauf verzichtet, ein guter Jude zu sein. Ich wollte, ich hätte fünf Cent für jedes Mal, wo ich in irgendeiner Kleinstadt beim *Minjan* den Vorbeter gemacht habe, und für die vielen Male, wo man mich bat, eine kleine Predigt zu halten. In den Kleinstädten im Nordosten von Ohio war ich als der ‹Reisende Rabbi› bekannt. Und natürlich habe ich aus angeborener Neigung die ganze Zeit über meine Studien weiterbetrieben», fügte er hinzu, um das Bild eines mustergültigen Rabbi abzurunden.

Die Kommission war sehr angetan von Rabbi Shindler. Doch als sie später über ihn sprachen, tauchten neue Gedanken und Gesichtspunkte auf. Nicht daß sie seine Fähigkeiten als Prediger bezweifelten; sie waren mehr als zufrieden mit den Tonbändern seiner Predigten, die er ihnen als Arbeitsproben geschickt hatte. Sie waren sogar vor allem dadurch bewogen worden, ihn kommen zu lassen. Auch an dem Eindruck, den er im Gespräch gemacht hatte, konnten sie nichts aussetzen. Er war freimütig, gelassen und aufrichtig gewesen, wie ein guter Verkäufer, der an seine Ware glaubt und sich der Mühe unterzogen hat, seinen Auftritt gründlich vorzubereiten.

«Natürlich müßten wir bei seiner Gemeinde rückfragen . . .»

«Ich weiß nicht, ob wir da viel erfahren werden, immerhin ist er seit acht Jahren weg. Wahrscheinlich sind gar nicht mehr die gleichen Leute da.»

«Na ja, aber wenigstens sollten wir versuchen, bei National Agrochemical Auskünfte über ihn zu kriegen», schlug Drexler vor.

«Das können wir nicht machen, Marty», widersprach Raymond. «Er arbeitet ja noch für sie. Und wenn sie merken, daß er sich nach einer anderen Stellung umsieht . . . Du weißt, wie diese Firmen sind.»

«Aber wir können ihn doch nicht einfach auf seine eigenen Aussagen hin nehmen. Die ganze Geschichte könnte ja erfunden sein», beharrte

Drexler.

«Wir wissen jedenfalls vom Seminar, daß er ein Rabbi ist. Stimmt's? Weiter wissen wir, daß er predigen kann, dafür haben wir die Tonbänder. Und wir sind uns alle einig, daß er einen guten Eindruck macht.»

«Alles richtig. Aber da gibt's etwas, das mich stört», sagte Arnold Bookspan. «Diese Tonbänder, die wurden doch direkt in der Synagoge aufgenommen, oder? Wieso eigentlich?»

«Was meinst du damit?»

«Ich meine, warum sollte ein Rabbi seine Predigt auf Tonband nehmen?»

«Na ja, viele Rabbis wollen eben eine Aufzeichnung haben.»

«Sicher, aber das machen sie doch zuerst mal schriftlich. Wenn er seine Predigten auf Tonband aufgenommen hat, dann hat er vielleicht schon damals 'ne Stellung gesucht und wollte die Bänder an eventuell interessierte Gemeinden schicken.»

«Da ist was dran, Arnold.»

«Stimmt, aber vielleicht war das Ganze auch gegen Ende seiner Zeit dort, als er sich nach was Neuem umsah», meinte Barry Meisner, der in der Versicherungsbranche war, «und das wäre in meinen Augen durchaus in Ordnung. Ich sage euch offen, ich bin für den Knaben. Ich würde genauso handeln wie er, das sehe ich direkt vor mir. Bei mir hat's auch Situationen gegeben, wo ich ein Geschäft in Aussicht hatte, und das ging dann durch ein Mißverständnis, an dem eigentlich keiner schuld war, in die Binsen. Was blieb mir dann anderes übrig, als die ganze Sache noch mal neu zu überdenken und von 'ner ganz anderen Ecke her ranzugehen? Das haben wir doch alle schon mal erlebt. Und dann macht man auf die neue Tour weiter, und sehr oft entwickelt sich die Geschichte sogar besser, als wenn's nach dem ursprünglichen Konzept gegangen wäre. Deshalb kann ich mich auch gut in seine Lage versetzen. Ich kann mir genau vorstellen, wie ich mir alles austüftele, um mich in dieser Versammlung hier richtig einzuführen. Ja, ich hätte mir so ziemlich die gleiche Marschroute wie er zurechtgelegt.»

«Hm, vielleicht ist es gerade das, was mich stört», beharrte Bookspan. «Ich meine, es ist schon so, wie du sagst. Wenn ich irgendeinem großen Laden, bei dem ich noch nie vorgesprochen habe, ein paar hundert Regenmäntel verkaufen wollte, würde ich's auch auf die Tour machen. Und dann hoffentlich ebenso geschickt wie dieser Knabe.»

«Na und?»

«Na, das ist gerade die Schwierigkeit bei ihm – er ist genau wie wir.»

«Also sind wir wieder da, wo wir angefangen haben. All das kostet Zeit, und die haben wir nicht allzu reichlich», bemerkte Raymond. Die Jungen waren zwar das Salz der Erde, aber manchmal schwer zu einer Entscheidung zu bewegen, vor allem wenn er versuchte, völlige Übereinstimmung zu erzielen. Uneinigkeit, bei der eine Gruppe die andere niederstimmte, hatte seiner Meinung nach nur Ressentiments zur Folge.

«Stimmt schon, aber wir können doch nicht einfach irgend jemand nehmen», sagte Bookspan.

«Warum eigentlich nicht? Es ist doch nur für drei Monate.»

«Es könnte aber auch für sehr viel länger sein, wenn der Rabbi beschließt, nicht zurückzukommen.»

Jetzt sah sich Geoff Winer veranlaßt, einzugreifen. Er hatte seine Firma, Winer Electronics, erst vor kurzem in der Gegend etabliert. Bert Raymond hatte die juristischen Angelegenheiten für ihn erledigt und ihn bewogen, der Gemeinde beizutreten. «Hört mal zu, Leute, ich bin noch neu hier, aber glaubt ja nicht, daß ich eure Aufforderung nicht zu schätzen weiß, in dieser Kommission zu sitzen. Ich bin nur der Meinung, wenn ihr mir das nicht übelnehmt, weil ich doch neu bin und so weiter – also ich finde, wir packen die Sache falsch an. Ich will damit sagen, wir suchen nach dem falschen Mann. Nehmt ihr einen jungen Rabbi, dann muß was bei ihm nicht in Ordnung sein, sonst würde er sich nicht für eine Vertretung interessieren, bei der er nicht mal weiß, wie lange sie dauert. Und ein Mann in mittleren Jahren hätte wiederum eine Stellung und würde sie nicht aufgeben, um einen zeitlich befristeten Job anzunehmen, es sei denn, er ist keine Leuchte und befürchtet, rausgeschmissen zu werden. Deshalb finde ich, wir sollten uns nach einem älteren Mann umsehen.

Der Rabbi der Synagoge in Connecticut, in die ich immer gegangen bin, solange ich dort wohnte, ist gerade in den Ruhestand getreten. Er war dreißig Jahre lang in derselben Gemeinde und hat mich übrigens getraut. Man hat ihn sozusagen emeritiert. Ihr dürft euch aber unter Rabbi Deutch keinen alten Knacker vorstellen, der am Stock geht. Er ist fünfundsechzig und spielt besser Golf als ich.»

«Hat er 'nen Akzent oder so? Ich meine, spricht er gut Englisch, oder gehört er zu denen von der alten Schule?» erkundigte sich Drexler.

«Ob sein Englisch gut ist? Mir gewünscht, ich würde so sprechen wie er. Er ist hier geboren und sein Vater auch. Ich glaube, sogar sein Großvater, vielleicht ist der aber auch als kleines Kind hergekommen. Er ist mit den Deutchs aus New York verwandt, ihr wißt schon, den Bankiers.»

«Wieso ist er dann Rabbi geworden? Wieso ist er nicht ins Bankgeschäft eingestiegen?» Drexler stellte die Frage, die sich auch den meisten aufgedrängt hatte.

«Wozu wollen wir da lange drumrumreden – solche Leute gibt's eben. Das ist so was Ähnliches wie ein Kreuzzug, versteht ihr . . .»

«Und wie sieht's mit der Rabbitzin aus?»

Winer krümmte Daumen und Zeigefinger zu einem Kreis, womit er vorbehaltlose Zustimmung ausdrücken wollte. «Ihr könnt mir glauben, die Rabbitzin ist wirklich Klasse. Sie war in Wellesley, vielleicht war's auch Vassar oder Bryn Mawr – jedenfalls auf einem von den besten Frauencolleges. Und noch was – sie ist eine Stedman, Tatsache.»

«Was heißt das – eine Stedman?»

«Dan Stedman. Nie von ihm gehört?»

«Du meinst den Kommentator? Im Fernsehen?»

«Richtig. Das ist ihr Bruder.»

«Klingt nicht schlecht», meinte Raymond. «Könntest du ihn anrufen und mit ihm vereinbaren, daß er mal herkommt? Dann können wir ihn uns ansehen und ihm auf den Zahn fühlen. Vielleicht könnte er einen Gottesdienst am Freitagabend übernehmen?»

«Ehem.» Winer schüttelte den Kopf. «Einen Mann wie Rabbi Deutch fordert man nicht zu einer Probepredigt auf. Wenn ihr interessiert seid, könnte ich mal auf den Busch klopfen. Ist er dann interessiert, könnten wir ja hinfahren, ihn uns anschauen und mit ihm reden.»

6

Plötzlich waren die Smalls überaus gefragt. Leute, die sie kaum kannten, fanden einen Vorwand, bei ihnen hereinzuschauen – ihnen einen sicheren, angenehmen Flug zu wünschen, aber vor allem einen sicheren. «Eigentlich wollten wir auch um diese Zeit fahren, aber meine Frau meint, wir sollten doch lieber abwarten, bis sich die Lage ein bißchen beruhigt hat – 'n Mensch könnte ja verletzt werden, wenn eine von diesen Bomben explodiert (selbstbewußtes Kichern) –, und da haben wir uns entschlossen, statt dessen nach den Bermudas zu fliegen.»

Sie gaben ihnen Namen und Adressen von Leuten, die sie aufsuchen sollten. «Ich hab ihn vor vier Jahren kennengelernt, als ich dort war. Er hat einen sehr wichtigen Forschungsauftrag an der Universität. Einer von den maßgeblichen Männern drüben. Ich schreib ihm, daß Sie kommen. Rufen Sie ihn gleich an, ja?»

Sie zeigten ihnen das Programm der Reise, die sie im vergangenen Jahr gemacht hatten; dazu Farbdias und Fotos von sämtlichen Stätten, die sie besichtigt hatten. Unter gar keinen Umständen dürften die Smalls auch nur einen von diesen Höhepunkten versäumen. «Das hier hab ich an einem etwas diesigen Tag aufgenommen, deshalb kriegen Sie nicht den vollen Effekt mit, Rabbi, aber ich sag Ihnen, die Aussicht ist atemberaubend. Und dann müssen Sie unbedingt . . .»

Meyer Paff, eine der Säulen der Gemeinde, suchte die Smalls auf. Er war ein Hüne von einem Mann mit einem großflächigen Gesicht. Seine Wurstfinger umspannten die Hand des Rabbi mit festem Druck, als er ihn begrüßte. «Hören Sie auf meinen Rat, Rabbi. Lassen Sie sich bloß nicht in die Besichtigungstouren reinhetzen. Ich war schon viermal drüben. Beim erstenmal haben sie mich vom frühen Morgen bis in die späte Nacht rumgejagt. Nach der ersten Woche hab ich erklärt, ich setze keinen Fuß mehr aus dem Hotel. Und das hab ich auch die übrigen Male gemacht. Ich bin im Hotel geblieben, hab am Swimmingpool gehockt und Karten gespielt. Meine Frau, die wollte natürlich was sehen. Bei jeder passenden und unpassenden Gelegenheit hat sie eine von diesen Touren gebucht. Sie soll ruhig fahren, hab ich ihr gesagt, und mir nachher alles erzählen. In keinem andern Land würde ich daran denken, sie allein losziehen zu lassen, aber in Israel hat man das Gefühl, es kann nichts passieren. Da sind immer irgendwelche Damen von der Hadassa, und wenn sie sie auch nicht kennt, so kennt sie doch wenigstens jemand, den die kennen. Das ist wie 'ne Familie. Und ich sag Ihnen was – kurz vor dem Rückflug hab ich mir 'nen Haufen Dias von den verschiedenen Orten gekauft. Und wenn mich die Leute fragten: ‹Das hast du doch bestimmt gesehen, nicht wahr?›, hab ich geantwortet: ‹Worauf du dich verlassen kannst.› Fantastisch. Ich hab ein paar einmalige Aufnahmen davon gemacht.»

Ben Gorfinkle besuchte ihn. «Ich hab mit meinem Schwager gesprochen. Sie wissen doch, er ist Chefredakteur vom *Times-Herald*. Er dachte, vielleicht sind Sie daran interessiert, ein paar Artikel für die Zeitung zu schreiben.»

«Aber ich bin doch kein Reporter», meinte der Rabbi.

«Ich weiß. Er hat sich auch eher was mit Atmosphäre, persönlichen Eindrücken und Beobachtungen, Lokalkolorit und so vorgestellt. Natürlich könnte er nur das normale Zeilenhonorar zahlen. Keine Ahnung, wieviel das ist – wahrscheinlich nicht gerade üppig, und natürlich kann er nicht versprechen, was zu drucken, bevor er's gesehen hat. Aber in meinen Augen ist es wichtig, daß Ihr Name im Gespräch bleibt.»

«Ich verstehe», sagte Rabbi Small. «Na, danken Sie ihm bitte in meinem Namen. Und Ihnen danke ich auch.»

«Machen Sie's?» erkundigte sich Ben hoffnungsvoll.

«Das kann ich erst entscheiden, wenn ich dort bin.»

«Wirklich, ich finde, Sie sollten es versuchen, Rabbi», sagte Gorfinkle, der seine Enttäuschung kaum verbergen konnte.

«Ich verstehe, Mr. Gorfinkle.»

Jacob Wasserman, der über siebzigjährige Begründer des Tempels, etwas schwächlich schon und mit pergamentartiger Haut, kam ihn besuchen. «Gescheit von Ihnen, jetzt zu fahren, Rabbi, solange Sie jung sind und es genießen können. Mein ganzes Leben lang hab ich mir fest vorgenommen, nach Israel zu gehen, und immer kam was dazwischen, so daß ich nicht weg konnte. Und jetzt, wo ich praktisch ständig unter ärztlicher Aufsicht bin, ist's zu spät.»

Der Rabbi führte ihn zu einem Sessel und machte es ihm bequem. «Sie haben dort auch Ärzte, Mr. Wasserman.»

«Sicher. Aber für eine solche Reise braucht es mehr als nur den Wunsch. Da muß man mit dem ganzen Herzen dabeisein. Und so, wie's jetzt mit mir steht, ist ein kleiner Spaziergang oder eine Stunde Autofahrt mit meinem Sohn oder ein Besuch von Becker schon genug. Aber ich bin glücklich, daß Sie fahren.»

Der Rabbi lächelte. «Also gut, ich werde versuchen, es für uns beide zu genießen.»

«Fein, Sie sind dann mein Abgesandter. Sagen Sie mir, Rabbi, kennen Sie diesen Mann, der Sie vertreten soll, diesen Rabbi Deutch?»

«Ich bin ihm nie begegnet, hab aber von ihm gehört. Er hat einen sehr guten Ruf. Nach dem, was ich weiß, kann sich die Gemeinde glücklich schätzen, ihn zu bekommen.»

Der alte Mann nickte. «Vielleicht wäre jemand weniger Gutes besser gewesen.»

«Wie meinen Sie das, Mr. Wasserman?»

«Na ja, es gibt Parteien, Cliquen, was brauche ich Ihnen zu erzählen?»

«Ja, ich weiß», sagte der Rabbi ruhig.

«Und wie lange bleiben Sie?»

«Drei Monate auf jeden Fall. Vielleicht länger.»

Wasserman legte die blaugeäderte Hand auf Smalls Arm. «Aber Sie kommen zurück?»

Der Rabbi lächelte. «Wer kann wissen, was morgen geschieht, geschweige denn in drei Monaten?»

«Aber im Augenblick haben Sie vor, zurückzukommen?»

Seine Beziehung zu dem alten Mann war so, daß er ihm weder ausweichen noch ihn beschwindeln konnte. «Ich weiß es nicht», antwortete er. «Ich weiß es wirklich nicht.»

«Aha, das habe ich befürchtet», sagte Wasserman.

Hugh Lanigan, der Polizeichef von Barnard's Crossing, erschien. «Gladys hat mich gebeten, ein kleines Geschenk für Ihre Frau vorbeizubringen.» Er legte ein hübsch eingewickeltes Päckchen auf den Tisch.

«Darüber wird sich Miriam bestimmt sehr freuen.»

«Und hören Sie, falls Sie sich Sorgen machen, weil das Haus die ganze Zeit über leersteht . . . ich hab veranlaßt, daß die Patrouille und der Streifenwagen alles regelmäßig kontrollieren.»

«Herzlichen Dank, Chief. Ich hatte vor, einen Schlüssel im Revier vorbeizubringen und Bescheid zu sagen, wenn wir losfahren.»

«Ich glaube, irgendwann mußten Sie diese Reise machen.»

«Müssen?» Der Rabbi machte ein erstauntes Gesicht.

«Na ja, ich meine wie ein Priester, der nach Rom fährt.»

«Ach so. Das stimmt schon in etwa, es ist nur noch mehr dran. Tatsächlich ist es bei uns ein religiöses Gebot, und zwar für alle Juden, nicht nur für Rabbiner.»

Lanigan konnte noch nicht ganz folgen. «Wie ein Mohammedaner, der nach Mekka geht?»

«N-nein, nicht direkt. Es sind keine besonderen Gnadenwirkungen damit verbunden, keine besonderen religiösen Gesichtspunkte.» Er überlegte. «Es zieht einen einfach dort hin, so etwa wie ich mir vorstelle, daß es eine Brieftaube zu ihrem Ausgangspunkt zieht.»

«Ich verstehe», sagte der Polizeichef. «Aber vermutlich hat nicht jeder von Ihnen dieses Gefühl, sonst würden doch viel mehr hinfahren.»

«Viele Brieftauben kehren auch nicht zurück, nehme ich an.» Er versuchte es noch einmal. «Schauen Sie, unsere Religion ist nicht einfach ein System aus Glauben oder Ritual, das jeder annehmen kann. Sie ist vielmehr eine Lebensform und zudem irgendwie mit den Menschen selbst verflochten, mit den Juden als Volk. Und beides, die Religion und die Menschen, sind irgendwie mit Israel verbunden und insbesondere mit Jerusalem. Und das ist kein zufälliges historisches Interesse. Ich will damit sagen, es ist für uns nicht nur von Bedeutung, weil wir zufällig von dort kommen, sondern vielmehr, weil es der besondere, uns von Gott zugewiesene Ort ist.»

«Sie glauben daran, Rabbi?»

Der Rabbi lächelte wieder. «Ich muß es glauben. Es nimmt einen so großen Raum in unseren religiösen Überzeugungen ein, daß ich, wenn ich daran zweifelte, auch an allem übrigen zweifeln müßte. Und wenn an dem übrigen Zweifel bestünden, wäre unsere gesamte Geschichte sinnlos gewesen.»

Lanigan nickte. «Das klingt plausibel.» Er streckte ihm die Hand hin. «Ich hoffe, Sie finden dort das, was Sie suchen.» An der Tür hielt er inne. «Ach ja, wie kommen Sie eigentlich zum Flugplatz?»

«Ich denke, wir nehmen ein Taxi.»

«Ein Taxi? Aber das kostet Sie doch zehn Dollar oder noch mehr. Hören Sie, ich komme vorbei und fahre Sie zum Flughafen.»

Als er später Miriam davon erzählte, sagte er: «Merkwürdig, daß von all den Leuten, die mich besucht haben, ausgerechnet der einzige Christ angeboten hat, uns zum Flugplatz zu bringen.»

«Er ist wirklich ein lieber, guter Freund», meinte Miriam. «Aber die anderen dachten wahrscheinlich, du hättest bereits alles geregelt.»

«Trotzdem war er der einzige, der daran gedacht hat zu fragen.»

7

Während sie seinen Mantel im Wandschrank in der Diele aufhängte, wanderten seine Augen durch das Zimmer. Er suchte irgendeinen Hinweis auf einen Mitbewohner – nach einer Pfeife im Aschenbecher, einem Paar Hausschuhe neben dem Sessel. Natürlich war er nach all den Jahren nicht etwa eifersüchtig auf seine ehemalige Frau, sagte sich Dan Stedman, sondern lediglich neugierig. Wenn sie sich einen Liebhaber nehmen wollte, so ging ihn das nichts an. Er hatte seit ihrer Scheidung bestimmt nicht im Zölibat gelebt. Sie bedeute ihm jetzt gar nichts mehr, redete er sich ein, und trotzdem hatte er den Besuch bei ihr sicherheitshalber bis heute aufgeschoben, seinem letzten Tag in den Staaten. Dabei hielt er sich schon eine Weile in der Stadt auf. Als er die Treppe zu ihrer Wohnung hinaufstieg, spürte er das aufflammende Interesse, die Erregung bei dem Gedanken, sie gleich zu sehen.

Sie folgte ihm ins Wohnzimmer. Sachlich stellte er fest, daß sie immer noch attraktiv war. Hochgewachsen und schlank, das kurz geschnittene Haar hinter die Ohren zurückgebürstet, frische Farben – nein, sie sah nicht wie fünfundvierzig aus. Als sie um den Tisch herumging und sich ihm gegenüber hinsetzte, registrierte er, daß sie zu den wenigen Frauen gehörte, die Hosen tragen konnten. Sie stand sofort wieder auf und ging zum Sideboard.

«Einen Drink?» fragte sie.

«Einen kleinen Gin.»

«Mit Eis, glaube ich?»

«Richtig.»

Während sie einschenkte, musterte sie ihn ungeniert. Er sah immer noch hervorragend aus, fand sie, aber auch etwas vernachlässigt. Seine Hose war an den Knien ausgebeult – sie hätte dafür gesorgt, daß sie gebügelt wurde –, und die Manschetten wirkten ausgefranst – sie hätte das bemerkt und darauf bestanden, daß er ein anderes Hemd anzog, bevor er wegging.

«Ich hab unentwegt bei dir angerufen. Mindestens ein dutzendmal. Und dann hab ich beschlossen zu schreiben.»

«Ich war ein paar Tage bei Betty in Connecticut. Bin erst gestern nacht zurückgekommen», schwindelte er.

«Wie geht's ihr? Ich müßte ihr schreiben.»

«Es geht ihr gut.»

«Und Hugo?»

«Soweit alles in Ordnung, nehme ich an. Er ist jetzt im Ruhestand.»

«Ach ja, ich erinnere mich, du hast letztes Mal erwähnt, daß er das vorhat. Gefällt es ihm?» Sie reichte ihm seinen Drink und setzte sich ihm gegenüber auf einen geradlehnigen Stuhl.

Er grinste. «Nicht sonderlich. Er hatte sich eine Unmenge vorgenommen für diese Zeit. Aber du weißt ja, wie so was läuft. Solange er mit dem Tempel beschäftigt war, hatte er eine Ausrede, und jetzt weiß er nicht, wie er mit all den Projekten anfangen soll, die sich im Laufe der Jahre angesammelt haben. Für Betty ist es sogar noch schwieriger. Er ist ihr dauernd im Weg.»

«Armer Hugo.»

«Aber er hat eine neue Stellung angenommen, da wird's nicht mehr so schlimm. In Massachusetts, Vertretung eines Rabbi, der auf ein paar Monate nach Israel geht. Es besteht sogar die Aussicht, daß man ihn bittet zu bleiben.»

«Oh, das ist gut.» Sie fixierte ihn über den Glasrand hinweg. «Und wie ist's dir immer ergangen?»

«Bestens. Du weißt, daß ich vom Funk weg bin?»

«Ich hab's gehört. Wieder Ärger mit Ryan?»

«Nicht direkt.» Er stand auf und begann im Zimmer auf und ab zu wandern. «Ich hatte einfach die Nase voll. Was ist das für ein Leben – du rast durch die Gegend, manchmal um die halbe Welt, nur um Nachrichten zu senden, die deine Hörer schon in ihren Zeitungen gelesen haben!»

«Aber du hast doch auch Neues gebracht», wandte sie ein. «Du hast wichtige Leute interviewt, hohe Regierungsbeamte.»

«Sicher», entgegnete er kurz. «Und sie haben nie etwas geäußert, das man nicht längst als offizielle Regierungspolitik kannte.» Er setzte sich wieder. «Ich habe einen Job beim Schulfernsehen in Aussicht. Liegt zwar auf derselben Linie, aber man hat viel mehr Freiheit, zu kommentieren und Zusammenhänge aufzuzeigen. Und in der Zwischenzeit schreibe ich ein Buch für Dashiel and Stone.»

«Wunderbar. Hast du einen anständigen Vorschuß bekommen?»

Typisch für sie, dachte er, zuerst nach den finanziellen Vereinbarungen zu fragen und nicht nach dem Thema. «Es reicht kaum zur Deckung der Spesen.»

«Ach.»

«Es dreht sich um ein Buch über öffentliche Meinung», fuhr er fort, «über das, was der Mann auf der Straße wirklich denkt.»

«Das hast du doch alles schon im Fernsehen gemacht.»

«Nein.» Er erwärmte sich jetzt für den Gegenstand. «Damals wußten die Leute, daß sie interviewt wurden. Aber ich verwende ein Mikrofon am Revers und ein Taschentonbandgerät. Nehmen wir an, ich bin in einem Restaurant, und das Paar am Nebentisch hört sich interessant an. Ich stelle einfach das Tonband an und nehme ihre Unterhaltung auf. Nachher kann ich's abspielen und auswerten, wie's mir paßt.»

«Das gibt sicher ein interessantes Buch», meinte sie höflich.

Er trank aus und stellte das Glas auf das Tischchen neben seinem Sessel.

«Noch einen?» fragte sie.

«Nein, ich glaube nicht. Danke.» Er lehnte sich zum erstenmal entspannt zurück und schaute sich um. «Ich brauche nicht zu fragen, wie's dir geht. Du siehst wunderbar wie immer aus.»

Mit einem schnellen, prüfenden Blick suchte sie zu ergründen, ob hinter dieser Bemerkung mehr steckte als liebenswürdige Galanterie. «Ich muß ziemlich schuften», sagte sie.

«Da kann ich nur sagen, es bekommt dir, Laura.» Er wies mit dem Kopf zur Wand. «Ein neues Bild, nicht wahr?»

«Hm. Ein Josiah Redmond. Er entwirft eine Titelseite für uns. Das Bild gehört mir nicht – noch nicht. Ich möchte es erst mal eine Weile hier hängen haben und dann sehen, ob ich es kaufe.»

Er kannte Redmond dem Namen nach. Er jagte dem Erfolg nach, beruflich und privat, und seine Bilder waren teuer. Stedman wollte sie scherzhaft fragen, ob sie es mit dem Maler genauso mache wie mit dem Bild, unterließ es jedoch lieber. Es würde schroff und bitter herauskommen, das wußte er. Zudem konnte sie es sich sehr wohl leisten, das Gemälde auf die übliche Weise zu erwerben. Als Ressortchefin von *Co-ed* mußte sie ein gutes Gehalt beziehen. Deshalb nickte er nur und konzentrierte sich auf das Bild, während er darauf wartete, daß sie ihm sagte, warum sie ihn brieflich so dringend um eine Zusammenkunft gebeten hatte.

«Ich *muß* Dich sehen», hatte sie geschrieben. «Es ist von *größter* Wichtigkeit, daß wir über Roys *Zukunft* sprechen. Ich bin *äußerst* beunruhigt . . .» Zwei Seiten lang ging das so, und in jedem Satz war mindestens ein Wort unterstrichen. Auch ihre Sprechweise war ähnlich, was er im Anfang ihrer Beziehung seltsam anziehend gefunden hatte, weil es irgendwie atemlos, erregt wirkte, ein faszinierendes Stakkato. Später war es ihm dann etwas peinlich forciert erschienen.

«Ich habe einen Brief von Roy bekommen», begann sie.

«Ach, tatsächlich – er schreibt dir?» Und diesmal machte sich die Bitterkeit Luft. «Ich hab nichts mehr von ihm gehört, seitdem er nach Israel gegangen ist.»

«Vielleicht wenn du *ihm* schreiben würdest . . .»

«Ich hab ihm zweimal geschrieben. Soll ich das etwa fortsetzen in der Hoffnung, daß er klein beigibt und antwortet?»

«Tja, er ist *unglücklich.*»

«Das ist nichts Neues. Er war unglücklich auf dem College. Seine gesamte Generation ist unglücklich.»

«Er möchte nach Hause kommen», fuhr sie fort.

«Und warum tut er's nicht?»

«Soll er ein ganzes Studienjahr verlieren? Wenn er jetzt zurückkommt, werden ihm die Vorlesungen, die er an der Universität belegt hat, nicht angerechnet.»

«Das ist den jungen Leuten heutzutage doch egal», entgegnete Stedman. «Sie wechseln die Hauptfächer und das College wie ich meine Schuhe. Und wenn sie fertig sind, wollen sie nichts tun oder sind nicht darauf vorbereitet. Worüber ist er unglücklich? Handelt sich's um ein spezielles Mädchen oder ganz allgemein um den Zustand der Welt?»

Nervös zündete sich Laura eine Zigarette an. «Ich begreife nicht, wie du so leichtfertig darüber reden kannst! Immerhin geht es um deinen Sohn!»

«Mein Sohn!» explodierte er. «Vermutlich habe ich ihn gezeugt, aber ich wüßte nicht, daß ich danach irgend etwas mit ihm zu tun gehabt hätte.»

«Daniel Stedman, du weißt genau, daß ich mit dir immer alles besprochen habe, jeden Schritt, der zu überlegen war, ob Schule oder . . .»

«Ja, ja, schon gut», seufzte er. «Laß uns nicht wieder davon anfangen. Was soll ich also tun?»

«Ich denke, du könntest ihm einen energischen Brief schreiben», sagte sie und drückte ihre Zigarette aus. «Du mußt ihm klarmachen, daß er zu bleiben hat, bis das Jahr um ist, andernfalls würdest du ihm den Zuschuß streichen.»

«Verstehe. Ich soll den gestrengen Vater herauskehren.»

«Strenge gehört mit zu den Pflichten eines Vaters», erklärte sie steif.

«Und das wird ihn glücklich machen?»

«Zumindest könnte es ihn davon abhalten, etwas Törichtes zu tun.»

«Ich weiß was Besseres.» Er stand auf. «Ich fahre rüber und besuche ihn.»

«Aber du kannst doch nicht so mir nichts, dir nichts abhauen und um die halbe Welt fliegen.» Dann merkte sie, daß er lächelte. «Ach so, du wolltest sowieso nach Israel?»

Er nickte. «Das Buch behandelt die öffentliche Meinung in Israel.»

«Wann fliegt du?»

«Morgen. Ich habe einen Flug nach Zürich bei der Swissair gebucht.»

«Nicht El Al? Es heißt doch, das ist sicherer, weil sie stärkere Sicherheitsmaßnahmen haben.»

«Die Maschinen sind dafür auch viel stärker besetzt. Außerdem ist's eine lange Strecke, und ich möchte gern unterbrechen. Mit der Swissair habe ich die Zwischenlandung in Zürich.» Er war bemüht, seine Stimme beiläufig klingen zu lassen.

«Zürich?» Ein rascher, prüfender Blick. «Du bist doch nicht in irgendwas verwickelt, oder?»

«Verwickelt?» Er lachte. «Wie meinst du das?»

«Ich mache mir immer noch Gedanken um dich, Dan», sagte sie.

Er zuckte leicht verärgert die Achseln. «Nichts dabei! Ich fliege von dort direkt nach Israel weiter.»

8

Von ihrem Büro im fünften Stock des Krankenhauses konnte Gittel Schlossberg von der Fürsorge-Abteilung einen Großteil der Dächer von Tel Aviv überblicken. Auf allen waren die schwarzen Glasplatten in einem Winkel von fünfundvierzig Grad hochgestellt, wodurch die Sonnenhitze eingefangen und die Warmwasserversorgung der Wohnungen gewährleistet wurde. Ein großes Gebäude versperrte ihr die Aussicht auf das Meer. Doch sie wußte, es war da, und manchmal meinte sie, das Rauschen der Brandung über den Verkehrslärm hinweg zu hören. Sie freute sich an der Aussicht aus ihrem Fenster genauso, wie sie es genoß, durch die engen, belebten Straßen zur Arbeit zu fahren, vorbei an den Häuserreihen mit dem fleckigen, abbröckelnden Verputz – nicht weil es ein hübscher Anblick war, sondern weil es Fortschritt und Wachstum anzeigte.

Sie hatte den größten Teil ihres Lebens in dieser Stadt verbracht und konnte sich an die Zeit erinnern, als es zwischen den Häusern noch viel freien Raum und Gärten gab. Doch so wie jetzt war es ihr lieber – zusammengepfercht und überfüllt, jedes Stück Boden nutzbar gemacht, immer mehr ständig wachsende Vororte. Das bedeutete, daß der Zustrom von Menschen unaufhörlich weiterging: sie ließen sich hier nieder, arbeiteten und machten die Stadt wohlhabender und stärker. Und als sie Miriams Brief las und dabei in ihrem Drehstuhl wippte, hatte sie Tagträume: Ihre Nichte kam mit ihrer Familie; es war zwar als Besuch geplant, aber vielleicht konnte sie die Smalls zum Bleiben überreden.

Manche ihrer Kolleginnen nahmen Anstoß an Gittel Schlossbergs unorthodoxen, rein pragmatischen Arbeitsmethoden. Wenn sie zum Beispiel für einen ihrer Schützlinge eine Stellung suchte, scheute sie nicht davor zurück, einen eventuellen Arbeitgeber durch sanfte Erpressung unter Druck zu setzen und so zum Ziel zu gelangen. Und da sie nichts dabei profitierte, hatte sie ein durchaus reines Gewissen. Im israelischen Nationalsport *protectsia* war sie nicht zu übertreffen. Natürlich tauchte wenig davon in ihren Berichten auf, die bestenfalls schlampig zusammengehauen waren, da sie diese Arbeit für eine Schikane hielt, mit der Vorgesetzte ihren Untergebenen ihre Autorität beweisen wollten. Wichtige Dinge, die ihre Schützlinge betrafen, bewahrte sie in ihrem Gedächtnis auf, das besser organisiert war als jede Registratur.

Dies alles war ihren jüngeren Kolleginnen ein Dorn im Auge, die zu einer sachlichen und nach Möglichkeit wissenschaftlichen Arbeitsweise tendierten. Die älteren Mitarbeiter wiederum, die Gittel noch als Mitglied der Haganah in den Zeiten des britischen Mandats kannten und sich daran erinnerten, wie erfolgreich sie den britischen Soldaten

Lebensmittel, Medikamente und sogar Waffen und Munition abgejagt hatte, hingen sehr an ihr und verziehen ihr auch die schlimmsten Verstöße gegen die Arbeitsrichtlinien.

Als ihr Mann bei den Terrorakten vor dem Befreiungskrieg getötet wurde, blieb sie mit einem kleinen Sohn zurück. Es wäre ein leichtes für sie gewesen, ihre Tätigkeit im Untergrund aufzugeben und sich mit der passiven Rolle als Mutter zu begnügen; statt dessen hatte sie ihre Trauer dadurch zu überwinden versucht, indem sie sich an der Verteidigung Jerusalems beteiligte, wo sie damals wohnte. Sogar ihr Baby hatte sie dabei einbezogen; oft war es ihr gelungen, von den britischen Posten, die das Judenviertel abriegelten, durchgelassen zu werden und wichtige Nachrichten oder sogar benötigte Medikamente zu überbringen, weil sie ihr Baby auf dem Arm trug. Bevor man eine Mutter mit Kind zurückschickte, ließ man sie lieber passieren.

Sie war zwar nicht religiös, hatte aber einen nahezu mystischen Glauben an das alte jiddische Sprichwort, daß es für jeden Topf einen Deckel gibt. Folglich gab es auch für jedes Problem, das der liebe Gott ihr stellte, eine Lösung. Als sie noch jünger war, hatten viele Junggesellen gemeint, Gittels Problem sei die Witwenschaft, das schnell durch Heirat zu lösen war. Doch in diesem einen Fall hatte sie auf die Lösung verzichtet. Sie war dem Andenken ihres Mannes treu geblieben und für ihren Sohn Vater und Mutter in einem geworden.

Gittel war winzig, knapp über eins fünfzig, hatte den dichten, ungebärdigen grauen Haarschopf auf dem Kopf zusammengesteckt und suchte ständig durch einen raschen Griff zu verhindern, daß er sich auflöste. Sie war ein Bündel dynamischer Energie. Kaum hatte sie Miriams Brief gelesen, als sie auch schon zum Telefon langte und Immobilienmakler anzurufen begann. Es gehörte zu ihrem System, auf ihrem Schreibtisch keine Notizen herumliegen zu haben, daß sie alles, was zu tun war, sofort erledigte.

«Shimshon? Hier spricht Gittel.» Sie brauchte nicht zu erklären, um welche Gittel es sich handelte, obwohl der Name in Israel gebräuchlich war.

Von Shimshon kam ein vorsichtiges: «*Schalom*, Gittel.» Bei Anrufen von Gittel ging es oft darum, eine Unterkunft für einen ihrer mittellosen Schützlinge zu finden, und er sollte dann obendrein noch auf seine Provision verzichten.

«Ich habe ein ganz spezielles Problem, Shimshon, und deshalb rufe ich zuerst beim besten Mann dafür an . . .»

«Eine möblierte Wohnung um diese Jahreszeit, Gittel? Und nur auf drei Monate? Ich schau mich natürlich um, aber leicht wird das nicht sein. An Hand habe ich jedenfalls im Augenblick nichts.»

Als nächsten rief sie Mair an, dann Itomar, dann Shmuel, und jedem erklärte sie, warum sie sich zuerst an ihn wende. Schließlich kam

Chaiah dran, die als Frau eine leichte Variante in der Wortwahl und im Ton erforderlich machte. «Es handelt sich um ein ganz spezielles Problem, Chaiah, das nur eine Frau richtig verstehen kann. Deshalb rufe ich dich an. Es geht um die Tochter meiner einzigen Schwester . . .»

Und Chaiah war es auch, die sich deutlich über die von den anderen nur angedeuteten Schwierigkeiten ausließ. «Hör zu, Gittel, du mußt realistisch sein. Eine möblierte Wohnung, wie du sie möchtest, ist schon normalerweise nicht leicht zu kriegen, aber gerade jetzt, um diese Jahreszeit, ist es praktisch unmöglich. Und ausgerechnet in Talpioth oder Rechavia. Die Leute von der Universität und die Ärzte, die weggehen und irgendwo anders unterrichten oder wissenschaftlich arbeiten, haben schon alles arrangiert. Hättest du dich im August an mich gewandt, hätte ich dir ein halbes Dutzend zur Auswahl geben können, aber du sagst ja, sie wollen im Januar kommen. Wer hat schon um diese Jahreszeit eine möblierte Wohnung zu vermieten? Ich hab letzte Woche eine vermittelt, aber das war für ein volles Jahr. Und der Preis, den sie bezahlen können, kommt überhaupt nicht in Frage. Wenn du meinen Rat hören willst, schaust du dich nach einer Unterkunft in einem Hospiz in der Altstadt oder in einem der Klöster um, die Touristen aufnehmen. Natürlich – falls ich was hören sollte . . .»

Gittel wußte selber, daß Talpioth und Rechavia die beliebtesten Gegenden der Stadt und daher teuer waren, aber sie war sicher, daß nichts anderes in Frage kam. Sie kannte zwar ihre Nichte nur von Schnappschüssen und Fotos, die ihre Schwester im Lauf der Jahre aus New York geschickt hatte, und Rabbi Small lediglich von dem Hochzeitsbild, trotzdem war sie fest davon überzeugt, daß sie genau wußte, was für eine Wohnung sie haben wollten. Schließlich kannte sie ja ihre Schwester und ihren Schwager, und damit stand nach ihrer Logik für sie auch fest, wie deren Tochter geartet sein mußte und was für einen Mann sie sich ausgesucht hatte.

Gittel lehnte sich in ihrem Drehstuhl zurück, schloß die Augen und ließ sich die Sache durch den Kopf gehen. Und da fiel ihr Mrs. Klopchuk ein, die sie aus beruflichen Gründen erst am Vortag gesehen hatte. Wenige Minuten später verließ sie ihr Büro und eilte zu ihrem Wagen auf dem Parkplatz, einem zehn Jahre alten Renault, der sich auf Bitten und Verwünschungen hin auch in Bewegung setzte, sofern sie nicht vergessen hatte zu tanken. Diesmal sprang er ohne Schwierigkeiten an, was sie als gutes Omen nahm. Wenn Gittel in Aktion war, existierte für sie allerdings kein schlechtes Omen.

Eine Viertelstunde später trank sie in der Wohnung von Mrs. Klopchuk die obligate Tasse Kaffee, ohne die jeder gesellige Umgang in Israel undenkbar wäre. «Ich habe noch mal über Ihr Problem nachgedacht und allmählich Zweifel bekommen, ob Ihre Idee» – natürlich war es Gittels eigene gewesen –, «Ihr freies Zimmer an ein Mädchen vom College zu vermieten, wirklich so gut ist. Bedenken Sie, das Geld, das sie Ihnen zahlen kann . . .»

«Aber das Geld spielt doch keine Rolle, Mrs. Schlossberg», wandte Mrs. Klopchuk ein. «Ich hab Ihnen ja gesagt, mir geht es hauptsächlich darum, daß mir jemand Gesellschaft leistet und bei der Hausarbeit hilft; dafür biete ich ein Zimmer und volle Verpflegung.»

«Na ja, gerade das macht mir eben Kopfzerbrechen. Was können Sie denn schon von so 'nem Ding vom College an Gesellschaft erwarten? Und wieviel Hilfe werden Sie kriegen? Am Schluß kommt's darauf hinaus, daß Sie das Mädchen bedienen. Einen Abend hat sie 'ne Verabredung, am nächsten muß sie sich auf 'ne Prüfung vorbereiten oder eine Arbeit schreiben. Und was sagen Sie? Sie sagen ‹Schon gut, dann wasche ich eben ab. Und Sie lernen schön.› Und wenn Sie feststellen, daß sie keine besonders gute Hausfrau ist, setzen Sie sie dann wieder auf die Straße? Sie wissen doch genau, daß Sie das nicht übers Herz bringen.»

«Und was soll ich tun? Eine bezahlte Hilfe kann ich mir nicht leisten.»

«Was ist denn mit Ihrer Schwester in Jerusalem?»

Mrs. Klopchuk schüttelte eigensinnig den Kopf.

«Und warum nicht?» beharrte Gittel. «Sie ist immerhin Ihre Schwester. Wenn Sie Hilfe brauchen, kommt doch sie als erste in Frage.»

«Meine Schwester, Gott segne sie, ruft mich zu *Rosch ha-Schana* an und wünscht mir ein gutes neues Jahr. Nachdem mein Mann gestorben war und ihrer noch lebte, bin ich immer zu *Pessach* bei ihnen gewesen. Und damit hatte sich's.»

«Sie werden beide älter», sagte Gittel streng. «Ich kenn doch diese Familienkräche. Einer sagt was, der andere antwortet, und schon spricht man nicht mehr miteinander, und wenn sich's gar nicht umgehen läßt, tut man's möglichst kühl und förmlich. Und meistens weiß keine der beiden Parteien, wie das Ganze eigentlich gekommen ist. Haben Sie so 'ne große Familie, daß Sie sich's leisten können, mit einer Schwester auf schlechtem Fuß zu stehen?»

Wieder schüttelte Mrs. Klopchuk den Kopf.

«Überlegen Sie doch mal, wie großartig sich das arrangieren ließe», stieß Gittel nach. «Sie könnte ihre Wohnung in Jerusalem vermieten und sich hier mit Ihnen in die Unkosten teilen. Sie ist schließlich Ihre Schwester. Sie haben so vieles gemeinsam. Sie sind beide im gleichen Alter . . .»

«Sie ist älter.»

«Na ja, wenn sie sich eines Tages mal nicht so gut fühlt, können Sie ihr helfen. Sie können füreinander sorgen, jetzt, wo jede allein ist . . .»

«Ich würde mir lieber die Zunge abbeißen, bevor ich sie darum bitte.»

«Und wenn ich Ihnen das abnehme und es einfädele, daß sie ein paar Monate auf Besuch zu Ihnen kommt?»

«Ich sage Ihnen, sie kommt nicht. Und sie vermietet ihre Wohnung auch nicht an Fremde. Sie ist so fanatisch, daß sie bei jedem mißtrauisch wäre, ob er nicht ihr Geschirr für das Fleisch mit dem für die Milch durcheinanderbringt . . .»

«Aber nehmen wir mal an, ich sorge dafür, daß sie ihre Wohnung an jemand vermietet, dem sie restlos vertrauen kann?» fragte Gittel. «Zum Beispiel an einen – Rabbi?»

9

Sie sind herzlich eingeladen, Rabbi und Mrs. Hugo Deutch kennenzulernen und Rabbi und Mrs. David Small glückliche Reise zu wünschen, die zu einem längeren Besuch ins Heilige Land fahren. Am Sonntag, 28. Dezember, 16 bis 18 Uhr, im Tempel.

So lautete die Einladung, die an sämtliche Mitglieder der Gemeinde verschickt wurde. Malcolm Slotnik, der im Anzeigengeschäft und damit Experte für solche Sachen war, sollte den Text entwerfen und den Druckauftrag vergeben sowie den Versand veranlassen.

Als er seinen Entwurf dem Vorstand vorlegte, gab es natürlich Einwände.

Bert Raymond sagte: «Mensch, Mal, ich hatte mir was vorgestellt wie ‹. . . geben sich die Ehre, zu einem Empfang zu Ehren von . . . einzuladen›, du verstehst schon, etwas Förmliches.»

«Wo lebst du eigentlich, Bert? Das stammt doch aus dem Mittelalter. Heute macht man alles schlicht und zwanglos. Schickst du die Einladung in der altmodischen Tour ab, kreuzen die Leute womöglich im Frack oder so was auf.»

«Kann sein, du hast recht, Mal», meinte Marty Drexler. «Aber du sagst kein Wort darüber, wer Rabbi Deutch ist. Könnte man nicht ungefähr so formulieren . . . ‹bla-bla, bla-bla, bla-bla unseren *neuen* Rabbi kennenzulernen bla-bla-bla›.»

«Hm, aber dann könnten die Leute auf die Idee kommen, daß Rabbi Small für immer weggeht.»

«Na und?» Marty lächelte und sah Bert Raymond an.

«Dann gibt es 'nen Haufen Fragen, und wir müssen stundenlange Erklärungen von Stapel lassen. Nimm nur Al Becker, er gehört zu den größten Gönnern des Rabbi. Und ich hab den Anzeigenauftrag für Becker Ford-Lincoln, also . . .»

«Ich verstehe, worauf du hinauswillst», sagte Raymond. «Übrigens habe ich gerade ein paar juristische Sachen für Meyer Paff übernommen, und bei dem weiß ich auch nicht, wie er reagieren würde.»

Stanley Agranat schlug vor, «unsern geliebten Rabbi» zu schreiben.

«Seit wann ist er unser geliebter Rabbi?»

«So sagt man doch immer.»

«Nur bei Beerdigungen.»

Sie standen am einen Ende des Saales, die zwei Rabbiner und ihre Frauen, und erwarteten die Ankunft der Gäste. Es war noch früh, und die Mitglieder vom Frauenverein waren noch emsig am Werk, stapelten Tassen und Untertassen, stellten Platten mit Keksen und aufgeschnittenem Kuchen hin und stritten über den richtigen Platz für die Blumenvasen und den übrigen Tischschmuck. Ab und zu fragte eine von ihnen die Frauen der Rabbis nach ihrer Meinung, teils weil sie dank ihrer Position die oberste Autorität darstellten, und teils nur, um unter diesem Vorwand mit der neuen Rabbitzin reden zu können.

Die wenigen anwesenden Mitglieder des Vorstands standen abseits von den geschäftigen Frauen in einer kleinen Gruppe zusammen und äugten gelegentlich zu den beiden Rabbis hinüber, die man, in der Annahme, sie hätten berufliche Fragen zu erörtern, sich selbst überlassen hatte. Der Unterschied zwischen den zwei Männern drängte sich unwillkürlich auf. Während Rabbi Small mittelgroß, mager und blaß war, hielt sich der hochgewachsene, breitschultrige, rotbackige Rabbi Deutch auffallend gerade. Zudem war er ein gutaussehender Mann; hohe Stirn, darüber weißes Haar, das von dem schwarzseidenen Käppchen, der *Jarmulke,* noch hervorgehoben wurde. Er hatte eine Adlernase, und der ausdrucksvolle Mund wurde von einem eisengrauen imposanten Schnurrbart beschattet. Seine tiefe Baritonstimme hatte den gemessenen Tonfall des berufsmäßigen Redners, ungleich der von Rabbi Small, die selbst bei der Predigt klanglos und sachlich war. Keines der Vorstandsmitglieder artikulierte das Ergebnis dieses Vergleichs, das jedoch in ihrer begeisterten Zustimmung zu Bert Raymonds Bemerkung deutlich wurde: «Keine Frage, er sieht gut aus.» Und es war unmißverständlich, daß sie alle beipflichteten, als Marty Drexler hinzufügte: «So sollte eben ein Rabbi nach meiner Vorstellung aussehen.»

Die Frauen waren von Mrs. Deutch genauso entzückt wie ihre Männer von Rabbi Deutch. Sie war ebenfalls hochgewachsen und hatte das graue Haar am Hinterkopf mit einem Kamm hochgesteckt, der wie ein Diadem wirkte und ihr ein aristokratisches, beinahe königliches Aussehen gab. Und obendrein war sie so einfach und demokratisch. Als die Präsidentin des Frauenvereins ihr die Vorstandsmitglieder vorstellte, sagte sie: «Wißt ihr, Kinder, zu Hugo würde ich das natürlich nie sagen, aber es ist doch eine eindeutige Tatsache, daß der Frauenverein den Tempel leitet.» Sie waren hingerissen.

Sie mochten zwar auch Miriam Small gern, aber etwa in der Art, wie man ein Mädchen vom College mag, in Söckchen und Slippers, das in der Nachbarschaft wohnt und manchmal als Babysitter einspringt. Neben Betty Deutch wirkte sie nicht bloß jung, sondern unreif.

Als sie Miriam um Rat fragten, wo sie die Kerzenständer hinstellen sollten, meinte sie: «Ich würde sie ziemlich in die Mitte des Tisches tun, da stören sie nicht beim Eingießen.» Betty Deutch dagegen trat einen Schritt zurück, um den Tisch besser zu sehen, setzte dann die Kerzenständer ans Ende, überprüfte nochmals die Wirkung und sagte dann: «So sind sie weit genug weg, um die Einschenkenden nicht zu behindern, und die Tafel wirkt außerdem länger. Findet ihr nicht auch, Kinder?»

Aus der allgemeinen bereitwilligen Zustimmung ging klar hervor, daß Mrs. Deutch jetzt die Rabbitzin war. Daraufhin hakte Mrs. Deutch Miriam unter und flüsterte, während sie zu ihren Männern zurückschlenderten: «Bei Sachen, wo's ziemlich egal ist, ob man's so oder so macht, bin ich grundsätzlich immer einer Meinung mit dem Frauenverein und ermuntere sie, ganz nach ihrem Belieben zu verfahren.»

«Und wieviel Leute haben Sie zum Gottesdienst am Freitagabend, Rabbi?» erkundigte sich Rabbi Deutch.

«Gewöhnlich so zwischen fünfzig und fünfundsiebzig.»

Rabbi Deutch verzog den Mund. «Bei einer Mitgliedschaft von nahezu vierhundert Familien? Hmmm. Inserieren Sie?»

«Nur die Bekanntmachung in der Presse.»

«Ach. Nun, wir haben zusätzlich zu der Presseveröffentlichung immer noch Karten versandt, so, daß sie mit der Freitagmorgen-Post ausgetragen wurden, und der Erfolg hat sich bemerkbar gemacht, fand ich. Außerdem versuche ich, jedesmal ein interessierendes Thema für meine Predigt zu wählen. Das hilft, glauben Sie mir. Irgendwas Aktuelles . . .»

«Wie Sex?» fragte Rabbi Small unschuldig.

«Sex und Talmud war tatsächlich das Thema einer meiner Predigten. Dabei hatten wir 'ne ganz schöne Besucherzahl.»

Die Frauen gesellten sich zu ihnen. «Ich nehme an, Sie haben in Israel eine Menge Touren vor?» fragte Mrs Deutch.

«Ehrlich gesagt, wir haben noch keine Pläne gemacht», erklärte Rabbi Small.

«David ist nicht sehr für Ausflüge und Besichtigungen», erläuterte Miriam.

«Rabbi Small ist ein Gelehrter», sagte Rabbi Deutch. «Ich vermute, er wird die meiste Zeit in der Universitätsbibliothek zubringen.»

«Daran hatte ich gar nicht gedacht», meinte Rabbi Small. «Ich arbeite an einem Aufsatz, aber die Vorarbeiten sind bereits abgeschlossen.»

«Sie haben also keine besonderen Pläne für Ihren Aufenthalt?»

«Wir wollen nur dort leben, weiter nichts.»

«Aha.» Rabbi Deutch, dem das nicht recht einleuchtete, hielt seinen Kollegen für einen Geheimniskrämer.

Verlegenes Schweigen. Schließlich fiel Betty Deutch eine weitere Frage ein: «Haben Sie Verwandte in Israel?»

«David nicht. Ich habe eine Tante dort. Sie hat uns in Jerusalem eine Wohnung verschafft, in Rechavia.»

«Ein hübsches Viertel. Mein Bruder Dan ist gerade in Jerusalem. Wenn Sie wollen, kann ich ihm Ihre Adresse geben. Er war schon oft in Israel, das letzte Mal ungefähr ein Jahr. Er kennt die Stadt gut und könnte Ihnen vieles zeigen.»

«Das ist doch Dan Stedman, der Journalist?»

«Ja. Er schreibt ein Buch über Israel. Sein Sohn Roy ist auch drüben, an der Universität.»

«Wie nett. Arbeitet er für die Promotion?»

«Nein, soweit ist er noch nicht. Er studiert nur ein Jahr im Ausland.»

«Geben Sie Ihrem Bruder auf jeden Fall unsere Adresse», sagte Rabbi Small. «Victory Street 5, bei Blotner. Vielleicht macht es Ihrem Bruder und Neffen Spaß, gelegentlich an einem Sabbatmahl im Familienkreis teilzunehmen.»

«Dan tut das bestimmt gern.» Sie notierte die Adresse. «Ich schreibe ihm in den nächsten Tagen.»

Raymond eilte auf sie zu. «Sie beginnen einzutrudeln», sagte er. «Ich schlage vor, ich bleibe hier stehen, und wenn sie reinkommen, stelle ich sie Ihnen vor, Rabbi Small, und . . .»

«Ich denke, mich kennen sie», entgegnete Rabbi Small trocken. «Warum stellen Sie sich nicht neben Rabbi Deutch und seine Frau? Sie machen sie mit den Gästen bekannt, die gehen dann weiter und verabschieden sich von uns, wenn sie wollen.»

«Ja, ich glaube, da haben Sie recht. So machen wir es.» Die Ehepaare wechselten die Plätze. Sofort rief Raymond den ersten Leuten, die durch die Tür kamen, zu: «Hallo, Mike. Rabbi Deutch, ich möchte Ihnen Myer Feldman vorstellen, eine der Hauptstützen der Gemeinde. Und Rosalie. Rabbi Deutch, unser neuer geistiger Führer, und Mrs. Deutch.»

Eine Stunde lang stellte Raymond die Gemeindemitglieder vor. Rabbi Small erfuhr zu seinem Erstaunen, wie viele «Hauptstützen» oder «Säulen» oder allermindestens «fantastische Mitarbeiter» die Gemeinde besaß. Als der ständige Zustrom dann abflaute, konnten die Rabbiner mit ihren Frauen unter den Gästen herumgehen. Bald waren die Smalls am entgegengesetzten Ende des Raumes gelandet. Leute kamen, um ihnen eine sichere Reise zu wünschen, ihnen Stätten zu empfehlen, die sie unbedingt aufsuchen sollten, ihnen Tips zu geben, die sie nützlich fanden, ihnen die Namen von Freunden und Verwandten ans Herz zu legen, die sämtlich offenbar große Tiere waren und sich überaus glücklich schätzen würden, sie einzuladen.

Kurz vor sechs schlug Miriam vor, aufzubrechen. Sie hatte mit dem Babysitter von Jonathan ausgemacht, pünktlich zu Hause zu sein.

«Ich glaube, das geht. Sie sind ja eigentlich hier, um Rabbi Deutch und seine Frau zu sehen.»

Sie bahnten sich ihren Weg zu den beiden, man schüttelte sich die Hände und wünschte einander Glück. «Und wann fliegen Sie nach Israel?» fragte Rabbi Deutch.

«Am Donnerstag.»

«Ich hatte gehofft, wir könnten uns noch mal sehen, aber wir fahren für ein paar Tage nach Connecticut zurück.»

«Wir haben auch noch sehr viel zu tun», sagte Rabbi Small.

«Und machen Sie sich keine Sorgen um Ihre Gemeinde», lächelte Mrs. Deutch. «Hugo kümmert sich schon gut um sie.» Sie zögerte. «Sie ängstigen sich doch nicht wegen der Bombenanschläge, nicht wahr?»

«Hier oder dort?»

«Oh, das ist gut.» Sie zupfte ihren Mann am Arm. «Eben frage ich Rabbi Small, ob er sich wegen der Bombenanschläge ängstigt, und er sagt ‹hier oder dort?›»

Ihr Mann sah sie erwartungsvoll an.

«Du weißt doch» – eine Spur von Ungeduld war in ihrer Stimme – «die Bombenanschläge in den Universitäten hier.»

«Haha, natürlich. Sehr gut, Rabbi. Und ein zutreffender Kommentar über unsere Gesellschaft. Ein ausgezeichneter Titel für eine Predigt übrigens. Haben Sie was dagegen, wenn ich ihn verwende?»

Rabbi Small grinste. «Mit meinen Empfehlungen, Rabbi.»

Rabbi Deutch streckte ihm nochmals die Hand hin. «Also, ziehet hin in Frieden und kehret heim in Frieden», sagte er auf hebräisch. Er kicherte. «Hier oder dort. Sehr gut.»

Auf dem Nachhauseweg fragte Miriam: «Na, was hältst du von ihnen?»

«Sie scheinen in Ordnung zu sein. Ich hatte nicht viel Gelegenheit, mich mit ihnen zu unterhalten.»

«Das sind Profis, David.»

«Profis?»

«Genau. Ich wette, die kriegen keine Scherereien mit der Gemeinde oder mit dem Vorstand. Die haben immer das richtige Wort im richtigen Augenblick parat. Die Gemeinde wird ihnen aus der Hand fressen – und das mit Wonne.»

Viel später, nachdem sie noch bei den Raymonds eine Kleinigkeit gegessen hatten und jetzt in ihrem Hotelzimmer zu Bett gehen wollten, fragte Betty Deutch: «Hattest du nicht auch den Eindruck, Lieber, daß es zwischen den Smalls und der Gemeinde oder zumindest einigen Vorstandsmitgliedern Ärger gegeben hat?»

Hugo Deutch hängte seine Jacke ordentlich auf einen Bügel. «Der Vorsteher hat mir in dieser Richtung Andeutungen gemacht, und ebenso sein Freund – wie heißt er doch gleich? – richtig, Drexler. Gleich als wir uns kennenlernten. Zu dumm so was. Eine Gemeinde zu behandeln, dazu gehört eine gewisse Technik, und die hat Rabbi Small noch nicht gelernt, fürchte ich. Und ob er es jemals lernen wird, halte ich für zweifelhaft.» Er zog die Schuhe aus und schlüpfte in seine Pantoffeln. «Ein Gelehrter, verstehst du. Er hat vor ein paar Jahren eine Abhandlung über Maimonides veröffentlicht – ich hab sie nie gelesen, aber schmeichelhafte Urteile darüber gehört. Na ja, diese Sorte ist häufig nicht sehr gut, was die Leitung einer Gemeinde angeht. Sie sind einfach fehl am Platz. Manchmal wird ihnen das rechtzeitig klar, und sie wechseln zu Lehre und Forschung über, zu dem, was ihnen eigentlich liegt. Manchmal wieder bleiben sie kleben und verschwenden ihre Energie an etwas, das sie nicht gut können und das ihnen wahrscheinlich nicht mal Spaß macht.»

Seine Frau lächelte. «Vielleicht wird es ihm klar, wenn er ein paar Monate weg von allem in Israel gewesen ist.»

10

Während Roy Stedman sich das Gesicht mit einem Handtuch abtrocknete, wanderte sein Freund Abdul umher und betrachtete die großen Poster an den Wänden, die den Hauptschmuck des kleinen Zimmers bildeten: das Schwein in Polizistenuniform, das auf den Hinterfüßen stand; die Nonne, die den Rock bis zum Oberschenkel hob, um nach ihrer im Strumpf versteckten Geldbörse zu langen; das nackte Paar, das sich gegenseitig an den Genitalien hielt, wie zwei Leute, die sich feierlich die Hände schütteln.

Abdul sagte über die Schulter: «Wenn die Mädchen das sehen, sie haben da nichts gegen . . . sie werden nicht sauer?»

«Bis jetzt hat noch keine was dagegen gehabt», grinste Roy anzüglich. Er erwähnte allerdings nicht, daß es ihm bisher noch nicht gelungen war, irgendein Mädchen zum Besuch seines Zimmers zu überreden. «Vielleicht bringt sie das erst richtig in Schwung.»

«Sehr schlau. Und du läßt sie auch hängen, wenn dein Vater dich besuchen kommt?»

«Klar, warum nicht?» Roy warf das Handtuch auf einen Haken und begann sein langes Haar zu kämmen.

«Ist er reich, dein Vater?»

«Reich? Ich würde nicht sagen, daß er reich ist. Gutsituiert, ja, aber reich würde ich ihn nicht nennen.»

«Wenn er im *King David* wohnt, muß er reich sein», meinte Abdul überzeugt.

«Ach, ja? Ist das so teuer? Die paar Mal, die ich dort war, fand ich's gar nicht so toll.»

«Glaub mir, es ist teuer. Vielleicht nicht für einen Tag oder eine Woche; aber für länger . . .»

«Na, immerhin ist er ein bekannter Mann beim Fernsehen. Kann ja sein, daß er Rabatt kriegt. Oder nicht lange bleibt. In seinem Brief schreibt er, er will im Land rumkutschieren und sich dazu 'nen Wagen leihen oder kaufen – du weißt schon, mal hier 'n paar Tage, mal da. Für das Buch, das er schreibt, muß er das.»

«Und du fährst da manchmal mit?»

«Wenn ich zufällig in dieselbe Gegend will.»

«Und den Wagen . . . kriegst du den vielleicht auch manchmal für dich?»

Roy lächelte. «Verlaß dich drauf, wenn mein Alter ein Auto hat, fahr ich öfter damit als er.»

«Dann hast du keine Zeit mehr für Abdul. Mit 'nem Wagen bekommst du jedes Mädchen, das du haben willst.»

«Nee.» Aber offensichtlich gefiel Roy dieser Gedanke. «Die Weiber hier sind ja die reinen Eiszapfen.»

«Eiszapfen?»

«Ja, kalt, verstehst du.»

«Ach so.» Abdul nickte verständnisinnig. Dann lächelte er. «Vielleicht kann ich dich mit anderen Mädchen zusammenbringen. Nicht kalte. Heiße.»

«Du meinst Arabermädchen? Die sind doch noch schlimmer als die jüdischen. Die werden von ihren Müttern doch regelrecht an der Leine gehalten. Und fest.»

«Es gibt auch andere – die wissen, wie man mit 'nem Mann umgeht. Und was ein Mann will. Die heizen dir ordentlich ein.» Er schlug seinem Freund auf die Schulter. «Du hast 'nen Wagen, wir laden ein paar Mädchen ein und fahren in 'ne Wohnung, die einer von meinen Verwandten fürs Wochenende gemietet hat. Ich garantiere dir, daß du auf deine Kosten kommst.»

«Ja? Und warum kann ich die Bienen nicht gleich kennenlernen?»

«Heute abend meinst du?»

«Nein, nicht heute, aber . . . Wieso müssen wir mit ihnen in die Wohnung deines Verwandten fahren? Ich will sagen, warum nicht hier?»

«Vielleicht. Ich muß mir das überlegen.» Abdul wechselte das Thema. «Ist er Zionist, dein Vater?»

«Mensch, das weiß ich nicht. Ich hab nie mit ihm darüber gesprochen.»

«Alle Amerikaner sind Zionisten.» In Abduls Stimme schwang eine Spur von Empörung mit.

«Na, ich bin auch Amerikaner und kein Zionist», entgegnete Roy versöhnlich.

«Ich meine alle amerikanischen Juden.»

«Na und?»

«Du hast mir doch mal erzählt, deine Mutter ist keine Jüdin. Also bist du selbst nach dem Gesetz des jüdischen Rabbi kein Jude.»

«Davon hab ich keine Ahnung», sagte Roy. «Ich hab mich immer für 'nen Juden gehalten und meine Freunde auch. Und bis ich aufs College kam, waren alle meine Freunde Juden.»

«Und hier genauso.»

Roy lachte. «Stimmt. Im College und hier, aber das ist ja auch College.»

«Richtig.» Abdul sah auf seine Armbanduhr. «Um acht bist du mit deinem Vater verabredet; du hast nicht mehr viel Zeit. Zieh dich lieber an.»

Roy war verblüfft. «Wieso muß ich mich in Schale werfen, um mich mit meinem Vater zu treffen? Was hast du gegen meinen Aufzug?»

Abdul – er war sechsundzwanzig und Roy achtzehn – schüttelte nachsichtig den Kopf. Roy trug eine blaue Drillichjacke und ausgeblichene, am Hosenboden abgescheuerte Jeans. Seine bloßen Füße steckten in Sandalen. Abdul konnte nicht begreifen, weshalb die amerikanischen Studenten sich wie arme Arbeiter, wie Fellachen anzogen, wenn sie Geld genug hatten, sich anständige Sachen zu kaufen. Er sonnte sich in dem Bewußtsein, ordentlich, ja sogar gut gekleidet zu sein in dem enganliegenden schwarzen Kammgarnanzug, dem Hemd mit den langen, spitz zulaufenden Kragenenden und der breiten, farbenprächtigen Krawatte. Er saß da, die Beine vorgestreckt, und ließ die Füße auf den Absätzen kreisen. Wohlgefällig betrachtete er seine modischen italienischen Schuhe mit den großen Messingschnallen und bewunderte ihren spiegelnden Glanz.

«Du verstehst das nicht, Roy. Du gehst ins *King David*, wo die Frauen selbst an heißen Tagen mit ihren Nerzstolen in der Halle rumlaufen. Dein Daddy hat wahrscheinlich vor, mit dir im Grill zu essen. Ich bin nicht mal sicher, ob sie dich reinlassen, so ohne Krawatte und Socken. Das Haar wird ihnen auch nicht passen, aber dagegen können sie nichts machen. Aber die Jacke und keine Krawatte . . .»

«Ich ziehe mich an, wie's mir paßt», entgegnete Roy. «Und wenn's denen nicht gefällt, müssen sie sich damit abfinden. Und mein Vater – wen will der eigentlich sehen? Mich oder irgendwelche Klamotten? Und der Ober – von solchen Typen darf man sich nicht rumschubsen lassen. Ich werd dir was sagen, Abdul, ein Mann muß er selber sein. Das ist das A und O.»

Abdul zuckte die Achseln. Er wollte sich nicht mit diesem jungen Amerikaner streiten, um dessen Freundschaft er sich besonders bemüht hatte. «Vielleicht hast du recht, Roy. Komm, ich begleite dich zur Bushaltestelle.»

Sie standen dort im Bereich der Straßenbeleuchtung, und Abdul wartete, bis Roy eingestiegen war. Dann schlenderte er in die Dunkelheit davon, bis er hinter sich Schritte hörte. Er blieb stehen. «Bist du's, Mahmud?» fragte er auf arabisch. «Ich dachte, ich hätte dich schon vorhin mal gesehen. Spionierst du mir nach?»

Der andere ging jetzt neben ihm. «Ich habe nicht spioniert. Mit wem du befreundet bist, ist deine Sache, solange wir anderen nicht reingezogen werden.»

«Ich weiß, was ich tue», erklärte Abdul kurz.

«Schon gut. Ich will mich nicht mit dir streiten, aber wenn du glaubst, du kannst die Juden hinters Licht führen, indem du dich mit einem von ihnen anfreundest . . .»

«Ich will dir was sagen, Mahmud. Wir werden alle beobachtet, weil die Israelis wissen, daß wir alles tun, um sie zu schlagen. Aber sie hoffen, wenn sie uns freundlich behandeln, uns zum Beispiel ermuntern, die Universität zu besuchen, wird das einige von uns beschwichtigen und mit dem Gedanken aussöhnen, daß sie die Macht haben und vermutlich noch eine Weile behalten. Und wen werden sie nun schärfer beobachten – diejenigen, die sich abgefunden haben, oder die anderen, die stur bleiben? Und vergiß eines nicht – sie möchten so gern glauben, daß sie ein paar von uns für sich gewonnen haben.» Er lächelte. «Also helfe ich ihnen ein bißchen dabei. Roy ist jung und nicht besonders intelligent, dafür aber gut als Tarnung geeignet. Wenn du mir nicht nachspionieren würdest . . .»

«Ich wollte dir was Neues mitteilen.»

«Ja?»

«Wir haben Nachricht aus Jaffa. Im Shin Bet hat's eine Umbesetzung gegeben, und Adumi ist nach Jerusalem versetzt worden. Er ist jetzt hier. Man hat ihn gesehen.»

«Das heißt?»

«Das heißt, daß wir vielleicht eine Zeitlang leise treten sollten und abwarten, was passiert», erklärte der andere ruhig.

«Seit wann ist er hier?»

«Wer weiß? Vielleicht seit Monaten.»

Sie gingen schweigend weiter, und dann sagte Abdul: «Was macht das letzten Endes schon aus?»

«Eine Menge. Wenn er hier der Boss ist, wird er hier bald ebenso scharf durchgreifen, wie in Jaffa und Tel Aviv.»

«Nein», meinte Abdul. «So was ist hier in Jerusalem nicht möglich. Hier gibt's zu viele Leute aus zu vielen Teilen der Welt . . .»

«In Tel Aviv sogar noch mehr.»

«Dort sind es lauter Geschäftsleute», erläuterte Abdul. «Die haben nur Interesse für ihre großen finanziellen Transaktionen. Hier in Jerusalem ist's 'ne andere Art von Leuten – religiöse, gebildete, Wissenschaftler, Diplomaten, Schriftsteller, Journalisten –, die die Juden so schrecklich gern von ihrer liberalen und demokratischen Einstellung überzeugen möchten. Hier haben wir die große christliche Gemeinde mit ihren Verbindungen nach Europa und Amerika. Außerdem spricht sich hier alles, was passiert, sofort herum und kann nicht vertuscht werden. Glaub mir, mit den Methoden von Tel Aviv und Jaffa kommen sie in Jerusalem nicht so leicht durch. Hier können sie nicht Hunderte von unseren Leuten aufgreifen und tagelang verhören. Und außerdem – wenn er versetzt worden ist, bleibt er wahrscheinlich 'ne Zeitlang hier. Willst du, daß wir tatenlos abwarten bis zur nächsten Umbesetzung, bis jemand anders hergeschickt wird? Sollen wir uns zu Weibern machen lassen, nur weil ein Mann diesen Ruf hat? Ich bin jedenfalls gewillt, weiterzumachen, dem Schweizer Nachricht zu geben, ihn das Ding präparieren zu lassen. Ich bin bereit, nach dem ursprünglichen Plan zu verfahren.»

«Und wir anderen?»

Abdul lächelte. «Weitermachen, wie besprochen. Oder noch besser, ihr organisiert euch einen befreundeten Juden und seid mit ihm zusammen, wenn die Sache steigt.»

11

Jonathan fand es offensichtlich herrlich; er sauste in der Abfertigungshalle der El Al-Gesellschaft herum oder baute sich vor einer alten Dame auf und sah gespannt zu, wie ihre zahlreichen Gepäckstücke kontrolliert wurden. Nach dem Flug von Boston nach New York fühlte er sich ganz als Weltreisender.

Miriam hatte die gesamte organisatorische Arbeit übernommen und sich rechtschaffen abgeplagt. Da gab es zahllose Listen – was zu erledigen, was mitzunehmen, woran zu denken war. Jetzt auf dem Flugplatz, wo nun kein Irrtum mehr korrigiert werden konnte, beschloß sie, endlich zu entspannen und die Reise zu genießen. Inmitten von Mänteln und Taschen trank sie gelassen Kaffee aus einem Pappbecher. Erstaunlicherweise kümmerte sie sich nicht darum, wo Jonathan sich gerade herumtrieb; es lag daran, daß alle Fluggäste in der Halle ihr merkwürdig vertraut erschienen, irgendwie wirkte es fast wie ein Familientreffen, bei dem schon irgend jemand ein Auge auf ihn haben und aufpassen würde, daß ihm nichts Ernstliches passierte. Dieser familiäre Eindruck wurde noch erhöht, wenn ihr Mann sie von Zeit zu Zeit anstieß und ihr zuraunte: «Schau dir das Paar am Schalter an. Sieht er nicht genau wie Mark Rosenstein aus?»

Der Rabbi zeigte als einziger von ihnen Ungeduld. Je eher sie an Bord wären, desto schneller würden sie am Ziel ankommen, und er konnte nicht warten. Immer wieder sah er auf die Uhr, stand auf und wanderte in der Halle auf und ab, in der Hoffnung, daß damit die Zeit rascher verstrich. Am Fenster blieb er stehen und schaute ängstlich hinaus in den Schneesturm; womöglich könnten sie nicht starten? Doch dann richtete er sich bei dem Gedanken auf, daß es in Boston nicht anders gewesen war und sie trotzdem keine Verspätung gehabt hatten.

Endlich kam die Ankündigung über den Lautsprecher, wie jede erst in hebräisch und dann in englisch, daß die Reisenden sich an Bord des Flugzeugs begeben sollten. Hastig rafften sie ihre Gepäckstücke an sich und stellten sich, Jonathan an der Hand, in der Reihe an. Ihre Handtaschen wurden kontrolliert, und dann bildeten sich zwei Schlangen, eine für Männer und eine für Frauen.

Jeder einzelne wurde in einer Kabine zuerst mit einem elektronischen Gerät auf versteckte Metallgegenstände abgesucht und danach mit der Hand abgetastet. Der Rabbi kannte diese Prozedur aus Fernsehkrimis, hatte sie aber noch nicht selber erlebt. Jonathan begann zu wimmern; das Abtasten erinnerte ihn an eine ärztliche Untersuchung, die gewöhnlich mit etwas Unangenehmem endete, zum Beispiel einem Nadelstich, doch sein Vater beruhigte ihn. «Es passiert überhaupt nichts, Jonathan, nicht das geringste.» Als Miriam sich wieder zu ihnen gesellte, sagte er: «Wir wurden sehr gründlich durchsucht. Du auch?»

Sie nickte. «Vermutlich dasselbe. Ein angenehmes Gefühl, daß sie alle erdenklichen Vorsichtsmaßnahmen ergreifen.»

Obwohl jedem ein bestimmter Sitzplatz im Flugzeug zugeteilt worden war, gab es erhebliches Drängeln und Schubsen. «Warum tun sie das?» klagte Miriam, als sich die Passagiere durch den Mittelgang kämpften. «Wissen sie denn nicht, daß wir nicht eher starten, bevor jeder sitzt?»

Der Rabbi musterte die Mitreisenden. «Ich nehme an, für etliche ist es der erste Flug überhaupt. Oder vielleicht glauben sie nicht, daß es wirklich für jeden Platz gibt. Wir waren wohl von jeher Skeptiker.»

Sie hatten nur eine Kleinigkeit zu Mittag gegessen und waren jetzt ziemlich hungrig. Zum Glück begannen die Stewards und Stewardessen fast unmittelbar nach dem Start zu servieren. Ab und zu wurde ein Passagier übergangen. Der Mann auf dem Eckplatz in der gegenüberliegenden Sitzreihe machte einen Steward darauf aufmerksam. «Sie, der Gentleman dort hat kein Tablett bekommen.»

«Ich weiß, ich weiß», sagte der Steward. «Sind Sie sein Rechtsanwalt?» Damit eilte er weiter.

Der Mann beugte sich zum Rabbi hinüber. «Frech. Diese jungen Israelis sind richtig vorlaut – kein Respekt.»

Es dauerte nicht lange, bis sich die Sache aufklärte. Sobald die Stewards die Tabletts verteilt hatten, wurden flache Pappschachteln mit der Aufschrift «Streng koscher» ausgegeben.

«Aha. Na, und warum konnte er das nicht sagen?» fragte der Mann von gegenüber. «Und ist unser Dinner etwa nicht koscher? Bei El Al haben sie mir gesagt, alle Mahlzeiten sind streng koscher.»

«Weshalb fragen Sie nicht den Steward?» schlug der Rabbi vor.

«Und laß mir noch mal frech kommen?»

«Gut, dann frage ich ihn. Ich bin selber neugierig.»

Als der nächste Steward vorbeikam, zupfte er ihn am Ärmel. «Ist unser Dinner nicht koscher? In welcher Hinsicht sind die anderen mehr koscher?»

Der Steward zuckte lächelnd die Achseln. «Sechs Jahre bin ich jetzt bei El Al und hab's bis heute nicht rauskriegen können.»

Der Rabbi lächelte ebenfalls und dankte ihm mit einem Nicken. Doch der Mann gegenüber wiegte langsam den Kopf hin und her. «Fanatiker, das ist's, was sie sind. Das Land soll voll davon sein.»

Kurz nach dem Dinner wurde die Beleuchtung ausgeschaltet, und die Passagiere rüsteten sich für die Nacht. Miriam und Jonathan schliefen, der Rabbi jedoch konnte nur gelegentlich eindösen. Dennoch war er bei Sonnenaufgang nicht müde. Miriam war bereits wach, ebenso ein Großteil der Passagiere. Im Gang standen zwei oder drei Männer mit den Gesichtern zu den Fenstern und sprachen die Morgengebete.

«Bist du wach, David?» fragte Miriam. «Der Steward sagte, sie servieren bald.»

Er nickte wortlos, und als sie bemerkte, daß er die Lippen bewegte, wußte sie, daß er die Gebete sprach. Nachdem er fertig war, sagte er: «Dies eine Mal habe ich im Sitzen gebetet. Aber wenigstens blicke ich in die richtige Richtung. Im Gegensatz zu ihnen.» Dabei wies er auf die Männer im Gang.

«Was meinst du damit?»

«Das Flugzeug hat Kurs nach Osten, und ich sitze in Flugrichtung. Und sie blicken nach Norden und Süden.»

Wieder tippte ihn der Mann gegenüber an und deutete mit dem Kopf auf die Betenden. «Was hab ich Ihnen gesagt? Fanatiker!»

Nach dem Frühstück begannen sich die Passagiere für die Landung fertig zu machen, obwohl es bis dahin noch ein paar Stunden waren. Sie wühlten in ihren Taschen nach Pässen, nach Adressen; wer seinen Platz verlassen und Freunde besucht hatte, kehrte zurück; wer neue Bekanntschaften im Flugzeug geschlossen hatte, schrieb ihnen seine Reiseroute auf oder gab ihnen Adressen, unter denen er zu erreichen war. Von Zeit zu Zeit kam eine Durchsage des Piloten, daß sie gerade die Alpen, die griechische Küste, die griechischen Inseln überflögen, und pflichtschuldigst unterbrachen die Passagiere ihre jeweilige Tätigkeit, um aus den Fenstern nach unten zu sehen. Endlich teilte er mit, sie befänden sich im Anflug auf Israel und den Flugplatz Lod. Diejenigen, die rechts vom Gang saßen, hatten einen kurzen Blick auf grüne Felder und dann auf die schwarz geteerte Rollbahn. Als das Flugzeug wenige Minuten später leicht aufsetzte und ausrollte, applaudierten die Passagiere. Ob der Beifall der Geschicklichkeit des Piloten galt oder Ausdruck der Erleichterung war, daß der lange Flug zu Ende und sie sicher auf israelischem Boden gelandet waren, vermochte der Rabbi nicht zu sagen. Er stellte fest, daß Miriams Augen feucht waren.

In hebräisch sagte der Pilot: «Gesegnet sei die Ankunft in Israel», und dann in englisch: «Willkommen in Israel.»

Offenbar hatte es kurz zuvor geregnet, denn auf dem Weg zur Abfertigungshalle waren überall Pfützen. Sie hielten Jonathan fest an der Hand, damit er nicht mitten hindurchwatete. Die Luft war mild und klar wie an einem Maimorgen.

Eine große Menschenmenge wartete hinter der Zollschranke, um Freunde und Verwandte in Empfang zu nehmen. Während sie das Rollband mit dem Gepäck im Auge behielten, suchten Miriam und der Rabbi unter den vielen Gesichtern nach einem, das dem etliche Jahre altem Foto von Gittel aus dem Familienalbum ähnelte. Als sie mit ihrem Gepäck den Zoll passiert hatten, war die Menschenmenge bereits erheblich zusammengeschmolzen, aber sie entdeckten immer noch niemand, der Gittel sein könnte. Sie erschien erst, nachdem sie sich auf eine Bank gesetzt hatten und Miriam ihre Tasche nach ihrem Adreßbuch durchstöberte. «Familie Small? Miriam?» fragte Gittel ängstlich.

«Oh, Gittel!»

Sie drückte Miriam an die Brust und streckte dann schüchtern dem Rabbi die Hand hin. Er schüttelte sie und küßte sie auf die Wange.

«Und das ist Jonathan!» Gittel hielt ihn auf Armeslänge von sich und riß ihn gleich darauf stürmisch an ihr Herz. Als sie ihn freigab, trat sie einen Schritt zurück, um die ganze Familie zu betrachten. Und dann wurde sie sachlich. «Mein Wagen wollte nicht anspringen», erklärte sie. «Bei Regen ist die Batterie . . . Na ja, und heute morgen hat es geregnet – das erste Mal seit Wochen –, die Felder brauchen dringend Wasser, aber ihr habt den Regen gebracht. Ein gutes Omen. Seid ihr hungrig? Möchtet ihr vielleicht einen Kaffee? Nein? Dann fahren wir los.»

Mit ihrem Regenschirm winkte sie einen Träger nebst Gepäckwagen herbei, trieb sie alle durch den Vordereingang hinaus und befahl ihnen, hier an dieser Stelle – sie bezeichnete sie genau mit der Spitze ihres Regenschirms – zu warten, bis sie ihren Wagen vom Parkplatz geholt hätte. Bevor der Rabbi ihr seine Begleitung und Hilfe anbieten konnte, war sie verschwunden. Diesmal jedoch mußte die Batterie funktioniert haben, denn sie brauchten nicht lange zu warten. Das Auto knatterte über die Zufahrt, laut hupend verscheuchte sie jeden, der womöglich auf die von ihr erwählte Parklücke spekulierte, und sprang dann heraus. Sie zerrte aus dem Kofferraum eine hoffnungslos verfitzte Schnur, gab sie dem Gepäckträger und paßte auf, daß er die Koffer richtig auf dem Wagendach verstaute und festband.

Der Rabbi flüsterte ihr zu: «Wieviel soll ich ihm geben?»

«Das erledige ich», erklärte sie bestimmt. «Du kannst es mir später zurückgeben. Er würde dich bloß übers Ohr hauen.»

Als der Rabbi auf dem Gehsteig wartete, bis der Gepäckträger fertig war, näherte sich ihm ein jüngerer Mann im langen Kaftan, auf dem Kopf den breitrandigen schwarzen Filzhut der Orthodoxen. Er hatte einen Vollbart und lange, sorgfältig gelegte Ohrlocken, die *Pejess*. Er schlich sich an den Rabbi heran und fragte in jiddisch: «Sie sind aus Amerika?»

«Ja.»

«Das ist vielleicht Ihre erste Reise hierher?»

«Genau.»

«Dann werden Sie sicher als erste Tat im Heiligen Land ein gutes Werk tun wollen. Ich sammle für eine Jeschiwa . . .»

Gittel, die den Träger bereits bezahlt hatte, hörte das und polterte in hebräisch los: «Sie sollten sich schämen. Ein Fremder kommt ins Land, und kaum ist er da, schon stürzt ihr Schnorrer euch auf ihn. Was für einen Eindruck soll er denn von uns kriegen?» Sie schob den Rabbi in den Wagen und setzte sich hinters Steuer. «Übrigens», fuhr sie durch das heruntergekurbelte Fenster fort, «ist er ein berühmter Rabbi in Amerika.» Und zum Abschied, als sie den Gang einlegte: «Er ist selber in dem Geschäft.»

Der Rabbi hielt ihr vor: «Ich beschäftige mich nicht damit, Gelder zu sammeln. Das tun die meisten Rabbis in Amerika nicht.»

Sie drehte sich um und klopfte ihm auf die Schulter, wobei sie um ein Haar mit einem anderen Auto zusammenstieß. «Ich weiß, ich weiß, aber das ist das einzige Argument, das bei dieser Sorte zieht.»

Auf der Fahrt beschrieb sie mit der Geschwindigkeit eines Schnellfeuergewehrs die vorbeiziehende Gegend. «Der Hain – vor zehn Jahren war da nichts als Sand und Steine . . . Dort drüben, direkt hinter dem Haus – das gab's damals noch nicht – wurde ein guter Freund von mir von den Arabern überfallen und kaltblütig erschossen . . . Die Straße führt zu einer Siedlung. Achtundvierzig wurde sie angegriffen. Drei Männer mit einem Maschinengewehr haben eine ganze Kompanie zurückgehalten, bis sie die Kinder in Sicherheit bringen konnten . . . Wir züchten Blumen für den Export . . . Letztes Jahr haben unsere Agronomen ein neues Düngemittel ausprobiert, das hat den Ertrag je Morgen verdoppelt – fantastisch! . . . Das da sind arabische Felder. Wir haben ihnen beigebracht, wie man die Sämlinge mit Plastik schützt. Dadurch hat sich die Erzeugung vervierfacht . . . Da hinten ist ein Araberdorf. Primitiv! Was man da an Schmutz und Krankheiten vorfindet – ihr würdet es nicht für möglich halten . . . Trachom und Gastroenteritis waren endemisch. In den Sommermonaten starben die Kinder wie die Fliegen. Dann haben wir dort eine Klinik aufgemacht. Zuerst haben sie uns nicht getraut. Die Behandlung mußte vor der versammelten Familie stattfinden. Und wenn wir ihnen Tabletten gaben, haben sie untereinander getauscht – ‹ich geb dir zwei weiße für eine rote› – so auf die Tour. Aber sie haben gelernt, und jetzt sterben die Kinder nicht mehr. Und einige von den jungen Leuten nutzen die staatliche Beihilfe aus und bauen moderne Häuser, wenn sie heiraten, statt dem alten Gebäude ein weiteres Zimmer für sich hinzuzufügen . . . Eine Zementfabrik. Dort wird rund um die Uhr gearbeitet – drei Schichten am Tag . . .»

«Ein Zelt!» rief Jonathan. «Und Ziegen!»

«Beduinen», erklärte sie. «Sie führen ihre Herden auf ein Stück freistehendes Land, schlagen ein Zelt auf und bleiben ein paar Tage oder eine Woche, bis das letzte Fleckchen Grün kahlgefressen ist. Dann ziehen sie weiter. Die Schafe der Beduinen sind eine der Hauptursachen dafür, daß der Boden im Lauf der Jahre immer schlechter geworden ist. Sie fressen alles bis an die Wurzeln ab . . . Das sind Panzer. Arabische Panzer und Panzerspähwagen. Wir lassen sie gewissermaßen als Mahnung dort stehen. Sie gerieten in unser Kreuzfeuer, denn wir waren ja auf ihr Kommen vorbereitet. Und dann haben wir sie an den Straßenrand geschoben, und da blieben sie. In dem Kibbuz gleich hinter der nächsten Kurve haben sie mehrere davon, alle in leuchtenden Farben bemalt. Die Kinder spielen darin.»

Die Landschaft war eintönig; eine vereinzelte Palme oder ein Kaktus ließen erkennen, daß sie sich in einem subtropischen Gebiet befanden; im übrigen war es eben und flach mit kleinen bebauten Feldern. Doch bald begann die Straße in langen, gewundenen Kurven anzusteigen, und das Bild veränderte sich zusehends. Sie näherten sich Jerusalem durch die alte Hügellandschaft. Die Hügel waren kahl und steinig, bis auf kleine grüne Flächen; hier hatte man die Steine zum Bau der Terrassenanlagen verwendet.

«Selbst die Steine sehen alt und verbraucht aus», rief der Rabbi.

«Alles wirkt so öde – und dürr», meinte Miriam.

«Dies war das Land, in dem einmal Milch und Honig floß», sagte Gittel hart, «und das wird es auch wieder sein.»

Eigentlich hatten sie erwartet, plötzlich, dramatisch auf die Stadt zu stoßen, die von Mauern umgebene Stadt, wie sie auf den Bildern erschien, die sie gesehen hatten. Doch die Straße, die sie genommen hatten, führte an Arabersiedlungen, ähnlich den Pueblos der Indianer, vorbei und an den moderneren jüdischen Wohnblocks. Allmählich wurde die Besiedlung immer dichter, bis die Häuserreihe fast ohne Unterbrechung fortlief und sie auch ohne Gittels Mitteilung merkten, daß sie in der Stadt waren.

Der Wagen schängelte sich durch schmale, von kleinen, schäbigen Läden gesäumte Straßen. Auf der Fahrbahn wimmelte es von europäischen Kleinwagen, auf den Gehwegen von Menschen. Von ihrem ersten Blick auf die Stadt enttäuscht, konzentrierten sie ihre Aufmerksamkeit auf die Passanten, wiesen einander auf alles Neuartige und Fremde hin: die Chassidim im breitkrempigen schwarzen Hut und dem langen Kaftan, die Hosen in die Strümpfe gesteckt; die Gruppen von Soldaten, die das Gewehr über die Schulter gehängt hatten oder es am Abzugsbügel trugen; die Araber mit der schwarzweißen *Keffieh,* die von einer zweifachen Kordel gehalten wurde. Dann bogen sie um eine Ecke und kamen auf eine breitere Straße, die nur auf einer Seite bebaut war; auf der anderen fiel das Gelände in ein weites Tal ab, und dahinter lag in der Ferne die von Mauern umgebene Altstadt.

Gittel hielt an. «Da drüben, dort ist die Altstadt. Weidet eure Augen daran.»

«Das ist wunderschön», sagte Miriam.

Der Rabbi schwieg, doch seine Augen leuchteten.

«Wohnen wir weit von hier?» erkundigte sich Miriam.

«Nur um die Ecke. Das hier seht ihr jeden Tag, und es wird euch nie über werden.»

12

Vater und Sohn schüttelten sich die Hände, schlugen sich auf den Rücken und traten zurück, um einander anzusehen. Dan Stedman hatte tatsächlich vorgehabt, im Grillraum zu essen, wo er seinem Sohn voraussichtlich interessante Leute zeigen könnte – die Frau des britischen Konsuls, den ersten Sekretär der amerikanischen Botschaft. Er war kein Angeber, der mit Namen um sich warf, aber er wünschte sich dringend, daß sein Sohn eine gute Meinung von ihm hatte. Und dann hatte er sich gegen den Grill entschieden, und zwar aus demselben Grund: Leute, die ihn kannten, würden sich mit ihm unterhalten wollen, und an diesem Abend wollte er seinen Sohn ganz für sich haben.

Als er Roys Aufzug sah, war er doppelt erfreut, daß er keinen Tisch im Grill bestellt hatte; Abram, der Oberkellner, hätte bestimmt Einwände erhoben. So schlug er den *Artist's Club* vor, was sich als gute Wahl herausstellte, da einige der jugendlichen Gäste ganz ähnlich wie sein Sohn gekleidet waren.

Dan hatte Roy von seiner Mutter, von seinem Onkel Hugo und von Tante Betty berichtet; dann die Zustände in den Staaten geschildert; das Wetter dort – «der ärgste Winter, den wir seit Jahren hatten. Du weißt gar nicht, was du für ein Glück hast, hier zu sein» – und seine nächsten Pläne: «Ich bleibe eine Zeitlang in Jerusalem und fahre dann im Land herum – Haifa, Tel Aviv und ein paar kleinere Orte, vielleicht sogar etliche Moschawim und Kibbuzim.» Allerdings könnte sich die Transportfrage als schwierig erweisen. «Das Dumme ist, kaufe ich mir einen neuen Wagen, dauert das Monate, bis ich ihn kriege, und miete ich einen, kostet es mich ein Vermögen.»

«Und warum nimmst du keinen guten Gebrauchtwagen?» fragte Roy.

«Ach, mit Gebrauchtwagen ist das so 'ne Sache. Du bist nie sicher, was du kriegst, und wenn du einen Fachmann mitnimmst, wer sagt dir, daß er nicht mit dem Händler unter einer Decke steckt?»

«Da gibt's diesen Memavet, der inseriert in der *Jerusalem Post*, vielleicht auch in den hebräischen Zeitungen, aber die lese ich nicht. Er kauft und verkauft Autos. Gerade jetzt sieht's so aus, als ob du einen Wagen teurer verkaufen kannst, als du dafür bezahlt hast.»

«Ich könnte ja mal bei ihm vorbeigehen. Ich hab mich schon ein bißchen umgeschaut – nicht hier, aber in Tel Aviv –, und was ich da gesehen habe, war mehr oder minder schrottreif.»

«Ach nee? Wie lang bist du denn schon hier, Dad?»

Dan errötete und sagte dann leichthin: «Na, ein paar Tage. Ich wollte zuerst ein paar Bekannte in Tel Aviv besuchen und das hinter mich bringen, bevor ich nach Jerusalem kam und dich sah. Du verstehst schon.»

«Klar.» Roy begriff es zwar nicht recht, sah aber keinen Sinn darin, das Ganze aufzubauschen. Vielleicht waren die «Bekannten», die sein Vater aufgesucht hatte, weiblichen Geschlechts . . .

«Deine Mutter meint, du bist hier nicht sehr glücklich», wechselte Dan das Thema.

«Du weißt doch, wie das ist. Die Jungen hier und die Mädchen dito sind alle solche verdammten Helden. Wie die Texaner in den Staaten. Ja, genau das sind sie – jüdische Texaner. Du glaubst, jeder einzelne hat persönlich den Sechs-Tage-Krieg gewonnen. Dauernd fragen sie dich, wie dir Israel gefällt. Und wenn du dich überschlägst und ihnen erzählst, wie wundervoll es ist und wie großartig sie sind, grinsen sie entweder und spielen auf verlegen, oder sie machen ein Gesicht, als hättest du genau den Nagel auf den Kopf getroffen. Dabei wirst du aber den Eindruck nicht los, als ob es sie ein bißchen überrascht, daß ein Idiot wie du so intelligent und einsichtsvoll ist. Aber Gott behüte, du machst auch nur die leiseste kritische Bemerkung über ihr einmaliges Land!

Zum Beispiel darüber, daß die Leute ihr Bettzeug vorn auf der Veranda hinhängen oder ihre Teppiche mitten auf der Hauptstraße klopfen; oder über die dauernde Bettelei. Du ahnst ja nicht, was du dann alles zu hören kriegst. Sie erklären dir, wieso das so und nicht anders sein muß, oder daß die Bibel es so bestimmt. Nimm nur die Sache mit den Bettlern. Ich erwähnte mal so in etwa, daß irgendwer hier dauernd die Hand aufhält und kriege zur Antwort, daß die Bibel sagt, man soll Almosen geben; also leisten diese Kerle einen wichtigen Dienst, indem sie da sind und die milden Gaben in Empfang nehmen. Du hast quasi ihnen den Segen für deine gute Tat zu verdanken.»

Sein Vater lachte. «Nun, es ist ein neues Land . . .»

«Sicher, aber es ist nicht das einzige Land, und die übrige Welt ist nicht nur dazu da, ihnen zu helfen. Und sie fordern dich ständig heraus. Wieso war Amerika in Vietnam und in Kambodscha? Wieso behandeln wir die Schwarzen schlecht? Wieso tun wir nicht was für die Armen? Wieso lassen wir unsere Flüsse und Seen verschmutzen? Du bist dauernd in der Defensive.»

Sein Vater fixierte ihn spöttisch. «Hast du dich nicht immer über dieselben Dinge beschwert?»

Roy wurde rot. «Klar, aber sie drücken es so aus, daß du das Gefühl hast, du schmeißt dich an sie ran, wenn du ihnen zustimmst. Und sie übertreiben alles, und dann versuchst du, ihnen zu sagen, wie's wirklich ist. Na ja, und bald verteidigst du praktisch alles Amerikanische, sogar Dinge, die dir selber nicht gefallen. Und ablehnend sind sie! Du kannst kaum einen von denen dazu bewegen, daß er dir sagt, wie spät es ist. Vor allem die Mädchen. Du willst dich mit einer verabreden, und schon hat sie angeblich was vor oder ist gerade ausgegangen.»

«Wie steht's mit den anderen amerikanischen Studenten?»

«Tja, sie gehören nicht zu der Sorte, mit der ich in den Staaten rumziehen würde, das kann ich dir flüstern», sagte Roy. «Außerdem sitzen sie im gleichen Boot, was soll's also? Wir sind wie die Mauerblümchen bei 'ner Tanzerei, die sich auf eigene Faust zu amüsieren versuchen. Für die Mädchen ist's sogar noch schlimmer. Die Jungen hier tun so, als wär's 'ne Gnade, wenn sie ihnen guten Tag sagen. Ich treibe mich die meiste Zeit mit den arabischen Studenten rum», fügte er beiläufig hinzu.

«Mit arabischen Studenten?»

«Klar. Reg dich nicht auf, Dad. Das ist jetzt gerade in. Sich mit einem Araber anfreunden. Viele von den Israelis vertreten den Standpunkt, daß ihnen die Araber viel näher sind als wir. Sie wären ja auch Israelis.»

«Verstehe. Also deshalb bist du unglücklich.»

«Na ja, ich hatte wohl gerade 'n Tiefpunkt, als ich Ma schrieb. Ich hatte Heimweh und hätte sonst was gegeben für einen Hamburger oder 'ne Pizza oder für 'nen neuen Film. Und ich war allein hier . . .»

Dan war erfreut über diese Einleitung. «Aber jetzt bin ich ja da», sagte er.

«Klar. Und glaub bloß nicht, daß ich mich nicht freue. Und bei den Reisen, die du vorhast . . . vielleicht könnte ich da mitfahren und dich am Steuer ablösen?»

«Und die Schule . . .»

«Ach, jeder nimmt mal frei, manchmal sogar 'nen ganzen Monat. Damit wird gerechnet. Na, wie ist's, Dad?»

Eine verlockende Vorstellung – lange gemeinsame Fahrten, Übernachtungen in kleinen Hotels, Mahlzeiten in abgelegenen Lokalen, Gespräche, gegenseitiges Vertrauen, die Entschädigung für die Jahre der Trennung. Vielleicht könnte er sogar Einfluß auf seinen Sohn gewinnen, ihm Denkanstöße geben, seinen Charakter formen – all das, was ein Vater für seinen Sohn tun sollte. Er lächelte. «Roy, die Sache ist abgemacht.» Trotz aller Anstrengungen zitterte seine Stimme.

13

Bis sie den Wagen entladen und ihre Koffer ausgepackt hatten, war es Nacht geworden. Sie kam plötzlich, wie es in den Tropen der Fall ist, und die Luft wurde kühl. Sie waren müde und hungrig, und Miriam schlug vor, in ein Restaurant essen zu gehen.

«Ein Restaurant? Das ist ein unnötiger Luxus», erklärte Gittel. «Es gibt doch Geschäfte – direkt gegenüber ist ein Lebensmittelladen. Dort können wir alles kaufen, was wir brauchen, es anrichten und auf den Tisch bringen, bevor ein Kellner in einem Lokal auch nur unsere Bestellung aufnehmen würde. Und was sollten wir außerdem mit dem Kind machen?»

Eine gute Frage, denn der Rabbi hatte den fest schlafenden Jonathan aus dem Auto ins Haus getragen, ihn ausgezogen und zu Bett gebracht, ohne daß er aufgewacht wäre.

Gittel machte weitere Pläne für sie. «Morgen früh müssen wir für den Sabbat einkaufen gehen, Miriam – am Sabbat ist nämlich alles geschlossen. Ich zeige dir eine große Markthalle nicht weit von hier, wo du mit einem kleinen Wagen rumfahren und alles mitnehmen kannst, was du möchtest, genau wie in Amerika. Aber vorher müssen wir die Sache mit Jonathans Schule regeln. Um die Ecke ist ein Kindergarten . . .»

«Ich hatte nicht vor, ihn in die Schule zu schicken», wandte Miriam ein.

«Und was soll er sonst tun? Alle Kinder sind in der Schule. Wenn er nicht geht, hat er niemand zum Spielen, und du bist den ganzen Tag angebunden. Sicher wirst du etwas tun wollen, während du hier bist. Ich habe eine Freundin in der Fürsorge-Abteilung vom Hadassa Hospital, die jammert immer nach freiwilligen Helfern. Die Arbeit wird dir bestimmt Spaß machen. Ich vereinbare einen Termin für dich.»

Sie erklärte ihnen, sie würde sie nicht eher verlassen, bis nicht alles geregelt wäre, sei aber überzeugt, das am nächsten Vormittag zu schaffen. Zum Glück stand in Jonathans Zimmer ein zweites Bett, obwohl Gittel beteuert hatte, das sei keine große Affäre. In Israel konnte man sich immer arrangieren; notfalls hätte sie auf dem Sofa oder sogar auf dem Fußboden geschlafen.

Sie erzählte ihnen von ihrer Arbeit in Israel, von ihrem Sohn Uri, Miriams Vetter, der in der Armee war. «Groß und hübsch ist er wie sein Vater. Die Mädchen sind alle verrückt auf ihn. Ich kriege ihn kaum zu Gesicht, wenn er auf Urlaub nach Hause kommt.»

Sie bemerkte, daß dem Rabbi die Augen zufielen und war sofort zerknirscht. «Da rede ich, und ihr brennt darauf, schlafen zu gehen.» Und irgendwie erstaunt: «Und ich bin auch ein bißchen müde. Wir gehen jetzt alle zu Bett, und morgen erledigen wir alles.»

Der Rabbi hatte den Eindruck, daß sie nur deshalb davon absah, darüber zu entscheiden, was er während ihres Aufenthaltes tun sollte, weil er Rabbiner und außerdem kein direkter Verwandter war. Aber er hatte nichts dagegen, zu Bett zu gehen, und schlief sofort fest ein.

Plötzlich wurde er durch einen lauten, dumpfen Schlag geweckt. Es war dunkel, und er tastete auf dem Nachttisch nach seiner Armbanduhr und dann nach seiner Brille. Er schaltete die winzige Bettlampe ein und sah, daß es zwölf Uhr war. Neben ihm bewegte sich Miriam unruhig, drehte sich aber dann auf die andere Seite und atmete weiter ruhig und gleichmäßig. Er knipste das Licht aus und versuchte, wieder einzuschlafen. Nachdem er sich ein paar Minuten hin- und hergeworfen hatte, wurde ihm klar, daß es sinnlos war. Er war hellwach. In Bademantel und Hausschuhen tappte er ins Wohnzimmer, nahm ein Buch aus dem Regal und setzte sich zum Lesen hin. Es war fast vier Uhr, als er wieder zu Bett ging.

Miriam und Gittel machten sich zum Einkaufen zurecht, als er am nächsten Morgen aufwachte. Es war spät, nach zehn Uhr. Die beiden waren bereits draußen gewesen und hatten Jonathan in den Kindergarten gebracht. Außerdem hatten sie vereinbart, daß er täglich hingehen würde.

Als sie die Wohnung verließen, rief er ihnen nach: «Vergeßt den Wein für den *Kiddusch* nicht.»

«Steht auf unserer Liste», sagte Miriam. «Und was hast du vor?»

«Nur spazierengehen und die Stadt ansehen.»

Bis er seine Morgengebete gesprochen und gefrühstückt hatte, stand die Sonne bereits hoch am Himmel. Sie brannte grell herab auf die weißen Steine, so daß er die Augen zusammenkniff. Er durfte nicht vergessen, sich eine Sonnenbrille zu kaufen. Die Luft allerdings war noch frisch und kühl wie an einem schönen Aprilmorgen daheim; gut, daß er daran gedacht hatte, einen leichten Regenmantel überzuziehen.

Gemächlich schlenderte er dahin; sein Tempo unterschied sich merklich von dem der übrigen Straßenpassanten; es waren zumeist Frauen, die Einkaufsnetze voller Lebensmittel nach Hause trugen. Sein Weg führte durch Wohnstraßen mit einigen prächtigen neuen Häuserblocks; ab und zu gab es winzige Läden im Souterrain – ein Lebensmittelgeschäft, eine Kaffeestube, eine Bäckerei, eine Wäscherei.

Vor ihm schlenderten zwei Männer der Bürgermiliz genau wie er gemächlich dahin. Sie waren in mittleren Jahren und trugen eine Art Uniform: grüne Armbinden und Baskenmützen und lange, sehr abgetragene Militärmäntel. Die Hosen darunter waren dem Schnitt und Material nach offensichtlich zivil. Der eine trug ein altes Gewehr und der andere eine etwa sechzig Zentimeter lange Stahlstange, mit der verdächtige Päckchen in Abfalltonnen durchstochen wurden. Rabbi Small überlegte, ob sie das Gewehr wohl abwechselnd benutzten. Sie führten eine hitzige Diskussion und gestikulierten dabei ausdrucksvoll. Als er näher kam, hörte er den einen sagen: «Also ist Agnon weniger ein hebräischer Schriftsteller als vielmehr ein jiddischer, der in hebräisch schreibt. Das ist ein Unterschied.» Er unterbrach sich, als der Rabbi neben ihnen stehenblieb und betrachtete ihn mißtrauisch.

«Können Sie mir bitte sagen, ob ich hier zum Stadtzentrum komme?» fragte er.

«Wohin wollen Sie denn?»

«Ich bin neu hier», erklärte der Rabbi. «Wo sind die Läden, das Geschäftsviertel?»

«Er meint Zion Square. Was möchten Sie denn kaufen?»

«Gar nichts. Ich möchte mir nur die Stadt anschauen.»

«Ach so. Geradeaus kommen Sie zur King George Street, dann biegen Sie links ab in die Ben Yehuda Street. Das ist das Geschäftsviertel.»

Enge, überfüllte Straßen mit kleinen Läden, im Vergleich zu Amerika unattraktiv. Sie ähnelten den Geschäften, die er in kleinen Fabrikstädten von New England gesehen hatte und in denen die Schaufensterauslagen offenbar seit der Eröffnung nicht gewechselt worden waren. In schmalen Gäßchen oder zwischen zwei Gebäuden und selbst auf den etwas verbreiterten Stellen des Gehsteigs waren Stände, an denen die verschiedensten Artikel feilgeboten wurden – Bleistifte, Rasierklingen, Geldbörsen, Regenschirme, Feuerzeuge. Es gab mehrere Kioske an der Straße, in denen Lotterielose verkauft wurden. In Hauseingängen und auf den Gehsteigen saßen alte Männer an die Mauern gelehnt und riefen Zeitungen aus.

Überall waren junge Männer und Frauen in Uniform zu sehen. Viele der Männer trugen Selbstladegewehre, entweder an Lederriemen über der Schulter oder wie Regenschirme unter den Arm geklemmt oder an den Abzugsbügeln. Sie sahen nicht wie Soldaten aus, fand er, obwohl sie jung und kräftig waren. In ihrer Haltung lag eher etwas Ziviles, Sachliches, als übten sie irgendeinen Beruf aus, der eine Uniform erforderte, zum Beispiel als Busfahrer.

Der Rabbi entdeckte einen Hutladen und wollte sich eine zweite *Jarmulke* als Reserve kaufen. Es gab sie in allen Andenkenläden in rotem und blauem Samt mit Gold- und Silberstickerei, aber er wollte ein einfaches schwarzes Käppchen haben. Der Besitzer war ein hochgewachsener Mann mit langem Bart. Sein Sohn in Khaki half während seines Urlaubs im Geschäft, das automatische Gewehr deutlich sichtbar auf einem Regal hinter dem Ladentisch. Mehrere Männer, offensichtlich keine Kunden, unterhielten sich über arabische Terroristen und über Gegenmaßnahmen, die die Regierung ergreifen sollte. Sie sprachen Jiddisch, das der Rabbi nicht fließend beherrschte, dem er jedoch folgen konnte. Der Sohn des Besitzers erkundigte sich nach einer Minute, was er wünsche, legte zwei Stapel schwarze *Jarmulkas* auf den Ladentisch, die einen kosteten zwei, die anderen vier Pfund, und beteiligte sich dann wieder an der Unterhaltung, die er abermals gerade so lange unterbrach, um den Schein des Rabbis entgegenzunehmen und ihm das Wechselgeld herauszugeben.

Eine merkwürdig simple und nach amerikanischen Begriffen sogar primitive Transaktion, fand der Rabbi: ein Austausch von Geld und Ware ohne jede Formalität, kein Einpacken, keine Quittung. Es gab keine Registrierkasse; der junge Mann hatte das Wechselgeld aus einer Schublade unter dem Ladentisch geholt. Er sagte nicht einmal das übliche «Danke», doch als es der Rabbi tat, antwortete er automatisch *bewakascha* » – bitte sehr.

Rabbi Small setzte seinen Spaziergang fort, blieb vor den Schaufenstern stehen und rechnete mechanisch die Preise in amerikanische Dollars um. Keine der gewundenen Straßen schien die anderen im rechten Winkel zu kreuzen, und plötzlich fand er sich auf einem Markt mit engen Standreihen, vorwiegend Obst und Gemüse, mitunter allerdings auch Fisch und Fleisch und sogar Textilien, an denen Araber, bärtige Juden, Frauen ihre Waren anpriesen – schreiend, feilschend, gestikulierend. Außerdem gab es bescheidene Vorläufer der Warenhäuser – Stände, an denen man Kämme, Notizbücher, Nähnadeln, Papiertaschentücher oder Regenmäntel kaufen konnte, sofern einer von dem halben Dutzend vorhandenen die passende Größe hatte.

Der Rabbi bog in eine Seitengasse ein und gelangte auf einmal in ein Wohnviertel mit alten ein- bis zweistöckigen Häusern, in denen offenbar vorwiegend Orthodoxe ansässig waren. Die Männer begannen aus ihren Läden oder Arbeitsräumen heimwärts zu strömen, um sich auf den Sabbat vorzubereiten. Auf den Höfen spielten Kinder, Jungen mit kahlgeschorenen Köpfen, bis auf die Ringellocken an Schläfen und Ohren. Alle trugen Käppchen und hatten Mühe, sie nicht beim Laufen oder Kicken nach dem Fußball zu verlieren. Die kleinen Mädchen spielten auf einer Seite für sich Seilspringen oder Himmel und Hölle. Gelegentlich knatterte ein Motorrad, was überhaupt nicht in die gesamte Atmosphäre paßte, und ein junger Mann brauste vorbei und verschwand um die Ecke. Dunkelhäutig, glattrasiert, aber mit modischem langem Haar, auffallende, weit ausgestellte Hosen, die eng auf den Hüften saßen und von einem breiten, reichverzierten Gürtel gehalten wurden.

Der Rabbi wanderte weiter, zwar unsicher über die Richtung, jedoch nicht gewillt, eine der Frauen, die auf den Treppenstufen vor dem Haus saßen, zu fragen, da er nicht wußte, ob sie es vielleicht unpassend finden würden, von einem Fremden angesprochen zu werden. Schließlich kam er in eine breite Straße mit hohen, modernen Apartmenthäusern, die ihm bekannt schienen. An der nächsten Ecke sah er auf dem Straßenschild, daß er sich in der Jaffa Road befand, die zur King George Street führte. Er war jetzt müde und dankbar, ein kleines Café zu entdecken, wo er sich eine Weile ausruhen konnte.

Es war angenehm ruhig hier, zumindest um diese Zeit, und es gab einen Zeitungs- und Zeitschriftenständer mit französischen, deutschen und hebräischen Blättern. Nur wenige der kleinen Tische waren besetzt, und zwar von in ihre Zeitung vertieften Einzelpersonen. Der Rabbi bestellte sich eine Tasse Kaffee und holte sich dann eine Nachmittagszeitung vom Ständer.

Der Leitartikel befaßte sich mit dem jüngsten Terrorakt, der Explosion einer Bombe in einem Wohnhaus in Rechavia, die sich vergangene Nacht ereignet hatte. Ein Mann war getötet worden, ein Professor für Agronomie an der Universität. Seine Frau und zwei Kinder waren dem gleichen Schicksal nur dadurch entgangen, daß sie die Nacht bei Verwandten in Haifa verbracht hatten. Offenbar hatten die Reporter keine Zeit gehabt, sich über das Opfer gründlich zu informieren; es wurde lediglich eine Kurzbiographie gegeben, wie man sie in den Archiven registriert, und dazu ein Foto aus der gleichen Quelle.

Auf einer der Innenseiten fand sich eine Skizze der Gegend. Als der Rabbi sie sah, fuhr er hoch. Der Vorfall hatte sich nur eine Straße von der Victory Street entfernt ereignet. Das mußte es gewesen sein, was ihn mitten in der Nacht aufgeweckt hatte – der Lärm der Explosion!

Eine Regierungsstelle räumte ein, daß es sich wahrscheinlich um das Werk der CAT-Gruppe handle – *Committee for Arab Triumph* –, die vor ein paar Wochen auf dem Marktplatz in Jaffa einen Bombenanschlag verübt hatten, bei dem zwei Menschen getötet worden waren.

Damals hatte CAT die Polizei wenige Minuten vor der Explosion angerufen. Bei einer anderen Gelegenheit war ihr Anruf früh genug gekommen, oder ihr Sprengsatz hatte nicht planmäßig gezündet, so daß die Polizei die Bombe entdecken und entschärfen konnte. Diesmal hatte es jedoch keine telefonische Warnung gegeben.

Ein Foto zeigte einen kleinen, länglichen schwarzen Kasten aus Plastik, der wie ein Taschenradio aussah. Auf der einen Seite befand sich eine Skala, die herauszuziehen war und dann den Mechanismus in Gang setzte; ungefähr eine Stunde später explodierte die Sprengladung. Ein fettgedruckter Hinweis besagte, wer ein solches Gerät finde, könne die Explosion dadurch verhindern, daß er den Bolzen herunterdrücke. Damit sei es zwar nicht entschärft, sondern nur vorübergehend außer Funktion gesetzt, aber man könne es zumindest sicher zur nächsten Polizeistation bringen.

Der größte Teil der Zeitung beschäftigte sich mit dem Vorfall, und der Rabbi verschlang jede Zeile. Ein Sprengstoffexperte der Armee wurde zitiert, der sich geringschätzig über die Bombe äußerte: «Die Sprengkraft ist nicht sehr groß, und der Druck geht nur in eine Richtung.»

Ein Nachbar erklärte in einem Interview, seines Wissens habe das Opfer an etwas gearbeitet, das für arabische Bauern von großem Wert gewesen wäre.

Der Rabbi hängte die Zeitung wieder an den Ständer, bezahlte seinen Kaffee und ging. Er hatte seinen flüchtigen Impuls überwunden, nach Hause zu eilen und die Wohnung zu durchsuchen. Ob Miriam von der Explosion wußte und sich ängstigte? Sollte er ihr davon erzählen, falls sie keine Ahnung hatte? Doch dann machte er sich klar, daß sie bestimmt im Bilde war. Sie hatte mit Gittel im Supermarkt eingekauft. Die Leute redeten fraglos darüber, und auch wenn sie es auf hebräisch taten, verstand Gittel es ja. Sie würde es Miriam sagen und sie notfalls beruhigen. Jetzt war es zwei Uhr, und die Menschen hasteten durch die Straßen, als ob sie alle zu spät dran wären für eine wichtige Verabredung. Die Geschäfte waren entweder geschlossen oder gerade dabei zu schließen, und die Inhaber hatten es ebenfalls eilig. An einer Ecke war ein Blumenstand, der noch verkaufte. Doch auch hier war der Besitzer bestrebt, die drei oder vier ungeduldig wartenden Kunden schnell abzufertigen. Der Rabbi stellte sich dazu und kaufte einen Strauß Nelken. Dann machte er sich gleichfalls schleunigst auf den Heimweg.

Miriam und Jonathan begrüßten ihn; Gittel war bereits gegangen. «Uri bekommt meistens zum Wochende Urlaub», erklärte Miriam. «Natürlich möchte sie zu Hause sein, um ihn zu empfangen. Ich schlug vor, sie solle versuchen, ihn über die Leute von der Armee zu benachrichtigen, daß er nach Jerusalem statt nach Tel Aviv fährt. Aber das konnte vermutlich nicht einmal Gittel zuwege bringen.»

«Hat sie es versucht?» erkundigte sich der Rabbi.

«Nein. Ich nehme an, sie hält es für unpatriotisch, die Armee mit unwichtigen Bitten zu behelligen. Hierzulande ist die Armee sozusagen sakrosankt.»

«Muß sie wohl, wenn Gittel nicht einmal den Versuch gemacht hat», meinte er trocken.

«Aber sie ist eine gute Seele, David.»

Er schien überrascht. «Selbstverständlich. Ich finde sie großartig. Ihre Betriebsamkeit macht mir nichts aus. Sie stammt aus einer langen Reihe matriarchalischer Gestalten – von Debora bis Golda. Bei uns ist das eine Tradition. Im *stetl* hatten die Frauen das Heft in der Hand, während die Männer studierten.» Er lächelte. «Du hast auch ein bißchen was davon. Es tut mir nur leid, daß Gittel nicht mit uns zusammen unseren ersten Sabbat in Israel feiert.» Er gab ihr die Blumen und küßte sie. «Alles Gute zum Sabbat.»

Er wollte fragen, ob sie die Nachricht gehört habe, aber Jonathan kam ins Zimmer. «Ich war in der Schule, Daddy, und geh jetzt jeden Tag hin – mit Shauli von oben.»

«Das ist aber fein, Jonathan.» Er streichelte ihm zärtlich über das Haar. «Und wie hat's dir in der Schule gefallen?»

«Ach, ganz gut soweit.» Dann aufgeregt: «Du, die Kinder hier können nicht richtig Ball werfen. Sie stoßen ihn. Mit den Füßen.»

«Das finde ich wirklich interessant.» Er wollte mehr sagen. Er wollte seinen Sohn nach der Schule fragen. Er wollte Miriam fragen, wie sie den Tag verbracht habe. Aber er konnte es nicht; er war zu müde.

«Ich bin durch die ganze Stadt gelaufen», begann er zu erklären.

«Warum legst du dich nicht ein Weilchen hin und schläfst, David? Ich hab das gemacht und fühlte mich hinterher wie neugeboren.»

«Ja, ich glaube, das tue ich.» Er zögerte. «Hast du gehört von . . .»

Sie drehte sich rasch um, ob Jonathan außer Hörweite war. «Ja, aber wir wollen jetzt nicht darüber reden. Leg dich hin.»

Er hatte kaum die Schuhe ausgezogen, als er auch schon eingeschlafen war. Es schienen nur ein paar Minuten vergangen zu sein, als Miriam ihn weckte. «Steh jetzt besser auf, David. Es ist unser erster Sabbat in Israel, und ich glaube, wir sollten zusammen essen. Außerdem möchte ich nicht, daß Jonathan zu lange aufbleibt.»

Er fuhr hoch. «Wie spät ist es?»

«Sieben.»

«Aber der Gottesdienst ist doch jetzt schon vorbei.»

«Ich hatte nicht das Herz, dich zu wecken. Du hast so tief geschlafen. Der lange Flug. Und der Zeitunterschied.»

Er stand auf und besprengte sich das Gesicht mit kaltem Wasser. Als er ins Eßzimmer kam und den gedeckten Tisch mit den brennenden Kerzen und der Vase mit seinen Blumen in der Mitte sah, fühlte er sich erfrischt. Er setzte sich ans Kopfende der Tafel und schenkte den *Kiddusch*-Becher ein.

Dann erhob er sich und begann das alte Gebet: «Am sechsten Tag ...»

14

Vom Tag seiner Ankunft in Barnard's Crossing an hatte Rabbi Deutch eine Reihe von Besprechungen mit Kantor Zimbler und Henry Selig gehabt, dem Vorsitzenden der Ritualkommission. Der Gemeindevorsteher hatte ihn für diesen wichtigen Posten vor allem wegen der Geschwindigkeit benannt, mit der er die Gebete las. Bert Raymond war zum *Minjan* gegangen, um den *Kaddisch* zum Todestag seines Vaters zu sprechen, und hatte dabei Selig bemerkt. «Er ist der erste, der sich beim *Schemone essre* wieder hinsetzt. Als ich ihn das erste Mal beobachtete, dachte ich, er läßt was aus, genau wie ich. Aber dann hab ich neben ihm gesessen, und er liest das Ganze tatsächlich. Seine Lippen beben förmlich. Er muß es auswendig können.»

Das stimmte; Henry Selig konnte die täglichen Gebete auswendig, und darauf beschränkte sich seine Kenntnis des jüdischen Rituals. Daher erhob er keine Einwände gegen die Pläne von Rabbi Deutch. Bei dem Kantor war es schon schwieriger. Er war völlig einverstanden mit jedem Vorschlag, durch den sich sein Anteil am Gottesdienst erweiterte, doch wenn Rabbi Deutch auf ein besonderes Gebet verzichten wollte, insbesondere wenn es eine ausgedehnte musikalische Wiedergabe verlangte, jammerte er: «Aber Rabbi, dieses Gebet ist entscheidend für die Stimmung während des ganzen Gottesdienstes.» Manchmal veranlaßten ihn auch rein persönliche Gründe zu seinen flehentlichen Bitten: «Hier singe ich den ersten Teil Falsett, den nächsten mit normaler Stimme, dann wieder Falsett und noch mal mit normaler Stimme. Genau wie ein Duett, die Leute sind ganz wild drauf. Es ist kein Freitagabend vergangen, wo nicht jemand hinterher zu mir gekommen ist und mir gerade zu diesem Gebet ein Kompliment gemacht hat.»

Doch Rabbi Deutch wußte, was er wollte, und verfügte über eine langjährige Erfahrung im Umgang mit leicht erregbaren Kantoren. «Hören Sie zu, Kantor, es gibt eine Regel, wie man den Gottesdienst am Freitagabend erfolgreich abwickelt, und die lautet – mach's kurz und schwungvoll. Vergessen Sie nicht, die Sache wiederholt sich allwöchentlich. Wenn sich der Gottesdienst in die Länge zieht, wird die Gemeinde müde, und was geschieht als erstes – die Leute kommen nicht mehr. Er muß weniger als eine Stunde dauern. Vergessen Sie nicht, sie haben zu Abend gegessen und wollen sich entspannen. Also hören sie

Sie ein bißchen singen und singen selber ein bißchen. Wir haben ein paar Wechselgesänge, mit denen wir ihnen ein Gefühl für die Feierlichkeit des Sabbat vermitteln. Ich halte eine kurze Predigt. Das *Amida* ist ein kleines Zwischenspiel, bei dem sie mal aufstehen und die Beine etwas strecken können. Und dann schließen wir mit einem schwungvollen *Adon Olam,* und die Leute gehen ins Vestibül zu Tee und Kuchen und plaudern miteinander. So ist's eine nette Abendunterhaltung, und Sie werden sehen, die Besucherzahl wird von Woche zu Woche steigen.»

Rabbi Deutch hatte noch weitere Ideen zur Verbesserung des Gottesdienstes, und an seinem ersten Freitagabend gelang es ihm, sie alle zu verwirklichen. Als die Gemeindemitglieder ihre Plätze einnahmen, stellten sie fest, daß die thronartigen Sessel auf der Estrade zu beiden Seiten der Bundeslade, wo normalerweise der Rabbi und der Kantor sitzen, leer waren. Der Gottesdienst sollte um acht Uhr beginnen, und eine Viertelstunde vorher waren bereits alle versammelt, die den neuen Rabbi unbedingt in Aktion sehen wollten. Doch die Plätze auf der Estrade blieben leer.

Die Orgel hatte den Einzug der Gemeinde musikalisch untermalt – getragene, schwermütige Klänge in Moll, die jedoch zehn Minuten vor acht plötzlich zu brausenden Dur-Akkorden anschwollen, als die Tür zum Ankleideraum sich öffnete, und der Rabbi erschien – im eindrucksvollen schwarzen Gewand mit seidenem Gebetsschal und einer hohen *Jarmulke* aus Samt, ähnlich der eines Kantors, auf dem Kopf. Er hielt kurz inne und schritt dann langsam die Stufen zur Estrade empor und stand vor der Bundeslade, den Rücken der Gemeinde zugekehrt. So verharrte er ein bis zwei Minuten, den Kopf leicht geneigt, richtete sich dann auf und ging zu seinem Platz neben der heiligen Lade.

Nachdem er sich gesetzt hatte, sah er mit unbeteiligtem Gesicht über die Gemeinde hin, und das vereinzelte Geflüster verstummte, als sie seinen Blick auf sich verweilen fühlten. Zwei Minuten vor acht erhob er sich und schritt zum Pult. Er schaute die Gemeinde nicht direkt an, sondern hatte sich etwas umgedreht, der Tür des Ankleideraums zu. Wartend stand er da, und Punkt acht öffnete sie sich abermals, der Kantor erschien und begann von der Schwelle aus *ma-towju* zu singen – Wie schön sind deine Zelte, Jakob! Dabei stieg er langsam die Stufen zur Estrade empor, während der Rabbi unbeweglich verharrte und ihn ansah. Der Gesang endete genau in der Sekunde, in der er am Pult anlangte. Erst jetzt zog sich der Rabbi auf seinen Platz neben der Bundeslade zurück.

Nun sang der Kantor *l'cha dodi,* und die Gemeinde stimmte in den Refrain ein. Anschließend trat der Rabbi vor und verkündete mit seinem tiefen Bariton: «Wir lesen jetzt abwechselnd den Psalm auf Seite zwölf in Ihren Gebetbüchern.» Er las den ersten Vers und dann gemeinsam mit der Gemeinde den nächsten, wobei seine klangvolle Stimme deren Gemurmel übertönte.

Der Gottesdienst war in der Tat kurz und schwungvoll. Die Predigt dauerte nur fünfzehn Minuten. An keiner Stelle wurde eine Verschleppung geduldet. Die Gemeinde erfreute sich am Gesang des Kantors, weil er nicht im Übermaß geboten wurde. Ihr eigener Anteil, der sich vorwiegend auf das wechselweise Lesen beschränkte und bei dem der Rabbi die halbe Arbeit tat, vermittelte ihnen das angenehme Gefühl, beteiligt zu sein, und war dennoch nicht beschwerlich; und die *Amida* war fast eine Erholungspause, weil sie im Stehen gesprochen wurde.

Natürlich gab es Einwände. Einige der älteren Gemeindemitglieder waren nicht unbedingt erbaut von dem schwarzen Gewand, das der Rabbi gewählt hatte und das sie an Priester und Pfarrer erinnerte. Und außerdem waren die Präliminarien in ihren Augen zu dramatisch und wirkten daher theatralisch und gekünstelt. Doch die meisten äußerten sich anerkennend.

«Na, bitte, und welches ist die dauerhafteste religiöse Organisation der Welt? Die katholische Kirche, hab ich recht? Und womit arbeitet sie, wenn nicht mit Dramatik und Zeremoniell? Das ist ihr Betriebskapital. Sie weiß genau, was die Leute Woche um Woche wiederkommen läßt – eine gute Vorstellung, ein eindrucksvolles Schauspiel, und das bietet sie ihnen.»

Dieselben Abweichler mäkelten auch an der Predigt herum. «Also für mich hat er überhaupt nichts gesagt.»

«Ja, aber er hat dafür keine vierzig Minuten gebraucht.»

Doch selbst die stärksten Gegner mußten zugeben, daß der Gottesdienst sich durch strikte Ordnung und Befolgung des Rituals auszeichnete – das *Schibbolet* des konservativen Judentums.

Die überwiegende Mehrheit aber fand den Gottesdienst wunderbar und legte Wert darauf, zum Rabbi zu gehen und ihm das mitzuteilen.

«Wirklich, Rabbi, es hat mir sehr zugesagt. Früher bin ich am Freitagabend nicht oft in die Synagoge gegangen. Aber von jetzt ab sehen Sie mich jede Woche.»

«Ihre Predigt, Rabbi, also auf die hab ich angesprochen, Sie verstehen schon. Darüber werde ich noch lange nachdenken.»

«Wissen Sie, Rabbi, heute abend hatte ich zum erstenmal das Gefühl, ich nehme an etwas – na ja – an etwas Heiligem teil. Anders kann ich's nicht sagen.»

«Bei mir dasselbe, Rabbi. Das war der beste Sabbat, an den ich mich erinnern kann.»

Bert Raymond, der neben Rabbi Deutch stand, strahlte.

15

Die Nachwirkungen der Reise waren noch nicht vorüber, und die Smalls schliefen lange – sogar Jonathan. Sie erwachten, als ihnen die helle Sonne direkt ins Gesicht schien; es war nach zehn Uhr und zu spät, um in die Synagoge zu gehen.

Miriam war zerknirscht. «Ich weiß, du wolltest an deinem ersten Sabbat in Jerusalem in die Synagoge gehen.»

«Das hatte ich vor», sagte er leichthin, «aber es kommen ja noch andere Sabbats. Wollen wir nicht spazierengehen? An der King George Street ist ein Park.»

Auf dem Weg durch die Straßen wurde ihnen klar, daß sie etwas Neues erlebten – eine ganze Stadt, die den Sabbat einhielt. Sämtliche Geschäfte waren geschlossen – das war zu erwarten –, aber es war mehr als das. Es verkehrten keine Omnibusse, und auf den Straßen fuhren fast keine Autos. Die Verkehrsampeln waren auf das gelbe Blinklicht geschaltet, statt auf Rot und Grün abwechselnd. Und die Menschen schlenderten genauso wie sie durch die Straßen; Männer mit ihren Frauen und Kindern in Feiertagskleidung gingen zu dritt und zu viert nebeneinander, ohne bestimmtes Ziel, nur das schöne Wetter genießend.

Andere wiederum, die aus der Synagoge kamen, strebten nun nach Hause; manche hatten noch den Gebetschal um die Schultern gelegt, um ihn nicht tragen zu müssen, was natürlich eine Art Arbeit und somit ein Verstoß gegen den Sabbat wäre. Hin und wieder sahen sie einen Chassid im Sabbatstaat, statt des breitrandigen Filzhutes eine mit Pelz verbrämte Galamütze, das *schtrajml,* auf dem Kopf, bis knapp unters Knie reichende Bundhosen und dazu weiße Strümpfe. Manche waren in das lange schwarze Seidengewand mit Schärpe gehüllt. Andere, meistenteils jüngere, bevorzugten einen Gehrock, den sie der Wärme wegen offen ließen; dadurch waren die Schaufäden des *Tallit katan* zu sehen, des kleinen viereckigen Gebettuches, das sie ständig unter der Kleidung trugen. Um die Taille hatten sie die gestickten Gürtel, die sie zum Beten anlegten und die zur Trennung der unteren, mehr weltlichen Körperpartien von den oberen, mehr geistigen dienten.

«Warum kleiden sie sich so, David?» fragte Miriam.

Er grinste. «Genau genommen, purer Konservativismus. Das ist der Anzug des wohlhabenden polnischen und russischen Kaufmanns aus dem achtzehnten Jahrhundert; vermutlich trug sich Baal Schem Tow, der Stifter des Chassidismus, in jener Zeit so, und sie eifern darin dem *rebbe* nach. Ich nehme an, die amischen Mennoniten in Pennsylvania tun dasselbe und aus dem gleichen Grund. Wir neigen dazu, Kleidung mit Geisteshaltung zu assoziieren. Vielleicht sind die Leute heutzutage aus eben diesem Grund gegen den legeren modischen Aufzug der

Jugend; in ihren Augen weist das auf Rebellion hin und auf einen Bruch mit dem Herkömmlichen nicht nur in der Kleidung, sondern auch in den tradierten Moralbegriffen und Wertvorstellungen.»

«Bei den Alten stört's mich nicht», meinte Miriam, «aber die Jungen – daß die derart an der Tradition festhalten ... Der da drüben, er kann doch nicht älter als dreizehn oder höchstens vierzehn sein.»

Der Rabbi folgte ihrem Blick. «Das ist vielleicht ein Dandy, was? Das *schtrajml* – Nerz, nicht wahr? – muß seine Familie ein Vermögen gekostet haben.» In seiner Stimme lag ein melancholischer Unterton. «Ein trauriges Paradoxon. Während sie einerseits so strikt an der Kleidung festhalten, haben sie sich weitgehend vom Geist der Bewegung entfernt. Der Chassidismus war ursprünglich eine Art von romantischem Mystizismus, voller Freude und Lachen, voller Singen und Tanzen, der sozusagen die direkte Begegnung mit Gott einschloß. Eine nützliche und notwendige Reaktion auf die peinlich genaue Einhaltung der religiösen Vorschriften, die für die damalige Zeit typisch war. Aber heute hat sich der Kreis geschlossen, und die Chassidim sind die größten Pedanten, was ihr striktes Festhalten am Buchstaben des Gesetzes betrifft.»

Im Park spielten Jungen im Alter von zehn bis zwanzig und darüber Fußball. Die Mannschaften waren aufs Geratewohl ausgesucht; der lebhafte Spielverlauf brachte zahlreiche Zusammenstöße mit sich, bei denen aber anscheinend niemand zu Schaden kam.

Die Smalls setzten sich auf eine Bank und schauten zu. Andere saßen im Gras am Rand des improvisierten Spielfeldes, und obwohl der Ball hin und wieder über ihre Köpfe hinwegflog oder die Spieler an ihnen vorbeirasten, um ihn zu holen, störte sich offenbar niemand daran.

Sie saßen auf der Parkbank im hellen Sonnenschein und hatten keine Lust, weiterzugehen. Jonathan war nach ein paar Minuten abgezogen und sah einer Gruppe von kleineren Jungen zu, die mit einem leichteren Ball spielten. Einmal flog er ihm vor die Füße. «Kick ihn zurück!» schrie eins der Kinder auf hebräisch. Er verstand nicht, stieß ihn aber automatisch an und sah überrascht und begeistert, wie er ein Stück weit in hohem Bogen flog. Teils hingerissen von seiner Heldentat, teils etwas ängstlich, weil er ihn womöglich zu weit gestoßen hatte, rannte er zu seinen Eltern. «Ich hab ihn gekickt!» schrie er. «Habt ihr gesehen? Habt ihr gesehen, wie ich den Ball gekickt hab?»

Seine Mutter umarmte ihn.

«Ein schöner Stoß», sagte der Rabbi. «Wenn du wieder hingehst, kannst du ihn vielleicht noch mal kicken, oder sie lassen dich mitspielen.»

«David!» rief Miriam. «Die Jungen sind zwei oder drei Jahre älter als Jonathan. Er wird sich weh tun.»

«Ach, ich weiß nicht. Es scheint doch keiner zu Schaden zu kommen.

Und offenbar gibt's auch keine Rauferei unter den Kindern. Sieh dich doch um.»

Doch Jonathan wollte kein Risiko eingehen und kuschelte sich an seine Mutter. Die Mittagsstunde nahte, und die Spiele wurden beendet. Auch die Smalls brachen auf und behielten die gemächliche Gangart bei, die so gut zu dem ganzen Tag zu passen schien.

«Das ist der erste Sabbat seit langem, an dem du nicht in der Synagoge gewesen bist, David», sagte Miriam, als sie sich ihrem Haus näherten.

«Stimmt, aber mir ist nicht, als hätte ich etwas versäumt», entgegnete er. «Ich bin immer gegangen, nicht nur, weil man es von mir als Rabbi und davor als Student auf dem Seminar und davor als Sohn eines Rabbiners erwartete, sondern weil ich von jeher das Gefühl hatte, auf diese Weise die Woche durch den Sabbat zu krönen. Ich zog mich etwas anders an und ging so rechtzeitig zum Tempel, daß ich mich nicht zu beeilen brauchte. Und genauso war es beim Rückweg; ich wußte ja, es wartete keine dringende Arbeit auf mich. Vermutlich tat ich das alles in dem Bestreben, den Sabbat zu etablieren und ihn zugleich zu feiern. Nun, und hier mußt du den Sabbat nicht erst etablieren. Du hast es nicht nötig, mit ihm deine Wochenarbeit zu krönen. Das wird für dich getan. Die ganze Stadt hält den Sabbat ein. Wenn ich auch nicht in die Synagoge gegangen bin, so war es doch der beste Sabbat, an den ich mich erinnern kann.»

Sie sah ihn seltsam an. «Schon komisch, wenn ein Rabbi so was sagt.»

«Ja, das glaube ich auch. Aber so ist mir eben zumute.»

16

Der Assistent, dunkelhäutig, schüchtern, schlich sich ins Büro seines Chefs, Police Inspector Ish-Kosher. Er räusperte sich. Ish-Kosher, ein freundlicher, vierschrötiger Mann in akkurater Uniform, blickte hoch und sagte liebenswürdig: «Ja, Aaron?»

«Draußen ist ein Mann. Einer von der Bürgermiliz. Er ging Streife in der Gegend, Sie wissen schon, Alfont Street . . .»

«Hat er was gesehen? Weiß er was? Reden Sie schon, Mann.» Der Inspector fingerte an der kleinen *Jarmulke*, die mit einer Haarklemme festgehalten wurde. Er trug sie weniger als Zeichen der Frömmigkeit, sondern vielmehr seiner Partei zuliebe, der religiöse Orthodoxie wichtig war. Außerdem wurde dadurch die kahle Stelle am Hinterkopf verdeckt.

«Na ja . . .»

Ish-Kosher seufzte. Sein Assistent war ein typischer Vertreter der Sephardim, fand er. Sehr gut in den unteren Chargen, als Streifen- oder

Verkehrspolizisten, wurden sie leicht starr, unbeweglich, unentschlossen, wenn ihnen mehr Verantwortlichkeit und Selbständigkeit abverlangt wurde. Aber natürlich mußte man weitermachen mit ihnen und Geduld haben. In ein paar Jahren würden viel mehr von ihnen im Präsidium sein; im Außendienst waren sie bereits in der Mehrzahl. «Setzen Sie sich, Aaron», sagte er freundlich. «Also – worum geht's?»

«Na ja, ich wußte nicht recht, ob ich Sie damit belästigen sollte oder nicht. Es ist wirklich nichts Besonderes, außer daß die Zeit stimmt. Außerdem haben wir weiter nicht viel.»

«Dann bringen Sie ihn rein. Wir reden mit ihm. Wie Sie schon sagen, haben wir ja nichts weiter.»

«Es sind zwei, aber der eine führt das große Wort.»

«Dann bringen Sie sie eben beide rein. Haben wir nicht genug Stühle?»

Beide Männer waren in den Vierzigern. Aus ihrer Kleidung und der gesamten Erscheinung schloß Ish-Kosher, daß es sich um kleine Geschäftsleute handelte, Ladenbesitzer vielleicht. Shmuel, der Wortführer, wirkte etwas gepflegter als sein Begleiter. Sein Anzug war gebügelt und die Schuhe blank. Moshe trug ebenfalls einen dunklen Straßenanzug, aber dazu einen fleckigen Pullover. Arbeitet im Freien, dachte Ish-Kosher; vielleicht gehört ihm ein Stand.

«Wir haben Wachdienst», erklärte Shmuel.

«Nachtschicht», fügte Moshe hinzu.

«Redst du, Moshe, oder ich?» fragte Shmuel.

«Du.»

«Gemacht. Also, wir haben nachts Wachdienst», begann Shmuel erneut, «und es war vielleicht ein paar Minuten vor elf. Wir waren ziemlich am Ende von der Alfont Street. Die Explosion war in Nummer achtundneunzig, wir waren ein paar Häuser weiter unten – na, sagen wir bei sechsundachtzig. Wir blieben stehen, um uns 'ne Zigarette anzustecken . . .»

«Du hast die Zigarette angesteckt», unterbrach Moshe.

«Na schön, hab ich also die Zigarette angesteckt. Hast du Angst, der Inspector meldet das? Und da kam ein Mann und fragte sehr freundlich, wirklich sehr höflich, ob wir wüßten, wo die Victory Street ist.»

«Sprach er hebräisch?» erkundigte sich Ish-Kosher.

«Ja, aber er war kein Israeli. Ein Ausländer, Amerikaner, glaub ich.»

«Gut, erzählen Sie weiter.»

«Sie wissen doch, wie die Victory Street verläuft. Also frag ich ihn, zu welcher Nummer er will. Isses 'ne hohe Hausnummer, muß er nämlich entgegengesetzt zurückgehen, und isses 'ne niedrige, liegt sie in der Richtung, wie wir gingen, die Alfont Street runter und drüben auf der rechten Seite.» Er veranschaulichte die Beschreibung durch Handbewegungen.

«Er sagte, Nummer fünf», teilte Moshe mit.

«Das wollt ich dem Inspector eben erzählen», entrüstete sich Shmuel.

«Gut, er wollte also nach Victory Street Nummer fünf», sagte Ish-Kosher. «Und was passierte dann?»

«Nichts», verkündete Shmuel triumphierend.

«Nichts?» Ish-Kosher starrte die beiden an und blickte dann fragend auf seinen Assistenten.

Shmuel hob die Hand. Entweder wollte er den Inspector beschwichtigen oder damit andeuten, daß noch mehr kam. «Dann hab ich in der Zeitung gelesen, daß so 'ne Bombe 'ne Stunde später hochgeht, nachdem man sie in Gang gesetzt hat. Na, und sie ging ausgerechnet um Mitternacht hoch, und der Mann hat uns so gegen elf angesprochen. Und so red ich eben hier mit meinem Freund Moshe und . . .»

«Aha. Haben Sie sich den Mann genau angesehen?» fragte Ish-Kosher. «Können Sie ihn beschreiben?»

«Beschreiben?» Ein unsicherer Blick zu Moshe. «Ein großer Mann. Stimmt's, Moshe?»

Moshe nickte.

«Vielleicht einsachtzig, Moshe?»

«Einsachtzig auf jeden Fall.»

«Haarfarbe, Augenfarbe?» wollte Ish-Kosher wissen.

«Dunkel. Es war ja spät in der Nacht. Hast du seine Augen gesehen, Moshe?»

Moshe schüttelte den Kopf.

«Wie alt war er?»

«Ein richtiger Mann. Ich meine, kein Junge. Fünfzig vielleicht. Würdest du auch sagen fünfzig, Moshe?»

«Fünfzig mal sicher. Vielleicht sogar fünfundfünfzig.»

«Was hatte er an?»

«Hut und Mantel. Darum kann ich nicht sagen, was für 'ne Haarfarbe. Er hatte 'n Hut auf.»

«Und er war Amerikaner? Woran haben Sie das gemerkt? An seinem Hebräisch?»

«Sein Hebräisch war gut, aber er hat nicht so geredet wie wir. Als ob er es studiert hat. Sie verstehen, was ich meine?»

«Gut. Er fragte Sie also, wie er zur Victory Street kommt, Sie erklärten es ihm, und er ging davon?»

«N-nein, nicht direkt. Er wollte nach Nummer fünf, und das war in unserer Richtung. Also gingen wir miteinander und redeten.»

«Du hast geredet», sagte Moshe.

«Von mir aus hab ich geredet. Hab ich ihm irgendwelche Geheimnisse verraten?»

«Worüber sprachen Sie?» fragte der Inspector.

«Na, so wie man sich eben unterhält. Über die Regierung, über

Steuern, über den Krieg – Sie wissen schon, wie man eben so redet.»

«Und Sie gingen mit ihm bis zu dem Haus, zu dem er wollte?»

«Nein. Wir sind bis zur Querstraße mitgegangen, und ich hab ihm gesagt, er soll da langgehen, das wär der Anfang von Victory Street. Und Nummer fünf wär das zweite oder dritte Haus nach der Ecke.»

«Und er ging die Querstraße hinunter . . .» drängte Ish-Kosher.

«Nein.» Shmuel lächelte erfreut, weil er den Inspector reingelegt hatte. «Er sah auf seine Uhr und sagte, es wär vielleicht zu spät, jemand zu besuchen. Er bedankte sich bei uns und ging weiter die Alfont Street runter.»

Ish-Kosher bedachte seinen Assistenten mit einem seltsamen Blick, nachdem dieser die beiden hinausbegleitet hatte. «Ich hab Ihnen ja gesagt, ich glaube nicht, daß da viel dran ist, aber . . .» stotterte Aaron.

«Aber wir haben nichts weiter», ergänzte sein Chef. «Und trotzdem ist es eigenartig, wenn man ein bißchen darüber nachdenkt. Elf Uhr – ziemlich spät für einen Besuch, praktisch genauso spät wie ein paar Minuten später, als er selber fand, es sei zu spät. Könnte nicht schaden, sich ein bißchen rumzuhören. Viel verspreche ich mir nicht davon, wissen Sie. Wahrscheinlich ist Adumis Methode die richtige, einen Haufen Araber festzunehmen und sie in der Hoffnung zu verhören, daß einer die Nerven verliert und was zugibt. Trotzdem – in meinem Bezirk ist ein Mann getötet worden. Daß er durch eine Bombe ums Leben gekommen ist, tut nichts zur Sache. Es war Mord, und für Mord bin ich zuständig. Es könnte also der Mühe wert sein, nach Victory Street fünf zu gehen und mal zu erkunden, ob einer der Hausbewohner an dem Abend noch einen späten Besuch erwartet hat.»

17

Am Sonntag wollten die Smalls die Stadt besichtigen. Sie waren zumindest den Vormittag über ungebunden, da Jonathan bis zwei in der Schule blieb und dort sein Lunch bekam.

«Sie brauchen sich nicht zu beeilen», sagte Mrs. Rosen, ihre Nachbarin. «Er kann ja mit Shauli spielen, bis Sie zurückkommen.»

«Wir möchten in die Altstadt und zur Klagemauer», sagte Miriam. «Können wir da rechtzeitig zurück sein?»

«Natürlich.» Sie erklärte ihnen, welchen Bus sie zum Jaffa-Tor nehmen sollten. «Sie sehen dann schon, es sind überall Hinweisschilder. Es ist nicht weit zur Klagemauer, Sie könnten sogar zu Fuß gehen. Aber beim erstenmal nehmen Sie lieber den Bus.»

Sie befolgten den Rat. Kaum hatten sie beim Fahrer bezahlt, als er auch schon losbrauste, und sie zu ihren Plätzen schwankten. Da schnitt ein Auto den Bus, und der Fahrer mußte schleunigst auf die Bremse steigen. Er streckte den Kopf aus dem Fenster und brüllte dem Fahrer des Wagens zu: «Es soll dir, Gott behüte, nichts passieren, aber du bist ein Idiot!» Dann legte er wutschnaubend und rot vor Empörung wieder den Gang ein, und sie rollten davon.

Sie fuhren ein paar Minuten. Der Rabbi und Miriam sahen interessiert aus dem Fenster. Eine Frau in mittleren Jahren, die ein paar Netze voller Lebensmittel auf dem leeren Platz neben sich liegen und den umfänglichen Schoß voller Pakete hatte, zog an der Schnur und dann ein zweites Mal, weil der Fahrer das Haltesignal womöglich nicht gehört hatte.

Er blickte in den Rückspiegel und schrie: «Schon gut. Ich hab's ja gehört. Oder glauben Sie, das ist ein Musikinstrument?» Er fuhr an den Randstein und hielt.

Die Frau raffte ihre Einkaufsnetze und Päckchen an sich und strebte zur Tür. «Er benimmt sich, als ob sein Vater die Straße gebaut hätte», beschwerte sie sich. «Und wie oft zieht man die Schnur, und er hält nicht? Und wie oft fahren sie einfach vorbei, wenn's regnet und man an der Haltestelle steht?»

«Liebe Dame, wir müssen alle irgendwohin. Und wenn Sie sich nicht beeilen, haben Sie keine Zeit, Ihrem Mann noch das Essen zu kochen, bevor er nach Hause kommt. Den Schluß können Sie uns ja das nächste Mal erzählen.»

«Busfahrer sind alle gleich», meinte Miriam.

Ihr Mann lächelte. «Dieser hier auch, aber mit einem Unterschied.»

Der Bus hielt vor dem Jaffa-Tor. Bevor sie hindurchgingen, drehten sie sich um und betrachteten den Teil der Neustadt, den sie eben verlassen hatten.

«Es ist alles so weiß, David!» rief Miriam.

«Es ist aus Jerusalemer Stein erbaut. Wenn ich mich recht erinnere, gab es während des britischen Mandats ein Gesetz, das das vorschrieb. Vielleicht ist es immer noch in Kraft. Aber die Wirkung ist toll, nicht wahr?»

Sie gingen durch das Tor, überquerten einen weiten Platz und folgten den anderen Besuchern in eine schmale, kaum drei Meter breite überdachte Straße. Zu beiden Seiten waren Stände und Läden, vor denen die arabischen Besitzer auf niedrigen Hockern saßen und die Passanten hereinwinkten.

Die Straße fiel steil ab; alle paar Schritte waren zwei oder drei Stufen. Es wimmelte von Arabern, Touristen, Geistlichen der verschiedenen Konfessionen und zahllosen Kindern. Die Seitenstraßen waren ebenfalls überdacht und mit Läden gesäumt. Ab und zu sahen sie jedoch Plätze und Höfe, die offensichtlich zu Wohnhäusern gehörten. Als sie an einer Ecke stehenblieben, näherte sich ihnen ein kleiner Junge von elf bis zwölf Jahren. Er war sauber gewaschen und trug einen Cowboyanzug.

«Brauchen Sie einen Führer, meine Herrschaften? Ich kann Sie überall hinbringen. Möchten Sie zur Klagemauer? Sind Sie aus Amerika?»

«Ja, wir sind aus Amerika», antwortete Miriam.

«Vielleicht aus Chicago? Oder aus Pennsylvania? Ich hab viele Freunde in Chicago und Pennsylvania. Vielleicht kennen Sie welche davon. Dr. Goldstein aus Pennsylvania ist ein sehr guter Freund von mir.»

«Nein, ich kenne Dr. Goldstein aus Pennsylvania nicht», sagte Miriam, wider Willen belustigt.

«Vielleicht möchten Sie die Via Dolorosa besichtigen? Ich kann sie Ihnen zeigen, das Kloster auch. Pater Benedict ist ein sehr guter Freund von mir.»

Miriam schüttelte den Kopf.

«Oder interessieren Sie sich für Teppiche? Für Schmuck vielleicht? Ich kann Sie in die besten Läden führen. Als meine Freunde kriegen Sie überall Vorzugspreise. Oder persische Emailarbeiten? Ich kenne da einen Laden – der Besitzer will das Geschäft aufgeben und verkauft alles sehr billig.»

«Wir möchten gar nichts kaufen», erklärte Miriam.

«Mein Bruder kann Sie in eine Ledergroßhandlung führen ...»

Miriam schüttelte nur den Kopf und lief hinter ihrem Mann her, der unbeirrt weitergegangen war. Als sie um die Ecke bogen, sahen sie den Jungen einen anderen Passanten ansprechen.

«Du darfst sie nicht noch ermutigen», sagte der Rabbi, «sonst wirst du sie nie mehr los.»

«Der eben muß 'ne ganz besondere Type gewesen sein. Wahrscheinlich wird er eines Tages Bürgermeister.»

Der Rabbi grinste. «Der nicht. Der wird Krämer, Besitzer eines kleinen Ladens wie die hier, und sitzt dann davor auf einem Hocker, raucht seine Wasserpfeife und trinkt den ganzen Tag Kaffee. Die halbe Stadt wird ihm gehören und der Bürgermeister bei ihm angestellt sein.»

Je weiter sie auf den abschüssigen Straßen in die Altstadt gelangten, desto mehr veränderte sich deren Charakter. Die Geschäfte waren nicht mehr auf die Touristen zugeschnitten, sondern für die Bewohner der Stadt bestimmt. Es gab Läden, in denen Radios und Uhren oder Töpfe und Pfannen repariert wurden; Fleischereien, Schuster, Friseurläden. Kleine Cafés, aus denen ohrenbetäubende Radiomusik meilenweit drang. Und die Besitzer, die vor ihren Geschäften saßen, lächelten nicht mehr gewinnend, sondern blickten gleichgültig auf die Passanten, unter denen sie nicht auf Kunden rechnen konnten.

Einmal mußten sich Miriam und David flach gegen die Mauer drücken, als zwei mit Obstkisten beladene Esel von einem kleinen

Jungen durch die Straße getrieben wurden. Ein andermal mußten sie vor einer Schafherde in den nächsten Hauseingang flüchten.

An einer Stelle verbreiterte sich die Straße plötzlich zu einer Art Platz, auf dem ein paar kleine fünf- oder sechsjährige Mädchen spielten. Sobald sie die Smalls sahen, rannten sie auf sie zu, streckten ihnen die schmierigen Hände entgegen und bettelten: «Money, money.»

«Kümmere dich nicht um sie», sagte der Rabbi und schüttelte mit strengem Blick auf die Mädchen den Kopf. Eine Kleine umklammerte mit beiden Armen ihren Bauch, um damit zu zeigen, daß sie Hunger hatte, und als selbst das keine Reaktion zeitigte, schwankte sie und fiel zu Boden. Miriam war versucht, stehenzubleiben; doch ihr Mann ging mit großen Schritten weiter, und sie befürchtete, ihn aus den Augen zu verlieren. Als sie etwas später zurückblickte, stellte sie erleichtert fest, daß die Kleine inzwischen aufgestanden war und vergnügt mit den anderen weiterspielte.

«Meinst du, sie hatte wirklich Hunger, David?»

«Die bestimmt nicht. Sie machen alle einen wohlgenährten Eindruck, und sie trägt neue Schuhe.»

Ein Schild führte zu einer schmalen Treppe. Sie folgten der Menge. Als sie die Stufen hochgestiegen waren, sahen sie einen weiträumigen Platz vor sich und dahinter die Klagemauer. An beiden Seiten des Weges war ein Soldat postiert, und die Frauen mußten ihre Handtaschen zur Kontrolle aufmachen.

Die Smalls standen auf einem Steinbalkon und sahen auf die Szene hinab. Ein Zaun, der im rechten Winkel zur Mauer verlief, trennte den für die Frauen bestimmten Teil auf der Rechten von dem der Männer auf der Linken. Ein paar Dutzend Frauen standen dicht vor der Mauer und berührten sie. Bei den Männern waren viel mehr, die meisten beteten und schwankten dabei verzückt hin und her.

Miriam blickte ihn an. «Berührt dich das, David?» fragte sie leise.

Er schüttelte langsam den Kopf und überlegte. «Nicht die Klagemauer an sich. Für mich ist das eine Mauer, weiter nichts. Freilich gehörte sie vermutlich zum Tempel und wurde wahrscheinlich von Herodes erbaut, und der zählt nicht zu meinen Favoriten. Trotzdem – die Betenden finde ich rührend. Vielleicht ist eine bestimmte heilige Stätte für ein Volk doch notwendig.»

«Wollen wir nach unten gehen?» Sie trennten sich an dem Zaun. «In zwanzig Minuten treffen wir uns hier.»

Er schlenderte umher, näherte sich dann der Klagemauer, nicht um zu beten, sondern um einige Minuten in stummer Meditation zu verharren. Dann ging er wieder weiter, blieb gelegentlich stehen, um die massiven Steine zu betrachten, sie mit der Hand zu befühlen. Er passierte den angrenzenden Torbogen und gelangte zu einer Ausgrabungsstelle, inspizierte dort einen Säulenschaft, der bis auf die vermutete ursprüngliche Ebene des Tempels eingesunken war. Dann kehrte er zurück, um auf Miriam zu warten.

Als sie erschien, fragte er: «Na, hast du gebetet?»

«Ja. Aber worum, verrate ich dir nicht.»

«Ich finde auch nicht, daß du das solltest.»

«Also dann lasse ich's. Eine Frau wollte mich dazu bewegen, einen langen Rock anzuziehen, den sie mithatte. Ich hab mich geweigert.»

Er schaute auf ihre Beine. «Wahrscheinlich war sie nur neidisch.»

«Auf meiner Seite steckten überall Papierstückchen in den Mauerritzen.»

«Auf meiner auch. Ich hab mir ein paar angesehen.»

«Das ist nicht wahr!»

Er nickte. «Aber sicher. Warum nicht? Hinterher hab ich sie zurückgesteckt.»

«Was stand darauf?»

«Hm. Der eine wollte, daß Gott ein Erdbeben in Ägypten bewirkt. Ich war versucht, den Zettel nicht zurückzutun, aber dann dachte ich, Gott kann wahrscheinlich selber auf sich aufpassen. Und einer bat um eine Gewinnzahl in der Lotterie. Und ein anderer wollte von einer Krankheit geheilt werden.»

Sein Ton veranlaßte sie zu der Frage: «Du bist nicht einverstanden damit, nicht wahr?»

«Nein, aber es war recht rührend. Daheim würde ich wohl meine Mißbilligung äußern, aber hier . . .»

Miriam schob den Arm unter den seinen. «Es ist ein Unterschied, stimmt's?»

Er nickte. «So viele verschiedene Menschen, und alle kommen sie her, um etwas zu suchen. Siehst du den großen blonden Mann? Er hat verblüffende Ähnlichkeit mit einem Studenten vom College, den ich kannte. Ein bißchen fülliger, aber das wäre ja wohl nur natürlich nach der Zeit.» Er zog die Brauen zusammen und überlegte angestrengt. «Abbot, William – nein, Willard Abbot. Er kam aus einer von diesen vornehmen, exklusiven Privatschulen, in denen alle Lehrer sehr britisch sind und Sport das A und O ist. Wir anderen hatten größtenteils die High School in einer Großstadt besucht. Er war Jude, aber das wußten sehr wenige. Er war vollständig assimiliert.»

«Man scheint hier so viele Leute zu kennen. Jeder sieht aus wie jemand, den man kennt.»

«Das war wohl zu erwarten. Es gibt eine Anzahl von Prototypen unter den jüdischen Gesichtern. Aber das würde nicht auf Billy Abbot zutreffen. In seinem Fall gilt das alte Klischee – er sah überhaupt nicht jüdisch aus.»

Sie wandten sich zum Gehen, als der Rabbi seinen Namen rufen hörte. «Small! Dave Small!»

«Billy Abbot! Bist du's wirklich?»

«Höchstpersönlich. Du bist auf der Durchreise, wie's aussieht.»

«Richtig.» Er stellte ihn Miriam vor. «Und du? Bist du geschäftlich hier?»

«Ich lebe hier, in der Nähe von Cäsarea. Ich bin israelischer Staatsbürger. Geprüfter Bücherrevisor, wie man's hier nennt. Ich komme ungefähr jeden Monat einmal beruflich nach Jerusalem, und dann lege ich Wert darauf, mir die Altstadt und die Klagemauer schnell mal anzusehen. Die meisten meiner Kunden wohnen in Tel Aviv und Haifa, deshalb lebe ich auf halber Strecke zwischen den beiden Städten und habe Gelegenheit, ein bißchen Golf zu spielen.»

«Gibt es eine Mrs. Abbot?» erkundigte sich David.

«Na, klar. Und drei kleine Abbots, zwei Jungen und ein Mädchen. Und du? Habt ihr Kinder?»

«Einen Jungen, Jonathan», antwortete Miriam. «Er ist mit uns hergekommen.»

«Ich glaube mich zu erinnern, daß du auf das Rabbinerseminar gehen wolltest, Dave . . .»

«Hab ich auch gemacht. Ich bin jetzt Rabbi in Massachusetts, in Barnard's Crossing . . .»

«Das kenne ich. Ein Freund von mir hat dort immer an den Regatten teilgenommen. Ich bin einmal als Besatzung mitgefahren. Nette Stadt, soweit ich mich erinnere.»

«Wir mögen es», sagte Miriam.

«Merkwürdig, daß du dich hier niedergelassen hast», meinte der Rabbi.

«Ich hab eine Weile in London gelebt und in Rom. Mein Vater war Konzertpianist, und so sind wir ziemlich viel rumgereist. Nach dem Sechs-Tage-Krieg hab ich beschlossen, mich hier anzusiedeln.»

«Warum ausgerechnet hier?» beharrte der Rabbi.

«Du meinst, weil ich keinen Religionsunterricht und keinen Sinn für nationale oder religiöse Zugehörigkeit gehabt habe? Stimmt, meine Eltern betrachteten sich als Weltbürger, und so wurde ich auch erzogen. Sie haben nie bestritten, Juden zu sein, aber es auch nie an die große Glocke gehängt. Für Weltbürgerschaft ist die Zeit nun wahrhaftig noch nicht reif. Juden wiederum gibt es überall, und der Jude als Gesprächsthema – und als Zielscheibe von Diskriminierung – ist ständig an der Tagesordnung. Eine beleidigende Bemerkung über Juden in der Annahme, du bist keiner – dein Stolz, deine Männlichkeit lassen es nicht zu, daß so was unwidersprochen bleibt. Da war mal ein Mädchen, für das ich mich interessierte – na, Schwamm drüber, ist nicht wichtig.» Er grinste. «Jedenfalls kam ich schließlich zu dem Resultat, wenn ich den verdammten Juden entfliehen will, muß ich nach Israel gehen.»

Der Rabbi grinste zurück. «Da hast du dir entschieden einen merkwürdigen Platz ausgesucht, um den Juden zu entfliehen.»

«Oh, aber hier fühle ich mich nicht als Jude.»

Der Rabbi nickte. «Ich glaube, ich weiß, was du meinst.»

Es war zwei Uhr vorbei, als sie nach Hause kamen, und Mrs. Rosen begrüßte sie: «Jonathan spielt mit Shauli. Sie hätten den ganzen Nachmittag wegbleiben können.»

«Für den ersten Tag langt es so auch», meinte der Rabbi.

«Ach ja, haben Sie übrigens neulich, Freitag nacht, einen Gast erwartet?» fragte Mrs. Rosen.

«Freitag nacht? Da waren wir doch gerade erst angekommen. Und wir kannten niemand hier. Wieso?»

«Die Polizei war hier und hat Erkundigungen eingezogen», erklärte Mrs. Rosen. «Sie haben mit allen Nachbarn gesprochen. Sie wollten wissen, ob jemand hier im Haus Freitag nacht jemand erwartet hat.»

Der Rabbi sah Miriam fragend an und schüttelte dann den Kopf.

18

Ish-Kosher studierte die vor ihm liegende Liste. «Haben Sie jeden einzelnen persönlich befragt?»

«Jeden, bis auf die . . . Smalls», entgegnete Aaron nach einem Blick in seine Notizen. «Sie waren nicht zu Hause. Ich kann ja noch mal hingehen und mit ihnen reden, wenn Sie's für der Mühe wert halten. Aber sie sind gerade aus Amerika angekommen. Nicht sehr wahrscheinlich, daß sie am ersten Tag jemand erwarteten.»

«Und wer gehört zu der Familie?»

«Mr. und Mrs. Small. Er ist Rabbi oder so was. Und dann der kleine Sohn. Ach ja, die Nachbarin hat gesagt, sie sind mit einer Tante von Mrs. Small gekommen, die in Tel Aviv lebt und sie hergefahren hat.»

«Aha!»

«Meinen Sie, die Tante . . .»

«Nein, aber sie ist bereits jemand, der nicht eben erst angekommen ist.»

«Sie ist nicht mehr dort. Am nächsten Vormittag ist sie wieder weg.»

«Am Sabbat?»

Aaron nickte.

Ish-Kosher schüttelte den Kopf – verärgert, mißbilligend. Dann lehnte er sich zurück und sagte: «Hören Sie zu, Aaron. Wahrscheinlich ist gar nichts dran, aber es könnte sich immerhin lohnen, das noch mal nachzuprüfen. Wenn Sie in den nächsten Tagen in der Nähe sind, könnten Sie bei ihnen reinschauen.»

Aaron nickte. Dann rutschte er auf seinem Stuhl herum und räusperte sich. «Sie meinen nicht, daß Adumi vielleicht auf der richtigen Spur . . .»

«Natürlich ist er auf der richtigen Spur. Es besteht kein Zweifel, daß es sich um Terroristen handelt. Der Typ von Bombe beweist das. Aber welche Terroristen? War es Al Fatah, die Befreiungsfront, der Schwarze September? Sie alle haben die Verantwortung für den Anschlag übernommen. Das tun sie ja bekanntlich meistens. Daher schnappt sich Adumi alle, deren Namen er in den Akten hat, und verhört sie. Die meisten von ihnen sind jung und unerfahren . . . und nervös, und da rutscht ihnen dann was raus. Das ist die Methode von der Armee und von *Shin Bet*. Und sie funktioniert, weil sie auf der Voraussetzung beruht, daß die Terroristen blind zuschlagen, auf jeden – Frauen, Kinder. Sie wollen Terror verbreiten, nicht irgendein bestimmtes militärisches Ziel erreichen. Unter dieser Voraussetzung ist ihre Methode wahrscheinlich das einzig logische Verfahren.»

Der Inspector lehnte sich zurück. «Aber angenommen, einer der Terroristen hat was gegen einen bestimmten israelischen Bürger. Dann kann ihr Anschlag genauso mühelos gegen ihn gerichtet sein. Verstehen Sie? Diesmal nun war das Opfer ein Professor von der Universität. Nehmen wir mal an, sie waren speziell hinter ihm her. Das legt die Möglichkeit nahe, daß es sich um eine arabische Studentengruppe handelte. Und bei den Arabern an der Universität funktioniert das System von Shin Bet nicht so gut. Sie behandeln sie eher mit Glacéhandschuhen. Regierungspolitik. Wenn es uns also gelingt, die Gruppe oder die Einzelperson auszumachen, könnten wir etwas tun, wozu Shin Bet vielleicht außerstande ist.»

«Aber wir haben seine Kollegen und seine Studenten verhört. Und die waren alle einer Meinung – ein ruhiger, harmloser alter Mann, der keiner Fliege was zuleide getan und nie einen Studenten durchfallen lassen hat.»

«Augenblick mal, Aaron. Sie zitieren da. Stand das nicht in einem der Berichte – ‹ruhiger, harmloser alter Mann›?» Er wühlte in den Papieren auf seinem Schreibtisch. «Ach, hier ist's ja: Aussage von Professor Robinson. ‹Jakob Carmi war ein ruhiger, harmloser alter Mann, der keiner Fliege was zuleide tat, Arabern ebensowenig wie Juden. Erst neulich erzählte er mir von einem Projekt für die arabischen Bauern im Gebiet von Jericho, an dem er beteiligt war, irgendwas, wodurch sich ihre Ernteerträge vervierfachen könnten.› Was halten Sie davon?»

«Na ja, natürlich hab ich die Aussage gelesen, aber . . .»

«Aber was bedeutet das, Aaron?»

«Daß er ein ruhiger, harmloser alter Mann war . . .»

«Tja», meinte der Inspector. «Es bedeutet, daß Jakob Carmi eine Idee hatte, die den arabischen Bauern vielleicht zusätzliche Einkünfte bringen würde. Und sie war nicht offiziell bekannt, sondern nur innerhalb der Universität. Und das heißt, Aaron» – er hob den Zeigefinger, um seinen Worten Nachdruck zu verleihen – «wenn seine Pläne der Politik der Terroristen zuwiderliefen, konnte wohl nur jemand an der Universität davon wissen.»

«Aber damit sollte doch den arabischen Bauern geholfen werden . . .»

«Das ist genau das, was die Terroristen *nicht* wollen. Wer hat durch sie am meisten gelitten? Nicht die Juden. Wir konnten uns selber schützen. Es waren die Araber, zehn zu eins, zwanzig zu eins. Diese armen Teufel im Gazastreifen – die haben das meiste abgekriegt. Und wieso? Weil die Terroristen nicht wollen, daß ihre Leute mit uns zusammenarbeiten. Sie wollen nicht, daß es ihnen gut geht, weil sie dann vielleicht zu der Überzeugung kommen könnten, daß sie mit uns besser dran sind als unter arabischer Herrschaft.»

Er wippte mit seinem Stuhl, während er das dunkelhäutige Gesicht seines Assistenten beobachtete, und kam zu einem Entschluß. «Hören Sie zu, Aaron, das amerikanische Ehepaar in der Victory Street können Sie für eine Weile vergessen. Oder überlassen Sie das einem Ihrer Leute. Ich möchte, daß Sie sich die nächsten Tage in der Universität rumtreiben. Keine Uniform. Unterhalten Sie sich mit den sephardischen Studenten; sie stehen besser mit den Arabern. Zumindest sprechen sie Arabisch und können etwas gehört haben. Kennen Sie welche?»

«Den Sohn von meiner Schwester.»

«Ausgezeichnet. Gehen Sie zu ihm, er soll Sie mit den anderen bekannt machen. Vielleicht suchen Sie auch Professor Robinson auf und informieren sich soweit wie möglich über das Projekt, an dem Carmi gearbeitet hat.»

19

Das Rezept mit den kurzen, schwungvollen Gottesdiensten am Freitagabend erwies sich in Barnard's Crossing als erfolgreich. Innerhalb von zwei Monaten gelang es Rabbi Deutch, die Besucherzahl zu verdoppeln. Die direkte Benachrichtigung durch die Post trug auch etwas dazu bei, aber wie Malcolm Slotnik richtig bemerkte: «Wenn die Vorstellung nicht der Ankündigung entsprochen hätte, wäre keine Zweitaufführung drin gewesen.» Bei der überwiegenden Mehrzahl der Teilnehmer war die Teilnahme zur Gewohnheit geworden.

«Freitagabend? Oh, Freitagabend geht's leider nicht. Da sind wir in der Synagoge . . . Na ja, fromm sind wir auch nicht, aber man verbringt einen angenehmen Abend. Man kommt mal raus . . . und natürlich ist der Rabbi ein Schatz, und Betty Deutch – also wir sind so gute Freunde geworden, daß ich das Gefühl hätte, ich lasse sie im Stich, wenn ich am Freitagabend nicht zum Gottesdienst komme. Sie ist wirklich eine bezaubernde Person. Eine geborene Stedman – Dan Stedman vom Fernsehen, Sie wissen schon . . .»

Natürlich gab es Kritiker. Meyer Paff zum Beispiel. «Ich sag ja nicht, daß der neue Rabbi nicht gut ist. Ich sag bloß, vielleicht ist er zu gut. Wenn einer zu reden anfängt, schau ich auf die Uhr. Spielt keine Rolle, ob's 'ne politische Rede ist oder ein hochgestochener Vortrag, zu dem mich meine Frau schleppt, oder ein Rabbi, der 'ne Predigt hält – ich schau auf die Uhr, wenn er loslegt, und wenn er aufhört, schau ich wieder auf die Uhr. Bei Rabbi Deutch dauert's durchschnittlich fünfzehn Minuten. Manchmal sind's siebzehn oder achtzehn, aber gewöhnlich sind's fünfzehn Minuten vom Anfang bis zum Schluß. Er bringt's ja gut, das will ich ihm gar nicht absprechen, aber trotzdem sind's fünfzehn Minuten. Ja, und da rechne ich eben. Ich kann nichts dafür; ich rechne die ganze Zeit, vielleicht weil ich's mein Leben lang getan hab. Also nehmt mal fünfzehn Minuten und multipliziert das mit der Anzahl der Freitage – na, sagen wir fünfunddreißig, weil's im Sommer natürlich keinen Gottesdienst am Freitagabend gibt –, das macht zusammengerechnet knapp neun Stunden. Und jetzt teilt ihr das, was wir dem Mann zahlen, durch neun . . . Ich sag euch, da kommt ein verdammt hoher Stundenlohn bei raus. Und genau das meine ich, wenn ich sage, er ist gut. Wer *die* Moneten pro Stunde machen kann, ist nicht nur gut . . . der ist sogar sehr viel mehr als gut. Aber dann fang ich an, mich was anderes zu fragen: Kann der Mann überhaupt 'ne lange Rede halten? Hat er für 'ne lange Rede genug zu sagen?»

Beim Gottesdienst zu *Purim* bewies Rabbi Deutch zumindest, daß er eine lange Rede halten konnte. Nach Meyer Paffs Uhr dauerte seine Predigt fünfzig Minuten. Es war der erste Feiertag seit seiner Ankunft; die Synagoge war fast voll. Der Titel seiner Predigt lautete: «Die Geschichte von Purim; Tatsache oder Fabel?» Dutzende von Gemeindemitgliedern kamen nachher zu ihm, um ihm zu versichern, bisher hätten sie die Bedeutung des Festtages nie richtig begriffen, erst jetzt sei sie ihnen klargeworden. Und Bert Raymond telefonierte am folgenden Abend: «Ich mußte einfach anrufen, Rabbi. Ich hab so viele anerkennende Worte über Ihre Predigt gehört, daß ich Ihnen unbedingt sagen mußte, wie dankbar wir sind.»

Rabbi Deutch war ungemein erfreut. Nachdem er aufgelegt hatte, ließ es ihm keine Ruhe – er mußte mit seiner Frau über den Erfolg seiner Predigt reden. «Ich tue ja wirklich nichts anderes, als die Geschichte von Purim zu erzählen, aber die ist nun mal fröhlich», sinnierte er. «Natürlich erinnert sich die Gemeinde in großen Umrissen daran, doch das trägt nur noch zu ihrem Vergnügen bei. Trotzdem – wenn ich nichts weiter täte, als die Geschichte zu erzählen, kämen sie sich als

Kinder behandelt vor und wären beleidigt. Mit Recht. Also schmücke ich sie mit allen möglichen Betrachtungen aus, um sie in einem modernen Kontext plausibel zu machen. Zum Beispiel, daß der persische König eine Palastrevolution Hamans fürchtete und sich mit Esther verbündete, um ihn zu Fall zu bringen.» Er lachte in sich hinein. «Ich hab schon beim Reden gemerkt, daß es ein Bombenerfolg werden würde.»

Sie lächelte verständnisvoll. «Ja, Lieber. Dir gefällt es hier, nicht wahr?»

«Sehr gut», antwortete er ohne Zögern. «Eine nette Stadt, und Boston und Cambridge sind so bequem zu erreichen. Ich hab mich gefreut, ab und zu ein Symphoniekonzert besuchen zu können – für einen Musikliebhaber wie mich bedeutet das viel.»

Betty Deutch schüttelte den Kopf. «Ich meinte eigentlich, dir gefällt der Tempel, die Gemeinde, deine Arbeit.»

«Das ist das Beste von allem. Keine Schwierigkeiten mit dem Vorstand, jeder bringt sich förmlich um, und ich tue nur das, was ich möchte. Die Predigt jetzt – weißt du, wann ich sie geschrieben habe?»

«Natürlich. Für deinen Antrittsgottesdienst in Coventry, Michigan. Es war deine erste Stelle als Rabbi. Und dann hast du sie noch mal gehalten, als du nach Darlington, Connecticut, gekommen bist. Und ich hätte dich wirklich nicht zu fragen brauchen, ob du glücklich bist hier», setzte sie lächelnd hinzu. «Ich kann ja sehen, daß es dir gefällt. Hast du dir schon mal überlegt, daß es keine schlechte Idee wäre, hierzubleiben?»

«Das kommt überhaupt nicht in Frage, Betty. Es handelt sich lediglich um eine Vertretung. Rabbi Small kommt in einem Monat zurück. Außerdem bin ich im Ruhestand, falls du dich daran erinnerst.»

«Doch, ich weiß, Lieber. Und ich weiß auch, daß du dich im Ruhestand nicht sehr glücklich gefühlt hast. Ein Mann wie du, ein gesunder, kräftiger Mann – du müßtest was zu tun haben. Du darfst deine Zeit einfach nicht damit verbringen, daß du rumsitzt und Trübsal bläst.»

«Ich wußte gar nicht, daß ich rumgesessen und Trübsal geblasen hätte», entgegnete er steif. «Ich hatte vor, etwas zu schreiben, eine wissenschaftliche Arbeit, die mir schon eine Weile im Kopf rumgeht . . .»

«Mach dir doch nichts vor, Hugo. Wenn du unbedingt schreiben müßtest, hättest du sofort damit angefangen. Schon zu der Zeit, als du noch Rabbi in Darlington warst. Und du hättest bestimmt nicht die ganzen Monate damit zugebracht, einfach rumzutrödeln.»

«Ich hab über eine Reihe von Projekten nachgedacht», entgegnete er.

«Nein, Hugo. Wenn du wirklich schreiben möchtest, schreibst du auch.» Sie schüttelte den Kopf. «Begreifst du denn nicht? Das, was du hier tust, einen Tempel und eine Gemeinde leiten, das ist deine Arbeit.

Und die machst du hervorragend. Weshalb also das nicht fortsetzen?»

Er wandte sich gekränkt ab. «Es tut mir leid, daß du meine schriftstellerischen Pläne für nichts als Theater hältst, für einen bloßen Vorwand . . .»

«Aber das waren sie doch, mein lieber Hugo. Erinnerst du dich nicht mehr – du dachtest, die Gemeinde in Darlington würde dich bestimmt bitten zu bleiben, und du hast dir überlegt, was du tun solltest, falls es anders käme. Damals sagtest du, dann hättest du wenigstens Zeit, deine Papiere zu ordnen und könntest deine Predigten als Buch herausgeben. Aber gerade das zeigte doch, daß du dich mit dem Gedanken an Ruhestand nicht konfrontieren wolltest. Und dann baten sie dich *nicht* zu bleiben, und du *hattest* ein paar Monate im Ruhestand . . .»

«Ich war überzeugt davon, daß sie mich darum bitten würden», sagte er ruhig. «Sie hatten noch keinen Ersatz. Zumindest hatten sie sich nicht auf einen einigen können. Aber ich nehme an, nach dreißig Jahren haben sie einen über», schloß er resigniert.

«Die Gemeinde hat sich gewandelt, Hugo», gab sie zu bedenken. An ihrem Ton war zu merken, daß diese Diskussion nicht die erste ihrer Art war. «Eine andere Sorte von Leuten ist ans Ruder gekommen und hat die Dinge in die Hand genommen.» Sie lächelte. «Nebenbei hattest du sie auch so langsam satt.»

«Das ist richtig.»

«Aber hier respektiert dich jeder. Wenn du bleiben würdest . . .»

«Wäre es dasselbe. Jeder ist freundlich und höflich und liebenswürdig, weil sie wissen, daß ich nur auf kurze Zeit hier bin. Wenn ich einen regulären langfristigen Vertrag hätte, wäre es hier das gleiche Lied wie in Darlington.»

«Glaub das nicht, Hugo», sagte sie rasch. «Als du nach Darlington kamst, warst du ein junger Mann. Du hattest nichts – kein Geld, keinen Namen. Kein Wunder, daß man dich zu Anfang ganz schön rumkommandiert hat – bis du im Lauf der Jahre mehr Rückgrat, mehr Durchschlagskraft bekommen und damit ihre Achtung gewonnen hast. Hier wissen die Leute, daß du sie nicht brauchst. Du kriegst beinahe ebensoviel Pension, wie sie dir bezahlen. Kein Mensch kann dich rumschubsen, und das wissen sie auch, deshalb werden sie's gar nicht erst versuchen. Ach, Hugo, du könntest noch fünf oder sieben Jahre bleiben, und dann würden wir nach Florida gehen oder vielleicht nach Israel.»

«Na ja, das ist keine schlechte Idee . . . ich meine, wieder eine Stellung anzunehmen», gab er zu, «aber die hier kommt natürlich überhaupt nicht in Frage. Du scheinst zu vergessen, daß Rabbi Small in einem Monat wieder zurück ist.»

«Woher weißt du das?» fragte sie scharf.

«Na ja, das war . . . generell vereinbart. Ich wurde für drei Monate engagiert, weil Rabbi Small in drei Monaten zurückkommen sollte.»

«Ganz so ist es nicht, Hugo.» Obwohl sie allein waren, senkte Betty Deutch die Stimme. «Im Frauenverein sind ein paar, mit denen ich mich angefreundet habe, und die haben sich verplappert. Wußtest du zum Beispiel, daß Rabbi Small während seines Urlaubs kein Geld kriegt?»

«Was – er kriegt kein Geld?» Er war entsetzt. «Du meinst, sie haben die Gehaltszahlung ausgesetzt?»

«Wie ich gehört habe, hat er sie abgelehnt. Er hat es abgelehnt, über einen Vertrag zu reden, und sich sogar geweigert, zu versprechen, daß er zurückkommt.»

Rabbi Deutch fand das kaum glaublich. «Er hat den Eindruck eines sehr vernünftigen jungen Mannes gemacht. Und dann lehnt er es ab, Gehalt zu nehmen – ein junger Mensch mit Familie – phantastisch! Natürlich könnte es auch an der Art gelegen haben, wie man es ihm anbot.»

«Aber es könnte auch darauf schließen lassen . . .»

«Sagen wir, es läßt einen über verschiedene Möglichkeiten nachdenken.» Er nickte. «Ja, es stimmt einen nachdenklich.»

20

Familie Small hatte jetzt ihren geordneten Tagesablauf, und nach ein paar Wochen kam es ihnen vor, als lebten sie schon seit Jahren in Jerusalem. Trotz ihres dürftigen Hebräisch hatte Miriam sich vielleicht am besten akklimatisiert, was an ihrem ausgefüllten Programm lag. Nachdem sie Jonathan zur Schule geschickt hatte, fuhr sie ins Hadassa Hospital, wo sie an fünf Vormittagen in der Woche als freiwillige Helferin arbeitete. Gegen ein Uhr kam sie nach Hause und hatte bis zum nachmittäglichen Geschäftsschluß eine Stunde Zeit für ihre Einkäufe. Sie hatte sich schon vorher eine Liste darüber gemacht und sich von ihrem Mann die hebräischen Bezeichnungen sagen lassen oder die unbekannten Worte im Lexikon nachgeschlagen. Manchmal übte sie die Sätze, die sie vermutlich brauchen würde, und ließ sich vom Rabbi verbessern. «Wieviel kostet das Kilo hiervon?» – «Haben Sie keine größeren?» – «Würden Sie das bitte in die Victory Street Nummer fünf bringen? Sie können es vor die Tür stellen, wenn ich nicht zu Hause bin. Milch und Butter nehme ich mit.»

Während Jonathan nach der Schule mit Shauli spielte, besuchte sie einen Schnellkurs für Hebräisch. Nach dem Abendessen lernte sie ihre Lektionen für den folgenden Tag. Manchmal machte sie mit David noch einen kleinen Abendspaziergang, und bei seltenen Gelegenheiten nahmen sie einen Babysitter, so daß sie ins Kino gehen oder mit neuen Freunden zusammensein konnten.

Jonathan war glücklich und zufrieden. In der unmittelbaren Nachbarschaft wohnten zahlreiche gleichaltrige Kinder, ganz anders als in Barnard's Crossing. Und die Sprache erlernte er schneller als seine Mutter mit all ihrem Unterricht. Innerhalb von wenigen Tagen begann er sie *Emah* und seinen Vater *Abba* zu nennen. Abgesehen davon sprach er Englisch mit seinen Eltern, auch wenn er die hebräischen Wörter für das, was er sagen wollte, kannte, aber mit der Zeit mischte er die beiden Sprachen, und die immer wiederkehrenden Sätze kamen bald ganz auf hebräisch.

Gittel hatte in der Schulfrage eine sehr kluge Entscheidung getroffen. Es gab drei oder vier Horte und Kindergärten in der Gegend, da praktisch sämtliche Mütter arbeiteten, aber in dem von ihr ausgesuchten waren zum Glück mehrere englischsprachige Kinder, deren Eltern entweder aus den Staaten oder dem Commonwealth zu einem längeren Besuch nach Israel gekommen waren oder sich hier niedergelassen hatten. Dadurch wurde ihm der Übergang zum Hebräischen erleichtert. Anfangs spielte er ausschließlich mit den englischsprachigen Kindern, aber sobald er die Sprache besser konnte, ebenso mit den anderen. Shauli, der kleine Junge aus der oberen Wohnung, war natürlich sein bester Freund, mit dem er am meisten zusammenkam.

Der Rabbi hatte zwar keinen feststehenden Tageslauf, aber trotzdem wurde ihm die Zeit nicht lang. In gewissem Sinne war er all die Jahre in Barnard's Crossing ebenfalls Herr über seine Zeit gewesen. Es hatte Sitzungen gegeben, an denen er teilnehmen mußte, Beratungen mit Kommissionen, aber niemals zu bestimmten Stunden. Er hatte keine geregelten Bürozeiten, kein festgesetztes Tagesprogramm. Daher unterschied sich sein Leben hier nicht allzusehr von dem daheim. Morgens ging er in eine der nahegelegenen Synagogen zum Gottesdienst, danach unterhielt er sich noch mit den anderen Besuchern, frühstückte vielleicht sogar mit ihnen in einem Café. Er erforschte die Stadt. Und er las eine Menge, wobei die vielen Buchläden mit ihrem reichhaltigen Sortiment für ihn immer wieder eine Überraschung waren. Und natürlich arbeitete er an seinem Essay über Ibn Esra.

Beide gewannen sie neue Freunde, Miriam im Krankenhaus und in der Sprachenschule, er in der Synagoge. Gelegentlich luden sie sie ein oder gingen zu ihnen; nach der Landessitte gab es Tee, Kaffee und Gebäck. Einmal überwand der Rabbi seine Zweifel an den Verkehrsverhältnissen und mietete einen Wagen; sie fuhren durch Galiläa und verbrachten ein paar Tage in einem Kibbuz. Sie hatten den *Chawer*, den Genossen, auf einer Party in Jerusalem kennengelernt. Er hieß Itzical; seinen Familiennamen fanden sie nie heraus.

«Besuchen Sie uns doch für ein paar Tage und schauen sich an, wie das wirkliche Israel lebt. Mein Nachbar macht Urlaub, Sie können sein Haus benutzen.»

«Aber nach wem soll ich dort fragen?»

«Fragen Sie nach Itzical – dann sagt Ihnen jeder Bescheid.»

Sein Sohn, der in Jonathans Alter war, hatte die Erlaubnis bekommen, bei seinen Eltern statt wie sonst im Kinderhaus zu wohnen, so daß Jonathan einen Spielgefährten hätte. Am Morgen nach der Ankunft der Smalls, einem Freitag, holte er sie zusammen mit seinem Vater ab, um sie zum Frühstück in den gemeinsamen Speisesaal zu führen. Als sie eintraten, sprach der Rabbi bereits die Morgengebete. Der kleine Junge sah mit erstaunt aufgerissenen Augen zu.

«Was macht er da, Vater?»

«Pst – er betet.»

«Was hat er da an – den Schal und die Bänder?»

«Das nennt man *Tallit* und *Tefillin*. Erinnerst du dich, in dem bebilderten Buch über den Krieg waren ein paar Soldaten an der Klagemauer, die hatten das gleiche an.»

«Warum haben sie so was an?»

«Sie glauben, das hilft beim Beten.»

«Aber warum beten sie denn?»

Der Rabbi hatte geendet und lächelte dem Jungen zu. «Weil wir dankbar sind und unseren Dank aussprechen möchten», sagte er.

Auch Itzical lächelte. «Unser Kibbuz ist areligiös. Vielleicht sogar antireligiös.»

«Sie halten keine Feiertage ein, auch nicht den Sabbat?»

«Die religiösen Feiertage nicht, und die anderen auf unsere Art.»

«Aber keiner unserer Feiertage ist doch rein religiös, vielleicht mit Ausnahme des Versöhnungstages», antwortete der Rabbi.

«Deshalb halten wir ihn ja auch nicht ein.»

«Strengen Sie sich besonders an, ihn nicht einzuhalten, oder ignorieren Sie ihn einfach?»

Itzical zuckte die Achseln. «Sie wissen doch, wie das ist. Die meisten ignorieren ihn einfach, aber ein paar von den Aufgeklärten . . . na ja, die werden gern doktrinär. Von ihnen könnte man sagen, sie strengen sich besonders an, ihn zu ignorieren.»

Trotzdem war das Sabbatmahl festlich. Sämtliche Mitglieder des Kibbuz hatten sich fein gemacht; die Frauen trugen Kleider statt Jeans und die Männer offene weiße Hemden. Es gab den traditionellen gefüllten Fisch und Huhn, und auf dem Tisch standen sogar Kerzen und Wein.

Die Smalls saßen an einem Tisch mit Itzical und seiner Familie, und der Rabbi sah sich in dem großen Raum um. In einer Ecke entdeckte er mehrere Paare an einem Tisch, und alle Männer trugen *Jarmulkas*.

Er nickte. «Wer ist das? Gehören sie zum Kibbuz?»

«Ja, es sind Mitglieder. Sie sind fromm. Dagegen hat keiner was, wir haben sogar eine eigene Küche für sie. Vor ein paar Jahren sind sie zu uns gekommen. Wir waren froh darüber. Damals war es ein bißchen gefährlich hier. Wäre es Ihnen lieber, mit ihnen zu essen?»

«Nein, ich fühle mich hier durchaus wohl», sagte der Rabbi. «Aber hätten Sie was dagegen, wenn ich meine *Jarmulke* aufsetze? Ich bin es nun mal gewöhnt, und Jonathan braucht dann nicht zu fragen.»

«Aber selbstverständlich.»

«Und stört es Sie, wenn ich den Segen für den Wein und das Brot spreche?»

«Nur zu, Rabbi. Ich verstehe das. Natürlich glaube ich nicht daran ...»

«Man zeigt damit die Dankbarkeit für die Speise, die man bekommt.» Er lächelte. «Die Fähigkeit, Dankbarkeit zu äußern, gehört zu den Dingen, in denen sich der Mensch von den niedrigeren Tieren unterscheidet. Gelegentlich sollte man das ruhig kundtun.»

Itzical schüttelte den Kopf. «Ich sehe schon, Sie verstehen nicht viel von Tieren, Rabbi. Glauben Sie mir, sie können auch Dankbarkeit äußern.»

Der Rabbi überlegte, nickte dann und lächelte. «Nun, es schadet auch nichts, gelegentlich die Ähnlichkeit mit den niedrigeren Tieren kundzutun.»

Itzical lachte. «Sie sind goldrichtig, Rabbi. So oder so – Sie finden garantiert einen Vorwand, den Segen zu sprechen. Machen Sie nur. Ich stehe sogar dabei auf.»

Als sie nach ein paar Tagen die lange Rückfahrt nach Jerusalem antraten, fragte Miriam: «Meinst du, du würdest gern in einem Kibbuz leben, David?»

«Ja, ich denke schon. Gesetzt den Fall, wir blieben hier, würde ich das ernsthaft erwägen. Es hatte immer etwas Heroisches an sich, in einen Kibbuz zu gehen, und in manchen Teilen des Landes hat sich das vermutlich bis heute nicht geändert. Aber für die meisten scheint es auf rein wirtschaftlicher Basis das beste Geschäft im Land zu sein.»

«Wie meinst du das?»

«Na, du weißt doch, es ist nicht billig hier.»

«Lebensmittel ja – zumindest sind bestimmte Dinge billiger als in den Staaten.»

«Ja, aber alles andere ist wohl teurer – Wohnung, Kleidung, Autos, Elektrogeräte. Die meisten Leute haben das alles offenbar, auch wenn es bei den Gehältern unmöglich erscheint.» Er schüttelte den Kopf. «Wie die Menschen von ihren Gehältern leben – das ist das große Wunder von Israel! Ich frage jeden danach, ohne bis jetzt eine überzeugende Erklärung bekommen zu haben. Soweit ich feststellen kann, läuft es so: Du leihst dir Geld, um die Dinge zu kaufen, die du brauchst, etwa eine Wohnung. Und wenn du dann die fälligen Raten nicht bezahlst, ist es fast unmöglich, dich zu exmittieren. Also werden die nicht geleisteten

Zahlungen auf den geschuldeten Betrag draufgeschlagen, und du wartest einfach ab, bis eine Abwertung kommt oder die Regierung ein entsprechendes Gesetz verabschiedet, das dich entlastet. Na, und im Kibbuz brauchen sie sich über solche Dinge keine Gedanken zu machen. Für alles ist gesorgt, für sämtliche Ausgaben. Und es scheint ein gutes Leben zu sein. Ja, falls wir beschließen, uns hier niederzulassen, würde ich intensiv darüber nachdenken.»

«Dann natürlich in einem religiösen Kibbuz», meinte Miriam.

«Da bin ich nicht so sicher. Oder ich sollte vielleicht sagen, ich bin nicht so sicher, daß die areligiösen nicht in Wirklichkeit religiös sind. Der Sabbat, den wir gerade verlebt haben . . . weißt du, es könnte durchaus sein, daß er auf diese Weise gefeiert werden sollte. Und ich halte es sehr wohl für möglich, daß man in biblischen Zeiten die verschiedenen Festtage so gefeiert hat, wie man es heute in den areligiösen Kibbuzim tut. Manche sind doch Naturfeste, zum Beispiel *Schawuot* und *Sukkot*. Nun, die Menschen, die erdverbunden leben wie die Kibbuzniks, feiern sie wahrscheinlich auf die gleiche Weise wie ihre primitiven Vorfahren in biblischen Zeiten und aus dem gleichen Grund – weil sie mit der Natur zusammenhängen, mit der Ernte, mit den Jahreszeiten.»

Sie hatten die Rieselfelder des Kibbuz verlassen und fuhren jetzt durch Ödland, ausgedörrter, steiniger, unfruchtbarer Boden, bis auf gelegentliche niedrige, staubige Sträucher, die den Verlauf eines Wadi markierten. Die grelle Sonne flirrte, hob das Bedrückende, Leblose der ganzen Szenerie noch hervor. Der Rabbi verstummte, bemühte sich, den trostlosen Eindruck abzuschütteln, und begann weiterzusprechen.

«Als Rabbi bin ich von Berufs wegen fromm. Ich bete zur festgesetzten Zeit und auf eine bestimmte Weise. Manches davon ist Gewohnheitssache, genau wie Zähneputzen. Manches wiederum habe ich bewußt praktiziert, weil ich es für die Erhaltung der Religion und des Volkes wichtig fand, wie der Engländer, von dem man erwartet, daß er sich selbst im Urwald zum Dinner umzieht. Aber hier ist es anders. Hier brauchst du keine strikten Regeln zu befolgen, weil du es nicht zum Prinzip machen mußt. Ich stelle mir vor, daß derselbe Engländer in London es mit dem Umziehen zum Dinner viel weniger genau nimmt. Es kann sein, daß alles, was wir im Lauf der Jahre dazugetan haben, die Gebete, das besondere Zeremoniell, um dieses Prinzips willen geschah und aus dem Grund auch notwendig war. Jetzt aber kann es sein, daß der Grund nicht mehr existiert und damit die Notwendigkeit entfällt.»

«Komisch», sagte Miriam leise.

«Was ist daran komisch?» Er sah sie aus den Augenwinkeln an.

«Daß du ins Heilige Land kommst und feststellst, alle heiligen Dinge sind in Wirklichkeit gar nicht heilig.»

«Ich verstehe, was du meinst.» Er lächelte. «Aber es könnte doch ähnlich wie bei meinem Freund Billy Abbot sein, der sich nicht als Jude fühlt, weil er unter Juden ist. Vielleicht sind heilige Dinge im Heiligen Land nicht am Platz. Ich glaube nicht, daß ich mich sehr wohl fühlen würde, wenn es im wahren Sinne des Wortes ein heiliges Land wäre. Erinnere dich, wie entgeistert du warst, als du die erste israelische Zeitung gelesen und darin Berichte über Einbrüche, Diebe und Prostituierte gefunden hast. Es erschien dir nicht recht, daß es im Heiligen Land Diebstahl und Prostitution gibt.»

«Nicht so sehr das, sondern vielmehr, daß die Prostituierte Rahel und der Dieb Baruch hießen», entgegnete sie.

«Und trotzdem – gäbe es keine Prostituierte namens Rahel und keinen Dieb namens Baruch, wäre es keine Gesellschaft, die hier begründet wurde, sondern eher ein Museum. Und einem Museum kann man durchaus einen kurzen Besuch abstatten, doch du könntest nicht darin leben. Mit Israel ist es aber genau umgekehrt. Ich glaube nicht, daß ich zu einem kurzen Besuch herkommen würde, während ich vielleicht gern hier leben möchte.»

«Du denkst also wirklich ernsthaft daran?»

«Allerdings.»

«Und deine Arbeit als Rabbi?» fragte sie ruhig. «Willst du die aufgeben?»

Er antwortete nicht sofort, und sie fuhren eine Weile schweigend weiter. Schließlich sagte er: «Ich habe keine Angst, mich damit auseinanderzusetzen, daß ich möglicherweise einen Fehler gemacht haben könnte.»

21

Jeden Sonntagnachmittag, wenn das Wetter und die Straßenverhältnisse es nur irgend möglich machten, fuhr Al Becker bei seinem alten Freund Jacob Wasserman vorbei, um ihn abzuholen. Früher hatten sie sich sonntags bei den Vorstandssitzungen getroffen, doch da beide nicht mehr daran teilnahmen, war die gemeinsame Spazierfahrt gewissermaßen der Ersatz dafür. Sie unterhielten sich vorwiegend über Angelegenheiten des Tempels. Das war das einzige Interesse, das sie teilten.

An einem milden Märztag, einem Vorboten des in New England manchmal so schönen Frühlings, wartete Wasserman bereits im Mantel auf der Veranda, als Becker vorfuhr.

«Ich hab 'ne Karte vom Rabbi bekommen», sagte Becker statt einer Begrüßung.

«Ich auch.»

«Was hat er dir denn geschrieben?» Becker war ein untersetzter

Mann mit einer heiseren Baßstimme, die immer aufzubegehren schien. Diese kämpferische Wirkung wurde noch dadurch gesteigert, daß er das Gesicht beim Sprechen seinem Partner zudrehte, als wolle er ihn herausfordern.

«Was man so auf einer Ansichtskarte schreibt. Vorn war die Klagemauer drauf. Auf der Rückseite stand, es geht ihm gut. Ehrlich gesagt – ich glaube, die Rabbitzin hat sie geschrieben und er nur unterzeichnet.»

«Dasselbe bei mir. Ich muß dir sagen, Jacob, manchmal versteh ich den Rabbi nicht. Schließlich sind wir seine stärksten Stützen im Tempel und was weiß ich wie oft für ihn auf die Barrikaden gegangen. Na, und was tut er? Er schickt uns 'ne schäbige Postkarte. Und die hat noch dazu seine Frau geschrieben.»

«Na und? Schreibst du Briefe, wenn du Urlaub machst?»

«Das ist was anderes.»

«Du schickst Ansichtskarten – so wie letztes Jahr aus Kalifornien. Und Mrs. Becker hat sie geschrieben. Na, hab ich recht?»

«Sicher, aber das hier ist was anderes. Bei mir hat sich's ja nur um meine Freunde gedreht. Aber bei ihm dreht sich's ums Geschäft. Er geht drei Monate weg, an sich schon keine sehr gute Idee. Jedenfalls nicht, wenn du's mit einem Vorstand und einer Gruppe Vorstandsmitgliedern zu tun hast, die versuchen, dich unter Druck zu setzen. In so 'ner Position solltest du dableiben, damit du zurückschlagen kannst. Dann geht er weg ohne irgendeinen Vertrag. Sehr ungeschickt, vor allem, wenn du siehst, daß sie sich 'ne wahre Kanone als seine Vertretung geholt haben. Natürlich haben wir nur Marty Drexlers Wort, daß er's so haben wollte. Also wenn du mich fragst, ich halt's nicht für ausgeschlossen, daß der kleine Miesnick den Rabbi in eine Lage reinmanövriert hat, wo's zur Frage der Selbstachtung wurde, den Vertrag abzulehnen. Und nachdem er erst mal abgelehnt hat, ist er zu stolz gewesen, zu uns zu kommen und einzugestehen, daß Drexler ihn aufs Kreuz gelegt hat. Na, und da nimmt man doch an, daß er an uns schreibt, an die Leute, die ihm den Rücken gestärkt haben, und sich erkundigt – was ist los? Was tut sich? Daß er Vorschläge macht, wie man taktieren soll. Oder daß er uns wenigstens mitteilt, wann er zurückkommt, damit wir ein paar Minen legen können.»

«Ach, Becker, du bist ein gescheiter Mensch, aber nicht gescheit genug, um den Rabbi zu verstehen.» Wasserman erhob sich langsam, und Becker half ihm die Stufen hinunter. «Du hast ihn nie verstanden. Der Rabbi macht keine faulen Drehs und sagt meistens genau das, was er meint. Er hat gesagt, er will beurlaubt werden; daß er müde ist und seine Ruhe haben möchte. Und das war's eben – wie Ferien. Wenn unsereins Ferien macht, na, was bedeutet das? Es bedeutet, wenn's Winter ist, gehen wir nach Florida, um ein bißchen Sonnenschein mitzukriegen. Wenn's Sommer ist, gehen wir in die Berge, um womöglich der Hitze zu entfliehen. Wir sehen neue Leute. Wir sind vielleicht weg vom Geschäft. Die Frau braucht keine Hausarbeit zu machen oder sich übers Essen den Kopf zu zerbrechen. Man ruht sich eben ein bißchen aus. Aber für einen Menschen wie den Rabbi ist's mehr. Ruhe, wie wir sie brauchen, hat er nicht nötig. Wenn er aufhört zu arbeiten, dann tut er das, weil er Inventur machen will.»

«Inventur machen? Was hat er denn für Bestände?»

«Du meinst – wie in einem Warenlager? Nein. Oder vielleicht doch. Sein Bestand, sein Warenlager – das ist er selber. Wenn er also Inventur macht, fragt er sich, wieviel er von sich selber verbraucht hat. Hat er einen guten Preis dafür bekommen? Wieviel hat er übrigbehalten? Und soll er damit wie vorher hausieren gehen, oder soll er seine Geschäftsmethode ändern?»

Becker, der den alten Mann zum Wagen führte, blieb stehen und sah ihn an. «Bei Gott, Jacob, ich hab keine Ahnung, wovon du eigentlich redest.»

«Nein? Sag mir eins – möchtest du ein Rabbi sein?»

«Ein Rabbi? Gott behüte, nein!»

«Wieso nicht?»

«Wieso nicht? Ich werd dir sagen, wieso nicht. Zunächst mal bin ich gern selbständig. Seit ich als Junge Zeitungen verkauft hab . . . seitdem hab ich immer für mich gearbeitet. Ich laß mich nicht gern von 'nem Boss kujonieren. Und von einigen Leuten, die wir im Vorstand und . . . ja . . . als Chairman hatten . . . also wenn ich mir das von denen gefallen lassen müßte, das könnten die mir gar nicht bezahlen, nicht mal für das ganze Geld in Fort Knox.»

«Und für das Geld, das wir Rabbi Small zahlen?»

Becker, die Hand unter Wassermans Arm, schob ihn vorwärts. «Da müßtest du mich an Händen und Füßen fesseln.»

«Du hältst dich also für gescheiter als den Rabbi? In Europa, da war das anders. Da war der Rabbi der größte Mann in der Stadt. In der Schule gab's einen Vorsteher, aber der Rabbi war wie der Vorsteher von der ganzen Gemeinde. In manchen Orten war er reich; in anderen konnte er kaum seinen Lebensunterhalt bestreiten. Aber das hat keine Rolle gespielt; er war der Vorsteher. Wenn der Rabbi eine Entscheidung traf, wer hätte da gewagt, dagegen anzugehen? Nicht mal der reichste Mann der Stadt.» Wasserman setzte sich im Wagen zurecht. «Wir haben also hier einen jungen Mann, und der fühlt sich der Sache gewachsen. Er wird Rabbiner. Aber jetzt kommt der Unterschied. In Amerika ist ein Rabbi keine so wichtige Persönlichkeit. Hier hat er massenhaft Bosse wie Marty Drexler oder Stanley Agranat oder Bert Raymond. Er merkt gleich, daß es nicht so ist, wie er sich's vorgestellt hat, trotzdem bleibt er, weil er immer denkt, vielleicht wird's ein bißchen besser, vielleicht kriegt er allmählich doch die Zügel in die

Hand. Dann kommt 'ne Zeit, wo er meint, vielleicht muß das so sein – vielleicht geht's ein Jahr ein bißchen voran, im nächsten dann wieder ein bißchen zurück. Und dann muß er sich entscheiden, was er tut. Wenn er natürlich ein Typ wie Rabbi Hugo Deutch ist . . .»

«Was hast du gegen Rabbi Deutch? Ich bin auf Rabbi Smalls Seite, aber ich muß zugeben, Rabbi Deutch ist ein guter Mann.» Er beugte sich vor, um den Motor anzulassen.

«Rabbi Deutch ist ein guter amerikanischer Rabbi. Für das, was man von einem amerikanischen Rabbi erwartet, ist er einer der besten, die ich weit und breit kenne. Er sieht angenehm aus, er redet angenehm, und er eckt nie bei den wichtigen Leuten an. Mag sein, daß ihm die gleichen Fragen im Kopf rumgingen, als er so alt war, wie Rabbi Small jetzt ist, und vermutlich hat er gefunden, es lohnt sich nicht zu kämpfen. Gibt er hier ein bißchen nach und da ein bißchen, kann er ein friedliches Leben haben.» Wasserman machte eine anschauliche Geste mit der blaugeäderten Hand. «Rabbi Small aber ist ein bißchen anders. Und eben davor hab ich Angst – daß er finden könnte, es lohnt sich nicht.»

«Woher weißt du das alles, Jacob? Hat sich der Rabbi bei dir ausgesprochen?»

«Nein, kein Wort hat er davon gesagt, und um meinen Rat hat er mich auch nicht gebeten. Aber was willst du – ich weiß es trotzdem. Ich wußte es schon, als ich hörte, daß er kein Geld von der Gemeinde nimmt, während er in Urlaub ist. Denn wenn er sein Gehalt annehmen würde, solange er nicht arbeitet – man könnte auch sagen, wenn er sich fürs Nichtstun bezahlen ließe –, dann würde er sich verpflichtet fühlen, zurückzukommen. Als er weder Geld noch einen Vertrag oder sonst irgendwas wollte, da hieß das eben, daß er nicht sicher war, ob er zurückkommt. Nicht sicher, verstehst du. Denn wäre er sicher gewesen, daß er nicht zurückkommt, dann hätte er einfach seinen Rücktritt eingereicht. Und das ist der Grund, wieso er uns noch nicht geschrieben hat. Weil er sich noch nicht entschieden hat.» Er sah Becker an. «Und nun sag mir eins – wie willst du das auf einer Ansichtskarte erklären?»

22

Die Stimme war so laut, daß der Rabbi den Hörer etwas weghielt. «Rabbi? *Schalom*. Wetten, daß Sie nie erraten, wer am Apparat ist! Ich sag's Ihnen – hier spricht S. Markevitch.»

Vor seinem geistigen Auge sah der Rabbi seinen Gesprächspartner vor sich, wie er vor Zufriedenheit strahlte, weil er ihm eine so angenehme Überraschung bereiten konnte. V. S. Markevitch war darin groß. In

Barnard's Crossing pflegte er unangemeldet abends bei seinen Freunden oder Bekannten hereinzuschneien, und selbst wenn er merkte, daß sie ausgehen wollten, brachte ihn das keineswegs aus der Fassung. Im Gegenteil – er redete mit erhobener Stimme, damit die Dame des Hauses, die sich gerade im Schlafzimmer zurechtmachte, nur ja alles mitkriegte, was er ihrem Mann erzählte; der blieb aus purer Höflichkeit im Zimmer und zerrte verzweifelt an seiner Krawatte, die er ohne den Schlafzimmerspiegel nicht richtig binden konnte. V. S. Markevitch war stets fest davon überzeugt, daß sich die Leute freuten, ihn zu sehen.

Gewöhnlich sprach er von sich in der dritten Person, benutzte nur selten das Pronomen und wiederholte den bombastischen vollen Namen so oft wie erforderlich. Er war nicht Mitglied im Gemeindevorstand, erschien jedoch ohne Hemmungen zu Sitzungen und Zusammenkünften der *Bne-Briss-Loge*, um seine Ansichten zum besten zu geben. Er stand auf, sein runder, kahler Schädel leuchtete weithin, er grinste über beide Ohren und verkündete: «Mr. Chairman, V. S. Markevitch möchte etwas zu der Wortmeldung sagen.» Wurde dem stattgegeben, bombardierte er seine Zuhörer mit: «V. S. Markevitch ist der Meinung, daß . . .» und: «Nach der bescheidenen Auffassung von V. S. Markevitch . . .»

«Wann sind Sie angekommen, Mr. Markevitch?» fragte der Rabbi.

«Den Moment.» Die Stimme klang überrascht, als wolle sie damit ausdrücken, daß es für V. S. Markevitch undenkbar sei, aus welchen Gründen auch immer nach Israel zu kommen und nicht als allererstes seinen Rabbi anzurufen.

«Sind Sie allein, Mr. Markevitch? Oder ist Ihre Frau mitgekommen? Machen Sie eine Rundreise?»

«Ich bin nur mit Katz hier, meinem Partner. Geschäftlich, Rabbi. Wir haben massenhaft Konferenzen auf der Latte, eine sicherlich mit dem Minister für industrielle Entwicklung, und dann schließen wir uns einer Gruppe an, die mit der Ministerpräsidentin zusammentrifft, aber das ist erst später in der Woche. Wahrscheinlich ist das nichts für Sie. Ich nehme an, Sie haben inzwischen die ganze Prominenz kennengelernt . . .»

«Keineswegs.»

«Mal sehen, vielleicht kann ich Sie den Leuten vorstellen – nachdem ich sie kennengelernt habe. So, und mir geht's jetzt um folgendes. Wir haben ein Taxi genommen, eben werden gerade unsere Sachen eingeladen, und wir zwitschern in ein paar Minuten los nach Jerusalem. Heute und morgen übernachten wir im *King David*. Dann fahren wir weiter nach Haifa. Wie wär's, wenn wir uns treffen, und vielleicht könnten Sie uns die Stadt zeigen, die ganzen Sehenswürdigkeiten und so?»

«Nun, ein besonders guter Fremdenführer bin ich zwar nicht, aber ich würde mich freuen, Ihnen und Mr. Katz alles zu zeigen.»

«Also abgemacht, Rabbi.»

Sie trafen sich am nächsten Morgen in der Hotelhalle. Markevitch und Katz hatten gerade in der Cafeteria gefrühstückt, wollten aber gern noch eine Tasse Kaffee trinken. Und so saßen die drei Männer um einen Tisch und unterhielten sich über Barnard's Crossing.

Markevitch bezeichnete Joe Katz scherzhaft als seinen stummen Teilhaber – «weil ich immer das Reden übernehmen muß». Während Markevitch groß, kräftig und überschwenglich war und sein breites Lächeln den kürbisähnlichen Kopf in zwei Hälften zu teilen schien, war Katz ein kleiner, ängstlicher Mann mit traurigen Augen und einem schüchternen Lächeln. Wenn Markevitch redete, saß Katz stumm da, nickte zu den Geistesblitzen seines Partners und zuckte mitunter zusammen, wenn er meinte, dieser habe eine Taktlosigkeit geäußert.

Die Stimme von Markevitch war weniger laut als vielmehr nie gedämpft. Ohne Rücksicht darauf, wo er sich befand, sprach er in normaler Lautstärke. In der Hotelhalle klang das, als rede er zu allen Gästen. So bekam jeder mit, daß die Mazurs sich scheiden ließen. Josiah Goldfarbs Sohn war wegen Besitzes von Rauschgift verhaftet worden. Familie Hirsh hatte ihr Eisenwarengeschäft in Lynn verkauft und zog nach Florida. Auf der Elm Street, unmittelbar vor dem Tempel, war eine neue Verkehrsampel angebracht worden; das sollte den Kindern, die zur Religionsschule gingen, mehr Sicherheit bieten. Lenny Epstein hatte dem Schulfonds tausend Dollar zugesagt.

Endlich gelang es dem Rabbi zu fragen: «Und wie kommt Rabbi Deutch zurecht?»

«Ach», erklärte V. S. strahlend, «mit dem haben wir wirklich Massel gehabt, Rabbi. Als ich gehört hab, Sie nehmen Urlaub, hab ich gefürchtet, Sie drehen uns so 'nen Knaben vom Seminar als Stellvertreter an. Und wenn nicht das, dann irgendeinen Schlemihl, der normalerweise keinen anständigen Job kriegen kann. Aber mit Rabbi Deutch haben Sie wirklich 'nen guten Griff getan. Und erst mit der Rabbitzin. Ganz große Klasse.»

«Ich habe ihn nicht ausgesucht», sagte der Rabbi. «Die Kommission hat ihn ausgewählt. Ich kannte ihn vorher gar nicht.»

«Was Sie nicht sagen! Ich dachte, Sie hätten ihn ausgewählt. Ich war auf dem Empfang, wenn Sie sich erinnern. Und wie ich euch beide mit den Deutches wie Busenfreunde zusammen stehen und schwatzen sah und so weiter, da hab ich eben angenommen – na, jedenfalls ist er ein guter Mann. Ich meine, wenn er so am Pult steht –» er richtete sich auf und blickte in der Halle umher, um Rabbi Deutch am Rednerpult nachzuahmen – «und mit dieser Stimme, die er hat, eine Predigt hält, also da läuft einem manchmal direkt 'ne Gänsehaut über den Rücken. Ich hab natürlich nicht viel mit ihm zu tun gehabt, aber man hört ja, wie die Leute so reden, und die sind ganz schön beeindruckt, sogar die

Gojim in der Stadt. Wissen Sie, daß sie ihn gebeten haben, im *Library Committee* zu fungieren? Also für einen Außenseiter ... Und die Rabbitzin – wußten Sie, daß Dan Stedman ihr Bruder ist, der Kommentator vom Fernsehen, meine ich? Sie haben die Sache gleich in die Hand genommen, sowie sie in die Stadt kamen, und sie passen einfach prima rein.»

«Das ist aber nett. Er ist also glücklich in Barnard's Crossing?»

«Dieselbe Frage hat V. S. Markevitch erst letzten Freitagabend beim *Oneg Schabbat* an Rabbi Deutch gestellt. Wir standen alle rum und tranken Tee, und V. S. Markevitch spaziert beschwingt zum Rabbi rüber und sagt –» seine Stimme wurde geschäftsmäßig – «‹Rabbi Deutch, wir sehen Sie gern hier, und wir finden alle, Sie machen Ihre Sache phantastisch, aber wie gefällt's nun Ihnen bei uns?› Viele Leute sagen, V. S. Markevitch reißt immer sein Maul auf, aber er meint, wenn man nicht fragt, erfährt man auch nichts.»

«Und was hat er geantwortet?» erkundigte sich der Rabbi.

«Also jetzt sagen Sie mir selbst, Sie sind der Richter, ob's ihm in Barnard's Crossing gefällt. Er antwortet doch auf seine vornehme Art: ‹Eine hübsche, angenehme Stadt, Mr. Markevitch, und für mich hat sie außerdem noch den zusätzlichen Vorteil, daß sie nur eine halbe Autostunde von den großen Bibliotheken in Boston und Cambridge entfernt liegt.› Er ist nämlich ein großer Gelehrter, verstehen Sie. Na, was halten Sie nun davon? Gefällt es ihm, ja oder nein?»

Der Rabbi lächelte. «Ich verstehe, worauf Sie hinauswollen, Mr. Markevitch.»

Plötzlich begann Markevitch heiser zu flüstern, was kein Dezibel leiser war als seine normale Lautstärke. «Es ist sogar davon die Rede, daß wir vielleicht jetzt groß genug sind, um uns zwei Rabbis zu leisten, und daß Rabbi Deutch vielleicht bereit wäre zu bleiben. Na, und was halten Sie davon?» Er lehnte sich zurück und sah den Rabbi seltsam an.

«Nun, ich sehe da einige Probleme, die ...»

«Sicher, genau das hat Markevitch gesagt, als er zum erstenmal davon hörte. Stimmt's, Katz?» Er beugte sich wieder vor und fuhr vertraulich fort: «Rabbi Deutch ist der Ältere und Erfahrenere, also könnte er nicht der Assistent von Rabbi Small sein. Andererseits hatte Rabbi Small die Stellung als erster, also wird ihm der Gedanke nicht schmecken, die Leiter runterzufallen und bei Rabbi Deutch die zweite Geige zu spielen, egal, wie alt und erfahren der ist.»

Katz zuckte zusammen und tippte seinen Partner an. «Bitte, Markevitch.»

Markevitch drehte sich um und starrte ihn an. «Was ist denn, Katz?» Dann wandte er sich wieder dem Rabbi zu. «Was ich sage, ist folgendes – warum nicht zwei partnerschaftliche Rabbiner, beide gleichberechtigt und gleichgestellt, vor allem, wo's so aussieht, als müßten wir zwei

Gottesdienste abhalten, einen unten und einen im ersten Stock? Und wie ich die Sache sehe – wo alle unsere Festtage zwei Tage lang dauern, könnten sie doch abwechselnd den Gottesdienst oben übernehmen, der sowieso der wichtigere sein wird. Und sie könnten ja Kopf oder Adler werfen, wer zuerst drankommt. Was halten Sie davon, Rabbi?»

Rabbi Small spitzte den Mund. «Jedenfalls eine interessante Spekulation.»

Markevitch stieß seinen Partner mit dem Ellbogen an. «Na, was hab ich dir gesagt, Katz, wer nicht fragt, erfährt auch nichts. Rabbi Small ist interessiert. Überlegen Sie sich's, Rabbi. Und wie wär's jetzt mit 'ner Stadtbesichtigung?»

«Ich nehme an, Sie würden als erstes gern die Klagemauer sehen?»

«Allerdings. Wir haben nämlich einen besonderen Grund dafür.» Er lächelte und zwinkerte seinem Kompagnon zu.

Sie nahmen ein Taxi. Markevitch saß in der Mitte und drehte sich während der kurzen Fahrt ständig von einer Seite zur anderen, um ja nichts zu verpassen. «Sieh dir das an, Katz, da draußen . . . jetzt ist's vorbei. Es war ein . . . Was war das, Rabbi? . . . Ach, schau dir den alten Juden mit dem Bart an . . . He, das ist doch ein Araber, wie? Ich meine, wenn sie diese karierten *schmattess* um den Kopf tragen, dann sind's Araber. Stimmt's? . . . He, das muß irgendeine Kirche sein . . .» So ging es ununterbrochen, bis sie am Jaffa-Tor abgesetzt wurden; er stellte Fragen, ohne die Antwort abzuwarten, er wies auf alles hin, was er für ungewöhnlich hielt – Menschen, Gebäude, Schilder.

«Ich dachte mir, wir gehen diesen Weg, damit Sie Gelegenheit haben, die Altstadt zu sehen», erklärte der Rabbi.

Sie überquerten den Platz hinter dem Tor und näherten sich der überdachten Straße.

Katz wich zurück. «Sie meinen, wir sollen da durchgehen? Ist das denn sicher?»

«Na, klar, Katz. Schau dir die zwei Mummelgreise mit den Bärten an. Wenn die durchgehen können, wird's wohl für uns auch sicher sein.»

Sie betraten die Straße. Markevitch gab seine Kommentare ohne Punkt und Komma. In seinen Worten äußerte sich weniger Erstaunen als vielmehr Ungläubigkeit. «Nun stell dir das vor, Katz, das ist eine Straße . . . Eine reguläre Straße ist das bei ihnen . . . Stell dir das vor . . . sieh dir die zwei Frauen mit dem Schleier an. Wovor haben die Angst? . . . Wie können Menschen nur so leben? . . . Sieh mal, da ist ein Schuhladen. Bleib lieber nicht stehen, Katz, sonst mußt du vielleicht noch was kaufen . . . diesen Mist . . . wer kauft schon so was? . . . Wie können sie bloß existieren? . . . Schau nur, da verkauft einer türkischen Honig . . . Wann hast du zuletzt türkischen Honig gegessen, Katz? . . . So was nennen sie vermutlich einen Fleischerladen . . . Sieh dir das an, alles offen . . . Von Hygiene haben sie wohl noch nie was gehört . . .»

Endlich kamen sie zur Klagemauer. Sie überschauten den Platz davor, und Markevitch sagte: «Also das ist schon was. Ich nehme an, Sie kommen praktisch jeden Tag her, was, Rabbi?»

«Nun, ich war ein paarmal hier.»

«So was – ich hätte gedacht, Sie sind jeden Tag hier, beten, meine ich.»

«Nein, Mr. Markevitch. Ich halte das nicht für notwendig. Gebete sind auch nicht wirksamer, wenn man sie vor der Klagemauer spricht.»

«Können wir einfach hingehen?» erkundigte sich Katz. «Oder müssen wir eine Eintrittskarte kaufen oder eine Spende geben – der Mann dort am Tisch . . .»

«Der verteilt nur *Jarmulkas* aus Papier für diejenigen, die keine Kopfbedeckung haben. Nein, Sie können direkt hingehen. Es kostet nichts.»

«Stell dir vor, Katz, gebührenfrei. Nicht mal 'ne Geldspende. Hören Sie, Rabbi –» zum erstenmal senkte Markevitch die Stimme – «wir haben überlegt, ob Sie nicht für uns ein Gebet sprechen könnten. Was wir uns dabei vorgestellt haben, war 'ne besondere Art von Gebet, in dem Sie vielleicht um den Erfolg unserer Unternehmung bitten könnten . . .»

«Vor allem die Finanzierung», sagte Katz.

«Richtig, vor allem die Finanzierung, aber ich hab an den ganzen Schmonzes gedacht.»

Der Rabbi schüttelte den Kopf. «Bei uns ist jeder Mensch auf sich gestellt, Mr. Markevitch. Wir Juden haben keinen Vermittler zwischen dem Menschen und Gott. Sie können sich ganz dicht an die Mauer stellen, wenn Sie meinen, das ist besonders wirksam, und sagen, was Sie im Sinn und auf dem Herzen haben.»

«Aber ich kann kein Wort Hebräisch, außer vielleicht ein paar Gebete, zum Beispiel den Segen für Brot oder Wein . . .»

«Ich bin sicher, Gott wird es auch dann verstehen, wenn sie englisch sprechen oder wenn Sie es sogar nur denken.»

«Glauben Sie nicht, daß er was dagegen hätte, wenn sich's um 'ne Geschäftsangelegenheit dreht? Letzten Endes ist es ja zum Wohl des Landes.»

Der Rabbi lächelte. «Die Menschen bitten um alles mögliche. Manche schreiben sogar kleine Zettel und schieben sie zwischen die Steine. Sehen Sie?»

«Ja.» Markevitch schaute sich um, und als er merkte, daß man ihn nicht beobachtete, zog er einige der zusammengerollten Papierfetzen heraus. Er entrollte einen und gab ihn dem Rabbi, da er in hebräisch war. «Was steht drauf?»

Der Rabbi las: «Ich habe sechs Töchter, und meine Frau geht schwanger mit einem siebenten Kind. Lieber Gott, mach, daß es ein

Junge wird, damit er nach unserem Tod den *Kaddisch* für mich und meine Frau sprechen kann.»

Markevitch entrollte einen zweiten Zettel, und der Rabbi las und übersetzte: «Meine Frau ist krank. Sie ist eine Last für sich und für mich. Lieber Gott, nimm sie entweder zu dir oder mach sie gesund.»

Markevitch schüttelte den Kopf und schnalzte leise, womit er sein Mitleid ausdrücken wollte. Er fühlte sich gezwungen, sein Verhalten zu rechtfertigen. «Nicht, daß Markevitch neugierig ist, Rabbi. Er will sich nur ganz allgemein ein Bild machen.» Er entrollte den dritten Zettel. «Oh, der hier ist englisch geschrieben, das ist schon besser.» Und er las laut vor: «American Telephone –52, IBM –354, Chrysler –48, General Motors –81. Ich bitte um keine Reichtümer, sie sollen nur um so viel steigen, lieber Gott, daß ich aussteigen kann.»

Er rollte die Zettel wieder sorgfältig zusammen und schob sie in einen Mauerspalt. «Der Versuch lohnt sich, Katz. Gib mir einen Bleistift und ein Stück Papier.»

Der Rabbi wartete, während sie ihre Bitte hinkritzelten und ebenfalls zwischen zwei Steine steckten. Sie standen vor der Mauer, murmelten die paar hebräischen Brocken, die sie kannten. Obwohl er sich etwas im Hintergrund hielt, entging ihm nichts von dem, was V. S. Markevitch vortrug. Er sprach den Segen für Wein, den Segen für Brot, und dann nach einer Pause sagte er die vier Fragen auf, die das jüngste Kind beim *Seder* zu *Pessach* stellt. Danach stand Markevitch ein paar Minuten schweigend da, die Augen fest geschlossen, die Stirn in angestrengter Konzentration gerunzelt. Schließlich sagte er: «Es ist V. S. Markevitch, der darum bittet, lieber Gott», und trat zurück.

Immer neue Menschen strömten herbei, und als sie sich gerade zum Gehen wandten, sahen sie eine Gruppe Amerikaner, wohlhabende Leute in mittleren Jahren wie sie. Die Führung hatte ein Mann, dessen schwarzer Hut und gediegenerer Aufzug die Vermutung nahelegte, daß er der Rabbi war und zugleich als Reiseleiter fungierte. «Verteilen Sie sich und stellen Sie sich an der Mauer auf», befahl er. «Keine Angst. Genieren Sie sich nicht. Sie haben genausoviel Recht hier wie jeder andere. Wenn Sie sich jetzt bitte Seite 61 zuwenden wollen . . .»

Markevitch sah seinen Teilhaber vielsagend an und nickte in Richtung auf die betenden Amerikaner.

Sie verließen die Klagemauer und nahmen ein Taxi zum Zion Square. Von dort schlenderten sie über die Ben Yehuda Street und Jaffa Road, das Geschäftsviertel der Neustadt. Sie waren offensichtlich enttäuscht über die engen Straßen und die kleinen, armselig dekorierten Läden.

«'ne Fifth Avenue ist das garantiert nicht, was, Katz?»

«Von Fifth Avenue kann keine Rede sein, nicht mal von Boylston Street oder Washington Street, aber da siehst du, wie wenig Kapital du hier brauchst, um ein Geschäft aufzumachen.»

Der Rabbi dachte, sie wären vielleicht müde, und steuerte sie in ein nahegelegenes Café. Sie bestellten und sahen sich die anderen Gäste an, von denen mehrere Zeitungen und Zeitschriften lasen.

«Sie kommen her, um zu lesen?» fragte Katz.

«Sie kommen, um ihre Freunde zu treffen, um zu lesen, um zu reden, um sich bei einer Tasse Kaffee etwas von dem täglichen Einerlei zu erholen», erklärte der Rabbi.

«Von 'ner Umschlagquote bei Kunden haben die hier wohl noch nie was gehört», meinte Markevitch und setzte seine Tasse ab. «Wohin jetzt, Rabbi?»

Der Rabbi nickte der Kellnerin zu, die zu ihnen kam. «Wünschen Sie noch etwas, Gentlemen? Dann also drei Kaffee – macht drei Pfund.»

«Ich dachte, wir könnten uns jetzt mal die Universität ansehen», schlug der Rabbi vor, während er in die Tasche griff.

Markevitch legte ihm die Hand auf den Arm. «Kommt gar nicht in Frage, Rabbi, wenn V. S. Markevitch ißt, dann zahlt V. S. Markevitch auch. Wieviel macht es?»

«Nein, Mr. Markevitch.» Der Rabbi drückte der Kellnerin ein paar Münzen in die ausgestreckte Hand. «Sie sind Gäste, Besucher des Landes, und ich ortsansässig.»

In der Universität blühten die beiden auf. Das war mehr nach ihrem Geschmack. Von dem, was sie bisher gesehen hatten, waren sie offensichtlich enttäuscht gewesen. Die Altstadt war malerisch, ohne Frage, und die Menschen pittoresk, in Filmen und auf Ansichtskarten wirkte das interessant, aber von nahem war es schmutzig, zerlumpt und übelriechend. Die Westmauer – nun ja, es war eben eine Mauer. Den erhofften Zauber hatten sie nicht empfunden. Und Zion Square war auch alt und schäbig, sicherlich nicht so wie die Altstadt, aber ebenso gewiß nicht das, was die Dias und Filme versprachen, die man ihnen bei Veranstaltungen mit entsprechenden Spendenaktionen vorgeführt hatte. Die Universität dagegen – neue, moderne Gebäude, weiträumige Plätze, ausgedehnte Gartenanlagen, so hatten sie sich die ganze Stadt, ja, das ganze Land vorgestellt. Jahre hindurch hatten sie israelische Obligationen gekauft und Geld gespendet. Jetzt endlich konnten sie sehen, daß es gut angelegt worden war. Sie wanderten umher, atmeten tief die frische, saubere Luft ein, als sei sie von den neuen Gebäuden erzeugt worden. Vor jeder Bronzeplatte, auf die sie trafen, blieben sie stehen und studierten sie gewissenhaft.

«Eine Schenkung der Familie Isaacson, Montreal . . . Dank der Großzügigkeit von Arthur Bornstein, Poughkeepsie . . . Errichtet zum Gedächtnis von Sadie Aptaker . . . Das Harry G. Altshuler Zimmer . . .»

«Schau mal, Katz. Montgomery Levy aus Rhodesien. Stell dir vor, aus Rhodesien.»

«Dort gibt's auch Juden. Hier ist einer aus Dublin, Irland . . .»

In ihrem Hotelzimmer unterhielten sich die Geschäftspartner über den Tag. «Ehrlich gesagt, Katz, ich war ein bißchen enttäuscht über unseren Rabbi. Ich meine, er ist Rabbi, und da hätte ich doch angenommen, daß er jedesmal, wenn er zur Klagemauer kommt, ein Gebet sprechen möchte. Und er gibt selber zu, daß er nur ein paarmal dort war. Das kommt mir nicht richtig vor, lebt direkt hier in Jerusalem und ist immerhin Rabbi. Und warum hat er sich so gehabt, wie sich's darum drehte, für uns ein Gebet zu sprechen? Schließlich ist das sein Beruf, oder etwa nicht? Für mich hat's so ausgesehen, als ob ihm das ganze Metier zum Hals raushängt.»

«Er ist doch auf Urlaub. Der Beruf als Rabbi ist genau wie jeder andere. Du fährst weg, du willst deine Ruhe davor haben.»

V. S. sah ihn scharf an. «Bist du sicher, daß es ein Urlaub ist?»

«Was denn?»

Markevitch senkte die Stimme zu einem heiseren Flüstern, das von jedem Passanten im Korridor durch die geschlossene Tür deutlich gehört werden konnte. «Vielleicht hat er nicht vor, zurückzukommen. Vielleicht plant er, hierzubleiben. Deshalb wollte er kein Gebet für uns sprechen. Als wären wir nicht mehr seine Gemeinde. Erinnere dich, wie er im Café darauf bestanden hat zu bezahlen. Ich frag dich, wann steckt ein Rabbi jemals die Hand in die eigene Tasche? Weißt du noch, was er gesagt hat – wir wären die Gäste, und er ist ortsansässig? Erinnerst du dich?»

Katz nickte zustimmend. «Da hast du schon recht – da ist was dran.»

Markevitch leerte sein Glas und strahlte vor Bewunderung über seinen Scharfsinn. «Merk dir meine Worte, Katz, er kommt nicht zurück. Und ich werd dir noch was sagen – wenn er nicht zurückkommt und Rabbi Deutch bleibt, hat V. S. Markevitch jedenfalls deswegen keine schlaflosen Nächte.»

«Na, wie ist es gegangen?» erkundigte sich Miriam.

Der Rabbi antwortete nicht sofort. Stirnrunzelnd suchte er nach den richtigen Worten. «Weißt du, es ist schon sonderbar», sagte er schließlich. «Du lebst eine Weile hier – und das braucht nicht einmal lange zu sein – und beginnst dich als Einheimischer zu fühlen, zumindest Touristen gegenüber. Sie irritieren dich, es stört dich, da sie das, was sie sehen, nicht begreifen. Ihre Gönnermiene stört dich, es stört dich, wenn sie Vergleiche mit Amerika ziehen, ob sie sie nun laut äußern oder ob du sie nur unausgesprochen spürst; ihre Einstellung stört dich, daß ihnen das Land gehört, weil sie Geld gespendet haben . . .»

«Du sprichst wirklich wie ein Einheimischer.»

«Das stimmt wohl. Vielleicht fange ich an, wie sie zu denken und zu empfinden.»

Das Ritual des Bezahlens . . .

... ist eine der ergiebigsten Psychostudien im Restaurant. Eigentlich will sich jeder vernünftige Mensch ums Bezahlen drücken, weil er sein Geld gern behalten möchte. Trotzdem gibt jeder unvernünftigerweise vor, er bestehe darauf, auch für den anderen zu bezahlen, um zu zeigen, daß Geld für ihn keine Rolle spielt. Der Mensch unterscheidet sich vom Tier eben dadurch, daß er in der Lage ist, aus einer einfachen Angelegenheit eine komplizierte zu machen.

Sie stand auf und ging zum Tisch hinüber, wo sie sich mit den Büchern, der Blumenvase, den Aschenbechern zu schaffen machte. Sie kehrte ihm den Rücken zu, als sie sagte: «Ich habe den Eindruck, David, als ob du andeuten willst, daß du gern hierbleiben möchtest.»

«Ich glaube schon, daß ich das möchte», entgegnete er ruhig. «Zumindest eine Zeitlang. Hättest du was dagegen?»

«Ich weiß nicht. Das kommt ganz darauf an. Was würdest du tun – ich meine, um unseren Lebensunterhalt zu verdienen? Hier kannst du dich nicht als Rabbi betätigen.»

«Ich weiß.»

Sie wandte sich um und sah ihn an. «David, hast du deinen Beruf als Rabbi satt? Willst du ihn aufgeben?»

Er begann zu lachen. «Komisch – Rabbi kommt ins Heilige Land und verliert seinen Glauben. Natürlich wußte ich, schon bevor ich aufs Seminar ging, daß ich kein Rabbi sein konnte, wie es mein Großvater in seinem *stetl* in Rußland oder später in der orthodoxen Gemeinde in Amerika war. Er war ein Richter und benutzte seine Kenntnis des Talmud, um die Probleme seiner Gemeinde zu lösen. Das war in Amerika unmöglich. Aber daß ich ein Rabbi wie mein Vater werden könnte, glaubte ich schon. Er leitete seine Gemeinde nach den Grundsätzen des Judaismus un l bewahrte sie davor, in einer christlichen Umgebung ihrem Glauben abtrünnig zu werden. Dazu gehörten gewisse traditionelle Praktiken wie etwa Gebete zu feststehenden Tageszeiten, was zwar nicht in die moderne Welt paßte, aber den Vorzug hatte, uns weiterhin von unseren Nachbarn zu unterscheiden, und daher als Bindekraft wirkte. Ja, und seitdem ich hier in Israel bin, sehe ich darin immer mehr die religiösen Bräuche des Exils, des *Galut*. Ich spürte den Geist des Sabbat am meisten an unserem ersten Tag, als ich nicht in die Synagoge ging, und dann wiederum in dem areligiösen Kibbuz. Sie hatten die ganze Woche hindurch schwer gearbeitet, und am Sabbat zogen sie frische Kleider an, feierten und ruhten sich aus. Das gab ihnen neue Kraft für die kommende Woche. Irgendwie fand ich, so sollte es ursprünglich sein. Es schien mir, als seien unsere traditionellen Bräuche hier, in unserem eigenen Land, zu einer Art Hokuspokus geworden, in der Diaspora zwar durchaus nützlich, in Israel aber sinnentleert. Ich sah das in den erstaunten Augen von Itzicals kleinem Jungen, als er beobachtete, wie ich in meinem Schal und den Gebetsriemen betete. Mir einen schwarzen Lederriemen auf eine bestimmte Weise um den Arm und um die Stirn zu binden, ein spezielles, mit Fransen besetztes Tuch umzulegen und dann Worte zu sprechen, die Jahrhunderte zuvor für mich geschrieben worden waren – das hatte in Amerika seinen Sinn, weil es mich daran erinnerte, daß ich Jude bin. Doch hier in Israel brauche ich nichts dergleichen. Was ist meine Arbeit in Barnard's Crossing anderes als religiösen Hokuspokus zu zelebrieren – Menschen zu trauen, zu beerdigen, bei allen möglichen Gelegenheiten das passende Gebet zu sprechen? Genau das haben Markevitch und Katz heute von mir erwartet.»

Die Hände in den Hosentaschen vergraben, begann er auf und ab zu laufen.

«Aber sie sind doch nicht typisch für die Gemeinde.»

«Zugegeben, sie sind beide etwas extreme Fälle, trotzdem unterscheidet sich ihre Einstellung nicht allzusehr von der der meisten Gemeindemitglieder.»

«David, hast du dich entschieden? Hast du endgültig beschlossen, daß du deinen Beruf als Rabbi aufgeben willst?»

«Nein ... ich weiß es nicht», sagte er unglücklich und starrte niedergeschlagen auf den Fußboden. «Aber ...»

«Aber du möchtest wissen, wie ich dazu stehe? Also – ich habe dich geheiratet, bevor du Rabbi warst, und wenn du im Seminar durchgefallen wärst, hätte ich mich nicht scheiden lassen. Trotzdem – irgendwie mußt du ja Geld verdienen. Was würdest du tun?»

«Ach, einen Job könnte ich immer kriegen.» Er sah auf, und seine Stimme klang wieder heiter. «Oder vielleicht könnten wir in einen Kibbuz gehen. Oder ich könnte unterrichten. Oder für eine Zeitung schreiben. Mein Hebräisch ist recht gut. Natürlich müßten wir uns einschränken, uns an einen niedrigeren Lebensstandard gewöhnen. Du müßtest dir eine Arbeit suchen, für die du bezahlt wirst ...»

«Das würde mich nicht stören. Ich könnte sogar im Krankenhaus bleiben. Die anderen in der Abteilung werden nämlich bezahlt. Aber vielleicht dauert es ein Weilchen, bevor ich anfangen könnte.»

«Ach?»

«Ich habe mich heute im Hospital beurlauben lassen und bin selber zum Arzt gegangen.» Sie zögerte. «Ich – ich erwarte nämlich ein Kind, David.»

23

Sie trafen sich wie üblich in der Hotelhalle, bevor sie zum Dinner in den *Artist's Club* gingen, und Roys erste Worte waren: «Ich hab morgen 'ne Prüfung, deshalb muß ich früh nach Hause.» Ähnliche Ankündigungen hatte er jedesmal gemacht – daß er müde sei und zeitig zu Bett gehen wolle; daß er am nächsten Morgen ganz früh eine Vorlesung oder am gleichen Abend spät noch eine Verabredung habe – alle möglichen Ausreden, um sofort nach dem Dinner aufzubrechen. Und jedesmal war Dan enttäuscht und sogar etwas gekränkt gewesen, hatte sich jedoch wohlweislich gehütet, das zu zeigen. Er hielt es für wichtig, daß Roy sich absolut frei fühlte, und war fest entschlossen, nicht die

Rolle des gestrengen Vaters zu spielen. Wenn wir Freunde sein wollen, sagte er sich, muß er dasselbe Bedürfnis haben, mit mir zusammenzusein, wie umgekehrt.

Er hatte versucht, Roy zum Reden zu bringen über sein Studium, mit wenig oder gar keinem Erfolg. «Dieselbe Leier wie in den Staaten. Vorlesungen . . . Kurse . . . Wenn du einen interessanten Professor erwischst, hast du Glück gehabt. Dann vergeht die Zeit ein bißchen rascher. Die meisten machen gerade nur das unbedingt Notwendige.»

Er hatte versucht, ihm von seiner Arbeit zu erzählen, von Interviews, die er auf Tonband genommen hatte, von seiner ganzen Konzeption. Die Reaktion war minimal.

Er hatte versucht, Roy nach seinen Freunden zu fragen und sogar angeboten, einen oder zwei mit zum Dinner einzuladen.

«Ach, die meisten haben ziemlich viel zu tun.»

«Dafür sind ja keine besonderen Vorbereitungen nötig. Ruf mich einfach an.»

«Schön, ich werd dran denken.»

Vielleicht empfand Roy sein Interesse als Einmischung in seine Angelegenheiten? Deshalb war er an diesem Abend entschlossen, das Gespräch in neutralen Bahnen zu belassen und sich nach seinem Sohn zu richten. Schweigend gingen sie zu dem Restaurant, und erst dort sagte Roy schließlich: «Nicht schlecht hier.»

Dan pflichtete ihm bei und meinte, wenn man die Lage, den Service, die Qualität des Essens bedenke, finde er es genausogut wie jedes andere in Jerusalem.

Nachdem sie sich über die Bestellung schlüssig geworden waren, aßen sie und redeten dabei fast nichts. Als der Nachtisch und der Kaffee gebracht wurden, wagte Roy jedoch eine Bemerkung: «Ich hab dich gestern abend angerufen. Sie sagten, du bist nach Tel Aviv gefahren.»

Dan fragte sich, ob Roy deswegen verstimmt gewesen war. «Ja, ich war zwei Tage dort. Bob Chisholm hat 'ne kleine Party gegeben. Er ist der Leiter vom AP-Büro.» Roy schien das nicht zu interessieren. Trotzdem sprach Dan weiter, um das Schweigen irgendwie zu überbrücken. «Ich bin mit dem *Sheruth* gefahren und hab gleich nach der Ankunft im *Sheraton* angerufen, ob sie mir ein Zimmer für die Nacht geben könnten. Natürlich war alles besetzt wie üblich, aber ich hab Phil Bailen, den Direktor, erwischt, und er hat dann irgendwas gedeichselt. So konnte ich zwei Tage bleiben.»

«Hm-m.»

«Das ist schon 'ne Stadt. Unwahrscheinlich, wen man da alles trifft. Als ich spätabends nach der Party ins Hotel komme, wen sehe ich? Alfred Northcote. Er ist bei der BBC. Als ich vor ein paar Jahren in London stationiert war, hab ich in seiner Bude gewohnt, weil er damals gerade nach Spanien mußte.»

«Soso.»

«Mich hat's auch nicht überrascht. Stell dir vor, in der kurzen Zeit zwischen der Eintragung an der Rezeption und dem Betreten des Fahrstuhls hab ich drei verschiedene Bekannte getroffen. Ich hatte eben die Anmeldung unterschrieben, da entdeckt mich Colonel Girande. Ich hab ihn in Paris kennengelernt – na, so vor sechs oder sieben Jahren. Und während wir noch schwatzen, kommt Bob Chisholm – der die Party gegeben hat – dazu. Und wie ich auf den Fahrstuhl warte, ruft jemand meinen Namen, ich dreh mich um – und wer ist's? Olga Ripescu. Ich hab sie auf den ersten Blick erkannt und mich sogar an ihren Namen erinnert. Vor ein paar Jahren hab ich mal über das rumänische Ballett berichtet. Der größte Teil der Reportage drehte sich natürlich um die Primaballerina, den Choreographen und den Regisseur. Aber ich hab auch mit ein paar jungen Leuten gesprochen, die gerade erst engagiert worden waren, und zu denen gehörte auch Olga Ripescu. Na, sie ist mit der Truppe hier und jetzt selber Primaballerina. Und nach der langen Zeit hat sie sich an mich erinnert.»

«Phantastisch!»

Dan überhörte die Bemerkung, weil ihm nicht klar war, wie sie gemeint war. «Nächste Woche ist 'ne Party in der amerikanischen Botschaft», fuhr er fort. «Ich hab 'ne Einladung. Wenn du Lust hast, könnte ich für dich auch eine organisieren. Dabei gibt's meistens massenhaft hübsche Mädchen aus den verschiedenen Dienststellen.»

«Jüdische Mädchen?»

«Die meisten schon.»

«Verstehe. Du willst, daß ich jüdische Mädchen kennenlerne.»

«Nach dem, was du mir so erzählt hast, wäre das vielleicht gar keine schlechte Idee», bemerkte sein Vater. «Ja, ich hätte es gern, wenn du ein paar jüdische Mädchen und Jungen kennenlernst.»

«Das hab ich mir gedacht. Du verstehst also noch immer, mein Leben zu lenken», sagte er bitter.

«Sind denn Väter nicht dazu da?» Dan war bemüht, die leichte Gesprächsnote beizubehalten.

«Niemand hat das Recht, sich in das Leben eines anderen einzumischen. Ich bin ein Individuum, und ich habe das Recht, mein Leben so zu leben, wie ich will. Ich beabsichtige, mir meine Freunde selber auszusuchen und auch sonst mein eigener Herr zu sein.» Das kam mit leidenschaftlicher Vehemenz.

«Hör mal, Roy, müssen wir denn jedesmal streiten?»

«Wenn du nicht versuchst, mich zu gängeln, ist alles bestens. Weiter will ich nichts, du sollst nur aufhören, mich zu gängeln.» Er stand auf. «Es ist spät, und ich hab morgen die Prüfung.»

In seinem Hotelzimmer ließ Dan Stedman den Abend Revue passieren. Was ist bloß mit den jungen Leuten los? Alles, was man sagt, legen sie auf ihre Weise aus. Wie redet man mit ihnen, damit sie zuhören und vernünftig und erwachsen darauf reagieren?

Ihm fiel ein Satz aus einem Brief ein, den er am gleichen Morgen von seiner Schwester aus Barnard's Crossing bekommen hatte. «. . . obwohl er über sechs Jahre hier war, war er nie sehr beliebt und hat keinen echten Rückhalt in der Gemeinde, die jungen Leute ausgenommen. Die meisten von ihnen sind noch unter zwanzig, aber sie scheinen ihn zu mögen – und sie haben kein Stimmrecht bei den Gemeindewahlen.»

Er suchte in seiner Schreibtischschublade nach einem früheren Brief, in dem sie ihm Rabbi Smalls Adresse gegeben hatte.

24

«In dem Buch will ich die öffentliche Meinung in Israel schildern, nicht die von Regierungsbeamten oder großen Tieren, sondern vom Mann auf der Straße – Jude, Araber, Männer, Frauen, Junge und Alte.» Stedman kam in Fahrt. «Verstehen Sie, Rabbi, wenn Sie mit einem Beamten reden, kriegen Sie nichts weiter als die offizielle Meinung, die bereits durch die Presseverlautbarungen der Regierung veröffentlicht worden ist. Bringen Sie aber die Durchschnittsmenschen zum Sprechen, bekommen Sie Einblicke in die politische Situation, die den offiziellen Nachrichten zugrunde liegt.»

«Und wie geht das vor sich?» erkundigte sich Miriam. «Halten Sie Leute auf der Straße an?»

«Manchmal ja, Mrs. Small, aber ich sag ihnen nicht, daß ich sie interviewen möchte, weil sie dann entweder in totale Abwehrstellung gehen oder das erzählen, was Sie ihrer Meinung nach gern hören wollen. Ich versuche, etwas differenzierter vorzugehen. Ein Beispiel. Ich frage einen Mann auf der Straße nach dem Weg, und zwar liegt mein angebliches Ziel in der Richtung, die er eingeschlagen hat. Gewöhnlich sagt er dann, er habe den gleichen Weg, und dann gehen wir zusammen weiter. Wir kommen ins Gespräch, und wenn sich's anhört, als könnte es interessant werden, schalte ich mein Tonbandgerät ein. Ich kann das unbemerkt in der Jackentasche tun, so daß sie keine Ahnung davon haben. In meinem Hotelzimmer beschrifte ich dann alles und kann es dann kollationieren, redigieren und auswerten, wann es mir paßt.»

«Sind Ihre Interviews in englisch oder hebräisch oder in anderen Sprachen?» erkundigte sich der Rabbi.

«Ich habe hebräische, jiddische, englische und sogar französische. Mein Jiddisch ist ausgezeichnet, mein Französisch passabel. Auch mein Umgangshebräisch reicht im allgemeinen völlig aus. Ich war ungefähr ein dutzendmal hier, zuletzt über ein Jahr. Gelegentlich allerdings stoße ich auf einen schwierigen Kunden, wie gerade neulich. Es war ein Intellektueller, und er gebrauchte Wörter, die ich noch nie gehört hatte. Aber das ist ein weiterer Vorteil der Tonbandmethode. Ich kann es immer wieder abspielen und die Ausdrücke, die ich nicht kenne, im Lexikon nachschlagen.»

«Aber wie haben Sie Ihre Antworten oder die nächste Frage formulieren können, wenn Sie nicht verstanden haben, was er sagte?» wollte der Rabbi wissen.

«Ach, das Wesentliche hatte ich schon kapiert. Was mir entgangen war, waren die feinen Nuancen. Möchten Sie mal bei Gelegenheit ein paar Tonbänder hören?»

«Ja, sehr gern», sagte der Rabbi. «Allerdings glaube ich nicht, daß mein Französisch vom College ausreicht, um einem Gespräch zu folgen.»

«Ich habe nicht sehr viele in französisch, nur ein paar. Sie stammen aus einem Restaurant, in dem eine Menge sephardische Juden aus Nordafrika saßen. Wie wär's, vielleicht möchten Sie mich mal begleiten? Wenn Sie morgen vormittag nichts anderes vorhaben . . .»

«Nichts Dringendes.»

«Und Sie auch, Mrs. Small.»

«Ich würde gern mitkommen, aber ich bin vormittags im Hadassa.»

Als sie sich am nächsten Morgen trafen, sagte Stedman: «Vielleicht ist es gar kein Nachteil, daß Ihre Frau nicht konnte. Zu dritt dürfte es schwieriger sein, ein Gespräch in Gang zu bringen.»

«Das nehme ich auch an. Übrigens hat mich Miriam gebeten, Sie zu fragen, ob Sie morgen abend zum Dinner zu uns kommen möchten. Wir würden uns freuen, wenn auch Ihr Sohn dabei wäre. Als Sie am Telefon erwähnten, daß Ihr Sohn hier an der Universität studiert, rechneten wir eigentlich damit, er würde Sie begleiten.»

«Wissen Sie, Roy hat immer sehr viel zu tun. Ich sehe ihn ungefähr einmal wöchentlich; wir essen dann zusammen. Ich bemühe mich, ihn in seinem Leben so wenig wie möglich zu beeinträchtigen. Ich bin nicht sicher, ob er morgen abend kann, aber ich werde ihn fragen.»

«Ich dachte, da morgen Sabbat ist, wäre er wahrscheinlich frei. Vielleicht macht ihm ein Sabbatmahl Freude, und ich würde ihn gern kennenlernen.»

«Das wäre mir auch sehr lieb, Rabbi.» Er hielt inne und faßte dann einen Entschluß. «Ehrlich gesagt – ich weiß einfach nicht, wie ich ihn behandeln soll. Nach meiner Scheidung von seiner Mutter – er war damals zehn – hatte ich natürlich das Recht, ihn zu besuchen, war aber beruflich oft lange Zeit im Ausland. Wenn ich in den Staaten war, ließ es meine Frau nicht zu, daß ich die entgangenen Besuche nachholte. Ich kann ihr das nicht verdenken, denn natürlich hätte ihn das sehr belastet und sein ganzes Leben durcheinandergebracht. Aber der Endeffekt war, daß ich Roy nur hin und wieder mal einen Tag gesehen habe. Ich versuchte, die Verbindung aufrechtzuerhalten – Briefe, Anrufe –, aber das war nicht dasselbe. Ich dachte, wenn wir beide hier allein sind, würden wir uns besser kennenlernen. Aber er ist kalt, distanziert. Ich komme einfach nicht an ihn heran. Manchmal glaube ich, er hat was gegen mich. Ob ich versuche, mich für seine Arbeit zu interessieren, für seine Probleme, ob ich mich bemühe, ihm einen Rat zu geben – er benimmt sich, als ob ich mich in seine Privatsachen einmische.»

«Wahrscheinlich tun Sie das.»

«Aber ich bin doch sein Vater.»

«Biologisch», sagte der Rabbi. «Ihr Sohn behandelt Sie als Fremden, weil Sie ein Fremder sind.»

Sie blieben am Randstein stehen und warteten, bis die Verkehrsampel auf Grün schaltete. Stedman nahm das Gespräch erst wieder auf, nachdem sie die Straße überquert hatten. «Aber was soll ich denn tun? Ich sehe, daß er alle möglichen blödsinnigen Dinge macht. Soll ich zusehen, wie er Fehler begeht, und mich nicht einmischen? Soweit ich herausbekommen kann, sind alle seine Freunde an der Universität Araber. Wenn ich ihm zu verstehen gebe, er soll sich mit einigen der jüdischen Studenten anfreunden, sein derzeitiger Umgang könnte unklug oder sogar gefährlich sein, dann wird er bloß wütend auf mich.»

«Genauso wären Sie wütend auf ihn, wenn er sich erlauben würde, Ihre Freunde zu kritisieren.»

«Das ist ein Unterschied.»

«Kein großer und in seinen Augen gar keiner.» Der Rabbi zuckte die Achseln.

«Also was wäre die Lösung?»

«Vielleicht gibt es keine, zumindest keine, wie Sie sie sich erhoffen. Wenn Sie ihn als Fremden nehmen, als einen jungen Mann, den Sie kennengelernt, aber auf den Sie keinen Anspruch, kein Recht haben, könnten Sie nach einer Weile Freunde werden.»

Mit einer Geste bat Stedman den Rabbi um Verständnis. «Aber ich möchte ihm doch helfen. Ich möchte ihm helfen, sein Leben aufzubauen, ihn beeinflussen, ihn in die richtige Richtung lenken.»

«Nun ja, als Freund könnte Ihnen das gelingen.» Der Rabbi sah, daß Stedman enttäuscht war und seinen Rat wahrscheinlich nicht befolgen würde. Schweigend gingen sie einen Häuserblock weiter. Plötzlich packte ihn Stedman am Arm und zeigte nach vorn.

«Dort – das könnte die Lösung sein.»

Der Rabbi konnte nichts Ungewöhnliches entdecken.

«Das Schild: Memavet Autovermittlung. Bei meiner Ankunft erzählte ich Roy, daß ich einen Wagen kaufen wollte, um im Land herumzufahren, und forderte ihn auf, mit mir zusammen einen auszusuchen. Wenn ich's mir recht überlege, war er schwer davon begeistert.»

«Und Sie meinen, wenn Sie ein Auto haben, ist alles in Ordnung?»

«Rabbi, wenn Sie nicht wissen, was Autos für junge Leute bedeuten, kennen Sie sie nicht. Haben Sie was dagegen, wenn wir mal eben kurz reinschauen? Der Laden inseriert in den Zeitungen. Ich will nur sehen, was es für ein Geschäft ist und was für Wagen sie anzubieten haben.»

Es war eine Autowerkstatt. In einer Ecke am Fenster stand ein unordentlicher Schreibtisch mit einem Pappschild: MEMAVET AUTO-VERMITTLUNG. Ein älterer bärtiger Mechaniker kam auf sie zu.

«Mr. Memavet?»

Er deutete auf den Schreibtisch. «Memavet ist nicht da. Er ist krank – schon seit ein paar Tagen.»

«Ist das nicht sein Geschäft? Kann ich nicht vielleicht mit jemand anders sprechen?»

«Nein. Wir haben nichts mit Memavet zu tun. Er hat nur den Platz für den Schreibtisch gemietet.»

«Oh.» Stedman war enttäuscht.

«Sie wollten ihn wohl wegen 'nem Wagen sprechen? Kauf oder Verkauf?»

«Ich möchte einen kaufen, aber ...»

«Also dann besuchen Sie ihn zu Hause», sagte der bärtige Mechaniker. «Da ist gar nichts bei. Manchmal bleibt er ein paar Tage daheim, auch wenn er gesund ist. Was er hier tut, kann er dort genauso machen, kommt aufs gleiche raus.»

«Eigentlich hatte ich mir ja vorgestellt, ich schaue mir an, was er an Wagen vorrätig hat und ...»

Der Mechaniker lachte. «Vorrätig hat er gar nichts. Er arbeitet ganz anders. Sie sagen ihm, was Sie wollen, und er bemüht sich, es Ihnen zu beschaffen. Ein meschuggener alter Schaute; aber eins muß man ihm lassen – er versteht was von Autos, und Sie sind bei ihm bestimmt gut bedient.»

«In welcher Beziehung ist er meschugge?» fragte der Rabbi. «Weil man bei ihm gut bedient ist?»

«Ihr junger Freund ist ein Witzbold», meinte der Mechaniker. «Meschugge ist er, weil seine Hirnwindungen eben so komisch funktionieren. Er hat Zores gehabt, aber das wird er Ihnen prompt selber erzählen. Wer hat schon keine Zores, vor allem in diesem Land? Na, wennschon – von Autos versteht er jedenfalls was, und ehrlich ist er garantiert. Verkauft er Ihnen einen Wagen, dann sagt er Ihnen auch genau, in welchem Zustand er ist, und das können Sie ihm genauso abkaufen.»

«Gut, vielleicht rufe ich ihn an», sagte Stedman. «Haben Sie seine Telefonnummer?»

«Er hat noch kein Telefon. Er ist nämlich gerade umgezogen. Im Vestibül des Hauses ist eine öffentliche Fernsprechzelle, direkt vor seiner Tür. Aber die Nummer weiß ich nicht. Vorher anrufen ist nicht nötig. Gehen Sie doch einfach hin. Er ist bestimmt da.»

«Na, wenn er krank ist . . .»

«Er hat 'ne Erkältung. Verlassen Sie sich auf mich, ihm macht das nichts.»

«Na ja . . .»

«Hier, schreiben Sie sich die Adresse auf. Mazel Tov Street Nummer eins. Ist 'ne neue Straße, geht von der Shalom Avenue ab. Die kennen Sie doch?»

«Ja, Shalom Avenue kenne ich», bestätigte Stedman.

«Und das ist 'ne neue Querstraße. Ein Apartmentblock. Sie können jederzeit zu ihm gehen – heute, morgen, übermorgen . . .»

«Übermorgen ist Sabbat», meinte der Rabbi lächelnd.

«Ach? Ihm ist das gleich.»

«Gehen Sie hin?» fragte der Rabbi, als sie die Werkstatt verließen. «Ist das zu Fuß erreichbar?»

«In Jerusalem ist alles zu Fuß erreichbar. Ich weiß nicht recht. Ich muß noch darüber nachdenken.»

25

Für Miriam begann der Tag wie gewöhnlich, nur daß die Übelkeit am Morgen etwas heftiger als sonst auftrat und jedes Geräusch sie mehr als normal reizte: der Krach der Autos und Lastwagen, die knirschend herunterschalteten – ihr Haus lag auf einer leichten Anhöhe; das Mädchen gegenüber, das mit einem großen Rohrklopfer die über die Verandabrüstung gebreiteten Teppiche bearbeitete – anscheinend die einzige Art, wie man in Israel Teppiche saubermachte; das Mädchen in der Wohnung über ihnen, das eimerweise Wasser über den Steinfußboden kippte und es dann mit einem Gummischrubber verteilte, so daß es laut gurgelnd durch das Abflußrohr rann – vermutlich die einzige Art, Böden zu säubern –, während die Dame des Hauses bereits das Mittagessen vorbereitete, die Hauptmahlzeit des Tages; sie zerkleinerte etwas in einer Holzschüssel, wobei jede Bewegung des Hackmessers scheppernd von der Schüssel auf den Tisch, von diesem auf den Fußboden und schließlich auf die Decke in Miriams Wohnung weitergeleitet wurde – anscheinend die einzige Art, eine Mahlzeit vorzubereiten.

Und weil es einer der Tage war, an denen ihr Mann sich für den Gang in die Synagoge entschlossen hatte, um die Morgengebete dort und nicht daheim zu sprechen, konnte sie sich nicht bei ihm ausweinen, und überdies konnte er ihr nicht helfen, Jonathan für die Schule fertig zu machen.

Und auch Jonathan war nörglig gewesen. Normalerweise ging er mit seinem Busenfreund Shauli los; doch der war erkältet und fieberte leicht, so daß seine Mutter am Vorabend mitgeteilt hatte, er würde zu Hause bleiben. Daher quengelte Jonathan, seine Mutter solle ihn zur Schule begleiten. Sie hatte das abgelehnt, weil es nur einen Häuserblock weit war und er keine Straße überqueren mußte. Schließlich war er allein abgezogen, allerdings nicht ohne Gejammer, was ihre Nervosität weiter verschlimmert hatte.

Außerdem kostete es Zeit, kostbare Minuten, die sie dringend brauchte, um den Bus zu erreichen und pünktlich in der Frauenklinik zu sein, wo sie zum Arzt bestellt war.

Dann rief Gittel aus Tel Aviv an.

Gittel telefonierte häufig, meist hatte sie einen besonderen Grund – um mitzuteilen, daß sie einen Brief von Miriams Mutter bekommen hatte; um ihr ein Rezept zu geben, das sie ausprobiert und gut gefunden hatte; um zu sagen, daß sie ein bis zwei Stunden beruflich in Jerusalem zu tun hätte und komplizierte Abmachungen für eine Verabredung von wenigen Minuten zu treffen. An diesem Morgen jedoch rief sie lediglich an, um lange und gemütlich mit ihrer Nichte zu schwatzen, bevor sie zu arbeiten begann. Und als Miriam die Minuten entschwinden sah, erklärte sie in ihrer Verzweiflung, daß sie einen Termin im Krankenhaus habe und auflegen müsse. Sie erwähnte das Hospital in der Annahme, ihre Tante hätte keine andere Verabredung als hinreichend dringend akzeptiert, das Abbrechen ihres Gesprächs zu rechtfertigen.

Doch Gittel war sofort alarmiert und verlangte nähere Auskünfte. «Wer behandelt dich, Miriam? Vielleicht kenne ich ihn. Wenn es was Ernstes ist, kann ich es vermutlich arrangieren, daß dich der Chefarzt untersucht.»

Da sie es ihr sowieso beim nächsten Besuch erzählen wollte, erklärte sie ihr jetzt telefonisch, es handle sich um eine reine Routineuntersuchung in der Frauenklinik, weil sie ein Kind erwarte.

«Na, wunderbar! *Masel-tow!* Herzlichen Glückwunsch! Wann ist's denn soweit? Ach, Miriam, das Baby kann in Israel zur Welt kommen! Wenn David zurück zu seiner Arbeit muß, kannst du doch hierbleiben. Du kannst nach Tel Aviv kommen mit Jonathan. Und ich kann mich um den Jungen kümmern, während du in der Klinik bist. Es wird zwar ein bißchen eng, aber wir in Israel sind groß im Improvisieren. Sollte Uri auf Urlaub kommen, kann er auf dem Sofa im Wohnzimmer schlafen oder notfalls auch ich.»

Als es Miriam endlich gelang, das Gespräch zu beenden und zur Haltestelle zu eilen, fuhr ihr der Bus vor der Nase weg. Dann mußte sie den ganzen Vormittag im Krankenhaus warten, weil sie sich verspätet hatte. Der Arzt war deswegen verärgert, und weder sein Englisch noch ihr Hebräisch reichten aus, die Pechsträhne des Morgens zu erklären. Er war kühl und abweisend, was es ihr unmöglich machte, ihm all die

Fragen zu stellen, die sie beunruhigten.

So war es weitergegangen. Auf der Rückfahrt war der Bus überfüllt; sie bekam zwar einen Platz, aber der junge Mann, der neben ihr im Gang stand, aß ununterbrochen Sonnenblumenkerne, zerbiß sie zwischen den Vorderzähnen und spuckte die Schalen auf den Boden, direkt vor ihre Füße. Sie war angewidert; aber da sie mit ihrem Hebräisch die zweifellos folgende Auseinandersetzung nicht bestreiten konnte, bat sie ihn nicht, damit aufzuhören, und litt stumm. Ihre Erleichterung, als er endlich ausstieg, dauerte nicht lange; ein neuer Fahrgast sah die Schalen vor ihr auf dem Boden, vermutete, sie stammten von ihr, und fixierte sie voller Entrüstung, was sie wiederum in heftige Verlegenheit brachte.

Zu Hause stellte sie fest, daß ihr Mann seinen Lunch verzehrt hatte und weggegangen war; das Geschirr stand im Ausguß. Und das Wasser blieb lauwarm, obwohl sie es eine Weile laufen ließ. Dann klingelte es an der Wohnungstür. Gittel.

«Ach, Gittel!» Sie fiel ihrer Tante um den Hals, klammerte sich an sie, und Tränen rannen ihr über die Wangen. Erst als sie sich wieder in der Gewalt hatte, fragte sie, wie Gittel das bloß geschafft habe, wegzukommen.

«Eine Fürsorgerin in Tel Aviv, die sich keine unaufschiebbare Erledigung in Jerusalem organisieren kann, sollte sich einen anderen Beruf suchen. Na, und was ist, wenn meine Schwester mir schreibt und mich fragt, was ich getan hab, als ich erfuhr, daß ihre Tochter schwanger ist? Soll ich ihr antworten, ich konnte leider nicht weg?»

Sie ließ sich von ihrer Nichte die Ereignisse des Vormittags berichten. Und als Miriam in Gittel eine mitfühlende Zuhörerin fand, redete sie weiter, badete sich in Selbstmitleid, während sie auspackte, was alles sie seit ihrer Ankunft bekümmert hatte – ihre Schwierigkeiten mit der Sprache, die ungewohnte Haushaltsführung und sogar ihr Unbehagen über die veränderte Einstellung ihres Mannes zu seiner Arbeit.

Gittel hob die Hand. «Davids Wunsch, seinen Beruf als Rabbi an den Nagel zu hängen, kann ich verstehen. Das ist keine Beschäftigung für einen modernen Menschen mit seinen Fähigkeiten. Und daß er sich hier niederlassen möchte, kann ich nur begrüßen. Vielleicht habe ich ihn verkannt. Aber du erwartest ein Baby, und wir müssen praktisch sein. Deine Mutter ist nicht hier, also muß ich an ihrer Stelle dir raten. Da haben wir erst mal das Problem mit dem Lebensunterhalt. Dein Mann kann nicht einfach abhauen und seine Stellung im Stich lassen. Wenn er das will und herkommen möchte, muß er seine Vorbereitungen treffen. Er muß das richtig planen und alles arrangieren. Sogar gesetzt den Fall, er findet hier morgen einen Job, müßtest du trotzdem in die Staaten zurückfahren und eure Angelegenheiten abwickeln. Und so gern ich es hätte, daß du hierbleibst – ich fürchte, dafür müßtest du rüber. Ehemännern kann man das nicht anvertrauen – Möbel packen, das Haus richtig zusperren –, schon gar nicht, wenn sich's um einen Rabbi handelt.» Sie machte es ihrer Nichte in einem Sessel bequem und schob ihr ein Fußkissen hin. Dann zog sie sich einen Sessel heran und setzte sich ihr gegenüber. «So, jetzt laß uns mal praktisch sein – und methodisch. Zuerst müssen wir uns mit deinem speziellen Problem befassen. Du bist in den ersten Schwangerschaftsmonaten. Was du brauchst, ist Ruhe, Stille, keine Aufregungen, keine Ängste und Zweifel. Einen Haufen Tests und Bestrahlungen hast du gar nicht nötig; einen Spezialisten auch nicht, für den bist du doch nichts anderes als 'ne Karteikarte. Was du brauchst, ist ein richtiger, netter Hausarzt, ein Praktiker, jemand, der sich mit dir hinsetzt und dir alle deine Fragen beantwortet und der dir sagt, womit du jeweils rechnen mußt.»

«Ach, das wäre ja wunderbar, Gittel, aber zu wem soll ich gehen? Kennst du einen Arzt, der . . .»

«In Tel Aviv dutzendweise. Hier in Jerusalem . . . aber warte mal . . . meine Freundin Sarah Adoumi . . . der Arzt, der sie behandelt, Dr. Ben Ami, ist großartig, ein richtiger, altmodischer Doktor. Wenn er zu ihr kommt, hat er's nie eilig. Danach trinkt er immer noch eine Tasse Tee mit ihnen. Vielleicht tut ihm das auch gut; er ist Witwer oder Junggeselle, auf alle Fälle alleinstehend. Er hat ihnen sogar ihre jetzige Wohnung verschafft, weil sie keine Treppen steigen darf. Typisch für ihn. Gib mir mal das Telefonbuch . . . Aha, da steht er ja – Dr. Benjamin Ben Ami, Shalom Avenue 147. Ich ruf ihn an.»

«Sollte ich nicht zuerst mit David sprechen?» meinte Miriam.

«Was verstehen Ehemänner denn schon von diesen Dingen, besonders ein Rabbi . . . Dr. Ben Ami? Ich bin eine gute Freundin von Sarah Adoumi. Ich würde gern einen Termin für meine Nichte mit Ihnen ausmachen . . . Sie können Sie jetzt drannehmen? Ausgezeichnet, ich fahre sie gleich rüber.»

26

Das *Jerusalem Café* in der Altstadt ist nicht weit vom Damaskus-Tor entfernt. Tausende von Touristen kommen täglich an seinen offenen Türen vorbei, aber nur wenige wagen sich hinein. Es ist auch offenbar nicht für sie gedacht.

Das Radio ist zu ohrenbetäubender Lautstärke aufgedreht und spielt ununterbrochen melancholische arabische Musik in Moll. Im schummrigen Hintergrund steht ein Billardtisch, an dem gewöhnlich mehrere arabische Jugendliche spielen und jeden Stoß mit geräuschvollen Kommentaren begleiten.

Auf den restlichen Raum sind ein paar einfache Holztische verteilt, an denen manche Gäste Kaffee trinken und rauchen und andere Karten spielen. Der Kassierer sitzt vor einem Tisch an einer Wand. Er verdreht den Kopf, um besser verstehen zu können, wenn der Gast ihm seinen Verzehr mitteilt, rechnet auf Zetteln zusammen, tut dann das Geld in die Schublade und nimmt das Wechselgeld von kleinen Münzstapeln, die er am Tischrand aufgebaut hat. Man hat Respekt vor ihm, weil er mit Geld umgeht, fix rechnen kann und zudem der Besitzer ist. Direkt hinter seinem Tisch ist ein Spülbecken, in dem sein Sohn, gleichzeitig der Kellner, das schmutzige Geschirr abwäscht.

Falls sich doch einmal Touristen in das Café verirrten, nahm der Kellner höflich die Bestellung entgegen, servierte und kümmerte sich dann nicht mehr um sie. Die anderen Gäste übersahen sie ebenfalls und blickten nicht einmal in ihre Richtung. Genauso wurde Abdul ignoriert, der ein aufgeschlagenes Buch vor sich hatte und Kaffee trank. Weil er nicht zu ihnen gehörte. Seine Kleidung, das Buch – all das kennzeichnete seinen höheren sozialen Status; womöglich war er sogar Student. Er saß bereits zwanzig Minuten da und trank die zweite Tasse Kaffee, als Mahmud hereinkam. Ohne Abdul zu begrüßen, schlenderte er nach hinten zum Billardtisch, schaute ein paar Minuten zu, ging dann weiter zu einem Tisch, an dem Karten gespielt wurde, unterhielt sich mit den Männern und scherzte freundschaftlich mit ihnen. Dann nahm er einen Hocker, trug ihn zu Abduls Tisch und setzte sich neben ihn.

Abdul las weiter, nickte jedoch dem Kellner auffordernd zu.

«Kaffee», sagte Mahmud.

Als der Kellner ihn gebracht hatte und zu seinem Platz am Spülbekken zurückgekehrt war, begann Mahmud: «Wir haben festgestellt, wo er wohnt, aber Leila meint, wir sollten eine Weile warten.»

Abdul zuckte die Achseln.

«Ein Kinderspiel.» Mahmud schnippte mit den Fingern. «Eine neue Wohnung, ein ganz neues Gelände. Er ist der einzige in dem Block, und sein Apartment liegt parterre. Die Vorderfront geht auf die Shalom Avenue, aber seine Haustür ist weit hinten. Und die Straße ist neu; keine Häuser gegenüber.»

«Na und?»

«Also Leila meint, vielleicht ist's zu einfach. Vielleicht ist's irgendeine Falle.»

«Weiber!» sagte Abdul verächtlich. «Dauernd machen sie sich Gedanken – um nichts und wieder nichts.»

«Nein, Abdul, Leila ist nicht so. Sie hat Köpfchen. Sie ist ebensogut wie jeder Mann in der Bewegung. Aber Leila hat festgestellt, daß er in Tel Aviv im obersten Stock wohnte, obwohl seine Frau krank war und das Treppensteigen ihr schwerfiel. Warum nimmt er dann hier eine Parterrewohnung?»

«Weil seine Frau krank ist und das Treppensteigen ihr schwerfällt. Das hast du doch gerade eben erklärt», sagte Abdul. «Außerdem sind Wohnungen in Jerusalem nicht so leicht zu kriegen.»

«Aber er wurde doch herbeordert. Würde da nicht die Regierung dafür sorgen, daß er die Wohnung bekommt, die er haben will?»

«Die Regierung macht sich nicht mal die Mühe, Wohnungen für ihre wirklich großen Tiere, für Leiter der Ministerien, zu suchen, wenn sie hergeholt werden. Glaub mir, für *ihn* reißen die sich kein Bein aus. Wenn Leila sich darüber Gedanken macht, ist sie ein altes Waschweib. Benachrichtige den Schweizer, er soll das Ding bereithalten. Und überprüfen. Letztes Mal ist es zu früh losgegangen.»

«Da ist eine Stelle zwischen zwei Eingängen, wo er seinen Wagen parkt», fuhr Mahmud fort. «Er fährt direkt über den Gehsteig und parkt zwischen den Gebäuden. Da ist ein bißchen freier Platz. Der Schweizer kann was zurechtbasteln, das wir an seinem Wagen anbringen . . .»

«War das Leilas Idee?» fragte Abdul geringschätzig. «Eine großartige Idee! Bis spätabends warten, damit jeder das Öffnen und Schließen der Motorhaube hören kann. Nein, das Beste ist das reguläre Ding. Wenn wir's plazieren, ist's noch hell, und kein Mensch würde dran denken, dich auf der Straße anzuhalten und zu fragen, was du dort suchst.»

«In Ordnung, ich sag's dem Schweizer.» Er trank einen Schluck Kaffee, und Abdul wandte sich wieder seinem Buch zu. Dann: «Leila macht sich Gedanken über den Amerikaner, mit dem du so befreundet bist.»

Abdul klappte das Buch zu und sah seinen Freund zum erstenmal an. «Also Leila bildet sich jetzt ein, sie kann entscheiden, wer mein Freund ist und wer nicht? Ist sie mit dir einverstanden?»

«Aber Abdul – ein Amerikaner und Jude.»

«Ich hab meine Pläne für den Amerikaner.»

«Sie meint, vielleicht hat er Pläne für dich.»

«Roy?» Abdul warf den Kopf in den Nacken und lachte. «Sie glaubt, Roy könnte *mich* reinlegen?»

«Sie hat ihn mal in einem Restaurant mit einem älteren Mann gesehen. Beim Essen haben sie kein Wort miteinander gesprochen. Aber sie blieben sitzen, nachdem alle anderen gegangen waren. Sie tranken ihren Kaffee und schwiegen. Das sah verdächtig aus.»

«Sag Leila, sie soll aufhören, überall Agenten zu wittern. Das war sein Vater.»

«Nein, Abdul. Sie ist nämlich nach ein paar Minuten zurückgekommen und hat dem Kellner vorgeschwindelt, sie hätte wohl ihren Schal liegengelassen. Und da haben sich die beiden gestritten. Der Junge, dein Freund, hat dem anderen ganz schön grob die Meinung gegeigt. So würde kein Sohn mit seinem Vater reden.»

Abdul lächelte. «Du kennst die Amerikaner nicht.»

27

Der Rabbi traf sich mit ihm im *King David.* Stedman schüttelte ihm überschwenglich die Hand wie einem alten Freund, den er jahrelang nicht gesehen hatte. «Ich kann Ihnen gar nicht sagen, wie froh ich bin, daß Sie gekommen sind, Rabbi. Ich hab Sie spontan angerufen, ohne darüber nachzudenken. Sonst hätte ich's unterlassen – wegen des Sabbat.»

«Ich vermutete, daß Ihnen an meinem Kommen gelegen war. Übrigens läuft mein Sabbat anders ab, seit ich hier bin. Ich gehe nicht immer in die Synagoge.»

«Ach?»

«Ich gehe jetzt, wenn mir danach ist. In Amerika war's mir zur Gewohnheit geworden, und das paßt mir nicht.»

«Das wird es aber wieder, wenn Sie zurückgehen, oder?»

«Falls ich zurückgehe.»

Stedman wartete, und als der Rabbi nichts weiter sagte, hielt er es für besser, ihn nicht zu drängen. «Roy geht direkt zu dem Autohändler», sagte Dan, als sie sich auf den Weg machten. «Und ich dachte, das wäre eine gute Gelegenheit für Sie, ihn kennenzulernen. Ich rief ihn an und erzählte ihm von unserem Besuch in der Werkstatt und daß ich vielleicht bei Memavet vorbeischauen würde. Also er war ganz hübsch aufgeregt. Er schlug vor, heute hinzugehen, und ich war einverstanden. Ich wollte ihn nicht enttäuschen. Hätte ich gesagt, es ist Sabbat, und wir verschieben es lieber auf nächste Woche, denkt er womöglich, ich will ihn vertrösten. Wissen Sie, ich bin fest überzeugt, das ist die Lösung für unser Problem.»

«Sich seine Freundschaft zu erkaufen?»

«Nein, natürlich nicht. Aber wann hab ich schon Gelegenheit, ihn zu sehen, während er auf der Universität ist? Vielleicht einmal wöchentlich zum Dinner. Und da muß er meistens früh weg. Aber wenn ich einen Wagen hätte, könnte er hin und wieder ein paar Tage freinehmen, und wir würden nach Galiläa oder in den Negev fahren. Wir würden uns oft sehen. Ich kenne überall im Land Menschen. Er hätte Gelegenheit, mit ihnen zusammenzukommen, mit Israelis also, und ihren Standpunkt verstehen zu lernen. Wenn er wieder in der Schule ist, hätte er eine ganz andere Einstellung zu den Dingen. Er würde . . .»

Der Rabbi sah das Straßenschild. «Hier ist die Shalom Avenue.»

«Gut. Wir treffen uns mit ihm vor dem Wohnblock. Noch ein ziemliches Stück hier runter. Sagen Sie, verstehen Sie was von Autos?»

«Ich kann fahren. Das ist ungefähr alles.»

«Wenn es Ihnen recht ist, sage ich einfach, wir waren schon länger verabredet, und Sie haben mich begleitet.»

«In Ordnung.»

Roy wartete schon und studierte die Tafel vor dem neuen Gebäude. Sie war groß und bereits stark verwittert. Darauf stand, die Resnik Construction Corporation errichte hier einen Komplex von Apartmenthäusern – Zentralheizung, Gasversorgung, Anschlüsse für Fernseh- und Radioantennen, Einbauschränke. Nach dem Entwurf des Architekten, der in einer Ecke der Tafel abgebildet war, waren sieben Eingänge auf der Kol Tov Street und die gleiche Anzahl auf der Mazel Tov Street vorgesehen. Die beiden Häuserreihen würden ein beträchtliches Gelände umfassen, das mit Bäumen und Sträuchern bepflanzt und terrassiert werden sollte. Die geplanten Spazierwege waren markiert. Die Zeile mit dem ursprünglichen Bezugstermin war übermalt worden und lautete jetzt: SOFORT BEZIEHBAR.

Der Rabbi sah sich um – auf das leere Gelände, das sie gerade überquert hatten, vier bis acht Quadratkilometer voller Steine und Kies, hin und wieder eine Grasnarbe oder ein niedriger Strauch auf dem gelben lehmigen Boden. Ein paar knorrige Olivenbäume mit krummen Ästen. Hinter dem Haus war noch ein solches Gelände; es wirkte etwas weniger bedrückend, da ein Beduine auf einem Stein saß und sein Mahl verzehrte, während seine kleine Ziegenherde an dem spärlichen Grün knabberte.

Die Mazel Tov Street war ebenso wie die Kol Tov Street auf der anderen Seite des Komplexes noch nicht gepflastert, schmal und gefurcht.

«Was war es – Nummer eins? Dann muß es unten am anderen Ende sein», sagte Roy. «Das hier ist Nummer dreizehn.»

Vorsichtig bahnten sie sich ihren Weg über die Mazel Tov Street – sie verdankte ihre Bezeichnung als Straße zwei Pfaden, die eine Planierraupe gepflügt hatte –, hüpften von einer trockenen Stelle zur nächsten bis zu dem Erdwall am Ende. Sie spähten neugierig hinüber auf den darunterliegenden Fahrweg und gingen dann zurück zur Haustür.

«Hier scheint niemand zu wohnen», meinte Roy.

«Am Briefkasten ist eine Visitenkarte», bemerkte sein Vater. «Hier muß es sein.»

Er klopfte an die Tür. Von drinnen rief eine heisere Stimme: «Kommen Sie rein. Die Tür ist offen.»

Sie betraten einen großen, kahlen Raum. Ein paar Klappstühle, doch nichts weiter an Mobiliar – keine Tische, keine Teppiche, keine Vorhänge, keine Lampen. Die einsame Gestalt erhob sich nicht, sondern bedeutete ihnen mit einer Handbewegung, sich zu setzen.

Ein kleiner, magerer Mann, nahezu glatzköpfig. Er war mit Pyjama und Bademantel bekleidet. An seiner rechten Schläfe pulsierte die Ader wahrnehmbar, und auf dem darunterliegenden Wangenknochen zeigte sich in regelmäßigen Abständen ein Tic, den er anscheinend durch eine schnelle Grimasse unter Kontrolle halten konnte, indem er den rechten

Mundwinkel verzog.

«Haben Sie neulich im Laden nachgefragt?» Sein Hebräisch war heiser, guttural.

«Stimmt», sagte Dan. «Mein Name ist Stedman, und das hier ist mein Sohn. Und dies mein Freund Small.» Angeborener Takt hielt ihn davon ab, die Berufsbezeichnung zu nennen.

Auf einem schmalen Marmorsims in Schulterhöhe standen eine Flasche sowie ein paar Gläser. Memavet schenkte sich ein und sah dann seine Besucher fragend an. «Brandy? Leider ist das alles, was ich Ihnen anbieten kann.» Als sie kopfschüttelnd verneinten, fuhr er fort: «Ich bin ein bißchen erkältet, und das hilft.» Seine Stimme klang wirklich sehr heiser, und er bekam einen Hustenanfall.

«Das hört sich ziemlich schlimm an», meinte Stedman.

«Ja, meine Nachbarin gegenüber – es geht ihr selber nicht gut – hat mir ihren Arzt empfohlen. Er stand in dem Verzeichnis meiner *Kupat Cholim,* also rief ich ihn an, und er sagte, er würde kommen – heute, morgen, vielleicht übermorgen, wenn er eben sowieso in der Gegend ist. Typisch Kassenarzt. Na, in diesem Land müssen Sie Geduld lernen. Meine Möbel, Teppiche, ein Sofa und ein paar Sessel, das hab ich vor über einem Monat bestellt, bevor ich eingezogen bin. Wenn ich sie in einem weiteren Monat kriege, hab ich Glück gehabt. Die Stühle, mein Bett und einen Küchentisch, die hab ich aus meiner alten Wohnung mitgenommen. Aber was interessieren Sie meine Zores. Sie wollen ein Auto kaufen. Sagen Sie mir, was Sie haben möchten, wieviel Sie anlegen wollen, und ich besorge es Ihnen.» Er hatte vom Hebräischen ins Jiddische gewechselt, und als er von Autos zu reden begann, ins Englische, das er stark akzentuierte, als wolle er damit sicherstellen, daß sie jedes Wort verstanden. Und dieses Schema behielt er bei – Hebräisch für allgemeine Fragen, Jiddisch für persönliche Angelegenheiten und Englisch, wenn er über Geschäfte sprach.

«Im Augenblick haben Sie keine Wagen vorrätig?»

«Nein, ich bin Makler. Sie wollen eine Wohnung oder ein Haus kaufen – was tun Sie? Sie gehen zum Makler. Sie erwarten doch nicht, daß ihm das Haus gehört. Mit Aktien und Wertpapieren ist's das gleiche. Wieso nicht mit Autos? In diesem Land ist das so. Da kommt ein Mann und will ein Jahr bleiben, nehmen wir an, ein Universitätsprofessor. Dann gibt's einen Todesfall in der Familie, und er muß Hals über Kopf zurück nach England oder in die Staaten. Er hat keine Ahnung, wann er zurückkommt. Das Beste, was er tun kann, ist – er verkauft seinen Wagen. Bringt er ihn zu einem Gebrauchtwagenhändler, kriegt er einen Bruchteil des Wertes. Inseriert er in den Zeitungen, muß er wer weiß wie lange warten. Kommt er aber zu mir, kann ich ihn wahrscheinlich in ein bis zwei Tagen für ihn verkaufen. Und zu einem besseren Preis, als ihn der Gebrauchtwagenhändler bietet. Vielleicht nicht ganz so günstig, als wenn er ihn selber verkauft. Wie ich das mache? Man kennt mich. Es spricht sich rum. So kommen die Leute zu mir – die kaufen wollen und die verkaufen wollen. Man muß sie bloß zusammenbringen, die Käufer und die Verkäufer.»

«Gibt es im Gebrauchtwagengeschäft viele wie Sie?» fragte Roy.

«Ich kenne keine anderen, junger Mann. Und wenn, erwarten Sie etwa von mir, daß ich Ihnen ihre Namen gebe? Es dreht sich nicht immer um gebrauchte Wagen. Sie glauben gar nicht, wie oft ein Autohändler einen oder mehrere von seinen neuen Wagen mit einem beachtlichen Preisnachlaß abstoßen muß – unterderhand. Und wie sehr der Rabatt von seiner geschäftlichen Lage abhängt. Darüber bin ich auch im Bilde, versteht sich.»

«Haben Sie im Augenblick eine Information über einen neuen Wagen?» erkundigte sich Roy eifrig.

«Nein, im Augenblick nicht. Wie rasch wollen Sie ihn haben? Wieviel wollen Sie anlegen? Für welches Fabrikat interessieren Sie sich?»

Sie unterhielten sich eine Weile über Autos. Das Gespräch fand weitgehend zwischen Roy und Memavet statt, gelegentlich warf Dan Stedman eine Bemerkung ein. Sie erörterten die jeweiligen Vorzüge von Fiat und Peugeot, von Renault und Volkswagen; Motor und Benzinverbrauch; Preis und Wiederverkaufswert. Schließlich sagte Memavet: «Ich glaube, ich weiß, was Sie wollen, und ich hab eine Information über genau den richtigen Wagen für Sie. Kommen Sie heute abend um sieben her, und ich werde was für Sie haben.»

«Wieso sind Sie da sicher?» fragte Dan.

«Wenn Sie so lange wie ich in dem Geschäft gewesen sind, dann kennen Sie Ihre Kunden», antwortete Memavet.

«Hatten Sie ursprünglich eine Autovertretung?» erkundigte sich der Rabbi, der gern mehr über diesen seltsamen Mann mit dem schroffen Gebaren wissen wollte. «Oder haben Sie gleich als Makler angefangen?»

Memavet schnitt ein Gesicht. «Ich kam in dieses Land ohne Geld, ohne Freunde oder Verwandte, die mir hätten helfen können. Ich kam nur mit dem, was ich auf dem Leibe hatte, und das waren praktisch Lumpen. Ich verstand was von Autos oder vielmehr von Benzinmotoren. Wäre ich gesund gewesen, wäre ich Automechaniker geworden. Aber ich war ein kranker Mann, eben von den Toten auferstanden, könnte man sagen . . .»

«Was meinen Sie damit, von den Toten auferstanden? Dann ist Ihr Name . . .»

«Richtig. Memavet bedeutet ‹vom Tode›. Die Regierung hier ist scharf drauf, daß Sie Ihren Namen in einen hebräischen umwandeln. Sie zahlen ein Pfund, füllen ein Formular aus, und damit hat sich's.

Wieso sollte ich also weiter einen Namen tragen, den irgendein Kosak meinem Großvater oder Urgroßvater gegeben hat, wenn ich ihn für ein Pfund in einen umändern konnte, der was bedeutet? Ich bin von den Toten auferstanden, also nannte ich mich Memavet.» Er lachte; die Wirkung auf seine Gäste erfreute ihn sichtlich.

«Sie waren todkrank, meinen Sie das?» bohrte der Rabbi weiter.

«Nein, ich meine, daß die Russen – möge sie die Sonne nicht mehr bescheinen – mich als tot liegenließen. Daß der Funke nicht wirklich erloschen war, diese geringfügige Einzelheit übersahen sie. Eine Nationaleigenschaft der Russen – mögen alle ihre Kinder Mädchen sein –, geringfügige Einzelheiten zu übersehen. Amtlich war ich tot.»

«Das war während des Krieges?» fragte Stedman.

«Im Zweiten Weltkrieg. Weil ich zur falschen Zeit am falschen Ort war, befand ich mich in einem Konzentrationslager. Die übrigen Insassen waren hauptsächlich Polen und ein paar Russen. Ich war der einzige Jude.» Seine Stimme wurde plötzlich nüchtern und schulmeisternd wie die eines Professors, der im Hörsaal doziert. Er sprach Jiddisch. «Die Deutschen sind tüchtig. Wenn sie sich mit sadistischen Grausamkeiten befassen, dann tun sie das gründlich und wirkungsvoll. Der Russe aber ist untüchtig. Seine Grausamkeit kommt großenteils aus Nachlässigkeit und Unfähigkeit. Er vergißt gern geringfügige Einzelheiten wie Essen oder die Kleidung und den Schutzraum, die man für einen russischen Winter braucht. Ich war ein gebildeter Mann, und von denen gab's nicht viele. Ich war Mechaniker, Ingenieur. Trotzdem wurde ich als Hilfsarbeiter im Freien eingesetzt. Im ersten Monat nahm ich fünfzig Pfund ab. Das einzige, was mich aufrechterhielt, war die Kenntnis, daß der Besuch des Bezirksarztes bevorstand. Er überprüfte den Gesundheitszustand der Häftlinge, und von seiner Entscheidung hing es ab, welchem Kommando wir zugeteilt wurden, drinnen oder draußen, im allerschlimmsten Fall bei der Waldarbeit. Und er war Jude.»

Memavet legte den Kopf zurück und schloß die Augen. «Ich sehe ihn jetzt noch vor mir: Dr. Rasnikow aus Pinsk, Wissenschaftler und bewährtes Parteimitglied, die neue Gattung des sozialistischen Paradieses. Sie glauben gar nicht, was es mich gekostet hat, ihn sehen zu können, aber ich schaffte es, gerade lange genug, um ihm zu sagen, daß ich Jude bin und in einem Monat ein toter Mann sein würde, wenn ich weiter im Freien arbeiten müßte. Ich war krank, hatte Fieber, und die einzigen Schuhe, die ich besaß, bestanden aus Stoffetzen, die ich aus meinem Mantel gerissen und um meine Füße gewickelt hatte. Er gab mir keine Antwort, starrte mich nur an. Und ich entfernte mich. Es genügte. Ich erwartete nicht, daß er mir antwortete. Aber er würde sich an mein Gesicht erinnern. Antworten konnte er nicht, weil das auch für ihn gefährlich war.

Am nächsten Tag stellten wir uns in einer Reihe auf, und er schritt sie ab, legte einem die Hand auf die Stirn, befahl einem anderen, den Mund weit zu öffnen, fühlte einem dritten den Puls. Das war die ganze ärztliche Untersuchung. Ein Adjutant hatte eine Liste, rief die Namen auf und notierte dann seine jeweilige Empfehlung. Dann war ich an der Reihe. Er betrachtete mich prüfend und sagte zu dem Adjutanten: ‹Waldarbeiterkommando.›

Dieses Sonderkommando mußte einen Weg durch den Wald bahnen und dazu Bäume fällen, das Unterholz roden, Baumstämme aufschichten. Weil im Wald gearbeitet wurde, wo theoretisch eine Fluchtmöglichkeit bestand, war die Disziplin brutal. Kleine Gruppen arbeiteten in abgegrenzten Abschnitten. Übertrat einer die Grenzlinie, wurde sofort geschossen. Vor Morgengrauen wurden wir im Laufschritt herausgeführt, arbeiteten bis nach Sonnenuntergang und marschierten dann zurück ins Lager. Wer nicht Schritt halten konnte, wurde geschlagen, und wenn er dann noch nicht mitkam, wurde er erschossen. Jeden Tag kehrten weniger zurück, als weggegangen waren.

Drei Tage schaffte ich es, und als wir dann am vierten ins Lager zurückgebracht wurden, rutschte ich aus und fiel hin. Es hatte zu schneien angefangen, und sie hetzten uns gegen den Sturm zurück, als ich stürzte. Der Wächter versetzte mir einen Fußtritt und befahl mir, aufzustehen. Ich versuchte es. Und wie ich es versuchte! Aber meine Knie gaben immer wieder nach. Ein anderer Wächter schrie dem, der über mir stand, zu, er solle sich beeilen. Abermals befahl er mir, aufzustehen, und als ich es nicht schaffte, richtete er sein Gewehr auf mich. Wiederum brüllte der andere Wächter, und meiner drückte ab – gedankenlos, gleichgültig, als wäre ich ein Kaninchen, das über ein offenes Feld rennt.»

«Er schoß auf Sie?»

«Allerdings, er schoß auf mich, und ich glaube nicht, daß er noch einen Blick an mich verschwendet hat. War der Schuß nicht tödlich, würde ich erfrieren – sofern mich nicht vorher die Wölfe erwischten. Er würde den Vorfall im Lager melden, und am nächsten Tag würde man ein Bestattungskommando rausschicken, mich zu holen. Es ist schon sonderbar, aber wissen Sie, was ich als letztes dachte, bevor ich das Bewußtsein verlor? Wird Dr. Rasnikow jetzt noch glauben, daß ich für das Waldarbeiterkommando tauglich bin?»

«Aber Sie sind doch offensichtlich nicht gestorben», stellte Stedman fest.

«Es war eine Fleischwunde, und vielleicht hat die Kälte das Blut gerinnen lassen. Gefunden hat mich jedenfalls eine alte Bäuerin, die draußen Holz sammelte. Sie hielt mich versteckt und fütterte mich durch, bis ich reisefähig war. Ich brauchte über ein Jahr, ehe ich hier war, und glauben Sie mir, ich hab's oft bedauert, daß der Schuß nicht tödlich gewesen ist.»

«Dann muß es doch hier das reinste Paradies für Sie sein», sagte Stedman bewegt.

Memavets Gesicht entspannte sich zu einem maskenhaften Lächeln. «Wenn Sie einmal tot gewesen sind, mein Freund, leben Sie einfach von einem Tag zum anderen.» Plötzlich wurde seine Stimme energisch und geschäftsmäßig; er verfiel ins Englische. «Seien Sie heute abend um sieben hier. Wahrscheinlich habe ich dann einen Wagen für Sie. Aber kommen Sie auch. Ein guter Kauf wartet nicht.»

Draußen fragte Roy: «Was war das für ein langes Gefasel auf jiddisch? Hat er euch seine Lebensgeschichte erzählt?»

«Nein, die Geschichte seines Todes», antwortete der Rabbi.

«Ach, tatsächlich?» Er sah, daß der Rabbi lächelte, und nahm an, es handle sich um einen Fall von rabbinischem Humor. «Na und . . .» Er wußte nicht, was er sagen sollte, und wandte sich an seinen Vater. «Ich muß jetzt sausen. Treffen wir uns heute abend wieder hier?»

«Oh, ich habe nicht die Absicht, heute wiederzukommen», erklärte Stedman.

«Aber . . .»

«Wenn ich komme», fuhr der ältere Stedman fort, «weiß er, daß wir interessiert sind und geht mit dem Preis hoch.»

«Aber, Dad . . .»

«Er hat meinen Namen und weiß, wo ich zu erreichen bin. Wenn er was kriegt, ruft er an, worauf du dich verlassen kannst.»

Der Rabbi merkte, daß Roy offensichtlich enttäuscht war, und sprang in die Bresche.

«Ihr Vater kommt am Freitagabend zum Sabbat-Dinner zu uns», sagte er. «Meine Frau und ich würden uns freuen, wenn Sie auch kommen könnten.»

«Vielen Dank. Ich glaube sicher, daß das geht.»

Nachdem Roy sich verabschiedet hatte, bemerkte der Rabbi: «Das war schon eine Geschichte, die Memavet uns da erzählt hat.»

«Kann man wohl sagen, und ich hab das Ganze auf Tonband.»

«Sie haben mitgeschnitten? Es ging also gar nicht darum, einen Wagen zu kaufen?»

«Doch, die Absicht hatte ich schon, aber ich hielt es für angebracht, unser Gespräch aufzuzeichnen. Falls da irgendwas faul dran ist – wenn er zum Beispiel gestohlene Autos verscheuert –, dann würde das Tonband beweisen, daß ich 'ne saubere Weste habe.»

Der Rabbi nickte. Eine Weile gingen sie schweigend weiter, und dann meinte er nachdenklich: «Eine ungeheuerliche Geschichte war das, aber sein Name spricht dafür, daß sie wahrscheinlich stimmt.»

«Ich bin überzeugt davon, daß sie wahr ist, zumindest glaubt er das. Nur ist sie nicht so ungewöhnlich, wie Sie offenbar annehmen, Rabbi. Hier in Israel hat jeder eine Geschichte. Entweder sind sie vor den Nazis geflüchtet, oder sie haben gegen die Araber gekämpft. Praktisch ist es bei jedem ein kleines Wunder, daß er am Leben ist. Wunder gehören hier mit zur Atmosphäre.»

28

Dr. Ben Ami, ein Bär von einem Mann, parkte seinen Volkswagen gegenüber dem Erdwall, zwängte sich hinter dem Steuer heraus, nahm dabei die unförmige Arzttasche mit – der reibungslose Bewegungsablauf verriet langjährige Übung – und stellte dann fest, daß die Wohnung von Adoumis dunkel war. Er blieb einen Augenblick überlegend stehen und ging dann ein paar Schritte die Straße hinauf, um die Stelle zwischen Kol Tov Street Nummer zwei und vier zu inspizieren, wo Abner Adoumi gewöhnlich seinen Wagen parkte. Er war nicht da. Seine Patientin, Sarah Adoumi, hatte das Haus nicht verlassen, davon war er überzeugt. Vermutlich war sie vor Einbruch der Dunkelheit eingedöst und ihr Mann noch nicht zurück.

Er könnte klingeln, und das würde sie aufwecken. Immerhin wurde er erwartet, und vielleicht schlief sie gar nicht, sondern ruhte nur. Andererseits widerstrebte es ihm, sie zu untersuchen, wenn ihr Mann nicht da war. Es war beinahe sieben, und Abner würde zweifellos in wenigen Minuten erscheinen. Vielleicht wäre es am besten zu warten.

Dann fiel ihm sein anderer Patient ein, ein gewisser Memavet, den er noch nie behandelt hatte und der nur eine Straße weiter, Mazel Tov Street eins, wohnte. Wahrscheinlich eine Infektion der oberen Luftwege, nach den telefonischen Angaben zu schließen. Aspirin, Bettruhe, vielleicht ein Hustensirup gegen die Reizung im Rachenraum. In zehn bis fünfzehn Minuten konnte er das erledigt haben, und inzwischen wäre dann Adoumi zu Hause. Es war ihm lieber, seinen Tag bei den Adoumis zu beenden. Er konnte sich Zeit lassen, ein Glas Tee trinken und sich freundschaftlich unterhalten, bevor er nach Hause fuhr.

Statt in den Wagen zu steigen und in der engen, aufgeweichten Straße zu wenden, benutzte er den Durchgang zwischen dem Erdwall und den Häusern. Es war dunkel hier, und er leuchtete sich mit der Taschenlampe.

Auf halbem Weg hielt er inne und überlegte angestrengt. Dann ging er zurück. Im Vestibül des Apartmenthauses war eine öffentliche Fernsprechzelle, und er rief in Adoumis Büro an.

«Abner? . . . Ben Ami . . . Ich bin in eurem Haus, im Vestibül, meine ich . . . Nein, Sarah hab ich noch nicht gesehen. Es brennt kein Licht, ich nehme an, sie ist eingedöst . . . Nein, ich wollte warten, bis du heimkommst. Aber ich hab dir was Wichtiges zu erzählen . . . Nein, lieber nicht am Telefon. Wann bist du zu Hause? . . . In einer halben Stunde? Sehr gut . . . Nein, macht überhaupt nichts, ich habe noch einen Patienten im nächsten Block, dann gehe ich zuerst zu ihm.»

Ecke Shalom Avenue und Mazel Tov Street blieb Roy Stedman stehen und sah auf die Uhr. Kurz vor sieben.

Die Nacht war nebelig, der Himmel bewölkt, und jetzt begann es zu regnen. Er stellte den Mantelkragen hoch und ging weiter. Vor Memavets Haus stand kein Auto, weder ein neues noch ein gebrauchtes; auf der ganzen Straße war nirgends ein Wagen zu entdecken. Seine Uhr zeigte immer noch einige Minuten vor sieben, deshalb wartete er.

Eine Viertelstunde später war er ganz sicher, daß auch kein Auto mehr kommen würde.

Er überquerte die Straße und wollte gerade klingeln, als ein Mann aus der Wohnung kam und die Tür vorsichtig hinter sich zuzog. Er sah Roy erstaunt an.

Roy bemerkte die schwarze Tasche. «Ach so, Sie müssen der Doktor sein. Ich wollte Mr. Memavet besuchen.»

«Stimmt, ich bin sein Arzt. Mr. Memavet geht es nicht gut. Er liegt im Bett, und ich möchte nicht, daß er gestört wird. Außerdem habe ich ihm eben eine Spritze gegeben. Er müßte aufstehen, um die Tür zu öffnen.»

«Na ja, schön . . . in dem Fall komme ich wohl besser morgen früh wieder.»

«Genau.»

«Na, dann kann ich ja gehen. Hm . . . gute Nacht.»

«Gute Nacht.»

Roy machte sich auf den Weg. Er schaute zurück und sah den Arzt vor dem Haus stehen und ihn beobachten. Auf halber Höhe der Straße drehte er sich abermals um. Der Doktor war inzwischen verschwunden. Roy machte kehrt und ging zurück.

29

Die Detonation war nicht laut. Bis auf das klaffende Loch in der Wand von Memavets Wohnung und ein paar kaputte Fensterscheiben war kein großer Sachschaden entstanden. Doch anders als bei der Explosion, durch die Professor Carmi vor zwei Monaten sein Leben eingebüßt hatte, war diesmal, da es noch am frühen Abend war, eine große Menschenmenge durch die Sirenen der Feuerwehr, wenn nicht durch die Detonation selber angelockt worden. Die Polizei hatte Mühe, das Gebiet abzuriegeln.

Auch die Reaktion auf den Tod des alten Mannes unterschied sich erheblich von der, die das Unglück mit dem Professor ausgelöst hatte. Nach Carmis Tod war die Presse voll von Spekulationen darüber, warum gerade er zum Opfer ausersehen worden war. Und nach einigen Tagen hatte es sich herausgestellt, daß er mit einer wichtigen Forschungsarbeit auf dem Landwirtschaftssektor befaßt war, deren Ergebnis möglicherweise eine beachtliche Ertragssteigerung bei bestimmten Anbauarten zur Folge gehabt hätte. Die Zeitungen hatten keine präzisen Angaben gemacht; während eine fest behauptete, er habe sich mit der Erprobung eines neuen Wunderdüngemittels beschäftigt, berichtete eine andere ebenso apodiktisch, bei seinen Forschungen sei es um die Verwendung von Brackwasser gegangen, mit dem riesige Ödlandflächen kultiviert werden sollten. Jedenfalls wurde allgemein akzeptiert, daß er ein bedeutender Wissenschaftler war, dessen Tod einen schweren Schlag für Israel darstellte.

Memavet dagegen war keine wichtige Persönlichkeit und mit nichts befaßt, das Israel helfen oder schaden konnte. Und das machte den Fall um so abscheulicher – ein ziel- und zweckloser Akt, bei dem sinnlos Menschenleben vernichtet wurden.

Andere Reaktionen galten der Ironie des Schicksals, die aus der Aussage des Arztes hervorging. Dr. Ben Ami hatte ihm unmittelbar vor der Explosion einen Hausbesuch abgestattet. Seine Aussage bei der Polizei wurde ausführlich in der Presse zitiert:

«Er war ein neuer Patient, der mich aus dem *Kupat-Cholim*-Verzeichnis herausgesucht hatte, vermutlich weil ich in der Nähe wohne. Trotz des Sabbat hatte ich den ganzen Tag über mit Patienten zu tun. Krankheit macht nicht vor dem Sabbat halt, verstehen Sie. Aber ich konnte ihn noch einschieben, da ich in der nächsten Straße einen Hausbesuch machen mußte und zu früh dran war. Ein reiner Glückszufall, daß ich ihn überhaupt sehen konnte. Ich kam kurz vor sieben hin. Als ich läutete, rief er, ich solle reinkommen, die Tür sei offen. Er hatte eine böse Bronchitis und nach seinen eigenen Angaben schon mehrere Nächte kaum geschlafen. Ich gab ihm etwas gegen den Hustenreiz und eine Spritze, damit er schlafen konnte. Ich sorgte dafür, daß er sich zu Bett legte, machte das Licht aus, schloß die Tür und ging mit der Absicht, am nächsten Morgen wiederzukommen. Aber offenbar ist er nicht sofort eingeschlafen. Er muß etwas später aufgestanden sein, um sich ein Glas Brandy aus der Flasche auf dem Sims im Wohnzimmer einzuschenken. Wäre er im Bett geblieben, würde er bestimmt heute noch leben. Denn die Hauptwirkung der Explosion fand im Wohnzimmer statt, während im Schlafzimmer nicht einmal das Fenster kaputtgegangen war.»

«Stell dir vor, er ruft den Arzt, der kommt auch sofort, behandelt ihn und sorgt sogar noch dafür, daß er ins Bett geht. Glaub mir, mein Arzt würde sich die Mühe nicht machen. Der sieht dich an, schreibt ein Rezept und haut ab. Mit ihm reden, ihm ein paar Fragen stellen? Ausgeschlossen, er ist viel zu beschäftigt. Fünf Minuten – mehr ist bei dem nicht drin. Und wo du das verschriebene Medikament am Sabbat herbekommst oder an anderen Tagen abends nach sieben, das interessiert ihn nicht. Und nach all dem steht nun der arme Teufel auf und will sich einen Drink einschenken – und peng!»

«Woher weiß man denn, daß er aufgestanden ist, um sich einen Drink zu holen?»

«Das stand in den Zeitungen. Ich hab's in *Harmaariv* gelesen. Er hatte noch die Flasche in der Hand, als sie ihn gefunden haben. Wie man sich die Sache vorstellt, muß ihn die Wucht der Explosion gegen das Marmorsims im Wohnzimmer geschleudert haben. Also muß er in der Nähe gestanden haben. Schädelbruch.»

Kopfschütteln und eine Schweigeminute für die Vergänglichkeit des Menschen.

Anders dagegen dachte man in gewissen Cafés im Ostteil Jerusalems, in denen junge Araber Kaffee tranken, Karten spielten und hitzige politische Diskussionen führten und jeden Bericht über ein noch so triviales Unglück, das die Israelis betroffen hatte, mit großer Freude aufnahmen. Hier ergötzte man sich an einem Wortspiel, das überall die Runde machte: der Name des Opfers hätte Lamavet statt Memavet lauten sollen – das heißt «zum Tode» statt «vom Tode».

Natürlich übernahmen die Terroristen sofort die Verantwortung für den Anschlag. Al Fatah gab eine Erklärung ab: «Unsere tapferen Kommandos haben gezeigt, daß sie direkt in den Mittelpunkt des jüdischen Bollwerks eindringen können und daß kein in Palästina lebender Jude vor unserer Rache sicher ist. Wir werden nicht nachlassen, ehe nicht die Resolution der Vereinten Nationen erfüllt ist und den Palästinensern Gerechtigkeit widerfährt.»

Eine Freischärlergruppe im Libanon betonte, die israelische Regierung bediene sich wieder einmal ihres alten Tricks und versuche, überall in der Welt um Sympathie zu werben mit der angeblichen Behauptung, das Opfer sei ein harmloser Zivilist. Es sei jedoch wohlbekannt, daß Memavet mit der *Jewish Agency* in Verbindung gestanden habe und erst wenige Tage zuvor in geheimer Mission in Zürich gewesen war.

Das Palästinensische Komitee in Syrien erklärte, in Mazel Tov Street Nummer eins sei eine Geheimanlage der israelischen Armee untergebracht gewesen, ein elektronisches Nervenzentrum, das ihre tapferen Kommandos zerstört hätten. Memavets Tod sei ein reiner Zufall gewesen.

Die halbamtliche Kairoer Zeitung *Al-Ahram* behauptete, die israelische Regierung verschweige die wahren Hintergründe des Zwischenfalls. Sie zitierte den Führer der Liga zur Befreiung Palästinas, der sagte, zum fraglichen Zeitpunkt habe in Mazel Tov Street Nummer eins eine geheime Zusammenkunft stattgefunden, an der eine Anzahl hoher Beamter teilgenommen hätte; es dürfte an die fünfzig Todesopfer gegeben haben.

Die Liga für anglo-arabische Freundschaft meinte in ihrer Verlautbarung, es seien genügend Beweise dafür vorhanden, daß der Bombenanschlag von den Israelis verübt worden sei; sie wollten damit in der Welt um Sympathie werben, wie sie es auch bei anderen Gelegenheiten versucht hatten; damals hatten sie heimlich Sprengladungen in Flugzeuge gelegt und es dann auf die Araber geschoben.

Der Rabbi erfuhr es durch die Spätnachrichten im Radio. Der erste Schock auf die Erkenntnis, daß es sich bei dem Getöteten um einen Mann handelte, den er noch am Vormittag gesehen und gesprochen hatte, wurde unmittelbar darauf von dem Gefühl abgelöst, daß er etwas unternehmen sollte. Er rief Stedman an.

«Ja, ich hab schon vorhin davon in der Hotelhalle gehört. Gräßlich!»

«Ich denke, wir sollten zur Polizei gehen», sagte der Rabbi.

«Zur Polizei? Wieso sollten wir zur Polizei gehen? Was können wir ihnen erzählen, das auch nur den geringsten Nutzen hätte, Rabbi?»

«Zum Beispiel das, was er uns erzählt hat. Sie könnten das Tonband abspielen. Die Sache mit seinem Feind . . .»

«Entschuldigen Sie, Rabbi, aber Sie denken einfach nicht logisch. Wenn dieser Sowieso . . . dieser Rasnikow umgekommen wäre, dann könnte ihnen unsere Geschichte von Memavets Haß und Feindschaft weiterhelfen. Aber es war ja Memavet, den es erwischt hat.»

«Trotzdem finde ich, daß sie es wissen sollten.»

«Glauben Sie mir, sie wissen es. Und wenn nicht, werden sie's bald genug erfahren. Sie werden in dem Laden nachfragen, in dem er seinen Schreibtisch hatte, und . . .»

«Woher wissen Sie, daß er die Geschichte dort erzählt hat?»

«Aber ich bitte Sie, Sie haben doch selber gehört, was der Mechaniker gesagt hat. Ein meschuggener alter Mann, der einem . . . wie hat er sich ausgedrückt? . . . ach ja, der jedem seine Zores prompt erzählt. Sie glauben doch nicht im Ernst, daß wir die Geschichte als erste zu hören gekriegt haben – wir, drei völlig Fremde? Wenn er sie uns erzählt hat, können Sie Gift drauf nehmen, daß er sie jedem, der sie hören wollte, zum besten gegeben hat.»

Der Rabbi schwankte. «Trotzdem . . . ich weiß nicht recht . . . ich bin der Meinung, es schadet doch nichts, wenn . . .»

«Ich sag Ihnen was, Rabbi, ich bin viel im Ausland rumgekommen, und eins hab ich dabei gelernt: Wenn's zu vermeiden ist, soll man sich nicht mit der Polizei einlassen. Ich weiß, was Sie denken: In Israel ist das was anderes. Aber ich gebe Ihnen mein Wort darauf – die Polizei ist überall in der Welt gleich. Und dann haben wir doch nichts zu berichten, außer daß wir ihn an dem Morgen des Tages gesehen haben, an dem er getötet wurde. Nach uns kann jede Menge von Besuchern dagewesen sein. Der Arzt hat ihn, kurz bevor es passierte, noch gesehen.»

«Trotzdem würde ich gern mit Ihnen darüber sprechen. Vielleicht könnten wir uns morgen irgendwann treffen . . .»

«Tut mir leid, Rabbi, aber ich muß in aller Frühe nach Haifa. Ich bin ein paar Tage weg. Nach meiner Rückkehr treffen wir uns dann, wenn Sie meinen.»

Der Rabbi legte auf. Er war beunruhigt. Gegen das, was Stedman gesagt hatte, war nichts einzuwenden, dennoch war er der Ansicht, sie sollten zur Polizei gehen. Doch allein konnte er das nicht tun. Das könnte die Frage aufwerfen, warum Stedman nicht gleichermaßen berichtet hatte, und genau die Verwicklung herbeiführen, die dieser zu vermeiden suchte.

30

«He, wieso bist du denn so braungebrannt, V. S.? Warst du in Florida, oder hast du dir 'ne Höhensonne gekauft?»

«Florida? Nein, Katz und ich waren in Israel.»

«In Israel? Mach keine Witze. Leute, V. S. war in Israel. Wann bist du zurückgekommen?»

«Vorgestern. Wir waren nur zehn Tage drüben – geschäftlich.»

Es war beim Frühstück der *Bne-Briss-Loge* am Sonntag vormittag. Die Mitglieder strömten noch herein, standen herum und begrüßten sich, während die Angehörigen des Komitees die runden Tische deckten – ganz anders als im Frauenverein, wo alles bereits am Vortag fertiggemacht wurde.

Man scharte sich um Markevitch. «Na, wie war's dort, V. S.?»

«Wie war das Wetter?»

«Haben Araber auf dich geschossen, V. S.?»

«Machst du 'ne Filiale in Israel auf, V. S.? Willst wohl einer von den internationalen Finanzmagnaten werden, wie?»

«Sag mir eins – sind die Leute beunruhigt? Haben sie Angst?»

«Angst?» legte Markevitch los. «Ich werd euch was sagen: Ihr könnt spazierengehen, soviel ihr wollt, in jeder Stadt, zu jeder Tages- und Nachtzeit. Wir sind noch nach Mitternacht losgezogen, ich und Katz, und das durch dunkle Straßen, und es hat kein Hahn danach gekräht.»

«Und die Sehenswürdigkeiten? Wo bist du überall gewesen?»

«Also die meiste Zeit wurden wir von den Leuten vom Ministerium für industrielle Entwicklung betreut. Sie haben uns rumgeführt und uns mit ein paar großen Tieren von der Regierung bekannt gemacht. Das war vielleicht 'ne Reise, toll, sag ich euch.»

«Warst du in Jerusalem? Hast du den Rabbi gesehen?»

«Ja», sagte V. S., «wir haben ihn gesehen. Wir waren fast einen ganzen Tag mit ihm zusammen. Er hat uns rumgeführt.»

«Hat er euch das Davidsgrab gezeigt?»

«Und die Fenster von Chagall? Die hab ich mir seinerzeit als erstes angesehen.»

«Im Hadassa Krankenhaus warst du doch bestimmt, wie?»

«Ich hoffe, du warst im *Mea Shearim*.»

«Mich hat am meisten das Yad-Vashem-Museum beeindruckt. Warst du drin?»

Markevitch, bis über beide Ohren grinsend, drehte sich von einem Frager zum nächsten. Schließlich hob er zum Zeichen der Kapitulation die Hände. «Ehrlich gesagt, wir haben nicht eins davon gesehen. Ich sagte ja schon, der Rabbi hat uns rumgeführt. Er meinte, wir würden gern die Klagemauer besichtigen, und das stimmte ja auch. Und er hat uns durch die Altstadt geführt . . . na, das hätte weiß Gott nicht sein müssen. Wenn ihr mich fragt, ist das ein Haufen stinkender kleiner Gassen, weiter nichts. Und dann sind wir rüber zur Universität gegangen, und damit war der Tag ziemlich rum. Euch gesagt –» er senkte die Stimme zu einem weithin hörbaren Flüstern – «für mich kennt der Rabbi nicht mal die Hälfte von dem, was ihr eben genannt habt.»

«Was? Ich hab gedacht, inzwischen kennt er jeden Winkel.»

Markevitch zuckte die Achseln. «Das haben wir auch gedacht. Ehrlich gesagt, das war einer der Gründe, warum wir ihn angerufen haben. Wir haben uns vorgestellt, er weiß, was man sich ansehen muß.»

«Vielleicht hat er einfach noch keine Zeit für Besichtigungen gehabt. Ich nehme an, er ist den ganzen Tag in der Universitätsbibliothek . . .»

«Machst du Witze?» Markevitch war voller Verachtung. «Als er mit uns hinging, hat er zugegeben, daß er vorher erst zweimal da war.»

«Na, was tut er denn dann dort?»

«Soweit wir feststellen konnten, faulenzt er einfach rum, macht vielleicht mal 'nen Spaziergang, trinkt irgendwo 'ne Tasse Kaffee – so auf die Tour.»

«Ich weiß ja, er ist nicht gerade eine Betriebsnudel, aber ich stell mir vor, in Jerusalem und so . . . sag mal, hat er was erwähnt, wann er zurückkommt?»

Markevitch schüttelte den Kopf. «Keine Silbe. Und das ist schon komisch, wenn man sich's recht überlegt. Ich meine, man denkt doch, wenn man sich verabschiedet, nun sagt er so was wie ‹Wir sehen uns ja bald in Barnard's Crossing›. Aber kein Wort. Bloß auf Wiedersehen.»

«Worauf willst du hinaus, V. S.?»

«Na ja, ihr wißt doch . . . die Idee, von der ich auf unserer letzten Sitzung gesprochen habe . . . die Sache mit den zwei Rabbis. Also ich hab ihm deshalb mal etwas auf den Zahn gefühlt.»

«Ist das dein Ernst, V. S.?»

«Na klar. Ihr kennt doch meine Devise: Wer nicht fragt, erfährt nichts. Warum auch nicht? Vielleicht bin ich nicht der Vorstand, aber immerhin ein angesehenes Gemeindemitglied. Meine Beiträge sind jedenfalls bezahlt.»

«Geschenkt, du hast also gefragt. Und was ist passiert?»

«Nichts!» verkündete Markevitch triumphierend. «Er war nicht begeistert, und er war auch nicht sauer. Er war einfach nicht interessiert, weder so noch so. Nur höflich.»

«Vielleicht wollte er sich nur nicht in die Karten schauen lassen.»

Markevitch stieß den anderen mit dem Ellbogen an und zwinkerte ihm verständnisinnig zu. «Kann sein. Kann aber auch sein, daß er einfach nicht interessiert war, weder so noch so. Ehrlich gesagt, wir waren eigentlich ein bißchen verärgert über unseren Rabbi. Ich meine, wenn er schon unser Rabbi ist, haben wir auch das Recht zu erwarten, daß er für uns den Rabbi macht. Wenn du nach Washington fährst und deinem Kongreßabgeordneten sagst, hier bin ich, was passiert? Er interessiert sich für deine Probleme. Er versucht, dir behilflich zu sein, oder wenigstens spiegelt er dir vor, daß er's tun wird. Und wenn schon gar nichts anderes, läßt er dich zumindest von jemand aus seinem Büro rumführen. Hab ich recht? Na, wir haben uns eingebildet, genauso könnten wir auf den Rabbi rechnen. Nehmen wir mal die Sache mit der Klagemauer, ja? Wenn ihr schon mit eurem Rabbi dort seid, erwartet ihr doch, daß er für euch an der Mauer ein Gebet spricht. Immerhin ist es die heiligste Stätte, die wir haben, und wenn ihr die Gelegenheit habt, daß dort ein Gebet gesprochen wird, na . . . wer will sich das schon entgehen lassen? Hab ich recht? Und wie wir ihn darum gebeten haben, sagt er, er möchte lieber nicht, und wir sollen's selber tun. Natürlich haben wir's auch getan, ich und Katz, aber das ist ja nicht dasselbe. Wir mußten es auf englisch sprechen, damit fängt's schon mal an . . .»

Vom Vorstandstisch ertönte der scharfe Schlag des Hammers, und der Vorsitzende rief: «Würdet ihr euch bitte hinsetzen? Würde bitte alles Platz nehmen?»

Einige hasteten an die Tische, während die anderen, die sich noch unterhielten, automatisch die Stimme senkten.

«Das ist ja wirklich komisch. Was, glaubst du, hat das zu bedeuten, V. S.?»

Markevitch flüsterte: «Ich will's mal so ausdrücken: Markevitch ist keiner, der seinen Mund zu weit aufreißt, aber Markevitch wettet zehn Dollar gegen fünf, daß unser Rabbi, als er nach Israel ging, auf Nimmerwiedersehen abgehauen ist.»

31

Die Polizei, vertreten durch Chaim Ish-Kosher, und *Shin Bet*, von Abner Adoumi repräsentiert, «kooperierten» zwar; die Tatsache jedoch, daß sie sich in Adoumis kleinem staubigem Büro im obersten Stockwerk des Polizeipräsidiums trafen, das dem Geheimdienst vorübergehend zugewiesen worden war, anstatt in Ish-Koshers viel bequemerem und geräumigerem Dienstzimmer im ersten Stock am entgegengesetzten Ende des Gebäudes, ließ darauf schließen, daß die Zusammenarbeit etwas einseitig sein könnte.

Die beiden Männer waren in jeder Beziehung verschieden. Ish-Kosher, in blauer Uniform mit weißem Hemd und schwarzer Krawatte, die Jacke gebügelt und zugeknöpft, strahlte Energie und Sachlichkeit aus; zugleich lächelte er gern, das typische Lächeln des Vertreters der Exekutive, das die blitzenden, gleichmäßigen weißen Zähne zeigte und Interesse und Verständnis andeuten sollte. Abner Adoumi dagegen, ein großer, beleibter Mann mit kurzgeschorenem ergrautem Haar, das noch von einigen rotblonden Strähnen durchzogen war, war ohne Krawatte und in Hemdsärmeln. Er war kurz angebunden, autoritär, lächelte selten, und wenn, dann nahezu widerwillig.

«Und wie geht es Ihrer Frau?» erkundigte sich Ish-Kosher höflich.

«Sie ist ein paar Tage im Hadassa zur Beobachtung.»

«Oh, das tut mir aber leid.»

«Hat nichts auf sich. Nur ein paar Untersuchungen.»

«Der Schock durch die Explosion?»

«Der Doktor sagt, nein. Wahrscheinlich wird sie morgen entlassen und muß dann später noch einmal für ein paar Tage hin.» Seine Augen streiften Ish-Koshers *Jarmulke.* «Wie ich höre, hätte ich's Ihren Leuten zu verdanken, daß ich sie am Sabbat nicht besuchen könnte, falls sie dann noch drin ist.»

Ein rasches, unbekümmertes Lächeln. «Meinen Leuten? Ach so, Sie meinen die religiösen. Na, es heißt ja nicht, daß Sie sie nicht besuchen dürfen. Es dreht sich nur darum, daß sie ins Hadassa fahren müßten, mit dem Bus oder mit dem Auto, und das wäre natürlich eine Entweihung des Sabbat.»

Adoumi hob warnend den Zeigefinger. «Eines Tages lassen wir anderen uns das nicht mehr gefallen, Chaim», brummte er gereizt.

«Dann wird es kein jüdischer Staat mehr sein.»

«Natürlich wird es ein jüdischer Staat sein, aber für alle Juden und nicht nur für euch paar. Aber zur Sache: Haben Sie was über Memavet erfahren?»

«Nein, aber ich bin sicher, daß der Anschlag ihm gegolten hat. Seine Geschäfte . . .»

«Faul? Gestohlene Autos? Hat er mit den Arabern zu tun gehabt?»

«Unseres Wissens nicht. Aber im Autohandel gibt's immer unzufriedene Leute. Ein Kunde meint, man hat ihm Tinnef angedreht, ein Verkäufer findet, er hätte mehr für sich absahnen können. Oder er hat vielleicht das Gefühl, Memavet behält was für sich zurück. Er war schließlich Makler und hatte nur Anspruch auf eine Provision, nicht auf einen Profit.»

«Aber jeder, den Sie verhört haben, hat doch gesagt, daß er einen guten Ruf hatte, daß er ehrlich war.»

«Ja, aber . . .»

«Schon gut, ich will mich nicht mit Ihnen streiten. Gehen Sie dem ruhig nach, wenn Sie wollen, aber ich kann Ihnen schon jetzt sagen, Sie landen in einer Sackgasse. Der Universitätsprofessor . . .»

«Da haben wir einen Zusammenhang mit den Arabern festgestellt», sagte Ish-Kosher rasch.

«Sicher, aber für unsere Zwecke den falschen. Er wollte ihnen helfen. Er war ihr Freund.»

«Aber das ist es ja gerade», erklärte Ish-Kosher aufgeregt. «Sehen Sie . . .»

«Ich weiß, ich weiß. Die Terroristen wollen nicht, daß man ihren Leuten hilft. Diese ganze Theorie –» er winkte mit der breiten, sommersprossigen Hand ab – «ist eben weiter nichts als reine Theorie. So arbeiten die Terroristen nicht. Und so denken sie nicht. Das ist nicht arabische Denkweise. Ein Araber tötet einen anderen, darauf versucht die Familie des Opfers, sich zu rächen, indem sie den Schuldigen umbringt. Das ist verständlich. Und normal. Es ist nicht unsere Art, nicht die von zivilisierten Menschen, aber es ist verständlich. Können sie jedoch den Mörder nicht erwischen, nehmen sie Rache an einem seiner Familienmitglieder und legen einen Bruder, einen Onkel oder seinen Vater um. Das ist schon was anderes, verstehen Sie. Seit dem Sechs-Tage-Krieg wollen sie Rache. Das ist normal. Aber sie können sie nicht dadurch kriegen, daß jetzt ihre Armee die unsere besiegt, folglich ist es für sie ein annehmbarer Ersatz, wenn sie einen von uns umbringen. Wen? Das ist ihnen gleich. Es kann ein alter Mann sein wie Memavet und genausogut Frauen oder auch Kinder.»

«Aber . . .»

Adoumi gebot ihm abermals mit erhobener Hand Schweigen. «Je mehr von uns sie töten können, desto besser natürlich. Und deshalb haben sie Sprengstoffanschläge auf Märkte, öffentliche Plätze und Gebäude verübt, wo viele Menschen sind und eine Menge verletzt werden können. Aber wir sind auf der Hut, und die Gefahr, geschnappt zu werden, ist groß. Also gehen sie eine Weile auf Nummer Sicher und suchen sich risikolose Ziele aus. Erwischen wir sie nicht, kriegen sie wieder Mut und probieren's erneut mit öffentlichen Plätzen. Warum der Anschlag auf Memavet? Ich sag's Ihnen: weil er ein leichtes Ziel war. Ein alter Mann, der allein in einem neuen Wohnblock lebt, der einzige Bewohner der Straße, und die ist dunkel. Sie können ungesehen da lang gehen . . .»

«Aber sie wurden gesehen. Der Doktor . . .»

«Der Doktor sah einen jungen Mann, der sagte, er hätte was Geschäftliches mit Memavet zu erledigen. Durchaus möglich. Nun könnte der junge Mann ja was gesehen haben. Könnte sich lohnen, ihn zu vernehmen.»

«Wieso haben Sie dann diesen Teil aus der Aussage des Arztes weggelassen, als wir sie den Reportern übergaben?»

«Weil ich es für besser halte, Chaim, wenn er von allein damit rausrückt. Das würde beweisen, daß er nichts mit der Sache zu tun hat. Er hat sich aber nicht gemeldet, und das legt wiederum die Vermutung nahe, daß er vielleicht nicht ganz unschuldig ist.»

«Oder daß er einfach da nicht mit reingezogen werden will», meinte Ish-Kosher.

«Es handelte sich um einen Terroristenanschlag. Jeder würde da behilflich sein wollen.» Adoumi schüttelte trübsinnig den Kopf. «Ich hab gepokert, als ich diesen Teil der Aussage der Presse vorenthielt.» Er wurde lebhafter. «Wenn er sich nicht gemeldet hat, besteht die Wahrscheinlichkeit, daß er auch nicht aufgekreuzt wäre, wenn wir es erwähnt hätten. Es regnete, und er hatte den Mantelkragen aufgestellt. Er weiß, daß der Arzt ihn nicht wiedererkennen würde. Trotzdem wüßte ich gern was über ihn.»

Ish-Kosher lächelte breit. «Na, vielleicht kann ich Ihnen helfen. Hätten Sie gern seinen Namen?» Er zog einen Zettel aus der Aktentasche und schob ihn Adoumi hinüber. Darauf stand: «Ich bin um sieben wiedergekommen, wie besprochen. Stedman.»

«Woher haben Sie das?»

«Einer von *meinen* Leuten hat daran gedacht, im Briefkasten nachzusehen. Da war's drin.»

«Aber es trägt kein Datum. Der Zettel kann ebensogut vor ein paar Tagen reingesteckt worden sein. Der Doktor hat nichts davon erwähnt, daß der junge Mann eine Nachricht geschrieben hat. Wie er sagte, hat er ihm nachgeschaut, als er die Straße runterging.»

«Vielleicht ist er wieder umgekehrt, nachdem der Arzt weg war.»

«Denkbar.» Adoumi studierte den Zettel. «Stedman, Stedman . . . wo hab ich den Namen schon gehört?»

«Es gibt einen recht bekannten amerikanischen Journalisten namens Stedman. Er ist jetzt im Land, wohnt im *King David*.»

«Nein, nein.» Adoumi begann, unter den Aktendeckeln auf seinem Schreibtisch herumzuwühlen. «Ja, hier ist es – Stedman. Das, Chaim», sagte er bedeutungsvoll, «ist der Name eines amerikanischen Studenten an der Universität, der oft in Gesellschaft eines arabischen Studenten namens Abdul El Khaldi gesehen wurde. Und für diesen Abdul interessieren wir uns seit einiger Zeit.»

«Habt ihr etwas gegen ihn?» erkundigte sich Ish-Kosher ungeduldig.

«In dem Sinne, daß es euch von der Polizei interessieren würde? Nein. Kein verdächtiges Verhalten. Er war überaus vorsichtig.»

«Also dann . . .»

«Das könnte an sich schon verdächtig sein, Chaim.»

«Soll das heißen, Sie interessieren sich für die Araber, die sich auffällig benehmen und genauso für die anderen?»

Adoumi lachte kurz auf. «Das kommt der Wahrheit ziemlich nahe, Chaim. Wir verdächtigen sie alle. Aber wenn ich sage, wir interessieren uns für Abdul, meine ich, daß wir ihn im Auge zu behalten versuchen. Er hat zwar unseres Wissens nichts getan, aber es gab Gerüchte. Araber, die sich aus dem einen oder anderen Grund gut mit uns stellen wollen, lassen uns gelegentlich kleine Tips zukommen. Und sein Name ist dabei mehr als einmal aufgetaucht. Deshalb lassen wir ihn beobachten. Natürlich nicht vierundzwanzig Stunden am Tag; dafür haben wir nicht genug Leute. Aber wir behalten ihn im Auge, und in dem letzten Bericht, der mir vorliegt, wird ein Student namens Stedman erwähnt, der häufig mit ihm zusammen ist. Das erregt logischerweise mein Interesse an Stedman. Und wenn ich sehe, daß jemand namens Stedman irgendeine Verbindung zu Memavet hat, ihn vielleicht sogar genau in der Nacht aufsuchte, in der er getötet wurde . . .»

«Werden Sie ihn sich greifen?»

«Nein, Chaim. Ich denke, im Augenblick halte ich mich da raus. Ich überlasse das Ihren Leuten; Sie werden ihn vernehmen. Und zwar hätte ich gern folgendes . . .»

32

Ish-Kosher blätterte den Paß durch und betätigte dann einen Knopf an seinem Schreibtisch. Dem Beamten, der auf sein Klingeln hereinkam, händigte er das Dokument aus: «Überprüft das.» Dann wandte er sich wieder Roy zu.

«Also, Mr. Stedman, ich wüßte wirklich gern, warum Sie sich nicht gemeldet haben. Ich würde doch annehmen, daß Sie als Gast unseres Landes eigentlich darauf brennen müßten, mit der Polizei zusammenzuarbeiten, wenn Sie etwas über ein Verbrechen wissen.»

«Aber ich wußte doch gar nichts von einem Verbrechen. Ich meine, ich hab von dem Anschlag gehört, aber er fand statt, nachdem ich weg war. Und ich hab nichts gesehen.»

Ish-Kosher fingerte an seiner *Jarmulke* und lächelte. «Sie sind kein ungebildeter Mensch, Mr. Stedman. Sie studieren an unserer Universität. Ihnen muß doch klar sein, daß auch eine negative Zeugenaussage wichtig ist. Die Tatsache, daß Sie – sagen wir – zwischen fünf vor sieben und viertel oder zwanzig nach nichts gesehen haben, bedeutet, daß die Bombe früher gelegt worden sein muß – oder später. Ist Ihnen nicht der Gedanke gekommen, daß das für die Polizei von Interesse sein und ihr weiterhelfen könnte?»

«Na ja, dran gedacht hab ich schon», gab Roy zu, «aber dieser Arzt war doch auch dagewesen und konnte alles genauso sehen wie ich.»

«Nicht ganz», korrigierte ihn Ish-Kosher. «Er war im Haus und Sie draußen. Und als Sie zurückkamen, um die Mitteilung zu hinterlassen, war er bereits weg.»

«Na, ich glaube, das hab ich mir nicht so genau klargemacht. Ich dachte eben, er sei zur Polizei gegangen, weil er ja 'ne Aussage gemacht hat, warum also ich auch noch?» Roy hatte einen Schreck bekommen, als die Polizei bei ihm erschienen war und er in das Büro des Inspectors gebracht wurde. Aber jetzt war ihm wieder wohler. Ein Inspector mit einer *Jarmulke* – das war beruhigend.

«Wann haben Sie diese Verabredung mit Memavet getroffen?»

Roy hatte vorgehabt, die frühere Zusammenkunft nicht zu erwähnen, um seinen Vater und den Rabbi nicht hereinzuziehen. Doch der Inspector war so sachlich, daß es sinnlos erschien, es zu verheimlichen. «Die Verabredung ging von Memavet aus, nicht von mir. Wir waren nämlich morgens dort gewesen ... na ja ... genaugenommen mittags.»

«Wir?»

«Ja. Mein Vater hatte mich angerufen. Er wollte Memavet aufsuchen wegen eines Wagenkaufs, sagte er. Und weil er dachte, ich verstehe vielleicht mehr von Autos, und weil ich's auch fahren würde, schlug er vor, wir sollten am nächsten Tag hingehen, am Samstag ...»

«Am Sabbat.»

«Ja, das stimmt wohl. Aber mein Vater meinte, Memavet hätte nichts dagegen, und ich hab ja sonst nicht viel Freizeit. Na ja, jedenfalls haben wir uns Ecke Shalom und Mazel Tov getroffen ...»

«Sie und Ihr Vater.»

«Stimmt. Und er hatte einen Freund dabei, Rabbi Small aus Amerika ...»

«Rabbi Small?» Ish-Koshers Stimme verriet nichts von seiner Überraschung.

«Genau, Rabbi Small. David Small, glaube ich.»

«Und er kam als weiterer Autofachmann mit?»

Roy sah Ish-Kosher an. War das Sarkasmus? Aber sein Gesicht wirkte völlig unbeteiligt. «Er war zu einem Spaziergang mit meinem Vater verabredet, und da kam er eben einfach mit.»

«Aha.»

«Na, wir sind also alle drei zu Memavet und haben uns über Autos unterhalten. Er bot uns was zu trinken an und redete viel über sich, von seiner Jugend, schätze ich. Das war nämlich in jiddisch – der Teil, meine ich, und da hab ich nichts mitgekriegt, höchstens mal ab und zu ein Wort, weil ich ein bißchen Deutsch kann. Dann hat er gesagt, wenn wir um sieben wiederkämen, hätte er wahrscheinlich einen Wagen für uns.»

«Aber Sie gingen allein hin.»

«Ja . . . also . . . mein Vater hat nämlich gesagt, er geht nicht hin. Sonst würde Memavet bloß denken, daß er weiß Gott wie scharf drauf ist. Das war, nachdem wir dort weggegangen waren, verstehen Sie. Ich meine, das hat er nicht zu Memavet gesagt, sondern zu mir.»

«Und wieso sind Sie dann zurückgekommen?»

«Na . . . ich dachte, ich könnte mir den Wagen ja mal ansehen, wenn einer da wäre.»

«Aber es war keiner da.»

«Stimmt. Ich hab mir nämlich überlegt, wenn wir zu der Verabredung gehen, oder wenigstens ich, und es ist kein Wagen für uns da, dann sind wir doch in der besseren Verhandlungsposition. Schließlich hat er dann seinen Teil der Abmachung nicht eingehalten . . . Na ja . . . und dann könnten wir ihn mit dem Preis ein bißchen drücken.»

«Verstehe.»

«Aber dann hat der Arzt gesagt, er schläft und soll nicht gestört werden, und wozu ich überhaupt einen kranken Mann belästigen will, so was . . . na, und da bin ich eben gegangen. Aber dann ist mir eingefallen, ich könnt ihm eigentlich einen Zettel schreiben und den in den Briefkasten stecken. Darum bin ich zurückgekommen.»

«Hm-m. Ihr Vater wohnt nicht mit Ihnen zusammen . . .»

«Nein, er ist im *King David.* Aber jetzt ist er nicht da. Er ist ein paar Tage in Haifa.»

«Seine Adresse dort?»

«Weiß ich nicht. Ich hab ihn im Hotel angerufen, und die sagten, er ist nach Haifa gefahren. Ich hab nicht nach der Adresse gefragt. Aber vielleicht wissen sie sie im Hotel.»

«Gut, Mr. Stedman. Soweit scheint alles klar zu sein.» Er stand auf.

«Ist das alles?»

«Vielleicht möchte ich mich noch einmal mit Ihnen unterhalten, aber für den Augenblick ist das alles.» Er lächelte.

«Ja . . . aber mein Paß. Sie haben meinen Paß noch.»

«Ach, natürlich.» Ish-Kosher nahm den Hörer ab. «Den Paß, Mr. Stedmans Paß. Würden Sie ihn bitte reinbringen . . . Was? . . . Gut, dann sehen Sie auf seinem Schreibtisch nach . . . oh, ich verstehe . . . Gut, dann kann man wohl nichts machen.» Er legte den Hörer auf und wandte sich zu Roy. «Der Beamte, der die Sache bearbeitet, ist nicht an seinem Schreibtisch. Er hat ihn vermutlich mitgenommen. Wir schikken ihn Ihnen mit der Post zu.»

Nachdem Roy gegangen war, nahm er den Hörer wieder auf. «Abner? Ish-Kosher. Der Sohn Stedman war eben hier . . . Nein, nichts Besonderes, nur daß er schon vorher bei Memavet war – zusammen mit seinem Vater. Und sein Vater war in Begleitung eines Freundes. Und wer ist dieser Freund, Abner? Rabbi David Small . . . Erinnern Sie sich nicht? Er wohnt Victory Street Nummer fünf . . . Nein, er war der einzige nicht anwesende Mieter, als wir den Sprengstoffanschlag auf Carmi untersuchten.»

33

Trotz seiner *Jarmulke* war Inspector Ish-Kosher nicht fromm, dafür jedoch sehr traditionsbewußt; er hatte eine genaue Vorstellung davon, wie ein Rabbi aussehen sollte, und Rabbi Small entsprach diesem Bild keineswegs. Ein Rabbi sollte einen Bart haben und dunkel gekleidet sein, am besten schwarz. Rabbi Small war glattrasiert und trug hellgraue Sommerhosen und eine gestreifte Leinenjacke. Allermindestens sollte ein Rabbi nicht barhäuptig gehen; Rabbi Small hatte keinen Hut auf. Ish-Kosher empfand ein leises Widerstreben, als er dem Rabbi einen Stuhl anbot.

Er blätterte in einem Aktendeckel, blickte dann auf und sagte freundlich: «Kürzlich haben wir in Ihrem Haus Erkundigungen eingezogen, ob jemand in einer bestimmten Nacht Besuch erwartet hat. Sie waren nicht daheim, aber Ihre Nachbarin, Mrs. Rosen, sagte, Sie seien gerade an jenem Tag angekommen, am späten Abend. Sie sagt, daß Sie ein Rabbi aus Amerika sind. Auf der kleinen Karte an Ihrem Briefkasten steht aber nur David Small. Sind Sie Rabbiner?»

«Ja, allerdings.»

«Und wieso steht auf der Karte nicht Rabbi David Small?»

«Weil ich hier nicht Rabbi bin.»

«Ein Arzt aus Amerika würde wahrscheinlich seinen Titel am Briefkasten beibehalten», meinte der Inspector.

«Das ist nicht dasselbe. Der Arzt könnte vermutlich in einem dringenden Fall praktizieren, zum Beispiel bei einem Unfall.»

«Das beweist großen Takt Ihrerseits, Rabbi. Zu welchen Rabbinern gehören Sie?»

«Zu den konservativen. Ich bin Rabbi in einem konservativen Tempel in Amerika.»

«Ist die Ausbildung bei einem konservativen Rabbi anders als bei einem von unseren?»

«Nein, eigentlich nicht», entgegnete Rabbi Small. «Die Akzente sind etwas anders gesetzt, aber in der Arbeit selbst existiert ein Unterschied. Viele Ihrer Rabbiner hier sind weitgehend damit befaßt, für die Einhaltung der Gesetzesvorschriften zu sorgen. Das ist bei unserer Arbeit selten der Fall. Sie ist vorwiegend dem seelischen und geistigen Wohl der Gemeinde gewidmet, in der wir angestellt sind.»

«Aha.» Der Inspector lächelte plötzlich. «Nur der Ordnung halber und zur Vervollständigung unserer Akten . . . *haben* Sie am Abend Ihrer Ankunft jemand erwartet?»

«Nein, niemand, von dem ich wüßte.»

Ish-Kosher machte einen Vermerk, klappte den Aktendeckel zu und lehnte sich zurück. Abermals lächelte er liebenswürdig. «Hat Ihre Gemeinde Ihnen ein Sabbatjahr bewilligt, das Sie hier verbringen?»

«Nein, ein Sabbatjahr würde ich es nicht nennen. Ich habe mich ein paar Monate beurlauben lassen.»

«Aha, also Ferien. Und was treiben Sie so, Rabbi? Besichtigungen, Rundreisen? Studieren Sie vielleicht an der Universität?»

«Nein, ich tue nicht viel; nur Urlaub machen, mich ausruhen.»

«Von Ihrer anstrengenden Arbeit in Ihrer Gemeinde?» Er lächelte, aber in seiner Stimme schwang eine Spur Sarkasmus mit.

«So was in der Art», sagte Rabbi Small gutmütig.

«Es hat den Anschein, daß Sie nicht nur Urlaub machen von Ihrer Gemeinde und Ihrer Arbeit, Rabbi, sondern sogar von der Religion, zu der Sie sich bekennen.»

«Was meinen Sie damit?» fragte der Rabbi erstaunt. «Wenn Sie darauf anspielen, daß ich nicht an jedem Sabbat in die Synagoge gehe . . .»

«Ich beziehe mich darauf, daß Sie am Sabbat zu jemand gehen wegen eines Autokaufs, genauer zu einem gewissen Benjamin Memavet, auf dessen Wohnung ein Sprengstoffanschlag verübt wurde und der dabei ums Leben kam.»

«Woher wissen Sie, daß ich hinging, um einen Wagen zu kaufen?»

«Bitte, Rabbi», sagte Ish-Kosher vorwurfsvoll, «ich stelle hier die Fragen.»

«Ich hatte eine Verabredung mit meinem Freund Dan Stedman, und er machte eine weitere mit seinem Sohn. Er wollte unbedingt, daß ich ihn kennenlerne, daher willigte ich ein, mitzukommen.»

«Aber er wollte einen Wagen kaufen, ein Geschäft tätigen – und das am Sabbat. Wiederum frage ich, zu welcher Art von Rabbinern gehören Sie?»

Die Abneigung zeigte sich jetzt unmißverständlich. Rabbi Small lächelte leicht. «Als Rabbi denke ich wie alle Rabbiner mehr über diese Dinge nach als der Durchschnittslaie wie Sie», begann er geduldig.

«Festhalten an den traditionellen religiösen Bräuchen, zum Beispiel den Kopf bedecken oder sogar den Sabbat genau nach dem rabbinischen Gesetz begehen . . . all das tun wir zum Teil aus Gewohnheit, zum Teil, weil die Leute es von uns erwarten, und vielleicht auch, um anderen ein Beispiel für die Wahrung rabbinischer Tradition und rabbinischer Autorität zu geben. Meiner Meinung nach glaubt niemand, der darüber nachgedacht hat, tatsächlich, daß Gott das vom Menschen verlangt oder darüber erfreut ist. Bei Jesaja heißt es: ‹Bringet nicht mehr unnütze Gaben – ein Greuelopfer ist es mir, spricht der Herr. Eure Neumonde und eure Feste haßt meine Seele.› Das ist sehr drastisch ausgedrückt, aber es läßt doch darauf schließen, wie der Gott Jesajas über Anpassung und religiöse Bräuche im allgemeinen zumindest urteilen könnte.»

«Der Gott Jesajas!» Ish-Kosher war schockiert. «Sagen Sie mir eins, Rabbi – glauben Sie an Gott?»

«Ich nehme an, als Polizeibeamter möchten Sie ein Ja hören oder keine Antwort.»

«Ich . . .»

«Eine schwierige Frage», fuhr der Rabbi leichthin fort, «denn sie beinhaltet drei Variablen . . .»

«Variablen?»

«Natürlich. Sie fragen, ob ich an Gott glaube. Meinen Sie, zum augenblicklichen Zeitpunkt, oder mein Ich von gestern, oder das von vor drei Jahren? Und was meinen Sie mit ‹glauben›? Eine weitere Variable. Meinen Sie damit – auf die gleiche Weise, wie ich glaube, daß zwei und zwei vier macht? Oder auf die Weise, in der ich glaube, daß die Lichtgeschwindigkeit soundso viel Kilometer in der Sekunde beträgt, was ich selber zwar niemals demonstriert bekommen habe, was aber von Menschen bewiesen wurde, deren Befähigung und Integrität zu vertrauen ich gelehrt worden bin? Oder meinen Sie in dem Sinne, wie ich glaube, daß es einen Mann namens Washington gab, der die Unabhängigkeit der amerikanischen Kolonien von England errungen hat, oder in dem Sinn, wie ich glaube, daß ein Mann namens Moses dasselbe für die Juden im Falle Ägyptens getan hat? Wenn Sie darüber nachdenken, werden Sie feststellen, daß es noch viel mehr Formen des Glaubens gibt, und alle unterscheiden sich etwas voneinander. Und schließlich die dritte Variable – Gott. Meinen Sie damit eine menschenähnliche Figur? Oder eine Wesenheit, einen Begriff, der sich nicht umschreiben läßt? Einen Gott, der von uns als Individuen weiß und auf unsere Bitten um Hilfe reagiert? Oder einen, der so hoch über uns thront, daß er kein Interesse an uns haben kann? Oder irgendeine der anderen Vorstellungen, die Menschen seit Jahrtausenden gehabt haben? Doch allgemeiner gesagt – vermutlich habe ich manchmal ein Gefühl von Glauben und Sicherheit und zu anderen Zeiten nicht, genau wie Sie oder der Oberrabbiner oder auch – der Papst.»

Ish-Kosher starrte seinen Besucher an. Dann ordnete er sozusagen seine Streitkräfte neu und sagte förmlich: «Ich habe Sie nicht zu theologischen Diskussionen hergebeten . . .»

«Ich habe mich schon gefragt, weshalb Sie mich zu kommen baten.»

«Memavet hat eine Verabredung mit Ihrem Freund Stedman für den späteren Samstagabend getroffen. Ich möchte wissen, ob er sie eingehalten hat.»

«Ich habe Mr. Stedman danach nicht mehr gesehen, aber ich erinnere mich, daß er zu seinem Sohn sagte, er habe nicht die Absicht, die Verabredung einzuhalten. Er wollte nicht übereifrig erscheinen. Ist das alles?»

«Ja, das ist alles. Guten Tag.»

«Mein Paß. Er liegt auf Ihrem Schreibtisch.»

«Ach, ja. Hier ist er.» Ish-Kosher händigte ihn aus und blieb noch eine Weile stehen, nachdem der Rabbi gegangen war. Seine Finger trommelten nervös auf der Schreibtischplatte.

34

Dem Rabbi war keineswegs entgangen, daß die Polizei irgendwie von seiner Anwesenheit bei Memavet erfahren haben mußte. Und zwar entweder von Dan oder von Roy. Sollte Memavet, was unwahrscheinlich war, eine schriftliche Notiz über diese spätere Verabredung gemacht und die Polizei sie gefunden haben, so lautete sie fraglos auf den Namen Stedman. Es bestand keinerlei Grund für Memavet, seinen Namen ebenfalls zu notieren, da er ja offensichtlich nicht am Kauf eines Wagens interessiert war. Es war undenkbar – nun, fast undenkbar –, daß die Information von Dan stammte, denn er hatte ja seinen Vorschlag, sie sollten sich bei der Polizei melden, geringschätzig abgetan. Wenn er aber seine Meinung geändert hatte und doch hingegangen war, hätte er ihn dann nicht vorher angerufen? Andernfalls könnte es nur ein Versehen gewesen sein, oder er wollte ihn aus irgendeinem Grund in die Sache verwickeln. Und was für einen Grund könnte er dafür haben? Vielleicht war sein Schwager an der Stellung in Barnard's Crossing interessiert, und er handelte aus einem Gefühl von falsch verstandener Familiensolidarität heraus?

Er tat diesen Gedanken als melodramatisch, als vollständig absurd ab. Und doch – was wußte er von Dan Stedman? Sicher, sie hatten sich ein paarmal angenehm unterhalten, aber von irgendwelchen vertraulichen Mitteilungen war nie die Rede gewesen. Er hatte keine Ahnung von Stedmans Vergangenheit, außer daß er als Fernsehjournalist gearbeitet hatte. Und dieser plötzliche Entschluß, nach Haifa zu fahren – konnte der von Bedeutung sein? Merkwürdig war es auf jeden Fall. Normal wäre der Wunsch gewesen, über die Tragödie zu sprechen, die sich nach ihrem Besuch ereignet hatte. Er versuchte, den Gedanken wegzuschieben, und trotzdem . . .

Als er seine Überlegungen auf Roy richtete, wurde ihm klar, daß der Sohn die wahrscheinlichere Informationsquelle war. Falls Memavet etwas notiert haben sollte, dann vermutlich nur den Namen Stedman, und die Polizei wäre bei einer Routinenachforschung auf Roy gestoßen. Und dann hätte sic bei einer Routinebefragung erfahren, daß Roy seinen Vater und dessen Freund, David Small, begleitet hatte. Roy hätte keinen Grund gehabt, diese Information zu verheimlichen. Aber warum hatte er dann nicht angerufen und ihn vorgewarnt, daß die Polizei möglicherweise Erkundigungen einziehen würde? Die Antwort war einfach – die Gedankenlosigkeit und Unüberlegtheit der Jugend – und nach dem, was er von Dan gehört hatte, durchaus typisch.

Er rief Roy an, sobald er nach Hause kam. Keine Antwort. Er versuchte es später noch einmal und ebenso am folgenden Tag, wiederum ohne Erfolg. Und dann strich er diesen Gedanken. Roy kam am Freitagabend sowieso zum Dinner. Und selbst wenn er sich aus irgendeinem Grund entschuldigen mußte, würde ihn die normale Höflichkeit zu einem Anruf veranlassen.

Als der Rabbi am Freitag auf seine Gäste wartete, war er zu dem Entschluß gekommen, das Thema nicht anzuschneiden. Es war Sabbat, der Tag des Friedens und der Ruhe. Sollte natürlich einer der beiden Stedmans davon anfangen, konnte er sich nicht weigern, darüber zu reden. Aber von sich aus würde er kein Wort sagen.

Vater und Sohn kamen getrennt, aber fast gleichzeitig. Er hatte gerade die Tür geöffnet und den einen begrüßt, als der andere erschien. Und da es spät war, gingen sie sofort zu Tisch, blieben stehen, während der Rabbi den *Kiddusch* sprach und den Wein segnete, die Einweihung des Sabbat.

Es gab das übliche Sabbatmahl: Hühnersuppe, gefüllten Fisch und Huhn. Für Roy, der in Restaurants und in der Cafeteria der Universität aß, war es ein Festschmaus. Bei jedem Gang machte er Miriam begeisterte Komplimente und nahm auf ihr Drängen hin gern ein zweites Mal. «So was krieg ich nicht oft zu essen», erklärte er, «zumindest nicht so gut gekocht.»

Allmählich schwand seine anfängliche Reserviertheit, und er wurde unter dem Einfluß des guten Essens und des Weins gelockert und entspannt. Die Atmosphäre bei Tisch und im Haus war wohltuend zwanglos und ganz anders als bei seinem Onkel Hugo, wo er gelegentlich zum Sabbatmahl eingeladen war. Vielleicht lag es hier an der Gegenwart des kleinen Jonathan oder daran, daß Rabbi Small und seine Frau noch verhältnismäßig jung waren. Während dort die Feierlichkeit, mit der die Heiligkeit des Tages betont wurde, trotz Tante Bettys Versuchen, Fröhlichkeit zu verbreiten, bedrückend wirkte und den freudigen Aspekt gar nicht erst aufkommen ließ.

Als sie danach Tee tranken, drehte sich das Gespräch um ihn und um sein Leben an der Universität. Roy, der sich jetzt restlos wohl fühlte, berichtete von seinen Schwierigkeiten. «Mein Hebräisch ist nicht so toll, und das macht die Sache wohl auch nicht gerade leichter. Aber hauptsächlich sind's die israelischen Studenten. Das ist eine solche Cliquenwirtschaft. Und als Amerikaner ist man eben ausgeschlossen. Meine besten Freunde sind Araber.» Das kam trotzig, aber sein Vater nahm die Herausforderung nicht an.

Statt dessen sagte er heiter und herzlich: «Na, ich finde das ausgezeichnet, Roy. Ich möchte, daß du alle Seiten kennenlernst.» Merkwürdigerweise war Roy dafür nicht dankbar. Er sah den Rabbi an, der kein Wort geäußert hatte.

«Ich hab den Eindruck, der Rabbi ist nicht dieser Meinung», sagte er.

Rabbi Small schüttelte bedächtig den Kopf. «Nein, ich glaube nicht. Wenn es Streit zwischen mir und meinen Nachbarn, den Rosens, gäbe, und einer meiner gerade angekommenen Gäste ergriffe deren Partei und gäbe ihnen den Vorzug, hätte ich nach meiner Auffassung sehr wohl das Recht, mich darüber zu ärgern.»

«Ich möchte Ihnen eins sagen, Rabbi. Es gibt eine Menge israelische Studenten, die mit den Arabern befreundet sind.»

«Freut mich zu hören.»

«Aber haben Sie nicht gerade gesagt . . .?»

Der Rabbi nickte. «Der Streit findet zwischen ihnen statt, und es ist gut, wenn der eine oder andere oder beide Kontrahenten Annäherungsversuche macht. Das gälte ebenso, wenn meine Frau die Initiative ergreifen und sich bemühen würde, sich mit Mrs. Rosen anzufreunden. Aber beim Gast liegt der Fall anders.»

«Der alte Hut – meine Seite, eure Seite. Genau dieses Freund-Feind-Denken hat doch zu den ganzen Kriegen und so weiter geführt.» Roy beugte sich vor. «Meine Generation . . . also wir denken nicht so. Uns ist es gleich, auf welcher Seite wir geboren wurden. Wichtig ist, auf welcher Seite das Recht liegt. Nehmen Sie doch unsere Einstellung, ich meine die Einstellung von Amerikanern meiner Generation zu Vietnam. Ihre Generation predigt uns, das ist der Feind, aber da spielen wir einfach nicht mit. Das Denken Ihrer Generation hat uns Kriege, Umweltverschmutzung, Hunger, Krankheit gebracht. Meine Generation wird das alles ändern.»

«Da hat er recht, Rabbi», meinte Dan. «Ich glaube, wir haben die Karre in den Dreck gefahren, und sie versuchen nun, sie wieder rauszuziehen.»

«Nein.» Der Rabbi schüttelte heftig den Kopf. «Nicht unsere Generation ist schuld an all dem, was in der Welt nicht in Ordnung ist. Das haben alle Generationen der Menschheitsgeschichte zu verantworten. Dieselben Generationen, denen auch all die guten, positiven Dinge zu verdanken sind. Wir leben nun mal auf der Erde, nicht im Paradies. Und die ältere Generation sorgt auch für die Beseitigung der Mißstände, einfach weil die junge noch nicht die erforderlichen Fähigkeiten erworben hat. Es dauert noch mindestens zwölf Jahre, Roy, bevor Ihre Generation Gelegenheit bekommt, sich daran zu versuchen. Und wenn es Ihre Generation ist, die nationale Grenzen überwindet, wieso sprechen Sie dann von der Cliquenwirtschaft unter den israelischen Studenten an der Universität? Sie gehören Ihrer Generation an. Und warum versuchen die Araber Ihrer Generation nicht, in diesem kleinen Teil der Welt Frieden zu schließen, statt die Zivilbevölkerung zu terrorisieren? Die meisten Terroristen stammen aus Ihrer Generation, das wissen Sie doch? Wenn Frieden wäre, könnten sie gegen Armut und Krankheit in ihren eigenen Ländern zu Felde ziehen . . .»

«Und wieso tun die Israelis das nicht in ihrem Land?»

«Tun sie es denn nicht?» fragte der Rabbi.

«Was ist denn mit den Sephardim, die in Slums hausen und keine Chance haben, ein anständiges Leben zu führen?»

«Die israelische Regierung versucht, ihnen zu helfen», bemerkte Dan Stedman.

«Na, sie könnten jedenfalls sehr viel mehr tun», entgegnete Roy und wandte sich wieder an den Rabbi.

«Jedes Land könnte sehr viel mehr für seine Benachteiligten tun, als es tatsächlich tut», sagte dieser milde. «Nennen Sie mir eins, das alles tut, was es kann.»

«Aber es soll doch angeblich eine Nation von Idealisten sein», protestierte Roy.

«Wirklich? Ich hoffe doch nicht.»

«Was sagen Sie da?» Roy war verblüfft. «Das ist aber 'ne merkwürdige Auffassung für einen Rabbi. Wollen Sie denn nicht, daß das Land idealistisch ist?»

«Nein, keinesfalls. Unsere Religion ist insgesamt eher auf praktische Ethik als auf absoluten Idealismus ausgerichtet. Tatsächlich besteht darin der Unterschied zwischen Judentum und Christentum. Wir verlangen nicht von unserem Volk, daß es übermenschlich ist, nur menschlich. Wie Hillel sagte: ‹Was du nicht willst, das man dir tu, das füg auch keinem andern zu.› Von der Tradition her waren wir stets der Meinung, daß *parnosse,* der Broterwerb, für ein gutes Leben notwendig ist. Wir kennen keine Tradition einer idealistischen Askese oder einer übermenschlichen Hingabe wie beim Mönchstum oder selbstauferlegter Armut.»

«Was ist denn falsch am Idealismus?» fragte Roy.

«Die Vergötterung einer Idee, und schließlich zählt die Idee mehr als die Menschen. Manchmal sind Menschen grausam, weil . . . nun, weil sie eben Menschen sind. Aber das reguliert sich sozusagen selbst. Denn wenn jemand normal ist, folgen auf seine grausame Handlung unweigerlich schwere Gewissensbisse. Ist er jedoch ein Idealist, dann läßt sich jede Niedertracht im Namen des Idealismus rechtfertigen. Die Deutschen haben Millionen ermordet unter dem Vorwand einer sogenannten Idee von der Reinerhaltung der Rasse. In Rußland wurden Tausende hingemetzelt wegen einer durchaus menschlichen Schwäche, nämlich ein paar Vorräte für den Winter zu horten. Ich könnte hinzufügen, daß gerade jetzt etliche Ihrer Kommilitonen in Amerika alle möglichen Schlechtigkeiten begehen im Namen des Friedens oder der sozialen Gleichberechtigung oder der akademischen Mitverantwortung oder irgendeines anderen Ideals, das sich jemand ausgedacht hat.»

Sie diskutierten bis spät in die Nacht. Manchmal bewegte sich die Auseinandersetzung im Kreis, wie es häufig der Fall ist, und manchmal schweifte sie auf Gebiete ab, die gar nichts mit dem eigentlichen Thema zu tun hatten. Die Kontrahenten waren größtenteils Roy und der Rabbi; Dan mischte sich gelegentlich ein, um seinem Sohn moralische Unterstützung zu geben. Der Sprengstoffanschlag auf Memavets Wohnung kam erst zur Sprache, als die Gäste aufbrechen wollten. Haifa wurde erwähnt, und Roy fragte seinen Vater, ob die Reise Erfolg gehabt habe.

«Doch, das möchte ich sagen, Roy. Und ich hoffe, du wirst meiner Meinung sein. Zufällig stellte ich fest, daß die *Athenia* im Hafen lag und Ladung übernahm. Ich bin recht befreundet mit dem Kapitän und habe ihn daher aufgesucht. Er war genauso nett wie immer und lud mich schließlich ein, mit ihm zu fahren – eine Zehn-Tage-Reise nach Griechenland, Sizilien und zurück nach Haifa –, und dich auch, Roy, falls du's einrichten kannst. Na, wie findest du das?»

«Einfach Klasse, Dad. Wann geht's los?»

«Am Sonntag ab Haifa . . .»

Roy schnalzte mit den Fingern. «Ach, du lieber Himmel, da fällt mir doch was ein.»

«Was ist los? Hast du 'ne Prüfung?»

«Nein, wir haben sogar Pause. Aber ich brauche dazu doch 'nen Paß, oder?»

«Selbstverständlich. Wo fehlt's denn, hast du ihn verloren?»

«*Ich* hab ihn nicht verloren.» Und nun berichtete er, was passiert war. «*Sie* haben ihn verloren – einer von diesen Armleuchtern muß ihn verlegt haben», fügte er empört hinzu. «Und wenn sie ihn heute abgeschickt haben, krieg ich ihn morgen nicht, weil Sabbat ist und sie dann keine Post austragen. Und auch wenn er Sonntag kommt, hab ich ihn nicht vor Mittag, denn dann wird meine Post erst zugestellt.»

«Ich glaube, du wirst ihn auch am Sonntag nicht bekommen», sagte sein Vater langsam.

«Wieso denn nicht?»

«Weil . . . nun, die Polizei hier mag aus lauter Stümpern bestehen, selbst aus Armleuchtern, wie du sie nennst, aber bei Pässen irren sie sich nie – es sei denn, absichtlich.»

«Worauf willst du hinaus?» Roy fühlte sich ungemütlich.

«Du bist Montag vernommen worden? Oder Dienstag?»

«Dienstag.»

«Na, und heute ist Freitag. Das sind vier Tage, und du hast ihn immer noch nicht. Ich glaube, sie haben deinen Paß zurückbehalten. Und in einem Land wie diesem, das sich praktisch im Kriegszustand mit seinen Nachbarn befindet, könntest du ebensogut im Gefängnis sitzen. Du kannst nirgendwohin, nicht mal in ein Hotel in einer anderen Stadt. Und sie können dich jederzeit abholen, wann es ihnen paßt. Warum bist du nicht hingegangen, als er nicht mit der Post kam?»

«Hab ich ja gemacht. Heute früh war ich dort. Kein Mensch wußte was davon. Und als ich versuchte, mit dem Inspector zu sprechen, von dem ich dir erzählt hab, den mit der *Jarmulke*, da haben sie gesagt, er ist nicht da und wird auch nicht zurückerwartet.»

«Genau das hab ich befürchtet», murmelte sein Vater.

«Aber wenn Sie zum amerikanischen Konsul hier gehen, der wird doch sicher . . .» begann der Rabbi.

«Nein, das halte ich für keine sehr gute Idee. Vielleicht fahre ich am Sonntag nach Tel Aviv und spreche mit den Leuten von der Botschaft.»

«Aber dann wird's ja zu spät für die Reise», protestierte Roy.

«Die können wir nachholen. Vielleicht, wenn er das nächste Mal ausläuft.»

Auf dem Heimweg vermied Dan absichtlich das Thema Polizei und Pässe. «Na, wie hat dir der Abend gefallen?» fragte er seinen Sohn.

«Gut. Ich mag den Rabbi gern.»

«Du hast dich doch die ganze Zeit mit ihm in den Haaren gehabt.»

«Das macht nichts», erklärte Roy. «Er hat sich nicht an mich rangeschmissen, wie's ein paar von den Professoren tun. Die versuchen dauernd, sich mit uns gut zu stellen. Du kennst doch die Tour: ‹Eine gute Frage› oder ‹Ein hochinteressantes Problem, das Stedman da angeschnitten hat›. Und er hat auch nicht von oben herab mit mir geredet. Wir haben von gleich zu gleich diskutiert.»

Sie waren an der Stelle angelangt, wo sich ihre Wege trennten. «Ehem, Roy . . . also mit dem Paß, da mach dir mal keine Sorgen. Vielleicht fahre ich morgen nach Tel Aviv.»

«Aber morgen ist doch Sabbat. Du mußt dir ein Taxi nehmen. Das kostet ungefähr fünfzig Pfund.»

«Stimmt. Aber ich kann entweder ein *Sheruth*-Taxi nehmen oder mit dem Bus zurückfahren, und das kostet nur dreieinhalb Pfund.»

Als Roy nach Hause ging, wobei er bei jedem Motorgeräusch stehenblieb, um es mit Autostop zu versuchen, dachte er noch einmal über die ganze Sache nach. Falls der Inspector annahm, er sei wirklich in den Mordfall verwickelt, wieso war er dann so freundlich zu ihm gewesen? Warum hatte er ihn nicht gründlich vernommen? Wenn andererseits das Verhör nur das war, als was es erschien, warum mußten sie dann seinen Paß so sorgfältig überprüfen? Vielleicht hatte sein Vater recht, und sie hatten den Paß tatsächlich zurückbehalten? Aber weshalb konnten sie dann nicht einfach zum amerikanischen Konsulat in Jerusalem gehen und dort um Intervention bitten? Warum hielt sein Vater es für notwendig, sich an die Botschaft in Tel Aviv zu wenden? Und noch dazu am Sabbat? Es konnte nicht bloß den Grund haben, die Sache zu beschleunigen, damit sie die Schiffsreise machen konnten; denn vor Sonntag könnte die Botschaft auch nicht viel unternehmen, und bis dahin wäre es zu spät. Aber wieso hatte ihm sein Vater gesagt, er solle sich keine Sorgen machen? Wenn es wirklich keinen Anlaß dafür gab, warum fuhr er dann nach Tel Aviv, und das am Sabbat? Und bestand doch ein Grund, weshalb sagte er es ihm nicht einfach? Hielt er ihn für ein Kind, dem man nicht die Wahrheit erzählen konnte?

Jetzt begann Roy sich tatsächlich Sorgen zu machen.

35

«Die Sache ist in keiner Weise offiziell, Rabbi», sagte Marty Drexler. «Das möchten wir von vornherein klarstellen. Stimmt's, Bert?»

Bert Raymond lächelte. «Genau. Die Idee stammt von Marty, und er hat mit mir darüber gesprochen. Und ich hab gesagt, wir sollten zuerst mal zu Ihnen gehen, bevor wir irgendwas unternehmen – Sie wissen schon, es den anderen mitteilen, gewissermaßen den Grundstock legen.»

Rabbi Deutch sah von einem zum anderen. Seine Finger trommelten auf die Sessellehne. «Das muß ich mir gründlich überlegen», sagte er schließlich mit seinem tiefen Bariton. Es war die Stimme, mit der er am Rednerpult sprach, etliche Tonlagen tiefer, als wenn er seiner Frau mitzuteilen pflegte, wie er seine Frühstückseier wünsche. «Ich habe meiner Gemeinde in Darlington dreißig Jahre lang treue Dienste geleistet. Es gab viele, die es gern gesehen hätten, wenn ich weitermachte, aber ich fand, ich brauchte die wohlverdiente Ruhe. Ich wollte wissenschaftlich arbeiten. Von der Tradition her ist ein Rabbi in erster Linie ein Gelehrter. Offen gestanden, einer meiner Beweggründe, nach Barnard's Crossing zu kommen, war die Nähe zu den großen Bibliotheken in Boston und Cambridge. Und ich habe die Gelegenheit selbst in der kurzen Zeit, die ich hier bin, weidlich genutzt. Freilich hatte ich auch Freude an meiner Arbeit in der Gemeinde, und ich muß offen zugeben, daß sie die wissenschaftliche Forschung, mit der ich mich befasse, nicht ernstlich behindert hat. Wie es sich auf lange Sicht auswirken würde, ist eine andere Frage. Darüber müßte ich reiflich nachdenken.»

«Natürlich, Rabbi, das ist uns durchaus klar. Wir möchten ja auch keineswegs sofort eine Antwort von Ihnen», sagte Marty beflissen.

«Das ist nicht nur eine Frage meiner persönlichen Neigung», fuhr Rabbi Deutch fort, als sei er nicht unterbrochen worden. «Die Sache hat auch eine ethische und moralische Seite. Ursprünglich bin ich als Vertretung für Rabbi Small hergekommen . . .»

«Aber er hat Sie ja nicht ausgesucht», sagte Marty. Er fühlte sich zwar in Gegenwart von Rabbi Deutch stets ziemlich befangen, ganz im Gegensatz zu seiner Reaktion auf Rabbi Small, konnte sich jedoch nicht lange im Zaum halten. «Ich will damit sagen, es ist doch nicht, als ob er Sie gebeten hätte zu kommen und seine Stelle einzunehmen. Das hat der Vorstand gemacht. Seine Wahl ist nicht auf Sie gefallen, also können Sie ihm auch nichts schuldig sein.»

«Na ja . . .»

«Marty hat ganz recht», bestätigte Raymond. «Ich kann verstehen, daß Sie sich ihm verpflichtet fühlen würden, wenn er Sie gebeten hätte, zu kommen und seinen Platz einzunehmen. Auch wenn er Sie dem Vorstand empfohlen hätte, ohne Sie vorher zu konsultieren – das heißt, wenn er dem Vorstand Ihren Namen als den eines möglichen Kandidaten genannt hätte –, aber er hatte ja gar nichts damit zu tun. Als er uns sagte, er will einen langen Urlaub – und glauben Sie ja nicht, er hätte uns darum gebeten, er hat's uns einfach mitgeteilt –, haben wir überlegt, was wir tun sollen. Es war im Vorstand sogar davon die Rede, überhaupt niemand zu engagieren, sondern einfach hin und wieder jemand vom Seminar kommen zu lassen.»

«Ich verstehe.» Rabbi Deutch legte den Kopf zurück und blickte zur Decke, während er den Fall erwog. Schließlich sagte er: «Trotzdem ist das Rabbinat kein Geschäft. Ich kann nicht die Abwesenheit eines Kollegen dazu ausnutzen, seine Stellung zu übernehmen, wie ein Kaufmann seinem Konkurrenten einen Kunden wegschnappen würde.» Er stand auf und begann im Zimmer umherzuwandern. Ihre Augen folgten ihm wie Zuschauer ein Tennismatch beobachten. «Ich bin sehr glücklich hier gewesen. Das gebe ich offen zu. Und ich bin froh zu hören, daß meine Bemühungen nicht vergeblich gewesen sind. Es freut mich, von Ihnen zu erfahren, daß ich in der Gemeinde wohlgelitten bin. Das macht mich wirklich sehr glücklich. Nun nehmen wir einmal an, daß einige von Ihnen, selbst die Mehrheit, ja, selbst die ganze Gemeinde –» er blieb vor ihnen stehen und breitete die Arme weit aus, als wolle er die gesamte Gemeinde umschließen und ans Herz drücken – «infolge meiner größeren Erfahrung der Meinung ist, ich sei besser auf ihre Bedürfnisse eingestellt. Diese Formulierung ist wohlüberlegt, weil ich keine Sekunde die Möglichkeit andeuten möchte, Rabbi Small könnte auf seine Weise nicht ebenso erfolgreich sein, wie ich es offenbar Ihrer Meinung nach auf die meine bin. Tja, also sogar dann erhebt sich die Frage, ob ich recht oder zumindest korrekt handle, seine Stellung auf Dauer zu übernehmen, wenn Rabbi Small damit gerechnet hat, nach seinen Ferien oder seiner Beurlaubung zurückzukommen.»

«Aber das ist ja gerade der springende Punkt», entgegnete Marty. «Das war kein gewöhnlicher Urlaub. Ich muß das schließlich wissen, denn ich bin derjenige, der das Ganze vereinbart hat. Und ich sag Ihnen, ich bin hingegangen und wollte mit ihm über den Vertrag reden. Nun war er ja fast sieben Jahre hier und hatte die ganze Zeit keinen Urlaub genommen, und da waren wir bereit, ihm ein Sabbatjahr zu geben. Aber Sie wissen ja, für ein Sabbatjahr muß man 'nen Vertrag haben. Ich will damit sagen, Sie können doch niemand ein Jahresgehalt oder meinetwegen ein Halbjahresgehalt auf den Tisch des Hauses legen, damit er nach Israel gehen kann, und hinterher sagt er Ihnen dann: ‹Tut mir leid, Freunde, aber ich nehme bei einer anderen Gemeinde 'ne Stellung an.› Und er wollte ja nicht mal darüber reden.» Martys Stimme verriet seine Entrüstung. «Er hat es strikt abgelehnt, darüber zu sprechen. Na gut, er möchte also nicht über den Vertrag reden, aber was haben Sie vor, Rabbi? Wie lange möchten Sie wegbleiben? Sie wollen nach Israel gehen? Damit der Fall ein für allemal für Sie ausgestanden ist? Klar, kann ich verstehen. Ich nehme an, ein Rabbi muß wenigstens einmal nach Israel fahren, damit er sagen kann, er ist dort gewesen. Sie wollen drei Wochen oder sogar 'nen Monat freinehmen, ich bin sicher, das ließe sich einrichten. Aber nein, er will einen langen Urlaub, drei Monate, vielleicht auch mehr. Nun bin ich ja der Schatzmeister des Tempels. Ich verwalte das Geld, und ich bin der ganzen Gemeinde dafür verantwortlich, wie ich das Geld des Tempels ausgebe. Es ist schließlich nicht mein Geld. Ihnen gehört's, der Gemeinde, und wenn ich mit fremdem Geld umgehe, muß ich ja vorsichtig sein. Ich meine . . . na, nehmen wir mal an, einer von der Gemeinde fragt mich, wie ich eigentlich dazu komme, das Geld des Tempels zu verschenken, wenn ich nicht mal weiß, kommt der Rabbi zurück oder nicht. Folglich muß ich kalkulieren, was der Gemeinde billigerweise zuzumuten ist. Und ich finde auch 'ne Lösung. Ich sage: ‹Okay, Rabbi, kalkulieren wir mal auf Urlaubsbasis. Sie sind sechs Jahre hier und ein bißchen darüber. Na gut, praktisch hat jeder Anspruch auf zwei Wochen Urlaub im Jahr. Das sind sechsmal zwei Wochen, also zwölf Wochen oder drei Monate. Ich glaube, wenn da einer fragt, könnte ich drei Monate bezahlten Urlaub vertreten.› Und was meinen Sie, was der Rabbi drauf antwortet? Er sagt, er hat über die Sache nachgedacht und ist zu dem Schluß gekommen, daß er kein Geld nehmen sollte, solange er in Urlaub ist. Und für mich heißt das, er ist praktisch von seinem Posten zurückgetreten», schloß Drexler triumphierend.

«So sehe ich es auch», pflichtete Bert Raymond bei.

Das Gesicht von Rabbi Deutch bekam einen geistesabwesenden, entrückten Ausdruck, seine Augen blickten über sie hinweg, als richte er sich an ein unsichtbares Publikum. «Die Verantwortung, die in der geistigen Führung einer Gemeinde beschlossen liegt, kann eine schwere Belastung für die Nervenkräfte darstellen, *gentlemen*. Ich erinnere mich gut, daß mir als jungem Mann in meiner ersten Stellung mehr als einmal der Gedanke kam, um meines Seelenfriedens willen sollte ich die ganze Sache hinwerfen und etwas anderes anstreben. Es kann durchaus sein, daß er müde, erschöpft, ausgelaugt war, als Sie zu ihm kamen. Hätte er es nicht gesagt, wenn er die Absicht hatte, von seinem Amt zurückzutreten?»

«Na ja, das haben wir uns auch überlegt», gestand Bert Raymond, «und deshalb sind wir auch nicht eher an Sie herangetreten. Doch kürzlich ist einer von der Gemeinde, V. S. Markevitch, ich glaube, Sie kennen ihn . . .»

«Allerdings.»

«Also V. S. mag keine Leuchte sein, aber ein Idiot ist er auch nicht. Ein erfolgreicher Geschäftsmann, und das heißt, er hat Erfahrung im Umgang mit Menschen. Er hat Rabbi Small in Israel gesehen und den Eindruck gewonnen, daß Rabbi Small nicht vorhat, zurückzukommen. Vielleicht denkt er sogar daran, den Beruf aufzugeben. Das geht aus dem Bericht von V. S. hervor.»

«Trotzdem – Sie können doch nicht nach dem Hörensagen urteilen . . .»

«Das tun wir ja auch nicht, Rabbi», entgegnete Marty Drexler. «Wenn wir sicher wären, daß Rabbi Small nicht zurückkommt, hätten wir im Vorstand darüber abgestimmt und wären dann mit einem definitiven Angebot zu Ihnen gekommen. Wir fragen Sie ja nur eins – würden Sie eventuell bleiben mögen, wenn sich die Gelegenheit ergibt? Ich meine, wenn Sie gedacht haben, Sie sind hier in ein paar Wochen fertig, und mit 'ner anderen Gemeinde liebäugeln . . .»

«Nein, ich habe nichts ins Auge gefaßt . . .»

«Na, also warum dann nicht hierbleiben?»

«Wie ich schon sagte, darüber muß ich nachdenken. Ich muß es mit meiner Frau besprechen und sehen, wie sie dazu steht.»

«Selbstverständlich», sagte Raymond rasch. «Reden Sie auf alle Fälle mit Mrs. Deutch darüber. Später können wir uns ja dann noch mal unterhalten. Im Augenblick tun wir nichts weiter als uns . . . nun, nennen wir's . . . gegen den Verlust absichern.»

36

In seinen Gesprächen mit Roy kleidete Abdul seine Kritik an der Regierung oder an der israelischen Gesellschaft immer in eine frotzelnde, halbhumoristische Form, so daß schwer zu sagen war, ob er es ernst meinte oder nicht.

«Heute war ich auf der Bank, um einen Scheck einzulösen. Ich stand in einer langen Schlange, und als ich endlich zum Schalter vorgedrungen war, sagte mir der Beamte, ich wäre in der falschen Reihe. Also stellte ich mich in einer anderen an. Diesmal prüfte der Schalterbeamte den Scheck und die Unterschrift. Er sah sich die Vorder- und dann die Rückseite an, und ich mußte mich identifizieren. Darauf vergewisserte er sich in einer langen Liste, ob der Aussteller ein Bankkunde war, verglich die Unterschriften und sah schließlich nach, ob genügend Geld auf dem Konto war, um den Scheck zu decken. Dann gab er mir was zu unterschreiben und schickte mich zu einem Kollegen. Wieder wartete ich in einer Schlange, mußte auch an diesem Schalter noch mal unterschreiben und kriegte dort endlich mein Geld. Das ist das israelische System. Und der Scheck lautete auf zwanzig Pfund.»

«Also etwas über acht amerikanische Dollar.»

«Genau. Ich hätte in der Zeit, die mich das gekostet hat, mehr verdienen können.»

«Und funktioniert es in arabischen Banken besser?» erkundigte sich Roy.

«Nein, aber wir erheben Tüchtigkeit auch nicht zur Tugend. *Ihr* teilt die Arbeit unter viele Menschen auf, weil es wirksam ist. Bei uns wird ein Job, den einer allein tun kann, unter zwei oder drei aufgeteilt, weil wir meinen, die müssen auch was verdienen. Und die Kosten sind nicht höher, weil wir ihnen nicht viel zahlen, aber jeder kriegt ein bißchen. Und Verzögerung stört uns nicht, weil wir daran gewöhnt sind und keine Eile haben. Gewöhnlich bedeutet sie, daß ein Beamter ein Bestechungsgeld erwartet. Wir haben nichts dagegen, weil der arme Mann nur ein kleines Gehalt kriegt und eine große Familie zu ernähren hat und vielleicht auch noch für die Mitgift einer Tochter sorgen muß.»

«Und was ist, wenn der Mann das Bestechungsgeld nicht aufbringen kann?»

«Dann hat er vielleicht einen Gönner, der ihm hilft, oder er wartet und leidet ein bißchen. Ist es anders in Amerika, wenn jemand sich keinen Anwalt leisten kann?»

Roy lachte. Doch da er beunruhigt war und seine Angst beschwichtigen wollte, beschloß er, Abdul zu erzählen, was sich ereignet hatte. Abdul würde die ganze Angelegenheit zurechtrücken; er würde ähnliche Beispiele zitieren, bei denen er die Beschränktheit der Polizei erlebt hatte. «Na ja, vielleicht hast du recht. Aber laß mich dir erzählen, was mir passiert ist.» Und er berichtete die Geschichte von Anfang an.

«Memavet?» unterbrach ihn Abdul. «Du bist zu Memavet in die Wohnung gegangen? Aber das war doch dort, wo ...»

«Ja, ja, ich weiß, hör lieber zu.» Als er davon sprach, was sein Vater zu einem weiteren Besuch am Abend gesagt hatte, lächelte Abdul beifällig.

«Ein gescheiter Mann, dein Vater. Sein Interesse nicht zeigen, das ist der Trick bei Geschäften. Immer daran denken, daß der Verkäufer genügend Interesse für beide Teile hat.»

«Ja, stimmt schon ...» Roy kam jetzt darauf, wie er abends noch einmal in die Mazel Tov Street gegangen war. Abdul lächelte nicht mehr.

«Das war nicht sehr intelligent von dir, Roy», sagte er tadelnd. «Wenn dein Vater das rauskriegt, ist er sauer. Und was hast du dir überhaupt davon versprochen? Du konntest doch den Wagen nicht kaufen.»

«Ich wollte ihn ja bloß anschauen. Ich hatte gar nicht vor, zu Memavet reinzugehen. Ich hab mir nur vorgestellt, er muß jemand angerufen haben, der 'nen Wagen hat, und den hat er dann gebeten, ihn gegen sieben vorbeizubringen. Das Auto müßte also vor seinem Haus geparkt sein, und ich könnte es mir ansehen und vielleicht meinem Alten 'nen Wink geben.»

«Aber es stand kein Wagen da.»

«Genau. Jetzt kam mir der Gedanke, da haben wir nun 'ne Verabredung gemacht, und er wollte 'nen Wagen besorgen und ihn uns zeigen. Nichts ist. Also geh ich rein. Er soll sehen, daß wir unsere Abmachung eingehalten haben, er aber nicht. Dann wäre er doch gewissermaßen verpflichtet, verstehst du?»

Abdul schüttelte mitleidig den Kopf. «Warum wäre er verpflichtet? Und wozu sollte das gut sein? Glaubst du, er würde weniger verlangen, wenn er einen Wagen bekäme? Verlaß dich drauf, höchstwahrscheinlich würde er mehr verlangen, weil er gemerkt hat, daß ihr unbedingt einen kaufen wollt.»

«Na ja, mag sein, ich hab eben andersrum gedacht. Jedenfalls hab ich ihn nicht gesehen, weil er krank im Bett lag. Deshalb hab ich eine Nachricht im Briefkasten hinterlassen, daß ich dagewesen bin.»

Abdul zeigte Besorgnis. «Die Nachricht ist wahrscheinlich noch im Briefkasten und muß rausgeholt werden. Es sind jetzt Arbeiter dort, arabische Arbeiter, vielleicht kann ich das ...»

«Sie ist rausgeholt worden.»

«Ein Glück. Ich war schon beunruhigt.»

«Von der Polizei. Sie haben mich kommen lassen, um mich deswegen zu verhören.»

Abduls Gesicht wirkte maskenhaft, unbeteiligt. «Weiter.»

«Na ja, also der Knabe, mit dem ich gesprochen hab, war ziemlich anständig. Ich erzählte ihm, was passiert ist, und er stellte ein paar Fragen. Das war alles. Aber er hat einem Beamten meinen Paß zur Überprüfung gegeben, und als das Verhör zu Ende war und ich darum bat, konnten sie ihn nicht finden. Ich schätze, der Beamte ist weggegangen, vielleicht zum Lunch, und hat ihn mitgenommen. Der Inspector hat gesagt, sie schicken ihn mir zu, aber bis jetzt hab ich ihn noch nicht wieder. Mein Alter macht sich Sorgen deswegen, na, du weißt doch, wie ältere Leute sind – dauernd sehen sie Gespenster.»

Abdul stand auf und wanderte nervös auf und ab. Schließlich blieb er stehen und sah seinen jungen Freund an. «Dein Vater ist ein gescheiter Mann, Roy. Er macht sich begründete Sorgen.»

Mit dieser Reaktion hatte er nicht gerechnet. «Hör doch mal zu. Angenommen, sie glauben wirklich, sie haben was gegen mich in der Hand . . . dann könnten sie mir doch direkt ins Gesicht sagen, daß sie meinen Paß zurückbehalten, oder? Wieso müssen sie so 'ne Schau abziehen und so tun, als hätten sie ihn verlegt?»

Abdul überlegte kurz und suchte nach den richtigen Worten. «Verstehst du, Roy, wenn sie deinen Paß wegnehmen, ist das 'ne Amtshandlung. Du nimmst dir dann 'nen Anwalt oder gehst zum amerikanischen Konsulat, oder der Rechtsanwalt erledigt das für dich, und sie verlangen, daß der Paß zurückgegeben wird oder daß man dich offiziell anklagt, damit der Fall vor Gericht verhandelt werden kann. Aber sie haben kein ausreichendes Beweismaterial, um die Sache vor Gericht zu bringen; sie sind noch damit beschäftigt, das Beweismaterial zusammenzustellen.»

«Wie meinst du das?»

«Sogar wenn der Angeklagte eindeutig schuldig ist», erklärte Abdul, «muß man unbedingt das Beweismaterial zusammentragen. Die Polizei kann nicht zum Richter gehen und sagen, der Mann hat unserer Meinung nach das und das Verbrechen begangen, und wir möchten, daß das Gericht ihn zu soundso viel Jahren verurteilt. Sie müssen Beweise vorlegen, Punkt für Punkt. Das braucht Zeit. Und da handelt sich's um einen Fall, in dem der Angeklagte tatsächlich schuldig ist. Ist er aber nicht schuldig, erfordert es sogar noch mehr Zeit.»

Roy war entsetzt. «Du meinst, sie versuchen, mich reinzulegen?»

Abdul zuckte die Achseln und lächelte.

«Aber warum? Warum ausgerechnet mich?»

«Weil du dort warst. Die Polizei möchte natürlich gern beweisen, wie tüchtig sie ist. Wie machen sie das? Sie verhaften Leute, stellen sie vor Gericht und lassen sie verurteilen. Wird das in Amerika denn nicht so gemacht?»

«Ja, ich glaube, das geschieht überall. Aber hier wissen sie doch, wer's gewesen ist. Deine Leute haben das gemacht.»

Abdul wurde plötzlich eisig, seine Augen verengten sich. «Was meinst du damit – meine Leute?»

«Na, die Terroristen. Sie haben's doch zugegeben.»

Abdul entspannte sich und lächelte wieder. «Das Dumme ist nur, daß sie's alle zugegeben haben, sämtliche Kommandogruppen. Ich fürchte, sie tun das wohl jedesmal, wenn hier in Israel was passiert. Es ist ganz natürlich, daß sie es als ihr Verdienst buchen wollen. Aber eben deshalb möchte die israelische Regierung beweisen, daß es von jemand anders getan wurde, von dir zum Beispiel. Es ist kein angenehmes Gefühl für die Leute hier, daß die Kommandos bis mitten in den jüdischen Teil der Stadt vordringen können. Das macht sie nervös. Sie schlafen nachts nicht gut. Und es bedeutet auch, daß der Schutz nicht so ausreichend ist, wie sie's die Bevölkerung glauben machen möchten. Wenn sie also beweisen können, daß es die Tat eines Einzelgängers war, würde das ja heißen, daß es nicht die Kommandos gewesen sind.»

Roy faltete die Hände und öffnete sie wieder. «Aber was kann ich denn da tun?»

«Jetzt verstehst du vielleicht den Unterschied zwischen deinen und meinen Leuten. Wäre das ein arabisches Land, würden wir den zuständigen Beamten ausfindig machen und ihm Bestechungsgeld anbieten. Sollte das nicht möglich sein, würden wir Kontakt zu einem Büroangestellten herstellen, der vielleicht die Akte verlegen könnte. Verstehst du? Es wäre nicht schwierig . . .»

«Sei doch realistisch», bat Roy. «Was glaubst du, sollte ich tun?»

«In deiner Lage würde ich das Land verlassen – nein, das ist ja unmöglich, weil sie deinen Paß weggenommen haben. Es wäre gut, wenn du dich irgendwo verstecken könntest. Geh eine Weile in eine andere Stadt. Besuch jemand in Haifa oder Tel Aviv.»

«Wozu soll das gut sein? Die Polizei könnte mich schnappen . . .»

«Nicht, wenn sie dich nicht finden können. Hast du keinen Freund, den du besuchen könntest, einen, auf den du dich verlassen kannst? In der Zwischenzeit kann dein Vater zur amerikanischen Botschaft in Tel Aviv gehen und zusehen, was er erreicht. Er ist doch ein einflußreicher Mann, hast du mir erzählt.»

«Er ist schon dort.»

«Aha. Dann bin ich sicher, er kann irgendwas deichseln», meinte Abdul beschwichtigend. «Ich bin überzeugt davon, du brauchst dir in dem Fall wirklich keine Sorgen zu machen.»

«Na ja, vielleicht hast du recht.» Doch im Innern dachte er, daß Abdul ihm nur Sand in die Augen streuen wollte, weil er genau wußte, daß die Situation verfahren war.

37

In dem Verzeichnis, das über die verschiedenen Ressorts der amerikanischen Botschaft Auskunft gab, stand in einem Rechteck der Name Michael Donahue. Doch es ging daraus nicht klar hervor, welche Aufgaben und Zuständigkeiten er hatte. Einen unmittelbaren Vorgesetzten besaß er nicht, doch eine punktierte Linie verband seinen Namen mit denen von Ranghöheren, was auf irgendeine Funktion auf dem Personalsektor hinwies. Mike Donahue stand nicht weit genug oben auf der Liste, daß er automatisch zu Botschaftsparties eingeladen wurde, aber auch nicht so weit unten, daß sein gelegentliches Erscheinen Aufmerksamkeit erregt hätte. Fraglos gehörte er nicht zu den weltgereisten, gutaussehenden, gutangezogenen jüngeren Männern mit dem besonderen Talent, sich bei den Frauen und Töchtern der Angehörigen des Diplomatischen Korps in Tel Aviv beliebt zu machen. Er war vielmehr ein untersetzter Mann in mittleren Jahren mit beginnender Glatze, rundem Gesicht und Boxernase. Für gewöhnlich trug er zerknitterte Leinenanzüge und einen verbeulten Panamahut. Die meisten Angestellten der Botschaft meinten, er habe etwas mit Öffentlichkeitsarbeit zu tun, da er zahlreiche Bekannte unter den Journalisten besaß, und trotzdem wurde er nicht unter der Presseabteilung aufgeführt. Die Eingeweihteren mutmaßten, er gehöre entweder dem CIA an oder sei dessen Verbindungsmann zum Botschafter.

Als Dan Stedman nach Tel Aviv kam, wandte er sich an seinen alten Freund Mike Donahue um Hilfe. «Sie haben Roys Paß einbehalten und wollten ihm weismachen, sie hätten ihn verlegt und würden ihn mit der Post zurückschicken.»

«Und das hat er geglaubt?»

«Er ist ja noch ein halbes Kind, Mike. Der Mann bei der Polizei, der Inspector, der ihn verhört hat, ist die ganze Zeit sehr freundlich gewesen – nichts von harter Tour oder so –, wieso sollte er ihm nicht glauben?»

«Aber so lange . . .»

«Na, du weißt doch, wie das ist. Du kriegst ihn nicht am nächsten Tag, also denkst du, es hat bei der Post nicht geklappt. Am übernächsten wirst du ein bißchen besorgt, beschließt aber, noch einen weiteren Tag zu warten. Und als dann wieder nichts kam, hat er nachgefragt, und kein Mensch dort schien zu wissen, wovon er eigentlich sprach, und der Inspector, mit dem er zu tun gehabt hatte, war nicht im Haus. Wäre nicht die Sache mit der kleinen Schiffsreise gewesen, hätte er wahrscheinlich noch ein paar Tage oder sogar 'ne Woche abgewartet, bis er's mir erzählt hätte.»

«Die Polizei verliert keine Pässe», sagte Donahue kategorisch.

«Genau meine Meinung. Die ganze Geschichte kommt mir nicht

koscher vor.»

«Offensichtlich nicht. So pflegt die Polizei nicht vorzugehen – nicht gegenüber einem amerikanischen Staatsbürger, der noch dazu an der Universität studiert und dessen Vater zu allem Überfluß für die Massenmedien arbeitet. Nein, das ist eindeutig *Shin Bet*. Die Polizei amtiert hier stellvertretend für den Geheimdienst.»

«Und was tu ich nun?» fragte Stedman. «Mit offenen Karten spielen und den Leuten die Hölle heiß machen? Oder zum amerikanischen Konsulat in Jerusalem gehen und von denen offiziell nachfragen lassen? Oder soll ich sie bitten, ihm einen neuen Paß auszustellen?»

Donahue schüttelte den Kopf. «Das würde ich nicht tun. Denn wenn *Shin Bet* dahintersteckt, und die nicht wollen, daß dein Sohn vorerst das Land verläßt, dann sorgen sie auch dafür, daß er hierbleibt, und wenn sie ihn in ein Krankenhaus stecken.»

Dan war empört. «Mach's mal halblang, Mike, das ist doch eine Demokratie mit Gesetzen, Vorschriften . . .»

«Jetzt bleib du lieber auf dem Teppich. Du bist doch weit genug rumgekommen, um es besser zu wissen. Welches Land, egal, ob demokratisch oder nicht, kann die Einzelaktionen seines Geheimdienstes kontrollieren? Wenn der *Shin Bet* deinen Jungen ein paar Tage greifbar haben will, könnte sich sogar Golda persönlich einschalten – glaubst du etwa, das würde einen opportunen Autounfall verhindern? Sie würden erklären, es geschehe für die Sicherheit des Staates, und Golda habe die Zusammenhänge nicht gekannt. Der Agent würde keinen Schritt von seiner Linie abweichen, bevor er nicht Anweisung von seinem Chef bekommt.»

«Was tue ich also in einer solchen Sache?»

«Das hängt davon ab, was es für eine Sache ist.»

«Was soll das heißen?»

«Das will ich dir erklären, Dan. In Jerusalem hat ein Sprengstoffanschlag der Terroristen stattgefunden, und dein Junge war dort – in einer ruhigen, verlassenen Straße, wohin normalerweise kein Mensch seinen Abendspaziergang macht, wohlgemerkt. Oder anders ausgedrückt: Er war in einer Gegend, wo er normalerweise nichts zu suchen hätte, wenn er nicht dort zu tun hatte. Und er ist nicht nur da spazierengegangen, denn es regnete. Gut, das ist ein Punkt. Der zweite ist, daß seine Busenfreunde in der Universität Araber sind . . .»

«Ich hab nicht gesagt, daß es seine Busenfreunde sind.»

«Nein, aber daß er sich mit ihnen angefreundet hätte, weil er bei den israelischen oder amerikanischen Studenten keinen Anschluß finden konnte. Ich könnte mich also dahingehend verbessern, daß sie jedenfalls die einzigen Freunde sind, die er hat. Ändert das was? Nun ist es absolut denkbar, daß einer seiner guten Freunde oder einer seiner einzigen Freunde ihn um einen kleinen Gefallen bittet. ‹Ach bitte, leg dieses

Kästchen doch auf das Fensterbrett meines Freundes in der Mazel Tov Street Nummer eins, würdest du das tun, Roy› Oder vielleicht: ‹Ich muß was bei einem Freund vorbeibringen, Roy. Magst du nicht mitkommen?› Und dort angekommen: ‹Macht's dir was aus, einen Moment auf der Straße zu warten, Roy, und könntest du wohl husten oder pfeifen, wenn jemand vorbeikommt?›»

«Mein Sohn würde nie . . .»

«Ja, ja, ich weiß, so was würde dein Sohn nie tun. Laß dir von mir gesagt sein, auch anderer Väter Söhne würden so was tun, besonders heutzutage. Versteh doch, ich zeige ja nur Möglichkeiten auf. Wenn es was in der Art wäre, bin ich nicht sicher, ob man viel tun könnte. Das heißt, falls er schuldig ist oder irgendeine Verbindung zu dieser Geschichte hat, weiß ich nicht, ob man irgendwas unternehmen könnte, außer abwarten, bis sie das Beweismaterial zusammengebracht haben und der Fall vor Gericht kommt. Dann bliebe dir so gut wie nichts anderes übrig, als den besten Rechtsanwalt zu nehmen, den du kriegen kannst. Ist er dagegen unschuldig, und sie haben tatsächlich nichts Belastendes gegen ihn vorliegen, außer daß er zufällig dort war, dann können wir vielleicht was tun.»

«Zum Beispiel?»

«Tja, wir könnten dafür sorgen, daß sich das rumspricht, bis es an die richtige Stelle gelangt. Eine Hand wäscht die andere, hier bitten wir einmal um eine Gefälligkeit, für die wir uns bei passender Gelegenheit erkenntlich zeigen werden.»

«Verstehe. Und was tue ich in der Zwischenzeit?»

«Nichts, aber schon gar nichts. Du wartest ab. Willst du heute abend zurück nach Jerusalem fahren?»

«Eigentlich schon. Ich wollte mit *Sheruth* . . .»

«Warum bleibst du nicht ein oder zwei Tage hier? Vielleicht habe ich dann was Neues für dich.»

Stedman nickte.

«Ach ja, Dan, noch was. Ein Vorschlag: Falls wir die Sache in Ordnung bringen, wäre es keine schlechte Idee, wenn dein Sohn in die Staaten zurückfährt, sobald er seinen Paß hat.»

Stedman sah ihn erstaunt an. «Warum denn?»

«Bei diesen Geschichten kann man nie wissen», sagte Donahue. «Manchmal ist mehr als einer darin verwickelt, und nicht jeder kriegt die Nachricht zur selben Zeit. Nebenbei hat dein Sohn offenbar die Sache hier von Anfang an falsch angepackt. Er kam her, um etwas zu finden, und das ist ihm bisher augenscheinlich nicht gelungen. Es besteht kein Grund zu der Annahme, daß er mehr Glück hat, wenn er für den Rest des Jahres hierbleibt.»

«Mir widerstrebt es, ihn mitten im Jahr von der Schule zu nehmen.» Dan überlegte kurz. «Aber vielleicht hast du recht.»

«Und, Dan . . .»

«Ja?»

«Paß auf dich auf. Sei vorsichtig.»

«Was meinst du damit?»

Donahue zögerte. «Na ja . . . alle Geheimdienste sind mißtrauisch, um nicht zu sagen, völlig paranoid. Sie könnten auf den Gedanken kommen, daß ein Junge wie dein Sohn vielleicht auf Anweisung seines Vaters handelt.»

38

Adoumi schickte niemals nach Ish-Kosher; statt dessen rief er ihn aus seinem staubigen kleinen Büro im dritten Stock an.

«Chaim? Hier Abner. Sind Sie sehr beschäftigt?»

Und auch wenn Ish-Kosher nur Zeitung las, antwortete er dann: «Hm, im Augenblick bin ich ziemlich eingedeckt, Abner, aber in fünf bis zehn Minuten . . .»

«Ich hätte Sie gern kurz gesprochen. Soll ich zu Ihnen runterkommen?»

«Vielleicht ist es doch günstiger, wenn ich bei Ihnen reinschaue. Da sind wir ungestörter. Sobald ich kann, komme ich.» Dann drehte er die Daumen, bis er fand, nun sei genügend Zeit verstrichen. Erst jetzt bewaffnete er sich mit seiner Aktentasche, marschierte den Korridor entlang, und zwar gemessenen Schrittes, denn ungebührliche Hast würde sich mit seinem Rang als Inspector nicht vertragen. Er stieg eine Treppe hinauf zum Verbindungsgang ins Nachbargebäude, wo er abermals einen langen Korridor und eine weitere Treppe passieren mußte. Er blieb stehen, atmete ein paarmal tief durch, um sich von dieser Anstrengung zu erholen, und schlenderte gemächlich zu Adoumis Büro.

Er ließ sich nieder, stellte die Aktenmappe auf den Fußboden zwischen seine Beine. «Ihrer Frau geht es hoffentlich besser?»

Adoumi bewegte die flache Hand hin und her. «Mal so, mal so. Dr. Ben Ami möchte sie noch mal ins Hadassa schicken zur Beobachtung und für ein paar weitere Tests. Er fährt einen Monat oder länger weg und hätte sie gern vor seiner Abreise dort.»

«Einen Monat? Urlaub? Die Ärzte sorgen nicht schlecht für sich.»

«Er soll zu einem Ärztekongreß nach Genf. Dann zu einem anderen nach Valparaiso. Sie wissen doch, wie so was läuft. Sie tragen sich in die Liste ein, das heißt, sie haben offiziell dran teilgenommen, und dann setzen sie die Spesen von der Einkommensteuer ab. Auf die Art kommt er zu einer Weltreise, denn von Valparaiso aus spielt's keine Rolle, ob er die westliche oder östliche Route nach Hause benutzt. Sie und ich haben Massel, wenn wir 'ne Woche freinehmen und nach Elath gehen können. Aber Ben Ami ist ein guter Kerl, und ich gönne es ihm.» Er schob einen Aktendeckel beiseite, damit Ish-Kosher Platz für seine Papiere hatte. «Na, haben Sie was?»

Ish-Kosher zog einen Aktendeckel aus der Mappe. «Nur Routinekram über den Vater des Jungen. Bis vor kurzem war er Auslandskorrespondent für eine der amerikanischen Fernsehstationen. Sie erinnern sich vielleicht, er war als Nahost-Berichterstatter vor und während des Sechs-Tage-Krieges hier stationiert. Sein Hebräisch ist recht gut. Im Augenblick wohnt er im *King David.* Tut anscheinend nicht viel. Angeblich schreibt er ein Buch über die öffentliche Meinung in Israel. Er kommt mit Leuten ins Gespräch und nimmt's auf Tonband. Benutzt ein verstecktes Gerät und ein Mikrofon am Rockaufschlag. Das Zimmermädchen sagt, er hat 'ne Menge Tonbänder, alle säuberlich etikettiert.»

«Gehört sie zu Ihren Leuten?»

«H-hm.»

«Dann lassen Sie die Bänder kopieren.»

«Okay. Ach ja, hier ist noch was Interessantes: eins von den Tonbändern ist ‹Memavet› beschriftet.»

Adoumi zuckte die Achseln. «Wenn die Geschichte mit dem Wagenkauf stimmt, und das tut sie meiner Meinung nach, weil der Rabbi sie bestätigt hat, dann handelt sich's wahrscheinlich nur um eine Aufzeichnung von der Zusammenkunft.» Er starrte ins Leere und murmelte: «Er geht rum und nimmt Gespräche auf Tonband, wie? Wenn man ein bißchen darüber nachdenkt, ist das 'ne hervorragende Tarnung. Er kann mit jedem reden und behaupten, er zeichnet das Gespräch auf, weil er's möglicherweise in seinem Buch verwenden kann.»

«Sie meinen, er ist Agent? CIA?»

«Sämtliche amerikanischen Korrespondenten sind dabei», erklärte Adoumi sachlich. «Und wenn sie nicht sogar vom CIA bezahlt werden, tauschen sie wenigstens Informationen aus. Sonst noch was über ihn?»

Ish-Kosher schüttelte den Kopf. «Nur daß er für ein paar Tage nach Tel Aviv gefahren ist. Er hat von dort im Hotel angerufen und wegen Telefongesprächen für ihn gefragt. Er wär für ein paar Tage im *Sheraton,* hat er gesagt.»

«Im *Sheraton*? Interessant.»

«Was ist denn daran interessant?»

«Ausgerechnet dort ist er gleich nach seiner Ankunft in Israel gewesen. Statt direkt nach Jerusalem zu fahren, ist er nach Tel Aviv und im *Sheraton* abgestiegen.»

«Sie haben ihn beobachten lassen?»

Adoumi lächelte verschlagen. «Nicht ihn. Eine rumänische Tänzerin,

Primaballerina bei der rumänischen Balletttruppe, die in Tel Aviv aufgetreten ist. Olga Ripescu heißt sie. Russische Agentin. Sie haben wir beobachtet. Kaum hatte Stedman sich eingetragen, entdeckte sie ihn, und sie waren 'ne Weile zusammen. Was halten Sie davon?»

«Sie könnten sich schon länger gekannt haben. Schließlich kommen diese Auslandskorrespondenten ganz hübsch rum.»

«Stimmt, aber interessant ist es doch. Haben Sie irgendwas über diesen Rabbi rausgebracht?»

«Nur was ich Ihnen erzählte, nachdem ich ihn befragt hatte», sagte Ish-Kosher. «Er wirkt absolut harmlos. Tut nicht viel, spaziert bloß in der Stadt rum, manchmal mit Stedman, geht gelegentlich morgens in die Synagoge . . .»

«Und wohnt rein zufällig in Victory Street fünf, genau in dem Haus, nach dem sich jemand bei den Leuten von der Bürgermiliz erkundigt hat, und das ausgerechnet in der Nacht, als eine Straße weiter die Bombe explodierte», ergänzte Adoumi trocken.

«Das könnte reiner Zufall sein. Es beweist gar nichts.»

«Ach, Chaim, Sie sind Polizist. Sie denken ständig in Ihren Begriffen . . . Beweismaterial, das die Anklagevertretung dem Gericht vorlegen kann, eine Kette, die zu einem klaren Schluß führt. Aber im Geheimdienst haben wir für die Sicherheit des Staates zu sorgen und können uns den Luxus eines absolut hieb- und stichfesten Beweises nicht leisten. Wir suchen nach einem bestimmten Schema, nach irgendwelchen auffälligen, absonderlichen Einzelheiten.»

«Was bezeichnen Sie in diesem Fall als absonderlich?»

«Chaim, Chaim, es wimmelt doch nur so von absonderlichen Dingen. Nehmen Sie jeden einzelnen von den Leuten, mit denen wir's zu tun haben. Jeder benimmt sich alles andere als normal. Fangen wir mit Stedman an. Er kommt in Israel an, und was macht er? Statt direkt nach Jerusalem zu fahren, wo sein Sohn ist, geht er zuerst auf ein paar Tage nach Tel Aviv.»

«Aber er hat dort Freunde . . .»

«Erklären kann man das natürlich, trotzdem bleibt's ein bißchen merkwürdig, wo er seinen Sohn 'ne ziemliche Zeit nicht gesehen hat. Er könnte doch genausogut später nach Tel Aviv fahren. Es ist sogar sonderbar, daß ihn sein Sohn nicht am Flugplatz abgeholt hat. Aber darüber hinaus ist eine der ersten Personen, die er in Tel Aviv trifft, die Ripescu, eine bekannte Agentin. Also das ist schon wirklich eigenartig. Doch damit noch nicht genug. Er kommt nach Jerusalem und hat eine absonderliche Beschäftigung, die sehr wohl als Tarnung dienen könnte. Sie ermöglicht es ihm, mit jedem scheinbar in aller Harmlosigkeit zu reden. Kein Treffen an besonderen Orten, keine im Vorbeigehen geflüsterten Mitteilungen, sondern alles offen und ehrlich. Würden wir ihn stellen und fragen, wieso er sich mit jemand unterhalten hat, den wir beobachten, erklärt er seelenruhig, das ist seine normale Methode, Material zu sammeln.»

«Aber überlegen Sie doch mal . . . wenn ihm dabei irgendwelche Mitteilungen zugespielt würden, wären sie ja auf dem Tonband als Beweis gegen ihn.»

«Nein, Chaim, für so töricht würde ich ihn nicht halten. Wäre die Information gefährlich, würde er einfach das Band löschen. Wenn ihn einer unserer Leute auf der Straße stellen würde, könnte er mit einer Hand in der Tasche das Tonband sofort löschen, während ihn unser Mann am Arm festhält. Glauben Sie mir – da stecken phantastische Möglichkeiten drin, ein Buch zu schreiben, in dem Gespräche auf der Straße verwendet werden. Ist Ihnen mal der Gedanke gekommen, Chaim, daß er derjenige gewesen sein könnte, der die Bürgermiliz nach Victory Street fünf gefragt hat? In diesem Fall hätten wir noch eine weitere Absonderlichkeit.»

«Denkbar. Das ließe sich vermutlich feststellen. Wir könnten uns den Mann von der Bürgermiliz schnappen und ihn ins *King David* bringen.» Ish-Kosher schien die Aussicht auf eine bestimmte Arbeit zu erfreuen.

«Der Versuch könnte sich lohnen», meinte Adoumi. «Aber machen wir erst mal weiter. Als nächstes stoßen wir auf ihn in Zusammenhang mit Memavet. Und ausgerechnet am Abend des Tages, an dem er ihn aufsucht, wird ein Sprengstoffanschlag auf Memavets Wohnung verübt. Also das ist schon verdammt eigenartig.»

«Fraglos ein interessantes Zusammentreffen, vor allem, wenn er es war, der mit dem Mann von der Bürgermiliz gesprochen hat, denn das würde ihn mit beiden Anschlägen in Verbindung bringen.»

Adoumi geriet immer mehr in Fahrt. «Und nun das Interessanteste: Er ist der Vater von Roy Stedman, der nicht nur genau zum passenden Zeitpunkt für den Anschlag auf Memavets Wohnung am Schauplatz war, sondern der zudem noch mit Abdul El Khaldi befreundet ist. Und für den wiederum interessieren wir uns schon seit langem.»

«Haben Sie ihn mal zum Verhör hier gehabt?»

Adoumi schüttelte den Kopf. «Nein, er ist ein Intellektueller. Die arabischen Intellektuellen fassen wir mit Glacéhandschuhen an, besonders wenn sie Studenten an der Universität sind. Regierungspolitik, und soweit es möglich ist, respektieren wir das. Aber weiter. Daß Roy seinen Vater nicht am Flugplatz abgeholt hat, habe ich bereits als sonderbar erwähnt. Und ebenso eigenartig ist es, daß ein Jude so freundschaftlich mit den Arabern steht. Aber nehmen Sie die beiden zusammen, Vater und Sohn, und schon haben Sie eine weitere seltsame Tatsache. Wir behalten den Paß des Jungen ein, und statt das Normale zu tun, nämlich beim Konsulat vorstellig zu werden und zu protestieren, unternehmen sie gar nichts – sitzen einfach da und warten, daß er mit der Post kommt. Und selbst wenn der Junge es nicht besser weiß, von seinem

Vater kann man das ja nun bestimmt nicht behaupten. Und dann haben wir den Rabbi . . .»

«Den verdächtigen Sie auch?» fragte der Inspector.

«Er wohnt eine Straße von dem Haus entfernt, in dem der erste Sprengstoffanschlag verübt wurde, und der fand ausgerechnet in der Nacht seiner Ankunft statt. Zufall? Von mir aus. Aber jemand, der die Bombe gelegt haben könnte, fragt nach dem Haus, in dem unser Rabbi wohnt. Zufall? Kann sein. Schließlich freundet er sich mit den Stedmans an und begleitet sie wegen eines Autokaufs zu einem Mann, der am selben Abend von einer detonierenden Bombe getötet wird. Und das Ganze ausgerechnet am Sabbat; ein Rabbi, der am Sabbat zu einer geschäftlichen Besprechung geht? Zufall? Na ja, vielleicht, aber für mich sieht das nach einem Schema aus.»

«Trotzdem . . .»

«Eine Kette, Chaim. Sehen Sie das denn nicht?» Er hob die Hand und zählte die einzelnen Glieder dieser Kette an seinen plumpen Fingern auf. «Ripescu, eine bekannte Agentin, Stedman senior, Stedman junior, Abdul, ein Araber, den wir verdächtigen. Und irgendwo in der Mitte Rabbi Small als eins der Bindeglieder.»

«Interessant», räumte Ish-Kosher ein, «und eigenartig. Und so etwas wie ein Schema scheint's auch zu geben. Aber ich habe nichts, woraufhin ich eingreifen kann.» Er wirkte enttäuscht.

Wieder lächelte Adoumi verschlagen. «Sie nicht, ich schon.»

«Soll das heißen, Sie würden . . .»

Adoumi schüttelte bedauernd den Kopf. «Noch nicht. Ich hab wirklich nicht genug. Aber wenn Stedman derjenige gewesen wäre, der an dem Abend nach Victory Street fünf gesucht hätte . . . das würde schon ein bißchen nachhelfen. Außerdem ist da noch die Nachricht, die der junge Stedman in Memavets Briefkasten hinterlassen hat.»

«Was ist damit?»

«Sie erinnern sich an den Wortlaut: ‹Ich bin wiedergekommen, wie besprochen.› Das könnte genau das bedeuten, was er gesagt hat. Aber es besteht auch die Möglichkeit, daß etwas anderes damit gemeint war.»

«Zum Beispiel?»

«Angenommen, er hat schon früher mit Memavet zu tun gehabt, es hat Ärger gegeben, und er sagt: ‹Das vergesse ich Ihnen nicht. Ich komme wieder!›»

«Aber vorher waren Sie doch überzeugt davon, daß Memavet zufällig von den Terroristen getötet wurde und daß sie wahrscheinlich gar nichts gegen ihn persönlich hatten.»

«Stimmt, aber angesichts dessen, was wir jetzt wissen, könnte es sein, daß der Anschlag doch gegen Memavet gerichtet war. Vielleicht lohnt es sich, seine Geschäftsunterlagen einmal etwas sorgfältiger zu überprüfen. Gehen Sie dabei so weit zurück, wie Sie können, verhören Sie eventuell auch die Leute in der Werkstatt.»

«Ich werd sehen, was ich tun kann», versprach Ish-Kosher entschlossen.

«Damit hätten wir ein Motiv, verstehen Sie.»

«Klar. Und das würde Ihnen genügen?»

«Das und dazu 'ne Menge Nachprüfungen bei meinen eigenen Leuten», erklärte Adoumi. «Bei diesem meschuggenen Geschäft muß man auf alles gefaßt sein. Sämtliche Beteiligten könnten Agenten sein und trotzdem auf irgendeine verrückte Weise für uns arbeiten. Ich müßte das herausfinden.»

«Verstehe.» Ish-Kosher nickte mitfühlend.

Eine Weile saßen sie schweigend da, und Ish-Kosher fragte sich, ob die Besprechung zu Ende sei. Dann fiel ihm ein, daß Adoumi gesagt hatte, er wolle ihn wegen irgendwas sehen. «Wollten Sie einfach mal Ihr Herz ausschütten, Abner?» erkundigte er sich. «Oder hatten Sie mir was Besonderes mitzuteilen?»

«Ja, da war was. Ich habe eine Information bekommen, daß die Amerikaner es als Gefälligkeit betrachten würden, wenn wir die Stedmans, Vater und Sohn, nicht am Verlassen des Landes hindern. Deswegen ist Stedman nach Tel Aviv gefahren, um zu veranlassen, daß man um diesen Gefallen bittet.»

Ish-Kosher war überrascht. «Sie meinen, er hat bei der Botschaft protestiert?»

«Ach, nicht protestiert. Das ist ein zu starkes Wort. Er hat mit jemand gesprochen, der die Mitteilung an einen unserer Leute weitergegeben hat . . .»

«Wie hab ich das zu verstehen, Abner», begann der Inspector vorsichtig. «Soll das heißen, es wäre den Amerikanern erwünscht, daß wir keine Anklage erheben, falls sich herausstellen sollte, daß Roy Stedman diesen Memavet ermordet hat?»

«Nein, keineswegs. Wenn wir beweisen könnten, daß er sich gegen eines unserer Gesetze vergangen hat, würden sie gar nicht daran denken, ihn loszubitten. Nur haben wir ja nichts weiter als gewisse Verdachtsmomente, die möglicherweise einmal erhärtet werden können, im Augenblick aber ist es eben nichts als ein Schema – na, Sie verstehen schon.»

«Und was werden Sie tun?» erkundigte sich Ish-Kosher.

«Vielleicht stoßen Ihre Leute ja auf irgendwas, aber das würde vermutlich einige Zeit dauern. Und so lange können wir die ganze Korona leider nicht auf Eis legen. Momentan sind wir an einem gewissen toten Punkt angelangt. Es sähe anders aus, wenn sie aktiv würden . . .»

«Und wenn nicht? Soll ich dann Stedmans Paß einfach zurückschikken mit ein paar Begleitzeilen – tut mir leid, ihm Ungelegenheiten gemacht zu haben, oder so?»

«Ich dachte, wir könnten ihnen vielleicht einen kleinen Rippenstoß versetzen.»

«Und wie stellen Sie sich das vor?»

«Tja, nehmen wir mal an, wir üben etwas Druck auf das eine Ende der Kette aus. Das könnte doch eine Kettenreaktion auslösen. Bei der Ripescu geht's nicht, die ist weg. Aber zum Beispiel bei Abdul. Zu der Gruppe gehört ein Mädchen namens Leila M'zsoumi. Wenn Ihre Leute sich die schnappen würden . . .»

39

Als Rabbi Deutch, noch in Pyjama und Bademantel, zum Herd ging, um sich eine zweite Tasse Kaffee einzuschenken, sagte seine Frau, ihrerseits in Nachthemd und Morgenrock, besorgt: «Wär's nicht besser, wenn du dich anziehst, Lieber? Du willst doch nicht zu spät zur Vorstandssitzung kommen.»

«Ich geh nicht hin. Das war ihr Vorschlag. Ich schließe daraus, daß sie die Frage meines Hierbleibens erörtern wollen. Also nehme ich heute frei und lasse auch den *Minjan* ausfallen.»

«Warum trinken wir dann nicht draußen auf der Veranda unseren Kaffee? Es ist so ein schöner, warmer Tag. Riech bloß mal – die Luft!» Sie öffnete die Verandatür und stand auf der Schwelle, die Kaffeetasse in der Hand.

«Der Wind kommt von der Küste. Man kann das Meer riechen.»

«Frühling in New England, Hugo – so hab ich ihn noch nie genossen.»

«Darlington ist eben eine Fabrikstadt, und der Frühlingswind hat immer den ganzen Rauch und Schwefelgeruch mitgebracht – erinnerst du dich?»

«Hm. Ich bin ja so froh, Hugo, daß wir bleiben. Ich hab schon befürchtet, du wirst in dem Fall überpenibel sein.»

«Augenblick mal, Betty.» Er kam mit seiner Tasse und setzte sich draußen neben sie. «Ich habe meinen Standpunkt nicht geändert, sondern nur gesagt, ich wäre bereit zu bleiben, falls Rabbi Small beschließt, nicht zurückzukommen.»

«Aber du hast doch gesagt . . .»

«Die Sitzung heute? Bei der geht's darum, ob sie mich haben wollen – falls Rabbi Small nicht zurückkommt.»

«Heißt das, Drexler hat dir zu verstehen gegeben, sie wollen Small, und du bist nur die zweite Wahl?»

Er trank einen Schluck Kaffee. «Nein. Mein Eindruck ist folgender:

Wären wir beide gleichgestellte Kandidaten, dann würde ihre erste Wahl auf mich fallen. Aber es ist ja nun mal tatsächlich sein Job.»

«Ist das ihre Meinung, Hugo, oder deine?»

«Meine Meinung», erklärte er eigensinnig. «Ich nehme keinem Menschen seine Stellung weg.»

Sie biß sich auf die Lippen, um ihrem Ärger nicht Luft zu machen. Sie wußte, wie ihr Mann auf Widerspruch reagierte, wenn er seine widerborstige Phase hatte. Dann hellte sich ihr Gesicht auf, und sie lächelte. «Es ist ein leichter Posten für dich, stimmt's, Hugo?»

«Der reine Urlaub. Ich hab darüber nachgedacht – warum es hier so viel angenehmer ist als in Darlington. Ich glaube, es ist wie so oft eine Geldfrage. Was sein Gehalt anbetrifft, hängt der Rabbi von der Gemeinde, das heißt, eigentlich vom Vorstand ab. Folglich können sie sich nicht von dem Gefühl freimachen, daß er ein bezahlter Angestellter ist. Da sie die Geldgeber sind, gibt ihnen das die Oberhand. Und es ist nur menschlich, daß man die Peitsche auch von Zeit zu Zeit schwingt, wenn man sie schon in der Hand hat. Bei mir aber wissen sie, daß ich eine Pension beziehe und auf ihr Gehalt nicht angewiesen bin. Das stellt mich natürlich auf eine etwas andere Stufe.»

«Ich glaube nicht, daß es nur das ist. Meiner Meinung nach gehören sie zu einer netteren Sorte von Menschen als unsere Gemeindemitglieder in Darlington.»

Er schüttelte den Kopf. «Nein, da kann ich dir nicht zustimmen. Vielleicht sind die Leute hier finanziell ein bißchen besser gestellt, aber das Geld haben sie in den letzten zehn bis zwölf Jahren gemacht. Sie sind also Neureiche. Und viele von den bezaubernden Häusern, in denen wir eingeladen waren, sind bis unters Dach mit Hypotheken belastet. Tatsächlich entdecke ich hier und da eine Art von Knauserigkeit, die ich in Darlington nicht gefunden habe. Nimm doch nur diese Geschichte, daß Rabbi Small kein Gehalt bezieht, während er in Israel ist.»

«Ja, aber du hast doch gesagt, er selber hat das so gewollt.»

Rabbi Deutch nickte. «Das sagen *sie*. Aber du weißt ja, wie so was gemacht wird. Sie treiben einen Menschen in die Enge, und er hat praktisch keine Alternative. Anständig wäre es gewesen, die Frage überhaupt nicht aufs Tapet zu bringen, sondern ihm einfach weiter seine Schecks zu schicken.»

«Und das stört dich? Willst du deshalb die Stellung nicht annehmen?»

«Keineswegs – was mich angeht. Ich denke nur an den armen Small. Vielleicht ist es ein bißchen niederträchtig von mir, aber ich genieße die Situation. Verstehst du, hier habe ich die Oberhand, ich bin nicht auf sie angewiesen. Wir haben das, was wir brauchen, und ich muß mir hier keine langfristige Karriere aufbauen. Falls ich bleibe, wie lange kann das schon sein? Drei Jahre? Fünf? Höchstenfalls sieben. Solange ich hier bin, hat es keinen Krach, keine Krisen gegeben, wie sie in Darlington anscheinend jede zweite Woche fällig waren. Sie wissen genau, wenn ich einen Standpunkt vertrete, dann bleibe ich auch dabei.» Er lächelte selbstgefällig.

«Aber du nimmst hier nicht gerade häufig Stellung», bemerkte sie.

«Das stimmt wohl auch. Da der Job in meinen Augen nur befristet ist, habe ich bei den meisten Dingen nicht das gleiche Gefühl von Dringlichkeit wie in Darlington. Wenn dort irgendeine belanglose Frage auftauchte, mußte ich manchmal ein Kernproblem daraus machen, und zwar nicht etwa, weil sie an sich wichtig war, sondern weil ich Angst davor hatte, wohin es führen könnte. Hier zerbreche ich mir nicht den Kopf. Sollte sich aus einem solchen Fall eine größere Krise entwickeln, fühle ich mich stark genug, sie dann zu meistern. Erinnerst du dich an Mr. Slonimsky in Darlington?»

Mrs. Deutch lachte. «Abe Cohen war eine ganze Woche im Krankenhaus, Rabbi, und Sie haben ihn nicht besucht», zitierte sie.

«Er hat auch kontrolliert, wie oft ich den *Minjan* versäumt habe.» Der Rabbi lachte in sich hinein.

Da er jetzt guter Laune war, wagte sie sich vorsichtig ein zweites Mal an das Thema heran. «Hast du schon mal daran gedacht, daß es auch für mich eine willkommene Abwechslung war, Hugo?»

«Wie meinst du das, meine Liebe?»

«Als Rabbitzin mußte ich vorsichtig und wohlüberlegt sein. Mein Verhalten hätte ja deine Stellung beeinträchtigen können. Ich mußte mich bei allen Freundschaften der Synagogenpolitik anpassen. Arlene Rudman hat mich praktisch jeden Morgen angerufen und eine geschlagene Stunde auf mich eingeredet. Und ich hab brav zugehört und ihr nie das Wort abgeschnitten, weil ihr Mann das große Geld in der Gemeinde hatte und zu deinen einflußreichsten Gönnern zählte.»

«Aber du hast doch weiter mit ihr telefoniert, nachdem ich in den Ruhestand getreten war», wandte er ein.

«Alte Gewohnheiten legt man schwer ab.» Sie blickte in die Ferne. «Wenn die beiden uns besuchten, hatte ich jedesmal das Gefühl, sie inspiziert das ganze Haus.»

«Was du nicht sagst! Ich dachte, du magst sie.»

«Richtig gemocht hab ich sie nie, Hugo. Ich hab mich eben an sie gewöhnt. Und als du in den Ruhestand getreten bist, haben sich die Dinge für mich nicht geändert. Die Einstellung der Frauen in der Gemeinde zu mir und umgekehrt meine zu ihnen haben sich im Laufe von dreißig Jahren entwickelt. Das läßt sich nicht über Nacht revidieren. Ich hatte nie wirkliche Freundinnen; Freundschaften, die auf dem Gesichtspunkt beruhen, wie wichtig die Rolle der Ehemänner in der Gemeinde ist, bedeuten nicht viel.»

«Aber nachdem ich . . .»

«Das machte es nur schlimmer. Ich war nicht mehr die offizielle Rabbitzin und brauchte nicht um Rat gefragt zu werden. Und ich hatte keine Kinder oder Enkel, die ich besuchen und mit denen ich mich beschäftigen konnte. Bis auf Roy hatten wir nie junge Leute im Haus. Und ihn haben wir nur gesehen, wenn Laura ihn zu uns verfrachtet hat, weil sie etwas Ruhe haben wollte. Und ich hatte immer das Gefühl, er war dir im Weg und hat dich gestört. Ich glaube, er hat das auch empfunden, der arme Junge.» Sie schien am Rande der Tränen zu sein.

«Glaub mir, Betty, ich hab den Jungen sehr gern. Und mit Darlington . . . ich hatte ja keine Ahnung . . . aber . . . aber wir müssen ja nicht nach Darlington zurückgehen, wenn ich hier fertig bin», besänftigte er sie. «Wir können jetzt überall leben, neue Leute kennenlernen und neue Freundschaften schließen. Wir können uns eine Wohnung in Boston oder Cambridge nehmen, wo ich an der Bibliothek arbeiten . . .»

«Das hat keinen Sinn, Hugo. Wissenschaftliche Arbeit ist einfach nicht deine Sache. Wenn du wirklich daran interessiert wärst, hättest du dich schon längst damit beschäftigt. Es ist nun mal nicht deine Stärke, dich mit verstaubten Büchern abzuplagen. Du mußt mit Menschen zu tun haben. Das liegt dir. Ich weiß, du würdest eine Schau abziehen und jeden Morgen mit einer Aktentasche voller Notizbücher und Bleistifte in die Bibliothek traben, aber beim ersten Anzeichen von schlechtem Wetter wäre es damit aus. Du würdest zu Hause bleiben, dich immer mehr daran gewöhnen, bis du schließlich das Theaterspielen ganz aufgeben und mir von Zimmer zu Zimmer nachschleichen würdest, während ich meine Hausarbeit erledige – zwei alte Leute, die sich nichts zu sagen haben, die einander ständig in die Quere kommen.»

Er antwortete nicht gleich. Beide schwiegen lange. Endlich sagte er: «Was möchtest du, daß ich tue?»

«Die Stellung annehmen, falls sie dir angeboten wird. Überlaß es ihnen, das Moralische der Situation zu entscheiden. Das ist ihre Aufgabe.»

40

Die Konferenz zwischen Ish-Kosher und Adoumi hatte in den späteren Vormittagsstunden stattgefunden, und um die Mittagszeit war ein Sergeant der Polizei mit Shmuel, dem Mann von der Bürgermiliz, auf dem Beifahrersitz unterwegs nach Tel Aviv.

Shmuel war seiner Sache viel weniger sicher als bei der Vernehmung durch Ish-Kosher. «Verstehen Sie, es war spät nachts und dunkel. Und seitdem hab ich so viele Leute gesehen. Wie kann ich sicher sein, daß es dieser Mann und kein anderer war, der damals mit mir gesprochen hat?»

«Sie wissen doch, wie das geht», meinte der Sergeant. «Vielleicht können Sie einen Menschen nicht beschreiben, aber wenn Sie ihn mal gesehen haben, kommt Ihnen doch meistens etwas an ihm bekannt vor . . .»

«Und wenn nicht?»

Der Sergeant blieb geduldig. «Das hab ich Ihnen schon erklärt. Sie gehen zu ihm und begrüßen ihn. Grüßt er zurück, und das wird er höchstwahrscheinlich – das tut fast jeder, ob er einen nun kennt oder nicht –, dann sagen Sie: ‹Na, haben Sie das Haus in der Victory Street gefunden?› Ist er der richtige Mann, wird er antworten: ‹Freilich, kein Problem› oder so ähnlich. Dann fragt er vielleicht, was Sie in Tel Aviv machen, und Sie antworten, Sie haben beruflich hier zu tun, oder Sie treffen sich mit einem Freund – irgendwas.»

«Und wenn er sagt: ‹Ich hab keine Ahnung, wovon Sie reden?›»

«Dann haben Sie eine hübsche Fahrt nach Tel Aviv und zurück gemacht, 'nen Kurzurlaub.»

Am frühen Nachmittag befragte ein anderer Sergeant Ish-Koshers den bärtigen Mechaniker in der Autowerkstatt, wo Memavet seinen Schreibtisch gehabt hatte.

Der Mechaniker schaute verzweifelt auf die Wanduhr und dann nach hinten auf den Wagen, an dem er gearbeitet hatte und der unbedingt fertig werden mußte.

«Das alles hab ich schon ein halbes dutzendmal mit euren Leuten durchgekaut», murrte er. «Ich hatte mit seinem Geschäft nichts zu tun und weiß auch nichts darüber.»

«Sicher», besänftigte ihn der Sergeant. «Aber wenn der Mann hier einen Schreibtisch innehatte, muß er doch gelegentlich mit Ihnen über seine Kunden gesprochen haben. So beschäftigt konnte er doch nicht gewesen sein, daß er den lieben langen Tag nur am Schreibtisch saß. Gelegentlich muß er doch nichts zu tun gehabt haben und zu Ihnen rübergekommen sein.»

«Freilich, aber . . .»

«Und dann hat er sich mit Ihnen unterhalten, wie?»

«Natürlich. Er war ja nicht taubstumm.»

«Na, und wovon redet ein Geschäftsmann schon? Von einem Geschäft, das ihm durch die Lappen gegangen ist; von einem großen Fisch, den er an Land gezogen hat; von 'nem Kunden, mit dem er Zores hatte. Ab und zu muß er doch mit irgendwelchen Kunden Scherereien gehabt haben. Das gibt's doch nicht, daß alle restlos zufrieden gewesen sind.»

«Natürlich, im Geschäftsleben . . .»

«Na, und ich will ja weiter nichts von Ihnen, als daß Sie zurückdenken und versuchen, sich zu erinnern.»

Der alte Mann packte die Gelegenheit beim Schopf. «Gut, das werde ich tun. Kommen Sie irgendwann nächste Woche vorbei, dann sag ich Ihnen, was mir eingefallen ist.»

«Nein, nein. Jetzt gleich. Auch wenn Sie bei der Arbeit sind, behalten Sie den Vordergrund des Büros, wo sein Schreibtisch steht, doch irgendwie im Auge. Hab ich recht?»

«Wenn ich arbeite, arbeite ich. Dann kümmere ich mich nur um das, was ich gerade mache . . .»

«Sicher, aber von Zeit zu Zeit schauen Sie doch mal hoch. Sie müssen unterbrechen, weil Sie ein anderes Werkzeug brauchen. Da bleibt's nicht aus, daß Sie sehen, wer bei ihm neben dem Schreibtisch sitzt.»

«Von mir aus. Ich sehe also jemand neben dem Schreibtisch sitzen.»

«Und wenn's Krach gibt, würden Sie doch zuhören. Was wollen Sie dagegen machen? Ist ja nur menschlich. Erzählen Sie mir bloß nicht, Sie hätten Memavet nie mit einem Kunden streiten hören.»

«Wer erzählt denn das? Freilich hab ich so was gehört.»

«Haben Sie mal einen Kunden erlebt, der so wütend war, daß er türenknallend abgezischt ist . . .»

«Ich will Ihnen mal was sagen, junger Mann, im Geschäftsleben hauen die Kunden oft türenknallend ab, aber später kommen sie gewöhnlich zurück. Wenn Sie Geschäftsmann wären, wüßten Sie das.»

«Sicher», sagte der Sergeant liebenswürdig, «und ich geh jede Wette ein, daß Memavet oft hinterher zu Ihnen gekommen ist und Ihnen davon erzählt hat. Vielleicht haben Sie beide dann gelacht, und Sie haben ihn beruhigt: ‹Keine Aufregung, der kommt schon wieder.›»

«Wieso nicht? Wenn zwei Leute in denselben Räumen arbeiten, sprechen sie sich gegenseitig Mut zu, falls sie nicht gerade Konkurrenten sind.»

«Sehr richtig. Und jetzt sagen Sie mir – ist mal jemand so wütend geworden, daß er gedroht hat, er würde mit ihm abrechnen? Ich denke da an einen jungen Mann, einen Ausländer, Amerikaner, um genau zu sein . . .»

Am frühen Abend schlenderten Roy und Abdul nach dem Dinner die Straße entlang. Als sie zu Roys Wohnhaus kamen, löste sich eine Gestalt aus dem Schatten. Mahmud.

Roy grüßte ihn, und Mahmud lächelte zurück. Dann sprach er in schnellem Arabisch mit Abdul. «Ich dachte mir, daß du hierherkommst», sagte er. «Ich hab dich gesucht. Sie haben Leila geschnappt.»

«Das ist schlecht. Meinst du, sie wird reden?»

Mahmud zuckte die Achseln. «Wenn's andersrum wäre und wir eine von ihnen gegriffen hätten, die was wüßte – also ich würde sie bestimmt zum Reden bringen.»

«Vermutlich hast du recht. Was wirst *du* nun unternehmen?»

«Ich hab was in der Altstadt, wo ich hin kann. Ich schlage vor, du gehst nach Norden.»

«Das wäre wahrscheinlich ratsam. Dazu brauch ich aber den Wagen.»

«In 'ner halben Stunde kann ich ihn herbringen.»

«Gut. Wir hauen dann ab.»

«Wir? Du meinst – den Amerikaner?»

«Genau. Ich will versuchen, ihn mitzunehmen. Sozusagen als Rückversicherung.»

Als sie die Treppe hochgingen, fragte Roy: «Was wollte er denn von dir?»

Abdul wartete, bis Roy die Tür geöffnet und das Licht angeknipst hatte. Dann sagte er: «Mein Onkel verheiratet eine seiner Töchter. Es gibt ein großes Fest, das mehrere Tage dauert. Mahmud und ich sind dazu eingeladen.»

«Fahrt ihr hin?»

«Mahmud kann nicht weg von seiner Arbeit. Er will mir seinen Wagen leihen, aber es ist eine ziemliche Strecke. Mein Onkel wohnt in Galiläa. Ich bin nicht scharf darauf, zwei oder drei Stunden allein in der Nacht zu fahren.»

«Dann fahr doch morgen früh . . .»

Abdul schüttelte den Kopf. «Das verstehst du nicht. Die ganze Familie versammelt sich dort, und wenn ich nicht heute nacht hinkomme, sind die besten Zimmer und Betten weg. Nein, falls ich überhaupt fahre, muß ich noch am Abend los.»

«Na, das ist ja . . . hör mal, hat Mahmud was von mir gesagt? Kam mir so vor, als hätte ich das Wort ‹Amerikaner› aufgeschnappt.»

«Ach, das war was anderes. Doch, er hat dich erwähnt.» Er wurde sachlich. «Als er hier gewartet hat, ist die Polizei gekommen und hat bei dir geläutet.»

«Wirklich? Vielleicht wollten sie mir meinen Paß zurückbringen.»

Abdul schüttelte den Kopf. «Es waren zwei. Um deinen Paß abzuliefern, brauchen sie keine zwei Leute. Er hörte den einen sagen, sie könnten ja morgens noch mal wiederkommen.»

«Hm . . . was meinst du, was ich tun sollte?»

Abdul überlegte. «Ich glaube, wenn du ein paar Tage von der Bildfläche verschwindest, während dein Vater die Sache in Tel Aviv regelt, würde das . . .» Er schlug sich mit der Hand vor die Stirn. «Ich hab eine Idee, komm doch mit mir.»

«Zu der Hochzeit?»

«Warum nicht? Da wird gefeiert und getanzt, und Mädchen sind auch da», sagte er mit breitem Lächeln. «Massenhaft Mädchen.»

«Aber ich bin nicht eingeladen.»

Abdul lachte. «Ich lade dich ein. Ich stelle dich meinem Onkel als meinen Freund vor, und du wirst der Ehrengast sein. Eine gute Gelegenheit, arabische Gastfreundschaft kennenzulernen.»

«Ist das dein Ernst? Du willst mich mitnehmen?»

«Klar. Du bist mein Freund.» Ihm kam plötzlich ein Einfall. «Dein Vater ist doch in Tel Aviv, sagst du. Warum rufst du nicht im *King David* an und hinterläßt ihm, daß du ein paar Tage zu Besuch bei Freunden bist? Dann macht er sich keine Sorgen, wenn er dich nach seiner Rückkehr nicht vorfindet.»

41

Am Montag kam Gittel nach Jerusalem. «Hier findet eine Konferenz statt», erklärte sie. «Normalerweise geh ich ja nicht zu so was. Reine Zeitverschwendung. Aber diesmal bin ich hergekommen, weil ich dabei Gelegenheit habe, mit dir zu schwatzen, und auch meine Freundin Sarah besuchen kann. Sie kommt morgen ins Hadassa zur Beobachtung.»

«Was fehlt ihr denn, Gittel?» erkundigte sich Miriam.

«Wenn man's wüßte, würde Dr. Ben Ami sie dann ins Krankenhaus zur Untersuchung schicken? Ich weiß natürlich, woran es liegt . . .»

«Ach, tatsächlich?» fragte der Rabbi. Im allgemeinen hatten er und Gittel einander wenig zu sagen. Sie unterhielt sich mit Miriam meistens über Frauensachen, und er saß stumm dabei oder ging sogar in ein anderes Zimmer. Aber der offensichtliche Widerspruch in ihren Worten hatte ihn verblüfft.

«Natürlich», erklärte sie von oben herab, voller Verachtung für diesen männlichen, um nicht zu sagen rabbinischen Mangel an Verständnis. «Sie ist mit den Nerven runter, das arme Ding. Wenn einer die ganze Zeit unter Hochspannung steht . . .»

«Warum ist sie denn so nervös?» wollte Miriam wissen.

«Wenn du mit einem Mann in dieser Position verheiratet wärst, würde dich das auch Nerven kosten.»

«Wieso – was tut er denn?»

«Er ist Regierungsbeamter – auf einem wichtigen Posten», erläuterte sie ungewohnt zurückhaltend.

«Jeder, der hier Regierungsbeamter ist, scheint einen wichtigen Posten zu haben», frotzelte der Rabbi.

«Meinst du, sie hat Angst, daß er bei einer wichtigen Sache was falsch macht?»

«Ich meine, wenn er morgens das Haus verläßt, weiß sie nicht, wann er zurückkommt, oder sogar, *ob* er überhaupt zurückkommt.»

«Seine Arbeit ist also gefährlich?» fragte der Rabbi.

Der ungläubige Unterton entging ihr nicht. «Du glaubst das wohl nicht, Rabbi?» Daß sie ihn mit seinem Titel anredete, war pure Ironie; normalerweise nannte sie ihn David. «Du hast sicher von dem Sprengstoffanschlag gehört, bei dem kürzlich ein alter Mann, ein Autohändler, getötet wurde. Na ja, und das hat praktisch Wand an Wand mit ihr stattgefunden.»

Der Rabbi lächelte. «An dem Abend, als wir ankamen, wurde eine Straße weiter ein Sprengstoffanschlag verübt und ebenfalls jemand getötet. Meinst du etwa . . .»

«Aber das war ein bedeutender Mann, ein Professor an der Universität . . .»

«Na und?»

«Damit war er ein ganz natürliches Ziel für die Terroristen», erklärte Gittel. «Aber der Autohändler war ein Niemand. Ich bin fest überzeugt, eigentlich waren sie hinter Abner her. Auf *ihn* hatten sie's abgesehen. *Ihn* wollten sie umbringen. Sie haben sich nur geirrt.»

«Das ist doch wohl ein bißchen weithergeholt, Gittel», meinte der Rabbi. «Ich kann verstehen, daß sie vielleicht einen neuen Wohnblock in die Luft jagen wollten und dabei einen harmlosen alten Mann getötet haben. Aber daß sie eine Bombe verstecken, um eine bestimmte Person umzubringen, und sich dann irren und sie an der falschen Stelle deponieren, das kann ich mir nicht vorstellen.»

«Da kennst du eben die Araber und vor allem die Terroristen schlecht», erklärte Gittel von oben herab. «Erzähl mir bloß nicht, sie waren hinter diesem Autohändler her.»

«Das will ich ja auch gar nicht», sagte der Rabbi besänftigend. Sie fixierte ihn argwöhnisch und wandte sich Miriam zu.

«Sarah lag im Bett und schlief fest, als die Bombe explodierte. Willst du etwa behaupten, das läßt eine Frau kalt, die zumindest die letzten zehn Jahre nicht bei guter Gesundheit war?»

«Heißt das, sie geht deshalb ins Krankenhaus?» fragte Miriam. «Hat das der Arzt gesagt?»

«Der Arzt! Nicht daß ich was gegen Dr. Ben Ami hätte. Aber er ist eben nur ein Mann. Mit Mitgefühl und Verständnis, zugegeben. Trotzdem kann er sich nicht in die Seele einer Frau hineinversetzen. Welcher Mann kann das schon? Dafür braucht es eine Frau. Ich hab Abner ins Gesicht gesagt: ‹Wenn du willst, daß deine Frau gesund wird›, hab ich ihm gesagt, ‹dann mußt du dir 'nen anderen Job suchen.› Und darauf ist ihm natürlich keine Antwort eingefallen.»

Das Telefon klingelte. Miriam ging an den Apparat. Dan Stedman rief an, um sie abends zum Dinner ins *King David* einzuladen.

«Oh, sehr gern, aber meine Tante Gittel aus Tel Aviv ist da und . . .»

«Bringen Sie sie doch mit.»

«Einen Augenblick bitte.» Sie hielt die Muschel zu. «Dan Stedman, ein Freund von uns. Wir sollen heute abend zum Dinner ins *King David* kommen.»

«Geht ruhig. Ich kann zu Hause bleiben und auf Jonathan aufpassen.»

«Nein, er sagt, du sollst mitkommen.»

«Na, ich weiß nicht recht. Ich . . .»

«Er ist ein netter Kerl – und unverheiratet», sagte der Rabbi.

Gittel strafte ihn mit einem entrüsteten Blick.

«Von mir aus, was kann schon sein?»

Miriam sagte in den Hörer: «Abgemacht. Wir kommen alle. Gibt's einen besonderen Anlaß?»

«Nicht direkt, aber ich fahre bald in die Staaten zurück und . . .»

«Was Sie nicht sagen! Ist was passiert?»

«Das erzähl ich Ihnen alles, wenn wir uns sehen.»

42

Der stellvertretende Dekan der ausländischen Studenten legte die Fingerspitzen sorgfältig gegeneinander und nickte bedächtig, während Stedman redete. Er nahm ihm nichts von dem ab, was er sagte, nämlich daß sein Sohn Heimweh habe und nach Amerika zurückkehren wolle. Er hatte seine Erfahrungen mit den Eltern amerikanischer Studenten, die ihn aufsuchten, weil sie ihre Söhne oder Töchter von der Universität nehmen wollten. Gewöhnlich war der Grund, daß der Sprößling sich verliebt hatte und jemand heiraten wollte, den sie völlig unmöglich fanden. Das letzte Mal war es ein Mann gewesen, überzeugter Zionist sein Leben lang, der außer sich geraten war, weil seine Tochter beschlossen hatte, im Land zu bleiben und in einen Kibbuz zu gehen.

«Wer weiß schon, was erzieherisch ist, Mr. Stedman», sagte er beschwichtigend. «Studenten aus der ganzen Welt kommen hierher an unsere Universität, die meisten jedoch aus Amerika. Weil wir bessere Lehrer haben? Sie sind nicht besser als in Amerika oder anderen modernen Ländern. Was ziehen sie also für einen Nutzen daraus, wenn sie hier studieren? Nicht das, was sie in den Hörsälen mitbekommen, sondern was sie außerhalb vorfinden, das Leben hier, die Menschen – das hat erzieherischen Wert.»

Sobald ihm Mike Donahue versichert hatte, die Sache sei in Ordnung gebracht, war Stedman wieder nach Jerusalem gefahren, um Roys Rückkehr in die Staaten in die Wege zu leiten. Er hatte eine Nachricht von ihm vorgefunden, er sei ein paar Tage zu Besuch bei Freunden und werde ihn anrufen, sobald er wieder zu Hause sei. Da Dan die Angelegenheit unbedingt beschleunigen wollte, war er in die Universität gegangen, um festzustellen, was für Vorkehrungen zu treffen waren.

«Ich verstehe», sagte Dan, «aber in erster Linie interessiert mich, was ihm von seiner Studienzeit hier zu Hause angerechnet wird.»

Der Dekan lächelte und breitete die Hände aus. «Logischerweise können wir keine Kurse testieren, in denen Ihr Sohn keine Prüfungen abgelegt hat; aber wir sind sehr flexibel, was die Examina angeht. Der Student kann sich ihnen zu verschiedenen Zeiten im Jahr unterziehen. Wir müssen das so handhaben, da im Laufe des Jahres so viele zum Militärdienst einberufen werden, im Lehrkörper ebenso wie unter den Studenten.»

«Dann kann er also nichts mitnehmen, was bei der Graduierung in Rutgers verwendbar wäre?»

Der Dekan schüttelte langsam den Kopf.

«Dann hat er ein Jahr verloren, denn ich glaube nicht, daß er von dem erzieherischen Wert außerhalb des Hörsaals profitiert hat, was Menschen und das Leben hier angeht. Er hat fast keine Freunde . . .»

«Tut mit leid, das zu hören, Mr. Stedman. Sie klingen enttäuscht, und ich nehme an, das gibt die Gefühle Ihres Sohnes wieder. Es ist nicht einfach für einen Studenten, der von einem amerikanischen College kommt. Ich glaube, unsere Kurse sind etwas schwieriger, oder zumindest erfordern sie mehr Arbeit, aber daran liegt es nicht. Selbst die Sprachschwierigkeit ist nicht die Hauptursache für die Enttäuschung mancher unserer amerikanischen Studenten. Es ist vielmehr der ganz andere ungewohnte Ton.

Wir möchten, daß sie herkommen, zum Teil, weil sie Dollars ins Land bringen, die wir dringend brauchen. Aber wir hoffen auch, daß einige von ihnen Gefallen an Israel finden und bleiben oder zurückkommen, um sich hier anzusiedeln. Denn wir brauchen Menschen genauso wie Dollars. Doch wir können den Ausländern zuliebe die Universität nicht verändern, die in erster Linie unseren eigenen Studenten dienen soll. Unsere Leute sind im Durchschnitt drei Jahre älter als Ihre – das heißt, die Zeit, die sie in der Armee gedient haben. Und in diesem Alter machen drei Jahre einen erheblichen Unterschied. Hinzu kommt, daß sie durch die Erfahrung bei der Armee reifer geworden sind. Für sie bedeutet das College keine Erholung, keinen Urlaub, bevor sie an die ernste Arbeit herangehen und sich ihren Lebensunterhalt verdienen. Es *ist* vielmehr die ernste Arbeit. Die meisten haben Jobs, sobald die Kurse zu Ende sind. Wir haben hier keine Studentenverbindungen, Mr. Stedman.» Er erhob sich und kam hinter dem Schreibtisch hervor, als wolle er die Schranke zwischen ihnen beseitigen.

«Und trotzdem gehört jeder hier in gewissem Sinne einer Vereinigung an, aber der seiner Gruppe bei der Armee. Und die ist sogar noch exklusiver als die exklusivsten Clubs an ihren Colleges, denn von diesem Zusammenhalt hängt ihr Leben ab. Sie haben keine Zeit und wenig Neigung für Freundschaften außerhalb ihres Kreises. Und bei den Studentinnen ist es nicht anders. Sie sind alle im heiratsfähigen Alter und wissen, daß es vernünftiger ist, sich ihre Freunde unter den Israelis zu suchen, weil das schließlich zur Ehe führen kann. Ein Außenstehender dagegen möchte nur Gesellschaft, solange er hier ist, und verläßt das Land nach Beendigung seines Studiums. Und all das zusammengenommen macht es schwierig für unsere amerikanischen Studiengäste.»

«Das macht es sogar fast unmöglich», meinte Dan.

«Nicht ganz, Mr. Stedman. Es gibt einige, die richtig motiviert herkommen. Sie stammen aus sehr religiösen oder zionistischen Familien, und es genügt ihnen, einfach hier zu sein, zumindest anfangs. Sie sind beharrlich, erlernen die Sprache recht gut und gliedern sich schließlich völlig in das Leben des Landes ein. Viele von ihnen entschließen sich, hierzubleiben.»

«Na ja, Roy ist seiner Herkunft nach weder streng religiös noch streng zionistisch», sagte Stedman. «Meine Sympathien liegen hundertprozentig bei Israel, aber ich gehöre keinen zionistischen Clubs oder Organisationen an.»

Der Dekan nickte. «Was uns zum Ausgangspunkt zurückbringt. Was wissen wir schon, was erzieherisch ist? Vielleicht wird die Erfahrung, mehrere Monate unter ernsten, engagierten jungen Leuten verbracht zu haben, einen größeren Einfluß auf die Zukunft Ihres Sohnes ausüben, als wenn er hier das gleiche wie in Amerika vorgefunden hätte. Im Augenblick mag er nur Enttäuschung empfinden, aber es kann auch ein Gefühl widerwilliger Bewunderung dabei sein. Und wenn er etwas älter ist und Vergnügungen und Zerstreuungen ihm nicht mehr so wichtig sind, erscheint ihm rückblickend dies hier vielleicht als beherzigenswertes Beispiel.»

Stedman nickte. Er brachte sogar ein Lächeln zustande. «Wenn Sie das sagen, klingt es überzeugend, Doktor. Ich frage mich, wie es sich anhören wird, wenn ich es seiner Mutter erzähle.»

43

Jedesmal, wenn Abdul in einen anderen Gang schaltete, jaulte der Motor gequält auf, und Roy, der auf dem Beifahrersitz döste, bewegte sich unruhig, wechselte die Haltung und schlief wieder weiter. Bei der Abfahrt hatte er darauf hingewiesen, daß etwas mit der Kupplung nicht stimmen müsse.

«Ach, so ist das schon seit Jahren», erklärte Abdul. «Kein Grund zur Sorge.»

Der Zustand der Stoßdämpfer ließ auch zu wünschen übrig; bei der geringsten Unebenheit wurden sie erbarmungslos durchgerüttelt. Doch Abdul kommentierte nur munter: «Auf alle Fälle besser als laufen.»

«Soll ich eine Weile fahren?» fragte Roy.

«Nein – vielleicht, wenn ich müde werde. Schlaf ruhig ein bißchen. Bei meinem Onkel wird's nachher sicher spät.»

«Das macht mir nichts. Du, da ist ein Klopfen im Motor.»

«Ein Klopfen? Ach so, du meinst das bißchen Ticken? Das hat weiter nichts auf sich, glaub mir. Mahmud versteht was von Autos und hält seins tipptopp in Ordnung. Vielleicht läuft es nicht ganz so geräuschlos wie die, an die du gewöhnt bist. Und die Straßenlage ist auch nicht so gut. Aber es springt immer an und fährt tadellos.»

«Na ja . . . Jedenfalls braucht die Karre wenig Benzin, das muß ich schon sagen. Wir fahren jetzt über eine Stunde, und die Nadel am Anzeiger hat sich nicht gerührt.»

Abdul lachte in sich hinein. «Der funktioniert nicht. Die Nadel rührt sich nie.»

«Woher weißt du dann, wann du Benzin brauchst?»

«Mahmud weiß das und tankt von Zeit zu Zeit. Das Benzin ist ihm noch nie ausgegangen. Er hat gesagt, für die Fahrt würde es reichen.»

«Wo wohnt denn eigentlich dein Onkel, Abdul?»

«Im Norden, oben in Galiläa. Nicht weit von der Grenze», erklärte er leichthin.

«Ich meine, in 'ner Stadt oder . . .»

«In der Gegend gibt es nur ein paar kleine Dörfer. Von dem hast du bestimmt noch nie gehört.»

«Wohnt er im Dorf?»

«Er hat dort ein Haus, mehrere sogar, aber er wohnt auf seiner Farm, die liegt etwas abseits. Und da fahren wir hin.»

«Kennst du denn den Weg?»

«Na!» Abdul zuckte vielsagend die Achseln.

«Und bist du sicher, daß er einverstanden ist . . . ich meine, er hat doch keine Ahnung, daß ich mitkomme.»

«Von arabischer Gastfreundschaft verstehst du nichts, Roy. Ich bin sein Neffe. Das bedeutet bei uns mehr als bei euch. Es heißt, ich gehöre zu seiner Familie – wie ein Sohn. Und du bist mein Freund. Sein Haus ist wie mein eigenes, und wenn ich dich einlade, ist es genau dasselbe, als hätte er das getan. Begreifst du das?»

«Ich denke schon.» Roy lehnte sich zurück und betrachtete durch die Windschutzscheibe die hellen Sterne am tintenschwarzen Himmel. «Und er wird nicht erwähnen, daß ich da bin? Ich meine . . .»

«Ich weiß, was du meinst, Roy. Zu wem sollte er was davon sagen? Zur Polizei? Selbst wenn er dächte, sie könnten sich für dich interessieren und du versteckst dich vor ihnen, wärst du absolut sicher. Du bist

Gast, und ein Gast ist tabu.»

«Na ja, gut zu wissen. Wenn wir zurückkommen, hat mein Vater vielleicht die Sache bei der Botschaft in Ordnung gebracht . . .»

«Davon bin ich überzeugt. Das wird sich alles regeln.» Ein Seitenblick zeigte, daß sein Nachbar die Augen geschlossen hatte. «Roy?» Die einzige Antwort war ein schlaftrunkenes Brummen. Abdul lächelte und konzentrierte sich auf die Straße. Ein paarmal sah er Roy an, der ruhig weiterschlief.

Roy schreckte plötzlich hoch, als der Wagen mit einem heftigen Ruck anhielt. Er wurde gegen die Tür geschleudert und dann zurück auf den Sitz. «W-was ist denn los? Sind wir schon da?»

«Wir sind in einem Graben gelandet», sagte Abdul. «Und wir haben kein Benzin mehr.»

«Aber . . .»

«Nur keine Aufregung. Wir sind praktisch da. Genau hier fängt das Grundstück meines Onkels an – wir sind bloß am anderen Ende. Den Rest gehen wir jetzt zu Fuß. Das kommt auf dasselbe raus, denn von hier an ist die Straße, oder was man so nennt, miserabel und verläuft in einem ziemlichen Bogen. Wir nehmen den Abkürzungsweg durch die Büsche . . .»

«Aber der Wagen – was machen wir mit dem Wagen?» brummte Roy, als er herauskletterte.

«Ich lasse ihn von meinem Onkel mit ein paar Mauleseln abschleppen. Bis dahin liegt er hier gut. So, gehen wir. Halt dich hinter mich.» Damit tauchte er in einem Bambusdickicht unter.

«Kennst du die Richtung?»

«Aber klar. Sprich jetzt lieber leise, Roy. Vielleicht sind ein paar Leute von meinem Onkel draußen und halten uns für Eindringlinge.»

«Dann mußt du ihnen eben zurufen, daß wir's sind», sagte er, während er hinter der schattenhaften Gestalt seines Freundes herschlich. Er war noch nicht ganz wach und stolperte über den steinigen, unebenen Boden.

Plötzlich ertönte von der Seite eine laute Stimme: «Halt!»

Roy blieb wie angewurzelt stehen. Abdul begann zu rennen. «Hier lang, Roy. Lauf. Lauf schnell!»

Ein Schuß peitschte auf. Er sah, wie sein Freund schwankte und hinfiel.

44

«Ich hätte Sie überall sofort erkannt», sagte Dan, als er Gittel vorgestellt wurde. «Die Ähnlichkeit mit Ihrer Nichte ist frappierend.»

«Na, hören Sie – wie kann man nur ein frisches, hübsches Mädchen wie Miriam mit einer alten Frau vergleichen!»

«Im Gegenteil, es muß für David angenehm sein zu wissen, wie seine Frau später mal aussehen wird.»

Er führte sie in den Grill und war eifrig bedacht, Gittel den seiner Meinung nach bequemsten Platz auszusuchen. «Setzen Sie sich hierher, Gittel, hier ist ein bißchen Luftzug von der Klimaanlage.» Während sie auf den Kellner warteten, richtete er meistens das Wort an sie, zeigte ihr Leute, die er kannte. «Der Mann, der eben reinkam, ist ein Reifenfabrikant und will hier eine große neue Fabrik bauen. Ich hab mich neulich in der Halle mit ihm unterhalten.» Er winkte ihm zu und nickte. «Die Dame, die drüben neben der Säule sitzt, war Präsidentin der Hadassa vor zwei, nein, vor drei Jahren.» Er lächelte ihr zu. «Na, den, der jetzt reinkommt, kennen Sie bestimmt, nicht wahr? Der Finanzminister. Ich hab ihn voriges Jahr interviewt. Ich möcht gern wissen, ob er sich an mich erinnert.»

Anscheinend war es der Fall, denn als der Mann zu ihrem Tisch hinübersah, schaute er kurz näher hin und kam dann auf sie zu.

«Gittel! Dich hab ich ja 'ne Ewigkeit nicht mehr gesehen. Was treibst du denn in Jerusalem?»

«Hallo, Boas. Wie geht's Lea? Und den Mädchen? Ich bin zu einer Tagung hier.» Sie machte ihn mit den anderen bekannt.

«Und Uri? Immer noch in der Armee?»

«Immer noch.»

«Woher kennst du ihn, Gittel?» fragte Miriam, nachdem er gegangen war.

«Boas?» Sie zuckte die Achseln, um anzudeuten, daß sie seine Position keineswegs beeindruckte. «Wir waren in der gleichen Einheit bei der Haganah.» Trotzdem war sie offensichtlich erfreut, daß der Finanzminister sich an sie erinnert und sie so überschwenglich begrüßt hatte.

«Ich wollte Sie vorstellen», lachte Stedman in sich hinein, «und er hat sich nicht mal an mich erinnert.»

«Boas? Der hat momentan viel im Kopf.»

«Das nehme ich auch an. War das Ihr Sohn, nachdem er sich erkundigt hat? Er ist in der Armee? Als Berufssoldat?»

«Wer weiß das schon bei jungen Leuten? Sie können von einer Woche zur anderen ihre Pläne ändern. Als ich ihn das letzte Mal gesehen hab, vor Wochen übrigens, sprach er davon, daß er vielleicht ausscheiden würde. Er hat mit einem Mädchen angebandelt, und ich vermute, sie hat ihre eigenen Pläne mit ihm.»

«Wann lernen wir ihn endlich kennen?» fragte Miriam. «Ein direkter Vetter, und wir sind fast drei Monate hier . . .»

«Er kriegt nicht jede Woche Urlaub, verstehst du. Und ich hab so den

Verdacht, daß er ein paarmal frei hatte und mir nichts davon gesagt hat. Er trifft sich mit dem Mädchen. Sie lebt hier in Jerusalem. Er schrieb mir, er hätte nächste Woche frei, käme aber nicht nach Tel Aviv, sondern führe nach Jerusalem. Wie findest du das? Versetzt seine Mutter, um ein Mädchen zu sehen.»

«Schreib ihm, wenn er herkommt, soll er bei uns reinschauen», sagte Miriam. «Und wenn's nur für ein oder zwei Stunden ist. Sag ihm, er soll das Mädchen mitbringen. Und du könntest zum Sabbat aus Tel Aviv rüberfahren. Schreib ihm, er soll zum Dinner kommen – mit dem Mädchen. Vielleicht hätten Sie ja auch Zeit, Dan?»

«Ich glaube nicht, Miriam. Durchaus möglich, daß Roy und ich bis dahin weg sind, und wenn nicht, müssen wir unsere Reisevorbereitungen treffen.»

«Ach, richtig, Sie wollten uns ja davon erzählen.»

«Da gibt's nicht viel zu erzählen. Mein Freund in der Botschaft hat die Sache für Roy geregelt, und ich hielt es unter den Umständen für gut, wenn ich mit ihm fahre. Ich hab das Material zusammen, das ich brauche, und die restliche Arbeit kann ich in den Staaten genausogut erledigen.»

Der Kellner, ein junger Mann mit vorzeitiger Glatze, brachte die Speisekarten und betreute sie geradezu väterlich. «Die Pastete ist ein Gedicht, *madam*. So eine Leber haben Sie grantiert noch nie gegessen.» Sie folgten seinem Rat, und sie war tatsächlich gut. «Verlassen Sie sich auf mich, nehmen Sie das Steak.» Und als Dan sich für Fisch entschied, zuckte er mitleidig die Achseln.

Wenn er nicht servierte, scharwenzelte er um sie herum, goß Wein nach, gab Dan Feuer für seine Zigarette, hob Gittels heruntergefallene Serviette auf. Sie unterhielten sich angeregt. Gittel erzählte von den alten Zeiten, und Dan steuerte Erinnerungen an frühere Besuche in Israel bei.

Nachdem der Kaffee serviert worden war, näherte sich der Oberkellner ihrem Tisch. «Mr. Stedman? Da ist ein Anruf für Sie. Hier entlang bitte.»

«Das könnte Roy sein. Entschuldigen Sie mich einen Augenblick.»

«Ein sehr netter Mensch», bemerkte Gittel.

Er kam wenige Minuten später wieder zurück, sehr erregt, wie sie feststellen konnten.

«War's Roy?» erkundigte sich Miriam.

«Nein. Ich muß Sie bitten, mich zu entschuldigen. Ich muß sofort nach Tel Aviv. Bitte bleiben Sie noch. Trinken Sie in Ruhe Ihren Kaffee.» Er sah von einem zum anderen und bemerkte ihre Bestürzung.

«Sie haben Roy geschnappt, als er über die Grenze wollte», sprudelte er heraus und hastete davon.

45

«Dein Pyjama sitzt besser als der Anzug», bemerkte Dan Stedman säuerlich. Es stimmte, denn er war im Gegensatz zu dem Leinenanzug nicht zerknittert.

Donahue lächelte. «Ja, was ganz Neues, Pflegeleichtes. Du hängst die Sachen nach dem Waschen einfach auf einen Kleiderbügel zum Trocknen, und sie werden wieder wie neu. Ein Geschenk von meiner Tochter, als ich zuletzt in den Staaten war. Einen Drink?»

Stedman schüttelte den Kopf. Er hockte vornübergebeugt in seinem Sessel, die Hände gefaltet, die Unterarme auf die Knie gestützt und starrte den Fußboden an. «Tut mir leid, daß ich dich aus dem Bett geholt habe», sagte er schwerfällig.

«Ich hab nicht geschlafen, nur gelesen. Warum hast du mir nicht gesagt, daß du herkommst, als ich mit dir gesprochen hab?»

«Ich hatte es auch erst nicht vor. Außerdem dachte ich, es ginge nicht, weil ich doch ein paar Leute zum Dinner in den Grill eingeladen hatte. Nette Leute – ich wußte nicht, wie ich mich da loseisen sollte. Hübscher Abend, gutes Essen, interessante Gespräche – als ich wieder an den Tisch kam, wurde mir's erst klar, daß ich mich nicht weiter angeregt unterhalten konnte . . . Wie sollte ich das, wenn Roy . . .? Also entschuldigte ich mich und nahm ein Taxi. Ich hab gar nicht dran gedacht, vorher anzurufen.»

«Schon gut. Aber weißt du, Dan, ich kann gar nichts tun. Der Fall liegt jetzt anders.»

Stedman blickte hoch. «Wieso anders?» Er wußte es natürlich, wollte jedoch darüber reden.

«Na, hör mal, Dan. Vorher hatten sie nichts gegen ihn in der Hand. Er war befreundet mit einem Araber. Na und? Das sind viele amerikanische und israelische Studenten. Er war in der Nähe, sogar am Schauplatz des Sprengstoffanschlags – aber er hatte eine plausible Erklärung. Von seiten der Polizei war offiziell nichts unternommen worden.»

«Sie hielten seinen Paß zurück, oder?»

«Nein, das taten sie nicht. Du weißt zwar, daß es so war, ich weiß es auch und sie ebenfalls, offiziell aber hatten sie ihn eben verlegt und waren noch nicht dazu gekommen, ihn zurückzuschicken.»

«Sicher.»

«Aber jetzt haben sie ihn geschnappt, als er über die Grenze zu gehen versuchte», fuhr Donahue rasch fort. «Das ist zu jeder Zeit und in jedem Land eine strafbare Handlung. In einem Land, das sich im Kriegszustand befindet, kann es jedoch ein schweres Delikt sein. Und wenn er in feindliches Gebiet wollte, wird die Sache verdammt ernst.»

«Aber er wußte doch nicht, daß er über die Grenze ging», rief Stedman.

«Ich sagte dir, daß er das behauptet», verbesserte Donahue. «Seine Geschichte lautet, dieser Abdul habe ihn eingeladen, einen Onkel zu besuchen – zu einer großen Festivität, die ein paar Tage dauern sollte. Sie fuhren nach Norden, angeblich zum Haus von Abduls Onkel. Und als sie fast da waren, ließen sie das Auto stehen und nahmen eine Abkürzung. Und Roy äußert sich nicht sehr klar darüber, wieso sie eigentlich den Wagen im Stich gelassen haben. Er hat entweder gestreikt, oder Abdul ist in einen Graben gefahren. Die ganze Geschichte ist ein bißchen dünn, Dan – das mußt du doch zugeben. Ich meine, dein Sohn ist doch normal intelligent. Sonst könnte er ja gar nicht auf der Universität sein. Aber in diesem Fall . . . da lassen sie den Wagen stehen und nehmen einen Abkürzungsweg durch die Büsche – verdammt noch mal, nach der langen Fahrt muß er doch gewußt haben, daß sie verteufelt nah an der Grenze waren.»

«Wieso mußte er das wissen? Wahrscheinlich ist er nie dort oben gewesen. Und wenn der andere fuhr, könnte er ja auch eingeduselt sein.»

«Meinetwegen, aber er wurde jedenfalls erstaunlich schnell hellwach, als überall israelische Soldaten auftauchten.» Er legte den Kopf auf die Seite und überlegte. «Ein bißchen ungewöhnlich, daß sie ausgerechnet dort in Scharen rumwimmeln mußten.»

«Du meinst, es war eine Falle?»

«Möglich. Würde mich nicht überraschen. Jedenfalls hat dein Junge zum erstenmal etwas Vernunft bewiesen: Er blieb stehen und hob die Hände. Der Araber versuchte, zu türmen, da haben sie auf ihn geschossen.»

«Ist er tot?»

«Nein, sie haben ihn nur am Bein erwischt. Ich vermute, sie wollen ihn ausquetschen.»

«Und natürlich wird er Roy mit reinziehen», stellte Stedman verbittert fest.

«Nicht unbedingt. Warum sollte er? Das würde die Sache für ihn nicht leichter machen. Und wenn er's tut, würden sie sich wahrscheinlich kaum darum kümmern. Die ganze Geschichte ist ein bißchen sonderbar. Riecht nach *Shin Bet.* Ich hab den Eindruck, die Grenzüberschreitung kümmert sie eigentlich gar nicht. So was betrifft den Grenzschutz, würde ich denken, der dem Polizeiministerium untersteht, aber die scheinen sich nicht damit zu befassen. Der Fall wird offenbar von Jerusalem aus gelenkt. Das würde für mich heißen, daß sie in Wirklichkeit an der möglichen Verbindung mit den Sprengstoffanschlägen interessiert sind, die dort stattgefunden haben. Und wenn sie deinen Sohn damit in Zusammenhang bringen, ginge es um eine Anklage wegen Mordes. Tut mir sehr leid, Dan, aber es hat ja keinen Sinn, den Kopf in den Sand zu stecken.»

«Nein, gar keinen Sinn», wiederholte Stedman tonlos.

«Jetzt solltest du vor allem erst mal einen Anwalt nehmen.»

«Um Himmels willen, bloß nicht! Weißt du nicht, was das für Roy bedeuten würde, selbst wenn der Anwalt ihn rauspauken könnte? Ein Araber – na, der ist ein Held unter seinen Landsleuten, und selbst die Israelis haben ein gewisses Verständnis für seine Motive. Aber ein Amerikaner und Jude! Gesetzt den Fall, er käme sogar ohne Strafe davon – was für ein Leben hätte er dann? Man darf ihn keinem Gerichtsverfahren aussetzen. Du mußt doch irgendwas tun können.»

«Sei vernünftig, Dan. Ein Rechtsanwalt ...»

Stedman nickte ruhig. «Schlimmstenfalls nehme ich natürlich einen Anwalt. Aber zuerst – na, deshalb bin ich ja zu dir gekommen.»

Donahue stand auf und schenkte sich einen Drink ein. «Wenn's um Mord geht, ist Schluß mit den Gefälligkeiten. Da könnte auch der Botschafter persönlich nichts machen. Du kannst nicht zur Regierung eines souveränen Staates gehen und erklären, dieser Mann hat zwar einen von euren Bürgern getötet, aber ich möchte, daß ihr ihn freilaßt.»

«Nein, das geht wohl nicht.»

«Also dann ...»

«Sag, kannst du feststellen, wer in Jerusalem dafür zuständig ist?»

«Ich denke schon», entgegnete Donahue. «Und wozu soll das gut sein?»

«Keine Ahnung. Ich könnte versuchen, mit dem Betreffenden zu sprechen, ihn vielleicht überzeugen. Was kann ich denn sonst tun?»

«Ich will sehen, was ich machen kann.»

Stedman erhob sich und ging zur Tür.

«Dan.»

Stedman blieb stehen.

«Bist du sicher, daß er's nicht getan hat?»

Stedman zögerte. «Ich weiß es nicht. Ich mag nicht darüber nachdenken.» Er wandte sich zum Gehen, drehte sich dann aber noch einmal um. «Ich hab das Gefühl, ich kenne meinen Sohn überhaupt nicht richtig.»

46

Die Monatszeitschrift *Haolam* brachte zwar Artikel über Naturwissenschaft und Politik sowie regelmäßige Rubriken über Literatur, Kunst und Modetendenzen, war aber im wesentlichen ein Bildmagazin. Fotos wurden nicht nur benutzt, um die Artikel zu illustrieren oder wegen ihres Nachrichtenwerts, sondern auch, weil sie einfach dramatisch oder eindrucksvoll oder technisch besonders originell waren. Aus diesem

Grund brachte *Haolam* ein Foto auf der Titelseite, das Memavets Leiche auf dem Boden seines Wohnzimmers zeigte, obwohl sich die Erregung über den Anschlag inzwischen gelegt hatte.

Es wurde nicht veröffentlicht, um das Interesse an dem Fall wiederzubeleben; tatsächlich gab es keinen weiteren Kommentar dazu außer einem kleinen erläuternden Vermerk in einem Kasten auf der Impressumseite. Der Grund war vielmehr, daß es sich um eine besonders eindrucksvolle, dramatische Aufnahme handelte. Das Foto zeigte Memavet, der mit angezogenen Knien auf der linken Seite lag. Der ausgestreckte rechte Arm umklammerte eine Brandyflasche wie eine Keule. Die Augen waren offen und starr, und aus der rechten Schläfe sickerte Blut. Das Ungewöhnliche an dem Foto war der Blickwinkel; die Kamera war auf die Flasche gerichtet worden, und dadurch wurde die Gestalt auf dem Fußboden phantastisch verkürzt. Genau in der Mitte des Bildes sah man den schillernden Flaschenboden. Auf dem bauchigen Teil lag die Spitze des Zeigefingers und wies direkt auf den Betrachter. Etwas tiefer die Handknöchel, die sich um den Flaschenhals spannten und schließlich in der unteren Mitte des Bildes das nach oben gerichtete Gesicht des Toten mit den offenen, starren Augen.

«Donnerwetter, ein tolles Foto», räumte Adoumi ein. «Aber etwas daran irritiert mich.»

«Mich auch», bestätigte Ish-Kosher. «Egal, wie Sie's halten, der Finger scheint immer direkt auf Sie zu zeigen, und die Augen sehen Sie auch unentwegt an. Ich hab mich bei den Leuten im Fotolabor danach erkundigt, und die sagten, es liegt daran, daß die Kamera direkt auf seine Fingerkuppe gerichtet wurde. Das macht die Wirkung aus.»

«Ich wüßte gern, wer das aufgenommen hat.»

«Das verraten sie nicht. Fast jeder könnte es gewesen sein – womöglich sogar ein Tourist. Die schleppen ihre Kameras doch dauernd mit sich rum. Bevor wir die Gegend nach der Detonation abriegeln konnten, müssen fünfzig bis hundert Leute in der Mazel Tov Street gewesen sein, und die Hälfte hatte Kameras und knipste in einem fort. Dann glückt einem von ihnen so 'ne ungewöhnliche Aufnahme, und er schickt sie vielleicht an *Haolam*. Für so was zahlen sie ganz gut, würde ich meinen. Oder es könnte sogar ein Pressefotograf von einer der Tageszeitungen gewesen sein.»

«Das ist mir ja alles klar, aber wieso bringen sie das ausgerechnet jetzt? Meinen Sie, die haben was läuten hören?»

Ish-Kosher schüttelte den Kopf. «Ausgeschlossen. Die Verhaftung ist erst vor ein paar Tagen erfolgt, und diese Nummer von *Haolam* muß mindestens vor zwei Wochen in Druck gegangen sein.»

«Daß sie die Titelseite in letzter Minute auswechseln können, halten Sie für unmöglich?»

«Möglich wäre es vermutlich», sagte Ish-Kosher vorsichtig. «Dazu kenne ich mich nicht genug im Druckereigewerbe oder in der Zeitschriftenbranche aus – aber was hätten sie schon davon?»

«Vielleicht kalkulieren sie so: wir sind kurz davor, den Fall zu lösen, und sie hätten dann ihren Knüller. Mir ist der Gedanke sehr unlieb, Chaim, daß es in unserem Laden eine undichte Stelle geben könnte.»

«Glauben Sie mir, Abner, die einzigen bei mir, die von der Sache wissen, sind absolut zuverlässig. Aus der Ecke haben Sie nichts zu befürchten. Ich bin überzeugt davon, daß es nur ein Zufall ist.»

«Das wäre auch besser.»

Stedman sah das Bild im Zeitschriftenständer in der Hotelhalle. Er kaufte ein Exemplar und nahm es mit auf sein Zimmer. Auch er fragte sich, warum es ausgerechnet jetzt erschien. Gehörte das zu einer raffinierten Kampagne, um das Interesse an der Angelegenheit erneut anzufachen? Sollte damit allgemeine Empörung ausgelöst werden? Würde die Tagespresse wieder beginnen, Artikel über die Explosion zu bringen? Er dachte daran, in der Zeitschriftenredaktion nachzufragen. Dann fiel ihm ein, daß er gerade dadurch Neugier erwecken und gegen seinen Willen Nachforschungen heraufbeschwören könnte. Wenn es aber Teil einer Kampagne sein sollte, und er unternahm nichts, das zu verhindern, dann . . .

Er gelangte zu dem Schluß, daß er jemand brauchte, mit dem er reden konnte; daß er sich im Kreis bewegte; daß er einen Mann mit normalem, gesundem Menschenverstand brauchte, der die Situation ruhig und objektiv betrachtete.

47

Gittel erschien frühzeitig am Freitag, um Miriam bei den Vorbereitungen für das Dinner zu helfen.

«Wirklich nett von dir, Gittel, aber ich schaffe es gut allein.»

«Hör zu, Miriam, bei mir brauchst du doch keine Umstände zu machen. Ich will mich nicht einmischen. Bei dem, was ich schon mit Hunderten und aber Hunderten von Familien erlebt hab, wo Schwiegertochter und Schwiegermutter in derselben Wohnung lebten, muß mir niemand erst sagen, daß keine Küche groß genug ist für zwei Frauen. Ich hatte mir vorgestellt, ich setze mich nur ruhig her und leiste dir Gesellschaft.» Aber sie konnte es doch nicht unterlassen, Ratschläge zu geben. «Eine Zwiebel in die Suppe, Miriam. Das solltest du immer tun, eine Zwiebel mitkochen. Uri sagt, dann schmeckt sie wie hausgemacht.» Auf Miriams Einwand, David möge keine Zwiebeln, antwortete sie: «Aber eine – das gibt der Sache erst den richtigen Pfiff. Und wir lassen sie ja nicht drin. Wir kochen sie nur mit. Du wirst sehen, ein ganz anderes Aroma.» Und als der Rabbi später bei Tisch die Suppe lobte, blinzelte sie Miriam zu – na, hab ich's dir nicht gesagt?

«Nein, Miriam, den Fisch nicht durch den Fleischwolf drehen, sondern wiegen. Ich weiß, die Amerikanerinnen machen das so, weil's einfacher ist. Aber wenn du den Fisch durchdrehst, gibt's eine Paste, und die wird dann beim Kochen hart.» Sie wühlte in den Schränken herum, fand das Wiegemesser und eine große Holzschüssel, nahm sie auf den Schoß und fuhrwerkte drauf los, «damit du siehst, wie du's machen mußt.» Dabei schwatzte sie unaufhörlich – von der Wohnungseigentümerin, die sie erst letzte Woche besucht hatte und die ausgezeichnet mit ihrer Schwester zurechtkam; von Sarah Adoumi, bei der sie auf einen Sprung hereingeschaut hatte, bevor sie herkam, und wegen deren Behandlung im Hadassa sie schwere Bedenken hatte. Unwillkürlich beschleunigte sie ihren Arbeitsrhythmus, sobald sie etwas erwähnte, das sie ärgerte.

Ihr Hauptthema war jedoch ihr Sohn Uri, und dann steigerte sie ihr Tempo zu einem Furioso, um ihrer Enttäuschung über ihn Ausdruck zu verleihen. «Er ist groß wie sein Vater und ein hübscher Junge. Das finde nicht nur ich als seine Mutter. Du wirst schon selber sehen, wenn er nachher kommt. Und beliebt ist er. Die Mädchen sind alle verrückt nach ihm. Er könnte an jedem Finger zehn haben. Und was tut er? Er verliebt sich in ein Mädchen aus armer Familie. Tunesier oder Marokkaner oder so was. *Sie* behaupten ja, da wär ein Unterschied, aber ich konnte den nie erkennen. Außerdem ist sie auch noch dunkel wie 'ne Araberin. Und er wird plötzlich fromm, weil ihre Familie sehr strenggläubig ist. Das sind die immer. Sie ist deswegen sogar vom Militärdienst befreit. Uri behauptet, sie wollte schon, aber ihr Vater hat sie nicht gelassen. Kann ja sein. Wenn das stimmt, dann hat sie jedenfalls mehr Respekt vor ihren Eltern als er vor seinen. Er betet sogar jeden Morgen, mit Gebetsriemen. Wie konnte das bloß passieren? Er ist doch in einem aufgeklärten Haus aufgewachsen.»

«Mein David betet jeden Morgen.»

«Jetzt auch? Du hast doch gesagt . . .»

«Er denkt daran, seinen Beruf zu wechseln, nicht seinen Glauben.»

«Na, ein Rabbi muß das wohl; ist ja schließlich sein Metier. Und inzwischen wird's ihm zur Gewohnheit geworden sein.» Es war offenkundig, daß sie das Beispiel ihres Neffen nicht als schlüssigen Beweis betrachtete. «Und neuerdings spricht er davon, in einen religiösen Kibbuz zu gehen, wenn er aus der Armee ausscheidet. Hast du 'ne Ahnung, was das bedeutet? Er wird jedes Jahr ein Kind haben und sein ganzes Leben lang Landwirt sein.»

«Findest du es nicht gut, im Kibbuz zu leben, Gittel?»

«Natürlich. Das gehört zu unseren großen sozialen Errungenschaften und Leistungen. Früher war es für den Aufbau des Landes notwendig. Aber heute liegen die Dinge anders.» Als Miriam nicht zu begreifen schien, erläuterte sie: «Ich meine, jetzt, wo das Land etabliert ist, da ist das nicht mehr nötig. Er könnte Arzt werden oder Ingenieur oder Naturwissenschaftler. Uri hat einen guten Kopf.» Und als Miriam anscheinend immer noch nicht verstand, sagte sie ungeduldig: «Ist es denn so ungewöhnlich, wenn eine Mutter sich das für ihren Sohn wünscht? Kein leichteres Leben, nein, aber die Chance, seine Fähigkeiten voll zu entwickeln?»

Miriam verfolgte das Thema nicht weiter, da es Gittel aufzuregen schien, sondern lenkte auf neutrales Gebiet ab. «Meinst du, er bringt seine Freundin mit?»

«Ich hab gestern mit ihm telefoniert. Er sagt, nein. Ihr Vater hat was dagegen; er hält es nicht für schicklich. Da bekommst du mal eine Vorstellung, wie sie erzogen ist. Sie sind letzten Endes Orientalen.»

«Möchtest du sie denn nicht gern sehen?»

«Dies Vergnügen kann ich mir für später aufsparen.»

Am frühen Abend ging der Rabbi in die Synagoge, und als er nach dem Gottesdienst zurückkam, waren die Kerzen bereits angezündet und der Tisch mit den zwei Weißbrotzöpfen, den *Barches,* dem Weinkrug und den Gläsern neben dem Teller des Rabbi am Kopfende gedeckt. Die Frauen waren noch in der Küche beschäftigt, und der Rabbi ging im Wohnzimmer auf und ab, wobei er eine chassidische Melodie summte. Alles wartete auf Uri.

«Wird er 'ne Uniform anhaben?» erkundigte sich Jonathan bei Gittel.

«Was denn sonst?»

«Und bringt er sein Gewehr mit?»

«Er ist Offizier, da trägt er kein Gewehr.»

«Ach.» Jonathan war so offensichtlich enttäuscht, daß sie eilends hinzufügte: «Dafür hat er eine Pistole. Die hat er wahrscheinlich mit.» Die Minuten dehnten sich zu einer Viertelstunde, dann einer halben, und Miriam stellte fest, daß ihr Mann von Zeit zu Zeit auf die Uhr sah, während er im Zimmer umherwanderte. Gerade wollte sie Gittel fragen, ob sie nicht schon anfangen sollten, als sie hörten, wie die Haustür ging. Dann läutete es, Jonathan machte eilfertig auf, und da stand Uri.

Er entsprach genau den Schilderungen seiner Mutter. Hochgewachsen, sonnengebräunt, sicheres Auftreten. Bei Jonathan hatte er im Nu gesiegt – die Uniform, die Stiefel, die Baskenmütze und natürlich vor allem die Pistole. Dem Rabbi schüttelte er bei der Vorstellung die Hand, Miriam aber küßte er herzlich auf den Mund. «Ein hübsches Mädchen muß man küssen», erklärte er. «Du hast doch nichts dagegen, David?» Seiner Mutter gegenüber benahm er sich, als habe er sie vor einer Stunde zuletzt gesehen. Miriam zuliebe sprach er englisch, mit starkem, kehligem Akzent.

«Hast du dich gut amüsiert auf der Konferenz letzte Woche?» begrüßte er seine Mutter.

«Zu einer Konferenz geht man nicht, um sich zu amüsieren», gab sie tadelnd zurück.

Sie hatten sich weder geküßt noch umarmt; nur die Besitzergeste, mit der sie einen Fussel von seiner Jacke schnippte und dann ein Fältchen an der Schulter glättete, ließ eindeutig auf die verwandtschaftliche Beziehung schließen.

«Wozu denn? Um was zu lernen?» Dann frotzelnd: «Was können die dir schon beibringen?» An Miriam gewandt, erklärte er: «Sie trifft dort all ihre alten Busenfreunde – aus Jerusalem, aus Haifa, sogar aus Tel Aviv. Manche wohnen direkt in ihrer Nachbarschaft, aber sie bekommt sie nie zu Gesicht außer bei diesen Konferenzen.»

Gittel gab sich ihm gegenüber betont sachlich und ließ sich nichts von dem Stolz anmerken, mit dem sie Miriam von ihm erzählt hatte. Sie sprach in einem leicht ironischen Ton mit ihm, doch wenn sie seine Freundin erwähnte, wurde er bewußt bitter sarkastisch. Seine Antworten waren tolerant und gutmütig; nur manchmal brauste er gereizt auf und machte eine beißende Bemerkung, gewöhnlich auf hebräisch.

«Ihr Vater hat sie wohl nicht gehen lassen, weil er dachte, hier ist es nicht koscher?» fragte Gittel.

«Hör mal, ich hab dir das schon am Telefon erklärt, weil ich mich nicht mit dir streiten wollte. Es war *meine* Idee, daß sie heute abend nicht mitkommen sollte.»

«Ach, du wolltest nicht, daß sie mich kennenlernt? Schämst du dich vielleicht deiner Mutter?»

«Keine Sorge. Du wirst sie kennenlernen. Und Miriam und David hoffentlich auch. Aber nicht alle zusammen, zumindest nicht beim erstenmal. Weil du bestimmt irgendwas sagen würdest, und dann bekämen wir Krach. Und ich möchte David und Miriam nicht den Sabbat verderben. Sie wollte kommen, aber ich hab sie überredet, es nicht zu tun.»

«Wollen wir zu Tisch gehen?» schlug der Rabbi versöhnlich vor.

Sie standen hinter ihren Stühlen, während er den *Kiddusch* anstimmte. Uri hatte die Baskenmütze mit einer schwarzseidenen *Jarmulke* vertauscht. Gittel sagte nichts, doch der verkniffene Mund verriet ihre Enttäuschung. Als sie sich zum Essen setzten, sagte sie: «Der Fetzen Seide ist heiliger als deine Militärmütze? Vielleicht deckt er mehr zu?»

Er lächelte gutmütig. «Aus der Uniform rauszukommen, und wenn's auch nur ein Stückchen ist, gibt einem das Gefühl, wirklich auf Urlaub zu sein.»

«Diese Argumentation versteht deine Freundin bestimmt besser als ich. Du hast sie doch heute gesehen, nehme ich an.»

«Ja, ich hab Esther gesehen», entgegnete er trotzig auf hebräisch.

«Wir sind eine Weile im Park rumgebummelt, und dann bin ich hergefahren. Was ist dabei?»

«Es wundert mich, daß ihr Vater nicht verlangt hat, du sollst mit ihm zur *Schul* gehen, wahrscheinlich zur Klagemauer.»

«Er hat mich gefragt, und wenn ich nicht hergekommen wäre, hätte ich ihn begleitet. Er geht nicht zur Klagemauer, sondern in eine kleine *Schul* im orthodoxen Viertel, die ich sehr gern mag.»

«Jetzt hat er auch noch eine Vorliebe für eine bestimmte *Schul*, mein Sohn. Er entwickelt sich zu einem richtigen Rabbi. Jeden Tag legt er die Gebetsriemen an und betet . . .»

«Na und? Wenn du dich an was erinnern willst, bindest du dir einen Faden um den Finger. Was ist also dabei, wenn ich mir einen Lederriemen um den Arm und einen um die Stirn binde . . .»

«Um dich woran zu erinnern?» fragte seine Mutter.

Er zuckte die Achseln. «Ich weiß nicht. Vielleicht daran, daß ich, wenn ich allein patrouilliere, doch nicht allein bin. Es besteht immer die Möglichkeit, eine Kugel von einem Heckenschützen zu erwischen oder auf eine Mine zu treten. Kein angenehmer Gedanke, daß es nur Glückssache ist, daß es nicht passiert wäre, wenn du nicht diesen einen Schritt mehr gemacht hättest. Da ziehe ich den Gedanken vor, daß es einen großen Plan gibt, von dem ich ein Teil bin, ja, und selbst wenn ich erschossen werde, gehört es zu diesem Plan. Sieh mal, all das hier, die Kerzen, der Wein, die *Challa*, die ganze Idee des Sabbat – wunderschön ist das. Kann etwas schön sein und keinen Sinn haben? Du selber zündest doch auch die Kerzen zu Hause an.»

«Der Sabbat ist in Wirklichkeit keine Sache der Religion», entgegnete seine Mutter heftig, «sondern vielmehr ein wichtiger sozialer Beitrag, den wir geleistet haben.»

«Sind nicht alle religiösen Bräuche soziale Beiträge, gesellschaftliche Errungenschaften?» fragte der Rabbi milde.

Gittel legte den Kopf schief und überlegte. «Dein Mann hat eine merkwürdige Art, die Dinge zu betrachten, Miriam», meinte sie. Dann zum Rabbi: «Du kannst recht haben, aber sogar eine große soziale Neuerung kann mit der Zeit zum reinen Aberglauben werden. Nimm meinen Sohn . . .»

«Ach, hör auf, Gittel», protestierte Uri, «es muß doch außer mir noch andere Gesprächsthemen geben. Hast du Sarah gesehen?»

«Ja, und Abner auch. Er war gerade im Krankenhaus, als ich kam. Und ich hab ihm ins Gesicht gesagt: ‹Abner Adoumi›, hab ich gesagt, ‹wenn du willst, daß deine Frau . . .›»

«Ja, ich weiß», unterbrach Uri. «Er soll seine Stellung aufgeben.»

«Du hast immer noch nicht erklärt, wieso sie so gefährlich ist», sagte der Rabbi.

«Was er genau tut, weiß ich nicht, nur daß er ein hoher Regierungsbeamter ist . . .»

«Mach's halblang, Gittel, du weißt sehr gut, daß er beim *Shin Bet* ist», sagte ihr Sohn.

«Ich weiß nichts dergleichen. Weder er noch Sarah haben mir je was davon gesagt, und ich werde mich hüten zu fragen. Und ich hätte gedacht, du als Angehöriger der Armee solltest soviel Verstand haben, das nicht zu erwähnen.»

«Wieso? Meinst du, David und Miriam werden das überall herumposaunen? Vielleicht sollte ich rausfahren und sie besuchen, wenn ich schon hier bin.»

«Wann? Morgen? Geht nicht. Deine frommen Freunde würden das nicht zulassen, weil du fahren müßtest. Keine Besucher im Hadassa am Sabbat. Nicht mal Abner darf zu seiner eigenen Frau. Für die ist es ein schlimmes Verbrechen, und wir anderen müssen uns ihren Ansichten beugen. Dabei sind sie nicht mal echte Israelis; sogar die Sprache können sie nicht . . .»

«Und die Angelsachsen und Yankees, die das Hadassa und auch dein Hospital leiten, nennst du die echte Israelis? Was die Sprache angeht, die wollen sie ja nicht mal erlernen. Manche von ihnen sind dreißig Jahre und länger hier im Land und können immer noch keine hebräische Zeitung lesen oder die hebräischen Radionachrichten verstehen.»

«Es gibt hier also eine Frage, wer ein ‹echter Israeli› ist?» mischte sich der Rabbi freundlich in die Unterhaltung. «Für mich ist das ein Zeichen, daß der Staat völlig etabliert ist. Während der Bildung und Gründung eines Staates ist gewöhnlich keine Zeit für solche Streitigkeiten.»

«Du verstehst das nicht, David», sagte Uri ernst. «Du bist noch nicht lange genug hier. Es ist eine Frage des Prinzips . . .»

«Nein, Uri, es ist eine Frage der Logik», entgegnete der Rabbi bestimmt. «Jeder israelische Staatsbürger ist automatisch ein echter Israeli. Einige sind vielleicht typischere Vertreter als andere. Ich nehme an, ein Pekinese ist ein weniger typischer Hund als ein Dobermann, trotzdem ist er ein echter Hund. Was könnte er sonst sein? Euer Sprachtest würde viele Menschen ausschließen, die herkamen und hier starben, um das Land zu gründen. Dein eigener Vater hat auch nicht Hebräisch gesprochen, wie ich gehört habe.»

«Mein Mann war Jiddist», erklärte Gittel steif. «Er hat aus Prinzip nicht Hebräisch gesprochen.»

«Und die religiösen Gruppen, zumindest einige, sprechen es ebenfalls aus Prinzip nicht», sagte der Rabbi. «In ihren Augen ist es eine heilige Sprache und darf folglich nicht für weltliche Dinge benutzt werden.»

«Niemand hat wirklich was dagegen, daß sie nicht Hebräisch sprechen oder so fremdartig gekleidet sind», meinte Gittel. «Wogegen wir Einwände haben, ist, daß diese Leute weniger als fünfzehn Prozent der Gesamtbevölkerung ausmachen, aber versuchen, uns anderen ihre

Bräuche aufzuzwingen.»

«Würdest du einer politischen Gruppe das Recht absprechen, ihre Intelligenz zu benutzen, um ihren Einfluß zu vergrößern und ihre Ideen zu propagieren?» fragte der Rabbi. «Und vergiß nicht, bei ihnen ist es eine nicht nur politische Grundsatzfrage. Sie mögen sich irren, aber sie glauben, göttliche Gebote auszuführen.»

«Fanatiker!» sagte Gittel. «Das sind sie –Fanatiker.»

Der Rabbi legte den Kopf auf die Seite und lächelte. «Selbst Fanatiker haben ihren Zweck. Sie bilden ein Ende der normalen Kurve, die uns alle umfaßt. Wären sie dem Mittelpunkt ein wenig näher, dann wären die am anderen Ende um genau das Stück weiter weg. Wenn wir alle vor ein paar hundert Jahren ‹aufgeklärt› worden wären – wären wir dann heute ein Volk?»

Gittel schob ihren Teller beiseite, stützte die Ellbogen auf den Tisch und beugte sich mit kampflustig funkelnden Augen nach vorn. «David, du bist zwar ein Rabbi, aber du hast keine Ahnung, wovon du redest. Das ist nicht deine Schuld», fügte sie großmütig hinzu, «du hast nicht lange genug hier gelebt, um zu wissen, was sich tut. Es dreht sich nicht nur um die Beschränkungen, die sie uns anderen am Sabbat aufzwingen, sondern es gibt ganze Gebiete, über die sie unumschränkte Macht ausüben. Sie bestimmen über Eheschließungen; sie bestimmen, wer ein Jude ist. Praktisch beherrschen sie unsere Hotels und Restaurants. Und alles auf der Grundlage uralter Vorschriften, die keine Beziehung mehr zu einer modernen Gesellschaft haben. Weil ein Mann zufällig Cohen heißt, verweigern sie ihm die Genehmigung, eine geschiedene Frau zu heiraten, mit der Begründung, er entstamme der Familie der Kohanim, das heißt Priester, und nach dem Leviticus oder Deuteronomium oder sonst was darf der Priester keine geschiedene Frau heiraten. Eine Frau erduldet alle möglichen Grausamkeiten und Mißhandlungen von ihrem Mann und kann keine Scheidung bekommen, weil nur der Ehemann sie gewähren darf.»

«Der Ehemann kann vom rabbinischen Gericht angewiesen werden, die Scheidung zu gewähren», sagte Uri, «und sie können ihn sogar ins Gefängnis bringen, wenn er sich weigert.»

«Und was ist, wenn er bereits im Gefängnis sitzt?» fragte seine Mutter. «Und was ist mit den Kindern von jüdischen Vätern und nichtjüdischen Müttern, die von den Gerichten zu Nicht-Juden erklärt wurden . . .»

«Aber wenn sie übergetreten ist . . .»

«Diese Leute entscheiden, ob es sich um einen richtigen, gültigen Glaubenswechsel handelt», schloß sie triumphierend.

Der Rabbi lehnte sich zurück. «Und welches Gesetz hat jemals jedermann genau gleich behandelt? Es gibt immer Ausnahmefälle, die dem einzelnen gegenüber ungerecht sind. Aber die Gesellschaft duldet sie, weil ein vollkommenes Gesetz unerreichbar und das Leben ohne Gesetz undenkbar ist. Gibt es zu viele solcher Ausnahmefälle – das heißt, wenn die Fälle keine Ausnahmen mehr sind und zur Regel werden –, dann ändert man entweder das Gesetz, oder es wird etwas modifiziert, neu ausgelegt, um es der neuen Situation anzupassen. Und eben das ist hier in der Frage der Mischehen geschehen. Doch wenn es nicht eine Gruppe von Zeloten gäbe, die darauf dringen, daß die strenge Auslegung des Gesetzes erhalten bleibt, wer ein Jude ist und wer nicht – sagt mir bitte, wie lange eurer Meinung nach dann Israel ein jüdischer Staat bleiben würde? Wie lange würde es dauern, bis es restlos kosmopolitisch wäre? Und welche Rechtfertigung gäbe es dann, es als eigenen Staat zu belassen?»

Jonathan gähnte ausgiebig und zog damit sofort die allgemeine Aufmerksamkeit auf sich.

«Das arme Kind», sagte Gittel, «unser Gerede hat ihn müde gemacht.»

«Er gehört längst ins Bett», erklärte Miriam. «Komm, Jonathan, gib Daddy und Tante Gittel und Uri einen Kuß und sag gute Nacht.»

Pflichtschuldigst machte Jonathan die Runde und blieb vor Uri stehen. «Gehst du heut nacht noch weg?» erkundigte er sich ernsthaft.

«Uri schläft heute hier», beruhigte ihn Miriam. «Und wenn du gleich ins Bett gehst, bist du morgen früh frisch und munter und kannst mit ihm in die *Schul* gehen.»

Als sie den Abend viel später beendeten, teilte Gittel mit, sie werde auf dem Sofa schlafen, so daß Uri das Bett in Jonathans Zimmer haben könnte. Er protestierte, aber Gittel beharrte darauf, ihr sei das Sofa lieber. Miriam erklärte sie: «Ich möchte, daß er wenigstens eine Nacht ein bequemes Bett hat. Außerdem wird Jonathan sich freuen, wenn er ihn beim Aufwachen in seinem Zimmer vorfindet.»

Als sie Miriam half, das Sofa für die Nacht herzurichten, fragte sie: «Ist euer Freund, dieser Stedman, eigentlich schon nach Amerika zurückgefahren?»

«Nein, ich glaube nicht. Bestimmt hätte er sich vorher noch telefonisch von uns verabschiedet.»

«Sein Sohn steckt in einem ganz schönen Schlamassel, wie?»

«Keine Ahnung», sagte Miriam. «Wir haben uns Sorgen deshalb gemacht. Seit dem Abend im *King David* haben wir keine Silbe von Dan gehört. Wahrscheinlich ist er in Tel Aviv und sieht zu, was er bei der Botschaft ausrichtet.»

«Zu schade, er ist ein netter Mensch.»

«Möglich, daß er morgen zum *Kiddusch* vorbeikommt. Das macht er für gewöhnlich.»

«Dann sehe ich ihn ja vielleicht. Eventuell kann ich da helfen. Ich kenne massenhaft Leute.»

48

Es war kein Zufall, daß Marty Drexler und Bert Raymond am Samstagmorgen auftauchten; sie wußten, daß der Rabbi im Tempel war, und so konnten sie ungestört mit der Rabbitzin sprechen.

Sie öffnete ihnen die Tür. «Ach, Mr. Raymond – und Mr. Drexler. Der Rabbi ist in der Synagoge.»

«Ach. Na, das hätte ich mir eigentlich denken können.» Raymond hörte sich enttäuscht an, machte jedoch keine Anstalten zu gehen.

Um das verlegene Schweigen zu überbrücken, sagte Mrs. Deutch: «Möchten Sie nicht hereinkommen? Handelt es sich um etwas Dringendes?» Sie trat zur Seite, um die beiden vorbeizulassen. «Ich bin gerade bei der zweiten Tasse Kaffee. Wollen Sie mir dabei Gesellschaft leisten?»

«Mit dem größten Vergnügen, Mrs. Deutch», sagte Marty.

Sie holte Tassen, und sie setzten sich um den Tisch und plauderten. Beide lehnten ab, als sie ihnen zum zweitenmal einschenken wollte. Marty hob abwehrend die Hände und erklärte: «Der Kaffee ist ausgezeichnet, aber eine Tasse ist mehr als genug für mich. Weshalb wir den Rabbi sprechen wollten . . . also es dreht sich darum, ob er zu einem Entschluß gekommen ist . . . in der Sache, über die wir uns vergangene Woche mit ihm unterhalten haben. Hat er Ihnen davon erzählt?»

«Ja, er hat's erwähnt», sagte sie vorsichtig.

«Das betrifft Sie ja genauso wie ihn. Was halten Sie davon, wenn Sie hierbleiben, Mrs. Deutch?» fragte Raymond.

«Die Entscheidung liegt bei Hugo.» Sie räumte die Tassen ab. «Das werden Sie doch verstehen, Mr. Raymond.»

«Na klar», meinte Marty. «Bei mir zu Hause entscheide ich, und meine Frau sagt mir, wie ich entscheiden soll. Und das wird wohl in den meisten Familien dasselbe sein, nehme ich an. Außerdem kann ich mir vorstellen, daß der Rabbi auf Sie hört und viel auf das gibt, was Sie sagen.»

«Na ja, natürlich . . .»

«Ich meine, wenn Ihnen der Gedanke nicht gefällt, wenn Sie finden, der Rabbi ist zu alt, um eine neue Stellung zu übernehmen . . . oder wenn Sie vorhaben, sich in Florida zur Ruhe zu setzen, dann sind wir auf der falschen Fährte und je eher wir das wissen, desto schneller können wir uns mit neuen Plänen befassen.»

«Soweit es mich angeht, mir gefällt es hier. Und Hugo auch, das weiß ich. Ob er zu alt ist, darüber müssen Sie und Ihr Vorstand entscheiden. Ich weiß, er ist nicht der Meinung. Und ich auch nicht. Und uns in Florida zur Ruhe setzen . . . ich bin sicher, nichts liegt ihm ferner als das.»

«Also, wenn wir Sie auf unserer Seite haben . . .»

«Ich kann Ihnen aber sagen, was ihm am meisten Kopfschmerzen bereitet», fuhr sie fort, «nämlich ob es sich hier tatsächlich um eine Stellung handelt.»

«Ich weiß, was Sie meinen», entgegnete Raymond ernst, «und ich habe Rabbi Deutch selbstverständlich erklärt, daß wir an ihn herangetreten sind, weil wir Grund zu der Annahme hatten, daß hier eine Stellung frei ist.»

«Hören Sie, Mrs. Deutch», sagte Marty Drexler impulsiv. «Ich werde meine Karten auf den Tisch legen. Als Rabbi Small Urlaub nahm – und ich betone ‹nahm›, denn er wurde ihm weiß Gott nicht angeboten –, da war, was mich betrifft, der Job auf der Stelle zu haben. Wäre das in meinem Büro passiert, hätte ich bereits einen Ersatz gehabt, bevor der Knabe noch seine Whiskeyflasche aus der Schreibtischschublade geholt hätte. Und ich halte mich nicht für hartgesotten; ich bin nur fair. Ich hab nichts dagegen, dem anderen das zu geben, was ihm zusteht, solange ich das bekomme, was mir zusteht. Aber im Vorstand ist man scheint's der Meinung, bei Rabbinern wär das was anderes. Von mir aus. Also einigten wir uns darauf, einen Vertreter zu engagieren, nämlich Ihren lieben Mann, während Small auf drei Monate oder so was abhaut. Aber in der ganzen Zeit haben wir kein Wort von ihm gehört. Keine Silbe. Nicht mal eine Zeile ‹auf baldiges Wiedersehen›, na, was man eben so schreibt. Geschweige denn einen Brief, in dem er sich Gott behüte erkundigt, was sich hier tut. Kein Wunder, daß sich jetzt mehr Leute zu meiner Auffassung bekehrt haben – das heißt kurz und bündig: Hier ist ein Job frei, und wir können einen Wink mit dem Zaunpfahl, der schon mehr ein Schlag mit dem Holzhammer ist, ebensogut wie jeder x-beliebige kapieren.»

«Haben Sie ihm geschrieben?»

«Wir denken gar nicht daran. Und wenn jemand vom Vorstand das vorschlagen würde, würde ich mich auf die Hinterbeine stellen und laut und deutlich Fraktur reden. Denn ich halte es für unter unserer Würde, ihm zu schreiben und zu betteln, er soll uns doch gütigst mitteilen, was er vorhat.»

«Und zu allem Überfluß, Mrs. Deutch», fügte Raymond hinzu, «waren zwei von unseren Gemeindemitgliedern in Israel und einen Tag mit Rabbi Small zusammen. Sie hatten den Eindruck – ich möchte gern fair sein –, daß er nicht zurückkommt und vielleicht sogar ganz aus dem Rabbinat ausscheidet.»

«Ehrlich gesagt fanden wir es auch etwas merkwürdig, daß Rabbi Small uns nicht geschrieben hat», gestand Mrs. Deutch.

«Das reicht mir!» rief Marty. «Was mich angeht, ist Rabbi Small endgültig weg vom Fenster.»

«Also, Marty . . .» wandte Raymond ein.

«Sieh mal, Bert, ich steh schließlich mit meiner Meinung nicht allein da. Ich hab bei den Leuten im Vorstand auf den Busch geklopft, und mehr als die Hälfte sagen, wenn sie die Wahl hätten zwischen Rabbi Small und Rabbi Deutch, würden sie Rabbi Deutch nehmen, auch wenn das Krach bedeutet. Er ist unser Mann. So was wie ihn braucht der Tempel. Und ich werd Ihnen noch was sagen, Mrs. Deutch. Bert hier ist derselben Meinung, aber als Anwalt kann er eben nichts sagen, ohne einen Haufen Wenns und Abers reinzubringen. Ich dagegen sage Ihnen klipp und klar, Mrs. Deutch, der Job ist frei, Ihr Mann kann ihn haben, wenn er ihn will; aber er darf nicht einfach dasitzen und warten, daß er ihm in den Schoß fällt. Er muß schon danach greifen.»

«Ich versteh leider nicht . . .»

«Aber sicher verstehen Sie mich. Er muß zeigen, daß er ihn haben möchte. Den Job oder das Geschäft hat's noch nicht gegeben, bei dem alles glatt und reibungslos über die Bühne geht. Ein bißchen drum bemühen muß man sich immer. So ist das Leben. Das muß man einkalkulieren. Und in diesem Fall sehe ich kein großes Problem. Aber Rabbi Deutch muß durchblicken lassen, daß er den Job möchte. Sonst wird es nach der Rückkehr von Rabbi Small Leute geben, die sagen, Rabbi Deutch ist ihnen zwar lieber, nach wie vor, aber Rabbi Small ist ein junger Mann mit Familie und so weiter. Und was geschieht dann als erstes? Wir kriegen Zores, es gibt böses Blut, und etwas von dem ganzen Geseire trifft auch Ihren Mann.»

Mrs. Deutch nickte. «Ja, ich denke, ich verstehe Ihren Standpunkt.»

«Es ist also abgemacht, Mrs. Deutch?»

«Ich sagte ja schon, die Entscheidung liegt bei Hugo. Aber ich werde mit ihm reden, garantiert.»

«Mehr verlangen wir ja gar nicht», erklärte Marty. Er und Bert erhoben sich. «Sollte ich zufällig Rabbi Deutch begegnen . . . na ja, ich hatte nicht vor, ihm zu sagen, daß ich hier gewesen bin.»

«Ja, das halte ich auch für die bessere Taktik», nickte sie. «Ich werde kein Wort von Ihrem Besuch erwähnen.»

«Dann wird er denken, das Ganze kommt von Ihnen.»

Als sie im Wagen saßen, fragte Bert: «Meinst du, sie kann das zustande bringen?»

«Die Sache ist geritzt.» Marty lachte in sich hinein. «Ich bin weder Philosoph noch Psychologe oder so was, aber im Geschäftsleben hab ich gelernt, wie man Ehepaare abtaxiert – du weißt ja, sie kreuzen gemeinsam auf, wenn sie ein Darlehen haben wollen –, und da kann ich eigentlich immer genau sagen, wer von den beiden die Hosen anhat. Verlaß dich drauf, in dem Haus hier ist sie diejenige welche.»

49

Uri war zu seiner Freundin gegangen; Jonathan hatte bereits seine «guten» Sachen, in denen er in der Synagoge gewesen war, gegen die gewohnten Shorts und den Pullover vertauscht und spielte im Hof mit Shauli. Die Smalls und Gittel saßen gemütlich bei Wein, Kuchen und Nüssen am *Kiddusch*-Tisch, als Dan Stedman auftauchte. Er hatte die Nummer von *Haolam* dabei und drückte sie dem Rabbi in die Hand.

«Da, sehen Sie, der Propagandaapparat wurde bereits in Bewegung gesetzt. In den nächsten Tagen geht's weiter und wenn es schließlich zur Gerichtsverhandlung kommt, hat die Presse das Urteil schon vorweggenommen.» Er sah verhärmt aus und hatte dunkle Ringe unter den Augen.

Der Rabbi betrachtete das Titelfoto und blätterte dann durch die Seiten. «Eine Monatszeitschrift», bemerkte er, «und dieses Heft muß schon vor einiger Zeit in Druck gegangen sein. Außerdem handelt sich's um eine bebilderte Zeitschrift, ähnlich wie unser *Life*. Die veröffentlichen jedes interessante Foto. Haben Sie das auf Seite zweiunddreißig gesehen? Diese Luftaufnahme muß direkt nach dem Sechs-Tage-Krieg gemacht worden sein. Und das von Memavet ist vom Fotografischen her höchst interessant.»

«Vermutlich», bestätigte Stedman müde. «Ich stecke so in der Sache drin, daß ich wahrscheinlich nicht mehr folgerichtig denke. Womöglich habe ich darüber schon Verfolgungswahn bekommen. Und dann war niemand da, mit dem ich darüber sprechen konnte . . .»

«Was ist denn passiert?» erkundigte sich Miriam.

«Ich . . .» Er hielt unsicher inne und sah die beiden Frauen nacheinander an.

«Wenn Sie nicht in meiner Gegenwart reden wollen, kann ich ja in die Küche gehen», erbot sich Gittel.

«Nein, nicht nötig. Es dauert höchstens ein paar Tage, bis es sowieso jeder weiß.» Er kicherte hysterisch. «Sie können ebensogut meine Seite der Geschichte zuerst hören.» Als er zu sprechen begann, wurde seine Stimme ruhiger, und bald berichtete er sachlich und objektiv, als diktiere er eine Reportage. Mitunter ließ er Kommentare einfließen – «ich kann verstehen, wieso die Polizei zu diesem Schluß gekommen ist» oder «das war furchtbar töricht von Roy». Beide Frauen fixierten ihn, während der Rabbi intensiv auf die Titelseite der Zeitschrift blickte, die vor ihm lag. Dan endete mit den Worten: «Ich kann nicht glauben, daß Roy so etwas Schreckliches gemacht haben soll.» Und dann schwächte er seine Worte mit dem Zusatz ab: «Ich bin sicher, sie haben nicht das Beweismaterial, das in einem regulären Prozeß erforderlich wäre.»

Gittel hörte ihm mit zwiespältigen Gefühlen zu. Einerseits schien die Regierung der Meinung zu sein, daß der junge Mann mit den Terroristen in Verbindung gestanden und tatsächlich eine Gewalttat verübt hatte, durch die ein Mensch ums Leben gekommen war. Und andererseits tat ihr dieser nette Mann leid, und das machte es schwer vorstellbar, sein Sohn könnte einer kriminellen Handlung schuldig sein.

«Warum nehmen Sie keinen Anwalt?» fragte sie. «Der könnte es Ihnen zumindest ermöglichen, Ihren Sohn zu sehen.»

Stedman schüttelte den Kopf und nannte seine Gründe, die er zuvor schon Donahue auseinandergesetzt hatte. «Außerdem ist mein Freund in der Botschaft der Meinung, daß wir es hier mit *Shin Bet* zu tun haben und solche Fälle nicht nach der regulären Routine behandelt werden.»

«Was haben Sie also vor?»

«Er konnte den Namen des zuständigen Mannes eruieren, ein gewisser Adoumi. Ich hab versucht, mit ihm zu sprechen, aber er hat mich abwimmeln lassen.»

«Abner Adoumi?» fragte Gittel.

«Stimmt. Kennen Sie ihn?»

«Das kann man wohl sagen.»

«Ob Sie vielleicht eine Zusammenkunft mit ihm arrangieren könnten», bat er.

Ihr Gesicht wurde abweisend. «Ihr Sohn wird eines schweren Verbrechens gegen den Staat verdächtigt, Mr. Stedman. *Shin Bet* handelt nicht leichtfertig, davon bin ich überzeugt. Aber Abner Adoumi ist Staatsbeamter, und Sie haben ein Recht, ihn zu sehen. Man darf es ihm nicht durchgehen lassen, daß er sich vor seinen Verpflichtungen drückt. Ich fahre Sie zu ihm – gleich jetzt, wenn Sie wollen. Er ist wahrscheinlich zu Hause.»

Dan konnte seine Dankbarkeit nicht verbergen. «Aber ich kann nicht von Ihnen verlangen, daß Sie sich diese Ungelegenheiten machen. Wenn Sie mir bloß seine Adresse geben . . .»

«Und was würden Sie tun, wenn er Ihnen die Tür vor der Nase zuschlägt? Das bringt Abner glatt fertig. Nein, ich fahre Sie hin und sorge dafür, daß er Sie wenigstens anhört.»

«Haben Sie was dagegen, wenn ich mitkomme?» fragte der Rabbi.

«Durchaus nicht.» Stedman war jetzt in gehobener Stimmung. «Je zahlreicher wir aufkreuzen, desto besser. Dann sieht er, daß er die Sache nicht geheimhalten kann.»

Der Renault sprang sofort an, Stedman saß neben Gittel und der Rabbi hinten. Sie schwiegen während der kurzen Fahrt, jeder in seine Gedanken versunken. Gittel hielt vor dem Haus in der Kol Tov Street, marschierte, die beiden Männer im Schlepptau, zur Tür und läutete.

Adoumi öffnete. «Was tust du denn hier, Gittel?» begrüßte er sie. «Wer sind die beiden?»

«Das ist mein Freund Daniel Stedman, und das mein Neffe, David Small.»

Er lächelte. «Aha, der Rabbi aus Amerika, der den Sabbat nicht einhält. Was wünschen Sie?»

«Wir möchten mit Ihnen sprechen», sagte Stedman. «*Ich* möchte das.»

Adoumi zögerte kurz und zuckte dann die Achseln. «Na gut, kommen Sie rein.» Er ging voran und wies entschuldigend auf die am Fußboden verstreuten Zeitungen und die allgemeine Unordnung im Zimmer. «Meine Frau liegt im Krankenhaus.»

«Und da mußt du die Wohnung in einen regelrechten Schweinestall verwandeln, den sie gleich am ersten Tag ausmisten darf?» tobte Gittel. «Hast du etwa Angst, ihr könnte sonst die Arbeit ausgehen?»

«Ich wollte ja alles aufräumen, bevor sie zurückkommt», erwiderte er zerknirscht.

«Ich mach das schon. Du sprichst mit Mr. Stedman.» Sie begann, die Zeitungen aufzuheben. Adoumi bot den beiden Platz an.

Sie sahen ihr einen Moment zu, dann sagte Stedman: «Mein Sohn Roy . . .»

Adoumi unterbrach ihn schroff. «Ihr Sohn hat versucht, über die Grenze in feindliches Gebiet zu gelangen. Das ist eine militärische Angelegenheit, wenn ein Land sich im Kriegszustand befindet, und ein Fall für die Militärgerichte. Ich habe damit nichts zu tun.»

Dan Stedman ließ sich nicht einschüchtern. «Nach meinen Informationen liegt die Sache weitgehend in Ihren Händen. Und mein Informant ist zuverlässig», entgegnete er ruhig. Ehe Adoumi antworten konnte, fügte er hinzu: «Dieser angebliche Fluchtversuch über die Grenze – haben Sie das arrangiert?»

«Was meinen Sie damit?» Doch Adoumi war keineswegs wütend, er grinste sogar.

«Ich meine, daß mir alles zu gut zusammenpaßt. Erst diese Sache mit der Polizei – man verhört ihn wegen des Bombenanschlags und versäumt dann tunlichst, ihm seinen Paß zurückzugeben. Hätte man konkrete Beweise gehabt, ihn mit der Sache in Verbindung zu bringen, wäre er auf der Stelle verhaftet worden. Da sie das aber nicht taten, halte ich es für möglich, daß Sie ihn veranlaßt haben, eine Dummheit zu machen – wie zum Beispiel heimlich wegzulaufen.»

«Unschuldige türmen nicht», sagte Adoumi.

«Es sei denn, man treibt sie dazu», konterte Stedman. «War sein arabischer Freund einer von Ihren Leuten? Vielleicht zufällig ein *Agent provocateur*?»

«Wir schießen nicht auf unsere eigenen Agenten», erklärte Adoumi. «Sie haben zu viele Spionagefilme gesehen, mein Freund.»

«Was sich ein Regisseur in Hollywood zusammenphantasieren kann, ist einem Mann vom Geheimdienst genauso möglich. Er könnte sogar nur vorgetäuscht haben, angeschossen worden zu sein.»

«Nein, er wurde wirklich getroffen, glauben Sie mir. Aber er lebt und kann verhört werden.»

«Und *ist* auch verhört worden, nehme ich an», bemerkte der Rabbi.

Beide Männer wandten sich ihm zu, und Gittel unterbrach ihre Arbeit.

«Was meinen Sie damit?»

«Wenn er gefährlich verletzt wäre», begann der Rabbi schüchtern, «dann hätten Sie ihn meiner Meinung nach sofort verhört, um auf jeden Fall das, was Sie wissen wollten, vor seinem Ableben aus ihm herauszuholen. Und wäre er nicht gefährlich verletzt, würden Sie wohl kaum mit seiner Vernehmung bis zu seiner völligen Wiederherstellung gewartet haben. Also nehme ich an, Sie haben ihn verhört, und er hat offensichtlich nichts gesagt, was Roy belastet. Denn sonst hätten Sie sich vorhin nicht auf die strafbare Handlung der versuchten Grenzüberschreitung bezogen; Sie hätten vielmehr etwas Ernstlicheres gehabt, das Sie ihm zur Last legen.»

Gittel nickte ihrem Neffen anerkennend zu und ließ sich in einem Sessel nieder. Auch Adoumi sah ihn respektvoll an.

«Das ist rabbinischer *Pilpul*», sagte er. «Ich hätte nicht gedacht, daß ihr amerikanischen Rabbis euch mit dergleichen befaßt. Ich sage nicht, daß Sie unrecht haben.» Er überlegte kurz. «Nein», verbesserte er sich, «aber der Araber wird noch weiter verhört . . .»

«Sicher», fiel ihm Stedman verbittert ins Wort, «und bevor Sie mit ihm fertig sind, hat er genau erraten, was Sie von ihm hören wollen.»

«Auf diese Tour arbeiten wir hier nicht», wehrte sich Adoumi gereizt.

«Jede Polizei arbeitet auf diese Weise, man könnte auch sagen, jeder, der eine Reihe von Fragen stellt, wie etwa ein Lehrer, und sei es nur unterbewußt», sagte der Rabbi ruhig. «Ich weiß nicht, was Roy veranlaßt hat, aus Jerusalem fortzugehen. Es kann sein, daß sein arabischer Freund ihn dazu überredet hat, und der wiederum könnte von Ihren Leuten eingeschüchtert worden sein. Oder er hätte seine eigenen Gründe haben können. Aber wenn es eine strafbare Handlung war, daß Roy das Land verlassen wollte, so ist es sicherlich kein schweres Verbrechen. Sie halten doch hier Menschen nicht gewaltsam zurück wie in den Ostblockstaaten. Sie verlangen lediglich von ihnen, daß sie bestimmte Formulare ausfüllen und gewisse Richtlinien befolgen, wenn sie ausreisen wollen. Also haben Sie unter diesem Gesichtspunkt weiter nichts gegen ihn vorliegen, als daß er sich nicht an den amtlich vorgeschriebenen Weg hielt. Das würde normalerweise was nach sich ziehen? Einen gerichtlichen Verweis? Eine kleine Geldstrafe? Ein paar Tage Gefängnis? Folglich müssen Sie einen anderen Grund haben, ihn festzuhalten. Und das kann nur der Bombenanschlag auf die Wohnung in der Nachbarstraße sein. Wenn sich nun beweisen ließe, daß er damit nichts zu tun haben konnte . . .»

«Und wie wollen Sie das beweisen?» forderte Adoumi ihn heraus.

Der Rabbi schob ihm die Ausgabe von *Haolam* über den Tisch zu. «Das Bild hier beweist es. Haben Sie's gesehen?»

Adoumi warf einen Blick auf die Zeitschrift. «Allerdings. Sie sagen also, hier ist etwas, das beweist, daß Ihr Mann es nicht getan haben konnte?» Er nahm das Magazin und studierte das Titelfoto, während die anderen ihn schweigend beobachteten. Dann ging er hinaus und kehrte sofort mit einem Vergrößerungsglas zurück, um jeden Quadratzentimeter des Fotos unter die Lupe zu nehmen. Schließlich legte er Vergrößerungsglas und Zeitschrift auf den Tisch und sah den Rabbi fragend an.

«Der Arzt brachte ihn zu Bett, bevor er ging», begann der Rabbi. «Er vermutete, und darin stimmten Ihre Leute wohl mit ihm überein, daß Memavet aufgestanden sein muß, um sich einen Drink aus der Flasche auf dem Sims einzuschenken.»

«Na und?»

«So, wie er die Flasche hält, hätte er sich keinen Drink eingießen können», erläuterte der Rabbi.

Adoumi schaute sich das Bild abermals an.

«Wenn er die Flasche schräg gehalten hätte, um einzuschenken, wäre ihm der Brandy den Arm heruntergeflossen», bemerkte der Rabbi.

«Vielleicht wollte er die Flasche mitnehmen, sie auf den Boden neben sein Bett stellen und sich von Zeit zu Zeit einen Schluck genehmigen.» Adoumi blieb unbeeindruckt.

Stedman und Gittel sahen den Rabbi an, der den Kopf bedächtig schüttelte und sagte: «Nein, das wollte er ebensowenig. Die Flasche stand auf dem Sims. Die beiden Wohnungen sind identisch, Ihre und seine, und das Sims drüben ist genau wie dies hier» – er unterbrach sich, um hinüberzugehen und sich danebenzustellen –, «etwa in Schulterhöhe für ihn. Auf dem Bild hält er die Flasche mit dem Daumen nach unten, wie eine Keule.»

«Eine Keule? Ach ja, ich weiß schon.»

«Er konnte sie auf diese Weise nicht vom Sims herunternehmen, nicht ohne seinen Arm und die Schulter höchst unnatürlich zu verrenken. Selbst für Sie, der Sie viel größer sind, wäre es unnatürlich.»

Adoumi erhob sich, ging zum Sims hinüber und vollzog die Bewegung nach. «Stimmt», räumte er ein. «Aber warum . . .»

«Warum er sie so hielt? Um sie als Waffe zu benutzen, natürlich! Das ist der einzige Grund, die Flasche wie eine Keule zu halten, denn als solche wollte er sie ja benutzen. Und das bedeutet, daß jemand im Zimmer war, den er entweder angreifen oder gegen den er sich verteidigen wollte.»

«Aber . . .»

«Und das kann Roy nicht gewesen sein, denn als er hinkam, ging der Arzt gerade und hatte die Tür hinter sich zugemacht.»

«Er hätte später zurückkommen und hineingehen . . .»

«Wenn die Tür geschlossen war?»

Auf Stedmans Gesicht zeigte sich der Anflug eines Lächelns, und Gittel nickte beifällig.

«Aber hören Sie doch» – Adoumi war aufgebracht –, «wenn die Tür verschlossen war, und niemand hereinkommen konnte, dann brauchte er sich doch nicht mit der Flasche zu bewaffnen. Was also bedeutet, daß er sie aus irgendeinem anderen Grund so gehalten haben muß.»

«Es sei denn, er hatte sie gegen jemand gerichtet, der dort war, ehe die Tür geschlossen wurde.»

«Aber das ist doch absurd. Es war ja nur der Doktor da. Wieso sollte er sich gegen ihn mit einer Waffe versehen?»

«Warum fragen Sie den Doktor nicht danach?»

«Er ist außer Landes.» Adoumi nagte verärgert an seiner Oberlippe. Dann hellte sich seine Miene auf, und er lächelte. Er setzte sich wieder hin. «Das ist alles sehr interessant, aber völlig abwegig. In jedem Fall dieser Art findet man verwirrende Teilaspekte, das ist nicht neu. Das Entscheidende ist, daß der Mann durch eine Bombe getötet wurde . . .»

«Woher wissen Sie das?» warf der Rabbi rasch ein. «Das Foto zeigt, daß er einen Schlag auf den Kopf erhielt, an der Schläfe. Er könnte doch auch einen Stoß bekommen haben und mit dem Schädel gegen die Ecke des Simses geprallt sein.»

«Ja, und haargenau dasselbe hätte durch die Wucht der Explosion passieren können.» Adoumi war wieder ganz ruhig, die momentanen Zweifel, die durch die Argumentation des Rabbi ausgelöst wurden, waren verschwunden. Er sprach gleichgültig, sogar ironisch weiter. «Oder wollen Sie etwa damit andeuten, daß irgend jemand, nachdem Memavet mit dem Doktor kämpfte oder was immer, des Wegs gekommen wäre und ihm eine Bombe aufs Fensterbrett gelegt hat? Das wäre schon ein recht bemerkenswerter Zufall, wie Sie selbst zugeben müssen. Überdies sind wir in erster Linie an der Bombe interessiert, und Sie haben nicht bewiesen, daß Ihr junger Mann nicht hätte zurückkommen und sie deponieren können, ob die Tür nun verschlossen war oder nicht.»

«Wie Sie sagen, es wäre ein bemerkenswerter Zufall und daher nicht sehr wahrscheinlich», räumte der Rabbi ein. «Wenn Memavet dagegen durch einen Schlag auf den Schädel getötet worden wäre, dann wäre der Killer derjenige, der die Bombe hingelegt hat. Und das wiederum wäre wahrscheinlich.»

«Wieso? Warum sollte er ihn noch in die Luft sprengen wollen, wenn er ihn bereits umgebracht hatte?»

«Wieso?» wiederholte der Rabbi. «Weil jeder einen anderen durch einen Schlag über den Kopf ermorden kann, und daher auch jeder als Verdächtiger in Frage kommt. Bei einer Bombe aber schließt man auf Terroristen, und sie sind für gewöhnlich auch entgegenkommend genug, die Urheberschaft zu beanspruchen.»

«Aber Sie haben angedeutet, daß Dr. Ben Ami den Mord begangen hat. Woher sollte er eine Bombe haben? Schließlich pflegen Ärzte keine Bomben mit sich in der Tasche herumzutragen.»

Der Rabbi war offensichtlich in Nöten. «Ich bin relativ neu hier, daher weiß ich nicht, was möglich ist und was nicht. Aber das Land befindet sich im Kriegszustand, und das seit geraumer Zeit. Ich denke, es dürfte nicht so schwierig sein, an eine Bombe, oder zumindest an Sprengstoff, zu gelangen. Gittel erwähnte, daß Dr. Ben Ami Ihnen die Wohnung verschafft hat, daher nahm ich an, vielleicht hat er irgendeine Beziehung zu dem Bauunternehmer ...»

«Er ist der Bruder von Phil Resnik», warf Adoumi ein. «Na und?»

«Nun, bei Bauunternehmungen wird häufig gesprengt, und ich dachte ...»

«Sie dachten, er könnte einfach zu seinem Bruder gehen und ihn um ein paar Stäbe Dynamit bitten?» fragte Adoumi lachend. «Haben Sie sich vorgestellt, Phil Resnik hat seinem Bruder Dynamit zum Experimentieren gegeben, oder Dr. Ben Ami ist, nachdem er Memavet umgebracht hat, zu seinem Bruder gelaufen, hat sich das Dynamit geholt, die Bombe damit gebastelt und vielleicht noch einen Zeitzünder eingebaut und ist hierher zurückgelaufen?» Sein Blick streifte Stedman und Gittel, die sich vor Verlegenheit wanden. Er fuhr nicht unfreundlich fort: «Eine gute Leistung, Rabbi, sogar wirklich scharfsinnig. Nur hat es sich nicht um eine solche Art von Bombe gehandelt. Es war vielmehr ein spezieller Typ, den die Terroristen schon vorher verwendet haben. Sieht wie ein kleines Plastikradio aus. Wir haben die Beschreibung in der Presse veröffentlicht ...» Seine Stimme verlor sich, als er erkannte, daß der Rabbi nicht zuhörte, sondern an die Decke starrte.

«Resnik, Resnik», murmelte er. «Das muß es sein.» Er beugte sich vor. «Als wir bei Memavet waren, Dan, sein Sohn und ich, hat er uns eine lange Geschichte von einem schrecklichen Unrecht erzählt, daß ihm durch einen gewissen Dr. Rasnikow zugefügt worden war.»

«Stimmt», bestätigte Stedman. «Ich erinnere mich. Rasnikow war der Name des Arztes, der ihn dem Waldarbeiterkommando zuteilte.»

«Wir waren völlig Fremde für ihn», fuhr der Rabbi fort. «Aber trotzdem erzählte er sie uns. Offensichtlich war das eine fixe Idee von ihm, und er hat wahrscheinlich zu vielen Menschen davon gesprochen.»

Der Rabbi stand auf und begann umherzuwandern. Die Blicke der anderen folgten ihm. «Rasnikow, Resnik – der gleiche Name. Ich kann nicht Russisch, aber ich weiß, daß ‹ow› im Russischen ein gebräuchliches Suffix ist und ‹Sohn des› bedeutet. Ich hab freilich keine Ahnung, was Resnik heißt . . .»

«*Schochet*», sagte Gittel prompt, «ein *resnik* ist ein *Schochet*, ein ritueller Schlächter.»

«Tatsächlich? Jedenfalls ist es derselbe Name – *Schochet* oder Sohn eines *Schochet*. Der eine, der Bauunternehmer Phil, ging nach Amerika und machte aus Rasnikow den amerikanisierten Namen Resnik, aus dem gleichen Grund nannte sich die Familie in Rußland Rasnikow, weil das russischer klang. Und der andere Bruder, der hierherkam, wählte einen israelischen Namen, weil – weil viele Leute das tun und der Staat das fördert . . .»

«Man füllt ein Formular aus und bezahlt ein Pfund», sagte Gittel.

«Genau. Und obwohl *Schochet* bei uns ein angesehener, ehrenwerter Beruf ist, nahm er nicht den Namen Schochet oder Ben Schochet oder Bar Schochet an, vermutlich wegen der für einen Mediziner nicht eben geglückten Gedankenverbindung. Und Memavet konnte ja nicht wissen, daß Ben Ami identisch mit Rasnikow war, und zögerte deshalb nicht, ihn anzurufen, als er einen Arzt brauchte. Das ist ein Zufall, wenn Sie wollen, aber ein in diesem Land recht wahrscheinlicher.»

«Und Sie meinen, die beiden haben sich gegenseitig erkannt?»

«Wenn die Geschichte sich so abgespielt hat, wie Memavet sie uns erzählte, dann bezweifle ich, daß der Arzt ihn wiedererkannt hat», antwortete der Rabbi. «Es ist möglich, aber nicht wahrscheinlich. Der Doktor hatte ihn nur zweimal und das nur kurz gesehen. Es gab keinen Grund, weshalb er sich an ihn erinnern sollte. Anders bei Memavet. In seinem Gedächtnis hatte sich dieses Gesicht Zug um Zug eingegraben. Ich vermute, er redete ihn mit seinem früheren Namen an . . .»

«Und da erinnerte sich der Doktor an ihn, und es kam zu einem Kampf?»

«Es ist eher anzunehmen, daß Memavet mit der Flasche auf ihn losging und der Doktor ihn heftig wegstieß, so daß er mit dem Kopf gegen das Sims schlug.»

Schweigen. Alle Augen waren auf Adoumi gerichtet, der angestrengt überlegte. «Möglich», sagte er schließlich. «Aber die Bombe – wie konnte er an eine Bombe gelangen?»

«Wenn er es versucht hätte, wäre es wahrscheinlich fehlgeschlagen», erwiderte der Rabbi, «aber nachdem soviel in der Presse über diese Bomben geschrieben und außerdem ein Foto davon veröffentlicht worden war, mußte er wissen, um was es sich handelte, wenn er eine sah.»

«Was meinen Sie damit?»

«Es war kein Wagen in der Mazel Tov Street und keiner vor Memavets Haus geparkt. Das hat Roy mit Bestimmtheit erklärt. Was bedeutet, daß der Arzt zu Fuß gekommen sein muß. Woher? In seiner Presseerklärung sagte er, er habe seinen Besuch bei Memavet vor einem anderen eingeschoben. Also muß er hierhergekommen sein, um Ihre Frau zu besuchen. Irgendwo anders, selbst in unmittelbarer Nähe, wäre er ins Auto gestiegen. Aber wenn er zuerst hiergewesen war, hätte er nicht wieder das Auto genommen und in dieser schmalen, morastigen Straße gewendet, sondern vielmehr den Durchgang benutzt, der beide Straßen verbindet. Demnach muß er von hier gekommen sein.»

«Das stimmt genau, denn er rief mich im Büro an und fragte, wann ich nach Hause käme, er habe mir etwas Wichtiges mitzuteilen.»

«Hat er das so formuliert?» erkundigte sich der Rabbi neugierig. «Mit genau diesen Worten?»

Adoumi schob die Lippen vor und blickte zur Decke. Dann sah er den Rabbi an und nickte. «‹Ich hab dir was Wichtiges zu erzählen.› Doch, genau das hat er gesagt, denn ich nahm zuerst an, er käme gerade von Sarah und hätte irgendeine plötzliche Veränderung in ihrem Zustand festgestellt. Aber dann sagte er, er wäre noch gar nicht dagewesen, es hätte kein Licht in der Wohnung gebrannt und daher hatte er angenommen, daß ich noch nicht zu Hause war. Oder vielleicht hat er auch festgestellt, daß mein Wagen nicht an der Stelle stand, wo ich ihn sonst immer parke.»

«Aber er wußte, welche Position Sie bekleiden, was für eine Arbeit Sie tun?»

«Na, freilich. Nicht weil er ein Freund von uns war, sondern –» er lächelte schwach – «weil die Möglichkeit bestand, daß die Krankheit meiner Frau vielleicht mit meiner Arbeit zusammenhängt. Gittel predigt mir unermüdlich, wenn ich will, daß meine Frau gesund wird, soll ich meinen Job aufgeben.»

Gittel nickte nachdrücklich. «Und der Meinung bin ich nach wie vor, Abner.»

Bevor Adoumi antworten konnte, sagte der Rabbi: «Das erklärt einiges, nicht wahr?»

«Was erklärt es?» wollte Adoumi wissen.

«Es erklärt, weshalb er die Polizei nicht benachrichtigt hat, als er die Bombe fand», verkündete der Rabbi triumphierend.

«Was für eine Bombe? Wovon reden Sie eigentlich?» fragte Adoumi gereizt.

Stedman und Gittel waren gleichermaßen verwirrt, schwiegen jedoch.

«Hören Sie zu. Dr. Ben Ami kommt her und parkt seinen Wagen vor Ihrer Haustür. Dann wird ihm klar, daß Sie wahrscheinlich nicht daheim sind, weil die Wohnung dunkel ist. Manche Ärzte haben Hemmungen, eine verheiratete Frau zu besuchen, wenn sie allein ist, oder die Frauen haben welche, oder es ist den Ehemännern nicht recht. Was auch der Grund sein mag, er beschließt jedenfalls, seinen anderen Patienten zuerst aufzusuchen. Vermutlich weiß er, daß Sie in Kürze kommen werden und er Ihre Frau dann besuchen kann. Der andere Patient aber hat die entsprechende Wohnung im nächsten Block, und zwischen den beiden Straßen ist ein Durchgang. Also packt er seine Tasche und nimmt diesen Weg.» Er stand auf, ging zum Fenster und blickte auf den Durchgang zwischen dem Haus und dem Erdwall. «Die Nacht war nebelig und bewölkt. Später fing es zu regnen an, wenn Sie sich erinnern. In dem Durchgang muß es ziemlich dunkel gewesen sein, also vermute ich, daß er seine Taschenlampe benutzte. Und dabei hat er die Bombe auf diesem Fensterbrett draußen gesehen.»

«Wollen Sie damit sagen, daß sie vor meinem Fenster gelegen hat?»

Der Rabbi nickte. «Ich denke schon. Gittel behauptet die ganze Zeit, daß diese Leute es eigentlich auf Sie abgesehen hatten. Ich glaube, sie hat recht. Sie hat gesagt, Sie haben einen sehr wichtigen Posten bei der Regierung.»

«Natürlich hatte ich recht», sagte Gittel selbstgefällig. «Wieso sollten die Terroristen an diesem alten Gebrauchtwagenhändler interessiert sein? Ich hab von Anfang an gesagt, daß sie hinter dir her waren, Abner.» Und zum Rabbi: «Abner hat eine sehr wichtige Position. In Tel Aviv, bevor er herkam . . .»

«Pst, Gittel. Du redest zuviel», wehrte Adoumi ab. «Sie meinen also, die Bombe hat auf meinem Fensterbrett gelegen, Rabbi? Und Ben Ami hat sie da gesehen?»

«Ich denke schon. Ich kann nicht sagen, was ich täte, wenn ich wie er auf eine Bombe stoßen würde. Vermutlich würde ich einen Mordsschreck kriegen. Sie war scharf und konnte jeden Augenblick explodieren. Was sollte er tun? Weglaufen? Versuchen, sie wegzuschleudern? Er konnte ja nicht wissen, wie lange sie schon dort gelegen hatte und wann sie losgehen würde. Ich würde sagen, er handelte sehr vernünftig. Er erinnerte sich, daß die Zeitungsartikel Anweisungen enthalten hatten, wie man sie unschädlich machen konnte. Darauf hätte er normalerweise die Polizei verständigt, die mit mehreren Wagen angerückt wäre, das Gelände durchsucht und Ihre Frau furchtbar erschreckt hätte. Statt dessen rief er lieber Sie an, weil er wußte, daß die Terroristen und ihre Aktivitäten eher in Ihr Ressort fallen als in das der Polizei. Jedenfalls war ihm klar, daß Sie das Richtige tun würden. Also wandte er sich an Sie und sagte Ihnen am Telefon, er habe Ihnen was Wichtiges zu erzählen.»

Adoumi lächelte zögernd.

«Und was sagte er dann, als Sie sich sahen?»

«Nur daß er es für ratsam hielte, wenn sie ein paar Tage ins Krankenhaus ginge, zur Beobachtung und für weitere Tests.»

«Aber angerufen hat er, bevor er sie untersucht hat.»

«Ja. Ich vermute, er wird schon vorher damit gerechnet haben.»

«Hätte er dann nicht gesagt, er wollte was mit Ihnen besprechen?

Und nicht, er hätte Ihnen was Wichtiges zu erzählen?»

«Ich verstehe, worauf Sie hinauswollen.» Adoumi überlegte. «Er passiert den Durchgang und sieht die Bombe. Er entschärft sie und ruft mich dann an. Anstatt zu warten, bis ich heimkomme, geht er zwischendurch zu Memavet. Warum auch nicht? Seine Zeit ist zu kostbar, um tatenlos herumzuwarten. Aber selbst wenn ich akzeptiere, was sich Ihrer Darstellung nach zwischen ihm und Memavet abgespielt hat, verstehe ich nicht, wieso er später die Bombe wieder scharf machte. Sie sagen, damit der Mord wie ein Verbrechen der Terroristen aussah, aber wieso hatte er das nötig? Warum sagte er nicht einfach, er hätte bei Memavet geklingelt, es hatte sich aber niemand gerührt.»

«Weil Roy dort war», rief der Rabbi aus. «Als er die Tür aufmachte und weggehen wollte, stand Roy davor. Natürlich war der Tod Memavets ein Unglücksfall, aber trotzdem die Folge von Gewalttätigkeit. Es hätte eine Untersuchung gegeben, und ob zum Schluß alle und jeder an diesen reinen Unglücksfall geglaubt hätten? Er hatte sich hier in Israel etabliert und war beliebt und geachtet. Würde das so bleiben, nachdem die Polizei ihre Nachforschungen angefangen hätte? Und wenn er nichts unternahm, würde die Leiche gefunden, wahrscheinlich am folgenden Tag, und Roy würde sich melden und aussagen, er habe den Doktor gesehen, wie er die Wohnung verließ und hinter sich die Tür zumachte. Und da fiel ihm die Bombe ein; wenn es ihm gelang, das Ganze als Akt der Terroristen erscheinen zu lassen ... Die Leute würden bestimmt prompt die Verantwortung für die Tat auf sich nehmen, das machten sie immer. Und außerdem hatten sie die Bombe ja ursprünglich auch gelegt. Also machte er sie wieder scharf und deponierte sie vor dem entsprechenden Fenster von Memavets Wohnung.»

«Aber Sarah ... dann brachte er Sarah doch in Gefahr», wandte Gittel ein.

«Tat er das, Mr. Adoumi?» fragte der Rabbi. «In den Darstellungen der Zeitungen hieß es, die Bombe sei von begrenzter Reichweite und Durchschlagskraft gewesen.»

«Stimmt», bestätigte Adoumi. «Der Krach und der Schock selbstverständlich ... aber er gab ihr eine Schlaftablette. Sie wachte auf, schlief jedoch gleich wieder ein. Armer Teufel – ich kann mir nicht helfen, er tut mir leid.» Er stand auf und begann im Zimmer umherzulaufen. Die anderen beobachteten ihn schweigend. «Vielleicht sind wir mit Abdul nicht weitergekommen, weil wir dauernd auf der Verbindung zu Memavet rumgeritten waren», sinnierte er; offenbar hatte er seine Gäste völlig vergessen. «Vielleicht sollten wir beim Verhör eine andere Taktik ...» Er brach ab und wandte sich an Stedman. «Es ... es tut mir leid, entschuldigen Sie», sagte er unbeholfen. «Manchmal macht man eben Fehler ... Sie verstehen schon ... die Sicherheit des Staates ...»

«Ich verstehe», erwiderte Stedman. «Ich bin Ihnen nicht böse.»

«Vielen Dank.» Adoumi lächelte verlegen. «Und außerdem war er ja wirklich verantwortlich für den Anschlag – weil er an Ort und Stelle gewesen war.» Er sah unsicher von einem zum anderen. «Rabbi, ich möchte Ihnen danken, und dir auch, Gittel, weil du sie hergebracht hast . . . ich . . .»

«Du hättest das wissen sollen, Abner», schalt sie, «daß der Sohn eines Mannes wie Mr. Stedman, der wiederum ein Freund meines Neffen ist, sich nicht mit den Terroristen einläßt.»

«Ja, ich . . . das hätte ich wissen müssen.»

Sie sah ihn scharf an und dann von ihrem Neffen zu Stedman, die beide grinsten. «Männer!» empörte sie sich und ging zur Tür. «Na, was ist, wollen wir hier den ganzen Nachmittag rumsitzen? Miriam macht sich bestimmt schon Sorgen, was mit uns passiert sein könnte.»

Lammfromm folgten Stedman und der Rabbi ihr zum Wagen.

50

«Sie haben einen Flug für Montag bekommen», sagte der Rabbi. «Dan will versuchen, morgen noch mal hereinzuschauen, um sich zu verabschieden.»

«Warum kann denn Roy das Jahr nicht zu Ende machen?» erkundigte sich Miriam.

Sie waren allein in der Wohnung; Gittel war mit Jonathan im Park. Der Rabbi zuckte die Achseln und antwortete nicht gleich. Er ging zum Herd, schenkte sich eine Tasse Tee ein, sah sie fragend an und goß ihr ebenfalls eine ein.

Er brachte beide Tassen zum Tisch. «Wahrscheinlich am besten so. Der Junge hat das Ganze von vornherein falsch angepackt. Und dann diese wirklich traumatische Erfahrung. Ich glaube nicht, daß er für den Rest des Jahres viel Sinn fürs Studium hätte. Außerdem könnte auch Gefahr bestehen – durch Abduls arabische Freunde. Sie wissen ja nicht, was passiert ist, außer daß die beiden zusammen losgefahren sind und Roy frei, Abdul dagegen in Haft ist.»

«Und Dan?»

«Unter den gegebenen Umständen wollte er ihn nicht allein nach Hause verfrachten.»

«Aber sein Buch . . .»

«Er wird später wieder zurückkommen. Vielleicht hat er auch genug Material und kann mit dem Schreiben anfangen.» Er leerte seine Tasse. «Ende nächster Woche sind wir drei Monate hier. Wir sollten uns allmählich überlegen . . .»

«Gittel hat erzählt, sie hätte Mrs. Klopchuk gesehen, die nichts dagegen hätte, wenn wir noch eine Weile blieben.»

«Nein, ich meinte nicht die Wohnung», entgegnete der Rabbi. «Ich meinte, wir sollten allmählich daran denken, in die Staaten zurückzukehren.»

«Oh?» Sie ließ sich ihre Überraschung nicht anmerken und wartete, daß er weiterredete.

Er war verlegen. «Das letzte, was sie hier in Israel brauchen, ist noch ein weiterer Rabbi. Die braucht man draußen. Verstehst du? Ein Arzt geht dorthin, wo Krankheit herrscht, und auch ein Rabbi muß dahin, wo er gebraucht wird.»

«Aber du wolltest doch das Rabbinat aufgeben, falls du hierbliebst.»

«Ich weiß», sagte er bekümmert. «Eine Art von Wunschtraum. Das widerfährt wohl jedem von Zeit zu Zeit, dessen Arbeit Verantwortung für andere mit sich bringt. Aber es ist nur ein Wunschtraum, und früher oder später muß man in die Wirklichkeit zurückkehren und da wieder anfangen, wo man aufgehört hat.»

«War es die Sache mit Roy . . .»

«Vermutlich hat das meine Entscheidung mit ausgelöst, aber ich glaube, ich bin schon vor längerer Zeit zu dem Entschluß gekommen. Ich habe mich einige Zeit mit dem Problem rumgeschlagen, noch vor unserer Reise hierher.»

«Aber als du mit mir darüber gesprochen hast . . .»

«Da hoffte ich halb, du würdest Einwände erheben. Das hätte es soviel leichter gemacht. Aber ich bin froh, daß du es nicht getan hast, denn natürlich ist das etwas, das ich selber entscheiden mußte.»

Es klopfte, und sie öffnete Gittel und Jonathan die Tür.

«Ich hab Fußball gespielt», schrie Jonathan aufgeregt. «Nicht wahr, Gittel? Erzähl's ihnen. Da waren ein paar Kinder, die haben angefangen zu spielen, und ich hab mitgespielt.»

«Na, das ist ja großartig», sagte sein Vater.

«Er ist ein toller Kicker», erklärte Gittel.

Der Rabbi sah auf die Uhr. «Oh, es ist später, als ich dachte. Zeit, zur *Hawdala* in die Synagoge zu gehen. Willst du mitkommen, Jonathan? Dann mußt du dich aber noch umziehen.»

«Klar. Das dauert nicht lang. Du wartest doch auf mich, ja? Hilfst du mir, Gittel?»

«Freilich. Komm, Jonathan.»

Der Rabbi blätterte in seinem Taschenkalender und sagte zu Miriam: «Wenn wir Montag in einer Woche fliegen, sind wir auf den Tag drei Monate weggewesen. Wär mir sehr lieb, so pünktlich zurückzukommen. Vielleicht könntest du morgen im Reisebüro anrufen und feststellen, ob wir einen Flug buchen können.»

Als der Rabbi und sein Sohn gegangen waren, sagte Gittel: «Ich hatte noch keine Zeit, es dir zu erzählen, Miriam, und wollte es auch nicht in seiner Gegenwart tun, aber Abner Adoumi ist sehr beeindruckt von deinem David und . . . und ich auch. Was er für die beiden Stedmans getan hat, war großartig, und für Israel war es auch sehr gut.»

«Für Dr. Ben Ami allerdings weniger», meinte Miriam. «Er tut mir leid. Als du mich das eine Mal zu ihm gebracht hast, war ich in einer ziemlich scheußlichen Verfassung, und er hat sich freundlich, geduldig und hilfsbereit gezeigt. Was wird ihm nun passieren?»

«Dr. Ben Ami? Gar nichts wird ihm passieren.»

«Gar nichts?»

«Selbstverständlich nicht. Adoumi ist nicht bei der Polizei und hat auch nichts mit ihr zu tun. Der *Shin Bet* arbeitet weitgehend auf eigene Verantwortung, glaube ich. Und wenn er einem Vorgesetzten Bericht erstatten muß, würde er wahrscheinlich nur erwähnen, daß Roy seines Erachtens nach keine Verbindung mit den Terroristen gehabt hat, und damit ist der Fall erledigt.»

«Aber er kann doch nicht einfach ignorieren, was Ben Ami getan hat.»

«Was hat er denn so Schreckliches getan? Die Sache in Rußland? Dafür gibt es keinen Beweis, nur Memavets Behauptung. Immer wenn du eine administrative Entscheidung fällst, denkt der Betroffene, du hast auf ihn persönlich eine Wut und kannst ihn nicht leiden. Jedenfalls geht das, was vor Jahren in Rußland passiert ist, Adoumi nichts an.»

«Aber er hat Memavet getötet», protestierte Miriam.

«Ja, aber dein David hat bewiesen, daß es ein Unglücksfall war und daß Ben Ami in Notwehr handelte. Es muß sich ungefähr so abgespielt haben, denn Ben Ami hätte einen ehemaligen Häftling aus den Tausenden, mit denen er zu tun gehabt hatte, nie wiedererkannt, Memavet aber würde sich an *ihn* erinnern. Und was sonst noch? Er hat nicht gemeldet, daß er die Bombe fand? Stimmt nicht. Er entschärfte sie und rief Adoumi an, in der Absicht, ihm davon zu berichten.»

«Aber dann machte er sie wieder scharf und ließ sie hochgehen.»

«Richtig, aber es ist kein nennenswerter Schaden dabei entstanden, denn Memavet war bereits tot. Natürlich hat das Haus was abbekommen, aber es gehört seinem Bruder. Ich bezweifle, ob der Klage einreichen würde, selbst wenn er Wind davon bekäme. Nein, ich bin überzeugt davon, bis Ben Ami zurückkommt, wird Adoumi zu genau derselben Auffassung gelangt sein und nichts gegen ihn unternehmen oder ihm auch nur etwas sagen. Du wirst sehen, wenn Ben Ami wieder da ist, wird er Sarah wahrscheinlich weiterbehandeln.»

«Leider werde ich das nicht mehr miterleben, Gittel. Wir gehen in ungefähr einer Woche in die Staaten zurück.»

Diesmal verlor Gittel die Fassung. «Aber du hast doch gesagt . . .»

«Daß David hierbleiben will? Davon bin ich nach wie vor überzeugt, aber er weiß, daß er zurück muß. Tief im Innern hat er es die ganze Zeit über gewußt.

«Es war einsam hier, seit Uri beim Militär ist», sagte Gittel traurig, «und ich hatte gehofft, endlich würde ich eine Familie haben – die ich besuchen, der ich helfen kann. Und jetzt geht ihr weg, Uri wird heiraten, und ich bin dann noch mehr allein.»

Impulsiv setzte sich Miriam neben Gittel und legte den Arm um sie. «Nicht traurig sein, Gittel, wir kommen regelmäßig wieder – um uns zu entspannen, zu regenerieren, zu stärken.»

«Ich bin wirklich traurig», gab Gittel zu, «aber euretwegen. Ein trauriger Gedanke, daß ihr ins Exil zurückgeht, wenn ihr hier im Gelobten Land hättet bleiben können. Dein David ist ein gescheiter Mann. Vielleicht kann er es beim nächstenmal einrichten, daß ihr hierbleibt.»

51

«Als ich dein Telegramm bekam, war ich fest überzeugt, daß du eine Frau mit nach Hause bringst», sagte Betty Deutch, als sie ihren Wagen geschickt vom Flugplatz zur Autostraße nach Barnard's Crossing steuerte. «Du hast telegrafiert ‹*Wir* kommen an› statt bloß ‹Ankomme›. Zwei Worte zusätzlich zu verschwenden, kam mir für dich sehr atypisch vor. Und dann dachte ich, du wolltest mich auf diese Weise vorwarnen, daß du mit einer Frau kommst, die du aufgegabelt hast oder die dich aufgegabelt hat.»

Stedman lachte. «Sehr scharfsinnig, Bet, aber damit war keine Frau gemeint, sondern Roy. Ich hatte vor, für ungefähr eine Woche mit ihm hierherzukommen. Aber Laura hat uns am Kennedy Airport abgeholt, und Roy beschloß, zuerst mit ihr nach Hause zu fahren.»

«Ich hätte ihn liebend gern eine Weile bei uns gehabt. Du weißt doch, wie ich an ihm hänge, Dan.»

«Na ja, er ist dein einziger Neffe . . .»

«Wenn du keine eigenen Kinder hast, bedeutet dir ein Neffe, selbst ein einziger, mehr als nur das . . .»

«Na, er wird zu einem netten ausgedehnten Besuch herkommen, wenn er alles geregelt hat», versprach er.

«Wunderbar. Er muß schwer geschuftet haben, um so frühzeitig fertig zu werden. Hat er seine Prüfungen schon gemacht?»

«Nein. Da gab's ein ziemliches Durcheinander . . .»

«Es ist doch alles in Ordnung mit ihm, oder?» fragte sie hastig. «Er ist nicht krank geworden oder sonst was?»

«Keine Spur. Es geht ihm prächtig. Zu Hause erzähle ich dir alles. Hat ja keinen Sinn, wenn ich Hugo das Ganze noch mal vorbeten muß.

Wie geht's ihm übrigens?»

Sie hätte lieber weiter über ihren Neffen gesprochen, doch sie kannte ihren Bruder und wußte, daß er sich nicht dirigieren ließ. «Hugo ist bei guter Gesundheit. Er ist immer bei guter Gesundheit, aber er kann zuweilen sehr enervierend sein.»

Sie war ihrem Mann gegenüber äußerst loyal, jedoch nicht blind für seine Fehler. Zu einem Außenstehenden würde sie niemals davon sprechen, aber bei ihrem Bruder hatte sie in der Beziehung keine Hemmungen.

«Es ist schwer, mit einem Rabbi verheiratet zu sein; sie sind soviel daheim, immer um einen rum und im Wege. Und dann kann man nie wissen, wann sie zu irgendeiner speziellen Versammlung rasen müssen, vielleicht als Vertretung für einen Redner, der nicht erschienen ist. Da bereitet man also ein erstklassiges Dinner vor und plant, danach ins Kino zu gehen. Was geschieht? Man muß allein essen und sich hinterher mit Fernsehen begnügen. Oder es kreuzt ein Junge auf, der Probleme hat und darüber reden will. Und das muß natürlich auf der Stelle sein, weil er sonst von zu Hause weglaufen, Selbstmord begehen oder mit einem völlig unmöglichen Mädchen durchbrennen würde. Und was tut man? Man sitzt da und wartet, während das ganze Dinner verdirbt, und überlegt, ob man allein essen soll. Dabei horcht man auf das Stimmengemurmel im Arbeitszimmer und versucht zu erraten, ob sie allmählich zum Ende kommen oder noch eine Weile weiterpalavern.»

Stedman lachte. «Aber daran solltest du doch inzwischen wirklich gewöhnt sein.»

«An manche Dinge gewöhnt man sich nie. Wenn der Braten zu hart wird, nützt es einem gar nichts, sich daran zu erinnern, daß es letzte Woche dasselbe war. Was ich aber eigentlich sagen wollte, ist was anderes. Das alles ist nichts im Vergleich dazu, wenn man mit einem Rabbi zusammenlebt, der nicht im Amt ist. Als Hugo sich zur Ruhe setzte, war er voller Ehrgeiz. Er wollte seine Predigten in Buchform herausgeben; ein weiteres Buch sollte aus seinen Notizen entstehen; und noch eins über jüdische Feiertage. Er war ganz erfüllt von diesen Plänen, die er jetzt, da er die nötige Zeit hatte, endlich alle ausführen konnte. Die Schreibmaschine wurde überholt, er deckte sich mit Papier, Kohlepapier, einem Reservefarbband und Tippex ein. Und genau drei Tage ging er gleich nach dem Frühstück in sein Arbeitszimmer und blieb dort zwei Stunden. Danach beschloß er, einen Spaziergang zu machen. Ich ging in sein Zimmer, nicht um zu spionieren selbstverständlich, sondern nur zum Aufräumen und Staubwischen. Und was finde ich? Ein paar Blatt Papier, darauf hatte er völlig unsinnige Sätze getippt. Weiter nichts.»

«Na ja, manchmal geht einem der Anfang schwer von der Hand.»

«Er hat ja nie angefangen, Dan», sagte sie leise.

«Ich glaube, alle Leute, die sich zur Ruhe setzen, brauchen etwas Zeit, um sich an den Zustand zu gewöhnen.»

«Aber für einen Rabbi ist's viel schlimmer», beharrte sie. «Es gibt so vieles, was er nicht tun darf. Er hat ein gewisses Image in der Gemeinde, dem er gerecht werden muß. Wenn sich andere Leute zur Ruhe setzen, können sie jeden Tag Golf spielen und jeden Abend Karten. Sie können ins Kino gehen oder Kriminalromane lesen. Von einem Rabbi jedoch nimmt man an, daß er auf einem höheren Niveau steht; zumindest denkt er das. Gelegentlich kann er ruhig Golf spielen, sieht man ihn aber täglich auf dem Platz, beginnen sich die Leute zu wundern. Wir sind gern zur Bibliothek gegangen; sie lag etwa zwei Kilometer von unserem Haus entfernt. Das gab uns Gelegenheit zu einem Spaziergang, und wir hatten zudem irgendein Ziel. Und dort wanderten wir dann die Regale entlang, betrachteten die Bücher, und ab und zu deutete er auf einen Kriminalroman und bat mich, ihn auf meine Lesekarte zu nehmen. Der Arme wollte sich vor der Bibliothekarin nicht die Blöße geben, daß er etwas Leichtes las. Er suchte sich Bücher über Soziologie und vergleichende Religionswissenschaft heraus, so in der Preislage, und ließ sie auf seiner Lesekarte eintragen. Gelesen aber hat er die Bücher, die ich auf seine Veranlassung entliehen habe.»

Ihr Bruder lachte. «Was macht es dir aus, was er liest? Er war wenigstens beschäftigt, oder?»

«O nein, dagegen hatte ich auch nichts», sagte sie. «Ich hab's nur erwähnt, um dir zu zeigen, daß es bei einem Rabbi was anderes ist. Außerdem konnte er nicht den ganzen Tag lesen. Daraus hat er sich noch nie viel gemacht. Es handelt sich nur darum, daß er mir von früh bis spät auf Schritt und Tritt folgte, weil er nichts zu tun hatte. Hab ich die Betten gemacht, stand er daneben. Kaum war ich in der Küche, schon erschien er und bot seine Hilfe an, holte mir alles mögliche, was ich gar nicht wollte. Eine Frau hat mit der Zeit ihren eigenen Arbeitsrhythmus, ihre bestimmte Routine. Wenn sie sich angewöhnt hat, zum Schrank rüberzugehen und den Pfeffer zu holen, nützt es ihr gar nichts, daß er schon griffbereit neben ihr steht. Im Gegenteil, es bringt sie aus dem Gleis. Ich sag dir eins – wenn sich dieser Job nicht geboten hätte, wäre ich verrückt geworden.»

«Aber er hat sich geboten», sagte David.

«Ein Segen. Es ist wirklich angenehm hier. Und Hugo ist sehr beliebt bei der Gemeinde. Der Vorstand kann sich gar nicht genug tun, um ihm zu zeigen, wie sie seine Arbeit zu schätzen wissen. Hugo ist schrecklich gern hier, viel lieber als in seiner alten Gemeinde, wo er immerhin dreißig Jahre war. Seit seiner Ankunft hat es keinen Streit mit dem Vorstand gegeben; alles ist rundherum erfreulich. Von dem Gesichtspunkt aus ist es der leichteste Posten, den er je gehabt hat. Und er ist ja schließlich kein alter Mann. Ich meine, ein Rabbi ist mit fünfundsechzig eigentlich auf der Höhe seiner Leistungsfähigkeit. Letzen Endes hebt er ja keine Gräben aus. Und dann hat er all seine alten Predigten, die er halten kann und die den Leuten hier natürlich neu sind.»

«Aber andererseits ist es ja nur vorübergehend», stellte Stedman fest.

«Na ja, das braucht's nicht zu sein. Wenn Hugo nicht so unschlüssig und total unpraktisch wäre, könnte er hierbleiben, so lange er möchte. Ich bin sicher, daß er mit dir darüber sprechen wird. Ich hab mit ihm geredet und ihn meiner Meinung nach beinahe überzeugt.»

Sie betätigte den Winker und bog um die Ecke. «Das ist unsere Straße.» Sowie sie den Wagen an den Randstein gefahren hatte, erschien Rabbi Deutch auf der Veranda und winkte ihnen zu.

Als Dan aus dem Wagen stieg, wurde er von seinem Schwager überschwenglich begrüßt.

«Schön, dich zu sehen, Dan. Du bleibst doch eine Weile bei uns, ja? Laß nur, ich nehme die Reisetasche.» Unbekümmert um Dans Protest packte er die größere der beiden Taschen, die Dan auf den Gehsteig gestellt hatte, und trug sie hinein.

«Das Leben hier muß ihm gut bekommen», bemerkte Dan zu seiner Schwester. «Hugo wirkt viel forscher, viel lebhafter als beim letztenmal.»

«Ist er auch. Liegt an dem neuen Job. Es macht ihm richtig Spaß. Du mußt mir helfen, ihn zu überreden, daß er bleibt.»

Stedman sah seine Schwester an und verzog den Mund. «Wir werden darüber sprechen», sagte er geheimnisvoll.

52

Sie waren übereingekommen, daß Raymond das Reden übernehmen sollte, nicht nur, weil er der Vorsteher war. Aber als Anwalt war er vermutlich wendiger bei Verhandlungen.

«Du bist oft zu impulsiv, Marty. Bei kultivierten Leuten wie Rabbi Deutch und seiner Frau mußt du ruhig und lässig sein. Die kannst du nicht wie ein Ehepaar behandeln, das sein Mietgeld beim Rennen verspielt hat und sich an dich um ein Darlehen wendet.»

«Geschenkt, dann redest eben du. Aber laß dir bloß den Vertrag heute abend unterschreiben.»

«Damit liegst du mir dauernd in den Ohren. Schön, wenn er sagt, er bleibt, kann er von mir aus den Vertrag unterschreiben, wann er will. Wie ich ihn kenne, möchte er ihn vielleicht von seinem Rechtsanwalt prüfen lassen . . .»

«Ach? Eins sag ich dir, Bert, solange wir nicht seine Unterschrift schwarz auf weiß haben, ist alles andere für die Katz. Ich weiß, er ist ein kultivierter Mensch, und vielleicht ist sein Wort so gut wie seine Unterschrift. Aber ich . . . ich hab schon zu viele Geschäfte erlebt, wo sich alles einig ist und sich die Hände schüttelt, und später sagen sie dann, du hast sie mißverstanden, oder die Voraussetzungen haben sich geändert. Meinst du, wir sind die einzigen, die auf ihn scharf sind? Kann ja sein. Und es ist ebensogut möglich, daß er nach ein paar Wochen hier gefunden hat, Arbeit ist ihm lieber als Faulenzen. Na, und was wird er dann schon tun? Er schreibt Briefe an Gemeinden, wo die Rabbis ihr Sabbatjahr nehmen und sagt: ‹Wie ich höre, wird Ihr geistiger Führer, Rabbi Zilch, während seines Sabbatjahres abwesend sein, bla-bla-bla . . . und so möchte ich Ihnen mitteilen, daß ich bereit bin, Ihnen für die Zeit auszuhelfen – bla-bla-bla. Ihr ergebener Hugo Deutch, emeritierter Rabbi.›»

«Mach keine faulen Witze, Marty!»

«Glaub mir, es würde mich nicht überraschen. Überleg mal, er war doch nur ein paar Monate im Ruhestand. Hab ich recht? Da tauchten wir auf und boten ihm einen Job an. Stimmt's? Nun sag mir eins – wieso hat er ihn angenommen, wenn er doch im Ruhestand war? Ich könnte verstehen, wenn er einem Kollegen aus der Patsche geholfen hätte, der krank war oder sein Sabbatjahr nehmen wollte. Aber er kannte Small ja gar nicht. Ich werd dir sagen, wieso er ihn angenommen hat. Weil es ihm zum Halse raushing, auf seinem rabbinischen *Toches* rumzusitzen und Daumen zu drehen. Ruhestand ist nicht jedermanns Sache. Aber er weiß, der Job ist nur auf drei Monate. Wenn's ihm also gefallen hat, wieder im Geschirr zu sein, würde er sich dann nicht mit anderen Gemeinden in Verbindung setzen?»

«Also . . .»

«Das ist der Grund, warum ich seine Unterschrift haben will. Außerdem wird Small, wenn er in ein paar Tagen zurückkommt, so tun, als wär er zu 'nem normalen Urlaub weggefahren; jetzt ist er eben wieder da und will an die Arbeit gehen.»

«Dann sagen wir ihm, wir haben angenommen, er sei von seinem Posten zurückgetreten, und deshalb anders disponiert.»

Marty Drexler schüttelte vehement den Kopf. «Bloß nicht. Dann würde Rabbi Deutch sofort dankend verzichten.»

«Na, und wieso sieht es anders aus, wenn wir seine Unterschrift auf dem Vertrag stehen haben?»

«Dann ist er festgelegt und kann nicht kneifen. In dem Fall wär's Rabbi Small, der dankend verzichtet.»

«Woher willst du wissen, daß er nicht darum kämpfen würde?»

«Weil er stolz ist und uns nicht die Genugtuung geben würde, einzugestehen, daß er rausgeschmissen wurde. Er würde so tun, als hätte er sowieso nicht vorgehabt, zurückzukommen.»

«Ich glaube mich zu erinnern, daß er früher sehr wohl um seine

Stellung gekämpft hat. Ein paarmal war er . . .»

«Nein, Bert, da war's was anderes. Da hat er für ein bestimmtes Prinzip gekämpft, nicht nur um seine Stellung. Verlaß dich auf den alten Marty. Willst du Rabbi Deutch? Dann hol dir seine Unterschrift unter den Vertrag.»

Marty Drexlers Argumente hatten in Bert Raymond das Gefühl ausgelöst, die Sache sei tatsächlich dringend. Trotzdem entschied er sich für die von ihm bevorzugte ruhige, lässige Methode, als sie im Wohnzimmer mit dem Rabbi und seiner Frau zusammensaßen. Er sprach über das Wetter und wie angenehm Barnard's Crossing im Sommer sei. Er erkundigte sich nach dem berühmten Bruder der Rabbitzin und nach den Neuigkeiten, die er aus Israel mitgebracht hatte. Erst als er merkte, daß Marty zappelig wurde, sagte er: «Wir sind hergekommen, um die Angelegenheit abzuschließen, über die wir uns letzte Woche unterhalten haben, Rabbi.»

«Haben Sie Nachricht von Rabbi Small?» erkundigte sich Rabbi Deutch.

«Nun . . . nein, Rabbi, nicht direkt.»

«Dann kennen Sie doch auch seine Einstellung nicht, was die Position hier betrifft.»

«Tja, nicht gerade mit vielen Worten . . . aber ich bin überzeugt davon, er ist nicht interessiert. Ich meine – die ganze Art, wie sich unsere Verhandlungen mit ihm entwickelt haben, läßt den Vorstand annehmen, daß er nicht daran interessiert ist, zurückzukommen. Wir möchten die Kontinuität sicherstellen, deshalb hätten wir gern die Angelegenheit heute abend durch Ihre Unterschrift unter einen Vertrag endgültig geregelt.»

«Aber Rabbi Small wird doch wahrscheinlich in ein paar Tagen zurück sein. Fraglos können wir doch bis zu seiner Ankunft warten, bevor wir die Sache festmachen.»

An diesem Punkt riß Marty Drexler die Geduld. «Hören Sie zu, Rabbi, ich bin Geschäftsmann und im Gegensatz zu Bert gehe ich bei Verhandlungen nicht gern um den heißen Brei herum. Aus ihm spricht der Jurist. Ich sag Ihnen klipp und klar, was los ist. Wir wollen keinen Krach in der Gemeinde. Wir wollen nicht, daß die Leute Partei ergreifen und sich über das Für und Wider in die Haare kriegen, welcher Rabbi nun besser ist. Ich persönlich halte das für unwürdig», setzte er tugendhaft hinzu. «Wenn Sie also bleiben wollen – bitte, hier haben wir einen Vertrag. Sie unterschreiben ihn, und damit ist der Fall ausgestanden. Wir sind ziemlich sicher, Rabbi Small wird keine Sperenzchen machen, nicht wenn er vor eine vollendete Tatsache gestellt wird. Verstehen Sie? Wir unterschreiben jetzt gleich den Vertrag, und alles ist in bester Ordnung. Warten wir, bis Rabbi Small ankommt, gibt's Zores.»

Rabbi Deutch nickte bedächtig. «Ich verstehe», sagte er, diesmal mit seiner normalen Alltagsstimme. «Gut, wenn Rabbi Small zurückkommt, werde ich mit ihm sprechen. Wenn er rundheraus erklärt, daß er die Stellung nicht haben möchte und nicht beabsichtigt, sie wieder anzutreten, dann werde ich Ihren Vertrag unterschreiben. Ist er jedoch an der Position interessiert, auch wenn Ihr Vorstand beschließt, daß Sie ihn nicht haben wollen, und ihn abwählt, dann liegt mir in keiner Weise daran zu bleiben.»

Mrs. Deutch nickte ruckartig und bestimmt wie eine Lehrerin, wenn ein schwerfälliger Schüler in Gegenwart des Schulrats richtig antwortet.

«Aber Ihre Frau sagte doch . . .» platzte Marty heraus.

«Das ist meine Meinung», erklärte der Rabbi entschieden, «und das ist auch die meiner Frau.»

Als sie gegangen waren, sagte der Rabbi zu seiner Frau: «Ich bin froh, daß das vorbei ist. Mein Gewissen hat mich die ganze Zeit geplagt, seitdem ich mit dem Gedanken gespielt habe, hierzubleiben.»

«Ich fürchte, ich habe ein bißchen daran gedreht», bekannte Mrs. Deutch kleinlaut. «Aber um die Wahrheit zu sagen, ich dachte wirklich, daß Rabbi Small nicht zurückkommt. Ich meine, wenn einer kein Wort von sich hören läßt . . .»

«Nun, ich glaube, ich kann ihm das nachfühlen. Er ist noch jung, und ich denke, sie haben ihn gekränkt. Also schreibt er ihnen nicht. Nicht mal eine Karte, daß es ihm gut geht.»

«Vermutlich.» Sie zögerte. «Nach dem, was Dan uns erzählt hat, war es dir natürlich unmöglich, anders zu entscheiden. Aber ich gebe gern zu, Hugo, daß es mir leid tut. Ich habe unsere paar Monate hier wirklich genossen . . .»

«Weißt du, ich hab darüber nachgedacht und bin zu dem Schluß gekommen, daß es mir hier nicht wegen des Tempels oder der Gemeinde gefallen hat, sondern weil es neu für uns war. Und wir waren nur auf Zeit hier, deshalb hat uns jeder außergewöhnlich gut behandelt.»

«Das stimmt wohl . . .»

«Aber verstehst du denn nicht, Betty?» fuhr er lebhaft fort. «Das ganze Geheimnis liegt darin, daß man Gast ist. Hätte ich die Stellung angenommen, wäre das vorbeigewesen.»

«Worauf willst du hinaus?»

«Ich glaube, wir haben bei dieser ganzen Sache mit dem Ruhestand den falschen Weg eingeschlagen. Das Entscheidende dabei ist, daß man frei ist und genügend Geld hat, es zu bleiben. Das bedeutet, man kann tun, was man möchte.»

«Aber das hast du doch versucht und dich gelangweilt.»

«Irrtum – ich hab das getan, was andere Leute von mir erwarteten – nämlich nichts. Und das ist zugegebenermaßen langweilig. Aber wenn du tust, was du möchtest, bedeutet das, eine Zeitlang nichts tun, und wenn dir danach zumute ist – arbeiten. Ich hab dir nichts davon gesagt, aber ich hab gestern im Seminar angerufen und lange mit dem Stellenvermittlungsbüro gesprochen. Ich hab ihnen erklärt, daß ich interessiert bin an Jobs auf Zeit, als Vertretung für Rabbis, die ihr Sabbatjahr nehmen, oder für jemand, der krank und voraussichtlich eine Weile bettlägerig ist, und daß Geld eine untergeordnete Rolle spielt. Ich bat sie, an mich zu denken. Nach meinem Eindruck dürfte ich keine Schwierigkeiten haben, soviel Jobs zu kriegen, wie ich nur haben will.»

«Du willst wieder arbeiten?»

«Nur wenn ich Lust dazu habe. Ich möchte ein bißchen reisen, vielleicht nach Israel. Wir könnten ja auch ein paar Monate dort bleiben, genau wie die Smalls. Dann würde ich eine Stellung annehmen für einige Monate oder ein halbes Jahr – wenn mir danach ist, wenn mir der Ort und die Leute gefallen. So wären wir überall, wo wir hingehen, neu – und unabhängig. Und ich glaub schon, daß ich in der Leitung einer Gemeinde ganz gut bin.»

«Ach, Hugo, einer der besten!» rief Betty aufgeregt. «Ich meine auch, daß es so gehen wird. Und wenn sie dich vielleicht bitten zu bleiben . . .»

«Dann würde ich antworten, bedauere, ich bin im Ruhestand und nicht interessiert an einer Dauerstellung.»

«Das wäre wohl das Beste, Lieber.»

Sie sprachen nicht, als sie in den Wagen einstiegen, jeder hing seinen Gedanken nach. Aber während der Fahrt fragte Raymond klagend: «Und was tun wir jetzt?»

«Was können wir schon tun?» blubberte Marty wütend los. «Wir machen uns daran, die Begrüßungsparty für die Smalls vorzubereiten.»

53

«Meine Frau sagt mir, daß Sie beide morgen abend zu uns rüberkommen wollen», erklärte Lanigan, «aber da ich zufällig in der Gegend war . . .»

«Selbstverständlich», sagte Miriam. «Und Sie trinken doch eine Tasse Tee, nicht wahr?»

Sie stand auf und ging in die Küche. Der Polizeichef musterte sie, sein Blick blieb in der Taillengegend hängen. «Na, wie ich sehe, waren Sie da drüben nicht müßig, David. Ich weiß nicht recht, ob das die Reise lohnte. Aber haben Sie das gefunden, weswegen Sie hinfuhren?»

«O ja», sagte der Rabbi, während er Miriam half. Er stellte Lanigan Sahne und Zucker hin. «Es war dort, und wir fanden es – praktisch am

Tag unserer Ankunft.»

«Na, das ist schön. Trotzdem war es ein bißchen tollkühn, drei Monate von Ihrem Posten wegzugehen, besonders wo die Konkurrenz so hervorragend war, meinen Sie nicht auch? Allerdings beweist wohl die Begrüßungsparty, die sie Ihnen gegeben haben, daß Sie wußten, was Sie taten . . .» fügte er widerstrebend hinzu.

War das ein leichter Verweis, weil er seine Stellung riskiert hatte? Der Rabbi war gerührt. «Ja, er ist ein guter Mann, Rabbi Deutch. Hat man ihn in der Stadt gern gehabt?»

Lanigan nickte emphatisch. «Er ist sehr eindrucksvoll. Die Rolle ist ihm auf den Leib geschrieben.» Sein Blick taxierte den Rabbi. «Ihnen nicht.»

«Ich weiß.»

«Na, unterschätzen Sie das ja nicht. Leute zu beeindrucken, das gehört zu Ihrem Handwerkszeug. Heute ist das angeblich nicht Mode, erzählt man mir. Aber ich bin nicht überzeugt, daß das so bleibt. Wir haben zum Beispiel einen neuen Hilfsgeistlichen in unserer Kirche. Er kam, während Sie fort waren. Der neue Priestertyp. Läuft ständig in Blue jeans und Pullover rum. Hockt mit den jungen Leuten auf dem Fußboden und spielt Gitarre. Religiöse Lieder, zugegeben, aber sie hören sich nicht fromm an. Zumindest nicht, wie wir's gewöhnt sind. Und was ist die Folge? Wenn ich ihn vor dem Altar in seinen Meßgewändern die Messe zelebrieren sehe, habe ich einen Hippie in Blue jeans vor Augen. Und wenn er predigt, denke ich: Beweise es, beweise es. Ich meine, wenn kein Zauber, nichts Wunderbares dabei ist, sondern nur ganz alltägliche Argumente, dann muß er mich überzeugen. Und das kann er natürlich nicht.»

«Und Pater Dougherty?»

«Den sieht man nie anders als in Schwarz und mit Priesterkragen. Das wirkt, als wär er immer in Amtstracht, und wenn er dann vor dem Altar ist, glaubt man ihm. Mike Dougherty ist kein großes Licht, aber das braucht er auch nicht zu sein, denn man spürt, daß jemand durch ihn spricht. Vielleicht steckt eine Menge Hokuspokus in der Religion, Rabbi, aber irgendwie funktioniert's.»

«Bei uns ist es ein bißchen anders», sagte der Rabbi. «Der Rabbi ist kein Geistlicher.»

«Ja, ich weiß, das haben Sie mir erklärt, aber weiß es auch Ihre Gemeinde oder empfinden sie trotzdem das Bedürfnis nach dem Hokuspokus?»

«Manche von ihnen schon, schätze ich. Vielleicht sogar alle irgendwann mal.»

«Na, deshalb war Rabbi Deutch vermutlich so beliebt. Ich hab ihn mal gehört, als er bei einer Versammlung den Vorsitz führte. Irgendwie hat er psalmodiert, falls Sie wissen, was ich damit meine. Sehr eindrucksvoll. Bei uns tragen die Priester eine Uniform, und die Meßgewänder sind sozusagen die Galauniform. Ihre Leute fliegen nicht auf so was, deshalb müssen Sie die Wirkung durch Stimme und Auftreten erzielen, denn eine Uniform ist wichtig. Fragen Sie jeden Polizisten.»

Der Rabbi streifte die blaue Mütze Lanigans, die neben ihm auf dem Boden lag, mit einem Blick und sagte lächelnd: «Der Polizeichef in Jerusalem oder zumindest der Inspector trägt eine von denen.» Er langte an seine *Jarmulke.*

«Ach, tatsächlich? Sie meinen, das gehört zu seiner Uniform? Er trägt das auf der Straße?»

«Nein, er hat eine Mütze wie Sie. Das trägt er nur in seinem Büro . . .»

«Sie haben ihn in seinem Büro gesehen? Hatten Sie drüben was mit der Polizei zu tun?»

Der Rabbi grinste. «Nicht direkt. Es gab einen Sprengstoffanschlag, und ich hatte Kenntnis davon und wurde von der Polizei verhört.»

«Ein Sprengstoffanschlag! Und Sie wurden von der Polizei ins Kreuzverhör genommen?»

«Ich vermute, man könnte es so nennen.» Der Rabbi lächelte in der Erinnerung. «Aber es drehte sich hauptsächlich um meine religiösen Anschauungen. Der Inspector zweifelte an meiner Strenggläubigkeit.»

Der Polizeichef schüttelte verwundert den Kopf. «Ein Polizist bezweifelt Ihre religiöse Orthodoxie! Was ist das für ein Land, in dem ein Polizist einen Rabbi über seine religiösen Anschauungen befragt? Geht das die Polizei was an?»

«Das gehört auch dazu, aber es ist nicht allgemeingültig. Nur dieser spezielle Polizist.»

«Sie sagen, es gab einen Bombenanschlag. Also ist es dort doch gefährlich . . .»

«O nein.»

«Der Prälat drüben in Salem führt eine Gruppe nach Irland, Rom und dann ins Heilige Land. Meine Frau liegt mir in den Ohren, sie will mitfahren, und ich bin schon fast entschlossen, sie zu lassen. Aber wenn da Gefahr besteht . . .»

«Ach, es besteht keine Gefahr», sagte Miriam. «Für sie nicht. Aber für uns . . .»

«Was für eine Gefahr bestand denn für Sie?» erkundigte sich der Polizeichef.

Miriam sah ihren Mann an. Er lächelte. «Für uns besteht immer die Gefahr, daß wir nicht zurückkommen», sagte er.

Peter Schmidt

Der Agentenjäger
(2784)

Der EMP-Effekt
(2765)

Erfindergeist
(2719)

Ein Fall von großer Redlichkeit
(2701)

Linders Liste
(2880)

Mehnerts Fall
(2774)

Die Stunde des Geschichtenerzählers
(2743)

Die Trophäe
(2809)

Die fünfte Macht
(2908)

Der kleine Herzog
(2929)

THRILLER rororo

C 2349/3

A Faint Cold Fear Thrills Through My Veins · William Shakespeare

Zu diesem Buch

Der alte Kestler ist tot.

Er ist nicht an Altersschwäche gestorben und auch nicht an der kleinen Infektion, die er sich geholt hatte. Todesursache war ein allergischer Schock, ausgelöst durch Einnahme eines Penicillinpräparats.

Durch die Schuld des Arztes, behauptet Joe Kestler, der Sohn des Verstorbenen. Dr. Cohen wußte genau, daß der Alte kein Penicillin vertrug, und hätte keines verschreiben dürfen.

Das habe er auch nicht getan, wehrt sich Dr. Cohen. Wegen der Penicillin-Überempfindlichkeit des Patienten habe er ein Präparat aus der Tetracyclinreihe verordnet – 20 rosafarbene Pillen, von denen er viermal täglich eine hätte einnehmen sollen.

Die nach dem Tod sichergestellten Pillen sind aber nicht rosa, sondern einwandfrei orangefarben – und es handelt sich bei ihnen auch nicht um das verschriebene Präparat, sondern um Penicillintabletten, wie Dr. Cohen mit heimlicher Erleichterung erfährt. Es ist für einen Arzt immer schlimm, einen Patienten zu verlieren; ihn aber durch eine Fehlbehandlung zu verlieren, während sich die Leute zutuscheln, daß der Doktor es an Sorgsamkeit habe fehlen lassen, weil der alte Kestler ihn damals wegen des dummen Streits vor den Kadi gezerrt hatte... Dr. Cohen ist ehrlich erleichtert.

Aber wenn der Fehler nicht bei Cohen gelegen hat... Irgend jemand muß die Pillen vertauscht haben. Unabsichtlich, hofft Polizeichef Lanigan, der auch als Patient von Dr. Cohen die Entwicklung aufmerksam verfolgt hat. Irren ist menschlich, und an dem Abend, als das Medikament abgeholt wurde, hatte wegen des Unwetters in der einzigen Spätdienst-Apotheke eine hektische Betriebsamkeit geherrscht. Doch jeder, der etwas davon versteht, versichert Lanigan, daß Apotheker viel zu sorgsam sind, um einen Fehler zu begehen.

Wenn die Tabletten aber nicht zufällig vertauscht worden sein können, dann... Polizeichef Lanigan sieht die Zeit gekommen, einmal ‹ganz zufällig› bei Rabbi Small vorbeizugehen.

Harry Kemelman erhielt für seinen ersten Kriminalroman, Am Freitag schlief der Rabbi lang (Nr. 2090), den Edgar Allan Poe Award. Sein zweiter, Am Samstag aß der Rabbi nichts (Nr. 2125), wurde von der Darmstädter Jury zum Buch des Monats gewählt. Es folgten Am Sonntag blieb der Rabbi weg (Nr. 2291), Am Montag flog der Rabbi ab (Nr. 2304), Am Dienstag sah der Rabbi rot (Nr. 2346), Am Mittwoch wird der Rabbi naß (Nr. 2430), Der Rabbi schoß am Donnerstag (Nr. 2500), Eines Tages geht der Rabbi (Nr. 2720) und Ein Kreuz für den Rabbi (Nr. 2860). Acht Detektivstories erschienen unter dem Titel Quiz mit Kemelman (Nr. 2172).

Harry Kemelman

Am Mittwoch wird der Rabbi naß

Deutsch von
Gisela Stege

Rowohlt

rororo thriller
Herausgegeben von Bernd Jost

Veröffentlicht im Rowohlt Taschenbuch Verlag GmbH,
Reinbek bei Hamburg, Mai 1990
Die deutsche Erstausgabe erschien im Rowohlt Taschenbuch Verlag GmbH,
Reinbek bei Hamburg, Oktober 1977
Die Originalausgabe erschien bei William Morrow and Company, Inc.,
New York, unter dem Titel «Wednesday the Rabbi Got Wet»
Redaktion Brigitte Fock
Umschlagfoto Fred Dott
Umschlagtypographie Peter Wippermann / Nina Rothfos

Satz Aldus (Linotron 505 C)
Gesamtherstellung Clausen & Bosse, Leck
Printed in Germany
ISBN 3 499 42992 6

Die Hauptpersonen

Jacob Kestler	ist schon über achtzig und stirbt trotzdem vorzeitig.
Joe Kestler	beharrt auf seinem Recht und löst eine Lawine aus.
Arnold Aptaker	reist Hals über Kopf ab und macht sich dadurch verdächtig.
Marcus Aptaker	hat Ärger mit seinem Sohn – und wegen seines Mietvertrags.
Dr. Daniel Cohen	kann rosa von orange unterscheiden.
Bill Safferstein	bietet seine Hilfe an.
Chester Kaplan	verweist ein Gesuch an die zuständige Stelle, und das hat schwerwiegende Folgen.
Ross McLane	wird polizeilich überprüft.
Joe Purvis	merkt nicht, wenn er bestochen werden soll.
Polizeichef Hugh Lanigan	sucht einen Verdächtigen und findet gleich fünf.
Miriam Small	zerreißt versehentlich eine Perlenkette und bringt ihren Mann damit auf einen Gedanken.
Rabbi David Small	löst das Rätsel der fehlenden Pille und überführt damit einen Schuldigen.

Für Arthur Fields, natürlich

1

«Ich nehme an, *Sie* freuen sich über den Ausgang der Wahl.»

Rabbi David Small drehte sich um. Der Mann, der ihn gerade eingeholt hatte, war Joshua Tizzik, klein, mager, mit langer Nase und einem ständig zu höhnischem Grinsen verzogenen Mund.

Die Abendandacht war beendet, und Rabbi Small ging, die milde Luft dieses Altweibersommers im Oktober genießend, zu seinem Wagen, den er auf dem Parkplatz abgestellt hatte. Der Rabbi war hager, blaß und nahm, obwohl er noch nicht einmal vierzig Jahre alt war, beim Gehen die typische gebeugte Haltung eines Gelehrten ein. Er richtete den Blick seiner kurzsichtigen Augen auf Tizzik. «Wenn Sie meinen, daß die Wahl Chester Kaplans und seiner Freunde ein neu erwachendes Interesse an der religiösen Funktion der Synagoge im Vergleich zu ihrer gesellschaftlichen Funktion bedeutet – nun, dann bin ich natürlich froh. Wenn Sie andererseits andeuten wollen, daß ich etwas damit zu tun hatte, so irren Sie sich. Ich mische mich nie in die Synagogenpolitik ein.»

«Oh, ich will ja nicht behaupten, daß Sie für ihn geworben haben, aber erzählen Sie mir nicht, daß Sie sich nicht über seinen Sieg freuen.»

«Na schön», antwortete der Rabbi gutmütig, «ich werde es nicht tun.» Er hatte im Laufe der Jahre festgestellt, daß es keinen Sinn hatte, mit dem ewig unzufriedenen Mr. Tizzik zu diskutieren.

«Und was die neu erwachende Religiosität angeht, da machen Sie sich nur keine Illusionen, Rabbi. Diesen Sieg hat Chet Kaplan nur guter Organisation und ganz gewöhnlicher Wahlpolitik zu verdanken. Seit über einem Jahr hält er jetzt jeden Mittwochabend diese Empfänge bei sich zu Hause ab . . .»

«Ich habe nie einen besucht.»

«Nein?» Tizzik war offen ungläubig. «Also, nehmen wir mal eine Kleinstadt wie Barnard's Crossing. Was kann man da abends anfangen? Am Freitag ist der Abendgottesdienst in der Synagoge, aber Sie wissen genau, daß die Hälfte der Gemeindemitglieder nur kommt, weil das eine Möglichkeit ist, sich ein bißchen die Zeit zu vertreiben. Am Samstagabend geht man vielleicht zum Essen aus oder ins Kino. Und damit hat sichs dann schon so ziemlich. Als damals Chet Kaplan mit diesen Empfängen anfing, gab er den Leuten eine weitere Gelegenheit, sich zu treffen. Man kann eine Tasse Kaffee trinken, oder ein Bier, ein paar Doughnuts essen . . .»

«Aber was machen die Leute dort, Mr. Tizzik?»

«Sie reden – hauptsächlich über die Synagoge, weil das ein alle interessierendes Thema ist. Wir diskutieren über Religion. Darin sind wir ja alle Experten. Manchmal lädt Kaplan auch jemanden ein, der einen kleinen Vortrag hält. Er hat einen guten Freund in New Hampshire, den Rabbi Mezzik . . .» Er lachte. «Einmal hab ich zu ihm gesagt, wir könnten im Varieté auftreten. Mezzik und Tizzik. Na ja, und dieser Rabbi Mezzik, der hat es mit der Meditation. Er spricht über den Judaismus und die anderen Religionen wie das Christentum und den Buddhismus, und in welchem Verhältnis sie zu unserer Religion stehen.»

«Und dann krönt Chester Kaplan das Ganze mit einer Rede zur allgemeinen Gemeindepolitik?»

«Aber nein, so plump ist er bestimmt nicht. Aber er hat da eine Gruppe gebildet, die mit ihm an den Meditationen teilnimmt, alle diejenigen, die er auf seiner Liste für den Vorstand hatte. Die bilden so eine Art Inneren Kreis. Manchmal mieten sie sich, wie ich gehört habe, für ein paar Tage ein Erholungslager und führen da alle möglichen Diskussionen. Und beten natürlich, soweit ich weiß, denn dieser Rabbi Mezzik hat auch damit zu tun. Die übrigen dagegen, diejenigen, die nur zu ihm kamen, weil sie nichts besseres zu tun hatten, na ja, die fanden, wenn ihr Gastgeber sich um den Posten als Vorsitzender bewirbt, müßten sie eben für ihn stimmen. Und kurz vor der Wahl fingen die Männer aus dem Inneren Kreis an, jeden anzurufen, der jemals an einer Versammlung teilgenommen hatte. Die Namen hatten sie aus einem Gästebuch, in das man sich bei Chet eintragen muß.»

Rabbi Small nickte. «Ja, Mr. Tizzik. Das leuchtet mir ein, daß er damit Erfolg haben mußte. Aber es gibt noch eine andere Möglichkeit. Wie in allen kleinen Ortschaften, gibt es hier in Barnard's Crossing nur eine einzige Synagoge, denn die jüdische Gemeinde ist nicht groß genug, um mehr als eine zu finanzieren. Und sie wurde als konservative Synagoge eingerichtet, damit sich niemand, weder die Orthodoxen auf der einen, noch die reformierten Juden auf der anderen Seite, allzu unbehaglich fühlt. Sie ist ein Kompromiß. Und ich vermute, daß die Konservativen eindeutig in der Überzahl sind, daß sie ihrer Einstellung nach aber von nahezu orthodox bis nahezu reformiert rangieren. Zumeist waren es in jedem Jahr zwei Männer der Mitte, zwei Konservative, die gegeneinander kandidierten. In diesem Jahr gehörte der andere Kandidat, Mr. Golding, eindeutig dem reformierten Flügel an. Darum stimmten die Orthodoxen, die Beinahe-Orthodoxen und der größte Teil der echten Konservativen für Mr. Kaplan. So einfach war das Ganze wahrscheinlich.»

Als sie den Wagen des Rabbi erreichten, kam ihm plötzlich eine Idee. «Für wen haben Sie denn gestimmt, Mr. Tizzik?»

Tizzik lächelte herablassend. «Hören Sie, Rabbi, ich hab sein Bier getrunken und seine Doughnuts gegessen. Was sollte ich machen? Ich habe für Kaplan gestimmt. Bei ihm weiß ich wenigstens, daß er zur Stelle sein wird, wenn ich heute abend den Kaddisch sage, und daß er, falls nötig, vorbeten kann.»

2

Da es Akiva Rokeachs erstes Gespräch mit dem *rebbe* sein sollte, meinte Baruch, der *gabbe*, er müsse ihm erklären, wie er sich zu verhalten habe. «Vergiß nicht, Akiva, dem *rebbe* widerspricht man nicht», dozierte er ernst. «Reb Mendel ist ein *zaddik*, das heißt, ein frommer Mann, so etwas wie ein Heiliger.» Baruch war klein und gedrungen, mit schütterem, grauem Haar, das er aus der hohen Stirn zurückgekämmt trug, auf der, sobald er ärgerlich wurde, deutlich sichtbar eine blaue Ader pulsierte. Er hielt den letzten Stummel einer filterlosen Zigarette zwischen dem nikotinverfärbten Daumen und Zeigefinger, inhalierte einen letzten Zug und warf ihn dann bedauernd in einen Aschenbecher, wo er weiter vor sich hinglimmte. Er war ein sehr nervöser, reizbarer Mensch, in seiner Funktion als *gabbe* aber, als Sekretär und Faktotum des *rebbe* also, war er von Bedeutung. Denn nur über ihn führte der Weg zum *rebbe*. «Selbst wenn der *rebbe* sich scheinbar irrt», fuhr er jetzt fort, «wenn du zum Beispiel meinst, er hätte in seinen Ausführungen über das Gesetz falsch zitiert, darfst du ihn weder darauf hinweisen noch ihn korrigieren. Sondern du solltest über den Grund nachdenken, warum Reb Mendel absichtlich falsch zitiert hat.» Er hielt inne, um sich eine neue Zigarette anzuzünden. «Und vor allem, wenn er ein Urteil fällt, hast du es ohne Einwände hinzunehmen.»

«Ich verstehe», sagte Akiva Rokeach bescheiden.

Die Ader auf der Stirn des *gabbe* pulsierte ärgerlich über die Unterbrechung. «Er besitzt nämlich die tiefere Einsicht, weißt du, und man kann nicht erwarten, daß er so denkt wie du.»

Diesmal nickte Akiva nur zustimmend. Er gehörte zwar schon seit über einem halben Jahr zu der Gruppe, aber erst jetzt sollte er Reb Mendel in seinem Arbeitszimmer zum erstenmal allein gegenüberstehen, und diese Chance wollte er sich nicht verderben, indem er den *gabbe* unnötig reizte.

Baruch musterte den jungen Mann, der vor ihm stand, mit unverkennbarer Mißbilligung: sein langes Haar, den wirren, blonden Bart, die geflickten, in die schweren Stiefel gestopften Jeans. «Hast du ein *kvitl?*» fragte er mürrisch, und als Akiva ihn nicht verstand, übersetzte er ungeduldig: «Ein Gesuch, ein schriftliches Gesuch. Du erwartest doch wohl nicht, daß der *rebbe* wartet, während du ihm alles erklärst, oder?»

«Ach so! Ja, gewiß. Hier ist es.»

«Und ein *pidjon?*»

Akiva zog einen Fünfdollarschein aus seiner Brieftasche und überreichte ihn dem *gabbe* als Zeichen der Dankbarkeit dafür, daß der *rebbe* ihn allein empfing. Baruch warf einen Blick auf die Banknote und notierte sich etwas in seinem Buch.

«Warte hier. Ich werde nachsehen, ob der *rebbe* jetzt Zeit für dich hat.» Er klopfte an die Tür des Studierzimmers, wartete einen Augenblick und trat dann ein, wobei er die Tür behutsam hinter sich ins Schloß zog. Kurz darauf kam er zurück und winkte dem jungen Mann, er könne eintreten.

Akiva hatte Reb Mendel noch nie aus so großer Nähe gesehen. Bei den *farbrengen,* den festlichen Versammlungen, mußte er sich als jüngstes Mitglied der Gruppe völlig zurückhalten. Und wenn der *zaddik* nach der dritten Mahlzeit am Sabbath die Torah auslegte und die Philosophie erklärte, hatte er stets am äußersten Ende des Gemeinschaftstisches gesessen, fast durch die ganze Länge des Saales von ihm getrennt.

Jetzt saß Reb Mendel hoch aufgerichtet in seinem thronähnlichen Sessel hinter dem großen, geschnitzten Walnußschreibtisch. Er war – ja, wie alt? Dreißig? Vierzig? Fünfundvierzig? Schwer zu schätzen. Der lange Bart wurde schon grau, jedoch die Hand, die ihn zuweilen strich, war die eines noch jungen Mannes.

«Ah, unser junger Wikinger», murmelte Reb Mendel und nickte zu einem Stuhl neben dem Schreibtisch hinüber.

«Wie bitte, *rebbe?* Ich habe nicht ganz verstanden . . .»

Reb Mendel lächelte. «Nichts weiter. Ein kleiner Scherz. Du möchtest hier also eine Woche bleiben?»

«Ich habe eine Woche Urlaub», erklärte Akiva. «Und dachte, die könnte ich am besten hier mit Beten und Meditieren verbringen.»

Der *rebbe* warf einen kurzen Blick auf die Karte, die Baruch vor ihm auf die Schreibtischplatte gelegt hatte. «Du bist erst sieben Monate bei uns», sagte er. «Du hast weder die Ausbildung noch die Vorbildung, die notwendig sind, um einen solchen Aufenthalt zu lohnen. Du hast keinerlei religiöse Erziehung genossen, nicht einmal das Minimum, das die meisten jüdischen Jungen bekommen, um sich auf die Bar Mitzva vorzubereiten.»

Akiva senkte den Kopf. «Meine Eltern sind nicht religiös. Mein Vater ist Agnostiker, und ich wurde ebenfalls agnostisch erzogen. Ich bin nie, wie die anderen Jungens in unserem Viertel, zur jüdischen Schule gegangen, und wir gehörten auch nicht zur Synagoge.»

«Deine Eltern leben hier in Philadelphia?»

«Nein, ich komme aus Massachusetts, aus einer Kleinstadt nördlich von Boston. Barnard's Crossing.»

«Und wann hast du sie zuletzt gesehen?»

Akiva errötete. «Na ja, seit einiger Zeit schon nicht mehr, aber ich telefoniere manchmal mit ihnen, vor allem mit meiner Mutter.»

«Mit deinem Vater hattest du Streit.» Das war keine Frage, sondern eine nüchterne Feststellung. Als wisse er genau Bescheid. «Erzähl mir davon.»

«Mein Vater hat einen Drugstore, und als ich mein Apothekerexamen abgelegt hatte, half ich ihm im Geschäft. Aber wir haben uns nie richtig verstanden.»

«Das war aber nicht der Grund, warum du fortgegangen bist – und nicht wieder heimkehren willst.»

Akiva nickte bereitwillig, ja eifrig, um zu zeigen, daß er nichts verschweigen wollte. «Da gab es ein Lokal, das ich häufig besuchte, eine Art Nightclub. Die hatten ein Hinterzimmer, wo gespielt wurde . . .»

«Und Mädchen?»

«Ja, Mädchen hatten sie da auch. Na ja, eines Abends hatte ich nicht genug Geld bei mir, und ich gab ihnen einen Schuldschein über fünfzig Dollar. Dann kam jemand – nicht der Besitzer, sondern ein Mann, der behauptete, ihn von dem Besitzer gekauft zu haben – zu mir ins Geschäft. Nur, daß der Schuldschein von fünfzig auf einhundertfünfzig rauffrisiert worden war.»

«Hast du deinen Vater um das Geld gebeten?»

«N-nein. Er hätte ja doch kein Verständnis dafür gehabt. Er ist . . . na ja, ziemlich spießig. Er wäre bestimmt zur Polizei gelaufen.»

«Darum hast du das Geld aus der Kasse genommen, nicht wahr?» fragte der *rebbe.*

Akiva nickte ohne jede Verlegenheit. Das war das Großartige an der Gruppe. Man konnte vollkommen aufrichtig sein. «Das war kinderleicht. Ich schloß morgens auf und abends ab, wissen Sie, darum machte ich auch die Kasse. Meistens rechnete ich abends ab, aber wenn ich's mal eilig hatte, verschob ich's auf den nächsten Morgen. Eines Morgens, als ich mal verschlafen hatte, schloß mein Vater das Geschäft auf. Ich wollte das Geld natürlich in ein paar Wochen wieder zurückgeben.»

«Aber dein Vater erwischte dich, ehe du dazu Gelegenheit hattest.»

«Ganz recht. Es gab einen fürchterlichen Krach, und ich bin weg.»

«Wohin?»

«Ach, ich bin einfach im Land rumgezogen. Eine Zeitlang war ich in Kalifornien. Und dann hab ich mich hier nach Philly zurückgejobbt.»

«Warum hierher?»

«Weil ich hier Pharmazie studiert habe. Daher kannte ich die Stadt.»

«Und was hast du gemacht, während du im Land herumgezogen bist? Und seit wann bist du von Zuhause fort?»

«Seit ungefähr drei Jahren. Meistens habe ich gearbeitet. Ich suchte mir einen Job in einem Drugstore – Apotheker waren gefragt – und arbeitete eine Weile, und dann zog ich weiter zum nächsten Ort.»

«Weil du mit dir selbst im Unfrieden warst», stellte Reb Mendel nüchtern fest.

«Nein, ich . . .» Ihm fiel ein, daß er dem *rebbe* nicht widersprechen durfte. «Ja. Aber ich wollte auch verschiedene Weltanschauungen ausprobieren. Eine Zeitlang habe ich mich mit Yoga beschäftigt, und mit Zen.» Er faßte Mut. «Wie ich hörte, haben Sie auch . . .»

Reb Mendel lächelte, ein breites, sonniges Lächeln, das ebenmäßige, weiße Zähne sehen ließ, und einen Augenblick wirkte er sehr jung, nicht älter als Akiva selbst. «Während ich meine Doktorarbeit in Anthropologie schrieb, lebte ich eine Zeitlang bei den Indianern und studierte ihre Religion. Später verbrachte ich einige Zeit in Indien, wo ich östliches Gedankengut und transzendentale Meditation studierte. Letztlich aber muß man das Äquivalent dazu im eigenen Kulturkreis finden. Man muß heimkehren. Ich bin heimgekehrt. Und du mußt es auch tun, Akiva.»

«Aber wenn ich hierbleibe, nur bis zum Ende dieser Woche . . .»

Reb Mendel schüttelte den Kopf. «Du weißt noch nicht genug, um von diesem Aufenthalt zu profitieren. Man sagte mir, daß du in der Zeit, seit du bei uns bist, gelernt hast, deine Gebete auf Hebräisch zu lesen – stockend. Aber du verstehst natürlich nicht, was du liest. Wenn wir uns hier unterhalten, sprechen wir Englisch, gewiß, aber ebenso Jiddisch und gelegentlich Hebräisch, die du beide nicht verstehst. Du würdest nur deine Zeit verschwenden. Du hast noch ein paar Tage von deinem Urlaub, darum rate ich dir, nutze sie und fahr nach Hause.»

Der junge Mann gab sich keine Mühe, seine Enttäuschung zu verbergen. Reb Mendels Züge wurden weicher. «Siehst du denn nicht ein», sagte er freundlich, «daß der Streit mit deinem Vater deine spirituelle Entwicklung behindert? Solange es in deiner Vergangenheit etwas gibt, das dich beunruhigt und deine Konzentration stört, wirst du niemals die Ruhe und Gelassenheit erreichen, die für die Ekstase, die wir anstreben, Voraussetzung ist.»

«Es ist ja nicht nur das», flehte Akiva. «Wir sind nie miteinander ausgekommen. Er hatte so altmodische Ideen – sogar über die Geschäftsmethoden. Vieles wollte er nicht führen, weil er meinte, es vertrage sich nicht mit der Würde einer Apotheke. Sogar die Rezepte mußten auf eine ganz bestimmte Art und Weise ausgeführt werden. Während zum Beispiel jede Apotheke in der Stadt Plastikröhrchen für Pillen benutzte, nahm er immer noch Glasflaschen, weil er behauptete, die Röhrchen seien nicht luftdicht, obwohl es nur ein paar Pillen gab – Nitroglyzerin etwa –, die an der Luft verderben.»

«Und das findest du unerträglich?»

«Nein, aber altmodisch. Die Flaschen sind teurer, und statt das Etikett, wie bei den Röhrchen, einfach reinzuschieben, mußte man es aufkleben. Das sage ich jetzt nur als Beispiel. Na, und daß wir länger offen hatten als die anderen Geschäfte, weil er fand, soviel Verantwortlichkeit müsse eine Apotheke der Bevölkerung gegenüber schon aufbringen. Manchmal riefen Ärzte mitten in der Nacht an und ich mußte rüber ins Geschäft, um das Medikament fertigzumachen und es vielleicht sogar noch abzuliefern.»

«Und darüber habt ihr euch gestritten? Das war doch eine gute Tat, eine *mitzwe*. Du hast kranken Menschen geholfen.»

«Nein, darüber haben wir nicht gestritten. Ich wollte Ihnen nur eine Vorstellung davon geben, wie ich über das Geschäft dachte.» Er lächelte matt. «Deswegen habe ich an jenem Morgen verschlafen. Wenn das eine *mitzwe* war, dann habe ich, weiß Gott, keinen Lohn dafür erhalten.»

«Für eine *mitzwe* erwartet man keinen Lohn. Wenn man das tut, ist es keine *mitzwe* mehr, sondern der Versuch, mit dem Allmächtigen einen Handel abzuschließen. Außerdem erkennt man den Lohn nicht immer, wenn man ihn erhält.» Nachdenklich strich er sich den Bart.

«Ja, das mag sein», stimmte Akiva bedrückt zu und starrte nachdenklich auf seine Hände. Dann hob er den Kopf und versuchte es noch einmal. «Er hat mir auch nicht soviel bezahlt, wie er einem anderen Apotheker hätte zahlen müssen, und ich habe viel länger gearbeitet. Weil ich sein Sohn war. Er sagte immer: ‹Das Geschäft gehört dir. In ein paar Jahren werde ich mich zurückziehen, und du wirst es übernehmen, wie ich damals von meinem Vater.› Als wäre das eine Familientradition», ergänzte er bitter, «wie bei einer Bank, einer Eisenbahnlinie oder einem großen Konzern. Dabei war's doch bloß ein kleiner Drugstore. Und wenn das Geschäft mir gehörte, wieso schlug er dann solchen Krach, als ich mir etwas von dem nahm, was mir ohnehin gehörte?»

«Diese Familientradition – hast du überhaupt kein Gefühl dafür?»

Der junge Mann schüttelte den Kopf. «Für mich ist das nichts weiter als ein Job. Wenn ich nach Hause zurückkehre, fängt er nur wieder davon an, daß ich die Tradition fortsetzen soll, und dann gibt es wieder Streit.»

Reb Mendel nickte nachdenklich. Schließlich sagte er in einem Ton, der jede Widerrede ausschloß: «Diese Meinungsverschiedenheit mit deinem Vater beunruhigt mich. Es ist etwas, das du nicht vergessen kannst. Und darum ist es eine psychologische und geistige Infektion, die geheilt werden muß, weil sie sich sonst ausbreitet und deinen geistigen Niedergang auslöst. Kehre heim, Akiva. Kehre heim.»

3

Als Rabbi Small die im Souterrain gelegene Kapelle der Synagoge betrat, in der wochentags die Andachten abgehalten wurden, zählte er automatisch die Anwesenden und fragte dann, in der Hoffnung, daß einer oder mehrere Männer auf eine Zigarettenlänge hinausgegangen waren: «Sind wir zehn? Sind wir ein *minjen?*»

«Nein, Rabbi. Sie sind der neunte, aber Chet Kaplan muß jeden Augenblick hier sein.»

Der Rabbi fand, die Neuerweckung der Religion, von der Kaplan gesprochen hatte, habe es bisher noch nicht leichter gemacht, einen *minjen* zusammenzukriegen. Abends war das kein Problem, der religiöse Eifer war jedoch offenbar nicht stark genug, die Gemeindemitglieder zu veranlassen, morgens eine halbe Stunde früher aufzustehen, um noch zur Morgenandacht zurechtzukommen.

Gleich nachdem er eingetreten war, hatte der Rabbi das schwarze Käppchen aufgesetzt, das er stets in der Tasche trug. Nun zog er die Jacke aus, knöpfte den linken Hemdsärmel auf und rollte ihn bis zur Schulter hoch. Von dem Stapel auf der Bank im Hintergrund der Kapelle nahm er eines der schmalen, seidenen Gebetstücher, führte die Enden des bestickten Kragens an seine Lippen und legte es sich, automatisch die Gebete murmelnd, um die Schultern. Aus dem kleinen, blauen Samtbeutel, den er mitgebracht hatte, holte er das Phylakterion, den Gebetsriemen, kleine, schwarze Kapseln mit Lederriemen, die Pergamentstreifen mit Zitaten aus der Bibel enthielten. Sie galten als «Mahnungen an Hand und Stirn ... daß euch der Herr mit mächtiger Hand aus Ägypten befreit hat.» Er begann ihn anzulegen: zuerst die Handkapsel, am linken Oberarm und somit dem Herzen am nächsten; dann die Stirnkapsel, direkt unter dem Haaransatz. Seine Lippen bewegten sich, als er lautlos die entsprechenden Gebete artikulierte.

Die anderen hatten sich ebenso vorbereitet, saßen nun mitten im Raum und unterhielten sich, hauptsächlich über Hurricane Betsy, dessen Spuren die Wetterberichte während der letzten Tage aufmerksam verfolgt hatten, und der immer noch das Gebiet um Boston berühren konnte. Irving Hovik, eine Art Amateur-Meteorologe, erläuterte mit ausholenden Gesten, er könne «... immer noch abschwenken. Über dem Meer gewinnt er an Kraft, über Land verliert er sie. Wenn er also abschwenkt und direkt auf uns zukommt, kann es schlimm werden, aber wenn er südlich von uns abschwenkt und dann die Küste heraufkommt, verliert er eine Menge Kraft, versteht ihr? Es kommt eben drauf an, wieviel Schwung er hat.»

Ganz an der Seite, am Ende des Mittelganges und abseits der anderen, entdeckte der Rabbi einen hochgewachsenen jungen Mann, den er noch nie beim Gottesdienst gesehen hatte. Er trug sein blondes Haar lang und hatte einen dichten Bart. Bekleidet war er mit einer blauen Drillichjacke und blauen, in die Stiefel gestopften Jeans. Anstelle des schmalen, seidenen Gebetstuches, wie es alle anderen trugen, hatte er ein langes, wollenes, das ihm bis an die Knie reichte.

Als ihn der Rabbi eben willkommen heißen wollte, ergr[illegible] Mann mit jeder Hand ein Ende des wollenen Gebetstuches, ho[illegible] kreuzte die Hände vor dem Gesicht und schloß sich somit g[illegible] Tuch ein. Die Geste erinnerte den Rabbi an seinen Großvat[illegible] orthodoxen Rabbi; der hatte genauso vorübergehend die Welt[illegible] schlossen, um sich ganz auf das Gebet und das Gespräch mit G[illegible] konzentrieren. Während er hinübersah, begann sich dieser weiße K[illegible] wie in Ekstase langsam von einer Seite zur anderen zu wiegen. [illegible] Gedanke schoß ihm durch den Kopf – mit einer Andeutung von Beda[illegible] ern, von Verärgerung? –, daß er selbst die das Anlegen des Phylakterion[illegible] und des Gebetstuches begleitenden Gebete mit der Zeit mehr oder weniger automatisch hergesagt hatte.

Jetzt kam Chester Kaplan hereingehastet, ein kleiner Mann von fünfzig Jahren mit Rundschädel und ewig lächelndem Gesicht. Er warf sein Jackett auf eine der hinteren Bänke und rollte den linken Hemdsärmel auf. «Sind wir zehn?» fragte er.

«Jetzt ja. Du bist der zehnte. Fangen wir an.»

«Himmel, Chet, ein paar von uns armen Normalbürgern müssen arbeiten!»

«Ich weiß, ich weiß! Mein Wagen wollte nicht anspringen.» Er legte sein Phylakterion an.

Der junge Mann ließ das Gebetstuch sinken und legte es sich wieder um die Schultern. Der Rabbi ging auf ihn zu. «Ich bin Rabbi Small», sagte er.

Der junge Mann nickte lächelnd. «Ich weiß.» Er ergriff die dargebotene Hand. «Ich bin Akiva Rokeach.»

«Sind Sie neu in unserer Stadt, Mr. Rokeach?»

«Ich bin ein paar Tage auf Besuch.»

«Wir freuen uns, daß Sie gekommen sind.» Er sah lächelnd in die Runde. «Ohne Sie hätten wir heute morgen keinen *minjen* gehabt.» Dann stellte er dem Fremden die traditionelle Höflichkeitsfrage. «Möchten Sie vorbeten?»

Rokeach errötete. «Nein, lieber nicht.»

Die Höflichkeit verbot es ebenso, jemanden, der abgelehnt hatte, zu drängen. Also rief der Rabbi laut: «Wollen Sie vorbeten, Chester?»

«Okay.» Chester Kaplan nahm seinen Platz am Lesepult vor der Bundeslade ein. Während des anschließenden Gottesdienstes konnte der Rabbi, obwohl der größte Teil der Gebete nur gemurmelt wurden, deutlich hören, wie sein Nachbar mitintonierte, und begriff sehr schnell den Grund, warum der junge Mann die Bitte, vorzubeten, abgelehnt hatte: Sein Hebräisch war zu schlecht.

Da es ein Mittwoch und somit nicht einer der Tage war, da die Schrift gelesen wurde, dauerte die Andacht nicht sehr lange. Als die Männer ihre

…mmen und wieder aufgerollt hatten, nahmen sie …r auf, wo sie unterbrochen worden waren.

…hester Kaplan auf den Rabbi zu. Vertraulich … den Ellbogen und flüsterte ihm ins Ohr: «Ich …

… von ihm zur Tür hinaus und dann auf den Parkplatz … weder eine wichtige Bitte noch bedeutsame Enthüllun- … Chester Kaplan schien für Intrigen und ihre äußerlichen …onen geboren zu sein: das vertrauliche Geflüster, das ver- …innige Nicken und Blinzeln, die kleine Grimasse, die Stillschwei- …beim Nahen eines Dritten heischte. Jetzt, beim Wagen des Rabbi …gelangt und außer Hörweite etwaiger Lauscher, fragte er: «Haben Sie schon über diese Angelegenheit nachgedacht, die wir bei der letzten Aufsichtsratssitzung besprochen haben, Rabbi?»

«Meinen Sie die Klausur? Nun, in dieser Beziehung habe ich meine Ansicht nicht geändert.»

Leicht verärgert schürzte Kaplan die Lippen. Dann lächelte er jedoch wieder, ein strahlendes, freundliches Lächeln, bei dem sich Fältchen an seinen Augen zeigten. «Sie haben erklärt, die Synagoge könne sich so was nicht leisten», entgegenete er. «Nun gut, Sie haben mich überzeugt.» Mit unschuldigen, großen Augen sah er den Rabbi an. «Eigentlich hatte ich mir gedacht, wenn wir fleißig die Werbetrommel rühren, könnten wir genug Geld zusammenkriegen. Aber nachdem ich ein bißchen herumgehorcht hatte, wurde mir klar, daß Sie recht haben, und daß der Vorschlag schwer durchzubringen sein würde.» Lächelnd nickte er zu seinen Worten, als wolle er andeuten, er sei Manns genug, es zuzugeben, wenn er sich einmal geirrt habe.

«Nun . . .»

Kaplan packte den Rabbi beim Arm. «Aber wenn die Finanzierung nun kein Problem mehr wäre? Wenn ich Ihnen nun erklären würde, daß wir das Grundstück möglicherweise bekommen können, ohne daß es die Synagoge oder die Gemeindemitglieder einen einzigen Cent kostet?»

Der Rabbi lächelte. «Das Finanzierungsproblem war nur ein einziger meiner Einwände. Ich wäre immer noch dagegen.»

«Aber warum, Rabbi? Warum?» Sein Ton verriet gekränkte Fassungslosigkeit.

«Weil es nach Christentum riecht, und nicht nach Judentum», antwortete der Rabbi prompt. «Es erinnert an Klöster, an eine Elfenbeinturm-Einstellung zum Leben. *Klausur* – allein das Wort vermittelt schon die Idee der Zurückgezogenheit aus dem Leben und aus der Welt. Das ist unjüdisch. *Wir* nehmen teil.»

«Aber Gebet und Meditation, Rabbi, sind doch ein wesentlicher Bestandteil unserer religiösen Tradition.»

«Gewiß, und dafür ist die Synagoge da. Wenn Sie beten und meditieren wollen, warum können Sie das nicht in der Synagoge tun, oder sogar in Ihrem eigenen Haus? Warum müssen Sie dazu aufs Land gehen?»

«Wir müssen nicht, aber . . .»

«Vielleicht, weil andere Tempel und Synagogen damit angefangen haben? Oder etwa, weil ihr etwas Positives, etwas Materielles haben wollt, das ihr als Errungenschaft eurer Verwaltungsära präsentieren könnt?»

«Ich würde selbstverständlich gern einen größeren Beitrag zur Entwicklung der Synagoge leisten», erwiderte Kaplan steif.

«Nun, das haben Sie bereits.»

«Ach, wirklich?»

«Gewiß. Sie sind der erste Vorstandsvorsitzende seit Jacob Wassermann, der ein praktizierender Jude ist. Das an sich ist schon ein sehr wichtiger Beitrag.»

Kaplan nickte nachdenklich. «Glauben Sie nur nicht, daß das eine vorübergehende Erscheinung ist, Rabbi. Ein neuer Geist hat bei uns Einzug gehalten. Ich wurde gewählt, gerade *weil* ich ein praktizierender, religiöser Jude bin. Ich möchte darauf hinweisen, daß eine ganze Anzahl meiner Freunde, Menschen, die genauso denken wie ich, ebenfalls in den Vorstand gewählt worden sind. Warum? Weil eine allgemeine Sehnsucht nach Religion besteht. Und zwar nicht nur an der Oberfläche. Es gibt eine religiöse Renaissance, das spüre ich. Und darum wurde ich gewählt.»

«Nun ja . . .» Der Rabbi lächelte geringschätzig. Er hielt es für unklug, jetzt von Tizziks Erklärung für die Wahl zu sprechen, oder von seiner eigenen.

«Der junge Bursche, der vorhin neben Ihnen saß, der mit dem Bart – haben Sie gesehen, wie der *gedavent* hat? Mit wieviel Eifer und Intensität? Das ist ein Zeichen der Zeit. Wer war das übrigens?»

«Keine Ahnung. Ein Fremder, der in der Nähe zu Besuch ist. Er heißt Rokeach, Akiva Rokeach.»

«Da drüben ist er.» Kaplan nickte zum anderen Parkplatzende hinüber, wo Rokeach in einen niedrigen Sportwagen kletterte. Sie sahen zu, wie er seinen Motor hochjagte, anfuhr und in weitem Bogen auf sie zukam. Ganz kurz bremste er vor dem Rabbi und winkte ihm zu. «Sie erinnern sich wohl nicht mehr an mich, Rabbi», rief er laut.

«Sollte ich das? Kenne ich Sie denn?» fragte der Rabbi. Der junge Mann hatte ihn bei dem Motorenlärm jedoch offenbar nicht gehört, denn er lachte und fuhr davon.

«Er scheint Sie zu kennen», sagte Kaplan.

«Ich erinnere mich nicht an ihn. Vielleicht hat er an einem der Colleges studiert, wo ich vor Hillel-Gruppen gesprochen habe. Vielleicht hat er mir dabei mal eine Frage gestellt.» Er musterte den Vorsitzenden mit merkwürdigem Blick. «Sie glauben also, daß er *gedavent*, daß er sich vor und zurück gewiegt hat, ist ein Zeichen für religiösen Eifer?»

«Wie würden Sie es denn sonst nennen?»

Der Rabbi zuckte die Achseln. «Eine Angewohnheit, einen Manirismus, übernommen von denjenigen, die ihn das *davenen* gelehrt haben, und das kann noch nicht lange her sein, nach seinem holprigen Hebräisch zu urteilen.»

«Sehen Sie, Rabbi, das ist es gerade. Das ist genau das, was ich meine. Er ist neu. Er muß erst vor kurzem Interesse an der Religion bekommen haben. Und sie scheint ihm sehr viel zu bedeuten, wenn er, wie Sie sagten, nur zu Besuch hier ist und trotzdem zum *minjen* kommt. Er ist bestimmt keine Ausnahme, glauben Sie mir. Bei diesen Mittwochabendempfängen bei mir zu Hause hört man so viele ähnliche Geschichten, daß . . .»

«Ach so, das machen Sie also Mittwoch abends, wie? Sie setzen sich alle zusammen hin und legen Zeugnis ab!»

«Wir diskutieren über alle möglichen Themen», widersprach Kaplan steif. «Jeder Beitrag ist willkommen. Besuchen Sie uns doch auch mal an einem Mittwochabend, dann können Sie sich davon überzeugen.»

«Das werde ich vielleicht wirklich tun. Heute abend . . .»

«Heute abend wird es für Sie kaum etwas Interessantes geben», unterbrach ihn Kaplan hastig und setzte dann schnell hinzu: «Sie sind selbstverständlich herzlich willkommen, nur . . .»

«Ich wollte sagen, daß ich heute abend leider keine Zeit habe. Ich muß einen Krankenbesuch machen. Der alte Jacob Kestler. Ich habe versprochen, ihm eine Weile Gesellschaft zu leisten.»

«Wie wär's denn dann mit nächsten Mittwoch? Notieren Sie sich's auf Ihrem Kalender. Oder sonst an jedem Mittwoch, an dem Sie Zeit haben.»

«Gut. Ich komme.»

4

Am Mittwochmorgen kam Marcus Aptaker, Besitzer des Town-Line Drugstore, genau wie an jedem anderen Tag des Jahres um Punkt sieben Uhr zum Frühstück herunter. Er war ein methodischer, systematischer Mensch und verrichtete die Dinge, die er regelmäßig tat, automatisch. Frisch rasiert, die randlose Brille blitzend, das dünne, bräunlich-blonde Haar angeklebt, als sei es aufgemalt. Er war schlicht, aber elegant in seinen blauen Anzug gekleidet: der blaue für Montag, Mittwoch, Freitag, der graue für Dienstag, Donnerstag und Sonnabend. An Sonntagen trug er, da das Geschäft nur halbtags geöffnet hatte und es daher ein halber Feiertag war, einfach Hose und Pullover. Nachdem er den Laden betreten hatte, würde er unfehlbar sein Jackett aufhängen und statt dessen eine Arbeitsjacke aus Baumwolle anziehen, aber er tat das wie ein Arzt, der für seine Visite im Krankenhaus den Ärztekittel anlegt. Hauptsache, er war auf dem Weg von und zum Geschäft anständig gekleidet, eine Pflicht, die er seiner Stellung schuldete.

Als seine Frau Rose wenige Minuten später eintrat, saß er bereits am Frühstückstisch. Sie war noch im Bademantel; das glatt aus dem runden, freundlichen Gesicht zurückgekämmte Haar hing ihr in einem lockeren Zopf auf dem Rücken. Sie tischte ihm das Frühstück auf, das aus frisch gepreßtem Orangensaft, Eiern, Speck und Toast bestand. Mit einem Kopfnicken zu dem dritten Gedeck hinüber sagte er nachsichtig: «Arnold wird heute sicher ausschlafen.»

«Nein, er ist schon sehr früh aufgestanden. Er ist fortgegangen», entgegnete seine Frau.

«Fortgegangen? Wohin? Und ohne Frühstück?»

«Er hat gesagt, daß er zum Frühstück wieder da ist. Er wollte zur Morgenandacht in die Synagoge. Man müsse erst beten und dann essen, hat er gesagt.»

«Ist heute ein besonderer Feiertag? Ich habe nichts davon gehört.»

«Nein, nur der übliche Gottesdienst, den sie jeden Tag morgens und abends halten. Als meine Mutter starb, ging mein Vater ein ganzes Jahr lang hin, jeden Morgen und jeden Abend.»

«Verrückt!» Er trank seinen Orangensaft.

Sie hatte sich selbst eine Tasse Kaffee mitgebracht, den sie trank, während er aß. «Was kann's schon schaden?» erwiderte sie vernünftig. «Ein junger Mann, der ganz allein lebt. Besser, er interessiert sich für Religion als für einige von den Sachen, die die jungen Menschen heutzutage so treiben.»

«Hast du mit ihm gesprochen, als ich zu Bett gegangen war? Hat er irgendwas über seine Pläne gesagt?» erkundigte sich Marcus zögernd.

«Nur, daß er bis Montag wieder in Philadelphia sein muß. Er hat nur diese Woche Urlaub.»

«Ich meine seine Pläne ganz allgemein. Hast du mit ihm übers Geschäft gesprochen? Hast du ihm das von Safferstein erzählt?»

«Ich habe ihm gesagt, daß wir einen Käufer für das Geschäft haben, aber daß du nicht verkaufen willst, ehe du nicht definitiv weißt, daß dein Sohn es nicht übernehmen will.»

«Und was hat er gesagt?» fragte er eifrig.

«Du sollst es nur verkaufen. Du könntest dich zur Ruhe setzen, wir könnten reisen oder nach Florida gehen oder . . .»

«Und was soll ich dann machen?» fragte er. «Na schön, ich reise eine

Weile, sechs Monate etwa, oder ein Jahr. Und dann? Ich bin zweiundsechzig und gesund. Was soll ich tun, wenn ich mit reisen fertig bin? Rumsitzen und auf den Tod warten?»

«Aber wenn's ihn doch nun mal nicht interessiert . . .»

«Es *muß* ihn interessieren», beharrte Aptaker, und seine Stimme hob sich allmählich. «Ich habe beinahe vierzig Jahre in das Geschäft investiert, und vor mir mein Vater fünfzehn Jahre. Es ist ein Familienunternehmen. Kann man denn etwas, wofür man sein Leben lang und vorher der Vater schon gearbeitet hat, einfach stehen und liegen lassen? Das Geschäft ist nicht nur eine Verdienstquelle. Es ist etwas, das wir uns in langen Jahren mühsam aufgebaut haben.»

«Ja, und du arbeitest sechzig bis siebzig Stunden in der Woche. Warum sollte sich ein junger Mensch wie Arnold dafür interessieren, wenn er einen guten Job hat, wo er nur vierzig Stunden in der Woche zu arbeiten braucht, und zwar ohne die Kopfschmerzen und die Verantwortung?»

«Aber für Lohn arbeiten! Wo er sein eigenes Geschäft hat . . .»

«Vielleicht bekommt er mit der Zeit auch ein eigenes Geschäft. Warum sollte er sich mit einem belasten, mit dem es ständig abwärts geht . . .»

«Es geht nicht bergab mit unserem Geschäft!» schrie er und schlug zur Bekräftigung mit der Faust auf den Tisch. «In diesem Jahr haben wir mehr verdient als im letzten.»

«Ein paar hundert Dollar mehr.»

«Na schön, ein paar hundert Dollar mehr. Aber ein junger Mann könnte es weiter ausbauen . . .»

«Es liegt an der Gegend, Marcus.» Traurig schüttelte sie den Kopf. «Eine schlechte Geschäftslage kann man nicht ausbauen. Du kannst das Geschäft verschönern, eine neue Fassade machen lassen, eine neue Einrichtung, aber wenn's mit der Gegend bergab geht, hilft alles nichts.»

«Auch eine Gegend kann sich ändern. Wenn dieses Hochhaus für Senioren gebaut wird, ist dies eine erstklassige Geschäftslage. Und wenn die Geschäftslage so schlecht ist, warum will dann ein schlauer Immobilienmakler wie Safferstein das Haus kaufen?»

«Wie er dir ja gesagt hat – für seinen Schwager. Ich kann mir die Situation gut vorstellen. Seine Frau hat einen Bruder, den er mit unterstützen muß. Also will er ihm einen eigenen Laden einrichten, damit er ihm nicht mehr auf der Tasche liegt. Aber für einen jungen Mann wie Arnold . . .»

«Ich sage dir, er könnte Erfolg haben, hier», behauptete Aptaker. «Ich würde ihm die Geschäftsübernahme leicht machen. Ich würde Kredite aufnehmen, und er würde sich keine Gedanken über pünktliche Rückzahlung zu machen brauchen. Und jeden Tag würde ich ein paar Stunden zum Aushelfen kommen, nicht gegen Bezahlung, nur gegen Erstattung der Unkosten.»

«Dann sprich mit ihm. Erklär ihm, was du dir vorstellst.»

Aptaker ließ verzweifelt die Schultern hängen. «Ich kann nicht mit ihm reden. Es ist, als sprächen wir verschiedene Sprachen.»

«Was hattest du denn sonst erwartet? Wenn du mit ihm redest, wie du mit allen anderen redest, wie du mit deinen Kunden redest, oder mit McLane, ruhig, vernünftig . . .»

«Ich kann nicht mit ihm reden wie mit McLane», fuhr er auf. «Er ist schließlich nicht irgendein Apotheker, der einen Job sucht. Ich kann mich nicht hinsetzen und mit ihm über Gehalt und Arbeitszeit diskutieren. Er ist mein Sohn. Er muß fühlen, daß das Geschäft ihm gehört, daß ich es nur für ihn führe, bis er es übernehmen kann, wie ich es von meinem Vater übernommen habe.»

«Aber wie soll er begreifen, was du empfindest, wenn du es ihm nicht erklärst?»

«Er müßte es wissen, ohne daß ich es ihm lange erklären muß. Er müßte selber so empfinden. Wenn man es ihm erklären muß, ist es ohnehin sinnlos.»

Rose Aptaker seufzte. «Bitte, geh schon ins Geschäft. Arnold muß jeden Augenblick heimkommen, und so, wie du jetzt redest, wäre es besser, wenn du dann nicht hier bist.»

«Soll ich mich vor meinem eigenen Sohn verstecken?»

«Du brauchst dich nicht zu verstecken, aber manchmal ist es besser, wenn . . . Ach, ich weiß nicht, du bist in letzter Zeit immer so gereizt. Geh ins Geschäft, bitte! Ich werde noch mal mit ihm reden.»

5

«Sag mal, Miriam, kennen wir einen jungen Mann namens Rokeach?» fragte der Rabbi seine Frau, als er nach Hause kam. «Akiva Rokeach? Erinnerst du dich, ob ich jemals diesen Namen erwähnt habe?»

Miriam war klein und besaß die straffe Figur eines jungen Mädchens. Sie hatte große, blaue Augen und ein freies, offenes Gesicht, das ohne das feste, energische Kinn naiv gewirkt hätte. Die Masse der auf dem Kopf aufgetürmten blonden Haare drohte ihr auf die Schultern zu fallen, als sie jetzt heftig verneinend den Kopf schüttelte. «So einen Namen hätte ich bestimmt nicht vergessen. Klingt israelisch.»

«Ein Israeli ist er auf keinen Fall. Dazu ist sein Hebräisch zu schlecht. Und sein Englisch hat nicht die Spur eines Akzents.» Er berichtete ihr über das Zusammentreffen beim Tempel.

«Er muß ja nicht unbedingt ein *sabra* sein», meinte Miriam. «Vielleicht ist er emigriert und zu einem kurzen Besuch zurückgekommen.

Viele von den Auswanderern nehmen israelische Namen an. Oder übersetzen ihre Namen ins Hebräische. Hat Rokeach auf Hebräisch irgendeine Bedeutung?»

«Aber ja. Es bedeutet Drogist, Apotheker.»

«Apotheker? Wie wär's denn mit Aptaker? Das heißt doch auch Apotheker, nicht wahr?»

«Auf Russisch, glaube ich. Weißt du, ich möchte wissen . . .»

«Der Besitzer des Town-Line Drugstore ist ein Mr. Aptaker. Könnte das vielleicht sein Sohn sein?»

«Weißt du Miriam, du könntest recht haben. Erinnerst du dich noch, vor ein paar Jahren . . .»

«Natürlich. Als Jonathan mitten in der Nacht diesen schrecklichen Anfall bekam und du den Arzt rufen mußtest . . .»

«Und der rief Mr. Aptaker zu Hause an, und dessen Sohn ging in den Laden, holte die Medizin und brachte sie uns.» Bei dem Versuch, sich die äußere Erscheinung des jungen Aptaker in Erinnerung zu rufen, kniff er angestrengt die Augen zusammen. «Damals hatte er natürlich keinen Bart, und die Haare trug er kurz geschnitten. Ja, möglich wäre es.»

«Ich habe ihn nicht gesehen.» Miriam lächelte bedauernd. «Ich war bei Jonathan. Er wollte mich nicht fortlassen.»

«Und ich habe ihn danach auch nicht mehr gesehen», sagte der Rabbi. «Als ich ein paar Tage später hinkam, um die Medizin zu bezahlen, war er fort. Wenn ich mich recht erinnere, sprach ich nur mit seinem Vater, und der verhielt sich ziemlich steif und abweisend. Ich hatte das Gefühl, er nähme es mir möglicherweise übel, daß wir ihm soviel Mühe gemacht haben, nachdem wir normalerweise nicht dort kaufen.»

«Nun, wenn's wirklich Aptakers Sohn ist, kannst du ihm jetzt, wo er wieder da ist, immer noch danken.»

«Ich glaube nicht, daß er ‹wieder da ist›. Nur zu Besuch, hat er gesagt. Vielleicht kommt er zur Abendandacht, dann kann ich noch mal mit ihm sprechen. Ich hätte es ja heute morgen getan; ich hatte das Gefühl, daß er mich sprechen wollte. Aber dann kam Kaplan mit seiner üblichen übertriebenen Geschäftigkeit und drängte mich hinaus.»

«Du magst ihn wohl nicht allzusehr, wie, David?»

«Wen – Kaplan? Ach, er ist gar nicht so übel.» Sein Gesicht verzog sich zu einem säuerlichen Lächeln. «Obwohl er mir besser gefallen hat, als er noch nicht zum Präsidenten gewählt worden war.» Er lachte kurz auf. «Seit seiner Wahl scheinen wir einander Konkurrenz zu machen. Der Präsident soll sich als Verwaltungsdirektor der Gemeinde betätigen, während der Rabbi sich um das religiöse Leben zu kümmern hat. Gewöhnlich stehen wir an entgegengesetzten Fronten. Sie wollen die Gottesdienste verkürzen oder einige der Gebete durch moderne Poesie ersetzen oder verlangen, die Synagoge soll in der nationalen Politik Partei ergreifen.»

«Aber dir ist es bis jetzt immer gelungen, ihnen die Köpfe zurechtzusetzen», warf sie ein.

«Gewiß. Aber damals waren wir in Opposition. Ich vertrat die religiöse Seite, während sie die säkulare vertraten. Bei Kaplan jedoch . . .»

«Er will beides zugleich sein, nicht wahr – Präsident und Rabbiner?»

Er nickte grimmig. «So ungefähr. Er gibt jede Woche einen Empfang mit religiösen Diskussionen und Vorträgen. Alle paar Wochen geht er mit einer Gruppe hinaus aufs Land und in ein Lager, wo er in einer Art Klausur Gebete, Meditationen und religiöse Diskussionen veranstaltet.»

«Und dagegen hast du Einwände? Wie hat doch meine Tante Gittel immer gesagt? ‹Ist es ein Nachteil, daß die Braut hübsch ist?›»

«Man kann nach rechts und nach links vom rechten Weg abweichen», gab ihr Ehemann zurück. «Und man kann Regeln so peinlich genau befolgen, daß man den Grund, aus dem sie geschaffen wurden, aus den Augen verliert. Wo jedoch der Fehler allein in der Übertreibung liegt, wird eine Kritik nahezu unmöglich. Das ist wie bei diesen Fluglotsen, die keinen richtigen Streik ausriefen, sondern die Flughäfen lahmlegten, indem sie Dienst nach Vorschrift machten. Was sollte man denen sagen? Befolgt die Vorschriften nicht? Kann ich zu Kaplan und seiner Gruppe sagen, seid nicht so religiös? Bei der letzten Vorstandssitzung schlug er vor, die Synagoge solle ein Grundstück in New Hampshire kaufen und dort eine ständige Klausur einrichten. Diese neue Mode der Klausuren und der Sondergruppe, oder Kommune, oder *chavura* – wie man sie auch nennen mag –, die sich aus der Welt und der Gesellschaft zurückzieht, um ihre kostbaren Seelen zu erweitern, steht in krassem Gegensatz zum traditionellen Judentum.»

«Für junge Menschen ist sie aber attraktiv», stellte Miriam fest. «Ich habe gelesen . . .»

«Was hat das für einen Sinn, junge Menschen zum traditionellen Judentum anzuwerben, indem man es einfach verändert? Wenn sie sich dann erst dafür interessieren, ist es kein Judentum mehr. Sondern etwas anderes, das nur eine oberflächliche Ähnlichkeit damit hat. Ich habe auch davon gelesen. Da gibt es etwa eine Gruppe, die Rosch-Haschana mit einem kerzenbesteckten Geburtstagskuchen für die Welt feiert. Ich bitte dich! Eine andere, unten in Florida, wollte von einer Firma, die an den Film wilde Tiere ausleiht, einen Löwen mieten, um zu sehen, ob er sich neben ein Lamm legen würde. Was hat es für einen Sinn, junge Menschen anzulocken, wenn sich herausstellt, daß die alle verrückt sind? Manche sind in der neo-chasidischen Bewegung. Dieser Akiva kann durchaus dazu gehören, so wie er sich beim *davenen* vor und zurück wiegte. Diese Leute machen sich die größten Sorgen darüber, daß die *mesusa* richtig am Türrahmen befestigt wird, und daß sie von einem

Schriftgelehrten auf echtem Pergament geschrieben worden ist. Sonst soll sie angeblich nicht wirksam sein. Und alle zusammen sind so selbstgerecht und so überheblich gegenüber dem, was sie als ‹etabliertes Judentum› bezeichnen, als hätten wir während der letzten zweitausend Jahre nichts weiter als die Äußerlichkeiten der Religion beachtet und innerlich überhaupt nicht begriffen, um was es geht. Genau die gleiche Einstellung hat übrigens auch zu der jüngsten Entwicklung in unseren Colleges geführt.»

«Puh! Ich hatte keine Ahnung, daß du dich so darüber aufregst.»

Er zuckte die Achseln. «Mag sein, daß die Pferde mit mir durchgegangen sind. Wahrscheinlich deswegen, weil ich mir gedacht habe, als dieser Akiva, wenn er es wirklich ist, uns damals mitten in der Nacht die Medizin gebracht hat, daß das eine richtige *mitzwe* war. Und ganz bestimmt eine weit frommere Tat als die Teilnahme an der heutigen Morgenandacht.»

6

Marcus Aptaker war um halb acht in seinem Geschäft, eine gute Stunde vor der normalen Öffnungszeit, und innerhalb von Minuten waren sein Zorn und der Ärger über den Sohn verschwunden. Er kam gern besonders früh, damit er in Ruhe den Papierkram erledigen konnte, die anfällige Korrespondenz auf einer der beiden uralten Schreibmaschinen in der Rezeptur tippen, Listen mit Rechnungen vergleichen, Schecks für Lieferungen ausschreiben. Dann schlenderte er im Laden umher, rückte hier eine Packung auf dem Regal zurecht, drehte dort eine Flasche so, daß das Etikett zu sehen war. Manchmal wechselte er Waren von einem Regal zum anderen oder berührte die Gegenstände auch nur, wie ein Liebhaber seine Geliebte berührt, um sich zu vergewissern, daß sie da ist, um den Kontakt zu fühlen.

Denn er liebte sein Geschäft. Es gab seinem Leben Würze und Abwechslung. Jeder Kunde, der hereinkam, stellte ein Problem dar, das er lösen mußte. Sollte er statt des Verlangten, das er nicht auf Lager hatte, etwas anderes vorschlagen, oder würde der Kunde das für aufdringlich halten? Sollte er eine teurere Ware vorschlagen? Sollte er überhaupt eine Meinung äußern? Und dann gab es die schweren Entscheidungen: Sollte er die Zahpaste direkt neben dem Ständer mit den Zahnbürsten auslegen, damit das eine zum anderen führte, oder sollte er sie weit voneinander entfernt aufbauen, damit der Kunde, wenn er von den Zahnbürsten zur Zahnpaste ging, an anderen Waren vorbeikam, die ihn vielleicht zum Kauf verlockten? All das waren Probleme, mit denen er den ganzen Tag hindurch eins nach dem anderen konfrontiert wurde. Und er löste sie, eins nach dem anderen, wie sie auftauchten. Es war eine Herausforderung und Befriedigung.

Und er liebte die Waren, die er verkaufte. Obwohl er nicht rauchte, erfreute ihn der Tabaksduft, wenn er die Glastüren des Zigarrenschrankes öffnete, und das Gefühl einer Bruyère-Pfeife, wenn er sie einem Kunden über den Ladentisch hinweg reichte; die zierlichen Formen der Parfümflacons und die neue Linie der Toilettenartikel für Herren in ihrer maskulinen, soliden Verpackung; die Kameras, Transistorradios, und Uhren; die bunten Pralinenschachteln, die Drehbleistifte und Kugelschreiber in ihrem Ständer; die Sonnenbrillen und die neuen Gummihandschuhe, die erst in der vergangenen Woche hereingekommen waren, der Ständer so geschickt erdacht, daß sofort, wenn man eine flache Schachtel herauszog, die nächste automatisch nachrutschte; die teuren französischen Seifen; die kleinen Scheren und Nagelzangen, allesamt in blankem Chrom; und vor allem die Spezialmedizinen, die er von einer pharmazeutischen Firma unter seinem eigenen Namen anfertigen ließ.

Auch die Menschen mochte er, die ins Geschäft kamen, aber er fand es ebenso schön, daß sich ein Tresen zwischen ihnen befand. Denn so liebenswürdig und freundlich er als guter Kaufmann auch war, sein Status als Studierter verlangte, daß er sich nicht allzu volkstümlich gab. Das war ja gerade das Schöne daran, daß er nicht einfach ein Kaufmann war wie der Lebensmittelhändler oder der Eisenhändler. Sondern er war Geschäftsmann *und* Akademiker in einer Person, ein Angehöriger jener Armee von Ärzten, Wissenschaftlern und Forschern, die sich mit dem Heilen und der Behandlung der Kranken befaßten, und, wie sie, mit einem Diplom, einem akademischen Grad und der Lizenz ausgestattet, seinen Beruf mit allen dazugehörigen Pflichten und Verantwortlichkeiten auszuüben.

Um acht Uhr vierzig erschien der erste Kunde, und Marcus Aptaker kam heraus, um ihn zu begrüßen. Seine Miene verzog sich automatisch zu dem üblichen höflich fragenden Verkäuferlächeln.

7

«Hast du irgendwo gegessen?» erkundigte sich Mrs. Aptaker. Denn ihr Sohn hatte nach seiner Rückkehr aus der Synagoge behauptet, er wolle kein Frühstück, er sei nicht hungrig.

«Nein, aber . . .»

«Kein Aber, bitte! Was glaubst du wohl, wie ich mir vorkomme, wenn mein eigner Sohn kein Essen von mir annehmen will? Du bist fromm geworden und meine Speisen sind nicht koscher? Also gut, ich werde dir Cornflakes und Milch geben, in . . . in . . . der Rührschüssel. Dies ist aus Glas, also kannst du alles draus essen. Stimmt's?»

Er brachte es nicht übers Herz, sie darauf hinzuweisen, daß der Löffel nicht aus Glas und daher in seinen Augen nicht koscher war. Aber er dachte sich, daß das Gebot ‹Du sollst Vater und Mutter ehren› ebenso wichtig sei wie die Essensvorschriften, darum antwortete er: «Na schön, wenn es Glas ist, kann ich vermutlich draus essen.»

Er füllte die trockenen Cornflakes in die Schüssel und goß Milch drüber.

«Ein paar Eier, Arnold? Ich könnte sie so machen, daß du sie aus der Schale essen kannst. Das ginge doch, nicht wahr? Und eine Tasse Kaffee. Wenn du willst, gebe ich sie dir in einem Glas.»

«Gern, Ma. Wunderbar.»

«Du kannst alle deine Mahlzeiten hier einnehmen. Wenn du kein Vertrauen zu meinen Töpfen und Pfannen hast, kann ich in Alufolie kochen, wie ich's gemacht habe, als dein Onkel ein paar Tage bei uns war. Der ist genauso schlimm wie du. Und Glasgeschirr habe ich auch genug, Kuchenteller, Puddingschalen, und so weiter, aus denen kannst du immer essen. Du brauchst also nicht zu hungern oder ins Lebensmittelgeschäft gehen und dir was zu essen zu holen, das du dann aus der Tüte ißt wie ein Tier.»

«Ja, sicher. Von mir aus gern, wenn's dir nicht zuviel Mühe macht. Und wenn's Dad nichts ausmacht, daß ich was anderes esse als er. Du kennst ihn ja.»

«Allerdings, ich kenne ihn.» Sie setzte sich ihm gegenüber an den Tisch. «Ich kenne ihn. Aber kennst du ihn?»

«Was meinst du damit?»

«Ich meine, weißt du, daß dein Vater schon zweiundsechzig ist? Und daß er jeden Tag, winters wie sommers, auch bei dem allerschlimmsten Wetter ins Geschäft geht? Er schließt jeden Tag selber auf. Und er arbeitet sehr lange. Sogar wenn es McLanes Tag ist, schließt dein Vater auf, und statt sofort nach Hause zu kommen, wenn McLane da ist, hängt er den ganzen Vormittag im Laden herum. Und abends geht er hin und schließt ab. Ross McLane arbeitet nur vierzig Stunden in der Woche, dein Vater viel mehr. Die anderen Geschäfte in unserem Viertel schließen um acht oder neun Uhr abends, aber dein Vater hat immer noch bis zehn Uhr auf. Und weißt du, warum? Weil er es für seine Pflicht hält, für seine Aufgabe. Die anderen schließen immer eher, weil sie Angst haben, wegen der vielen Überfälle durch Rauschgiftsüchtige . . .»

«Ist Dad auch schon mal überfallen worden?» fragte er rasch.

«Ja, einmal. Aber man hat sie erwischt. Dein Vater hält sich nicht für gefährdet, weil wir an der Salem Road liegen, wo es immer viel Verkehr gibt. Was ich empfinde, danach fragt er nicht.»

«Tja, nun . . . Ich wüßte nicht, was ich da machen kann.»

«Du weißt nicht, was du machen kannst? Na, zunächst mal könntest du hingehen und deinem Vater helfen, solange du hier bist, damit er merkt, daß du immer noch sein Sohn und Mitglied unserer Familie bist. Dann könntest du heimkommen und hier bei uns in Barnard's Crossing leben. Dieselbe Arbeit, die du im Laden eines Fremden verrichtest, könntest du hier in deinem eigenen Geschäft verrichten. Und dann, mit der Zeit, könntest du das Geschäft übernehmen, wie dein Vater es von seinem Vater übernommen hat. Das könntest du tun.»

«Ich komme nicht nach Barnard's Crossing zurück. Das ist endgültig», sagte er stur. «Ich habe mir in Philadelphia mein eigenes Leben eingerichtet. Alle meine Freunde sind dort.»

«Früher waren alle deine Freunde hier. Du bist hier geboren. Und aufgewachsen.»

«Das heißt noch lange nicht, daß ich hier sterben muß.»

«Das Leben in Barnard's Crossing ist also wie Sterben? Ist es so schlimm hier?»

«Das habe ich nicht gemeint. Hör zu, Ma, in Philly habe ich einen Job. Ich arbeite vierzig Stunden in der Woche, alles andere ist Freizeit für mich.»

«Aber du arbeitest für einen Fremden und gegen Gehalt.»

«Na und? Wenn ich mit der Arbeit fertig bin, habe ich frei.»

«Hör mal, Arnold, eine Kinderschwester kümmert sich um Kinder, und eine Mutter kümmert sich um Kinder. Die Kinderschwester hat frei, wenn sie den Dienst hinter sich hat, eine Mutter hat niemals frei. Was ist also besser: Kinderschwester zu sein, oder Mutter? Hier würdest du für . . .»

«Hier würde ich für das Geschäft arbeiten. Als ich noch zu Hause war, hat Dad sich viel mehr um das Geschäft gekümmert als um mich», sagte er bitter.

Sie nickte. «Ja, so scheint es gelegentlich. Das kommt daher, daß ein Geschäft, um das man sich kümmert, sich auch um einen selbst kümmert. Dein Vater lebt von diesem Geschäft, und dein Großvater vor ihm ebenfalls. Erinnerst du dich noch an deinen Großvater?»

«Ich war noch klein, als er starb, aber ich kann mich an ihn erinnern.»

«Das war ein Mann, dein Großvater! Er war drüben, in der alten Heimat, Apotheker, und als er hierherkam, wurde er von allen hoch geachtet. Hast du eine Ahnung, was es damals bedeutete, Apotheker zu sein, und dazu noch, in der alten Heimat Apotheker gewesen zu sein? Die anderen Einwanderer waren fast alle Schneider, Flickschuster, Trödler, größtenteils ungebildet. Dein Großvater aber hatte das Gymnasium besucht, und anschließend eine Fachhochschule. Heutzutage mag es nicht mehr so großartig sein, einen Drugstore zu besitzen. Die Leute sehen darin nichts weiter als ein ganz normales Geschäft. Wieviel bringt es ein? Wie hoch sind die Nettoeinnahmen? Damals aber war das ein akademischer Beruf wie Arzt. Man hielt jeden Tag bis Mitternacht offen – nicht um ein paar Dollar mehr einzunehmen, sondern weil man der Gemeinde gegenüber eine Verantwortung hatte. Mit dieser Einstellung ist dein Vater aufgewachsen. Für ihn ist das Geschäft nicht einfach nur ein Geschäft. Deswegen hält er länger offen als die anderen Drugstores in dieser Gegend. Und mittwochabends, wenn die anderen Drugstores alle früh schließen, weil die Ärzte mittwochnachmittags keine Sprechstunde haben, hält er bis zum normalen Geschäftsschluß offen.»

«Ja, ja, ich weiß – sechzig, siebzig Stunden die Woche», gab er angewidert zurück. «Und von mir erwartete er das gleiche. Und wenn ich mir mal ein bißchen Freizeit für Vergnügungen nahm, rumms, fiel er über mich her wie eine Wagenladung Wackersteine.»

«Du hast dir aber auch Geld aus der Kasse genommen, Arnold», sagte sie bedrückt. «So etwas kann kein Ladeninhaber dulden, nicht mal von seinem eigenen Sohn. Das wäre genauso, als würde man ein Loch in ein Boot bohren.»

«Ich wollte es ja zurücklegen.»

«Diese Art Geld legt man nie zurück. Du hast es beim Glücksspiel verloren und für deine anspruchsvollen Freundinnen ausgegeben. Das waren keine netten Leute, mit denen du drüben in Revere rumgezogen bist. Es wäre immer schlimmer geworden.»

«Ich habe nie mehr ausgegeben, als ich mir wirklich leisten konnte. Dieser Schuldschein, mit dem Kestler mich verfolgte, war frisiert worden. Ich war nur fünfzig Dollar schuldig, und er hat ihn auf hundertfünfzig gefälscht . . .»

«Siehst du nun, was für Leute das waren, mit denen du damals umgegangen bist?»

«Na schön, was sollte ich tun? Ich saß in der Klemme. Wär's dir vielleicht lieber gewesen, wenn sie mir beide Arme gebrochen hätten?»

«Du hättest es uns sagen müssen. Dein Vater hätte alles erledigt.»

«O ja, natürlich!»

«Ja, natürlich. Am Tag, nachdem du fort warst, kam Kestler zu uns und suchte dich. Dein Vater fragte ihn, was er wollte, und er zeigte ihm den Schuldschein. Dein Vater bezahlte ihn und sagte ihm dann, er wünsche ihn nie wieder im Geschäft zu sehen.»

Er hieb krachend mit der Faust auf den Tisch und sprang wütend auf. «Und *ich* habe ihn eine Woche später bezahlt, mit meinem ersten Gehalt. Ich habe ihm alles zurückgezahlt.»

«Du hast ihm hundertfünfzig Dollar gegeben?»

«Nein, fünfzig. Mehr war ich ihm ja nicht schuldig. Oh, dieses

Es macht einen gehörigen Unterschied . . .

... ob einer Geld, das er gemopst hat, wieder zurücklegt, dorthin, wo es hingehört, nämlich in die Kasse, oder ob jemand Geld, das er gespart hat, zurücklegt und es dorthin bringt, wohin es gehört, nämlich zur Bank oder Sparkasse.

Das eine tilgt eine frühere Schuld, das andere beugt spätere Schulden vor. Aber beide Arten von Zurücklegen können sehr beruhigend wirken.

Schwein! Ich bringe ihn um!»

«Das sind Ausdrücke, die man in Gegenwart seiner Mutter nicht gebraucht. Hast du das von deinen neuen frommen Freunden gelernt?»

«Aber Ma, er hat das Geld von mir genommen, nachdem er es bereits von Pa bekommen hatte. Ich werde zu ihm gehen . . .»

«Du bist nur für ein paar Tage hier und willst gleich Scherereien machen? Und dann verschwindest du wieder und . . .»

«Aber ich kann ihm das nicht durchgehen lassen.»

«Mir scheint, du solltest lieber überlegen, was du deinem Vater schuldig bist.»

«Na schön, ich schicke ihm einen Scheck, wenn ich wieder in Philly bin.»

«Er will keinen Scheck von dir.»

«Was will er denn?»

«Ich habe dir gesagt, was er will. Ist das zuviel verlangt? Aber du könntest wenigstens ins Geschäft gehen und ihm helfen, solange du hier bist.»

«Na schön. Ich werde sofort rübergehen.»

Sie dachte nach. «Nein, geh lieber erst heute abend, wenn Ross McLane auch im Geschäft ist. Am ersten Tag solltet ihr beiden lieber nicht allein bleiben.»

«Dann gehe ich gleich nach der Abendandacht.»

«Und, Arnold, frag deinen Vater nicht, was du tun sollst. Geh hinein, als gehörte dir das Geschäft. Sieh zu, was zu tun ist, und fang an zu arbeiten.»

«Okay, okay.»

8

Morton Brooks, der Direktor der jüdischen Schule, klopfte und betrat dann, ohne eine Aufforderung abzuwarten, das Studierzimmer des Rabbi. Er war vierzig und somit ein bis zwei Jahre älter als der Rabbi. Das lange Haar, kunstvoll von der Seite her quer über den Schädel frisiert, betonte seine Glatze eher, als sie zu verbergen. Eine Zeitlang hatte er in seiner Jugend in New York einen Bürojob bei einem jiddischen Theater innegehabt, das ständig am Rand des Bankrotts balancierte und ihn, um die Gage für einen Schauspieler zu sparen, hin und wieder als Statist einsetzte. Infolgedessen verstand er sich vorwiegend als Theatermann. Während der letzten fünfzehn Jahre hatte er, auf den Ruf eines Produzenten wartend, an jüdischen Schulen gelehrt.

«Warum klopfen Sie an, wenn Sie doch nicht warten wollen, bis ich herein sage?» fragte der Rabbi übellaunig.

«Weil ich wußte, daß Sie allein sind», erklärte Brooks unbekümmert. «Ich hab an der Tür gelauscht, bevor ich klopfte.» Er hockte sich lässig auf eine Ecke der Schreibtischplatte und steckte sich eine Zigarette an.

Alldieweil sie ungefähr gleichaltrig waren und Brooks im Grunde genommen der ältere war, fiel es dem Rabbi schwer, ihn an seinen Platz zu verweisen, insbesondere, da er nicht wußte, wo dieser Platz war. Denn obwohl es im allgemeinen als selbstverständlich galt, daß der Rabbi die Oberaufsicht über die Unterrichtung der Gemeinde im Judentum hatte, fiel die Leitung der Schule unter die Verantwortlichkeit des Direktors, der seinerseits wiederum nicht dem Rabbi, sondern dem Schulvorstand Rechenschaft ablegen mußte, der alljährlich neu gewählt wurde. Sogar hinsichtlich der Bezahlung war sich der Rabbi nicht ganz sicher, wer besser dastand. Denn über sein eigenes Gehalt wurde öffentlich vom Synagogen-Vorstand abgestimmt, während die Gehälter des Direktors und der Lehrer vertraulich durch den Schulvorstand festgelegt wurden.

Morton Brooks blies Rauch gegen die Decke. «Sie vergessen doch den Sonntag nicht, David – wie?» fragte er.

«Was ist denn mit Sonntag?»

«Da ist Elternsprechtag.»

«Ach so! Ja und?»

«Nun, ich wollte Sie fragen, ob wir da nicht ein bißchen was ändern könnten.»

«Zum Beispiel?» fragte der Rabbi vorsichtig.

«Nun, wie Sie sich erinnern werden, hat der Schulvorstand den Elternsprechtag vor ein paar Jahren eingerichtet, damit die Eltern mit den Lehrern über ihre Kinder sprechen konnten. Und wenn sie damit nicht zufrieden waren, konnten sie mit einem von uns beiden sprechen.»

«Was gefällt Ihnen nicht daran?»

Brooks Stimme nahm einen klagenden Ton an. «Nun, es hat sich einfach anders entwickelt. Die Eltern gehen zum Lehrer, dann kommen sie zu mir, und dann wollen sie unbedingt mit Ihnen sprechen. Und manchmal sagen Sie ihnen dann Sachen, die nicht ganz mit dem übereinstimmen, was ich ihnen gesagt habe.»

«Ich kann nicht wissen, was Sie ihnen gesagt haben.»

«Natürlich nicht. Aber die Grundidee des Schulvorstandes war doch, daß wir uns in die Arbeit teilen sollten. Statt dessen gehen sie von mir zu Ihnen, als wären Sie die übergeordnete Autorität.»

«Ich kann mich wohl kaum weigern, mit ihnen zu sprechen», erklärte der Rabbi.

«Ja, aber angenommen, Sie wären nicht zu erreichen.» Er beugte sich vor. «Sehen Sie, David, zur gleichen Zeit findet eine Vorstandssitzung statt, und an denen nehmen Sie normalerweise teil. Wenn die Eltern nun sagen, sie wollten Sie sprechen, könnte ich ihnen antworten, Sie würden an der Vorstandssitzung teilnehmen, weil dort ein besonders wichtiges Thema behandelt wird.»

«Und dann kommen sie den ganzen Nachmittag über zu mir nach Hause.» Der Rabbi schüttelte den Kopf. «Kommt nicht in Frage. Außerdem wären bestimmt mehrere Frauen von Vorstandsmitgliedern dabei, und die wüßten genau, daß bei der Sitzung nichts besonderes stattfinden wird.»

«Seien Sie nicht zu sicher, David», gab Brooks von oben herab zurück.

«Was soll das heißen?»

«Nun, Sie müssen zugeben, daß ich weit mehr über das weiß, was hier so vorgeht, als Sie.»

«Wirklich?»

«Selbstverständlich, David. Ich sehe die Kinder jeden Tag, und manchmal erzählen sie mir, was sie zu Hause gehört haben. Außerdem werden viele von ihren Müttern gebracht und wieder abgeholt. Die Mütter stehen im Gang herum, bis der Unterricht zu Ende ist, und ich höre häufig, wie sie sich miteinander unterhalten.»

«Und was haben Sie über die Vorstandssitzung am Sonntag gehört?» fragte der Rabbi mit leichtem Lächeln.

Brooks wich aus. «Nichts Bestimmtes, aber ich habe das Gefühl, daß etwas in der Luft liegt. Ich habe den Eindruck, daß für diesen Sonntag etwas geplant ist, und zwar gerade *weil* alle wissen, daß Sie nicht dabei sein werden.»

«Und wissen Sie auch, was?»

«Nichts Bestimmtes. Aber wenn sie wirklich was im Schilde führen – und ich bin überzeugt, daß das der Fall ist –, ist dies für Sie eine großartige Gelegenheit, den Spieß umzudrehen.» Er sprang vom Schreibtisch und ging zum Besucherstuhl, den er wegzog, damit er näher an den Rabbi herantreten konnte. Sein Ton wurde verschwörerisch. «Gleich nach dem *minjen* am Sonntag tritt der Vorstand zu seiner Sitzung zusammen. Stimmt's? Statt also mit ins Sitzungszimmer zu gehen, sagen sie nonchalant: ‹Tja, ich muß mir jetzt wohl die Beschwerden der Eltern anhören›, als wäre das eine furchtbare Last für Sie. Und dann kommen Sie direkt hierher in Ihr Studierzimmer. Okay, mag sein, daß die eine oder andere Mutter mit Ihnen sprechen will. Aber das glaube ich eigentlich nicht, denn gewöhnlich gehen sie erst in die Klassen, um dem Unterricht zuzusehen. Trotzdem bleiben Sie hier sitzen.

Der Vorstand hat inzwischen mit seiner Sitzung begonnen, der Sekretär liest das Protokoll und die Berichte der Ausschüsse vor und vielleicht auch Alte Angelegenheiten. Das wird vermutlich bis zehn Uhr oder so dauern. Das müssen Sie besser wissen als ich. Ich kann die Zeit nur auf der Grundlage abschätzen, daß die Vorstandssitzungen meistens gleichzeitig mit dem Schulunterricht beendet sind. Um zwölf. Daher nehme ich an, daß die erste Stunde mit Routine ausgefüllt ist.»

«Bitte weiter.»

«Okay, dann kommen sie zu den Neuen Angelegenheiten», fuhr Brooks fort. «So, wie ich mir die Sache vorstelle, gibt es eine Gruppe, die den Vorschlag befürwortet und die übrigen überzeugen muß. Jetzt fürchten sie aber, daß Sie ihnen Sand ins Getriebe streuen würden, wenn Sie dabei wären, weil es sich um etwas handelt, womit Sie vielleicht nicht einverstanden sind, oder etwas, das Sie lieber ganz langsam angehen möchten. Okay, also steht einer auf und stellt einen Antrag.» Er stand auf und hob die Hand, als sei er derjenige, der den Antrag stellte. «Ein anderer unterstützt den Antrag.» Er trat einen Schritt beiseite, um den Unterstützer darzustellen. «‹Diskussion über den Antrag.›» Er trat wieder einen Schritt zurück, um den Vorsitzenden zu verkörpern. «Nun diskutieren sie also eine Zeitlang, und vielleicht beantragt jemand eine Abstimmung.» Brooks ging zur Zimmertür, die er öffnete und krachend schloß. Mit ausgestreckten Armen blieb er vor der geschlossenen Tür stehen. «In diesem Moment kommen Sie herein – trara!» Stirnrunzelnd überlegte er. «Nein, ich glaube, Sie spielen das doch lieber gedämpft.» Abermals öffnete er die Tür und drückte sie diesmal leise ins Schloß. «Sie schieben sich mehr oder weniger herein. Verstehen Sie?» Zustimmung heischend sah er den Rabbi an.

Um den Mund des Rabbi zuckte es. «Und was kommt dann? Muß ich etwas sagen?»

Stirnrunzelnd dachte Morton Brooks über die Szene nach. Dann hellte sich seine Miene auf. «Natürlich, jetzt hab ich's! Sie machen auf cool, also sagen Sie: ‹Würde bitte jemand so freundlich sein und mich über das zur Diskussion stehende Thema aufklären?› Dann sehen Sie sich überall um, entdecken eine Menge rote Köpfe und vielleicht auch einige, die zu verlegen sind, um Ihnen in die Augen zu sehen. Also konzentrieren Sie sich auf einen, und der windet sich. Sie lassen ihn ein bißchen schmoren, und dann sagen Sie, ziemlich scharf: ‹Nun, Mr. Meltzer?›» Er blickte erwartungsvoll auf den Rabbi, der ihm zunickte und beifällig applaudierte.

«Eine Ihrer besten Darstellungen, Morton. Meltzer bricht daraufhin vermutlich zusammen und gesteht, daß sie gerade über den Vorschlag abstimmen wollten, die Synagoge in eine Rollschuhbahn zu verwandeln. Nein, Morton, bei der Sitzung am Sonntag wird nichts passieren, was nicht bei jeder anderen Sitzung auch passiert. Wenn jemand mit einer neuen Idee ankommt, wird darüber gesprochen, und dann kommt sie auf die Tagesordnung der nächsten Sitzung und wahrscheinlich der nächsten und der übernächsten, bis sie die Idee totdiskutiert haben und es schließlich zur Abstimmung kommt. Und was die Eltern angeht, so werde ich natürlich mit ihnen sprechen, weil ihre Kinder ihnen viel bedeuten und, außerdem, weil sie mir selber viel bedeuten – viel mehr als die Vorstandssitzung.»

«Tja, wenn Sie es unbedingt so wollen . . .»

«Allerdings will ich es so», antwortete der Rabbi abschließend.

«Okay, aber ich habe Sie gewarnt.»

9

Im Gegensatz zu den drei Kollegen der Gemeinschaftspraxis war Dr. Daniel Cohen, das jüngste Mitglied der «Medical Clinic» von Barnard's Crossing, praktischer Arzt. Und wenn auch die anderen, wie es in einer Kleinstadtpraxis unumgänglich ist, zum großen Teil Fälle allgemeiner Art übernahmen, war Alfred Muntz Herzspezialist, Ed Kantrovitz Internist und John DiFrancesca Facharzt für allergische Erkrankungen.

Mit seinem kurzgeschorenen Haar, dem Querbinder und der Sportjakke wirkte Dr. Daniel Cohen wie ein Collegestudent der vorigen Generation. Aber er war keineswegs ein junger Mann, der gerade seine Assistenzeit hinter sich hatte; er war zweiunddreißig Jahre alt und praktizierte schon seit geraumer Zeit. Zuvor hatte er eine Praxis in Delmont gehabt, die er nach zwei Jahren jedoch aufgab, um eine neue in Morrisborough zu eröffnen, wo er ebenso erfolglos blieb. Trotzdem war er ein guter Arzt, der eine ausgezeichnete Ausbildung genossen hatte und ein guter Diagnostiker war. Außerdem war er ein aufrichtiger, freundlicher Mensch.

Vielleicht sogar ein wenig zu freundlich, wie ein ehemaliger Studienkamerad meinte. Er aß mit einem Kollegen zu Mittag, als Dans Name fiel. «Nehmen wir doch mal den Durchschnittspatienten. Der ist nicht auf der Suche nach Freundschaft. Er hat Schmerzen und macht sich Sorgen. Er braucht die Gewißheit, daß sein Arzt genau weiß, was mit ihm los ist, und daß er ihn heilen wird. Ich will nicht sagen, daß ein Arzt kalt und reserviert sein soll. Obwohl, sehen Sie sich Jack Sturgis an – und Sie wissen, wie groß seine Praxis ist –, dieser Mistkerl ist so absolut eklig, daß es schon wieder Vertrauen einflößt. Die Leute glauben, wenn man es sich leisten kann, so eklig zu sein, muß man ungeheuer viel können. Was ich damit sagen will: Der Patient muß zu seinem Arzt aufblicken. Während Dan Cohen so was wie ein guter Onkel ist, der einem rät, sich bei Arthritis mit Hühnerfett einzureiben. Verstehen Sie, was ich meine?»

«Ja, aber was ist mit Godfrey Burke?» entgegnete der andere. «Der ist 'n verdammt freundlicher Kerl, lacht und albert mit den Patienten rum, und sehen Sie sich dessen Praxis an!»

«Himmel, Godfrey Burke ist ungefähr einsneunzig und muß mindestens zweieinhalb Zentner wiegen. Wenn ein Hüne von einem Mann wie der nicht freundlich wäre, würde er sich alle Patienten vergraulen. Aber er ist freundlich, als täte man ihm leid, als wäre man ein junger Hund oder so, den es wieder gesund zu machen gelte. Ich meine, Dan ist so was wie der altmodische Hausarzt, der die ganze Nacht bei einem Patienten mit Lungenentzündung wacht und auf die Krise wartet. Tja, dieser Typ ist heutzutage ausgestorben. Die Menschen sind argwöhnisch. Wenn man zu besorgt um sie ist, meinen sie, da müßte irgendein Haken sein, man wüßte nicht, was mit dem Patienten los ist, und man wolle das bloß nicht zugeben. Oder man habe vielleicht eine falsche Diagnose gestellt und die falsche Medizin verschrieben.»

Dr. Cohen grübelte selbst am meisten über das Problem nach. Es gab einige Gründe, die er anführen konnte. In Delmont waren die Mediziner eine geschlossene Gruppe gewesen, die ihm keinen Zugang zu den Krankenhauseinrichtungen gewährten, entweder weil er ein Fremder war, oder einfach, um keine neue Konkurrenz heranzuzüchten. Aber warum hatte es in Morrisborough dann auch nicht besser geklappt? Er sagte sich, der Grund dafür sei, daß er der einzige Jude am Ort war. Andererseits waren die zum größten Teil aus Yankees bestehenden Einwohner immer freundlich gewesen, wenn er sie auf der Straße traf. Warum waren sie aber nicht in seine Praxis gekommen?»

Aber das gehörte der Vergangenheit an. Hier, in Barnard's Crossing, wo er sich vor knapp einem Jahr niedergelassen hatte, ging es ihm gut. Es war ein ideales Arrangement. Die Klinik besaß ausgezeichnete Einrichtungen mit genügend Parkmöglichkeiten. Es gab einen Buchhalter, der sich um die Rechnungen kümmerte, eine medizinisch-technische Assistentin, die Elektrokardiogramme, Blut- und Urinanalysen machte, und sogar eine geprüfte Krankenschwester, die Grippeimpfungen vornahm und bei kleinen chirurgischen Eingriffen assistieren konnte.

Und auch die Stadt war ein angenehmer Ort zum leben, mit einer großen, aktiven jüdischen Gemeinde. Er selbst war Mitglied der Synagoge, seine Frau gehörte dem Frauenverein an und die beiden Kinder besuchten die jüdische Schule. Sein Kollege Al Muntz war eng mit Chester Kaplan, dem Gemeindepräsidenten, befreundet. Muntz hatte sogar angedeutet, wenn er Wert darauf lege, könne er gegen Ende des Jahres Mitglied des Vorstandes werden. «Das wäre sehr gut für Ihre Praxis, Dan. Ed und ich sind beide Vorstandsmitglieder.» Er lachte. «Himmel, wenn ich könnte, würde ich auch John DiFrancesca hineinbringen.»

«Aber ich bin nicht besonders religiös.»

Dr. Muntz war stämmig, mit einem fleischigen Gesicht und blaßblauen, vorquellenden Augen. Wenn er sie weit öffnete, hatte man den Eindruck, er sei erschrocken oder erstaunt. Jetzt öffnete er sie weit. «Bin ich vielleicht religiös?» fragte er, als sei dieser Vorwurf eine Beleidigung.

«Nun ja, ich meine, als Vorstandsmitglied muß man doch sonnabends zum Gottesdienst gehen, nicht wahr?»

Muntz lachte rauh. «Ich wüßte nicht, wer das verlangt. Wer das auch sein mag, er müßte ziemlich lange warten. Ich selbst gehe natürlich an den hohen Festtagen, und ziemlich regelmäßig auch zum Freitagabendgottesdienst. Aber am Sonnabend? Hören Sie auf! Chester Kaplan, ja – der geht. Der geht jeden Tag morgens und abends.»

«Er ist schließlich der Präsident», sagte Dan.

«Deswegen nicht. Er ist der erste Präsident seit Jake Wasserman, der geht. Er ist auch gegangen, ehe er Präsident wurde. So ist er nun mal. Ihm gefällt's. Ihm gefällt's wirklich. Wenn's nach ihm ginge, würde er eine richtige *schul* aus der Synagoge machen. Und das ist auch ein Grund, warum ich Sie im Vorstand haben möchte: um ein gewisses Gleichgewicht zu erreichen.»

«Sie wollen mich in den Vorstand holen, damit ich gegen Ihren Freund Kaplan opponiere, der mich zum Mitglied ernennen wird?»

«Nein.» Mit einer weitausholgenden Geste unterstrich Muntz die Verneinung. «Bei den meisten Fragen werden Sie mit Chet übereinstimmen. Aber er ist ein Enthusiast und hat eine ganze Gruppe von Anhängern im Vorstand. Also, ich finde, wenn ein paar Männer eine Art religiöses Hobby haben und zusammenkommen wollen, um zu beten und über religiöse Fragen zu reden – von mir aus. Wir leben in einem freien Land. Aber das muß doch nicht heißen, daß gleich alle bei ihnen mitmachen. Ich habe zum Beispiel nichts gegen Briefmarkensammler, aber ich möchte wirklich nicht, daß sie Direktor bei der Post werden. Ja, und Sie sind genau der Mann, den wir im Vorstand brauchen, um das Gleichgewicht herzustellen. Ich habe Sie Chet bereits empfohlen. Aber Sie müssen ihm natürlich selbst zeigen, daß Sie daran Interesse haben. Sie kommen doch heute abend – nicht wahr?»

«Sie meinen, zu Kaplan? Ich weiß es nicht. Ich hatte mit meiner Frau verabredet, daß wir mal rausfahren und uns das Herbstlaub an den Bäumen ansehen. Sie hat eine Tante in North Adams, die wollten wir zum Abendessen besuchen. Sozusagen den Tag ausnutzen.»

Muntz schüttelte mißbilligend den Kopf.

«Na ja, ich dachte, diese Einladung würde an alle Gemeindemitglieder geschickt . . .»

«Ganz und gar nicht, Dan! Es ist zwar ein offener Empfang, aber nicht jeder bekommt eine persönliche Einladung.»

Dr. Cohen überlegte. «Sicher, wir *könnten* eher zurückkommen. Ich meine, wenn's draußen dunkel ist, kann man die Herbstfarben ohnehin nicht mehr sehen.»

«Ich an Ihrer Stelle würde das machen», sagte Muntz. «Sie tun sich selbst den größten Gefallen damit.»

10

Da seine Frau sich nicht ganz wohl fühlte, kam Bill Safferstein zum Lunch nach Hause, statt nur schnell in der Stadt einen Happen zu essen. Dafür beschloß Mona Safferstein, ihm beim Essen Gesellschaft zu leisten und kam im Morgenrock ins Speisezimmer.

«Ich möchte nichts, Hilda», sagte sie, als das Hausmädchen ihrem Mann einen Teller Suppe hinstellte. «Höchstens vielleicht eine Tasse Tee.»

«Ach, komm!» drängte sie ihr Mann besorgt. «Ein paar Löffel Suppe, Schatz. Das tut dir gut.»

«Nein, Bill. Ich kann kaum schlucken, und ich glaube, ich habe Fieber.»

Er langte hinüber und legte ihr die Hand auf die Stirn. «Du bist tatsächlich ein bißchen heiß. Die warme Suppe wird deine Halsschmerzen lindern. Bringen Sie ihr etwas Suppe, Hilda.»

Bill Safferstein hatte eine angenehme, einschmeichelnde Art, die so wirkte, als wisse er tatsächlich genau, was für den anderen gut sei, und als würde er nichts lieber tun, als eben das für ihn zu besorgen. Er war groß, gutaussehend, mit gewelltem, schwarzem Haar, das er im Nacken modisch lang trug. Wenn er lächelte, und das geschah oft, zeigte er ebenmäßige, weiße Zähne. Seine angenehme Art, sein gutes Aussehen und nicht zuletzt eine ganze Portion Glück hatten ihn zu einem außerordentlich erfolgreichen Immobilienmakler werden lassen.

Seine Frau jedoch war, im Augenblick wenigstens, für seinen Charme unempfänglich. Normalerweise kühl, graziös und elegant, mit dem schmalen Kopf des Berufsmannequins, litt sie jetzt so starke Schmerzen, daß ihr Gesicht hager wirkte und tiefe Falten aufwies. Ungehalten schüttelte sie den Kopf. «Nein, wirklich nicht. Ich möchte nur ein bißchen Tee, und dann gehe ich sofort wieder ins Bett.»

«Vielleicht sollten wir den Arzt rufen», meinte er beunruhigt.

«Ach, lieber nicht. Außerdem, wo soll man am Mittwochnachmittag einen Arzt hernehmen?»

«Ich rufe Al Muntz zu Hause an. Vielleicht erreiche ich ihn, bevor er zum Golfspielen fährt, oder was sonst Ärzte am Mittwochnachmittag treiben.» Abrupt stand er auf und ging zum Telefon im Flur. Er dachte, seine Frau müsse sich wirklich krank fühlen, sonst hätte sie nicht geduldet, daß er den Arzt anrief.

Kurz darauf kam er zurück. «Al ist zu einer Konferenz nach Boston gefahren und bleibt den ganzen Nachmittag fort, aber seine Frau wird es ihm ausrichten. Sie meint, daß er am Abend noch vorbeischauen wird.»

«Ich glaube wirklich nicht, daß ich einen Arzt brauche», erwiderte Mona, jedoch ohne echte Überzeugung.

«Das mag sein, Liebling, aber ich fühle mich wohler, wenn Al Muntz dich untersucht.» Er ging seinen Mantel aus dem Flurschrank holen.

«Mußt du wirklich fort?» erkundigte sie sich klagend.

«Ich habe einen Termin bei der Bank. Aber ich werde versuchen, möglichst früh nach Hause zu kommen.»

«Ja, und dann fährst du abends zu Chet», jammerte sie.

«Nein. Heute bleibe ich zu Hause.»

Sofort zeigte sie sich reumütig. «Oh, aber meinetwegen ist das nicht nötig.»

«Ich will es aber.»

«Aber du freust dich doch immer so auf die Mittwochabende bei Chet», beharrte sie. «Und du sagst, daß sie dir helfen. Ich möchte, daß du hingehst.»

«Nein. Chet wird ihnen heute von meinem Angebot für den Goralsky-Block berichten, da ist es besser, wenn ich nicht anwesend bin. Außerdem habe ich so ein Gefühl, daß Aptaker sich heute abend meldet, deswegen möchte ich zu Hause sein, damit ich gleich rüberfahren und mir seine Unterschrift für den Vertrag holen kann.»

«Du und deine Gefühle! Was ist mit dem Sohn?»

Safferstein lachte übermütig. «Sein Sohn ist wie mein Schwager.»

Sie lächelte mühsam. «Aber er *hat* einen Sohn.»

«Klar, doch der ist in Pittsburgh oder Philadelphia oder sonstwo. Wenn der sich für den Laden interessierte, wäre er schon längst zurückgekommen.»

«Und wenn er nun doch kommt?» fragte sie.

«Wird er nicht. Dies ist das größte Ding, das ich mir jemals vorgenommen habe. Es *muß* einfach klappen.»

«Ist es nicht zu groß für dich, Bill?» fragte sie besorgt. «Du hast dich doch nicht übernommen, oder?»

«Keine Sorge», antwortete er ein bißchen zu schnell. «Ich habe dieses Gefühl, weißt du.»

11

Am Nachmittag wanderte Akiva von einem Ende des Strandes zum anderen und erneuerte seine Bekanntschaft mit der Küste. Es war Ebbe, und nach einer Weile zog er Stiefel und Socken aus und hängte sie sich an den verknoteten Schnürsenkeln über die Schulter. Er ging am Wasser entlang, ließ die Zehen im feuchten Sand spielen und genoß die weiche Kühle. Er kam zu den Felsen der Landzunge, glatte, runde Buckel, hier und da von tiefen, schmalen Kanälen durchzogen, in die das Wasser sogar jetzt, bei Ebbe, hineinflutete und beim Zurückweichen der Wellen zögernd wieder herausgesogen wurde. Die Wellen hatten kleine Teiche in den Vertiefungen der Felsen hinterlassen, in denen gelegentlich eine winzige Elritze gefangen war und hin und her schoß, bis eine Welle kam, die hoch genug auflief, um sie wieder zu befreien.

Akiva setzte sich an den Rand eines solchen Teiches und plantschte mit den Füßen im Wasser, um den Sand abzuspülen. Dann hielt er sie steif ausgestreckt, damit die Sonne sie trocknete und er wieder Socken und Stiefel anziehen konnte. Als er so dasaß, rückwärts auf die Arme gestützt, und zum Horizont hinüberblickte, empfand er einen inneren Frieden, wie er ihn lange nicht mehr erlebt hatte. Soweit er sehen konnte, war er ganz allein am Strand.

Er fand, es sei eine gute Zeit, sich hier, innerlich und äußerlich ungestört, der Meditation hinzugeben. Er setzte sich auf und manövrierte seine Beine in die Lotusposition. Das fiel ihm nicht leicht, doch mit ein bißchen Mühe gelang es ihm, die Füße gegen die Oberschenkel zu legen. Die Arme ausgestreckt, mit Daumen und Zeigefinger einen Ring bildend, schloß er die Augen. Bilder zogen ihm durch den Kopf, und dann, als seine Atmung langsam und regelmäßig wurde, sah er nichts mehr außer einer Art warmem Glühen, die Wirkung der hellen Sonne auf seinen geschlossenen Lidern.

«He, was machst du da?»

Als er die Augen aufschlug, sah er einen kleinen Jungen, fünf oder sechs Jahre alt, mit einem Eimerchen in der einen und einem alten Löffel in der anderen Hand vor sich stehen.

Akiva lächelte. «Ich denke», antwortete er.

«Warum hast du deine Hände so?»

«Ich glaube, weil ich dann besser denken kann. Wohnst du hier?»

«Hm-hm. Da drüben.» Mit einem Nicken zu einem der Häuser auf der anderen Seite der Straße hinüber, die am Strand entlang verlief. «Du, bringst du mich rüber? Ich darf nicht alleine.»

«Klar. Du mußt nur einen Augenblick warten, bis ich meine Socken und Schuhe angezogen habe. Wie bist du denn aber hierher gekommen?»

«Meine Mommy hat mich gebracht.»

«Und was hättest du getan, wenn ich nicht hier gewesen wäre?»

«Och, meine Mommy kommt nach einer Weile und holt mich ab.»

Wieder gestiefelt, stand Akiva auf und streckte die Hand aus. «Komm, gehen wir.»

Der kleine Junge ergriff vertrauensvoll seine Hand, und dann kletterten sie gemeinsam über die Felsen zur Straße, wo sie stehenblieben, um eine Reihe von Autos vorbeizulassen. Als sie eine Lücke entdeckten und hinübergehen wollten, kam eine Frau aus dem gegenüberliegenden Haus.

«Warum hast du nicht gewartet, Jackie?» rief sie laut. «Ich wollte dich gerade holen.»

«Der Mann hat gesagt, er bringt mich rüber», schrie er zurück. Er ließ Akivas Hand los, schoß über die Straße und lief die Stufen zur Veranda hinauf. Akiva jagte hinter ihm drein.

Die Frau musterte Akiva argwöhnisch, dann lächelte sie zerstreut. An den Jungen gewandt, sagte sie: «Na los, Liebling, bedank dich bei dem Mann, geh hinein und nimm dir Milch.»

Der Kleine streckte die Hand aus, und Akiva stieg die Stufen hinauf, um sie zu ergreifen. «Danke», sagte der Junge, machte kehrt und lief ins Haus.

«Der ist aber gut erzogen», sagte Akiva.

«Na ja . . .»

«Sie sind . . . Du bist Leah Kaplan, nicht wahr?» sagte er etwas zögernd.

«Ach, kennen wir uns? Kaplan war mein Mädchenname.»

«Wir waren zusammen in der Schule», erklärte Akiva. «In einem Jahr haben wir in Französisch nebeneinandergesessen.»

Sie musterte ihn unsicher. «O ja, Sie sind . . . du bist Aptaker, Arnold Aptaker.»

Er lächelte. «Das war *mein* Mädchenname», erwiderte er. «Jetzt heiße ich Akiva Rokeach.»

«Dieser Bart – wenn der nicht wäre, hätte ich dich sofort erkannt. Was versteckst du dahinter?»

«Wer versteckt hier was? Ein Bart ist natürlich; Rasieren ist unnatürlich.» Es war, als wären die Jahre von ihnen abgefallen, und sie wären wieder in der High School, wo geistreiche Bemerkungen zum Gesprächsstil gehörten.

«Nur weil er wächst, muß man ihn nicht unbedingt wachsen lassen», erwiderte sie schnippisch. «Was ist mit Finger- und Zehennägeln? Ich habe immer das Gefühl, ein Mann mit Bart verbirgt etwas. Entweder ein weiches Kinn, oder eine Narbe, oder einen Minderwertigkeitskomplex.»

«Nun, ich nicht. Er ist . . . er ist religiös.»

Jetzt erst bemerkte sie die *yarmulke*, die er trug. «Ach, so einer bist du!» Sie musterte ihn von oben bis unten, die Stiefel, die geflickten Jeans und die Drillichjacke. «Alles andere an dir sieht aber nicht sehr religiös aus.»

«Religion drückt sich nicht in der Kleidung aus», belehrte er sie von oben herab.

«Nur in den Mützen, wie?»

«Das ist was anderes. Das ist eine Kopfbedeckung. Eigentlich genügt jeder Hut, aber diese Mütze beweist, daß man sie wegen der Religion trägt, und nicht nur, um den Kopf warm zu halten oder ihn vor der Sonne zu schützen.»

«Aha. Na, ich muß mich um Jackie kümmern. Komm rein, wenn du willst.»

«Tja, ich . . .» Aber er folgte ihr doch ins Haus und in die Küche, wo Jackie mit einem Glas Milch am Tisch saß. «Schmeckt's, Jackie? Magst du Milch?» erkundigte er sich, um etwas zu sagen.

Der Kleine nickte scheu und leerte das ganze Glas, als wolle er es ihm damit beweisen.

«Und jetzt rauf mit dir, und gebadet», sagte Leah. Gehorsam stand der Junge auf und ging zur Treppe. «Willst du dem Mann nicht gute Nacht sagen?» rief sie ihm nach.

Er kam zurück und ging zu Akiva. Abermals streckte er die Hand aus. «Gute Nacht», wünschte er.

«Mann, du hast ihn wirklich gut erzogen», sagte Akiva bewundernd.

«Ich gebe mir Mühe. Was ist, möchtest du eine Tasse Kaffee? Er ist schon fertig. Ich trinke ihn sonst immer, wenn Jackie seine Milch trinkt.» Sie stellte zwei Tassen auf den Tisch, und dazu einen Teller mit Plätzchen. «Nur zu, nimm dir», drängte sie. Und als er zögerte, sagte sie lächelnd: «Keine Angst, sie sind koscher. Ich habe sie selbst gebacken.»

«Wirklich?» Er griff nach einem Keks. «Wieso kochst du koscher?»

«Weil ich es so gelernt habe.»

«Und warum findest du das hier dann komisch?» Er tippte an die gehäkelte *yarmulke* auf seinem Kopf.

Sie grinste. «*So* koscher bin ich nun auch nicht erzogen worden.»

Er grinste zurück, kein bißchen gekränkt. «Hast du die ganze Zeit hier in der Stadt gewohnt?» fragte er.

«Ja, bis auf die Jahre, als ich auf dem College war.»

«Ist dein Mann auch von hier? Kenne ich ihn vielleicht sogar? Ich meine, ist es einer von unserer Schule?»

Sie schenkte Kaffee ein. «Er kommt eigentlich aus Boston. Goldstein, Fred Goldstein. Kennst du ihn?»

Er schüttelte den Kopf.

«Wir haben uns letztes Jahr scheiden lassen», erklärte sie leichthin.

Er hatte sie so gesehen, wie er sie von der High School kannte. Jetzt musterte er sie aufmerksam. Sie sah nicht besonders gut aus, wie er fand, eigentlich sogar beinahe unscheinbar. Doch ihr Gesicht verriet eine Selbstbeherrschung und Sicherheit, die er merkwürdig fand. Sie hatte eine hohe Stirn und breite Wangenknochen, doch da ihre braunen Augen ebenfalls weit standen, war ihr Gesicht nicht unproportioniert. Er stellte fest, daß kaum etwas Feminines an ihren Zügen war, außer der sanft gerundeten Wangenlinie, die zu einem energischen Kinn verlief. Sie starrte ihn ebenso aufmerksam an, und er senkte den Blick.

«Mann, das muß schwer für dich gewesen sein», sagte er. «Mit dem Kind und so. Das tut mir leid.»

«So was kommt immer wieder vor», antwortete sie achselzuckend. «Die Hälfte meiner Mitschülerinnen, die geheiratet haben, sind entweder geschieden oder leben getrennt. Jedenfalls kommt es mir so vor. Das ist diese Zeit. Die Menschen brauchen einander nicht mehr.»

«Was willst du damit sagen?»

«Es stimmt wirklich. Die Männer haben immer geheiratet, weil sie eine Frau brauchten – eine Frau, die für sie kochte, putzte, und nähte, mit der sie ins Bett gehen konnten. Heutzutage ist es ein Kinderspiel, sich selbst zu versorgen. Man braucht bloß was aufzuwärmen, das man fertig gekocht im Laden kauft. Und kein Mensch flickt heute noch. Das ist nicht mehr nötig. Wer stopft heute noch seine Socken? Und Sex ist auch leicht zu haben. Warum sollte ein Mann heiraten?»

«Wie ist es aber mit den Frauen? Die müssen doch immer noch heiraten, oder?»

Sie schüttelte den Kopf. «Nicht mehr als die Männer. Früher brauchten sie einen Mann, der sie versorgte, während sie ihm den Haushalt führten. Jetzt können sie arbeiten gehen. Und die Hausarbeit ist so vereinfacht, daß sie auch, wenn sie von neun bis fünf arbeiten, trotzdem noch für sich selbst kochen und waschen können. Als die Menschen einander brauchten, neigten sie eher dazu, zusammenzubleiben. Heutzutage heiraten sie, weil sie sich einfach haben wollen. Und wenn sie sich nicht mehr haben wollen, gibt es keinen triftigen Grund mehr für ein weiteres Zusammenleben, vor allem, weil man gewöhnlich aufhört, einen Menschen haben zu wollen, sobald man anfängt, einen anderen haben zu wollen.»

«Ist es bei dir auch so gewesen?» fragte er.

Sie lächelte verkniffen. «Was glaubst du denn? Er hat wiedergeheiratet, sobald die Scheidung rechtskräftig wurde.»

«Und der Junge, vermißt der seinen Vater nicht?»

«Natürlich vermißt er ihn, aber darüber kommt er bald hinweg. Sein Vater war ohnehin häufig geschäftlich verreist, manchmal eine ganze Woche lang; also ist er es gar nicht unbedingt gewöhnt, ihn jeden Tag um sich zu haben. Kinder sind flexibel. Hast du auch Kinder?»

Er schüttelte den Kopf. «Ich bin noch Junggeselle.» Dann lachte er. «Bis vor acht oder neun Monaten, als ich nach Philadelphia kam, war ich nirgends lange genug, um zu heiraten.»

«Aha, ein Streuner.»

«So könnte man sagen.»

«Und warum bist du in Philadelphia geblieben?»

«Da bin ich zur Uni gegangen. Und bin geblieben, weil ich Kontakt mit Reb Mendels *chavura* bekam.»

«Und Religion.»

«Ich habe gefunden, was ich gesucht hatte», antwortete er schlicht. «Ich habe jetzt eine Vorstellung vom Sinn des Lebens, das Gefühl, ein

Ziel zu haben, eine Bestimmung.»

Sie freute sich, daß er ihr nicht mit dem gleichen Sarkasmus geantwortet hatte. Trotzdem konnte sie eine weitere Spitze nicht unterdrücken. «Und jetzt, da du den Sinn des Lebens entdeckt hast, willst du hier das Evangelium verkünden?»

«O nein! Ich bin ja erst ein Anfänger bei Reb Mendel. Ich würde niemals vorgeben, Experte zu sein. Ich bin nur einige Tage bei meinen Eltern zu Besuch.»

Sie plauderten – von Leuten, die sie aus der Schule kannten, und dem, was aus ihnen geworden war; von Leahs Plänen, im nächsten Jahr eine Lehrstelle zu übernehmen, damit ‹ich finanziell nicht von Fred abhängig bin›; von seinem Leben auf der Straße, ehe er sich in Philadelphia niederließ, und den verschiedenen Religionsarten, die er ausprobiert hatte, bevor er zu Reb Mendels *chavura* gestoßen war. «Wenn man in eine neue Stadt kommt, lernt man am schnellsten Leute kennen, indem man zu einer von diesen religiösen Zusammenkünften geht.»

Dann rief Jackie von oben herunter: «Ich habe gebadet, Mommy!»

«Ich komme, Liebling!»

«Tja, ich sollte wohl auch jetzt gehen», sagte Akiva.

«Ach so, ja. Ich hab mich gefreut, dich wiederzusehen.» Sie ging zur Treppe. «Es macht dir doch nichts aus, wenn . . .»

«Ich finde schon allein hinaus.»

Als er am Strand entlang zu seinem Wagen zurücktrottete, dachte Akiva über diesen Besuch nach. Er war ein kleines bißchen enttäuscht darüber, daß sie ihn nicht gebeten hatte, sie anzurufen, aber zugleich ziemlich erleichtert. Er sagte sich, daß es ja doch keinen Sinn habe, in Barnard's Crossing mehr Bindungen zu knüpfen, als unbedingt nötig waren.

12

Der Wetterbericht am Mittag hatte sich fast ausschließlich mit dem Hurricane Betsy beschäftigt. Es gab Bilder von den Verheerungen, die der Sturm bereits an der Küste von Carolina angerichtet hatte, und Satellitenfotos von der Ostküste, die darauf schließen ließen, daß das südliche New England dem Sturm nicht ganz entgehen würde. Aber niemand machte sich große Sorgen, denn es regnete nicht, und die Luft war, bis auf gelegentliche Windböen, sehr mild. Und wenn auch dicke, schwere Wolken den Himmel bedeckten, so lugte immer wieder einmal für einige Minuten die Sonne hindurch, mit goldenen Lichtstrahlen, die vor dem dunklen Wolkenhintergrund deutlich sichtbar waren.

Am frühen Nachmittag war die Flut außergewöhnlich hoch, hatte aber noch nicht ihren höchsten Stand erreicht. Der ganze Strand war von Autos gesäumt, deren Insassen gekommen waren, um die majestätische Wut der Brandung zu betrachten. An verschiedenen Punkten der Kaimauer, dort, wo das Land ins Wasser hineinragte, war die Brandung besonders stark, und hier hatten sich Teenager versammelt, um den Elementen zu trotzen. Wenn eine riesige Woge sich an den Felsen brach und dann wieder zurückrollte, wagten sie sich bis an den Rand des Wassers heran, um die nächste große Welle herauszufordern, und wichen anschließend hastig zurück, um der Gischt zu entgehen, wenn sie brach. Manchmal warteten sie zu lange, oder die Woge war mächtiger, als sie dachten; dann wurden sie jedesmal klatschnaß, während ihre vorsichtigeren Freunde aus sicherer Entfernung in lautes Hohngelächter ausbrachen.

Jonathan, der fünfjährige Sohn des Rabbi, hatte einen großen Teil des Nachmittags spielend im Garten verbracht. Jetzt kam er ins Haus gelaufen und erzählte, sein Freund von nebenan habe in Begleitung zum nahen Strand gehen dürfen, um der Brandung zuzusehen, und er wolle ebenfalls dorthin. Er wandte sich mit dieser Bitte natürlich an seine Mutter, die ihrem Ehemann daraufhin mitteilte, nachdem er den ganzen Nachmittag lang in seinem Studierzimmer gehockt habe, werde ihm ein bißchen frische Luft bestimmt gut tun. So trabte der Rabbi, den ungeduldig vorwärtsstrebenden Jonathan fest an der Hand, am Strand entlang und blieb immer wieder einmal stehen, um zu beobachten, wie ein besonders großer Brecher auf sie zugerollt kam, der dann gegen die Felsen schlug und sich schaumspritzend auflöste.

Der Rabbi hörte, wie sein Name gerufen wurde, und als er sich umsah, entdeckte er Akiva Rokeach, der ihm zuwinkte. Er wartete, bis der junge Mann sie erreicht hatte. «Mit Unterstützung meiner Frau», sagte er, «ist mir schließlich eingefallen, oder ich habe vielmehr erraten, wer Sie sind. Sie sind der Sohn des Drugstorebesitzers, nicht wahr? Mr. Aptaker? Es kommt zwar ein bißchen spät, aber ich möchte Ihnen trotzdem danken für das, was Sie vor ein paar Jahren einmal mitten in der Nacht für uns getan haben.»

Akiva zuckte lächelnd die Achseln.

Rabbi Small fuhr sogleich fort: «Sie werden verstehen, daß ich während der nächsten ein, zwei Tage ans Haus gefesselt war, um unseren Jonathan hier zu betreuen, doch dann ging ich gleich zu Ihrem Geschäft, um die Medizin zu bezahlen und Ihnen vielmals zu danken. Aber Sie waren fort.»

Akiva grinste. «Ja, ich bin sofort am nächsten Tag weg, damals.»

«Das hatte hoffentlich nichts mit dem zu tun, was Sie für uns getan haben.»

«Aber nein! Darum hatte mich mein Vater gebeten. *Dafür* gab er mir ein großes Lob.»

«Aha. Dann nehme ich an, Sie sind gegangen, weil Sie eine Meinungsverschiedenheit mit Ihrem Vater hatten.»

«So kann man's auch nennen.» Akiva lachte. «Himmel, Sie sind genau wie mein *rebbe*. Ihr seid anscheinend alle gleich. Ich sage was, und aus einem einzigen Wort, vielleicht nur aus dem Ton, in dem es gesprochen wurde, leitet er ein ganzes Buch ab.»

«Tut mir leid, ich wollte nicht neugierig sein.»

«Ach, das macht nichts, Rabbi. Ich hatte tatsächlich einen verdammt schlimmen Krach mit meinem Vater. Deshalb bin ich gegangen. Und wollte nie wieder zurückkommen.»

«Aber Sie sind doch gekommen.»

«Nur für ein paar Tage. Und das auch nur, weil Reb Mendel – das ist mein *rebbe* – es mir befohlen hat.» Er beschrieb Reb Mendel und die *chavura*.

«Sie tun alles, was er Ihnen sagt?»

«Ich gebe mir Mühe. Ich hatte eine Woche Urlaub, den ich in seinem Haus verbringen wollte. Er hat so einen riesigen Kasten von Haus, in dem seine *chasidim* manchmal ein paar Tage mit intensiven Studien verbringen. Aber er befahl mir, lieber nach Hause zu meinen Eltern zu fahren. Also habe ich getan, was er sagte.»

«Einfach so?»

«Hm-hm.»

«Stört es Sie denn nicht, daß ein anderer Ihr Leben bestimmt, Ihnen alle Entscheidungen abnimmt?» fragte der Rabbi.

«Nein. Weil er tiefere Einsicht hat. Er sieht klarer und weiter als ich. Das ist, als würden ein paar Leute in der Wüste umherirren und wüßten nicht, welche Richtung sie einschlagen müßten, aber einer hätte einen Feldstecher und sagte, er könne im Westen ein Dorf sehen. Würden sie nicht alle auf ihn hören und in die von ihm bestimmte Richtung gehen?»

«Ich würde ihn wahrscheinlich bitten, auch einmal durch den Feldstecher sehen zu dürfen», antwortete der Rabbi trocken.

«Na schön, nehmen wir an, er hätte keinen Feldstecher, sondern könnte nur besser sehen?»

«Dann würde ich Beweise verlangen, bevor ich mich in Marsch setzte», sagte der Rabbi ein wenig lächelnd.

«O ja, ich weiß, ihr normalen Rabbis macht euch immer über den *rebbe* lustig, aber . . .»

«Wir normalen Rabbis sollen nichts weiter sein als Rechtsgelehrte», unterbrach ihn Rabbi Small. «Keine Wundertäter wie ein *rebbe*. Meine Predigten sind im wesentlichen Auslegungen des Rechts und unserer Tradition. Trotzdem, wenn Sie zu mir als Freund gekommen wären und mich um meinen Rat gebeten hätten, wäre ich wohl auch der Ansicht gewesen, es sei an der Zeit, Ihre Eltern aufzusuchen und Frieden mit ihnen zu schließen. Aber das hätte ich Ihnen als Freund vorgeschlagen; ich hätte es Ihnen bestimmt nicht befohlen, weil ich ein Rabbiner bin. Die Entscheidung hätte einzig und allein bei Ihnen gelegen.»

«Aber angenommen, Sie wüßten es, wüßten es hundertprozentig?»

«Niemand weiß etwas hundertprozentig, Mr. Rokeach. Ihr *rebbe*, sagen Sie, ist Psychologe. Nach meiner Erfahrung ist das nicht unbedingt gleichbedeutend mit dem Verstehen der Motivationen der Menschen, sondern bedeutet lediglich eine besondere Geschicklichkeit im Ersinnen von Erklärungen für ihr Verhalten, welche zutreffen mögen oder auch nicht, und welche, so oder so, nicht bewiesen werden können. Ihr *rebbe* ist wahrscheinlich ein kluger Mann und besitzt daher die tiefere Einsicht, die jeder intelligente Mensch besitzt. Mehr nicht.»

«Aber wenn er doch immer recht hat?»

«Nein, er hat nicht immer recht. Wenn er recht hat, besteht die Wahrscheinlichkeit, daß Sie davon hören. Und wenn er nicht recht hat, schreiben Sie das vermutlich Ihrer eigenen Unzulänglichkeit zu. Genauso wie Sie das Gute, das vielleicht unerwarteterweise aus Ihrem Besuch hier entsteht, der Fähigkeit Ihres *rebbe*, in die Zukunft zu sehen, zuschreiben werden. Passiert aber nicht weiter viel, werden Sie wahrscheinlich meinen, Sie hätten versäumt, irgendeine *mitzwe* zu vollbringen. Beschweren Sie sich bei ihm, rät er Ihnen höchstwahrscheinlich, Geduld zu haben, da Ihr Besuch hier – wie ein Stein, der in einen Teich fällt, Kreise auslöst, die bis ans Ufer ausstrahlen – der notwendige Beginn einer Folge von Ereignissen sei, die Ihnen letztlich zum Vorteil ausschlagen werden. Und Sie werden ihm glauben, vor allem, wenn später etwas geschieht, das Sie, wenn auch nur entfernt, mit Ihrem Besuch hier in Verbindung bringen können.»

«Aber wie steht's mit dem Beweis meiner eigenen Gefühle», fragte Akiva. «Der Ruhe und Sicherheit, die ich empfinde, seit ich mich Reb Mendel und der *chavura* angeschlossen habe? Vorher konnte ich mich nie entscheiden, was ich tun sollte, wohin ich gehen sollte . . .»

«Das ist der Fluch des Denkvermögens», antwortete der Rabbi. «Darunter leiden wir alle mehr oder weniger. Die niederen Tiere, die nur nach ihrem Instinkt handeln, brauchen sich nicht mit diesem Problem rumzuschlagen. Der Impuls, etwas zu tun, unterbricht automatisch alle anderen Schaltkreise. Die Geschichte von dem Esel, der verhungert, weil er sich in gleichem Abstand von zwei genau gleichen Heuballen befindet, trifft weit eher auf Menschen zu als auf Esel. Es sind die Menschen, nicht die Tiere, die an zwei Plätzen zugleich sein wollen, die zwei Dinge gleichzeitig tun wollen. Das ist normal, aber zuweilen kommt es zu dem Punkt, da Handlungs- und Entscheidungswille gelähmt werden, und das

Ergebnis ist Frustration, seelischer Schmerz, manchmal absolute Lebensunfähigkeit. Wenn man die Verantwortung für einen Teil seiner Entscheidungen einem anderen auflädt, so wie Sie Ihrem *rebbe*, kann es nicht überraschen, wenn die unmittelbare Wirkung dessen Ruhe und Erleichterung sind. Manche behaupten, die gleiche Wirkung zu spüren, wenn sie ihre Seele Jesus anempfehlen, jedenfalls nach Aussage eines meiner Bekannten, der sich der Bewegung ‹Juden für Jesus› angeschlossen hatte. Andere rufen die Jungfrau Maria an, oder einen ganz bestimmten Heiligen, oder auch den gerade besonders beliebten Guru des Ostens.»

«Aber wenn es doch hilft . . .»

Der Rabbi zuckte die Achseln. «Der Streß, der einen Kampf begleitet, endet stets mit der Kapitulation.»

Jonathan zog an der Hand seines Vaters. «Daddy, ich habe Hunger! Ich will nach Hause.»

«Schon gut, Jonathan. Wir gehen ja.» Und zu Akiva sagte er: «Dieser hier ist nämlich mein *rebbe*. Wenn er befiehlt, muß ich gehorchen.»

«Kommen Sie heute abend zur Andacht, Rabbi? Werde ich Sie dort treffen?»

«Ich denke schon. Vielleicht lernen Sie auch Mr. Kaplan kennen, unseren Präsidenten. Bei ihm werden Sie ein offeneres Ohr für Ihre Einstellung finden.»

«Kaplan? Hat der eine Tochter namens Leah?»

«Ja. Woher wissen Sie das?»

Akiva lächelte. «Ich . . . ich bin mit einer Leah Kaplan zur Schule gegangen.»

13

«He, wo waren Sie denn so lange, Doc?» Die Stimme am Telefon gehörte Joe Kestler, und er war empört. «Ich hab mindestens ein Dutzendmal bei Ihnen angerufen, aber es hat sich niemand gemeldet.»

«Am Mittwochnachmittag habe ich keine Sprechstunde», antwortete Dr. Cohen und ärgerte sich über sich selbst, weil er es für nötig hielt, eine Erklärung abzugeben.

«Also, mein Vater fühlt sich ziemlich schlecht. Er ist heiß, als hätte er Temperatur. Und dauernd muß er. Und wenn er geht, klagt er, daß es so brennt. Und ein paar Minuten später muß er schon wieder. Dasselbe hat er schon vor ein paar Monaten gehabt.»

«Tut mir leid, aber . . .»

«Hören Sie, Doc – seien Sie doch nicht so! Ich weiß, Sie haben ein Recht auf Ihren freien Nachmittag. Aber es geht ihm wirklich schlecht.»

«Unter den gegebenen Umständen halte ich es für besser, wenn Sie einen anderen Arzt anrufen.»

«Woher soll ich am Mittwoch einen anderen Arzt kriegen?» gab Kestler zurück.

«Dann bringen Sie ihn ins Krankenhaus. Wenn Sie die Polizei anrufen, schicken die Ihnen sofort einen Krankenwagen.»

«Ja, sicher. Und wenn er im Krankenwagen stirbt? Und wenn er ins Krankenhaus kommt, und da pfuscht so'n junger Spund von Student an ihm rum?»

«Tut mir leid, aber in Anbetracht des Verhaltens Ihres Vaters letzten Monat . . .»

«Doctor, Doctor, das war geschäftlich! Sie haben Ihren Zaun auf unserem Grund und Boden errichtet. Also hat mein Vater geklagt. Das hat doch wirklich nichts zu bedeuten. Deswegen keine Feindschaft nicht. So verhält man sich eben im Geschäftsleben. Das eine hat mit dem anderen nichts zu tun. Und er verlangt ausdrücklich nach Ihnen, weil er Vertrauen zu Ihnen hat.»

Dr. Cohen wußte genau, daß er jetzt hart bleiben und sich weigern müßte, aber er sah auch den alten Mann vor sich, wie er im Bett lag und leiden mußte. «Na schön», sagte er daher. «Ich komme vorbei und sehe ihn mir mal an.»

Er legte auf. «Ich muß fort», sagte er zu seiner Frau.

«Aber du wolltest doch zu Kaplans», protestierte sie.

«Es dauert nicht lange.»

«Wer ist es denn?»

Er zögerte, denn er erinnerte sich, wie wütend sie damals gewesen war. «Der alte Kestler», antwortete er widerwillig.

«Und *den* willst du behandeln?»

«Na ja, schließlich ist er mein Patient.»

«Aber der Mann hat dich verklagt!»

«Wahrscheinlich meint er, das eine habe mit dem anderen nichts zu tun. In gewisser Weise ist es auch ein Kompliment. Er verklagt mich und verlangt mich trotzdem als Arzt.»

«Das macht er nur, weil er sonst am Mittwoch keinen anderen kriegt.»

«Das ist ein weiterer Grund, warum ich zu ihm muß.»

«Na, wenn ich es wäre, die ihn behandelt, würde ich ihm was geben, was er nie wieder vergessen würde. Der würde mich nie wieder in der Not rufen.»

Er lächelte. «Gute Idee.»

Als er bereits an der Haustür war, rief sie ihm nach: «Möchtest du nachher etwas essen?»

«Vielleicht eine Kleinigkeit. Wahrscheinlich gibt es bei den Kaplans was.»

«Nimm lieber deinen Regenmantel mit», riet Miriam. «Wenn der Sturm kommt ...»

«Ich war eben auf der Veranda», antwortete der Rabbi. «Es ist absolut warm draußen. Außerdem gehe ich ja nur vom Wagen zum Haus.»

«Ich sehe eigentlich nicht ein, warum du überhaupt hin mußt. Kestler ist nicht mal Gemeindemitglied.»

«Darum lasse ich es mir angelegen sein, ihn regelmäßig zu besuchen. Die Pflicht, die Kranken zu besuchen, ist allen Juden auferlegt, aber die Gemeinde schiebt sie auf den Rabbi ab und betrachtet das als Sonderdienstleistung für die Mitglieder. ‹Komm in unsere Gemeinde, und du bekommst freie Krankenbesuche von unserem Rabbi.› Der Besuch bei einem Nichtmitglied weckt in mir die Illusion, daß meine Krankenbesuche alle freiwillig sind. Außerdem ist Kestler ein so unbelehrbarer alter Schuft, daß ich es als echte *mitzwe* empfinde, ihn zu besuchen.»

Sie lachte. «Kommst du anschließend gleich nach Hause?»

«Ja ... Nein, ich glaube, ich schaue noch bei den Kaplans rein. Er hat an jedem Mittwoch Empfang, und ich bin noch nie dagewesen.»

«Aber ...»

«Mort Brooks deutete heute morgen an, daß Kaplan und seine Gruppe irgendeine Gemeinheit planen.» Er lächelte. «Vielleicht schnappe ich einen Hinweis auf.»

Dr. Muntz riß das oberste Blatt von seinem Rezeptblock und reichte es Safferstein. «Es handelt sich um eine Infektion», sagte er. «Ich verschreibe ihr Penicillin, viermal am Tag, vier Tage lang. Und sie muß alle Kapseln nehmen. Das ist wichtig. Möglicherweise fühlt sie sich nach dem zweiten oder dritten Tag besser, aber sie muß die Kapseln weiter nehmen, bis die Flasche leer ist. Verstanden, Billy?» Die blaßblauen Quellaugen des Arztes starrten Safferstein durchdringend an.

«Ja, natürlich. Sie muß alle nehmen», antwortete Safferstein. «Ich werde sie sofort besorgen.»

Dr. Muntz warf einen Blick auf die Uhr. «Die Drugstores sind jetzt schon geschlossen. Es hat aber bis morgen Zeit.»

«Der Town-Line Drugstore hat noch geöffnet.»

«Ja, das stimmt, glaube ich. Dann geben Sie ihr die erste Kapsel heute abend.»

Safferstein half ihm in seinen Regenmantel.

«Kommen Sie heute abend zu Chet, Billy?» erkundigte sich Dr. Muntz.

«Tja, ich glaube, lieber nicht. Wo Mona sich nicht wohl fühlt. Aber Sie gehen doch sicher hin.»

«Natürlich. Chet rechnet mit mir. Ich bin der offiziell anerkannte

Agnostiker und Zyniker. Er braucht meine Opposition, damit seine Versammlungen ein bißchen Pfeffer kriegen.» Er lachte. «Oder vielleicht bin ich das abschreckende Beispiel.»

Safferstein grinste. «Ich hatte immer das Gefühl, daß Sie nur so tun.»

«O nein, bestimmt nicht», protestierte der Arzt hastig.

Safferstein hielt ihm die Haustür auf. «Dann versäumen Sie aber etwas, Al», sagte er ernst. «Wissen Sie, seit ich mich der Gruppe angeschlossen habe, fühle ich mich so sicher, als könnte ich überhaupt nichts falsch machen. Ich habe ein paar große Geschäfte ins Auge gefaßt, und alle haben sie geklappt.»

Der Arzt lachte abermals. «Wenn Sie meinen, Billy. Wenn Sie meinen.»

Auf Dr. Cohens Klingeln öffnete ihm Mrs. Kestler, Joes Ehefrau. Sie war blond, füllig, verblüht und erinnerte ihn an das kleine Mädchen, das in der Grundschule neben ihm gesessen hatte. Die war rosig und weiß gewesen, pummelig und blond, und immer hatte ihn der Gedanke ein wenig bedrückt, daß sie jetzt wahrscheinlich wie Mrs. Kestler aussah. Mrs. Kestler war sanft und träge, und er hielt es für sicher, daß sie von ihrem Mann eingeschüchtert und von ihrem Schwiegervater ausgenutzt wurde. Als sie das letzte Mal zur Untersuchung gekommen war, hatte sie ihn gebeten, auch einen Wassermann zu machen, weil ‹Joe geschäftlich viel auf Reisen ist, und Sie wissen ja, wie es ist, wenn Männer nicht zu Hause sind›.

«Er ist oben, Doctor», sagte sie. «Joe ist bei ihm.»

«Schon gut, ich kenne den Weg.»

Die Untersuchung dauerte nicht lange. Nachdem Dr. Cohen fertig war, nickte er dem Sohn zu, er möge ihn hinausbegleiten. Als sie die Treppe hinunterstiegen, sagte Joe Kestler: «Himmel, ging das aber schnell! Ihr Ärzte habt es wirklich gut.» Joe war ein großer, kräftiger Mann mit eisengrauem Haar auf seinem kugelförmigen Kopf und der platten Nase eines Berufsboxers.

«Ihr Vater hat eine Infektion des Harntraktes», erklärte Dr. Cohen mit berufsmäßiger Unpersönlichkeit.

«Klingt übel. Was werden Sie machen? Können Sie ihm eine von diesen Wunderdrogen verschreiben, Penicillin oder so?»

«Ihr Vater ist allergisch gegen Penicillin, deshalb gebe ich ihm statt dessen Tetracyclin. Das wirkt genauso. Er soll viermal am Tag eine Kapsel nehmen. Und er muß sie alle nehmen, auch wenn sich die Infektion nach ein bis zwei Tagen bessert. Das ist wichtig. Am besten fängt er sofort damit an.»

«Haben Sie Ärztemuster dabei, Doc?»

«Ärztemuster? Nein, ich trage keine Ärztemuster mit mir herum. Ich schreibe Ihnen ein Rezept.»

«Wo soll ich denn um diese Zeit noch ein Medikament herkriegen? Die Drugstores sind genauso schlimm wir ihr Ärzte. Die machen am Mittwoch alle früh zu.»

«Ich glaube, der Town-Line Drugstore hat noch geöffnet», antwortete Dr. Cohen steif.

«Dahin gehe ich nicht.»

«Wollen Sie sagen, Sie kaufen dort nicht?»

«Ganz recht. Ich setze keinen Fuß da rein», erklärte Kestler eigensinnig.

«Aber jetzt, wo Ihr Vater krank ist . . .»

Kestler schüttelte den Kugelkopf wie ein Boxer, der sein Gehirn wieder klar kriegen will. «Ganz egal.»

Dr. Cohen überlegte. «Vielleicht habe ich zu Hause ein Ärztemuster.» Dann kam ihm eine andere Idee. «Und wenn ich das Rezept durchtelefoniere, und die liefern es hierher?»

«Hauptsache, ich muß da nicht hin. Aber hören Sie, Doc – sehen Sie lieber erst zu Hause nach, ob Sie da noch ein Ärztemuster haben. Ich kann ja hinter Ihnen herfahren.»

«Das ist nicht nötig. Ich muß später noch einmal fort, dann kann ich es Ihnen vorbeibringen. Wenn ich keine Ärztemuster habe, werde ich das Rezept durchtelefonieren.»

«Okay, Doc. Aber sehen Sie erst nach, ob Sie noch Ärztemuster haben, ja?»

Am Bordstein vor dem Town-Line Drugstore waren ein halbes Dutzend Wagen geparkt. Drinnen drängten sich die Kunden, warteten ungeduldig darauf, daß jemand ihnen das Geld abnahm und ihre Einkäufe verpackte. Es war natürlich der heraufziehende Sturm, der allen Sorgen machte. Taschenlampen und Batterien wurden gekauft, kleine Erste-Hilfe-Kästen und Aspirin, Zigaretten und Schokolade. Der gesamte Vorrat an Kerzen – das Geschäft führte ein Sortiment von feinen Zierkerzen – war ausverkauft.

Marcus Aptaker war vorn im Laden; er war der einzige, der Kunden bediente. Lächelnd, höflich und geschickt eilte er von einem Teil des Ladens zum anderen. Jedesmal, wenn er in den Hintergrund hinüberblickte, war er von einer stillen Freude erfüllt, denn dort sah er seinen Sohn in einem weißen Kittel neben Ross McLane in der Rezeptur arbeiten. Früher hatte ihm Jimmie, ein Schuljunge, beim Bedienen geholfen, aber der lieferte jetzt Waren aus, die letzten für diesen Abend, und würde nicht noch einmal zurückkommen.

Bill Safferstein kam herein, blickte sich um und schritt zielbewußt auf den Besitzer zu, der gerade frei war. «Hören Sie, Aptaker, ich möchte . . .»

«Tut mir leid, Mr. Safferstein», sagte Aptaker mit einer Handbewegung zu den wartenden Kunden hinüber, «nicht jetzt. Wie Sie sehen, habe ich sehr viel zu tun. Ich habe keine Zeit, mit Ihnen zu sprechen.»

«Oh, deswegen bin ich nicht hier. Es handelt sich um meine Frau. Sie ist krank. Könnten Sie mir das hier möglichst schnell geben?»

Aptaker warf einen Blick auf das Rezept. «Das wird aber ein paar Minuten dauern.»

«Macht nichts, ich warte.» Er sah sich um. «Wie ich sehe, haben Sie einen zweiten Apotheker eingestellt.»

«Mein Sohn», erklärte Aptaker stolz. Dann eilte er davon, weil ein Kunde nach ihm gerufen hatte.

Jackie war widerspruchslos zu Bett gegangen und schon fast eingeschlafen, ehe ihn seine Mutter richtig zugedeckt hatte. Leah blickte im Zimmer umher, machte das Fenster zu und löschte das Licht. Dann spülte sie das Abendbrotgeschirr, stellte es fort und ging ins Wohnzimmer. Dort studierte sie das Fernsehprogramm in der Morgenzeitung; es enthielt zwar kaum etwas, das sie interessierte, aber sie schaltete den Apparat trotzdem ein. Es gab viel Rauschen, das Bild wackelte, und es schneite auf dem Schirm. Sie versuchte es mit den anderen Kanälen, immer mit demselben Resultat, und stellte den Fernseher ärgerlich ab.

Vom Tisch nahm sie ein Buch, in dem sie während der letzten paar Tage gelesen hatte, aber sie konnte sich nicht konzentrieren und merkte, daß sie immer wieder denselben Satz las. Als sie feststellte, daß sie die Worte nur anstarrte, klappte sie das Buch zu und warf es auf den Tisch.

Sie wanderte im Zimmer umher, rückte hier ein Bild zurecht, dort einen Sessel. Sie sah, daß das Barometer auf dem Kaminsims niedrig stand. Als sie draufklopfte, ging es noch weiter herunter. Sie ging zum Fenster und starrte auf die Straße und das dahinterliegende Meer hinaus. Sie war ruhelos, wollte irgend etwas tun, wußte aber nicht, was.

Läge Jackie nicht da oben, wäre sie nicht ans Haus gefesselt. Dann könnte sie in den Wagen steigen und über dunkle Landstraßen fahren, bis sie vielleicht zu einer Imbißstube kam, wo sie eine Tasse Kaffee trinken konnte. Dort gab es einen Lastwagenfahrer, der das College absolviert hatte, mit einem am Hals weit offenen blauen Arbeitshemd und einer frech auf den Hinterkopf geschobenen Mütze, der mit seiner Tasse Kaffee an ihren Tisch kommen würde . . . Oder sie konnte barfuß im Dunkeln am Strand entlangschlendern, und das Wasser würde warm sein, sie würde aus den Kleidern schlüpfen und schwimmen gehen – schön lange.

Sie würde sich auf den Rücken drehen und sich treiben lassen und das Geräusch eines anderen Schwimmers hören . . .

Plötzlich wurde es taghell im Zimmer: Ein greller gezackter Blitz hatte im Wasser eingeschlagen. Dem Blitz folgte unmittelbar das Krachen von Donner, und im Haus gingen die Lichter aus. Dann kam der Regen. Leah lief zum Fenster. Die Straßenlaternen waren auch ausgegangen. Sie trat auf die Veranda hinaus und blickte die Straße hinauf und hinab. Alle Häuser waren dunkel, nur hier und da entdeckte sie in einem Fenster flackerndes Licht, weil die Leute Kerzen angezündet hatten. Sie ging wieder hinein und tastete sich in die Küche, wo sie einen Kerzenstumpf fand. In seinem Licht versuchte sie ihre Eltern anzurufen, aber es kam kein Rufzeichen, nur schwaches Summen. Wieder im Wohnzimmer, zog sie sich einen Hocker zum Fenster, kniete sich drauf, stützte die Arme auf die Fensterbank und starrte die Regentropfen an, die vom Straßenpflaster hochsprangen.

Ross McLane nahm den Anruf entgegen, da er in der Rezeptur dem Telefon am nächsten war. Da er schwer hörte, neigte er schon normalerweise dazu, laut zu sprechen, am Telefon jedoch konnte man ihn im ganzen Laden hören. «Town-Line Drugstore . . . Wer? . . . Ach so, guten Abend, Doctor. Was kann ich für Sie tun? . . . Augenblick mal . . . So, legen Sie los . . . Jawoll . . . Jawoll . . . Kestler, jawoll. Anfangsbuchstaben des Vornamens? J . . . Hab ich . . . Minerva Road, siebenundvierzig? . . . Hm-hm . . . Okay . . . Himmel, nein, ich glaube nicht. Der Laufjunge ist schon weg . . . Ich glaube nicht, aber warten Sie mal 'nen Moment. Ich frage.» Er legte die Hand über den Hörer und rief laut: «He, Marcus, Dr. Cohen ist am Telefon. Er will wissen, ob wir heute abend noch was liefern können. Nach Minerva, siebenundvierzig.»

«Sagen Sie nein.»

Ins Telefon sagte McLane: «Hören Sie, Doctor, es ist einfach unmöglich. Wir haben furchtbar viel zu tun und müssen noch sehr lange arbeiten. Wir haben einen Haufen Rezepte für das Kinderheim. Es ist einfach niemand hier, der . . .» Abermals deckte er die Hand über den Hörer. «Er sagt, es ist wichtig, Marcus.»

«Hören Sie, wenn Sie wollen, kann ich's ja hinbringen», erbot sich Safferstein.

«Kennen Sie ihn?» erkundigte sich Aptaker.

«Nein, aber wenn es so dringend ist . . . Ich wohne ebenfalls in der Minerva Street. Nummer siebenundvierzig liegt am Weg.»

«Es gießt in Strömen», sagte Dr. Cohen, der aus dem Fenster sah. «Sollte mich nicht wundern, wenn die Kaplans alles absagten. Ich meine, bei einem Hurricane . . .»

«Ich habe die Nachrichten gehört, als du weg warst», berichtete seine Frau. «Es heißt, daß der Sturm auf See hinauszieht, und daß wir ihn nur am Rand mitkriegen. Das letzte bißchen. Es soll ungefähr in einer Stunde vorbei sein.»

«Ob es der ganze Sturm ist, oder das letzte bißchen – es ist auf alle Fälle schlimm genug. Ich glaube, ich gehe lieber nicht zu den Kaplans und bleibe zu Hause.»

Seine Frau war nicht seiner Ansicht. «Ich weiß nicht, Dan. Al Muntz schien es für wichtig zu halten, nach dem, was du mir erzählt hast.»

«Und wenn sie's nun wirklich abgesagt haben? Ich käme mir furchtbar dumm vor, wenn ich in diesem Wetter hinfahren würde, und es gäbe gar keine Party.»

«Hätten sie dann nicht angerufen?»

«Sicher, aber vielleicht haben sie das schon getan, und wir waren den ganzen Tag nicht da.»

«Dann ruf du sie doch an.»

«Ja, ich glaube, das werde ich tun.» Er nahm den Hörer. «Kein Rufzeichen», verkündete er. Trotzdem wählte er, bekam aber keine Antwort. Er drückte mehrmals auf die Gabel, dann wählte er das Amt. Er lauschte aufmerksam, den Hörer fest ans Ohr gepreßt. Schließlich legte er ihn wieder auf. «Funktioniert nicht. Komisch, als ich vor ein paar Minuten den Drugstore anrief, war es noch in Ordnung. Vielleicht hat der Blitz einen Transformator getroffen, oder die Leitung ist runtergekommen.»

«Paß auf, Dan, ich werde dir sagen, was du tust. Du fährst hin. Wenn das Haus hell erleuchtet ist und eine Menge Wagen draußen stehen, weißt du, es ist alles in Ordnung, und gehst rein. Wenn das Haus aber dunkel ist, oder ganz normal erleuchtet, und wenn keine Wagen draußen stehen, weißt du, daß der Empfang abgesagt ist, und kommst nach Hause.»

«Ja, du hast recht. Das werde ich tun.»

Sorgfältig steckte Safferstein die beiden schmalen Umschläge, jeder mit einem etikettierten Pillenfläschchen, in die Tasche seines Regenmantels. Da es jetzt regnete, schlug er den Kragen hoch und lief rasch hinaus zu seinem Wagen. Kaum hatte er den Wagen in Gang gesetzt, als ein Blitz alles ringsum taghell erleuchtete. Unmittelbar darauf folgte ein Donnerschlag. Und dann öffnete der Himmel seine Schleusen, und der Regen kam in dicken Tropfen herunter, die auf dem schwarzen Asphalt der Straße tanzten. Das Wasser rann über seine Windschutzscheibe – so dicht, daß die Scheibenwischer es nicht bewältigen konnten. Die Windschutzscheibe beschlug; er stellte den Defroster an, ohne Erfolg. Er hielt unter einer Straßenlaterne und stellte den Motor ab. Lange kann das ja nicht dauern, dachte er.

«Also, das ging wirklich schnell», sagte Mrs. Cohen zu ihrem Mann, als er zur Haustür hereinkam und den Mantel abwarf. «Alles dunkel, nicht wahr?»

«Ich bin gar nicht hingekommen. Da liegt ein Baum quer über der Straße, direkt an der Ecke. Ich mußte das ganze Stück bis zur Baird Street zurücksetzen, ehe ich wenden konnte.»

«Ach, die große, alte Ulme? Ein Jammer! Vielleicht solltest du die Polizei verständigen.»

«Wie denn? Durch Rauchzeichen?»

«Was ich erreichen möchte, ist Einstimmigkeit», drängte Chester Kaplan. «Also, wir sind alle einer Meinung, daß es sinnlos ist, wenn die Synagoge den Goralsky-Besitz behält und verwaltet, nicht wahr?»

Die Antworten kamen sofort von allen Seiten.

«Na klar. Wer macht sich schon gern die Mühe, Miete zu kassieren?»

«Oder Reparaturen durchführen zu lassen, oder einen leerstehenden Laden zu vermieten.»

«Man kann die Verwaltung aber doch auch einer Immobilienfirma übertragen», meinte Abner Fisher.

«Ja, und die stecken dann zehn Prozent der einkommenden Gelder ein.»

«Fünf Prozent», berichtigte Fisher.

«Na schön, fünf Prozent. Dafür tun sie aber nichts weiter, als die Mieten zu kassieren. Ich weiß Bescheid. Ich stimme Ihnen zu, Chet, wir sollten den Besitz verkaufen. Aber können wir das, unter den Bedingungen von Goralskys Testament?»

«Ihr könnt mir glauben, das ist okay», versicherte Kaplan rasch. «Das Testament lautet – und ich zitiere wörtlich: ‹Der Synagoge vermache ich den Geschäftsblock, bekannt als Goralsky-Block, mit dem daran angrenzenden Gelände.› Dann gibt er die Grenzen an, und dann heißt es – paßt auf: ‹. . . damit die Synagoge ein jährliches Einkommen daraus erwirtschaften kann, das zu den allgemeinen Ausgaben beiträgt, oder um davon ein Gebäude zu errichten, wie etwa eine jüdische Schule oder eine ständige Wohnung für den jeweiligen Rabbi, oder für jeden anderen Zweck, der den Interessen und dem Vorteil der Synagoge dient›. Also, wie ich es sehe, ist diese letzte Klausel entscheidend. Wir können den Besitz verwenden, wie wir es für richtig halten, vorausgesetzt, es dient den Interessen und dem Vorteil der Synagoge. Stimmt's, Paul?»

Paul Goodman, ebenfalls Anwalt, nickte. «So verstehe ich es auch.»

«Und ich würde sagen, den Block verkaufen und mit dem Geld ein Grundstück für eine permanente Klausur erwerben, dient eindeutig dem Interesse und dem Vorteil der Synagoge», fuhr Kaplan fort. «Und der beste Zeitpunkt zum Verkauf ist jetzt, da wir ein Gebot bekommen haben, das wir so schnell nicht wieder bekommen werden.»

«Tja, aber ich möchte doch gern wissen, warum Bill Safferstein einen so hohen Preis für den Besitz bietet», erklärte Abner Fisher, der häufig den *advocatus diaboli* der Gruppe spielte.

Kaplan wandte sich dem Fragesteller zu; seine Miene drückte freundliche Offenheit aus. «Ich weiß es nicht, Abner. Ich weiß nur, was ich einigen von euch bereits gesagt habe. Ich erzählte Bill Safferstein von der letzten Klausur. Er war nämlich nicht dabei, versteht ihr? Der Monsignore kam, und wir fingen an zu reden, und er sagte, die Kirche sei bereit, das Grundstück zu verkaufen. Also, der Preis, den er mir nannte, das war geschenkt. Ich sagte zu Bill, wir könnten alles für hunderttausend kaufen und einrichten. Und er sagte zu mir: ‹Wissen Sie was, ich gebe Ihnen hunderttausend für den Goralsky-Besitz.› Ich dachte, er macht Witze, aber er schrieb sofort einen Scheck über tausend Dollar aus, als Anzahlung auf sein Kaufgebot. Mehr weiß ich nicht. Vielleicht ist das seine Art, eine Spende für die Synagoge zu machen.»

«Ach was!» höhnte Abner Fisher. «Billy Safferstein ist ein netter Kerl, und auch großzügig, aber soviel Geld für einen Block runtergekommener Läden auf den Tisch zu blättern, von denen einer sogar noch leer steht . . .»

«Ich habe kürzlich ein Schreiben vom Drugstore bekommen, in dem Aptaker um Erneuerung seines Mietvertrags bittet», warf Kaplan ein.

«Na schön, gibt es eben einen guten Laden im ganzen Block. Aber das erklärt immer noch nicht . . .»

«Bill arbeitet immer so», meldete sich Paul Goodman. «Haben Sie jemals mit ihm gepokert? Wenn er eine Glückssträhne hat, nützt er sie bis zum letzten Rest aus. Wenn der Einsatz zum Beispiel einen Dollar beträgt, sagt er: ‹Kommt, hängen wir die Korinthenkacker ab›, und erhöht auf fünf. Und genauso kauft er Immobilien. Als ich den Harrington-Besitz liquidieren mußte, bot er fünfundsiebzigtausend für das Land, während die anderen nur einiges über fünfzig boten. Natürlich bekam er den Zuschlag. Dann teilte er das Land in ungefähr hundert Parzellen auf, verhökerte sie für duchschnittlich dreitausend pro Stück und machte einen ganz schönen *rebbach* dabei. Als er es gekauft hatte, sagte ich ihm, er hätte es für zwanzigtausend weniger bekommen können. Und wißt ihr, was er mir antwortete? ‹Ich mache niemals den Versuch, einen Besitz so billig wie möglich zu erwerben. Auf diese Weise konkurriert man nur mit den anderen Käufern. Sie treiben sich gegenseitig in die Höhe, und ehe man sich's versieht, bezahlt man mehr, als man beabsichtigte, und mehr, als das Ganze wert ist. Ich berechne immer, was ein Besitz für mich wert ist, und das biete ich dann. So entmutigt man die Konkurrenz, zieht ihr sofort den Boden unter den Füßen weg.›»

«Tja», sagte Kaplan, «ich weiß nur, daß es ein verdammt guter Preis ist, und wenn wir den nicht akzeptieren, sollten wir alle zum Psychiater gehen und uns den Kopf untersuchen lassen.»

«Ich gebe zu, daß der Preis gut ist, und ich finde, wir sollten verkaufen», meinte Fisher. «Aber ich möchte wissen, ob dieses Grundstück oben in Petersville ein guter Kauf ist, und ob es genau das Grundstück ist, das wir uns als permanente Klausur wünschen.»

«Sie sind doch schon da gewesen, Abner. Sie kennen es.»

«Ja, aber ich war dort in Klausur. Ich hab's gesehen, aber ich habe es nicht geprüft, wie ich es tun würde, wenn ich es kaufen wollte.»

«Aber natürlich, Abner. Deswegen organisiere ich für dieses Wochenende eine Klausur. Das gibt uns Gelegenheit, uns das Grundstück eingehend anzusehen. Wir können uns an Ort und Stelle entscheiden, und wenn wir zurück sind, am nächsten Sonntag bei der Vorstandssitzung offiziell darüber abstimmen.»

«Und es wird eine richtige Klausur?»

«Worauf ihr euch verlassen könnt. Rabbi Mezzik wird auch da sein, und die *rebbetzen* wird uns das Sabbatmahl auftischen und die Kerzen segnen. Am Sonnabend dann sehen wir uns das Grundstück an und treffen unsere Entscheidung . . .»

«Sie wollen am Sabbath Geschäfte machen, Chet?»

Kaplan grinste. «Das ist ein religiöses Geschäft. So was kann man auch am Sabbat machen.»

Ein Streifenwagen der Polizei kam vorbei, bremste und hielt direkt vor ihm. Der Streifenpolizist im gelben Regenmantel stieg aus und kam herüber. Mit der Taschenlampe leuchtete er durchs Fenster.

«Ah, Mr. Safferstein! Irgendwas nicht in Ordnung?»

Safferstein kurbelte das Fenster herunter. «Doch, doch, alles klar, Officer. Es hat nur so stark geregnet, daß meine Scheibenwischer es nicht mehr schafften. Und dann beschlug die Windschutzscheibe. Darum habe ich angehalten und ein bißchen gewartet.»

«Wollen Sie Ihren Wagen stehenlassen und sich von uns heimfahren lassen?»

«Nein, nein, es läßt ja schon nach. Ich werd's schon schaffen.»

«Können wir sonst noch was für Sie tun?»

«Nein, danke . . . Na ja, vielleicht doch. Ich habe versprochen, diese Pillen abzuliefern . . .»

Mrs. Kestler spähte besorgt zum Fenster hinaus und sagte zweifelnd: «Es hat etwas nachgelassen, Rabbi, aber es gießt immer noch ganz schön. Wollen Sie nicht lieber noch ein bißchen warten?»

Doch er hatte es eilig, zu Kaplans zu kommen. «Nein, es geht schon», antwortete er. «Ich laufe schnell rüber. Mein Wagen steht direkt vor dem Haus.»

Der Rabbi öffnete die Tür, blieb sekundenlang im Schutz der Veranda stehen und rannte dann die Stufen hinab, den Fußweg entlang zu seinem Wagen. Er hatte auf der Beifahrerseite einsteigen wollen, die direkt am Bordstein lag, um dann auf den Fahrersitz hinüberzurutschen, aber es war abgeschlossen. Während er nach den Schlüsseln suchte, rüttelte ein plötzlicher Windstoß die Äste der Bäume und überschüttete ihn mit dem Wasser von ihren regenschweren Blättern. Bis auf die Haut durchnäßt, erinnerte er sich, daß das Schloß nicht recht funktionierte und man eine ganze Weile mit dem Schlüssel arbeiten mußte, um es von außen öffnen zu können. Als er um den Wagen herum zur Fahrerseite hastete, trat er mitten in die tiefe Pfütze, die sich in der Gosse gebildet hatte, und stieß einen sehr wenig rabbinerhaften und höchst uncharakteristischen Fluch aus.

Endlich hinter dem Steuer sitzend, aber durchnäßt und unbehaglich, dachte er: «Am besten fahre ich erst nach Hause und ziehe mich um, sonst kriegt Miriam noch Zustände.»

Obwohl der Sturm beträchtlich nachgelassen hatte, rauschte der Regen weiterhin in Bächen herab. Safferstein mußte fast bis zum Ende der Straße fahren, ehe er fünfzig Schritt vom Haus der Kaplans entfernt einen Parkplatz fand. So schlug er den Kragen hoch und trottete, die Hände tief in die Taschen versenkt, an der Reihe der Wagen entlang zurück. Vor dem Haus angekommen, eilte er die Stufen zur schützenden Veranda hinauf. Dort blieb er stehen und lauschte auf die Geräusche drinnen. Er sah, daß die Tür angelehnt war, stieß sie auf und trat ein.

Sofort fand er sich in einer Atmosphäre männlicher Fröhlichkeit und Kumpanei. Die große Halle, der anschließende Wohnraum und das Eßzimmer dahinter wimmelten von Männern, die in Gruppen herumstanden, sich unterhielten, lachten, diskutierten. Als sie Safferstein entdeckten, begrüßten sie ihn freundschaftlich.

«Hi, Billy!»

«Hallo, Billy, alter Knabe!»

«He, da ist Bill Safferstein.»

Dem Ton ihrer Begrüßungen entnahm er, daß Kaplan ihnen bereits von seinem Angebot, den Goralsky-Block zu kaufen, Mitteilung gemacht hatte, und daß sie einverstanden waren.

Er zog den Mantel aus und sah sich nach einem Platz um, wo er ihn aufhängen konnte. In der Halle türmten sich auf mehreren Stühlen andere Mäntel, doch da seiner naß war, mochte er ihn nicht obenauf legen.

Kaplan begrüßte ihn und flüsterte ihm zu: «Alles klar.» Er nahm ihm den Mantel ab. «Der ist naß», sagte er. «Am besten hängen wir ihn in den Schrank.» Kaplan drapierte ihn über einen Bügel, schob die vielen Mäntel im Schrank zusammen und hängte Saffersteins Mantel dazu. «Wie geht's Mona? Etwas besser?»

«Ich habe ihr gerade ein Medikament geholt, und weil das Fahren bei dem Wetter so mühsam war, dachte ich mir, ich schaue hier herein, bis es ein bißchen nachgelassen hat.»

«Aber natürlich. Kommen Sie, trinken Sie ein Bier.»

«Lieber einen Kaffee, wenn Sie haben.»

«Aber sicher. Kommt sofort.»

«Hören Sie, kann ich Ihr Telefon einmal benutzen?»

«Da drüben.»

Er wählte seine eigene Nummer. Das Mädchen kam an den Apparat. «Hilda? Wie geht's Mrs. Safferstein? . . . Ah, gut. Wenn sie aufwacht, sagen Sie ihr, ich habe wegen des Gewitters bei den Kaplans haltgemacht und komme später.»

Mrs. Kestler beugte sich übers Geländer und rief ihrem Mann im unteren Stockwerk zu: «Joe, komm schnell! Dein Vater . . . Er klingt furchtbar.»

Er rannte die Treppe hinauf. «He, Pa, was ist denn? Wie geht's dir?» Seine Frau fauchte er an: «Steh nicht so blöde rum, ruf den Arzt an!»

Sie hastete hinunter. Er hörte, wie sie wählte und dann sprach, aber er konnte nicht verstehen, was sie sagte. Er ging ebenfalls hinunter. Die Hand über der Sprechmuschel, drehte sie sich zu ihm um. «Es ist der Auftragsdienst. Sie wollen wissen, was los ist, dann wollen sie Dr. Cohen benachrichtigen.»

Er riß ihr den Hörer aus der Hand und schrie hinein: «Hören Sie, Miss, mein Vater verträgt die Pillen nicht, die Dr. Cohen ihm verordnet hat. Sehen Sie zu, daß Sie ihn finden, und sagen Sie ihm, er soll sofort seinen Arsch hierherbewegen. Kapiert?» Er knallte den Hörer auf die Gabel.

«Aber Joe, so hättest du nicht mit denen reden sollen. Du weißt genau, daß die aus lauter Bösartigkeit vielleicht . . .»

«Das soll sie wagen! Der häng ich eine Klage an, daß sie im Hemd dasteht. Geh rauf und kümmere dich um ihn. Ich warte hier unten beim Telefon.»

«Ach Joe, ich habe Angst!»

«Angst? Wovor?»

«Ich weiß nicht. Er sieht so . . . so komisch aus.»

«Verschwinde! Ich will hier sein, wenn der Doc anruft. Dir kann er ja doch allen möglichen Scheiß verkaufen.»

Zögernd ging sie auf die Treppe zu. Als das Telefon schrillte, blieb sie stehen.

«Ja? Wer?»

«Ich bin Dr. DiFrancesca», erklärte die Stimme in der Leitung. «Dr. Cohen ist nicht zu erreichen. Sein Apparat scheint nicht in Ordnung zu sein. Ich vertrete ihn. Was ist los?»

«Also, er hat ihm diese Pillen verschrieben, und jetzt kriegt er keine Luft mehr.»

«Aha. Ich denke, wir schaffen ihn ins Krankenhaus. Ich verständige die Polizei, die werden dann den Krankenwagen schicken. Und im Krankenhaus werde ich ebenfalls Bescheid sagen, daß er kommt.»

«Aber was ist, wenn sich sein Zustand unterwegs verschlimmert?»

«Nun . . . Na gut. Ich werde den Krankenwagen bitten, mich abzuholen, und komme gleich mit.»

«He, Chet, haben Sie noch mehr von diesen Karten?»

«Sicher, Howard – jede Menge. Nehmen Sie nur.» Chester Kaplan reichte ihm einen Stoß vervielfältigte Zeichnungen von der Route zu dem Camp, in dem die Klausur abgehalten werden sollte. «Aber Sie kommen doch ganz bestimmt, nicht wahr?»

«Hätte ich Ihnen einen Scheck über fünfundzwanzig Dollar gegeben, wenn ich nicht die Absicht hätte, zu kommen?»

Da der Regen ein wenig nachgelassen hatte, brachen eine ganze Reihe Gäste auf, um die Atempause auszunutzen. Mit viel gutmütiger Witzelei begaben sie sich in die Halle, um ihre Mäntel und Hüte zu holen.

«Paß auf, Bert, such dir den besten aus!»

«Wissen Sie genau, daß Sie einen Mantel anhatten?»

«Also vergeßt nicht, Jungens», rief Kaplan ihnen nach, «wir fahren Punkt halb drei hier ab. Aber wenn ihr uns verpaßt, werdet ihr bestimmt leicht hinfinden, wenn ihr euch nach dieser Karte richtet.»

Als Safferstein sich auch erhob, rief ihm Dr. Muntz zu: «Wollen Sie schon gehen, Bill?»

«Na ja, ich . . . Bleiben Sie denn noch?»

«Gewiß. Kommen Sie her, setzen Sie sich noch ein bißchen.»

Kaplan kam zu ihnen. «Warum die Eile, Bill? Edie macht gerade ein paar Sandwiches. Wir trinken noch eine Tasse Kaffee und unterhalten uns eine Weile.»

«Na ja, gut. Wie sieht's denn aus?»

«Es klappt, würde ich sagen. Meiner Meinung nach dürfte es bei der Abstimmung am Sonntag keinerlei Schwierigkeiten geben.»

«Wunderbar!»

«Ich hab ein paar Briefe von Leuten, die sich für den leerstehenden Laden interessieren. Einer kommt von einer Farben- und Tapetenfirma ...»

Safferstein schüttelte den Kopf.

«Und dann ist da ein Brief vom Drugstore wegen des Mietvertrags.»

«Was ist damit?» erkundigte sich Safferstein rasch.

«Sein Mietvertrag läuft anscheinend aus, deshalb hat er an Goralsky geschrieben und um Verlängerung gebeten. Der Alte hat sie ihm zugesagt und auch die entsprechenden Formulare ausgefüllt. Aber ehe er unterzeichnen konnte, ist er gestorben.»

Safferstein lächelte zufrieden. «Ach, wirklich?»

«Was soll ich also in dem Fall tun?»

«Schreiben Sie Aptaker und erklären Sie ihm, daß ich den Besitz übernehme. Er soll sich mit mir in Verbindung setzen.»

«Okay.»

Marcus Aptaker drehte den Schlüssel im Schloß und rüttelte dann am Türknauf, um sich zu vergewissern, daß richtig abgeschlossen war. «Gute Nacht, Ross», sagte er. Und dann, zu seinem Sohn: «Kommst du, Arnold?»

«Geh nur vor, Dad. Ich habe den Wagen hier und komme dann später nach.»

Inzwischen hatte es aufgehört zu regnen, aber es war neblig, und als Akiva die Küstenstraße entlangfuhr, traf er immer wieder auf dicke Nebelschwaden, die seine Scheinwerfer kaum durchdrangen. Als er sich dem Haus am Strand näherte, sah er, daß die gesamte Gegend im Dunkeln lag, nicht nur die Häuser, sondern die Straßenlaternen ebenfalls. Ihm kamen Zweifel. Vielleicht war Leah mit dem Jungen beim Herannahen des Sturms zu ihren Eltern gefahren und war immer noch dort. Oder, wenn sie zu Hause geblieben war, schlief sie vielleicht, und wenn er dann klingelte ...

Doch da entdeckt er die Silhouette am Fenster, wie sie das aufgewühlte Meer beobachtete. Er stellte den Wagen ab, überquerte die Straße und hoffte, daß sie ihn durchs Fenster erkannte.

Sie machte die Tür auf, ehe er nach der Klingel greifen konnte. «Was machst du denn hier?» fragte sie. «Was willst du?»

«Ich habe ein paarmal versucht, dich anzurufen, aber das Telefon funktionierte nicht. Ich habe mir Sorgen gemacht. Du wohnst direkt am Wasser. Da hab ich gedacht, ich fahr mal schnell her und sehe nach, ob alles in Ordnung ist.»

«Der Strom ist ausgefallen», erklärte sie, «und die letzte Kerze, die ich hatte, habe ich aufgebraucht.» Sie trat beiseite, um ihn einzulassen.

Er tastete sich ins Wohnzimmer und setzte sich aufs Sofa. Sekunden später fühlte er die Polster nachgeben, als sie sich neben ihm niederließ. Ihr Oberschenkel schmiegte sich eng an den seinen, und zuerst dachte er, sie habe im Dunkeln den Abstand falsch eingeschätzt. Dann lehnte sie sich plötzlich an ihn. Und dann lag sie auf ihm, drückte sich ihr Mund fest auf den seinen.

Später, als sie auf dem schmalen Sofa eng nebeneinander lagen, murmelte sie: «Es war so lange her!»

«Bei mir auch», antwortete er heiser.

Das Telefon läutete. Chester Kaplan rief quer durchs Zimmer: «Nimm doch bitte mal ab, Al.»

Dr. Muntz nahm den Hörer. «Hier bei Kaplan», meldete er sich. «Wer? . . . Ist nicht hier. Einen Moment, bleiben Sie dran.» Er deckte die Sprechmuschel zu und rief zu Kaplan hinüber: «Das ist für Dan Cohen. War der heute abend hier? Ich habe ihn nicht gesehen.» Wieder sprach er ins Telefon. «Nein, er war nicht hier. Hören Sie, wer ist denn da? . . . Oh, Sie sind's, John. Ich dachte mir doch, daß ich Ihre Stimme erkannt habe. Was ist los? . . . Was? . . . Augenblick.» Er hob den Kopf. «He», sagte er, «seid mal leise da drüben, ja? Ich kann nichts verstehen.»

Sofort wurde es still im Zimmer; alle Augen wandten sich ihm zu.

«Und da haben sie Sie angerufen? . . . Hmmm . . . Hmmm . . . Hmmm . . . Tja, so geht's eben manchmal. Tut mir leid, daß Sie reingezogen worden sind . . . Ja, Wiederhören.»

«War das John DiFrancesca?» erkundigte sich Dr. Kantrovitz. «Was ist passiert?»

«Ein Patient von Dan Cohen ist gestorben. Sie konnten Dan nicht erreichen, daher hat der Auftragsdienst John angerufen. Er sagt, es war vermutlich eine Reaktion auf ein Medikament, das Dan verschrieben hat, und . . .»

«Wer war's denn?»

«Der alte Kestler.»

«Großer Gott!» Der Aufschrei kam von Safferstein.

Alle wandten sich zu ihm um. Sein Gesicht war aschgrau.

«Was ist los, Billy?» fragte Kaplan.

«Das war möglicherweise meine Schuld. Vielleicht habe ich die Pillen vertauscht.»

«Was reden Sie da?»

Bill erklärte, daß er sich bereiterklärt hatte, das Medikament bei den Kestlers abzugeben. «Ich hatte also zwei Umschläge, einen mit dem Medikament, das Al Mona verschrieben hatte, und einen für Kestler. Vielleicht habe ich Kestler den für Mona gegeben.»

«Wie ist das, Al?» wollte Kaplan wissen. «Hätte das, was du Mona verschrieben hast, Kestler schaden können?»

«Es war Penicillin», antwortete Dr. Muntz. «Wenn Kestler allergisch dagegen war . . .» Er brach ab, als sei ihm eine Idee gekommen. «Haben Sie Mona die für Kestler bestimmten Pillen gegeben?»

«Nein, ich bin wegen des Wetters direkt hierher gekommen.»

«Dann müssen Sie den zweiten Umschlag ja noch haben», erklärte Muntz. «Sie brauchen also nur nachzusehen, ob die Pillen, die Sie noch haben, Kestlers oder Monas sind.»

«Ja, genau – das ist richtig! Sie stecken in meiner Manteltasche.» Safferstein eilte in die Halle, wo Kaplan seinen Mantel in den Schrank gehängt hatte. Die anderen folgten. Er nahm einen Mantel heraus und schob die Hand in eine Tasche. «Sie sind fort», sagte er entsetzt. «Die Pillen sind fort!»

«Sehen Sie in den anderen Taschen nach.»

«Ich weiß genau, daß ich sie in diese Tasche gesteckt habe.» Aber er begann trotzdem zu suchen. Er zog ein Paar Handschuhe heraus und starrte sie verwundert an. «Das sind nicht meine. He, das ist ja gar nicht mein Mantel! Irgend jemand muß meinen Mantel verwechselt haben.»

14

Marcus Aptaker warf sich unruhig herum, dann wurde er wach. Er rieb sich die Augen und gähnte ausgiebig. Seine Frau saß im Bademantel im Schaukelstuhl und sah zum Fenster hinaus.

«Was ist los? Kannst du nicht schlafen?»

«Es ist Viertel vor zwei», sagte sie, «und Arnold ist immer noch nicht da.»

«Na und? Er ist inzwischen erwachsen.»

«Aber das Unwetter . . . Er hat vielleicht . . . Im Radio haben sie gesagt, daß viele Bäume entwurzelt worden sind. Telefon- und Lichtmasten sollen umgefallen sein.»

«Großer Gott, warum malst du dir solche Sachen aus?» Aber er stand auf und zog ebenfalls den Bademantel an. «Warte, ich mache dir ein bißchen Milch heiß. Dann wirst du sicher schlafen können.»

Sie folgte ihm in die Küche. «Ich will keine heiße Milch. Ich finde, wir sollten die Polizei anrufen.»

Er starrte sie an. «Warum?»

«Na ja, du könntest fragen, ob . . .»

«Hör zu, Rose, wenn es einen Unfall gegeben hat . . . Falls du dir deswegen Gedanken machst, glaube mir, dann wird man uns Bescheid geben.»

«Aber wo kann er denn nur sein?»

«Woher soll ich das wissen? Wahrscheinlich besucht er einen Freund, und sie haben die Zeit vergessen.»

«Wen sollte er denn hier besuchen? Was für Freunde hat er hier noch?»

«Keine Ahnung. Ich weiß nur, daß er ein paarmal telefoniert hat.»

«Ich finde, wir sollten doch die Polizei anrufen», sagte seine Frau hartnäckig.

«Ich denke gar nicht daran. Was soll ich denn sagen? Daß es beinahe zwei Uhr morgens ist, und daß mein achtundzwanzigjähriger Sohn noch nicht nach Hause gekommen ist? Die würden mir was husten. Wahrscheinlich hat er einen Platten und wird schon bald wieder hier sein.»

«Warum hat er dann nicht angerufen? Er muß doch wissen, daß wir uns Sorgen machen und uns fragen, ob ihm bei diesem Wetter nicht was zugestoßen ist!»

«Woher soll ich, verdammt noch mal, wissen, weshalb er uns nicht angerufen hat? Vielleicht hatte er keinen Dime.»

Brummelnd ging Marcus Aptaker ins Wohnzimmer. Seine Frau folgte ihm. Er stellte im Fernseher das Nachtprogramm an und starrte auf den Bildschirm, ohne wirklich etwas zu sehen.

«Warum gehst du nicht zu Bett?» drängte sie ihn. «Du mußt morgen früh aufstehen.»

«Ich bin nicht müde.» Er war ebenso beunruhigt wie sie, aber er konnte seine Besorgnis nicht aussprechen, weil das die ihre nur noch gesteigert hätte.

Um drei Uhr kam Akiva heim. Er war glücklich. Er war euphorisch. Er war unsicher. «Himmel, das Haus ist ja beleuchtet wie 'n ganzer Weihnachtsbaum!» sagte er munter. «Geht ihr eigentlich nie zu Bett?»

«Ach, Arnold! Wir haben uns so um dich gesorgt!» jammerte die Mutter.

«Wo, zum Teufel, bist du gewesen?» Aptakers Besorgnis verwandelte sich umgehend in flammenden Zorn.

«Konntest du dir denn nicht denken, daß wir uns Sorgen um dich machen?» schluchzte die Mutter. «Wo bist du gewesen?»

«Ich . . . Bei einem Mädchen.»

«In Revere, möchte ich wetten!» brüllte der Vater. Er wandte sich an seine Frau. «Bei einer von diesen Flittchen, mit denen er sich immer rumgetrieben hat. Du wolltest wissen, wen er hier kennt, bei wem er sein könnte. Ich werd's dir sagen. Bei einer von diesen reizenden jungen Damen in Revere, die man gar nicht persönlich kennenlernen muß, da war er. Er ist ja religiös geworden. Geht in die Synagoge. Will nicht essen, was du kochst, weil es nicht heilig genug für ihn ist. Und dann ist er erst einen Tag zu Hause und jagt schon hinter den Huren her.»

Akiva verlor die Selbstbeherrschung. «So kannst du mit mir nicht reden!» schrie er. «Das brauche ich mir nicht gefallen zu lassen.»

«Solange du unter meinem Dach lebst . . .»

«Verdammt noch mal, dann verlasse ich eben dein Dach!» Und stürzte hinaus. Beinahe sofort kam er zurück – mit seinem Koffer in der Hand. Er warf den Hausschlüssel, den sie ihm gegeben hatten, auf den Tisch. «Da! Ich verschwinde.» Er ging zur Tür.

«Bitte, Arnold! Ich bitte dich!» flehte die Mutter. «Wohin willst du?»

«Zurück nach Philly. Ich hätte gar nicht erst kommen sollen.» Er knallte die Tür hinter sich zu.

Fassungslos starrte Mrs. Aptaker ihren Mann an, der finster zu Boden blickte. «O Mark, du hättest nicht . . .»

«Laß ihn doch gehen! Wer braucht den schon?»

«Nein!» Sie riß die Tür auf und lief auf die Veranda. Sie rief hinter ihm her, aber er fuhr bereits die Einfahrt hinab und bog in die Straße ein.

Während Akiva durch die Nacht fuhr, nahm er im Geist verschiedene Passagiere mit: Zuerst seine Mutter, der gegenüber er ein schlechtes Gewissen hatte. «Ich wußte, daß es nicht klappen würde, Ma. Deswegen bin ich ja auch nicht früher gekommen. Das ist wirklich nicht so übel, aber wir passen einfach nicht zusammen, unsere Vibrationen harmonisieren nicht. Das ist nicht seine Schuld, und es ist nicht meine Schuld. Es ist eben einfach so.»

Dann Reb Mendel, mit dem er eher scherzhaft sprach. «Ich glaube, *rebbe*, diesmal hat es mit der tieferen Einsicht nicht so ganz hingehauen. Ein kleiner Fettfleck auf der Feldstecherlinse, vielleicht?»

Und Leah, mit der er sehr ernsthaft redete. «Es ist vermutlich am besten so, Liebes. In ein paar Tagen hätte ich ohnehin fort müssen. Gewiß, wenn du nach Philly kommen könntest, und dir dort einen Job suchen, oder auch nach Washington, wo ich dich jedes Wochenende besuchen könnte . . .»

Seine Tagträume wurden von dem unverwechselbaren Klang einer Polizei-Trillerpfeife zerrissen. Da sein Wagen der einzige auf der Straße war, wußte er, daß das Pfeifen ihm galt. Resigniert bremste er und hielt. Im Rückspiegel beobachtete er, wie ein Polizist vom Motorrad stieg und gemächlich auf ihn zukam. Er schaltete die Deckenbeleuchtung ein und begann im Handschuhfach nach den Wagenpapieren zu kramen.

Der Polizist bückte sich und warf einen Blick in den Wagen. «Hübsches Tempo, was Sie da drauf gehabt haben, Mister, nicht wahr? Wo brennt's denn?»

«Hören Sie, Officer, ich muß nach Philly . . . He, sind Sie nicht Purvis? Joe Purvis?»

«Ja. Kennen Sie mich?» Der Polizist musterte ihn eingehend. «Sie sind doch nicht . . .»

«Arnold Aptaker.»

«Na, so was! Wie geht's denn? Wieso der Bart?»

«Ach, weißt du, ich wollte das nur mal ausprobieren. Spart 'ne Menge Rasierklingen.»

«Na, so was! Warst du zu Hause? Ich habe dich gar nicht gesehen.»

«Ich habe nur ein paar Tage meine Eltern besucht. Ich bin jetzt in Philly. Wie lange bist du denn schon bei der Polizei? Ich dachte, du wärst Zimmermann.»

«Ich *war* Zimmermann, bis vor ein paar Jahren. Magere Zeiten, im Winter, deswegen hab ich das Polizistenexamen abgelegt. Hin und wieder, wenn ich keinen Dienst habe, mache ich für alte Kunden immer noch Zimmermannsarbeiten.»

«Du hast doch einen Bruder, nicht wahr?» fragte Akiva, der bestrebt war, das Gespräch möglichst freundschaftlich zu gestalten.

«Caleb? Ja, der war eine Klasse unter uns.»

«Stimmt. Er war in meiner Englisch-Klasse. Was macht der denn? Ist der auch bei der Polizei?»

«Nein. Der ist beim *Courier*, Verkaufsleiter. Er schreibt alle Crossers an, die von hier weggezogen sind, nach Florida, zum Beispiel. Die fragt er, ob sie das Blatt nicht abonnieren wollen, um den Kontakt mit ihrer Heimat nicht zu verlieren. Macht seine Sache ziemlich gut.»

Akiva hatte eine Eingebung. «He, das ist 'ne gute Idee!» Er suchte wieder im Handschuhfach und holte Bleistift und Papier heraus. Auf einen Zettel kritzelte er seinen Namen und seine Adresse und reichte ihn dann dem Polizisten. Aus der Brieftasche holte er einen Fünfdollarschein. «Hier ist ein Fünfer. Gib ihn deinem Bruder und sag ihm, er soll mir die Zeitung schicken.»

«Tja, Mann, schreib ihm doch selber, dann schickt er dir ein Formular. Ich weiß nicht genau, wieviel das kostet.»

«Na und? Wenn er mir Zeitungen für fünf Dollar geschickt hat, wird er mir schon wegen der Verlängerung des Abonnements schreiben. Du weißt doch, wie das immer ist. Wenn ich mich erst lange hinsetzen und einen Brief schreiben muß, komme ich nie dazu.»

«Okay, na schön.» Der Polizist faltete den Zettel um die Banknote und schob alles hinter das Schweißband seiner Mütze. «Aber wenn du mal wieder hierher kommst, besuch mich doch. Und sei vorsichtig, auf der nächsten Strecke. Da liegen überall runtergefallene Äste auf der Fahrbahn.»

15

Rabbi Small hörte am nächsten Morgen beim *minjen* von Kestlers Tod. Obwohl es ein Schock für ihn war, daß der Mann, den er am Abend zuvor noch besucht hatte, gestorben war, kam es für ihn doch nicht allzu überraschend. Kestler war über achtzig Jahre alt gewesen, und jedesmal, wenn er bei ihm war, hatte er ihn schwacher und hinfälliger gefunden.

«Gehen Sie auch zu der Beerdigung, Rabbi?» erkundigte sich Chester Kaplan. «Die ist drüben in Revere, um halb elf. Er war Mitglied vom Bnai Shalom.»

«Ich glaube nicht.»

«Na ja, ich werde wohl gehen müssen. Ich habe die ganzen Jahre als Anwalt für die Kestlers gearbeitet.»

«Die Teilnahme ist eine *mitzwe*», stellte der Rabbi fest.

Kaplans Miene hellte sich auf. «Ja, stimmt! Das ist es.»

Als er den Rabbi beim abendlichen *minjen* wiedersah, berichtete er ihm über das Ereignis. «Sie hätten dabei sein müssen, Rabbi. Es waren unheimlich viele Leute da. Hätte nie gedacht, daß er so beliebt war.» Kaplan lachte. «Aber als ich ein paar Bemerkungen hörte, kam es mir vor, als wären die alle nur gekommen, um sich zu vergewissern, daß er auch wirklich tot ist.»

Der Rabbi zog die Brauen hoch. «Ach?»

«Sie wissen doch, was der war, nicht wahr?»

«Ein Kleinkreditfinanzier?»

«Ein Wucherer war er. Hat Geld auf große Risiken verliehen. Zweite und dritte Hypotheken, gegen Sicherungsübereignung, und so weiter. Er verlangte zwischen 25 und 30 Prozent Zinsen. Aber Sie hätten die Grabrede hören sollen: Dieser Rabbi Rogin, der den Trauergottesdienst leitete, wollte gar nicht aufhören, davon zu reden, daß Kestler zwar Geld verliehen hätte, aber ‹nicht an die großen Finanziers oder die Industriekapitäne, sondern an die Armen und Gedemütigten›. Wahrscheinlich hat er den Sohn nach seinem Vater ausgefragt und alles ein bißchen ausgeschmückt.»

Der Rabbi nickte bekümmert. «Früher haben wir nur für große Männer solche Grabreden gehalten, aber heutzutage erwarten das alle Familien und finden es richtig, daß man die Verstorbenen lobt, selbst wenn sie es besser wissen. Und später behalten sie sie so in Erinnerung, wie der Rabbi sie bei der Grabrede hingestellt hat. Vielleicht ist das gar nicht so schlecht, wenn es einen Sohn veranlaßt, ein bißchen besser von seinem Vater zu denken. Die Geschichtsschreiber machen schließlich dasselbe mit den Staatsmännern und Helden, für die sie ein Faible haben. Und ihr Anwälte, macht ihr nicht auch dasselbe, wenn ihr vor den Geschworenen ein Plädoyer haltet?»

«Ja, kann schon sein», antwortete Kaplan. Als Rabbi Small sich zum Gehen wandte, fiel Kaplan aber noch etwas anderes ein. «Hören Sie, Rabbi, Sie haben den Alten doch immer besucht. Was für einen Eindruck machte er da auf Sie?»

«Wie meinen Sie das? Er machte den Eindruck eines alten, kranken Mannes.»

«Na ja, wissen Sie – hinterher gingen die Leute zu Joe Kestler, um ihm zu kondolieren. Und eine Frau, eine Verwandte, nehme ich an, sagte zu ihm, wie überrascht sie gewesen sei, als sie die Nachricht bekommen hätte. Als sie ihn zuletzt gesehen hätte, da hätte sie ihn so wach und lebendig gefunden. Und Joe sagte, es sei ihm auch gut gegangen, bis er die Pillen genommen hätte, die ihm der Arzt verschrieben hat.»

Der Rabbi musterte Kaplan mit scharfem Blick. «Und was halten Sie davon?»

Kaplan grinste. «Als Anwalt würde ich sagen, Joe Kestler bereitete den Boden für eine Klage wegen falscher ärztlicher Behandlung vor.»

16

Obwohl die Telefon-Instandsetzungstrupps die ganze Nacht hindurch arbeiteten, hörte Dr. Cohen erst am nächsten Morgen von Dr. DiFrancesca, daß sein Patient gestorben war.

Cohen schüttelte bedrückt den Kopf. «Tja, das ist traurig. Er war krank und alt, aber ich hätte nicht gedacht, daß er in Lebensgefahr schwebte. Vielleicht hätte ich ihn doch ins Krankenhaus holen sollen.»

«Hinterher ist man immer klüger, Dan», antwortete Dr. DiFrancesca. Er war blond, blauäugig und gewachsen wie ein Footballspieler. Obwohl er nur etwa zwei Jahre älter war als Cohen, besaß er das selbstverständliche, sichere Auftreten eines Mannes, der seinen Platz im Leben gefunden hat. «Vielleicht war es eine Reaktion auf das Medikament», ergänzte er. «Für mich sah es jedenfalls so aus.»

«Wirklich? Aber ich habe ihm vor ein paar Monaten dasselbe Medikament gegeben, und da hat er es gut vertragen. Was für Symptome hatte er?»

«Ach, die üblichen: Entzündung, Blutandrang, Schwierigkeiten bei der Atmung. Durchaus möglich, daß er eine Unverträglichkeit entwickelt hat.»

«Diese Gefahr besteht doch immer, nicht? Woher soll man das vorher wissen? Damals konnte er Penicillin nicht vertragen, deshalb setzte ich ihn auf Tetracyclin, und alles ging gut.»

«Was haben Sie gegeben, Dan?»

«Limpidine 250. Pierce and Proctor. Dasselbe wie gestern abend. Ich habe guten Erfolg damit gehabt.»

«Nun, diesmal war es kein Erfolg.» DiFrancesca zögerte. «Äh ... Der Sohn war ziemlich aufgebracht und hat ein ganz schönes Theater gemacht.»

«Das war ja wohl zu erwarten.»

«Nein, ich meine wegen der Behandlung, Dan. Er behauptete, sein Vater hätte sich durchaus wohl gefühlt, bis er das Medikament eingenommen hätte.»

«Das stimmt nicht, John, glauben Sie mir! Er hatte Fieber und starke Beschwerden.»

«Es würde mich nicht überraschen, wenn er Klage wegen falscher Behandlung gegen Sie erheben würde», sagte DiFrancesca.

«Wie kommen Sie darauf?» erkundigte sich Cohen rasch.

«Nun, zum Teil, weil ich diesen Typ kenne. Kestler gehört zu den Menschen, die sich automatisch nach jemandem umsehen, den sie verklagen können, wenn was passiert.»

Cohen nickte grimmig. «Ich verstehe. Aber das kommt nicht von ungefähr. Das hat er von seinem Vater.»

«Er behauptete immer wieder, sein Vater habe sich wohl gefühlt, bis er die Pillen geschluckt hatte, die ihm von Ihnen verschrieben worden waren.»

«Wenn er sich so wohl fühlte, warum haben sie mich dann gerufen? Wozu brauchte er dann einen Arzt?»

«Gewiß, aber ...»

«Hören Sie, John, der Mann war achtzig oder darüber. Er hatte 39 Grad Fieber. Er hatte Schwierigkeiten beim Urinieren, und wenn er Harn ließ, klagte er über starkes Brennen. Das klingt doch typisch wie eine bakterielle Infektion, stimmt's? Na schön, es hätte eine Virusinfektion sein können, dann hätte das Medikament nicht geholfen, aber es hätte auch nicht geschadet. Jetzt passen Sie auf: Vor ungefähr sechs Monaten hatte er praktisch die gleichen Symptome. Ich gab ihm dasselbe Medikament, und er wurde gesund. Also gab ich ihm natürlich – dieselbe Person, dieselben Beschwerden – dasselbe Medikament. Ein gutes, konservatives Medikament. Neunundneunzig Prozent aller Ärzte hätten ihn genauso behandelt. Vielleicht hätten sie ein anderes Tetracyclin verschrieben, im wesentlichen aber sind die sich ja alle gleich. Wo gibt es also einen Grund für eine Klage wegen falscher Behandlung?»

«Mich brauchen Sie nicht zu überzeugen, Dan. Aber Sie wissen ja, wie es ist: Einen Winkeladvokaten, der Klage erhebt, findet er allemal. Ich habe versucht, vernünftig mit ihm zu reden, habe ihm erklärt, bei einem Mann in diesem Alter könne immer etwas passieren, aber die Sorte . . .» Er schüttelte den Kopf. «Deshalb habe ich vorgeschlagen, der Polizei-Sergeant, der mit dem Krankenwagen kam, solle die Pillen in Verwahrung nehmen und sie dem offiziellen Bericht beifügen.»

Cohen nickte. «Gut gemacht. Und wenn er mich tatsächlich verklagt, bin ich schließlich ausreichend versichert.»

DiFrancesca zögerte. «Es könnte leider etwas kritischer werden, Dan. Erstens ist dieser Kestler ein Mensch, der ewig den Mund aufreißen muß. Damit könnte er Ihnen ziemlich schaden.»

«Ich verstehe.»

«Und außerdem ist Al Muntz verärgert. Er rief mich natürlich zu Hause an, als er von den Kaplans kam. Er wollte alle Einzelheiten wissen.»

«Was hat denn der damit zu tun?»

DiFrancesca war verlegen. «Er findet anscheinend, daß die Klinik durch diese Angelegenheit Schaden erleiden könnte. Wenn mit Schmutz geworfen wird, meint er, könnte auch an uns anderen etwas davon hängenbleiben. Tatsächlich hat Kestler mir vorgeworfen, ich versuchte Sie zu decken, weil wir . . . na ja, Kollegen seien.»

«Das ist doch lächerlich, John!» erwiderte Cohen hitzig. «Was ist denn mit den anderen Ärzten am Krankenhaus? Die sind doch auch meine Kollegen. Schadet es denen etwa auch?»

«Sie wissen doch, wie es ist, Dan. Wenn man sich einen Besitz erarbeitet hat, wie Al Muntz ihn an der Beachcroft Road bewohnt, und einen Cadillac fährt, den man alle zwei Jahre gegen einen neuen eintauscht, wird man überempfindlich, möglicherweise sogar ein bißchen paranoid.»

«Dazu hat er keinen Grund», erklärte Cohen kurz und knapp. Aber er war beunruhigt.

Sowohl Al Muntz als Dr. Kantrovitz waren den ganzen Vormittag im Krankenhaus, aber zum Mittagessen kamen sie zurück. Die vier Ärzte gingen gemeinsam zum Lunch, doch weder unterwegs noch während der Mahlzeit brachte einer von ihnen das Gespräch auf den Fall. Erst als sie ihren Kaffee tranken, sagte Muntz: «Übrigens, wegen dieser Kestler-Sache, Dan. John meint, es könnte zu einer allergischen Reaktion gekommen sein. Was haben Sie verschrieben?»

«Limpidine 250. Viermal täglich, fünf Tage lang.»

«Steht das auf der Flasche, John?» erkundigte sich Kantrovitz.

«Hm-hm.»

«Gegen eine Infektion der Harnwege?» Kantrovitz überlegte, dann nickte er. «Haben Sie ihn gefragt, ob er allergisch dagegen ist?»

«Also hören Sie, Ed!»

«Was ist – haben Sie ihn gefragt?»

«Nein, habe ich nicht», antwortete Cohen. «Das war nicht nötig. Ich hatte ihn wenige Monate zuvor schon einmal damit behandelt.»

«Trotzdem sollte man sich jedesmal erkundigen – für alle Fälle, und um sich abzusichern.»

«Ich war nicht daran interessiert, mich abzusichern», gab Cohen zurück. «Ich war ausschließlich daran interessiert, meinen Patienten zu behandeln.»

«Kein Grund zur Aufregung, Dan», sagte Al Muntz beruhigend.

«Wir wollen Ihnen ja nur helfen», erklärte Dr. Kantrovitz.

«Helfen – wie? Der Mann ist tot. Wollen Sie etwa behaupten, Ihnen wäre noch nie ein Patient gestorben?»

«Natürlich nicht. Das ist nicht mehr zu ändern. Unsere Sorge gilt jetzt ganz allein Ihnen. Wie uns John sagte, besteht die Gefahr, daß es zu einer Klage wegen falscher Behandlung kommt.»

«Na und? Ich bin versichert.»

Muntz nickte. «Selbstverständlich. Aber John hat das Gefühl, daß Kestler mit seinen Beschuldigungen hausieren geht. Tatsächlich hat mir Chet Kaplan gesagt, daß er schon bei der Beerdigung entsprechende Äußerungen getan hat.»

«Na und?»

«Das könnte sich für uns alle negativ auswirken.»

«Wieso denn?»

«Ach, Dan, Sie wissen doch! Viele Leute haben komische Ansichten über eine Klinik», antwortete Muntz vage.

Ed Kantrovitz war ein hagerer, ernsthafter Mann, der nicht sprach, sondern statuierte. «Betrachten Sie es doch mal so, Dan», begann er. Die Lippen geschürzt, ordnete er seine Gedanken. «Jemand erzählt Ihnen, daß jemand gestorben ist. In diesem Fall werden Sie sich doch höchstwahrscheinlich zuerst danach erkundigen, wer der Arzt des Verstorbenen war. Angenommen, er sagt nun, es sei einer von der Klinik. Dann könnte man ohne weiteres vermuten, daß es Al wäre, oder ich, oder John . . .»

«Oder ich», ergänzte Cohen. «Und wenn es hieße, es sei ein Arzt vom Krankenhaus gewesen, dann könnte es einer von hundert Ärzten sein.»

«Ergehen wir uns nicht in Hypothesen», schlug Muntz vor. «Im Augenblick geht es um Kestler.»

«He-e!» Kantrovitz schnalzte mit den knochigen Fingern. «Ist dieser Kestler nicht der Mann, von dem Sie mir vor einiger Zeit erzählt haben, Dan? Der Kerl, der Sie vor Gericht verklagt hat?»

«Ja, das ist er. Als ich meinen Zaun gezogen hatte, behauptete er, das

Ding stünde auf seinem Grundstück.»

Muntz starrte ihn an; seine blauen Quellaugen wirkten, als wollten sie ihm aus dem Kopf fallen. «Und Sie haben ihn trotzdem behandelt?»

«Nun, er fand keinen anderen Arzt, und das hatte ja nichts mit der Klage zu tun.»

Dr. Muntz schüttelte bedächtig den Kopf. «Ich hätte Sie für klüger gehalten, Dan.»

«Also, was haben Sie gegen . . .»

«Man behandelt keinen Mann, wenn eigene Gefühle dabei im Spiel sind», erklärte Muntz nüchtern.

«Sie würden doch auch kein Familienmitglied behandeln, nicht wahr?» fragte Ed Kantrovitz.

«Was ich dagegen habe, ist, daß es keinen guten Eindruck macht», sagte Muntz. «Da ist ein Mann, über den Sie rechtens verärgert sind, und Sie verschreiben ihm ein Medikament, das seinen Tod herbeiführen kann. Ja, mehr noch, Sie verschreiben es ihm nicht nur, Sie telefonieren das Rezept auch noch durch, damit er es möglichst schnell bekommt. Also, das macht wirklich keinen guten Eindruck, jedenfalls nicht auf den Mann auf der Straße. Und wenn es zum Prozeß kommt, sitzt nämlich dieser Mann in der Jury.»

«Aber Mr. Kestler war krank, und ich dachte . . . ich müßte ihm helfen», wehrte sich Dr. Cohen. «Ich konnte doch nicht einfach ablehnen!»

«Aber genau das hätten Sie tun sollen», widersprach Muntz. «Sie waren nicht für ihn verantwortlich. Sie hätten ihm raten sollen, die Polizei anzurufen. Die hätten ihm einen Krankenwagen geschickt und ihn ins Krankenhaus gebracht.»

«Und wenn sich sein Zustand unterwegs verschlimmert hätte, oder wenn er sogar gestorben wäre . . .»

«Er wäre nicht gestorben. Und wenn, dann wäre es nicht Ihre Schuld gewesen.»

Sie diskutierten hin und her, jedoch mit gedämpfter Stimme, da sie schließlich in einem öffentlichen Lokal saßen, blickten immer wieder in die Runde, um zu sehen, ob jemand zuhörte. Und kamen zu keinem Ergebnis. Dr. Cohen beharrte darauf, daß es seine Pflicht sei, jeden zu behandeln, der ihn um seine Hilfe bat und dem er aufgrund seiner Ausbildung helfen konnte. Während Muntz und Kantrovitz mit ebenso großer Hartnäckigkeit behaupteten, er habe zunächst einmal Pflichten gegen sich selbst, er habe das Recht, die Behandlung zu verweigern, sobald sein beruflicher und gesellschaftlicher Ruf auf dem Spiel stehe. DiFrancesca verhielt sich fast immer still, äußerte sich nur, wenn es so aussah, als drohe der Disput persönlich zu werden. Dann rutschte er unruhig auf seinem Stuhl herum und sagte: «Na, hört mal, Jungens . . .»

Als sie sich schließlich erhoben, um in die Praxis zurückzukehren, zeigten sich die beiden älteren Kollegen Cohen gegenüber merklich kühl, ja, legten sogar gegenüber DiFrancesca eine reservierte Höflichkeit an den Tag, weil dieser sie nicht unterstützt hatte.

Am Abend fand Mrs. Cohen ihren Mann außergewöhnlich schweigsam. Sie schrieb dies natürlich dem Kummer über den Tod seines Patienten zu und machte klugerweise keinen Versuch, ihn aufzuheitern. Als seine Stimmung sich am nächsten Morgen jedoch immer noch nicht gebessert hatte, sagte sie: «Warum fährst du heute nachmittag nicht mit hinaus zu dieser Klausur, Dan? Es würde dir gut tun, mal ein, zwei Tage rauszukommen.»

«Ich kann nicht. Sie wollen schon am frühen Nachmittag fahren. Dazu müßte ich ein paar Patienten umbestellen.»

«Weißt du was? Pack trotzdem einen Koffer in dein Auto. Wenn du dich dann doch zum Mitfahren entschließen solltest, fährst du einfach los. Madeleine kann mich dann anrufen und sagen, daß du nicht nach Hause kommst.»

17

«Ich kam zufällig vorbei und sah Ihren Wagen in der Einfahrt stehen, David.» Es war Hugh Lanigan.

«Kommen Sie herein», sagte Rabbi Small zu Barnard's Crossings Polizeichef, einem untersetzten Mann mit breitem, rotem Gesicht. Die beiden hatten sich schon im ersten Jahr nach dem Amtsantritt des Rabbi befreundet – Grund genug für einen informellen Besuch. Aus langer Erfahrung jedoch wußte der Rabbi, daß es für diese Besuche eigentlich immer einen offiziellen Grund gab, und auch jetzt fragte er sich, was den Polizeichef zum Kommen veranlaßt haben mochte.

«Wir wollten eben Kaffee trinken», erklärte Miriam. «Sie leisten uns dabei doch Gesellschaft, nicht wahr? Ich mache gerade eine kleine Atempause bei meinen Vorbereitungen für den Sabbat.»

«Aber gern», antwortete Lanigan. Er legte seine Uniformmütze neben dem Sessel auf den Boden und fuhr sich mit den dicken, kurzen Fingern durch das Gestrüpp seiner kurz geschorenen weißen Haare.

«Hier, versuchen Sie diese mal», drängte der Rabbi. «Wir nennen sie *kichelech*. Man ißt sie zum Kaffee.»

«Mmmm, sehr gut! Wie nennen Sie die? *Kichelech?* Sie haben recht, sie passen ganz ausgezeichnet zum Kaffee. Würden Sie Amy das Rezept geben?»

«Mit Vergnügen», antwortete Miriam.

Der Polizeichef trank seinen Kaffee und stieß einen zufriedenen Seufzer aus. «Dies ist der erste ruhige Augenblick, den ich seit achtundvierzig Stunden habe. Den ganzen Mittwoch waren wir damit beschäftigt, uns auf den Sturm vorzubereiten, und gestern mußten wir den ganzen Tag aufräumen.»

«Ja, aber machen das denn nicht hauptsächlich die städtischen Räumtrupps?» erkundigte sich Miriam.

Der Chef stieß ein kurzes Lachen aus. «Gewiß, die machen die eigentliche Arbeit: umgestürzte Bäume wegräumen oder Wasserrohre reparieren. Der Polizei aber wird gemeldet, welche Straßen blockiert sind. Wir überprüfen die Meldungen und geben die Informationen an das Amt weiter, das die Reparaturen ausführen muß. Nehmen wir an, ein Schaufenster wird eingedrückt. Dann müssen wir Wache stehen, bis es mit Brettern zugenagelt worden ist. Oder nehmen Sie den Hafen: Zwei Polizeiboote haben vierundzwanzig Stunden am Tag die Vertäuungen kontrolliert und Boote gesucht, die sich losgerissen hatten. Wenn bei Verkehrsunfällen Menschen verletzt werden, müssen wir sie ins Krankenhaus schaffen. Zum Beispiel den alten Kestler, den sie gestern beerdigt haben. Da war es der Beamte vom Streifenwagen, der ihm die Medizin gebracht hat. Und in derselben Nacht noch mußten wir ihm den Krankenwagen schicken, der ihn ins Krankenhaus transportierte. Es fielen also für diesen einen Mann gleich zwei Polizeieinsätze an. Übrigens, rein aus Neugier: Warum wurde er gestern schon beerdigt? Ich meine, er ist Mittwochnacht gestorben, und ihr beerdigt ihn gleich am nächsten Tag. Gab es einen besonderen Grund, warum ihr nicht länger warten konntet?»

Der Rabbi schüttelte den Kopf. «Wir begraben die Toten immer am nächsten Tag oder sobald es möglich ist. Sehen Sie, wir balsamieren sie nicht ein. Das ist bei uns so Tradition – weil Israel ein tropisches oder subtropisches Land ist, nehme ich an. Es müßte also einen besonderen Grund geben, wenn wir einmal länger warteten.»

«Sie halten keine Totenwache? Sie bahren Ihre Toten niemals auf, damit Familie und Freunde von ihnen Abschied nehmen können?»

«Nun ja», entgegnete der Rabbi, «das tun wir schon. Es gilt als eine gute Tat, die wir als *mitzwe* bezeichnen. In den meisten Gemeinden gibt es eine Art Gesellschaft, die Chevurai Kedusha, die es übernimmt, den Leichnam zu waschen, ihn in Grabgewänder zu hüllen und anschließend die ganze Nacht bei ihm Wache zu halten und aus den Klageliedern vorzulesen.»

«Aber», wandte Chef Lanigan ein, «wie Sergeant Jenkins mir mitteilte, hat Joe Kestler ein fürchterliches Theater gemacht, als der Arzt von einer Autopsie sprach. Er behauptete, es sei gegen seine Religion.»

Der Rabbi nickte. «Ich hätte nicht gedacht, daß Joe Kestler sich so sehr um seine Religion bekümmert, aber es stimmt, auch das gehört zu unserer Tradition. Wir billigen keine Autopsie, es sei denn, alles deutet darauf hin, daß eine Untersuchung der sterblichen Hülle einem anderen Menschen das Leben retten kann, oder daß dadurch etwas ganz Bestimmtes in Erfahrung zu bringen ist. Der Mensch ist nach dem Bilde Gottes geschaffen; den Körper aufzuschneiden, heißt also, dieses Bild zu entweihen.»

«Das scheint mir aber gar nicht zu der Auffassung zu passen, daß der Körper nur Staub ist, wenn die Seele nicht mehr in ihm wohnt», meinte der Chef.

«Sie haben recht, es paßt nicht dazu.» Der Rabbi grinste. «Unsere Einstellung ist in dieser Hinsicht ein bißchen ambivalent. Doch unsere Tradition entspringt ja keinem geplanten System, wissen Sie, wo alles wie bei einem Puzzle zusammenpaßt. Sie hat sich über die Jahrhunderte hinweg entwickelt. Die Abneigung gegen das Aufschneiden des Leichnams oder auch seine Verbrennung beruht auf dem Glauben einiger Juden, daß die Toten auferstehen, wenn der Messias kommt. Damit meinen sie die Auferstehung des Körpers *und* des Geistes. Und darum ist es notwendig, daß der ganze Körper beerdigt wird, damit er wieder ins Leben zurückkehren kann.»

«Das scheint mir aber unfair gegen diejenigen, die schon lange tot sind», sagte Lanigan. «Und gegen Soldaten, die im Krieg einen Arm oder ein Bein verloren haben.»

«Das ist es wohl.»

«Gab es eigentlich einen Grund, warum Sie dem alten Kestler nicht die letzte Ehre erwiesen haben?» fragte der Chef.

«Nein. Aber er kam ursprünglich aus Revere und gehörte immer noch der dortigen Synagoge an.»

«Was für ein Gesprächsthema!» tadelte Miriam. «Und das beim Kaffee!»

«Ich vermute, der Chef arbeitet auf einen ganz bestimmten Punkt hin», sagte ihr Mann mit leichtem Lächeln.

Lanigan warf ihm unter den buschigen Brauen hervor einen kurzen, scharfen Blick zu und stieß ein verlegenes Lachen aus. «Na ja, ich habe da tatsächlich etwas.»

Der Rabbi nickte ihm ermutigend zu.

«Möchten Sie mit David allein sprechen?» erkundigte sich Miriam.

«Aber nein! Keineswegs. Bitte, bleiben Sie.» Chef Lanigan lehnte sich bequem zurück. «Ich bin bei Dr. Daniel Cohen Patient, seit er vor ungefähr einem Jahr hierherkam – nun ja, weil ich ihn mag. Außerdem ist er ein praktischer Arzt, und zwar so ziemlich der einzige in der Stadt, und ich lege Wert auf einen Hausarzt. Alle anderen sind Spezialisten. Deswegen konsultiere ich ihn stets, wenn mir was fehlt, und Amy macht es genauso wie ich. Wenn einem von uns einmal etwas Ernstes zustoßen sollte und er das Gefühl hätte, er sei dem Fall nicht gewachsen, würde er bestimmt nicht zögern, einen Spezialisten hinzuzuziehen.»

Miriam nickte zustimmend.

«Heute war ich zur Untersuchung bei ihm. Nichts Besonderes, nur eine Routinekontrolle. Das mache ich jedes Jahr, weil ich es für besser halte.»

«Das solltest du auch mal tun, David», sagte Miriam automatisch.

«Ich sitze also da in seinem Sprechzimmer, als das Telefon klingelt», erzählte der Polizeichef weiter. «Es ist die Zentrale, und das Mädchen sagt, sie hat einen in der Leitung, der ihn unbedingt sofort sprechen will. Er sagt, stellen Sie durch, und dann höre ich sofort, weil der Mann aus vollem Hals schreit: ‹Sie haben vielleicht Nerven, mir eine Rechnung ins Haus zu schicken!› Na ja, das war mir doch ziemlich peinlich, und wenn ich nicht in der Unterwäsche dagesessen hätte, wäre ich rausgegangen, damit er in Ruhe telefonieren kann. Aber ich konnte nicht gut in den Flur rausgehen, weil da die anderen Patienten warteten, deswegen blieb ich und hörte den Anrufer genauso deutlich, wie Dr. Cohen ihn hörte. Es war Joe Kestler, und der war stinkwütend, weil er gerade die Arztrechnung bekommen hatte. Sehen Sie, die vier Ärzte haben zwar jeder eine eigene Praxis und ein eigenes Sprechzimmer, aber sie haben einen gemeinsamen Buchhalter und eine gemeinsame Sprechstundenhilfe und MTA. Es ist eine Gemeinschaftspraxis, aber eher wie eine Klinik. Und die Klinik verschickt die Rechnungen.»

«Ja, ich weiß, wie das gehandhabt wird», sagte der Rabbi.

«So was gibt es ziemlich häufig, heutzutage. Na ja, Kestler hatte also seine Monatsrechnung bekommen und war empört, denn er meinte, die Behandlung durch Dr. Cohen habe zum Tod seines Vaters geführt. Wahrscheinlich setzte er voraus, das Ableben seines Vaters lösche automatisch alle Schulden der Familie beim Arzt. Er sagte weiter, er werde ihn wegen falscher Behandlung verklagen – ‹auf jeden Cent, den Sie besitzen›, drückte er es aus –, und er habe stichhaltige Beweise, denn Rabbi Small sei zugegen gewesen, als er ihm die Pille gegeben habe . . .»

«Ich verstehe. *So* bin ich ins Spiel gekommen.»

Lanigan nickte. «Ganz recht. Also, ich habe nichts zu Dr. Cohen gesagt, als er auflegte. Man merkte ihm an, daß er verlegen war. Aber ich dachte, ich sollte mir die Sache doch mal näher ansehen.» Er lachte entschuldigend. «Im Grunde ist es ja keine Angelegenheit für die Polizei, weil sie uns nicht gemeldet worden ist. Wenn Kestler Dr. Cohen wegen falscher Behandlung verklagen will, so ist das eine Zivilklage und sein gutes Recht. Andererseits wird Kestler, nach allem, was ich da am Telefon gehört habe, und da ich ihn ja ein bißchen kenne, bestimmt sein großes Maul aufreißen, und das kann einen Arzt ruinieren, vor allem einen

Mann wie Cohen, der sehr schüchtern ist und, da er neu in dieser Gegend ist, sich noch keine Anhängerschaft gesichert hat.»

«Ich verstehe.»

«Die Polizei ist aber auch noch in einer anderen Hinsicht in die Sache verwickelt», fuhr Lanigan fort. «Es war der Beamte aus dem Streifenwagen, der das Medikament ablieferte . . .»

«Ja, stimmt. Ich habe gesehen, wie der Wagen vorfuhr. Wie kam es dazu?»

«Na ja, Dr. Cohen hatte das Rezept an den Drugstore durchtelefoniert, und einer von den Kunden, ein Mr. Safferstein . . .» Er sah den Rabbi fragend an.

«Ja, den kenne ich. Ein netter Kerl.»

«Ja. Also, dieser Safferstein erbot sich, das Medikament abzugeben, weil im Drugstore niemand Zeit hatte und Kestlers Haus an seinem Heimweg lag. Aber dann ging der Sturm los und Safferstein hielt unter einer Straßenlaterne, weil es so stark regnete. Der Streifenwagen entdeckte ihn und hielt, um ihn zu fragen, ob alles in Ordnung sei, und er bat den Beamten, die Flasche mit den Pillen bei Kestler abzugeben.»

«Ich verstehe.»

«Dann wurde die Polizei wieder hineingezogen, als der Krankenwagen den Alten ins Krankenhaus brachte. Kestler begann an Ort und Stelle, in dem Zimmer, in dem sein toter Vater lag, Dr. Cohen zu beschuldigen. Er behauptete, sein Vater sei an den Pillen gestorben. Darum machte der Arzt, der mit dem Krankenwagen gekommen war, den Vorschlag, die Polizei solle die Pillen in Aufbewahrung nehmen.» Lanigan holte seine Brieftasche aus der rückwärtigen Hosentasche und entnahm ihr einen Zettel, den er auf den Teetisch warf. «Das ist die Kopie der Quittung, die der Sergeant ihm ausgestellt hat.»

Der Rabbi nahm den Zettel und las laut: «Erhalten von Joseph Kestler zur polizeilichen Aufbewahrung eine Flasche mit achtzehn Pillen.» Er brach ab und sah Lanigan an. «Achtzehn?»

«Aha, es fällt Ihnen also ebenfalls auf.»

«*Chai*», murmelte Miriam, und ihr Mann lächelte.

Der Chef sah sie beide fragend an.

Der Rabbi erklärte ihm, was sie meinten. «*Chai* heißt achtzehn auf Hebräisch, aber es heißt auch Leben. Das ist eine Art Numerologie, mit der sich einige der alten Rabbis beschäftigten. Sehen Sie, das hebräische Alphabet ist zugleich ein Zahlensystem. A ist ein, B ist zwei, C ist drei, und so weiter. AB wäre also zwölf, BC dreiundzwanzig und ABC einhundertdreiundzwanzig.

«Ich verstehe.»

«Einige der Zahlen ergeben Wörter, und das hat zu vielen komplizierten und mystischen Bibelauslegungen geführt. Einige dieser Wörter-

Zahlen-Verbindungen blieben hängen und wurden zum Allgemeingut. Eine davon war *chai*, achtzehn, das auch die Bezeichnung für Leben ist. Man gibt wohltätige Spenden etwa in Höhe von achtzehn oder dem Mehrfachen von achtzehn.» Er lächelte. «Und das ist überaus vorteilhaft. Wenn jemand zum Beispiel fünfzehn Dollar spenden will, ist es kinderleicht, die Spende hochzutreiben, indem man vorschlägt, die Leute sollten doch *chai* Dollar spenden, also achtzehn: Ein Nettogewinn von drei Dollar und so gut wie schmerzlos.»

«Und wenn dieser Jemand nun zwanzig geben will? Soll er die Spende dann aus demselben Grund auf achtzehn reduzieren?» fragte der Chef.

Miriam lachte. «Ein guter Spendensammler würde versuchen, ihn auf sechsunddreißig hochzutreiben, dem doppelten *chai*.» Sie nahm ihrem Mann die Quittung aus der Hand und studierte sie. «In diesem Fall erscheint mit *chai* jedoch nicht so recht angebracht. Was ist Besonderes an achtzehn Pillen?»

Der Polizeichef sah sie voll Zuneigung an. «Nun, wenn achtzehn in der Flasche sind und er eine genommen hat, dann heißt das, daß ursprünglich neunzehn vorhanden waren, und das ist eine ungewöhnliche Anzahl für ein Rezept. Außerdem stand auf dem Etikett, der Patient müsse viermal am Tag eine Pille nehmen, neunzehn waren also . . .»

«Ah, ich verstehe!» sagte Miriam aufgeregt. «Sie glauben, man hat ihm zwei gegeben, und dann ist er daran gestorben.»

«Was meinen Sie, David?» Der Chef wandte sich an den Rabbi. «Sie waren dabei.»

Der Rabbi krauste nachdenklich die Stirn. «Warten Sie. Ich hörte die Klingel, blickte aus dem Fenster und sah den Streifenwagen. Dann kam Mrs. Kestler mit den Pillen herauf. Ich erinnere mich, daß sie den Deckel von der Flasche geschraubt und den Wattepfropfen herausgenommen hat.» Er schüttelte den Kopf. «Das ist alles. Dann habe ich mich abgewandt.»

«Aber warum? Was war passiert?»

Der Rabbi schüttelte den Kopf. «Gar nichts Besonderes. Sehen Sie, Kestler war ein alter Mann. Seine Hände zitterten, und zitterten noch stärker, wenn jemand ihm zusah. Also wandte ich mich ab, als sie ihm das Glas Wasser reichte.»

«Dann haben Sie also nicht gesehen, ob sie ihm eine oder zwei Pillen gegeben hat?» erkundigte sich der Polizeichef.

Der Rabbi schüttelte bedauernd den Kopf. «Worauf wollen Sie hinaus?»

«Nun, ich habe mich noch nicht bei Dr. Cohen erkundigt», antwortete Lanigan, «aber ich dachte mir, während eine Pille harmlos sein mag, können zwei eventuell gefährlich sein. Nach allem, was der Sergeant mir sagte, scheint der Alte allergisch reagiert zu haben. Nun ist bekannt, daß

Menschen, die gewisse Dinge nicht vertragen, diese jahrelang einnehmen können, ohne Schaden zu erleiden. Und dann nehmen sie mal ein winziges bißchen mehr als normal, und schon setzt die allergische Reaktion ein.»

«Ich verstehe.» Der Rabbi nickte. «Und warum sollte Mrs. Kestler dem alten Herrn zwei Pillen geben, wenn das Rezept eine vorschrieb?»

Lanigan lehnt sich breit zurück. «Jetzt kommen wir in den Bereich der spekulativen Möglichkeiten, und da sehe ich zwei. Die erste und wahrscheinlichste ist, daß sie ihm zwei gab, weil sie dachte, zwei sind besser als eine. Mein Vater hätte so was zum Beispiel getan. Er nahm immer ein bißchen mehr als vom Arzt vorgeschrieben, wahrscheinlich weil er vermutete, die rezeptierte Dosis sei das Minimum, das der Patient zu nehmen habe. Damals schmeckten außerdem alle Arzneimittel scheußlich bis widerlich, und er wollte meinem Bruder Pat und mir beweisen, daß er sich überwinden konnte. Als Lehre zur Charakterstärke, sozusagen.»

«Ohne negative Auswirkungen, vermute ich.» Der Rabbi lächelte.

Lanigan lachte. «Ich möchte annehmen, daß die Arzneien damals, so schlecht sie schmeckten, nicht ganz so stark waren. Ausgenommen Rizinusöl.»

«Und die zweite Möglichkeit?»

«Ich habe das bestimmte Gefühl, daß die Pflege des Alten hauptsächlich auf den Schultern der Schwiegertochter lastete. Angenommen, sie hatte es satt, das Aschenbrödel zu sein. Angenommen, sie hatte es satt, den Alten hinten und vorn zu bedienen. Ein alter, kranker Mann kann sehr lästig werden, sehr anstrengend. Wenn sie ihm nun zwei Pillen gab, weil sie ihn gern loswerden wollte?»

Der Rabbi zuckte die Achseln. «Und woher sollte sie wissen, daß zwei Pillen genügen?»

«Sie hat es möglicherweise vermutet. Vielleicht hat der Doktor sie auch gewarnt, ihm nicht mehr als die vorgeschriebene Dosis zu geben.»

«Aber das wäre Mord!» rief Miriam entsetzt.

«Wenn man es ihnen nachweisen kann. Ein guter Anwalt kann Totschlag oder Tötung aus Mitleid daraus machen», erwiderte Lanigan. «Aber Sie wären erstaunt, wenn Sie wüßten, wie viele Tötungen dieser Art begangen werden: einem Mann wird, während er einen Herzanfall hat, die Nitroglyzerinkapsel aus der Hand geschlagen, einem Diabetiker, der einen Insulinschock bekommt, wird das Stück Schokolade vorenthalten, die Sache hier in der Stadt vor ein paar Jahren mit Issac Hirsch . . . Nur wenige kommen jemals vor Gericht, aber wir von der Polizei erfahren davon.»

«Überprüfen Sie jedesmal die Möglichkeit eines Mordes, selbst wenn es nahezu mit Sicherheit ein natürlicher Tod war?» erkundigte sich Miriam.

«Natürlich nicht. Doch wenn der Tod jemandem überaus gelegen kommt, oder wenn jemand dadurch schwer geschädigt wird wie in diesem Fall Dr. Cohen, mache ich mir so meine Gedanken. Und manchmal horche ich ein bißchen herum.»

«Und das sind nun Ihre beiden Möglichkeiten?» fragte der Rabbi. «Es muß doch noch eine Menge andere geben.»

«Zum Beispiel?»

Wieder zuckte der Rabbi die Achseln. «Die wahrscheinlichste wäre, daß im Drugstore nur neunzehn Pillen in die Flasche gefüllt worden sind. Oder Joe Kestler hat seiner Frau befohlen, seinem Vater zwei Pillen zu geben.»

Warum sollte er?»

«Aus demselben Grund, aus dem Sie das gleiche bei ihr vermuteten. Und das wäre auch eine Erklärung dafür, daß Joe Kestler ein so großes Aufhebens wegen der Autopsie gemacht hat. Gewiß, zwei Pillen können ihm andererseits auch überhaupt nicht geschadet haben.»

«Ich glaube, Sie haben recht», antwortete Lanigan bedauernd. «Es ist ja auch nur, weil Dr. Cohen in der Klemme sitzt und ich ihm gerne helfen möchte.»

«Nun, wenn Sie noch mehr Möglichkeiten wollen . . .»

«Ja, bitte?»

«Die pharmazeutische Firma, die die Pillen herstellt, kann die Zusammensetzung ein wenig verändert haben. Oder diese spezielle Lieferung ist schlecht geworden. Oder die Pille vertrug sich nicht mit etwas, was der alte Herr genommen hatte, ohne daß Dr. Cohen davon wußte. Noch mehr?»

«Nein, danke. Ich hab's kapiert.» Lanigan grinste ein wenig hilflos. «Ich wollte den Kestlers keinen Mord anhängen. Ich dachte nur, ich könnte meine Theorie benutzen, um Joe Kestler den großen Mund zu stopfen, damit er einem netten Mann wie Dr. Cohen nicht weiter schaden kann.»

Der Rabbi überlegte. «Nun, zu diesem Zweck können Sie sie immer noch benutzen. Es besteht nur die Gefahr, daß Joe hinsichtlich seiner Frau nachdenklich wird, wenn Sie ihn darauf hinweisen, daß eine Pille fehlt und daß der alte Kestler daher zwei genommen haben kann. Das könnte ziemlich schlimm für Mrs. Kestler werden.»

«Sie sind mir doch stets eine Hilfe, David», sagte Lanigan trübselig, als er sich erhob.

Als er ging, fragte Miriam: «Glaubst du wirklich, er ist zufällig vorbeigekommen, weil er gerade hier in der Gegend war, David?»

«Bestimmt nich, wenn er sich die Mühe gemacht hat, von der Quittung des Sergeants eine Kopie anzufertigen. Und das läßt vermuten, daß Lanigan mißtrauisch ist, was den Tod des alten Kestlers betrifft.»

«Ich verstehe nicht . . .»

«Mein Wagen hat in der Einfahrt gestanden, seit ich heute morgen gegen halb acht von der Morgenandacht nach Hause gekommen bin. Also gut. Lanigan fährt zu Dr. Cohen in die Praxis nach Lynn. Nehmen wir an, er war der erste Patient, dann wäre er gegen neun Uhr bestellt gewesen. Warum ist er nicht auf dem Rückweg zu uns gekommen? Statt dessen ist er erst zum Polizeirevier gefahren und dann hergekommen.»

«Woher weißt du das? Vielleicht war er erst später zur Untersuchung bestellt. Vielleicht *kam* er jetzt gerade aus der Praxis und hat wirklich nur hereingeschaut, weil er deinen Wagen sah.»

«Dann hätte er keine Kopie der Quittung bei sich gehabt», erwiderte der Rabbi triumphierend. «Nein, irgend etwas beschäftigt Lanigan. Und zwar nicht nur die Vermutung, daß Kestler bösen Klatsch über Dr. Cohen in die Welt setzt. Die ganze Fragerei, warum der alte Kestler am nächsten Tag schon beerdigt worden ist, läßt darauf schließen, daß er irgendwo Unrat wittert.»

«Du meinst, er glaubt, daß der Alte ermordet wurde?»

Der Rabbi schürzte die Lippen und überlegte. «Lanigan ist sein Leben lang Polizist gewesen. Wenn man einen Beruf so lange ausübt, entwickelt man einen sechsten Sinn im Hinblick auf die Dinge, die damit zusammenhängen. Eine Alarmglocke fängt an zu schrillen. Gestern zum Beispiel erzählte mir Kaplan von der Beerdigung und Joe Kestlers Verhalten. Als Anwalt sagte ihm sein sechster Sinn, daß Kestler vorhabe, Klage wegen falscher Behandlung einzureichen. Irgend etwas, was er sagte, hat die Alarmglocke bei ihm ausgelöst. Nun, und ich habe das Gefühl, Lenigan hat auch eine Alarmglocke gehört.»

18

Am Freitagmittag rief Chester Kaplan bei Safferstein an. «Der Mann, der Ihren Mantel mitgenommen hat, Billy, hat ihn mir eben zurückgebracht. Ein Bursche namens Cy Perlow. Ich habe mir erlaubt, die Taschen zu durchsuchen und habe den Umschlag mit dem Pillenfläschchen gefunden. Sie werden sich freuen, Billy: Auf dem Umschlag stand Ihr Name, und das Flaschenetikett trug ebenfalls Ihren Namen, oder vielmehr den Ihrer Frau. Sie haben sich also umsonst Sorgen gemacht.»

«Vielen Dank, Chet, das ist wirklich eine gute Nachricht. An und für sich hatte ich mir ja schon gedacht, daß ich dem Polizisten den richtigen Umschlag gegeben habe, denn wenn der falsche Name draufgestanden hätte, dann hätte er das bestimmt bemerkt. Außerdem bin ich gestern vormittag in den Drugstore gegangen, um für Mona eine Nachfüllung zu besorgen. Dabei sah ich, daß der Name des Patienten auch auf die Flasche geschrieben wird, daher vermutete ich, selbst wenn die Kestlers sich den Umschlag nicht angesehen hätten, müßten sie es bestimmt gemerkt haben, wenn der falsche Name auf der Flasche gestanden hätte. Ich war meiner Sache ziemlich sicher, aber ein bißchen unruhig war ich doch immer noch. Ich bin Ihnen wirklich dankbar, daß Sie mich angerufen haben. Es ist eine große Erleichterung, zu wissen, daß ich absolut nichts mit Kestlers Tod zu tun gehabt habe.»

«Selbstverständlich», gab Kaplan zurück. «Ich bin froh, daß ich zufällig zu Hause war, als der Mantel abgeliefert wurde. Edie hätte bestimmt nicht daran gedacht, in den Taschen nachzusehen. Und ich war eigentlich nur zu Hause, weil wir aufs Land zu der Klausur fahren wollen. Wie wär's, haben Sie nicht Lust, mitzukommen? Ich könnte mir vorstellen, daß Sie genau in der richtigen Stimmung dafür sind.»

«Tja, ich weiß nicht, Chet. Jetzt, wo Mona krank ist, glaube ich, lieber nicht.»

«Das kann ich verstehen. Richten Sie ihr Grüße aus.»

«Mache ich gern. Übrigens, ich hatte neulich abends gar keine Gelegenheit, Sie zu fragen. Wie sieht's denn aus, mit dieser Klausur-Angelegenheit?»

«Großartig, Billy, großartig. Wir haben die überwiegende Mehrheit. Zwar sind nicht alle unbedingt daran interessiert, daß die Synagoge eine Klausur erwirbt, wissen Sie, obwohl das heute große Mode ist. Aber selbst diejenigen, denen das nicht ganz paßt, sind am Erwerb eines Grundstücks interessiert, auf dem sie am Wochenende Camping machen und wo ihre Kinder in den großen Ferien an einem Sommerlager teilnehmen können. Die Opposition besteht, soweit ich das bis jetzt feststellen kann, im Grunde nur noch aus dem Rabbi.»

«Warum ist der Rabbi dagegen?»

«Na ja, wissen Sie – er ist der konservative Typ. Wer weiß, vielleicht ist er auch ein bißchen eifersüchtig auf Rabbi Mezzik.»

«Ja, aber wenn Rabbi Small bei der Vorstandssitzung anfängt, darüber zu diskuteren . . .»

«Ich glaube kaum, daß er an der Sitzung teilnehmen wird.»

«Warum denn nicht?»

«Weil am Sonntag in der Schule Elternsprechtag ist und er den ganzen Vormittag mit den Eltern beschäftigt sein wird. Also, ich habe inzwischen vor, unsere Sitzung draußen im Camp abzuhalten. Wissen Sie, alles klarzumachen. Und wenn wir am Sonntagmorgen dann unsere reguläre Sitzung haben, brauchen wir die Angelegenheit bloß noch zur Abstimmung vorzulegen, weil wir die Diskussion ja bereits hinter uns haben. Anschließend vertagen wir uns.»

«Donnerwetter, das ist ein geschickter Schachzug, Chester! Das muß Ihnen der Neid lassen.»

Der Freitag begann ziemlich schlimm für Dr. Cohen. Der Vormittag brachte ihm nicht nur Kestlers Anruf, sondern außerdem das peinliche Bewußtsein, daß Polizeichef Lanigan das Gespräch mit anhörte. Der Tag wurde auch nicht gerade besser dadurch, daß sich sein nächster Patient verspätete und somit den ganzen Terminplan über den Haufen warf. Infolgedessen hatte er noch um zwölf Uhr mittags mit seinem letzten Patienten zu tun, und die Kollegen mußten ohne ihn zum Lunch gehen.

Er selbst aß in einer nahegelegenen Imbißstube auf einem Hocker mit dem Gesicht zur Wand. Kaum war er in seine Praxis zurückgekehrt, als man aus dem Krankenhaus anrief, um ihn zu benachrichtigen, ein Patient mit Herzinfarkt habe einen Rückfall erlitten, er möge sofort herüberkommen. Er nahm sich gerade noch die Zeit, das Mädchen in der Telefonzentrale zu bitten, sie möge seine nachmittags bestellten Patienten anrufen und die Termine auf nächste Woche verschieben. Ganz zuletzt ergänzte er noch: «Und, Madeleine, rufen Sie bitte noch meine Frau an und sagen Sie ihr, daß ich heute nicht nach Hause komme.»

Um halb drei erst war Dr. Cohen dann im Krankenhaus fertig. Er fuhr geradenwegs zu den Kaplans. Als er dort eintraf, mußte er jedoch feststellen, daß weder in der Einfahrt noch vor dem Haus Wagen standen. Er kam zu spät. Das schien ihm ein durchaus adäquater Abschluß dieses Tages zu sein. Dennoch stieg er die Stufen hinauf und klingelte.

Mrs. Kaplan öffnete. «Ach, Dr. Cohen, nicht wahr?»

«Ganz recht. Vermutlich sind sie alle schon abgefahren.»

«Ja, vor ungefähr einer Viertelstunde. Wissen Sie, wie man fahren muß?»

Er schüttelte den Kopf.

«Augenblick mal. Chet hat ein paar Straßenkarten vervielfältigen lassen.» Sie verschwand, kam aber wenige Minuten darauf wieder. «Damit werden Sie sich bestimmt leicht zurechtfinden. Es ist wirklich nicht weiter schwierig. Vielleicht holen Sie sie sogar ein. Sie machen manchmal eine Kaffeepause.»

19

Als Dr. Cohen im Camp eintraf, einem großen Holzgebäude auf einer Lichtung im Wald, hatten sie sich bereits häuslich eingerichtet. Durch eine Lücke in den Bäumen sah man etwa fünfzig Schritt hinter dem Haus einen See. Chester Kaplan, der den Wagen vorfahren hörte, kam geschäftig herausgeeilt. «Ach, Sie sind es, Doctor! Himmel, bin ich froh, daß Sie es einrichten konnten! Wir haben diesmal mehr Teilnehmer als Zimmer, deswegen müssen zwei Mann in einem Zimmer schlafen. Ist das nicht wunderbar?» Er studierte ein Klemmbrett, das er in der Hand hielt. «Warten Sie, Zimmer zwölf hat zwei Betten. Da ist noch Platz für Sie. Ihr Zimmerkollege ist Matthew Charn. Kennen Sie ihn?»

Cohen schüttelte den Kopf.

«Er ist aus Salem, hat aber an fast allen unseren Klausuren teilgenommen. Großartiger Mann, sehr anständig, und er kann Ihnen alles erklären. Gehen Sie nur hinauf und machen Sie sich mit ihm bekannt. Wir halten hier nicht viel von Förmlichkeit.»

Er schob die Hand unter Cohens Arm und führte ihn mit einer ausholenden Geste der Hand, die das Klemmbrett hielt, die Stufen zur Veranda hinauf. «Bei gutem Wetter sitzen wir oft hier draußen. Am Abend sind natürlich die Mücken lästig . . .»

Kaplan dirigierte Cohen ins Haus und präsentierte ihm mit einer abermaligen Geste mit dem Klemmbrett den Raum, in dem sie sich nun befanden. «Das hier ist unsere Synagoge, unser Treffpunkt, Versammlungssaal, Erholungszentrum, was immer Sie wollen. Hier halten wir uns fast immer auf.» Der Raum enthielt nichts weiter als einen Tisch an einem Ende und eine Anzahl Klappstühle. Er nahm in der Höhe beide Stockwerke des Hauses ein, so daß man über sich das Spitzdach mit den Schrägbalken sah, die sich am Dachfirst trafen.

«Wie eine Kirche, nicht wahr?» sagte Kaplan. «Das Dach, meine ich. Es ist fast gotisch.»

«Ja, sehr schön», antwortete Dr. Cohen.

Eine weitere Geste mit dem Klemmbrett bezog sich auf ein Balkongeländer, das an einer Seite des Raumes entlanglief. «Da oben sind die Schlaf- und Badezimmer. Sie gehen da die Treppe rauf und finden Zimmer zwölf am Ende. Zunächst aber –» er deutete mit dem Klemmbrett auf den Hintergrund des Raumes –, «der Speisesaal liegt direkt hinter den Falttüren dort. Da bereitet die *rebbetzen* gerade unser Sabbatmahl vor. Kommen Sie, Sie müssen sie kennenlernen.» Er führte den Arzt auf die Trennwand zu und schaffte es irgendwie, trotz des Klemmbrettes in der Hand, den Knauf zu drehen und die Tür aufzustoßen. «Mrs. Mezzik», rief er laut und fröhlich, «wir brauchen ein Gedeck mehr für Dr. Cohen hier. Dr. Cohen, das ist Mrs. Mezzik, die Frau unseres Rabbi.»

Sie war klein, pummelig, etwa Mitte dreißig und quittierte die Vorstellung mit einem traurigen, müden Lächeln. Zu Kaplan sagte sie: «Keine Sorge, es gibt reichlich zu essen. Möchten Sie die Platzkarten verteilen?»

«Sie werden hier ein Sabbatmahl kriegen, an das Sie noch lange denken werden, Doktor. Warten Sie nur ab, bis Sie die *gefillte fisch* unserer *rebbetzen* probiert haben - genau wie bei Muttern.»

«Ich hacke ihn, statt ihn durchzudrehen», gestand sie schüchtern.

Immer noch seinen Arm im Griff, drehte Kaplan Dr. Cohen herum und steuerte ihn zur Tür. «Am besten gehen Sie jetzt erst mal rauf und schließen Bekanntschaft mit Matt Charn. Ich muß mich um die Vorbereitungen kümmern.»

Dr. Cohen stieg die Treppe hinauf und ging auf dem Balkon weiter, bis er zu Zimmer zwölf gelangte. Er klopfte an, obwohl die Tür nur angelehnt war, und trat auf das «Ja» von drinnen hin ein. Das Zimmer enthielt nichts weiter als zwei Liegen und eine gestrichene Kommode. Von der Decke baumelte eine einzige, mit Fliegendreck übersäte Glühbirne. Auf einem Bett lag ein korpulenter Mann mit dickem Bauch und rosigen Backen. Er war nur mit Socken, Unterhose und Unterhemd bekleidet.

«Matthew Charn? Ich bin Dr. Cohen. Ich soll mit Ihnen das Zimmer teilen.»

Der andere richtete sich auf und streckte die Hand aus. «Freut mich, Doctor.» Dann erklärte er, warum er nur Unterkleidung trug. «Ich ziehe mich immer um, zu Ehren des Sabbat. Das hat mir meine Mutter beigebracht, als ich noch klein war.» Er besaß eine gutturale, rauhe Stimme, die klang, als müsse er sich räuspern.

«Sind Sie ein richtiger Mediziner? Ich frage nur, weil ich einen Neffen habe, der ist auch Doktor, aber der ist keinen roten Heller wert, wenn man mal Bauchschmerzen hat. Weil er nämlich Doktor der Volkswirtschaft ist.» er lachte dröhnend. Und an der Börse taugt er auch nicht viel. Sind Sie das erstemal hier draußen?»

«Ganz recht.»

«Dann darf ich Ihnen sagen, daß das hier ein richtiges religiöses Erlebnis ist. Ich hab fast alle Klausuren mitgemacht, die Chet organisiert hat. Als ich zum erstenmal hierherkam, war ich völlig zusammengebrochen. Ich hatte gerade meine Frau verloren, müssen Sie wissen. Wahrscheinlich brauchte der Mann da oben sie dringender, als er wohl dachte, daß ich sie brauchte, und ich kann Ihnen sagen, ich konnte einfach nicht mehr. Aber ich war trotzdem froh - um ihretwillen, denn sie hatte den großen Bazillus.»

«Den großen . . .»

«Krebs», erklärte Charn. «Schlimm, sage ich Ihnen. Ganz schlimm. Was die in diesem einen Jahr alles hat durchmachen müssen, und dann das Ende – ich wurde einfach nicht mehr damit fertig. Dann entschloß sich Chet zu dieser Klausur und fragte mich, ob ich Interesse habe. Und soll ich Ihnen die Wahrheit sagen?»

Cohen nickte höflich.

«Ich hatte *kein* Interesse. Das ist die reine Wahrheit. Ich hatte für überhaupt nichts Interesse. Aber ich bin trotzdem gekommen, und dieser erste Freitagabendgottesdienst, der hat alles ganz anders gemacht. Sie wissen ja, man soll den Sabbat empfangen wie eine Königin und sich an ihm freuen wie der Bräutigam an seiner Braut. So steht's in unserem Gebetbuch. Also, ich hab ja schon viele Freitagabendgottesdienste in den verschiedensten Tempeln und Synagogen mitgemacht, aber der damals war ganz anders. In der Synagoge gibt es vielleicht einen oder zwei, die's richtig ernst meinen, fromme Menschen wie Chet oder der Rabbi der Gemeinde, aber wenn Sie sich den Rest ansehen – die tun doch eigentlich immer nur so. Hier aber, hier meinen wir's alle ernst. Damals, beim erstenmal, als wir da den Sabbat empfingen, war ich so zutiefst bewegt, daß mir war, als wir uns zur Tür umdrehten – daß mir da war, als müßte gleich eine phantastisch schöne Frau hereingeschritten kommen. Und da, in diesem Augenblick, wußte ich, daß sie bei mir war, meine Charlotte. Sie war die ganze Zeit bei mir gewesen, aber ich hatte ihre Nähe nicht bemerkt, weil ich mir keine Mühe gegeben hatte.»

Cohen nickte mitfühlend.

«Die Hauptsache ist», fuhr Charn fort, «daß man sich richtig gehenläßt. Beim erstenmal habe ich geweint wie ein Kind. Das tue ich manchmal immer noch, aber jetzt merkt das niemand mehr. Und übrigens, Doc, wenn Sie runtergehen, suchen Sie sich einen Platz am Fenster. Dann können Sie sich auf die Fensterbank stützen, denn wenn man nichts hat, wo man sich ein bißchen anlehnen kann, ist diese Meditation verdammt schwer durchzustehen.»

Eine Glocke läutete. Charn sagte: «Oh, das ist das Zeichen für die erste Meditation. Gehen Sie doch schon mal vor. Warten Sie nicht auf mich. Ich komme wahrscheinlich ein bißchen später, aber das macht weiter nichts, denn Rabbi Mezzik fängt immer mit einer kleinen Rede an, und die habe ich schon ein paarmal gehört.»

Die anderen hatten anscheinend nicht auf die Glocke gewartet, denn sie saßen alle schon, als Dr. Cohen den Versammlungsraum betrat. Matthew Charns Warnung folgend, suchte er sich einen Stuhl an einem der Fenster. Erstaunt stellte er fest, daß sie alle Gebetstücher mitgebracht hatten. Hinter dem Tisch stand Rabbi Mezzik, ein beinahe zu schöner Mann mit Gardistenschnäuzer und Van-Dyke-Bart. Cohen hatte den deutlichen Eindruck, daß er jünger war als die *rebbetzen*. Er war prächtig angetan mit einer hohen Kantors-*yarmulke* aus Samt und einem über die schwarze Gelehrtenrobe drapierten seidenen Gebetstuch. Rabbi Mezzik bat um Aufmerksamkeit, indem er auf den Tisch klopfte, der ihm als Lesepult diente.

«Ich bitte alle, ihr *talles* umzulegen», sagte er. «Diejenigen, die keines mitgebracht haben, können sich eins von den Tüchern nehmen, die wir bereitgestellt haben.»

Dr. Cohen holte sich eins und legte es sich um die Schultern. Aber er war ein bißchen unsicher, da er immer geglaubt hatte, das Gebetstuch werde ausschließlich bei der Morgenandacht verwendet.

Als habe er seine unausgesprochene Frage erraten, fuhr Rabbi Mezzik sogleich fort: «Gewöhnlich tragen wir das *talles* nur bei der Morgenandacht. Der Grund für diesen Brauch ist eine Menge halachischer Unsinn, auf den wir diesmal nicht näher eingehen wollen. Glauben Sie mir, es ist durchaus zulässig, das Tuch hier und jetzt zu tragen. Und wir werden es jedesmal tragen, wenn wir als Gruppe zusammenkommen, ob es Tag ist oder Nacht. Und selbst wenn wir den Waldspaziergang machen, den Chet für morgen nachmittag geplant hat, werden wir es umlegen. Denn das *talles* ist in Wirklichkeit ein Gewand wie die Toga der alten Römer, und nur die Tatsache, daß es Fransen hat, unterscheidet uns von den anderen Völkern.

Also, bevor wir mit unserem Programm beginnen, möchte ich Ihnen eine Vorstellung davon vermitteln, um was es uns dabei überhaupt geht, vor allem den neu Hinzugekommenen. Diejenigen, die meine Einführung schon gehört haben - nun, denen kann es keineswegs schaden, sie sich noch einmal anzuhören. Bei diesem Programm geht es um Religion. Und worum geht es bei der Religion? Bei jeder Religion? Um Gott, um das Bemühen der Menschen – aller Menschen, über die Zeiten hinweg –, Verbindung mit Gott aufzunehmen. Das ist Religion. Religion ist *nicht*, wenn man an einem besonderen Ort, in einer Synagoge, einer Kirche, einer Moschee, zusammenkommt, um in einer altmodischen, arachaischen Sprache bestimmte Worte vor sich hinzumurmeln. Das ist geselliges Beisammensein. Das ist Kontaktaufnahme mit Freunden und Nachbarn, mit der Gesellschaft. An sich gar keine üble Sache, aber es ist keine Verbindungsaufnahme mit Gott, und darum ist es keine Religion.

Und jetzt werde ich Ihnen was Komisches sagen», führte Rabbi Mezzik aus. «Früher einmal *war* es Religion. Wann? Damals, als diese Gebete erdacht wurden, als die Sprache, in die sie gefaßt waren, noch nicht archaisch war, als sie die normale Umgangssprache war. Jetzt aber ist das nichts weiter als das Bewahren einer Tradition, auch keine üble Sache an sich, aber nicht Religion, weil es keine Verbindungsaufnahme mit Gott ist. Was passiert also? Das Bedürfnis, Verbindung mit Gott aufzunehmen, ist noch da, aber wie dringen nicht zu ihm durch. Und was ist die Folge? Ich werde es Ihnen sagen: Die Menschen, vor allem unsere jungen Menschen, wenden sich bei dem Bemühen um Verbindungsaufnahme anderswohin. Sie wenden sich dem Zen-Buddhismus zu, dem Meher Baba, dem Krischnamurti; manche gehen zu Chabad, andere versuchen es mit Drogen. Das ist die Folge.»

Er hielt inne, um sich triumphierend im Raum umzusehen, als hätten sie mit ihm diskutiert und er hätte soeben sein Trumpf-As ausgespielt. «Und hilft es ihnen?» fragte er. Um sich die Frage sofort selbst zu beantworten. «Natürlich hilft es einigen. All diese Sekten sagen einem nicht, dies ist richtig, und das ist falsch, wie es die traditionellen Religionen tun, sie lehren lediglich die Methode, wie man das eine erreichen und das andere vermeiden kann. Mit anderen Worten, sie zeigen einem nicht, wo das Ziel ist, sie erklären einem nur, wie man dorthin gelangt.

Und jede verfügt über einen anderen Weg zum Ziel. Ist das so sonderbar? Wenn man nach Chicago will, gibt es nur einen einzigen Weg? Es würde doch davon abhängen, wie man reisen will, und woher man kommt, nicht wahr? Nun, wir alle kommen aus verschiedenem Lebensstil. Wir kleiden uns verschieden, wir essen verschieden, wir leben verschieden, warum sollten wir also nicht auch verschieden beten, meditieren, Verbindung mit Gott herstellen? In Indien setzt man sich zum Essen auf den Boden, und wenn man jemandem Respekt erweisen will, wirft man sich lang vor ihn hin . . .» Um seine Worte zu veranschaulichen, duckte er sich plötzlich neben dem Tisch nieder, als erwarte er die Peitsche seines Herrn zu verspüren. Gleich darauf sprang er wieder auf die Füße. «Also ist es nur natürlich, wenn sie im Lotussitz meditieren. Das erzielt aber bei uns nicht die gleiche Wirkung, weil es unserer Tradition und unserem Lebensstil fremd ist. Wir berühren nicht mit der Stirn den Boden wie die Moslems, und wir knien nicht wie die Christen, um unseren Respekt zu zeigen. Wir stehen. Auch halte ich nichts von dem Wiegen und Schütteln der Chassiden - deren Interpretation der Worte ‹Liebe deinen Gott mit ganzem Herzen und ganzer Kraft› -, ich finde, das ist uns ebenfalls fremd.

Das Hauptgebet in unserer Liturgie, das *Schemonesre* – die achtzehn Segnungen –, das zu jedem Gottesdienst gehört, heißt auch *Amida*, das Stehen, weil wir stehen, wenn wir es sprechen. Wenn wir also Verbindung mit Gott aufnehmen wollen, stehen wir schweigend und meditieren, und jeder nimmt die Verbindung direkt auf, ohne Vermittlung durch einen Heiligen wie bei den Christen oder auch durch einen *rebbe* wie bei den Chassiden. Wir stehen – zum Zeichen unseres Menschentums, zum Zeichen unserer Überlegenheit über niedere Kreaturen, zum Zeichen dafür, daß wir nach Seinem Bilde geschaffen wurden. Da es undenkbar ist, daß Er kniet, dürfen wir ebenfalls nicht knien.

Nun, während ein Geübter fast überall, unter nahezu allen Bedingungen Verbindung aufnehmen *kann*, meditieren *kann*, brauchen die meisten von uns die Unterstützung der anderen. Und darum beten wir in der Gruppe, als Einzelne, aber in der Gruppe, in einem *minjen*, in einer Gemeinde von zehn oder mehr erwachsenen Männern, ohne Frauen und Kinder, die uns ablenken könnten. Daran ist nichts Puritanisches. Es ist keineswegs männlicher Chauvinismus. Es ist so natürlich wie das Leben selbst. Sie alle wissen, daß Kinder sich nicht lange konzentrieren können. Nach wenigen Minuten werden sie unruhig, stellen Fragen, müssen einmal hinaus. Und genausowenig, wie Sie sie in der Nähe haben wollen, wenn Sie Ihre Steuererklärung machen, wollen Sie sie in der Nähe haben, wenn Sie Verbindung mit Gott aufnehmen. Frauen wiederum lenken uns auf andere Art und Weise ab. Sie sind keineswegs ein Wüstling, wenn

Ihnen bei dem Gedanken an eine Frau ein bißchen warm wird. Das ist nur natürlich. So hat uns Gott geschaffen. Wäre es anders, würde die menschliche Rasse aussterben. Er wollte, daß wir so reagieren. Das meinte Er, als Er uns befahl, seid fruchtbar und mehret euch. Aber wenn wir mit Ihm Verbindung aufnehmen wollen, ist das nur störend. Und schon bald denken wir statt an Ihn nur noch daran. Einige sehr fromme Gläubige, vor allem die Chassiden, tragen einen Gürtel um die Taille, um den oberen Teil des Körpers vom unteren zu trennen. Ich persönlich glaube kaum, daß das zu etwas anderem gut ist als zu dem Zweck, ein Rutschen der Hose zu verhindern. Nein, am besten hat man sie gar nicht in der Nähe.» Er lächelte den Männern zu. «Und jetzt frage ich euch, ist es männlicher Chauvinismus, wenn man zugibt, daß man soviel von den Frauen hält, wenn man gesteht, daß sie uns von Gott selbst ablenken können?

Nun gut, jetzt möchte ich Sie alle bitten, aufzustehen und den Kopf mit dem Gebetstuch zu bedecken. Ja, so ist es richtig, zieht es ganz über den Kopf. So schließt ihr alles ringsherum aus und könnt mit euren Gedanken allein sein. Ihr schließt die Welt aus, isoliert euch, um mit Gott Verbindung aufzunehmen. Und jetzt werdet ihr eine halbe Stunde lang in stummer Meditation stehenbleiben. Wenn ihr nicht mehr stehen könnt, setzt euch hin und ruht euch ein Weilchen aus, aber haltet durch, solange ihr könnt. Und seht bitte nicht auf die Uhr. Ich werde euch sagen, wenn die Zeit um ist. Anschließend halten wir unseren regulären Freitagabendsgottesdienst, und dann werden wir das köstliche Sabbatmahl genießen, das Mrs. Mezzik für uns bereitet hat.»

20

Am Freitagnachmittag machte Rabbi Small den Kestlers seinen Kondolenzbesuch. Er hatte diese traurige Pflicht im Laufe der Jahre zahllose Male ausgeübt, aber er hatte sich nie daran gewöhnen können; daher empfand er die halbe Stunde, oder wie lange der Besuch dauern mochte, immer wieder als äußerst unbehaglich. War der Verstorbene jung gewesen, ein Kind vielleicht, war der Kummer der engsten Familie zumeist überwältigend, und wenn er ging, hatte er jedesmals das Gefühl, die Trauernden nur gestört zu haben. War es dagegen ein alter Mensch, etwa ein greiser Elternteil, war die Atmosphäre eher gedämpft als traurig. Er wußte genau, daß die Gespräche vor seinem Eintreffen ebenso normal gewesen waren wie bei anderen gesellschaftlichen Ereignissen, hier und da vielleich sogar durch einen kleinen Scherz aufgeheitert. Ja, zuweilen hatte er sogar gedämpftes Lachen gehört, als er sich der Tür näherte, die angelehnt blieb, damit die Familie nicht bei dem ständigen Läuten immer wieder aufspringen mußte. Sobald er eintrat, wurden jedoch die Mienen ernst, und das Gespräch bestand nur noch aus philosophischen Platitüden, fast so, wie lärmende Schulkinder still werden, wenn sich der Lehrer der Klasse nähert. Und er verabscheute diese deprimierende Rolle, die er als professioneller Kondolenzträger der Gemeinde ausüben mußte. Er konnte sich nie ganz damit aussöhnen. Zwar war es angebracht und richtig, die Toten zu betrauern, diese Trauerzeit sollte auch dazu dienen, den Hinterbliebenen bei der Bewältigung ihres Kummers zu helfen, und da er sie durch seine Gegenwart immer wieder daran erinnerte, tat er ihnen vielleicht einen schlechten Dienst. Überdies fand er, daß es falsch sei, Trauer vorzutäuschen, die man nicht empfand. Nichtsdestoweniger war er entsetzt, als er das Haus der Kestlers betrat und Joe mit seiner Frau beim Kartenspielen antraf.

«Ach, Sie sind's, Rabbi!» sagte Joe Kestler. «Kommen Sie rein.» Und dann erklärte er ein wenig verlegen: «Meine Frau war so deprimiert, da dachte ich, ein bißchen Rommée könnte sie vielleicht ablenken von . . . na ja, von allem.»

«Ich verstehe», erwiderte der Rabbi.

Christine Kestler kam ihrem Mann zu Hilfe: «Ja, stimmt, Rabbi. Ich war ganz kribbelig. Es war ein solcher Schock für uns.»

«Immerhin war er sehr alt und außerdem krank», wandte der Rabbi ein.

«Aber er hätte noch jahrelang leben können», behauptete Kestler. «Wenn Cohen ihm nicht diese Pille gegeben hätte.»

Eingedenk seiner Unterhaltung mit Lanigan gab der Rabbi scharf zurück: «Wollen Sie damit andeuten, der Arzt hätte Ihrem Vater absichtlich ein Medikament gegeben, das ihm schadete?»

«Ich will überhaupt nichts andeuten», sagte Kestler halsstarrig. «Ich weiß nur, daß Cohen sauer auf meinen Vater war, weil der ihn wegen dem Zaun verklagt hat. Vielleicht hat er sich deswegen nicht genug Zeit für ihn genommen. Er war im Handumdrehen mit ihm fertig. Ich habe ihm deswegen sogar Vorwürfe gemacht. Nicht wahr, Chris?»

«Das stimmt!» Sie nickte energisch. «Joe war richtig sauer darüber.»

«Wenn die Diagnose auf der Hand lag . . .» meinte der Rabbi.

«Dann lag sie eben nicht auf der Hand, sonst wäre mein Vater ja nicht gestorben. Er war krank, aber nicht lebensgefährlich. Sie haben ihn selbst gesehen. Dann hat er diese Pille genommen, und nach einer halben Stunde war er tot. Sie haben gesehen, wie er die Pille nahm. Sie waren Zeuge.»

«Ich habe gesehen, daß Ihre Frau ihm eine Pille gab», erwiderte der Rabbi kalt. «*Was* für eine Pille das war, konnte ich nicht wissen.»

«Ach, das macht nichts», sagte Kestler selbstsicher. «Die Polizei hat die

Pillen mit dem Streifenwagen gebracht. Sie haben die doch sicher vorfahren gehört. Jedenfalls haben die bestimmt die Zeit aufgeschrieben, und das war, während Sie hier waren. Eine Minute später kommt meine Frau rauf und gibt sie ihm. Als später der Krankenwagen der Polizei kam, haben die die ganze Flasche mitgenommen. Was also die Beweise angeht, haben wir alles hieb- und stichfest beisammen.»

«Aber ich kann nicht mit Bestimmtheit behaupten, daß die Pille, die Mrs. Kestler von der Polizei bekam, dieselbe war, die sie Ihrem Vater gab.»

«Wollen Sie sagen, daß meine Frau sie vertauscht haben kann, Rabbi? Daß meine eigene Frau ihrem Schwiegervater schaden wollte?» Kestler war zutiefst entsetzt.

«Ich sage gar nichts, aber die Beweiskette ist nicht so vollständig, wie Sie zu glauben scheinen. Und die Diskrepanz, auf die ich Sie hingewiesen habe, ist genau das, worauf sich ein Verteidiger sofort stürzen würde. Außerdem könnte er es, genau wie das Gericht auch, für merkwürdig halten, daß Sie einen Arzt geholt haben, mit dem Sie Streit hatten.»

«Ich wollte Cohen ja gar nicht rufen. Mein Vater hat mich dazu gezwungen. Ich habe ihn gebeten, es nicht zu tun. Aber er meinte, die Klage wegen dem Zaun sei eine Sache für sich und habe nichts damit zu tun, daß man Cohen als Arzt rufe. Also selbst wenn er unrecht gehabt hätte, gibt das Cohen immer noch nicht das Recht, ihm ein falsches Medikament zu verschreiben.»

«Und Sie glauben, weil er böse auf Ihren Vater war, habe er ihm ein falsches Medikament verschrieben?»

Kestlers Miene drückte listige Verschlagenheit aus. Er lächelte. «O nein, ich behaupte nicht, daß er das mit Absicht getan hat. Das wäre Mord, und ich will ihn auf keinen Fall des Mordes beschuldigen. Ich sage nur, weil er sauer auf meinen Vater war, hat er sich nicht genug Zeit für eine sorfältige Diagnose genommen und somit einen Fehler gemacht. Das ist Nachlässigkeit, und das ist falsche Behandlung. Und deswegen werde ich ihn verklagen.»

«Als Sie Dr. Cohen anriefen – hat er da sofort gesagt, daß er kommt?» fragte der Rabbi.

Kestlers Augen verengten sich, als er über diese Frage nachdachte. Er argwöhnte, daß ihm der Rabbi eine Falle gestellt hatte. «Na ja, sofort würde ich eigentlich nicht sagen.»

«Aber Sie haben darauf bestanden?»

«Es war schließlich Mittwoch», warf Mrs. Kestler ein.

Ihr Mann funkelte sie böse an. «Mein Vater hatte Vertrauen zu ihm als Arzt.»

«Ich verstehe. Er kam also zu Ihrem Vater, obwohl es ein Mittwoch war, sein freier Tag. Und Sie werfen ihm vor, er habe sich ihn nur flüchtig angesehen und Ihnen dann ein Rezept gegeben, daß Sie . . .»

«Er hat mir kein Rezept gegeben», widersprach Kestler. «Er hat es durchtelefoniert, als er wieder zu Hause war.»

Der Rabbi zeigte sich erstaunt. «Als er wieder zu Hause war? Warum hat er nicht von hier aus angerufen oder Ihnen einfach das Rezept gegeben?»

«Weil Joe dachte, er hätte vielleicht ein Ärztemuster», erklärte Mrs. Kestler rasch.

Joe Kestler warf ihr einen giftigen Blick zu. «Es war ziemlich spät», berichtete er, «und die Drugstores waren alle geschlossen. Bis auf Aptakers, aber dahin gehe ich nicht. Darum fragte ich ihn, ob er Ärztemuster hätte, und er sagte, wenn ja, würde er sie vorbeibringen. Sonst würde er das Rezept durchtelefonieren und die würden es uns liefern.»

Der Rabbi nickte nachdenklich. «Da ist also ein Arzt», sagte er, als versuche er sich die Situation selbst darzulegen, «der an seinem freien Tag zu einem Mann gerufen wird, der ihn verklagt hat. Und er kommt nicht nur zu ihm, sondern erbietet sich, ein Ärztemuster des von ihm verschriebenen Medikaments vorbeizubringen oder dafür zu sorgen, daß es ins Haus geliefert wird. Und das ist der Mann, den Sie verleumden und den Sie verklagen wollen?»

«Er hat einen Fehler gemacht», sagte Kestler beharrlich, «und daran ist mein Vater gestorben. Das ist falsche Behandlung. Ich habe nichts gegen den Doktor persönlich, aber es ist mein gutes Recht, ihn zu verklagen, genau wie ich's tun würde, wenn mein bester Freund mich mit seinem Wagen anfahren würde.»

«Das muß ja die Versicherung zahlen», stellte Mrs. Kestler fest.

Der Rabbi erhob sich. «Der Arzt mag einen Fehler gemacht haben», sagte er, «genau wie wir alle mal einen Fehler machen. Aber er kann auch das richtige Medikament verschrieben haben. Gehen Sie mit der Klage vor Gericht, wird das Gericht darüber entscheiden. Üble Nachrede aber gilt laut unserem Gesetz als schwere Sünde, Mr. Kestler. Unserer Tradition gemäß zieht sie die fürchterlichsten Strafen nach sich.»

Eingedenk der mißbilligenden Blicke ihres Mannes fürchtete Mrs. Kestler einen Schwall von Beschimpfungen, sobald der Rabbi das Haus verließ. Joe Kestler wahrte jedoch ein bedrückendes und finsteres Schweigen, während er in Gedanken versunken im Zimmer auf und ab wanderte. Endlich blieb er wieder stehen und sah sie an. «Weißt du, was der angedeutet hat?»

«Na ja, Joe, ich glaube . . .»

«Halt den Mund und hör mir zu. Dieser Cohen ist ein Mitglied seiner Gemeinde, weißt du. Deswegen muß er für ihn sorgen. Er weiß, daß ich ihn als Zeugen benennen werde, und da er ein Rabbi ist, muß er die Wahrheit sagen. Aber dieser Kerl ist schlau; er kann sie drehen und wenden, ganz wie er will. Deswegen meine ich, es wird langsam Zeit, daß ich einen Anwalt aufsuche. Bis dahin wünsche ich, daß du aufhörst, den Mund über Doc Cohen aufzureißen. Kapiert?»

«Aber ich habe nie . . .» Sie sah, wie ärgerlich er war, und antwortete: «Natürlich, Joe. Ich sage kein Wort.»

21

Wie schon so oft während dieses Wochenendes bedeckte Daniel Cohen seinen Kopf mit dem Gebetstuch. Es war Sonntagmorgen; auf dem Programm stand die letzte Meditationsübung dieser Klausur. Aber die Hoffnung, die er zu Beginn gehegt hatte, daß vielleicht, ganz vielleicht, doch etwas daran war, die war verschwunden. Jetzt empfand er nur noch eine gewisse Verlegenheit darüber, daß er, ein Arzt, ein Mann der Wissenschaft, hierher in den Wald gekommen war, um mit dem Allmächtigen zu kommunizieren, um . . . ja, warum? Um eine ausnahmsweise Aufhebung des ewigen Gesetzes von Ursache und Wirkung zu seinem persönlichen Vorteil zu erbitten?

Gewiß, wenn er an den hohen Feiertagen zur Synagoge ging, oder selbst, wenn er gelegentlich einen Freitagabendsgottesdienst besuchte, geschah dies angeblich zu demselben Zweck. Aber das war etwas ganz anderes. In Wirklichkeit war das eher eine Bestätigung seiner Verbindung mit der Gruppe, in die er hineingeboren worden war. Man betete dabei eigentlich nicht, sondern sprach mehr oder weniger mechanisch vorgeschriebene Gebetstexte. Es war eine gesellschaftliche Verpflichtung, etwas, was die Juden gegenseitig voneinander erwarteten.

Dies jedoch war etwas ganz anderes. Er hatte sich aufrichtig bemüht. Wenn seine Lippen sich während der traditionellen Andachten beim Rezitieren der hebräischen Gebete bewegten, flehte er in Gedanken eindringlich auf Englisch um Hilfe. Bei den Meditationen war er stehengeblieben, bis die festgesetzte Zeit abgelaufen war, ohne sich ein einziges Mal zum Ausruhen zu setzen oder sich auch nur an die Fensterbank zu lehnen. Und an den Diskussionen hatte er stets aktiv teilgenommen.

«Warum dürfen wir uns nicht hinsetzen und uns während der Meditation entspannen, Rabbi?»

«Erstens, weil Sie einschlafen könnten. Bei der Transzendentalen Meditation, die durch die Maharischis populär wurde, sitzt man in einer bequemen Position . . .»

«Und hilft es?»

«Oh, gewiß – als Mittel zur wohltätigen Entspannung. Es gibt einen Arzt, ich glaube, von der medizinischen Fakultät in Harvard, der hat wissenschaftliche Experimente damit gemacht, mit Kontrollinstrumenten und so weiter, und der hat festgestellt, daß dadurch tatsächlich der Blutdruck herabgesenkt wird. Vielleicht haben Sie davon gehört, Doctor. Aber das ist nichts weiter als eine Entspannungsmethode; Religion ist es auf keinen Fall. Vergessen Sie nicht, daß wir die religiöse Erfahrung wollen. Und dazu braucht man einen gewissen Zustand der Spannung, der ausgeglichenen Spannung. Die Buddhisten machen es mit der Lotusposition; im Zen wird gekniet. Die jüdische Tradition dagegen verlangt meiner Meinung nach von uns, daß wir stehen.»

«Was halten Sie denn von dieser Gewohnheit, ein Wort oder einen Satz immer wieder herzusagen?»

«Von dem Mantra?» Rabbi Mezzik nickte mit dem schönen Kopf. «Einige finden, daß es ihnen hilft, sich zu konzentrieren. Es ist bewiesen, daß unsere Vorfahren sich dieser Methode bedient haben. Am Schluß des Jom-Kippur-Gottesdienstes sagen wir siebenmal *Adonai Hu Elohim* – Der Herr ist der Gott. Das läßt darauf schließen, daß dieser Satz möglicherweise als Mantra benutzt worden ist, und zwar nicht nur siebenmal, wie im Gebetsbuch vorgeschrieben.»

«Wozu soll die Meditation denn eigentlich gut sein?»

«Das ist schwer zu sagen, denn das ist bei jedem einzelnen verschieden. Sie könnten zum Beispiel fühlen, daß alles mit allem anderen verbunden ist – das, was wir Universelle Verwandtschaft nennen. Oder Sie spüren die grundlegende Einheit des Universums. Oder Sie erleben eine tiefe Ruhe.»

Dan Cohen erlebte gar nichts von allem. Was er erlebte, sagte er sich ingrimmig, war fades Essen, eine harte, knotige Matratze auf einer schmalen Liege mit einer viel zu dünnen Wolldecke zum Schutz gegen die nächtliche Kühle und die ständige, langweilige Gesellschaft Matthew Charns. Von Kaplan hatte er außerhalb der Gruppensitzungen nur wenig gesehen, denn der war weitgehend mit seinem eigenen Kreis beschäftigt, der aus den Vorstandsmitgliedern der Synagoge bestand und von den anderen Abstand hielt. Und der schon abgefahren war, als er an diesem Morgen zur ersten Andacht herunterkam.

«Chet und ein paar von den anderen mußten heute morgen schon früh nach Hause zurückkehren», erklärte Rabbi Mezzik den übrigen. «Sie müssen an einer wichtigen Vorstandssitzung teilnehmen. Immerhin haben wir aber noch einen *minjen*, also ist es nicht weiter schlimm.»

Niemand schien sich etwas dabei zu denken, für Dan Cohen aber war es ein weiteres jener Ärgernisse, die er an diesem Wochenende zu erdulden hatte. Während er mit dem Gebetstuch über dem Kopf dastand, fragte er sich, warum er überhaupt gekommen war. Gewiß, er hatte weg wollen, von Barnard's Crossing und von seiner Praxis. Aber warum hierher, und warum hatte er überhaupt weg müssen?

Der Tod eines Patienten, so traumatisch er sich auch auswirken mochte, war in einer Arztpraxis immer zu erwarten. Auch über eine mögliche Klage wegen falscher Behandlung machte er sich keine Gedanken; er war sicher, daß seine Behandlung korrekt und vertretbar gewesen war.

Die Reaktion seiner Kollegen, vor allem der beiden älteren, war zwar unerwartet und beunruhigend gewesen, aber mit so einer Situation wurde man ganz gewiß besser fertig, wenn man blieb und sie durchkämpfte, statt einfach davonzulaufen. Es war denkbar, daß sie ihn letztlich baten, die Klinik zu verlassen. Das wäre wirklich beunruhigend, gestand er sich ein. Aber es würde nicht sofort geschehen, weil er einen Vertrag hatte, und wenn er auf Erfüllung der Vertragsbedingungen pochte, hatte er immer noch über ein Jahr Zeit, bis sie ihn hinauswerfen konnten. Bis dahin war er vielleicht in der Lage, sich eine eigene Praxis in Barnard's Crossing einzurichten und einen Stamm eigener Patienten aufzubauen. Um zu dieser Erkenntnis zu gelangen, brauchte er nicht ganz hier herauszufahren und mit einem Gebetstuch über dem Kopf herumzustehen.

Aber warum war er dann hier? Wieder erinnerte er sich seiner Verlegenheit bei dem Telefongespräch mit Kestler, die um so größer gewesen war, als Lanigan mitgehört hatte. Leicht beunruhigt fragte er sich, ob der Polizeichef über die Klage wegen des Zauns unterrichtet war. Wurde die Polizei von derartigen Dingen in Kenntnis gesetzt? Unvermittelt wurde ihm klar, daß er sich im Grunde nur wegen seiner wiederholten Mißerfolge Sorgen machte. Er hatte in Delmont versagt, und dann in Morrisborough. Sollte das gleiche wieder in Barnard's Crossing passieren? Neigte er zu Mißerfolgen, wie manche Menschen zu Unfällen neigten? Die in den drei Städten gesammelten Erfahrungen zusammengenommen – bedeuteten sie, daß er zum Praktizieren der Medizin ungeeignet war?

Verlor er den Glauben an sich selbst als Arzt? Ein beängstigender Gedanke schoß ihm durch den Kopf, den er jedoch sogleich zu verdrängen suchte: War es möglich, daß es damals, als er Jacob Kestler zum erstenmal Limpidine verschrieben hatte, zu einer allergischen Reaktion gekommen war? Er hatte nicht erst noch einmal in seinen Krankenblättern nachgesehen, ehe er am Abend des Hurricanes zu ihm fuhr, sondern sich auf sein Gedächtnis verlassen. Er war sicher, daß das nicht der Fall gewesen war, aber das hatte schon Monate zurückgelegen, und er hatte es vielleicht vergessen. Und während er jetzt hier ganz allein stand, mußte er zugeben, daß ihm der Gedanke gekommen war, als er von Kestlers Tod hörte. Nur hatte er sich nicht die Mühe gemacht, sich zu vergewissern, so sicher war er seiner selbst gewesen. Oder hatte er Angst gehabt?

Obwohl das Klausurprogramm für den Sonntag noch ein Abendessen und eine anschließende Zusammenkunft vorsah, beschloß er, nicht so lange zu warten, sondern direkt nach der Meditation heimzufahren. Er mußte seine Unterlagen prüfen; er konnte und wollte nicht länger warten.

Seinem Zimmergenossen erzählte er eine Lüge. Er müsse noch vor dem Mittagessen einen Patienten besuchen. Dieselbe Ausrede benutzte er Rabbi Mezzik gegenüber.

«Und haben Sie Nutzen aus diesem Erlebnis gezogen?» erkundigte sich Mezzik wohlwollend.

«Ich glaube schon. Die Ruhe hat mir gut getan.»

«Und das religiöse Erlebnis? Hat Ihnen das geholfen?»

Er hätte beinahe höflich zugestimmt, aber er war noch zu deprimiert. «Leider nein, Rabbi. Es hat mich überhaupt nicht berührt. Um ganz ehrlich mit Ihnen zu sein: Ich finde, es war leeres Gerede.»

Überraschenderweise war Mezzik keineswegs gekränkt. Ja, er lächelte sogar. «So geht es den Leuten häufig beim erstenmal.»

«Was soll das heißen, beim erstenmal?»

Mezzik richtete den Blick in die Ferne. Dann sah er den Arzt abwägend an. «Wenn Sie einen Patienten behandeln», fragte er ihn, «wenn Sie ihm ein Medikament geben – tritt die Heilung dann sofort ein?»

«Manchmal schon. In den meisten Fällen jedoch nicht unmittelbar danach.»

«Nun, so ist es auch mit religiösen Exerzitien. Manchmal kommt es zu einer großen, plötzlichen Erkenntnis, zu einer Offenbarung, zu einer unvermittelten Klarheit, als hätte jemand in einem dunklen Zimmer das Licht angemacht. Manchmal dagegen braucht es ein bißchen Zeit. Und manchmal natürlich geschieht, genau wie bei Ihren Medikamenten, überhaupt nichts. Sie haben gebetet und meditiert. Ich habe Sie beobachtet, und ich glaube – ich habe einige Erfahrung in diesen Dingen –, daß Sie aufrichtig und ernsthaft gebetet haben. Glauben Sie mir, irgend etwas *wird* sich daraus entwickeln. Vielleicht morgen, vielleicht nächste Woche, vielleicht sogar erst nächstes Jahr, aber irgend etwas kommt bestimmt.»

Auf dem Heimweg dachte Dan Cohen an Mezziks Worte, und sein Gesicht verzog sich zu einem ironischen Lächeln. Alles nur wieder der alte Unsinn. Die Quacksalber mit ihrer angeblichen Wundermedizin hatten vermutlich dieselben Argumente verwendet. Damit gewannen sie Zeit, außer Landes zu gehen, ehe der Zorn der Düpierten sie erreichte.

Endlich daheim. Kaum hatte er seinen Wagen geparkt, da rief seine Frau ihm auch schon zu: «Dan? Telefon! Chef Lanigan ist am Apparat.»

22

«Hallo, Dr. Cohen? . . . Mein Kreuz macht wieder mal Sperenzchen, aber diesmal ganz schlimm. Ich hab's grade noch bis an den Schreibtisch zurück geschafft.»

«Das haben Sie schon öfter gehabt, nicht wahr?»

«Na ja, so einmal im Jahr muß ich damit rechnen. Normalerweise aber ist das nur so ein dumpfer Schmerz, als hätte ich hundert Pfund Blei an der Taille hängen. Diesmal dagegen ist es ein stechender Schmerz, und ich kam einfach nicht wieder hoch. Ich bin auf dem Revier. Zu Hause habe ich einen speziellen Gürtel, den ich anlege, wenn das passiert, aber so, wie ich jetzt bin, kann ich auf gar keinen Fall nach Hause fahren.»

«Dann werde ich schnell rüberkommen und Sie mir mal ansehen. Ich kann sie wenigstens verschnüren.»

«Das wäre nett, Doktor. Ich weiß, daß ich's eben aushalten muß, bis der Schmerz von selbst nachläßt, aber so schlimm hab ich's noch nie gehabt.»

«Nun, vielleicht kann ich Ihnen was dagegen geben. Ich bin in wenigen Minuten dort.»

Kurze Zeit später sah Dr. Cohen dem Polizeichef in das jammervoll verzerrte Gesicht und nickte verständnisvoll, als Lanigan erklärte: «Ich würde ja gar nichts sagen, wenn ich irgend was Dummes gemacht hätte, Doktor, wenn ich etwa versucht hätte, einen Wagen aus dem Schnee zu schieben. Das hab ich einmal gemacht, und da hat sofort mein Rücken angefangen. Das war die Strafe, aber eine vergleichsweise milde. Jetzt dageben hab ich mich einfach gebückt, um eine Akte in den Schrank zurückzulegen, und – Mann! Ich konnte mich nicht mehr rühren.»

Dr. Cohen nickte mitfühlend. «Der Schmerz verschwindet mit der Zeit, nicht wahr? Nach zwei bis drei Tagen?»

«Er wird erträglicher nach ein paar Tagen, aber gewöhnlich bleibt er etwa zwei Wochen. Bloß, so schlimm hab ich's noch nie gehabt. Sonst ist es immer mehr so ein Ziehen, wenn Sie wissen, was ich meine. Dies war ein scharfer, stechender Schmerz, und ein paar Minuten lang konnte ich mich überhaupt nicht rühren. Dann habe ich mich am Schrank entlang und am Schreibtisch entlang zu meinem Sessel zurückgehangelt.»

«Ich glaube, ich gebe Ihnen doch lieber was», antwortete der Arzt. Er suchte in seiner schwarzen Tasche und holte eine kleine Flasche heraus. «Zum Glück hatte ich zu Hause Ärztemuster. Das hier ist ein Muskelrelaxans. Möglicherweise werden Sie davon müde, also würde ich an Ihrer Stelle lieber keine größeren Autofahrten unternehmen. Ich habe recht gute Erfolge mit diesem Medikament gehabt, obwohl ein paar Patienten behaupteten, es hätte überhaupt nicht geholfen.» Er ging zu dem kleinen Waschbecken in der Ecke des Büros und füllte ein Glas mit kaltem

Wasser. «Hier, nehmen Sie jetzt zwei davon, und anschließend alle vier Stunden wieder zwei. Übrigens, sind Sie gegen irgendwas allergisch?»

«Nicht daß ich wüßte», antwortete der Chef, der dem Arzt die Pillen aus der hingestreckten Hand nahm. Sekundenlang betrachtete er sie neugierig, dann steckte er sie in den Mund und spülte sie mit Wasser herunter.

«Warum fragen Sie, ob ich allergisch gegen etwas bin?» erkundigte sich Lanigan. «Meine Rückenschmerzen kommen doch nicht etwa von einer Allergie, oder?»

«Natürlich nicht. Ich dachte nur an das Medikament. Es besteht immer die Möglichkeit einer allergischen Reaktion auf ein Medikament, das man verschreibt, die zuweilen recht schwere Formen annehmen kann. Vor allen Dingen heutzutage, wo wir so hochkomplizierte Zusammensetzungen haben.»

«Ach, wirklich? He, könnte das dem alten Kestler passiert sein? Hat er vielleicht auf die Pillen, die Sie ihm verschrieben haben, allergisch reagiert?»

Der Arzt zuckte die Achseln. «Möglich wäre es. Mein Kollege Dr. DiFrancesca war zum Beispiel dieser Meinung. Wenn eine bekannte Allergie gegen ein bestimmtes Medikament besteht, werden wir dieses Medikament natürlich nicht verschreiben. Deswegen erklären wir den Patienten immer, um was für ein Medikament es sich handelt, und erkundigen uns nach eventuellen Allergien. Normalerweise hätte ich Mr. Kestler zum Beispiel Penicillin verschrieben, da ich aber wußte, daß er allergisch dagegen war, verschrieb ich ihm Tetracyclin. Er hätte dagegen natürlich auch allergisch sein können, aber das war unwahrscheinlich. Ich meine, auf Penicillin reagieren viele Menschen allergisch, auf Tetracyclin kaum einige. Außerdem hatte ich es ihm früher schon einmal gegeben. Aber man weiß ja nie. Manchmal wirkt es kumulativ.»

«Könnte der Drugstore einen Fehler gemacht haben?»

Der Arzt schüttelte den Kopf. «Glaube ich kaum. Die sind heutzutage furchtbar vorsichtig, gerade wegen dieser komplizierten Zusammensetzung, von der ich sprach. Ein Fehler von seiten des Apothekers ist äußerst unwahrscheinlich. Und die pharmazeutische Industrie hilft mit, indem sie ihre Pillen in allen möglichen Farben und Formen herausbringt, anstatt, wie früher, ausschließlich weiß und rund. Die Pille, die ich Kestler verschrieb, war zum Beispiel oval und rosa . . .»

«Eher orange, würde ich sagen», entgegnete der Chef.

«Nein, rosa. Nun, vielleicht könnte man es als lachsfarben bezeichnen. Woher wissen Sie das?»

«Weil ich sie mir angesehen habe. Ich habe sie hier und bin ganz sicher, daß sie orange sind. Einen Moment.» Er zog eine Schreibtischschublade auf und entnahm ihr jenen Umschlag, der die Flasche mit den Pillen enthielt. Er schraubte die Flasche auf und schüttelte ein paar Pillen auf die Schreibtischplatte. Ein Irrtum war ausgeschlossen. Gewiß, die Pillen waren oval, aber sie waren ganz eindeutig orange. «Na, würden Sie sie etwa nicht als orange bezeichnen?» fragte er.

«Lassen Sie mich die Flasche sehen.» Der Arzt las laut, was auf dem Etikett stand: «J. Kestler, Limpidine zweihundertfünfzig, viermal am Tag je eine Tablette. Dr. D. Cohen.»

«Ist dies das Medikament, das Sie verschrieben haben?»

Cohen nickte.

«Und sind das die Pillen? Wie haben Sie sie genannt – Limpidine?»

«Ich hab mir immer eingebildet, sie wären rosa. Passen Sie auf, ich habe zu Hause ein Buch, daß die pharmazeutische Industrie jedes Jahr an alle Ärzte verschickt. Es enthält sämtliche Informationen über die Medikamente, die sie herstellen, sowie Farbtafeln mit Abbildungen der Pillen. Ich könnte schwören, daß Limpidine rosa ist, aber ich werde es zu Hause sofort nachschlagen.»

«Tun Sie das, Doktor, und rufen Sie mich an. Ich bleibe noch eine Zeitlang hier.»

Dr. Cohen hielt auf der Heimfahrt alle Geschwindigkeitsbeschränkungen ein, aber nur knapp. Er stellte den Wagen in die Garage und hastete in sein Arbeitszimmer hinauf, ohne zuerst den Mantel auszuziehen. Er schlug die *Physician's Desk Reference* auf und starrte auf die Farbtafel. Er hatte recht! Die Limpidinepillen waren rosa. Die orangefarbenen Pillen waren dagegen Penicillin in einer Form, wie sie dieselbe Firma herausbrachte. Irgendwie hatte Aptaker einen Fehler gemacht und die Penicillinpillen abgefüllt. Und der alte Mr. Kestler hatte natürlich darauf reagiert, da er allergisch gegen Penicillin war. Der Fehler lag also beim Apotheker, und nicht bei ihm!

Das Herz sang ihm in der Brust. Es war geschehen! Er war zur Klausur gegangen; er hatte gebetet, wohl zum erstenmal in seinem Leben aufrichtig gebetet; und sofort am Tag darauf war ihm auf wunderbare Weise dieses schwere, drückende Gewicht von der Seele genommen worden.

Er griff zum Telefon.

Die Probleme der Eltern mit ihren Kindern, die alle offenbar nichts geringeres als eine Entscheidung des Rabbiners oder mindestens seine Meinung erforderten, waren zahlreich und vielfältig. Rabbi Small empfing die Mütter nacheinander, während die übrigen draußen auf einem Sofa warteten.

«. . . Ich weiß ja, daß es nicht so furchtbar wichtig ist, aber Kinder sind nun mal sensibel, und als Malcolm Studnick die Rolle bei der Aufführung bekam, wo doch alle sagten, daß mein Ronald bei den Proben so gut war, da war er natürlich tief gekränkt . . .»

«. . . Sie wissen doch, wie Mädchen sind, Rabbi. Sie finden es furchtbar wichtig, allseits beliebt zu sein. So was kann ihre ganze Persönlichkeit beeinflussen. Deswegen sind Tanzstunden und Tennisunterricht unerläßlich für ihre weibliche Entwicklung . . .»

«. . . Nicht, daß mein Sumner uninteressiert wäre, Rabbi. Aber er hat einfach keine Zeit . . .»

«. . . Gerade jetzt, Rabbi, nachdem er gekränkelt hat, seit er ein Baby war, meint mein Mann, und ich natürlich auch, daß er möglichst oft im Freien sein soll. Ich danke Gott für die ‹Little League›. Ohne die ‹Little League› würde er den ganzen Tag zu Hause herumhocken. Deshalb war ich ja auch so an dem Camp interessiert, als mein Mann am Mittwochabend heimkam und mir davon erzählte. Also, wenn er sich dort während der Sommerferien auch noch im Judentum üben könnte . . .»

«Was für ein Camp ist denn das, Mrs. Robinson?»

«Ach, Rabbi, Sie wissen doch - da oben in Petersville. Nach allem, was ich hörte, soll es ja nicht nur als Klausur für Erwachsene benutzt werden; auch die Kinder sollen Gelegenheit haben, im Sommer mehrere Wochen dort zu verbringen.»

«Aber das ist nicht für die unmittelbare Zukunft geplant, Mrs. Robinson. Die Angelegenheit steht erst zur Diskussion.»

«Aber nein, Rabbi! Wie mir mein Mann sagte, haben sie das gestern in der Klausur diskutiert und wollen heute darüber abstimmen.»

«Aha, verstehe.» Rabbi Small zähmte seine Ungeduld und ließ sich nicht anmerken, daß er sie möglichst schnell loswerden wollte. Doch als die Unterredung beendet war und er Mrs. Robinson zur Tür begleitete, sagte er zu der Frau, die als nächste eintreten wollte: «Tut mir leid, Mrs. Kalbfuss, ich muß zu einer Vorstandssitzung.»

«Aber die ist doch längst vorbei, Rabbi. Die sind vor einer ganzen Weile schon alle gegangen.»

Ein Blick den Korridor hinunter zeigte ihm, daß die Tür zum Vorstandszimmer tatsächlich weit offen stand und der Raum völlig leer war.

Als Chester Kaplan nach Hause fuhr, sah er Dr. Cohen auf dem Rasen vor seinem Haus Laub zusammenharken und hielt am Bordstein. «Hallo, Doctor!» rief er ihm zu. «Tut mir leid, daß ich heute morgen abfahren mußte, ohne mich zu verabschieden.»

«Ach, das macht nichts», antwortete Cohen, der mit der Harke in der Hand näherkam.

«Wie war's denn, Doctor? Hat's Ihnen gefallen?» erkundigte sich Kaplan eifrig.

«Es war schön», antwortete der Arzt mit breitem Grinsen. «Wirklich schön, eigentlich sogar fabelhaft! Übrigens, da fällt mir ein: Ich habe noch nicht bezahlt. Wenn Sie einen Augenblick warten, schreibe ich Ihnen schnell einen Scheck. Oder kommen Sie doch herein, wenn Sie mögen.»

«Nein, danke. Schicken Sie ihn mir ganz einfach zu. Ich muß weiter. Freut mich, daß es Ihnen gefallen hat.»

«Aber ja! Es war ein echtes Erlebnis.»

Als er heimkam, ging Kaplan geradenwegs in sein Arbeitszimmer, wo er auf dem Briefpapier der Synagoge ein Schreiben an Marcus Aptaker, Town-Line Drugstore tippte. Er informierte ihn mit diesem Brief, daß der Synagogenvorstand sich einstimmig dafür entschieden habe, den Goralsky-Block mit den angrenzenden Grundstücken an William Safferstein, 258 Minerva Road, Barnard's Crossing, zu verkaufen. Er möge seine Bitte um Verlängerung des Mietvertrages doch an den genannten Käufer richten.

23

«Tu's nicht, David», riet Miriam eindringlich. «Kaplan hat dich reingelegt. Jetzt gib ihm nicht auch noch die Genugtuung, ihm zu zeigen, daß du gekränkt bist.»

«Aber ich kann's doch nicht einfach übersehen», antwortete der Rabbi, nahm aber trotzdem die Hand vom Telefonhörer.

«Du weißt doch gar nicht, was geschehen ist. Du weißt nur das, was eine Frau dir erzählt hat über das, was der Vorstand auf der Sitzung beschließen wollte. Du weißt nicht, ob es wirklich dazu gekommen ist. Warum wartest du nicht, bis man dich offiziell informiert?»

Ihr Mann setzte sich; und da er für ihre Worte empfänglich zu sein schien, fuhr sie fort: «Du glaubst, sie haben beschlossen, dieses Camp oben in Petersville zu kaufen. Und wenn schon! Dazu haben sie doch das Recht, oder nicht? Deine Erlaubnis brauchen sie nicht. Du bist bei den Vorstandssitzungen nur als Gast geladen. Du bist nicht in den Vorstand gewählt.»

Er nickte. «Nein, natürlich nicht. Und wenn sie da oben aus ganz normalen Gründen ein Stück Land kaufen wollten . . .»

«Zum Beispiel?»

«Na ja, als Geldanlage. Ich hätte vielleicht Bedenken, ob das klug wäre, als Rabbi dieser Gemeinde würde mich das aber nicht interessieren. Aufgrund der Bemerkungen, die Kaplan jedoch in den letzten zwei Monaten fallen gelassen hat, bin ich ziemlich sicher, daß sie das Camp als Klausur erwerben wollen. Und *das* geht mich allerdings einiges an.»

«Nun ja, vielleicht, da es eine religiöse Frage ist . . .»

Er sah Miriam erstaunt an. «Es ist mehr als das. Es ist nicht einfach eine Angelegenheit, bei der sie mich nach meiner Ansicht hätten fragen müssen, wie . . . wie etwa bei der Frage, ob sie neue Thorarollen kaufen sollen. Nein, dieser Einfall mit der Klausur beinhaltet eine Kehrtwendung auf dem Weg, den die Synagoge nimmt. Angenommen, sie überlegen, ob sie die Bar Mitzva im Alter von dreizehn Jahren abschaffen und dafür eine Konfirmation mit fünfzehn oder sechzehn Jahren einführen sollen, wie es bei vielen Reform-Synagogen geschieht. Oder angenommen, sie beschließen, eine neue Sitzordnung einzuführen, bei der die Frauen, wie in den orthodoxen Synagogen, von den Männern getrennt sitzen. Das sind Dinge, bei denen es nicht nur um meine Meinung oder meinen Rat geht, sondern Fragen dieser Art deuten auf einen grundlegenden Wandel innerhalb der Synagoge hin, und dazu brauchen sie meine Zustimmung.»

«Und wenn sie sich weigern?»

«Dann werde ich natürlich zurücktreten», antwortete er schlicht. «Ich werde sagen, ich bin ein konservativer Rabbi und habe als solcher eine Stellung bei einer konservativen Gemeinde angenommen. Wenn ihr jetzt also zu einer Reform-Gemeinde oder zu einer orthodoxen Gemeinde werden wollt – nun, das ist euer gutes Recht, aber dann habe ich hier nichts mehr zu suchen.»

Miriam war beunruhigt. «Wäre das nicht eine Überreaktion, David?» fragte sie. «Wenn ein paar Mitglieder deiner Gemeinde in den Wald gehen und für sich allein beten wollen . . .»

«Es sind nicht nur ein paar Mitglieder. Es sind der Präsident und der Vorstand der Synagoge, die angeblich im Namen der gesamten Gemeinde handeln und dabei das Geld der Gemeinde ausgeben. Und sie gehen auch nicht nur in den Wald, um zu beten. Sie richten eine Zweigstelle der Synagoge ein und engagieren diesen Rabbi, von dessen Einstellung ich nicht das geringste weiß, um sich von ihm führen zu lassen.» Er stand auf und ging zum Telefon.

Miriam unternahm noch einen Versuch. «Ja, aber wäre es nicht schon aus taktischen Gründen besser, wenn der Vorstand dich über das informierte, was bei der Sitzung beschlossen wurde? Ich meine, wäre es nicht besser, wenn sie zu dir kommen, statt du zu ihnen? Nach allem, was du weißt, hat Kaplan möglicherweise vor, dich heute nachmittag anzurufen oder sogar selbst herzukommen, um dir alles zu erklären.»

Er überlegte. «Mag sein, aber ich bezweifle es. Vermutlich meint er, daß er mich heute abend beim *minjen* sieht.»

«Das ist dasselbe.»

Er schwieg und dachte darüber nach. Endlich sagte er: «Mag sein.»

Er war den ganzen Nachmittag mißgestimmt und verbrachte ihn fast ausschließlich in seinem Studierzimmer. Miriam merkte, daß ihr Mann zutiefst verletzt war, und störte ihn nicht. Als sie am Abend jedoch sein Zimmer betrat, sah sie erstaunt, daß er in der Ecke stand und mit rasch sich bewegenden Lippen das *Schimonesre* betete. Sie wartete, bis er fertig war; dann fragte sie: «Gehst du heute nicht zum *minjen*, David?»

Er schüttelte den Kopf. «Nein, heute nicht. Und wahrscheinlich die ganze Woche nicht.»

«Sie werden meinen, daß du schmollst.»

Er grinste. «Laß sie ruhig. Vielleicht stimmt es sogar. Ich habe mich noch nicht entschieden, was ich tun werde, aber ich denke gar nicht daran, diese Angelegenheit auf dem Flur mit Kaplan und wer immer sich noch dazugesellt zu besprechen. Ich werde bis Sonntag warten. Wenn dann das Protokoll der letzten Sitzung gelesen wird, weiß ich genau, was sie getan haben, und kann entsprechend reagieren. Wenn sie dem Vorschlag, das Grundstück in Petersville für eine Klausur zu erwerben, zugestimmt haben, verlange ich Neuabstimmung.»

«Und wenn sie noch mal darüber abstimmen, und das Ergebnis ist dasselbe?»

«Dann bitte ich um Einberufung einer allgemeinen Mitgliederversammlung, vor der ich meine Ansichten darlegen und um Abstimmung durch die gesamte Gemeinde bitten kann.»

«Und wenn sie ablehnen?»

«Werde ich selbstverständlich zurücktreten.»

24

Auf dem Heimweg parkte Lanigan seinen Wagen, einer spontanen Eingebung folgend, an der Ecke, statt in die Straße einzubiegen. Wie immer, zuckte er zusammen, als er die grelle Neonreklame sah: YE OLDE CORNER DRUGGE STORE, JOS. TIMILTY, REG. PHARM., PROP., aber er trat trotzdem ein. Timilty, ein kleiner, dunkler, untersetzter Mann, kam sofort herbeigeeilt. Seine hellgrüne Nylontunika im russischen Stil, mit dem Namenszug *Ye Olde Drugge Store* in Dunkelgrün auf die Brusttasche gestickt, hatte kurze Ärmel, die haarige Unterarme freiließen. Er war kahl, hatte aber, wie zum Ausgleich dafür, buschige, schwarze Brauen, die von dem schweren, dunklen Brillengestell noch betont wurden. Seine Wangen hatten selbst unmittelbar nach dem Rasieren einen leicht bläulichen Schimmer; jetzt, am Spätnachmittag, wirkten sie blauschwarz.

«Und womit kann ich *Ihnen* dienen?» fragte er, um die Bedeutung des jeweiligen Kunden zu unterstreichen, wie man es in dem Verkaufskursus lernte, an dem er gerade teilnahm. Er war neu in der Gegend, hatte das

Geschäft vor knapp einem Jahr erst von den Brundages gekauft, die es vor ihm besessen hatten, solange sich Lanigan erinnern konnte.

Ein wenig peinlich berührt von dieser direkten Attacke, überlegte Lanigan, was er kaufen könnte. Sein Blick wanderte über die Auslagen, die Salznüsse, die Pralinenschachteln, die Parfüms; die Hundehalsbänder, -leinen und -Gummiknochen; Futter für Kanarienvögel und Sittiche; Kinderspielsachen. Aber er hatte weder Hund noch Kanarienvogel, hatte nicht einmal ein Kind und wußte, wenn er Pralinen oder Parfüm heimbrachte, würde Amy vermuten, er sei betrunken. Dann fiel ihm die kleine Flasche mit den Pillen ein, das Ärztemuster, das Dr. Cohen ihm gegeben hatte. Er zog sie heraus.

«Mir ist heute vormittag was ganz komisches passiert», begann er. «Ich war in meinem Büro unten auf dem Revier und überprüfte gerade ein paar Akten, da bückte ich mich, und verflixt, ich konnte mich nicht wieder aufrichten.»

«Sacroiliacum.» Timilty nickte weise. «War das das erste Mal?»

«Nein, aber so schlimm war's noch nie.» Er berichtete, wie er Dr. Cohen angerufen hatte. «. . . und diese Pillen, die der mir gegeben hat, also, die haben wahre Wunder gewirkt. Eine halbe Stunde später war ich praktisch wie neu.» Timilty nickte und lächelte das überlegene Lächeln des Eingeweihten über den Laien, der die Wunder der Wissenschaft bestaunt.

«Gewöhnlich dauert so ein Anfall ungefähr zwei Wochen, aber diesmal – eine halbe Stunde, und weg war's. Darum wollte ich fragen, ob Sie diese Pillen haben . . . Das hier ist nur ein Ärztemuster, das Dr. Cohen zufällig zu Hause hatte . . . Na ja, ich könnte mir ja einen kleinen Vorrat zulegen. Wenn's dann wieder mal passiert, brauche ich nicht erst den Arzt zu rufen.»

Timilty warf einen Blick auf das Glasfläschchen, das der Polizeichef ihm zeigte. «Aber sicher haben wir die. Es gibt mehrere Präparate, die die gleiche Wirkung haben; wir nennen so etwas ein Muskelrelaxans. Aber Sie müssen aufpassen beim Autofahren, wenn Sie die Dinger nehmen. Die machen müde.»

«Brauche ich ein Rezept? Dann würde ich nämlich . . . .»

«Nein, *Sie* brauchen kein Rezept. Wie viele wollen Sie?»

«Tja, ich weiß nicht. Ein Dutzend vielleicht?» meinte der Chef.

«Selbstverständlich. Sie können jederzeit mehr haben, wenn Sie wollen.» Er ging nach hinten in die Rezeptur, und Lanigan folgte ihm.

«Himmel, wie halten Sie bloß all diese vielen Medikamente auseinander?»

«Ach, das ist nicht weiter schwierig, wenn man ein bestimmtes System hat.» Er lachte. «Der alte Brundage hat vermutlich alles instinktiv gemacht.» Er nahm ein Plastikröhrchen und ein Etikett heraus. «Ich kann nur die Bezeichnung des Medikaments auf das Etikett schreiben», erklärte er. «Den Namen des Arztes und die Dosierung können Sie selbst drauf schreiben, wenn Sie das wollen. Ich darf das nicht ohne Rezept.»

«Ach, das macht nichts», sagte Lanigan obenhin. «Fertigen Sie eine Menge Rezepte an?»

«So ungefähr fünfzig, sechzig pro Tag.»

«Sie füllen die Pillen aus den großen Flaschen in die kleinen um, nicht wahr?»

Timilty hätte am liebsten überheblich erwidert, so etwas erforderte große Verantwortung, aber er sagte sich, Lanigan sei ein wichtiger Mann in der Stadt. Also zwinkerte er ihm zu und antwortete grinsend: «Ja, so ungefähr.»

«Richtig zusammenmixen tun Sie wohl überhaupt nichts mehr.»

«O doch! Flüssige Medikamente, Salben, Suppositorien, manchmal sogar auch noch Pillen. Einige alte Leute hier haben ihre Spezialrezepte für Pillen, und die mixe ich dann zusammen und fülle sie in Pastikkapseln. Als ich mit der Pharmazie anfing, hatten die großen Chemiewerke das bereits alles organisiert.»

«Haben Sie je einen Fehler gemacht?»

Timilty schüttelte ernst den Kopf. «Nicht bei Arzneimitteln. Das tut kein Apotheker. Sonst hätte er seine Linzenz nicht mehr.»

«Aber einige Apotheker . . .»

Timilty schüttelte hartnäckig den Kopf. «Ich laufe nicht rum und werfe der Konkurrenz Knüppel zwischen die Beine, aber ein Apotheker kann es sich einfach nicht leisten, bei einem Rezept einen Fehler zu machen. Manchmal verschreibt der Arzt das Präparat einer bestimmten Firma, sagen wir Squibb, und davon hat man gerade nichts mehr. Nun hat man vielleicht das entsprechende Präparat von, sagen wir Parke-Davis. Also, ich kenne Apotheker, die dann das Parke-Davis Medikament geben. Das ist eigentlich kein richtiger Fehler. Aber es ist unethisch. Und einige Ärzte sehen drüber hinweg, während andere ein Mordstheater machen. Mein Grundsatz ist, immer zunächst den Arzt anrufen und ihn fragen, ob wir das andere Präparat geben dürfen. Sonst händige ich es nicht aus.»

«Dann geben Sie dem Kunden das Rezept zurück und erklären ihm, Sie hätten das Medikament nicht?»

Abermals blinzelte ihm Timilty zu. «Normalerweise sagen wir ihm, es werde ein Weilchen dauern, und bieten ihm an, ihm das Medikament zu liefern.»

«Aha.» Lanigan grinste. «Mir ist das auch schon mal passiert. Und ich fragte mich, als ich die Pillen bekam, was denn so besonderes dran sei, warum es so lange gedauert habe, da sie doch offensichtlich maschinell hergestellt worden waren. Ich meine, der Apotheker hatte sie doch nicht selbst gedreht.»

«Das ist Geschäft. Ein guter Geschäftsmann versucht seine Kunden zu halten.»

«Ja, vermutlich. Aber sehen Sie mal, es gibt doch sicher Apotheker, die zuverlässiger sind als andere.»

«Nicht beim Anfertigen eines Rezepts», antwortete der Apotheker. «Jedenfalls nicht, wenn sie ihre Lizenz noch haben.»

«Aber wie konkurriert ihr denn miteinander?»

«Auf den Sektoren Preis, Geschäftslage, Persönlichkeit. Genau wie bei den Lebensmittelgeschäften. Die Campbell-Suppen sind in dem einen Laden bestimmt die gleichen wie in dem anderen. Der eine Laden aber ist billiger oder näher oder sauberer. Also gehen Sie in den.»

«Oder man bekommt da ein bißchen mehr als in dem anderen», ergänzte Lanigan.

«Wie meinen Sie das?»

«Na ja, nehmen wir an, ich komme mit einem Rezept für Pillen. Der eine Apotheker füllt einfach die Flasche, während der andere vielleicht sehr viel mehr Watte mit reintut.»

Timilty schüttelte entschieden den Kopf. «Der Arzt bestimmt auf dem Rezept genau, wieviel er von dem Medikament braucht, und genausoviel gebe ich dem Patienten. Wir haben eine ganze Menge Präparate, von denen der Arzt nur ganz genau soundso viele Pillen verabreichen will, und keine mehr. Oder er will, daß der Patient die gesamte Menge nimmt, egal, wie gesund er sich schon nach der Hälfte fühlt. Also geben wir exakt die Menge, die der Arzt verschreibt, nicht mehr und nicht weniger. Außerdem, bei diesen Pillen, die pro Stück bis zu siebzig oder achtzig Cent kosten, gibt Ihnen bestimmt niemand eine extra.»

«Was ist mit den Apothekern, die bei Ihnen angestellt sind?»

«Die verhalten sich beim Abfüllen von Medikamenten auch nicht anders.»

«Vermutlich signiert jeder Apotheker das Rezept, das er ausführt.»

«Wozu? Was wäre der Zweck?»

«Na ja, zum Beispiel, falls etwas schief geht.»

Timilty starrte ihn verwundert an. «Was kann da schiefgehen?»

25

Polizeichef Lanigan schob seinem Lieutenant die *Physician's Desk Refrence* hinüber und sagte: «Also, das hier hat Doc Cohen verschrieben, und das hier hat der alte Kestler erhalten und eingenommen.»

Lt. Eban Jennings richtete den Blick der wasserblauen Augen auf die kleine Farbtafel, dann betrachtete er die Pille, die auf der Schreibtischplatte lag. Sein ausgeprägter Adamsapfel hüpfte, als er sagte: «Völlig verschieden. Der Apotheker muß sich geirrt haben.»

Lanigan schüttelte den Kopf. «Laut Dr. Cohen ist ein Irrtum des Apothekers höchst unwahrscheinlich. Ich habe mich außerdem bei Timilty erkundigt, der Brundages Geschäft am Ende von meiner Straße übernommen hat, und der sagt ebenfalls, daß Apotheker beim Ausführen von Rezepten keine Fehler machen. Nun ist Timilty einer von diesen Übereifrigen, der der Konkurrenz, wenn ihm die Möglichkeit gegeben wird, gern eins auswischt. Aber er war derselben Meinung wie der Doktor: Ein Apotheker macht so einen Fehler nicht.»

«Ja, aber was ist es dann?»

Lanigan lehnte sich bequem zurück. «Tja, ich würde sagen, wenn es kein Fehler war und doch geschehen ist, dann muß es Absicht gewesen sein.»

«Aber das wäre Mord!» gab Jennings zu bedenken.

«Oder Totschlag. Und warum nicht? Morde werden nicht nur mit Schießeisen und Dolchen begangen. Die meisten Menschen besitzen weder einen Dolch noch einen Revolver. Wenn man von den Profis absieht, wird in den meisten Fällen verwendet, was gerade zur Hand ist. Der scharfe Gegenstand entpuppt sich fast immer als etwas ganz Alltägliches, ein Steakmesser etwa. Erinnern Sie sich an Millicent Hanbury, die eine Stricknadel benutzt hat? Und an Ronald Sykes, der Isaac Hirsh umbrachte, indem er einfach den Ventilator seines Wagens verschloß, während der Motor lief? Überlegen Sie mal. Das natürlichste Mordinstrument ist das, was griffbereit ist. Hier haben wir einen Apotheker mit einem ganzen Laden voll Chemikalien. Wenn der jemanden umbringen wollte, könnte er natürlich versuchen, sich einen Revolver zu beschaffen. Viel wahrscheinlicher aber ist es, daß sein erster Gedanke all den vielen Dingen gilt, die er selbst in seinen Regalen hat.»

«Ja, aber . . Aber was, das ist doch verrückt? Hören Sie, Hugh, ich kaufe im Town-Line Drugstore, seit wir das Haus verkauft und uns die Wohnung an der Salem Road genommen haben. Ich holte mir dort fast jeden Abend die Zeitung und ein paar Zigarren, und man könnte sich keinen netteren Menschen vorstellen als Marcus Aptaker. Nicht, daß er einer von diesen leutseligen Typen ist. Nein, er ist eigentlich eher konservativ, wissen Sie, mit einem ausgeprägten Verantwortungsbewußtsein. So ein Mann würde bestimmt nicht hingehen und Medikamente rausgeben, mit denen man Menschen umbringen kann.»

«Ich kenne Marcus Aptaker länger als Sie», erwiderte Lanigan. «Als ich damals zur Polizei kam, mußte ich des nachts auf der Salem Road Streife gehen. Zu jener Zeit waren die Drugstores noch bis Mitternacht geöffnet, und ich pflegte mich bei Aptaker aufzuwärmen. Er hatte eine Kochplatte, und Marcus Aptaker spendierte mir oft genug eine Tasse Kaffee, die ich trank, während wir uns unterhielten. Ich mag Aptaker, aber er gehört zu diesen starren, geradlinigen Typen. Diese Art Menschen sieht alles nur schwarz und weiß, ohne Zwischentöne. Und wenn er glaubt, jemand hätte ihm Unrecht getan, kann ich mir vorstellen, daß er das Gefühl hat, Richter und Jury zugleich sein zu müssen – und sogar Vollstrecker. Erinnern Sie sich an seinen Sohn Arnold?»

«Ja. Hat der ihm nicht im Geschäft geholfen?»

Lanigan lehnte sich in seinem Drehsessel zurück und legte die Füße auf die herausgezogene unterste Schreibtischschublade. Den Kopf in die gefalteten Hände gelegt, starrte er zur Decke empor. «Diesen Jungen, den Arnold, warf er vor zwei, drei Jahren hinaus, weil er die Hand in die Kasse gesteckt hatte.»

«Nein!»

«O doch. Der Junge trieb sich damals in den Nightclubs und Spielkasinos von Revere herum und hatte Schulden gemacht, die er mit einem Schuldschein beglich. Wahrscheinlich drängte man ihn zur Einlösung des Scheins und bedrohte ihn sogar. Wenn man bei diesen Kerlen nicht bezahlt, brechen die einem Arme und Beine. Ich vermute, daß Arnold deswegen Geld aus der Kasse genommen hat, und der Alte hat ihn dabei erwischt und rausgeworfen.»

«Wieso habe ich nichts davon erfahren?»

«Weil Sie damals in Washington waren, bei dem FBI-Auffrischungskurs, für den ich der Stadt das Geld abgeluchst hatte.»

«Ach so. Und was war dann? Ist Aptaker zu Ihnen gekommen?»

«Zunächst nicht. Marcus Aptaker löste den Schuldschein ein und sagte dem Geldeintreiber, er wolle ihn nie wieder in seinem Laden sehen.» Der Chef stellte die Füße auf den Boden und richtete sich kerzengerade auf. «Aber diese Typen geben ja nie Ruhe; sie hören nicht auf, die anderen zu ducken. Der Mann lachte ihn aus und erwiderte, der Laden sei ein öffentlicher Platz, und er werde kommen, wann immer er Lust dazu habe. Da kam Aptaker zu mir. Er wollte, daß ich den Mann warne. Er werde den Kerl umbringen, wenn er nicht aufhöre, ihn zu belästigen, erklärte er.»

«Was konnte er denn tun, wenn dieser Mann aus Revere war?»

«Der Mann war gerade in unsere Stadt umgezogen. Es war Joe Kestler.»

«Joe Kestler?» fragte der Lieutenant verblüfft. «Ich wußte nicht, daß der in den *rackets* ist. Ich dachte, er arbeitete mit seinem Alten zusammen, Hypotheken und so weiter.»

«Ich will auch nicht sagen, daß er in den *rackets* ist», korrigierte Lanigan freundlich. «Er sagte zu Aptaker, er habe den Schuldschein gekauft oder diskontiert.»

«Und was haben Sie gemacht?»

«Ich bin zu Kestler gegangen.»

«Was haben Sie ihm gesagt?»

Lanigan grinste. «Es war wohl weniger das, was ich ihm gesagt habe, als das, was ich ihm *seiner Auffassung nach* gesagt habe. Ich habe lediglich gesagt, ich wünsche keinen Ärger in unserer Stadt, er sei neu hier, und wenn er in Ruhe und Frieden leben wolle, solle er keinen Streit anfangen. In anderen Städten bedeutete eine derartige Warnung durch den Polizeichef vermutlich, daß er alle möglichen Schwierigkeiten mit den Behörden haben wird, falls er nicht sauber bleibt, daß sein Besitz neu veranlagt wird, oder die Leute von der Baubehörde kommen und seine Installationen beanstanden werden. Jedenfalls, soweit ich weiß, hielt er sich zurück. Wenigstens hat Aptaker sich nie mehr bei mir über ihn beschwert. Schade, daß Kestler nicht weiterhin Abstand gehalten hat, aber ich nehme an, jetzt, wo sein Vater krank war . . .»

«He, Augenblick mal, Hugh! Wollen Sie sagen . . . Aber das ist doch drei Jahre her!»

«Ja, aber manche Sachen werden mit der Zeit nur schlimmer», erwiderte der Chef. «Aptakers Sohn kam nicht mehr zurück. Je länger es dauerte, desto größer wurde der Schmerz. Und außerdem - falls Kestler wirklich Abstand gehalten hat, war dies die erste Gelegenheit für Aptaker, sich an ihm zu rächen.»

«Aber das Medikament war nicht für Joe bestimmt, den Mann, mit dem er damals den Ärger hatte, sondern für dessen Vater», wandte Lieutenant Jennings ein.

«Daran habe ich auch gedacht», sagte Lanigan. «Auf dem Etikett der Flasche erscheint jedoch lediglich der Buchstabe J, und der paßt auf den Vater und auf den Sohn. Der Vater hieß nämlich Jacob. Wenn also der Vater krank war, wäre dann nicht der Sohn gekommen, um das Medikament abzuholen? Wenn also der Sohn nicht kam, war er möglicherweise selber krank und holte das Medikament nicht ab, weil er es nicht konnte.»

Eban Jennings schüttelte langsam den Kopf. «Das kann ich nicht glauben. Nicht von Marcus Aptaker.»

«Man kann nie wissen, was die Menschen tun werden, Eban. Man kann nie dem Anschein nach urteilen.»

«Aber das ist doch unlogisch», protestierte Jennings. «Aptaker hat vor drei Jahren mit Joe Kestler Streit, also bringt er drei Jahre später dessen Vater um?»

«Aufgrund dieses Streites verließ ihn sein Sohn, Eban, mit dem er große Pläne hatte. Für Marcus ist das Geschäft mehr als eine Einnahmequelle. Für ihn ist es eine Tradition, die Arnold nach ihm fortsetzen sollte. Das ist ein großer Unterschied.»

«Ja, aber woher sollte Marcus wissen, daß diese neuen Pillen Mr. Kestler schaden würden? Bitte, beantworten Sie mir das.»

«Das konnte er natürlich nicht wissen. Nicht mit Bestimmtheit. Laut

Doc Cohen wurde das Tetracyclin jedoch für Menschen entwickelt, die auf Penicillin allergisch reagieren. Für einen Apotheker lag es also auf der Hand, daß dieses Medikament verschrieben worden war, weil der Patient kein Penicillin vertrug. In diesem Fall würde eine Penicillinpille großen Schaden anrichten, auch wenn sie den Patienten vielleicht nicht umbringen würde. Eines ist jedenfalls sicher: Der Town-Line-Drugstore hat in einer Sache einen Fehler gemacht, in der Apotheker niemals einen Fehler begehen . . .»

«Und was haben Sie vor?»

«Nun, ich glaube, ich sollte Mr. Aptaker ein paar Fragen stellen.»

«Aber woher wollen Sie wissen, daß Marcus Aptaker selbst den Austausch vorgenommen hat?» erkundigte sich Jennings. «Woher wollen Sie wissen, daß es nicht vielmehr der andere Apotheker war, Ross McLane? Also der ist wirklich ein widerlicher Kerl! Er ist grob und ironisch und hat keine Ahnung, wie man mit Menschen umgeht. Wenn ein Kunde in den Laden kommt, Hugh, wird er ausschließlich von Marcus bedient. Und warum? Weil McLane einfach nicht mit Kunden umgehen kann. Er fährt sie an: ‹Was wollen Sie?› – als hätten sie ihn gestört, und er tue ihnen einen Gefallen, wenn er ihnen was verkauft.»

«Worauf wollen Sie hinaus, Eban?»

«Ich will damit sagen, wenn im Geschäft Kunden sind, wie es am Mittwoch wegen des bevorstehenden Unwetters der Fall gewesen sein muß, ist immer Marcus vorn im Laden. Während McLane hinten die Rezepte anfertigt.»

«Aber McLane ist neu hier in der Stadt», entgegnete der Chef.

«Seit ungefähr einem Jahr», sagte Jennings.

«Und wir wissen nichts von einer Verbindung mit Kestler.»

«Das muß nicht heißen, daß es keine gibt. McLane hatte vorher einen Drugstore in Revere. Und Kestler kommt ebenfalls von dort.»

«Tja . . .»

«Hören Sie, Hugh, wenn Sie Ihr Gespräch mit Aptaker noch ein paar Tage aufschieben, könnte ich mich in Revere ein bißchen umhören und sehen, ob ich irgendwas ausgrabe.»

Lanigan nickte. «Na schön. Einige Tage hat's wohl noch Zeit. Aber ich wünsche keine langwierige Untersuchung, weil Dr. Cohen solange den Prügelknaben spielen muß.»

26

Wäre Dr. Cohen nicht so sicher gewesen, daß Lanigan sein Freund war und ihm helfen wollte, er hätte nicht gewußt, was er davon halten sollte, daß ihm der Polizeichef abgeraten hatte, Aptaker wegen des Irrtums beim

Anfertigen des Rezepts zur Rede zu stellen.

«Lassen Sie mich die Sache erst überprüfen, Doctor», hatte Lanigan gesagt.

«Aber das verstehe ich nicht. Was gibt's da zu überprüfen?»

«Nun, es wurde ein Fehler gemacht. Daran besteht keinerlei Zweifel. Das könnte aus reiner Nachlässigkeit geschehen sein, aber es könnte auch etwas anderes sein . . .»

«Zum Beispiel?»

«Ich weiß es nicht. Das will ich ja gerade herausfinden.»

«Weshalb kann ich nicht einfach hingehen und es selbst herausfinden?» erkundigte sich Dr. Cohen.

«Nun, in gewissem Sinn ist die Polizei an diesem Fall auch beteiligt, weil wir die Pillen offiziell in Verwahrung haben. Ja, wir haben sie sogar abgeliefert. Ich bin zum Beispiel gar nicht sicher, ob ich sie Ihnen hätte zeigen dürfen. Ich meine, wenn wir an dem Fall beteiligt sind, dann steht das auch in der offiziellen Akte. Falls Kestler Klage wegen falscher Behandlung erhebt, könnte ein geschickter Anwalt etwas daraus konstruieren, daß Sie mein Arzt sind und ich Ihnen ohne Wissen und in Abwesenheit der anderen Partei und ihres Anwalts Beweisstücke gezeigt habe. Er könnte zum Beispiel durchblicken lassen, wir wären Komplizen beim Austausch der Pillen gewesen. Glauben Sie mir, ich habe schon eine Menge Fälle gehabt, die an so einer Kleinigkeit gescheitert sind. Nein, ich möchte erst einige Erkundigungen einziehen.»

«Wie lange würden Sie dazu brauchen?» fragte Dan.

«Ach, ich weiß nicht . . . Ein bis zwei Tage», antwortete der Chef.

«Nun, ein paar Tage könnte ich schon warten, aber ich möchte nicht, daß es sich länger hinzieht. Das könnte meiner Praxis schaden.»

«Ich verstehe. Ich werde sofort anfangen.»

Cohens erster Impuls beim Entdecken der Wahrheit war es gewesen, Dr. Muntz und seine anderen Kollegen anzurufen und ihnen alles zu erzählen. Nach einigem Nachdenken jedoch entschied er sich zunächst dagegen. Denn erstens nahm er ihnen die Art und Weise übel, wie sie auf die Nachricht von seinen Schwierigkeiten reagiert hatten, und zweitens wollte er sie nicht wissen lassen, daß er selbst an der Richtigkeit seiner Behandlung gezweifelt hatte. Gewiß, er wollte es ihnen sagen, aber ganz beiläufig, wenn die Angelegenheit bei einer normalen Unterhaltung zufällig zur Sprache kam.

Inzwischen war es jedoch Dienstagnachmittag, und noch immer hatte sich keine Gelegenheit ergeben. Er mochte es sich einbilden, aber er glaubte eine gewisse kühle Haltung seiner Kollegen ihm gegenüber zu entdecken. Gestern waren sie ohne ihn zum Lunch gegangen. Er war zwar noch mit einem Patienten beschäftigt gewesen, aber einer der Kollegen hätte ihn doch schnell anrufen und ihn fragen können, ob sie auf ihn warten sollten.

Und dann hatte er den ganzen Nachmittag das Gefühl gehabt, daß sie ihn mieden. Sicher, sie steckten alle bis über die Ohren in der Arbeit, aber es gab doch immer zwischen dem einen Patienten und dem nächsten ein paar Minuten, in denen sie selbst an den hektischsten Tagen schnell zum Kollegen ins Sprechzimmer hinübergingen, um dort eine Zigarette zu rauchen und sich ein bißchen zu entspannen. Kein einziges Mal während des ganzen Nachmittags hatte ihm einer der anderen Ärzte auch nur von weitem zugewinkt. Dan hatte erwartet, daß Al Muntz sich bei ihm wenigstens nach der Klausur erkundigen würde. Schließlich hatte er auf dessen Drängen erst daran teilgenommen. Dann hätte er Gelegenheit gehabt, dem anderen von seinen Erlebnissen während des Wochenendes zu berichten, um anschließend auf die Unterredung in Chef Lanigans Büro überzuleiten. Aber Muntz erwähnte die Klausur mit keinem Wort.

Am Dienstag hatten Kantrovitz und Muntz Sprechstunde im Krankenhaus, waren aber gewöhnlich vor dem Mittagessen wieder in ihrer Praxis. Heute jedoch war zu dem Zeitpunkt, da Cohen bereit war, zum Lunch zu gehen, keiner von beiden zurückgekommen. Und als er zu DiFrancesca hineinschaute, erhielt er zur Antwort: «Gehen Sie nur schon los, Dan. Meine Frau holt mich heute ab. Wir wollen uns einen neuen Teppich aussuchen.»

War das alles nur Zufall? War er überempfindlich, vielleicht sogar ein wenig paranoid? Er rief Lanigan an in der Hoffnung, von ihm etwas Neues zu hören. Aber Lanigan war nicht in seinem Büro.

«Würden Sie ihn bitten, mich anzurufen, wenn er kommt?»

«Sicher.»

Den ganzen Nachmittag wartete er auf den Anruf. Als er bei Praxisschluß immer noch nichts gehört hatte, beschloß er, auf eigene Faust etwas zu unternehmen. Es konnte doch bestimmt nicht schaden, wenn er zu Marcus Aptaker ging, sich einfach nur mit ihm unterhielt. Kestlers Rezept würde er nicht erwähnen. Er würde nur ein . . . ein paar Zigarren kaufen. Sie würden sich unterhalten über . . . nun, über alles mögliche, wie sie es gewöhnlich taten, wenn er in den Laden kam und Aptaker Zeit hatte. Falls Aptaker dann auf Kestler zu sprechen kam . . .

27

Der Brief von der Synagoge kam mit der Morgenpost. Bis auf ein vorübergehendes Zusammenpressen der Lippen ließ Marcus Aptaker sich seine Enttäuschung nicht anmerken; aber er war den ganzen Vormittag zerstreut und mußte sich, wenn er einem Kunden gegenüberstand, zu einem freundlichen Lächeln zwingen. Er bediente wie immer, er überprüfte eine Warenlieferung, er beantwortete das Telefon, er tippte Preise in die Registrierkasse und gab die richtige Summe Wechselgeld heraus oder trug den Betrag auf das Kreditkonto des Kunden ein; aber das alles tat er automatisch, während seine Gedanken anderswo waren und sich mit diesem neuen Problem herumschlugen.

Safferstein um die Verlängerung des Mietvertrages zu bitten, wie es in dem Brief vorgeschlagen wurde, war sinnlos, da Safferstein bereits seit langem versuchte, das Geschäft für seinen Schwager zu erwerben. Jetzt aber brauchte er es gar nicht mehr zu kaufen; jetzt brauchte er nur noch ein paar Monate zu warten, bis der Mietvertrag ablief, dann konnte er es ganz einfach übernehmen. Ursprünglich hatte Safferstein durchblicken lassen, daß er bereit sei, einen guten Preis zu bezahlen; die Tatsache, daß er den Häuserblock gekauft hatte, machte das aber ganz eindeutig überflüssig. Aptaker war sich über eines klar: Falls Safferstein sein Angebot, das Geschäft zu kaufen, aufrechterhalten würde – und das war unter den gegebenen Umständen zweifelhaft –, dann nur auf der Basis, daß er die Warenvorräte zu Schleuderpreisen übernahm und für die Einrichtung höchstens Preise zahlte, wie sie beim Trödler zu erzielen waren. Freundliches Entgegenkommen gab es nicht mehr.

Er spielte mit der Möglichkeit, einen anderen Laden zu mieten. Das würde eine beträchtliche Investition für eine neue Einrichtung bedeuten, doch wenn sein Sohn ihm zur Seite stünde, wäre das ein durchaus logischer Schritt. Diese Hoffnung allerdings, das war ihm jetzt klar, war nichts weiter als ein schöner Traum gewesen und jetzt, nach dem kurzen Besuch des Sohnes zu Hause, noch weniger wahrscheinlich geworden. Er mußte einsehen, daß er allein, zweiundsechzig und zu alt war, um ein neues Geschäft zu eröffnen.

Flüchtig dachte er daran, noch einmal mit Kaplan zu sprechen und ihn zu bitten, er möge es sich doch überlegen oder ihm die Möglichkeit geben, seine Bitte direkt an den Vorstand der Synagoge zu richten. Aber warum sollten sie besondere Rücksicht auf ihn nehmen, wo er noch nicht einmal Gemeindemitglied war?

Zunächst stand er vor dem schweren Problem, was er seiner Frau sagen sollte. In Gedanken übte er den Tonfall und die Haltung, die er bei seiner Erklärung annehmen wollte. Er durfte sie keinesfalls merken lassen, wie tief getroffen er eigentlich war. «Ach, weißt du, es ist wohl ganz gut so. Ich habe mein Leben lang hart gearbeitet, jetzt ist es Zeit, daß ich mich ein bißchen ausruhe. Vielleicht machen wir eine Reise, und mit meiner Sozialversicherung und deiner und mit unseren Ersparnissen müßten wir ganz gut auskommen. Vielleicht nehme ich eine Teilzeitarbeit an, damit ich etwas zu tun habe. Ich gebe zu, freiwillig hätte ich nicht verkauft, aber da es nun mal so gekommen ist, bin ich im Grunde froh darüber.» Doch würde sie ihm überhaupt glauben?

McLane erschien kurz nach zwölf Uhr, und Aptaker gab ihm ein paar Anweisungen, um schließlich in die Rezeptur zu gehen und das Lunch zu essen, das Rose ihm jeden Tag mit ins Geschäft gab.

Er aß hastig, wie immer, wenn er im Laden war, nahm große Bissen von seinem Sandwich und spülte sie mit großen Schlucken Kaffee herunter. Als er fertig war, spürte er, wie schon ein paarmal, einen Knoten in seiner Brust. Langsam trank er ein Glas Wasser; das brachte ihm eine gewisse Erleichterung. Er wollte aufstoßen, konnte es aber nicht. Schließlich gab er dem dumpfen, anhaltenden Schmerz nach und löste in einem Glas ein wenig Natriumcarbonat auf. Nun konnte er wenigstens aufstoßen, doch die Erleichterung war nur vorübergehend. Beinahe sofort kehrte der Druck in seiner Brust zurück.

McLane beobachtete ihn mit Besorgnis. «Haben Sie Sodbrennen? Hier, nehmen Sie eine davon.» Er holte eine Blechdose von der Theke, wo die nicht rezeptpflichtigen Heilmittel verkauft wurden. «Die sind gut. Ich habe sie selbst ausprobiert.»

Marcus zerkaute eine Tablette, und dann eine zweite, und abermals spürte er vorübergehend Erleichterung; doch abermals kehrte der Druck zurück. Ihm kam der Gedanke, Schmerz und Druck könnten vielleicht vom Herz kommen, statt nur vom Sodbrennen. Darum öffnete er, als McLane nicht herübersah, schnell eine kleine Flasche mit Nitroglyzerintabletten und legte sich eine der winzigen Pillen unter die Zunge. Sofort war ihm, als krampfe sich sein ganzer Kopf zusammen. Das dauerte jedoch nicht lange, und als es vorbei war, war auch der Schmerz in seiner Brust vergangen.

Etwa eine Stunde lang fühlte er sich völlig normal, dann war der Druck plötzlich wieder da. Vor Schmerz verzog er das Gesicht und schob sich verstohlen eine weitere Tablette unter die Zunge. Wieder kam die große Erleichterung, aber er merkte, daß er schwitzte, und war überzeugt, daß er leichenblaß war.

Normalerweise hätte Marcus gegen zwei Uhr das Geschäft verlassen, doch seine Frau hätte sofort gesehen, daß es ihm nicht gut ging, und sich Sorgen gemacht. Aus reiner Fürsorge hätte sie ihn mit endlosen Fragen bombardiert: Ist im Laden was passiert? Hattest du Streit mit McLane? Gab es Schwierigkeiten mit einem Kunden? Wenn er ihr dann von dem Brief erzählte – und früher oder später würde er das müssen –, hätte sie mit ihrer weiblichen Logik eine Verbindung mit diesem gegenwärtigen Unwohlsein vermutet. Und er hätte sie niemals überzeugen können, daß die Aufgabe des Geschäfts ihm nichts weiter ausmachte. Deswegen beschloß er, bis nach dem Abendessen im Laden zu bleiben, sich aber möglichst nicht anzustrengen. Er würde heute früh zu Bett gehen, und wenn er sich ausgiebig ausgeschlafen hatte, würde er morgen früh wieder vollkommen in Ordnung sein. Gewiß, solange Kunden vorn im Laden waren, konnte er nicht hier in der Rezeptur sitzen bleiben, also bediente er trotz seines Vorsatzes beinahe genausoviel wie er es unter normalen Umständen getan hätte.

Einmal erkundigte sich McLane: «Alles in Ordnung? Sie sind so blaß.»

«Nein, nein, alles in Ordnung», versicherte er. «Vielleicht kommt das von der neuen Leuchtstoffröhre. Sie wirken auch ziemlich käsig.»

Kurz nach fünf kam Dr. Cohen, den Marcus selbst bediente. Der Arzt musterte ihn durchdringend, und als sich Aptakers Gesicht vor Schmerz zu einer Grimasse verzog, fragte Dan Cohen: «He, was ist los?»

«Ach, nur ein bißchen Magendrücken, nehme ich an. Ich muß aufstoßen, aber es geht einfach nicht.»

«Sie transpirieren», stellte Dr. Cohen fest.

«Ja, vielleicht ein bißchen. Es ist warm hier, und ich bin viel rumgelaufen.»

«Seit wann haben Sie dieses Magendrücken?»

«Ach, noch nicht sehr lange.»

«Er hat es seit dem Mittagessen, Doktor», mischte McLane sich ins Gespräch.

«Schmerzen im Arm?» erkundigte sich Cohen.

«Nein.»

«Wo ist der Druck, Mark?»

«Hier.» Er deutete auf seine Brust.

«Schwierigkeiten bei der Atmung? Ist es ein schmerzhafter Druck?»

«Nein, nein, ganz und gar nicht.»

«Geben Sie mir Ihr Handgelenk.»

«Also hören Sie, Doktor, ich weiß, was Sie denken. Es ist nichts, ganz bestimmt nicht.» Trotzdem reichte er ihm die Hand.

Der Doktor fühlte ihm den Puls. Dann sagte er: «Ziehen Sie Jackett und Hemd aus. Ich hole nur schnell mein Stethoskop aus dem Wagen.»

«Ich kann doch hier im Laden nicht mein Hemd ausziehen!»

«Warum denn nicht? Es ist niemand hier. Wenn Sie wollen, können wir auch in die Rezeptur oder in die Toilette gehen. Aber nein, lassen Sie nur, Sie brauchen unbedingt ein EKG. Wer ist Ihr Arzt?»

«Ich habe keinen», antwortete Aptaker. «Ich war nie krank.»

«Nun gut, dann fahren Sie mit mir jetzt in meine Praxis, und wir machen es da. Oder noch besser, ich fahre Sie ins Krankenhaus.»

«Ich gehe nicht ins Krankenhaus. Rose erwartet mich in einer Stunde zu Hause.»

«Seien Sie nicht töricht», warnte Cohen. «Sonst müssen Sie unter Umständen auf einer Trage nach Hause gebracht werden. Fahren Sie mit mir ins Krankenhaus.»

«Tun Sie's, Marcus», drängte McLane. «Ich telefoniere mit Rose.»

Aptaker zögerte, sah von einem zum anderen, las die Sorge in Dr. Cohens Gesicht. «Na schön», lenkte er ein, «aber mit Rose spreche ich selber. Wenn Sie nur für mich wählen würden.»

Als seine Frau sich meldete, sagte er: «Rose? Ich habe ein bißchen Magenbeschwerden, und Dr. Cohen kam zufällig vorbei. Er möchte mich untersuchen.»

Später, während der abendlichen Besuchszeit, saß Rose Aptaker am Bett ihres Mannes. Er hatte ein Krankenhausnachthemd an, und sein Bett war hochgestellt, so daß er sie ohne Mühe ansehen konnte.

Er erläuterte ihr, wie alles gehandhabt werden sollte. «Du kannst am Morgen aufschließen, Rose; McLane hat gesagt, er werde alles tun, was notwendig sei. Er kommt dann um zehn, und . . .»

«Nein.» Sie schüttelte energisch den Kopf. «Ich werde Arnold mitteilen, daß er nach Hause kommen muß. Er wird dich vertreten, bis du wieder auf den Beinen bist.»

«Aber er hat seinen Job.»

«Dann wird er ihn aufgeben oder unbezahlten Urlaub nehmen.»

«Und wenn er nicht will?» fragte Marcus unsicher.

«Er wird kommen.»

Aptaker lächelte schwach. «Weißt du, Rose, diese Sache hier –» er deutete auf seine Brust –, «das ist nichts Ernstes, mußt du wissen. Es ist ein kleiner Herzanfall, und ich fühle mich ganz gut, aber es ist immerhin ein Herzanfall, und das bedeutet, daß es einige Zeit dauern wird. Laut Dr. Cohen kann es drei Monate dauern, bis ich wieder arbeiten kann.»

«Egal, wie lange es dauert, Marcus, Arnold wird bleiben, das versichere ich dir. Ich kenne den Jungen. Aber vielleicht wäre es doch gut, wenn wir einen Spezialisten hinzuzögen, einen Herzfachmann, oder . . .»

«Nein, nein, Rose! Wenn Dr. Cohen meint, daß wir einen brauchen, dann wird er es von sich aus vorschlagen. Ich habe Vertrauen zu Dr. Cohen. Es gefällt mir, wie er seine Patienten behandelt. Ich spüre, daß er um mich besorgt ist.»

28

Chester Kaplans engster Freund in Barnard's Crossing war Al Muntz, obwohl der Arzt ein ausgesprochener und streitbarer Agnostiker war. Sie besuchten sich gegenseitig regelmäßig zu zwanglosen Abenden, bei denen die Ehefrauen über Mode und Küche plauderten, während die beiden Männer über die bedeutenderen Probleme der Politik und Religion diskutierten.

Hinterher sagte Kaplan zuweilen zu seiner Frau: «Ich begreife nicht, wieso ein so kluger Mann wie Al Muntz in jeder Hinsicht, von seinem Spezialfach abgesehen, so dumm sein kann. Hast du gehört was er darüber gesagt hat, daß ich jeden Morgen in die Synagoge gehe?»

Und im Hause von Dr. Muntz sagte Mrs. Muntz: «Himmel, Al, warum mußt du dich immer mit Chet streiten, und immer über Religion? Ich glaube, er war gekränkt, weil du diese Bemerkung gemacht hast über seine Teilnahme am *minjen.*»

«Das war nur meine Reaktion auf das, was er gesagt hat. Er hat angefangen. Wenn er etwas behauptet, wovon mein gesunder Menschenverstand mir sagt, daß es eindeutig abergläubischer Unsinn ist, soll ich da vielleicht dasitzen und den Mund halten?»

Am Dienstagabend vor dem Aufbruch zum Abendessen bei den Kaplans beschwor Mrs. Muntz ihren Mann, wie immer, nicht den ganzen Abend über Religion zu streiten.

«Verdammt, die Religion ist sein Bier, nicht meins. Ich fange bestimmt nicht davon an. Das tut nur er.»

«Du brauchst ihm ja nicht zu antworten.»

«Natürlich, ich werde dasitzen wie ein Idiot und immer mit dem Kopf nicken.»

Als sie aus dem Wagen stiegen und durch den Vorgarten auf die Haustür zugingen, bat sie ihn abermals: «Also, wir wollen keinen Streit anfangen. Ich möchte einmal einen angenehmen, freundlichen Abend erleben.»

«Schon gut, schon gut!»

Und tatsächlich, unter den wachsamen Blicken seiner Frau enthielt sich Al Muntz während des Abendessens jeglicher Reaktion auf die Herausforderungen seines Gastgebers, die eventuell zum Streit geführt hätten. Selbst nach dem Dinner, als die Frauen in der Küche das Geschirr in die Spülmaschine packten und Kaplan begann, sich über die wundersame Ruhe, den erquickenden Frieden dieses Wochenendes in der Klausur auszulassen, stimmte der Arzt höflich zu, es sei tatsächlich sehr schön dort oben. Derart ermutigt, fuhr Kaplan dann aber munter fort, den physischen Nutzen zu beschreiben, den einige aus dem Erlebnis gezogen hatten, und nun konnte Al sich der Bemerkung nicht enthalten: «Ich will ja glauben, daß Joe Gottliebs Nebenhöhlen ihm plötzlich keine Beschwerden mehr machten – vorübergehend –, aber behaupte bitte nicht, daß das Gottes Wirken war. *Bitte* nicht!»

«Ich habe ja gar nicht behauptet, daß es Gott war», erwiderte Kaplan ein wenig steif. «Ich habe lediglich gesagt, er habe gleich nach der ersten Meditationsperiode wieder frei atmen können, und das sei während des ganzen Wochenendes auch so geblieben.»

«Na und? Ich möchte wetten, daß so was schon häufig vorgekommen ist. Das beruht zum großen Teil auf Psychosomatik, und wenn man irgendwie davon abgelenkt wird . . . Verdammt noch mal, so was passiert manchmal schon, wenn man ins Kino geht oder sich in ein Buch vertieft. Aber die Besserung hält nicht an. Oder wenn doch, entwickelt man irgendein anderes Symptom. Wenn du mir diese Klausur als Heilmittel für alle Beschwerden verkaufen willst . . .»

«Ich will dir überhaupt nichts verkaufen», entgegnete Kaplan. «Ich habe Joe Gottlieb nur als Beispiel für die Dinge angeführt, die geschehen können, wenn man sich von der Alltagswelt zurückzieht und sich auf Höheres konzentriert. Und das ist im Grunde doch der Sinn und die Wirkung des Sabbat.»

«Also schön, wir haben den Sabbat. Den haben wir aber schon seit zweitausend Jahren. Warum müßt ihr auf einmal in den Wald gehen, um ihn zu feiern?»

«Das ist es ja gerade!» erklärte Kaplan dem Freund eifrig. «Wenn eine Einrichtung so alt ist wie der Sabbat, wird sie nur allzu leicht zur reinen Formsache. Die Substanz verpufft. Genauso ist es mit den Gebeten. Die Menschen, die sie schrieben, und vielleicht noch einige Generationen nach ihnen, beteten wirklich, genau wie sie den Sabbat wirklich heiligten. Und als die Juden noch in der eng verbundenen Gemeinschaft des Getto lebten und ein sehr schweres Leben hatten, vielleicht vermochten sie da noch die ursprüngliche Begeisterung für das Gebet und den Sabbat aufzubringen, ihren wahren Sinn zu spüren. Wenn mein Vater zum Beispiel vom Sabbat in der alten Heimat sprach, begannen seine Augen zu leuchten, als erinnere er sich an ein ganz wunderbares Erlebnis. Heutzutage jedoch wahren wir nur den äußeren Anschein. Die Gebete haben keine Bedeutung mehr, der Sabbat hat keine Bedeutung mehr – vor allem hier in Amerika. Sie sind nichts weiter als Rituale. Und weil sie keine Bedeutung mehr haben, wirken sie sich auch nicht auf unser Leben aus. Deswegen ist es so notwendig, daß wir in den Wald gehen, an einen neuen Ort, daß wir versuchen, ihre eigentliche Bedeutung wieder zu erfassen.»

«Aber warum ausgerechnet jetzt, Chet? Dasselbe traf doch vor zehn oder zwanzig Jahren zu.»

«Weil es gerade jetzt in der Luft liegt. Die jungen Menschen spüren es und zeigen es durch ihre Unzufriedenheit mit dem Herkömmlichen. Sie sind auf der Suche nach etwas Neuem. Die Zeit ist reif. Du spürst es vermutlich auch, du willst es dir nur nicht eingestehen. Sag mal, warum hast du für den Kauf der Klausur gestimmt, wenn du tief innen . . .»

«Verdammt, ich habe dafür gestimmt, weil du es uns als eine Art Paket angedient hast: Wir verkaufen den Goralsky-Block und kaufen dieses Grundstück draußen. Ich bin durchaus für den Verkauf des Goralsky-Blocks, denn ich weiß, daß der Besitz runterkommen würde, wenn die

Synagoge ihn behielte, und daher nächstes Jahr weniger wert wäre als dieses Jahr, und das Jahr darauf noch weniger. Eine Institution kann keinen kommerziellen Besitz verwalten, das kann nicht einmal eine Bank. Außerdem bot uns Bill Safferstein einen geradezu irrsinnigen Preis dafür, ungefähr um die Hälfte mehr als den heutigen Marktwert. Ich wäre also dumm gewesen, wenn ich nicht für den Verkauf gestimmt hätte. Was nun das Grundstück oben in New Hampshire angeht, da dachte ich mir, daß das ein ebenso günstiges Angebot wäre. Wir könnten dort eine Art Camp einrichten, wo Gemeindemitglieder sich im Sommer ein oder zwei Wochen erholen könnten, oder auch als Sommerlager für die Kinder. Aber alles übrige Drum und Dran – nein, da mache ich nicht mehr mit. Ich habe eine wissenschaftliche Ausbildung hinter mir. Ich brauche Beweise, knallharte, wissenschaftliche Beweise, wenn ich etwas glauben soll.»

«Was ist denn aber mit deinem eigenen Kollegen Dan Cohen? Der ist gekommen. Und du mußt zugeben, daß er dieselbe Ausbildung hat wie du. Daß seine Einstellung ebenso streng wissenschaftlich ist wie deine, nicht wahr?»

«Nun ja, da bin ich mir nicht so sicher. Er ist praktischer Arzt. Die lassen sich manchmal auf alle möglichen Sachen ein. Ich kenne einige, die beraten ihre Patienten in Familienangelegenheiten, ja sogar in Rechtsfällen. Aber nun gut, sagen wir, daß er streng wissenschaftlich denkt. Was ist mit Dan?»

«Hast du schon mit ihm gesprochen?» erkundigte sich Kaplan. «Seit er an der Klausur teilgenommen hat, meine ich.»

«Nein, habe ich nicht. Ich hatte in den letzten Tagen sehr viel zu tun, und wir sind uns zufällig nie über den Weg gelaufen. Warum? Was hat er gesagt?»

«Als ich ihn am Sonntagnachmittag traf, war er eindeutig euphorisch. Als ich ihn fragte, wie es ihm bei der Klausur gefallen habe, grinste er von einem Ohr zum anderen und sagte, es sei ein überwältigendes Erlebnis gewesen. Es habe vermutlich sein ganzes Leben verändert. Was sagst du dazu?»

«Nun . . .»

«Los», forderte ihn Kaplan heraus, «geh hin zu ihm und sprich mit ihm. Du wirst schon sehen, was er sagt.»

«Na ja, nur weil ein Mann eine wissenschaftliche Ausbildung hat, muß er nicht ununterbrochen wissenschaftlich denken», meinte Dr. Muntz ein wenig lahm.

29

Bei seinem üblichen Besuch im Krankenhaus ging Rabbi Small auch zu Marcus Aptaker.

«Guten Tag, Rabbi», sagte Aptaker höflich. «Nett von Ihnen, daß Sie mich besuchen.»

«Wie geht es Ihnen?» fragte der Rabbi freundlich, als er sich einen Stuhl ans Bett zog.

Aptaker taute ein wenig auf. «Ach, wissen Sie, ganz gut. Nur ziemlich schwach bin ich noch.»

«Kam diese Herzgeschichte ganz plötzlich, oder hatten Sie sich schon länger nicht wohl gefühlt?»

Aptaker schüttelte müde den Kopf. «Ich weiß es nicht. Vielleicht war es schon einige Zeit im Anzug, und ich habe es nicht gemerkt. Hier heißt es, daß es von der nervösen Spannung kommt. Na ja, ein Geschäftsmann steht heutzutage ständig unter Spannung, vor allem bei uns im Drogenhandel, wo man morgens, wenn man den Laden aufmacht, nicht weiß, ob nicht so ein verrückter Hippy reinkommen und mit dem Revolver um sich schießen wird. Man lernt allmählich, damit zu leben, aber wahrscheinlich staut sich das alles auf. Und der Brief, den ich von Ihnen und Ihren Leuten gekriegt habe, hat natürlich auch nichts besser gemacht.»

«Ein Brief von uns?» fragte der Rabbi verständnislos. «Von der Synagoge, meinen Sie? Was für ein Brief?»

«Den Brief von Ihrem Synagogenvorstand. Da sind Sie doch Mitglied, oder nicht?»

«Ich . . . Ich nehme auf Einladung des Vorsitzenden an den Sitzungen teil. Richtiges Mitglied bin ich nicht.»

«Heißt das, daß Sie nicht mit abstimmen?»

«Doch, wenn ich anwesend bin, stimme ich ab, aber . . .»

«Nun, in dem Brief steht, es sei ein einstimmiger Beschluß des Vorstands, also müssen Sie auch dafür gestimmt haben.»

«Glauben Sie mir, Mr. Aptaker, ich weiß nichts von einem Brief an Sie. Was steht denn drin?»

«Daß Sie meinen Mietvertrag nicht erneuern können, weil Sie den ganzen Block verkaufen.»

«Ich wußte nicht mal, daß Sie um eine Verlängerung des Mietvertrages eingekommen sind.»

«O doch, Rabbi! Sehen Sie, als mein Mietvertrag allmählich auslief, schrieb ich an Mr. Goralsky und bat ihn um Verlängerung. Er antwortete mir, ich sei ein guter Mieter, er sei bereit, mir einen neuen Vertrag für fünf Jahre und eine fünfjährige Option zu denselben Bedingungen wie den alten zu geben, und er werde mir die Formulare zur Unterschrift zusenden.»

«Und das hat er nicht getan?»

«O doch, er hat sie mir zugeschickt», antwortete Marcus. «Aber sie enthielten eine Klausel, daß ich meine Schaufensterscheiben versichern müsse. Also, die hatten wir in den vorangegangenen Verträgen immer ausgestrichen, weil ich die Schaufensterscheiben immer selber bezahlt habe. Darum schrieb ich ihm und bat ihn, er möge diese Klausel ausstreichen.»

«Und er weigerte sich?»

Aptaker schüttelte grimmig den Kopf. «Nein. Er starb. Ich wollte an Ben, seinen Sohn, schreiben, aber dann benachrichtigten mich die Anwälte, daß Goralsky den Block der Synagoge vermacht habe, also schrieb ich an Ihre Leute und hörte wochenlang kein Wort. Das hat mich nicht weiter beunruhigt, wissen Sie, denn da es sich um eine Organisation handelte, dachte ich mir, daß eine Verzögerung nur natürlich wäre. Und außerdem hatte ich der Synagoge eine Kopie von Goralskys Brief geschickt. Und gestern bekam ich dann die Antwort. Von Chester Kaplan – das ist Ihr Präsident, nicht wahr? Er schreibt mir, der Block sei an William Safferstein verkauft worden, mit dem müsse ich mich in Verbindung setzen.»

«Haben Sie das getan?» fragte der Rabbi.

«Ich habe den Brief erst gestern bekommen. Außerdem, was hätte das noch für einen Sinn, wo er doch immer hinter mir her war, ich solle ihm das Geschäft verkaufen?»

«Safferstein will Ihr Geschäft kaufen?»

«Er wollte. Jetzt hat er das nicht mehr nötig. Jetzt braucht er bloß ein paar Monate zu warten, bis mein Mietvertrag ausgelaufen ist, und kann ihn einfach so übernehmen.»

«Aber warum sollte Mr. Safferstein Ihr Geschäft erwerben wollen? Er ist doch Immobilienmakler.»

«Nun, er will es eben. Während der letzten Monate hat er mich mindestens ein Dutzendmal gefragt. Wissen Sie, er hat da einen Schwager, der auch Apotheker ist, und der bittet ihn ständig um ein Darlehen, das er dann nie zurückbekommt. Aber da es sich um den Bruder seiner Frau handelt, kann er ihn auch nicht abweisen. Darum hat er sich gedacht, daß er mein Geschäft kaufen und seinen Schwager hineinsetzen will. Und da er hinter meinem Laden her ist, weshalb sollte er dann meinen Mietvertrag verlängern?»

«Aber wenn Sie ihn nicht mal gefragt haben . . .»

Aptaker schüttelte den Kopf. «Das brauche ich nicht. Und selbst wenn er es täte – ich würde ihn niemals darum bitten. Denn das wäre betteln. Er würde mich ja doch abweisen.»

«Aber wenn Safferstein doch immer wieder zu Ihnen gekommen ist, obwohl Sie ihn schon das erstemal abgewiesen hatten . . .»

Aptaker grinste. «Das ist was anderes. Das ist Geschäft. Sie als Rabbi kennen sich da möglicherweise nicht aus, aber das geht folgendermaßen. Angenommen jemand sagt, er will Ihr Geschäft kaufen. Dann fragen Sie nicht sofort, wieviel er bietet, weil Sie nicht allzu eifrig wirken wollen. Außerdem wollen Sie vermeiden, daß die Leute erfahren, wie interessiert Sie an dem Verkauf sind, weil das darauf schließen ließe, daß Ihr Geschäft nicht gut geht, und das könnte wiederum Ihrem Kredit schaden. Darum weichen Sie zunächst mal aus. ‹Warum sollte ich ein gutgehendes Geschäft verkaufen?› Oder: ‹Warum wollen Sie einen Drugstore kaufen, wo Sie nicht mal Apotheker sind?› Sehen Sie, man verhandelt anfangs einfach nicht ernsthaft. Also, jedesmal, wenn er reinkommt, um sich eine Zeitung oder ein Päckchen Zigaretten zu kaufen, stellt er mir wieder diese Frage. Es stört ihn nicht, daß ich ihn abweise, weil er auch ein Geschäftsmann ist und weiß, wie der Hase läuft. Aber dann sucht er mich zu Hause auf. Das bedeutet, er meint es ernst. Also muß ich ernsthaft mit ihm verhandeln.»

Aptaker hatte auf dem Rücken gelegen, jetzt aber drehte er sich auf die Seite, um den Rabbi ansehen zu können. «Ich erklärte ihm, warum ich nicht verkaufen könne. Sie müssen wissen, daß ich mein Geschäft nicht als etwas betrachte, mit dem ich machen kann, was ich will. Ich habe es von meinem Vater geerbt und muß es an meinen Sohn weitergeben. Ich meine, so was ist nicht wie ein Job, den man einfach verlassen kann. Wenn man ein Geschäft hat, für das man sein Leben lang gearbeitet hat, und vor einem der eigene Vater, und wenn man seinen Sohn hat ausbilden lassen, damit er es einmal übernimmt, dann verkauft man nicht einfach an einen Fremden, nur weil der einem ein paar tausend Dollar bietet. Nein, dann ist das eine Familienangelegenheit. Darum sagte ich ihm, ich müsse das erst noch mit meinem Sohn besprechen und sehen, wie der darüber denkt.»

«Und Safferstein kam dann wieder zu Ihnen, um Sie zu fragen, ob Sie von Ihrem Sohn gehört hätten?»

«Ganz recht, Rabbi. Aber bei einer solchen Angelegenheit kann man nicht einfach einen Brief schreiben. Man muß sich zusammensetzen und die Sache gemeinsam besprechen.»

«Wenn also Safferstein sich erkundigen kam, antworteten Sie ihm, Sie hätten noch nichts von Ihrem Sohn gehört.»

«Hm-hm. Denn eigentlich hatte ich vor, mir einmal ein Wochenende frei zu nehmen und Arnold in Philadelphia aufzusuchen, wo er arbeitet.»

«Aber war er denn nicht erst vor ein paar Tagen hier?»

Aptaker wurde puterrot. «Ja, aber da hatten wir keine Gelegenheit zu einem Gespräch. Er mußte plötzlich nach Philadelphia zurück.»

«Und nun?»

«Tja, jetzt ist es mehr oder weniger gleichgültig», antwortete Marcus düster. «Mein Mietvertrag läuft aus, und Safferstein wird mir vielleicht ein Angebot für meinen Warenbestand machen. Höchstwahrscheinlich aber werde ich alles an einen Auktionator verkaufen müssen.»

«Haben Sie die Korrespondenz über diese Angelegenheit, Mr. Aptaker? Ich meine, die Bitte um Verlängerung und . . .»

«Selbstverständlich. Ich bin ein sehr methodischer Mann, Rabbi. Ich habe eine Akte mit allen Briefen, die ich erhalten und den Durchschlägen aller Briefe, die ich geschrieben habe.»

«Könnte ich die mal sehen?»

«Warum nicht? Glauben Sie, daß Sie etwas für mich tun könnten?» erkundigte sich Marcus eifrig. Dann, resignierend: «Glauben Sie mir, es ist aussichtslos. Alles ist vollkommen legal. Es war eben mein Pech, daß Goralsky ausgerechnet zu diesem Zeitpunkt starb.»

«Trotzdem würde ich mir, wenn ich darf, gern Ihre Korrespondenz ansehen.»

«Aber gern, Rabbi. Erinnern Sie mich bitte daran, wenn ich wieder draußen bin.»

«Könnte ich sie nicht vorher schon haben? Vielleicht kann Ihre Frau . . .»

«Na schön. Der Aktenhefter ist im Geschäft. Wenn Rose heute abend kommt, sage ich ihr, daß sie ihn für Sie ausgraben soll.»

30

Um zwölf steckte Dr. Kantrovitz den Kopf durch die Bürotür seines Kollegen und fragte: «Lunch?»

«Sofort», antwortete Muntz. «Kommen Sie, wir holen Dan. Was ist mit John?»

«Der ist noch nicht aus dem Krankenhaus zurück.»

Dr. Kantrovitz ging über den Flur zu Dr. Cohens Praxis und rief: «Wie wär's mit Lunch, Dan?»

Und Cohen, der während der letzten zehn Minuten dagesessen und sich gefragt hatte, ob sie ihn wohl zum Mitkommen auffordern würden, antwortete munter: «Ja, ich verhungere.»

Erst als die drei Herren beim Kaffee saßen, erkundigte sich Muntz nach der Klausur.

Dan Cohen lächelte breit. «Oh, das war schon ganz in Ordnung. Wissen Sie, mal völlig weg von allem hier. Und dieses Beten und Meditieren, das die da machen - na ja, das war auch gar nicht so schlecht. Nach einer Weile kommt man rein, und dann kann es richtig entspannend sein.»

«Entspannend?» fragte Al Muntz erstaunt. «Ist das alles? Chet Kaplan meinte – er sagte, er hätte Sie getroffen, als Sie wieder zu Hause waren –, Sie wären regelrecht euphorisch gewesen.»

«Ach so, das!» Dr. Cohen lachte. «Ja, ich glaube, das war ich wohl. Wissen Sie, diese Kestler-Sache hat mich ziemlich bedrückt, obwohl ich ganz sicher war, daß ich dem Alten das richtige Medikament gegeben hatte. Trotzdem machte ich mir Gedanken, weil . . . na ja, weil Kestler eben Kestler ist. Und auch, weil Sie alle auf die Tatsache, daß er mich verklagen wollte, so merkwürdig reagiert hatten. Eigentlich war das der Grund, warum ich mich überhaupt entschloß, an der Klausur teilzunehmen. Ich bin nicht religiös, aber ich dachte, es wäre eine gute Gelegenheit, mal aus allem ganz raus zu kommen. Na ja, und als ich kaum wieder zu Hause war, da kam der Anruf von Chef Lanigan.»

Er berichtete den anderen von seinem Gespräch mit Lanigan und endete: «Kaplan kam also unmittelbar danach vorbei und fragte mich, wie mir das Wochenende gefallen hätte. Und da sagte ich natürlich, daß ich mich großartig fühlte.»

«Dann hat Kestler also nicht das Medikament bekommen, da Sie ihm verschrieben haben?» fragte Muntz.

«Nein. Er hat statt dessen Penicillin bekommen.»

«Und er war allergisch gegen Penicillin?»

«Hm-hm. Deswegen hatte ich ja Limpidine verschrieben.»

«Dann hat er wahrscheinlich darauf reagiert, und das kann ohne weiteres die Todesursache gewesen sein», meinte Kantrovitz.

«Ja, aber nicht auf Dans Verschreibung hin», betonte Muntz.

«Was haben Sie denn nun unternommen?» wollte Kantrovitz von ihm wissen.

«Ich wollte natürlich Aptaker aufsuchen und mich mit ihm auseinandersetzen, aber Lanigan sagte, da die Polizei in die Sache verwickelt sei, wolle er zunächst alles nachprüfen, deswegen habe ich vorläufig nichts unternommen. Ich hatte erwartet, er würde sofort damit anfangen. Aber als ich nichts von ihm hörte, dachte ich mir gestern auf dem Heimweg, gehst lieber mal beim Drugstore vorbei . . .»

«Und?»

«Und gar nichts», gab Cohen zurück. «Als ich hinkam, hatte Aptaker einen Herzanfall, also brachte ich ihn ins Krankenhaus.»

«Aptaker liegt mit einem Herzanfall im Krankenhaus?»

«Ganz recht. Er ist mein Patient. Ich kann ihm unmöglich jetzt was davon sagen. Er würde es nicht überleben. Auf jeden Fall würde er einen Rückfall haben.»

«Aber hören Sie, irgendwas *müssen* Sie doch unternehmen», sagte Muntz. «Sie können doch nicht länger dulden, daß Kestler sich den Mund über Sie zerreißt, wo Sie restlos rehabilitiert sind. Das könnte Ihrer

Praxis schaden, und uns anderen täte es auch nicht gerade gut.»

«Wissen Sie, was Sie tun sollten?» fragte Kantrovitz feierlich. «Sie sollten sich aus diesem Fall zurückziehen. Sagen Sie Aptaker, er soll lieber einen Herzspezialisten nehmen, Sie hätten das Gefühl, nicht . . .»

«Kompetent zu sein?» unterbrach Cohen. «Glauben Sie mir, wenn ich das Gefühl hätte, würde ich ihn sofort an einen Kardiologen überweisen. Aber bisher haben sich keine Komplikationen ergeben. Ich habe ihm eine Diät mit wenig Fett und viel Proteinen verschrieben. Ich beobachtete seine täglichen EKGs und Enzymtests und . . .»

«Ich meine ja nicht, daß Sie dem Fall nicht gewachsen sind», entgegnete Kantrovitz. «Ich meine nur, Sie sollten ihm das sagen, damit Sie ihn problemlos abgeben können. Dann wäre er nicht mehr Ihr Patient und Sie können frei handeln.»

Cohen schüttelte störrisch den Kopf. «Selbst wenn er nicht mehr mein Patient wäre, könnte ich so was nicht tun. Wenn Sie ihn von mir übernähmen, Ed», fragte er, «würden Sie dulden, daß ich ihm sage, er habe sich bei einem Rezept geirrt und dadurch den Tod eines Menschen auf dem Gewissen?»

«Nein, aber . . .»

«Also was wollen Sie tun?» fragte Al Muntz.

«Ich weiß es nicht. Abwarten, nehme ich an.»

Dr. Muntz lehnte sich auf seinem Stuhl zurück und schob die Hände in die Hosentaschen. Langsam, verwundert schüttelte er den Kopf. «Wissen Sie was, Dan? Sie haben es wieder mal geschafft.»

«Was denn geschafft?»

«Sich mit einem Patienten zu belasten, dem gegenüber Sie gefühlsmäßig engagiert sind.»

Doch später, als er mit Kantrovitz allein war, sagte Muntz: «Wissen Sie, Ed, Dan ist ein verdammter Idiot, aber ich kann nicht anders, ich bewundere ihn. Er riskiert es, daß seine Praxis in die Binsen geht, bloß weil er einem seiner Patienten nicht weh tun will. Vielleicht ist das schon immer der Nachteil für ihn gewesen: Er glaubt tatsächlich an all den Unsinn, den die Dekane der medizinischen Fakultät ihren Studenten am Anfang verzapfen.»

«Aber Al, wenn Sie in Dans Lage wären, würden Sie es Aptaker sagen?»

«Natürlich nicht», antwortete Muntz. «Aber ich wäre gar nicht erst in diese Lage gekommen.»

31

Mrs. Aptaker betrat das Studierzimmer des Rabbi und setzte sich vorsichtig. Sie sah sich um, betrachtete die Wände voll dicker, ledergebundener Bücher, von denen zwei aufgeschlagen auf dem Schreibtisch lagen.

«Hoffentlich störe ich Sie nicht bei der Arbeit», sagte sie.

Der Rabbi lächelte. «Ganz und gar nicht, Mrs. Aptaker.» Er deutete auf die Bücher vor ihm. «Das hier geht immer weiter. Es hat Zeit. Und wie geht's Mr. Aptaker?»

«Ach, danke. Recht gut.»

«Und Ihr Sohn? Was hören Sie von ihm?»

«Arnold? Kennen Sie ihn? Er kommt nach Hause. Ich habe ihn angerufen, als sein Vater krank wurde. Er sagte, er würde kommen, sobald er in Philadelphia alles geregelt hat. Es kann Monate dauern, bis mein Mann wieder auf den Beinen ist, darum mußte Arnold Vorkehrungen treffen.»

«Natürlich.»

«Denn selbst wenn wir das Geschäft verkaufen müssen, brauchen wir einen von der Familie, der sich mit diesen Dingen auskennt, mit einem Drugstore.»

«Vielleicht entschließt er sich, ganz hierzubleiben», meinte der Rabbi.

Mrs. Aptaker seufzte. «Ich weiß nicht. Arnold hat sich nie mit seinem Vater vertragen, vor allem nicht im Geschäft. Vielleicht können zwei Männer, ein Vater und ein Sohn, genausowenig im selben Geschäft miteinander auskommen wie zwei Frauen in einer Küche.»

«Und wie kommen Sie zurecht?»

«Na ja, Ross – das ist McLane, der andere Apotheker – ist sehr hilfsbereit, aber er möchte, daß ich noch einen Apotheker einstelle, als Hilfskraft für ihn. Aber wenn Arnold kommt, würden wir den ja nicht mehr brauchen.»

Rose Aptaker legte den Aktenhefter auf den Tisch, den sie mitgebracht hatte, und sagte: «Das hier sind die Briefe, die ich Ihnen zeigen soll. Ich habe sie durchgesehen, bevor ich herkam. Ich habe sie noch nie gesehen. Wissen Sie, mein Mann hat mich nie mit Geschäftssachen belästigt. Vielleicht dachte er, daß ich mir nur Gedanken mache. Da ist ein Brief, den mein Mann an Ihre Synagoge geschrieben hat, eine Kopie, meine ich; darin bittet er um Verlängerung des Mietvertrags. Der Brief ist vor über einem Monat abgeschickt worden, und er hat keine Antwort bekommen bis . . . bis vor ein paar Tagen. Und da hieß es, er soll sich an Mr. Safferstein wenden. Das war an dem Tag, an dem mein Mann den Herzanfall hatte, Rabbi. Ist das richtig, daß eine Synagoge so was tut? Erst einen Brief nicht beantworten und ihm dann schließlich einen Brief schreiben, daß er einen Herzanfall kriegt? Ist das Religion?»

«Ich weiß nichts davon, Mrs. Aptaker, aber wenn Sie mich den Brief lesen lassen . . .»

«Selbstverständlich, lesen Sie nur. Aber ich muß ins Geschäft zurück.»

«Könnten Sie ihn mir hier lassen . . .»

«Warum nicht?» Sie stand auf, wollte gehen, änderte ihre Absicht jedoch und setzte sich wieder. «Als ich meinen Mann heute nachmittag im Krankenhaus besuchte, wirkte er irgendwie ein bißchen zuversichtlicher. Er war sogar richtig aufgekratzt. Ich glaube, das kam von Ihrem Besuch; Sie müssen ihm irgendwas gesagt haben.» Sie musterte ihn fragend, doch als er schwieg, fuhr sie fort: «Deswegen wollte ich Ihnen sagen, Rabbi, wenn Sie diese Briefe lesen und sehen, daß es aussichtslos ist, wäre es besser, wenn Sie es ihm nicht sofort mitteilten. Ich meine, daß hat doch noch ein bißchen Zeit, bis er wieder kräftiger ist, nicht wahr?»

«Ich habe Ihrem Mann nichts gesagt, Mrs. Aptaker. Nur, daß ich gern die Korrespondenz sehen würde, die sich mit dem Mietvertrag befaßt. Wenn er den voreiligen Schluß gezogen hat, ich könnte etwas für ihn tun . . .»

«Aber was macht das schon?» entgegnete sie heftig. «Wenn er sich etwas vormacht, hilft es ihm wenigstens, wieder gesund zu werden.»

«Früher oder später wird er es doch einsehen müssen», sagte der Rabbi.

«Dann lieber später als früher.» Abermals wollte sie aufstehen und blieb doch wieder sitzen. «Ich weiß nicht, ob Sie verstehen, was das Geschäft meinem Mann bedeutet. Es ist nicht nur eine Einnahmequelle; für ihn ist es eine Institution, wie ein College oder eine Bank. Wenn er es jetzt verkaufen müßte, selbst zu einem guten Preis, liefe sein ganzes Leben auf einen Fehlschlag hinaus. Nun gut, wir haben gut daran verdient, aber wenn er das Geschäft verkauft, wird er in Gedanken Bilanz ziehen und feststellen, daß er die ganze Zeit, die er im Laden verbracht hat, nur für den Lohn eines Angestellten gearbeitet hat. Wenn er es jedoch an Arnold weitergeben kann, dann bleibt es in der Familie und es gehört noch immer ihm und es ist gleichgültig, wie viele Wochenstunden er dafür opfert. Wissen Sie, daß wir Kunden haben, die vor zehn, fünfzehn Jahren nach Florida gezogen sind und ihre Medikamente immer noch von uns beziehen?»

«Ich glaube, ich verstehe Ihren Mann, Mrs. Aptaker», sagte der Rabbi freundlich. Als er sie zur Tür beleitete, kam gerade Miriam, die zum Einkaufen gegangen war, nach Hause. Er machte die beiden Frauen miteinander bekannt.

«Ich hoffe, es geht Ihrem Mann jetzt besser», sagte Miriam.

Rose Aptaker zuckte traurig lächelnd die Achseln.

Später, als Miriam das Abendessen vorbereitete, fragte sie: «Kannst du nicht etwas für sie tun, David? Sie sah so furchtbar unglücklich aus.»

Ihr Mann, der an der Küchentür lehnte, schüttelte den Kopf. «Ich glaube kaum. Da er kein Mitglied der Gemeinde ist, hat Aptaker eine übertriebene Vorstellung von der Macht und Autorität eines Rabbi. Ich fürchte, er steckt in einer Situation, wie sie im Geschäftsleben vermutlich häufig vorkommen: daß er einen beträchtlichen finanziellen Verlust erleidet, ohne daß jemanden dafür die Schuld trifft. Und dennoch . . .»

«Was?»

«Komisch, daß Kaplan nichts von Aptakers Bitte um Verlängerung des Mietvertrages erwähnt hat. Er hatte den Brief doch schon eine ganze Zeit. Ich bin ziemlich sicher, daß er die Angelegenheit nie bei einer Vorstandssitzung vorgelegt hat.»

«Das ist wirklich komisch. Kannst du dir einen Reim darauf machen?»

«Nun, ich kann wenigstens Kaplan anrufen und mich erkundigen, wie das kommt.» Der Rabbi ging zum Telefon. «Er müßte jetzt inzwischen zu Hause sein.»

«Was kann ich für Sie tun, Rabbi?» fragte Kaplan jovial, als er hörte, wer am Apparat war.

«Ich habe mit Marcus Aptaker gesprochen, dem Apotheker im Goralsky-Block. Sie haben vielleicht gehört, daß er mit einem Herzanfall im Krankenhaus liegt. Er sagte mir, daß er an die Synagoge geschrieben und um Verlängerung seines Mietvertrages gebeten hat. Ich möchte wissen, warum Sie davon nichts auf einer der Vorstandssitzungen erwähnt haben.»

«Weil es sich um eine unwichtige Verwaltungssache handelt, Rabbi. Ich habe sie aus demselben Grund nicht erwähnt, aus dem ich nichts von der kleinen Reparatur am Dach der Schneiderei gesagt habe. Wenn ich jedes kleine Problem, mit dem ich konfrontiert werde und das ich löse, zur Diskussion bringen wollte, würden wir nie fertig werden.»

«Für Aptaker war das aber keine unwichtige Sache, und ich beabsichtige, sie bei der nächsten Sitzung vorzubringen.»

«Aber Rabbi! Sie sind doch nur sauer, weil ich Sie reingelegt habe.»

«Sie haben den Verkauf des Goralsky-Blocks durchgepeitscht. Ich werde eine neue Abstimmung beantragen.»

«Wie bitte? Bloß weil ich dem Vorstand nichts von Aptakers Brief gesagt habe?» Kaplan war fassungslos.

«Deswegen, und weil es bisher immer der Brauch gewesen ist, bei wichtigen Angelegenheiten, vor allem, wenn es um große Geldsummen geht, die endgültige Abstimmung über einen Antrag um mindestens eine Woche zurückzustellen.»

«Wissen Sie, Rabbi, ich hätte nie gedacht, daß Sie ein so schlechter Verlierer sind. Beantragen Sie ruhig eine nochmalige Abstimmung. Ich werde Sie ja doch wieder schlagen.»

Nach einigem Nachdenken jedoch beschloß Kaplan, Safferstein von der Absicht des Rabbi in Kenntnis zu setzen. Er rief ihn an und berichtete ihm von dem Gespräch.

«Was hat das zu bedeuten, Chet?»

«Gar nichts, Billy, glauben Sie mir. Ich verfüge über eine solide Mehrheit. Ich könnte ihn sogar bei seinem Antrag auf erneute Abstimmung schlagen.»

32

Am nächsten Tag fuhr Rabbi Small die Route 128 entlang, jenen langgestreckten Vorort, der aus Forschungslaboratorien, Elektronikfirmen und automatisierten Industrieanlagen bestand. Als er an Goraltronics, Incorporated, vorbeikam, hatte er plötzlich eine Idee. Er vergaß den Grund, warum er überhaupt auf der Route 128 war – er wollte zur Monatsversammlung des Rabbinerrats von Groß-Boston –, nahm die nächste Ausfahrt und fuhr zu der Fabrik zurück.

Wenig vertraut mit den Usancen großer Fabriken lauschte er geduldig Ben Goralskys Sekretärin, die ihm erklärte, der Chef sei beschäftigt und sei auch die ganze restliche Woche nicht zu sprechen; auch in der darauffolgenden Woche sei er nicht erreichbar, da er sich dann auf Reisen befinde; wenn Rabbi Small ihr sagen würde, welcher Art sein Anliegen sei, werde sie ihr möglichstes tun, um ihm in der Woche danach einen Termin zu verschaffen.

«Können Sie ihm nicht einfach jetzt sagen, daß ich hier bin?» fragte er vorwurfsvoll.

Ihr Lächeln über diese Naivität war Antwort genug, und er wollte schon hinausgehen, als Ben Goralsky aus seinem Büro kam und ihn entdeckte.

«Rabbi Small! Was machen Sie denn hier? Kommen Sie herein.» Zum größten Kummer seiner Sekretärin legte er dem Rabbi einen stämmigen Arm um die schmalen Schultern und dirigierte ihn in sein Privatbüro. Ben Goralsky war ein schwerer Mann mit langer Nase und knochigen Wangenbeinen. Obwohl er schon Mitte fünfzig war, wies sein dichtes, schwarzes Haar noch nicht eine einzige Spur von Grau auf, nicht einmal an den Schläfen. Er nahm hinter dem Schreibtisch Platz und sah seinen Besucher mit strahlendem Lächeln an.

«Also, Rabbi, womit kann ich Ihnen helfen?»

«Tja, ich brauche ein paar Informationen über den Besitz, den Ihr Vater der Synagoge hinterlassen hat.»

«Aber sicher! Was wollen Sie wissen? Wie ich sehe, hat Bill Safferstein den Block ja nun doch gekriegt.»

«Der Vorstand hat beschlossen . . .» Als ihm die Bedeutung von Goralskys Bemerkung aufging, unterbrach sich der Rabbi. «Soll das heißen, daß er den Block schon von Ihnen kaufen wollte?»

«Ganz recht. Von meinem Vater. Aber der erklärte Billy, er stehe nicht zum Verkauf.»

Der Rabbi lächelte verständnisinnig. «Um nicht allzu eifrig zu erscheinen?»

Ben Goralsky musterte ihn scharf. «Aber nein! Mein Vater wollte wirklich nicht verkaufen.» Er legte den Kopf schief und überlegte. Dann lachte er auf. «Vielleicht ist Safferstein deswegen zu mir gekommen – weil er dachte, mein Vater wollte sich nur zieren.»

«Und was haben Sie ihm gesagt?»

«Ach, daß er sich an meinen Vater wenden müsse. Ich habe ihm eine Aufstellung über den Besitz gegeben – Sie wissen schon, Einkommen, Unkosten, veranlagter Wert, Mieteinnahmen, das übliche. Aufgrund dessen machte er mir zwei Tage später ein Angebot. Ein sehr gutes Angebot, deshalb sprach ich mit meinem Vater darüber.» Er schüttelte den Kopf. «Er sagte, er wolle nicht verkaufen.»

«Warum nicht, wenn das Angebot so gut war?» fragte der Rabbi.

«Nun, damals dachte ich, weil mein Vater keinen Grund und Boden verkaufen wollte. Sehen Sie, wir hatten den Block damals gekauft, weil wir erwogen, dort unser Werk zu bauen. Er lag direkt an der Salem Road, leicht zugänglich für Autos und Lastwagen; aber dann wurde die Route 128 gebaut, und das war viel günstiger für uns. Und während der ganzen Zeit konnte ich meinen Vater nicht dazu bringen, den Block an der Salem Road zu verkaufen. Jetzt neige ich allerdings zu der Auffassung, daß er ihn nicht an Safferstein verkaufen wollte, weil er vorhatte, ihn der Synagoge zu vermachen.»

«Aber hätte er nicht den Block verkaufen und der Synagoge das Geld vermachen können?» fragte der Rabbi.

Ben Goralsky lachte. «Und Kapitalgewinnsteuer für den Verkauf zahlen? O nein, dazu war mein Vater ein zu guter Geschäftsmann.»

«Sie sagen, es war ein sehr gutes Angebot. Warum, glauben Sie, wollte Safferstein den Block unbedingt kaufen.»

Goralsky schüttelte den Kopf. «Keine Ahnung. Es heißt, daß auf der Salem-Seite ein großer Apartmentkomplex für Senioren gebaut werden soll. Das würde den Wert des Blocks um einiges steigern, aber um soviel nun auch wieder nicht.»

«Könnten Sie sich vorstellen, warum Safferstein den Drugstore kaufen will?»

«Aptakers? Wollte er das? Nun, jetzt macht die Sache allmählich einen Sinn.»

«Wirklich?» erkundigte sich der Rabbi.

«Sicher», antwortete Ben Goralsky. «Das bedeutet nämlich, daß er den Block abreißen will. Er will die Grundstücke, aber warum, daß weiß der Teufel. Es gibt so viele unbebaute Grundstücke dort.»

«Ich fürchte, ich kann Ihnen nicht ganz folgen.»

«Sehen Sie, Rabbi, der Drugstore hat einen Mietvertrag, und der Mietvertrag ist auch für alle nachfolgenden Besitzer bindend. Wenn Safferstein den Block abreißen will, dann muß er sämtliche Verpflichtungen loswerden. Wissen Sie, was er für den Laden geboten hat?»

«Ich weiß nur, daß Aptaker sagte, es sei ein guter Preis. Safferstein wolle ihn für seinen Schwager kaufen, sagte er mir.»

Goralsky lachte.

«Wie ich sehe, halten Sie diesen Schwager für ein Produkt seiner Phantasie», sagte der Rabbi.

Goralsky zuckte die Achseln. «Was sonst? Er mußte doch einen Grund angeben dafür, daß er eine Apotheke kaufen will.»

«Und was ist mit den Mietverträgen der anderen Geschäfte? Müßte er die nicht auch kaufen?»

«Die anderen Geschäfte waren sofort kündbare Mieter», erklärte Goralsky. «Nur der Drugstore hatte einen Mietvertrag. Der alte Mietvertrag lief aus, Aptaker schrieb an meinen Vater, und der verlängerte ihn zu denselben Bedingungen, auf zehn Jahre. Ich hielt es für falsch, daß wir uns auf eine so lange Zeit festlegten, aber . . .»

«Aber der Mieter ist doch ebenso festgelegt, nicht wahr?»

«Nicht ganz, Rabbi. Wenn es sich bei dem Mieter um eine große Firma oder eine Einzelperson mit solidem finanziellen Hintergrund handelt, dann ist er natürlich ebenso festgelegt wie wir. Wenn es sich aber um einen kleinen Mann handelt – was sollen wir tun? Angenommen, der Drugstore will morgen schließen – sollen wir ihn verklagen? Oder soll die Synagoge ihn auf zehn Jahre Miete verklagen, nur weil der Mietvertrag für alle folgenden Besitzer bindend ist?»

«Ich verstehe.»

«Aber ich stritt mich nicht gern mit meinem Vater darüber. Zum Schluß war er doch ziemlich hinfällig.»

«Ja, ich erinnere mich noch», antwortete der Rabbi. «Als ich ihn besuchte . . .»

«Aber das war immer nachmittags oder am Abend, Rabbi. Am Vormittag war er noch recht lebendig. Und da hat er natürlich die geschäftlichen Dinge erledigt.»

«Sie meinen, er hat sich tatsächlich ums Geschäft gekümmert, auch noch, als er schon bettlägerig war?»

«O ja!» sagte Goralsky stolz. «Er hat jeden Vormittag bis zwölf Uhr Briefe und Anweisungen diktiert. Bis ein paar Tage vor seinem Tod.»

«Hat er eine Sekretärin im Haus gehabt?»

Goralsky lachte. «Vermutlich hat sie sich für seine Sekretärin gehalten. Im Grunde gehört sie zu unserem Steno-Pool. Ich habe sie jeden Morgen zu meinem Vater geschickt, und selbst wenn mein Vater nichts geschäftliches zu tun hatte, konnte er sich doch mit ihr unterhalten. Alice Feddermann. Ihr Vater ist Mitglied der Synagoge. Möchten Sie vielleicht mir ihr sprechen?»

«Aber ja, falls das möglich ist.»

«Sicher.» Goralsky schaltete die Sprechanlage ein. «Rabbi Small möchte mit Alice Feddermann vom Steno-Pool über meinen Vater sprechen. Würden Sie sie ins Konferenzzimmer schicken? Sie ist doch abkömmlich – oder?»

«Ja, Sir.» Und wenige Sekunden später: «Sie kommt sofort.»

«Ich lasse Sie hinbringen, Rabbi.»

Als er kam, wartete sie schon auf ihn: ein schlankes junges Mädchen von neunzehn bis zwanzig Jahren, stark geschminkt mit Lidschatten, Eyeliner und Mascare. Die Lippen waren mit einer Art weißlichem Schimmer überzogen. Sie trug hohe Plateausohlen und einen sehr kurzen Rock, der bei übergeschlagenen Beinen eine Menge Schenkel sehen ließ. Rabbi Small glaubte sie schon bei verschiedenen Veranstaltungen für junge Leute in der Synagoge gesehen zu haben, aber vielleicht auch nicht – sie sahen einander alle so gleich.

«Hallo, Rabbi! Sie wollten mich wegen dem alten Mr. Goralsky sprechen, deswegen habe ich gleich das Notizbuch mitgebracht, das ich immer benutzt habe, wenn ich bei ihm war.»

«Ich interessiere mich für einen Brief, den er an Mr. Aptaker, den Inhaber des Drugstore schrieb . . .»

«Ach ja, wegen des Mietvertrags.» Sie lächelte. «Ich kann mich gut daran erinnern.»

«Wirklich? Aus einem besonderen Grund?» fragte der Rabbi.

«Na ja, es war schließlich kurz vor . . . also, erstens einmal ziemlich zum Schluß. Aber ich mußte diesen speziellen Brief auch noch mehrmals schreiben. Es war so.» Sie beugte sich vertraulich vor. «Er sprach nicht mehr so gut, grammatikalisch, wissen Sie. Darum sagte er mir immer, was er schreiben wollte, und ich habe dann daraus einen Geschäftsbrief gemacht.»

«Ich verstehe.»

«Wir hatten diesen Brief von Mr. Aptaker bekommen, der um Verlängerung seines Mietvertrags bat. Mr. Goralsky sagte also, da er ein guter Mieter sei, wolle er ihm denselben Mietvertrag wie vorher geben, ohne Mieterhöhung. Ich schrieb daraufhin den üblichen Geschäftsbrief. Sie wissen schon: ‹*In Beantwortung Ihres Schreibens vom Zwanzigsten habe ich unsere Anwälte angewiesen, einen Mietvertrag mit denselben*

Bedingungen wie in dem gegenwärtigen zu entwerfen. Bei Erhalt der Formulare wollen Sie bitte beide Ausführungen unterzeichnen und sie mir zur Gegenzeichnung zurückreichen.› Eben wie üblich. Aber als ich den Brief getippt hatte und ihn Mr. Goralsky zur Unterschrift vorlegte, hat er sich irgendwie über die Formulierung aufgeregt. Ich glaube, er hatte einen schlechten Tag. Er sagte –» sie imitierte sein stark gefärbtes Englisch –, «‹Ich möchte, daß Sie ihm sagen, weil er ein so guter Mieter war und meinem Eigentum nie Schaden zugefügt hat und immer die Miete rechtzeitig bezahlt hat und das Haus instandgehalten hat, gebe ich ihm denselben Mietvertrag wie vorher und erhöhe die Miete nicht›.» Sie zwinkerte dem Rabbi vielsagend zu. «Ich habe alles genau aufgeschrieben, genau wie er es gesagt hat. Ich wollte auch den Brief genauso schreiben, weil ich mich über ihn geärgert hatte. Er war sehr nett, aber er konnte auch . . . na, Sie wissen ja, grob sein.»

«Grob? Mr. Goralsky?»

«Na ja, Sie wissen schon – mäkelig. Aber als ich wieder im Büro war, hatte ich mich einigermaßen beruhigt; also hab ich alles ein bißchen aufpoliert, aber immer noch reingeschrieben, daß er ein guter Mieter war, und so. Das gefiel ihm, und so wurde der Brief abgeschickt.»

«Hat Mr. Aptaker geantwortet?»

Alice Fedderman schüttelte den Kopf. «Davon weiß ich nichts. Ich bin anschließend nur noch zwei Tage dort gewesen. Sehen Sie?» Mit Daumen und Zeigefinger hielt sie ein paar Seiten ihres Notizbuchs empor, um ihm zu zeigen, wie wenig noch geschrieben worden war. «Mir wurde gesagt, Mr. Goralsky ginge es schlechter, und er sei nicht mehr in der Lage, mir zu diktieren.»

«Wissen Sie genau, daß niemand anders zu ihm geschickt wurde?»

«Ganz genau. Er mochte mich. Und ich mochte ihn.»

«Obwohl er grob war?» fragte der Rabbi lächelnd.

«Ach, aber Sie wissen doch! Ich meine ja nicht richtig grob. Ich meine, er war nervös – vielleicht, weil er so alt war.»

Rabbi Small bedankte sich bei ihr und lehnte ihr Angebot, ihn zum Chefbüro zurückzubegleiten, ab. «Danke, ich finde mich schon zurecht», sagte er.

Er wollte Ben Goralsky lediglich für seine Hilfsbereitschaft danken, doch nachdem sie sich die Hände geschüttelt hatten und der Rabbi sich zum Gehen wandte, fiel ihm plötzlich noch etwas ein. «Sie sagten, die Anwälte seien wegen des Testaments zu Ihrem Vater gekommen. Geschah das, weil er bettlägerig war?»

«Ganz recht, Rabbi. Das war ungefähr drei Wochen, vielleicht auch vier, bevor er starb.» Seine Miene wurde traurig, als er nachdenklich hinzufügte: «Ich glaube, damals wußte er schon, daß er sterben mußte.» Noch einmal reichte er dem Rabbi die Hand. «Also, auf Wiedersehen,

Rabbi. Hoffentlich habe ich Ihnen helfen können.»

Der Rabbi lächelte. «Sie haben, Mr. Goralsky. Glauben Sie mir, Sie haben.»

33

Lt. Eban Jennings ließ sich schwerfällig nieder, zog die unterste Schublade von Lanigans Schreibtisch heraus und legte dann, sich bequem zurücklehnend, die Füße auf den Schubladenrand.

«Fühlen Sie sich wie zu Hause», sagte Lanigan.

Jennings ignorierte die Ironie und richtete den Blick der wasserblauen Augen auf seinen Chef, während er feierlich erklärte: «McLane hatte einen Drugstore in Revere, und der alte Kestler hatte eine Hypothek mit Sicherungsübereignung auf den Laden.»

«Na und?»

«Er verlor das Geschäft, als Kestler die Hypothek zurückforderte», sagte Jennings.

«Hmm – interessant.»

«Ja.» Der Lieutenant wartete, bis Lanigan die Information verarbeitet hatte. «Ich habe zwei verschiedene Versionen gehört», fuhr Jennings ungerührt fort. «Einige von den Leuten, mit denen ich sprach, meistens Frauen, sagten, er hätte das Geschäft sowieso verloren. McLane habe nach dem Tod seiner Frau den Laden verkommen lassen und sei unhöflich zu seinen Kunden gewesen. Seine Frau hat ihm im Laden geholfen, und ich vermute, daß sie es war, die geputzt und Ordnung gehalten hat. Als sie dann starb . . .»

«Ja, sicher.»

«Und außerdem hatte er immer Scherereien mit seinen Angestellten. Ich habe mit einem davon gesprochen, einem Apotheker, der bei dem neuen Besitzer angestellt war. Der sagte, McLane sei ein schwieriger Chef gewesen, ständig schlechtgelaunt und sogar rücksichtslos.»

«Was für ein Geschäft ist das?» fragte Lanigan.

«Ein kleiner Laden, mit Kundschaft aus den umliegenden Straßen. Ich vermute, daß er erst recht in Schwierigkeiten kam, als etwa sechs Häuserblocks entfernt dieser riesige Discountladen aufmachte. Wäre er bei seinen Kunden beliebt gewesen, wären die nicht zu dem neuen Laden übergelaufen, vor allem, da er bequemer zu erreichen war.»

«Glauben Sie das nur nicht, Eban. Die Leute laufen ziemlich weit, wenn sie ein paar Pennies sparen können. Und dann kritisieren sie den alten Laden, um ihre Untreue zu rechtfertigen», ergänzte er nachdenklich.

«Ja, mag sein», stimmte ihm Jennings zu. «Das war auch weitgehend die Ansicht des Lebensmittelhändlers nebenan. Der leidet natürlich unter ein paar neuen Supermärkten in der Gegend. Wenn man ihm glauben darf, hat sich McLane gehenlassen, als seine Frau gestorben war, doch der Mann war überzeugt, daß er sich wieder aufgerappelt hätte. Aber –» er stellte die Füße auf den Boden und richtete sich auf, um dem, was er jetzt sagte, noch mehr Bedeutung zu verleihen – «Joe Kestler kündigte die Hypothek und trieb ihn damit in die Enge. Das alles war vor ungefähr einem Jahr.»

Lanigan blieb stumm; nur seine Finger trommelten nervös auf der Armlehne, während er die Folgerungen aus dem Bericht des Lieutenants erwog. Dann brach Jennings das lange Schweigen. «Sagen Sie, Hugh, soll ich McLane zur Befragung vorführen?»

Lanigan antwortete nicht sofort. Er lehnte sich weit zurück und blickte zur Decke. Jennings sah ihn erwartungsvoll an; der Adamsapfel hüpfte in seinem mageren Hals. Endlich sagte Lanigan, das Gesicht noch immer zur Decke gerichtet: «Vielleicht war es ein Fehler, Sie zur FBI-Schule zu schicken und Sie letztes Jahr zu diesem Kursus in Boston abzustellen. Sie haben sich Großstadtmanieren angewöhnt, Eban, und die Großstadtdenkweise. Wenn so etwas wie dieses in Boston passiert wäre, hätte man Aptaker vermutlich sofort zur Vernehmung aufs Revier geholt. Ein paar Cops wären zu ihm in den Laden gegangen und hätten ihn auf der Stelle in Gewahrsam genommen. Falls gerade Kunden im Laden waren – sein Pech. Falls er allein gewesen wäre, hätte er eben für diesen Tag schließen müssen. Und dann, nachdem er vernommen worden wäre, wenn sich herausgestellt hätte, daß sie ihm nichts anhängen konnten, hätten sie ihn laufenlassen. Vielleicht hätten sie sich sogar entschuldigt. Und der arme Kerl wäre in seinen Laden zurückgekehrt und noch glücklich gewesen, daß er von jedem Verdacht befreit war.»

Er richtete sich kerzengerade auf und sah Jennings in die Augen. «Aber dann hätte er feststellen müssen, daß er gar kein Geschäft mehr hatte. Es hätte sich herumgesprochen. Verflixt, es ist schließlich ein Drugstore. Falls auch nur der geringste Verdacht bestand, daß er eventuell einen Fehler beim Anfertigen eines Rezepts begangen hätte – wer würde noch bei ihm kaufen? Dies aber ist eine Kleinstadt, Eban. Die Leute hier sind unsere Freunde und Nachbarn. Mehr noch, sie stimmen jedes Jahr bei der Stadtversammlung über unsere Gehälter ab. Wir können es uns nicht leisten, den Unschuldigen zu schaden, während wir hinter den Schuldigen her sind.»

«Aber Sie sagten doch selbst, daß Sie mit Marcus Aptaker sprechen wollten.»

«Sicher, aber ich hätte ihn niemals hierherbringen lassen. Ich wollte zu ihm hineingehen, wenn niemand anders im Laden war. Wir hätten uns freundschaftlich unterhalten und ich hätte ihm die Lage erklärt. Wenn er dann etwas gestanden hätte, hätte ich ihn verhaftet. Wenn nicht, wenn er eine Erklärung bereit gehabt hätte, hätte ich die ganze Sache erst gründlich überprüft und mich vergewissert, daß ich wirklich etwas gegen ihn in der Hand hatte, ehe ich etwas unternahm. Ich hätte niemals befürchtet, daß er die Stadt verlassen würde.»

«Nun, bei McLane . . .»

«Bei McLane ist das etwas anderes», fiel ihm der Chef ins Wort.

«Wieso?»

«Weil er nur da arbeitet», erklärte Lanigan. «Es ist nicht sein Laden. Es geht nicht ihm an den Kragen, wenn das Geschäft kaputt geht. Er sucht sich einfach einen anderen Job. Und wenn ich McLane vorführen ließe, oder selbst wenn ich hinginge und mit ihm spräche, er würde reden – auch wenn er von jedem Verdacht frei wäre. Er würde sich bei jeder nur möglichen Gelegenheit über diese dämlichen Cops beschweren. Und das ist der Unterschied: Marcus Aptaker würde niemals reden, denn er wüßte, daß das seinem Geschäft schaden würde. Und er kennt mich gut genug, um zu wissen, daß ich ebenfalls nicht rede.»

«Was werden Sie also tun?» fragte Jennings.

«Oh, ich werde schon mit McLane sprechen, aber ich werde versuchen, es so einzurichten, daß es ganz wie zufällig wirkt», erwiderte Lanigan. «Bis dahin möchte ich, daß Sie wieder nach Revere gehen und alles sammlen, was Sie über McLane auftreiben können. Spüren Sie ihm nach bis zu seiner Taufe. Übrigens, den Kestlers auch. Gehen Sie zu Captain O'Day . . .»

«Der ist pensioniert.»

«Weiß ich», sagte Lanigan. «Aber er treibt sich immer noch im Präsidium herum und kann an eine Menge Informationen heran, an die Sie nicht rankommen. Ihnen, als einem Polizisten von auswärts, wird man nur offizielle Informationen geben. Haben Sie ihn auf Ihrer Seite, werden sie den Mund aufmachen. Ich will nämlich wirklich alles: Gerüchte, Klatsch, einfach alles. Ich werde hier weiterarbeiten. Ich werde mir Safferstein vorknöpfen . . .»

«Wieso den?» fragte Jennings.

«Weil er die Pillen aus dem Drugstore geholt hat und ich den Weg der Pillen zurückverfolgen will bis zu dem Zeitpunkt, als sie abgefüllt wurden.»

«Aber Hugh, wenn Sie ihm Fragen über die Pillen stellen, wird er sich überlegen, was mit Aptaker los ist. Wer will *ihn* am Reden hindern?»

«Sie haben recht. Ich muß behutsam vorgehen. Ich werde mir irgendeinen Grund ausdenken, warum ich ihn sprechen muß, irgend etwas, das überhaupt nichts mit dem Drugstore zu tun hat.»

34

«Ach, ist es mal wieder so weit, Chef?» fragte Safferstein, während er lächelnd nach seinem Scheckbuch griff.

Lanigan sah ihn verständnislos an. Dann fiel ihm ein, wann er das letztemal bei Safferstein gewesen war. «Ach so, Sie meinen den Polizistenball? Nein, nein, die Karten dafür verkaufen wir erst in einigen Wochen. Nein, diesmal geht es um eine persönliche Angelegenheit.»

«Darf ich raten? Ihre Frau hat keine Lust mehr, so ein großes Haus zu versorgen, wo Sie doch jetzt nur noch zu zweit sind, sie möchte das Haus verkaufen und in eine moderne Wohnung umziehen.»

«Schon wieder falsch», entgegnete Lanigan grinsend. «Sie möchte ein Geschäft aufmachen, einen Laden für Glückwunschkarten und Geschenkartikel. Ich kann nicht sagen, daß ich verrückt vor Freude darüber bin, aber . . .»

«Nun, warum nicht? Dann hat sie was zu tun, und sie kann durchaus ein recht hübsches Einkommen herausschlagen.»

«Tja, allerdings. Ein kleiner Nebenverdienst ist heutzutage . . .»

«Gewiß, und ich habe genau den richtigen Laden für sie, oder werde ihn wenigstens in etwa zwei Monaten haben. In Lynn, in der Market Street. Was ist denn los?» fragte er, als Lanigan den Kopf schüttelte.

«Sie hat sich schon ein Objekt ausgesucht», antwortete Lanigan. «Sie interessiert sich für den leerstehenden Laden im Goralsky-Block. Wie ich hörte, haben Sie ihn von der Synagoge gekauft.»

«Warum ausgerechnet dort, Chef? Die Lage ist doch gar nicht so gut.»

«Der Laden liegt in der Salem Road, und da gibt's eine Menge Verkehr.»

«Ja, aber die Leute, die nach Boston fahren, oder in die entgegengesetzte Richtung, nach Norden, machen gewöhnlich nicht hier halt, um eine Glückwunschkarte oder ein Geschenk zu kaufen. Für so ein Geschäft braucht man regen Anliegerverkehr», erklärte Safferstein.

«Tja, also Amy meint, es würden eine Menge Leute hinkommen, weil nebenan der Drugstore ist. Der existiert schon über ein halbes Jahrhundert und war immer in denselben Händen. Er ist so eine Art Institution. Sogar Leute aus meinem Stadtviertel gehen dort einkaufen. Sie kaufen doch selber auch im Town-Line Drugstore, nicht wahr?»

Safferstein schüttelte den Kopf. «Nein, eigentlich nie. Ich war nur einmal neulich abends da, als der Sturm kam, wissen Sie, weil ich annahm, daß alle anderen Geschäfte geschlossen hatten. Normalerweise aber kaufe ich nicht da ein. Übrigens, ich wollte mich noch bei Ihnen dafür bedanken, daß Ihr Beamter aus dem Streifenwagen so hilfsbereit war. Sie wissen doch sicher, was passiert ist, nicht wahr?»

«O ja, gewiß. Der Sergeant hat alles gemeldet.»

«Ich wollte schon einen Brief schreiben und der Polizei ein Kompliment machen. Würde das Ihnen und Ihren Leuten nützen?»

Der Chef grinste. «Schaden könnte es sicher nicht, einen derartigen Brief bei den Akten zu haben, vor allem, wenn die Stadtversammlung zusammentritt, um über unser Budget zu beraten. Aber wissen Sie, ich habe eigentlich nie so recht begriffen, wieso Sie in den Besitz dieser Pillen kamen.»

«Ich war zufällig dort und unterhielt mich mit Aptaker, als der Arzt das Rezept durchtelefonierte. Der andere Apotheker war am Telefon und fragte Aptaker, ob sie das Medikament ausliefern könnten. Aptaker sagte nein, aber ich hatte den Namen und die Adresse gehört – man konnte ihn überall im Laden hören –, und da es sich offenbar um einen Notfall handelte, erbot ich mich, die Pillen abzugeben.»

«Kannten Sie den alten Kestler?»

«Nie kennengelernt, aber es lag an meinem Heimweg. Warum sollte ich da nicht aushelfen?»

«Haben Sie gehört, was ihm zugestoßen ist?»

Safferstein nickte. «Ja, ich war drüben bei Chet Kaplan. Ich wollte warten, bis das Unwetter nachließ, und dann erst heimfahren. Der Arzt rief Al Muntz an, während ich dort war, und der berichtete es uns. Schlimm!»

«Ja, so was kommt immer wieder vor», erklärte Lanigan philosophisch.

«Also, wegen dem leerstehenden Laden. Ich glaube kaum, daß ich Ihnen den vermieten kann.»

«Warum denn nicht?» fragte der Polizeichef.

«Weil ich andere Pläne damit habe.»

Lanigan hatte zwar schon die Informationen, die er brauchte, aber er fand, er müsse sein ursprüngliches Anliegen doch noch ein wenig weiterverfolgen, damit Safferstein nicht bei längerem Nachdenken darauf kam, daß er eigentlich nur an Aptaker interessiert war. Darum sagte er jetzt steif: «Wenn Sie sich Sorgen machen, ob meine Frau die Miete zahlen kann . . .»

Und Safferstein, der wußte, wie wichtig es für seine Geschäftsinteressen war, mit den städtischen Beamten auf freundschaftlichem Fuß zu stehen, hob protestierend beide Hände. «O nein, Chef, das ist es nicht. Glauben Sie mir!»

Lanigan stieß sofort nach. «Haben Sie vielleicht schon einen anderen Mieter?»

Jetzt konnte er natürlich lügen und behaupten, er habe den Laden tatsächlich bereits vermietet, doch wenn sich dann herausstellte, daß das nicht stimmte, glaubte Lanigan vielleicht, daß er ihm etwas verschwiegen habe. Und warum sollte er es ihm auch nicht anvertrauen? Alles war unter Dach und Fach, und in ein paar Tagen würden es ohnehin alle wissen. Er lachte kurz auf. «Hören Sie, Chef – können Sie schweigen?»

«Selbstverständlich.»

«Ich meine, auch Ihrer Frau gegenüber?»

Lanigan lachte. «Das fällt mir zwar ein bißchen schwerer, aber ich übe mich schließlich ständig darin. Ich erzähle ihr nie etwas über die Dinge, die mir beruflich zu Ohren kommen, es sei denn, es handelt sich um Informationen, die bereits veröffentlicht sind.»

«Nun», sagte Safferstein vertraulich, «ich kann Ihnen den Laden nicht vermieten, weil ich das Haus abreißen will. Ich besitze schon sämtliche Grundstücke jener Gegend oder habe Optionen auf sie. Der Goralsky-Block war das letzte Objekt. Ich möchte da nämlich das größte Einkaufszentrum von ganz New England bauen, direkt an der Salem Road.»

«Ich verstehe.» Der Chef lächelte. «Wissen Sie, ein anderer Grund, warum meine Frau unbedingt den Laden haben wollte, war der, daß sie sich sagte, sobald Sie den Block übernähmen, würden Sie ihn genauso schön modernisieren wie die anderen Objekte, die Sie besitzen.»

Safferstein grinste vor Genugtuung. «Nichts weiter als Glück, Chef. Ich habe eben Glück gehabt.»

«Ziemlich beständiges Glück aber», entgegnete Lanigan. «Und deshalb war es vielleicht doch nicht nur Glück.»

35

Rose Aptaker war zu müde, um sich eine richtige Mahlzeit zu bereiten, darum kochte sie sich nur zwei Eier und wärmte sich den Kaffee vom Morgen auf. Sie hatte den Laden um halb neun geöffnet und ihn bis um neun Uhr allein versorgt, dem Zeitpunkt, zu dem McLane erschien. Zum Glück war niemand mit einem Rezept gekommen. Hätte ein Kunde Medikamente verlangt, hätte sie ihm erklären müssen, der Apotheker komme erst später, sie würden die Medizin am Nachmittag ins Haus liefern.

Um zwölf Uhr hatte sie sich eine Stunde frei genommen und war nach Hause gegangen, wo sie ein Sandwich und eine Tasse Kaffee zu sich nahm; dann wieder zurück zum Laden und bis sechs Uhr ununterbrochen auf den Beinen; dann ins Krankenhaus, um ihren Mann zu besuchen und ihm zu versichern, alles sei absolut in Ordnung; dann bis zum Ladenschluß ins Geschäft zurück. Um sechs hatte sie keinen Appetit gehabt, sondern hatte nur schnell in einem Coffee-Shop eine Tasse Kaffee getrunken und ein Doughnut gegessen; das reichte ihr, bis sie wieder zu Hause war. Jetzt aber fühlte sie sich zu erschöpft, um noch die Lammkoteletts zu grillen, die sie sich zum Abendessen gekauft hatte.

Sie hörte den Wagen in der Einfahrt, war aber zu müde, um sich zu rühren. Als es an der Haustür klingelte, ging sie aufmachen. Es war Arnold, flankiert von zwei großen Koffern. «Da bin ich, Mom», verkündete er.

«Ja, da bist du», antwortete sie. Als er sie umarmte, bot sie ihm die Wange zum Kuß; dann trat sie beiseite, um ihn einzulassen.

Es war ganz anders, als er es erwartet hatte. Auf der langen Fahrt durch die Nacht hatte er sich vorgestellt, daß sie ihn umarmen und küssen und immer wieder murmeln würde: «Gott sei Dank, daß du wieder da bist!» Er verbarg seine Enttäuschung jedoch und trug seine Koffer in den Flur. Er entsann sich, daß sie niemals sehr demonstrativ ihre Liebe zueinander gezeigt hatten, daß das aber keineswegs bedeutete, er sei nicht willkommen.

«Wie geht's Dad?» erkundigte er sich.

«Ach, ganz gut. Hast du gegessen?»

«Ja, unterwegs.»

«Dann vielleicht einen Kaffee?»

«Na schön.»

«Er ist von heute morgen», warnte sie ihn. «Ich koche mir morgens immer eine ganze Kanne, und dann . . .»

«Macht nichts. Hauptsache, er ist schön heiß. Der Kaffee von heute morgen ist mir durchaus recht.»

Die Mutter zündete die Gasflamme an. Der Kaffee brauchte nicht lange, um heiß zu werden, da sie ihn sich selbst ja erst kurz zuvor aufgewärmt hatte. Sie schenkte ihm eine Tasse ein und ließ sich schwerfällig ihm gegenüber nieder.

«Du bist müde», stellte Arnold fest.

«Ja, ein bißchen. Ich bin den ganzen Tag auf den Beinen gewesen. Es war viel zu tun, heute. Gott sei Dank.»

Er trank schweigend seinen Kaffee, dann schob er die Tasse fort.

«Er schmeckt dir nicht», warf sie ihm vor.

«Er schmeckt mir gut, aber ich habe unterwegs alle zwei Stunden halt gemacht, um einen Kaffe zu trinken. Wahrscheinlich war das ein bißchen zuviel. Aber jetzt erzähl mir erstmal von Dad.»

Sie atmete tief durch. «Was soll ich dir viel erzählen? Er hatte einen Herzanfall. Was das bedeutet, weißt du ja. Er muß sich schonen. Er darf sich nicht aufregen oder ängstigen. Das sagt der Arzt. Wie ein Geschäftsmann, der im Bett liegt, während seine Frau versucht, das Geschäft weiterzuführen, es anstellen soll, sich keine Sorgen zu machen, hat er mir nicht gesagt. Wenn ich ihn besuche, fragt er jedesmal zuerst, wie das Geschäft läuft, und ich sage ihm jedesmal, alles geht bestens. Wer macht hier also wem was vor?»

«Also, jetzt, wo ich hier bin, kann er sich beruhigen. Ich werde ihn morgen gleich besuchen und ihm sagen, daß ich hierbleibe, solange er mich braucht. Ich habe meine Wohnung aufgegeben und die Möbel verkauft. Ich habe alle meine Sachen mitgebracht.»

«Das wird ihm natürlich helfen. Aber . . .»

«Aber was?»

Auf einmal waren die Angst und die Sorge zuviel für sie. Sie preßte die Lippen zusammen, um nicht zu schluchzen, konnte aber nicht verhindern, daß ihr die Tränen über die Wangen strömten.

«Aber Ma! Was ist denn los?»

Mit den Fingerspitzen wischte sie sich die Tränen ab, dann stand sie unvermittelt auf und ging zur Flurgarderobe, wo sie ihre Handtasche abgelegt hatte, um sich ein Taschentuch zu holen.

«Was ist denn, Ma? Was bedrückt dich? Hast du mir etwas verschwiegen?»

«Ich . . . Ich weiß, ich sollte überhaupt nichts sagen. Ich sollte dankbar sein, aber . . .» Plötzlich gewann ihr Kummer die Oberhand über ihre Erschöpfung. «Sieh dich doch an!» klagte sie. «Du willst zu deinem Vater gehen und ihm sagen, daß du den Laden übernimmst. Und er sieht dich mit diesen Haaren, mit dem Bart und den geflickten Kleidern, während er selbst immer so adrett und sauber ist. Du willst ihm sagen, er kann sich beruhigen, genau wie der Doktor ihm immer sagt, er soll sich nicht aufregen. Das hat ihm gerade noch gefehlt, um ihn zu beruhigen – daß du ihm das sagst.»

«Hör zu, mein Bart und wie ich mich anziehe, ist meine Sache.»

«O ja, ich weiß. Der Bart ist wegen der Religion, sagst du. Und die Kleider, die sind wegen der Freiheit und Unabhängigkeit. Und die Stiefel? Mein Großvater – ich hab ein Bild von ihm in der alten Heimat –, der trug auch Stiefel, aber das war wegen dem Matsch und dem Schnee. Und wenn dein Vater dir nun sagt, er will nicht, daß du im Laden arbeitest, so wie du angezogen bist und mit dem Bart, dann kommst du wahrscheinlich wieder nach Hause und erzählst mir, du hättest ihm eine Chance gegeben, aber er hätte sie nicht ergriffen, und du wolltest nach Philadelphia zurück. Oder vielleicht denkt er auch daran, wie schwer ich arbeiten muß, und sagt überhaupt nichts, sondern liegt einfach da und macht sich Sorgen.»

«Schon gut, schon gut», schrie er sie an. «Morgen gehe ich zum Friseur und lasse mir die Haare wie ein Bankangestellter schneiden. Ich habe durchaus normale Kleider; die werde ich anziehen. Sogar ein weißes Hemd. Wenn du willst, gehe ich sogar im Smoking ins Geschäft.»

«Ach, Arnold, das wird wie Medizin für ihn sein!»

36

Auf sein Klingeln öffnete Leah die Haustür, so weit es die vorgelegte Kette zuließ. Sie starrte ihn an; dann erkannte sie ihn. «Akiva!» Sie schloß die Tür, um die Kette auszuhaken, öffnete sie weit und fragte ihn: «Warum hast du nicht vorher angerufen?»

«Ich wollte möglichst schnell herkommen. Außerdem hatte ich Angst, du würdest . . . du würdest . . .»

«Nein sagen, wenn ich Zeit zum Nachdenken gehabt hätte? Und wenn ich nun Besuch gehabt hätte? Hast du dir das mal überlegt?»

«Ich dachte, das Risiko könnte ich eingehen. Ich war überzeugt, daß ich Glück haben würde.»

Sie führte ihn ins Wohnzimmer, war aber immer noch nicht besänftigt. «Und die würden dann denken, ich wäre so eine Frau, zu der die Männer einfach kommen und klingeln können. Hast du daran gedacht?»

«Nein, habe ich nicht», gab Akiva mürrisch zurück. «Ich habe überhaupt nichts gedacht, nur daß ich dich möglichst schnell wiedersehen wollte. Sie doch», bat er sie, «ich bin rasiert, meine Haare sind geschnitten, ich bin angezogen wie ein Spießer und wollte, daß du mich so siehst.»

«Na schön, ich sehe dich.»

«Gefällt es dir?» fragte er eifrig.

«Es ist besser als früher. Auch wenn du keine Zeit hattest, mich anzurufen, bevor du kamst – warum hast du mich nicht angerufen und mir gesagt, daß du weg mußt?»

«Ich . . . Ich bin ziemlich überstürzt abgefahren. Es ging nicht anders. Aber jetzt bin ich wieder da.»

«Für immer?»

«Ich weiß es nicht», antwortete er. «Vielleicht hast du es gehört. Mein Vater ist krank . . .»

«Ja, ich habe davon gehört. Es tut mir leid.» Leah verschwieg, daß sie in den Drugstore gegangen war, weil sie dachte, er wäre vielleicht dort.

«Um die Wahrheit zu sagen», erklärte er ernst, «als ich wegfuhr, wollte ich nicht wiederkommen. Dann rief mich meine Mutter an und erzählte mir, was passiert war.»

«Ich verstehe. Und du hast deine Kleidung geändert, du hast deinen Bart abrasiert, weil ich dir das damals über die Bärte gesagt habe?»

Er war versucht, sie anzulügen, ihr zu sagen, er habe es für sie getan. Doch was ihm damals während ihrer kurzen Bekanntschaft am besten gefallen hatte, woran er während der ganzen langen Fahrt nach Philadelphia und anschließend während der darauffolgenden Woche gedacht hatte, das war das Gefühl, ihr gegenüber ganz und gar ehrlich und aufrichtig sein zu können. «Nein, ich habe es für meinen Vater getan.»

«Ach?»

«Er ist mein Vater», fuhr er fort. «Ich schulde ihm das, Leah. Du hast nur angedeutet, daß es dir nicht gefällt, aber er würde sich fürchterlich aufregen, daß jemand wie ich, so wie ich aussah, seinen kostbaren Laden führt. Und er darf sich eben nicht aufregen. Soviel bin ich ihm wenigstens schuldig.»

Sie war flüchtig etwas enttäuscht und dennoch seltsamerweise beruhigt. «Wie geht es ihm?»

«Ich war heute morgen bei ihm, gleich nach dem Besuch beim Friseur. Ich war genauso angezogen wie jetzt. Er lag da, starrte zur Decke hinauf und wirkte erschöpft und irgendwie ausgelaugt. Ich erinnere mich nicht, ihn jemals so erlebt zu haben. Aber als er mich sah, wurde er richtiggehend munter und gab mir ausführliche Instruktionen, was im Geschäft alles zu machen sei. Und ich habe still zugehört.» Er erkannte, daß sie nicht begriff. «Ich meine, ich habe ihm nicht widersprochen, ich habe zugehört und ihm zugestimmt. Weißt du, es ging gar nicht um wichtige Dinge. Darum ging es eigentlich nie. Es ging nur um eine ganz bestimmte Art, Rechnungen zu schreiben, Waren auszustellen oder Etiketten auszuzeichnen.» Er grinste. «Ich fühlte mich großartig dabei. Als hätte ich eine richtige *mitzwe* gemacht.»

«Und was hätte dein *rebbe* dazu gesagt?» fragte sie neckend.

Er erwog die Frage jedoch voll Ernst. «Tja, die meisten Mitglieder der *chavura* hätten mich wahrscheinlich verurteilt, weil ich mich rasiert habe - diejenigen, die keinen Bart tragen, benutzen ein Enthaarungsmittel oder einen elektrischen Rasierer, was aus irgendeinem Grund zulässig ist –, vor allem, weil ich mir am Sabbat den Bart habe abnehmen und die Haare habe schneiden lassen, und weil ich am Sabbat gearbeitet habe, aber der *rebbe* selbst hätte es, glaube ich, gutgeheißen. Er ist nicht wie die durchschnittlichen chassidischen *rebbes*. Er ist sehr modern. Und ich weiß, daß es richtig ist, weil ich ein gutes Gefühl dabei hatte. Manchmal hat man ein gutes Gefühl, wenn man etwas für sich selbst tut, schön faul in der Sonne liegt etwa, oder wenn man mit einem Mädchen schläft und das einfach richtig ist; aber wenn man etwas für einen anderen tut – nicht nur eine Gefälligkeit, sondern richtig ein Opfer bringt –, dann hat man ein ganz besonderes gutes Gefühl.»

Sie erkundigte sich, wie lange er zu Hause bleiben werde, und er antwortete: «Ich weiß noch nicht. Meine Mutter sagt, es werde mindestens drei Monate dauern, bis mein Vater wieder arbeiten kann. So lange werde ich also vermutlich mindestens bleiben. Meine Wohnung in Philly habe ich aufgegeben.»

«War dein Job da denn soviel besser als das, was du hier hast?»

«Nein. Ich bin in Philly geblieben, weil ich da zur Schule gegangen bin und die Stadt bereits kannte. Und außerdem wollte ich weit genug weg sein von zu Hause, um mich so richtig frei zu fühlen.»

«Und nun?»

Er grinste. «Na ja, wie frei war ich denn, wenn es meiner Mutter gelungen ist, mich mit einem einzigen Anruf zurückzuholen?»

Leah stieß nach. «Dann wirst du also vielleicht bleiben?»

Er zuckte die Achseln. «Vielleicht muß ich – vielleicht will ich aber auch.»

Da er wußte, daß seine Mutter wahrscheinlich aufbleiben würde, bis er heimkam, ging er um elf. An der Tür sagte er noch: «Bis auf die Sonntage werde ich wahrscheinlich jeden Abend arbeiten müssen. Wenn ich fertig bin, ist es zu spät, noch irgendwohin auszugehen, zum Essen oder ins Kino. Aber ich würde dich trotzdem sehr gern sehen . . .»

«Ich gehe nicht sehr oft aus, wegen Jackie. Wenn du willst, kannst du herkommen, sobald du fertig bist.»

Er hatte Erfahrungen genug, um sich darüber klar zu sein, wie ungewöhnlich ihre Offenheit war. «Ich werde kommen», antwortete er.

37

Das Telefon läutete; Rabbi Small nahm den Hörer ab. «David? Hier ist Mort Brooks. Können Sie mich zur Synagoge mitnehmen? Mein Wagen hat einen Platten.»

«Ja gut, aber lassen Sie mich nicht warten.»

«Ich werde draußen sein, wenn Sie kommen.»

Tatsächlich stand der Direktor der jüdischen Schule bereits am Bordstein, als der Rabbi seinen Wagen mit quietschenden Bremsen zum Halten brachte. «Wann werden Sie endlich diesen Schrotthaufen verkaufen?» erkundigte sich Brooks verächtlich, als er auf dem Beifahrersitz Platz nahm.

Der Rabbi warf einen kurzen Blick auf das sportliche Kabrio in der Einfahrt und erwiderte ein wenig bissig: «Ich nehme Sie mit, nicht Sie mich.»

«Einen Platten kann jeder mal haben.» Brooks hatte ausgestellte Hosen und ein Hahnentritt-Sportjackett an. Er trug den Hemdkragen geöffnet und ein seidenes, seitlich geknotetes Halstuch dazu.

«Wollen Sie zu einer Gartenparty?» fragte der Rabbi säuerlich.

«Allerdings. Nach der Sonntagsschule. Das heißt, zu einer Grillparty.» Er verrenkte sich auf seinem Sitz, um sich im Rückspiegel zu betrachten, und warf seinem Spiegelbild ein zufriedenes Lächeln zu. «Der Sonntag ist für mich ein Ruhetag und ich ziehe mich gern entsprechend an.»

«Nicht der Samstag?»

«Der Samstag auch. Bei den heutigen Nervenanspannungen und dem

Streß braucht man zwei Ruhetage pro Woche.»

«Welchem Streß sind Sie denn unterworfen?» fragte der Rabbi.

«Machen Sie Witze? Bei einer ganzen Schule voll verwöhnter Blagen mit ihren fürsorglichen Eltern?» Er schüllte sich. «Wenn ich abends nach Hause komme, bin ich ein absolutes Wrack. Caroline drängt mich ständig, ich soll endlich aufhören.»

«Und zum Theater zurückkehren?»

«Genau», antwortete Brooks. «Aber Sie wissen ja, wie es am Broadway heute aussieht. Frauen denken so unpraktisch.» Er drehte sich um und sah den Rabbi an. «Aber sie sind nicht die einzigen, David. Wie ich gerüchteweise hörte, wollen Sie bei der Vorstandssitzung Einspruch gegen die Abstimmung letzte Woche über den Verkauf des Goralsky-Blocks erheben. Das ist unpraktisch gedacht, ganz und gar unpraktisch.»

«Diese Gerüchteküche, aus der Sie schöpfen . . .»

«Wollen Sie sagen, daß das nicht stimmt?»

«O doch, es stimmt», erwiderte der Rabbi. «Ich möchte bloß wissen, wie diese Gerüchteküche arbeitet.»

Brooks lächelte. «Sie haben es Kaplan gesagt, und der hat es einigen Vorstandsmitgliedern gesagt, unter anderem meinem Nachbarn Cy Feinstone. Es war ein einstimmiger Beschluß. Wieso glauben Sie, daran noch etwas ändern zu können?»

«Ja, er war einstimmig», entgegnete der Rabbi. «Aber nur, weil Kaplan ihn durchgepeitscht hat. Das bedeutet nicht, daß es keine Opposition gab. Ich weiß, wie so was gemacht wird. Es wird abgestimmt, und dann sagt einer: ‹Kommt, wir machen den Beschluß einstimmig.› Also stimmen sie nochmal ab, und dann ist er tatsächlich einstimmig.»

«Machen Sie sich nichts vor, David. Cy stimmt normalerweise nicht mit Kaplan, aber diesmal hat er dafür gestimmt. Und warum? Weil es ganz natürlich ist. Was will die Synagoge mit einem Häuserblock? Das gibt nur Scherereien. Und dann kommt jemand und bietet einen hervorragenden Preis. Da ist es doch nur natürlich, daß sie den akzeptieren.»

«Aber sie haben auch für den Kauf des Grundstücks in New Hampshire gestimmt», wandte der Rabbi ein.

«Warum auch nicht? Was sollen sie denn mit dem vielen Geld anfangen? Die Gehälter erhöhen? Die Abgaben senken? Die Hypothek ist abbezahlt. Die Gebäude sind in gutem Zustand. Einige Synagogen richten, wie ich gehört habe, Reservefonds ein, auf die sie in Notfällen zurückgreifen, aber die Leute sind der Ansicht, daß das nur einer Aufforderung an den Rabbi, den Kantor und die Lehrer der Schule gleichkommt, höhere Gehälter zu verlangen. Außerdem hat Kaplan äußerst clever die beiden Anträge zu einem Paket verschnürt. Das hätten Sie nur mit einem sehr großen politischen Einfluß stoppen können. Und den Beschluß aufzuheben, wird Ihnen noch schwerer fallen.»

«Ach, ich weiß nicht.»

«Seien Sie realistisch, David! Wen haben Sie schon auf Ihrer Seite? Im Vorstand keinen, bis auf zwei ehemalige Präsidenten, die fast an keiner Sitzung mehr teilnehmen.»

«Nun, im Vorstand vielleicht nicht, aber in der Gemeinde . . .»

Brooks schüttelte den Kopf. «Die meisten kennen Sie ja nicht mal», sagte er mitleidig.

«Jetzt hören Sie aber auf!»

«Nein, wirklich, David! Gewiß, sie wissen, wer Sie sind, aber damit hat sich's auch schon. Die sehen Sie nur an den hohen Feiertagen, das sind nur ein paar Tage im Jahr. Na schön, diejenigen, die regelmäßig die Freitagabendgottesdienste besuchen, werden Sie kennen, aber mehr als fünfundsiebzig, höchstens hundert werden Sie nie zusammenkriegen. Außerdem müssen Sie berücksichtigen, daß Sie kennen nicht gleichbedeutend ist mit Sie mögen. Im günstigsten Fall steht es in dieser Hinsicht fünfzig-fünfzig, denn Sie machen's den Leuten nicht leicht, Sie zu mögen, David. Wissen Sie, wer Ihr bester Bundesgenosse ist? Die Trägheit. Das ist Ihr Trumpf im Ärmel. Einen Rabbi abservieren, bedeutet Ärger, heißt, daß man aktiv handeln muß. Und die Menschen sind nun mal geistig und gefühlsmäßig träge. Sie werden Sie nicht abservieren, aber das heißt nicht, daß sie Sie bei einer Auseinandersetzung mit dem Vorstand unterstützen werden. Und vergessen Sie bitte nicht, daß es in diesem Jahr noch schlechter steht als sonst.»

«Warum steht es in diesem Jahr schlechter, Morton?»

«Weil Sie in den anderen Jahren auf das orthodoxe Element zählen konnten, aber das sind Kaplan und seine Gruppe, und die sind in diesem Jahr Ihre Gegner.»

Der Rabbi lächelte. «Was raten Sie mir also?»

«Stellen Sie sich nicht gegen sie, David. Lassen Sie's gut sein. Die haben Sie geschlagen, nehmen Sie die Niederlage wie ein guter Sportsmann.»

«Warum sind Sie so besorgt, Morton? Inwiefern sind Sie davon betroffen?»

Brooks starrte ihn verwundert an. «Ich bin Ihr Freund.»

«Ach so.»

«Außerdem haben wir uns im Laufe der Jahre aneinander gewöhnt. Wer weiß, wie ein anderer Rabbi wäre.»

38

Während der Sekretär das Protokoll verlas, zählte der Rabbi die Anwesenden: Zwölf saßen außer ihm rund um den Tisch. Das waren fünf oder sechs mehr, als normalerweise an den Vorstandssitzungen teilnahmen, und er schloß daraus, daß Kaplan heftig die Werbetrommel gerührt hatte. Selbst in den Anfangsjahren, als der Vorstand aus 45 Mitgliedern bestand, wurde jeder, der sich dafür interessierte oder den man dazu bringen konnte, sich dafür zu interessieren, in den Vorstand gewählt. Trotzdem waren kaum jemals mehr als fünfzehn bei einer Sitzung anwesend. Und auch jetzt, da der Vorstand achtzehn gewählte Mitglieder hatte, *chai*, dazu die Amtsträger und die ehemaligen Präsidenten, war fünfzehn immer noch die äußerste Zahl, die sie bei einer Sitzung zusammenbringen konnten, was allerdings den Vorteil hatte, daß sie ein unbestritten beschlußfähiges Quorum bildeten.

Von den Anwesenden rechnete der Rabbi die Hälfte zu den direkten Verbündeten des Präsidenten. Sie standen auf der Vorschlagsliste, die Kaplan präsentiert hatte, als er für die Präsidentschaft kandidierte; sie nahmen stets am *minjen* teil; in aller Wahrscheinlichkeit begleiteten sie ihn auch zu den Klausuren in New Hampshire. In einigen anderen, wie Dr. Muntz und Paul Goodman, erkannte er Kaplans persönliche Freunde, obwohl sie nicht unbedingt seine religiösen Ansichten teilten. Von den übrigen wußte er nichts, war aber sicher, daß die Tatsache ihrer unerwarteten Anwesenheit allein schon bedeutete, daß sie zu Kaplan halten würden.

«. . . *Vorsitzende des Gebäudeausschusses berichtete, daß drei renommierte Heizungsinstallateure angeschrieben und aufgefordert wurden, Voranschläge einzureichen . . .*»

Niedergeschlagen sinnierte der Rabbi, hätte er praktischer gedacht, dann hätte er einige Vorstandsmitglieder angerufen, einige ehemalige Präsidenten wie Jacob Wasserman, Al Becker oder sogar Ben Gorfinkle, und sie gebeten, an der Sitzung teilzunehmen. Zwar war er keineswegs so sicher, daß sie zu ihm gehalten hätten, aber sie hätten ihm wenigstens freundliches Gehör geschenkt.

«. . . *vom Vorsitzenden als Alte Angelegenheit bezeichnet. Nach einer längeren Diskussion wurde dafür gestimmt, die Angelegenheit bis zu der Sitzung vor dem Chanuka-Fest zurückzustellen, da der Vorstand dann besser in der Lage sein werde, zu beurteilen . . .*»

Er fragte sich, ob es klug gewesen war, Marcus Aptaker gegenüber bei seinem letzten Besuch anzudeuten, eine nochmalige Diskussion des Verkaufs liege im Bereich des Möglichen. Würde nun, nachdem diese Hoffnung in ihm geweckt worden war, seine Enttäuschung um so größer sein? Ihm kam der Gedanke, da Aptaker kein Gemeindemitglied war, könnten es einige Vorstandsmitglieder für illoyal halten, daß er, der Rabbi, seine Interessen gegen die Synagoge vertrat. Aber er schob diesen Gedanken sofort beiseite. Als der einzige Rabbi der Stadt war er der Rabbi der gesamten jüdischen Einwohnerschaft, und nicht nur jenes Teils, der sein Gehalt bezahlte.

«. . . *wurde der Antrag gestellt und unterstützt, die Synagoge möge das Petersville-Grundstück in New Hampshire erwerben, das zu bezahlen sei mit der für den Verkauf des Goralsky-Blocks von William Safferstein gebotenen Summe in Höhe von 100000 Dollar. Über den Antrag wurde abgestimmt, er wurde einstimmig angenommen und der Präsident, Chester Kaplan, wurde ermächtigt, die notwendigen Verhandlungen zu führen. Die Sitzung wurde um 10.32 Uhr vertagt. Hochachtungsvoll vorgelegt von Joseph Schneider, Sekretär.*»

Chester Kaplan sah in die Runde. «Korrekturen oder Ergänzungen?» fragte er. «Keine? Dann wird der Bericht angenommen wie vorgelesen. Haben wir Berichte der Ausschüsse?» Er sah nacheinander die Vorsitzenden der Ausschüsse an, die allesamt den Kopf schüttelten.

«Heute nicht, Chet. Es ist nichts geschehen. Wir haben keine Sitzung abgehalten.»

«Hm-hm.»

«Auch nichts Neues bei den Versicherungen, Paul?» erkundigte er sich.

«Tja, Chet, ich warte immer noch auf Nachricht von diesem Mann. Ich würde lieber bis nächste Woche warten und dann den vollständigen Bericht vorlegen.»

«Okay. Dann gehen wir weiter zu den Alten Angelegenheiten. Rabbi?» da er die gehobene Hand entdeckte.

«Ich beantrage nochmalige Abstimmung über den Antrag, das Petersville-Grundstück zu erwerben», sagte der Rabbi.

«Unterstützt jemand den Antrag?»

Schweigen.

Kaplans Lippen zuckten, weil er ein belustigtes Lächeln unterdrücken mußte. «Da niemand den Antrag des Rabbi unterstützt . . .»

«Augenblick mal!» Der Rabbi war verärgert. Bei der Vorbereitung seiner Argumente war er nicht auf die Idee gekommen, man werde ihm möglicherweise gar keine Gelegenheit geben, sie vorzutragen. «Ich möchte den Grund für meinen Antrag auf Neuabstimmung erklären.»

«Das geschieht während der Diskussion über den Antrag», erwiderte der Vorsitzende, «und diskutieren können wir nur, wenn der Antrag unterstützt wurde.»

Verstimmt biß sich der Rabbi auf die Lippe. Er erhob sich. «Dann muß ich mein Vorrecht in Anspruch nehmen. Hier handelt es sich um eine Angelegenheit, zu der der Rabbi der Gemeinde gehört . . .»

Paul Goodman, ein ehemaliger Präsident, rief laut: «Zur Verfahrensordnung, Herr Vorsitzender!»

«Bitte sehr, Paul.»

«Ich möchte darauf hinweisen, und zwar mit allem Respekt, daß der Rabbi kein offizielles Mitglied dieses Vorstandes ist. Er nimmt ausschließlich auf Einladung des Vorsitzenden an den Vorstandssitzungen teil . . .»

«Nein, Paul», unterbrach ihn Kaplan. «Es stimmt zwar, daß der Rabbi an diesen Sitzungen auf meine Einladung teilnimmt, doch als ich diese Einladung Anfang des Jahres aussprach, machte ich es sofort klar, daß der Rabbi während meiner Amtszeit als volles Mitglied zu betrachten ist. Das heißt, mit allen Rechten und Privilegien. Aber», fügte er hinzu, «ich werde bei der Leitung dieser Sitzungen natürlich den Parlamentsregeln folgen. Bitte sehr, Rabbi, Sie haben das Wort.»

«Ich wollte sagen, es gibt bestimmte Angelegenheiten, bei denen der Rabbi der Gemeinde gewisse, seiner Position innewohnende Rechte hat. Das Petersville-Grundstück ist für die Einrichtung einer permanenten Klausur bestimmt. Das ist eine Erweiterung der religiösen Aufgabe der Synagoge und betrifft den Rabbi der Gemeinde daher sogar noch mehr als den Vorstand.»

«Der Antrag enthält nicht den geringsten Hinweis darauf», erwiderte Goodman. «Es heißt keineswegs in dem Antrag, daß das Grundstück als Klausur Verwendung finden soll. Ich persönlich habe dafür gestimmt, weil ich fand, es wäre ein gutes Geschäft für die Synagoge, aber ich dachte dabei eigentlich mehr an ein Sommerlager für unsere Kinder.» Er sah deutlich, daß der Rabbi wütend war, und da es in der Vergangenheit zahllose Gelegenheiten gegeben hatte, da es zum Streit zwischen ihnen gekommen war, machte es ihm besonderes Vergnügen, seine Wut noch zu schüren.

Der Rabbi gab sich große Mühe, seine Selbstsicherheit zurückzugewinnen. Er setzte sich und brachte sogar ein Lächeln zustande. «Also gut», sagte er, «dann beantrage ich eine nochmalige Abstimmung über den Antrag, den Goralsky-Block zu verkaufen.»

«Das ist Teil desselben Antrags», entgegnete der Sekretär. Die Vorstandsmitglieder grinsten, als ihnen klar wurde, wie geschickt es von ihrem Vorsitzenden gewesen war, den Antrag so zu formulieren, daß er sich auf den Erwerb des Petersville-Grundstücks *und* auf den Verkauf des Goralsky-Blocks bezog.

«Es handelt sich um zwei separate Aktionen», widersprach der Rabbi. «Die kann man doch nicht einfach verbinden, indem man sie in einem einzigen Antrag abfertigt.»

«Warum denn nicht? Der Kongreß macht das doch dauernd», antwortete Goodman. «Wenn der Antrag so abgefaßt war, dann ist das eben der

Antrag.»

Und geflüstert zu seinem Nachbarn: «Der Rabbi sitzt aber schön in der Klemme.»

Kaplan überlegte. «Ich sehe eine gewisse Berechtigung in Ihrer Argumentation, Rabbi. Ich werde den Antrag zulassen. Will ihn jemand unterstützen?»

«Worum geht's denn jetzt eigentlich?» fragte der Sekretär. «Ich habe den Faden verloren.»

«Der Rabbi hat Neuabstimmung über den Antrag zum Verkauf des Goralsky-Blocks beantragt, und ich lasse den Antrag zu, obwohl der Sekretär zutreffend darauf hingewiesen hat, daß der Verkauf Teil des Antrags zum Erwerb des Petersville-Grundstücks ist. Also was ist – unterstützt jemand den Rabbi?»

Abermals Schweigen.

Kaplan lächelte. Einige andere grinsten und zwinkerten sich voll Genugtuung zu. Paul Goodman lachte laut heraus.

«Unsere Vorstandsmitglieder sind offenbar überzeugt, daß sie schon beim erstenmal richtig gehandelt haben, Rabbi», sagte Kaplan.

«Oder gut gedrillt waren», gab der Rabbi bitter zurück. «Sie lassen mir keine andere Wahl: Ich werde einen *din-tojre* abhalten.»

«Was hat er gesagt? Einen *din-tojre?* Was ist ein *din-tojre?*»

«Das ist so etwas ähnliches wie ein Gerichtsverfahren. Er will ein Gerichtsverfahren abhalten.»

«Wieso? Kann er das denn?»

«Einen Moment mal, Rabbi», sagte Kaplan, dessen Gelassenheit einen kleinen Knacks bekommen hatte. «Gegen wen wollen Sie ein Gerichtsverfahren abhalten?»

«Gegen Sie alle, einzeln und gemeinsam.»

«Lassen Sie mich das mal klarstellen», forderte Kaplan. «Sie wollen ein Gerichtsverfahren oder eine Verhandlung abhalten und uns alle ...»

«Mir bleibt ja nichts anderes übrig», antwortete der Rabbi sanft. «Es ist zu einer schweren Übertretung des *halacha* gekommen ...»

«Was redet er da?»

«Was ist *halacha*?»

«Er sagt, wir haben das Gesetz übertreten.»

«Was für ein Gesetz? Beschuldigt er uns ...»

«Ruhe! Ruhe! Bitte um Ruhe, Gentlemen.» Kaplan betätigte sein Hämmerchen. In die vorübergehende Stille sagte er: «Lassen Sie mich das klarstellen, Rabbi. Ich weiß, daß Sie gegen diesen Beschluß sind. Das haben Sie mir selbst gesagt. Wollen Sie darum jetzt eine Gerichtsverhandlung inszenieren, bei der Sie selbst als Richter, Jury und Kläger fungieren?»

«Das ist ein berechtigter Einwand, Herr Vorsitzender», gab der Rabbi zu. «Ich bin in dieser Angelegenheit nicht neutral. Darum werde ich sie dem Rabbinerrat von Groß-Boston vorlegen. Hält man meinen Antrag für berechtigt, wird man zweifellos einen Rabbi bestimmen, der einen Ruf als Talmudkenner besitzt, etwa Rabbi Jacobs aus Boston, und zwei *dajanim*, vor denen beide Parteien zu erscheinen und ihre Argumente vorzulegen haben.»

«Kann er das denn?»

«Und wenn wir nicht hingehen?»

«Dann informieren sie die Presse und machen Stunk», kam die geflüsterte Erwiderung.

Kaplan blickte in die Runde und zählte rasch. Von den zwanzig Anwesenden waren ein Dutzend seine Parteigänger, die auch regelmäßig zu seinen Mittwochsempfängen kamen und ihn zu den Klausuren in Petersville begleiteten. Von den übrigen waren einige nicht an der Klausur interessiert, hielten den Grundstückserwerb aber für ein gutes Geschäft. Der Rest hatte zwar keine feste Meinung über die Notwendigkeit einer Klausur, waren aber, etwa wie Paul Goodman, eingeschworene Gegner des Rabbi. Was hatte er also zu befürchten? Er wandte sich an Rabbi Small. «Also, was wünschen Sie, Rabbi?» erkundigte er sich.

«Ich möchte zu diesem Antrag gehört werden.»

«Nun gut, dann werde ich den Antrag auf Neuabstimmung unterstützen», sagte Kaplan.

«He, Chet, wir hatten doch beschlossen . . .»

«Das können Sie nicht, Chet. Sie sind der Vorsitzende.»

«Dann gebe ich den Vorsitz ab. Aaron, würden Sie bitte übernehmen?» fragte er den Vizepräsidenten.

«Gern, Chet.»

«Herr Vorsitzender.»

«Mr. Kaplan.»

«Ich unterstütze den Antrag des Rabbi auf Neuabstimmung.»

«Es wurde der Antrag gestellt und unterstützt, nochmals abzustimmen über den Antrag, den Goralsky-Block zu verkaufen und das Petersville-Grundstück zu erwerben», verkündete der Vizepräsident. «Diskussion, bitte. Ja, Rabbi?»

«Ich habe deswegen so auf Anhörung bestanden», begann der Rabbi ungezwungen, «weil ich glaube, daß Sie alle anständige, faire Männer sind und tun werden, was rechtens ist, sobald Sie alle Fakten kennen. Nun sind Sie, wie ich annehme, alle mit mir einer Meinung, daß *wenn* jemand die Wünsche eines Erblassers respektieren sollte, es vor allem die Erben sein müßten, diejenigen also, die von seinem Wohlwollen profitieren. Nun, die Synagoge hat von Mr. Goralsky einen wertvollen Immobilienbesitz geerbt, und ich finde, um ihm unsere Dankbarkeit zu erweisen, sollten wir wenigstens seine Wünsche hinsichtlich dieses Besitzes berücksichtigen.»

«Wenn Sie auf die Klausel anspielen, die besagt, daß wir den Block für eine Schule oder eine ständige Dienstwohnung des Rabbi verwenden sollen . . .»

«Nein, Mr. Kaplan, diese Klausel meine ich nicht. Mir ist klar, daß Mr. Goralsky die Verwendung des Besitzes vermutlich nicht so eingeschränkt wissen wollte. Aber um ganz sicherzugehen, machte ich mir die Mühe, seinen Sohn Ben aufzusuchen. Er bestätigte meine Meinung. In dieser Hinsicht besteht kein Problem. Nein, ich spreche von Mr. Goralskys Wünschen im Zusammenhang mit Aptaker und dem von ihm bewirtschafteten Laden.»

«Aptaker? Wer ist das denn?» fragte Goodman.

«Der Apotheker, der den Drugstore im Goralsky-Block hat.»

«Ganz recht, Mr. Reinhardt», bestätigte der Rabbi. «Er hat an demselben Tag einen Herzanfall erlitten, an dem er ein Schreiben von Mr. Kaplan bekam mit dem Inhalt, der Block werde verkauft, er möge sich wegen der Verlängerung des Mietvertrags, um die er eingekommen war, an den neuen Besitzer wenden. Seine Frau meint, das habe den Herzanfall ausgelöst.»

«Ja, aber dafür kann man die Synagoge doch nicht verantwortlich machen.» Paul Goodman war aufrichtig entsetzt.

«Das stimmt», sagte Dr. Muntz. «Man kann nie vorhersehen, wie ein Mensch auf eine schlechte Nachricht reagieren wird – oder auch auf eine gute. Ich hatte mal einen Patienten, der bekam einen Herzanfall, als er hörte, daß er in der Lotterie gewonnen hatte.»

«Ich gebe Ihnen ja auch nicht die Schuld an Mr. Aptakers Herzanfall», erwiderte der Rabbi. «Ich beschuldige Sie, Mr. Goralskys Wünsche mißachtet und Aptakers Mietvertrag nicht verlängert zu haben.»

«Als der Block in unseren Besitz kam, wurde er unser Eigentum», entgegnete Kaplan. «Und somit hatten wir das Recht, damit zu tun, was wir für richtig hielten. Da wir ihn verkaufen wollten, habe ich Aptakers Mietvertrag natürlich nicht verlängert, denn das hätte unter Umständen den Verkauf verhindert. Als der Vorstand den Verkauf beschlossen hatte, schrieb ich Aptaker und teilte ihm mit, daß ein neuer Besitzer den Block übernommen habe oder übernehmen werde, sobald die entsprechenden Papiere unterzeichnet sein würden, und schlug ihm vor, sich wegen der Vertragsverlängerung an diesen zu wenden. Ich bin nicht verantwortlich für das, was Safferstein tut, sobald er den Block übernommen hat. Es ist ein legaler Geschäftsabschluß.»

«Ja, das ist es, nehme ich an», gab der Rabbi traurig zurück. «Die Synagoge verkauft den Besitz, weil das ein gutes Geschäft für sie ist. Und ein kleiner Mann wie Aptaker, der sein Leben mit dem Aufbau seines Geschäfts verbracht hat, wird einfach auf die Straße geworfen, aber das ist legal, weil das eine geschäftliche Angelegenheit ist.»

«Das kommt doch immer wieder vor, Rabbi», sagte Kaplan. «Man kann dem Fortschritt doch nicht im Wege stehen.»

«Fortschritt!»

Kaplan grinste. «Na schön, dann Veränderung. Man kann auch der Veränderung nicht im Wege stehen.»

Der Rabbi nickte. «Ja, im Laufe der Veränderung wird so mancher einzelne kurzerhand überfahren. Das ist alles rein geschäftlich, wie Sie sagen. Aber ist das eine Art Geschäft, wie eine Synagoge sie machen soll? Unsere Religion ist eine moralische Religion. Soll eine dieser Religion gewidmete Institution tatsächlich so etwas tun?»

«Nun, Rabbi, als Anwalt muß ich sagen, wenn's legal ist, ist es auch moralisch», erklärte Goodman.

«Schön, Mr. Goodman, überlegen wir, ob es wirklich legal ist.» Der Rabbi bückte sich, nahm einen Aktenkoffer vom Fußboden auf und legte ihn vor sich auf den Tisch. «Hier habe ich die Korrespondenz Mr. Aptakers über die Verlängerung seines Mietvertrags, zuerst mit Mr. Goralsky und dann mit Mr. Kaplan. Ich werde sie später herumgehen lassen, wenn Sie das wollen, aber ich kann es auch für Sie zusammenfassen.» Er entnahm dem Koffer einen Stoß Papiere. «Hier ist Mr. Aptakers Bitte um Verlängerung des Mietvertrages, der in wenigen Monaten ausläuft. Und hier ist Mr. Goralskys Antwort.» Er las ihnen das Schreiben vor. «Beachten Sie bitte den Wortlaut; keineswegs der übliche Geschäftsstil, nicht wahr? Ich habe seine Sekretärin danach gefragt. Sie erinnerte sich noch sehr gut daran, denn sie mußte den Brief zweimal schreiben. Beim erstenmal redigierte sie sein Diktat, wie üblich, nach den üblichen Geschäftsrichtlinien. Doch diesmal war Mr. Goralsky unzufrieden damit und verlangte, sie solle alles genauso schreiben, wie er es ihr diktiert hatte, weil er Aptaker zeigen wollte, wie sehr er dessen Geschäftsgebaren während all der Jahre geschätzt hatte. Also schrieb sie den Brief noch einmal um und formulierte ihn, vielleicht ein bißchen boshaft, genau nach seinen eigenen Worten. Diesen Brief unterzeichnete er, die Anwälte wurden entsprechend instruiert und bereiteten den neuen Mietvertrag vor.»

«Ja, aber dann wurde Aptaker habgierig», erwiderte Kaplan. «Er verlangte, daß eine der Klauseln gestrichen wurde, wenn ich mich recht erinnere.»

«Ganz recht», stimmte der Rabbi zu. «Er schrieb noch einmal an Goralsky, teilte ihm mit, die Klausel, daß er seine Schaufensterscheiben versichern lassen müsse, sei bei den vorangegangenen Mietverträgen gestrichen worden, und bat, sie auch diesmal wieder zu streichen.»

«Und was hat Goralsky dazu gesagt?» fragte Goodman.

«Gar nichts. Er starb.»

«Na, dann hat Aptaker eben Pech gehabt», fand Goodman.

«Der Brief an Aptaker wurde geschrieben, als Mr. Goralsky bereits mit jener Krankheit zu Bett lag, an der er starb. Zu jenem Zeitpunkt hat er auch sein Testament geschrieben», erklärte der Rabbi.

Goodman zuckte die Achseln. «Na und? Im Testament steht davon nichts, und nur, was im Testament steht, zählt.»

«Nicht nach jüdischem Recht», widersprach der Rabbi.

«Wie bitte?»

«Was soll das heißen?» fragte Kaplan. «Wer sagt das?»

«Das sagt das Talmud-Kapitel *Gittin,* und ebenfalls das *Shulchan Aruch.* Das jüdische Gesetz, das heißt, das Talmud-Gesetz, macht im Zusammenhang mit dem Testament einen Unterschied, und zwar aufgrund des Gesundheitszustands eines Erblassers. Ist der Erblasser *bari,* also gesund, lautet das Gesetz wie das säkulare Gesetz: Es zählt nur das, was im Testament steht. Ist der Erblasser aber *schechiv me-ra,* schwerkrank und bettlägerig, und mehr noch, wenn es sich, wie in Mr. Goralskys Fall, um eine Krankheit mit tödlichem Ausgang handelt, dann verlangt es das Gesetz, daß seine Wünsche ausgeführt werden, auch wenn sie nicht im Testament stehen. Der Grund für diese Ausnahme im Gesetz ist der, daß es dem Sterbenden in seinen letzten Tagen inneren Frieden verschaffen soll. Nun war es eindeutig Mr. Goralskys Wunsch, Aptakers Mietvertrag zu verlängern, daher ist dieser Wunsch nach jüdischem Recht ebenso gültig wie die im Testament niedergelegten Wünsche.»

«Ja, aber woher sollten wir das wissen?» fragte Goodman.

«Das konnten Sie nicht wissen; darum erwartet man ja auch, daß Sie sich bei Ihrem Rabbi Rat holen», antwortete der Rabbi zuckersüß.

«Nein, ich meine, was Goralsky mit Aptaker vorhatte.»

«Aus Aptakers Brief, den er der Synagoge schrieb. Ich werde ihn Ihnen vorlesen.» Er nahm ein Blatt Papier aus dem Aktenhefter und schob seine Brille auf die Stirn, um besser lesen zu können. «Hier steht's. ‹Kurz vor seinem Tod erklärte sich Mr. Goralsky einverstanden, meinen Mietvertrag zu denselben Bedingungen zu verlängern, und war so freundlich, mir zu schreiben, er tue das gern, da er mich für einen guten Mieter halte. Wie aus beigefügtem Schreiben ersichtlich.› Und das ist eine Kopie des Briefes, den ich Ihnen eben vorgelesen habe.»

Die Vorstandsmitglieder bewegten sich unruhig auf ihren Stühlen und warfen Kaplan verstohlene Blicke zu, als erhofften sie sich von ihm Verhaltensmaßregeln. Jetzt sprach zum erstenmal Dr. Muntz. «Damit wollen Sie sagen, Rabbi, die Synagoge sei aufgrund des Talmudgesetzes verpflichtet, dem Gesuch Aptakers um Mietverlängerung zu entsprechen, weil Mr. Goralsky es so wollte?»

«Genau das wollte ich damit sagen, Doctor.» Der Rabbi sah sich triumphierend um.

Jetzt regte sich Kaplan wieder. «Augenblick mal, Rabbi! Ich bin kein Talmudkenner, aber mein Schwiegervater war einer, und ich habe mit Edie zu Beginn unserer Ehe einige Jahre bei ihm gewohnt. Außerdem habe ich Jura studiert. Wir haben häufig über das Recht im allgemeinen diskutiert, und ich erinnere mich, daß er sagte, sobald ein Unterschied zwischen dem Talmudgesetz und dem Landesgesetz bestehe, gelte nur das Landesgesetz.»

Der Rabbi nickte. «*Dina de-malchuta, dina.* Das Gesetz des Landes ist das Gesetz.»

«Na, aber dann . . .» Kaplan lehnte sich, ein selbstzufriedenes Lächeln auf den Lippen, bequem zurück.

«Dieser Grundsatz ist aber stark eingeschränkt», erwiderte der Rabbi, ebenfalls lächelnd. «Einige Rabbiner meinen, er solle nur auf Fälle angewandt werden, die ausschließlich die Verwaltung des Landes betreffen, etwa bei der Besteuerung. Verständlicherweise kann er nicht durchweg angewendet werden, sonst würde dadurch ja der Talmud, das Gesprochene Gesetz, in dem wir, genau wie im Geschriebenen Gesetz, dem Talmud, das Wort Gottes sehen, ganz und gar außer Kraft gesetzt werden. Nein, nein, nur dort, wo unser Gesetz dem säkularen Gesetz widerspricht, wo es nicht mit ihm übereinstimmt, wo etwas, das wir für legal halten, unter dem säkularen Gesetz illegal ist, findet dieser Grundsatz Anwendung, und zwar aus auf der Hand liegenden, rein praktischen Gründen.»

«Geben Sie uns ein Beispiel, Rabbi», schlug Dr. Muntz vor.

«Nun gut. Da wir gerade von Testamenten sprechen, werde ich Ihnen ein Beispiel aus dem Erbrecht geben. Wenn ein Mann stirbt, ohne ein Testament hinterlassen zu haben, wird sein Nachlaß nach dem säkularen Recht unseres Landes zwischen seiner überlebenden Frau und seinen Kindern aufgeteilt, wobei männliche und weibliche Nachkommen den gleichen Anteil erhalten. Im jüdischen Recht aber wird der Nachlaß nur unter die männlichen Nachkommen verteilt, wobei der Erstgeborene den doppelten Anteil erhält. Der Unterhalt unverheirateter Töchter und ihre Mitgift gehen jedoch zu Lasten der Erbmasse und haben Vorrang vor der Erbschaft der Söhne. In einer derartigen Angelegenheit würde zweifellos das säkulare Recht Anwendung finden. Nehmen wir andererseits den Fall einer Frau, die von einem säkularen Gericht geschieden wird. Nach dem säkularen Recht darf sie wieder heiraten. Aber nicht nach dem jüdischen Recht – jedenfalls nicht, bis sie ein jüdisches Scheidungsurteil bekommen hat, einen *get*. Hier läuft das jüdische Recht dem säkularen Recht nicht zuwider, sondern es kommt ergänzend hinzu. Ähnlich liegt unser gegenwärtiger Fall, bei dem sowohl das jüdische als auch das säkulare Recht daran interessiert sind, daß die Wünsche des Erblassers ausgeführt werden. Aus eindeutig verwaltungstechnischen Gründen und um endlose

Streitigkeiten zu vermeiden, verlangt das säkulare Recht, daß der Erblasser seine Wünsche in einem Testament niederlegt, während alles, was nicht in diesem Dokument erwähnt wird, für die Erben nicht bindend ist. Damit geht auch das jüdische Recht konform, nur nicht im Fall des *schechiv me-ra*, des todkranken Mannes. Hier sagen wir, um ihm in seinen letzten Tagen den inneren Frieden zu erhalten, daß wir seine Wünsche auch dann für bindend erklären, wenn er nicht mehr dazu kommt, sie im Testament niederzulegen.»

«Aber das ist doch nur Ihre Auslegung, Rabbi», entgegnete Kaplan halsstarrig. «Meiner Meinung nach sind wir berechtigt, dem säkularen Recht zu folgen, vor allem, da der Erlös aus dem Verkauf des Blocks für einen wahrhaft religiösen Zweck verwendet werden soll, für die Erneuerung der Religion . . .»

«Religion!» sagte der Rabbi aufgebracht. «Bei uns ist Religion moralisches Verhalten. Sie sind ein praktizierender Jude, Mr. Kaplan. Sie beten täglich mit den Phylakterien. Sie küssen die *mesusa* an Ihrer Tür jedesmal, wenn Sie daran vorbeikommen. Aber was ist denn das alles, wenn nicht eine ständige Mahnung, auf dem Weg des Herrn zu schreiten? Wenn es das nicht ist, dann ist Ihre Frömmigkeit, Ihre gewissenhafte Befolgung der Zeremonien einfach nur noch Hokuspokus. ‹Was sind mir eure Opfer?› fragte der Prophet. ‹Euer Sabbat und euer Neumond, meine Seele haßt sie . . . Hört vielmehr auf, Böses zu tun . . . sucht Gerechtigkeit, erlöst die Unterdrückten.›» Von seiner eigenen Redekunst erwärmt, fuhr er mit erhobener Stimme fort: «Mag sein, daß ihr da oben in eurer Klausur im Wald eine Religion erneuert, aber das ist nicht die jüdische Religion. Und wenn das der Weg sein soll, den unsere Synagoge einschlägt, dann will ich nichts damit zu tun haben.»

Wie um die Mahnrede des Rabbi zu unterstreichen, begann überall im Gebäude eine Glocke zu schrillen. Die Männer im Vorstandszimmer fuhren zusammen. Es war die Glocke, die das Ende der Sonntagsschule ankündigte.

Der Sekretär sah ungläubig auf die Uhr. «Himmel, zwölf Uhr! Hört mal, ich muß meine Kinder nach Hause bringen. Meine Frau schlägt Krach, wenn wir uns verspäten.» Er klappte sein Notizbuch zu und erhob sich von seinem Stuhl.

«Ich muß auch gehen.»

Kaplan hob beide Hände, um den Aufbruch, der zum allgemeinen Exodus zu werden drohte, zu stoppen. «Hört zu, Männer, wir können die Sache doch nicht einfach in der Luft hängen lassen. Wir müssen . . .»

«Stellen wir sie bis nächste Woche zurück.»

«Einen Moment, nur einen Moment noch! Ihr tut, als wärt ihr 'ne Horde Kinder. Wir wollen dies doch ordnungsgemäß machen. Jemand muß einen Antrag stellen.»

«Na schön. Ich stelle den Antrag, den Antrag des Rabbi auf Neuabstimmung zurückzustellen.»

«Ich unterstütze den Antrag.»

«Rabbi? Einverstanden?»

«Nun, ich finde, es müßte erst noch eine ausführlichere Diskussion . . .»

«Hören Sie, Chet, wichtige Angelegenheiten stellen wir doch immer für mindestens eine Woche zurück.»

«Das haben Sie bei dem ursprünglichen Antrag, für den ich die Neuabstimmung beantragt habe, aber nicht gemacht», bemerkte der Rabbi.

«Darf ich was sagen?» rief Dr. Muntz laut. «So, wie ich die Sache sehe, meint der Rabbi, Aptaker müßte seine Mietverlängerung bekommen. Schön und gut, woher wissen wir, daß Bill Safferstein den Vertrag nicht verlängern wird? Wenn er den Vertrag verlängert, dann ist nach dem *halacha* doch alles in Ordnung, nicht wahr, Rabbi?»

«Er wird es nicht tun», stellte Kaplan fest. «Das weiß ich genau.»

«Aber es kann nicht schaden, wenn wir ihn fragen, oder?»

«Na schön, ich werde ihn fragen. Aber ich weiß, daß er es nicht tun wird.»

«Dann beantrage ich, diese Angelegenheit zurückzustellen, bis unser Vorsitzender mit Safferstein über Aptakers Mietvertrag gesprochen hat.»

«Ich unterstütze den Antrag.»

«Alle, die dafür sind, sagen ja. Dagegen – nein. Ja hat die Mehrheit. Bekommen wir jetzt einen Antrag auf Vertagung, Paul?»

«Ich stelle nicht den Antrag auf Vertagung, Chet», erklärte Goodman. «Wenn du das möchtest, werde ich es natürlich tun. Aber ich habe ums Wort gebeten, weil ich finde, der Rabbi dürfte nächste Woche, wenn wir über die Angelegenheit diskutieren, nicht anwesend sein. Ich finde zwar nicht, daß man hierzu einen Antrag stellen sollte, aber . . .»

«Warum soll der Rabbi nicht dabei sein?» fragte Al Muntz. «Mir scheint, da er die Sache zur Sprache gebracht hat . . .»

«Weil er praktisch uns alle beschuldigt hat, in diesem Zusammenhang das jüdische Gesetz übertreten zu haben, und weil er gesagt hat, er werde uns alle – ‹einzeln und gemeinsam›, hat er gesagt – vor einen Din-weiß-nicht-was zitieren. Okay, er steht also auf der einen Seite, und wir auf der anderen. Er ist der Kläger, wir sind die Beklagten. Der gesunde Menschenverstand muß einem doch sagen, daß der Kläger nicht bei einer Versammlung der Beklagten anwesend sein darf.»

«Aber, Paul . . .»

«Ich finde, was Mr. Goodman sagt, hat einiges für sich», erklärte der Rabbi. «Ich finde selbst, daß ich an der nächsten Sitzung nicht teilnehmen sollte. Ich habe meine Meinung dargelegt, nun liegt es bei Ihnen, wie Sie darüber entscheiden werden. Es macht mir nichts aus, eine Woche zu warten.»

«Einen Moment! Nächste Woche findet keine Sitzung statt», sagte Goodman.

«Warum nicht?»

«Frauenklubfest.»

«Ach ja! Dann also die Woche danach. Einverstanden, Rabbi?»

«Wenn ich eine Woche warten kann, werde ich auch zwei warten können», antwortete der Rabbi.

39

Edie Kaplan begriff nicht, was ihre Freundinnen so erstaunlich an ihrer Haushaltsführung fanden. Sie kochte koscher mit zweierlei Geschirr, eines für Fleisch, das andere für Molkereiprodukte, weil das für sie einfach normal war. Ihr Vater war Küster einer großen Synagoge in Boston gewesen, und von einem Küster erwartet man, daß er ein frommer Mann ist, der sich streng an die religiösen Vorschriften hält. Er war nicht nur für die Instandhaltung des Gebäudes verantwortlich, sondern mußte auch alle notwendigen Vorbereitungen für die Gottesdienste treffen, bei den täglichen Gebeten als Vorbeter fungieren, aus den Schriftrollen lesen und sogar gelegentlich den Kantor vertreten.

Edie war in einem Haus aufgewachsen, in dem die Vorstellung, Fleisch und Molkereiprodukte vom selben Geschirr zu essen, ebenso unmöglich war wie die, etwa vom Fußboden zu essen. Und den Gedanken, beides während derselben Mahlzeit zu essen, war für sie einfach ekelerregend. Schon wenn sie nur ein Rezept las, das für die Zubereitung eines Fleischgerichts die Verwendung von Butter oder Milch vorschrieb, drehte sich ihr der Magen um.

Sie wußte natürlich, daß andere Leute Schweinefleisch und Hummer aßen, für sie selbst aber waren diese Dinge ebenso fremd und ausgefallen wie Schnecken, Schlangenfleisch oder geröstete Ameisen, die ja auch von manchen Leuten gegessen wurden. Auch sah sie in ihren Eßgewohnheiten kein Opfer, das sie aus religiösen Gründen brachte, wie die Katholiken, wenn sie am Freitag Fisch aßen. Gewiß, sie wußte verstandesmäßig, daß die Speisen, die sie aß, gestattet waren, und die Speisen, die sie nicht aß, nach den Regeln ihres Glaubens als tabu galten, tatsächlich aber reagierte sie in dieser Beziehung rein instinktiv. Sie hätte keinen Bissen von den verbotenen Speisen schlucken können, und hätte man sie gezwungen, sie hätte ihn wieder ausgewürgt. Wenn die Kaplans mit ihren Freunden auswärts aßen, bestellte sie sich immer Fisch, und wenn einer aus der Gesellschaft sich Fleisch bestellte und dann vor allem ein mit

Butter bestrichenes Brötchen dazu aß, zuckte sie unwillkürlich zusammen und mußte sich abwenden.

«Aber ist es nicht furchtbar umständlich, Edie, von allem jeweils zwei Garnituren zu haben? Bringst du sie nicht durcheinander?»

Dann zuckte sie die Achseln und antwortete: «Als wir in Israel waren, haben wir gesehen, wie die Beduinen auf dem Boden saßen und alle gemeinsam aus einer Schüssel aßen, mit den Händen. Zum Essen an einem Tisch zu sitzen, jeder mit einem eigenen Teller und einem eigenen Besteck, muß ihnen auch furchtbar umständlich vorgekommen sein.»

Edie hatte Chester geheiratet, als dieser noch Jurastudent war, und sie hatten mehrere Jahre bei ihren Eltern gewohnt. Es war nicht unangenehm gewesen, aber ihr Mann hatte sich über die Notwendigkeit dieses Arrangements geärgert. Nach bestandenem Staatsexamen hatten einige seiner Freunde öffentliche Ämter übernommen, etwa als Assistant District Attorney, oder waren bei Versicherungen und großen Anwaltskanzleien gelandet. Chester dagegen hatte sich entschlossen, eine eigene Anwaltspraxis zu eröffnen, aber es kamen keine Klienten.

Edie glaubte jedoch an ihn, ebenso wie sein Schwiegervater, der manchmal sagte: «Keine Sorge, Chester. Vertraue auf Gott, und alles wird gut werden.»

«Meinst du, Er wird mir Klienten schicken?» spöttelte Kaplan.

«Nun, zweifellos wird Er für dich nicht hinter Krankenwagen herjagen, Chester», antwortete sein Schwiegervater, «und Verbrechen wird Er für dich auch nicht arrangieren, damit du die Täter verteidigen kannst. Doch wenn du betest, werden deine Wünsche erfüllt werden. Als junger Mann wollte ich immer Rabbi werden und habe eifrig dafür studiert, aber das eine oder das andere kam dazwischen. Trotzdem verlor ich den Glauben nicht und bekam schließlich das, was ich mir wirklich wünschte.»

«Aber du bist doch gar kein Rabbi. Du bist Küster.»

«Gewiß, aber was hatte ich mir denn wirklich gewünscht? Zuerst wollte ich Rabbi werden wegen der Ehre. Später, als ich älter und reifer wurde, wollte ich Rabbi werden, weil ich dachte, daß mir das Leben gefallen würde: studieren, beraten, Menschen auf den richtigen Weg lenken, lehren. Und genau das mache ich jetzt. Ich habe Zeit zum Studieren, ich unterrichte eine Gruppe Männer im Talmud und bin fast immer die Stimme der Gemeinde, wenn ich täglich bei der Andacht vorbete. Und ich habe drei Rabbis an der Synagoge überdauert. Alle waren sie so beschäftigt mit Sitzungen und Ausschüssen und der Vorbereitung kleiner Ansprachen, daß sie nie Zeit zum Studieren hatten und nicht mal immer am täglichen *minjen* teilnehmen konnten. Drüben, in der alten Heimat, war das alles natürlich ganz anders – anders für den Rabbi und anders für den Küster. Aber wir sind nicht mehr in der alten

Heimat. Wir sind hier. Und hier tue ich, was ich mir wirklich gewünscht habe.»

«Warum passiert denn mir so was nicht? Ich gehe jeden Morgen und jeden Abend mit dir zum *minjen* ...»

«Aber man muß beten», antwortete sein Schwiegervater.

«Und was mache ich? Lese ich vielleicht die Zeitung?» fragte Chester aufgebracht.

«Du sprichst, wie die meisten, lediglich die Worte aus. Das Gebet muß in deinen Gedanken sein.»

Im Laufe der Zeit ging es Edies Ehemann immer besser. Klienten kamen, zum Teil aufgrund der Kontakte, die er in der Synagoge angeknüpft hatte, und schließlich konnten Edie und Chester ihre eigene Wohnung beziehen. Insgeheim war er überzeugt, daß sein Glaube diesen Erfolg ausgelöst hatte. Er hing diese Überzeugung jedoch nicht an die große Glocke, denn der Glaube war unmodern, und seine Zeitgenossen hätten ihn für schrullig gehalten. So legten sie seine regelmäßige Teilnahme an den Gottesdiensten als eine leichte Exzentrizität aus oder als Gefälligkeit seinem Schwiegervater gegenüber. Oder sogar als günstige Gelegenheit, Klienten zu werben.

Als Leah geboren wurde, fanden sie, eine Stadtwohnung sei für die Entwicklung von Kindern ungeeignet, und zogen um nach Barnard's Crossing. Chester wurde Mitglied der orthodoxen Synagoge im nahen Lynn und nahm regelmäßig am *minjen* teil. Der Sabbat jedoch stellte sie vor ein Problem. Die Synagoge lag gute fünf Meilen vom Haus entfernt, zu weit, um zu Fuß zu gehen, und Autofahren war tabu. Er besprach das Problem mit Edie. «Ich könnte am Freitagnachmittag in ein Hotel gehen und ...»

Sie schüttelte den Kopf. «Dann würdest du das Sabbatmahl zu Hause versäumen. Und Vater sagt, das ist weit wichtiger, als zur *schul* zu gehen. Du mußt deinen Verstand gebrauchen. Einmal zum Beispiel fiel kurz vor dem Freitagabendgottesdienst der Strom in der Synagoge aus. Und aus irgendwelchen Gründen war der Hausmeister nicht da. Mein Vater wußte, was zu tun war. Eine Sicherung war durchgebrannt. Aber sie auszuwechseln, hätte Arbeit am Sabbat bedeutet. Er wollte auf die Straße gehen, weil er hoffte, einen nichtjüdischen Passanten zu finden, den er bitten konnte, ihm zu helfen, aber dann hatte er Angst, daß dabei was passieren könnte. Er ist im Umgang mit Elektrizität immer ein bißchen ängstlich gewesen. Andererseits, was würde geschehen, wenn die Leute kamen, und die ganze Synagoge war dunkel? Also wechselte er, obwohl es Arbeit und daher am Sabbat verboten war, die schadhafte Sicherung selber aus.»

«Aber ich kann nicht am Samstag im Auto an der Synagoge vorfahren.»

«Dann parkst du einen Block entfernt und gehst von da aus eben zu Fuß», riet Edie.

Als Jacob Wasserman eine Organisation für den Bau einer Synagoge in Barnard's Crossing gründete, trat Chester Kaplan natürlich bei, zeigte aber wenig Interesse daran, da es eine konservative Synagoge werden sollte. Als dann Tochter Leah alt genug war, um in die jüdische Schule zu gehen, beschloß er jedoch, sie in die Schule der Synagoge von Barnard's Crossing zu schicken, statt all die Umstände auf sich zu nehmen, die es bedeutete, das Kind täglich in die Schule der Synagoge von Lynn zu bringen. Infolgedessen bekam er engeren Kontakt mit der einheimischen Synagoge und entsprechend weniger mit der Synagoge von Lynn. Zwar vermißte er hier verschiedene Dinge, aber es gab Kompensationen. Als aktiv praktizierender und in Dingen der Religion beschlagener Jude gehörte Chester zu einer kleinen Elite der einheimischen Synagoge, während er in Lynn nur einer von vielen gewesen war. Daher erwies man ihm besonderen Respekt.

Kurz nach Leahs Scheidung begann ihr Vater mit seinen Mittwochsempfängen und den Klausuren in New Hampshire. Edie war von beidem nicht sehr begeistert, aber sie drängte ihm ihre Meinung nicht auf, da sie undeutlich spürte, daß Chesters neu gewonnenes Interesse irgendwie etwas mit Leahs Scheidung zu tun hatte, daß es eine Reaktion auf das Unglück war, von dem ihre Tochter heimgesucht wurde, eine spezielle religiöse Übung dafür, daß er in Ungnade gefallen war.

Als ihr Mann zum Präsidenten der Gemeinde gewählt wurde, war Edie erfreut, aber nicht übermäßig, denn sie war in einem Haushalt aufgewachsen, in dem der Präsident der Synagoge häufig als Feind oder wenigstens als Opposition betrachtet wurde. Als er Pläne für eine permanente Klausur zu schmieden begann, zeigte sie nur geringes Interesse.

«Aber was hältst du von der Wirkung, die so etwas auf die Gemeindemitglieder ausüben wird?» fragte Chester. «Diese Klausur bietet ihnen die Chance, an ihrer Religion zu arbeiten, ihrer Religion mehr Sinn zu verleihen.»

«Komisch, ich habe das nie als Arbeit betrachtet», gab Edie zurück. «Es gibt Vorschriften, und alles wird ganz deutlich erklärt. Man weiß immer, was man zu tun hat. Wo siehst du da Arbeit?»

Als sie hörte, daß der Rabbi gegen die Klausur war, zeigte Edie sich beunruhigt, doch ihr Mann war so begeistert von dem Projekt, daß sie nicht mit ihm streiten wollte. Als sie allerdings dann hörte, wie er Bill Safferstein nach der Sitzung erklärte, er brauche sich keine Sorgen zu machen, der Rabbi sei der einzige Gegner und er hege nicht den geringsten Zweifel, sein Antrag auf Neuabstimmung werde abgelehnt, konnte sie nicht mehr schweigen.

«Es ist nicht richtig, Chet», sagte sie. «Mein Vater hat im Laufe der

Jahre mit vielen Rabbis zu tun gehabt. Manche mochte er, und manche mochte er nicht so sehr. Mit einigen hat er diskutiert, mit einigen hat er gestritten, weil er ein gelehrter Mann war und den Talmud ebenso gut kannte wie sie. Doch wenn er einen Rabbi nach einer Rechtsangelegenheit fragte, akzeptierte er dessen Entscheidung. Man stellt sich nicht gegen einen Rabbi, Chet. Wenn man ihn um sein Urteil bittet, nimmt man dieses Urteil an.»

«Aber ich habe ihn in diesem Fall nicht um seine Meinung gebeten. Er hat sie uns aufgedrängt.»

«Das ist dasselbe, Chet. Wenn man ihn fragt, akzeptiert man seine Antwort. Und wenn er meint, dies sei eine Angelegenheit, die ihn angeht, akzeptiert man diese Entscheidung ebenfalls. Aus dieser Sache entsteht nichts Gutes, Chet. Glaube mir.»

40

Von den kurzen Besuchen bei seinem Vater im Krankenhaus abgesehen, verbrachte Akiva jede freie Minute mit Leah. Er kam nicht nur des abends nach Ladenschluß, sondern fuhr auch an den Tagen, an denen McLane morgens aufschloß, nach dem Frühstück hinüber, um eine Tasse Kaffee mit ihr zu trinken. Gelegentlich, wenn seine Arbeitszeit im Geschäft es erlaubte, holte er sie ab und fuhr mit ihr zum Lunch in ein koscheres Restaurant in Boston. Nie rief er sie vorher an; immer erschien er unangemeldet. Er setzte voraus, daß sie zu Hause war und ihn gern sehen wollte.

«Warum rufts du nicht vorher an?» beschwerte sie sich. «Wenn ich nun gerade Besuch habe?»

«Wie gestern vormittag?»

«Du warst gestern hier? Meine Mutter . . .»

Er grinste. «Natürlich war ich hier. Aber ich hab den Wagen in der Einfahrt gesehen und bin umgekehrt.»

«Aber warum kannst du denn nicht . . .»

Akiva legte seine Hände auf die ihren. «Macht es dir wirklich etwas aus, Leah? Stört es dich? Für mich ist das nämlich wunderschön. Es verleiht mir das Gefühl, zu Hause zu sein.»

«Hier, meinst du? In diesem Haus?»

«Nein, ich meine, wo du bist. Wo immer du dich gerade aufhältst.»

Rose Aptaker machte sich natürlich ihre Gedanken, doch nach der Szene letztesmal, als er zu Hause war, hütete sie sich, ihm Fragen zu stellen, die er als Einbruch in seine Privatsphäre auffassen mochte.

Als sie dann sah, daß er am Morgen seine Gebete sprach, fragte sie ihn dann doch. «Gehst du nicht mehr zum *minjen* in die Synagoge?»

«Ach, weißt du, am Morgen brauche ich doch etwas mehr Schlaf, und abends bin ich fast immer im Laden.» Der wahre Grund war, daß Leahs Vater in der Synagoge sein würde, und es war ihm peinlich, dem Vater zu begegnen, während er mit seiner Tochter intim war.

Akiva sprach mit Leah nie über die Zukunft, über seine Pläne und ihren Platz darin. Nach der ersten Woche sagte er jedoch mit entwaffnender Beiläufigkeit: «Ich habe meiner Mutter von uns erzählt.»

«Ach! Und was hat sie gesagt?»

«Sie wollte wissen, ob du ein nettes Mädchen seist, das, was sie als nettes Mädchen bezeichnet.»

«Und was hast du geantwortet?»

Er grinste. «Ich habe gesagt, du wärst eine Schlampe, die ihre Krallen in mich geschlagen hat, du wolltest mich unbedingt heiraten, und ich sähe keinen Ausweg.»

«Hmm. Hast du ihr auch von Jackie erzählt?»

«Hab ich. Und sie war natürlich beglückt über diesen Beweis deiner Fruchtbarkeit . . .»

«Nein, im Ernst!» bat sie ihn.

Akiva wurde sofort ernst. «Nun gut, also im Ernst. Meine Mutter hat nicht gerade Zustände gekriegt, vermutlich, weil sie im Augenblick soviel Sorgen um Vater hat, aber sie war . . . äh . . .»

«Empört? Enttäuscht?»

«Das, und noch mehr», antwortete Akiva.

«Wegen Jackie?»

«Nun, deine Scheidung war auch nicht gerade ein Grund zum Jubeln für sie. Das mußt du verstehen, Leah, sie . . .»

«Oh, ich verstehe!» sagte sie bitter. «Meine Mutter hätte im umgekehrten Fall genauso reagiert.»

«Sie wird schon zur Besinnung kommen», erklärte Akiva philosophisch.

«Wirklich?»

«Natürlich wird sie. Sie muß einfach.»

«Vielleicht hättest du lieber noch warten sollen», meinte Leah. «Es ist erst so kurze Zeit her.»

«Man wartet, bis man sicher ist. Ich bin sicher. Du nicht?»

«Doch, aber . . . Wirst du es deinem Vater sagen?» fragte sie ihn.

«Das wird vermutlich Mutter tun.» Er lächelte matt. «Sie war auf dem Weg zum Krankenhaus, als ich die Bombe platzen ließ. Vielleicht nimmt der Alte es gnädiger auf.»

41

Marcus Aptaker war zum erstenmal aufgestanden. Das war ein ungeheurer Fortschritt, und er war selbstverständlich euphorisch.

«Oh, du bist ja nicht mehr im Bett, Marcus», begrüßte ihn Rose. «Hat der Arzt dir erlaubt, daß du im Sessel sitzen darfst?»

«Zum Essen und anschließend auch noch ein paar Minuten», antwortete er mit Genugtuung. «Morgen dann ein bißchen länger, und in einigen Tagen darf ich rund ums Bett marschieren. In einer Woche kann ich entlassen werden, aber ich muß natürlich noch eine Zeitlang das Haus hüten.»

«Das ist schön, Marcus.»

Ihre Reaktion ließ die Herzlichkeit und Freude vermissen, die er von ihr erwartet hatte. Und als er sie dann näher betrachtete, fand er sie ungewöhnlich bedrückt. «Stimmt irgendwas nicht?» erkundigte er sich.

«Ob was nicht stimmt? Nein, alles in Ordnung.»

«Sei ehrlich, Rose. Was ist passiert? Irgendwas im Geschäft?»

«Das ist das einzige, woran du denkst – das Geschäft.»

«Dann ist es was anderes. Arnold?»

Jetzt konnte sie nicht mehr an sich halten. «Ach, Marcus, er geht mit einem Mädchen», verkündete sie in tragischem Ton.

«Na und?»

«Aber es ist ihm ernst. Er will sie heiraten.»

«Das ist normal. Er ist achtundzwanzig. Da wird es Zeit, daß er heiratet. Vielleicht bringt ihn die Verantwortung zur Ruhe.»

«O ja, zur Ruhe bringt sie ihn bestimmt», klagte sie bitterlich. «Sie hat ein Kind, einen fünfjährigen Jungen.»

«Ist sie Witwe?» fragte er vorsichtig.

«Schlimmer, Marcus. Geschieden!»

«Ich verstehe. Etwa eine ältere Frau?»

«Nein», mußte sie zugeben. «Sie ist ungefähr in Arnolds Alter. Sie ist mit ihm zur Schule gegangen.»

«Dann ist sie aus Barnard's Crossing. Kennen wir sie?»

Jetzt kam der Knalleffekt. «Sie ist Kaplans Tochter.»

«Kaplan?»

«Der Präsident der Synagoge, der dir den Brief geschrieben hat.»

«Dann wissen wir wenigstens, daß sie aus einer guten Familie kommt», sagte er sehr vernünftig. «Ich kenne ihn nicht persönlich, aber man kann wohl annehmen, daß ein Mann, der kein anständiger Mensch ist, nicht zum Präsidenten gewählt wird.»

«Das stört dich gar nicht? Du liegst seinetwegen im Krankenhaus, und es stört dich nicht, daß dein Sohn seine Tochter heiraten will?»

«Möchtest du denn, daß es mich stört, Rose?» fragte er spöttelnd. «Er hat den Brief geschrieben, weil der Vorstand dafür gestimmt hat. Ich bin überzeugt, daß er nicht persönlich gemeint war. Wie wäre das auch möglich, da er mich ja nicht einmal kennt?»

«Und daß das Mädchen geschieden ist und einen Sohn hat?» fragte sie hartnäckig.

Er schüttelte nachdenklich den Kopf. «Es ist nicht mehr so wie früher, Rose. Heutzutage hat das nichts zu bedeuten. Die Hälfte aller Ehen werden geschieden. Deine eigene Nichte ist geschieden, und die hat zwei Kinder.»

«Aber sie ist ein nettes Mädchen, und ihr Ehemann war unmöglich.»

«Nun, vielleicht ist dieses Mädchen auch ein nettes Mädchen, und vielleicht war ihr Mann unmöglich.»

«Wenn sie ein nettes Mädchen wäre, würde sie ihn nicht schon nach einer Woche heiraten wollen.»

Er zuckte die Achseln. «So sind die jungen Leute heute nun mal. Wenn sie einen Entschluß gefaßt haben, führen sie ihn sofort aus. Wer weiß? Vielleicht ist es besser so. Deine Nichte ist über ein Jahr mit dem Mann rumgelaufen, ehe sie ihre Verlobung bekanntgegeben hat. Und dann, nach zwei Kindern, fand sie ihn plötzlich unmöglich. Man kann sich also auch irren, nachdem man länger gewartet hat.»

«Aber ...»

«Wenn Arnold heute abend herkommt, werde ich mit ihm reden», erklärte Marcus seiner Frau. «Ich werde ihn nach dem Mädchen fragen, nach ihrem Kind, nach seinen Plänen. Wenn mir gefällt, was er sagt, werde ich versuchen, ihm zu helfen.»

«Wieso – helfen?»

«Wenn er es ernst meint, wenn er sich wirklich binden will, werde ich alles arrangieren, daß er das Geschäft übernehmen kann.»

42

Polizeichef Lanigans Problem, die Frage, wie er an Ross McLane herantreten sollte, wurde von einem neuen Polizisten gelöst, einem Anfänger bei der Truppe. Der junge Beamte steckte zum erstenmal in Uniform und brannte vor Eifer für Recht und Ordnung, und als er McLanes Wagen sah, der vor dem Drugstore geparkt war, gab er ihm ein Strafmandat. Am selben Nachmittag kam McLane ins Revier gestürmt und schwenkte den Strafzettel vor Chef Lanigans Nase. «Jetzt hören Sie mal, Chef, ich stelle meinen Wagen immer auf den Parkplatz, aber diesmal hat irgendein Vertreter meinen Platz genommen, und als er wegfuhr, hatte ich im Laden zu tun und keine Gelegenheit, meinen Wagen rüberzufahren.»

Lanigan nahm den Strafzettel, sah den Namen des Beamten und lächelte. «Kommen Sie rein, wir werden uns darüber unterhalten.» Er führte McLane in sein Büro. Als sie saßen, erklärte der Chef: «Dieser Beamte ist noch neu, darum ist er natürlich besonders gewissenhaft. Tatsächlich haben wir in Ihrer Gegend seit Monaten keine Strafzettel mehr verteilt. Normalerweise tun wir das auch nicht, höchstens in den Sommermonaten, wenn dort besonders starker Verkehr herrscht und die Wagen mit hoher Geschwindigkeit durch die Straße jagen.»

«Na, und was ist nun mit dem Strafzettel?» fragte McLane.

«Ach, ich denke, wir können es einrichten, daß Sie die zwei Dollar nicht zu bezahlen brauchen. Aber erzählen Sie mal, was hören Sie von Marcus Aptaker? Wie geht's ihm inzwischen?»

«Ganz gut. Ich habe ihn neulich besucht, und da war er aus dem Bett und saß in einem Sessel. Und sah eigentlich recht gut dabei aus.»

«Das freut mich. Und wie kommen Sie im Laden zurecht?»

«Nicht schlecht, jetzt, wo Arnold da ist», antwortete McLane. «Ich habe die gleiche Arbeitszeit wie vorher, als Marcus noch da war. Nur die erste Woche, als ich ganz allein war, das war Mord. Ich mußte um neun im Laden sein und arbeitete bis um zehn Uhr abends. Gewiß, Mrs. Aptaker hat morgens aufgeschlossen, und oft genug war nicht viel zu tun, so daß ich schnell mal rausgehen und fünfzehn, zwanzig Minuten Pause machen konnte, aber . . .»

«Marcus kann wirklich von Glück sagen, daß er Sie hat. Viele hätten das nicht auf sich genommen», sagte Lanigan.

«Nun, ich muß sagen, Marcus ist ein anständiger Mann. Als ich mein Geschäft verlor, hat er mir sofort einen Job angeboten. Es gab alles mögliche Gerede, ich hätte angefangen zu saufen, aber er hatte Vertrauen zu mir, und das rechne ich ihm hoch an.»

«Und hatten Sie?»

«Was sollte ich haben?»

«Hatten Sie angefangen zu trinken?»

«Verdammt noch mal, nein! Hier und da habe ich natürlich mal einen kleinen gehoben, genau wie alle. Als ich meine . . . Als meine Frau starb, ging ich immer noch in die Kneipe um die Ecke, weil . . . na ja, weil ich nicht gern in ein leeres Haus heimkam. Vielleicht hat das die Gerüchte ausgelöst, aber ich hab immer nur einen, höchstens mal zwei getrunken. Und keineswegs heimlich. Ich bin nie mit einer Flasche zu Bett gegangen. Nur eben mal hier und da ein Drink in dieser Bar.»

Lanigan zuckte die Achseln. «Was hat es schon zu besagen, wieviel Sie tatsächlich trinken? Wenn Ihre Kunden Sie für einen Säufer halten und nicht mehr bei Ihnen kaufen, dann wäre es schon zuviel, wenn Sie einmal alle Jubeljahre einen winzigen Schluck tränken. Sie haben dadurch Ihren Laden verloren, nicht wahr?»

«Keineswegs. Ich habe meinen Laden verloren, weil man mich in die Klemme gebracht hat.»

«Ach, hören Sie!»

«Nein, es ist wahr, Chef! Sie kannten doch diesen Kestler, den alten Knacker, der neulich gestorben ist. Der hatte eine Hypothek mit Sicherheitsübereignung auf meinem Geschäft, und die hat er gekündigt. Hätte er mir ein bißchen mehr Zeit gegeben, ich hätte alles abzahlen können. Aber nein, er wollte unbedingt den Laden, weil er ihn zu einem guten Preis verkaufen konnte.»

«Kestler hat Ihnen also die Hypothek gekündigt, wie?» Lanigan lächelte. «Dann waren Sie sicher nicht allzu traurig, als er starb.»

«Soll ich Ihnen was Komisches sagen? Am selben Abend, als er starb, mußten wir für ihn ein Rezept anfertigen. Dr. Cohen, Dan Cohen, telefonierte es uns durch, und ich nahm den Auftrag entgegen. Als ich hörte, daß es für Kestler war, dachte ich mir, der kann zur Hölle fahren, bevor ich für *ihn* ein Rezept anfertige. Aber soll ich Ihnen was sagen? Als ich hörte, daß er tot war, tat mir der alte Kerl doch leid.»

«Aber Sie haben das Rezept angefertigt, nicht wahr?» erkundigte sich Lanigan beiläufig.

«Den Teufel habe ich getan! Ich hab's dem jungen Aptaker gegeben, damit der es macht. Ich hatte außerdem schon mit einem Rezept zu tun, auf das ein Kunde wartete, und der hat sich dann auch erboten, das Medikament für Kestler abzuliefern, darum . . .»

«Der junge Aptaker? Marcus?»

«Himmel, nein! Der ist älter als ich. Nein, ich meine Arnold.»

«Aber ich dachte, Arnold wäre erst vergangene Woche gekommen.»

«Das stimmt, aber er war neulich hier zu Besuch. Wir hatten bis über die Ohren zu tun, wegen dem Unwetter, da ist er gekommen und hat uns in der Rezeptur geholfen.»

«Sie meinen, er hat nur an diesem einen Abend gearbeitet?» fragte der Polizeichef.

«Hm-hm. Er kam rein, als gehörte ihm der Laden, ging geradewegs durch in die Rezeptur und sagte: ‹Ich bin Arnold Aptaker, ich werde Ihnen helfen.› Ich hab zu Marcus rübergesehen, der vorne im Laden war, aber der grinste nur irgendwie stolz und sagte kein Wort. Also hab ich ihm alles gezeigt, wie alles organisiert war bei uns. Aber diese jungen Leute, denen kann man ja nichts mehr sagen. ‹Ich weiß, ich weiß›, hat er immer nur gesagt, also hab ich ihn fummeln lassen, und tatsächlich, ehe ich weiß, was geschieht, kippt er 'ne Flasche Hustensaft um. Und will den Dreck dann mit Papiertüchern aufwischen. Das Zeug klebt, wissen Sie. Na ja, bei jedem anderen wäre ich in die Luft gegangen, aber das war schließlich Aptakers Sohn. Er war so froh und stolz, daß Arnold da war, daß ich kein Wort gesagt, sondern stillschweigend den Wischlappen geholt und saubergemacht habe. Danach wurde Arnold dann ruhiger und war mir eine große Hilfe bei der Unmenge Rezepte, die wir hatten, und so wurden wir eine ganze Zeit eher fertig, als ich gedacht hatte. Ich hatte gehofft, er würde dableiben, weil es ein bißchen viel Arbeit ist für zwei Apotheker, aber am nächsten Tag sagte Mark, er sei nach Philadelphia zurückgegangen.»

«Aber jetzt ist er für immer hier?»

«Ich nehme an, er will hierbleiben, bis sein Daddy wieder auf den Beinen ist. Ob er anschließend noch bleiben wird, weiß ich nicht. Sie wissen ja, wie diese jungen Burschen sind.» Er sah auf die Uhr. «He, ich muß zurück in den Laden! Jetzt ist die Zeit, wo wir viel zu tun kriegen. Übrigens, mit dem Strafzettel . . .»

«Keine Sorge», antwortete Lanigan liebenswürdig. «Um den kümmere ich mich schon.»

43

Es war die Mutter, der Leah es zuerst erzählte, denn der Vater war nicht zu Hause, und sie hielt es nicht länger aus. «Er heißt Akiva . . .»

«Akiva? Spanisch?»

«Nein, Akiva ist sein Vorname. Nach dem berühmten Rabbi Akiva, weißt du, der . . .»

«Dann muß seine Familie ja sehr religiös sein», meinte Edie.

«Ich habe sie noch nicht kennengelernt, aber soweit ich gehört habe, sind sie es nicht. Weißt du, das ist sein eigener Name. Ich meine, er hat ihn sich selber ausgesucht.» Endlich konnte Leah ihre Geschichte loswerden, die sie allerdings ein wenig ausschmückte. Sie erzählte, daß sie Akiva ganz zufällig getroffen habe, als er Jackie vom Strand über die Straße nach Hause brachte, und daß sich dann herausgestellt habe, daß sie sich bereits kannten, ‹weil er hier aus der Gegend ist›. Daß er an jenem Abend noch einmal gekommen sei, wegen des schrecklichen Unwetters und weil er um ihre Sicherheit besorgt war, um ihre und Jackies. «Er hatte einen langen Bart, und ich habe ihn deswegen geneckt und ihm gesagt, daß er mir nicht gefällt.» Und daß sie dann tagelang nichts von ihm gehört habe. «Und ich nahm natürlich an, es wäre wieder mal so die übliche Sache.» Und daß er dann plötzlich wieder aufgetaucht sei, und sich den Bart abrasiert habe. Und daß sie sich jeden Abend sähen, und daß er Jackie möge, und Jackie ihn.

«Aber was macht er? Womit verdient er seinen Lebensunterhalt?» erkundigte sich die Mutter.

«Ach, ich dachte, das hätte ich schon erwähnt. Er ist Apotheker und arbeitet bei seinem Vater.»

«In diesen Dingen muß man praktisch denken, Leah», sagte die Mutter sanft. «Ich meine, wenn er nur ein Apotheker ist, der in einem Drugstore arbeitet . . .»

«Aber das ist ja gerade das Wunderbare! Als er seinen Eltern von uns erzählte, bot ihm der Vater das Geschäft als eine Art Hochzeitsgeschenk an. Weißt du, er hatte einen Herzanfall – der Vater natürlich –, und jetzt muß er sich schonen. Also wird er für Akiva arbeiten . . .»

«Wo ist dieser Drugstore?» erkundigte sich Mrs. Kaplan, deren Stimme auf einmal sehr leise wurde.

«Hier in der Stadt, drüben an der Salem Road. Du kennst ihn bestimmt. Es ist einer der ältesten Drugstores in der Stadt.»

«Der Town-Line Drugstore? Marcus Aptakers Geschäft?»

«Ganz recht. Und Akiva ist Arnold Aptaker.»

Chester Kaplan traf zu Hause ein, nachdem Leah wieder gegangen war. Er war überglücklich über die Nachricht.

«Also, was willst du unternehmen?» wollte Mrs. Kaplan wissen.

Er rieb sich freudestrahlend die Hände. «Unternehmen? Was soll ich unternehmen? Wir werden den jungen Mann zum Essen einladen, und eine Woche später werden wir seine Eltern einladen. Dann werden sie uns vermutlich ebenfalls einladen . . .»

«Du vergißt, daß sein Vater im Krankenhaus liegt.»

«Ach ja!» sagte er. «Dann werden wir Mrs. Aptaker einladen, und ihn können wir möglicherweise im Krankenhaus besuchen.»

«Und wenn sie sich weigert, herzukommen?» fragte Edie.

«Warum sollte sie sich weigern? Sind wir nicht gut genug für sie?»

«Weißt du, wenn ich es wäre, ich würde mich weigern», antwortete seine Frau. «Ich würde denken, wo du meinen Mann aus seinem Geschäft drängen willst und er deswegen den Herzanfall bekommen hat, werde ich nicht in deinem Haus essen. Ich würde an den Speisen ersticken.»

«*Ich* habe seinen Herzanfall verursacht? Weil wir den Block verkauft haben und ich ihm geraten habe, sich wegen der Verlängerung des Mietvertrags an den neuen Eigentümer zu wenden? Und wenn ich gegen jemanden Klage erhebe und der kriegt einen Herzanfall, ist das auch meine Schuld?»

«Das mußt du tun, weil es dein Beruf ist. Dieses hättest du nicht zu tun brauchen. Und Aptaker bat dich um die Verlängerung, ehe Safferstein das Gebot für den Block machte.»

«Sicher, aber Safferstein hatte mir direkt nach Bekanntgabe der Testamentsbedingungen gesagt, daß er an dem Block interessiert sei. Wenn ich also einen potentiellen Käufer habe, soll ich mir das Geschäft verderben, indem ich Mietverträge verlängere?»

«Und der Rabbi ist auch dagegen.»

«Das ist eine Frage der Gesetzesauslegung», erklärte er überheblich. «Davon verstehst du nichts.»

«Aber was die Aptakers dir gegenüber empfinden, das kann ich verstehen. Ich wäre überrascht, wenn sie auch nur zur Hochzeit kämen.»

«Dann zeig mir, wo geschrieben steht, daß die Brauteltern mit den Eltern des Bräutigams auf freundschaftlichem Fuß stehen müssen», entgegnete ihr Mann. «Die Schneursons und die Feldmans sprechen nicht mal miteinander. Die Blackmans waren im vergangenen Jahr den ganzen Winter über in Florida, und Sidney Blackman erzählte mir, daß die Schwiegereltern seines Sohnes sie nicht ein einziges Mal auch nur zum Tee eingeladen haben.»

«Und wenn der Sohn dasselbe dir gegenüber empfindet?» fragte Edie.

«Dann werden wir eben keine Freunde sein», antwortete er philosophisch. «Solange er Leah ein guter Ehemann ist, kann ich das ertragen, glaube mir.»

«Aber jetzt, wo der Rabbi Antrag auf Neuabstimmung gestellt hat, hättest du Gelegenheit, alles wieder gutzumachen», erklärte sie.

Ihr Mann war schockiert. «Was sagst du da? Du willst, daß ich mich gegen meine Freunde stelle, gegen die Menschen, die mich unterstützt haben, und nur aus ganz persönlichen Gründen? Nein, mein Kind! Ich werde den Rabbi bekämpfen, und ich werde ihn auch schlagen!»

44

Mrs. Aptaker hob ihre Stimme nicht. Sie war ruhig und beherrscht. Aber sie war unerbittlich. «Ich werde die Kaplans nicht hierher einladen, und wenn sie mich in ihr Haus einladen, werde ich nicht hingehen.»

Ihr Sohn dagegen war alles andere als ruhig. Er schrie zwar nicht, doch seine Stimme zitterte vor Verzweiflung und Frustration. «Aber Ma, was werden die nur von mir denken? Würdest du bitte mal eine einzige Sekunde überlegen, wie ich durch deine Weigerung dastehe? Mrs. Kaplan sagt mir, daß sie dich bittet, Sonntagabend zu ihr zum Essen zu kommen. Was soll ich ihr denn nun sagen? Daß meine Mutter sich zu gut ist, um mit ihnen zu essen?»

«Ich habe nicht gesagt, ich sei mir zu gut. Ich habe nur gesagt, daß ich nicht hingehen werde. Mehr nicht.»

«Ja, aber was soll ich ihr nun sagen?»

«Warum hat sie dich überhaupt darum gebeten, Arnold?»

«Wie meinst du das?»

«Wenn sie mich zum Essen einladen will», erklärte seine Mutter geduldig, «warum muß sie mich auf dem Umweg über einen Dritten einladen? Tut sie das bei allen, die sie einlädt? Schickt sie immer einen Boten?»

«Ich war gerade da, deswegen sprach sie davon. Das ist alles.»

«Nein, Arnold. Und du weißt es genau. Sie hat dich gebeten, mir ihre Einladung zu überbringen, statt mich selber anzurufen, weil sie wußte, wenn sie mich anruft, würde ich ablehnen. Diesen Umweg über dich hat sie gemacht, weil sie hoffte, du würdest mich überreden.»

Er versuchte es aufs neue. «Nun gut, sagen wir, du hast recht. Sagen wir, Mrs. Kaplan ist sich klar darüber, daß du etwas gegen ihren Mann hast. Aber ich heirate ihre Tochter. Ist es nicht ihr gutes Recht, die Eltern ihres zukünftigen Schwiegersohnes kennenzulernen? Und man sollte meinen, daß du ebenfalls die Eltern deiner zukünftigen Schwiegertochter kennenlernen wolltest.»

«Ich kenne sie», gab Mrs. Aptaker zurück. «Ich weiß, wer sie sind. Wenn man in einer Kleinstadt wie Barnard's Crossing vierzig Jahre lang einen Laden hat, gibt es nicht viele Einwohner, die man nicht kennt. Und keine Sorge, sie weiß, wer ich bin, und sie weiß ebenfalls, wie dein Pa aussieht.»

«Hör mal, Pa hat mir das Geschäft angeboten, nicht wahr? Das Geschäft gehört also praktisch schon mir, nicht wahr? Habe ich da nicht auch ein Wort über den Mietvertrag mitzureden? Ich meine, wenn das Geschäft mir gehört, müßte ich da nicht auch wütend sein, wenn man uns bei dem Mietvertrag mit einem schmutzigen Trick reingelegt hat?»

«Aber du hast davon keinen Herzanfall bekommen.»

«Ich glaube, Pa ebenfalls nicht», erwiderte Arnold. «Er hat mir gestanden, daß er schon mehrmals solche Anfälle gehabt hat, die er für Magendrücken hielt. Was mit unserem Mietvertrag geschieht, kommt im Geschäftsleben immer wieder vor. Und Mr. Kaplan ist wirklich ein netter Mann. Er ist religiös ...»

«Ach, religiös!»

«Jawohl, religiös. Und der Brief, den er Pa geschrieben hat, den mußte er als Präsident der Synagoge schreiben. Der Vorstand hatte darüber abgestimmt, und er hat uns das Ergebnis mitgeteilt. Mehr war an der ganzen Sache nicht dran.»

«Mehr nicht?» fragte sie herausfordernd. «Laut Kaplans Schreiben handelte es sich um einen einstimmigen Beschluß. Aber der Rabbi, der auch Vorstandsmitglied ist, hat uns gesagt, er hätte nicht mal was davon gewußt. Willst du behaupten, der Rabbi lügt?»

«Sieh mal, Ma, der Rabbi war nicht dabei. Der einstimmige Beschluß kam von den Leuten, die anwesend waren. Und was den Mietvertrag betrifft, auf den pfeife ich. Wenn er ausläuft, und Safferstein will den Laden, dann heißt das noch lange nicht, daß wir sofort ausziehen müssen. Das kann sich noch monatelang hinziehen. Und wir können uns einen anderen Laden suchen. Diese Lage paßt mir sowieso nicht. Außerdem begreife ich nicht, warum du so . . . so stur bist, wenn Pa es ganz und gar nicht ist.»

«Oh, dein Vater glaubt, der Rabbi kann etwas für ihn tun», sagte sie verächtlich.

«Vielleicht kann er das wirklich.»

«Nun gut, wenn er etwas tut, nehme ich Mrs. Kaplans Einladung an.»

45

«Da ist die Unfallversicherung und das sind die Feuerversicherungen für die Objekte am Kimberly Place. Und hier ist die Aufstellung der Prämien», erklärte der Versicherungsvertreter mit verlegenem Lächeln. «Spart mir eine Briefmarke.»

«Ist es Ihnen lieber, wenn ich gleich zahle, Murray?» erkundigte sich Safferstein.

«Nun ja . . .»

Safferstein griff nach dem Scheckbuch.

«Geld kann ich natürlich immer gebrauchen», erklärte Murray Isaacs. Das war das Angenehme an den Abschlüssen mit Bill Safferstein. Jeder andere hätte ihn wenigstens bis zum Monatsersten warten lassen.

Safferstein schob ihm den Scheck über den Schreibtisch zu. «Werden Sie Sonntag an der Vorstandssitzung teilnehmen?»

«Aber sicher», antwortete Isaacs. «Ich komme bestimmt. Meine Frau wollte, daß wir zum Wochenende nach New York fahren und meine Tochter besuchen. Aber ich hab ihr gesagt, kommt nicht in Frage, ich muß zu der Vorstandssitzung.»

Safferstein faltete die Hände hinter dem Kopf und lehnte sich zurück. «Irgendwas Besonderes zu erwarten, bei dieser Sitzung?»

Isaacs starrte ihn an. «Wir stimmen doch über den Antrag des Rabbi auf Neuabstimmung über den Verkauf des Goralsky-Blocks ab. Wußten Sie das nicht?»

«O doch, natürlich. Aber bestehen da irgendwelche Zweifel?»

«Nun, man sollte sich nie allzu sicher fühlen, sage ich immer, und jede Stimme hilft.»

«Aber der Beschluß war einstimmig . . .»

«Ja, aber das war, bevor der Rabbi mit seinen Argumenten ankam.»

«Und Sie meinen, das könnte etwas am Ergebnis ändern? Ich fand eigentlich nicht, daß er so überzeugend war», entgegnete Safferstein lässig.

«Das ist wirklich komisch, mit dem Rabbi. Er ist ein so ruhiger Mensch, wissen Sie, wird niemals laut. Selbst bei seinen Predigten redet er eher wie ein Professor vor seinen Studenten. Darum macht es großen Eindruck, wenn er sich wirklich einmal aufregt. Man merkt, daß diese Sache viel für ihn bedeutet.»

«Ja, aber . . .»

«Und vergessen Sie nicht, Billy – nicht alle Vorstandsmitglieder, die für den Antrag gestimmt haben, waren von der Idee begeistert. Ich meine, alle waren für den Verkauf des Goralsky-Blocks, aber nicht alle waren scharf darauf, das Geld zum Erwerb des Grundstücks in Petersville zu verwenden. Da aber beides in einem Antrag zusammengefaßt worden war, machten sie mit.»

«Man könnte ihn also jederzeit in zwei getrennte Anträge aufteilen, nicht wahr?»

«Nun ja, gewiß, aber einige von den Mitgliedern haben gesagt, daß der Vorstand vielleicht überstürzt gehandelt hat, daß, wenn es gegen das jüdische Gesetz verstößt, wie der Rabbi sagt . . . Na ja, Sie wissen schon. Und dann sind da diejenigen, die nicht bei der Sitzung anwesend waren, und die ehemaligen Präsidenten. Wenn der Rabbi mit denen Kontakt aufnimmt . . . Verstehen Sie mich?»

«Wie sieht es Ihrer Ansicht nach denn jetzt aus, Murray?»

«Oh, wir werden natürlich gewinnen. Daran besteht keinerlei Zweifel.»

Aber Bill Safferstein entdeckte doch Zweifel unter dieser tapferen Behauptung, und nachdem der Versicherungsvertreter gegangen war, blieb er einige Minuten deprimiert sitzen und starrte zum Fenster hinaus in den grauen Nachmittagshimmel. Dann griff er zum Telefon und wählte Kaplans Nummer.

«Murray Isaacs ist ein Idiot», erklärte Chester Kaplan knapp. «Sicher, einige werden anders stimmen, aber ich mache mir keine Sorgen.»

«Er sagte, der Rabbi hätte großen Eindruck bei der Sitzung gemacht.»

Kaplan lachte. «Ja, ein paar Minuten lang hatte er sie wirklich am Bändel. Aber wissen Sie, was dann passiert ist? Die Schulglocke hat geläutet, und alles verlief im Sande. Wissen Sie, Bill, Rabbi ist Rabbi. Es ist seine Aufgabe, auf kleine moralische Sünden hinzuweisen. Aber die Vorstandsmitglieder sind praktischdenkende Männer. Und jetzt haben sie Zeit zum Nachdenken gehabt. Ich bin überzeugt, daß sie am Sonntag richtig abstimmen werden.»

«Haben Sie in der Richtung schon was unternommen?» erkundigte sich Safferstein.

«Wie meinen Sie das?»

«Haben Sie mit jedem einzelnen Vorstandsmitglied gesprochen? Haben Sie für uns geworben?»

«Aber sicher, Bill, die Werbung läuft die ganze Zeit. Ich bin ständig in Verbindung mit den Mitgliedern. Aber ich werde Ihnen jetzt verraten, wie wir alles endgültig in die Hand kriegen und einen einstimmigen Beschluß erreichen können.»

«Und das wäre?»

«Also, der dickste Haken scheint Aptakers Mietvertrag zu sein», erläuterte Kaplan. «Darüber hat sich der Rabbi vor allem aufgeregt. Wenn Sie Aptaker den Mietvertrag nun verlängern würden . . .»

«Nein.»

«Nein?»

«Nein, ich habe meine Pläne mit dem Laden. Hören Sie, Chet, Sie müssen jetzt jedes einzelne Mitglied anrufen und wahrhaft überzeugende Argumente vorbringen.»

«Dazu ist keine Zeit mehr, Bill.»

«Was soll das heißen, keine Zeit? Sie haben heute abend und morgen . . .»

«Es ist Sabbat. Am Sabbat mache ich keine Geschäfte», gab Kaplan ziemlich steif zurück. «Ich könnte jetzt ein paar Anrufe machen, und auch noch einige am Samstagabend . . .»

«Wenn Sie sich die richtigen aussuchen, könnte das eine Menge helfen.»

«Na schön, Billy. Ich werde tun, was ich kann. Und keine Sorge. Wir werden gewinnen.»

Tapfere Worte, doch je mehr Safferstein darüber nachdachte, desto bestimmter wurde sein Gefühl, daß Kaplan, was den Ausgang der Abstimmung betraf, doch gar nicht so sicher war. Er stand auf und wanderte hin und her, versuchte die Situation abzuschätzen. Er fühlte sich eingeengt. Er öffnete die Tür, nahm seinen Hut vom Haken und teilte seiner Empfangsdame mit, er gehe nach Hause.

Sie warf einen Blick auf die Uhr. «Fühlen Sie sich nicht wohl, Mr. Safferstein?»

«Nein, nein, alles in Ordnung. Nur ein bißchen Kopfschmerzen.»

«Wollen Sie nicht lieber den Regenmantel mitnehmen? Er hängt im Schrank. Vielleicht haben Sie sich was geholt.»

«Nein, ich fühle mich durchaus wohl.» Trotzdem ging Safferstein noch einmal in sein Büro zurück und schlüpfte in den Regenmantel. Automatisch schob er die Hände in die Taschen und fühlte in der einen etwas Hartes. Er zog einen dicken Umschlag hervor und starrte ihn sekundenlang an. Dann erinnerte er sich wieder: Es war der Umschlag mit den Pillen, jenen, die er ursprünglich für Mona geholt hatte. Neugierig trat er an den Schreibtisch, schraubte die Flasche auf und schüttelte ein paar

Pillen auf die Platte. Dann griff er zum Telefon und rief Dr. Muntz an.

«Bill Safferstein. Erinnern Sie sich noch, daß neulich bei Chet Kaplan irgend jemand meinen Mantel mit seinem verwechselt hat? An dem Abend, als das Unwetter war? Also, am nächsten Tag habe ich mir eine Nachfüllung auf das Rezept von Ihnen geholt . . .»

«Im Town-Line Drugstore?»

«Natürlich dort. Die hatten ja das Rezept. Also, soeben habe ich die ursprünglichen Pillen gefunden. Wissen Sie, ich hatte den Mantel von Chet zurückbekommen, und die Pillen steckten noch in der Tasche. Weswegen ich Sie nun anrufe: Diese Pillen sehen anders aus als die, die ich Mona gegeben habe. Ich meine, sie unterscheiden sich von der Nachfüllung. Sie haben zwar dieselbe Größe und Form, aber eine andere Farbe. Darum wollte ich Sie fragen, könnte das daher kommen, daß sie in meiner Manteltasche steckten und feucht geworden sind, oder . . .»

«Dazu müßte ich sie mir ansehen, Billy», antwortete Dr. Muntz. «Ich habe hier noch ungefähr eine halbe Stunde zu tun. Von wo aus rufen Sie an?»

«Von meinem Büro, aber ich bin praktisch schon auf dem Heimweg.»

«Dann werde ich zu Ihnen kommen, sobald ich hier fertig bin. Ich möchte mir die Pillen wirklich gern ansehen.»

Als Dr. Muntz aufgelegt hatte, lächelte er breit und ging ins Büro seines Kollegen Dr. Kantrovitz hinüber. «Ich glaube, ich habe die Lösung für das Problem unseres jungen Freundes Dan Cohen», sagte er händereibend. Dann berichtete er von dem Anruf, den er gerade von Safferstein bekommen hatte.

«Ich verstehe nicht, Al. Wieso soll das Dan helfen?»

«Aber überlegen Sie doch mal!» sagte Dr. Muntz. «Dies ist schon wieder ein Fehler, der dem Town-Line Drugstore bei einer Rezeptanfertigung unterlaufen ist. Aber diesmal kann ich etwas unternehmen, denn Mona Safferstein, die diesmal betroffen wurde, ist meine Patientin.»

«Und was wollen Sie unternehmen?» erkundigte sich Kantrovitz.

«Das weiß ich noch nicht genau. Hauptsache, ich kann jetzt etwas unternehmen. Marcus Aptaker ist ein netter Mann und ich schade ihm nicht gern. Aber wenn ich die Wahl habe, ihm zu schaden oder zuzusehen, wie man Dan Cohen schadet, dann gilt meine Loyalität ausschließlich Dan.»

46

Die Vorstandssitzung begann kurz nach der normalen Wochentags-Morgenandacht, die an Sonntagen um neun statt wie sonst um sieben Uhr begann. In den wenigen Minuten zwischen dem Schluß der Andacht und dem Beginn der Sitzung standen die Mitglieder plaudernd, scherzend und diskutierend auf dem Korridor herum, dann schlenderten sie nach und nach zum Vorstandszimmer hinüber. An diesem Tag galten alle Gespräche dem Hauptpunkt der Tagesordnung.

«Wenn Bill Safferstein doch nur Aptakers Mietvertrag verlängern würde; dann gäb's überhaupt kein Problem. Seid ihr euch darüber klar? Ich begreife nicht, warum er es nicht tun will. Aptaker ist ein guter Mieter.» Oscar Levy hatte eine hohe, winselnde Stimme, so daß alles, was er sagte, wie eine Beschwerde klang.

«Woher wissen Sie, daß er es nicht tut? Chet sollte ihn doch darum bitten.»

«Ich weiß es eben», antwortete Levy. «Jedenfalls bin ich ziemlich sicher, nach dem, was Chet neulich abends gesagt hat.»

«Nein, er tut es nicht», sagte Manny Levine entschieden. Manny zweifelte nie an etwas. «Er wird ihm keinen Mietvertrag geben, weil er sauer auf ihn ist. Ganz einfach.»

«Woher wissen Sie das?»

«Erinnert ihr euch an unsere Mitgliederwerbung damals, vor ein paar Jahren?» sagte Manny. «Also, Billy zog Aptakers Namen. Unter anderem. Also suchte er ihn auf. Und Aptaker wies ihn nicht nur kurzerhand ab, sondern wurde auch noch ausfallend. Ich weiß noch genau, wie wütend Billy auf ihn war.»

«Nein, so einer ist Billy Safferstein nicht», widersprach Marvin Kalbfuss. «Der trägt keinem was nach, vor allem nicht, wenn's um was Geschäftliches geht. Ich glaube vielmehr, er will den ganzen Block freimachen und einen einzigen Riesenladen einrichten, indem er sämtliche Trennwände einreißt. Das wird bestimmt einer von diesen großen Spirituosenläden, wißt ihr? Wo man den Alkohol nur in geschlossenen Behältern kaufen kann . . .»

«Woher haben Sie denn das?»

«Na ja», antwortete Kalbfuss, «da stand was in der Zeitung, die Lenox Corporation plane eine Niederlassung an der Nordküste. Wenn Billy den Block als normalen Geschäftsblock behalten wollte, warum will er dann soviel mehr dafür bezahlen, als das Einkommen rechtfertigt? Und dann wäre es für ihn doch nur von Vorteil, wenn er den Drugstore behielte, nicht wahr? Ein Drugstore möbelt den ganzen Block auf. Na schön, vielleicht will er die Miete erhöhen, aber ich glaube kaum, daß Aptaker deswegen Krach schlagen würde. Also muß man annehmen, daß Billy etwas anderes vorhat. Und dabei kann es sich nicht nur um einen anderen Laden handeln, denn dann könnte er einen von den anderen Mietern rauswerfen, die übrigens alle keinen Mietvertrag haben. Und ihr wißt ja, daß da ein Laden leersteht. Also geht es offensichtlich um einen Plan, der mit dem ganzen Block zu tun hat. Stimmt's? Nun fragt ihr euch . . .»

«He, seht mal, wer da kommt! Al Becker.»

«Was hat das denn wohl zu bedeuten? Der ist seit Jahren nicht mehr zu den Sitzungen gekommen.»

«Darf ich um Ruhe bitten!» Kaplan schlug mit seinem Hämmerchen auf den Tisch. «Kommt, Leute, gehn wir an die Arbeit. Ruhe bitte!»

Es waren einundzwanzig Mitglieder anwesend, dieselbe Anzahl wie beim letztenmal, aber es waren nicht dieselben einundzwanzig. Zunächst einmal war der Rabbi natürlich nicht da. Und außerdem waren zwei von Kaplans engsten Anhängern abwesend. Der eine hatte geschäftlich verreisen müssen, der andere pflegte zu Hause eine starke Erkältung. Seine Frau hatte gedroht, ihn zu verlassen, wenn er den Fuß vor die Tür setzte, ‹nur um zu einer Vorstandssitzung zu gehen›. Der Sekretär hatte von jedem einen Brief, in dem er gegen den Antrag auf Neuabstimmung stimmte. Diese Briefe waren ihm auf Kaplans Anregung hin zugeschickt worden, der diese Vollmachten auch verwenden wollte, wenn es so aussah, als falle die Abstimmung nur knapp aus.

Von den dreien, die an der letzten Sitzung nicht teilgenommen hatten, war einer ein normales Mitglied, das Kaplan versprochen hatte, ihn zu unterstützen. Die anderen beiden waren ehemalige Präsidenten: Ben Gorfinkel von vor ein paar Jahren, der gelegentlich zu den Sitzungen kam, und Al Becker, Nachfolger von Jacob Wasserman, dem Gründer der Synagoge, im Amt des Präsidenten, der seit Jahren nicht mehr dabeigewesen war. Chester Kaplan hieß ihn herzlich willkommen, war aber verwirrt über sein Erscheinen – und auch ein kleines bißchen beunruhigt.

Kaplan klopfte kräftig auf den Tisch und verkündete: «Wir werden nun über den Antrag des Rabbi auf Neuabstimmung über den Verkauf des Goralsky-Blocks diskutieren. Mitch?»

Mitch Danziger erhob sich schwerfällig. Er war ein massiger Mann mit einer erstaunlich sanften Stimme. Indem er ihn zuerst aufrief, wollte der Vorsitzende seine Fairneß beweisen, denn Mitch gehörte nicht zu seinen aktiven Anhängern. «Ich möchte meine Position klarstellen. Ich bin zwar dafür, daß wir den Block an Safferstein verkaufen. Ich kann mir auch eigentlich nicht vorstellen, warum jemand dagegen sein sollte, denn es ist ein gutes Geschäft. Ich meine, wenn eine Aktie auf sechzig steht, und ein Makler kommt an, der mir hundert bietet, würde ich das doch auch akzeptieren, nicht wahr? Aber ich bin weniger überzeugt, daß der Erwerb des Grundstücks in New Hampshire ein gutes Geschäft ist . . .»

«Haben Sie es gesehen?»

«Nein, aber . . .»

«Außerdem ist das nicht der Grund für den Antrag des Rabbi, über den wir diskutieren . . .»

«O doch! Wissen Sie nicht mehr? Der Rabbi sagte . . .»

«Aber es war, glaube ich, Paul Goodman, der darauf hingewiesen hat, daß . . .»

«Aber er sagte . . .»

«Nein, er sagte . . .»

«Ruhe! Ruhe!» Kaplan hämmerte auf den Tisch. «Hören Sie, hier bekommt jeder Gelegenheit, seine Meinung zu sagen, aber wir wollen uns damit doch an den Vorsitzenden wenden, ja? Also, bevor diese ganze Diskussion außer Rand und Band gerät, möchte ich versuchen, das Thema auf eine knappe Formel zu bringen, damit wir uns alle zum selben Punkt äußern können. Ich nehme an, alle sind mit Mitch einer Meinung, daß der Verkauf des Geschäftsblocks ein gutes Geschäft für die Synagoge ist. Und ich gebe gern zu, daß einige, die dafür stimmten, gar nicht so wild darauf waren, das Grundstück in New Hampshire zu kaufen. Wenn ihr unbedingt wollt, wenn ihr meint, das könnte zu einer Kontroverse führen, bin ich bereit, die beiden Punkte zu trennen, damit wir über jeden Antrag einzeln abstimmen können. Im Augenblick aber interessiert uns weder das eine noch das andere. Es handelt sich hier nicht so sehr um die Frage, ob wir den Goralsky-Block verkaufen sollen, sondern darum, ob wir das Recht dazu haben. Der Rabbi behauptet, das hätten wir nach dem jüdischen Recht nicht, oder wir müßten wenigstens Aptaker seinen Mietvertrag geben, bevor wir den Block verkaufen. Aber ich kann euch definitiv versichern, wenn wir das täten, würde aus dem Verkauf nichts werden. Nun gibt es noch einen anderen Rechtsgrundsatz im jüdischen Recht, den ich vorgebracht habe, nämlich, daß dort, wo ein Konflikt zwischen dem jüdischen Recht und dem Landesrecht besteht, das letztere Anwendung zu finden hat. Der Rabbi behauptet, das treffe auf diesen Fall nicht zu. Nun gut, wo stehen wir also? Für mich ist das eine Frage der Prioritäten. Ich neige zu der Auffassung, wenn wir einen anderen Rabbi befragen würden, wäre es möglich, daß der entscheidet, der von mir erwähnte Rechtsgrundsatz sei hier doch anwendbar . . .»

«Warum fragen wir dann nicht einen anderen Rabbi,» fragte Paul Goodman.

«Weil das etwas ganz anderes ist als die Möglichkeit, die unser System vorsieht, nämlich sich an einen höheren Gerichtshof zu wenden. Dabei hebt der Spruch des höheren Gerichtshofs automatisch das Urteil des niedrigeren Gerichtes auf. Bei uns dagegen sind alle Rabbis gleich. Einige haben einen besseren Ruf als andere, ihre Autorität ist darum aber nicht größer. Also könnten wir von einem Rabbi zum anderen laufen, und der erste würde ja sagen, der zweite nein, der dritte wieder ja, und so fort. Das kann ewig so weitergehen. Nach meiner Meinung ist es an uns, zu entscheiden, ob der Rechtsgrundsatz, den ich angeführt habe, hier überhaupt nicht anwendbar ist, das von dem Rabbi erwähnte Gesetz dagegen bindend, weil dies eine Synagogengemeinde ist. In diesem Fall benachrichtigen wir Safferstein, daß wir unser Versprechen, den Block zu verkaufen, zurückziehen müssen. Natürlich kann er kehrt gegen uns machen und uns wegen Vertragsbruch verklagen, aber das glaube ich eigentlich nicht. Oder wir können entscheiden, daß der von mir erwähnte Rechtsgrundsatz uns einen Ausweg bietet, obwohl es auf der Kippe steht, und den Antrag auf Neuabstimmung ablehnen. Darüber möchte ich nun gern Ihre Meinung hören. Paul?»

Paul Goodman erhob sich. «Ich möchte zunächst mal sagen, daß unser Präsident es geradezu meisterhaft verstanden hat, alle oberflächlichen Aspekte dieser Situation auszusondern und unsere Aufmerksamkeit auf das Kernproblem zu lenken. Nun gehört es zu den schwierigsten Dingen in der Rechtspraxis, und ich bin sicher, Chet wird mir da beipflichten, einem Klienten zu erklären, daß das Recht nicht schwarz und weiß ist. Der Klient will immer genau wissen, ob etwas legal ist oder nicht, und dann muß man ihm beibringen, daß der eine Präzedenzfall zeigt, daß es legal ist, und der andere, daß es vielleicht doch nicht ganz legal ist, man muß ihm beibringen, daß das Recht letztlich das ist, was Richter und Jury – das sind in diesem Fall wir – als solches bezeichnen. Und diese ihre Entscheidung wird mindestens ebenso wesentlich von der harten Realität der Situation bestimmt wie von allem anderen. Ich möchte darauf hinweisen, und der Rabbi hat es selbst zugegeben, daß der Rechtsgrundsatz, den Chet vorgebracht hat, ursprünglich nur von den Rabbis eingeführt wurde, weil das unter den gegebenen Umständen am praktikabelsten war. O ja, und eines noch: Nach allem, was ich verstanden habe, verlangt dieser *din-tojre*, von dem der Rabbi sprach, einen Rabbi von ganz oben und zwei Beisitzer. Nun, ich weiß nicht genau, wie das funktioniert, da ich sowas nie selbst gesehen habe, aber ich könnte mir vorstellen, daß sie ein Dreiergericht bilden und ihr Urteil nach der Mehrheit fällen. Tja, aber warum brauchen wir drei Richter, wenn es sich um einen eindeutigen Fall handelt?»

Henry Vogel meldete sich zu Wort. «Was mich angeht, ich sehe überhaupt nicht ein, warum wir Aptaker soviel Rücksichtnahme zukommen lassen. Er hat sie gar nicht verdient. Ich kenne ihn zufällig, weil der Supermarkt nebenan zu meinen Kunden gehört. Wenn ich dann in der Gegend bin, um meinen Kunden aufzusuchen, schaue ich schon mal in den Town-Line Drugstore hinein. Also eines Tages gerieten wir ins Gespräch, und ich erzählte ihm, ich bin von der CPA. Ich wollte ihn nicht als Kunden werben, wißt ihr. Ich habe es nur einfach erwähnt, und er antwortet, als hätte ich ihn danach gefragt oder wäre auch nur interessiert gewesen, daß er mit Kavanaugh and Otis arbeitet, die erstens eine christliche Firma sind, und außerdem ist dieser Otis ein hundertfünfzigprozentiger Antisemit. Das ist es, worauf ich hinweisen wollte. Aptaker war einer der ersten Juden in dieser Stadt. Aber ist er Mitglied der Synagoge? Nein. Wir haben ihn bei unseren Mitgliederwerbungen immer wieder angesprochen, und jedesmal hat er abgewinkt. Als Mitglied des Mitgliederausschusses weiß ich genau, wovon ich rede. Er sagt sich vermutlich, da oben in der Salem Road, wo es fast keine jüdischen Einwohner gibt, wo die Gegend fast hundertprozentig christlich ist, braucht er nicht zu uns zu gehören. Aber ich sage euch noch was. Er hat seinen Sohn nicht mal zur Bar Mitzva geschickt, weder bei uns in der Synagoge noch anderswo. Das weiß ich genau. Wenn er sich also für nichts interessiert, was jüdisch ist, warum sollten wir uns die Mühe machen und ihn in den Genuß eines ausgefallenen jüdischen Gesetzes kommen lassen?»

Murray Isaacs warf die Frage von Marcus Aptakers Gesundheitszustand auf. «Es könnte sein, daß wir schließlich dastehen wie das Kind beim Dreck. Dieser Mann hat gerade einen Herzanfall gehabt. Keine Versicherung würde ihm eine Police geben, und da wollen wir uns auf zehn Jahre an ihn binden? Angenommen, wir geben dem Rabbi nach, verlängern seinen Mietvertrag und stoppen den Verkauf. Und dann, nach ein paar Monaten, stellt er fest, er kann nicht mehr weitermachen, und schließt seinen Laden. Was haben wir dann? Ich sage es euch: einen zweiten leerstehenden Laden.»

Mehrere Hände wurden gehoben, aus Höflichkeit einem ehemaligen Präsidenten gegenüber nickte Kaplan jedoch Ben Gorfinkle zu. «Ich war bei der letzten Sitzung nicht da», sagte Gorfinkle, «aber nach allem, was ich so hörte, habe ich den Eindruck gewonnen, daß der Rabbi sich bei dieser Sache so stark engagiert hat, daß er sie zu einem Test machen will, der entscheiden soll, ob er bleibt oder nicht. In diesem Fall wirft das ein ganz neues Licht auf das Problem. Denn wenn er sich so dafür engagiert, muß es dabei um Dinge gehen, die viel grundlegender sind für das Judentum, als meine Vorredner sich anscheinend klarmachen.»

«Ich glaube, da sind Sie nicht richtig informiert, Ben», sagte der Vorsitzende. «Der Rabbi hat nichts davon gesagt, daß er zurücktreten will, wenn wir gegen eine Neuabstimmung stimmen. Der Grund dafür war vielmehr, daß er nicht mit unseren Klausuren in New Hampshire einverstanden ist. Er fand, die Gottesdienste, die wir dort halten, stünden nicht im Einklang mit dem traditionellen Judaismus, und wenn die Synagoge diesen Weg einschlüge, erklärte er, wolle er nichts damit zu tun haben.»

«Ich möchte etwas sagen», meldete sich Paul Goodman und fuhr fort, ohne auf die Erlaubnis des Vorsitzenden zu warten: «Ich glaube, die Frage, wie der Rabbi darauf reagieren würde, darf keinen Einfluß auf unsere Erwägungen haben. Vor allem nicht auf das gegenwärtige Problem. Es ist an uns, zu entscheiden, denn wir sind der gewählte Vorstand der Synagoge. Wenn wir jedesmal, wenn wir über etwas entscheiden, erst lange überlegen wollten, ob es dem Rabbi gefällt oder nicht, wären wir kein Vorstand mehr und er wäre der einzige Leiter der Gemeinde. Und wenn es das wäre, was die Gemeinde will, dann hätte sie ihn zum Synagogenmanager gewählt. Ich denke, wir alle wissen genau, was wir wollen, und ich stelle Antrag auf Entscheidung über die anstehende Frage.»

Mehrere Anwesende applaudierten, einige andere klopften zustimmend auf den Tisch. Der Vorsitzende zog es vor, Goodmans Bemerkungen zu überhören, griff aber den Antrag auf. «Paul beantragt Entscheidung über die anstehende Frage . . .»

«Ja, stimmen wir ab.»

«Ich unterstütze den Antrag.»

«Einen Moment, Herr Vorsitzender.» Das war die laute, harte Stimme von Al Becker. «Ich komme nicht so oft hierher, aber ich möchte jetzt doch ein paar Worte sagen.»

«Selbstverständlich, Mr. Becker.»

Becker erhob sich und stützte seinen schweren Körper auf die beiden auf die Tischplatte gestemmten Fäuste. «Ich bin heute hergekommen, weil Jake Wasserman mich darum bat. Er wäre selbst gekommen, aber er verläßt kaum noch das Haus. Er hörte, daß man den Rabbi gebeten hatte, nicht an dieser Sitzung teilzunehmen, und fand, irgend jemand müsse hier sein, um seine Interessen wahrzunehmen. Nun weiß ich nicht allzu viel über das zur Debatte stehende Thema, aber ich weiß einiges über unseren Rabbi. Während der ersten Zeit nach der Synagogengründung, als Jake Wasserman Präsident war, und dann, als ich Präsident war, und noch Jahre danach, als ich mich aktiv an den Angelegenheiten der Synagoge beteiligte, hat sich der Rabbi niemals in geschäftliche Dinge eingemischt. Er kam zu den Sitzungen, beteiligte sich aber nie an den Diskussionen, es sei denn, das Thema betraf ihn direkt. Hin und wieder jedoch kam eine Angelegenheit zur Sprache, die er tatsächlich für *seine* Sache hielt, dann sagte er seine Meinung und blieb dabei, egal, was kam. Jake Wasserman sagt, er hat eine Art eingebautes Radar, das ihn warnt, wenn die Gemeinde von unserer Tradition abzuweichen droht, und daß er dann seine Meinung vertritt. Und nach meinen Erfahrungen hat es sich immer herausgestellt, daß er recht hatte. Nun möchte ich meinen, auch ohne all das Für und Wider dieser Angelegenheit zu kennen, wenn der Rabbi in dieser Hinsicht seine Meinung dargelegt hat, dann nur, weil sein Radar ihm sagt, daß wir abzugleiten drohen. Ich möchte, daß ihr das bedenkt, wenn ihr abstimmt.»

«Vielen Dank, Mr. Becker», sagte Kaplan höflich. «Ich denke, wir können jetzt zur Abstimmung schreiten.»

Der Sekretär räusperte sich, um den Präsidenten auf sich aufmerksam zu machen, dann deutete er mit einer Kopfbewegung auf die Vollmachten, die vor ihm auf dem Tisch lagen. Kaplan schüttelte unmerklich den

Kopf. Er war zuversichtlich. «Wir stimmen ab durch Handaufheben. Alle, die für eine Neuabstimmung sind. Alle, die dagegen sind.» Kaplan strahlte. Die Abstimmung fiel fünfzehn zu fünf gegen eine Neuabstimmung aus.

Später, als sie zu ihren Wagen hinausgingen, fragte ihn Dr. Muntz: «Werden Sie beim Rabbi vorbeifahren und ihm sagen, wie die Abstimmung ausgefallen ist?»

Kaplan machte unvermittelt halt. «Meinen Sie, daß ich das tun sollte?»

«Wäre es Ihnen lieber, daß er eine völlig verdrehte Version zu hören bekommt, weil seine Frau vielleicht im Supermarkt gehört hat, wie sich zwei andere Frauen darüber unterhielten?»

«Sie haben recht. Aber das ist keine besonders angenehme Aufgabe. Das wird sehr peinlich für mich werden.»

«Möchten Sie lieber, daß ich es ihm beibringe?»

«Würden Sie das tun? Dann ernenne ich Sie hiermit zu einem Ein-Mann-Ausschuß. Werden Sie jetzt gleich hinfahren?»

«Nein», antwortete Dr. Muntz. «Ich will ihm nicht das Mittagessen verderben. Ich werde ihn heute nachmittag aufsuchen.»

47

Lieutenant Jennings beendete die Übertragung des Tonbandes mit dem McLane-Gespräch ins Schriftliche und warf den Aktenhefter auf den Schreibtisch. «Nehmen Sie ihm das ab, Hugh?»

«Ich muß es überprüfen», antwortete Lanigan ruhig.

«Er könnte gelogen haben . . .»

«Gewiß.»

«Ich meine seine Behauptung, daß er das Rezept dem jungen Aptaker zur Anfertigung gegeben hat», erklärte Jennings. «Und da das schon zwei Wochen her ist, würde sich Aptaker wahrscheinlich nicht mehr daran erinnern und könnte es nicht abstreiten.»

Lanigan nickte. «Andererseits steht zu erwarten, daß ihm der Name Kestler auf dem Rezept bekannt vorgekommen ist. Aber auch noch aus anderen Gründen bin ich geneigt, McLanes Geschichte zu glauben. Da ist zunächst mal die Tatsache, daß er uns freiwillig von dem Rezept erzählt hat. Hätte er Kestler absichtlich das falsche Medikament gegeben, hätte er schön den Mund gehalten.»

«Es sei denn, er ist schlauer, als Sie denken.»

«Nun gut», sagte Lanigan. «Dann nehmen wir folgendes: McLane nimmt Cohens Bestellung telefonisch entgegen. Was hätte ihn daran hindern sollen, statt dessen Penicillin in die Flasche zu füllen? Er hätte behaupten können, Cohen habe Penicillin verlangt, und Dr. Cohen hätte niemals das Gegenteil beweisen können.»

«Aber dann hätte er Penicillin aufs Etikett schreiben müssen, und es steht zu vermuten, daß Kestler wußte, daß sein Vater Penicillin nicht vertragen konnte.»

«Nein», entgegnete Lanigan, «er brauchte bloß die Fabrikbezeichnung des Medikaments draufzuschreiben, *Vespids*. Kestler hätte bestimmt nicht gewußt, daß es sich dabei um Penicillin handelte. Aber je mehr ich darüber nachdenke, desto seltsamer erscheint mir das Verhalten des jungen Aptaker. Er kommt ganz von Philadelphia hierher, um seine Eltern zu besuchen. Falls er mit dem Wagen fuhr, dann ist es eine sehr lange Fahrt. Und wenn er geflogen ist, hat es eine Menge gekostet. Wenn er Urlaub hatte, sollte man meinen, er müßte mindestens eine Woche haben. Man hätte erwartet, daß er am Sonntag oder Montag gekommen und bis zum darauffolgenden Sonntag geblieben wäre.»

«Woher wissen Sie, daß er das nicht getan hat?» fragte Jennings.

«Nun, Eban, wenn wir McLane glauben können, ist er am nächsten Tag wieder abgereist. Und in dieser Hinsicht müssen wir McLane glauben, denn das ist etwas, das wir sehr schnell bei Marcus Aptaker oder bei Mrs. Aptaker nachprüfen können. Aber man sollte meinen, wenn der junge Aptaker am Montag gekommen ist, wäre er sofort ins Geschäft gegangen, und sein Vater hätte ihm mit McLane bekannt gemacht. Aber nein, er wartet bis zum Mittwochabend; erst da kommt er endlich in den Laden. Und am nächsten Tag ist er verschwunden.»

«Ja, und?»

«Das ist seltsam», sagte Lanigan. «Es ist eine sehr lange Strecke für einen Besuch von nur einem Tag. Andererseits, wenn er am Mittwochabend eine kriminelle Tat begangen hat, weil die Gelegenheit gerade günstig war, könnte ich durchaus verstehen, daß er am nächsten Tag abgefahren ist.»

«Ja, aber er ist wiedergekommen», wandte Jennings ein.

«Gewiß, weil er sich inzwischen sicher glaubte. Zwei ganze Wochen waren vergangen, und kein Hinweis auf eine polizeiliche Untersuchung in der Zeitung . . .»

«Ach was! Woher sollte er wissen, ob etwas davon in der Zeitung stand? Er sitzt in Philadelphia. Und selbst wenn es in die Bostoner Zeitungen gekommen wäre, in die von Philly ganz bestimmt nicht.»

Lanigan wies den Einwand mit einer Handbewegung von sich. «In allen Großstädten gibt es Kioske, wo auch die Kleinstadtzeitungen verkauft werden. Außerdem gibt es die öffentliche Bibliothek . . .»

«Den Lynn *Examiner* würde es da bestimmt nicht geben, und noch viel weniger den Barnard's Crossing *Courier*», entgegnete Jennings.

«Er hätte es von seiner Mutter erfahren können, als sie ihn anrief.

Nein, das stört mich überhaupt nicht.»

«Mir scheint, Sie haben sich Ihre Meinung bereits gebildet», sagte Jennings. «Wollen Sie Arnold offiziell beschuldigen?»

«Dafür habe ich noch nicht genug gegen ihn, aber ich möchte auf jeden Fall mit ihm sprechen.»

«Soll ich ihn festnehmen?»

«Im Moment haben wir nicht mal dafür genug in der Hand.»

«Dann wollen Sie also warten, bis er einen Strafzettel kriegt, wie?»

Lanigan überhörte die Ironie. «Um wieviel Uhr schließt der Drugstore am Sonntag?»

«Um sechs. Aber Sie wissen ja, wie das so ist, manchmal wird's ein bißchen später. Er würde niemals jemanden abweisen, nur weil schon Ladenschluß sein müßte.»

«Ist das Geschäft nur mit einem Mann besetzt?» erkundigte sich Lanigan.

«Ja, der junge Aptaker ist da. Am Sonntag ist wahrscheinlich nicht viel los.»

«Gut. Dann machen Sie jetzt folgendes. Fahren Sie gegen sechs Uhr hin und warten Sie in Ihrem Wagen, bis Sie sehen, daß er abschließt. Dann bitten Sie ihn, hierherzukommen. Sagen Sie ihm, ich will mit ihm sprechen.»

«Aber festnehmen soll ich ihn nicht?»

Lanigan schüttelte den Kopf. «Nein. Sagen Sie nur, daß ich mit ihm sprechen möchte. Das heißt, wenn er allein ist. Wenn sonst noch jemand dabei sein sollte, lassen Sie ihn laufen.»

48

«Worum geht's denn?» fragte Arnold. Er verschloß die Tür und rüttelte dann probeweise am äußeren Knauf.

«Der Chef möchte mit Ihnen sprechen. Mehr weiß ich auch nicht», antwortete Jennings leichthin.

Arnold suchte den Zündschlüssel aus seinem Schlüsselbund heraus und nahm Kurs auf seinen Wagen. Jennings ging neben ihm her. «Wenn Sie jetzt keine Zeit haben, mitzukommen, wird er morgen vormittag bei Ihnen zu Hause vorbeischauen», sagte der Lieutenant.

«Nein, nein, es geht schon. Ich bin jetzt zwar verabredet, aber das ist nicht . . . Ich meine, das kann ich absagen. Hören Sie, wenn's um die Parkerei vor unserem Laden geht . . .»

«Mein Wagen steht hier», erklärte Jennings. «Ich fahre hinter Ihnen her.»

«Ist der Chef auf dem Revier?»

«Ja.»

Als sie eintrafen, rief Arnold von einem Münzfernsprecher aus bei Leah an. «Hör mal, Leah, mir ist was dazwischen gekommen. Ich habe vielleicht noch eine Zeitlang zu tun.»

«Ach, das macht nichts. Es ist sogar ganz gut. Ich habe den ganzen Tag Kopfschmerzen gehabt. Wahrscheinlich hab ich mir was aufgeschnappt. Am besten gehe ich gleich ins Bett.»

«War das ein Anwalt, den Sie da angerufen haben?» erkundigte sich Lanigan freundlich.

«Nein, das war das Mädchen, mit dem ich verabredet war. Warum sollte ich einen Anwalt anrufen? Hören Sie, was soll das überhaupt?»

«Kommen Sie rein und setzen Sie sich.» Lanigan ging voraus in sein Büro und wartete, bis der junge Mann Platz genommen hatte. «Ich frage nur, weil manche Leute meinen, daß sie einen Anwalt brauchen, wenn sie hierher aufs Revier kommen», erklärte Lanigan jovial. «Sie waren früher schon einmal hier in der Stadt, nicht wahr?»

«Natürlich. Ich bin hier geboren. Das wissen Sie doch.»

«Nein, ich meine kürzlich», korrigierte Lanigan. «Sie waren vor zwei Wochen hier. Ist das richtig?»

«Ja, ich hatte eine Woche Urlaub und bin nach Hause gekommen. Wieso?»

«Und während Sie hier waren, haben Sie im Geschäft mitgearbeitet, nicht wahr?»

«Ganz recht. An einem Abend. Es gab viel zu tun, deswegen habe ich ausgeholfen.»

«Das war am Abend des Unwetters?»

«Jawohl.»

«Sie haben in der Rezeptur gearbeitet, Rezepte angefertigt?»

«Ganz recht.»

«Und Sie waren die ganze Zeit dort?»

«Ja. Mein Vater war vorn, und Ross McLane, der andere Apotheker, hatte einen Haufen Rezepte, die alle noch rausgehen mußten, darum habe ich ihm geholfen. Hören Sie, was soll das? Wenn Sie Bedenken wegen meiner Zulassung für Massachusetts haben . . .»

«Alles der Reihe nach, Arnold. Also – ist, während Sie in der Rezeptur arbeiteten, irgend etwas Außergewöhnliches passiert?»

«Außergewöhnlich? Wie meinen Sie das? In welcher Hinsicht außergewöhnlich?»

«In jeder Hinsicht», sagte Lanigan. «Außergewöhnlich in jeder nur möglichen Hinsicht. Außerhalb der normalen Routine. Ein außergewöhnliches Rezept vielleicht, oder ein außergewöhnliches Problem bei der Anfertigung.»

Jetzt dämmerte es. «Ach, Sie meinen, als ich den Hustensaft umgestoßen habe? Woher wissen Sie denn davon?»

«Spielt keine Rolle. Erzählen Sie.»

«Tja, also, da kam ein Kunde mit einem Rezept für Hustensaft, und Ross fing an, den Saft abzufüllen. Wir kriegen ihn in Fünfliterballons, wissen Sie. In diesem Ballon war aber nicht mehr genug drin, deswegen hätte er ins Lager gehen und einen neuen Ballon holen müssen. Aber es war genau derselbe Hustensaft, den diese Firma für uns unter unserem eigenen Namen in 0,12-Literflaschen abfüllt. Deswegen wollte er einfach eine von den kleineren Flaschen holen und den Saft daraus abfüllen, statt erst den großen Ballon aus dem Lager herzuschleppen.»

«Warum hat er dem Kunden nicht einfach eine von den kleinen Flaschen gegeben, die die Firma für Sie abfüllt?» erkundigte sich Lanigan interessiert.

«Oh, aber sowas ist ausgeschlossen», erwiderte Arnold rasch.

«Wieso?» fragte der Chef. «Weil sie billiger sind und Sie nicht soviel daran verdienen?»

«Nun ja, das auch. Aber wenn ein Kunde mit einem Rezept kommt, kann man ihm keine frei verkäufliche Medizin darauf geben. Der Kunde hätte dann das Gefühl, na ja, der Arzt hätte ihn betrogen. Und der Arzt würde das auch nicht dulden. Der würde uns die Hölle heiß machen. Und außerdem würde sie dem Patienten auch nicht so gut helfen. Verstehen Sie, wie ich das meine?»

«Ich glaube schon. Und was war dann?»

«Da kam ein Kunde mit einem Rezept, der es sehr eilig hatte», berichtete Arnold weiter. «Wie ich vermute, eines von den großen Tieren. Darum ließ McLane die halbvolle Flasche stehen, um zunächst das Rezept dieses Kunden anzufertigen . . .»

«Weil er so gute Beziehungen hatte?»

«N-nein, aber der Hustensaftkunde war noch damit beschäftigt, andere Sachen einzukaufen, und hatte es nicht besonders eilig, und Ross mußte sowieso erst eine Flasche von unserem Hustensaft holen . . .»

«Okay. Verstehe.»

«Daher stand die halbvolle Flasche offen auf dem Tisch, und ich stieß sie zufällig um. Ross ging natürlich sofort in die Luft, denn das Zeug tropfte auf den Fußboden, und wenn man reintritt, ist es verdammt . . .»

«Klebrig.»

«Ja. Also, Ross hat dann aufgewischt. Ich meine, ich wußte ja nicht, wo der Wischlappen war . . .»

«Und wo war er?»

«In der Toilette direkt neben der Rezeptur. Ich wollte es tun, aber Ross fing sofort selber an mit dem Aufwischen.»

«Und das war das einzige Außergewöhnliche, was an jenem Abend passiert ist?» fragte Lanigan.

«Ich glaube schon. Jedenfalls fällt mir nichts anderes ein.»

«Auch nicht etwas Besonderes bei den Rezepten, die Sie ausführen mußten?»

Aptaker schüttelte verwundert den Kopf.

Lanigan blickte zur Decke empor. «Erinnern Sie sich an ein Rezept für einen gewissen J. Kestler?»

«Wie soll ich mich an ein Rezept erinnern, das ich vor vierzehn Tagen angefertigt habe?»

Lanigan richtete einen scharfen, abwägenden Blick auf den jungen Mann. «Also hören Sie, Arnold, Sie kannten doch mal einen Mann namens Kestler, nicht wahr?»

«Gewiß. Ich kannte einen Mann namens Kestler. Wieso?»

«Sie erinnern sich nicht, ein Rezept für ihn angefertigt zu haben?»

«Nein.»

«Und der Name sagte Ihnen gar nichts?»

«Nein.»

«Sie haben nicht irgendwie reagiert, als Sie den Namen auf dem Rezept sahen?» drängte Lanigan.

Aptaker schüttelte den Kopf.

«Na schön, lassen wir das. Das war also das einzige Mal, daß Sie im Geschäft geholfen haben?»

«Ganz recht.»

«Warum?»

«Was soll das heißen – warum?»

«Warum haben Sie am nächsten Tag nicht auch wieder geholfen?» fragte der Chef. «War dieser Streit mit McLane der Grund?»

«Ich hatte keinen Streit mit McLane.»

«Ach! Ich dachte, Sie hätten gesagt, er wäre in die Luft gegangen.»

«Na ja, aber doch nur ganz kurz. Nein, ich habe nicht noch einmal geholfen, weil . . . weil ich am nächsten Tag wieder abgefahren bin.»

«Nach Philadelphia?»

«Ganz recht.»

«Womit waren Sie nach Barnard's Crossing gekommen?»

«Mit dem Auto.»

«Wann?»

«Am Dienstag.»

«Und am Donnerstag sind Sie wieder abgereist?» fragte Lanigan. «Das ist eine lange Fahrt für einen so kurzen Besuch. Warum?»

Arnold wand sich auf seinem Stuhl. Die Richtung, die diese Befragung nahm, paßte ihm gar nicht. Das heißt, es hatte ihm von vornherein überhaupt nicht gepaßt, daß man ihn hier so ausfragte. Er hatte noch nie mit der Polizei zu tun gehabt, aber während der zwei Wanderjahre durchs ganze Land war er häufig in Gesellschaft von Leuten gewesen, die darin erfahren waren, und einer von ihnen hatte ihrer aller Taktik in einem Satz zusammengefaßt: «Wenn man auffliegt, hält man die Klappe, man redet nicht bei den Bullen.» Voll Unbehagen fragte er sich, ob er nicht schon zuviel gesagt habe.

Der junge Aptaker kam zu einem Entschluß. Er setzte sich gerade hin und verschränkte die Arme vor der Brust. «Ich sage kein weiteres Wort, ehe Sie mir nicht mitteilen, worauf Sie hinauswollen.»

Lanigan nickte. «Klug von Ihnen. Vielleicht möchten Sie Ihren Anwalt anrufen.»

«Ich brauche keinen Anwalt.»

«Nun, dann vielleicht Ihre Mutter. Sie . . .»

«Ich rufe auch nicht meine Mutter an. Ich bin kein Kind mehr. Ich bin volljährig . . . Hören Sie, bin ich irgendwie verhaftet?»

Lanigan schüttelte den Kopf.

«Heißt das, daß ich gehen kann? Ich kann einfach hier aus dem Zimmer gehen?»

«Sicher.»

«Tja, dann . . . Was passiert dann? Was haben Sie vor?»

«Oh, wenn Sie jetzt gehen, werden wir Ermittlungen anstellen müssen. Ich dachte, Sie wären vielleicht zur Zusammenarbeit mit uns bereit. Ich dachte, wir könnten uns ganz zwanglos unterhalten.»

Arnold spürte die Falle, und seine Gedanken rasten auf der Suche nach einer Möglichkeit, ihr zu entgehen. Wenn er in Philadelphia wäre, würde er Reb Mendel anrufen. Der würde wissen, was zu tun war. Vielleicht konnte er ein Ferngespräch . . . Dann kam ihm plötzlich eine Idee. «Na schön», sagte er. «Ich möchte doch jemanden anrufen.»

Lanigan schob ihm das Telefon hinüber. «Nur zu.»

«Ich brauche das Telefonbuch.»

Lanigan langte in die unterste Schublade und reichte ihm das Telefonverzeichnis. «Wen wollen Sie anrufen?»

«Rabbi Small.»

49

Der Rabbi lehnte an der Küchentür und sah zu, wie Miriam herumwirtschaftete. «Hättest du Lust, ein bißchen aufs Land rauszufahren und das Herbstlaub anzusehen?»

«Mit den Kindern? Hepsibah wird schlecht im Wagen.»

«Nein, nicht mit den Kindern. Nur wir beide. Kann Sandy heute nachmittag nicht die Kinder hüten?»

«Sie kommt heute abend, David. Weißt du nicht mehr? Wir sind bei den Bernsteins eingeladen.»

«Ach ja. Nun, vielleicht kann sie den ganzen Tag kommen. Ruf sie doch an.»

Sandy konnte. Also machten der Rabbi und Miriam sich mit einer Plastiktüte voll Sandwiches, Obst und einer Thermosflasche Kaffee auf den Weg.

«Das Herbstlaub ist hier in der Gegend wahrscheinlich genauso schön wie weiter nördlich», meinte Miriam.

«Gewiß, aber ich fahre lieber da oben hin. Wir nehmen Nebenstraßen und halten an, wenn wir Lust haben. Wenn wir Hunger haben, essen wir, und dann . . .»

«Hast du ein besonderes Ziel im Sinn, David?»

«Nein, einfach nur raus.»

«Einen besonderen Grund für dieses Davonlaufen?»

«Ich laufe nicht davon. Ich will einfach nicht zu Hause bleiben. Ich habe keine Lust, rumzusitzen und an den Nägeln zu kauen, während ich darauf warte, daß jemand mich anruft oder eine Delegation des Vorstands kommt, um mir mitzuteilen, daß sie über den Beschluß, den Goralsky-Block zu verkaufen, nicht noch einmal abstimmen werden.»

«Du glaubst wirklich, daß sie gegen dich stimmen werden?»

«Ich halte es für ziemlich sicher.»

«Und was hast du vor?» erkundigte sie sich besorgt.

Er grinste. «Das, was ich jetzt gerade tue. Nicht darüber nachdenken. Und wir werden auch nicht darüber diskutieren. Sieh dir mal den Ahorn an!»

Es war ein schöner, sonniger Tag mit blauem Himmel und malerischen weißen Wolken. Und da sie sich an Nebenstraßen hielten, herrschte auch fast kein Verkehr. Einmal machten sie halt und sahen zu, wie mit viel Mühe ein großes Boot zur Überwinterung aus dem Wasser an Land geholt wurde. Ein anderes Mal hielten sie in einem kleinen Ort an, um einem Footballspiel zuzusehen, und aßen dabei, im Wagen sitzend, ihre Sandwiches. Zumeist jedoch fuhren sie und wiesen einander auf die interessanten Dinge hin, die zu sehen waren: ein zwischen Berge gebetteter See, ein majestätischer Baumriese in leuchtendem Rot und Gold, eine grasende Kuhherde auf einem Weidehang. Wenn sie eine Abzweigung sahen, die vielversprechend wirkte, bogen sie ab, und wenn es ihnen zu langweilig wurde, nahmen sie eine andere Straße.

«Hast du eine Ahnung, wo wir sind, David?» erkundigte sich Miriam einmal.

«Nein, aber wir fahren nach Norden – mehr oder weniger.»

«Woher weißt du das?»

«Das sehe ich am Stand der Sonne», erwiderte er herablassend. «Wenn man gewohnt ist, sich beim Beten nach Osten zu wenden, entwickelt man ein Gespür für Himmelsrichtungen.»

«Und bei Nacht?»

«Richtet man sich nach dem Polarstern.»

«Und wenn der Himmel bedeckt ist?»

«Ach, da gibt's immer Möglichkeiten», antwortete er obenhin. «Du hast sicher schon mal von dem chasidischen *rebbe* von Chelm gehört, dem Dorf der Dummköpfe. Für den war es leicht, denn er konnte Wunder vollbringen. Wohin er sich beim Gebet auch immer wandte, es war automatisch der Osten.»

Sie hielten zum Tanken und stellten fest, wo sie waren. «Wenn wir vor Einbruch der Dunkelheit zu Hause sein wollen, müssen wir umkehren», meinte er.

«Weißt du, welche Straße wir nehmen müssen?»

«Nein, aber wir fahren immer nach Süden. Dann müßten wir gegen sechs zu Hause sein.»

Zu Miriams größtem Erstaunen war es tatsächlich genau sechs Uhr, als sie den Turm der Stadthalle von Barnard's Crossing sichteten. Die Kinder lagen völlig vertieft auf dem Bauch vor dem Fernsehschirm und begrüßten sie – wie zu erwarten war – nur flüchtig. Miriam stellte dem Babysitter die üblichen Fragen. Waren sie artig? Haben sie schön gegessen?

«Sie haben sehr gut gegessen, und geschlafen haben sie mittags auch», berichtete Sandy. «Jedenfalls Hepsibah hat geschlafen, Jonathan nur ein bißchen. Und sie haben schon Abendbrot gegessen. Aber es sind mehrere Anrufe für Sie gekommen, Rabbi. Hier ist die Liste. Einige wollten wissen, wann Sie wieder zurück wären.»

«Und was hast du ihnen gesagt?»

«Daß ich es nicht genau wüßte», erwiderte Sandy. «Aber ganz bestimmt vor acht, weil Sie heute abend eingeladen sind.»

«Gut so, Mädchen.»

Sie nahmen einen kleinen Imbiß zu sich, und während Miriam anschließend die Kinder zu Bett brachte, ging der Rabbi in sein Arbeitszimmer, um sich dem Abendgebet zu widmen. Er war kaum ins Wohnzimmer zurückgekehrt, als es klingelte. Es war Dr. Muntz.

«Ich hatte schon früher angerufen, aber Sie waren nicht da», erklärte er. «Als ich eben vorbeifuhr, sah ich jedoch Ihren Wagen in der Einfahrt.»

«Kommen Sie herein, Doctor.»

«Da Sie –» er kicherte – «auf Aufforderung hin nicht an der Sitzung teilgenommen haben, meinte Chester Kaplan, daß man Sie benachrichtigen müsse.»

«Aber ihm war es peinlich, selber zu kommen, da er mich geschlagen hatte, darum hat er Sie geschickt.»

Muntz lachte abermals. «So ungefähr. Chet ist ein sehr sensibler

Mensch. Die Abstimmung ist fünfzehn zu fünf ausgefallen.»

Der Rabbi nickte. «Das ist besser, als ich erwartet hatte.»

«Einige, vielleicht sogar die meisten, haben nur gegen Sie gestimmt, weil sie fanden, der Verkauf sei ein gutes Geschäft für die Synagoge, und das wollten sie nicht gern verlieren.»

«Für eine Neuabstimmung zu stimmen bedeutete aber nicht unbedingt, daß der Block nicht verkauft werden kann, sondern nur, daß man auf Aptaker Rücksicht nehmen muß.»

«Nun», sagte Al Muntz, «es gab auch einige, die das Gefühl hatten, man sei ihm keine Rücksicht schuldig, da er nicht Mitglied der Gemeinde sei und so gut wie gar keinen Kontakt mit der jüdischen Bevölkerung habe. Er kümmert sich nicht um uns, warum sollten wir uns um ihn kümmern. Das war die Einstellung einiger Vorstandsmitglieder. Aber selbst von Ihrem Standpunkt aus, Rabbi, finde ich, Sie sollten sich nicht allzuviel Sorgen um Aptaker machen. Vermutlich wird er seinen Laden früher oder später doch aufgeben müssen. Er ist zuletzt reichlich achtlos beim Anfertigen von Rezepten geworden. Vor ein paar Tagen erst hat er eines für eine meiner Patientinnen verpfuscht. Zum Glück ist kein Schaden daraus entstanden, aber es hat schon andere Fälle gegeben. Und was meinen Sie, wie lange es dauert, bis sich das herumspricht? Wer wird dann noch mit einem Rezept zu ihm kommen, selbst wenn seine Zulassung nicht gesperrt wird?»

«Wie kann er in den letzten paar Tagen einen Fehler gemacht haben, wenn er seit zwei Wochen im Krankenhaus liegt?» protestierte der Rabbi aufgebracht.

«Ich meine, ich habe erst vor ein paar Tagen davon gehört», verbesserte sich Dr. Muntz. «Passiert ist es, als Marcus Aptaker noch selbst im Geschäft war.» Und er berichtete von den Ereignissen am Abend des Sturms.

«Was war denn nun mit diesen Pillen?»

«Gar nichts. Die Pillen, die Safferstein am nächsten Tag holte, als Ersatz für diejenigen, die in seinem Mantel steckten, waren in Ordnung, und seiner Frau ging es bald wieder gut. Aber vor ein paar Tagen fand er die ursprüngliche Flasche, und da stellte er fest, daß diese Pillen anders aussahen als die späteren. Sie waren anders gefärbt als die Nachfüllpillen. Also machte er sich natürlich Gedanken. Welche waren nun die richtigen? Wenn seine Frau die falschen Pillen genommen hatte, gab es irgendwelche Nachwirkungen? Sie wissen ja, was man sich so denkt. Also rief er mich an, und ich fuhr auf dem Heimweg dort vorbei und sah sie mir an.» Dr. Muntz hielt inne, um seinen Worten einen dramatischen Effekt zu verleihen. «Rabbi, es waren die falschen Pillen. Es waren nicht die, die ich Mrs. Safferstein verschrieben hatte. Das Etikett war richtig, aber die Pillen waren falsch.»

«Und wenn Mrs. Safferstein die Pillen geschluckt hätte?»

«Nun, zufällig hätten sie keinen Schaden angerichtet. Aber das ist nicht der springende Punkt. Der springende Punkt ist, daß es die falschen Pillen waren. Also, wie oft kann ein Apotheker so einen Fehler machen, bis er keine Kunden mehr hat?»

«Haben Sie das dem Vorstand berichtet?» fragte der Rabbi.

«Aber nein! Hätte ich das getan, wär's am nächsten Tag in der ganzen Stadt rumgewesen. Ihnen sage ich es nur, weil . . . na ja, weil ich weiß, daß Sie keinen Gebrauch davon machen, und weil Sie sich so aufgeregt haben über das Unrecht, das wir Aptaker angeblich zufügen wollen, daß Sie sogar angedeutet haben, Sie würden zurücktreten. Ich fand, Sie müßten über alle Tatsachen informiert sein, bevor Sie einen schwerwiegenden Entschluß fassen. Hinsichtlich Ihres Rücktritts, meine ich.»

Der Rabbi sah ihn überrascht an. «Fürchten Sie etwa, daß ich . . .»

«Ich möchte nicht, daß Sie zurücktreten.»

«Seltsam», sagte der Rabbi sinnend. «Ich hätte nie gedacht, daß Sie . . .»

«Daß ich auf Ihrer Seite bin?» Muntz lachte. «Es ist aber so, Rabbi. Sehen Sie, Chet Kaplan ist zwar ein guter Freund von mir, in bestimmten Dingen ist er aber ein verdammter Narr. Er ist so verbohrt, was die Klausur und die Religion betrifft, daß er nicht mehr vernünftig denken kann. Tja, und ich finde, die Gemeinde braucht Sie als Gegengewicht.»

«Ich verstehe.» Der Rabbi lächelte. «Sie wollen, daß ich hier Rabbi bleibe, weil Sie fürchten, mein Nachfolger könnte ein religiöser Rabbi sein.»

Der Arzt lachte laut auf. «Es klingt zwar komisch, so wie Sie es ausdrücken, aber ich glaube, Sie haben mich verstanden.»

«Das habe ich. Nur möchte ich wissen, ob Sie sich auch selbst richtig verstehen.»

«Wie bitte?» fragte Muntz.

«Nun, die meisten Juden verwenden, wie die Menschen heutzutage allgemein, wenig Gedanken auf die Religion. Dennoch haben sie ein instinktives Gefühl dafür. Und manchmal, wenn sie mit großer Begeisterung darangehen, geschieht das mehr oder weniger blindlings, und so laufen sie Gefahr, den falschen Weg einzuschlagen, wie Mr. Kaplan. Daher haben Sie wahrscheinlich das Gefühl, daß sein Judentum nicht ganz mit dem übereinstimmt, was Sie instinktiv empfinden. Denn sehen Sie, Doctor, unsere Religion ist eine moralische Religion, ein Lebensstil.»

«Sind das nicht alle Religionen?»

Der Rabbi schürzte die Lippen. «O nein. Das Christentum zum Beispiel ist eine mystische Religion.»

«Sie meinen, die Christen sind nicht moralisch?»

Der Rabbi machte eine ungeduldige Geste. «Selbstverständlich sind sie das. Aber bei ihnen kommt das erst in zweiter Linie. Was ihnen vor allem eingeschärft wird, ist der Glaube an den Menschengott Jesus. Und ihre Moral entspringt dem Grundsatz, daß sie, wenn sie an Jesus als den Sohn Gottes und den Heiland glauben, versuchen werden, ihm nachzueifern und daher moralisch handeln werden. Außerdem herrscht, vor allem bei den evangelischen Sekten, der Glaube, wenn man wahrhaft glaubt, ‹wenn man Jesus in seinem Herzen aufnimmt› heißt es wohl üblicherweise, komme das moralische Verhalten von selbst. Und manchmal stimmt das sogar.» Er legte den Kopf schief und überlegte. Dann nickte er energisch. «Natürlich. Wenn man die Gedanken auf den Himmel richtet, ist man weniger versucht, die Dinge dieser Welt zu begehren. Gewiß, hin und wieder mag man ausrutschen, aber nicht so oft, wie wenn man an gar nichts anderes denkt. Andererseits neigt man vielleicht zu der Auffassung, daß jede Laune, die einem in den Kopf kommt, das Wort Gottes sein muß.

Bei uns dagegen hat der Glaube im christlichen Sinne so gut wie gar keine Bedeutung, da Gott für uns unerkennbar ist. Was kann es bedeuten, wenn ich sage, ich glaube an etwas, das ich nicht kenne und auch nicht erkennen kann? Theoretisch haben die Christen dieselbe Auffassung von Gott, und darum wurde Sein Sohn auf Erden geboren und lebte als Mensch. Denn da er ein Mensch war, konnte Er erkannt werden. Wir aber teilen diesen Glauben nicht. Unsere Religion ist ein Moralkodex. Der Kodex Moses', die Tora, ist eine Reihe von Verhaltensregeln und -gesetzen. Und die Rabbis, aus deren Diskussionen und Debatten der Talmud besteht, befaßten sich mit der Aufgabe, bis ins kleinste Detail festzuhalten, wie diese allgemeinen Verhaltensregeln erfüllt werden sollen. Ich möchte nebenbei erwähnen, daß dies der Grund ist, warum in all den Jahren so wenige Menschen zum Judentum übergetreten sind. Weil wir nichts zu verkaufen haben: keine Geheimnisse, keine Zauberformel, keine zeremonielle Einweihungsfeier, die das Tor des Himmels öffnet. Wenn ein Christ zu mir kommt, der übertreten will, wie es hin und wieder geschieht, erkläre ich ihm genau das, denn wir haben tatsächlich nichts weiter zu bieten als unsere Moral und unseren Lebensstil. Und wenn er sagt, dafür interessiere er sich ja gerade, daran möchte er teilnehmen, antworte ich ihm, das solle er nur tun, nichts könne ihn daran hindern, ein moralischer Christ stehe in unseren Augen ebenso hoch vor Gott wie der Hohepriester von Israel.»

«Wollen Sie sagen, das ist alles, was unsere Religion darstellt? Nur die Moral?»

«Das wäre alles, wenn wir Roboter mit einem Verstand wären, der von Computern programmiert wurde. Da wir jedoch Menschen sind, mit allen üblichen menschlichen Fehlern und Unzulänglichkeiten, brauchen wir Riten, Symbole und Zeremonien, die uns daran erinnern und uns zu einer festen Gruppe zusammenschmieden. Außerdem lernen einige von uns auf diese Weise besser. Und weil wir uns erinnern, gewinnt unsere Geschichte und unsere Tradition an Bedeutung. Die Basis unserer Religion aber ist unsere Moral.»

«Aber manchmal nehmen Sie doch Konvertiten auf, nicht wahr?»

Der Rabbi nickte. «Ja. Ein Übertritt erfolgt zumeist bei der Eheschließung mit einem Juden. Es gibt bestimmte Praktiken und Zeremonien, im Grunde Stammesbräuche, die unsere Moralvorstellungen ergänzen und vertiefen. Und die Konversion ist weitgehend eine Aufnahme in den Stamm. Der Konvertit nimmt einen neuen Namen an, und es ist, als wäre er als Jude geboren. Doch das ist etwas ganz anderes als der Übertritt zu einer der mystischen Religionen.»

«Aber hat es denn nicht auch jüdische Mystiker gegeben?» wandte Dr. Muntz ein. «Ich habe gelesen . . .»

«O ja», unterbrach ihn der Rabbi ungeduldig. «Die Essener, die Gemeinde von Kumran, die Kabbalisten, die Sabbatbewegung und, wie ich hinzufügen möchte, die Christen – sie alle waren mystische Bewegungen innerhalb des Judentums. Aber wir schüttelten sie ab, da sie vom Standpunkt des traditionellen, zentralen Judentums aus Irrtümer waren. Nur die Chassiden sind übriggeblieben, und das nur, weil ihr Mystizismus die traditionelle Moral und die jüdischen Gebräuche, die diese Moral widerspiegeln und symbolisieren, ergänzt. Die chassidischen Legenden von wunderwirkenden *rebbes* sind weiter nichts als abergläubischer Unsinn. Ein chassidischer *rebbe* jedoch, der aufgrund seines wohltätigen Lebens, seiner Besorgnis um die Menschen zum Heiligen geworden ist, der wird von allen am meisten verehrt.»

Rabbi Small beugte sich vor. «Ich bestreite keineswegs die Gültigkeit der mystischen Erfahrung. Ich neige nur eben nicht dazu. Vielleicht ist das sogar ein Fehler. In diesem Fall jedoch übertreten wir ein Talmudgesetz, das eindeutig moralisch ist – und speziell jüdisch, möchte ich hinzufügen –, um nicht die Religion zu fördern, sondern die religiöse Schwärmerei. Sie deuten an, daß Mr. Aptaker unsere Rücksichtnahme nicht verdient. Was aber ist mit Mr. Goralsky?»

Das Telefon klingelte; der Rabbi nahm den Hörer ab. Während er lauschte, wurde seine Miene ernst. Schließlich sagte er: «Ja, gut. Ich komme sofort.» Er wandte sich an den Arzt. «Es tut mir leid, aber Sie müssen mich entschuldigen.»

50

Als er auf dem Polizeirevier eintraf, sah der Rabbi im äußeren Büro vor dem Schreibtisch des Sergeants Akiva auf einer Bank sitzen. Er saß mit geschlossenen Augen und einem Lächeln da, als hätte er einen schönen Traum. Der Rabbi begrüßte den Sergeant und nickte fragend zu dem jungen Mann hinüber.

«Der sitzt schon seit zehn oder fünfzehn Minuten so da», erklärte der Sergeant mit leiser Stimme. «Er kam aus dem Büro des Chefs und erklärte, er werde hier auf Sie warten. Er fragte mich, wo Osten ist, ging in die Ecke und blieb da stehen wie ein ungezogenes Schulkind. Dann fing er an, sich zu wiegen und zu verbeugen, als machte er Freiübungen oder hätte einen Anfall. Und die ganze Zeit flüsterte er vor sich hin. Hören konnte ich nichts, aber ich sah, wie sich seine Lippen bewegten.»

«Das ist seine Art zu beten», erklärte der Rabbi lächelnd.

«Ach, wirklich? Na ja, nach einer Weile setzte er sich hin und machte die Augen zu. Aber ich glaube eigentlich nicht, daß er schläft.»

Als sich der Rabbi neben ihn setzte, öffnete Akiva die Augen und sagte mit breitem Lächeln: «Hallo, Rabbi! Ich danke Ihnen sehr, daß Sie gekommen sind.»

«Der Sergeant sagt mir, daß Sie gebetet haben.»

«Das stimmt. Ich habe immer wieder das *Schma Israel* gesprochen.»

«Warum das *Schma Israel*?»

«Weil es das einzige Gebet ist, das ich auswendig kann», sagte er schlicht.

«Warum sind Sie hier, Akiva?»

Der junge Mann schüttelte den Kopf, schien aber nicht im geringsten verärgert zu sein. Ja, er lächelte sogar.

«Sie sehen jetzt aber völlig anders aus, als ich es mir nach Ihrem Anruf vorgestellt habe», bemerkte der Rabbi.

«Als ich anrief, war ich wirklich ausgeflippt», erläuterte Akiva. «Ich wußte einfach nicht, was los war. Es war wie ein Alptraum, als fiele alles über mich her. Und dann bekam ich Kontakt mit meinem *rebbe*.»

«Wie meinen Sie das, Sie bekamen Kontakt mit ihm?»

«Ich rief nach ihm, und er erschien. Ich sah ihn so deutlich, wie ich Sie vor mir sehe. Er befahl mir, zu beten, dann würde alles gut werden. Also betete ich, und jetzt fühle ich mich großartig.»

«Na, das ist gut. Und jetzt erzählen Sie mir mal genau, was man hier von Ihnen will. Am Telefon sagten Sie . . .»

Akiva schüttelte den Kopf. «Ich weiß nicht, was sie von mir wollen. Der Chef hat mich holen lassen, und wir haben uns unterhalten.»

«Glaubt er vielleicht, daß Sie etwas wissen oder etwas getan haben?»

«Das will er nicht sagen. Er hat mich gefragt, warum ich nach dem großen Unwetter nach Hause gefahren bin. Und er hat mich nach einem Mann namens Kestler gefragt. Er muß mich mit jemandem verwechseln. Aber nur keine Angst, Rabbi; alles wird gut werden.»

«Weil Ihr *rebbe* das gesagt hat?» fragte Rabbi Small säuerlich.

«Ganz recht.»

Sie unterhielten sich noch eine Weile. Der Rabbi erfuhr nichts Neues von Akiva, doch als er begriff, was geschehen war, wurde er böse. Schließlich erhob er sich und ging zu Lanigan ins Büro.

«Das paßt aber gar nicht zu Ihnen, Chef», sagte er vorwurfsvoll.

«Setzen Sie sich, David. Also, was paßt nicht zu mir?»

«Dieses Fischen im Trüben. Wenn Sie was gegen Arnold Aptaker vorzubringen haben, dann sagen Sie es ihm, damit er Ihnen alles erklären kann. Wenn Sie Beweise für ein Verbrechen zu haben glauben, verhaften Sie ihn, damit er sich verteidigen kann. Aber ihn einfach aufzufordern, zu reden, in der Hoffnung, er werde etwas Inkriminierendes sagen, das ist nicht fair, und ich glaube sogar, daß es nicht mal legal ist.»

«Ich habe ihn nicht verhaftet, und ich halte ihn nicht fest. Glauben Sie mir, David, ich versuche ihm nur zu helfen.»

«Aber er weiß nicht, was Sie ihm vorwerfen.»

«Oh, ich glaube, er weiß ganz genau, was er getan hat», antwortete Lanigan zuversichtlich. «Es besteht natürlich eine gewisse Chance, eine Chance eins zu hundert, daß es sich um einen Zufall oder einen begreiflichen Irrtum handelt. Nun gut, soll er offen mit mir sein, dann werde ich mir Mühe geben, es so zu sehen wie er.»

«Ja, warum sagen Sie ihm dann nicht ehrlich, warum . . .»

«Damit er sich Ausreden zurechtlegen kann?» fragte der Chef. «O nein. Wenn er unschuldig ist, wenn er es ohne böse Absicht getan hat, wenn . . .» Unvermittelt brach er ab und musterte seinen Besucher mit einem Blick unter den buschigen Brauen hervor. «Wollen Sie sagen, er hat keine Ahnung, worauf ich hinauswollte? Nicht die geringste?»

Der Rabbi schüttelte den Kopf. «Handelt es sich um einen Verkehrsunfall letztesmal, als er hier war? Hat es was mit Kestler zu tun?»

Lanigan starrte ihn an. «Denkt er das? Hat er Ihnen das gesagt?» Er grinste breit. «Der nimmt Sie hoch, Rabbi.»

«Na schön, dann holen Sie mich wieder runter.»

«Es hat allerdings mit Kestler zu tun, mit dem alten, der gestorben ist», sagte Lanigan. «Wissen Sie noch, wie ich zu Ihnen gekommen bin, weil Joe, der Sohn, behauptet hatte, er sei an der Medizin gestorben? Nun, er hatte tatsächlich recht. Aber das war nicht Dr. Cohens Schuld. Er hatte ein Medikament namens Limpidine verschrieben.» Er zog eine Schublade heraus und entnahm ihr eine Flasche. «Hier ist es. So steht's jedenfalls auf dem Etikett, nicht wahr? Aber drinnen in der Flasche ist nicht etwa Limpidine, sondern ein Penicillin, wogegen der Alte allergisch war, darum hatte Cohen ihm auch Limpidine verschrieben. Der Fehler wurde im Drugstore von einem Apotheker gemacht.»

Lanigan lehnte sich zurück und wartete, bis sein Besucher die Information verdaut hatte. «Nun gut, Fehler kommen vor», fuhr er dann fort. «Als ich aber herumfragte, hörte ich, daß ein derartiger Fehler so gut wie unmöglich ist. Er ist ebenso unwahrscheinlich wie die Möglichkeit, daß eine Hausfrau beim Kuchenbacken Salz statt Zucker verwendet. Und warum kann sie einen solchen Fehler nicht machen? Weil Zucker und Salz sich zwar ähnlich sehen, aber in verschiedenen Verpackungen auf den Markt kommen und in völlig verschiedenen Behältern aufbewahrt werden. Deshalb kann sie diesen Fehler nicht mal mit verbundenen Augen begehen. Also, wenn es somit kein Irrtum war, muß es Absicht gewesen sein. Oder fällt Ihnen eine dritte Möglichkeit ein?»

«Bitte weiter.»

«Die Frage ist also nun, wer würde so etwas tun?» fuhr Lanigan fort. «Offensichtlich doch jemand, der einen Groll gegen einen der beiden Kestlers hegt. Ich sage einen der beiden Kestler, weil Dr. Cohen das Rezept durchtelefoniert hat und Kestler als den Namen des Patienten angab. Ross McLane, der Apotheker, fragte nach dem Anfangsbuchstaben des Vornamens, und er sagte J. Aber J kann sowohl Jacob, der Vater, heißen als auch Joseph, der Sohn.»

«Ross McLane hat das Rezept am Telefon entgegengenommen?» fragte der Rabbi. «Hat er sich daran erinnert?»

Lanigan nickte zustimmend. «Sie finden es seltsam, daß er sich an ein Rezept erinnert, das er vor vielen Tagen entgegennahm? Nun, er erinnerte sich daran, weil ihm der Name Kestler etwas ganz Besonderes bedeutete. Denn sehen Sie, *er* hegte Groll gegen den alten Kestler.»

«Also, dann . . .»

Lanigan hob den Zeigefinger, um anzudeuten, daß er noch nicht fertig war. «An jenem Abend waren drei Apotheker im Town-Line Drugstore, und jeder einzelne von ihnen hegte einen Groll gegen den einen oder den anderen der Kestlers. Ross McLanes Groll richtete sich gegen den Vater; Marcus und Arnold Aptaker hegten beide Groll gegen den Sohn.»

«Was für eine Art Groll?» erkundigte sich der Rabbi ungeduldig. «Bei Groll gibt es, genau wie bei anderen Dingen, eine ganze Gradskala. Der kleine Sohn meines Nachbarn hat zum Beispiel mein Kellerfenster zerbrochen, also könnte man behaupten, ich hegte einen Groll gegen ihn, aber nicht so sehr, wie wenn er die große Panoramascheibe im Wohnzimmer zerbrochen hätte. Und in keinem Fall wäre der Groll groß genug gewesen, um mich zu veranlassen, ihm Schaden zuzufügen, wenigstens keinen größeren Schaden als eine Tracht Prügel, die zwar ein ausgezeichnetes Mittel für seine Charakterentwicklung gewesen wäre, die aber wiederum bei seinen Eltern einen Groll gegen mich ausgelöst hätte, da sie von einer Bestrafung bei Kindern nichts halten, was wiederum überhaupt erst dazu geführt hat, daß er mein Fenster zerbrochen hat.»

«Meinen Sie den kleinen Damon?» Lanigan lachte. «Von dem muß ich mir allmählich eine ganze Akte anlegen. In ein paar Jahren wird er vermutlich offiziell polizeinotorisch werden. Doch dieser Groll gegen die Kestlers kommt von Schlimmerem als einem zerbrochenen Keller- oder Panoramafenster.» Er berichtete kurz über die Schwierigkeiten, die jeder der drei Apotheker mit den Kestlers gehabt hatte. «Sie sehen also», faßte er zusammen, «daß jeder von ihnen guten Grund hatte, entweder den alten Kestler zu hassen oder den jungen.»

«Und weil Sie meinen, Arnold hätte den stärksten Groll gehegt, deshalb verdächtigen Sie ihn?»

«Aber nein, David! Zuerst verdächtigte ich McLane, vor allem, als wir feststellten, daß Marcus Aptaker vorn im Laden Kunden bediente und daß McLane die Rezepte anfertigte. Aber da wußte ich noch nicht, daß Arnold dagewesen war. Ich war überzeugt, den Schuldigen erkannt zu haben. Aber ich wollte nicht überstürzt handeln, vor allem, da Aptakers Geschäft möglicherweise darunter leiden würde, und wo er doch im Krankenhaus lag. Als daher McLane einmal in einer anderen Angelegenheit herkam, bat ich ihn hier in mein Büro, und wir unterhielten uns eine Weile. Wir kamen auf den Grund zu sprechen, warum er seinen Laden verloren hatte, und er machte keinen Hehl aus seinem Haß auf Kestler.» Er rutschte, um die Bedeutung der nun folgenden Sätze zu betonen, auf seinem Schreibtischsessel nach vorn. «Und er zögerte keinen Augenblick, zuzugeben, daß er sich, als er feststellen mußte, daß das Rezept, das er am Telefon entgegennahm, für Kestler war – er erinnerte sich ganz genau –, daß er sich da gesagt hat, er würde lieber zur Hölle fahren als für ihn ein Rezept anfertigen, und daß er es Arnold überlassen hat. Also, wenn er nun Kestler etwas hätte antun wollen, dann hätte er bloß ein anderes Medikament zu nehmen und anschließend zu behaupten brauchen, es wäre das, was Cohen ihm durchtelefoniert hätte. Wie hätte der Doctor beweisen sollen, daß das nicht der Fall gewesen ist?»

Der Rabbi schwieg; er dachte über die Beweise nach. Und dann fiel ihm plötzlich wieder ein, daß sich die Geschichte, die ihm Dr. Muntz erst kurz zuvor erzählt hatte, ebenfalls am Abend des Unwetters abgespielt hatte. «Jetzt will ich Ihnen mal was sagen», begann der Rabbi. «Ich werde Ihnen ein paar Informationen geben, die Ihren Schlußfolgerungen den Hals brechen. Vor nicht einmal ganz einer Stunde war Dr. Alfred Muntz bei mir zu Hause. Und erzählte mir unter dem Siegel strengster Verschwiegenheit – aber ich denke, die gegenwärtige Situation rechtfertigt den Vertrauensbruch –, daß auf das Rezept, das er Safferstein für seine kranke Frau ausgestellt hatte und das dieser am selben Abend im Town-Line Drugstore anfertigen ließ, ganz und gar nicht das Medikament ausgegeben worden war, das er verlangt hatte. Auch in diesem Fall war das Etikett richtig, die Pillen jedoch falsch. Nun hat nach Ihren eigenen Worten aber McLane das Safferstein-Rezept angefertigt, also hat er denselben Fehler gemacht, den, wie Sie sagen, Arnold bei dem Kestler-Rezept gemacht haben soll. Sie behaupten, ein derartiger Fehler sei genauso unwahrscheinlich wie die Möglichkeit, daß eine Frau Salz mit Zucker verwechselt. Wenn aber zwei Frauen Seite an Seite in derselben Küche arbeiten und eine zum Kuchenbacken Salz statt Zucker nimmt, während die andere an ein Fleischgericht Zucker statt Salz gibt, dann muß man, ganz egal, wie unwahrscheinlich es ist, dennoch annehmen, daß eben dieser Fehler gemacht wurde, vor allem, da zwei derartige Fehler noch unwahrscheinlicher sind als einer. Wenn es sich bei dem gegenwärtigen Fall nicht um Zufall handelte, müssen wir annehmen, daß eine Verschwörung stattgefunden hat, daß McLane und Arnold flüsternd eine Absprache getroffen haben, während Safferstein wartete, daß sie sich verabredet haben, die Medikamente, die zwei verschiedene Ärzte zwei verschiedenen Patienten verschrieben hatten, von denen sie gegen den einen, Mrs. Safferstein nämlich, gar nichts hatten, zu vertauschen. Und das ist Unsinn.»

Lanigan grinste breit. «Vielen Dank, David. Ihre Ausführungen erklären, wie Arnold es gemacht hat. Ich muß zugeben, das hat mich ein bißchen gestört. Mir schien, daß der junge Aptaker ein ungeheures Risiko einging, indem er die falschen Pillen einfüllte, während McLane nur einen Schritt entfernt von ihm saß. Da McLane das Rezept am Telefon entgegengenommen hatte, wußte er, was in die Flasche gehörte, die Arnold füllte. Aber jetzt weiß ich, wie er es gemacht hat. Ich danke Ihnen. Sie haben beide die Etiketten getippt und sie auf die entsprechenden Flaschen geklebt. Dann lenkt Arnold McLanes Aufmerksamkeit ab und vertauscht die Flaschen. Anschließend füllt jeder die vor ihm stehende Flasche, und Safferstein bekommt Kestlers Medikament, während Kestler Saffersteins bekommt.»

«Aber was auf Arnold zutrifft, trifft genauso auf McLane zu», wandte der Rabbi ein. «McLane kann Arnolds Aufmerksamkeit abgelenkt haben.»

«Das hat er aber nicht getan. Erst vorhin berichtete Arnold mir, er habe eine Flasche Hustensaft umgestoßen und McLane sei in die Toilette gegangen, um einen Aufwischlappen zu holen. Ich möchte hinzufügen, daß McLane nicht so getan hat, als wisse er nicht, wer Kestler war. Und McLane hat auch nicht am nächsten Tag die Stadt verlassen.»

«Aber wenn's darum geht, daß die Medikamente vertauscht worden sind, kann jeder, der die beiden Flaschen in Besitz hatte, es getan haben. Safferstein hätte . . .»

«Also, das paßt nun wieder gar nicht zu *Ihnen*, David», sagte Lanigan vorwurfsvoll.

«Was denn?»

«Den Verdacht auf einen Ihrer Leute zu lenken, um einen anderen zu retten.»

«Ich wollte lediglich die Möglichkeiten aufzählen», entgegnete der Rabbi kalt.

«Ja, aber Safferstein gehört nicht dazu. Und warum nicht? Weil er Kestler gar nicht kannte, weder den Vater noch den Sohn. Und Kestler kannte Safferstein nicht. Sie hatten nie etwas miteinander zu tun. Außerdem konnte Bill Safferstein überhaupt nicht wissen, was geschehen würde, wenn er Kestler das für seine Frau bestimmte Medikament zuspielte.»

Der Rabbi schwieg. Dann fragte er: «Werden Sie Arnold Aptaker verhaften?»

Lanigan überlegte. «Noch nicht. Vielleicht gibt es *doch* eine Erklärung. Sehen Sie sich doch an, wie es bei McLane war. Ich dachte, ich hätte ihn, und er hat sich da rausgewunden. Vielleicht hat der junge Aptaker auch so ein Glück. Ich werde noch mal mit ihm sprechen. Aber vielleicht, wenn Sie zuerst mit ihm sprechen würden . . .» Er sah den Rabbi fragend an. «Ich bin bereit, Vabanque zu spielen.»

«Ganz davon zu schweigen, daß Ihre Beschuldigung vor Gericht nicht standhalten würde.»

«Wieso nicht?»

«Weil Sie keinen Beweis dafür haben, keinen stichhaltigen Beweis, daß Kestler an dem Medikament gestorben ist», antwortete der Rabbi. «Es wurde keine Autopsie vorgenommen und . . .»

«Mit dem, was ich bis jetzt habe, kann ich mir sofort die Genehmigung für eine Exhumierung beschaffen. Glauben Sie mir, David.»

«Na schön. Ich werde mit ihm sprechen.»

Während Lanigan sie durch die offene Tür im Auge behielt, setzte sich der Rabbi neben Akiva und erklärte ihm leise, was gegen ihn vorlag. Zuerst war der junge Mann entsetzt und ungläubig, als der Rabbi fertig war, zeigte er sich jedoch wieder zuversichtlich und gelassen.

«Der liegt völlig falsch», erklärte Arnold. «Ich habe Kestler nicht gehaßt. Er tat mir leid. Ich muß zugeben, daß ich zuerst, als es passierte, sauer war, und anschließend auch noch eine Zeitlang. Ich träumte von Rache. Und wissen Sie was? Zuerst hatte ich furchtbar viel Heimweh, und wenn ich dann an alles dachte, was passiert war, warum ich nicht zu Hause sein konnte, dann malte ich mir aus, wie ich es ihm heimzahlen wollte, alle möglichen Methoden. Aber kein einziges Mal dachte ich daran, ihm auf ein Rezept das falsche Medikament zu geben. Es kam mir einfach nicht in den Sinn. Es ging gegen meinen Berufsinstinkt, nehme ich an. Als ich mich dann Reb Mendel und der *chavura* anschloß, merkte ich, daß jener Haß, den ich für Kestler empfand, eigentlich ein Haß auf mich selber war. Denn er war ich und ich war er, da wir alle Teil derselben Einheit sind. Verstehen Sie?»

«Und als Sie auf dem Rezept *J. Kestler* lasen?»

«Nichts. Nicht mehr als bei jedem anderen. Natürlich erkannte ich den Namen. Aber nichts. Keine Reaktion. Wissen Sie, manchmal stößt man auf ein Rezept für jemanden, den man kennt, und dann sagt man sich: ‹Hm, Bill muß eine schwere Erkältung haben.› So ungefähr, aber mehr auch nicht.» Er tätschelte den Arm des Rabbi. «Hören Sie, machen Sie sich keine Sorgen um mich. Ich habe nichts Böses getan, also wird schon alles gut werden. Sie werden es sehen.»

Aus dem Dienstzimmer im Keller kam ein Polizist herauf. Er ging an der Tür zum Büro des Chefs vorbei, dann machte er plötzlich halt und kam zurück. «He, Arnold! Ich hatte dich nicht erkannt. Was machst du denn hier?»

«Hallo, Purvis», antwortete Arnold lächelnd.

«Kennen Sie ihn?» rief Lanigan aus seinem Büro. Er kam an die Tür.

«Arnold Aptaker? Sicher. Wir sind zusammen zur High School gegangen. Als ich ihn das letztemal sah, hatte er einen Bart wie ein alter Rabbi . . .» Er wurde rot. «Verzeihen Sie, Rabbi, es ist mir nur so rausgerutscht.»

«Schon gut, Officer. Nur sind es heutzutage die jungen, die Bärte tragen.»

«Und wann war das, Purvis?» wollte Lanigan wissen.

«Als ich ihn das letztemal sah? In der Nacht nach dem großen Sturm. Ich fuhr an der Auffahrt von Route 1A Streife, um die vorbeikommenden Wagen vor den heruntergefallenen Ästen auf dem Highway zu warnen. Da kam dieser Wagen in einem irrsinnigen Tempo . . .»

«Er ist also zu schnell gefahren?»

Der Polizist wurde rot, denn er befürchtete, getadelt zu werden, weil er Aptaker keinen Strafzettel gegeben hatte. «Na ja, nicht richtig zu schnell, oder vielleicht nur ein bißchen zu schnell. Ich meine, nicht so schnell, daß er ein Strafmandat verdient hätte, aber immerhin so schnell, daß er vermutete, ich wollte ihn anhalten. Also pfiff ich, ließ ihn halten und ging hinüber. Und dann stellte sich raus, daß wir uns kannten.»

«Wohin wollten Sie, Arnold?» fragte Lanigan.

«Er sagte, er wollte nach Philadelphia», erklärte der Polizist eifrig.

«Und um wieviel Uhr war das?»

«Na, so ungefähr drei Uhr morgens, würde ich sagen.»

«Um drei Uhr am Donnerstagmorgen, und er sagte, er wolle nach Philadelphia? Kommen Sie herein, Purvis.» Lanigan trat beiseite, um den Polizisten einzulassen, und drückte hinter ihm die Bürotür ins Schloß.

«Also, Purvis, dies ist sehr wichtig. Erzählen Sie mir so genau wie möglich, was er gesagt hat.»

«Himmel, Chef, das war vor zwei Wochen. Ich bin einfach hingegangen, als er hielt, und habe so das Übliche gesagt . . . Sie wissen schon, ‹Wo brennt's denn?›, oder so. Und er antwortete, er müsse möglichst schnell nach Philly. Dann erkannte er mich, und dann erkannte ich ihn auch. Vielleicht habe ich noch 'n Witz über seinen Bart gemacht. Das hätte wahrscheinlich jeder getan.»

«Natürlich.»

«Dann kamen wir ins Reden über die Leute, die wir auf der High School kannten, und was die jetzt machen, und er fragte mich nach meinem Bruder Caleb, und ich sagte ihm, der sei jetzt bei der Lokalzeitung. Dann holte er seine Brieftasche raus und gab mir einen Fünfer . . .»

«Wollte er Sie bestechen?»

«Aber nein, Chef, keineswegs! Sie kennen mich doch. Wenn ich vermutet hätte, daß er mich bestechen wollte, ich hätte ihn da rausgeholt, aus seinem Wagen, und sofort aufs Revier gebracht.»

«Natürlich.»

«Nein, das Geld war für ein Abonnement des *Courier*. Sie wissen doch, Caleb hat sich da so eine Werbung ausgedacht, damit die Ehemaligen, die nach Florida umgezogen sind, den Kontakt mit der Stadt nicht ganz verlieren. Das hatte ich zufällig erwähnt, und daraufhin hat er mir den Fünfer gegeben.»

«Ich verstehe. Er wollte regelmäßig Neues aus unserer Stadt erfahren.»

«Ja, das war's.»

Lanigan riß die Tür auf und rief dem diensthabenden Sergeant zu: «Sergeant, verhaften Sie diesen Mann!»

«Mit welcher Beschuldigung, Sir?»

«Mord an Jacob Kestler.»

Während Akiva draußen in Haft genommen wurde, erklärte Lanigan in seinem Büro dem Rabbi: «Da ist nun ein junger Bursche, der seine Eltern seit mehreren Jahren nicht mehr gesehen hat und endlich wieder einmal hier auftaucht. Er kommt am Dienstagabend und fährt am Donnerstag wieder ab. Das ist ein ziemlich kurzer Besuch für eine so weite Fahrt. Man sollte doch meinen, daß er wenigstens bis Sonnabend geblieben wäre. Nun, und das hat mich ein bißchen argwöhnisch gemacht. Nun aber stellt sich sogar heraus, daß er mitten in der Nacht abgefahren ist. Er arbeitet am Mittwochabend im Geschäft, und ein paar Stunden darauf ist er unterwegs nach Philadelphia. Vor Gericht wird eine Flucht immer als Schuldbeweis gewertet.»

«Aber . . .»

«Einen Moment, da ist noch mehr», sagte Lanigan. «Ich habe mir natürlich Gedanken darüber gemacht, warum er diesmal gekommen ist. Ich meine, wenn er etwas verbrochen hatte und geflohen war, warum kam er dann zurück? Nun, das hätte er nur getan, wenn er überzeugt gewesen wäre, daß er nichts zu befürchten hatte. Falls wir über Kestlers Tod Ermittlungen anstellten, wäre das nicht in die Zeitungen von Philadelphia gekommen. Wahrscheinlich nicht einmal in die Zeitungen von Boston. Woher konnte er es also wissen? Warum ging er dieses Risiko ein? Nun, Officer Purvis sagte mir gerade, Ihr junger Freund habe ihm fünf Dollar für ein Abonnement des *Courier* gegeben. Was halten Sie davon?»

Der Rabbi versuchte Akiva in der Zelle unten im Keller gut zuzureden. «Sie müssen sich einen Anwalt nehmen. Sonst schaden Sie sich selbst.»

Akiva schüttelte den Kopf. «Ich will keinen Anwalt.»

«Und warum nicht?»

«Weil der mir bloß im Weg wäre und alles verpatzen würde. Er würde mir sagen, was ich tun soll, oder er würde Anträge stellen, und das würde nur hinderlich sein.»

«Hinderlich – wofür?»

«Für den natürlichen Ablauf der Dinge.»

«Aber wenn Sie morgen vor den Richter kommen, wird man Ihnen einen Anwalt zuteilen, wenn Sie keinen haben.»

«Der *Richter* wird ihn mir zuteilen, Rabbi. Dagegen kann ich nichts machen, aber dann ist es wenigstens nicht so, daß ich mir selber einen genommen habe, weil es mir an Glauben mangelt.»

«Wie ist es denn mit Ihrer Mutter, Akiva? Wollen Sie nicht wenigstens die anrufen? Oder soll ich vielleicht zu ihr gehen?»

«Sie ist zu Besuch bei meiner Tante in Boston und kommt erst morgen wieder zurück.»

«Haben Sie die Telefonnummer? Wenn Sie wollen, rufe ich dort an.»

Wieder schüttelte der junge Mann den Kopf. «Nein, die würde nur die ganze Nacht vor Kummer nicht schlafen. Oder wahrscheinlicher noch sofort angelaufen kommen. Nein, die wird es noch früh genug erfahren.»

«Was wird mit dem Laden?»

«Morgen muß McLane aufschließen. Er hat einen Schlüssel.»

Der Rabbi versuchte es auf einem anderen Weg. «Warum wollten Sie mitten in der Nacht nach Philadelphia?»

«Darüber möchte ich nicht sprechen, Rabbi.»

«Dann sagen Sie mir, warum Sie den *Courier* abonniert haben.»

Akiva lachte. «Ich habe überhaupt keine Zeitung abonniert, Rabbi. Ich wollte nur Joe Purvis bestechen. Er war zwar sehr freundlich, aber ich fürchtete immer noch, er werde mir trotzdem einen Strafzettel geben. Falls ich ihm jedoch Geld anbot, und er war unbestechlich, dann wäre es um so schlimmer für mich gewesen. Doch als er mir von seinem Bruder erzählte, der Abonnenten warb, gab ich ihm fünf Dollar für ein Abonnement. Ich war überzeugt, er werde das Geld behalten. Und war ganz schön überrascht, als dann tatsächlich die Zeitung kam.»

«Es wäre besser gewesen, Sie hätten das nicht getan», sagte der Rabbi düster. «Ich muß Sie leider jetzt verlassen. Wenn ich irgendwas für Sie tun kann . . .»

«Ja, das können Sie wirklich, Rabbi. Wenn Sie mir ein *siddur* vorbeibringen könnten . . .»

«Ich soll Ihnen ein Gebetbuch bringen?»

«Sicher. Ich möchte auch mal ein paar andere Gebete sprechen, nicht immer nur das *Schma Israel.*»

51

«Ich dachte, du hättest vergessen, daß wir zu den Bernsteins müssen», sagte Miriam, als ihr Mann nach Hause zurückkam.

«Nein, das habe ich nicht vergessen.» Er berichtete ihr, was vorgefallen war.

«Ach, seine arme Mutter!»

«Was soll denn das sein – die Ansicht einer Angehörigen von Women's Lib? Und was ist mit seinem armen Vater? Und mit dem armen jungen Mann selbst?»

«Mrs. Aptaker ist die einzige von den dreien, die ich richtig kennengelernt habe. Glaubst du, daß Akiva es getan hat, David?»

Der Rabbi schüttelte düster den Kopf. «Daß Lanigan zugkräftige Beweise gegen ihn hat, steht außer Frage. Da ist das Motiv: Er hatte Grund, Kestler zu hassen. Da ist die Waffe: das Medikament. Und da ist die Gelegenheit: Er war zu dem Zeitpunkt, da das Rezept angefertigt werden mußte, im Drugstore, und es hat den Anschein, daß er es selbst angefertigt hat. Wenigstens sagt das der andere Apotheker, und Akiva leugnet es nicht. Außerdem läßt die Tatsache, daß er kurz darauf die Stadt verlassen hat, auf seine Schuld schließen.»

«Aber er ist zurückgekommen.»

«Gewiß. Aber das war vierzehn Tage später. Und man könnte anführen, da in der Presse nichts davon erwähnt wurde, daß an Kestlers Tod etwas Verdächtiges war, habe er geglaubt, ungefährdet heimkehren zu können. Besonders belastend für ihn ist es dann noch, daß er die städtische Lokalzeitung abonniert hat. Auf diese Weise hätte er gleich erfahren, ob die Polizei den Fall untersuchte.»

«Es sieht schlecht aus, nicht wahr, David?» fragte sie ruhig.

«Hm-hm.»

«Und du hältst ihn für unschuldig. Vielleicht, weil er religiös ist?»

«Religiös? Seine Religion würde ihn nicht hindern, Kestler umzubringen. Im Gegenteil.»

«Das verstehe ich nicht», gab sie zu.

«Die äußeren Formen einer Religion sind unwichtig, solange sie nicht die grundlegende Philosophie und Moral widerspiegeln, die darin enthalten sind. Als Akiva mich zu überzeugen suchte, daß er keinen Haß auf Kestler verspüre, gab er mir damit einen Hinweis auf seine eigene Lebensphilosophie. Er hängt an der mystischen Ansicht, daß alles und jeder Teil des Ewigen Ganzen sind, daß du dein Feind bist und er du ist, warum solltest du ihn also hassen oder ihm Schaden zufügen wollen? Aber das gilt auch umgekehrt. Man kann die Tatsache, daß man jemandem Schaden zufügt, mit der Begründung rechtfertigen, daß man sich im Grunde selber schadet. Und wer ist dazu eher berechtigt? Als ich ihn sprach, war er nicht im geringsten beunruhigt, und wenn er unschuldig ist, hätte er das zweifellos sein müssen. Es kommt schließlich vor, daß Unschuldige verurteilt werden. Und selbst wenn sie freigesprochen werden, ist das eine mühselige und kostspielige Angelegenheit. Nein, er hätte beunruhigt sein müssen, und wenn er das nicht ist, hat er der Sache ein moralisches Mäntelchen umgehängt und sich selber dahin gebracht, daß er blind für die Tatsachen ist. Wenn er das kann, dann kann er seine Gedanken auch so dirigieren, daß er sich selber einredet, er habe etwas, das er wirklich getan hat, nicht getan.»

«Warum aber . . .»

«Ich vermute, weil ich ihn mag.»

«Hör mal, David, wenn du heute abend lieber nicht dahin willst . . .»

«Nein, nein, wir können ruhig hingehen. Für Arnold kann ich heute abend doch nichts mehr tun . . . Ach ja, doch! Ich kann ihm das *siddur* bringen, um das er mich gebeten hat. Also geh, zieh dich an.»

«Ich bin schon fertig. Ich muß nur noch ein anderes Kleid anziehen.» Sie kämpfte sich in ein eng anliegendes kleines Schwarzes und kehrte ihm den Rücken zu, damit er ihr den Reißverschluß zuziehen konnte. Dann reichte sie ihm eine Perlenkette und hob ihr Haar im Nacken an, damit er sie ihr umlegen und befestigen konnte.

Er musterte die Schließe kritisch. «Die Schnur ist durchgescheuert. Die Kette hängt nur noch an einem Faden.»

«Ach, das macht nichts.»

«Aber sie könnte zerreißen und . . .»

«Dann ist es auch nicht weiter schlimm, David. Das sind doch keine echten Perlen. Es ist ein Modeschmuck, aber ich habe sonst nichts, was zu dem schwarzen Kleid paßt.»

Der Rabbi wartete an der Haustür, in der einen Hand das Gebetbuch, das er dem jungen Aptaker bringen wollte, in der anderen die Autoschlüssel, mit denen er ungeduldig klimperte, während Miriam dem Babysitter noch letzte Anweisungen gab. Im Wagen legte sie den Sicherheitsgurt an und ließ das Schloß an ihrer Taille einschnappen. Dann zog sie ihn straff. Die Fahrweise des Rabbi war im günstigsten Fall bereits unberechenbar, doch wenn er, wie jetzt, deprimiert und geistesabwesend war, neigte er zu unvermitteltem Beschleunigen und ebenso unvermitteltem Bremsen, ein Verhalten, das, wie sie vermutete, seine Gedankengänge spiegelte.

«Also, wohin?»

«Zu den Bernsteins, Liebling. Harris Lane.»

«Und wo ist die Harris Lane?»

«In diesem sehr hübschen Viertel, wo all die reichen Leute wohnen, die Epsteins, die Dreyfusses. Gleich um die Ecke von den Saffersteins.»

«Ich habe keine Ahnung, wo die Saffersteins wohnen.»

«Also gut», sagte sie, «ich werde dich hindirigieren. Du fährst zur Salem Road hinunter und biegst in die Minerva Road ein . . .»

«Ich weiß, wo die Minerva Road ist», antwortete der Rabbi schmollend.

«Ja, und die Harris Lane zweigt im oberen Teil von der Minerva Road ab.»

Er fuhr die Salem Road entlang und kam am Goralsky-Block vorbei.

«Minerva Road», murmelte sie vor sich hin.

Er warf ihr einen indignierten Blick zu. «Ich weiß, ich weiß!» Dann bog er ab. Nach ungefähr zwei Minuten deutete er mit dem Kopf nach rückwärts und sagte: «Da wohnen die Kestlers.»

«In dem weißen Haus?»

Er sah in den Rückspiegel. «Nein, in dem braunen davor.»

«Da standen aber viele Autos vor dem Haus. Ob die vielleicht eine Party geben?»

«Das glaube ich kaum», antwortete der Rabbi. «Das sind vermutlich die Leute in dem weißen Haus. Kestler ist zwar kein praktizierender Jude. Habe ich dir erzählt, daß er mit seiner Frau während der Trauerwoche Karten gespielt hat? Aber ich bin überzeugt, daß er nicht vierzehn Tage nach dem Tod seines Vaters eine Party geben würde, und wenn auch nur aus dem Grund, daß er meint, es brächte ihm Unglück. Und seine Frau würde es noch weniger tun, glaube ich. Für sie würde es sich noch weniger mit den Vorschriften der Trauerzeit vertragen; ich glaube nämlich, sie ist keine Jüdin.»

«Woher weißt du das? Hat sie dir das erzählt?»

«Mit einem Namen wie Christine?» Der Rabbi lachte. «Als ich zum erstenmal zu den Kestlers kam, um den alten Vater zu besuchen, knickste sie vor mir wie die irischen Landmädchen vor dem Priester. Ich mußte ihr erst erklären . . .»

«Halt!» rief Miriam laut.

Er rammte den Fuß auf die Bremse, daß sie gegen den Sicherheitsgurt geschleudert wurde.

«Es ist da hinten, David. Du bist dran vorbeigefahren.»

«Da war aber gar keine Straße, nur ein Weg.»

«Ja, das ist die Harris Lane. Sie führt zu einem kreisförmigen Platz. Du mußt umdrehen.»

«Bist du sicher?»

«Mrs. Bernstein sagte, es wäre zwei Häuser vor dem Haus der Saffersteins, und das da ist das Haus der Saffersteins, also muß es dieser Weg sein. O-oh!»

«Was ist denn nun wieder?» fragte er gereizt.

«Ach David, meine Perlenkette ist zerrissen.»

«Ich habe dir ja gleich gesagt . . .»

«Das kommt von deinem plötzlichen Bremsen», sagte sie vorwurfsvoll. «Ich wurde gegen den Schultergurt geworfen.»

Sie hob die Hand, nahm vorsichtig die zerrissene Kette herab und reichte sie ihrem Mann. «Hier, steck sie bitte in die Tasche. Vorsicht! Die Perlen rutschen von der Schnur. Da liegt schon eine auf dem Boden.» Sie wand sich. «Au! Eine ist mir in den Rückenausschnitt gefallen. Sie hängt in meinem BH fest.»

«Also, wenn du glaubst, ich werde dich hier auf der Straße ausziehen . . . Steig aus, spring ein bißchen auf und ab. Dann lockert sie sich vielleicht und rutscht durch.»

Miriam löste den Sicherheitsgurt und öffnete die Wagentür. Als sie vom Sitz glitt, rollte eine weitere Perle von ihrem Schoß auf das Sitzpolster. «Da ist noch eine, David. Sie ist in die Ritze zwischen Sitz und Rücklehne gerutscht.» Von draußen beugte sie sich in den Wagen und tastete mit den ausgestreckten Fingern in der Ritze herum. «Nein, ich komme nicht dran.»

«Steig ein», forderte er.

«Aber David . . .»

«Steig ein!» befahl er noch einmal.

Er setzte den Wagen in Bewegung. «Die Harris Lane ist hinter uns», sagte sie kleinlaut. «Willst du nicht umdrehen?»

«Ich muß zuerst zur Polizeiwache.»

Das Gebetbuch auf dem Sitz zwischen ihnen fiel ihr ein. «Na schön. Wenn wir zurückkommen, ist es rechts, dann wirst du die Abzweigung auf keinen Fall verfehlen.»

«Keine Angst. Wir werden noch rechtzeitig genug zur Party kommen.»

Er fuhr bis zum Ende der Minerva Road, nahm Kurs auf das Stadtzentrum, jagte in rücksichtslosem Tempo durch die engen, gewundenen Straßen und hielt endlich vor dem Polizeirevier. Er war bereits aus dem Wagen gesprungen und hastete die Granitstufen zur Eingangstür hinauf, als Miriam sah, daß er das Gebetbuch vergessen hatte. Den Kopf über seine ewige Vergeßlichkeit schüttelnd, nahm sie das *siddur* und folgte ihm.

Chef Lanigan kam, den Mantel über dem Arm, aus seinem Büro. «Hallo, David!» Er warf einen Blick über die Schulter des Rabbi. «Und Miriam auch. Was ist denn los?»

«Miriam hat ihre Perlen verloren», keuchte der Rabbi.

«Wollen Sie sagen, sie wurden gestohlen? Wollen Sie einen Diebstahl melden?»

«Nein, nein. Sie trug sie ja.»

«Es waren keine echten Perlen, Chef», erklärte Miriam. «Und außerdem war die Schnur durchgescheuert.»

«Ja, dann . . .» Lanigan blickte von einem zum anderen. «Am besten kommen Sie mal mit rein.» Er ging voraus in sein Büro. «Und nun erzählen Sie mal. Was ist los?»

«Die Perlen», begann Rabbi Small. «Miriams Schnur ist zerrissen, und dadurch kam mir eine Idee im Zusammenhang mit diesem Fall. Ihrer Meinung nach vertauschte Arnold die Flaschen, während McLane von seinem Platz aufgestanden war, um das Wischtuch zu holen, oder während er aufwischte. Jetzt stellen Sie sich das mal genau vor. Jeder hat ein Pillenzählbrett vor sich. Das ist eine Art Plastiktablett mit einer Vertiefung an der Seite. Man zählt die Pillen auf dem Tablett und hält es dann schräg, damit die Pillen in die Vertiefung gleiten oder rollen. Am Ende der Vertiefung befindet sich eine Tülle, die oben in die Flasche gesteckt wird, und die Pillen rutschen in die Flasche. Keine Pille kann davonrollen.»

«Ich habe so ein Tablett auch schon mal gesehen.»

«Jetzt nehmen wir an, jemand will die Pillen vertauschen, nachdem sie sich schon in der richtigen Flasche befinden.»

«Dann muß man sie wieder auf das Tablett schütten», erwiderte Lanigan prompt. «Und dann die beiden Tabletts vertauschen.»

«Richtig», bestätigte der Rabbi. «Und in jedem Fall befände sich die richtige Anzahl Pillen in jeder Flasche. Aber angenommen, man hätte kein Tablett, ja, nicht mal einen Tisch – wie würde man den Austausch dann bewerkstelligen? Man muß sich den Inhalt der einen Flasche in die Hand schütten. Dann schüttet man den Inhalt der zweiten Flasche in die leere Flasche. Dann schüttet man die Pillen, die man in der Hand hält, in die zweite Flasche. Und es wäre ein Wunder, wenn dabei nicht eine davonrollte.»

«Worauf wollen Sie hinaus, David?»

«Daß Safferstein die Pillen vertauscht hat, während er unter der Straßenlaterne in seinem Wagen saß und ehe der Streifenwagen kam.»

«Nur weil eine Pille fehlte?» Lanigan lächelte. «Sie selbst haben mir ein halbes Dutzend Möglichkeiten aufgezählt, wie diese Pille verschwunden sein kann, als ich zum erstenmal mit Ihnen darüber sprach.»

«Das stimmt», gab der Rabbi zu, «aber wir dürfen auch nicht vergessen, daß er beide Flaschen in seinem Besitz hatte und außerdem Zeit genug, den Austausch vorzunehmen, ohne befürchten zu müssen, daß er beobachtet wurde.»

«Aber warum sollte er den Kestlers schaden wollen? Er kannte sie ja nicht einmal.»

«Er kannte sie nicht?»

«Nein, und sie kannten ihn nicht.»

Der Rabbi nickte, während er diese Information verdaute. «Na schön, untersuchen wir alle Möglichkeiten.»

«Sie wollen mir mit diesem Wie-heißt-das-noch – *pulpil* – kommen?» fragte Lanigan.

«*Pilpul*», korrigierte ihn der Rabbi. «Warum nicht? Der talmudische *pilpul* ist nichts weiter als ein logischer Gedankengang, der mit feinsten Unterscheidungen arbeitet.»

Der Chef grinste. «Dann nur zu, ich habe Zeit. Ihr beiden seid es, die anscheinend groß ausgehen wollen.»

«Ja, wir müssen zu den Bernsteins», mahnte Miriam. «Sie haben viele Leute eingeladen.»

«Dann fällt es nicht auf, wenn wir nicht da sind», antwortete der Rabbi knapp. «Außerdem kommt keiner pünktlich.» Er wandte sich an Lanigan. «Nehmen wir an, es *war* Safferstein.»

«Warum sollten wir?»

«Warum sollten wir nicht? Es ist lediglich eine Annahme, ein Punkt, an den wir anknüpfen können. Und wegen der Gründe, die ich Ihnen gab, ist es keineswegs eine willkürliche Annahme.»

«Na schön.» Lanigan warf seinen Mantel auf den Schreibtisch, winkte seinen Besuchern, Platz zu nehmen, und zog seinen Drehsessel zurück. Miriam setzte sich, der Rabbi aber blieb stehen.

«Lassen Sie uns zunächst die Lage klären», begann der Rabbi.

«Gut. Und wie?»

«Indem wir das Offensichtliche ausscheiden», antwortete der Rabbi munter. «Ich meine, wenn wir annehmen, daß Safferstein die Pillen vertauscht hat, kann es sich nicht um einen Zufall handeln.»

«Aber Sie waren es doch, der ursprünglich behauptet hat, es müsse ein Zufall gewesen sein», wandte Lanigan selbstgefällig ein.

«Aber das war, als wir dachten, es sei im Drugstore passiert. Dort wäre das, wenn auch unwahrscheinlich, immerhin möglich gewesen. Aber nicht, wenn man allein im Wagen sitzt wie ein kleiner Junge, der mit den Pillen spielt, als wären es Murmeln, und sie dann in die falschen Flaschen füllt.»

Lanigan grinste. «Ich denke, dem kann ich ohne weiteres zustimmen.»

«Also muß es Absicht gewesen sein», fuhr der Rabbi fort. «Ob nun als Scherz gedacht, oder . . .»

«Ich kann mir nicht vorstellen, daß es ein erwachsener Mann für einen Scherz hält, wenn er die Medikamente von zwei Kranken vertauscht, von denen einer noch dazu seine Frau ist.»

«Das kann ich auch nicht», antwortete der Rabbi. «Also bedeutet dies, daß er jemandem schaden wollte. Aber wahrscheinlich nicht den Kestlers, da er sie ja gar nicht kannte. Dann wäre aber Mrs. Safferstein das auserwählte Opfer gewesen.»

«Keine sehr stichhaltige Vermutung», entgegnete Lanigan. «Wenn er seiner Frau hätte schaden wollen, wäre er sofort nach Hause gefahren und hätte ihr eine von den Pillen gegeben. Aber er ist überhaupt nicht nach Hause gefahren. Sondern zu den Kaplans.»

«Warum?»

«Er behauptete, weil das Unwetter so schlimm gewesen sei und weil er irgendwo unterkriechen wollte.»

Der Rabbi begann auf und ab zu gehen, den Kopf in den Nacken gelegt, die Augen zur Decke gerichtet. Die anderen beiden beobachteten ihn. Unvermittelt blieb er stehen und wandte sich an Lanigan. «Wissen Sie, wo die Kaplans wohnen?»

«Selbstverständlich.»

«Und die Saffersteins?»

«Gewiß.»

«Nun, wie ich soeben festgestellt habe, wohnen die Saffersteins nicht weiter vom Town-Line Drugstore entfernt als die Kaplans», sagte der Rabbi. «Wenn er also nicht in dem Unwetter fahren wollte, hätte er ebenso gut heimfahren können.»

Lanigan runzelte die Stirn; mit angedeuteten Kopfbewegungen verfolgte er in Gedanken zwei Fahrtrouten. Schließlich nickte er. «Sie haben recht, bis auf etwa fünfzig yards.»

«Warum ist er also zu den Kaplans gefahren?»

«Sagen Sie's mir», antwortete Lanigan.

Der Rabbi lächelte. «Es ist doch sonderbar, nicht wahr? Seine Frau ist krank und er fährt los, um ihr das Medikament zu holen. Aber dann fährt er keineswegs nach Hause, um es ihr zu bringen. Das hat mich eigentlich auf ihn gebracht. Denn wenn er die Pillen vertauscht hätte, wäre es sinnlos für ihn gewesen, nach Hause zu fahren. Die Pillen, die er bei sich hatte, konnte er ihr nicht geben, weil es Kestlers Pillen waren. Dennoch meine ich, er hätte ruhig heimfahren und sich eine Ausrede dafür einfallen lassen können, daß er die Pillen nicht mitgebracht hatte, und sei es nur, um den Schein zu wahren.»

«Und warum hat er es dann nicht getan?»

«Natürlich, weil er zu den Kaplans mußte.»

«Weil er dort jemanden treffen wollte?» fragte Lanigan. «Kaplan vielleicht?»

Der Rabbi schüttelte den Kopf. «Nein, nicht Kaplan. Da es sich um die Pillen handelte, nehme ich an, es war Dr. Muntz, der Arzt, der sie verschrieben hatte.»

«Was sollte er denn von Dr. Muntz gewollt haben?»

«Vermutlich wollte er ihm die Pillen zeigen», erklärte der Rabbi ruhig.

«Aber das hat er nicht getan.»

«Nein, das hat er nicht getan. Das ist die Ironie an der Situation. Er konnte es nicht tun, weil er selber das Opfer einer Verwechslung wurde. Er hatte die Pillen in der Manteltasche, und dann hat jemand aus Versehen seinen Mantel mitgenommen.»

«Aber wenn er sie Dr. Muntz gezeigt hätte», gab Lanigan zu bedenken, «dann wäre doch überhaupt nichts passiert. Der Arzt hätte den Irrtum sofort bemerkt. Es wäre vielleicht sogar noch Zeit gewesen, die Kestlers anzurufen. Und niemand hätte Schaden erlitten.»

«Niemand? Überlegen wir doch mal.» Abermals begann Rabbi Small hin und her zu gehen, während er in den traditionellen Singsang der talmudischen Beweisführung fiel. «Wir nehmen a-an, er wollte den Kestlers nicht schaden, weil er sie nicht kannte und keinen Grund dazu hatte. U-und daß er seiner Frau nicht schaden wollte, denn schließlich fuhr er nicht nach Hause. A-aber wir wissen, daß er eine böswillige Absicht hegte. A-also müssen wir uns fragen, wer Schaden erlitt, wenn keiner der beiden Patienten die Pillen nahm?» Erwartungsvoll sah er Lanigan an.

«Das ist doch unlogisch, David. U-und», imitierte er den Rabbi, «wenn wir Ihre Annahme voraussetzen, daß er zu den Kaplans fuhr, um Dr. Muntz die Pillen zu zeigen, ist es noch unlogischer, denn was hat es für einen Sinn, erst die Pillen zu vertauschen, nur damit der Arzt sie dann sozusagen wieder zurückvertauscht?»

Der Rabbi grinste. «Gar nicht schlecht. Sie kriegen den Dreh allmählich raus. Na schön, überlegen wir, was geschehen wäre. Das ganze Zimmer ist voll Menschen. Safferstein erfindet einen Vorwand, um Dr. Muntz die Pillen zu zeigen. ‹Aber das sind nicht die Pillen, die ich verschrieben habe›, stellt dieser fest. ‹Da muß jemand einen Fehler gemacht haben.› Dann erzählt ihm Safferstein von der zweiten Pillenflasche, und Dr. Muntz meint: ‹Dann muß jemand sie verwechselt haben. Am besten rufe ich gleich die Kestlers an und warne sie.› Der Witz aber ist, daß derartige Gespräche nicht im Flüsterton geführt werden. Und vergessen Sie nicht, daß Dr. Cohen möglicherweise auch dort gewesen wäre. Man hätte ihn ebenfalls gefragt. Innerhalb weniger Minuten hätten alle im Haus gewußt, was geschehen war, daß nämlich dem Town-Line Drugstore beim Anfertigen von Rezepten zwei schwere Fehler unterlaufen waren. Niemand hätte Schaden gelitten? Ja, und was ist mit Marcus Aptaker?»

Lanigan nickte bedächtig. «Der Apotheker unten in meiner Gegend hat gesagt, ein solcher Fehler könnte einen den Kragen kosten. Aber was hatte Safferstein gegen Aptaker?»

«Ich weiß nur, daß Safferstein unbedingt den Drugstore kaufen wollte, und daß Aptaker nicht verkaufen wollte», antwortete der Rabbi.

Lanigans Augen wurden groß. «Was soll ein großer Immobilienmakler wie Bill Safferstein mit einem kleinen Drugstore anfangen?»

«Ben Goralsky sagte mir, der Drugstore hätte einen langfristigen Mietvertrag, zehn Jahre», erklärte der Rabbi. «Er meinte, Safferstein wolle das Haus abreißen und dafür etwas anderes hinsetzen. Das konnte er aber nicht, solange der Mietvertrag lief. Also wollte Safferstein Marcus Aptaker geschäftlich kaputtmachen.»

«Verdammt!» murmelte Lanigan vor sich hin. «Safferstein hat mir anvertraut, er wolle dort ein großes Einkaufszentrum bauen.» Er nickte. «Ja, das paßt.»

Miriam, die wie ein Zuschauer beim Tennisturnier von einem zum anderen gesehen hatte, sagte jetzt: «Da Sie nun gegen Safferstein mindestens ebenso stichhaltige Beweise haben wie gegen Arnold Aptaker, finde ich, Sie sollten den jungen Mann gehen lassen.»

Lanigan starrte sie einen Augenblick an, dann stand er auf. Er öffnete die Tür und rief dem diensthabenden Sergeant zu: «Der junge Mann, den Sie vorhin verhaftet haben – Arnold Aptaker – lassen Sie ihn laufen.» Dann kehrte er an den Schreibtisch zurück. «Ich werde mir Safferstein natürlich vorknöpfen, aber ich habe nicht den Schatten eines Beweises. Er braucht es bloß abzustreiten, und wie stehe ich dann da?»

«Nun», antwortete der Rabbi ein wenig schüchtern, «als Miriams Perlenkette zerriß, kam mir so eine Idee . . .»

Als sie zu den Bernsteins fuhren, sagte Miriam: «Ich frage mich, wie Safferstein zumute war, als er hörte, daß Aptaker gar keinen Mietvertrag hatte, daß Mr. Goralsky nicht mehr dazu gekommen war, ihn zu unterzeichnen.»

«Wahrscheinlich nicht besonders gut», antwortete ihr Mann. «Kaplan hat es ihm vermutlich gesagt, nachdem der Vorstand am Sonntag für den Verkauf des Blocks an ihn gestimmt hatte. Aber selbst wenn er es ihm an jenem Mittwochabend gesagt hätte, wäre es schon zu spät gewesen. Der

Stein war bereits ins Rollen gebracht.»

«Glaubst du, er hat es von Anfang an geplant, und das war der Grund, warum er sich erboten hat, die Pillen zu Kestler zu bringen?»

Der Rabbi schüttelte den Kopf. «Das möchte ich bezweifeln. Woher hätte er wissen sollen, wie Kestlers Medikament aussehen würde? Es hätte ebensogut flüssig sein können. Nein, das Angebot machte er in bester Absicht. Er ist als freundlicher und großzügiger Mann bekannt.»

«Freundlich? Großzügig? Obwohl er bereit war, mit dem Leben eines Menschen vabanque zu spielen?»

«Das ist es ja gerade», erklärte der Rabbi. «Der Mann war ein Vabanquespieler, der sich auf sein Glück verließ. Wenn man eine Glückssträhne hat, nützt man sie bis zum letzten aus. Sobald man vorsichtig wird, hat man kein Glück mehr. So denken jedenfalls die Glücksspieler. Und wenn das Glück hält und man erleidet einen Rückschlag, verdoppelt man den Einsatz, so zwingt man das Glück wieder zu sich zurück. Saffersteins Glückssträhne lief großartig. Er hatte den gesamten umliegenden Grundbesitz erwerben können und war nun so gut wie sicher, auch den Goralsky-Block zu bekommen. Der einzige Haken war der Drugstore, aber er hatte Grund zu der Annahme, es werde ihm nicht weiter schwerfallen, auch diesen Laden an sich zu bringen. Aptaker hielt nur noch in der Hoffnung aus, daß Arnold einmal zurückkehren würde. Aber Safferstein hatte schon eine ganze Zeit immer wieder einmal mit Aptaker gesprochen, darum spürte er als gewiefter Geschäftsmann, daß diese Wahrscheinlichkeit gering war. Und dann kommt er in den Drugstore, um ein Rezept abzuholen, und da sitzt Arnold in der Rezeptur und Aptaker erklärt ihm stolz, das sei sein Sohn. Das ist der Rückschlag. Aber das Glück bleibt ihm treu. Er stellt fest, daß er zwei gleich große Flaschen mit Pillen hat, die gleiche Anzahl von Pillen, ja sogar dieselbe Form. Er braucht sie nur noch zu vertauschen und es dann allgemein bekannt werden lassen, daß dem Drugstore ein Fehler unterlaufen ist. Ich glaube, es ist ihm gar nicht in den Sinn gekommen, daß jemand dabei zu Schaden kommen könnte.»

«Na schön, ich kann verstehen, daß ein Mann sich so sehr in ein großes Projekt verbeißt, daß er jeden Sinn für Proportion verliert. Man liest ja immer wieder von Künstlern und Wissenschaftlern, die alles für ihre Arbeit opfern. Safferstein mag es genauso gegangen sein, mit seinem Plan für das Einkaufszentrum. Aber nachdem er den Tod eines Menschen verursacht hat, und noch dazu unnötigerweise, wie sich herausstellte, daß er da noch Dr. Muntz wegen der zweiten Flasche Pillen angerufen hat, das verstehe ich einfach nicht. Er wußte doch, daß es die falschen Pillen waren. Und mehr noch, er wußte, daß Aptaker keinen Mietvertrag hatte.»

«Aber das wußte er nicht hundertprozentig, denn ich versuchte ja den

Vorstand zu überreden, daß man Aptaker den Mietvertrag doch gab», antwortete der Rabbi. «Und es bestand die Möglichkeit, daß ich damit durchkam. Außerdem, vergiß nicht, daß nichts darauf hindeutete, daß die Polizei im Fall Kestler Ermittlungen anstellte, also hatte es den Anschein, als würde die Verwechslung der Pillen niemals bekannt werden. Man könnte sagen, es war Lanigans Schuld, weil er sich nicht hat in die Karten sehen lassen, und meine Schuld, weil . . .»

«Dann könntest du ebenso sagen, es wäre Jonathans Schuld», unterbrach sie ihn energisch.

«Wieso Jonathans Schuld?»

«Natürlich, David. Wäre er nicht vor ein paar Jahren mitten in der Nacht krank geworden, hätte Arnold Aptaker nicht aufstehen müssen, um uns die Medizin zu bringen, und hätte am anderen Morgen nicht verschlafen. Dann hätte er keinen Streit mit seinem Vater gehabt und . . . Halt!»

Er rammte den Fuß auf die Bremse. «Was ist denn jetzt los?»

«Du bist schon wieder an der Harris Lane vorbeigefahren.»

«Na schön, dann setze ich eben zurück und . . .»

«Gegen den Verkehr, der nach uns kommt? Das wirst du nicht tun, David Small. Du fährst weiter und nimmst die nächste Abbiegung.»

«Na schön, wie du meinst», antwortete er kleinlaut.

52

«Die Sache paßt mir nicht», erklärte Lieutenant Jennings resolut.

«Mir ist auch nicht ganz wohl dabei», antwortete sein Chef. «Außerdem kostet es mich eine schöne Stange Geld.»

«Das können Sie doch der Stadt anlasten.»

«Sicher», gab Lanigan ironisch zurück.

«Es sind dienstbedingte Unkosten. Sie entstanden im Polizeidienst», sagte Jennings hartnäckig, doch ohne große Überzeugung.

«Wenn's klappt. Wenn nicht, muß ich selbst in die Tasche greifen.»

«Das ist Ihr Bier, Hugh. An Ihrer Stelle würde ich zunächst mit dem Magistrat sprechen. Dann wissen Sie wenigstens genau, daß die Stadt dafür aufkommen wird.»

«Die werden niemals zustimmen, Eban. Das sollten Sie wissen.»

«Na ja, vermutlich haben Sie recht», sagte Jennings düster. «Okay, was soll ich tun? Soll ich fahren? Mein Wagen ist älter als Ihrer. Eine Beule mehr macht dem nichts mehr aus.»

«Nein, ich fahre selbst», antwortete der Chef. «Aber fahren Sie inzwischen zur Werkstatt runter und alarmieren Sie McNulty. Und bleiben Sie dort, bis wir kommen. Je mehr Zeugen, desto besser.»

«Wird gemacht. Wann fahren Sie los?»

Lanigan warf einen Blick auf die Wanduhr. «Jetzt gleich», sagte er. «Es ist Viertel nach zwölf.»

Während Chef Lanigan die Minerva Road entlangfuhr, stellte er zufrieden fest, daß so gut wie gar kein Verkehr herrschte. Und als er Saffersteins Wagen am Bordstein stehen sah, war zum Glück kein anderer Wagen in Sicht. Er drosselte das Tempo und machte mit voller Absicht einen Schlenker, so daß sein Wagen gegen das geparkte Auto prallte und es mit dem Kotflügel an der vorderen Tür erwischte.

Safferstein, der es krachen hörte, kam sofort aus dem Haus gelaufen. «He, verdammt noch mal, sind Sie betrunken oder was? Können Sie nicht aufpassen, Sie . . . Ach, Sie sind's», als er Lanigan erkannte. «Was ist passiert?»

«Ich wollte einem Hund ausweichen», antwortete Lanigan kleinlaut. «Wahrscheinlich hab ich das Steuer zu hart herumgerissen. Es tut mir leid, Mr. Safferstein.»

«Nun, die Tür haben Sie nicht gerade verschönert», sagte Safferstein.

«Wirklich nicht», gab Lanigan zu, «und vielleicht ist sogar der Rahmen beschädigt. Es ist mir furchtbar unangenehm. Wissen Sie was? Fahren Sie mir nach zur städtischen Reparaturwerkstatt. McNulty soll sich Ihren Wagen ansehen. Er repariert alle städtischen Fahrzeuge und kann Ihnen auch gleich eine Schadensaufstellung für die Versicherung machen.»

Lanigan stieg wieder in seinen Wagen und fuhr langsam los. Immer wieder sah er in den Rückspiegel, um sich zu vergewissern, daß Safferstein ihm folgte. Als sie sich der Werkstatt näherten, legte er ein bißchen Tempo zu und war daher schon ausgestiegen, als Safferstein auf den Hof einbog.

Der Mechaniker umkreiste den beschädigten Wagen. «Sieht aus, als wär's wirklich nur die Tür, aber wir sehen doch lieber mal schnell nach.»

Während Safferstein interessiert zuschaute, nahm McNulty die vordere Sitzbank heraus.

«He, da ist mein silberner Drehbleistift!» rief Safferstein. «Und der Ohrring von meiner Frau, und ein Zehncentstück, und . . .»

Lanigan, auf der anderen Seite, zeigte auf etwas. «Was ist denn das? Sieht aus wie 'ne Pille.» Er griff hinein und hob sie auf. Er befreite sie von Staub und Schmutz und hielt sie empor. «Tatsächlich, eine Pille», sagte er. «Eine kleine, ovale, orangefarbene Pille, genau wie die, die dem alten Kestler gebracht wurden. Eine fehlte damals in der Flasche; ich nehme an, das hier ist sie.»

«O mein Gott!» Safferstein barg das Gesicht in den Händen.

Der *gabbe* musterte Reb Mendel aufmerksam. «Heute morgen sehen Sie besser aus, *rebbe*. Ihre Erkältung . . .»

«Ist verschwunden.» Der *rebbe* lächelte strahlend. «Sehen Sie.» Mit zusammengepreßten Lippen atmete er tief ein. «Nase frei. Kein Husten. Kein Niesen. Ich fühle mich hundertprozentig besser.»

«Gestern sahen Sie ziemlich . . .»

«Ach ja, gestern, das war furchtbar! Alles hat mir wehgetan. Bestimmt hatte ich Fieber. Und zu allem Übel . . . Na, Sie wissen ja, wie es am Sonntag ist, da kommen immer die Verwandten. Gestern kam mein Onkel Elimelech mit seinem Ältesten. Er ist Physiker in Cornell und wollte mir unbedingt von seinen Forschungsarbeiten berichten. Ich glaube, ich hätte nicht mal verstanden, was er sagte, wenn mein Kopf klar gewesen wäre. Endlich entschuldigte ich mich und ging in mein Zimmer hinauf. Es war noch früh, erst gegen sechs, aber ich konnte mich einfach nicht mehr aufrecht halten. Ich zog mich aus, nahm ein paar Aspirin und trank anschließend heißen Tee mit Zitrone, Honig und Whiskey. Dann stieg ich ins Bett und schlief sofort ein.»

«Und haben Sie die ganze Nacht durchgeschlafen?»

«Nein, nach einer Stunde wurde ich wach», erzählte Reb Mendel. «Ich hatte einen so lebhaften Traum, davon bin ich aufgewacht.»

«Einen Alptraum?»

«N-nein. Erinnern Sie sich an den jungen Mann, den ich immer unseren jungen Vikinger genannt habe?»

«Akiva. Akiva Rokeach.»

«Ja, das ist er. Er schien irgendwie Schwierigkeiten zu haben. Ich sah ihn so deutlich, wie ich Sie jetzt sehe.»

«Was für Schwierigkeiten?»

Der *rebbe* zuckte die Achseln. «Sie wissen ja, wie das mit den Träumen so ist. Also las ich eine Weile und schlief schließlich wieder ein. Als ich heute morgen erwachte, ging es mir gut. Wahrscheinlich durch das Schwitzen nach dem Aspirin und dem heißen Tee.»

«Ganz zu schweigen von dem Whiskey.»

«Selbstverständlich, auch der Whiskey.» Der *rebbe* zeigte ein strahlendes Lächeln. «Ich möchte wissen, wie's ihm geht, unserem jungen Vikinger.»

53

«Warum beten Sie nicht gelegentlich mal selber vor, Rabbi?» fragte ihn Joshua Tizzik. «Dann dauert es wenigstens nicht so lange.»

Rabbi Small grinste über die säuerliche Miene seines Begleiters. «Das tue ich ja. Sehr häufig sogar. Sie kommen eben nicht oft genug.»

Die beiden schlenderten nach der Abendandacht über den Parkplatz. Obwohl es schon beinahe acht Uhr war, bot der hereinbrechende Abend kaum Erleichterung von der Hitze des Augusttages.

«Ich gebe ja zu, daß ich nicht oft komme, fast nur, um den Kaddisch zu sagen – für meine Mutter diesmal, sie ruhe in Frieden. Aber wenn ich komme, betet eigentlich immer Chester Kaplan vor.»

«Nun, diesmal hat er nicht vorgebetet.»

«Na schön, diesmal war's sein Schwiegersohn. Wissen Sie, ich hab ja nichts gegen den jungen Aptaker, aber es sieht so aus, als wollte Kaplan das Amt in der Familie behalten, wie ein Monopol.»

«Mr. Kaplan hat nichts damit zu tun», sagte der Rabbi. «Ich selbst habe Arnold gestern abend angerufen und ihm den Vorschlag gemacht. Heute ist nämlich ein besonderer Anlaß, wissen Sie.»

«Ja, ja, ich weiß – das neue Baby.»

«Und er hat äußerst zögernd zugesagt, möchte ich hinzufügen», sagte der Rabbi. «Ich mußte ihn regelrecht überreden.»

Tizziks Gesicht verzog sich zu einem säuerlichen Lächeln. «Das kann ich verstehen. Ich bin kein Fachmann, aber ich hatte den Eindruck, daß er ein paarmal stolperte. Und dann hat er so langsam gelesen, als machte er das zum erstenmal. Vielleicht ist Kaplan deswegen weggeblieben. Weil er ihn nicht in Verlegenheit bringen wollte.»

«Mr. Kaplan ist geschäftlich verreist, wie ich hörte», entgegnete der Rabbi.

«Wirklich? Aber heute ist doch Mittwoch.»

«Was hat das damit zu tun?» fragte der Rabbi.

«Am Mittwoch ist doch bei Kaplan Empfang.»

«Ach, macht er das immer noch? Dann wird er wahrscheinlich rechtzeitig wieder zu Hause sein. Nehmen Sie auch immer noch daran teil, Mr. Tizzik?»

«Hin und wieder. Meine Frau und ich gehen jetzt, wo's für Senioren nur einen Dollar kostet, öfter ins Kino. Außerdem sind diese Empfänge auch nicht mehr das, was sie mal waren.»

«Ach?»

«Aber das war ja zu erwarten», erklärte Tizzik. «Zuerst gibt es immer 'ne Menge Begeisterung, und dann verläuft alles mehr oder weniger im Sande. Und dieser Rabbi Mezzik, der ja viel damit zu tun hatte, kommt auch nicht mehr her. Hat ein Amt im Norden von New York übernommen, wie ich gehört habe. Und diese letzte Klausur, die Chester organisiert hatte, war auch nicht gerade eine Hilfe.»

«Tatsächlich? Was ist passiert?» Der Rabbi zeigte sich interessiert.

«Haben Sie nichts davon gehört?» Tizzik fragte es ungläubig. «Ich war natürlich nicht dabei, aber ich hab's von Bob Wiseman. Ein kompletter Reinfall, Rabbi. Es war das Wochenende vom Vierten July und wahrscheinlich das erstemal, daß sie im Sommer da oben waren. Laut Wiseman, der an den meisten anderen Klausuren auch teilgenommen hat, war das Schönste an diesem Platz, daß es so still und friedlich dort war. Die anderen Klausuren hatten natürlich alle im Herbst stattgefunden, nach dem Labor Day. Nun ja, anscheinend ist es im Sommer da oben wie im Irrenhaus, vor allem an den Wochenenden. Um den ganzen See herum stehen überall Häuser, und in jedem einzelnen gibt es, wie Wiseman sagte, mindestens ein Sportmotorboot oder wenigstens eines mit Außenborder. Die brummten ununterbrochen über den See, den ganzen Tag lang, daß man sein eigenes Wort nicht verstehen konnte. Und abends war es noch schlimmer, weil da die Radios und Plattenspieler voll aufgedreht Rock-and-Roll-Musik dudelten. Deswegen hat die katholische Kirche das Camp auch nicht mehr als Sommerlager für ihre Kinder haben wollen. Einige von den Teilnehmern sind schon am nächsten Tag zurückgekommen.»

«Das ist äußerst interessant», sagte der Rabbi. Sie waren inzwischen bei Tizziks Wagen angekommen, und der Rabbi wollte sich schon abwenden, als ihm noch etwas einfiel. «Ach, wenn Sie es einrichten können, Mr. Tizzik, kommen Sie doch am Sonntag zur Morgenandacht. Dann wird Arnold Aptaker wieder vorbeten, und Sie können feststellen, ob er Fortschritte gemacht hat. Hinterher gibt es dann einen kleinen Imbiß, ausgerichtet von den Kaplans und den Aptakers zu Ehren ihres Enkelkindes.»

«Wahrscheinlich wie üblich, mit Kuchen, *kichelech* und Hering, wie?»

«Ja, wahrscheinlich.»

«Und mit Whiskey in Pappbechern?»

Der Rabbi lächelte. «Vielleicht auch in Gläsern.»

«Na ja, vielleicht komme ich. Was kann man sonst am Sonntagmorgen schon anfangen? Im Fernsehen gibt's nur christliche Gottesdienste.»

Per Wahlöö

Mord im 31. Stock
(2424)

Das Lastauto
(2513)

Libertad!
(2521)

Unternehmen Stahlsprung
(2539)

Die Generale
(2569)

Foul Play
(2588)

Wind und Regen
(2625)

Von Schiffen und Menschen
(2889)

thriller rororo

C 2270/2

Sjöwall/Wahlöö

«Diese Krimis sind Erzählungen vom leidenden Einzelnen wie Dokumente des zunehmenden gesellschaftlichen Verhängnisses. Daß sie dies alles sind, bezeugt ihren literarischen Rang.»

Helmut Heißenbüttel

Maj Sjöwall/Per Wahlöö

Die Tote im Götakanal
(2139)
Der Mann, der sich in Luft auflöste
(2159)
Der Mann auf dem Balkon
(2186)
Endstation für neun
(2214)
Alarm in Sköldgatan
(2235)
Und die Großen läßt man laufen
(2264)
Das Ekel aus Säffle
(2294)
Verschlossen und verriegelt
(2345)
Der Polizistenmörder
(2390)
Die Terroristen
(2412)
Die zehn Romane mit Kommissar Martin Beck
Kassette mit 10 Bänden (2800)

THRILLER rororo

C 576/18

Detlef Wolff

Was sagen wir der Witwe
(2740)

Sterben auf eigene Rechnung
(2791)

Zwölf Jahre zuviel
(2912)

Detlef Wolff/Tony Hillermann/
Edgar Box
Die ungeliebte Leiche
Wolf ohne Fährte
Immer diese Morde
(2742)

thriller rororo

C 1041/12

A Faint Cold Fear Thrills Through My Veins William Shakespeare

Zu diesem Buch

Moshes Stimme ließ ihn auffahren. «Asher, kommen Sie schnell. Ich habe einen Schuh gefunden.»

Gur sprang aus dem Wagen. «Einen Schuh? Eine Sandale meinen Sie wohl. Eine Römerschale vielleicht...»

Moshe sah aus der Grube hoch. «Nein, einen modernen Schuh. Mit einem Fuß darin.

Eigentlich war es nur ein Wasserrohrbruch in der Altstadt von Jerusalem, den der Klempner schon behoben hatte. Aber beim Graben waren seine Gehilfen auf Mauerreste gestoßen, und mögliche historische Funde müssen dem Amt für Altertümer gemeldet werden. Was die beiden Fachleute für archäologische Funde entdecken, ist keine römische Festungsmauer, sondern eine Leiche. Ein Toter ohne Papiere, aber in amerikanischer Kleidung. Ein Fall für die Polizei.

Im Hotel Excelsior trifft eine Reisegruppe aus Barnard's Crossing ein und noch ein weiterer Gast aus dieser Gegend: Professor Abraham Grenish. Als er nicht mehr im Hotel auftaucht, wird der Nationale Sicherheitsdienst und damit Uri Adoumi eingeschaltet. Ist der Vermißte womöglich der unbekannte Tote? Wenn ja, wessen Fall ist es dann? Polizeichef Luria sagt, das sei seine Leiche. Adoumi erklärt, daß das Verschwinden eines amerikanischen Juden ein Fall für die Sicherheit sei. Aber wer identifiziert den Toten?

Rabbi Small, dessen Tante Gittel mit den Adoumis befreundet ist, kann dem Geheimdienstmann auch nicht weiterhelfen. Aber vielleicht kann es der junge Goodman alias Ish-Tov. Und der ist ganz schön nervös, als die Polizei ihn aufs Präsidium bestellt. Und bald darauf unter Mordverdacht verhaftet.

Rabbi Small fühlt sich gewissermaßen schuldig, weil er Goodmans Namen genannt hat. Aber wie sollte er ahnen, daß der Jeschiwa-Schüler etwas auf dem Kerbholz hat. Also macht er sich auf die Strümpfe und versucht, hinter das Geheimnis von Professor Grenish zu kommen.

Harry Kemelman erhielt für seinen ersten Kriminalroman, Am Freitag schlief der Rabbi lang (Nr. 2090), den Edgar Allan Poe Award. Sein zweiter, Am Samstag aß der Rabbi nichts (Nr. 2125), wurde von der Darmstädter Jury zum Buch des Monats gewählt. Es folgten Am Sonntag blieb der Rabbi weg (Nr. 2291), Am Montag flog der Rabbi ab (Nr. 2304), Am Dienstag sah der Rabbi rot (Nr. 2346), Am Mittwoch wird der Rabbi naß (Nr. 2430), Der Rabbi schoß am Donnerstag (Nr. 2500), Eines Tages geht der Rabbi (Nr. 2720) und Ein Kreuz für den Rabbi (Nr. 2860). Acht Detektivstories erschienen unter dem Titel Quiz mit Kemelman (Nr. 2172).

Harry Kemelman

Ein Kreuz für den Rabbi

Deutsch von
Ute Tanner

rororo

Rowohlt

rororo thriller
Herausgegeben von Bernd Jost

Veröffentlicht im Rowohlt Taschenbuch Verlag GmbH,
Reinbek bei Hamburg, Mai 1990
Die deutsche Erstausgabe erschien im Rowohlt Taschenbuch Verlag GmbH,
Reinbek bei Hamburg, Oktober 1988
Die Originalausgabe erschien bei William Morrow and Company, Inc.,
New York, unter dem Titel «One Fine Day the Rabbi Bought a Cross»
Redaktion Jutta Schwarz
Umschlagfoto Fred Dott
Umschlagtypographie Peter Wippermann / Nina Rothfos

Satz Bembo (Linotron 202)
Gesamtherstellung Clausen & Bosse, Leck
Printed in Germany
ISBN 3 499 42992 6

Die Hauptpersonen

Rabbi David Small	ist weniger Seelentröster denn Rechtsgelehrter – was die meisten Leute vergessen.
Miriam Small	tröstet mit leiblichen und seelischen Genüssen.
Louis und Rose Goodman	sehen Gott und die Welt, nur ihren Sohn nicht mehr.
Jordan Goodman	nennt sich Yehoshua Ish-Tov, vergräbt sich in die Thora – und fällt in eine Mordsgrube.
Abdul Ibn Hosni	heißt jetzt Albert Housman. Mit gutem Grund.
Hassan El Dhamouri	bleibt bei seinem Namen und seiner Überzeugung.
Abraham Grenish	sollte als Professor lieber nicht Briefträger spielen.
James Skinner	lebt als jüdischer Geschäftsmann im arabischen Viertel von Jerusalem. Das erfordert Talent.
Aharon Perlmutter	hört viel, sieht viel, weiß aber nicht alles.
Uri Adoumi	gehört zur Shin Beth und sichert die nationale Sicherheit.
Yaacov Luria	ist Polizeichef in Jerusalem und manchmal «Konkurrent» von Adoumi.

Zur Feier des

Fünfundzwanzigsten von Ruth und George
Fünfzehnten von Arthur und Ziona
Zehnten von Diane und Murray
und unseres FÜNFZIGSTEN!

I

Als Barney Berkowitz mit fünfundsechzig beschloß, sich in den wohlverdienten Ruhestand zu begeben – weshalb sollten schließlich in diesen Genuß nur Gehaltsempfänger kommen? –, verkaufte er seine kleine Kette von drei Army & Navy-Geschäften und vertraute sein Geld, gute zwei Millionen Dollar, einer Vermögensverwaltung an. Dann kaufte er sich – da seine Angestellten nicht auf den Gedanken verfallen waren – eine goldene Uhr und ließ auf der Rückseite eingravieren: «Unserem geliebten B. B. zu seiner Pensionierung von seinen dankbaren Mitarbeitern.»

Als gutsituierter Mitbürger hatte er im Tempel von Barnard's Crossing von jeher ein Wörtchen mitzureden gehabt. Jahrelang hatte er dem Gemeindevorstand angehört, ohne je ein Amt zu bekleiden. Wenn jemand vorschlug, seinen Namen auf die Kandidatenliste zu setzen, pflegte er den Kopf zu schütteln und gleichzeitig in entschiedener Ablehnung die Hand zu schwenken. «Nein, Jungs, nein. Auf Ehrenämter kann euer alter B. B. verzichten. Ich halt mich lieber im Hintergrund.» Als Amtsinhaber hätte er sich vielleicht auf die Seite der einen oder anderen Partei schlagen müssen. Er blieb lieber unabhängig und sah sich als eine Art «großer alter Mann», dessen Lebenserfahrung allen Parteien zugute kommen sollte.

Barney Berkowitz war ein kleiner, dickbäuchiger Mann mit rundem, kahlem Schädel, den nur noch ein Kranz schütterer, mausfarbener Haare zierte. Den Gottesdienst am Samstagmorgen hatte er sich nie entgehen lassen, weil er allen Leuten zeigen wollte, daß er sich leisten konnte, in die Synagoge zu gehen, auch wenn seine Geschäfte am Samstag geöffnet waren. Nachdem er sich zur Ruhe gesetzt hatte, tauchte er manchmal sogar zur täglichen Andacht auf. Nach wie vor aber waren seine größte Freude die Samstagsgottesdienste, besonders, wenn eine Bar Mizwa gefeiert wurde. Es machte ihm Spaß, sich unter die Menge der Verwandten und Bekannten zu mischen, die bei diesen Anlässen zum Gebet zusammenkamen und dann zu dem unvermeidlichen Umtrunk im Vorraum zogen. Bei einer dieser Feiern – sie war besonders üppig gewesen – stiegen lebhafte Erinnerungen an seine eigene Bar Mizwa in ihm auf. Sein Vater war mit ihm in eine der nahe gelegenen Mietskasernen gegangen, in der das Bethaus untergebracht war. Es war ein Wochentag, und Barney mußte anschließend zur Schule. Sein Vater hatte mit dem *Schammes*, dem Synagogendiener, geflüstert, der für den Ablauf des Gottesdienstes zuständig war, und als Barney Berkowitz aufgerufen wurde, war er ans Pult getreten und hatte den Segen hergesagt, den ihm ein Wanderrabbi eingetrichtert hatte. Den Abschnitt aus der Thora verlas der Vorbeter. Danach sagte Barney den zweiten Segen her – und das war alles. Weder den Abschnitt aus der Thora noch den Abschnitt aus den Schriften der Propheten hatte er selbst vorlesen können, das hatte man ihm nicht beigebracht. Eine Party, eine Feier – so etwas gab es hinterher nicht. Sein Vater war nervös gewesen, hatte wiederholt auf die Uhr gesehen und ihn eilig hinausgeschoben, sobald der Gottesdienst vorbei war. Ein, zwei Leute hatten ihm *masel tov*, alles Gute, gewünscht, er hatte ihnen flüchtig zugenickt, dann war er in die Schule gegangen und der Vater an die Arbeit.

Ja, das war seine Bar Mizwa gewesen, und er war nach wie vor nicht sicher, ob das Ritual damals wirklich und wahrhaftig vollzogen, ob er vorschriftsmäßig in den Stamm aufgenommen worden war. Jetzt aber würde er diese Zweifel ein für allemal ausräumen können: Er würde eine richtige Bar Mizwa feiern. Das war, wie er zu sagen pflegte, sein großer Plan. Eine Bar Mizwa, an der unmöglich jemand herumkritteln konnte. In Jerusalem. An der Klagemauer.

Es war typisch für ihn, daß er nicht zu David Small, dem Rabbiner der Gemeinde, ging, sondern zu Alvin Bergson, ihrem Vorsteher.

«Warum besprichst du das nicht mit dem Rabbi?» wollte Bergson wissen.

«Ja, weißt du, ich wollte es eigentlich in Jerusalem machen, an der Klagemauer, und weil du doch im Touristikgeschäft bist...»

«Ach so.» Bergson war sofort hellwach. Hier schien sich ein Geschäft anzubahnen. «Wann willst du denn hin?»

«Im Juli, hab ich mir gedacht.»

«Juli ist günstig», meinte Bergson zustimmend. «Da gibt es einen Direktflug mit der El Al ab Boston. Du brauchst demnach ein Tikket nach Israel. Und Mollie?»

«Die natürlich auch.» – «Zwei Hin- und Rückflüge nach Israel also.»

«Und einen für den Rabbi, der soll die Zeremonie durchführen. Ich laß sogar ein Ticket für seine Frau springen, wenn er die hier nicht allein lassen will.»

Bergson rieb sich insgeheim die Hände. «Wie ist das mit dem Minjan, den zehn Männern, die du für die Andacht brauchst? Außer dir und dem Rabbi wären das dann noch acht.»

«Ist der alte B. B. ein Narr? Ich werf doch mein Geld nicht zum Fenster raus. Einen Minjan krieg ich in Jerusalem bestimmt zusammen. Aber klar, hinterher gibt's eine Party, und wer von den Leutchen hier Lust hat hinzukommen, ist herzlich eingeladen. Bloß daß ich denen allen einen kostenlosen Urlaub spendiere, das ist natürlich nicht drin.»

«Ja, sicher, mit dem Minjan dürfte es keine Schwierigkeiten geben. Ich dachte nur, daß du sicher gern deine Freunde dabei hättest. Paß mal auf, vielleicht krieg ich einen Charterflug zusammen, das reduziert die Kosten für alle Beteiligten, und –»

«Gute Idee. Und du redest mit dem Rabbi?»

«Das überlaß nur mir.»

«Was würden Sie von einem kostenlosen Flug nach Israel halten, David?» Mit dieser Frage brachte Bergson den großen Plan des Barney Berkowitz beim Rabbi ins Gespräch. Bergson war einer der wenigen Gemeindevorsteher, der den Rabbi mit seinem Vornamen ansprach, einmal, weil sie etwa gleichaltrig waren, hauptsächlich aber wohl deshalb, weil Bergson ihn wirklich gern hatte.

Rabbi David Small hatte runde Gelehrtenschultern, eine hohe Stirn und einen kleinen Bauchansatz. Trotzdem sah man ihm seine vierzig Jahre nicht so recht an. Das lag wohl daran, daß sein Gesicht faltenlos war und die Augen hinter den dicken Brillengläsern so unschuldig und offenherzig blickten.

Belustigt lächelnd hörte er sich Barneys Plan an. «Und was erwartet er dabei von mir, Alvin? Eine kleine Rede? ‹Heute, Barney Berkowitz, bist du ein Mann...› Haben Sie ihm nicht gesagt, daß dieses Theater völlig überflüssig ist, daß er – Zeremonie hin, Zeremonie her – mit seinem dreizehnten Geburtstag ein vollgültiges Gemeindemitglied geworden ist? Bar Mizwa bedeutet doch nur, daß ein Jude im religiösen Sinne mündig geworden, das heißt für seine Sünden verantwortlich ist, so wie man in unserer weltlichen Gesellschaft mit achtzehn volljährig wird.»

Bergson grinste. «Ich bin im Reisegeschäft, David. Da kommt einer, der bereit ist, vier Tickets nach Israel zu kaufen. Soll ich ihm das ausreden? Ich habe sogar gemeint, daß er einen Minjan braucht, aber Barney ist ein ganz schönes Schlitzohr, nicht umsonst hatte er ja solchen Erfolg mit seinen Läden, und da hat er nicht angebissen. Schauen Sie, David, der Mann hat sein Leben lang hart gearbeitet. Jetzt hat er zum erstenmal Zeit und Geld und will ein bißchen Spaß haben, weiß aber nicht, wie man das anstellt. Er möchte reisen, aber einfach seine Koffer packen und losfahren, das kann er nicht. Er braucht einen Anlaß, eine Aufgabe. So ist er nun mal. Er ist bereit, Ihnen und Miriam die Reise zu bezahlen, um sie vor sich selbst zu rechtfertigen. Na, was sagen Sie?»

Der Rabbi schüttelte, noch immer lächelnd, den Kopf. «Ich würde sehr gern mal wieder einige Zeit in Israel verbringen, aber im Augenblick kann ich es mir nicht leisten, und Barneys Angebot kann ich nicht annehmen. Wenn er das Gefühl hat, sich seiner Religion noch einmal feierlich verschreiben zu müssen, sollten Sie ihm sagen, daß er durch die Beschneidung in unseren Bund mit Gott aufgenommen worden ist und demnach eine neuerliche Beschneidung wohl besser seinem Plan entsprechen würde.»

Bergson lachte, daß es ihn schüttelte. «Das muß ich ihm erzählen. Aber da kommt mir eine andere Idee, David. Ich will versuchen, einen Charterflug zusammenzubekommen. Hätten Sie nicht Lust, als Reiseführer mitzufahren? Dann wäre der Flug für Sie und Miriam auch kostenlos.»

«Nein, danke. So gut kenne ich mich in Israel nicht aus. Außerdem hat die Vorstellung, zwei Wochen lang jede zweite Nacht in einem anderen Hotel zu schlafen und jeden Tag in einem Reisebus zu sitzen, keinen großen Reiz für mich.»

Als Bergson bei Berkowitz über sein Gespräch mit dem Rabbi berichtete, nahm der David Smalls Ablehnung ziemlich gelassen hin. «Wer nicht will, der hat schon. In Jerusalem findet sich bestimmt ein Rabbi, der die Amtshandlung vornimmt.»

Bergson erzählte mit todernstem Gesicht, was der Rabbi über die Beschneidung gesagt hatte. Barney stutzte. «Aber das geht doch nicht. Die Damen ...» Bergson grinste.

«Ach so, das sollte ein Witz sein ... Haha!»

Trotzdem wurmte B. B. die Sache. «Da biete ich ihm und der Rebbitzin eine Reise nach Israel an für nichts», sagte er zu seiner Frau Mollie. «Wenn er sie nicht will, weiß ich warum, hätte er nicht können anrufen und es mir sagen? Und ein Dankeschön wär auch nicht verkehrt gewesen.»

«Aber du hast ihm die Reise ja gar nicht angeboten, Barney, du hast Al Bergson geschickt. Woher sollte er wissen, daß Al sich nicht vielleicht einen Spaß mit ihm gemacht hat?»

«Der Rabbi hat schon gewußt, wie's gemeint war. Aber er mag mich nicht, und da läßt er sich von mir auch nichts schenken.»

2

Schachris, das Morgengebet, war auf zehn Uhr angesetzt, und ausnahmsweise hatten sich – vielleicht, weil es ein schöner, sonniger Julitag war – die zehn Männer für den Minjan eingefunden, und sie konnten pünktlich anfangen. Eine halbe Stunde später war Rabbi Small wieder zu Hause und saß am Frühstückstisch, während seine Frau Miriam in der Küche belegte Brote einpackte und eine Thermosflasche mit Kaffee füllte. Sie wollten einen Imbiß mitnehmen, weil sie nicht im Restaurant essen konnten und es bis zu ihrer Rückkehr später Nachmittag werden konnte. Miriam vermittelte, so klein und zierlich sie auch war, den Eindruck einer selbstsicheren, tüchtigen Frau. Das blonde (jetzt gelegentlich beim Friseur «aufgefrischte») Haar war ein wenig unordentlich hochgesteckt, als habe sie es rasch aus dem Gesicht haben wollen. In Pulli und Jeans hätte man sie für eine Oberschülerin halten können, wären da nicht die winzigen Fältchen in den Augenwinkeln gewesen und das straffe Gesicht, das nicht nur Zielstrebigkeit und Entschlossenheit, sondern auch Reife verriet.

Oben in ihrem Zimmer versuchte die vierzehnjährige Tochter der Smalls, Hepsibah, die ein kantiges Gesicht und zu ihrem großen Kummer unmodisch füllige Formen hatte, sich darüber klar zu werden, ob sie ihre noch ziemlich neuen Jeans anziehen und die alten mit dem Riß am Knie einpacken oder die neuen Jeans mitnehmen und die alten auf der Fahrt tragen sollte. Auch die Wahl zwischen den abgewetzten Turnschuhen und den neuen Mokassins fiel schwer. Die Eltern wollten sie nach New Hampshire ins Sommerlager bringen, und da war es wichtig, von Anfang an den richtigen Eindruck zu machen, was allerdings auch davon abhing, wer schon da war. Sie entschied sich letzten Endes für die Jeans mit dem Riß und die Turnschuhe und ging hinunter, um zu verkünden, daß sie abmarschbereit sei.

Ihr Vater musterte sie entsetzt. «So willst du fahren? Mit einem Loch in den Hosen?»

«Das Camp ist doch im Wald, Daddy. Soll ich da in wallenden Gewändern rumlaufen?»

«Sie kann sich ja umziehen, wenn wir da sind», sagte Miriam besänftigend. «Bring deine Reisetasche zum Wagen, Siba. Du weißt ja, Dad darf nichts heben, wegen seiner Bandscheibe. Wir fahren gleich los.»

Der Rabbi setzte sich nur ungern ans Steuer und sah jeder Fahrt, die über zwanzig, dreißig Kilometer hinausging, mit Furcht und Bangen entgegen. Ständig machte er sich Sorgen, es könne einen Platten geben, die Zündung könne aussetzen, sie könnten sich verfahren. Während er einstieg, überlegte er bedrückt, daß Hepsibah, hätten sie sich nur erkundigt, vielleicht einen Bus bis zu der nächstgelegenen Stadt hätte nehmen, und jemand aus dem Camp hätte sie dort abholen können. Vielleicht hätte es sich sogar so einrichten lassen, daß sein Sohn Jonathan, der als Betreuer in einem Camp in New York arbeitete, ein paar Tage später losgefahren wäre, dann hätte er Hepsibah nach New Hampshire bringen können.

Der Rabbi krampfte beim Fahren beide Hände um das Lenkrad und sah starr geradeaus. Die neben ihm sitzende Miriam machte gar nicht erst den Versuch, ein Gespräch mit ihm anzufangen. Sie beschränkte sich darauf, ihm anhand der Karte, die in ihrem Schoß lag, an den jeweiligen Abzweigen die nötigen Hinweise zu geben und ihm zu sagen, wie weit es bis zum nächsten kritischen Punkt war. Hepsibah, die hinten saß, hatte zuerst aus dem Fenster gesehen und war dann eingedöst.

Lange vor Mittag waren sie am Ziel. Sie sahen sich kurz die Hauptgebäude und die Unterkunft an, die für Hepsibah vorgesehen war – sie kannten das Camp schon vom Vorjahr –, lehnten dankend und mit der Begründung, es sei noch viel zu früh, die Einladung des Direktors zum Mittagessen ab und verabschiedeten sich von Hepsibah. Diese hatte schon eine Bekannte vom vorigen Sommer getroffen und war ganz und gar nicht böse, daß die Eltern sich so bald wieder verzogen.

Auf der Rückfahrt war der Rabbi viel lockerer. Er hatte seine Aufgabe erfüllt und für den Heimweg den ganzen langen Sommertag vor sich. Gegen Mittag sichteten sie einen Picknickplatz am Straßenrand. Dort hielten sie, aßen ihre Brote und tranken den Kaffee dazu. Der Rabbi reckte sich genüßlich. «Jetzt sind wir den Sommer über frei und ungebunden», sagte er.

«Und was willst du unternehmen?» fragte Miriam.

«Unternehmen? Gar nichts. Wir werden einfach mal richtig ausspannen. Keine Kinder im Haus. Kein Religionsunterricht. Keine Predigten.»

«Und du wirst genausoviel um die Ohren haben wie im letzten Sommer, da waren nämlich Hepsibah und Jonathan auch im Sommerlager. Die Leute werden wieder kommen und ihre Probleme bei dir abladen, du wirst nach wie vor in die Hospitäler fahren und deine Krankenbesuche machen und in die Trauerhäuser gehen, um mit den Leidtragenden *Schiwa* zu sitzen. Nein, David, wenn du wirklich ausspannen willst, darfst du nicht in Barnard's Crossing bleiben, da hast du einfach keine Ruhe.»

«Als wir damals in die Berge gefahren sind, haben mir die Leute dort auch keine Ruhe gelassen. Sobald sich herumgesprochen hatte, daß du Rabbiner bist, kommen alle mit ihren Sorgen zu dir.»

«Wir könnten eine größere Tour machen.»

«Quer durch die Staaten, meinst du?»

«Ich hatte eher ans Ausland gedacht.»

«An eine dieser Drei-Wochen-Pauschalreisen? Nein, besten Dank! Da ist man doch wie gerädert, wenn man zurückkommt. Selbst bei unseren Israelreisen war eigentlich die Anstrengung immer größer als der Genuß.»

«Aber als du ein Sabbatjahr genommen hattest und wir einen ganzen Winter dort verbracht haben –»

«Ja, das war etwas anderes. Aber das ging nur, weil deine Tante Gittel uns eine Wohnung besorgt hatte. Du hast den Haushalt geführt, und wir brauchten kein Geld fürs Hotel oder das teure Essen im Restaurant ausgeben.»

«Vielleicht könnten wir wieder eine Wohnung bekommen.»

«Das glaube ich kaum. Damals war Winter, aber jetzt, im Sommer, ist Hochsaison für die Touristen.»

«Wir könnten es doch zumindest versuchen.»

Er zuckte die Schultern.

Als sie nach Hause kamen, war unter den zehn, zwölf Briefen, die unter dem Briefschlitz auf dem Boden lagen, auch einer von Gittel. Miriam riß den Umschlag auf, las rasch Seite für Seite und reichte die Blätter, wenn sie fertig war, an ihren Mann weiter. Er schob die dicke Brille auf die Stirn und bemühte sich mit kurzsichtig zusammengekniffenen Augen, Gittels winzige Schrift zu entziffern. Es war ein typischer Gittel-Brief.

Sie übermittelte ihnen die neuesten Nachrichten von der Familie, von ihrem Sohn, der ein streng gläubiges Mädchen geheiratet hatte, und der Schwiegertochter, die so gewissenhaft alle religiösen Vorschriften einhielt. Von dem kleinen Sohn der beiden, der, trotz aller Vorhaltungen und Proteste Gittels, nicht in eine weltliche, sondern in eine religiöse Schule geschickt worden war, *denn letzten Endes macht mein lieber Sohn ja doch immer das, was seine Frau will.* Sie erzählte, wie aufgeweckt der Kleine war – *und das sage ich nicht etwa, weil er mein Enkel ist!*, und wie es wirtschaftlich im Land aussah, nachdem die «neue Regierung» an die Macht gekommen war – was inzwischen immerhin sechs Jahre zurücklag.

Aber nun (das war auf der dritten Seite) *kommt meine große Neuigkeit: Ich bin jetzt Jerusalemerin! Der große Boss* (damit meinte sie offenbar den Premierminister, den sie nicht leiden konnte) *hat verfügt, daß unser Amt von Tel Aviv nach Jerusalem umzieht. Daß unsere Tätigkeit hauptsächlich den Raum Tel Aviv erfaßt, ist ihm offenbar egal, wichtig ist, daß wir unsere Präsenz in Jerusalem dokumentieren. Ich gebe ja gern zu, daß es eine wunderbare Stadt ist, aber es ist eine Stadt für Juden, während Tel Aviv eine Stadt für Israelis ist. Was soll einer hier anfangen, wenn er sich nichts aus Synagogen macht?*

Zum Glück habe ich meine Wohnung in Tel Aviv zunächst an einen amerikanischen Hochschullehrer vermieten können, der eine einjährige Gastprofessur an der Universität von Tel Aviv bekommen hat. Was ich im nächsten Jahr mache, ist mir noch völlig unklar. In Jerusalem hatte sie sich eine Wohnung gemietet. Ihr Makler hatte ihr geraten, ihre Wohnung in Tel Aviv zu verkaufen und mit dem Geld eine Eigentumswohnung in Jerusalem zu erstehen. *Aber was mach ich, wenn die Regierung stürzt, die richtige Regierung* (womit sie natürlich die Arbeiterpartei meinte) *wieder an die Macht kommt und beschließt, mein Amt nach Tel Aviv zurückzuverlegen? Dann geht es von vorn los mit dem Kaufen und Verkaufen und den hohen Provisionen, und darauf warten diese Makler doch bloß.*

Die Wohnung sei nicht das, was sie sich vorgestellt habe. Sie sei viel zu groß. Sie, Gittel, habe sich etwas Kleines, Modernes, Pflegeleichtes gewünscht, aber es sei ein günstiges Angebot gewesen – *über Beziehungen* –, und da habe sie eben zugegriffen. Auf ein Jahr. *Im nächsten Jahr sieht man dann weiter... Wenn Ihr also auf ein paar Wochen oder Monate herkommen wollt – oder solange Ihr Lust habt –, könnt Ihr bei mir wohnen und braucht nicht die überteuerten Preise in einem dieser hochgestochenen Hotels zu zahlen. Ich kann Euch versprechen, daß Ihr in einen streng koscheren Haushalt kommt, da braucht Dein David keine Bedenken zu haben, Miriam. Wenn es meiner Schwiegertochter ko-*

scher genug bei mir zugeht, wird er auch nichts auszusetzen haben. Ich mache diese Narrischkeiten nur mit, weil ich eine alleinstehende Frau bin und es doch ganz gern habe, wenn mein Sohn mit seiner Familie ab und zu mal zum Essen kommt. Wenn's nur um ihn und seine Frau ginge, die könnten sich meinetwegen bei mir mit einem Kaffee und einem Stück Obst begnügen, wem nicht zu raten ist, dem ist eben nicht zu helfen. Aber soll ich mir anhören, daß sie meinem Enkel erzählen, er darf nicht essen, was seine eigene Großmutter ihm vorsetzt?

Als David mit der letzten Seite fertig war, sagte Miriam: «Du, das ist ja wie – wie eine Fügung.»

Er streifte sie mit einem leicht spöttischen Blick. «Eine Fügung des Himmels, wie? Du hast also dabei deine Hand nicht im Spiel gehabt?»

Sie wurde ein bißchen rot. «Gewiß, ich habe vor ein, zwei Wochen an Gittel geschrieben, ihr erzählt, wie es uns geht und so. Mag sein, daß ich nebenher erwähnt habe, daß Jonathan und Hepsibah beide ins Sommerlager fahren und wir –»

Er lachte. «Laß gut sein, ich hab schon verstanden...»

«Ich darf ihr also schreiben, daß wir kommen?»

«Ja, sicher. Oder ruf doch einfach an.»

3

Hassan El Dhamouri, außerordentlicher Professor für schöne Künste an der Harvard University und Kurator der Islamischen Sammlung am Fogg Art Museum, war eine hochgewachsene, eindrucksvolle Erscheinung. In dem dichten, glatt zurückgekämmten Haar schimmerten graue Fäden, aber die buschigen, über den äußeren Augenwinkeln nach oben gehenden Augenbrauen und der Knebelbart waren noch immer schwarz wie die Nacht. Trotz – oder vielleicht gerade wegen – seines satanischen Aussehens war er bei seinen Studenten beliebt. Überdies benotete er milde, und in seinen Seminaren wurde nicht allzuviel verlangt.

Er saß am Schreibtisch seines Büros im Museum und schaukelte in seinem ledernen Drehsessel, während er mit Mrs. Mills, der Halbtagssekretärin, einer Frau um die dreißig, die Post besprach.

Er schob ihr einen der Briefe hin. «Schreiben Sie, daß ich es nicht schaffe, daß ich für diesen Monat ausgebucht bin. Im nächsten Monat vielleicht...»

«Im nächsten Monat also, gut, ich notiere es. Oder lieber erst im übernächsten?»

«Ja, das wäre noch besser. Schauen Sie nach, wie es in meinem Terminkalender aussieht, und schlagen Sie ein paar Termine vor.» Er überflog die nächsten Briefe. «Hier antworten Sie das Übliche. Bei dem da auch. Ebenso bei dem nächsten, aber da dürfen Sie ruhig noch tiefer in den Honigtopf greifen.»

Die schmalen Lippen der Sekretärin verzogen sich zu einem leichten Lächeln. «Wie tief?»

«Nur keine Hemmungen. Der Mann ist Hochschullehrer. Stellen Sie es so dar, als hätte ich schon von ihm oder zumindest von seinen Veröffentlichungen gehört – wenn es welche von ihm gibt, da müßten Sie nachsehen. Und hier – nein, den treffe ich in ein, zwei Tagen persönlich. Das wär's wohl für heute. Mein letzter Vortrag wird geschrieben?»

«Ich werde morgen mit dem Band fertig, dann lege ich Ihnen auch die Briefe von heute zur Unterschrift vor. Wenn das alles ist, gehe ich jetzt.»

Im Vorzimmer erhob sich ein junger Mann, der dort gewartet hatte. «Mein Name ist Albert Houseman, ich habe einen Termin bei Professor El Dhamouri.»

«Ein Mr. Houseman?» fragte die Sekretärin. «Er hat einen Termin, sagt er.»

«Ja, das stimmt. Schicken Sie ihn bitte herein.»

Sie trat zur Seite, um ihn vorbeizulassen. «Bis morgen!» rief sie dem Professor noch aus dem Vorzimmer zu.

Der Besucher mochte um die fünfunddreißig sein, er war klein und schmal, die Augen wirkten so dunkel, daß sie nur aus Pupille zu bestehen schienen. Die Nase war lang und dünn wie ein Papageienschnabel und schien den schwarzen Schnurrbart in zwei Teile zu schneiden. Der Professor ging zur Vorzimmertür und sah seiner

Sekretärin nach, die sich rasch auf dem Gang entfernte. Dann schloß er die Tür, schob den Riegel vor und setzte sich wieder an seinen Schreibtisch. Er musterte seinen Besucher, registrierte Tweedsakko und Flanellhose und die sorgsam geputzten braunen Straßenschuhe. «Jeans und Turnschuhe wären besser gewesen.»

«Im Osten Amerikas, besonders in Harvard, habe ich mir gedacht, falle ich nicht so auf, wenn ich ordentlich angezogen bin.»

«Na ja, allmählich wird das Erscheinungsbild unserer Studenten wieder besser, das stimmt schon, aber die meisten laufen nach wie vor in Jeans herum. Sie heißen?»

«Abdul Ibn Hosni, aber ich habe den Namen amerikanisiert – ganz offiziell.»

«Unter diesem Namen hat Ibrahim Ihren Besuch telefonisch avisiert. Vermutlich war ihm entfallen, daß Sie ihn geändert haben.»

«Ja, er nennt mich immer so.»

«Und Sie wohnen?»

«Im *Holiday Inn*, wie Sie vorgeschlagen hatten.»

«Wie lange?»

«Das hängt von Ihnen ab. Wenn Sie uns helfen können, fahre ich zurück, sobald alles geregelt ist. Wenn nicht, müssen wir möglicherweise auf eine Alternativlösung zurückgreifen.»

«Ibrahim hat mir sehr wenig erzählt, er meinte, Sie würden mich mit den Details versorgen. Ich weiß nur so viel, daß seinem Bruder Mahmoud in Jerusalem etwas übermittelt werden soll. Wenn wir längere Zeit miteinander zu tun hätten, meinte er, könnte ich Sie vielleicht als einen meiner Studenten ausgeben. Normalerweise hätte ich Sie zu mir nach Hause eingeladen, aber ich merkte – mehr daran, wie er es sagte, als daran, was er sagte –, daß es sich um eine – äh – äußerst wichtige Angelegenheit handeln muß. Deshalb hatte ich angeregt, daß Sie in einem Hotel absteigen und mich hier aufsuchen. Es ist möglich, daß mein Haus beobachtet wird.»

«Von wem?» fragte Ibn Hosni rasch.

El Dhamouri zuckte lächelnd die Schultern. «Vom FBI, vom Mossad, der PLO – die Möglichkeiten sind fast unbegrenzt. Wenn ein Araber es hier in den Staaten zu einiger Bedeutung gebracht hat, wird er unweigerlich von zehn, zwölf arabischen Organisationen angesprochen, die Unterstützung für ein spezielles Projekt oder eine Spende haben möchten, denen es darum geht, seinen Namen auf einer Bittschrift zu verwenden oder die schlicht und einfach eine milde Gabe erwarten. Ich gehe deshalb davon aus, daß mein Haus hin und wieder unter Beobachtung steht, und überlege mir genau, wen ich mir einlade. In meinem Büro dagegen geht es mehr oder weniger amtlich zu, es steht praktisch jedem offen, und Dutzende von Besuchern kommen jeden Tag bei mir vorbei. In der Menge ist man bekanntlich sicherer. Mag sein, daß ich an einer leichten Form von Verfolgungswahn leide. Wenn ein Jude sich für eines meiner Seminare anmeldet, argwöhne ich sofort, er könnte ein Agent des Mossad sein. Wenn es ein Araber ist, überlege ich mir, ob es sich wirklich um einen Araber handelt und zu welcher Gruppe er gehört, ob er einer von Arafats Leuten ist, ein Syrer, Libanese, Jordanier, vielleicht sogar Libyer. Das ist kein schönes Leben, Abdul.»

Sein Besucher zuckte die Schultern und breitete in einer resignierenden Gebärde die Arme aus. «So ist das nun mal, Professor, seit die Juden sich bei uns eingenistet und ihren verfluchten Staat gegründet haben.»

«Meinen Sie? Wir Araber haben immer untereinander gestritten. Wenn zwei Araber sich zusammentun, dann nur, so scheint es, um ein Komplott gegen einen dritten Araber zu schmieden. Als es zur Gründung des Staates Israel kam, waren wir uns zum erstenmal einig, denn nun gab es etwas außerhalb unserer eigenen engen Welt, worauf wir unseren Haß richten konnten. Die Brüder stellten sich einmütig gegen ihre Vettern – diesen Ausdruck haben bekanntlich die Israelis für uns geprägt, unsere Vettern, die Araber... Tatsache ist, daß wir es Israel verdanken, wenn es bei uns etwa dreißig Jahre lang ziemlich friedlich zugegangen ist. Leider hat in den letzten Jahren dieser Effekt nachgelassen. Das liegt wohl daran, daß wir das Faktum Israel mehr oder weniger akzeptiert haben und uns nicht mehr einbilden, wir könnten ein ganzes Volk ins Meer treiben. Und schon liegen sich der Irak und der Iran, Syrien und Jordanien in den Haaren, im Libanon kämpfen die Muslims gegen die Christen, die syrische PLO schlägt auf Arafats PLO ein, Libyen auf Ägypten und den Tschad und alle anderen. Wären die Juden nicht gekommen, wir hätten sie erfinden müssen, um zu verhindern, daß wir uns gegenseitig umbringen.»

Abdul sah ihn einen Augenblick unsicher an, dann lächelte er. «Jetzt weiß ich wirklich nicht, ob Sie mich auf den Arm nehmen wollen oder ob es Ihnen ernst ist.»

«Mir ist es völlig ernst mit dem, was ich sage. Wir sind Drusen, Ibrahim und ich.»

«Ich bin auch Druse.»

«Eben. Von jeher halten wir Drusen an sich treu zu dem Land, in dem wir leben. Die Loyalität Ihrer Leute, Abdul, galt dem Libanon, solange es noch einen Libanon gab, denn dort lebten sie, und meine Loyalität gilt jetzt den Vereinigten Staaten, weil ich Amerikaner bin. Meine Familie aber stammt aus Galiläa, aus Israel also, sie hält deshalb zu Israel. Wäre ich nicht als Kind hierhergekommen, hätte ich vielleicht mit anderen Männern aus unserer Sippe in der israelischen Armee gekämpft. Was aber die übrige arabische Welt betrifft, gilt meine Loyalität in erster Linie den Drusen, gleichgültig, in welchem Land sie leben. Die Israelis machen uns zur Zeit am wenigsten Sorgen. Aus dem Libanon sind sie abgerückt, und aller Voraussicht nach werden sie auch nicht zurückkommen. Wir könnten durchaus in Freundschaft mit ihnen leben.»

Abdul macht ein skeptisches Gesicht. «Na, hören Sie mal, Sie reden aber komisch daher.»

«Warum?» El Dhamouri lächelte. Regelmäßige weiße Zähne blitzten unter dem schwarzen Oberlippenbart auf.

«Kennt Ibrahim Ihre Einstellung?»

«Ibrahim und ich sind wie Brüder. Nicht immer sind wir einer Meinung, aber wir haben keine Geheimnisse voreinander. Und er findet, genau wie ich, daß es gut gewesen wäre, wenn die Israelis sich beim Einmarsch in den Libanon mit den Drusen zusammengetan hätten statt mit den Christen. Mit der Entscheidung für die Christen haben sie einen schweren Fehler begangen, und inzwischen wissen sie das. Mit Haddads christlicher Armee hatte es so gut geklappt, daß sie glaubten, mit Gemayel könnten sie es genauso machen. Nur gibt es da einen Unterschied: Haddads Leute waren Bauern, Gemayels Männer sind Krämer, die noch ihre Großmütter verkaufen würden, wenn sie dabei einen Gewinn herausschlagen könnten. Es ist nicht gut für sie gelaufen.» Er schüttelte bekümmert den Kopf. «Und es war schlecht für die Drusen. Wir sind unbewaffnet und werden von allen Seiten unter Druck gesetzt, von den Syrern und von den Christen, von den Sunniten und den Schiiten. Jeder, der uns Waffen liefert, erwartet, daß wir sie so einsetzen, wie er es für richtig hält, nämlich gegen *seine* Feinde.»

«Eben, das ist der springende Punkt», meinte Abdul zustimmend. «Wir brauchen Waffen, um uns schützen zu können, und im Augenblick haben wir eine Chance, welche zu bekommen – ohne irgendwelche Bedingungen.» Er senkte die Stimme zu einem Flüstern. «Die PLO hat im Bekaa-Tal riesige Waffenvorräte versteckt, eine ganze Armee könnte man damit ausrüsten. Eine Gruppe ihrer Leute hat tonnenweise Gewehre, Munition, sogar Artillerie in einer Höhle abgeladen und dann die ganze Gegend vermint.»

«Und weiter?»

«Hinterher haben sie die ganze Gruppe umgelegt.»

El Dhamouri nickte. «Bei der PLO wundert mich das überhaupt nicht. Angeblich haben das die Piraten früher so gehalten, nachdem sie ihre Schätze vergraben hatten.»

«Einer ist entkommen. Er habe mit einem Massaker gerechnet, sagt er, und entsprechend vorgebaut. Vorsichtshalber ist er dann auch schnellstens außer Landes gegangen. Er hat eine grobe Lageskizze von dem Waffenversteck und von dem Minengürtel gemacht, eigentlich mehr eine Geländebeschreibung als eine richtige Karte. Als er sich bis San Francisco durchgeschlagen hatte, ist er gleich zu Ibrahim gegangen.»

«Und dem hat er die Skizze ausgehändigt?»

«Er hat sie Ibrahim verkauft. Das Geld bekommt er, wenn wir die Waffen haben.»

«Und wenn er nun noch andere Leute in dieser Sache anspricht?»

Ibn Hosni lächelte. «Das wird schlecht gehen. Bis wir das Versteck gefunden haben, bleibt er – äh – Ibrahims Gast. Er sagt, daß es ihm um Rache an den Mördern geht, und wir sind geneigt, ihm das abzunehmen. Natürlich brauchte er auch Geld, um sich hier eine Existenz aufzubauen.»

«Verstehe. Aber er könnte jemanden angesprochen haben, ehe er zu Ibrahim kam.»

«Angeblich hat er niemandem ein Wort gesagt, aber es ist natürlich denkbar, daß er lügt.»

«Dann müßten wir damit rechnen, daß man Ihnen gefolgt ist.»

«Das glaube ich nicht. Ich – habe so meine Erfahrungen in diesen Dingen.»

«Haben Sie die Skizze bei sich?» – «Sie ist im Hotelsafe.»

«Da dürfte sie einigermaßen sicher liegen. Und Sie bleiben hier, bis der Plan auf den Weg gebracht ist?»

«Ja, das hatte ich vor.»

«Weshalb können Sie die Unterlagen nicht selbst zu Mahmoud nach Jerusalem bringen? Würde man Ihnen kein Visum geben?»

«Doch, ich denke schon. Aber ich bin bekannt – wie alle Profis. Man würde mich bei der Landung in Israel durchsuchen, und der Shin Bet würde mich während meines Aufenthaltes nicht eine Sekunde aus den Augen lassen.»

«Und wenn Sie die Unterlagen nun mit der Post an Mahmoud schicken?»

«Er ist ebenso bekannt wie ich. Wir können davon ausgehen, daß seine Post überwacht wird. Deshalb hat Ibrahim an Sie gedacht. Sie sind Professor in Harvard. Im Nahen Osten wimmelt es von Archäologen und Anthropologen. Er meinte, Sie könnten vielleicht einen Ihrer Kollegen ohne allzu große Mühe dazu bringen, einen Brief für Ihren Vetter in Jerusalem mitzunehmen. Sie könnten ja sagen, daß es um eine Familienangelegenheit geht.»

«Und weshalb erledige ich die nicht einfach schriftlich?»

«Sie wissen doch, wie alle immer über die Post herziehen. Sie könnten sagen, daß es eine wichtige Sache ist und Sie der Post nicht trauen.»

El Dhamouri legte den Kopf schief und überlegte. «Klingt nicht schlecht. Professor Wilson fliegt in Kürze nach Jordanien, aber er will auch einen Abstecher nach Israel machen. Wäre die Mission gefährlich?»

«Wen interessiert schon ein Professor Wilson von der Harvard University?»

«Mag sein, aber... Passen Sie auf, ich rede mal mit ihm, wir sehen uns heute abend im Faculty Club. Kommen Sie morgen um diese Zeit wieder, dann sage ich Ihnen, wie es ausgegangen ist. Wenn er es nicht macht, lasse ich mir etwas anderes einfallen. Bis morgen also...»

Als Ibn Hosni am nächsten Tag kam, trug er verwaschene Jeans, ein Polohemd und ausgelatschte Turnschuhe. Professor El Dhamouri nickte beifällig und führte ihn in sein Büro. Wieder verriegelte er die Tür zum Gang. Während er sich an seinen Schreibtisch setzte, sagte er: «Professor Wilsons Reise ist ins Wasser gefallen. Finanzierungsprobleme. Vielleicht im Herbst.»

«So lange können wir nicht warten.»

«Es gibt noch eine andere Möglichkeit. Professor Grenish vom Northhaven College – ein kleines College etwa fünfundvierzig Kilometer nördlich von Boston – plant eine Reise nach Nahost. Griechenland mit seinen Inseln, Israel, dann weiter nach Ägypten. Er will eine Weile in Jerusalem Station machen.»

«Aber erst fährt er nach Griechenland?»

«So hat er es mir erzählt.»

Ibn Hosni schüttelte nachdenklich den Kopf. «Mahmoud wäre bestimmt nicht damit einverstanden, daß jemand zwei Wochen mit der Skizze in der Tasche oder im Koffer in der Weltgeschichte herumgondelt. Wenn er nun beraubt wird –»

«Ich hatte auch nicht vor, ihm die Unterlagen gleich mitzugeben. Wir würden sie ihm in sein Hotel nach Jerusalem schicken, dort könnte die Rezeption ihm den Brief bei seiner Ankunft aushändigen. Oder der Brief würde ein, zwei Tage später eintreffen, mit meinem Namen oder noch besser mit dem Namen eines seiner Studenten, möglichst eines jüdischen Studenten als Absender. Wenn er den Brief bekommt, geht er in die Altstadt, bummelt dort nach guter alter Touristenmanier herum und steht früher oder später vor der *Mideast Trading Corporation*. Er sieht sich die Souveniers im Schaufenster an, Mahmoud bittet ihn in den Laden, um die besseren Sachen zu besichtigen, und wenn sie allein sind, wird der Brief übergeben.»

«Ich weiß nicht recht...»

«Es ist zumindest ungefährlicher, als wenn er die Unterlagen mit sich herumschleppt. Und im Grunde ist er auch noch besser geeignet als Wilson. Wilson kann etwas Arabisch, es ist denkbar, daß er der Versuchung nicht widerstehen könnte, aus müßiger Neugier den Brief aufzumachen. Für Grenish ist Arabisch ein Buch mit sieben Siegeln.»

«Grenish, Grenish... Wie heißt er mit Vornamen?»

«Abraham.»

«Abraham Grenish, das klingt –»

«– jüdisch, meinen Sie? Er ist Jude und hat damit eine vorzügliche Tarnung.»

«Aber wie... Sind Sie mit ihm befreundet?»

«Ja, so könnte man sagen. Einige meiner besten Freunde sind Juden.» Er schmunzelte, als er die verständnislose Miene seines Gegenübers sah. «Das ist so eine Redensart, mit der man bei uns jeden Hauch von Antisemitismus weit von sich weist. Nein, aber mal im Ernst: Wegen Abe Grenish brauchen Sie wirklich keine Bedenken zu haben. Ich habe ihn auf einer Tagung der Liga für Arabische Freundschaft kennengelernt.»

«Was wollte er denn da?»

«Die arabische Sache unterstützen. Grenish ist liberal eingestellt, und Sie kennen ja diese Liberalen. Zuerst haben sie dem kommunistischen Rußland die Stange gehalten. Als selbst die Gutwilligsten begriffen hatten, daß Rußland kein Arbeiterparadies war, richteten sie ihre Hoffnungen aufs kommunistische China. Und als sich herausstellte, daß auch beim großen Vorsitzenden Mao nur mit Wasser gekocht wurde, wechselten sie zu Castro über und dann zu Ho Tschi Minh und so weiter, unablässig auf der Suche nach einem unschuldigen Opfer, mit dem sie sich solidarisieren konnten. Daß Grenish sich für die arabische Sache einsetzt, zeugt von einem besonderen Maß an Idealismus, weil er selbst Jude ist, obgleich es für ihn wohl auf dasselbe herauskommt wie die Glorifizierung Stalins in einer früheren Epoche. Das ist ein gar nicht mal so seltenes Phänomen.»

«Und Sie sind gut mit ihm befreundet?»

«Sagen wir so: Ich habe den Kontakt mit ihm nie einschlafen lassen.»

«Und – wozu das Ganze?»

«Weil ich mir sagte, daß es irgendwann mal ganz praktisch sein könnte, einen jüdischen Freund zu haben. Und diese Taktik hat sich, wie man sieht, durchaus bewährt.»

«Wie soll es denn jetzt weitergehen?»

«Ich werde Grenish anrufen und zum Essen in den Faculty Club einladen, das imponiert ihm immer mächtig. Und nach dem Essen, bei einem Brandy vielleicht, sondiere ich mal, ob er bereit wäre, einen Brief in einer Familienangelegenheit bei meinem Vetter in Jerusalem abzuliefern.»

4

Auf dem Schild über der Schaufensterscheibe stand zwar SUPERMARKT BARNARD'S CROSSING, aber wenn von dem Geschäft die Rede war, hieß es meist: Das haben wir bei Goodman gekauft. Auf den Regalen standen ausgepreiste Waren zur Selbstbedienung bereit, es gab Einkaufswagen und eine Kasse, aber die Ladenfläche war eher klein, man erstand dort im allgemeinen Dinge, die man beim wöchentlichen Großeinkauf vergessen und deren Fehlen man in letzter Minute bemerkt hatte. Das Geschäft der Goodmans war ein richtig gemütlicher Laden, in dem die Kunden miteinander schwatzten, während sie am Delikatessenstand standen, wo sie persönlichen Service erwarteten: «Hey, Louis, haben Sie noch von den Dosenpfirsichen? Im Regal habe ich sie nicht gesehen.» Oder: «Ob mir wohl jemand die Sachen in den Wagen stellen könnte, Louis? Ich muß schnell noch was erledigen.»

Und obgleich Louis Goodman als Chef eigentlich über den Dingen stehen sollte, griff er sich häufig selbst die Lebensmitteltüte und trug sie zum Auto des Kunden, statt einen Laufjungen zu rufen, dem er erst lang und breit hätte erklären müssen, in welchen Wagen sie gehörte. Er war groß und schlaksig und hatte ein lebendiges, unentwegt lächelndes Gesicht. Einer seiner Lieblingssprüche lautete: «Miesepetrige Mienen sind in meiner Branche schlimmer als überhöhte Preise.» Und seine mollige Frau Rose, die für die Kasse verantwortlich war, stand oft genug auf und griff nach der gewünschten Konservendose. «Da sind die Pfirsiche, Mrs. Sachs. Möchten Sie eine Büchse oder zwei?»

Durch den üblichen Kundenklatsch erfuhren sie, daß die Smalls eine Israelreise planten. Beim Abendessen und auch noch hinterher, bis sie ins Bett gingen, drehte sich bei den Goodmans das Gespräch ausschließlich um dieses Thema.

«Wie kann ich denn zu ihm hingehen? Ich gehöre ja nicht mal zu seiner Gemeinde.»

«Deshalb kannst du ihn doch um einen Gefallen bitten.»

«Aber woher soll ich wissen, daß er nach Jerusalem will? Vielleicht fahren sie ja nach Haifa oder nach Tel Aviv. Ich hab so was läuten hören, daß er eine Tante in Tel Aviv hat, vielleicht will er zu der.»

«Mag sein, Louis, aber ein Rabbi, der nicht nach Jerusalem geht – so was gibt's doch gar nicht. Und wenn's nur auf eine Stippvisite ist...»

«Und wenn er nur einen Tag da ist, hat er da etwa Zeit, unseren Jordan zu besuchen?»

«Fragen kostet doch nichts. Wenn's nicht geht, sagt er's dir schon, oder er sagt, er will's versuchen, kann aber nichts versprechen. Schlimmstenfalls gibt er dir einen Korb.»

«Die Levinsons wollen auch nach Israel, die könnte ich mal fragen.»

«Die Levinsons? Was kümmert die unser Jordan...»

«Sie könnten ihn besuchen und mit ihm reden. Und sich die Gegend mal ansehen. Er ist Makler, da hat er einen Blick für so was.»

«Ob unser Jordan in einer guten Gegend wohnt oder nicht, darum geht's doch gar nicht, Louis. Jetzt verrat mir mal, was du eigentlich gegen Rabbi Small hast. Neulich, als er die Milch geholt hat, hast du ihn beim Kassieren nicht mal angesehen.»

«Also schön, ich hab wirklich was gegen ihn, und warum? Weil unsere Kunden was gegen ihn haben.»

«Die Kundinnen, meinst du. Die Fregatten vom Frauenverein.»

«Von diesen Fregatten leben wir, Rose, vergiß das bitte nicht. Aber ich hab noch andere Gründe. Wie ich vor ein paar Wochen die kalten Platten für die Versammlung von Mrs. Seltzer gemacht habe, hat der Rabbi nichts davon gegessen, weil die Sachen nicht koscher waren...»

«Na und? Sie waren doch wirklich nicht koscher. ‹Nach koscherer Art› nennen wir das immer.»

«Ja, schon, aber mußte er das unbedingt laut herausposaunen? Hätte er nicht sagen können, daß er keinen Hunger hat oder Diät halten muß? Nein, er mußte sich sofort lang und breit darüber auslassen, daß ‹auf koschere Art› nicht dasselbe ist wie koscher. Und dabei haben alle gewußt, daß die kalten Platten von uns sind.»

«Und weil der Rabbi dasselbe gesagt hat, was du hättest sagen müssen, wenn jemand dich gefragt hätte, willst du ihn nicht um einen Gefallen bitten, wenn es um unseren Sohn und seine Zukunft geht? Und wo er doch schließlich Erfahrungen auf diesem Gebiet hat...»

«Ja, ja, ist ja schon gut. Wenn er mal wieder was bei uns kauft...»

«Wie oft kauft er schon was bei uns? Nein, Louis, du rufst ihn an und machst einen Termin mit ihm aus.»

«Ich werd einen Rabbi anrufen und einen Termin mit ihm ausmachen... Kommt nicht in Frage.»

«Na gut, dann mach ich es eben. Ich spreche mal mit Mrs. Small, das ist eine ganz Liebe, immer nett und freundlich, wenn sie zu uns kommt, kein vornehmes Getue und Getöne, als wenn sie uns wer weiß für einen Gefallen tut. Ich frag sie einfach, ob wir mal bei ihr und ihrem Mann vorbeikommen können.»

Und dann saßen sie bei den Smalls, tranken den Tee, den Miriam aufgebrüht hatte, sprachen vom Wetter und von der Politik, vom Zustrom der Touristen, der nun allmählich wieder einsetzte, und von den Problemen, die das für die ständigen Bewohner des Ortes, besonders für die Geschäftsleute, mit sich brachte.

«Wir werden in Jerusalem auch Touristen sein», meinte Miriam. «Da werde ich an Ihre Worte denken.»

«Ich – ähem – wir haben einen Sohn in Jerusalem», sagte Louis.

«Ach, er wohnt und arbeitet ständig dort?» fragte der Rabbi. «Er ist nach Israel ausgewandert?»

«Arbeiten wäre wohl zuviel gesagt, er macht mehr so was in Ihrer Richtung. Er ist in einer Jeschiwa, als Student, und kriegt dort offenbar Kost und Logis. Wir haben gedacht, Sie könnten vielleicht mal bei ihm vorbeischauen.»

«Sie möchten wissen, ob –»

«Alles, was Sie in Erfahrung bringen können», fuhr Rose Goodman dazwischen. «Ob er genug zu essen kriegt, ob es da anständig zugeht, was die Leute für einen Eindruck machen und was sie von ihm erwarten, was für Aussichten er dort hat...»

«Es ist nämlich so, Rabbi», sagte Louis Goodman, «daß wir im Augenblick total im dunkeln tappen. Wir wissen nur das, was in seinem Brief steht. Ganz schön geplettet waren wir, das kann ich Ihnen sagen! Plötzlich schreibt er uns aus Israel. Er ist in Jerusalem und will zurück zu seinen Wurzeln und zu seiner Religion.»

«Ein Baal Tschuwa», sagte der Rabbi vor sich hin.

«Ja, so hat er sich genannt. Und irgendwie habe ich den Eindruck gehabt – ich hätte den Brief mitbringen sollen –, als ob dieses Haus, in dem er wohnt, so was ist wie die Christen es haben, wo sie den ganzen Tag beten, Sie wissen schon...»

«Ein Kloster.»

«Ja, so was in der Richtung. Aus Ihrer Sicht mag das ja ganz gut und richtig sein. Und wenn einer Rabbi werden will, wär das ja vielleicht auch in Ordnung. Aber Sie kennen meinen Jordon nicht. Er fängt alles mögliche an, aber er hält nichts durch. Was ist, wenn er nach ein, zwei Jahren die Nase voll hat? Was wird dann aus ihm? Eine Ausbildung, einen Beruf braucht der Mensch nun mal...»

«Wir sind einfache Leute, Rabbi», ergänzte Rose. «Wir möchten, daß er eines Tages genug verdient, um heiraten und eine Familie gründen zu können...»

«Dafür, daß er heiratet und eine Familie gründet, werden sie dort schon sorgen», sagte der Rabbi. «Solche Dinge sind ihnen sehr wichtig. In dieser Beziehung brauchen Sie sich keine Sorgen zu machen. Erzählen Sie mir noch ein bißchen von Ihrem Sohn. Wie alt ist er? Und was für eine Ausbildung hatte er bisher?»

«Jordan ist vierundzwanzig. Ein braver Junge, hat uns nie Schwierigkeiten gemacht, war immer gut in der Schule. Er hat dann auch ein Stipendium gekriegt. Für das College in Northhaven, und das hat uns besonders gefreut, weil es so nah ist, da konnte er zu Hause wohnen bleiben. Natürlich waren wir stolz. Er kann Arzt werden oder Anwalt oder Wissenschaftler, haben wir gedacht. Alles lief prächtig, und dann, in seinem dritten Studienjahr, war von einem Tag zum anderen Schluß. Er hatte irgendwelchen Zores im College, und da ist er Hals über Kopf ausgestiegen und in den Westen gegangen. Die Familie von einem seiner Freunde aus dem College hatte eine Goldmine, und die war damals angeblich eine Menge wert, weil Gold auf achthundert Dollar die Unze gestiegen war.

Die Sache kam uns ziemlich spanisch vor, aber er brachte alle möglichen Zahlen und Statistiken an, und einen Zwanzigjährigen können Sie ja nun mal nicht anbinden, wenn er weg will. Na ja, was soll ich lange reden, das Gold blieb nicht bei achthundert Dollar die Unze, und Ihnen gesagt, Rabbi, nicht mal tausend Dollar die Unze hätten gereicht, um die Mine wieder in Schwung zu bringen. Eines Tages meldet er sich aus Utah, und dann wieder aus Kalifornien. Wir haben nur alle vier, fünf Monate mal was von ihm gehört. Einmal war er bei einer Gruppe, die wollten zurück zur Mutter Erde, dann wieder war er bei Typen, die sich «Kinder der Sonne» nannten, weil angeblich alles Leben von der Sonne kommt. Von da hat er uns ein Foto geschickt, auf dem hat er ein langes, weißes Hemd angehabt mit einer gelben Sonne auf der Brust. Dann ist er in einen Kreis von Leuten geraten, die nach der Weisheit des Ostens leben, des Fernen Ostens meine ich, Indien vielleicht oder Japan. Und dann wieder hat er einen Paß beantragt, weil er nach Südamerika wollte.

Ich wär ja mal zu ihm hingefahren, aber in seinen Briefen hat er nie eine Adresse angegeben und eine Telefonnummer auch nicht, und ich konnte ja auch nicht Rose allein im Geschäft sitzenlassen. Und vielleicht wär er, bis ich hinkam, auch nicht mehr dagewesen...»

«Und ich konnte auch nicht hin, dann wär ja Louis hier ganz allein gewesen», ergänzte Rose.

«Ja, und nun kommt plötzlich dieser Brief aus Israel. Aus einer

Jeschiwa.» Louis Goodman verstummte unvermittelt und sah den Rabbi erwartungsvoll an.

«Wissen Sie, wo die Jeschiwa ist und wie sie heißt?»

«Es ist die amerikanische Jeschiwa im Bezirk Abu Tor.»

«Was wußte Ihr Sohn von Haus aus über jüdisches Leben und Brauchtum?»

Rose übernahm die Antwort. «Er ist bis zu seiner Bar Mizwa-Feier in die Hebräische Schule in Salem gegangen, da haben wir damals gewohnt. Wieviel er da gelernt hat oder was davon bei ihm hängengeblieben ist, das wissen wir natürlich nicht.»

Louis hatte offenbar das Gefühl, sich dazu noch etwas näher erklären zu müssen. «Wir sind keine frommen Leute, Rabbi, ich meine, wir sind nicht strenggläubig. Meine Frau führt einen koscheren Haushalt, weil sie das von zu Hause so gewohnt ist. Wir gehen in die orthodoxe *Schul* in Salem, weil wir da schon immer hingegangen sind. Zu Rosch Hoschana und Jom Kippur und an den anderen hohen Feiertagen meine ich, aber wir gehen nicht jede Woche hin.»

«Ich verstehe.»

«Wenn ich in der Synagoge bin, *davene* ich, weil ich das so gelernt habe. Was die Worte bedeuten, weiß ich nicht, aber ich sag sie halt auf, weil... es ist eben so üblich. Als ich ein kleiner Junge war, ist zweimal in der Woche ein Rebbe zu uns ins Haus gekommen, der hat mir die hebräischen Buchstaben beigebracht und hat mich auf meine Bar Mizwa vorbereitet. Ich hätte das bei Jordan genauso gemacht, aber weil alle Nachbarn ihre Kinder in die hebräische Schule geschickt haben, hat er da eben mitgemacht. Daß er viel Hebräisch dort gelernt hat, glaub ich nicht. Sie haben den Kindern Geschichten aus der Bibel und von den hohen jüdischen Festtagen erzählt und ihnen das Lesen auf hebräisch beigebracht, aber viel mehr war nicht drin. Und als er dann mit dreizehn keine Lust mehr hatte hinzugehen, hab ich ihn nicht gezwungen. Hätte ja doch keinen Zweck gehabt.»

Der Rabbi nickte. «Gut, jetzt kann ich mir ungefähr ein Bild machen. Ich schaue mal bei Ihrem Sohn vorbei, Mr. Goodman, und rede mit ihm.»

«Fragen Sie ihn, ob er sich wohl fühlt», sagte Rose eindringlich. «Und wenn er Heimweh hat, wenn er Geld für den Flug braucht, schicken wir es ihm, das können Sie ihm von uns ausrichten.»

Am Delikatessenstand von Goodman hörte auch Mollie Berkowitz von der geplanten Reise des Rabbis nach Israel. Als sie ihrem Mann davon erzählte, war er empört. «Bist du ganz sicher? Und sie fahren beide, er und die Rebbitzin? Und mir hat er es abgeschlagen, wie ich ihm die Tickets hab zahlen wollen und die Spesen noch dazu. Hat er Angst gehabt, ich könnt's eines Tages mit Zins und Zinseszins zurückfordern?»

«Das ist bestimmt nicht der Grund, Barney. Ich hab gehört, daß sie den ganzen Sommer bleiben wollen.»

«Na und?»

«Du hast ihm zehn Tage, allenfalls zwei Wochen zahlen wollen, und das hat ihn natürlich nicht interessiert.»

«Hätt er nicht kommen können und sagen, ich will den ganzen Sommer drüben bleiben, Mr. Berkowitz, und würd gern das Ticket gegen eins tauschen, mit dem ich im September zurückfliegen kann, den Rest zahl ich drauf. Und hätt ich gesagt, nein, Sie müssen am gleichen Tag zurückfliegen wie ich? Nebbich. Vierzig, zweiundvierzig Jahre bin ich erfolgreich gewesen im Geschäft. Kommt einer und will mir verkaufen einen Posten Ware, sagen wir zu fünfhundert das Gros. Schick ich den Mann weg, weil mir das zu teuer ist? Nebbich. Eine gute Ware, sag ich, alles was recht ist, aber ich kann nicht zahlen mehr als vierhundert. Und geht der Mann dann seines Weges? Nebbich. Auf vierhundertfünfundsiebzig, sagt er, kann er allenfalls runtergehen. Na ja, sag ich, vierhundertfünfzehn könnt ich vielleicht geben. Er läßt ein bißchen nach, ich leg ein bißchen drauf, und schließlich treffen wir uns bei vierhundertfünfzig. So macht man das mit den Leuten, wenn man zu was kommen will.»

In den nächsten Tagen kam er immer wieder auf das Thema zurück. So sagte er etwa, wenn er mit seiner Frau bei Tisch saß: Er soll ja ein großer Gelehrter sein, erzählen die Leute.» Mollie brauchte nicht zu fragen, von wem die Rede war. «Wie er mein Angebot abgelehnt hat, hab ich mir gesagt, daß er vielleicht will studieren einen ganzen Sommer lang, vielleicht will er machen einen Kurs in Harvard oder wird täglich fahren noch Boston zur Bibliothek. Aber nein, der Rabbi fliegt los und macht Urlaub. Genau da, wohin ich ihn eingeladen hab. Das muß man sich mal vorstellen.»

Oder: «Im Vorstand haben sie uns immer wieder erzählt, daß wir ihm nicht genug zahlen. Daß andere Synagogen ihren Rabbis mehr Geld geben. Ich hab nie den Eindruck gehabt, daß er am Hungertuch nagt. Und seine Frau ist immer nett angezogen. Aber wenn's hieß, stimmen wir ab über eine Gehaltserhöhung, hab ich immer mitgezogen. Und warum? Weil ein Rabbi mehr braucht als Brot und Kleider. Jungs, hab ich zu den Leuten im Vorstand gesagt, Jungs, er muß sich doch auch mal ein Buch kaufen, oder er fährt zu einer Rabbiversammlung nach New York oder gottbehüte sogar mal nach Israel, um die Batterien wieder aufzuladen sozusagen. Und wenn's dann ans Auszählen gegangen ist, hat er immer meine Stimme gehabt, das kannst du mir glauben. Wie ich ihm die Reise nach Jerusalem hab zahlen wollen, hab ich mir gedacht...»

Und Miriam Small sagte zu ihrem Mann: «Meinst du nicht, David, es wäre nett, Mr. Berkowitz anzurufen und ihm zu danken, weil er sich angeboten hat –» Sie unterbrach sich, als der Rabbi energisch den Kopf schüttelte. «Warum nicht?»

«Erstens kam das Angebot nicht von Berkowitz, sondern von Al Bergson, das heißt, Al hat mir erzählt, Berkowitz habe ein solches Angebot gemacht. Für mich ist das bloßes Gerede.»

«Trotzdem könntest du ihn doch mal anrufen.»

«Dann würde er mich zu seiner Bar Mizwa-Feier einladen, und damit möchte ich nichts zu tun haben.»

«Aber –»

Der Rabbi verneinte stumm.

5

Mit zweiundvierzig wurde Abraham Grenish ordentlicher Professor für Geschichte am Northhaven College und hatte das Gefühl, es endlich geschafft zu haben. Gewiß, Northhaven war nicht Harvard, war nicht einmal Tufts oder Boston University, aber staubtrockene Gelehrsamkeit war, wie er zu sagen pflegte, ebensowenig seine Sache wie die hektische Betriebsamkeit an den größeren Universitäten, die unter dem Motto «Veröffentlichen oder verrecken!» stand. Schwerpunkt seiner Tätigkeit war die Lehre, und ohne ein gewisses Maß an Muße konnte er sich das Leben nun einmal nicht vorstellen.

Als junger Dozent hatte er sich ein möbliertes Zimmer in Northhaven, ganz in der Nähe der Hochschule, genommen. Die Unterkunft war alles andere als ideal, es gab dort etliche Kinder und dadurch erheblichen Lärm. Doch ein geeigneteres Quartier hatte sich so nah am College nicht gefunden, deshalb hatte er sich entschlossen, in das etwa 40 km entfernte Barnard's Crossing zu ziehen. Dort hatte er ein kleines Haus mieten können, täglich kam eine Putzfrau, die es in Ordnung hielt und ihm auch das Abendessen machte. Mit dem Frühstück – Kaffee und ein Brötchen – versorgte er sich selber, mittags aß er in der College-Cafeteria. Allerdings gingen Miete und Putzfrau ganz schön ins Geld, so daß er gezwungen war, sein Gehalt aufzubessern, indem er Sommer- und Abendkurse gab und in Boston Vorträge am Lowell Institute of Education hielt.

Allmählich kletterte er höher auf der Karriereleiter, und sein Gehalt stieg entsprechend an. Er konnte erst die Abend-, dann die Sommerkurse und zuletzt, als ordentlicher Professor, auch die Vorträge aufgeben. Jetzt endlich hatte er die Mittel und auch die Zeit, um Reisen zu machen.

Und dann kamen die Sorgen. Bei der jährlichen Routineuntersuchung diagnostizierte der Arzt ein Aneurysma der Aorta abdominalis. Er ordnete eine Ultraschalluntersuchung an. «Die Ausweitung beträgt etwa viereinhalb Zentimeter», berichtete er danach. «Unter fünf Zentimeter wird so was in aller Regel nur beobachtet.»

«Und über fünf Zentimeter?»

«Dann müssen wir operieren.»

«Gibt es keine Medikamente dagegen, irgendwas –»

«– was das Aneurysma schrumpfen ließe, meinen Sie?» Der Arzt schüttelte den Kopf. «Eine solche Operation ist zwar ein größerer Eingriff, aber die Erfolgschancen liegen bei fünfundneunzig bis achtundneunzig Prozent. Vorläufig brauchen Sie sich darüber ohnehin noch nicht den Kopf zu zerbrechen.»

«Aber ich habe doch gar nichts gespürt, hatte keine Schmerzen oder dergleichen...»

«Nein, meist zeigt sich dieses Krankheitsbild erst bei einer Routineuntersuchung. Bei Schmerzen – Leib- oder Rückenschmerzen – ist meist schon eine Ruptur eingetreten, in den meisten Fällen kommt dann jede Hilfe zu spät, sofern sich der Patient nicht in unmittelbarer Nähe eines Krankenhauses befindet, in dem ein hervorragender Chirurg arbeitet. Wir werden uns die Sache jetzt erst mal vier, fünf Monate ansehen...»

«Und ich brauche nichts zu tun, keine spezielle Diät einzuhalten?»

Der Arzt lachte ein wenig. «Wenn Sie nicht gerade aktiver Boxer sind...»

«Nein, das ist nichts für mich. Warum wollen Sie das wissen?»

«Ein Magenhaken wäre vermutlich nicht das Gesündeste für Sie.»

«Gut, dann werde ich Prügeleien in Zukunft tunlichst aus dem Wege gehen.» Grenish zwang sich zu einem Lächeln.

Ungewißheit und Besorgnis legten sich ein wenig, als bei der nächsten Ultraschalluntersuchung festgestellt wurde, daß sein Aneurysma sich in der Größe kaum verändert hatte. Auch bei den folgenden Untersuchungen, die regelmäßig alle drei Monate stattfanden, trat keine Änderung ein, und seine Befürchtungen verflüchtigten sich bald völlig. Jetzt aber überlegte er natürlich, ob er die geplante Nahostreise gesundheitlich verantworten konnte, und sprach mit seinem Arzt darüber.

«Wie lange wollen Sie unterwegs sein?»

«Etwa einen Monat.»

«Da dürfte eigentlich nichts passieren. Und wo wollen Sie hin?»

«Nach Griechenland und Israel.»

«Ich kann Ihnen einen Bericht mitgeben, damit können Sie in diesen Ländern praktisch zu jedem Arzt gehen. In Griechenland – zumindest in Athen – dürfte es keine Probleme mit der ärztlichen Versorgung geben. In Israel ist es ähnlich. In Jerusalem kann ich Ihnen sogar einen Arzt persönlich empfehlen.»

Einigermaßen beruhigt ging Grenish zu seinem Reisebüro und ließ die Vorbereitungen anlaufen. Auch dort versicherte man ihm, daß er sich wegen der medizinischen Versorgung keine Gedanken zu machen brauche.

Zwei Tage vor der geplanten Abreise rief El Dhamouri bei ihm an.

«Abe? Hier El Dhamouri. Sitzen Sie schon auf gepackten Koffern?»

«Noch nicht ganz, zum Packen habe ich morgen noch den ganzen Tag Zeit, aber alles andere ist geregelt.»

«Und die Geschichte mit der erweiterten Aorta, von der Sie mir erzählt haben?»

«Keine Veränderung, ich habe mich erst vor ein paar Tagen untersuchen lassen.»

«Sie dürfen alles essen, brauchen keine Diät zu halten?»

«Nein, erfreulicherweise nicht.»

«Na, das freut mich auch. Kennen Sie das *Château* an der Route 93? Sehr ordentliches Restaurant. Ich hole Sie ab.»

«Aber Northhaven ist doch für Sie ein Umweg. Wir könnten uns ja auch dort treffen.»

«Nein, Abe, ich hole Sie ab. Wenn wir der einen oder anderen Flasche den Hals gebrochen haben, sollten wir uns nicht mehr ans Steuer setzen müssen. Ich komme mit meinem Fahrer.»

Kein Wunder, daß sich Grenish von diesem Zeichen der Wertschätzung geschmeichelt fühlte. Er platzte fast vor Stolz, als El Dhamouris Wagen vor dem Faculty Club von Northhaven vorfuhr und etliche seiner Kollegen ihn einsteigen sahen, während der livrierte Chauffeur ihm die Tür aufhielt.

Sie aßen mit Genuß und tranken mäßig von den Weinen, die El Dhamouri ausgesucht hatte, so daß Grenish nie ein unangenehmes

Völlegefühl hatte. Das Gespräch drehte sich hauptsächlich um Hochschulfragen und die Probleme, die sie mit ihren jeweiligen Verwaltungsgremien und Kollegen hatten. Im Grunde wußte Grenish natürlich, daß El Dhamouri ihn nicht aus purer Freundschaft in dieses offenbar sehr teure Restaurant eingeladen hatte, sondern etwas von ihm wollte. Vielleicht ging es um den Brief, den er bei einem früheren Gespräch erwähnt hatte. Als El Dhamouri sich beharrlich über den Zweck der Einladung ausschwieg, schnitt Grenish beim Kaffee das Thema von sich aus an.

«Sollte ich nicht einen Brief nach Jerusalem mitnehmen? Sie sprachen vor ein paar Wochen davon.»

«Richtig, einen Brief an meinen Vetter. Allerdings habe ich die Informationen, die ich brauche, noch nicht bekommen, ich erwarte sie in den nächsten vierzehn Tagen.»

«Dann müßten Sie ihm den Brief per Post schicken?»

«Ja, wissen Sie, damit hat es so seine Schwierigkeiten... Mein Vetter ist fest davon überzeugt, daß die Schwester seiner Frau, die bei ihnen wohnt und den bösen Blick haben soll, seine Post kontrolliert. Auch den einen oder anderen seiner angeblich von ihr schon verdorbenen Mitarbeiter, ja sogar seine Frau hat er im Verdacht.» Er lachte ein wenig. «Der Streit geht um Grund und Boden, und da ist in der Familie –» Er unterbrach sich. «Wenn ich Ihren Reiseplan richtig in Erinnerung habe, wollen Sie sich eine Woche in Jerusalem aufhalten. Sie wohnen im *Excelsior*, wenn ich nicht irre. Könnte ich Ihnen den Brief dorthin schicken?»

«Ja, natürlich.»

«Vermutlich ist er schon da, wenn Sie ankommen, oder trifft ein, zwei Tage nach Ihrer Ankunft ein... Warum wollen Sie übrigens so lange in Jerusalem bleiben? Haben Sie dort Angehörige?»

Grenish errötete leicht. «Nein, Angehörige nicht, nur eine Bekannte. Sie hat einen dieser frommen Juden geheiratet und ist mit ihm nach Israel ausgewandert. Vielleicht schau ich mal bei ihr vorbei, lade die beiden zum Essen ein...»

El Dhamouri drohte scherzhaft mit dem Finger. «Eine alte Flamme, was? Und falls der Ehemann gerade im Büro oder verreist ist, wenn Sie kommen...» Er lächelte nachsichtig. «Na ja, Sie sind schließlich auf Urlaub. Aber zurück zu meinem Problem. Wenn Sie den Brief bekommen haben, gehen Sie in die Altstadt. Wenn Sie durch das Jaffator kommen – das ist der übliche Zugang für Touristen –, stehen Sie direkt vor der David Street. Sie gehen die David Street hinunter bis zur Muristan Street und machen dabei einen Schaufensterbummel wie alle Touristen. Direkt am Suk El Lohamin sehen Sie das Geschäft der *Mideast Trading Corporation*. Im Fenster sind die üblichen Souvenirs ausgestellt, Schnitzereien aus Olivenholz und Perlmutt, Ledertaschen, Schaffellwesten. Sie zeigen sich interessiert, erfragen den einen oder anderen Preis und gehen hinein, um sich die besseren Sachen anzuschauen, die im Innenraum lagern.»

«Wird Ihr Vetter allein im Laden sein?»

«Nein, er hat mehrere Verkäufer, aber im Geschäft ist er bestimmt. Sie geben den Brief nur ihm. Möglichst unter vier Augen.»

«Soll ich nach ihm fragen?»

«Nein, das halte ich nicht für gut, normale Touristen haben im allgemeinen keine Bekannten unter den Geschäftsleuten der Altstadt.»

«Aber wie –»

El Dhamouri lächelte. «Wie Sie ihn erkennen? Kein Problem. Er ist etwa in meinem Alter, wirkt aber älter und schielt ganz fürchterlich auf einem Auge.»

Grenish hatte den leisen Verdacht, daß sein Freund die simple Übermittlung eines Briefes recht unnötigerweise mit einem Hauch knabenhafter Romantik versah. «Schön. Ich bekomme also einen Brief von Ihnen ins *Excelsior* und –»

«Nicht von mir, mein Freund. Mein Name auf dem Umschlag könnte – gewisse Leute stutzig machen. Kennen Sie Elmer Levy?»

«Den Physiker aus Harvard? Nur dem Namen nach.»

«Gut, dann ist der Absender des Briefes Professor Levy. Wenn Sie ihn bekommen – vermutlich steht auf dem Absenderfeld die Adresse des Harvard Faculty Club –, gehen Sie damit in die Altstadt und übergeben ihn meinem Vetter Mahmoud.»

«Das ist alles? Eine Antwort soll ich nicht mitbringen?»

«Nein, das ist alles.» El Dhamouri lächelte. «Ach, noch etwas.

Wenn Sie im Geschäft etwas sehen, was Sie interessiert, eine hübsche Kette vielleicht oder eine Brosche für Ihre Ex-Freundin, macht er Ihnen bestimmt einen guten Preis. Und schreiben Sie mir mal, wenn Sie dazu kommen. Sie sind zum erstenmal in Griechenland, nicht? Und bleiben zwei Wochen, ja? Ihr Eindruck von dem Land würde mich interessieren.»

6

In einer Einzimmerwohnung eines Hochhauses, das schon Abnutzungserscheinungen zeigte, obgleich es erst fünf oder sechs Jahre stand, saßen zwei Männer und spielten Schach. Bis auf zwei Feldbetten, zwei Sessel, zwei Stühle und einen kleinen Tisch war der Raum leer. In der Kochnische standen ein Mikrowellenherd, eine Kaffeemaschine und einige Glasschüsseln.

Avram, ein Mann um die sechzig, saß in einem der Sessel. Den kleinen Tisch hatte er dicht zu sich herangezogen und sah auf das Schachbrett, Gavriel, gute fünfundzwanzig Jahre jünger, saß ihm auf einem Stuhl gegenüber. Er streckte die Hand aus, zog sie wieder zurück, nickte, griff zu und machte seinen Zug. «Schach», verkündete er. «Und wenn du mit dem Springer dazwischengehst, rücke ich mit meiner Königin vor und –»

«Gut, gut, du hast gewonnen. Damit steht es heute... warte mal... vier zu drei. Du besserst dich. Einen Kaffee?»

Das Telefon läutete. Gavriel griff sich den Apparat, der am Boden stand. «Ja?»

Er horchte einen Augenblick, dann sagte er: «Okay» und legte auf. «Das war Yossi. El Dhamouri hat Professor Grenish im Faculty Club von Northhaven abgeholt. Ganz vornehm mit Chauffeur. Sie sind zum *Château* an der Route 93 zum Abendessen gefahren. Teurer Laden, das *Château*.»

«Woher weiß Yossi, daß sie zum *Château* gefahren sind? Er hat sie doch nicht etwa beschattet?»

«Nicht nötig, Grenish hat kein Geheimnis daraus gemacht.»

«Na gut, wir geben es weiter.»

«Ja, das müssen wir wohl, aber hast du dir schon mal überlegt, Avram, daß wir unheimlich viel völlig unwichtiges Zeug weitergeben?»

«Mag sein, aber du glaubst gar nicht, was manchmal dabei herauskommt, wenn wir es in den Computer eingeben. In unserem Fall handelt es sich um das Treffen von zwei Leuten, die beide auf unseren Listen stehen. Das ist eine Schnittstelle, und so was ist immer interessant.»

«Warum? Sie sind befreundet. Und wir haben schon ein paarmal über ein Treffen der beiden berichtet. Vor zwei Wochen waren sie zusammen im Harvard Faculty Club.»

«Es ist also keine einmalige Sache, sondern ein Dauerzustand und deshalb um so interessanter für uns. Hast du diesen Professor Grenish schon mal gesehen?»

«Klar. Ich bin einige Male bei seinen Vorträgen in der Bostoner Bibliothek gewesen.»

«Was hat er auf dich für einen Eindruck gemacht?»

«Gar keinen. Ziemlich fader, farbloser Typ. Ich bin mit knapper Mühe wach geblieben, aber selbst wenn ich eingeschlafen wäre, hätte ich nichts versäumt.»

«Stimmt genau. Ein fader, farbloser Mann, ausgesprochenes Mittelmaß. Wir haben ihn nur deshalb auf der Liste, weil er Mitglied in der Liga für Arabische Freundschaft ist. Sogar Kuratoriumsmitglied, soviel ich weiß.»

«Na und? Daß jüdische Intellektuelle der arabischen Sache wohlwollend gegenüberstehen, ist gar nicht so selten. Die neue Linke ist bekanntlich pro-arabisch, da wollen diese Radikalinskis den Anschluß nicht verpassen.»

«Eben, und deshalb behält der Mossad sie ja auch unauffällig im Auge. Hier aber haben wir es mit einem faden, farblosen Typ zu tun, dem eine ausgeprägte Persönlichkeit, ein reicher, angesehener Mann wie El Dhamouri schöntut. Die Frage ist: Was findet El Dhamouri an Grenish? El Dhamouri interessiert uns natürlich, weil er Geld und Beziehungen hat und weil deshalb die verschiedensten arabischen Gruppierungen an ihn herantreten und ihn um alles mögliche bitten – und sei es auch nur um finanzielle Unterstützung.»

«Ja, aber sie kommen immer in aller Öffentlichkeit zusammen, von irgendwelchen Geheimtreffs ist nichts bekannt.»

«Eben. Würde El Dhamouri ihn zu sich nach Hause einladen, würde man von diesen Besuchen nur mehr oder weniger zufällig erfahren. Nein, er trifft sich mit ihm immer an einem öffentlichen Ort, im Faculty Club oder in einem Restaurant. Wie jetzt im *Château*. Warum? Weil er mit ihm gesehen werden will? Was verspricht er sich davon?»

«Für Grenish wäre es ein Gewinn», sagte Gavriel. «Vielleicht geht die Initiative von ihm aus.»

«Du meinst, daß Grenish ihn anruft und sagt: Laden Sie mich doch mal zum Mittagessen in den Harvard Faculty Club oder zum Abendessen ins *Château* ein? Nicht sehr wahrscheinlich, beinahe ausgeschlossen, möchte ich sagen, es sei denn, Grenish hätte ihn irgendwie in der Hand. Nein, El Dhamouri dürfte sehr genau wissen, daß Grenish es genießt, mit ihm gesehen zu werden. Freund Grenish wirft nur zu gern mit prominenten Namen um sich...»

«Das hat man sogar bei seinen Vorträgen gemerkt!»

«... und deshalb geht El Dhamouri mit ihm an Orte, wo viele Leute sie zusammen sehen, und zwar die richtigen Leute, seine Fakultätskollegen in Harvard etwa. Und er holt ihn mit seiner Limousine im Northhaven Faculty Club ab, damit Grenishs Kollegen es mitbekommen, und sagt Grenish im voraus, daß sie ins *Château* gehen werden, damit Grenish es im Gespräch mit ihnen so nebenbei erwähnen kann. Ich habe den Eindruck, daß El Dhamouri ihn ganz gezielt für sich gewinnen will. Und das könnte hochinteressant für uns sein.»

Im Bostoner Bezirk Watertown saß der Besitzer eines kleinen Lebensmittelladens im Hinterzimmer beim Mittagessen, während seine Frau vorn bediente. Er starrte mit leerem Blick auf den Vorhang, der das Zimmerchen vom Laden trennte – der Vorhang bauschte sich jedesmal, wenn die Ladentür auf- und zuging –, und kaute mechanisch an einem Stück Fleisch. Bei jedem Bissen zog sich sein Gesicht zusammen wie eine Ziehharmonika.

Seine Frau steckte den Kopf durch den Vorhangspalt. «Ali ist da.»

«Soll reinkommen.»

Ein stämmiger junger Mann mit rotem, rundem Gesicht betrat linkisch das Zimmerchen. Er lüpfte seine Schirmmütze, drehte sie zwischen den Händen und sah den Alten abwartend an. Der wies mit einer Kopfbewegung auf einen der Flaschenkästen aus Plastik, mit denen der Raum möbliert war und von dem einer ihm als Tisch, ein zweiter als Sitzgelegenheit diente. Ali nickte dankbar und nahm Platz. «El Dhamouri war gestern abend im *Château*», sagte er beflissen. «Mit noch einem Mann. Es war keiner von uns.»

«Hast du gehört, worüber sie geredet haben?»

«Ich bin ja bloß in der Küche», sagte Ali entschuldigend. «Aber Giuseppe hat sie bedient.»

«Und hat der was gehört?»

«Nur daß der andere eine Nahostreise vorhat und auch nach Jerusalem will.»

«Und wie hieß der Mann?»

«Giuseppe sagt, El Dhamouri hätte ihn ‹mein lieber Grenish› genannt.»

«Irgendwas über das Abreisedatum?»

«Giuseppe hatte den Eindruck, daß er am nächsten Tag, heute also, los wollte.»

«Sonst noch was?»

Alis kleiner Mund verzog sich zu einem breiten Grinsen, das die Äuglein fast ganz zwischen den feisten Wangen verschwinden ließ. «Nur daß er in Jerusalem im *Excelsior* wohnt.»

«Im *Excelsior*? Schau einer an. Das ist aber nett von ihm. Gut gemacht, Ali. Sag das auch dem Italiener. Du solltest dich revanchieren. Mit einem kleinen Geschenk. Vielleicht kannst du ihm ein bißchen Hasch besorgen. Oder ein Mädchen.»

7

Die Freundschaft zwischen dem jüdischen Rabbi von Barnard's Crossing und dem katholischen Polizeichef des Ortes, Hugh Lanigan, hatte in dem Jahr begonnen, als der Rabbi in die Stadt gekommen war. Zuerst hatten sie rein dienstlich miteinander zu tun gehabt, und auch später hatte es sich des öfteren so ergeben, daß der Polizeichef in amtlicher Eigenschaft bei Rabbi Small hatte vorsprechen müssen. Inzwischen aber hatte es sich eingebürgert, daß Lanigan auch zwischendurch bei den Smalls klingelte und sagte: «Ich war gerade in der Gegend, da wollte ich mal eben guten Tag sagen.» Dann wurde er sogleich ins Wohnzimmer gebeten und bekam Kaffee oder Tee vorgesetzt. Umgekehrt passierte es dem Rabbi häufig, wenn er an einem schönen Sommernachmittag über die Main Street schlenderte, daß ihn der gemütlich auf seiner Veranda sitzende Polizeichef auf einen Sprung ins Haus bat und seiner Frau zurief: «David Small ist da, Amy. Laß uns nicht verdursten, hörst du?»

Hugh Lanigans breites Gesicht war frisch und rosig. Sein vorzeitig weiß gewordenes Haar – er war nicht viel älter als Rabbi Small – war so raspelkurz geschnitten, daß auf dem Schädel die rosa Haut durchschimmerte. Er hatte zwar nach dem Oberschulabschluß nur noch ein paar Aufbaukurse am College besucht, war aber geistig sehr beweglich und interessierte sich besonders für philosophische Themen. Gern diskutierte er mit dem Rabbi über Fragen ihrer Religionen. David Smalls klarer Blick und logischer Verstand, die dem Polizeichef zuweilen auch bei seiner Arbeit nützlich gewesen waren, hatten die Freundschaft immer mehr gefestigt.

Es war deshalb nichts Ungewöhnliches, daß die Smalls an einem Abend kurz vor ihrer Abreise die Lanigans zum Abendessen eingeladen hatten. Nachdem verschiedene allgemeine Themen abgehandelt waren, wandte sich das Gespräch der bevorstehenden Reise zu.

«Ich würde mir auch zu gern mal all diese historischen Plätze ansehen, Hugh», sagte Amy. «Man kann ja sogar den Ort des letzten Abendmahls besuchen...»

«Ja, das Coenaculum auf dem Zionsberg», bestätigte Miriam.

«Wär das nicht was für uns, Hugh?» Amy Lanigan war eine gutaussehende Frau, schlank und hochgewachsen, mit dunkelbraunem Haar, in dem sich erst neuerdings silbrige Fäden zeigten, und einigen wenigen Fältchen um die dunklen Augen, die ein bißchen vorstanden, so daß sie ständig leicht überrascht wirkte.

«Du hättest ja mitfahren können, als Pater Callahan mit seiner Gruppe dort war», sagte ihr Mann.

«Ach, komm, das waren doch alles alte Weiber – in Röcken wie in Hosen. Ich möchte dich dabeihaben.» Sie wandte sich an die Smalls. «Hugh hat noch nie alle Urlaubstage genommen, die ihm zustanden.»

«Dazu war einfach die Zeit zu knapp», verteidigte er sich. «Immer steht irgendwas Dringendes an, was unbedingt erledigt werden muß. Außerdem habe ich gar nichts dagegen, wenn die Urlaubstage sich ansammeln, dann kann ich nämlich vor der Pensionierung ein ganzes Jahr frei nehmen.»

«Das dauert aber noch eine Weile», wandte seine Frau ein.

«So was muß man langfristig planen. Vielleicht können wir dann ein bißchen reisen.»

«Grace Bryant ist damals mitgefahren», sagte seine Frau, «und hat alles mögliche mitgebracht.»

«Eine Menge Ramsch», meinte Lanigan. «Wenn der Bus hielt, hat Jim Bryant erzählt, war sie als erste draußen und hat sich auf die Souvenirs gestürzt, die extra für die Touristen gemacht werden, Flaschen mit buntem Sand und Sachen aus Perlmutt und Schnitzereien aus Olivenholz, Kamele und Kruzifixe. Ich wette, das meiste davon kommt aus Hongkong oder Taiwan.»

«Nein», sagte der Rabbi. «Sie haben in Israel Fabriken, in Bethlehem und Jerusalem, in denen solche Dinge hergestellt werden.»

«Meinetwegen. Ramsch ist es trotzdem», meinte Lanigan friedlich.

«Aber das Kreuz war hübsch, das sie dort gekauft hat. An jeder Ecke waren vier kleine Kreuze...»

«Ich weiß», sagte der Rabbi. «Ein sogenanntes Jerusalemkreuz. Die vier kleinen Kreuze stehen meines Wissens für die vier Ritterorden, die während der Kreuzfahrerzeit Jerusalem verwaltet haben. So was bekommt man wohl am ehesten dort.»

«Ob Sie mir eins besorgen könnten, wenn Sie drüben sind, David?» fragte Amy.

«Na hör mal, wie kannst du den Rabbi beauftragen, ein Kreuz zu kaufen», tadelte ihr Mann.

«Er braucht es ja nicht selbst zu kaufen, er könnte jemanden darum bitten», wandte Amy ein.

«Ich kaufe es Ihnen, Amy», versprach Miriam. «Sie müßten mir nur sagen, was Sie haben wollen, eine Kette oder eine Nadel oder –»

«Das wäre wirklich lieb, Miriam. Grace Bryant hat ein ganz großes Kreuz aus Silber, aber ich hätte eigentlich gern ein kleineres, an einer Kette...»

«Wird gemacht.»

Der Rabbi holte Kugelschreiber und Notizbuch aus der Brusttasche und schrieb auf: «Amy Lanigan: Jerusalemkreuz.»

«Machen Sie sich keine Umstände damit, David», sagte Lanigan. «Nur wenn Sie zufällig dran denken. Amy möchte bestimmt nicht, daß Sie deswegen extra herumlaufen.»

«Nein, wirklich nicht...»

«Das geht schon in Ordnung», meinte Miriam. «David schreibt sich immer alles auf, weil er ein so schlechtes Gedächtnis hat, nur vergißt er dann, sich seine Notizen anzusehen. Aber ich denke bestimmt dran, Amy.»

«Sie haben wohl schon eine Menge Aufträge von Ihrer Gemeinde bekommen?» fragte Lanigan.

Der Rabbi blätterte lächelnd in seinem Büchlein. «Mrs. Gross: Tabletten für ihre Schwester. Oscar Lamed: Psychologiebuch. Familie Mandelman: Grüße. Ben Levy von seinem Bruder Aaron ausrichten: Gallenblasenoperation erfolgreich. Ish-Tov, früher Jordan Goodman, besuchen und feststellen, ob –»

«Jordan Goodman, der Sohn von Louis Goodman?» vergewisserte sich Lanigan. «Der ist jetzt drüben und hat seinen Namen geändert?»

«Nicht so sehr geändert als vielmehr übersetzt. *Ish* heißt Mann und *tov* heißt gut, demnach ist Ish-Tov eine Übersetzung von Goodman. Er lebt jetzt als strenggläubiger Jude, als sogenannter Baal Tschuwe, in einer Jeschiwa.»

«Ist das so was Ähnliches wie ein wiedergeborener Christ?»

«So etwa in die Richtung geht es. Hatten Sie dienstlich mit ihm zu tun?»

«Ja, aber das liegt schon ein paar Jahre zurück. Bei uns in Barnard's Crossing wohnt ein Professor vom Northhaven College. Wir haben eine ganze Reihe von Hochschullehrern hier, Harvard, Boston University und Northeastern liegen ja alle nur eine halbe Stunde südlich von uns, und nach Northhaven ist es etwa die gleiche Entfernung in nördlicher Richtung. Ja, und diesem Professor war in seinem Haus eine Panoramascheibe eingeworfen worden, und er hat die Polizei verständigt. Es müsse der junge Goodman gewesen sein, hat er gemeint. Natürlich haben wir ihn gefragt, ob er oder sonst jemand ihn bei der Tat beobachtet hat. Nein, hat er gesagt, aber der Junge habe ihn bedroht. Offenbar hat der Professor – er war im Stipendiumausschuß – ihm das Stipendium gestrichen. Wir würden der Sache nachgehen, haben wir gesagt. Es war nichts Dringendes, außerdem gab es keine Beweise. Als ich ein paar Tage später einen meiner Leute zu Louis schickte, war der Junge auf und davon. Vielleicht hatte er also tatsächlich ein schlechtes Gewissen. Ja, und damit war die Sache eigentlich für mich erledigt. Wegen einer eingeworfenen Fensterscheibe konnte ich ja schließlich keine Großfahndung einleiten.»

«Sie haben also mit dem jungen Goodman nur dieses eine Mal zu tun gehabt?»

«Später kam Louis Goodman wegen seines Sohnes zu mir. Er brachte ein Foto mit, darauf trug er ein langes, wallendes Gewand, er war mittlerweile in Arizona gelandet und offenbar an eine dieser verrückten Sekten geraten. Louis meinte, es sei vielleicht ein Kult wie die Mun- oder die Hare-Krishna-Leute, und hatte Angst, sie hätten eine Gehirnwäsche mit ihm gemacht. Falls man ihn gegen seinen Willen festgehalten hätte, wäre es natürlich möglich gewesen, etwas zu tun. Ich habe mich zunächst mal ein bißchen umgehört, aber die Typen waren offenbar harmlos. Ein bißchen Hasch – nicht ausgeschlossen, daß sie den Hanf selbst anbauten –, ein bißchen lockerer Sex, aber nichts, was die Kollegen aus Arizona zum Eingreifen veranlaßt hätte. Demnach ist er jetzt also zu seiner

Religion zurückgekehrt. Das ist doch schön, da müßten Louis und Rose sich eigentlich freuen.»

«Ich weiß nicht recht, Hugh. Bei uns Juden liegen die Dinge ein bißchen anders als bei Ihnen. Grundpfeiler Ihrer Religion sind der Glaube und die Umkehr. Manche Sekten sprechen von der geistigen Wiedergeburt, das heißt von einer Rückgewinnung des Glaubens. Bei unserer Religion dagegen geht es um die Einhaltung bestimmter Gebote. Wer bei uns von seiner Religion abfällt, hört deshalb nicht auf, sich an die Gebote zu halten... Du sollst nicht töten, Du sollst nicht ehebrechen, Du sollst kein falsch Zeugnis reden wider Deinen Nächsten..., sondern mißachtet nur das eine oder das andere. So kann es sein, daß er den Sabbat nicht mehr heiligt oder die Speisegesetze nicht mehr beachtet. Vielleicht sind sie ihm aber auch gewissermaßen in Fleisch und Blut übergegangen...» Der Rabbi lächelte. «Sollte ich morgen zum Christentum übertreten, würde ich es trotzdem nicht fertigbringen, Hummer zu essen.»

Lanigan nickte. «Wenn ein Jude abtrünnig wird, wollen Sie damit sagen, befolgt er die übergeordneten Gebote zwar weiterhin, kümmert sich aber nicht mehr um die untergeordneten.»

«Theoretisch machen wir keinen Unterschied zwischen übergeordneten und untergeordneten Geboten. Gebot ist Gebot. Vielleicht wäre es besser, von den liturgischen Geboten auf der einen Seite und den moralisch-ethischen auf der anderen Seite zu sprechen.»

«Wenn also ein Baaltschu – wie heißt das...»

«Baal Tschuwe», sagte der Rabbi lächelnd.

«Wenn so ein Baal Tschuwe also abtrünnig wird, befolgt er demnach alle Gebote, ja? Können Sie mir da ein paar Beispiele geben?»

«Er wird vielleicht ständig ein Käppchen, die *kipah*, tragen und wird sich nicht mehr rasieren. ‹Du sollst nicht die Kanten deines Bartes beschneiden.› Und er wird gewissenhaft dreimal am Tag seine Gebete sprechen. Er wird sich vor dem Essen die Hände waschen und den Segen sprechen. Vor allem wird er viel Zeit mit Studieren verbringen.»

«Nicht mit Beten?» fragte Amy.

«Nein. Wir sprechen nur die Gebete, die uns vorgeschrieben

sind. Es liegt kein Verdienst darin, sie ständig zu wiederholen. Im Gegenteil, damit könnte womöglich der Name des Herrn mißbraucht werden.»

«Was ist denn mit Frauen? Müssen diese frommen Männer nicht einen großen Bogen um sie machen?» wollte Amy Lanigan wissen.

«Im Sinne des geselligen Umgangs durchaus. Allerdings wird von einem Baal Tschuwe erwartet, daß er heiratet und viele Kinder in die Welt setzt.»

«Und wie lernt er seine Ehefrau kennen, wenn er in der Öffentlichkeit keinen Kontakt mit weiblichen Wesen haben darf?» fragte Amy weiter.

Miriam lachte. «Dazu gibt es den Heiratsvermittler, den *schadchen.*»

«Dem es vermutlich nur recht sein kann, wenn seine Kandidaten sich von den Frauen fernhalten. Um so leichter ist seine Aufgabe», meinte Lanigan. «Aber sagen Sie, David, wovon leben diese Leute? Bekommen sie in der Jeschiwa eine Berufsausbildung? Werden sie Rabbis?»

«Einige wohl. Allerdings übernimmt in Israel ein Rabbi wesentlich andere Funktionen als bei uns. Er kann Beamter an einem der rabbinischen Gerichte werden oder *maschgiach*, eine Art Aufseher über die Speisegesetze in einem Hotel oder Restaurant, oder auch Lehrer. Manche verlassen später die Jeschiwa und ergreifen einen weltlichen Beruf, manche verbringen ihr ganzes Leben dort.»

«Worauf werden Sie achten, wenn Sie den jungen Goodman besuchen?»

Der Rabbi hob die Schultern.

«Seine Mutter möchte gern wissen, ob er gesund ist und genug zu essen bekommt, und sein Vater ... tja, ich weiß nicht recht. Er würde vielleicht gern wissen, ob es eine Chance gibt, daß sein Junge zurückkommt. Das würde mich jedenfalls interessieren, wenn es mein Jonathan wäre.»

«Sie würden es nicht gern sehen, wenn Ihr Sohn sich entschließen würde, so ein Baal – äh – zu werden?»

Rabbi Small schüttelte nachdrücklich den Kopf.

«Warum eigentlich nicht?» fragte Amy Lanigan. «Diese Leute führen offenbar ein gottgefälliges Leben, und gerade Sie müßten das doch im Grunde begrüßen.»

Der Rabbi schmunzelte. «Das ist bei uns nicht ganz so, wie Sie es sich vorstellen, Amy. Ich bin kein Mann Gottes, bin nicht der Oberhirte der Gemeinde in dem Sinne, wie es ein katholischer Priester oder ein protestantischer Pfarrer ist. Meine Aufgaben sind im wesentlichen weltlicher Art. Ich bin befugt, als Richter zu fungieren oder Streitfälle zu schlichten, aber so etwas verlangt heute kaum noch jemand von einem Rabbi. Mir ist es, solange ich in dieser Gemeinde bin, nur einmal passiert. Und auch wenn es sich um Fragen zu unseren Geboten handelt, werde ich nur selten zu Rate gezogen. Meine jetzige Gemeinde ist in dieser Hinsicht nicht allzu genau. Meine Tätigkeit beschränkt sich deshalb hauptsächlich auf die Bewahrung und Lehre unserer Tradition. Mit diesem Thema befassen sich auch meine Predigttexte. Leider habe ich den Eindruck, daß ich damit bei immer weniger Mitgliedern meiner Gemeinde ankomme. Die meisten betrachten die Predigt als willkommene Unterbrechung der langweiligen Liturgie. Die Gelehrsamkeit, das Lernen an sich, steht bei uns sehr hoch im Kurs, denn eben das Wissen unterscheidet uns ja von den niederen Lebewesen. Sich aber zum Lernen in eine Jeschiwa zurückzuziehen wie in ein Kloster bedeutet, sich vor der Verantwortung zu drücken, die man der Alltagswelt gegenüber hat. Wir zollen unseren Gelehrten den schuldigen Respekt, aber wir erwarten von ihnen, daß sie sich auch auf ihre Umwelt, auf weltliche Tätigkeiten einlassen. Selbst die großen Weisen unserer talmudischen Ära haben weltliche, manche sogar ganz niedrige Arbeiten verrichtet. Ein praktizierender Jude ist demnach im wesentlichen Amateur.»

«Aber wenn jemand berufen wird –» wandte Amy ein.

«Sie denken vielleicht an Jona. ‹Mache dich auf und geh in die große Stadt Ninive und predige wider sie ...› Sie werden sich erinnern, daß er dem Ruf sehr widerstrebend gefolgt ist und nicht viel Freude an seiner Arbeit hatte. Gott hat die Stadt schließlich nicht zerstört, und das war für Jona ein rechtes Ärgernis.»

Amy ließ nicht locker. «Aber Sie hatten doch eine Berufung, David?»

Der Rabbi lächelte verschmitzt. «Nur von Jacob Wassermann, dem Vorsitzenden des Ritualkomitees.»

8

Miriam rutschte auf den Fensterplatz, der Rabbi legte die Mäntel zusammen und verstaute sie sorgsam oben in der Gepäckablage. «Soll ich deine Tasche auch hinaufstellen?» fragte er.

«Nein, die stelle ich unter den Sitz, da habe ich sie immer bei der Hand.»

Der Rabbi setzte sich auf den Mittelplatz, schnallte sich an und suchte in der Tasche des Vordersitzes nach Lesematerial. Er fand nur den in Plastik verschweißten Grundriß der Maschine mit den Anweisungen für Notfälle.

«Die Stewardeß wird gleich mit Zeitungen und Zeitschriften vorbeikommen», sagte Miriam. Sie griff in ihre Tasche. «Oder möchtest du meine Frauenzeitschrift?»

«Nein, besten Dank, da warte ich lieber auf die Stewardeß.»

Sie beobachteten die Passagiere, die durch den Gang kamen und vor ihren Plätzen stehenblieben, um Handgepäck und Mäntel in die Gepäckablage zu legen. Ob die Maschine ausgebucht war? Wenn nicht, blieb vielleicht der Gangplatz in ihrer Reihe frei, so daß sie sich ein bißchen würden ausbreiten können.

Die Ungewißheit dauerte nicht lange. Ein gut gekleideter Mann mittlerer Größe blieb vor der Reihe stehen, in der die Smalls saßen, sah vorsorglich noch einmal auf seine Bordkarte und lächelte dem Rabbi zu. «So, da wäre ich also glücklich angekommen.» Er packte den Mantel, den er über dem Arm trug, und seine Reisetasche ins Gepäckfach, setzte sich und legte den Gurt an. Dann holte er ein Taschenbuch aus der Jackentasche und begann zu lesen. Wenig später löste er den Gurt noch einmal, zog sein Sakko aus, legte es zusammen und packte es ebenfalls in die Gepäckablage. Dann setzte er sich wieder, schnallte sich an und schlug sein Buch auf. Der Rabbi hatte gesehen, daß auf der inneren Brusttasche des Sakkos ein Name, James Skinner, eingestickt war.

Der Rabbi, der keine Lektüre hatte, mit der er sich die Zeit vertreiben konnte, ertappte sich dabei, daß er verstohlen seinen Nachbarn musterte. Weshalb mochte er nach Israel fliegen? Er war – seinem Aussehen wie auch seinem Namen nach – offenbar kein Jude. Reiste er geschäftlich, oder wollte er sich das Land ansehen? Vielleicht war er Archäologe und wollte sich an einer der zahlreichen Ausgrabungen beteiligen, die in verschiedenen Teilen des Landes durchgeführt wurden.

Miriam warf einen Blick zur Kombüse hinüber. «Ob sie uns wohl bald was zu essen geben, David?»

«Ich glaube, bei Nachtflügen teilen sie das Abendessen aus, sobald die Maschine ihre Flughöhe erreicht hat», meinte der Rabbi.

Ein Steward ging langsam durch den Gang und prüfte mit einem aufmerksamen Blick nach rechts und nach links, ob alle Passagiere ordnungsgemäß angeschnallt waren und die Sitze aufrecht standen.

Der Nachbar des Rabbis sah auf und fragte den Steward auf hebräisch: «Das Abendessen kommt doch wohl bald? Ich habe einen Bärenhunger.»

«Wir kommen mit den Drinks herum, sobald unsere Maschine ihre Flughöhe erreicht hat, und gleich danach bringen wir das Abendessen.»

«Sie sprechen Hebräisch?» wurde David Small von seinem Nachbarn gefragt, als er die Auskunft für Miriam übersetzt hatte.

«Ja, ich bin Rabbiner. Mein Name ist David Small, das ist meine Frau Miriam.

«Freut mich. Und ich bin James Skinner.»

«Ja, ich weiß. Ich habe den Namen in Ihrem Jackett gelesen.» Er lachte ein wenig. «Dem Namen nach hätte ich Sie nicht für einen Juden gehalten.»

«Das bin ich auch nicht.» – «Aber Sie sprechen Hebräisch.»

Skinner lächelte. «Ich bin – wie schon mein Vater – in Jerusalem geboren, aber wir stammen aus Minnesota, und ich habe noch immer *mischpoche* dort.»

«Dann sind Ihre Großeltern nach Israel ausgewandert?» fragte Miriam.

«Ja, nach dem damaligen Palästina, dem Heiligen Land. Sie kamen, *weil* es das Heilige Land war. Es war eine Pilgerfahrt, sie waren auf der Hochzeitsreise. 1906 oder 1907 muß das gewesen sein.»

«Und dann sind sie einfach dageblieben?»

«Ganz so war es nicht. Großpapa sah eine Chance, sich dort eine Existenz aufzubauen. Seine Familie war im Lebensmittelgroßhandel, und er kam auf die gute Idee, unter der Bezeichnung ‹Früchte aus dem Heiligen Land› getrocknete Feigen zu exportieren. In Nordminnesota, wohin seine Familie hauptsächlich lieferte, waren die Leute ziemlich fromm, sind es vielleicht heute noch, und Waren, die aus dem Heiligen Land kamen, sagte er sich, müßten sich dort gut absetzen lassen.»

«Und das hat sich bestätigt?»

«Und ob! Er wurde seine Waren nicht nur reißend bei den alten Kunden los, sondern konnte noch zusätzliche Absatzmärkte erobern. Später hat er auch noch anderes exportiert. Oliven und Olivenöl, Datteln, Mandeln, Safran, einen Haufen Zeug, Nüsse und Trockenfrüchte, alles, was sich transportieren ließ.»

«Und Ihr Großvater ist drüben geblieben?» fragte Miriam.

«Er kam immer mal wieder in die Staaten, aber Jerusalem war seine Heimat geworden. Die Landschaft gefiel ihm und das Klima auch. Verglichen mit dem Winter in Minnesota, muß es geradezu paradiesisch gewesen sein. Wenn ich in den Staaten bin, wohne ich in Boston, da ist es schlimm genug, aber bei weitem nicht so arg wie in Nordminnesota. Großpapa blieb in Palästina, bis sein Vater starb, dann ging er als Chef des Hauses auf Dauer nach Minnesota. Inzwischen war mein Vater alt genug, um in Jerusalem allein fertig zu werden. Er hatte sich ein Haus in Abu Tor gekauft, und von dort aus führten wir die Geschäfte. Dann wurde die Lage so nah am arabischen Viertel ein bißchen kritisch, wir verließen das Haus und nahmen uns sicherheitshalber eine Wohnung in Rehavia.»

«Ihr Vater hatte sich also auf die Seite der Juden geschlagen?»

Skinner lachte. «So eindeutig kann man das nicht sagen. Gewiß, die Juden waren das auserwählte Volk. Andererseits hatten sie Christus abgelehnt. Außerdem waren seine Geschäftspartner hauptsächlich Araber. Er war im Grunde eher neutral, aber er haßte die Briten, und da die damals antijüdisch waren, tendierte er zur jüdischen Seite, so nach dem Motto: Der Feind meines Feindes ist mein Freund. Hin und wieder hat er sogar der Haganah unter die Arme gegriffen. Meine ältere Schwester und mich hatte er in die Staaten zurückgeschickt, ich machte dort meinen Schulabschluß, das hatte mein Vater ohnehin so geplant. Meine Schwester ist nicht nach Israel zurückgegangen, sie hat einen Amerikaner geheiratet und wohnt mit ihm in den Staaten. Ich bin seit dem Ende des Sechstagekrieges wieder im Lande.

Nachdem die Altstadt wieder in israelischer Hand war, wollte mein Vater unser Haus in Abu Tor zurückhaben. Er konnte entsprechende Dokumente vorlegen, und es gab ein paar einflußreiche Leute in der Regierung, die sich an die Unterstützung meines Vaters für die Haganah erinnerten... Kurzum, eines Tages konnten wir wieder einziehen. Vielleicht hätten sie uns das Haus, da wir ja die Eigentumsurkunde hatten, sowieso zurückgegeben, aber die Hilfe für die Haganah hat uns jedenfalls nicht geschadet.»

«Und das Exportgeschäft lief die ganze Zeit weiter?» fragte Miriam.

Skinner lachte kurz auf. «Mit dem Exportgeschäft ging es stetig bergab, und als der Staat Israel ausgerufen wurde, waren wir praktisch am Ende.»

«Warum das?» fragte Miriam verblüfft.

«Überlegen Sie mal... Wir hatten unseren Kunden Produkte aus dem Heiligen Land angeboten. Das war etwas Ungewöhnliches, Exotisches, es war sozusagen auch eine gottgefällige Tat, diese Sachen zu kaufen. Dann stiegen Ihre Leute selbst ins Exportgeschäft ein, Waren aus Israel waren keine Rarität mehr, und da sich Israel selbst um Absatzmärkte bemühte und Israels Farmer in Kooperativen arbeiten, konnten sie das Zeug billiger anbieten.»

«Was hat Ihr Vater denn danach gemacht?»

«Ach, alles mögliche», sagte Skinner unbestimmt. «Seine Beziehungen zu den Arabern kamen ihm jetzt natürlich zugute. Eine Weile fungierte er – inoffiziell natürlich – als Vermittler zwischen

Israel und dem Iran. Sie würden staunen, was Israel aus gewissen arabischen Staaten an Maschinen und Ausrüstung bezogen hat... Bei diesen Geschäften hat mein Vater mitgemischt. Und... na, bei allem möglichen eben.»

«Sie sprechen von Ihrem Vater in der Vergangenheit...»

«Ja, er ist vor ein paar Jahren gestorben. Ich war damals schon mehrere Jahre mit ihm im Geschäft gewesen und konnte es deshalb weiterführen. Ich kannte seine Partner, und sie kannten mich. Ganz haben wir uns vom Exportgeschäft nicht getrennt, wir führen immer noch das eine oder andere nach Amerika aus, hauptsächlich Honig und Olivenöl.»

«Und Sie wohnen in Jerusalem?» fragte Miriam. «Ich meine – das ist Ihre Heimat?»

«Nein, mein offizieller Wohnsitz ist Boston. Aber ich reise viel, so daß ich dort eigentlich nur wenige Monate im Jahr verbringe. Das ist in diesem Jahr mein dritter Flug nach Israel. Wenn ich im Nahen Osten zu tun habe, wohne ich in Jerusalem. Ich habe dort und in Haifa Büros, aber die Zentrale ist Jerusalem. Von dort aus bereise ich Ägypten, Jordanien, den Iran, alles, was da in der Gegend liegt. Früher mußte ich erst nach Kreta, aber nach dem Abschluß des Friedensvertrages zwischen Israel und Ägypten ist das alles sehr viel einfacher geworden. Und wo kommen Sie her?»

«Auch aus der Gegend um Boston», sagte Rabbi Small.

«Aus Barnard's Crossing», setzte Miriam hinzu.

«Da war ich schon mal. Hübsches Städtchen.»

«Das finden wir auch», sagte Miriam.

«Ein Freund von mir hatte dort ein Boot liegen. Ah, da kommt unser Essen. Es ist zwar koscher, aber man ißt gut bei der El Al.»

«Hätten Sie lieber nichtkoschere Kost?»

«Nicht unbedingt. Wenn ich in Israel im Hotel wohne, genieße ich das israelische Frühstück, allerdings esse ich gern mein Brötchen mit Butter und nehme Sahne in den Kaffee, und darauf muß ich verzichten, wenn es ein Frühstücksbüfett mit Fleischgerichten gibt.»

Der Rabbi brach ein Stück von seinem Brötchen ab, streute Salz darüber und sprach den Segen.

«Das ist das *motze*, nicht?» sagte Skinner, um das Gespräch in

Gang zu halten, aber auch, um zu zeigen, daß er etwas vom jüdischen Brauchtum verstand. «So ähnlich wie das Tischgebet, das mein Vater sprach.»

«Sie beten nicht vor dem Essen?»

«Nein, ich bin schon zu lange weg von der Kirche.»

«Es entgeht Ihnen etwas dadurch», sagte der Rabbi.

«Wie meinen Sie das?»

«Unser Segen – oder Ihr Tischgebet – sorgt dafür, daß die Essenseinnahme nicht nur ein profanes Auftanken ist. In dieser Hinsicht unterscheiden wir uns von den niederen Lebewesen. Wir können uns am Essen freuen, sie stillen nur ihren Hunger.»

Skinner grinste. «Und deshalb setzen wir Fett an und sterben – im Gegensatz zu den Tieren – an Krankheiten, die durch Übergewicht hervorgerufen werden.»

«Natürlich», sagte der Rabbi. «Der Mißbrauch einer Gabe, die Übertreibung einer Tugend werden immer bestraft.»

Skinner nickte zu einem jungen, bärtigen Chassiden mit Schläfenlocken hinüber, vor dem soeben der Steward ein Tablett abgesetzt hatte, das sich wesentlich von dem der anderen Passagiere unterschied. «Das, was er bekommt, nennt sich glatt koscher, nicht?»

Der Rabbi lachte. «*Glat* ist ein jiddisches Wort, es bedeutet ganz. Streng koscher also...»

«Mich wundert, daß Sie das nicht auch bestellt haben, wo Sie doch Rabbi sind.»

«Gerade weil ich Rabbi bin, habe ich darauf verzichtet.»

«Das verstehe ich nicht.»

Der Rabbi goß sich Wein in einen Plastikbecher. «Sehen Sie, der Begriff *koscher* bezieht sich nicht nur auf die für den Genuß erlaubten Tiere, nämlich Wiederkäuer mit gespaltenen Hufen im Gegensatz zu fleischfressenden Raubtieren, sondern auch auf den Zustand der Tiere und die Schlachtmethode. Der Metzger, der *schochet*, ist ein frommer, gelehrter Mann, der das Tier schmerzlos tötet, mit einem rasiermesserscharfen Messer. Sobald die Schneide auch nur eine winzige Scharte hat, die die Bewegung des Messers behindert und dadurch dem Tier Schmerz zufügt, gilt das Fleisch als nichtkoscher oder *trefe*, das heißt wörtlich zerrissen.»

«Ja, ich weiß.»

«Aber auch der Zustand des Tieres ist wichtig. Nach dem Schlachten muß der *schochet* die Eingeweide auf Anzeichen von Krankheiten prüfen. Liegt der Fall klar, kann er selbst das Tier für koscher oder trefe erklären. Wenn er seiner Sache nicht ganz sicher ist, schaltet er einen Rabbi ein. *Glat* koscher ist das Fleisch eines Tieres, das man dem Rabbi nicht zu zeigen braucht, weil eindeutig feststeht, daß es koscher ist.»

«Viele Tiere kann so ein Rabbi nicht zu sehen bekommen, jedenfalls nicht in den Staaten oder anderen zivilisierten Ländern, in denen es staatliche Gesundheitsbehörden gibt.»

«Ja, aber als Rabbiner habe ich etwas gegen die Annahme, ein Tier, das der Rabbi als koscher erklärt hat, sei weniger koscher als eins, das ihm nicht zur Prüfung vorgelegen hat.»

«Ich verstehe, worauf Sie hinauswollen, aber in dieser Frage dürften nicht alle Rabbiner Ihrer Meinung sein.»

«Möglich. Kennen Sie viele Rabbiner?»

«Einige. Wenn man in Jerusalem wohnt, bleibt das nicht aus.»

Als die Tabletts abgeräumt waren, verteilte eine Stewardeß Kopfhörer an die Passagiere, die sich den Film ansehen wollten.

Miriam schüttelte dankend den Kopf, und der Rabbi sagte: «Nein, schönen Dank, ich will versuchen, ein bißchen zu schlafen.»

Skinner ließ sich einen Kopfhörer geben und wandte sich an den Rabbi. «Mal sehen, ob in der Raucherabteilung noch ein Platz frei ist, ich brauche jetzt dringend eine Zigarette.»

Die Kabinenbeleuchtung wurde abgedunkelt, als der Film anlief, und der Rabbi bemühte sich, eine einigermaßen günstige Schlafstellung zu finden. «Ob Skinner wohl gleich zurückkommt, wenn er seine Zigarette geraucht hat?»

«Warum?» fragte Miriam.

«Wenn er noch eine Weile wegbleibt, könnte ich die Armlehne hochklappen und mich ein bißchen ausstrecken, vielleicht kann ich dann schlafen.»

«Ich möchte schon annehmen, daß er ein Weilchen hinten bleibt. Er hat seinen Kopfhörer mitgenommen. Vielleicht findet er ja auch einen Gesprächspartner. Er scheint ein recht geselliger Typ zu sein.»

«Wenn er zurückkommt, kann ich immer noch Platz machen.»

Skinner ließ sich erst kurz vor der Landung wieder sehen, als die Stewardeß schon die ausgefüllten Landekarten abgeholt hatte und man im Cockpit den Landeanflug vorbereitete.

Als die Maschine aufsetzte, wurde in der Kabine geklatscht. Der Rabbiner wußte nie so recht, ob sich in dem Beifall Anerkennung für den Piloten, Erleichterung über das Ende des langen Fluges oder Freude über die Ankunft äußerte, aber er war seltsam gerührt. Soweit er wußte, gab es so etwas nur auf dem El Al-Flug nach Israel. Aus dem Lautsprecher erklang ein Willkommenslied. Die Maschine rollte aus, und die Passagiere holten ihre Sachen aus der Gepäckablage. Skinner stand auf, angelte sein Sakko und seine Reisetasche heraus und reichte dem Rabbi und Miriam ihre Mäntel.

«Ja, dann auf Wiedersehen! Nett, daß wir uns kennengelernt haben. Vielleicht sehen wir uns mal in Jerusalem.» Er trat auf den Gang und wurde von der Menge zum Ausgang und zur Treppe geschoben, vor der die Busse warteten.

In der Ankunftshalle ließen die Smalls ihre Pässe stempeln, passierten die Schranke, holten sich einen Gepäckwagen und gingen zu dem Karussell, auf dem schon die ersten Koffer kreisten. Sie brauchten nicht lange auf ihr Gepäck zu warten, und der Rabbi nahm es als gutes Omen, daß ihre Koffer zusammen eintrafen. Miriam wollte ihrem Mann helfen, sie vom Karussell zu heben – sie dachte an seine Bandscheibe –, aber er wehrte ab. Das schaffe er schon allein, meinte er und gab sich große Mühe, sich den schmerzhaften Stich nicht anmerken zu lassen, der ihn durchfuhr.

Da sie nichts zu verzollen hatten, gingen sie durch den grün beschilderten Ausgang – der rot beschilderte war für Reisende bestimmt, die zollpflichtige Waren mitführten - und standen wenig später auf dem Gehsteig, wo eine erwartungsvolle Menge den Ankommenden entgegensah. Sie suchten in dem Meer von Gesichtern nach Miriams Tante, aber dann war es doch Gittel, die sie zuerst entdeckte.

9

«Miriam! David! Hier bin ich!» Gittel drückte Miriam an sich, ließ sie los, nahm den Kopf des Rabbi in beide Hände und gab ihm einen herzlichen Kuß. Sie wirkte ein wenig älter als bei dem letzten Besuch der Smalls, das Gesicht hatte einige zusätzliche Falten, das nachlässig hochgesteckte Haar ein paar graue Strähnen mehr, aber ihre Haltung verriet, daß sie nach wie vor jeder nur denkbaren Situation gewachsen sein würde.

Sie erkundigte sich sofort nach Jonathan und Hepsibah. «Hätten sie denn hier in Israel nicht schönere Ferien gehabt als im Camp?» meinte sie mit leichtem Vorwurf in der Stimme.

«Mag sein. Aber dann wäre es für uns kein so schöner Urlaub», antwortete der Rabbi lächelnd. Die nächste Frage galt Gittels Sohn und seiner Familie. «Uri ist jetzt bei der Bank, er trägt Anzüge mit Weste und eine *kipah*. So ein kleines gehäkeltes Ding, weil er doch neuerdings so strenggläubig ist. Ich kann noch von Glück sagen, daß es kein schwarzer Hut ist. Im Augenblick ist er auf einer Reserveübung, er ist ja Major.» Das klang trotz allem recht stolz. «Seine Frau besucht mich hin und wieder, Uri besteht wohl drauf. Dann bringt sie den Jungen mit, und der Bengel weiß ganz genau, daß er seine Großmutter um den Finger wickeln kann. Eine *kipah* trägt er zwar auch, leider, aber vielleicht verwächst es sich noch.»

Unvermittelt trat sie mit ihnen an den Gehsteigrand. «Ihr bleibt hier stehen und paßt auf, daß keiner mir den Parkplatz wegschnappt, ich hole den Wagen.» Zweifelnd betrachtete sie die beiden großen Koffer. «Es ist nur ein kleiner Wagen, aber irgendwie schaffen wir es schon. Wir können das Gepäck aufs Dach verfrachten, ich habe einen Dachgepäckträger.»

Die Smalls hatten noch lebhafte Erinnerungen an Gittels altes, klappriges Gefährt, das nur noch Bindedraht, Gebete und Verwünschungen zusammenhielten, und waren deshalb angenehm überrascht, als sie wenig später mit einem flotten, offenbar fast neuen kleinen Renault vorfuhr.

«Eine neue Errungenschaft, Gittel?» fragte der Rabbi, als sie ausstieg.

«Ganz neu nicht», gab sie entschuldigend zurück, aber es war ihr doch anzumerken, daß sie sich freute. «Als ich ihn bekam, war er zwei Jahre alt. Die neue Regierung läßt sich alles mögliche einfallen, um unsere Wirtschaft anzukurbeln. Früher konnten wir Sachen wie Autos und Farbfernseher, den neuen Herd oder den neuen Kühlschrank erst dann kaufen, wenn wir uns das leisten konnten. Unsere jetzige Regierung redet uns zu, nur ja zu kaufen, was wir wollen, weil wir es uns früher oder später vielleicht doch mal werden leisten können. Und um uns die Entscheidung zu erleichtern, senkt sie ständig den Wert unserer Währung, so daß man einfach etwas kaufen *muß*, ehe das Geld seinen ganzen Wert verloren hat. Ein fabelhaftes System, ehrlich.» Sie deutete auf die Wagen, die dicht an dicht am Gehsteig standen. «Nicht eine einzige Rostlaube darunter. So, und jetzt müssen irgendwie die Koffer aufs Dach.»

Als der Rabbi den ersten vom Gepäckwagen nahm, schaltete sich Miriam ein. «Bitte, laß das, David!» Sie wandte sich an Gittel. «Er hat es nämlich mit der Bandscheibe.»

«Ich hole Verstärkung.» Gittel sah zu den Taxifahrern hinüber, die herumstanden und auf Gäste warteten, aber da trat Skinner, der im Flugzeug schon neben den Smalls gesessen hatte, zu ihnen.

«Sie sind aber schnell durchgekommen. Mein Mitarbeiter sollte mich abholen, aber wir haben uns wohl verfehlt.» Er besah sich den kleinen, vollgepackten Kofferraum und die beiden großen Koffer. «Kann ich Ihnen irgendwie behilflich sein?»

«Wir wollten gerade das Gepäck aufs Dach packen», sagte Miriam.

«Das haben wir gleich.» Skinner griff sich einen der Koffer und hievte ihn aufs Dach.

«Sie sind ja ein richtiger Samson», sagte Gittel bewundernd. «Schnur habe ich dabei.»

«Sehr gut.» Skinner beförderte den zweiten Koffer hinauf, nahm Gittel die Schnur ab, fädelte sie durch die Koffergriffe und dann durch die Stützen des Dachgepäckträgers.

«Und wo wollen Sie hin?» fragte Gittel. «Nach Tel Aviv?»

«Nein, nach Jerusalem. Vielleicht bekomme ich ein *sherut*, sonst nehme ich ein Taxi.»

«Dahin fahren wir auch. Kommen Sie doch mit.»

«Wird das nicht ein bißchen eng?»

«Keine Spur, der Wagen ist groß genug. Miriam kommt zu mir nach vorn, ihr beiden Männer setzt euch nach hinten. So was nennt man heute Gleichberechtigung.»

Die Sonne war schon untergegangen, auf eine kurze Dämmerung folgte rasch nächtliche Dunkelheit. Obgleich sie nur ein kleines Stück über den Straßenrand hinaus sehen konnten, ließ Gittel es sich nicht nehmen, ihren Besuch auf Sehenswürdigkeiten hinzuweisen. «Im Augenblick ist es nicht zu erkennen, aber rechts liegt ein Kibbuz.» Und: «Wenn es hell wäre, könnte man die Tanks sehen, die im Unabhängigkeitskrieg von den Arabern zusammengeschossen worden sind.»

Miriam murmelte hin und wieder etwas, um ihr Interesse zu bekunden, und Skinner wandte sich sogar um und schaute aus dem Fenster, was der Rabbi sehr höflich fand, denn er war die Strecke bestimmt schon Dutzende von Malen gefahren.

Als sie sich der Stadt näherten, fragte Gittel: «Und wo müssen Sie hin, Mr. Skinner?»

«Machen Sie sich meinetwegen bitte keine Mühe, ich kann mir von Ihrer Wohnung aus ein Taxi nehmen. Außerdem brauchen Sie mich für die Koffer.»

«Vom Dach herunter bekomme ich sie schon», meinte der Rabbi. «Nur mit dem Heben hapert es.»

«Tja, wenn Sie meinen... Ich wohne in Abu Tor, in der Rabenu Tam Straße.»

«In der Nähe der amerikanischen Jeschiwa?»

«Ja, das sind meine Nachbarn.»

«Jetzt weiß ich, weshalb mir Ihr Name so bekannt vorkam. Sie hatten Scherereien mit den Leuten», sagte Gittel.

«Nicht ich persönlich, ich war verreist und kenne die Geschichte nur aus den Erzählungen meines Verwalters Ismael. Die Jeschiwa wollte unser Grundstück kaufen, um anzubauen. Inzwischen haben sich die Wogen wieder geglättet.»

«Trotzdem war es Rowdytum», sagte sie. «Ich würde mich bei Ihnen für das Benehmen der jungen Leute aus der Jeschiwa entschuldigen, Mr. Skinner, wenn es Israelis wären. Aber die meisten sind Amerikaner, das wäre dann wohl eigentlich deine Sache, David.»

Skinner lachte. «Ich bin auch Amerikaner, wir sitzen also alle in einem Boot. So, da wären wir.»

Gittel hielt, und gleich darauf ging das Licht über der Tür an. Während Skinner ausstieg, kam eine ältere Araberin herausgehinkt.

«Mr. James!» Sie machte eine Art Knicks, ergriff seine Hand und führte sie an die Lippen.

«Martha arbeitet seit vielen Jahren für mich», erläuterte er etwas verlegen, während die Frau sich seines Koffers bemächtigte. «Sie sieht in mir immer noch den kleinen Buben, der ich war, als sie ihren Dienst in unserem Haus antrat.»

Miriam bemühte sich, ihm über seine offenkundige Befangenheit hinwegzuhelfen. «Was für ein schönes Haus!»

«Es ist eine alte arabische Villa, Sie können sich gern ein bißchen umschauen. Innen habe ich natürlich etwas umgebaut, aber die Bodenfliesen in der Halle und die verzierte Decke habe ich nicht angerührt.» Martha versuchte noch immer, ihm den Koffer aus der Hand zu winden, und überschüttete ihn mit einem arabischen Wortschwall, den er nur hin und wieder mit einem kurzen Nicken quittierte.

«Immer dasselbe Lied», sagte er zu seinen neuen Bekannten. «Wenn ich von einer längeren Reise zurückkomme, wird mir eine Katastrophenlitanei vorgebetet. In unserer Filiale in Haifa hat sich etwas Dringendes ergeben, Ismael, mein Verwalter, ist hingefahren, um nach dem Rechten zu sehen, und hat von Haifa aus Bescheid gesagt, daß er eine Autopanne hatte und mich deshalb nicht vom Flughafen abholen konnte. Der Herd mußte repariert werden und funktioniert immer noch nicht richtig. Mit der Wasserleitung ist etwas nicht in Ordnung, wir haben Wasser in Flaschen kaufen müssen, und so geht es endlos weiter. Aber treten Sie ruhig näher, ich –»

«Nein, nein, da wollen wir jetzt nicht stören», meinte Gittel. «Es wird für uns auch Zeit, daß wir nach Hause kommen.»

Er drang nicht weiter in sie. «Schön, aber ich darf doch mit Ihrem Besuch rechnen? Jetzt wissen Sie ja, wo ich wohne.»

«Offenbar ein energischer Mensch», stellte Gittel fest, während sie weiterfuhren. «Bei dem hätten diese Schlägertypen aus der Jeschiwa auf Granit gebissen. Es stand in allen Zeitungen. Die Jeschiwa war scharf auf sein Grundstück. In einem Artikel stand, sie hätten ein rein symbolisches Angebot gemacht, einen Shekel für das ganze Gelände, das gut und gern seine halbe Million wert ist. Aber selbst wenn sie einen vernünftigen Preis genannt hätten – und diese religiösen Gemeinschaften haben einen Haufen Geld –, hätte ihn niemand zum Verkauf zwingen können. Wohlweislich haben sie nicht mit dem Eigentümer verhandelt, sondern mit dem Hausmeister oder Verwalter, einem Araber, der gar keine Vollmachten hatte. Den haben sie schikaniert, haben ihm Müll vor die Tür gekippt, kleine Brände gelegt. Natürlich hat sich daraufhin die Polizei eingeschaltet, was wiederum die Verrückteren unter unseren frommen Eiferern auf den Plan gerufen hat. Von denen fühlten sich dann die Verrückten auf der Gegenseite provoziert. Schließlich mußte der Bürgermeister eingreifen, der hat sie wohl wieder einigermaßen zur Vernunft gebracht. Der Leiter der Jeschiwa wurde abgelöst, und inzwischen scheint die Sache ausgestanden zu sein.»

«Aber wie kann eine Jeschiwa so ein Vorgehen dulden?» wunderte sich Miriam.

«Frag deinen Mann», sagte Gittel spitz. «Das ist sein Ressort. Ich weiß nur, daß die meisten Schüler Amerikaner sind. Sie sehen wie Gammler aus mit ihren Stiefeln und Overalls und verwaschenen Jeans. Manche tragen Lederjacken mit Fransen an den Ärmeln. Angeblich beschäftigen sie sich jetzt nur noch mit heiligen Dingen, und das beweisen sie dadurch, daß sie mit Steinen nach den Leuten werfen, die am Sabbat mit dem Auto fahren, selbst nach Ärzten, die Krankenbesuche machen.»

«Ist das die Jeschiwa, die der Sohn der Goodmans besucht?» wollte Miriam wissen.

«Höchstwahrscheinlich», gab ihr Mann zurück. «Goodman hat von der amerikanischen Jeschiwa in Abu Tor gesprochen. Mehr als eine dürfte es dort nicht geben.»

«Das klingt ja nicht gerade vielversprechend.»

«Ach, weißt du, Miriam, schwarze Schafe gibt es überall. Jede

Organisation hat ihre Eiferer, die in ihrer Begeisterung für ein Ideal jeden Sinn für Maß und Ziel verlieren. Ich kann mir kaum vorstellen, daß die Jeschiwa selbst solchen Dingen Vorschub leisten würde.»

«Aber sie haben den Leiter der Jeschiwa abgelöst.»

«Das bedeutet nicht unbedingt, daß er die Rowdys bestärkt hat, es läßt höchstens darauf schließen, daß es ihm nicht gelungen ist, sie in Zaum zu halten.»

Kaum war Gittel mit den Smalls weggefahren, traf Ismael bei Skinner in Abu Tor ein und sprudelte Entschuldigungen und Erklärungen hervor. Immer wieder tupfte er sich mit einem großen seidenen Taschentuch Oberlippe und Stirn, während er von der Autopanne erzählte und von seinen Schwierigkeiten, eine Werkstatt und einen Automechaniker zu finden. Als ihm dieses Kunststück endlich geglückt war, gab es schon das nächste Problem: Wie sollte er den Wagen in die Werkstatt schaffen? «Morgen, hat er gesagt, Mr. James, morgen würde er den Wagen holen. Morgen, morgen... Immer wieder hat er von morgen gesprochen...»

Er hatte sich dicht vor Skinner aufgebaut und beugte den gedrungenen Körper vor, während er berichtete, wie er den Wagen in die Werkstatt begleitet und was für eine Unordnung dort geherrscht hatte. «Fünf Minuten, so wahr ich hier stehe, fünf geschlagene Minuten, Mr. James, hat er nach einem Schraubenzieher gesucht. Und mittendrin hat er aufgehört, weil er essen mußte. Dabei habe ich ständig auf die Uhr gesehen –» Er streckte die Hand aus, so daß man die Armbanduhr an seinem Handgelenk sah. «– und ihm gesagt, daß ich es eilig habe, daß die Sache dringend ist. Und dann sagte er mir... dieser Ignorant, dieser Analphabet..., daß ich mir meine Rechnung selber schreiben soll...» Ismael, der einen Oberschulabschluß und einige Universitätskurse absolviert hatte, Ismael mit seinen auf Hochglanz geputzten Schuhen, dem seidenen Hemd und dem feinen schwarzen Anzug, konnte nicht genug betonen, in welche Niederungen der Gewöhnlichkeit er sich für seinen Herrn und Meister hatte begeben müssen.

«Schon gut», sagte Skinner. «Hauptsache, der Wagen läuft wieder. Ich bin, wie du siehst, auch heil hier angekommen. Ein amerikanisches Ehepaar, das ich im Flugzeug kennengelernt hatte, hat mich mitgenommen. Jetzt erzähl mir lieber, was mit der Wasserleitung los ist und was du deswegen unternommen hast.»

10

Der Rabbi und Miriam schliefen am nächsten Morgen länger als sonst. Als sie aufstanden, war Gittel schon weg. Auf dem Küchentisch lag ein Zettel: «Anbei zwei Schlüssel, für jeden einen. Es ist ein zweigängiges Schloß, also zweimal herumschließen, bitte nicht vergessen. Geschirr für Milchernes blau gemustert, Geschirr für Fleischgerichte rot gemustert. Das einfache Silber ist für Milchernes, das andere für Fleisch. Komme voraussichtlich gegen drei. Unten steht die Telefonnummer, unter der ihr mich erreichen könnt. Nicht die Geduld verlieren, wenn ich mich nicht gleich melde! Viel Spaß.»

Während der Rabbi sein Morgengebet sprach, werkelte Miriam in der Küche herum, und als er fertig war, standen Orangensaft, Toast, Eier und Kaffee auf dem Tisch. Aus langer Erfahrung konnte sie auf die Minute genau berechnen, wann er kommen würde.

«So viel?» fragte er.

«Als Start in den Tag braucht der Mensch eine kräftige Mahlzeit, David, darüber sind sich alle Ärzte einig.»

«Damit ist noch lange nicht gesagt, daß sie recht haben.»

«Also gut, iß, soviel du schaffst. Hier hast du die Zeitung.» Wenn er erst einmal bedrucktes Papier vor der Nase hatte, würde er gedankenverloren zugreifen, bis der Teller leer war.

«Und was ist mit dir? Brauchst du keine kräftige Mahlzeit als Start in den Tag?»

«Ich habe schon gefrühstückt. Und ehe du anfängst zu lesen, überlegen wir am besten, was wir heute machen wollen.»

«Hast du etwas Bestimmtes vor?» fragte er etwas bedenklich.

«Bei diesem schönen Wetter könnten wir ein bißchen bummeln gehen. In der Altstadt vielleicht.»

Sie fuhren mit dem Bus bis zum Jaffator und schlenderten durch die schmalen Gassen, in denen sich die Touristen drängten. Hin und wieder warfen sie einen Blick in ein Schaufenster oder beobachteten die Fremden, die mit den vor ihren Geschäften stehenden oder sitzenden Ladenbesitzern feilschten.

«Es ist immer noch der gleiche Touristenrummel», sagte der Rabbi. «Laß uns zur Klagemauer gehen, ich habe gehört, daß sich dort seit unserem letzten Besuch einiges verändert hat.»

«Möchtest du beten?» fragte Miriam.

«Nein, mein *schachris* habe ich schon gesprochen. Ich möchte mich dort nur ein bißchen umsehen.»

«Einverstanden. Dann gehen wir über das armenische Viertel wieder zurück und essen zu Hause.»

Sie gingen langsam, standhaft den Lockungen der Händler gegenüber, die, sobald Miriam einen Augenblick stehenblieb, für «das erste Geschäft des Tages» enorme Nachlässe in Aussicht stellten.

«Du darfst kein so erkennbares Interesse zeigen», sagte der Rabbi, «sonst sprechen sie dich sofort an.»

«Ach, für sie ist das eine Art Spiel», sagte Miriam. «Im Grunde erwarten sie gar nicht, daß man etwas kauft, wenn man sich die Sachen nur anschaut.»

«Meinst du? Sie haben alle mehr oder weniger dasselbe Angebot und legen deshalb wohl jedes Zeichen von Interesse als Chance aus, ein Geschäft zu machen. Außerdem verbieten unsere Gebote ein solches Verhalten des Kunden mit der Begründung, daß man damit die Hoffnungen des Händlers nährt und sie zunichte macht, wenn man sich abwendet.»

«Aber doch wohl nur, wenn man von Anfang an nicht die Absicht hat, etwas zu erstehen. Vielleicht möchte ich wirklich etwas kaufen, und sei es auch nur aus Freude am Handeln. Denn handeln soll man ja unbedingt, angeblich sind sie enttäuscht, wenn man es nicht tut. Schau mal, in dem Fenster dort drüben...»

«Was meinst du?»

«Ist das nicht ein Jerusalemkreuz? So eins hat sich doch Amy Lanigan gewünscht.»

Er musterte die Auslage, in der Kreuze und Davidsterne ausgestellt waren.

«Das dort in der Ecke meine ich», sagte Miriam.

«Ja, das ist ein Jerusalemkreuz. Geh nur hinein, ich warte draußen.» Das Lädchen war winzig und mit zwei oder drei Kunden und dem Besitzer schon übervoll.

Gegenüber feilschten zwei bärtige junge Männer in Jeans und gestrickten *kipahs* mit einem Ladenbesitzer um eine Ledertasche. Der Rabbi beobachtete interessiert, wie der Verkäufer die Tasche liebevoll streichelte, um zu demonstrieren, wie weich das Leder war. Er lasse sich da auf ein ausgesprochenes Verlustgeschäft ein, klagte er, der Preis decke gerade nur die Selbstkosten, von Profit könne überhaupt keine Rede sein. Was, das glaubten sie nicht? Er könne ihnen die Frachtbriefe zeigen ... Und überhaupt sei er schon auf die Hälfte der ursprünglich gebotenen Summe heruntergegangen ... Er streckte ihnen das Preisschildchen hin, damit sie sich mit eigenen Augen überzeugen konnten. Dieses Opfer bringe er nur, weil es das erste Geschäft des Tages sei.

Miriam trat unter die Tür des Schmuckgeschäftes und streckte ihrem Mann auf der flachen Hand das Kreuz hin. «Er will acht Dollar dafür, David, was meinst du?»

«Ich kenne mich da nicht so gut aus. Ist es Sterlingsilber?»

«Es hat einen Stempel.»

«Überbezahlt scheint es mir eigentlich nicht zu sein. Hast du Geld? Hier sind zehn Dollar.»

Wenig später war Miriam wieder da. «Er hat mir geschworen, daß es echtes Silber ist. Das Kreuz hat eine Nadel und eine Öse, Amy kann es also als Brosche oder als Anhänger tragen, ganz wie sie will.»

«Und hast du mit ihm gehandelt?» wollte der Rabbi wissen.

«Ich hab's versucht, aber bei ausgepreisten Waren, sagt er, geht das nicht, es ist gegen die Vorschriften, und wenn er weniger als den festgesetzten Preis nimmt, könnte er sich damit eine Geldstrafe einhandeln. Meinst du, das stimmt? In dem Laden hat tatsächlich niemand gefeilscht.»

«Am besten fragst du heute abend Gittel danach, aber ich halte es für durchaus möglich. Die Stadt versucht schon lange, etwas Derartiges durchzusetzen.»

An der Klagemauer sah man nur wenige Andächtige. Es war zu spät für das Morgengebet und viel zu früh fürs Abendgebet. Die meisten Besucher waren offenbar Touristen, die Mehrzahl Nichtjuden.

«Willst du nicht beten, David?» fragte Miriam.

«Ach nein, ich glaube nicht.»

«Empfindest du nichts dabei... beim Anblick der Mauer, meine ich...»

«Ehrlich gesagt, nein. Kultstätten liegen mir nicht sehr, es ist wohl ein Charakterfehler.»

«Ich würde gern ein Gebet sprechen.»

«Laß dich nicht aufhalten, ich warte hier auf dich.»

11

Gittel hatte eine für israelische Verhältnisse große Wohnung. Sie bestand aus drei Schlafzimmern, einem Wohnzimmer, einer Küche und einem separaten Eßzimmer. Die ersten zwei, drei Tage kümmerte sich Gittel ums Einkaufen und Kochen, aber dann bestand Miriam darauf, ihrer Tante, die ja berufstätig war, diese Arbeit abzunehmen. Damit war letztlich beiden geholfen. Miriam hatte Beschäftigung, und Gittel brauchte sich nicht mehr um die Hausarbeit zu kümmern. Sie gab bereitwillig zu, daß das Essen besser schmeckte, seit die Smalls bei ihr wohnten. Als Alleinstehende hatte sie sich angewöhnt, nur noch Gerichte zu kochen, die sich schnell und leicht zubereiten ließen.

Nachdem Miriam das Frühstücksgeschirr abgewaschen hatte, fuhr sie mit dem Bus zum Supermarkt; wenn das Wetter schön war, ging sie manchmal auch zu Fuß. Hin und wieder besuchte sie auch den offenen Markt, den *suk*. Dort kaufte sie hauptsächlich Obst und Gemüse, manchmal aber auch Fisch und Fleisch, nicht nur, weil dort alles billiger war, sondern weil sie das Gefühl hatte, auf dem Markt auch frischere Ware zu bekommen. Es machte ihr großen Spaß, von Stand zu Stand zu gehen, die Waren zu vergleichen und mit den Verkäufern zu feilschen. Meist war sie zum Schluß so schwer beladen, daß ein beträchtlicher Teil dessen, was sie durch den Einkauf im *suk* gespart hatte, für ein Taxi draufging. Sie machte für sich und David ein leichtes Mittagessen – Gittel aß in der Kantine ihrer Dienststelle - und bereitete alles fürs Abendessen vor. Danach machte sie die in Israel – wie in den meisten Mittelmeerländern – obligatorische Siesta. Am späten Nachmittag wurde das Abendessen in Angriff genommen. Wenn sie bei ihren Vorbereitungen etwas vergessen hatte, holte sie es schnell aus dem *macolet* nebenan.

Dreimal in der Woche besuchte sie vormittags eine Anfängerklasse des *ulpan*, der Hebräischkurse für Ausländer. Ihre dürftigen Hebräischkenntnisse verbesserten sich dadurch nicht wesentlich, aber sie bekam allmählich ein Gefühl für die Sprache und konnte besser mit den wenigen Sätzen umgehen, die sie zum Einkaufen und für Gespräche mit den Nachbarn und der *ozzeret* brauchte, die einmal in der Woche zum Putzen kam. Sie freundete sich dabei auch mit anderen Kursteilnehmern an, hauptsächlich Amerikanerinnen, mit denen sie hin und wieder einen Kaffee trank.

Es war ein angenehmes Leben für Miriam, sie war immer beschäftigt, aber nie gestreßt. Sie hatte auch kein schlechtes Gewissen, wenn sie mit einer Bekannten aus dem *ulpan* mittags in einem Restaurant ein Sandwich aß, denn sie wußte, daß David sehr gut allein zurechtkam. Er würde sich ein Butterbrot machen und ein Stück Räucherfisch dazu essen oder einfach eine Schale Cornflakes, denn sie aßen, wie sie es von Amerika gewöhnt waren, mittags nur etwas Leichtes und nahmen die Hauptmahlzeit abends ein.

Nach dem Abendessen setzten sie sich vor den Fernseher oder machten Besuche, an anderen Tagen kamen Gittels Freunde und Bekannte zu ihnen. Dann gab es Tee oder Kaffee und Kuchen und lange, lebhafte Gespräche. Mit Rücksicht auf ihre Nichte verkündete Gittel dann: «Heute sprechen wir nur englisch!» Die Gäste hatten meist den besten Willen, sich an diesen löblichen Vorsatz zu halten, rutschten aber regelmäßig früher oder später ins Hebräische zurück. Wenn einer der Gäste Miriams verständnislose Miene bemerkte, wurde rasch ein bißchen gedolmetscht. Trotzdem konnte Miriam oft über lange Strecken der Unterhaltung nicht folgen, aber das fand sie nicht weiter schlimm. Bei den Gesprächen der Frauen ging es meist um Kochrezepte und die Frage, wo man was kaufen konnte. Auch wenn sie nicht im einzelnen verstand, worum es ging, freute sie sich an der lebhaften, geselligen Atmosphäre dieser Treffen im Freundeskreis, die in Israel und besonders in Jerusalem eine der beliebtesten Freizeitbeschäftigungen waren.

Ein gern behandeltes Gesprächsthema bei den Männern war die Politik. Dabei brauchte der Rabbi zwar keine sprachlichen Hürden zu überwinden, aber seinen Diskussionspartnern gegenüber war er trotzdem im Nachteil, weil er über das aktuelle Tagesgeschehen und die einzelnen Personen, um die es ging, nicht so gut im Bilde war wie die anderen. Oft bat man ihn, politische Entscheidungen seiner Landsleute zu erläutern und zu rechtfertigen. Er ertappte sich ständig dabei, daß er sein Land verteidigte, selbst wenn es darum ging, Maßnahmen zu erklären, mit denen er selbst nicht einverstanden war. «Das ist keine Frage des Patriotismus», sagte er zu Miriam, «es ist nur so, daß unsere neuen Freunde in Jerusalem sich keine Vorstellung davon machen können, wie das bei uns in den Staaten läuft. Diese Leute kommen aus Rußland und Polen und Deutschland, und selbst wenn sie vorher in England und Südafrika gelebt haben, machen sie sich keinen Begriff davon, wie bestimmte Dinge bei uns gehandhabt werden. Für die meisten ist eine politische Partei die Verkörperung einer bestimmten Weltanschauung. Bei uns ist sie das auch, in weit größerem Maße aber ist sie das, was einzelne Persönlichkeiten aus ihr machen. Gestern abend hat mich jemand gefragt: ‹Warum hat Ihr Präsident dieses Gesetz nicht unterstützt?› Ich konnte ihm nicht begreiflich machen, daß er es nicht unterstützen konnte – selbst wenn er gewollt hätte. In diesem Punkt setzt einfach das Verständnis aus.»

«Ja, das ist mir auch aufgefallen», sagte Miriam. «Aber sie diskutieren auch viel über religiöse Themen. Wenn man bedenkt, daß sie überhaupt nicht fromm – zumindest nicht strenggläubig – sind, ist ihr Wissen auf diesem Gebiet eigentlich erstaunlich. Mit diesen Ärzten neulich hast du über irgendwelche Talmudfragen debattiert. Ist das nicht ungewöhnlich?»

«Ja. Es ging um ein kompliziertes Problem, nämlich in welcher Form die Bezahlung für Grunderwerb zu erfolgen hat. Ich habe auch gestaunt, daß diese sehr weltlichen Männer – zwei Ärzte und ein Buchhalter – sich so gut im talmudischen Disput auskennen. Wahrscheinlich kommt es daher, daß sie alle aus frommen Familien stammen und in ihrer Jugend den Talmud studiert haben. Statt nach Kanada oder Südamerika oder in die Vereinigten Staaten sind sie damals hierher ausgewandert, und zwar sicher nicht deshalb, weil das Leben hier einfacher gewesen wäre, sondern weil sie hier ihre natürliche Heimat sahen. Diese Einstellung können nur Menschen haben, die in stark traditionsgeprägten Familien aufgewachsen sind. Eben das macht den Reiz dieser Gesellschaft aus. Sogar der Taxifahrer, der uns letzte Woche nach Bayit V'gan gefahren hat, war im Judaismus so beschlagen wie ein durchschnittlicher Jeschiwaschüler bei uns in den Staaten.»

«Meinst du den, der kein Trinkgeld haben wollte?»

«Ja, war das nicht erfrischend? Vor Jahren begegnete man dieser Einstellung hier noch sehr häufig, inzwischen ist sie aber ziemlich selten geworden.»

Daß er auf seinem speziellen Interessengebiet in Jerusalem so viel Sachkenntnis vorfand, genoß der Rabbi sehr. Er stand früh auf und ging in eines der zahlreichen Bethäuser in der Nachbarschaft. Ein paar Tage wechselte er ab, dann entschied er sich für eines, das zwar nicht das nächstgelegene, ihm aber am sympathischsten war.

Zum Minjan ging er eine Viertelstunde zu Fuß durch die wohltuend kühle Morgenluft. Der Gottesdienst dauerte nur fünfzehn bis zwanzig Minuten. An den Tagen, an denen eine Thoralesung stattfand, dauerte es ein wenig länger. Wenn er dann nach Hause ging, stand die Sonne schon merklich höher, und es war fühlbar wärmer geworden. Manchmal waren dann Miriam und Gittel noch da, und da Miriam nicht von der Meinung abzubringen war, ein «gutes Frühstück» sei wichtig für den Tagesbeginn, bekam er Toast, Eier und frischen Kaffee vorgesetzt. Wenn die beiden Frauen bei seiner

Rückkehr schon fort waren und er sich selbst versorgen mußte, wärmte er sich nur den Frühstückskaffee auf und aß ein trockenes Brötchen dazu.

Die Männer, die zum Minjan zusammenkamen, waren meist berufstätig und hatten es eilig, nach dem Gottesdienst an ihre Arbeitsstelle zu kommen, aber einige waren immer dabei, die, wie der Rabbi, nichts Dringendes zu erledigen hatten und noch eine Weile in freundschaftlichem Gespräch zusammenstanden oder sich in einem nahe gelegenen Café zu einer Tasse Kaffee, Brötchen oder Kuchen zusammensetzten, ehe sich ihre Wege wieder trennten. Zu dieser kleinen Gruppe gehörte unweigerlich Aharon, ein hochgewachsener, gutaussehender älterer Herr, der immer sehr korrekt, fast ein wenig dandyhaft gekleidet war – oder so, wie sich vor etlichen Jahrzehnten ein Dandy gekleidet haben würde. Man sah ihm an, daß er sich morgens immer einige Gedanken über seine Garderobe machte, sich überlegte, welches Hemd zu welchem Anzug und welcher Krawatte passen mochte und ob er schwarze oder braune Schuhe anziehen sollte. Er benahm sich auffallend förmlich. Wenn man ihn fragte, ob er Lust habe, mit ins Café zu gehen, schlug er zum Zeichen der Zustimmung die Hacken zusammen und verbeugte sich leicht aus der Hüfte. Das hätte bei einem anderen leicht lächerlich wirken können. Bei ihm hatte man eher das Gefühl, daß er auf einem Posten tätig gewesen war, wo man Wert auf so ein Auftreten gelegt hatte, in einer Bank etwa oder an einer Botschaft. Sein Englisch war fließend, allerdings sprach er mit einem leichten Akzent. Einem deutschen Akzent, dachte der Rabbi. Vielleicht waren es aber auch nur Anklänge des jiddischen Idioms, mit dem er aufgewachsen war.

Der Rabbi fand ihn sympathisch. Er war zurückhaltend und beteiligte sich nie an den harmlosen Späßen, die sich die anderen mit dem Besitzer und der Bedienung des kleinen Cafés machten. Er sprach wenig und nickte ernsthaft, wenn ein anderer seine Ansicht äußerte. Wenn er selbst etwas zu sagen hatte, klang es stets bedeutungsvoll. Man hatte das Gefühl, daß er nicht aufs Geratewohl etwas behauptete und nicht theoretisierte, sondern nur den Mund aufmachte, wenn er wirklich seiner Sache sicher war, und seine Meinung wurde auch nur selten in Frage gestellt.

Es war Donnerstag, der Minjan hatte wegen der Thoralesung länger gedauert. Ein Junge war anläßlich seiner Bar Mizwa zu einer der Lesungen aufgerufen worden, danach hatte man das Ereignis noch mit Wein, Whisky und *kichel* gefeiert, die der Vater des Jungen spendierte. Es gab die üblichen Glückwünsche, Trinksprüche wurden auf Vater und Sohn ausgebracht. Dann sagte jemand: «Es ist ja schon fast neun», und alles stob auseinander, als sei der Fuchs unter eine Hühnerschar geraten. Der Rabbi und Aharon blieben draußen stehen und warteten, ob sonst noch jemand Lust verspürte, auf eine halbe Stunde in ihr Stammcafé zu gehen. Als sich niemand fand, sagte Aharon: «Wenn Sie Zeit haben, Rabbi, und einen kleinen Fußweg nicht scheuen, würde ich Sie gern zum Frühstück einladen.»

Da er ja wußte, daß der Rabbi sich normalerweise nur Kaffee und ein Brötchen bestellte, hätte das bei einem anderen leicht etwas großspurig klingen können, aber Aharon war ein besonderer Fall. «Vielen Dank», sagte der Rabbi deshalb ganz ernsthaft, «ich nehme die Einladung gern an.» Während sie nebeneinander hergingen, fragte er: «Sind Sie eigentlich pensioniert, Aharon? Zu dumm... ich weiß gar nicht, wie Sie mit Nachnamen heißen.»

«Perlmutter. Nein, ich bin nicht im Ruhestand. Im Augenblick arbeite ich nachmittags und abends und habe deshalb vormittags frei, aber damit ist ab morgen Schluß.»

«Soll das heißen, daß Sie Ihre Stellung aufgeben?»

«Nein, nein, aber nächste Woche habe ich wieder die Vormittagsschicht. Ich bin das, was man einen Springer nennt, greife überall zu, wo ich gebraucht werde. Da wären wir.»

Sie standen vor dem Eingang des *Hotel Excelsior*. «Wohnen Sie hier?» fragte der Rabbi.

«Nein, das ist mein Arbeitsplatz.» Perlmutter führte seinen Gast in den Speisesaal. «Manchmal bin ich an der Rezeption, manchmal im Büro. Ich bin von Beruf Buchhalter. Meine Mahlzeiten nehme ich meist hier ein, das wird von den Mitarbeitern erwartet. Und niemand hat etwas dagegen, wenn ich hin und wieder einen Gast mitbringe.»

«Sie sind nicht verheiratet?»

«Nein. Meine Frau... Ich bin Witwer.»

Nur ein Tisch war besetzt, und nach der Vertrautheit, mit der die fünf, sechs Gäste von dort zu ihnen herübergrüßten, schloß der Rabbi, daß es Hotelangestellte waren. Er fragte Aharon danach, der seine Vermutung bestätigte.

«Hotelfrühstück gibt es von sieben bis neun, und es ist jetzt nach neun. Wie Sie sehen, ist das Frühstücksbüfett abgeräumt.» Er führte ihn an einen Tisch. «Der Ober bringt uns aber aus der Küche, was wir möchten.»

«Für mich nur Kaffee und ein Brötchen.»

«Keine Eier, kein Omelett, keinen Toast? Räucherfisch vielleicht oder Hering?»

«Nur ein Brötchen.»

Aharon winkte dem Ober und gab die Bestellung auf. Der Rabbi registrierte mit Interesse, daß der Ober ihn *Mr.* Aharon nannte. Während sie langsam ihren Kaffee tranken, sagte der Rabbi: «In der Debatte nach dem Minjan ist mir aufgefallen, daß Sie sich gut im Talmud auskennen.»

«Nun ja, ich habe ihn studiert...»

«In einer Jeschiwa? Haben Sie sich fürs Rabbinat interessiert?»

Der andere lachte. «Nein, aber meine Familie war relativ wohlhabend, sie legte Wert auf eine gute Ausbildung für mich und schickte mich in eine Jeschiwa, aber nicht mit dem Ziel, Rabbiner zu werden.» Er lächelte. «Der Jeschiwa verdanke ich es, daß ich eine so wunderbare Frau bekommen habe.»

«Wie das?»

«Sehen Sie, es hieß von mir, ich sei ein stattlicher, gutaussehender Bursche. Ich kam aus einer guten Familie, die nicht gerade reich, aber auch nicht arm war, und galt nun außerdem noch als Gelehrter, was meine Aussichten erheblich verbesserte. Jacob Grenitz, der Krösus unseres Städtchens, hatte eine Tochter in heiratsfähigem Alter. Ein *schadchen* suchte meine Eltern auf, entweder aus eigenem Antrieb, vielleicht aber auch auf Betreiben von Grenitz, und die Heirat wurde ausgehandelt. Es ist eine gute Ehe geworden, wir haben uns sehr geliebt.»

«Ein großer Glücksfall», meinte der Rabbi.

Aharon lächelte mit leichtem Spott. «Meinen Sie? Sie sind jung, Rabbi, und in der romantischen Vorstellung aufgewachsen, geheiratet werden dürfe allemal nur bei freier Partnerwahl der Beteiligten. Dabei haben sich wahrscheinlich noch Ihre Großeltern, wenn nicht gar Ihre Eltern – und natürlich deren Vorfahren – der Vermittlung eines *schadchen* bedient. Glauben Sie wirklich, daß all diese Menschen unglückliche Ehen geführt haben? Wenn ein Paar vom Alter und von der Herkunft her nicht allzu unterschiedlich ist, kann man damit rechnen, daß es eine glückliche Ehe wird. Und eben das sicherzustellen ist Sache des *schadchen*. Es ist seine Hauptaufgabe, Paare zusammenzuführen, die zueinander passen.»

«Da mögen Sie recht haben», meinte der Rabbi nachdenklich. «Ich weiß, daß meine Großeltern sehr glücklich verheiratet waren, und es handelte sich, wie Sie sagen, um eine von den Eltern verabredete Ehe.»

«Diese romantischen Ideen», räumte Aharon ein, «waren schon in meiner Jugend weit verbreitet. Aber meine Schwiegereltern waren sehr konservativ, und ihre Tochter richtete sich ganz nach ihnen.»

Er seufzte. «Zehn Jahre waren wir miteinander glücklich. Mein Schwiegervater besaß eine Glasfabrik, er stellte Flaschen für die Pharmazie her. Ich arbeitete zunächst bei ihm im Büro und wurde sehr bald Finanzchef des Unternehmens. Aber wir hatten keine Kinder.

Heutzutage läßt sich dagegen etwas tun. Man kann feststellen, ob es am Mann liegt oder an der Frau, und oft kann man Abhilfe schaffen. Damals aber gingen die Eltern des Ehemannes automatisch davon aus, es müsse an der Frau liegen, und die Eltern der Frau dachten, es läge am Mann. Meine Eltern, die sich sehnlichst Enkel wünschten, deuteten sogar an, ich solle mich doch scheiden lassen, Gott verzeih ihnen. Falls mein Schwiegervater ähnliche Gedanken hegte, hat er es sich nie anmerken lassen. Er hatte mich sehr gern, wir haben uns immer gut verstanden. Dann, nach zehn Jahren, wurde meine Frau schwanger.»

«Und?»

«Sie starb während der Entbindung.»

«Und das Kind?»

«Kam tot zur Welt.»

«Wie schrecklich.»

Aharon nickte. «Ich gab unser Haus auf und zog für das Trauerjahr ins Haus meines Schwiegervaters. Wir stützten uns gegenseitig in unserem Kummer. Ich hätte nicht mehr in unserem Haus leben können, in dem mich alles an sie erinnerte. Und dann schickte mich mein Schwiegervater ins Ausland.»

«Warum?»

«Er hatte in der Schweiz Verhandlungen zum Ankauf von Maschinen geführt, und gewissermaßen in letzter Minute entschied er, daß ich an seiner Stelle hinfahren sollte, um das Geschäft zum Abschluß zu bringen. Vielleicht dachte er, ein Tapetenwechsel würde mir guttun. Er brachte mich zum Bahnhof, und danach habe ich ihn nie wiedergesehen.»

«Was war geschehen?»

«Deutschland überfiel Polen und –»

«Aber das war doch um 1940...»

«Am 1. September 1939.»

Der Rabbi rechnete rasch nach. «Dann müssen Sie ja über siebzig sein.»

«Fünfundsiebzig», sagte Aharon.

«Ich hätte Sie gut und gern zehn Jahre jünger geschätzt.»

«Manche Menschen läßt der Kummer altern, bei anderen scheint Kummer den Alterungsprozeß anzuhalten. Es lag auf der Hand, daß ich nicht quer durch die deutschen Linien wieder in meine Heimat zurückkehren konnte. Und dann fiel von Osten her Rußland in Polen ein, und die beiden Angreifer schlossen einen Vertrag, in dem sie die Beute – meine Heimat Polen – unter sich aufteilten. Es war eine Ironie des Schicksals, daß die Demarkationslinie direkt durch unsere Stadt lief. Der Name meines Schwiegervaters, Grenitz, bedeutet Grenze. Jahre später, nach dem Krieg, als man wieder reisen konnte, fand ich von der Familie keine Spur mehr, sie waren alle ermordet worden.»

Sie waren inzwischen die einzigen Gäste. An den anderen Tischen wurde zum Mittagessen gedeckt, Kellner wechselten Tischtücher und legten Servietten und Besteck auf. Der Rabbi sah sich um. «Ich mache mich wohl besser auf den Weg.»

«Ja, ich glaube, die Kellner würden hier auch gern abräumen.» Aharon stand auf und sagte mit einer förmlichen kleinen Verbeugung: «Zum *schachris* werden wir uns eine Weile nicht mehr sehen. Vielleicht zu *minche* und *maariv*. Man hat mir gestern gesagt, daß ich wohl eine ganze Weile Frühdienst würde machen müssen. Mit fünfundsiebzig kann man nicht mehr allzu wählerisch sein. Kurz vor sieben komme ich her, um die Frühstücksgäste auf meiner Liste abzuhaken, das mache ich bis neun, dann muß ich an die Rezeption. Deshalb kann ich nicht zum Minjan kommen. Ich werde meine Gebete zu Hause sprechen.»

«Und wann sind Sie dann mit der Arbeit fertig?»

Aharon zuckte die Schultern. «Normalerweise um drei, aber im Hotel läßt sich das nie so genau sagen. Vielleicht kann ich es so einrichten, daß Sie – natürlich mit Ihrer Frau – irgendwann einmal zum Abendessen herkommen. Wir haben einen hervorragenden Küchenchef.»

«Das wäre sehr nett, Aharon.» Der Rabbi streckte ihm die Hand hin.

12

Da der Brief den Vermerk «Persönlich» trug, legte Mrs. Mills ihn Professor Dhamouri ungeöffnet vor. Er sah, daß es ein Umschlag des Hotels Olympia in Athen war, registrierte, daß er eine amerikanische Briefmarke trug und in New York aufgegeben war. Tatsächlich – eine Nachricht von Grenish. Der erste Satz bestätigte ihm, was er schon vermutet hatte:

> Lieber Hassan! Ein Landsmann, mit dem ich hier im Hotel ins Gespräch kam, sagte mir, daß er morgen früh in die Staaten fliegt, ich will Ihnen deshalb rasch ein paar Zeilen schreiben, und er kann den Brief nach der Landung in die Post geben.

Wenn ich den Brief der griechischen Post anvertrauen würde, könnte es mir, wie man hört, durchaus passieren, daß ich vor meiner eigenen Epistel in den Staaten ankomme.

Der Flug war sehr angenehm – wenn man von dem Zeitgenossen absieht, der sich neben mich setzte und mich mit seiner Neugier nervte. Die Maschine war nur zur Hälfte besetzt, die Passagiere wechselten deshalb recht häufig die Plätze. Er wolle zurück in die ‹alte Heimat›, erzählte er mir, aus der er als kleiner Junge ausgewandert war.

Was ich in Griechenland wolle, fragte er, ob ich dort Bekannte hätte, ob ich länger zu bleiben gedächte oder noch andere Länder besuchen wolle. Und ob ich in Athen schon ein Hotel gebucht hätte. Als ich sagte, ich wäre im *Olympia*, konnte er sich gar nicht lassen vor Überraschung ob dieses Zufalls. Dort wohne er auch. Und das sei ein großes Glück für mich, denn seine Vettern würden ihn dort besuchen und uns – man beachte den Plural! – die Stadt zeigen.

Ich wurde ihn erst los, als ich die Augen zumachte und murmelte, ich sei nach dem üppigen Essen – das übrigens wirklich nicht schlecht war – rechtschaffen müde. Nach einer Weile bin ich dann tatsächlich eingeschlafen. Als ich aufwachte, war er weg, und ich habe mich natürlich gehütet, nach ihm Ausschau zu halten.

In Athen war ich etwas überrascht – und hochbeglückt! –, daß er nicht mit mir in den Flughafenbus einstieg. Offensichtlich hatten ihn die bewußten Vettern abgeholt, denn ich sah ihn in einem Privatwagen, der an unserem Bus vorbeifuhr. Ich nahm an, daß er vor mir im Hotel sein würde, und erwartete halb und halb, er würde mir in der Halle auflauern, aber als ich ankam, war die Luft rein.

Ich meldete mich an und machte dann gleich einen kleinen Spaziergang, um meinem Flugnachbarn nicht in die Arme zu laufen. Meine erste Regung war Erstaunen über das geschäftige Treiben in der Stadt; so modern und so belebt hatte ich sie mir nicht vorgestellt.

Weiter schilderte er die Liebenswürdigkeit der griechischen Geschäftsleute, wobei er sich fragte, ob sie sich damit am Ende nur Kunden angeln wollten – «*Timeo Danaos et dona ferentes*, obgleich von Geschenken vermutlich keine Rede sein kann, die Touristen müssen ganz schön blechen...», die klare Luft, die Hitze. Schließlich berichtete er noch, daß er am nächsten Morgen den Olymp besteigen und im Laufe der Woche vielleicht auf eine der Inseln fahren würde.

Der Professor faltete das Blatt und schob es sorgsam wieder in den Umschlag. Dann griff er zum Telefon und ließ sich Albert Houseman im *Holiday Inn* geben.

Houseman kam in Jeans und Turnschuhen herüber, sobald er sicher sein konnte, daß Mrs. Mills gegangen war. Er las den Brief, den El Dhamouri ihm reichte.

«Was meint er mit diesem *timeo*?»

«Das ist ein lateinisches Zitat. *Ich fürchte die Danaer, auch wenn sie Geschenke bringen*. Abe Grenish ist ein kleiner Angeber, er liebt es, lateinische Zitate einzustreuen, wenn sich die Gelegenheit ergibt.»

«Er hat nicht geschrieben, wie der Bursche hieß.»

«Sie meinen seinen griechischen Freund? Nein, das stimmt. Vielleicht hat er den Namen nicht recht verstanden, vielleicht hat der Mann sich auch gar nicht vorgestellt. Was halten Sie von der Sache?»

«Wahrscheinlich war es nur ein harmloser Schwätzer. Diese Transatlantikflüge können ganz schön öde sein. Trotzdem...» Er trommelte nachdenklich mit den Fingern auf die Schreibtischplatte.

«Sie glauben, er könnte...»

«Man darf nichts riskieren. Ich werde einem unserer Leute in Athen Bescheid sagen. Wir kennen auch den Namen von dem Typ nicht, der Grenishs Brief zur Post gegeben hat. Der weiß jetzt, daß Grenish Kontakt mit Ihnen hat, denn auf dem Umschlag stand ja Ihr Name.»

«Aber er ist inzwischen hier in den Staaten.»

«Sicher, aber er könnte vor seinem Abflug in Athen irgendwelchen Leuten einen Tip gegeben haben. Kann ich mal den Umschlag haben?» Er betrachtete aufmerksam die Rückseite.

«Wonach suchen Sie?» fragte El Dhamouri.

«Ich wollte sehen, ob die Klappe aufgedampft und wieder zugeklebt worden ist.» Er gab den Brief zurück. «Mit bloßem Auge kann man das nicht entscheiden. Na schön, ich werde vom Hotel aus gleich Verbindung mit Athen aufnehmen.»

In der Einzimmerwohnung sah Avram zu, wie Gavriel mit Pfeilen auf eine an der Wand befestigte Korkscheibe warf. Gavriel kniff die Augen zusammen und warf den letzten Pfeil. «Genau ins Schwarze», sagte er befriedigt.

«Purer Dusel», bemerkte Avram. «Du wirfst zu ruckartig. So triffst du nie genau. Du mußt durchschwingen.»

Das Telefon läutete, und Gavriel griff sich den Apparat vom Boden. «In Ordnung», sagte er. «Okay, ich melde mich wieder.» Dann wandte er sich an Avram. «El Dhamouri hatte Besuch von einem gewissen Albert Houseman, zum zweiten oder dritten Mal. Er kommt immer nachmittags, wenn die Sekretärin aus dem Haus ist.»

«Sieh mal einer an...»

«Kennst du ihn? Wer ist der Mann?»

«Du hast nie an der Westküste Dienst gemacht, was? Früher hieß er Ibn Hosni, Abdul Ibn Hosni, er hat sich ganz offiziell umbenannt, und das ist aufschlußreich. Früher hat praktisch jeder, der nach Amerika kam, zu allererst seinen Namen amerikanisiert. Manchmal haben es sogar die Einwanderungsbehörden für ihn besorgt. Aus Hans wurde Henry, aus Jorge George, aus Yitzchak Isaak oder Isadore oder Irving oder Irwin.»

«In Israel ist es nicht anders», sagte Gavriel. «Dort wird aus Irwin oder Irving Yitzchak, aus Greenberg Ben Gurion, aus Scholnick Eshkol.»

Avram nickte. «Gewiß, aber in den Staaten hat sich das inzwischen geändert. El Dhamouri zum Beispiel ist El Dhamouri geblieben. Neuerdings hängen die Leute an ihren alten Namen. Heinrich bleibt Heinrich, und aus Ian und Ivan wird nicht mehr John. In unseren Kreisen gibt's wieder den Moshe statt Moses oder Morris und Yaacov statt Jacob. Du kennst ja das berühmte Geiger-Duo... der Ältere heißt Isaac Stern, der Jüngere Yitzchak Perlman.»

«Und?»

«Und deshalb ist es eigenartig, daß Abdul Ibn Hosni sich in Albert Houseman verwandelt hat.»

«Du meinst, er will seine arabische Herkunft tarnen?»

«Wohl nicht in dem Sinn, daß er sie leugnen will. Vielleicht findet er es nur unkomplizierter. Wenn er sich in einem Hotel als Abdul Ibn Hosni einträgt, ist es mehr als wahrscheinlich, daß der Mann an der Rezeption dem Hoteldetektiv einen diskreten Wink gibt, aber als Albert Houseman bleibt er, auch wenn er arabisch aussieht, vermutlich unbehelligt.»

«Kennst du ihn gut?»

«Ziemlich gut. Er ist einer von denen, die für Ibrahim die Schmutzarbeit machen.»

«Gefährlich?»

Avram zuckte die Schultern. «Das sind sie alle, wenn's drauf ankommt.»

«Er wohnt im *Holiday Inn Hotel* in Cambridge.»

«Soso... Er ist Druse. Wie Ibrahim.»

«Und wie El Dhamouri.»

«Vielleicht kennen sie sich von früher. Vielleicht steckt aber auch etwas anderes dahinter. Es wäre aufschlußreich festzustellen, was er macht, wenn er nicht gerade El Dhamouri besucht. Ihn zu beschatten wäre wohl übertrieben, aber es lohnt sich vielleicht, ihn im Auge zu behalten.»

«Okay. Gibst du es weiter?»

«Selbstverständlich. Ich bin bloß froh, daß wir nur Informationen sammeln und nicht auswerten.»

13

Als konservativer Rabbiner genoß David Small keinerlei Ansehen – jedenfalls nicht als Rabbi – bei dem orthodoxen Establishment, das in Israel über religiöse Fragen bestimmte. Das Wörtchen Rabbi mochte für ihn hier allenfalls als Höflichkeitsfloskel gelten, wie die Bezeichnung «Colonel» in Kentucky, es stand keinerlei Autorität dahinter. Und deshalb hatte er einige Bedenken, wenn er an seinen bevorstehenden Besuch bei Louis Goodmans Sohn in der amerikanischen Jeschiwa dachte, die nach allem, was man so hörte, eine ultraorthodoxe Einrichtung war.

David Small besaß zwar ein besonderes Talent, unerfreuliche Aufträge oder solche, zu denen er wenig Lust verspürte, zu verdrängen, aber um diese Aufgabe, das wußte er wohl, konnte er sich nicht drücken. Er hatte es schließlich versprochen. Und so bestieg er denn an einem schönen, sonnigen Tag nach dem Minjan und einem geruhsamen Frühstück einen Bus, der ihn nach Abu Tor brachte.

Die Jeschiwa war in einer Villa aus rosa-beige-farbenem Jerusalemstein untergebracht, die früher einem reichen Araber gehört hatte. Rechts und links neben einem mit blauen Kacheln belegten Torbogen hielten kleine Gipslöwen Wacht. Dem einen fehlte eine Pfote, bei dem anderen war ein Stück Schnauze abgeplatzt. Der früher vermutlich liebevoll gestaltete und gepflegte Vorgarten war jetzt ein Gewirr wuchernder Büsche. Der eiserne Zaun, der das Grundstück umgab, war stark verrostet, an einigen Stellen fehlten Zaunpfähle, so daß Lücken entstanden waren.

Der Rabbi sah sich neugierig um, dann ging er langsam über den Plattenweg bis zu der großen hölzernen Doppeltür mit den prunkvollen Messinggriffen. An der Tür war ein Messingklopfer in Form eines Löwenkopfes angebracht, aber der Rabbi suchte nach einem diskreteren Klingelknopf. An jener Stelle, wo dieser Knopf ursprünglich gewesen sein mochte, steckte jetzt eine Mesusa. Der Rabbi berührte sie automatisch mit den Fingerspitzen, die er danach an die Lippen führte. Dabei überlegte er, ob wohl die Klingel absichtlich entfernt worden war, um niemanden zu veranlassen, versehentlich am Sabbat den Klingelknopf zu betätigen und durch diese Bewegung, die ja Arbeit war, den Ruhetag zu entweihen. In diesem Augenblick kam ein hochgewachsener, blonder junger Mann über den Plattenweg. Er hatte einen Bart, eine kleine gehäkelte *kipah* saß in dem langen Haar. Er trug verwaschene Jeans, die er in seine Lederstiefel gesteckt hatte, und ein Sweatshirt mit abgeschnittenen Ärmeln. Er sah den Rabbi fragend an, dann machte er die Tür auf und hielt sie einladend offen.

Der Rabbi betrat eine große, leere Halle mit schwarzweißem Marmorboden, direkt vor sich sah er eine breite Treppe, die zu einer Galerie mit Mahagonigeländer führte. Der junge Mann ließ ihn stehen und rannte, immer zwei Stufen auf einmal nehmend, die Treppe hinauf. Der Rabbi sah sich zögernd um. Rechts ging ein Korridor mit etlichen Türen ab, die wohl zu Wohn- oder Büroräumen führten. Gleich neben dem Eingang war ein Fensterchen, das an das Fenster einer Pförtnerloge erinnerte – zumindest hatte die Türverglasung eine kleine, kreisförmige Öffnung. Der Rabbi trat näher heran. Durch das Glas konnte er ein kleines Büro mit einem Schreibtisch und zahlreichen Aktenschränken erkennen. An dem Schreibtisch saß ein Mann mit struppigem, schwarzem Bart über einem Kontobuch gebeugt. Er trug eine schwarze Alpakajacke über einem offenen weißen Hemd. Auf dem Kopf hatte er einen schwarzen Filzhut mit schmalem Rand.

Der Rabbi räusperte sich und hüstelte entschuldigend, doch der Mann rührte sich nicht. Der Rabbi wartete eine Minute, dann klopfte er an die Scheibe. Diesmal sah der Mann sichtlich verärgert auf. Das Gesicht war hager, die Augen lagen tief in den Höhlen und glitzerten fiebrig. Er mochte um die vierzig sein.

«Ich suche Jordan Goodman», sagte Rabbi Small.

«Goodman? Goodman? Haben wir nicht.»

«Ich glaube, er nennt sich jetzt Ish-Tov.»

«Ah, so, Ish-Tov. Und was wollen Sie von ihm?»

«Ich möchte mit ihm sprechen.»

«Und Sie sind?»

«David Small, der Rabbi seiner Heimatstadt in den Staaten.»

Seufzend erhob sich der Mann, machte die Tür auf und winkte

den Rabbi ins Büro. Er stellte sich nicht vor, aber ein Messingschild auf dem Schreibtisch trug den Namen Joseph Kahn.

Auf dem einzigen Besucherstuhl türmten sich Akten, deshalb blieb der Rabbi stehen. Kahn musterte ihn einen Augenblick, registrierte die graue Flanellhose, die Leinenjacke, die Sportmütze, das glattrasierte Gesicht. Dann sagte er herablassend, ja, fast unverschämt: «Ein Reformrabbi, wie?»

«Nein, ich bin Konservativer.»

«Kommt auf dasselbe raus.» Kahn setzte sich und griff nach dem Kontobuch, als sei die Sache damit für ihn erledigt. Dann wandte er Rabbi Small den Kopf zu. «Ich glaube kaum, daß Ish-Tov interessiert daran wäre, mit Ihnen zu sprechen.»

«Nicht einmal, wenn ich Grüße von seinen Eltern bringe?»

«Sie sind gesund?»

«Ja, aber –»

«Ich werde es ihm ausrichten.»

Rabbi Small schluckte die zornige Antwort herunter, die ihm schon auf der Zunge lag. Er brachte sogar ein Lächeln zustande. «Es wundert mich ein bißchen, daß Sie hier in einer Jeschiwa einen Ihrer Schüler daran hindern wollen, eine *mizwe*, ein göttliches Gebot, zu erfüllen.»

Kahn warf ihm einen bösen Blick zu. «Eine *mizwe*? Wie meinen Sie das?»

«Du sollst Vater und Mutter ehren.»

Kahn trommelte nervös auf der Schreibtischplatte herum und überlegte. Dann stand er entschlossen auf. «Es ist vielleicht besser, wenn Sie mit Rabbi Karpis, unserem Direktor, sprechen», sagte er, ging um den Schreibtisch herum und verließ das Zimmer. Ein paar Minuten später kam er zurück und bedeutete Rabbi Small, ihm zu folgen. Er führte ihn den Korridor entlang bis zu einer Tür mit der Aufschrift «Direktor». Er klopfte, machte auf und ließ den Rabbi eintreten, dann zog er sich zurück und machte die Tür hinter sich zu.

Der Direktor war ein großer, massiger Mann mit kantigem, grauem Bart. Er saß an einem aufwendigen Teakholzschreibtisch. Der Schreibtisch war leer bis auf ein Schachbrett mit einigen Figuren, das er offenbar studiert hatte und jetzt beiseite schob, als sein Besucher eintrat.

Rabbi Small warf einen Blick auf das Brett und erkannte an der Stellung der Figuren sogleich eine Schachaufgabe, die vor ein paar Tagen in der Zeitung gestanden hatte.

Rabbi Karpis war seinem Blick gefolgt. «Spielen Sie Schach? Weiß beginnt, matt in drei Zügen. Ich muß gestehen, daß ich ratlos bin.» Sein Englisch hatte einen leichten britischen Akzent.

«Ja, ich habe es in der Zeitung gesehen. Sie müssen mit dem Springer vorrücken.»

«Warum?»

«Um ihn aus dem Weg zu haben.»

«Aber dann schnappt sich der schwarze Springer die Dame.»

«Soll er doch. Sie bewegen ihren zweiten Springer auf den Läufer zu und schneiden damit dem schwarzen Springer den Weg ab...»

«Jetzt wird mir alles klar. Natürlich, wie dumm von mir. Wie lange haben Sie gebraucht?»

«Zwei Tage», schwindelte der Rabbi. «Und dann war es eigentlich auch eher Glückssache.»

«Hm.» Rabbi Karpis lehnte sich zurück und musterte seinen Besucher argwöhnisch unter gesenkten Lidern. «Mein Kollege sagt, daß Sie konservativer Rabbiner sind.»

«Ja, und er schien das zu mißbilligen.»

Rabbi Karpis lächelte. «Mr. Kahn ist...» Er suchte nach einem Wort. «...jung. Die Jugend ist gern kompromißlos in ihrer Einstellung. Ich selbst bin zwar dagegen, mit den Geboten Gottes zu experimentieren, wie es die Konservativen, das Reformjudentum, die Rekonstruktionisten tun, aber hin und wieder lassen uns Juden dieser Richtungen Unterstützung, finanzielle Unterstützung, für unsere Arbeit zukommen.»

«Soso», sagte Rabbi Small höflich.

«Überrascht Sie das, Rabbi? Überlegen Sie mal: Weshalb kommen unsere Studenten zu uns? Weil es sie drängt, zum Glauben und zu den Sitten ihrer Väter zurückzukehren. Und warum dieser Wunsch? Manche haben ein völlig normales, alltägliches Leben geführt, das sie nicht befriedigt hat, andere aber haben es mit ausgefallenen Religionen versucht, mit Drogen, mit einer exotischen Existenz. Manche hatten sogar Schwierigkeiten mit der weltlichen Obrigkeit. Und was empfinden Eltern, wenn diese Kinder, zur Umkehr bereit, zu uns kommen? Dankbarkeit, Rabbi. Dankbarkeit.»

«Und zum Zeichen ihrer Dankbarkeit schicken Sie Ihnen einen Scheck.»

Der Direktor lächelte breit und nickte.

«Ich muß Ihnen fairerweise sagen», erklärte Rabbi Small, «daß Sie sich in dieser Hinsicht bei Goodman – Ish-Tov meine ich – keine Hoffnungen machen dürfen. Seine Eltern leben in sehr bescheidenen Verhältnissen, deshalb sind sie auch nicht selbst gekommen, um nach ihm zu sehen, so etwas können sie sich nicht leisten. Als sie hörten, daß ich nach Israel reisen würde, haben sie mich gebeten, ihn aufzusuchen und mich davon zu überzeugen, daß es ihm gutgeht.»

«Sie dürfen nicht meinen, daß wir nur an Schülern interessiert sind, deren Eltern uns eine Spende zukommen lassen», sagte der Direktor vorwurfsvoll. «Wir brauchen Geld wie jede Organisation, aber darüber haben wir nicht unser eigentliches Ziel aus den Augen verloren.»

«Und das wäre?»

Rabbi Karpis sah ihn einigermaßen erstaunt an. «Unser Ziel ist es selbstverständlich, die Juden wieder an ihren Glauben, ihr Erbe heranzuführen. Als sie zu uns kamen, waren diese jungen Menschen alle weltlich gesinnt, und die meisten waren überdies noch unglücklich. Wir lehren sie das, was sie als Juden wissen müssen. Wir geben ihrem Leben eine neue Richtung, und dann sind sie –»

«– wiedergeboren?» fragte Rabbi Small ungeduldig.

Rabbi Karpis drohte ihm mit dem Finger. «Sie scherzen natürlich.» Und in lehrhaftem Ton fügte er hinzu: «Wir alle werden jeden Morgen wiedergeboren, wenn wir erwachen.» Er lehnte sich vor und stützte die Arme auf den Schreibtisch. «Wollen Sie behaupten, wir hätten diese jungen Leute verführt? Eine Gehirnwäsche mit ihnen veranstaltet? Wir wären ein Kult wie jene Sekten, die in den letzten Jahren in Ihrem Land wie Pilze aus dem Boden geschossen sind?»

«Ich war nur etwas überrascht, daß Ihr Kollege am Empfang

sagte, Goodman würde kaum daran interessiert sein, mit mir zu sprechen, obgleich er sich nicht die Mühe gemacht hatte, ihn selbst danach zu fragen. Und daß er mich, als ich mich nicht so ohne weiteres abwimmeln ließ, zu Ihnen brachte, statt einfach Goodman Bescheid zu geben, daß ein Besuch da sei, der ihm Grüße von seinen Eltern ausrichten wollte.»

«Nun ja, Mr. Kahn ist ein wenig kurz angebunden. Aufbrausend, könnte man sagen. Er ist unser Sekretär und hat überdies die Aufgabe, bei Studium und Gebet für Disziplin zu sorgen. Dafür bringt er die besten Voraussetzungen mit. Viele unserer Schüler kamen zu uns, weil sie begriffen hatten, daß ihr Leben bis dahin unbefriedigend, wirkungslos, kontraproduktiv gewesen war. Sie waren zu Sklaven ihrer Emotionen geworden, handelten spontan, lebten von einem Tag auf den anderen. Wissen Sie, wie Ihr Freund Goodman – Ish-Tov – zu uns nach Israel kam? Er war in Kalifornien gewesen und wollte eigentlich nach Südamerika, da lief ihm ein gewisser Good über den Weg, der ein kurz vor dem Ablauf stehendes Ticket USA–Israel besaß. Für ein paar Dollar konnte Ish-Tov diesem Mann das Ticket abkaufen. Den Namen in Goodman umzufälschen war ein Kinderspiel. Ja, so ist er in Israel gelandet.» Er schnippte mit den Fingern.

«Sollte nun einer dieser jungen Männer den Wunsch haben, auf ein Wochenende nach Eilat zu fahren oder auch nur einmal abends ins Kino zu gehen, wird ihm Mr. Kahn sagen, daß das nicht möglich ist. Sollte er darauf bestehen – glauben Sie, wir würden ihn gewaltsam zurückhalten? Nein, er könnte gehen, aber er dürfte nicht wiederkommen. Disziplin ist alles, Rabbi Small. Wenn Studium und Gebet erst zur Gewohnheit geworden sind, wenn der Schüler ein gewisses Maß an Selbstdisziplin erworben hat, ist eine Disziplinierung durch uns nicht mehr erforderlich, und es steht ihm frei, zu kommen und zu gehen, wie er will.

Mr. Kahn kennt die Bedürfnisse und die Schwächen der einzelnen Schüler sehr genau. Warum wollte er nicht, daß Ish-Tov mit Ihnen spricht? Vielleicht, weil er meinte, daß Ish-Tovs Studien zur Zeit nicht unterbrochen werden dürften? Oder daß es im Augenblick nicht klug wäre, Ish-Tov aus seiner geistigen Arbeit herauszureißen und seine Gedanken auf sein früheres Leben in Amerika zu lenken?» Wieder lächelte er breit. «Es kann natürlich auch sein, daß Kahn einfach nur Kopfschmerzen hatte.»

«Kopfschmerzen?»

Rabbi Karpis faltete die Hände, nickte und schüttelte dann mitleidsvoll den Kopf. «Der arme Kerl leidet gelegentlich unter heftigen Migräneanfällen, manchmal ist er deshalb so reizbar.

«Aha. Und sind, wenn Ihre jungen Männer am Schabbat vorbeifahrende Wagen mit Steinen bewerfen oder Ihrem Nachbarn Müll vor die Tür schütten, daran Mr. Kahns Kopfschmerzen schuld, oder gehört das zu Ihren disziplinarischen Maßnahmen?»

Der Direktor lehnte sich vor. «Glauben Sie mir, Rabbi Small, diese Vorgänge habe ich nie gebilligt», sagte er ernst und mit Nachdruck. «Und seit ich diesen Posten übernommen habe, ist so etwas auch nicht mehr vorgekommen.» Er hob vielsagend die Schultern. «In unserer Organisation – in jeder Organisation – gibt es ein Ziel, aber unterschiedliche Auffassungen darüber, wie man dieses Ziel am besten erreicht. Dabei bleibt es nicht aus, daß sich Flügel bilden. Selbst bei den *tannaim* gab es die Schule des Hillel und die Schule des Shammai. Mein Vorgänger war ein bedeutender Gelehrter, ein Mann von größter Rechtschaffenheit. Er gehört zu einem aktivistischen Flügel, wenn ich mich einmal so ausdrücken darf. Doch inzwischen ist...» Wieder suchte er nach einem Wort. «...ist eine Klimaänderung eingetreten und eine Änderung unserer... äh... Strategie in mancherlei Hinsicht...»

«Ich verstehe. Könnte ich in Anbetracht dieser Klimaveränderung nicht vielleicht doch mit Ish-Tov sprechen? Es liegt nicht in meiner Absicht, Ihre Disziplin zu untergraben oder –»

«Aber natürlich, mein lieber Rabbi Small.» Er griff nach dem Telefon auf seinem Schreibtisch und drückte auf einen Knopf. «Yossi? Schick mir doch bitte gleich einmal Ish-Tov.»

Er hörte einen Augenblick zu, nickte und legte auf. «Es tut mir sehr leid, Rabbi, ich hatte ganz vergessen, daß Ish-Tov heute mit unserem Lastwagen nach Haifa gefahren ist, wir haben neue Lesepulte bestellt. Er kommt erst spät abends zurück. Aber Sie können morgen mit ihm sprechen oder wann immer es Ihnen paßt. Wenn

Sie mir Ihre Telefonnummer geben, rufe ich Sie auch gern an, um etwas auszumachen, aber morgen paßt es praktisch jederzeit.» Er lächelte. «Und vielleicht spielen wir hinterher noch eine Partie Schach? Natürlich nur, wenn Sie Zeit haben...»

14

Als er zur Bushaltestelle ging, hörte Rabbi Small, wie jemand seinen Namen rief. Er blieb stehen und blickte sich suchend um, dann sah er James Skinner, der ihm von einem Fenster im Obergeschoß aus zuwinkte. Er winkte zurück und wollte weitergehen, entnahm aber den dringlichen Zeichen, daß jener mit ihm sprechen wollte. Gleich darauf erschien Skinner unter der Haustür und rief ihm zu: «Kommen Sie herein und trinken Sie einen Kaffee mit mir, Rabbi!»

Der Rabbi sah sich interessiert um, während Skinner ihn zur Haustür führte. Rechts und links von dem schmalen Weg waren runde, mit Steinen eingefaßte Blumenbeete angelegt, zwischen denen sich längliche Beete erstreckten, die ebenfalls mit einer steinernen Umrandung versehen und mit verschiedenen Kakteenarten besetzt waren. An der Grenze zum Grundstück der Jeschiwa stand eine Reihe hoher Zypressen, die das Haus vor unwillkommenen Blicken schützte.

«Rasen gedeiht bei uns nicht», erläuterte Skinner. «Dazu ist es zu trocken. Ich habe einen Gärtner, der einmal in der Woche kommt. Er hat es mit Rasen versucht, weil ich so großen Wert darauf legte, aber nachdem nichts draus geworden ist, lasse ich ihn jetzt schalten und walten, wie er will. Hauptsache, es sieht einigermaßen ordentlich aus. Deshalb war ich über die Verschönerungsversuche unserer Freunde da drüben natürlich nicht gerade begeistert.» Er nickte zu der Jeschiwa hinüber.

«Ich habe gerade mit dem Direktor gesprochen, mir scheint, von dort droht Ihnen kein Ärger mehr.»

«Ja, das habe ich auch gehört.»

Der Rabbi stellte fest, daß der Grundriß des Hauses ganz ähnlich wie bei der Jeschiwa war: die gleiche breite Treppe zum Obergeschoß, der gleiche schwarzweiße Marmorboden in der Halle. Hier ging allerdings rechts ein großes Zimmer mit Flügeltüren ab, die einen Spalt breit offenstanden. Der Rabbi warf einen Blick hinein.

«Der Salon», sagte Skinner. «Mir wird immer ganz anders, wenn ich dort längere Zeit sitzen muß.» Er öffnete die Tür weiter, damit der Rabbi sich selbst überzeugen konnte. Es war ein großes Zimmer mit üppigen orientalischen Teppichen und schweren Möbeln mit Einlegearbeit aus Perlmutt. Auf Teakholztischen standen Messinglampen, die Wände waren fast ganz mit Gobelins oder kleinen, fein gewebten Teppichen bedeckt.

«Ich komme mir hier immer vor wie im Museum», fuhr Skinner fort. «Der größte Teil dieser Sachen stammt von meinem Großvater, aber mein Vater hat die Sammlung noch erweitert. Einiges davon ist vermutlich heute sogar ziemlich wertvoll. Am liebsten würde ich mich von dem ganzen Krempel trennen und das Zimmer modern einrichten, aber Martha wäre entsetzt und würde mir vermutlich nie verzeihen. Sie putzt und poliert hier herum wie in einem Heiligtum. Manchmal bekomme ich Besuch von arabischen Kunden, denen imponiert so was. Gehen wir nach oben, da ist es entschieden gemütlicher.»

Sie betraten ein Zimmer, das Wohn- und Büroraum zugleich war. Den meisten Platz nahmen ein großes Sofa, Polstersessel und ein Couchtisch ein. An einer Seite stand ein großes, altmodisches Rollpult, auf dessen Platte Akten, alte Briefe, Rechnungen und Quittungen herumlagen. Die unteren Schichten des Stapels waren schon leicht vergilbt. Die Fächer waren vollgestopft mit Visitenkarten und gefalteten Schriftstücken aller Art. Vor dem Rollpult stand ein alter Drehsessel mit abgewetztem, teilweise zerschlissenem schwarzem Lederpolster. Neben dem Rollpult prangte ein moderner Aktenschrank aus Stahl, an der anderen Seite stand ein moderner Metallschreibtisch, an dem ein jüngerer Araber saß und arbeitete. Als sie eintraten, sprang er auf.

«Mach uns einen Kaffee, Ismael, und bring ein paar von den Keksen, die Martha immer bäckt», sagte Skinner.

«Ja, Mr. James. Normalen Kaffee oder türkischen?»

Skinner sah den Rabbi fragend an. «Normalen Kaffee für mich bitte», sagte der. «Schwarz.»

«Für mich das gleiche, Ismael. Wir trinken ihn hier.»

«Ja, Mr. James.»

«Martha ärgert sich immer, wenn ich einem Gast hier im Büro Kaffee vorsetze», bemerkte Skinner. «Sie findet es äußerst ungehörig. Aber sie ist heute nicht da, sonntags hat sie frei. Sie ist Christin.»

«Und Ismael?»

«Der ist Muslim.»

«Demnach hat er am Freitag frei?»

Skinner lachte vor sich hin. «Nein, er hat in diesem Sinne gar keinen freien Tag. Er wohnt im Haus und –»

Er unterbrach sich, als Ismael mit einer Kanne, zwei Tassen und einem Teller mit Gebäck auf einem Tablett hereinkam. Er brachte eine Tasse auf einem freien Fleck der Rollpultplatte unter, die andere sowie den Keksteller stellte er auf den Couchtisch vor dem Sofa, auf dem der Rabbi saß.

«Sonst noch etwas, Mr. James?» fragte er.

«Nein, Ismael, wir haben alles, was wir brauchen. Ach ja, du kümmerst dich inzwischen ums Telefon, nicht wahr?»

«Jawohl, Mr. James.» Ismael verbeugte sich und machte leise die Tür hinter sich zu.

«Ismael ist mein Bürochef», sagte Skinner. «Wenn ich weg bin, leitet er die Firma. Er kann also frei nehmen, wann er möchte – solange ich nicht da bin, denn dann kräht kein Hahn danach. Wenn ich im Haus bin, steht er immer zu meiner Verfügung.»

«Er scheint sich bei Ihnen nicht nur ums Geschäft zu kümmern», bemerkte der Rabbi.

Skinner lachte wieder. «Sehr richtig, er ist hier praktisch Mädchen für alles. Unter anderem ist er auch mein Chauffeur – ich selbst fahre nicht. Und am Sonntag, wenn Martha frei hat, spielt er den Koch. Es gibt nichts, was er nicht für mich tun würde.»

«Da haben Sie Glück.»

«Und er hat Glück mit mir. Vor acht oder neun Jahren kam er zu meinem Vater. Er war arm wie eine Kirchenmaus und stand völlig allein auf der Welt. Jetzt geht's ihm bestens. Er hat eine schöne Bleibe, ißt gut, hat feine Sachen und genießt in der arabischen Gemeinde hohes Ansehen.»

Sie sprachen noch eine Weile unverbindlich über dies und das, dann sagte der Rabbi, er müsse jetzt gehen. Skinner erbot sich, ihn nach Hause fahren zu lassen.

«Nein, nein, machen Sie sich keine Mühe, ich nehme den Bus.»

«Unsinn, Rabbi, Sie werden doch nicht eine Viertelstunde oder länger in praller Sonne an der Haltestelle herumstehen. Und wenn dann glücklich ein Bus kommt, hängen die Menschen in Trauben an den Türen. Für Ismael ist das keine Mühe, ich sage ihm, er soll den Wagen vorfahren.»

Er brachte den Rabbi zur Tür. «Sie werden ihm wahrscheinlich den Weg zeigen müssen», sagte er und setzte hinzu, als er David Smalls überraschtes Gesicht sah: «Er kommt nie nach Rehavia und ich auch nicht, wir haben dort nichts zu suchen. Unsere Geschäftsfreunde sitzen ausschließlich in Ostjerusalem oder in der Altstadt ... Hat jemand angerufen, Ismael?»

«Nur der Klempner, er kommt am Donnerstag.»

«Am Donnerstag erst? Hast du ihm nicht die Hölle heiß gemacht?»

«Ich habe ihn gefragt, ob er es nicht früher einrichten kann, aber er meint, vor Donnerstag kann er auf gar keinen Fall kommen.»

«Na schön, dann müssen wir uns eben in Geduld fassen.»

15

Am folgenden Tag saß Rabbi Small im Besucherzimmer der Jeschiwa, einem kleinen, kahlen Raum mit einem Sofa, einem runden Mahagonitisch und ein paar Sesseln. Zwar zierten Schondecken die abgewetzten Sessel und das Sofa, aber man hatte das Gefühl, daß der Raum selten benutzt wurde. Auf dem Tisch stand eine Schale mit künstlichen Blumen. Jordan Goodman, jetzt Yehoshua Ish-Tov, schaute sich neugierig um, als er hereinkam, als sähe auch er dieses Zimmer zum erstenmal.

Er kam dem Rabbi irgendwie vertraut vor, vielleicht war er dem – damals natürlich noch glattrasierten – Jungen irgendwann einmal in Barnard's Crossing auf der Straße oder vielleicht im Geschäft seines Vaters begegnet. Wahrscheinlicher allerdings war es, daß der junge Goodman einfach seinem Vater sehr ähnlich sah.

Ish-Tov nickte flüchtig, ließ sich in einen Sessel fallen und streckte die Beine von sich. «Sie sind Rabbi Small, und Sie haben eine Nachricht von meinen Eltern?» Er war ein breit gebauter junger Mann mit schlechter Haltung, der völliges Desinteresse und betonte Langeweile zur Schau trug. Er trug Bluejeans, ein offenes weißes Hemd und Sandalen an den nackten Füßen.

«Ich habe Ihnen von Ihren Eltern nichts Besonderes auszurichten, nur Grüße. Sie haben mich gebeten, bei Ihnen vorbeizugehen –»

«– um zu berichten, wie ich aussehe? Meine Mutter will bestimmt wissen, ob ich abgenommen habe. Und mein Vater ... warten Sie mal, dem geht's wahrscheinlich darum, ob ich anständig angezogen bin, ob ich einen Schlips trage und geputzte Schuhe anhabe ...»

Der Rabbi lächelte nachsichtig.

Ish-Tov stand auf, breitete die Arme aus, drehte sich wie ein Dressman und ließ sich wieder in den Sessel plumpsen. «Sie können meiner Mutter ausrichten, daß ich gesund und munter bin. Hab sogar ein paar Pfund zugelegt. Könnte mehr Bewegung brauchen.»

«Ich glaube eigentlich nicht, daß es Ihren Eltern nur darum ging, gesagt haben sie das jedenfalls nicht. Hauptsächlich möchten sie wohl wissen, ob Sie sich in Ihrem neuen Leben wohl fühlen und wie Sie sich Ihre Zukunft vorgestellt haben.»

«Und Sie als Rabbi können den Alten dann auch sagen, ob es mir mit meiner Umkehr ernst ist oder ob ich bloß wieder in einer dieser blöden Sekten gelandet bin und eine Gehirnwäsche durchgemacht habe.»

«Ja, das war wohl ihre Hauptsorge», stimmte der Rabbi gelassen zu.

«Sieht ihnen ähnlich», sagte der Junge verächtlich. «Aber mit 'nem Rabbi von Ihrer Sorte red ich nicht über so was.»

«Was für eine Sorte bin ich denn?»

«Die Sorte, die Kreuze kauft», sagte Ish-Tov gehässig.

Jetzt dämmerte es dem Rabbi, daß Ish-Tov einer der jungen Männer gewesen sein mußte, die er in der Altstadt beim Handeln um eine Ledertasche beobachtet hatte, und daß er ihm deshalb bekannt vorgekommen war. Er zuckte die Schultern. «Ein christlicher Freund hat mich gebeten, es für ihn zu kaufen.»

«Die anderen Rabbis, die ich kenne, würden so was nicht machen.»

«Nein? Und Sie würden es auch nicht tun, weil Sie ein Baal Tschuwa sind, ein reuiger Sünder.»

«Genau.»

«Und was bereuen Sie? Worauf richten Sie Ihre Aufmerksamkeit – im Gegensatz zu früher?»

Ish-Tov sah ihn erstaunt an. «Auf die Gebote, die *mizvot*. Früher hab ich auf die nichts gegeben, jetzt bemüh ich mich, sie zu halten.»

«Welche *mizvot*? Es gibt alles in allem 613.»

«Das wissen Sie doch ganz genau! Die täglichen Gebete, daß wir *tefillin* und *tsitsis*, Gebetsriemen und Schaufäden, tragen sollen, die *kaschrut*-Regeln, die Bestimmungen für den Sabbat...»

«Und was ist mit den grundlegenden Geboten?»

«Wie meinen Sie das?»

«Die *tefillin* und *tsitsis*, die *kaschrut*-Regeln – das sind rituelle Dinge. *Tefillin* und *tsitsis* sollen den Juden an die Gebote des Herrn erinnern. Die Regel, daß man Milch- und Fleischprodukte nicht vermischen darf und für beides gesondertes Geschirr haben muß, ist ein kunstvoll erdachter rabbinischer Plan, der es uns ermöglicht, uns an das Bibelwort zu halten, daß man das Böcklein nicht sieden soll in seiner Mutter Milch, weil das eine abstoßende Vorstellung ist und eine Mißachtung des Lebens, wie es sich in den niederen Tieren darstellt. – Wie aber steht es mit den zehn Geboten? Du sollst nicht töten, du sollst nicht stehlen, du sollst nicht falsch Zeugnis reden. Haben Sie sich früher an diese Vorschriften gehalten? Du sollst nicht begehren –»

Der Junge feixte. «Na ja, mit dem Begehren war das schon so 'ne Sache...»

«Und das hat sich jetzt geändert? Wie steht es mit dem Gebot, Vater und Mutter zu ehren? Im Grunde gibt es keine Wertabstufung bei den *mizvot*, das eine Gebot ist so wichtig wie das andere, aber ich denke, wir könnten uns wohl darauf einigen, daß die Ehre, die den Eltern gebührt, doch höher einzuschätzen ist als das Tragen der *tsitsis* oder die Einhaltung der *kaschrut*-Regeln. Nun gibt es auch ein Gebot, das es uns untersagt, Götzen anzubeten. Wenn jemand ein Stück Metall zu einem Kreuz verarbeitet, könnte man sagen, daß er damit ein Götzenbild hergestellt hat. Gut unterrichtete Christen leugnen das und halten dagegen, daß sie selbst dann, wenn am Kreuz die Gestalt Jesu hängt und es aussieht, als beteten sie zu diesem Kreuz, nicht diesen Gegenstand aus Holz oder Metall verehren, sondern ihn gleichsam nur als Brennpunkt sehen und ihre Gedanken auf jenes Wesen richten, das dahintersteht. Mit den *tefillin* verfolgen wir ja einen ähnlichen Zweck. Aber –» er hob mahnend einen Finger – «wenn Sie dieses Stück Metall seiner Form wegen fürchten und glauben, ihm wohnten irgendwelche guten oder bösen Kräfte inne, haben Sie es zum Götzenbild gemacht, dem Sie eben dadurch, daß Sie es schmähen, Ehre erweisen.»

Der Junge trommelte stumm mit den Fingern auf die Sessellehne und starrte über die Schulter des Rabbis hinweg ins Leere. Er tat, als höre er zu, nahm aber, davon war der Rabbi überzeugt, in Wirklichkeit nichts in sich auf. Ish-Tov erinnerte ihn an seinen Sohn Jonathan in früheren Jahren. Auch er hatte, wenn irgend etwas vorgefallen war und der Vater versucht hatte, ihm gut zuzureden, dieses aufmerksame Gesicht gemacht, während ihn vermutlich nur die Frage beschäftigt hatte, ob man ihn bestrafen würde oder nicht und wie hoch die Strafe ausfallen würde. Gewiß, er hatte diesen Jungen zum Schweigen gebracht, aber war das so besonders verdienstvoll? Die Goodmans hatten ihn ja nicht beauftragt, ihrem Sohn Vorwürfe zu machen, sondern ihm nach Möglichkeit Verständnis entgegenzubringen.

Er machte einen neuen Anlauf. «Womit beschäftigen Sie sich zur Zeit?»

«Ich lerne Hebräisch, im Augenblick übe ich hauptsächlich das

Lesen. Als Kind haben sie mir das schon ein bißchen beigebracht, aber damals hab ich mir immer alles mühsam zusammenbuchstabieren müssen. Hier benutzen wir das *siddur*, das Gebetbuch, und weil wir die Gebete so oft sprechen, lernen wir sie praktisch auswendig. Natürlich lernen wir auch, was sie bedeuten, ich meine, die einzelnen Wörter. Wir üben uns auch im Sprechen, in der Grammatik und im Wortschatz. Wir lesen die Bücher Mose. Und ich habe auch schon mit dem Talmud angefangen», schloß er stolz.

«Mit dem Talmud? Respekt, Respekt! Was lernen Sie aus dem Talmud?»

«Im Augenblick geht's um Schadenersatz. Wie man als Richter Schadenersatzforderungen in verschiedenen Situationen beurteilt. Sehr weit sind wir noch nicht gekommen. Wir schaffen in jeder Stunde nur ein paar Zeilen, weil wir so viel darüber diskutieren. Die Debatten sind auf Englisch.»

«Und das macht Ihnen Freude?»

«Klar, die Diskussionen und all das ...» Jetzt, da es um seine Studien ging, war er merklich lebhafter geworden. Er lehnte sich vor und klopfte mit dem Zeigefinger auf den Tisch. «Jetzt hören Sie mal zu, Rabbi, ich sag Ihnen das klipp und klar, und das können Sie auch meinen Eltern ausrichten. Ich habe jetzt Gewißheit über mein Leben, ich weiß, wer ich bin, woher ich komme und was ich zu tun habe. Mehr hab ich nicht zu sagen.» Er stand unvermittelt auf, offenbar betrachtete er das Gespräch als beendet.

«Einen Augenblick noch.» Der Rabbi riß eine Seite aus seinem Notizbuch und schrieb etwas darauf. «Hier ist meine Telefonnummer, falls Sie sich mit mir in Verbindung setzen wollen.»

Ish-Tov steckte den Zettel in die Tasche, nickte und machte sich davon.

16

Vom Fenster seines Büros aus sah Skinner den Lieferwagen mit der Aufschrift «Shimon der Klempner» vorfahren. Er lief die Treppe hinunter und dem Mann entgegen, der am Steuer gesessen hatte. «Sie sind Mr. Gerber?»

«Ganz recht. Shimon Gerber, Klempnermeister. Was haben Sie denn für Sorgen?» Er war ein kleiner untersetzter Mann mit breitem Gesicht, Haar und Bart waren graumeliert.

«Wir haben fast keinen Wasserdruck, aus der Leitung kommt nur noch ein Rinnsal, und das Wasser ist ganz schmutzig. Ich habe schon das Wasserwerk angerufen, und die haben die Hauptleitung überprüft. Die Störung muß auf meiner Seite der Wasseruhr sein, haben sie gesagt, sie könnten da gar nichts machen.» Er führte den Mann in die Küche.

Shimon drehte den Hahn auf und besah sich das spärliche Tröpfeln. «Ja, da ist entweder eine Leitung verstopft, oder sie hat einen Riß. Ich tippe auf letzteres.»

«Wie kommt denn so was?»

Shimon hob die Schultern und breitete die Hände aus, als wolle er andeuten, daß er nicht zum Rätselraten hergekommen sei. «So was passiert hin und wieder. Davon lebe ich, daß eine Leitung undicht wird und ersetzt werden muß. Wenn sie zu alt ist beispielsweise oder wenn sie durchgerostet ist. Manchmal ist auch ein kleines Erdbeben schuld. Letzte Woche war eins, nicht schlimm, aber die Bilder an meiner Wand haben gewackelt.»

«Und was soll ich jetzt machen?»

«Sie? Überhaupt nichts. Ich schicke Ihnen zwei von meinen Leuten, die buddeln das Wasserrohr aus, ich leg Ihnen ein neues, verzinktes, das war das alte nämlich nicht, wenn's schon ein paar Jahre liegt, dann buddeln wir das Loch wieder zu, und alles ist in Ordnung.»

«Und wann –»

«Ich komme heute vormittag noch mit meinen Leuten vorbei. Wenn wir Glück haben, ist in ein, zwei Stunden die Stelle gefunden.»

«Wenn wir Glück haben... Wie darf ich das verstehen?»

«Das Rohr liegt in der Erde, kein Mensch kann sagen, ob es geradewegs zum Haus geht, wer weiß, was es für Umwege macht...» Er zeichnete komplizierte Kurven in die Luft. «Haben Sie noch die Originalpläne, Blaupausen?»

Skinner schüttelte den Kopf. «Aber warum sollte es nicht geradewegs zum Haus gehen?»

«Weil man manchmal beim Verlegen plötzlich auf einen Felsbrocken kommt, der im Weg liegt. Die Frage ist dann, ob man das Ding sprengen soll oder nicht. Manchmal wird gesprengt, aber manchmal ist es auch einfacher, einen Umweg zu machen. Wenn wir die Stelle gleich finden, dauert es an die zwei, drei Stunden. Der Boden ist hart, und die arabischen Arbeiter... na ja, ich will nicht sagen, daß sie direkt faul sind, aber sie lassen sich eben gern ein bißchen Zeit. Wenn die Leitung freiliegt, schau ich sie mir an, hole das Material, baue das neue Rohrstück ein, und dann können meine Leute das Loch zuschaufeln, und Ihre Wasserleitung ist wieder tiptop.»

«Wie tief werden Sie graben müssen?»

Der Handwerker zuckte wieder die Schultern und musterte das Terrain. «Einen halben bis zwei Meter bestimmt. Wir müssen etwas tiefer gehen, als das Rohr liegt, damit wir Platz zum Arbeiten haben.»

«Na gut, tun Sie, was Sie für richtig halten, ich muß mich auf Sie verlassen», sagte Skinner.

Der Klempner feixte. «Und ich muß mich auf den lieben Gott verlassen. Um diese Jahreszeit ist immer viel zu tun, ich hab fünf, sechs Baustellen, da muß ich sehen, daß ich so schnell wie möglich fertig werde.»

Tatsächlich kam Shimon wenig später mit zwei arabischen Arbeitern zurück. Von seinem Büro aus hörte Skinner, wie er ihnen in arabischer Sprache seine Anweisungen gab, in die sich hin und wieder ein hebräischer Ausdruck mischte. Obgleich die drei nah beieinander standen, redeten sie in einer Lautstärke, als müßten sie sich über einen ganzen Acker hinweg verständigen.

Skinner verließ sein Büro und ging nach hinten. Shimon deutete mit ausladenden Armbewegungen an, in welcher Richtung gegraben werden sollte. Die beiden Araber standen da, stützten sich auf ihre Spaten und nickten ab und zu zum Zeichen, daß sie verstanden hatten. Shimon sah Skinner unter der Tür stehen und winkte ihm zu, dachte aber gar nicht daran, zu ihm herüberzukommen. Dann machten sich seine Leute an die Arbeit, der Klempner sah ihnen noch eine Weile zu und schrie weitere Anweisungen, dann stieg er in seinen Lieferwagen, den er am Straßenrand abgestellt hatte, und fuhr davon.

Sobald der Meister weg war, verflüchtigte sich der Arbeitseifer der Araber. Nach einer Weile stellte der ältere seine Tätigkeit ganz ein. Er hockte sich auf die Erde und zündete sich eine Zigarette an, während sein Kollege die Spitzhacke schwang. Dann legte der seinerseits eine Zigarettenpause ein, und der erste Arbeiter hob mit dem Spaten die Erde aus, die der zweite gelockert hatte. Diese Arbeitsteilung behielten sie bei. Der mit dem Spaten ruhte sich aus, während der mit der Spitzhacke arbeitete, und wenn der Spaten geschwungen wurde, hatte die Spitzhacke Ruh.

Skinner beobachtete die beiden durchs Fenster. Einmal ging er auch hinunter, weil er sehen wollte, wie weit sie gekommen waren. Sie feixten und nickte ihm zu. Es sei ein warmer Tag, sagte Skinner, und der Jüngere meinte, der Boden sei sehr hart. Lange hielt Skinner sich nicht auf, er wußte aus Erfahrung, daß der Araber, höflich wie er ist, nicht gleichzeitig reden und arbeiten kann.

Skinner setzte sich an seine Abrechnungen. Als er nach geraumer Zeit wieder aus dem Fenster sah, saßen die beiden auf der Erde und machten Mittagspause. Nach dem Essen machten sie sich nicht etwa wieder an die Arbeit, sondern legten sich zu einer Siesta in die Sonne. Das, fand Skinner, war nun doch eine Zumutung. Er ging wieder hinunter, um ihnen deutlich die Meinung zu sagen. Die beiden Arbeiter sprangen auf und deuteten strahlend auf die rostige Leitung, die sie freigelegt hatten. Sie hatten dazu einen fast eindreiviertel Meter tiefen, zwei Meter langen und einen Meter breiten Graben ausheben müssen.

Skinner nickte anerkennend und fragte auf arabisch: «Und wie geht es jetzt weiter?»

«Wir müssen auf Shimon warten.»

Es war fast vier, als der bärtige Klempner vorfuhr. Skinner kam aus dem Haus, um ihn zu begrüßen. «Ich bin an einer anderen Baustelle aufgehalten worden», erläuterte er.

Dann sprang er in die Grube und besah sich die freigelegte Leitung. «Das Rohr hat unten einen Riß, ich spüre ihn mit den Fingern, aber die Anschlußstücke machen noch einen gesunden Eindruck. Sie haben Glück, der Schaden ist hier in diesem Abschnitt, wir brauchen also nicht weiterzugraben. Wahrscheinlich brauche ich nur das Rohr auszutauschen und kann mit den alten Anschlußstücken arbeiten.» Er streckte die Arme hoch, und seine Leute packten ihn an den Handgelenken und halfen ihm aus der Grube.

«Wie lange werden Sie brauchen?» fragte Skinner.

«Ich muß eine neue Leitung aus meiner Werkstatt holen und in die Enden Gewinde schneiden, dann muß ich das rostige Ding hier rausklauben, stückweise, versteht sich, und die neue Leitung einbauen.»

«Und wie lange dauert das alles in allem?»

Shimon sah ihn vorwurfsvoll an. «Heute kann ich da nichts mehr machen.»

«Es ist noch viel Zeit bis Sonnenuntergang.»

«Ich muß meine Leute an eine andere Baustelle bringen, eine dringende Sache. Aber morgen wird der Fall erledigt, Mr. Skinner, Sie können sich darauf verlassen.»

«Und bis dahin lassen Sie hier alles stehen und liegen?»

«Wen stört's? Die Grube ist doch hinter dem Haus, da sieht sie keiner. Die Spitzhacke und die Spaten laß ich hier, vielleicht muß ich beim Montieren noch ein bißchen tiefer gehen. Es ist ja nur für eine Nacht, kein Grund zur Aufregung.»

«Aber ich habe kein Wasser zum Waschen, meine Haushälterin hat kein Wasser zum Kochen...»

«Ach, wegen der paar Stunden...» Shimon lächelte gewinnend. «Ihrer Haushälterin geben Sie einfach frei, und Sie machen sich's ein bißchen nett und übernachten im Hotel.»

17

Am nächsten Tag sah Skinner, wie Shimons Wagen vorfuhr und vor dem Haus parkte. Er hatte ihm eigentlich sagen wollen, er solle in der Parallelstraße parken, er würde ihm das Tor im Gartenzaum aufmachen, aber Shimon und seine beiden arabischen Arbeiter hatten schon das Material ausgeladen und trugen es über den Weg nach hinten. Es war nach zehn. Im stillen hatte er gehofft, sie würden gleich frühmorgens kommen, dann wären sie inzwischen vielleicht schon fertig gewesen, aber er wußte, daß es sinnlos war, sich über Handwerker aufzuregen. Shimon würde sich bestimmt herausreden, und bei einem Wortgefecht würde er, Skinner, mit Sicherheit den kürzeren ziehen. Im Nahen Osten mußte man sich mit Geduld wappnen.

Während er an seinem Schreibtisch saß und arbeitete, hörte er von hinten hin und wieder Shimons Stimme. Endlich, gegen Mittag, klopfte es an der Hintertür. Martha machte auf, und wenig später hörte Skinner Stimmen in der Küche und ging hinunter. In der Küche standen die beiden Araber und deuteten freudestrahlend auf den dicken Wasserstrahl, der aus dem Hahn über der Spüle kam.

Skinner ging zu Shimon hinüber, der in der Grube stand und sich vergewisserte, ob die Anschlußstücke dicht waren. «Kommt das Wasser gut? Genug Druck drauf?»

«Es scheint alles wieder in Ordnung zu sein. Wenn Sie jetzt noch die Grube zuschütten...»

«Tja, wissen Sie, das ist leichter gesagt als getan. Schauen Sie sich das mal an. Ich hab meine Leute noch ein Stück tiefer graben lassen, damit ich besser an die Anschlußstücke rankomme, und da haben wir das da gefunden.»

«Die Steinbrocken meinen Sie? Was haben die mit meiner Wasserleitung zu tun?»

«Das sind keine gewöhnlichen Steinbrocken, sie setzten sich in beiden Richtungen fort, ziemlich weit sogar...»

«Ein Sims also. Aber die Leitung geht ja daran vorbei, und deshalb –»

«Nein, es ist auch kein Sims. Sie können das von da oben vielleicht nicht so deutlich erkennen, aber hier unten sieht man genau, daß es behauener Stein ist.»

«Na und?»

«Es ist also ein Artefakt, was Archäologisches.»

«Meinetwegen. Und nun glauben Sie, daß da unten alte Tonscherben liegen, was? Ehrlich gesagt, interessiert mich das nicht.»

«Was da unten liegt, weiß kein Mensch. Statuen vielleicht. Oder Münzen. Möglich ist alles.»

«Interessiert mich trotzdem nicht. Sagen Sie Ihren Leuten, sie sollen die Grube zuschütten und –»

«Das muß gemeldet werden. Mag ja sein, daß Sie's nicht interessiert, aber den Staat interessiert es um so mehr. Es ist Vorschrift, so was zu melden.»

«Und wenn ich es nicht tue?»

«Dann kriegen Sie eine happige Geldstrafe.»

«Unsinn...»

«Doch, bestimmt.»

«Aber wer soll es denn erfahren? Wenn ich es nicht melde, meine ich.»

«Ich weiß Bescheid. Meine Araber wissen Bescheid. Und wenn die drüber reden, weiß sehr bald alle Welt Bescheid.»

«Und was passiert, wenn ich es melde?»

«Sie verständigen das Amt für Altertümer, das gehört zum Kultusministerium. Die schicken dann einen von ihren Leuten her, wegen der archäologischen Auswertung. Wenn der Fund nicht weiter wichtig ist, kriegen Sie Nachricht, dann dürfen Sie die Grube zuschütten lassen. Wenn die vom Amt meinen, daß die Sache eine genauere Untersuchung lohnt, schicken sie ein ganzes Team, und die fangen dann an zu graben...»

«Das kann ja Monate dauern!»

Shimon hob vielsagend die Schultern.

«Hören Sie, wenn ich Ihren beiden Arabern je fünf Dollar in die Hand stecke...»

«Und wieviel wollen Sie mir in die Hand stecken?» fragte Shimon beleidigt. «Nein, nein, Mr. Skinner, Sie müssen die Sache melden, da wäscht Sie kein Regen von ab. Wenn's um unsere Vergangenheit geht, ist jeder Mosaikstein wichtig. Kann natürlich sein, daß die vom Amt gar nicht interessiert sind, über diesen Teil von Jerusalem wissen sie schon ziemlich gut Bescheid, aber dann haben Sie wenigstens Ihre Pflicht getan. Wenn's aber was wirklich Wichtiges ist, was Sie gefunden haben, kommt Ihr Name später in die Lehrbücher.»

Skinner sah ihn scharf an. «Meinetwegen, ich rufe an.» Er wandte sich um, und Shimon folgte ihm ins Haus.

Es war gar nicht so einfach, das Amt für Altertümer zu erreichen. Im Kultusministerium, dem das Amt angegliedert war, hielt es schwer, überhaupt jemanden ans Telefon zu bekommen. Fünfzehn- oder zwanzigmal schlug es an, bis sich das Ministerium meldete. «Ahuva ist nicht am Platz», hieß es, als Skinner darum bat, mit dem Amt für Altertümer verbunden zu werden.

«Wer ist Ahuva?»

«Die Sekretärin natürlich», kam es zurück, und unausgesprochen schwang darin mit: Wie kann man nur so dumm fragen...

«Dann verbinden Sie mich mit einem anderen Mitarbeiter.»

«Moment bitte.» Er sah die Telefonistin förmlich vor sich, die sich reckte, um in einen Nebenraum zu sehen. «Tut mir leid, Gedaliah ist auch nicht am Platz, er kommt erst am späten Nachmittag zurück.»

«Können Sie meine Nummer notieren und ihn bitten zurückzurufen?»

«Wird gemacht.»

Shimon dämpfte Skinners Hoffnungen. «Auf diese Telefonistinnen ist kein Verlaß. In den staatlichen Stellen ist es besonders schlimm. Entweder schreiben sie die Nummer gar nicht auf oder verbummeln sie, und dann läßt man Sie einfach hängen. Ich an Ihrer Stelle würde heute nachmittag diesen Gedaliah direkt anrufen.

Gegen drei versuchte Skinner erneut sein Glück. Als er nach Ahuva fragte, erfuhr er: «Ach, die ist schon nach Hause gegangen, ihr kleiner Junge ist krank.»

«Gut, dann möchte ich Gedaliah sprechen.»

Zu seiner Überraschung wurde er sofort verbunden. Er nannte seinen Namen und seine Adresse und berichtete, was Shimons

Leute gefunden und wie sie es gefunden hatten. Gedaliahs Interesse war offensichtlich geweckt, zumindest sagte er immer wieder: «Sehr interessant...», so wie andere Leute «Hmhm...» gesagt hätten.

«Ist diese Grube von der Straße aus einsehbar?»

«Nicht direkt. Sie liegt hinter dem Haus und ist von der Straße durch Bäume und Büsche abgeschirmt.»

«Sehr gut. Ich darf Sie bitten, über diese Sache mit niemandem zu reden, Mr. Skinner. Auch nicht mit guten Freunden.»

«Warum nicht?»

«Weil in diesem Land Tausende von Amateurarchäologen ihr Unwesen treiben. In jeder Wohnung liegen Tonscherben, alte Münzen und antikes Glas herum, aufgelesen auf einer Baustelle oder am Strand von Cäsarea oder sonstwo. Falls sich herumspricht, daß auf Ihrem Grundstück ein Artefakt gefunden worden ist, haben Sie sofort zehn Mann am Hals, die anfangen, bei Ihnen herumzuwühlen, und dann haben Sie keine ruhige Minute mehr. Also bitte kein Wort darüber, ist das klar? Ich schicke Ihnen Asher, das ist der für diesen Bezirk zuständige Beamte, er wird sich die Sache mal ansehen. Wenn der Fall für uns interessant ist, übernehmen wir die Sicherung der Fundstelle.»

«Und wann kommt dieser Asher?»

«In den nächsten Tagen.»

«In den nächsten Tagen? Hören Sie, Mr... äh... Gedaliah, ich kann doch nicht tagelang mit einer zwei Meter tiefen Grube hinter dem Haus leben, das ist doch furchtbar gefährlich. Wenn nun jemand hineinfällt...»

«Ich denke, die Grube ist hinter dem Haus? Wer soll da schon hineinfallen? Es ist Freitag nachmittag, Mr. Skinner, in wenigen Stunden beginnt der Sabbat. Und morgen ist Samstag. Und Asher ist auf einer Reserveübung und kommt erst am Sonntag zurück...»

«Und wenn Sie sich meiner bis dahin noch erinnern, rufen Sie mich dann an, wie?» sagte Skinner erbittert. «Und ich darf zusehen, wie ich meinen Klempner erreiche, der mit anderen dringenden Arbeiten beschäftigt ist...»

«Ist der Klempner noch da? Geben Sie ihn mir mal.»

Skinner reichte Shimon den Hörer, der ein paar Minuten auf hebräisch mit Gedaliah sprach und dann wieder an Skinner übergab.

«Ich sehe keine Möglichkeit, die Baustelle vor Montag zu besichtigen, aber –» sagte Gedaliah beschwichtigend, «ich habe mit Shimon verabredet, daß ich ihn anrufe, ehe wir losfahren, dann kann er mit seinen Leuten bei Ihnen auf uns warten. Asher schaut sich die Sache an, und wenn ihn der Fund nicht interessiert, kann Shimon den Graben sofort zuschütten lassen. Falls Shimon es aus irgendeinem Grunde nicht schafft, schaufelt Asher die Grube mit seinem Assistenten selber zu. Das ist für zwei Leute höchstens eine halbe Stunde Arbeit, sagt Shimon, er läßt die Spaten da. Mehr kann ich beim besten Willen nicht tun.»

«Am Montag, sagen Sie?»

«Höchstwahrscheinlich. Wir tun, was wir können.»

«Und inzwischen bleibt die Grube offen?»

«Ich lege eine Plane darüber mit ein paar Brettern drauf», versprach Shimon. «Und an den Längsseiten stell ich Barrieren davor. Sie brauchen sich wirklich keine Sorgen zu machen.»

«Tja, wenn Sie meinen...»

18

Der Reiseführer lehnte sich an die verchromte Haltestange, die vorn im Bus angebracht war, klopfte probeweise an sein Mikrofon und sagte: «Willkommen in Jerusalem, der Heiligen Stadt. Das *Hotel Excelsior*, in dem wir absteigen und das wir in wenigen Minuten erreichen werden, ist ein Vier-Sterne-Hotel mit allem Komfort und vorzüglichem Service. Bekanntlich beginnt heute bei Sonnenuntergang der jüdische Sabbat, der in Jerusalem sehr ernst genommen wird. Im modernen Teil der Stadt bleiben alle Geschäfte und Restaurants bis morgen zum Sonnenuntergang geschlossen.» Er sah auf seine Uhr, es war nach zwei. «Das gilt übrigens schon jetzt. Auch Busse fahren nicht. Man kann allenfalls ein Taxi nehmen, damit steht es aber am Sabbat nicht allzu gut. Wenn Sie sich eins bestellen, müssen Sie sich auf Wartezeiten gefaßt machen. In der Altstadt, jenseits der Klagemauer, und in Ostjerusalem sind die Geschäfte und Restaurants geöffnet, das sind die arabischen Bezirke. Erfreulicherweise kann man die Altstadt vom *Excelsior* aus zu Fuß erreichen. Ich würde allerdings vorschlagen, daß Sie mit einer Erkundung der Altstadt bis morgen warten. Um elf beginnt ein Rundgang mit Führung. Startpunkt ist das Jaffator. Unser Bus bringt sie hin. Mit dem Abendessen in dem sehr schönen Speisesaal des Hotels werden Sie ein typisches Sabbatmahl erleben. So, da wären wir.»

Der Bus bog in die Einfahrt des Hotels ein und hielt. Fahrer und Reiseleiter stiegen aus und blieben an der Bustür stehen, um den älteren Fahrgästen beim Aussteigen behilflich zu sein. Ein halbes Dutzend Dienstmänner kam aus dem Hotel, zwei rollten eine Art Plattform heran, die so hoch war wie der Bus, zwei kletterten auf das Busdach, schlugen die Plane zurück und reichten das Gepäck den Kollegen auf der Plattform, die es an andere zum Transport ins Hotel weitergaben.

Die Fahrgäste reckten und streckten sich gähnend, dann schlenderten sie in die Halle und sahen sich um, während sich vor den Fahrstühlen das Gepäck häufte. Einige standen in kleinen Gruppen zusammen, schmiedeten Pläne, redeten über ihre Mitreisenden oder über Erlebnisse auf der Rundfahrt, die hinter ihnen lag, andere gingen zur Rezeption, wo der Reiseleiter Namen von einer Liste abhakte und Zimmerschlüssel verteilte. Aufregung wegen der Koffer und wegen der Zimmerzuteilung wie zu Beginn der Fahrt gab es nicht mehr. Inzwischen waren sie alte Hasen und wußten, daß ihr Gepäck sie auf den Zimmern erwarten würde, auf dem kleinen Klapptisch an der Wand oder am Fußende des Bettes.

Wenig später fuhr ein Taxi vor, dem Professor Abraham Grenish entstieg. Der Taxifahrer öffnete die Kofferraumklappe, holte das Gepäck heraus und stellte es auf den Gehsteig. Grenish sah sich, während er seine Brieftasche zückte, nach einem Dienstmann um, aber die waren noch mit den Koffern aus dem Bus beschäftigt.

«Ich nehmen für Sie», sagte der Taxifahrer hilfsbereit. Er griff sich die beiden Koffer, trug sie ins Hotel und setzte sie an der Rezeption ab. So etwas, überlegte Grenish, würde einem Taxifahrer in Boston oder New York nicht im Traum einfallen. Sein Trinkgeld fiel entsprechend großzügig aus und wurde mit offenkundiger Dankbarkeit entgegengenommen.

Der Angestellte an der Rezeption gab ihm einen Anmeldebogen, auf dem er mit Druckschrift seinen Namen, seine Adresse und die Nummer seines Reisepasses eintrug. «Mein Reisebüro hat das Zimmer für mich gebucht», sagte er. «Ist Post für mich da?»

Der Angestellte griff nach einer Liste. «Die Anmeldung ist bei uns eingegangen. Für sechs Nächte, nicht wahr?» Er sah auf die Postfächer. «Nein, Post ist nicht für Sie gekommen.»

«Es könnte sein, daß ich ein paar Tage länger bleibe.»

«Kein Problem. Aber sagen Sie uns dann bitte möglichst bald Bescheid. Zimmer 713, mit Blick auf die Westmauer. Ich wünsche Ihnen einen angenehmen Aufenthalt.» Er nickte einem Pagen zu, reichte ihm den Zimmerschlüssel und wartete, bis Grenish und der Page im Fahrstuhl verschwunden waren. Dann griff er – nach einem raschen, prüfenden Blick auf seine Kollegen – zum Telefon und wählte eine Nummer. «Er ist gerade angekommen. Zimmer 713.»

In seinem Zimmer machte Grenish die Koffer auf, holte Anzüge und Sakkos hervor, um sie aushängen zu lassen, packte Pyjama, Hausschuhe und Rasierzeug aus und klappte dann die Koffer wieder zu. Hemden und Unterwäsche nahm er lieber frisch aus dem Koffer statt aus einer Hotelschublade. Dann zog er die Vorhänge zurück und sah auf die Westmauer und auf den Hang davor, auf dem Ziegen grasten.

Er kam aus Tel Aviv. Es war eine lange Fahrt gewesen, und er hatte das Bedürfnis, sich ein wenig die Beine zu vertreten. Am liebsten wäre er in die Innenstadt gegangen, in das moderne Viertel, um sich die Geschäfte anzusehen, Atmosphäre zu schnuppern, vielleicht ein bißchen in einer Buchhandlung herumzuschmökern. Dort aber waren jetzt die Geschäfte geschlossen, die Straßen würden menschenleer sein. Dann fiel ihm ein, daß ihm ja die Altstadt offenstand. Dort, im arabischen Teil Jerusalems, galt die Sabbatruhe nicht. Außerdem war es vielleicht nicht schlecht, schon einmal die Lage von Mideast Trading zu erkunden. Wenn dann El Dhamouris Brief kam, kannte er bereits den schnellsten Weg dorthin. Vielleicht konnte er bei dieser Gelegenheit auch gleich die Bekanntschaft von El Dhamouris Vetter machen. Von seinem Fenster aus schien die Altstadt ganz nah. Er würde zu Fuß hinübergehen, einen Rundgang machen, feststellen, wo sich die Mideast Trading befand, vielleicht ein paar Worte mit dem Besitzer wechseln und sich dann ein Restaurant suchen. Den Rückweg konnte er dann auch zu Fuß zurücklegen, oder wenn er inzwischen müde war, würde sich bestimmt ein Taxi finden. Die Alternative war ein Abendessen im *Excelsior*, da die anderen Restaurants in der näheren Umgebung alle geschlossen waren. Da er schon mehrere Wochen im Land verbracht hatte, schien ihm die Aussicht auf ein Sabbatessen im Hotel – mit der fetten Hühnersuppe, der gehackten Leber, dem Brathähnchen in Soße – nicht eben verlockend.

Er ging hinunter zur Rezeption. «Wie komme ich am besten in die Altstadt?»

«Sie können ein Taxi nehmen –»

«Ich würde eigentlich gern zu Fuß gehen. Wie lange läuft man denn?»

«Etwa eine Viertelstunde, höchstens zwanzig Minuten, immer bergab. Wenn Sie aus dem Hotel kommen, nehmen Sie die erste Straße rechts bis zur Mamilla Street, der folgen Sie bis zur Westmauer, und die gehen Sie rechts entlang, dann kommen Sie direkt zum Jaffator.»

Die Straßen wirkten verlassen. Hin und wieder kamen noch vereinzelte Fußgänger vorbei, häufig mit Blumen in der Hand, die es offenbar eilig hatten, zum Sabbat heimzukommen. Erst am Jaffator herrschte wieder mehr Leben, Grenish sah Touristen in kleinen Gruppen, die unvermeidlichen Kameras am Schulterriemen. Er sprach einen Polizisten an. «Können Sie mir sagen, wo die Mideast Trading Corporation ist?»

«Ah, Mideast Trading. *Français*?» Als Grenish den Kopf schüttelte, suchte der Polizist ihm in Zeichensprache begreiflich zu machen, daß er bergab gehen müssen, dann hielt er zwei Finger hoch und zeigte mit der Hand nach rechts.

«Ich gehe also diese Straße hinunter, und an der zweiten Querstraße rechts ...»

Der Polizist hielt einen Finger hoch, zeigte mit der Hand nach rechts und schüttelte nachdrücklich den Kopf. Dann hielt er zwei Finger hoch, deutete wieder nach rechts und nickte lächelnd.

Grenish deutete das so, daß er nicht in die erste, sondern in die zweite Querstraße rechts einbiegen müsse. Er lächelte freundlich zurück. «Vielen Dank», sagte er und überlegte, daß man offenbar auf Reisen doch nicht unbedingt auf Fremdsprachen angewiesen war.

Die schmale Straße, auf beiden Seiten von Läden gesäumt, deren Angebot meist auch noch vor der Tür aufgebaut war, führte steil nach unten. Soweit hatte er also die Zeichensprache des Polizisten richtig interpretiert. Hin und wieder waren zwei, drei Stufen eingebaut, die wohl den Aufstieg erleichtern sollten. Grenish ging langsam und besah sich die ausgestellten Wolldecken, Messingtöpfe, Schnitzereien aus Olivenholz, Schaffellwesten, Ledertaschen, Perlmuttbroschen und und und ... Einmal mußte er sich an eine Mauer drücken, um einen Jungen durchzulassen, der, schwer auf die Lenkstange gestützt, damit ihm sein Gefährt nicht davonrollte, einen großen Karren mit Fladenbroten vor sich herschob. Kaum war der Junge vorbei, kam ein Träger mit einer schweren Truhe auf dem Rücken die Straße heraufgekeucht.

An der ersten Kreuzung sah er einen kleinen Burschen, der mit einem Stock zwei Esel vor sich hertrieb, die mit Holzkisten beladen waren. An der zweiten Kreuzung blieb Grenish stehen. Sein Ziel lag vor ihm. Ein Schild am Eckhaus verkündete in englischer und arabischer Sprache: *Mideast Trading Corporation, Groß- und Einzelhandel.* Doch der Laden war unbeleuchtet, vor den Fenstern lagen mit Vorhängeschlössern gesicherte Gitter. Er suchte nach einem Zettel an der Tür oder einem der Schaufenster, irgendeinen Hinweis darauf, daß das Geschäft nur vorübergehend geschlossen war oder der Besitzer an einem bestimmten Tag oder zu einer bestimmten Zeit wieder zurück sein würde. War damit seine Mission hinfällig geworden? Mußte er an El Dhamouri schreiben und um neue Weisungen bitten?

Als er einen Polizisten sah, trat er an ihn heran und deutete auf die Mideast Trading. «Können Sie mir sagen, warum das Geschäft da an der Ecke geschlossen ist?»

Der Polizist nickte lächelnd. Es handelte sich offensichtlich um einen Araber, mit dem er sich nur auf französisch würde verständigen können. Grenish versuchte, die wenigen Brocken zusammenzuklauben, die er am College gelernt hatte. Wie hieß bloß Laden auf französisch? Schließlich deutete er hin und fragte: *«Fermé pourquoi?»*

Der Polizist überschüttete ihn mit einem sprudelnden Schwall französischer Worte, von denen Grenish kein Wort mitbekam. Doch der Mann war so beflissen, daß es Grenish die eigene Hilflosigkeit ausgesprochen unangenehm war.

«Wenn ich Ihnen irgendwie behilflich sein kann...» Es war Skinner. «Sie scheinen gewisse Probleme zu haben...»

«Nichts von Belang. Ich wollte nur wissen, warum das Geschäft dort drüben geschlossen ist. Ich habe den Polizisten danach gefragt, aber vor seiner Erklärung mußte ich mit meinen Französischkenntnissen passen.»

«Ja, wenn es weiter nichts ist... Das Geschäft ist geschlossen, weil der Besitzer Muslim ist und wir heute Freitag haben. Alle Geschäfte müssen an einem Tag der Woche schließen, das ist gesetzlich vorgeschrieben. Die jüdischen Geschäfte schließen am Samstag, die christlichen am Sonntag und die muslimischen am Freitag.»

«Und die anderen Läden hier –»

«– gehören Christen. In diesem Viertel wohnen fast ausschließlich Christen.»

Inzwischen waren sie langsam weitergegangen. «Sie scheinen sich hier auszukennen», sagte Grenish.

«Ja, ich kenne die Altstadt gut.»

«Können Sie mir dann vielleicht sagen, wo hier in der Nähe ein anständiges Restaurant ist?»

«Da gibt es viele Möglichkeiten. In dieser Straße ist eins, in das ich selbst hin und wieder gehe.»

«Mörder ist einer . . .

... der das Leben zu leicht nimmt», hat mal jemand gesagt. Eine ebenso treffende wie zynische Definition. Zum Glück gibt es andere Mittel und Wege, um sich das Leben leichter zu machen: Man muß niemand beseitigen, nur etwas beiseite legen.

19

Am Sonntag um viertel vor sieben nahm Aharon Perlmutter mit der Gästeliste, die er sich an der Rezeption geholt hatte, seinen Platz am Eingang des Speisesaals ein.

Ein Ober kam zu ihm hinüber. «Eine Tasse Kaffee, Mr. Aharon?»

«Ja, sehr gern.»

«Mit Toast?»

«Ja, bitte.»

Während er seinen Toast aß und den Kaffee trank, überflog er mit geübtem Blick die Gästeliste. Eine französische Reisegruppe war im dritten und vierten Stock, eine amerikanische Gruppe im fünften Stock untergebracht. Den Reisegruppen wurden immer nebeneinanderliegende Räume zugeteilt, um mit dem ständigen Hin und Her zwischen den Zimmern, dem Türenschlagen und dem lautstarken Frohsinn auf den Gängen die anderen Gäste nicht zu behelligen.

Die Zimmer im sechsten und siebenten Stock, von denen man einen schönen Blick auf die Altstadt hatte, waren Einzelreisenden vorbehalten. Zahlreiche Nationalitäten waren vertreten – Deutsche, Franzosen, Engländer, Spanier und ein japanisches Ehepaar. Perlmutter studierte die Namen und las sie sich halblaut vor, um sie erkennen zu können, wenn sie ihm genannt wurden. Sein Blick fiel auf den Namen Grenish, Zimmer 713. Könnte das eine amerikanisierte Form von Grenitz sein? Natürlich war damit nicht automatisch eine Verbindung zu der Familie seiner Frau gegeben. Das Wort bedeutete «Grenze», und als den Juden von Amts wegen Familiennamen verordnet worden waren, mochten viele, die im Grenzland lebten – an der Grenze zwischen Rußland und Polen etwa –, diesen Namen freiwillig über auf Betreiben der Behörden angenommen haben. Irgendwann hatte sein Schwiegervater einen Verwandten erwähnt, einen Vetter oder Onkel, der nach Amerika ausgewandert war. Perlmutter überlegte, wie er die Angelegenheit zur Sprache bringen sollte. Wenn er den Gast geradeheraus fragte, ob er früher Grenitz geheißen habe, war er vielleicht gekränkt und verbat sich diese Unverschämtheit. Schließlich nahm er sich vor, den Namen zu wiederholen, wenn Grenish ihn nannte, so zu tun, als suche er ihn auf seiner Liste und nebenher zu bemerken, er habe mal jemanden gekannt, der auch so hieß, «Grenish oder vielleicht Grenitz». Falls der Gast tatsächlich früher Grenitz geheißen hatte, rückte er vielleicht damit heraus, und Aharon konnte ihn in ein Gespräch verwikkeln. Vielleicht wußte er etwas über seine Familie in Polen, am Ende war der eine oder andere doch davongekommen und hatte sich mit den Verwandten in Amerika in Verbindung gesetzt. Er konnte es kaum erwarten, bis dieser Grenish sich zum Frühstück einstellte.

Zuerst kamen die Reisegruppen, leicht zu erkennen an ihren Kameras und Feldstechern und Karten und Reisebüchern sowie den Namenschildern, die den Reiseleitern das Wiederfinden ihrer Schäflein im Gewimmel erleichtern sollten. Viele trugen *timbals*, die weißen Leinenhütchen, die von den Reisegesellschaften gern als Sonnenschutz an ihre Gruppen verteilt wurden. Die Pauschaltouristen mußten immer zeitig aus den Federn, denn schon wartete draußen der Bus zur Besichtigung von Jerusalem und Umgebung.

Bis acht Uhr waren die Reisegruppen auf und davon, und allmählich trafen die Gäste aus den oberen Stockwerken ein. Doch erst viertel vor neun kam Grenish. Er hatte gerade seinen Namen und seine Zimmernummer genannt, als der Hoteldirektor auf Perlmutter zukam. «Sprechen Sie Polnisch, Aharon?»

«Ja, natürlich.»

«Dann kommen Sie bitte gleich mal an die Rezeption, wir haben da einen Gast, der offenbar nur Polnisch kann, vielleicht ist es auch Russisch...»

«Ich spreche beides.»

«Um so besser. Sie müssen für den Empfangschef dolmetschen, ich mache inzwischen hier weiter.»

Aharon warf noch einen leicht bekümmerten Blick auf Grenish, der sich am Frühstücksbüfett bediente, und verließ dann den Speisesaal. Er wurde bis nach neun an der Rezeption aufgehalten. Als man ihn dort endlich freigab, ging er noch einmal in den Speisesaal zurück. Vielleicht war Grenish noch da. Nein, der Raum war leer, und die Ober waren dabei, die Tische abzudecken.

Er ging zurück an die Rezeption. «Auf Zimmer 713 wohnt ein gewisser Grenish. Wie lange hat er gebucht?»

Der Kollege sah auf seine Liste. «Eine Woche, Aharon.» Perlmutter atmete auf. In den nächsten Tagen ergab sich bestimmt noch die eine oder andere Gelegenheit, mit dem Amerikaner Kontakt aufzunehmen.

Beim Minjan gab es immer eine Pause von einigen Minuten zwischen dem Abschluß der *minche*, des Nachmittagsgebets, und dem Beginn des *maariv*, des Abendgebets. Gelegentlich nutzte der eine oder andere die Gelegenheit zur Erörterung einer interessanten Streitfrage, häufiger allerdings saßen die Männer in dieser Zeit nur beisammen und unterhielten sich über Alltägliches. Perlmutter war kurz vor Beginn des Gottesdienstes gekommen, und jetzt, nach Abschluß der *minche*, ging Rabbi Small zu ihm hinüber und erkundigte sich, wie er auf seinem neuen Posten zurechtkam.

«Ganz neu ist er nicht für mich, ich habe das schon öfter gemacht. Es geht dort ein bißchen hektisch zu, zwar habe ich früher Feierabend, aber –»

«– aber lieber würden Sie morgens ein bißchen länger schlafen», ergänzte der Rabbi.

«Wie wahr!» Aharon lächelte ein wenig. «Aber in meinem Alter muß man es nehmen, wie es kommt. Eigentlich ist diese Kontrolle ein bißchen albern. Es gibt nur ganz wenige Gäste, bei denen das Frühstück nicht im Preis enthalten ist, und die kommen im allgemeinen auch nicht in den Speisesaal. Als ich vor ein paar Monaten den Frühdienst gemacht habe, mußten wir, solange ich dort war – es mögen zwei Wochen gewesen sein – nur einmal einem Gast ein Frühstück in Rechnung stellen. Was mir das Hotel für diese zwei Stunden Dienst zahlen muß, ist bedeutend mehr als das, was uns hier und da durch ein nicht bezahltes Frühstück entgeht, aber wir gehören zu einer Hotelkette und bekommen unsere Weisungen von der Zentrale.»

«Und sind Sie diesmal wieder für zwei Wochen zum Frühdienst eingeteilt?»

«Vielleicht sind es diesmal nur acht Tage.» Aharons Gesicht erhellte sich. «Man begegnet so vielen Menschen, wenn auch nur ganz flüchtig – es ist eine ganze Welt. Heute früh zum Beispiel bin ich, als ich meine Liste durchging, auf den Namen Grenish gestoßen.»

«Und kannten Sie diesen Grenish?»

«Nein, aber ich habe Ihnen doch erzählt, daß meine Frau eine geborene Grenitz war, und mir kam der Gedanke, daß er vielleicht auch ursprünglich so hieß und den Namen amerikanisiert hat. Und da habe ich mir gedacht, es könnte nicht schaden, ihn darauf anzusprechen.»

«Und was hat er gesagt?»

«Er hatte mir gerade seinen Namen genannt, da holte mich der Direktor an die Rezeption, und als ich zurückkkam, war Grenish schon weg. Aber ich frage ihn morgen. An der Rezeption hat man mir gesagt, daß er eine ganze Woche bleibt. Ich brauche also die Hoffnung noch nicht aufzugeben.»

20

Ish-Tovs bester Freund in der Jeschiwa war Yitzchak (vormals Irving) Cohen aus Amarillo, Texas. Cohen war ein, zwei Jahre älter als Ish-Tov und schon ein Jahr länger in der Jeschiwa, ein hagerer, nervöser Junge, der mit großer, ja, fast abergläubischer Gewissenhaftigkeit, wie Ish-Tov fand, um die Einhaltung der Gebote bemüht war. Einmal hatte Ish-Tov sich darüber ein bißchen lustig gemacht, und Cohen hatte geantwortet: «Wer so ein Leben geführt hat wie ich und ein- oder zweimal kurz davor war... na, Schwamm drüber. Wenn du dann was findest, was dir tatsächlich hilft, machst du nicht lange rum, sondern richtest dich danach, klar?»

Ish-Tov hatte genickt, aber so richtig klar war ihm die Einstellung seines Freundes noch nicht geworden, weil er von dessen Vorleben so gut wie nichts wußte. Cohen war von einer schier unersättlichen Neugier besessen und wußte allerlei von seinen Mitschülern und Lehrern, was denen gar nicht recht war. Er fand auch nichts dabei, sich mit diesem Wissen in aller Öffentlichkeit großzutun.

Über seine eigenen Angelegenheiten aber schwieg er sich beharrlich aus.

Nicht nur die Bewohner der Jeschiwa, sondern auch das Haus selber kannte Cohen gewissermaßen in- und auswendig. Er wußte, wo die Vorräte gelagert wurden, wie man das Haus unbemerkt betreten und verlassen konnte und wo man im Schlafsaal stehen mußte, um zu hören, was einen Stock tiefer in Kahns Büro gesprochen wurde. Er hatte Ish-Tov auch das Versteck auf dem Dach gezeigt.

Als sie am Sonntagnachmittag vorübergehend allein in dem Schlafraum waren, den sie mit vier Mitschülern teilten, holte Cohen eine halbleere Zigarettenschachtel hervor und schüttelte zwei schief und krumm, offensichtlich mit der Hand gerollte Zigaretten heraus. Ish-Tov machte große Augen.

«Gras? Wo hast du denn das her?»

«Aus der Altstadt. Als wir mit der Feilscherei um die Ledertasche fertig waren, bist du schon vorausgegangen, weißt du noch? Ich hab ihm ein paar von den Dingern abgekauft.»

«Dem Araber mit den Taschen? Aber woher wußtest du –»

«Meine Sache. Deshalb hab ich dich doch mitgenommen. Na, wie wär's?»

«Okay. Geh du voraus, ich komm gleich nach.»

Yitzchak nickte und ging gemächlich hinaus. Er sah sich rasch um, dann lief er bis zum Ende des Korridors, öffnete dort eine Tür, stieg eine staubige Treppe hinauf und stieß eine weitere Tür auf, die auf das Flachdach führte.

Er setzte sich und lehnte den Rücken an die Wand des kleinen Aufbaus, der auch Schutz vor der sengenden Sonne bot. Nach ein paar Minuten setzte sich Ish-Tov zu ihm.

«Was hast du denn noch so lange da unten gemacht?» fragte Cohen.

Ish-Tov holte ein kleines Fernglas aus der Tasche. «Das mußte ich erst rauskramen.»

«Mann, wir sind doch keine Vogelwarte!»

Ish-Tov feixte. «Einmal hab ich geradewegs in ein Schlafzimmer gesehen, wo sich so 'n Vögelchen ausgezogen hat.»

«Weißt du, was sie mit dir hier machen, wenn du so daherredest? Die holen den *schadchen*, und eine Woche später bist du verheiratet und kriegst die nächsten zehn, zwölf Jahre ein Kind nach dem anderen. Wie alt bist du... fünfundzwanzig, sechsundzwanzig? Lange dauert's sowieso nicht mehr, bis die dir eine Frau besorgen, aber man braucht sich ja nicht danach zu drängen.»

«Wieso haben sie dich noch nicht erwischt?»

Yitzchak griente zufrieden. «Geht nicht, ich bin schon verheiratet.»

«Hey, Mann, wo –»

«Drüben in den Staaten. Mit einer Gojischen. Aber wir wollen uns scheiden lassen.» Er lachte anzüglich. «Falls der Typ, mit dem sie jetzt zusammenlebt, sich dazu durchringt, sie zu heiraten.»

«Und dann würdest du dir vom Heiratsvermittler eine Frau aufhängen lassen?»

«Klar, warum nicht? Ärger danebengreifen als ich kann er eigentlich auch nicht. Im College sucht der Dekan dir einen Zimmergenossen aus, und meist klappt das ganz gut. Beim Heiratsvermittler läuft das ganz ähnlich. Es ist so was wie 'ne geschäftliche Vereinbarung, und meist sind beide Parteien zufrieden. Wenn du aus Liebe heiratest, sieht das ganz anders aus. Für dich ist sie die einzige Frau auf der Welt, und sie himmelt dich genauso an. Aber nach 'ner Weile plumpst du runter von deiner rosaroten Wolke und überlegst dir, ob sie sich vielleicht schon nach 'nem anderen umsieht. Brauchst bloß an Kahn zu denken.»

«An unseren Kahn? Wieso?»

«Fünf Jahre verheiratet, mindestens, und keine Kinder. Die anderen Lehrer sagen, er soll sich scheiden lassen, aber er denkt nicht dran. Er liebt die Frau. Weißt du, wo er zur Zeit steckt?»

«In seinem Büro war er nicht, da hat Yossi gesessen. Ich hab gedacht, er ist krank oder bereitet den Ausflug nach Safed vor.»

«Er ist nicht krank, und vielleicht kommt er gar nicht mit nach Safed. Er sitzt zu Hause und bewacht seine Frau.»

«Woher weißt du das?»

«Weil ich gehört hab, wie Rabbi Brodny mit Rabby Ellsberg gesprochen hat, sie haben Witze darüber gemacht. Die Frau von

Brodny ist mit Mrs. Kahn befreundet. Die hat einen Brief von so 'nem Typ aus den Staaten bekommen, mit dem sie mal gegangen ist. Er kommt nach Jerusalem, hat er geschrieben, und will sie am Sonntag – also heute – mal besuchen. Weil er Amerikaner ist, hat er wohl gedacht, daß der Sonntag noch zum Wochenende gehört. Und da hat Kahn sich freigenommen, damit die beiden kein Techtelmechtel miteinander anfangen. So weit kann einer kommen, wenn er aus Liebe heiratet.»

«Was du so alles aufschnappst, Yitzchak... Da kann ich nur staunen.»

«Ich halt mich gern auf dem laufenden. Wenn die Lehrer hier nicht wollen, daß wir mitkriegen, was sie sagen, reden sie hebräisch miteinander, weil sie sich einbilden, daß wir davon null Ahnung haben. Aber ich bin als Kind in eine jüdische Tagesschule gegangen und dann hier in Israel ein halbes Jahr in so'n Sprachinternat, wo du nur hebräisch hast reden dürfen, und wenn wir's nicht gesprochen haben, gab's Sendungen im Radio oder im Fernsehen, alles auf hebräisch, da macht mir so leicht keiner was vor.»

«Ganz schön gerissen. Paß bloß auf, daß du dich nicht übernimmst.» Ish-Tov nahm einen letzten Zug aus seiner Zigarette und warf sie auf das Flachdach.

«Hey, mach das Ding da gründlich kaputt», sagte Yitzchak. «Braucht ja keiner gleich zu sehen, daß wir hier Hasch geraucht haben.»

Ish-Tov gehorchte und zertrat die Zigarette. Dann trat er an die Brüstung. «Tolle Aussicht.»

«Geh nicht zu nah ran», mahnte Yitzchak. «Sonst sieht dich noch jemand.»

«Na und?»

«Ich glaube, eigentlich dürfen wir hier gar nicht rauf. Und wenn die anderen erst mal von unserem Versteck Wind gekriegt haben, kommen sie alle angerannt, und wo rauchen wir dann unsere Joints?»

«Hast recht.» Ish-Tov trat ein, zwei Schritte zurück und hob das Fernglas an die Augen, das er sich um den Hals gehängt hatte.

«Was machen die lieben Vögelchen?» fragte Yitzchak.

«Ich seh bloß welche auf Bäumen.» Er ging langsam weiter, bis er vor Skinners Haus stand. «Hey, Yitzchak, komm mal her und sieh dir das an!»

Yitzchak trat zu ihm. «Meinst du das Loch da?»

«Sieht aus wie ein Grab.»

«Das ist kein Grab. Ich wette, das ist die Sache, die den Kahn gestern so fertiggemacht hat. Wie so 'n angeschossener Eber ist er über den Korridor gerast. Wie er zum Boss rein ist, bin ich natürlich stehengeblieben und hab die Ohren aufgesperrt...»

«Natürlich.»

«Hör mal, Junge, in so 'nem Laden kannst du nur überleben, wenn du dir den Rücken freihältst. Und dazu mußt du einfach wissen, was läuft. Als der Kahn wie so 'n Verrückter zum Direktor rein ist, ohne anzuklopfen, hab ich mir gesagt, daß da irgendwas Interessantes im Busch sein muß.»

«Und da bist du draußen stehengeblieben und hast gehorcht. Hast du auch durchs Schlüsselloch geguckt?»

«Auf dem Korridor, wo mich jeder sehen kann? Du hast sie wohl nicht alle... Nee, ich bin ins Nebenzimmer rein, das ist so 'ne Art Rumpelkammer mit Eimern und Schrubbern und 'ner kleinen Spüle, und zwischen der Kammer und dem Zimmer vom Boss ist bloß 'ne dünne Sperrholzwand. Ich hab jedes Wort verstehen können.»

«Und was haben sie gesagt?»

«Den Kahn hat einer angerufen, der früher in der Jeschiwa war und jetzt im Kultusministerium sitzt. Der Typ nebenan, dieser Skinner, hat das Amt für Altertümer verständigt – die gehören zum Ministerium –, daß sie 'ne archäologische Ausgrabung oder so was auf seinem Grundstück gefunden haben, und die vom Amt haben gesagt, sie wollen in ein, zwei Tagen vorbeikommen und sich das Ding ansehen.»

«Na und?»

«Mann, überleg doch mal! Wenn sie anfangen zu buddeln, kommen sie vielleicht auch zu uns. Es soll ja einen Tunnel geben, der unter der Mauer durch in die Altstadt führt...»

«So 'n Quatsch.»

«Kein Quatsch. Was machst du, wenn du in einer ummauerten Stadt sitzt, umgeben von Feinden, und einen Kurier zu deinen Verbündeten in Ramallah schicken willst? Oder wenn du einen Ausfall planst, um die Belagerer von hinten zu packen? Ohne Tunnel läuft da nichts, ist doch logo. Na ja, jedenfalls hat der Kahn gesagt, daß sie vor ein paar Jahren hier auch so 'n archäologischen Rest gefunden haben, und irgendeiner hat das dem Amt für Altertümer gemeldet, und Rabbi Moshe Stern, der Vorgänger von unserem Karpis, hat angeordnet, die Grube einfach zuzuschütten.»

«Und was ist passiert?»

«Überhaupt nichts. Der Mann von dem Altertümerdingsda hat gemeint, daß der Fund sie nicht interessiert. Hat sich mit dem orthodoxen Establishment nicht anlegen wollen. Karpis ist da anders, der will's mit der Obrigkeit nicht verderben.»

«Na, schließlich hat der ja hier das Sagen.»

«Vielleicht», bemerkte Yitzchak geheimnisvoll. «Gib den Gukker mal her.» Er besah sich die Grube und gab dann Ish-Tov das Fernglas zurück. «Da liegen noch zwei Spaten rum, demnach sind sie noch nicht fertig mit der Buddelei. Hör mal, laß uns nachher runtergehen, wenn's dunkel ist, und die Grube zuschaufeln.»

«Und was bringt uns das?»

«Der Skinner giftet sich halbtot.»

«Aber er könnte Ärger kriegen.»

«Um so besser. Wenn die Wogen sich geglättet haben, rücken wir damit raus, daß wir's waren, und dann stehn wir als Helden da, besonders bei Kahn, und so was zahlt sich immer aus.»

«Aber das sind ganz schöne Erdhaufen, die da rumliegen ...»

«Halbe Stunde Arbeit.»

«Und was ist mit Skinner? Wenn der uns nun hört oder sieht?»

«Er ist nicht zu Hause. Sonntags ist nie jemand da, die Haushälterin hat frei, weil sie Christin ist, und Skinner schnappt sich seinen Araber und fährt mit ihm irgendwohin. Vor elf kommen die nicht zurück, und dabei machen sie immer einen Mordslärm. Sobald es dunkel geworden ist, zeig ich dir, wie man hinten aus dem Haus kommt, und du gehst hin und fängst schon an zu schaufeln, ich komm dann später nach.»

«Und warum gehst du nicht zuerst? War ja schließlich deine Idee.»

«Könnte doch sein, daß es ein Grab ist, ein alter Friedhof.»

«Na wenn schon...»

«Ich bin ein Cohen, ein direkter Nachkomme von Aaron, und die dürfen nichts mit Toten zu tun haben, auch nicht mit ihren Knochen, und wenn die noch so lange in der Erde gelegen haben. Vielleicht haben die da drüben ja tatsächlich Knochen gefunden, vielleicht hat sich deshalb der Kahn so aufgeregt. Der ist auch ein Cohen. Nach einer einzigen Berührung sind wir auf ein ganzes Jahr verunreinigt, dann dürfen wir ein Jahr lang keine priesterlichen Aufgaben versehen.»

Über Yitzchaks Frömmigkeit, die in so seltsamem Gegensatz zu seiner sonstigen Lebensführung stand, konnte Ish-Tov immer wieder nur staunen.

«Und das bedeutet dir so viel?» fragte er.

«Wer besondere Vergünstigungen genießt», sagte Yitzchak ernst, «trägt auch besondere Verantwortung. Wenn du die erste Schicht Erde aufgebracht hast und wir sicher sein können, daß die Knochen völlig bedeckt sind – wenn welche da waren –, komm ich dazu und helfe dir.»

21

Am Montagmorgen stieg Joseph Kahn, wie an jedem Wochentag, aus dem Bus und ging zur Jeschiwa hinüber, wo er gerade noch zum *schachris*, dem Morgengebet, zurechtkam. Danach frühstückte er im Speisesaal am Tisch des Lehrerkollegiums. Heute hielt sich niemand lange beim Frühstück auf, denn der große klimatisierte Bus, der sie zu einem Ausflug nach Safed bringen sollte, war schon vorgefahren. Um halb neun waren alle unter großem Hallo und Gelächter eingestiegen und winkten vergnügt den vorbeifahrenden Wagen zu. Mehr als ein- oder zweimal im Jahr konnte die Jeschiwa ihren Schülern so ein Vergnügen nicht bieten, um so größer war immer die Freude. Diese Fahrt war durch eine großzügige Spende zustande gekommen. Anlaß war der Abschluß eines bestimmten Abschnitts aus dem Talmud, den die Fortgeschrittenen seit Jahresbeginn studiert hatten.

Die Fahrt war lang, aber sie würden den ganzen Tag in Safed verbringen, wo Mitglieder der dortigen Organisation sich ihrer annehmen und sie verpflegen würden, und müde und abgekämpft würden alle spätabends wieder nach Jerusalem zurückkommen. Es war eine Unterbrechung der täglichen Routine, der Arbeit und strengen Disziplin, die sie von ganzem Herzen genossen und über die sie noch wochenlang sprechen würden.

Am Montagvormittag um zehn klopfte das Zimmermädchen im siebenten Stock des Hotels *Excelsior* an die Tür von Zimmer 713, wartete einen Augenblick, klopfte erneut und legte dann das Ohr an die Tür. Als sich dahinter nichts rührte, schloß sie mit ihrem Zentralschlüssel auf. Das Bett war gemacht, die Tagesdecke glatt und unberührt. Sie ging ins Badezimmer. Auch dort herrschte vorbildliche Ordnung, die Handtücher waren sauber gefaltet, die Seife, die sie am Vortag hingelegt hatte, trocken und unbenützt. Sie überlegte einen Augenblick, dann ging sie an den Telefonapparat, der auf dem Nachttisch stand, und rief die Hausdame an.

«Das Zimmer war leer, das Bett unberührt?» vergewisserte sich diese. «Das ist ganz eindeutig, sagen Sie? Gut, schließen Sie bitte ab und fangen Sie mit dem nächsten Zimmer an. Und sprechen Sie mit niemandem drüber, Yael.»

Die Hausdame verständigte den Direktor, der aus seinem Büro kam und den kräftigen, hochgewachsenen Sicherheitsbeamten zu sich winkte. «Schauen Sie sich mal auf Zimmer 713 um, Avi. Es war in der vergangenen Nacht nicht benutzt.»

Zehn Minuten später war Avi wieder da. «Ich habe zweimal herumgeschlossen, jetzt kann der Gast mit seinem Schlüssel nicht herein. Er muß sich an der Rezeption melden, damit jemand aufmacht. Seine Sachen sind alle da, Zechprellerei ist es also nicht. Soll ich den Shin Bet verständigen?»

«Den Shin Bet?» Der Direktor war erst kürzlich aus Tel Aviv nach Jerusalem versetzt worden. «Warum nicht die Polizei? In Tel Aviv wenden wir uns in solchen Fällen immer an die Polizei.»

«Hier in Jerusalem sind die Sicherheitsvorschriften strenger. Die Polizei gibt so was auch nur an den Shin Bet weiter.»

«Also gut, rufen Sie schon an.»

Im Büro des Shin Bet, Israels nationalem Sicherheitsdienst, saß Uri Adoumi, der Sektionschef für Jerusalem, an seinem Schreibtisch und sah Akten durch. Er griff sich einen Vorgang, nahm einen Schluck von dem Kaffee, den ihm seine Sekretärin gebraut hatte, sobald er ins Büro gekommen war, dann lehnte er sich in seinem Drehstuhl zurück und stützte den rechten Fuß auf das offene Schreibtischfach. Hin und wieder richtete er sich auf, um etwas zu notieren, nahm erneut einen Schluck Kaffee und lehnte sich wieder zurück. Adoumi war ein kräftiger, untersetzter Mann mit einstmals rotem, jetzt graumeliertem und bereits ins Gelblichweiß spielendem, schon etwas schütter werdendem Haar. Sein Mitarbeiter, ein junger Mann in Jeans und T-Shirt, steckte den Kopf zur Tür herein. Adoumi schnellte hoch. «Wissen Sie nicht, daß Sie anklopfen sollen?» fragte er gereizt.

«Bürgerliche Formalitäten. Würde ich klopfen, würden Sie mir sagen, ich sollte hereinkommen. Wenn Sie nicht antworten, würde ich denken, daß etwas nicht in Ordnung ist, würde also hereinkommen, um nach dem Rechten zu sehen. So oder so wär ich drin. Wozu also klopfen?»

«Im Kibbuz klopft man wohl nie an, was?»

«Wenn abgeschlossen war, haben wir geklopft, damit jemand aufmacht, aber wenn nicht abgeschlossen war –»

«Angenommen, ich hätte jetzt Shoshana auf dem Schoß gehabt?»

«Shoshana läßt sich nicht von Ihnen auf den Schoß nehmen. Außerdem hab ich sie eben noch an ihrem Schreibtisch sitzen sehen.»

«Schon gut. Was liegt an?» fragte Adoumi ergeben.

«Der Sicherheitsbeamte aus dem *Excelsior* hat angerufen. Ein Gast wird vermißt.»

«Vermißt? Seit wann?»

«Offenbar seit gestern. Er ist nicht zum Frühstück gekommen, und sein Bett ist unberührt.»

«Kam der Anruf von der Polizei oder direkt von dem Sicherheitsbeamten?»

«Der Sicherheitsbeamte hat selbst hier angerufen. Er hat sich bei dem Gast im Zimmer umgesehen, von seinen Sachen fehlt nichts. Da hat er uns verständigt. Soll ich mal vorbeifahren?»

Adoumi besah sich seinen Assistenten, sein verschwitztes T-Shirt, die verschossenen Jeans, die schweren, abgewetzten Stiefel. Das *Hotel Excelsior* war nicht oberste Luxusklasse, aber es hatte immerhin vier Sterne. Die Gäste, hauptsächlich Gruppenreisende aus aller Herren Ländern, waren gutbeleumdete Mittelstandsbürger. Und das Personal steckte vermutlich in pieksauberen, gut gebügelten Uniformen. «Hat man Ihnen einen Namen genannt?» fragte er hinhaltend.

«Ja. Es handelt sich um einen Amerikaner. Einen gewissen Professor Grenish.»

«Grenish, Professor Grenish... Irgendwo ist mir der Name schon mal untergekommen. Lassen Sie ihn über den Computer laufen, vielleicht hab ich ihn auf einer unserer Listen gesehen.»

Während sein Assistent sich in einem anderen Raum an den Computer setzte, richtete Adoumi sich auf, trommelte mit der Hand auf die Schreibtischplatte und versuchte sich zu erinnern, wo er den Namen Grenish schon mal gesehen hatte.

Wenig später war der Mitarbeiter wieder da. Es war ihm sichtlich peinlich, daß er den Computer nicht von sich aus befragt hatte. «Er steht auf einer der Mossad-Listen. Nichts Weltbewegendes. Nur daß er Jude ist und dick befreundet mit einem großkotzigen Araber. Er ist mit dem Schiff von Griechenland gekommen und hat ein paar Tage, fast eine Woche, in Haifa verbracht. Von da ist er nach Tel Aviv gefahren, dort hat er zwei Tage im *Oceanview* gewohnt. Am Freitag ist er in Jerusalem angekommen.»

«Soso. Am besten lasse ich mich mal selber im *Excelsior* sehen.»

Der Direktor des Hotels *Excelsior* hatte seine Unterlagen vor sich auf dem Schreibtisch ausgebreitet. «Sie müssen das verstehen, für einige unserer Gäste ist ein Hotelaufenthalt eine relativ neue Erfahrung. Sie melden sich an, bleiben ein paar Tage, dann fahren sie auf Besuch zu Verwandten nach Tel Aviv, nach Haifa oder Netanya. Dort redet man auf sie ein, sie sollten doch die Nacht über dableiben, oder der letzte Bus fährt ihnen vor der Nase weg oder sonstwas. Manchmal machen sie auch eine richtige Rundfahrt und bleiben gleich ein paar Tage weg. Und dann bilden sie sich ein, sie brauchten das Zimmer nicht zu bezahlen, wenn sie es nicht benutzt haben. Manche werden richtig böse, wenn wir ihnen die Tage in Rechnung stellen.» Er lächelte bekümmert.

«Das ist aber eiserne Regel bei Ihnen, wie?»

«Natürlich. Das Zimmer ist belegt, wir können es nicht neu vergeben. Was haben wir davon, wenn der Gast eine Nacht wegbleibt? Gewiß, das Mädchen braucht am nächsten Tag das Zimmer nicht zu machen, da sparen wir ein paar Minuten ein, außerdem Wäsche und Handtücher. Und ein Frühstück.»

«Wenn ein Gast also für zwei Wochen bei Ihnen gebucht hat», sagte Adoumi, «und zwischendurch eine mehrtägige Tour machen will, nach Eilat etwa, müßte er das Hotel hier und in Eilat bezahlen?»

«Nicht, wenn er hier das Zimmer räumt und seine Rechnung zahlt. Das Gepäck kann er kostenlos bei uns unterstellen. Wenn er zurückkommt, meldet er sich neu an, und wenn nicht gerade Hochbetrieb ist, kann er sogar wieder sein früheres Zimmer haben.»

«Wenn aber nun Hochbetrieb ist?»

«Tja, dann ist das ein gewisses Risiko für ihn. Wir sagen ihm, daß wir ihm sein altes Zimmer nach seiner Rückkehr nicht garantieren können, vielleicht müssen wir ihm sogar sagen, daß wir ihm überhaupt kein Zimmer garantieren können.»

«Verstehe. Und wie war das nun mit Grenish?»

«Das wird sich gleich herausstellen.» Er griff sich ein Anmeldeformular. «Da haben wir ihn. Professor Abraham Grenish ist am

Freitagnachmittag fünf Minuten nach zwei angekommen.» Er blätterte eine Handvoll Zettel durch. «Abends hat er nicht bei uns gegessen, er hat überhaupt keine Hauptmahlzeit bei uns eingenommen, weder mittags noch abends. Das ist nicht ungewöhnlich, die meisten Gäste essen nicht bei uns, abgesehen von den Gruppenreisenden, bei denen die Mahlzeiten im Preis eingeschlossen sind.»

«Und das Frühstück?»

«Das ist im Zimmerpreis mit drin, deshalb frühstücken unsere Gäste praktisch alle bei uns, auch wenn manche nur eine Tasse Kaffee trinken und ein Brötchen dazu essen. Allerdings gibt es Ausnahmen, manche buchen nur das Zimmer, dadurch sparen sie ein bißchen.» Er griff nach einem weiteren Zettelstapel, den er Adoumi reichte. «Das sind die Gästelisten mit entsprechenden Zimmernummern. Für jeden Tag haben wir eine gesonderte Spalte. Wenn der Gast den Speisesaal betritt, kommt er an einem unserer Mitarbeiter vorbei, der dort mit seiner Liste sitzt. Der Gast gibt Namen und Zimmernummer an und wird abgehakt. Unser Mr. Grenish – Professor Grenish – hat am Samstag und am Sonntag bei uns gefrühstückt.»

«Schön, demnach war er zumindest von Freitag nachmittag bis Sonntag morgen hier. Kann jemand den Mann beschreiben?»

«Unser arabisches Personal für die Sabbatschicht kommt am Freitag um halb zwei, Sie könnten die Araber an der Rezeption fragen, vielleicht hat ihn der Mann noch in Erinnerung, bei dem er sich angemeldet hat, was ich allerdings bezweifele. Ungefähr um dieselbe Zeit ist ein Bus mit einer Reisegruppe angekommen, da war sehr viel los am Empfang. Der Hausdiener, der ihm die Koffer aufs Zimmer gebracht hat, erinnert sich möglicherweise an ihn, aber auch nur, wenn er ein besonders großzügiges Trinkgeld bekommen hat. Ebenso verhält es sich mit dem Mitarbeiter, der beim Frühstück die Kontrolle gemacht hat. Da herrscht immer ziemlich viel Trubel, meist schauen sie sich die Gäste gar nicht an.»

«Das Zimmermädchen?»

Der Direktor schüttelte den Kopf. «Nein, unsere Zimmermädchen gehen den Gästen nach Möglichkeit aus dem Wege. Sie machen sich an die Arbeit, wenn der Gast sein Zimmer verlassen hat.

Versuchen können Sie es natürlich. Die Hausdiener und Zimmermädchen können Sie sich gleich vornehmen, sie arbeiten ganztägig bei uns. Von den Arabern an der Rezeption sind manche nur am Sabbat hier, ihr Dienst geht von Freitag um halb zwei bis Samstag abend. Ich kann Ihnen aber die Adressen geben. Das Bild auf seinem Paß –»

«Ach, haben Sie seinen Paß?»

«Nein, aber vielleicht liegt er oben in seinem Zimmer.»

«Hat Ihr Sicherheitsbeamter das Zimmer noch nicht durchsucht?»

«Nur flüchtig. Hauptsächlich ging es ihm darum festzustellen, in welchem Zustand seine Sachen waren, ob er sie guten Gewissens hätte hierlassen können, um die Zeche zu prellen. Aber wenn Sie gründlich suchen...»

«Das glauben Sie doch selber nicht! Den Paß hat er bestimmt bei sich. Wenn man ihn nicht mitnimmt, versteckt man ihn nicht, sondern läßt ihn auf dem Schreibtisch liegen oder verstaut ihn in einer Schublade, und dann hätte Ihr Mann ihn gefunden. Hätte Grenish Angst gehabt, daß er den Paß verliert oder daß er ihm gestohlen wird, hätte er ihn nicht in seinem Zimmer versteckt, sondern sich ein Schließfach genommen, und ein Schließfach hat er doch nicht bei Ihnen, oder?»

Der Hoteldirektor holte ein Blatt aus einer Schublade und warf einen Blick darauf, dann schüttelte er den Kopf.

«Ich möchte mir gern mal das Zimmer ansehen.»

«Ich lasse Avi holen, unseren Sicherheitsbeamten, der kann Ihnen aufschließen.»

Adoumi ging zuerst ins Badezimmer. Avi folgte ihm und blieb unter der Tür stehen.

«Glattrasiert, weder Schnurr- noch Vollbart», sagte Adoumi.

«Woher wollen Sie das wissen? Viele Leute rasieren sich und haben trotzdem einen Schnauzer oder einen kleinen Vollbart.»

«Es liegt keine Schere da. Bartträger brauchen eine Schere zum Nachschneiden.»

Er griff nach Kamm und Bürste. «Kurzes Haar», stellte er fest. «Bei längerem Haar würde er keinen so feinen Kamm benutzen.

Damit reißt man sich zu viele Haare aus, besonders nach dem Duschen. Ein paar hängen noch dran. Bräunlich, mit grauen Strähnen. Geben Sie mir mal einen Hotelumschlag aus dem Schreibtisch. Vierzig bis fünfundfünfzig. Keine Zahnprothese. Da liegt Zahnseide. Und Zahnbürste und Zahnpasta. Wer eine Zahnprothese hat, nimmt eine Spezialzahnbürste und eine besondere Zahnpaste oder diese Tabletten, die man in einem Glas Wasser auflöst. Mal sehen, was die Koffer und der Schrank hergeben.»

Vom Schrankboden nahm er ein Paar schwarze Schuhe. «Achteinhalb C. Ich muß in der Tabelle nachsehen, aber ich glaube, das ist Schuhgröße Einundvierzig.» Er machte sich einen Vermerk auf dem Umschlag, in den er die Haare gesteckt hatte. Dann stellte er sich auf ein Bein und legte einen der Schuhe mit der Sohle an den seinen. «Er ist kleiner als ich.» Er griff nach einem der Anzüge, hielt ihn sich an und sah in den bodenlangen Spiegel. «Ja, etwa eins siebenundsechzig.» Dann nahm er das Jackett vom Bügel und versuchte es anzuziehen. «Viel schmaler als ich, vielleicht vierundsechzig oder fünfundsechzig Kilo.» Wieder machte er sich eine Notiz auf dem Umschlag.

«Haben Sie die Taschen durchsucht?»

«Ja, aber ohne Erfolg.»

Trotzdem nahm sich Adoumi jede Anzugtasche einzeln vor. «Man kann nie wissen», sagte er halb entschuldigend. «So, und jetzt die Koffer.»

«Er hat Unterwäsche und Hemden nicht ausgepackt», bemerkte Avi und zog die leere Kommodenschublade heraus.

«Ein bißchen ungewöhnlich, wie?»

«Ach, ich weiß nicht, das machen viele Gäste so. Sie packen nur die Anzüge und Hosen aus, wegen der Knitterfalten, die Schuhe und höchstens noch den Pyjama. Alles andere lassen sie meist im Koffer, dann brauchen sie nicht ständig ein- und auszupacken.»

«Ja, wenn sie nur zwei oder drei Tage bleiben. Aber unser Freund hatte sich auf eine ganze Woche in Jerusalem eingerichtet.»

Adoumi öffnete einen der Koffer und entnahm ihm einen etwa 16 cm breiten und über einen Meter langen Tuchstreifen mit Schaumgummifütterung. «Unser Freund trägt gelegentlich ein

Stützband, das bedeutet, daß er einen kleinen Bauch hat. Ich glaube, mit dem Gewicht können wir eher auf siebzig Kilo gehen.»

«Manche Leute tragen so was auch, weil sie es mit dem Rücken haben», wandte Avi ein.

«Ja, aber schauen Sie sich die Hemden an. Größe 16, das wäre bei uns etwa Größe 41. Das oberste Knopfloch ist richtig ausgeleiert. Die Hemden sind ihm zu eng geworden. Und hier ist ein fast neues, das ist Größe 16½, also etwa Größe 43.»

Er kratzte sich am Kopf, dann griff er sich den Koffer und kippte den Inhalt aufs Bett. Er tastete Futter und Innentaschen ab und legte die Gegenstände, nachdem er sie gründlich gedrückt, gebogen und abgetastet hatte, nacheinander wieder hinein. Dasselbe machte er mit dem zweiten Koffer. «Kein Paß», stellte er fest und richtete sich auf.

«Wahrscheinlich hat er ihn bei sich», sagte Avi. «Die meisten nehmen ihn mit, schon für den Fall, daß sie eine Kreditkarte benützen wollen.»

«Mag sein, aber man kann nicht gründlich genug sein. Packen Sie jetzt bitte alles in die Koffer, Anzüge, Schuhe, Toilettenartikel, und stellen Sie das Gepäck so unter, daß sich niemand daran vergreifen kann. Oder soll ich es versiegeln lassen?»

«Nein, mit der Aufbewahrung gibt's keine Probleme. Was ist, wenn er zurückkommt?»

«Dann rufen Sie mich an, und ich oder einer meiner Leute kommt sofort her. Hat er übrigens seinen Schlüssel abgegeben?»

«Nein.»

23

Adoumi hatte sich bei Yaacov Luria melden lassen, dem Polizeichef des Bezirks Jerusalem. Yaacov, hager, kalt und pedantisch, saß kerzengerade an seinem Mahagonischreibtisch, die Hände auf der völlig leeren Tischplatte gefaltet. Die Augen hinter einem kleinen Kneifer mit ovalen Gläsern waren reglos auf den Besucher gerichtet.

«Er hat im Hotel gefrühstückt, danach hat ihn niemand mehr gesehen», sagte Adoumi.

«Luria öffnete die Hände und holte einen Notizblock aus einem der Schreibtischfächer. Aus der Brusttasche angelte er einen Druckbleistift. «Beschreibung?»

«Habe ich schon Ihrem Stellvertreter gegeben. Viel haben wir nicht. Alter um die fünfzig, braunes, ergrauendes Haar, Gewicht um die siebzig Kilo, etwa einssiebenundsechzig groß, wahrscheinlich Bauchansatz. Schuhe Größe 8½, das heißt also 41, Hemden Größe 16 oder 16½, das heißt 43.»

Lurias Augenbrauen schnellten hoch, so daß eine Reihe waagerechter Falten auf seiner Stirn erschienen. «Das nennen Sie eine Beschreibung? Keine Augenfarbe, keine Nasen- und Mundform... Aber ausgerechnet Schuhgröße und Kragenweite können Sie mir bieten...»

Adoumi breitete resigniert die Hände aus. «Soviel ließ sich aus den Sachen folgern, die er zurückgelassen hat. Gesehen hat ihn niemand, jedenfalls erinnert sich keiner an ihn. Er wohnte in einem großen Hotel, kam mit einer Gruppe von etwa hundert Leuten an...»

«Dann müßten doch aber seine Mitreisenden...»

«Nein, nein, er gehörte nicht zu der Gruppe, er ist nur zur gleichen Zeit angekommen. Ich habe mit dem Dienstmann gesprochen, dem Zimmermädchen, den Angestellten an der Rezeption. Avi, der Sicherheitsbeamte, erinnert sich, daß ein Brief für Grenish kam, den er auch abgeholt hat, aber er hat sich den Mann nicht näher angesehen. Jemand sagte: ‹713 – Grenish›, und da hat er den Brief aus dem Fach genommen und ausgehändigt. Die Hotelangestellten hatten am Sonntagvormittag alle Hände voll zu tun, um die nächste Gruppe abzufertigen.»

«Ist Ihnen klar, daß diese Beschreibung auf viele Hunderte, ja, Tausende von Menschen paßt?»

«Ich weiß, ich weiß...»

«Gut, wir können also nicht gezielt nach ihm suchen. Falls er auftaucht, helfen uns diese Angaben vielleicht bei der Identifizierung. Mein Stellvertreter, sagen Sie, hat Ihre Informationen bereits.

Was wollen Sie also noch von mir?» Er legte den Block wieder in die Schublade, steckte den Bleistift in die Tasche, faltete erneut die Hände und sah Adoumi erwartungsvoll an.

«Für den Fall ist möglicherweise nicht nur die Polizei zuständig. Sein Name stand auf einer Liste, die wir vom Mossad bekommen haben.»

«Gefährlich?»

«Ich glaube nicht, aber Näheres über ihn ist uns nicht bekannt. Vielleicht ist er sogar völlig harmlos. Er ist Jude, aber gut befreundet mit einem prominenten Araber, der in den Staaten lebt und für den der Mossad sich interessiert.»

«Verstehe. Und weiter?»

«Wenn Sie ihn entdecken, möchte ich, daß er nur festgehalten und noch nicht verhört wird. Zuerst will ich ihn mir selber vornehmen.»

«In Ordnung.» Luria nickte bestätigend. Damit war sein Besucher entlassen.

Am Montag gegen vier hatte Dr. Asher Gur, der für Alt-Jerusalem zuständige Sachbearbeiter im Amt für Altertümer, die Vorgänge durchgearbeitet, die während seiner Reserveübung eingegangen waren. Zu seinem Assistenten Moshe, einem jungen blonden Riesen, sagte er: «Ich glaube, wir machen für heute Schluß. Sie können auch gehen.»

«Was ist mit dem Fund, den dieser...» Moshe warf einen Blick auf das Schwarze Brett – «...dieser James Skinner gemeldet hat?»

«Morgen», sagte Gur erschöpft.

«Skinner, Skinner... Sagen Sie mal, ist das nicht der Mann, der den Ärger mit den Typen aus der Jeschiwa hatte?»

«Soweit ich weiß, war er damals gar nicht da. Ein arabischer Verwalter oder Hausmeister hat sich mit den Burschen herumschlagen müssen. Warum?»

«Meinen Sie nicht, daß der Mann bei uns noch was gut hat? Er ist ziemlich schäbig behandelt worden.»

«Aber nicht von uns oder unserem Amt.»

«Ich weiß, aber nun hat er diese Grube mitten im Garten...»

«Sie ist hinter dem Haus.»

«Ja, aber er hat Angst, daß jemand reinfallen könnte. Und Gedaliah hat ihm gesagt, daß er nichts machen kann, bis wir uns die Sache angesehen haben.»

«Ja, und Gedaliah hat ihm auch gesagt, daß er dem Klempner Bescheid gibt und daß wir die Grube selber zuschaufeln würden, wenn er ihn nicht erreicht.»

«Ich könnte Ahuva bitten, den Klempner anzurufen und ihm auszurichten, daß wir jetzt hinfahren. Er soll uns dort erwarten.»

«Also meinetwegen, schauen wir uns die Brocken mal an. Ich glaube kaum, daß da was für uns zu holen ist, dazu kenne ich die Gegend zu gut. Wahrscheinlich stellt sich heraus, daß die Steine von irgendeiner anderen Baustelle stammen, von einer alten Zisterne oder Senkgrube, die vor fünfzig, sechzig Jahren entstanden ist.»

Zwanzig Minuten später ließ Gur den staubigen kleinen Peugeot vor Skinners Haus ausrollen. Moshe ging zur Haustür und klopfte, wartete, klopfte wieder. Dann entdeckte er den Klingelknopf. Er hörte es im Haus läuten, aber innen rührte sich nichts.

«Niemand zu Hause», rief er Gur zu.

Asher Gur stieg aus und trat zu ihm. «Im Grunde brauchen wir ja auch kein Publikum. Gehen wir nach hinten.»

Hinter dem Haus blieben sie verblüfft stehen. Dort, wo offenbar die Grube gewesen war, wölbte sich ein Hügel aus weicher Erde. «Freund Skinner scheint die Sache selber in die Hand genommen zu haben», sagte Gur.

«Und was machen wir jetzt?»

«Wir teilen dem Amt mit, daß Ihr Mr. Skinner vorschriftswidrig und entgegen ausdrücklicher Anweisung die Fundstelle zugeschaufelt hat, und nach einigem Hin und Her wird er eine happige Geldstrafe zahlen müssen, was um so ärgerlicher für ihn ist, als wir bestimmt nichts Wertvolles gefunden hätten.»

«Könnten Sie nicht –»

«Könnte ich was?»

«Ich meine, wenn Sie so sicher sind, daß sich die Sache für uns sowieso nicht lohnt...», sagte Moshe etwas unglücklich.

«Na schön», gab Gur nach. «Ich könnte in den Bericht schreiben, daß wir der Meldung nachgegangen sind, daß sich nichts Interessantes ergeben hat und daß wir die Grube selbst zugeschaufelt haben, weil der Klempner nicht gekommen ist – immer vorausgesetzt, daß Ahuva ihn überhaupt erreicht oder es zumindest versucht hat.»

«Natürlich nur, wenn Sie ganz sicher sind, daß wir sowieso nichts Lohnendes gefunden hätten. Gedaliah glaubt –»

«Ich weiß, ich weiß. Gedaliah glaubt, wir könnten hier dem Tunnel auf die Spur kommen, nach dem er schon seit zehn Jahren sucht.»

«Hören Sie, Asher», sagte der gewissenhafte Moshe. «Was halten Sie davon, wenn ich mal nachsehe? Ich brauche ja nicht alles wieder aufzugraben, nur da, wo sie angeblich die Steine gefunden haben, direkt vor der Haustür. Die Erde ist weich, frisch ausgehoben, es dauert höchstens zehn, fünfzehn Minuten.»

Gur zuckte die Schultern. «Wenn Sie unbedingt ins Schwitzen kommen wollen...»

«Die Bewegung wird mir gut tun, ich habe den ganzen Tag im Büro herumgesessen.»

«Na gut, ich hole den Spaten aus dem Kofferraum.»

«Nicht nötig, hier liegen ja zwei.» Er machte sich an die Arbeit. Asher sah ihm noch einen Augenblick zu, dann ging er zum Wagen. Hin und wieder warf er noch einen Blick zurück und sah, wie sein Assistent allmählich in der Grube verschwand. Dann holte er einen Stapel Akten aus dem Handschuhfach und begann zu lesen.

Moshes Stimme ließ ihn auffahren. «Asher, kommen Sie schnell. Ich habe einen Schuh gefunden.»

Gur sprang aus dem Wagen. «Einen Schuh? Eine Sandale meinen Sie wohl. Eine Römersandale vielleicht.»

Moshe sah aus der Grube hoch. «Nein, einen modernen Schuh. Mit einem Fuß drin.»

Adoumi war schon zu Hause, als der Anruf kam. «Uri? Hier Yaacov. Wir haben da jemanden, der Ihr Mann sein könnte. Vierzig, braunes, ergrauendes Haar, ungefähr siebzig Kilo.»

«Ihre Leute haben ihn noch nicht vernommen?»

«Nein, meine Leute haben ihn noch nicht vernommen.»

«Gut, ich komme sofort. Wo haben Sie ihn?»

«In der Leichenhalle.»

Adoumi sah förmlich, wie Yaacov die schmalen Lippen verzog und die ebenmäßigen Zähne fletschte – ein Lächeln Marke Luria. «Ihre humoristische Ader kommt manchmal im überraschendsten Moment zutage, Yaacov. Sie sind im Büro? Wir sehen uns gleich.»

Adoumi machte es sich im Besuchersessel bequem, während Luria, kerzengerade aufgerichtet, die Hände auf der Schreibtischplatte gefaltet, von den Ereignissen berichtete, die zur Entdeckung der Leiche geführt hatten. «Es war ausgerechnet der Schuh...» – ein freudloses Zähnefletschen – «... Größe achteinhalb, der den ersten Hinweis lieferte. Der junge Mann, der in der Grube stand, reichte ihn an seinen Vorgesetzten weiter, und der sagte, er solle dableiben und Wache schieben, er würde die Polizei verständigen. Zum Glück war ich im Haus und konnte bisher verhindern, daß die Sache breitgetreten wird. Noch haben wir nichts an die Presse gegeben, aber wie lange wir den Fall aus den Zeitungen heraushalten können, weiß ich nicht.»

«Der Mann hatte keine Ausweispapiere bei sich? Keine Briefe, keine Brieftasche, keine...»

«Nichts, wenn man von den Etiketten in seiner Kleidung absieht. Alles amerikanische Firmen.»

«Was hat die Autopsie ergeben?»

«Dr. Shatz ist auf Urlaub, sein Vertreter, ein jüngerer Mann, hat noch nicht allzuviel Erfahrung. Mit der Todeszeit wollte er sich nicht festlegen. Die Leiche hatte in der Erde gelegen, und zwar neben einer Kaltwasserleitung, was die normalen Abläufe verändert. Der Arzt hofft, uns nach der Untersuchung des Mageninhalts Näheres sagen zu können.»

«Wie sieht denn das Gesicht aus? Würden ihn Leute, die ihn kannten, identifizieren können?»

«Ich glaube schon.» Sehr überzeugt klang das nicht.

«Sie haben doch da einen Mann an der Hand, der nach der Beschreibung von Zeugen Zeichnungen macht. Könnten wir den nicht einschalten?»

«Da habe ich einen besseren Vorschlag, Uri. Wir können sein Gesicht schminken und fotografieren lassen, notfalls läßt sich auf dem Foto auch noch retuschieren.»

«Um so besser. Wann wären die Abzüge greifbar?»

«Morgen im Laufe des Tages. Wenn ich unseren Experten erreiche, kann er sich noch heute abend an die Arbeit machen, dann schicke ich Ihnen, wenn Sie wollen, gleich morgen früh die Abzüge in Ihre Privatwohnung.»

«Ja, das wäre gut. Dann gehe ich morgen vor Dienstbeginn gleich im Hotel vorbei.»

«Und wenn die im Hotel ihn nicht identifizieren können?»

«Dann wird es kritisch. Wir – oder vielmehr Sie, mein Lieber – verständigen den amerikanischen Konsul, der seinerseits verständigt das Außenministerium, und die forsten ihre Akten durch, bis sie sein Paßbild gefunden haben. Das kann Wochen dauern.»

«Sie könnten natürlich auch den Mossad verständigen», meinte Luria. «Wenn der seine Beziehungen zum Außenministerium spielen läßt, ist die Sache in wenigen Tagen erledigt.»

«Stimmt. Mir wäre es allerdings lieber, wenn ich den Mossad nicht bemühen müßte.»

Luria war über die Reibereien zwischen den beiden Diensten orientiert. Er lächelte. «Alles klar...»

24

Yaacov Luria war zwar bereit, sich in Fragen der nationalen Sicherheit dem Shin Bet zu unterstellen, doch war er keinesfalls gewillt, Uri Adoumi darüber entscheiden zu lassen, was eine Frage der nationalen Sicherheit und was ein simpler Fall für die Polizei war. «Wer sagt uns, daß der Mann, den wir ausgebuddelt haben, tatsächlich dieser Professor Grenish ist?» fragte er seinen Stellvertreter, Yishayah Gross. «Nur weil er dieselbe Schuhgröße hat? Lächerlich!» Er musterte Gross und schätzte dessen Größe und sein Gewicht ab. «Ich tippe darauf, daß Sie dieselbe Schuhgröße haben wie der Tote.»

«Wie wollen Sie also vorgehen?»

«Es geht um einen Mann, der ermordet worden ist...»

Yishayah hüstelte diskret. «Das wissen wir noch nicht.»

«Jedenfalls hat er sich nicht selber begraben. Nun gut, alles Weitere werden unsere Ermittlungen ergeben. Diese Grube war von der Straße her nicht einsehbar. Wer wußte davon?»

«Zunächst mal die Leute, die sie gegraben haben, Shimon der Klempner und die beiden Araber, die er für die grobe Arbeit mitgebracht hatte.»

«Wer noch?»

«Die Mitarbeiter vom Amt für Altertümer vermutlich. Zumindest haben sie gewußt, daß da ein Loch sein muß, auch wenn sie es vielleicht nicht selber gesehen haben. Shimon hatte ja mit ihnen gesprochen. Ja, und natürlich der Grundstückseigentümer und die Leute in seinem Haushalt.»

«Die Freunde vom Amt für Altertümer können wir wohl streichen, die waren erst am Montagabend dort. Und der Hausbesitzer, wie heißt er gleich, dieser Skinner, würde einen Menschen, den er kaltgemacht hat, kaum auf seinem eigenen Grundstück unter die Erde bringen. Wenn der einen Mord begehen würde, aus persönlichen Motiven, Rachemotiven vielleicht, wissen Sie, was er tun würde? Er würden den Toten in seinen Wagen packen, in der Nacht irgendwohin fahren und an der Straße abladen. Nein, Skinner kommt auch nicht in Frage. Ausgeschlossen. Zumal er wußte, daß die Leute vom Amt für Altertümer die Fundstelle besichtigen wollten. Bleiben Shimon der Klempner und seine beiden Araber.»

«Und weiter?»

«Überlegen wir mal. Unser Mann ist am Freitagnachmittag angekommen. Er hat nicht im Hotel gegessen, das heißt, er muß in der Altstadt oder in Ostjerusalem gegessen haben, denn anderswo bekommt er am Sabbat nichts. Und es spricht einiges dafür, daß er in der Altstadt war. Kassim hat das Foto erkannt –»

«Hat *geglaubt*, das Foto zu erkennen», stellte Yishayah richtig.

«Meinetwegen. Er hat *geglaubt*, das Foto zu erkennen. Der Mann, hat er ausgesagt, habe ihn nach einem der moslemischen Geschäfte gefragt, die an dem Tag geschlossen waren.»

«Er hat *geglaubt*, daß das der Sinn der Frage war, bestimmt wußte er es nicht, weil er kein Englisch versteht.»

«Gut, gut, das hat er also *geglaubt*», sagte Luria leicht gereizt. «Zunächst sind das ja alles nur Möglichkeiten. Wir wissen, daß unser Mann am nächsten Tag in seinem Hotel weder das Mittag- noch das Abendessen eingenommen hat, allerdings hat er dort gefrühstückt. Es ist also wahrscheinlich, daß er mittags und abends in der Altstadt gegessen hat, demnach hat er sich den ganzen Tag dort aufgehalten. Was hatte er dort zu suchen? Natürlich ist es denkbar, daß er nur herumgelaufen ist und sich alles mögliche angesehen hat. Es kann aber auch sein, daß er dort etwas Bestimmtes erledigen wollte.»

«Zum Beispiel?»

Luria hob vielsagend die Schultern. «Das weiß ich nicht. Vielleicht wollte er irgendwelche Antiquitäten kaufen, ein altes Manuskript vielleicht, wie das Zeug, das sie in den Höhlen von Qumran gefunden haben. Der Mann war schließlich Hochschullehrer.»

«Oder er war nur scharf auf Haschisch», meinte Gross.

«Auch möglich. Wo war Kassim postiert?»

«Ecke Lohamin und David Street.»

«Und welches Geschäft ist dort?»

«Die *Mideast Trading Corporation.*»

«Sieh mal an, die *Mideast*... Die haben wir doch vor ein paar Jahren mal unter die Lupe genommen, nicht?»

«Zusammen mit noch ein paar Dutzend Läden. Aber gefunden haben wir dort nie was.»

«Immerhin, es wäre ein Ansatzpunkt. Falls die Leute aus der *Mideast* Kontakt zu Shimons Arabern hatten...»

«Zu Shimons Arabern? Wieso denn das?»

«Weil sie von der Grube wußten. Aber auch ganz unabhängig davon, kämen sie durchaus als Verdächtige in Frage. Der Mann wird ohne Brieftasche, ohne Ausweis aufgefunden. Zu welchem Preis wird ein amerikanischer Paß in Kriminellenkreisen gehandelt?»

«Zwischen fünf- und zehntausend Dollar, habe ich mir sagen lassen.»

«Eben. Das ist schon einen Mord wert. Bei einem Raubmord kann man die Leiche in einem Wagen abtransportieren und irgendwo an einer dunklen Straße ablegen, und den Räubern kann's ziemlich egal sein, ob man sie am nächsten Tag findet. Bei einem Paßdiebstahl aber, besonders wenn der Paß in den nächsten Tagen genutzt werden soll, ist es wichtig, daß die Leiche nicht gefunden wird, und wenn es da zufällig eine Grube gibt, in die man den Toten werfen und die man hinterher zuschaufeln kann...»

«Ja, aber dann wäre es doch noch wichtiger, daß Shin Bet oder Mossad den Fall übernehmen», wandte Gross ein.

«Bisher wissen wir noch nichts Genaues. Wir werden den Shin Bet natürlich auf dem laufenden halten, aber es kann nicht schaden, wenn wir uns auf eigene Faust ein bißchen umtun.»

Es klopfte. Ein Mitarbeiter steckte den Kopf zur Tür herein. «Ein Mr. Skinner ist draußen, er will unbedingt Sie sprechen, Chef.»

«Skinner? Soll reinkommen.»

Skinner stürmte herein. «Mr. Luria?»

«Ganz recht, Mr. Skinner. Nehmen Sie Platz.»

Widerstrebend zog sich Skinner den Stuhl heran, auf den Luria deutete. «Man hat mir gesagt, daß Sie den Fall bearbeiten», setzte er an.

«Von welchem Fall sprechen Sie, Mr. Skinner?»

«Von der Grube hinter meinem Haus. Der Klempner, der den Graben ausgehoben hat, um eine undichte Leitung auszutauschen, hatte irgendwelche Steinbrocken entdeckt, die er für einen archäologischen Fund hielt, und hat von mir verlangt, daß ich das Amt für Altertümer verständige.»

«Sehr vernünftig», bemerkte Gross halblaut.

«Sie haben gut reden! Ich kann ja sehen, wie ich mit einem tiefen Loch im Garten fertig werde. Weil Freitagnachmittag war, konnten sie nicht gleich jemanden zur Besichtigung der Fundstelle schicken, und am Tag darauf war Sabbat, da ging es auch nicht, und am Sonntag war der zuständige Sachbearbeiter noch nicht von seiner Reserveübung zurück. Und wer sollte das Loch wieder zuschaufeln? Der Klempner? Der arbeitete inzwischen schon wieder Gott weiß wo. Schließlich haben die vom Amt versprochen, den Klempner zu verständigen, und wenn der nicht gleich mitkommen könnte, würden sie den Graben selber wieder zuschaufeln.»

«Weshalb haben Sie sich denn wegen der Grube solche Sorgen gemacht, Mr. Skinner?» wollte Luria wissen.

«Na hören Sie mal! Ein fast zwei Meter tiefes Loch vor der Hintertür ist schließlich keine Kleinigkeit. Meine Haushälterin hätte hineinfallen können oder ich selber, wenn ich mal nicht dran dachte. Oder ein Lieferant, der zur Hintertür kam...»

«Schon gut, ich verstehe.»

«Am Sonntag mußte ich nach Haifa, habe den ganzen Tag dort zugebracht und bin erst spätabends zurückgekommen. Ich hatte am gleichen Tag noch etwas in Hebron zu erledigen und wollte dort übernachten, bin aber zwischendurch noch mal zu Hause vorbeigefahren. Ich komme also her und stelle fest, daß die Grube aufgefüllt ist. Na wunderbar, denke ich mir. Und dann sehe ich, daß Shimons Werkzeug noch daliegt, eine Spitzhacke und zwei Spaten. Dann werden es die Leute vom Amt für Altertümer gewesen sein, sage ich mir, denn der Klempner hätte ja sein Werkzeug mitgenommen. Wir fahren also nach Hebron...»

«Wir?»

«Mein Verwalter, Ismael Hakem, und ich. Gestern waren wir den ganzen Tag in Hebron und haben dort noch einmal übernachtet. Heute früh komme ich wieder, und was sehe ich? Eine offene Grube. Die Spitzhacke und die Spaten sind weg. Ich rufe den Klempner an – den halben Vormittag hat es mich gekostet, ihn zu erreichen –, und ich rufe im Amt für Altertümer an, und dort erfahre ich, daß ich zu Ihnen kommen soll.»

«Und der archäologische Fund?» fragte Gross.

«Nichts Weltbewegendes. Die Steine gehörten zu einer Zisterne, die vor fünfzig, sechzig Jahren zusammen mit dem Haus gebaut worden war und die man dann nach Installation der Wasserleitung stillgelegt hatte.»

«Sie möchten also wissen, weshalb wir uns in dieser Angelegenheit eingeschaltet haben», sagte Luria. Er griff in das oberste Schreibtischfach und holte ein Foto heraus, das er Skinner reichte. «Zunächst aber möchte ich Sie fragen, ob Sie diesen Mann kennen, ob Sie ihn schon einmal gesehen haben.»

«Kommt mir bekannt vor», sagte Skinner. «Ja, richtig, das ist der

Mann, mit dem ich vor ein paar Tagen in der Altstadt ins Gespräch gekommen bin. Offenbar ein Tourist. Was hat er denn angestellt? Und was hat er mit der Sache zu tun?»

«Erinnern Sie sich noch, wo Sie mit ihm gesprochen und was Sie zu ihm gesagt haben?»

«Er stand irgendwo auf der David Street und redete auf einen Polizisten ein, der kein Wort verstand. Er wollte wissen, warum ein bestimmtes Geschäft geschlossen war, und ich habe ihm erklärt, daß alle Läden einmal in der Woche schließen müssen, daß am Freitag die Geschäfte der Muslims an der Reihe sind und dieser Laden geschlossen war, weil er vermutlich einem Muslim gehört.»

«Um welches Geschäft handelte es sich?»

«Um die *Mideast Trading Corporation* Ecke David Street.»

«Und was haben Sie dann unternommen?»

«Unternommen? Nichts. Wir sind noch ein Stück nebeneinander hergelaufen und haben uns dann getrennt. Er ist geradeaus weitergegangen, er wollte wohl zur Klagemauer. Jedenfalls hat er mich gefragt, wie man dorthin kommt.»

«Hat er Ihnen gesagt, wie er heißt oder wo er wohnt?»

Skinner schüttelte den Kopf und sah einigermaßen ratlos drein.

«Besten Dank. Sie können jetzt Ihre Grube zuschaufeln lassen.»

«Aber – aber erfahre ich denn nicht, was hier eigentlich los ist?»

«Es geht um eine Frage der nationalen Sicherheit, Mr. Skinner.»

«Ach so.» Skinner stand auf.

«Einen Moment noch, Mr. Skinner. Es könnte sein, daß Ihre Aussage – und die von Mr. Hakem – benötigt wird, falls es zu einem Prozeß kommt.»

«Ich stehe Ihnen selbstverständlich zur Verfügung, und das gilt natürlich auch für Hakem.»

25

Die Sekretärin blieb wartend stehen, und der Hoteldirektor fragte Adoumi: «Einen Kaffee?»

«Nein – oder doch, bitte. Schwarz.»

«Und vielleicht etwas dazu? Ein Brötchen? Ein Stück Kuchen?»

«Nein, danke. Nur Kaffee.»

«Für mich auch.» Der Direktor nickte der Sekretärin zu und wandte sich wieder an seinen Besucher. «Was kann ich für Sie tun?»

Adoumi reichte ihm ein Schwarzweißfoto. «Haben Sie diesen Mann schon einmal gesehen? Hier in Ihrem Hotel, meine ich.»

Der Hoteldirektor lächelte. «Zur Zeit haben wir siebenhundertachtzehn Gäste. Bis heute mittag – genauer gesagt bis um zehn – werden dreihundertzweiundvierzig abgereist sein, heute nachmittag erwarten wir dreihundertsechsundachtzig Neuzugänge.»

«Verstehe», sagte Adoumi entmutigt. «Und Sie halten sich tagsüber hauptsächlich hier im Büro auf?»

«Ganz recht.»

Die Sekretärin brachte auf einem Tablett eine Kaffeekanne und zwei Tassen. Sie stellte das Tablett seitlich auf dem Schreibtisch ab, um das Foto nicht zuzudecken, warf einen neugierigen Blick auf das Bild und verließ das Zimmer. Der Direktor schenkte Kaffee ein und reichte Adoumi eine Tasse. Während sein Gast sich eine Zigarette anzündete, schob er ihm den Aschenbecher hin. Adoumi trank langsam seinen Kaffee und rauchte seine Zigarette. «Aber Ihr Sicherheitsbeamter kommt im Hotel herum, er sieht in der Halle nach dem Rechten, kommt in den Speisesaal, in die Bar...»

«Das stimmt.»

«Einer Ihrer Mitarbeiter hat diesem Mann das Anmeldeformular abgenommen, ein Dienstmann hat ihm die Koffer aufs Zimmer gebracht. Wenn das Zimmermädchen auf seinem Stockwerk –»

«Moment! Er ist gegen zwei gekommen, da war das Mädchen schon seit Stunden mit dem Zimmer fertig. Inzwischen muß sie schon am Ende des Ganges, um eine – nein, um zwei Ecken herum gewesen sein. Denkbar ist es natürlich trotzdem.» Er stand auf, ging zu einem Aktenschrank und holte eine Anmeldekarte hervor.

«Hier haben wir ihn. Hassan hat die Anmeldeformalitäten erledigt. Der Sabbat hatte schon angefangen, unser arabisches Personal hatte den Dienst übernommen. Er ist im Haus, in der Buchhaltung.»

«Woher wissen Sie, daß es Hassan war, der die Anmeldeformalitäten erledigt hat?»

«Unsere Mitarbeiter haben Anweisung, ihr Zeichen auf die Karten zu setzen. Ich rufe ihn gleich.»

«Schön, aber sagen Sie ihm bitte nicht, wer der Mann unserer Meinung nach ist, zeigen Sie ihm nur das Foto.»

«Ganz wie Sie wollen.»

«Wenn Sie ihm sagen, dies sei ein Foto von Professor Grenish, der letzten Freitag hier angekommen ist, wird er natürlich sagen, daß er ihn erkennt», erläuterte Adoumi. «Am besten rede ich mit ihm.»

Hassan trug für die Arbeit in der Buchhaltung Jeans und Pullover statt der Kombination aus grauer Jacke mit Goldknöpfen und schwarzer Hose, in der er an der Rezeption stand. Er wirkte nervös und hatte Schweißtropfen auf der Stirn. Der Hoteldirektor versuchte, ihn zu beruhigen. «Nichts Schlimmes, Hassan, wir möchten Ihnen nur ein paar Fragen stellen.»

Adoumi zeigte ihm das Foto. «Haben Sie diesen Mann schon einmal gesehen? Im Hotel, meine ich.»

Hassan nahm Adoumi das Foto ab, hielt es sich mit beiden Händen vors Gesicht und dann auf Armeslänge von sich weg. «Ist es ein Gast?»

«Sagen Sie uns einfach, ob Sie ihn schon einmal gesehen haben», bat Adoumi.

Hassan lächelte entschuldigend. «Ich sehe so viele Leute...»

«Es müßte am letzten Freitag gewesen sein.»

«Kurz nachdem Sie zum Dienst gekommen waren», ergänzte der Hoteldirektor. «Sie haben die Anmeldung erledigt.»

«Es ist möglich, daß ich ihn gesehen habe, aber ich erinnere mich nicht daran. Ich sehe so viele. Zur gleichen Zeit war eine Reisegruppe angekommen. Vielleicht könnte Youssef, der Hausdiener...»

«Warum gerade Youssef?» fragte Adoumi. «Sie haben doch einen ganzen Trupp von Dienstmännern.»

«In Ordnung, Hassan, Sie können gehen.» Der Direktor wandte sich an Adoumi. «An dem Freitagnachmittag waren gerade zwei Reisebusse angekommen. Wenn eine Gruppe kommt, arbeiten unsere Hausdiener im Team. Sie holen das Gepäck, das die Busse unter einer Plane auf dem Dach und in den Gepäckräumen haben, heraus und reichen es von Hand zu Hand weiter bis ins Hotel. Youssef ist ein bißchen – äh – nervös und kommt leicht durcheinander, er macht dabei nicht mit und wird in dieser Zeit für andere Aufgaben eingesetzt. Wenn gleichzeitig ein Einzelreisender eintrifft, wie Grenish, hat vermutlich Youssef ihm das Gepäck aufs Zimmer gebracht.»

Er rief in der Rezeption an, und wenig später traf Youssef ein. Er lächelte einschmeichelnd. Auf Adoumis Frage nickte er heftig. «Natürlich. Er sein mein Schutzherr, mein Wohltäter.»

«Dein Wohltäter? Was soll das heißen?» fragte der Direktor.

«Er hat mir gegeben hundert Shekel Trinkgeld.»

«Hundert Shekel? Wann denn?»

«Ist zwei oder drei Wochen her. Ich waren krank, und wie ich kommen wieder, ich sein noch schwach am ersten Tag. Der Mann, er haben kleinen Koffer. So groß.» Er deutete mit den Händen eine Länge von dreißig Zentimetern an. «Ich bringen auf sein Zimmer, er mir geben hundert Shekel. Ich sagen, dies sein hundert Shekel. Und er sagen, ich haben verdient. Da ich sagen –»

«Das soll vor zwei oder drei Wochen gewesen sein?»

«Kann sein auch ein Monat.»

«In Ordnung, Youssef, geh wieder an deine Arbeit.» Der Direktor bedachte Adoumi mit einem mitfühlenden Lächeln. «Kein Glück heute, wie?»

«Ich habe es nicht anders erwartet. Versuchen wir's bei dem Zimmermädchen.»

Der Direktor rief die Hausdame an. «Welches unserer Mädchen hat letzte Woche das unbenutzte Zimmer gemeldet, Mrs. Burns? Yael... Sie möchte bitte in mein Büro kommen.»

Adoumi schob Yael das Foto hin. «Kennen Sie diesen Mann?»

Sie sah verängstigt von einem zum anderen, dann schlug sie die Hände vors Gesicht, wiegte sich hin und her und begann jämmerlich zu weinen.

«Sie glaubt, daß Sie ihr etwas Unschickliches unterstellen wollen», sagte der Hoteldirektor. «Nein, Yael, beruhige dich, wir wissen, daß du nichts Unrechtes getan hast, du sollst uns nur sagen, ob du diesen Mann schon einmal gesehen hast. Auf dem Gang vielleicht.»

Sie spähte zwischen den Fingern hindurch, wurde allmählich ruhiger, nahm die Hände vom Gesicht und betrachtete noch einmal das Foto. Dann schüttelte sie den Kopf.

«Bleibt noch Avi, der Sicherheitsbeamte», sagte der Hoteldirektor.

«Ja, aber der weiß, wen wir identifizieren wollen.»

«Im Gegensatz zu den anderen hat er eine entsprechende Ausbildung. Ich glaube nicht, daß er behaupten würde, er hätte ihn gekannt, wenn er ihn in Wirklichkeit gar nicht gesehen hat.»

«Schön, dann lassen Sie ihn kommen.»

Avi warf einen kurzen Blick auf das Foto, das Adoumi ihm zeigte. «Grenish?»

«Das versuchen wir gerade festzustellen. Sind Sie diesem Mann schon mal begegnet?»

Avi schüttelte den Kopf. «Bekannt kommt er mir nicht vor. Dabei habe ich diesen Grenish doch schon mal gesehen.»

«Was soll das heißen? Daß Sie ihn gesehen haben, sich aber nicht mehr erinnern können, wie er aussah?»

«Am Sonntag nach dem Frühstück, gegen zehn, hat mich Shoshana gebeten, ihr die Schreibmaschine in ein anderes Zimmer zu tragen. Ich stehe gerade an der Rezeption und ziehe die Schnur aus der Steckdose, da sagt jemand: ‹Ich glaube, Sie haben Post für mich. Zimmer 713.› Ich sehe auf, und tatsächlich liegt in dem Fach von Zimmer 713 ein Brief. Ich schaue kurz hin und frage: ‹Grenish?›, und er sagt: ‹Ganz recht.› Daraufhin habe ich ihm den Brief gegeben, ohne richtig hinzuschauen. Dann hat er sich umgedreht, und ich habe nur noch seinen Rücken gesehen.»

Der Hoteldirektor wandte sich an Adoumi. «Unser Mann an der

Rezeption, das Zimmermädchen, der Dienstmann, Avi... ja, das wären wohl alle.»

«Was ist mit Perlmutter?» fragte der Sicherheitsbeamte.

«Mit Perlmutter? Wieso?»

«Er hatte am Sonntagmorgen Frühstücksdienst, er hat ihn abgehakt. Vielleicht erinnert er sich an den Mann.»

«Versuchen kann man's ja mal», sagte der Hoteldirektor.

Der Sicherheitsbeamte sah auf die Uhr. «Er hat jetzt Dienstschluß, ich hole ihn.»

Doch als sie Perlmutter das Foto zeigten, schüttelte er den Kopf.

«Sie haben ihn beim Frühstück abgehakt», half der Hoteldirektor nach.

Perlmutter zuckte die Schultern. «Als einen von dreihundert bis dreihundertfünfzig Gästen. Es ist ein Durchschnittsgesicht ohne Auffälligkeiten. Weshalb sollte ich mich an ihn erinnern? Und wenn er zusammen mit mehreren anderen hereingekommen ist, habe ich wahrscheinlich gar nicht aufgesehen. Die Gäste nennen ihren Namen und ihre Zimmernummer, und ich hake sie ab.»

Als der Direktor mit Adoumi wieder allein war, schenkte er Kaffee nach, zündete sich eine Zigarette an und lehnte sich in seinem Sessel zurück. «Können Sie sich nicht Grenishs Paßfoto über die amerikanische Botschaft beschaffen?»

«Sicher, aber das dauert seine Zeit. Ich hatte gehofft... Kann ich bitte noch mal die Anmeldekarte sehen?»

Der Direktor reichte sie ihm herüber. «Meinen Sie, er könnte Fingerabdrücke darauf hinterlassen haben?»

«Vielleicht...»

Der Hoteldirektor sah zur Decke und stellte sich einen Gast vor, der sich gerade eintrug. Dann schüttelte er den Kopf. «Die Anmeldekarten stecken in einer Art Lederrahmen, so daß der Gast höchstens mit der Handkante die Karte selbst berührt. Und nach der Anmeldung haben die Karte möglicherweise fünf oder sechs meiner Mitarbeiter in den Fingern gehabt.»

Adoumi las vor: «Abraham Grenish, Newhall Street 14, Barnard's Crossing, Massachusetts, U. S. A.» Mit nachdenklich gerunzelter Stirn wiederholte er den Ortsnamen. «Barnard's Crossing? Das hab ich doch schon mal irgendwo gehört?» Dann fiel es ihm ein. Natürlich... Gittels Nichte und ihr Mann, der Rabbi. Erst gestern hatte seine Frau erzählt, die beiden seien mal wieder im Lande. Waren sie privat hier, oder war der Rabbi als Reiseleiter einer größeren Gruppe gekommen? «Ich möchte telefonieren», sagte er zu dem Hoteldirektor. «Wie bekomme ich eine Leitung nach draußen?»

«Wählen Sie die Neun.»

«Sarah? Hier Uri. Du hast mir doch erzählt, daß deine Freundin Gittel Besuch hat, von ihrer Nichte und deren Mann. Ist das der Rabbi, den wir vor ein paar Jahren kennengelernt haben? Gittel wollte uns mal abends zum Tee einladen, nicht? Du kannst für heute abend zusagen.»

Er nickte dem Hoteldirektor lächelnd zu. «Schönen Dank für Ihre Unterstützung.»

26

Gittel kannte die Adoumis seit Jahren. Sarah Adoumi, ihre Kollegin am Sozialamt in Tel Aviv, war eine ihrer besten Freundinnen. Da sie inzwischen beide in Jerusalem wohnten, traf Gittel sich hin und wieder mit ihr zum Mittagessen. Als Miriam und David kamen, war es für sie ganz selbstverständlich gewesen, auch die Adoumis einzuladen, um die vor Jahren geknüpften Kontakte wiederaufzunehmen, nur hatte es zeitlich mit einem Treffen bisher noch nicht geklappt.

«Du weißt ja, wie das ist, Gittel», sagte Sarah. «Uri hat so unregelmäßige Dienstzeiten, in der letzten Woche war er fast jeden Abend im Büro. Manchmal sehe ich ihn erst um Mitternacht. Aber sobald es sein Dienst erlaubt –»

Am Dienstag war es offenbar soweit, denn Sarah rief bei Gittel an. «Wenn ihr heute abend nichts anderes vorhabt, könnten wir auf einen Kaffee zu euch kommen. Uri würde gern den Mann deiner Nichte wiedersehen. Und deine Nichte natürlich auch...»

«Das freut mich aber, Sarah. Miriam hat heute gebacken. Und ich habe mir ein Kleid gekauft, das ich dir gern zeigen möchte, Miriam meint, es sitzt nicht richtig.»

«Schön, das ziehst du mal an, ich steck es dir dann ab.»

Die Adoumis kamen um halb neun, und nach einer allgemeinen Begrüßungsrunde setzte man sich an den Eßtisch, wo Gittel und Miriam Käse und Cracker, Obst und den von Miriam gebackenen Kuchen bereitgestellt hatten. Sie redeten und lachten miteinander und tauschten Erinnerungen aus, während sie den Kuchen aßen und ihren Kaffee tranken. Die Unterhaltung wurde Miriam zuliebe hauptsächlich auf englisch geführt, nur hin und wieder griff man aufs Hebräische zurück, weil Sarahs englische Sprachkenntnisse begrenzt waren.

Später zogen sich die beiden älteren Frauen ins Schlafzimmer zurück, wo Gittel ihr neues Kleid anprobieren wollte, und Adoumi blieb mit den Smalls allein. Inzwischen wußte er schon, daß der Rabbi nicht als Leiter einer Reisegruppe aus Barnard's Crossing gekommen war. Er holte das Foto, das ihm Luria gegeben hatte, aus der Tasche und legte es auf den Tisch. «Kennen Sie diesen Mann?» fragte er beiläufig.

Der Rabbi sah Miriam an, die den Kopf schüttelte. «Sagt er, daß er uns kennt?»

Adoumi ging auf die Frage nicht ein. «Vielleicht ist der Ausdruck nicht typisch, vielleicht kennen Sie ihn ja auch wirklich nicht, aber er stammt aus Ihrem Ort. Es wäre ja denkbar, daß Sie ihn mal auf der Straße gesehen haben, an der Bushaltestelle oder in einem Geschäft.»

Wieder schüttelten der Rabbi und Miriam den Kopf.

«Komisch», sagte Adoumi. «In einer Kleinstadt laufen einem doch eigentlich die meisten Leute, die dort wohnen, früher oder später mal über den Weg.»

«Barnard's Crossing hat ungefähr zwanzigtausend Einwohner», wandte Miriam ein.

«Zwanzigtausend? Ich habe mir so eine Art Marktflecken vorgestellt...», meint Adoumi enttäuscht.

«Sollen wir das so verstehen, daß dieser Mann behauptet, aus

Barnard's Crossing zu sein, und daß Sie ihm das nicht abnehmen?» fragte Miriam.

Der Rabbi lächelte. «Nein, Miriam, wenn man mit ihm sprechen könnte, hätte uns Mr. Adoumi bestimmt kein Foto von ihm gezeigt, er hätte ihn schon gefragt, ob er uns kennt und wäre nicht so enttäuscht gewesen, weil wir ihn nicht erkannt haben.»

Adoumi lächelte. «Und wie wäre ich weiter vorgegangen, Rabbi?»

«Hätte der Mann behauptet, aus unserer Stadt zu sein, und hätten Sie Zweifel an dieser Aussage gehabt, hätten Sie uns wahrscheinlich mit ihm zusammengebracht und uns gebeten, mit ihm zu sprechen, ihn nach den Menschen, den Örtlichkeiten, den Sitten und Gebräuchen unserer Stadt zu fragen, um festzustellen, ob er wirklich dort gewohnt hat. Wer ist es denn?»

Adoumi seufzte ein wenig. «Ein Gast aus dem *Excelsior* ist als vermißt gemeldet worden. Am Sonntagmorgen hat er dort noch gefrühstückt. Am Montag meldete das Zimmermädchen, daß er sein Bett nicht benutzt hatte, und der Sicherheitsbeamte hat sich das Zimmer angesehen. Manchmal versucht jemand, sich davonzumachen, ohne die Rechnung zu begleichen, und läßt einen wertlosen Koffer voller Lumpen und Steine zurück. Dann verständigt das Hotel die Polizei. Wenn die Sachen aber noch da sind, verständigt sie uns. Von diesem Gast nun wissen wir nur, daß er auf der Anmeldung als ständigen Wohnsitz Barnard's Crossing angegeben hat.»

«Aber wenn er erst eine Nacht weg ist», meinte Miriam, «hat er vielleicht Verwandte getroffen, die ihm zugeredet haben, bei ihnen zu übernachten, oder –»

«Das wäre natürlich denkbar», meinte Adoumi, «aber der Mann ist schon seit Sonntag verschwunden.»

«Das Bild von ihm sieht nicht aus wie ein Paßfoto», sagte der Rabbi. «Auf Paßfotos sind meist nur Kopf und Schultern zu sehen und ein Stück vom Stempel des Außenministeriums.»

Adoumi nickte anerkennend. «Stimmt. Es ist das Foto eines Toten, der ohne Ausweispapiere aufgefunden wurde, und es wäre denkbar, daß es der Vermißte ist. Natürlich könnten wir das Bild über Telefax in die Staaten schicken, an die Polizeibehörde Ihres Ortes. Oder wir könnten die dortige Polizei bitten, uns ein Bild von Grenish zu beschaffen, aus seinem Haus zum Beispiel. Aber das dauert alles zu lange. Und da hatte ich mir eben gedacht, daß Sie ihn vielleicht kennen oder ihn zumindest irgendwann mal flüchtig gesehen haben. Natürlich wäre das keine eindeutige Identifikation, aber wir hätten damit wenigstens etwas in der Hand. Wenn ich wüßte, daß noch andere Leute aus Barnard's Crossing zur Zeit in Israel wären...»

«Da haben doch vor ein paar Tagen die Levinsons angerufen», sagte Miriam. «Sie hatten sich einen Wagen genommen und sind ein bißchen im Land herumgefahren, meinten aber, sie würden vielleicht morgen abend mal bei uns vorbeikommen. Und nächste Woche kommt ein ganzer Reisebus mit Leuten aus Barnard's Crossing, die eine Rundfahrt durch Israel machen.»

«Levinson?» Adoumi holte sein Notizbuch hervor. «Wo wohnen die Leute?»

«Das haben sie nicht gesagt. Ich habe gefragt, aber Sheila hat sich ziemlich unbestimmt ausgedrückt, vielleicht wohnen sie bei Bekannten. Wir sind nicht direkt befreundet, vielleicht wollten sie nicht, daß wir dort anrufen, falls aus dem Besuch doch nichts wird. Sie haben sich wohl mehr anstandshalber bei uns gemeldet.»

«Da sie sich einen Wagen gemietet haben, könnten Sie die Adresse vermutlich ermitteln», meinte der Rabbi.

«Gewiß», stimmte Adoumi zu. «Aber das kann mehrere Tage dauern. Darf ich Ihnen das Foto dalassen? Dann könnten Sie es Ihren Bekannten zeigen und mir Bescheid sagen, falls die Levinsons den Mann erkennen. Komisch. Der Mann ist Professor. Einen Professor müßte man doch eigentlich in so einer Stadt kennen...»

Der Rabbi lächelte. «Von Barnard's Crossing nach Boston und Cambridge fährt man nur eine halbe Stunde. In Cambridge sind die Harvard University und das Massachusetts Institute of Technology, Boston hat mehrere Hochschulen – Boston University, Boston College, Northeastern, Suffolk. In beiden Städten wimmelt es von Studenten, und deshalb ist unsere ruhige kleine Stadt bei Hochschullehrern sehr beliebt.»

«Ja so...» Adoumi hatte sich sichtlich mehr versprochen. «Ich weiß ja nicht, wo Grenish unterrichtet...»

«Grenish heißt der Mann? Richtig, Sie nannten den Namen vorhin schon einmal... Dann kann ich Ihnen sagen, wie Sie ihn identifizieren können. Ein Bekannter von mir, den ich täglich beim Gottesdienst treffe, arbeitet im *Hotel Excelsior.* Sie sagen doch, daß er dort gewohnt hat...»

«Und der hat mit ihm gesprochen?» fragte Adoumi aufgeregt.

«Ob er mit ihm gesprochen hat, weiß ich nicht. Aber er hat erzählt, daß er ihn gerade ansprechen wollte, als der Hoteldirektor meinen Bekannten an die Rezeption rief. Die Sache ist so: Die Frau meines Bekannten war eine geborene Grenitz, und nun dachte er sich, Grenish könnte eine amerikanisierte Form von Grenitz sein und –»

«Wie heißt Ihr Bekannter?»

«Perlmutter. Aharon Perlmutter.»

Adoumi blätterte in seinem Notizbuch. «Hier haben wir ihn. Hatte Frühstücksdienst, hat das Foto gesehen, konnte den Mann aber nicht identifizieren.»

«Dann ist es nicht Grenish», erklärte der Rabbi.

Adoumi lächelte bekümmert. «Oder er hat nicht richtig hingesehen, was wahrscheinlicher ist.» Er klappte das Notizbuch zu und steckte es wieder in die Tasche.

Seine Enttäuschung war so offenkundig, daß Miriam sagte: «Wie wäre es denn mit Goodman, David?»

Der Rabbi schüttelte den Kopf. «Nein, der ist schon zu lange weg von Barnard's Crossing und hat sowieso nur kurze Zeit dort gewohnt. Du weißt ja, seine Eltern sind aus Salem zugezogen.»

«Und wer ist dieser Goodman?» wollte Adoumi wissen.

«Er lebt in der amerikanischen Jeschiwa in Abu Tor», sagte Miriam. «David hat ihn auf Bitte seiner Eltern dort besucht.»

«Die amerikanische Jeschiwa in Abu Tor? Hochinteressant. Den werde ich mir mal vornehmen.»

27

Es war tatsächlich nur eine Sache des Anstands. Sheila Levinson hatte sich sogar gesträubt. «Müssen wir denn da hin? Wo wir doch sowieso nur ein paar Tage in Jerusalem sind...»

«Hör mal, ich kann nicht sechstausend Meilen in ein Land fliegen, in dem ein Mann aus meiner Heimatstadt praktisch um die Ecke wohnt, ohne daß ich ihn anrufe und auf eine Tasse Tee vorbeikomme, besonders wenn das Land Israel und der Mann der Rabbi aus meiner Heimatgemeinde ist. Ich meine», fuhr Ira Levinson fort, «wie sieht denn das aus, wenn wir nach Hause kommen und erzählen, daß wir soundso viele Tage in Tel Aviv waren und soundso viele Tage in Jerusalem und jemand uns fragt, habt ihr den Rabbi gesehen, und wir sagen müssen, wir sind nicht dazu gekommen?»

«Also ruf ihn meinetwegen an, aber ich sehe nicht ein, wieso wir einen ganzen Abend mit ihm vertrödeln sollen.»

«Paß auf, ich ruf ihn an, und wenn er uns einlädt, sag ich okay, und dann kann ich später noch mal anrufen und sagen, daß uns was dazwischengekommen ist.»

Er hatte sich von Tel Aviv aus gemeldet und bereitwillig Miriams Vorschlag angenommen, am Mittwoch abend vorbeizukommen. Wie geplant rief dann Sheila am Mittwoch gegen sechs nochmals an. «Ach, Miriam, hier Sheila Levinson. Wegen heute abend...»

«Ja, wir freuen uns schon.»

«Leider ist was dazwischengekommen, ich glaube, wir schaffen es nicht.»

«Wie schade. Können Sie nicht wenigstens auf einen Sprung vorbeikommen? Wir wollten Ihnen etwas zeigen.»

«Was denn?»

«Das kann ich am Telefon nicht erklären, aber es ist wichtig.»

Sheila Levinsons Neugier war geweckt. Sie sagte aber vorsichtshalber, sie könnten vermutlich nur ein paar Minuten bleiben. Seltsamerweise empfand sie geradezu Enttäuschung, als Miriam sagte: «Das macht nichts. Wir erwarten Sie gegen acht.»

«Was die uns wohl zeigen wollen?» fragte sie ihren Mann, der beim Telefonieren neben ihr gestanden hatte.

«Keine Ahnung. Vielleicht haben sie was für den Tempel gekauft. Eine Thorakrone vielleicht oder einen Thoraschild. Und jetzt haben sie Angst, daß sie vom Vorstand das Geld nicht zurückkriegen, und wollen Rückendeckung haben. Vielleicht ist es was sehr Teures, und sie hoffen, daß der Frauenverein was dazugibt, wenn der Vorstand nicht mitspielt.»

«Da kannst du recht haben, Ira. Am besten halten wir uns ganz zurück, wenn sie's uns zeigen. Ich meine, wir können ja sagen, daß es sehr hübsch ist und so, aber ohne daß wir uns überschlagen vor Begeisterung, du weißt schon...»

Und weil sie entschlossen waren, sich nicht festzulegen, und deshalb kein allzu offensichtliches Interesse bekunden mochten, fragten sie nicht, was der Rabbi ihnen hatte zeigen wollen, sondern erzählten von ihrer Reise, von den Sehenswürdigkeiten, die sie besichtigt und von den Eindrücken, die sie gewonnen hatten.

Dann erkundigten sie sich, während sie Tee tranken und Kekse knabberten, wie die Smalls ihre Zeit in Jerusalem zubrachten. «Sie werden wohl jeden Tag zum Morgengebet an die Klagemauer gehen, Rabbi», vermutete Ira Levinson.

«Nein, das wäre ein bißchen weit.»

«Dann aber wenigstens in die große Synagoge... diesen pompösen Bau, wie heißt er doch gleich...» meinte Sheila.

«Hechal Shlomo», half der Rabbi nach. «Nein, auch nicht. Die Entfernung wäre doch etwas groß. Es gibt nur einen Steinwurf entfernt zehn, zwölf Bethäuser mit einem Minjan, davon habe ich mir eins ausgesucht.»

Sie wußten alle vier, daß sie nur Konversation machten und sich im Grunde nichts zu sagen hatten. Endlich fragte Ira Levinson doch: «Sie wollten uns etwas zeigen, Rabbi?»

«Ja, richtig.» Der Rabbi zog das Foto aus der Tasche, das Adoumi ihm gegeben hatte, und legte es auf den Tisch.

Verwirrt sahen die Levinsons das Foto an, sahen sich gegenseitig an, sahen den Rabbi an. «Was soll denn das?» fragte Ira Levinson.

«Kennen Sie diesen Mann? Haben Sie ihn schon mal gesehen?»

Die Levinsons schüttelten den Kopf. «Wir sind noch nicht lange hier und haben uns hauptsächlich in Hotels aufgehalten...»

«Es ist jemand aus Barnard's Crossing», sagte der Rabbi.

Beide betrachteten noch einmal das Foto. «Er erinnert mich ein bißchen an Fred Stromberg», meinte Sheila.

«Nein, Fred ist viel dünner und hat eine längere Nase.» Ira Levinson sah den Rabbi fragend an, der nun wohl oder übel mit einer Erklärung herausrücken mußte. «Ein Bekannter von Gittel ist ein hoher Beamter am Si–»

«Über so was spricht man nicht, David», fuhr Gittel ihm über den Mund. Sie hatte die Gäste begrüßt, sich danach aber nicht mehr an dem Gespräch beteiligt. Die Levinsons hatten angenommen, sie könne kein Englisch.

Der Rabbi nickte. «Schön, dann will ich es anders sagen: Ein Mann, von dem man annimmt, daß er aus Barnard's Crossing stammt, wird vermißt, und es könnte sich dabei um den Mann auf dem Foto handeln. Gittels Bekannter kam damit zu uns, weil er dachte, Barnard's Crossing sei ein kleiner Ort, in dem jeder jeden kennt.»

«Kleiner Ort? Wir haben über zwanzigtausend Einwohner», sagte Ira.

«Gewiß. Aber wer den Namen zum erstenmal hört, denkt vielleicht unwillkürlich an eine Wegkreuzung, und das legt den Gedanken an ein Dorf nahe.»

«Stimmt, dieser Fehlschluß ist mir bei Amerikanern auch schon begegnet.»

«Es ist ja nicht nötig, daß Sie den Mann persönlich kannten», beharrte der Rabbi. «Aber vielleicht erinnern Sie sich, ihn irgendwann mal in Barnard's Crossing gesehen zu haben.»

«Es könnte sein–» setzte Sheila an.

«Nein, bestimmt nicht», sagte ihr Mann entschieden. «Tut mir leid, daß wir Ihnen nicht helfen können, Rabbi. Jetzt müssen wir aber los.» An der Tür setzte er hinzu: «Da fällt mir ein, der Sohn von Louis Goodman ist doch hier in einer Jeschiwa, wir wollen sowieso noch mal bei ihm reinschauen, Louis und Rose hatten uns darum gebeten. Vielleicht kennt der den Mann.»

Der Rabbi nickte. «Das habe ich mir auch gedacht, ich habe Gittels Bekannten seinen Namen genannt.»

Draußen fragte Sheila: «Warum hast du mich unterbrochen, als ich meinte–»

«Weil ich nicht will, daß wir da reingezogen werden. Der Rabbi wollte sagen, daß der Bekannte von der alten Dame ein hohes Tier im Sicherheitsdienst ist, sie hat ihn gerade noch unterbrechen können. Demnach hat hier die Polizei, vielleicht sogar der israelische Geheimdienst die Hand im Spiel. Vielleicht ist der Bursche auf dem Foto sogar ein Spion, und dann behalten sie uns womöglich wochenlang hier und quetschen uns aus oder schleppen uns überall rum, damit wir uns den Typ oder seine Kumpel durch ein Guckloch oder durch einen dieser Einwegspiegel anschauen können. Und wenn er ein Spion ist und es rauskommt, daß wir ihn identifiziert haben, sind am Ende noch seine arabischen oder russischen Freunde hinter uns her. Nee, mit so was kann man sich leicht die Finger verbrennen. Du weißt ja – Vorsicht ist die Mutter der Porzellankiste.»

Während Miriam das Teegeschirr abräumte, sagte Gittel: «Diese beiden mögen dich nicht, David, das habe ich sofort gespürt.»

Der Rabbi nickte. «Da kannst du recht haben.»

28

Joseph Kahn erhob keine Einwände, als Uri Adoumi darum bat, mit Jordan Goodman sprechen zu dürfen – im Gegenteil. Nachdem Adoumi sich ausgewiesen hatte, führte Kahn ihn ins Besucherzimmer und versprach, ihm den jungen Mann unverzüglich zu schikken.

Ish-Tov war verständlicherweise etwas nervös, als er hörte, daß ein Polizist ihn sprechen wollte. Irgend jemand mußte gesehen haben, daß er die Grube zugeschaufelt hatte, etwas anderes konnte die Polizei gar nicht von ihm wollen. Und noch ehe er das Zimmer betrat, hatte er sich schon seine Verteidigungsstrategie zurechtgelegt. Sein Freund, der zu den Kohanim gehörte, hatte solche Angst gehabt, es sei vielleicht ein alter Friedhof ausgegraben worden, daß er ihm zuliebe...

Adoumi sah, daß der junge Mann unruhig war – ständig schlug er die Beine mal so herum, mal anders herum übereinander und spielte mit einer zerknautschten Zigarettenpackung –, wertete das aber nicht als Zeichen schlechten Gewissens. Bei einer polizeilichen Vernehmung waren sie alle nervös, und er bemühte sich deshalb, ihm die Befangenheit zu nehmen. Er reichte ihm Feuer, zündete sich selbst eine Zigarette an und fragte: «Sie sind aus Barnard's Crossing in Massachusetts?»

«Ja also... irgendwie schon. Aber ich bin lange nicht mehr da gewesen.» Ging es vielleicht um sein Ticket? «Meine Eltern wohnten dort, aber ich war in den letzten Jahren meist im Westen. Woher wissen Sie eigentlich, daß ich von da komme?»

«Ein gewisser Rabbi Small hat es uns gesagt.»

«Stimmt, der hat mich neulich mal besucht.»

Adoumi zog das Foto aus der Tasche und schob es über den Tisch. «Kennen Sie diesen Mann? Haben Sie ihn schon mal in Barnard's Crossing gesehen?»

Der Junge war sichtlich erleichtert. Er grinste. «Sieht ganz nach einem früheren Prof von mir aus. Grenish hieß er.»

«Prof? Ach so, ein Professor. Sie haben bei ihm studiert? Wo denn?»

«In Northhaven, das ist ein kleines College nicht weit von Barnard's Crossing, etwa zwanzig Meilen nördlich.»

«Und Sie haben ihn persönlich gekannt?»

«Na klar. Wozu wollen Sie das eigentlich alles wissen?»

«Wir müssen seine Identität feststellen.»

«Behauptet er, daß er jemand anders ist?»

«Er behauptet gar nichts mehr. Er ist tot.»

«Tot? Soll das heißen, daß er hier in Jerusalem gestorben ist? Was hat er denn hier gemacht?»

«Es überrascht Sie, daß er hier war?»

«Na ja, irgendwie schon. Er war Jude, das stimmt, aber mehr pro-arabisch und so. Es sei denn, daß er hergekommen ist, um–»

«–um arabische Freunde zu besuchen?» ergänzte Adoumi. «Tja, also...» Er lächelte. «Ich habe so das Gefühl, daß Sie ihn nicht gerade ins Herz geschlossen hatten.»

Ish-Tov war jetzt ganz locker. «Na ja, er war schon ein komischer Typ. Ich hab mal Zoff mit ihm gehabt. Ans College hab ich bloß gehen können, weil ich ein Stipendium gekriegt habe, und er war der große Zampano im Stipendienausschuß, und eines Tages hat er mir das Geld gestrichen, und ich mußte runter vom College. Ich glaube, das hat er gemacht, weil ich Jude war.»

«Soso. Tja, wenn Sie denn morgen im Präsidium vorbeikommen würden...»

«Wozu denn das?»

«Wir möchten Sie bitten, Professor Grenish in der Leichenhalle zu identifizieren.»

«Kommt nicht in die Tüte. Mit Leichen hab ich nichts am Hut.»

«Das Gesetz verlangt es, Mr. Goodman», sagte Adoumi streng und fügte freundlicher hinzu: «Es ist nicht schlimm. Der Tote ist mit einem Tuch bedeckt, das nur so weit zurückgeschlagen wird, daß man das Gesicht sieht. Sie brauchen nur einmal hinzuschauen und uns zu sagen, ob es Professor Grenish ist oder nicht. Damit ist die Sache für Sie auch schon ausgestanden.»

«Wenn Sie meinen, daß es so wichtig ist...»

«Es ist außerordentlich wichtig, das dürfen Sie mir glauben. Also morgen um neun im Polizeipräsidium. Wenn ich nicht da bin, fragen Sie nach Captain Luria. Und bringen Sie bitte Ihren Paß mit.»

«Wozu brauchen Sie denn meinen Paß?»

«Was glauben Sie wohl? Als Beweis dafür, daß Sie es auch wirklich sind.»

«Was hat er gewollt?» flüsterte Yitzchak. «War's wegen der Grube?»

Sie standen an dem Pult mit dem dicken Talmudband, den sie gemeinsam benützten. Etwa zwei Dutzend Schüler standen in Zweiergruppen an diesen Pulten und wiegten sich beim Lesen sacht hin und her.

«Nein, ich sollte einen Typ identifizieren, der aus meiner Heimatstadt kommt. Er hat mir ein Foto von dem Typ gezeigt, und morgen muß ich ins Präsidium, da wollen sie so was wie 'n offizielles Protokoll machen. Hey, Yossi schaut rüber.»

«Na und? Bei dem Gebrabbel kriegt er doch nicht mit, was wir sagen.»

«Irrtum. Das ist wie bei ’nem Dirigenten, der weiß auch genau, welche Geige falsch spielt.»

«Schön, reden wir eben später.»

Am nächsten Tag berichtete er seinem Freund: «Ich hab mir den Toten anschauen müssen. Wenn’s amtlich wird, reicht’s offenbar nicht, wenn du das Foto gesehen hast.»

«Mann, war das nicht gruselig? Wie hat er denn ausgesehen?»

«Eigentlich ... eigentlich, als wenn er schläft. Er war zugedeckt. Sie haben das Tuch bloß von seinem Gesicht weggenommen und gefragt, ob ich ihn erkenne. Und ich hab gesagt, ja, das ist Professor Grenish, und dann haben sie ihn wieder zugedeckt.»

«Dazu hätten die mich nie gekriegt. Nicht mal reingegangen wär ich, als Cohen darf ich doch mit toten Leuten nichts zu tun haben.»

«Die können dich dazu zwingen.»

«Fehlanzeige. Was meinst du, was das für ein Geschrei bei den Rabbis und den Orthodoxen geben würde. Mit so was kannst du hier ’ne Regierung stürzen.»

«Ja, und dann wirst du Premierminister, was? Danach haben sie mir noch einen Haufen Fragen gestellt, und dann haben sie alles getippt und gesagt, ich soll unterschreiben.»

«War das wieder dieser Adoumi?»

«Nein, diesmal war’s ein Bulle in Uniform. Dann haben sie mir meinen Paß abgenommen und –»

«Deinen Paß abgenommen? Wozu denn das? Was hat denn dein Paß damit zu tun, daß du irgendso ’n Typen identifizierst?»

«Sie wollen ihn in ein, zwei Tagen zurückschicken. Und dann haben sie noch gesagt, mehr so aus Ulk, daß sie mich vielleicht noch dies und das fragen müssen und sichergehen wollen, daß ich nicht ausgerechnet jetzt nach Amerika abzwitschere.»

«Soll ich dir mal was sagen, Yehoshua? Das schmeckt mir gar nicht. Ohne Paß bist du hier nichts. Wenn du aus Israel ausreisen willst, wenn du zum Beispiel Lust hast, nach Haus zu fahren ...»

«Hab ich aber nicht.»

«Ja, aber mal angenommen, du willst nach Tel Aviv oder nach Haifa. Dann kriegst du ohne Paß unter Umständen nicht mal ein Hotelzimmer. Wie ist dieser Adoumi überhaupt auf dich verfallen? Woher hat er gewußt, daß du aus Barnard's Crossing bist und diesen Typ kanntest?»

«Der Rabbi hat's ihm erzählt, der mich neulich hier besucht hat.»

«Und wie ist er an den gekommen? Woher hat er gewußt, daß der aus Barnard's Crossing ist?»

«Keinen Schimmer. Ich hab mir halt irgendwie gedacht, daß er ihn kennt und so.»

«Also ich an deiner Stelle, Yehoshua, würde diesen Rabbi Small anrufen und ihn fragen, was hier eigentlich läuft.»

«Na ja, wenn du meinst...»

«Und da hat er gesagt, ich muß mir den Toten persönlich ansehen, es reicht nicht, wenn ich ihn auf dem Foto identifiziere.»

«Klingt ganz vernünftig», sagte der Rabbi. «Und war es tatsächlich Professor Grenish?»

«Klar. Ich hab doch damals diesen Ärger mit ihm gehabt –»

«Ja, das hat mir Ihr Vater erzählt.»

«Hat er? Sieh mal an. Na ja, jedenfalls hab ich unterschrieben, daß es Professor Grenish ist und daß ich ihn erkannt habe. Aber dann haben sie mir meinen Paß abgenommen.»

«Ihren Paß? Weshalb hatten Sie denn den mit?»

«Weil Ihr Freund Adoumi es gesagt hat. Er muß sich davon überzeugen, daß ich es wirklich bin, hat er gemeint.»

«Ja, wissen Sie, gegen diese Legalismen kann man wohl nichts machen. Vor Gericht muß sich alles lückenlos beweisen lassen.»

«Ja, aber ich hab den Paß nicht zurückgekriegt.»

«Haben Sie darum gebeten? Vielleicht war es nur ein Versehen...»

«Hab ich, klar, aber da haben sie gemeint, sie schicken ihn mir in ein, zwei Tagen zu.»

«Hm. Vielleicht wollten sie ihn überprüfen.»

«Na schön, aber wie lange dauert denn so was? Ist doch keine Affäre, so ’n Paß zu überprüfen.»

«Eine Möglichkeit wäre natürlich, daß der zuständige Beamte gerade nicht an seinem Platz war.»

«Ja, aber mein Freund Yitzchak – der kennt sich nämlich in so Sachen aus –, der sagt, daß man ohne Paß hier aufgeschmissen ist. Ich bin schließlich Ausländer und –»

«Das ist nicht von der Hand zu weisen...»

«Mal angenommen, ich will morgen raus aus Israel –»

«Wollen Sie das?»

«Nein, aber mal angenommen, ich will mal auf ein, zwei Tage nach Galiläa, in ein Hotel...»

«Ich verstehe.»

«Ja, und da hab ich mir gedacht, ob Sie nicht mal mit Ihrem Freund Adoumi sprechen können. Der ist doch ein Freund von Ihnen, nicht?»

«Ein Bekannter», sagte der Rabbi vorsichtig.

«Ich hab mir gedacht, Sie fragen ihn ganz einfach mal, was hier eigentlich läuft.»

«Na gut. Ich werde versuchen, ihn zu erreichen, und sage Ihnen dann Bescheid.»

29

Als die Levinsons in der Jeschiwa nach Goodman fragten, sagte ein auffallend zahmer Joseph Kahn: «Und Sie sind...»

«Mr. und Mrs. Levinson aus seiner Heimatstadt, Bekannte seiner Eltern.»

Keine weiteren Fragen, keine Widerworte, keine Einwände, nur ein höfliches: «Einen Moment bitte.» Kahn verschwand, war aber wenig später wieder da. «Wenn Sie mir bitte folgen würden. Unser Direktor, Rabbi Karpis, möchte Sie gern sprechen.»

Rabbi Karpis stand nicht auf, als die Levinsons ins Zimmer kamen, bat sie aber mit einer liebenswürdigen Handbewegung, sich zu setzen. Sie fanden ihn reizend in seiner gravitätischen Art, mit dem Patriarchenbart, dem gütigen Lächeln und dem britischen Akzent.

«Sie sind Bekannte von Ish-Tov – von Mr. Goodman, meine ich?»

«Von seinen Eltern», sagte Mr. Levinson.

«Ihn kennen wir nicht persönlich», ergänzte seine Frau, «aber ich kaufe bei seinen Eltern.» Sie wollte ganz deutlich machen, daß die Familien nicht etwa gesellschaftlich miteinander verkehrten. «Ich bin ein paarmal in der Woche in ihrem Geschäft und hole ein Brot oder was ich so für irgendein Rezept brauche. Und wenn man da so steht und wartet, bis man dran ist, kommt man ins Reden und lernt sich allmählich näher kennen.»

«Ah ja. Und die Goodmans hatten Sie gebeten, ihn zu besuchen und ihm Grüße zu überbringen?»

«So ist es», bestätigte Ira Levinson. «Und ein paar Takte mit ihm zu sprechen und uns davon zu überzeugen, daß er sich hier wohl fühlt.»

«Und vielleicht sein Schlafzimmer zu besichtigen und einen Blick auf seinen Speiseplan zu werfen?»

«Aber nein», wehrte Levinson ab. «Es liegt uns fern, zu – äh – zu schnüffeln. Wir wollten nur mal vorbeischauen, damit wir seinen Eltern sagen können ... na ja, Sie wissen ja, wie das ist ...»

«Ich verstehe vollkommen, Mr. Levinson. Leider ist der junge Mann zur Zeit nicht bei uns.»

«Ach, ist er ein Haus weitergezogen?»

«Wie man's nimmt. Er ist in Polizeigewahrsam.»

«Das darf ja nicht wahr sein. Wann ist denn das passiert? Und wieso?»

«Heute früh, und zwar – ich bedaure, es sagen zu müssen – im Zusammenhang mit einem Mord.»

«Soll das heißen, daß er jemanden umgebracht hat? Hier? Einen Kommilitonen? Die arme Mutter ...»

Rabbi Karpis schüttelte bedächtig den Kopf. «Nein, Mrs. Levinson, das Mordopfer kam nicht aus der Jeschiwa. Einzelheiten sind mir nicht bekannt, aber es scheint ein Tourist gewesen zu sein, der in Ihrer Heimatstadt, in Barnard's Crossing, zu Hause ist. Ein Rabbi Small – vielleicht kennen Sie ihn –, der hier war, um den jungen Mann zu besuchen, hat die Polizei verständigt.»

«Small hat ihn verpfiffen?» vergewisserte sich Levinson.

«Verpfiffen? Ah so, ich verstehe, was Sie meinen... Soweit ich weiß, hat er der Polizei gesagt, daß unser Ish-Tov aus Barnard's Crossing stammt.»

«Haben Sie... werden Sie seinen Eltern Bescheid sagen?»

«Das würde ich nur mit ausdrücklicher Erlaubnis von Ish-Tov, ja, nur auf seine Bitte hin tun. Er ist volljährig. Ihnen steht es natürlich frei, zu tun, was Sie möchten oder was Sie für das Beste halten. Wann wollten Sie die Heimreise antreten?»

«Morgen.»

«Wie dumm...»

«Warum denn?»

«Weil unser Anwalt, den ich inzwischen informiert habe, morgen oder übermorgen mit dem jungen Mann sprechen wird. Danach werden wir genauer wissen, was geschehen ist und welche Rolle der Junge bei diesem Geschehen gespielt hat. Vielleicht hält man ihn nur als wichtigen Zeugen fest.»

«Na, das ist vielleicht ein Ding», sagte Ira. «Sagen wir's Rose und Louis?»

«Das müssen wir wohl. Denk mal, wenn unser Jay in so einer Klemme stecken würde.»

«Na, dann müssen wir wohl in den sauren Apfel beißen. Ich könnte natürlich auch Small anrufen und ihn bitten, es den beiden beizubiegen. Er ist Rabbi, fällt ja sozusagen in seine Zuständigkeit.»

«Aber die Smalls bleiben noch eine Weile hier.»

«Wozu gibt's Telefon? Schließlich hat er den Jungen verpfiffen.»

«Wahrscheinlich hat er nur diesem Bekannten erzählt, daß Goodman aus Barnard's Crossing ist und in der Jeschiwa wohnt. Das hast du ja selber gesagt, als der Rabbi uns das Foto gezeigt hat», wandte sie ein.

«Stimmt, aber ich hab's nicht bei der Polizei ausposaunt. Hab ich nicht gleich gesagt, daß irgendwas an diesem Foto nicht koscher ist? Bloß gut, daß ich sofort geschaltet habe, als du sagen wolltest, daß dir das Gesicht bekannt vorkommt. Sonst säßen wir jetzt im Kittchen und müßten warten, bis irgend so 'n hohes Tier geruht, uns zu der Leiche zu schleifen. Ich ruf den Rabbi an. Weißt du noch, wie die alte Dame heißt, bei der die Smalls wohnen?»

«Schlossberg. Gittel Schlossberg.»

«Die Zentrale im Hotel soll mir die Nummer raussuchen.»

«Nicht nötig, die hab ich mir aufgeschrieben.»

«Sie machen ja ganz schön auf cool, Rabbi, das muß ich schon sagen», ereiferte sich Levinson.

«Ganz überraschend kommt diese Entwicklung für mich nicht», sagte der Rabbi.

«Haben Sie gewußt, daß was im Busch ist, als Sie ihn verpfiffen haben?»

«Verpfiffen? Das klingt etwas eigenartig, Mr. Levinson. Ich habe lediglich darauf hingewiesen, daß Goodman aus Barnard's Crossing kommt. Ich habe im gleichen Zusammenhang auch Ihren Namen genannt, und meine Frau hat noch hinzugefügt, daß in ein paar Tagen ein Rundreisebus mit Bürgern unserer Stadt in Jerusalem eintreffen wird.»

«So, meinen Namen haben Sie also auch genannt. Aber wieviel Israel-Anleihen ich gezeichnet habe und daß Sheila Sektionssekretärin der Gesellschaft der Freunde Israels ist, das haben Sie denen nicht verraten, wie?»

«Ich glaube kaum, daß das in diesem Zusammenhang interessiert hätte, Mr. Levinson.»

«Und daß Goodman im Knast sitzt, überrascht Sie gar nicht?»

«Nein, denn er hat mich gestern angerufen und mir gesagt, daß man seinen Paß einbehalten hat. Eine Verhaftung hat hier nicht die gleiche Bedeutung wie in den Staaten, sie ist im Lauf einer Ermittlung nichts Ungewöhnliches. Aber ich werde mich umhören und Ihnen Bescheid geben, sobald ich etwas erfahre.»

«Unsere Maschine geht morgen in aller Herrgottsfrühe.»

«Ja dann...»

«Und ich muß die Goodmans informieren. Ich hab ihnen versprochen, ihren Sohn zu besuchen, sie werden mich nach ihm fragen, und ich werd's ihnen beibringen müssen.»

«Ja, das ist wohl unvermeidlich. Hoffentlich jagen Sie ihnen keinen allzu großen Schrecken ein.»

«Ich kann nur sagen, was ich weiß, Rabbi.»

Als Miriam später wissen wollte, wie das Gespräch verlaufen war, sagte er: «Ich habe den Eindruck, daß die Levinsons uns Ärger machen wollen.»

30

Es war gar nicht so einfach, Uri Adoumi zu erreichen, und als Rabbi Small es endlich geschafft hatte, war Adoumi nicht gerade erpicht drauf, sich mit ihm zu treffen. Er hatte, wie es schien, den ganzen Tag keine freie Minute, und als der Rabbi den Vorschlag machte, ihn abends zu Hause aufzusuchen, sagte er: «Bei uns gilt als Regel, Rabbi, daß zu Hause nichts Dienstliches besprochen wird. Sarah ist sehr nervös, sie regt sich zu sehr darüber auf.»

«Und wie wäre es, wenn Sie zu uns kämen?»

«Nein, das ist auch nichts. Gittel wäre dabei, und... Aber da fällt mir etwas ein. Ich muß jetzt zu einer Besprechung im *King David Hotel,* da bin ich in einer Stunde fertig. Wollen wir uns gegen eins am Eingang vom Liberty Park treffen? Oder noch besser, ich gehe vom Hotel aus die King David Street herunter, und Sie kommen mir entgegen. Dann können wir uns im Park auf eine Bank setzen und miteinander reden.»

«Einverstanden.»

Rabbi Small kam eine Viertelstunde zu früh und war unruhig und besorgt, bis er pünktlich zur vereinbarten Zeit Adoumi kommen sah. Sie taten, als träfen sie sich ganz zufällig und liefen dann im Park herum, bis Adoumi eine Bank gefunden hatte, die seinen Vorstellungen entsprach. «Was kann ich für Sie tun?» fragte er ziemlich schroff.

«Sie haben mit Ish-Tov gesprochen, und er hat den Mann auf dem Foto identifiziert. Dann haben Sie ihn zur Aufnahme eines Protokolls ins Präsidium gebeten. Sie haben den Toten von ihm identifizieren lassen.» Er legte nachdenklich den Kopf schief. «So weit kann ich das noch als einen ganz normalen Vorgang akzeptieren. Aber Sie haben ihm auch seinen Paß abgenommen und einbehalten.»

Adoumi schüttelte ungeduldig den Kopf. «Damit habe ich nichts zu tun, Rabbi, das ist Sache der Polizei.»

«Aber Sie waren es doch, der Goodman aufgesucht hat.»

«Ja, zu dem Zeitpunkt war ich tatsächlich für den Fall zuständig. Der Name von Professor Grenish stand auf einer meiner Listen.»

«Auf einer Ihrer Listen?»

«Wir haben alle möglichen Listen von Leuten, die wir beobachten oder uns nur ab und zu mal ansehen oder im Auge behalten, wenn sie bestimmte Orte aufsuchen. Das ist bei allen Geheimdiensten so üblich, in der ganzen Welt. Wohlgemerkt – auf diesen Listen stehen keine Verbrecher oder Leute, die wir im Verdacht haben, ein Verbrechen begangen zu haben, sondern solche, bei denen möglicherweise in Zukunft eine Straftat zu erwarten ist oder die ihrerseits Kontakte mit anderen haben, die eventuell etwas anstellen könnten. Ihr FBI macht das nicht anders. Wenn also jemand, der auf einer unserer Listen steht, spurlos aus seinem Hotel verschwindet, muß ich mich darum kümmern.»

«Warum stand Grenish auf einer Ihrer Listen?»

«Wir haben seinen Namen vom Mossad bekommen, mit dem wir eng zusammenarbeiten – so wie bei Ihnen FBI und CIA. Der Mossad interessierte sich für ihn, weil er der radikalen Liga für Arabische Freundschaft angehört, obgleich er Jude ist. Außerdem ist er mit einem prominenten Araber befreundet, einem Harvard-Professor, den wir ebenfalls im Auge haben.»

«Soweit ist mir die Sache klar. Und wie ist die Polizei an den Fall gekommen?»

«Durch Sie, Rabbi.» Adoumi feixte.

Rabbi Small sah ihn erstaunt an.

«Sie haben mir Goodmans Namen genannt, und ich habe ihn aufgesucht. Er hat Grenish auf dem Foto erkannt und außerdem zugegeben, daß er den Mann persönlich kannte und seinetwegen sein Studium abbrechen mußte. Grenish war Vorsitzender des Stipendienausschusses –»

«Ja, ich kenne die Geschichte.»

«In dem Haus neben der Jeschiwa wohnt ein gewisser –»

«– James Skinner», ergänzte der Rabbi und konstatierte befriedigt, daß Adoumi ein verblüfftes Gesicht machte.

«Kennen Sie den?»

«Er saß neben mir, als wir hierher flogen, wir haben ihn nach Jerusalem mitgenommen, bis zu seinem Haus.»

«Ah so. Na ja, jedenfalls hat sich die Leiche auf Skinners Grundstück angefunden, direkt neben der Jeschiwa.»

«Sie meinen, Skinner hat die Leiche gefunden und die Polizei verständigt?»

«Nein. Der Tote war ordentlich eingegraben worden, und zwei Leute vom Amt für Altertümer haben ihn entdeckt und bei der Polizei Alarm geschlagen.» Er lächelte, als er die Verwirrung des Rabbis bemerkte, und erzählte von der Grube hinter Skinners Haus und der Einschaltung des Amtes für Altertümer. «Wir haben es also mit einem Toten zu tun, der sich als ein gewisser Professor Grenish entpuppt, Todfeind des jungen Goodman, der direkt nebenan wohnt. Als ich mit dem Jungen sprach, habe ich mir gedacht, daß dies am Ende ein ganz gewöhnlicher Mord und damit ein Fall für die Polizei sein könnte. Deshalb habe ich ihn gebeten, sich im Präsidium zu melden. Sie haben seine Fingerabdrücke abgenommen und –»

«Von Fingerabdrücken hat er nichts gesagt», meinte der Rabbi.

Adoumi lächelte. «Sie haben auch kein Stempelkissen benützt. Mein Freund Luria hat ihm vermutlich ein Glas Wasser gegeben oder ihn gebeten, einen Zettel aufzuheben, der vom Schreibtisch gefallen war, oder ihm vielleicht sein Zigarettenetui hingeschoben und ihm eine Zigarette angeboten. So etwa.» Er zog ein silbernes Zigarettenetui aus der Tasche. «Zigarette?»

«Nein, danke.»

Adoumi lächelte und nahm sich eine.

«Sie haben die Abdrücke auf dem Etui – oder wo immer sie die Spuren gesichert haben – mit den Abdrücken auf einem der Spaten verglichen, und damit war die Sache klar. Keine arabische Verschwörung, kein internationales Komplott. Nur zwei Menschen, die mal aneinandergeraten waren und sich durch Zufall hier wieder über den Weg laufen. Der Streit flammt erneut auf, und zum Schluß ist der eine tot. Während die Polizei weiter ermittelt, behält sie Goodmans Paß ein, damit er nicht türmen kann. Heute früh habe ich erfahren, daß sie ihn festgesetzt haben. Sie haben ihn dem Untersuchungsrichter vorgeführt, und der hat verfügt, daß er weitere fünfzehn Tage festgehalten werden kann. Die Verhandlung war nicht öffentlich, denn wir müssen immer noch damit rechnen, daß es doch eine Frage der nationalen Sicherheit ist.»

«Hat er die Tat gestanden?»

«Bisher nicht. Angeblich hat er nicht mal gewußt, daß Grenish im Lande war.»

«Aber das ist ja eine ganz böse Geschichte. Sie verhaften aufgrund einer ... einer leichtfertigen Spekulation einen jungen Mann unter Mordverdacht. Wären die beiden sich zufällig über den Weg gelaufen, hätte es Streit zwischen ihnen gegeben – hätte dann Goodman Ihnen gegenüber zugegeben, daß er früher schon einmal mit Grensih aneinandergeraten ist? Hätte er überhaupt zugegeben, daß er ihn kennt?»

«Sie vergessen die Fingerabdrücke auf dem Spaten.»

«Vielleicht hat er ihn nur mal eben in die Hand genommen ...»

«Ich habe ja auch nicht gesagt, daß er ihn ermordet, sondern nur, daß er ihn eingegraben hat, und es ist logisch, daß er in diesem Fall etwas mit seinem Tod zu tun gehabt haben muß. Bei der Untersuchung fanden sich weder Einschüsse noch eine Stichwunde noch Spuren eines Schlages mit einem schweren Gegenstand. Bei der Autopsie stellte sich dann heraus, daß er ein Aneurysma der Aorta abdominalis hat, das ist die Arterie, die vom Herzen hinunter in die Gliedmaßen geht, die Hauptversorgungsleitung gewissermaßen. Normalerweise hat sie einen Durchmesser von zwei Zentimetern, bei Grenish war sie auf etwa fünf Zentimeter erweitert. Durch einen Schlag in den Magen oder auch ganz von selbst kann es da ganz leicht zu einer Ruptur kommen. Der Tod tritt dann praktisch auf der Stelle ein. Ich will gar nicht sagen, daß Ish-Tov den Professor geschlagen hat, daß er versucht hat, ihn zu töten oder auch nur zu verletzen. Ich denke mir das so: Die beiden treffen sich ganz zufällig, erkennen sich und fangen an zu diskutieren oder zu streiten. Dann gibt es ein Gerangel, und Grenish fällt hin und ist tot. Ish-Tov bekommt einen Heidenschrecken und traut sich nicht, jemandem was zu sagen oder die Polizei zu verständigen. Dann fällt ihm die Grube ein. Er packt den Toten und buddelt ihn ein. Daß die Leute vom Amt für Altertümer sich für das Loch interessieren, weiß er natürlich nicht. Er denkt höchstens, daß die Grube offen ist, weil die Arbeiter noch nicht dazu gekommen sind, sie wieder zuzuschütten. In Israel ist es gang und gäbe, daß die Handwerker irgendwo anfangen und dann einfach alles stehen- und liegenlassen. Als neulich unser Gasherd streikte, haben wir das Gaswerk angerufen, und die haben einen Monteur geschickt. Der hat den Herd auseinandergenommen, ist abgezogen, um Mittag zu machen, und hat sich erst zwei Tage später wieder bei uns sehen lassen.»

«Hat Ish-Tov irgendeinen dieser Punkte zugegeben?»

«Nein, noch nicht. Aber ich habe so meine Erfahrungen mit Ermittlungen in Strafsachen. Den perfekten Fall, bei dem alles bis aufs letzte Tüpfelchen geklärt werden kann, gibt es nicht. Und selbst wenn es ihn gäbe – der Täter leugnet immer, und mag ihn die Beweislast auch noch so schwer drücken. Wenn aber eine naheliegende Erklärung vorliegt, ist es meist auch die richtige. Ich könnte mir ohne weiteres eine Geschichte für die Fakten zusammenphantasieren, könnte auf zehn verschiedene Arten erklären, wie Ish-Tovs Fingerabdrücke an den Spaten geraten sein könnten – so ähnlich vielleicht, wie Luria die Abdrücke des Jungen ergattert hat. Da steht einer und schippt die Grube zu, sieht Ish-Tov zur Jeschiwa gehen, ruft ihn zu sich, drückt ihm den Spaten in die Hand und sagt: ‹Hier, schau dir das mal an ...›

Aber das ist derart an den Haaren herbeigezogen, daß es schon lächerlich wirkt. Schauen wir uns lieber an, was wir wissen: Ein

Amerikaner kommt als Tourist nach Jerusalem. Er kennt hier keinen, und keiner kennt ihn. Er kommt aus Barnard's Crossing, einer Stadt, von der – darauf möchte ich wetten – außerhalb Ihres Staates noch kein Mensch gehört hat. Und eines Tages liegt er mausetot auf dem Grundstück neben einer Jeschiwa, in der ein Student wohnt, der auch aus Barnard's Crossing kommt. Komischer Zufall, wie? Wohlgemerkt – die beiden sind nicht aus New York. Sie sind aus einer Stadt mit – wieviel sagten Sie – mit zwanzigtausend Einwohnern. Dann stellt sich heraus, daß sie früher mal Streit miteinander hatten, daß Ish-Tov angeblich wegen Grenish sein Studium abbrechen, sein Leben völlig umstellen mußte. Und zu allem Überfluß finden wir noch Ish-Tovs Fingerabdrücke auf dem Spaten, mit dem Grenish beerdigt worden ist. Wenn das nicht eindeutig ist... Das Naheliegendste ist, wie gesagt, immer auch das Wahrscheinlichste.»

Der Rabbi nickte und schwieg einen Augenblick. «Kann ich mit ihm sprechen?» fragte er dann.

Adoumi machte schmale Lippen. Er überlegte. «In Anbetracht der angeordneten Geheimhaltung hätte ich da so meine Zweifel. Wollen Sie auf eigene Faust ein bißchen Detektiv spielen?» fragte er lächelnd.

Der Rabbi schüttelte bekümmert den Kopf. «Das weiß ich noch nicht. Aber ich bin der Rabbi der jüdischen Gemeinde von Barnard's Crossing und habe Sie zu Ish-Tov geschickt. Ich habe das Gefühl –»

«– für den Jungen verantwortlich zu sein?»

«Nein, aber ich habe das Gefühl, daß ich etwas unternehmen oder zumindest den Versuch dazu machen müßte.»

Adoumi stand auf. «Es wird Zeit für mich, meine Leute werden sich schon fragen, wo ich abgeblieben bin. Ich habe nicht vergessen, was Sie vor ein paar Jahren für mich getan haben, Rabbi, und ich bin gern bereit, Sie anzuhören, wenn Sie auf etwas Interessantes gestoßen sind.»

«Ich weiß nicht, ob ich viel tun kann. Aber irgend etwas muß ich tun», wiederholte der Rabbi eigensinnig. «Kann sein, daß ich auf Ihre Zusage noch zurückkomme.»

31

Das Schachbrett stand auf dem Schreibtisch, als Rabbi Small erneut Karpis aufsuchte. «Haben Sie's diesmal herausbekommen, Rabbi Small? War gestern in der Zeitung. Matt in drei Zügen...»

«Nein, ich bin noch gar nicht dazu gekommen, mir die Schachaufgabe anzusehen.» Der Rabbi musterte kurz das Brett. «Sie könnten versuchen, mit dem Bauern zu ziehen.»

Karpis sah ihn erstaunt an. «Wieso mit dem Bauern?»

«Weil dieser Zug am wenigsten wahrscheinlich ist. Es geht nicht um den tatsächlichen Abschluß einer Partie, sondern um theoretische Lösungen, eine Art Denksportaufgabe. Ich möchte deshalb annehmen, daß der Kniff darin besteht, als Eröffnung einen Zug zu machen, den man bei einem echten Spiel nie machen würde.»

«Da ist was dran. Ich werde es einfach mal ausprobieren.» Bedauernd schob er das Brett beiseite. «Aber ich will Ihnen nicht mit meinem Hobby die Zeit stehlen. Sie kommen wegen Ish-Tov.»

«Ja. Ich fühle mich in gewisser Weise für ihn verantwortlich.»

«Warum, Rabbi Small? Weil die Polizei durch Ihren Hinweis auf ihn aufmerksam geworden ist?»

Der Rabbi überlegte einen Augenblick. «Ein Mitarbeiter des Shin Bet, den ich vor Jahren hier in Jerusalem kennengelernt habe, sprach mich an, weil ihm eingefallen war, daß ich in Barnard's Crossing lebe, das er für einen ganz kleinen Ort hielt. Er zeigte mir das Foto eines Mannes, von dem er annahm, er sei ebenfalls in Barnard's Crossing zu Hause, weil er hoffte, ich würde den Mann vielleicht erkennen. Doch unsere Stadt hat an die zwanzigtausend Einwohner. Er war sehr enttäuscht, daß ich den Mann nicht identifizieren konnte, und deshalb verwies ich ihn an Ish-Tov, der auch aus Barnard's Crossing stammt, und an ein Ehepaar, das mich ohnehin in den nächsten Tagen besuchen wollte...»

«Die Levinsons?»

«Ganz recht. Er ließ mir das Foto da und bat mich, es den Levinsons zu zeigen. Worum es sich eigentlich drehte, wußte ich nicht, ich nahm wegen der Verbindung zum Shin Bet nur an, daß es um eine Frage der nationalen Sicherheit ging.»

Rabbi Karpis zuckte die Schultern. «Dann trifft Sie aber doch gar keine Schuld.»

«Nein, das nicht, aber verantwortlich fühle ich mich trotzdem.»

Rabbi Karpis nickte verständnisvoll.

«Seine Eltern sind nicht Mitglieder meiner Gemeinde», fuhr Rabbi Small fort. «Sie besuchen eine Synagoge in Salem, einer Nachbarstadt, dort haben sie mehrere Jahre gewohnt, ehe sie nach Barnard's Crossing zogen. Aber sie gehören der jüdischen Gemeinschaft unserer Stadt an, und ich bin der einzige Rabbi am Ort.»

«Der Hirte auch dieser Seelen...» meinte Rabbi Karpis.

«Nein», widersprach Rabbi Small scharf. «Aber ich bin gewissermaßen für sie zuständig.»

«Könnte ich das nicht mit weitaus größerer Berechtigung im Hinblick auf Ish-Tov sagen?»

«Möglich. Allerdings habe ich das Gefühl, daß sein Hiersein etwas mit der Sache zu tun haben könnte.»

Rabbi Karpis kniff die Lippen zusammen. «Weil er hier wohnte, meinen Sie, in unmittelbarer Nachbarschaft des Geschehens?» Er musterte seinen Besucher forschend. «Oder meinen Sie etwas anderes? Billigen Sie unsere Tätigkeit hier nicht?»

«Nein, ganz und gar nicht.» Es war ein reiner Reflex. Rabbi Small waren die Worte fast gegen seinen Willen entschlüpft. Er lachte kurz auf. «Ich habe einen Vetter, den wir Simcha den Apikojress nennen. Dabei ist er kein Atheist oder Agnostiker, sondern ein frommer, strenggläubiger Mann. Aber in mancher Hinsicht vertritt er recht eigenartige Ansichten. So behauptet er etwa, man dürfe nach einem Hühnergericht Milchprodukte essen, weil ein Huhn keine Milch gibt, so daß das Gebot, das Fleisch des Böckleins nicht in der Mutter Milch zu sieden, hier nicht anwendbar ist.»

Rabbi Karpis nickte. «Es soll ganze Gemeinschaften geben, die sich für diese Theorie stark machen.»

«Ach ja? Auf seiner Seite der Familie sind die Männer vornehmlich Kaufleute und Händler geworden, während es auf meiner Seite etliche Rabbis gibt. Er spricht häufig herabsetzend, ja, verächtlich über unseren Zweig der *mischpoche*. Professionelle Juden nennt er uns. Unser Beruf, besonders in Amerika, sei es, einfach jüdisch zu sein. Er dagegen meint, daß das Jude-Sein eine Amateurbeschäftigung sei.»

«Und was versteht er darunter?»

«Daß wir Juden am Leben teilhaben sollen und uns nicht daraus zurückziehen dürfen, getreu dem Wort ‹Im Schweiße deines Angesichts sollst du dein Brot essen› und dem Gebot gehorchend: ‹Sechs Tage sollst du arbeiten.› Simcha ist kein Ignorant, er ist ein gebildeter Mann, er hat studiert, aber wichtigstes Anliegen ist ihm seine Arbeit. In diesem Haus wohnt eine Gruppe junger Männer, denen das wichtigste Anliegen ihr Studium ist. Es ist wie im Kloster – mit dem Unterschied, daß die jungen Leute hier nicht beten, sondern studieren. Einige wenige dürften später einmal Rabbiner werden, so daß ihr Studium gewissermaßen eine Vorbereitung für ihren künftigen Beruf ist, doch die meisten studieren wohl nur für sich. Sie betreiben keine Forschung, aus der andere Nutzen ziehen könnten, sondern nützen mit ihrer Arbeit nur sich selbst. Ziel unserer Religion ist es, den Menschen heil zu machen – und nicht zum Heiligen.»

«Halten Sie nichts von Reue? Von dem Baal Tschuwa?»

Rabbi Small schüttelte den Kopf. «Für meinen Geschmack erinnert das zu sehr an den wiedergeborenen Christen. Baal Tschuwa, Herr der Reue, das klingt wie ein akademischer Grad oder ein Ehrentitel – in der Art des Hadsch bei den Mohammedanern. Wenn jemand ein sündiges Leben geführt hat und Reue darüber verspürt, sollte er zu den Mitmenschen gehen, denen er Böses getan hat, sich mit ihnen versöhnen und sie um Verzeihung bitten. Für den wiedergeborenen Christen gibt es eine gewisse logische Grundlage. Seine Religion verlangt von ihm das Einswerden mit seinem Gott. Wir haben eine solche Rechtfertigung nicht.»

Rabbi Karpis seufzte ein wenig, dann lächelte er. «Es ist Ihnen sicher klar, Rabbi Small, daß ich diese Argumente nicht zum erstenmal höre. Ich will jetzt gar nicht erst den Versuch machen, sie zu widerlegen, aber irgendwann einmal, vielleicht an einem geruhsamen Abend, nach ein, zwei Partien Schach, würde ich sehr gern mit Ihnen darüber diskutieren. Was kann ich jetzt konkret für Sie tun?»

«Ich möchte Ish-Tov besuchen, möchte mit ihm sprechen.»

«Was habe ich damit zu schaffen? Wie könnte ich Ihnen dabei helfen?»

«Der Mitarbeiter vom Shin Bet, von dem ich vorhin sprach, hat den Fall an die Polizei übergeben, er hat keinen Einfluß mehr darauf. Höchstwahrscheinlich sind keine Fragen der Sicherheit im Spiel. Die Erklärung für das, was hier geschehen ist, haben wir in Barnard's Crossing zu suchen. Polizei und Shin Bet sind offenbar ziemlich empfindlich, wenn es um ihre Zuständigkeiten geht, und deshalb, so meint er, würde man seitens der Polizei nicht sehr erfreut reagieren, wenn er versuchen würde, mir eine Besuchserlaubnis zu verschaffen.»

«Und weiter?»

«Wie ich höre, kümmert sich der Anwalt Ihrer Organisation um den Fall. Mit Ausnahme seines Anwaltes darf der Verhaftete keinen Besuch empfangen. Wenn Sie Ihren Rechtsanwalt darum bitten, ist er sicher einverstanden, daß ich ihn bei seinem nächsten Besuch begleite – als Mitarbeiter vielleicht und Protokollant.»

«Ah ja, jetzt verstehe ich. Doch, das müßte sich machen lassen. Shiah Greenberg ist nicht nur unser Anwalt, sondern auch ein Freund von mir und ebenfalls Schachspieler. Wenn Sie mir Ihre Telefonnummer geben, sage ich ihm, er soll Sie anrufen.»

«Gehört er Ihrer Organisation an? Denkt er so wie Sie?»

«Nein, Shiah ist Heide, Agnostiker. Ein *apikojress* in Reinkultur.»

«Und trotzdem arbeitet er für Sie?»

Rabbi Karpis lächelte breit. «Wir bekämpfen Feuer mit Feuer, Rabbi.»

32

Rabbi Small und Shiah Greenberg, der Anwalt, sprachen englisch miteinander. Nur wenn das Hebräische den treffenderen Ausdruck bot, griffen sie auf diese Sprache zurück. Greenberg, fünfundvierzig, klein, dicklich, mit zurückweichendem Haaransatz, war schon vor fünfzehn Jahren aus den Staaten eingewandert, aber sein Brooklyn-Akzent hatte sich in dieser Zeit nicht verloren. Und sein großstädtischer Zynismus war ungebrochen. Auf dem Weg zu dem Polizeirevier, in dem Ish-Tov einsaß, sagte er: «Eins müssen Sie begreifen, Rabbi: Ganoven sind Ganoven, ob in New York oder Jerusalem, ob Araber oder Juden. Und ob sie fromm sind oder nicht. Vor Jahren habe ich für die staatliche Rechtshilfe in New York gearbeitet, da habe ich so manchen chassidischen Juden verteidigen müssen. Diebstahl, bewaffneter Raubüberfall, einmal sogar Mord. Und das waren echte Chassiden. Mit allem, was dazugehört – schwarzer Hut, dunkle Klamotten, *tsitsis*. Ein Mandant, den ich im Knast besucht habe, hat mich gefragt, wo Osten ist, damit er zum Morgengebet nicht in der falschen Richtung steht. Er hatte einen bewaffneten Raubüberfall begangen, die Rechtslage war eindeutig. Vielleicht hat er gedacht, wenn ich ihn *davenen* seh, glaub ich eher an seine Unschuld... Vielleicht war's auch nur eine Gewohnheit, die er beibehielt, weil ihm sonst den ganzen Tag was gefehlt hätte.

Und lügen tun die Burschen wie gedruckt. Alle. Früher hab ich mich manchmal darüber aufgeregt, aber jetzt sag ich mir, was soll's, vielleicht versucht er sich ja nur selber zu überzeugen. Und im Grunde ist es sowieso unwichtig, ich laß sie ja nicht unter Eid aussagen. Nehmen sie diesen Ish-Tov. Das ist mir vielleicht ein *tsatske!* Erzählt mir nicht bloß, daß er es nicht war, sondern behauptet, er hätte gar nicht gewußt, daß dieser Grenish in Jerusalem war, er hätte ihn hier nie zu Gesicht gekriegt. Dabei sind auf dem Spaten, mit dem der Mann eingegraben worden ist, seine Fingerabdrücke. Verdammtes Pech für unseren Mandanten, alles was recht ist.»

«Pech?»

«Na hören Sie mal... Als mir die Polizei das mit den Fingerabdrücken gesagt hat, habe ich zuerst gedacht, die wollen dich austricksen, die schleppen einen Fingerabdruckexperten an und lassen ihn aussagen, irgendein Schmutzfleck hätte so viel Ähnlichkeit mit Ish-Tovs Abdrücken, daß er überzeugt ist, es sind seine. Die Spaten hatten zunächst ja mal die Araber in der Hand, die das Loch gebuddelt haben. Und dann haben sich die Leute vom Amt für Altertümer die Spaten gegriffen und die Leiche ausgegraben. Demnach hätten sich auf den Griffen die Abdrücke überlagern müssen. Aber da hatte der Junge einfach Pech. Die Araber hatten nämlich Arbeitshandschuhe an und haben keine Spuren hinterlassen, und die Typen vom Amt waren zwar zu zweit, aber geschaufelt hat nur einer, und zwar mit dem anderen Spaten. Wenn Sie mit einem Spaten Erde ausheben, halten Sie mit der einen Hand den Griff, und auf dem haften Abdrücke nicht, weil das Holz rauh ist, mit der anderen greifen Sie um den Metallschaft. Und weil die Arbeiter Handschuhe trugen, war der Schaft schön blank, und unser Mandant hat einen perfekten Abdruck darauf hinterlassen.»

«So war das also...»

«Mit dem Experten ist bei dieser Lage der Dinge kein Geschäft zu machen. Ein bißchen günstiger sieht's mit dem Autopsiebericht aus. Todesursache war ein Aneurysma der Aorta abdominalis...» Er fuhr mit einem Finger an seinem Bauch entlang. «Das ist die Arterie, die vom Herzen nach unten geht und sich in beide Beine verzweigt. Nach Aussage seines Arztes war sein Aneurysma knapp unter fünf Zentimeter im Durchmesser. Wissen Sie, wieviel fünf Zentimeter sind?» Er klemmte die Aktentasche unter den Arm und hielt beide Hände mit ausgestreckten Zeigefingern hoch. «So viel. Ich habe mit einem Bekannten gesprochen, einem Internisten, und der hat gesagt, daß bei fünf Zentimetern der kritische Punkt erreicht ist. Wenn die Erweiterung kleiner ist, beobachten sie nur, aber bei fünf Zentimetern oder mehr wird operiert – in fünfundneunzig Prozent aller Fälle erfolgreich. Sie schneiden einfach das entsprechende Stück raus und setzen statt dessen ein Plastikröhrchen ein. Enorm, was die moderne Medizin so alles zustande bringt...

Wenn das Ding aber mal platzt, ist der Patient nicht mehr zu retten – es sei denn, er gerät sofort an einen Chirurgen, der sich da auskennt. Und auch dann stehen die Chancen, daß er durchkommt, etwa fünfzig zu fünfzig. Ich nehme an, daß Grenish einmal im Vierteljahr zur Ultraschalluntersuchung gegangen ist. Wahrscheinlich war er vor seine Reise noch mal da...»

«Aber konnte er in diesem Zustand überhaupt reisen? Hatte er keine Schmerzen?»

«Bei so was spürt man überhaupt nichts. Nur wenn das Ding

platzt, kriegt man furchtbare Bauch- oder Rückenschmerzen, und das ist dann der Moment, wo man sich schleunigst unter das Messer eines vernünftigen Chirurgen begeben muß. Was könnte der Anlaß für eine solche Ruptur sein? Ein Hieb in den Magen? Mein Bekannter hält das nicht für sehr wahrscheinlich. Die Erweiterung war ja weiter hinten, in der Nähe der Wirbelsäule. Er tippt eher auf einen plötzlichen Blutdruckanstieg, und damit hatte er mir mein Argument geliefert.»

«Wie meinen Sie das?»

«Sehen Sie, dieser Ish-Tov hatte an der Hochschule studiert, an der Grenish lehrte. Und er hatte Zores mit ihm gehabt. Grenish war im Stipendienausschuß, er war sogar Vorsitzender in dem Ausschuß, soviel ich weiß. Dem Jungen wurde das Stipendium gestrichen – seiner Meinung nach steckte Grenish dahinter –, und er mußte sein Studium abbrechen.»

Der Rabbi nickte.

«War Ihnen das bekannt?»

«Ich hatte so was gehört. Aber woher wissen Sie es? Hat Ish-Tov es Ihnen erzählt?»

«Nein, der Shin Bet hat es in Erfahrung gebracht, wahrscheinlich über Mossad, der eng mit der CIA zusammenarbeitet. Die CIA tut denen dafür gern mal den Gefallen, bei den örtlichen Polizeibehörden nachzufragen.»

«Deshalb hat wohl auch Adoumi den Fall abgegeben», meinte der Rabbi. «Er ist zu dem Schluß gekommen, daß es sich um eine persönliche Auseinandersetzung handelte.»

«Richtig, Sie kennen ja Adoumi. Ursprünglich ist der wohl eingestiegen, weil der Mann von seinem Hotel als vermißt gemeldet worden war. Na, jedenfalls hatte ich damit ein gutes Argument in der Hand.»

«Wie soll ich das verstehen?»

«Ist doch logisch. Grenish kommt nach Jerusalem und bummelt durch die Altstadt. Das wissen wir, weil er am Freitag abend nicht im Hotel gegessen hat und auch am Samstag dort nur zum Frühstück war. Irgendwo mußte er schließlich essen, und am Sabbat war das nur in einem arabischen Lokal möglich, also in Ost-Jerusalem oder in der Altstadt. Er hat zwei ganze Tage dort verbracht. Verständlich. Die Altstadt ist malerisch, eine echte Touristenattraktion. Am Sonntag nun geht er zur Abwechslung mal in den modernen Teil. Ish-Tov sieht ihn, erkennt ihn, es kommt zu einem Streit, vielleicht auch zu einem Gerangel, zu einem Schlag. Vielleicht regt sich aber auch Grenish nur furchtbar auf, und dann passiert's. Sein Aneurysma platzt, er kippt um – und Ish-Tov verliert die Nerven. Der Mann ist tot, die Leute werden sagen, daß er schuld ist. Also versteckt er die Leiche in einer Grube, die zufällig in der Nähe ist, und schaufelt sie zu.»

«Aber Sie sagen, daß Ish-Tov behauptet, den Mann nie gesehen zu haben.»

«So machen es praktisch alle, ein Beschuldigter gibt nie was zu. Was hätte er auch davon? Da versucht man den Typen zu verklickern, daß man seine Verteidigungsstrategie besser planen könnte, wenn man genau wüßte, was sich abgespielt hat. Aber das nehmen die Ihnen nicht ab. Oder sie kapieren nicht, wie das funktionieren soll. Oder glauben, sie wollen nur eine Ausrede haben, wenn sie verlieren. Oder es liegt ihnen weniger an dem Prozeß und an dem, was der Richter denkt, sondern an dem, was ihre Freunde, die Familie, die Mitarbeiter – in diesem Falle die Jeschiwa – denken. Wenn ich alles leugne, sagt sich so ein Typ, denken die anderen vielleicht, selbst wenn's einen Schuldspruch setzt, daß es gar nicht stimmt, daß ich reingelegt worden bin oder der Anwalt 'ne Niete war.» Er blieb einen Augenblick stehen. «Aber vielleicht sagt er Ihnen, wie's wirklich war. Ich seh zu, daß Sie ihn mal kurz allein sprechen können.»

«Ach, Sie sind auch da», stellte Ish-Tov fest, als er das Zimmer betrat, in dem der Rabbi und Greenberg ihn erwarteten. Er streckte die langen Beine von sich und lümmelte sich in seinem Stuhl, während er Greenberg einsilbig auf seine Fragen antwortete.

«Jetzt hör mal, Junge», sagte Greenberg schließlich, «du hast dich mit ihm in die Wolle gekriegt, stimmt's?»

«Ich hab ihn überhaupt nicht gesehen, ich hab nicht gewußt, daß er in Jerusalem ist.»

«In den Staaten, meine ich.»

«Ach so, das... Ich hab ihn mal zu Hause besucht.»

«Damit er sich das mit deinem Stipendium noch mal überlegt.»

«Ja.»

«Ohne Stipendium hättest du nicht weiterstudieren können, stimmt's?»

«Genau. Daß meine Eltern mir das Studium bezahlen, konnte ich nicht verlangen.»

«Und du hast den Professor bedroht.»

«Bedroht? Na ja, vielleicht könnte man's so nennen. Aber das ist doch schon Jahre her.»

«Du hast gedroht, ihn umzubringen.»

«Nein, ich hab nur gesagt, ich würd's ihm heimzahlen.»

«Und als du ihn dann hier in Jerusalem gesehen hast...»

«Ich hab ihn aber nicht gesehen.»

Greenberg warf dem Rabbi einen vielsagenden Blick zu, stand auf und ging zur Tür. «Ich muß mal kurz mit dem Captain reden.»

Der Rabbi überlegte, daß Greenberg den Jungen immer wieder bis zu diesem Punkt gebracht hatte, und immer wieder hatte Goodman sich gesträubt zuzugeben, daß er Grenish in Jerusalem gesehen hatte. Dabei wußte er ganz genau, daß man auf dem Spaten, mit dem Grenish begraben worden war, seine Abdrücke gefunden hatte. Als sie allein waren, fing er deshalb nicht noch einmal von Grenish an, sondern fragte: «Warum hast du die Grube zugeschaufelt?»

Ob es an der Formulierung der Frage lag oder an dem nachdrücklichen Ernst in der Stimme des Rabbis – der Junge schien sich eines Besseren besonnen zu haben. Er lächelte sogar ein bißchen. «Weil sie da war.»

Jetzt lächelte auch der Rabbi. «Fühlst du dich auch bemüßigt, sämtliche Schlaglöcher auf der Straße aufzufüllen?»

«Also das war so. Mein Freund Yitzchak und ich, wir waren auf dem Dach, und da haben wir die Grube gesehen. Wir waren da oben, weil... aber das ist ja egal. Ja, und da haben wir eben die Grube gesehen, und Yitzchak hat gehört, wie Kahn – das ist der Sekretär – zu Rabbi Karpis gesagt hat, vielleicht ist es was Archäologisches, und am Ende kommen sie mit ihrer Buddelei auch auf das Gelände von der Jeschiwa, vielleicht ist es gar ein alter Friedhof. Na, Sie können sich ja vorstellen, was dann los wär! Yitzchak ist einer von den Kohanim, und er nimmt diese Sache furchtbar ernst – daß ein Cohen sich nicht mit Leichen abgeben darf, meine ich. Richtig fanatisch hat er sich, wenn's um die Gebote geht. Er hat alle seine Sachen weggeschenkt, auf denen nicht «Hundert Prozent Baumwolle» oder «Hundert Prozent Wolle» stand, um bloß nicht gegen das *schatnes*-Verbot zu verstoßen, weil das doch besagt, daß wir Fasern nicht vermischen dürfen. Ich war damals noch nicht da, aber er hat's mir erzählt. Und er ist sehr stolz drauf, ein Cohen zu sein, deshalb ist ihm diese Sache sehr unter die Haut gegangen.

Wir haben gesehen, wie Skinner und sein Araber mit dem Wagen weggefahren sind, und aus Erfahrung wußten wir, daß sie den ganzen Tag wegbleiben würden. Und die Alte, die ihnen den Haushalt führt, ist sonntags nie da. Und da sind wir rasch rüber, um die Lage zu peilen. Aber es war überhaupt nichts zu sehen, bloß ein Loch, über einen Meter tief. Einen Artefakt haben wir nicht gesehen, vielleicht hätten wir ihn aber auch gar nicht erkannt.»

«Bist du in die Grube gestiegen?»

«Nein, wir haben sie uns bloß von oben angesehen. Und dann hab ich zu Yitzchak gesagt: ‹Was meinst du, buddeln wir sie zu?› Die Spaten lagen da. Ihm war die Sache ungemütlich, er wollte weg. Wir hatten vor ein paar Monaten da drüben ziemlichen Zoff gehabt, und nachdem Karpis gekommen war, hatten wir eigentlich strenge Anweisung, nicht mehr rüberzugehen. Da hab ich gesagt, wir könnten es ja nach dem *maariv* machen, nach Anbruch der Dunkelheit, aber er hatte Angst, es könnten noch Knochen rumliegen.

Und da bin ich nach dem *maariv* selber raus, und er ist später dazugekommen. Er hat wohl begriffen, daß ich es hauptsächlich für ihn gemacht habe, ich bin nämlich mit den Regeln und Vorschriften nicht so pingelig. Eine halbe Stunde später waren wir fertig.»

«Hattet ihr euch nicht überlegt, daß die Grube womöglich aus einem bestimmten Grunde noch offen war und daß Mr. Skinner sie vielleicht noch einmal würde aufgraben müssen?»

«Der Skinner kann uns mal gern haben.»

«Und habt ihr gewußt, daß das Amt für Altertümer sich eingeschaltet hatte?»

Ish-Tov zuckte die Schultern. «Das sind doch sowieso alles Knalltüten, was gehen die uns an?» Er betrachtete den Rabbi forschend. «Werden Sie's meinen Eltern sagen?»

«Nur, wenn es dir recht ist. Ich finde allerdings, sie sollten es wissen.»

«Nein. Dann denken sie vielleicht, sie müßten herkommen – oder einer von ihnen. Und sie würden selber einen Anwalt anheuern statt des Knilchs, den mir die Jeschiwa gestellt hat. Und das können sie sich nicht leisten.»

In diesem Moment kam Greenberg mit einem Vollzugsbeamten herein und nickte dem Rabbi zu. «Wir müssen gehen.»

«Na?» fragte er, als sie draußen waren. «Haben Sie was aus ihm rausgekriegt?»

Der Rabbi berichtete.

«Nicht übel», meinte Greenberg. «Für uns natürlich völlig unbrauchbar, aber gar nicht so dumm. Das ist ganz typisch für diese jungen Schnösel: Sie denken sich eine Geschichte aus, die sämtliche Beweise gegen sie entkräftet, und basteln daran herum, bis sie das Ganze fast selber glauben. Damit beruhigen sie ihr Gewissen.»

«Wie wollen Sie jetzt vorgehen?»

«Da Ish-Tov nicht mitspielen will, werde ich versuchen zu erreichen, daß er nicht in den Zeugenstand muß. Im Kreuzverhör kann ich wahrscheinlich den medizinischen Gutachter so weit bringen, daß er Tod durch Unfall als möglich einräumt. Und dann werde ich argumentieren, daß Ish-Tov einfach die Nerven verloren hat. Für den Richter könnte es ein illegales Begräbnis und unterlassene Meldung eines Todesfalls sein. Wenn wir Glück haben, setzt es eine Geldstrafe, und die würde unsere Organisation zahlen.»

«Und Sie glauben, das funktioniert?»

«Genau kann man das natürlich nie sagen, aber die Chancen stehen nicht schlecht.»

«Können Sie den Fall nicht so, wie Sie ihn mir eben dargelegt haben, dem Staatsanwalt unterbreiten? Vielleicht würde er dann auf eine Anklageerhebung verzichten.»

Greenberg lächelte. «Ein Anwalt behält immer gern noch ein As im Ärmel, Rabbi. Und was vielleicht funktioniert, wenn ich's im Prozeß vorbringe, geht möglicherweise schief, wenn ich es dem Staatsanwalt in seinem Büro bei einer Tasse Kaffee verklickere.»

33

Am Mittwoch rief Al Bergson bei Rabbi Small an. «Hier spricht Ihr Präsident.»

«Wo stecken Sie, Al?»

«In Tel Aviv, im *Sheraton*. Wir werden morgen hier fertig und kommen am Freitag vormittag nach Jerusalem.»

«Wie viele sind in Ihrer Gruppe?»

«Sechsundzwanzig. Ursprünglich hatte ich dreißig zusammenbekommen, aber Familie Moscowitz – Ed, Emily und die zwei Jungs – ist im letzten Augenblick wieder abgesprungen. Wir wohnen im *King David*. Ursprünglich war ein Gottesdienst in der Hechal Shlomo geplant, aber manche möchten lieber in die konservative Synagoge gehen. Das Sabbatmahl ist jedenfalls im Hotel. Wollen Sie und Miriam nicht dazukommen? Als unsere Gäste natürlich.»

«Das geht leider nicht, wir haben selbst Besuch.»

«Kommen Sie dann wenigstens morgen früh zu Barneys Bar Mizwa an die Klagemauer?»

«Ich glaube nicht. Zu Fuß ist es doch recht weit.»

«Ich an Ihrer Stelle würde es versuchen. Hinterher ist eine Party im Hotel, aber wenn Sie nicht bei der Bar Mizwa waren –»

«– ist es kaum angebracht, zu der Party zu gehen.»

«Aber irgendwann müssen Sie sich sehen lassen, David. Da kommen dreißig Leute aus Ihrer Gemeinde nach Jerusalem, darunter auch Leute vom Vorstand, und ihr Rabbi ist in der Stadt –»

«Wie wäre es mit Samstag abend? Da könnte ich ins Hotel kommen.»

«Nein, da laufen sie alle auseinander, um sich mit Verwandten oder Bekannten zu treffen. Sehen Sie zu, daß Sie es am Sonntag vormittag schaffen, da findet ein Rundgang mit Führung durch die Altstadt, das jüdische Viertel, die Synagogen und zur Klagemauer statt. Für Sie vermutlich ein alter Hut, aber zumindest haben Sie da Gelegenheit, die ganze Meute zu sehen.»

«Sonntag vormittag paßt mir gut. Miriam hat wohl schon etwas vor, aber ich kann es einrichten. Wir steht es mit Ihnen? Haben Sie Verwandte, die Sie am Samstag abend besuchen wollen? Sonst kommen Sie doch zu uns.»

«Sie machen es einem schon schwer, Ihnen zu helfen, David», sagte Bergson, als sie im Wohnzimmer von Gittels Wohnung saßen. Gittel und Miriam waren ins Kino gegangen, die beiden Männer waren allein.

Der Rabbi lächelte ein wenig. «Sie haben also versucht, mir zu helfen?»

«Allerdings. Als die Levinsons aus Israel zurückkamen, haben sie erzählt, daß der Goodman-Sohn unter Mordverdacht im Kittchen sitzt, daß Sie ihn bei der Polizei verpfiffen haben und die Levinsons um ein Haar auch noch in die Sache hineingezogen hätten.»

«Ich habe den Behörden nur gesagt, daß die Goodmans und die Levinsons in Barnard's Crossing zu Hause sind. Es ging um eine Identifikation –»

«Ich weiß, ich weiß. Aber die Levinsons mögen Sie nicht, und deshalb konnte man aus ihren Redereien heraushören, daß hinter dieser Sache wohl noch ein bißchen mehr stecken müsse. Und als die Geschichte glücklich überall herum war, stand für alle fest, daß Sie als Polizeispitzel tätig sind. Jetzt hieß es auch, Sie seien ja mächtig dick mit Chief Lanigan – mit anderen Worten, Sie hätten auch bei uns was mit der Polizei zu schaffen.»

«Aber das ist doch lächerlich, ich –»

«Natürlich ist es lächerlich, und das wäre auch dem Dümmsten klar, wenn Sie allgemein beliebt wären. Aber das sind Sie nun mal nicht. Deshalb stürzt man sich auf alles, was Sie in Mißkredit bringen könnte, und schluckt es widerspruchslos. Und jetzt haben Sie auch noch Barney Berkowitz und damit auch seine Freunde gegen sich aufgebracht. Warum Sie seine Einladung ausgeschlagen haben – um nämlich früher hier zu sein und mehr Zeit hier verbringen zu können –, dafür hat er allenfalls noch Verständnis, wenn's auch schwerfällt. Daß Sie aber nicht zu seiner Bar Mizwa gekommen sind, wo Sie schon im Lande waren und einige zwanzig Mitglieder Ihrer Gemeinde ebenfalls...»

«Wie ist es denn gelaufen?»

«Wie geschmiert. Er hatte sich vom Kantor die *haftarah* auf ein Tonband sprechen lassen, und das hat er sich immer wieder vorgespielt. Ich bin in dem Zimmer neben ihm und habe gehört, wie er das Tonband am Vorabend Satz für Satz nachgesprochen hat. An der Klagemauer ist er einmal steckengeblieben, aber irgendwer hat ihm vorgesagt, und dann ging's wieder. Später, im Hotel, gab es natürlich jede Menge Frotzeleien, so nach dem Motto: ‹Wie fühlt man sich denn als Mann, Barney?› Und ein paar Leute hatten diese altmodischen Kolbenfüller aufgetrieben, wie man sie früher den Jungen zur Bar Mizwa geschenkt hat – es war vor meiner Zeit, aber ich habe davon gehört. Mindestens ein halbes Dutzend von den Dingern hat er gekriegt. Und Sophie Katz hat ihm ein Gebetbuch in weißem Kunstleder geschenkt im Namen des Frauenvereins, und vom Vorstand hat er eine dazu passende Bibel bekommen, wie das bei unseren Bar Mizwa-Feiern so üblich ist. Und hinterher haben wir mit Champagner auf ihn angestoßen. Israelischer Champagner, aber immerhin. Schade, daß Sie nicht dabei waren.»

«Um meine übliche Bar Mizwa-Rede zu halten, daß er nun selbst die Verantwortung für seine Taten trägt?»

«Nein, aber um zu zeigen, daß Sie dazugehören, daß es Ihre Leute sind. Ich begreife einfach nicht, weshalb Sie das ablehnen. So weit wär's nun auch wieder nicht gewesen.»

«Weil es albern war. Gegen Albernheit an sich habe ich nichts, manchmal wird sie von uns sogar gefordert, zu Purim beispielsweise. Aber –»

«Aber Sie sind sein Rabbi!»

«Eben, und ich habe meine Pflicht als Rabbiner erfüllt.»

«Indem Sie nicht hingegangen sind?»

«Ganz recht, indem ich nicht hingegangen bin. In Amerika hat der Rabbi selten genug Gelegenheit, seine traditionellen Aufgaben zu erfüllen, nämlich in Zivilsachen Recht zu sprechen oder eine Entscheidung in halachischen Fragen zu treffen. Das einzige, was ihm bleibt – und was seine Gemeinde auch von ihm erwartet –, ist es, als Lehrer und Hüter jüdischer Tradition zu wirken und seine Gemeindemitglieder davor zu bewahren, daß sie vom Pfad der Tradition abweichen. Nach unserer Überlieferung wird ein Knabe mit dreizehn Jahren – und nicht wie in der weltlichen Gesellschaft mit achtzehn – zum Erwachsenen. Als solcher ist er für seine Handlungen voll verantwortlich. Er darf vor Gericht als Zeuge aussagen. Er darf einen Vertrag unterschreiben. Er wird beim Minjan als vollgültiger Mann angesehen. Mehr bedeutet es nicht, auch wenn wir einen feierlichen Gottesdienst drum herum zelebrieren. Auch ohne Zeremonie ist ein jüdischer Knabe *bar mizwa* einfach durch die Tatsache, daß er dreizehn Jahre alt ist.

Habe ich nicht als Lehrer und Hüter der Tradition die Pflicht, dafür zu sorgen, daß kein Mitglied meiner Gemeinde diese halachische Regel pervertiert, zu einer Art Konfirmation umfunktioniert wie im Reformjudentum? Wäre Barney Berkowitz zu mir gekommen, hätte ich versucht, ihm das klarzumachen. Da er das nicht getan hat, blieb mir gar nichts anderes übrig, als mich von dem Vorgang zu distanzieren.»

«Ja, aber damit haben Sie einige einflußreiche Leute unserer Gemeinde verärgert. Daß Sie heute vormittag nicht zur Klagemauer gekommen sind, daß Sie sich auf der Party von B. B. nicht haben sehen lassen, dazu noch die Geschichte mit dem Goodman-Sohn – das haben die alles in die falsche Kehle gekriegt, und dadurch ist eine feindselige Stimmung entstanden. Das ist nicht gut für die Gemeinde, und es ist nicht gut für Sie. Ihr Vertrag steht zur Erneuerung an – es war Ihr eigener Wunsch, daß er jedes Jahr überprüft wird –, und es ist denkbar, daß sich die unfreundlichen Gefühle in einem Votum gegen Sie Luft machen. Die Aufregung wegen Barneys Bar Mizwa legt sich wahrscheinlich, aber ich mag gar nicht daran denken, was passieren würde, wenn der Goodman-Sohn ins Gefängnis muß.»

«Was hat denn seine Situation mit der meinen zu tun?»

«Ich bitte Sie, David... Sie sind doch sonst ein so kluger Junge, aber in mancher Beziehung sind Sie verdammt blauäugig. Natürlich hat das eine mit dem anderen gar nichts zu tun, seine Eltern sind nicht mal Mitglieder unserer Gemeinde. Aber unsere Leute kaufen bei ihnen, beim Warten auf Bedienung wird getratscht. Jeder freut sich, wenn er über einen Amtsträger etwas Negatives hört. Das hebt das Selbstbewußtsein. Es braucht gar nichts Bestimmtes zu sein, nur ein Hauch, eine Andeutung. Was Sie getan haben, David, hätte wohl jeder getan. Die Polizei kommt zu Ihnen und bittet Sie, einen Mann auf einem Foto zu identifizieren, weil er aus Ihrem Heimatort stammt. Weil Sie den Mann nicht kannten, haben Sie der Polizei gesagt, sie könnte ja mal bei einem jungen Mann nachfragen, der ebenfalls in Ihrem Ort zu Hause ist. Das war alles. Aber wenn dieser junge Mann nun deshalb Ärger kriegt, wird man Ihnen die Schuld in die Schuhe schieben, wenn auch vielleicht nicht ausdrücklich. Keiner wird Sie direkt beschuldigen, aber denken werden es alle. Wirklich, David, Sie sollten morgen mit uns diesen Rundgang machen, ich halte das für sehr wichtig.»

Als Miriam und Gittel nach Hause kamen, erzählte ihnen der Rabbi von Bergsons Besuch, und nachdem Gittel sich zurückgezogen hatte und er allein mit Miriam war, erzählte er ihr auch, wie düster Bergson seine Zukunft sah.

«Machst du dir Sorgen, David?» fragte sie.

«Das möchte ich so nicht sagen. Ich glaube, Al Bergson übertreibt ein bißchen.» Doch dann verlor er ganz plötzlich die Geduld. «Wenn der Vorstand sich weigert, meinen Vertrag zu verlängern, weil ich nicht zu Barneys sogenannter Bar Mizwa gegangen bin oder weil ich in der Sache Goodman getan habe, was jeder von ihnen getan hätte, wird es wohl wirklich Zeit, daß ich mich nach einer anderen Gemeinde umsehe.»

«Du hast nicht zum erstenmal Reibereien mit dem Vorstand», wandte Miriam ein. «Und du warst immer bereit zu kämpfen. Weshalb willst du jetzt kapitulieren?»

«Das ist etwas anderes. Bisher ging es immer ums Prinzip, um Dinge, die mir gegen den Strich gingen, oder um eine Maßnahme von mir, mit der die Gemeinde nicht einverstanden war, und ich habe für das Prinzip gekämpft. Diesmal ist es einfach eine Frage der Beliebtheit. Ich weiß, daß man mich nicht besonders mag, vielleicht mache ich es meinen Mitmenschen nicht ganz leicht, warm mit mir zu werden. Das stört mich nicht weiter. Ich erwarte von meiner Gemeinde nicht Liebe, sondern Achtung. Und wenn ich so töricht handeln würde, wie man es von mir erwartet, könnte ich nicht einmal mich selber achten.»

«Ich versteh dich schon», meinte Miriam. «Was dich drückt, ist die Sache mit dem jungen Goodman.»

Er sah sie bestürzt an. Dann lächelte er leicht verlegen. «Daß er Grenish wegen einer alten Kontroverse ermordet hat, kann ich mir einfach nicht vorstellen. Ich habe zweimal mit ihm gesprochen, und er war mir nicht sonderlich sympathisch. Es ist nicht so, daß ich mir irgendeiner Schuld bewußt wäre, und trotzdem –»

«Wahrscheinlich denkst du an seine Eltern», sagte Miriam sachlich. «Sollte ihm etwas zustoßen, würden sie sich nie verzeihen, daß sie dich gebeten haben, ihn aufzusuchen.»

34

Viele, vielleicht die meisten Gemeindemitglieder sahen ihren Rabbi nur zu Rosch Hoschanah, dem jüdischen Neujahr, und zu Jom Kippur, dem Tag der Sühne, wenn er auf seinem traditionellen Platz neben dem Thoraschrein saß, und selbst die Frömmsten bekamen ihn gewöhnlich nur beim Freitagabendgottesdienst zu Gesicht, der in den Sommermonaten meist ausfiel. Rabbi Small deutete deshalb die relativ kühle Begrüßung vor dem *King David Hotel* nicht als Kritik an seinem Verhalten.

«Tag, Rabbi. Geht's besser? Schön, daß Sie es geschafft haben», hieß es von allen Seiten. Demnach hatte al Bergson verbreitet, der Rabbi sei krank gewesen – wohl um seine Abwesenheit bei Barney

Berkowitz' Bar Mizwa zu erklären. Barney selbst gab sich sehr besorgt. «Diese Sommergrippen sind eine ganz miese Sache, die darf man nicht auf die leichte Schulter nehmen, Rabbi.» Weil er Al Bergson nicht Lügen strafen wollte, blieb David Small nichts weiter übrig, als die anteilnehmenden Erkundigungen lächelnd über sich ergehen zu lassen.

Als er dann aber neben Bergson in dem Bus saß, der sie vom Hotel zum Jaffator brachte, ihrem Startpunkt für den Rundgang durch die Altstadt, machte er seinem Ärger recht unverhohlen Luft.

Doch Bergson zeigte keine Spur von Reue. «Es gibt Menschen, die muß man vor sich selbst schützen», sagte er. «Als Präsident der jüdischen Gemeinde werde ich nicht zulassen, daß es durch eine Bagatelle wie die Bar Mizwa von B. B. zu einer Spaltung kommt. Ich kenne Ihre Meinung in der Sache, aber viele Leute glauben, daß eine Bar Mizwa eine Zeremonie ist, die gleichsam jedem Juden zusteht, auch den Frauen. Mollie Berkowitz wollte eigentlich auch mitmachen, aber dann hat man ihr gesagt, daß auf der Frauenseite der Klagemauer keine Gottesdienste stattfinden. Die Bar Mizwa ist eine Tradition geworden, und Traditionen lassen sich mit dem Verstand nicht ausloten. Wenn Sie sich einmal umschauen, sehen Sie hier haufenweise junge und alte Juden mit diesen kleinen Häkelkäppchen herumlaufen, die man mit einer Haarklemme feststecken muß. Versuchen Sie denen mal klarzumachen, daß kein Gebot ihnen das abverlangt. Für sie ist die Jarmulke ein Zeichen der Frömmigkeit, eine Tradition, und die läßt sich weder durch Spott noch durch Argumente aus der Welt schaffen. Wie steht denn jetzt der Fall Goodman?»

Die gleiche Frage stellten etliche Gemeindemitglieder, während die Gruppe hinter dem Fremdenführer herlief. Meist kam als Vorspann ein entschuldigendes: «Es ist nämlich so, Rabbi, seine Mutter hat gehört, daß ich nach Jerusalem komme, und da hat sie mich gebeten...»

Rabbi Small erläuterte geduldig, daß sich die Gerichtssysteme der beiden Länder in zahlreichen Punkten voneinander unterschieden, daß eine Verhaftung in Israel nicht dasselbe bedeutete wie in den USA und hier eher Anfang denn Abschluß der Ermittlungen war. «Die Polizei ist berechtigt, jeden Verdächtigen ohne Haftbefehl achtundvierzig Stunden lang festzuhalten. Danach wird er einem Richter vorgeführt und ein Antrag auf Untersuchungshaft gestellt. Wenn jemand keine Angehörigen im Land und keine feste Stellung hat, so daß er praktisch kommen und gehen kann, wie es ihm paßt – und das war ja bei Goodman der Fall –, ist es naheliegend, ihn vorübergehend festzusetzen. Und wenn Beweise gegen ihn vorgebracht werden können, wird der Richter den Antrag auf Untersuchungshaft meist genehmigen. Während der Verdächtige in Gewahrsam ist, gehen die Ermittlungen weiter. Nur ein geringer Prozentsatz dieser Untersuchungshäftlinge wird je vor Gericht gestellt. Die meisten kommen nach Abschluß der Ermittlungen wieder frei.»

Einer aus der Gruppe fing folgendermaßen an: «Ich weiß ja, daß Sie was mit der Polizei zu tun haben, Rabbi, zu Hause sind Sie doch auch ganz schön dick mit Chief Lanigan, und es gibt Leute, die das nicht für angebracht halten, aber ich für mein Teil bin froh, wenn der Rabbi sich gut mit der Obrigkeit stellt, und ich sag immer, wenn der Rabbi Beziehungen zur israelischen Polizei hat, kann der junge Goodman sich bloß freuen, denn dann kann der Rabbi seine Beziehungen spielen lassen.»

Die Gemeinde stellte sich nicht als Gruppe gegen ihn, und darüber war er heilfroh, aber die Stimmung, die er aus den einzelnen Bemerkungen heraushörte, war doch recht beunruhigend. Sie hatten alle das unbestimmte Gefühl, daß er etwas mit Goodmans Verhaftung zu schaffen hatte oder zumindest etwas dagegen hätte tun können. Die Presse hatte über den Fall nicht berichtet, die Leute aus Barnard's Crossing wußten also keine Einzelheiten, wußten nicht einmal, wie die Anklage lautete, aber allgemein war man davon überzeugt, es müsse doch etwas recht Schwerwiegendes, vielleicht sogar ein Mord vorgefallen sein.

Ob der junge Mann schuldig war oder nicht, schien merkwürdigerweise weniger zu interessieren. Etwas ausgesprochen Verwerfliches, hieß es, könne er kaum angestellt haben, denn «wir kennen ja die Eltern». Als Lieblingstheorie galt, daß es Unruhen gegeben hatte, in die die Jeschiwastudenten – und mit ihnen Goodman –

verwickelt worden waren. Daß Jeschiwaschüler trotz – oder vielleicht gerade wegen – ihrer religiösen Hingabe gern einmal über die Stränge schlugen, war ja bekannt. Im Lauf dieser Unruhen war es zu einem schweren Zwischenfall gekommen, und die Polizei hatte sich Goodman gegriffen, weil... weil er Amerikaner war, ein Ausländer eben. «Aber die anderen Jungen sind doch auch Amerikaner, dafür ist es schließlich die amerikanische Jeschiwa...»

«Mag sein, aber daß er Amerikaner ist, hat bestimmt was damit zu tun, und der Rabbi ist sein Landsmann und müßte schon deshalb was unternehmen. Er spricht zumindest die Landessprache und kann mit den Behörden reden.»

Sie zogen brav hinter ihrem Führer her, scharten sich um ihn, wenn er stehenblieb, um sie auf etwas Interessantes hinzuweisen, und nickten anerkennend oder um ihr Verständnis zu bekunden. Der Weg führte vom Davidsturm durch die Straßen der Altstadt zur Klagemauer und durch das jüdische Viertel zum Zionsberg, wo der Bus wartete, um sie ins Hotel zurückzubringen. Sie kamen an zwei arabischen Steinmetzen vorbei, die auf dem Boden saßen und geduldig Steinblöcke bearbeiteten. Gelegentlich stand der eine oder der andere auf, um den Stein, an dem er gerade arbeitete, in die Lücke einzupassen, für die er gedacht war, nahm ihn wieder heraus, um noch ein Stück wegzuschlagen, und paßte ihn erneut ein.

«Eins kapier ich nicht», sagte einer aus der Gruppe.

«Was denn?» fragte der Führer.

«Sie haben uns hier einen Haufen Häuser gezeigt, die alle übereinander gebaut sind.»

«Ja und?»

«Mal angenommen, einer will an einer bestimmten Stelle ein Haus bauen, und da steht schon eine Ruine oder Teil einer Ruine, und er will die Mauern nicht verwenden. Wieso reißt er die dann nicht ab und nutzt wenigstens den alten Keller? Ich meine, warum füllt er den alten Keller mit Schutt auf und baut alles ganz neu?»

«Ah ja, jetzt begreife ich. Sie wollen wissen, wie es kommt, daß über einer alten Stadt praktisch eine ganz neue Stadt entstehen kann. Ja, wissen Sie, das ist meist ein langer Prozeß. Irgendwann wird eine Stadt ganz oder zum Teil durch ein Erdbeben, durch Kriege oder durch eine Überschwemmung zerstört. Die Einwohner flüchten oder ziehen weg, und der Ort bleibt jahrzehntelang, vielleicht jahrhundertelang unbewohnt. Erde und Wüstensand decken die Gebäude zu, und wenn dann wieder mal jemand kommt, der dort bauen möchte, ist in den meisten Fällen kaum noch etwas zu sehen, allenfalls liegt das Gelände etwas höher als die Umgebung, was im allgemeinen als Vorteil gilt. Man errichtet die Grundmauern auf dieser neuen Fläche und –»

«Aber wenn man dann auf das alte Gemäuer stößt...»

«Zunächst wird das Fundament gelegt, und wenn man dabei die eine oder andere alte Mauer nutzen kann, ist das um so besser.»

«Warum graben sie die alten Sachen dann aber nicht aus?»

«Wozu? Nach oben zu bauen ist immer leichter als auszuschachten. Keller sind hier weniger üblich, und in den USA habe ich gesehen, daß viele Häuser auch nicht unterkellert sind.»

«Mag ja sein, aber die Regierung buddelt doch andauernd irgendwelche Keller aus.»

Der Führer lachte. «Ach, archäologische Ausgrabungen meinen Sie... Ja, aber das ist eine neue Wissenschaft. Für die Archäologen kann eine Topfscherbe, eine alte Kupfermünze, ein Stückchen Glas von größter Bedeutung sein, aber für den Mann, der sich ein Haus baut, ist es nutzloses altes Zeug, wie für Sie eine kaputte Sprudelflasche oder eine rostige Dose.»

«Ja, aber –»

«Da ist der Bus», rief Bergson. Dann wandte er sich an den Rabbi. «Kommen Sie mit?»

«Der Bus? Ach so, der Bus, der zum Hotel zurückfährt.» Er schien seltsam abwesend. «Nein, ich möchte eigentlich lieber laufen.»

«Das ist aber ganz schön weit, David.»

«Wenn ich müde werde, kann ich immer noch ein Stück fahren.»

«In Ordnung. Ach, noch was, David. Morgen geht's weiter nach Eilat. Darf ich Sie und Miriam – und natürlich auch Ihre

Tante, wenn sie mag – für heute abend ins *King David* zum Essen einladen – oder auch woanders hin, wenn Ihnen das lieber ist?»

«Nein, Al. Ich bin hier schon mehr oder weniger ansässig. Sie sind der Gast. Kommen Sie zum Abendessen zu uns.»

«Auch recht.»

«Gegen sieben?»

«Einverstanden.»

Der Rabbi setzte sich in flottem Tempo in Marsch, aber kaum war der Bus vorbei, aus dem ihm seine Gemeinde noch munter zugewinkt hatte, da verlangsamte er den Schritt und sah gedankenverloren zu Boden, während er den steilen Abstieg aus der Altstadt und den langen Anstieg nach Rehavia bewältigte. Erst als er auf der Höhe angelangt war, merkte er, daß ihn der Weg tatsächlich angestrengt hatte.

Vor ihm lag das *Hotel Excelsior.* Er beschloß, dort eine Zwischenstation einzulegen. Falls Perlmutter ein wenig Zeit hatte, konnte er mit ihm etwas Erfrischendes trinken. In der Halle sah er sich kurz um, dann trat er an die Rezeption.

«Ist Mr. Perlmutter im Hause?»

«Aharon ist zum Sabbat nach Haifa gefahren, ich mache für ihn den Frühdienst.»

«Dann kommt er wohl heute auch nicht mehr?»

«Doch, gegen eins müßte er hier sein. Kann ich ihm was ausrichten?»

«Nein, nein, ich sehe ihn heute wahrscheinlich noch.»

35

Der Anruf kam, als der Rabbi mit dem Essen fertig war, das Miriam für ihn bereitgestellt hatte. Es war Rabbi Karpis.

«Rabbi Small? Ich habe – äh – da gerade etwas erfahren, Sie wissen schon, in der – äh – bewußten Angelegenheit. Ich habe unseren Anwalt zu mir gebeten – Sie kennen ihn ja –, um die Sache durchzusprechen. Wenn Sie dazukommen möchten ...»

«Wann erwarten Sie ihn?»

«In aller Kürze.»

Es war ein heißer Tag, und der Rabbi war müde von seinem langen Marsch. Trotzdem sagte er: «Ich komme sofort.»

Er mußte auf den Bus warten, und es dauerte eine halbe Stunde, bis er in der Jeschiwa eintraf. Shiah Greenberg war schon da und winkte ihm mit großer Geste zu. Rabbi Karpis hob abwehrend die Hand, als der Rabbi zu einer Entschuldigung ansetzte. «Nehmen Sie Platz, Rabbi, nehmen Sie Platz. Einen Kaffee?»

Seine Besucher lehnten dankend ab.

«Gut, dann will ich gleich zur Sache kommen. Ich habe von... aber das ist ja im Grunde unwichtig... kurzum, ich habe erfahren, daß den Gerichtsmedizinern aufsehenerregendes neues Beweismaterial vorliegt. Dr. Shatz war verreist, als die Leiche gefunden wurde. Die Voruntersuchung hat ein junger, wohl noch recht unerfahrener Kollege vorgenommen, der den Tod des unglücklichen Professor Grenish auf eine Ruptur seines Aneurysmas zurückführte. Spuren von – äh – Gewaltanwendung, Schläge oder dergleichen, konnte er nicht feststellen. Der Anklagevertreter wollte sich nun wohl auf die Tatsache stützen, daß der Tod des Mannes nicht gemeldet, daß er im Gegenteil in der Grube versteckt worden war und daher zu vermuten stand, daß bei der Ruptur des Aneurysmas von einem Kampf oder sonst irgendeiner gewalttätigen Einwirkung ausgegangen werden mußte. Wir haben uns dagegen auf den Standpunkt gestellt, daß es sich, da keine Spuren von Gewaltanwendung vorliegen, um einen natürlichen Tod handeln müsse, daß aber Ish-Tov offenbar die Nerven verloren und den Toten eingegraben hat, wohl aus Angst vor einer Mordanklage.»

«Genau so ist es», bekräftigte Shiah.

«Jetzt aber hat Dr. Shatz den Toten nochmals gründlicher untersucht und festgestellt, daß der Mann offenbar gefesselt und geknebelt worden ist. Man hatte ihm einen Streifen Heftpflaster über den Mund geklebt, mikroskopische Spuren des Klebers konnten nachgewiesen werden. Mit dem gleichen Material waren ihm Hände und Füße gebunden worden.»

«So ein mieser Nebochant», fuhr Shiah auf.

«Meinen Sie Ish-Tov?» Rabbi Karpis war sichtlich verwundert über die vehemente Reaktion.

«Den vielleicht auch», sagte Shiah. «Aber eigentlich eher den Anklagevertreter.» Er lachte bitter auf und wandte sich an den Rabbi. «Wissen Sie noch, was ich neulich zu Ihnen sagte? Wir Anwälte haben immer gern noch ein As im Ärmel... Jetzt muß ich mir eine neue Strategie zurechtlegen. Shatz hat einen guten Ruf, aber seine Nerven sind nicht die besten, vielleicht kann ich ihn im Zeugenstand ein bißchen auseinandernehmen. Mal sehen, ob ich es so hinkriege, daß unser Gutachter die Leiche noch mal untersuchen kann. Wenn der Mann gefesselt worden ist, hat da vermutlich nicht nur Ish-Tov die Hand im Spiel gehabt. Ich hatte von Anfang an so das Gefühl, daß er das Ding nicht allein gedreht hat.»

«Soll das heißen, daß Sie noch andere Leute – vielleicht gar den einen oder anderen von unseren Schülern – mit hineinziehen wollen?» fragte Karpis. «Ich glaube nicht, daß das sehr günstig für uns wäre.»

«Das stimmt natürlich, aber... Wenn ich ihn nicht in den Zeugenstand bringe, kommt nicht heraus, ob er einen Komplizen hatte oder nicht. Von einem eventuellen Komplizen erfährt das Gericht nur, wenn Ish-Tov ins Kreuzverhör genommen wird, also lasse ich ihn vorsichtshalber gar nicht aussagen. Dann argumentiere ich, daß der Beschuldigte den Mann nicht allein hätte fesseln können, wenn er nicht schon tot oder zumindest bewußtlos gewesen wäre.»

«Aber allein diese Tatsache deutet darauf hin, daß er nicht allein beteiligt war, und damit könnte es zu einer unerfreulichen Ausweitung kommen», wandte Karpis ein. «Wir müssen auch an die politischen Konsequenzen denken. Die Arbeiterpartei hat wegen der nächsten Regierungsbildung Fühler in unsere Richtung ausgestreckt, aber wenn herauskäme, daß dies nicht die Tat eines einzelnen war...»

Rabbi Small stand entschlossen auf. «Es ist wohl besser, wenn ich jetzt gehe.»

Rabbi Karpis sah ein wenig verstört auf. «Ach so, ja... Nun, vielleicht ist es in der Tat besser, wenn das Gespräch in der Folge... ähem... ja... Jedenfalls vielen Dank, Rabbi Small, daß Sie vorbeigekommen sind. Tut mir leid, daß ich Ihnen schlechte Kunde bringen mußte, aber sicher ist es Ihnen auch lieber, wenn Sie genau wissen, wie die Dinge stehen.»

Der Anwalt zwinkerte Rabbi Small verschmitzt zu.

Während er die Treppe hinunterging, überlegte Rabbi Small, ob er Rabbi Karpis gegenüber fair war. Der Mann war schließlich als eine Art Verwaltungsdirektor in erster Linie für die Jeschiwa verantwortlich. Aus seiner Sicht hatte die Tatsache, daß die Arbeiterpartei die Einbeziehung des religiösen Establishments in die künftige Regierung erwog, Vorrang vor etwaigen Rücksichten Ish-Tov gegenüber. Eine solche Entscheidung würde der Jeschiwa mehr Mittel, vielleicht einen Erweiterungsbau, in jedem Fall größeren Einfluß bringen. Und für Rabbi Karpis war Ish-Tov nur ein junger Tunichtgut, dem die Rückkehr auf den Pfad der Tugend trotz kräftiger Nachhilfe nicht geglückt war.

Als Rabbi Small auf dem Weg zur Haltestelle an Skinners Haus vorbeikam, hörte er seinen Namen. Er blieb stehen, wandte sich um und blickte nach oben. Skinner winkte ihm aus einem Fenster im Obergeschoß zu, und jetzt kam auch Ismael auf ihn zugelaufen.

«Rabbi Small, Rabbi Small! Jim läßt fragen, ob Sie nicht einen Kaffee mit uns trinken wollen.»

Der Rabbi überlegte kurz. «Ja, gern. Vielen Dank.» Er folgte Ismael die Treppe hinauf in Skinners Büro.

«Wir wollten uns gerade zum Kaffee setzen, Rabbi, als ich Sie sah», sagte Skinner. Dann wandte er sich an Ismael. «Was können wir denn zum Kaffee anbieten?»

«Nur die Kekse, die Martha letzte Woche gebacken hat.»

«Die waren gar nicht übel. Schau mal nach, was du auftreiben kannst. Martha bereitet gewöhnlich für den Sonntag nichts vor», sagte er zu dem Rabbi. «Und Ismael und ich gehen zum Essen meist aus dem Haus.»

Wenig später kam Ismael mit einem Tablett zurück, auf dem eine Thermoskanne mit Kaffee, Sahne und Zucker, ein Teller mit Keksen und ein Teller mit gebuttertem Toast standen. «Mehr habe ich nicht gefunden», sagte er entschuldigend. Er bediente Skinner, dann stellte er zwei Tassen auf den Couchtisch, eine für den Rabbi und eine für sich. Dem Rabbi fiel auf, daß die Beziehung zwischen Skinner und Ismael seit seinem ersten Besuch wesentlich enger geworden war. Ismael hatte seine dienstbeflissene Scheu völlig verloren. Er nannte Skinner jetzt «Jim» statt «Mr. James», blieb zum Kaffeetrinken bei ihnen sitzen und beteiligte sich sogar an der Unterhaltung.

Sie sprachen von der politischen Lage im Land und von den Kämpfen im Libanon. Skinner erkundigte sich nach Miriam und Gittel. Der Rabbi versprach, mit den beiden zu reden, vielleicht könne Skinner ja mal zum Abendessen zu ihnen kommen.

Nach einer Stunde stand der Rabbi auf. «Fahr den Rabbi nach Hause, Ismael», sagte Skinner. «Sonst muß er in dieser mörderischen Hitze mindestens zwanzig Minuten auf den Bus warten.» Der Rabbi erhob höflichen Einspruch, ließ sich aber schließlich überreden.

Als er nach Hause kam, war Miriam wieder da, und er berichtete von seinem Besuch in der Jeschiwa, wobei er Mühe hatte, seine Bitterkeit zu unterdrücken. «Es ist wohl verständlich, daß er sich um die Jeschiwa sorgt. Von den jungen Leuten, die so eine Institution anlockt, haben etliche ein ziemlich wildes Leben geführt. Daß der eine oder andere mal mit den Gesetzen in Konflikt kommt, ist deshalb nicht so ganz erstaunlich. Aber Karpis geht es gar nicht so sehr um Ish-Tov als vielmehr um den Ruf seiner Schule. Und sein Anwalt hat natürlich die gleiche Einstellung.»

«Kann man denn wirklich nichts für den Jungen tun? Kannst du nichts unternehmen?»

«Soll ich ihm etwa einen Anwalt besorgen?»

«Das nicht, aber... Hör mal, wenn unsere Leute, die zu Barneys Bar Mizwa hergekommen sind, zusammenlegen und –»

«– und einen Verteidiger für ihn nehmen?» Er lachte. «Die haben gar kein Interesse an Ish-Tov, für die war das nur eine gute Gelegenheit, mir einen Tritt vors Schienbein zu geben. Du kannst ja Al Bergson fragen, wenn er heute abend kommt.»

«Das tu ich auch...»

«Und was könnte ein Anwalt deiner Meinung nach für den Jungen tun?»

«Gibt es denn gar nichts, was man zu seiner Verteidigung vorbringen könnte?»

«Eine Möglichkeit gäbe es vielleicht... Perlmutter hat auf dem Foto Grenish nicht erkannt, das könnte man ausbauen. Nur brauchte ich dazu Adoumi – oder den Leiter der Ermittlungen.»

«Da muß uns Gittel helfen.»

«Gittel?»

«Sie weiß bestimmt, wo Adoumi zu erreichen ist, und könnte ihn dazu bringen, den für die Ermittlungen zuständigen Beamten zu verständigen.»

Der Rabbi hatte Gittel schon im Einsatz erlebt. «Es wäre einen Versuch wert.»

«Siehst du da wirklich eine Chance, David? Hast du eine Idee?»

«Leider keine sehr zündende. Aber vielleicht kann ich zumindest einen kleinen Aufschub erreichen. Zur Zeit scheinen die Beteiligten es ja äußerst eilig zu haben, den Jungen vor Gericht zu bringen. Sie wollen ihn nicht als Zeugen aussagen lassen. Wahrscheinlich wird es zu einer Abmachung zwischen Anklagevertretung und Verteidigung kommen, zu einer verkürzten Haftstrafe, etwas in der Richtung.»

«Und wie willst du das verhindern?»

«Möglicherweise durch Perlmutters Aussage, die läßt sich ja nicht so ohne weiteres wegdiskutieren. Wenn Gittel es schafft, Adoumi herzuzitieren, könnte ich Perlmutter anrufen und ihn ebenfalls herbitten. Seine Aussage hat mehr Gewicht, wenn er sie persönlich vortragen kann.»

«Willst du dann Bergson absagen?»

«Ja, oder... Es kann nichts schaden, wenn er dabei ist, im Gegenteil, vielleicht ist es sogar ganz günstig.»

36

Gegen Gittel am Telefon war jeder Widerstand zwecklos. Als Adoumi ihr geduldig auseinandersetzte, er habe nichts mehr mit dem Fall zu tun, der werde jetzt bei der Polizei von Yaacov Luria bearbeitet, sagte sie: «Dann bringst du ihn eben mit, vielleicht ist es sogar besser, wenn ihr beide kommt.»

«Aber ich kann nicht mit Luria zu dir kommen, Gittel, um über polizeiliche Probleme zu reden. Es gibt bei uns so etwas wie Zuständigkeiten, und an die halten wir uns.»

«Jetzt hör mal gut zu, Uri. Yaacov ist der Sohn von Zippe Luria. Ich war mit ihr in der Haganah, wir waren wie Schwestern. Muß ich sie in Tel Aviv anrufen und ihr sagen, sie soll mit ihrem Jungen in Jerusalem telefonieren und ihn bitten, seiner alten Mutter einen Gefallen zu tun und ihre Freundin Gittel zu besuchen?»

«Schon gut, Gittel», sagte Adoumi ergeben. «Ich bespreche es mit Luria.»

Gittel legte auf. «Sie werden kommen, verlaßt euch drauf.»

Tatsächlich standen die beiden vor der Tür, als die Frauen gerade den Tisch abgedeckt hatten. Adoumi wollte Luria vorstellen, aber Gittel fiel ihm ins Wort. «Mich brauchst du nicht vorzustellen, ich kenne Yaacov schon seit... seit er bar mizwa ist.»

«Guten Abend, Gittel. Gut schaust du aus. Ich hatte schon gehört, daß du in Jerusalem bist, und hatte mir vorgenommen, irgendwann mal vorbeizukommen, aber –»

«– der leidige Dienst, ich weiß. Alles vergeben. Das ist meine Nichte Miriam, das ist ihr Mann, Rabbi Small. Aus Amerika.»

«Rabbi Small hat mir früher sehr geholfen», ergänzte Adoumi.

Bergson kam kurz danach, wenig später traf auch Perlmutter ein. «Sie kommen mir bekannt vor», sagte Adoumi zu ihm. «Irgendwo hab ich Sie schon mal gesehen.»

«Ich arbeite im *Hotel Excelsior,* dort haben Sie mich befragt, das heißt, Sie haben mir ein Foto gezeigt und gefragt, ob ich den Mann kenne.»

«Richtig, Grenishs Foto. Sie haben ausgesagt, daß Sie ihn nicht erkannt haben.»

«Der Mann auf dem Foto war nicht Professor Grenish», erklärte Perlmutter mit Nachdruck.

«Wie meinen Sie?»

«Kannten Sie ihn denn?» fragte Luria.

«Ich hatte ihn vorher noch nie gesehen, aber am Sonntagmorgen beim Frühstück habe ich ihn mir genau angeschaut, ich hätte ihn überall wiedererkannt. Das muß ich wohl ein bißchen näher erläutern. Ich bin Buchhalter und arbeite auch im *Excelsior* unter anderem in der Buchhaltung. Aber wenn man fünfundsiebzig ist –»

«Tatsächlich? Das sieht man Ihnen aber nicht an.»

«Besten Dank. In diesem Alter kann man es sich nicht mehr leisten, auf seine Würde zu pochen. Ich springe überall ein, wo jemand gebraucht wird, an der Rezeption oder beim Abhaken der Liste der Frühstücksgäste. Als ich mich an den kleinen Tisch am Eingang zum Speisesaal setzte, habe ich mir zunächst einmal meine Liste vorgenommen.»

«Warum?»

«Weil wir viele ausländische Gäste haben, Menschen aus aller Herren Ländern – Skandinavier, Südamerikaner, Franzosen, Italiener –, und ich mich mit ihren Namen vertraut machen wollte. Wenn sie mir dann ihre Zimmernummer und ihren Namen nennen, brauche ich mir den Namen nicht wiederholen oder buchstabieren zu lassen. Der Gast kommt und sagt: ‹Smith, 644›, ich sehe auf meine Liste, hake den Namen ab, lächele und sage: *‹B'tayavon!›* oder *‹Bon appétit,* Mr. Smith.›»

Luria warf Adoumi einen Blick zu. «Ein echter Israeli ist das noch nicht, wie?»

«Ach, wissen Sie», sagte Perlmutter entschuldigend, «viele Touristen, besonders die Gruppenreisenden, werden von den Reiseleitern und dem Hotelpersonal ständig derart herumkommandiert, daß sie froh und dankbar sind, wenn man sie als Gäste behandelt und ihnen zeigt, daß sie willkommen sind.»

«Gewiß, bloß ... Aber reden Sie nur weiter.»

«Als ich den Namen Grenish, Professor Abraham Grenish, sah, habe ich ihn mir gemerkt, habe mir sogar den Namen und die Zimmernummer notiert.»

«Warum?»

«Ich komme aus Polen. Unsere Stadt wurde von den Nazis überrannt, meine ganze Familie ausgelöscht. Ich entkam, weil ich damals geschäftlich in der Schweiz war. Auch die Familie meiner Frau wurde ausgerottet. Sie hieß mit Mädchennamen Grenitz, das heißt ‹Grenze›. Als ich den Namen Grenish auf der Liste sah, überlegte ich, ob er nicht ursprünglich Grenitz gewesen sein könnte. Das *itz* deutet auf Rußland oder Polen hin, es wäre naheliegend, die Endung in *ish* oder *ich* zu ändern, wenn man nach Amerika kommt. Nach Perlmutters zu suchen wäre sinnlos. Der Name hat keine tiefere Bedeutung, er klingt einfach hübsch – wie Goldberg oder Rosenzweig. All diese Namen haben die Juden angenommen, als ihnen vorgeschrieben wurde, sich im Amtsverkehr und für Volkszählungen Nachnamen zuzulegen. Ein Name, der ‹Grenze› bedeutet, wäre naheliegend für Menschen im Grenzland. Perlmutters gibt es überall in Osteuropa, Grenitz ist relativ selten.

Ich nahm mir also vor, den Professor in ein Gespräch zu verwikkeln und ihn zu fragen, ob seine Familie ursprünglich Grenitz hieß und aus unserer Stadt oder der näheren Umgebung kam.»

«Und weiter?»

«Ich übte, was ich und wie ich es sagen wollte. Zunächst wollte ich so tun, als hätte ich Mühe, den Namen zu finden, um mir sein Gesicht genau ansehen zu können, falls es da irgendwelche Familienähnlichkeiten gab. Und dann würde ich so tun, als hätte ich den Namen gefunden, und so nebenbei bemerken, meine Frau sei eine geborene Grenitz. Das lief zuerst auch so, wie ich es geplant hatte, aber noch ehe ich etwas über den Namen meiner Frau sagen konnte, holte mich der Hoteldirektor an die Rezeption, sie hatten dort einen Gast, der Russe oder Pole war, und brauchten mich zum Dolmetschen. An der Tür blieb ich noch einen Augenblick stehen und sah, wie der Professor zum Frühstücksbüfett ging. Ich habe ihn mir sehr genau angesehen. Es war nicht der Mann, dessen Foto Sie mir gezeigt haben.»

Seltsamerweise war es Al Bergson, der die erste Frage stellte: «Wo haben Sie Englisch gelernt?»

«In Kanada. Dort habe ich bis zu meiner Einwanderung nach Israel gelebt.»

«Ja, dann ist alles klar! Ihr Englisch ist nämlich ausgezeichnet.»

«Schönen Dank.»

Luria warf Bergson einen irritierten Blick zu, dann wandte er sich an Perlmutter. «Sie haben ihn nur dieses eine Mal gesehen?»

«Ja. Am Sabbat hakt einer der arabischen Mitarbeiter die Gäste ab.»

Lurias nächste Frage galt Adoumi. «Haben Sie dem Araber das Foto gezeigt?»

«Natürlich.»

«Sind Sie, nachdem Sie Ihren Auftrag an der Rezeption erledigt hatten, in den Speisesaal zurückgegangen?» wandte Luria sich wieder an Perlmutter.

«Ja. Grenish war schon weg, aber das machte mir nichts weiter aus, denn ich hatte erfahren, daß er das Zimmer für eine Woche gebucht hatte. Danach habe ich ihn nicht mehr gesehen.»

«Das verstehe ich nicht», sagte Luria. «Ish-Tov hat Grenish auf dem Foto und später den Mann selbst identifiziert. Und das Foto war sehr ähnlich.»

«Und Irrtümer bei Identifikationen sind gang und gäbe, besonders, wenn die Zeugen den Betreffenden nur einmal gesehen haben», fügte Adoumi hinzu.

«Ich habe mich nicht geirrt», sagte Perlmutter.

«Aber das bedeutet doch –» setzte der Rabbi an.

«Heraus mit der Sprache, Rabbi», drängte Adoumi. «Was bedeutet es?»

«Wenn der Tote in der Grube Professor Grenish war, muß der Mann, der in der Nacht vom Samstag auf Sonntag in seinem Hotelbett geschlafen und am Sonntag seinen Namen und seine Zimmernummer genannt hat, ein Betrüger gewesen sein. Dann stellt sich die Frage, wie er an Grenishs Schlüssel gekommen ist. Denkbar wäre, daß Grenish ihm den Schlüssel ausgehändigt hat. Wahrscheinlicher allerdings ist es, daß ihm der Schlüssel abgenommen wurde.»

«Warum ist das wahrscheinlicher?»

«Es ist vorstellbar, daß Grenish sich nicht wohl fühlte, daß er etwas aus seinem Zimmer brauchte und jemandem den Schlüssel gegeben hat mit der Bitte, es ihm zu holen. Würde aber ein solcher Bote die Nacht in seinem Zimmer verbringen und am nächsten Morgen im Hotel frühstücken? Nein, es sieht ganz danach aus, als habe man ihm den Schlüssel abgenommen.»

«Das erklärt aber noch immer nicht, wieso der Mann, der sich für Grenish ausgab, in dessen Hotel übernachtet hat.»

«Nein», gab der Rabbi zu. «Es sei denn, er hätte auf eine Nachricht, einen Anruf gewartet...»

Gittel spürte, daß der Rabbi unsicher geworden war und ins Schwimmen geriet. Sie wollte ihm Gelegenheit geben, sich wieder zu fangen. «Trinken wir erst mal einen Kaffee», sagte sie energisch.

Luria sträubte sich. «Nein, Gittel, ich möchte die Sache jetzt zu Ende bringen.»

«Wenn du mit deiner Mutter telefonierst, wirst du ihr bestimmt erzählen, daß du mich besucht hast, und so wie ich Zippe Luria kenne, wird sie dich fragen, was ich angeboten habe, und dann mußt du, Gott behüte, sagen, daß du in meinem Haus nichts bekommen hast. Das wäre ja noch schöner... Miriam, bring Obst und stell das Kaffeewasser auf.»

Luria warf Adoumi einen Blick zu. Dann zuckte er die Achseln. «Vielleicht könnten wir alle einen Kaffee gebrauchen.»

Während er langsam seinen Kaffee trank, nahm Luria den Gesprächsfaden wieder auf. «Nehmen wir mal an, daß Mr. Perlmutter recht hat und der Mann, der in der Nacht vom Samstag auf Sonntag Grenishs Bett benutzt und am nächsten Morgen im Hotel gefrühstückt hat, ein Betrüger war. Das bedeutet, daß der richtige Grenish sich am Samstagmorgen nach dem Frühstück nach Abu Tor begeben hat. Wie ist er da hingekommen? Hat er vom Hotel aus ein Taxi genommen? Das läßt sich leicht nachprüfen. Oder wollte er zu Fuß gehen? Hat er sich im Hotel nach dem Weg erkundigt? Oder ist er einfach losgegangen und dann ziellos –»

«Steht denn eindeutig fest, daß es der Samstag war?» fragte der Rabbi.

«Am Freitag kann es nicht gewesen sein, da war er in der Altstadt.»

«Woher wissen Sie das?»

«Da er nicht im Hotel gegessen hat, muß er seine Mahlzeiten in der Altstadt oder zumindest in Ost-Jerusalem eingenommen haben. Die Restaurants im jüdischen Teil der Stadt sind am Sabbat geschlossen. Außerdem glaubt einer unserer Leute, Grenish auf dem Foto erkannt zu haben. Ein Mann hat ihn nach einem Geschäft gefragt, das an diesem Tag geschlossen war, und er hat versucht, ihm die Sache zu erklären. Ach ja, und der Mann, auf dessen Grundstück die Leiche gefunden wurde, dieser Skinner, hat Grenish erkannt, als wir ihm das Foto gezeigt haben.»

«Waren denn Skinner und Grenish miteinander bekannt?» fragte der Rabbi überrascht.

«Nein, aber er kam gerade vorbei, als der Polizist, der kein Englisch spricht, seine französische Erklärung vom Stapel ließ, und da hat Skinner ein bißchen gedolmetscht. Wenn Grenish am Freitag in der Altstadt war, kann er nicht gleichzeitig in Abu Tor gewesen sein, von da ist es ziemlich weit zur Altstadt, und dort hätte er nicht essen können.»

«In Jerusalem gibt es überhaupt keine weiten Entfernungen, vielleicht von Gilo abgesehen», warf Bergson ein.

«Na gut», meinte Luria, «vielleicht war's also doch am Freitag.» Er wandte sich an Adoumi. «Gibt es Beweise dafür, daß er am Samstag nicht im Hotel war?»

Adoumi schüttelte den Kopf. «Ich habe, wie ich schon sagte, den Araber vernommen, der am Samstag die Hotelgäste zum Frühstück abhakt. Er hat den Mann auf dem Foto nicht erkannt.»

«Haben Sie den Namen Grenish genannt?»

«Natürlich nicht. Nennen Sie bei einer Gegenüberstellung die Namen und Berufe der Leute, die dort aufmarschieren?» Er blätterte in seinem Notizbuch. «Hier haben wir's. ‹Möglich, daß ich ihn gesehen habe›, sagte der Araber aus. ‹Aber ich erinnere mich nicht. Ich sehe so viele Leute... Ich gehe nach der Zimmernummer. Sie nennen die Zimmernummer, und ich hake sie ab.› Der einzige, der den Namen wußte, war der Hoteldirektor und... ja, richtig, der Sicherheitsbeamte, aber der gehört ja sozusagen zu unserem Team. Er hätte Grenish übrigens fast zu Gesicht bekommen. Hier ist seine Aussage: ‹Ich stehe gerade an der Rezeption, da sagt jemand: ‹Ich glaube, Sie haben Post für mich. Zimmer 713.› Ich sehe auf, und tatsächlich liegt in dem Fach von Zimmer 713 ein Brief. Ich schaue kurz hin und frage: ‹Grenish›, und er sagt: ‹Ganz recht.› Daraufhin habe ich ihm den Brief gegeben, ohne richtig hinzuschauen. Dann hat er sich abgewandt, und ich habe nur noch seinen Rücken gesehen.›»

«Das ist es!» stieß der Rabbi hervor. «Der Brief...»

«Der Brief?»

«Deshalb hat er in Grenishs Zimmer übernachtet – um an den Brief heranzukommen. Das würde auch erklären, daß er den ganzen Samstag geblieben ist. Am Freitag war noch nichts da, am Samstag kommt keine Post. Also blieb er bis Sonntag. Den Polizisten hat Grenish nach einem bestimmten Geschäft gefragt?»

Luria runzelte nachdenklich die Stirn. «So ganz genau hat der Polizist wohl nicht gewußt, was Grenish von ihm wollte. Aber das Geschäft, nach dem er fragte, ist das einzige in der Gegend, das am Freitag geschlossen ist, der Besitzer ist Druse. Die anderen Geschäftsleute sind Christen und schließen am Sonntag.»

«Ist dieses Geschäft irgendwie schon mal in Verdacht geraten, stand es unter Beobachtung? War der Polizist aus einem bestimmten Grund dort postiert?»

Luria schüttelte den Kopf und sah Adoumi an. «Als wir das Bekaa-Tal besetzt hatten», sagte dieser, «in dem die libanesischen Drusen leben, dachten wir... na ja, wir haben uns das Geschäft hin und wieder schon mal angesehen. Auf unsere Drusen – die meisten leben im Golan – können wir uns im allgemeinen verlassen, sie dienen in unserer Armee. Es kann aber durchaus sein, daß bei einigen die Bindung zu den Drusen im Libanon stärker ist als die Loyalität unserem Staat gegenüber. Wir haben deshalb das Geschäft so ein bißchen im Auge behalten. Warum fragen Sie?»

«Es kann natürlich reiner Zufall sein», sagte der Rabbi, «daß Grenish und Skinner zu gleicher Zeit am gleichen Fleck waren. Denkbar ist aber auch, daß Grenish dorthin ging, weil er eine Nachricht erwartete, die er früher oder später dort würde abliefern müssen, oder daß Skinner glaubte, er sei gekommen, um die Nachricht zu übergeben, und sei deshalb bestürzt, weil das Geschäft geschlossen war.»

«Skinner, der nette Mann, der dir bei dem Gepäck geholfen hat?» fragte Gittel ganz entsetzt. Miriam lächelte. Sie spürte, daß ihr Mann nur Möglichkeiten aufzählte, um die Ermittlung, die sich ganz auf Ish-Tov konzentriert hatte, auch in andere Richtungen zu lenken.

Luria lachte, aber Adoumis Augen verengten sich. «Meinen Sie das im Ernst?»

«Warum nicht? Reine Zufälle sind durchaus nicht so häufig, wie man denkt. Nehmen wir einmal an, daß Skinner Grenish gefolgt ist.» Er wandte sich an Adoumi. «Wie Sie sagen, stand Grenish auf einer Ihrer Listen, weil er mit einem angesehenen arabischen Professor in Harvard befreundet war. Nehmen wir weiter an, der Professor habe Grenish gebeten, eine Nachricht – eine schriftliche Nachricht, die man ihm mit der Post ins Hotel schicken würde – in das bewußte Geschäft in der Altstadt zu bringen. Skinner bekommt Wind von dem Vorhaben – vielleicht hat er einen Kontaktmann in der Hotelhalle, der ihm Grenishs Ankunft meldet –, er folgt dem Professor, beobachtet ihn vor dem geschlossenen Geschäft, glaubt, er mache sich Sorgen, weil er nun die ihm anvertraute Nachricht nicht los wird. Skinner vermittelt bei Grenishs Gespräch mit dem Polizisten, dann gehen sie zusammen weiter, sehen sich Schaufenster an und plaudern miteinander. Vielleicht gehen sie in irgendein Restaurant und essen gemeinsam zu Abend. Vielleicht lädt Skinner ihn auch zum Essen nach Hause ein. Oder auf einen Drink nach dem Essen im Restaurant. Sie gehen zu Fuß – es war ein schöner Abend –, oder nehmen sich von der Altstadt aus ein Taxi, oder Skinners Wagen steht in der Nähe, und dann ist auch Ismael, sein arabischer Verwalter, nicht weit. Skinner selbst setzt sich nicht ans Steuer. Im Haus war Ismael in jedem Fall.»

«Woher wollen Sie das wissen?» fragte Luria.

«Ismael wohnt bei Skinner. Die Haushälterin kommt morgens, macht das Frühstück, das Mittagessen und den Hausputz, dann bereitet sie das Abendessen vor und geht gegen fünf wieder heim. Ismael dagegen ist ständig da und ist über alles informiert, was im

Haus vorgeht. Außerdem wurden für das, was sich dort abgespielt hat, zwei Leute gebraucht.»

«Und was hat sich dort abgespielt, David?» fragte Miriam.

«Ich möchte annehmen, daß Skinner den Brief von Grenish verlangt hat. Grenish hat sich vielleicht gewehrt, oder er hat getan, als wüßte er nicht, wovon Skinner und Ismael reden. Vielleicht hat er versucht, das Haus zu verlassen, und die beiden haben ihn zurückgehalten. Denkbar ist natürlich auch, daß Grenish ihnen einfach die Wahrheit gesagt hat: Er habe den Brief nicht bei sich, sondern erwarte ihn erst noch mit der Post. Als Ismael und Skinner den Brief nicht bei ihm finden, beschließen sie, in seinem Hotelzimmer danach zu suchen. Selbst wenn Grenish sich nicht gewehrt hat, durften sie nicht riskieren, daß er um Hilfe schrie. Schließlich und endlich ist nebenan die Jeschiwa. Also klebten sie ihm mit einem Stück Heftpflaster den Mund zu.»

«Das wissen Sie auch schon?» staunte Luria.

«Ich habe es heute von Rabbi Karpis erfahren, dem Direktor der Jeschiwa. Woher er es hat, weiß ich nicht. Jetzt aber müssen sie ihm auch die Hände fesseln, damit er sich das Heftpflaster nicht abreißt, und vielleicht auch die Füße. Damit sind mindestens zwei Leute nötig, einer, der ihn festhält, während der andere mit dem Heftpflaster hantiert.»

«Und dann ist Skinner ins Hotel gegangen?» fragte Bergson.

Der Rabbi schüttelte den Kopf. «Nein. Ich nehme an, daß die beiden zu diesem Zeitpunkt voller Entsetzen feststellten, daß ein Toter vor ihnen lag. Grenish hatte eine Erweiterung der Aorta abdominalis, und durch das Gerangel, durch den Versuch, sich der Fesseln zu entledigen, vielleicht auch durch Angst und Wut, kam es zu einer Ruptur. Sicher haben sie sofort die Fesseln gelöst und Wiederbelebungsversuche angestellt. Als das nichts half, standen sie vor dem Problem, die Leiche verschwinden zu lassen. Schließlich einigten sie sich darauf, den Toten in die Grube zu legen und so weit mit Erde zu bedecken, daß er nicht mehr zu sehen war.»

«Warum haben sie ihn nicht einfach in einen Wagen gepackt und irgendwo weit draußen abgelegt?» wollte Bergson wissen.

Der Rabbi lächelte. «In den Staaten, besonders in unserer Gegend, findet man wenige Meter hinter einer Ortschaft immer irgendwelche Waldstücke am Straßenrand. Ein dort versteckter Toter bleibt möglicherweise tage- oder sogar wochenlang unentdeckt. Hier aber gibt es in Straßennähe allenfalls dürftigen Baumbestand und so gut wie kein Unterholz. Hätten sie den Toten an den Straßenrand gelegt, hätte man ihn in den frühen Morgenstunden, vielleicht noch in der Nacht gefunden.

«Sie hätten ihn im Haus behalten können», sagte Bergson.

«Nicht, wenn sie am nächsten Tag die Haushälterin erwarteten», wandte Miriam ein.

«Sie sagten, die beiden hätten ihn nur so weit mit Erde bedeckt, daß er nicht mehr zu sehen war», sagte Bergson. «Hätten sie die Grube sofort zugeschaufelt, wäre doch alles in Ordnung gewesen, dann hätte man den Mann nie gefunden.»

«Das ging nicht», sagte der Rabbi. «Skinner rechnete am Montag mit dem Besuch des Sachbearbeiters vom Amt für Altertümer. Hätte der gesehen, daß die Grube aufgefüllt war, hätte er vielleicht Skinner nicht zur Rechenschaft gezogen, möglicherweise hätte er aber nachgraben wollen, und dabei wäre er auf die Leiche gestoßen. Statt dessen haben Skinner und sein Helfershelfer nur eine dünne Schicht Erde aufgebracht...» Er überlegte einen Augenblick, dann hatte er des Rätsels Lösung. «Sie wollten ihn wieder ausgraben, das ist es! Sobald sie den Brief hatten, konnten sie sich der Leiche entledigen, dann spielte es keine Rolle mehr, wann und von wem sie gefunden wurde.»

«Was ist also Ihrer Meinung nach geschehen?»

«Im Hotelzimmer war der Brief nicht, Skinner konnte nur hoffen, daß er am Sonntag mit der Post eintreffen würde. Das geschah. Er brauchte am Sonntagabend also nicht mehr ins Hotel zu gehen. Ich schätze, daß er den Brief irgendwo versteckt, ihn irgendwelchen Leuten gezeigt oder versucht hat, ihn zu verkaufen.»

«Haifa», stieß Luria hervor. «Er sagte, er sei am Sonntagmorgen nach Haifa gefahren und erst abends zurückgekommen. Dann, sagte er, habe er nach Hebron fahren müssen, sei aber zwischendurch kurz zu Hause gewesen.»

Der Rabbi nickte. «Was er in Hebron oder in Haifa gemacht hat, weiß ich natürlich nicht und kann es auch nicht vermuten, aber ich bin ziemlich sicher, daß er am Sonntagabend noch einmal im Haus war, um die Leiche auszugraben und irgendwo zu deponieren.»

«Ja, und dann?»

«Das ging aber nicht, weil die Grube bereits zugeschaufelt war. Von Ish-Tov oder von Ish-Tov und einem Freund. Ich habe mit Ish-Tov gesprochen, der Anwalt der Jeschiwa hatte mich mitgenommen. Als ich ein paar Minuten mit dem Jungen allein war, fragte ich ihn, weshalb er die Grube zugeschaufelt habe. Nach einer Weile rückte er mit der Sprache heraus. Er habe es einem Freund in der Jeschiwa zuliebe getan, der gehöre zu den Kohanim und habe Angst gehabt, es könne sich bei den Ausgrabungen um Reste eines alten Friedhofs handeln, und die Knochen der Toten könnten ihn verunreinigen.»

«Sie machen Witze», sagte Bergson. «Oder er hat Sie auf den Arm genommen.»

«Bestimmt nicht. Er selbst war nicht sonderlich beunruhigt, aber er wußte, daß sein Freund sich darüber Gedanken machte. Als ich sagte, Skinner habe doch deswegen Ärger mit den Behörden bekommen können, störte ihn das überhaupt nicht. Im Gegenteil, er fand das ganz gut, Skinner ist ja ein Goj und somit ein Ungläubiger.»

Gittel schnalzte mißbilligend mit der Zunge. «Was die den Jungen in so einer Jeschiwa alles beibringen...»

«So etwas bringen sie ihnen in der Jeschiwa bestimmt nicht bei», erklärte Miriam energisch. «Oder was meinst du, David?»

«Nein, das glaube ich eigentlich auch nicht. Obwohl natürlich einige der Schüler... und die Atmosphäre, die in so einer Einrichtung entsteht...»

Bergson wandte sich an Luria. «Ist damit der junge Goodman – oder Ish-Tov oder wie er sich nennt – aus dem Schneider?»

Luria überlegte. «Es ist ein interessantes Szenario – mehr nicht. Wir haben keinerlei Beweise. Ich könnte mit dem Anklagevertreter darüber sprechen, und er könnte weitere Ermittlungen in Gang setzen, aber –»

Der Rabbi hüstelte leicht verlegen. «Es gäbe eine Möglichkeit, das Beweismaterial zu beschaffen, das wir brauchen. Wenn es gelänge, Skinner mit Aharon Perlmutter zu konfrontieren...»

«Sie meinen, wir könnten Skinner ins *Excelsior* locken?» Adoumi schüttelte den Kopf. «Da riecht er sofort den Braten.»

«Ich habe ihm gesagt, daß wir vielleicht noch einmal auf seine Aussage zurückkommen müssen», meinte Luria. «Wenn ich ihn zu mir bitte und er in meinem Büro Mr. Perlmutter vorfindet –»

«Im Präsidium? Er würde behaupten, es sei ein abgekartetes Spiel, und da würde ihm jeder Richter recht geben», sagte Adoumi. «Nein, wir brauchen einen neutralen Treffpunkt. Ich will Ihnen was sagen: Gleich morgen früh, ehe er aus dem Haus geht...»

Sie besprachen den Plan ausführlich, und bis die Besucher aufbrachen, war es fast Mitternacht geworden. Als Bergson zur Tür ging, sagte der Rabbi: «Wenn Sie morgen nach Eilat fahren, sehen wir uns erst in den Staaten wieder, Al.»

«Wo denken Sie hin, David? Soll der Reiseleiter mit der Gruppe nach Eilat fahren. Ich bleibe hier. So ein Ereignis lasse ich mir nicht entgehen!»

Luria betrachtete die Karte, die er auf seinem Schreibtisch ausgebreitet hatte. Dann griff er zum Telefon. «Sie haben nach allen Seiten gute Sicht, Uri?»

«Keinerlei Probleme.»

«Alle Mann in Stellung?»

«Zwei Mann an der Bushaltestelle, zwei Mann in dem Wagen vor der Jeschiwa. Haben Sie weiter unten auch einen Wagen postiert?»

«Einen Laster. Um einen Personenwagen könnte er herumkommen, oder er verliert die Nerven, rammt das Fahrzeug und richtet Schaden an.»

«Gute Idee.»

«Perlmutter ist startbereit und weiß, was er zu tun hat?»

«Bei uns ist alles klar. Wenn er ihn nicht erkennt, läuft er einfach weiter, wenn er ihn identifiziert hat, geht er auf ihn zu und begrüßt ihn freudig.»

«Gut, dann rufe ich jetzt an. Bleiben Sie dran, ich gehe auf eine andere Leitung.»

Luria führte sein Telefongespräch in nachdrücklichem Amtston, der keinen Widerspruch duldete. Er hörte sich die Antwort an, sagte noch etwas und schloß: «Gut, ich erwarte Sie.» Dann legte er auf und schaltete wieder auf Adoumi.

«Er müßte gleich kommen.»

«Gut. Da bringt Ismael schon den Wagen... Er wartet mit laufendem Motor am Gehsteig... Die Haustür geht auf... Er kommt den Weg herunter. Ich habe Perlmutter ein Zeichen gegeben.»

Perlmutter setzte sich in Bewegung, während Skinner auf den wartenden Wagen zulief. Als die beiden noch knapp drei Schritte voneinander entfernt waren, ging ein freudiges Lächeln über Perlmutters Gesicht. Mit ausgestreckten Händen kam er auf Skinner zu. «Professor Grenish! Wie nett, Sie zu sehen.»

«Wer... was...»

«Erinnern Sie sich nicht an mich? *Hotel Excelsior*...»

Die beiden Männer, die an der Bushaltestelle gestanden hatten, kamen über die Straße. Als Ismael sie sah, legte er den Gang ein und brauste mit aufjaulendem Motor los, mußte aber gleich darauf scharf bremsen. Ein Laster war auf die Kreuzung gerollt und versperrte ihm den Weg. Aus den nahe gelegenen Häusern liefen mehrere Männer auf ihn zu.

Skinner war umzingelt. Zu den beiden Männern von der Haltestelle waren noch die zwei gekommen, die aus dem geparkten Wagen gestiegen waren. Er sah, wie sein Wagen angehalten und Ismael herausgezerrt wurde.

«Der verdammte Narr», stieß er hervor. «Dieser gottverdammte Narr.»

37

Adoumi hatte sich mit dem Rabbi und Bergson in Bergsons Zimmer im *King David* verabredet und ließ sich die unvermeidliche Tasse Kaffee geben. «Der Fall war also doch mein Bier», sagte er.

«Haben Sie den Brief gefunden?» fragte Bergson. «Was wurde da eigentlich gespielt?»

Adoumi überhörte die Frage. Er wandte sich an den Rabbi. «Auf diese Lösung sind Sie doch sicher nicht erst gestern abend gekommen. Sie müssen Skinner schon länger in Verdacht gehabt haben.»

«Hat er ein Geständnis abgelegt?»

«Nicht direkt, aber wir haben ihn und den Araber getrennt vernommen und können uns jetzt in etwa zusammenreimen, wie es gelaufen ist. Wann sind Sie zum erstenmal auf ihn gekommen?»

Der Rabbi lächelte. «Mein Ausgangspunkt war eigentlich nicht Skinner, sondern Ish-Tov. Besonders sympathisch war der junge Mann mir ja nicht, dennoch schien es schwer vorstellbar, daß er nach so vielen Jahren mit Grenish in einen derart heftigen, ja tödlichen Streit geraten sein sollte, selbst wenn man berücksichtigt, daß Grenish wegen seiner Aortenerweiterung besonders anfällig war. Dann erfuhr ich, daß man Grenish den Mund mit Heftpflaster verklebt hatte und ihm möglicherweise mit Heftpflaster auch noch Hände und Füße gefesselt hatte. Jetzt stand für mich fest, daß es Ish-Tov nicht gewesen sein konnte. So etwas muß man im Haus machen oder in unmittelbarer Nähe eines Hauses. Daß der Junge ständig mit einer Rolle Heftpflaster in der Hosentasche herumlief, konnte ich mir nun wirklich nicht vorstellen. Wie aber kamen, wenn Goodman es nicht gewesen war, seine Fingerabdrücke auf den Spaten? Er hatte zugegeben, daß er die Grube zugeschaufelt hatte. Warum hatte er dann den Toten nicht gesehen? Soweit war ich mit meinen Überlegungen gekommen, als ich mit Mr. Bergson und anderen Mitgliedern unserer Gemeinde einen Rundgang durch die Altstadt machte. Einer aus unserer Gruppe fragte den Führer, wie es käme, daß hier eine Stadt über der anderen errichtet worden war. Warum man nicht, wenn man ein Fundament legte und auf altes Mauerwerk stieß, alles ausgrub und den alten Keller mitbenutzte. Der Führer meinte, es sei eben einfacher, über den Ruinen neu aufzubauen.»

«Ja, und genau an diesem Punkt haben Sie sich von der Gruppe abgesetzt und gesagt, Sie wollten zu Fuß nach Hause gehen», bemerkte Bergson.

«Sehr richtig. Mir war etwas eingefallen. Wenn der Tote so weit mit Erde bedeckt war, daß man ihn nicht sehen konnte, war es durchaus möglich, die Grube zuzuschaufeln, ohne zu merken, daß eine Leiche darin lag. Das wollte ich durchdenken. Sehr weit bin ich damit allerdings nicht gekommen. Daß Skinner etwas mit der Tat zu tun haben könnte, hätte ich mir nie träumen lassen. Dieser liebenswürdige Mann, der mir auf dem Flughafen Lod mit meinem Gepäck geholfen hatte, der mit uns nach Jerusalem gefahren war, der mich zum Kaffee in sein Haus gebeten hatte, sollte in solche Machenschaften verwickelt sein? Nachmittags fuhr ich zur Jeschiwa, wo Rabbi Karpis mir und dem Anwalt berichtete, was er von der Fesselung Grenishs mit Heftpflaster erfahren hatte. Als ich an Skinners Haus vorbei zur Bushaltestelle ging, begrüßte mich Skinner vom Fenster aus. Ismael lief mir nach, um mich zum Kaffee einzuladen. Bei meinem ersten Besuch dort war Ismael Skinner gegenüber sehr unterwürfig und beflissen gewesen. Er hatte nur für Skinner und mich Kaffee gebracht und war rückwärts aus dem Zimmer gegangen. Mehr als ein ‹Ja, Mr. James› und ‹Nein, Mr. James› hatte er nicht herausgebracht.»

«Nicht ungewöhnlich für einen Araber, der mit seinem Boss spricht», sagte Adoumi.

«Eben. Aber diesmal nannte er ihn ‹Jim› und setzte sich zum Kaffee zu uns. Natürlich konnte es sein, daß dem Amerikaner Skinner neulich diese so offensichtlich zur Schau getragene Kriecherei peinlich gewesen war, besonders wenn ein Landsmann sie miterlebte. Doch ich hatte den Eindruck, daß die beiden nicht mehr in einer Herr-Diener-Beziehung zueinander standen, sondern gleichberechtigte Partner waren, und daß Ismael sich in seiner Stellung sehr sicher fühlte. Daß er, um es ganz deutlich zu sagen, James Skinner irgendwie in der Hand hatte. Und dann dachte ich an etwas, was Sie einmal zu mir gesagt hatten.»

«Was ich gesagt hatte?» wiederholte Adoumi.

«Ja. Daß in neunzig Prozent aller Fälle die naheliegendste Lösung die richtige ist. Wenn nun etwas im Garten hinter einem Haus vergraben ist, was liegt näher als die Vermutung, der Hausbesitzer könnte es dort vergraben haben?»

«Stimmt, so was in der Richtung habe ich mal gesagt.»

«Beim Minjan habe ich deshalb mit meinem Freund Perlmutter gesprochen. Und dann habe ich mir gedacht, daß man ihm die Gelegenheit geben sollte, Luria und Ihnen seine Geschichte zu erzählen.»

Adoumi schwieg eine Weile und trommelte mit den Fingern auf der Sessellehne herum. Dann stand er ziemlich unvermittelt auf. «Tja, ich muß jetzt los. Schönen Dank für den Kaffee, Mr. – äh – Bergson. War nett, Sie kennenzulernen. Und auch Ihnen schönen Dank, Rabbi, Sie haben mir wieder einen Dienst erwiesen, und ich stehe in Ihrer Schuld. Es könnte sein, daß ... na, egal. Wir sehen uns vor Ihrer Abreise noch, Sarah soll mit Gittel etwas verabreden.» Er schüttelte beiden ziemlich förmlich die Hand und verschwand.

«Das war's also», sagte Bergson. «Kein Wort von dem Brief. Meine Frage hat er einfach übergangen.»

«Kein Wunder. Es geht offenbar um Sicherheitsprobleme. Er ist ja nicht bei der Polizei, sondern beim Shin Bet, das entspricht etwa unserem FBI.»

«Ja, ich weiß. Was wird denn nun aus Goodman?»

«Den werden sie bestimmt laufenlassen.»

«Danach, meine ich. Geht er zurück in die Jeschiwa, oder will er nach Hause? Falls er nach Hause will und knapp bei Kasse ist, könnte ich vielleicht bei der El Al was für ihn tun, vermutlich läßt sich ein Freiflug oder zumindest ein günstiger Tarif aushandeln. Ich schanze denen genug Geschäfte zu.»

«Morgen bin ich bei Rabbi Karpis, dann gebe ich Ihnen Bescheid.»

«Ich rufe Sie von Eilat aus mal an.»

38

Erst eine Woche vor der Abreise meldete sich Adoumi wieder. Der Rabbi war am Apparat.

«Hier Uri.»

«Uri?»

«Uri Adoumi.»

«Ach so, natürlich. Wie geht's Ihnen – äh – Uri?»

Zum erstenmal hatte Adoumi im Gespräch seinen Vornamen genannt. Das war wohl als ein Zeichen freundschaftlicher Annäherung zu werten.

«Sarah hat von Gittel erfahren, daß Sie nächste Woche abreisen.»

«Stimmt. Am Montag.»

«Ich dachte, Sie würden länger bleiben.»

«Ich muß wieder an die Arbeit. Am Samstag steht schon eine Trauung auf meinem Terminplan.»

«Und wie kommen Sie nach Lod? Haben Sie das schon geklärt?»

«Nein, ich habe an ein *sherut*-Taxi gedacht, morgen oder übermorgen wollte ich mal dort im Büro vorbeigehen.»

«Nicht nötig, ich fahre Sie hin.»

«Das ist sehr nett von Ihnen, aber wir müssen sehr früh los, gegen sechs.»

«Na und? Ich bin um sechs bei Ihnen.»

Der Rabbi spürte, daß dieses Angebot so etwas wie eine Entschuldigung darstellte, und machte deshalb nicht die üblichen höflichen Ausflüchte. «Sehr schön», sagte er, «dann erwarten wir Sie gegen sechs.»

Diesmal gab es keine Probleme mit dem Gepäck, denn Adoumi fuhr mit einem geräumigen Kombiwagen vor. Der Rabbi kam auf den Beifahrersitz, Miriam setzte sich nach hinten. Sobald das Stadtgebiet hinter ihnen lag und sie über die Schnellstraße in Richtung Tel Aviv rollten, sagte Adoumi: «Sie haben sich wahrscheinlich schon gewundert, warum ich mich nicht früher bei Ihnen gemeldet habe, ich hatte es Ihnen schließlich versprochen. Es ist einfach so, daß der Fall erst in der letzten Woche abgeschlossen worden ist.»

«In der Zeitung habe ich nichts darüber gefunden.»

«Natürlich nicht. Sie haben auch nichts über Skinners Verhaftung gelesen, ja nicht einmal über die Verhaftung des Jungen aus der Jeschiwa. Es war eine Frage der inneren Sicherheit. Aber in den letzten Tagen ist die Sache dann doch durch die Presse gegangen...»

«Wirklich? Das muß ich übersehen haben.»

Adoumi lachte vor sich hin. «Ausgeschlossen. Es war überall der Aufmacher. Gestern lautete die Schlagzeile: DRUSENVORSTOSS AUF BEIRUT. Ist Ihnen klar, daß Sie unsere Politik in eine andere Richtung gelenkt haben?»

«Ich?»

«Da staunen Sie, was? Der Brief, der Grenish mit der Post zugeschickt wurde und der Skinner in die Hände fiel, enthielt eine Skizze und eine Beschreibung, die zu einem großen Waffenversteck der PLO in einer Höhle des Bekaa-Tales führte. Man hätte mit dem Zeug eine kleine Armee ausrüsten können – Handfeuerwaffen, MGs, Mörser. Als wir den arabischen Text übersetzt hatten und begriffen, was da vor uns lag, haben wir den Fall dem Oberkommando übergeben. Der Brief ist auf höchster Ebene besprochen worden. Das Waffenlager lag mitten im Drusengebiet, nach Ansicht der Militärs hätte uns der Versuch, die Waffen da rauszuholen, dreißig bis fünfzig Tote gekostet, und das hätte sich nicht gelohnt. Hätte man die Waffen aber dort einfach liegenlassen, hätten sie sich früher oder später andere Leute geschnappt, wahrscheinlich die Syrer. Skinner und sein arabischer Spezi Ismael wollten nämlich den Plan an den Meistbietenden verkaufen. Wenn sich nichts getan hätte, wäre ein zweiter Brief gekommen, oder jemand wäre per Zufall auf das Waffenlager gestoßen wie der Ziegenhirte, der die Schriftrollen vom Toten Meer gefunden hat. Schließlich wurde entschieden, den Brief den Drusen zuzuspielen. Wir hätten uns von Anfang an mit ihnen zusammentun sollen statt mit Gemayels Christen. Die Drusen wußten das zu schätzen. Jetzt können sie sich selbst vor den Syrern, Schiiten und Christen schützen. Natürlich konnten sie nicht zugeben, daß wir ihnen geholfen hatten, denn dann hätten sich alle Araber einmütig gegen sie gestellt, aber sie wissen, was wir für sie getan haben.»

«Das also steckt hinter dem Drusen-Vorstoß auf Beirut?»

«Genau. Überlegen Sie doch mal... Es sind die ersten Waffen, die sie ohne jede Vorbedingung bekommen haben.»

«Verstehe.»

«Die Sache ist noch geheim, Rabbi, also erzählen Sie bitte Ihren amerikanischen Freunden nicht, was für ein großes Licht Sie sind, ja?»

«So was würde David nie tun», sagte Miriam empört.

«Und was wird nun aus Skinner und Ismael?»

Adoumi zuckte die Schultern. «Wer weiß... Ismael behauptet, Skinner habe den Plan ausgeheckt, und Skinner sagt, es sei Ismaels Schuld, daß Grenish gestorben ist, wenn man überhaupt von Schuld sprechen könne. Vielleicht ist es zu einem Kuhhandel gekommen. Es würde mich nicht wundern, wenn er jetzt sein Haus an die Jeschiwa abtreten müßte. Der Innenminister gehört schließlich einer der extremen religiösen Parteien an. Sicher ist nur eins: Bei Ihrem nächsten Besuch in Jerusalem wird Skinner Sie bestimmt nicht zum Kaffee einladen.»

Adoumi hielt vor der Abflughalle. Die beiden Männer luden die Koffer aus, und Miriam holte einen der Gepäckwagen, die in langer Reihe am Eingang standen. Sie stellten die Koffer darauf, und während der Rabbi den Wagen zum Eingang rollte, sagte Adoumi: «Ach, Rabbi, könnten Sie so nett sein, diesen Brief für mich einzustecken, wenn Sie in Boston ankommen?» Er holte einen Umschlag aus der Innentasche seines Sakkos. «Eine amerikanische Briefmarke ist schon drauf. Sie brauchen ihn nur noch in einen Kasten am Flughafen zu werfen.»

Der Rabbi las die Adresse. «Professor El Dhamouri... Der Mann, der auf einer Ihrer Listen steht?»

«Ganz recht. Es ist nur ein Ausschnitt aus der *Jerusalem Post,* der ihn interessieren dürfte – und ihm vielleicht auch ein bißchen zu denken gibt.»

Der Rabbi hatte sich zwar vorgenommen, am Tag nach der Rückkehr länger im Bett zu bleiben und sein Morgengebet zu Hause zu sprechen, aber früh um fünf war er hellwach und konnte nicht mehr einschlafen. Während Miriam noch friedlich schnaufte, zog er sich leise an und ging nach unten. Und weil er schon einmal auf war, lief er gemächlich durch den kühlen Spätsommermorgen zum Tempel. Er war der erste, aber wenig später gesellte sich Al Bergson zu ihm.

Nach den üblichen Begrüßungsfloskeln sagte Bergson: «In Eilat habe ich unserer Gruppe erzählt, was geschehen ist, und was soll ich Ihnen sagen, David – als sie hörten, daß man Goodman in ein, zwei Tagen entlassen würde, hat Barney Berkowitz sich sofort erboten, dem Jungen den Flug zu zahlen, falls er jetzt wieder nach Hause wollte.»

«Das war sehr anständig von ihm.»

«Finde ich auch.» Bergson zögerte einen Augenblick. «Wär schön, wenn Sie ihm das sagen würden, David, er würde sich bestimmt freuen.»

Der Rabbi sah ihn scharf an. «Na gut, wenn ich ihm wieder mal über den Weg laufe...»

«Heute früh wäre eine gute Gelegenheit, er kommt bestimmt zum Minjan. Seit seiner Bar Mizwa hat er noch keinen Tag gefehlt. Er hat dann den Flug für Goodman doch nicht zu zahlen brauchen. El Al hat ihm auf mein Betreiben einen Freiflug spendiert. Aber es ist die Idee, die zählt, und wenn ich es nicht hätte deichseln können, hätte B. B. die Kosten übernommen.»

«Sehr richtig, Absicht ist die Seele der Tat. Kommt denn der junge Goodman auch zum Minjan? Und nennt er sich noch Ish-Tov?»

«Ich habe ihn hier überhaupt noch nicht gesehen, vielleicht ist er gar nicht in der Stadt, besucht irgendwo Freunde oder Bekannte... Bei mir hat er sich jedenfalls noch nicht gemeldet. Warum er wohl nicht zum Minjan kommt? Haben Sie ihn gesprochen? Ob er sauer ist?»

«Ihn selbst habe ich nicht gesprochen, ich war aber noch einmal bei Rabbi Karpis, dem Direktor der Jeschiwa. Offenbar war Ish-Tov der Meinung, die Jeschiwa habe es nicht allzu eilig gehabt, ihn wieder freizubekommen.»

«Und Sie meinen, daß er darauf sauer reagiert hat? Da ist ja Barney! Guten Morgen, Barney.»

«Tag, Al. Ach, und Rabbi Small. Herzlich willkommen in der Heimat. Wann sind Sie –»

«Gestern nachmittag.»

«Haben Sie den Sohn der Goodmans gesprochen, nachdem –»

«Nachdem er entlassen worden ist? Nein, ich habe in der Jeschiwa nach ihm gefragt, aber er war nicht mehr da. Ich habe gehört, daß Sie angeboten hatten, ihm den Rückflug zu bezahlen. Das war sehr nett von Ihnen, Mr. Berkowitz.»

«Nennen Sie mich doch B. B. Meine Frau kauft fast täglich dort. Wenn Rose sich um ihren Sohn grämen müßte, könnte ihr am Ende noch die Milch gerinnen, und das ist nicht gut fürs Geschäft.» Er lachte über seinen Witz.

Der Rabbi lächelte. «Das ist natürlich nicht von der Hand zu weisen.» Er sah sich um und zählte schnell. «Wie ich sehe, sind wir zehn. Hätten Sie Lust, den Vorleser zu machen, B. B.?»

«Nein, nein, übernehmen Sie das. Sie sind heute der Gast.» Er lachte wieder.

«Nun gut.» Der Rabbi nahm seinen Platz an dem gegenüber dem Thoraschrein stehenden Lesepult ein. Er sah rasch zu Bergson hinüber, der ihm verschmitzt zublinzelte, dann schlug er das Gebetbuch auf.

Nach dem Gottesdienst blieb der Rabbi noch eine Weile stehen, ließ Begrüßungen, Klatsch und Schmus über sich ergehen, dann machte er sich auf den Heimweg. Goodmans kleiner Supermarkt machte gerade auf. Louis Goodman stellte eine Reihe von Einkaufswagen vor dem Laden bereit und rüttelte die ineinandergeschobenen Drahtgefährte zurecht, bis sie schön ordentlich vor seinem Schaufenster standen. Dann wischte er sich die Stirn. «Scheint ein warmer Tag zu werden. Ach, Sie sind's, Rabbi. Wann sind Sie denn gekommen?»

«Gestern nachmittag.»

«Da haben Sie sich einen schönen Tag ausgesucht, gestern schien zum erstenmal seit über einer Woche wieder die Sonne. Die ganze letzte Woche hat es geschüttet.» Er machte eine verlegene Pause.

«Ich hab gehört, daß Sie unserem Jordan unter die Arme gegriffen haben, als er da drüben Ärger gekriegt hat. Wir sind Ihnen sehr dankbar, Rose und ich.»

«Wie geht's ihm denn?»

«Danke, gut. Er hat angerufen und gesagt, daß er in ein paar Tagen mal vorbeikommt.»

«Ach, und ich dachte, daß er Israel schon vor längerer Zeit verlassen hat.»

«Ja, in den Staaten ist er schon, aber er hat in New York Station gemacht, von da hat er mich auch angerufen.»

«Es ist aber doch hoffentlich alles in Ordnung?»

«Ich denke schon. Aber wie's so geht... Er landet in New York und wartet in der Abflughalle von Kennedy auf seinen Anschluß nach Logan, da kommen drei, vier von diesen Chassidentypen aus Williamsburg auf ihn zu und sprechen ihn an.» In seiner Stimme schwang jetzt Zorn. «Und die reden so lange auf ihn ein, bis er nach Williamsburg mitfährt, und da ist er nun.»

«Aber er kommt in ein paar Tagen nach Hause?»

«Gesagt hat er's jedenfalls.»

«Vielleicht kommt er dann mal bei mir vorbei.»

«Ich richt's ihm aus, Rabbi, da können Sie sich drauf verlassen.»

Die Sekretärin öffnete die Briefe, die mit der ersten Post gekommen waren – es waren an die zehn – und brachte sie zu Professor El Dhamouri hinein. Er war fast einen Monat in Spanien gewesen, war erst Anfang der Woche wiedergekommen und hatte die Post, die sich während seiner Abwesenheit angesammelt hatte, noch nicht ganz abgearbeitet. Sie blieb vor seinem Schreibtisch stehen, um sich Stichworte zu den einzelnen Briefen geben zu lassen, die sie teilweise selbständig beantwortete. Ein Schatten ging über das Gesicht des Professors. «Das ist ja schrecklich...»

«Schlechte Nachrichten?»

Er hielt ihr den Ausschnitt aus der *Jerusalem Post* hin. «Professor

Grenish ist gestorben. In Jerusalem. Sie erinnern sich doch an Professor Grenish vom Northhaven College? Er ist in Jerusalem offenbar einem Herzinfarkt erlegen.» Er zog den Umschlag weit auseinander. «Es scheint kein Begleitbrief dabeizusein. Ist Ihnen womöglich auf Ihrem Schreibtisch etwas herausgefallen?»

«Ich glaube nicht, aber ich schau noch mal nach.» Sie ging ins Vorzimmer und suchte auf dem Schreibtisch und auf dem Boden. «Nein, mehr war nicht drin.»

«Ich habe mir den Umschlag angesehen. Kein Absender. Wer mag mir das wohl geschickt haben? Der Brief ist hier aufgegeben worden, vielleicht hat ihn jemand mitgenommen, der in die Staaten zurückflog. Ich frage mich...»

Er schien tief in Gedanken, und die Sekretärin ging leise hinaus.

Die Lanigans waren zum Kaffee gekommen und berichteten, was sich den Sommer über in Barnard's Crossing getan hatte. Miriam erzählte Amy von ihren Erfahrungen mit der Haushaltführung in Israel, und Amy ihrerseits erzählte, wie mühsam das Einkaufen war, wenn so viele Touristen in der Stadt herumliefen.

«Erinnern Sie sich, daß wir vor Ihrer Abreise über den jungen Goodman gesprochen haben?» sagte Lanigan zu dem Rabbi. «Sie wollten ihn besuchen.»

«Das habe ich auch getan.»

«Da ist was Komisches passiert. Ich habe Ihnen doch von dem eingeschlagenen Fenster erzählt und von der Anzeige gegen ihn. Ich hab eine Anfrage deswegen bekommen, direkt vom FBI, das muß man sich mal vorstellen. Ein Typ aus Boston ist extra hergekommen und hat mich ausgequetscht. Wie finden Sie das?»

Ehe der Rabbi antworten konnte, rief Amy: «Schau mal, Hugh, was Miriam mir mitgebracht hat. Ein Jerusalemkreuz!»

Lanigan langte nach seiner Brieftasche. «Was schulde ich Ihnen, David?»

Der Rabbi schüttelte den Kopf. «Gar nichts, es ist ein Geschenk.»

«Ja, dann kann ich mich nur ganz herzlich bedanken.»

«Vielen Dank, Miriam und David, genau das hatte ich mir gewünscht.»

«Sie hatten keine Scherereien mit dem Kauf?» fragte Lanigan. «Ich meine, Sie haben hoffentlich keinen Ärger damit gehabt, David?»

Der Rabbi schüttelte den Kopf. «Ärger? Wo denken Sie hin!»

Irene Rodrian

Der Tod hat hitzefrei
(2389)

. . . trägt Anstaltskleidung und ist bewaffnet
(2419)

Friß, Vogel oder stirb!
(2910)

Schlaf, Bübchen, schlaf
(2935)

Vielliebchen
(2956)

THRILLER rororo

C 2326/3

A Faint Cold Fear Thrills Through My Veins · William Shakespeare

Zu diesem Buch

Am Anfang war die Detektivgeschichte; die Gattung des Kriminalromans, die heute das Feld beherrscht, ist erst viel später entstanden. Man könnte auch sagen, am Anfang war Sherlock Holmes, unbestrittenermaßen geistiger Ahnherr zahlloser mehr oder weniger nach seinem Vorbild geformter Helden, die allerdings im Laufe der Jahre Eigenleben gewonnen und sich von der Vorlage gelöst haben. So lesbar die Sherlock Holmes-Geschichten heute noch sind, so wenig vorstellbar erscheint es, der Meister könne dem Leser in einer modernen Kriminalerzählung begegnen.

Daß eben dies in gewissem Sinne aber doch möglich ist, beweist Harry Kemelman in dem vorliegenden Band. Zwar ist sein Professor Nicholas («Nicky») Welt kein Übermensch wie Sherlock Holmes, doch wie dieser löst auch er seine «Fälle» allein mit logischem Denken. Wo allerdings Conan Doyles Meisterdetektiv gelegentlich ein Kaninchen aus dem Hut zieht, indem er eine Deduktionskette erläutert, deren Glieder dem Leser nicht alle bekannt waren, vermeidet es Kemelman strikt, Nicky Welt Indizien in die Hand zu geben, über die der Leser nicht ebenfalls verfügt.

So bietet es sich hier an, den Leser aktiv an der Aufklärung der Verbrechen teilnehmen zu lassen, von denen die acht Stories dieses Bandes berichten. Er hat die gleichen Chancen wie der Detektiv; zu Beginn jeder Geschichte wird ein mehr oder weniger versteckter Hinweis gegeben, der die Lösung des Problems erleichtert; am Schluß wird gezeigt, wo jeweils der Ansatz zur Lösung lag. – Viel Vergnügen also beim Quiz mit Kemelman!

Harry Kemelman erhielt für seinen ersten Kriminalroman, Am Freitag schlief der Rabbi lang (Nr. 2090), den Edgar Allan Poe Award. Sein zweiter, Am Samstag aß der Rabbi nichts (Nr. 2125), wurde von der Darmstädter Jury zum Buch des Monats gewählt. Es folgten Am Sonntag blieb der Rabbi weg (Nr. 2291), Am Montag flog der Rabbi ab (Nr. 2304), Am Dienstag sah der Rabbi rot (Nr. 2346), Am Mittwoch wird der Rabbi naß (Nr. 2430), Der Rabbi schoß am Donnerstag (Nr. 2500), Eines Tages geht der Rabbi (Nr. 2720) und Ein Kreuz für den Rabbi (Nr. 2860). Acht Detektivstories erschienen unter dem Titel Quiz mit Kemelman (Nr. 2172).

Harry Kemelman

Quiz mit Kemelman

Kriminalstories

Deutsch von
Edda Janus

Rowohlt

rororo thriller
Herausgegeben von Bernd Jost

Veröffentlicht im Rowohlt Taschenbuch Verlag GmbH,
Reinbek bei Hamburg, Mai 1990
Die deutsche Erstausgabe erschien im Rowohlt Taschenbuch Verlag GmbH,
Reinbek bei Hamburg, Juli 1969
Die Originalausgabe erschien bei G. P. Putnam's Sons, New York,
unter dem Titel «The Nine Mile Walk»
Umschlagfoto Fred Dott
Umschlagtypographie Peter Wippermann / Nina Rothfos

Gesetzt aus der Linotype-Aldus-Buchschrift
und der Palatino (D. Stempel AG)
Gesamtherstellung Clausen & Bosse, Leck
Printed in Germany
ISBN 3 499 42992 6

Inhalt

Vorwort
7

Ein Fußmarsch von neun Meilen
10

Der Strohmann
18

Examen um zehn
31

Die letzte Partie
49

Genaue Zeit für einen Toten
61

Der Pfeifkessel
73

Ein ganz simpler Fall
85

Der Mann auf der Leiter
97

Für Arthur und Doris Fields

Vorwort

Nicky Welt wurde in einem Hörsaal geboren. Ich unterrichtete im College Stilkunde für Fortgeschrittene und versuchte, meinen Studenten zu demonstrieren, daß Worte nicht in einem Vakuum existieren, sondern Bedeutungen haben, die ihren gewöhnlichen Begriffsinhalt überschreiten, und daß auch kurze Wortkombinationen eine Vielzahl von Auslegungen möglich machen können. Dabei fiel mein Blick auf die Zeitung, die auf meinem Schreibtisch lag. Auf der ersten Seite stand ein Artikel über eine Wanderung der Pfadfindergruppe unserer Stadt. Ich schrieb an die Tafel: *Ein Fußmarsch von neun Meilen ist kein Spaß, schon gar nicht im Regen* und forderte meine Hörer auf, möglichst viele Schlußfolgerungen aus diesem Satz zu ziehen. Aber wie es so oft mit pädagogischen Eingebungen geschieht: das Experiment war nicht sehr erfolgreich. Ich muß gestehen, daß meine Klasse es als besonders raffinierte Falle ansah, deren Zuschnappen man am leichtesten vermied, indem man schwieg. Aber während ich sie ermunterte, ihnen Anregungen gab und Vorschläge machte, begann ich selbst, an dem Spiel Gefallen zu finden. Ich zog einen Rückschluß nach dem anderen, sprang von Bedeutung zu Bedeutung und ließ mich weiter und immer weiter mitreißen...

Auf einmal merkte ich, daß ich hier das Material für eine Geschichte hatte. Zu Hause setzte ich mich sofort an den Schreibtisch, aber ich bekam den Stoff nicht in den Griff. Ich legte die Idee auf Eis und machte nach zwei Jahren, als ich mich aus irgendeinem Grund daran erinnerte, einen neuen Versuch. Es glückte ebensowenig wie beim erstenmal. Nach einigen Jahren machte ich mich wieder darüber her und später dann noch einmal.

Vierzehn Jahre nach dem ersten Versuch griff ich schließlich die Idee wieder auf. Diesmal klappte es. Die Geschichte floß; und als ich am Ende des Tages fertig war, wußte ich, daß es, wenn überhaupt, nur wenig zu überarbeiten gab. Ein Schriftsteller wird oft gefragt, wie lange er braucht, um eine Geschichte zu schreiben. Hier ist die Antwort: er braucht einen Tag oder vierzehn Jahre; es kommt ganz auf den Gesichtspunkt an.

Ich schickte sie an *Ellery Queen's Mystery Magazine*. Sie wurde sofort angenommen, und der Herausgeber versprach in einem Begleitbrief, jede Erzählung der gleichen Art anzukaufen. Aber es dauerte über ein Jahr, bis mir ein weiteres Abenteuer für meinen Helden einfiel.

Die Nicky-Welt-Stories wurden, glaube ich, hauptsächlich deswegen beachtet, weil sie die typischen ‹Lehnstuhl-Kriminalgeschichten› sind. Alle Probleme werden rein deduktiv gelöst, und der Leser erhält dieselben Hinweise wie der Held und Detektiv. Darüber hinaus ist Nicky Welt in keiner Weise bevorzugt; er besitzt weder besonders ausgeprägte intuitive Fähigkeiten, noch verfügt er über erschöpfendes, kriminologisches Wissen. Um ehrlich zu sein: mir blieb gar keine Wahl: es mußte so sein, weil ich selbst nicht über ein solches Wissen verfügte.

Kurz nach dem Erscheinen von *Ein Fußmarsch von neun Meilen* wandten sich mehrere Verleger an mich, die sich für einen Roman mit Nicky Welt interessierten. Ich war natürlich sehr geschmeichelt, hatte aber doch das Gefühl, ablehnen zu müssen. Meiner Meinung nach verlangt die klassische Detektivgeschichte nach der knappen Form der Short Story – das Hauptinteresse gilt der Lösung des Falls, während Charaktere und Einzelheiten nur Beigaben sind. Wenn man also eine solche Erzählung zu einem Roman aufbauscht, muß man entweder den Leser an jedem kleinen Schritt teilhaben lassen, den der Held in Richtung auf die Lösung des Falls tut – von denen notwendigerweise viele in irgendwelchen Sackgassen enden –, oder man muß einen so komplizierten Fall konstruieren, daß der Leser am Ende ebenso verwirrt ist wie am Anfang. Dennoch: der Gedanke, einen Roman zu schreiben, war sehr verlockend.

Die Lösung war so überraschend – und so logisch –, als sei sie von Nicky Welt selber erdacht worden.

Einige Jahre später – ich war in einen Außenbezirk von New York gezogen – begann ich mich für die soziologische Situation der Juden in den Vorstädten zu interessieren. Da ich glaubte, dieses Thema am besten in fiktiver Form behandeln zu können, schrieb ich einen Roman mit dem Titel *Der Bau des Tempels*. Ich schickte das Manuskript an eine Reihe von Verlagen, die es mir alle freundlich aber bedauernd zurücksandten.

Als ich die Hoffnung auf ein Erscheinen meines Buches schon fast aufgegeben hatte, fiel es glücklicherweise einem Lektor in die Hand, der mir zwar auch bestätigte, daß es in dieser Form unverkäuflich sei, das Thema aber interessant genug fand, um mir Ratschläge zu geben, wie ich es für den allgemeinen Publikumsgeschmack umschreiben könnte. Im übrigen kannte und schätzte er die Nicky-Welt-Geschichten, die mittlerweile auf eine stattliche Zahl angewachsen waren ...

Als wir das Buch besprachen, wuchsen inneliegende Bedeutungen wieder einmal über die gewöhnlichen Wortbegriffe hinaus, Schlußfolgerungen türmten sich; Gegenstände, Personen und Ereignisse mischten sich dazu, und es entstand daraus – wie im *Fußmarsch von neun Meilen* – ein völlig neues Konzept, das jedoch auf eine solide und logische Verarbeitung des ursprünglichen Materials herauskam.

Warum sollte ich meine Kriminalstories nicht mit einem Roman über eine jüdische Vorstadtgemeinde verquicken? Die traditionelle Aufgabe des Rabbis – im Gegensatz zu der des christlichen Seelsorgers – ist es, eher Richter und Ausleger des Rechts zu sein, denn religiöser Führer. Wie konnte ich das besser zeigen als dadurch, daß ich ihn in einen Mordfall verwickelte und es ihm überließ, sich daraus zu befreien?

Diese Lösung hatte zugleich den Vorteil, daß sie auch das Problem der zum Roman ausgeweiteten Kriminalgeschichte klärte. Der Mord wurde nur zu einem – wenn auch wichtigen – Bestandteil einer breiter angelegten Handlung, die die Geschichte der ganzen Gemeinde umfaßte, in der der Mord geschah und von dem jeder einzelne betroffen wurde. So kamen als Ergebnis jene ‹unorthodoxen› Kriminalromane zustande, deren Titelheld der Rabbi David Small ist: *Am Freitag schlief der Rabbi lang* und *Am Samstag aß der Rabbi nichts.*

In gewisser Weise kann man also sagen, daß der Rabbi David Small der Sohn des Professors Nicholas Welt ist.

Und nun erscheint auch Nicky in Buchform. Das freut mich, denn er hat meinem Herzen immer sehr nahegestanden. Ich lese – und schreibe – sehr gern klassische Detektivgeschichten. Ich halte gerade dieses Genre für wichtig, denn es ist die einzige Art moderner Literatur, die in erster Linie dazu dient, dem Leser Spaß zu machen. Wir vergessen heutzutage allzu leicht, daß dies das Hauptziel aller Literatur ist.

H. K.

Marblehead, Massachusetts

Ein Fußmarsch von neun Meilen

In dieser ersten Erzählung lernen Sie Professor Nicky Welt kennen. An alle neuen Bekannten muß man sich erst gewöhnen, und darum brauchen Sie nicht gleich einen Fall zu lösen oder einen Mörder zu finden.

Aber wenn es Ihnen Spaß macht, Harry Kemelman und seinem kleinen, strengen Professor über die Schulter zu sehen, dann achten Sie auf folgende Sätze:

Nicky Welt sagt: «Eine Schlußfolgerung kann logisch und trotzdem falsch sein.» Er ergänzt das sogar noch und fordert seinen Freund auf: «Sag mir irgendeinen Satz von zehn bis vierzehn Worten, und ich konstruiere dir daraus eine Kette logischer Schlußfolgerungen, auf die du im Traum nicht gekommen wärst, als du dir den Satz ausgedacht hast.» – Soweit, so gut. – Und nun sagt der Freund seinen Satz vom Fußmarsch im Regen. Nicky reagiert darauf mit Argwohn und fragt: «Wo hast du den Satz her?»

Sie werden staunen, was sich aus diesem Satz alles entwickeln läßt. Aber wenn Sie wie ein Spürhund auf der Fährte dieser drei Sätze bleiben, werden Sie mehr Vergnügen an den klugen Gedankenspielereien haben – und am Ende nicht ganz so verblüfft sein.

Bei einer Rede, die ich vor der Festversammlung der *Gesellschaft für Sauberkeit in der Verwaltung* gehalten hatte, hatte ich mich ganz hübsch blamiert, was Nicky Welt mich am nächsten Morgen beim Frühstück im *Blauen Mond*, wo wir gelegentlich essen, voll Schadenfreude spüren ließ. Ich hatte nämlich den Fehler gemacht, vom Konzept meiner Rede abzuweichen, um eine Erklärung zu kritisieren, die mein Vorgänger im Amt des County Attorney vor der Presse abgegeben hatte. Die Schlußfolgerungen, die ich aus seinen Äußerungen gezogen hatte, brachten mir einen Gegenangriff ein, der meine intellektuelle Integrität in Frage stellte. Das politische Intrigenspiel war mir noch neu, da ich erst vor wenigen Monaten meinen Lehrstuhl an der juristischen Fakultät verlassen hatte, um für die Reform-Partei bei der Wahl für das Amt des County Attorney zu kandidieren. Ich führte dies auch zu meiner Entlastung an, aber Nicholas Welt, der immer den Lehrmeister herauskehren muß – er ist Professor für Englisch und Literatur –, entgegnete in dem Tonfall, mit dem er auch die Bitte eines Studenten im zweiten Collegejahr um Terminverlängerung für die Jahresabschlußarbeit abgetan hätte: «Das ist keine Entschuldigung.»

Obwohl er nur zwei oder drei Jahre älter ist als ich, nämlich Ende Vierzig, behandelt er mich immer wie einen dummen Schuljungen. Vielleicht liegt es daran, daß er mit seinen weißen Haaren und dem zerknitterten Zwergengesicht so viel älter aussieht – ich lasse es mir jedenfalls gefallen.

«Es waren völlig logische Schlußfolgerungen», verteidigte ich mich.

«Mein lieber Junge», entgegnete er sanft, «jeglicher Umgang mit Menschen wird Schlußfolgerungen nach sich ziehen, es geht gar nicht anders, trotzdem werden die meisten davon falsch sein. Bei den Juristen ist der Prozentsatz der Fehler besonders hoch, weil sie sich nicht bemühen, das zu entdecken, was der andere sagen will, sondern vielmehr das, was er verbergen möchte.»

Ich griff nach der Rechnung und rutschte auf der Bank um den Tisch herum. «Ich nehme an, du denkst dabei an das Kreuzverhör von Zeugen vor Gericht. Aber da gibt es immer einen gegnerischen Anwalt, der Einspruch erhebt, wenn die Schlußfolgerung unlogisch ist.»

«Wer redet denn hier von Logik?» warf er ein. «Eine Schlußfolgerung kann logisch und trotzdem falsch sein.»

Er folgte mir durch den Gang zur Kasse. Ich bezahlte und wartete ungeduldig, während er in einer altmodischen Geldbörse herumsuchte und ein Geldstück nach dem anderen neben seine Rechnung auf die Theke legte, nur um dann feststellen zu müssen, daß sein Kleingeld nicht ausreichte. Er sammelte die Münzen wieder ein und holte mit einem leisen Seufzer einen Geldschein aus einem anderen Fach der Börse und reichte ihn der Kassiererin.

«Sag mir irgendeinen Satz von zehn bis vierzehn Worten, und ich konstruiere dir daraus eine Kette logischer Schlußfolgerungen, auf die du im Traum nicht gekommen wärst, als du dir den Satz ausgedacht hast.»

Neue Gäste kamen herein, und da vor der Kasse nur sehr wenig Platz, war, beschloß ich, draußen zu warten, bis Nicky die Transaktion mit der Kassiererin beendet hatte. Ich erinnere mich, daß ich mir leicht amüsiert vorstellte, wie er – im Glauben, mich noch neben sich zu haben – in seinem Gespräch fortfuhr.

Als wir uns vor der Tür wiedertrafen, sagte ich: «Ein Fußmarsch von neun Meilen ist kein Spaß, schon gar nicht im Regen.»

«Das möchte ich auch annehmen», stimmte er geistesabwesend zu. Dann blieb er ganz plötzlich stehen und sah mich scharf an. «Menschenskind, wovon redest du eigentlich?»

«Es ist ein Satz; er hat dreizehn Worte.» Ich wiederholte ihn und zählte die Worte an den Fingern ab.

«Und was soll das?»

«Du hast gesagt, daß du aus irgendeinem Satz von zehn bis vierzehn Worten ...»

«Ach so.» Er betrachtete mich argwöhnisch. «Wo hast du den Satz her?»

«Der ist mir plötzlich in den Kopf gekommen. So, nun fang mal mit deinen Folgerungen an.»

«Ist das dein voller Ernst?» Die kleinen, blauen Augen glitzerten amüsiert. «Soll ich wirklich?»

Das war typisch für ihn: erst forderte er mich heraus, und wenn ich darauf einging, machte er sich über mich lustig. Ich ärgerte mich.

«Fang an oder halt den Mund.»

«Gut», sagte er sanft. «Du brauchst nicht gleich einzuschnappen. Ich spiele mit. Hm, mal überlegen... Wie war der Satz? ‹Ein Fußmarsch von neun Meilen ist kein Spaß, schon gar nicht im Regen.› Damit ist nicht allzuviel anzufangen.»

«Es sind mehr als zehn und weniger als vierzehn Worte», wiederholte ich.

«Sehr gut.» Seine Stimme wurde lebhaft, während er in Gedanken das Problem erwog. «Erste Folgerung: der Sprecher ist unzufrieden.»

«Das erkenne ich an», sagte ich, «obwohl es eigentlich keine Schlußfolgerung ist. Es geht schon aus dem Satz hervor.»

Er nickte ungeduldig. «Nächste Folgerung: der Regen kam unerwartet, denn sonst hätte er gesagt: ‹Ein Fußmarsch von neun Meilen im Regen ist kein Spaß› statt ‹schon gar nicht› als Nachgedanken hinzuzufügen.»

«Ich akzeptiere das, obwohl es ziemlich selbstverständlich ist.»

«Die ersten Folgerungen sollten immer selbstverständlich sein», erklärte Nicky überheblich.

Ich ließ es damit bewenden. Er schien sich schwer zu tun, und ich wollte ihm das nicht unter die Nase reiben.

«Nächste Folgerung: Der Sprecher ist weder sehr sportlich, noch bewegt er sich viel im Freien.»

«Das mußt du genauer erklären.»

«Es hängt wieder mit dem ‹schon gar nicht› zusammen. Der Sprecher sagt nicht, daß ein Neun-Meilen-Marsch im Regen kein Spaß ist, sondern nur, daß der Marsch – verstehst du, es geht nur um die Entfernung – kein Spaß ist. Nun sind aber neun Meilen gar nicht so viel. Bei achtzehn Löchern Golf geht man mehr als die Hälfte dieser Strecke. Und Golf ist ein Sport für alte Männer.» Verschmitzt fügte er hinzu: «*Ich* spiele Golf.»

«Unter normalen Umständen hättest du damit recht», sagte ich, «aber es gibt andere Möglichkeiten. Der Sprecher könnte ein Soldat im Dschungel sein, und in diesem Fall wären neun Meilen ganz schön strapaziös, Regen oder kein Regen.»

«Ja.» Nicky wurde sarkastisch. «Der Sprecher könnte auch einbeinig sein. Oder wenn es dir besser gefällt, könnte er ein Student sein, der eine philosophische Doktorarbeit über den Humor schreibt und damit beginnt, daß er alles aufschreibt, was nicht komisch ist. Nein, ehe ich weitermache, müssen einige Voraussetzungen geklärt werden.»

«Wie meinst du das?» fragte ich argwöhnisch.

«Vergiß nicht, daß ich diesen Satz aus dem luftleeren Raum nehme. Ich weiß nicht, wer ihn bei welcher Gelegenheit gesagt hat. Normalerweise gehört ein Satz in den Rahmen einer bestimmten Situation.»

«Gut. Und von welchen Voraussetzungen willst du ausgehen?»

«Zunächst möchte ich annehmen, daß es um keinen Scherz geht, sondern daß der Sprecher einen Marsch erwähnt, der wirklich stattgefunden hat, und zwar nicht auf Grund einer Wette oder etwas ähnlichem.»

«Das scheint mir sinnvoll zu sein», gestand ich ihm zu.

«Dann möchte ich voraussetzen, daß dieser Marsch in unserer Gegend gemacht wurde.»

«Meinst du hier in Fairfield?»

«Nicht unbedingt, aber doch wohl in der näheren Umgebung.»

«Einverstanden.»

«Schön, wenn du mir diese Annahmen gestattest, dann mußt du mir auch noch die letzte Voraussetzung genehmigen, nämlich die, daß der Sprecher kein großer Sportler oder Frischluftfanatiker ist.»

«Na schön. Mach weiter.»

«Als nächstes folgere ich, daß dieser Fußmarsch in der Nacht oder am frühen Morgen stattgefunden hat – so etwa zwischen Mitternacht und fünf oder sechs Uhr früh.»

«Und wie kommst du darauf?» fragte ich.

«Denk doch an die Entfernung von neun Meilen. Wir leben in einem ziemlich dicht besiedelten Gebiet. Nimm eine beliebige Straße: die nächste Ortschaft ist bestimmt keine neun Meilen weit entfernt. Nach Hadley sind es fünf Meilen, nach Hadley Falls siebeneinhalb, nach Goreton sind es elf, aber nach Ost-Goreton nur acht. Und du mußt durch Ost-Goreton, ehe du nach Goreton kommst. Die Vorortsbahn nach Goreton läuft parallel der Straße; die anderen Orte sind mit dem Bus zu erreichen. Und auf den größeren Straßen herrscht reger Autoverkehr. Wer sollte denn neun Meilen durch den Regen gehen müssen, wenn nicht spät in der Nacht, wo kein Bus oder Zug mehr fährt, und die wenigen Autos nicht für einen Fremden anhalten, der auf der Straße steht?»

«Es könnte ja sein, daß er nicht gesehen werden wollte.»

Nicky lächelte mitleidsvoll. «Und du glaubst, wenn er die Straße entlangmarschiert, fällt er weniger auf, als in einem Zug oder Omnibus, wo jeder sowieso in seine Zeitung vertieft ist?»

«Na schön, lassen wir es dabei», sagte ich etwas schroff.

«Nächster Punkt: Er ging vom Land auf die Stadt zu und nicht etwa umgekehrt.»

Ich nickte. «Das halte ich auch für wahrscheinlicher. Wenn er in der Stadt gewesen wäre, hätte er sich um ein Transportmittel kümmern können. Bist du von der Voraussetzung ausgegangen?»

«Einerseits ja», sagte Nicky, «andererseits kann man auch aus der

Entfernung einen Schluß ziehen. Vergiß nicht, daß es um *neun* Meilen geht. Neun ist eine ganz exakte Zahl.»

«Tut mir leid, das verstehe ich jetzt nicht.»

Nicky machte wieder sein verzweifeltes Lehrergesicht. «Stell dir vor, du sagst: ‹Ich habe einen Marsch von zehn Meilen gemacht› oder: ‹Ich bin hundert Meilen gefahren.› Daraus würde ich schließen, daß du eine Strecke von acht bis zwölf Meilen gegangen oder neunzig bis hundertundzehn Meilen weit gefahren bist. Mit anderen Worten: zehn und hundert sind *runde* Zahlen. Du kannst ebensogut *genau* oder *ungefähr* zehn Meilen gegangen sein. Wenn du aber von einem Fußmarsch von *neun* Meilen sprichst, dann darf ich mit vollem Recht voraussetzen, daß du eine exakte Zahl genannt hast. Jetzt geht es weiter: es ist viel wahrscheinlicher, daß wir die Entfernung von einem gegebenen Punkt bis zur Stadt kennen, als die Entfernung von der Stadt bis zu einem gegebenen Punkt. Frag doch zum Beispiel jemand in der Stadt, wie weit es bis zum Hof vom Bauer Brown ist; wenn der Mensch ihn zufällig kennt, wird er ‹drei bis vier Meilen› sagen. Aber frag mal den Bauer Brown, wie weit es von ihm bis zur Stadt ist, und er wird dir sagen: ‹Drei und sechs Zehntel Meilen. Ich hab's schon oft auf dem Meilenzähler nachgeprüft.›»

«Das ist schwach, Nicky.»

«Aber in Verbindung mit deiner Bemerkung, daß er sich in der Stadt ein Fahrzeug hätte beschaffen können ...»

«Ja, das genügt mir. Ich akzeptiere es. Hast du noch was?»

«Ich hab eben erst angefangen», prahlte er. «Die nächste Folgerung ist, daß er ein ganz bestimmtes Ziel hatte und zu einer ganz bestimmten Zeit dort ankommen mußte. Es handelt sich nicht darum, daß er fortging, um Hilfe zu holen, weil er eine Autopanne hatte, seine Frau ein Kind bekam oder ein Einbrecher in sein Haus eindringen wollte.»

«Na hör mal», sagte ich, «die Autopanne ist schließlich die naheliegendste Lösung. Die Entfernung könnte er so genau gewußt haben, weil er bei der Abfahrt aus der Stadt auf den Meilenstand geachtet hat.»

Nicky schüttelte den Kopf. «Statt neun Meilen lang durch den Regen zu marschieren, hätte er sich's auf der Rückbank bequem gemacht und geschlafen oder er wäre wenigstens beim Wagen geblieben und hätte versucht, ein Auto anzuhalten. Denk doch an die neun Meilen. Wie lange braucht er im besten Fall für die Strecke?»

«Vier Stunden?»

Er nickte. «Weniger sicher nicht, schon gar nicht im Regen. Wir haben uns darauf geeinigt, daß es spät nachts oder in den ersten Morgenstunden war. Nehmen wir mal an, die Panne passierte um ein Uhr in der Nacht; dann wäre er erst gegen fünf Uhr früh am Ziel angekommen. Um die Zeit wird es schon hell, und es sind schon viele Autos unterwegs. Die ersten Busse fahren auch nicht viel später. Hier in Fairfield kommen die ersten Omnibusse gegen halb sechs morgens an. Im übrigen: wenn er losging, um Hilfe zu holen, brauchte er nicht bis in die Stadt zu laufen, sondern nur bis zum nächsten Telefon. Nein, er hatte eine feste Verabredung, und zwar in der Stadt – und vor halb sechs.»

«Warum ist er dann nicht früher gefahren und hat gewartet?» sagte ich. «Er hätte den letzten Bus nehmen können, wäre gegen ein Uhr nachts angekommen und hätte bis zu dem Termin gewartet. Statt dessen marschierte er neun Meilen durch den Regen. Und du sagst, er ist kein Sportsmann!»

Wir waren inzwischen vor dem Rathaus angekommen, in dem meine Dienststelle untergebracht ist. Gewöhnlich endeten alle im *Blauen Mond* begonnenen Debatten vor dem Portal des Rathauses, aber ich hatte an Nickys Beweisführung Feuer gefangen und schlug ihm vor, noch ein paar Minuten mitzukommen.

Als wir in meinem Büro saßen, fragte ich: «Also weiter, Nicky, warum kann er nicht früher angekommen sein und gewartet haben?»

«Das hätte er gekonnt», erklärte Nicky, «aber da er es nicht getan hat, müssen wir davon ausgehen, daß er entweder die Abfahrt des letzten Busses versäumt hat oder an dem Ort, an dem er war, auf eine Nachricht warten mußte, vielleicht auf einen Anruf.»

«Demnach hatte er deiner Meinung nach irgendwann zwischen Mitternacht und halb sechs morgens eine Verabredung?»

«Das können wir zeitlich viel genauer festlegen. Vergiß nicht, er brauchte vier Stunden für den Weg. Der letzte Bus fährt um halb eins. Wenn er den nicht nimmt, sondern gleichzeitig losgeht, kann er nicht vor halb fünf am Zielpunkt ankommen. Wenn er andererseits den ersten Frühbus nimmt, kommt er gegen halb sechs an. Das würde also heißen, daß die Verabredung irgendwann zwischen halb fünf und halb sechs sein mußte.»

«Du setzt voraus, daß er, wenn die Verabredung vor halb fünf war, mit dem letzten Bus, und wenn sie nach halb sechs war, mit dem ersten Bus gefahren wäre?»

«Jawohl. Und noch etwas: wenn er auf ein Signal oder einen Anruf wartete, dann durfte das nicht viel später als um ein Uhr kommen.»

«Ja, das leuchtet mir ein», gab ich zu. «Wenn er um fünf Uhr verabredet ist und vier Stunden braucht, um zum Treffpunkt zu kommen, muß er gegen ein Uhr losmarschieren.»

Er nickte gedankenverloren. Aus einem mir selbst unerklärlichen Grund hatte ich das Gefühl, ihn nicht stören zu dürfen. An der Wand hing eine große Karte des County, vor die ich jetzt trat, um sie genau zu studieren. «Du hast recht, Nicky», sagte ich über die Schulter, «es gibt um Fairfield herum keinen Ort, der neun Meilen weit entfernt ist, ohne daß die Straße erst noch durch eine andere Ortschaft geht. Fairfield liegt in der Mitte einer Ansammlung kleiner Städtchen.»

Er stellte sich neben mich vor die Karte. «Es muß ja nicht gerade Fairfield sein, weißt du», sagte er leise. «Wahrscheinlich war es eine der anderen Städte. Versuch's mal mit Hadley.»

«Warum Hadley? Was soll ein Mensch um fünf Uhr früh in Hadley wollen?»

«Der D-Zug von Washington hält dort um etwa die Zeit, um Wasser aufzunehmen.»

«Ja, da hast du recht. Ich hab den Zug schon oft in der Nacht gehört, wenn ich nicht schlafen konnte. Ich hab ihn in den Bahnhof einfahren hören, und dann, ein oder zwei Minuten später, schlug die Uhr der Methodistenkirche fünf.» Ich ging zum Schreibtisch und nahm den Fahrplan. «Der Zug fährt in Washington um 0.47 Uhr ab und ist um acht Uhr in Boston.»

Nicky stand immer noch vor der Karte und maß mit einem Bleistift Entfernungen nach. «Von Hadley bis zum *Old-Sumter-Gasthof* sind es genau neun Meilen», verkündete er.

«*Old-Sumter-Gasthof?*» wiederholte ich. «Das wirft unsere ganze Theorie über den Haufen. Dort kannst du dir ebenso leicht ein Fahrzeug beschaffen wie in der Stadt.»

Er schüttelte den Kopf. «Der Parkplatz befindet sich auf einem Hof, der nachts abgeschlossen wird. Um seinen Wagen dort rausholen zu können, muß man nach dem Wächter klingeln, und der würde sich bestimmt an jemand erinnern, der ihn so spät aus den Federn geholt hat. Das Hotel ist ruhig und konservativ. Vielleicht hat unser Freund in seinem Zimmer auf einen Telefonanruf gewartet, sagen wir aus Washington, in dem ihm jemand eine Wagennummer und die Nummer eines Schlafwagenabteils mitteilte. Danach verließ er heimlich das Hotel und machte sich zu Fuß nach Hadley auf.»

Ich starrte ihn wie hypnotisiert an.

«Es kann nicht sehr schwer sein, in den Zug zu steigen, während die Lokomotive Wasser aufnimmt – und wenn er Wagen- und Abteilnummer kennt ...»

«Nicky», sagte ich voll böser Vorahnungen, «auch wenn ich als Mitglied der Reform-Partei in meiner Eigenschaft als Staatsanwalt ein Sparprogramm verkündet habe, werde ich jetzt das Geld der Steuerzahler für ein Ferngespräch mit Boston verschwenden. Es ist lächerlich, es ist nicht mehr normal – aber ich werde es tun!»

Seine kleinen, blauen Augen glitzerten und seine Zungenspitze glitt über die Lippen. «Ja, tu das», sagte er heiser.

Ich legte den Hörer wieder auf.

«Nicky», sagte ich, «dies ist wahrscheinlich der merkwürdigste Zufall der ganzen Kriminalgeschichte: In Boston wurde heute früh ein Mann ermordet in seinem Schlafwagenabteil aufgefunden, und zwar in dem 0.47-Zug aus Washington. Er war seit etwa drei Stunden tot, was genau auf Hadley passen würde.»

«Ich hab mir schon so was gedacht», sagte Nicky. «Aber daß es ein Zufall sein soll, nehme ich dir nicht ab. Das ist unmöglich. Woher hattest du den Satz?»

«Es war einfach ein Satz. Er ist mir plötzlich gekommen.»

«Ausgeschlossen. So ein Satz fällt einem nicht einfach ein. Wenn du so lange wie ich Stilkunde unterrichtet hättest, wüßtest du, daß du auf die Frage nach einem Satz von zehn bis vierzehn Worten einen normalen Aussagesatz bekommst, wie zum Beispiel: ‹Ich trinke gerne Milch› – und die fehlenden Worte werden daran angehängt, wie: ‹weil sie gesund ist und mir gut bekommt›. Dein Satz aber bezog sich auf einen ganz *bestimmten* Vorfall.»

«Aber ich habe heute morgen mit niemand gesprochen. Und im *Blauen Mond* war ich nur mit dir zusammen.»

«Als ich meine Rechnung bezahlte, bist du schon vorgegangen», sagte er rasch. «Hast du jemand getroffen, als du vor dem Lokal auf mich gewartet hast?»

Ich schüttelte den Kopf. «Ich hab höchstens eine Minute dort gestanden. Weißt du, als du dein Kleingeld zusammensuchtest, kamen zwei Männer herein, und einer von ihnen rannte mich beinahe um. Deswegen wollte ich lieber draußen ...»

«Hast du sie früher schon mal gesehen?»

«Wen?»

«Die beiden Männer, die hereinkamen», sagte er, und seine Stimme nahm wieder den verzweifelten Tonfall an.

«Wieso? Nein – ich hab sie nicht gekannt.»

«Haben sie sich unterhalten?»

«Ich glaube. Ja, das haben sie. Sie waren sogar ganz vertieft in ihr Gespräch, denn sonst hätten sie mich ja gesehen, und der eine wäre nicht in mich hineingerannt.»

«Es kommen nicht viele Fremde in den *Blauen Mond*», stellte Nicky nachdenklich fest.

«Glaubst du, daß sie es waren?» fragte ich aufgeregt. «Ich glaube, ich würde sie wiedererkennen.»

Nicky kniff die Augen zusammen. «Möglich wäre es. Sie mußten zu zweit sein – einer mußte das Opfer in Washington verfolgen und das Schlafwagenabteil feststellen, der andere mußte hier warten und den Mord ausführen. Es ist naheliegend, daß der Mann aus Washington anschließend hierherkam. Wenn es gleichzeitig um Raub ging, war die Beute aufzuteilen; handelte es sich allein um Mord, dann wollte er sicher seinen Kumpanen hier auszahlen.»

Ich griff nach dem Telefon.

«Wir sind vor einer halben Stunde fortgegangen», fuhr Nicky fort.

«Sie kamen gerade erst herein, und im *Blauen Mond* ist die Bedienung ziemlich langweilig. Der, der zu Fuß nach Hadley gegangen ist, wird sicher hungrig sein, und der andere ist vermutlich die ganze Nacht von Washington bis hier durchgefahren.»

«Rufen Sie mich sofort an, wenn es zu einer Verhaftung kommt», sagte ich ins Telefon und legte auf.

Während wir warteten, sprach keiner von uns ein Wort. Wir gingen im Zimmer auf und ab und wichen uns aus, als hätten wir etwas getan, dessen wir uns schämten.

Endlich klingelte das Telefon. Ich nahm ab und hörte zu. Dann sagte ich: «Okay», und drehte mich zu Nicky um. «Einer hat versucht, durch die Küche zu entkommen, aber Winn hat den Ausgang bewachen lassen. Sie haben ihn.»

«Das dürfte schon ein Beweis sein.» Nicky lächelte frostig.

Ich nickte zustimmend.

Er sah auf die Uhr. «Ach du liebe Zeit! Und ich wollte heute extra früh mit der Arbeit anfangen! Jetzt habe ich die ganze Zeit mit dir verschwätzt.»

Ich ließ ihn bis zur Tür kommen, dann rief ich: «Übrigens, Nicky, was wolltest du eigentlich beweisen?»

«Daß eine Reihe von Schlußfolgerungen logisch sein kann, ohne dabei wahr zu sein.»

«Ach?»

«Was gibt's da zu lachen?» fragte er etwas pikiert. Und dann begann er selber zu lachen.

Der Strohmann

So: die erste Geschichte war zum Warmlaufen, aber jetzt geht's los ... Bitte lesen Sie schon sehr aufmerksam, ehe Nicky Welt auftritt. Es wird eine Geschichte erzählt, in der es um einen anonymen Brief, eine Entführung und um Lösegeld geht. In dieser Geschichte nimmt jemand den äußeren Schein für bare Wirklichkeit und zieht fortan falsche Schlüsse. Es gibt einige Hinweise, die sehr sorgfältig versteckt sind. Aber wenn Sie sie finden, müssen Sie auf den Ansatzpunkt für den Trugschluß kommen.

Nicky weiß übrigens lange Zeit viel weniger als Sie, denn er bekommt nur den Brief gezeigt, ohne die Einzelheiten des Falls zu kennen. Sie können ihm noch zuvorkommen, wenn Sie seine Mutmaßungen auf Seite 27 und die Überlegungen seines Freundes auf Seite 28 sehr genau lesen.

Aber vergessen Sie nicht, daß der Schein trügt.

Diesmal hatte ich als Gastgeber des County-Attorney-Clubs zu mir eingeladen, eine rein gesellschaftliche Angelegenheit. Mit einem guten Abendessen und anschließender Fachsimpelei, bei der jeder von uns ein wenig mit den interessanten Fällen angibt, mit denen er seit dem letzten Treffen zu tun hatte, ist alles getan.

Fairfield County ist eine ruhige, gesittete Gemeinde, in der es die Staatsanwaltschaft selten mit sensationellen Fällen zu tun bekommt. Als ich daher an der Reihe war, von einem besonders geschickten Plädoyer oder einer ausgefallenen juristischen Beweisführung zu sprechen, die es mir ermöglicht hatte, einen gefährlichen Gangsterring zu knacken, konnte ich mit nichts Interessantem aufwarten und griff notgedrungen auf Nicky Welts logische Rekonstruktion und meinen dürftigen Beitrag zum *Fußmarsch von neun Meilen* zurück.

Sie hörten mir höflich zu, obwohl ihnen anzumerken war, daß sie mir meine Geschichte nicht ganz abnahmen. Als ich zum Ende gekommen war, nickte Ellis Johnston etwas mechanisch. Als County Attorney von Suffolk, dem dichtbesiedeltsten County des Staates, ist er der Präsident unseres Clubs. «Na ja», sagte er, «manchmal geht es gut, wenn man so einer plötzlichen Eingebung folgt. Aber wenn man jedes Jahr Hunderte von Fällen klären muß, dann darf man sich nicht auf Eingebungen verlassen. Da hilft nur nüchterne, solide Routinearbeit, bei der man jede kleine Spur verfolgt, bis man am Ende auf die Wahrheit stößt. Verbrechen klärt man nicht mit Inspiration, sondern mit Transpiration.»

Die anderen nickten beifällig.

«Ich will Ihnen an einem Beispiel zeigen, wie ich das meine.» Er zog seine dicke Brieftasche heraus und holte ein zusammengefaltetes glänzendes Blatt Papier hervor. Er legte es auf den Tisch, und wir alle standen auf, um es zu betrachten. Es war die Fotokopie eines Erpresserbriefes von der Sorte, die man heute nur allzuoft zu sehen bekommt: aus Zeitungen ausgeschnittene Wörter, die auf einen Papierbogen aufgeklebt sind.

50 000 Dollar IN KLEINEN ALTEN SCHEINEN
oder SIE WERDEN GLORIA *nie* WIEDERSEHEN.
AUF KEINEN FALL *die* POLIZEI BENACHRICHTIGEN.

WEITERE ANWEISUNGEN *am* TELEFON ABWARTEN.

Der Brief war nicht außergewöhnlich, bis auf eine Tatsache: auf jedem aufgeklebten Streifen befand sich ein ganz deutlicher Fingerabdruck, der sich durch das Graphit, das der Polizeifotograf verwendet hatte, gut sichtbar vom Papier abhob.

Johnston lehnte sich im Stuhl zurück und beobachtete uns, während wir uns über das Blatt beugten. Er ist ein gedrungener, kräftiger Mann mit wulstigen Lippen und einem energischen Kinn. Obwohl er seine Stellung mehr seinem politischen Einfluß als seinen beruflichen Fähigkeiten verdankt, gilt er als sehr tüchtig.

«Die Suche nach Fingerabdrücken gehört zur Routine», sagte er, «diese hier aber waren sofort mit bloßem Auge zu erkennen. Die aufgeklebten Papierstücke sind kein normales Zeitungspapier. Sie stammen aus Kupfertiefdruck-Zeitschriften wie LIFE und THE SATURDAY EVENING POST, auf denen man Fingerabdrücke sehr gut erkennen kann. Und nun komme ich zu meinem Thema: wir setzen uns nicht hin und mutmaßen, warum jemand, der sich so viel Mühe gibt, anonym zu bleiben, alles damit ruiniert, indem er Fingerabdrücke hinterläßt. Aus Hunderten von Fällen, die durch unsere Hände gehen, wissen wir, daß Verbrechern immer wieder solche Schnitzer unterlaufen. In diesem Fall kann es ein Versehen sein, vielleicht auch Angabe. Das kommt öfter vor. Angeberei ist ein charakteristischer Wesenszug Krimineller. Aber was es auch sein mag: wir lassen uns dadurch nicht ablenken. Vergessen Sie nicht, daß wir nach einer bestimmten Routine vorgehen. Und diese Routine – bei der die ganze Staatsanwaltschaft zusammenarbeitet – führt zur Klärung eines Falls und nicht etwa Inspirationen oder Gefühle oder derartig phantastische Schlußfolgerungen wie die Ihres Professor-Freundes», fügte er, an meine Adresse gewandt, abschließend hinzu.

«Wir haben häufig mit dieser Art Fälle zu tun, häufiger als es nach außen hin bekannt wird. Die Leute glauben, Entführungen passierten selten und jede Entführung käme mit Schlagzeilen in die Zeitung. In Wirklichkeit ist Entführung kein so ausgefallenes Verbrechen. Wie bei Erpressung ist der Kriminelle auch hier von vornherein im Vorteil, und daher kommt es immer wieder zu Entführungen. In den meisten Fällen zahlt das Opfer innerhalb von ein, zwei Tagen, und damit ist alles zu Ende. Meistens wird die Polizei nicht einmal nachträglich informiert. Vermutlich aus Angst vor Repressalien.

Genau das ist hier passiert. Dr. John Regan hat zwei Tage nach Erhalt des Briefes bezahlt und seine Tochter Gloria zurückbekommen. Die Entführer hatten sie mit Medikamenten betäubt, daher war ihre Aussage praktisch wertlos. Sie war mit ihrem Vater im *Silberpantoffel* gewesen, einer Bar mit Spielbetrieb. Der Vater wurde ans Telefon gerufen; als er zurückkam, sagte ihm der Kellner, seine Tochter habe Freunde getroffen und sei mit ihnen in ein anderes Nachtlokal gegangen. Das war nicht weiter ungewöhnlich. Er ging in den ersten Stock ins Casino, blieb dort etwa zwei Stunden und fuhr dann allein nach Hause. Der Brief kam am nächsten Morgen mit der Post. Am gleichen Tag wurde ihm telefonisch mitgeteilt, wo er das Geld hinterlegen solle. Die Entführer hielten ihr Versprechen; er bekam umgehend danach seine Tochter zurück.»

«Und dann hat er sich an Ihre Behörde gewandt», sagte ich.

Johnston schüttelte den Kopf. «Nein, das hat er nicht getan. Dies ist einer der Fälle, von denen wir normalerweise nie gehört hätten. Selbst als wir uns damit befaßten, war Dr. Regan alles andere als hilfsbereit. Er stellte sich auf den Standpunkt, daß er ein Abkommen getroffen habe, an das er sich halten müsse. Natürlich ist das Unsinn, aber ich vermute, er wollte nicht gern zugeben, daß er Angst hatte. Wir konnten ihn nicht unter Druck setzen. Er spielt in unserer Stadt eine große Rolle; er ist Treuhänder karitativer Stiftungen und arbeitet ehrenamtlich in Bürgerschaftsausschüssen mit, na und so weiter. Und er ist reich. Ich meine jetzt nicht den Reichtum eines Modearztes. Übrigens praktiziert er schon seit Jahren nicht mehr. Sein einziger Patient war wahrscheinlich sein älterer Bruder Philip, der herzkrank war und bei ihm gewohnt hat. Dr. Regans Geld steckt in Grundbesitz. Viele Häuser der Stadt gehören ihm. So einen Mann muß man mit Samthandschuhen anfassen.

Ein Privatdetektiv namens Simes, der örtliche Vertreter von *National-Investigation,* hat uns den Tip gegeben und uns den Brief gebracht.» Er zeigte auf die Fotokopie auf dem Tisch. «Philip Regan, der ältere Bruder, hatte ihn beauftragt. Er sollte keine Nachforschungen anstellen, sondern nur als Mittler auftreten und das Geld übergeben. Die Idee war wohl die, daß der Doktor zu leicht betrogen werden könnte, wenn er die Sache selbst in die Hand nahm und das Geld bezahlte, und daß statt einer Gegenleistung neue Forderungen gestellt werden könnten. Es erwies sich dann, daß seine Besorgnis überflüssig war. Die Entführer riefen den Doktor an, er hielt sich an ihre Anweisungen und bekam seine Tochter zurück. Als ich ihn fragte, warum er Simes nicht eingeschaltet habe, sagte er, daß er das nie beabsichtigt hätte; er hätte ihn nur zugezogen, weil sein Bruder sich so aufgeregt habe.

Nun war die Tochter wieder da, und Dr. John Regan wollte von der ganzen Geschichte nichts mehr wissen. Am nächsten Tag aber bekam sein Bruder Philip wieder einen Herzanfall und starb. Simes machte sich Gedanken. Nein, verstehen Sie mich nicht falsch, er ist eines ganz natürlichen Todes gestorben. Philip Regan war etwa sechzig und hatte schon seit Jahren einen schweren Herzfehler. Wahrscheinlich hat die Aufregung über die Entführung seiner Nichte den Anfall ausgelöst. Aber Simes wurde nervös, weil er die Entführung vor der Polizei verschweigen sollte, und der plötzliche Tod seines Klienten steigerte seine Unruhe noch. Er hielt zwar beides für ein zufälliges Zusammentreffen, aber ein Zusammenhang war nicht ganz auszuschließen. Nach einer Beratung mit der New Yorker Zentrale seiner Agentur meldete er uns den Vorfall.

Daß er von Philip und nicht vom Doktor beauftragt worden war, erleichterte ihm die Sache. So brauchte er nicht auf die Wünsche des Doktors Rücksicht zu nehmen, da dieser genaugenommen nicht sein Klient war.

Natürlich haben wir die Umstände von Philips Tod überprüft, aber es war wirklich alles in Ordnung. Er war lange krank gewesen. Er arbeitete nicht, blieb stets im Haus, werkelte in altem Zeug ein bißchen im Garten herum, hielt über den Gartenzaun einen Schwatz mit Passanten auf der Straße. Im Sommer ging er manchmal mit ein paar Nachbarskindern zum Angeln. Er war ein harmloser, alter Mann.» Er machte eine abwehrende Handbewegung und lächelte dann verschlagen und etwas selbstzufrieden. «Aber natürlich müssen wir uns mit jeder Entführung genau befassen.»

Er lehnte sich zurück und spreizte die Hände. «Damit haben Sie das ganze Bild. Und was fangen wir nun damit an? Das erste, was wir *nicht* tun, ist folgendes: wir versuchen nicht, herauszubekommen, warum der Entführer seine Fingerabdrücke auf dem Brief hinterlassen hat. Ich sagte ja schon, daß Verbrecher oft genug derartige Fehler machen. Wäre das nicht der Fall, hätten wir kaum eine Chance, sie zu fassen. Wir haben also als erstes rein routinemäßig Kopien dieser Abdrücke nach Washington geschickt; es bestand ja eine geringe Hoffnung, daß man sie dort in der Kartei hatte. Natürlich war das nicht der Fall – es wäre auch zuviel des Glücks gewesen. Aber das nahm uns nicht den Mut. Wenn man nach einem bestimmten Schema vorgeht, weiß man, daß die meisten Spuren im Sande verlaufen werden. Das macht aber nichts, denn früher oder später führt doch mal eine Spur zum Ziel, und dann hat man den Fall gelöst. Wir haben also den Brief durch einen Papierexperten prüfen lassen, um zu klären, aus welchen Zeitschriften die Streifen ausgeschnitten waren. Die Fotokopie gibt das nicht wieder, aber es war schon bei oberflächlichem Betrachten des Originalbriefes festzustellen, daß es sich um durchweg glänzendes Papier handelte, das aber von verschiedenen Zeitschriften stammen mußte. Anschließend haben wir nachprüfen lassen, aus welchen speziellen Einzelnummern der Illustrierten die Streifen kommen. Das war nicht sehr schwer, denn die meisten Wörter waren aus Überschriften herausgeschnitten. Das eben ist Routinearbeit. Auch der Text auf der Rückseite der Wörter erleichterte die Suche. Nachdem wir festgestellt hatten, daß vier verschiedene Illustrierte, und zwar nur die neuesten Nummern, verwendet worden waren, klapperten unsere Leute jeden Buchladen und Zeitschriftenhändler in dem Postbezirk ab, in dem der Brief aufgegeben war. Es ging darum, daß sich vielleicht irgendein Verkäufer an einen Kunden erinnerte, der diese vier Blätter auf einmal gekauft hatte.

Danach haben wir uns Blackie Venuti, den Geschäftsführer vom *Silberpantoffel* vorgeknöpft. Es hätte uns nicht sonderlich überrascht, wenn er in die Sache verwickelt gewesen wäre. Er hat allerhand Dreck am Stecken, und wir haben ihn schon lange auf dem Kieker. Leider haben wir nichts aus ihm herausbekommen, man hätte wohl auch ein Brecheisen dazu benötigt. Aber er hat uns die Liste mit den Tischbestellungen gegeben, und so wissen wir, welche Gäste an dem fraglichen Abend im Club gewesen waren.

Natürlich stimmt kein Wort an der Geschichte, daß Gloria Bekannte getroffen haben und mit ihnen fortgegangen sein soll. Wir vermuten, daß man sie, genau wie ihren Vater, mit einem fingierten Anruf fortgelockt hat. Der Kellner behauptet, sie hätte nur erwähnt, daß sie fort müsse, und mehr habe er auch ihrem Vater nicht ausgerichtet. Ich denke, der Vater hatte von sich aus angenommen, daß sie mit Bekannten weitergezogen sei. Als wir ihn zum zweitenmal vernahmen, erinnerte er sich nur vage daran, was ihm der Kellner bestellt hatte. Wir werden ihn aber noch einmal vornehmen. Außerdem werden wir jede einzelne Person befragen, die in der Nacht im *Silberpantoffel* war. Wir nehmen an, daß Gloria während einer Programmnummer, als es dunkel im Lokal war, hinausgeschlüpft ist. Vielleicht hat sie jemand dabei beobachtet. Wir wissen nur eines –» er hob den Zeigefinger und sah uns alle bedeutsam an –, «und das hat uns die Erfahrung gelehrt: eines Tages wird jemand auftauchen, der etwas gesehen hat oder uns einen Hinweis geben kann, und diesen Fingerzeig werden wir so lange verfolgen, bis wir die Sache aufgeklärt haben.»

Mit selbstzufriedenem Gesicht sank er in seinen Sessel zurück. Ich hatte das Gefühl, geradezu zermalmt worden zu sein und wollte schon erklären, daß ich meine Geschichte nicht erzählt hatte, um eine verwendbare Methode der Aufklärung von Verbrechen zu liefern, als es an der Tür klingelte und mir einfiel, daß es ein Freitagabend war, an dem ich immer mit Nicky Schach spielte, und daß ich vergessen hatte, ihm abzusagen.

Ich ging schnell zur Tür. Natürlich war es Nicky. Er pflegte nie eine Verabredung zu vergessen. Er sah meine Gäste durch die offene Tür und warf mir einen strengen Blick aus kalten, blauen Augen zu. Ich stammelte einige Entschuldigungen und sagte dann rasch, um ihn zu besänftigen: «Wir haben gerade über dich gesprochen, Nicky. Willst du nicht hereinkommen?»

Nicky oder Professor Nicholas Welt, Professor für Englisch und Literatur an der Universität, behandelt mich immer wie einen Schuljungen; und zu meinem allergrößten Ärger komme ich mir auch meistens in seiner Gegenwart wie einer vor.

Er hörte mir durchaus höflich zu, aber die kleinen, blauen Augen blinzelten argwöhnisch zu meinen Gästen hinüber. Als ich ihn bekanntmachte, und er jeden mit Handschlag begrüßte, blieb er weiter höflich zurückhaltend. Nachdem er die Runde gemacht hatte, warf Johnston uns einen spitzbübischen Blick zu und sagte: «Ihr Freund, Professor, hat uns gerade erzählt, wie Sie ihm durch Ihre Intuition geholfen haben, ein Verbrechen aufzuklären. Vielleicht könnten Sie uns in einem anderen Fall auch behilflich sein. Was halten Sie von dem hübschen kleinen Brief auf dem Tisch?»

Ich rechnete damit, daß Nicky die Behauptung, er verließe sich auf Intuitionen, beleidigt zurückweisen würde. Ärgern tat er sich auch, denn er preßte die dünnen Lippen so fest aufeinander, als habe er in eine besonders saure Zitrone gebissen. Er schwieg aber und beugte sich über den Tisch.

«Das ist eine Fotokopie», erläuterte Johnston. «Den Originalbrief haben wir vor ein paar Tagen erhalten. Und es handelt sich auch nicht um einen schlechten Scherz; die Entführung hat tatsächlich stattgefunden.»

«Haben Sie den Brief so mit diesen Fingerabdrücken bekommen?»

«Ja. Wir haben sie nur überpudert, damit sie auch auf der Fotokopie herauskommen sollten. Es war nicht weiter schwierig, weil die ausgeschnittenen Streifen nicht aus Zeitungspapier, sondern aus schwerem, glänzendem Kupfertiefdruckpapier sind.»

«Ach? Das heißt ja dann wohl, daß die Abdrücke nicht zufällig auf das Papier geraten sind.»

Johnston blinzelte uns zu, und ich hatte Mitleid mit Nicky.

«Weißt du, Nicky, fast alle Verbrecher...» begann ich, aber Johnston wehrte mit einer Handbewegung ab.

«Warum sollte es kein Versehen gewesen sein, Professor?» fragte er sanft.

Nicky betrachtete ihn mit jenem ärgerlichen Blick, den er sich sonst für mich aufhebt. «Gewöhnliche Tageszeitungen», hob er mit Märtyrerstimme an, «haben eine so viel größere Anzahl an Überschriften, aus denen man einen Brief zusammensetzen kann, daß die Wahl von Zeitschriftenpapier *absichtlich* geschehen sein muß – und zwar offensichtlich deswegen, weil sich Fingerabdrücke darauf deutlicher abheben. Die meisten Wörter sind aus Überschriften herausgeschnitten, da es sich aber um verschiedene Schrifttypen handelt, muß der Absender mehrere Zeitschriften verwendet haben. Die Tatsache, daß sich jemand die Mühe gemacht hat, mehrere Illustrierte durchzuackern, wo er mit einer einzigen Tageszeitung bequem hätte auskommen können, ist für mich ein Beweis, daß er auf diese Papierart besonderen Wert legte. Aber es gibt noch zusätzlich Beweise, daß es sich nicht um einen Fehler oder ein Versehen handelt: Ich bin kein Fachmann, aber ich erkenne ganz deutlich die Abdrücke von fünf verschiedenen Fingern. Dies hier», er tippte mit seinem knochigen Zeigefinger auf das Blatt, «ist ein Daumenabdruck, danach folgen der Reihe nach alle anderen Finger der Hand.» Er sah uns alle mit dem amüsierten Lächeln an, das ich besonders schlecht vertrage, und schloß dann:

«Nein, es ist ausgeschlossen, daß diese Abdrücke versehentlich auf das Papier geraten sein können. Sie sind aus einem ganz bestimmten Grund und mit voller Absicht gemacht worden.»

«Aber warum sollte sich ein Mann die Mühe machen, Wörter aus Zeitschriften auszuschneiden, um dadurch seine Identität zu verbergen, wenn er den Brief dann hinterher mit der einzigen Unterschrift signiert, die er nicht abstreiten kann?» fragte Johnston.

Nicky zog eine buschige weiße Augenbraue hoch. «Nun, überlegen Sie doch mal!»

«Vielleicht will er uns damit auf eine falsche Fährte locken. Vielleicht stammen die Abdrücke ja von irgendeiner unbeteiligten Person.» Und um seinen Gedankengang noch weiter zu erklären, fügte Johnston hinzu: «Es ist nicht schwer, Fingerabdrücke zu übertragen.»

«Würde Sie das aber von der Spur abbringen?» fragte Nicky. «Abdrücke aller fünf Finger. Und die, genau der Reihe nach, immer von neuem wiederholt? Falls Sie die Abdrücke identifizieren und den dazugehörigen Mann finden könnten, glauben Sie, daß irgendein Geschworenengericht Zweifel an seiner Behauptung haben würde, daß er hereingelegt worden ist? Und wie soll der Verfasser des Briefes wissen, ob der Mann, dessen Fingerabdrücke er gestohlen hat, nicht ein niet- und nagelfestes Alibi beibringen kann? Und selbst wenn er kein Alibi hätte, würden Sie nicht dazu neigen, seinen Unschuldsbeteuerungen Glauben zu schenken, wenigstens so weit, daß Sie ihn nach seinen Feinden fragen, und dadurch die Spur des wirklichen Täters finden?»

Parker von Barnstable County hob erregt die Hand. Nicky blickte ihn auffordernd an.

«Warum soll der Entführer es nicht gerade aus den eben von Ihnen genannten Gründen so gemacht haben? Verstehen Sie? Wenn er geschnappt wird, sagt er: ‹Das war ich nicht. Halten Sie mich für so verrückt, daß ich meine eigenen Fingerabdrücke auf dem Brief hinterlasse, in dem ich das Lösegeld verlange?› Damit wäre er aus der Sache raus ... wenn Sie verstehen, was ich meine ...» Parker verstummte unsicher.

Nicky aber nickte ihm ermutigend zu. «Sie sehen selbst, daß das nicht geht», sagte er sanft. «Selbst wenn Sie annähmen, daß der Mann unschuldig ist, müssen Sie pflichtgemäß ein Verfahren gegen ihn einleiten. Und woher soll er wissen, daß Sie nicht doch auf etwas stoßen, wenn Sie sich erst mal gründlich mit ihm befassen?»

Nun machte ich einen Versuch. «Nehmen wir mal an, der Entführer hat einen anderen Mann in der Hand und kann ihn dazu zwingen, seine Abdrücke auf dem Brief zu hinterlassen?»

Ich hatte schon von vornherein damit gerechnet, daß er den Kopf schütteln würde. «Es geht um Entführung; ein Verbrechen, das gleich nach Mord kommt. Wenn der Mann identifiziert und von der Polizei verhaftet wird, kann man kaum erwarten, daß er sich ein so schweres

Verbrechen anhängen läßt. Aber selbst wenn er es täte, wäre damit noch lange nicht alles zu Ende. Er müßte erklären, wie er alles vorbereitet hat, wo er das Mädchen versteckt hielt, und was er mit dem Geld gemacht hat. Das könnte er natürlich nicht. Und im übrigen: wenn er gezwungen worden wäre, Abdrücke auf dem Brief zu hinterlassen, weil der echte Täter ihn in der Gewalt hat, dann hätte er doch hierdurch wiederum den Täter in seiner Gewalt.»

«Vorausgesetzt, daß er noch lebt», warf Johnston ein.

«Sehr gut», sagte Nicky. «Zwingen Sie einen Mann, Fingerabdrücke auf einem Erpresserbrief zu hinterlassen, dann schießen Sie ihm eine Kugel durch den Kopf und versenken seinen mit Steinen beschwerten Leichnam im Fluß! Das ist eine ausgezeichnete Idee, nur daß eben der ursprüngliche Einwand immer noch gilt. Die Polizei würde die Sache nicht glauben. Wenn der Täter etwas Derartiges plante, würde er sich mit einem einzigen oder besser noch, einem nur teilweise erkennbaren Fingerabdruck auf dem Brief begnügen. Denn dann würde die Möglichkeit eines Versehens viel glaubhafter werden. Nein, Sie haben ganz recht mit der Annahme, daß *zwei* Menschen an der Tat beteiligt sein müssen. Aber es geht um eine Partnerschaft, eine freiwillige Partnerschaft, bei der der eine Mann wissentlich und freiwillig seine Fingerabdrücke hinterläßt. Wenn einer der Partner Anlaß hat, an der Verläßlichkeit des anderen zu zweifeln, wäre dies eine sehr logische Maßnahme. Wenn er zum Beispiel Angst haben müßte, daß sein Partner sofort nach dem Ende der Transaktion die Polizei informierte, könnte er auf diese Art für anhaltendes Schweigen sorgen.»

Ich muß gestehen, daß wir alle etwas enttäuscht waren. Nicky war so großspurig gewesen, daß wir allmählich geglaubt hatten, er könnte eine wirkliche Lösung liefern. Dies war eine bittere Enttäuschung. Es gab Dutzende von Einwänden gegen diese Theorie. Johnston brachte sofort den ersten vor: «Warum sollte der Partner so verrückt sein, darauf einzugehen?»

«Weil ihm nichts passieren kann», antwortete Nicky wie aus der Pistole geschossen. «Er ist kein Krimineller. Seine Fingerabdrücke sind in keiner einzigen Verbrecherkartei.»

«Das genügt mir nicht», sagte Johnston. «Wenn wir uns einmal auf die Suche machen, finden wir auch etwas. Und wenn die Spur auch noch so verwischt ist: zusammen mit den Fingerabdrücken kann sie den Mann ans Messer liefern. Es wäre viel zu gefährlich für ihn.»

«Es sei denn, er wäre fest davon überzeugt gewesen, daß der Brief niemals der Polizei in die Hände geraten würde», schlug Nicky höflich vor.

«Wie kann er davon überzeugt sein?» fragte Johnston grob.

«Dadurch, daß der Brief an seine eigene Adresse gerichtet ist.»

Ich glaube, keinem von uns ging der tiefere Sinn von Nickys Vorschlag auf. «Nehmen wir mal an», fuhr er fort, «ein Mann mit einem reichen

Vater, Bruder oder einer kindischen Tante braucht dringend Geld. Er hat mehr Geld verspielt, als er sich leisten kann, oder er hat zu aufwendig gelebt. Vielleicht will er auch nur eine große Geldsumme an sich bringen, ohne Verpflichtungen eingehen zu müssen. Wenn er sich das Geld von seinen reichen Verwandten pumpen will, wird ihm das abgeschlagen, oder aber er muß sich verpflichten, es in einer bestimmten Zeit zurückzuzahlen. Und nun stellen Sie sich mal vor, er kann zu der Tante gehen und sagen: ‹Liebe Tante Agathe, Gloria ist entführt worden, und die Entführer verlangen fünfzigtausend Dollar Lösegeld›? Oder nehmen wir mal an, der Brief geht direkt an Tante Agathe, die mit ihm zusammenwohnt. Natürlich wird sie ihm den Brief zeigen und höchstwahrscheinlich wird sie ihn bitten, diese Sache in die Hand zu nehmen und für sie zu erledigen. Gut. Und wie arrangiert er die ganze Geschichte? Vielleicht setzt er sich mit einem Kriminellen in Verbindung, unterbreitet ihm seinen Plan und verspricht ihm für die Komplicenschaft eine hohe Beteiligung an dem Gewinn. Vielleicht aber ist ihm dieser Plan von Anfang an von dem Kriminellen vorgeschlagen worden. Der Kriminelle – ich denke nicht an einen kleinen Dieb mit Pullover und Schlägermütze, sondern an einen Manager-Kriminellen, einen, na, wie nennt man das noch? einen Boss – wird dennoch dafür sorgen wollen, daß der ehrbare Partner ihn nicht, nachdem alles vorbei ist, doch noch der Polizei ausliefert. Er wird darauf bestehen, daß der ehrbare Partner sich bindet und unwiderruflich festlegt. Die Masche mit den Fingerabdrücken bietet sich da geradezu an.»

«Warum kann er sich nicht einfach von dem Ehrbaren eine schriftliche Erklärung über seine Beteiligung an dem Verbrechen ausstellen lassen?»

«Der Mann wäre höchst unklug, wenn er das täte. Er könnte daraufhin bis ans Ende seines Lebens erpreßt werden.»

«Aber ist er denn nicht auch so dem Erpresser ausgeliefert, wenn seine Fingerabdrücke auf dem Brief sind?» fragte ich.

Nicky warf mir einen verzweiflungsvollen Blick zu. «Du vergißt, daß *er* den Brief bekommen hat. Wahrscheinlich hat er ihn sogar selbst zugeklebt und in den Briefkasten geworfen. Der Brief ist an ihn selbst, an seinen Vater oder an die reiche, alte Tante adressiert. Er kommt mit der täglichen Post ins Haus. In dem Augenblick, in dem das Lösegeld bezahlt ist, wird er ihn vernichten.»

«Kann er nicht danach zur Polizei gehen und seinen Kumpan verpfeifen?»

«Und wie will er beweisen, daß Lösegeld gefordert worden ist?» fragte Nicky spitz.

Wir verstummten nun alle, und jeder von uns erwog in Gedanken das vielseitige Bild, das sich aus Johnstons anfänglichem Bericht und Nickys analytischer Schlußfolgerung der Lösegeldforderung zusammensetzte.

Je mehr ich darüber nachdachte, um so überzeugter wurde ich, daß Nicky recht hatte. Die beiden Brüder, die in einem großen Haus zusammenlebten. Philip, der ältere, arm, krank, dem reichen, erfolgreichen Bruder völlig ausgeliefert. Seine seltsamen Freunde – hatte einer von den Gartenzaun-Gesprächspartnern vielleicht den Plan zum erstenmal erwähnt? Konnte es sein, daß er sich nicht für so krank hielt, wie sein Bruder, der Arzt, ihm einredete? Eine derartige Geldsumme würde Philip ein freies und unabhängiges Leben garantieren. Hatte Doktor John möglicherweise seinen Bruder verdächtigt, etwas mit der Sache zu tun zu haben? War er deswegen der Polizei gegenüber so wenig mitteilsam? Aber warum hatte Philip einen Privatdetektiv hinzugezogen? Das war der Punkt, der mir zu schaffen machte. Dann aber kam mir die Erleuchtung: Der Arzt, ein verantwortungsbewußter Staatsbürger, hatte trotz der Warnung in dem Brief darauf bestanden, zur Polizei zu gehen. Das war natürlich nicht in Philips Sinn, der John schließlich überreden konnte, statt zur Polizei lieber zu einem Privatdetektiv zu gehen. Später war der Arzt dann argwöhnisch geworden. Vielleicht hatte Philip auch noch vor seinem Tod gebeichtet. Und jetzt fürchtete der Doktor die polizeilichen Ermittlungen, weil dadurch die Rolle seines Bruders ans Licht kommen könnte.

«Ich hätte da noch einen kleinen Punkt», sagte Nicky in Weiterführung meiner eigenen Gedanken. «Der Partner, der den Brief erhalten hat, wird ihn wohl kaum der Polizei ausgehändigt haben. Es würde mich interessieren, wie Sie an den Brief gelangt sind?»

«Daß wir den Brief haben, tut Ihrer Theorie keinen Abbruch», entgegnete Johnston und erzählte nun Nicky die Geschichte, die wir bereits kannten. «Ich möchte wetten», erklärte er abschließend, «daß Blackie Venuti mit im Komplott ist.»

Mein Freund nickte: «Ja, das möchte ich auch annehmen. Gloria wurde zuletzt in seinem Lokal gesehen. Venuti brauchte nicht zu befürchten, daß irgendwelche Indizien in seine Richtung deuteten, da die ganze Geschichte in gewisser Weise ja ein Schwindel war. Möglicherweise hat sich Gloria die ganze Zeit über in seiner Bar befunden.»

«Wir werden diesen Venuti wie eine Zitrone ausquetschen», versprach Johnston grimmig. «Ein Jammer, daß wir das mit dem ehrbaren Komplicen nicht mehr machen können.»

«Und warum nicht?» erkundigte sich Nicky.

«Ich haben Ihnen doch schon gesagt – Philip Regan ist gestern gestorben.»

«Oder ermordet worden», ergänzte Nicky. «Schwer wäre es nicht gewesen. Der Mann hatte ein schwaches Herz. Wahrscheinlich brauchte es nur einen heftigen Schlag in die Magengrube. Wenn ein blauer Fleck zurückblieb, konnte man den sehr leicht damit erklären, daß er beim letzten Herzanfall auf irgend etwas gestürzt war.»

«Was wollen Sie damit sagen, Professor?»

Nicky zog die Schultern hoch. «Sie haben zwei Brüder. Doktor John ist gut gekleidet; er geht in Nachtlokale und kümmert sich um das Gemeindewesen. Philip ist krank; er lungert im Bademantel und in Pantoffeln herum; er ist unrasiert und arbeitet ein bißchen im Garten. Daraus schließen Sie unwillkürlich, daß Doktor John der reiche und Philip der arme Bruder ist.» Er ließ den Blick von einem zum anderen der Gäste wandern und richtete ihn dann auf Eccles, den County Attorney von Norfolk, einen großen, hageren Mann von fünfundsechzig. «Wenn Sie eine Million Dollar hätten, was würden Sie dann tun?» erkundigte er sich.

Eccles lächelte. «Ich würde so oft ich könnte angeln gehen.»

«Eben», stimmte Nicky zu. «Und ich glaube, daß Philip ähnlich gedacht hat. Er war reich und konnte tun und lassen, was er wollte. Also machte er sich das Leben bequem. Er zog sich dann an, wenn er Lust hatte; und wenn er keine Lust hatte, rasierte er sich nicht. Er konnte es sich leisten, den jüngeren Bruder die Praxis aufgeben zu lassen, damit er einen Privatarzt hatte, den er für sich springen lassen konnte. Und John war so abhängig vom Futterkorb, daß er der eleganten Kleidung und der Autos, des reichlichen Taschengelds und der gesellschaftlichen Stellung wegen bereit war, dem älteren Bruder als Krankenpfleger zu dienen. Ich könnte mir denken, daß Philip kein angenehmer Brotgeber war. Er war krank, das darf man nicht vergessen. Ich kann mir gut vorstellen, daß er gelegentlich drohte, sein Testament zu ändern und dem jüngeren Bruder keinen Cent zu hinterlassen. Also setzte Dr. Regan, um endlich einen gewissen Grad von Unabhängigkeit zu erlangen, alles auf eine Karte – und verlor.»

«Aber es ist bekannt, daß John ein wohlhabender Mann ist», beharrte Johnston. «Schon allein sein Grundbesitz in Boston hat einen Wert von über zwei Millionen; das haben wir nachgeprüft.»

«Oh, daran zweifle ich nicht», bestätigte Nicky prompt. «Aber ich möchte wetten, daß Philip irgendwo – wahrscheinlich in einem soliden Safe im Haus – eine Übertragungsurkunde für jedes einzelne Grundstück aufbewahrt hatte, das auf den Namen von Dr. John Regan eingetragen war. Unser Immobiliengesetz ist hoffnungslos veraltet, und es lohnt sich aus den verschiedensten Gründen, Grundstücke auf den Namen eines Strohmanns eintragen zu lassen. Dr. John diente bei Philips Grundstückstransaktionen als Strohmann. Sie wissen natürlich, Mr. Johnston, daß die wichtigste Eigenschaft eines Strohmanns die ist, daß er selbst kein nennenswertes Vermögen hat. Wenn Sie Doktor John nicht zu einem Geständnis bewegen können, werden Sie vermutlich nie genau erfahren, was geschehen ist. Aber Sie können es weitgehendst raten. John hat im Spielcasino von Venuti hoch verloren und war verschuldet. Hat Venuti vielleicht auf Zahlung gedrängt? War es Venuti, der sich den Plan ausgedacht hat?» Nicky zuckte mit den Achseln. «Es ist ziemlich gleichgültig. Der Brief wurde angefertigt, und Philip bekam ihn am nächsten Tag. Da Gloria Johns Tochter und nur Philips Nichte ist, konnte Philip nicht gut gegen den Willen seines Bruders zur Polizei gehen, aber auf die Beauftragung eines Privatdetektivs konnte er bestehen. Möglicherweise schöpfte Philip auch Verdacht. Vielleicht sind ihm die Fingerabdrücke aufgefallen, und er hat sie aus eigener Initiative mit denen seines Bruders John verglichen. Sie müssen ja dutzendweise im Haus zu finden gewesen sein. Vermutlich hat er dann auch noch den Fehler begangen, John etwas von seinem Verdacht mitzuteilen und ihm mit der Polizei zu drohen.»

«Aber warum kann es denn nicht andersherum gewesen sein, Nikky?» fragte ich. «Warum konnte nicht Philip der Arme gewesen sein, der Schuldige? Warum kann es denn nicht so gewesen sein, wie es den Anschein hat – daß John reich und Philip arm ist? Warum sollte nicht John zur Polizei wollen, und Philip hat es ihm ausgeredet? Warum kann denn nicht Johns augenblickliche Zurückhaltung bei der Polizei damit zu tun haben, daß er weiß, welche Rolle sein Bruder bei der Entführung gespielt hat?»

Nickys erheitertes Lächeln ließ mich verstummen.

«Weil es Philip war», sagte er, «der den Detektiv beauftragt und ihm den Brief gegeben hat. Wenn er der Schuldige gewesen wäre, hätte er niemals den Brief aus der Hand gegeben. Zumindest nicht, ohne vorher die Fingerabdrücke entfernt zu haben.»

Einen Augenblick herrschte Schweigen, dann faßte Johnston das in Worte, was wir alle dachten. «Es hört sich gut an, Professor, die Frage ist nur – wie können wir es beweisen?»

«Was den Mord angeht, dürfte es schwierig werden», sagte Nicky. «Aber die Entführungsgeschichte sollte keine Schwierigkeiten machen. Philips Anwalt müßte wissen, wem der Grundbesitz wirklich gehört. Die Bank müßte Kontoauszüge haben, aus denen hervorgeht, von welchem Konto die 50 000 Dollar abgehoben wurden. Und Doktor John wird erklären müssen, wie *seine* Fingerabdrücke auf den Erpresserbrief gekommen sind. Venuti wird reden, wenn ihm aufgeht, daß Sie alles wissen, und daß er in einen Mordfall verwickelt werden kann. Alles weitere sollte sich durch normale polizeiliche Routinearbeit beweisen lassen.»

Er blickte fragend auf, weil wir alle – sogar auch Johnston – zu lachen begannen.

Hier die Hinweise, die es Ihnen ermöglicht hätten – oder haben? –, die Lösung noch vor Nicky zu finden:

1. Es ist Philip Regan, der den Detektiv bestellt. (S. 21)

2. *Der Detektiv ist beunruhigt, weil er die Entführung der Polizei verschweigen soll und sein Auftraggeber so plötzlich stirbt. (S. 21)*
3. *Weil Philip nicht arbeitet, sich schlampig kleidet und sich über den Gartenzaun mit Fremden unterhält, braucht er weder arm zu sein, noch näheren Umgang mit Verbrechern zu pflegen; der Arzt John Regan andererseits, der im* Silberpantoffel *spielt, muß zumindest Blackie Venuti kennen. (S. 22 und 23)*
4. *Nicky rekonstruiert den Fall fast richtig. Wenn Sie sich nicht von der vermeintlichen Armut Philips täuschen ließen – könnten Sie hier die Lösung haben. (S. 27)*
5. *Noch einmal kommt die Frage, warum Philip den Detektiv engagiert hat. Überzeugt Sie die Antwort, die sich Nickys Freund gibt? (S. 28)*

Examen um zehn

Was tun viele Professoren, die warten müssen? Nichts anderes als andere Leute auch: sie fachsimpeln und klatschen. Vergessen Sie alle Vornehmheit und achten Sie auf den Klatsch. Schon auf den ersten sechs Seiten erfahren Sie nämlich, was Sie brauchen, um diesen Fall spielend lösen zu können. Aber Harry Kemelman – Sie kennen ihn mittlerweile – macht viele Versuche, Sie aufs Glatteis zu führen. Im übrigen: Viel Vergnügen bei der Suche nach dem berühmten stumpfen Gegenstand, bei den anderen verwirrenden Einzelheiten, den Fingerabdrücken, den Notizen zum Examen, den streitenden Professoren und den sich überschneidenden – und verschobenen – Terminen!

Ich glaube nicht, daß es etwas mit Nicky Welts Gerechtigkeitssinn zu tun hatte, daß er mir gelegentlich beistand, nachdem ich die juristische Fakultät verlassen und den Posten eines County Attorneys angenommen hatte. Ich halte es eher für ein Zeichen von Ungeduld. Er war wie ein geschickter Automechaniker, dem es wehtut, einem blutigen Laien zusehen zu müssen, und ihm schließlich mit den Worten: «Lassen Sie mich mal ran» den Schraubenschlüssel aus der Hand nimmt.

Trotzdem hatte ich das Gefühl, daß ihm diese kurzen Ausbrüche aus der Alltagsroutine der Vorlesungen und Prüfungen viel Spaß machten. Als er mich zu einer Doktorandenprüfung einlud, nahm ich an, daß er auf diese Weise seinen Dank abstatten und mir einen Gegendienst erweisen wollte.

Ich hatte damals viel zu tun und hätte gern abgelehnt, aber es fällt mir sehr schwer, Nicky etwas abzuschlagen. Ein dreistündiges mündliches Doktorexamen kann sehr langweilig sein, wenn man nicht selbst der Kandidat oder wenigstens ein Mitglied des Prüfungsausschusses ist. Ich begann erst einmal zu verhandeln und fragte: «Wer ist der Kandidat, Nicky? Einer deiner Studenten? Kenne ich ihn?»

«Er heißt Bennett, Claude Bennett. Er hat bei mir gehört, aber er hat ein anderes Fachgebiet.»

«Ist es eine besonders interessante Dissertation?» forschte ich weiter.

Nicky zuckte mit den Achseln. «Da es sich um eine Vorprüfung nach der neuen Prüfungsordnung handelt, kennen wir das Thema der Dissertation nicht. In der letzten halben Stunde des mündlichen Examens wird der Kandidat sein Thema bekanntgeben und darlegen, was er zu beweisen sucht. Von den anderen Prüfern habe ich aber gehört, daß Bennett sich vorwiegend auf das achtzehnte Jahrhundert spezialisiert hat, und daß er sich mit den Byington-Dokumenten befaßt.»

Nun begann es mir zu dämmern. Ich glaube, keine Universität kommt ohne ihre internen Zwistigkeiten aus. Bei uns fand dieser Krieg bei den Literaturwissenschaftlern statt, und die Kontrahenten waren die beiden Fachgelehrten des achtzehnten Jahrhunderts, Professor George Korngold, der Biograph von Pope, und Professor Emmett Hawthorne, der Entdekker und Herausgeber der Byington-Dokumente. Die beiden waren so verfeindet, daß Hawthorne prompt jede wissenschaftliche Tagung verließ, wenn Korngold sich zum Wort meldete, und Korngold wiederum hatte anläßlich einer Diskussion der *Gesellschaft für Moderne Sprache* erklärt, die Byington-Dokumente seien Fälschungen aus dem neunzehnten Jahrhundert.

Ich lächelte vielsagend. «Und Korngold gehört dem Prüfungskomitee an?» Professor Hawthorne las, soweit ich orientiert war, dieses Semester als Gastprofessor an der Universität von Texas.

Nickys Lippen verzogen sich zu einem ganz unprofessoralen Feixen. «Sie sind beide Prüfer, Korngold und Hawthorne!»

Ich war verblüfft. «Wieso? Ist Hawthorne denn zurück?»

«Er hat seine Rückkehr telegrafisch angemeldet. Offiziell heißt es wohl, daß er die Korrekturen der Neuauflage seines Buches lesen will. Aber ich halte es für bezeichnend, daß er das Telegramm abgeschickt hat, kurz nachdem Bennetts Examenstermin in der *Gazette* veröffentlicht wurde. Ebenso bezeichnend ist es, daß er am Vorabend dieses Examens hier eintrifft. Natürlich mußten wir ihn auffordern, an der Prüfung teilzunehmen, und er hat telegrafisch zugesagt.»

Nicky rieb sich vergnügt die Hände.

Verglichen mit Nicky war die Sache für mich natürlich nicht ganz so erheiternd, trotzdem hielt ich sie für interessant genug, um Nickys Einladung anzunehmen.

Aber wie sooft bei solchen mit Spannung erwarteten Ereignissen war die Wirklichkeit enttäuschend. Der Kandidat, Claude Bennett, erschien nämlich nicht.

Die Prüfung war auf Samstagvormittag 10 Uhr festgesetzt, und ich erschien etwa eine Viertelstunde vor dem Termin, um mir nichts von dem Spaß entgehen zu lassen. Dennoch war die Prüfungskommission schon versammelt. Der allgemeinen Atmosphäre, besonders aber der Art, wie die Mitglieder in Grüppchen zusammenstanden und tuschelten, war zu entnehmen, daß es zwischen Korngold und Hawthorne bereits zu Zusammenstößen gekommen war.

Professor Korngold war ein großer, dicker Mann mit einem spärlichen Haarkranz. Seine von Natur aus rötliche Gesichtsfarbe wurde noch durch einen Hautausschlag verstärkt, an dem er gelegentlich litt. Er rauchte eine große Pfeife mit gebogenem Stiel, die er nur selten aus dem Mund nahm. Das Schmoren der Pfeife war eine ständige Begleitmusik zum tiefen Dröhnen seiner Stimme.

Als ich den Saal betrat, kam er auf mich zu, streckte mir die Hand hin und bellte: «Nicky hat schon gesagt, daß Sie kommen. Fein, daß es geklappt hat.»

Ich berührte die ausgestreckte Hand nur zögernd, denn an der anderen Hand trug er einen schmutzigen Baumwollhandschuh, der die von dem Ekzem verunstaltete Haut schützen oder auch verbergen sollte. Ich zog meine Hand rasch wieder zurück und fragte, um die etwas peinliche Situation zu überspielen: «Ist der Kandidat schon da?»

Korngold schüttelte den Kopf. Er zerrte an der Uhrkette und förderte eine dicke Zwiebel von Uhr zu Tage. Mit zusammengekniffenen Augen betrachtete er das Zifferblatt, ließ den Deckel zuschnappen und legte die Stirn in Falten. «Es geht auf zehn», brummelte er. «Bennett soll bloß nicht wieder kneifen.»

«Oh? War er denn schon mal bestellt?»

«Er hat am Anfang des Semesters einen festen Termin gehabt. Ein oder zwei Tage davor hat er um eine Verschiebung gebeten.»

«Spricht das gegen ihn?»

«Das soll es nicht», sagte er und lachte dann.

Ich schob mich allmählich auf die andere Seite des Raums, in die Nähe von Professor Hawthorne. Hawthorne war ein kleiner, adrett gekleideter Mann, der ein wenig dandyhaft wirkte. Er hatte einen spitz gezwirbelten Schnurrbart und – eine Ausnahme unter den Professoren – einen richtigen, schöngeschnittenen Kaiserbart. Abgesehen davon schmückte er sich noch mit einem Kneifer an einem breiten schwarzen Band und mit einem dünnen schwarzen Ebenholzstock mit Goldkrücke. All dies Zubehör hatte er sich vor ein paar Jahren zugelegt, nach der

Entdeckung der Byington-Dokumente während eines sommerlichen Studienaufenthalts in England. Früher war er ganz unauffällig und normal gewesen, doch die Auffindung der Byington-Dokumente war von den Enthusiasten für ebenso wichtig gehalten worden, wie die Entzifferung der Tagebücher von Samuel Pepy, und er war mit Ehren überschüttet worden: er wurde ordentlicher Professor, Herausgeber einer angesehenen wissenschaftlichen Zeitschrift, und bekam sogar den Ehrendoktor eines nicht allzu obskuren Colleges aus dem Westen. Mit den Ehren waren der Kaiserbart, der Kneifer am Band und der Ebenholzstock gekommen.

«Ist George Korngold auf meine Kosten so witzig?» fragte er betont gleichmütig.

«Aber nein», sagte ich rasch. «Wir haben über den Kandidaten gesprochen. George erwähnte, daß er schon mal vor dem Examen gekniffen hat.»

«Ja, ich kann mir vorstellen, daß Professor Korngold Bennetts Bitte um eine Terminverschiebung mit ‹Kneifen› bezeichnet», entgegnete Hawthorne ironisch und gerade laut genug, daß es auf der anderen Seite des Raumes noch gehört werden konnte. «Ich bin zufällig über die Sache orientiert. Professor Korngold übrigens auch. Der Grund ist, daß Bennett an den Byington-Dokumenten gearbeitet hat. Unsere Bibliothek hat das Manuskript erst ein paar Tage vor Bennetts Examenstermin erworben. Als echter Wissenschaftler wollte er natürlich die Gelegenheit ausnützen, das Originalmanuskript zu studieren. Daher hat er um eine Verlegung des Termins gebeten. Und das nennt Korngold: vor einem Examen kneifen.»

Von drüben dröhnte George Korngolds Stimme: «Nicky, es ist zehn Uhr.»

Hawthorne sah auf seine Uhr und rief schrill: «Es ist erst fünf vor!»

Korngold lachte schallend; und mir ging auf, daß er Hawthorne nur hatte ärgern wollen.

Als fünf Minuten darauf die Uhr der Kapelle zehn schlug, sagte Korngold: «Na, jetzt ist es wirklich zehn, Nicky. Wollen wir hier bis mittags warten?»

Hawthorne fuchtelte aufgeregt mit seinem Spazierstock. «Ich protestiere, Nicky. Es ist klar ersichtlich, daß ein Mitglied des Prüfungskomitees gegen den Kandidaten voreingenommen ist, und aus Gründen der Fairness schlage ich vor, dieses Mitglied als Prüfer auszuschließen. Und was den Kandidaten anbelangt, so bin ich sicher, daß er gleich hier sein wird. Ich bin auf dem Weg hierher in seinem Hotel gewesen. Er war schon fort. Vermutlich ist er in die Bibliothek gegangen, um irgendeine letzte Frage nachzuprüfen. Ich finde, daß wir schon aus Anstandsgründen noch etwas warten sollten.»

«Ich meine auch, wir sollten noch ein bißchen warten, Emmett», stimmte Nicky besänftigend zu.

Um Viertel nach zehn war der Kandidat aber immer noch nicht da; und Hawthorne geriet in eine gelinde Panik. Er lief von einem Fenster zum anderen und blickte über den Campus zur Bibliothek. Korngold dagegen gab sich betont gelassen.

Ich glaube, uns allen tat Hawthorne ein bißchen leid; dennoch waren wir erleichtert, als Nicky schließlich verkündete: «Es ist halb elf. Ich finde, daß wir jetzt lange genug gewartet haben, und schlage vor, daß wir den Termin vertagen.»

Hawthorne wollte erst protestieren, überlegte sich es dann aber und schwieg. Er nagte vor Erregung an den Schnurrbarthaaren. Als wir zusammen den Raum verließen, brummte Korngold laut genug, daß alle ihn hören konnten: «Der junge Mann sollte sich an dieser Universität lieber nicht noch einmal zum Examen melden.»

«Er könnte ja einen triftigen Entschuldigungsgrund haben», gab Nikky zu bedenken.

«In meiner augenblicklichen Verfassung müßte der Grund aber schon mehr als triftig sein. Wenn es nicht um Leben und Tod geht, ist diese unverschämte Behandlung eines Prüfungskomitees unverzeihlich.»

Nicky hatte noch in der Bibliothek zu tun, und ich kehrte in mein Büro zurück. Schon eine Stunde später sollte ich den Grund für Bennetts scheinbar so ungehöriges Betragen erfahren. Er war tot – ermordet – in seinem Zimmer aufgefunden worden.

Ich erinnere mich noch genau an meine erste Reaktion. Es war der idiotische Gedanke, daß Bennett nun eine Entschuldigung hatte, die sogar Professor Korngold zufriedenstellen mußte.

Natürlich mußte Nicky benachrichtigt werden; und meine Sekretärin versuchte mehrfach im Laufe des Nachmittags, ihn anzurufen. Als aber Lieutenant Delhanty, der Chef unserer Mordkommission, und sein Mitarbeiter, Sergeant Carter, um vier Uhr bei mir erschienen, um über die bisherigen Ermittlungen Bericht zu erstatten, hatte sie ihn immer noch nicht erreicht.

Carter blieb im Vorzimmer, während ich mit Delhanty in mein Büro ging. Delhanty ist ein systematischer Mensch. Er holte sein Notizbuch heraus, legte es bedächtig auf meinen Schreibtisch, zog sich dann umständlich einen Stuhl heran, kniff die Augen hinter den Brillengläsern zusammen und begann zu lesen: «Um 10.45 Uhr wurden wir von James Houston, dem Geschäftsführer des *Avalon*-Hotels benachrichtigt, daß einer seiner Gäste, ein gewisser Claude Bennett, 27, unverheiratet, Doktorand an der hiesigen Universität, von dem Zimmermädchen, einer Mrs. Agnes Underwood, tot und offensichtlich ermordet in seinem Zimmer aufgefunden worden war. Sergeant Lomasney hat den Anruf entgegengenommen. Er forderte Houston auf, das Zimmer abzuschließen und auf die Ankunft der Polizei zu warten.

Wir benachrichtigten den Polizeiarzt, der mit uns zusammen hinausfuhr. Wir kamen dort um 10.50 Uhr an.» Er blickte von seinen Notizen auf und erklärte: «Das *Avalon* ist das kleine Hotel auf der High Street, gegenüber von der Universitäts-Turnhalle. Es ist eigentlich eher eine Pension und hat fast nur Dauergäste, aber sie nehmen auch gelegentlich Gäste für nur eine Nacht. Vor dem Eingang parkte ein altes Ford-Coupé mit der Nummer 769214. Der Schlüssel steckte im Zündschloß.» Er blickte wieder auf. «Das stellte sich als wichtig heraus.» Mit einer geringschätzigen Handbewegung fügte er hinzu: «So etwas fällt jedem Polizisten sofort auf – ein parkender Wagen, in dem der Zündschlüssel steckt. Geradezu eine Einladung zum Diebstahl. Wir erkundigten uns bei dem Geschäftsführer: es war Bennetts Wagen.

Bennetts Zimmer liegt im ersten Stock, gleich rechts von der Treppe. Als wir ins Zimmer kamen, waren die Jalousien heruntergelassen. Houston sagte, sie hätten sie schon so vorgefunden. Bennett lag auf dem Fußboden; sein Schädel wies Spuren von mehreren Schlägen mit einem stumpfen Gegenstand auf. Nach Meinung des Arztes hätte der erste Schlag schon gereicht; die restlichen Schläge erfolgten, weil der Mörder auch ganz sicher sein oder seine Wut austoben wollte. Nahe bei der Leiche lag ein langer Dolch, dessen Griff mit Blut beschmiert war. Ein paar Haarsträhnen klebten daran fest. Sie sind als Haare des Ermordeten identifiziert worden.»

Er beugte sich vor und holte aus seiner Aktentasche ein langes, schmales Päckchen. Vorsichtig löste er das Wachspapier und zeigte mir einen Dolch, der in einer Metallscheide steckte. Er war etwa anderthalb Fuß lang. Der blutverschmierte Griff hatte etwa ein Drittel der Gesamtlänge und war ungefähr einen Finger dick und zwei Finger breit. Alle Kanten waren abgerundet. Er schien aus Knochen oder Elfenbein zu sein und war mit geschnitzten Hakenkreuzen verziert.

«Ich darf wohl annehmen, daß dies die Waffe ist?» fragte ich lächelnd.

Er grinste zurück. «Darüber besteht kaum ein Zweifel. Er paßt ganz genau zu den Wunden.»

«Wie steht es mit Fingerabdrücken?»

Delhanty schüttelte den Kopf. «Auf der Waffe sind keine vorhanden, und im Zimmer nur die von Bennett und dem Stubenmädchen.»

Ich hob den Dolch vorsichtig hoch. «Oh, der Griff ist mit Blei beschwert!»

Delhanty nickte grimmig. «Sonst wäre Bennett auch nicht so entsetzlich zugerichtet worden.»

«Wenigstens sollte sich ein derartiger Dolch leicht aufspüren lassen», sagte ich hoffnungsvoll.

Delhanty lächelte. «Das war ganz leicht. Er gehörte Bennett.»

«Hat ihn das Zimmermädchen wiedererkannt?»

«Noch viel besser: das Gegenstück zu diesem da hängt noch an der Wand. Hier!» Er griff wieder in die Aktentasche und förderte ein Foto zutage, das eine Zimmerecke und die Wand dahinter zeigte. Im Vordergrund stand ein Schreibtisch und neben ihm ein kleiner Tisch mit einer Schreibmaschine. Interessant aber war die Wandfläche über dem Schreibtisch, denn dort hing, sauber ausgerichtet an Haken, ein ganzes Waffenarsenal. Unter jedem einzelnen Stück war eine kleine Karte befestigt, auf der vermutlich eine Beschreibung stand. Alles in allem erkannte ich: zwei deutsche Säbel, drei Pistolen, zwei Gegenstände, die wie Polizeiknüppel aussahen. (Auf meinen fragenden Blick hin murmelte Delhanty: «Die stammen von der Wachmannschaft eines Konzentrationslagers – üble Waffen! – fast so dick wie mein Handgelenk.») Dann kam ein Dolch, das genaue Abbild von dem, der auf meinem Schreibtisch lag. Aber an der Wand steckte noch eine Karte unter einem leeren Haken, an dem der Dolch gehangen hatte. Der helle Fleck auf der Tapete war deutlich zu erkennen.

Delhanty schmunzelte. «Kriegstrophäen! Mein Junge hat so viel von dem Zeug mitgebracht, daß man damit ein deutsches Regiment ausrüsten könnte.»

Er holte einen Bleistift aus der Brusttasche und deutete auf den Schreibtisch im Bild. «Bitte, sehen Sie sich diese Dinge rechts von dem Bücherstapel an. Sie sind nicht gut zu erkennen, aber ich habe sie hier genau aufgeführt.» Er zog wieder seine Notizen zu Rate. «Kleingeld, insgesamt achtundzwanzig Cents, ein Zimmerschlüssel, ein Etui mit einem Füller und Kugelschreiber, ein Taschenmesser, ein sauberes Taschentuch und eine Brieftasche. Es sind die üblichen Kleinigkeiten, die ein Mann in den Taschen hat und jedesmal herausnimmt, wenn er sich umzieht. Nur etwas ist mir dabei merkwürdig vorgekommen: die Brieftasche war leer. Es war ein Ausweis und der Führerschein drin, eine Quittung für die Zimmermiete und ein Briefmarkenheft, aber kein Geld, kein einziger Dollar.»

«So seltsam finde ich das nicht», meinte ich. «Studenten sind nicht gerade für ihren Reichtum berühmt.»

Das wollte Delhanty aber nicht gelten lassen. «Ein bißchen Geld hat jeder bei sich. Das Kleingeld auf dem Schreibtisch reichte noch nicht einmal für die billigste Mahlzeit. Wir haben das Zimmer sorgfältig durchsucht und weder Geld noch ein Scheckheft gefunden. Aber das hier lag im Papierkorb.»

Abermals bückte er sich und durchwühlte die Aktentasche. Diesmal förderte er einen länglichen Umschlag mit einem regierungsamtlichen Stempel zutage. «In solchen Umschlägen werden die Schecks für die Stipendien verschickt», erklärte er. «Er muß den Brief gestern erhalten haben. Wir haben es hier bei den Banken versucht und gleich beim erstenmal Glück gehabt. Sie haben den Scheck für Bennett eingelöst. Es waren hundert Dollar. Der Kassierer konnte sich nicht mehr genau erinnern, aber falls Bennett keine Sonderwünsche äußerte, hat er ihm wahrscheinlich drei Zwanziger, zwei Zehner, drei Fünfer und fünf Ein-Dollar-Scheine gegeben.

Ein junger Mann wie Bennett gibt das doch nicht alles in einem Tag aus», fuhr Delhanty fort. «Es lag also der Verdacht auf einen Raubüberfall nahe. Dabei erinnerte ich mich wieder an diesen Wagen, der mit dem Schlüssel im Zündschloß vor dem Hotel parkte. Über Nacht konnte er nicht da gestanden haben, sonst hätte er ein Strafmandat erhalten. Also mußte er heute morgen dorthin gestellt worden sein. Entweder von einem Freund, der ihn sich ausgeliehen hatte, oder – und das war naheliegender – von einer Werkstatt. Wieder hatten wir Glück. Der Wagen war zum Abschmieren in der Garage von der High Street gewesen und ist heute früh gegen halb zehn abgeliefert worden. Als ich mich erkundigte, warum der Zündschlüssel steckte, war der Leiter der Garage ebenso erstaunt wie ich. Er sagte, sie lieferten die Schlüssel immer beim Wagenbesitzer ab oder verabredeten, wo sie hinterlassen werden sollten.

Als ich wissen wollte, wer den Wagen abgeliefert hatte, erinnerte sich der Mann, daß er einen Lehrling damit beauftragt hatte. Er heißt Sterling, James Sterling. Meistens schmiert er die Wagen nur ab, bringt sie aber auch gelegentlich zurück. Der Chef wußte es nicht ganz genau, meinte aber, dieser Sterling hätte Bennetts Wagen schon öfter bei ihm abgeliefert. Ich hielt das für wichtig, denn es bewies, daß Sterling die Zimmernummer von Bennett kannte und zu ihm hinaufgehen konnte, ohne erst herumfragen zu müssen.»

«Ich entnehme Ihren Worten», warf ich ein, «daß man das Hotel leicht unbemerkt betreten kann.»

«Ja, kinderleicht; die Tür ist immer offen. Es ist ja eigentlich kein Hotel, wissen Sie. Es gibt keinen Empfang und keinen Portier. Tagsüber kann man kommen und gehen wie man will, ohne gesehen zu werden.

Ich wollte dann Sterling sprechen», berichtete Delhanty weiter, «hörte aber, daß er sich krank gemeldet hatte. Ich ließ mir die Adresse geben und wollte schon gehen, als mir eine Reihe von Metallspinden auffiel. Ich bat den Chef, mir Sterlings Spind aufzuschließen; er wand sich ein bißchen, hat es dann aber getan. Und was glauben Sie, was ich hinter dem Schirm seiner ölverschmierten Mütze gefunden habe? Drei Zwanziger, zwei Zehner und drei Fünfer. Keine Einer – die hat er wahrscheinlich für unverdächtig genug gehalten, um sie mitzunehmen.»

«Waren Sie bei ihm?»

«Jawohl, Sir. Vielleicht war er vorher schon krank, aber als er mich sah, wurde er erst richtig krank. Erst behauptete er, er wüßte nichts von dem Geld; dann sagte er, er hätte es beim Pokern gewonnen. Und schließlich wollte er es in Bennetts Auto gefunden haben, zwischen dem Sitz und der Rückenlehne versteckt. Darauf bluffte ich und sagte, wir hätten seine Fingerabdrücke auf der Brieftasche gefunden. Das war, wie gesagt, ein Bluff, aber manchmal hilft einem eine kleine Lüge ganz hübsch weiter, wenn man diese Burschen kleinkriegen will. Darauf hat er nach einem Anwalt verlangt. Also haben wir ihn eingesperrt. Ich dachte, daß ich erst mit Ihnen reden sollte, ehe wir ihn durch die Mangel drehen.»

«Sie haben hervorragend gearbeitet, Delhanty», sagte ich. «Rasch gearbeitet und gut und sauber gedacht! Wahrscheinlich hat Sterling geglaubt, wenn er den Zündschlüssel stecken ließe, wäre das ein Zeichen dafür, daß er Bennett nicht angetroffen hat. Sie aber haben ihn damit geschlagen, daß Ihnen gerade die Tatsache, daß er den Schlüssel stecken ließ, faul und verdächtig vorkam. Daß Sie das Geld gefunden haben, macht die Sache natürlich komplett. Aber es wäre doch schön, wenn wir nun noch jemand hätten, der ihn gesehen hat. Sie haben ja sicher die Hausgäste befragt?»

«Natürlich, Sir», bestätigte Delhanty. Er grinste. «Und das war wieder ein schönes Beispiel dafür, daß einen zu viele Ermittlungen manchmal auf einen Holzweg bringen können. Ich hatte sie alle verhört, ehe ich etwas von Sterling wußte, und eine Zeitlang glaubte ich, den Hauptverdächtigen unter den Hausbewohnern entdeckt zu haben. Wissen Sie, wir hatten uns alle Gäste und den Geschäftsführer Houston gründlich vorgenommen und rein nichts gefunden. Keiner hatte etwas gesehen; keiner hatte etwas gehört. Dann nahmen wir uns das Zimmermädchen vor. Wir hatten sie bis zum Schluß aufgehoben, da sie völlig mit den Nerven fertig war. Na ja, und sie *hatte* etwas gesehen.

Sie hatte um halb neun auf der ersten Etage mit ihrer Arbeit angefangen. Die Zeit wußte sie so genau, weil die Turmuhr der Kapelle halb geschlagen hatte. Sie wollte gerade in das Zimmer am äußersten Flurende gehen, als sie Alfred Starr aus seinem Zimmer kommen und an Bennetts Tür klopfen sah. Sie sah auch, daß er hineinging. Sie wartete ein oder zwei Minuten und machte sich dann wieder an ihre Arbeit.»

«Und warum hat sie gewartet?»

«Das hab ich sie auch gefragt, Sir. Der Grund war, daß Starr und Bennett vor ein paar Tagen einen fürchterlichen Krach miteinander hatten, und sie erstaunt war, daß er nun wieder zu ihm ging. Als ich mich vorher aber mit Starr unterhalten hatte, hatte er nichts von diesem Besuch bei Bennett erwähnt. Ich ließ ihn also noch einmal rufen und fragte ihn danach. Zuerst stritt er alles ab. Das ist normal. Als ihm klarwurde, daß er gesehen worden war, gab er zu, Bennett besucht zu haben, aber er erklärte energisch, daß er ihm nur Glück zum Examen wünschen wollte. Dann erwähnte ich seinen Krach mit Bennett. Er stritt ihn nicht ab. Er gab zu, sich mit Bennett gezankt zu haben, sagte aber, er sei damals angetrunken gewesen. Es ging darum, daß er seine Bostoner Freundin vor ein paar Wochen zu einem Fest der medizinischen Fakultät eingeladen hatte. Da er am Vormittag keine Zeit gehabt hatte, hatte er Bennett gebeten, sich etwas um sie zu kümmern. Hinterher kam es heraus, daß Bennett ihr später ein paarmal nach Boston geschrieben hatte. Und so kam es zu dem Krach. Als ihm dann aufging, wie töricht er sich benommen hatte, wollte er Bennetts Examen als Anlaß nehmen, sich bei ihm zu entschuldigen und ihm Glück zu wünschen. Uns hatte er nichts von der ganzen Geschichte erzählt, weil er jetzt vor den Abschlußexamen nicht in so etwas hineingezogen werden wollte.»

Delhanty zog die Schultern hoch. «Eine Weile glaubte ich schon, den Fall gelöst zu haben. Motiv: Eifersucht, Waffe und Gelegenheit an Ort und Stelle; und sogar eine Art von schuldhaftem Verhalten, indem Starr uns die Geschichte verschwieg. Aber dann brach meine Theorie zusammen. Der Zeitfaktor stimmte nicht. Der Arzt hatte die Tatzeit auf etwa neun Uhr festgelegt. Das hatte mich noch nicht mal gestört, weil sie die Zeit doch immer nur schätzungsweise angeben können. Aber Starr war in der Halle zum Tennis verabredet; und die haben da eine Stechuhr, weil für die Benutzung der Plätze eine Gebühr bezahlt werden muß. Und nach dieser Uhr war Starr um 8.33 Uhr spielbereit, also drei Minuten nach dem Zeitpunkt, an dem er Bennetts Zimmer betreten hatte. Und das reichte nicht. Aber so war es eben. Wenn die Zeit nicht von beiden Enden her so genau festgelegt gewesen wäre, hätten wir in Starr unseren Star-Verdächtigen gehabt.»

Er lachte laut über sein Wortspiel, und ich zwang mich zu einem Lächeln. Dann kam mir plötzlich ein Gedanke.

«Hören Sie mal, selbst so stimmt die Zeit nicht. Ich kenne mich mit den Tennisplätzen in der Halle aus, weil ich oft selbst dort spiele. Die Umkleideräume befinden sich ziemlich weit von den Plätzen entfernt. Man zieht sich um, geht dann zu den Plätzen, und dort erst steht die Stechuhr. Starr hätte sich in der kurzen Zeit nicht auch noch umziehen können.»

Delhanty entschuldigte sich. «Er hat sich nicht in der Sporthalle umgezogen. Das hätte ich erwähnen müssen. Das Hotel liegt genau gegenüber auf der anderen Straßenseite, wissen Sie. Er war schon in Shorts und Tennishemd und hatte den Schläger unter dem Arm, als er zu Bennett ging. Wir wissen das von dem Zimmermädchen.»

Ich nickte etwas enttäuscht. An und für sich sind kriminalpolizeiliche Ermittlungen nicht meine Aufgabe. Die Polizei macht mir Meldung, weil es als County Attorney meine Pflicht ist, Anklage zu erheben und als Staatsanwalt vor Gericht aufzutreten. Aber es ist nur natürlich, daß man die Gelegenheit ausnutzt, einem Fachmann zu zeigen, wo ihm ein Fehler unterlaufen ist.

Erst kam ein leises Klopfen, dann öffnete meine Sekretärin die Tür gerade weit genug, um den Kopf durchzustrecken und zu verkünden: «Professor Welt ist da.»

«Herein mit ihm!»

Nicky trat ein, und ich machte ihn mit Delhanty bekannt.

«Eine traurige Geschichte, Lieutenant», sagte Nicky kopfschüttelnd.

Dann aber entdeckte er den Dolch auf meinem Schreibtisch. «Ist das die Waffe?»

Ich nickte.

«Sie hat Bennett gehört, nicht wahr?»

«Stimmt.» Delhanty sah ihn erstaunt an. «Wie kommen Sie darauf?»

«Oh, das habe ich natürlich nur geraten», antwortete Nicky mit einem leichten Achselzucken. «Aber es liegt ja wohl auf der Hand. So einen Dolch schleppt sicher niemand zufällig mit sich herum. Und wenn Sie jemand mit dem Vorsatz besuchen, ihm den Schädel einzuschlagen, dann wäre das auch nicht gerade die Waffe, die Sie mitnehmen würden. Es gibt zahllose Werkzeuge, an die man mühelos kommt, und die sich soviel besser für diesen Zweck eignen – ein Schraubenschlüssel, ein Hammer, ein Stück Bleirohr ... Wenn Sie ihn aber anfangs gar nicht umbringen wollen, es dann aber für notwendig oder nützlich erachten, und dies die einzige Waffe ist, die Sie vorfinden ...»

«Das war sie gar nicht», sagte ich. «Zeigen Sie ihm doch die Fotografie, Lieutenant.»

Delhanty reichte sie ihm nur mit offensichtlichem Zögern hin. Ich hatte den Eindruck, daß er sich über Nickys typische heitere Herablassung ärgerte.

Nicky betrachtete das Bild eingehend. «Diese Bücher auf dem Schreibtisch», er zeigte mit einem knochigen Zeigefinger auf die Stelle, «wollte er doch sicher zum Examen mitnehmen. Sehen Sie, daß er überall Zettel hineingelegt hat? Aber ich sehe keine Aufzeichnungen. Haben Sie in seinem Zimmer gar keine Notizzettel gefunden, Lieutenant?»

«Zettel?» Delhanty schüttelte den Kopf. «Nein, keine Zettel.»

«Notizzettel und Bücher, Nicky?» fragte ich. «Bei einem Examen?»

«Aber ja. Im Rahmen der neuen Prüfungsordnung muß der Kandidat in der letzten halben Stunde seine Dissertation darlegen und erklären, was er zu beweisen hofft, und er muß Literaturangaben machen und so weiter. Er darf zu diesem Teil des mündlichen Examens alle Texte und Notizen mitbringen, die er dazu benötigt.»

«Ach?» sagte Delhanty höflich. «Dann hat er wohl Geschichte studiert? Ich habe das oberste Buch gesehen, es war eine Geschichte von Kal ... oder Kali ... oder so etwas.»

«Nein, er hat englische Literatur studiert, Lieutenant», erklärte ich. «Dazu gehören auch historische Studien. Die beiden Gebiete überschneiden sich.» Mir fiel ein, daß im achtzehnten Jahrhundert kurze Zeit islamische Einflüsse in der Literatur in Mode gewesen waren, die einige Schriftsteller übernommen hatten. «War es eine *Geschichte des Kalifats*?» fragte ich.

Er dachte über den Titel nach und schüttelte dann zweifelnd den Kopf.

Ich ließ es damit bewenden und wandte mich wieder an Nicky. «Schön, warum hat Bennetts Mörder dann nicht einen der Schlagstöcke statt des

Dolchs genommen? Laut Aussage des Lieutenants sind sie für diesen Zweck ganz vorzüglich geeignet. Jeder ist so dick wie sein Handgelenk.»

«Er hat den Dolch doch gar nicht benutzt – jedenfalls nicht für den tödlichen Schlag», sagte Nicky.

Wir starrten ihn beide an.

«Aber der Griff ist voll Blut, und Bennetts Haare kleben daran. Und der Polizeiarzt hat festgestellt, daß die Wunden genau dem Griff entsprechen.»

Nicky lächelte ein seltsam wissendes und Ärger erregendes Lächeln. «Ja, passen würde er schon, aber er ist nicht die Mordwaffe.» Er breitete die Hände aus. «Überleg doch mal: hier sind Waffen aller Art griffbereit. Würde ein Mann, der jemand umbringen will, einen Dolch wählen, wenn er zwei Schlagstöcke zur Auswahl hat? Außerdem: wie soll er wissen, daß der an der Wand hängende Dolch einen beschwerten Griff hat, und sich so als Schlagwaffe verwenden läßt?»

«Vielleicht wollte er ihn ja erstechen, aber dann drehte sich Bennett um, ehe er ihn aus der Scheide bekam. Oder vielleicht saß er auch zu fest, und er bekam ihn nicht heraus.» Die Vorschläge kamen von Delhanty.

«Dann müßten Fingerabdrücke vorhanden sein», erwiderte Nicky.

«Er könnte Handschuhe angehabt haben», sagte ich.

«Bei dem Wetter?» fragte Nicky verächtlich. «Ohne jemand aufzufallen? Oder meinst du etwa, daß Bennett höflich gewartet hat, bis der Mörder sie anzog?»

«Er kann die Abdrücke hinterher abgewischt haben», sagte Delhanty eisig.

«Von der Scheide ja, aber nicht vom Griff. Wenn Sie einen Dolch ziehen, dann nehmen Sie die Scheide in die eine und den Griff in die andere Hand. Wenn sich Ihr Opfer nun gerade in dem Augenblick umdreht, dann müssen Sie es mit dem beschwerten Griff erschlagen, und Ihre Abdrücke sind auf dem Griff mitten zwischen dem Blut. Sie können sie dann nicht mehr abwischen, ohne auch das Blut abzuwischen. Das hieße demnach, daß der Mörder wenigstens einen Handschuh angehabt haben müßte, und das wäre noch auffälliger gewesen als ein Paar Handschuhe.»

Mir kam eine flüchtige, nicht greifbare Erinnerung an einen Mann, der einen einzelnen Handschuh getragen hatte, aber dann begann Delhanty zu sprechen, und ich vergaß es wieder.

«Ich gebe zu, Professor, daß ich es auch naheliegender fände, wenn er einen Schlagstock genommen hätte, aber das hat er nun mal nicht. Wir wissen, daß er den Dolch genommen hat, denn der lag da und war mit Blut verschmiert, das von Bennett stammt; und es klebten Haare an ihm, Bennetts Haare, und vor allem: der Dolchgriff paßt zu den Wunden.»

«Ja, natürlich», bestätigte Nicky verächtlich. «Deswegen wurde er ja genommen. Er mußte zu den Wunden passen, um die echte Mordwaffe zu verbergen. Die Schlagstöcke gingen nicht, weil sie zu dick sind. Stellen Sie sich einmal vor, Sie hätten gerade jemand den Schädel eingeschlagen, und zwar mit einer Waffe, die zweifellos auf Sie hindeutet. Was würden Sie machen? Sie können weiter auf Ihr Opfer einschlagen, bis der Schädel zu Brei geworden ist – immer in der Hoffnung, dadurch die Spuren zu zerstören. Aber das ist eine abscheulich blutige Angelegenheit – und es dauert seine Zeit. Wenn aber zufällig etwas herumliegt, das gut in der Größe zur Wunde paßt, dann brauchen Sie nur noch ein- oder zweimal zuzuschlagen, um Blut und Haare auf den Gegenstand zu praktizieren, und können ihn für die Polizei liegenlassen. Wenn die eine blutbefleckte Waffe findet, die ganz offensichtlich zu Größe und Art der Verletzung paßt, sucht sie nicht nach einer anderen.»

«Aber die Waffe hat keine auffallenden Merkmale gehabt», wandte Delhanty ein.

«Wenn Sie an so etwas wie ein Brandeisen denken, natürlich nicht. Wenn wir aber davon ausgehen, daß der Dolchgriff ausgewählt wurde, weil er zur ursprünglichen Wunde paßte, dann kommen wir ganz automatisch auf die Form der echten Tatwaffe. Nachdem die Schmalseite des Griffs genommen wurde, denke ich mir, daß die echte Waffe glatt und abgerundet oder rund war und einen Durchmesser von etwa einer Fingerbreite hatte. Es muß ein Gegenstand gewesen sein, den der Mörder bei sich haben konnte, ohne damit aufzufallen.»

«Ein Tennisschläger!» rief ich.

Nicky fuhr zu mir herum. «Von was redest du denn?»

Ich erzählte ihm von Starr. «Er hatte Tenniszeug an und trug den Schläger. Der Rahmen des Schlägers würde in der Größe etwa passen. Und Bennett hätte sich auch nicht darüber gewundert, denn Starr trug ja Tenniszeug.»

Nicky schob die Lippen vor und überlegte. «Gibt es einen Grund zu der Voraussetzung, daß die Male eines Tennisschlägers den Verdacht auf ihn lenken könnten?»

«Das Zimmermädchen hat ihn in das Zimmer gehen sehen.»

«Ja, da hast du recht», stimmte Nicky mir zu, «wenn ich auch deinem Bericht entnommen habe, daß er nicht wußte, daß er gesehen worden ist.»

Ehe ich antworten konnte, kam mir Delhanty zuvor. «Natürlich», erklärte er bissig, «bin ich nur ein gewöhnlicher Polizist, und alle diese Theorien sind mir ein bißchen zu hoch. Aber ich habe einen Mann festgenommen, und das auf Grund ganz gewöhnlicher Polizeiarbeit, die auf Beweisen basiert. Vielleicht hätte ich meine Zeit und die Zeit meiner Männer nicht mit all diesen Laufereien verplempern, sondern mich in einen Stuhl setzen und mir die Lösung einfallen lassen sollen. Aber wir haben überzeugende Beweise, daß Bennett heute morgen 100 Dollar entwendet worden sind. Und ich habe einen Mann in einer Zelle sitzen, bei dem die 100 Dollar gefunden worden sind, und der keine auch nur halbwegs glaubhafte Erklärung abgeben kann, wie er an das Geld gekommen ist.» Er lehnte sich zurück. Seiner Miene war anzusehen, daß er Nicky – und ich fürchte auch mir – gezeigt hatte, daß wir uns zuviel herausgenommen hatten.

«Ach nein! Und wie sind Sie auf diesen Mann gestoßen?»

Delhanty zuckte überlegen mit den Schultern und gab keine Antwort. Ich erklärte Nicky die Sache mit dem Umschlag und den Banknoten, und auf welche Fährte sie geführt hatte.

Er hörte aufmerksam zu und sagte dann leise: «Der Mann von der Werkstatt ist gegen halb zehn gekommen. Haben Sie schon an die Möglichkeit gedacht, Lieutenant, daß Bennett um die Zeit schon tot gewesen sein konnte, und Sterling dann keinen Mord, sondern nur einen Diebstahl begangen hätte? Mir kommt das sehr viel wahrscheinlicher vor, wissen Sie. Der Mann müßte wahnsinnig gewesen sein, wegen einer so kleinen Summe einen Mord zu begehen, zumal er wissen mußte, daß der Verdacht sofort auf ihn fallen würde. Schließlich wußte sein Chef, zu wem er fuhr und wann er ungefähr ankommen würde. Wenn er aber Bennett tot vorfand und die Brieftasche mit dem Geld sah, dann war es nicht allzu gefährlich, das Geld zu nehmen. Selbst wenn die Polizei herausfand, daß Geld fehlte, was nicht sehr wahrscheinlich war, dann würde sie ja wohl normalerweise darauf tippen, daß es der Mörder mitgenommen hatte. Vermutlich hat er also das Geld genommen und ist zur Werkstatt zurückgefahren und hat sich überlegt, daß er, wenn er gefragt würde, sagen wollte, er hätte an Bennetts Tür geklopft, um ihm den Schlüssel zu geben, aber keine Antwort bekommen.»

«Das klingt einleuchtend, Nicky», sagte ich. Als ich aber Delhantys Gesicht sah, fügte ich schnell hinzu: «Aber das ist eben auch nur eine Theorie. Und wir wissen, daß Verbrecher nicht nur Verbrechen, sondern auch Dummheiten begehen. Wenn wir die genaue Mordzeit wüßten, wüßten wir auch, ob Sterling aus der Sache raus ist oder ob er weiter unter Verdacht steht.»

«Vielleicht könnten Sie den Arzt dazu bringen, daß er einen Eid ablegt, daß es nicht später als neun Uhr gewesen sein kann», murmelte Delhanty sarkastisch.

Ich überhörte das. Im übrigen fiel mir ein, daß wir möglicherweise etwas Wichtiges übersehen hatten.

«Hör mal, Nicky, erinnerst du dich, daß Emmett Hawthorne gesagt hat, er wäre auf dem Weg zum Examen bei Bennett vorbeigegangen? Bennett muß da schon tot gewesen sein, denn er hat sich nicht gemeldet. Emmett hat daraufhin angenommen, er sei schon fortgegangen. Vielleicht weiß Emmett noch, wie spät es war. Wenn es vor halb zehn war, käme Sterling nicht mehr als Täter in Frage.»

Nicky verneigte sich anerkennend, und ich war äußerst zufrieden mit mir. Es kam nur selten vor. Ich griff nach dem Telefon. «Weißt du, wo er wohnt. Nicky? Ich rufe ihn am besten gleich an.»

«Er wohnt im *Ambassador*, aber ich bezweifle, daß er jetzt da ist. Als ich fortging, saß er noch in der Bibliothek in seinem kleinen Arbeitsraum. Dort ist er aber nicht zu erreichen – das einzige Telefon steht im Lesesaal. Du könntest höchstens jemand zu ihm rüberschicken und ihn bitten, zu dir zu kommen. Ich glaube, darauf wird er reagieren, denn unser Thema dürfte für ihn von Interesse sein.»

«Sergeant Carter sitzt draußen und hält Ihre Sekretärin von der Arbeit ab», sagte Delhanty nicht sehr liebenswürdig. «Er könnte ja gehen. Wo muß er hin?»

«Die Bibliothek ist ein Irrgarten.» Ich sah Nicky an. «Vielleicht könntest du ihm den Weg beschreiben . . .»

«Ja, das wäre wohl am besten.» Nicky ging zur Tür.

Während wir auf ihn warteten, grinste ich innerlich. Ich wußte nicht, wie man gegen Starrs Alibi ankommen sollte, war aber sicher, daß Nikky es sehr wohl wußte. Als er aber nach kurzer Zeit zurückkam, klangen seine ersten Worte entmutigend.

«Deine Idee von Starr und dem Tennisschläger ist gar nicht so dumm, aber sie geht nicht. Überleg doch mal: der eigentliche Krach ging um ein Mädchen und fand vor zwei Tagen statt. Wenn nun die beiden jungen Männer in einem Haus wohnen – sogar noch im gleichen Stock – und Bennett höchstwahrscheinlich den ganzen Tag über im Haus war, weil er sich auf sein Examen vorbereitete – warum ist Starr dann nicht schon früher gekommen?

Ich finde es auch sehr unwahrscheinlich, daß er zwei Tage lang darüber brütet und dann, am Morgen des dritten Tages, als er auf dem Weg zum Tennisspielen ist, mal eben kurz reingeht und ihn umbringt. Das ist absurd! Es wäre gar nicht so unmöglich, wenn Starr zu ihm gegangen wäre, um ihm seine Meinung zu sagen oder ihm zu drohen, und ihn dann, während des sich daraus entwickelnden Streits erschlagen hätte. Aber in dem Fall hätten sie sich bestimmt erst mal angeschrien, und das Zimmermädchen, das auf etwas Ähnliches wartete, hätte den Lärm hören müssen. Es hätten auch Spuren eines Kampfes vorhanden sein müssen – und die fehlten.»

Er schüttelte den Kopf. «Nein, nein. Ich fürchte, du erkennst die wahre Bedeutung des Dolchs nicht, und siehst nicht, warum er benutzt werden mußte. Nehmen wir einmal an, der Mörder hätte den Dolch nicht allein zum Zweck der Irreführung benutzt. Und nehmen wir weiter an, er hätte Bennett mit einer mitgebrachten Waffe erschlagen und wäre dann fortgegangen. Wonach hätte die Polizei dann gesucht? Von der Art der Wunde her hätte der Arzt die Waffe als stumpfen, runden oder abgerundeten Gegenstand mit einem Durchmesser von etwa ein bis anderthalb Finger breit beschrieben. Ein dünnes Bleirohr oder eine dicke Eisenstange würde passen, aber der Mörder konnte kaum mit so einem Gegenstand herumlaufen oder in Bennetts Zimmer gehen, ohne aufzufallen und Argwohn zu erwecken. Natürlich, er hätte das Ding verbergen können – in seinem Jackenärmel zum Beispiel. Es wäre lästig gewesen, hätte sich aber machen lassen. Aber wie kompliziert wäre es gewesen, das Ding hervorzuziehen, ohne daß Bennett es sah und laut aufschrie! Aber wiederum: mit etwas Glück hätte es gehen können. Wobei wir immer voraussetzen, daß der Angreifer den Mord von vornherein plante. Früher oder später aber würde die Polizei die Möglichkeit einer spontanen Tat ins Auge fassen. Und dann würde sie folgern, daß der Angreifer nur etwas als Waffe verwenden konnte, das er bei sich hatte und ganz offen mit sich herumtragen konnte, ohne den geringsten Verdacht zu erwecken. Und das kann nur ...»

«... ein Stock sein!» rief ich.

«Eben!» sagte Nicky. «Und wenn du an einen Stock denkst, wirst du zwangsweise sofort an Professor Hawthorne denken.»

«Meinst du das im Ernst, Nicky?»

«Warum nicht? Der Stock ist ein wichtiges Zubehör zu dem etwas theatralischen Kostüm, das er für sich erfunden hat, seit er ein berühmter Mann geworden ist. Und zumindest in seiner Vorstellung mußte die von seinem Stock verursachte Wunde so deutlich auf ihn hinweisen, als hätte er dem jungen Mann sein Monogramm eingebrannt.»

«Aber warum sollte er denn seinen eigenen Schützling ermorden wollen?»

«Weil er das nicht war. – Er war nicht sein Schützling. Erinnerst du dich, daß die Prüfung des jungen Mannes schon Anfang des Semesters stattfinden sollte, der Termin aber verschoben wurde? Hawthorne hat gesagt, daß die Bibliothek die alten Byington-Dokumente gekauft hat und daß Bennett die Gelegenheit ausnützen wollte, sie vor dem Examen gründlich zu studieren. Aber die Byington-Dokumente sind im vollen Text veröffentlicht worden; und die Kandidaten brauchen bei der mündlichen Prüfung nur eine kurze Zusammenfassung ihrer Dissertation anzugeben. Wenn also auch die Originalurkunden zusätzliche Beweise für seine These enthalten hätten, wäre das kein Grund gewesen, das Examen aufzuschieben. Aus dem allen müssen wir schließen, daß Bennett auf die Idee gekommen war, eine völlig neue Dissertation zu schreiben. Natürlich muß er das Hawthorne erzählt haben. Aber Hawthorne mußte nach Texas. Vermutlich hat er Bennett überredet, bis nach seiner Rückkehr über seine Entdeckung zu schweigen. Als dann aber eine Neuauflage von Hawthornes Buch über die Urkunden angekündigt wurde, hat Bennett sich doch wieder zum Examen gemeldet. Sobald Hawthorne davon erfuhr, kam er zurück. Er ist gestern spät am Abend angekommen und konnte Bennett frühestens heute morgen sehen. Ich bin überzeugt davon, daß er nicht die Absicht hatte, ihn zu töten, denn dann hätte er eine andere Waffe mitgenommen. Er kam, um ihn um einen weiteren Aufschub zu bitten, bis sie gemeinsam eine Lösung gefunden hätten – vielleicht eine von beiden herausgegebene wissenschaftliche Veröffentlichung. Hawthorne wird gar nicht auf den Gedanken gekommen sein, daß Bennett so etwas ablehnen könnte. Aber das hat er getan. Wahrscheinlich hatte er sein Vertrauen in Hawthorne verloren, als dieser eine Neuauflage der Byington-Dokumente ankündigte.

Für Hawthorne bedeutete Bennetts Ablehnung den Verlust von allem, was ihm wichtig war – seinen akademischen Ruf, sein Ansehen als Wissenschaftler, seine Stellung an der Universität... Er holte mit dem Stock aus und schlug zu.»

«Aber was kann Bennett denn entdeckt haben, das so wichtig war, daß Hawthorne ihn ermordete?» fragte ich.

Nicky zog die Brauen hoch. «Das solltest du selbst erraten können. Wir wissen, daß das Thema von Bennetts Dissertation etwas mit den Originaldokumenten zu tun hatte. Ich möchte wetten, Lieutenant, daß das Buch, das Ihnen auf dem Schreibtisch aufgefallen war, eine *Geschichte der Kalligraphie* war, mit zwei ‹l›, Lieutenant, eine Geschichte der Schreibkunst.» (Das plötzlich erinnernde Aufleuchten auf Delhantys Gesicht, bestätigte die Vermutung.) «Ich könnte mir denken, daß die anderen Bücher sich mit Papier und chemischen Zusammensetzungen von Tinten und so etwas befaßten. Auf jeden Fall bin ich überzeugt davon, daß Bennett einen Beweis entdeckt hat – einen wissenschaftlichen Beweis, und nicht eine anders geartete Meinung, wie die von Korngold, bei der verschiedene Auslegungen möglich sind – einen Beweis anhand der Handschrift, der Papier- oder Tintenanalyse, daß die Byington-Dokumente Fälschungen sind.»

Das Telefon klingelte schrill, und als ich den Hörer ans Ohr hob, hörte ich die aufgeregte, entsetzte Stimme von Sergeant Carter. «Er hat sich erschossen!» rief er. «Professor Hawthorne hat sich eben hier im Hotel erschossen!»

Ich warf einen Blick auf die beiden Männer in meinem Büro und sah, daß sie es gehört hatten. Delhanty war aufgestanden und griff nach seinem Hut.

«Bleiben Sie da», sagte ich ins Telefon. «Lieutenant Delhanty wird gleich bei Ihnen sein. Was ist passiert?»

«Ich weiß nicht», antwortete Carter. «Ich bin in die Bibliothek gegangen, aber da war er schon fort. Ich hab ihn dann hier in seinem Hotel getroffen und ihm Professor Welts Botschaft ausgerichtet. Er hat genickt und ist ins Nebenzimmer gegangen, und nach ein paar Sekunden habe ich den Schuß gehört.»

«Gut. Bleiben Sie da.» Ich legte den Hörer auf.

Delhanty war schon an der Tür. «Das dürfte erledigt sein», sagte ich zu ihm.

«Scheint mir auch so», murmelte er und machte die Tür hinter sich zu.

Ich drehte mich zu Nicky um. «Und was sollte Carter ihm von dir ausrichten?»

Er lächelte. «Ach, das? Ich habe dem Sergeant nur gesagt, er sollte Hawthorne bitten, die Notizen von Bennett mitzubringen.»

Ich nickte düster. Ein oder zwei Minuten lang konnte ich nichts sagen. Ich starrte auf die Schreibtischplatte. Dann sah ich wieder auf. «Nikky? Hast du damit gerechnet, daß deine Bitte diesen Erfolg haben würde?»

Er verzog die Lippen, als müsse er nachdenken. Dann sagte er achselzuckend: «Für ganz unmöglich habe ich es nicht gehalten. Aber mir ging es in erster Linie um den armen Bennett, für den ich mich verantwortlich fühle. Ich dachte, daß ich, wenn an seiner Idee etwas dran ist, seine Unterlagen für eine Veröffentlichung verwenden sollte, die ich in seinem Namen herausgeben werde.» Die kleinen blauen Augen glitzerten, und um seine Lippen spielte ein frostiges Lächeln. «Natürlich wollte ich mich so schnell wie möglich an die Arbeit machen.»

Woran Sie es merken konnten:

1. *Das Examen wird genau beschrieben, und es wird erklärt, worüber Bennett seine Dissertation schreiben will. (S. 32)*
2. *Professor Korngold wirft Professor Hawthorne vor, die Byington-Dokumente seien gefälscht. (S. 32)*
3. *Professor Hawthorne wird ausführlich beschrieben: Er kleidet sich wie ein Dandy und hat einen Spazierstock. (S. 33)*
4. *Nachdem Bennett nur mündlich über die Dissertation zu berichten hatte, wäre es nicht nötig gewesen, den Termin zu verschieben. Zu einem halbstündigen, mündlichen Bericht braucht er die Originaldokumente nicht. (S. 34)*
5. *Professor Hawthorne war vor dem Prüfungstermin bei Bennett. (S. 34)*

Für den, der bisher noch nichts gemerkt hatte, kommt noch ein sehr wichtiger Hinweis auf Seite 41: Zu dem Referat über die geplante Doktorarbeit darf der Student Unterlagen mitbringen. Die Bücher liegen ja auch in seinem Zimmer parat. Nickys Frage nach den Notizen ist sehr berechtigt: Wo sollen sie sein, wenn nicht im Zimmer? Und wer von den möglichen Mördern hätte ein Interesse haben können, sie mitzunehmen?

Die letzte Partie

Sammeln Sie Tatsachen! In dieser verwirrenden Geschichte, an der die militärische Abwehr so interessiert ist, hilft es Ihnen ein wenig, wenn Sie Schach spielen. Wichtiger aber ist es, daß Sie von Anfang an zwischen Tatsachen und rankendem Beiwerk unterscheiden. Überlegen Sie ganz genau, was beweisbar ist und was nicht. Und bei den Aussagen sollten Sie darauf achten, wer sie macht.

Bis Seite 57 müßte Ihnen alles klar sein.

Es war Freitagabend, und wie immer spielte ich mit Nicky Schach. Diese feste Verabredung stammt noch aus der Zeit, als ich noch zu der juristischen Fakultät der Universität gehörte, und wir hatten sie beibehalten, als ich meinen Lehrstuhl gegen den Posten eines County Attorneys eintauschte. Ich hatte gerade Matt in drei Zügen angekündigt. Damit gewann ich das entscheidende zweite unserer üblichen drei Spiele.

Nicky zog die buschigen Augenbrauen zusammen, als er auf die Ecke des Schachbretts starrte, auf die ich meinen Angriff gerichtet hatte. Schließlich nickte er und akzeptierte die Niederlage.

«Das hättest du vermeiden können, wenn du den Bauern vorgezogen hättest», sagte ich.

«Gut möglich.» Seine kleinen, blauen Augen funkelten erheitert. «Aber das hätte das Spiel nur verlängert, und ich fand, daß es anfing, langweilig zu werden.»

Ich wollte gerade bemerken, daß er bestimmte Spielsituationen immer dann langweilig fand, wenn er gerade verlor, da klingelte es, und ich mußte aufstehen, um zur Tür zu gehen. Es kam mir schon bald so vor, als würde ich immer genau dann unterbrochen, wenn ich einmal die Chance hatte, Nicky eins draufzugeben.

Mein Besucher war Colonel Edwards von der Abwehr, der in Zusammenarbeit mit mir den Tod von Professor McNulty untersuchte. Vielleicht wäre es zutreffender, wenn ich sagte, daß wir beide denselben Fall bearbeiteten und die ‹Zusammenarbeit› fortließ, denn zwischen uns hatte von Anfang an eine kaum verborgene Rivalität bestanden. Wir waren beide getrennte Wege gegangen, und jeder bearbeitete den Fall von der Seite aus, die ihm am erfolgversprechendsten erschien. Zugegeben: wir hatten verabredet, uns täglich vormittags in meinem Büro zu treffen, um die Fortschritte zu besprechen, aber es war wirklich nicht zu übersehen, daß es jedem von uns wichtiger war, den Fall als erster zu lösen, als ihn überhaupt zu einem erfolgreichen Ende zu bringen. Da ich diese morgendliche Begegnung mit Colonel Edwards schon hinter mir hatte und ihn erst am nächsten Vormittag erneut erwartete, erfüllte mich sein Auftauchen mit leisem Mißbehagen.

Er war noch ein junger Mann, kaum älter als dreißig, und schien ziemlich stolz auf seinen Rang zu sein. Er war klein und stämmig und ging etwas gestelzt, wie viele Männer seiner Größe, was nicht unbedingt ein Zeichen für Einbildung zu sein braucht. Ich glaube, er war ein ordentlicher Kerl, wahrscheinlich auch tüchtig, aber ich war seit unserer ersten Begegnung vor über zwei Tagen immer noch nicht warm mit ihm geworden. Zum Teil lag es daran, daß er sofort darauf bestand, daß er die Untersuchung leiten müsse, da Professor McNulty an einem Forschungsauftrag der Armee gearbeitet hatte; zum guten Teil aber lag es an seiner unerträglichen Arroganz. Obwohl er einen halben Kopf kleiner war als ich, brachte er es fertig, verächtlich auf mich herabzusehen.

«Ich kam gerade vorbei und sah, daß Sie noch Licht hatten», sagte er erklärend.

Ich nickte.

«Ich wollte die Gelegenheit benutzen, noch einige Punkte mit Ihnen durchzugehen und von Ihrer großen Erfahrung zu profitieren.»

Das war sein üblicher Stil, der mich immer ärgerte, weil ich nie sicher wußte, ob diese scheinbare Ehrerbietung seine Art von Höflichkeit war oder ob es eine glatte, aber geschickt getarnte Unverschämtheit sein sollte. Auf jeden Fall ließ ich mich nicht von ihm einwickeln.

Ich nickte noch einmal und führte ihn in mein Arbeitszimmer, wo Nicky die Schachfiguren in den Kasten räumte. Nachdem ich die beiden bekannt gemacht hatte und wir alle Platz genommen hatten, erkundigte sich Edwards: «Haben Sie seit heute morgen etwas Neues entdeckt?»

Mir schoß der Gedanke durch den Kopf, daß man bei sportlichen Begegnungen dem Gast das Anspiel überläßt, aber ich verkniff es mir, das laut zu sagen, um unsere Rivalität nicht zu deutlich zu machen.

«Wir haben Trowbridge gefaßt. Wir haben ihn in Boston aufgespürt und zurückgeholt.»

«Sehr flotte Arbeit!» sagte er gönnerhaft. «Nur jagen Sie leider hinter einer falschen Fährte her.»

Ich hätte das schweigend übergehen sollen, aber ich war so stolz auf meinen Erfolg, daß ich seine Bemerkung nicht einfach hinzunehmen gewillt war. Ich erklärte also: «Er hat ein paar Stunden, bevor McNulty erschossen wurde, einen erheblichen Krach mit ihm gehabt. McNulty hat ihn in Physik durchfallen lassen, weil er seine Übungspapiere nicht rechtzeitig abgeliefert hatte. Trowbridge suchte ihn daraufhin auf, um ihm zu erklären, daß er sich das Handgelenk verstaucht hatte und nicht schreiben konnte. McNulty, der nie sonderlich liebenswürdig war, war an diesem Tag übererregt und noch unleidlicher als gewöhnlich, und soll sich bei dieser Begegnung regelrecht gemein benommen haben. Das weiß ich von seiner Sekretärin, die aus dem Vorzimmer fast alles mitangehört hat. Sie sagt, McNulty hätte ihm auf den Kopf zugesagt, er übertriebe seine Beschwerden absichtlich; er hätte sogar angedeutet, der junge Mann habe mit dem gleichen Trick seine vorzeitige Entlassung aus der Armee aus Gesundheitsgründen erschlichen. Nebenbei übrigens: ich habe mir die militärischen Unterlagen des jungen Mannes angesehen, und sie sind einwandfrei. Er wurde erst nach seiner zweiten Verwundung entlassen. Natürlich hat sich Trowbridge die Beleidigungen McNultys nicht gefallen lassen. Er machte einen Mordskrach, und die Sekretärin hat ihn sagen hören: ‹So was wie Sie sollte man abknallen.›» Ich legte eine bedeutungsvolle Pause ein.

«Aber nun weiter», fuhr ich kurz darauf fort. «Wir wissen, daß Trowbridge den 20.10-Uhr-Zug nach Boston genommen hat. Auf dem Weg zum Bahnhof muß er an McNultys Haus vorbeigekommen sein, und zwar spätestens um 20.05 Uhr. Nach der Aussage von Professor Albrecht ist McNulty ein oder zwei Minuten nach acht erschossen worden.»

Wieder schwieg ich einige Sekunden, um die Bedeutung des Zeitfaktors hervorzuheben. Dann sagte ich mit leisem Triumph in der Stimme: «Unter diesen Umständen meine ich doch, daß man Trowbridge als stark belastet ansehen muß.» Ich zählte die Punkte an den Fingern ab. «Er hatte mit dem Ermordeten Streit gehabt und ihm offen gedroht; er war Kriegsteilnehmer, konnte also leicht eine Pistole als Trophäe von irgendwoher mitgebracht haben – soweit die Waffe; er war zur richtigen Zeit in der Nähe des Hauses – soweit die Gelegenheit; und endlich: er ist nach Boston geflohen – das ist ein Zeichen für seine Schuld.»

«Aber man erschießt doch keinen Professor, der einen im Examen durchfallen läßt», wandte Edwards ein.

«Normalerweise nicht», gestand ich ihm zu. «Aber bedenken Sie – Trowbridge war im Krieg gewesen. Ich könnte mir denken, daß er zu viele Tote gesehen hat, um von der Unverletzlichkeit menschlichen Lebens noch viel zu halten. Und daß er durch dieses Examen gefallen ist, bedeutet für ihn, daß er das College wechseln muß. Er behauptet übrigens, er wäre nach Boston gefahren, um zu sehen, ob er dort an einem College ankommt. Ein nervöser, empfindlicher junger Mann kann sich leicht einreden, seine ganze Zukunft sei ruiniert.»

Edwards neigte langsam den Kopf. Er schien mir in diesem Punkt zuzustimmen. «Haben Sie ihn verhört?»

«Ja. Aber er hat kein Geständnis abgelegt, wenn Sie das meinen sollten. Etwas allerdings habe ich herausbekommen. Da ich wußte, daß er gegen kurz nach acht an McNultys Haus vorbeigekommen sein mußte, habe ich behauptet, er wäre gesehen worden. Das war natürlich nur ein Schuß ins Blaue, aber gar nicht so unmöglich. Der Zug von Albany kommt kurz vorher an, und es steigen meistens ein paar Leute hier aus.

Die hätten ihm auf dem Weg vom Bahnhof zur Stadt begegnen müssen.»

Edwards nickte abermals.

«Und es hat geklappt», fuhr ich fort. «Er wurde rot und gestand schließlich, vor dem Haus von McNulty stehengeblieben zu sein. Er behauptete, er hätte ein paar Minuten dort gestanden und überlegt, ob er zu ihm raufgehen und versuchen sollte, ihn umzustimmen. Dann aber hätte er den Zug von Albany einfahren hören und sei hastig weitergegangen, weil er wußte, daß der Bostoner Zug gleich abfahren würde. Ich habe ihn vorerst als Zeugen festnehmen lassen. Morgen, wenn er erst mal eine Nacht in der Zelle hinter sich hat, werde ich ihn weiter verhören. Vielleicht bekomme ich dann ein bißchen mehr aus ihm heraus.»

Colonel Edwards schüttelte den Kopf. «Das möchte ich bezweifeln. Trowbridge hat nichts mit der Sache zu tun, da McNulty sich selbst erschossen hat. Es war Selbstmord.»

Ich sah ihn überrascht an. «Aber Selbstmord haben wir doch schon zu Anfang ausgeschlossen. Sie haben doch selber gesagt, daß ...»

«Es war ein Irrtum», entgegnete er kühl. Wahrscheinlich ärgerte es ihn, daß ich ihn daran erinnerte.

«Aber Ihre ursprünglichen Einwände gelten noch immer», beharrte ich. «Jemand hat an der Tür geklingelt. McNulty ging aus dem Zimmer, um zu öffnen. Professor Albrecht hat das bezeugt.»

«Nein, das hat er eben nicht. Wir haben es nur *geglaubt*. In Wirklichkeit hat Albrecht nur gesagt, daß McNulty mitten während des Schachspiels aufstand und entschuldigend murmelte, es sei jemand an der Tür. Warten Sie, lassen Sie uns die ganze Geschichte noch einmal durchgehen, dann sehen Sie, wie es zu diesem Mißverständnis kommen konnte. Professor Albrecht behauptete, mit McNulty Schach gespielt zu haben. Soviel ich weiß, haben sie das öfters getan.»

«Stimmt. Sie hatten ihren Schachabend am Mittwoch, so wie Nicky und ich an jedem Freitag. Vorher aßen sie immer im Universitätsclub und gingen dann zu McNulty.»

«Ja, aber nicht an diesem Mittwoch», sagte Edwards. «Albrecht hatte länger im Labor zu tun und fuhr dann von dort direkt zu McNulty. Aber Schach haben sie auf jeden Fall gespielt. Erinnern Sie sich, wie McNultys Arbeitszimmer aussieht? Warten Sie, ich zeig's Ihnen.» Er holte ein Foto aus seiner Aktentasche, das einen Raum zeigte, dessen sämtliche Wände mit Bücherregalen vollgestellt waren. Ein bogenförmiger Durchgang führte in den Flur. In der Mitte des Zimmers, rechts neben dem Durchgang, stand der Schachtisch. Die Spielstellung war deutlich zu erkennen, und die geschlagenen schwarzen und weißen Figuren lagen alle in einem Haufen auf der einen Seite des Bretts.

Edwards deutete auf einen Stuhl, der vor dem Spieltisch stand. «Hier, mit Blick auf den Durchgang, hat Albrecht gesessen», erklärte er. «Garderobe und Haustür liegen links am Ende des Flurs, also von Albrechts Platz aus gesehen ebenfalls links.

Seiner Aussage nach soll McNulty mitten im Spiel aufgestanden und zur Haustür gegangen sein, weil es geklingelt hatte. Kurz darauf hörte Albrecht etwas, das er später als Pistolenschuß erkannte, im Moment aber für die Fehlzündung eines Autos hielt. Das klingt glaubhaft, denn es hat sich herausgestellt, daß die Waffe fest gegen McNultys Körper gepreßt wurde, wodurch das Geräusch so gedämpft wurde, als hätte jemand in ein Kissen geschossen. Albrecht hat ein paar Minuten gewartet und dann gerufen. Als er keine Antwort bekam, stand er auf und ging in den Flur, wo er seinen Freund mit einem Herzschuß auf dem Fußboden liegen fand, die noch warme Pistole in der Hand.» Edwards sah mich auffordernd an. «So hat doch wohl Albrechts Aussage gelautet, oder habe ich etwas ausgelassen?»

«Nein.» Ich wartete auf das, was nun kommen würde.

Er lächelte zufrieden. «Auf Grund dieser Aussage haben wir einen Selbstmord ausgeschlossen. Wir gingen davon aus, daß der abendliche Besucher ihn erschossen und in der Annahme, sein Opfer sei allein, ihm anschließend die Pistole in die Hand gedrückt hatte, um die Sache als Selbstmord zu tarnen. Da es geklingelt hatte, mußte es Mord sein. Das ist ganz logisch.» Die letzten Worte hob er besonders hervor, wie um sich zu verteidigen, daß er zu Anfang die Selbstmordtheorie abgelehnt hatte. «Selbst wenn der Mensch, der an der Tür geklingelt hat, ein völlig Fremder gewesen wäre, der sich meinetwegen nach dem Weg zum Bahnhof erkundigen wollte, konnte es kein Selbstmord gewesen sein, denn dann müßte sich McNulty erschossen haben, ehe der Fremde noch die Tür hinter sich zugezogen haben könnte. Vermutlich hätte er sie umgehend wieder aufgestoßen, um nachzusehen, was da passiert war. Es hätte außerdem bedeutet, daß McNulty in der ganzen Zeit, in der er mit Albrecht Schach spielte, eine geladene Pistole in der Tasche gehabt haben mußte. Es hätte bedeutet, daß...»

«Ich weiß», unterbrach ich ihn. «Die Selbstmordtheorie ließ sich nicht aufrechterhalten. Wie ist es nun zu Ihrer Meinungsänderung gekommen?»

Meine Unterbrechung ärgerte ihn offensichtlich, aber er ließ es sich nicht lange anmerken. «Durch die Türklingel», erklärte er feierlich. «Irgend etwas störte mich an Albrechts Aussage. Ich bin die ganze Geschichte mehrmals mit ihm durchgegangen, und dann wurde mir plötzlich klar, daß er nie gesagt hat, *er* hätte die Klingel gehört, sondern nur, daß McNulty eine Bemerkung gemacht hätte, es wäre jemand an der Tür. Als ich ihn direkt fragte, ob er die Klingel gehört habe, wurde er verwirrt und verneinte es schließlich. Er wollte es damit erklären, daß er in das Schachspiel vertieft war. Aber die Glocke ist sehr laut, die kann man kaum überhören. Und da er sie nicht gehört hat, heißt das, daß es auch nicht geklingelt hat.» Er zog die Schultern hoch. «Wenn also keine dritte Person an der Haustür war, wird die Selbstmordtheorie wieder aktuell.»

Der Redestrom versiegte plötzlich, und er errötete. «Ich muß gestehen», sagte er dann ernst, «daß ich nicht ganz ehrlich mit Ihnen war. Ich habe Sie absichtlich im Glauben gelassen, ich sei ausschließlich hierhergekommen, um McNultys Tod zu untersuchen. In Wirklichkeit aber war ich schon morgens angekommen und hatte telefonisch mit ihm verabredet, ihn abends um halb neun in seinem Haus aufzusuchen. Ich muß dazu sagen, daß das Projekt, an dem McNulty und Albrecht arbeiteten, nicht richtig vorwärts kam. Es gab allzu häufig seltsame Zwischenfälle. Komplizierte Apparate gingen kaputt, die erst nach Wochen oder Monaten wieder ersetzt werden konnten. Forschungsberichte gingen zu spät ein und enthielten Fehler. Das Beschaffungsamt, das diese Forschung finanziert, hat uns um Überprüfung gebeten, und ich wurde beauftragt, erste Ermittlungen anzustellen.

Nachdem nun die Möglichkeit eines Selbstmords wieder zur Debatte stand, erkundigte ich mich bei Albrecht nach dem Projekt, an dem er mit McNulty gearbeitet hatte, ob da eventuell etwas wie Sabotage vorliegen könne. Das löste ihm die Zunge. Er gab zu, McNulty schon seit einer Weile verdächtigt und auf eigene Faust nachgeforscht zu haben. Aber obwohl er von McNultys Schuld überzeugt war, hatte er es ihm nicht auf den Kopf zusagen wollen. Doch hatte er einige Anspielungen fallen lassen. Auch während der Schachpartie hatte er angedeutet, daß er McNulty durchschaute. Ich habe ihn dahingehend verstanden, daß er diese Andeutungen durch Bemerkungen zum Spiel ausdrückte. Ich bin selbst kein Schachspieler, aber ich stelle mir vor, daß es auf Bemerkungen hinauskam, wie: ‹Wenn du so weitermachst, gerätst du in große Gefahr.› In diesem Sinne eben. Wie Albrecht sagt, hatte McNulty nach einiger Zeit begriffen und wurde sehr erregt. Er murmelte mehrfach vor sich hin: ‹Was soll ich bloß tun?› Danach machte Albrecht wieder einen Zug und sagte: ‹Gib auf!›» Edwards hob die Handflächen in die Höhe, als präsentiere er uns damit den ganzen Fall in hübscher Verpackung. «Und das war dann der Augenblick, in dem McNulty die Bemerkung machte, daß jemand an der Tür sei, und vom Tisch aufstand.»

«Aber Albrecht hat nicht gesehen, wie er sich erschossen hat?» warf ich ein.

«Das nicht. Er sah McNulty durch den Bogengang gehen. Aber statt sich nach links, zur Diele, zu wenden, ging er nach rechts. Dort liegt sein Schlafzimmer. Ich vermute, daß er sich die Pistole holte. Dann kam er wieder zurück, ging an dem Durchgang vorbei und zur Diele.»

«Warum hat er nicht gewartet, bis Albrecht fort war?»

«Wahrscheinlich rechnete er jeden Augenblick mit meiner Ankunft.»

Ich zweifelte kaum mehr daran, daß Edwards die richtige Lösung gefunden hatte, aber es war mir mehr als unangenehm, dies zugeben zu müssen. Es ging mir nicht mehr darum, daß Edwards mich überrundet hatte. Ich dachte jetzt nur an McNulty. Er hatte mir nicht sonderlich nahegestanden, aber ich hatte häufig mit ihm Schach gespielt. Wenn ich mir auch nicht allzuviel aus ihm gemacht hatte, fand ich es traurig, daß er sich selbst das Leben genommen haben sollte, zumal es wie das Eingeständnis eines Landesverrats wirkte. Ich nehme an, daß mein Unbehagen und meine Zweifel gerade durch die Heftigkeit, hinter der ich sie zu verbergen suchte, besonders deutlich wurden. «Und das ist Ihr ganzer Beweis?» fragte ich verächtlich. «Den zerpflückt Ihnen doch jeder Jurastudent aus dem ersten Semester! Ihre Beweisführung hat so viele Löcher wie ein Sieb.»

Er wurde rot und erschrak über meine plötzliche Feindseligkeit. «Zum Beispiel?»

«Zum Beispiel die Pistole. Woher wissen Sie, daß sie ihm gehörte? Dann – warum hat Albrecht anfangs gelogen? Weiter – die Wahl der Diele. Warum sollte sich ein Mann, dem ein ganzes Haus zur Verfügung steht, ausgerechnet in der Diele erschießen?»

«Albrecht hat gelogen, weil er mit ihm befreundet war. Er konnte dem Forschungsauftrag nun nicht mehr schaden – warum sollte er ihn als Verräter und Selbstmörder anprangern, wenn sich das vermeiden ließ? Im übrigen glaube ich auch, daß er sich an dem Selbstmord nicht ganz unschuldig fühlte. Vergessen Sie nicht, daß er ihn zur Aufgabe ermuntert hat. Es wird ein schwerer Schock für ihn gewesen sein, als er feststellen mußte, daß sein Freund seinen Rat so genau befolgt hat.»

«Und die Pistole?»

Edwards zuckte mit den Achseln. «Sie haben doch selbst gesagt, daß es sich um eine Kriegstrophäe handeln könnte. Jeder zweite Soldat muß so ein Ding mitgebracht haben, ohne es hier anzumelden. Vielleicht hat sie ihm ein ehemaliger Student geschenkt. Albrecht hat sogar gesagt, McNulty hätte vor ein paar Monaten etwas Derartiges erwähnt. Nein, die Pistole hat mich nicht gestört. Ich fand es viel schwieriger, den Selbstmord in der Diele zu begreifen – bis ich mir das Haus ganz genau angesehen habe. Anscheinend hatte McNulty nach dem Tod seiner Frau vor mehreren Jahren das ganze obere Stockwerk und einen Teil des Parterres zugemacht. Obwohl das Haus sechs Zimmer hat, lebte er in einer Art Appartement im Parterre, das aus dem Arbeitszimmer, dem früheren Eßzimmer, einem Schlafzimmer und der Küche besteht. Im Arbeitszimmer konnte er sich nicht erschießen, weil Albrecht dort saß, der ihn daran gehindert hätte. Die Küche ist nur durch das Arbeitszimmer zu erreichen. Wahrscheinlich wollte er nicht an Albrecht vorbeigehen, wenn es sich vermeiden ließ. Damit bleibt nur noch das Schlafzimmer übrig, das ich für sehr geeignet halten würde, wenn es nicht einen Hinderungsgrund gäbe: an der Wand hängt ein großes Porträt seiner Frau. Es ist so gemalt, daß die Augen immer auf den Betrachter gerichtet sind, ganz egal, wo er gerade steht. Ich glaube nicht, daß er sich gern unter den Augen seiner Frau erschossen hätte. Natürlich sind das alles Vermutungen», fügte er mit einem Gesichtsausdruck hinzu, der sehr deutlich zeigte, für wie gut er diese Vermutung hielt.

«Es ist eine Theorie», gestand ich ihm unwillig zu, «aber eben nur eine Theorie. Sie haben keinen Beweis.»

«Tatsächlich habe ich einen Beweis», sagte er. Um seine Mundwinkel zuckte ein schadenfrohes Lächeln. «Ich habe einen Beweis – einen unanfechtbaren Beweis. Wir vom Militär sind ziemlich gründlich, und manche von uns haben einige Erfahrungen. Sehen Sie, ich habe bei McNulty einen Paraffintest gemacht – er war positiv.»

Ich hätte wissen sollen, daß er noch etwas in petto hatte. Diesmal gab ich mir keine Mühe, meine Enttäuschung zu verbergen. Ich sackte in mich zusammen und nickte langsam.

«Was ist ein Paraffintest?» fragte Nicky, der damit zum erstenmal den Mund auftat.

«Es ist ein sehr überzeugender Beweis, Nicky. Ich weiß nicht, ob ich die chemischen Vorgänge richtig erklären kann, aber die Methode ist wissenschaftlich anerkannt. Jede noch so gut gearbeitete Schußwaffe hat einen Rückstoß. Ein kleiner Teil des Pulvers wird zurückgeworfen und dringt in die Haut der Hand ein, die die Waffe abschießt. Wenn man nun die Hand mit heißem Paraffin überzieht, das sich dann wie ein Handschuh abziehen läßt, kann man die Pulverspuren – besser die Salpetersäure – im Paraffin feststellen. Und wenn der Test positiv ausfällt, heißt das, daß diese Hand eine Waffe abgefeuert hat. Ich fürchte, damit ist die Selbstmordtheorie bewiesen.»

«Und die Laborleute stehen mal wieder ganz groß da», murmelte Nicky ironisch.

«Es ist ein überzeugender Beweis, Nicky», sagte ich.

«Ein Beweis, so? Ich hab mir schon überlegt, wann du anfangen würdest, das Beweismaterial zu überprüfen.»

Edwards und ich sahen ihn erstaunt an.

«Welches Beweismaterial habe ich übersehen?» fragte Edwards herablassend.

«Sehen Sie sich die Fotografie des Zimmers an», antwortete Nicky. «Sehen Sie sich das Schachbrett an.»

Aufmerksam betrachtete ich das Foto, während Edwards mich unsicher beobachtete. Es war nicht einfach, die Stellung der Figuren zu erkennen, weil natürlich die Figuren im Vordergrund stark vergrößert waren. Aber nach kurzer Zeit dämmerte mir etwas.

«Wir wollen mal sehen, wie das in Wirklichkeit aussieht», sagte ich und schüttelte die Schachfiguren aus dem Kasten auf den Tisch. Dann suchte ich mir die heraus, die ich für die Rekonstruktion der Partie auf der Fotografie benötigte.

Nicky sah mir mit einem sarkastischen Grinsen zu. Es erheiterte ihn, daß ich die Stellung nicht einfach von dem Foto ablesen konnte. Edwards Blick ging beunruhigt zwischen Nicky und mir hin und her, als rechnete er fast damit, den Namen des Mörders vom Schachbrett ablesen zu können.

«Falls sich aus der Art der Aufstellung etwas entnehmen läßt», sagte er, «können wir das Schachbrett in McNulty's Haus ansehen. Es ist alles so stehen geblieben, wie es war, und das Haus ist versiegelt.»

Ich machte eine ungeduldige, abwehrende Bewegung und studierte weiter das Brett. Die Figuren und ihre Stellungen erinnerten mich an ein bestimmtes Spiel. Dann hatte ich es. «Er hat das Logan-Asquith-Gambit gespielt! Und sogar ganz ausgezeichnet.»

«Nie gehört», sagte Nicky.

«Ich kannte es auch nicht, bis McNulty es mir letzte Woche im Universitätsclub gezeigt hat. Er war in Lowensteins *Endspiele* darauf gestoßen. Es wird nur ganz selten gespielt, weil es eine riskante Eröffnung ist. Aber es ist hochinteressant, wie die Stellung der Läufer entwickelt wird. Nicky, bist du davon ausgegangen, daß ein Mensch, der sehr erregt ist und vor hat, Selbstmord zu begehen, kaum eine so schwierige Partie spielen, und noch dazu so gut spielen würde?»

«Wenn du's genau wissen willst, ich habe nicht über die Figuren auf dem Brett nachgedacht, sondern über die *neben* dem Brett – über die, die genommen worden sind.»

«Und was ist damit?»

«Sie liegen alle auf einer Seite des Bretts, die schwarzen und die weißen.»

«Ja und?»

Mit dem resignierten, um nicht zu sagen märtyrerhaften Gesichtsausdruck, den ich an ihm kenne, und einem betont geduldigen Tonfall begann Nicky zu erklären, was seiner Meinung nach völlig klar auf der Hand lag.

«Du spielst Schach wie du schreibst oder Tennis spielst. Bist du Rechtshänder, ziehst du mit der rechten Hand; ebenso schlägst du die Figuren deines Gegners mit der rechten Hand und legst sie rechts neben das Brett. Wenn zwei Rechtshänder wie McNulty und Albrecht miteinander spielen, dann endet die Partie damit, daß die schwarzen Figuren, die Weiß genommen hat, rechts liegen, und die weißen, die Schwarz genommen hat, diagonal entgegengesetzt auch wieder rechts vom Spieler liegen.»

Ich mußte plötzlich an Trowbridge denken, wie ich ihn am Nachmittag gesehen hatte, als er ungeschickt versuchte, eine Zigarette mit der linken Hand anzuzünden, weil sein rechter Arm in einer schwarzen Seidenschlinge lag.

«Wenn ein Linkshänder einem Rechtshänder gegenübersitzt», fuhr Nicky fort, als hätte er eben meine Gedanken gelesen, «dann werden alle geschlagenen Figuren auf einer Seite des Bretts liegen – aber natürlich voneinander getrennt, die schwarzen Figuren liegen dicht bei Weiß und die Weißen dicht bei Schwarz. Jedenfalls liegen sie bestimmt nicht wirr auf einem Haufen wie auf der Fotografie, es sei denn ...»

Ich blickte auf das Schachbrett, auf dem ich gerade die Figuren aufgebaut hatte.

Nicky sah mich aufmunternd an, wie einen Studenten, der endlich bis zur richtigen Antwort vorgestolpert ist. «Ja, richtig – es sei denn, jemand hätte alle Figuren aus dem Kasten gekippt und sich die herausgesucht, die er für eine bestimmte Stellung des Endspiels benötigte.»

«Wollen Sie damit sagen, daß die beiden gar keine richtige Partie gespielt haben, sondern McNulty nur eine bestimmte Eröffnung demonstriert hat?» fragte Edwards. Seine Augen starrten blicklos ins Leere, während er versuchte, diese neue Idee in das übrige Bild einzuordnen. Dann schüttelte er den Kopf. «Es paßt nicht! Aus welchem Grund sollte Albrecht dann behaupten, daß sie eine Partie gespielt haben?»

«Versuchen Sie's doch mal mit Albrecht», schlug Nicky vor. «Wie wäre es, wenn Albrecht die Figuren aufgestellt hätte?»

«Der gleiche Einwand gilt auch für ihn», sagte Edwards. «Außerdem – warum sollte er deshalb lügen?»

«Das wäre natürlich sinnlos», gab Nicky ihm recht, «wenn er die Figuren aufgestellt hätte, bevor McNulty erschossen wurde. Aber nehmen Sie mal an, Albrecht hätte sie erst aufgestellt, *nachdem* McNulty erschossen wurde.»

«Und warum hätte er das tun sollen?» fragte Edwards, dessen Feindseligkeit mit seiner Verwirrung wuchs.

Nicky starrte träumerisch zur Decke. «Weil eine angefangene Schachpartie erstens nicht nur den Eindruck erweckt, daß der Spielpartner schon einige Zeit anwesend war, mindestens seit dem Beginn der Partie, sondern auch zweitens, daß sein Besuch freundschaftlicher Natur war. Ich brauche wohl nicht hinzuzufügen, daß bei dem Versuch, gleich beides vorzutäuschen, der Verdacht aufkommen kann, daß keiner von beiden Eindrücken der Wahrheit entspricht.»

«Sie meinen ...»

«Ich meine», sagte Nicky, «daß Professor Luther Albrecht ungefähr um acht Uhr an McNultys Haustür klingelte, und daß er, als McNulty ihm aufmachte, die Pistole gegen seine Brust preßte und abdrückte. Danach gab er dem Toten die Pistole in die Hand, stieg über die Leiche und stellte in aller Ruhe die immer paraten Schachfiguren nach dem Diagramm eines der vielen Schachbücher von McNulty auf das Brett. Darum war das Spiel auch so gut. Es war die Partie eines Experten; vermutlich stammte sie von Lowenstein. Du hast sein Buch ja erwähnt.»

Der Colonel und ich sanken in unsere Sessel zurück. Wir starrten Nicky an. Edwards gewann als erster die Sprache wieder.

«Aber warum hätte Albrecht ihn erschießen sollen? Er war sein bester Freund.»

Nickys kleine blaue Augen glitzerten. «Ich nehme an, daß das auf Ihr Konto geht, Colonel. Sie haben morgens angerufen und eine Verabredung für den Abend getroffen. Ich denke mir, daß das der Grund für McNultys Erregung war. Daß er Schuld an den Schwierigkeiten des Forschungsprojekts hatte, bezweifle ich, aber er war der Leiter des Forschungsteams und trug die Verantwortung. Ich könnte mir vorstellen, daß er seinem guten Freund und Kollegen Albrecht von Ihrem Anruf erzählte. Und Albrecht wußte, daß eine Untersuchung durch einen Außenstehenden zu seiner Entdeckung führen mußte – falls er nicht einen Sündenbock fand.»

Ich warf einen Seitenblick auf Edwards. Er sah wie ein kleiner Junge aus, dessen Luftballon geplatzt ist. Aber plötzlich schien er sich an etwas zu erinnern. Seine Augen leuchteten auf, und seine Lippen verzogen sich zu einem fast verächtlichen Lächeln.

«Das klingt alles sehr hübsch, aber es ist trotzdem ausgekochter Blödsinn. Sie haben vergessen, daß ich den Beweis habe, daß es Selbstmord war. Der Paraffintest hat bewiesen, daß McNulty die Pistole abschoß.»

Nicky grinste. «Ihr Test ist ausgekochter Blödsinn, Colonel. In diesem Fall beweist er überhaupt nichts.»

«Nein. So geht es nicht», wandte ich ein. «Der Test ist völlig einwandfrei.»

«Der Test beweist nur, daß McNultys Hand sich hinter der Pistole befunden haben muß», erklärte Nicky schroff.

«Ja und?»

«Stell dir vor, jemand klingelt an deiner Tür», führte Nicky mit derselben Märtyrermiene aus. «Genau wie der Colonel vorhin. Und in dem Augenblick, in dem du ihm aufmachst, drückt er dir eine Pistole gegen die Brust. Was tust du?»

«Wieso? Na, ich versuche, seine Hand wegzuschieben.»

«Richtig. Und wenn er in diesem Moment abdrückt, hättest du wie er Spuren von Salpetersäure an der Hand.»

Der Colonel richtete sich kerzengerade auf. Dann sprang er auf, riß die Aktentasche an sich und lief zur Tür.

«Das Zeug läßt sich nicht so leicht abwaschen», sagte er über die Schulter. «Und von einem Anzug bekommt man es noch viel schwerer ab. Ich werde mir Albrecht sofort vornehmen und einen Paraffintest bei ihm machen.»

Als ich den Colonel zur Tür gebracht hatte und wieder ins Arbeitszimmer zurückkam, sagte Nicky: «So eilig hätte unser junger Freund es nicht zu haben brauchen. Ich hätte ihm noch einen Beweis liefern können: die Schachfiguren. Ich bin fest davon überzeugt, daß sämtliche Figuren, die schwarzen wie die weißen, seine Fingerabdrücke tragen werden. Und das zu erklären, dürfte ihm Mühe machen, wenn er bei seiner Behauptung bleibt, daß es eine ganz gewöhnliche Schachpartie war.»

«Donnerwetter, das stimmt ja, Nicky! Das werde ich Edwards morgen früh servieren.» Ich zögerte, aber dann stellte ich meine Frage doch: «Hat Albrecht sich nicht auf ein sehr großes Risiko eingelassen? Wäre es nicht viel besser gewesen, wenn er einfach fortgegangen wäre, nachdem er McNulty erschossen hatte, statt dazubleiben und die Polizei zu holen und diese Geschichte zu erfinden und ...?»

Langsam schien Nickys Geduld dem Ende entgegenzugehen. «Ja, begreifst du denn immer noch nicht? Der arme Teufel saß in der Falle. Er hatte McNultys tote Hand um den Pistolengriff gelegt. Er wollte fort. Natürlich sah er vorher durch das Fenster auf die Straße. Sie ist um diese Zeit gewöhnlich menschenleer. Aber er wollte sicher sein, daß die Luft auch wirklich rein war. Und wen sah er? Trowbridge! Er wartete ein, zwei Minuten, sah wieder hinaus und mußte feststellen, daß der junge Mann auf der anderen Straßenseite stehengeblieben war und sich nicht vom Fleck rührte. Und es konnte nur noch ein, zwei Minuten dauern, bis die Leute vom Albany-Zug vom Bahnhof kommen mußten. Und wenn dann unser Freund, der Colonel, noch etwas überpünktlich zu seiner Verabredung erscheinen sollte ...»

«Na, dann war wenigstens mein Verhör von Trowbridge nicht ganz umsonst, was?» Ich rieb mir erfreut die Hände. «Jetzt habe ich wenigstens den Colonel überrundet.»

«Ja», sagte Nicky. «Ein forscher junger Mann. Was hat er noch gesagt, zu welcher Waffengattung er gehört?»

«Intelligence. Er gehört zur Abwehr.»

«Ach, wirklich?» Nicky schob die Lippen vor und verzog sie zu einem kühlen Lächeln. «Ich war bei der Infanterie.»

Folgende Punkte mußten Ihnen bei der Lektüre zu denken geben:

1. *Die Sekretärin sagt, McNulty sei an diesem Tag besonders erregt gewesen. (S. 50)*
2. *Der junge Mann sagt aus, daß er zur Zeit von McNultys Tod vor dem Haus stehengeblieben ist und einige Minuten überlegt hat, ob er hineingehen sollte. (S. 52)*
3. *An dem Abend, an dem McNulty starb, sind die beiden Freunde nicht zusammen in die Wohnung gekommen. (S. 52)*
4. *(Nur für Schachspieler:) Es sollte Ihnen auffallen, wie seltsam die Figuren liegen. (S. 52)*
5. *Zum erstenmal erfahren Sie, daß McNulty und Professor Albrecht gemeinsam an dem Forschungsauftrag für die Armee arbeiten und*

daß nicht alles so geht, wie es sollte. Das ist nicht nur ein Selbstmord –, sondern auch ein Mordmotiv. (S. 54)

Spätestens hier sollte klar sein, daß Selbstmord ausgeschlossen ist ... Haben Sie Phantasie? Dann stellen Sie sich vor, Sie wären der entlarvte Landesverräter: Würden Sie noch aus einem Schachbuch schwierige Meisterschaftsspiele nachspielen, dann aufstehen, hinausgehen und sich in Ihrer Garderobe erschießen? (S. 57)

Genaue Zeit für einen Toten

Sehen Sie sich bitte von vornherein vor: Wenn Nicky Welt und das Übersinnliche zusammentreffen, muß einer den kürzeren ziehen. Sie kennen Nicky; können Sie sich vorstellen, wie ein Mann seines Schlages auf Übersinnliches reagieren wird?

Betrachten Sie dies als ersten Tip: Lesen Sie die Ferienerlebnisse von Professor Chisholm ganz aufmerksam. Sie erhalten fünf wichtige, sachliche Informationen.

Nicky erfährt nicht mehr als Sie.

Dann folgt das Gespräch am Kamin, bei dem Nicky eine Frage stellt ... und dann einen Scherz macht ...

Obwohl ich schon vor über zwei Jahren die juristische Fakultät verlassen hatte, um den Posten eines County Attorney anzunehmen, verbanden mich immer noch freundschaftliche Beziehungen zu meiner alten Universität. Ich durfte weiterhin die Bibliothek und die Sportanlagen benutzen und blieb auch noch Mitglied des Fakultätsclubs. Ich spielte gelegentlich Billard im Club und aß einmal im Monat dort zu Abend, meistens mit Nicholas Welt.

An diesem Abend waren Nicky und ich nach dem Essen in den Aufenthaltsraum gegangen, um Schach zu spielen, fanden aber keinen freien Tisch mehr. Daraufhin setzten wir uns zu der Gruppe am Kamin, die immer in sehr hochgeistige, gelehrte Diskussionen vertieft war, wie zum Beispiel in die Frage, ob man das Kuratorium dazu bewegen könne, den Dozenten höhere Gehälter zu bezahlen – was nicht anzunehmen war – oder aber, ob ein Chevrolet auf hundert Meilen mehr Benzin verbrauche als ein Ford.

Als wir uns zu der Gruppe gesellten, sprach man gerade über eine

Arbeit, die Professor Rollins in der *Zeitschrift für psychische Forschung* veröffentlicht hatte. Niemand hatte den Artikel gelesen, aber jeder äußerte seine Meinung. Der Titel der Arbeit lautete ungefähr: ‹Modifikationen der Spragueschen Methode zur Analyse Extra-Sensorischer-Experimentations-Daten›, aber die wissenschaftlich geschulten Geister mit ihrer Fähigkeit zur Verallgemeinerung waren rasch von der Veröffentlichung und Rollins Theorien zu der Erörterung übergegangen, ob an diesem ganzen ‹übernatürlichem Zauber› etwas dran sei oder nicht. Wozu der vierschrötige Professor Lionel Graham meinte:

«Ausgeschlossen, wenn man sich die Leute ansieht, die sich damit befassen, Zigeuner und solches Volk.» Der sanfte, etwas geistesabwesende Roscoe Summers, Professor der Archäologie, beharrte hingegen darauf, daß man keine voreiligen Schlüsse ziehen dürfe, und daß er von Leuten, auf deren Urteil er etwas gäbe, Geschichten gehört habe, die einen doch sehr nachdenklich stimmten.

Worauf Graham zurückgab: «Das ist ja gerade die Schwierigkeit. Immer geht es um etwas, das ein anderer erlebt hat. Oder noch genauer: etwas, von dem jemand erzählt hat, daß es einem Bekannten von ihm geschehen ist.» Danach blickte er auf und sah uns beide. «Stimmt's, Nicky?» sagte er. «Hast du jemals von einer übernatürlichen Erscheinung gehört, die jemand wahrgenommen hat, den du gut kennst und auf dessen Aussage du dich verlassen kannst?»

Nickys faltenreiches Gnomengesicht verzog sich zu einem knappen, kühlen Lächeln. «Tut mir leid, aber so erhalte ich fast alle meine Informationen. Durch Hörensagen meine ich, aus dritter oder vierter Hand.»

Dr. Chisholm, der junge Dozent für englische Literatur, hatte schon längst etwas sagen wollen und kam nun endlich zu Wort. «Im letzten Sommer ist mir etwas Derartiges passiert. Ich meine, ich war Zeuge einer Begebenheit, die entweder übernatürlich war oder aber ein ganz erstaunliches Zusammentreffen von Ereignissen.»

«Fand es auf einer Bühne statt oder während einer Séance in einem verdunkelten Raum?» fragte Graham spöttisch.

«Weder noch», verteidigte sich Chisholm energisch. «Ich habe erlebt, wie jemand verflucht wurde und dann auch prompt starb.» Er hielt inne, weil er plötzlich einen kleinen, rundlichen Mann mit einer blanken Glatze entdeckte. «Professor Rollins?» rief er. «Wollen Sie sich nicht zu uns setzen? Ich könnte mir denken, daß Sie die Geschichte interessiert, die ich gerade erzählen will.»

Professor Rollins, der Verfasser des erwähnten Artikels, trat zu uns. Die Männer auf dem roten Ledersofa rückten respektvoll zusammen, um ihm Platz zu machen. Aber er mußte gemerkt haben, daß er als Fachmann zugezogen wurde, denn er ließ sich auf einem unbequemen Stuhl nieder, der ihm in Anbetracht seines Richteramts wohl am geeignetstem erschien.

«Letzte Sommerferien verbrachte ich in einem kleinen Ort an der Küste von Maine», begann Chisholm. «Es war kein richtiger Badeort, und man konnte kaum etwas anderes tun, als den ganzen Tag lang auf den Felsen sitzen und den Möwen zusehen. Aber ich hatte das ganze Jahr über schwer gearbeitet und war damit durchaus zufrieden. Zentrum des Städtchens ist der kleine Bahnhof, der etwas weiter landeinwärts liegt. Ich hatte Glück gehabt und ein Zimmer mit Meeresblick gefunden. Mein Wirt hieß Doble; er war ein Witwer von etwa Ende Vierzig, ein ruhiger, angenehmer Mann, der mir Gesellschaft leistete, wenn mir danach zumute war, sich aber nie aufdrängte, wenn ich im Liegestuhl saß und vor mich hinträumte. Er betrieb eine kleine Landwirtschaft, hatte Hühner und ein Motorboot für die Hummerfischerei. Was dann noch fehlte, verdiente er sich mit Gelegenheitsarbeiten dazu, wobei er sich nicht im Tagelohn auszahlen ließ, sondern einen festen Preis für jede bestimmte Arbeit nahm. Wahrscheinlich war es eine Frage des Ansehens für ihn.

Wir wohnten am Ende der Straße. Das nächste Haus lag über hundert Schritte landeinwärts. Es war eine große Villa aus dem neunzehnten Jahrhundert, die von der Straße zurücklag und mit Holzschnitzereien und vielen Giebeln und Türmchen verziert war. Das Haus gehörte Cyrus Cartwright, dem Bankdirektor und reichsten Mann des Ortes.

Er war ein forscher, lebhafter Typ, der aus einem Werbespot für einen Korrespondenzkurs für fortgeschrittene Kaufleute hätte stammen können. Wissen Sie, die Sorte Mann, die auf die Armbanduhr sieht und die Zeit dann mit der Taschenuhr vergleicht.»

Chisholm wurde bei der Beschreibung von Cyrus Cartwright ganz lebhaft. Es lag wohl an der natürlichen Antipathie, die ein Mann, der seinen Sommer damit verbringt, Möwen zu beobachten, für einen Geschlechtsgenossen empfindet, der sein Leben in Minuten aufteilt. Jetzt aber lächelte er entwaffnend.

«Ich hab ihn nur einmal gesehen. Doble und ich waren in den Ort gefahren, und auf dem Heimweg hielt er vor der Bank an, um sich zu erkundigen, ob Cartwright noch an einer Verlegung der elektrischen Leitungen in seinem Haus interessiert war, über die sie vor einigen Monaten gesprochen hatten.

Cartwright sah auf die Leuchtziffern der Armbanduhr und zog dann die Taschenuhr an der Kette heraus, und nahm sie aus ihrer Glacélederhülle. Mein Interesse an diesem Ritual legte er fälschlich als Interesse an der Uhr aus. Er hielt hielt sie so, daß ich sie betrachten konnte und erklärte mir herablassend, es sei eine Repetieruhr. ‹Sogar eine Fünf-Minuten-Repetieruhr›, wiederholte er umständlich. Dann führte er sie mir vor, indem er auf einen Knopf drückte, damit ich das Klingeln für die vollen Stunden, und dann, in einer anderen Tonart, das leisere Klingeln für jede fünf Minuten hören konnte.

Ich konnte mir den Vergleich nicht verkneifen zwischen dem Mann, der zwei Uhren bei sich hat und dem Mann, der nicht nur Hosenträger, sondern noch einen Gürtel trägt. Obwohl er merkte, daß es ein Scherz war, entgegnete er ziemlich streng: ‹Zeit ist Geld, Sir, und ich weiß immer gern, wie ich mit beidem dran bin. Deswegen sorge ich für gute Buchführung und richtiggehende Uhren.›

Nachdem er mich so zurechtgewiesen hatte, wandte er sich an Doble und sagte kurzangebunden: ‹Ich gebe die Sache auf, Doble. Jack hatte den zusätzlichen Schalter und die Lampe in der Diele haben wollen. Aber jetzt, wo er eingezogen ist, kann das warten. Wenn es dunkel wird, gehe ich zu Bett.›

Wieder sah er auf die Uhr, verglich die Zeit mit der Taschenuhr, dann bedachte er uns mit einem flüchtigen, unpersönlichen Lächeln, das einer Verabschiedung gleichkam.

Ich sagte ja schon, ich habe ihn nur dieses eine Mal gesehen, aber ich habe viel über ihn gehört. Sie kennen das sicher: man hört den Namen eines Mannes zum erstenmal, und dann taucht dieser Name in den nächsten Tagen immer von neuem auf.

Laut Doble war Cartwright ein alter Geizhals, der nur deswegen Junggeselle geblieben war, um keine Frau ernähren zu müssen.

Als ich zu bedenken gab, daß eine Haushälterin, die jeden Tag ins Haus kommt, fast ebensoviel kostet wie eine Frau, und daß er ja auch seinen Neffen Jack großgezogen habe, belehrte mich Doble, daß niemand außer Mrs. Knox für diesen Hungerlohn, den Cartwright zahlte, arbeiten würde, und das auch nur, weil sie stocktaub war und sie sonst keiner haben wollte.

‹Na, und was Jack angeht›, fuhr Doble fort, ‹dem hat der Alte auch nie einen Cent mehr gegeben, als unbedingt nötig war. Wenn der Junge abends mal in den Ort ging, konnte er nur in den Straßen herumlungern, nicht einmal Geld fürs Kino hat er gehabt. Und Jack ist ein netter Kerl›, fügte er dann nachdenklich hinzu.

‹Er hätte sich Arbeit suchen und weggehen können›, sagte ich.

‹Ja, das hätte er natürlich tun können›, gab Doble zu. ‹Aber er ist schließlich der Erbe. Wahrscheinlich hielt er es für ratsamer, seinen Onkel nicht zu verärgern und so.›

Nach dieser Beschreibung war ich nicht allzu beeindruckt von dem jungen Mann, aber ich änderte meine Meinung rasch, als er ein paar Tage später auf Urlaub kam.

Er war ein netter, ruhiger und ziemlich reservierter junger Mann, der aber aufgeschlossen und intelligent war. Wir freundeten uns in der kurzen Zeit bald an und waren viel zusammen. Wir angelten auf den Felsen, faulenzten in der Sonne, redeten über Gott und die Welt oder schossen mit seiner alten Flinte auf im Wasser treibende Holzstücke.

Er bewahrte Flinte und Angelrute bei uns auf. Allein das ist schon bezeichnend für Cyrus Cartwright und seine Beziehungen zu Jack. Jack sagte zwar, sein Onkel wisse, daß er während dieser einen Woche Urlaub nicht arbeite; er erwarte es wohl auch nicht, aber wenn er ihn mit der Angel sähe, mit diesem traditionellen Symbol des Nichtstuns, dann könne das auf ihn so wirken, als demonstriere Jack absichtlich seine Faulheit. Und was die Flinte beträfe: Cyrus Cartwright hielt jeden Schuß auf ein Ziel, das man hinterher nicht verspeisen könne, für eine sinnlose Verschwendung von Munition.

Jack kam an jedem Abend zu uns. Wir spielten Karten oder saßen auf der Veranda, tranken ein Glas Bier und redeten über Bücher, die ich ihm empfohlen hatte. Manchmal sprach er auch über seinen Onkel; angenehmerweise gar nicht verbittert, sondern höchstens etwas ironisch.

So erzählte er einmal: ‹Nach seinem Maßstab gemessen, ist mein Onkel ein guter Mensch. Geld schätzt er vorwiegend, weil es ihn mit Genugtuung erfüllt, mehr als alle anderen Leute in der Stadt zu haben. Das allein würde das Leben mit ihm nicht so schwierig machen. Es wird erst dadurch schwierig, daß alles nach starren Regeln geht, nach einer sinnlosen Routine, der sich der ganze Haushalt anpassen muß. Nach dem Nachtessen liest er Zeitung, bis es dunkel wird. Dann sieht er auf die Armbanduhr und schüttelt dazu ein wenig den Kopf, als könne er selbst nicht glauben, daß es schon so spät sei. Darauf zieht er die Taschenuhr heraus und vergleicht sie mit der Armbanduhr. Aber das allein genügt ihm noch nicht. Denn nun geht er ins Eßzimmer, wo eine elektrische Uhr hängt. Nach ihr stellt er die beiden anderen Uhren.

Wenn er schließlich alle aufeinander abgestimmt hat, sagt er: ‹Na, es wird spät›, und damit geht er nach oben in sein Schlafzimmer. Nach ungefähr einer Viertelstunde ruft er nach mir. Wenn ich heraufkomme, liegt er bereits im Bett.

‹Ich hab vergessen, die Fenster aufzumachen›, sagt er. Also öffne ich sie so, daß unten und oben je ein drei Finger breiter Spalt offen ist. Das ist gar nicht so einfach, denn wenn ich sie nur etwas zu weit öffne, fragt er, ob er sich vielleicht den Tod holen solle; lasse ich sie aber zu weit zu, behauptet er, er werde ersticken. Habe ich dieses Problem zu seiner Zufriedenheit gelöst, dann sagt er: ‹Meine Uhr, Jack. Bist du so gut?› Ich gehe also zur Kommode und hole die Taschenuhr, die er beim Ausziehen dort hat liegenlassen und lege sie auf seinen Nachttisch.

Solange ich überhaupt denken kann, ist das meine tägliche Aufgabe gewesen. Ich bin ganz sicher, daß er das macht, um mir zu zeigen, wo mein Platz ist. Während ich fort war, muß er das alles selbst erledigt haben. Aber schon am ersten Tag meiner Rückkehr mußte ich es wieder tun.›»

Chisholm sah uns alle der Reihe nach an, um sich zu überzeugen, ob wir auch alle die Beziehungen dieser beiden Menschen richtig in uns aufgenommen hätten. Ich nickte ihm ermunternd zu, und er fuhr fort:

«Ich wußte, daß Jack am Sonntagvormittag wieder abfahren wollte, und rechnete daher fest damit, ihn am Sonnabend zu sehen. Aber er ließ sich den ganzen Tag über nicht blicken. Erst am Abend erschien er, schwitzend und verärgert.

‹Heute war der heißeste Tag des ganzen Sommers, und ausgerechnet heute muß sich mein Onkel lauter Botengänge für mich ausdenken. Ich weiß nicht, wo ich überall gewesen bin, und nicht einmal den Wagen hat er mir gegeben. Wie wär's noch mit einem Sprung ins Wasser?›

Natürlich hatten wir den Tag über mehrmals gebadet, aber es war immer noch heiß und drückend, und da wir ihm ansehen konnten, wie gern er noch ins Wasser wollte, stimmten wir zu. Wir nahmen ein paar Flaschen Bier mit und verzichteten auf die Badehosen, weil es schon dunkel war. Nach einer Weile aber begann es kühl zu werden. Der Himmel hatte sich bezogen, und ein Sturm schien aufzukommen. Wir zogen uns rasch an und kehrten zum Haus zurück.

Die ganze Atmosphäre schien irgendwie geladen: Ob es nun daran lag, oder daran, daß er am nächsten Tag abreisen mußte, auf jeden Fall war Jack ungewöhnlich still. Die Unterhaltung schleppte sich dahin. Gegen halb zwölf stand er auf, reckte sich und sagte, daß es für ihn langsam Zeit würde.

‹Ich hatte mich nicht besonders auf diesen Urlaub gefreut›, sagte er, ‹aber jetzt, wo ich Sie kennengelernt habe, werde ich gern daran zurückdenken.›

Wir schüttelten uns die Hand, und er ging zur Tür; aber dann erinnerte er sich an die Flinte und das Angelzeug. Überhaupt machte er den Eindruck, als wolle er den Abschied hinauszögern. Doble, der rasch begriff, sagte: ‹Wir könnten dich noch ein Stück begleiten, Jack.›

Das nahm er dankbar an, und wir schlenderten zu dritt in die Dunkelheit hinaus. Jack trug die Angel über der einen, und die Flinte über der anderen Schulter. Ich bot ihm an, die Flinte zu tragen, aber er schüttelte den Kopf und gab mir statt dessen die Angel. Danach trotteten wir schweigend bis zum Haus seines Onkels. Vielleicht hatte er das Gefühl, unhöflich gewesen zu sein, denn er sagte: ‹Ich schleppe viel öfter als Sie ein Gewehr mit mir herum. Ich bin es gewöhnt.› Und um mich ja nicht glauben zu lassen, er spiele darauf an, daß ich nicht eingezogen gewesen war, fuhr er hastig fort: ‹Ich hänge an der alten Knarre. Ich hab sie schon seit Ewigkeiten . . .› Wie ein Junge seinen Hund, tätschelte er zärtlich den Kolben. Dann legte er an und visierte.

‹Mach keinen Unsinn, Jack›, sagte Doble grinsend. ‹Sonst weckst du noch deinen Onkel auf.›

‹Der Teufel soll ihn holen›, erklärte er munter, und ehe wir ihn daran hindern konnten, drückte er ab.

Der Schuß zerriß die tiefe Stille wie ein Donnerschlag. Ich glaube, wir waren alle drei darauf gefaßt, eins der Fenster auffliegen zu sehen und die zornige Stimme des alten Cartwright fragen zu hören, was hier los sei. Sicherheitshalber duckten wir uns hinter einen Zaun, wo wir nicht gesehen werden konnten. Wir warteten ein paar Minuten und trauten uns kein Wort zu sagen. Erst als alles still blieb, richteten wir uns langsam auf, und Doble sagte: ‹Ich glaube, du hast 'n bißchen zu hastig getrunken, Jack. Es ist besser, wenn du dich jetzt schlafen legst.›

‹Na schön, das werd ich tun», willigte er ein und öffnete das Gartentor. Aber dann drehte er sich noch einmal um und flüsterte: ‹Könnt ihr vielleicht einen Augenblick warten? Ich hab nämlich keinen Schlüssel bei mir, und wenn die Tür abgeschlossen ist . . .›

Wir warteten, während er zum Haus lief. Unmittelbar vor der Haustür aber blieb er stehen, zögerte, drehte sich dann um und kam schnell wieder zu uns zurück. ‹Doble, könnte ich heute nacht bei dir schlafen?› fragte er flüsternd.

‹Natürlich, Jack. Ist die Tür abgeschlossen?›

Er schien die Frage nicht gehört zu haben, und wir machten uns auf den Heimweg. Als wir die Hälfte des kurzen Wegs hinter uns hatten, sagte er plötzlich: ‹Ich hab gar nicht nachgesehen, ob die Tür abgeschlossen war.›

‹Das hab ich gemerkt›, gestand ich.

Wieder setzte ein Schweigen ein. Als wir die Stufen von unserer Veranda erreicht hatten, brach plötzlich der Mond durch die Wolken, und ich konnte sehen, daß er totenblaß war.

‹Was ist los, Jack?› fragte ich.

Ohne zu antworten, schüttelte er den Kopf. Ich legte die Hand auf seinen Arm und fragte noch einmal: ‹Fehlt Ihnen was, Jack?›

Er versuchte zu lächeln. ‹Ich hab . . . mir . . . mir ist was Merkwürdiges passiert. Sie haben doch neulich von Geistererscheinungen gesprochen. Haben Sie das ernst gemeint?›

Zuerst wußte ich nicht, worauf er anspielte, erinnerte mich dann aber, daß ich – nicht sehr überlegt – den Glauben an das Übernatürliche verfochten hatte, als wir über William Blakes *Ehe zwischen Himmel und Hölle* sprachen, das ich ihm geliehen hatte. Ich zuckte nur mit den Achseln und überlegte, worauf er wohl hinauswollte.

Er lächelte gezwungen. ‹Sie müssen nicht glauben, daß ich zuviel getrunken habe.› Er sah mich an, als warte er auf eine Bestätigung.

‹Das tue ich auch nicht›, gab ich ruhig zurück.

‹Bestimmt, ich bin stocknüchtern. Und genauso nüchtern war ich vorhin, als ich auf das Haus meines Onkels zuging. Auf dem Weg zur Haustür schien sich plötzlich die Luft zu verdichten – es war, als ob ich gegen ein Kissen anrannte. Und dann, unmittelbar vor der Tür, wurde der Widerstand so stark, daß ich nicht mehr weiter konnte. Wie eine Mauer. Nur ist eine Mauer starr und unbelebt, und dies hier versperrte mir nicht nur den Weg, sondern stieß mich zurück, als hätte es einen eigenen

Willen. Es wurde mir unheimlich, und ich lief zurück. Und jetzt ist mir immer noch komisch.›

‹Ihr Onkel ...› begann ich.

‹Der Teufel soll meinen Onkel holen!› rief er wütend. ‹Ich wollte, er bräche sich den Hals.›

Genau in diesem Augenblick schlug Dobles Küchenuhr Mitternacht. Das metallische Glockenläuten, das direkt auf seine Worte folgte, schien den Fluch verhängnisvoll zu besiegeln.

Uns alle überkam ein Unbehagen; wir wurden wortkarg und gingen nach kurzer Zeit schlafen.

Am nächsten Morgen wurden wir von einem Hämmern gegen die Haustür geweckt. Doble zog sich die Hosen über, und ich schlüpfte in meinen Bademantel, und so trafen wir beinahe zur selben Zeit unten an. Es war Cartwrights Haushälterin, und sie schien ungewöhnlich erregt.

‹Mr. Cartwright ist tot!› schrie sie uns zu. ‹Ein Unfall!›

Da sie taub war, hatte es keinen Sinn, ihr Fragen zu stellen. Wir machten ihr ein Zeichen, daß sie warten solle, bis wir unsere Schuhe angezogen hätten. Dann liefen wir hinter ihr her zum großen Haus. Die Haustür stand offen; sie mußte sie wohl offengelassen haben, als sie uns holen ging. Schon von der Türschwelle aus sahen wir Cyrus Cartwright in einem altmodischen Nachthemd am Fuß der Treppe liegen. Sein Kopf lag in einer klebrigen Blutlache.

Er war tot; sie hatte recht. Sogar von der Diele aus konnten wir oben auf dem Treppenabsatz den verrutschten Teppich sehen, der sein Stolpern und seinen Sturz verursacht hatte.

Er war gestorben, wie er gelebt hatte: selbst im Tode hielt seine starre Rechte noch die Taschenuhr umklammert. Die Armbanduhr allerdings war beim Sturz beschädigt worden und gab uns so die Zeit seines Todes an. Die Zeiger waren auf kurz vor zwölf stehengeblieben, und wenn ich mich nicht irrte, war das genau der Zeitpunkt, an dem Jack ihn verflucht hatte!»

Auf Chisholms Bericht folgte ein kurzes, anerkennendes Schweigen, aber ich sah den Gesichtern an, daß niemand auf Grund dieser Erzählung seine Meinung wesentlich geändert hatte. Die Skeptiker schienen leicht verärgert, und die Gläubigen triumphierten, aber alle unsere Blicke richteten sich auf Professor Rollins, um zu sehen, wie er auf die Erzählung reagieren würde. Er nickte – gewichtig und bedeutsam.

Nicky war der erste, der das Wort ergriff. «Was war mit der Taschenuhr? Ist die auch stehengeblieben?»

«Nein, die tickte emsig weiter», antwortete Chisholm. «Ich vermute, daß sie bei dem Sturz durch seine Hand geschützt war. Aber die Erschütterung muß doch ziemlich groß gewesen sein, denn sie ging fast eine Stunde vor.»

Nicky senkte grimmig den Kopf.

«Und Jack?» fragte ich. «Wie hat er es aufgenommen?»

Chisholm dachte einen Augenblick nach. «Er war natürlich sehr erregt, wohl weniger über den Tod seines Onkels, den er ja nicht sehr geschätzt hat, sondern eher über die Tatsache an sich, die seine Ängste der vergangenen Nacht und das Vorhandensein übernatürlicher Einflüsse bestätigte.» Er lächelte traurig. «Ich habe ihn nicht mehr oft gesehen. Sein Urlaub wurde verlängert, aber er mußte sich um die Angelegenheiten seines Onkels kümmern und war sehr beschäftigt. Als er dann wieder zu seiner Einheit zurückfuhr, versprach er zu schreiben, hat es aber nie getan. Und dann habe ich vorige Woche einen Brief von Doble bekommen. Er schreibt mir manchmal. In seinem Brief stand, daß Jack Cartwright bei seinem ersten Alleinflug tödlich abgestürzt ist.»

«Ach?» sagte Professor Rollins interessiert. «Ich muß ehrlich zugeben, daß ich etwas Derartiges erwartet habe.»

«Sie haben damit gerechnet, daß Jack sterben würde?» fragte Chisholm voller Erstaunen.

Rollins nickte entschieden. «Dies war eine echte Manifestation des Übernatürlichen. Daran gibt es keinen Zweifel. Einmal: Jack spürte die übernatürlichen Kräfte. Und dann der Fluch, der fast beinahe prompt in Erfüllung ging, sogar bis in die Einzelheit der Todesart – das ist sehr bezeichnend. Natürlich wissen wir sehr wenig über diese Dinge, vermuten aber doch, daß sie einem bestimmten Schema folgen. Gewisse Typen übernatürlicher Mächte haben eine Neigung zum Ironischen, eine Art von perversem Sinn für Humor. Es ist klar, daß Jack, als er den Wunsch aussprach, sein Onkel möge sich den Hals brechen, einfach einer momentanen Aufwallung Ausdruck gab, aber es liegt nun mal in der Natur der bösen oder störenden Kräfte, solche Wünsche in Erfüllung gehen zu lassen. Diesem Element begegnen wir immer wieder in der Volkskunde und im Märchen, die wahrscheinlich nichts anderes sind, als kryptische und symbolische Ausdrücke für Volksweisheiten. Sie alle werden diese Dinge noch aus Ihrer Kindheit kennen. Dem Bösen werden von der Fee drei Wünsche geschenkt, die er damit vertut, indem er ebensolche Augenblicksverwünschungen äußert wie Jack. Verstehen Sie, wenn übernatürliche Kräfte zugegen sind, dann kann schon ein leidenschaftlich geäußerter Wunsch genügen, sie herbeizurufen. Und genau das ist an jenem schicksalhaften Abend im Cartwrightschen Haus der Fall gewesen.»

Er hob den Zeigefinger, um unsere Fragen von vornherein abzuwehren.

«Es gibt noch ein weiteres Element in diesem Schema», fuhr er trokken fort. «Und das ist die Tatsache, daß jeder Mensch, der materiellen Nutzen aus dem Einsatz böser, übernatürlicher Kräfte gewinnt, selbst wenn dies gar nicht von ihm beabsichtigt war, früher oder später von ihnen zerstört wird. Ich habe nicht den geringsten Zweifel daran, daß

Jacks Tod das Resultat übernatürlicher Kräfte war, ebenso wie der Tod seines Onkels.»

Professor Graham murmelte etwas vor sich hin, das wie ‹Blödsinn› klang.

Rollins, der wahrscheinlich bis ins Uferlose hätte weiterreden können, verstummte plötzlich und blickte ihn strafend an.

Aber Graham ließ sich durch Blicke nicht zum Verstummen bringen. «Der junge Mann starb durch einen Flugzeugabsturz. Das ist schon Tausenden vor ihm so gegangen. Hatten die alle auch drei Wünsche von der bösen Fee geschenkt bekommen? Bockmist! Der junge Mann starb, weil er in einem Flugzeug saß. Das reicht als Grund aus. Und der alte Mann, der fiel die Treppe runter und schlug sich den Schädel ein oder brach sich den Hals oder was es nun war. Sie sagen, der Neffe müßte ihn zu etwa der Zeit verflucht haben. Schön, selbst wenn ich Ihnen zugestehe, daß durch irgendein Wunder Dobles Küchenuhr die gleiche Zeit anzeigte wie Cartwrights Uhren, dann ist das immer noch nichts anderes als ein Zufall. Es ist anzunehmen, daß der junge Mann den gleichen Wunsch schon Hunderte von Malen ausgesprochen hatte. Das war nur natürlich: er war sein Erbe, und im übrigen konnte er ihn nicht ausstehen, und nun ist beim hundertstenmal tatsächlich eingetroffen, was er gewünscht hat. Daran ist doch nichts Übernatürliches – nicht einmal etwas Außergewöhnliches. Das ganze gibt eine hübsche Geschichte, junger Mann, aber es beweist überhaupt nichts.»

«Und die Tatsache, daß Jack eine übernatürliche Kraft *spürte*?» fragte Chisholm eisig, «ist das auch nur ein Zufall?»

Graham ließ die breiten Schultern fallen. «Das war vermutlich nur ein Vorwand, um nicht nach Hause gehen zu müssen. Wahrscheinlich hatte er Angst, von seinem Onkel angeblafft zu werden, weil er mitten in der Nacht seine Flinte abgeschossen hat. Was meinst du dazu, Nicky?»

Die kleinen, blauen Augen glitzerten. «Ich meine, daß der junge Mann nicht so sehr fürchtete, von seinem Onkel nach dem Gewehr, sondern eher nach der Uhrzeit gefragt zu werden.»

Wir lachten alle über Nickys Scherz, aber Professor Graham ließ sich nicht vom Thema abbringen. «Nein, ganz im Ernst, Nicky?» drängte er.

«Na schön, dann im Ernst», sagte Nicky und lächelte, als habe er einen gescheiten, aber etwas aufdringlichen Studenten aus dem ersten Semester vor sich. «Ich glaube, du hast recht, wenn du den Tod des jungen Mannes als Unfall bezeichnest. Am Rande könnte ich vielleicht hinzufügen, daß Dr. Chisholm auch nichts anderes gesagt hat. Aber was den Tod des Onkels betrifft, möchte ich doch nicht wie du an einen seltsamen Zufall glauben.»

Professor Rollins schien mit vorgeschobenen Lippen über Nickys elegantes Beiseiteschieben der einen Hälfte seiner Theorie nachzudenken, während ihm gleichzeitig anzusehen war, daß er sich freute, wenigstens die zweite Hälfte anerkannt zu finden. Ich stellte wieder einmal fest, wie mühelos Nicky jede Gruppe beherrschte, in die er auch nur zufällig geriet. Er behandelte alle Menschen, sogar seine Fachkollegen, wie Schuljungen. Und merkwürdigerweise fanden die Menschen sich alle mit der Rolle ab, in die er sie drängte.

Trotzdem war Professor Graham immer noch nicht befriedigt. «Ach, verdammt noch mal, Nicky, ein Mann stolpert über einen Teppich und stürzt die Treppe hinunter», rief er. «Was soll daran ungewöhnlich sein?»

«Erstens einmal halte ich es für ungewöhnlich, daß er überhaupt die Treppe hinuntergehen wollte», sagte Nicky. «Was glaubst du? Warum wollte er das?»

Graham sah ihn traurig erstaunt an, wie ein Student, dem man gerade eine unfaire Frage gestellt hatte. «Woher soll ich denn wissen, warum er die Treppe hinuntergehen wollte? Vielleicht konnte er nicht schlafen und wollte sich was zu essen holen oder ein Buch.»

«Und dazu hat er die Taschenuhr mitgenommen?»

«Warum nicht? Laut Chisholm hat er die beiden Uhren andauernd miteinander verglichen.»

Nicky schüttelte den Kopf. «Wenn du zwei Uhren bei dir hast, ist es fast unmöglich, sie nicht miteinander zu vergleichen, wenn du erst mal auf die eine gesehen hast. Wir machen es doch alle ganz automatisch so, wenn wir an einer Schaufensteruhr vorbeigehen, selbst wenn wir die eigene Uhr gerade eben erst nach dem Radio gestellt haben. Aber für Cyrus Cartwright, der eine Armbanduhr trug, war es etwas anderes, nun auch noch die Taschenuhr mit nach unten zu nehmen. Ich kann mir nur einen einzigen Grund dafür vorstellen ...»

«Und der wäre?» fragte Chisholm neugierig.

«Um auf der elektrischen Uhr nachzusehen, wie spät es war.»

Ich hatte Verständnis für Grahams verzweifelten Aufschrei: «Verdammt! Nicky, der Mann hatte schon zwei Uhren bei sich! Warum mußte er dann nach unten gehen, um auf die dritte Uhr zu sehen?»

«Weil in diesem Fall zwei Uhren nicht so gut waren wie eine», sagte Nicky leise.

Ich gab mir Mühe, das zu verstehen. Wollte er damit sagen, daß die übernatürlichen Kräfte, die sich an diesem Abend Jack Cartwright offenbart und ihn gehindert hatten, ins Haus zu gehen, auch mit den Uhren in Verbindung standen?

«Was stimmte denn nicht mit ihnen?» fragte ich.

«Sie zeigten verschiedene Zeiten an.» Und dann lehnte er sich im Stuhl zurück und sah sich im Kreise um, als habe er nunmehr alles erklärt. Es folgte ein kurzes Schweigen, und als Nicky von einem Gesicht zum anderen blickte, nahmen seine Züge einen ärgerlichen Ausdruck an.

«Begreifen Sie denn nicht, was geschehen ist?» fragte er. «Wenn man mitten in der Nacht aufwacht, sieht man als erstes auf die Uhr auf dem Kaminsims oder auf die Uhr auf dem Nachttisch, um zu wissen, woran man ist. Und eben das hat Cyrus Cartwright getan. Er wachte auf und sah, nach einem Blick auf die Armbanduhr, daß es – sagen wir – Viertel vor zwölf war. Danach griff er ganz automatisch nach der Taschenuhr auf dem Nachttisch. Er drückte auf den Knopf, der Mechanismus setzte sich in Gang und schlug zwölf und dann halb oder Viertel vor eins. Er hatte erst vor ein paar Stunden beide Uhren gestellt; beide Uhren tickten, aber eine der beiden ging plötzlich eine Stunde vor. Welche ging richtig? Wie spät war es? Ich stelle mir vor, daß er die Repetieruhr immer wieder klingeln ließ und schließlich versuchte, das ganze Problem bis zum Morgen zu verschieben. Nachdem er sich aber einige Zeit herumgewälzt hatte, wurde ihm klar, daß er, wenn er in dieser Nacht noch ein Auge zutun wollte, nach unten gehen mußte, um nachzusehen, wie spät es wirklich war.»

Nicky wandte sich an Chisholm. «Sehen Sie, eine Uhr wird nie durch einen Sturz oder eine Erschütterung plötzlich eine Stunde vorgehen. Ein Stoß kann entweder das Gehwerk zum Stillstand bringen oder ein paar Sekunden lang die Hemmung verlangsamen oder beschleunigen. Aber eine Uhr, deren Zeiger so locker sitzen, daß ein Stoß sie verrutschen kann, ist unbrauchbar. Demnach muß die Uhr schon vor dem Fall vorgestellt worden sein. Cyrus Cartwright hätte das nie getan, und das bedeutet, daß es der Neffe getan haben muß, wahrscheinlich während er die Uhr von der Kommode zum Nachttisch brachte.»

«Meinen Sie versehentlich oder um dem Onkel einen Streich zu spielen?» fragte Chisholm.

Nickys Augen glitzerten wieder. «Nicht, um ihm einen Streich zu spielen», sagte er, «um ihn zu ermorden!»

Er lächelte heiter über den Anblick unserer sprachlosen Gesichter. «Oh, ganz ohne jeden Zweifel! Nachdem Jack die Fenster den Wünschen des Onkels entsprechend eingestellt und die Uhr auf den Nachttisch gelegt hatte, sagte er ihm höflich gute Nacht. Und auf dem Treppenabsatz blieb er gerade lange genug stehen, um den Teppich vor der obersten Stufe umzuschlagen oder in Falten zu legen. Erinnern Sie sich bitte daran, daß in der Diele keine Lampe war.»

«Aber... aber das verstehe ich nicht. Ich weiß nicht... ich meine, woher sollte er wissen, daß sein Onkel mitten in der Nacht aufwachte?» fragte Chisholm endlich fast stotternd.

«Oh, dafür hat er gesorgt, als er unter dem Fenster seines Onkels das Gewehr abschoß», antwortete Nicky. Er lächelte. «Und jetzt werden Sie sicher auch verstehen, warum er in jener Nacht nicht nach Hause gehen konnte. Er hatte Angst, daß sein Onkel, der mittlerweile wach war, ihn zurückkommen hören würde. Statt selber nach unten zu gehen, hätte der Onkel einfach rufen und nach der Uhrzeit fragen können.»

Dieses Mal lachte keiner von uns.

Die einsetzende Stille wurde plötzlich vom Glockenschlag der Kirchturmuhr unterbrochen. Unwillkürlich sahen wir auf unsere Uhren, aber dann, als uns aufging, was wir getan hatten, mußten wir doch alle lachen.

«Na bitte», sagte Nicky.

Hier sind die fünf Informationen aus Chisholms Bericht:

1. *In der Diele ist keine Lampe (S. 64)*
2. *Jack weiß, daß er der Erbe des alten Cartwrights ist. Er nimmt viel dafür in Kauf. (S. 64)*
3. *Jack selbst beschreibt seine verschiedenen Aufgaben und berichtet, was allabendlich mit den Uhren des Onkels geschieht. (S. 65)*
4. *Auf dem denkwürdigen Heimweg trägt Jack die Flinte. (S. 66)*
5. *Jack schießt die Flinte ab, obwohl er gewarnt wird. (S. 66) Demnach will er, daß der Onkel aufwacht. (S. 66)*

Und nun noch Nickys Frage: Was ist mit der Taschenuhr? Sie ist nämlich die einzige Uhr, die ohne Wissen des Onkels verstellt werden konnte. (S. 68)

Und Nickys Scherz: Der junge Mann hatte Angst davor, daß der Onkel ihn nach der Zeit fragen könnte. (S. 70)

Der Pfeifkessel

Diesmal müssen Sie sich sehr beeilen, wenn Sie Nicky zuvorkommen wollen. Es ist fast unmöglich; aber wenn Sie ganz genau auf die Informationen achten, die vor dem Beginn der eigentlichen Handlung gegeben werden – inzwischen haben Sie ja Übung –, müßten Sie eigentlich herausfinden, was so erstaunlich ist, daß sich Nickys Phantasie daran entzündet und er eine Hypothese aufstellt, die zur Lösung führt. Nur ein Tip: Der Mensch ist bekanntlich ein Gewohnheitstier!

Ich hatte mich fest darauf eingestellt, während der Renovierung meines Hauses für acht oder zehn Tage ins Hotel zu ziehen, aber als ich das bei einem Gespräch mit Nicky Welt erwähnte, überredete er mich sofort, in dieser Zeit zu ihm zu ziehen. Fast gerührt ging ich auf sein Angebot ein.

Er behandelte mich gewöhnlich wie einen nicht allzu begabten Studenten und war oft etwas herablassend. Seltsamerweise verhielt ich mich im Umgang mit ihm gemäß dieser mir aufgezwungenen Rolle. So war es schon beim Beginn unserer Freundschaft gewesen, als ich zur juristischen Fakultät kam, und so blieb es auch, als ich die Universität verließ, um mich – erfolgreich – bei der Wahl als Kandidat für den Posten des County Attorney aufstellen zu lassen.

Er wohnte in einer Pension in der Nähe des Bahnhofs. Von dort bis zur Universität war es eine gute Viertelstunde zu Fuß, was ihm aus zweierlei Gründen zusagte: erst einmal tat ihm der tägliche Spaziergang gut, und dann hielt die Entfernung ihm lästige Besucher vom Hals, die ihn sicher abends öfter überfallen hätten, wenn er in erreichbarer Nähe gelebt hätte. Er bewohnte ein kleines Appartement im zweiten Stock, das aus Arbeitszimmer, Schlafzimmer und Bad bestand. Er war der angesehenste Gast der Pension, was an seiner Seniorität liegen konnte, denn er wohnte dort schon, solange ich ihn kannte, oder aber an seinem akademischen Rang, den man in einer Universitätsstadt sehr wichtig nimmt. Mrs. Keefe, die Besitzerin der Pension, bemutterte ihn und brachte ihm abends öfters Kaffee und Kuchen aufs Zimmer, obwohl in seinem Zimmer – wie in allen anderen Zimmern – eine elektrische Heizplatte war, und er durchaus für sich selbst sorgen konnte. Ganz offensichtlich hatte sie nichts dagegen, daß ich als Gast zu ihm zog, denn Nikky konnte sie nur mit Mühe davon abbringen, die Couch im Arbeitszimmer durch ein ausgewachsenes Bett zu ersetzen, damit ich es gemütlicher hätte.

Nachträglich stellte sich dann heraus, daß diese Einladung von Nikky für mich ein Glückstreffer war, denn ein Teil dieser zehn Tage überschnitt sich mit der Jahresversammlung der Universität. Frühere Versammlungen hatten das normale Alltagsleben der Universität wenig gestört, aber in diesem Jahr hatte die Universität einen neuen Präsidenten, einen jungen, modernen, aktiven Mann, der Wissenschaftler und Männer von Rang und Namen aus der ganzen Welt zusammengetrommelt hatte. Die drei Tage waren mit pausenlosen Vorträgen, Konferenzen und Podiumsdiskussionen angefüllt. Außerdem – und das sollte in diesem Fall wichtig werden – war jedes Hotelzimmer, jedes freie Bett in den Studentenwohnheimen und auch sonst jedes freie Bett in der Stadt von der Universität für die Ehrengäste mit Beschlag belegt worden. Wenn ich in ein Hotel gezogen wäre, hätte ich mein Zimmer mit einem oder gleich mehreren Gästen teilen müssen. Und wäre ich in meinem Haus geblieben, hätte ich nicht vermeiden können, ein Dutzend oder mehr unwillkommene Leute bei mir aufnehmen zu müssen. So bedachte mich Professor Richardson, der Quartiermeister der Universität, mit einem vorwurfsvollen Blick, als ich ihm im Fakultätsclub über den Weg lief und gab mir zu verstehen, daß er es für böswillige Absicht hielt, mein Haus ausgerechnet während der Jahresversammlung renovieren zu lassen und mich somit vor der Einquartierung zu drücken.

Mrs. Keefe war natürlich ebenso entzückt wie alle anderen Inhaber von Pensionen. In eine Dachkammer, die sie nur sehr selten vermieten konnte, hatte sie nun drei junge Inderinnen gepfercht, die an einer Diskussion über die ärztliche Versorgung von Dorfgemeinden teilnehmen sollten. Sie hatte den liebenswürdigen jungen Doktoranden über uns überredet oder gezwungen, sein Zimmer mit einem bärtigen und beturbanten Pakistaner zu teilen. Gegenüber von uns wohnte ein anderer Student aus einem höheren Semester, der wegen eines Krankheitsfalls in der Familie nach Hause gerufen worden war. Prompt wurde sein Zimmer – hoffentlich mit seiner Erlaubnis! – an zwei weitere Gäste vermietet, die am Sonntag beziehungsweise Montag mit dem Abendzug eintrafen.

Etwas später am Abend, nachdem die beiden Männer Zeit gehabt hatten, sich einzurichten, klopfte Nicky bei ihnen an und lud sie ein, noch zu uns herüberzukommen. Ich glaube sicher, daß seine Neugier ebenso groß war wie seine Gastfreundschaft. Der zuerst angekommene war etwa dreißig Jahre alt, groß und blond und hatte einen charmanten mitteleuropäischen Akzent und den unmöglichen Namen Erik Flugelheimer. Bei aller Lebendigkeit und Fröhlichkeit war er sehr bescheiden und wirkte dadurch besonders sympathisch. Sein Schlafgenosse war ein kleiner, dunkelhaariger, etwa zehn Jahre älterer Mann namens Earl Blodgett, ein eitler, überheblicher und sehr von sich eingenommener Bursche. Es stellte sich heraus, daß er zweiter Kurator der Ostasiatischen Abteilung der Laurence-Winthrop-Sammlung war. Nachdem die Jahresversammlung laut Programmheft unter dem Motto *Die neue Welt des Fernen Ostens* stand, lag seine Wichtigkeit auf der Hand. Im übrigen war er genau, penibel und verschroben.

Als Nicky die Kaffeemaschine einstöpseln wollte, wehrte Blodgett ab: «Ich muß leider danken. Nach Kaffee kann ich kein Auge zutun. Aber wenn ich vielleicht eine Tasse Tee bekommen könnte? Haben Sie einen Wasserkessel? Sonst hole ich ihn aus unserem Zimmer.»

Nicky versicherte ihm, daß er sowohl einen Kessel wie Tee habe. Als er sich mit der Teekanne zu schaffen machte, bat Blodgett, ob er das nicht tun dürfte. «Es macht Ihnen hoffentlich nichts aus», setzte er hinzu, «ich bin nämlich etwas eigen mit meinem Tee.»

Natürlich machte es Nicky etwas aus, aber er blieb der liebenswürdige Gastgeber und stellte mit einer einladenden Geste die Kochplatte zur Verfügung.

Erik lachte. «Er findet Kaffee gräßlich, und ich kann Tee nicht ausstehen. Wir haben einen Teekessel und eine Kaffeemaschine, aber nur eine Heizplatte. Morgens müssen wir wahrscheinlich knobeln, wer sich zuerst sein Frühstücksgetränk kochen darf.»

Später unterhielten wir uns über das Programm der kommenden Tage. Ich machte eine Bemerkung, daß das Hauptgewicht auf den soziologischen und politischen Themen zu liegen schiene, und daß darunter die kunstgeschichtlichen Vorträge vielleicht zu leiden hätten.

«Ich glaube, mit vollem Recht annehmen zu können», sagte Blodgett hochtrabend, «daß gerade die Kunstgeschichtliche Abteilung den wichtigsten Beitrag zur Jahresversammlung beisteuern wird.»

«Wieso? Haben Sie eine Überraschung?» fragte ich.

Blodgett schenkte mir ein überlegenes Lächeln. «Haben Sie schon einmal von der Adelphi-Schale gehört?»

Nicky spitzte die Ohren. «George Slocumbe – das ist unser Kunstgeschichtler – hat sie neulich noch erwähnt und gesagt, daß sie von einer privaten Sammlung angekauft worden sei. Oh ... jetzt begreife ich ... Wollen Sie damit andeuten, daß Sie die Schale mitgebracht haben und hier ausstellen wollen?»

«Sicher ein sehr wertvolles Stück», warf ich ein.

«Es ist eine aus massivem Gold gearbeitete und mit Edelsteinen verzierte Schale. Sie ist ...»

«Sie ist unbezahlbar», ergänzte Blodgett.

«Und Sie wollen sie während der Jahresversammlung ausstellen?»

Blodgett zuckte mit den Achseln. «Vielleicht.»

Ich wollte nicht weiter in ihn dringen und wandte mich an seinen Zimmergefährten. «Und Sie? Haben Sie auch eine Überraschung für die Jahresversammlung?»

Der blonde, junge Mann wehrte ab. «Ich bin kein berühmter Mann, der extra eingeladen worden ist. Ich unterrichte Mathematik am Muhlbach College von Nord-Dakota. Haben Sie schon mal was vom Muhlbach College gehört? Sehen Sie, das dachte ich mir. Es ist ein kleines, konfessionelles College; einmal im Jahr haben wir das Symphonieorchester von Minneapolis bei uns und dann vielleicht noch zwei oder drei Wanderbühnen mit den Broadwayerfolgen von vor drei Jahren. Als ich die Ankündigung Ihrer Jahresversammlung am Schwarzen Brett las und sah, daß sie in unsere Osterferien fiel, hab ich mich kurzerhand entschlossen. Und wer weiß, vielleicht gelingt es mir, eine kluge Frage zu stellen, und einer Ihrer berühmten Gäste aus einem größeren College wird auf mich aufmerksam und rettet mich vor dem Versauern in Muhlbach.»

Die Versammlung sollte drei Tage dauern; Montag, Dienstag und Mittwoch. Blodgetts Vortrag war auf Mittwochabend angesetzt. Er hielt diesen Termin für ein Zeichen der Anerkennung, so als wäre das ganze Programm auf diesen Höhepunkt hin ausgerichtet. Unter diesen Umständen brachte ich es nicht übers Herz, ihm zu sagen, daß der Abendzug eine Stunde vor Beginn seines Vortrags abfuhr und die meisten Gäste erfahrungsgemäß schon abgereist sein würden, weil sie sich so ein nochmaliges Übernachten ersparten.

Am nächsten Tag, am Dienstag, verließ ich mein Büro schon gleich nach dem Lunch. Das Wetter war zu schön, um zu arbeiten. Ich schlenderte herum, genoß die Frühlingsluft und machte einen Umweg, der über den Universitäts-Campus führte. Dort traf ich Earl Blodgett. Wir plauderten eine Weile, und ich fragte ihn, ob er mich nach Hause begleiten wolle. Er hatte aber noch einige Vorlesungen auf seinem Programm, darum machte ich mich schließlich allein auf den Weg.

Gerade als ich vor der Pension ankam, bog auch Erik um die Ecke. Ich wartete auf ihn, und wir stiegen zusammen die Stufen zur Haustür hinauf. Die Post war gerade gekommen und lag in einem Stapel auf dem Tisch in der Diele. Ich blätterte rasch die Briefe durch, um zu sehen, ob etwas für mich oder Nicky dabei war.

«Für mich ist sicher nichts gekommen», meinte Erik.

«Für Sie nicht, aber für Blodgett.» Ich händigte ihm den Brief aus.

Bei der Post waren auch einige Zeitschriften, in denen er herumblätterte, während ich schon nach oben ging. Nicky saß im Arbeitszimmer am Schreibtisch und korrigierte Übungsarbeiten seiner Studenten.

«Willst du eigentlich heute abend zu dem Festessen gehen?» fragte ich.

Er grinste säuerlich. «Ich war schon beim mittäglichen Festimbiß der Jahresversammlung, und damit hat es sich für mich genug jahresversammelt. Ich verzeihe ihnen das gallertartige Huhn in durchgeweichtem Pastetenteig, weil das schon zur Tradition gehört. Aber die Unterhaltung, die bei derartigen Affären dazugehört, ist noch unverdaulicher. Rechts und links von mir hatte ich zwei weibliche Wesen, die sich die meiste Zeit über mich hinweg unterhalten und unglaublichen Blödsinn geredet haben. Eine hat allen Ernstes behauptet, in jedem Blatt und in jeder Knospe sei der Schlüssel zum gesamten Kosmos enthalten. Ich kenne mich mit den Wahnsinnstheorien der Transzendentalisten ganz gut aus, aber ich glaube nicht, daß auch nur einer im Traum dran glaubt, daß man diesen Blödsinn in der Praxis anwenden kann, und daß zum Beispiel die Geschwindigkeit der Erdrotation durch das Studium eines Blattes zu errechnen ist.»

«Und du meinst, daß deine Tischdame daran glaubte?»

«Sie war in Indien, und da hat man sie zu den üblichen Touristenfallen geschleppt. Bei ihr war's der notorische Guru, dessen spezielle Stärke es war, einem einzigen Haar alles über den dazugehörigen Menschen entnehmen zu können. Er konnte noch etwas: er ließ sich die Augen verbinden, und dann mußte einer aus der Gruppe – wenn ich es recht verstanden habe, waren es zwanzig Leute – auf einer Harfe eine einzige Saite anschlagen, und er konnte dann sagen, welcher von den zwanzig es gewesen war.»

«Das klingt natürlich etwas unglaubwürdig, aber ich habe mal mit einem Konzertpianisten gesprochen, der behauptet hat, daß es, wenn er und Rubinstein dieselbe Taste auf demselben Klavier anschlügen, einen Unterschied im Klang geben würde, den jeder deutlich wahrnehmen könne.»

«Unsinn», erklärte Nicky entschieden.

In diesem Augenblick wurde die Stille des Hauses durch das schrille Pfeifen eines Teekessels zerrissen. Nicky ist immer so überzeugt von der Richtigkeit seiner Meinungen, daß ich nicht widerstehen konnte und die günstige Gelegenheit ausnützte. Ich tat so, als lausche ich angestrengt, und sagte dann: «Davon bin ich gar nicht so überzeugt, Nicky. Jetzt möchte ich zum Beispiel jede Wette eingehen, daß diese Disharmonie des Teekessels auf die leichte mitteleuropäische Hand unseres Freundes Erik schließen läßt und nicht auf die gehemmte und ungeschickte Hand des sonst so vortrefflichen Blodgett.»

«Die Wette würdest du verlieren», sagte Nicky schmunzelnd, «denn Earl Blodgett ist der Teetrinker. Erik trinkt Kaffee.»

Ich klimperte mit dem Kleingeld in meiner Hosentasche. «Ich bin immer noch zu einer Wette bereit.»

Nicky betrachtete mich unter buschigen Augenbrauen hervor. «Du bist mir zu sicher», meinte er. «Du mußt etwas wissen. Bist du Erik auf der Treppe begegnet, und hat er dir gesagt, daß Blodgett noch nicht da ist?»

Ich nickte kleinlaut. «Ja, so ähnlich jedenfalls. Ich hab Earl vor der Universität getroffen, und er sagte, daß er sich noch ein paar Vorträge anhören wollte. Erik ist gleichzeitig mit mir hier angekommen. Ich hab noch die Post durchgesehen. Es war ein Brief für Earl dabei, den ich Erik mitgegeben habe. Aber um auf das Thema zurückzukommen – wenn Earl seine Pläne nicht geändert hat, muß Erik allein im Zimmer sein. Vermutlich will er sich einmal eine Kanne Tee aufgießen, um herauszufinden, was Earl daran so gut findet.»

Nicky hatte sich, während ich noch sprach, wieder an seine Korrekturen gesetzt. Ohne aufzusehen, sagte er: «Daß der Kessel pfeift, heißt nicht, daß unser Freund Tee trinken will, sondern nur, daß er Wasser kocht.»

«Und warum sollte er sonst Wasser kochen?»

«Dafür könnte es eine ganze Menge Gründe geben. Vielleicht ist er nicht einmal am Wasser, sondern nur an seinem Nebenprodukt interessiert.»

«Was ist das Nebenprodukt von kochendem Wasser?»

«Dampf.»

«Dampf? Wozu braucht er denn Dampf?»

Nicky schob den Stapel mit den Heften fort und sah zu mir auf. «Er könnte ihn brauchen, um die Klappe eines Umschlages zu öffnen.»

«Meinst du, er macht Blodgetts Brief auf? Warum sollte er sich wohl für Blodgetts Post interessieren?»

Nicky lehnte sich zurück. «Überlegen wir doch einmal. Natürlich kann er ein extrem neugieriger Mensch sein, auf den alles Festverschlossene einen unwiderstehlichen Reiz ausübt. Aber das halte ich nicht für allzu wahrscheinlich. Ebenso unwahrscheinlich ist es, daß er jemand kennt, der mit Blodgett im Briefwechsel steht. Nein, etwas an dem Umschlag wird darauf hingedeutet haben, daß es lohnend sein müsse, ihn zu öffnen.»

Ich gewann Gefallen an dem Spiel. «Meinst du, daß er der Handschrift oder der Angabe des Absenders etwas entnehmen konnte?»

«Das ist ohne weiteres möglich», gab Nicky zu. «Es hieße dann aber, daß Blodgett den Brief selber adressiert haben müßte.»

«Wie kommst du denn darauf?»

«Du mußt davon ausgehen, daß Blodgett und Erik völlig verschiedene Studiengebiete haben, daß sie verschiedener Herkunft sind und aus weit voneinander entfernten Teilen des Landes kommen. Es ist sehr unwahrscheinlich, daß sie gemeinsame Freunde oder Bekannte haben. Die einzige Handschrift, die Erik kennen dürfte, ist die von Blodgett. Er hat vielleicht Notizen von ihm gesehen. Möglicherweise hat gerade das seine Neugier erregt: warum schreibt Blodgett an sich selbst? Aber ich hatte eigentlich an etwas anderes gedacht, an die Art, wie sich der Umschlag anfühlte. Vielleicht hat er ihn darum aufmachen wollen.»

«Geld? Meinst du, es hätte Geld in dem Umschlag sein können?»

Nicky schüttelte den Kopf. «Nein, das fühlt sich auch nicht anders an als gewöhnliches Papier. Aber vielleicht war etwas Schweres, Hartes darin...»

«Eine Münze!» rief ich und dachte dabei an ein seltenes antikes Stück.

«Möglich, aber nicht einleuchtend. Wenn es eine wertvolle Münze wäre, die er sich nur ansehen wollte, brauchte er den Umschlag nicht mit Dampf zu öffnen – Blodgett würde sie ihm wahrscheinlich freiwillig zeigen. Wenn er sie andererseits stehlen wollte, konnte er den Umschlag auch so an sich nehmen. Aber der Diebstahl würde früher oder später entdeckt werden, und der Verdacht würde auf Erik fallen. Nein, ich glaube, diese Überlegungen führen zu nichts. Ich neige eher dazu, dir zuzustimmen, daß in dem Umschlag etwas war, was sich ertasten ließ; etwas Flaches, wahrscheinlich aus Metall. Und sicher etwas, das keinen großen Wert besaß. Es könnte ein Schlüssel gewesen sein...»

«Und ein Briefchen von weiblicher Hand mit einer Adresse darin...»

Nicky lächelte. «Du bist und bleibst der ewige Romantiker. Jetzt glaubst du sicher, eine Dame hätte ihm heimlich ihren Wohnungsschlüssel zugeschickt. Stimmt's? Nein, dafür scheint mir Blodgett nicht der richtige Typ zu sein. Und warum sollte Erik sich für die Amouren seines Zimmergefährten interessieren? Nein, nein. Ein Schließfachschlüssel scheint mir naheliegender als ein Hausschlüssel.» Nicky stimmte sich selbst mit heftigem Nicken zu. «Ja, ein Schlüssel für ein Schließfach paßt am besten. Und ein Schließfach deutet auf etwas Kleines, leicht Transportierbares und wahrscheinlich Wertvolles hin.»

«Und wie sollte Blodgett an einen Schließfachschlüssel kommen?»

«Genau wie jeder andere Mensch. Er steigt in einer fremden Stadt aus dem Zug. Es ist dunkel. Was ist naheliegender, als den wertvollen Gegenstand, den er bei sich hat, im Bahnhof in einem Schließfach unterzubringen.»

Ich nickte nachdenklich.

«Und nun müssen wir uns auf unsere Phantasie verlassen. Warum hat er den Schlüssel nicht einfach in die Tasche gesteckt? Warum hat er ihn in einen Umschlag gesteckt, den er an sich selbst adressierte?» Nicky hob fragend die Hände. «Er ist ein sehr nervöser Mensch. Vielleicht hat er jemand gesehen, der ihn beobachtete, als er diesen Gegenstand wegschloß, vielleicht hat er es sich auch nur eingebildet. Daß er diesen Gegenstand in ein Schließfach stellt, garantiert noch keineswegs seine Sicherheit, wenn er ein paar Minuten, nachdem er den Bahnhof verlassen hat, überfallen und um den Schlüssel erleichtert werden kann.»

«Er hätte sich am Bahnhof ein Taxi nehmen können», wandte ich ein.

«Am Montagabend? Wo Dutzende von Fremden ankommen, und es überhaupt nur ein reguläres Taxi in der Stadt gibt? Wahrscheinlich hat er nach einem Taxi gefragt und erfahren, daß keins da war. Dann wird er gefragt worden sein, wohin er denn wolle. Und als er darauf sagt, daß er zum Hotel *Keefe* will, erfährt er vielleicht jetzt erst, daß es gar kein Hotel, sondern nur eine Pension ist. Vielleicht sagt ihm auch sein Gesprächspartner, daß das Haus nur zwei Querstraßen weit entfernt ist und daß er bequem zu Fuß gehen kann.»

«Na schön. Ich gebe dir zu: er konnte nervös gewesen sein und geglaubt haben, daß ihn jemand beobachtete, aber ...»

«Und ich möchte dir klarmachen», unterbrach mich Nicky, «daß der Brief, den Blodgett an sich selbst richtete, und der gestern hier gestempelt worden ist, und in dem man einen Schlüssel spüren konnte – unseren Freund Erik auf eben die Gedanken bringen mußte, die wir gerade geäußert haben.»

«Nun laß das doch mal, Nicky. Warum muß es denn etwas Wertvolles sein? Vielleicht hat er zwei Koffer gehabt, die er nicht beide schleppen wollte, wenn er zu Fuß gehen mußte. Was ist denn natürlicher, als einen in ein Fach einzuschließen und nur den mitzunehmen, in den er sein Rasierzeug gepackt hat?»

«Er ist nur für zwei Tage hier. Zwei Koffer sind sehr unwahrscheinlich. Und wenn es um einen Koffer mit Unterwäsche und ein paar Hemden geht, brauchte er sich den Schlüssel nicht extra zu schicken; den könnte er gefahrlos in die Tasche stecken.»

«Ich weiß, worauf du hinauswillst ... daß er die Adelphi-Schale in dem Schließfach gelassen hat. Was hat er noch über ihren Wert gesagt?»

«Nichts Konkretes, nur daß sie unbezahlbar sei. Aber damit hat er natürlich nur gemeint, daß es ein einmaliges Kunstwerk ist, das keinen festen Wert hat. Aber selbst wenn die Schale zerstört wird, würden wahrscheinlich allein das Gold und die Edelsteine einen Wert von Tausenden von Dollar haben.»

«Verdammt! Nicky, ein Mensch schleppt so etwas doch nicht mit sich herum und steckt es dann in ein Schließfach auf dem Bahnhof!»

«Warum nicht? Wenn es klein genug ist und leicht zu tragen, gibt es doch keine bessere Transportmöglichkeit, als es als Handgepäck mitzunehmen. Ich könnte mir vorstellen, daß die Schale eine extra angefertigte Tragtasche mit einem Griff und Schlössern hat, die wie eine gewöhnliche Reisetasche aussieht. Was stellst du dir denn vor? Soll sie in einem gepanzerten Auto mit einer Wachmannschaft transportiert werden? *Das* wäre gefährlich. Jeder Dieb in der ganzen Gegend würde aufmerksam werden. Daß du so denkst, finde ich nur natürlich, weil du ja keine wertvollen Gegenstände zu transportieren brauchst. Aber die Menschen, die mit so etwas umgehen, sind darin viel nüchterner. Ich kannte einen Edelsteinhändler, der sehr viel reisen mußte. Er trug ein Vermögen an ungefaßten Steinen mit sich herum. Er hatte sie in kleinen Papierhüllen – ‹Briefchen› nannte er sie – in der Innentasche von seiner Jacke.»

«Du gehst also von der Idee aus, daß Erik ein Schreiben sieht, das Blodgett an sich selbst geschickt hat ...»

«Und das hier abgestempelt ist», ergänzte Nicky.

«Gut, und das hier abgestempelt ist. Er ertastet einen Schlüssel, und da er weiß, daß Blodgett die Adelphi-Schale ausstellen will, kommt er zu demselben Schluß wie du, nämlich – daß sie zur Zeit in einem Schließfach unseres bescheidenen kleinen Bahnhofs steht und nicht im Safe des Quästors der Universität, wo sie von Rechts wegen hingehörte.»

«Richtig.»

«Warum macht er sich dann die Mühe, den Umschlag über Dampf zu öffnen?» fragte ich triumphierend. «Warum reißt er ihn nicht auf, nimmt den Schlüssel, geht zum Bahnhof und holt sich die Schale? Oder ist er sich über den Inhalt des Schließfachs nicht so sicher wie du und will sich erst mal vergewissern? Wenn es dann nicht die Schale ist, steckt er den Schlüssel wieder in den Umschlag und klebt ihn wieder zu.»

«Nein, nein, nein!» Nicky wurde ganz gereizt. «Er ist absolut sicher, aber er kann nicht einfach zum Bahnhof gehen und sie an sich nehmen. Erstens: er fährt um diese Zeit kein Zug. Zweitens: Blodgett wird den Brief vermissen; du kannst bezeugen, daß er angekommen ist. Der Verdacht liegt nahe ... Verdacht? – nein, das ist schon kein Verdacht mehr. Es kann überhaupt nur Erik gewesen sein. Was glaubst du, wie weit er kommen würde? – Da! Sieh mal.»

Ich trat neben ihn an das Fenster. Direkt unter uns stand Erik auf dem Gehweg. Er sah sich erst überall um und ging dann, mit den Händen tief in den Taschen, weil es immer noch recht kühl war, in flottem Tempo nach rechts in Richtung des Bahnhofs.

Nicky trat vom Fenster zurück. «Keine Sorge», sagte er. «Er wird jetzt am Bahnhof ein anderes Schließfach nehmen und dessen Schlüssel in den Umschlag stecken. Nein, das wird er doch nicht tun. Blodgett könnte sich erinnern, welches Fach es gewesen ist. Er wird die Schale aus Blodgetts Schließfach nehmen und in ein anderes einschließen. Dann kann er sogar den richtigen Schlüssel wieder in den Umschlag stecken.»

«Und was unternehmen wir? Soll ich die Polizei anrufen und veranlassen...»

«Die Polizei anrufen?» Nicky starrte mich ungläubig an. «Wozu! Weil ein junger Mann Wasser kocht, um sich eine Tasse Pulverkaffee aufzugießen, da es ihm zu umständlich ist, dafür extra die Kaffeemaschine in Gang zu setzen?»

«Aber er geht doch zum Bahnhof...»

«Ja, um die Abfahrtszeiten nachzusehen, vermutlich.»

Mir ging plötzlich auf, daß Nicky mich an der Nase herumgeführt hatte, um mir meine alberne Wette heimzuzahlen, und daß tatsächlich nichts anderes passiert war, als daß Erik den Wasserkessel aufgesetzt hatte.

Dennoch war ich beunruhigt, und am nächsten Morgen, nachdem Nicky fortgegangen war, rief ich mein Büro an und sagte, daß ich nicht kommen würde. Danach setzte ich mich ans Fenster, um die Straße im Auge behalten zu können. Kurz nach zehn sah ich Erik aus dem Haus kommen und zur Universität gehen. Ich zog mir den Mantel an und folgte ihm, wobei ich weit genug zurückblieb, aber immer darauf achtete, daß ich ihn nie aus dem Blick verlor. Als wir uns der Universität näherten, rückte ich enger auf, um ihn im Gewimmel nicht zu verlieren. Ich bewachte ihn während des ganzen Vormittags. Wenn er in einen Hörsaal ging und sich nach vorn setzte, suchte ich mir einen Platz weiter hinten. Mittags ließ ich ihn erst allein, als ich ihn in die Cafeteria gehen sah. Ich machte mich auf den Heimweg. Nicky war schon da, als ich kam.

«Warst du denn nicht in deinem Büro?» fragte er, und der Hauch eines Lächelns glitt über sein sauertöpfisches Gesicht.

«Nein.»

Ich setzte mich ans Fenster und starrte verdrossen auf die Straße, während Nicky mit den nie endenden Korrekturen fortfuhr. Sehr bald schon tauchte Erik auf der Straße auf, und einen Augenblick später hörte ich ihn mit großen Sätzen die Treppe hinauflaufen. Er war offenbar in bester Stimmung. Wir hörten ihn über uns im Zimmer hin und hergehen. Ich nahm an, daß er packte.

Nach einer Viertelstunde klopfte er bei uns an. «Ich freue mich, daß ich Sie antreffe», sagte er. «Mein Zug geht um halb zwei, und ich muß gleich zur Bahn. Ich möchte mich bei Ihnen bedanken und verabschieden.»

«Wir begleiten Sie», sagte Nicky. «Heute reisen eine Menge Gäste ab, und ich möchte noch einigen Freunden auf Wiedersehen sagen.» Als wir auf die Straße traten, erkundigte er sich: «Na, haben Sie denn nun ein bißchen von der Versammlung profitiert?»

Der junge Mann lachte. «Man hat mir tatsächlich eine Stelle angeboten – leider nur in Indien.»

Obwohl wir reichlich früh kamen, warteten bereits einige Reisende auf den Zug. Wir blieben stehen und unterhielten uns über Nichtigkeiten. Einige der abreisenden Gäste, die wir kennengelernt hatten, nickten uns zu, und ein oder zwei kamen, um uns die Hand zu schütteln und sich zu verabschieden. Erik nützte diese Ablenkung aus und schlenderte zum Zeitungskiosk. Er kaufte eine Illustrierte und wanderte dann zu den Schließfächern, die direkt dahinter lagen. Nicky bedeutete mir dazubleiben, während er dem jungen Mann unauffällig folgte.

Kurz darauf fuhr der Zug ein, und es entstand ein gewisses Gedränge. Ich wartete ungeduldig. Aber erst als das Abfahrtssignal schon gegeben war, sah ich Erik zum Zug rennen. Ich wollte mich ihm schon in den Weg stellen, da entdeckte ich Nicky, der heiter und selbstzufrieden auf mich zukam.

«Na und?» fragte ich.

Nicky hielt mir stumm die Hand entgegen. Auf der Handfläche lag ein Schlüssel.

«Was hat er gesagt?»

«Ich habe ihn nur um den Schlüssel gebeten. Da ging ihm auf, daß ich Bescheid wußte. Er wollte wissen, ob ihn jemand beobachtet hätte, und ich sagte: ‹Nein, aber ich habe gehört, daß Sie den Pfeifkessel aufgesetzt hatten.› Daraufhin hat er mir den Schlüssel ausgehändigt.»

«Und was jetzt?» fragte ich.

«Als County Attorney solltest du soviel Autorität besitzen, daß der Bahnhofsvorsteher oder wer sonst dafür zuständig ist, dir das Schließfach 518 öffnet, damit wir die Schale wieder einschließen können.» Seine Stimme klang gereizt.

Auf dem Rückweg zur Pension sagte ich: «Meinst du, daß es richtig war, ihn laufen zu lassen? Er hat schließlich ein Verbrechen geplant, auch wenn es ihm nicht geglückt ist.»

«Wäre es besser gewesen, wenn es einen Skandal gegeben hätte, in den die Universität verwickelt worden wäre? Ganz zu schweigen davon, daß Blodgett seine Stellung verloren hätte?»

Ich ließ es dabei bewenden.

In der Pension begegneten wir Blodgett. «Nun hab ich Erik doch verpaßt», sagte er. «Ich wollte rechtzeitig zurücksein, um ihn zum Zug zu bringen, aber es war dann noch zuviel für den Vortrag vorzubereiten.»

«Ist die Adelphi-Schale schon angekommen?» fragte Nicky feierlich.

«Angekommen? Oh, die hab ich mitgebracht. Ich hab sie im Bahnhof in einem Schließfach gelassen.

«Im Bahnhof?»

Blodgett lachte. «Da ist sie absolut sicher, das können Sie mir glauben. Das ist der sicherste Aufbewahrungsort, den es gibt. Ich hole sie heute abend und fahre dann mit einem Taxi zur Universität. Kommen Sie zu meinem Vortrag?»

«Wir haben eine Verabredung», sagte Nicky, «aber wir werden versuchen, wenigstens kurz vorbeizukommen.»

Wir gingen dann aber doch nicht hin, sondern spielten eine Partie Schach im Fakultätsclub. Inzwischen waren alle Gäste abgereist, und es war still und erholsam. Um neun gesellte sich Professor Richardson zu uns. Die Presse hatte Aufnahmen gemacht, und er trug noch den Talar über dem Arm. Er sank in einen Sessel und fächelte sich mit dem viereckigen Barrett Luft zu. «Gott sei Dank? Das hätten wir hinter uns!»

«Sie können mit der Veranstaltung aber sehr zufrieden sein», meinte ich.

«Doch, ich glaube, es hat alles gut geklappt. Der Chef hätte wahrscheinlich lieber etwas mehr Aufsehen in der Öffentlichkeit gehabt. Wissen Sie, irgend etwas Dramatisches, was dicke Schlagzeilen macht... einen Mord vielleicht oder den Raub der Uranium-Vorräte der Universität...»

«Das hätten Sie etwas früher sagen sollen», meinte Nicky. «Vielleicht hätten wir etwas arrangieren können.»

Haben Sie's herausbekommen? Hier der Gedankengang, der zur Lösung führt:

Auf Seite 75 wird ausführlich dargelegt, daß Blodgett nur Tee trinkt, und Erik nur Kaffee. Auf Seite 78 weicht der Kaffeetrinker von seiner Gewohnheit ab und kocht Wasser im Pfeifkessel – warum? *Die Antwort auf dieses Warum steht am Anfang der Deduktionskette, an deren Ende der Täter entlarvt ist.*

Ein ganz simpler Fall

Den naheliegendsten Tip weisen Sie, (Nicky) Welt-erfahren, wie Sie mittlerweise sind, vermutlich mit Entrüstung zurück: Wenn Herr Johnston von einem ‹ganz simplen Fall› spricht, dann können Sie getrost davon ausgehen, daß dieser Fall alles andere als simpel wird, sobald sich Nicky Welt seiner annimmt.

Aber lesen Sie bitte mit der gleichen Aufmerksamkeit, mit der Nicky zuhört! Ein Tip: Über die Auffindung der Leiche wird eine Reihe von Informationen gegeben; darunter ist eine, die Sie zum Ausgangspunkt Ihrer Überlegungen machen sollten.

Mittwochabends esse ich im Fakultätsclub, und zwar als Gast von Nicky Welt. Das ist offenbar von ihm als Ausgleich für die Freitagabende gedacht, an denen er bei mir Schach spielt.

Als Ellis Johnston, der County Attorney von Suffolk, am Spätnachmittag eines Januarmittwochs wegen einer geschäftlichen Angelegenheit zu mir ins Büro kam, lud ich ihn ein, mit uns zu Abend zu essen. Ehrlich gestanden wußte ich nicht ganz genau, wie Nicky darauf reagieren würde, daß ich ihm einen weiteren Gast aufhalste – er kann sehr empfindlich sein –, aber diesmal ging es gut. Er erinnerte sich noch an Johnston, den er bei mir kennengelernt hatte, und freute sich, ihn wiederzusehen. Wie ein Onkel, der seine Lieblingsneffen während der Schulferien ausführt, geleitete er uns in den Speisesaal. Er setzte sich zwischen uns und drängte uns, als es ans Bestellen ging, die besten und teuersten Gerichte auf.

Natürlich sprachen wir zunächst über das Wetter, das in diesem Winter alle meteorologischen Rekorde brach. Schon im Dezember hatte der erste Frost eingesetzt. In der Silvesternacht war ein Fuß Neuschnee gefallen, drei Tage darauf folgte ein Blizzard, der uns weiteren Schnee bescherte, dann eine vierzehn Tage andauernde Frostperiode, die von wärmeren Temperaturen und noch mehr Schnee abgelöst wurde.

«Die Straßen sind die reinsten Bobbahnen geworden», berichtete Johnston. «Die Schneemauern an den Straßenrändern sind so hoch, daß man die Leute auf den Gehwegen nicht mehr sehen kann. Stellen Sie sich vor: gestern haben wir einen Mann gefunden, der in so einer Schneemauer begraben war. Und das auf der Holgate Street! Zugegeben, es ist keine Hauptstraße, aber immerhin herrscht dort einiger Verkehr. Der Mann muß seit drei Wochen, seit dem großen Blizzard, dort gelegen haben, und Hunderte von Menschen sind in der Zwischenzeit ahnungslos an ihm vorbeigegangen.»

«Davon hab ich gestern abend in den Nachrichten gehört», sagte ich. «Ich glaube, es besteht Verdacht, daß der Mann ermordet wurde.»

«Daran ist gar kein Zweifel», entgegnete Johnston grimmig. «Jemand hat ihm den Schädel eingeschlagen und ihn dann hübsch säuberlich ausgerichtet in den Schnee gepackt. Ausgeschlossen, daß er einen Unfall gehabt hat. Ein Mensch, der stürzt, liegt ganz anders da.»

«Das klingt interessant», meinte ich.

Johnston zuckte die Achseln. «Ach, das ist ein ganz simpler Fall, einer unserer üblichen Brot-und-Butter-Fälle.»

«Und was, bitte, ist ein Brot-und-Butter-Fall?» fragte Nicky.

Johnston lachte leise vor sich hin. «Mein Schwager hat ein Eisenwarengeschäft», erklärte er. «Immer wenn Sie zu ihm in den Laden kommen, sehen Sie eine Frau, die eine Bratpfanne oder einen Mann, der einen Gartenschlauch kauft. Aber selbst wenn diese Leute Stammkunden sind, kommen sie doch nur alle paar Monate. Das nennt er die Marmeladen-Geschäfte. In gewisser Weise sind es Zufallsverkäufe. Aber die Schreiner, Klempner und Elektriker, die bei ihm kaufen, die bringen ihm das tägliche Brot und die tägliche Butter. Bei ihnen kann er damit rechnen, daß er sie das ganze Jahr durch jede Woche mehrmals zu sehen bekommt. – So, und wir in der Stadt haben eine gewisse Anzahl von Berufsverbrechern. Wir können uns darauf verlassen, daß sie Woche für Woche dafür sorgen, daß wir beschäftigt sind. Deswegen sind sie unsere Brot-und-Butter-Fälle.»

«Packen Sie diese Brot-und-Butter-Fälle unterschiedlich von den anderen an?» erkundigte sich Nicky.

«Normalerweise wissen wir bei derartigen Straftaten, wer dafür zuständig ist. Manchmal erfahren wir etwas durch unsere Spitzel, aber meistens verraten sich unsere Kunden durch ihre Arbeitsmethode. Außerdem kennen wir unsere Leutchen. Wir wissen, was sie denken und was sie planen. Wir wissen, wer unter Druck steht und welche Kräfte gerade einsatzbereit sind. Nur daß die Leute, die ja Profis sind, häufig so sauber arbeiten, daß es ihnen gelingt, ihre Spuren zu verwischen. So kommt es, daß wir oft genug wissen, wer ein bestimmtes Verbrechen begangen hat, es aber nicht beweisen können. Ihre Art von Analyse und Beweisführung, Professor, würde bei diesen Fällen nichts nützen. Sie hätten keine Anhaltspunkte, von denen Sie ausgehen könnten. Um ehrlich zu sein: bei den Brot-und-Butter-Fällen kommt man mit raffinierten Arbeitsmethoden nicht weiter. Es hat auch keinen Zweck, die Leute hart anzufassen, obwohl das früher, unter meinem Vorgänger, noch ziemlich häufig der Fall war. Wir verhören sie nur – das aber ausgiebig. Wissen Sie, wir brauchen ihre verwundbare Stelle. Wenn wir die erst mal haben, haben wir auch einen Ansatzpunkt. Vielleicht müssen wir einen Mann unter Druck setzen, damit er seinerseits den nächsten unter Druck setzt, der möglicherweise dem Verdächtigen ein Alibi beschafft hat. Wenn wir erst einmal das Alibi geknackt haben, haben wir auch den Fall gelöst. Nehmen wir mal unseren gestrigen Fall. Gleich, als mir der Lieutenant mitteilte, daß es John Reilly erwischt hat, habe ich ihm geraten, Terry Jordan auf den Zahn zu fühlen. Daraufhin grinste er nur und sagte, das sei bereits geschehen.

John Reilly gehörte übrigens nicht zur Unterwelt, jedenfalls nicht offiziell. Zumindest haben wir ihm nie etwas nachweisen können. Wir haben nur immer ein scharfes Auge auf ihn gehabt. Sein Geld bezog er aus den Einnahmen von seinen Mietskasernen, außerdem besaß er auch noch ein paar schäbige Absteigequartiere. Ich glaube, er lieh auch Geld aus und stellte Kautionen – gegen hohe Zinsen, versteht sich. Er war ein kleiner, geschniegelter Mann von etwa fünfzig Jahren, der sehr auf seine persönliche Würde bedacht war. Wenn jemand ihn ‹John› oder einfach ‹Reilly› nannte, wurde er sofort zurechtgewiesen. ‹*Mister*, wenn ich bitten darf›, pflegte er dann stets zu sagen. So hieß er überall nur Mister John.

Er hatte ein winziges Büro im Haus der Anwälte auf dem Courthause Square. Er selbst war nie da, aber man konnte bei seinem Angestellten, Cyrus Gerber, eine Nachricht hinterlassen, die ihm bestellt wurde. Dort haben auch seine Schuldner bezahlt und seine Kassierer die Mietgelder abgeliefert. Wie ich schon sagte: wir befassen uns mit unseren Kunden. Daher wußten wir auch, daß Terry Jordan nicht gut auf Mister John zu sprechen war.

Terry Jordan ist ein großer gutmütiger Kerl, aber nicht besonders helle. Er hat sich vom jugendlichen Delinquenten zum kleinen Gauner raufgearbeitet, aber viel eingebracht hat es ihm nicht. Er ist der geborene Tolpatsch. Wissen Sie, er ist immer der letzte, immer der, den die Hunde beißen. Na, am Ende hat er einen Job als stellvertretender Manager im *Hi-Hat-Café* bekommen, was ein vornehmer Ausdruck für Rausschmeißer ist. In dem Café hat eine Kellnerin gearbeitet, eine große blonde Amazone, mit dem schönen Namen Lily Cherry. Er ist ein gut aussehender Junge, und so war es kein Wunder, daß sie nach einiger Zeit fest mit ihm ging.»

«Sie haben sich verlobt?» fragte Nicky.

Johnston lächelte ihn liebevoll an. «Nein, Professor, sie haben sich nicht verlobt; und sie haben auch nicht geheiratet, als er zu ihr gezogen ist. Es war lediglich ein Arrangement, das ihnen beiden zusagte. Sie haben auch beide weiter im *Hi-Hat* gearbeitet. Aber dann hielt es Terry wieder einmal nicht mehr aus. Wir haben ihn im Zusammenhang mit einem Einbruch geschnappt, für den er ein Jahr aufgebrummt bekam. Selbstverständlich war er schuldig, aber es lag nur an seiner eigenen Dummheit, daß er uns ins Netz gegangen ist. Aber aus irgendeinem Grund hat er sich in den Kopf gesetzt, daß Mister John hinter seiner Verhaftung steckte. Möglicherweise hat er einen der Kriminalpolizisten mißverstanden. An der Sache war nichts dran. Aber so etwas kommt schon vor. Es ist mir unverständlich, wie Terry Jordan es ernst nehmen konnte, auch wenn man sein Spatzengehirn in Rechnung zieht.»

«Es sei denn, er wollte es glauben», warf Nicky ein.

Johnston betrachtete ihn mit einem kurzen, anerkennenden Blick. «Sie meinen, weil er sich dann einreden konnte, daß es nicht seine Schuld war. Da können Sie recht haben, Professor. Auf jeden Fall glaubte Terry, Mister John habe ihn reingelegt. Und daß er das glaubte, war allgemein bekannt. Und nun machte der sonst als so gerissen geltende Mister John etwas ganz Dummes. Obwohl er wußte, daß Terry nicht gut auf ihn zu sprechen war, machte er sich an Lily ran und zog nach einiger Zeit an seiner Stelle in ihre Wohnung. Vom Gesichtspunkt des Mädchens aus war es ein gutes Geschäft: sie brauchte nicht mehr zu arbeiten; sie bekam hübsche, neue Kleider; und sie konnte sogar in Mister Johns Cabriolet spazierenfahren.

Terry verlangte auch nicht von ihr, daß sie zu Hause saß und die Daumen drehte, bis er wieder aus dem Gefängnis entlassen wurde. Er war nicht mit ihr verheiratet; und wahrscheinlich war die gegenseitige Bindung auch nicht sehr eng. Aber diese Kombination – sein ursprünglicher Haß auf Mister John, der ihm nun auch noch das Mädchen abjagte ...»

«David und Bathseba», murmelte Nicky.

«Genau», stimmte Johnston zu. «Es wurde also zu einer Prestigefrage. Jeder wußte, daß er Mister John für seine Verhaftung verantwortlich machte. Nicht nur, daß Mister John ihn geschädigt hatte – jetzt beleidigte er ihn noch! Und wenn er diese Schande auf sich sitzen ließ, machte er sich vor all seinen Freunden lächerlich. Übrigens muß ich gestehen – mit einem Mord hab ich nicht gerechnet, höchstens daß er Mister John windelweich prügeln würde. Vielleicht war das auch seine ursprüngliche Absicht, und er hat nur aus Versehen härter zugeschlagen.

Terry ist am 2. Januar entlassen worden und ging sofort zu Lily. Das wissen wir genau. Dann hat er sich überall nach Mister John erkundigt. Er ist sogar ins Büro gegangen und hat Cyrus Gerber gefragt, wo er ihn finden könne. Ich sagte Ihnen ja, daß er nicht besonders schlau ist.»

Johnston beugte sich vor und zählte die Punkte an den Fingern ab. «Was haben wir nun? Wir wissen, daß Terry auf Mister John wütend war – das wäre das Motiv. Er kommt am Zweiten aus dem Gefängnis und macht sich sofort auf die Suche nach ihm – das ist die Gelegenheit. Und die Waffe? Irgendein stumpfer Gegenstand, ein Schraubenschlüssel oder eine Eisenstange. Und nun zur Methode: am Vierten, also nur zwei Tage später, haben wir einen Blizzard; Terry weiß, wo er Mister John finden kann; er stiehlt ein Auto – darin ist er recht begabt, aber es ist auch einfach, denn bei einem derartigen Schneesturm lassen viele Leute den Motor laufen, wenn sie nur kurz aussteigen. Er stiehlt also einen Wagen und schnappt sich Mister John. Vielleicht haut er ihm mit einem

Schraubenschlüssel über den Kopf, um ihn zum Einsteigen geneigt zu machen, aber er haut etwas zu fest zu, und der Mann ist tot. Es ist etwa vier Uhr, mitten im Blizzard. Um diese Zeit sind nur wenige Autos unterwegs und so gut wie gar keine Fußgänger. In dem wilden Schneetreiben kann man kaum die Hand vor Augen sehen.

Er fährt also herum und sucht nach einem Platz, wo er die Leiche abladen kann. Bis jetzt ist bereits ein halber Fuß Neuschnee gefallen, und die Schneemauern an beiden Seiten der Straße sind bereits mannshoch. Dann findet er eine passende Stelle und fährt hart an den Straßenrand. Die Straße vor ihm ist leer – und mit einem Blick in den Rückspiegel versichert er sich, daß ihm auch niemand folgt. Er öffnet die Tür, zerrt die Leiche aus dem Wagen und läßt sie in den Schnee gleiten. Dann bedeckt er sie noch mit frischem Schnee, außerdem weiß er mit Sicherheit, daß mindestens noch ein Fuß Neuschnee fallen wird, bis sich der Sturm legt. Und dann kommen die Schneepflüge! Angst, bei seinem Tun überrascht zu werden, hat er nicht – bei diesem Wetter hält niemand an, um zu fragen, ob er vielleicht Hilfe brauche. *Sie* würden auch weiterfahren und hoffen, daß Sie nicht plötzlich steckenbleiben.

Nach wenigen Minuten ist alles erledigt, und er steigt wieder ins Auto und fährt ab.»

«Woher wissen Sie eigentlich das Datum und die Tageszeit so genau?» erkundigte ich mich.

Johnston grinste. «Das haben wir herausbekommen. Es war nicht einmal schwer. Wir haben die Schneemauern angeschnitten und in der Art geologischer Untersuchungen analysiert. Wir wußten ja vorher, wann und wieviel es geschneit hatte. Die Straßenreinigung hat Unterlagen, wann die Pflüge gefahren sind und wann Sand gestreut worden ist. Wenn man das miteinander kombiniert, kann man die Zeit genau rekonstruieren.»

«Und was sagt Terry?» fragte ich.

«Oh, der streitet natürlich alles ab.»

«Haben Sie ihm gesagt, daß Sie wissen, daß er Mister John gesucht hat?»

«Er behauptet, er hätte ihn nicht gefunden. Er sagt ferner, Lily hätte ihm erzählt, daß sie und Mister John heiraten wollten. Sie hätten vorgehabt, nach Florida zu fahren und sich unterwegs trauen zu lassen. Er schwört, daß er Mister John nur gesucht hat, um ihm zu sagen, daß er ihm nichts mehr nachträgt und ihm Glück wünscht.»

«Das könnte möglich sein», murmelte Nicky.

Johnston lächelte zögernd. «Soll das ein Scherz sein, Professor? Warum sollte Mister John das Mädchen heiraten wollen, nachdem er schon ein Jahr mit ihr zusammenlebte? Ich gebe zu: sie mag das geglaubt haben. Sie ist auch nicht besonders helle. Übrigens bestätigt sie Terrys Aussage.»

«Hat sie Mister John als vermißt gemeldet?» fragte ich.

«Nein. Sie nicht, und auch sonst keiner.»

«Ist das nicht verdächtig? Er war ihr Verlobter, und er war seit drei Wochen verschwunden ...»

«Ja, auf den ersten Blick sieht es so aus», gab Johnston zu, «aber um gerecht zu sein, will das nicht viel heißen. Derartige Leute gehen nicht so ohne weiteres zur Polizei. Für sie konnte sein Verschwinden auch heißen, daß er irgendwelche auswärtigen Geschäfte hatte. Es gibt auch kaum jemand, der seinetwegen eine Vermißtenanzeige hätte aufgeben können. Er war Junggeselle. Von einer verwitweten Schwägerin und ihrem Sohn abgesehen, hatte er keine Angehörigen. Wer hätte ihn denn vermissen sollen? Sein Angestellter? Der hat gesagt, er hätte Mister John manchmal wochenlang nicht gesehen, selbst wenn er jeden Tag in der Stadt gewesen wäre. Er wußte nichts über seine Geschäftsangelegenheiten. Mister John hätte das so gewünscht. Wenn jemand Geld einzahlen wollte, nahm er es entgegen und stellte eine Quittung aus. Wenn jemand Mister John sprechen wollte, hinterließ er ihm eine schriftliche Nachricht. Er wurde monatlich bezahlt – demnach wäre ihm bis heute noch nichts aufgefallen. Natürlich, nach einiger Zeit, so etwa nach zwei Monaten, hätten seine Freunde oder Lily oder der Angestellte doch angefangen, Fragen zu stellen und sich umzuhören. Wenn sie dann immer noch nichts über ihn erfahren hätten, wären sie vielleicht auch zur Polizei gegangen. Aber das hätte schon eine gute Zeit dauern müssen. Damit blieben dann nur noch die Schwägerin und ihr Sohn, Frank Reilly. Das sind ehrbare Leute, die möglichst wenig mit ihm zu tun haben wollten. Sie ist eine pensionierte Lehrerin. Ihr Sohn Frank ist etwa dreißig und unverheiratet. Er wohnt bei ihr. Er hat ein Schallplatten- und Papiergeschäft in der Nähe ihrer Wohnung in einem Vorort. Normalerweise hören sie oft monatelang nichts von Mister John. Zum letztenmal haben sie ihn Anfang November gesehen. Frank hatte ein Angebot, das Geschäft zu übernehmen, in dem er arbeitete. Sein Chef wollte aus Gesundheitsgründen nach Arizona ziehen; Frank hätte es zu einem günstigen Preis kaufen können. Soweit ich sie verstanden habe, wandte sich Frank gegen ihren Willen an seinen Onkel. Und Mister John gab ihm das Geld. Es waren sechstausend Dollar.

Das deckt sich mit den Unterlagen von Mister John, die ich gestern durchgesehen habe. Aus verständlichen Gründen hat er nicht sehr genau Buch geführt. Er hat nicht einmal alte Bankauszüge aufgehoben. Soweit ich es übersehe, machte er die meisten Geschäfte gegen Barzahlung, aber hin und wieder bezahlte er auch mit Schecks. In seinem Schreibtisch fand ich ein Scheckbuch, aus dem hervorgeht, daß er am siebten November drei Schecks zu je zweitausend Dollar auf Frank Reilly ausgestellt hat.»

«Drei Schecks?»

«Frank sagt, er hätte sie so bekommen, um handeln zu können. Er sollte erst zweitausend bieten, dann viertausend und zuletzt, wenn es gar nicht anders ging, sechstausend. Ich habe Frank, der ein Künstlertyp und ein bißchen ungeschickt ist, so verstanden, daß er es für unter seiner Würde hielt, zu handeln und es gar nicht erst versucht hat. Offenbar ist er nicht gerade ein Finanzgenie, aber er macht einen ordentlichen Eindruck und scheint sehr an seiner Mutter zu hängen, die an Arthritis leidet und nur mit einem Stock herumhumpeln kann. Der große Vorteil für ihn wäre die günstige Lage des Geschäfts, hat er mir erzählt. Es läge so nahe bei ihrem Haus, daß er immer, wenn seine Mutter ihn brauchte, schnell hinüberlaufen könne. Die beiden sind wirklich sehr nett.»

Wir waren inzwischen mit dem Essen fertig und gingen auf Nickys Veranlassung in den Aufenthaltsraum, um dort unseren Kaffee zu trinken. Der Kellner rückte einen Tisch vor den Kamin und schob die Sessel zurecht. Nachdem er uns bedient hatte und wir wieder allein waren, nahm ich das Gespräch wieder auf. «Ich weiß nicht – viel haben Sie da nicht in der Hand.»

«Nein, bis jetzt nicht», gab Johnston zu, «aber wir haben unseren Mann.»

«Den können Sie aber nicht lange festhalten», wandte ich ein.

«Wir können ihn festhalten, um ihn zu verhören. Und wir werden ihn gründlich verhören. Wir werden ihn über jede Minute vernehmen, die er seit seiner Entlassung in Freiheit verbracht hat. Wir werden ihn fragen und wieder fragen, und wenn er sich nur ein einziges Mal widerspricht, haben wir den Ansatzpunkt.»

«Wenn Sie mich so behandelten, würden Sie mich wahrscheinlich auch zu einem Geständnis bringen.»

Johnston errötete. Er wollte mir schon eine wütende Antwort geben, beherrschte sich aber noch rechtzeitig. «Wir bekämpfen Feuer mit Feuer», erklärte er steif. «Wir wissen, daß er ihn ermordet hat...»

«Ich verstehe, warum Sie glauben, daß er ihn ermordet hat», unterbrach ihn Nicky. «Aber warum er ihn begraben hat, begreife ich nicht.»

Johnston wandte sich ganz betont nur an Nicky und strafte mich mit Nichtachtung. «Natürlich wollte er verhindern, daß die Leiche gefunden wird. Er hat es aus denselben Gründen getan, aus denen ein Mörder sein Opfer im Wald vergräbt oder es mit einem Stein um den Hals im Meer versenkt.»

Nicky schüttelte den Kopf. «Aber Mr. Johnston, finden Sie nicht auch, daß es ein großer Unterschied ist, ob man einen Mann in einer Schneemauer neben einer belebten Straße verbuddelt oder ihn im Wald vergräbt oder auch im Meer versenkt?»

«Und was sollte der Unterschied sein?»

Nicky lächelte flüchtig. «In den beiden letzten Fällen geschieht diese Handlung in der Hoffnung – in der nicht unberechtigten Hoffnung –, daß die Leiche nie gefunden wird oder aber, wenn sie doch gefunden wird, nicht mehr zu identifizieren ist. Wenn man aber einen Toten in der Stadt in einer Schneemauer vergräbt, kann man hundertprozentig damit rechnen, daß er gefunden und wiedererkannt wird. Der Schnee wirkt wie eine Tiefkühltruhe. Bei normalen Witterungsverhältnissen hätte die Entdeckung etwa ein paar Tage oder eine Woche auf sich warten lassen. Und selbst bei dem extrem kalten Winter, den wir in diesem Jahr haben, konnte der Mörder höchstens auf eine Verzögerung von einem Monat hoffen.»

«Na, immerhin hätte er genügend Zeit gewonnen, um fliehen zu können», sagte Johnston.

Nicky machte eine ganz entschieden abwehrende Handbewegung. «Bei den heutigen Verkehrsmitteln braucht man nicht Wochen, ja nicht einmal Tage, um eine Flucht zu bewerkstelligen. Ein Zeitvorsprung von ein, zwei Stunden genügt, um zum Bahnhof, zum Bus-Terminal oder zum Flugplatz zu kommen. Aber davon abgesehen: Terry hat doch gar nicht versucht zu fliehen, nicht wahr? Ihre Polizeibeamten konnten ihn doch ohne Schwierigkeiten aufgreifen? – Was ich gern wissen möchte, ist: warum hat der Mörder nicht einfach die Wagentür aufgemacht, die Leiche hinausgeworfen, und ist dann weitergefahren? Der Tote hätte dann neben der Schneemauer gelegen, und selbst wenn er unmittelbar darauf gefunden worden wäre, hätte man ihn höchstwahrscheinlich für das Opfer eines flüchtigen Autofahrers gehalten. Wenn die Leiche ganz oder teilweise eingeschneit war, hätte sogar die Chance bestanden, daß sie tatsächlich von einem Auto angefahren worden wäre, möglicherweise sogar von einem Schneepflug. Auf jeden Fall hätten die dabei entstandenen Verletzungen eventuell den Schlag auf den Schädel vertuscht, und der Mord wäre als Unfall hingenommen worden.»

«Vielleicht ist er in Panik geraten», gab Johnston zu bedenken.

«Dann hätte er die Leiche erst recht aus dem Auto geworfen und wäre getürmt. Ich fürchte, Sie verstehen nicht, worauf ich mit meiner Frage hinauswill. Die Beerdigung in der Schneemauer bewirkte, daß sich die Entdeckung um ein paar Tage hinauszögerte. Das muß der Täter auf jeden Fall gewußt haben, also liegt die Vermutung nahe, daß er genau das beabsichtigt hat.»

«Und was sollte er damit gewinnen?» fragte Johnston.

Nicky preßte die Lippen zusammen. «Oh, da gibt es sicher eine Reihe von Möglichkeiten, aber die naheliegendste scheint mir die zu sein, daß der Mörder, falls er einen vordatierten Scheck von Mister John hatte, hoffen konnte, ihn noch einzulösen.»

Johnston zog anerkennend eine Braue hoch. «Sie meinen, daß die Bank ganz automatisch keinen Scheck mehr einlösen würde, sobald das Todesdatum von Mister John bekannt war, und der Scheck ein späteres Datum trug? Das ist ein sehr interessanter Gedanke, Professor. Es könnte ja sein, daß Terry Mister John gar nicht töten wollte. Vielleicht wollte er ihn nicht einmal zusammenschlagen, sondern nur Geld aus ihm herausholen. Das wäre eine Erklärung dafür, daß er so offen nach ihm herumgefragt hat. Gut, nehmen wir mal an, er nimmt Mister John auf die Hörner. Aber er will nicht fünfzig oder hundert Dollar, sondern gleich tausend oder zweitausend. ‹Soviel Geld schleppe ich nicht mit mir herum›, sagt Mister John. ‹Weißt du was? Ich gebe dir einen Scheck.› Dann schreibt er einen Scheck aus, aber er datiert ihn um ein paar Tage vor, nicht aus Versehen, sondern mit der Absicht, ihn umgehend sperren zu lassen. Ich könnte mir vorstellen, daß so etwas gut zu Mister John gepaßt hätte. Aber diesmal klappt es nicht. Terry entdeckt das falsche Datum und gibt ihm in der Wut eins über den Kopf. Leider haut er zu fest zu und kann jetzt sehen, was er mit der Leiche anfängt. Wenn es ihm gelingt, den Tod ein paar Tage lang geheimzuhalten, hat er vielleicht noch die Chance, den Scheck einzulösen. Er fährt also mit dem Wagen herum ...» Ganz plötzlich verlor Johnstons Stimme alle Lebhaftigkeit. «Nein, Professor, das kommt nicht hin. Terry hätte gemerkt, daß der Scheck ihn mit dem Mord in Verbindung bringen würde. Er mag dumm sein, aber so dumm ist er wieder nicht.»

Alle möglichen Gedanken, die mir im Kopf herumgegeistert waren, sortierten sich plötzlich zurecht. Ich hatte versucht, mir die Hauptakteure dieses Dramas vorzustellen und hatte dabei die große, blonde Lily Cherry vor mir gesehen. «Hör mal, Nicky, ich glaube, ich weiß jetzt, worauf du hinauswillst. Du gehst davon aus, daß Mister John tatsächlich vorhatte, Lily zu heiraten.»

Nicky sah mich aufmunternd an und nickte.

«Sie ist eine große, stattliche Frau, und Mister John ist nur ein kleiner Knirps. Ihr hübscher Freund kommt aus dem Gefängnis und ist nun für sie wieder greifbar. Natürlich zieht sie ihn Mister John vor. Gut, sie ist durchaus kräftig genug, um mit Mister John fertig zu werden. Sie braucht ihn auch gar nicht erst zu suchen – er ist in ihrer Wohnung. Sie wollten nach Florida fahren und heiraten. Natürlich braucht sie dazu passende Kleider. Sie bespricht das mit Mister John, und er setzt sich hin und schreibt ihr einen hübschen, runden Scheck aus.»

Nicky grinste. «Und warum datiert er ihn vor?»

Mir fielen sofort mehrere Möglichkeiten ein, aber ehe ich sie noch äußern konnte, murrte Johnston: «Theorien, nichts als Theorien. Und die Sache mit dem vordatierten Scheck kann ich sofort klären. Wir sind mit dem Staubkamm durch Mister Johns Bücher gegangen. Da es nicht viel gab, was man durchgehen konnte, haben wir bestimmt nichts übersehen. In seinem Scheckbuch fehlten keine Schecks. Jeder von ihm ausgestellte Scheck war sorgfältig auf dem Abschnitt im Heft aufgeführt.»

«Hat Ihnen seine Bank schon den Kontostand von diesem Monat zugeschickt?» erkundigte sich Nicky.

«Wir haben darum gebeten. Die Bank wollte ihn sofort schicken. Vermutlich liegt er schon auf meinem Schreibtisch.»

«Dann möchte ich Ihnen eine Wette anbieten.» Nicky holte eine altmodische Geldbörse aus der Hosentasche, klappte sie auf und rührte mit einem mageren Zeigefinger darin herum. Mit einem leisen Seufzer holte er schließlich ein Fünfundzwanzig-Cent-Stück heraus und legte es umständlich vor sich auf die Tischplatte.

Johnston lächelte. Er warf seine Münze so auf den Tisch, daß sie neben der von Nicky liegenblieb. «Gut, Professor. Ich halte mit. Um was geht die Wette?»

«Ich wette, daß in dem Bankauszug, der, wie Sie meinen, bereits auf Ihrem Schreibtisch liegt, ein Scheck über zweitausend Dollar angeführt ist, auf dem Frank Reillys Name steht.»

«Frank Reilly? Der Neffe? Wollen Sie sagen, daß er das Geschäft doch für viertausend Dollar gekauft und die letzten zwei Tausender für sich eingesteckt hat?»

«Ich will sagen, daß die Geschichte von den drei Schecks, die es ihm ermöglichen sollten, mit dem Verkäufer zu handeln, reine Erfindung ist.»

«Und was soll daran nicht stimmen?» fragte Johnston.

«Das ist doch kein Handeln. Der Spielraum ist zu groß. Wenn einer für irgend etwas 6000 Dollar verlangt, kann man mit vier anfangen und sich dann auf fünf oder fünffünf einigen. Aber man geht nicht im Sprung von vier- auf sechstausend. Frank, der nicht viel von Geschäften versteht, wäre vielleicht nicht darauf gekommen, Mister John aber ganz bestimmt. Im übrigen glaube ich nicht, daß Mister John diesem Frank so ohne weiteres 6000 Dollar hingeblättert hat, damit dieser sich ein Geschäft kaufen kann.»

«Und was haben Sie an Frank auszusetzen?» wollte Johnston wissen.

«Er ist dreißig Jahre alt, unverheiratet und hat keinen festen Beruf. Und da seine Mutter Lehrerin war, liegt das sicher nicht an mangelnder Gelegenheit oder Einwänden vom Elternhaus her. Bestimmt nicht. Aber er ist das, was wir früher ein Muttersöhnchen nannten. Wahrscheinlich hat er mal dies und mal das gearbeitet und ist schließlich als Verkäufer in einem kleinen Schallplattenladen in der Nachbarschaft gelandet. Ich schätze, daß Mister John sich den Laden sehr gründlich angesehen und festgestellt hat, daß es ein günstiges Angebot war. Wahrscheinlich hat er veranlaßt, daß Frank den Kaufpreis in drei gleichen Monatsraten bezahlte. Er hat also drei Schecks ausgestellt, die er so datierte, daß ...»

«Aber alle Abschnitte tragen dasselbe Datum», widersprach ihm Johnston.

«Auf den Scheckabschnitten schon, weil er sie sicher alle an einem Tag ausgeschrieben hat. Aber auf den Schecks wird er die Daten angegeben haben, an denen mit ihnen bezahlt werden sollte; einen für November, einen für Dezember und den letzten für Januar. Vermutlich konnte er gar nicht auf den Schlag 6000 Dollar freimachen, schließlich ist das eine hübsche Summe. Der letzte Scheck war auf den 7. Januar ausgestellt. Es war also von größter Wichtigkeit, daß die Bank keinen Grund zu der Annahme fand, Mister John sei vielleicht nicht mehr am Leben.»

«Wollen Sie etwa sagen, daß er von dem Neffen ermordet worden ist?»

«Ich sage nur, daß Frank ihn in der Schneemauer vergraben hat. Ich glaube kaum, daß er den Mumm gehabt hätte, ihn zu ermorden. Das hat wohl seine Mutter erledigt, die liebe, alte Schullehrerin; wahrscheinlich mit dem Stock, an dem sie herumhumpelt.»

«Aber warum?» fragte Johnston. «Warum?»

«Weil Mister John heiraten wollte – darum. Das war auch der Grund seines Besuches – er wollte ihnen die Neuigkeit mitteilen. Haben Sie nicht gemerkt, wie falsch die Platte klingt, die man für Sie aufgelegt hat? Schon das deutet auf ihr Schuldgefühl hin. Wahrscheinlich hat Mister John sie nur ein paarmal im Jahr besucht, aber nicht, weil sie ihn nicht willkommen geheißen hätten. Sie haben selbst gesagt, wie übertrieben wichtig ihm seine Würde und sein Ansehen waren. Hätten sie ihn nur einmal spüren lassen, daß sie ihn nicht gern sahen, wäre er wahrscheinlich nie wiedergekommen. Warum aber sollte er sie überhaupt besuchen wollen? Was hatten diese beiden Leute einem Mann wie Mister John zu bieten? Der Grund, warum er bei ihnen vorbeiging – und das auch nur selten –, war die Tatsache, daß sie seine einzigen lebenden Verwandten waren. Es waren reine Pflichtbesuche. Frank allerdings, das möchte ich annehmen, hat ihn öfters gesehen. Seine Mutter und er lebten von ihrer Pension und seinem Verkäufergehalt. Vermutlich hat ihnen Mister John gelegentlich mit 50 oder 100 Dollar ausgeholfen, die er Frank in bar in die Hand drückte. Es ist kaum anzunehmen, daß Frank ihn um 6000 Dollar angegangen wäre, wenn er nicht gelegentlich kleinere Beträge von ihm erhalten hätte. Die alte Dame mag vielleicht geglaubt haben, daß die Welt sich um ihren prächtigen Sohn drehe, aber über seine Qualitäten als Geldverdiener hat sie sich bestimmt keinen Illusionen hingegeben. Was sollte aber aus ihm werden, wenn sie eines Tages starb und die Pension ausblieb? Bis vor kurzem konnte sie sich trösten, daß Mister John dem Jungen weiterhelfen würde. Aber jetzt hatte der Fünfzigjährige Heiratsabsichten, was bedeutete, daß das Geld schon zu seinen Lebzeiten weniger reichlich fließen würde. Und nach seinem Tod würde nun seine Witwe erben an Stelle des lieben Frank ... Also schlug sie mit dem Krückstock zu. Sie veranlaßte ihren Sohn, die Leiche in den Wagen zu bringen, der in der Garage stand; dann fuhr das reizende Paar los, mit dem toten Onkel John als Dritten im Bunde. Wahrscheinlich planten sie zuerst, ihn irgendwo am Wegrand abzuladen – bis ihnen einfiel, daß die letzte Ratenzahlung für das Geschäft noch ausstand.»

Johnston starrte Nicky einen Moment lang sprachlos an. Dann sprang er auf. «Es ist bestimmt noch jemand in meinem Büro. Ich rufe an und lasse die Bankauszüge prüfen.»

«In der Halle ist eine Telefonzelle», rief ich hinter ihm her.

Während Johnston draußen war, warteten Nicky und ich schweigend. Ich hätte ihm gern noch einige Fragen gestellt, aber es kam mir unfair vor, Johnstons Abwesenheit dazu auszunützen. Nicky wirkte durchaus gelassen, aber mir fiel doch auf, daß er mit den Fingern auf der Stuhllehne trommelte.

Nach ein paar Minuten kam Johnston zurück. «Sie haben die Wette gewonnen, Professor», sagte er verdrießlich. «Der Scheck ist eingelöst worden.»

Ich konnte mir eine kleine Stichelei nicht verkneifen. «Dann meinst du also, Nicky, daß Terry gar nichts mit der Sache zu tun hatte?»

Nicky fuhr ärgerlich zu mir herum. «*Alles* hatte er damit zu tun.»

«Wieso?» fragten Johnston und ich einstimmig.

«Er kam aus dem Gefängnis, das hatte er damit zu tun. Dadurch kam die Sache ins Rollen. Ich glaube, daß Mister John sehr verliebt in das Mädchen war, sonst wäre er nicht ein solches Risiko eingegangen. Ich vermute, daß die beiden sehr glücklich waren und daß Lily, wenn sie hätte wählen müssen, den älteren Mann genommen hätte. Aber das konnte Mister John nicht wissen. Er fürchtete wahrscheinlich nur, daß Lily jetzt, wo der hübsche junge Mann wieder auf der Bildfläche aufgetaucht war, wieder zu ihm zurückkehren könnte. Um das zu verhindern, machte er ihr seinen Heiratsantrag. Er wollte sie an sich binden. Sie wird es Terry sofort erzählt haben, und er hat wahrscheinlich erkannt, was für ein Glückstreffer das für sie war. Und da er im Grunde ein anständiger Kerl ist, hat er ihr alles Gute gewünscht und ihr versichert, daß er sie gut verstehen könne und ihr nichts nachtrage. Und dann machte er sich auf die Suche nach Mister John, um ihm zu sagen, daß er von ihm nichts mehr zu fürchten habe.»

«Oh, genau wie der Held eines Fernseh-Westerns! Ich bekomme Bauchweh vor Rührung», stöhnte Johnston.

«Eben», sagte Nicky. «Menschen wie Terry beziehen ihre Ideale aus den Büchern, die sie lesen oder den Filmen und Fernsehstücken, die sie sehen.» Er konnte es sich nicht verkneifen, mit einem frostigen kleinen Lächeln hinzuzufügen: «Das muß man sich vor Augen halten, Mr. Johnston, wenn man solche Leute verstehen will.»

Die Lösung liegt hier natürlich in den Charakteranalysen der Beteiligten, und zwar unter Berücksichtigung ihrer wirtschaftlichen Verhältnisse; der entscheidende Denkanstoß muß jedoch von der Art und Weise kommen, in der die Leiche beseitigt worden ist. (S. 89) Terry hätte so nicht vor-

Ein reicher Verwandter …

... kann auf manche unterhaltsame Weise zum Unterhalt der Anverwandten beitragen. Zum Beispiel, wenn man eine Tochter hat, läßt man sie kidnappen, den reichen Onkel das Lösegeld bezahlen und macht halbe-halbe mit dem Entführer. Oder man faltet vorsorglich den Teppich oben an der steilen, dunklen Treppe, um des reichen Onkels Halsbruch zu beschleunigen. Etwas phantasieärmer, aber ebenso wirkungsvoll ist es, dem Sippenmitglied zur Herbeiführung des Erbfalles eins mit dem Krückstock über den Kopf zu geben. Auch mit Gift, Schlaftabletten, Pistolen, eisernen Haken, gelockerten Radmuttern, Entmündigungen, präzise geschlagenen Golfbällen, aufgescheuchten Pferden und umgekippten Booten sind schon zufriedenstellende Ergebnisse erzielt worden.

Man kann freilich, was nicht allgemein bekannt sein dürfte, auch einfach und geduldig warten, bis Erbonkel oder Erbtante von selbst sterben, also ganz von alleine, verstehen Sie, ohne jede Nachhilfe, ja, Sie haben richtig gelesen, eines natürlichen Todes, wie jeder andere Mensch auch. Doch doch, so etwas kommt vor. Wie bitte? Es dauere so lang? Nun ja, irgendwas muß man schließlich schon tun, um an Geld zu kommen, und sei's nur warten.

gehen können (wie Nicky ja dann im weiteren erklärt). Nun stellt sich aber zwangsläufig die Frage: Wenn nicht Terry der Mörder ist – wer ist es dann? Und damit wird man ebenso zwangsläufig auf die Personen verwiesen, die aus Mister Johns Tod Nutzen ziehen können.

Der Mann auf der Leiter

Dies ist die letzte und längste Geschichte des Buches, aber dafür dürfen Sie gleich zwei Fälle klären. Und nachdem Sie sich – hoffentlich erfolgreich – durch sieben hindurchgearbeitet haben, brauchen Sie eigentlich keine Hilfestellung mehr. Diesmal erhalten Sie also keine Vorgabe.

Wer hat die Lösung zuerst – Nicky oder Sie?

Gentleman Johnny – wie ihn seine Studenten nannten – oder respektvoller, Professor John Baxter Bowman, Vorsitzender des Historischen Instituts –, war ein Mann mit einem ganz unprofessoralen guten Geschmack und Sinn für Eleganz. Obwohl er in der Pension von Mrs. Hanrahan wohnte, bei der sich sonst nur die finanzschwachen Studenten der höheren Semester einmieteten, ging er für die Begriffe einer Neu-England-Kleinstadt geradezu exzentrisch gekleidet. Er trug einen taillierten Wintermantel mit Astrachankragen, zitronengelbe Handschuhe und, als einziger an der Universität, wenn nicht in der ganzen Stadt, eine Melone. Für einen Mann, der schon so lange dem Lehrkörper angehörte, wußte man erstaunlich wenig über sein persönliches Leben, abgesehen davon, daß er seit vielen Jahren geschieden war und einen Sohn hatte, über den er nie sprach.

An Johnny Bowmans wissenschaftlicher Karriere aber war gar nichts Exzentrisches. Sein Ansehen ruhte auf der soliden Basis zahlloser wissenschaftlicher Veröffentlichungen und dreier Bücher, die im Universitätsverlag erschienen waren. Doch dann drang sein Ruf weit über die Stadt und die engen Gelehrtenkreise hinaus, als er für sein letztes Buch *Wachstum der Städte* den *Gardner-Preis für historische Literatur* bekam, mit dem eine Geldprämie von fünfhundert Dollar verbunden war. Viel wichtiger aber war die Tatsache, daß infolge des Preises die Kritiker sich das Buch genauer – oder vielmehr zum erstenmal – ansahen, denn keiner der führenden Literaturkritiker hatte sich bei seinem Erscheinen damit befaßt. Jetzt entdeckten sie, daß es sich um ‹eine solide, wissenschaftliche Arbeit› handelte, um einen ‹wichtigen Beitrag zur zeitgenössischen Forschung›, und daß er ‹die Tradition der großen Geschichtsphilosophen fortsetze›. Über Nacht begann das Buch zu ‹gehen›; einen Monat danach mußte eine neue Auflage gedruckt werden; und dann stand es sogar eine Woche lang auf der Bestseller-Liste. Verständlich, daß sich die Gespräche auf jeder Universitätsveranstaltung sehr bald Johnny Bowmans phantastischem Glück zuwandten und zu neidischen Spekulationen über die Höhe der Tantiemen führten.

Ich kannte ihn kaum. Er kam nur selten in den Fakultätsclub, und die Frauen der Kollegen hatten es schon aufgegeben, ihn zu irgendwelchen Parties einzuladen, als ich noch gar nicht an der Universität war. Später, als ich die juristische Fakultät verlassen und den Posten eines County Attorneys angenommen hatte, sah ich ihn noch seltener.

Da ich auf Vorschlag des Präsidenten meine Stellung nicht aufgegeben hatte, sondern um Beurlaubung eingekommen war, galt ich offiziell noch als Mitglied der Fakultät und wurde daher auch zum jährlichen Weihnachtsempfang des Präsidenten eingeladen. Ich nahm nicht nur an, weil er immer sehr entgegenkommend zu mir gewesen war, sondern auch, weil ich mit Professor Bowmans Anwesenheit rechnete und natürlich den Wunsch verspürte, meine Bekanntschaft mit dem berühmten Mann zu erneuern.

Traditionsgemäß findet der Weihnachtsempfang immer am ersten Ferientag statt. Vor vielen Jahren, als das Reisen noch sehr viel unbequemer und teurer war, waren die meisten Professoren während der Ferien in der Stadt geblieben. Heutzutage aber verlassen Studenten und Professoren fast gleichzeitig nach der letzten Vorlesung fluchtartig die Universität, so daß nur eine kleine Gruppe am Empfang teilnimmt. Trotzdem bleibt es beim ersten Ferientag. Traditionen sterben in Neu-England eben nur langsam.

Ich ging zusammen mit meinem Freund Nicholas Welt zum Empfang. Er wollte noch am selben Abend nach Chicago fahren, wo er die Ferien über bleiben wollte. Aber als Ordinarius für englische Literatur, dem ältesten und wohl auch angesehensten Lehrstuhl des Colleges, hielt er es für angebracht, sich zu zeigen.

Wir wurden vom Präsidenten und seiner Frau begrüßt, knabberten gehorsam kleine Brötchen und nahmen den Punsch in Empfang. Als letzterer sich als zu dünn herausstellte, arbeiteten wir uns langsam zur Tür vor, wurden aber von Jan Ladlo aufgehalten, der gerade mit seiner jungen Frau, mit der er erst seit ein paar Wochen verheiratet war, hereinkam. Er stellte mich ihr vor – Nicky kannte sie schon. Sie hatte während ihres Studiums Vorlesungen bei ihm belegt.

«Und wie ist es, wenn man Mrs. Ladlo ist und nicht mehr Mrs. Johnston?» fragte er.

«Schön», sagte sie und schob die Hand unter den Arm ihres Mannes.

Jan Ladlo ist ein kleiner, dicklicher Mann mit einem runden, kahl werdenden Schädel, einer Kartoffelnase und vorstehenden, kurzsichtigen Augen. Dennoch war er als ordentlicher Professor für Geschichte, der die Vierzig noch nicht überschritten hatte, von den Kollegenfrauen, die immer nach geeigneten Heiratskandidaten für die noch ledigen Dozentinnen Ausschau halten, für erwählenswert befunden worden.

«Sind Sie schon lange da, Professor?» fragte Ladlo und erkundigte sich dann, ob Johnny Bowman schon aufgetaucht sei.

«Anscheinend nicht. Es sieht so aus, als müßten Sie die Historiker würdig vertreten.»

Ich stellte fest, daß nur die Älteren Nicky beim Vornamen nannten. Alle anderen gebrauchten ausschließlich den Titel. Dabei ist Nicky gar nicht so alt. Er ist nur zwei oder drei Jahre älter als ich, trotzdem ist er schon ganz weiß – ich bekomme gerade erst graue Schläfen –, und sein Gnomengesicht ist von Falten überzogen. Doch daran allein liegt es nicht, denn Bowman, der um einiges älter ist als Nicky, wird von den jüngsten Dozenten Johnny genannt. Ich glaube, es liegt an Nickys Art. Schon allein wie er den Leuten zuhört ... dabei kommt sich jeder wie ein kleiner, unbedarfter Student vor, der seinen Lehrer um eine Terminverlängerung für seine Jahresabschlußarbeit angeht.

«Oh, er wird schon noch kommen», meinte Ladlo. «Bob Dykes hat auch zugesagt. Es sieht also aus, als wär heut abend kein Mangel an Historikern.»

«Ich habe was läuten hören, daß Johnny sein Lehramt aufgeben will, jetzt wo er von seinen Tantiemen leben kann», sagte ich.

Ladlo lachte. «Das wird er ganz bestimmt nicht tun. Und im übrigen ist es mit den Tantiemen von *Wachstum der Städte* nicht sehr weit her. Sie reichen sicher nicht, um sich damit zur Ruhe zu setzen. Geld verspricht er sich erst von seinem nächsten Buch, viel Geld, meine ich. Er ist jetzt bekannt, und die Kritiker werden darauf warten.»

«Soll es denn schon bald herauskommen?»

Ladlo zuckte mit den Achseln. «Sie wissen doch, was für ein Geheimniskrämer Bowman ist. Bob Dykes, der ihm geholfen hat, meint, daß es noch eine Weile dauern wird. – Ach, da ist Bob.» Er winkte ihm zu und rief: «Wo ist Laura? Hast du sie nicht mitgebracht?»

«Nein, sie ist nach Florida zu ihrer Familie gefahren.»

«Allein?» fragte Mrs. Ladlo, die nicht verstand, daß eine Frau ihren Mann auch nur für ein paar Tage allein lassen konnte.

«Wenn ich es schaffe, fahre ich nach», erklärte Dykes grinsend. «Ich hab da noch eine Sache für Bowman in Arbeit, die ich erst abschließen möchte.»

Dykes ist Assistent am Historischen Institut, und obwohl er noch nicht einmal dreißig ist, gilt er allgemein als kommender Mann. Er ist ansehnlich, groß, schlank, mit scharfgeschnittenem Profil und tiefliegenden

Augen. Seine schwarze Mähne wird von einer merkwürdigen, schneeweißen Haarsträhne zerteilt, die ihm ein romantisches Aussehen gibt. Dykes ist sehr beliebt; er hat etwas Jungenhaftes an sich, das sehr sympathisch wirkt. Er ist ein Tüftler und Bastler, der sich mit begeisterter Hingabe dem jeweiligen neuesten Steckenpferd widmet, ob es nun um Amateurfunk, Fotografie oder das Sammeln von Mineralien geht. Wenn er von diesen Dingen spricht, nehmen sie eine solche Wichtigkeit an, daß man meinen könnte, sein Interesse am Amateuerfunk sei nicht einfach eine technische Bastelei, sondern ein Bedürfnis, den eigenen Horizont durch internationale Kontakte zu erweitern, und seine Mineraliensammlung befriedige nicht einfach den natürlichen Sammeltrieb, sondern verleihe ihm ein tieferes Verständnis für unsere Mutter Erde. Trotzdem hatten all diese privaten Interessen auch einen praktischen Wert. So hatte er einige seiner Steine an Museen verkauft, sogar an das geologische Institut unserer Universität. Und von seiner Kamera behauptete er, daß er sich mit ihrer Hilfe einen Teil seines Studiums verdient habe.

«Wir haben gerade über Bowmans neues Buch gesprochen», sagte ich. «Wann ist es denn fertig?»

Dykes lächelte. «Na, ein Jahr kann es noch dauern. Sie wissen ja, wie so was geht. Ich werde meine gesamten Ferien dafür opfern müssen.»

«Wofür? Doch nicht etwa für das Haus?» fragte Ladlo zwinkernd. Alle zogen Dykes mit seinem neuesten Hobby auf – seinem Haus. Es war ein alter viktorianischer Kasten, den er im vergangenen Jahr gekauft hatte. Im Fakultätsclub zählte er uns unermüdlich die Wunder dieses Bauwerks auf – «es ist für die Dauer gebaut; nicht so eine baufällige Pappschachtel, wie das, was sich heute Haus nennt». Das Haus war geräumig; man hatte Platz drin. Er kam gegen jeden Einwand an. Würde es nicht ein Vermögen kosten, das Haus zu heizen? – Er wollte alle unbenützten Räume stillegen. – Und die Reparaturen? – Die meisten konnte er selbst ausführen. Er hatte Spaß an solchen Arbeiten. Vielleicht würde er das Haus sogar in kleine Wohnungen aufteilen, wie sein Nachbar es plante, der den Zwilling seines Hauses auf der anderen Straßenseite gekauft hatte.

«Na, für ein paar kleine Reparaturen werde ich noch Zeit finden als Ausgleich für die Arbeit für Bowman», gab er grinsend zurück. «Hat ihn eigentlich schon jemand gesehen?»

«Da kommt er gerade.» Ladlo deutete zur Tür.

Bowman wurde von einem jungen, blonden, gut aussehenden Mann zwischen zwanzig und dreißig begleitet, den er nun in unsere Richtung schob. «Ich möchte Ihnen meinen Sohn Charles vorstellen», sagte er leicht verlegen. «Charles ist Lektor in einem Verlag. Er will eine Woche hierbleiben und hat sich erboten, einen Blick in das Manuskript zu werfen.» Er wandte sich an Dykes. «Ist das nicht fabelhaft, Bobby?»

Dykes nickte langsam und grinste dann. «Hilfsangebote werden dankend entgegengenommen.»

Nicky sah auf die Uhr. «Wenn ich meinen Zug noch bekommen will, muß ich jetzt los. Bis zum Bahnhof ist es ziemlich weit.»

«Fahren Sie mit dem Acht-Uhr-Zug?» fragte Dykes. «Ich hab den Wagen hier. Ich bring Sie hin.»

«Das ist sehr freundlich von Ihnen.»

Als wir uns verabschiedeten, fragte Bowman, ob Dykes noch einmal zurückkommen würde. «Nein, ich glaube nicht. Ich hab Duke im Wagen gelassen und muß ihn nach Hause bringen.» Bowman erkundigte sich darauf, ob er am nächsten Tag zu Hause sein würde, und als Dykes meinte, das glaube er wohl, sagte er: «Fein, dann kommen wir eventuell vorbei.»

«In Ihrem Institut ist in letzter Zeit allerhand los», bemerkte ich, als wir hinausgingen. «Bowman hat einen Bestseller geschrieben; Ladlo hat geheiratet...»

«Und sogar eine sehr nette Person», ergänzte Dykes.

«Den Eindruck habe ich auch gewonnen.»

«Ein paar Kollegenfrauen sind zwar anderer Meinung...»

«Ach?»

«Sie wissen doch, wie es hier zugeht. Sie sind zusammen gesehen worden, als sie noch mit ihrem ersten Mann verheiratet war. Die Scheidung war schon eingereicht, aber das wußte niemand. Und als die Scheidung dann durch war und die beiden heirateten, fanden einige Damen, daß sie nicht gleich hätte wieder heiraten dürfen. So als wäre sie gerade Witwe geworden, verstehen Sie.»

Als wir uns seinem Wagen näherten, begann ein Hund zu bellen. Dykes lächelte. «Na, wie finden Sie Duke? Er kennt sogar meinen Schritt.»

Er hatte den Hund kurz nach dem Einzug in das neue Haus gekauft; angeblich, damit Laura nicht so allein sei und einen gewissen Schutz habe. Aber jeder, der Dykes kannte, wußte, daß er Duke gekauft hatte, weil er – wie jeder Junge – einen Hund haben wollte. Er hatte Stunden damit zugebracht, den Hund abzurichten. Jetzt ging das Tier bei Fuß und gehorchte aufs Wort. Als neuestes hatte Dykes eine jener stummen Hundepfeifen gekauft. Er trug sie an einer Schnur um den Hals. Duke war kein gewöhnlicher Hund; er war ein belgischer Schäferhund, ein riesiges Tier mit einem langen, eisgrauen Fell, dessen Zotteln ihm weit über die Augen fielen, und man sich fragte, wie er überhaupt sehen könne. Ich erinnere mich, daß jemand die Bemerkung machte, die Futterkosten für so ein Riesentier müßten doch erheblich sein, und Dykes darauf erwiderte, daß er vorhabe, noch eine Hündin zu kaufen, um eine regelrechte Zucht zu beginnen. Das war typisch Dykes, dachte ich noch.

Auf jeden Fall war der Hund tadellos erzogen. Nachdem er seine

Freude über das Wiedersehen bezeigt hatte, setzte er sich ruhig auf den Beifahrersitz neben seinen Herrn, während Nicky und ich hinten einstiegen. Als wir losfuhren, drehte sich Dykes – sehr zu Nickys Mißfallen – wiederholt zu uns um, um uns irgendwelche beispielhafte Geschichten über die Intelligenz des Hundes zu erzählen. Wir waren erleichtert, als wir heil am Bahnhof angelangt waren.

Als wir Nicky in den Zug gesetzt hatten, forderte mich Dykes auf, mir doch das Haus ansehen zu kommen. Aber ich lehnte ab. «Ein andermal gern, aber jetzt möchte ich doch lieber heim.»

«Okay, dann eben ein andermal.» Er schien mir die Ablehnung übelzunehmen.

Wir fuhren schweigend bis zu meinem Haus. Ich bedankte mich fürs Mitnehmen und erwähnte, wie bedauerlich es sei, daß er über die Ferien in der Stadt bleiben müsse, wo seine Frau doch verreist sei. «Ist das Buch denn schon so weit, daß ein paar Tage soviel ausmachen?» fragte ich abschließend.

Er wehrte ab. «Oh, noch längst nicht, aber Johnny war so viel daran gelegen. Wahrscheinlich hat er recht, denn wir haben ein paar Schwierigkeiten damit.»

Am nächsten Tag waren alle Schwierigkeiten, die Johnny Bowman mit dem Buch gehabt hatte, vorbei. Auch alle anderen Sorgen hatten eine Ende gefunden. Johnny Bowman war tot.

Sein Tod war offenbar die Folge reiner Neugier. Die Universität baute ein neues Studentenheim. An der High Street, an der die Ausschachtung bis zum Straßenrand geht, hatte die Polizei eine Straßensperre aufgebaut und Laternen aufgehängt. Bowman mußte bis an den Rand gegangen sein, um in die Baugrube sehen zu können. Am Morgen hatte es zum ersten Mal in diesem Winter geschneit, nur sehr wenig, zwei Finger breit vielleicht, und der Boden war sehr glatt. An dieser Stelle war die Grube etwa 30 Fuß tief. Bowman mußte entweder ausgerutscht sein, oder der Rand hatte unter ihm nachgegeben, und er hatte den Sturz nicht überlebt.

Es war Samstag, und die Weihnachtsferien hatten begonnen – also lag die Baustelle still, und alles war wie ausgestorben. Der Arbeiter, der die Lampen nachfüllen wollte, fand ihn unten in der Baugrube, dicht neben der steilen Wand; seine Melone war etwas weitergerollt. Die Leiche wies die typischen Verletzungen auf, die man nach einem Sturz erwarten durfte. Laut Ansicht des Arztes hatte Bowman den Unfall höchstens um Minuten überlebt.

Da er nicht eines natürlichen Todes gestorben war, wurde die Polizei eingeschaltet. Als District Attorney und auch wegen meiner Beziehungen zur Universität, hielt ich es für meine Pflicht, mich an den Ermittlungen zu beteiligen.

Ich sprach mit Mrs. Hanrahan, Bowmans Wirtin, erfuhr aber nur, daß er morgens lange geschlafen hatte und kaum vor zwölf Uhr mittags fortgegangen sein konnte.

Er war im Büro des Historischen Instituts gewesen. Ich traf Professor Ladlo dort an, aber er konnte mir auch nicht viel sagen. «Ich muß der letzte gewesen sein, der ihn noch gesprochen hat. Johnny kam ungefähr um halb eins. Er blieb aber nur ein paar Minuten, weil er zu Bob Dykes wollte. Aber den habe ich gesprochen, und er sagt, daß der den ganzen Samstag über in Norton war.»

«Hat er denn damit gerechnet, Dykes hier im Büro zu treffen? Ist er deswegen hier gewesen?»

Ladlo schüttelte den Kopf. «Das glaube ich nicht. Die beiden haben immer zu Hause bei Dykes gearbeitet. Nein, ich könnte mir eher denken, daß er aus reiner Gewohnheit vorbeigekommen ist. Außerdem, wenn er auf dem Weg zu Dykes war, kam er sowieso hier vorbei.»

Ich fragte Dykes, der bestätigte, daß er Bowman nicht gesehen hatte. «Wir waren nicht regelrecht verabredet», sagte er. «Sie haben es ja selbst gehört. Ich sagte, ich wäre wahrscheinlich zu Hause; und er erwähnte daraufhin, vielleicht käme er vorbei. Es war alles ganz beiläufig. Wir haben immer bei mir gearbeitet, weil hier mehr Platz ist und wir nicht dauernd gestört wurden. Ich habe auch das Manuskript und die Unterlagen hier. Normalerweise wäre ich auch zu Hause gewesen – zu tun hätte ich, weiß der Himmel, mehr als genug. Aber ohne Laura war ich arbeitsunlustig, und da kam mir plötzlich die Idee, schnell mal nach Norton rüberzufahren und einzukaufen. Ich fuhr hier gegen elf ab und bin dann in Norton durch die Läden gelaufen. Dann hab ich gegessen und bin hinterher ins Kino. In die Mittagsvorstellung», fügte er hinzu. «Das hab ich mein Lebtag nicht gemacht – mittags ins Kino zu gehen. Und wenn ich jetzt daran denke – zum erstenmal tue ich etwas Derartiges, und gleich muß Johnny Bowmann sterben.»

«Wie kommen Sie denn darauf?»

«Ganz einfach. Wäre ich dageblieben, hätten wir an dem Buch gearbeitet, und ich hätte ihn wieder nach Hause gefahren.»

«Woher wissen Sie, daß er bis zu Ihrem Haus gekommen ist?»

«Das weiß ich natürlich nicht. Ich hatte es nur angenommen. Gibt es denn Beweise . . .» Er sah mich fragend an.

Ich schüttelte den Kopf. Weil er aber so bekümmert war und ich ihn trösten wollte, sagte ich: «Es ist naheliegender, daß es auf dem Weg zu Ihnen passiert ist. Der Anstieg vom Historischen Institut bis zum höchsten Punkt der High Street ist ziemlich steil. Ich bleibe auch meistens einen Augenblick zum Verschnaufen stehen. Natürlich kann ich nur raten, aber ich denke mir, daß Johnny oben eine Atempause einlegte und dann an den Straßenrand trat, um zu sehen, wie weit sie mit der Ausschachtung waren.»

Es war ihm anzusehen, daß er diese Theorie dankbar aufnahm. Er nickte langsam und nachdenklich. «Ja, ich bleibe dort auch immer einen Moment stehen, nicht, weil mir die Puste versagt...» er grinste etwas verlegen. «Ich glaube, meine sportliche Kondition ist noch ganz annehmbar, aber ich sehe mich gern ein bißchen von dort um. Von da oben hat man einen herrlichen Blick über das ganze Tal. Sogar das Dach meines Hauses kann man sehen.»

Der Besuch bei dem Sohn war reine Höflichkeit. Ihm schien der Tod seines Vaters nicht sonderlich nahezugehen. Ich war schockiert und ließ es ihn merken.

«Was erwarten Sie denn?» fragte er verbittert. «Ich habe ihn kaum besser gekannt, als ich Sie kenne. Seit meinem dreizehnten Lebensjahr – damals haben meine Eltern sich scheiden lassen – habe ich meinen Vater vielleicht fünf- oder sechsmal gesehen und drei bis vier Briefe jährlich von ihm bekommen. Das war alles.»

«Manchmal ist es nicht leicht, ein Kind zu besuchen, das einem nicht zugesprochen worden ist», sagte ich vorsichtig. «Der Vater oder die Mutter haben vielleicht Angst, daß das Kind sich gegen ihn oder gegen sie stellt, und daß es besser ist, sich fernzuhalten, statt neues Unglück heraufzubeschwören.»

«Er hatte das Recht, mich zu besuchen. Er hat es nie ausgenutzt.»

«Und warum sind Sie auf einmal hier aufgekreuzt? Hat die Sohnesliebe Sie übermannt?»

«Aus rein geschäftlichen Gründen. Mein Chef hat erfahren, daß mein Vater sein neues Buch noch keinem Verleger angeboten hat. Er hat mich hergeschickt; ich soll versuchen, die Rechte für unseren Verlag einzukaufen. Da es beruflich vorteilhaft für mich sein kann, bin ich gefahren.»

«Haben Sie Ihrem Vater mitgeteilt, daß das der Grund Ihres Besuches war?»

Er konnte wenigstens noch rot werden. «Nein. Ich habe ihm nur geschrieben, daß ich eine Woche Urlaub hätte und ihn besuchen wollte, wenn es ihm paßte.»

«Und haben Sie das Buch für Ihren Verlag bekommen?»

«Ich hatte das Thema noch gar nicht angeschnitten. Ich hatte ja etwas Zeit. Ich hab nur gesagt, daß mich sein Manuskript interessierte, und daß ich ihm vielleicht technische Ratschläge geben könnte.»

Ich fragte, ob er das Manuskript gesehen habe.

«Nein. Er wollte am Nachmittag zu mir kommen und später wollten wir dann zusammen essen. Ich nahm an, daß er es mir bringen würde. Ich hab die ganze Zeit auf ihn gewartet, und als er nicht kam, hab ich in seiner Pension angerufen. Dort hörte ich, er sei mittags fortgegangen und noch nicht wieder zurückgekommen. Ich glaubte, er hätte unsere Verabredung vergessen und war ziemlich wütend. Es paßte zu der Art, wie er mich mein Leben lang behandelt hat. Ich verließ darauf das Hotel und lief in der Stadt herum, bis ich Hunger bekam und ... Ach ja, ich habe einmal im Hotel angerufen und mich erkundigt, ob er sich inzwischen gemeldet hätte. Das hatte er natürlich nicht. Ich hab dann in einem Restaurant zu Abend gegessen, mir auf dem Rückweg zum Hotel eine Zeitschrift gekauft und den restlichen Abend gelesen und ferngesehen.»

Unsere Lokalzeitung berichtete ausführlich über den Todesfall, was bei einem so bedeutenden Mitbürger auch angebracht war. Erst kam eine ausführliche Biographie mit Zitaten berühmter Leute über sein Buch; dann kam eine Stellungnahme der Polizei und eine von mir, in der ich meine Theorie über die Zeit des Todes erläuterte; ferner Aussagen von Mrs. Hanrahan, Professor Ladlo und Dykes mit ihren Fotografien; endlich noch ein Leitartikel, in dem der Polizei milde Vorwürfe gemacht wurden, die gefährliche Absturzstelle nicht genügend gesichert zu haben.

Professor Bowman wurde am Tag nach Weihnachten beerdigt. Es waren nur wenige Trauergäste da. Johnnys Sohn stand barhäuptig, mit auf dem Rücken verschränkten Händen und ausdruckslosem Gesicht am Grab. Er reiste sofort nach der Trauerfeier ab.

Am nächsten Tag kam Nicky Welt aus Chikago zurück. Er hatte Bowman viele Jahre gekannt und war mit ihm befreundet gewesen. Ich berichtete ihm ausführlich über die Todesumstände und die Ergebnisse unserer Untersuchungen. Als ich fertig war, verzog er das Gesicht und sagte: «Das ist seltsam.»

«Was ist seltsam?»

«Johnny muß mindestens sechzig gewesen sein ...»

«Einundsechzig. Das weiß ich von seinem Sohn.»

«Also einundsechzig. In dem Alter hat man gewöhnlich gelernt, sichtbaren Gefahren aus dem Weg zu gehen.»

«Also?»

«Also ist es merkwürdig, wenn er so dicht an den Rand einer Baugrube tritt, daß er schließlich hineinfällt.»

«So was kommt immer wieder vor. Vergiß nicht, daß es geschneit hatte, und der Boden rutschig war.»

«Ja, das muß es wohl gewesen sein.»

Die Universitätsflagge blieb eine Woche auf halbmast; dann kamen alle aus den Ferien zurück; und es war fast so, als hätte Johnny Bowman nie gelebt. – Ein Phänomen, das mir schon öfter aufgefallen war.

Sogar Dykes, der ihm wirklich nahegestanden hatte, erwähnte ihn nur selten. Aber er hatte auch ein neues Hobby: Das Schachturnier der Fakultät. Er gehörte dem Clubvorstand an und leitete die Vorbereitungen. Da er einer unserer besten Spieler war und gute Aussichten hatte, die Meisterschaft zu gewinnen, war es kein Wunder, daß er sich seiner Aufgabe mit Begeisterung widmete.

Nicky und ich hatten gerade den Lunch beendet, als er in den Club kam, um die Ergebnisse der Auslosung und den Plan ans Schwarze Brett zu hängen. Als er Nicky sah, sagte er: «Hallo, Professor, wir müssen in der ersten Runde gegeneinander spielen.»

«Ja, ich weiß», antwortete Nicky. «Ich bin übrigens im Augenblick frei. Wenn Sie Lust haben, könnten wir gleich spielen und es hinter uns bringen.»

«Ich hätte auch Zeit, aber ich warte auf einen Anruf von Laura und muß deswegen nach Hause. Wissen Sie, sie ist immer noch in Florida.» Dann hellte sich sein Gesicht auf. «Aber warum kommen Sie nicht mit, und wir spielen bei mir? Dann könnte ich Ihnen auch das Haus endlich zeigen.»

Nicky warf mir einen fragenden Blick zu. Ich antwortete mit einem Achselzucken. «Warum nicht? Der Spaziergang wird uns guttun.»

«Hoffentlich ist Ihnen der Weg über die High Street nicht zu steil», warnte Dykes.

«Mein Institut ist in Lever Hall, junger Mann», gab Nicky tadelnd zurück. «Ich gehe jeden Tag die High Street hinauf.»

Unterwegs pfiff uns der Wind derartig ins Gesicht, daß wir uns richtig dagegenlehnen mußten. Dykes marschierte mit seinen langen Beinen vor uns her, und Nicky und ich mußten uns anstrengen, mit ihm Schritt zu halten. Ein paarmal schien es mir, als hätte Nicky gern eine Pause gemacht, um Atem zu holen – mir wäre es nur sehr recht gewesen –, aber ein solches Eingeständnis seiner Schwäche ließ sein Stolz nicht zu. So stapften wir ohne Pause voran, bis Dykes schließlich oben auf der Kuppe stehenblieb. «Da drüben liegt mein Haus. Sie können das Dach sehen.»

«Ach, das ist ja ganz nah», sagte ich überrascht.

«Per Luftlinie schon, aber zu Fuß braucht man gut seine zehn Minuten.»

Nicky ging auf die andere Straßenseite hinüber. «Dann müßte hier also der arme Bowman abgestürzt sein, nicht wahr?»

Nach dem Unfall hatte die Polizei eine Barriere aus Eisengittern errichtet, die es unmöglich machte, an die Baugrube heranzukommen.

«Wenn sie damals schon die Absperrung gehabt hätten, wäre Bowman heute noch am Leben», sagte Dykes.

Von nun an ging es bergab. Die Straße, an der Bowman wohnte, war ein Privatweg mit nur zwei Häusern, die sich gegenüberlagen und aufs Haar glichen. Es waren viktorianische Villen mit vielen Türmchen, Giebeln und winzigen nutzlosen Veranden.

Dykes blieb bewundernd stehen. «Na, wie gefällt es Ihnen? Natürlich muß noch eine Menge getan werden, und ich werde den ganzen

Sommer über mit Gips und Farbe herumarbeiten müssen, aber ich hab das Gefühl, daß es die Mühe wert ist.» Er führte uns die Treppe zur Haustür hinauf, schloß auf und trat voller Besitzerstolz zurück. «Sehen Sie sich das an! Bestes, dickes Holz. Und das Schloß und der Beschlag und der Türklopfer – alles aus reinem Messing. Der Türklopfer allein würde mindestens seine 50 Dollar kosten.»

Die Tür führte in ein kleines Vestibül, hinter dem eine große Empfangshalle lag. Bis auf einen Kleiderständer war sie leer. Dykes knipste den Lichtschalter an. Wir sahen rechts und links der Halle je einen großen Raum; beide waren ebenfalls unmöbliert.

Unter uns erklang Hundegebell, und einen Augenblick später hörten wir es an einer Tür im hinteren Teil des Hauses kratzen.

Dykes lächelte. «Der gute alte Duke.»

«Lassen Sie ihn nicht raus?» fragte ich.

«Ach, er ist da unten besser aufgehoben.» Dann rief er in strengem Befehlston: «Platz, Duke, Platz! Sei still.» Es wurde schlagartig still; dann hörten wir, wie er gehorsam die Treppe hinunterlief. Dykes lauschte den leiser werdenden Geräuschen und lächelte zufrieden über den gut erzogenen Hund. Er führte uns zu einer breiten Treppe. Als wir die Stufen hinaufstiegen, klopfte er mit den Knöcheln auf das Geländer. «Sehen Sie sich das mal an! Erstklassiges Mahagoni.» Der große Raum im ersten Stock, den wir nun betraten, war offenbar das Wohnzimmer. Auf einem nicht sehr großen Teppich standen einige Sessel und ein niedriger Couchtisch. Vermutlich die Möbel aus ihrer früheren Wohnung, die hier praktisch verlorengingen. In einer Fensternische stand ein kleiner, runder Tisch mit einem Schachbrett und einem Kasten mit den Figuren; daneben zwei einfache Stühle. Dykes ging aus dem Zimmer und kam mit einem dritten Stuhl zurück.

Dykes zog an und gewann die Partie in etwa zwanzig Zügen. Als sie die zweite Partie begannen, sagte Dykes: «Sie werden sich wohl über mein Gambit gewundert haben.»

Ich hatte mich allerdings gewundert. Er hatte damit begonnen, indem er den Bauern des Königsturms zwei Felder vorgezogen hatte. Das war womöglich die schlechteste Eröffnung, die er machen konnte, und ich hatte sie noch nie gesehen, es sei denn von einem blutigen Anfänger. Es war, als setzte er sich absichtlich ein Handicap, um auszugleichen, daß er mit Weiß begonnen hatte. Zuerst hielt ich es also für ein Zeichen der Höflichkeit, dem Gast und älteren Gegenspieler gegenüber. Dann kam mir aber der Gedanke, daß er durch das Verschenken des ersten Zugs nur zeigen wollte, wie leicht er mit Nicky fertigwurde. Als das Spiel sich aber entwickelte, wurde der Eröffnungszug zum Beginn eines starken Angriffs auf Nickys König nach der Rochade. Dann aber schien dieser Angriff plötzlich nur ein Scheingefecht gewesen zu sein. Dykes schlug die Königin. Nicky blieb keine Wahl, er mußte aufgeben.

Er grunzte in Anerkennung seiner Niederlage. Nicky ist kein guter Verlierer. Sie hatten gerade die ersten Züge des zweiten Spiels gespielt, als es irgendwo an der Rückseite des Hauses klingelte.

«Ist das Ihr Telefongespräch?» fragte ich.

«Nein, das ist die Haustürklingel.» Er ging aus dem Zimmer. Wir hörten ihn durchs Treppenhaus rufen: «Komm doch rauf.»

Er kam in Begleitung eines etwa gleichaltrigen jungen Mannes in das Zimmer zurück. Der Ankömmling hatte rötliche Haare, ein blasses, sommersprossiges Gesicht und scharfe, kluge Züge. Er trug eine Lederjacke mit Pelzkragen und hatte eine kleine ausländische Kamera mit einem großen Vorsatzobjektiv an einem Lederriemen um den Hals hängen. Dykes stellte ihn uns als seinen Freund, Bud Lesser, vor.

Dykes bot ihm keinen Stuhl an, und Lesser schien das auch nicht zu erwarten. Er blieb stehen, stützte eine Hand auf die Lehne von Dykes Stuhl, und ließ die Blicke vom Schachbrett zu den Gesichtern der Spieler wandern.

«Spielen Sie auch Schach, Mr. Lesser?» fragte ich mehr aus Höflichkeit.

«Ein bißchen.»

«Er schlägt mich öfter als ich ihn», sagte Dykes. Er zog, lehnte sich dann bequem zurück und fragte: «Wie gefällt dir meine Kamera, Bud?»

Der Freund zog eine Schulter hoch. «Ich weiß es noch nicht. Der Film ist noch nicht zu Ende. Wenn ich die Bilder entwickelt habe, kann ich dir mehr sagen.»

Nicky, der über seinem nächsten Zug brütete, starrte die beiden böse an, und Dykes konzentrierte sich sofort wieder auf das Brett. Ich tat es ihm nach. Es schien mir so, als sei Nickys Position leicht überlegen. Er zog, und wir atmeten alle auf.

«Ich hab eine Schlossermann-Antenne, die ich dir abtreten kann, wenn du interessiert bist», sagte Lesser.

«Ja? Wo hast du sie her?»

«Es ist die, die ich für mich gekauft habe. Aber ich kann sie nicht gebrauchen. Mein Haus liegt zu tief. Ich hatte zwei gekauft und eine drüben bei Arnold Sterling installiert. Er ist sehr zufrieden damit.»

Dykes warf einen Blick auf das Brett und zog lässig einen Bauern vor. «Ich wußte nicht, daß er eine hat. Wann hast du sie aufgestellt?»

«Du kannst sie von hier aus sehen», sagte Lesser und nickte zum Fenster. Dykes stand vom Tisch auf, ging zum Fenster und sah hinaus. «Er wollte sie unbedingt noch bis Weihnachten haben, da bin ich am Vortag mittags gekommen und war um zwei schon wieder fertig.»

Dykes setzte sich wieder. «Wenn ich dich gesehen hätte, hätte ich dir helfen können.»

«Ich hab dich gesehen.»

«Kaum möglich. Ich war den ganzen Tag über fort.» Nicky machte seinen Zug; und Dykes zog unmittelbar nach ihm. Die Partie hatte einen kritischen Punkt erreicht. Nicky konzentrierte sich mit gerunzelter Stirn auf das Spiel, und auch Dykes beugte sich aufmerksam über das Brett.

Als Nicky die Hand ausstreckte, um zu ziehen, leuchtete ein Blitzlicht auf und gleichzeitig klickte der Verschluß. Nicky blickte verärgert auf.

Lesser grinste: «Entschuldigung, aber ich konnte nicht widerstehen – die Sonne fällt so durch die Jalousie, Bob, daß es aussieht, als hättest du einen gestreiften Sträflingsanzug an.»

«Bud ist berühmt für seine Trickaufnahmen», erklärte Dykes entschuldigend. Dann schaute er lange auf das Spiel, lächelte, machte seinen Zug und blinzelte mir zu. Er war jetzt ganz entschieden im Vorteil. Als er sich nun wieder Lesser zuwandte, war er völlig entspannt. «Was willst du für die Antenne haben?»

«Fünfhundert.»

Dykes pfiff vor sich hin. «Das kann ich nicht.»

«Dann gib mir dreihundert und die Kamera.»

Nicky zog, und Dykes betrachtete wieder das Brett. Er war jetzt zweifellos im Vorteil, und der nächste Zug lag klar auf der Hand. Trotzdem zauderte er lange, bis er sich dazu bequemte.

«Einschließlich der Installation?» fragte er dann. «Ich hätte die Antenne gern über dem Dachbodenfenster an der Hausrückwand.»

«Mir recht. Du mußt sagen, wo du sie hinhaben willst.»

«Das ist ziemlich hoch, auf einem der Giebel. Brauchst du Hilfe?»

«Nein, das schaff ich allein. Ich hab eine Leichtmetalleiter. Das geht gut.»

«Okay. Wenn wir fertig sind, zeige ich dir, wo die Antenne hin soll.»

Die Partie war bald zu Ende. Noch ein halbes Dutzend Züge, dann gab Nicky auf. Wir gingen mit Dykes nach unten und folgten ihm dann, zum Teil, weil wir nun neugierig geworden waren und zum Teil, weil er es zu erwarten schien, auf den Hof hinter das Haus. Dykes deutete auf das Dach. «Dort. Kannst du die Antenne da anbringen?»

Lesser legte den Kopf in den Nacken. «Ja, gut. Ich kann die Leiter hier vor das Kellerschott stellen.»

«Siehst du die Einbuchtung, da oben an der Ecke? Kannst du sie da festklemmen?»

«Ja, sicher. Ich nehme ein Winkelband. Paßt es dir morgen? Um die Mittagszeit?»

«Abgemacht.»

Lesser verabschiedete sich; und Dykes beendete die Führung. «Na, wie finden Sie das Haus?» fragte er eifrig. «Ich sag immer – solide und wie für die Ewigkeit gebaut.»

Nicky zeigte auf Türen des Kellerschotts, vor die Lesser die Leiter setzen wollte. «Etwas modernisiert haben Sie aber doch», stellte er trocken fest. «Die sehen nicht sehr solide aus.»

Dykes lachte. «Allzuviel Solidität kann auch von Übel sein. Die alten Türen haben eine Tonne gewogen und waren ziemlich morsch. Ich hätte sie reparieren können, aber wissen Sie, diese Schotts haben keine Scharniere, und man kann sie nicht einfach aufklappen, die muß man hochstemmen. Ich dachte an Laura, wenn sie die Wäsche aus dem Keller auf den Hof tragen muß. Mit den schweren Türen wäre sie nie fertiggeworden, und deswegen habe ich diese Aluminiumtüren genommen. Die kann jedes Kind hochheben.»

Auf dem Heimweg zog ich Nicky ein wenig mit seinem Schachspiel auf. «In der zweiten Partie warst du gar nicht so schlecht», sagte ich. «Eine Weile hab ich sogar geglaubt, du könntest gewinnen.»

Geistesabwesend stimmte er mir zu. «So gut spielt er gar nicht, findest du nicht auch? Das sind alles Tricks und Waghalsigkeiten und plötzliche Überfälle.» Dann grinste er und sagte: «Aber ich bin durch die Unterhaltung zwischen Dykes und seinem Freund so abgelenkt worden, daß ich nicht mehr an das Spiel gedacht habe.»

Nicky kommt immer mit Entschuldigungen, wenn er beim Schach verliert.

Am nächsten Tag wollten Nicky und ich nach dem Lunch gerade den Club verlassen, als Dykes zu uns kam. «Gehen Sie beide die High Street rauf? Dann begleite ich Sie, wenn es Ihnen recht ist.»

Ich weiß nicht, ob es Nicky recht war – die Niederlage war noch nicht verwunden. Aber er konnte schlecht ablehnen. Als wir den Berg hinaufgingen, erzählte Dykes, daß Lesser jetzt gerade dabei war, die neue Antenne auf dem Dach zu installieren und er ihm eigentlich dabei helfen müsse.

Aber als wir oben auf dem Berg angekommen waren, streckte Dykes die Hand aus. «Da! Da ist er!» Wir blickten in die angezeigte Richtung und sahen tatsächlich in der Ferne eine kleine Gestalt auf einer Leiter, die am Rand des Daches herumhantierte. Wir beobachteten sie einen Augenblick und gingen dann weiter. Dykes, der zurückgeblieben war, um sich seine Schnürsenkel festzubinden, rannte uns nach. Wir gingen zusammen zu Nickys Institut und blieben noch einen Augenblick vor dem Haus stehen. Gerade als Nicky hineingehen wollte, rief Dykes: «Nanu, da ist Duke.» Er hockte sich auf die Fersen und rief: «Komm, Duke.» Der Hund raste auf seinen Herrn zu und hüpfte und sprang um ihn herum, bis Dykes streng sagte: «Platz, Duke, sitz!» Der Hund gehorchte sofort und saß bewegungslos wie ein grauer Berg aus Fell, bis auf die rote, feuchte Zunge, die sich hechelnd bewegte. Tief aus seiner Kehle kamen erregte, jaulende Töne.

«Komisch, das hört sich an, als wollte er mir was erzählen, nicht?» sagte Dykes. «Na, komm schon, Duke.» Er winkte uns zu und ging den Berg hinunter. Der Hund trottete neben ihm her.

«Ein kluger Hund», sagte ich.

«Und gut abgerichtet», ergänzte Nicky.

«Na, er hat ja auch einen klugen Herrn, oder zweifelst du daran?» fragte ich boshaft, da ich seine knappe Entgegnung mit der gestrigen Niederlage in Verbindung brachte.

Er würdigte mich keiner Antwort, drehte sich auf dem Absatz um und stieg die Treppe hinauf. Ich grinste vor mich hin. Es passiert mir nicht oft, daß ich ihm eins auswischen kann.

In meinem Büro warteten keine wichtigen Arbeiten auf mich, und so hatte ich es nicht eilig. Ich machte einen Umweg über den Campus und traf dort Professor Zelsky, meinen Gegenspieler in der ersten Runde des Schachturniers. Er hatte auch Zeit, und daher gingen wir zusammen in den Fakultätsclub und spielten unsere beiden Pflichtpartien, die ich glatt gewann. Es erfüllte mich mit ungeheurer Genugtuung, daß ich die zweite Runde erreicht hatte, nachdem Nicky schon in der ersten ausgeschieden war.

Ich spielte noch sechs weitere Partien mit Zelsky, die ich verlor, wenn ich ihm eine Figur vorgab und gewann, wenn wir normal spielten. Er lud mich zum Abendessen zu sich ein, und es wurde ziemlich spät, bis ich schließlich nach Hause kam.

Am nächsten Morgen, als ich die Nachrichten anstellte, hörte ich zu meiner Überraschung, daß Lesser während seiner Arbeit am Haus von Professor Robert Dykes von der Leiter gestürzt war und sich das Genick gebrochen hatte.

Ich hatte Lesser nur dies eine Mal vor zwei Tagen gesehen und mich nicht besonders zu ihm hingezogen gefühlt, aber die Vorstellung, daß er tot war, kam doch als Schock. Und daß ich ihn nur Minuten vor seinem Tod von der Ferne auf der Leiter gesehen hatte, machte es auch nicht besser.

Als ich mein Büro betrat, stellte ich erstaunt fest, daß Nicky bereits auf mich wartete. Er tippte auf eine Seite der Zeitung und warf sie aufgeschlagen auf meinen Schreibtisch. «Hast du das gesehen?»

Ich sah die Überschrift. Es war der Bericht über Lesser. «Ich hab es vorhin im Radio gehört.»

«Ich dachte, du wüßtest vielleicht Genaueres.»

Ich blätterte die Papiere auf meinem Schreibtisch durch. «Nein, hier ist nichts dabei. Aber wir können eben um die Ecke zur Polizei gehen und sehen, was die haben.» Ich war etwas erstaunt über sein Interesse, nahm aber an, daß es ihm ebenso ging wie mir.

Captain Scalise prüfte gerade den Inhalt eines Karteikastens, der auf seinem Schreibtisch stand. «Da habe ich ja Glück», sagte er. «Ich wollte gerade zu Ihnen kommen.»

«Ach?»

«Ja, Sir. Es handelt sich um einen gewissen Lesser ...»

«Wegen ihm sind wir hier.»

«Dann haben Sie's schon gehört?»

«In den Nachrichten. Viel ist nicht darüber gesagt worden. Haben Sie einen Grund, sich für seinen Tod zu interessieren?»

«Ach, wie man's nimmt», entgegnete Scalise. «Dieser Lesser hatte einen kleinen Laden, in dem er Radios und Fernsehapparate reparierte. Er hat auch Filme entwickelt und Abzüge gemacht. Er verkaufte Kameras und Material für Funkamateure. Soweit ich unterrichtet bin, hat er eine Spezialantenne für Professor Dykes installiert. Den werden Sie ja wohl kennen?»

Nicky und ich nickten.

«Gegen halb zwei ging ein anderer Ihrer Kollegen, ein Professor Jan Ladlo bei Dykes vorbei. Als sich niemand auf sein Klingeln hin meldete, beschloß er, auf der Rückseite des Hauses nachzusehen, weil Dykes, wie Ladlo sagt, oft auf dem Hof hinter dem Haus arbeitet und dabei gelegentlich die Klingel überhört.» Er warf uns einen fragenden Blick zu.

«Und weiter?»

«Gerade als Ladlo sein Vorhaben ausführen wollte, hörte er einen Schrei, der von der anderen Seite des Hauses zu kommen schien. Ladlo beschleunigte seinen Schritt. Als er um die Hausecke bog, sah er eine umgestürzte Leiter auf dem Pflaster des Hofes liegen, daneben eine regungslose Gestalt. Als er sich zu dem Verunglückten niederbeugte, stellte er fest, daß hier nichts mehr zu machen war. So rannte er auf die Straße und holte Jeb Grogan, der im Bezirk Streifendienst tut. Grogan überzeugte sich, daß der Mann tot war, telefonierte aber trotzdem nach einem Krankenwagen.»

Scalise öffnete eine Schreibtischschublade und nahm einen großen, braunen Umschlag heraus. Er schüttete den Inhalt auf den Tisch. «Das hat der Tote bei sich gehabt.»

Es war alles das, was man erwarten konnte: eine abgenützte lederne Brieftasche mit acht Dollar in Scheinen, ein Taschentuch, dreiundsiebzig Cents Kleingeld und eine lederne Schlüsseltasche. Er griff noch einmal in die Schublade und holte eine Kamera in einer Lederhülle an einem Lederriemen heraus. «Die hatte er um den Hals gehabt. Kommt mir komisch vor – ein Mann, der eine Kamera umhängt, wenn er auf einer Leiter arbeitet.»

«Er hat sie ausprobiert. Ich glaube, er hat sie fast immer mit sich herumgeschleppt.»

«Hat er sie ausprobiert, weil er sie vielleicht kaufen wollte?»

«Ja.»

«Dann würde das passen. Dieser Dykes hat nämlich angerufen und gefragt, ob er sie zurückhaben könne. Sie gehöre ihm. Und Sie wüßten darüber Bescheid.»

«War das der Grund, warum Sie mich sprechen wollten?»

«Einer der Gründe.»

«Wann ist die Sache passiert?» fragte Nicky. «Lessers Sturz, meine ich.»

Scalise blätterte in seinem Notizbuch. «Um 13.52 Uhr hat Grogan den Tod des Mannes festgestellt. Der Unfall selber muß ein paar Minuten früher geschehen sein, sagen wir fünf Minuten früher, weil Ladlo den Polizisten nicht gleich gefunden hat.»

Ich sah Nicky an. «Es muß wenige Minuten, nachdem wir ihn von der High Street aus beobachtet haben, passiert sein.»

Nicky stimmte düster zu.

Scalise griff nach der Schlüsseltasche. «Das da hat mich neugierig gemacht», erklärte er.

Die Tasche enthielt drei Schlüssel, einer davon offensichtlich ein Autoschlüssel. «Und was finden Sie daran so interessant?»

«Ich kenne Lessers Laden», sagte Scalise. «Es ist eine ganz kleine Bude, dazu ein Hinterzimmer, in dem er gewohnt hat. Ich würde für den gesamten Ramsch keine hundert Dollar bieten. Dieser Schlüssel hier gehört zu der Ladentür, aber der dritte ist ein Schlüssel für ein Banksafe. Ich weiß es, weil ich selbst ein Safe habe. Ich habe mir daraufhin das Safe angesehen und einen Streifenwagen zum Laden geschickt. Die Männer haben nur diesen Ordner gefunden. Aber das sind fast nur Rechnungen, Lieferscheine und Geschäftskorrespondenzen. Für uns ganz uninteressant. Dann sind noch diese Bilder da.»

«Bilder, die Lesser aufgenommen hat?» fragte Nicky. «Darf ich mal?»

«Gern.» Scalise schob den Ordner zu ihm über den Tisch.

«Hat der Bankdirektor Sie an Lessers Safe gelassen?» fragte ich.

«Oh, ich bin natürlich erst zu Richter Quigley gegangen. Ich kenne den Direktor übrigens gut; er hätte mich bestimmt inoffiziell an das Safe gelassen, weil er weiß, daß ich mich an die Regeln halte. Wenn ich was gefunden hätte, wäre es im Safe geblieben, bis ich einen richterlichen Bescheid bekommen hätte.»

«Na, dann ist ja alles gut.»

«Diese Bilder sind erstaunlich interessant», sagte Nicky, der sie inzwischen genau betrachtet hatte.

«Inwiefern interessant?» fragte Scalise, besorgt etwas übersehen zu haben.»

«Sie sind alle in derselben Art – das, was die Sachverständigen *coup d'œil* nennen. Momentaufnahmen, Bewegungsstudien, blitzlichtartige visuelle Eindrücke. Hier sind zum Beispiel Bilder von einem Baseballspiel; die Spieler teilweise in Posen wie Ballettänzer; und dies ist ein Bild vom Vollmond, der auf einen Kirchturm gespießt ist, wie eine Glaskugel auf einen Weihnachtsbaum; da ist ein Bild von zwei Leuten auf einer Bank, das aussieht, als wäre es ein Körper mit zwei Köpfen.»

Scalise lachte. «Er hat noch ein Bild aufgenommen, das in diese

Sammlung gehört. Ebenfalls eine Bewegungsstudie – aber spezieller Art. Ich hab's im Safe gefunden. Sonst war nichts drin.» Er griff wieder in seine Schublade und warf mir einen kleinen, quadratischen Abzug zu. Professor Ladlo und seine junge Frau waren darauf zu sehen. Beide völlig unbekleidet.

«Ein Voyeur!» rief ich.

«Wenn es nur das wäre», sagte Scalise. «Drehen Sie es um.»

Auf der Rückseite stand eine mit Bleistift geschriebene Liste von Daten und neben jedem Datum ein Geldbetrag.

«Sehen Sie, daß von Mai bis Dezember für jeden Monat hundert Dollar aufgeführt sind, die Ladlo wahrscheinlich an Lesser bezahlt hat?»

«Erpressung?»

«Ich denke schon, Sir.»

«Die beiden sind erst seit ein paar Wochen verheiratet.»

«Was, ist das seine Frau?»

«Die Daten und Zahlen lassen aber darauf schließen, daß dieses Bild schon älter ist.» Ich mußte lachen. «Donnerwetter, das hätte ich ihm gar nicht zugetraut.»

Nicky zog eine Braue hoch und sah mich an. «Die Initiative hätte auch von der Dame ausgehen können, ist dir das klar? Sie ist eine eindrucksvolle Persönlichkeit.»

«Nicky!»

«Offenbar sind die Bilder von einer Leiter her aufgenommen worden», fuhr Nicky fort, ohne auf mich zu achten.

«Woher wollen Sie das wissen?» erkundigte sich Scalise.

«Weil die beiden sich in Ladlos Wohnung befinden. Ich war schon bei ihm und erinnere mich an die Tischlampe hier. Ladlo wohnt im dritten Stock dieses neuen Mietblocks in der Dalton Street. Die gegenüberliegenden Häuser sind nur ein beziehungsweise zwei Stock hoch – von dort kann ihm niemand in die Wohnung sehen, er braucht die Vorhänge also nie zuzuziehen, Aber ein Mann, der auf der Leiter steht und auf dem Dach eines dieser Häuser eine Antenne installiert, wäre in der Lage, ihm in die Fenster zu sehen.»

«Sie müssen recht haben», sagte Scalise. «So muß er die Aufnahme gemacht haben. Auf jeden Fall werden Sie jetzt verstehen, warum ich Ladlo um eine Aussage gebeten habe.»

«Haben Sie ihm das Foto gezeigt?» fragte ich.

«Nein. Ich wollte lieber erst mit Ihnen sprechen, weil er ja schließlich Professor ist und ... Aber da ich von dem Bild wußte, hielt ich mich für berechtigt, sehr genaue Fragen zu stellen.»

«Was für Fragen?»

«Die Art von Fragen, die man stellt, wenn man es mit einem Verbrechen zu tun hat», antwortete er schroff. «Zuerst habe ich mich erkundigt, was er bei Dykes gewollt hat. Es hätte ja sein können, daß er behauptet hätte, er wäre zufällig in der Nachbarschaft gewesen – dann hätte er Lesser ebenso zufällig auf der Leiter sehen können, verstehen Sie? Und ein Mann auf einer Leiter», fügte er grinsend hinzu, «sieht nicht nur selbst weit, er wird auch von weitem gesehen.»

«Sie halten es für möglich, daß Ladlo den Mann auf der Leiter gesehen und sich herangeschlichen hat, um die Leiter umzuwerfen?» fragte Nicky.

«Warum nicht?»

«Es war eine Leichtmetalleiter», gab Nicky zu. «Die lassen sich sehr leicht umkippen.»

«Ja.»

«Und welchen Grund hat Ladlo für sein plötzliches Auftauchen angegeben?» fragte ich.

«Er sagt, er wäre wegen eines Manuskripts zu Dykes gegangen, an dem er gerade arbeitete. Erinnern Sie sich an Professor Bowman, der vor zwei Wochen in die Baugrube an der High Street gestürzt ist? Der hat zusammen mit diesem Dykes ein Buch geschrieben oder Dykes hat ihm dabei geholfen. Nun ist da ein Sohn von Bowman», er zog sein Notizbuch zu Rat, «Charles Bowman, heißt er. Er arbeitet in einem Verlag und möchte das Buch für diesen Verlag haben. Und als Erbe von Bowman hat er anscheinend ein Recht darauf, wenigstens auf den Teil, den sein Vater geschrieben hat. Nach dem, was Ladlo gesagt hat, wollte er aber nicht direkt mit Dykes darüber verhandeln, weil er Angst hatte, der könnte ihn mit ein paar Kapiteln abspeisen und behaupten, der Rest wäre von ihm, oder es wäre nur so viel fertig. Darum hat er Ladlo gebeten, mit Dykes darüber zu sprechen, damit er sich ein Bild von dem Manuskript machen könnte.»

«Und warum Ladlo? Kannte er ihn denn?»

«Er hat ihn natürlich auf dem Weihnachtsempfang kennengelernt», sagte Nicky. «Ich halte es für ganz natürlich, daß er sich an den Leiter des Historischen Instituts wendet.»

«Ich habe ihn so verstanden, daß der junge Mann ihm vorgeschlagen hat, er solle das Buch beenden. Entweder allein oder gemeinsam mit Dykes», fügte Scalise noch hinzu.

«Ist der junge Bowman denn bei ihm gewesen? War er hier in der Stadt?» fragte ich.

«Ja, das hat Ladlo gesagt.»

«Haben Sie es nachgeprüft?»

«Ich hab im Hotel angerufen, und er hatte auch da gewohnt, aber als ich anrief, war er schon abgereist. Na, auf jeden Fall ist Ladlo deswegen zu Dykes gegangen. Übrigens war das auch der Grund, warum er sich nicht vorher telefonisch mit ihm verabredet hat. Ich habe den Eindruck, daß Ladlo fürchtete, Dykes würde das Manuskript nicht allzu gern herausrücken. Darum wollte er ganz zufällig auftauchen – als sei er gerade in der Nähe gewesen, und dabei wollte er beiläufig auf das Manuskript zu sprechen kommen.»

Ich warf Nicky einen Seitenblick zu. «Was hältst du davon?»

«Ich halte das Manuskript für wertvoll genug, um seinetwegen einen Mord zu begehen», sagte er leise. «Möglicherweise enthält die Kamera einen Beweis dafür, Captain. Sie sollten den Film so schnell es geht entwickeln lassen.»

«Glauben Sie, daß Lesser noch die Chance gehabt hat, einen Schnappschuß von Ladlo aufzunehmen, ehe er abstürzte... vielleicht gerade als er die Leiter anfaßte?» Er sah Nicky bewundernd an. Dann stellte er das Sprechgerät auf seinem Schreibtisch an und rief den Polizeibeamten aus dem Vorzimmer. «Tom, bringen Sie die Kamera ins Fotolabor zu Ned, und sagen Sie ihm, er soll den Film sofort entwickeln und abziehen.»

«Aber Ladlo wollte doch das Manuskript nicht», protestierte ich, «wenigstens nicht für sich. Der junge Bowman wollte doch...»

«Dafür haben wir nur Ladlos Aussage», widersprach Scalise. «Übrigens hätte Ladlo einen Grund gehabt, den Mann zu ermorden. Lesser hat ihn erpreßt.»

«Lesser *hatte* ihn erpreßt», korrigierte Nicky. «Aber damit war Schluß, das geht aus den Zahlen und Daten hervor. Unter dem Dezemberbetrag ist ein Schlußstrich, und die Zahlen sind zusammenaddiert. Damals im Mai, als das Bild aufgenommen worden ist, hätte es viel Schaden anrichten können. Die Dame hatte damals eine Scheidungsklage eingereicht. Aber jetzt, wo sie verheiratet sind, hatte Ladlo nichts mehr von Lesser zu befürchten.»

Scalise wurde gereizt. «Ja, aber Ladlo hat bei diesem Spielchen von Lesser 800 Dollar eingebüßt, und wenn Sie mich fragen, dann ist das ein ausreichender Grund für Ladlo, die Gelegenheit beim Schopf zu pakken und ihm alles mit einem kleinen Schubs heimzuzahlen.»

Nicky sah ihn überrascht an. «Glauben Sie das wirklich, Captain? 800 Dollar sind eine hübsche Summe, die einen Mann wie Ladlo aber nicht an den Rand des Ruins bringt. Jan Ladlo ist ein sanfter, friedlicher Gelehrter, der gar nicht rachsüchtig wirkt. Es fällt mir schwer, ihn als kaltblütigen Mörder zu sehen, nur weil ihn jemand um 800 Dollar erleichtert hat. Und warum sollte er einen Polizisten ranholen, wenn er klammheimlich hätte verschwinden können?» Er schüttelte den Kopf. «Ich bezweifle auch, daß Lesser sich direkt an ihn gewandt hat. Ich schätze eher, daß die Absprache telefonisch erfolgte und das Geld an ein Postfach ging. Als Lesser vor ein paar Wochen die Heiratsanzeige sah, wußte er, daß das Spiel aus war. Es würde mich auch gar nicht wundern, wenn er ihm das Negativ als Hochzeitsgeschenk geschickt hat. Das wäre auch eine Erklärung dafür, daß es nicht bei dem Abzug im Safe lag.» Plötzlich begann er zu lachen. «Ja, bestimmt hat er das gemacht. Das paßt zu Lessers eigenartigem Sinn für Humor.»

«Was weißt du schon über Lesser und seinen Sinn für Humor?» fragte ich ärgerlich. «Du hast ihn gestern eine Minute lang aus der Entfernung beobachtet, und vorgestern hast du ihn vielleicht zehn Minuten gesehen, in denen er schätzungsweise dreißig Worte von sich gegeben hat.»

«Die Unterhaltung war kurz», gab er zu, «aber trotzdem sehr bedeutungsvoll.»

«Wieso bedeutungsvoll?»

«Erinnerst du dich noch daran?»

Ich schmeichle mir, daß mein Gedächtnis durch jahrelange Übung, lange Zeugenverhöre vor Gericht im Kopf behalten zu müssen, sehr geschult ist. «Nicht Wort für Wort, aber an den Inhalt erinnere ich mich genau. Dykes hat Lesser gefragt, wie ihm die Kamera gefiele, und er antwortete, daß er das noch nicht wisse, weil er sie noch ausprobiere. Dann fragte Lesser, ob Dykes Interesse an einer Spezialantenne habe. Dykes erkundigte sich, wo er sie herhabe, und Lesser sagte, er habe sie für sich selbst gekauft, könne sie aber nicht gebrauchen, da sein Haus zu tief läge, daß er aber eine gleiche Antenne am gegenüberliegenden Haus installiert habe und sie dort gut funktioniere. Stimmt das bisher?»

«Ganz genau.»

«Okay. Dann wollte Dykes wissen, wann er sie aufgestellt habe, und Lesser sagte – gerade noch rechtzeitig vor Weihnachten. Dykes meinte, er hätte ihm gern geholfen, wenn er ihn gesehen hätte. Lesser antwortete, er habe aber *ihn* gesehen. Darauf Dykes, das sei unmöglich, weil er den ganzen Tag fortgewesen sei.»

«Was hat Lesser dazu gesagt?»

«Nichts hat er dazu gesagt.»

«Und das war eben das bedeutungsvolle an der Unterhaltung.»

«Das begreife ich nicht.»

«Natürlich nicht», erklärte Nicky aufgebracht. «Das liegt an deinem Gerichtssaaltraining. Vor Gericht gehen alle Dialoge nach ganz strengen Regeln. Eine Frage wird gestellt; eine Frage wird beantwortet – *finis.* Wenn du die Frage wiederholen würdest, würden der Anwalt auf der Gegenseite oder der Richter sofort Einspruch erheben: du hättest die Frage schon gestellt und eine Antwort bekommen. Darüber käme es dann zu einer Diskussion, und endlich würde der Richter bestimmen, ob der Zeuge antworten muß oder nicht. Dann würde der Zeuge um die Wiederholung der Frage bitten – und so weiter. Normale Unterhaltungen gehen aber nicht so vor sich. Sie haben einen bestimmten Rhythmus. Als Dykes erwähnte, Lesser könne ihn an dem Tag nicht gesehen haben, weil er auswärts gewesen sei, hätte Lesser etwa folgendermaßen reagieren müssen: ‹Na, ich dachte, du wärst es gewesen.› Oder: ‹Ich hätte schwören können, daß du es warst.› Oder sogar: ‹Na, dann muß ich mich getäuscht haben.› Aber Lesser sagte gar nichts, und ich verlor das ganze Interesse an der Schachpartie, weil ich immer darauf wartete, daß der andere Schuh auf den Fußboden plumpste.»

«Ich begreife immer noch nicht ...»

«Welche Verbindung zu dem jetzigen Fall besteht? Du hast vergessen, von welchem Tag die Rede war. Lesser hat die Antenne am Tag vor Weihnachten installiert, am Vierundzwanzigsten also. Das war der Tag, an dem John Bowman tödlich verunglückte, und an dem Dykes den ganzen Tag über abwesend gewesen sein wollte.»

Ich starrte ihn an. «Willst du darauf hinaus, daß Bobby Dykes etwas mit Bowmans Tod zu tun hat?»

«Er sagt, er wäre den ganzen Tag über fortgewesen und deswegen hätte Bowman ihn nicht angetroffen. Wenn er die Begegnung mit Bowman abgestritten hat, dann nur, weil er etwas über Bowmans Tod wußte. Und wenn er behauptet, den ganzen Tag über in Norton gewesen zu sein, bedeutet es, daß er sich ein Alibi beschaffen wollte.»

«Aber du weißt nicht, ob er zu Hause war. Lesser hat gesagt, er hätte ihn gesehen. Dykes hat es abgestritten. Und Lesser hat nicht widersprochen. Jetzt ist Lesser tot, und wir können ihn nicht mehr fragen.»

«Aber er hat ihm wohl widersprochen. Er hat den anderen Schuh fallen lassen. Aber das habe ich in dem Moment noch nicht begriffen. Erst als ich den Schnappschuß von Ladlo und seiner Frau sah, ging mir ein Licht auf. Seine Antwort bestand darin, daß er eine Momentaufnahme von Dykes machte und dabei erklärte, er habe nicht widerstehen können, die Sonne habe so durch die Jalousien geschienen, daß es aussähe, als trüge er Gefängniskleider. Was er damit ausdrücken wollte, war, daß er ihn gesehen hatte und es beweisen konnte – daß er nämlich ein Bild von ihm hatte. Dykes verstand ihn sehr genau, denn jetzt fragte er, was die Antenne kosten sollte. Und wenn er noch einen leisen Zweifel gehabt hätte, so zerstreute sich dieser, als Lesser ihm den Preis von 500 Dollar nannte.»

«Glaubst du, daß die 500 Dollar als Erpressung gemeint waren? Wie kannst du das behaupten? Was weißt du über die Preise von Antennen?»

«Ich gebe zu, daß ich nicht viel über Antennen weiß, aber über 500 Dollar weiß ich einiges. Ich habe die von Lesser installierte Antenne gesehen, und die war ganz simpel. Wenn sie nicht aus einem wertvollen Metall ist – was ich nicht glaube, denn sie scheint aus gewöhnlichem Stahl zu sein –, dann sind 500 Dollar um drei- oder vierhundert Dollar zuviel.»

«Aber warum sollte Dykes denn Bowman ermorden wollen? Und wie hätte er das machen können?»

«Erst einmal das Warum: er wollte Bowmans Manuskript haben. Jeder scheint zu erwarten, daß man damit viel Geld machen kann.»

«Meinen Sie, daß er es unter seinem Namen veröffentlichen wollte?»

«Oh, kaum. Das könnte er nicht; und es würde ihm auch nicht viel nützen, weil nur Bowmans Name auf dem Titelblatt das Geld einbringt. Aber in der augenblicklichen Situation weiß eben niemand, wieweit das Buch gediehen ist. Er kann sehr einfach behaupten, es wäre erst zur Hälfte fertig. Dann beendet er es und wird zum Mitautor, statt nur als wissenschaftliche Hilfskraft erwähnt zu werden. Sein Name steht neben dem von Bowman auf dem Einband. Er bekommt die Hälfte der Tantiemen. Und sein Prestigegewinn als Wissenschaftler ist gewaltig.»

«Oh, ganz bestimmt.»

«Und nun zum Wie», fuhr Nicky fort. «Das war nicht weiter schwierig. Er war mit Bowman die High Street hinaufgegangen – vielleicht waren sie auf dem Weg zu der Verabredung mit dem jungen Bowman. Oben auf dem Berg blieben sie stehen, um sich zu verschnaufen. Dykes konnte Johnny rufen, sich die Ausschachtung anzusehen. Und als Bowman sich über den Grubenrand vorbeugte...» Er zuckte mit den Achseln.

«Glauben Sie, daß er aus einer Augenblickseingebung heraus gehandelt hat?»

«Unser Freund Dykes ist ein Mann schneller Entschlüsse – um das zu merken, braucht man nur einmal mit ihm Schach zu spielen. Ein Blick auf das Brett, und schon zieht er. Aber ich neige eher zu der Vermutung, daß er sich schon lange mit dem Gedanken getragen hat. Es würde mich nicht wundern, wenn seine Frau etwas geahnt hätte. Es ist merkwürdig, daß sie allein zu ihrer Familie gefahren und immer noch nicht zurück ist. Etwas aber weiß ich genau: Bowman hätte ihn nie gebeten, hierzubleiben und an dem Buch zu arbeiten, während seine Frau allein verreiste. ‹Gentleman Johnny› *war* nämlich ein Gentleman.» Er richtete den Blick nachdenklich an die Decke. «Wissen möchte ich nur, was Dykes gemacht hätte, wenn der junge Bowman nicht aufgekreuzt wäre...»

«Der junge Bowman?» fragte Scalise rasch, «was hat der damit zu tun?»

«Wieso? Sein Auftauchen zwang Dykes, etwas zu unternehmen. Hatte Johnnys Sohn das Manuskript erst mal durchgearbeitet, war Dykes nicht mehr in der Lage, seine Mitarbeit an dem Buch als bedeutender darzustellen, als sie es war.»

«Ich finde Ihre Theorie hochinteressant, Professor», gestand Scalise ihm widerwillig zu, «aber ich sehe nicht recht, wie sie uns weiterbringen soll. Kein Geschworenengericht wird auf Grund dieser Beweise einen Schuldspruch fällen. Dykes braucht nur alles abzustreiten. Und da Lesser tot ist, kann man ihm nichts nachweisen.»

«Sie vergessen die Aufnahme, die Lesser gemacht hat», sagte Nicky.

Wie auf ein Stichwort wurde an die Tür geklopft. «Hier sind die Abzüge, Captain», sagte der Polizeibeamte.

Der Film hatte sich beim Trocknen zu einer Spirale aufgerollt. Wir standen alle um Scalise herum, als er das eine Ende mit einem Löscher beschwerte und den Film langsam aufrollte und dabei jedes Bild genau prüfte. Erst ganz am Ende der Rolle streckte Nicky den Finger aus und rief triumphierend: «Da ist es!»

Der Captain und ich starrten auf das Bild und sahen uns dann ungläubig an. Es war wirklich die Fotografie zweier Männer – aber die Aufnahme war perspektivisch so verzerrt, daß die Männer auf den ersten Blick wie zwei kurze zylindrische Stümpfe aussahen, auf denen zwei Köpfe aufgestellt waren.

Ich begann unbeherrscht zu lachen, und Scalise stimmte ein.

«Und was ist daran so lustig?» fragte Nicky eisig.

Ich zeigte auf das Bild. «Er hat ihn reingelegt. Dieser Bursche hat ihn glattweg reingelegt. Das ist nie und nimmer ein Beweis. Es gibt keine Möglichkeit zu beweisen, daß das Dykes und Bowman sind. Das können x-beliebige Leute sein.»

«Vielleicht könnten wir Dykes auch reinlegen», schlug Scalise hoffnungsvoll vor. «Wir brauchen ihm das Bild nicht zu zeigen – wir können ihm sagen, daß wir es haben und ihn zu einem Geständnis bewegen.»

«Es ist gar nicht nötig, Dykes zu bluffen», sagte Nicky kühl. «Das Bild ist ein gültiger Beweis. Was glauben Sie, warum Lesser es sonst aufgenommen hätte? Bestimmt nicht, weil er einen Schnappschuß von seinem Freund machen wollte. Dazu hatte er mehr als genug Gelegenheit. Er brauchte nicht zu warten, bis er zehn Meter hoch auf einer Leiter balancierte. Nein. Er sah unter sich zwei Männer, die gegen den Wind kämpften, und von denen man nur die Köpfe sah. Auf den ersten Blick sahen sie wie Pilze aus. Und das war genau das, was er gern fotografierte – groteske Momentaufnahmen. Erst als er später darüber nachdachte, kam er darauf, daß eine der Figuren eine Melone trug, die sich von dem Astrachankragen abhob, und daß das Bowman sein mußte, während der andere eine weiße Strähne im schwarzen Haar hatte; und der einzige, auf den das paßte, war Dykes. Und noch etwas kam hinzu: der Schnee bewies ganz deutlich, daß die Aufnahme vom 24. Dezember stammte, dem ersten Schneetag dieses Winters.»

Scalise nickte langsam. Er sah mich an und sagte: «Es kommt alles zusammen.»

«Gut. Was tun wir nun?» fragte ich.

Nicky erhob sich und bedachte uns mit seinem kühlen, knappen Lächeln, das immer so aussieht, als hätte er in eine saure Zitrone gebissen. «Ich würde vorschlagen, daß unser guter Captain Professor Dykes anruft und ihn auffordert, seine Kamera abzuholen.»

Erst als wir wieder in meinem Büro waren, kam mir ein plötzlicher Einfall. «Nicky!» rief ich aufgeregt. «An unserer Theorie stimmt was nicht. Wir haben damit begonnen, Lessers Tod zu untersuchen. Dann haben wir uns durch die Überlegungen über Bowman davon ablenken lassen. Aber was ist nun mit Lesser? War sein Tod ein Unfall, einer von jenen merkwürdigen Zufällen, die es immer wieder gibt? Oder war es ein Mord? Aber wenn es ein Mord war, dann kann Dykes nichts damit zu tun haben, denn der war in der Zeit mit uns zusammen. Aber wenn es nicht Dykes war, muß es ein anderer gewesen sein. Und wenn es ein anderer war, dann stimmen unsere Überlegungen in bezug auf Dykes nicht mehr.»

«Oh, Lesser ist ermordet worden, und auch von Dykes. Ich weiß, wie er es gemacht hat, kann es aber nicht beweisen, was allerdings nicht viel ausmacht, weil man für zwei Morde dieselbe Strafe bekommt, wie für einen. Das ging übrigens auch aus dieser bedeutungsvollen Unterhaltung hervor.»

Als er mein völlig verwirrtes Gesicht sah, reagierte er mit dem Tonfall, den er immer annimmt, wenn er es mit etwas begriffsstutzigen Studenten zu tun hat. «Du erinnerst dich, daß Dykes, nachdem der Preis für die Antenne geklärt war, wissen wollte, ob die Installation inbegriffen sei? Und als Lesser das bestätigte ...»

«Sagte Dykes, er wollte sie über dem Dachfenster auf der Rückseite des Hauses angebracht haben», ergänzte ich bissig. «Daran erinnere ich mich.»

Nicky kicherte. «Das war wie eine Schachpartie zwischen den beiden, eine Schachpartie zweier Meister. Weißt du, Schachspieler unseres Formats sind glücklich, wenn sie keine Fehler machen und simple Fallen vermeiden. Theoretisch müßte man in der Lage sein, jeden Angriff zu erwidern, wie vertrackt er auch ist, weil ja alle Figuren offen auf dem Brett stehen. Aber wir können gar nicht anders, wir konzentrieren uns auf den Hauptangriff. Wir sehen natürlich auch das ganze Brett, konzentrieren uns aber nur auf die Ecke, in der die offensichtliche Gefahr lauert. Aber Spieler vom Kaliber von Dykes und Lesser gehen ganz anders an eine Partie heran. Die richtige Reaktion auf die Situation des Spiels kommt automatisch. Sie spielen gegen den Partner und konzentrieren sich auf seine psychologischen Schwächen.

Ach, die beiden waren schon geniale Schurken. Lesser eröffnete mit einem brillanten Gambit. Er stellte nicht nur seine erpresserische Forderung, sondern machte sie auch noch in Gegenwart des County Attorney.»

«Hast du das gemeint, als du von seinem seltsamen Sinn für Humor gesprochen hast?»

«Jawohl. Natürlich war er in Hochstimmung über seine Waghalsigkeit und seine Genialität. Als Dykes fragte, ob die Installation der Antenne im Preis inbegriffen sei, betrachtete er das als einen Versuch, wenigstens ein bißchen aus diesem Schiffbruch zu retten; wie ein Schachspieler, der noch ein oder zwei Bauern zu nehmen versucht, wenn er merkt, daß er seine Königin verlieren wird. Er konnte es sich leisten, großzügig zu sein, und stimmte zu. Aber Bob Dykes dachte an etwas anderes. Oh, das war ein großartiger Gegenzug! Erinnerst du dich, daß er bei dem Spiel gegen mich den Angriff auf meinen König als Scheingefecht aufbaute, um meine Königin zu nehmen? Er war wie ein Zauberkünstler, der alle Aufmerksamkeit auf die eine Hand lenkt, während er mit der anderen beschäftigt ist.

Denselben Trick hat er bei Lesser angewandt. Um die Antenne über dem Dachfenster anzubringen, mußte man die Leiter direkt vor die Türen des Kellerschotts stellen. Als wir dann zusammen auf den Hof kamen, lenkte er Lessers Aufmerksamkeit auf die Spitze der Leiter und auf das Dach, während ihn in Wirklichkeit nur die Placierung der Leiter direkt vor die Türen des Schotts interessierte. Und diese neu von ihm eingebauten Türen waren so leicht – erinnerst du dich? –, daß ein Kind sie hochheben konnte.»

«Du willst darauf hinaus, daß die Leiter umstürzen mußte, wenn jemand die Türen des Kellerschotts anhob?»

Nickys kleine Augen leuchteten, als er mir zunickte.

«Verdammt, Nicky, das heißt doch, daß jemand im Keller sein mußte. Und Dykes konnte es nicht sein, weil er mit uns zusammen war.»

«Natürlich. Das hat er vorbereitet. Wir waren sein Alibi.»

Ich schnippte mit den Fingern. «Seine Frau! Sie hat sich im Keller versteckt gehalten und...» Ich verstummte, als ich sein verächtliches Gesicht sah. «Nein, das kann wohl kaum sein. Dykes wußte doch erst seit zwei Tagen, daß es nötig wurde, Lesser aus dem Weg zu räumen.»

«Richtig. Aber der Keller hatte einen festen Bewohner, der größer und stärker als ein Kind war. Einen riesengroßen Hund. Dykes richtete es so ein, daß er mit uns zusammen die High Street hinaufging. Oben auf der Kuppe machten wir eine Pause. Dykes sah, daß Lesser auf der Leiter stand. Wir beide gingen weiter, aber Dykes blieb zurück, band sich den Schuh zu und...»

«Und was?»

«Und flötete auf dieser verdammten Hundepfeife.»

Nun, wer hat gewonnen – Sie oder Nicky Welt? – Hier ist eine Reihe von Anhaltspunkten, die zur Aufklärung führen:

1. *Professor Bowman rechnet damit, daß sein nächstes Buch sehr erfolgreich sein wird. Er selbst sagt nicht, wie weit er damit ist. Sein Mitarbeiter sagt, daß es noch lange nicht fertig sei. (S. 99)*
2. *Bowman kündigt Dykes auf dem Weihnachtsempfang an, daß er ihn wahrscheinlich am nächsten Tag besuchen wird. (S. 101)*
3. *Sie lernen ‹Duke› kennen und erfahren, daß sein Herr eine stumme Hundepfeife um den Hals trägt. (S. 101)*

4. Dykes, der mit Bowmans Besuch rechnen mußte, macht die Verabredung nachträglich viel vager und gibt sonderbare Gründe für die Fahrt in die Nachbarstadt an. (S. 103)

5. Bowman ist ein sehr eleganter Mann von sechzig Jahren. Nicky hat recht: Es paßt nicht zu ihm, daß er unvorsichtig nahe an den Rand einer Baugrube tritt. (S. 105)

6. Sie haben eine neue Begegnung mit Duke und wissen nun, wo der Hund in der großen Villa untergebracht ist. (S. 107)

7. Sie erfahren, daß der vielseitige Professor Dykes ein hervorragender Schachspieler ist. (S. 107)

8. Dykes und sein Freund Lesser unterhalten sich während des Schachturniers über vermeintlich nebensächliche Dinge. Das ist störend und unhöflich. Also muß es um Wichtiges gehen. (S. 108/109)

9. Noch eine wichtige Einzelheit: Die Tür des Kellerschotts läßt sich spielend hochheben. (S. 110)

10. Lesser steht auf der Leiter; sein Freund Dykes sieht ihn aus der Ferne – und bleibt etwas zurück, während Nicky und sein Freund weitergehen. Dann kommt plötzlich der Hund, von dem doch alle wissen, daß er im Keller ist. Wieso taucht er so plötzlich auf? (S. 110)

Ruth Rendell

Leben mit doppeltem Boden
(2898)

Dämon hinter Spitzenstores
(2677)

Durch das Tor zum Himmlischen Frieden
(2684)

Der Pakt
(2709)

Flucht ist kein Entkommen
(2712)

Die Masken der Mütter
(2723)

Alles Liebe vom Tod
(2731)

Die Grausamkeit der Raben
(2741)

Der Tod fällt aus dem Rahmen
(2754)

Die Verblendeten
(2763)

Der Kuß der Schlange
(2934)

THRILLER rororo

C 2310/3

Ruth Rendell

Die neue Freundin
Kriminalstories (2778)

In blinder Panik
(2798)

Mord ist ein schwere Erbe
(2789)

Das geheime Haus des Todes
(2814)

Der Liebe böse Engel
(2830)

Mord am Polterabend
(2848)

Phantom in Rot
(2875)

Schuld verjährt nicht
(2878)

Die Tote im falschen Grab
(2874)

Mord ist des Rätsels Lösung
(2899)

Sprich nicht mit Fremden
(2869)

A Faint Cold Fear Thrills Through My Veins William Shakespeare

Zu diesem Buch

Vom Wohnzimmer aus, wo er die Nachmittagszeitung las, hörte Rabbi David Small, wie seine Frau Miriam in der Küche herumging. Die erzeugten Geräusche – das Klappern von Töpfen und Pfannen, das Schlagen der Backofentür – verrieten ihm, daß sie verärgert war. Und er wußte auch warum. Sie hatte die im Laufe des Monats angefallenen Rechnungen durchgesehen.

Jetzt erschien sie an der offenen Tür zum Wohnzimmer, und er stellte wieder einmal fest, daß sie immer noch eine Figur hatte wie ein junges Mädchen. Ungeduldig strich sie sich eine blonde Haarsträhne aus dem Gesicht. «David, wir brauchen mehr Geld», verkündete sie.

«Ja, Liebes», sagte er automatisch und verschanzte sich wieder hinter der Zeitung.

«Ich könnte mich ja nach einem Job umsehen.»

Er legte die Zeitung aus der Hand. «Als was?»

«Vielleicht als Stenotypistin. Nein, dann müßte ich in einem Büro sitzen, und dort sieht mich niemand. Ich werde mir einen Job als Kassiererin im Supermarkt suchen. Dann merken die Leute endlich, daß ihr Rabbi unterbezahlt ist.»

Geldsorgen plagen den Rabbi schon seit langem. Aber er ist zu stolz, seine Gemeinde um eine Gehaltserhöhung zu bitten. Wie ein Geschenk des Himmels erscheint es da, daß der neue Präsident des Tempels unaufgefordert dem Rabbi mehr Geld zubilligt.

Schon bald erkennt der Rabbi, daß so etwas nicht ohne Hintergedanken geschieht – man erwartet Gegenleistungen. Wenn er sich weigert, hat er alle gegen sich und verliert seine Stellung.

Doch damit fangen seine Sorgen erst an. Plötzlich steht ein junger Mann aus seiner Gemeinde unter Mordverdacht, und der Rabbi fühlt sich verpflichtet, etwas zu unternehmen, auch wenn er sich zu allem Überfluß noch mit der Polizei anlegen muß...

Harry Kemelman erhielt für seinen ersten Kriminalroman, Am Freitag schlief der Rabbi lang (Nr. 2090), den Edgar Allan Poe Award. Sein zweiter, Am Samstag aß der Rabbi nichts (Nr. 2125), wurde von der Darmstädter Jury zum Buch des Monats gewählt. Es folgten Am Sonntag blieb der Rabbi weg (Nr. 2291), Am Montag flog der Rabbi ab (Nr. 2304), Am Dienstag sah der Rabbi rot (Nr. 2346), Am Mittwoch wird der Rabbi naß (Nr. 2430), Der Rabbi schoß am Donnerstag (Nr. 2500), Eines Tages geht der Rabbi (Nr. 2720) und Ein Kreuz für den Rabbi (Nr. 2860). Acht Detektivstories erschienen unter dem Titel Quiz mit Kemelman (Nr. 2172).

Harry Kemelman

Eines Tages geht der Rabbi

Deutsch von
Ute Tanner

Rowohlt

rororo thriller
Herausgegeben von Bernd Jost

Veröffentlicht im Rowohlt Taschenbuch Verlag GmbH,
Reinbek bei Hamburg, Mai 1990
Die deutsche Erstausgabe erschien im
Rowohlt Taschenbuch Verlag GmbH,
Reinbek bei Hamburg, Juli 1985
Die Originalausgabe erschien bei William Morrow and Company,
Inc., New York, unter dem Titel «Someday the Rabbi Will Leave»
Umschlagfoto Fred Dott
Umschlagtypographie Peter Wippermann / Nina Rothfos

Satz Bembo (Linotron 202)
Gesamtherstellung Clausen & Bosse, Leck
Printed in Germany
ISBN 3 499 42992 6

Die Hauptpersonen

Howard Magnuson	ist gewohnt, daß alle nach seiner Pfeife tanzen.
Sophia Magnuson	weiß, wie sie ihren Mann lenken muß.
Laura Magnuson	ist die echte Tochter ihrer Eltern und sucht jemanden, dem sie die Karriere arrangieren kann.
John Scofield	braucht dringend jemanden, der ihm das Leben ordnet.
Morris Halperin	weiß, wie man Karriere macht.
Tony D'Angelo	weiß, wie man – allerdings bei hohem Geschäftsrisiko – zu Geld kommt.
Thomas Baggio Albert Cash	wollen beide auf den gleichen Posten.
Paul Kramer	denkt nur ans Studium und steht plötzlich unter Mordverdacht.
Polizeichef Hugh Lanigan	tut, wie immer, seine Pflicht.
Rabbi David Small	steht auf der Abschußliste.

Dem neuesten Zuwachs,
Anne M. K. Rossant

Möge dir ein schönes Leben
beschieden sein!

I

Vom Wohnzimmer aus, wo er die Nachmittagszeitung las, hörte Rabbi David Small, wie seine Frau Miriam in der Küche herumging. Die erzeugten Geräusche – das Klappern von Töpfen und Pfannen, das Schlagen der Backofentür – verrieten ihm, daß sie verärgert war. Und er wußte auch warum. Sie hatte die im Laufe des Monats angefallenen Rechnungen durchgesehen.

Jetzt erschien sie an der offenen Tür zum Wohnzimmer, und er stellte wieder einmal fest, daß sie immer noch eine Figur hatte wie ein junges Mädchen. Ungeduldig strich sie sich eine blonde Haarsträhne aus dem Gesicht.

«David, wir brauchen mehr Geld», verkündete sie.

«Ja, Liebes», sagte er automatisch und verschanzte sich hinter der Zeitung.

«Ich könnte mich ja nach einem Job umsehen.»

Er legte die Zeitung aus der Hand. «Als was?»

«Vielleicht als Stenotypistin. Nein, dann müßte ich in einem Büro sitzen, und dort sieht mich niemand. Ich werde mir einen Job als Kassiererin im Supermarkt suchen. Dann merken die Leute endlich, daß ihr Rabbi unterbezahlt ist.»

Das Telefon läutete, und er griff nach dem Hörer. «Rabbi Small. Ach ... ja, wie geht's ... nein, wir haben nichts Besonderes vor ... aber sicher ... Gegen acht? Gut, wenn Sie wollen. Das war Sam Feinberg», erläuterte er. «Er wollte wissen, ob wir heute abend da sind, er würde gern vorbeikommen.»

«Schön, dann kannst du ihn ja um mehr Geld bitten.»

«Einfach so? Na, hör mal ... Und wie stellst du dir das weiter vor? Glaubst du, er zückt die Brieftasche oder bittet mich um einen Kugelschreiber, damit er einen Scheck ausstellen kann?»

«Du weißt ganz genau, wie ich es meine. Ich weiß, daß der Finanzausschuß es genehmigen muß, vermutlich auf Empfehlung der Ritualkommission, und dann muß der ganze Vorstand darüber abstimmen. Aber zunächst muß ein Vorschlag da sein, jemand muß den Stein ins Rollen bringen. Warum willst du nicht Mr. Feinberg darum bitten? Er mag dich, ihr kommt gut miteinander aus. In den zwei Jahren, seit er Präsident ist, hast du nie Ärger mit ihm gehabt. Jedenfalls kann ich mich nicht erinnern, daß du dich über ihn beklagt hättest.»

«Ja, wir beide kommen ganz gut zurecht, das stimmt.»

«Warum –»

«Ich kann ihn nicht darum bitten, Miriam.»

«Aber warum nicht? Die Inflation hat dein Gehalt verringert ...»

«Ich bekomme einen Teuerungszuschlag.»

«Aber der reicht nie, und du bekommst ihn erst bei deinem nächsten Vertrag. Wenn du wenigstens nicht deine Honorare abgeben würdest ...»

«Damit habe ich mich einverstanden erklärt, als ich herkam.»

«Aber wir könnten das Geld gut gebrauchen», jammerte sie. «Für die Berenson-Hochzeit hast du 200 Dollar erhalten.»

Er lächelte. «Es wäre bestimmt nicht einmal ein Viertel davon gewesen, wenn es in meine Tasche ginge. Sie wissen, daß ich das Geld an die Synagogenkasse abliefere, und zahlen großzügig, weil es sich früher oder später doch herumspricht, wieviel sie gegeben haben.»

«Du könntest eine Aufstellung der Honorare machen, die du abgegeben hast, und darum bitten, daß dein Gehalt zumindest um diese Summe aufgestockt wird. Das wäre nur fair. Die meisten Rabbis behalten ihre Honorare für sich.»

Er schwieg – ein deutlicher Hinweis, daß er die Diskussion nicht fortzusetzen wünschte. Trotz seiner vierzig Jahre wirkte er mit dem blassen Gesicht, dem runden Gelehrtenrücken und dem zuweilen zerstreuten Blick hinter den dicken Brillengläsern wie ein alter Mann. Doch manchmal, wie jetzt, sah er aus wie ein dickköpfiger kleiner Junge, der ungezogen war und nicht sagen mag, daß es ihm leid tut.

Sie ließ nicht locker. «Wirst du nie eine Gehaltserhöhung verlangen, David?»

Er lächelte und sagte freundlich: «Schau, Miriam, für mich ist es – erniedrigend, um eine Gehaltserhöhung zu bitten.»

«Aber es ist eine rein geschäftliche Regelung. Du hast einen Vertrag.»

«Gewiß, und deshalb werde ich die Sache auch streng geschäftlich angehen. Zu gegebener Zeit.»

«Und was nennst du streng geschäftlich?»

«Wenn ich sagen kann, daß ich entweder mehr Geld bekomme

oder gehe. Begreif das doch: Wenn ich eine Gehaltserhöhung verlange, aber ganz offensichtlich die Absicht habe hierzubleiben, auch wenn sie mir nicht bewilligt wird, ist das wie – wie Bettelei. Ein Appell an ihre Mildtätigkeit. Und wenn sie nein sagen? Soll ich mich dann in die Schmollecke zurückziehen? Ich kann das nicht. Wenn ich mich einmal auf so eine Abhängigkeit einlasse, verliere ich all meine Autorität.»

«Bei der Rabbinerkonferenz in Providence hat Sarah Metzenbaum erzählt, wie Jack es macht, wenn er etwas will. Dann gibt er seinen guten Freunden im Vorstand einen Tip, und die bringen es dann auf der Sitzung zur Sprache.»

Rabbinerkonferenzen, fand der Rabbi, hatten unter anderem den Nachteil, daß sich, während die Rabbis in ihren Vortragsveranstaltungen saßen, die Frauen zusammenfanden und Erfahrungen austauschten. «Jack Metzenbaum ist ein umgänglicher, geselliger Mensch, der leicht, fast automatisch Freundschaften schließt. Bei mir ist das anders. So etwas kostet Zeit und Mühe, man muß mit den Leuten gesellschaftlich verkehren, mit ihnen essen ...»

«Und was hast du dagegen?»

«Welche Vorstandsmitglieder haben koschere Häuser, in denen wir essen könnten? Und Golf spiele ich nicht.»

«Chester Kaplan und seine Gruppe führen alle eine koschere Küche.»

«Das fehlt mir noch, mir nachsagen zu lassen, daß ich zu Chester Kaplans Clique gehöre», spottete er. «Die meisten Vorstandsmitglieder sind sowieso der Meinung, daß ich mich immer auf die Seite der Orthodoxen schlage.»

«Aber wie kommen wir dann weiter? Du selbst kannst nicht um Gehaltserhöhung bitten, und du hast niemanden, der die Sache für dich durchfechten könnte. Wenn sie bis jetzt nicht von selbst darauf gekommen sind, dir mehr Geld zu geben, kannst du darauf lange warten.»

Er merkte, daß sie ernsthaft besorgt war, und versuchte, sie zu besänftigen. «Keine Angst, ich werde mir etwas einfallen lassen.»

Aber damit ließ sie sich nicht abspeisen. «Wenn ich so höre, wie genau du es mit deinen Grundsätzen nimmst, weiß ich nicht recht, wie du das anstellen wirst.» Sie war klein und mädchenhaft, es schien kaum glaublich, daß sie zwei halbwüchsige Kinder hatte. Die großen blauen, sonst so fröhlichen Augen waren streng, ja, vorwurfsvoll auf ihn gerichtet, das Kinn war entschlossen vorgereckt. Das üppige, nachlässig hochgesteckte blonde Haar kam ins Rutschen, als sie gebieterisch den Kopf zurückwarf, eine Bewegung, die ihn immer in die Defensive trieb.

Er versuchte Zeit zu gewinnen. «Ja, also, wenn mein Vertrag ausläuft, werden sie mir wohl einen neuen schicken. Und – den unterschreibe ich dann einfach nicht. Und wenn sie mich nach dem Grund fragen, werde ich sagen, daß mir mit meinem derzeitigen Gehalt die Fortsetzung meiner Arbeit nicht möglich ist.»

«Wieviel würdest du fordern?»

«Ich weiß nicht», sagte er leicht gereizt. «Es kommt darauf an ...»

«Wir brauchen mindestens 2000 mehr.»

«Gut, dann fordere ich eben 2000.»

«2500.»

«Schön, 2500.»

«Und wenn sie dir die nicht bewilligen?»

«Dann unterschreibe ich den Vertrag nicht und sehe mich nach einer anderen Stelle um. Zufrieden?»

Sie nickte nachdenklich. «Na gut, aber wie wäre es, wenn du Feinberg schon eine Andeutung über deine Pläne machst, wenn er heute abend kommt? Dann könnte er beim Vorstand Alarm schlagen, und sie können sich schon Gedanken darüber machen.»

Er schüttelte den Kopf. «Vielleicht sehen sie sich statt dessen nach einem Ersatz um.»

«Dann wüßtest du wenigstens, woran du bist, und könntest dir eine neue Stellung suchen, ehe der alte Vertrag abläuft.»

«Schau, Miriam», sagte er geduldig, «ich weiß nicht, weshalb er mich sprechen will –»

«Aber wenn sich die Gelegenheit ergibt ...»

«Also schön. Wenn er sagt, daß sie einen großen Überschuß in der Kasse haben, und mich um Rat bittet, wie sie ihn anlegen sollen, werde ich so ganz nebenbei fallenlassen, der Vorstand könnte sich ja überlegen, ob er nicht dem Rabbi eine Gehaltserhöhung geben will. Zufrieden?»

Die Haustür öffnete und schloß sich geräuschvoll. Aus der Küche kam die schrille Stimme der dreizehnjährigen Tochter Hepsibah. Sie war blond und rosig, aber entgegen dem herrschenden Schönheitsideal klein und pummelig. «Jonathan ist gemein», verkündete sie. «Al Steiner hat ihn mitgenommen, aber denkt ihr, die haben angehalten, als sie mich gesehen haben? Glatt vorbeigefahren sind sie an mir. Jonathan hat sogar gewinkt. Tag, Dad, Tag, Mommy. Ist er oben?»

«Er ist noch nicht zu Hause», gab Miriam Bescheid. «Du bist spät dran. Wenn du dich nicht beeilst, kommst du zu spät zum Hebräisch.»

«Kannst du mich hinfahren, Dad?»

«Das Laufen tut dir mal ganz gut.»

«Vater hat zu tun, Sibah. Trink ein Glas Milch. Du kommst noch gut hin, wenn du nicht trödelst.»

«Warum muß ich überhaupt zu diesem blöden Hebräisch?»

«Weil Mittwoch ist und du jeden Mittwoch Hebräisch hast», fertigte Miriam sie ziemlich kurz ab.

Schritte polterten die Treppe hinauf, Bücher fielen zu Boden, Schritte polterten die Treppe wieder herunter, dann knallte die Hintertür zu. Miriam seufzte.

Etwa eine Viertelstunde herrschte Ruhe, dann schlug wieder die Hintertür.

«Jonathan?» rief Miriam.

Ihr siebzehnjähriger Sohn, groß, dünn und eckig, kam ins Wohnzimmer. «Tag, Dad, Tag, Mom.»

«Warum hast du deine Schwester auf dem Heimweg denn nicht mitgenommen?» wollte der Rabbi wissen.

«Weil wir gar nicht auf dem Heimweg waren, sondern zu Al Steiner wollten. Und außerdem ist sie die reinste Landplage. Al Steiner hat sich gerade einen Computer angeschafft, den wollte ich mir ansehen. Riesig, sag ich euch. Man kann die Hausaufgaben darauf tippen und alles mögliche drin verbessern, und dann drückt man bloß auf einen Knopf, und er druckt alles automatisch aus, mit Rand und allem. Er hat sogar einen Knopf, mit dem er einem die Rechtschreibfehler korrigiert.»

«Du hättest sie wenigstens bis zur Main Street mitnehmen können», meinte Miriam.

«Dann wär sie uns nicht von der Pelle gegangen. Hast du Plätzchen gebacken?»

«In der Dose sind welche. Du machst heute abend Babysitter bei den Colemans, nicht?»

«Ja, richtig. Könntest du mich hinfahren, Dad?»

«Leider nein. Wir erwarten heute abend Besuch. Nimm das Fahrrad.»

«Ich muß um sieben da sein, und da hab ich gedacht, wenn du zum Minjan gehst ...»

«Bei diesem Wetter gehe ich zu Fuß, ich bin froh, wenn ich mal ein bißchen Bewegung habe. Und wie würdest du dann nach Hause kommen?»

Jonathan knurrte etwas vor sich hin und verschwand auf seinem Zimmer. Bei den Smalls kehrte wieder Ruhe ein.

2

Howard Magnuson kam in Sporthemd, blauem Blazer und grauen Sporthosen zum Frühstück in das sonnige Eßzimmer mit dem Blick auf den Hafen von Barnard's Crossing. Er beugte sich über seine Frau Sophia, gab ihr einen flüchtigen Kuß und nahm dann ihr gegenüber Platz. Er nickte zu dem dritten Gedeck hinüber. «Laura?»

«Schläft noch», gab seine Frau zurück. «Sie ist heute nacht spät heimgekommen.»

Das Mädchen – sie stammte aus dem Ort, und ihre Schulung ließ zu wünschen übrig – brachte ihm seine Portion Schinken mit Ei und legte die *New York Times,* die sie unter den Arm geklemmt hatte, neben seinen Teller. Er dankte ihr mit einem Nicken, schenkte sich aus der schweren, silbernen Kaffeekanne ein, die bereits auf dem Tisch stand, und nahm einen ersten prüfenden Schluck.

Das Mädchen drückte sich noch am Tisch herum. «Mis' Hagerstrom sagt, ich soll Sie fragen, ob Sie noch eine Kanne Kaffee wollen.»

«Nein, das reicht.»

«Sonst macht sie ihn gleich heiß», sagte sie.

«Nein, nein, es ist alles sehr schön so.»

Er war ein gutaussehender Fünfziger mit ergrauendem Haar und freundlichen blauen Augen. Seine Frau registrierte amüsiert, daß das Mädchen ihm einen sehnsuchtsvoll-bewundernden Blick zuwarf, ehe sie widerstrebend in die Küche zurückkehrte. «Sie kann sich wohl nicht trennen», sagte er.

«Sie schwärmt für dich.»

«Lächerlich», sagte er mit gespieltem Ärger und geheimer Genugtuung. «Wann ist Laura denn heute nacht gekommen?»

«Um zwei oder drei, ich weiß es nicht genau. Ich hatte wieder mal eine schlechte Nacht und konnte nicht schlafen. Ich habe sie kommen hören, habe aber nicht auf die Uhr gesehen. Warum?»

«Warum? Weil sie unsere Tochter ist. Sie ist ein Mädchen.»

«Sie ist fünfundzwanzig, Howard.»

«Ja und?»

«Und sie hat die letzten drei Jahre in England verbracht, und davor war sie im Internat.»

«Du hast ja recht», sagte er betreten. «Aber trotzdem ... Sagt sie dir nie, wohin sie geht?»

«Manchmal, wenn es ihr gerade einfällt, oder wenn ich sie frage. Gestern war sie in Cambridge. Irgendwas Politisches.»

«Politik? Soso ...»

«Warum nicht?» Sophia Magnuson war eine hochgewachsene Frau mit langem, schmalem Gesicht, das eher eindrucksvoll als hübsch war. Selbst jetzt, im Morgenmantel, sah sie majestätisch genug für einen Botschaftsball aus. «Du solltest dich auch engagieren, Howard. Nein, ich meine nicht, daß du dich um ein Amt bewerben solltest, aber du könntest deinen Rat zur Verfügung stellen, Einfluß geltend machen. Von einem Mann in deiner Stellung wird das erwartet.» Sie tippte auf die Lokalzeitung, in der sie gelesen hatte. «Hier steht, daß Ronnie Sykes nach Washington berufen worden ist. In einen Ausschuß, der den Präsidenten berät. Warum tritt an dich niemand heran?»

Er sah auf. «Wahrscheinlich, weil ich nicht politisch aktiv bin. Ronnie Sykes ist im Republikanischen Ausschuß des Staates tätig. Warum interessiert es dich? Willst du nach Washington? Wozu?»

«Wir würden mal andere Leute kennenlernen. Die Macher, wie man so sagt. Du unterstützt die Partei doch auch finanziell.»

«Nicht wesentlich. Wenn sie ein Bankett veranstalten, kaufe ich einen Packen Eintrittskarten, aber damit hat es sich eigentlich schon. Im übrigen ist Sykes Grieche, er hat früher Skouros geheißen oder so ähnlich.»

«Was hat das damit zu tun?»

«Das bedeutet, daß er der Kontaktmann zu einer Minderheitengruppe ist, und so etwas ist für die Regierung unter Umständen nützlich.»

«Aber wir sind doch auch eine Minderheitengruppe. Du könntest durchaus der Kontaktmann zur jüdischen Gemeinde sein.»

«Es ist ja nicht nur, daß er Grieche ist, er engagiert sich auch für seine Landsleute. Ich glaube, er war mal Präsident von Ahepa.»

«Und du warst mal im Vorstand des Tempels.»

«Vizepräsident. Aber das ist sieben oder acht Jahre her, als wir noch in Boston wohnten. Und richtig engagiert habe ich mich auch damals nicht. Mein Großvater hatte den Tempel praktisch gegründet und war sein erster Präsident gewesen. Und danach hatte über mehrere Wahlperioden mein Vater dieses Amt inne. Es wurde also gewissermaßen von mir erwartet. Wenn ich ehrlich bin, lag der Reiz des Umzugs nach Barnard's Crossing unter anderem auch darin, daß ich einen Vorwand hatte, das Amt aufzugeben.»

«Und doch bist du hier gleich im ersten Jahr in die jüdische Gemeinde eingetreten.»

«Das ist etwas anderes. Es ist die einzige jüdische Organisation am Ort. Hätte ich einen offensichtlich jüdischen Namen wie Cohen oder Levy oder Goldstein, hätte ich mich damit vielleicht gar nicht belastet. Aber Magnuson – das läßt sich nicht festmachen, es könnte ein englischer oder auch ein schwedischer Name sein. Ich wollte vermeiden, daß jemand auf den Gedanken kommt, ich schämte mich meiner Herkunft. Deshalb bin ich in den Tempel eingetreten.»

«Na schön, aber letztes Jahr hast du dich in den Vorstand wählen lassen. Hast du damit nicht ein bißchen zuviel des Guten getan?»

Er lachte ein wenig. «Da konnte ich schlecht nein sagen. Warte mal, du warst in Paris, als diese Wegerechtsgeschichte hochkam, ich glaube, ich habe dir nie erzählt, wie das damals gelaufen ist. Mein erster Gedanke war, mich an meine Anwälte in Boston zu wenden. Aber dann dachte ich mir, daß das auch genau der falsche Schritt sein könnte. Sie würden einen Fall für den Obersten Gerichtshof daraus machen, würden mit eidesstattlichen Versicherungen, Niederschriften und Präzedenzfällen beim Magistrat aufmarschieren. Und ich hatte so das Gefühl, daß ich damit nicht weiterkommen würde. Die Magistratsmitglieder sind Hiesige, meist einfache Leute. Einer ist Friseur. Damit hätten wir sie nur aufgebracht. Statt dessen bin ich ins Rathaus gegangen, um einmal selbst die Lage zu peilen. An der Wand hing eine Tafel mit den Namen der Verwaltungsbeamten, und der Stadtsyndikus hieß Morris Halperin.»

Sie lächelte. «Verstehe ...»

«Er war zufällig im Haus, ich schilderte ihm die Lage und bat, den Fall als mein Anwalt zu übernehmen.»

«Und?»

«Er lehnte ab.»

«Wußte er, wer du bist?»

«Natürlich, aber er sagte, es sei ein Interessenkonflikt, er könne nicht in einem Fall, in dem er die Magistratsmitglieder vielleicht würde beraten müssen, als mein Anwalt fungieren. Und dann meinte er, ich würde gar keinen Rechtsanwalt brauchen, ich solle nur vor dem Magistrat meine Sache selbst vortragen, das würde den Leuten mehr imponieren, als wenn ich mich von einem Anwalt vertreten ließe. Dann zwinkerte er mir ein bißchen zu und sagte: ‹Und wenn die Herren mich nach meiner Meinung fragen, kann ich Ihnen vielleicht behilflich sein.›»

«Das war ja wirklich sehr nett von ihm.»

«Ja, nicht? Sie haben ihn dann nicht einmal um seine Meinung gefragt, sondern haben einstimmig zu meinen Gunsten entschieden. Nachdem der Beschluß im Mitteilungsblatt veröffentlicht und damit amtlich war, ging ich noch einmal zu ihm. Ich fand, daß ich ihm ein Honorar schuldig war – für seinen Rat, ich möge mir keinen Anwalt nehmen.»

«Und diesmal war er bestimmt zugänglicher – wollen wir wetten?»

«Die Wette würdest du verlieren. Er könne sich für den Rat nicht bezahlen lassen, sagte er, da er ihn in seiner Eigenschaft als Stadtsyndikus gegeben habe.»

«Wie alt ist dieser Halperin?»

Magnuson überlegte. «So um die Vierzig.»

«Es ist wohltuend, daß das Gefühl für Sitte und Moral auch bei den Jüngeren noch nicht ganz ausgestorben ist.» Sie warf ihm einen forschenden Blick zu. «Oder – hat die Sache noch ein Nachspiel?»

Er lachte. «Wie man's nimmt. Wir unterhielten uns angeregt, und die Rede kam auch auf den Tempel. Und dann fragte er mich aus heiterem Himmel, ob ich etwas dagegen hätte, wenn er mich für den Vorstand nominieren würde.»

«Einfach so?»

«Ja. Er wußte natürlich, daß ich in seiner Schuld stand.»

«Aber du interessierst dich gar nicht für Religion und –»

«Das habe ich ihm auch gesagt, aber es störte ihn überhaupt nicht. Sehr wenige Vorstandsmitglieder seien religiös, sagte er, bei ihnen bestehe da bestenfalls ein Sinn für ihr kulturelles Erbe und das Gefühl, daß es untrennbar mit der Institution der Synagoge verbunden sei. Es war ihm klar, daß ich ein vielbeschäftigter Mann bin und vielleicht nicht regelmäßig an den Sitzungen würde teilnehmen können. Ich hatte den Eindruck, daß es ihn auch nicht gekümmert hätte, wenn ich überhaupt nicht hingegangen wäre, daß es ihm einfach um meinen bekannten Namen auf dem Briefkopf ging. Also stimmte ich zu. Was blieb mir übrig?»

«Aber du bist dann doch zu den Sitzungen gegangen, zumindest gelegentlich, nicht?»

Er lächelte leicht verlegen. «Ein-, zweimal. Ich müßte wohl wirklich öfter hingehen. Sie haben offenbar keine Ahnung von geschäftlichen Dingen, da könnte ich schon einiges zurechtrücken.»

«Bestimmt. Wie würdest du es anstellen, Präsident zu werden?»

«Präsident des Tempels? Wozu denn das?»

«Laß das jetzt erst mal beiseite. Könntest du das Amt bekommen, wenn du wolltest?»

So gesehen, als Problem der Unternehmens- und Verbandspolitik, ließ sich die Frage ernst nehmen. Er legte den Kopf schief und dachte nach. «Ja, also ...»

«Würdest du mit dem Rabbi reden?»

«Nein, nein.» Er schüttelte ungeduldig den Kopf. «Er ist nur ein Angestellter des Tempels. Ich könnte wohl ... hm ... Weißt du, was ich tun würde? Ich würde mit diesem Morris Halperin sprechen.»

«Weil er dich für den Vorstand nominiert hat?»

«Nein, weil er sich in der Politik auskennt. Das sieht man schon daran, daß er als Jude zum Stadtsyndikus gewählt worden ist. Ich würde ihn mir als eine Art Wahlkampfmanager nehmen.»

«Und würde er das machen?»

«Ich glaube schon. Er ist jung und ehrgeizig. Die Chance einer Verbindung mit mir käme ihm sicher gelegen.»

«Woher weißt du, daß er ehrgeizig ist?»

«Würde er sich sonst als Stadtsyndikus zur Verfügung stellen?

Finanziell bringt es so gut wie nichts, und er muß das ganze Jahr jeden Mittwochabend für die Sitzungen des Magistrats opfern.» Er lächelte plötzlich. «Außerdem habe ich mir vor meinem zweiten Besuch sein Bankkonto angesehen.»

«Wie hast du denn das gemacht?»

«Er hat sein Konto bei einer Filiale meiner Bank in Boston. Du glaubst doch nicht, daß der Geschäftsstellenleiter sich zieren würde, wenn ich etwas Bestimmtes sehen möchte?»

«Und?»

Er zuckte die Schultern. «Er schlägt sich so durch, aber goldene Berge verdient er nicht.»

«Wie ist er denn so? Wie sieht er aus?»

«Scheint ein anständiger Kerl zu sein. Groß, einsachtzig, würde ich sagen, und massiv, aber nicht dick – noch nicht jedenfalls. Große Nase, breite Lippen, schon ziemlich kahl, aber er hat ein sympathisches Gesicht und lächelt gern.»

«Sehr schön. Ich werde ihn mal zum Essen einladen.»

«Wieso das?»

«Weil er so anständig und hilfsbereit war», sagte sie vergnügt. «Und weil es interessant sein könnte, sich die Sache ein bißchen näher anzusehen. Außerdem brauchst du eine neue Aufgabe, nachdem du die Elechtech Corporation verkauft hast. Du hast doch nichts dagegen?»

«Es würde mir nicht helfen – nachdem du dir die Sache einmal in den Kopf gesetzt hast.»

3

Sam Feinberg, der Präsident des Tempels, klein, dick und mit schütter werdender Haarpracht, war anständig, rücksichtsvoll und kompromißbereit. Diesen Eigenschaften verdankte er auch seine Wahl zum Präsidenten nach der katastrophalen Amtszeit von Chester Kaplan und seiner orthodoxen Clique. Er hatte dieses Amt drei Jahre innegehabt, 1980, 1981 und – diesmal praktisch ohne Gegenstimme gewählt – 1982. In den Augen der Reformpartei war er ein moderner Mensch, der sich mit der Einhaltung der Religionsvorschriften nicht großtat. Die «Ultrareligiösen» konnten ihn ebenfalls akzeptieren, weil sie wußten, daß er eine koschere Küche führte, regelmäßig zu den Gottesdiensten am Freitagabend und am Sabbat und gelegentlich auch zum täglichen Minjan kam.

Als er an diesem Abend bei den Smalls erschien, erkundigte sich der Rabbi zuerst nach seiner Frau, der es gesundheitlich nicht gutging. Feinberg schüttelte bekümmert den Kopf. «Deshalb bin ich hier. Ich habe beschlossen, dem Winter zu entfliehen. Wir gehen nach Arizona.»

«Und wie lange?»

«Ich kehre nicht mehr zurück, wir ziehen endgültig dorthin. Um ehrlich zu sein, Rabbi: Ich trage mich schon seit einiger Zeit mit dem Gedanken. Letzte Woche bin ich nach Phoenix geflogen. Sie wissen ja, mein Sohn Mark ist dort im Immobiliengeschäft, seit ein paar Jahren schon. Er leidet auch an Asthma, und seit er dort wohnt, hat er keinen schweren Anfall mehr gehabt. Er redet uns schon lange zu, daß wir nachkommen sollen – hauptsächlich wegen seiner Mutter. Ja, und um es kurz zu machen – ich habe mir dort ein Haus gekauft.»

«Das ging ja schnell. Da wünsche ich Ihnen natürlich alles Gute. Aber was wird aus Ihrem Geschäft?»

«Das haben schon seit einiger Zeit mein jüngerer Sohn Abner und mein Schwiegersohn übernommen. In den letzten beiden Jahren habe ich damit eigentlich sowieso nicht mehr viel zu tun gehabt. Gewiß, ein- oder zweimal in der Woche lasse ich mich dort sehen, aber das ist eigentlich auch schon alles. Sie schaffen es auch ohne mich.»

«Wann fahren Sie? Ist das schon Ihr Abschiedsbesuch?»

Feinberg lachte. «Nein, nein, einen Monat wird es schon noch dauern, ich habe noch eine Menge zu erledigen. Aber was mir hauptsächlich Sorgen macht, ist der Tempel.» Er gluckste belustigt. «Ich kann die Geschäfte schlecht schriftlich von Arizona aus führen.»

«Dann muß unser Vizepräsident – nein, das geht nicht. Wir haben ja keinen. Wir müssen also Neuwahlen ansetzen.»

«Ich habe mir neulich mal die Satzung durchgelesen, Rabbi. Im Anfang hatte der Vorstand etwa 45 Mitglieder und einen ersten, einen zweiten und einen dritten Vize. Was das sollte, ist mir allerdings schleierhaft.»

«Soweit ich weiß – ich bin ja auch noch nicht so lange hier –, sollte damit nicht die Nachfolge gesichert, sondern eine Art Ehrentitel geschaffen werden. Deshalb auch die 45 Vorstandsmitglieder. Zu den Sitzungen kamen meist nicht mehr als fünfzehn, aber man wollte damit so viele Mitglieder wie möglich aktiv beteiligen. Als vor einigen Jahren der Vorstand auf fünfzehn Mitglieder beschränkt wurde, hat man durch eine Statutenänderung einen einzigen Vizepräsidenten vorgesehen, aber der Präsident konnte jetzt einen Vizepräsidenten ernennen, wenn das Amt aus irgendeinem Grund vakant wurde, so daß nicht neu gewählt zu werden brauchte. Wahrscheinlich dachten sie sich, daß eine außergewöhnliche Mitgliederversammlung nur zur Wahl eines Vizepräsidenten nicht besonders gut besucht sein würde.»

«Stimmt, das war etwa zu der Zeit, als Agnew zurücktrat und Nixon Ford ernannte. Was die Vereinigten Staaten können, hat sich damals der Vorstand wohl gedacht, kann unser Tempel schon lange. ‹Wenn aus irgendeinem Grund das Amt des Vizepräsidenten vakant wird, kann der Präsident mit Zustimmung von mindestens zwei Dritteln der Vorstandsmitglieder bei einer regulären Vorstandssitzung ein Vorstandsmitglied in dieses Amt berufen.› Oder so ähnlich. Und da habe ich mir gedacht, daß ich jemanden ernenne, mir die Zustimmung des Vorstandes hole und dann zurücktrete. Ich dachte an ... Nein?» Der Rabbi hatte den Kopf geschüttelt.

«Sie würden vermutlich Ihren Freund Siskin ernennen.»

«Oder Ely Mann. Oder Murray Larkin.»

«Ganz unabhängig von der Person würde der Vorstand wahrscheinlich seine Zustimmung geben, weil man dem Amt des Vizepräsidenten keine besondere Bedeutung beimißt. Aber wenn Sie dann Ihren Rücktritt bekanntgeben, wird Chester Kaplan so laut Schiebung schreien, daß man es bis Lynn hört. Man würde es als Trick empfinden, und so etwas läßt seine Clique sich nicht gefallen. Sie würde Sitzungen abhalten und eine Telefonkampagne starten, die Gemeinde könnte sich darüber spalten, zumindest gäbe es über Jahre hinaus böses Blut.»

«Aber wenn ich einfach so zurücktrete, findet in ein, zwei Wochen eine Neuwahl statt, und die gewinnt Chester Kaplan mit fliegenden Fahnen», sagte Feinberg eigensinnig.

«Wieso meinen Sie, daß er gewinnen würde?»

«Weil er eine geschlossene Gruppe hinter sich hat. Sie hocken ständig beisammen, regelmäßig einmal in der Woche ist Treff bei Kaplan. Sein Wahlkampf wäre im Gang, noch ehe die Konservativen sich auf einen Kandidaten geeinigt hätten.»

«Das müssen Sie riskieren», sagte der Rabbi. «Wann wollten Sie Ihren Rücktritt bekanntgeben?»

«Ich habe mir gedacht, daß ich bis kurz vor meiner Abreise warte, das wäre in einem Monat. Inzwischen könnte ich dem einen oder anderen konservativen Mitglied eine Andeutung machen, und sie könnten schon langsam loslegen.»

Wieder schüttelte der Rabbi den Kopf. «Das wäre nicht fair. Außerdem würde es sich herumsprechen.»

«Ja, aber was soll ich dann machen?»

Der Rabbi stand auf und begann, den Kopf nachdenklich gesenkt, auf und ab zu gehen. Vor seinem Besucher blieb er stehen. «Wissen Sie was? Sagen Sie es auf der nächsten Vorstandssitzung, diesen Sonntag.»

«Und?»

«Und dann sagen Sie, daß Ihr Rücktritt in einem Monat wirksam wird oder in sechs Wochen oder wann immer Sie tatsächlich wegziehen.»

«Verstehe.» Feinberg nickte lächelnd. «Damit haben die anderen die Möglichkeit, etwas auf die Beine zu stellen.»

«Vielleicht», sagte der Rabbi sorgenvoll.

Als Feinberg gegangen war, fragte Miriam: «Wäre es wirklich so schlimm, wenn Chester Kaplan und seine Clique ans Ruder kämen?»

«Du weißt ja, wie es in dem Jahr gelaufen ist, als er den Vorsitz hatte.»

«Du denkst an die Geschichte mit dem Grundstück auf dem Land, das er als Klausur kaufen wollte? Aber daraus hat er wahrscheinlich gelernt, so was macht er bestimmt nicht noch mal.»

«Nein? Erst gestern, beim Minjan, als wir auf einen zehnten Mann warteten, meinte er, wir sollten eine Liste führen und dann die Ehrenämter an den Hohen Festtagen nur an die vergeben, die ein bestimmtes Anwesenheitssoll erfüllt haben.»

«Das darf doch nicht wahr sein!»

«Leider doch. Und er hat bestimmt einen Haufen ähnlicher Ideen parat, die er gern verwirklichen würde. Die Entfernung der

Frauenstimmen aus dem Chor etwa. Oder eine Änderung der Sitzordnung – Männer auf der einen, Frauen auf der anderen Seite.»

«Da gäbe es so viel Widerstand, daß –»

«Eben. Genau das müssen wir vermeiden, wir können uns einfach keinen Zwist leisten. In einer Stadt mit großem jüdischen Bevölkerungsanteil gehen in die konservative Synagoge Leute, die vom konservativen Judaismus überzeugt sind. Aber in einer Kleinstadt wie Barnard's Crossing ist die konservative Synagoge ein Kompromiß zwischen drei Richtungen – den Reformern, den Konservativen und den Orthodoxen. Da müssen wir auf Ausgewogenheit achten. Wenn wir zu sehr in die eine oder andere Richtung tendieren, verlieren wir Mitglieder. Falls Kaplan und seine Leute ans Ruder kommen, besteht die Gefahr, daß die Reformleute aussteigen und einen eigenen Tempel gründen. Und die Gemeinde ist einfach nicht so groß, daß sich zwei Synagogen halten könnten. Hauptsächlich ist es das, was Feinberg Sorgen macht. Und mir auch natürlich. Aber mich beunruhigt auch, daß Kaplan und seine Gruppe eine Richtung vertreten, die ich einmal als Neue Orthodoxie bezeichnen möchte.»

«Neue Orthodoxie?»

«Ja. Sie sind unheimlich religiös. Sie legen sich mächtig ins Zeug dabei, und wenn man das so angeht, wird aus Frömmigkeit leicht Frömmelei. Mein Vater war zwar als Rabbi ein Konservativer, aber wie es bei uns zu Hause zuging, das würde man heute orthodox nennen. Mein Großvater war natürlich ein echt orthodoxer Rabbi, und meine Verwandten gingen alle in orthodoxe Synagogen. Sie hatten keine Probleme mit ihrer Religion. Sie war eigentlich mehr eine Lebensform als ein Versuch, mit dem Höchsten zu kommunizieren. Die Einhaltung der Gebote war ihnen in Fleisch und Blut übergegangen. Nichtkoscheres Essen hätten sie so wenig heruntergebracht, wie die meisten Menschen Schlangenfleisch herunterbringen. Und gesondertes Geschirr für Fleisch- und Milchprodukte zu verwenden, war ihnen so selbstverständlich wie – wie das Essen von Tellern am Tisch statt von einer alten Zeitung auf dem Fußboden. Als ich zum erstenmal zum Essen in ein Restaurant ging und sah, wie jemand sich Butter aufs Brot strich, ehe er mit dem Messer das Steak schnitt – wohlgemerkt, ich war damals im College –, hätte ich mich fast übergeben.»

«Und der Sabbat? War der nicht sehr einengend?»

«Überhaupt nicht. Es war ein Feiertag. Man zog die besten Sabbatsachen an und ging zur Synagoge. Zum Mittag gab es etwas besonders Gutes. Es war ein Tag, an dem man Besuche machte oder selbst Besuch bekam. Mein Großvater fragte mich nach dem, was ich im Lauf der Woche in der Religionsschule gelernt hatte, und manchmal, besonders nachdem ich mit dem Talmudstudium angefangen hatte, gab er auch eigene Belehrungen dazu. Wenn wir keine Gäste hatten – oder wenn sie wieder gegangen waren –, machten meine Eltern einen Mittagsschlaf. Der Tag verlief nach einem anderen Rhythmus. Es war nicht schlimm, ich habe es nie als Belastung empfunden.»

«Bei uns war das anders», sagte Miriam.

«Das kann ich mir vorstellen, ihr kommt ja auch aus der reformierten Richtung», meinte er mit leichtem Spott. «Ihr seid in den Tempel gegangen, wie die Christen zur Kirche gehen, erfüllt von erhabener Würde. Aber gerade das ist nicht Judaismus – jedenfalls nicht von der Tradition her. Deine Leute haben inbrünstig gebetet oder hatten ein schlechtes Gewissen, wenn sie es nicht taten. Aber die Juden beten im Grunde überhaupt nicht, sie *davenen*. Das heißt, sie leiern den Text herunter, so schnell sie können, und weil er hebräisch ist, versteht ihn kaum einer. Deshalb haben die Reformierten ihre Gebete vom Hebräischen auf die Landessprache – in unserem Fall Englisch – umgestellt.»

«Ist es nicht sinnvoll zu wissen, was man sagt?»

«Da bin ich nicht so sicher. Erinnerst du dich noch an Mr. Goralsky?»

«Du meinst Ben Goralskys Vater? Natürlich.»

«Er hat mir einmal erzählt, daß seit seinem fünften Lebensjahr nicht ein Tag vergangen war, ohne daß er die vorgeschriebenen Gebete absolviert hätte. Damals war er schon fünfundsiebzig oder achtzig. Er kannte sie auswendig, aber was die Worte bedeuteten, wußte er nicht. Er habe aber, sagte er, beim Beten immer andere Gedanken als sonst. Für ihn war Beten Meditation, und die Gebete, die er so schnell herunterrasselte, daß er die *Amida* fertig hatte, noch ehe die anderen zur Hälfte durch waren, waren eine Art Mantra. Er war in dem Sinne ein frommer Jude, daß er sich flink seiner Verpflichtungen entledigte und dann zur Tagesordnung überging. Ich hätte ihn nie als religiös bezeichnet – will sagen, als einen Menschen, der eifrig darauf bedacht ist, Gottes Willen zu spüren. Kaplan und seine Clique dagegen sehe ich sehr wohl so.»

«Und du fürchtest, sie könnten, wenn sie ans Ruder kommen, den –»

«Den Gottesdienst pervertieren. Genauso ist es. Wir Juden haben von jeher gewisse Vorbehalte gegenüber der Religiosität. Eins unserer Gebote lautet ja auch: Du sollst den Namen des Herrn, deines Gottes, nicht unnützlich führen.»

Sie nickte. «Weißt du was, David? Du bist nicht dazu gekommen, mit Feinberg wegen einer Gehaltserhöhung zu reden.»

«Sag mal, Miriam, hast du überhaupt zugehört?»

«Natürlich. Du sagst es nicht zum erstenmal. Aber im Augenblick geht es mir eigentlich eher darum, daß du mehr Geld verdienst. Jonathan kommt bald ins College. Und Hepsibah wird allmählich erwachsen. Noch trägt sie Jeans und Turnlatschen, aber wie lange dauert es noch, dann braucht sie Kleider und vernünftiges Schuhwerk.»

4

Scofield war einer der alten Namen von Barnard's Crossing, wie Meechum und Crosset. Es gab eine Scofield Alley, die zur öffentlichen Landungsbrücke führte, und ein Rasenstück mit zwei Bänken, das im Katasteramt als Scofield Park geführt wurde. Doch im Telefonbuch war der Name nur einmal vertreten – durch John Scofield –, im Gegensatz zu den Dutzenden von Meechums und der halben Spalte Crossets. Die vom Stadtklatsch gelieferte Erklärung war, die Scofields seien bedachtsame Leute gewesen, die spät zu heiraten pflegten, so daß sie nie viele Kinder in die Welt gesetzt hatten.

Bedauerlicherweise hatte diese Bedachtsamkeit nicht zu Wohlstand geführt, abgesehen von einer kurzen Phase im 19. Jahrhundert, als ein Samuel Scofield, Richter von Beruf, im Chinageschäft spekuliert und an einer einzigen Reise einen Haufen Geld verdient hatte. Aber dann hatte sich seine angeborene Bedachtsamkeit wieder durchgesetzt, und er hatte nichts mehr aufs Spiel gesetzt. Als er starb, war der größte Teil des Vermögens in alle Winde verstreut. Immerhin hatte er es geschafft, je ein Stipendium am Harvard College und an der juristischen Fakultät der Universität Harvard zu stiften mit der Auflage, diese Zuwendungen seien stets nur an einen

Träger des Namens Scofield zu vergeben. Sei ein geeigneter Kandidat nicht vorhanden, solle das Geld dem allgemeinen Betriebskapital dieser Institutionen zugeschlagen werden.

John Scofield wurde – vielleicht weil sich seit Jahren kein Bewerber mehr gemeldet hatte und der Zulassungsausschuß ein schlechtes Gewissen hatte – ins College aufgenommen, obgleich er an der High School von Barnard's Crossing mäßige, ja, eher unterdurchschnittliche Noten erzielt hatte. Vier Jahre später bewarb er sich um einen Platz fürs Jurastudium und bekam ihn auch.

Inzwischen war John Scofield achtundzwanzig, ein hochgewachsener junger Mann mit blaßblauen Augen und großen weißen Zähnen, der gut, wenn auch eine Spur hausbacken aussah. Er teilte sich mit vier Anwaltskollegen ein Büro in Salem, jungen Männern, die sich, wie er, erst mühsam eine Praxis aufbauen mußten. In einer Beziehung war er besser dran als sie – die anderen waren alle schon verheiratet, während er nur für sich selbst zu sorgen hatte. ‹Die Scofields pflegen spät zu heiraten ...›

Auf der anderen Seite des Ganges hatte J. J. Mulcahey seine Kanzlei, ein älterer Strafanwalt, der die Räume an die jungen Leute untervermietet hatte. John Scofield saß häufig bei Mulcahey, weil er viel Zeit hatte und weil der Alte gern redete, besonders, wenn er ein, zwei Drinks intus hatte. Gelegentlich hatte Mulcahey auch mal Arbeit für ihn, meist Schreibkram, für den er ihn meist sogar recht großzügig bezahlte. Manchmal schanzte ihm Mulcahey auch einen Fall zu, wenn er selbst keine Zeit oder keine Lust hatte, sich damit zu beschäftigen. Und so kam es, daß John Scofield die Verteidigung von Juan Gonzales übernommen hatte. Doch an dem Vormittag, für den die Verhandlung angesetzt war, saß er nicht im Gerichtssaal, sondern in Mulcaheys Kanzlei. Mulcahey sah auf die Uhr. «Ist nicht heute vormittag deine Verhandlung?»

«Alles erledigt.» Scofield feixte selbstzufrieden. «Ich hab ein bißchen gehandelt.»

«Worauf habt ihr euch geeinigt?»

«Sechs Monate und ein halbes Jahr Bewährung. Viel besser, als drei bis fünf Jahre zu riskieren.»

«Ich hätte einen Freispruch erreicht», sagte Mulcahey.

«Komm, J. J., der Mann hat eindeutig Dreck am Stecken.»

«Na und? Das müssen die Geschworenen entscheiden. Wie lief denn das?»

«Ja, also Gonzales hatte seine ganze Familie dabei, und ständig kam einer angerannt und fragte mich was oder gab mir irgendwelche unsinnigen Ratschläge. Das hat mich allmählich ganz schön genervt, und da bin ich schließlich rausgegangen, um eine Tasse Kaffee zu trinken. Ein paar Minuten danach taucht der stellvertretende D. A., Charlie Venturo, auf. Den kennst du doch, nicht?»

«Und ob. Dem Kerl darf man nicht den Rücken drehen.»

«Ach, komm, er ist doch ganz nett. Also, er setzt sich zu mir, und wir unterhalten uns. Er jammert, wie überlastet er ist und daß der D. A. ständig darauf drängt, er solle seine Rückstände aufarbeiten. Und dann grinst er – so ein komisches, schiefes Grinsen, weißt du ...»

«Kenn ich. Wenn er so grinst, mußt du höllisch aufpassen. Ich halte dann immer meine Brieftasche fest.»

Scofield fletschte die Zähne, um zu zeigen, daß er den Witz mitbekommen hatte. «Na schön, also er sagt, was ich dazu meine, wenn mein Klient sich schuldig bekennt. Nun hätte ich es bei der Verhandlung mit Richter Prentiss zu tun gehabt, und du weißt ja, was der von Schwarzen und Puertoricanern hält, und der Tatbestand war klar –»

«Er war überhaupt nicht klar», erklärte Mulcahey kategorisch.

«Doch, J. J. Es gab da einen Zeugen, einen netten Mann in mittleren Jahren, der –»

«Der kalte Füße gekriegt hat oder gar nicht erst erschienen ist.»

«Doch, er war da, ich hab ihn auf dem Gang gesehen.»

«Dann hat er einen Rückzieher gemacht, hat sicher Venturo gesagt, er könne nicht beschwören, daß es Gonzales war.»

«Was hätte er davon?»

«Wahrscheinlich hat ihm seine Frau in den Ohren gelegen. ‹Du wirst dich doch nicht mit einem Haufen verrückter Puertoricaner anlegen?› Du weißt doch, wie sie reden, passiert jeden Tag. Venturo weiß also, daß er kein Bein auf die Erde kriegt, er sieht, wie du rausgehst, geht dir nach und macht dir seine Offerte. Sag mal selber: Wenn der Tatbestand so klar war, wenn er mit einer Verurteilung und einer Strafe von drei bis fünf Jahren gerechnet hätte – weshalb sollte er sich dann mit lumpigen sechs Monaten zufriedengeben?»

«Er ist eben so überlastet ...»

«Na und? Das sind die immer, und der D. A. liegt ihnen ständig in den Ohren, die Rückstände aufzuarbeiten. Was hatte er zu gewinnen? Die Verhandlung wäre noch vor der Mittagspause zu Ende.»

«Du glaubst, er hat mich reingelegt?»

«Du sagst es.»

«Und ich hätte die Sache durchfechten sollen?»

«Klar. Besonders in deinem eigenen Interesse.»

«Wie meinst du das?»

Mulcahey musterte den geknickten jungen Mann vor seinem Schreibtisch. Was war los mit ihm? Woran haperte es bei diesem zweifellos gutaussehenden Jungen? Weil er ihm leid tat, versuchte er, es ihm klarzumachen. «Puertoricaner haben große Familien. Jeder hat einen Haufen Geschwister und dazu noch jede Menge Cousinen und Onkel und Tanten. Wärst du in die Verhandlung eingestiegen, hättest du ein stattliches Publikum gehabt. Wenn sie sehen, daß ein Anwalt für seinen Mandanten kämpft, aufspringt, Einwände macht, sich beim Kreuzverhör ins Zeug legt, ein leidenschaftliches Plädoyer hält, imponiert ihnen das, auch wenn er verliert. Was ist, wenn dein Mandant tatsächlich drei bis fünf Jahre kriegt? Du brauchst sie schließlich nicht abzusitzen. Aber seine Leute, die wissen, daß ein Prozeß eine Art Spiel ist, bei dem man manchmal gewinnt und manchmal verliert. Für sie zählt, ob du dich gut geschlagen hast. Und wenn du bei ihnen gut angekommen bist, ist auch geschäftlich was für dich drin, Zivilsachen und auch Strafsachen. Ein Mietvertrag, eine Eigentumsübertragung, eine Beurkundung – damit kommen sie dann zu dir gelaufen, weil sie wissen, daß du für deinen Mandanten gekämpft hast und daß er dir am Herzen lag. Statt dessen hast du dich auf einen Kuhhandel mit der Anklage eingelassen, und früher oder später werden dein Mandant und seine Familie und seine Freunde sich überlegen, ob du den Prozeß nicht vielleicht doch hättest gewinnen können.»

«Du meinst also, ich habe Mist gebaut?»

«Klar hast du Mist gebaut», sagte Mulcahey und hatte schon die üblichen Trostworte auf der Zunge. Aber dann fiel sein Blick auf das Spiegelbild in der schmutzigen Bürofensterscheibe, und er konnte nicht umhin, Vergleiche zwischen seinem eigenen Aussehen – dem gedrungen-formlosen Körper, dem aufgeschwemmten Gesicht, der Knollennase – und dem seines sympathischen jungen Gegenüber zu ziehen. Scofield hatte alles, er dagegen hatte bei Null angefangen, und trotzdem ...

Plötzlich ärgerte er sich über Scofield. Dabei ging es ihm nicht nur um den Fall Gonzales, den er vermurkst hatte, sondern überhaupt um seine unangebrachte Selbstzufriedenheit. Aber er ließ sich seinen Ärger nicht anmerken, als er das tiefe Schreibtischfach aufzog und eine Flasche und ein Glas herausholte. Automatisch hielt er Scofield mit einer fragenden Geste die Flasche hin, aber der schüttelte den Kopf.

Mulcahey schenkte sich ein, nahm einen Schluck, dann lehnte er sich, das Glas in der Hand, in seinem Drehsessel nach hinten, stützte sich mit dem Fuß an der Kante des aufgezogenen Schubfaches ab. «Ist dir schon mal der Gedanke gekommen», fragte er träge, «daß du den falschen Beruf haben könntest?»

«So schlecht findest du mich?»

Mulcahey breitete resigniert die Arme aus. «Du denkst Probleme nicht zu Ende. Du bist zu impulsiv. Du hast Ideen, manchmal richtig gute Ideen, aber du legst los, ohne die langfristigen Wirkungen zu bedenken, wie heute bei diesem Fall oder bei dem Vertrag, den du vor zwei Tagen aufgesetzt hast. Du denkst schnell, aber nicht auf lange Sicht. Und genau das – die langfristigen Erwägungen – ist Sache des Anwalts. Der Mandant macht etwas oder will etwas von dir gemacht haben, er ist ganz versessen darauf, und dann mußt du als Anwalt gegensteuern und fragen: ‹Aber was ist, wenn ...?› Und das ist bei dir irgendwie nicht drin.»

«Was schlägst du vor?»

Mulcahey überlegte. «Du bist jetzt drei, vier Jahre weg von der Uni, nicht?»

«Ja.»

«Und du kommst nicht voran, stimmt's? Einerseits ziehst du dich gut an und hast die Wohnung in Waterfront Towers. Andererseits fährst du diese blödsinnige alte Kutsche, die du gebraucht gekauft hast. Wie sieht's denn mit dem Kies bei dir aus?»

«Nicht besonders.»

Mulcahey stieß eine ordinäre Lache aus. «Natürlich könntest du eine reiche Frau an Land ziehen und heiraten, dann wärst du alle Sorgen los.»

«Reiche Frauen lassen sich heutzutage nicht mehr an Land ziehen. Sie ergreifen einen Beruf, werden Ärztinnen und Anwältinnen und Professorinnen.»

«Eventuell könntest du dich ja mit einem cleveren jungen Juden oder Italiener zusammentun. Du bringst ihm die Fälle, er bearbeitet sie. So wie du aussiehst, müßte das klappen, und von Familie und Ausbildung her kennst du doch bestimmt genug Leute. Die Mandanten, die du bringst, übergibst du ihm und – nee ...» Mit einer nachdrücklichen Handbewegung wischte er den Einfall vom Tisch. «Sobald er einen festen Stamm hat, bootet er dich aus. Aber ich sag dir was anderes. Geh in die Politik. Wenn du da Mist baust, fällt's nicht auf. Und als Abgeordneter oder Senator hast du es dann geschafft. Abgesehen vom Gehalt bringt dir das auch Umsatz, weil die Leute denken, du hast einen guten Draht zum – sagen wir zum District Attorney, zu den Richtern und Urkundsbeamten. Und sie erwarten gar nicht, daß du die Fälle persönlich bearbeitest, weil du ja im Parlament zu tun hast, sie erwarten, daß du sie einem deiner Mitarbeiter übergibst.»

Wieder zeigte Scofield die großen weißen Zähne. «Einem Juden oder Italiener?»

«Warum nicht?» Plötzlich kam ihm ein Gedanke. «Hast du den Besucher gesehen, der gestern nachmittag bei mir war? Das war Jim Tulley. Pfleger oder so was im Lyon Hospital. Er hat mir erzählt, daß Joe Bradley, der Senator für unseren Bezirk, bei ihnen im Krankenhaus war. Schwerer Herzanfall. Reine Routineuntersuchung, hieß es nach außen hin, aber in Wirklichkeit war es eine Herzattacke, ganz böse Sache.»

«Ja und?»

«Und das riecht ganz danach, daß er sich nicht zur Wiederwahl stellt. Noch weiß das keiner. Wenn du dich also bewerben würdest ...»

«Für den Senat? Lächerlich. Du glaubst doch nicht im Ernst, daß ich im ersten Anlauf einen Senatorenposten im Parlament von Massachusetts ergattere? So was muß vorbereitet werden. Daß ich es schaffen würde, in den Magistrat von Barnard's Crossing gewählt zu werden, das ist noch denkbar, aber –»

«Und was hättest du davon? Nichts, außer Anrufen von Leuten, die über die Müllabfuhr meckern. Und finanziell springt dabei auch nichts raus. Wie viele Magistratsmitglieder kennst du, die in der Politik was geworden sind? Nein, in der Kommunalpolitik kommt man auf keinen grünen Zweig. Aber wenn du im Staatsparlament bist, hast du entschieden Möglichkeiten. Später kannst du dich in irgendeinen Ausschuß wählen lassen oder Richter werden, falls dir so was liegt. Oder du rückst zum Kongreßabgeordneten auf und gehst nach Washington. Und da gibt's dann Chancen noch und noch ...»

«Ja, aber dazu braucht man Geld, und –»

«Jetzt sag ich dir, wie das erste Gebot in der Politik heißt», erklärte Mulcahey gewichtig. «Du sollst nie mit deinem eigenen Geld arbeiten. Wozu gibt's Wahlkampfspenden?»

«Aber ganz ohne Startkapital geht's auch nicht.»

Mulcahey nickte. «Stimmt. Aber das muß doch bei dir da sein. Wenn ich mir deine Klamotten so ansehe ... Und die Wohnung in Waterfront Towers ... Von den Umsätzen aus deiner Praxis könntest du dir das nicht leisten.»

«Ein bißchen was habe ich schon», räumte Scofield ein. «Meinen Anteil an dem Haus, das nach Vaters Tod verkauft worden ist. Aber es sind nur ein paar Tausender.»

«Viel brauchst du ja auch nicht für den Anfang. Und es ist kein verlorenes Geld. Es ist Werbung, verstehst du? Ob du die Wahl gewinnst oder verlierst – sie ist kostenlose Reklame für dich. Nimm eine beliebige Wahlveranstaltung. Du stellst dich vor. ‹Ich bin John Scofield und habe eine Anwaltspraxis in Salem.› Im Publikum sitzt ein Typ, der irgendein juristisches Problem hat. Jemand schuldet ihm Geld und will nicht zahlen, oder er muß einen Vertrag aufsetzen und hat keinen Anwalt. Da steht nun ein netter junger Bursche, der einen ganz vernünftigen Eindruck macht und Anwalt in Salem ist. Sagt er sich, gehst du einfach mal zu dem. Klarer Fall, nicht? Und was passiert, falls du gewinnst?»

«Na, was denn?»

Mulcahey hob die Arme, als wollte er den Himmel umarmen. «Dann kriegst du die großen Fälle. Wir gründen eine Anwaltsfirma – Scofield, Mulcahey, Cohen und Mastangelo.» Er zeichnete das große Firmenschild in die Luft.

«Wer sind Cohen und Mastangelo?»

«Der schlaue Jude und der clevere Italiener, die wir uns an Land ziehen. Am besten beide.»

«Vielleicht Venturo vom Büro des D. A. als italienischen Sozius», meinte Scofield.

Mulcahey nickte. «Warum nicht?»

Bei der Vorstellung, den Mann, der ihn ausgetrickst hatte, für sich arbeiten zu lassen, zeigte Scofield erfreut die großen weißen

Zähne. Doch dann kam er sehr rasch wieder in die Wirklichkeit zurück. «Das ist doch albern. Ich kann mich nicht als Senator nominieren lassen.»

«Warum nicht? Das ist deine beste Chance. Du läßt dich für die Republikanische Partei aufstellen, zunächst mal für die Vorwahlen. Daß hier bei uns die Republikaner durchkommen, egal wie sie heißen, steht mal fest. Die Vorwahlen also ... Wie hoch ist die Wahlbeteiligung bei Vorwahlen? 20, bestenfalls 25 Prozent. Wenn du einen harten Kern von Wählern aus Barnard's Crossing hinter dir hast, bist du schon drin. Und – das ist der Knüller – du bist allein auf weiter Flur, der einzige republikanische Kandidat.»

«Wieso denn das?»

«Weil es keinem – zumindest keinem, der auch nur einen Funken Verstand hat – einfallen würde, gegen Joe Bradley anzutreten. Er ist seit einer halben Ewigkeit Senator für diesen Bezirk. Du läßt dich also aufstellen. Und wenn er schließlich damit herausrückt, daß er nicht zur Wiederwahl zur Verfügung steht, hast du freie Bahn.»

«Ja, und sobald bekannt wird, daß er aus dem Rennen ist, drängen sich zehn andere rein.»

«Macht nichts. Du warst der erste, du bist schon bekannt, noch ehe die anderen sich die Ärmel hochgekrempelt haben.»

«Und wenn dein Freund, der Pfleger, sich mit seiner Voraussage geirrt hat und Bradley sich doch wieder aufstellen läßt?»

«Dann verlierst du die Wahl, aber zumindest ist dabei eine kostenlose Werbung rausgesprungen.»

«Tja, wenn du meinst ...»

5

Wenn Tony D'Angelo gefragt wurde, womit er seine Brötchen verdiente, wich er gern aus und bemerkte lediglich, er sei in der Politik. Aber er ließ sich nie für ein Amt aufstellen und machte auch nie Wahlkampf für andere Kandidaten. Seine Spezialität waren leicht anrüchige Geschäfte, sein Betriebskapital war das Wissen um die Achillesferse diverser wichtiger Leute in der Legislative und Exekutive des Staates. In letzter Zeit hatte er fast ausschließlich für Moriarty von den Demokraten gearbeitet, und diese Verbindung war nicht unbemerkt geblieben, weswegen er sich mit dem Sekretär auch nicht wie sonst in dem Restaurant auf dem Hill, sondern in einer obskuren Pinte im South End traf.

«Zur Zeit bist du Gift für uns, Tony», sagte der Parteisekretär. «Der Alte wär ganz schön sauer, wenn er wüßte, daß ich mit dir auch nur rede.»

Tony D'Angelo nickte. Er war nicht aufgebracht, nicht einmal gekränkt. Die Partei ließ ihn lediglich durch ihren Sekretär wissen, daß er für eine Weile unterzutauchen habe. Es war nicht persönlich gemeint, so was kam in der Politik eben vor – jedenfalls in jenen politischen Kreisen, in denen Tony sich bewegte. «Und was mach ich jetzt?» fragte er.

Der Parteisekretär breitete die großen, fleischigen Hände aus. Er war ein gutgepolsterter Mann um die Dreißig mit schweinchenrosa Haut, der sich seiner Macht und seines Einflusses sehr bewußt war. «Du bist gewissen Leuten aufgefallen, Tony, der *Globe*-Reporter hat angefangen, rumzuschnüffeln. Man hat uns gesteckt, daß er die anderen Parlamentsreporter und auch die Fernsehfritzen rebellisch gemacht hat, sie sollten auf dich achten, sollten feststellen, in welchen Büros du aus und ein gehst. Und deshalb, meint der Alte, sollst du mal 'ne Weile Urlaub machen. Zwei, drei Monate, bis dahin hat der *Globe* vielleicht einen anderen Parlamentsreporter. Schaff dir 'ne Freundin an und jette nach Florida.»

«Die Freundin hab ich schon.»

«Um so besser, dann kannst du ja gleich weg.»

«Na gut. Ich bin also heiß?»

«Vielleicht auch nur lauwarm, aber Vorsicht ist die Mutter der Porzellankiste. Oder du fährst Richtung Heimat. Wo bist du zu Hause? Lynn? Revere?»

«Revere.»

«Na schön, fährst du eben nach Revere, spannst mal richtig aus, spazierst über die Strandpromenade, pumpst dir die Lungen mit der guten Salzluft voll, gehst auf die Rennbahn oder in eine Bingohalle ...»

«Und wovon soll ich leben?»

«Mußt eben vorübergehend das Kapital anknabbern.»

«Und woher krieg ich das Kapital?»

Der Parteisekretär lächelte wie über einen gelungenen Witz.

«Bei deinen vielen Geschäftchen? Was hast du denn mit den Mäusen gemacht?»

«Frag die Buchmacher.»

«Ach so. Na ja, du kriegst schon irgendeinen Job. Bei deinen Beziehungen ...»

«In Revere hab ich keine Beziehungen. In der Kommunalpolitik hab ich nie mitgemischt. Absichtlich nicht. Da kennt mich keiner.»

«Und was war mit Atlantic Dredging? Hattest du nicht was damit zu tun, daß Cash gegen die Hafenvorlage gestimmt hat?»

«Bei Cash bin ich nie auf einen grünen Zweig gekommen, der läßt sich nicht gern in die Karten schauen.»

Der Sekretär nahm ihm das zwar nicht ab, hütete sich aber, seine Zweifel laut werden zu lassen. Er nickte.

«Außerdem ist die Vorlage durchgegangen», sagte Tony mißmutig. Er war groß und schlank und hatte ein gutgeschnittenes, allerdings auffallend verschlossenes Gesicht und ein seltsam grimassenhaftes Lächeln, mit dem er jetzt andeutete, er wisse mehr, als er gesagt hatte. Es bedeutete auch, daß er zwar nicht am Hungertuch nagte, aber erwartete, daß beim nächsten Geschäft ein Bonus für ihn heraussprang.

Tony griff sich den Scheck, den der Sekretär ihm hinschob. «Kennt ihr die Leute bei Atlantic Dredging?»

«Höchstens Fowler.»

«Richtig, Fowler ...» Fowler? So ein Quatsch. Den kannte doch jeder. Er war Vorstandsvorsitzender des Unternehmens, den konnte man sich notfalls auch aus dem Telefonbuch heraussuchen.

Tony schob sich aus der Nische und ging in Richtung Kasse. Über die Schulter sagte er beiläufig: «Also gut, ich fahr dann mal 'ne Weile nach Hause.»

«Und wenn der Alte sich mit dir in Verbindung setzen will?»

Wieder das ironische Lächeln. «Ich meld mich bei ihm. Ist besser so.» Als der Sekretär sich zum Gehen wandte, rief Tony ihm noch nach: «Habt ihr was über Fowler?»

«Was zum Beispiel?»

«So Sachen, über die er vielleicht mal mit mir reden würde, wenn er wüßte, daß ich was davon weiß.»

Der Sekretär schüttelte den Kopf. «Nein, in der Art haben wir nichts. Wenn ich was höre ...»

«Alles klar.»

6

Belle Halperin, eine auffallende Erscheinung mit rötlichblondem Haar, war zwar fest entschlossen, sich von der Pracht im Hause Magnuson nicht überwältigen zu lassen, aber während des ganzen Essens, ja, schon seit sie gekommen waren, malte sie sich aus, wie sie es «den Mädels» erzählen würde. «Wir waren zum Essen bei den Magnusons. Er ist nämlich ein Mandant von Morris ...»

Die Lammkoteletts mit Folienkartoffeln waren nur deshalb enttäuschend, weil sie als Hauptgericht etwas vornehm Französisches erwartet hatte. Andererseits wurde dadurch das Bild, das sie von Mrs. Magnuson zu geben gedachte, noch anschaulicher. «Sie ist so schlicht und herzlich und völlig natürlich ...»

Später, beim Kaffee, sagte sie zu ihrer Gastgeberin: «Wunderschöne Bilder haben Sie.»

«Belle schwärmt für die schönen Künste», bemerkte ihr Mann.

«Ich zeige Ihnen das Haus, wenn Sie mögen», sagte Sophia Magnuson. «Oben haben wir noch ein paar Sachen, die Sie vielleicht interessieren.»

«Ja, gern.»

Mrs. Magnuson stand auf. «Ihr entschuldigt uns wohl ...»

Magnuson blieb mit Morris Halperin allein. Er schenkte Kaffee nach. «Sie haben sich sehr für die Synagoge engagiert, nicht?»

Halperin nickte. «Ja. Nicht daß ich besonders fromm wäre, aber ich bin wohl ein Typ, der sich einfach engagieren muß, wenn ihn etwas interessiert.»

«In gewisser Hinsicht geht mir das auch so», meinte Magnuson. «Jedenfalls möchte ich über Dinge, mit denen ich zu tun habe, ganz genau Bescheid wissen. Die Organisation des Tempels ist ein gutes Beispiel. Wenn ich schon im Vorstand bin, will ich auch informiert sein, was läuft. Ich habe zwar erst an wenigen Sitzungen teilgenommen – die letzte war vor etwa einem Monat –, aber ich habe den Eindruck, daß wir keine Richtung, kein festes Programm haben.»

«Ja, also –»

«Unser Präsident scheint ein ganz vernünftiger Mann zu sein, und die Sitzungen leitet er sehr ordentlich, aber eine klare Linie vermag ich bei ihm nicht zu erkennen. Mir kommt es vor, als ob es ihm nur darum geht, den Status quo aufrechtzuerhalten.»

«Interessant, daß Ihnen das schon aufgefallen ist.»

Magnuson lächelte. «Ich habe genug Vorstandserfahrung, um zu spüren, was in der Luft liegt. Meinem Gefühl nach ist Feinberg so eine Art Interimspräsident.»

«Respekt», sagte Halperin. «Sie haben es genau getroffen. Sehen Sie, wir sind eine konservative Synagoge, weil die konservative Richtung ein Kompromiß zwischen den Orthodoxen und den Reformern ist. Mehr als eine Synagoge verkraftet die Gemeinde nicht, und da ist eine konservative Richtung eigentlich die einzig mögliche. Wir hatten schon Präsidenten, die mehr zu den Reformern, andere wieder, die mehr zur Orthodoxie tendierten, aber im Grunde waren sie doch alle konservativ. Bis auf einen. Vor zwei Jahren ist Chester Kaplan durchgekommen, und der ist orthodox bis auf die Knochen.»

«Kaplan ist der kleine Dicke mit dem schwarzen Käppchen, der am Tischende sitzt, nicht? Anwalt, wenn ich mich recht erinnere.»

«Ja, und sehr erfolgreich in seinem Beruf. Die Jarmulke trägt er, weil die Vorstandssitzungen in der Synagoge stattfinden, aber er trägt sie auch zu Hause und würde sie bestimmt auch bei Gericht tragen, wenn er nicht fürchten müßte, daß der Richter was dagegen hat oder einer der Geschworenen es krummnimmt. Und täglich geht er zum Minjan. Morgens und abends. In dem Jahr seiner Amtszeit hätte er es fast geschafft, daß die Gemeinde sich spaltet.»

«Und danach wurde dann Feinberg gewählt, um die Wunden zu heilen, ja?»

«Ja, so könnte man es wohl ausdrücken. Jedenfalls, um einen mittleren Kurs zu steuern. Und weil er das sehr ordentlich gemacht hat, wurde er zweimal wiedergewählt.»

«Und was ist nächstes Jahr?»

«Das ist die große Frage, Mr. Magnuson. Bei der letzten Vorstandssitzung hat Feinberg für den nächsten Monat seinen Rücktritt bekanntgegeben. Seine Frau kränkelt, und sie ziehen nach Arizona.»

«Dann rückt also der Vizepräsident nach.»

«Haben wir nicht. Abe Kahn ist gestorben, kaum daß er einen Monat im Amt war. Das hat niemanden überrascht. Er war alt und krank.» Magnuson hob fragend die Augenbrauen, und Halperin erläuterte: «Er war von Anfang an Mitglied der Gemeinde und hat hohe Summen gespendet, da wollte man ihm wohl irgendeine Anerkennung zukommen lassen. Sie wissen ja, wie das an den Hohen Feiertagen ist, der Präsident und der Rabbi sitzen auf der einen Seite der Bundeslade, der Vizepräsident und der Kantor – wenn er nicht die Liturgie leitet – auf der anderen. Ja, und da hat man ihm eben das Amt als eine Art Ehrenstellung zugebilligt.»

«Verstehe. Da wir keinen Vizepräsidenten haben, wird es also nach dem Rücktritt des Präsidenten eine Neuwahl geben?»

«Ganz recht, eine vorgezogene Neuwahl. Und Kaplan will sich wieder aufstellen lassen.»

«Wenn seine Amtszeit so ein Fiasko war, dürfte er wohl kaum große Chancen haben», meinte Magnuson.

«Sagen Sie das nicht. Für die Wahl wird eine Mitgliederversammlung einberufen. Wir haben etwa 350 Mitglieder, ich glaube aber kaum, daß mehr als 200 erscheinen werden, und von diesen 200 wissen vielleicht 50, was eigentlich anliegt. Hinter Kaplan steht eine kleine, aber einflußreiche Clique, und die wird nicht müßig sein. Einige Mitglieder werden für ihn stimmen, weil sie ihn zumindest dem Namen nach kennen, andere, weil er fromm ist und sich das in ihren Augen für einen Gemeindevorsteher einfach so gehört. O doch, ich glaube schon, daß er es schaffen könnte.»

«Und wen würden Sie gegen ihn aufstellen? Denn Sie gehören ja wohl zur Opposition, nicht?»

«Bis jetzt haben wir uns auf keinen Kandidaten einigen können, das ist ja eben das Dumme. Feinberg hat uns mit seiner Mitteilung überrumpelt, und es gibt einfach zu viele, die in Frage kommen.»

«Wären Sie selbst interessiert?»

«Nein, nein, ich muß da passen. Schon aus Zeitgründen. Außerdem wäre ein älterer Präsident besser, und er dürfte mit seiner Existenz nicht auf die Leute hier angewiesen sein, wie das bei mir der Fall ist.»

«Aber wäre nicht gerade die Werbung gut für Sie?»

Halperin schüttelte den Kopf. «Es ist im wesentlichen eine politische Position. Das bedeutet, daß Sie die eine Hälfte der Gemeinde hinter sich haben, während die andere Hälfte gegen Sie ist. So etwas kann ich mir nicht leisten.»

«In Boston war ich im Vorstand der Zedek-Synagoge», sagte Magnuson scheinbar zusammenhanglos. «Mein Großvater hat sie mitbegründet.»

«Ich habe im stillen schon gehofft, daß Sie bei uns mitmachen würden. Wenn Sie sich hinter unseren Kandidaten stellen ...»

«Das Wirken im Hintergrund liegt mir allerdings weniger», meinte Magnuson. «Wenn ich mich für ein Unternehmen interessiere, möchte ich darin auch was zu sagen haben.»

«Soll das heißen –» begann Halperin. Dann ging ihm ein Licht auf. «Wären Sie bereit, sich zur Wahl zu stellen?»

«Es kommt etwas unerwartet. Ich müßte es mir überlegen.»

«Bitte tun Sie das», sagte Halperin eindringlich.

«Tja, ich weiß nicht recht ... Wenn ich in etwa die Chancen absehen könnte ...»

«Es ist eine Wahl, garantieren kann ich natürlich für nichts, aber –»

«Eine Garantie würde ich auch nicht verlangen, aber ich möchte mich nicht gern lächerlich machen. Ich bin neu hier und noch nicht bekannt –»

«Nicht bekannt? Ich bitte Sie, Mr. Magnuson! Wer ist wohl bekannter als Sie in unserer Gegend? Magnuson & Beck – das ist doch ein Begriff. Das größte Warenhaus in Boston ...»

«In Neuengland», sagte Magnuson selbstzufrieden. «Unsere Familie hat allerdings nichts mehr damit zu tun, wir haben schon neunundzwanzig verkauft, es läuft nur noch unter unserem Namen.»

«Das meine ich ja. Ein so bekannter Name ...»

«Aber ich habe keine Organisation hinter mir.»

«Sie brauchen nur ein Wort zu sagen, und ich baue Ihnen die Organisation auf.»

Magnuson lächelte. «Sie verstehen zu überzeugen. Ich will Ihnen etwas sagen: Hören Sie sich ein bißchen um, geben Sie dem einen oder anderen einen Wink und berichten Sie mir anschließend. Danach treffen wir die Entscheidung.»

Belle Halperin wußte sich auf dem Heimweg gar nicht zu lassen vor Entzücken. «Sie haben einen Chagall und einen Seurat und im Schlafzimmer einen echten Renoir. Stell dir vor – im Schlafzimmer. Hat er dich wegen einer Rechtssache sprechen wollen?»

Ihr Mann schmunzelte. «Nein. Er möchte Präsident der jüdischen Gemeinde werden.»

«Präsident? Aber er hatte doch bisher überhaupt noch kein Amt bei uns. Geht denn das?»

«Warum nicht? Alle Gemeindemitglieder können sich zur Wahl aufstellen lassen, und Mitglied ist er ja.»

«Und er möchte, daß du den Wahlkampf für ihn führst.»

«Ja, so könnte man es sagen.»

«Meinst du, er hat Chancen? So unbekannt wie er ist?»

«Doch, das glaube ich schon, zumindest seinen Namen kennt jeder, und Millionäre haben alle gern.»

«Zahlt er dir was?»

«Davon war nicht die Rede.»

«Was hast du denn davon?»

«Ach, weißt du, wenn man mit Leuten Umgang hat, die gut betucht sind wie Howard Magnuson, fällt immer irgend etwas für einen ab.»

7

Die fünfundzwanzigjährige Laura Magnuson war nett anzuschauen, ja, sie war eine gutaussehende junge Frau, wenn auch nicht hübsch im landläufigen Sinne. Ihr Mund war eine Spur zu breit, ihre Nase ein wenig zu lang für den gängigen Geschmack – jedenfalls nach den Normen, die von den Fotomodellen auf den Titelseiten der Illustrierten gesetzt wurden. Der Blick war scharf und durchdringend, das Kinn verriet Entschlossenheit. Das schulterlange braune Haar trug sie in der Mitte gescheitelt und hinter die Ohren gekämmt in einer Frisur, die möglichst wenig Aufwand erforderte.

Sie hatte ihr Collegestudium in Bryn Mawr mit einem *magna cum laude* in politischer Wissenschaft abgeschlossen und danach drei Jahre an der London School of Economics studiert, war aber ohne Promotion wiedergekommen. Ihrem Vater, der sie anbetete, und ihrer Mutter, die ihr Verständnis entgegenbrachte, hatte sie das so erklärt: «Ich hatte das Gefühl, daß ich früher oder später im Hochschulbetrieb gelandet wäre, wenn ich meinen Doktor gemacht hätte, und das will ich nicht.»

«Ja, aber was willst du dann machen?» fragte ihr Vater.

«Mal sehen. Vielleicht irgendwas in der Verwaltung.»

Laura war jetzt seit zwei Monaten wieder daheim und hatte – jedenfalls in den Augen ihrer Eltern – überhaupt noch nichts gemacht. Ein paarmal war sie in New York gewesen, um neue Garderobe zu kaufen, ins Theater zu gehen, Bekannte und frühere Mitschüler zu besuchen. Die Magnusons hatten zwei oder drei Einladungen für sie in Barnard's Crossing gegeben, damit sie neue Leute kennenlernen konnte, Söhne und Töchter von Freunden aus Boston. Tagsüber fuhr sie bei gutem Wetter spazieren, streifte in Rockport durch die Gemäldegalerien, setzte sich in Gloucester zum Essen an den Pier und sah den Möwen nach. Abends fuhr sie manchmal nach Boston oder Cambridge, wenn ein dort angekündigter Vortrag oder eine Versammlung sie interessierten.

Heute hatte sie sich vorgenommen, in Barnard's Crossing zu bleiben, vielleicht ins Kino zu gehen oder einfach durch die Straßen zu schlendern, um sich mit der alten Stadt wieder vertraut zu machen. An der unitarischen Kirche fiel ihr Blick auf ein Schild: «Wahltreff! Lernen Sie Ihren Kandidaten kennen!»

Sie fuhr noch einen Block weiter, bis sie einen Parkplatz gefunden hatte, und ging dann zu der Kirche zurück. Die Veranstaltung fand in der Sakristei statt, die Platz für 200 Menschen bot. Als Laura wenige Minuten vor dem angekündigten Beginn eintraf, war sie erst halb voll.

In dem breiten Gang, der sich um den Raum herumzog, standen Klapptische mit dem Wahlkampfmaterial der einzelnen Kandidaten. An den Tischen saßen Wahlkampfhelfer, die Buttons, Autoaufkleber und dergleichen verteilten. Auf dem Podium waren fünfzehn Stühle für die Kandidaten aufgestellt, die in einem Nebenraum auf den Beginn der Veranstaltung warteten. Den Vorsitz hatte Herbert Bottomley, ein hochgewachsener, hagerer Mann mit runden Schultern, graumeliertem Wuschelhaar und buschigen Augenbrauen. Mit seinem schlotternden Anzug und der Nickelbrille sah er aus wie ein pensionierter Lehrer, der sich anschickt, eine Rede vor dem Seniorenklub zu halten. In Wirklichkeit war er ein erfolgreicher Bauunternehmer um die Fünfzig und in der Stadt sehr beliebt.

Er schlug mit dem Hämmerchen aufs Rednerpult. «Darf ich um Ruhe bitten, meine Damen und Herren. Ich werde jetzt die Kandidaten hereinrufen und sie bitten, auf den Stühlen hinter mir Platz zu nehmen, so daß Sie sie gut im Blick haben.» Er machte die Tür auf und verkündete förmlich: «Meine Damen und Herren – die Kandidaten.»

Da kamen sie – einige schüchtern, einige betont Selbstbewußtsein hervorkehrend, die einen lächelnd, die anderen nachdenklich, aber alle bemüht, sich von der besten Seite zu zeigen und damit Stimmen zu sammeln. Sie hatten sich offenbar nebenan der Reihe nach aufgestellt, denn sie kamen jetzt im Gänsemarsch herein, der erste nahm den Stuhl ganz rechts, die übrigen schlossen auf.

Als sie alle saßen, fuhr Bottomley fort: «Bedauerlicherweise hat uns keiner der Kandidaten für die Bundesstaatsämter – dem des Gouverneurs, seines Stellvertreters und des Justizministers – die Ehre gegeben, aber sie haben Vertreter geschickt, die für sie sprechen werden. Wir wollen diesen Teil der Veranstaltung so kurz wie möglich halten, damit Ihnen viel Zeit bleibt, die Kandidaten in Einzelgesprächen näher kennenzulernen. Ich möchte deshalb die Sprecher bitten, ihre Redezeit auf etwa vier Minuten zu beschränken. Fünfzehn mal vier macht sechzig Minuten, also genau eine Stunde. Das ist wohl angemessen.» Er wandte sich an die Kandidaten. «Ich habe nicht vor, mit einer Stoppuhr in der Hand zu arbeiten und Ihnen mitten im Satz das Wort abzuschneiden, aber wenn ich aufstehe und mich neben Sie stelle, bedeutet das, daß Ihre Zeit abgelaufen ist. Alles klar? Gut, dann fangen wir mit den Staatsämtern an. Meine Damen und Herren, der erste Sprecher ist –» er sah auf einen Zettel – «Charles Kimborough. Mr. Kimborough, bitte.»

Kimborough war ein Mann in mittleren Jahren, der lächelnd und selbstsicher auftrat. Vielleicht war seine Gelassenheit sogar echt, denn der von ihm vertretene demokratische Gouverneur hatte bei diesem vorwiegend republikanischen Publikum wenig zu gewinnen oder zu verlieren. «Ich möchte Ihnen die besten Grüße des Gouverneurs überbringen, der es sehr bedauert, daß er wegen anderweitiger Verpflichtungen nicht selbst kommen konnte. Meine Bitte heute abend an Sie geht dahin, ihn in seiner Kandidatur für das hohe Amt, das er zur Zeit innehat und in dem er seine Fähigkeit und sein Engagement unter Beweis gestellt hat, zu unterstützen ...»

In dieser Tonart ging es die ihm zugebilligten vier Minuten lang weiter. Als Bottomley neben ihn trat, schien er überrascht, kam aber bereitwillig zum Ende. «Ich könnte den ganzen Abend lang die Leistungen aufzählen, auf die Ihr Gouverneur nach einer vierjährigen Amtszeit zurückblicken kann, aber da Herbert schon mahnt, möchte ich Ihnen abschließend nur noch für Ihre Aufmerksamkeit und Ihre freundliche Aufnahme danken.»

Die nächsten sechs Kandidaten waren ebenfalls Vertreter für Bewerber um republikanische und demokratische Staatsämter. Alle verwandten ihre Redezeit ausschließlich darauf, die Taten der Kandidaten zu preisen, für die sie sprachen. Es war furchtbar langweilig, und etliche Zuhörer standen auf und machten sich davon. Laura Magnuson wäre wahrscheinlich auch gegangen, wenn nicht John Scofield, der mit den anderen auf dem Podium saß, ihr Interesse und ihre Neugier geweckt hätte – nicht nur, weil er jung war und gut aussah, sondern weil er den Mut – oder die Tollkühnheit – besaß, gegen Josiah Bradley, den derzeitigen Amtsinhaber, anzutreten. Seine Konkurrenten waren erst ins Rennen gegangen, nachdem Bradley bekanntgegeben hatte, daß er sich nicht mehr zur Wiederwahl stellen würde. Laura überlegte, ob Scofield das wohl bei seiner Rede besonders herausstellen würde.

Bottomley trat vor und ruderte mit den Armen, um die Zuhörer bei der Stange zu halten. «So, Leute, mit den Bewerbern um die Staatsämter sind wir fertig. Wir kommen jetzt zu dem Teil des Programms, das euch besonders interessieren dürfte – Vorstellung der Kandidaten, die sich um Plätze im Senat und im Abgeordnetenhaus bewerben. Erfreulicherweise hatte keiner von ihnen dringende anderweitige Verpflichtungen (Kichern und Gelächter), so daß wir sie alle, wie sie da sind, vor uns sehen. Zunächst die Senatskandidaten. Es sind drei, und alle drei zählen sich zur Republikanischen Partei. Warum die demokratischen Kandidaten nicht aufgekreuzt sind, ist mir, ehrlich gesagt, ein Rätsel. (Gelächter.) Wir gehen alphabetisch vor.» Er warf einen Blick auf seine Liste. «Demnach macht Thomas Baggio, Stadtrat von Revere, den Anfang, dann kommt Albert Cash, Mitglied im Abgeordnetenhaus, als letzten haben wir John Scofield aus Barnard's Crossing. Mr. Baggio, bitte.»

Baggio, klein, untersetzt, brünett, mit bläulichem Kinn, dichtem schwarzen Haar und einem kleinen Hitlerschnurrbart, trat selbstbewußt vor. «Ich habe als Stadtrat von Revere ... eingesetzt ... vorgeschlagen ... veranlaßt ...» Und er schloß: «Und was ich für meine Heimatstadt Revere erreicht habe, könnte in Zukunft allen Städten des Bezirks zugute kommen. Ich werde mein angestrebtes Amt mit dem gleichen Pflichtbewußtsein und der gleichen Intensität ausfüllen, wie ich es als Stadtrat bereits getan habe.»

Dünner Höflichkeitsapplaus wurde laut, als er sich setzte. Es war ein Fehler, dachte Laura, daß er seine ganze Redezeit darauf verwandt hatte, sich über seine Leistungen im Stadtrat zu verbreiten, allein schon deshalb, weil er ständig das «ich» als persönliches Fürwort hatte ins Spiel bringen müssen. Aber in dieses Dilemma geriet man meist, wenn man von den eigenen Leistungen sprechen mußte.

Albert Cash war älter, Ende Fünfzig. Er sprach gewandt und flüssig, aber sein Gesicht blieb dabei seltsam unbewegt, als laufe die Rede von einem Tonband ab. Der Tenor seiner Ausführungen war, daß er sein Leben dem Dienst am Gemeinwesen gewidmet hatte. Er zählte alle politischen Ämter auf, die er bekleidet hatte, nannte alle Kommissionen und Ausschüsse, in die er berufen worden war. Nach drei Amtsperioden im Abgeordnetenhaus, erklärte er, sei es nicht mehr als recht und billig, ihn in den Senat avancieren zu lassen.

Auch er wurde höflich beklatscht, allerdings gab es auch einen Zwischenruf. «Und was ist mit der Hafenvorlage?» fragte jemand aus dem Publikum. Er tat, als habe er nichts gehört, und ging zu seinem Platz zurück, während mehrere Zuhörer sich umdrehten und dem Störenfried böse Blicke zuwarfen.

Laura beschloß, sich nach der Hafenvorlage und der Rolle, die Cash dabei gespielt hatte, zu erkundigen – schon deshalb, weil sie in dem betont beiläufigen Blick, den er zur Decke richtete, eine Spur von Verlegenheit zu erkennen glaubte.

«Du mußt zu den Leuten sprechen, die vor dir sitzen», hatte Mulcahey John Scofield eingeschärft. «Die anderen brauchen dich nicht zu kümmern. Ist das klar?»

«Aber sicher», beteuerte Scofield.

«Das sagst du nur so», meinte der Anwalt gereizt. «Hör zu. Der Bezirk Essex umfaßt die Orte Lynn, Revere und Barnard's Crossing. Klar? Und wer kommt zu dieser Veranstaltung? Nur die von Barnard's Crossing und sonst niemand. Mag sein, daß ein, zwei Leute aus Lynn oder Revere aufkreuzen, aber ein oder zwei zählen nicht. Wichtig ist also, daß du bei den Leuten von Barnard's Crossing ankommst. Klar? Und wenn du in Lynn auftrittst, redest du zu denen aus Lynn. Und dasselbe gilt für Revere. Mit anderen Worten: Es ist völlig witzlos, bei Leuten Eindruck schinden zu wollen, die gar nicht da sind.»

«Na schön, aber die erfahren ja auch davon, oder?»

«Wenn du Präsident der Vereinigten Staaten bist und eine Rede in Alabama hältst, spricht es sich bis zu uns nach Massachussetts rum, klar, aber wenn du dich als Senator für den Staat Massachussetts zur

Wahl stellst, kommt von deiner Rede keine Zeile in die Presse, da brauchst du dir nichts vorzumachen. Sollte ein Reporter vom *Lynn Express* da sein, ist es schon viel, wenn er dich überhaupt als Teilnehmer erwähnt. Wer sind deine Gegner? Al Cash aus Lynn, Tommy Baggio aus Revere. Cash war zweimal der Vertreter von Lynn im Abgeordnetenhaus. Er wird seine Leistungen rausstreichen und sagen, daß er es verdient hat, in den Senat zu kommen. Den Zuhörern sind seine Leistungen piepegal. Bei Tommy Baggio, der im Stadtrat war, ist es nicht anders. Er wird sich über das verbreiten, was er alles erreicht hat, aber das war in Revere und wird den guten Leuten von Barnard's Crossing kaum imponieren.»

«Und worüber soll ich sprechen? Ich habe keine Leistungen vorzuweisen.»

«Zeig ihnen, was du zu bieten hast.»

«Aber ich hab doch nichts zu bieten.»

«Klar hast du das. Du bist einer der Ihren. Du bist jung und sympathisch. Das mußt du rüberbringen. Für die Leute zählt nicht das, was sie hören, sondern das, was sie sehen, deshalb ist das Fernsehen ja auch dem Radio über. Du stellst dich einfach hin und läßt dich anschauen und redest irgendwelches Blabla.»

Laura sah, daß Scofield nervös war, und hatte ein bißchen Mitleid mit ihm. Er schenkte den Zuhörern ein verlegen-jungenhaftes Lächeln, dann lachte er nervös auf. «Ich bin John Scofield, 28 Jahre alt, unverheiratet, Anwalt mit einer Kanzlei in Salem», begann er. «Ich bin hier in Barnard's Crossing geboren und habe mein ganzes Leben hier verbracht. Meine Familie ist seit der Kolonialzeit hier ansässig. Ich bin in die Gaithskills Grundschule und dann in die High School von Barnard's Crossing gegangen, danach war ich in Harvard am College und habe hinterher in Harvard Jura studiert. Vielleicht war's vor ein paar Jahren noch ein bißchen leichter, da reinzukommen. (Heiterkeit.) Ich liebe diese Stadt und ihre Bewohner.» Er nannte einige Straßen und Plätze und sprach von den besonderen Erinnerungen, die sich für ihn damit verbanden, erwähnte die Anlegestelle, Fremont Hill, Child's Island. Das Füßescharren und Kratzen hinter ihm bedeutete, daß Bottomley aufgestanden war. Scofield überlegte krampfhaft, wie er seine kleine Rede zu Ende bringen sollte, und als er spürte, daß der Vorsitzende hinter ihm stand, kam ihm die Erleuchtung. «Ich will damit sagen, daß es mir hier so gut gefällt, wie es ist, und daß ich nichts daran ändern will. Gar nichts.»

Laura hatte den Eindruck, daß der Beifall für Scofield ein bißchen lauter und nicht ganz so unbeteiligt war wie für die anderen Kandidaten, aber das mochte auch daran liegen, daß er der einzige Kandidat aus Barnard's Crossing war.

Es folgte die Vorstellung der Kandidaten für das Abgeordnetenhaus, die Laura Magnuson nicht interessierte. Doch sie blieb sitzen, weil sie mit Scofield sprechen wollte, schon um zu sehen, wie er aus der Nähe wirkte. Endlich war alles vorbei, und der Vorsitzende trat noch einmal ans Pult. «So, Leute, das wär's. Die Kandidaten haben sich vorgestellt, und alles in allem haben sie knapp über eine Stunde gebraucht, das war gar nicht so übel. Der eine oder andere von ihnen bleibt wohl noch ein bißchen hier und ist bestimmt gern zu einem lockeren Gespräch oder auch zu einer Diskussion bereit.»

Laura ging nach hinten, wo die Wahlkampfbroschüren lagen, weil sie damit rechnete, Scofield dort zu finden, aber wie sich herausstellte, lag für Scofield kein Material aus. Langsam ging sie zum Ausgang und kam fast zu gleicher Zeit wie er dort an.

«Das war eine zugkräftige Rede», sagte sie.

Überrascht blieb er stehen und sah sie an. «Finden Sie wirklich?»

Sie nickte nachdrücklich. «Sehr. Soll das Ihr Wahlkampfmotto werden?»

Er zerbrach sich vergeblich den Kopf darüber, was für ein Wahlkampfmotto wohl in seinen Worten gesteckt haben mochte. «Äh ... was ... ich meine ... welchen Aspekt ...»

Sie merkte, daß er keine Ahnung hatte, worauf sie hinauswollte, sich über die politische Wirkung seiner Worte überhaupt nicht klar gewesen war. «Sie sagten, daß Sie gegen Veränderungen sind.»

«Ach, wissen Sie, ich hab da eigentlich nur ausgesprochen, was mir gerade durch den Kopf ging.»

«Aber das ist es ja gerade», meinte Laura. «Die meisten Zuhörer hier sind im mittleren Alter oder älter. Und das gilt für die Wählerschaft ganz allgemein. Die Jugend will immer, daß alles anders wird, für die Älteren bedeuten Veränderungen nur Unruhe, sie haben Angst davor. Und deshalb waren die meisten sehr einverstanden, als Sie sagten, Sie wollten nichts ändern. Die Politiker tönen doch immer, daß sie alles anders machen werden. Die älteren Leute haben diese Versprechungen ihr Leben lang gehört und glauben nicht mehr daran. Oder aber sie haben festgestellt, daß die versprochenen Änderungen, wenn sie dann eintraten, gar nicht so segensreich waren, wie sie sich das vorgestellt hatten. Deshalb ist ein Wahlkampf, der sich gegen Veränderungen richtet, durchaus erfolgversprechend.»

«Sie scheinen ja sehr gut in der Politik Bescheid zu wissen. Sind Sie von der Presse?»

«Nein, es interessiert mich nur.»

«Könnten wir uns vielleicht irgendwo auf einen Drink zusammensetzen und darüber reden?»

«In Ordnung. Wohin? Das Café auf der West Street ist am nächsten.»

«Ja, aber da ist es um diese Zeit immer furchtbar voll. Wollen wir schnell nach Salem fahren? Mein Wagen steht an der Ecke.»

Während sie hinübergingen, sah er sie verstohlen von der Seite an und überlegte, ob sie nur auf eine schnelle Bekanntschaft aus gewesen war oder ob sie sich ehrlich für Politik interessierte.

«Da sind wir», verkündete er.

Als sie das schreiende Pink seines Wagens sah, war sie doch etwas verblüfft.

«Das ist Ihr Auto? Und ich dachte, Sie sind ein konservativer Typ. Solche Kutschen haben sonst nur Eisverkäufer.»

Er lachte ein bißchen. «So was Ähnliches war der Wagen auch. Der Mann, von dem ich ihn habe, ließ vier Autos in der gleichen Farbe durch die Gegend rollen und Eis verkaufen. Mit diesem Schlitten ist er selbst rumgefahren und hat seine Leute überwacht. Dann ging er pleite, und ich bekam sein Auto billig, wegen der Farbe. Ich will ihn neu spritzen lassen, nötig hat er's, dort am Kotflügel blättert der Lack schon ab. Ich bin nur noch nicht dazu gekommen.» Daß er den Wagen schon seit fast einem Jahr besaß, verschwieg er lieber.

«Aber hoffentlich erst nach der Wahl. Ein so auffälliges Fahrzeug ist im Wahlkampf Gold wert.»

«Finden Sie?»

«Natürlich. Dadurch erkennt man Sie auf den ersten Blick. Sie werden doch ein Schild auf dem Dach anbringen, nicht?»

«Wie? Ja, natürlich.»

«Ich an Ihrer Stelle würde das sofort machen. Gewählt wird man, wenn man einen genügend großen Bekanntheitsgrad hat, und durch so etwas wird man am schnellsten bekannt. Fehlt nur noch das Schild mit Ihrem Bild und Ihrem Namen.»

«Sie wissen aber wirklich eine Menge über dieses Zeug.»

«Nicht so viel, wie ich gern wissen würde.»

«Sie interessieren sich für Politik?» fragte er fast ein wenig erstaunt.

«Es ist das Interessanteste, was es überhaupt gibt.»

8

Bei der außerordentlichen Mitgliederversammlung zur Wahl eines neuen Präsidenten, die erforderlich geworden war, um die nach dem Rücktritt von Sam Feinberg entstandene Lücke zu schließen, war der Wahlsieger nicht einmal persönlich anwesend. Auch Rabbi Small nahm nicht teil, denn er gehörte genaugenommen nicht zum Verwaltungsgremium der Synagoge. Er war unmittelbar nach dem Minjan, vor Beginn der Sitzung, nach Hause gegangen und erfuhr die Neuigkeit von Morton Brooks, dem Leiter der Religionsschule, der auch nicht dazugehörte, aber anwesend war, weil am Sonntagvormittag Unterricht abgehalten wurde und die Sitzung in der Schulaula stattfand.

Kurz nach zwölf kam Morton Brooks mit seinem Sportwagen angedonnert, hielt mit kreischenden Bremsen vor dem Haus des Rabbi und klingelte. Als Miriam öffnete, stellte er sich in Positur, die Arme ausgebreitet, und verkündete dramatisch: «Da bin ich!»

Er trug ein hellbraunes, fischgrätgemustertes Sportsakko mit Lederflecken an den Ellbogen, darunter ein cremefarbenes, offenes Sporthemd und um den Hals ein leuchtendrotes Halstuch. Seine kurzen, spillerigen Beine steckten in sandfarbenen Sporthosen, die Füße in dunkelbraunen Wildlederschuhen mit modischen Schnürsenkeln.

«Sie sehen mal wieder sehr flott aus, Morton», sagte Miriam lächelnd. «Kommen Sie doch herein.»

«Was man sonntags auf dem Land eben so trägt», erläuterte er und lächelte etwas geziert.

«Aber als Leiter einer Religionsschule ...»

«Sie wissen doch, daß das kein Dauerzustand ist, Miriam», sagte er vorwurfsvoll. Er leitete jetzt seit acht Jahren die Religionsschule von Barnard's Crossing und war davor schon etliche Jahre als Lehrer für Hebräisch tätig gewesen, wartete aber noch immer zuversichtlich auf einen Ruf ans Theater, dem seine eigentliche Liebe gehörte, seit er Buchhalter und Mädchen für alles bei einer jiddischen Theatergruppe in New York gewesen war. Das Theater hatte sich ständig am Rand der Pleite bewegt, und gelegentlich hatte man ihm Statistenrollen gegeben, um Schauspielergagen zu sparen.

Der Rabbi und Miriam setzten sich aufs Sofa, und Morton Brooks ging vor ihnen auf und ab wie ein Filmregisseur, der seinen Akteuren eine Szene erläutert. «Ja, also das war so. Die Sitzung sollte um zehn anfangen, aber viele waren schon um neun da, weil sie ja ihre Kinder zur Schule bringen mußten. Nun sollte man denken, daß sie's um zehn gar nicht erwarten können, daß es losgeht. Aber nein, die Leute stehen rum und machen ein großes Geseire. Es wird zehn, Viertel nach zehn, halb elf, elf. Keiner wird hibbelig, keiner mosert. Dann entdecke ich Kaplan, einen der Kandidaten, in einer Ecke, kaum zu sehen ist er, mit seinen Spezies, dem Herbie Cohen, dieser Flasche, dem Harold Gestetner und dem Hymie Stern. Immerfort stecken sie die Köpfe zusammen und flüstern, und er nickt und hat ein Blatt in der Hand, auf dem er irgendwas abhakt, das ist wohl die Mitgliederliste, und plötzlich geht mir ein Seifensieder auf. Er macht noch Wahlkampf. Magnuson glänzt durch Abwesenheit, und da ist Kaplan nicht faul und versucht, die Mitglieder hinter sich zu bringen.» Er nickte und klapperte, stolz auf seinen Scharfblick, mit den Augendeckeln.

«Und wie haben Sie das alles beobachtet?» wollte der Rabbi wissen. «Hatten Sie keinen Unterricht?»

«Doch, um zehn. Komm ich um zehn ins Büro, weil ich mein Klassenbuch holen will. Wer sitzt an meinem Schreibtisch? Sam Feinberg, unser Präsident, in voller Größe. ‹Es stört Sie doch nicht, wenn ich Ihr Büro benutze?› sagt er. Offen gestanden, Rabbi – es hat mich schon gestört, weil, Sie wissen ja, wie das bei mir im Unterricht geht, ich lauf zwischendurch immer mal wieder ins Büro nach irgendeinem Text, mit dem ich einen bestimmten Punkt belegen will. Aber wo doch Sam Feinberg drinsaß, im Büro, meine ich, ging das nicht, weil er gedacht hätte, ich wollte ihm nachspionieren, und da hab ich meiner Klasse einfach was Schriftliches gegeben. Ab elf bin ich sonst immer in meinem Büro, falls Eltern mich wegen ihrer Kinder sprechen wollen. Aber wie ich reinkomme, um die Arbeiten meiner Klasse in den Schreibtisch zu tun, schaut er mich an wie eine – einen –»

«Störenfried», half Miriam aus.

«Genau, wie einen Störenfried. Also geh ich wieder auf den Gang und drück mich an der Aulatür rum und denk mir, wenn jemand mich sprechen will, bin ich ja nicht zu übersehen.»

«Aber dann wurde irgendwann die Versammlung doch eröffnet», sagte der Rabbi geduldig.

«Logisch. Aber wann? Viertel vor zwölf», sagte Brooks triumphierend, als hätte er damit einen dicken Pluspunkt für sich verbuchen können.

Der Rabbi schaute auf die Uhr, die auf dem Kaminsims stand. Es war halb eins. «Die Versammlung läuft demnach noch?»

«Die ist gelaufen, Rabbi. Um Viertel vor zwölf haben sie angefangen. Punkt zwölf war Schluß.»

«Und die Wahl? Ist überhaupt gewählt worden?»

«Darauf wollte ich ja gerade kommen, aber der Mann läßt einen ja nicht ausreden.»

«Laß ihn doch auf seine Art erzählen, David», mahnte Miriam.

Morton Brooks warf ihr einen dankbaren Blick zu. «Sehr lieb von Ihnen, Miriam.»

«Schön, ich kann mir die Szene vorstellen», sagte der Rabbi. «Alle stehen herum und reden und –»

«– und Kaplan ist auf Stimmenfang.» Brooks hielt mahnend den Zeigefinger hoch. «Vergessen Sie das bitte nicht. Seine Leute schleichen rum, wispern mal mit diesem, mal mit jenem und gehen dann wieder zu Kaplan, um Bericht zu erstatten.»

«Gut, ich will's nicht vergessen», versprach der Rabbi ergeben.

«Ich sag mir also, das sind bestimmt Kaplans Leute, die auf der Bremse stehen. Und warum? Damit sie noch überall rumkommen und möglichst viele Mitglieder bearbeiten können, ehe die Wahl steigt. Und ich sag mir, daß er bestimmt spielend gewinnt, schließlich ist er ja praktisch von Anfang an Mitglied und ein frommer Mann, der täglich zum Minjan rennt, und dieser Magnuson ist gerade erst in der Gemeinde aufgetaucht, und keiner kennt ihn. Aber da seh ich, wie Kaplan ein ernstes Gesicht zieht, als ob's nicht so läuft, wie er sich das vorgestellt hat, und dann stecken sie alle in der Ecke die Köpfe zusammen, und ich merke, daß sie sich über irgendwas ereifern und der eine das meint und der andere jenes. Aber bald sind sie sich wieder einig und nicken wie die Marionetten. Dann trottet Kaplan nach vorn, zu Melvin Weill, dem Sekretär. Er beugt sich zu ihm herüber und flüstert ihm was zu, und ich seh, daß Melvin ganz verdattert ist. Dann nickt er und steht auf und rennt raus. Ich steh an der Tür, aber nicht mal für einen Gruß bin ich ihm gut, wo ich schon wer weiß wie oft bei ihm zu Hause war. Er verschwindet in meinem Büro, in dem noch immer Sam Feinberg sitzt.

Ich überleg, ob ich hinterher soll, so, als ob ich was aus meinem Schreibtisch holen will, aber wie ich mich noch besinne, geht die Tür auf, und da erscheint Feinberg und geht zur Aula, und in der Tür bleibt er stehen, und wie sie ihn sehen, wird's langsam ruhig, und sie suchen sich einen Platz, wie Kinder, wenn der Lehrer mal eben rausgegangen ist und ins Klassenzimmer zurückkommt. Feinberg geht zum Podium und eröffnet die Versammlung. Es ist Viertel vor zwölf. Und dann sagt Feinberg: ‹Mr. Kaplan, einer unserer beiden Kandidaten, hat mich gebeten, Ihnen mitzuteilen, daß er im Interesse einer größeren Geschlossenheit in der Gemeinde seine Kandidatur zurückzieht und vorschlägt, Howard Magnuson, den einzigen verbleibenden Bewerber, durch Zuruf zu wählen.› Also, ich sag euch, minutenlang war das ein richtiges Inf-Inf...»

«Inferno?» schlug der Rabbi vor.

«Genau, ein richtiges Inferno, ein Knatsch und Krakeel. Kaplans Leute wußten ja, was Sache war, die hatten das gerade erst geritzt, als sie mit Kaplan geflüstert hatten, aber die anderen, die sie vorher belatschert hatten, für Kaplan zu stimmen, denen hatten sie nicht Bescheid gesagt. Und von denen dachten doch wirklich ein paar, Magnuson hätte Kaplan gekauft. Sie staunen ja gar nicht, David.»

«Ganz und gar nicht», sagte der Rabbi. «Ich habe mir gleich gedacht, daß Magnuson gewinnen würde.»

«Und warum?»

«Und warum hat Kaplan sich kampflos ergeben?» fragte Miriam.

«Ich glaube, Morton hat das ganz richtig erkannt. Kaplan hat die Stimmen ausgezählt und gemerkt, daß ihm eine vernichtende Wahlniederlage bevorstand. Und um sich die Blamage zu ersparen, hat er aufgegeben.»

Morton Brooks hob die Hände und schüttelte den Kopf. «Ich

begreif das nicht. Wieso haben die denn alle für Magnuson gestimmt?»

«Wenn Sie nach New York fahren, Morton, und dort Ihren Freunden und Bekannten erzählen, daß Sie die Religionsschule der Synagoge von Barnard's Crossing leiten – halten Sie es dann für völlig ausgeschlossen, daß Sie hinzusetzen: ‹Unser Präsident ist übrigens Howard Magnuson. *Der* Howard Magnuson ...›»

Brooks hob gleichmütig die Schultern. «Völlig ausgeschlossen? Ja, ich weiß nicht ... Na schön, nehmen wir mal an, ich würde so was in der Art sagen, aber ...»

«Und genauso geht es allen Mitgliedern unserer Gemeinde. Kaplan ist ein anständiger Kerl, aber ein ganz gewöhnlicher Mensch. Magnuson dagegen ist eine Persönlichkeit. In *Time* war ein Artikel über ihn, und die Aktien von Magnuson & Beck werden an der Börse gehandelt. Der eine oder andere mag sich von einer Wahl Magnusons zum Präsidenten Spenden für verschiedene Vorhaben erhoffen, aber die meisten, glaube ich, hat einfach die Verbindung mit einem großen Namen gereizt.»

«Gut und schön, aber weshalb ist er so scharf auf das Amt?»

Der Rabbi schüttelte den Kopf. «Das weiß ich nicht.»

«Vielleicht ist er religiös», mutmaßte Brooks.

Der Rabbi lächelte. «Kann sein, daß so ein Wirtschaftsboss zur Religion kommt, indem er sich zum Vorsteher der Gemeinde wählen läßt. Möglich ist alles ...»

9

In seltsamem Gegensatz zu seinem flotten Aussehen stand das kleine möblierte Apartment in Revere, das Tony D'Angelo bewohnte. Es war eine Gegend, in der die Bevölkerung vornehmlich der unteren Mittelschicht angehörte, und die dürftige Einrichtung war billig und verwohnt. Das Apartment bestand aus einem einzigen, nicht ganz kleinen Raum, der gleichzeitig als Küche, Wohn-, Eß- und Schlafzimmer diente, und einem Bad. Aber das war nicht weiter wichtig, denn Leute, auf die es ihm ankam, brachte er nie hierher.

Millie Hanson, die jetzt seit etlichen Monaten mit ihm zusammenlebte – fast so, als wenn wir verheiratet wären, dachte er hin und wieder –, war vierzig, blond und drall. Sie stammte aus einer Kleinstadt in Nebraska und hatte sich allmählich zur Ostküste durchgeschlagen. Dabei hatte sie sich mit ungelernten Jobs – als Verkäuferin, Kassiererin im Supermarkt oder Kellnerin – über Wasser gehalten und war schließlich in Revere gelandet, wo sie in einem der Nachtklubs an der Strandpromenade als Bedienung arbeitete. Sie war kein Kind von Traurigkeit und ging bereitwillig auf Tonys Vorschlag ein, mit in seine Wohnung zu kommen. Es hatte keine langwierige Werbung gegeben. Sie zog ganz selbstverständlich ein, und es galt als stillschweigend vereinbart – ausdrücklich hatten sie nie darüber gesprochen –, daß sie einfach wieder verschwinden würde, wenn ihm oder ihr der Sinn nach Abwechslung stand.

Ihren Job in dem Nachtklub hatte sie behalten. Manchmal kam Tony kurz vor der Polizeistunde vorbei und holte sie ab, sonst nahm sie sich ein Taxi. Wenn die Wohnung bei ihrer Heimkehr im Dunkeln lag, schlief er schon. Dann leuchtete sie sich, um ihn nicht zu wecken, mit ihrer Taschenlampe den Weg ins Badezimmer, zog sich dort aus und legte sich neben ihn ins Bett.

Meist stand er zuerst auf und machte Toast und Kaffee für sie beide. Wenn er daheim blieb, revanchierte sie sich, indem sie für das Mittagessen sorgte – meist Suppen aus der Dose und belegte Brote. Abends aßen sie in preiswerteren italienischen oder chinesischen Restaurants, hinterher gingen sie ins Kino oder setzten sich zu Hause vor den Fernseher.

Tagsüber lief sie in Morgenrock und schlappenden Hausschuhen in der Wohnung herum, las die Zeitung oder Romanhefte, die sie sich im Drugstore holte, oder ließ auf der Mattscheibe rührselige Filme an sich vorüberflimmern. Irgendwann zwischendurch machte sie das Bett und putzte die Wohnung, und hin und wieder kaufte sie die wenigen Lebensmittel ein, die sie brauchten.

Sonntags standen sie beide spät auf, und während er in Bademantel und Pyjama herumsaß, machte sie ein besonders gutes Frühstück mit Zimttoast und Würstchen, und damit setzten sie sich dann vor den Fernseher, weil er gern die politischen Magazinsendungen sah. Als sie sich an diesem Sonntag anzog, fragte er: «Willst du weg, Baby?»

«Nur zum Drugstore, die Zeitung holen.»

«Bringst du mir Zigaretten mit? Brauchst du Geld?»

«Nein, noch reicht's.»

In einer knappen Viertelstunde war sie wieder da. Aus der Papiertüte, die sie mitgebracht hatte, holte sie eine Packung Zigaretten und warf sie ihm in den Schoß. Dann angelte sie einen gelben Umschlag hervor. «Die Abzüge von dem Film, den ich für dich zum Entwickeln gebracht habe.»

«Gut geworden?»

«Hab sie noch nicht angesehen.» Sie gab ihm den Umschlag und sah ihm über die Schulter, als er die Fotos herausnahm. «Da hast du ein Stück von meinem Kopf abgeschnitten», sagte sie, als sie das erste hochhielt.

«Wahrscheinlich, weil ich mich auf deine Beine konzentriert habe.»

Beim nächsten Bild hatte er auf den Auslöser gedrückt, als eine Bö ihr gerade den Rock hochgeweht hatte. «Du, das war gemein, da sieht man ja ganz deutlich meinen Dingsbums.»

Er schob die Hand unter ihr Kleid und ließ sie an den Schenkeln entlang zu ihrem Gesäß gleiten. «Ein sehr hübscher Dingsbums», sagte er und rubbelte ihn zärtlich.

«Du bist mir einer.» Sie nahm ihm die Fotos aus der Hand, blätterte sie durch und machte ihre Bemerkungen dazu. «Das hier ist 'ne Spur unscharf ... du, das ist gut ... bei dem hier hast du gewakkelt ... Was ist denn das?»

Er nahm ihr das Bild aus der Hand. «Das Blainey-Festbankett, ist schon ein paar Monate her. Siehst du die fünf Typen am Präsidiumstisch?» Er lachte laut auf. «Rocco Vestucci, Charlie Mays, der in der Mitte ist Jim Blainey, und die auf der anderen Seite sind Frank Callahan und Peterson, wie heißt er gleich, Nels Peterson. Und alle miteinander sind sie rechtskräftig verurteilt und müssen in den Knast. Wie findest du das?»

«Schöne Freunde hast du.»

«Geschäft ist Geschäft, Baby. Wenn du mit ihnen im Geschäft bist und sie dir 'ne Karte für ein Festbankett für einen ihrer Kumpels andienen, nimmst du sie natürlich.»

«Aber du brauchst nicht hinzugehen.»

«Das Essen ist meist recht anständig, und du hast schließlich bezahlt. Außerdem gibt's meist noch 'ne Vorstellung, deshalb hatte ich den Fotoapparat mitgenommen, du verstehst schon ...»

«Klar, nackte Weiber.»

«Aber diesmal war's nichts damit, sie hatten einen Pfaffen dabei. Der Typ, der ihm die Karte verkauft hat, wird vom Festausschuß schon was zu hören gekriegt haben. Oder – nein, 'nem Pfaffen verkaufen die keine Karte, der hat sie sicher umsonst gekriegt. Vielleicht hat das Jim Blainey sogar selber veranlaßt, der ist nämlich mächtig fromm, geht jeden Sonntag in die Kirche.»

«Und wenn er im Knast ist?»

«Glaubst du, die haben da keine Kirche?»

«Da hast du auch wieder recht. Und wer ist der am Ende? Ist der auch verurteilt?»

«Zeig mal. Hm, an den kann ich mich gar nicht erinnern. Vielleicht ist er bloß mal eben vorbeigekommen, um ein Wort mit Nels Peterson oder einem der anderen zu reden. Kommt er dir nicht irgendwie bekannt vor?»

«Ich wüßte nicht.»

«Findest du nicht, daß er ein bißchen wie Tommy Baggio aussieht?»

«Wer ist Tommy Baggio?»

«Stadtrat in Revere. Kandidiert für den Senat. Gestern war er in der Zeitung. Hast du die Zeitung von gestern noch, oder hast du sie schon weggeworfen?»

«Glaub ich nicht. Warte, ich seh mal nach.»

Sie ging zur Kochnische, kramte in einem großen Korb herum und holte die Zeitung heraus. Er überflog die Seiten rasch, aber gründlich. «Da ist er. Sieht doch genau aus wie der Typ auf dem Foto, oder?»

Sie schüttelte den Kopf. «Nein, Schatz, tut mir leid, aber das kann ich nicht finden. Der auf dem Foto hat keinen Schnurrbart.»

«Dagegen kann man was tun. Schau her.» Er deckte die untere Gesichtshälfte mit einem Fingernagel ab. «Schau dir die Augen an, die Stirn, das Haar.»

«Na ja, vielleicht ...»

«Ein Schnurrbart ist schnell gemacht», überlegte er, den Blick zur Decke gerichtet, mit seinen Gedanken weit weg.

«Und was hättest du davon?»

Er lächelte. «Könnte sich rentieren, Baby.»

«Das kapier ich nicht.»

Er feixte. «Springen vielleicht ein paar Mäuse bei raus.»

«Aber wie denn?»

«Es gibt da vielleicht einen Dreh ... Ich muß mir das mal durch den Kopf gehen lassen, Baby.»

10

«Haben Sie mal einen Augenblick Zeit für mich, David?» erkundigte sich Morton Brooks, der Leiter der Religionsschule.

«Ja, natürlich.»

«Bin gleich da.»

Der Rabbi legte den Hörer auf und staunte über Mortons ungewohnte Rücksichtnahme. Brooks pflegte sonst nicht zu fragen, ob der Rabbi frei war, sondern klopfte, auch wenn die Tür zum Arbeitszimmer geschlossen war, nur ganz kurz an und platzte dann ohne weiteres herein. Wenige Minuten später – er hatte sein Büro unten im Vestibül, das Arbeitszimmer des Rabbi war eine Etage höher – trat Morton Brooks ein und ließ sich auf den Besucherstuhl vor dem Schreibtisch des Rabbi fallen.

Er trug einen gedeckten grauen Anzug, blaues Hemd, schwarze Strickkrawatte und an den Füßen, die er weit von sich gestreckt hatte, spiegelblank gewienerte schwarze Schuhe. Sein Aufzug unterschied sich sehr wesentlich von seiner üblichen Kleidung. Mortons Vorliebe für auffällig gemusterte Tweedsakkos und farbenfreudige Halstücher war dem Rabbi wohlbekannt.

Er hob die Augenbrauen. «Waren Sie zu einer Beerdigung, Morton? Oder haben Sie sich um eine Rolle beworben?»

«Leider nein, im Showgeschäft sieht's zur Zeit trübe aus.» Erst dann begriff er die Frage. «Ach, Sie meinen wegen der Spießerklamotten? Die sind für den neuen Präsidenten.»

«Soll das heißen, daß Howard Magnuson Ihnen nahegelegt hat, sich dezenter zu kleiden? Sich von Ihrer gewohnten Kluft zu trennen?»

«Wenn sie einem das nahelegen, David, ist es schon zu spät, dann ist es eine Kritik. Dann geben sie einem zu verstehen, daß man was gemacht hat, was – nein, vielleicht nicht falsch ist, aber auch nicht richtig. Diese Wirtschaftsbosse sind eine Sorte für sich, David. Die können sich kleiden, wie sie wollen, können sogar im Overall ins Büro kommen, aber die Muschiks, die kleinen Leute, die müssen immer tipptopp in Schale sein. Vielleicht würde er nichts sagen, aber denken würde er sich: Der paßt nicht in die Mannschaft.»

Um die Lippen des Rabbi zuckte es. «Und Sie wollten mal nachsehen, ob ich tipptopp in Schale bin?»

Brooks betrachtete ihn mit gönnerhafter Anteilnahme. «Sie werden nie tipptopp in Schale sein, David. Weil Sie kein Gefühl für Kleidung haben. Darum. Ich glaube, das liegt nicht so sehr an dem, was Sie tragen, sondern wie Sie's tragen.» Mit einer Handbewegung schob er die Garderobenprobleme des Rabbi beiseite. «Nein, ich wollte Sie bitten, sich das hier mal anzusehen, David, und mir zu sagen, was Sie davon halten.»

Der Rabbi nahm ihm das Blatt ab, das Morton Brooks ihm reichte. Die Überschrift lautete PFLICHTEN UND AUFGABEN DES LEITERS DER RELIGIONSSCHULE. Der Text war mit der Maschine geschrieben und ging über die ganze Seite. Der Rabbi las und nickte gelegentlich. «... verantwortlich für die Ausarbeitung der Lehrpläne für die einzelnen Klassen ... Empfehlungen für den Schulausschuß ... Haushalt ... berät sich mit dem Rabbi über alle Führungsfragen ... Einstellung von Lehrkräften ... Gespräche mit Eltern ...»

«Recht gut», sagte der Rabbi, als er fertig war. «Allerdings habe ich den Eindruck, daß Sie vieles hineingeschrieben haben, was der erste Satz über die allgemeine Leitung der Schule schon impliziert.»

«Je mehr man bei solchen Sachen reinschreibt, desto besser, David. Das wertet den Job auf.»

«Ja, dann könnten Sie vielleicht noch hineinnehmen, daß Sie nach Absprache mit dem Kantor Förderkurse für die Jungen einrichten, die sich auf die Bar Mitzwa vorbereiten.»

«Gute Idee.» Er machte sich mit Bleistift eine Notiz am Rand des Blattes. «Kantor ... Bar Mitzwa. Fällt Ihnen sonst noch was ein?» Er sah auf, den Bleistift gezückt.

«Wenn eine Lehrkraft ausfällt, übernehmen Sie den Unterricht.»

Morton Brooks kratzte sich nachdenklich am Ohr und strich dann sorgfältig das Haar über der kahlen Stelle zurecht. «Lieber nicht», sagte er. «Da kommt er nur auf dumme Gedanken.»

«Er?»

«Magnuson. Er hat das angefordert. Haben Sie keinen Fragebogen bekommen? Wenn ich sage, daß ich beim Ausfall von Lehrkräften einspringe, denkt er bestimmt, ich hätte Zeit, noch eine Klasse zu übernehmen, so daß sich vielleicht eine Lehrkraft einsparen läßt. Typen wie Magnuson machen mich nervös.»

«Warum denn das?»

«Wenn er schon Stellenbeschreibungen von uns verlangt, dauert's gar nicht mehr lange, bis er eine Refa-Studie machen läßt, und das endet dann damit, daß er uns nur noch Akkordlohn bezahlt.»

Der Rabbi lachte. «Das ist nicht sehr wahrscheinlich.»

«Nein? Was wissen Sie von Howard Magnuson?»

«Soviel ich weiß, besteht da eine Beziehung zu Magnuson & Beck, also nahm ich an, daß er im Einzelhandel tätig ist...»

«Falsch», sagte Brooks abschätzig. «Das Warenhaus haben sie schon 1929 verkauft. Kann natürlich sein, daß sie es wieder zurückgekauft haben, denn Magnuson & Beck ist ein Mischkonzern, das heißt, ihr Geschäft ist es, Geschäfte zu machen. Ich habe damals in *Time* den Artikel über ihn gelesen, und nachdem Magnuson gewählt worden war, hab ich ihn noch mal rausgeholt. Magnuson kauft und verkauft Firmen wie andere Leute Schuhe oder Autos. Er kauft eine Firma auf, dann setzt er seine handverlesenen Manager rein, die machen mächtig Dampf und schmeißen die alten Hasen raus. Rationalisierung nennt man das. Und wenn der Vierteljahresbericht günstig ist und die Kurse steigen, kaufen sie mit dem aufgewerteten Aktienpaket die nächste Firma auf, oder sie melken den Laden eine Weile und stoßen ihn dann wieder ab. Sie haben Elektronikfirmen und Hotels und eine Firma, die Nägel für Baseballschuhe herstellt. In dem Artikel nennen sie Magnuson einen Romantiker, weil er am liebsten Unternehmen aufkauft, die ihn interessieren. Hat sich was mit Romantiker.»

«Sie glauben also, er wird versuchen, unsere Effizienz zu steigern und uns dann gegen eine andere Synagoge oder vielleicht eine Kirche einzutauschen?»

«Lachen Sie ruhig, David, aber ich sage Ihnen, der wird uns noch Ärger machen. Er ist nicht einer von uns.»

«Was soll denn das nun wieder heißen?»

«Wir sind alle zweite oder dritte Generation. Unsere Eltern oder Großeltern kamen aus Rußland, Polen oder Litauen. Ich möchte wetten, daß Sie im Vorstand keinen finden, dessen Eltern oder zumindest die Großeltern nicht noch Akzent gesprochen haben. Der Geruch nach *Stätel* hängt uns noch an. Magnuson ist anders. Amerikaner in der fünften, vielleicht sogar sechsten Generation. In dem

Artikel steht, daß sein Ururgroßvater im Bürgerkrieg gekämpft hat. Er denkt nicht wie wir. Er ist ein Yankee, ein WASP–»

«WASP – das heißt doch aber weiß, angelsächsisch, protestantisch.»

«Na schön, ist er eben ein Protestant, aber Sie wissen schon, wie ich's meine. Er ist nicht wie wir, und das bedeutet Ärger. Nehmen Sie diese Stellenbeschreibungen, die er von uns verlangt. Ich will nicht sagen, daß etwa Sam Feinberg nicht auf so eine Idee hätte kommen können, als er Präsident wurde. Ich kann mir sogar vorstellen, daß er die Fragebogen herumgeschickt hätte. Vielleicht hätte er sie sogar gelesen. Aber dann hätte er die Dinger in eine Schublade gestopft und nie wieder einen Gedanken daran verschwendet. Howard Magnuson macht das ganz anders, warten Sie nur ab. Er wird jeden einzelnen Bogen durchackern, wird die Angaben miteinander vergleichen, und wenn sie sich nicht decken, gibt's Zores.» Sein Ton wurde auffallend beiläufig, und der Rabbi ahnte, daß er jetzt mit dem wahren Grund für seinen Besuch herausrücken würde. «Und da hab ich mir gedacht, weil wir doch beide auf unsere Art die Oberaufsicht über die Religionsschule haben, daß wir unsere Stellenbeschreibungen aufeinander abstimmen sollten, damit sie sich, will ich mal sagen, ergänzen und sich nicht etwa widersprechen.» Er sah den Rabbi erwartungsvoll an.

«Ich habe keine Stellenbeschreibung gemacht.»

«Haben Sie keinen Fragebogen bekommen?»

«Doch, aber wohl nur irrtümlich.»

«Wenn er an Sie gegangen ist, war es kein Irrtum, David. Magnuson erwartet von Ihnen, daß Sie den Wisch ausfüllen.»

«Er war an die Mitarbeiter der Synagoge gerichtet, an die Angestellten», sagte der Rabbi, «und ich betrachte mich nicht als Angestellten.»

«Ich weiß schon, Sie sind der Rabbi des ganzen Gemeinwesens und nicht nur der Synagogengemeinde, das haben Sie uns ja oft genug gesagt, aber bezahlt werden Sie von der Synagoge, und in Magnusons Augen sind Sie damit dort angestellt. Vergessen Sie nie, daß Sie es nicht mit Sam Feinberg zu tun haben, David», sagte er deutlich besorgt, «sondern mit Howard Magnuson.»

«Und wo ist da der Unterschied?»

«Genau das versuche ich Ihnen ja gerade klarzumachen. Für Sam Feinberg und für uns sind Sie der Rabbi, so was Ähnliches wie für einen Iren der Priester. Aber für Howard Magnuson sind Sie einfach ein Angestellter, ein Untergebener, einer von denen, die er sein Leben lang herumkommandiert hat.»

11

Das untere Drittel der Schaufensterscheibe bedeckte ein Schild, das in großen Lettern forderte: Wählt Scofield zum Senator! Darunter stand kursiv und in Anführungszeichen: *«Unser Motto: Bewährtes bewahren!»* In dem Laden standen ein Schreibtisch, ein langer Tisch, der mit Stößen von Wahlkampfmaterial vollgepackt war, vier hölzerne Lehnsessel, zwei stählerne Aktenschränke und ein Stapel Klappstühle – alles von einem Büroausstatter am Ort gemietet. Hinter einer Trennwand verbargen sich ein Kleiderschrank, Toilette und ein Waschtisch, über dem ein kleiner Spiegel hing.

Wenn man über die High Street ging, konnte man meist knapp über dem Schild im Schaufenster Lauras Kopf sehen, wenn sie gerade am Schreibtisch saß. Auch jetzt saß sie dort und sah die Post durch. Sie schlitzte die Umschläge auf, prüfte kurz den Inhalt und legte sie auf einen von mehreren Stapeln, die sie vor sich aufgebaut hatte. Auf den einen kamen Werbebroschüren von Druckereien, Herstellern von Plastikbuttons, Ausschnittbüros, Fotografen, Elektronikläden, die Lautsprechersysteme vermieteten – alles Dinge, die man vielleicht für den Wahlkampf brauchen würde. Auf einen zweiten kamen Rechnungen – die meisten von Firmen dieser Art –, der dritte, wichtigste bestand aus Briefen, die Spenden enthielten. In einem war ein ganzer Bogen Briefmarken, in einem ein Scheck über 100 Dollar. Als sie ihn mit nur schlecht verhehlter Aufregung Scofield zeigte, nickte er sachlich, nachdem er einen Blick auf die Unterschrift geworfen hatte. «Mein Schwager. Dem hat bestimmt meine Schwester keine Ruhe gelassen.»

Sie vermerkte bei jeder Spende Namen, Adresse und Betrag und sah darauf, möglichst ein oder zwei Tage nach Eingang der Briefe ein bestätigendes Dankschreiben abzuschicken. Dazu hatte sie drei Formbriefe entworfen, einen für kleine Spenden (unter 5 Dollar), einen für größere und einen für Beträge über 50 Dollar. Dieser dritte Formbrief fand zu ihrem Leidwesen nur selten Verwendung. Manchmal bekam sie anonyme Spenden in bar, und in solchen Fällen legte sie 5 oder 10 Dollar aus ihrer eigenen Tasche dazu.

Sie kam vormittags gegen zehn, blieb bis zwölf und ging dann zum Mittagessen nach Hause. Während dieser Zeit hängte sie einen Zettel ins Fenster, daß sie nachmittags wieder zu erreichen sei. Gegen zwei kehrte sie zurück. Häufig gab es nichts für sie zu tun, dann las sie das Lokalblättchen und die Bostoner Zeitungen und schnitt Artikel für Scofield aus. Manchmal tauchte jemand auf, um einen Ratschlag loszuwerden: «Wissen Sie, Scofield sollte seine Gegner zu einer Podiumsdiskussion auffordern. Da könnte er mal zeigen, was er kann ...» Eine Einladung auszusprechen: «Wir haben so eine Diskussionsgruppe, die sich einmal in der Woche trifft, da kommen alle möglichen Themen zur Sprache, von den Vereinten Nationen bis zum Knöterich. Mit Scofield könnten wir an einem Abend auch mal über Kommunalpolitik reden ...» Um Informationen zu erbitten: «Wie steht er zur Überprüfung der Hafenvorlage? Das möchte ich jetzt mal wissen ...» Um Hilfe anzubieten: «Ich habe mir gedacht, daß Sie vielleicht jemanden für halbtags brauchen. Ich hab zwei Kinder, aber vormittags bin ich frei, weil sie da in der Schule sind. Ich kann ablegen und tippen, allerdings nicht sehr schnell ...» Oder: «Brauchen Sie vielleicht einen guten Fahrer? Um Sie zu Versammlungen zu fahren oder so ...» Oder: «Haben Sie schon genug Leute zur Betreuung der Wahllokale?» Oder – weit vorausschauend: «Ich bin ein erstklassiger Gärtner. Vielleicht kennt Mr. Scofield 'ne Regierungsstelle, wo man so was braucht ...»

Tagsüber war Scofield selten da. Er erschien am späten Nachmittag, wenn er in Salem Feierabend gemacht hatte. Dann berichtete Laura ihm, was sich an diesem Tag getan hatte, und zeigte ihm die Zeitungsausschnitte, und sie besprachen die weitere Strategie. Von Anfang an, fand sie, sah er seine Chancen übertrieben pessimistisch.

Als sie ihm ihre Hilfe angetragen hatte, sagte er: «Hilfe kann ich natürlich gebrauchen, aber ich könnte Ihnen nicht sehr viel zahlen, vielleicht überhaupt nichts bis nach der Wahl – falls ich gewinne.»

«Darauf kommt es mir nicht an. Ich bin auf das Geld nicht angewiesen, und Zeit habe ich reichlich.»

«Sehr nett von Ihnen, aber –»

«Wer ist Ihr Wahlkampfmanager? Wer macht Ihre Organisation? Wo haben Sie Ihre Zentrale?»

«Bisher habe ich das von meinem Büro in Salem aus erledigt. Viel habe ich noch nicht gemacht. In der Kanzlei gegenüber sitzt so ein alter Knabe, ein gewisser J. J. Mulcahey, der hat mir diesen Floh eigentlich erst ins Ohr gesetzt und gibt mir hier und da einen Tip, aber –»

«Eine Zentrale in Salem ist unmöglich, das ist ja nicht einmal Ihr Bezirk. Sie brauchen was in Barnard's Crossing. Einen leeren Laden.»

«Aber das kann ganz schön ins Geld gehen. Außerdem hab ich einfach nicht die Zeit, mich nach so was umzusehen. Und dann braucht man ja auch Möbel, zumindest einen Schreibtisch und einen Aktenschrank. Die könnte ich vielleicht gebraucht kriegen, aber –»

«So was kann man mieten. Und für die paar Monate bis zur Wahl dürfte ein Laden nicht viel kosten.»

«Meinen Sie? Nachdem ich mich zu der Kandidatur entschlossen hatte, habe ich ein, zwei Makler angerufen, einer hat 1000 Dollar im Monat verlangt, Vorauszahlung und bar auf die Hand ...»

«Und wenn ich mich mal umsehen würde?»

«Ja, also ...»

Wenige Tage später rief sie ihn im Büro an. «Kennen Sie den Laden auf der High Street, hinter dem Marktplatz? Den kann ich für 100 Dollar pro Monat bekommen, von jetzt bis zum November.»

«100 Dollar? Donnerwetter. Wie haben Sie das geschafft?»

«Indem ich darauf hingewiesen habe, daß Ihre Chancen gut stehen und daß es keine schlechte Sache ist, einen Senator im Bekanntenkreis zu haben. Ich hatte mich vorher erkundigt und in Erfahrung gebracht, daß sie mal Ärger mit der Baubehörde hatten.»

«Das ist ja phantastisch. Muß ich einen Mietvertrag unterschreiben? Und wollen Sie einen Scheck für die erste Monatsmiete haben?»

«Ich könnte mit einem Scheck von mir zahlen, und Sie können mir das Geld irgendwann wiedergeben. Ich mußte mich als Ihr Wahlkampfmanager ausgeben, um ernstgenommen zu werden. Sie hätten sonst gedacht, daß ich mich nur wichtig machen will.»

«Alles klar. Nur weiter so.»

«Wenn Sie wollen, kümmere ich mich mal um die Möbel.»

«Ja, gern. Möbel müssen sein.»

Sie unterschrieb den Mietvertrag, beschaffte die Möbel, verhandelte wegen des Drucks von Wahlkampfbroschüren und Briefbogen. Einigermaßen verdutzt, erzählte er Mulcahey davon.

Der Kollege nickte nachdenklich. «Das ist das Schöne an der Politik. Die Trittbrettfahrer stellen sich schnell genug ein. Wie sieht sie aus?»

«Sehr nett – auf eine streng sachliche Art. In Partykluft könnte sie wahrscheinlich umwerfend sein. Aber eine gutaussehende Frau, unbedingt.»

«Hast du schon versucht, dich an sie ranzumachen?»

«Natürlich nicht. Hast du vergessen, wer sie ist? Ihr Vater ist Howard Magnuson, von Magnuson & Beck.»

«Na und?» Mulcahey schlug seine ordinäre Lache an. «Untenrum dürfte sie nicht anders gebaut sein als andere Weiber auch. Ich will dir mal was sagen, mein Junge. Du bist nur ein neues Spielzeug für sie, so 'n reiches Mädel braucht einfach Abwechslung.» Das klang verächtlich, er ärgerte sich ein bißchen, daß sie ihn aus seiner Position als Mentor, Lenker und Betreuer von Scofields Karriere verdrängt hatte. «Wenn sie nach ein, zwei Wochen das Politikspielen satt hat, läßt sie dich sitzen, verlaß dich drauf.»

«Das glaube ich nicht. Sie – sie engagiert sich da nämlich mehr als ich.» Er lachte verlegen. Nicht einmal sich selbst gegenüber mochte er sich eingestehen, daß er sich zu dem Wahlkampf nur von Mulcahey hatte überreden lassen und daß es allein Lauras Interesse war, das ihn bei der Stange hielt. Bisher hatte der Zustrom von Mandanten noch nicht eingesetzt, den Mulcahey vorhergesagt hatte, und die ihm immer häufiger auf den Tisch flatternden Rechnungen beunruhigten ihn allmählich. Er besaß einen Notgroschen von etwa 6000 Dollar – den Rest seines Anteils aus dem Verkauf des elterlichen Hauses – und war fest davon überzeugt, daß der Wahlkampf diese Summe bis auf den letzten Dollar verschlingen würde.

Zuerst war er ganz bereitwillig zu allen möglichen politischen Versammlungen gegangen, war auf Lauras Drängen hin aufgestanden, um Fragen zu stellen oder eine Bemerkung zu machen, wobei er sich immer als Kandidat für den Senat vorstellte. Aber als er weder politisch noch geschäftlich so recht vorankam, hatte ihn der

Mut verlassen. Und wenn ihm jetzt Laura von einer Gruppe erzählte, die sich traf, um über die Vorlage zum Umbau des Hafens zu sprechen, und meinte, es sei bestimmt günstig, dort zu erscheinen und seine Einstellung kundzutun, verschanzte er sich gern für diesen Abend hinter beruflichen Verpflichtungen, gab vor, in der juristischen Bibliothek etwas nachschlagen oder sich auf eine Verhandlung vorbereiten zu müssen. Er schätzte seine Chancen so gering ein, daß auch Laura sich allmählich Gedanken darüber machte, ob sie nicht auf einen Verlierer gesetzt hatte. Als der Barnard's Crossing *Courier* einen Bericht über eine telefonische Meinungsumfrage veröffentlichte, aus der hervorging, daß die drei Kandidaten in der Wählergunst praktisch Kopf an Kopf lagen, zeigte Scofield keine große Begeisterung.

«Was ist schon dran, wenn man mit zwei anderen Kopf an Kopf liegt?» fragte er trübselig. «Gefragt wurde in erster Linie nach den Posten von Gouverneur, Stellvertreter und Justizminister. Als sie dann zum Senat kamen, haben sie wahrscheinlich einfach die drei Namen Scofield, Baggio und Cash vorgelesen und haben wissen wollen, welcher der Befragten am sympathischsten ist. Wenn sie dabei alphabetisch vorgegangen sind, kam mein Name zuletzt. Der Durchschnittsbürger, dem die Sache sowieso ziemlich egal ist, hält sich an den letzten Namen, den er hört. Baggio und Cash sind beide Profis, sie haben eine Organisation hinter sich, sie kennen Leute, denen sie mal einen Gefallen getan haben oder die sich eine Gefälligkeit von ihnen erhoffen. Was für Chancen hat da schon ein Neuling?»

«Ganz falsch! Wissen Sie, warum Cash sich um den Senatorenposten bewirbt statt noch einmal für das Abgeordnetenhaus zu kandidieren? Weil er keine Chance hat, dort wiedergewählt zu werden, da können Sie fragen, wen Sie wollen. Daß er gegen die Hafenvorlage gestimmt hat, vergessen ihm die Leute in Lynn nie. Bei der Kandidatur für den Senat hofft er auf Stimmen aus Chelsea und Revere und Barnard's Crossing, um damit die Niederlage auszugleichen, die ihm Lynn bereiten wird. Er rechnet nicht mit einem Sieg. Wenn er verliert, ist er, weil es ein höheres Amt ist, politisch nicht so unten durch wie bei einer Wahlniederlage im Abgeordnetenhaus.»

«Ja, davon habe ich auch schon läuten hören, aber –»

«Und Baggio hat nur in Revere ein Renommee. Und bei der

Zweitentscheidung liegen Sie eindeutig in Führung.» Sie streckte ihm die Zeitung hin.

Aber er griff nicht danach, sondern fragte: «Was verstehen Sie unter Zweitentscheidung?»

«Jeder Befragte mußte angeben, wer sein bevorzugter Kandidat war, und wen er an die zweite Stelle setzen würde. Die Leute, die für Cash waren, haben sich teils für Sie und teils für Baggio an zweiter Stelle ausgesprochen, aber Ihre Leute haben sich für Baggio entschieden und Baggios Leute für Sie.»

«Na und?»

«Und das bedeutet, daß viele nicht so sehr für einen Kandidaten als gegen Cash sind. Wenn es Ihnen gelingt, Baggio ein paar Stimmen abzujagen, haben Sie's geschafft.»

«Und wenn es ihm gelingt, mir ein paar Stimmen abzujagen, hat er es geschafft. Leider sind wir hier nicht beim Pferderennen mit erstem, zweitem und drittem Sieger. Hier zählt nur der erste Platz.»

Sie ärgerte sich über ihn und mehr noch über sich. Hatte sie ihn falsch beurteilt, sich so völlig in seinem Charakter getäuscht? Sollte sie sich zurückziehen? Vielleicht lohnte der Einsatz wirklich nicht.

«Es kann sein, daß ich verreisen muß», tastete sie sich vor. «Hätten Sie jemanden, der mich inzwischen hier vertreten könnte?»

«Wie lange wär das denn?»

«Ein, zwei Wochen, vielleicht auch länger.»

«Ach, da komme ich schon zurecht. Ich kann ja inzwischen den Laden dichtmachen und nachmittags nur mal nach der Post sehen.»

Der Mann war unmöglich. Dabei brachte er alle Voraussetzungen mit. Er war groß, sah gut aus, war umgänglich und sympathisch. Sein Name war stadtbekannt, er war auf den richtigen Schulen, am richtigen College, auf der richtigen Universität gewesen. Gab es denn keine Möglichkeit, zu ihm durchzudringen, Verlangen und Ehrgeiz in ihm zu wecken, ihm den entscheidenden Schubs zu geben? Was war nur los mit ihm?

12

Howard Magnuson zeigte sogleich seine Effizienz, indem er mit den Vorstandssitzungen Schlag neun begann und sie nicht um zwölf, sondern gegen elf beendete. Wer früh essen wollte, um den Nachmittag auf dem Golfplatz zu verbringen, begrüßte die Neuerung, aber andere, die ihre Kinder sonntags in die Religionsschule brachten und ohnehin bis zwölf warten mußten, um sie wieder heimzufahren, wußten in dieser einen Stunde nicht recht, was sie anfangen sollten.

Der Rabbi nahm an den Sitzungen nicht teil und bekam den neuen Präsidenten kaum zu sehen. Über einen Monat wechselten sie kein Wort miteinander. Zum Gottesdienst am Freitagabend erschien Magnuson nicht, und beim täglichen Minjan ließ er sich schon gar nicht sehen. Und er hatte auch kein Büro in der Synagoge, wo der Rabbi höflichkeitshalber hätte hereinschauen können. Er überlegte, ob er Magnuson abends einmal anrufen und ihn fragen sollte, ob er kurz vorbeikommen könne. Aber dann sagte er zu Miriam: «Es ist seine Sache, mich anzusprechen. Wenn ich ihn anrufe, denkt er womöglich, ich will mich aufdrängen.»

«Aber er ist jetzt seit über einem Monat im Amt –»

«Und wennschon. Er ist vermutlich ein vielbeschäftigter Mann, und bisher hat sich eben nichts ergeben, was mich unmittelbar betrifft.»

Verschiedene Vorstandsmitglieder erzählten ihm das eine oder andere. Magnuson war offenbar beliebt, hauptsächlich weil er sich, entgegen der ursprünglichen Befürchtung, er könne kühl und unnahbar sein, umgänglich und liebenswürdig gab. Der wirtschaftliche und gesellschaftliche Graben zwischen den Gemeindemitgliedern und ihrem neuen Präsidenten blieb ihnen zwar bewußt, doch sie ließen das Magnuson weniger durch Zurückhaltung als durch eine Art kindlicher Hochachtung spüren, mit dem Ergebnis, daß er ihnen seinerseits eine fast väterliche Fürsorge entgegenbrachte.

Harry Berg, der einen aus drei Lebensmittelgeschäften bestehenden Filialbetrieb hatte, berichtete: «Ich erzähle Bud Green von dem Zores, den ich mit unserer Bank wegen eines Kredits habe. Howard bekommt das mit und sagt: ‹Versuchen Sie's doch in der Hauptstelle in Boston. Kann sein, daß die Filiale auf so was nicht so recht eingerichtet ist. Ich kenne den Leiter der Kreditabteilung.

Wenn Sie wollen, ruf ich ihn mal an.› Ja, gern, sag ich – und stellt euch vor, wie ich hinkomme, empfängt der Mann mich wie den reichen Onkel aus Übersee.»

Der Dermatologe Dr. Laurence Cohen, der gern ein bißchen an der Börse spekulierte, erzählte, wie er beiläufig eine Aktie erwähnt hatte, deren Wert sich angeblich in zwei Monaten verdoppeln sollte. «Ich hatte was von einem Übernahmeangebot läuten hören. Da zieht Howard ein Gesicht und meint, da sei er nicht so sicher. Ob er was wüßte, frag ich ihn, und er sagt klipp und klar, daß aus der Übernahme nichts wird. Also hab ich nicht gekauft, und die Aktien sind inzwischen um zwanzig Punkte gefallen.»

Al Rollins war davon überzeugt, daß Howard Magnuson seiner Tochter zu einem Platz an dem College ihrer Wahl verholfen hatte, «und noch dazu mit einem Teilstipendium», weil er an der richtigen Stelle ein gutes Wort für sie eingelegt hatte. Die einzige negative Beurteilung kam von Chester Kaplan, den der Rabbi beim täglichen Minjan sah. «Der Mann ist ein richtiger Goj, kommt am Schabbes nicht zu den Gottesdiensten, war noch nicht ein einziges Mal beim Minjan. Nicht mal am Yom Kippur. Ich –»

«Zu Yom Kippur war er in der Synagoge», unterbrach der Rabbi ihn rasch. «Ich habe ihn gesehen.»

«Vormittags vielleicht, auf eine Stunde. Und dann ist er zum Essen nach Hause gegangen, wollen wir wetten? Und so was ist Präsident.»

«Die meisten unserer Präsidenten waren nicht fromm», sagte der Rabbi. «Von Jacob Wasserman und Ihnen einmal abgesehen.»

«Schön, sie waren nicht fromm, aber sie sind zumindest in frommen Familien aufgewachsen, ihre Eltern haben noch auf Tradition gehalten. Sie waren nicht regelmäßig beim Minjan, aber zumindest zur Jahrzeit sind sie gekommen, wenn sie den Kaddisch sprechen mußten. Aber der hier läßt sich überhaupt nicht sehen. Hat er sich seit seinem Amtsantritt schon mal mit Ihnen beraten, Rabbi? Haben Sie überhaupt schon mit ihm gesprochen?»

«Nein, aber –»

«Na, was sag ich?» triumphierte Kaplan. «Da wird einer Vorsteher der Gemeinde und setzt sich nicht mal mit dem Rabbi zusammen.»

Der Rabbi lächelte. «Wenn es mich nicht stört, warum sollten dann Sie daran Anstoß nehmen?»

Aber am nächsten Sonntag sprach Howard Magnuson ihn dann doch von sich aus an. Kurz nach Ende der Vorstandssitzung klopfte es, und Magnuson betrat das Büro des Rabbi.

«Ich habe bei den Vorstandssitzungen mit Ihnen gerechnet, aber dort lassen Sie sich offenbar nicht mehr sehen», sagte er und nahm auf dem Besucherstuhl Platz.

«Ich bin nicht gekommen, weil ich nicht eingeladen war.»

«Brauchen Sie eine besondere Einladung?» fragte Magnuson leicht ironisch.

«Es muß keine besondere Einladung sein – aber eine Einladung täte schon not.» Der Rabbi lächelte.

«Das verstehe ich nicht.»

«Sehen Sie, ich bin nicht Mitglied des Vorstands und strenggenommen nicht einmal Mitarbeiter des Tempels, deshalb nehme ich an den Vorstandssitzungen nur auf Einladung des Präsidenten teil. Meist fordert mich der neue Vorsitzende zu Beginn seiner Amtszeit auf, zu den Sitzungen zu kommen. Aber das ist durchaus nicht die Regel. Es gab Vorsitzende, die mich gar nicht oder nur zu der einen oder anderen Sitzung eingeladen haben, wenn Fragen anstanden, zu denen ich ihrer Meinung nach etwas Zweckdienliches sagen konnte.»

«Das wußte ich nicht. Ich bin ja neu in diesem Spiel. Gut, daß Sie es mir sagen. Dann lade ich Sie also hiermit ein, an den Vorstandssitzungen teilzunehmen.»

«Besten Dank. Ich werde versuchen, regelmäßig zu erscheinen.»

Magnuson lächelte. «Mir liegt nämlich Ihre Stellenbeschreibung noch nicht vor, sonst hätte ich daraus vielleicht ersehen, daß Sie an den Vorstandssitzungen nur auf besondere Einladung teilnehmen. Arbeiten Sie noch daran?»

«Nein, ich hatte nicht die Absicht, Ihnen eine Stellenbeschreibung zu geben. Ich habe Ihr Schreiben nicht auf mich bezogen, weil ich nicht bei der Synagoge angestellt bin.»

«Nein? Beziehen Sie nicht Ihr Gehalt von uns?»

«Doch, aber das ist mehr im Sinne einer Beihilfe. Ich bin Rabbi der jüdischen Gemeinde von Barnard's Crossing und für die gesamte jüdische Bevölkerung da, ob sie nun Mitglieder der Synagoge sind oder nicht.»

«Sie sehen sich also als Berater, in der Art eines Wirtschaftsprüfers oder juristischen Beistands in einer Firma, nur daß Sie ein regelmäßiges Einkommen beziehen.»

«Ja, so ähnlich, allerdings mit dem Unterschied, daß die nur tätig werden, wenn man an sie herantritt, während ich von mir aus aktiv werden kann. Sollte der Vorstand etwas vorschlagen, was nach meiner Auffassung unseren Gesetzen oder unserer Tradition zuwiderläuft – die Entscheidung darüber liegt übrigens bei mir –, würde ich es verbieten.»

«Und was geschieht, wenn wir – das heißt die Synagogenverwaltung – uns über Ihre Weisungen hinwegsetzen? Verklagen könnten Sie uns wohl kaum.»

«Nicht bei einem weltlichen Gericht, aber ich könnte mich an ein Rabbinergericht wenden. Vermutlich würde ich mich aber von einer solchen Entscheidung lediglich durch meinen Rücktritt distanzieren. Bei einer Grundsatzfrage könnte ich Sie bei der Rabbinerverwaltung anzeigen oder die Sache vor der ganzen jüdischen Gemeinde zur Sprache bringen.»

«Das war mir neu. Aber so was geschieht wohl nicht oft, wie?»

Der Rabbi lächelte belustigt. «Nein, allerdings nicht. Es ist sehr selten.»

Magnuson sah den Rabbi fragend an. «Ist das alles oder gehört noch mehr dazu?»

«Sehr viel mehr. Ich habe die Oberaufsicht über die Schule und die Gottesdienste. Ich lehre in Vorträgen und Predigten unsere Tradition. Ich vertrete bei Kontakten mit der Stadt häufig die jüdische Gemeinde. Einmal habe ich auch Rabbinergericht gehalten und auf Grund des vorliegenden Beweismaterials in einer rein weltlichen Angelegenheit ein Urteil gefällt. Ja, und dann bin ich auch noch so etwas wie der hiesige Hort der Gelehrsamkeit. Dazu kommen die Dienstleistungen, die man normalerweise von einem Rabbi erwartet – Eheschließungen, Scheidungen, Konversionen, Beerdigungen.»

«Da haben Sie ja wirklich alle Hände voll zu tun, Rabbi.»

Neben Ironie lag in Magnusons Stimme auch ein gut Teil Respekt. «Schön, daß Sie mir das alles so genau geschildert haben. Damit haben Sie mir praktisch Ihre Stellenbeschreibung mündlich gegeben.»

«Gern geschehen. Aber da wir zusammenarbeiten müssen, hätte ich auch ganz gern – nein, keine Stellenbeschreibung, aber in etwa eine Vorstellung, wie Sie zu unserer Synagoge und der Gemeinde stehen und was Sie für Pläne haben.»

Magnuson nickte. «Das ist nur recht und billig. Also gut. Ich bin Geschäftsmann – von der Philosophie und der Überzeugung her.»

Der Rabbi lächelte ein wenig. «Soll das heißen, daß Sie versuchen werden, die Synagoge zu einem gewinnbringenden Unternehmen auszubauen?»

Magnuson gab, um zu zeigen, daß er nicht gekränkt war, das Lächeln zurück. «Nein, Rabbi. Das soll heißen, daß ich Geschäftsmann in dem Sinne bin, daß ich die Probleme geschäftsmäßig angehe, so wie ein Wissenschaftler sie vermutlich wissenschaftlich angehen würde. Deshalb habe ich von den Angestellten Stellenbeschreibungen erbeten. Ich werde Organisationspläne ausarbeiten lassen –»

«Und Sie glauben, das bringt uns weiter?»

«Schaden kann es nie, glauben Sie mir. Nur ein Beispiel: Um die Religionsschule kümmern sich ein Schulausschuß, ein Schulleiter und der Rabbi. Was passiert, wenn Schüler oder Eltern eine Beschwerde haben? Wenden sie sich an den Rabbi, an Brooks, an den Schulausschuß, vielleicht gar an mich? Es ist viel wert, solche Sachen ganz klar festzulegen. Ich habe mal eine Firma übernommen, die nur drei Mitarbeiter hatte.» Er hielt zur Verdeutlichung drei Finger hoch. «Jawohl, ganze drei. Und sie steckte tief in den roten Zahlen. Ich ging die Sache nach meiner Methode an, stellte klar, wer für was verantwortlich war, und ein halbes Jahr später machte das Unternehmen Gewinn, und der Mitarbeiterstab war auf zwanzig Personen angewachsen. Während aber viele, ja, vielleicht die meisten Geschäftsleute nur auf den Profit starren, sind mir auch andere Dinge wichtig. Ich wollte ein besseres Betriebsklima schaffen, wollte diesen drei Mitarbeitern den Weg zu Wachstum und Fortschritt weisen.»

«Verstehe.»

«Für mich ist der Profit nur ein Indiz dafür, daß ich auf dem richtigen Weg bin. Es ist der Beweis für den Erfolg der Methode.» Er lehnte sich zurück. «Als mein Vater und seine Partner 1929 das Warenhaus in Boston verkauften, hatten sie einen Haufen Bargeld zur Verfügung. In England hätte mein Vater vielleicht Land gekauft und sich als Gutsbesitzer, als Landadeliger niedergelassen. So was ist in den Staaten nicht üblich. Statt dessen begannen Magnuson

&Beck Unternehmen aufzukaufen, und wir wurden zu dem, was man heute einen Mischkonzern nennt. Wir hatten Glück – nicht nur, weil wir noch vor dem großen Bankenkrach verkauft, sondern weil wir hinterher Bargeld zur Verfügung hatten. Wir haben eine Menge Geld verdient. Als meine Brüder und ich mündig wurden, konnten wir frei wählen, welchen Weg wir gehen wollten. Mein ältester Bruder, Myron, entschied sich fürs Nichtstun.»

«Fürs Nichtstun?»

«Er lebt in Paris, geht ins Theater und in Museen, macht Reisen und Besuche bei seinen vielen Freunden und Bekannten. Er ist unverheiratet.»

«Muß ziemlich anstrengend sein», sagte der Rabbi.

Magnuson nickte. «Ganz meine Meinung. Aber ihm scheint's Spaß zu machen. Ich denke mir, daß er nach Frankreich gegangen ist, weil man für diese Lebensweise dort mehr Verständnis hat als hier. Mein zweiter Bruder, Lawrence, ist Mediziner in New York. Ich beschloß, Geschäftsmann zu werden, aber lege mein Geld nur in Projekten an, die mich interessieren. So habe ich zum Beispiel ein kleines Baseball-Team, weil ich Spaß am Baseball habe. Bisher wirft es noch keinen Gewinn ab», setzte er fast etwas verlegen hinzu. «Vielleicht ist meine Methode für Baseball doch weniger geeignet.»

«Und was ist aus Beck geworden?» fragte der Rabbi.

Magnuson lachte. «Ich habe sie geheiratet. Marcus Beck hatte nur die eine Tochter, Sophia. Wir sind zusammen aufgewachsen und waren, wie man so schön sagt, füreinander bestimmt. Es heißt ja, daß so etwas im allgemeinen nicht funktioniert, aber bei uns hat es geklappt.»

«Haben Sie Kinder, Mr. Magnuson?»

«Eine Tochter», erwiderte er mit unverkennbarem Stolz. «Sie hat ihr Examen in Bryn Mawr mit *magna cum laude* gemacht und dann an der London School of Economics Politische Wissenschaft studiert. Sie interessiert sich für Politik.»

«Sie scheinen nicht unzufrieden mit ihr zu sein», sagte der Rabbi lächelnd.

Magnuson strahlte. «Sie ist unser Lebensinhalt.»

«Interessiert sie sich für die Synagoge?»

Magnuson schüttelte den Kopf. «Das ist bei den jungen Leuten heutzutage nicht mehr üblich. Gewiß, als Kind ist sie zur Sonntagsschule gegangen, aber ich glaube nicht, daß davon viel hängengeblieben ist, obgleich sie ihre Großmutter mütterlicherseits sehr gern gehabt hat – und die Becks traditionsbewußter waren, als ich es bin. Meine Schwiegermutter hatte kein getrenntes Geschirr für Fleisch und Milchernes, sie war nicht fanatisch, vermutlich hätte ihre Köchin sich das auch gar nicht gefallen lassen. Aber wenn wir zum Essen hinkamen, hatte sie, wenn Fleisch aufgetragen wurde, nie Butter auf dem Tisch. Doch wenn wir Laura mitbrachten, bestand sie darauf, daß das Kind ein Glas Milch bekam. Ein bißchen widersprüchlich, wie? Sophia hat sie immer damit aufgezogen.» Er lächelte verlegen, offenbar dämmerte es ihm, daß ein Rabbi seine großzügige Auslegung der Essensvorschriften nicht so lustig finden mochte. Rasch wechselte er das Thema. «Haben Sie Kinder, Rabbi?»

«Zwei. Jonathan geht nächstes Jahr aufs College, und Hepsibah kommt in die Oberschule.»

«Machen sie Ihnen Ärger?»

«Natürlich. Dazu hat man die Kinder ja.»

«Wie soll ich das verstehen?»

Der Rabbi lachte in sich hinein. «Ich habe natürlich nur Spaß gemacht. Aber ich habe oft den Eindruck, daß die Unverheirateten und die kinderlosen Ehepaare in meinem Bekanntenkreis sich über einen fehlenden Hemdenknopf oder einen schmutzigen Aschenbecher oder etwas ähnlich Albernes ebenso aufregen wie ich, wenn eins meiner Kinder Fieber hat. Ich denke mir, daß jedem von uns sein Teil Kummer und Sorgen zugemessen ist, und wenn die Sorgen sich nicht auf etwas Sinnvolles richten können wie auf ein krankes Kind, kreisen sie eben um dumme, triviale Dinge. Ich glaube, Kinder geben uns ein Gefühl für Verhältnismäßigkeit.»

«Was für Ärger haben Sie denn mit ihnen?»

«Nichts Ernstes. Hepsibah ist in einem Alter, in dem die Meinung der Gleichaltrigen furchtbar wichtig ist, besonders was Garderobenfragen und die Wahl der einschlägigen Discos und dergleichen angeht. Aber das trifft hauptsächlich ihre Mutter. Und Jonathan macht sich Gedanken über seinen künftigen Beruf. Letztes Jahr wollte er Profi-Baseballspieler werden.»

«Ist er begabt? Dann könnte ich vielleicht was für ihn tun. Wie gesagt, mir gehört ein Baseballclub ...»

Der Rabbi lächelte. «Das Angebot kommt zu spät. Dieses Jahr

will er Gehirnchirurg werden. Allerdings weiß ich nicht genau, ob das noch der neueste Stand ist.»

«Verstehe. Aber versuchen Sie nicht, ihn in eine bestimmte Richtung zu lenken?»

Der Rabbi schüttelte den Kopf. «Die Weisen sagten, jeder Vater habe vier Pflichten seinem Sohn gegenüber. Er müsse ihn beschneiden lassen, ihn die Thora lehren, ihn ein Handwerk lernen lassen und ihn verheiraten. Der ersten Aufgabe bin ich natürlich nachgekommen, und die anderen drei Forderungen interpretiere ich großzügig. Eine geisteswissenschaftlich ausgerichtete Schulbildung ist wohl mit der Lehre der Thora zu vereinbaren, und ein Universitätsstudium sehe ich als einen möglichen Ersatz für ein Handwerk. Ich fürchte allerdings, daß er sich die Ehefrau nicht von mir aussuchen lassen würde.»

«Aber bei der Berufswahl – machen Sie da nicht Ihren Einfluß geltend? Würden Sie es gern sehen, wenn er Rabbi werden würde?»

«Nur wenn das seine eigene Entscheidung wäre. Es ist heutzutage nicht so einfach, Kinder zu lenken und zu leiten.»

«Mag sein. Ich versuche es trotzdem immer wieder. Aber ich bin wohl auch ein eher autoritärer Typ. Auch den Tempel gedenke ich zu lenken und zu leiten, ihn zu meiner Sache zu machen.»

«Und wie stellen Sie sich das vor?» fragte der Rabbi.

«Es ist mein Ziel, die Bedingungen für Arbeit und Gottesdienst zu verbessern. Und ich möchte mehr von unseren Leuten anlocken. Ich wünschte mir, daß alle unsere jüdischen Mitbürger Mitglieder unserer jüdischen Gemeinde werden.»

«Dagegen ist gewiß nichts einzuwenden», sagte der Rabbi unverbindlich.

«Und ich dulde in einem Unternehmen, das ich leite, keinen Streit.» Magnuson lächelte. Es war ein liebenswürdiges Lächeln, aber der Rabbi witterte in den Worten und in dem Lächeln etwas wie eine Herausforderung und eine leise Warnung.

13

Der Drucker nahm seine Brille ab, holte eine andere aus einem Fach des Rollsekretärs und besah sich das Foto, das Tony D'Angelo ihm hinhielt. Dann legte er es sorgsam weg und nahm das Blatt zur Hand, das Tony ihm reichte. Oben stand in Großbuchstaben: KOMITEE BESORGTER BÜRGER. Darunter war die anläßlich des Festbanketts gemachte Aufnahme angeklammert, unter den einzelnen Personen standen die Namen mit Angabe der Vergehen, für die sie verurteilt worden waren: Schwerer Diebstahl, Gewaltverbrechen, Verschwörung zum Betrug. Nur bei einem Mann fehlten der Name und sonstige Angaben.

Der Drucker nickte vor sich hin, dann sah er auf. «Arbeiten Sie noch für Moriarty?»

«Für den Alten, meinen Sie? Na, daß ich nicht gegen ihn arbeite, ist mal sicher», sagte Tony munter.

«Und was wollen Sie jetzt von mir?»

«Ich möchte das hier als Briefbogen gedruckt haben. Ein Blatt, das man einmal falten und in einen Briefumschlag stecken kann.» Er sah sich auf den verstaubten Regalen um, dann griff er nach einem bedruckten Formular. «Etwa in der Größe, aber gutes Papier. Es darf nicht billig aussehen. Das mit den ‹Besorgten Bürgern› kann in die rechte obere Ecke. Klar?»

Der Drucker nickte.

«Das Bild und die Unterschriften hätte ich gern auf der oberen Hälfte des Blattes, direkt über dem Falz. Darunter, unter dem Falz, noch eine Zeile. ‹Kennen Sie die Freunde von Ihrem Senator?›»

«Ihres», sagte der Drucker. «‹Ihres Senators› muß es heißen.»

«Wie? Meinetwegen, Ihres Senators. Oder was halten Sie davon: ‹Was für Freunde hat Ihr Senator?›»

«Das wäre noch besser.»

«Na gut, dann setzen Sie es so.» Er sah zu, wie der Drucker die Änderung mit Bleistift vermerkte. «Was meinen Sie, ob man die Unterschriften mit einem Kästchen umrandet und dann einen Pfeil auf die betreffenden Leute deuten läßt?»

«Machen kann man das natürlich, aber wenn ich die Unterschrift direkt unter die Person setze, ist es eigentlich nicht nötig, der Bezug ist ja klar.» Er besah sich noch einmal das Blatt und das

Foto und streckte einen mit Druckerschwärze verfärbten Finger aus. «Und was ist mit dem?»

«Den lassen wir frei. Kennen Sie ihn?»

Der Drucker schüttelte den Kopf.

«Noch nie was von Tommy Baggio gehört?»

Wieder verneinte der Drucker stumm.

«Er kandidiert für den Senat von Massachusetts.»

«Und das schmeckt euch nicht, wie?»

«Genau. Da ist nur eins – er braucht ein Bärtchen, einen kleinen Hitlerschnurrbart.» Er zog den Zeitungsausschnitt mit Baggios Bild aus der Tasche. «So sieht er jetzt aus. Können Sie ihm wieder zu dem Schnurrbart verhelfen?»

Der Drucker besah sich kurz den Ausschnitt und das Foto. «Kein Problem.»

«Okay. Was wird mich die ganze Sache kosten?»

«Mit Umschlägen?»

«Ja, Umschläge brauchen wir auch. Und auf denen muß in der linken oberen Ecke ‹Komitee Besorgter Bürger› stehen.»

«Keine Adresse?»

«Nein. Nur der Name. Kostenpunkt?»

«Wie hoch soll die Auflage denn sein?»

«Das weiß ich jetzt noch nicht so genau. Ich sag Ihnen was. Machen Sie das Layout und geben Sie mir einen Probeabzug, bis dahin kann ich Ihnen dann sagen, wieviel Sie drucken sollen.»

«Ist gemacht.»

An der Tür blieb Tony noch einmal stehen. «Mir ist da noch was eingefallen. Wir könnten auch einfach drunterschreiben: Kennen Sie den? Das ist nicht so sehr nach der Holzhammermethode.»

«Ich setze mal beides, dann entscheiden Sie, welcher Text Ihnen besser gefällt.»

«Ist ja bestens.»

14

Howard Magnuson deutete auf die Papiere, die auf dem Schreibtisch in seinem Arbeitszimmer ausgebreitet waren. «Ich hab mal ein paar Leute in meinem Bostoner Büro an unsere Gehaltsskala gesetzt», sagte er zu Morris Halperin. «Mich interessierte der Vergleich mit anderen religiösen Institutionen. Da sind ein paar ganz erstaunliche Sachen herausgekommen. Wußten Sie, daß wir alles in allem unseren Leuten sehr viel mehr zahlen als unsere christlichen Freunde ihren Mitarbeitern?»

Halperin nickte. Er hatte das unbehagliche Gefühl, daß ihm der Geschäftsgeist, von dem Magnuson so oft und gern redete, jetzt in Aktion vorgeführt werden sollte. Wenn die Synagogengehälter allgemein höher lagen als die Gehälter, die von den Kirchen gezahlt wurden, lag es auf der Hand, daß sich durch Kürzungen Einsparungen erzielen ließen. Er versuchte, die Frage herunterzuspielen.

«Das ist wie bei dem berühmten Vergleich von Äpfeln und Birnen», meinte er. «Die Arbeit unserer Lehrer in den Religionsschulen, die Fachkräfte sind und die ganze Woche über arbeiten, läßt sich einfach nicht mit der Tätigkeit von Sonntagsschullehrern in den Kirchen vergleichen, die nur eine Stunde unterrichten und in der Mehrzahl interessierte Laien sind. Bei unserem Kantor fällt mir überhaupt keine vergleichbare kirchliche Position ein. Am ehesten entspricht sie noch dem des Chorleiters, aber ganz deckt sich das auch nicht.»

«Ich dachte hauptsächlich an den Rabbi», sagte Magnuson. «Eine Parallele zwischen dem Rabbi und einem protestantischen Pfarrer oder katholischen Priester zu ziehen ist doch bestimmt zulässig.»

«Nur oberflächlich betrachtet», wandte Halperin ein. «Der Pfarrer oder Priester hat eine innere Berufung, er wird auserwählt, das Wort Gottes zu predigen, etwa wie der Prophet Jona.»

«Und weiter?»

«Und deshalb ist er in der Lage eines Menschen, der sich eifrig bemüht, eine nicht sehr gefragte Ware an den Mann zu bringen. Wir haben es hier mit einem Käufermarkt zu tun.»

«Und der Rabbi?»

«Der hat keinen göttlichen Befehl. Er wird Rabbi, wie jemand Jurist oder Mediziner wird, und er geht in eine Gemeinde, weil die ihm einen Vertrag angeboten hat. Deshalb regelt hier das Gesetz von Angebot und Nachfrage den Markt, und Rabbis gibt es eben nicht wie Sand am Meer.»

«Sie scheinen sich auf dem Gebiet recht gut auszukennen.»

Halperin feixte. «Kunststück! Wir haben selber einen Rabbi in der Familie. Meinen kleinen Bruder.»

«Aha. Ja, also den Vergleich mit den Kirchen habe ich eigentlich eher am Rande erwähnt. Was mich hauptsächlich interessiert, ist der Unterschied zwischen den einzelnen Synagogen. Da sind zunächst einmal Abweichungen zwischen den reformierten, den konservativen und den orthodoxen Gemeinden.»

«Das ist klar, denn da kommt es sehr auf die Größe und die finanziellen Verhältnisse der Gemeinde an. Die orthodoxen Gemeinden sind eher klein. Manchmal sind es die Reste einer Gemeinde, die in der Stadt geblieben sind, während die anderen die Abwanderung in die Vororte mitgemacht haben.»

«Das ist mir klar. Trotzdem ist es überraschend. Die Gehälter der Lehrer in den Religionsschulen sind – wenn man die Unterschiede zwischen Groß- und Kleinstädten berücksichtigt – auffallend gleich. Bei den Kantorengehältern dagegen sind die Unterschiede erheblich.»

«Auch die Unterschiede der Stimmen sind erheblich», wandte Halperin ein.

«Gewiß. Aber die Gehälter der Rabbis wiederum liegen – wenn man Größe und sozialen Status der Gemeinden und dergleichen in Rechnung stellt – mehr oder weniger auf einer Ebene.»

«Ach, wirklich?»

«Und deshalb wundere ich mich über das Gehalt, das wir Rabbi Small zahlen. Es liegt beträchtlich unter dem anderer Rabbis in vergleichbaren Stellungen.»

«Das könnte daran liegen, daß er nie um Gehaltserhöhung gebeten hat.»

«Was andere Rabbis sehr wohl tun, wollen Sie sagen ...»

«Ja, entweder sie selbst oder ihre Clique.»

«Ihre Clique? Wie darf ich das verstehen?»

Halperin lehnte sich zurück. «Zum Thema Rabbi muß ich Ihnen wohl noch das eine oder andere beibringen, Mr. Magnuson. Der Rabbi ist, wie viele Mitarbeiter im öffentlichen Dienst – Bürgermeister etwa oder Schulleiter –, in einer etwas prekären Situation. In der Gemeinde gibt's immer ein paar Leute, die mit ihm nicht können. Weil sie mit seinem Vorgänger befreundet waren, oder weil ihre Frauen die Rabbitzin für eingebildet halten, weil ihnen seine Frisur nicht gefällt oder aus irgendeinem anderen der tausend Gründe, warum manche Leute einander nicht leiden können. Er hat einen Dienstvertrag, aber so ein Dienstvertrag ist nicht viel wert.

Wenn sie ihn loswerden wollen, brauchen sie ihm – Vertrag hin, Vertrag her – nur das Leben so schwer wie möglich zu machen. Und weil er schon durch irgendeine Bemerkung in einer Predigt Diskussionen auslösen kann, gibt es immer irgendwelche Grüppchen, die ihn gern loswerden würden. Wenn der Mann klug ist, versucht er deshalb, sobald er neu in eine Gemeinde kommt, ein paar Freunde und Parteigänger zu gewinnen, möglichst natürlich aus dem Kreis der einflußreichen Gemeindemitglieder.»

«Verstehe.»

«Das ist dann seine Clique, die hinter ihm steht und ihn bei Auseinandersetzungen unterstützt. Gehaltsfragen zum Beispiel sind Fragen der Clique. Wenn der Rabbi sich scheut, selbst um Gehaltserhöhung zu bitten oder um ein Sabbatjahr in Israel oder dergleichen, bringt die Clique das im Vorstand zur Sprache.»

«Ja, das ist mir jetzt klar. Und wer gehört zu Rabbi Smalls Clique?»

«Das ist es ja eben – er hat keine. Gewiß, es gibt Leute, die ihn mögen, aber das hindert Rabbi Small nicht daran, ihnen zu widersprechen oder sich in einer Frage, an der ihm besonders viel liegt, gegen sie zu stellen. Ein anderer Rabbi würde die Opposition mit Samthandschuhen anfassen, würde Kompromisse anstreben, um des lieben Friedens willen und um seine Anhänger nicht gegen den Strich zu bürsten – aber nicht Rabbi Small. Man könnte sagen, daß ihm jedes politische Gespür fehlt. Man könnte aber auch sagen, daß ihm solche Sachen völlig schnuppe sind.»

Magnuson nickte. «Es ist wohl am gescheitesten, wenn ich jetzt schnellstens dafür sorge, daß Rabbi Small eine Gehaltserhöhung bekommt.»

Halperin sah ihn verdutzt an.

«Und zwar nicht nur eine symbolische Gehaltserhöhung», fuhr Magnuson fort, «sondern einen ordentlichen Batzen, der ihn auf die gleiche Stufe mit anderen Rabbis in vergleichbaren Gemeinden stellt. Ich dachte an einen Zuschlag von 6000 im Jahr.»

«Aber ... Nein, das verstehe ich beim besten Willen nicht.»

Magnuson lächelte zufrieden. «Zum Thema Unternehmensführung muß ich Ihnen wohl noch das eine oder andere beibringen, Mr. Halperin. Bei der Übernahme eines Unternehmens ist es wichtig, daß die gesamte Führungsmannschaft in der von Ihnen gewünschten Richtung marschiert. Wenn Sie das Gefühl haben, daß einer aus dem Team nicht mitzieht, trennen Sie sich von ihm. Das Dumme daran ist, daß Sie auf diese Weise unter Umständen sehr fähige Leute verlieren. Also versuchen Sie, den Betreffenden für sich zu gewinnen. Manchmal hilft leichter Druck. Wenn das klappt, ist nichts dagegen zu sagen, aber nach meiner Erfahrung ist es besser, wenn Sie dem Mann mehr Geld geben. Falls es ein Gentleman ist, wird er nie vergessen, daß er Ihnen etwas schuldet.»

«Und Sie glauben, der Vorstand macht mit?»

«Ich denke schon. Auf Ihre Stimme und Ihre Unterstützung kann ich wohl zählen.»

«Natürlich.»

«Dann ist ja alles in Ordnung.» Er griff zum Telefon. «So, und jetzt rufe ich den Rabbi an.»

«Sie wollen es ihm sagen, ehe wir darüber abgestimmt haben?»

«Natürlich nicht. Ich will ihm nur sagen, daß es mir lieber wäre, wenn er nicht zur nächsten Vorstandssitzung käme.»

15

Tony D'Angelo sah Al Cashs Sekretärin nach, einer achtenswerten Dame um die Sechzig, die seit vielen Jahren für Cash arbeitete und die soeben das Prescott Building am Central Square von Lynn verlassen hatte. Dann stieg er die Stufen hinauf und betrat Cashs Makler- und Versicherungsbüro.

Unaufgefordert ließ er sich auf dem Besucherstuhl nieder. «Tag, Al», sagte er aufgeräumt.

«Äh ... guten Tag ...» gab Cash verblüfft zurück. «Was wollen Sie denn hier?»

«Bin mit meiner Teuren einkaufen. Begleiten Sie Ihre Frau auch ab und zu, wenn sie einkaufen geht? Frauen holen sich nicht einfach, was sie brauchen, auch wenn sie genau das sehen, worauf sie aus sind. Sie klappern erst noch alle anderen Geschäfte ab, ob ihnen nicht irgendwo was doch noch besser gefällt. Und deshalb hab ich zu ihr gesagt: Wir treffen uns später, Schätzchen. Ja, und weil ich jetzt ein bißchen Zeit hatte und gerade in der Gegend war, hab ich mir gesagt, gehst du mal vorbei und sagst guten Tag.»

«Ich habe Sie länger nicht im Parlament gesehen», meinte Cash.

D'Angelo nickte. «Ja, ich hab mich da ein bißchen rar gemacht.»

«Schickt Moriarty Sie?»

«Der Alte? Sagen wir so: Geschickt hat er mich nicht ...» D'Angelo bedachte Cash mit einem verschwörerischen Lächeln.

«Verstehe. Er will sich nicht engagieren. Okay, was liegt an?»

D'Angelos Lächeln erlosch. Er beugte sich vor und sah den Mann hinter dem Schreibtisch scharf an. «Sie sind in einem Dreierrennen. Wär's Ihnen lieber, wenn's ein Zweierrennen wäre?»

«Und wer wären die zwei?»

«Sie und Scofield.»

«Sie meinen, Baggio könnte aussteigen? Haben Sie was gegen ihn in der Hand?»

D'Angelo verschränkte die Arme und schwieg.

«Warum hängt sich Moriarty in die republikanische Politik rein?» fragte Cash argwöhnisch.

«Von Reinhängen kann keine Rede sein. Aber die Sache ist für ihn unter Umständen nicht uninteressant.»

«Hm. Und was für ein Interesse hat Moriarty daran, daß ich gewinne? Ich hab gegen die Hafenvorlage gestimmt und – ach so, er will, daß ich gegen eine Wiederaufnahme der Sache stimme, wie?»

«Sie können stimmen, wie Sie wollen.»

«Das kapier ich nicht.»

«Was gibt's da zu kapieren?»

«Das will ich Ihnen sagen. Warum sollte Moriarty – ja, ich weiß, Sie sagen, daß er da nicht drinhängt, aber wir wissen es schließlich beide besser –, warum sollte ihm daran liegen, daß ich bei den Vorwahlen durchkomme, wo es noch nicht mal seine Partei ist? Und wo er ganz genau weiß, daß ich in den meisten Fällen gegen ihn stimme? Zumal ich es war, der den Kampf gegen die Hafenvorlage angeführt hatte und beinah gewonnen hätte. Und daß ich für eine Wiederaufnahme bin und gute Chancen habe, sie durchzuboxen. Hat er sich mit Atlantic Dredging angelegt, und will er ihnen jetzt zeigen, daß er ihre lausige Hafenvorlage durchbringen oder scheitern lassen kann, ganz wie er will? Weht daher der Wind? Soll Atlantic Dredging merken, daß er nicht ihr Eigentum ist?»

«Nur weil er für die Hafenvorlage gestimmt hat, läßt er sich noch längst nicht von Atlantic Dredging rumkommandieren», sagte D'Angelo ungerührt. «Genausowenig, wie Sie sich von Northeast Fisheries rumkommandieren lassen, weil Sie dagegen gestimmt haben.»

«Ich habe mit Northeast Fisheries nicht das mindeste zu tun», erklärte Cash böse.

«Eben, sag ich ja», meinte D'Angelo freundlich. «Der Alte hat mit Atlantic Dredging ebensowenig zu tun wie Sie mit Northeast Fisheries.»

«Wieso will er mir dann umsonst einen Gefallen tun?» Ihm kam ein Gedanke. «Oder hat er's auf Baggio abgesehen?»

«Daß es umsonst ist, hab ich nicht gesagt», meinte D'Angelo. «Es kostet Sie schon 'ne Kleinigkeit.»

«Wieviel?»

«Nicht aufregend. Ein paar tausend Dollar für Auslagen.»

«Was verstehen Sie unter ein paar tausend?»

D'Angelo hob vielsagend die Schultern: «Drei, vier, höchstens fünf. Kommt drauf an.»

«Jetzt geht mir allmählich ein Seifensieder auf. Aus irgendeinem Grund wollt ihr Baggio nicht. Was ihr gegen ihn habt, begreif ich allerdings nicht. Er ist ein Niemand. Es sei denn, daß ihr seinen Schwager im Wahlausschuß im Auge habt – vielleicht wegen der *paisanos*, die er steuert. Also kommt ihr zu mir, damit ich euch helfe, ihn loszuwerden. Warum? Weil es auf gar keinen Fall so aussehen darf, als ob der gute Moriarty bei der Kandidatenauswahl der Opposition mitmischt. Und deshalb kommen Sie nicht als sein Vertreter zu mir, sondern auf eigene Faust mit einem hübsch ausgekochten Gaunerstück.» Er rieb sich die Hände. «Also gut – was haben Sie für ein As im Ärmel?»

«Ich habe ein Foto.»

16

Ein paarmal war Laura drauf und dran gewesen, das Handtuch zu werfen. Im Grunde war es schiere Dickköpfigkeit, die sie noch bei der Stange hielt. Sie hatte sich das alles so schön ausgemalt, und sie mochte nicht zugeben, daß sie sich vielleicht doch verrechnet hatte. In ihren Augen war Scofield genau der richtige Kandidat, und unter den gegebenen Umständen konnte er gewinnen. Aber er schien gar nicht scharf darauf zu sein. Und das hatte sie nicht vorausgesehen.

Auch die Neugier ließ ihr keine Ruhe. Warum war er so uninteressiert – nicht nur im Wahlkampf, sondern scheinbar auch an ihr? Gewiß, sie hatte ihn auf Distanz gehalten, weil sie während des Wahlkampfs Wert auf eine eher sachliche Beziehung legte. Trotzdem fuchste es sie, daß er keine Anstalten gemacht hatte, sie ein bißchen näher kennenzulernen. Daß es keine andere Frau in seinem Leben gab, stand für sie fest. War er vielleicht nicht ganz normal, war er homosexuell? Man hörte heutzutage so viel davon. Wenn das stimmte, war er allerdings für ihre langfristigen Pläne nicht der richtige Mann. Durch seine Interesselosigkeit hatte auch für sie der Wahlkampf an Reiz verloren. Trotzdem war sie fest entschlossen, bis zur Wahl durchzuhalten.

Und dann – wenige Wochen vor der Vorwahl – geschah es. Am frühen Nachmittag kam er ins Wahlkampfbüro und verkündete: «Ich kann diese Wahl gewinnen, Laura. Sagen Sie mir, was ich tun soll, und ich tu's.»

«Phantastisch. Zunächst einmal müssen wir dafür sorgen, daß Sie bekannt werden. In der Stadt kennt man zwar Ihren Namen, aber nicht Sie persönlich. Sie müssen unter die Leute gehen, zu Versammlungen, Hearings, Podiumsdiskussionen, Vorträgen. Wenn es hinterher eine Diskussion gibt oder die Zuhörer Fragen stellen können, stehen Sie auf und sagen etwas. Es ist üblich, daß die Diskussionsteilnehmer nach ihren Namen gefragt werden, und dann sagen Sie: ‹Ich bin John Scofield und kandidiere für den Senat. Ich möchte darauf hinweisen, daß ...› Oder: ‹Ich möchte den Vortragenden fragen ...› Ich kann Ihnen Einladungen in Privathäuser verschaffen, zu zwanglosen Zusammenkünften in kleinen Gruppen. Wir haben da eine Menge Anfragen vorliegen. Später müssen Sie in den großen Geschäften Werbematerial verteilen. Vielleicht macht Ihnen das nachher sogar Spaß.»

Sie musterte ihn kritisch. «Eins müssen wir möglichst bald festlegen. Nennen wir Sie John oder Jack?»

«Wo liegt da der Unterschied?»

«Jack ist ein ganz anderer Typ als John. Er zieht sich anders an, und er redet anders. Machen wir mal die Probe aufs Exempel.» Sie verwandelte sich in den Leiter einer Wahlversammlung und ging ans andere Ende des Zimmers. «Der Redner ist bereit, Fragen aus dem Publikum zu beantworten. Ja, der Herr dort in der Ecke. Sie haben eine Frage? Würden Sie sich bitte vorstellen ...»

Er amüsierte sich über das Rollenspiel. «Mein Name ist John Scofield, und ich möchte fragen –»

«Hm ... Nein. Jetzt die andere Version. Der Herr dort in der Ecke. Würden Sie sich bitte vorstellen?»

Noch immer belustigt sagte er: «Ich bin Jack Scofield und kandidiere im Bezirk Essex für den Senat ...»

«Klingt entschieden besser», unterbrach sie ihn. «Von jetzt ab sind Sie Jack Scofield. John wirkt einfach zu spießig. Dieser Schlips und dieser Anzug ...»

«Was stört Sie daran?»

«Sehr passend für eine Beerdigung, aber ...»

«Ich war heute auf dem Gericht, Richter Levitt ist ein sehr konservativer Typ.»

«Na schön, im Gerichtssaal können Sie ja weiter John Scofield sein, aber überall sonst sind Sie Jack und ziehen sich entsprechend an. Ein bißchen salopper.»

«Jeans?»

«Aber nein. Vergessen Sie nicht, daß Sie die konservative Linie vertreten. ‹Unser Motto: Bewährtes bewahren.› Ich schlage graue Flanellhosen und Tweedsakko vor. Und ein Hemd mit Button-down-Kragen.»

«Einverstanden.» Er war jetzt offenbar ganz bei der Sache. «Das sollten wir heute abend gleich ausprobieren», befand Laura. «Im Rathaus ist ein Hearing über die Eintragungen in die Wählerlisten. Sie möchten den Schlußtermin um zwei Wochen vorverlegen. Ich bin dafür, daß wir Einspruch erheben. Vermutlich werden nicht viele kommen, höchstens zwei Dutzend, aber es ist eine gute Übung. Fahren Sie heim und ziehen Sie sich um, wir treffen uns dann dort.»

«Wann fängt die Sache an?»

«Um acht.»

«Dann könnten wir doch vorher zusammen essen.»

«Ich bin zum Abendessen verabredet», schwindelte sie rasch. Er sollte ruhig merken, daß sie nicht so leicht zu haben war. Als er ein langes Gesicht zog, gab sie nach. «Wir können ja hinterher noch irgendwo was trinken.»

Bei dem Hearing bekam er tatsächlich eine Chance, sein Sprüchlein aufzusagen. «Ich bin Jack Scofield und kandidiere in diesem Bezirk für den Senat, deshalb liegt mir das Thema dieser Veranstaltung besonders am Herzen. Ich möchte darauf hinweisen, daß –»

Er hatte seine Sache gut gemacht, fand Laura. Leider waren auch Kandidaten für andere Ämter da, die ihn in der Diskussion angriffen, und dabei mußte er einige Federn lassen.

Als sie sich danach auf einen Kaffee zusammensetzten, sagte er: «Heute abend habe ich nicht so gut ausgesehen, was?»

«Die anderen waren vorbereitet, Sie nicht.»

«Mit anderen Worten – ich bin ein Trottel», sagte er bitter.

«Unsinn. Aber Sie dürfen sich nicht darauf verlassen, daß Ihnen im kritischen Augenblick schon das Richtige einfallen wird – und dazu neigen Sie ein bißchen. Sie brauchen gut durchdachte Stellungnahmen zu allen wichtigen Wahlthemen. Ich bereite Ihnen gleich morgen früh was vor.»

Er sah sie mit unverhohlener Bewunderung an. «So was wie Sie gibt's wirklich nicht noch mal, Laura.»

17

Der Rabbi legte den Hörer auf, und da Miriam ihn fragend ansah, sagte er: «Das war unser Präsident, Mr. Magnuson.»

«Was wollte er denn?»

«Er hat mich gebeten, am Sonntag nicht zur Vorstandssitzung zu kommen. Nett, daß er früh genug angerufen hat. Wenn ich will, kann ich mir also für den Sonntagvormittag etwas anderes vornehmen.»

«Hat er gesagt, weshalb er dich nicht dabei haben will?»

«Nein. Aber wahrscheinlich will er etwas besprechen, was ich nicht hören soll.»

«Du meinst – er will über dich sprechen?»

«Kann schon sein.» Er setzte sich wieder und griff nach seinem Buch.

Aber Miriam ließ der Anruf keine Ruhe. «Kommst du gut mit ihm zurecht, David?»

«Mit Magnuson? Eigentlich schon. Ich bin wenig mit ihm zusammen. Länger hat er eigentlich nur damals mit mir gesprochen, als er in mein Büro gekommen ist. Da wollte er wissen, warum ich nicht zu den Vorstandssitzungen erscheine. Danach habe ich ihn bei den Vorstandssitzungen gesehen, aber sonst nicht.»

«Ist bei diesen Sitzungen irgendwas Besonderes passiert? Was dich betrifft, meine ich.»

«Nichts Außergewöhnliches, soweit ich mich erinnere. Warum?»

Miriam ließ nicht locker. «Hast du vielleicht in der Diskussion mal gegen Magnuson Partei ergriffen?»

«Ich habe mich an der Diskussion gar nicht beteiligt. Richtig, einmal habe ich gesagt, die Vorstandsmitglieder müßten eigentlich alle zum Freitagabendgottesdienst kommen, aber –»

«Das ist es», erklärte sie entschieden.

«Wie meinst du das?»

«Howard Magnuson hat das als persönliche Kritik aufgefaßt, weil er am Freitagabend nie zum Gottesdienst kommt.»

«Und auch sonst nicht ...»

«Eben», sagte sie triumphierend. «Er hatte das Gefühl, von dir kritisiert zu werden.»

«In dieser Hinsicht hatte er damit wohl recht, aber –»

«Du hast es offenbar immer noch nicht begriffen, David. Einen Howard Magnuson kritisiert man nicht. Gewiß, du schon, aber ... Ich will damit sagen, daß Typen wie Magnuson nicht gewöhnt sind, von Leuten kritisiert zu werden, die sie als ihre Untergebenen betrachten. Du hast dir diese Freiheit genommen – wahrscheinlich nicht nur dieses eine Mal –, und dagegen will er jetzt etwas tun.»

«Was kann er schon dagegen tun? Meinst du, er legt dem Vorstand eine Entschließung vor, daß der Rabbi nie etwas sagen darf, was eine Kritik an seinem Präsidenten darstellt?»

«Du hast gut lachen, David. Aber ich mache mir ernstliche Sorgen. Ich brauche dir nicht zu sagen, daß du hier nicht auf Lebenszeit angestellt bist, sondern daß der Vertrag jedes Jahr verlängert werden muß.»

«Das entspricht meinem Wunsch. Damit bleibt die Gemeinde frei in ihrer Entscheidung, aber dasselbe gilt auch für mich.»

«Und was ist, wenn sie den Vertrag nicht verlängern?»

Er zuckte die Schultern. «Dann sehe ich mich nach einer anderen Stellung um. Und nach dem, was man so hört, kann ich mich dabei nur verbessern. Eine größere Synagoge in einer größeren Stadt vielleicht, oder eine Großstadtgemeinde mit verständnisvolleren Mitgliedern. Die Reaktion auf meinen Artikel im *Quarterly* war recht schmeichelhaft, ich bekomme noch immer Zuschriften.»

«Warum machst du dir dann nicht ernstlich Gedanken über einen Stellungswechsel? Du könntest dich schon immer umsehen ...»

«Erstens, weil es mir hier in Barnard's Crossing gefällt. Und zweitens, weil ich das Gefühl habe, hier gebraucht zu werden. Es ist nicht einfach, und es gibt häufig Streit. Ständig will mich die eine oder andere Clique unter Druck setzen. Ich sehe meine Aufgabe darin, die Tradition aufrechtzuerhalten. An einem anderen Ort, in einer älteren, etablierteren Gemeinde, wäre das Leben leichter, aber weniger befriedigend.»

Das war am Mittwochabend gewesen. Miriam brachte das Thema zwar nicht noch einmal zur Sprache, aber an den Fragen, die sie stellte, merkte der Rabbi, daß es sie noch beschäftigte. War Kaplan beim Minjan gewesen? Hatte er was gesagt? Morton Brooks wußte doch meist, was sich tat, hatte er etwas erwähnt? Schließlich fragte er sie geradeheraus, was sie quälte.

«Quälen ist nicht das richtige Wort. Oder – ja, vielleicht doch. Ich glaube schon, daß du notfalls eine andere Stellung bekommen könntest. Mir gefällt es auch hier, und es wäre mir lieber, wenn es nicht sein müßte. Aber wenn du Ärger mit dem Präsidenten hast ...»

«Es ist doch nicht das erste Mal, daß ich Ärger mit dem Präsidenten habe, wie du es ausdrückst. Auseinandersetzungen hat es mit fast allen mal gegeben.»

«Aber Magnuson ist aus anderem Holz geschnitzt, David. Bei den anderen hast du gewußt, woran du bist. Es ging immer um irgendeine Grundsatzfrage, und du hattest recht und sie unrecht. Bei Auseinandersetzungen hat die Gemeinde immer zu dir gehalten. Du hast ihnen immer klarmachen können, daß es gegen unsere Tradition war und warum du dich dagegen sperren mußtest. Die anderen Vorsitzenden haben sich Gedanken über die Synagoge und über unsere Religion gemacht, David. Sie waren Juden ...»

«Und das ist Magnuson nicht?»

«Doch, natürlich ist er das, aber die Synagoge ist ihm schnuppe. Für ihn ist sie ein Unternehmen, das er leiten will. Und es kann sein, daß er dich raushaben will, weil – weil du ihm dabei im Wege stehst.

Und wenn er dich raushaben will, kriegt er dich raus, auch ohne unmittelbaren Anlaß. Er braucht nur den Vorstand dazu zu bringen, daß er deinen Vertrag nicht verlängert. Ist dir eigentlich klar, daß er in Kürze abläuft?»

«Nein, daran hatte ich noch gar nicht gedacht. Vielleicht ist das die Erklärung. Howard Magnuson ist Geschäftsmann und achtet auf Details. Da mein Vertrag in Kürze abläuft, wird er den Vorstand darüber abstimmen lassen. Daß er das in meiner Anwesenheit nicht tun möchte, ist ja verständlich.»

Als Miriam ihn am Sonntag zum morgendlichen Minjan weckte, räkelte er sich genüßlich. «Ich glaube, das schenke ich mir heute. Ich spreche meine Morgengebete zu Hause.»

«Ist was, David? Fühlst du dich nicht wohl?»

«Alles in Ordnung. Pure Faulheit. Ich möchte mich einfach auch mal ein bißchen verwöhnen.»

Als sie, nachdem er gebetet hatte, beim Frühstück saßen, ließ er sich zu einer näheren Erklärung herbei. «Die Sitzung fängt gleich nach dem Minjan an. Die Vorstandsmitglieder, die beim Minjan waren, schlendern einfach den Gang entlang ins Vorstandszimmer, wo die anderen, die nicht beim Minjan waren, unter ihnen meist Magnuson, schon warten. Nach ein paar Minuten eröffnet er dann die Sitzung. Wenn ich nach dem Minjan in die andere Richtung gehe, zur Treppe, die zu meinem Büro führt, fragt bestimmt jemand, ob ich nicht zur Sitzung kommen will. Ich glaube kaum, daß sie Ruhe geben würden, wenn ich einfach nein sage, sie würden vermutlich den Grund wissen wollen, und es ist mir ein bißchen peinlich, wenn ich dann zugeben muß, daß man mich gebeten hat, nicht zu erscheinen.»

«Aber wenn es sich, wie du gesagt hast, um eine förmliche Abstimmung über die Verlängerung deines Vertrags handelt, könnten sie das doch zuerst erledigen und dann bei dir im Büro anrufen und dich herunterholen.»

«Gewiß. Aber ich möchte nicht, daß es aussieht, als müßte ich immer nach ihrer Pfeife tanzen. Außerdem laufen unsere Vorstandssitzungen nicht einmal unter Magnuson, der redlich versucht, ein bißchen Zug hineinzubringen, so glatt ab. Bei uns wird mehr geredet als erledigt. Auch wenn Magnuson die Frage gleich nach den Ausschußberichten zur Abstimmung stellen würde, um die Sache hinter sich zu haben, würden sie trotzdem endlos darüber diskutieren, auch wenn es eine reine Routinesache ist. Keiner läßt sich die Chance entgehen, etwas über mich zu sagen, wie ich in dieser oder jener Sache danebengegriffen, wie ich dies getan und jenes gelassen habe ...»

«Hast du denn überhaupt keine Freunde im Vorstand, David?»

«Wie man's nimmt. Im Grunde komme ich mit den meisten, ja, eigentlich mit allen Vorstandsmitgliedern klar. Aber eine Clique, eine Gruppe, die hinter dem Rabbi steht, die habe ich nicht.»

«Vielleicht ist das ein Fehler. Denk an das, was Rabbi Bernstein gesagt hat ...»

«Saul Bernstein war schon im Seminar ein geschickter Taktiker, für ihn ist es ganz selbstverständlich, die Kontakte zu den richtigen Leuten zu pflegen, mit ihnen zu essen, mit ihnen auszugehen. Wie soll ich das machen? Es gibt überhaupt nur drei oder vier, in deren Haus ich essen könnte. Die anderen haben keine koschere Küche. Außerdem ist das ein Geschäft auf Gegenseitigkeit. Wenn du Unterstützung für die eigenen Vorhaben erwartest, mußt du deinerseits auch ihre Projekte unterstützen. Nein, ich gehe lieber meinen eigenen Weg.»

Das klang leicht gereizt. Sie sprachen nicht zum erstenmal über diese Frage. Miriam wechselte wohlweislich das Thema. «Wann, glaubst du, wirst du Bescheid bekommen? Ob sie dir einen Brief schicken?»

«Da Magnuson es so genau mit Formalitäten nimmt, werden sie mir ihre Entscheidung wohl schriftlich mitteilen. Aber ich rechne damit, daß mich gegen Mittag oder gleich nach Schluß der Sitzung der Sekretär anruft.»

Aber es war nicht der Sekretär, der anrief, sondern Magnuson höchstpersönlich. «Rabbi? Hier Magnuson. Ich freue mich, Ihnen mitteilen zu können, daß wir soeben beschlossen haben, Ihr Gehalt mit sofortiger Wirkung um 6000 Dollar jährlich zu erhöhen.»

«Das – das ist wirklich sehr freundlich. Herzlichen Dank. Wirklich eine großzügige Geste ...»

«Nur gute Unternehmenstaktik, Rabbi. Es gehört zu meinen festen Grundsätzen, meine Leute – besonders wichtige Leute – nicht unterzubezahlen.»

«Ein sehr löblicher Grundsatz. Nochmals besten Dank.»

Er brauchte es Miriam nicht erst zu sagen, denn sie stand neben ihm und hatte mitgehört. «Das ist doch großartig, David. Du, es ist mir jetzt richtig peinlich, was ich alles über ihn gesagt habe ... Denn bestimmt hast du das nur ihm zu verdanken.»

«Ja, das glaube ich auch.»

Sie betrachtete ihn forschend. «Besonders begeistert scheinst du nicht zu sein.»

«Doch, aber ...»

«Aber?»

«Irgendwie habe ich das Gefühl, daß der Präsident jetzt meint, ich gehöre in sein Team.»

18

In der Woche vor den Vorwahlen überredete Laura Scofield dazu, seine Praxis in Salem zu schließen und sich ganztägig dem Wahlkampf zu widmen. Schon frühmorgens schleppte sie ihn in Revere oder Lynn auf die Bahnhöfe, zu den Pendlern, die nach Boston fuhren. Er ging auf die auf dem Bahnsteig Wartenden zu, streckte die Hand aus und sagte: «Guten Morgen. Ich bin Jack Scofield, einer der republikanischen Kandidaten für den Senat, und würde mich über Ihre Unterstützung freuen.» Dann drückte er dem Angesprochenen eine Karte in die Hand, auf der sein Bild prangte sowie der Slogan «Unser Motto: Bewährtes bewahren!»

Meist nickten die Leute nur oder murmelten etwas und nahmen die Karte, nur um sie verstohlen wieder fallenzulassen, sobald sie sich unbeobachtet glaubten. Zuerst entmutigte ihn der Anblick der vielen Karten, die auf dem Bahnsteig herumlagen, wenn der Zug abgefahren war, aber nach einer Weile nahm er das nicht mehr so schwer.

Manchmal sagte einer: «Ich wollte Sie sowieso wählen.» Dann drückte Scofield ihm die Hand und sagte: «Vielen Dank. Sagen Sie es bitte auch Ihren Freunden.» Selten einmal erklärte einer: «Tut mir leid, aber ich stimme für Cash (oder Baggio).» Für solche Fälle hatte Laura ihm eine feststehende Antwort eingetrichtert: «Ein guter Mann. Hauptsache, wir kriegen einen Republikaner durch.»

«Wenn er sagt, daß er Demokrat ist, lassen Sie sich nicht auf Diskussionen ein», hatte sie ihn instruiert. «Strecken Sie ihm die Karte hin und sagen Sie: ‹Falls Sie es sich noch anders überlegen, würde ich mich über Ihre Unterstützung freuen.› Vermeiden Sie Streitgespräche. Sie stimmen den Mann doch nicht um, vertun nur Ihre Zeit und lassen sich die Chance entgehen, mit anderen Wählern zu sprechen. Und bleiben Sie in Bewegung. Warten Sie nicht, bis jemand zu Ihnen kommt, gehen Sie auf die Leute zu.»

Danach ging es in die Geschäftsstraßen und Supermärkte. Hier war eine etwas andere Technik angesagt. «Dort haben Sie es hauptsächlich mit Frauen zu tun», erläuterte Laura. «Denen strecken Sie nicht die Hand hin, sondern geben Ihnen nur die Karte. Und versuchen Sie, die Kundinnen beim Betreten des Ladens anzusprechen, nicht am Ausgang, wenn sie schwere Tüten schleppen. Und nicht vergessen: Immer in Bewegung bleiben. Lassen Sie sich nicht blokkieren.»

«Blockieren?»

Sie warf ihm einen nachdenklichen Blick zu. «Manche dieser Frauen sind ein bißchen ... ausgehungert. Vom Gefühl her, meine ich.»

Am liebsten hätte er geantwortet – leichthin, halb im Scherz –, daß er in dieser Hinsicht auch ein bißchen ausgehungert sei. Aber er zögerte, und die Chance war vertan. Insgeheim hatte er gehörigen Respekt vor Laura. Sie war so stolz, so selbstsicher – und so reich. Die Mädchen, mit denen er während des Studiums ausgegangen war oder die er in Lokalen kennengelernt hatte, waren für ihn Puppen oder Bienen, für die er sich eigentlich nur sexuell interessiert hatte. Aber Laura war eine Dame, Laura war Klasse. Falls er die Wahl gewann, sah die Sache natürlich anders aus ...

In den ersten beiden Tagen chauffierte sie ihn in ihrem Wagen, um sicherzugehen, daß er auch an seinem Bestimmungsort eintraf, um ihn zu beobachten und sich ein Urteil über seinen Auftritt zu bilden. Abends setzte sie Versammlungen für ihn an, manchmal zwei oder drei an einem Tag, kurze Besuche in Privathäusern, wo er eine kleine Rede hielt, ein paar Fragen beantwortete und dann auf ein Zeichen von ihr sagte: «Tut mir leid, Leute, aber ich habe einen unheimlich vollen Terminkalender.» Und dann nickte er zu Laura hinüber und setzte hinzu: «Der Boss wird schon ungeduldig, ich muß los.» Zu diesen Veranstaltungen fuhr er mit dem eigenen Wagen, auf den er inzwischen das Schild montiert hatte. «Es ist sehr günstig, wenn Ihr Wagen vor einem dieser Häuser gesehen wird», hatte Laura ihm erklärt.

Gegen Ende des Wahlkampfes machte Scofield sich Gedanken darüber, daß sie keine ausreichende Organisation hinter sich hatten. «Die anderen beiden Kandidaten haben haufenweise Leute, die sich in den Wahlbezirken herumdrücken, Werbematerial verteilen und die Leute zum Wahllokal treiben.»

«Haben wir auch», beruhigte ihn Laura.

«Und woher?»

«Ich habe mit den Republikanern von Barnard's Crossing geredet», antwortete sie vergnügt, «und habe ihnen klargemacht, daß Sie der einzige Lokalmatador sind. Theoretisch soll die Partei ja neutral bleiben, bis in den Vorwahlen über den republikanischen Kandidaten endgültig entschieden worden ist, aber ich habe die Leute davon überzeugt, daß es für sie vorteilhaft wäre, wenn Sie durchkämen. Ich habe mich auch mit Josiah Bradley, dem derzeitigen Senator – oder vielmehr mit seinen Leuten –, in Verbindung gesetzt, und die haben auch ein paar Anhänger mobilisiert. Keine Angst, wir haben genug Truppen, um die Wahllokale zu besetzen.»

Er sah sie staunend an. «Also darauf wäre ich im Leben nicht gekommen.»

«Brauchen Sie auch nicht. Wofür haben Sie ihren Wahlkampfmanager? Sie brauchen nur ins Rennen zu gehen.»

«Und Sie sind der Jockey, ja?»

Sie lächelte. «So ungefähr.»

Für Dienstag waren die Vorwahlen angesetzt. Am Samstag davor fand Laura in der Post ein Flugblatt des ‹Komitees Besorgter Bürger›. Es zeigte ein schlecht reproduziertes Foto, auf dem eine Gruppe von sechs Männern zu sehen war, die an einem Tisch, offenbar in einem Bankettsaal, saßen. Unter fünf Figuren standen die Namen und ein Hinweis auf eine Verurteilung wegen eines schweren Vergehens. Der sechste Mann am Tisch – unverkennbar Thomas Baggio – war nicht benannt, aber eingekreist. Unter dem Foto stand eine einzige Zeile: «Kennen Sie den?»

Sie trommelte mit den Fingern auf die Schreibtischplatte. Als Scofield kam, zeigte sie ihm das Blatt. «Haben Sie das schon gesehen? Das fand ich heute früh in der Post.»

Er warf einen Blick darauf. «Das ist doch Tommy Baggio?»

«Natürlich ist es Baggio. Ein ganz mieser Trick. Haben Sie schon mal was vom ‹Komitee Besorgter Bürger› gehört?»

Er schüttelte nachdenklich den Kopf.

«Ich auch nicht, und das wäre mir bestimmt zu Ohren gekommen. Nein, das Gremium ist offenbar frei erfunden.»

«Wer hat das wohl verschickt, was meinen Sie?»

«Vielleicht Cashs Leute.» Sie holte den Umschlag aus dem Papierkorb. «In Revere abgestempelt. Es könnte auch einer von Baggios politischen Gegnern in seinem eigenen Revier sein. Und da die Wahl schon am Dienstag ist, kann er kaum noch etwas dagegen unternehmen, der arme Kerl. Selbst wenn er versucht, auf einer Pressekonferenz ein Dementi in die Welt zu setzen, käme er damit wahrscheinlich erst am Dienstag in die Lokalpresse. Und ob sie es in Boston überhaupt bringen würden, wage ich zu bezweifeln.»

«Aber es ist ein Foto, und Bilder lügen nicht.»

«Das ist doch unwichtig. Wahrscheinlich war es irgendeine Benefizveranstaltung oder ein Festbankett. Baggio ist Berufspolitiker, er wird ständig zu solchen Sachen eingeladen. Irgendeiner sagt zu ihm: Der Soundso ist gerade aus dem Krankenhaus gekommen – oder kriegt einen neuen Job an der Westküste oder ist zum Vorsitzenden des Verbandes linkshändiger Handelsvertreter gewählt worden –, und wir geben ein Essen für ihn. Können Sie nicht hinkommen und ein paar Worte sagen? Also geht er hin, schwingt eine kurze Begrüßungsrede, läßt sich fotografieren und zieht wieder ab. Die Leute sind für ihn Wähler, und das ist für so einen Mann Grund genug, sich dort sehen zu lassen.»

«Ja, das leuchtet mir ein.»

Laura kam ein Gedanke. «Also, ich finde, wir sollten was unternehmen.»

«Was denn?»

«Irgendwie können wir die Sache nicht auf sich beruhen lassen, wir müssen Stellung beziehen. Vielleicht zahlt es sich für uns sogar noch aus. Ich sag Ihnen was: Wir werden dieses Machwerk schärfstens verurteilen. Sie geben eine Erklärung ab, daß Sie diese Art, Politik zu betreiben, strikt ablehnen und glauben, nein, überzeugt davon sind, daß Thomas Baggio ein ehrenwerter Mann ist. Ich rufe gleich das Lokalblatt an, vielleicht bekommen wir es noch in die Montagsausgabe.»

Er überlegte einen Augenblick, dann nickte er. «Einverstanden. Entwerfen Sie einen Text, den können Sie dann gleich telefonisch durchgeben.»

19

Millie Hanson legte sechs brutzelnde Speckstreifen auf ein Blatt Küchenkrepp, legte ein zweites darüber und tupfte sie trocken. Sie tat drei Streifen auf jeden Teller neben den Zimttoast, zögerte, dann packte sie einen Streifen auf den anderen Teller. Speck macht dick, und sie mußte auf ihre Figur achten. Sie ging mit den beiden Tellern zum Tisch und stellte den mit den vier Speckscheiben vor Tony hin.

«Danke, Baby. Ich hab einen unheimlichen Hunger.» Er breitete seine Papierserviette aus, griff nach der Flasche mit dem Ahornsirup und goß ihn freigebig über seinen Toast. «Wann bist du gestern abend gekommen?»

«Nach zwei. Du weißt ja, Samstag abend ...»

«Viel los, was?»

«Kann man wohl sagen. Die haben mich ganz verrückt gemacht. Du, ich hab diesen Typ gesehen. Zusammen mit zwei anderen ...»

«Welchen Typ, Baby?»

«Der in der Zeitung war, du weißt schon. Du hattest ein Foto von 'ner Gangstergruppe bei einem Bankett, und von einem war ein Bild in der Zeitung, und du hast gesagt, er hat für irgendwas kandidiert.»

«Baggio? Tommy Baggio?»

«Stimmt, Tommy haben sie ihn genannt.»

«Bist du sicher, daß er es war?»

«Ganz sicher. Er hat genauso ausgesehen wie in der Zeitung.»

«Hast du sonst noch einen erkannt?»

«Einer hatte rote Haare, den haben sie mit Mike angeredet, der kommt öfter mal zu uns, aber den anderen kannte ich nicht.»

«Schielt er ein bißchen, der mit den roten Haaren? Dann ist es Mike Springer, Baggios Wahlkampfmanager. Hast du zufällig aufgeschnappt, was so geredet worden ist?» fragte er beiläufig.

«Sie haben sehr leise gesprochen, fast geflüstert. Und wenn ich ihnen die Gläser gebracht habe oder neue Salzbrezeln oder so, haben sie aufgehört zu reden. Aber als sie schon ein bißchen angegangen waren, haben sie sich nicht mehr so vorgesehen, und einmal hab ich gehört, wie der Rotfuchs fragt: ‹Und woher haben sie das Bild?› Und Baggio sagt: ‹Und ich sage dir, da will mir einer was anhängen. Ich war überhaupt nicht da, das kann ich beschwören.›»

«Mehr hast du nicht mitgekriegt?»

«Ich sag doch, es war schwer was los gestern abend. Ständig

mußte ich zur Theke. Ich hatte alle Nischen auf der linken Seite und drei Tische, die haben mich ganz schön auf Trab gehalten. Ich hab nur noch Bruchstücke aufgeschnappt, es ging um irgendeinen Wahlausschuß. Und einmal hab ich gehört, wie dieser Baggio sagte, er wird mit seinem Schwager mal Fraktur reden. Was meinst du, ob der ihm was anhängen wollte? Der Schwager?»

Tony hob die Schultern wie einer, der völlig im dunkeln tappt. «Bei den Politikern in Revere kann man das nie wissen. Die würden ihrer eigenen Mutter die Ehre abschneiden.»

Ihr kam ein neuer Gedanke. «Du hast doch damit nichts zu tun gehabt, Tony?»

«Ich? Wie kommst du denn darauf?»

«Na ja, weil du doch dieses Foto geschossen hast, und sie haben über ein Bild gesprochen.»

Tonys Gesicht verhärtete sich. «Hör mal zu, Baby. Vergiß, daß ich dir dieses Foto gezeigt habe, klar?»

«Klar, du kennst mich doch, aber –»

«Ohne Wenn und Aber. Vergiß, daß du es je gesehen hast.» Er lächelte. «Weißt du, dieses Foto haben bestimmt fünf oder zehn Leute geschossen. Ich wette, daß zehn bis zwanzig Leute ihre Kameras dabei hatten. Es war, wie gesagt, 'ne reine Herrengesellschaft, und wir hatten was von 'ner Vorstellung läuten hören. Alle hatten Weiber erwartet, und als sich herausstellte, daß es damit nichts war, haben sie einfach draufgehalten und abgedrückt. Kann doch sein, daß einer versucht hat, Baggio unter Druck zu setzen. Oder daß er mit dem Bild zu jemandem gegangen ist, der Baggio nicht mag, weil er sich davon einen Vorteil verspricht.»

«Aber du würdest so was doch nicht tun, Tony, oder?»

«Ich? In 'nem Kaff wie Revere mach ich doch keinen Finger krumm.»

«Weißt du, wenn man in einem Nachtklub arbeitet, hört man so allerlei. Und ich hab keine Lust, meine ganze Freizeit dranzuhängen, um einen zu pflegen, der sich beide Beine gebrochen hat.»

Er breitete – ganz die harmlos-ehrliche Haut – die Arme aus. «Komm, Baby. Du hast mitgekriegt, wie sie über ein Foto geredet haben. Vielleicht war's 'ne Aufnahme in 'nem Motel, mit 'nem Flittchen, das nicht seine Frau war. Was geht's uns an? So, und jetzt gieß mir noch 'ne Tasse Kaffee ein und schlag dir die ganze Geschichte aus dem Kopf.»

20

«Kann ich den Wagen haben, Dad?»

Der Rabbi sah seinen Sohn überrascht an. «Am Montagabend?»

«Er will zu Alice», ließ sich Hepsibah vernehmen. «Sie hat ihn vorhin angerufen.»

«Ma?» Jonathans Protest verriet langes brüderliches Leiden.

«Wie oft soll ich es dir noch sagen, Hepsibah?» Miriam seufzte.

«Es ist keine Verabredung», erläuterte Jonathan. «Es ist so was wie eine Hausaufgabe. Für Staatsbürgerkunde.»

«Eine Hausaufgabe?» wiederholte der Rabbi argwöhnisch.

«Na ja, morgen sind doch die Vorwahlen, und in der Stadt sind zwei Wahlversammlungen, da hat Mr. Cronin gesagt, wir sollen hingehen, dann können wir in der Schule darüber reden.»

«Daß die Wahl schon morgen ist, war mir gar nicht klar», sagte Rabbi Small. «Wo sind denn die Versammlungen?»

«Eine große ist im Rathaus, und hinten an der Main Street haben sie ein Podium aufgestellt, da ist demnach auch was los.»

«Ganz interessant», sagte der Rabbi. «Vielleicht komme ich mit.»

«Ich auch», sagte Hepsibah.

«Nein.» Die Ablehnung des Rabbi kam fast automatisch.

«Nein», bestätigte Miriam. «Du hast noch Hausarbeiten und mußt früh ins Bett. Gestern ist es spät geworden.»

«Nichts zu machen», bekräftigte Jonathan. «Diese Klette hätte mir gerade noch gefehlt.»

Gegen halb acht verließen der Rabbi und Jonathan das Haus in der Maple Street.

«Kann ich fahren?» fragte Jonathan. Der Rabbi gab ihm die Schlüssel und setzte sich auf den Beifahrersitz.

«Am besten fährst du die Main Street hinunter bis zur Foster», meinte er. «Da finden wir bestimmt einen Parkplatz.»

Sie parkten und gingen in Richtung Rathaus. Aber als ihr Ziel in Sicht kam, fragte Jonathan: «Willst du zum Rathaus, Dad? Ich wollte gern mal in die andere Sache reinhören. Wir können uns ja hinterher treffen.»

Der Rabbi zögerte. Vermutlich hatte es sich in der Oberschule herumgesprochen, daß die Wahlversammlung unter freiem Himmel mehr Spaß versprach. «Na gut. Aber sobald dort Schluß ist, kommst du zum Rathaus, verstanden? Oder besser noch – wir treffen uns dort um zehn ...»

«Och, Dad ...»

«Na gut, um halb elf, aber nicht später.»

Der Saal im Rathaus war fast bis auf den letzten Platz besetzt, es ging laut und undiszipliniert zu. Immer wieder standen Zuhörer auf, um mit Bekannten zu reden oder einfach nur, um sich die Beine zu vertreten. Unterhaltungen wurden ohne Rücksicht auf den jeweiligen Redner in normaler Lautstärke geführt, und die Redner ihrerseits ließen sich weder von dem Stimmengewirr im Saal noch von dem Lärm der hinter ihnen auf dem Podium Sitzenden beeindrucken. Einige Leute hatten Wahlplakate an langen Stangen mitgebracht und trommelten damit – ob zustimmend oder ablehnend, war schwer auszumachen – auf den Boden.

«Wie die Nationalversammlung der Demokraten, was?» ließ sich eine Stimme hinter dem Rabbi vernehmen. Er wandte sich um. Es war Polizeichef Lanigan, ein Mann mit breiten Schultern, rundem roten Gesicht und weißem Haar, das so kurz geschoren war, daß die rosa Kopfhaut durchschimmerte. Er und der Rabbi kannten sich seit David Smalls Amtsantritt in Barnard's Crossing, und sie waren gute Freunde geworden. Mehr als einmal hatte er dem Rabbi in Fragen, die der jüdischen Gemeinde am Herzen lagen, einen Tip geben können. Aber auch er hatte schon häufig den Rat des Rabbi in Anspruch genommen. «Sie hätte ich hier nicht erwartet, Rabbi», meinte der Polizeichef. «Andererseits – verständlich ist es schon, daß Sie sich die Sache mal anhören wollten.»

«Ich bin mit Jonathan gekommen, er ist gerade auf der anderen Versammlung. Eine Hausaufgabe für Staatsbürgerkunde, sagt er. Erstaunlich, was heutzutage in der Oberschule alles aufs Tapet kommt. Ein schrecklicher Lärm, nicht?»

«Ja, viel Lärm um nichts gewissermaßen. In meiner Jugend sind sie mit Fackeln durch die Straßen gezogen – mit diesen roten Dingern, wie man sie in Autozubehörläden kriegt. Die durften meist die Kinder tragen, und deshalb haben die Bälger überhaupt bei den Umzügen mitgemacht. Aber dann hat der Magistrat sie verboten, wegen der Feuergefahr, und da war natürlich Schluß mit den Umzügen – und mit dem Spaß. Nachdem die Feuerwerksknallerei am 4. Juli untersagt worden war, gab's denselben Effekt.»

«Aber die Leute scheinen sich trotzdem ganz gut zu amüsieren. Hört eigentlich überhaupt jemand den Rednern zu?»

«Ach wo. Es ist einfach eine Chance, in letzter Minute noch ein bißchen Wahlkampf zu machen.»

«Ja, aber –»

«Von den Kandidaten wird erwartet, daß sie sich sehen lassen. Wer nicht kommt, bringt sich um seine Popularität. Wenn die Kandidaten für die Staatsämter sprechen, wird es meist ruhiger.»

«Sie meinen, Constant und Belize kommen auch?»

«Nein, hier wird ja sowieso hauptsächlich republikanisch gewählt, im westlichen Teil des Staates können sie sich nützlicher machen. Aber die Kandidaten für das Amt des stellvertretenden Gouverneurs dürften aufkreuzen, und Duffy, einer der Bewerber um den Posten des Justizministers.»

Das Stimmengewirr verebbte, als Jeremiah Duffy ans Rednerpult trat. Man hörte ihm achtungsvoll zu, der Beifall war beträchtlich.

Der Rabbi sah auf die Uhr. «Es ist fast halb elf. Jonathan wartet schon auf mich, oder er muß jede Minute auftauchen.»

«Hier ist sowieso gleich Schluß. Ich komme mit», sagte Lanigan. «Was halten Sie von Duffys Vorschlag, einen Fonds für die Opfer von Raubüberfällen und dergleichen zu gründen?»

«Damit bin ich sehr einverstanden», sagte der Rabbi lächelnd. «Er kommt damit unseren Vorstellungen sehr nah.»

«Wie meinen Sie das?»

«Im Talmud waren Diebstahl, Raub, Überfall und dergleichen keine Straftaten, sondern Delikte, die sich gegen das Opfer richteten, und der Täter mußte nicht nur ersetzen, was er ihm weggenommen hatte, sondern noch eine zusätzliche Summe zahlen, manchmal den mehrfachen Wert des Diebesgutes.»

«Aber wenn es keine Straftat ist –»

«In den Staaten ist eine Straftat eine Handlung zum Schaden des Staates oder in England, wo unser Gewohnheitsrecht herstammt, eine Handlung zum Schaden der Krone. Es liegt auf der Hand, daß es sich dabei um eine juristische Fiktion handelt. Inwieweit ist der Staat oder ist in England Königin Elizabeth betroffen, wenn A dem B etwas wegnimmt? Aber es ist der Staat, der A vor Gericht stellt und ihn, wenn er für schuldig befunden wird, ins Gefängnis steckt. Was kostet die Unterbringung eines Häftlings?»

«Nach der neuesten Statistik etwa 20000 Dollar pro Jahr», sagte Lanigan grimmig.

«Wir alle zahlen also über unsere Steuern 20000 Dollar im Jahr für einen Verbrecher, der im Gefängnis verwahrt wird. Und was hat das Opfer davon? Der Talmud sieht vor, daß das Opfer entschädigt wird und der Täter die ihm auferlegte Strafe abarbeiten muß.»

«Wollen Sie sagen, daß Juden, fromme Juden meine ich, heute noch danach handeln?»

«Nein, denn es gibt ein übergeordnetes Gesetz im Talmud, *dina malchuta dina,* in dem festgelegt ist, daß die gesetzlichen Bestimmungen des Landes, in dem wir leben, Vorrang haben.»

«Trotzdem – es ist eine bedenkenswerte Idee. Ich frage mich nur, wie das zum Beispiel bei Überfällen von Geldtransportern funktionieren würde. Die Leute würden den Schaden ihr Leben lang abarbeiten müssen. Wie hat Ihnen übrigens Jack Scofield gefallen?»

«Welcher war das?»

«Der hiesige Kandidat für den Senat. Der große Blonde.»

«Der ist mir gar nicht aufgefallen, es waren so viele Redner. Warum?»

«Na, ich habe mir gedacht, daß Ihre Leute die Werbetrommel für ihn rühren würden.»

Ehe der Rabbi den Polizeichef fragen konnte, was er wohl damit gemeint hatte, tauchte Jonathan auf. «Dad», rief er.

«Komme schon, Jonathan.» Der Rabbi winkte Lanigan zu und ging zu seinem Sohn.

21

Als Laura am Montag nachmittag das Lokalblatt aufschlug, stellte sie befriedigt fest, daß die Redaktion ihre Erklärung gebracht hatte, in der das Flugblatt des ‹Komitees Besorgter Bürger› scharf verurteilt wurde. Die Schlagzeile lautete: «Scofield beklagt schmutzige Tricks. Nennt Baggio ehrenwerten Mann.» Der Vorsitzende des republikanischen Ausschusses von Barnard's Crossing rief an. «Sehr anständig von Scofield, diese Erklärung abzugeben», sagte er. «Wir sind schließlich alle gute Republikaner, interne Streitigkeiten können wir uns nicht leisten.» Auch Baggios Zentrale meldete sich. «Ich rufe im Namen von Thomas Baggio an, er dankt Mr. Scofield für seine Erklärung. Wir haben eine förmliche Beschwerde beim Wahlausschuß eingereicht, aber ich wollte Ihnen ausdrücklich sagen, daß wir Scofields Unterstützung zu schätzen wissen.»

«Haben Sie etwas von Al Cash gehört?» fragte Laura.

«Kein Wort.»

«Vielleicht hat er das Flugblatt nicht gesehen», meinte sie. «Bei uns war es am Samstag in der Post.»

«Vielleicht.» Das klang recht skeptisch.

Am späten Nachmittag kam Scofield, und sie sah an seinen blanken Augen, daß er sich schon ein, zwei Drinks genehmigt hatte.

Als sie Bericht erstatten wollte, winkte er ab. «Was halten Sie davon, daß wir irgendwo nett essen und – und uns einen schönen Abend machen?»

«Nicht heute», sagte sie entschieden. «Haben Sie vergessen, daß Sie zu einer Versammlung müssen?»

«Richtig. Kommen Sie auch?»

«Vielleicht.»

Er merkte, daß Widerspruch sinnlos gewesen wäre. «Meinetwegen», murrte er und zog ab. Er hielt es einfach nicht mehr aus, im gleichen Raum mit ihr zu sein.

An diesem Nachmittag war ihm klargeworden, daß er Laura begehrte, ja, daß er sie brauchte. Und daß dies vielleicht seine letzte Chance war, denn es war durchaus möglich, daß er sie nach einer Wahlniederlage nie wiedersehen würde. Sie würde die in so einem Fall üblichen Phrasen von sich geben: Daß sie sich wacker geschlagen hatten und daß er vielleicht beim nächstenmal mehr Glück haben würde. Dann würden sie sich die Hand schütteln und sich verabschieden, und das war dann das Ende. Sie hatte seinem Leben Sinn, Richtung und Ziel gegeben, und wenn er verlor, würde er morgen allein sein und nichts mit sich anzufangen wissen. Und deshalb hatte er sich für heute abend mit ein paar Drinks präpariert. Die Versammlung hatte er total vergessen. Jetzt ist sie böse auf mich, dachte er.

Falls er allerdings morgen gewinnen sollte ...

Der Dienstag war ein klarer, frischer Tag. Scofield traf frühzeitig in der Wahlkampfzentrale ein, aber Laura war trotzdem vor ihm da. «Was soll ich machen?» fragte er sachlich. Er hatte beschlossen, weder die Versammlung zu erwähnen noch die Tatsache, daß sie sich dort nicht hatte sehen lassen.

«Haben Sie schon gewählt?»

«Herrje, das hätte ich fast vergessen ...»

«Dann machen Sie das zuerst. Dann kommen Sie wieder her, holen sich einen Stoß Werbekarten und machen eine Runde durch den Bezirk. Dabei können Sie gleich nachsehen, ob unsere Leute vor den Wahllokalen stehen. Bei denen bedanken Sie sich sehr für ihre Hilfe, und falls ihnen das Werbematerial ausgegangen ist, liefern Sie ihnen Nachschub.»

«Wird gemacht.» Er wandte sich zum Gehen.

«Und halten Sie die Ohren steif», rief sie ihm nach. «Das Wetter arbeitet für uns.»

Er blieb stehen. «Wieso?»

«Regen wäre günstig für Cash und Baggio gewesen. Ihre Organisation ist groß genug, um die Wähler auch bei Wind und Wetter zur Urne zu bringen. Aber bei Sonnenschein gehen auch die Leute wählen, die eher gleichgültig sind.»

«Da haben Sie recht. Waren Sie schon wählen?»

«Natürlich.»

«Und wem haben Sie Ihre Stimme gegeben?»

«Tommy Baggio natürlich. Es war Liebe auf den ersten Blick.»

Er ging zu Fuß zum Wahllokal und überlegte, ob die Bemerkung vielleicht ein Wink mit dem Zaunpfahl gewesen war. Unterwegs sprachen ihn mehrere Passanten an, wünschten ihm Glück oder riefen ihm zu, daß sie gerade für ihn gestimmt hatten. Einer redete ihn gar als Herr Senator an.

Er war den ganzen Vormittag unterwegs. Als er kurz nach zwölf zurückkam, hatte Laura eine große elektrische Kaffeemaschine aufgestellt, daneben standen große Schachteln mit gemischten Krapfen. Im Papierkorb häuften sich Pappbecher und zerknüllte Papierservietten, auch unter dem Tisch rollten mehrere benutzte Becher herum.

Er schenkte sich Kaffee ein und suchte sich einen Krapfen aus. Kauend berichtete er: «Ich habe alle Wahllokale abgehakt. Die Wahlbeteiligung läßt zu wünschen übrig, das hört man überall. Aber bei Vorwahlen war das wohl nicht anders zu erwarten. Bei Ihnen muß ja mächtig Betrieb gewesen sein.»

«Ich kann mich nicht beklagen.»

«Wollen wir ein bißchen aufräumen?»

«Nein, lassen Sie nur alles, wie es ist. Es macht einen schön geschäftigen Eindruck.»

«Sind viele Wagen angefordert worden?»

«Es hielt sich in Grenzen. Die meisten rufen wohl lieber die Kandidaten für die Staatsämter an.» Das Telefon läutete.

Laura meldete sich. «Wahlzentrale Scofield. Ja, ein schöner Tag für die Wahl. Sieht aus, als ob wir einiges an Stimmen zusammenbekommen. Wen hätten Sie lieber als Gouverneur, Constant oder Belize? Ja, er ist ein guter Mann. Sie sind beide gut und stramme Republikaner. Wie war die Adresse? In Ordnung, wir schicken gleich einen Wagen vorbei.»

«Was war denn das?» fragte Scofield. «Wieso interessieren Sie sich dafür, wen die lieber als Gouverneur sehen würden?»

«Ich muß doch wissen, wen ich wegen des Wagens anrufen soll. Sie ist für Constant. Also rufe ich Constants Leute an, die haben viel mehr Wagen als wir.»

Er sah sie verblüfft und bewundernd an. «Wollen wir nicht rasch was essen gehen?»

«Dann wäre ja die Zentrale unbesetzt. Nein, gehen Sie nur. Mir können Sie einen Hamburger mitbringen. Ohne Senf.»

«Und dann?»

«Dann klappern Sie noch mal die Wahllokale ab. Das ist jetzt das Wichtigste: Daß Ihre Leute merken, Sie setzen sich für sie ein. Das müssen Sie schon persönlich erledigen. Und wenn Sie durch sind, fangen Sie wieder von vorn an.»

«Ich mach ja alles, was Sie wollen. Aber heute abend essen wir zusammen.»

«Wenn die Wahllokale schließen.»

«Aber das ist erst um acht», protestierte er.

«Wenn Sie am Verhungern sind, können Sie sich ja noch einen Krapfen nehmen.»

Er zog ab und tauchte erst um halb acht wieder auf. Doch jetzt drängte er zum Aufbruch.

«Aber wir müssen warten, bis die Wahllokale schließen.»

«Wie viele Anrufe sind in der letzten halben Stunde gekommen?»

«Nur zwei», räumte sie ein. «Aber –»

«Nichts aber. Wenn sich hier niemand meldet, versuchen sie's bei den Kandidaten für die Staatsämter – wenn sie sich nicht gleich dahin wenden. Und falls jetzt noch jemand anruft und einen Wagen haben will, sind die Wahllokale dicht, bis sie dort angekommen sind.»

Das klang vernünftig. Und er wirkte so überraschend energisch, daß sie klein beigab. «Sollen wir das Licht ausmachen? Oder sollen wir einen Zettel ins Fenster hängen, daß wir später wiederkommen?»

«Wozu?»

«Manche Leute setzen sich gern in eine Wahlzentrale, um auf die Ergebnisse zu warten.»

«Aber nicht bei uns. Die gehen zu den Parteizentralen. Machen Sie das Licht aus.» Draußen fragte er: «Können wir Ihren Wagen nehmen? Meiner hat das Schild auf dem Dach, und ich würde ganz gern eine Weile den Wahlkampf vergessen. Ich habe gedacht, wir suchen uns was auf der Route 128, außerhalb unseres Bezirks.»

Als sie das Restaurant betraten, stellte sich heraus, daß er einen Tisch reserviert hatte, aber Laura war seltsamerweise gar nicht einmal ungehalten darüber. Er bestellte Cocktails und sagte dem Ober, sie würden das Essen erst nach dem Aperitif aussuchen. Dann wandte er sich an Laura. «Heute abend möchte ich gern in aller Ruhe essen.»

Es war fast zehn, als sie mit dem Kaffee fertig waren. «In den Elf-Uhr-Nachrichten werden die Ergebnisse kommen», sagte er. «Schauen wir sie uns bei mir an?»

«Einverstanden.»

Er hatte ein Apartment in einem der oberen Stockwerke von Waterfront Towers, einem der wenigen Hochhausblocks von Barnard's Crossing. Die Möblierung war dürftig: Ein breites Bett, zwei moderne Polstersessel ohne Armlehne, ein sachlicher Schreibtisch mit einem Stuhl, ein Tisch mit Fernseher.

Während er sich mit Eiswürfeln und der Whiskeyflasche zu schaffen machte, schaltete Laura den Fernseher ein. Die vorhergehende Sendung ging gerade zu Ende. Sie trat ans Fenster und sah auf den Hafen hinunter. «Hübsche Aussicht.»

«Hm.» Er reichte ihr ein hohes Glas und setzte sich in einen Sessel vor dem Fernseher, während sie stehenblieb und nachdenklich einen Schluck nahm.

Die Vorwahlen waren der Aufmacher der Nachrichtensendung. Außer den beiden Moderatoren waren noch zwei «Experten» im

Studio, politische Reporter von Bostoner Zeitungen, die sich über die Bedeutung der Wahl äußern sollten.

«... noch nicht alle Wahlbezirke ausgezählt ... es sieht jedoch so aus, als hätte Constant einen entscheidenden Vorsprung vor Belize ... im Rennen um das Amt des Justizministers ...» Zahlen klickten auf der Anzeigetafel, die Experten wurden aufgefordert, das Wahlergebnis in diesem oder jenem Bezirk zu erläutern. Die Wahlbeteiligung lag niedrig, wie meist bei Vorwahlen, und man merkte, daß die Moderatoren bemüht waren, die Zeit zu strecken, und jede Zahlenänderung benutzten, um Spannung zu erzeugen. Es war fast Mitternacht, als einer der Moderatoren sagte: «Und jetzt die regionalen Ämter ... Der derzeitige demokratische Kandidat für den Senat blieb erwartungsgemäß im ersten Bezirk ungeschlagen, aber bei der Nominierung der Republikaner scheint es ein Kopf-an-Kopf-Rennen zu geben ... Im zweiten Bezirk ... Der dritte Bezirk, Essex, geht gewöhnlich an die Republikaner, und die Nominierung ist dort praktisch gleichbedeutend mit der Wahl. Drei Kandidaten haben sich beworben ...»

Scofield lehnte sich vor, und Laura stellte das Glas aufs Fensterbrett.

«... Das Rennen machte mit einer ansehnlichen Mehrheit Jack Scofield. Es wird also ein neues Gesicht im Senat geben ...»

Scofield lehnte sich fassungslos zurück. Laura streckte beide Arme zur Decke und stieß ein Freudengeheul aus. Dann setzte sie sich auf Scofields Schoß und legte ihre Lippen an die seinen. Als sie wieder aufstehen wollte, hielt er sie fest.

«Nein!» Hier sprach der gewählte republikanische Kandidat für den Senat von Massachusetts.

Sie wehrte sich nicht und machte keinen Versuch mehr, aufzustehen. Als sie seine Hand unter ihrem Kleid, auf ihrem Schenkel, spürte, seufzte sie nur zufrieden.

Als sie später, entspannt und befriedigt, zusammen im Bett lagen, sagte er: «Weißt du, ein bißchen Angst habe ich schon. Ich verstehe im Grunde gar nichts von Politik, und ich bin einer der wenigen Neuen. Man wird mir alle möglichen Fragen stellen ...»

«Das muß ich mir überlegen. Kommen Sie morgen noch einmal vorbei.»

«Wie bitte?» fragte er verblüfft.

«Das wirst du ihnen sagen, wenn du nicht weißt, wie du dich

verhalten sollst. Inzwischen besprechen wir die Sache und überlegen uns eine Stellungnahme.»

«Du wirst mir dabei helfen?»

«Natürlich. Ich werde dir die Geschäfte führen. Nach ein, zwei Amtszeiten als Senator kommt der nächste Schritt.»

Er dachte an das Bild von Pferd und Jockey. «Willst du etwa mit mir nach Washington reiten?»

«Ganz recht, Herr Abgeordneter. Und wenn die Zeit gekommen ist, versuchen wir es später beim Senat in Washington. Wer weiß, vielleicht reite ich dich noch ins Weiße Haus hinein.»

«Das Weiße Haus?» Er wollte sich ausschütten vor Lachen. «Stell dir vor, ich, John Scofield, als Präsident der Vereinigten Staaten. Und was bist dann du?»

«Die First Lady natürlich.»

«Meine First Lady bist du jetzt schon», sagte er ernst. «Machen wir es offiziell?»

«Selbstverständlich.»

«Wann?»

«Nach der Wahl.»

«Warum nicht gleich? Wozu noch warten?»

«Das wäre eine schlechte Taktik. Ich bin Jüdin, wir müssen uns also von einem Rabbi trauen lassen. Es gibt genug engstirnige Menschen, die so was in den falschen Hals bekommen und aus lauter Bosheit die anderen wählen würden.»

«Wieso müssen wir uns von einem Rabbi trauen lassen?»

«Weil die Familie der Braut die Hochzeit ausrichtet. Du kannst von meinem Vater nicht erwarten, daß er mit einem protestantischen Pfarrer verhandelt.»

«Und wie wäre es mit einem Friedensrichter oder einem Standesbeamten? Ich weiß –»

«Nein», sagte sie mit Nachdruck. «Das würde meine Leute kränken, und mir wäre es auch nicht recht. Da hätte ich nicht das Gefühl, richtig verheiratet zu sein.»

«Ganz wie du willst, mein Schatz.»

22

Morris Halperin nieste. Einmal. Und noch einmal.

«Kriegst du einen Schnupfen, Morris?» fragte seine Frau.

«Nein.» Er atmete mühsam durch die Nase. «Ich hab ihn schon.»

«Vielleicht gehst du dann heute lieber nicht zur Sitzung. Schluck zwei von deinen Tabletten und leg dich ins Bett.»

«Das mit den Tabletten ist eine gute Idee, aber die Sitzung kann ich unmöglich schwänzen. Wenn ich nach Hause komme, nehme ich noch zwei und lege mich dann gleich hin.»

«Du mußt es ja wissen.» Sie ging zum Medizinschränkchen. «Es sind nur noch zwei da.»

«Ich hol mir Nachschub in der Apotheke.»

Der Magistrat trat jeden Mittwochabend zu einer Sitzung zusammen, an der Morris Halperin als Stadtsyndikus teilnehmen mußte. Vor der öffentlichen Sitzung trafen sich die fünf Magistratsmitglieder eine Viertelstunde oder zwanzig Minuten in ihrem Büro, das gerade groß genug für fünf Schreibtische war, um die Tagesordnung der bevorstehenden Sitzung zu besprechen und die Reihenfolge der Fälle festzulegen. Gewöhnlich kam dann Morris Halperin dazu, um sie notfalls juristisch zu beraten.

Auf der Fahrt zum Rathaus hatte Halperin den Eindruck, daß die Tabletten ihm einen klaren Kopf verschafft hatten. Aber kaum saß er in dem stickigen Magistratszimmer, als er wieder niesen mußte.

«Ein Schnupfen im Anzug, Morris?» fragte Tom Bradshaw, der Vorsitzende.

«Eher in der Nase», gab Halperin etwas gereizt zurück.

«Weißt du was? Dagegen ist ein kräftiger Schluck genau das richtige.» Bradshaw langte ins untere Schreibtischfach und holte eine Flasche und ein Glas heraus. Er schenkte ein und reichte Halperin das Glas.

«Du, ich weiß nicht, ich hab gerade zwei Tabletten geschluckt.»

«Runter damit. Wirst staunen, wie gut dir das tut.»

Zunächst schien der Alkohol tatsächlich seine Wirkung zu tun. Morris fühlte sich etwas besser, aber im Sitzungsraum brach ihm der Schweiß aus, obgleich es dort nicht übertrieben warm war. Seine Nase schwoll zu, und alle Glieder taten ihm weh. Als die Sitzung gegen zehn zu Ende war, verzichtete er darauf, wie sonst mit den Kollegen im *Ship's Galley* ein Glas zu trinken. Er entschuldigte sich. Er wolle gleich heimfahren und sich hinlegen, sagte er.

«Gieß dir tüchtig einen hinter die Binde», riet ihm Tom Bradshaw. «Dann trinkst du noch einen heißen Tee mit Schuß, und morgen bist du wieder topfit.»

Auf der Heimfahrt kam Halperin an einer geschlossenen Apotheke vorbei, die ihn daran erinnerte, daß ihm die Schnupfentabletten ausgegangen waren. In Lynn gab es einen Drugstore, der abends lange geöffnet war. Es war zwar ein Umweg, aber die zusätzliche Viertelstunde würde sich lohnen.

Halperin ließ sich ein Glas Wasser geben, um gleich zwei Tabletten zu nehmen. «Fahren Sie heim, Mr. Halperin?» fragte der Drugstorebesitzer, der ihn kannte. «Ich meine, Sie wollen nicht noch weiter, nach Boston oder so?»

«Nein, ich fahre jetzt gleich nach Hause und leg mich ins Bett. Warum?»

«Weil die Tabletten Antihistamin enthalten, das macht unter Umständen müde.»

«Ach so. Nein, ich fahre sofort heim.»

Millie Hanson blickte von ihrem Romanheftchen hoch, als Tony D'Angelo zum Dielenschrank ging und sein Jackett vom Bügel nahm.

«Wohin willst du denn noch, Schatz?»

«Moos holen.»

«Bleibst du lange?»

Er zog die Jacke über. «Glaub ich nicht.»

Sie fragte lieber nicht weiter. Millie war zwar neugierig, hatte aber das Gefühl, daß es vermutlich für sie besser war, wenn sie über Dinge, zu denen Tony sich nicht äußern mochte, gar nichts wußte. Sie horchte auf das Schlagen der Wagentür und das Startgeräusch des Motors, dann rückte sie die Kissen zurecht, legte sich auf die Couch und war bald völlig von dem Schicksal der hübschen Krankenschwester Mary McTeague gefesselt, die sich rechtschaffen plagen muß, um es ihrer nörgelnden Patientin, der alten Lady Haversham, recht zu machen und gleichzeitig ihre Netze nach deren gutaussehendem Sohn, Lord Haversham, auszuwerfen.

Tony fuhr durch Revere und Lynn bis zu dem Schild «Sie befinden sich jetzt in Barnard's Crossing». Dort nahm er Gas weg und fuhr so weit wie möglich nach rechts. Dann sah er das Straßenschild: Glen Lane. Die schmale Einmündung zwischen Büschen und Bäumen war in der Dunkelheit leicht zu übersehen. Er fuhr etwa 100 Meter die kurvenreiche Straße entlang und parkte in einer Schneise am Straßenrand. Er schaltete das Licht aus und wartete.

Die vorausgesagte Müdigkeit hatte sich bei Morris Halperin tatsächlich eingestellt. Immer wieder überholten ihn andere Wagen, und die Scheinwerfer entgegenkommender Fahrzeuge blendeten ihn. Ein paarmal war er wütend angehupt worden, weil er den Fuß vom Gaspedal genommen und unerwartet langsamer geworden oder vielleicht auch, weil er aus der Spur geraten war. Deshalb hatte er beschlossen, die Fernstraße zu verlassen und über die Glen Lane heimzufahren. Es war eine Abkürzung, und er hatte dort, was ihm noch wichtiger war, die Straße für sich.

Er schaltete das Fernlicht ein und fuhr gemächlich weiter. Plötzlich geriet er in ein Schlagloch, das Vorderende des Wagens federte nach oben, und es kam ihm vor, als habe er auf der Straße eine Gestalt liegen sehen. Er bremste scharf und hielt an. Dann kurbelte er das Fenster herunter und sah zurück. Tatsächlich, da lag jemand auf der Fahrbahn. Er stieg aus, kniete nieder und wußte nicht recht, was er jetzt tun sollte.

Leise, fast flüsternd sagte er: «Hey, alles in Ordnung?» Pause. «Hören Sie mich?»

Warum kommt denn niemand, dachte er. Einer von uns könnte dann bei dem armen Teufel bleiben und der andere die Polizei verständigen und Hilfe holen. Dabei war ihm im Grunde klar, daß er um diese Zeit mit so einem glücklichen Zufall kaum rechnen konnte. Nachts wurde die Glen Lane fast nie als Durchfahrtsstraße benutzt.

Er setzte sich wieder in den Wagen und fuhr bis zur Einmündung der Glen Lane in die Maple Street. Er hatte sich überlegt, ob er irgendwo klingeln, seine Lage schildern und von dort aus telefonieren sollte. Aber die Häuser schienen alle dunkel zu sein, nur hier und da drang unter den heruntergelassenen Rolläden in den Obergeschossen noch ein Lichtschein.

Nur in einem Haus, fast schon an der Main Street, waren noch alle Fenster hell. Es war Rabbi Smalls Haus, aber dort mochte er nicht klingeln. Er war – wohl wegen der Tabletten, vielleicht aber auch wegen des Whiskeys – nicht mehr ganz sicher auf den Beinen. Zwar hatte er nur ein Glas getrunken, und das schon vor etlichen Stunden, aber es war denkbar, daß der Alkohol die Wirkung der Tabletten verstärkt hatte. Und am Ende hielt ihn der Rabbi noch für betrunken.

Entschlossen setzte er seinen Weg die Maple Street entlang fort. Als er in die Main Street einbog, sah er einen Streifenwagen. Er hupte, der Wagen verlangsamte die Fahrt und hielt an. Ein Polizist stieg aus, kam zu ihm herüber und richtete seine Taschenlampe auf ihn. «Ach, Sie sind's, Mr. Halperin. Ist was passiert?»

«Auf der Glen Lane liegt ein Mann auf der Fahrbahn, direkt hinter der Anhöhe. Ich ... ich glaube, er ist tot.»

«Glen Lane? Okay, wir sehen mal nach.»

Sergeant Dunstable hockte sich neben den Mann auf der Straße und schob ihm seine dicken Finger unter den Kragen. «Ich schätze, er ist tot, aber ganz sicher bin ich nicht. Ich sag drüben Bescheid, stell du inzwischen Warnleuchten quer über die Fahrbahn, sonst kommt am Ende noch jemand hier reingedonnert und fährt uns alles kaputt.»

«Alles klar.» Knowland, sein Kollege, kramte auf dem Rücksitz herum. «Und was machen wir am anderen Ende?»

«Das erledigen wir, wenn ich Bescheid gesagt habe.»

Aber als Knowland zum Wagen zurückkam, war der Sergeant noch da und leuchtete mit seiner Taschenlampe den Boden ab. «Eindeutig Fahrerflucht. Schau dir die vielen Splitter an, die stammen von einem Scheinwerfer. Nichts anfassen, klar? Die Jungs vom Labor vollbringen manchmal wahre Wunderdinge mit dem Zeug, was sie so auflesen. Sie müssen gleich hier sein.»

Während sie die kleine Anhöhe hinuntergingen, erfaßte der hin und her gehende Strahl von Dunstables Taschenlampe das in der Schneise geparkte Fahrzeug.

«Sein Wagen?» fragte Knowland.

«Möchte ich annehmen. Er ist wohl ausgestiegen, weil er mal mußte.» Der Sergeant drehte sich um und deutete mit der Taschenlampe nach oben. «Wahrscheinlich war er dort hinter der Baumgruppe.»

«Aber hier stehen doch überall Büsche, er brauchte ja bloß die Tür aufzumachen und sich zur Seite zu drehen ...»

Widerspruch von Untergebenen, besonders wenn es sich um

einen Bill Knowland handelte, schätzte der Sergeant ganz und gar nicht.

«Es gibt eben Leute, die beschmutzen nicht gern das eigene Nest», sagte er sehr von oben herab.

23

Sophia Magnuson setzte sich auf die Bettkante und sah zu, wie ihre Tochter sich vor der Frisierkommode das Haar bürstete. «Du hast dich in den letzten Wochen ziemlich rar gemacht», sagte sie zu Lauras Spiegelbild.

«Es war doch Wahlkampf», gab Laura zurück, ohne sich umzudrehen. «Aber der beruhigt sich jetzt allmählich. Natürlich steht die eigentliche Wahl noch aus, aber nachdem wir bei der Vorwahl durchgekommen sind, ist die Wahl selbst nur noch halb so wild. Der Bezirk ist fest in republikanischer Hand. Däumchen drehen können wir natürlich nicht, es gibt noch einen Haufen Arbeit, aber es läuft alles gut, und wir machen uns nicht mehr verrückt.»

«Du redest, als ob ...»

Laura wandte sich um und sah ihre Mutter an. «Als ob ich selbst kandidiere, meinst du? Da ist schon was dran. Wir sind ein Team, Jack Scofield und ich. Ohne mich hätte er die Vorwahlen nie gewonnen, und das weiß er auch. Wahrscheinlich wäre er ohne mich schon längst ausgestiegen. Aber ohne ihn käme auch ich nicht weit.»

«Da sehe ich noch nicht ganz klar», sagte Mrs. Magnuson. «Zuerst, als du mit dieser Sache angefangen hast, haben wir gedacht, dein Vater und ich, daß es dir um praktische Erfahrungen geht, gewissermaßen als Ergänzung zu dem theoretischen Wissen aus dem Studium. So hast du es uns jedenfalls erklärt. Dein Vater hat gemeint, du würdest dabei vielleicht ein paar interessante junge Männer kennenlernen, allmählich zur Ruhe kommen und –»

«– und heiraten?»

«Nicht der schlechteste Beruf für eine Frau», sagte Mrs. Magnuson gelassen.

«Komm, Mutter! Wir schreiben das Jahr 1984!»

«Wie gesagt, dein Vater hat sich das so gedacht. Er ist ziemlich konservativ. Wie die meisten Männer.»

«Und du bist nicht seiner Meinung?»

«Sagen wir so: Ich habe akzeptiert, daß sich manche Dinge geändert haben. Daß du dich beruflich in der Politik engagierst, dagegen habe ich nichts, ebensowenig, wie ich etwas gegen eine Karriere im juristischen oder medizinischen Bereich einzuwenden hätte. Aber du mußt zugeben, daß die Politik ein risikoreiches Geschäft ist. Da kannst du machen, was du willst – wenn du die Wahl verlierst, war alles umsonst, und du stehst wieder ganz am Anfang.»

«Genau deshalb habe ich ja diesen Weg gewählt», sagte Laura eifrig. «An einer eigenen Kandidatur liegt mir nichts, weil mir nichts an Ruhm und Ehre liegt. Außerdem geht eine Frau, die sich zur Wahl stellt, von vornherein mit einem gewaltigen Handikap an den Start. Ihre Stimme eignet sich nicht für politische Reden. Wenn sie so richtig in Schwung ist, fängt sie an zu kreischen. Außerdem geraten Frauen, die sich heute um ein politisches Amt bewerben, unweigerlich in den Sog der Frauenbewegung, und das möchte ich nicht. Ich will einfach etwas Wichtiges und Lohnendes machen.»

«Mit anderen Worten – dir geht es um Macht und Einfluß.»

«Warum nicht? Macht sollten immer diejenigen haben, die es verstehen, klug damit umzugehen.»

Mrs. Magnuson lächelte. «Du meinst Menschen, die Spaß an der Macht haben.»

Laura gab das Lächeln zurück. «Auch so kann man es sagen. Und deshalb kam ich auf die Idee, mich mit einem Politiker zusammenzutun, den ich lenken und leiten kann. Nicht, daß ich das von Anfang an so genau geplant hätte ... Ursprünglich wollte ich nur bei einem Wahlkampf helfen und mich dabei möglichst unentbehrlich machen. Aber dann lernte ich Jack Scofield kennen, und alles klappte besser, als ich es mir je erträumt hätte. Er war genau der Richtige. Erstens stand er ganz allein –»

«Wie meinst du das?»

«Er hatte keine politischen Anhänger, keine Lobby, die ihn zu ihrem Aushängeschild gemacht hatte, also hatte ich keine Konkurrenz. Besser noch, er war Junggeselle, es gab keine Ehefrau, mit der ich mich hätte auseinandersetzen müssen, ich konnte ihn ohne weiteres vereinnahmen. Und was das Beste war – er hatte keine festgelegte Meinung, kein Wahlprogramm, keine speziellen Anliegen, keinen Grund für seine Kandidatur außer der unbestimmten Vorstellung, daß dabei einiges an Publicity für ihn abfallen könnte. Er wollte seiner zur Zeit nicht gerade lukrativen Anwaltspraxis ein bißchen auf die Sprünge helfen.»

«Und um Macht und Einfluß geht es ihm nicht?»

Laura überlegte, dann schüttelte sie den Kopf. «Das glaube ich nicht, jedenfalls nicht in dem Sinn, daß er gern Befehle gibt. Als Befehlsempfänger fühlt er sich entschieden wohler. Oder sagen wir so: als derjenige, der Vorschläge entgegennimmt.»

«Und du hast ihm angeboten, den Wahlkampf für ihn zu führen, ihn zu unterstützen – finanziell, meine ich?»

Laura lachte. «Nein, nein, so war das nicht. Wir kamen ins Gespräch, ich machte ein paar Vorschläge, und ehe er noch recht wußte, was los war, hatte ich eine Wahlkampfzentrale eingerichtet. Dadurch entstanden natürlich Unkosten, und das machte ihm Sorgen. Leute, die nicht viel Geld haben, regen sich meist schrecklich auf, wenn sie Schulden machen müssen.»

«Besitzt er denn überhaupt nichts?»

«Ein paar Tausender, die er hütet wie ein Knicker. Wenn ich irgendwo für ihn eine Rede arrangiert hatte, ist er hingegangen, weil er hoffte, es würden dabei vielleicht Wahlkampfspenden herausspringen.» Sie lachte. «So habe ich ihn am Arbeiten gehalten.»

Mrs. Magnuson lächelte verständnisvoll. «Aber wenn er die Wahl gewinnt –»

«Das steht so gut wie fest, nachdem wir bei den Vorwahlen durchgekommen sind.»

«– geht er nach Boston, nicht wahr? Und du?»

«Ich führe ihm in Boston die Geschäfte.»

«Du willst also bei ihm bleiben?»

«Natürlich. Ich will ihn als Kongreßabgeordneten nach Washington bringen, später vielleicht sogar in den Senat.»

«Aber wenn er Junggeselle ist, denkt er vielleicht mal ans Heiraten und –»

«Er wird natürlich mich heiraten. Du glaubst doch nicht, ich lasse mir von einer anderen Frau das Konzept verderben?»

«Das heißt, er hat dir einen Antrag gemacht.»

Laura lächelte. «Das ist heute nicht mehr üblich. Man trifft eine Art stillschweigende Abmachung.»

Mrs. Magnuson öffnete und schloß verlegen die Hände. «Laura, hast du – ich meine, warst du mit ihm intim?»

«Natürlich. Würde ich ihn sonst heiraten wollen?»

Die Jugend von heute kennt keine Zurückhaltung mehr, dachte Mrs. Magnuson. Sie sehen das wie eine Probefahrt vor dem Autokauf. Aber vielleicht, überlegte sie, ist das wirklich etwas Ähnliches, vielleicht nicht einmal das Schlechteste. «Liebst du ihn?» fragte sie.

«Du meinst so, daß ich das große Zittern kriege, wenn ich nur an ihn denke? Wie damals in meinem ersten Collegejahr, als ich mich in den Matheprof verknallt hatte? Nein, und das ist auch gut so. Aber ich habe ihn sehr gern, wir ergänzen uns, und ich denke mir, daß es eine gute Ehe werden kann. Und wir werden Kinder haben. Politisch sind sie ein Plus, und auf Wahlkampffotos machen sie sich immer sehr wirkungsvoll.» Sie lächelte verschmitzt.

Mrs. Magnuson zögerte einen Augenblick. «Er weiß, daß du Jüdin bist?»

«Natürlich.»

«Und es stört ihn nicht?»

«Ich bitte dich, Mum! Wen stört das heute noch?»

«Es könnte deinen Vater stören. Er ist schließlich Präsident der jüdischen Gemeinde.»

«Keine Angst, wir werden für die Trauung einen Rabbi nehmen. Das habe ich Jack von Anfang an klargemacht. Da die Familie der Braut die Trauung ausrichtet, meine ich, daß wir es auf unsere Art machen sollten.»

«Du meinst, er wäre bereit zu konvertieren?»

«Aber nein. Selbst wenn er wollte, wäre ich dagegen. Es wäre politisch ein Handikap für ihn. Ich würde ihn ebensowenig konvertieren lassen, wie ich selbst konvertieren würde.»

«Dann weiß ich nicht, ob der Rabbi es machen würde», meinte Mrs. Magnuson zweifelnd. «Ich glaube, es gibt eine jüdische Bestimmung, die dagegenspricht.»

«Das ist doch Unsinn. Ich war vor zwei Jahren Brautjungfer bei der Trauung von Tody Berman. Der Bräutigam war Christ, und sie hatten einen Rabbi mit einem schönen Bart, der den nötigen Hokuspokus veranstaltete. Allerdings fällt mir jetzt ein, daß Toby gesagt hat, sie hätten ihn etxra von außerhalb holen müssen, er saß irgendwo in New Hampshire.»

«Ich werde mal mit Vater darüber reden. Vielleicht lädst du Scofield demnächst mal zum Abendessen ein?»

«Gern.» Laura freute sich. «Er wird dir bestimmt gefallen, und Dad auch.»

«Hoffentlich. Doch, bestimmt wird er uns gefallen.» Mrs. Magnuson stand auf. An der Tür zögerte sie. «Hast du auch mal an eine standesamtliche Trauung gedacht? Dein Vater ist ganz gut mit Richter Pearsall vom Obersten Gerichtshof von Massachusetts bekannt.»

Laura machte schmale Lippen. Ihre Mutter kannte diesen Ausdruck. Sie wußte, daß dann nichts und niemand mehr Laura von ihrem Entschluß abbringen konnte. «Es ist meine Hochzeit, und da bestimme ich. Und es ist ganz gut, wenn Jack das von vornherein klar ist.»

24

Cesare Orlando, Polizeichef von Revere und von seinen Freunden Chezzie genannt, hielt es im Interesse regionalen Einvernehmens für geboten, Chief Lanigan persönlich Bericht zu erstatten. «Hugh? Hier Chezzie Orlando. Wollte dir nur sagen, daß wir diesem Fall von Fahrerflucht nachgegangen sind. Ich hab Detective Lance geschickt. Kennst du den? Sieht aus wie ein Bestattungsunternehmer. Sehr gut in solchen Sachen. Mitfühlende Seele.»

«Da habt ihr bestimmt oft Verwendung für ihn», meinte Lanigan.

«Komm, komm, Hugh. Vergiß nicht, daß wir eine Großstadt sind und kein Provinznest wie ihr. Also Lance ist zu der Adresse gezogen. Ein Apartmenthaus, so eine Art Wohnhotel. Nicht übermäßig sauber, aber sonst ganz anständig. Besonderen Ärger gibt's dort eigentlich nicht. Meist Durchgangspublikum, aber etliche Leute wohnen schon seit Jahren dort.»

«Verstehe.»

«Eine Frau hat ihm aufgemacht. Machte einen ganz ordentlichen Eindruck, nicht aufgetakelt, so um die Fünfunddreißig, vielleicht ein bißchen älter. Sie lebten seit ein paar Monaten zusammen, sie und das Opfer, dieser Tony D'Angelo. Heutzutage ist das praktisch wie verheiratet.»

«Hat sie auch einen Namen?» Lanigan griff nach einem Block.

«Hab ich den noch nicht gesagt? Mildred Hanson. Sie hat es sich gern gefallen lassen, daß die Nachbarn sie Mrs. D'Angelo nannten.

Scheint eine anständige Frau zu sein, meint Lance. Er ist mit ihr zur Leichenhalle gefahren, und sie hat ihn identifiziert.»

«Habt Ihr Näheres über ihn erfahren?»

«Sie meint, er sei von New York gekommen.»

«Und wovon lebte er?»

«Das wußte sie nicht. Er hatte irgendwas mit Politik zu tun.»

«Und da kanntest du ihn nicht, Chezzie?» fragte Lanigan.

«Bei uns hat er sich nicht betätigt. Er spielte sozusagen in der Oberliga, in Boston. Und obgleich es ja eigentlich dein Job ist und nicht meiner, hab ich ein paar Spezis angerufen, Italianos, um dir einen Gefallen zu tun.»

«Danke, Chezzie, bist ein echter Kumpel.»

«Na ja, ich sag immer, eine Hand wäscht die andere. Also kurzum, er war ein Mann für die politische Dreckarbeit.»

«Für wen?»

«Eigentlich freiberuflich, aber er hat viel für Moriarty von den Demokraten gemacht.»

«Noch was?»

«Komm, Hugh, es geht hier nicht um Mord. Es war ein Fall von Fahrerflucht. Ach ja, eins wollte ich noch fragen. Deine Leute haben ihn durchsucht. Was haben sie an Geld bei ihm gefunden?»

«Nur ein paar Kröten. Moment – ja, hier haben wir's. 27 Dollar in der Brieftasche, ein bißchen Kleingeld, 52 Cents in der rechten Hosentasche. Warum?»

«Die Frau hat angedeutet, er habe einen Haufen Geld bei sich gehabt – oder hätte es bei sich haben müssen.»

«Hm. Wo ist sie jetzt?»

«Soweit ich weiß, ist sie da wohnen geblieben. Die Miete ist bis zum Monatsende bezahlt.»

«Hat sie denn Geld? Wovon will sie leben?»

«Sie ist Kellnerin. Im *Blue Moon,* das ist eine Bar.»

«Schönen Dank, Chezzie. Sag mir Bescheid, wenn du noch was hörst.»

«Du kennst mich doch, Hugh.»

Detective Sergeant Dunstable war nicht etwa faul oder arbeitsscheu, aber er hatte etwas gegen sinnlose Tätigkeiten. Und deshalb sagte er, als er seinen Auftrag bekam: «Herrje, Lieutenant, da müßte ja einer bescheuert sein, wenn er den Scheinwerfer, der bei einer

Fahrerflucht zu Bruch gegangen ist, in 'ner hiesigen Werkstatt reparieren läßt.»

«Vielleicht war er ja wirklich bescheuert. Besoffen vielleicht. Fährt den Mann über den Haufen und denkt, es war nur 'ne Bodenwelle. Und du weißt ja, daß die Fahrbahn in der Glen Lane mehr Löcher hat als ein Schweizer Käse. Also fährt er heim und legt sich schlafen. Und wie er am nächsten Morgen zum Wagen kommt, sieht er, daß ein Scheinwerfer kaputt ist.»

«Ja, aber –»

«Und deshalb würde es ganz schön komisch aussehen, wenn wir uns nicht die Mühe machen würden, an den Tankstellen rumzufragen, ob irgendwo ein Scheinwerfer ausgetauscht worden ist. Stell dir vor, einer vom Magistrat ruft bei Hugh Lanigan an, und der muß ihm sagen: ‹Sergeant Dunstable hat gemeint, da müßte einer schon bescheuert sein, wenn er den Scheinwerfer nach einer Fahrerflucht am Ort reparieren läßt, und deshalb hab ich in den hiesigen Werkstätten gar nicht erst nachfragen lassen.›»

«Ich dachte ja bloß, Lieutenant ...»

In der ersten Werkstatt schüttelte der Besitzer den Kopf. «Wegen Fahrerflucht, wie? Da müßte ja einer bescheuert sein, den Scheinwerfer am Ort austauschen zu lassen, wenn er Fahrerflucht gemacht hat ...»

«Wo haben Sie denn das aufgeschnappt?»

«Bill Knowland hat's heute vormittag im Coffeeshop erzählt.»

«Na ja, es ist eine Routinesache, aber sicher ist sicher», sagte der Sergeant zugeknöpft.

«Versuchen Sie's mal bei Grately», rief der Besitzer ihm nach.

Beim vierten Anlauf wurde Sergeant Dunstable fündig. Mr. Glossop von *Glossop's Automotive and Gas* runzelte die sonnengebleichten Brauen. «Ja, ich hab gestern einen Scheinwerfer ausgetauscht.»

«Gestern? Wissen Sie das genau?»

Glossop nahm die Füße von der Schreibtischplatte und setzte sich auf. In dem gegerbten Gesicht wetterleuchtete Zorn. «Klar, weiß ich das genau. Wie oft kommt das schon vor, daß ich 'nen Scheinwerfer austausche?»

«War es ein Bekannter?»

Glossop schüttelte den Kopf. «Schwarzer Chevy, dreiundsiebziger Modell, bißchen angegammelt, aber gekannt hab ich ihn nicht.»

Sein Gehilfe, Tom Blakeley, ein großer, rothaariger junger Mann, der gerade einen Wagen aufgetankt hatte und hereinkam, um einen Beleg für die Kreditkarte auszustellen, ließ sich vernehmen. «Ich kenne ihn, Sergeant.»

«Ach nee. Und wie heißt er?»

«Kennen ist vielleicht zuviel gesagt, aber ich hab ihn hier schon gesehen. Moment, Sergeant.»

Er holte sich draußen die Unterschrift des Kunden, und Glossop nahm seinen Bericht wieder auf. «Er fuhr am späten Nachmittag vor und ließ auftanken. Da hab ich den kaputten Scheinwerfer gesehen und hab ihn gefragt, ob er ihn nicht austauschen will.» Er sah zur Decke. «Vielleicht war das ein kleiner Verkaufstrick ... Na ja, ich hab angedeutet, daß ihr gerade dabei seid, alle Wagen zu überprüfen, ob die Ausrüstung in Ordnung ist, Beleuchtung und so, und wenn ihr ihn bei Dunkelheit mit nur einem Scheinwerfer schnappt ... Warum sollen wir eigentlich das ganze Geschäft den Warenhäusern überlassen?»

«Klar, die Kleinen wollen auch was haben.»

«Sag ich doch. Ja, also, da ist er ausgestiegen und hat sich's angesehen und gemeint, da muß wohl ein Stein gegengeflogen sein, und ich soll ihn ruhig austauschen. Also hab ich den Rand abgeschraubt und den Scheinwerferrest rausgenommen –»

«Und wo ist der jetzt?»

«Da drüben in der Abfalltonne.»

Tom Blakeley war zurückgekommen. «Ja, wie gesagt, Sergeant, persönlich kenn ich ihn nicht, aber gesehen hab ich ihn hier schon. Ich glaube, er wohnt noch nicht lange bei uns. Fast so groß wie ich, einsachtzig, würde ich sagen, aber eher schmal. Er wohnt in der Maple Lane, ziemlich weit unten, fast an der Glen Lane. Ich hab den Wagen da schon stehen sehen. Ich glaub, es ist das letzte Haus. Er hat einen Sticker an der Rückscheibe, Northeastern University, wahrscheinlich studiert er in Boston.»

Der Sergeant ging zur Abfalltonne und stocherte ein bißchen darin herum. Als er zurückkam, sagte er: «Ich möchte mal telefonieren. Sie sollen jemand vom Revier schicken und die Tonne abholen.»

«Abholen? Was soll denn das heißen?» fragte Glossop.

«Nur vorübergehend. Sie kriegen das Ding ja zurück. Sie wird bei uns leergemacht.»

«Und was machen wir inzwischen?»

«Draußen ist 'ne Kiste, die nehmen wir», befand Blakeley und holte sie. Als er zurückkam, fragte Glossop ihn neugierig: «Was hast du denn in der Maple Street zu suchen?»

Blakeley feixte. «Ach, ich hab da 'ne Freundin wohnen.»

Auf dem Revier erstattete der Sergeant Chief Lanigan Bericht. «Der Bursche wohnt in der Maple Street, Ecke Glen Lane. Kramer heißt er. Soll ich ihn herbringen?»

«Nein, wir warten, bis wir Bescheid vom Labor haben. Wenn die Scherben zueinander passen, holen wir ihn uns. Gut gemacht, Sergeant.»

Sergeant Dunstable griente selbstzufrieden. «Ganz normale kriminalistische Ermittlung.»

25

«Na, wie findest du ihn?» Mrs. Magnuson schloß die Schlafzimmertür hinter sich.

Howard Magnuson nahm den Schlips ab. «Macht einen netten Eindruck», sagte er hinhaltend.

«Und er ist offenbar unsterblich in Laura verliebt», sagte Mrs. Magnuson. «Er hat sie ja während des Essens kaum aus den Augen gelassen.»

«Das ist mir auch aufgefallen. Selbst wenn er mit mir sprach, hat er ständig zu ihr hingesehen. Verliebt, sagst du. Na ja, schon möglich. Mir schien es allerdings eher, als ob er sich von ihr die Stichworte holte.»

Mrs. Magnuson nahm Scofield in Schutz. «Er war in einem fremden Haus. Daß er da nicht ins Fettnäpfchen treten wollte, ist ja verständlich.»

«Das verstehe ich ja auch.» Er bemühte sich ehrlich, etwas wie Freude in sich aufkommen zu lassen. Aber es ging ihm gegen den Strich, sich selbst etwas vorzumachen, und deshalb fügte er hinzu: «Aber du mußt zugeben, daß er nicht gerade aussieht, als ob er Bäume ausreißen könnte.»

«Woher willst du das wissen?»

«Wenn ich Laura recht verstanden habe, ist er in die Politik gegangen, weil er mit seiner Anwaltspraxis nicht auf einen grünen Zweig gekommen ist. Die paar tausend Dollar, die er geerbt hat, liegen auf einem Sparbuch. Er fährt einen pinkfarbenen Wagen, weil er den billig gekriegt hat. Er –»

Mrs. Magnuson versuchte es anders. «Und weshalb muß einer Bäume ausreißen können, um ein guter Ehemann zu werden? Nimm eine junge Frau wie unsere Laura. Entschlossen, willensstark, meinetwegen auch eigensinnig. Was passiert, wenn sie einen energischen, zielstrebigen Mann heiratet? Die beiden machen sich gegenseitig die Hölle heiß. Vielleicht ist Laura klüger als du – jedenfalls was die Wahl des Ehemanns angeht. Ich könnte mir durchaus vorstellen, daß der Mann, den Laura braucht, großzügig und flexibel sein müßte ...!»

«Ein Trottel und ein Schwächling also ...»

«Wäre das so ein Unglück? Sie wird ihn lenken und leiten, er weiß, daß er sie braucht und wird ihr dankbar und ergeben sein. Er hat kein Geld, sagst du. Dafür hat Laura Geld, und eines Tages wird sie noch viel mehr haben. Sie wünscht sich eine politische Karriere, und zu der wird er ihr verhelfen. Dank ihrer Ratschläge und ihrer Lenkung dürfte er ein erfolgreicher Senator werden. Nach ein oder zwei Amtsperioden wird er sich für den Kongreß aufstellen lassen, wird durchkommen, und die beiden werden nach Washington gehen. Wenn du dir für deine Tochter ein erfolgreiches, erfülltes Leben wünschst, müßtest du dich eigentlich über ihre Wahl freuen. Hat sie, nur weil sie eine Frau ist, nicht das Recht auf eine Karriere?»

«Ja, schon, aber verflixt noch mal –»

«Weißt du, was geschehen würde, wenn sie den Typ von Mann heimbringen würde, der dir als Ehemann für sie vorschwebt? Einen vielversprechenden jungen Arzt oder Wissenschaftler, einen Anwalt, Geschäftsmann oder Ingenieur? Dann wäre er es, der erfolgreich Karriere macht, und sie müßte zu Hause sitzen und Essen für seine Freunde und Bekannten geben. Sie wäre Hausfrau und sonst nichts. Er hätte ein interessantes Leben, und sie dürfte sich mit dem Innenarchitekten über die Farbe ihrer Vorhänge beraten. Laura ist der Sohn, den wir nie hatten, und danach haben wir ihre Erziehung ausgerichtet. Als ihre Freundinnen sich im Internat den letzten Schliff holten, hast du darauf bestanden, daß Laura aufs

College geht. Wäre sie ein Mann, wärst du stolz und glücklich, wenn er in die Politik gehen würde.»

«Ja, aber –»

«Stell dir mal vor, sie wäre ein Mann und würde ein weibliches Gegenstück von Scofield heimbringen. Du würdest dich amüsieren, weil sie ihre paar Pimperlinge auf ein Sparbuch legt, sich ein pinkfarbenes Auto kauft, nur weil sie es billig bekommen konnte, und sich von deinem Sohn die Stichworte holt, ehe sie was sagt.»

«Und was ist mit Kindern?»

«Sie wird sich welche anschaffen.»

«Das meine ich nicht. Kinder schlagen bekanntlich ihren Eltern nach. Sie können nach Laura kommen oder nach ihm, oder sie können eine Mischung werden. Wünschst du dir wirklich Enkel mit Scofields Charakter und Scofields Intelligenzgrad?»

Sie war einen Augenblick perplex, faßte sich aber schnell wieder. «Würdest du dir darüber Gedanken machen, wenn Laura unser Sohn Larry wäre und ein Mädchen wie Scofield mitbringen würde? Du würdest dir, wenn überhaupt, nur überlegen, ob sie gesund genug ist, um Kinder zu kriegen. Gesund genug sieht er aus – und das andere ist einfach Glückssache.»

Magnuson seufzte. «Du hast gewonnen, Sophia, wie meist. Hoffentlich läuft bei den beiden alles so gut, wie es bei uns gelaufen ist.»

Sie machte ein böses Gesicht. «Willst du damit sagen, daß ich versuche, dich zu bevormunden? Du weißt genau, daß bei uns die Entscheidungen von dir getroffen werden.»

«Ja, du berätst mich nur, aber deine Ratschläge sind unheimlich überzeugend. Wahrscheinlich macht es Laura ebenso, vielleicht machen das alle Frauen. Hat sie dir gesagt, wann sie heiraten will?»

Seine Frau schüttelte den Kopf. «Von einem bestimmten Datum war noch nicht die Rede. Aber es sollte wohl gleich nach der Wahl sein.»

«Das ist ja nur noch ein Monat. Da muß ich mich beeilen.»

«Du? Was gibt es denn dabei für dich zu tun?»

«Ich muß mit dem Rabbi klarkommen, und ich habe das Gefühl, daß das gar nicht so einfach sein wird.»

«A guter réwe …

... mus kenen dem finften schúlchen-órech ojch», sagt ein jiddisches Sprichwort. Gemeint ist, daß ein guter Rabbi außer seiner sonstigen Gelehrsamkeit auch den Umgang mit Menschen studieren soll.

Sehr oft sind es gerade die praktischen Dinge, die das Leben erleichtern und bereichern.

26

Paul Kramer sah die beiden Besucher, die vor der Haustür standen, fragend an. Der eine schlug die lederne Schutzhülle mit der Dienstmarke auf und stellte sich vor. «Sergeant Dunstable, Polizei von Barnard's Crossing.» Er nickte seinem Begleiter zu. «Officer Norton. Dürfen wir hereinkommen?»

«Warum nicht? Meine Eltern sind allerdings nicht da.»

«Ist das Ihr Wagen, der auf der Glen Lane steht? Der schwarze Chevy?»

«Ja, das ist mein Wagen.»

«Stand der letzte Nacht auch da?»

«Ja.»

«Und in der Nacht davor?»

«Ja.» Dann ging ihm ein Licht auf. «Richtig, das Parken auf der Straße ist ja ab Anfang November verboten. Aber ich dachte, das gilt für die Glen Lane nicht, weil das ja gar keine richtige Straße ist. Außerdem steht der Wagen sozusagen auf dem Gehsteig, wenn dort ein Gehsteig wäre.»

«Und warum stellen Sie den Wagen nicht in die Garage oder in die Einfahrt?» erkundigte sich Dunstable.

«Weil meine Batterie manchmal spinnt, besonders wenn es in der Nacht geregnet hat, und dann tu ich mich ziemlich schwer mit dem Starten. Deshalb parke ich auf der kleinen Anhöhe auf der Glen Lane, da brauche ich den Wagen zum Starten nur bergab rollen zu lassen.»

«Schließen Sie den Wagen ab, wenn Sie ihn abends parken?»

«Aber ja.» Er lachte nervös auf. «Wenn ich es nicht vergesse. Ich fahre jeden Morgen zur Uni und parke auf der Huntingdon Avenue. Da schließe ich immer ab, weil da schon eine Menge Wagen gestohlen worden sind. Hier weiß ich, daß es nicht so kritisch ist, wer würde schon einen klapprigen dreiundsiebziger Chevy klauen? Aber ich hab es mir so angewöhnt.»

«War er am Mittwochabend abgeschlossen?»

«Ich glaube wohl.» Er überlegte. «Ja, bestimmt sogar. Warum? Was war denn am Mittwoch?»

«Das wissen Sie nicht? Es hat im *Lynn Express* gestanden.»

«Den lese ich nicht, ich lese nur die Bostoner Blätter.»

«Auf der Glen Lane hat es einen Unfall mit Fahrerflucht gegeben.»

«Und was hat das mit mir zu tun?»

«Sie haben gestern einen kaputten Scheinwerfer auswechseln lassen, nicht?»

«Stimmt. Ich war fast den ganzen Tag in Boston, da muß es passiert sein. Vielleicht ist auch auf der Heimfahrt oder schon auf dem Hinweg nach Boston ein Stein dagegengeprallt. Ich habe es erst gemerkt, als der Tankwart mich darauf angesprochen hat.»

«Und wo waren Sie Mittwoch nacht?»

«Zu Hause, ich habe für eine Klausur gelernt. Ich bin nicht mal zum Essen weggegangen, sondern habe mir hier was gemacht.»

«Tja, dann würde ich sagen, Sie kommen mal mit zu Chief Lanigan, dem können Sie alles erzählen.»

«In Ordnung, ich fahre Ihnen nach.»

«Nein. Sie fahren mit mir. Geben Sie Officer Norton die Schlüssel, er bringt Ihren Wagen zum Revier.»

Der junge Mann zögerte. «Ist das ... bin ich verhaftet?»

«Ich habe keinen Haftbefehl», sagte Sergeant Dunstable auffällig beiläufig. «Der Chief hat nur gesagt, ich soll Sie zum Revier bringen. Wenn Sie natürlich nicht wollen, fahr ich zurück und melde ihm das, vielleicht stellt er dann einen Haftbefehl aus oder läßt sich einen vom Gericht ausstellen.»

Paul überlegte rasch. Es konnte sich nur um einen Irrtum handeln. Da war jemand von einem Betrunkenen über den Haufen gefahren worden, am Tatort hatte man Glas gefunden, und die Polizei begann zu ermitteln. Sie waren gekommen, weil er seinen Scheinwerfer hatte austauschen lassen. Vielleicht wurden gerade jetzt von der Polizei in Lynn, in Revere oder sogar in Boston noch andere vernommen. Er würde ihnen klarmachen, daß er zu dieser Zeit gar nicht auf der Straße gewesen war. Vielleicht würden sie ein Protokoll aufsetzen, das er unterschreiben mußte. Und damit war die Sache dann erledigt.

«Na schön», sagte er. «Fahren wir.»

Aber so einfach war die Sache nicht. Chief Lanigan war nicht da, als sie zum Revier kamen. Paul Kramer setzte sich auf eine Bank, wo ein Sergeant ihn im Auge behalten konnte, und wartete. Gelegentlich stand er auf, um sich die Beine zu vertreten oder eine alte Zeitung aus dem Papierkorb in der Ecke zu angeln. Als er sich wieder mal erhob und zur Tür ging, fragte ihn der Sergeant, wohin er wolle.

«Ich wollte mal sehen, ob ich hier irgendwo 'ne Tasse Kaffee kriege.»

«Der Chief kann jede Minute kommen. Es wär ihm nicht recht, wenn Sie dann nicht da sind. Einen Kaffee wollen Sie? Mal sehn, was sich tun läßt.»

Der Sergeant ließ Kaffee und sogar einen Krapfen aus dem Dienstraum kommen. Paul hatte nicht das Gefühl, eingesperrt zu sein, und man hatte ihm nicht gesagt, daß er das Gebäude nicht verlassen dürfe. Aber sie hatten seine Wagenschlüssel, und ohne sie wäre es sinnlos zu gehen. Erst nach sieben tauchte Chief Lanigan auf und bat ihn in sein Büro.

Paul setzte sich auf den Besucherstuhl, während Lanigan telefonierte, Akten durchlas und unterschrieb. Dann erst wandte er sich dem Jungen zu. Er verschränkte die Hände hinter dem Kopf und wippte in seinem Drehstuhl vor und zurück. Dann lächelte er. «So, nun legen Sie mal los.»

«Ich weiß ja nicht, was Sie hören wollen.»

«Erzählen Sie mir einfach, wie es war.»

«Ich weiß nur das, was mir der Sergeant gesagt hat. Daß es auf der Glen Lane Mittwoch nacht einen Unfall mit Fahrerflucht gegeben hat. Aber da war ich zu Hause, ich bin nicht weg gewesen.»

«Wie ist Ihr Scheinwerfer zu Bruch gegangen?»

«Das weiß ich nicht. Ich fahre jeden Tag nach Boston und parke in der Huntingdon Avenue oder in der Fenway oder wo gerade Platz ist. Wenn ich dann wieder zu meinem Wagen komme, ist es mir schon passiert, daß der Kotflügel eingedrückt oder zerkratzt war. Aber denken Sie, da steckt einem einer mal einen Zettel an die Windschutzscheibe, damit man sich zusammensetzen und den Schaden regeln kann? Nein, die fahren einfach weg, als ob nichts gewesen ist. Es kann also gut sein, daß jemand am Donnerstag oder vielleicht schon am Mittwoch meinen Scheinwerfer zusammengefahren hat. Vielleicht hab ich auch beim Fahren einen Stein dagegengeschleudert. Ich weiß es nicht.»

«Wenn es am Mittwoch passiert wäre – hätten Sie es dann nicht am Donnerstag auf der Fahrt nach Boston gemerkt?»

«Ich mach nicht jedesmal große Inspektion, wenn ich mich in den Wagen setze. Ich schau mir den Wagen nicht von vorn an. Wenn ich bei Dunkelheit gefahren wäre und die Scheinwerfer angemacht hätte, hätte ich's natürlich gemerkt. Aber nicht frühmorgens.»

Lanigan nickte. «Klingt vernünftig.» Er wippte eine Weile nachdenklich. «Wo sind Ihre Eltern?»

«Verreist.»

«Ja, aber wo stecken sie?»

«Das weiß ich nicht, sie machen eine Fahrt ins Blaue.»

«Sie könnten Ihre Eltern also nicht erreichen?»

«Sie haben gesagt, daß sie alle paar Tage mal anrufen, heute abend zum Beispiel wollten sie sich melden.»

«Schön, dann will ich Ihnen jetzt sagen, was anliegt. Das Unfallopfer ist gestorben, und dadurch ist es ein Fall von Totschlag, und das ist eine ernste Sache. Eine Sache, mit der sich die Kriminalpolizei des Staates und das Büro des District Attorney befassen wird. Neben der Leiche wurden Scherben gefunden, Scherben eines Scheinwerfers, der beim Aufprall zu Bruch gegangen ist. Wissen Sie, was wir mit solchen Scherben machen?»

«Ich hab mal im Fernsehen einen Krimi gesehen, da haben die Cops – ich meine die Polizeibeamten – die Stücke zusammengebastelt wie in einem Puzzle.»

«Genau das tun wir. Wir legen die Stücke zusammen, und wenn sie passen, kleben wir sie. Sie haben Ihren Scheinwerfer bei Glossop austauschen lassen. Die Reste des alten Glaskörpers haben Sie in die Abfalltonne geworfen. Einer unserer Leute hat die Stücke herausgeholt, und wir haben sie zusammengeklebt.» Lanigan hob mahnend einen Zeigefinger. «Und siehe da, die beiden Teile paßten ganz genau aneinander.»

«Aber das ist unmöglich.»

«Stimmt. Falls es nicht Teile von ein und demselben Scheinwerfer waren.»

«Aber ich war die ganze Nacht zu Hause.»

Lanigan zuckte die Achseln und griff nach der Karte mit den Miranda-Vorschriften, die in einer Ecke seiner Schreibtischunterlage steckte.

«Ich möchte einen Anwalt haben.»

Lanigan nickte. «Ja, ich glaube, das wäre eine gute Idee.» Er schob das Telefon über den Schreibtisch. «Sie können gern telefonieren, ich geh auch solange raus, wenn Sie wollen.»

«Ich kenne aber keine Anwälte», sagte Paul verlegen. «Wir wohnen noch nicht lange hier. Ich hab gedacht – äh –»

«Daß wir Ihnen einen besorgen? Na ja, wenn Sie am Montag vor den Untersuchungsrichter kommen, wird er Ihnen einen Anwalt stellen, falls Sie bis dahin noch keinen haben. Aber –»

«Jetzt fällt mir was ein. Der Typ, der für den Senat kandidiert hat und bei den Vorwahlen durchgekommen ist –»

«Sie kennen Jack Scofield?»

«Nicht persönlich. Aber ich war mit meinen Eltern mal auf einer Party, da kam er herein und hat eine kurze Rede gehalten. Und er hat gesagt, wenn wir Hilfe brauchen, könnten wir uns jederzeit an ihn wenden. Mein Alter – mein Vater, meine ich – hat hinterher gesagt, daß er den Eindruck hat, Scofield war auf Mandanten ebenso scharf wie auf den Senatorenposten. Wenn ich den anrufe ... Sonst weiß ich keinen.»

«Rufen Sie ihn ruhig an. Aber seien Sie nicht enttäuscht, wenn er Sie abblitzen läßt.»

«Warum sollte er mich abblitzen lassen? Es ist doch sein Geschäft.»

«Ja, aber es ist eine Strafsache, deshalb könnte es sein, daß er erst mit Ihren Eltern sprechen will. Bei Strafsachen verlangen die Anwälte nämlich meist eine Vorauszahlung.»

27

Es war nach zehn, als der Rabbi und Miriam vom Freitagabendgottesdienst nach Hause kamen. Während der Rabbi sich noch mit dem Schlüssel mühte, hörten sie im Haus das Telefon läuten.

«Wahrscheinlich eine falsche Verbindung», sagte Miriam.

«Vielleicht ist es aber auch wichtig», meinte der Rabbi. «Wenn schon jemand am Sabbat anruft ...»

Noch im Mantel, hob er ab. Eine aufgeregte Frauenstimme schlug an sein Ohr. «Rabbi Small? Gott sei Dank, daß Sie da sind. Entschuldigen Sie bitte, daß ich noch so spät anrufe, aber ich – wir machen uns so große Sorgen. Wir wußten nicht, an wen wir uns wenden sollten, und dann fielen Sie uns ein. Ich bin Sally Kramer, wir wohnen in derselben Straße wie Sie, in dem Haus direkt an der Ecke Glen Lane. Ich hätte meine Nachbarn angerufen, aber die kenne ich nicht, das heißt, ich weiß nicht einmal, wie sie heißen. Sie kenne ich natürlich auch nicht persönlich, aber wir wollten so bald wie möglich in die Gemeinde eintreten und –»

«Worum geht es denn, Mrs. Kramer.»

Der Rabbi hörte eine Männerstimme. «Komm, laß mich mal ran. Hier Ben Kramer, Rabbi. Meine Frau ist ein bißchen nervös. Sehen Sie, wir haben Urlaub gemacht und wollten eine Weile auf gut Glück durchs Land gondeln. Unser Sohn Paul konnte nicht mitkommen, er studiert. Ich habe ihm gesagt, daß wir jeden Freitag so gegen sieben anrufen würden. Nun haben wir heute angerufen, aber es hat sich niemand gemeldet. Es kann natürlich sein, daß er mit dem Anruf nicht schon an diesem Freitag gerechnet hat, wir sind nämlich erst am Mittwoch losgefahren. Wahrscheinlich ist er ausgegangen. Aber meine Frau macht sich Sorgen.»

«Und was kann ich nun für Sie tun, Mr. Kramer?»

«Wenn Sie nur mal vorbeischauen und nachsehen könnten, ob der Wagen da ist. Es ist ein ziemlich klappriger schwarzer Chevy, ein dreiundsiebziger, glaube ich. Ja, und an der Rückscheibe ist ein Aufkleber von der Northeastern University. Wenn der Wagen da steht, ist er zu Hause, und Sie könnten ihm sagen, er soll mal zurückrufen. Wenn der Wagen nicht da ist – übrigens steht er wahrscheinlich nicht in der Garage oder in der Einfahrt, sondern Ecke Glen Lane –, ist er weggefahren, und meine Frau braucht sich keine Gedanken zu machen.»

«Schön. Und dann soll ich Sie noch einmal anrufen?»

«Ja. Ich gebe Ihnen die Nummer. Haben Sie Papier und Bleistift bei der Hand?»

«Ich schreibe am Sabbat nicht, Mr. Kramer. Aber wenn Sie mir die Nummer sagen, wiederhole ich sie, und falls ich sie vergessen sollte, wird meine Frau sie sich merken.»

«Wunderbar, Rabbi, da sind wir Ihnen wirklich sehr dankbar. Wann, meinen Sie, werden Sie dazu kommen, mal vorbeizuschauen?»

«Ich mache mich gleich auf den Weg.»

«Das ist wirklich sehr nett von Ihnen. So, hier kommt die Nummer.» Er sagte sie durch, und der Rabbi wiederholte sie laut, damit Miriam es mitbekam.

«Und dann höre ich so in einer halben, dreiviertel Stunde von Ihnen?»

«So lange wird es wohl nicht einmal dauern.»

«Großartig. Melden Sie es bitte als R-Gespräch an, ja?»

Der Rabbi ging bis zum Ende der Maple Street, sah sich um und war zwanzig Minuten später wieder da. Er wählte das Amt und nannte die Nummer. Miriams Hilfe brauchte er dazu nicht, denn er hatte sie während des kurzen Fußwegs immer wieder vor sich hingesagt.

Mrs. Kramer meldete sich.

«An der Ecke Glen Lane stand kein Wagen, Mrs. Kramer. Und auch in Ihrer Einfahrt nicht. Ich habe durchs Garagenfenster gesehen, und in der Garage stand ein kleiner grauer –»

«Das ist meiner. Dann ist er wahrscheinlich heute abend weggegangen.»

«In der Diele war Licht, und im Obergeschoß auch», fuhr der Rabbi fort. «Ich habe geklingelt – die Klingel hat im Haus angeschlagen, das habe ich genau gehört – und habe ziemlich laut geklopft, aber es hat sich niemand gemeldet. Meinen Sie, ich sollte –»

«Nein, das geht schon in Ordnung. Ich habe ihm gesagt, er soll in der Diele und im Schlafzimmer Licht brennen lassen, wenn er abends weggeht. Dann ist wahrscheinlich alles in Ordnung. Wenn –» Sie zögerte.

«Ja?»

«Wenn es Ihnen nicht zu viel Mühe macht und Sie es nicht vergessen, könnten Sie vielleicht in den nächsten Tagen einen Zettel durchstecken, damit Paul bestimmt da ist, wenn wir anrufen. Wir melden uns am nächsten Freitag.»

«Das läßt sich sicher machen, Mrs. Kramer.»

Die Samstagausgabe des Lokalblatts kam am späten Nachmittag, aber die Smalls lasen sie grundsätzlich erst, wenn der Sabbat zu Ende war. An diesem Samstag waren sie abends aus gewesen, und erst am Sonntag vormittag kam Miriam dazu, die Zeitung durchzublättern. Unter den Polizeimeldungen fand sie eine kurze Notiz, daß Paul Kramer, Maple Street, wegen des Unfalls mit Fahrerflucht, der sich am Mittwoch in der Glen Lane zugetragen hatte, verhaftet worden war. Sie zeigte die Meldung ihrem Mann.

«Sie haben ihn am Freitagnachmittag geholt. Das heißt, daß er im Revier war, während du bei ihm geklopft hast.»

«Hm.»

«Du mußt seinen Eltern Bescheid geben, David.»

«Aber wie denn?»

«Weißt du die Nummer nicht mehr?»

Er schüttelte den Kopf. «Die würde mir nichts nützen, sie sind bestimmt längst weitergefahren.»

«Aber die Leute, bei denen sie gewohnt haben ...»

«Es war ein Hotel oder ein Gasthaus oder so was. Als ich zurückrief, meldete sich eine Vermittlung.»

«Können wir denn gar nichts tun, David?»

«Ich könnte mal mit Chief Lanigan sprechen. Wenn es Fahrerflucht war, haben die Verhaftung vermutlich die Registry-Leute vorgenommen, aber er müßte etwas darüber wissen. Er sollte eigentlich zu Hause sein. Ich versuche es gleich mal.»

Als er ihn am Apparat hatte, fragte er: «Haben Ihre Leute Paul Kramer verhaftet?»

«Ganz recht.»

«Könnten Sie mir Näheres darüber sagen?»

«Was interessiert Sie an dem Fall, David? Mal abgesehen davon, daß er einer Ihrer Leute ist.»

«Das dürfte allein schon eine ausreichende Begründung sein. Aber außerdem haben mich seine Eltern angerufen.» Er erzählte, was sich am Freitagabend nach ihrer Rückkehr aus der Synagoge getan hatte.

«Hm», machte Lanigan. «Ich bin gerade auf dem Sprung zum Revier. Wollen wir uns dort treffen?»

28

Als Mitglied der Geschäftsführung im Verband Höherer Polizeibeamter hatte Cesare Orlando häufig Kontakt mit seinen Kollegen im Staat Massachusetts. Zur Zeit war er dabei, Redner und Teilnehmer für eine Tagung anzuwerben, die über Thanksgiving stattfinden sollte. Da sich die Begeisterung dafür bisher noch sehr in Grenzen hielt, war er dazu übergegangen, sich auf Umwegen an das Thema heranzupirschen. Als er Lanigan anrief, gratulierte er ihm deshalb zunächst zu seinem schnellen Erfolg bei der Aufklärung des Falles von Fahrerflucht.

«Wie hast du das geschafft, Hugh?»

«Durch gute kriminalistische Leistungen, für die unsere Polizei zu Recht bekannt ist, Chezzie.»

«Du könntest eine kurze Abhandlung über den Fall schreiben und sie in Boston vortragen.»

«Ich habe leider meinen Bleistift verlegt.»

Orlando lachte. «Wenn du brav bist, schenk ich dir einen, ich habe übrigens noch eine Neuigkeit zu dem Fall.»

«Schieß los.»

«Erinnerst du dich noch an dieses Flugblatt, das irgendwelche sogenannten guten Staatsbürger oder besorgten Bürger oder dergleichen zu den Vorwahlen verschickt haben? Tommy Baggio hat von Anfang an behauptet, daß ihm jemand damit was anhängen wollte, daß er überhaupt nicht auf diesem Bankett gewesen ist und daß er seine Wahlschlappe diesem Wisch zu verdanken hat. Er hat sich beim Wahlausschuß beschwert, und die haben zwei Detektive auf den Fall angesetzt.»

«Ach, geht man diesen Dingen also tatsächlich nach?»

«Du weißt ja, wie das ist, meist dauert es seine Zeit, aber im Wahlausschuß sitzt ein Schwager von ihm, und da sind sie sofort tätig geworden. Und weißt du, was rausgekommen ist? Hinter den besorgten Bürgern verbarg sich Tony D'Angelo, euer Unfallopfer.»

«Sehr praktisch», sagte Lanigan.

«Ich weiß, was du denkst, Hugh. Und ich will nicht leugnen, daß man einem Toten gern sämtliche unerledigten Fälle in die Schuhe schiebt. Während des Krieges, als ich bei der Versorgungstruppe war, haben wir das so ähnlich gemacht. Sobald ein Frachter gesunken war, haben wir ihn mit sämtlichen verlorenen oder verlegten Sachen bepackt, für die wir verantwortlich waren. Ich erinnere mich an einen Zehntausendtonner, der mit ungefähr hunderttausend Tonnen an Schreibtischen, Kränen, Schreibmaschinen und wer weiß was noch allem unterging. Aber die Sache mit Tony D'Angelo ist astrein. Sie haben den Drucker ausfindig gemacht, und der hat ausgepackt.»

«Und Tommy Baggio hat ihnen das abgekauft?» fragte Lanigan skeptisch.

«An den Beweisen kam er nicht vorbei. Aber er sagt, daß er diesen Tony D'Angelo in seinem ganzen Leben noch nicht gesehen hat. Er muß also für jemand anders gearbeitet haben. Er hat die Fiore-Brüder im Verdacht, weil er mal eine Anordnung durchgedrückt hat, die für Nachtklubs ein Uhr als Polizeistunde vorschreibt. Die fragen natürlich, wieso sie ihm bei der Wahl dazwischenfunken sollten, wo ihn die Stadt doch dann losgeworden wäre. So bleibt er Stadtrat und ist ihnen weiter ein Pfahl im Fleisch.»

«Klingt vernünftig. Und was hat die Frau dazu gesagt?»

«Die Frau? Ach, du meinst Mildred Hanson, mit der er zusammengelebt hat. Die ist weg. Aber dabei brauchst du dir nichts weiter zu denken. Frauen wie die sind ständig auf Achse.»

«Der Wahlausschuß hat den Fall also zu den Akten gelegt? Gut, daß ich's weiß. Schönen Dank für den Anruf, Chezzie.» Lächelnd legte er auf.

Eine knappe halbe Minute später läutete das Telefon schon wieder. «Du hast mich abgehängt», beklagte sich Orlando.

«Abgehängt?» wiederholte Lanigan harmlos. «Ich dachte, wir sind fertig, Chezzie?»

«Tu nicht so unschuldig. Du kommst doch zu der Tagung?»

«Warum muß es eigentlich immer Boston sein?»

«Was denn sonst? Barnard's Crossing vielleicht? Soll ich für dich und deine Frau ein Hotelzimmer reservieren?»

«Was soll ich mit einem Hotelzimmer anfangen, Chezzie? In dreißig, vierzig Minuten fahr ich mit dem Auto hin.»

«Ja, aber wir mußten beim *Statler* eine bestimmte Mindestabnahme an Zimmern garantieren.

«Nichts zu machen, Chezzie. Wenn's irgend geht, komm ich, aber Übernachtung ist nicht drin.»

«Aber für das Festbankett kann ich dich doch eintragen, oder?»

Lanigan gab nach. «Meinetwegen.»

29

«Die Jugend von heute!» Lanigan stieß den Satz hervor wie eine Obszönität. «Nichts lassen die sich sagen. Denken, daß sie alles besser wissen. Wir haben ihn in die Enge getrieben. Die Scherben, die am Tatort gefunden wurden, passen genau zu dem zerbrochenen Glas, das sie beim Ausbau des Scheinwerfers aus seinem Wagen geholt haben. Und es ist nicht nur dieselbe Glassorte. Die einzelnen Stücke passen zueinander wie in einem Puzzle. Aber er sagt, er hat sich den ganzen Abend und die ganze Nacht nicht aus dem Haus gerührt.»

«Vielleicht hat jemand anders seinen Wagen gefahren», meinte der Rabbi.

Lanigan schüttelte den Kopf. «Davon will er nichts wissen.»

«Ich meine ohne seine Erlaubnis.»

Wieder schüttelte Lanigan den Kopf. Diesmal griente er dazu. «Er schließt den Wagen ab, wenn er ihn stehenläßt. Und außerdem hat er noch so ein Patentschloß dran, mit dem man das Lenkrad blockieren kann. Da, wo er tagsüber meist parkt, auf der Huntingdon Avenue in Boston, in der Nähe der Uni, klauen sie offenbar wie die Raben.»

Der Rabbi nickte. «Das engt die Möglichkeiten erheblich ein, nicht? Das Opfer war zu Fuß unterwegs, ja? Wer war der Mann, und was hatte er mitten in der Nacht in der Glen Lane zu suchen? War es ein Vagabund oder –»

«Ja, das ist auch so eine Sache», meinte Lanigan. «Gerade hab ich mit dem Polizeichef von Revere telefoniert. Das Opfer war ein kleiner Gauner auf dem politischen Parkett. Der Chief meint, das Flugblatt, auf dem Baggio, einer der Kandidaten für den Senat, im Kreis von Gangstern auf einem Bankett zu sehen ist, hätte er in Umlauf gesetzt. Ja, und was er in der Glen Lane zu suchen hatte ... Wir sehen das so, daß er auf dem Weg nach Salem war und plötzlich ein menschliches Rühren fühlte. Da ist er in die Glen Lane eingebogen, ist ausgestiegen und hat ein paar Schritte gemacht, um sich zu erleichtern.»

«Hm.» Der Rabbi dachte nach. «Ich kann auch verstehen, daß jemand, der über eine dunkle Straße wie die Glen Lane fährt, nicht mit Fußgängern auf der Fahrbahn rechnet ...»

«Eben», sagte Lanigan. «Es ist denkbar, daß der Mann gerade in dem Augenblick aus dem Wald kam. Ich könnte mir sogar denken, daß ihn ein Tier erschreckt hat, ein Waschbär etwa, die gibt's ja bei uns, oder ein Stinktier, daß er aus dem Wald gerannt kam und direkt in den Wagen hineingelaufen ist. Ein Unfall mit Fahrerflucht besteht gewissermaßen aus zwei Akten. Da ist zunächst der Unfall selbst, der durchaus keine Absicht zu sein braucht. Trotzdem gehen wir davon aus, daß der Fahrer sich leichtsinnig verhalten hat. Wenn er getrunken hat, gilt das natürlich in verstärktem Maße. Der gesunde Menschenverstand sagt einem, daß in manchen Fällen das Opfer selber schuld ist und auch der umsichtigste Fahrer einen Unfall nicht hätte verhindern können. Aber juristisch gesehen, liegt die

Schuld zunächst mal beim Fahrer. Die Fahrerlaubnis wird automatisch suspendiert, und die Beweislast liegt beim Beschuldigten, also beim Fahrer, wenn er sie zurückhaben will.

Auch wenn das Opfer stirbt und es auf fahrlässige Tötung hinausläuft, sind die Strafen meist drakonisch. Im allgemeinen wird man die Fahrerlaubnis nur für eine bestimmte Zeit los. Aber die Flucht nach dem Unfall – das ist eine bewußte Entscheidung des Fahrers, eine verbrecherische und tadelnswerte Handlung. Er läßt sein Opfer, das vielleicht Schmerzen hat und dessen Zustand sich mit Sicherheit verschlechtert, wenn es nicht sofort ärztlich versorgt wird, einfach auf der Straße liegen.»

Lanigan lehnte sich, die Hände im Schoß gefaltet, in seinem Sessel zurück und sah seinen Besucher ein paar Sekunden nachdenklich an. Dann richtete er sich wieder auf. «So weit, so gut. Wir holen uns also den Jungen, und ich sage ihm, was an Beweisen gegen ihn vorliegt, aber er wird weder schikaniert noch eingeschüchtert. Und er leugnet. Behauptet, er hätte in der bewußten Nacht das Haus nicht verlassen, und will einen Anwalt haben.»

«Das ist sein gutes Recht», sagte der Rabbi besänftigend.

«Klar ist es sein gutes Recht», bestätigte Lanigan. «Und nach den Miranda-Vorschriften würde ich seine Aussage auch gar nicht aufnehmen, ohne daß ein Anwalt dabei ist. Aber ich sage Ihnen, Rabbi, der Bengel ist kalt wie eine Hundeschnauze. Wenn ich in seinem Alter aus irgendeinem Grund auf dem Revier gelandet wäre, ich hätte das große Flattern gekriegt, und wenn ich noch so unschuldig gewesen wäre. Schon deshalb, weil ich mich immer gefragt hätte, was wohl meine Eltern dazu sagen würden. Aber eine Verhaftung, das ist für diese jungen Leute heutzutage ein Klacks. Sie reißen sich förmlich drum. Wer geschnappt wird, ist ein Held. Es ist ein Beweis dafür, daß man sich für Ökologie oder Bürgerrechte oder gegen brutale Polizeimethoden oder für sonstwas Hohes und Edles engagiert hat. Die Tatsache der Verhaftung impliziert schon, daß man um einer guten Sache willen leidet.»

«Hat er sich einen Anwalt besorgen können?» fragte der Rabbi.

«Erstaunlicherweise ja.»

«Was ist daran so erstaunlich?»

«Bei Strafsachen verlangen die meisten Anwälte eine Vorauszahlung. Er hatte kein Geld, jedenfalls nicht so viel. Ein Anwalt, der schon was für die Familie gemacht hat, hätte den Fall vermutlich auch so übernommen, aber die Kramers sind neu am Ort, und der Junge kannte hier niemanden. Dann fiel ihm ein, daß Jack Scofield mal bei Leuten gesprochen hatte, bei denen sie eingeladen gewesen waren. Er rief ihn an, und was soll ich Ihnen sagen – Scofield übernimmt den Fall. Fand ich sehr anständig von ihm. Ob er bei der Stange bleibt, ist eine andere Frage.»

«Warum sollte er nicht bei der Stange bleiben?»

«Zu mir hat Scofield natürlich nichts gesagt, aber nachdem er mit dem Jungen geredet hatte, hat er ein Gesicht gemacht ... Na, ich hatte nicht den Eindruck, daß er besonders begeistert war. Vielleicht hat der Bengel ja versucht, drumrum zu reden, und so was ist immer heikel für den Anwalt. Die übliche Taktik ist in so einem Fall, die Tatsachen zuzugeben und sie so günstig wie möglich auszulegen. Daß das Opfer unvermutet aus dem Wald gekommen ist oder daß der Junge gehupt hat und D'Angelo in die falsche Richtung gehüpft ist. Der kann ja nichts mehr dazu sagen. Und daß er hinterher abgehauen ist – na, da könnte er ja sagen, daß er die Nerven verloren hat oder daß er heimgefahren ist und die Polizei anrufen wollte und plötzlich einen Blackout hatte. Also, da gibt es tausend Möglichkeiten. Aber wenn der Junge steif und fest behauptet, daß er das Haus nicht verlassen hat, fragt sich, was Scofield überhaupt für ihn tun kann.»

«Und was wird nun aus ihm?» fragte der Rabbi.

«Früher oder später, meinen Sie?»

«Nein, ich möchte wissen, wie es jetzt weitergeht. Er bekommt einen Haftprüfungstermin, ja?»

«Ganz recht. Am Montag vormittag. Wir werden, weil es sich um ein Tötungsdelikt handelt, beantragen, daß er weiter in Haft bleibt, oder werden zumindest eine hohe Kaution verlangen. Vermutlich wird der Richter ihn aber auf freien Fuß setzen, weil er studiert und kaum zu erwarten ist, daß er türmt. Das ist heutzutage so üblich. Wenn man sich's recht überlegt, hat eine Kaution den Reichen nie weh getan, nur den Armen.»

«Ich würde gern mit ihm sprechen», sagte der Rabbi bittend, als erwarte er Widerstand.

Aber Lanigan stimmte sofort zu. «Gern. Vielleicht schaffen Sie es, ihn zur Vernunft zu bringen. Sagen Sie mir Bescheid, was Sie erreicht haben.»

30

«Ich bin Rabbi Small, ein Nachbar von Ihnen.»

«Ja, gesehen habe ich Sie schon mal.»

«Ihre Eltern haben mich am Freitag noch spätabends angerufen, weil sie Sie nicht erreicht hatten.»

«Und Sie haben Ihnen erzählt, daß ich verhaftet worden bin.» Pauls Ton war nicht ausgesprochen feindselig, ließ aber erkennen, daß er in der normalen Konfrontation der Eltern- und Kindergeneration den Rabbi zur Elternpartei rechnete.

Der Rabbi spürte die Einstellung des Jungen, machte aber keine Anstalten, ihn eines Besseren zu belehren. «Nein, das wußte ich zu der Zeit noch nicht. Sonst hätte ich es ihnen natürlich erzählt, sie haben ein Recht darauf, es zu erfahren. Aber daß Sie in Haft sind, habe ich erst in der Zeitung gelesen.»

«Und da sind Sie gekommen, um –»

«Um Ihnen zu helfen, soweit ich kann, und um herauszubekommen, was sich wirklich abgespielt hat, für den Fall, daß Ihre Eltern sich noch einmal bei mir melden. Wollen Sie mir erzählen, was geschehen ist?»

«Damit Sie es an die Polizei weitergeben können?»

Der Rabbi überlegte. «Wir sitzen hier nicht im Beichtstuhl. Würden Sie mir sagen, Sie hätten ein Verbrechen begangen, würde ich das selbstverständlich der Polizei melden. Aber da man dort ohnehin der Meinung ist, Ihnen sei eine Straftat hieb- und stichfest nachzuweisen, dürfte alles andere keine große Rolle spielen. Es würde mich persönlich interessieren, was passiert ist – und es wäre auch im Interesse Ihrer Eltern. Falls Ihre Eltern noch einmal anrufen, möchte ich die Sache so günstig wie möglich darstellen.»

«Überhaupt nichts ist passiert.»

«Na gut. Dann sagen Sie mir, was Sie nach der Abreise Ihrer Eltern gemacht haben.»

«Meine Eltern sind am Mittwochvormittag so gegen acht Uhr morgens weggefahren. Etwa zwanzig Minuten später habe ich mich zur Uni aufgemacht. Mein letztes Seminar ging bis drei, und kurz nach vier bin ich wieder nach Barnard's Crossing zurück. Ich habe in der Glen Lane geparkt, wie immer. Es gibt da einen kleinen Buckel, so einen Haufen aus Sand und Kies, der vielleicht mal vom Straßenbau übriggeblieben ist, und wenn meine Batterie streikt, das macht sie nämlich manchmal, besonders, wenn es regnet, brauche ich den Wagen nur bergab rollen zu lassen, dann springt er wieder an. Meine Mutter hatte mir noch was zum Abendessen gemacht, das habe ich mir aus dem Kühlschrank geholt und aufgewärmt. Dann hab ich abgewaschen und mir meine Bücher vorgenommen. Für den nächsten Tag war eine Klausur angesetzt, und ich hatte eine Menge zu lesen. Gegen elf bin ich ins Bett gegangen. Am nächsten Morgen fuhren wir zur Uni –»

«Wir?»

Der Junge sah ihn verdutzt an. «Wir?» wiederholte er.

«Sie haben eben ‹wir› gesagt», meinte der Rabbi.

«Ach so. Ich und mein Auto.»

Der Rabbi nickte. «Und da ist Ihnen der zerbrochene Scheinwerfer nicht aufgefallen?»

«Schauen Sie sich immer Ihren Wagen von vorn an, ehe Sie sich ans Steuer setzen, Rabbi?»

«Ich glaube nicht.»

«Na schön, ich schrieb also die Klausur, ging zu den übrigen Seminaren, und gegen vier fuhr ich heim. Als ich nach Barnard's Crossing kam, merkte ich, daß der Sprit ziemlich unten war, und hielt an, um zu tanken. Und an der Tankstelle hat einer das mit dem Scheinwerfer gemerkt, und ich hab mir einen neuen einbauen lassen. Und am nächsten Tag standen zwei Cops vor der Tür, und ich war verhaftet. Ja, das war's auch schon.»

«Sie waren an dem Mittwoch, nachdem Sie aus Boston gekommen waren, zu Hause? Ab fünf etwa, sagten Sie?»

«Stimmt.»

«Wie erklären Sie es sich dann, daß Glas, das von Ihrem Scheinwerfer stammt, in der Glen Lane gefunden wurde?»

«Woher weiß ich, daß es Glas von meinem Scheinwerfer ist?» konterte Paul.

«Die Polizei hat die Splitter mit den Scherben verglichen, die man an der Tankstelle aus Ihrem Wagen geholt hatte.»

«Woher weiß ich, daß die Scherben in der Tankstelle wirklich aus meinem Wagen waren und nicht aus einem ganz anderen?»

«Soweit ich weiß, war es der einzige Scheinwerfer, den sie dort in den letzten Tagen ausgetauscht haben.»

«Und woher weiß ich, daß die Scherben wirklich zueinander passen? Haben Sie sich mal mit Anthropologie beschäftigt, Rabbi?»

Der Rabbi schüttelte, einigermaßen verblüfft über den plötzlichen Themenwechsel, den Kopf.

«Ich hab letztes Jahr Anthropologie I belegt. Da findet jemand einen Zahn, und zwei Meter weiter findet er ein Fragment eines Kieferknochens. Er paßt den Zahn in ein Loch im Kieferknochen ein. Allzugut sitzt er nicht – nicht so, als wenn ein Zahnarzt einen Zahn in ein Gebiß einsetzt –, aber er paßt gerade eben rein. Und schon weiß der Schlaukopf, daß der Typ damals fünf Fuß groß war, aufrecht ging, Jäger war und von Fleisch lebte. Und dann malt er Ihnen ein Bild von dem Mann und erzählt Ihnen seine ganze Lebensgeschichte. Schon mal vom Piltdown-Mann gehört? Da hat ein Witzbold das Schädeloberteil eines modernen Menschen auf den Kieferknochen eines Affen gesetzt. Oder umgekehrt, so genau erinnere ich mich nicht mehr. Und alle großen Tiere, die Biologen und Wissenschaftler, haben das Wunder angestarrt und eine Theorie nach der anderen ausgeknobelt. Und dann sind sie fünfzig Jahre später – fünfzig Jahre, man muß sich das mal vorstellen! – drauf gekommen, daß es eine Fälschung war.»

«Und Sie glauben, daß in Ihrem Fall etwas Ähnliches passiert sein könnte und die Polizei versucht, Ihnen was anzuhängen? Aber weshalb sollte sie das tun?»

«Ich will ja nicht behaupten, daß sie gegen mich persönlich was haben, obwohl wir neu in der Stadt sind und man hier ja als Ausländer gilt, wenn man nicht in Barnard's Crossing geboren ist. Aber ich könnte mir vorstellen, daß der Polizei daran liegt, den Fall zu klären, und daß sie, wenn's sein muß, eben auch mal was passend macht.»

«Haben Sie darüber mit Chief Lanigan gesprochen?»

«Je weniger ich sage, desto besser, hab ich mir gedacht. Jedenfalls, solange ich noch keinen Anwalt habe.»

«Er ist nicht dumm», sagte der Rabbi später zu Lanigan. «Und zu leugnen, daß sein Wagen an dem Unfall in der Glen Lane beteiligt war, würde eigentlich – wenn man bedenkt, was Sie an Beweisen gegen ihn in der Hand haben – von großer Dummheit zeugen.»

«Aber manche Leute benehmen sich nun mal furchtbar dumm, David, wenn Sie nach einer Straftat erwischt werden, auch wenn es sonst ganz schlaue Burschen sind.»

Der Rabbi ließ nicht locker. «Sie haben mich nicht richtig verstanden. Wenn es ihm nur darum ginge, die Verantwortung an der Fahrerflucht von sich abzuwälzen, könnte er einigermaßen überzeugend darlegen, daß er nichts davon gewußt hat. Überzeugen würde das deshalb, weil er seinen Wagen offen und für jedermann sichtbar am Ende der Glen Lane abgestellt hat und nicht in der Garage. Außerdem hat er den Scheinwerfer erst am nächsten Nachmittag austauschen lassen, und zwar in einer hiesigen Werkstatt, obgleich er einen neuen Scheinwerfer ohne weiteres auch im Kaufhaus hätte erstehen können, bei Sears in Boston etwa, dort wäre er überhaupt nicht aufgefallen, niemand hätte sich an ihn erinnert.»

«Gewiß, aber –»

«Aber er leugnet, daß er überhaupt in der Glen Lane war, und beteuert, daß er an diesem Abend das Haus gar nicht verlassen hat.»

«Und wie erklärt er, daß das Glas aus seinem Scheinwerfer genau zu den Splittern am Tatort paßt?»

Der Rabbi lächelte. «Das streitet er ab. Er bezweifelt, daß die Scherben tatsächlich zusammenpassen.»

«Sie passen zusammen, das dürfen Sie mir glauben.»

«Er meint, die Polizei hätte es auf ihn abgesehen, weil er neu in der Stadt ist.»

«Glauben Sie das, David?»

«Natürlich nicht.»

«Aber trotzdem meinen Sie, daß er die Wahrheit sagt. Können Sie mir mal verraten, wie sich das miteinander vereinbart?»

«Vielleicht hat jemand seinen Wagen benutzt, während er zu Hause saß.»

Der Chief schüttelte den Kopf. «Unmöglich. Er hat gesagt, daß sein Wagen abgeschlossen war, und er hat ein Lenkradschloß. Gewiß, das hätte der Dieb wohl knacken können, aber das hätte man hinterher gemerkt.»

«Ich dachte nicht an einen Dieb», meinte der Rabbi. «Aber nehmen wir an, jemand hätte den Wagen mit seiner Erlaubnis benutzt, den Unfall gebaut und Fahrerflucht begangen ...»

«Und warum hat er uns davon nichts gesagt?»

Der Rabbi zuckte die Schultern. «Vielleicht aus falsch verstandener Loyalität.» Er überlegte. «Oder aus Ritterlichkeit. Wenn es ein Mädchen war.»

«Haben Sie noch einen Grund? Abgesehen davon, daß Paul Kramer einfach nicht so dumm gewesen sein kann . . .»

Der Rabbi zögerte einen Augenblick. «Keinen vernünftigen Grund, eigentlich nur eine Bemerkung, und die kann auch nur ein Versprecher gewesen sein. Als er mir erzählte, was er in den letzten Tagen gemacht hat, sagte er, er sei am Mittwoch den ganzen Abend zu Hause gewesen, um für eine Klausur zu lernen. Dann sagte er: ‹Am nächsten Tag fuhren wir zur Uni.› Als ich wegen des ‹wir› nachfragte, meinte er, er habe sich und seinen Wagen gemeint.»

«Durchaus möglich. Die Jungen reden von ihren Mühlen wie Cowboys – oder jedenfalls Kino-Cowboys – von ihren Gäulen.»

«Ja, aber später sagte er: ‹Auf dem Heimweg hielt ich an, um zu tanken.› Wenn er sonst immer von sich und seinem Wagen als ‹wir› sprach, wäre der Plural beim Tanken erst recht naheliegend gewesen.»

Lanigan griente. «Zugegeben, David – aber trotzdem ist es ziemlich dürftig. Was soll ich denn Ihrer Meinung nach tun?»

«Ich weiß nicht recht», sagte der Rabbi bedrückt. «Auf jeden Fall sollten Sie aufgeschlossen bleiben und die Möglichkeit im Auge behalten, daß er vielleicht am Mittwochabend noch jemanden im Wagen hatte.»

Lanigan schüttelte bedauernd den Kopf. «Für so eine Ermittlung habe ich nicht genug Personal. Ich kann meine Leute einfach nicht dransetzen, jeder noch so entfernten Möglichkeit nachzugehen. Wenn so was im Spiel ist, müßte er schon selbst die Karten auf den Tisch legen, denn im Augenblick sitzt er fest.»

31

Morris Halperin hatte sich Howard Magnuson gegenüber schon häufiger gefällig erwiesen, aber Magnuson hatte sich dafür mehr als großzügig revanchiert, indem er ihm mehrere lukrative Fälle hatte zukommen lassen. «Und denken Sie dran», hatte er gemahnt, «Sie tun sich keinen Gefallen damit, wenn Sie die hiesigen Gebühren berechnen. Sie haben es mit der Bostoner Filiale eines landesweiten Unternehmens zu tun, und für gute Arbeit zahlen die auch einen guten Preis.» Es war eine lohnende Geschäftsverbindung, und Halperin gab sich große Mühe, sie nicht abreißen zu lassen. Wenn Magnuson ihn sprechen wollte, war er immer für ihn da.

Es lag deshalb für Magnuson nahe, sich mit Halperin zu beraten, ehe er mit Rabbi Small Lauras Hochzeitspläne besprach. Die Halperins hatten zwar ins Kino gehen wollen, aber Morris beteuerte: «Nein, ich bin heute abend frei, ich kann jederzeit vorbeikommen.» Er brauchte auch seiner Frau keine Erklärungen abzugeben oder sich bei ihr zu entschuldigen. Auch sie wußte, wie wichtig die Verbindung mit Magnuson war, nicht nur wegen der finanziellen, sondern auch wegen der gesellschaftlichen Vorteile. Es lohnte sich, auf einen Film zu verzichten, wenn man im Telefongespräch mit einer Freundin einflechten konnte: «Eigentlich wollten wir ins Kino gehen, aber Howard Magnuson – ein Mandant von Morris, weißt du – wollte ihn in einer dringenden Angelegenheit sprechen, die keinen Aufschub duldete. Und du kennst ja Morris – seine Mandanten haben immer Vorrang.»

Magnuson seinerseits wußte sehr wohl, daß Halperin ihm dankbar war und auch Grund dazu hatte, ließ es sich aber immer angelegen sein, ihm zu zeigen, daß der Anwalt ihm mit seinen Besuchen einen großen Gefallen tat. Er begrüßte ihn mit betonter Herzlichkeit. «Hereinspaziert! Wirklich nett, daß Sie vorbeigekommen sind. Ich habe es einfach mal probiert ...»

«Und das hat ja auch geklappt, Howard. Ist mir ein Vergnügen.»

«Ich wollte Sie konsultieren, weil ... Nein, das ist schlecht ausgedrückt. Es geht nicht um juristische Fragen und auch nicht eigentlich um die Synagoge, wenn es auch am Rande etwas damit zu tun hat. Im Grunde ist es eine persönliche Angelegenheit, zu der ich gern Ihre Meinung hören würde.»

«Sie möchten einfach mal drüber sprechen.»

«Genau. Sehen Sie, meine Tochter Laura will heiraten.»

«Herzlichen Glückwunsch. *Massel tov.*»

«Äh ... ja, besten Dank. Aber es gibt da ein Problem. Der junge Mann ist kein Jude ...»

«Und er will konvertieren?»

«Nein, das heißt, ich glaube nicht. Nein, sogar ganz bestimmt nicht. Ich habe mit ihm noch nicht darüber gesprochen, aber wenn ich Laura recht verstanden habe, kommt das nicht in Frage. Sie hält es für politisch schädlich. Sagte ich schon, daß er Politiker ist? Was soll ich ein Geheimnis daraus machen – es ist John Scofield, der gerade zum republikanischen Kandidaten für den Senat gewählt worden ist. Laura meint, daß er gute Aussichten in der Politik hat und –» Er sah seinen Besucher fragend an.

Halperin nickte. «Ja, ich kenne John flüchtig. Und ich weiß natürlich, daß Ihre Tochter sich sehr für ihn eingesetzt hat. Juden haben es immer schwerer, in der Politik ihren Weg zu machen, zumindest hier in Massachusetts. In New York oder in Florida mag das anders sein. Ich kann verstehen, daß Ihre Tochter meint, es könnte ihm politisch schaden, wenn er konvertiert. Und daß sie konvertiert, möchten Sie sicher nicht ...»

«Laura möchte es nicht. Natürlich bin ich auch dagegen, aber Laura ist da ganz hart.»

«Bleibt also nur eine Ziviltrauung.»

«Und da liegt eben der Hase im Pfeffer. Laura besteht darauf, von einem Rabbi getraut zu werden. Nein, nicht der Religion wegen», setzte er hinzu, als Halperin die Augenbrauen hob. «Sie hat es ihrer Großmutter – meiner Schwiegermutter – versprochen, die einen recht großzügigen Treuhandfonds für sie angelegt hat.»

Halperin lehnte sich vor. Er witterte juristische Fußangeln. «Und das Vermögen war an die Bedingung gebunden, daß sie einen Juden heiratet?»

«Nicht direkt. Laura muß damals etwa sechzehn gewesen sein. Wir waren alle miteinander zu einer Hochzeit eingeladen – die Cousine meiner Frau heiratete einen Nichtjuden, einen feinen Menschen, und es ist eine gute Ehe geworden. Sie haben drei Kinder. Sie wurden von einem Pfarrer getraut, aber die Zeremonie war nicht an eine besondere Konfession gebunden. Ich meine, es war nicht von Jesus oder dergleichen die Rede, und die Trauung war auch nicht in der Kirche, sondern im Haus der Braut, genaugenommen im Garten. Meine Schwiegermutter hat sich aber trotzdem sehr darüber aufgeregt. Damals hat sie sich wohl Laura vorgenommen und verlangt, daß sie sich nur von einem Rabbi trauen lassen würde. Laura hat es ihr versprochen. Sie hing sehr an ihrer Großmutter Beck. Dann sagte ihr meine Schwiegermutter, daß sie einen Treuhandfonds für sie anlegen würde, über den sie verfügen könne, sobald sie einundzwanzig sei.»

«Und der war an die Bedingung geknüpft, daß sie sich von einem Rabbi trauen lassen würde?»

«Juristisch wohl nicht, aber seit Laura vor fünf oder sechs Jahren über das Geld verfügt, meint sie, daß sie moralisch dazu verpflichtet ist.»

«Ich weiß ja nicht, wieviel Ihre Tochter schon verbraucht hat, aber vermutlich würde es Ihnen nicht schwerfallen, das Geld zu ersetzen.»

«Darum geht es nicht. Laura ist von der Idee nicht abzubringen.»

«Verstehe. In Reformsynagogen gibt es manchmal Rabbis, die sich bereit finden, zusammen mit einem protestantischen oder katholischen Pfarrer eine sogenannte ökumenische Trauung vorzunehmen. Von konservativen Rabbis habe ich das noch nicht gehört. Und von orthodoxen natürlich schon gar nicht.»

«Und Rabbi Small ist natürlich konservativ», sagte Magnuson.

«Mit orthodoxen Tendenzen», ergänzte Halperin.

«Die Trauung brauchte nicht in der Synagoge stattzufinden.»

Halperin schüttelte den Kopf. «Das würde für Rabbi Small nichts ändern, er macht bestimmt nicht mit.»

«Aber verflixt noch mal, so was kommt doch bestimmt hin und wieder vor.»

«Freilich. Heutzutage ist es eigentlich sogar die Regel. Mein eigener Neffe –»

«– hat eine Nichtjüdin geheiratet?»

«Ja. Es war eine standesamtliche Trauung, das war natürlich unproblematisch. Aber meiner Familie war es trotzdem nicht recht. Dann war da Ben Josephs Nichte, und Marty Slobodkins Schwester, und Ira Lamports Bruder und ... Ich wette, in unserem Vorstand gibt es keine Familie, in der es nicht irgendwann mal zu einer Mischehe gekommen ist. Bruder, Schwester, Neffe, Nichte, Cousine. Ich hab mal gehört, daß inzwischen schon jede zweite Ehe eine Mischehe ist.»

«Und was haben die alle gemacht?»

«Das ist verschieden. Manchmal konvertiert der christliche, manchmal der jüdische Partner. Manche konvertieren auch nicht richtig, sondern lassen sich nur in einer christlichen Kirche trauen, von einem protestantischen oder katholischen Geistlichen. Soviel ich weiß, ist das bei den Katholiken inzwischen auch schon lockerer geworden. Früher haben sie eine schriftliche Erklärung verlangt, daß die Kinder katholisch erzogen werden. Ich glaube, das ist heute nicht mehr üblich, jedenfalls nicht mehr in schriftlicher Form. Die meisten lassen sich nur standesamtlich trauen. Ich glaube, in New

Hampshire gibt es einen Rabbi, der auf diese Masche reist und eine Menge Geld damit macht. Er fährt in ganz Neuengland herum.»

«Vielleicht sollte ich den mal ansprechen», überlegte Magnuson.

«Ich kann Ihnen Namen und Adresse besorgen.»

«Gut. Aber natürlich muß ich anstandshalber mit Rabbi Small reden.»

«Natürlich.»

«Ich werde ihm die Situation erklären und ihn bitten, die Trauung vorzunehmen.»

«Er wird Ihnen einen Korb geben.»

«Dann werde ich ihm sagen, daß ich mich anderweitig umsehen muß.»

«Das wird ihm nicht schmecken», sagte Halperin.

«Mir schmeckt es ja auch nicht. Ganz und gar nicht. Wenn ich ehrlich bin – ich bin nicht begeistert, daß meine Tochter John Scofield heiraten will. Und ich bin nicht begeistert, daß sie sich unbedingt von einem Rabbi trauen lassen will, wenn es auch ein Friedensrichter oder Standesbeamter täte. Und auch die jesuitische Haarspalterei meiner Tochter in dieser Frage schmeckt mir nicht. Als sich meine Schwiegermutter von ihr versprechen ließ, daß sie sich von einem Rabbi trauen lassen würde, hat sie damit natürlich gemeint, Laura sollte einen Juden heiraten, einen geborenen oder zumindest konvertierten Juden. Aber im Laufe meines Lebens ist mir schon vieles untergekommen, was mir nicht schmeckte und was ich trotzdem schlucken mußte.»

«Ja, aber der Rabbi kann sich auf den Standpunkt stellen, daß er es nicht zu schlucken braucht.»

«Was kann er machen?»

«Ich weiß nicht. Aber ablehnen kann er immer.»

32

Paul Kramer kam am Montagvormittag in Salem vor den Haftrichter. Sergeant Dunstable war anwesend, weil er die Verhaftung vorgenommen und weil er ihn von Barnard's Crossing nach Salem gebracht hatte. Charlie Venturo, der stellvertretende District Attorney, beantragte eine hohe Kaution mit der Begründung, daß es sich um eine schwere Straftat, ein Tötungsdelikt, handle. John Scofield, als Anwalt des Beschuldigten, hielt dagegen, Paul sei nicht vorbestraft und Student, so daß kein Grund zu der Annahme bestünde, er würde zu seinem Prozeß nicht erscheinen.

Der Richter nickte und wandte sich an Paul. «Ich setze als Termin für die Verhandlung den 20. November fest. Ich setze Sie bis zum Prozeßbeginn auf freien Fuß. Der Verhandlungstermin wird Ihnen noch schriftlich zur Kenntnis gegeben, aber auch für den Fall, daß Sie diese Mitteilung nicht erhalten, steht hiermit der Termin fest, und Sie müssen erscheinen.»

«Ja, Sir ... Euer Ehren, meine ich.»

Scofield war sehr zufrieden mit sich, weil er – wenn auch nur in einer Bagatelle – Venturo übertrumpft hatte. Es gelang ihm nicht, seinen Triumph für sich zu behalten. «Diesmal war ich Ihnen über, Charlie», sagte er zu seinem Rivalen, als sie den Gerichtssaal verließen.

Venturo, der auf Grund langer Erfahrung keine andere Entscheidung erwartet hatte, lächelte. «Man kann nicht immer gewinnen. Daß der Gewinner eine Runde spendiert, ist Ihnen doch wohl klar ...» Als sie später beim Kaffee saßen, fragte er: «Wie sind Sie eigentlich an diesen Fall geraten, Jack?»

«Der Junge rief mich an. Er hat mich auf einer Party kennengelernt, wo ich während des Wahlkampfs mal kurz hereingeschaut hatte.»

«Hat er was gezahlt?»

«Nein, aber ich werde mit den Eltern reden, sobald sie zurückkommen, die zahlen bestimmt.»

Venturo nickte. «Ja, in einer privaten Anwaltspraxis muß man das wohl manchmal so machen.»

In Barnard's Crossing erstattete Sergeant Dunstable Bericht. Lanigan war weder überrascht noch verärgert. «Das war ganz klar. Der Junge ist kein Verbrecher. Sie lassen die Leute in weit schlimmeren Fällen ohne Kaution laufen. Sonst wäre im Knast bald kein Zimmer mehr frei.»

Er notierte sich den Verhandlungstermin auf seinem Kalender und schob den Fall zunächst beiseite. Trotz der von Rabbi Small angemeldeten Zweifel fand er, daß die Sache hieb- und stichfest war.

Doch am Nachmittag des nächsten Tages stand der Diensthabende in der Tür zu Lanigans Büro. «Da will Sie jemand in der Sache Kramer sprechen, Chief. Der Fall von Fahrerflucht ...»

«Schicken Sie ihn rein.»

«Es ist eine Sie.»

«Auch recht.»

Der Sergeant machte eine Kopfbewegung und trat dann zur Seite, um einer jungen Frau in Jeans und Sweatshirt mit hochgekrempelten Ärmeln Platz zu machen. Die offenbar blondierten Haare kringelten sich im Afrolook, an den Ohren baumelten schwarze Ohrringe, der farblose Lippenstift glänzte feucht. Die Augen waren sorgfältig geschminkt, oben blau und unten grün, schwarzer Lidstrich. Die Jeans saßen um den Po verführerisch knapp, und als sie zu dem Besucherstuhl ging, wippten die Brüste unter dem Sweatshirt.

«Ich wollte Ihnen nur sagen, daß Sie das mit Paul Kramer ganz falsch sehen. Er war es nicht.»

«Ach nee. Und woher wissen Sie das?»

«Weil ich in der Nacht mit ihm zusammen war. Ab Viertel nach acht. Und er hat keinen Schritt aus dem Haus getan.»

Lanigan, der sich gemütlich in seinem Drehstuhl zurückgelehnt hatte, richtete sich auf und sah sie scharf an. «Wie heißen Sie?»

«Fran Kimball.»

«Und Sie wohnen –»

«Elm Street.»

«Elm Street? Tom . . . nein, Ted Kimball?»

«Das ist mein Vater, aber er lebt nicht mehr bei uns.»

«Seit drei, vier Jahren, nicht?»

«Eher sechs.»

«Sie waren in der betreffenden Nacht mit Paul Kramer zusammen, sagten Sie. Bis wann?»

«Bis zum nächsten Morgen, da sind wir zusammen zur Uni gefahren.»

«Sie haben die Nacht mit ihm verbracht?»

«Genau.»

«Wußte Ihre Mutter davon?»

«Natürlich nicht. Ich hab mir von meiner Freundin, von Beth McAllister, ein Alibi geben lassen. Ich, das heißt, wir beide, Paul und ich, hatten nämlich am nächsten Tag diese Klausur –»

«Sie studieren an der Northeastern?»

«Ja. Unternehmensführung, letztes Studienjahr. Paul ist erst im zweiten Jahr, aber das Seminar über amerikanische Literatur machen wir zusammen, das ist nämlich Pflichtfach, und wir sitzen nebeneinander, weil unsere Namen so nah beieinander sind. Im Alphabet, meine ich. Kimball und Kramer. Und manchmal nimmt er mich im Wagen mit. Und an dem Mittwoch sind wir zusammen nach Hause gefahren und haben über die Klausur gesprochen, und er hat gesagt, daß er gut drauf vorbereitet ist. Er hat nämlich 'ne Menge in der Antenne.»

«In der Antenne?»

«Auf dem Kasten. Er büffelt unheimlich viel. Ich wollte aus dem *‹College-Wissen›* lernen, das ist ein Wälzer, da stehen die Inhaltsangaben von den Büchern drin, aber zu Hause hab ich gemerkt, daß ich das Ding nicht hatte. Das *‹College-Wissen›*, meine ich. Ich hatte es im Garderobenschrank in Boston liegenlassen. Und da hab ich ihn natürlich gefragt, ob er mir sein Exemplar borgt, und er hat gesagt, er hat es gar nicht, weil er das ganze Zeug richtig liest.»

«Nicht zu glauben», warf Lanigan halblaut ein.

«Ja, und da hab ich ihn gefragt, ob ich vielleicht zu ihm kommen kann, wir könnten doch zusammen lernen. Er hat mir erzählt, daß seine Eltern an dem Morgen zu einer Fahrt ins Blaue weggefahren sind und er allein ist, und damit ging das natürlich in Ordnung.»

«Hat er Ihnen vorgeschlagen, die Nacht bei ihm zu verbringen?»

«Ach wo. Er ist ja noch unheimlich jung, neunzehn vielleicht.»

«Und Sie?»

«Ich bin zweiundzwanzig.»

«Die Idee, die Nacht mit ihm zu verbringen, ging also von Ihnen aus?»

«Na ja, so könnte man das wohl sagen. Geplant habe ich es nicht, es hat sich einfach so ergeben. Meiner Mutter hab ich nicht gesagt, daß ich zu ihm gehe, die hätte bloß alles mögliche gefragt, wer noch da ist und wann ich nach Hause komme und so. Ich hab ihr gesagt, daß ich zu Beth gehe. Und als ich da war, hab ich Beth angerufen und sie gebeten, mir Rückendeckung zu geben.»

«Und wie sollte sie das machen?»

«Na ja, wenn meine Mutter sich meldete, sollte Beth sagen, daß ich auf dem Klo bin oder mal eben vor die Tür gegangen bin und daß ich zurückrufen würde. Dann sollte sie mir bei Paul Bescheid sagen – die Nummer hab ich ihr gegeben –, und ich würde zurückrufen.»

«Und hat sie angerufen?»

«Nein. Gegen zehn hab ich dann selber meine Mutter angerufen und hab ihr gesagt, daß ich bei Beth übernachte und von da ins College fahre.»

«Hm. Das war also gegen zehn?»

«So ungefähr. Paul wollte gerade den Fernseher anmachen, wegen der Zehn-Uhr-Nachrichten.» Sie runzelte angestrengt überlegend die Stirn. «Ja, es muß kurz vor zehn gewesen sein; als ich vom Telefon kam, fingen die Nachrichten gerade an. Inzwischen war mir klar, daß es ein Haufen Arbeit war und wir bis nach Mitternacht zu tun haben würden. Er hat von allen Büchern eine Inhaltsangabe gemacht, und ich hab mitgeschrieben. Er kannte sie alle. Enorm.»

«Und wann waren Sie fertig?»

«So gegen eins.»

Lanigan lehnte sich wieder zurück und musterte sie. Dann sagte er: «Und als Sie fertig waren, haben Sie ihm als Gegenleistung angeboten, mit ihm ins Bett zu gehen. Oder war das von vornherein so abgemacht?»

«Quatsch», sagte sie ärgerlich. «Wir sind zusammen ins Bett gegangen. Punkt. Nicht als Gegenleistung, sondern weil er nett war. Natürlich ist er noch unheimlich jung, aber er sieht gut aus und ist – na, eben nett.»

«Hm. Und am nächsten Morgen ...»

«– sind wir aufgestanden, und im Kühlschrank war noch Orangensaft, und er hat Kaffee und Toast gemacht, und dann sind wir zur Uni gefahren.»

«In seinem Wagen?»

«Genau.»

«War der Wagen abgeschlossen?»

Wieder runzelte sie die Stirn, während sie versuchte, sich zu erinnern. «Ja. Ich bin nämlich auf die Beifahrerseite gegangen und hab gewartet, bis er drin saß und von innen die Tür aufgemacht hat. Dann hat er das Schloß abgemacht, das er am Lenkrad hat, und wir sind losgefahren.»

«Soso. Und was hat Sie veranlaßt, heute zu mir zu kommen?»

Sie sah ihn überrascht an. «Als ich davon gehört hab, mußte ich natürlich herkommen und es sagen.»

«Hat er Sie darum gebeten?»

«Aber nein. Er wollte es nicht. Es war ihm richtig unangenehm, als ich ihm gesagt hab, daß ich zur Polizei gehe. Er ist eben noch unheimlich jung.»

Chief Lanigan überlegte. Was hatte er erfahren? Eine Geschichte, die Fran Kimball zusammen mit Paul Kramer ausgeheckt haben konnte. Sie waren Kommilitonen und nach ihrer eigenen Aussage ein Liebespaar.

Lanigan ging zu dem Stadtplan hinüber, der an der Wand hing und deutete auf einen Punkt. «Hier ist die Elm Street. Sie wohnen ungefähr hier, wenn ich mich recht erinnere.»

«Ja, Ecke Laurel Street.»

«Und wann haben Sie das Haus verlassen?»

«Gegen acht.»

«Und Sie sind zu Fuß die Laurel Street bis zur Maple Street gegangen –»

«Nein. Ich bin die Elm Street bis zur Main Street gegangen und dann die Main Street rauf bis zur Maple Street.»

«Wozu dieser Umweg? Sie hätten doch Kramers Haus direkt über die Laurel erreichen können.»

Sie warf, gereizt über seine Begriffsstutzigkeit, die Lippen auf. «Beth wohnt in Gathskille Circle, also mußte ich in diese Richtung gehen. Klar?»

«Hm. Haben Sie irgendwelche Bekannten getroffen, haben Sie mit jemandem gesprochen?»

Sie überlegte einen Augenblick, dann schüttelte sie so energisch den Kopf, daß die Ohrringe klapperten. «Nein.»

Lanigan nickte. «Dann wußte niemand, daß Sie an dem Abend bei Kramer waren.»

«Beth McAllister hat es gewußt.»

«Das kann man so nicht sagen. Sie hat von Ihnen eine Telefonnummer bekommen, es ergab sich aber für sie keine Gelegenheit, dort anzurufen. Ihre Mutter wußte es nicht, niemand hat Sie ins Haus der Kramers gehen oder am nächsten Morgen herauskommen sehen.»

Wieder schüttelte sie den Kopf, dann meinte sie mit einem leicht lasziven Lächeln: «Paul hat es gewußt.»

«Schön, der hat es also gewußt. Es kann sein, daß ich Sie bitten muß, noch einmal herzukommen, dann setzen wir ein Protokoll auf, und das müßten Sie unterschreiben.»

«Muß das meine Mutter erfahren?»

«Unter Umständen.»

«Das möchte ich nämlich nicht. Ich meine ... ach, Sie wissen schon, wie ich es meine. Aber ich möchte auch nicht, daß Paul ins Gefängnis kommt oder so, wo er es doch nicht war. Als gute Staatsbürgerin war ich mir das einfach schuldig, finde ich.»

33

Magnuson hatte zwar gesagt, er würde nur anstandshalber mit Rabbi Small sprechen, aber er dachte bei sich, daß der Rabbi wahrscheinlich doch bereit sein würde, die Trauung vorzunehmen. Während seiner kurzen Bekanntschaft hatte er den Rabbi als einen vernünftigen Mann schätzen gelernt. Er, Magnuson, hatte ihm einen – nicht einmal erbetenen – Gefallen getan, indem er sein Gehalt beträchtlich aufgestockt hatte. In Magnusons Welt war es üblich, sich für einen Gefallen zu revanchieren. Wer sich einen Gefallen erweisen ließ, übernahm gleichzeitig eine Verpflichtung, und wer einer solchen Verpflichtung nicht nachkam, war undankbar und kein Gentleman. Als er den Rabbi aufsuchte, war er deshalb fest von dem Erfolg seiner Mission überzeugt und hatte sich darauf eingestellt, nur Details zu besprechen. «Ich habe da ein Problem», fing er an.

«Wenn ich Ihnen helfen kann ...»

«Meine Tochter will heiraten.»

«*Massel tov!* Wann soll es denn sein? Ist es ein Hiesiger?»

«Ja, das ist er.»

«Ich frage deshalb», fuhr der Rabbi fort, «weil ich nach Möglichkeit vorher gern noch einmal mit dem Brautpaar spreche.»

«Es ist der republikanische Kandidat für den Senat.»

«Aber das ist doch –»

«John Scofield», ergänzte Magnuson.

Deshalb also, dachte der Rabbi, hatte Lanigan damals gesagt, die Juden würden wohl für Scofield die Werbetrommel rühren. Aber er sagte nur: «Ich wußte nicht, daß er Jude ist.»

«Ist er auch nicht.»

«Er will also konvertieren.»

«Leider nein, Rabbi. Das kommt nicht in Frage.»

Der Rabbi schwieg einen Augenblick. «Dann planen Sie also eine Ziviltrauung?» fragte er leise.

«Laura besteht darauf, sich von einem Rabbi trauen zu lassen. Daß Sie es nicht in der Synagoge machen können, ist mir klar», fuhr er rasch fort. «Aber wir wollten sowieso eine Haustrauung, wir könnten es bei entsprechendem Wetter im Garten ...»

«Es ist überhaupt nicht zu machen», sagte der Rabbi entschieden.

«Sie meinen –»

«Eine religiöse Trauung ist nur möglich, wenn beide Partner Juden sind. Wenn einer der Beteiligten kein Jude ist, kann man ebensowenig eine religiöse Trauung vornehmen – eine Trauung nach jüdischem Ritus –, als wenn beide Partner nicht jüdischen Glaubens wären. Es wäre ein Widerspruch in sich.»

«Aber ... Sehen Sie, Rabbi, ich weiß, daß es hier um Religion geht, und Religion ist eine wichtige Sache. Aber wenn ein Brautpaar zu Ihnen kommt und sagt, es will sich trauen lassen, fragen Sie dann bei den beiden die Glaubenssätze ab, oder sagen Sie: ‹Herzlichen Glückwunsch, Mr. Goldstein, Miss Cohen, wann soll die Hochzeit sein? Und brauchen Sie das Vestibül?› Dabei können beide ausgewachsene Atheisten sein.»

«Sehr richtig.»

«Aber dann –»

Der Rabbi seufzte. «Bedauerlicherweise scheinen Außenstehende, besonders unsere schlimmsten Feinde, die Situation besser zu verstehen als viele Juden. Zumindest haben sie begriffen, daß es eine Frage der Herkunft ist. Jude bleibt Jude, auch wenn er nie in seinem Leben eine Synagoge betritt. Wir sind ein Stamm, eine Familie, wenn Sie so wollen, die Nachkommen Abrahams, Isaaks und Jakobs. In manchen primitiven Stämmen werden Ehen stets mit Stammesfremden geschlossen. Exogamie nennen das die Anthropologen. In anderen Stämmen ist es üblich, nur innerhalb des Stammes zu heiraten, das nennt man dann Endogamie. Wir Juden sind endogam, das ist die Tradition, die Sitte, das Gesetz des Stammes. Weil wir glauben, daß wir – als Stamm, wohlgemerkt – einen Vertrag mit Gott geschlossen haben. Im Rahmen dieses Vertrages haben wir uns verpflichtet, den Judaismus, unsere Religion, zu praktizieren. Wenn einer von uns einen Außenstehenden heiratet, verlangen wir nicht nur, daß er mit uns zusammen unseren Teil der Abmachung einhält, sondern daß er einer von uns wird, sich in den Stamm aufnehmen läßt.

Der Judaismus ist ein moralisch-ethisches System und verfügt über Zeremonien, Rituale und liturgische Bräuche, die vornehmlich darauf ausgerichtet sind, uns bei der Ausübung unseres Sittenkodex zu unterstützen. Grundlage dieses Sittenkodex sind die uns von Gott gegebenen Gebote, das Ergebnis unseres mit ihm auf dem Berg Sinai geschlossenen Bundes. Einige Juden befolgen diese Gebote gewissenhaft, andere befolgen nur einige, andere scheren sich überhaupt nicht um sie. Aber die Verpflichtung bleibt.

Es gibt auch Christen, die sich an die Gebote halten, aber dadurch werden sie noch nicht zu Juden. Sie gehen einen anderen Weg, sagen sich vielleicht, daß die Gebote zu einem guten Leben führen, oder halten sie einfach für vernünftig. Aber weil sie sich diese Vorschriften selbst zurechtgelegt haben, ist es ihnen auch möglich, sie zu ändern. Das können wir nicht, weil wir einen Vertrag mit Gott geschlossen haben und dies die Bedingungen sind, die wir akzeptiert haben. Wenn Sie einen geschäftlichen Vertrag abschließen und Ihr Partner nicht alle Vertragsbedingungen erfüllt, ist der Vertrag damit noch nicht null und nichtig, sondern Ihr Vertragspartner ist einfach seinen Verbindlichkeiten nicht nachgekommen. Und wenn der Vertrag statt mit einer Einzelperson mit einer Gruppe, einem Unternehmen, geschlossen wird, ist er noch nicht ungültig, nur weil ein Mitglied der Gruppe ausschert.

Ein Katholik, der nicht an die Thesen seiner Kirche glaubt und sich nicht daran hält, ist kein Katholik. Aber ein Jude, der sich nicht an die Gebote hält und nie eine Synagoge betritt, ist trotzdem ein Jude und darf die Tochter des Oberrabbiners von Israel heiraten. Der Rabbiner wäre vielleicht nicht begeistert, er würde möglicherweise versuchen, es zu verhindern, er könnte sogar seine Tochter verstoßen, aber er würde sie nicht, wie nach einer Heirat mit einem Christen, als tot betrauern.»

Magnuson schüttelte den Kopf. «Ich verstehe Sie nicht, Rabbi. Sie würden lieber eine standesamtliche Heirat sehen als –»

«Ich würde lieber eine Heirat mit einem Juden sehen.»

«Ich weiß, aber die Situation ist nun mal so. Muß es denn wirklich eine Ziviltrauung sein? Und was wären dann die Kinder nach jüdischem Recht? Bastarde?»

«Aber nein», sagte der Rabbi schockiert. «Die Kinder wären als Abkömmlinge einer jüdischen Mutter ebenfalls Juden. Im umgekehrten Falle allerdings, wenn der Vater Jude und die Mutter Christin wäre, würden sie als Christen gelten, selbst wenn sie als Juden erzogen und sehr fromm wären. Auch wenn überhaupt keine Trauung stattgefunden hätte, wären sie nach jüdischem Gesetz keine Bastarde. Nur auf einen Sproß aus Ehebruch oder Inzest trifft diese Bezeichnung zu.»

«Also das kommt in meinem Fall überhaupt nicht in Frage. Laura ist fest entschlossen, sich von einem Rabbi trauen zu lassen. Ich begreife Sie nicht. Ist nicht der Spatz in der Hand besser als die Taube auf dem Dach?»

«Darum geht es hier nicht. Man kann bekanntlich auch nicht ein bißchen schwanger sein», sagte der Rabbi. «Ich könnte mich an der Trauungszeremonie nicht beteiligen.»

«Ich habe den Verdacht, daß nicht alle Rabbis Ihre Einstellung teilen.»

«Kein orthodoxer oder konservativer Rabbi würde die Trauung vornehmen. Ich habe von Reform-Rabbis gehört, die so etwas machen, aber hier in der Gegend kenne ich keinen.»

«Ich finde schon einen», sagte Magnuson grimmig, «und wenn ich ihn von sonstwoher holen muß. Was soll ich denn machen?»

«Sie sollten zurücktreten», sagte der Rabbi leise.

«Zurücktreten?»

«Als Präsident der Synagoge.»

«Weshalb soll ich zurücktreten?» fragte Magnuson ärgerlich. Er war rot geworden.

«Weil das eine Ehrensache für Sie sein sollte», sagte der Rabbi. «Als Präsident der Synagoge sind Sie der Kopf der konservativen jüdischen Gemeinde, und Sie haben etwas vor, was konservativem Judentum widerspricht. Würde Ihre Tochter nach New Hampshire oder Vermont fahren – oder wo immer dieser entgegenkommende Rabbi wohnt – und sich dort trauen lassen, würde ich mit Ihnen fühlen. Man kann die Entscheidungen seiner Kinder nicht immer steuern. Aber Sie wollen einen fremden Rabbi hierher, nach Barnard's Crossing, holen, in mein und übrigens auch Ihr Gebiet, und von ihm etwas verlangen, was in meinen Augen unrecht ist. Da kann ich nicht wegsehen. Nicht bei dem Präsidenten der Synagoge. Ich muß es verbieten.»

In seinem rhetorischen Schwung hatte er mehr gesagt, als er eigentlich hatte sagen wollen. Magnuson war plötzlich ganz ruhig geworden. Hier bewegte er sich gewissermaßen in vertrauten Bahnen. Mehr als einmal war es bei der Übernahme einer Firma vorgekommen, daß der Vorbesitzer, der noch Anteile an dem Unternehmen hatte, der Geschäftsführer oder einer der älteren Angestellten mit den von ihm eingeführten Änderungen nicht einverstanden war. Zuweilen war es zu einem Streit im Aufsichtsrat gekommen. In Sachen Unternehmenspolitik kannte er sich aus. Er erhob sich. «Nein, Rabbi, nicht ich werde zurücktreten.» Er machte die Tür auf, dann fiel ihm noch etwas ein. «So wie die Dinge liegen, wäre es mir lieber, wenn Sie von jetzt ab nicht mehr zu den Vorstandssitzungen kämen.»

34

«Na, dann müssen Sie jetzt wohl den District Attorney anrufen», meinte Lieutenant Eban Jennings melancholisch, als Lanigan ihm von Fran Kimballs Aussage erzählt hatte. Jennings war groß und mager, hatte wäßrig-blaue Augen und einen vorstehenden Adamsapfel, der hüpfte, wenn der Lieutenant aufgeregt war.

«Darüber wollte ich gerade mit Ihnen sprechen. Woher weiß ich, daß sie die Wahrheit sagt?»

«In solchen Sachen schwindeln Frauen nicht, Hugh. Daß sie die Nacht mit einem Mann verbracht hat, damit rückt keine freiwillig raus.»

«Wo lebst du eigentlich, Eban? Seit deiner Sturm- und Drangzeit hat sich nämlich auf diesem Gebiet einiges geändert. Durch die Pille sind sie jetzt völlig ungehemmt. Emanzipation und so. Sie geben sogar damit an – genau wie die Männer. Schau dir die großen Tiere an – Filmstars oder Rocksänger oder Politiker. Heutzutage behaupten die Frauen glatt, sie hätten mit so einem Typ geschlafen, auch wenn's gar nicht stimmt. Nur um sich großzutun.»

«Ich hatte nicht den Eindruck, daß dieser Paul Kramer ein großes Tier ist.»

«Mag sein. Aber ich kann mir vorstellen, daß die Kimball durchaus bereit wäre, ihm einen Gefallen zu tun. Eine Menge in der Antenne, so hat sie sich ausgedrückt. Helle ist er, das muß man ihm lassen. Na schön, mal angenommen, er hat versprochen, ihr bei den Klausurvorbereitungen zu helfen, wenn sie zu mir geht und mir erzählt, daß sie die ganze Nacht bei ihm gewesen ist. Vergiß nicht, daß sich ihre Aussage nicht nachprüfen läßt. Die Mutter können wir nicht fragen, die wird sagen, daß sie bei ihrer Freundin war, bei dieser –» er warf einen Blick auf seine Notizen –. «bei dieser Beth McAllister. Und wenn wir die McAllister fragen, kann sie uns nur sagen, daß Fran Kimball ihr eine Telefonnummer in die Hand gedrückt hat, bei der sie dann nicht hat anzurufen brauchen.»

«Du könntest natürlich trotzdem die Mutter fragen.»

«Wonach?»

«Du könntest sie fragen, ob ihre Tochter Mittwoch nacht zu Hause war.»

Lanigan schüttelte den Kopf. «Ich schätze, daß sie nicht zu Hause war. Das hätte sie bestimmt berücksichtigt. Gut, dann gehe ich zu Beth McAllister, die vermutlich erst auspackt, wenn wir sie ein bißchen unter Druck setzen. Nehmen wir an, sie geruht zuzugeben, daß sie ihrer Freundin Kimball den Rücken gedeckt hat. ‹Sie hat mir eine Telefonnummmer gegeben, bei der ich anrufen sollte.› ‹Welche Nummer? › ‹Weiß ich nicht mehr. Ich hab sie mir irgendwo aufgeschrieben, aber der Zettel ist natürlich weg.›»

«Und angenommen, Frans Geschichte stimmt?»

«Das bedeutet, daß der Wagen des Fahrers die Glen Lane bis zum Ende gefahren ist, an der Ecke angehalten hat, ausgestiegen und zu Kramers Wagen gegangen ist, daß er den Scheinwerfer eingeschlagen, die Scherben aufgesammelt und zu seinem Wagen gebracht hat. Daß er gewendet, die Scherben neben der Leiche verstreut und sich davongemacht hat. Wer tut schon so was Verrücktes?»

«Vielleicht hatte er was gegen Kramer.»

«Da müßte er schon sehr viel gegen Kramer haben. Denk mal, wie riskant das war. Und Kramer ist neu in der Stadt. Er ist erst seit Anfang des neuen Semesters hier. Wahrscheinlich kennt er überhaupt noch niemanden.»

Jennings schob die Brille auf die Stirn und fuhr sich mit dem Taschentuch über die Augen. «So riskant war es nun auch wieder nicht. Er fährt die Glen Lane hoch und hält an. Wenn jemand ihn sieht, sagt er einfach, er hat den Mann auf der Fahrbahn liegen sehen. Dann hockt er sich hin, um das Glas neben der Leiche zu deponieren, und wenn jemand just in diesem Augenblick vorbeikommt – was ist naheliegender, als sich hinzuhocken, wenn man sehen will, ob einer noch lebt?» Er rückte sich auf seinem Stuhl zurecht, um an seine Hüfttasche zu kommen, und steckte das Taschentuch weg. «Ein bißchen ungewöhnlich, das wohl, aber –» Er unterbrach sich unvermittelt. Sein Adamsapfel hüpfte nervös.

«Hör mal, Hugh, wenn nun der Typ – der Fahrer, meine ich – sauer auf das Mädchen war? Vielleicht war er scharf auf sie, war eifersüchtig ... verstehst du?»

«Und wieso sollte er deshalb Kramer eins auswischen?»

«Na, wenn du einen Typ mit deiner Freundin siehst und –»

«Woher sollte er denn wissen, daß sie bei Kramer war?»

«Vielleicht hat die McAllister was gesagt, vielleicht hat er sie ins Haus gehen sehen ...»

«Möglich», sagte Lanigan.

Eine Weile saßen sie da und überlegten schweigend. Dann sagte Jennings: «Ist dir eigentlich klar, daß wir noch mal ganz von vorn anfangen müssen, wenn das stimmt, was das Mädchen gesagt hat?»

Lanigan nickte düster. «Und wir haben nicht die kleinste Spur.»

«Wir haben Morris Halperin», meinte Jennings.

«Den Stadtsyndikus? Komm, Eban, was soll denn der dabei?»

«Er war am Tatort. Er hat es gemeldet», beharrte Jennings. Dann fuhr er ganz aufgeregt fort: «Ich war an dem Abend bei der Magistratssitzung und er auch. Sah ziemlich wacklig aus. Hatte einen mordsmäßigen Schnupfen. Hinterher gehen wir immer noch auf ein Bier ins *Ship's Galley*. Und da haben sie sich über Halperin amüsiert. Tom Bradshaw hatte ihm offenbar einen tüchtigen Whiskey aufgedrängt, wegen der Erkältung, und einige fanden, daß er bei der Sitzung ein bißchen kariert geredet hat.»

«Na und?»

«Vielleicht ist ihm der Drink zu Kopf gestiegen. Vielleicht war er angetrunken.»

«Von einem Glas?»

«Wenn's ein großes Glas war und er das Trinken nicht gewöhnt ist – warum nicht? Und wenn ihm sowieso schon mies war und er irgendwas genommen hatte. Oder vielleicht hat er sich unterwegs noch einen genehmigt. Er ist nicht auf direktem Wege nach Hause gefahren, soviel steht fest, denn was hatte er in der Glen Lane zu suchen, wenn er nach Hause wollte? Das ist ein riesiger Umweg. Er ist also ein bißchen beduselt und fährt den Mann über den Haufen, weil er nicht damit gerechnet hat, daß jemand auf der Fahrbahn rumläuft, besonders nicht um diese Zeit.»

«Ja, aber wieso sollte er dann einen Scheinwerfer kaputtschlagen und einem anderen die Schuld in die Schuhe schieben?»

«Weil so was ihn die Karriere kosten könnte.»

«Ein Unfall kann jedem mal passieren. Und ein Typ wie Halperin würde sich damit bestimmt bei der Polizei melden.»

«Aber wenn er alkoholisiert war ... oder sich das zumindest einbildete ...»

«Na, immerhin hat er es gemeldet. Er hat den Streifenwagen verständigt.»

«Klar, weil er sich sagte, daß die Cops von der Streife ihn vielleicht gesehen hatten. Aber er ist nicht ausgestiegen und nichts, er hat nur gesagt, daß jemand auf der Fahrbahn liegt, und da sind sie natürlich sofort hin.»

«Hm.» Lanigan kaute an der Unterlippe herum. «Schaden kann es nichts, der Sache nachzugehen. Aber ich kann ihn nicht so ohne weiteres damit konfrontieren, schließlich ist er der Stadtsyndikus. Wir müssen das ein bißchen vorbereiten. Ich könnte ihn herbitten, wegen des Protokolls. Und wenn sein Wagen auf dem Parkplatz steht, könntest du ihn dir mal ansehen.»

Jennings griente. «Falls ich zufällig da bin, wenn er kommt, und wenn der Parkplatz sehr voll ist, könnte ich ihn ja fragen, ob er nicht in der Garage parken will.»

«Schön, versuchen wir's mal so. Aber jetzt ruf ich doch den District Attorney an und sag ihm, was die Kimball uns erzählt hat.»

«Und was wird er machen?»

«Er soll den Anwalt des Beschuldigten verständigen, und der kann dann machen, was er will.»

35

«Ich gebe zu, daß ich Rabbi Small falsch beurteilt habe», sagte Howard Magnuson ernst, als Morris Halperin Platz genommen hatte. «Ich habe ihn für einen Gentleman gehalten. Ich habe mich geirrt.»

«Na so was ...»

Magnuson nickte. «Ich habe gedacht, er würde sich bemühen, mir aus der Verlegenheit zu helfen. Aber er blieb ganz hart. Ich habe offen zugegeben, daß ich ein bißchen in der Klemme stecke, aber das hat ihn überhaupt nicht gerührt. Als ich ihn fragte, was ich denn tun sollte, wissen Sie, was er da gesagt hat? Er hat mir geraten zurückzutreten.»

«Das darf doch nicht wahr sein», sagte Halperin entrüstet, aber da er es als Anwalt gewöhnt war, daß ihm Fakten in leicht entstellter Form präsentiert wurden, vergewisserte er sich: «Was hat er denn genau gesagt?»

Magnuson berichtete über sein Gespräch mit dem Rabbi. «Daß er die Trauung nicht selbst vornehmen möchte, würde ich noch akzeptieren. Wenn man allerdings bedenkt, daß manche Rabbis es machen, ohne daß ihnen das Amt entzogen wird oder sie aus dem Handelsregister gestrichen werden oder wie man das bei denen nennt, fand ich es doch übertrieben dogmatisch. Ich akzeptiere auch, daß die Trauung nicht in einer Synagoge vorgenommen werden kann. Aber daß er sich auf den Standpunkt stellt, es geht nicht mal in meinem eigenen Haus mit einem Rabbi meiner Wahl, weil das sein Zuständigkeitsgebiet ist, das ging mir denn doch über die Hutschnur. Das kann ich nicht dulden. Sonst kommt er demnächst noch auf die Idee, in meiner Küche nachzusehen, ob wir auch getrenntes Geschirr benutzen.»

Halperin neigte zwar dazu, Magnusons Partei zu ergreifen, aber als gerecht denkender Mann versuchte er, ihm die Einstellung des Rabbi klarzumachen. «Der Rabbi wollte Ihnen wohl begreiflich machen, daß es unziemlich wäre, die Trauung in Ihrem Haus abzuhalten, weil Sie der Präsident der Gemeinde sind. Aus seiner Sicht ist das, als ob –»

«Ich weiß, was er mir begreiflich machen wollte», sagte Magnuson scharf. «Teilen Sie seine Meinung?»

Halperin wurde klar, was Magnuson von ihm verlangte. Er sollte Stellung beziehen. Nach seiner Erfahrung war es der bessere Teil der Tapferkeit, sich nicht festzulegen. Er zuckte leicht die Schultern und lächelte. «Für mich ist es nur eine Zeremonie und nicht einmal eine besonders feierliche. Für mich zählt die Ehe – und nicht, wer was wo bei der Hochzeit sagt. Viel mehr beschäftigt mich die Frage, wer nun eigentlich das Sagen hat – die Gemeinde in Gestalt der von ihr gewählten Vertreter oder der Rabbi. Ich möchte wissen, ob ein Rabbi den Rücktritt des Präsidenten anordnen oder auch nur anregen kann. Wer gibt den Ausschlag – der Rabbi oder die Gemeinde? Mit anderen Worten: Wer feuert wen?»

Magnuson war nicht dumm, er begriff sofort, worauf Halperin hinauswollte. «Meinen Sie, die übrigen Vorstandsmitglieder würden es so sehen?»

Halperin überlegte. «Ich glaube schon, man muß es ihnen nur in diesem Sinne klarmachen. Nur – wenn Sie an Ihrem Plan festhalten und einen Rabbi von außerhalb holen, würde wohl Small seinem Mißfallen dadurch Ausdruck geben, daß er zurücktritt. Dann würde er der Gemeinde lang und breit den Grund für seinen Rücktritt auseinandersetzen, und es gibt Zores.»

«Da haben Sie recht. Aber so braucht es ja nicht zu laufen.»

«Meinen Sie?»

«Ich erlebe so was nicht zum erstenmal. Wenn Sie eine Firma übernehmen, und es gelingt Ihnen nicht, wichtige Führungskräfte von Ihrer Firmenpolitik zu überzeugen, bleibt nur die Trennung.»

«Nur weil der Rabbi bei der Hochzeit Ihrer Tochter nicht amtieren will, können Sie ihn nicht feuern.»

«Natürlich nicht. Aber wir können ihn entlassen, weil er durch die Forderung nach meinem Rücktritt die Autorität des Vorstands in Frage gestellt hat. Falls der Vorstand mitspielt.»

«Aber er hat einen Vertrag.»

«Kein Problem. Wir zahlen ihm einfach das Gehalt weiter, bis der Vertrag ausläuft, und das ist sowieso in Kürze der Fall. Wir könnten ihm sogar eine Pauschalsumme zahlen. Wenn wir von ihm verlangen, daß er zurücktritt, wird er natürlich der Gemeinde – zumindest den Besuchern des Freitagabendgottesdienstes – die Gründe erläutern wollen. Wieviel kommen zum Gottesdienst? Fünfundsiebzig? Hundert? Aber in der Woche darauf würden vermutlich zwei- oder dreihundert kommen, und er würde seine Erklärung noch einmal vom Stapel lassen. Und dann wäre der Teufel los. Aber wenn wir ihn entlassen, weil – weil das Vertrauensverhältnis nicht mehr vorhanden ist, würde er, so wie ich ihn einschätze, keinen Mucks sagen. Höchstens ‹Auf Wiedersehen›. Er ist nämlich verdammt stolz. Höchstwahrscheinlich würde er nicht mal eine Andeutung machen, daß es was mit der Hochzeit meiner Tochter zu tun hat, besonders wenn in dem Entlassungsschreiben davon keine Rede ist. Natürlich wäre es günstig, wenn wir dann auf einen Rabbi zurückgreifen könnten, der gleich den nächsten Gottesdienst übernehmen könnte. Was meinen Sie, ob sich das machen ließe?»

Halperin lehnte sich zurück und schlug die Beine übereinander.

Er legte den Kopf schief und peilte eine Ecke der Zimmerdecke an, während er sich den Anschein eifrigen Nachdenkens gab. Dann sagte er betont beiläufig: «Vielleicht könnte ich meinen Bruder dazu bewegen, die Stellung anzunehmen.»

«Richtig, Sie haben ja einen Bruder, der Rabbi ist. Was macht er jetzt? Hat er denn kein Amt?»

«Doch, aber er ist nicht besonders begeistert von seiner jetzigen Stellung und hat deshalb auch keinen festen Vertrag unterschrieben. Schon mal von Jezreal, Kansas, gehört? Eben, wer hat das schon ... Ja, da sitzt er, und danach ist es auch.»

«Was ist denn los mit ihm?»

«Gar nichts. Meiner Ansicht nach ist er ein sehr guter Rabbi. Ich habe einen Videoclip, den er für eine Bewerbung gemacht hat. Wenn Sie wollen, können Sie ihn mal abspielen und sich selbst ein Urteil bilden. Und natürlich würde er zunächst auf Probe herkommen und müßte sich bewähren.»

«Ja, das Band würde ich gern mal sehen. Aber wie kommt es, daß er immer noch da sitzt, wenn er wirklich so gut ist?»

«Er hat Pech gehabt, anders kann ich es mir nicht erklären. Nach der Ausbildung wurde er Marinegeistlicher, hauptsächlich deshalb, weil seine Freundin, die er dann geheiratet hat, die Tochter eines Zahnarztes in der Marine war. Als dort der Vertrag auslief, ging er in die Studentenarbeit, weil keine vernünftige Stelle in der Gemeinde frei war. Und dann hat er diesen Job in Kansas genommen, weil er fand, daß es langsam Zeit wurde, sich um seine Karriere zu kümmern und die Stellung dort besser war als gar keine. Wegen der Erfahrung, wissen Sie. Und seither sitzt er dort fest.»

«Hm. Erfahrung in der Army, besonders zusammen mit Erfahrung in der Jugendarbeit, ist genau das, was wir hier brauchen. Aber wie steht es mit meinem kleinen Problem?»

«Ich würde ihm natürlich begreiflich machen, daß er da mitziehen muß. Er ist drei Jahre jünger als ich, und ich war immer so was wie ein Vorbild für ihn. Ich denke schon, daß ich ihn überreden kann. Wenn Sie wollen, rufe ich ihn heute abend gleich mal an.»

«Einverstanden. Aber erst hören Sie sich mal bei den anderen Vorstandsmitgliedern um.»

36

Morris Halperin war freundlich und entgegenkommend, aber ein bißchen verwundert. «Sie haben doch den Schuldigen geschnappt, und zwar sehr rasch. Ich verstehe deshalb nicht ganz –»

«Sie kennen doch diese jungen Leute vom District Attorney», sagte Lanigan. «Er will Ihre Aussage haben, weil Sie die Leiche gefunden haben. Will wissen, wieso Sie in der Glen Lane waren, was Sie gesehen und gemacht haben und so weiter und so fort. Ausgesprochen albern, aber er hat sich nun mal darauf versteift.»

«Na ja, wenn er noch neu in dem Geschäft ist, nimmt er's natürlich mit den Vorschriften besonders genau. Also legen Sie los.»

Lanigan griff nach einem Block und schraubte seinen altmodischen Füller auf. «Fangen wir am besten ganz von vorn an. Das war – warten Sie – ja, das war der Abend der Magistratssitzung. An der haben Sie teilgenommen, nicht?»

«Ja. Sagen Sie mal, haben Sie keine Stenotypistin?»

«Im Augenblick nicht. Ich nehme es selber auf, dann lasse ich es tippen, und Sie können es noch einmal durchlesen und unterschreiben. Sind Sie bis zum Schluß geblieben?»

«Ja, aber ich bin gleich danach gegangen.»

«Das war so gegen zehn?»

«Ja, so etwa. Vielleicht ein bißchen später.»

«Sie sind nicht mit den anderen im *Ship's Galley* gewesen?»

«Nein, ich hatte ziemlich starken Schnupfen und wollte mich hinlegen. Ich konnte mich kaum noch auf den Beinen halten.»

«Und dann –»

«Aber es gibt da eine ganz bestimmte Sorte von Tabletten, die mir bei Schnupfen immer geholfen haben, und die waren mir ausgegangen. Die letzten beiden hatte ich genommen, ehe ich zur Sitzung gefahren war. Ich hatte mir noch neue kaufen wollen, hatte es dann aber vergessen. Und als die Sitzung aus war, hatte natürlich der Drugstore schon zu. Deshalb wollte ich noch nach Lynn, da gibt es einen Drugstore, der bis Mitternacht geöffnet ist.»

«Moment, Morris. ‹… ‹bis Mitternacht geöffnet ist.› Geht's ein bißchen langsamer?»

«Ich fuhr also hin, kaufte die Tabletten und nahm gleich zwei», fuhr Halperin langsamer fort, damit Lanigan mitkam. «Dann fuhr ich über die High Street in Richtung Heimat.»

«Wie fühlten Sie sich?»

«Bestens. Die Nase war noch zu, aber mein Kopf war völlig klar. Als ich zur Glen Lane kam, bog ich dort ein, weil ich dachte, ich könnte ein paar Minuten sparen. Die Straße ist stockdunkel, und ich schaltete mein Fernlicht ein. Als ich zu der höchsten Stelle kam, geriet ich in ein Schlagloch. Wenn das Fernlicht an ist, kann man die Fahrbahn schlecht erkennen ...»

«Das stimmt.»

«Aber der vordere Teil des Wagens wippte auf und ab. Vielleicht brauche ich neue Stoßdämpfer. Jedenfalls habe ich dadurch zufällig den Mann gesehen. Durch das Wippen.»

«‹... durch das Wippen.› Und was haben Sie dann gemacht?»

«Ich stieg auf die Bremse und kam etwa sechs, acht Meter hinter ihm zum Stehen. Ich stieg aus –»

«Hatten Sie den Motor abgestellt?»

«Ich – ja, muß ich wohl. Nein, jetzt weiß ich's wieder, ich hab den Automatikhebel nur auf Parken geschoben.»

«Erzählen Sie weiter.»

«Ich ging die paar Schritte zurück und hockte mich neben den Mann. Und dann sah ich die Scherben. Da ist mir natürlich ein Stein vom Herzen gefallen, einen Augenblick hatte ich nämlich gedacht, ich hätte ihn womöglich umgefahren. Aber meine Scheinwerfer brannten beide noch, also konnte ich es nicht gewesen sein.»

«Wie konnten Sie überhaupt etwas sehen, wenn es so dunkel war und Ihre Scheinwerfer in die andere Richtung strahlten?»

«Die Rücklichter machten die Straßen ein bißchen hell. Toll war's nicht, aber es reichte.»

«Und was haben Sie dann gemacht?»

«Eigentlich gar nichts. Oder doch. Ich hab ihn angesprochen, hab ihn gefragt, ob er mich hören kann, aber ich habe mich gehütet, ihn anzurühren. Transportieren wollte ich ihn nicht, wenn was gebrochen ist, macht man damit alles nur noch schlimmer. Und daß es sich um Fahrerflucht handelte, war mir klar, deshalb war ich auch darauf bedacht, keine Spuren zu verwischen. Auf so was sind wir Anwälte ja gedrillt. Wäre es anderswo passiert, hätte ich versucht, einen Wagen anzuhalten, aber in der Glen Lane und mitten in der Nacht ... Also setzte ich mich wieder ans Steuer und machte mich auf den Weg zum nächsten Telefon. Ich wollte irgendwo unterwegs klingeln, aber außer bei Rabbi Small brannte nirgends Licht. Der bleibt wohl immer lange auf.»

«Und warum haben Sie nicht von dort aus angerufen?»

«Das hatte ich eigentlich vor, aber dann habe ich überlegt, daß Ihre Leute mich vielleicht bitten könnten, beim Rabbi zu warten oder daß er mich in ein Gespräch verwickeln könnte, und ich wollte nur noch ins Bett. Außerdem waren es von dort nur noch ein paar Minuten bis zu mir. Na, und als ich gerade in die Main Street einbiegen wollte, sah ich dann die Cops in dem Streifenwagen. Ich winkte sie heran und sagte ihnen Bescheid.»

Lanigan schrieb noch ein, zwei Minuten, dann sah er auf und lächelte. «Ja, das wär's dann wohl. Ich lasse es tippen, und wenn alles in Ordnung ist, würde ich Sie bitten zu unterschreiben.»

Später sagte er zu Jennings: «Hab ich dir genug Zeit gegeben? Hast du was gefunden?»

«Ja, Zeit hatte ich genug. Ich hab Abdrücke von der Motorhaube und den Kotflügeln genommen. Möglicherweise seine oder die seiner Frau oder eines Tankwarts. Ich schick sie mal ein. Könnte sein, daß einer mit den Abdrücken übereinstimmt, die wir an dem Toten gefunden haben. Ich habe auch ein paar Fasern mitgegeben, wir können sie mit dem Material aus der Jacke des Opfers vergleichen. Beulen habe ich nicht entdeckt. Hat er was gewittert?»

Lanigan schüttelte den Kopf. «Was hätte er wittern sollen?»

37

Meyer Andelman war entsetzt, als er von Howard Magnusons möglichem Rücktritt hörte. Er hatte nicht nur mit einer großzügigen Spende Magnusons für den jüdischen Wohlfahrtsverband gerechnet, sondern auch gehofft, daß er damit andere zu größerer Spendenfreudigkeit anregen würde.

«Meinst du, er würde nur den Vorsitz aufgeben oder sich überhaupt aus der Synagoge zurückziehen?» fragte er besorgt.

«Bisher war nur vom Vorsitz die Rede», sagte Morris Halperin. «Vorstandsmitglied würde er wohl bleiben.»

«Das glaubst du doch wohl selber nicht. Wenn er den Vorsitz aufgibt, weil er Zores mit dem Rabbi hatte, geht er ganz aus dem

Vorstand raus, darauf kannst du Gift nehmen. Aber auch wenn er bleibt – bei den Sitzungen werden wir ihn bestimmt nicht mehr sehen.»

«Mag sein», sagte Halperin. «Aber so, wie's jetzt aussieht, müssen wir zwischen ihm und dem Rabbi wählen.»

«So, müssen wir das? Na, dann will ich dir mal was sagen. Ich bin für Magnuson. Rabbis gibt's wie Sand am Meer. Aber wo kriegen wir schon einen zweiten Millionär wie Magnuson her? Für unseren Vorstand ist er ein echtes Plus. Ich hab nichts gegen unseren Rabbi, auch wenn er ein kalter Fisch ist und manchmal tut, als wäre er der liebe Gott persönlich, aber wenn du mich vor die Wahl stellst, brauche ich nicht lange zu überlegen.»

«Aber es ist keine Abstimmungsfrage, Meyer.»

«Nein?»

«Na ja, wie man's nimmt. Wenn Howard einen Rabbi von außerhalb für die Hochzeit seiner Tochter holt – auch wenn er sie bei sich zu Hause feiert –, tritt der Rabbi garantiert zurück. Aber –» Er hielt belehrend den Finger hoch. «– er würde vor der ganzen Gemeinde seine Gründe für den Rücktritt darlegen. Und das möchte Howard vermeiden, weil er meint, es könnte zu einer Spaltung führen.»

«Finde ich sehr anständig von ihm. Will lieber zurücktreten als Ärger machen. Ich sag dir was: Trennen wir uns von dem Rabbi. Irgendwas findet sich da schon. Vernachlässigung seiner Pflichten. Oder wir sagen, daß wir einfach mal ein anderes Gesicht sehen wollen. Vor ein paar Jahren haben wir ihm einen Vertrag auf Lebenszeit angeboten, den hat er ausgeschlagen. Er wollte gehen können, wann er will. Warum also sollen wir uns nicht auch einen anderen suchen, wenn wir Lust dazu haben? Dann würde er sich bestimmt nicht an die Gemeinde wenden, wie? Was soll er schon sagen? Die Leute vom Vorstand haben mich gefeuert, weil sie die Nase voll von mir haben, aber ich nehm ihnen das nicht ab ...»

Halperin nickte. «Gute Idee. Aber behalt es noch für dich, ich will erst noch mit ein paar anderen Leuten sprechen.»

«Alles klar. Sag mal, ist nicht dein Bruder Rabbi?»

«Ja. Warum?»

«Vielleicht interessiert ihn der Job.»

Oscar Stein hatte großes Verständnis für Magnuson. «Als meine kleine Schwester mir eröffnete, daß sie einen Goj heiraten wollte, war ich natürlich ein bißchen geschockt, aber hauptsächlich deshalb, weil ich wußte, wie meine Eltern reagieren würden. Sie waren ganz schön sauer, besonders meine Mutter. Sie sind nicht zur Hochzeit gekommen. Hochzeit, was red ich ... Zum Standesamt in Salem hab ich sie begleitet, und danach haben wir zusammen gegessen. Hätten wir einen Rabbi kriegen können, hätten meine Eltern eine Haustrauung gemacht, und dann wäre alles für sie lange nicht mehr so schlimm gewesen. Sie mögen den Mann nämlich, feiner Mensch. Ich hab mit unserem Rabbi drüber gesprochen, aber da war nichts zu machen. Aus seiner Sicht konnte er wohl nicht anders handeln. Ich hab mich deswegen nicht mit ihm angelegt, aber ich hab mir damals gedacht, daß man da eigentlich eine Regelung finden müßte, weil so was jetzt furchtbar oft passiert. Manche Rabbis machen es doch. Wenn manche es machen, muß es doch einen Spielraum bei der Entscheidung geben. Ich meine, wenn es glattweg verboten wäre – wie kämen dann die anderen damit zurecht? Daß einer deswegen seine Rabbiwürde losgeworden wäre, hab ich noch nie gehört. Vielleicht nimmt's unser Rabbi einfach ein bißchen zu genau.»

«Viele sind ganz deiner Meinung, Oscar», sagte Halperin. «Und ich habe gehört, daß dagegen was unternommen werden soll.»

«So? Was denn?»

«Zum Beispiel könnten wir uns nach einem anderen Rabbi umsehen. Rabbi Small hat sich immer nur einen Jahresvertrag geben lassen, damit er gehen kann, wann er will, und was dem einen recht ist, ist dem anderen billig. Und wenn unser Präsident doch mit ihm nicht klarkommt, könnten wir's doch auch mal mit einem anderen Rabbi probieren.»

«Hört sich vernünftig an.»

Malcolm Kovner sagte: «Vielleicht hat der Rabbi recht, vielleicht auch nicht, das ist seine Sache, er wird sich ja wohl in seinem Geschäft auskennen. Aber daß er Magnuson gesagt hat, er soll zurücktreten, das war nicht seine Sache. Das war ein eindeutiger Patzer. Wenn Magnuson es geschluckt hätte, wär's immer noch ein Patzer, aber es würde uns nichts angehen. Oder vielleicht doch, aber wahrscheinlich hätten wir nichts unternommen, wenn Magnuson es nicht krummgenommen hätte. Aber wenn Magnuson sagt, daß er zurücktreten will, müssen wir einfach was tun. Magnuson ist einer von uns, im Gegensatz zum Rabbi.»

«Wie meinst du das, Al?»

«Will ich dir sagen, Morris. Bei uns in den Staaten haben wir drei Gewalten – die Exekutive, den Kongreß und die Justiz.» Er zählte sie an den Fingern auf. «Sie sind getrennt, aber gleichberechtigt. Es ist gewissermaßen ein Gleichgewicht der Kräfte. Der Kongreß kann einem Kabinettsmitglied keine Vorschriften machen, das darf nur der Präsident. Und ebensowenig kann der Präsident zum Kongreß sagen, der oder jener Senator gefällt mir nicht, schmeißt ihn raus. Das fällt in die Zuständigkeit des Senats. Wir sind der Vorstand der Synagoge, und der Rabbi ist ein Außenstehender, der von uns angestellt wird. Da kann er nicht hergehen und einem von uns sagen, er soll zurücktreten. Ebensowenig, wie wir uns das von Stanley, dem Hausmeister, sagen lassen würden, verstehst du?»

«Ja, aber was sollen wir denn machen?»

«Wie viele Präsidenten haben wir schon gehabt, Morris? Gut und gern ein halbes Dutzend. Wo steht geschrieben, daß wir immer denselben Rabbi haben müssen? Ab und zu wechseln wir die Präsidenten. Vielleicht wird's da Zeit, auch mal den Rabbi zu wechseln.»

«Mit dieser Ansicht stehst du nicht allein da.» Morris lachte leise. «Meyer Andelman meinte, ich sollte mich doch mal bei meinem Bruder erkundigen – er ist Rabbi –, ob er vielleicht Interesse hat.»

«Du, das ist eine Idee. Meinst du, er würde anbeißen?»

«Ich weiß nicht recht ...»

«Warum fragst du ihn nicht, Morris? Kostet dich doch nur einen Anruf.»

«Kann man ja mal machen.»

Charlie Tanner war noch nie ein Freund von Rabbi Small gewesen. «War nie meine Kragenweite, der Mann. Ich stehe sowieso nicht auf Rabbis, aber mit dem kann ich einfach nicht. Und das geht nicht nur mir so. Viele können ihn nicht leiden. Zeig mir einen im Vorstand, mit dem er richtig befreundet ist, der hinter ihm steht und ihn unterstützt. Da gibt's keinen weit und breit. Und weißt du warum? Weil er so überheblich tut. Mein alter Herr hat erzählt, daß früher in der Gemeinde der Rabbi ein hohes Tier war. Er war der einzige Gebildete, und deshalb haben sie alle große Stücke auf ihn gehalten. Und Rabbi Small tut, als ob wir noch im 19. Jahrhundert wären und er der einzige ist, der von irgendwas 'ne Ahnung hat. Aber heutzutage gibt's in der Gemeinde haufenweise Ärzte, Anwälte, Steuerberater und Ingenieure. Und die meisten Geschäftsleute waren auf dem College. Was bildet er sich eigentlich ein? Setzt sich aufs hohe Roß, denkt, er kann uns vorschreiben, was wir zu tun und zu lassen haben. Das stinkt mir, sag ich dir. Verknöchert ist er, ein Anachronismus, jawohl. Chester Kaplan sagt, daß er alles über den Talmud weiß. Und was steht im Talmud? Wie sie es früher mit den Gesetzen gehalten haben. Aber wir leben nun mal nicht mehr in biblischen Zeiten, wir leben in den Staaten und im zwanzigsten Jahrhundert, bald schon im einundzwanzigsten. Was sollen wir mit dem alten Schmonzes? Wir brauchen einen modernen Mann, der begreift, was heute Sache ist, und der uns für die heutigen Probleme geistigen Beistand geben kann.»

«Du hättest also nichts gegen einen Wechsel?»

«Hab ich mich nicht klar genug ausgedrückt? Ich tausch fast jeden, meinetwegen sogar einen jungen Spund, frisch aus dem Seminar, gegen Rabbi Small ein.»

«Darüber scheinen sich praktisch alle einig zu sein.»

«Und was machen wir jetzt? Fordern wir ihn zum Rücktritt auf?»

«Nein. Dazu müßten wir einen Grund angeben, vielleicht Anschuldigungen erheben. Dann könnte er sich an die Gemeinde wenden, und da gibt es vielleicht Zores. Wir denken uns das so, daß wir ihm sagen, daß sein Vertrag nicht verlängert wird. Ohne Angabe von Gründen. Und wenn er fragt, sagen wir einfach, daß wir mal wechseln wollen. Und er hat Zeit bis zum Ablauf seines Vertrages, sich nach einer anderen Stellung umzusehen. Wir würden so schnell wie möglich Ersatz beschaffen.»

«Du meinst, solange er noch da ist?»

«Warum nicht? Sieh mal, angenommen, wir teilen ihm mit, daß sein Vertrag nicht verlängert wird, und er bleibt, bis wir einen Ersatzmann haben, was würde uns das nützen? Er würde bei jeder sich bietenden Gelegenheit stänkern. Nehmen wir mal, Gott behüte, an, es gibt eine Beerdigung. Da sagt er einfach, er hat keine Zeit. Oder eine Bar Mitzwa oder eine Hochzeit. Stell dir mal vor, es ist eine Hochzeit, und der Rabbi erscheint nicht, und das Brautpaar und die Familie und Freunde und Bekannte stehen da wie bestellt und nicht abgeholt. Und das könnte er machen, ihn trifft's ja nicht, weil er sein Honorar an die Gemeinde abliefert. Aber wenn wir einen Rabbi in Reserve haben, der einspringt, sobald wir Small mitteilen, daß er abgemeldet ist, geht alles in Ordnung.»

«Aber er hat einen Vertrag.»

«Wir zahlen ihm einfach bis zum Ablauf seines Vertrages sein Gehalt weiter. Oder wir finden ihn mit einer Pauschalsumme ab.»

«Stimmt, dann kann er nicht meckern. Na, dann mal los.»

38

Das Lokalblatt brachte die Meldung von Pauls Haftprüfungstermin unter den Gerichtsnachrichten. Dem Rabbi, der meist die Zeitung nur flüchtig durchblätterte, bis er die Kirchennachrichten gefunden hatte, war sie entgangen. Aber Miriam, die sich genauer mit der Zeitung beschäftigte, entdeckte die Meldung und machte ihren Mann darauf aufmerksam.

«Er ist auf Grund eines persönlichen Sicherheitsversprechens auf freien Fuß gesetzt worden, steht hier. Bedeutet das, daß der Richter ihn für unschuldig hält?»

Der Rabbi schüttelte den Kopf. «Nein, er geht nur davon aus, daß keine Fluchtgefahr besteht.»

«Armer Junge. Solltest du ihn nicht besuchen, David? Sieh mal, er ist allein, seine Eltern sind verreist ...»

«Es wäre wohl eine gutnachbarliche Geste, ihn mal zum Abendessen einzuladen. Weißt du was? Ich habe seiner Mutter versprochen, ihm einen Zettel durchzustecken, damit er zu Hause ist, wenn sie wieder anrufen. Ich könnte dazuschreiben, ob er nicht zum Sabbatessen kommen will.»

«Aber sie wollen doch am Freitag anrufen.»

«Gut, dann schreibe ich, er soll mir gelegentlich Bescheid geben, ob er mal zum Abendessen kommen will. Am besten erledige ich das gleich.»

Er setzte sich hin, schrieb ein paar Zeilen und zog sich den Mantel über, um den Zettel durchzustecken. «Bin gleich wieder da.»

Aber es dauerte doch eine Weile, bis er wiederkam, denn als er sich dem Haus der Kramers näherte, lief ihm Paul in die Arme. «Ich wollte Ihnen gerade einen Zettel durchstecken», sagte der Rabbi.

«Ihre Mutter hat mich gebeten, Sie daran zu erinnern, daß sie am Freitag wieder anruft.»

«Schönen Dank, aber das hätte ich schon nicht vergessen.»

«Ich wollte Sie außerdem fragen, ob Sie Lust hätten, mal zu uns zum Abendessen zu kommen.»

«Das ist nett, Rabbi, schönen Dank.»

«Vielleicht paßt es Ihnen am Freitag abend, zum Sabbatessen?»

«Da wollten sich meine Eltern melden. Aber wenn sie früh genug anrufen ...»

«Ja, dann kommen Sie gleich danach zu uns. Werden Sie Ihren Eltern von Ihrem Problem erzählen?»

«Nein, eigentlich habe ich das nicht vor. Und wenn sie zufällig bei Ihnen anrufen, wäre ich Ihnen dankbar, wenn Sie nichts davon sagen würden.»

«Früher oder später erfahren sie es ja doch», wandte der Rabbi ein.

«Nicht unbedingt. In ein paar Tagen ist die ganze Geschichte sowieso erledigt. Es gibt neues Beweismaterial, das mich entlastet.»

«Ach ja?»

Paul wirkte verlegen, aber er merkte, daß er um eine Erklärung nicht herumkam. «Ja ... also ... ich war nämlich an dem Abend nicht allein im Haus. Ich hab mit jemandem gelernt, mit einem Mädchen, wir haben lange gearbeitet, und dann ist sie bei mir geblieben. Ich hatte so das Gefühl, daß Sie sich neulich auf dem Revier schon was gedacht haben.»

«Hm.» Der Rabbi unterdrückte entschlossen jedes äußere Zeichen von Entrüstung oder Mißbilligung. «Und nun wird die junge Dame sich also melden und –»

«Hat sie schon. Als sie hörte, daß ich verhaftet worden bin, hat sie gesagt, sie geht zu Lanigan und erzählt ihm alles. Ich hab versucht, es ihr auszureden, weil ... na ja, Sie wissen doch, wie die Leute sind. Und ich wollte nicht, daß meine Eltern denken, sobald sie aus dem Haus sind ... na ja ...»

«Sie hat bei Chief Lanigan ausgesagt, daß sie die Nacht mit Ihnen verbracht hat?»

«Genau.» Paul lächelte, um seine Verlegenheit zu verbergen.

«Hm. Hat sie Ihnen erzählt, wie Chief Lanigan darauf reagiert hat?»

«Er hat wohl nicht viel gesagt. Richtig, sie hat ihm genau beschreiben müssen, wie sie zu mir gegangen ist. Die genaue Route, meine ich, und ob sie unterwegs Bekannte getroffen hat und ob ihre Mutter Bescheid wußte und wie sie es gemacht hat, daß ihre Mutter es nicht mitkriegt. Als sie kam, hat sie ihre Freundin angerufen und ihr meine Nummer gegeben. Falls ihre Mutter anruft und sie sprechen will, sollte sie sagen, daß sie gerade mal weggegangen wäre und zurückrufen würde. Und dann sollte die Freundin bei mir anrufen, und sie würde sich von da aus melden, als wenn sie bei ihrer Freundin wäre. Und später hat sie dann ihre Mutter angerufen und ihr gesagt, daß sie da übernachtet – bei ihrer Freundin, meine ich. Ich weiß nicht, ob Sie –»

«Doch, das habe ich durchaus begriffen.»

«Ja, und deshalb, denke ich mir, wird sich in ein, zwei Tagen die Polizei bei mir melden oder das Gericht und wird mir sagen, daß ich entlastet bin und meinen Wagen abholen kann. Und dann brauchen meine Eltern überhaupt nichts zu erfahren.»

«Weiß Ihr Anwalt schon von dieser neuen Entwicklung?»

«Ich habe ihm nichts gesagt. Vielleicht hat die Polizei ihn verständigt.»

«Und was wollen Sie machen, wenn er Ihnen seine Rechnung präsentiert?»

«Dann werde ich ihm alles erklären und ihn fragen, ob ich die Summe in wöchentlichen Raten abstottern kann. Er scheint ein netter Typ zu sein, wahrscheinlich würde er mitmachen.»

Paul sah den Rabbi besorgt an, dann platzte er heraus: «Wenn ich lieber nicht kommen soll, Rabbi, brauchen Sie es nur zu sagen, ich nehm's Ihnen nicht übel, ehrlich. Ich könnte es verstehen, wo Sie doch ein Rabbi sind und so ...»

«Nein, ich würde mich sehr freuen, wenn Sie mit uns essen.»

39

Zum zehntenmal las Chief Lanigan die Berichte in der Akte Paul Kramer durch, und wieder nickte er belustigt über Sergeant Dunstables pingelig genaues Protokoll: «Mülltonne in *Glossop's Garage* überprüft, 16 Uhr 13. Vorgesetzten (Lieutenant Jennings) telefonisch vom Tankstellenbüro aus verständigt, Mülltonne im Auge behalten, 16 Uhr 15. Ankunft des Lasters zum Abtransport der Mülltonne abgewartet, Ankunft Laster 16 Uhr 31. Schwarzen Chevrolet, Zulassungsnummer 937254, Ecke Maple Street und Glen Lane lokalisiert, 16 Uhr 52. Rückkehr nach ... Bericht ...»

Von Anfang an hatte Lanigan irgend etwas an dem Protokoll gestört, und jetzt endlich war ihm aufgegangen, was es war. «Ist Billy Dunstable greifbar?» fragte er über die Gegensprechanlage den Diensthabenden.

«Ja, Sir. Er ist im Dienstraum.»

«Soll herkommen.» Gleich darauf stand der Sergeant vor ihm. «Setzen Sie sich, Sergeant», sagte Lanigan. «Ich habe mir noch einmal Ihren Bericht über die Fahrerflucht vorgenommen. Zwanzig Minuten, nachdem Sie *Glossop's Garage* verlassen hatten, haben Sie Kramers Wagen entdeckt.»

«Ja, Sir.»

«Wie haben Sie das geschafft?»

Dunstable lächelte selbstgefällig. «Reine Routine.»

«Wenn man den Verkehr berücksichtigt, brauchten Sie diese Zeit ja schon, um von Glossop zur Glen Lane zu fahren.»

«Ja, Sir.»

Lanigan lehnte sich zurück, faltete die Hände über dem Bauch und schenkte dem Sergeant ein wohlwollendes Lächeln. «Das ist keine reine Routine, das ist eine außerordentliche Leistung.»

Dunstable wurde rot. «Na ja, ich hab einen Tip gekriegt.»

Lanigan lehnte sich vor. «Soll das heißen, daß jemand Ihnen genau gesagt hat, wo der Wagen stand?»

Dunstable rutschte unbehaglich auf seinem Stuhl herum. «Ganz so war es nicht. Er hat gemeint, der Wagen könnte dort stehen, weil er meist dort geparkt ist.»

«Und wer hat das gemeint?»

«Tom Blakeley, er ist Tankwart bei Glossop.»

«Kannten Sie Blakeley?»

«Klar. Sie kennen ihn bestimmt auch. Big Red haben sie ihn genannt, wissen Sie nicht mehr? Er war Fullback in dem Team von Barnard's Crossing, als sie vor fünf Jahren nur knapp die Meisterschaft verfehlt haben.»

«Richtig, jetzt erinnere ich mich. Damals war er eine richtige Berühmtheit. Und der arbeitet jetzt bei Glossop? Das wußte ich nicht, ich komme nicht oft in die Ecke. Ich dachte, er wäre nach der

High School ans College gegangen. Er soll ja von verschiedenen Seiten mit Stipendien geködert worden sein.»

«Das ist richtig, er ist an ein College im Süden gegangen, aber nach dem ersten Semester hat er sich das Handgelenk gebrochen, und sie haben ihm den Geldhahn zugedreht. Das machen sie im Süden oft an den Colleges.»

«Und seither arbeitet er bei Glossop?»

«Nein, eine Weile hat er sich auf den Hummerfang verlegt, das macht er auch weiter, neben dem Job bei Glossop.»

«Und woher wußte er, wo Paul Kramer seinen Wagen geparkt hat?»

«Er geht mit Aggie Desmond, und die wohnt in der Maple Street. Er hat wohl bei seinen Besuchen den Wagen gesehen.»

«Sie scheinen ja über ihn sehr gut Bescheid zu wissen.»

«Mein jüngerer Bruder war an der High School in seiner Klasse, die beiden sind auch jetzt noch befreundet.»

Lanigan fragte aufs Geratewohl: «War in der Klasse auch eine Fran Kimball?»

«Ja. Sie war Cheerleader.»

«Und Beth McAllister?»

«Ja, die war auch in der Klasse.»

«Die beiden kennen demnach Tom Blakeley?»

«Klar, Fran Kimball ist mal mit Tom gegangen.»

«Interessant. Warum haben sie sich getrennt? Hat es Krach gegeben?»

«Nicht, daß ich wüßte. Aber er ist dann in den Süden gegangen und sie nach Boston. Dann hat sie sich wohl anderweitig engagiert und das Interesse an ihm verloren.»

Lanigan überlegte einen Augenblick. Dann sah er den Sergeant scharf an. «Mich würde interessieren, was dieser Tom Blakeley am Mittwoch abend gemacht hat.»

Sergeant Dunstable lachte. «Das kann ich Ihnen sagen. Ich mußte an dem Abend zur Magistratssitzung, wegen dieses Einbruchs in den Schnapsladen. Weil ich den Jungen mit dem falschen Ausweis geschnappt hatte, der das Bier gekauft hat. Und als ich meine Aussage gemacht hatte, bin ich ins *Ship's Galley* gegangen. Das war so gegen halb neun, und Tom Blakeley war schon mächtig in die Kanne gestiegen.»

«In die Kanne gestiegen?»

«Hat sich vollaufen lassen. Brabbelte was davon, daß seine Freundin ihn versetzt hat. So um zehn wollten sie ihm nichts mehr geben, und er ist abgezogen. Ich nehme an, daß er heimgefahren ist und sich ins Bett gelegt hat.»

«Das wäre jedenfalls das Vernünftigste gewesen», meinte Lanigan. «Wissen Sie, was für einen Wagen er fährt?»

Dunstable schüttelte den Kopf. «Läßt sich aber leicht feststellen.»

«Nein, lassen Sie nur, es ist nicht weiter wichtig. Schönen Dank für Ihre Hilfe, Sergeant.»

40

Rabbi Small lehnte sich im Besucherstuhl von Chief Lanigan zurück. «Ich habe Paul Kramer getroffen, er hat mir erzählt, daß jemand bei Ihnen war und –»

«Ganz recht. Eine junge Frau. Sie hat ausgesagt, sie sei die ganze Nacht bei ihm gewesen.»

«Und was werden Sie jetzt unternehmen?»

«Ich werde mich hüten, irgendwas zu unternehmen. Weshalb sollte ich? Das ist jetzt Sache des District Attorney.»

«Haben Sie ihm Bericht erstattet?»

«Natürlich. Eigentlich müßte er den Anwalt des Beschuldigten verständigen. Wahrscheinlich hat er das auch getan.»

«Und wie geht es dann weiter?»

«Kommt drauf an, wie der Anwalt taktiert. Er kann sich beim District Attorney für die Niederschlagung des Verfahrens verwenden. Oder aber er hebt es sich als Überraschungseffekt für die Verhandlung auf.»

«Aber das verstehe ich nicht. Mit dieser Aussage ist er doch entlastet. Wenn sie bereit ist zu bestätigen, daß sie die ganze Nacht bei ihm war und daß sie beide das Haus nicht verlassen haben ...»

«Es könnte sein, daß der D.A. es ihr nicht abnimmt, David», sagte Lanigan nachsichtig. «Und Pauls Anwalt auch nicht. Und dann ist es wirklich gescheiter, wenn er es sich für die Verhandlung aufhebt, weil er sich sagt, er könnte die Jury vielleicht so weit verunsichern, daß es zu einem Freispruch reicht.»

«Würde ein Mädchen auch dann seinen Ruf aufs Spiel setzen,

indem es zugibt, daß es die Nacht bei einem jungen Mann verbracht hat, wenn es sich nicht um eine Verurteilung wegen einer Straftat handelte?» fragte der Rabbi.

«Sie kennen die heutige Jugend nicht, David, die sind nicht wie Sie in dem Alter, es ist eine andere Rasse.»

«Nun ja, so ganz fremd sind sie mir auch nicht», sagte der Rabbi. «Ich habe Nach-Bar-Mitzwa-Kurse abgehalten, und –»

«Das ist was anderes, zu diesen Kursen gehen sie aus religiösen Gründen. Sie sind der Rabbi, deshalb benehmen sie sich anständig und hüten sich, was zu sagen, womit Sie nicht einverstanden wären. Aber ich erlebe sie, wenn sie in der Klemme sitzen. Sie glauben, daß es dem Mädchen peinlich wäre zuzugeben, daß es die ganze Nacht mit einem jungen Mann verbracht hat?»

«Paul ist auch nur sehr zögernd damit herausgerückt», warf der Rabbi ein.

«Klar, weil junge Männer, besonders die unter zwanzig, eher konservativ sind, jedenfalls in puncto Sex. Aber die jungen Frauen sind anders geworden. Sie scheuen sich nicht zuzugeben, daß sie mit einem Mann geschlafen haben. Im Gegenteil, es ist ihnen eher peinlich, wenn sie noch unberührt sind. In den Augen ihrer Clique sind sie damit spießig und wohl auch unattraktiv. Für das Mädchen war es kein Opfer, mit dieser Geschichte zu mir zu kommen, es bedeutet ihr ebensowenig, als wenn sie mir erzählt hätte, sie habe bei ihrer Freundin Beth McAllister übernachtet.» Er legte die Hände auf den Tisch und fuhr fort: «Was bleibt, ist eine unbewiesene Aussage. Sie behauptet, sie habe die Nacht mit ihm verbracht. Aber die Mutter können Sie nicht fragen, weil die glaubt, sie sei bei Beth McAllister gewesen. Also gehen Sie zu Beth McAllister, und was passiert? Wenn sie sich endlich dazu bequemt hat zuzugeben, daß sie Fran Rückendeckung gegeben hat, werden Sie nur erfahren, daß sie eine Telefonnummer bekommen hatte, die sie anrufen sollte, falls Frans Mutter ihre Tochter sprechen wollte. Was für eine Nummer? Weiß sie nicht mehr. Beth hat sie aufgeschrieben, aber der Zettel ist natürlich inzwischen weg. Oder sie hat die Nummer noch, aber wer sagt uns, daß sie die nicht bekommen hat, nachdem sich Fran und Paul die Geschichte ausgedacht haben? Und Fran Kimball selbst sagt, daß niemand sie beobachtet hat, wie sie Pauls Haus betrat oder es am nächsten Morgen verließ.

Selbst wenn wir ihr abnehmen, daß sie die ganze Nacht bei Paul war, ist er damit noch nicht aus dem Schneider. Es ist kein Beweis dafür, daß sie das Haus nicht verlassen haben. Stellen Sie sich mal folgendes vor. Sie geht zu ihm, und sie setzen sich an ihre Bücher. Gegen zehn schlägt einer der beiden vor, eine Stunde Pause zu machen, irgendwo ein Bier zu trinken oder einen Hamburger zu essen. Auf dem Rückweg fahren sie durch die Glen Lane, und es kommt zu dem Unfall. Und dann –» Er unterbrach sich und griente breit. «Besser noch. Nehmen wir an, sie saß am Steuer und hat den Unfall gebaut. Natürlich verliert sie die Nerven und hat Angst, es der Polizei zu melden. Sie fleht ihn an, sie nicht zu verraten, und er stimmt zu – unter der Bedingung, daß sie die Nacht mit ihm verbringt. Und als er verhaftet wird, schickt er sie zu mir. Was halten Sie davon?»

«Ihr ‹besser noch› macht die beiden um vieles schlimmer», sagte der Rabbi trocken. «Haben Sie schon mal überlegt, daß sie vielleicht beide die Wahrheit gesagt haben? Ob nun Paul den Unfall verursacht hat oder das Mädchen oder beide zusammen – hätte er seinen Wagen dann offen in der Glen Lane abgestellt, obwohl er ihn in der eigenen Garage hätte unterbringen können?»

«Warum nicht? Wenn er betrunken war. Oder high.»

«Schön, nehmen wir einmal an, er war in der Nacht betrunken. Aber hätte er seinen Scheinwerfer in einer hiesigen Werkstatt austauschen lassen? Das war am nächsten Nachmittag, inzwischen muß er stocknüchtern gewesen sein.»

«Nicht unbedingt», meinte Lanigan. «Ein Alkoholrausch wäre bis dahin vorbei gewesen. Die Wirkung von Drogen kann bis zum nächsten Tag anhalten. Aber eins nach dem anderen. Würde einer, der seine fünf Sinne beisammen hat, sich die Mühe machen, die Schuld an einem Verkehrsunfall einem anderen in die Schuhe zu schieben, obwohl nichts ihn daran hindert, sich unbemerkt davonzumachen. Und sein eigener Scheinwerfer wäre ja intakt geblieben. Überlegen Sie mal, was er riskiert hätte. Man hätte ihn beim Kaputtschlagen des Scheinwerfers sehen können, vielleicht hätte jemand mitgekriegt, wie er zurückfuhr und die Scherben neben der Leiche verstreute.»

«Er könnte –»

«Und sagen Sie mir nicht, daß er vielleicht betrunken oder high war, David, das hatten wir schon.»

«Ich wollte sagen, daß er Paul gehaßt haben könnte», sagte der Rabbi leicht gekränkt.

«Und daß er sich für etwas rächen wollte? Möglich, aber nicht sehr wahrscheinlich. Das müßte wirklich ein ganz großer Zufall sein. Er verursacht einen schweren Verkehrsunfall, und gleich darauf sieht er nur ein paar Meter weiter das Auto seines Feindes draußen auf der Straße stehen, der Besitzer ist nicht in der Nähe, es ist dunkel und spät. Es müßte jemand von hier gewesen sein, sonst wäre er nicht durch die Glen Lane gefahren. Aber die Kramers sind erst seit ein paar Monaten hier. Daß sich in dieser Zeit eine Todfeindschaft entwickelt hat, glaube ich kaum. Und hätte Paul davon nicht vielleicht etwas gewußt? Aber als Sie mit ihm sprachen, hat er angedeutet, die Polizei wolle ihm was anhängen. Wenn er wirklich einen so gefährlichen Feind hatte – warum hat er nichts davon gesagt, statt uns zu beschuldigen? Jemanden einen Totschlag anzuhängen ist eine ziemlich schäbige Sache, finden Sie nicht?»

«Natürlich ist es das. Wir nehmen das wahrscheinlich noch ernster als Sie. Es ist ein Verstoß gegen das Gebot ‹Du sollst nicht falsch Zeugnis reden . . .› Bei uns würde es strenger bestraft.»

«Ach ja?»

«Nach dem Gesetz der Bibel hieß es: Wenn jemand falsches Zeugnis ablegt, ‹dann sollst du ihm antun, was er seinem Bruder hat antun wollen›.»

Lanigan nickte. «Hört sich vernünftig an. Allerdings lassen wir Meineidige ja auch nicht allzu billig davonkommen. Aber das gilt wohl nur für eidliche Aussagen vor Gericht. In unserem Fall reicht es aber wohl kaum zu einer Anklage, höchstens für vorsätzliche Zerstörung von Eigentum.»

«Und daß er die Scherben neben den Toten auf die Fahrbahn gelegt hat, ist das gar nichts?»

«Ja, das wäre dann Behinderung der Polizei. Aber ich halte weder das eine noch das andere für wahrscheinlich.»

«Können Sie der Sache nicht nachgehen?»

Lanigan schüttelte den Kopf. «Ich habe nichts mehr damit zu tun, David, zuständig ist jetzt der District Attorney. Sollte neues Beweismaterial auftauchen, würde ich es prüfen, ehe ich es an den D.A. weitergebe. Aber ich kann nicht, nachdem wir hieb- und stichfeste Beweise gegen Kramer haben, mit der Stange im Nebel herumstochern. Dazu habe ich einfach nicht genug Leute.»

«Sie werden aber zumindest aufgeschlossen bleiben?»

«Das bin ich immer – soweit wie möglich.»

Der Rabbi stand auf und war schon an der Tür, als Lanigan fragte: «Wie geht's Jonathan?»

«Danke, gut. Warum fragen Sie?»

«Ich sehe ihn jetzt oft nachmittags in der Stadt.»

«Er hilft nach der Schule neuerdings bei der Wahlkampfzentrale der Republikaner, das bringt ein bißchen Taschengeld.» Er lächelte belustigt. «Inzwischen überlegt er, ob er nicht in die Politik gehen soll.»

«Ach, ist er von der Neurochirurgie wieder weg? Na, hoffentlich hält die neue Phase nicht zu lange an.»

«Das hoffe ich auch», sagte der Rabbi.

41

Halperin lachte leise, als er die Stimme am anderen Ende der Leitung hörte, die in feierlich-getragenem Ton verkündete: «Hier Rabbi Halperin.»

«Mach's halblang, Herb», sagte er vergnügt. «Ich bin's.»

«Morris.» Das klang fast eine halbe Oktave höher und plötzlich besorgt. «Wie geht's dir denn? Ist was mit dir?»

«Nein, wenn man davon absieht, daß ich hier sitze und mein kleiner Bruder weit weg in einem Provinznest, das man auf keiner Karte findet. Jetzt hör mal zu, Herbie, ich habe da einen Vorschlag.» Er erläuterte ihm, was in der Synagoge anlag.

Sein Bruder hörte geduldig zu, dann sagte er: «Es würde mich schon reizen, Morris, aber es geht doch nicht. Mich an einer Verschwörung zu beteiligen, um einem Kollegen den Job wegzunehmen, das bringe ich einfach nicht fertig. Und von eurem Rabbi Small hört man ja Wunderdinge. Er soll ein richtiger Gelehrter sein. Im letzten *Quarterly* war ein Artikel von ihm.»

«Hör zu, mein Junge, wenn er geht, hat das nichts mit dir zu tun. Wir trennen uns von ihm, weil wir ihn nicht mehr haben wollen. Wunderdinge hin, Wunderdinge her – mit der Gemeinde kommt er nicht zurecht. Aber das war eigentlich immer so. Schon ein paarmal wäre er fast geflogen. Wenn du den Job nicht willst, nimmt ihn ein anderer. Warum also nicht?»

«Ja, aber die Sache mit der Trauung ...»

«Na ja, wir müssen alle hin und wieder ein bißchen zurückstekken. Und hast du nicht als Rabbi der Studentengemeinde mal dasselbe gemacht? Als die Tochter des Dekans den Professor heiratete ...»

«Das war etwas ganz anderes. Ihre Großmutter war Jüdin, deshalb war ihre Mutter Jüdin –»

«Ja, genauso, wie ich Ire bin.»

«Ich meine, nach der Halacha –»

«Komm mir nicht mit der Halacha. Du hast damals ein Auge zugedrückt, das weißt du ganz genau. Mehr verlange ich jetzt auch nicht von dir. Keiner wird es erfahren. Wenn eine Anzeige in die Zeitung kommt, unterschlagen wir deinen Namen oder schreiben ihn falsch. Es ist eine Haustrauung. Gib mir mal Dolly ...»

«Ich bin am Nebenapparat, Morris», sagte die Frau des Rabbi.

«Na wunderbar, dann weißt du ja, worum es geht. Hör mal, du mußt Herbie bearbeiten. Das ist seine große Chance. Weißt du, wer das ist, der Präsident unserer Gemeinde? Howard Magnuson. Von Magnuson & Beck. Und jetzt will ich dir mal was sagen, was das für ein Mann ist. Er hat mir drei Fälle vermittelt – nur drei Fälle bisher –, mit denen hab ich mehr verdient, als mir meine ganze Praxis im letzten Jahr eingebracht hat. Er hat mir eingeschärft, nicht zu wenig zu verlangen, weil ihm das unangenehm wäre. Das ist der Mann, mit dem Herbie es zu tun hätte.»

«Ja, aber du hast gesagt, es wäre nur auf Zeit. Wie sollen wir das verstehen?»

«Du weißt doch, wie so was läuft, Dolly. Es ist genaugenommen eine Probezeit. Wir schicken ihm nicht unsere Ritualkommission auf den Hals. Ich werde ihnen den Videoclip zeigen, aber trotzdem – wir nehmen ihn gewissermaßen unbesehen. Aber wenn er keinen Mist baut, wenn er sich keinen Ärger einhandelt, ist ihm die Stelle sicher. So eine Chance kriegt man nicht alle Tage, auf so was könnte Herbie lange warten.»

«Wir haben auch schon anderweitig unsere Fühler ausgestreckt, Morris ...»

«Ach, erzähl mir doch nichts. Mit Kansas ist nun wirklich kein Staat zu machen. Hier seid ihr an der Ostküste, Dolly. Boston und Cambridge sind nur eine halbe Stunde entfernt, Theater und Konzertsäle und die Universitäten ...»

«Paß auf, wir lassen uns die Sache durch den Kopf gehen und sagen dir Ende der Woche Bescheid. Einverstanden?»

«Nichts da. Jetzt ist es zehn. Bis elf ruft ihr an, keine Minute später. Ich bleibe am Telefon sitzen.»

Als um elf das Telefon läutete, war Dolly Halperin am Apparat. «Also gut, Morris, wir machen mit. Und was tun wir jetzt?»

«Im Augenblick noch gar nichts. Ihr faßt euch erst mal in Geduld. Und am Sonntag – wenn wir bis dahin den Stein ins Rollen gebracht haben – oder spätestens am Sonntag in einer Woche ruf ich euch an. Es wird am besten sein, wenn Herbie erst mal allein anreist. Er kann bei uns wohnen. Wenn alles gutgeht, kommst du später mit den Kindern nach und siehst dich nach einem Haus um. Aber sag noch nichts, bis du von uns gehört hast, alles klar?»

«Du bist der Boss, Morris.»

Morris sah auf die Uhr. Nein, es war noch nicht zu spät, Magnuson anzurufen. «Die Sache läuft», berichtete er. «Ich mußte ganz schön reden, und ohne die Rückenstärkung meiner Schwägerin hätte ich es wohl nicht geschafft, aber er hat zugesagt.»

«Und mein kleines Problem?»

«Ich habe ihm klargemacht, daß das dazugehört. Publicity braucht er nicht zu befürchten, hab ich ihm gesagt, auch wenn die Presse was über die Hochzeit bringt. Es ist ja eine Haustrauung. Wenn Ihre Tochter eine Anzeige in die Zeitung setzt, braucht sie ja nicht unbedingt hineinzuschreiben, wer die Trauung vornimmt. Oder wir sagen ‹Reverend Halperin›, dann denken die Leute gleich an einen protestantischen Pfarrer. Ich meine – die Sache mit dem Rabbi muß doch nur sein, weil Laura es ihrer Großmutter versprochen hat, die es inzwischen nicht mehr gibt. Und deshalb braucht sie die Sache auch nicht an die große Glocke zu hängen, wie?»

«Ja, ich denke, so müßte es gehen», sagte Magnuson. «Ich habe mir das Videoband angesehen und hatte einen guten Eindruck von Ihrem Bruder. Ich glaube, er ist genau der richtige Mann für uns. Allein kann ich das natürlich nicht entscheiden, wir brauchen einen Konsensus im Vorstand. Ich habe mir deshalb gedacht, daß ich ein paar Leute für morgen oder übermorgen zu einem kleinen Abendessen einlade – nichts Großartiges, nur ein paar Brote und was zu trinken –, dann könnten wir denen das Videoband zeigen, und wenn er ihnen gefällt, können wir die Sache auf der nächsten Vorstandssitzung zur Sprache bringen.»

«Sie hatten aber nicht an den ganzen Vorstand gedacht, oder?»

«Nein, es ist besser, wenn wir nur die einladen, mit deren Zustimmung wir rechnen können. Damit hätten wir doch die Mehrheit, nicht?»

«Ich glaube schon. Bestimmt sogar. Und für die anderen könnten wir an einem der nächsten Tage die Vorführung wiederholen und –»

«Nichts da, Morris. Im Management macht man das anders. Wenn man die Stimmen hat, peitscht man das Projekt durch. Das ist zwar nicht demokratisch, aber nur so funktioniert es.»

42

Als Miriam sah, daß der Rabbi den linken Ärmel hochkrempelte und die Gebetsriemen aus der blauen Samttasche holte, fragte sie: «Gehst du nicht zur Synagoge, David?»

«Nein, heute nicht.»

Sie sah ihm einen Augenblick zu, wie er Tallit und Tefillin umlegte, sich nach Osten wandte und mit dem Morgengebet begann. Dann ging sie in die Küche und beschäftigte sich mit dem Frühstück. Es war ein frischer, klarer Sonntagmorgen. Bei diesem Wetter ging er sonst gern zu Fuß zur Synagoge. Ein- oder zweimal sah sie zu ihm hin und versuchte, an seiner Haltung und seinem Gesichtsausdruck zu erkennen, ob er verstimmt oder bekümmert war.

Als sie am Frühstückstisch saßen, fragte sie: «Heute ist wieder Vorstandssitzung, nicht?»

«Ganz recht. Der Präsident hat mich gebeten, nicht zu kommen.»

Sie lächelte tapfer. «Wieder eine Gehaltserhöhung?»

«Eher das Gegenteil. Diesmal hat unser Präsident deutlich gemacht, daß er mich zu Vorstandssitzungen in Zukunft nicht mehr zu sehen wünscht.»

«Was ist denn passiert?»

«Ich habe ihm geraten zurückzutreten.»

«Das darf doch nicht wahr sein, David.»

«Doch.» Er erzählte ihr, was vorausgegangen war.

Sie schüttelte einigermaßen fassungslos den Kopf. «Du hast wirklich besonderes Talent dazu, dich mit allen Leuten anzulegen.»

«Ich? Das kann ich nicht finden. Nun ja, etliche Präsidenten hatten gewisse – äh – Differenzen mit mir, das stimmt schon. Aber das renkt sich früher oder später alles wieder ein.»

«Aber bei Magnuson ist das etwas anderes.»

«Inwiefern?»

«Denk daran, was Morton Brooks gesagt hat. Magnuson kann sich unter einem Rabbi nichts Rechtes vorstellen. Aus seiner Sicht bist du nur ein Angestellter der Synagoge.»

«So haben es einige der anderen auch gesehen.»

«Aber Magnuson ist es gewöhnt, über Mitarbeiter zu bestimmen. Für ihn ist es ganz selbstverständlich, daß man einen schwierigen oder widerspenstigen Angestellten einfach feuert.»

«Meinetwegen.»

«Ja, aber –»

Der Rabbi stellte seine Kaffeetasse ab und tupfte sich mit der Serviette die Lippen. «Ich kann so nicht leben. Mit dem Wissen, daß mein Lebensunterhalt, mein Wohlergehen von den Launen eines Mannes abhängt. Daß ich meine Kräfte darauf konzentrieren muß, ihm zu gefallen, ihn auf keinen Fall zu kränken. Wenn meine Beziehung zu Howard Magnuson so aussehen soll, verzichte ich darauf.»

«Aber wenn er dich zum Rücktritt auffordert?»

«Dann lehne ich ab. Wenn der Vorstand mich dazu auffordert, werde ich nach dem Grund fragen und das Recht für mich in Anspruch nehmen, meinen Fall der Gemeinde vorzutragen und –»

«Howard Magnuson würde es nie auf eine offene Konfrontation ankommen lassen. Er wird sich eine Mehrheit im Vorstand beschaffen, die dafür stimmt, deinen Vertrag nicht zu verlängern. Und was machst du dann?»

Er zuckte die Achseln. «Vermutlich würde ich dem Seminar mitteilen, daß ich frei bin, und würde sie bitten, sich nach einer neuen Stelle für mich umzusehen. Oder ich könnte es in einem anderen Beruf versuchen, an einer Hochschule etwa, vielleicht auch als Lektor in einem Verlag, als Korrespondent für jüdische Angelegenheiten an einer Zeitung oder –»

«Aber da hättest du es in den meisten Fällen doch auch mit einem bestimmten Ansprechpartner zu tun, mit einem Direktor oder Dekan, einem Verleger oder Redakteur, und der könnte sich leicht als zweiter Magnuson entpuppen.»

«Dann nehme ich eben meine Ersparnisse und mache mich selbständig.»

«Selbständig? Als was denn?»

«Ich könnte vielleicht eine eigene Schule eröffnen, Hebräisch-Unterricht für Erwachsene, oder ein Geschäft. Ein Schuhgeschäft oder einen Süßwarenladen.»

«Ein Rabbi, der einen Süßwarenladen betreibt?»

Er lächelte verschmitzt. «Warum nicht? Gut, vielleicht doch keinen Süßwarenladen, ich nasche zu gern, und da würde wohl nicht viel vom Gewinn übrigbleiben. Der springende Punkt ist, daß ich, anders als katholische oder protestantische Pfarrer, nicht an einen religiösen Beruf gebunden bin. Als Rabbi bin ich ein Weltkind. Und es verträgt sich durchaus mit unserer Tradition, sich sein Brot im Handwerk, im Geschäftsleben oder in einem akademischen Beruf zu verdienen. Früher haben viele berühmte Rabbis als Schreiner, Schmiede oder Holzsammler gearbeitet. In den russischen und polnischen Gettos mußten manche Rabbiner von weltlichen Tätigkeiten leben. Mein Großvater hatte vor seiner Auswanderung, als er Rabbi in einem *Stätel* war, einen Kramladen. Da hat ihm die Stadt allerdings Vorteile eingeräumt, indem sie die Konkurrenz einschränkte.

Eigentlich ist uns diese Art zu leben auch eher angemessen, denn unsere Tradition schreibt uns vor, unsere Gelehrsamkeit nicht als Spaten zum Graben zu benutzen. Das derzeitige System, einen Rabbi zu entlohnen, wird durch eine hübsche pilpulistische Haarspalterei gerechtfertigt, durch die Behauptung nämlich, daß die Gemeinde ihn nicht für seine Gelehrsamkeit und sein Wissen bezahlt, sondern für den Verdienstausfall, der ihm entsteht, weil er als Rabbi fungiert und deshalb seinen Lebensunterhalt nicht auf andere Weise verdienen kann.»

«Sag, David, bist du es leid, Rabbi zu sein?»

«Warum fragst du?»

«Du bist seit etwa zwanzig Jahren Rabbi. Hättest du einen anderen Beruf ergriffen, wärst du Jurist oder Geschäftsmann geworden, ginge es uns finanziell bestimmt bedeutend besser. Und wenn du jetzt aufgeben würdest, hätte ich immer das Gefühl, daß diese zwanzig Jahre eigentlich umsonst waren.»

«Nein, Miriam, ich bin es nicht leid, Rabbi zu sein. Alles in allem waren diese zwanzig Jahre sehr schön.» Er rieb sich das Kinn, um die Gehirntätigkeit anzuregen. «Aber wenn dem Rabbi wirklich etwas an seiner Gemeinde liegt, wenn sie nicht nur eine Schafherde ist, die ihn als Hirten sieht, muß es ab und zu Reibereien geben. Wie in einer guten Ehe.»

Sie kicherte. «Herren- oder Damenschuhe?»

«Wie meinst du?»

«In deinem Laden ... Würdest du da Herren- oder Damenschuhe verkaufen?»

«Damenschuhe natürlich, und zwar nur kleine Größen, damit ich recht viele junge, hübsche Kundinnen bedienen kann.»

Sie hörten Getrampel auf der Treppe, und Jonathan kam gähnend und sich reckend herein. «Fahren oder laufen wir, Dad?»

Miriam kam David zuvor. «Vater geht heute nicht zum Minjan, Jonathan, und es ist vielleicht besser, wenn du dein Morgengebet auch zu Hause verrichtest.»

«Okay, ich geh nach oben.» Bis auf die schulfreien Tage, den Samstag und den Sonntag, betete er zu Hause. Am Wochenende ging er mit seinem Vater zum Minjan. Und natürlich war ihm das Gebet zu Hause lieber, weil es schneller ging und man nicht, wie beim Minjan, auf den zehnten Mann zu warten brauchte.

Als er wieder draußen war, sagte der Rabbi: «Weißt du eigentlich, Miriam, daß Jonathan nicht viel jünger ist als Paul Kramer?»

«Und?»

«Wenn er in so eine Sache verwickelt würde ...» Er unterbrach sich und schwieg einen Augenblick. Dann sagte er: «Ich glaube, ich fahr mal eben durch die Glen Lane.»

Rabbi Small fuhr die Glen Lane entlang bis zur High Street, wendete und machte sich ganz langsam wieder auf den Rückweg. Als er zu der Stelle kam, an der D'Angelo seinen Wagen abgestellt hatte, parkte er und stieg aus. Er kannte zwar die Straße, merkte aber beim Gehen, daß sie länger war, als er gedacht hatte. Beim Fahren war ihm bisher auch noch nie aufgefallen, daß sie in Richtung Maple Street stark anstieg. Vom höchsten Punkt der Straße aus hatte er freien Blick bis zur Maple Street. Er drehte sich um und zählte die Schritte bis zu seinem Wagen aus.

43

«Der Laborbericht über Halperins Wagen ist da», verkündete Lieutenant Jennings und setzte sich auf den Besucherstuhl.

«Und?» fragte Lanigan erwartungsvoll.

«Einer der Abdrücke ist erfolgversprechend.»

«Wie soll ich das verstehen?»

«Wenn wir noch andere positive Abdrücke finden, ist der hier auch zu gebrauchen.»

«Aber ohne positive Abdrücke?»

«Fehlanzeige. Oder doch nicht ganz. Einer der Fäden am Scheinwerferrand von Halperins Wagen entspricht Fasern, die an Kramers Scheinwerfer sichergestellt wurden.» Er sah auf. «Wir haben also zwei Chancen. Die Glen Lane, wo der Mann über den Haufen gefahren worden ist, und die Stelle, an der Kramers Scheinwerfer kaputtgeschlagen wurde. Daß es sich um denselben Täter handelte, dürfte wohl feststehen. Wenn wir ihm also die Sache mit dem Scheinwerfer nachweisen können, war es eindeutig Fahrerflucht. Als mögliche Herkunft der Fasern steht hier: Frotteestoff.»

«Na, wenn schon», sagte Lanigan wegwerfend. «Er wischt seinen Scheinwerfer mit einem Frotteetuch ab, oder der Tankwart macht es, und da bleiben ein paar Fusseln in dem Spalt zwischen Chrom und Kotflügel hängen. Wetten, daß wir die auch an meinem oder deinem Wagen finden?»

«Stimmt schon», sagte Jennings entmutigt. «Also streichen wir Morris Halperin?»

«Ich will mal so sagen: Wir kochen ihn zunächst auf Sparflamme. Ich habe mich inzwischen ein bißchen mit Tom Blakeley beschäftigt.»

«Ach?»

«Gestern abend bin ich in die Maple Street gefahren und habe vor dem Haus der Desmonds gehalten. Und im Rückspiegel konnte ich bis zum Haus der Kramers sehen.»

«Na und?»

«Nehmen wir mal an, Tom Blakeley besucht Aggie Desmond. Das heißt, das wissen wir sogar genau, weil er im *Ship's Galley* davon erzählt hat. Billy Dunstable hat es gehört. Er stellt seinen Wagen ungefähr da ab, wo ich gestanden habe. Er wartet, bis sie rauskommt. Und während er im Wagen sitzt, kommt Fran Kimball vorbei. Vielleicht spricht er sie an, er war ja mal scharf auf sie, vielleicht winkt sie, vielleicht reckt sie aber auch nur die Nase hoch und geht weiter. Er beobachtet sie im Rückspiegel und sieht, wie sie im Haus von Kramer verschwindet.»

«So weit, so gut ...»

«Aggie versetzt ihn, oder sie kommt raus und sagt, daß sie nicht mitkommen kann. Er hat eine Wut auf Aggie, oder vielleicht ist er auch sauer auf Fran, weil sie getan hat, als ob er Luft für sie ist. Als ich sie fragte, ob sie auf ihrem Weg zu Kramer Bekannte getroffen hätte, hat sie ein bißchen gezögert, bis sie nein gesagt hat.»

«Und weiter?»

«Er bleibt nach Dunstables Aussage bis gegen zehn im *Ship's Galley*, dann zieht er ab, weil er dort nichts mehr zu trinken bekommt. Dunstable meint, er sei wohl nach Hause gefahren. Aber typisch ist das nicht für einen Betrunkenen. Ich schätze eher, daß er sich in den Wagen gesetzt hat und eine Pinte weiter gefahren ist. Das heißt, in Barnard's Crossing hat er sicher kein Glück gehabt, wir passen hier schon auf, aber in Lynn oder Revere, in diesen schummrigen kleinen Bars, hat er bestimmt noch was gekriegt, wenn er nicht gerade unter dem Tisch gelegen hat.»

«Und in diesen Pinten ist es manchmal so dunkel, daß man überhaupt nicht merkt, wenn unter dem Tisch einer liegt. Falls man sich nicht gerade an ihm stößt.»

«Eben. Jedenfalls dachte ich mir, lohnt es sich vielleicht, der Sache mal nachzugehen. Und da hab ich einen unserer Leute mit einem Foto von Blakeley durch die Kneipen geschickt.»

«Und woher hattest du das Foto?»

«Aus dem High School-Jahrbuch, es ist in der Stadtbücherei. Wir haben ein paar Fotokopien gemacht. Sehr gut sind sie nicht geworden, und er war damals fünf Jahre jünger, aber immerhin ...»

«Und?»

«Es reichte. In einer der Bars haben sie ihn eindeutig identifiziert. Mit der Zeit mochten sie sich nicht festlegen, aber sie glauben, er ist gegen zehn gekommen und etwa um elf wieder gegangen.»

«Du kannst also beweisen, daß Tom Blakeley sich in Lynn hat vollaufen lassen und gegen elf Richtung Heimat gefahren ist. Und was weiter?»

«Es ist die Grundlage für ein paar Spekulationen.»

«Zum Beispiel?»

«Zum Beispiel, daß Blakeley über die Glen Lane nach Hause gefahren ist. Wer blau ist, meidet nach Möglichkeit Hauptstraßen. Außerdem ist es eine Abkürzung.»

«Gut, soweit ziehe ich mit.»

«Und daß er auf der höchsten Stelle der Glen Lane den Mann über den Haufen gefahren hat.»

«Moment mal –»

«Die Zeit stimmt ungefähr. Er gibt Gas, weil es bergauf geht, und plötzlich steht mitten auf der Fahrbahn, wo du nun wirklich keinen Fußgänger erwartest, ein Mann. Blakeley ist benebelt, reagiert langsam ...»

«Möglich ist es.»

«Okay. Er kriegt es mit der Angst zu tun. Und der Polizei melden kann er es nicht, selbst wenn er beweisen könnte, daß der Fußgänger schuld ist. Nicht mal, wenn er den Typ gefilmt hätte, wie der sich vor seinen Wagen wirft, könnte er's melden, weil er betrunken ist und wir deshalb automatisch davon ausgehen würden, daß die Schuld bei ihm liegt. Zumindest wäre er den Führerschein los. Wie kann einer ohne Führerschein in einer Autowerkstatt arbeiten? Kann sein, daß ihm nicht allzuviel an der Stellung liegt, aber mit Jobs ist das heute so eine Sache.»

«Du meinst also, er wäre vermutlich eher getürmt als zur Polizei zu gehen. Das kauf ich dir ab.»

«Er fährt also weiter die Glen Lane entlang, und als er zur Ecke kommt, sieht er ein Licht.» Lanigan lehnte sich zurück und faltete, sichtlich mit sich zufrieden, die Hände über dem Bauch.

«Was für ein Licht?»

«Ein Licht in Kramers Haus. Oben, wahrscheinlich in einem Schlafzimmer, das zur Glen Lane hinausgeht. Vielleicht hat er ihren Schatten hinter der Jalousie erkannt, vielleicht waren auch die Jalousien nicht heruntergelassen, weil auf der anderen Seite keine Häuser stehen, und er hat sie gesehen, vielleicht hat er auch nur gefolgert, daß sie da oben sein müßte ...»

«Und da wird er sauer und –»

Lanigan nickte. «– und beschließt, sich zu rächen. Er schlägt Kramers Scheinwerfer kaputt, weil er sich einredet, der hätte ihm sein Mädchen ausgespannt, wendet, fährt zum Unfallort zurück und verstreut dort die Scherben. Am nächsten Tag kann er, was für ein glücklicher Zufall, Billy Dunstable sagen, wo der Wagen steht.»

«Du hast natürlich nicht die Spur von Beweis, Hugh.»

«Nein, aber ich habe eine gute Theorie, und wenn ich sie noch ein bißchen ausarbeite und dann Tom Blakeley kommen lasse und ihn damit überfahre, könnte es klappen. Und wir haben die verschiedensten Möglichkeiten. Wir können uns seinen Wagen ansehen. Vielleicht ist der Kühler verbeult. Dann sagt er natürlich, daß die Beule alt ist, aber vielleicht erinnert sich Glossop, ob sie vorher schon da war oder nicht. Möglich, daß er am nächsten Tag den Wagen gewaschen hat, vielleicht weiß Glossop das noch.»

«Bestimmt nicht, da werden doch ständig Wagen gewaschen. Das heißt, sie haben eine Maschine zur Motorwäsche, da machen sie bestimmt auch Wagenwäsche und Lackpflege.»

«Wenn es irgendwas Ungewöhnliches war, erinnert er sich vielleicht doch. Dann könnte ich mit Aggie Desmond reden und feststellen, wann genau Blakeley an dem Abend zu ihr gekommen ist. Fran Kimball werde ich mir auf jeden Fall noch einmal vornehmen. Ich möchte wissen, wann sie ins Bett gegangen sind, in welchem Schlafzimmer sie waren, ob das Licht brannte, als sie sich auszogen, und ob die Jalousien heruntergelassen waren.»

«Du könntest Kramer fragen.»

«Nein, der steht unter Anklage. Den kann ich mir nur mit Zustimmung seines Anwalts vornehmen.»

«Vielleicht wäre er einverstanden, wenn du ihm sagst, daß es dir gar nicht um seinen Mandanten geht, oder daß du versuchst, ihn zu entlasten.»

«Möglich», meinte Lanigan. «Wichtig ist, daß ich möglichst viele Einzelheiten zusammenbekomme, mit klaren Aussagen. Dann lasse ich Blakeley von Dunstable herbringen, zur Aufnahme eines Protokolls.»

«Eines Protokolls? Worüber?»

«Wieso er gewußt hat, wo Kramers Wagen stand. Nur eine Routinesache, könnte sein, daß ich es für die Verhandlung brauche. Ich lasse ihn eine Weile herumsitzen, bis er ein bißchen nervös wird, dann rufe ich ihn herein und frage ihn, wieso er Kramers Scheinwerfer kaputtgeschlagen hat. Mit dieser Technik haben wir es vor ein paar Jahren bei Slocumb geschafft, bei dem Einbruch, wo wir praktisch nichts in der Hand hatten.»

«Und wie ist es mit den Miranda-Vorschriften?»

Lanigan sah seinen Lieutenant unschuldig an. «Ich würde ihn ja nicht beschuldigen. Ich würde mich nur erkundigen, wieso er einen Scheinwerfer kaputtgemacht hat.»

44

Beim Abendessen sah Rabbi Small auf den leeren Platz zu seiner Rechten. «Wo ist Jonathan?»

«Er hat angerufen, er muß in der Zentrale der Republikaner Überstunden machen, dort herrscht jetzt Hochbetrieb.»

«Er kommt sich großartig vor», sagte Hepsibah etwas boshaft.

«Sibah!»

«Es gefällt mir nicht, daß er das Abendessen ausläßt.»

«Er wird sich ein Sandwich holen und ein Glas Milch, hat er gesagt», tröstete Miriam.

«Ich meine, es gefällt mir nicht, daß er das Abendessen in der Familie ausläßt», ergänzte der Rabbi. «Ich sehe es gar nicht sehr gern, daß er dort arbeitet.»

«Warum nicht? Es wird besser bezahlt als ein Babysitter-Job, und er hat wohl auch das Gefühl, daß er dort mehr für voll genommen wird. Außerdem, sagt er, lernt er da eine Menge und ist in Staatsbürgerkunde jetzt einer der Besten.»

«Na ja, es sind wohl nur noch die zwei oder drei Wochen bis zur Wahl. Wie kommt er heim? Ist er mit dem Rad dort?»

«Nein, er ist direkt von der Schule aus hingegangen, zu Fuß, nehme ich an, oder vielleicht mit dem Bus.»

«Oder er ruft an und fragt, ob ich ihn nicht abholen kann», meinte der Rabbi.

«Vielleicht nimmt ihn auch jemand mit.»

«Hat er gesagt, wann er voraussichtlich fertig ist?» fragte der Rabbi.

«So gegen acht, halb neun. Ist deine Sorge nicht ein bißchen übertrieben? Immerhin ist er siebzehn.»

«Und sehr leicht zu beeindrucken. In der Zentrale der Republikaner drücken sich immer eine Menge Müßiggänger herum, besonders abends, die reden und trinken, und ich finde, das ist kein guter Umgang für einen jungen Menschen.»

«Dann sag ihm doch, du siehst es nicht gern, wenn er Überstunden macht, und er soll abends zum Essen heimkommen.»

«Ja, das wird wohl das beste sein.»

Aber Jonathan war um acht und um halb neun noch nicht da. Als die Uhr neun schlug, war Miriam so unruhig geworden, daß sie bei den Republikanern anrief. Wenige Minuten darauf kam sie ins Wohnzimmer zurück. «Ich habe mit dem Zuständigen gesprochen. Er hat Jonathan vor einer Stunde, kurz vor acht, weggeschickt, um etwas für ihn zu erledigen. Wahrscheinlich ist er gerade auf dem Weg nach Hause. Willst du ihm entgegengehen?»

«Nein, wenn er schon vor acht weg ist, müßte er jetzt bald aufkreuzen.»

Chief Lanigan prostete seiner Frau Amy mit dem Gin Tonic zu, den sie ihm gerade gereicht hatte, und nahm einen tiefen Schluck. «Das hast du wieder mal genau richtig hingekriegt, Amy.»

Er hatte gut gegessen – Amys Spareribs waren immer große Klasse – und es sich dann in Hausschuhen und mit der Abendzeitung gemütlich gemacht und eine Weile ferngesehen. Jetzt war es halb zehn, und eigentlich hatte er sich den Schlafanzug anziehen und sich mit einem Buch ins Bett legen wollen, aber Amy hatte offenbar Lust, sich noch zu unterhalten.

«Gab's was Besonderes bei dir?»

«Eigentlich nicht, nur das Übliche. Und bei dir?» fügte er höflich hinzu.

«Ich habe heute zufällig Mary Hagerstrom getroffen.»

«Hagerstrom?»

«Sie ist Wirtschafterin und Köchin bei den Magnusons.»

«Ja, richtig.»

«Ich habe sie gefragt, warum sie neulich nicht zum Frauenkreis gekommen ist. Und sie hat gesagt, daß Mr. Magnuson sie gebeten hatte, abends länger zu bleiben, weil er Gäste hatte und sie noch Sandwiches machen sollte.»

«Hm.»

«Hast du in letzter Zeit mal mit David Small gesprochen, Hugh?»

Amys Gewohnheit, unvermittelt das Thema zu wechseln, war zwar gelegentlich ärgerlich, aber nicht mehr überraschend. Er wartete geduldig darauf, daß Amy früher oder später die Verbindung zwischen den Magnusons, Mary Hagerstrom und Rabbi Small herstellen würde und gab bereitwillig Auskunft. «Nein, eigentlich nicht.»

«Hat er Schwierigkeiten?»

«Wer? David Small? Nicht, daß ich wüßte. Jedenfalls nicht mit der Polizei.»

«Mit seiner Gemeinde, meine ich.»

«Stimmt, da habe ich so einiges läuten hören, aber eigentlich war das noch nie anders. Ich glaube, Juden haben immer was an ihrem Rabbi zu meckern.»

«Hast du auch was von einer Verschwörung gehört, mit der man ihn loswerden will?»

«Nein, davon weiß ich nichts.» Er legte die Zeitung weg und schenkte ihr seine ungeteilte Aufmerksamkeit.

«Mary Hagerstrom meint, der Grund für die Party mit den Sandwiches – es waren nämlich nur Männer eingeladen ...»

«Zur Sache, Amy!»

«Der Grund war, daß sie ein Videoband von einem Rabbi haben ablaufen lassen.»

«Ein Videoband von Rabbi Small?»

«Nicht Rabbi Small. Es war ein anderer Rabbi darauf zu sehen, ein jüngerer Mann. In Robe und Schal und mit so einer Mütze, wie sie die Bischöfe tragen, nur in Schwarz. Er stand an einem Pult, und es sah so aus, als ob er predigte. Mary hat ihn nur flüchtig gesehen, als sie mit den Sandwiches und Kaffee und Gläsern hereinkam. Und sie hat ein paar Bemerkungen aufgeschnappt, wie gut und wie nett er anzusehen sei.»

«Und wieso hat Mary Hagerstrom dir das alles erzählt?»

«Sie hat ganz nebenbei davon angefangen, und dann hab ich ein bißchen nachgehakt.»

«Worauf willst du hinaus, Amy?»

«Ich glaube, die Gäste auf dieser Party, das waren die großen Tiere in der Synagoge. Du weißt ja, daß Magnuson der Präsident ist, und ich glaube, daß sie sich überlegt haben, wie sie den Rabbi loswerden und statt dessen diesen anderen einstellen könnten. Mary Hagerstrom hat erzählt, daß Magnuson ihnen, als sie gingen, eingeschärft hat, nicht darüber zu sprechen, nicht mal mit ihren Frauen.»

«Es könnte ja sein, daß sie einen Gehilfen für Small einstellen wollten, eine Art Vikar», meinte Lanigan, aber es klang nicht sehr überzeugt.

«Davon würde aber Rabbi Small doch wissen, nicht?»

«Das nehme ich an.»

«Ruf ihn doch einfach an und frag ihn.»

«Könnte ich machen.» Er ging ans Telefon. Miriam meldete sich.

«Hallo, Hugh. Wollten Sie David sprechen?»

«Ja ... nein ... Hören Sie, Miriam, ich wollte nur wissen, ob Sie beide allein sind.»

«Ja, Chief. Wollen Sie vorbeikommen?»

Er vertauschte die Schlappen mit Laufschuhen und zog einen Pullover über. «Ich bin wahrscheinlich bald wieder da. So was kann man einfach nicht telefonisch erledigen.»

Er fuhr zur Maple Street. Miriam kam zur Haustür, als sie den Wagen in der Einfahrt hörte. «Wir wollten gerade Tee trinken. Da haben wir auf Sie gewartet.»

«Danke, Miriam, ich trinke gern eine Tasse mit.»

Erst nachdem der Tee eingeschenkt war und sie Miriams Kekse knabberten, kam Lanigan zum Thema. «Haben Sie Schwierigkeiten mit der Gemeinde, David?»

«David hat immer Schwierigkeiten mit der Gemeinde», sagte Miriam leichthin. «Das gehört einfach dazu.»

«Warum fragen Sie?» wollte der Rabbi wissen.

Lanigan ließ seinen Blick nachdenklich von einem zum anderen wandern und erzählte ihnen, was er erfahren hatte. Miriams Lächeln gefror, er sah ihr an, wie sehr es sie traf. Aber David nickte nur. «Da sieht man, wie wichtig ein hochkarätiger Manager an der Unternehmensspitze ist. Es ist nicht der erste Versuch, mich loszuwerden. Meist haben die Dissidenten sich zunächst eine Mehrheit im Vorstand verschafft, aber bis ihnen das gelungen war, hatte sich gewöhnlich schon eine ansehnliche Opposition gebildet, bestehend aus Leuten, die mit mir einverstanden waren, anderen, die meine Gegner nicht mochten, und wieder anderen – und das war vielleicht die Mehrheit –, die einfach Ärger vermeiden wollten. Es hätte bedeutet, daß sie ohne Rabbi auskommen mußten, bis Ersatz gefunden war, und niemand hätte ihnen garantiert, daß der neue Rabbi besser ist. Aber ein Manager wie Howard Magnuson fängt das natürlich geschickter an. Er zieht erst einen neuen Rabbi an Land, dann beschafft er sich die erforderliche Mehrheit, und das Ganze wird so streng geheimgehalten, daß die Opposition gar nicht erst starten kann.»

«Und dagegen können Sie gar nichts tun?» fragte Lanigan.

«Ich weiß nicht, ob ich überhaupt etwas dagegen tun möchte.»

«Aber –»

«Nein. Ich kann nicht zulassen, daß ich mit meiner Familie gänzlich auf das Wohlwollen eines einzigen Mannes angewiesen bin. Wenn es so weit kommt, bin ich nicht mehr mein eigener Herr. Dann werde ich mir für den Rest meines Lebens den Kopf darüber zerbrechen müssen, ob das, was ich sage oder tue, ihm gefällt oder nicht. Und so kann ich einfach nicht leben.»

«Und dieser eine Mann ist Magnuson?»

«Natürlich.»

«Aber er kann nicht allein entscheiden. Braucht er nicht eine Mehrheit Ihres Vorstandes?»

«Ja, aber das dürfte für ihn kein Problem sein. Er ist Wirtschaftsboss und Millionär.»

«Sie wollen doch nicht behaupten, daß er sie bestechen würde oder daß sie ihm ihre Stimmen verkaufen ...»

«Nicht ihre Stimmen. Aber ihre Seelen. Da braucht ein kleiner Geschäftsmann einen Kredit oder Kontakt zu einem bestimmten Großhändler. Magnuson kann das mit einem Telefongespräch regeln. Oder nehmen wir einen Akademiker, einen Arzt, Zahnarzt oder Anwalt... alle haben sie Aktien. ‹Was meinen Sie, Mr. Magnuson, soll ich verkaufen? Ist an dem Gerücht was dran, daß ABC und XYZ fusionieren? Und auch wenn man nie einen Gefallen von ihm erbittet – es ist angenehm, einen Millionär im Bekanntenkreis zu haben, und sei es nur, um Freunden damit zu imponieren. Nein, es ist allein sein Werk. Ich weiß, was dahintersteckt. Seine Tochter –»

Er unterbrach sich, als er einen Wagen vorfahren hörte. «Das muß Jonathan sein. Offenbar hat ihn jemand mitgenommen.»

Miriam ging mit dem Rabbi zur Tür, Lanigan, ein wenig erstaunt über ihre Unruhe, folgte ihnen.

«Er hat gesagt, er käme um acht», erklärte Miriam. «Und er hat noch nichts gegessen.»

In dem Licht, das aus dem Wohnzimmer fiel, sahen sie Scofields pinkfarbenen Wagen mit dem Schild auf dem Dach am Gehsteig stehen. Jonathan stieg aus und ging um den Wagen herum. «Schönen Dank, Mr. Scofield», sagte er zu dem Fahrer.

«Ich habe dir zu danken.» Scofield fuhr an.

«Warum kommst du so spät, Jonathan?» fragte Miriam. «Und was hast du mit deiner Hand gemacht?»

Jonathans rechte Hand war mit einem Taschentuch umwickelt. «Nur ein Kratzer.»

«Laß mal sehen.»

«Bloß keine Aufregung, es ist wirklich nur eine Kleinigkeit. Mr. Scofield hat draußen vor seiner Zentrale einen Reifen gewechselt. Mr. Chisholm hatte mich mit Wahlkampfmaterial hingeschickt, das sie angefordert hatten. Da hab ich ihm natürlich geholfen. Ich hab mich wohl gerissen, als ich den Wagenheber aus dem Kofferraum genommen habe, da war nämlich 'ne Menge alter Krempel drin.»

«Zeig her.»

«Ach, Ma ...» Widerstrebend nahm er das Taschentuch ab.

«Das ist kein Kratzer, das ist eine Schnittwunde. Du gehst jetzt sofort nach oben und wäschst dir die Hände mit viel Seife und heißem Wasser. Dann tupfst du Jod drauf und klebst ein Pflaster drüber. Danach kannst du in der Küche essen.»

«Schon gut, aber ich hab keinen Hunger, ich habe zwei Käsebrote gekriegt.»

«Wie du willst. Oder nimm dir Milch und Kekse.»

«War das der Wagen, mit dem Scofield sonst auch fährt, oder hat er ihn nur für Wahlkampfzwecke?» fragte der Rabbi, als Jonathan nach oben gepoltert war.

«Nein, soweit ich weiß, hat er nur den einen.»

«Aber die Farbe ...»

Lanigan lachte. «Einmalig, nicht?»

«Dann könnte es das sein», sagte der Rabbi halblaut.

«Was könnte was sein?» fragte Lanigan ein wenig ungeduldig, während sie wieder ins Wohnzimmer gingen.

«Der Grund, Kramers Scheinwerfer einzuschlagen und die Scherben zum Unfallort zu bringen», sagte der Rabbi ruhig.

Lanigan machte große Augen, und Miriam, die aufgestanden war, um abzuräumen, setzte sich wieder. «Wenn Sie auf einer dunklen, einsamen Straße wie der Glen Lane einen Menschen überfahren», fuhr der Rabbi fort, «und wenn sie nicht die Polizei benachrichtigen wollen, was würden Sie machen?»

«Ja, also ich ...»

«Sie würden so schnell wie möglich verschwinden», sagte der Rabbi. «Das wäre das Naheliegendste, das Vernünftigste. Aber Sie würden kurz vor der Maple Street Gas wegnehmen, weil dort Häuser stehen und es sein könnte, daß jemand Sie aus der Glen Lane herauskommen sah und sich daran erinnert, wenn der Tote gefunden wird. Es könnte sogar sein, daß Sie anhalten und aussteigen und sich Ihren Wagen von vorn ansehen, um festzustellen, ob irgend etwas daran Sie belasten könnte – eine verbogene Stoßstange etwa oder Stoffetzen von der Kleidung des Opfers, die an der Stoßstange oder am Kotflügel kleben. Vielleicht sehen Sie, daß an einer Roststelle am Kotflügel ein bißchen Farbe abgeblättert ist. Kann sein, daß das vorher schon passiert ist, aber Sie können nicht ausschließen, daß neben dem Opfer am Boden Lackreste liegen. Und wenn es pinkfarbene Lackreste sind, wird die Polizei sich sofort für Sie interessieren, weil Sie den einzigen pinkfarbenen Wagen weit und breit haben. Sie können nicht zu dem Opfer zurückgehen, um nach winzigen Lackresten zu fahnden, das könnte Stunden dauern. Aber da an der Ecke steht ein Wagen, als hätte ein gütiges Geschick ihn eigens für Sie hingestellt.»

«Und da liefert der Mann der Polizei einen eingeschlagenen Scheinwerfer, der auf eine falsche Spur führen muß. Ja, dafür würde es sich schon lohnen zu wenden und –»

«Genau. Sie haben vielleicht Ihren Kofferraum aufgemacht, um Ihre Taschenlampe herauszuholen – nein, die dürfte im Handschuhfach sein ...»

«Es könnte eine dieser großen Handlampen sein, wie sie unser Elektriker neulich hatte», sagte Miriam.

«Ganz recht, eine Handlampe», fuhr ihr Mann fort. «Und ein Wagenheber oder der Griff eines Schraubenschlüssels findet sich auch ...»

«Und eine Zeitung oder Zeitschrift, um die Scherben aufzufangen», ergänzte Lanigan.

«Oder wenn er, wie du, David, einen alten Pullover im Wagen hatte ...»

«Oder einen Lappen oder ein altes Frotteehandtuch», nickte der Rabbi. «Das wäre gut zur Geräuschdämpfung. Er wickelt den Stoff um den Scheinwerfer, schlägt zu und legt das Bündel auf den Beifahrersitz. Dann wendet er und fährt zurück zu dem Toten, schüttelt dort das Handtuch aus und schlägt einen Bogen zurück nach

Barnard's Crossing. Und wenn die Polizei zum Tatort kommt, findet sie einen Haufen Scherben – wunderschönes Beweismaterial.»

«Aber war es nicht trotzdem ein Risiko für ihn, David?» wandte Miriam ein. «Wenn Paul Kramer nun mit Freunden im Kino gewesen wäre? Dann hätte die Polizei gleich gewußt, daß es eine falsche Fährte war.»

«Nicht gleich», widersprach der Rabbi und warf dem Polizeichef einen raschen Blick zu. «Zuerst würde die Polizei durch Befragen seiner Freunde sein Alibi überprüfen. ‹Wo haben Sie, von Paul aus gesehen, gesessen? Ist er während des Films mal aufgestanden, um Popcorn zu kaufen? Sie sind gut befreundet und würden alles tun, um ihm aus der Klemme zu helfen, nicht?› Wenn das Alibi wasserdicht wäre, würden sie prüfen, ob es vielleicht Leute gab, die etwas gegen Paul hatten und ihm einen Streich hatten spielen wollen. Angenommen, es wäre der Wagen von Samuel Perkins gewesen, Sie wissen schon, der Mann, der ständig diese Leserbriefe an den *Courier* schreibt ...»

«Sam Perkins? Du liebe Güte, da müßten wir die halbe Stadt überprüfen», lachte Lanigan.

«Jonathans Hand», stieß Miriam plötzlich hervor.

Die beiden sahen sie verblüfft an. «Was hat Jonathans Hand mit –»

«Er hat sich geschnitten, als er Scofield heute abend beim Reifenwechsel geholfen hat», sagte sie aufgeregt. «Scofield hat das Handtuch bestimmt einfach wieder in den Kofferraum gestopft, und als Jonathan den Wagenheber herausholen wollte, hat er sich geschnitten.»

Lanigan erhob sich unvermittelt. «Ich gehe ins Revier, es gibt eine Menge zu tun. Ich möchte mir Scofields Wagen ansehen.»

«Aber wie wollen Sie –»

«Er parkt auf der Straße. Ich lasse ihn abschleppen. Ab November ist das Parken nachts auf den Straßen verboten.»

Er ging zur Tür. Dort blieb er noch einmal stehen. «War es der pinkfarbene Wagen, der Sie auf die Idee gebracht hat?»

«Der Fall ist mir nicht mehr aus dem Kopf gegangen, seit ich mit Paul Kramer gesprochen hatte. Ich war überzeugt davon, daß er die Wahrheit sagt. Eine Weile dachte ich, es könnte Morris Halperin gewesen sein.»

«Warum ausgerechnet Morris Halperin?»

«Weil er der Polizei den Unfall gemeldet hatte. Aber als ich hörte, daß Scofield Kramers Verteidigung übernommen hatte, und zwar ohne eine Vorauszahlung zu verlangen, begann ich mich näher mit ihm zu beschäftigen.»

Lanigan griente. «Vielleicht macht das den Unterschied zwischen einem Polizisten und einem Rabbi aus. Unsereins neigt dazu, von seinen Mitmenschen das Beste zu denken. Ich habe mir gesagt, daß er eben ein gutes Herz hat.»

45

Der Rabbi war gerade mit dem Frühstück fertig, als Lanigan anrief. «Ich wollte es Ihnen gleich sagen», berichtete er triumphierend. «Sie haben es verdient, finde ich. Wir haben heute früh Scofield verhaftet. Sie haben mit Ihrer Vermutung ins Schwarze getroffen.»

«Es war keine reine Vermutung. Ich habe nur am anderen Ende angefangen.»

«Am anderen Ende? Nein, lassen Sie, nicht am Telefon. Ich komme gleich vorbei. Hier wird bald die Hölle los sein, und wenn ich hierbleibe, muß ich nur endlose Fragen beantworten.»

Er legte, sehr zufrieden mit sich, sofort los, als er das Haus der Smalls betreten hatte. «Früh um eins habe ich mir den Wagen geschnappt und habe den Kofferraum geöffnet.»

«Aufgebrochen?»

«Brauchte ich nicht. Er hat eine Entriegelung, die man von innen bedienen kann. Das Handtuch lag drin und glitzerte im Licht. Glassplitter. Ich habe ihn von einem Polizisten nach Boston fahren lassen, das Labor hatte ich verständigt, die warteten schon. Sie fanden vierzehn Glassplitter, einer war fast zweieinhalb Zentimeter lang und vier Millimeter breit –» Er unterbrach sich. «Was für eine Blutgruppe hat Jonathan?»

«Dieselbe wie ich. AB.»

«Das kommt hin. An dem Splitter war Blut der Gruppe AB, und er paßte genau in den Rest von dem kaputten Scheinwerfer, den wir in der Tankstelle sichergestellt haben.» Er lachte leise vor sich hin. «Morgens rief Scofield bei uns an, er wollte seinen Wagen als gestohlen melden. Ich sagte, ein junger Kollege hätte ihn abschleppen lassen, wegen der Vorschriften über das Parken im Winter.» Er kniff ein Auge zu. «Er hat wohl gedacht, wir würden ihm den Wagen zurückbringen und uns entschuldigen. Statt dessen erschien Jennings bei ihm, um ihn aufs Revier zu bringen. Aber jetzt verraten Sie mal, was Sie damit meinten, daß Sie am anderen Ende angefangen haben?»

«Die Polizei hat bei dem Unfall angefangen.»

«Natürlich.»

«Aber das war schon das Ende, die Krise gewissermaßen. Mich interessierte, was dieser D'Angelo dort überhaupt zu suchen hatte. Weshalb stand er mitten in der Nacht auf der Fahrbahn?»

«Er ist hingefahren. Sein Wagen war in der kleinen Schneise hinter der High Street.»

«Schön, aber weshalb ist er hingefahren? Warum ist er in die Glen Lane eingebogen? Von der Autobahn aus kann man die Einfahrt kaum erkennen.»

«Wir dachten, er mußte mal pi –» er warf einen schnellen Blick auf Miriam und räusperte sich – «er mußte mal austreten.»

«Und weshalb stand er mitten auf der Fahrbahn, 100 Meter von der Stelle entfernt, wo er seinen Wagen abgestellt hatte? Wenn er das vorhatte, was Sie meinen, hätte er das überall besorgen können. Die Straße ist von der High Street bis zur Maple Street an beiden Seiten von Büschen und Bäumen flankiert.»

«Ja, also ...»

«Ich ging davon aus, daß er sich dort mit jemandem verabredet hatte.»

«Es ist auch denkbar, daß er dort gehalten hat, um ein paar Minuten zu schlafen.»

«Angenommen, er ist unterwegs müde geworden, was tat er dann zu Fuß 100 Meter von seinem Wagen entfernt?» wandte der Rabbi ein.

«Na schön, nehmen wir mal an, es handelte sich tatsächlich um eine Verabredung», räumte Lanigan ein. «Und weiter?»

«Dann war es offenbar ein geheimes Treffen. Beide Partner hielten es offenbar für gefährlich oder zumindest unklug, miteinander gesehen zu werden. Also fragte ich mich, wer der Partner gewesen sein könnte.»

«Es könnte fast jeder gewesen sein.»

«So schwer ist es gar nicht, die Auswahl einzuengen. Zunächst muß man sich fragen, welchen Zweck das Treffen haben sollte. Bestimmt nicht den Zweck, nur irgend etwas zu besprechen, das hätten sie ebensogut und unauffälliger telefonisch besorgen können – über einen Münzfernsprecher zum Beispiel, falls einer der beiden fürchtete, abgehört zu werden. Ich habe mir überlegt, daß wahrscheinlich etwas übergeben werden sollte, und das Naheliegendste war Geld.»

«Eine Zahlung?»

«Ganz recht. Eine Zahlung, die man nicht der Post oder einem Boten anvertrauen konnte. Und daraufhin habe ich überlegt, was für ein Mensch das sein konnte, der solche nächtlichen Barzahlungen leistet.»

«Sie meinen – er wurde erpreßt. Aber so was kann jedem mal passieren.»

«Ja, jeder kann mal erpreßt werden, aber nicht jeder würde in so einem Fall derart klammheimlich zahlen.» Der Rabbi stand auf und begann im Zimmer auf und ab zu gehen. Er sprach jetzt mit dem typisch talmudischen Singsangton, in den er manchmal verfiel. «Ein Arzt konnte es nicht sein. Jeder kann einen Arzt konsultieren, und in diesem Fall wäre es ganz leicht, das Geld unter vier Augen, im Sprechzimmer, zu übergeben. Ein Anwalt kann es auch nicht sein, weil die verschiedensten Leute in seine Praxis kommen, als Mandanten oder als mögliche Zeugen für eine Verhandlung, auf die er sich gerade vorbereitet. Das gleiche gilt für das Büro des Managers, den Laden des Kaufmanns. Der einzige, der möglicherweise sehr darauf achten muß, mit wem er gesehen wird, ist der Politiker, der ein öffentliches Amt bekleidet oder sich um ein solches Amt bewirbt. Selbst wenn der Politiker Anwalt von Beruf ist, kann er nicht jeden Beliebigen in sein Büro kommen lassen. Und als ich in der Zeitung las, daß das Opfer, dieser ... wie hieß er noch ...»

«D'Angelo. Tony D'Angelo.»

«Richtig. Als ich las, daß er in politischen Kreisen in Boston aktiv gewesen war, wußte ich, daß ich auf der richtigen Fährte war. Er bekleidet kein Amt, sonst wäre in dem Artikel davon die Rede gewesen. Selbst wenn er nur ein ganz kleines Licht in einer Regierungsstelle gewesen wäre, hätten sie das hingeschrieben. Aber ‹in politischen Kreisen aktiv› – das deutet auf jemanden hin, der keine offizielle Position hat, der als Vermittler fungiert, als Handlanger eines Politikers, auf einen Mann ohne regelmäßiges Einkommen, den man für Tips, Informationen, Dienstleistungen bezahlt.»

«Ja, das würde wohl auf D'Angelo zutreffen», meinte Lanigan.

«Und jetzt», sagte der Rabbi, «mußte ich meine Phantasie zu Hilfe nehmen.»

«Sie sind gut! Was haben Sie denn vorher gemacht?»

«Vorher habe ich mich der Logik bedient», meinte der Rabbi verweisend. «Ich sehe D'Angelo im Wagen warten und eine Zigarette nach der anderen rauchen. Und dann fällt ihm ein, daß sie sich vielleicht am anderen Ende der Glen Lane verabredet haben. Deshalb ist er bis zum höchsten Punkt der Straße gegangen. Hätte er sich nur die Beine vertreten wollen, glaube ich kaum, daß er so weit gekommen wäre. Wenn er aber nachsehen wollte, ob sein Partner am anderen Ende der Glen Lane parkte, hätte er bis an den höchsten Punkt und noch ein paar Schritte darüber hinaus gehen müssen, weil die Straße nicht gerade verläuft. Ich sehe Scofield, der ein Bündel Geldscheine bei sich hat, von der High Street in die Glen Lane einbiegen. Vielleicht bemerkt er den Wagen nicht, der in der Schneise steht. Oder er bemerkt ihn, nimmt Gas weg oder hält an, sieht, daß er leer ist und fährt weiter. Wahrscheinlich hatte er das Fernlicht eingeschaltet, es hätte nahegelegen. Er wird langsam gefahren sein, um den Mann nicht zu übersehen, mit dem er verabredet war. Der kommt die Straße herunter. Scofield gibt Gas, um ihm das Geld in die Hand zu drücken und so schnell wie möglich das Weite zu suchen.»

«Aber hätte er nicht für das Geld irgendwas bekommen, einen belastenden Brief vielleicht oder ein Foto? Dann hätte er nämlich anhalten müssen.»

«Das glaube ich kaum. Bei dem Toten wurde nichts dergleichen gefunden, und daß Scofield angehalten hätte, um ihn zu durchsuchen, halte ich für sehr unwahrscheinlich. Nein, es muß eine einmalige Zahlung gewesen sein, die er in der Hoffnung leistete, damit sei die Sache ausgestanden.»

«Na gut. Und dann?»

«Er merkt, daß seine Scheinwerfer D'Angelo blenden, vielleicht hat D'Angelo die Hand gehoben, um sich vor dem gleißenden Licht zu schützen – und dabei kam Scofield der Gedanke: Wenn du ihn über den Haufen fährst, bist du ihn los und brauchst nicht zu zahlen. Und da hat er Gas gegeben.»

«Aber es kann trotzdem ein Unfall gewesen sein.»

«Natürlich, aber da er sich mit ihm an dieser Stelle verabredet hatte, hätte er das nur schwer beweisen können. Ich schätze, daß er nicht einmal angehalten hat, um festzustellen, wie schwer er ihn verletzt hatte. Das wäre zu gefährlich gewesen, denn falls der Mann bei Bewußtsein war, hätte er ihn erkannt.»

«Daß es Scofield war, der ihn über den Haufen gefahren hat, hätte er sowieso gewußt», warf Lanigan ein.

«Woher? Wie sollte er den Wagen erkennen, da ihn die Scheinwerfer aus der Dunkelheit anstrahlten?»

«Da haben Sie auch wieder recht.»

«Aber wenn Scofield wußte, wer es war, wenn er sich mit ihm verbredet hatte – ist das dann nicht Mord?» schaltete Miriam sich ein.

«Zumindest Totschlag», meinte Lanigan. «Ich weiß nicht, ob wir es beweisen können, und die Verteidigung wird bestimmt versuchen, auf Grund der Miranda-Bestimmungen einen Teil unseres Beweismaterials vom Tisch zu bringen, aber für den District Attorney dürfte der Fall ziemlich klar sein.» Lanigan stand auf. «Wissen Sie, David, es wird mir sehr leid tun, wenn dieser neue Mann Sie verdrängt und Sie hier weggehen.»

«Nett, daß Sie das sagen, aber ich glaube, noch bleibe ich Ihnen ein Weilchen erhalten.»

«Wegen dieser Sache?»

«Ja, wegen dieser Sache.»

«Hatte Magnuson was mit Scofield zu tun?»

«Er hat mich gebeten, Scofield und seine Tochter zu trauen. Das war der Grund für den ganzen Ärger.»

«Und ihr Juden heiratet keine Andersgläubigen, das ist wie bei uns. Allerdings hat es sich bei uns in den letzten Jahren ein bißchen gelockert.»

«Bei uns nicht.»

«Darum ging es also?» Er schüttelte bewundernd den Kopf. «Na, da haben Sie aber wirklich Glück gehabt.»

Der Rabbi lächelte. «Wir glauben auch an das Glück.»

«Das tut wohl jeder.»

«Aber bei uns liegen die Dinge ein bißchen anders. Glück und Pech gehören zu unserer positiven Alltagsphilosophie, ja, eigentlich schon zur Religion.»

«Ja? Wie meinen Sie das?»

«Wenn ein Mensch krank oder arm oder unglücklich ist, ist er damit in unseren Augen noch nicht schlecht oder sündig, er hat einfach Pech.»

«Gewiß, aber –»

«Wenn ich am Sonntagvormittag – oder auch zu anderen Zeiten – den Fernseher einschalte, erzählt mir ein Geistlicher, daß man, wenn man seine Sünden bereut und sein Herz dem Herrn Jesus schenkt, Kummer und Krankheit los ist. Und dazu gibt es meist Aussagen von Leuten, die durch ihre Gebete von schrecklichen Gebrechen geheilt worden sind oder die mit Glücksgütern gesegnet wurden, weil sie sich dem Herrn Jesus schenkten. Das bedeutet natürlich, daß Kummer und Krankheit gewöhnlich aus der Sünde resultieren.»

«Na ja, das sind diese Fundamentalistensekten», sagte Lanigan mit einer wegwerfenden Handbewegung.

«Ja, aber auch die katholische Kirche wagt sich neuerdings auf dieses Gebiet. Und wie steht es denn mit den vielen Heiligen, die Sie um Fürbitte angehen? Angeblich beseitigt der Akt des Gebetes mit der dadurch zum Ausdruck gebrachten Reue die Sünde, die Ursache für den jeweiligen Zustand ist. Mir scheint, der grundlegende Unterschied zwischen der katholischen Kirche und den Protestanten in dieser Hinsicht ist, daß in der katholischen Kirche die Arbeit im wesentlichen an die Heiligen delegiert wird. Im Licht der komplizierten Buchhaltung, mit deren Hilfe Sünde und Gnade zum Ausgleich gebracht werden, ist es wohl nur logisch, über sein Endziel – Himmel, Hölle oder Fegefeuer – selbst zu bestimmen. Wir glauben nicht an diese Dinge und können deshalb realistisch sein.»

«Und wenn man Sie entlassen hätte?» fragte Lanigan.

«Dann nur deshalb, weil ich Pech gehabt, nicht, weil ich gesündigt oder ein Unrecht begangen hätte.»

Lanigan griente. «Na, da bin ich aber froh, daß Sie Glück gehabt haben. Glück soll ja ansteckend sein.»

46

Laura legte den Hörer auf. «Sie haben Jack verhaftet», sagte sie betroffen.

«Verhaftet? Wer? Was redest du da?» fragte ihr Vater. «Mit wem hast du gesprochen?»

«Mit seiner Sekretärin, ich habe in seiner Kanzlei angerufen. Wir verstehen uns sehr gut, und sie hat mir erzählt, daß er sich gemeldet hat, weil er verhaftet worden ist und J.J. Mulcahey – das ist ein älterer Kollege – bitten wollte, zu ihm aufs Polizeirevier von Barnard's Crossing zu kommen. Mulcahey war noch nicht im Büro, aber da es dringend war, hat sie ihn zu Hause angerufen, und er hat versprochen, sofort hinzufahren. Er ist noch nicht zurück, und jetzt ist es schon fast elf.»

«Hat sie gesagt, warum er verhaftet worden ist?»

«Das wußte sie nicht. Ich muß sofort zu ihm.»

«Nein, Laura, überlaß das mir. Ich bekomme aus der Polizei mehr heraus als du.»

«Warum?» Sie traute ihrem Vater nicht recht, sie hatte das Gefühl, daß er von Scofield nicht gerade begeistert war.

«Weil ich jedes Jahr eine ansehnliche Summe für den Polizeiverein spende.»

«Wann willst du hin?» fragte sie, noch immer argwöhnisch.

«Sofort. Und sobald ich etwas erfahren habe, komme ich zurück.»

Auf dem Revier brauchte Magnuson sich nicht erst zu Lanigan durchzufragen. Der Polizeichef stand an der Anmeldung und sprach mit dem diensthabenden Sergeant. «Guten Tag, Mr. Magnuson», sagte er. «Was kann ich für Sie tun?»

«Sie kennen mich?» fragte Magnuson überrascht und geschmeichelt. «Könnte ich Sie wohl – äh –»

«Aber ja. Gehen wir in mein Büro, dort sind wir ungestört. Kaffee?»

Sie setzten sich. «Nein, danke. Ich wüßte gern, was gegen Jack Scofield vorliegt.»

Lanigan breitete die Hände aus und hob die Schultern. «Für den Fall ist jetzt der District Attorney zuständig.»

«Ich frage nicht aus Neugier. Meine Tochter steht in einer recht engen Beziehung zu ihm.»

«Ich weiß. Sie hat ihm den Wahlkampf geführt.»

«Nicht nur das. Die beiden sind so gut wie verlobt. Wenn Sie ihn wegen einer geringfügigen Übertretung verhaftet haben, wegen einer Sache, die er im Verlauf des Wahlkampfs getan oder unterlassen hat – schön und gut. Aber wenn es etwas Schwerwiegendes ist, dann muß ich das wissen, Laura zuliebe. Wahrscheinlich bringen sie es noch heute im Radio oder in der Zeitung. Können Sie mir nicht wenigstens einen kleinen Vorsprung geben? Vielleicht kann ich Ihnen sogar helfen.»

Lanigan preßte nachdenklich die Lippen zusammen, dann nickte er. «Also schön. Vor einigen Tagen kam es auf der Glen Lane zu einem Verkehrsunfall mit Fahrerflucht. Das Opfer starb. Scofield saß am Steuer. Ist das in Ihren Augen schwerwiegend?»

Magnuson nickte. Nach einem Unfall nicht anzuhalten, nicht nach dem Opfer zu sehen, keine Hilfe zu holen, das war eine schlimme Sache. Andererseits konnte er verstehen, daß Scofield, für den so viel auf dem Spiel stand, die Nerven verloren hatte. «Ist das alles?» fragte er.

«Nein. Um die Polizei auf eine falsche Fährte zu locken, schlug er den Scheinwerfer eines geparkten Wagens ein und verstreute die Scherben am Unfallort.»

«Das wissen Sie genau?»

«Er hat die Scherben in ein altes Handtuch getan, das in seinem Kofferraum lag. Ein paar Splitter blieben an dem Handtuch hängen. Und sie passen genau zu den Scherben, die neben dem Toten gefunden wurden.»

«Gehörte der geparkte Wagen jemandem, gegen den Scofield etwas hatte?»

«Nein, er stand nur so schön in der Nähe.»

«So ist das also. Fahrerflucht, Irreführung der Polizei ...»

«Das ist alles, was wir im Augenblick beweisen können. Aber wir haben Grund zu der Annahme, daß Scofield den Mann kannte, den er getötet hat, daß er sich dort mit ihm verabredet hatte und daß es kein Zufall, sondern Absicht war.»

«Sie meinen –»

«Jawohl. Wir glauben, daß das Opfer in Scofields Auftrag einen schmutzigen politischen Trick abgezogen hatte und Scofield ihn in die Glen Lane bestellt hatte, um ihn zu bezahlen.»

«Aber das ist Mord.»

«Es sieht ganz danach aus.»

Magnuson nickte. Er dachte an Laura und überlegte, wie sie die Nachricht aufnehmen würde. Sie war ein vernünftiges Mädchen, aber wenn sie den Mann liebte, redete sie sich am Ende ein, daß sie zu ihm halten müßte. Die Fahrerflucht, vielleicht sogar die Irreführung der Polizei, konnte sie damit rechtfertigen, daß er, schwach wie er war, einfach die Nerven verloren hatte. Aber einen Mord würde sie bestimmt nicht akzeptieren. Trotzdem ... Er gab sich einen Ruck.

«Als Laura mir sagte, daß sie sich für Scofield interessierte, habe ich mir sein Bankkonto angesehen», sagte er ruhig. «Ich bin im Aufsichtsrat der Bank, das heißt der Zentrale in Boston. Einen Tag nach der Vorwahl hat Scofield 3000 Dollar in bar abgehoben, die Hälfte seines Kapitals.»

«Schau einer an.»

«Und am nächsten Tag hat er die Summe wieder eingezahlt.»

«Sehr interessant. Wir werden die Unterlagen beschlagnahmen und der Sache nachgehen. Vielen Dank, Mr. Magnuson.»

Es war nicht so schwer, wie er gedacht hatte, es Laura beizubringen. Zuerst war sie fassungslos, dann vergoß sie ein paar Tränchen. Schwer zu sagen, ob sie um Scofield weinte oder um sich.

«Ich bin schuld», sagte sie. «Wenn ich ihm nicht Hoffnungen auf einen Sieg gemacht hätte ... wenn ich ihn nicht gedrängt hätte ... Daß er nicht genug Schwung hat, habe ich wohl gemerkt, aber wir beide, habe ich mir gedacht, würden ein erstklassiges Team bilden. Er ist schwach, weißt du ...»

«Ja, aber schwache Menschen lassen eben ihre Schwäche nicht nur in einer bestimmten Situation, sondern durchgehend in allen Lebenslagen erkennen.»

«Ich muß mit ihm sprechen.»

«Nein, Laura, das darfst du nicht. Ich möchte nicht, daß du Kontakt mit ihm aufnimmst. Scofield ist jetzt Gift für uns.»

«Aber ich muß zu ihm. Auch wenn es nur ... Es ist da noch einiges für den Wahlkampf zu tun, Rechnungen müssen bezahlt, Briefe beantwortet werden ...»

«Davon laß bitte die Finger. Es könnte gefährlich für dich sein. Ich werde Morris Halperin bitten, sich darum zu kümmern. Er kann sich mit diesem Mulcahey in Verbindung setzen, der Scofields

Verteidigung übernommen hat. Die beiden werden sich schon was einfallen lassen.»

«Ach, Dad, wir benehmen uns wie die Ratten, die ein sinkendes Schiff verlassen.»

«Nein, Laura. Höchstens wie Leute, die achtgeben, nicht in eine schmutzige Pfütze zu treten.»

«Aber was soll ich jetzt machen, während er –»

«Ich schlage vor, daß du mit Mutter nach Paris fährst. Vielleicht komme ich auch mit. Es wird Zeit, daß ich mal wieder meinen Bruder besuche.»

47

«Jetzt hör mal gut zu, mein Junge», sagte Mulcahey. «Wenn du einen anderen Anwalt willst, soll's mir recht sein. Aber wenn du mich willst, mußt du schon die Karten auf den Tisch legen.»

«Ich möchte schon, daß du den Fall übernimmst, aber –»

«Ich habe Klienten in Fällen von Vergewaltigung, Mord, sogar Inzest verteidigt. Ich schwinge mich nicht zum Richter auf. Wenn du mit mir redest, ist das, als wenn du auf Band sprichst – egal, was du angestellt hast. Mich interessiert nur, was ich rausstreichen und was ich runterspielen muß, um einen Freispruch zu erreichen. Aber Überraschungen beim Prozeß kann ich nicht vertragen. Also entweder spuckst du's aus, oder du suchst dir einen anderen Anwalt.»

«Schon klar, J.J. Also das war so. Der Wahlkampf lief nicht besonders, und ich hatte den Eindruck, daß ich nicht die geringste Chance hätte. Ständig kamen neue Rechnungen, und von der Publicity hab ich nichts gehabt. Beruflich hat sie jedenfalls nichts gebracht. Und dann kam dieser Typ zu mir.»

«D'Angelo?»

«Ja. Er schien gut Bescheid zu wissen und redete, als ob er mit den hohen Tieren in Boston bestens bekannt wäre. Und er sagte, sie wären auf mich aufmerksam geworden, weil ich ein neues Gesicht sei, im Gegensatz zu Baggio und Cash, das seien ganz gewöhnliche Berufspolitiker. Wir sprachen über den Wahlkampf, und er sagte, Baggio sei mein eigentlicher Gegner, wegen Cash brauchte ich mir keine Sorgen zu machen, der würde sowieso nicht durchkommen, dafür würden sie schon sorgen. Dann sagte er, er wüßte schon, wie ich Baggio schlagen könnte, aber das würde mich ein bißchen was kosten.

Wieviel, fragte ich ihn, und er sagte, zweitausend schon. Soviel Geld hätte ich nicht, sagte ich, und da meinte er, ich brauchte ja nicht alles auf einmal zu zahlen, ich könnte ihm zweihundert jetzt und den Rest nach der Wahl geben. Aber wenn du nun durchfällst, dachte ich mir, hast du Geld zum Fenster rausgeworfen und mußt noch eine Rechnung mehr zahlen. Na schön, wir einigten uns schließlich darauf, daß ich ihm 200 Dollar für Spesen geben würde und dreitausend, wenn ich die Nominierung gewinnen würde. Wenn ich nicht durchkam, schuldete ich ihm nichts. Das war ein reelles Angebot, fand ich. Ich hatte das Gefühl, daß er mir was bieten konnte.»

«Und was hast du für dein Geld bekommen?»

«Er hatte da ein Foto von einer Gruppe von Gangstern im Smoking, und einer von ihnen war Baggio. Er wollte ein Flugblatt drucken lassen, mit dem Foto, den Namen der Leute und der jeweiligen Anklage, und darunter in dicken Buchstaben: Ist das der richtige Mann für den Senat? Oder so ähnlich. Wohlgemerkt, er wollte das Flugblatt nicht unter seinem Namen herausgeben, sondern unter dem Namen einer Gruppe. ‹Komitee Besorgter Bürger› wollte er es nennen.»

«Ach, dann steckte er also hinter diesem Komitee. Aber dann habt ihr euch unmittelbar vor der Wahl von dem Machwerk distanziert.»

«Ja, Laura bestand darauf, es sei ein schmutziger Trick, hat sie gesagt. Das mag schon stimmen, aber der Zweck heiligt die Mittel, wie man so sagt.»

«Es heißt auch: In der Liebe und im Krieg ist jedes Mittel erlaubt. Aber von Politik ist in diesem Spruch nicht die Rede», sagte Mulcahey.

«Na ja, eigentlich ging es da schon mehr um Liebe als um Politik. Inzwischen war ich nämlich ganz schön verknallt in Laura, und ich hatte das Gefühl, sie würde mich nehmen, wenn ich gewinnen würde. Bei einer Wahlniederlage, dachte ich, hätte ich bestimmt keine Chance.»

«Schön, aber sehr clever war es trotzdem nicht von dir.»

«Ich habe damit die Vorwahlen gewonnen», wandte Scofield ein.

«Mag sein. Aber wäre es je herausgekommen, wärst du überall unten durch gewesen. Man spielt Parteigenossen keine schmutzigen Tricks. Wenn du die Vorwahl gewinnst, erwartest du doch von ihnen, daß sie dir helfen, die Wahl zu gewinnen. Miese Tricks spielt man nur der Opposition. Und wie ging es dann weiter? Er rief an und wollte sein Geld?»

«Nicht gleich. Es war nicht ganz klargeworden, ob ich nach der Vorwahl oder der Wahl zahlen sollte. Aber Baggio war stinksauer, denn der Mann auf dem Foto war gar nicht er. Er war überhaupt nicht auf dem Bankett gewesen, und das konnte er auch beweisen. Er beschwerte sich beim Wahlausschuß, und er muß da wohl Freunde sitzen haben, denn die haben die Sache sofort überprüft.»

«Er hat einen Schwager in der Kommission.»

«Ja, dann ist alles klar. Und da rief D'Angelo mich an. Er sagte, die Detektive von der Kommission hätten bei den Druckereien rumgeschnüffelt, und er hätte Angst, sie könnten früher oder später auf ihn stoßen. Er würde gern eine Weile untertauchen, vielleicht bis nach der Wahl, denn dann hätten sich die Wogen wahrscheinlich geglättet. Natürlich war ich einverstanden. Er wollte am nächsten Morgen losfahren, sagte er, aber er brauchte Reisegeld. So hat er sich ausgedrückt. Ich sollte das Geld beschaffen, und er würde noch am gleichen Tag in meine Kanzlei oder in meine Wohnung kommen und es abholen. In dieser Lage war ich natürlich nicht scharf darauf, mit ihm gesehen zu werden, und ich sagte, ich würde mich irgendwo mit ihm treffen, und schlug die Glen Lane vor. Er sollte gegen zehn dort auf mich warten, weil ich bei Lauras Familie zum Essen eingeladen war – wie praktisch jeden Abend – und nicht wußte, wann ich mich davonmachen konnte.

Es war mir ein bißchen ungemütlich, daß ich ihm über die 200 Dollar einen Scheck gegeben hatte, das heißt nicht ihm, sondern dem Komitee ...»

«Einen Scheck von dir oder einen aus dem Wahlkampffonds?»

«Einen aus dem Fonds konnte ich ihm nicht geben, weil Laura die Buchführung macht, und ich wollte nicht, daß sie was davon erfuhr. Aber als mein Bankauszug kam, sah ich, daß er den Scheck noch nicht eingelöst hatte, und das fand ich etwas beunruhigend. Nachdem sich herausgestellt hatte, daß das Bild eine Fälschung war und die Wahlkommission der Sache nachging, fand ich, daß ich mich ganz schön in die Nesseln gesetzt hatte. Natürlich war ich deshalb heilfroh, daß er wegfahren wollte. Ich ging zur Bank und hob 3000 Dollar in bar ab. Als ich an dem Abend zu Laura kam, sagte ich, ich müßte früher weg. Meist blieb ich bis gegen elf, aber ich schaffte es, kurz nach zehn wegzukommen.

Als ich zur Glen Lane fuhr, ging mir so allerlei durch den Kopf. Wenn er nun einen Fotografen mitgebracht hatte, der mich bei der Geldübergabe knipste? Jetzt wußte ich ja, was das für ein Typ war, dem war alles zuzutrauen.»

«Verständlich.»

«Ich kam von der Salem Street aus zur Glen und fuhr ziemlich langsam, weil ich ihn nicht übersehen wollte. Sein Wagen stand auf der kleinen Schneise, und dann sah ich auch D'Angelo, er war auf dem höchsten Punkt der Straße, mitten auf der Fahrbahn. Ja, und was dann passiert ist, weiß ich eigentlich nicht. Auch wenn ich jetzt zahle, schoß es mir durch den Kopf, hat er mich noch in der Hand. Sogar noch nach der Wahl, weil ich ihm doch diesen Scheck gegeben habe. Und dann hab ich Gas gegeben –»

«– und hast ihn über den Haufen gefahren. Und dann? Hast du angehalten?»

«Muß ich wohl. Jedenfalls weiß ich, daß ich Gas weggenommen habe, denn ich hab nach hinten gesehen, und da lag er auf der Fahrbahn, mit dem Gesicht nach unten. Ich wollte es der Polizei melden. Ganz bestimmt. Als Unfall, meine ich. Er sei plötzlich aus dem Wald gekommen, konnte ich sagen, und ich hätte ihn nicht gesehen. Aber du weißt ja, wie die Polizei bei Verkehrsunfällen ist. Sie gehen immer davon aus, daß der Fahrer schuld war. Wie sich das auf die Wahl ausgewirkt hätte, kannst du dir vorstellen. Und wenn ich durchgefallen wäre, hätte ich Laura verloren und ... und alles. Und da dachte ich mir, hältst du eben irgendwo an und meldest es mit einem anonymen Anruf, dann kümmern sie sich um D'Angelo, und dir passiert nichts. Denn was er da mit mir machte, war ja so eine Art Erpressung, und wenn sich jemand um ihn kümmerte, ein Arzt, meine ich, war nicht einzusehen, weshalb ich darunter leiden sollte, wo er doch versuchte, mich auszunehmen. Ich hielt am Fuß des Hügels an, wo die Glen Lane in die Maple Street einmündet, um mir den Wagen anzusehen.»

«Weswegen wolltest du dir den Wagen ansehen?»

«Ach, da war doch vor einiger Zeit so ein Film im Fernsehen, da hat der medizinische Gutachter einen Fall von Fahrerflucht durch eine chemische Analyse des abgeblätterten Lacks geklärt, den man am Tatort gefunden hatte. Er konnte nachweisen, daß der Lack von dem Unfallwagen stammte. Und deshalb wollte ich nachsehen, ob mein Kotflügel verbeult war oder ob Lack abgeplatzt war.»

«Und?»

«Ich konnte es nicht erkennen», sagte Scofield niedergeschlagen. «Der Kotflügel ist schon ziemlich verrostet, es war beim besten Willen nichts zu sehen. Aber es gibt nur diesen einen pinkfarbenen Wagen in der Stadt, und das machte mir doch Sorgen. Und dann sah ich nur ein paar Meter weiter diesen anderen Wagen stehen. Vielleicht kann ich die Polizei auf eine andere Spur setzen, hab ich mir gedacht. In den Häusern war nirgends mehr Licht, da habe ich es riskiert. Ich holte einen Schraubenschlüssel aus dem Wagen und das alte Handtuch, das ich immer im Kofferraum habe. Ich legte das Handtuch um den Scheinwerfer und schlug zu. Die Scherben habe ich dann mit dem Handtuch aufgesammelt und bin damit zu meinem Wagen, habe gewendet, bin wieder zu ... zu ihm hin und habe die Scherben auf die Fahrbahn gelegt. Dann bin ich heimgefahren.»

«Und wie haben sie dich erwischt?»

«Sie haben meinen Wagen abgeschleppt, weil ich auf der Straße geparkt hatte. Im Winter ist das in Barnard's Crossing verboten. Weil es den Schneepflug behindert. Aber das Wetter war die ganze Zeit so mild ...»

«War der Wagen abgeschlossen?»

«Ich glaube nicht, ich schließe eigentlich nie ab. Hier klaut ja keiner was. Und ein pinkfarbenes Auto, das so leicht wiederzuerkennen ist, schon gar nicht.»

«Na schön. Weiter im Text.»

«Und dann haben sie wohl das Handtuch im Kofferraum gefunden –»

«Das hattest du noch?»

«Ja, sicher. Auf die Idee, daß noch Glas drin sein könnte, bin ich nicht gekommen.»

«Aber der Kofferraum war natürlich abgeschlossen.»

«Natürlich.»

«Dann müssen sie ihn aufgebrochen haben.»

«Nein, unter dem Armaturenbrett ist eine Entriegelung. Warum?»

«Wir könnten sie wegen einer nicht genehmigten Durchsuchung

drankriegen. Okay, ich kümmere mich darum. Wer hat dich heute früh geholt?»

«Lieutenant Jennings und noch ein Cop. Er sagte, sie hätten Glasscherben in meinem Kofferraum gefunden, und die paßten zu dem Glas auf der Fahrbahn neben der Leiche.»

«Hm. Und was hast du mit dem Geld gemacht?»

«Mit welchem Geld?»

«Den 3000 Dollar, die du D'Angelo nicht gegeben hast?»

«Die hab ich am nächsten Tag wieder eingezahlt.»

«War das dein Kapital?»

«Nein, ich hatte noch dreitausend auf der Bank. Wieso?»

«Macht also sechstausend. Na schön, das langt für den Anfang.»

«Für den Anfang? Was soll das heißen?»

«Hör zu, alter Junge, mit dem Honorar komme ich dir ja gern entgegen, aber es wird trotzdem eine Stange Geld kosten. Detektive, Gutachter, Psychiater. Mit den sechstausend kommst du nicht weit. Was kannst du noch aufbringen?»

«Ja, wenn die Magnusons zu mir halten ...»

«Die kannst du vergessen. Wenn der District Attorney Mordanklage erhebt, setzt sich ein Mann wie Magnuson sofort ab. Der läßt sich doch nicht mit Mordverdächtigen ein.»

«Dann weiß ich nicht ... Vielleicht könnte meine Schwester ...»

«Überleg's dir in Ruhe, es hat ja noch Zeit. Ich werde mit dem District Attorney reden. Wenn sie von deinen Kontakten zu D'Angelo nichts wissen, kann es sein, daß es nur auf Fahrerflucht hinausläuft. Dann ist es am besten, wenn wir uns schuldig bekennen. Du hast die Nerven verloren, fertig.»

«Und der eingeschlagene Scheinwerfer?»

«Vielleicht kann man das Verfahren abtrennen.»

«Und wozu soll das gut sein?»

«Weil da nur Anklage wegen Irreführung oder vielleicht Behinderung der Polizei erhoben werden kann. Aber wenn der District Attorney deine Verbindung zu D'Angelo spitzkriegt, plädiert er bestimmt auf Mord, und dann könnte es sein, daß wir zeitweilige Unzurechnungsfähigkeit geltend machen müßten. Ich sage dir das so knallhart, weil du Anwalt bist und es doch merkst, wenn ich versuche, dir blauen Dunst vorzumachen. Inzwischen ist es wohl am besten, wenn du die Kandidatur für den Senat zurückziehst. Ich werde eine Erklärung aufsetzen, daß du erst den Flecken auf deiner

Ehre wieder loswerden willst oder so. Und noch eins: Du redest nicht über die Sache. Nicht mal mit Laura oder ihrem alten Herrn. Ist das klar?»

48

Howard Magnuson gab Morris Halperin vor seiner Abreise nach Paris letzte Anweisungen. «Hier sind Lauras Schlüssel zu dem Laden. Die Verträge für die gemieteten Möbel sind alle im obersten Schreibtischfach, das ist der Schlüssel dazu. Sie setzen sich mit diesem Mulcahey in Verbindung und sagen ihm, er soll alles auflösen und die Einrichtung zurückgeben. Hier ist eine Vollmacht von Laura, damit können Sie Geld vom Wahlkampffonds abheben und offene Rechnungen begleichen. Die Schecks hat sie immer unterschrieben. Aber vielleicht möchte Mulcahey da auch mitmischen, schließlich ist er Scofields Rechtsbeistand.»

«Das könnte ich mir auch vorstellen.»

«Na gut, dann lassen Sie ihm ruhig den Willen. Die Hauptsache ist, daß die ganze Sache so schnell wie möglich vom Tisch kommt. Wenn im Fonds nicht genug Geld ist, springe ich ein – solange es einigermaßen im Rahmen bleibt. Geben Sie meinem Büro in Boston Bescheid, die überweisen, was nötig ist. Sonst noch was?»

«Wie ist das jetzt mit meinem Bruder, Mr. Magnuson?»

«Tja, so wie es jetzt aussieht, wird wohl nichts aus unserem Plan, dafür werden Sie Verständnis haben. Hat er in Kansas schon gekündigt?»

«Nein, aber –»

«Sehen Sie, Morris, Sie haben mir mal gesagt, daß Ihr Bruder Pech gehabt hat. So was gibt's. Dafür hat eben Rabbi Small Glück, darauf läuft's wohl hinaus. Es wird am besten sein, wenn Sie Ihren Bruder anrufen und ihm offen sagen, was los ist. Sie können ihm von mir ausrichten, daß ich ihm sehr dankbar bin, daß er einspringen wollte, und ihm gern unter die Arme greife, wenn sich die Gelegenheit ergibt. Und irgendwann kommen auch wieder andere Zeiten. Passen Sie auf – eines Tages geht der Rabbi.»

Klugmann/Mathews

«Da werden endlich wieder Geschichten erzählt, die so intelligent wie spannend sind, die zum Zittern und zum Lachen bringen. Allererste Empfehlung: die subtil anarchistischen Polizeikomödien der beiden Hamburger Norbert Klugmann und Peter Mathews» LIU

Beule oder wie man einen Tresor knackt
(2675)

Ein Kommissar für alle Fälle
(2700)

Flieg, Adler Kühn
(2734)

Die Schädiger
(2771)

Herausgegeben von Klugmann/Mathews:

Schwarze Beute
Stories, Fälle, Täter, Autoren
thriller-Magazin 1 (2753)
thriller-Magazin 2 (2802)
thriller-Magazin 3 (2888)
thriller-Magazin 4 (2933)

thriller rororo

C 2307/3

A Faint Cold Fear Thrills Through My Veins · William Shakespeare

Zu diesem Buch

Der alte Jordon ist immens reich, und er ist ein hochkarätiges Ekel.

Kein Wunder also, daß es in Barnard's Crossing eine Menge Leute gibt, die ihn nicht ausstehen können. Da ist der Immobilienmakler Maltzman: Jordon, der Antisemit, will ihm partout nicht ein Grundstück für einen jüdischen Klienten verkaufen. Das ist Martha, Jordons Haushälterin, der einzige Mensch, der ihm im Bedarfsfall deutlich die Meinung sagt – aber auch für sie gibt es eine Grenze, wenn er in ihr Privatleben eingreifen will. Stanley Doble, Marthas Freund, hat gleichfalls ein Hühnchen mit dem Alten zu rupfen, von dem sich dann auch Billy Green gegen den Strich gebürstet fühlt.

Es ist ausgerechnet Rabbi David Small, der ein gutes Wort für den schrulligen Antisemiten findet – obgleich Jordon zumindest indirekt an den Schwierigkeiten schuld ist, die sich wieder einmal zwischen dem Rabbi und seiner Gemeinde anbahnen.

Und dann wird der Alte tot aufgefunden. Erschossen; jemand muß blindwütig im Zimmer herumgeballert haben. Und Hugh Lanigan, der Polizeichef von Barnard's Crossing, merkt bald, daß Alibis derzeit Mangelware sind in der kleinen Stadt.

Harry Kemelman erhielt für seinen ersten Kriminalroman, Am Freitag schlief der Rabbi lang (Nr. 2090), den Edgar Allan Poe Award. Sein zweiter, Am Samstag aß der Rabbi nichts (Nr. 2125), wurde von der Darmstädter Jury zum Buch des Monats gewählt. Es folgten Am Sonntag blieb der Rabbi weg (Nr. 2291), Am Montag flog der Rabbi ab (Nr. 2304), Am Dienstag sah der Rabbi rot (Nr. 2346), Am Mittwoch wird der Rabbi naß (Nr. 2430), Der Rabbi schoß am Donnerstag (Nr. 2500), Eines Tages geht der Rabbi (Nr. 2720) und Ein Kreuz für den Rabbi (Nr. 2860). Acht Detektivstories erschienen unter dem Titel Quiz mit Kemelman (Nr. 2172).

Harry Kemelman

Der Rabbi schoß am Donnerstag

Deutsch von
Gisela Stege

rororo

Rowohlt

rororo thriller
Herausgegeben von Bernd Jost

Veröffentlicht im Rowohlt Taschenbuch Verlag GmbH,
Reinbek bei Hamburg, Mai 1990
Die deutsche Erstausgabe erschien im Rowohlt Taschenbuch Verlag GmbH,
Reinbek bei Hamburg, Oktober 1979
Die Originalausgabe erschien bei William Morrow and Company, Inc.,
New York, unter dem Titel «Thursday the Rabbi Walked Out»
Redaktion Brigitte Fock
Umschlagfoto Fred Dott
Umschlagtypographie Peter Wippermann / Nina Rothfos

Satz Aldus (Linotron 404)
Gesamtherstellung Clausen & Bosse, Leck
Printed in Germany
ISBN 3 499 42992 6

Die Hauptpersonen

Ellsworth Jordon	macht sich unbeliebt und stirbt.
Henry Maltzman	sammelt Stimmen und hütet ein peinliches Geheimnis.
Benjamin Segal Mimi Segal	möchten sich zur Ruhe setzen – aber es gibt da einen Haken.
Lawrence Gore	gerät unter Termindruck und läßt andere Überstunden machen.
Molly Mandell	versucht, Thora und Women's Lib unter einen Hut zu bringen.
Herb Mandell	ist eifersüchtig und reagiert auf seine Art.
Mrs. Mandell	reagiert auf ihre Art, weil sie eifersüchtig ist.
Stanley Doble	betrinkt sich und hat kein Alibi.
Billy Green	springt aus dem Fenster und hat ebenfalls kein Alibi.
Martha Peterson	kündigt fristlos und findet einen Toten.
Chief Hugh Lanigan	sammelt Indizien und zieht einen falschen Schluß.
Miriam Small	verschafft einem Verdächtigen durch eine Lüge ein Alibi, das der Wahrheit entspricht.
Rabbi David Small	hat, könnte man sagen, ein Schlüsselerlebnis an einer Schießbude.

Wieder einmal
für die neue Generation:
Nina, Jennifer, Jared Rooks
und
Jonathan, Micah, Joab Kemelman
und
das neue Mitglied
Murray J. Rossant

1

Wenn ihr Mann eine Predigt vorbereitete, war Miriam stets sorgsam bedacht, ihm nicht über den Weg zu laufen – nicht, weil sie fürchtete, ihn in seinen Gedankengängen zu stören, sondern weil sie ihm keinen Vorwand für die Unterbrechung seiner Arbeit liefern wollte. Denn für David Small, den Rabbi der Konservativen Synagoge von Barnard's Crossing, war weder die Vorbereitung noch das Halten einer Predigt ein besonderes Vergnügen. Er hatte wie üblich damit begonnen, sich Papier zurechtzulegen, Bleistifte zu spitzen, die Lampe näherzurücken – alles, um das Ringen um den Anfang hinauszuzögern. Er war mager und bleich, und wie er da an seinem Schreibtisch saß, hielt er die Schultern gebeugt, wie es für Gelehrte typisch ist. Sein schütteres Haar, das an den Schläfen bereits ergraute, machte ihn nur älter, nicht distinguierter. Er schrieb ein paar Worte, dann betrachtete er sie kurzsichtig durch seine dicke Brille. Er strich sie aus, klopfte mit dem Bleistift auf die Schreibtischplatte und begann zu stricheln, bis er die Predigt vergaß und sich ganz und gar darauf konzentrierte, ein kompliziertes Muster aus geraden und geschwungenen Linien, von Kreisen und Quadraten, verbunden durch eine Querschraffierung, auszuarbeiten. Als es an der Hautür klingelte, war es für ihn eine Erleichterung. «Ich mache auf!» rief er aus seinem Studierzimmer.

Miriam, die aus der Küche kam, entgegnete: «Laß nur. Das ist wahrscheinlich nur der Junge, der das Zeitungsgeld kassieren will.» Doch als sie öffnete, sah sie das freundliche, frische Gesicht von Hugh Lanigan, dem Polizeichef von Barnard's Crossing, vor sich.

Der Rabbi, hinter ihr, begrüßte ihn freudig. «Nur herein! Nur herein, Chief! Miriam wollte gerade Kaffee machen. Nicht wahr, Liebes?»

Pflichtgetreu erwiderte Miriam: «Ja, ich habe das Wasser schon aufgesetzt. Bitte, kommen Sie herein.» Aber sie konnte es sich nicht verkneifen und setzte hinzu: «David arbeitet an einer Predigt, und ich weiß, daß er nach einem Grund zum Aufhören sucht.»

Lanigan lächelte. «Was ist los, David? Haben Sie Schwierigkeiten damit?»

«David hat mit all seinen Predigten Schwierigkeiten», behauptete Miriam spitz. Sie war klein und hätte in ihrem Pullover, dem Rock und den Mokassins wie ein Teenager ausgesehen, hätten die Gesichtszüge mit dem spitzen Kinn nicht Reife und Entschlossenheit verraten. Ihr dichtes, blondes Haar, auf dem Kopf aufgetürmt, als wolle sie es lediglich aus dem Weg haben, schien fast zu schwer für die kleine, schlanke Figur.

«Ach, wirklich? Ich hätte gedacht, so was macht Ihnen Spaß», sagte Lanigan. «Sie können die Leute runterputzen, und die dürfen nicht antworten. Zuhörer, die wahrhaft gefesselt sind.»

Der Rabbi grinste. «Es liegt mir nicht sehr, die Leute runterzuputzen, vor allem nicht, da ich mir meiner eigenen Unzulänglichkeit nur allzu bewußt bin. Außerdem würde es nichts bringen. Die Predigt ist nichts weiter als eine Art Unterhaltung, die der Rabbi liefert, damit der langweilige Gottesdienst schneller vorbeigeht. Sie gehört im Grunde sogar überhaupt nicht zur Tradition. Früher haben die Rabbis nie gepredigt.»

«Sie meinen, wenn eine Synagoge einen Rabbi engagierte, erwartete man nicht von ihm, daß er predigte?»

Der Rabbi schüttelte den Kopf. «Nicht die Synagoge engagierte den Rabbi, sondern die Stadt oder Gemeinde. Und sie engagierten ihn ausschließlich als Schiedsrichter, der Rechtsfragen löste, die eventuell auftauchten. Ansonsten erwartete man von ihm, daß er sich seinen Studien widmete.»

«Er wurde bezahlt, damit er studierte?»

«Warum denn nicht? Die Universitäten subventionieren doch auch Wissenschaftler. Warum also nicht eine Gemeinde?»

«Nun ja, vermutlich. Und er brauchte überhaupt nicht zu predigen?»

«Sein Vertrag schrieb ihm zwei Predigten pro Jahr vor, am Sabbat vor dem Passah-Fest und am Sabbat vor dem Versöhnungstag. Aber das waren keine Predigten in Ihrem Sinn. Es waren gelehrte Vorträge wie die Vorlesungen eines Juraprofessors. Er hat die Gemeinde nicht ermahnt. Die Predigten, wie Sie sie gewöhnt sind, die gegen die Sünde, die wurden gewöhnlich von einem Wanderprediger gehalten, einem *megid*. Heutzutage erwartet man natürlich, daß der Rabbi, genau wie der Pastor und der Pfarrer, jede Woche eine Predigt hält. Manche Rabbis tun das gern. Wahrscheinlich, weil es ihnen besonders liegt. Der ärmste Student meines Jahrgangs im Seminar hat auf Grund dessen jetzt eine der angesehensten Rabbinate im Bezirk New York. Er besitzt eine wunderschöne Baritonstimme, und wenn er nur das Alphabet aufsagt, kommen den meisten Leuten schon die Tränen. Wir nannten ihn immer ‹die Stimme›.»

«Reuben Levy?» erkundigte sich Miriam. «Der mit den Gleichnissen?»

Der Rabbi lachte vergnügt. «Genau der.» An Lanigan gewandt, erklärte er: «Einmal haben wir, ein paar Seminaristen mit ihren Frauen, uns über das Predigen unterhalten, weil wir damals zum Sabbat in kleinere Gemeinden geschickt wurden. Levy erklärte, bei der Ausarbeitung einer Predigt suche er nicht etwa nach Beispielen und Gleichnissen, um etwas zu verdeutlichen, sondern mache es umgekehrt. Wenn er eine gute Story höre, merke er sie sich und baue dann eine Predigt drum herum.»

«Ach so! Wie der Bursche, der als Scharfschütze galt, weil er zuerst schoß und dann eine Zielscheibe um das Einschußloch malte?» fragte Lanigan.

«Genau!» antwortete der Rabbi.

Als Miriam in die Küche ging, um den Kaffee zu holen, fuhr der Rabbi fort: «Meine eigenen Predigten sind auch immer eher wissenschaftliche Vorträge. Wissen Sie, dreimal die Woche lesen wir Teile aus dem Pentateuch, also verbinde ich meine Predigten mit den jeweiligen Zitaten.»

«Dann leiden Sie ja nie Mangel an Themen», meinte Lanigan. «Also dürfte es Ihnen nicht schwerfallen.»

«Gewiß, aber nach so vielen Jahren befürchte ich, daß ich mich möglicherweise wiederhole.»

«Ach was!» sagte Lanigan, der von Miriam seine Kaffeetasse entgegennahm. «Ist Ihnen je der Gedanke gekommen, daß Ihre Gemeinde Ihnen gar nicht zuhört?»

Der Rabbi lächelte säuerlich. «Vielen Dank.»

«Nein, aber im Ernst: Wie lange sind Sie jetzt hier – zehn Jahre?»

«Zwölf.»

«Wenn Sie also jetzt einige von Ihren alten Predigten wiederholten, von denen, die Sie ganz am Anfang gehalten haben – wer würde das schon bemerken?»

«Ich», sagte der Rabbi.

«Aber hören Sie mal, Sie sagen, Ihre Predigten ähneln den Vorlesungen von Professoren. Also, die halten jahraus, jahrein dieselben Vorlesungen, nicht wahr? Ich meine, es kommt immer wieder ein neuer Jahrgang, und mit denen muß er doch jedesmal dasselbe durchkauen. Also, ich wette, daß in den zwölf Jahren, die Sie jetzt hier sind, ein ziemlich großer Teil Ihrer ursprünglichen Gemeinde ausgeschieden ist – gestorben, weggezogen, nach Florida gegangen, um sich zur Ruhe zu setzen. Dafür sind viele neue Leute hergekommen. Wenn das, was Sie Ihrer damaligen Gemeinde gesagt haben, für die Leute wichtig war, dann wäre es doch sicher genauso wichtig für die neuen, nicht wahr?»

Der Rabbi nickte. «Das stimmt. Es geschieht ganz allmählich, so daß man es kaum bemerkt, aber es stimmt. Von den ursprünglichen Mitgliedern sind nicht mehr viele übrig.»

«Und sehr viel mehr neue Leute sind hierhergezogen», ergänzte Lanigan.

«Wir haben jetzt fast dreihundert Familien», sagte Miriam.

«Dreihundert?» Lanigan war erstaunt. «Ich dachte, es wären weit mehr hier in der Stadt.»

«O ja, in der Stadt schon», bestätigte der Rabbi. «Ungefähr noch weitere zweihundert, aber die sind keine Gemeindemitglieder.» Er lächelte. «Wenn es nach Henry Maltzman, unserem Vorsitzenden, ginge, dann würden alle der Gemeinde beitreten. Er ist sehr dafür, die Mitgliederzahl zu erhöhen.» Er lachte. «Ewig redet er davon, man müßte nur den richtigen Trick anwenden.»

«Ja, aber *warum* sind sie keine Mitglieder? Wenn von unserer Kirche jemand hier zuzieht, wird er sofort vom Pfarrer oder von einem seiner Kaplane aufgesucht. Und wenn er nicht in die Kirche kommt, versuchen sie's weiter. Ich möchte wetten, daß es hier in der Stadt kaum ein Dutzend Katholiken gibt, die nicht so oder so mit der Kirche in Verbindung stehen.»

«Ihre Religion ist kirchenorientiert», wandte der Rabbi ein. «Sie dreht sich um Messen, Kommunion und Beichte, und dazu gehört ein Priester in der Kirche. Unsere Religion wird hauptsächlich zu Hause ausgeübt. Der Sabbat wird zu Hause gefeiert. Das Passah-Fest findet zu Hause statt. Außerdem ist auch die Finanzstruktur anders. Die unsere stützt sich auf die Mitgliedschaft, und die jährlichen Beiträge belaufen sich auf mehrere hundert Dollar pro Jahr. Das ist viel für ein junges Ehepaar, und das sind die meisten neu Zugezogenen. Die nur gekommen sind, weil sie Jobs in den Forschungslabors und den vollautomatisierten Fabriken an der Route 128 ergattert haben.»

«Und viele davon reduzieren jetzt», warf Miriam ein, «und einige schließen vielleicht ganz.»

«Meinen Sie die Rohrbough Corporation?» erkundigte sich Lanigan.

«Es wurde davon gesprochen», bestätigte Miriam. «Einige Frauen machen sich Sorgen.»

«Ich habe einen Artikel in der Sonntagszeitung gelesen», sagte ihr Mann. «Es heißt, eine große Firma aus Chicago wolle das Werk übernehmen.»

«Die Segal-Gruppe?» Lanigan schüttelte den Kopf. «Die werden bestimmt keine Hilfe sein. Der Artikel wurde gestern abend bei der Magistratssitzung erwähnt, und Al Megrim, ein Börsenmakler, der es eigentlich wissen muß, sagte, das wäre eine Finanzgruppe, keine Herstellungsfirma. Die tauschen Konzerne wie Kinder Baseballbilder. Sie übernehmen eine Firma, melken sie trocken, manipulieren die Aktien, während sie liquidieren, und verschwinden wieder. Was übrig bleibt, sind ausgeschlachtete Gebäude.» Er stellte seine Tasse hin und lehnte sich bequem zurück. «Haben Sie schon von dieser Sitzung gehört?»

Der Rabbi schüttelte den Kopf.

Lanigan rutschte voll Unbehagen hin und her. Er räusperte sich und sagte dann: «Nun ja, es wurde dafür gestimmt, über das Aufstellen von Verkehrsampeln bei der Synagoge erneut zu beraten.»

«Aber letzte Woche ist der Antrag doch einstimmig angenommen worden», sagte Miriam bestürzt.

«Nach wochenlangen Diskussionen», ergänzte ihr Mann. «Ist denn inzwischen irgendwas passiert, das die Situation verändert hat? Es kommen jeden Nachmittag Kinder zur Religionsschule, und . . .»

«Ich weiß, David. Ich weiß. Wahrscheinlich nur eine Routinefrage», erwiderte Lanigan.

«Ist das üblich, eine Maßnahme in der einen Woche zu beschließen und in der nächsten den Beschluß zu widerrufen?»

«Nun ja, Ellsworth Jordon – kennen Sie ihn?»

Der Rabbi schüttelte den Kopf.

«Dem gehören ein paar Grundstücke da unten. Mein Gott, dem gehören Grundstücke in der ganzen Stadt. Dadurch ist er ein Anlieger. Er schrieb dem Magistrat, er sei nicht benachrichtigt worden. Deswegen schlug Megrim erneute Beratung vor, und das übrige Gremium hat ihm aus Höflichkeit zugestimmt.»

«Und was geschieht nun?» fragte Miriam.

«Der Punkt kommt nächste Woche noch einmal auf die Tagesordnung», suchte Lanigan sie zu beruhigen. «Und wahrscheinlich wird dafür gestimmt. Aber ich würde lieber hingehen.»

«Wie wär's mit einer Delegation?» fragte Miriam.

Lanigan zögerte. «N-nein, lieber nicht. Dann hätten sie womöglich das Gefühl, daß Druck ausgeübt werden soll, und das würde sie verärgern. Schließlich sind wir in New England, und der Magistrat besteht aus lauter konservativen Yankees. Die können furchtbar stur werden, gegen Druck. Aber das ist nur meine persönliche Meinung.»

Fragend sah Miriam ihren Ehemann an.

«Ich glaube, der Chief hat recht», meinte der Rabbi. «Trotzdem werde ich mit Henry Maltzman sprechen. Er kommt heute abend.»

Als Miriam den Tisch abräumte, begleitete der Rabbi den Gast zur Tür. «Was steckt wirklich hinter diesem Beschluß zu erneuter Beratung?» fragte er. «Ist dieser Jordon tatsächlich nur verärgert, weil der Magistrat ihn nicht benachrichtigt hat?»

Lanigan blieb auf der Türschwelle stehen. «In einer so kleinen Stadt hört man alle möglichen Dinge über alle möglichen Leute. Und ich höre aufmerksam zu, weil es mir manchmal bei meiner Arbeit zustatten kommt. Also, ich habe das Gefühl, er hat nur Protest erhoben, weil er Ihre Leute nicht mag.»

«Er mag keine . . .»

«Juden.»

2

Henry Maltzman war ein großer, kräftiger Mann. Zwar hatte er seit der Zeit, da er im Koreakrieg Captain bei den Marines gewesen war, einen kleinen Bauch entwickelt, trug aber den Kopf immer noch erhoben, das Kinn eingezogen und die Schultern gestrafft wie bei einer Parade. Obwohl das bei seinen fünfzig Jahren ein wenig unnatürlich wirkte – wie ein Dikker, der beim Anblick eines hübschen Mädchens am Strand den Bauch einzieht – , war man allgemein der Ansicht, daß er mit seinen roten Wangen und dem kurz geschorenen, krausen Haar eine gute Figur machte, ja sogar ein gutaussehender Mann war. Es hieß, er habe ein Auge für die

Weiblichkeit, und umgekehrt. Und vielleicht war die Tatsache, daß er zum Vorsitzenden gewählt worden war, ein Beweis für seine Anziehungskraft. Denn er war ein krasser Außenseiter in der Organisation der Synagoge gewesen, hatte nur eine Periode im Vorstand gesessen, als er sich um den Posten des Präsidenten bewarb, nachdem die Statuten dahingehend geändert worden waren, daß es nunmehr auch den Frauen gestattet wurde, zu wählen und ein Amt zu bekleiden.

Groß und mächtig stand Maltzman da, als er auf die Smalls hinabblickte. Er hatte kleine, blaue Augen, die gewöhnlich freundlich, aber auch stählern blitzen konnten, wenn man ihm in die Quere kam, und die weit aus den Höhlen traten, sobald er sich ärgerte. Als er dem Rabbi jetzt die Hand reichte, blickten sie jedoch freundlich drein, und Miriam schenkte er, als sie ihm den Mantel abnahm und ihn in den Garderobenschrank hängte, das herzliche Lächeln, das er automatisch für jede Frau bereit hatte. Er nahm den Sessel, den der Rabbi ihm anbot, erhob sich jedoch sofort wieder, als Miriam aus dem Flur hereinkam.

«Sie werden sicher Synagogenangelegenheiten zu besprechen haben», sagte sie. «Ich lasse Sie sofort allein.»

«Es wäre mir lieber, wenn Sie hierbleiben, Mrs. Small», entgegnete er. «Natürlich geht es um die Synagoge, aber es betrifft auch Sie. Wenigstens glaube ich das. Ich möchte mit Ihnen über den Platz der Frauen beim Gottesdienst sprechen, Rabbi.»

«Hätten Sie gern einen Tee oder Kaffee?» erkundigte sich Miriam.

«Keins von beiden, danke.»

«David?»

«Für mich auch nicht, Miriam.»

Maltzman wartete, bis sie Platz genommen hatte; dann erst setzte auch er sich wieder.

«Da wir nun Frauen im Vorstand haben», begann er, «verlangen sie jetzt ziemlich energisch die volle Gleichberechtigung beim Gottesdienst. Aber so etwas kann man natürlich nicht durch einfache Stimmenmehrheit beim Vorstand beschließen. Über so etwas Grundlegendes müßte ein Referendum oder eine Generalversammlung entscheiden.»

«Sie haben recht», antwortete der Rabbi. «Der Vorstand allein sollte über eine derartige Frage nicht entscheiden. Also warum nicht eine Generalversammlung einberufen?»

«Weil die Gegenseite die Abstimmung nicht gelten lassen würde», sagte Maltzman ärgerlich. «Kaplan, der Vertreter der orthodoxen Richtung, hat mir praktisch angedroht, wenn wir zuließen, daß Frauen einen Teil des *minjen* bilden und sie zum Vorbeten zulassen und so, werde er austreten. Dann würde er mit seiner ganzen Gruppe die Synagoge verlassen.»

Der Rabbi nickte. «Das hatte ich erwartet. Ich weiß nicht, wie viele mitgehen würden, doch wenn es genug sind, um eine neue Synagoge zu gründen, kann ich mir vorstellen, daß andere nachfolgen.»

«Das meine ich auch», stimmte ihm Maltzman zu. «Deswegen finde ich, wir müßten jetzt mal energisch werden. Wenn also der Rabbi der Gemeinde für die Gleichberechtigung stimmen, wenn er darüber predigen würde . . . .»

«Mit mir dürfen Sie nicht rechnen, Mr. Maltzman», unterbrach ihn der Rabbi schnell.

«Wollen Sie sagen, Sie sind dagegen? Aber warum?» Maltzman war aufrichtig erstaunt.

Der Rabbi lächelte. «Nennen Sie es Festhalten an der Tradition, wenn Sie wollen. Wenn wir eine so drastische Veränderung vornehmen, zieht das andere Auswirkungen nach sich, unvorhergesehene Auswirkungen, und einige davon nicht wünschenswert. Es ist ein elementares soziologisches Gesetz, daß es unmöglich ist, nur *eine* Sache zu verändern.»

«Dann sind Sie überhaupt gegen jede Veränderung?»

«Nein, nicht gegen jede. Aber gegen unnötige. Mir scheint, daß diese spezielle Veränderung auf dem Boden der Women's Lib-Bewegung gewachsen ist, und wie immer, in den Anfangsstadien einer Bewegung, kommt es zu allen möglichen übertriebenen Reaktionen. Ein Herrenclub muß Frauen aufnehmen, sonst ist er sexistisch. Es heißt nicht mehr, ‹man hat›, sondern ‹mensch hat›. Bei einem Vortrag, den ich mir anhörte, benutzte der Redner den Ausdruck ‹jeder für sich›. Eine Frau im Publikum stand auf und behauptete, er müsse sagen, ‹jeder oder jede für sich›. Lächerlich! Wir sind eine Jahrtausende alte Institution. Sollen wir uns ändern, nur weil sich die Mode plötzlich geändert hat? Sollen wir den traditionellen Kol-Nidre-Gesang ändern, weil in der Musik gerade Rock 'n' Roll Mode ist?»

«Aber es *hat* Veränderungen gegeben, Rabbi.»

«Gewiß, sobald es praktisch und notwendig war. Hillels *prosbul* änderte die Gesetze des Sabbatjahrs, als es erforderlich wurde, den Handel weiterzuführen, der sich damals entwickelt hatte. Rabbi Gershom änderte die Ehe- und Scheidungsgesetze. Ganz zu schweigen von den vielen Gesetzen, die wir änderten, als sie durch die Zerstörung des Tempels in Jerusalem hinfällig wurden. Unsere eigene Konservative Bewegung wurde gegründet und ausgebaut, um der amerikanischen Herausforderung zu begegnen. Wann immer es nötig war, wurden Änderungen vorgenommen. Aber auch *nur*, wenn sie nötig waren.»

Der Rabbi hielt inne; als Maltzman jedoch nichts erwiderte, fuhr er mit erhobener Stimme fort: «Sie wollen Teil des *minjen* sein dürfen? Warum? Der *minjen* ist eine Voraussetzung für das allgemeine Gebet. Er erfordert ein Minimum von zehn erwachsenen Männern. Wenn andere daran teilnehmen wollen, Männer oder Frauen, sind sie herzlich willkommen. Aber wir bringen jeden Morgen gerade eben zehn Männer zusammen, und das auch nur dank Kaplan und seiner orthodoxen Gruppe. Ganz gleich, was ich oder der Vorstand beschließen, wenn die keine zehn erwachsenen Männer sehen, erkennen sie den *minjen* nicht an und nehmen nicht am Gottesdienst teil.

Und was die Ehre betrifft, zum Vorbeten ausgewählt zu werden, nun, es ist eben ganz genau das: eine Ehre. Bei jedem Gottesdienst werden nur einige Männer aufgerufen. Bedeutet das etwa, daß die anderen Gemeindemitglieder diskriminiert werden? Es handelt sich doch wirklich mehr um eine gesellschaftliche als um eine religiöse Ehrung, und es gibt Leute, die in ihrem ganzen Leben nicht zum Vorbeten aufgerufen worden sind.»

«Und wenn die Gemeinde dafür stimmt?» fragte ihn Maltzman.

«Ah, das ist etwas anderes. Wenn eine beträchtliche Mehrheit der Gemeinde danach verlangt, so ist das ein Zeichen dafür, daß in der Gemeinschaft eine tiefgreifende soziologische Veränderung stattgefunden hat und daß diese Entscheidung der Ausdruck dafür ist.»

Unsicher blickte Maltzman vom Rabbi zu dessen Frau. «Was meinen Sie denn dazu, Mrs. Small?»

Miriam lachte. «Ehrlich gesagt, Mr. Maltzman, es hat oft genug ganz scheußlich kalte, verschneite Wintertage gegeben, an denen David in aller Frühe aufstehen und zur Synagoge gehen mußte, damit ein *minjen* gewährleistet war. Ich weiß noch genau, wie glücklich ich mich tiefer ins Bett gekuschelt und Gott dafür gedankt habe, daß ich keine solchen Verpflichtungen hatte.»

Maltzman grinste. «Kann ich mir vorstellen. Na schön, Rabbi, ich werde den anderen Ihren Standpunkt darlegen.» Sein Grinsen wurde breiter. «Und den Ihren, Mrs. Small. Damit ist die Sache zwar noch nicht abgeschlossen . . .»

«Ich weiß», fiel ihm der Rabbi ins Wort. «In meinem Terminkalender ist ein Treffen mit einer Abordnung der Schwesternschaft eingetragen.» Er wandte sich an Miriam. «Vielleicht möchte Mr. Maltzman jetzt eine Tasse Tee. Ich jedenfalls hätte jetzt gern eine.»

Sofort verließ Miriam das Zimmer, und Maltzman sagte: «Wissen Sie, Rabbi, ich bin da anderer Meinung. Ich kann Ihnen in dieser Angelegenheit gar nicht zustimmen. Bei anderen Gemeinden, sogar bei Konservativen Gemeinden, nehmen Frauen aktiv am Gottesdienst teil. Die haben auch Rabbis, also muß es doch irgendwelche Argumente *dafür* geben, rabbinische Argumente, meine ich.»

«Es kommt eben darauf an, auf was man das Hauptgewicht legt», gab Rabbi Small liebenswürdig zu.

«Nun ja, für mich liegt das Hauptgewicht auf der Mitgliederzahl», entgegnete Maltzman. «Ich sehe hier in der Stadt viele von unseren Leuten, die keine Mitglieder der Synagoge sind. Und dies könnte nun gerade der Trick sein, mit dem wir sie ködern.»

«Würden wir mehr Mitglieder dazubekommen als Orthodoxe verlieren?» fragte der Rabbi.

«Eine gute Frage», erwiderte Maltzman.

Miriam kam mit dem Tee. Als sie Maltzman seine Tasse reichte, fragte sie ihn: «Haben Sie schon gehört, was gestern auf der Magistratssitzung vorgefallen ist? Hat man es Ihnen berichtet?»

Er lauschte aufmerksam, als der Rabbi von Lanigans Besuch erzählte.

«Verdammt, dieser Scheißkerl, dieser gemeine, antisemitische Scheißkerl – o Verzeihung, Mrs. Small, aber . . .»

«Meinen Sie Megrim, das Magistratsmitglied?» erkundigte sich Rabbi Small.

«Nein, nein, Megrim ist schon in Ordnung. Ich meinte diesen Ellsworth Jordon.»

«Warum sagen Sie, er sei Antisemit?» fragte der Rabbi.

Maltzmans Miene war wütend. «Was für einen anderen Grund hätte er denn, gegen die Verkehrsampeln zu opponieren? Er ist dagegen, weil wir dafür sind. Ich will Ihnen was sagen über Jordon, Rabbi. Er besitzt Grundstücke in der ganzen Stadt, und ich bin Immobilienmakler, also habe ich einen gewissen Kontakt mit ihm. Aber kein einziges Mal habe ich einen Abschluß mit ihm machen können. Die Grundstücke laufen unter verschiedenen Firmennamen: Jordon Realty, Ellsworth Estates, E. J. Land Corporation . . .»

«E. J. Land Corporation?» wiederholte Miriam.

Maltzman nickte. «Ganz recht, die Firma, der das Grundstück bei der Synagoge gehört, das wir für die neue Religionsschule erwerben wollten. Ich habe an die E. J. Land Corporation geschrieben und mich nach dem Preis des Grundstücks erkundigt. Aber eine Antwort habe ich nicht bekommen. Nach einer Weile habe ich deshalb meinen guten Freund Larry Gore von der Barnard's Crossing Trust gefragt, weil man an die E. J. Land Corporation per Adresse dieser Bank schreiben muß. Ich habe ihn gefragt, was los ist. Und er sagt mir, das Grundstück ist nicht zu verkaufen. Wozu hat er es dann aber? Ist Jordon so wild drauf, Steuern zu bezahlen? Will er's vielleicht beackern?»

«Vielleicht will er bauen», meinte der Rabbi gutmütig.

«Praktisch unmittelbar neben der Synagoge? Nein. Er ist zwar verrückt, aber nicht *so* verrückt. Außerdem hat er seit zwanzig Jahren nichts mehr gebaut. Damals hat er ein paar Häuser gebaut – er ist Architekt oder irgendein Ingenieur –, und die hat er genau zum richtigen Zeitpunkt verkauft. Dann hat er 'ne Menge Grundstücke gekauft, auf denen er 'ne Menge Häuser bauen wollte, riesige Apartment-Gebäude. Aber dann wurde er krank und machte nicht weiter. Na, und ungefähr zu der Zeit hat der Grundstückswert angefangen zu steigen. Die Brücke und der Tunnel waren gebaut worden, man konnte innerhalb von dreißig, vierzig Minuten in Boston sein, und die Stadt wurde ein Wohnort fürs ganze Jahr statt lediglich ein Sommererholungsort für die Reichen. Die Grundstückspreise stiegen weiter, und er hatte ja endlos viele davon. Manche könnten jetzt für den zehnfachen Preis weiterverkauft werden. Er ist ein Spinner und ein Verrückter, aber . . .»

«Es klingt aber nicht, als ob er verrückt wäre», bemerkte Miriam.

«O ja, in Geldangelegenheiten ist er clever. Aber verrückt ist er trotzdem.» Maltzman lachte. «Letztes Jahr, als wir für den United Appeal sammelten, zog ich seinen Namen. Er wohnt in dieser alten Arche von Haus, wo die Fenster vernagelt sind . . .»

«Auf einem Hügel?» fragte Miriam.

«Ganz recht. Ein riesiges Grundstück mit einem Eisenzaun rings herum.»

«Die Kinder behaupten, daß es dort spukt», sagte Miriam. «Weißt du noch, David, wie wir da vorbeigefahren sind? Aber es ist doch alles mit Brettern vernagelt. Ich dachte, es wohnt niemand mehr dort.»

Maltzman nickte. «Das kommt von den Bäumen, aber wenn man die Einfahrt raufkommt, sieht man, daß nur die beiden oberen Stockwerke vernagelt sind. Ich fuhr also hin und klingelte. Von drinnen rief jemand: ‹Herein, herein!› Ich stieß die Tür auf und kam in einen riesigen Raum, beleuchtet nur von einer Deckenlampe mit einer Fünfundzwanzig-Watt-Birne. Eine Stimme fragt: ‹Was ist, junger Mann? Was wollen Sie? Raus damit, junger Mann! Was wollen Sie von mir?› Na ja, ich sah mich um, konnte aber niemanden entdecken, und einen Moment lang dachte ich, die Stimme wäre aus einem Lautsprecher gekommen, wie in diesen Spionagefilmen. Aber dann sah ich zwei Füße in der Luft, und das war er. Er stand in der Zimmerecke auf dem Kopf! Also, wenn das nicht verrückt ist – ich weiß wirklich nicht!»

«Lebt er allein?» fragte der Rabbi.

«Hm – hm. Er hat wahrscheinlich eine Frau, die jeden Tag kommt und für ihn kocht und putzt.»

«Er hat keine Familie?»

Maltzman schüttelte den Kopf. «Soweit ich gehört habe, nein.»

«Da haben wir's», sagte der Rabbi. «Er hat niemand, dem er Rechenschaft schuldig ist, also braucht er nicht zu fürchten, daß er jemanden in Verlegenheit bringt. Er kann sagen, was er will, er kann tragen, was er will, und kann auf dem Kopf stehen, wann er will. Armer Kerl! Er tut mir leid.»

«Aber wenn er ein Antisemit ist, David . . .» meinte Miriam.

«Was soll das?» höhnte Maltzman. «Wollen Sie ihm die andere Wange reichen?»

«Ganz und gar nicht», erwiderte der Rabbi. «Wenn es sich um Antisemitismus handelt, ist es irrational, und manchmal, wenn niemand da ist, der ihm widerspricht oder dem er es erklären muß, setzt sich ein irrationaler Gedanke in einem Menschen fest, und dann ist es, als wäre er vom Teufel besessen. Ein Mensch sollte nie ganz allein leben. Jawohl, ich würde sagen, er verdient Mitleid.»

«Sie meinen, wenn er Frau oder Kinder hätte, müßte er sich anständig benehmen? Mag sein. Aber ich habe immer die Erfahrung gemacht, ein Antisemit ist ein Antisemit. Der einzige Unterschied ist, daß der mit Frau und Kindern seine Familie auch noch damit ansteckt. Aber jetzt geht es um die Verkehrsampeln.»

«Vielleicht könnte ich diesen Jordon mal aufsuchen», schlug der Rabbi vor.

«Nein! Jordon, den übernehme ich, und das ist ein Befehl!»

Bei diesem Kommandoton errötete der Rabbi, und Miriam schlug vor mitfühlender Verlegenheit die Augen nieder. Maltzman, der das bemerkte, versuchte sofort einzulenken. «Ich meine nur, um mit einem Mann wie Jordon fertigzuwerden, muß man ein Mann sein wie ich. Das heißt, da es sich um eine politische Angelegenheit handelt, braucht man politische Erfahrung dazu. Außerdem bin ich Vorsitzender der Synagoge, und darum ist das mein Baby.»

Als Maltzman fort war, sagte Miriam: «Ich glaube, David, der mag dich nicht.»

«Meinst du? Meinst du wirklich, er kann mich nicht leiden?»

Sie nickte.

«Aber er war doch ganz freundlich.» Er errötete wieder und lächelte. «Das heißt, bis zum Schluß, als er mir diesen Befehl geben wollte. Aber das war wohl nur so eine Redensart von ihm. Ich glaube kaum, daß er es ernst gemeint hat.»

«O ja, respektvoll war er – so, wie alle Army-Offiziere respektvoll waren, wenn sie mit den Feldkaplänen sprachen. Er hält sich für einen richtig männlichen Mann. Du bist Gelehrter, davon versteht er nichts, und deshalb ist er dir gegenüber mißtrauisch – und feindselig.»

«Nun ja, das ist nichts Ungewöhnliches – diese Feindseligkeit, meine ich», entgegnete er philosophisch. «Die bin ich von den früheren Vorsitzenden gewöhnt und auch von anderen Gemeindemitgliedern. Ärzten, Anwälten, erfolgreichen Geschäftsleuten. Wahrscheinlich fragen die sich, warum ein Mann überhaupt Rabbi wird. ‹Ist das ein Job für einen jüdischen Jungen?›» Er lachte. «Und vielleicht haben sie recht damit.»

«Er könnte dir Schwierigkeiten machen», stellte sie fest.

«Natürlich kann er das. Das haben andere Vorsitzende auch schon getan. Vom ersten Jahr an. Aber das ist jetzt zwölf Jahre her, und ich bin immer noch hier.»

«Aber diesmal ist es anders, David.»

«Warum anders?»

«Weil es jetzt neue Regeln gibt. Der Vorstand besteht nur noch aus fünfzehn Mitgliedern. Das ist wie ein Verwaltungsrat. Acht Stimmen genügen, um dich auszuschalten, und das geht einfach so.» Sie schnippte mit den Fingern. «Weil du nur einen Einjahresvertrag hast.»

«Aber so habe ich es selbst gewollt», antwortete er stur. «Ich möchte auf keinen Fall länger bleiben, als ich erwünscht bin.»

«Ich weiß, und ich verstehe dich, aber das macht das Vorausplanen ziemlich schwer.»

3

Tief in seinen Lehnsessel hineingerutscht, das eine lange Bein in den weißen Jeans über das andere geschlagen, einen abgelatschten Turnschuh lässig auf dem großen Zeh seines knochigen Fußes balancierend, las Ellworth Jordon voller Genugtuung noch einmal den Bericht der Lokalzeitung über die Magistratssitzung.

«Aber werde ich es durchsetzen können?» fragte er in das leere Zimmer hinein. «Oder werden sie bei der nächsten Sitzung darüber abstimmen? Vielleicht kriege ich Al Megrim dazu, daß er die Stellung hält. Wenn ich ihn das nächste Mal im Club erwische, werde ich mit ihm sprechen. Aber das ist schließlich nur eine Stimme.» Er warf die Zeitung zu Boden und stützte die Fingerkuppen der beiden Hände gegeneinander. «Überlegen wir mal: Da ist Sturgis, der stimmt gegen nahezu alles, was die Stadt Geld kostet. Genauso, wie Blair und Mitchener dafür stimmen werden», setzte er verärgert hinzu. Er stand auf und begann auf und ab zu gehen. «Bleibt also Cunningham. Der könnte den Ausschlag geben.» Er nahm vor einem Wandspiegel Aufstellung. «Der ist das Zünglein an der Waage. Das ist dir doch klar, oder? Na also.» Zufrieden darüber, daß er sein Spiegelbild überzeugt hatte, nahm er seine Wanderung wieder auf. «Was wissen wir über Cunningham? Er hat sich zur Ruhe gesetzt, aber gelegentlich bekommt er noch mal einen Auftrag als Agent für die Steerite Boat Company von Long Island. Und der Präsident dieser Firma war im letzten Sommer hier und ganz wild darauf, mein Grundstück auf dem Point zu kaufen.» Wieder blieb er vor dem Spiegel stehen und musterte sein Abbild durchdringend. «Wie wär's, wenn ich nach New York fahren, ganz zufällig bei ihm vorbeischauen und beiläufig erwähnen würde, ich wäre vielleicht bereit, ihm das Grundstück zu verkaufen, wenn ich mich nicht so sehr über seinen Mr. Cunningham ärgerte, der für ein paar überflüssige Verkehrsampeln stimmen will . . . Was meinst du, wie der darauf reagieren würde?»

Das runzlige Gesicht mit dem dürren Hals im Spiegel lächelte ihm zu. Dann, als er daran dachte, was so eine Reise alles mit sich brachte, verengten sich die blaßblauen Augen. Er würde einen Anzug anziehen müssen – mit Krawatte! Und Schuhe. Er würde einen Koffer packen und zum Flughafen hinausfahren müssen, es sei denn, Billy konnte sich den Vormittag in der Bank freinehmen. Aber dann mußte er dafür sorgen, daß er bei seiner Rückkehr wieder abgeholt wurde. Und was sollte er in New York anfangen, nachdem er bei diesem Mann gewesen war – wie hieß er noch gleich? Leicester? Ja, was würde er anfangen, nachdem er Mr. Leicester seinen Besuch abgestattet hatte?

Das Übliche kam nicht in Frage, denn Hester war gerade in Europa. Er würde also im Hotelzimmer sitzen und fernsehen müssen. Verdammt, fernsehen konnte er auch zu Hause. Außerdem war Leicester vielleicht gar nicht zu Hause. «Es lohnt sich nicht», verkündete er laut, setzte sich wieder in den Lehnsessel und langte nach der Zeitung. «Vielleicht rede ich einfach mit Cunningham», sagte er.

Seit einigen Jahren flog Ellsworth Jordon nicht mehr allzu häufig nach New York, doch wenn er es tat, versuchte er es so einzurichten, daß er einige Zeit mit Hester Grimes verbringen konnte, die er in den fünfziger Jahren kennengelernt hatte, als sie zweiundzwanzig war und an der Actors' School studierte. Damals arbeitete er bei dem bekannten Architektenbüro Sloan, Cavendish and Sullivan und war, obwohl nahezu vierzig, noch immer nicht in leitender Stellung. In jenen Tagen hieß sie noch Esther Green, war schlank, mit pechschwarzem Haar und großen, dunklen Augen, intensiv, ernsthaft und entschlossen, eines Tages die großen dramatischen Frauenrollen zu spielen – die Nora, die Lady Macbeth, die Jungfrau von Orléans.

Er selbst war hochgewachsen, blond und gutaussehend, obwohl sein Haar bereits schütter wurde und er das für Männer mittleren Alters typische Gewicht angesetzt hatte. Er behandelte sie mit einer ausgesuchten Ritterlichkeit, die sie um so attraktiver fand, als sie in den Bohème-Kreisen, in denen sie verkehrte, so etwas ganz und gar nicht gewöhnt war.

Trotz des großen Altersunterschiedes waren sie sehr verliebt gewesen. Die sechs Monate, die ihre Affäre dauerte, waren hektisch gewesen, mit häufigen, heftigen Auseinandersetzungen, gefolgt von tränenreichen Versöhnungen. Dann kam seine große Chance. Man wollte ihn nach Berlin schicken, an ein großes Bauprojekt, das mehrere Jahre in Anspruch nehmen würde. Er wollte, daß sie ihn begleitete.

Sie erhob Einwände. Sie müsse an ihre eigene Karriere denken. Und außerdem war ihr die Vorstellung, in Deutschland zu leben, einfach widerwärtig, obwohl sie nicht religiös und mit der jüdischen Gemeinde lediglich durch den Zufall ihrer Geburt verbunden war. Die Diskussion steigerte sich rasch zum Wortwechsel und dann, wie so oft, zum ausgewachsenen Krach. Verärgert über ihre Weigerung, ließ er sich hinreißen, ihre Ambitionen lächerlich zu machen und dann sogar die Schauspielerei selbst als ernsthafte Kunst in Zweifel zu ziehen. «Ich gebe zwar zu, daß sie eine legitime Art des Brotverdienens sein mag», erklärte er von oben herab, «im Grunde aber ist es doch nur ein kindisches Bedürfnis, sich selbst zur Schau zu stellen.» Und was ihre Weigerung angehe, in Deutschland zu leben, so sei er der Ansicht, es beweise, daß sie noch immer an der Paranoia ihrer Rasse leide und daß sie noch immer mit einer ethnischen Engstirnigkeit behaftet sei.

Es endete, wie so viele ihrer Auseinandersetzungen, damit, daß beide einsahen, sie paßten nicht zueinander, und daß er, ebenfalls wie immer, davonging – angeblich, um nie wiederzukommen. Kurz nachdem er ins Ausland gegangen war, entdeckte sie, daß sie schwanger war.

Wäre er noch in New York gewesen, hätte sie es ganz zweifellos so eingerichtet, daß er davon erfuhr, auch wenn sie selbst ihn nicht angerufen hätte. Und dann wäre er natürlich gekommen, und dann hätte es natürlich eine Versöhnung gegeben, und dann . . . Aber er war nicht in New York; er war dreitausend Meilen entfernt. Hätte sie eine Familie gehabt oder wären ihre Freunde und Bekannten Angehörige der Mittelklasse gewesen, in der sie aufgewachsen war, hätte sie vermutlich eine Abtreibung machen lassen, obwohl das bedeutete, zu einem Quacksalber in einem anrüchigen Viertel zu gehen. Oder sie wäre einfach verreist, hätte ihr Kind heimlich zur Welt gebracht und es zur Adoption freigegeben. Doch ihre Bekannten waren alle Bohémiens und hatte große Ideale, vor allem, wenn es darum ging, daß andere nach ihnen lebten. Als sie andeutete, sie habe erwogen, das Kind auszutragen und selbst großzuziehen, waren sie sofort begeistert von der Idee und beglückwünschten sie zu ihrem Entschluß. Zwar änderte sie ihren Namen in Hester Grimes, aber das geschah aus rein beruflichen Gründen.

Es vergingen beinahe zwei Jahre, bis Ellsworth Jordon sie wiedersah, und dann auch nur auf dem Fernsehschirm. Er war gerade aus Berlin zurückgekehrt und sah sich in seinem New Yorker Hotelzimmer spätabends die Damon Parker Talk Show an, als sie in einem tief ausgeschnittenen, hautengen Abendkleid auftrat und mit tiefer, kehliger Stimme einen Blues zu singen begann. Anschließend bot sie dem Gastgeber die Wange zum Kuß und nahm bei den anderen Gästen auf dem Podium Platz, um den Rest der Stunde mit belanglosem Geplauder zu verbringen. Aus Damon Parkers Fragen nach den Fortschritten ihrer Karriere ließ sich ersehen, daß sie zwar kein regelmäßiger Gast seiner Sendung, aber doch mehrmals schon bei ihm aufgetreten war. Später erzählte sie noch eine lustige Geschichte von der Party, die sie am ersten Geburtstag ihres Sohnes gegeben hatte. Sie so auf dem Fernsehschirm zu beobachten, hatte Jordon zwar in Erregung versetzt, aber er sagte sich energisch, er müsse die Vergangenheit hinter sich lassen und dürfe keinen Versuch machen, sie zu sehen. Die Story von der Geburtstagsparty jedoch stimmte ihn um. Nach Adam Riese mußte der Junge sein Kind sein!

Obwohl sie sich einverstanden erklärte, sich mit ihm zu treffen, tat sie das nicht, weil sie ihn sehen, sondern weil sie sich selbst testen wollte. Und als er in ihrer Wohnung erschien, stellte sie unbeteiligt fest, daß er körperlich weit weniger attraktiv war, als sie ihn in Erinnerung hatte. Die Haut an seiner Kehle schlug Falten, und er wirkte alt.

«Du hast abgenommen, nicht wahr?» bemerkte sie.

«Ganz recht. Ich war krank; eine leichte Herzattacke. Der Arzt wollte, daß ich abnehme und Anstrengungen vermeide.»

«Das tut mir leid.» Sie war nicht eigentlich besorgt um ihn, sondern nur höflich.

«Der Junge, das ist doch meiner, nicht wahr?» fragte er eifrig.

«Nein, Ellsworth. Er ist meiner.»

«Du weißt schon, wie ich das meine . . .»

«Ja, natürlich.»

«Warum hast du mir das nicht mitgeteilt? Warum hast du dich nicht mit mir in Verbindung gesetzt? Du hättest dir hier im Büro meine Adresse geben lassen können.»

«Wozu, Ell?» Sie lachte. «Damit du heimkommen, mich heiraten und dem Kind einen Namen geben konntest? Oder hättest du verlangt, daß ich zu dir nach Deutschland ziehe, das Kind da zur Welt bringe oder es dort abtreiben lasse?»

«Verdammt noch mal, Esther . . »

«Es ist nicht so leicht, ein Kind zu bekommen, Ell – vor allem, wenn man ganz allein ist. Aber wenn man's durchgestanden hat, ist es nicht mehr so schlimm. Nach allem, was ich von einigen meiner Freundinnen höre, spricht eine ganze Menge dafür, ein Kind ohne die Einmischung eines Vaters großzuziehen.»

Er glaubte, sie wolle ihm wehtun, und meinte, er müsse es ihr heimzahlen. «Das ist doch nur die Jüdin in dir», sagte er giftig. «Ihr leidet freudig, weil es euch Spaß macht, wenn wir uns schuldig fühlen.»

Falls seine Worte trafen, so zeigte sie es nicht. Sie schüttelte den Kopf. «Nein, du irrst dich. Leiden müssen ist nicht schön. Jedenfalls für mich nicht. Aber es dauert ja nicht ewig.» Sie lächelte. «Und wie es sich so ergab: daß ich Billy ganz allein bekommen habe, hat mir zu meiner Karriere verholfen.»

«Das vermittelte dir vermutlich eine ganz neue Gefühlstiefe», höhnte er.

Sie lachte. «Nein, aber seinetwegen bekam ich meine erste Chance. Ich hatte einen Job in einem kleinen Nightclub. Die Gage war nicht hoch, aber ich war auch nicht besonders gut. Ich sang ein bißchen, erzählte ein paar Witze und gab ein paar Parodien zum besten. Eines Abends dann kam Damon Parker mit einer ganzen Gesellschaft. Nach meinem Auftritt forderte er mich auf, mich zu ihnen zu setzen, aber ich antwortete, ich müsse heim, um Billy zu füttern. Er ist ein sehr gefühlvoller Mensch und war gerührt, als ich ihm erzählte, daß ich das Kind ganz allein großziehe. Er sah in mir ein Musterbeispiel – die Neue Frau. Und lud mich zu einem Auftritt in seiner Sendung ein. Na ja, und damit hatte ich meinen Start.»

«Dann waren ich und das Kind nur Stufen für deinen Aufstieg.»

«So ungefähr.»

«Na schön, aber was ist jetzt? Und in der Zukunft?»

«Was soll da sein?»

«Ich habe schließlich auch Anteil an dem Kind. Billy ist genauso mein Sohn wie deiner.»

«Nein, Ell, du hast überhaupt keinen Anteil an ihm. Was willst du denn? Zu seinem Unterhalt beitragen? Das brauche ich nicht.»

«Ich möchte mithelfen, bei seiner Erziehung, seiner Ausbildung. Ein Junge braucht einen Mann, zu dem er aufsehen kann, ein Vorbild. Darin sind die Psychologen sich einig.»

«Wahrscheinlich nur die männlichen Psychologen», entgegnete sie.

«Selbst wenn wir nicht heiraten, könntest du mit ihm nach Barnard's Crossing kommen und mich besuchen. Und wenn er älter wird, kann er mich in den Sommerferien besuchen.»

«Nein, Ell. Ich will nicht, daß er erfährt, daß du sein Vater bist.»

«Aber früher oder später wirst du es ihm sagen müssen. Er wird Fragen stellen.»

«Selbstverständlich, aber ich habe mich darauf vorbereitet. Ich habe mir einen wunderbaren Vater für ihn ausgedacht, einen Idealisten, einen Soldaten, der in den Krieg gezogen ist . . .»

«In welchen Krieg?»

«Tja, das war natürlich schwierig, weil es in letzter Zeit keine Kriege mehr gegeben hat. Wenigstens keine, in die wir verwickelt waren. Sicher, es gibt immer irgendwelche Militäraktionen, an denen Söldner teilnehmen. Aber das wollte ich nicht. Und dann dachte ich an das Suez-Unternehmen der Engländer, Franzosen und Israelis. Das war zwar vorüber, bevor Billy geboren – sogar gezeugt – wurde, aber im Mittelosten gibt es doch ständig inoffizielle Kämpfe. Also erfand ich einen jungen Israeli, der zum Studium nach New York gekommen war. Wir lernten uns kennen und verliebten uns ineinander. Dann mußte er nach Israel zurück. Ich sollte nachkommen, und wir wollten dort unten heiraten.»

«Aber er fiel bei einer Kampfhandlung?»

«Genau. Deswegen blieb ich hier und brachte mein Kind hier zur Welt.»

Wenn er später darüber nachdachte – und in seiner Einsamkeit in Barnard's Crossing tat er das oft –, schien es ihm manchmal, daß sie keineswegs gleichgültig und desinteressiert gewesen sei; daß sie im Gegenteil rachsüchtig gewirkt und sich die größte Mühe gegeben hatte, ihm weh zu tun. Und er neigte dazu, ihre Haltung als Hinweis darauf zu interpretieren, daß sie im tiefsten Innern immer noch ein Gefühl für ihn hegte, daß sie womöglich hoffte, ihn provozieren zu können, damit sie Versöhnung feiern konnten. Als er das nächste Mal nach New York kam und sich mit ihr verabredete, war dieser Gedanke immer präsent. Und wich auch nicht völlig bei all den weiteren Begegnungen im Laufe der Jahre.

Es gab allerdings auch Zeiten, da er über ihre Kälte, ihren Mangel an Gefühl grübelte. Dann war er der Meinung, sie versuche sich zu rächen und sei nur deswegen einverstanden, sich mit ihm zu treffen, wenn er in New York war, damit sie voller Genugtuung erleben konnte, wie er litt.

Andererseits freute sich Billy offenbar, wenn er kam. Gewiß, er brachte ihm immer Geschenke mit, aber er war überzeugt, daß der Junge ihn aufrichtig gern hatte.

Immer, wenn er versuchte, sich in Billys Erziehung einzumischen, wies sie ihn schroff zurück und weigerte sich, seine Ratschläge anzunehmen oder auch nur seine Besorgnis anzuerkennen. Und das tat weh. Sie berichtete von den Fortschritten des Jungen in der Schule oder von Problemen, die auftauchten, aber sie tat das, als hätte sie einen flüchtigen Bekannten vor sich, und nicht einen Mann, der ein ganz persönliches Interesse daran hatte.

Bei Jordons jüngstem Besuch jedoch schien sie geneigt, ihm einen Anteil an ihrem Sohn zuzugestehen. Anscheinend war es zu einer Krise gekommen, und ihr Vertrauen in ihre Fähigkeit, allein damit fertigzuwerden, war schwer erschüttert.

«Er will nicht aufs College!» klagte sie voller Verzweiflung.

«Was ist denn daran so tragisch?» entgegnete er. «Was will er denn statt dessen tun?»

«Gar nichts. Er hat keine Pläne. Er interessiert sich für nichts. Er liest nicht. Er tut überhaupt nichts. Er hängt nur rum.»

«Wahrscheinlich hat er die Nase voll von der Schule und vom Lernen. Vielleicht hast du ihn zu energisch angetrieben, damit er gute Noten bekommt und in einem guten College aufgenommen wird, und er hat die Bücher gründlich satt. Warum läßt du ihn nicht ein Jahr pausieren?»

«Und was soll er in diesem Jahr tun?» begehrte sie auf.

«Arbeiten. Soll er sich einen Job suchen.»

«Was kann er denn? Er hat nichts gelernt.»

«Nun ja, es braucht nicht unbedingt eine leitende Stellung zu sein. Alles ist recht, solange es ihn beschäftigt und er sich dabei ein bißchen Geld verdient.»

«Und wenn er ein paar Wochen arbeitet und dann wieder aufhört?»

«Mußt du darauf bestehen, daß er sich eine andere Arbeit sucht.»

«Aber ich bin gar nicht hier! Mein Agent hat eine Europatournee für mich arrangiert.»

«Ach so! Also, du brauchst jemand, der auf ihn aufpaßt. Weißt du was? Schick ihn doch eine Zeitlang zu mir!»

Sofort erwachte ihr altes Mißtrauen. «Damit du ihm sagen kannst, du bist sein Vater, und ihn mir entfremdest?»

Er lachte. «O Gott, nein! So dumm bin ich nicht, daß ich mir zutraue, mit einem israelischen Kriegshelden konkurrieren zu können!»

«Warum willst du ihn aber dann bei dir haben?»

«Weil ich sein Vater bin, weil ich mich für ihn verantwortlich fühle und weil es möglicherweise schön ist, einen jungen Menschen um sich zu haben. Letztes Jahr hatte ich wieder eine Herzattacke. Nichts Ernstes, aber es wäre wohl gut, wenn ich am Abend und in der Nacht jemanden bei mir im Haus hätte. Die Haushälterin geht, sobald sie das Abendbrotgeschirr gespült hat.»

«Du meinst, du brauchst jemanden, der sich um dich kümmert?»

«O nein, so weit ist es noch nicht! Es wäre nur schön, zu wissen, daß jemand in der Nacht bei mir im Haus ist. Falls mir etwas zustoßen sollte, könnte er einen Arzt rufen.»

«Und was soll er tagsüber tun?»

«Arbeiten, natürlich. Ich besorge ihm irgendeinen Job. Ich bin ziemlich bekannt in der Stadt. Wie alt ist er jetzt – achtzehn, neunzehn?»

«Achtzehn.»

«Ich hab's!» sagte er triumphierend. «Ich besorge ihm einen Job bei der Bank. Den Gefallen tut mir Larry Gore. Das ist der Präsident von einer Bank in Barnard's Crossing. Er kümmert sich um meine Investitionen und ist ein entfernter Verwandter – der einzige, den ich habe. Außerdem würde er es auf jeden Fall tun, wenn ich ihn darum bäte.»

Sie musterte ihn zweifelnd. «Aber . . . Ich weiß nicht . . . Vielleicht will Billy das gar nicht, obwohl er nichts sagt. Er ist so sensibel. Es wäre mir furchtbar, wenn ich denken müßte, er wäre unglücklich und . . .»

«Hör mal», unterbrach er sie energisch, «ich werde dafür sorgen, daß er dir regelmäßig schreibt. Jede Woche bekommst du einen Brief von ihm, das verspreche ich dir. Wenn ihm was nicht paßt, würde er es dir bestimmt mitteilen, vor allem brieflich. Und dann könntest du mich anrufen oder mir schreiben, und ich würde ihn sofort heimschicken. Morgen vormittag fliege ich zurück. Du brauchst nur ein Wort zu sagen, und ich setze alle Hebel in Bewegung.»

Sie besprachen alles ausgiebig. Sie war unsicher und erhob eine Menge Einwände, die er geschickt konterte, indem er das Hauptgewicht von ihren Interessen auf Billys und dann auf seine eigenen verlagerte. «O nein, stören würde er mich überhaupt nicht. Im Gegenteil. Es wäre schön, jemanden zu haben, mit dem man sich beim Abendessen unterhalten kann. Und mir ist viel wohler, wenn ich weiß, daß bei Nacht jemand im Haus ist.»

Als Billy heimkam, erklärte sie ihm alles.

«Mr. Jordon hat dich eingeladen, bei ihm zu wohnen, während ich in Europa bin.»

«Die ganze Zeit?»

«Ganz recht», bestätigte Jordon. «Und noch länger, bis du dich entschließt, zum College zu gehen, falls du das wirklich willst.»

«Also, Mann, das ist 'ne Kleinstadt, wo Sie wohnen, nicht wahr?»

«Ja, es ist eine Kleinstadt», antwortete Jordon, «aber es ist eine nette

Stadt, direkt am Meer. Man kann schwimmen und segeln. Und es ist nur eine halbe Stunde nach Boston.»

«Aber was soll ich den ganzen Tag da machen?»

«Du könntest arbeiten», entgegnete Jordon prompt.

«Was für eine Arbeit?» erkundigte sich der junge Mann vorsichtig.

«Vielleicht in einer Bank.»

«He, Mann, das wäre toll!»

Obwohl es so spät geworden war, ging Jordon lieber zu Fuß in sein Hotel zurück, als ein Taxi zu nehmen. Er sonnte sich in der Vorstellung, daß sein Sohn bei ihm wohnen würde. Er war ein Junge, aber er würde einen Mann aus ihm machen.

Er hörte, wie ein Schlüssel in der Haustür gedreht wurde. Laut rief er: «Bist du das, Billy? Komm rein, komm rein, Junge! Es ist nicht abgeschlossen.» Er rieb sich die Hände und lächelte, als der junge Mann eintrat. «Wie war's denn heute in der Bank? Alles in Ordnung? Ist irgend etwas Ungewöhnliches passiert?»

«Etwas Ungewöhnliches? Nein, Sir.»

«Nun, so ist es wohl am besten. Alles wie immer. Ach ja, falls ich es vergessen sollte: Wenn du morgen reinfährst, würdest du wohl das Konto von Johnny Cunningham überprüfen und mir sagen, wie es da aussieht?»

4

«Ach Ben, wie schön! Wie wunderschön!» Mimi Segal wirbelte herum wie eine Ballerina, die eine Pirouette dreht, die Arme ausgestreckt, den Kopf hoch erhoben, das blonde Haar im frischen Herbstwind wehend. Sie kniff vor dem Sonnengefunkel auf den tanzenden Wellen die Augen zu. «Da am Strand steht ein Schild mit der Aufschrift ‹Privat›. Heißt das, dies ist wirklich ein Privatstrand?»

«Das nehme ich an», antwortete ihr Mann. «Das Grundstück reicht bis an den Strand hinunter, also muß der Strand wohl dazugehören. Die Häuser rechts und links haben jeweils einen Weg, der zu den kleinen Anlegestellen hinunterführt, daher vermute ich, daß der anschließende Strandabschnitt auch Teil des Grundstücks ist.»

«Wie hast du es bloß gefunden? Und woher weißt du, daß es zu verkaufen ist?»

Er lächelte ihr liebevoll zu. «Während du in Boston einkaufen warst, habe ich mir hier die Gegend angesehen.» Er war ein ganzes Stück älter als sie, fünfzig gegenüber ihren achtunddreißig, deswegen lag eine Andeutung von Väterlichkeit in seiner Zuneigung zu ihr. «Dieses Grundstück habe ich gestern entdeckt, als ich zum Leuchtturm rauswanderte.»

«Aber woher weißt du, daß es zu verkaufen ist?» fragte sie hartnäckig.

«Alles ist zu verkaufen, wenn man genügend dafür bietet.» Er wandte sich zu ihrem geparkten Wagen um und rief zu dem Chauffeur hinauf: «He, wissen Sie, wem dieses Grundstück gehört?»

Der Chauffeur, den ihm die Rohrbough Corporation zusammen mit dem Wagen zur Verfügung gestellt hatte, schüttelte den Kopf. «Keine Ahnung, Sir.»

«Na, in der Stadt wird es wohl jemandem bekannt sein», wandte Segal sich wieder an Mimi. «Komm, wir gehen den Strand entlang und sehen es uns einmal an.» Er legte ihr den Arm um die Taille, und weil sie größer war als er und stets befürchtete, das könnte ihm peinlich sein, legte sie ihren Kopf auf seine Schulter. Er war nur mittelgroß, sie aber war groß für eine Frau, groß wie ein Mannequin. Dies war ihre zweite Ehe, und sie hatte ihn kennengelernt, nachdem sie sich von einem Alkoholiker-Ehemann hatte scheiden lassen. Als er andeutete, er wolle sie heiraten, hatte sie zunächst ihre Zweifel gehabt, vor allem, weil er mit siebenundvierzig Jahren immer noch Junggeselle war. Stimmte etwas nicht mit ihm? Warum hatte noch immer keine Frau sich ihn geschnappt? Er sah nicht schlecht aus. Im Gegenteil, sie liebte sein scharf geschnittenes, empfindsames Gesicht mit dem sensiblen Mund und der langen, schmalen Nase. Mit seinem stahlgrauen, dichten Haar fand sie ihn sogar sehr distinguiert. Also hatte sie zugestimmt – und es bisher nicht bereut.

«Bist du auch sicher, daß du es willst, Ben?» erkundigte sie sich besorgt.

«Was denn – hier ein Haus bauen?»

«Ja, das – und, na ja, alles: Chicago verlassen, die Geldgeschäfte aufgeben, in die Herstellung gehen . . .»

Er blieb stehen, um es ihr besser erklären zu können. «Man plant und manövriert, und dann zieht man es durch und verdient eine Menge Geld. Aber die Hauptsache ist die große Genugtuung, die man dabei empfindet. Beim zweitenmal empfindet man ebenfalls noch Genugtuung, aber so großartig ist es schon nicht mehr. Und dann, nach einer Weile, ist es nur noch ein Geschäft wie jedes andere. Weil man jetzt nämlich weiß, wie es gemacht wird. Es wird zur Routine. Gewiß, man kann viel Geld damit verdienen, aber das ist auch alles.»

«Die meisten Leute würden sagen, das reicht.»

Er nickte. «Sicher. Aber wenn du es nur benutzt, um noch mehr Geld damit zu verdienen, liegt doch wirklich kein Sinn mehr darin. Ich könnte es nicht ausgeben; das habe ich nie gelernt, jedenfalls nicht die Menge Geld, die ich verdient habe. Deswegen habe ich es dazu benutzt, weitere Geschäfte zu machen . . .»

«Aber was machen andere Geschäftsleute denn?» erkundigte sie sich.

«Manche stellen Waren her, andere transportieren sie, wieder andere verteilen sie, damit sie unter die Leute kommen. Das scheint mir weitaus lohnender zu sein.»

«Du machst aber dasselbe wie Bert Richardson, und den hast du immer sehr bewundert.»

«Allerdings. Und weißt du, was er mir gesagt hat? Daß er genauso empfindet wie ich. Aber was ihn bei der Stange hält, das sind seine drei Söhne, und er hofft, daß sie eine bessere Verwendung für sein Geld finden als er. Daraufhin habe ich nachgedacht und festgestellt, daß es eines gibt, was ich mir mit meinem Geld kaufen kann: ein neues Leben. In meinem Alter haben viele Männer den gleichen Wunsch. Ärzte wollen Geschäftsleute werden, Anwälte wollen College-Professoren werden, Geschäftsleute wollen Maler oder Schauspieler werden. Aber nur wenige realisieren diesen Wunschtraum. Die meisten meinen, es sich nicht leisten zu können, oder sie scheuen das Risiko. Aber ich habe eine Menge Geld und habe es satt, immer nur Geldgeschäfte abzuwickeln. Warum sollte ich nicht mal was anderes ausprobieren? Also habe ich mich umgesehen, und als diese Rohrbough-Möglichkeit auftauchte, dachte ich mir, die würde ich gern übernehmen.»

«Ich bin froh, daß du mir das gesagt hast, Ben», erwiderte sie. «Ich fürchtete schon, du tätest es nur für mich, weil ich mal was gesagt habe, daß ich ein normales Leben führen und Mitglied einer Gemeinschaft sein wollte.»

«Dann macht es dir also nichts aus?» fragte er.

«Ob es mir was ausmacht? Aber Ben, ich finde es wunderbar!»

«Und du wirst deine Freunde in Chicago nicht vermissen?»

«Wir haben keine Freunde in Chicago, Ben. Nur Geschäftsbekannte. Wenn man in einem Hotel lebt, sogar in einer großen Suite, in einem Wohnhotel, kann man keinen Freundeskreis aufbauen. Dann ist man immer nur ein Durchreisender. Ach Ben, ich bin ja so glücklich! Komm, das müssen wir unbedingt feiern!»

«Recht hast du», entgegnete er. «Aber hör zu, ich hatte vor, einer der ortsansässigen Banken einen Besuch abzustatten. Sie sind für die Rohrbough-Lohngelder zuständig, und ich möchte mir sie mal ansehen. Der Chauffeur kann mich dort absetzen, und du fährst schon zurück ins Hotel. Gegen Mittag bin ich wieder da.»

«Wie willst du feststellen, wem das Grundstück gehört?»

«Kein Problem. Ich werde mich bei einem der einheimischen Grundstücksmakler erkundigen. Oder bei der Bank. Hör zu, Baby, ich werde dich anschließend abholen, und dann fahren wir die Küste entlang und essen irgendwo in einem Restaurant, wo es frischen Fisch und Meeresfrüchte gibt. Darauf habe ich schon lange Appetit. Was meinst du dazu, Baby?»

«Herrlich. Aber der Wagen ist doch dann im Hotel, darum wär's doch bestimmt viel besser, wenn *ich* dich abhole, oder?»

«Ich rufe dich an.»

5

Lawrence Gore, Präsident der Barnard's Crossing Trust Company, lächelte anerkennend, als Molly Mandell, seine Sekretärin – oder Direktionssekretärin, wie er es nannte – , mit einigen Papieren in der Hand sein Büro betrat. Sie war so tüchtig und energisch, interessiert und arbeitswillig, mitfühlend und verständnisvoll, daß es ein Vergnügen war, sie um sich zu haben.

Als attraktive Frau von dreißig Jahren sah sie in ihrem marineblauen Kostüm sauber und ordentlich aus. Das wellige, braune Haar trug sie kurzgeschnitten und aus der hohen Stirn gekämmt. Die großen, dunklen Augen blickten lebhaft und aufmerksam drein. Sie hatte einen ernsten Mund und ein rundes Kinn, das das Oval ihres Gesichtes vervollständigte. Und sie war klein. Er mochte kleine Frauen, weil er selber so entsetzlich klein war. Wenn er hinter dem Schreibtisch saß, wo nur sein Oberkörper zu sehen war, wirkte er groß. Der lange, schmale Schädel mit dem dichten blonden Haar und den leuchtend blauen Augen saß auf einem muskulösen Hals über breiten Schultern. Es war ein gewisser Schock, wenn er aufstand und man entdeckte, daß er nur wenige Fingerbreit über einsfünfzig groß war.

Sein Blick richtete sich auf die große, runde Plakette, die sie an ihre Bluse gesteckt hatte. Sie trug in kräftigen Lettern die Aufschrift ‹Women's Lib›.

«Ein neuer Modeschmuck, Molly?»

Flüchtiger Blick auf ihren Busen hinab. «Ach, die Staatslegislative debattiert gerade über das Gleichberechtigungs-Amendment, und wir Mädchen tragen diese Plaketten, um nicht zu vergessen, wofür wir stimmen müssen.» Sie legte die Papiere vor ihn auf den Schreibtisch, setzte sich in den Besuchersessel und sah zu, wie er die Briefe las, die sie aufgesetzt und für ihn zur Unterschrift getippt hatte.

Sanft in seinem Drehsessel schaukelnd las er jeden einzelnen sorgfältig durch und sagte dann, als er zur Feder griff: «Sie sind alle absolut perfekt, Molly. Sie haben genau den richtigen Ton getroffen.»

«Sie meinen die im Zusammenhang mit dem Silber? Nun, ich verstehe natürlich nicht so viel von Peter-Archer-Silber wie Sie, aber ich finde die Idee einer Ausstellung im Boston Art Museum großartig und bin überzeugt, daß sie sich auch für die Bank positiv auswirken wird.»

«Meinen Sie? Was ist eigentlich mit der Ausstellung vorn?» erkundigte er sich. «Nehmen die Leute davon Notiz?»

«O ja! Sie erregt viel Interesse.» Sie blätterte in ihrem Notizblock. «Ein Mr. Dalrymple fragte mich, ob Sie sich wohl ein Essigfläschchen ansehen würden, das sich in seinem Besitz befindet. Er ist kein Bankkunde. Er kam nur herein, weil er hörte, in der Bank würden einige Stücke ausgestellt.»

«Ein Essigfläschchen? Tja . . . Bis jetzt haben wir schon etwa ein halbes

Dutzend, aber wenn er ein wirklich gutes hat, möchte ich es mir doch ansehen.»

«Ich werde es ihm mitteilen. Und Mrs. Gore hat angerufen. Sie läßt fragen, ob sie ihren Scheck diesen Monat etwas eher bekommen könnte. Sie will nach Florida, ihren Bruder besuchen. Ich habe gesagt, das ginge wahrscheinlich in Ordnung.»

Er nickte knapp.

«Nancy fragte mich, ob sie am Freitag frei haben kann. Ich habe geantwortet, wir hätten ohnehin wenig Leute, weil Pauline erst am Montag zurück sein wird.»

«Ganz richtig.»

«Sie war ein bißchen sauer.»

«Sie wird's überleben.»

Sie klappte ihr Notizbuch zu. «Henry Maltzman war da, um eine Einzahlung zu leisten; er fragte mich, was wir im Hinblick auf seinen Darlehensantrag zu unternehmen gedächten.»

«Was haben Sie ihm geantwortet?» fragte er rasch.

«Daß ich mit Ihnen sprechen würde.»

Er trommelte mit den Fingern auf der Schreibtischplatte. «Graham meint, es ist zu hoch für sein Konto.»

«Graham ist Schotte», entgegnete sie verächtlich. «Der findet jedes Darlehen zu hoch. Wenn wir auf ihn hören würden, dürften wir nie Kredite geben.»

Er lachte. «Da haben Sie recht.»

«Und Henry Maltzman hat sich als guter Freund unserer Bank erwiesen. Er hat uns gute Geschäfte gebracht», fuhr sie fort.

«Das stimmt», sagte er. «Eine Hand wäscht die andere. Wenn er heute noch einmal kommen sollte, sagen Sie ihm, Sie glaubten, es gehe in Ordnung. Verraten Sie nicht, daß ich das gesagt habe; ich möchte nicht, daß er es für offiziell hält, für den Fall, daß der Darlehensausschuß dagegen stimmt. Aber Sie können Andeutungen machen . . . Na ja, Sie wissen schon, was Sie ihm sagen können und was nicht.»

«Ich werd's schon schaffen», sagte sie zuversichtlich.

«Davon bin ich überzeugt. Sonst noch was?»

«Ich sollte Sie an den Jordon-Bericht erinnern», sagte sie kalt.

Die Veränderung in ihrem Ton entging ihm nicht, und er glaubte den Grund dafür zu kennen. Sie hatte sein Mitgefühl. «Hat er etwas – äh – Häßliches zu Ihnen gesagt?»

«Oh, es geht nicht um das, was er sagt. Aber er ist . . . er ist ein schmutziger alter Mann!»

Er war schockiert. «Soll das heißen, er hat . . . äh . . . er hat sich Ihnen genähert?»

«Das soll heißen, er streift mich, er berührt mich – ganz ‹zufällig›. Ist er sehr wichtig für die Bank?»

«Er hat das größte Konto und ist Aufsichtsratsmitglied.»

«Nun ja, eines Tages werden Sie ihn verlieren – oder mich.»

«Wenn ich mal mit ihm reden würde . . .»

Sie lachte. «Lohnt sich nicht. Ich werde schon mit ihm fertig. Ich hab Schlimmeres erlebt, als ich in Boston arbeitete und jeden Tag mit der Subway fuhr.»

Er grinste. «Kann ich mir vorstellen. Na, gehen Sie ihm aus dem Weg. Und jetzt, was ist mit dem Cavendish-Bericht?»

«Ich wollte morgen den ganzen Tag daran arbeiten.»

«Hm.» Mit den Fingerspitzen schlug er einen schnellen Trommelwirbel auf der Schreibtischplatte. «Er hat vorhin angerufen und gesagt, er käme morgen gegen Mittag, ob er ihn dann beim Lunch mit mir durchgehen könnte.»

«Ich kann ihn ja mit nach Hause nehmen und heute abend daran arbeiten», meinte sie.

«Ach, wirklich? Das wäre großartig! Hat Ihr Mann auch nichts dagegen? Übrigens, wie geht's ihm denn?»

«Herb geht's gut. Der hat nichts dagegen. Er muß ohnehin morgen abend zu einer Vorstandssitzung der Tempelbruderschaft.» Sie lachte. «Wer was dagegen haben wird, das ist meine Schwiegermutter.»

«Wirklich? Warum sollte die was dagegen haben?»

«Ach, die hat was gegen alles, was ich mache», antwortete sie leichthin. «Nach ihrer Meinung gehört meine gesamte Freizeit ihrem kostbaren Sohn, selbst wenn er nicht da ist.» Sie lehnte sich zurück und fuhr im Gesprächston fort: «Was sie aber wirklich wild macht, das ist, wenn sie zusehen muß, wie Herb den Tisch deckt und mit dem Kochen anfängt. Aber er kommt schon um drei aus der Schule nach Hause, während ich erst zwei Stunden später komme. Ihm macht's nichts aus, aber sie wird wild.»

«Sicher hat er noch Arbeiten zu korrigieren und Lektionen vorzubereiten?»

«Das macht er alles in seinen Freistunden. Es geht schon.»

«Nun, ich bin Ihnen jedenfalls sehr dankbar. Und Sie können sich dafür natürlich freinehmen, wann Sie wollen.»

«Oh, das ist wirklich nicht nötig.» Sie zögerte. «Das heißt, nächsten Mittwoch haben wir eine Sitzung, und . . .»

«Und Sie möchten hin. Planen Sie's ruhig ein. Nehmen Sie sich den Nachmittag frei. Wenn Sie wollen, nehmen Sie den ganzen Tag frei.»

Von der Tür her ertönte ein schüchternes Klopfen.

«Herein!» rief er laut, und die Empfangsdame trat ein, ein junges Mädchen mit Pferdeschwanz und großen, unschuldigen Augen.

«Ach, Mr. Gore, da draußen treibt sich dauernd ein Mann herum. Ich habe gefragt, ob ich etwas für ihn tun kann, aber er hat nein gesagt, er wolle sich bloß mal umsehen. Ich meine, in einer Bank gibt's doch überhaupt nichts zu sehen . . .»

«Vielleicht wollte er sich das Peter-Archer-Silber ansehen», meinte Gore.

«Nein, dafür hatte er nur einen flüchtigen Blick.»

«Vielleicht ist er ein Händler, Elsie. Die wollen nicht, daß man merkt, wie interessiert sie sind.»

«Na ja, aber ich dachte, drüben in Scoville, da war doch dieser Bankraub, neulich . . .»

«Sie dachten, er wollte die Bank ausbaldowern?» Er lachte laut. «Wie sieht er denn aus?»

«Na ja, er ist schon älter. Ich meine, sein Haar ist praktisch grau . . .»

Molly war aufgestanden, hatte die Tür geöffnet und reckte den Hals, um in die Halle hinausspähen zu können. Als sie zurückkam, sagte sie mit unterdrückter Erregung: «Ich glaube, ich weiß, wer das ist, Larry. Neulich war ein Bild von ihm in der *Boston Jewish News*, die meine Mutter abonniert hat. Es ist Ben Segal von der Segal-Gruppe aus Chicago, die die Rohrbough Corporation übernehmen will.»

«Meinen Sie?» Er kam hinter dem Schreibtisch hervor und ging zur Tür. Über die Schulter sagte er: «Vor einem oder anderthalb Monaten hat auch die *Business Week* ein Foto von ihm gebracht. Sehen Sie mal zu, ob Sie's finden, in dem Stapel da auf dem Tisch.»

Molly blätterte in den Zeitschriften und rief beinahe sofort: «Ich hab's!»

Er kam zurück und betrachtete das Foto. «Ja, das ist er.» Zu der Empfangsdame sagte er: «Sie sind ein gutes Kind, Elsie.» Dann ging er in die Halle hinaus auf Segal zu und sagte: «Herzlich willkommen in Barnard's Crossing, Mr. Segal.»

Segal drehte sich verwundert um. «Sie kennen mich?»

«Nur von Ihrem Bild in der *Business Week*.» Er streckte die Hand aus.

«Aber das war vor einem Monat», entgegnete Segal.

«Sicher, aber es war die Rede von Ihrem Interesse an der Rohrbough Corporation, und alles, was mit Rohrbough zu tun hat, geht uns was an. Ich bin Lawrence Gore, der Präsident unserer Bank. Wir bearbeiten die Lohnliste von Rohrbough.»

«Ich weiß.»

«Dann würde ich gern mal mit Ihnen darüber sprechen, wenn Sie Zeit haben. Hören Sie, es ist gleich Mittag. Wie wär's, wenn wir uns beim Lunch darüber unterhielten?»

«Tja, ich habe Mrs. Segal versprochen, mit ihr in ein schönes Fischrestaurant zu gehen.»

«Wunderbar! Wir könnten sie abholen, und dann fahre ich mit Ihnen ins *Agathon*, das beste Fischrestaurant an der Nordküste. Was meinen Sie?»

«Klingt gut», antwortete Segal. Er nickte zu den Vitrinen mit dem ausgestellten Silber hinüber. «Verkaufen Sie das?»

«Das Peter-Archer-Silber? Sind Sie Sammler? Verstehen Sie was von Silber? Nein? Nun, Peter Archer war ein Silberschmied aus der Kolonialzeit, der seine Werkstatt hier in Barnard's Crossing hatte. Er ist weitgehend unbekannt – bis auf die Sammler, natürlich. Die Leute kennen alle nur Paul Revere. Aber einige von uns finden – *ich* finde –, daß Archer der bessere Handwerker war und daß Reveres Ruhm nur auf seine Verbindung mit der Revolution zurückzuführen ist, Paul Reveres Ritt durch die Nacht und so weiter. Daher dachten wir – » er lächelte schüchtern –, «na ja, *ich* dachte, wir müßten was für ihn tun. Ich habe mich an die Leute vom Boston Art Museum gewandt, und die erklärten sich mit einer Peter-Archer-Ausstellung einverstanden, wenn ich eine entsprechend repräsentative Übersicht über sein Werk zusammenbekäme. Die Stücke hier in der Bank sind Leihgaben von Leuten überall in dieser Gegend. Im Sinne der Zweihundertjahrfeier. Aber wir hier oben sind natürlich hartnäckige Yankees, deswegen gelang es mir, so viele Stücke aufzutreiben, und es kommen immer noch mehr, weil wir die Besitzer darauf hinweisen, daß die Stücke durch die Ausstellung im Boston Art Museum an Wert gewinnen.»

«Klingt wie ein gutes Geschäft, Mr. Gore. Mrs. Segal wartet im Hotel auf mich. Am besten rufe ich sie an und sage ihr, daß wir sie abholen.»

«Aber sicher. Hier bitte, das Telefon.» Gore schob ihm den Apparat des Empfangstisches hinüber.

«Wie hieß das noch, wo wir hingehen wollen, Mr. Gore?» erkundigte sich Segal, als er den Hörer abnahm.

«In den *Agathon Yacht Club*.»

«In einen Yachtclub? Klingt furchtbar vornehm.»

«Dies ist ein Seglerparadies, Mr. Segal, und die ‹Yachten› sind zum größten Teil kleine Segelboote. Es ist der älteste Club an der Nordküste und hat sich im Verlauf der Jahre ganz schön entwickelt. Außer den üblichen Liegeplätzen haben wir Tennisplätze, die einzigen der ganzen Gegend für Rasentennis. Die Instandhaltung kostet ein Vermögen, aber es lohnt sich. Und eine Autorennstrecke, und eine Schießanlage. Aber das Schönste ist der Speisesaal. Der liegt direkt auf dem Wasser. Auf Stützpfeilern. Man hört tatsächlich die Wellen unter dem Fußboden. Es ist ein Gefühl, als diniere man an Bord eines Schiffes.»

«Klingt hübsch. Und wird Mrs. Segal sicher gefallen.»

6

«Aber das ist ja wie auf dem Wasser!» rief Mimi erfreut aus, als sie sich an dem Fenstertisch niederließen, den Lawrence Gore ausgesucht hatte.

Ihr Ehemann sagte beifällig: «Hübsch.»

Gore strahlte. «Jetzt, wo wir Flut haben, *sind* Sie auch direkt auf dem Wasser. Dieser Raum ragt frei über das Wasser hinaus, aber nur, solange Flut ist.» Er lachte. «Bei Ebbe müßte er mindestens hundert Meter lang sein.»

«Und da liegen soviel Boote!» sagte Mimi.

«Nicht halb soviel wie während der Regattawoche», antwortete Gore. «Dann ist der Hafen wirklich überfüllt. Man kann ihn fast zu Fuß überqueren, indem man von einem Deck zum anderen springt.»

«Sehr hübsch», sagte Segal. «Haben alle Mitglieder Boote? Interessieren sie sich alle fürs Segeln?»

«O nein! Manche hatten ein Boot und gaben es auf. Wenn man ein Boot besitzt, kostet das eine Menge Arbeit und eine Menge Geld. Einige haben noch nie eins gehabt, segeln aber manchmal bei Freunden als Besatzungsmitglieder mit. Und dann gibt es auch solche, die sich überhaupt nicht dafür interessieren.»

«Und Sie?»

«Ich war mal ein ziemlich begeisterter Segler. Aber jetzt benutze ich nur noch die Schießanlage.» Er lächelte bescheiden. «Ich bin der Club-Champion.»

«Pistolenschießen? Ich glaube, ich habe noch nie mit einer geschossen.»

«Oh, aber es macht wirklich viel Spaß. Wollen Sie's nicht auch mal versuchen – nachher, nach dem Lunch?»

«Nein, danke. Ich glaube, ich lasse es lieber bleiben», gab Segal lächelnd zurück.

Der Kellner kam, und sie bestellten. Es waren nicht viele Gäste anwesend, daher wurden sie schnell bedient: Fischsuppe und gegrillte Makrele. Sie aßen langsam; Segal genoß die Speisen eindeutig. «Das ist alles wirklich sehr gut hier», sagte er anerkennend. «Dieser Fisch und die Suppe – exzellent!»

«Köstlich», murmelte Mimi zustimmend.

«Tja, wir haben einen guten Koch. Und der Fisch ist wahrscheinlich heute morgen erst gefangen worden. Das ist der Vorteil, wenn man an der Küste lebt.»

«Ich mag Fisch», erklärte Segal. «Dürfen hier nur Mitglieder essen?»

«Und natürlich deren Gäste», berichtigte Gore.

«Was muß man tun, um Mitglied zu werden?»

«Das Übliche», antwortete Gore. «Ein Mitglied schlägt Sie vor. Ihr Name wird ausgehängt, und dann stimmt der Ausschuß darüber ab. Sie bezahlen den Beitrag, und damit hat sich's.»

«Ach Ben, wär's nicht schön, wenn wir immer zum Essen herkommen könnten, wenn wir Appetit auf Fisch haben?» drängte Mimi.

«Ja. Bringen Sie meinen Namen doch bitte zum Vorschlag», sagte Segal lässig.

«Aber mit Freuden!» versicherte Gore. Übrigens könnte ich Ihnen auch jedesmal, wenn Sie hier sind, eine Gastmitgliedskarte besorgen, die jeweils für ein paar Tage gilt.»

«Danke, aber wir werden wohl länger hier bleiben als nur gelegentlich ein paar Tage. Wir erwägen, uns hier ganz niederzulassen.»

«Direkt hier, in Barnard's Crossing? Das freut mich aber! Es wird Ihnen hier gefallen. Es ist eine wunderschöne, alte Stadt.» Er zögerte. «Heißt das, daß Sie Rohrbough behalten wollen?»

«Ganz recht. Ich werde das Werk persönlich leiten. Aber das ist noch vertraulich.»

Gore lächelte verschlagen. «Soll das heißen, ich soll's niemand weitersagen, oder soll ich's diskret durchblicken lassen?»

Segal starrte ihn verständnislos an. Dann stieß er ein kurzes, explosives Lachen aus. «Ha. Sie sind in Ordnung, junger Mann! Aber im Grunde sollte es überhaupt nichts heißen. Es war nur so eine Redensart. Wir besitzen einen führenden Anteil an der Firma, und ich denke, daß gute Möglichkeiten darin stecken. Kein Grund, so was geheim zu halten.»

«Und Sie wollen hier wohnen? Haben Sie schon ein Haus gefunden?»

«Wir werden wohl bauen. Übrigens, Mimi und ich, wir haben uns schon mal ein bißchen umgesehen. Wissen Sie einen guten Immobilienmakler?»

Da er vorhin gerade mit Molly Mandell über ihn gesprochen hatte, und auch, weil er meinte, Segal werde einen Juden bevorzugen, antwortete er: «Henry Maltzman ist ein guter Makler. Er hat sein Büro in der Nähe der Bank und kennt alle Grundstücke der Umgebung, die zu verkaufen sind.»

«Aber wir haben bereits ein Grundstück gefunden», wandte Mrs. Segal ein.

Segal verriet ein wenig Ärger. «Das stimmt», gab er zu, «aber es macht mir nichts aus, Maklergebühren zu bezahlen. Wenn der Mann gut ist, lohnt sich das.»

«Vollkommen richtig», bestätigte Gore. «Es gibt eine Menge gemeindliche Verfügungen, und in einem alten Gemeinwesen wie diesem bestehen komplizierte Wegerechte, über die man Bescheid wissen muß, bevor man kauft. Ein einheimischer Makler kann Ihnen da viel Ärger ersparen.»

«Ich habe es mir zum Prinzip gemacht, mich stets an einheimische Firmen zu wenden.»

Der Kellner brachte den Kaffee, und Segal steckte sich eine Zigarre an.

«Das freut mich», antwortete Gore, «denn wir gehören ja auch zu den

Einheimischen. Die Bank, meine ich. Rohrbough hat bei uns angefangen, und wir haben sämtliche Bankgeschäfte für die Firma geführt, bis sie sich in eine AG verwandelten, für uns zu groß wurden und nach Boston gehen mußten. Aber den Kontakt mit uns haben sie nicht aufgegeben: Wir bearbeiten immer noch die Lohngelder. Ich muß zugeben, daß ich die nicht gern verlieren würde. Es ist so bequem für die Leute, die bei Rohrbough arbeiten, und wir möchten unseren Freunden und Nachbarn gern zu Diensten sein.»

Segal warf dem Jüngeren einen schrägen Seitenblick zu. «Aber Sie ziehen doch sicher noch mehr Gewinn daraus, außer der Chance, Ihren Freunden und Nachbarn zu Diensten zu sein, wie?»

Gore lachte verlegen. «Nun ja, natürlich, da ist unser Entgelt für die Buchführung, und es kommmen auch sehr viel mehr Leute in die Bank, bei denen wir für den Christmas Club, für persönliche Kredite, Autokredite und gelegentlich auch eine Hypothek werben können.»

Segal lächelte. «Ganz zu schweigen vom Umsatz etwa einer Viertel- bis einer halben Million Dollar pro Woche.»

Gore grinste unschuldig. «Ganz zu schweigen davon. Aber so hoch wird die Summe selten, vor allem heutzutage. Und während manche ihre Schecks an ihre eigene Bank einreichen, so daß alles verzögert wird, weil sie in Boston durchs Clearing gehen müssen, und andere sie vielleicht im Supermarkt einlösen, von wo aus sie ebenfalls über Boston gehen, lösen eine ganze Menge die Schecks jedoch sofort, noch am Zahltag, bei unserer Bank ein.»

«Na schön», sagte Segal. «Ich werd's mir überlegen. Und vergessen Sie das mit der Mitgliedschaft nicht, ja?»

«Ich werde mich sofort darum kümmern.»

7

«Warum wollten Sie am *minjen* teilnehmen?» fragte Rabbi Small verdrießlich. Kurzsichtig blickte er von einer der drei Frauen, die ihm in seinem Arbeitszimmer gegenübersaßen, zur anderen. «Sie sind von dem Gebot des morgendlichen Gebets befreit. Warum wollen Sie eine unnötige Bürde auf sich nehmen?»

«Etwa so, wie wir von der Bürde des Wählens befreit waren?» fuhr Molly Mandell ihn mit blitzenden dunklen Augen an. «Oder von der Bürde, Besitz zu haben?» Sie gab sich sehr selbstsicher, und es war deutlich, daß sie nicht die Absicht hegte, sich dem Kommando Mrs. Froelichs zu unterwerfen, der Vorsitzenden der Schwesternschaft, die diese Delegation anführte. Molly trug einen eleganten, anthrazitfarbenen Hosenanzug. Am Jackenaufschlag prangte ihre große Women's Lib-Plakette.

Rabbi Small war sowohl über die Frage als auch über den Ton erschüttert, in dem sie gestellt worden war. Es war nicht nur ein sarkastischer, es war ein offen feindseliger Ton. Langsam schüttelte er den Kopf.

«Nein, Mrs. Mandell. So ist es nicht, ganz und gar nicht», sagte er ernst. «Passen Sie auf, Sie wissen doch, was eine Sünde ist. Also, was ist das Gegenteil? Was ist das Antonym für Sünde?»

«Tugend?» fragte Mrs. Froelich.

«Eine gute Tat», meinte Mrs. Allen.

Der Rabbi nickte. «Auf Englisch ist es beides, auf Hebräisch aber haben wir ein einziges, spezifisches Wort dafür. Das Wort ist *mitzwe* und bedeutet Gebot. Wenn wir das tun, was uns geboten worden ist, dann ist das eine *mitzwe*. Wichtig ist dabei, daß ein Gebot sich zumeist auf etwas bezieht, was man normalerweise von selbst nicht tut. Wir tun es, weil es uns geboten wird. Der Grund für einige dieser Gebote ist klar. Das Gebot, den Sabbat als einen Ruhetag zu heiligen, können wir leicht verstehen, ein Ruhetag pro Woche, das ist vernünftig. Den würde man auch ohne Gebot einhalten. Doch dieses Gebot auch auf unsere Dienstboten auszudehnen, dazu wären wir nicht so willig bereit. Daher also das Gebot. Das Gebot dagegen, was das Vermischen von Leinen und Wolle bei der Bekleidung untersagt, *schatnes*, ist schwerer zu verstehen, doch fromme Juden befolgen es, obwohl sie keinen Grund dafür sehen. Weil es uns so geboten wird.»

Er hielt inne, sah eine nach der anderen an und fuhr dann fort: «Wichtig ist auch, nicht zu vergessen, daß wir zwar befolgen müssen, was uns geboten wird, daß wir aber keine Extrapluspunkte für das bekommen, was nicht geboten ist. Das Gebot lautet, dreimal am Tag zu beten, doch wenn wir die Gebete sechsmal am Tag sprechen, liegt darin kein besonderes Verdienst. Beim Christentum ist das anders. Da schreibt der Priester vielleicht ein Dutzend Ave Marias als Buße vor. Es gibt auch Mönchs- und Nonnenorden, die gelobt haben, den ganzen Tag zu beten. Während ein frommer Christ einen beträchtlichen Teil seiner Zeit im Gebet verbringen soll, ist es bei uns ganz anders. Mit Studien, ja, aber nicht mit Gebeten. Vergessen Sie das nicht. Es ist wichtig. Wenn Sie den Segen über den Wein oder das Brot sprechen und dann keinen Wein trinken und kein Stück Brot essen, ist das keine *mitzwe*, sondern das Gegenteil. Das klassische Beispiel ist das von dem Mann, der weit entfernt von seinem Haus ist, die Sirene der Feuerwehr hört und betet, es möge nicht sein Haus sein, das brennt. Ein solches Gebet gilt aus zwei Gründen als sündhaft: weil es den Wunsch beinhaltet, das Haus eines anderen möge brennen, und weil man um etwas Unmögliches bittet, daß nämlich etwas nicht geschieht, was bereits geschehen ist. Verstehen Sie das?» Durch seine dicken Brillengläser musterte er sie aufmerksam.

«Sie meinen», begann Mrs. Froelich unsicher, während sie bemüht war, ihre Gedanken in Worte zu fassen, «daß . . . Also, den ersten Grund verstehe ich, aber . . .»

«Ich will versuchen, mich etwas klarer auszudrücken», sagte der Rabbi. «Ich habe einen Verwandten, meinen Vetter Simcha. Simcha, der Apicorus, nennen wir ihn in der Familie. Ein Apicorus ist ein Agnostiker, nach Epicurus, dem griechischen Philosophen, und einer fehlerhaften Auslegung seiner Doktrin. Obwohl Simcha in der Tat ein frommer und praktizierender Jude ist, hegt er eine merkwürdige Auffassung von einigen Geboten. Für ihn ist Huhn zum Beispiel kein Fleisch im Sinne der Speiseregeln. Er behauptet, da wir in übergenauer Befolgung des Gebotes ‹Ihr sollt das Fleisch des Zickleins nicht in der Milch der Mutter zubereiten› Milchprodukte nicht mit Fleischprodukten mischen, treffe das auf die Hühner nicht zu, da diese keine Milch geben.»

«He, das ist schlau», sagte Mrs. Allen bewundernd.

Der Rabbi lächelte. «Er weigerte sich auch, eine *mesusa* an seinem Türrahmen zu befestigen, mit der Begründung, das Gebot laute, man solle sie ‹an die Türpfosten eures Hauses› schreiben, und er behauptete, dies sei nicht sein Haus, es sei nur gemietet. Also, ich versichere Ihnen, das ist *pilpul*, Haarspalterei, und außerdem ziemlich extrem, aber es vermittelt Ihnen wohl die grundlegende Idee, daß ein Gebot eine Verpflichtung ist – nicht unbedingt eine willkommene –, die man befolgt, weil sie uns geboten wird. Im gleichen Sinne hat ein berühmter Rabbi einmal gesagt, man solle von den Speisen, die uns verboten sind – Schweinefleisch, Schalentieren und den anderen –, nicht sagen, daß wir sie nicht essen, weil sie widerlich und unbekömmlich sind, sondern vielmehr, daß sie sehr wohlschmeckend, ja köstlich sind, daß wir sie aber nicht essen, weil ein Gebot es uns verbietet. Haben Sie das begriffen? Also Frauen sind von jenen Geboten befreit, die zu einer bestimmten Zeit befolgt werden müssen, zum Beispiel von der Teilnahme am *minjen* für die Morgen- und Abendandacht.»

«Aber warum sind wir von diesen Geboten befreit?» wollte Mrs. Froelich wissen.

«Weil die Befolgung dieser Gebote sie an der weit wichtigeren Arbeit für Haus und Familie hindern würde.»

«Selbstverständlich!» sagte Molly Mandell sarkastisch. «Wir sollen möglichst viel Arbeit aufgehalst kriegen.»

«Nein.» Der Rabbi schüttelte den Kopf. «Nein, Mrs. Mandell. Sondern weil bei uns die Synagoge oder, wie wir sagen, der Tempel nicht der Mittelpunkt der Religionsausübung ist, sondern das Heim. Dort wird der Sabbat gefeiert, dort wird das Passahfest zelebriert, die wichtigste liturgische Zeremonie unserer Religion, dort wird der Succah gebaut. Andererseits, Mrs. Mandell, kann ich mir gut vorstellen, daß ein Ehemann, übereifrig darauf bedacht, den Kaddisch für einen toten Vater zu beten, darauf besteht, daß ihn seine Frau zum *minjen* begleitet, damit die notwendigen zehn Betenden beisammen sind, selbst wenn das bedeutet, daß sie es versäumt, das Frühstück für die Kinder zuzubereiten.»

Mrs. Froelich nickte heftig. «Als Harveys Vater starb, ist er jeden Tag losgezogen, morgens und abends, um den Kaddisch zu beten – ein ganzes Jahr lang. Vorher ist er nie zum täglichen *minjen* gegangen, und später auch nicht mehr. Aber in jenem Jahr, da war er wirklich fromm. Und wissen Sie was? Er hat seinem Vater nicht mal nahegestanden. Sie konnten sich nie richtig vertragen.»

«Sicher hatte er ein schlechtes Gewissen», meinte Mrs. Allen.

«Wie Sie es schildern, Rabbi», sagte Molly Mandell, «ist die ganze jüdische Religion praktisch nur darauf bedacht, den Frauen das Leben zu erleichtern. Es klingt sehr schön, aber es ist einfach lächerlich. Denn die täglichen Gebete, die Sie sprechen, fangen stets damit an, daß Sie sich bei Gott dafür bedanken, daß Sie als Mann geboren sind.»

Die anderen waren schockiert über ihre Heftigkeit und beobachteten den Rabbi, weil sie sehen wollten, wie er reagierte. Er war errötet, brachte aber ein Lächeln zustande. «Ich wüßte nicht, warum Sie dagegen Einwände haben sollten, denn schließlich stimmt diese Passage doch hundertprozentig mit der Einstellung Ihrer Frauenbewegung überein.»

«Wie bitte?»

«Nun ja, Ihre Women's Lib-Bewegung behauptet, daß der Mann ein leichteres Leben hat als die Frau, nicht wahr?» fragte er.

«Ja, sicher. Aber . . .»

«Warum sollten wir dann aber Gott nicht dafür danken? Und ist es so unrecht, wenn die Männer versuchen, diesen Unterschied ein bißchen auszugleichen, indem sie den Frauen Sonderprivilegien einräumen?»

8

Laura Maltzman war keine hübsche Frau; ja, sie war sogar recht unansehnlich. Sie war groß und eckig, mit breiten Schultern. Sie hatte ein langes Gesicht mit eckigem Kinn, das ein wenig schief zu stehen schien, als hätte sie gerade einen Kinnhaken eingesteckt oder wolle gerade den Kopf drehen. Doch ihre Augen waren groß, freundlich und verständnisvoll. Als ihr Mann, der sich zufrieden die Hände rieb, aus dem Flur, wo er telefoniert hatte, ins Wohnzimmer kam, blickte sie ihm fragend entgegen.

«Gerade habe ich Nachricht bekommen», verkündete er. «Es klappt mit dem Darlehen. Jedenfalls so gut wie sicher.»

«Ach ja? Wer hat angerufen?»

«Molly Mandell. Sie hat mit Gore gesprochen und glaubt, er wird einverstanden sein. Und fand, das müßte sie mir mitteilen.» Er ging im Zimmer auf und ab, bis er vor ihr stehenblieb. «Hör mal, dieses Dinner, das du geben willst – sollten wir nicht die Mandells anrufen und sie ebenfalls einladen?»

«Aber die sind soviel jünger als die anderen», wandte sie ein.

«Na und? Ich möchte ihr – ihnen – zeigen, wie dankbar ich bin . . .»

«Du hast Herb Mandell letzte Woche in den Vorstand geholt.»

«Ja, aber er arbeitet aktiv in der Bruderschaft, deswegen denken sie vielleicht, das wäre der Grund. Nein, ich möchte *ihr* meinen Dank erweisen. Verstehst du? Sie hat großen Einfluß in der Bank. Und sie ist immer freundlich zu mir, wie mit diesem Anruf heute abend. Das kann ziemlich wichtig sein, jemanden in der Bank zu haben, auf den man sich verlassen kann. Ich möchte ihr also beweisen . . .»

Laura senkte den Blick auf das Strickzeug in ihrem Schoß. «Findest du sie hübsch?»

Sofort war er auf der Hut. «Nun ja, eine Schönheit ist sie nicht, aber doch, ich finde sie recht niedlich. Sie ist eifrig und lebendig und frisch . . .»

«Frech, meinst du wohl! Lillian Allen hat mir erzählt, daß sie zu der Gruppe gehörte, die beim Rabbi war, und daß sie sich ihm gegenüber ziemlich herausfordernd benommen hat.»

«Ach, Lillian Allen! Was hat sie gesagt?»

«Daß Molly erklärt hat, die ganze jüdische Religion sei sexistisch, und daß sie den Rabbi praktisch als männliches Chauvinistenschwein bezeichnet hat.»

«Wirklich?» Er kicherte. «Also, so hätte ich ihn nun wirklich nicht gesehen. Ich halte ihn mehr für einen weichlichen Typ. Ich meine, ein richtiger Mann wäre doch niemals Rabbi geworden, um sein ganzes Leben mit Beten zu verbringen. Ich kenne diese Burschen. Man könnte meinen, sie würden kein Wässerchen trüben, aber auf ihre eigene, ganz stille Art werfen sie dann Sand ins Getriebe. Erwarte also nicht von mir, daß ich mich aufrege, weil Molly Mandell ihm die Leviten gelesen hat. Das werde ich selbst auch einmal tun, wenn er mir in die Quere kommt. Die Synagoge gehört den Gemeindemitgliedern, und unsere Mitglieder haben mich und den Vorstand gewählt, damit wir die Geschäfte führen. Der Rabbi ist lediglich ein Angestellter, der seine Pflichten zu erfüllen hat, und je eher er das einsieht, um so besser. Also, wirst du nun Molly Mandell anrufen und sie einladen, oder nicht?»

«Wenn du unbedingt darauf bestehst . . .»

Er wurde puterrot im Gesicht, und seine Augen traten fast aus den Höhlen. «Verdammt noch mal, ja! Ich bestehe darauf!»

9

Ellsworth Jordon ging unruhig im Wohnzimmer seines alten, viktorianischen Hauses auf und ab und sah jedesmal finster auf die Uhr, wenn er am Kaminsims vorüberkam. Billy war noch immer nicht zu Hause, und er machte sich Sorgen. Und ärgerte sich darüber, daß er sich Sorgen machte. Als er ihn endlich die lange Einfahrt heraufhasten sah, war der Ärger über sich selbst zu Zorn auf den jungen Mann geworden.

«Wo hast du so lange gesteckt?» fuhr er ihn an. «Deine Bürozeit ist längst vorbei.»

Billy zeigte sich zerknirscht. «Tut mir leid, Sir. Ich habe den Bus verpaßt und wollte lieber zu Fuß gehen, als auf den nächsten warten. Es war so schön draußen.»

«Weißt du nicht, daß Martha heute abend eine Verabredung hat und zeitiger gehen muß? Sie hat es uns heute morgen gesagt.»

«Ach, das hatte ich ganz vergessen.»

«Und ich muß gleich zum *Agathon.*»

«Tut mir wirklich leid. Aber Martha kann ruhig schon gehen. Ich spüle nachher das Geschirr.»

«Nun ja, wir werden sehen. Jetzt wasch dich, und dann wollen wir Martha nicht länger warten lassen.»

Sie aßen schweigend. Normalerweise hätte Billy von seinem Tag in der Bank erzählt, da er jedoch so unwirsch empfangen worden war, hatte er keine Lust zum Reden. Jordon warf dem Jungen hier und da einen verstohlenen Blick zu und wunderte sich über diese Verstocktheit. Gewiß, er hatte ihm Vorwürfe gemacht, weil er zu spät gekommen war, aber das war sein gutes Recht – und seine Pflicht. Doch als er ihm aufgetragen hatte, sich waschen zu gehen, hätte Billy merken müssen, daß damit Erklärung und Entschuldigung akzeptiert worden waren. Warum also sagte er nichts? Erwartete er vielleicht, daß er, der um so vieles ältere, den ersten Schritt machte?

Obwohl er weiterhin finster auf seinen Teller blickte, überlegte sich Jordon nach einer Weile philosophisch, daß jungen Leuten von Natur aus die Feinfühligkeit fehlte, daß Billy sich in den paar Monaten, die er jetzt hier war, sehr gut eingelebt hatte, und daß er an den Abenden und Wochenenden, die sie zusammen verbrachten, ein guter Gesellschafter gewesen war, wenn auch auf eine linkische, unbeholfene Art, wie man sie bei jungen Männern erwarten konnte. Gewiß, der Bengel war unhöflich und unsicher, aber das waren vermutlich alle in seinem Alter. Er sah einem nicht in die Augen, er hielt sich krumm und kleidete sich nachlässig. Die Brille rutschte ihm ständig auf die Nase, und einer der Bügel war mit einem Stück Draht repariert. Andererseits war er gehorsam, sogar fügsam, und hatte Gott sei Dank keine Pickel im Gesicht. Außerdem – ein absolutes Plus – schien er Freude an seinem Job in der Bank zu haben, wo er als Kassierer arbeitete. Gore hatte ihm sogar mitgeteilt, die Kunden schienen ihn zu mögen.

Es war kein Problem gewesen, ihm diese Stellung zu besorgen. «Ich habe da einen jungen Burschen, Larry, der eine Zeitlang bei mir wohnen wird. Ich kenne seine Familie seit Jahren. Deswegen wäre ich Ihnen dankbar, wenn Sie ihm einen Job in Ihrer Bank verschaffen könnten, für die Zeit, die er hier verbringt.»

«Und wie lange wird das sein?»

«Mehrere Monate, vielleicht ein Jahr. Möglicherweise auch noch länger. Ich hielt es für besser, wenn während der nächsten Zeit jemand bei mir im Haus schläft.»

Lawrence Gore lächelte verständnisinnig und nickte.

Jordon runzelte die Stirn. Er stand in dem Ruf, ein Geizhals zu sein, und wußte genau, was Gore dachte: daß es ihm lieber war, Billy gegen Kost und Logis bei sich aufzunehmen, als einen Gesellschafter einzustellen. Aber er hielt eine Erklärung für überflüssig. «Und Sie täten mir einen besonderen Gefallen, Larry», fuhr er fort, «wenn Sie ein wenig nett zu ihm wären. Ich meine nicht, daß Sie ihm Sonderprivilegien einräumen sollen, aber Sie wissen schon, ein freundliches, ermunterndes Wort hier und da wirkt oft Wunder. Ich finde, er ist eine Art Muttersöhnchen und besitzt nicht genügend Selbstvertrauen . . .»

«Gewiß, ich verstehe, Ellsworth. Ich will Ihnen was sagen. Ich beginne gerade einen Ausbildungskurs im Pistolenschießen. Er kann daran teilnehmen und schießen lernen.»

«Verdammt, Larry, wir sind nicht im Wilden Westen. Benutzen Sie Ihren Verstand! Das Pistolenschießen wird auch keinen Mann aus ihm machen . . .»

«Das ist ein Irrtum», entgegnete Gore ernst. «In der High School war ich immer der Kleinste in meiner Klasse. Die meisten Mädchen waren sogar größer als ich. Einmal, bei einer Party, da haben sie es so eingerichtet, daß ich mit Florence Richardson tanzen mußte, einem besonders großen, dicken Mädchen. Meine Augen befanden sich ungefähr in ihrer Brusthöhe. Gott, war das peinlich!»

Der Ältere grinste lüstern. «Ihre Nase direkt vor ihren Titten, was? War vielleicht gar nicht mal so schlecht.»

Gore grinste ebenfalls. «Ja, heute würde mich das nicht mehr stören, aber damals fand ich es gräßlich.» Er schüttelte nachdenklich den Kopf. «Aber es war nicht nur bei den Mädchen. Klein zu sein, macht manche Männer selbstbewußt, aber die meisten werden scheu, mißtrauisch und in sich gekehrt. Na ja, im College mußte man sich für irgendeine Sportart entscheiden, und ich wählte Pistolenschießen, weil ich dachte, da spielt es keine Rolle, daß ich klein bin. Und wissen Sie was? Als ich lernte, mit der Waffe umzugehen, wurde ich größer.»

Der Ältere blickte auf ihn herab. «Nun, davon merkt man aber nichts.»

«Doch, man merkt es. Ich bin zwar nicht richtiggehend gewachsen, aber der geschickte Umgang mit einer Faustfeuerwaffe hat mein Selbstvertrauen gestärkt. Er verleiht einem ein gewisses Machtgefühl, eine gewisse Sicherheit. Und als ich College-Regionalsieger wurde, war ich ein Riese. Überlassen Sie den Jungen nur mir, Ellsworth. Ich werde einen Mann aus ihm machen.»

Erst als Martha den Hauptgang auftrug, brach Jordon das Schweigen, und dann auch nur, um sich an die Haushälterin zu wenden. «Großer Abend, heute, Martha? Jemand besonderes?» fragte er scherzhaft.

«Nein, einfach eine Verabredung», antwortete sie.

«Jemand, den ich kenne?»

«Ich glaube kaum. Ein Bursche aus Lynn, den ich neulich abends beim Bowling kennengelernt habe.»

«Nun, keine Sorge. Sie werden rechtzeitig gehen können. Lassen Sie das Geschirr ruhig stehen, das wird Billy nachher spülen.» So, dachte er, jetzt habe ich seinen Namen ausgesprochen. Das sollte ihm zeigen, daß ich ihm nicht mehr böse bin. Aber der Junge begriff den Hinweis nicht, hob den Blick nicht vom Teller und blieb stumm.

Als Martha ihnen den Kaffee servierte, war sie bereits zum Ausgehen fertig. «Ich gehe jetzt», verkündete sie. «Das Geschirr habe ich zusammengestellt, Spülmittel und Küchentücher sind auf dem Ablaufbrett.»

«Okay, Martha. Und viel Vergnügen.» Verstimmt, geistesabwesend trank Jordon seinen Kaffee. Als er fertig war, stand er ohne ein Wort vom Tisch auf und ging ins Wohnzimmer. Gleich darauf kam auch Billy herein. Jordon blickte von seiner Zeitung auf. «Geschirr gespült?» fragte er.

«Jawohl, Sir.»

«Und weggeräumt?»

«Jawohl, Sir.»

«Nun, das ist gut. Wunderbar. Hast du deiner Mutter schon geschrieben?»

«Das wollte ich morgen tun.»

Jordons Gesicht wurde dunkel vor Zorn. «Ich habe deiner Mutter versprochen, daß sie jede Woche einen Brief von dir bekommt. Ich wünsche, daß du ihr jetzt sofort schreibst!»

«Aber ich habe Mr. Gore gesagt, daß ich rüberkomme und ihm mit den Fotos von der Silbersammlung helfe.»

Seine Antwort erzürnte den Alten noch mehr. «Deine Mutter geht vor. Du gehst jetzt in dein Zimmer und schreibst.»

«Ach, verdammt!» murmelte Billy, machte aber gehorsam kehrt, ging in sein Zimmer und machte die Tür hinter sich zu.

Jordon folgte ihm auf dem Fuß. «Und du wirst eingeschlossen, bis du fertig bist», rief er hinter ihm her und drehte den Schlüssel im Schloß herum.

Durch die Tür rief er dann noch: «Und du bleibst da drin, bis der Brief fertig ist. Ich werde jetzt meine Meditation halten, bitte störe mich also während der nächsten zwanzig Minuten nicht. Anschließend kannst du klopfen, falls du schon fertig bist, und ich lasse dich raus. Solltest du aber noch nicht fertig sein, fahre ich in den Club, und du kannst warten, bis ich zurück bin.»

Er lauschte einen Augenblick, das Ohr an die Tür gedrückt, aber von Billy kam keine Antwort. Für die transzendentale Meditation, die seiner Überzeugung nach gut für sein Herz war, setzte er sich in den Lehnsessel. Als die zwanzig Minuten um waren, stand er auf und schlich auf Zehenspitzen zu Billys Zimmertür. Er lauschte, aber er hörte nichts.

Nun gut, dachte er. Wenn dies eine Kraftprobe sein soll, werden wir sehen, wer hier der Stärkere ist. Er ging zur Haustür, öffnete sie und warf sie hinter sich laut ins Schloß. Dann öffnete er sie noch einmal und lauschte. Als er nichts hörte, schloß er sie lautlos und bestieg seinen Wagen, der in der Einfahrt stand.

10

Der Anruf kam am Spätnachmittag. «Mr. Maltzman? Hier Ben Segal. Ich bin am Kauf eines Grundstücks interessiert. Mr. Gore, von der Bank, schlug vor, daß ich Sie anrufe. Vielleicht könnten wir uns mal zusammensetzen . . .»

Ben Segal? Kannte er einen Ben Segal? Dann fiel der Groschen. Das mußte der Ben Segal aus Chicago sein. Er hatte gehört, daß er in der Stadt sein sollte. Er holte tief Luft. «Von wo aus rufen Sie an, Mr. Segal?» fragte er ruhig.

«Aus Ihrem Hotel hier, dem *Arlington Arms.* Wir sind dort abgestiegen.»

Sekundenlang überlegte Maltzman, ob er sehr beschäftigt tun sollte, entschied sich dann aber dagegen.

«Wenn Sie jetzt Zeit hätten», sagte er, «könnte ich gleich rüberkommen.»

Sie saßen im pompösen, überladenen Salon der einzigen Suite, die das *Arlington Arms* zu bieten hatte, und die hauptsächlich für Geschäftsbesprechungen gedacht war. Die Segals saßen auf dem schweren Brokatsofa, Maltzman auf der Kante eines Ledersessels; er balancierte unsicher eine Kaffeetasse und die Petit Fours auf den Knien, nach denen Mrs. Segal geläutet hatte, als er eintraf.

«Ich interessiere mich für ein Grundstück», erklärte Segal. Er suchte in seiner Jackentasche und zog ein Streichholzbriefchen heraus, auf dem er sich den Straßennamen notiert hatte. «Es liegt draußen auf dem Point, so nennt man es, glaube ich hier, an der Crossland Avenue, gleich hinter der Porter Street.»

«Ja, das kenne ich», antwortete Maltzman stirnrunzelnd. «Aber da draußen ist ein reines Wohngebiet, und unsere Bauvorschriften sind ziemlich streng.»

«Selbstverständlich, das verstehe ich.» Er lächelte. «Ich wollte dort auch weder eine Fabrik noch ein Lagerhaus errichten.»

«Ich meine, es sind dort nur Einfamilienhäuser zugelassen. Sie könnten kein Haus bauen, das ausschließlich für Sitzungen und Geschäftsessen und eventuell als Gästehaus benutzt wird. Es muß regulär von einer Familie bewohnt werden. Verstehen Sie mich?»

«O ja, ich verstehe Sie», antwortete Segal. «Und dies soll auch ein ganz normales Einfamilienhaus werden ....»

«Wir wollen uns hier nämlich niederlassen, Mr. Maltzman», erklärte Mrs. Segal. «Wir wollen selber in dem Haus wohnen.»

«Ganz recht», bestätigte ihr Mann. «Ich werde die Rohrbough Corporation persönlich leiten.»

Mimi beugte sich eifrig vor. «Sehen Sie, Mr. Maltzman, wir haben beide unser Leben lang immer in Großstädten gewohnt. Und außerdem noch in Hotels. Sicher, wir haben eine große Wohnung in Chicago, aber es ist und bleibt doch ein Hotel. Und wir haben genug von den Großstädten. Mit all dem Lärm und dem Schmutz und der Kriminalität – man wagt ja abends nicht mal mehr einen Spaziergang zu machen. Deswegen wollen wir hierher umziehen. Unseren ganzen Lebensstil ändern, Mitglieder einer Gemeinschaft werden. Das ist es, wonach wir uns sehnen. Und deswegen hat sich Ben auch wohl entschlossen, die Rohrbough selbst zu übernehmen.»

«Ganz recht», sagte ihr Mann. «Heute beim Lunch hat uns Gore von der Magistratssitzung erzählt, zu der alle Leute gehen. Nun ja, wir würden ebenfalls gern hingehen. Und zu dem Freudenfeuer am Vierten Juli und zum Kunstfestival, das Sie in der Stadthalle veranstalten.»

Maltzman nickte langsam. Eine Idee begann in seinen Gedanken Gestalt anzunehmen. Er richtete den Blick auf Ben Segal. «Sagen Sie, Mr. Segal, sind Sie immer noch Jude? Ich meine, sind Sie vielleicht konvertiert oder so?»

Segal zuckte die Achseln. «Ich praktiziere nicht, aber ich habe auch meinen Glauben nie verleugnet.»

Mimi ergänzte: «Sein Bruder hat seinen Namen in Sears verändert und wollte, daß Ben das ebenfalls tut, aber Ben dachte gar nicht daran.»

«Das ist gut», sagte Maltzman. «Aber in einer Kleinstadt wie Barnard's Crossing wollen die Leute genau wissen, wo Sie stehen. Wenn Sie respektiert und akzeptiert werden wollen, müssen Sie der Gruppe angehören, mit der man Sie assoziiert. Und hier bedeutet das, daß Sie Mitglied der Synagoge werden müssen. Bereit sein müssen, aufzustehen und sich zählen zu lassen.»

«Aber ich bin nicht im geringsten religiös!» protestierte Segal.

«Na und? Das sind die meisten Mitglieder nicht. Beim Gottesdienst am Freitagabend sind wir fast immer nur höchstens hundert. Ich gehe immer hin, weil ich Vorsitzender der Synagoge bin. Die Mitgliedschaft in der Gemeinde ist nicht so sehr eine Frage der Religion als eine Chance, zu zeigen, wohin man gefühlsmäßig gehört.»

«Aber bei mir ist das etwas anderes», entgegnete Segal. «Ich glaube wirklich nicht, daß ich das Recht habe, Mitglied einer Synagoge zu sein. Denn sehen Sie, ich habe nie eine Bar Mitzwa gehabt. Meine Familie war furchtbar arm, als ich noch klein war, und sie konnten es sich damals einfach nicht leisten.»

«Ach Ben, Liebling, das hast du mir ja nie gesagt!» Mimi war ganz Mitgefühl. «Aber ich glaube, eine Bar Mitzwa kann man jederzeit nachholen, nicht wahr, Mr. Maltzman? Ich glaube, ich habe neulich im Fernsehen einen Bericht über einen Siebzigjährigen in Kalifornien gesehen, der selbst gerade erst seine Bar Mitzwa gefeiert hat. Seine Familie hatte es sich auch nicht leisten können, als er ein Junge war.»

«Ja, daran erinnere ich mich!» erklärte Maltzman, «Und im *Hadassah Journal* gab es eine Story über eine ganze Gruppe von Männern, einen Club, oder aus derselben Synagoge, erwachsenen Männern, die nach Israel reisten und an der Klagemauer gemeinsam ihre Bar Mitzwa feierten. Hören Sie, Mr. Segal, wenn es Sie interessiert, werde ich mit dem Rabbi sprechen und alles organisieren.» Dann fiel er ihm ein – der Trick. «Ich will Ihnen was sagen: Ich trage die Angelegenheit dem Vorstand vor, und wenn die meiner Meinung sind, wird die Synagoge die Patenschaft übernehmen.»

«Ja, aber das ist doch eine ziemlich große Zeremonie, nicht wahr? Ich meine, es geht doch nicht nur um eine Party. Wenn ich mich recht erinnere, mußten die Jungen in meinem Alter eine Menge dafür lernen. Spezielle Gebete, die sie auswendig vortragen mußten, und . . .»

«Kleine Fische, Mr. Segal», wehrte Maltzman beruhigend ab. «Sie werden zum Lesen der Tora aufgerufen und sprechen einen Segen. Die Bar-Mitzwa-Jungen singen auf Hebräisch. Aber Sie brauchen ihn nicht zu singen. Das heißt, wenn Sie das wollen, könnte ich dafür sorgen, daß Sie es beim Kantor lernen. Und wenn Sie kein Hebräisch lesen können, werden wir es ins Englische transkribieren. Ja, Sie könnten den Text sogar auf Englisch sprechen. Wenn dann der Text gelesen ist, sprechen Sie noch einmal einen Segen, und das machen wir dann genauso, und das ist schon alles. Gewiß, normalerweise singt der Bar-Mitzwa-Junge den Text aus den Propheten auch. Mein Gott, einige von ihnen übernehmen das gesamte Vorbeten. Ein bißchen Angabe, würde ich sagen. Aber das ist gar nicht notwendig. Glauben Sie mir, das Ganze ist ein Kinderspiel.»

«Ist Ihre Synagoge die einzige hier in der Stadt, Mr. Maltzman?» erkundigte sich Mimi.

«Das ist sie, Mrs. Segal, und alle Juden in der Stadt gehören zu uns, alle, die hier schon einige Zeit leben. Gewiß, manche Familien sind neu und vielleicht noch nicht hundertprozentig sicher, ob sie hierbleiben werden – wegen der Jobs – , aber alle, die sich hier fest niedergelassen haben, ja, praktisch alle davon sind Mitglieder. Sie brauchen es nur zu sagen, dann arrangiere ich alles mit dem Rabbi.»

Ben Segal sah seine Frau zweifelnd an, doch als sie ihm strahlend zunickte, sagte er: «Na schön. Ich mach's.»

«Wunderbar!» antwortete Maltzman. «Und um das Grundstück auf dem Point werde ich mich sofort kümmern.»

11

Im Speisesaal des *Agathon Yacht Clubs* konnte man zwar einen Cocktail bestellen, aber stets nur zum Dinner. Und man konnte zwar anschließend bei Kaffee und Brandy noch sitzen bleiben, aber die Clubleitung hatte es nicht gern, wenn man zu lange sitzen blieb. Während der Segelsaison war im Speisesaal immer viel zu tun, und es warteten fast immer Gäste auf einen Tisch. Und außerhalb der Saison wollten die Kellner nicht zu lange warten müssen, bis sie endlich abräumen konnten.

Es gab natürlich eine Halle, aber die glich eher einem feinen Salon: ein Raum, dessen hohe Fenster schwere Samtvorhänge besaßen, ein Raum mit Läufern und Teppichen, mit Sofas und Lehnsesseln aus Seide und Brokat, mit auf Hochglanz polierten Mahagonitischen und Seidenschirmen auf den Lampen. Hier erwartete man seine Gäste und plauderte ein paar Minuten – eben lange genug, um Eindruck auf sie zu machen – , bevor man mit ihnen in den Speisesaal oder zum Bootssteg hinunterging. Hier saßen zumeist Damen herum und ließen sich Tee oder Kaffee bringen.

Zum ernsthaften Trinken und für die langen, ziellosen Gespräche, mit denen man einen Abend totschlug, gab es die Bar, und das war ein rein männliches Territorium. Zwar war den Damen nicht der Zutritt verboten, auf Grund einer stillschweigenden Übereinkunft aber betraten sie sie nie. Die Bar war ein kahler Raum mit greller Deckenbeleuchtung, die ihr Licht auf das nackte, graue Linoleum des Fußbodens warf. Die Einrichtung bestand aus einem halben Dutzend runder, mit Brandflecken von Zigaretten genarbter Tische, umgeben von mehreren unbequemen Lehnstühlen. An der Wand befand sich eine kleine Bar, kaum mehr als eine hohe Theke, mit Flaschenregalen, einem kleinen Kühlschrank und einem Spülbecken dahinter.

Diese Ausstattung, oder vielmehr das Fehlen einer solchen, stammte noch aus der Zeit der Prohibition. Damals hatte man das Gefühl gehabt, es sei zwar nicht nötig, heimlich zu trinken, aber es sei doch ein wenig unverschämt, es in bequemer, luxuriöser Umgebung zu tun. Bei der Aufhebung der Prohibition und später auch von Zeit zu Zeit hatte es Vorschläge gegeben, den Raum neu zu gestalten, etwa mit Ledersesseln, Täfelung und Sport- oder Segeldrucken auszustatten, aber die Mitglieder, die ihn am regelmäßigsten benutzten, leisteten hartnäckigen Widerstand, vielleicht, weil sie fürchteten, eine Renovierung oder hübschere Einrichtung könne attraktiv auf die Damen wirken.

Kellner gab es nicht, nur den Barmann. Wenn er nichts weiter zu tun hatte, brachte er auf ein Nicken hin möglicherweise eine Bestellung an den Tisch, gewöhnlich aber holte man sich seinen Drink an der Bar und trug ihn selber an seinen Platz. Der Donnerstag war gewöhnlich ein ruhiger Abend in der Bar, und das war der Grund, warum Jordon ihn sich für seinen allwöchentlichen Besuch ausgewählt hatte. Er mochte keine überfüllten Bars mit dem ungezügelten Lärm reichlich angeheiterter Kumpanei. Er bevorzugte die Gesellschaft seiner alten Freunde, Männer, an die er sich gewöhnt hatte, mit denen er vernünftig, ja sogar ernsthaft und philosophisch reden konnte oder, falls ihnen danach zumute war, ein angenehm-einverständliches Schweigen pflegte.

Bis jetzt war nur ein einziger Tisch besetzt – die anderen würden zweifellos später noch kommen –, und als er auf seinen Drink wartete, stellte Jordon zufrieden fest, daß von den vier Herren, die dort saßen, zwei zu den Donnerstags-Stammgästen gehörten. Der eine war der alte Dr. Springhurst, ehemaliger Rektor der St.-Andrew's-Episkopalkirche, sehr würdig mit dem silberweißen Haar, dem Priesterkragen und dem grauen Flanellanzug. Als eingeschworener Atheist hatte Jordon seine besondere Freude daran, sich mit ihm über Religionsfragen zu unterhalten. Der andere war Albert Megrim, Börsenmakler und Magistratsmitglied, mit dem er gern über Politik diskutierte. Megrim war ein untersetzter Mann mit rundem Gesicht und schütterem, genau in der Mitte gescheiteltem Haar. Er trug stets dunkle, konservative Straßenanzüge mit weißem Hemd und Fliege – selbst an den heißesten Sommerabenden.

Die anderen beiden an diesem Tisch kannte Jordon eigentlich nur flüchtig. Jason Walter, Syndikus, war ein hochgewachsener, robuster Mann, der den Kraftsport liebte und fanatisch darauf bedacht war, sich fit zu halten. Wie Jordon sah, trug er einen Trainingsanzug und Turnschuhe und wollte den Abend vermutlich mit einem schnellen Spiel Squash beschließen. Der vierte, bei weitem der jüngste dieser Runde, noch nicht einmal vierzig, war Don Burkhardt, Gesellschafter einer Firma namens Creative Engineers Incorporated, die so unterschiedliche Aufgaben übernahm wie das Entwerfen von Büromöbeln und -einrichtungen, das Erstellen von Arbeitsablaufsanalysen und sogar das Anfertigen von graphischen Darstellungen für den Jahresbericht von Konzernen. Ihn musterte Jordon, der an der Bar stand und auf seinen Drink wartete, voll tiefem Mißfallen. Er nahm Anstoß an seiner gut geschnittenen Eisenhower-Jacke und den sorgfältig gebleichten Jeans. Er nahm Anstoß an seiner blonden Afro-Frisur, einem lockigen Heiligenschein, der sein schmales Gesicht rahmte. Und vor allem nahm er Anstoß an dem, was er als seine radikalen Ideen bezeichnete, womit er meinte, daß Burkhardt kein Geheimnis daraus machte, daß er demokratisch gewählt hatte und sich überdies für einen liberalen Demokraten hielt.

Als sie Jordon mit seinem Drink in der Hand kommen sahen, rückten alle vier ein bißchen zur Seite, um Platz für einen weiteren Stuhl zu machen.

«Na, wie geht's Ihnen, Ellsworth?» erkundigte sich Dr. Springhurst.

«Einigermaßen, Padre, einigermaßen.»

«Gore ist wohl unten in der Schießanlage, wie?» fragte Albert Megrim.

«Nein, ich bin heute allein gekommen», antwortete Jordon. Larry ist mit den Vorbereitungen für seine Peter-Archer-Silberausstellung beschäftigt. Warum?»

«Wir hätten gern Näheres über dieses neue Mitglied gewußt, das er vorgeschlagen hat. Ist der Mann Segler? Hat er ein Boot?»

«Wie bitte? Ein neues Mitglied? Ich gehöre dem Ausschuß an, aber ich weiß nichts von einem neuen Mitglied.»

«Sein Name war ausgehängt, Ellsworth», entgegnete Jason Walters. «Segal heißt er.»

«Ben Segal aus Chicago», ergänzte Megrim. «Derjenige, der die Rohrbough Corporation übernimmt.»

«Segal? Ein Jude?» fragte Jordon.

Megrim lächelte ironisch. «Das weiß man heutzutage nie so genau. Er ist jedenfalls nicht das, was ich einen Juden nennen würde. Ich meine, er ist Finanzier, Ellsworth. Die *Business Week* hat neulich einen langen Artikel über ihn gebracht. Ein solcher Mann ist nie Jude.»

«Ich weiß genau, was sie meinen», sagte Walters. «In New York gibt's eine Privatbank, mit der unsere Firma seit Jahren zusammenarbeitet, Treuhandfonds und was nicht alles. Na ja, eines Tages wollte ich mit dem Präsidenten sprechen, aber man sagte mir, er sei nicht da. Also bat ich, mit dem Leiter der Treuhandabteilung verbunden zu werden, aber der war auch nicht da. Also fragte ich, eigentlich nur als Scherz, was für ein Feiertag denn in New York begangen werde. Und die Vermittlung antwortete, es sei Jon . . . Jom . . .»

«Jom Kippur», half ihm Don Burkhardt weiter.

«Ja, richtig, Jom Kippur. Das ist ein ganz besonders hoher Feiertag für die.» Er wandte sich an den Jüngeren. «Woher wissen Sie denn das?»

«Mein Partner ist Jude, und ich habe viele jüdische Freunde.»

«Ach so! Na, wie dem auch sei, ich wollte damit sagen, in all den Jahren, die ich mit denen zu tun hatte, war ich nie auf den Gedanken gekommen, sie könnten Juden sein. Aber das waren sie – die ganze Firma. Jedenfalls die oberen Ränge. Was sagen Sie dazu?» Verwundert schüttelte er den Kopf.

«Ihr macht mich krank!» Burkhardt stieß seinen Stuhl vom Tisch zurück, als wolle er seinem Abscheu dadurch Ausdruck verleihen. «Ihr redet wie die vom Ku Klux Klan.»

«Meinen Sie etwa mich?» Jason Walters war gekränkt. «Aus mir können Sie keinen Rassisten machen. Unser Hausarzt ist Dr. Goldstein, und wir halten große Stücke auf ihn.»

«Und wenn Sie mich meinen, Don», erklärte Megrim, «haben Sie sich auch geirrt. Im letzten Collegejahr war ein Jude mein Zimmergenosse. Er wohnt jetzt in Detroit, und jedesmal, wenn ich geschäftlich rüber muß, ist er der erste, den ich anrufe. Wir gehen essen und dann vielleicht ins Kino und anschließend eventuell noch in eine Bar und reden. Mein Gott, ich erzähle ihm manchmal Dinge, die ich nicht mal meinem Bruder erzählen würde oder auch meiner Frau. Er steht mir vermutlich näher als . . .»

«Und ich möchte darauf hinweisen», unterbrach Jason Walters ihn von oben herab, «daß Grace und ich vor zwei Jahren, statt wie üblich im Winterurlaub auf die Bermudas oder nach Palm Beach zu fahren, ins Heilige Land geflogen sind, und ich habe überall deutlich erklärt, was für großartige Arbeit sie da geleistet haben. Gewiß, sie müßten was wegen der palästinensischen Flüchtlinge unternehmen, aber im ganzen gesehen, haben sie Wunder gewirkt, und das betone ich, so oft ich dazu Gelegenheit habe.»

«Sie müssen verstehen, Don», sagte Albert Megrim beruhigend, «dies ist ein Gesellschaftsclub. Ein Ort, wo man mit anderen Leuten zusammenkommt. Und da zieht man es natürlich vor, mit seinen eigenen Leuten zusammenzukommen, weil man sich unter ihnen wohler fühlt.»

«Ganz recht», bestätigte Walters ernst. «Sehen Sie, meine Töchter kommen hierher zum Tanzen. Na ja, und da möchte ich natürlich, daß sie mit Leuten von unserer Art zusammen sind. Das heißt aber nicht, daß ich Vorurteile hege.»

«Natürlich nicht», entgegnete Burkhardt verächtlich. «Jeder bestreitet, ein Antisemit zu sein, aber . . .»

«Ich nicht», fiel Ellsworth Jordon ihm ins Wort.

«Sie nicht?» Der junge Mann starrte ihn verwundert an. «Sie wollen sagen, Sie sind tatsächlich ein Antisemit?»

«Gewiß. Das sind wir alle. Sie auch, Burkhardt. Sie schämen sich nur, es zuzugeben, weil Sie einen Haufen verrückte liberale Ideen haben und meinen, nur die Ungebildeten seien mit Vorurteilen behaftet. Aber Sie sind trotzdem einer. Daß Sie einen Juden als Geschäftspartner oder als bevorzugten Hausarzt oder als besten Freund haben, beweist überhaupt nichts. Oder vielmehr, für einen Juden wäre es der beste Beweis dafür, daß Sie Antisemit sind. Das ist so eine Art Familienscherz bei denen. Jedesmal, wenn jemand sagt, seine besten Freunde seien Juden, wissen sie, daß da ein Antisemit gesprochen hat.» Er grinste breit. «Ich muß es wissen, denn früher einmal waren meine besten Freunde Juden.»

«Aber Sie sagten doch gerade . . .» Don Burkhardt sah ihn verständnislos an.

«O ja, ich kann das zugeben, weil ich weiß, warum wir Antisemiten sind.»

«Das wissen Sie? Also, warum denn?»

«Weil sie uns Unbehagen bereiten.»

«Weshalb sollten sie uns Unbehagen bereiten?»

«Weil sie besser sind als wir», antwortete Jordon schlicht.

Sie starrten ihn an.

«Unsinn! Was soll das heißen, besser als wir?» fragte Megrim.

«Moralisch, ethisch», antwortete Jordon. «Ich glaube, sie sind einfach zivilisierter als wir. Und das bereitet uns Unbehagen, und deswegen mögen wir sie nicht.» Er lachte laut. «Der größte Witz aber dabei ist, daß diese Idioten keine Ahnung haben, warum wir sie nicht mögen – keinen Schimmer! Sie begreifen das psychologische Motiv einfach nicht. Sie weisen darauf hin, daß sie gute und loyale Bürger sind, mit einer geringen Scheidungs- und Kriminalitätsrate, daß sie nüchtern, fleißig und ehrgeizig sind. Sie arbeiten aktiv bei allen möglichen Bewegungen und Reformen mit und stehen gewöhnlich auf der Seite des Unterdrückten. Aber damit gewinnt man keine Freunde, wissen Sie. Im Gegenteil. So waren sie zum Beispiel die ersten, die den Schwarzen geholfen haben, und infolgedessen werden sie von den Schwarzen am meisten gehaßt.»

«Ja, aber sie haben den Schwarzen nur geholfen, weil sie beide Angehörige einer Minderheit waren», meinte Megrim. «Nehmen Sie dagegen mal Israel, wo sie in der Mehrzahl sind . . .»

«Da machen sie denselben Fehler», behauptete Jordon prompt. «Sie gründen ein kleines Land auf einem winzigen Gebiet, und was tun sie dann als erstes? Sie holen all ihre Glaubensgenossen aus sämtlichen arabischen Ländern herein, die alten und die kranken, und alle ohne einen Penny. Und sie ernähren sie, obwohl sie selbst kaum einen Pißpott haben. Damals gab es fast genauso viele Flüchtlinge im Land wie ursprüngliche Einwohner.»

Jordon trank einen Schluck und fuhr dann fort: «Andererseits konnte die gesamte arabische Welt, ungefähr achtzig Millionen Menschen auf Gott weiß wie vielen Millionen Quadratmeilen Land, keinen Platz für zweitausend ihrer eigenen Brüder finden und ließ sie in Flüchtlingslagern verrotten. Und dann sagen Leute wie Jason Walters hier, die Israelis müßten etwas für die palästinensischen Flüchtlinge tun – die Israelis, verstehen Sie? Nicht die Araber!»

«Ja, für ihre eigenen Leute sorgen sie», entgegnete Megrim. «Das weiß schließlich jeder. Aber heutzutage . . .»

«Heutzutage haben sie den ‹Barmherzigen Zaun› an der libanesischen Grenze», unterbrach ihn Burkhardt. «Und diejenigen, die sie da kostenlos ärztlich behandeln, sind nicht ihre eigenen Leute. Jeder Araber, der an den Zaun kommt, ob Christ oder Moslem, bekommt Hilfe, wenn er sie braucht.»

«Na, was sagen Sie *dazu*, Padre?» höhnte Jordon. «Die da unten umgebracht werden, das sind Christen, aber in der ganzen christlichen Welt macht keiner einen Finger für sie krumm, ja, es protestiert nicht mal einer, weder der Papst noch Ihr Weltkirchenrat, noch die christlichen Länder. Nur diese verdammten Juden. Es ist schlichtweg beschämend. Kein Wunder, daß niemand sie in der UNO unterstützt. Darauf wollte ich hinaus. Sie bereiten allen Unbehagen, also stimmen alle gegen sie.»

«Die Vereinigten Staaten sind da aber kaum besser dran», wandte Jason Walters ein. «Und wenn man's recht bedenkt, so hassen uns die meisten Länder ebenfalls.»

Jordon kicherte. «Gewiß tun sie es, und aus genau demselben Grund. Weil wir nämlich auch ein bißchen so sind.»

«Unsinn! Sie hassen uns, weil wir reich und mächtig sind», behauptete Megrim.

«Das ist nicht wahr», widersprach Jordon. «Wenn man mächtig ist, wird man gefürchtet. Sicher, man mag auch gehaßt werden, aber nur so lange, wie es einen Grund dafür gibt, Angst zu haben. Im Zweiten Weltkrieg haßten wir die Japaner und die Deutschen, weil wir Angst vor ihnen hatten. Die Italiener haßten wir nicht, weil wir keine Angst vor ihnen hatten. Und sobald der Krieg aus war, hörten wir auch auf, die Japaner und die Deutschen zu hassen. Wollen Sie wissen, warum Amerika heutzutage gehaßt wird? Warum es überall diese ‹Ami-Go-Home›-Propaganda gibt? Weil wir uns einer erschreckend guten Tat schuldig gemacht haben: des Marshall Plans. Niemals zuvor in der Weltgeschichte hat es eine Siegernation unternommen, die besiegten Länder wieder aufzubauen. Millionen haben wir verschenkt, ohne Bedingungen daran zu knüpfen, und seit jener Zeit haßt man uns. Und man wird uns weiter hassen, bis die Erinnerung an jene ungeheure moralische Tat verblaßt ist.»

«Das ist doch barer Unsinn, Ellsworth», protestierte Megrim. «Wir werden gehaßt, weil wir überheblich und aufdringlich waren, wenn wir in ihre Länder kamen. Vielleicht kam das daher, daß wir so weit von zu Hause weg waren oder weil wir die Sprache nicht verstanden oder ihre Bräuche, deswegen fühlten wir uns ein bißchen unsicher und kaschierten das, indem wir, nun ja, uns anmaßend benahmen. Und deswegen neigen wir auch dazu, die Juden nicht zu mögen – weil sie aufdringlich sind.»

«Aufdringlich würde ich sie nicht nennen», meinte Burkhardt. Nun, da das Gespräch auf philosophischem Niveau weiterging, gelang es ihm, ruhig zu bleiben. «Ich glaube, sie sind einfach ein bißchen eifriger als wir. Mehr nicht. Mein Partner, zum Beispiel, wenn der sich auf ein neues Projekt stürzt, tut er, als hinge die Welt davon ab. Genauso, wenn er versucht, sich zu entspannen, und Golf spielt. Er hetzt regelrecht über den Platz. Es ist, als täte er alles ein bißchen im Übermaß, als lebe er mit einer höheren Körpertemperatur, falls Sie verstehen, was ich meine. Dasselbe habe ich bei anderen beobachtet. Vielleicht liegt es an ihren Genen. Wäre logisch, bei all dem Elend, das sie durchgemacht haben, Pogrome und so, müssen die, die jetzt noch leben, eine echte Auslese sein.»

«Durchaus nicht! Es liegt an ihrer Religion», behauptete Jordon energisch.

«Aber sie haben keine Religion!» widersprach Dr. Springhurst, zum erstenmal am Thema interessiert.

«Ach was, Padre! Die haben sie doch erfunden – die moderne jedenfalls», behauptete Jordon.

«Das ist richtig. Und eine Zeitlang *waren* sie auch ein sehr religiöses Volk. In jenen Tagen war ihnen der Herr nahe und zeigte sich ihnen in zahlreichen Wundern.» Der alte Pastor schüttelte betrübt den Kopf. «Aber je mehr er sich ihnen zeigte, desto mehr entfernten sie sich von ihm. Man stelle sich vor: Nach einem Wunder wie der Teilung des Roten Meeres machten sie sich das goldene Kalb! Dennoch aber blieben sie ein religiöses Volk. Der große Wandel kam erst zu Lebzeiten unseres Herrn Jesus. Der erkannte das und versuchte es zu verhindern. Das war seine Mission, die Pharisäer und Schriftgelehrten daran zu hindern, daß sie die wahre Religion zu einer Art praktischer, ethischer Kulturgesellschaft herabwürdigten. Sie haben keinen Gott, jedenfalls keinen, von dem sie Erlösung erwarten dürfen. Ihr Gott, bitte schön, kann nicht *erkannt* werden. Man kann ihn nicht sehen. Man kann ihn sich nicht einmal vorstellen. Er ist wie das X in der Algebra. Das ermöglicht es ihnen, alle Regeln und Gesetze zu rechtfertigen, die sie einführen wollen: ‹Tut dies, denn der Herr befiehlt es.› Glauben wird nicht verlangt. Sie kennen nicht die Hoffnung auf den Himmel, nicht die Angst vor der Hölle, sondern lediglich ein paar Verhaltensregeln, begründet mit einem: ‹So spricht der Herr.› Auf diese Weise brauchen sie nichts zu beweisen. Sie brauchen ihre Leute nicht davon zu überzeugen, daß dies oder jenes richtig oder lohnend oder klug oder praktisch ist. Es gibt keine Diskussion über andere oder bessere Möglichkeiten. Es heißt nur, dies ist Gesetz, weil der Herr es befiehlt. Sicher, sie haben einige gute Gesetze geschaffen – genau wie es jede andere regierende Körperschaft tun würde –, aber auch ein paar verdammt törichte. Nur, das ist alles ebensowenig Religion, wie die amerikanische Verfassung Religion ist oder der Code Napoléon. Dagegen hat unser Herr Jesus gekämpft. Das war etwas ganz anderes als der Ausrutscher, mit dem Moses es zu tun hatte, als sie sich vom Gott Israels ab- und anderen Göttern zuwandten. Denn das war eine Abwendung vom Grundkonzept der Religion als Bindeglied zwischen Mensch und Gott. Deswegen mag sie niemand, Ellsworth. Weil sie das einzige gottlose Volk sind.»

«Und damit wären sie Angehörige Ihrer Kirche, Ellsworth», sagte Megrim grinsend. «Nach unserem guten Doktor zu urteilen, sind sie ein Haufen von Atheisten.»

«O nein!» Mit einer weit ausholenden Geste wies Ellsworth Jordon diese Behauptung von sich. «Sie irren sich, Padre. Wir haben nichts gegen sie, weil sie gottlos sind! Vor allem ich würde sie deswegen nicht ablehnen. Mag sein, daß sie ihre Religion gegen eine ethische Kulturgesellschaft eingetauscht haben. Aber damit nicht zufrieden, mußten sie uns anderen auch noch Jesus aufhalsen. Erinnern Sie sich? Er ist einer von ihren Leuten. Uns haben sie ihn angehängt, aber sie haben sich aus der Affäre gezogen. Uns haben sie eine Religion verpaßt, der niemand gerecht werden kann – halte die andere Backe hin, und so weiter – , während sie ein System, von mir aus auch einen Gesetzescode entwickelt haben, nach dem die Menschen leben können. Das ärgert uns nämlich, daß sie uns in eine Religion hineinmanövriert haben, die in uns ständig Schuldgefühle wachruft.»

«Aber Sie üben diese Religion doch nicht aus», wandte Megrim ein. «Sie behaupten, Atheist zu sein, also wüßte ich nicht, wieso Sie das berührt.»

«Natürlich berührt es mich», entgegnete Jordon. «Ich bin schließlich damit aufgewachsen, oder? Wenn man einem Einfluß so intensiv ausgesetzt wird, kann man ihn nie wieder ganz ablegen. Das ist es ja, was die Juden befähigt, so erfolgreich zu sein, in . . . na ja, allen möglichen Dingen. Sie können frei denken. Sie haben keinen Schuldkomplex. Sie werden nicht von Aberglauben behindert. Ihre Mathematiker, ihre Ärzte, ihre Physiker – nichts von dem, woran sie glauben, steht im Gegensatz zu ihren Wissenschaften. Sie brauchen nicht, wie wir, einen Teil ihrer Gedanken in einem Winkel abgeschlossen zu halten. Deswegen sind sie uns gegenüber ungeheuer im Vorteil. Sie können wirksamer arbeiten, deswegen scheint es, als lebten sie mit einer höheren Körpertemperatur.

Das Christentum, das sie uns oktroyierten, besteht aus Konzeptionen, die nicht mal ein Heiliger nachleben kann – und ich habe mich oft gefragt, wie *deren* Träume wohl ausgesehen haben. All dieses Zeug wie ‹die andere Wange reichen› oder ‹liebet eure Feinde› oder ‹wenn dich dein Auge ärgert, reiße es aus› übersteigt die Möglichkeiten eines normalen menschlichen Wesens.

Die Juden dagegen haben sich eine Religion gegeben – oder einen Moralkodex, wenn Sie so wollen – , nach der sich ein normaler Mensch richten kann, etwa, daß man einander helfen soll, einander respektieren soll, das Leben genießen soll, indem man ißt, trinkt und Kinder zeugt. Und was ist das Ergebnis? Wir befolgen unsere Regeln nicht, weil sie unsere Kraft übersteigen, und behalten nur das Irrationale und die abergläubischen Elemente – die Angst vor der Hölle, das Schuldbewußtsein, wenn unser Gehirm seine normale Funktion erfüllt und das Unmögliche in Frage stellt. Während die Juden sich an ihre Prinzipien halten, weil sie innerhalb der menschlichen Grenzen liegen. Und manchmal gelingt es ihnen sogar, die christlichen Regeln zu befolgen – wenn es zupaß kommt, oder geschäftlich günstig oder vernünftig ist – wie bei diesem ‹Barmherzigen Zaun›. Aber das ist schon wieder ‹liebet eure Feinde› und ‹reiche die andere Wange›.»

Plötzlich kam ihm ein Gedanke. «He, wißt ihr was? Die sind ja überhaupt die einzige christliche Nation der heutigen Welt! Was sagen Sie dazu Padre? Ihre Kirche versucht seit Hunderten von Jahren, sie zu bekehren, aber inzwischen haben sie sich selbst bekehrt, und Sie haben es nicht mal gemerkt.»

«Nun gut, Ellsworth, da Sie jetzt bewiesen haben, daß Juden eigentlich Christen sind, denken Sie da anders über die Mitgliedschaft von diesem Segal?» erkundigte sich Megrim grinsend.

«Verdammt noch mal – nein!» antwortete Jordon. «Ich werde trotzdem gegen diesen Scheißkerl stimmen.»

«Ich . . . Das verstehe ich einfach nicht», gestand Burkhardt.

«Was verstehen Sie nicht?» fragte Jordon.

«Einerseits behaupten Sie, Segal sei ein besserer Mensch als Sie, andererseits aber erklären Sie, daß Sie gegen ihn stimmen werden.»

«Na und? Angenommen, Sie sind ganz verrückt nach einer Frau, aber Sie wissen, daß sie gemein und primitiv und absolut eklig ist. Heißt das, daß Sie sie nicht mehr begehren? Verlangen, Abneigung oder die anderen Gefühle besitzen eine ganz eigene Logik.» Er grinste den Jüngeren an. «Wenn man jung ist, ist man vorsichtig mit dem, was man denkt. Man hat Ideen, aber wenn es nicht die richtigen Ideen sind, schiebt man sie beiseite. Entweder das, oder man verdreht sie so lange, bis sie akzeptabel sind. Man fürchtet, die Familie, den Chef, einen wichtigen Kunden oder Klienten zu verärgern. Wenn man aber so alt ist wie ich, vor allem, wenn man keine Familie, keinen Chef und keine wichtigen Kunden hat, besonders, wenn man, wie ich, bereits von den Schwingen des Todesengels gestreift worden ist, braucht man sich wegen der merkwürdigen Ideen, die einem in den Kopf kommen, keine Sorgen mehr zu machen. Man kann sie akzeptieren, sie bis zu Ende durchdenken und dann hingehen und tun, was einem paßt.»

«Und es stört Sie nicht, wenn Sie inkonsequent sind?» fragte Burkhardt.

Jordon lächelte breit. «Einen Dreck kümmert es mich! Deswegen kann ich behaupten, daß der Jude ein besserer Mensch ist als ich, und trotzdem sagen, daß ich ihn nicht um mich haben will.»

«Wissen Sie was, Ellsworth?» sinnierte Megrim, den Blick zur Decke gerichtet. «Dieser junge Bursche, der da bei Ihnen wohnt – den hat meine Frau gestern in der Bank gesehen, und sie sagt, sie fände, er sähe jüdisch aus.»

Jordon starrte ihn verständnislos an. «Großer Gott, an Billy hab ich ja überhaupt nicht mehr gedacht! Ich muß sofort los!» Hastig erhob er sich und verließ die Bar.

Obwohl Jordon sehr viel von Disziplin hielt, war er kein Zuchtmeister. Er hatte sich immer gehütet, Billy gegenüber allzu streng zu sein. Denn schließlich war er nicht der Erziehungsberechtigte. Außerdem wollte er, daß Billy ihn gern hatte.

Hätte er nur geahnt, daß der Junge so dickköpfig sein würde, er hätte ihn überhaupt nicht erst eingeschlossen. Er hatte erwartet, Billy würde nachgeben, bevor er zum *Agathon* aufbrach. Als er das nicht tat, mußte er seine Drohung natürlich wahrmachen, aber er hatte im Club höchstens auf einen Drink bleiben und spätestens nach einer halben Stunde zurück sein wollen. Sich in eine lange Diskussion verwickeln zu lassen, hatte er wirklich nicht beabsichtigt, und ganz bestimmt nicht in eine, die so lange dauerte wie diese.

Er schlug die Haustür hörbar hinter sich zu und erwartete nun, daß der Junge nach ihm rief, damit er ihn aus dem Zimmer lasse. Aber es kam nichts. Ein bißchen beunruhigt ging er zur Zimmertür des Jungen und klopfte. Dann legte er das Ohr an die Tür und lauschte angestrengt. Da er immer noch nichts hörte, schloß er auf und öffnete die Tür. Das Zimmer war leer!

Sofort war ihm klar, was geschehen sein mußte: Der Junge war aus dem Fenster geklettert – kein großes Kunststück, da sich das Zimmer praktisch in Bodenhöhe befand. Das Fenster stand einen Spalt offen, anscheinend, damit er es bei seiner Rückkehr mühelos wieder hochschieben konnte. Trotzdem machte er den Wandschrank auf und sah erleichtert, daß Billys Sachen alle noch da waren. Jordon kicherte vor sich hin. Dann klatschte er sich auf den Oberschenkel und brüllte vor Lachen. Er ging hinaus und verschloß die Tür wieder von außen. Der Junge hatte Unternehmungsgeist bewiesen, und das gefiel ihm. Mehr noch, er hatte seinen Willen durchgesetzt, ohne zu jammern oder zu streiten. Das bedeutete, daß keiner von ihnen das Gesicht verloren hatte. Er mußte zugeben, daß er sich über diese Lösung freute.

Auf einmal kam ihm ein Gedanke; er griff nach dem Telefon und wählte Lawrence Gores Nummer.

«Larry? Ist Billy bei Ihnen?» erkundigte er sich.

«Nein, Ellsworth. Er ist gerade fort. Ist was Wichtiges? Ich könnte ihn vom Fenster aus noch schnell zurückrufen.»

«Nein, und sagen Sie ihm auch bitte nicht, daß ich angerufen habe.» Er lachte. «Wir sehen uns morgen in der Bank, dann erzähle ich Ihnen alles. Übrigens, wann ist er bei Ihnen angekommen? . . . Gegen acht? Na, so was!»

Der Junge mußte wenige Minuten, nachdem er ihn eingeschlossen hatte, verschwunden sein. Zufrieden rieb er sich die Hände. Großartig!

12

In Hut und Mantel blickte Henry Maltzman sich noch einmal schnell im Büro um, knipste das Licht aus und wollte gehen. Da schrillte das Telefon. Es war natürlich Laura. Sie schaffte es jedesmal, ihn vor dem Gehen abzufangen.

«Henry? Würdest du bitte auf dem Heimweg beim Supermarkt vorbeifahren? Ich brauche noch ein paar Sachen.»

«Tut mir leid, Laura. Ich komme heute nicht direkt nach Hause. Ich muß zuerst noch zu Rabbi Small. Es ist wichtig.»

«Könntest du nicht zuerst diese Sachen holen und dann . . .»

«Geht nicht. Im Supermarkt werde ich bestimmt aufgehalten, und bis ich dann beim Rabbi bin, muß er schon fort zur Abendandacht.»

«Dann vielleicht später, nach dem Besuch beim Rabbi . . .»

«Dann ist der Supermarkt schon zu. Nein, Laura, du mußt die Sachen schon selbst holen oder eben ohne sie auskommen.»

«Aber wir haben heute abend Besuch! Das weißt du doch.»

«Ja, das weiß ich. Aber ich kann dir nicht helfen. Ruf den Supermarkt doch an. In Notfällen liefern die manchmal ins Haus.»

Eine halbe Stunde später, im Wohnzimmer des Rabbi, berichtete Maltzman von seinem Coup. «Wissen Sie, was das für die Synagoge bedeutet, einen Mann wie Ben Segal als Mitglied zu haben?»

«Nun, was denn?

«Weitere Mitglieder», antwortete Maltzman prompt. «Jeder ist gern Mitglied einer Vereinigung – eines Clubs, einer Loge, einer Synagoge oder so – , zu der auch ein Prominenter gehört. So ist der Mensch nun mal. Wenn es sich um einen großen, erfolgreichen Geschäftsmann wie Ben Segal handelt, bilden sie sich womöglich ein, sein Erfolg würde auf sie abfärben. Oder sie hoffen vielleicht, Geschäfte mit ihm machen zu können oder einen guten Rat hinsichtlich ihrer Investitionen zu bekommen. Doch meistens geht es darum, daß sie so ganz nebenbei seinen Namen erwähnen können. ‹Wie ich neulich zu Ben Segal sagte – wissen Sie, der von der Rohrbough Corporation; er ist Mitglied unserer Synagoge . . .› Und so weiter.»

«Nun, ich könnte mir bessere Gründe für die Mitgliedschaft in einer Synagoge vorstellen, aber ich bin nicht kleinlich», sagte der Rabbi gutmütig.

Maltzman grinste. «Sonst hätten wir wohl auch nicht genügend Mitglieder für einen *minjen*.»

Der Rabbi grinste ebenfalls. «Na schön. Also haben Sie ihn für uns gewonnen?»

«Tja, da gibt es allerdings einen kleinen Haken – nach seiner Meinung.»

«Was für einen Haken?»

«Tja, sehen Sie, als er ein Junge war, war seine Familie furchtbar arm. Sie hatten einen kleinen Laden, in dem er nach der Schule mitarbeitete. Darum konnten sie es sich damals, als er dreizehn wurde, nicht leisten, ihm eine Bar Mitzwa-Feier zu geben.»

Der Rabbi lächelte. «Und?»

«Das stört ihn. Er meint, er wäre kein richtiger Jude. So ist er nun mal – furchtbar gewissenhaft. All die vielen verschiedenen Städte, in denen sie gewohnt haben – wissen Sie, sie sind soviel umgezogen, weil er, sagen wir, in Detroit eine Firma übernahm und sie dorthin umziehen mußten, und dann tauschte er die etwa für eine Firma in Dallas ein, und sie mußten wieder nach dort ziehen und wohnten die ganze Zeit immer nur in Hotels –, in all diesen Städten jedenfalls sind sie nie einer Synagoge beigetreten, hauptsächlich, glaube ich, weil sie nie richtig dazu kamen und nicht vor hatten, lange zu bleiben, aber auch, weil er das Gefühl hatte, er sei kein richtiger Jude, weil er eben keine Bar Mitzwa gehabt hatte.»

«Aber Sie haben ihm doch sicher erklärt . . .»

«Aber hier will er sich endgültig niederlassen», fuhr Maltzman rasch fort. «Rohrbough will er nicht wieder abstoßen. Er will das Werk selber leiten und will sich ein Haus bauen und hier wohnen. Er möchte Einwohner von Barnard's Crossing werden. Als er das sagte, habe ich ihm vorgeschlagen, unserer Synagoge beizutreten, und da hat er mir das mit der Bar Mitzwa gestanden. Ich wollte ihm gerade sagen, das spiele keine Rolle, da erzählt seine Frau, sie habe von einem alten Mann in Kalifornien gehört, der seine Bar Mitzwa noch mit siebzig Jahren gefeiert hat, ob er denn das nicht auch tun könnte. Und da hatte ich ihn dann – den Trick!»

«Den Trick?»

«Ganz recht. Seit dem Tag, an dem ich Vorstandsvorsitzender wurde, und sogar schon vorher, habe ich nach einem Trick gesucht, nach einem Trick, der die Synagoge attraktiv macht. Wenn man jemandem etwas verkaufen will, braucht man einen bestimmten Trick. In meiner Branche, als ich anfing, Häuser zu verkaufen, waren es gekachelte Bäder mit Duschnischentüren aus Glas. Wenn man ein Haus an der Hand hatte, das solide gebaut war, mit schönen, sonnigen Zimmern in guter Lage, dann war das alles nicht attraktiv genug, wenn es kein gekacheltes Bad hatte. Das war der Blickfang. Hatte es kein gekacheltes Bad, war das Ding nicht an den Mann zu bringen. Na ja, nach einiger Zeit hatten alle Häuser gekachelte Bäder, also mußte man mit einem anderen Trick winken. Da kamen die gekachelten Küchen auf. Und dann die Küchen mit Holzschränken. Und dann Hobbyräume. Dann eingerichtete Kellerräume mit Bar. Verstehen Sie? Als ich dann Vorstandsvorsitzender der Synagoge wurde und feststellte, daß wir mehr Mitglieder brauchten, überlegte ich mir, was für ein Trick sie wohl für uns gewinnen würde. Ich hab mir ständig den Kopf zerbrochen. Und dann erzählt Mrs. Segal von diesem alten Mann mit seiner Bar Mitzwa, und ihr Mann ist interessiert, und da habe ich meinen Trick.

Er will eine Bar Mitzwa? Na wunderbar, wir geben ihm eine. Wir laden alle Juden der ganzen Stadt ein, ob sie Gemeindemitglieder sind oder nicht. ‹Sie sind herzlichst eingeladen zum Gottesdienst und der Bar Mitzwa von Benjamin Segal.› Wir könnten's in Braun machen. Er würde die üblichen Worte sprechen . . .»

«Heute bin ich ein Mann?»

Maltzman grinste. «Na ja, warum nicht? Ich möchte wetten, daß er mitmacht. Dann halte ich als Vorsitzender eine kleine Ansprache und überreiche ihm, wie allen Bar Mitzwa-Kindern, ein Gebetbuch. Sie geben ihm Ihren Segen und sprechen ebenfalls, wie üblich, ein paar Worte. Anschließend geben wir ihm dann in der Sakristei eine Party, damit er die anderen kennenlernt. Ich finde sogar, wir könnten ihm, als kleiner Gag, ein paar Füllfederhalter schenken . . .»

«Füllfederhalter?»

«Ach so, das war wohl vor Ihrer Zeit. Aber als ich ein Junge war, waren Füllfederhalter das beliebteste Geschenk für einen Bar Mitzwa-Jungen. Nicht Kugelschreiber, sondern die mit der Goldfeder, die man selbst aus einer Tintenflasche füllt. Wissen Sie, der Junge kam dann bald auf die High School, und da brauchte er das. Sie kosteten zwischen zwei und fünfzehn bis zwanzig Dollar, also waren sie auch ein recht anständiges Geschenk. Gott, als ich die Bar Mitzwa hatte, habe ich mindestens ein halbes Dutzend bekommen. Am nächsten Tag trug ich sie alle in der Brusttasche und sah damit aus wie der Portier im *Russian Samovar*. Segal ist so alt wie ich, daher wird er sich erinnern und seinen Spaß daran haben.»

«Ich verstehe.»

«Also abgemacht?»

«Nein, keineswegs, Mr. Maltzman. Ich hege nicht die Absicht, bei einem Gag mitzumachen. Mr. Segal hatte seine Bar Mitzwa, als er dreizehn war, ob ihm das bewußt war oder nicht. Ein spezieller Ritus oder ein Ritual ist nicht erforderlich. Das Ganze geht automatisch vor sich. Im Gegensatz zur christlichen Taufe. Es handelt sich nicht um die Einführung in eine Religion oder einen Stamm. Das ist bei uns die Beschneidung. Wenn Mr. Segal sich der Religion seiner Väter noch einmal weihen lassen will, wäre es sinnvoller, wenn er sich noch einmal beschneiden ließe.»

«Das ist doch verrückt!»

Der Rabbi nickte. «Aber das wäre wenigstens logisch einigermaßen gerechtfertigt. Die Bar Mitzwa dagegen bedeutet lediglich, daß der Junge volljährig ist, also vorgeblich reif genug, die Verantwortung für seine Taten und Sünden selbst zu übernehmen. Es ist dasselbe, wie wenn jemand einundzwanzig wird, oder achtzehn, oder wie alt immer man sein muß, um rechtskräftige Verträge schließen zu können. Es ist weder eine besondere Zeremonie nötig noch eine Party oder Ansprachen. Wenn man einundzwanzig ist, darf man wählen und Verträge schließen. Und mehr bedeutet die Bar Mitzwa auch nicht: daß man volljährig geworden ist.»

«Aber man wird vor die Bundeslade gerufen, um aus der Schrift zu lesen!»

«Aber nur, weil man als Erwachsener jetzt ein Mitglied der Gemeinde ist. Es ist eine Aufmerksamkeit, die wir jedem neuen Mitglied erweisen oder auch einem Fremden, der zufällig anwesend ist. Wenn wir bei der Morgenandacht aus der Schrift lesen, und es ist jemand anwesend, den ich zuvor noch nie gesehen habe, biete ich ihm das jedesmal an. Das würden Sie wissen, wenn Sie gelegentlich am *minjen* teilnehmen würden.»

«Aber dieser Alte an der Westküste . . .»

«Ich bin nicht verantwortlich für Dinge, die an der Westküste geschehen.»

«Woanders aber ebenfalls. Im *Hadassah Journal* gab es ein Foto von einer ganzen Gruppe, alles ältere Mitbürger, die nach Israel gefahren und an der Klagemauer eine Massen-Bar Mitzwa gefeiert haben.» Maltzmans Stirn war mit Schweißtropfen bedeckt.

Der Rabbi schüttelte den Kopf. «Die Entscheidung eines anderen Rabbi ist nicht meine Sache. Ich lege das Gesetz aus, wie ich es verstehe. Ich halte nichts davon, die Bedeutung oder Auslegung einer alten, bewährten Tradition zu verändern. Die ganzen Zeremonien der Konfirmation und Neuweihe sind uns fremd. Wir bestätigen unseren Glauben jedesmal, wenn wir eines der Gebote ausführen, jedesmal, wenn wir unsere Gebete oder einen Segen sprechen oder eine neue Erkenntnis hinsichtlich unserer Religion gewinnen. Die alten Rabbis warnten davor, unnötige Gelübde abzulegen. Es wäre möglich, daß wir dabei den Namen des Herrn unnütz im Munde führen. An Jom Kippur, im Kol-Nidre-Gebet, bitten wir ja sogar darum, von Gelübden befreit zu werden, statt umgekehrt. Gewiß, wenn Sie diesem Ben Segal in der Sakristei eine Party geben wollen, kann ich Sie nicht daran hindern, obwohl ich bezweifle, daß es sehr geschmackvoll ist, den Beitritt eines neuen Mitglieds nur deswegen zu feiern, weil es sich um einen reichen Mann handelt. Aber was im Angesicht der Bundeslade und der Gesetzesrollen geschieht, fällt unter meine Zuständigkeit, und da kann ich meine Zustimmung nicht geben.»

Maltzmans Augen drohten aus ihren Höhlen zu treten, und sein Gesicht war puterrot. Er sprang so unvermittelt auf, daß er den Stuhl umwarf. Wütend funkelte er den Rabbi an, dann bückte er sich und stellte den Stuhl wieder auf. Als er sich aufrichtete, schien er die Selbstbeherrschung zurückgewonnen zu haben. Ja, er brachte sogar ein Lächeln zustande. «Das werden wir sehen, Rabbi.» Damit machte er kehrt und ging hinaus.

13

Als Henry Maltzman zu Hause eintraf, waren die Gäste schon alle da. An der unwirschen Art, wie er seinen Mantel abwarf, erkannte Laura, seine Frau, daß irgend etwas nicht stimmte.

«Warst du beim Rabbi?» fragte sie ihn.

«Ja, war ich.» Er ging ins Wohnzimmer. «Hallo, Leute! Tut mir leid, daß ich so spät komme. Ich war noch bei unserem geistlichen Führer.»

Sein Sarkasmus verriet seiner Frau, daß er verärgert war, und das machte ihr Sorgen. «Ich glaube, wir können jetzt essen», verkündete sie munter und führte ihre Gäste ins Eßzimmer.

Sie füllte die Teller aus einer Terrine auf einem Beistelltischchen mit Suppe und rief: «Bitte nicht zu warten! Die Suppe muß heiß gegessen werden.»

«Da fehlt Salz», knurrte ihr Mann.

«Köstlich, einfach köstlich!» sagte Mrs. Streitfuß bewundernd. «Die hat einen ganz besonderen Geschmack. Linsen?»

«Dicke Bohnen», berichtigte Laura. «Die großen. Ich lasse sie zerkochen, davon kommt dieser besondere Geschmack.»

«Sie müssen mir unbedingt das Rezept geben!»

«Also, das nenne ich eine Suppe!» lobte Allen Glick. «Warum kannst du nicht solche Suppen kochen?» fragte er seine Frau.

Als Laura den Tisch für den nächsten Gang abräumte, lehnte sich ihr Mann, der bis jetzt geschwiegen hatte, zurück und sagte: «Habt ihr schon gehört, daß die Rohrbough Corporation von der Segal-Gruppe übernommen wird?»

«Aber ja! Das stand letzte Woche in der Zeitung», antwortete Roger Streitfuß. «Jedenfalls, daß es im Gespräch sei.»

«Nun, jetzt steht es fest», erklärte Maltzman. «Und Ben Segal, der Präsident der Gruppe, will das Werk persönlich leiten. Er ist mit seiner Frau hier in der Stadt. Und – hört euch das an – sie werden Mitglieder unserer Synagoge.»

«He, was sagt ihr dazu!» rief Herb Mandell.

«Stellt euch vor, einer der ganz großen Finanziers kommt in die Stadt, und als erstes tritt er unserer Synagoge bei!» Allen Glick schüttelte staunend den Kopf.

«Nun, so würde ich es nicht gerade ausdrücken», widersprach Maltzman. «Ich meine, er gehört nicht zu den frommen Juden, die nicht ohne die Synagoge leben können. Im Gegenteil, er hielt sich gar nicht für einen richtigen Juden. Natürlich, er ist als Jude geboren, und das verleugnet er auch nicht, aber weil seine Familie damals so arm war, hat er nie seine Bar Mitzwa gefeiert, deswegen hielt er sich nicht für einen echten Juden. Versteht ihr?»

«Also, ich glaube nicht . . .»

«Im *Hadassah Journal* . . .»

«Mir scheint . . .»

Maltzman hob die Hand, und die anderen schwiegen. «Ich habe den Artikel im *Hadassah Journal* auch gelesen. Über die alten Männer aus Kalifornien, die ihre Bar Mitzwa in Jerusalem an der Klagemauer gefeiert haben. Stimmt's? Nun, ich habe ihm das erzählt, und er war einverstanden.» Er sah in die Runde, um sich der Aufmerksamkeit aller Gäste zu versichern. «Und dann hatte ich eine Idee. Ihr wißt ja, ich habe immer gesagt, wir müssen neue Mitglieder werben. Nach meiner Ansicht gibt es mindestens hundert jüdische Familien in der Stadt, die nicht zur Synagoge gehören. Vielleicht sogar mehr. Möglicherweise wissen sie nicht, ob sie überhaupt hier wohnen bleiben werden. Möglicherweise aber ist man nicht auf die richtige Art an sie herangetreten.»

«Vielleicht wollen sie keiner Synagoge beitreten, in der Frauen wie Bürger zweiter Klasse behandelt werden», ergänzte Molly Mandell.

Maltzman nickte. «Kann sein. Jedenfalls war ich immer der Ansicht, wenn wir nur den richtigen Trick fänden, könnten wir diesen Leuten die Synagoge verkaufen. Und ich war überzeugt, ihn jetzt gefunden zu haben. Da ist dieses große Tier und wird die Firma Rohrbough leiten, und einige von unseren Leuten arbeiten da. Es stört ihn, daß er nie eine Bar Mitzwa-Feier gehabt hat, er glaubt, kein richtiger Jude zu sein, und kann doch mit einem Namen wie Segal gar nichts anderes sein, wenn er nicht seinen Namen ändert, und das will er nicht. Also dachte ich mir, man könnte zwei Fliegen mit einer Klappe schlagen. Wir, die Synagoge, könnten ihm eine Bar Mitzwa-Feier ausrichten. Und wir laden alle Juden der Stadt ein, ob sie Mitglieder sind oder nicht: ‹Sie sind herzlichst eingeladen zum Gottesdienst und der Bar Mitzwa von Benjamin Segal aus Chicago . . .› Kapiert ihr?»

An ihren Mienen sah er, daß sie kapiert hatten, daß sie die Idee alle genauso großartig fanden wie er.

«Deswegen habe ich heute den Rabbi aufgesucht. Und deswegen bin ich erst so spät nach Hause gekommen.»

«Und?»

«Nichts und. Er wollte nichts davon hören. Es verstoße gegen unsere Religion, hat er gesagt. Die Bar Mitzwa kommt, wenn man dreizehn ist, ob man es will oder nicht. Und er will nichts damit zu schaffen haben.»

«Tja . . .»

«So was hat mein Vater auch gesagt.»

«Das verstehe ich nicht! Müßte man das in Jerusalem denn nicht auch wissen?»

«Und die Hadassah-Leute müßten es doch auch wissen, nicht wahr?»

«Unser Rabbi weiß es aber vermutlich besser», antwortete Maltzman bitter. «Er sagt, er sei nicht verantwortlich für das, was andere Rabbis tun. Und es ist nicht das erste Mal . . .»

«Vielleicht hat er das Gefühl, daß du gegen ihn bist», meinte seine Frau, die mit dem Hauptgericht hereinkam. «Alle anderen Vorsitzenden haben ihn zu den Vorstandssitzungen eingeladen, nur du nicht. Wenn er an der Sitzung teilnähme und es käme etwas zur Sprache . . .»

Maltzman war aufgebracht. «Ich habe dir doch erklärt, daß die Sitzungen jetzt ganz anders verlaufen. Bis wir die Statutenform durchgebracht haben, konnte praktisch jeder an den Sitzungen teilnehmen. Es gab fünfundvierzig Vorstandsmitglieder und sämtliche ehemaligen Vorsitzenden. Die Sitzungen wurden sonntags vormittags abgehalten, wenn die Leute ihre Kinder zur Sonntagsschule brachten oder zum Morgen*minjen* kamen. Dann konnten die Vorstandsmitglieder, die schon da waren, gleich zur Sitzung dortbleiben. Verrückt! Bei den meisten Sitzungen waren höchstens fünfzehn bis zwanzig Mitglieder anwesend, aber wenn ein Antrag eingebracht wurde und jemand dagegen war, telefonierten sie die ganze Woche lang mit den Vorstandsmitgliedern, und bei der nächsten Sitzung, wenn darüber abgestimmt werden sollte, waren es vierzig oder noch mehr, und der Antrag wurde abgelehnt. So kann man keine Geschäfte führen. Aber jetzt haben wir einen Vorstand mit nur fünfzehn Mitgliedern, also eher einen Verwaltungsrat. Und wir setzen uns nachmittags zusammen. Und zwar jede zweite Woche, statt, wie bisher, jede Woche. Es sind richtige Geschäftssitzungen, nicht eine Gelegenheit, wo man müßige Reden führen kann. Jeder, der dazu verpflichtet ist, kommt. Wenn jemand bei zwei oder drei Sitzungen fehlt, wird er abgewählt, und ich habe das Recht, einen Ersatzmann zu bestimmen, wie ich es neulich mit Herb Mandell getan habe, als Joe Cohen meinte, er könne nicht regelmäßig kommen. Wenn ich also den Rabbi zu unseren Sitzungen einladen würde, könnte er nicht an allen teilnehmen. Er hat möglicherweise eine Trauung vorzunehmen oder eine Beerdigung oder eine andere Sitzung. Und wenn er nicht jede Woche kommt, müssen wir kostbare Zeit vergeuden und ihm erklären, um was es bei den einzelnen Punkten der Tagesordnung geht.»

«Ich finde», stellte Molly Mandell gelassen fest, «daß es ein großer Fehler war, dem Rabbi einen Vertrag auf Lebenszeit zu geben.»

«Wir haben ihm keinen Vertrag auf Lebenszeit gegeben», erwiderte Roger Streitfuß. «Wir haben ihm zwar einen angeboten, aber er wollte nicht. Das war, glaube ich, vor ungefähr zwei Jahren. Er hat lediglich einen Jahresvertrag. Auf eigenen Wunsch.»

«Ganz recht», bestätigte Maltzman. «Das war in dem Jahr, als er nach Israel fuhr. Vielleicht gedachte er dorthin zurückzukehren und wollte dann nicht durch einen langfristigen Vertrag gebunden sein.»

«Und wie genau wird das gehandhabt?» erkundigte sich Molly interessiert. «Handeln Sie jedes Jahr mit ihm die Bedingungen aus und setzen anschließend den neuen Vertrag auf?»

«O nein! Sein Gehalt ist lediglich ein Posten unseres Budgets. Wenn der Vorstand das Budget billigt, schickt ihm die Sekretärin einen Brief mit der Mitteilung, daß sein Vertrag um ein Jahr verlängert worden ist. Das ist alles.»

«Und was wäre, wenn Sie ihm schrieben, er sei nicht verlängert worden?» fragte Allen Glick. «Nur rein theoretisch, verstehen Sie?»

«Tja, keine Ahnung. Er würde vermutlich . . . Keine Ahnung, was er tun würde», gestand Maltzman.

«Bestimmt würde er seine Kündigung einreichen», meinte Roger Streitfuß. «Wie ich weiß, hat er mit früheren Vorständen auch schon Schwierigkeiten gehabt und um seinen Job gekämpft. Aber es ist noch nie offiziell gegen ihn gestimmt worden.»

«Da könnten Sie recht haben», sagte Allen Glick. «Was blieb ihm anderes übrig, als zurückzutreten? Entweder das, oder er müßte den Vorstand um eine Neuabstimmung bitten. Und dazu ist er zu stolz.»

«Bei fünfzehn Vorstandsmitgliedern brauchen wir nur acht Gegenstimmen», stellte Streitfuß fest und fügte hitzig hinzu: «Wenn diese Angelegenheit zur Sprache käme, würde ich gegen ihn stimmen.»

Die anderen hatten Verständnis für seine Gefühle. Sie alle wußten, daß der Rabbi sich geweigert hatte, bei der Hochzeit von Streitfuß' Tochter mit einem Nichtjuden an einer gemeinsamen Trauung teilzunehmen.

«Ich auch», erklärte Allen Glick. «Was ist mit Ihnen, Herb? Sie sind doch auch jetzt im Vorstand und haben eine Stimme.»

«Oh, Herb würde mitmachen», behauptete Molly, ehe ihr Mann selbst antworten konnte. «Wenn wir jemals die Gleichberechtigung der Frauen beim Gottesdienst erreichen und eine zeitgemäße, moderne Synagoge haben wollen, müssen wir Rabbi Small rausschmeißen und einen Rabbi holen, der mitzieht.»

«Also, Henry, jetzt haben Sie schon drei Stimmen», sagte Streitfuß. «Fehlen nur noch fünf.»

Maltzmans Augen blitzten. Er rieb sich die Hände. «Ja, und ich glaube, die können wir auch noch auftreiben.»

Alle Gäste rings um den Tisch lächelten.

«Aber wir müssen sehr vorsichtig vorgehen», warnte Maltzman. «Es muß unbedingt unter uns bleiben, denn wenn die Opposition Wind davon kriegt . . .»

14

Stanley Doble, Hausmeister der Synagoge, war durchaus kein idealer Angestellter. Denn erstens war er unzuverlässig. Es war schon vorgekommen, daß er eine Arbeit unterbrach, angeblich, um zum Mittagessen zu gehen, und dann tagelang nicht zurückgekommen war, weil er jemanden getroffen hatte, der den Vorschlag machte, nach Maine raufzufahren und auf die Rotwildjagd zu gehen. Außerdem betrank er sich gelegentlich, allerdings, um fair zu sein, gewöhnlich in seiner Freizeit. Andererseits war er ein geschickter Handwerker, der gut tischlern konnte, Klempnerarbeiten verrichtete, Heizung und Klimaanlage instand hielt und etwas von Elektrizität verstand. Der Synagogenvorstand, obwohl häufig verärgert über seine Eskapaden, fand ihn jedoch im großen und ganzen akzeptabel. Und da sie ihm überdies keinen so hohen Lohn bezahlten, übersahen sie die Schwarzarbeiten, die er nebenher annahm.

Zumeist lief er in einem schmutzigen T-Shirt, einem mit Ölflecken übersäten Overall und mindestens einem Zweitagebart herum. Frisch rasiert, mit gekämmten Haaren und seinem ‹guten Anzug› jedoch wirkte er recht präsentabel. Zwar war er nicht groß, aber sehr kräftig gebaut und suchte einen möglichst wilden Eindruck zu machen, als wolle er alle größeren Männer warnen, daß mit ihm nicht gut Kirschen essen sei. Er hatte ein grobes, fleischiges Gesicht und kleine Augen mit halb geschlossenen Lidern, so daß es aussah, als blinzelte er in die Sonne. Seine Nase war knollig und ein bißchen schief, weil man sie ihm einmal bei einer Keilerei eingeschlagen hatte. So mochte er zwar insgesamt kein sehr ansehnliches Mannsbild sein, war aber normalerweise gutmütig und freundlich.

Als Martha Peterson ihn unten im Supermarkt traf, trug er nicht seinen guten Anzug, und auf seiner Wange prangte ein Schmierfleck; deswegen schlug sie auch seine Einladung aus, im Drugstore mit ihm ein Soda zu trinken. Als er sie um eine Verabredung bat, antwortete sie jedoch: «Na schön, ich habe heute abend frei.»

Sein Gesicht wurde lang. «Ach, Marty! heute ist Freitag, da haben die in der Synagoge Gottesdienst, und ich muß hinterher saubermachen. Mir wäre es morgen abend lieber.»

Da sie es für wichtig hielt, ihren Status als kapriziöse, ja launische Gewährerin von Gunstbeweisen zu wahren, erwiderte sie hochmütig: «Tut mir leid, aber heute ist mein einziger freier Abend.»

Und da ihm die unmittelbare Zukunft stets wichtiger war als eine Verantwortung, die ihm erst später oblag, antwortete er: «Also gut. Ich werd's sicher einrichten können. Gegen sieben hole ich dich zu Hause ab.»

«Nein, du holst mich von der Arbeit ab.»

«Warum kann ich dich denn nicht zu Hause abholen?»

«Weil ich nicht mit dem Bus heimfahren will. Mein Wagen ist bei der Inspektion, also habe ich keine Fahrgelegenheit.»

«Ach, komm doch, Marty!»

«Kann dir das denn nicht egal sein?» erkundigte sie sich.

«Ach, weißt du, dein Chef, der alte Jordon, mit dem hatte ich mal Krach wegen einem Job, den ich für ihn ausgeführt habe, und ich hab ihm gesagt, ich würde sein Grundstück nie wieder betreten.»

«Hast du etwa Angst vor ihm?»

«Angst? Nein, aber wo ich doch gesagt habe, ich würde nie wieder . . .»

«Na, wenn du nicht kannst, dann laß es eben. Es gibt noch andere Fische im Meer.»

Durch seine Augenschlitze musterte er sie abschätzend. Dann fiel ihm ein, wenn er für sie so viele Opfer brachte, müsse sie sich ihm verpflichtet fühlen und ihn dafür entschädigen. «Na schön», entschied er. «Ich hole dich um sieben ab. Aber du mußt fertig sein, wenn ich klingele!»

«Okay.»

15

Lawrence Gore blickte fragend auf, als Molly Mandell sein Büro betrat.

«Ich möchte Sie wirklich nicht stören, Mr. Gore, aber Mr. Jordon . . .»

«War er heute morgen da?» fragte er rasch. «Hat er . . . hat er Sie wieder zu belästigen versucht?»

Sie errötete. «Nein, er war nicht da. Aber der Bericht . . .»

Er hob den Finger. «Stimmt! Der Ellsworth Jordon-Vierteljahresbericht. Ist heute fällig. Ich habe es nicht vergessen. Ich habe sogar heute morgen schon mit ihm gesprochen.» Er lehnte sich im Drehsessel zurück. «Und er hat mich für heute abend zum Dinner eingeladen.»

«Damit er den Bericht mit Ihnen durchgehen kann?»

«Vermutlich. Außerdem will er mir seine Peter-Archer-Suppenterrine leihen.»

«Dann hat er sich also doch entschlossen?»

«Ach, ich glaube, das wollte er von Anfang an. Es ist eben seine Art. Aber ich rief ihn heute morgen an und sagte ihm, ich wolle die Sammlung heute abend zum Museum bringen, das sei die letzte Gelegenheit für ihn. Also sagte er okay, ich könne sie heute abend abholen, und dann lud er mich zum Essen ein.»

«Wie wollen Sie das Silber rüberbringen?» erkundigte sie sich neugierig.

«Mit meinem Kombiwagen.»

«Ganz allein?»

«Natürlich. Warum nicht?»

«Weil das Zeug sehr wertvoll ist.»

«Das ist es allerdings.»

«Also sollten Sie lieber jemanden mitnehmen. Sie könnten einen Unfall haben, und . . .»

«Sie haben recht, Molly – wie immer.» Er überlegte eine Minute. «Ich werde Billy darum bitten. Lassen Sie ihn doch bitte herkommen, ja, Molly?»

Als der junge Mann erschien, sagte er: «Ich möchte heute abend das

Peter-Archer-Silber nach Boston bringen. Hätten Sie Lust, mitzukommen – sozusagen als bewaffneter Begleitschutz?»

«Mann, fabelhaft! Soll ich Sie zu Hause abholen? Um wieviel Uhr?»

«Nicht nötig, ich komme zu Ihnen. Mr. Jordon hat mich zum Dinner eingeladen. Dabei hole ich seine Suppenterrine ab . . .»

«Ich wußte, daß er sie Ihnen geben wollte. Martha hat sie neulich schon putzen müssen.»

«Dann wäre das abgemacht. Nach dem Dinner fahren wir gleich zu mir, und Sie können mir helfen, das Zeug einzuladen.»

Gegen Mittag erinnerte Molly ihren Chef noch einmal an den Jordonbericht, und er antwortete, er werde sich darum kümmern, sobald er vom Lunch zurück sei. Aber beim Lunch traf er ein paar Kunden, und so wurde es nach zwei, bis er wieder in seinem Büro war. Als sie ihn abermals daran erinnerte, sagte er: «Ich hab's mir überlegt. Wenn ich den Bericht mitnehme, muß ich ihn heute noch mit ihm Punkt für Punkt durchgehen. Das dauert dann bestimmt bis Mitternacht. Ich werde ihm sagen, daß ich ihn per Post schicke.»

«Aber er ist doch so pingelig und verlangt seine Berichte immer genau an dem Tag, an dem sie fällig sind. Und dieser hier ist heute fällig.»

Er grinste sie spitzbübisch an. «Na also, dann habe ich noch bis Mitternacht Zeit. Wenn der Brief nach fünf in die Post kommt, wird er am Samstag nicht mehr ausgetragen. Also kann ich ihn jederzeit während des Wochenendes aufgeben, und er bekommt ihn doch noch am Montag.»

Sie musterte ihn zweifelnd. «Kann ich vielleicht etwas für Sie tun?» fragte sie dann.

Er zupfte an seiner Unterlippe und sah sie nachdenklich an. «In der Tat, das können Sie wirklich. Es ist im Grunde keine große Sache. Hier, ich werde es Ihnen zeigen.» Er holte Ellsworth Jordons Akte heraus. «Das hier sind die Käufe, und das die Verkäufe, zumeist Aktien, aber auch einige Grundstückstransaktionen. Sie führen also die hier untereinander auf . . .»

«Ich habe in der Schule Buchhaltung gelernt.»

«Das reicht bestimmt, glauben Sie mir! Das und Ihr gesunder Menschenverstand. Sie brauchen diese hier nur in einer Spalte aufführen, und die da in der anderen. Aufgeschlüsselt, natürlich, aber das steht ja praktisch alles schon da. Kopieren Sie einfach die Form der früheren Berichte, aber sauber getippt, ja?»

Bei Geschäftsschluß war sie noch lange nicht fertig, erbot sich aber, die Arbeit mit nach Hause zu nehmen.

«Ich bitte Sie höchst ungern darum», meinte er.

«Sie bitten mich ja nicht. Ich tue es freiwillig.»

«Aber wird Herb nicht . . .»

«Herb leitet heute abend in der Synagoge den Bruderschafts-Gottesdienst. Und ich muß ohnehin zu Hause bleiben und auf seine Mutter aufpassen.»

«Dann ist doch die sicher . . .»

«Meine Schwiegermutter geht sofort nach dem Essen nach oben und ist um acht längst eingeschlafen. Wirklich, es macht mir überhaupt nichts aus. So habe ich wenigstens etwas zu tun.»

«Tja, also – wenn es Ihnen wirklich nichts ausmacht. Ich werde es wieder gutmachen.»

16

Als er gerade an seine Haustür kam, hörte Maltzman das Telefon klingeln. Hastig fingerte er nach seinem Schlüssel, für den Fall, daß es für ihn war. Und tatsächlich, als er die Tür aufschloß, hörte er seine Frau sagen: «Oh, er kommt gerade herein. Einen Moment.» Sie legte die Hand über die Sprechmuschel und flüsterte: «Mr. Segal.»

Er nahm den Hörer. «Mr. Segal?» sagte er. «Wie geht's Ihnen? . . . Wunderbar . . . Nein, noch nicht. Ich habe ihn ein paarmal zu erreichen versucht, aber ohne Erfolg . . . Ja, ich verstehe . . . Ich erwische ihn bestimmt in den nächsten Tagen . . . Selbstverständlich gebe ich Ihnen sofort Bescheid . . . Gut . . . Gut . . . Wiederhören.»

Als er den Hörer auflegte, erklärte er: «Wegen dem Grundstück auf dem Point. Diese großen Finanziers! Wenn die was wollen, glauben die immer, man könnte es ihnen –» er schnippte mit den Fingern – «einfach so beschaffen.»

«Hast du wirklich versucht, Ellsworth Jordon zu erreichen?»

«Natürlich nicht, aber das brauche ich ihm doch nicht auf die Nase zu binden.»

«Befürchtest du, daß er . . .»

«Ich befürchte, daß Ellsworth Jordon nichts mit mir zu tun haben will und behaupten wird, das Grundstück sei nicht zu verkaufen. Oder daß er einen so lächerlich hohen Preis verlangt, daß sogar Ben Segal nicht bereit ist, so viel zu bezahlen.»

«Vielleicht solltest du jemand anders vorschicken, vielleicht die Dalton Realty.»

«Und die Courtage teilen? Kommt nicht in Frage!»

«Also was willst du tun?»

«Ich weiß es nicht. Ich muß es mir überlegen. Vielleicht gehe ich mal zu Larry Gore, der einen Teil seiner Geschäftstransaktionen betreut. Das ist ein vernünftiger Mann, und ich weiß, daß er eine Menge von mir hält, denn er hat Segal an mich verwiesen. Ich könnte mit ihm sprechen und meine Karten auf den Tisch legen. Vielleicht wird er dann . . .»

«Vielleicht bildest du dir das alles bloß ein, Henry», entgegnete seine

Frau. «Vielleicht steigerst du dich da bloß hinein, wie der Mann, der sich von seinem Nachbarn einen Rasenmäher leihen will. Vielleicht will Jordon sogar gern verkaufen. Wenigstens solltest du ihn fragen.»

Nachdenklich schürzte er die Lippen. «Weißt du, Laura, du hast recht. Ich werde diesen Mistkerl jetzt sofort anrufen und ihm die Lage auseinandersetzen. Gib mir das Telefon!»

«Willst du nicht lieber bis morgen warten?» meinte sie.

Er starrte sie an. «Bis morgen? Samstag? Warum?»

«Na ja, du fühlst dich doch immer soviel wohler, soviel entspannter, nach dem . . . nach dem . . .»

«Ich fühle mich entspannt genug. Gib mir endlich das verdammte Telefon!»

17

Als Billy die Haustür öffnete, um Lawrence Gore einzulassen, rief Jordon aus dem Wohnzimmer: «Sie sind spät dran, Larry!» Gleich darauf, als Gore ihn begrüßte, deutete er zum Kaminsims, auf dem eine alte Kutschenuhr stand.

Gore konsultierte seine Armbanduhr. «Sind Sie sicher, Ellsworth? Auf meiner ist es jetzt Punkt sechs.»

«Selbstverständlich bin ich sicher. Meine Uhr geht hundertprozentig genau. Ich stelle sie jeden Tag nach dem Radio. Sie sind fünf Minuten zu spät gekommen.»

«Nun, das tut mir leid, Ellsworth.» Er streifte das Armband von der Hand, sah auf die Kaminuhr und stellte umständlich die eigene danach.

«Schon gut, schon gut, wir vergeuden nur kostbare Zeit!» mahnte der Alte, als gäbe er in einem wichtigen Punkt nach. «Martha hat heute abend eine Verabredung und möchte früh gehen, also lassen wir sie nicht warten.» Mit einer Armbewegung scheuchte er Gore und Billy ins Eßzimmer hinüber.

Als Gore seine Serviette entfaltete, sagte er: «Albert Megrim war heute vormittag in der Bank. Er sagte mir, Sie wollten gegen jemanden stimmen, den ich für den *Agathon* vorgeschlagen habe. Ben Segal.»

Jordon kicherte. «Ganz recht. Und vor einer halben Stunde hat mich Henry Maltzman angerufen, weil er mein Grundstück auf dem Point für diesen selben Ben Segal kaufen wollte.»

«Er hat Ihnen seinen Auftraggeber genannt? Das klingt aber gar nicht nach Henry Maltzman.»

«Ich habe erklärt, ich werde nicht mal darüber diskutieren, wenn er ihn mir nicht nennen wolle.»

«Na ja, wahrscheinlich denkt er sich, Sie werden ihn nicht um seine Kommission bringen wollen.»

«Es gibt keine Kommission.»

«Aber . . .»

«Ich habe abgelehnt.» Er lächelte breit.

Gore sah ihn verständnislos an. «Kennen Sie diesen Segal?»

«Nein. Habe ihn nie zu Gesicht bekommen.»

«Dann . . .» Gore trank einen Schluck Wasser. «Dieser Ben Segal ist aus Chicago. Ein Großfinanzier. Er übernimmt die Rohrbough Corporation und will sie selbst führen. Und als ich das letzte Mal Ihren Eigentumsbestand mit Ihnen durchging, gehörte das Grundstück auf dem Point zu denen, die Sie abstoßen wollten. Bei dem Preis, den Sie dafür verlangen, werden Sie nicht so schnell einen Käufer finden. Ich würde sagen, Ben Segal ist die beste Chance, die Sie je haben werden.»

«Ach, wirklich? Großfinanzier, hm?» Er trommelte auf dem Tisch herum.

«Ganz recht. Die *Business Week* hat vor ungefähr einem Monat einen Artikel über ihn gebracht. Ich habe ihn in den *Agathon* zum Lunch eingeladen, und es gefiel ihm dort, und es hat ihm geschmeckt. Dann hat er mich gebeten, ihn zur Mitgliedschaft vorzuschlagen. Einfach so. Hat weder nach dem Beitrag noch nach der Aufnahmegebühr gefragt. Er interessiert sich noch nicht mal für Yachten oder die anderen Möglichkeiten, die der Club zu bieten hat. Er fand einfach, man könne dort gut essen. Ein solcher Mann wird niemals um den Preis eines Grundstücks feilschen, an das er sein Herz gehängt hat.»

«Nun», erwiderte Jordon mit saurem Grinsen, «ich hab die Tür ja nicht ganz zugeschlagen. Dieser Maltzman dachte, ich ziere mich nur oder rede am Telefon nicht gern über Preise, deswegen fragte er, ob er mich aufsuchen dürfe, um alles mit mir zu besprechen. Und ich habe ihm gesagt, ich erwarte ihn heute abend um halb neun.»

«Ach so! Dann ist ja alles in Ordnung.» Gore war erleichtert.

«Ich habe ihm erklärt», fuhr der Alte fort, «ich wüßte, daß er der Vorstandsvorsitzende der Synagoge sei, und daß es am Freitagabend um halb neun, den Anschlägen draußen zufolge, jeweils einen Gottesdienst gebe, und nun wollte ich gern sehen, was für ihn wichtiger sei, seine Kommission oder seine Religion.» Der Alte warf den Kopf zurück und lachte hämisch.

Billy musterte ihn zweifelnd, als wisse er nicht recht, ob das ein Scherz gewesen sein sollte oder nicht.

Gore gab vor, belustigt zu sein. «Und was hat er geantwortet?» fragte er.

«Er sagte, falls er kommen werde, dann nur, um mir eine Kugel durch den Kopf zu jagen.»

«Na also!» Gore lächelte voller Genugtuung. «Jetzt haben Sie's verpatzt, und Sie können von Glück sagen, wenn Sie einen anderen finden, der Ihnen die Hälfte der verlangten Summe bezahlt.»

«Glauben Sie wirklich?» Jordon legte den Suppenlöffel hin, langte nach hinten und zog seine Brieftasche aus der Gesäßtasche. «Sie würden also wetten, daß Maltzman um halb neun nicht erscheint?»

«Aber sicher.»

«Dann lassen Sie Ihr Geld sehen.»

«Sie meinen, ich soll . . . .» Gore zog einen Dollarschein aus der Tasche und legte ihn auf den Tisch.

«Wunderbar. Billy wird den Bankhalter spielen. Das verleiht ihm ein Gefühl für Verantwortung.»

Martha kam, die Suppenteller abzuräumen. Sie wartete, während der Alte hastig den Teller schräg hielt, um auch den letzten Rest noch auszulöffeln. «Wollen Sie uns drängen, Martha?» erkundigte er sich.

«Ich hab gesehen, daß Sie nicht mehr essen.»

«Ich hatte nur aufgehört, um eine Finanztransaktion durchzuführen. Na schön, ich bin fertig. Wichtige Verabredung heute abend?»

«Einfach eine Verabredung», antwortete sie und ging, um das Hauptgericht hereinzuholen.

Später, als sie wiederkam, um den Tisch abzuräumen, erkundigte sich Jordon scherzhaft: «Wer ist es denn, Martha? Wer ist der Glückliche, heute abend?»

«Geht Sie nichts an», antwortete sie schnippisch.

Der Alte brüllte vor Lachen. «Also, das ist mir mal 'n temperamentvolles Mädchen», erklärte er beifällig. «Kommen Sie, gehen wir lieber ins Wohnzimmer. Den Kaffee können wir auch da trinken, und sie kann dann schneller hier abräumen.»»

Als Martha wenige Minuten darauf den Kaffee servierte, war sie schon zum Ausgehen angezogen.

«Gehen Sie jetzt?» erkundigte sich Jordon.

«Gleich», antwortete sie. «Ich warte nur noch auf meinen Freund.»

«Soll das heißen, daß er Sie anruft?»

«Nein, er will mich hier abholen. Mein Wagen ist in der Reparatur.»

«Dann kommt er also her, nicht wahr? Wie, sagten Sie doch, ist sein Name?»

«Gar nichts habe ich gesagt.»

«Also, Martha, daß wir uns recht verstehen», sagte er freundlich. «Mit wem Sie ausgehen, ist Ihre Sache, aber wer in mein Haus kommt, ist meine Sache.»

Seine Stimme war schärfer geworden, und da sie es nicht der Mühe wert fand, deswegen zu streiten, antwortete sie achselzuckend: «Stanley Doble. Wahrscheinlich kennen Sie ihn.»

«Allerdings kenne ich ihn», sagte er grimmig. «Und ich werde es nicht dulden.»

«Was soll das heißen?»

«Das soll heißen, daß ich ihn nicht in meinem Haus dulde!»

Sie lächelte verkniffen. «Ich glaube, der mag Sie ebensowenig wie Sie ihn. Sobald er also klingelt, werde ich . . . .»

«Dann hat er immer noch unbefugt mein Grundstück betreten. Wenn Sie sich mit ihm treffen wollen, tun Sie das freundlichst unten am Tor, Missy.»

«Also, Sie . . .» Ungläubig starrte sie ihn an. Dann machte sie kehrt und ging steif hinaus. Kurz darauf war sie wieder zurück – im Mantel und mit ihrer Handtasche unter dem Arm. In der Hand hielt sie einen Schlüssel, den sie vor seiner Nase schwenkte. «Da ist Ihr Schlüssel.» Sie ließ ihm den Schlüssel in den Schoß fallen. «Ich brauche ihn nicht mehr. Ich komme nie wieder. Suchen Sie sich jemand anders.» Damit ging sie zur Haustür, riß sie auf und knallte sie heftig hinter sich zu.

Billy sah von Jordon zu Gore, als wisse er nicht, wie er sich verhalten solle. Ellsworth Jordon, eindeutig verblüfft, schien jedoch nicht allzu verärgert. Um Gores Lippen spielte ein rätselhaftes Lächeln.

«Jetzt haben Sie's geschafft, Ellsworth», stellte er gelassen fest. «Man kann die Menschen nur bis zu einer gewissen Grenze rumschubsen. Jetzt müssen Sie sich eine andere Haushälterin suchen.»

«Das beweist, wie wenig Menschenkenntnis Sie besitzen, Larry», entgegnete Jordon verächtlich. «Die kommt wieder.»

Gore war verwirrt – und interessiert. «Wie kommen Sie darauf?»

Der Ältere lächelte. «Heute ist der einunddreißigste, nicht wahr? Also, bis jetzt hat sie ihren Monatsscheck noch nicht von mir erhalten. Möglich, daß sie bis Montag oder Dienstag wartet, ob er vielleicht mit der Post eintrifft. Möglich aber auch, daß sie ihn sich abholt, wahrscheinlich morgen. Vielleicht ja sogar noch heute abend, nachdem Sie weg sind. Und dann gibt es giftige Bemerkungen, die zu einem Riesenkrach führen. Dann ist die Luft wieder gereinigt, und wir werden beide zugeben, daß wir ein bißchen übereilt gehandelt haben.»

«Sie sind wirklich ein bösartiger, alter Mistkerl», sagte Gore nicht ohne eine Andeutung von Bewunderung.

Der Alte war sichtlich stolz, und Billy hielt die Bemerkung für angebracht: «Martha geht schnell in die Luft, aber sie beruhigt sich auch ebenso schnell wieder.»

«Da hören Sie's, Larry», bestätigte Jordon. «Und jetzt endlich zur Sache. Geben Sie mir den Vierteljahresbericht, damit wir ihn uns ansehen können . . .»

«Oh, den habe ich nicht mitgebracht», erklärte Gore lässig. «Der war noch nicht fertig, als ich fortging.»

«Der Bericht ist heute fällig», sagte Jordon mit tonloser Stimme.

«Nein, Ellsworth. Wir müssen ihn heute abschicken. Das bedeutet, wir haben bis Mitternacht Zeit . . .»

Der Alte schlug mit der Faust auf die Sessellehne. Sein Gesicht färbte sich rot. «Verdammt noch mal, ich habe heute am Telefon mit Ihnen darüber gesprochen und sie dann zum Dinner eingeladen. Sie wußten genau, daß Sie den Bericht mitbringen sollten!»

Es klingelte.

Sofort wandelte sich Jordons Stimmung. Voller Genugtuung rieb er sich die Hände. «Das ist bestimmt Martha, die zurückkommt. Geh aufmachen, Billy. Aber wenn sie diesen Taugenichts, diesen Doble bei sich hat, kannst du ihr sagen, ich will sie nicht sprechen.»

Als Billy die Tür öffnete, sah er Stanley draußen stehen – allein. Er war eindeutig verlegen und nervös. «Martha Peterson?» fragte er.

«Tut mir leid, die ist nicht hier . . .»

«Sind Sie das, Doble?» Jordon stand auf und kam in die Diele. Mit lauter Kommandostimme sagte er: «Ich habe Ihnen erklärt, ich wünsche nicht, daß Sie dieses Haus je wieder betreten. Verschwinden Sie, oder ich rufe die Polizei.»

«Ich wollte Martha Peterson abholen», wiederholte Stanley stur.

«Sie ist aber nicht hier. Sie arbeitet nicht mehr bei mir.»

«Das stimmt», bestätigte Billy. «Sie hat gekündigt, als er ihr sagte, er werde nicht dulden, daß Sie hierher kommen.»

«Also . . .» Stanley drängte sich mit erhobenen Armen und ausgestreckten Händen an Billy vorbei, als wolle er den Alten beim Hals pakken. Gore, der Jordon in die Diele hinaus gefolgt war, trat zwischen sie. Er legte Doble die Hand auf die Brust. Mit leiser Stimme sagte er: «Seien Sie kein Dummkopf, Doble. Sie machen sich unglücklich. Martha wartet unten am Tor auf Sie.»

«Ich habe sie aber nicht gesehen.»

«Wahrscheinlich haben Sie sie nicht bemerkt, als Sie in die Einfahrt eingebogen sind», sagte Gore beschwichtigend. «Aber sie ist bestimmt da und wartet auf Sie. Gehen Sie lieber. Vielleicht wartet sie nicht lange.»

Stanley ließ sich behutsam zur Tür schieben. Auf der Schwelle hielt er noch einmal inne und schüttelte die Faust. «Sie sind ein gemeiner, alter Schweinehund, Jordon, und Sie lügen! Verlassen Sie sich drauf: Ich komme wieder!»

Als er schließlich die Tür hinter Stanley Doble schloß, erkundigte sich Gore: «Was hat er Ihnen eigentlich getan, Ellsworth, daß Sie so böse auf ihn sind?»

Der Alte winkte gelassen ab. «Ach, es ging da um eine Arbeit, die ich ihm aufgetragen hatte. Vor Monaten schon. Meine Haustür klemmte, und er sollte sie richten. Er hob sie aus den Angeln und hobelte die Kante ab. Dann hängte er sie ein, aber sie war immer noch nicht in Ordnung. Und er wollte sie nicht richten, solange ich ihm das nicht extra bezahlte.»

«Sie scheint aber doch zu funktionieren.»

«Nein, das Schloß schnappt nicht richtig ein. Sie schließt nur, wenn man sie richtig fest zuzieht.»

«Und deswegen haben Sie zu ihm gesagt . . .»

«Deswegen und wegen des Streits, den wir hatten. Wenn ich jemandem einen Auftrag gebe, erwarte ich, daß er ihn ausführt, genau wie ich ihn selbstverständlich dafür bezahlen werde. Er behauptet, ich habe ihm aufgetragen, die Tür abzuhobeln, und ich hielt ihm entgegen, ich habe ihm aufgetragen, die Tür zu richten. Und das bedeutet, daß sie funktionieren muß.»

«Nun, ich kann nur sagen, ein Glück für Sie, daß ich hier war. Er war fürchterlich in Rage und wäre womöglich über Sie hergefallen.»

«Ach, mit dem wäre ich schon fertig geworden», behauptete Billy überheblich.

Beide Männer lachten, und Jordon sagte: «Du, Billy? Was hättest du schon tun können? Doble ist stark wie ein Bulle. Der könnte dich mit einer Hand hochheben.»

«Ja, aber ich hab das bessere Argument.» Billy zerrte an seinem Gürtel und brachte mit einer geschickten Bewegung einen Revolver zum Vorschein.

«Leg das verdammte Ding weg!» schrie Gore.

«Bist du verrückt geworden?» brüllte Jordon. «Woher hast du den?»

«Aus der Bank», gestand Billy zerknirscht. «Mr. Gore hat mich gebeten, als bewaffneter Begleitschutz mitzufahren, wenn er nachher das Silber ins Museum bringt.»

«Du Idiot! Ich brauche keinen Schutz!» Gore wandte sich entschuldigend an Jordon. «Ich habe das nur aus Spaß gesagt, als ich ihn bat, heute abend mitzufahren. Jeder weiß schließlich, daß das nichts weiter bedeutet, als einfach neben dem Fahrer zu sitzen.»

«Weißt du nicht, daß du in diesem Staat ein Jahr Gefängnis kriegst, wenn du mit einer Kanone erwischt wirst, und daß keiner dich da rausholen kann?» tobte Jordon. Und verächtlich fuhr er fort: «Jedesmal, wenn ich mir einbilde, du bist langsam erwachsen und wirst ein Mann, kommst du auf so eine Schnapsidee wie diese, und dann merke ich, daß du immer noch ein unreifer Bengel bist. Und jetzt leg den Revolver hier auf den Tisch und verzieh dich auf dein Zimmer. Ich schließe dich ein.»

«So'n Mist!» Trotzdem legte der junge Mann die Waffe gehorsam auf den Tisch und trottete mit gesenktem Kopf, ohne die beiden Herren anzusehen, in sein Zimmer, wo er die Tür hinter sich zuzog.

Ruhig drehte Ellsworth Jordon den Schlüssel im Schloß und kehrte dann zu seinem Lehnsessel zurück. Gore musterte ihn unsicher, ging ebenfalls zu Billys Tür und lauschte einen Moment. Dann gesellte er sich wieder zu dem Älteren.

«Das war aber ziemlich hart», meinte Gore.

«Hart? Ich hätte den Rohrstock nehmen sollen!»

«Vielleicht wäre das besser gewesen, statt ihn wie ein Kind auf sein Zimmer zu schicken – vor allem in meiner Gegenwart. Schließlich sind Sie ja nicht sein Vater.»

Der Alte schwieg. Der Schatten eines Lächelns spielte um seine Lippen. Dem Bankier, der das bemerkte, schoß plötzlich ein ganz wilder Gedanke durch den Kopf. «Oder doch?» fragte er. «Ist Billy Ihr Sohn?»

Jordon lehnte den Kopf an das Polster seines Sessels und schloß die Augen.

«Ist es das? Und wollten Sie, daß er bei mir in der Bank arbeitet, damit er den Umgang mit Geld erlernt?»

«Sie werden lästig, Larry», murmelte der Ältere, ohne die Augen aufzumachen. «Verschwinden Sie. Die Schüssel liegt in der Schachtel neben der Tür. Nehmen Sie sie und verschwinden Sie. Dies ist meine Zeit für die Transzendentale Meditation.»

«Und Billy? Wollen Sie ihn da drin lassen?»

Immer noch mit geschlossenen Augen lächelte Jordon, ohne ein Wort zu sagen.

Gore erhob sich und blickte unsicher auf das jetzt friedliche Gesicht seines Gastgebers hinab. Jordon atmete sehr langsam und regelmäßig, seine Lippen bewegten sich kaum wahrnehmbar beim Rezitieren seines Mantra. Schließlich griff Gore nach dem Paket.

18

Lawrence Gore lenkte den Wagen langsam die Einfahrt hinunter und sah dabei aufmerksam von einer Seite zur anderen. Als er die Straße erreicht hatte, fuhr er zu seinem Haus am Stadtrand, um die Kartons mit dem Peter-Archer-Silber zu holen.

Um acht Uhr befand er sich auf dem Highway nach Boston. Während des Fahrens überdachte er die Ereignisse des Abends. Er war jetzt fast sicher, daß Billy der Sohn von Jordon war. Und fragte sich nur, ob Billy es auch wußte, ob das der Grund für seine Fügsamkeit war. Er versuchte sich vorzustellen, wie er in Billys Alter gewesen war. Hätte er sich eine so strenge Behandlung gefallen lassen, wenn er bei einem Freund seiner Eltern zu Besuch gewesen wäre? Oder hätte er gepackt und wäre kurzerhand heimgefahren? Aber mal angenommen, er hätte keine Eltern gehabt? Seine Eltern wären tot gewesen? Oder angenommen, seine Eltern hätten ihm erklärt, sie hätten diesem Mann viel zu verdanken, und er dürfe ihn unter gar keinen Umständen verärgern? Ironisch lächelnd stellte er fest, daß auch er sich eine Menge von Ellsworth Jordon gefallen ließ. Aber das war natürlich rein geschäftlich.

In der Ferne sah er die Lichter einer Tankstelle und beschloß, anzuhalten, statt sich darauf zu verlassen, daß zu dieser späten Stunde noch eine andere offen hatte. Er bog ab und hielt erst weit hinter den Zapfsäulen. Dann ging er ins Büro, reichte dem Mann einen Dollarschein und fragte: «Könnte ich bitte Wechselgeld haben? Ich muß telefonieren.»

«Der Münzfernsprecher ist kaputt. Die Telefongesellschaft repariert ihn, und am nächsten Tag ist er schon wieder hin. Immer kommen nachts, wenn wir geschlossen haben, irgendwelche Jugendlichen und knacken sie auf, um das Geld rauszuholen, oder einfach so aus reinem Übermut.»

«Gibt es auf dieser Seite der Straße vor dem Tunnel noch eine andere Telefonzelle?»

«Ich habe einen Apparat im Büro. Den können Sie benutzen.» Er ging voran in sein Büro, drückte die Kein-Verkauf-Taste auf der Registrierkasse und reichte Gore das Kleingeld für seinen Dollar. Gore wählte und pfiff, während er wartete, tonlos vor sich hin. Als sich jemand meldete, sagte er: «Molly? Hier Lawrence Gore. Wie geht's mit dem Bericht?»

«Tja, also, ich habe alles wieder und wieder nachgerechnet, aber die beiden Endsummen stimmen nicht überein. Aber ich hab ihn trotzdem abgetippt.»

«Haben Sie auch bestimmt alle Posten, die ich mit ‹A› markiert habe, in die eine Spalte gesetzt, und die mit ‹P› in die andere?»

«Hm-hm. Ich hab's immer wieder nachgeprüft.»

«Dann muß ich einen Posten falsch markiert haben.»

«Vielleicht könnte ich Herb bitten, daß er es sich ansieht, und . . .»

«O nein, auf gar keinen Fall, Molly!» protestierte er rasch. «Das ist strengstes Bankgeheimnis.»

«O ja, ich dachte nur . . . Nein, ich werde es natürlich nicht tun. War Mr. Jordon sehr ärgerlich, daß Sie den Bericht nicht mitgebracht haben?»

«Das kann man wohl sagen. Ich dachte, er kriegt einen Schlaganfall. Meine Rettung war, daß ich ihn darauf hinwies, der Tag ende erst um Mitternacht. Jetzt hoffte ich, daß ich zeitig genug zurück sein könnte, um ihn abzuholen und rüberzubringen, aber als ich die Instruktionen des Museums noch mal durchlas, hab ich gesehen, daß ich mit den Leuten da die ganze Liste der Ausstellungsstücke durchgehen und bestätigen muß. Das kann ziemlich lange dauern, deswegen werde ich's also wohl nicht mehr bis Mitternacht schaffen.»

Sie merkte sofort, daß er sich Sorgen machte. «Ich könnte ihm den Bericht jetzt gleich rüberbringen», erbot sie sich. «Nur, daß er eben nicht ganz stimmt.»

«Ach ja, diesen Fehler hat er bestimmt sofort entdeckt. Der wird mich deswegen ganz schön zur Schnecke machen, aber . . . Nein, unmöglich, das kann ich nicht von Ihnen verlangen. Wo er doch so . . . Nein, Sie müßten ja ganz allein hinfahren und . . .»

«Glauben Sie etwa, ich habe Angst vor ihm?»

Er mußte lächeln über ihre typisch frauenrechtlerische Reaktion und warf einen Blick auf die große Wanduhr. «Nun ja, wenn es Ihnen wirklich nichts ausmacht . . .»

«Ganz und gar nicht. Ich freue mich, wenn ich helfen kann.»

«Sie sind ein Schatz!»

«Ich tu's nur für die Bank», sagte sie streng.

«Selbstverständlich.»

19

Mrs. Mandell erwachte vom Schrillen des Telefons. Nicht, daß sie geschlafen hätte, denn sie behauptete, sie schlafe niemals richtig, sie döse nur so vor sich hin. Aber es hatte einen Traum unterbrochen – na ja, nicht eigentlich richtig einen Traum, denn Träume hatte man nur, wenn man schlief. Eher eine Art Phantasievorstellung, die sie hatte, wenn sie vor sich hindöste. Obwohl die Einzelheiten variierten, war das Grundthema jedoch immer dasselbe: Wie es wäre, wenn SIE (so sprach sie immer von ihrer Schwiegertochter) nicht mehr da wäre. Zuweilen beinhaltete dieser Traum die Art und Weise ihres Dahinscheidens: tödlicher Unfall oder Ertrinken, wobei ihr Herbert bei dem Versuch, sie zu retten, überwältigenden Mut bewies. Selbstverständlich war er dann gramgebeugt, aber das brachte ihn nur seiner Mutter näher; nach einer Weile überwand er dann seinen Schmerz, obwohl die Erinnerung an die Tragödie ihn daran hinderte, je wieder zu heiraten.

Nun folgte eine Reihe von Vignetten ihres herrlichen gemeinsamen Lebens, in dem es nur noch sie beide gab. Beim Frühstück – sie war überzeugt, daß sie das schaffen würde – staunte er, wie perfekt es war. «He, Ma, dieser Kaffee ist einfach himmlisch! Und dieser Haferschleim! Wie schaffst du es nur, daß er immer so glatt und sahnig wird?» Und wenn er zur Arbeit ging, küßte er sie jungenhaft und sagte: «Mach dir's gemütlich, Liebling. Laß das Geschirr nur stehen, das spüle ich, wenn ich nach Hause komm.» Zum Dinner kochte sie dann seine Lieblingsspeisen, schwere, scharf gewürzte Gerichte, die er so gern aß, und anschließend verbrachten sie dann den Abend vor dem Fernseher oder spielten endlose Partien Scrabble, ein Spiel, das sie über alles liebte.

Sie wollte nicht, daß er sich ihr verpflichtet fühlte, und schlug ihm vor: «Geh doch mal aus und besuch deine Freunde, Herbert! Und nimm ein Mädchen mit! Es macht mir wirklich nichts aus, mal einen Abend allein zu bleiben.» Aber er antwortete dann: «Aber Ma, *du* bist doch meine beste Freundin!»

Oder SIE war nicht mehr da, weil er sich hatte von ihr scheiden lassen. Er hatte schließlich einsehen müssen, daß SIE seiner nicht würdig war und daß er nicht mehr mit ihr zusammen leben konnte.

Dann stellte sie sich vor, daß er sich wiederverheiratet hatte. Seine zweite Frau war eine schemenhafte Gestalt, die irgendwie einer drallen, polnischen Hausgehilfin ähnelte, die sie einmal gehabt hatte, und diese Frau gebar beinahe jedes Jahr ein Kind, ausschließlich Jungen, und alle sahen sie aus wie Herbert. Sie drängten sich um ihre Großmutter, allesamt Abbilder ihres Vaters in den verschiedenen Altersstufen, stießen und schubsten einander und kämpften um ihre Aufmerksamkeit. «Grandma, sieh mich an!» Herbert stand an ihrer Seite und schob sie gutmütig zurück. «Geht nur und spielt. Grandma ist müde.» Die Mutter tauchte nie auf in diesen Szenen. Bei so vielen Kindern hatte sie natürlich zu tun – mit Putzen, Kochen, Waschen, Spülen . . .

Sie hörte, wie Molly ans Telefon ging, konnte aber natürlich nicht verstehen, was SIE sagte. Sie lag im Bett und überlegte, ob sie Licht machen und eine Weile lesen oder versuchen sollte, noch einmal einzuschlafen. Oder ob sie vielleicht sogar aufstehen und sich unten eine Tasse Tee machen sollte. Bevor sie jedoch zu einem Entschluß kommen konnte, hörte sie Schritte auf der Treppe, langsame, behutsame Schritte, und dann wurde lautlos die Tür ihres Schlafzimmers geöffnet. Sie tat, als schliefe sie. Die Tür wurde wieder geschlossen, und die Schritte entfernten sich, die Treppe hinab. Bald darauf hörte sie, daß ein Auto angelassen wurde – scheinbar direkt unter ihrem Fenster. Verblüfft stieg sie aus dem Bett, ging zum Fenster und zog vorsichtig die Gardine beiseite, nur um gerade noch zu sehen, wie Mollys Coupé die Einfahrt hinunterrollte.

Wohin wollte SIE? War Herbert vielleicht etwas zugestoßen? War der Anruf von der Synagoge gekommen? Aber was sollte ihm in der Synagoge passieren?

Mrs. Mandell knipste ihre Nachttischlampe an und sah auf die Uhr. Kurz nach halb neun. Sie schlüpfte in einen Kimono und ging nach unten. Das Licht im Wohnzimmer brannte noch, also schlurfte sie in ihren Hauslatschen umher und inspizierte die Papiere auf dem Schreibtisch, an dem SIE getippt hatte. Vielleicht war SIE zur Post gefahren. Aber warum jetzt? Die nächste Post wurde erst morgen früh ausgetragen. Und etwas kaufen, wie Zigaretten oder eine Illustrierte im Drugstore, konnte SIE auch nicht mehr. Um diese Zeit hatten alle Geschäfte geschlossen. Außerdem mußte es etwas mit den Anruf zu tun haben, den SIE erhalten hatte. Vielleicht war SIE von Freunden angerufen worden – möglicherweise von einem Freund? Benutzte SIE Herberts Abwesenheit dazu, sich mit einem Liebhaber zu treffen?

Bei diesem Gedanken wurde Mrs. Mandell ganz schwach, und sie hielt es für besser, in ihr Schlafzimmer zurückzukehren, eine Pille zu nehmen und sich, falls nötig, wieder hinzulegen. Je mehr sie darüber nachdachte, desto mehr war sie von der Treulosigkeit ihrer Schwiegertochter überzeugt. Seltsamerweise hatten ihre Phantasie-Szenarios niemals dieses Ende der Ehe ihres Sohnes beinhaltet, weil . . . weil das ihren Sohn in ihren Augen lächerlich machte. Aber jetzt richtete sie ihre Gedanken darauf, weil es sein mußte. Was sollte sie tun? Wie sollte sie vorgehen? Gewiß, wenn Herbert zuvor nach Hause kam, war alles in Ordnung. Dann würde er SIE bei ihrer Heimkehr stellen und eine Erklärung verlangen. Aber was nun, wenn SIE zuerst nach Hause kam?

Sie hörte, daß ein Wagen in die stille Wohnstraße einbog. Ihre Brust füllte sich mit Hoffnung, es sei ihr Sohn. Doch ein Blick auf die Uhr sagte ihr, daß es erst kurz nach neun war, viel zu früh für ihn, von der Synagoge heimzukommen. Es mußte SIE sein, die nach Hause kam.

Eine Hand am Geländer, erklomm sie hastig die Treppe und ging zu Bett. Wenige Minuten darauf hielt ein Auto in der Einfahrt, dann hörte sie abermals Schritte auf der Treppe, und dann wurde leise die Tür zu ihrem Zimmer aufgemacht. Abermals tat sie, als schlafe sie, atmete tief und röchelnd, bis sie hörte, daß die Tür wieder zugezogen wurde und die Schritte sich über die Treppe entfernten.

20

Um den Besuch der Synagoge zu fördern, hatte Henry Maltzman der Bruderschaft vorgeschlagen, die Schirmherrschaft für die Freitagabendgottesdienste zu übernehmen.

«Was meinen Sie mit Schirmherrschaft?» erkundigte sich Howard Jonas, der Vorsitzende der Bruderschaft.

«Na ja, eben dafür werben, alle zusammentrommeln. Das Rednerpult schmücken. Den kleinen Imbiß hinterher organisieren.»

«Aber das macht doch die Schwesternschaft.»

«Natürlich. Also warum sollte die Bruderschaft zur Abwechslung nicht auch mal einen Abend übernehmen? Das gibt dem Ganzen neues Leben – Sie wissen schon, Konkurrenz.»

«Wollen Sie sagen, bei dem Imbiß sollen die Männerr den Tee einschenken? Den Frauen? ‹Ein Stück Zucker oder zwei, Mrs. Feldman?› Also hören Sie! Das ist doch Weiberarbeit, Henry.»

Aber Maltzman ließ nicht locker, und so stimmten sie schließlich zu, diese Aufgabe einmal im Monat zu übernehmen, während die übrigen Freitage weiterhin der Betreuung durch die Damen überlassen blieben. Und Herb Mandell, der Vorsitzende des Ausschusses für dieses Unternehmen, stand an diesem Abend mit Howard Jonas zusammen an der Synagogentür, um die Gemeindemitglieder willkommen zu heißen. Für diesen ersten ihrer Abende hatten sie an jedermann Einladungen verschickt, auch – nachdem sie das Telefonbuch von Barnard's Crossing zu Rate gezogen hatten – an jene Einwohner, deren Namen darauf schließen ließen, daß sie ebenfalls Juden waren. «Und wenn wir uns geirrt haben und einem Nichtjuden eine Einladung schicken und wenn der dann tatsächlich kommt, was schadet das schon? Das ist ökumenisch.»

Mandell nahm seine Pflichten sehr ernst. Wann immer der Strom der Ankommenden nachließ, eilte er in den Andachtsraum hinunter, um nachzusehen, wie weit die Vorbereitungen für den Imbiß gediehen waren. Da er der erste Tenor im Barbierquartett der Bruderschaft war, die den Kantor vor der Bundeslade beim Singen des En Kelohaynu am Schluß des Gottesdienstes begleiten sollte, machte er sich darüber hinaus Sorgen über eine leichte Heiserkeit, die er im Laufe des Nachmittags entwickelt hatte.

Darum suchte er jedesmal, wenn er hinunterging, schnell noch die Herrentoilette auf, um im Spiegel über dem Waschbecken nach Rötungen im Hals zu fahnden. Dann schüttete er aus einer Taschenpackung, die er von zu Hause mitgebracht hatte, ein bißchen Salz in einen Pappbecher mit warmem Wasser und gurgelte ein paar Sekunden.

Auf dem Podium standen zu beiden Seiten der Bundeslade je zwei thronähnliche, mit rotem Samt gepolsterte Sessel. Die beiden links waren für den Rabbi und den Vorsitzenden der Gemeinde, während die rechts gewöhnlich vom Vizevorsitzenden und vom Kantor eingenommen wurden. Um Viertel nach acht, fünfzehn Minuten vor Beginn des Gottesdienstes, waren jedoch erst drei Sessel besetzt. Henry Maltzman war noch nicht eingetroffen.

«Ich möchte wissen, wo der ist», sinnierte Howard Jonas. «Ich finde es nicht richtig, daß er noch nicht da ist.»

«Vermutlich kommt er ein bißchen später», beschwichtigte ihn Herb Mandell. «Letzte Woche hat er sich auch verspätet.»

«Hat er seinen Platz neben der Bundeslade eingenommen?

«Nein, nein! Er hat sich in die letzte Reihe gesetzt.»

«Ich weiß nicht, aber das gefällt mir nicht», widersprach Jonas. «Offen gestanden, ich finde es empörend. Das Ganze war überhaupt seine Idee, und er hat sie uns aufgedrängt. Also könnte er wenigstens pünktlich kommen und sich überzeugen, ob alles klappt. Wahrscheinlich hat sich was Geschäftliches ergeben, und ich wäre der letzte, der behaupten will, daß Geschäftliches nicht vorgeht. Aber nachdem er Vorsitzender der Gemeinde ist, hat er doch gewisse Verpflichtungen. Das soll allerdings keine Kritik sein, verstehen Sie?»

«O ja, natürlich.» Mandell wandte sich ab, um einen Neuankömmling zu begrüßen. «Hallo, Mr. Kalb! Freut mich, daß Sie kommen konnten . . . Nein, nein, nehmen Sie nur Platz, wo Sie wollen.»

Jonas stieß ihn an. «Sagen Sie, Herb, was haben Sie mit Maltzman ausgemacht? Wegen der Ankündigung, daß dieser Abend unter der Schirmherrschaft der Bruderschaft steht.»

«Na ja, er sollte kurz vor Beginn des Gottesdienstes sagen, daß ich jetzt ein paar Worte sprechen werde. Dann soll ich raufgehen und erklären, daß die Bruderschaft für diesen Abend verantwortlich ist, und alle Anwesenden willkommen heißen.»

«Dann meine ich, Sie sollten lieber jetzt schon nach vorn gehen und den Platz neben dem Rabbi einnehmen, Herb. Denn wenn Henry nicht pünktlich kommt, wird der Rabbi sicher sofort mit dem normalen Gottesdienst beginnen.»

«Halten Sie das für richtig?»

«Natürlich! Die Stellung hier kann ich auch allein halten.»

Ein wenig schüchtern schritt Herb Mandell den Mittelgang entlang und stieg die Stufen zum Podium hinauf. Auf den fragenden Blick des Rabbi antwortete er flüsternd: «Howard meinte, ich soll mich hier rauf setzen, für den Fall, daß Henry Maltzman nicht rechtzeitig kommt.»

«Selbstverständlich!» Der Rabbi reichte ihm die Hand, um ihm den traditionellen ‹Gut Schabbes› zu wünschen. «Und wie geht's Ihrer Mutter, Mr. Mandell?»

«O danke, gut! Na ja, unverändert, meine ich.»

«Sie schien recht munter zu sein, als ich sie gestern besuchte.»

«Das ist sie meistens, tagsüber. Erst am Abend quält sie dann ihr Asthma. Dann wird sie immer müde und benommen. Wahrscheinlich von den Pillen, die sie nimmt. Sie muß gleich nach dem Essen zu Bett gehen. Wenn sie die Nacht durchschläft, ist es gut. Aber manchmal wacht sie mitten in der Nacht auf und ist richtig desorientiert. Sie kriegt keine Luft und kann ihre Medizin nicht finden. Das ist ziemlich beängstigend.»

«Ach, wirklich? Aber wenn ich komme, scheint es ihr immer recht gut zu gehen.»

«Wie gesagt, das ist tagsüber, und wenn sie Sie erwartet, bereitet sie sich natürlich auf Sie vor. Aber bei Nacht können wir sie niemals allein lassen. Ach übrigens, Rabbi, ich möchte Ihnen noch sagen, wie dankbar wir Ihnen sind, daß Sie sie regelmäßig besuchen.»

Der Rabbi lächelte. «Schon gut. Sie steht auf meiner Liste für die regelmäßigen Krankenbesuche.» Er nickte zu der Uhr im Hintergrund des Betsaals hinüber. «Wollten Sie nicht noch ein paar Worte sagen, Mr. Mandell?»

«O ja, natürlich!» Voller Hemmungen, nach außen hin jedoch resolut, trat Herb Mandell an das Lesepult vor dem Podium. Er wartete einen Moment, bis sich das Stimmengewirr legte, und hielt dann die kleine Ansprache, die er verfaßt und gewissenhaft auswendig gelernt hatte. «Als Vorsitzender des Ausschusses möchte ich Sie im Namen der Synagogenbruderschaft herzlich willkommen heißen.» Er hoffe, daß jene, die zum erstenmal hier seien, sich hier wohl fühlen und aus dem Gottesdienst neue geistige Kraft und Trost gewinnen würden. Weiterhin hoffe er, daß sie von nun an regelmäßig jeden Freitagabend kommen würden. Völlig selbstsicher geworden, wagte er sogar einen kleinen Scherz, der nicht in seinem Text stand, indem er sagte, er hoffe, man werde es nicht für männlichen Chauvinismus halten, daß die Bruderschaft nur einen Abend im Monat übernehme, während der Schwesternschaft die übrigen drei blieben. «Wir bilden uns keineswegs ein, an einem Abend dasselbe tun zu können, wie sie in drei. Aber wir sind noch neu auf diesem Gebiet und möchten gern von den Schwestern lernen.» Niemand lachte, aber er glaubte hier und da ein Lächeln zu entdecken. Außerdem wäre es ja wohl unangebracht, hier, im Sanktuarium zu lachen, nicht wahr?

Er schloß mit der Ankündigung: «Der Kantor wird nun das Gebet singen: ‹Wie himmlisch sind deine Zelte, o Jacob.›»

Hier auf dem Podium, in voller Sicht der Gemeinde, empfand er es als seine Pflicht, tiefes Interesse am Ablauf des Gottesdienstes zu bekunden, daher verfolgte er den Text in seinem Gebetbuch, fuhr mit dem Finger die Zeilen entlang, als wolle er sich vergewissern, daß der Kantor auch kein Wort ausließ. Von seinem Platz aus vermerkte er so interessante Phänomene wie etwa, daß Mr. Liston einen Tic hatte, daß Mrs. Eisner fast ununterbrochen mit den Damen rechts und links von ihr flüsterte und daß Mrs. Porush schlief. Dennoch gelang es ihm, den Eindruck intensiver Aufmerksamkeit zu erwecken. Später, als der Rabbi aufstand, um seine Predigt zu halten, hielt Herb es für richtig, hier und da zustimmend oder beifällig zu nicken.

Als Rabbi Small zum Ende seiner Predigt kam, erschien Henry Maltzman, blickte sich mit schlechtem Gewissen um und drückte sich dann, ein unsicheres Lächeln auf den Lippen, auf einen Stuhl in der letzten Reihe. Herb Mandell, auf dem Podium, runzelte mißbilligend die Stirn. Er fand, Howard Jonas habe recht, es gehörte sich nicht, daß der Gemeindevorsitzende zu spät zum Gottesdienst kam. Und auch noch um so vieles zu spät! Es war schon Viertel nach neun, und der Gottesdienst dauerte nur noch ein paar Minuten. Er beobachtete Maltzman, bis sich ihre Blicke trafen. Ihm schien, daß der Vorsitzende ganz leicht nickte und dazu anerkennend lächelte. Oder verächtlich? Ganz sicher konnte er es nicht sagen.

Später, beim Imbiß im Andachtsraum, sah er Maltzman, der sich unter die Gemeindemitglieder mischte, noch ein paarmal. Henry winkte ihm zwar zu, machte aber keine Anstalten, sich ihm zu nähern, um ihm zu gratulieren, wie Mandell es erwartet hatte. Im Gegenteil, es schien beinahe, als gehe er ihm absichtlich aus dem Weg.

Dennoch war es ein erhebender Abend für Herb Mandell gewesen. Als er nach Hause kam, waren seine ersten Worte: «Ich wünschte, du hättest dabei sein können, Molly. Alles hat geklappt wie am Schnürchen.»

«Ach Herb, wie schön für dich!»

«Es tut mir leid, daß du bei Mutter bleiben mußtest. Vielleicht hätten wir doch versuchen sollen, diese Frau zu bekommen, die Mrs. Slotnick uns empfohlen hat.»

«Ach was! Der hätten wir soviel bezahlen müssen wie einer Krankenschwester.»

«Das stimmt allerdings. Hat Mutter Schwierigkeiten gemacht?»

«Sie hat geschlafen wie ein Baby. Und mir hat es wirklich nichts ausgemacht, daß ich zu Hause bleiben mußte. Ich mußte doch noch den Bericht für die Bank schreiben.»

«Wie weit bist du gekommen?»

«Ich bin fertig.» Sie deutete zum Schreibtisch hinüber.

21

Am Samstagvormittag schaute Gore noch schnell bei den Mandells herein, ehe er zu Jordon fuhr. Als Molly ihm öffnete, erkundigte er sich eifrig: «Was hat er gesagt, als Sie ihm den Bericht gaben?»

«Ich habe ihn gar nicht abgegeben», antwortete Molly. «Ich habe ihn überhaupt nicht gesehen. Als ich kam, war das ganze Haus dunkel.»

«Wirklich? Um wieviel Uhr war das?»

«Kurz nachdem ich mit Ihnen gesprochen habe. Also ungefähr um halb neun.»

«Dann muß er weggegangen sein. Was haben Sie mit dem Bericht gemacht?»

«Ich wollte ihn nicht einfach in den Briefkasten stecken und habe ihn wieder mitgenommen. Das war doch richtig, Mr. Gore. Oder?»

«Aber sicher! Ich bringe ihn jetzt persönlich hin.»

Sie reichte ihm einen festen Umschlag und sah erwartungsvoll zu, wie er die maschinenbeschriebenen Seiten durchblätterte.

«Großartig!» lobte er sie. «Ich bin Ihnen wirklich sehr dankbar, Molly.»

«Aber die Endsumme stimmt immer noch nicht.»

Mit Kennerblick überflog er die Zahlenkolonnen. «Hier steckt der Fehler», verkündete er dann, auf einen Posten deutend. «Das gehört unter die Aktiva, nicht unter die Passiva. Sind Sie sicher, daß ich es mit P markiert habe und nicht mit A?»

Sie schlug den Aktenordner auf. «Das hier? Soll ich die Korrektur mit der Schreibmaschine anbringen? Ich könnte die Zeile übertippen und . . .»

«Nein, lassen Sie nur.» Er schrieb die Korrektur mit Bleistift hinein. «Ich werde es ihm so zeigen, als Erklärung dafür, daß wir den Bericht nicht pünktlich geliefert haben.»

Von den Mandellls aus fuhr er direkt zu Jordon. Als er in das Grundstück einbog, hörte er eine Autohupe, eindeutig aus Richtung Haus. Während er die Einfahrt hinaufrollte, wurde der Lärm immer lauter, und tatsächlich, vor der Haustür stand ein Wagen. Drinnen saß Martha, das Gesicht wutverzerrt, und drückte unablässig auf die Hupe.

Er stieg aus und ging auf sie zu. «Was ist denn los? Was ist passiert? Wozu der Lärm?»

«Ach, Sie sind's, Mr. Gore.» Ihre Miene entspannte sich, und sie brachte sogar ein kleines, beschämtes Lächeln zustande. «Ich hab noch einen Monat Lohn zu kriegen. Ich hab geklopft und geklingelt, aber es macht keiner auf. Der alte Mistkerl hat sicher gesehen, daß ich es war, und meldet sich mit Absicht nicht. Am liebsten würde ich 'ne Nadel in den Klingelknopf stecken, wie wir es früher als Kinder an Halloween getan haben.»

«Wahrscheinlich ist er gar nicht da.»

«Nein, sehen Sie sich doch die Tür an. Sie ist nur angelehnt. Das würde er bestimmt nicht machen, wenn er fort ginge. Man könnte ohne weiteres hinein.»

Er ging zur Tür, und sie folgte ihm. Er drückte auf die Klingel und hörte es drinnen läuten.

«Sehen Sie? Die Klingel funktioniert. Man hört's sogar hier draußen, nicht wahr?»

Er nickte und klingelte abermals. Während sie warteten, erklärte sie: «Ich wette, er beobachtet uns und wartet nur, bis ich fort bin.»

Er schüttelte ungeduldig den Kopf. Dann faßte er plötzlich einen Entschluß, stieß die Tür auf und trat ein. Martha folgte ihm auf den Fersen. Es dauerte einen Moment, bis ihre Augen sich nach der hellen Morgensonne draußen an das Dämmerlicht drinnen gewöhnt hatten, wo die Fenstervorhänge noch geschlossen waren. Erst das Summen einer dicken Schmeißfliege lenkte ihren Blick auf Ellsworth Jordon, der wie schlafend in seinem Lehnsessel lag. Nur, daß an der Nasenwurzel, mitten zwischen seinen Augen, eine häßliche Wunde leuchtete, aus der das Blut zu beiden Seiten der Nase bis in die Mundwinkel hinabgeflossen war.

Martha schrie. Gore preßte die Lippen zusammen und unterdrückte das Bedürfnis, sich zu übergeben.

«Er ist verletzt!» stöhnte sie. «Der Ärmste ist schwer verletzt! Warum tun Sie denn nichts?»

«Halten Sie den Mund!» fuhr er sie an. Ohne sich von der Stelle zu bewegen, blickte er sich im Zimmer um, sah eine zerbrochene Medizinflasche, die Scherben einer zerplatzten Glühbirne, die durchlöcherte Leinwand des Ölporträts von Jordons Vater an der Wand.

«Wir müssen die Polizei anrufen», flüsterte er heiser. «Ich warte hier. Sie steigen in Ihren Wagen und fahren zur Ecke. Da ist eine Telefonzelle.»

«Können wir nicht von hier aus anrufen?» fragte sie.

«Fingerabdrücke», erwiderte er knapp. «Vielleicht gibt es Abdrücke auf dem Hörer.»

Sobald sie fort war, zwang er sich, auf die Gestalt im Lehnsessel zuzugehen. Mit den Fingerspitzen berührte er die eiskalte Stirn und wischte sich die Finger am Hosenbein ab. Unvermittelt fiel ihm Billy ein. «Billy?» rief er laut. «Sind Sie da, Billy?» Als keine Antwort kam, kicherte er erleichtert.

Er ging aus dem Zimmer und verließ das Haus, zog die Tür hinter sich zu, sorgte aber dafür, daß das Schloß nicht ganz einschnappte. Als er zu seinem Wagen ging, um auf das Eintreffen der Polizei zu warten, kam ihm ein völlig verrückter Gedanke: daß jetzt niemand mehr beweisen konnte, wer die Wette vom Abend zuvor gewonnen hatte.

22

Während seine Männer im Wohnzimmer arbeiteten, fotografierten, maßen und nach Fingerabdrücken suchten, saß State Detective Sergeant McLure mit einem Polizeistenografen in der Küche – weil es dort einen Tisch gab, auf dem man schreiben konnte – und vernahm Gore. Lanigan und Eban Jennings, sein Lieutenant, hatten ihren Gefechtsstand im Eßzimmer eingerichtet, wo sie Befehle ausgaben und Meldungen von ihren Untergebenen entgegennahmen.

Sie waren gerade mit der Einvernahme von Martha Peterson fertig, die sehr niedergeschlagen und verweint war, und hatten sie nach Hause geschickt.

«Glauben Sie ihr die Geschichte, daß die Zimmertür des Jungen abgeschlossen war?» fragte Jennings. «Glauben Sie wirklich, dieser Jordon würde einen jungen Mann von achtzehn Jahren einschließen wie ein Lehrer, der einen Jungen in die Ecke stellt?»

Lanigan zuckte schweigend die Achseln.

«Obwohl er wußte, der Junge würde aus dem Fenster klettern?»

«Das klingt so verrückt, daß es wahr sein könnte», erwiderte Lanigan. «Vielleicht weiß Gore etwas darüber. Wir werden ihn fragen, sobald McLure mit ihm fertig ist.»

«An diesem Fall wirkt einfach alles verrückt, Hugh.»

«Wie meinen Sie das?»

«Nun ja, dieser Jordon soll doch angeblich Millionär sein, nicht wahr?»

«So heißt es jedenfalls in der Stadt. Darüber werden wir von Gore vermutlich auch Näheres erfahren. Aber weshalb?»

«Nun, finden Sie das hier nicht merkwürdig für einen Millionär?»

«Wie meinen Sie das?»

«Also nehmen wir mal das Eßzimmer. Sauber ist es, aber die Vorhänge sind ziemlich verschossen, und diese Stühle sind ganz schön abgewetzt. Im Wohnzimmer ist es genau dasselbe.»

«Das kommt vermutlich davon, wenn man eine Haushälterin hat statt eine Ehefrau», meinte Lanigan. «Eine Ehefrau bekniet ihren Mann dauernd, daß er neue Sachen kauft, wenn die alten hinüber sind, aber eine Haushälterin sorgt nur dafür, daß alles sauber ist.»

«Ja, aber das ist es nicht allein. Dieses Haus ist so riesig wie eine Arche, drei Stockwerk hoch, aber alles spielt sich im Erdgeschoß ab. Sieht nicht so aus, als ob die Zimmer in den beiden anderen Etagen überhaupt benutzt worden sind. Das, was früher wohl mal der hintere Salon war, dient ihm jetzt als Schlafzimmer – direkt neben dem Wohnzimmer! Und dieses kleine Zimmer daneben hat er dem Jungen gegeben. Sieht mir verdammt so aus, als wollte er an den Heizkosten sparen.»

«Mag sein», entgegnete Lanigan. «Es heißt, daß er mit dem Geld immer sehr vorsichtig umging. Andererseits hat ihm der Arzt nach seinem

Herzanfall vielleicht das Treppensteigen verboten. Und dann wollte er natürlich, daß der Junge unmittelbar in seiner Nähe schlief, falls ihm mal mitten in der Nacht etwas zustoßen sollte. Ich möchte wissen, wo der ist. Das Bett jedenfalls ist unberührt.»

«Vielleicht ist er übers Wochenende weg. Ist ja verständlich, daß er nicht ewig nur mit so einem alten Kerl rumhängen will. Übrigens, diese Martha – hat die nicht im Supermarkt gearbeitet?»

Lanigan nickte. «Ganz recht. Sie hat an der Kasse gesessen.»

Jennings nickte verständnisinnig. «Stimmt, da habe ich sie gesehen. Hübsche Frau. Genauso mag ich sie: ein bißchen kräftig, damit man was in der Hand hat. Aus der könnte ich wohl was machen.»

Lanigan musterte ihn spöttisch. «Ja, natürlich – eine Mutter. Das möchten Sie wohl gerne, wie? Möchte wissen, wie Maude es mit Ihnen aushält.»

«Also, jetzt hören Sie mal, Hugh . . .»

«Kannten Sie Celia Johnson? Die hat früher auch mal bei Jordon gearbeitet. Hat einen guten Job aufgegeben, um seine Haushälterin zu werden. Vorher war sie Buchhalterin bei der Wasserkommission. Fünf Tage in der Woche, von neun bis fünf. Bezahlter Urlaub. Krankenversicherung und alles. Rentenversicherung. Und das hat sie aufgegeben, um hier zu arbeiten. Gladys kannte sie, und ich erinnere mich noch, wie Gladys mir erklärte, warum Celia das getan hatte. Sie war damals achtunddreißig und wurde nicht jünger. Da war andererseits ein Mann, der ganz allein lebte . . .»

«Und da dachte sie, sie könnte ihn sich schnappen? Heiraten?»

«Ja, sicher. Warum auch nicht?»

«Glauben Sie, daß Martha Peterson auch aus diesem Grund bei ihm war?»

«Nun, sie wird eben auch nicht jünger.»

«Kann aber auch sein, daß ihr die Hausarbeit ganz einfach besser gefällt.»

«Kann sein», gab Lanigan zu. «Aber wenn es so ist, wie ich es mir vorstelle, könnte es sein, daß sie sich von Stanley hier hat abholen lassen wollen, weil sie Jordon eifersüchtig machen wollte. Ihm einen Schubs geben. Ihm zeigen, daß er Konkurrenz hat.»

Jennings begann Interesse zu zeigen. «Und deswegen hat sie die Arbeit hingeschmissen? Weil sie merkte, daß es nicht klappte, und einsah, daß es keinen Sinn hatte, länger zu bleiben?»

«Oder es war mehr zwischen ihnen als nur dieser Job.»

Eban Jennings blaßblaue Augen blitzten, und sein Adamsapfel hüpfte vor Erregung. «Vielleicht ist sie später zurückgekommen, um sich mit ihm auszusprechen. Oder vielleicht ist sie gar nicht ganz weggegangen, sondern hat draußen irgendwo gewartet, bis sie sicher sein konnte, daß der Alte allein war, und . . .»

Dr. Mokely, der Polizeiarzt, steckte den Kopf zur Tür herein und sagte: «Ich bin hier fertig, Hugh.»

«Kommen Sie rein, Fred. Was haben Sie festgestellt?»

«Der Tod ist auf der Stelle eingetreten. Natürlich, bei einem Schuß direkt zwischen die Augen!» Er stellte seine Arzttasche auf den Boden und nahm den Stuhl, den ihm Jennings mit dem Fuß zuschob.

«Pulverspuren?»

«Selbstmord?» Er schüttelte den Kopf. «Unmöglich. Keine Pulverspuren.»

«Äh, Doc . . .» Jennings ließ seinen Adamsapfel hüpfen. «Dieser Jordon hatte ein schwaches Herz.»

Der Arzt lachte. «Na, an einem Herzanfall ist er nicht gestorben.»

«Woher wissen Sie das?» Jennings war hartnäckig. «Es sind fünf oder sechs Schüsse abgegeben worden, also muß ihn der letzte getroffen haben.»

«Warum muß es unbedingt der letzte gewesen sein?» erkundigte sich der Arzt.

«Weil er ihn mitten in die Stirn getroffen hat», erklärte Lanigan. «Der Mörder konnte also sehen, daß er ihn getroffen hatte und daß der Schuß ihn erledigt haben muß. Weshalb sollte er dann noch weiterschießen? Und wenn er keinen Herzanfall gehabt hat, hätte Jordon dann nicht versucht, davonzulaufen und sich zu verstecken, nachdem jemand auf ihn zu schießen versucht hatte?»

«Woher sollte er einen Herzanfall bekommen haben?» fragte der Arzt.

«Nehmen wir an, er schlief», meinte Jennings. «Hätte ihn dann nicht der erste Schuß geweckt?»

«Vermutlich.»

«Na, und hätte er davon nicht einen Herzanfall kriegen können, so aufzuwachen und zu sehen, daß jemand auf ihn schießt?»

«Nun gut», konzedierte der Arzt. «Aber was soll's?»

«Dann wäre er tot gewesen, bevor er tatsächlich von dem letzten Schuß getroffen worden wäre», sagte Jennings triumphierend.

«Wenn man einen Herzanfall hat, stirbt man nicht sofort», erklärte der Arzt. «Und einen Unterschied würde das auch nicht machen. Denn es wäre immer noch Mord, ob er nun starb, weil er getroffen wurde, oder aus Angst, weil jemand auf ihn schoß.»

«Das mag sein», erwiderte Lanigan. «Aber der Verteidiger kann dann mit ein paar ganz schönen Haken und Ösen kommen. Können Sie bei der Autopsie die Todesursache genau feststellen?»

«Das möchte ich bezweifeln. Wenn eine längere Zeit vergangen wäre, zwischen dem ersten Schuß, der in ihm Angst und somit einen Herzanfall hätte auslösen können, und dem letzten, der ihn tatsächlich traf, könnte man es vielleicht feststellen – eventuell an der Menge der Blutung. Aber so, wie die Dinge hier liegen, muß der Mörder die Schüsse in schneller

Folge abgegeben haben, etwa wie eine Frau, die mit geschlossenen Augen zielt und dann losballert, bis die Waffe leer ist. Dann lägen nur Sekunden zwischen dem ersten und dem letzten Schuß, und ich glaube kaum, daß man bei der Autopsie etwas finden würde. Und was den Schuß angeht, der ihn getroffen hat . . .» Er zuckte die Achseln. «Kann sein, daß er in diesem Lehnsessel lag und von den Schüssen erwachte. Er beugt sich vor, um aufzustehen, bekommt die Kugel zwischen die Augen, und der Aufprall schleudert ihn wieder zurück.»

«Können Sie das am Aufschlagwinkel feststellen?» fragte Lanigan.

«Glaube ich kaum», antwortete der Arzt. «Die Kugel wird durch den Knochen abgelenkt worden sein, und außerdem wissen wir nicht, ob er lag oder saß, und in welchem Winkel.»

«Na, sehen Sie mal, was da zu machen ist. Was ist übrigens mit der Todeszeit?»

Der Arzt lächelte. «Oh, die kann ich Ihnen genau nennen. Es war Punkt zwanzig Uhr neunundzwanzig.»

«Wie können Sie . . .» Dann begann der Chief auch zu lächeln. «Ach so, die Uhr! Aber nehmen wir an, die Uhr wäre nicht von einer Kugel getroffen worden?»

Der Arzt lächelte breit. «Dann würde ich sagen, zwanzig Uhr dreißig.»

«Oh, ein Witzbold!» stöhnte Jennings.

Der Arzt grinste. «Ich geb Ihnen Nachricht, sobald ich mit der Autopsie fertig bin.»

23

«Aber es ist Sabbat», protestierte Miriam.

«Es ist wirklich wichtig», entgegnete Mrs. Mandell. «Ich habe die ganze Nacht kein Auge zugetan. Ich dachte, ich würde verrückt.»

«Hat es denn nicht Zeit bis morgen?»

«Nein, auf gar keinen Fall! Ich muß ihn heute sprechen.»

«Tja, im Augenblick ist er zur Morgenandacht in der Synagoge, und . . .»

«Ach ja, natürlich.» Sie ließ sogar eine Spur von Sarkasmus anklingen. «Ich will ja auch nicht, daß Sie rüberlaufen und ihn aus dem Gottesdienst holen, aber ich wollte nur ganz sichergehen, daß er heute nachmittag zu mir kommt. Ich meine, ich wollte früh genug anrufen, bevor er andere Termine verabredet.»

«Der Rabbi verabredet am Sabbat keine Termine, Mrs. Mandell. Er arbeitet nicht am Sabbat, es sei denn, es handelt sich um einen Notfall.»

«Ja, aber dies *ist* ein Notfall.»

«Na schön, ich werd's ihm sagen, sobald er nach Hause kommt.» Miriam legte auf, verärgert und empört, und wünschte, David hätte es sich, wie die meisten seiner orthodoxen Kollegen, von vornherein zur Regel gemacht, am Sabbat das Telefon nicht zu beantworten.

Obwohl das Gebot, die Kranken zu besuchen und zu trösten, allen Juden auferlegt worden war, erwartete die Gemeinde von ihrem Rabbi, daß er diese Funktion für sie übernahm und gönnte ihm die Anerkennung für diese *mitzwe* von Herzen. Ein Altruismus, von dem Rabbi Small nicht sehr viel hielt.

Rabbi Small versuchte sich gar nicht erst einzureden, daß er diese seelsorgerischen Krankenbesuche gern machte. Auf Grund seiner angeborenen Zurückhaltung, fand er, sei er nicht der Richtige dafür. Es fiel ihm schwer, die gezwungene Munterkeit an den Tag zu legen, die ihm diese Situation zu erfordern schien, den Kranken zu versichern, sie sähen gut aus, während das in Wirklichkeit nicht der Fall war. Obwohl er Mitgefühl für sie aufbrachte, wenn sie von ihren Leiden und Schmerzen erzählten, wurde er jedesmal ungeduldig, wenn sie dann anfingen, ihre damit verbundenen Beschwerden aufzuzählen: über den Arzt, der kein Interesse für ihren Fall hatte, über die Krankenschwester, die nachlässig war, über die Mitglieder ihrer Familie, die überhaupt keine Rücksicht nahmen.

Und der unangenehmste Punkt auf seinem Terminkalender war immer der allwöchentliche Besuch bei Mrs. Mandell. Im Gegensatz zu den anderen Kranken, die im Bett lagen oder, wenn sie sich hinsetzen durften, Pyjama und Bademantel trugen, kam sie jedesmal voll angekleidet, das graue Haar gekämmt, gebürstet und zartlila getönt, ins Wohnzimmer herunter. Sie war eine große, füllige Frau mit rundem Gesicht, das keinerlei Anzeichen von Krankheit verriet. Wenn er bemerkte, sie sähe gut aus, lächelte sie traurig und schüttelte den Kopf. «Jetzt vielleicht», entgegnete sie dann, «aber Sie hätten mich heute nacht sehen sollen, als ich meinen Anfall hatte. Da hab ich gedacht, mein letztes Stündlein sei gekommen.»

Doch dies war keiner seiner regulären Besuche. Es sei ein Notfall, hatte sie gesagt. Deswegen war er ein wenig aufgebracht, als es aussah, als nähme alles seinen gewohnten Verlauf. «Ich habe die ganze Nacht kein Auge zugetan, Rabbi», klagte sie.

«Aber wie Sie immer sagen, ist das doch nichts Ungewöhnliches bei Ihnen. Gibt es einen besonderen Grund, warum Sie mich ausgerechnet heute sprechen wollten? Hatte das nicht Zeit bis morgen?»

«Nein, denn morgen wären DIE BEIDEN wieder hier. Heute sind DIE BEIDEN weggefahren, Freunde besuchen, und kommen erst am Abend wieder zurück.»

Bei seinen früheren Besuchen hatte er erfahren, daß in ihrem Sprachgebrauch ihr Sohn immer ‹mein Herbie›, ihre Schwiegertochter ‹SIE› und Sohn und Schwiegertochter zusammen DIE BEIDEN waren.

«Und?»

«Also, Rabbi, ich muß zunächst einmal gestehen, daß ich dagegen war, als mein Herbie heiraten wollte.»

Seine Lippen zuckten, aber er erwiderte ruhig: «Waren Sie gegen die Heirat als Institution oder gegen das Mädchen, das er sich ausgesucht hatte?»

«Nun, ich fand, er sollte lieber noch ein bißchen warten.»

«Aber er ist ein erwachsener Mann. Er ist über dreißig.»

«Er war damals sechsunddreißig. Jetzt ist er achtunddreißig. Nachdem er also so lange gewartet hatte, meinte ich, er könnte noch ein bißchen länger warten, bis das richtige Mädchen kam. Ich fand, sie war nicht die Richtige für ihn.» Betrübt schüttelte Mrs. Mandell den Kopf. «Sie behauptet, dreißig zu sein, aber ich glaube eher, daß sie zwei- oder dreiunddreißig ist. Für eine Frau ist das gar nicht mehr so jung. Mein Herbie ist groß und sieht gut aus. Er hätte so viele Mädchen haben können, wie er wollte . . .»

«Aber er hat dieses gewählt», sagte der Rabbi mahnend.

«Wirklich, Rabbi? Oder hat SIE ihn gewählt?»

Er lächelte. «Das kommt letztlich auf dasselbe heraus, nicht wahr? Die beiden sind doch glücklich, oder? Das ist die Hauptsache.»

«Na ja, ich glaube schon, daß SIE glücklich ist.»

«Und er nicht?» erkundigte sich der Rabbi lächelnd.

«Wie könnte er? SIE hat einen . . . einen Putzlumpen aus ihm gemacht. Nur weil er ein bißchen früher nach Hause kommt, muß er das Abendessen machen und den Tisch decken. Und hinterher muß er ihr beim Geschirrspülen helfen. SIE beherrscht ihn ganz und gar. Und SIE knutscht mit ihm – vor meinen Augen!»

Der Rabbi riß die Augen auf.

«Ich meine, SIE küßt und streichelt ihn wie ein Kätzchen. Ist das eine Art, sich zu benehmen, für eine verheiratete Frau?»

«Es beweist doch nur, daß sie ihn liebt, nicht wahr?»

«Wirklich, Rabbi? Oder beweist es einfach, daß SIE die Männer liebt?»

«Was wollen Sie damit sagen, Mrs. Mandell?» fragte der Rabbi kalt.

Doch Mrs. Mandell ließ sich davon nicht abschrecken. «Gestern abend mußte mein Herbie zur Synagoge.»

«Ich weiß. Er war Ausschußvorsitzender.»

«Also, nun darf ich abends nicht allein bleiben. Weil nämlich die Gefahr besteht . . . .»

«Ja, ja. Sie haben es mir erklärt.»

«Wenn DIE BEIDEN also gemeinsam wegfahren, sorgt mein Herbie dafür, daß eine Frau kommt und bei mir bleibt.» Sie lächelte ironisch. «Mutter-Sitter nennt er es.» Mrs. Mandell senkte die Stimme. «Gestern abend hat SIE sich freiwillig bereit erklärt, hierzubleiben. Sie hätte was für die Bank zu tun, hat SIE behauptet.» Ihr Mund verzog sich zu einem verächtlichen Lächeln. «Was für eine Art Arbeit würde eine Bank wohl von einer Angestellten nach Dienstschluß verlangen, Rabbi? Und sollte man nicht meinen, eine Frau wollte dabei sein, wenn ihr Mann geehrt wird? Aber mein Herbie ist zu vertrauensvoll. Und, um die Wahrheit zu sagen, ich dachte mir auch nichts dabei. Ich bin gegen acht ins Bett gegangen, wie üblich, und dann habe ich ein bißchen gedöst. Schlafen tue ich nie.»

«Ich weiß.»

«Ungefähr eine halbe Stunde später, wahrscheinlich gerade, als der Gottesdienst anfing, wurde ich wach, weil das Telefon klingelte. SIE sprach ein paar Minuten, und dann hörte ich, wie SIE die Treppe heraufkam, um nachzusehen, ob ich schon schlafe. Also stellte ich mich schlafend. SIE schaute zu mir herein und schlich auf Zehenspitzen wieder nach unten. Dann verließ SIE das Haus, und ich hörte ihren Wagen starten. Ich stieg aus dem Bett und sah, wie SIE wegfuhr. Was halten Sie davon, Rabbi?»

Der Rabbi war verdutzt. «Sie meinen, weil sie sich einverstanden erklärt hatte, bei Ihnen . . . Was sagte Ihr Sohn, als er nach Hause kam und sie nicht da war?»

«Oh, da war SIE schon wieder zurück. SIE kam ungefähr nach einer halben Stunde und schaute noch einmal zu mir herein.»

«Und da haben SIE wieder getan, als schliefen Sie?»

«Natürlich. Mein Herbie weiß noch nichts, wenn SIE es ihm nicht gesagt hat. Und darauf können Sie sich verlassen, daß SIE das nicht getan hat.»

«Wieso können Sie so sicher sein?»

«Weil er sonst außer sich wäre. Wissen Sie, es besteht nämlich die Gefahr . . .»

«Ja, ja, ich weiß», sagte er hastig.

«Dann können Sie ja wohl verstehen, warum ich letzte Nacht kein Auge zugetan habe, Rabbi. Den ganzen Tag bin ich fürchterlich aufgeregt gewesen. Wohin ist SIE gefahren? Mit wem hat SIE sich getroffen?»

«Warum muß sie unbedingt jemanden getroffen haben? Vielleicht wollte sie nur eine Zeitschrift holen oder Zigaretten.»

«Um halb neun? Da sind alle Geschäfte zu. Und was ist mit dem Anruf?»

«Der braucht gar nichts damit zu tun zu haben, daß sie anschließend weggefahren ist. Oder es kann eine Freundin von ihr gewesen sein.»

«Und SIE ist hingefahren, um sich ein Kochrezept zu holen? Nein, Rabbi, derjenige, der da angerufen hat, das war ein Mann, und SIE hat sich mit ihm getroffen. Was soll ich tun, Rabbi? Was soll ich tun?»

Der Rabbi atmete tief durch. «Ich glaube, Sie haben mir mal erzählt, daß Sie eine Schwester drüben im Westen haben . . .»

«In Arizona. Sie will schon lange, daß ich sie mal besuche.»

«Dann sollten Sie das jetzt tun, Mrs. Mandell. Das Klima ist bestimmt gut für Sie.»

«Und meinen Herbie nichtsahnend, vertrauensselig hier zurücklassen, während SIE ihn betrügt?»

«Mrs. Mandell, sie betrügt Ihren Sohn nicht. Es ist schlimm, so etwas von einer ehrbaren, verheirateten Frau zu behaupten, vor allem von der eigenen Schwiegertochter.»

«Ach, Sie sind genau wie die anderen», sagte sie voller Verachtung. «Was Sie nicht persönlich betrifft, kehren Sie unter den Teppich und tun so, als existiere es gar nicht.» Sie musterte ihn mit listigem, berechnendem Blick. «Aber wenn ich Ihnen nun sage, daß es Sie doch betrifft?»

«Wieso sollte es mich betreffen?»

«Weil SIE eine Verschwörung gegen Sie angezettelt hat. Was sagen Sie nun?» fragte sie giftig. «Ich habe gehört, wie SIE mit Henry Maltzman, dem Vorsitzenden, am Telefon beraten hat, wie man Sie loswerden könnte. Schon oft. Was sagen Sie dazu? Na?»

«Ich sage, Sie sollten Ihre Schwester in Arizona besuchen», antwortete er energisch.

24

«Und jetzt erzählen Sie uns mal, was gestern abend geschehen ist», schlug Lanigan freundschaftlich vor, als Lawrence Gore Platz genommen hatte.

«Aber ich hab doch dem Sergeant schon alles erzählt», protestierte Gore. «Und ein Polizist hat alles mitstenografiert.»

«Ja, das war eine offizielle Aussage, die Sie gemacht haben», erklärte Landigan. «Sergeant McLure ist State Detective, und die haben ihre Vorschriften. Aber wir sind die Stadtpolizei, und wir möchten es auch von Ihnen selbst hören, statt nur das zu lesen, was der Stenograf in die Schreibmaschine überträgt.»

«Damit Sie die beiden Aussagen vergleichen und mich fertigmachen können, wenn sich Diskrepanzen ergeben?»

Lanigan lächelte. «So ähnlich.»

«Na schön», sagte Gore ergeben. «Ich war zum Abendessen eingeladen.»

«Gehen Sie oft hin?» erkundigte sich Jennings.

«Nein. Bis dahin nur einmal, vor ein paar Monaten. Aber Jordon ging fast jeden Donnerstagabend in den Club, den *Agathon*, und wenn ich auch hin wollte, holte ich ihn ab und brachte ihn wieder nach Hause. Er fuhr nicht gern selbst, vor allem nicht im Dunkeln. Aber dann hielt ich nur vor der Tür und hupte, und dann kam er raus. Aber gestern rief ich ihn an, um ihm zu sagen, daß ich das Peter-Archer-Silber zum Museum nach Boston bringen wollte – sicher haben Sie davon gehört –, und daß es die letzte Gelegenheit sei, wenn er wollte, daß seine Suppenterrine ausgestellt wurde. Er sagte mir, ich könne sie abholen, und lud mich zum Dinner ein.»

Gore erzählte seine Geschichte ohne weitere Unterbrechungen. Dabei ging er zwar sehr ins Détail, erwähnte aber nichts von Mollys Fahrt zu Jordons Haus, weil er es ja nicht persönlich gesehen hatte, und außerdem war das ja gewesen, nachdem der Mord geschehen war. Erst als Gore fertig war, begannen sie ihn auszufragen.

«Als Sie wegfuhren, war da der Junge noch auf seinem Zimmer?» erkundigte sich Lanigan.

«Jordon hatte ihn nicht herausgelassen», antwortete Gore achselzukkend. «Und da er nicht mehr da ist, muß er irgendwie ausgerissen sein . . .»

«Woher wissen Sie das?» fragte Jennings rasch.

«Als ich heute morgen herkam, rief ich nach ihm. Und bekam keine Antwort. Dann habe ich an seine Tür geklopft und gelauscht . . .»

«Haben Sie sie geöffnet?»

«Natürlich nicht», sagte Gore. «Das hätte bedeutet, Beweismittel zu zerstören, und . . .»

Lanigan unterbrach ihn. «Sie meinen also, da er ausgerissen ist, hätte er das jederzeit tun können, vielleicht sogar, während Sie noch da waren und sich mit dem Alten unterhielten?»

«Möglich wäre es», gab Gore zu.

«Was wissen Sie über ihn», fragte Lanigan.

Gore breitete die Hände aus, um Nichtwissen anzudeuten. «Nicht viel. Jordon sagte mir, er habe Probleme, und wollte nicht, daß er zu hart rangenommen wurde. So hat er's ausgedrückt. Was für Probleme, hat er nicht gesagt. Der Junge hat die höhere Schule absolviert und keine Vorstrafen, deswegen habe ich ihn genommen. Er schien mir ein guter Kerl zu sein, obwohl er sehr in sich gekehrt war. Ich wüßte nicht, daß er Freunde hier in der Stadt hätte. Er hat seine Arbeit gut gemacht, und ich mochte ihn. Von seiner Familie und seiner Vergangenheit hat er nie etwas erzählt. Vielleicht hat Jordon ihm gesagt, daß er nichts erzählen soll. Aber ich habe auch nicht weiter gefragt. Ach ja, einmal sagte er, sein Vater sei im Krieg gefallen. Da er zu alt war, um während des Vietnamkriegs geboren zu sein, und nicht alt genug, um während des Koreakriegs geboren zu sein, fragte ich ihn, in welchem Krieg. Und er sagte, im Suez-Feldzug. Also, das war, als England und Frankreich Israel gegen Ägypten halfen. Sicher, sein Vater hätte auch Engländer oder Franzose sein können. Aber er hätte auch Israeli sein können, und da ich Jordons Einstellung den Juden gegenüber kannte, habe ich nicht weiter gefragt.»

«Wie war seine Einstellung den Juden gegenüber denn?» fragte Lanigan.

«Ich bin Bankier», sagte Gore, «für mich ist das Geld des einen so gut wie das des anderen. Deswegen spreche ich nie über Religion, und mit Jordon hab ich das auch nicht getan. Ein- oder zweimal habe ich ihm Vorwürfe gemacht, weil es mit seinen Geschäftsinteressen kollidierte, zum

Beispiel, als er ein Grundstück nicht abgeben wollte, das die Leute von der Synagoge gerne gekauft hätten, oder einmal, als Henry Maltzman einen Kunden für ein Stück Land hatte. Aber dann sagte er immer nur, er denke nicht daran, es ihnen noch leichter zu machen. Ich glaube, er mochte sie einfach nicht.» Er lächelte. «Das hat ihn aber nicht daran gehindert, meine Sekretärin gelegentlich zu belästigen, obwohl er wußte, daß sie Jüdin ist. Sie hat ihn als schmutzigen, alten Mann bezeichnet.»

«Ist das die, die Sie auf dem Weg nach Boston angerufen haben?» erkundigte sich Jennings.

«Hm-hm.»

«Na schön.» Lanigan blickte von den Notizen auf, die er sich gemacht hatte. «Ich glaube, das wär's. Ach ja, was ist mit dem Revolver?»

«Das ist einer von den dreien, die ich für die Bank gekauft habe, je einen für jede Kasse.»

«Wieso?» fragte Jennings. «Ich dachte, so was machen die Banken heutzutage nicht mehr. Ich dachte, die hätten jetzt bewaffnete Wachen.»

«Das ist richtig. Aber wir haben keine bewaffneten Wachen. Und die Kassierer haben strengste Anweisung, sie nicht zu benutzen.»

«Ja, aber warum haben Sie sie dann überhaupt?»

«Weil eine Waffe den Männern ein Gefühl der Sicherheit verleiht. Wenn jemand kommt und die Bank ausrauben will, erwartet man nicht, daß sie die Helden spielen. Aber falls alles außer Kontrolle gerät und jemand wild in der Gegend rumballert. . . .»

«Warum haben Sie den Revolver dann nicht mitgenommen, als Sie gingen?» fragte Lanigan.

«Weil ich keinen Waffenschein habe.»

«Wieso?» fragte Jennings. «Ein Meisterschütze wie Sie, und außerdem Bankier?»

Gore lächelte. «Eben aus diesem Grund. Ich könnte mich genötigt fühlen, die Waffe zu gebrauchen, und später würde ich es dann bereuen. Deswegen umgehe ich diese Möglichkeit, indem ich keinen Waffenschein beantrage. Ich wollte Sie am Montagmorgen anrufen, damit Sie jemanden schicken und die Waffe wieder zur Bank bringen lassen.»

«Zu schade, daß Sie nicht gestern abend angerufen haben, sobald Sie merkten, daß der Junge sie mitgenommen hatte. Dann wäre Jordon jetzt vielleicht noch am Leben.»

25

«War es was Ernstes? War es wirklich ein Notfall, David?» fragte Miriam, als der Rabbi nach Hause kam.

Er schüttelte den Kopf. «Nichts als die krankhafte Phantasie einer einsamen und verbitterten alten Frau.» Er lächelte. «Unter anderem beschuldigte sie ihre Schwiegertochter, ein Komplott gegen mich angezettelt zu haben. Kennst du sie überhaupt?»

«Molly Mandell? Na ja, ich sehe sie, wenn ich am Ersten des Monats deinen Scheck zur Bank bringe, und dann sehe ich sie gelegentlich bei Zusammenkünften der Schwesternschaft. Sie kann manchmal ganz schön freimütig sein, vor allem, wenn es die Rechte der Frauen angeht. Nach allem, was ich gehört habe, zählt sie nicht zu deinen Verehrerinnen.» Sie zögerte; dann fügte sie hinzu: «Es heißt, die Mandells sind mit den Maltzmans befreundet.»

«Was ist so schlimm daran?»

«Schlimm? Gar nichts, glaube ich, aber es ist doch merkwürdig, weil die Maltzmans soviel älter sind als die Mandells.»

«Und was hat das, deiner Ansicht nach, zu bedeuten?»

«Nun ja, Henry Maltzman mag dich nicht, David. Das merke ich jedesmal, wenn er herkommt. Spürst du das nicht?»

«Doch, ich habe es bemerkt. Wie du gesagt hast, er hat sich verhalten wie die Offiziere, vor allem wie die unteren Offiziersgrade, als ich Kaplan in der Army war. Und Henry Maltzman ist auch heute noch ganz Offizier. Die gaben damals zähneknirschend zu, daß wir vom Chaplain's Corps wohl dazu beitrügen, die Moral der Truppe aufrechtzuerhalten, und daß wir daher bis zu einem gewissen Grade nützlich seien. Davon abgesehen jedoch gab es überhaupt keine Verständigung. Ich glaube, sie ärgerten sich darüber, daß sie uns keine Befehle geben konnten, obwohl sie einen höheren Dienstgrad hatten. Genau wie, glaube ich, beim Medical Corps. Ein Captain von den Medizinern erzählte mir einmal, daß er jedesmal, wenn er einem Colonel von der Infanterie befohlen hätte, das Hemd auszuziehen, er mindestens eine Minute abgewartet hätte, bis das Zähneknirschen abklang und er etwas durchs Stethoskop hören konnte. Ja, ich glaube, Henry Maltzman würde einen willfährigeren Rabbi vorziehen. Er würde vielleicht sogar versuchen, etwas in dieser Hinsicht zu unternehmen. Überraschen würde mich das nicht.»

«Und was willst du dagegen tun?»

«Gar nichts», antwortete er schlicht. «Ich kann nichts tun.»

Sie ärgerte sich über ihn. «Soll das heißen, daß du aufgibst? Du hast schon früher mal Schwierigkeiten mit Vorsitzenden gehabt, aber da hast du dich gewehrt, und . . .»

«Diesmal ist es etwas anderes», entgegnete er.

«Wieso ist es anders?» wollte sie wissen.

«Jetzt haben sie einen Vorstand mit nur fünfzehn Mitgliedern, und da genügen acht Stimmen, um meinen Vertrag nicht zu verlängern.» Er lächelte bedrückt. «Vielleicht habe ich mich selbst in die Falle manövriert, als ich den Vertrag auf Lebenszeit ablehnte. Obwohl, selbst wenn ich einen lebenslangen Vertag hätte, könnten sie mich immer noch ganz einfach loswerden, indem sie für etwas stimmen, das ich auf gar keinen Fall dulden kann. Aber jetzt ist es eben noch leichter für sie.»

«Und du willst nichts unternehmen?»

«Was kann ich tun? Die einzelnen Vorstandsmitglieder bitten, mich nicht zu feuern? Und wie wäre meine Position dann?»

«Was willst du denn aber unternehmen?» fragte sie ihn verzweifelt.

Er lächelte ein wenig. «Ich glaube, diesmal werde ich mein Schicksal in Gottes Hand legen und das Beste hoffen.»

26

«Ich hasse diese Art von Fällen», erklärte State Detective Sergeant McLure. «Die können sich monatelang hinziehen, und wir stehen trotz allem mit leeren Händen da. Oder wir sind hundertprozentig sicher, wer es war, und der District Attorney findet, daß wir nicht genug Beweise haben, um den Fall vor Gericht zu bringen.»

«Was ist so Besonderes an diesem Fall?» fragte Jennings verärgert, als mache McLure, der Mann aus der Großstadt, eines der einheimischen Produkte schlecht. Überdies war die Frage eher rhetorisch gemeint, denn eine Antwort von McLure interessierte ihn nicht. Sie saßen mit Lanigan am Eßzimmertisch in Jordons Haus. Alle drei schlapp, entspannt und träge nach den Aufregungen und der hektischen Arbeit des Tages.

«Nun, wenn es ein Profi-Job wäre, wüßten wir entweder, wer etwas gegen das Opfer hatte, und dann brauchten wir nur noch das Alibi zu knakken – denn diese Sorte hat immer ein gutes Alibi –, oder wir bringen jemanden zum Reden. Wenn man einen ganzen Stall voll Informanten hat, kann man dabei ganz gut fahren. Andererseits, wenn es ein Amateur war, dann hängt alles nur davon ab, herauszufinden, wer das Opfer aus tiefstem Herzen gehaßt hat. In diesem Fall aber war das Opfer, soweit ich feststellen konnte, ein ziemlich unangenehmer Zeitgenosse. Und jeder, der gestern abend hier im Haus war, hätte den Wunsch haben können, ihn umzubringen, weil er mit jedem von ihnen Streit hatte. Ganz zu schweigen von dem Mann, der ihn vorher angerufen hat. Oder es hätte jemand ihn aufsuchen können, dessen Name überhaupt noch nicht aufgetaucht ist.»

«Da mögen Sie recht haben», bestätigte Lanigan. «Aber . . .»

«Und noch etwas», fuhr McLure fort. «Nehmen Sie nur mal die Waffe.

Gewöhnlich gibt sie uns einen Hinweis. Oder wir haben das Geschoß, und wenn man das mit einer bestimmten Waffe vergleicht, hat man den Fall praktisch in der Tasche. Aber hier lag die Waffe für alle sichtbar auf dem Tisch. Und falls diese Martha zurückgekommen ist, oder ihr Freund oder dieser Mann, der angerufen hat, oder Billy, der junge Mann – na ja, da lag sie – sozusagen griffbereit.»

«Ja, aber andererseits hat hier offensichtlich jemand losgeballert», wandte Jennings ein. «Der Doc sagt, es war, als hätte eine Frau mit geschlossenen Augen abgedrückt, bis die Waffe leer war. Das erscheint mir logisch.»

«Aber es hätte auch ein Jugendlicher sein können, der verrückt ist nach Waffen, aber nichts davon versteht», erwiderte McLure. «Oder nehmen wir mal diesen Stanley . . .»

«Stanley nicht», protestierte Jennings voll Überzeugung. «Der fährt jedes Jahr nach Maine hinauf und kommt mit einem Stück Rotwild zurück.»

«Ja, aber er trinkt doch wohl eine Menge. Und wenn er sich erst hat vollaufen lassen . . .»

«Wieviel Uhr ist es?» erkundigte sich Lanigan plötzlich.

«Gleich sechs», antwortete Jennings. «Warum?»

Statt einer Antwort griff Lanigan nach dem Telefon und wählte. Dann sagte er: «Miriam? Hier Hugh Lanigan. Ist David da?»

«Er ist bei der Abendandacht in der Synagoge.»

«Ach so! Ich dachte, da es nach Sonnenuntergang ist, könnte ich ruhig bei euch anrufen.»

«Das ist richtig. Aber dann beginnt erst die Andacht. Sie dauert ungefähr fünfzehn bis zwanzig Minuten. Und dann kommt er natürlich zu Fuß nach Hause. Soll ich ihm sagen, daß er Sie anruft, wenn er da ist?»

«Vielleicht können Sie mir auch Auskunft geben. Sind Sie gestern abend beim Gottesdienst gewesen?»

«Ja, natürlich. Ich gehe jeden Freitagabend hin.»

Lanigan machte Jennings ein Zeichen, der den zweiten Hörer aufnahm und sich einen Schreibblock heranzog. «War Henry Maltzman auch da?»

«Ich glaube schon. Ja, bestimmt. Warum?»

«Und Stanley Doble? War der da?»

«Den habe ich nicht gesehen, aber das wäre auch unwahrscheinlich, weil er unten im Andachtsraum bei den Vorbereitungen für den anschließenden Imbiß ausgeholfen hat. Wieso? Ist was nicht in Ordnung?»

«Nur Routine, Miriam. Vielen Dank.»

Nachdem er Zeit und Datum notiert hatte, riß Jennings das Blatt vom Block und heftete es in den immer dicker werdenden Aktenordner dieses Falles.

«Wenn der Arzt die Todeszeit mit halb neun bestätigt, scheidet Henry Maltzman aus», sagte Lanigan. «Wie ich erwartet hatte, war er gestern abend in der Synagoge. Der Gottesdienst hat um halb neun angefangen.» Er straffte die Schultern und richtete sich auf, als wolle er andeuten, die Erholungspause sei nun vorüber und man müsse sich wieder ans Werk machen. «Also, sehen wir mal, was zunächst zu tun ist. Als erstes müssen wir das Unwahrscheinliche eliminieren, um keine unnütze Zeit zu verschwenden. Nicht nur Maltzman, auch Gore scheint ein recht gutes Alibi zu haben. Er sagt, er habe an der Tankstelle gehalten, um ungefähr zu dem in Frage kommenden Zeitpunkt zu telefonieren. Er hat aus dem Büro der Tankstelle angerufen, also wird sich der Tankwart vielleicht erinnern. Fragen Sie Mrs. Mandell nach dem Anruf. Vielleicht erinnert sie sich an die Zeit. Wenn er sauber ist, brauchen wir uns um ihn nicht weiter zu kümmern. Okay?»

«Ja, aber dieser Maltzman, der ist vielleicht früher dort gewesen und hat irgendwas gesehen oder gehört», meinte McLure. «Den würde ich gerne danach fragen.»

«Okay, dann übernehmen Sie das. Aber der ist ein harter Brocken. Er war Captain bei den Marines . . .»

«Ich habe reichlich Erfahrung mit harten Brocken», behauptete McLure, «und beim Militär war ich einfacher Soldat, deswegen macht es mir besonderen Spaß, mich mit Offizieren zu befassen.»

Lanigan zwinkerte seinem Lieutenant zu. «Na schön, dann nehmen wir uns die anderen vor. Zunächst und vor allem Martha Peterson.»

Jennings öffnete den Aktenordner und suchte die Notizen von ihrer Befragung heraus. «Sie behauptet, gegen sieben weggegangen zu sein, und als sie die Straße erreicht hatte, sei gleich ein Bus gekommen. Sie sei in der Midland Street ausgestiegen und die zwei Häuserblocks bis nach Hause zu Fuß gegangen. Sie beschloß, daheim zu bleiben, und machte sich etwas zu essen. Stanley kam gegen halb acht zu ihr. Sie sagt, daß sie ihn nicht eingelassen hat. Sie hat dann ferngesehen und ist gegen elf ins Bett gegangen.»

«Klingt eigentlich glaubhaft», meinte McLure. «Stört Sie irgendwas daran? Glauben Sie, daß sie vielleicht später noch mal hergekommen ist? Hat sie ein Auto?»

«Das war in der Werkstatt. Aber sie hätte einen Bus nehmen können», erklärte Jennings.

«Man könnte sich bei den Busfahrern erkundigen», schlug McLure ein wenig zweifelnd vor. «Oder vielleicht bei den Nachbarn . . .»

«Was mir irgendwie komisch vorkommt, ist die Tatsache an sich, daß Martha bei Jordon Haushälterin war», meinte Lanigan. «Sie hatte einen guten Job als Kassiererin im Supermarkt. Einen bequemen Job. Jedenfalls sitzt man dabei, statt den ganzen Tag auf den Beinen zu sein. Vierzig-Stunden-Woche, wahrscheinlich mit bezahltem Urlaub. Meiner Ansicht nach hat er ihr etwa hundert Dollar die Woche eingebracht. Also, warum sollte sie so etwas aufgeben, um Jordons Haushälterin zu werden? Der war ziemlich sparsam mit seinem Geld, deswegen glaube ich kaum, daß er ihr mehr bezahlt hat als der Supermarkt. Sie mußte gegen acht Uhr hier sein und arbeitete, bis alles Geschirr abgewaschen war, und das war bestimmt nicht vor sieben Uhr abends. Und weil sie auch kochen mußte, hat sie zweifellos sieben Tage in der Woche gearbeitet, mindestens aber sechs. Warum? Ist sie vom Supermarkt entlassen worden, oder hat sie gekündigt, um bei Jordon zu arbeiten?»

«Es gibt Frauen, die lieber einen Haushalt führen, als in einem Geschäft zu arbeiten», meinte Jennings.

Lanigan nickte. «Sicher. Und sie bekam ihre Mahlzeiten, und tagsüber konnte sie sich ihre Zeit nach Belieben einteilen. Andererseits hat Jordon ihr vielleicht vorgespiegelt, sie könne eines Tages Mrs. Jordon werden. Gores Erklärung, Jordon hätte ihre Widerworte geduldet, weil es ihm gefiel, wenn jemand selbstbewußt war, kaufe ich ihm nicht ab. Für mich klingt das eher wie das Verhalten von zwei Verliebten. Und diese ganze Sache mit Stanley hätte nur dazu dienen können, das Interesse des Alten anzuheizen, indem sie ihn eifersüchtig machte. Und als sie ihm ihren Schlüssel zurückgab, war das vielleicht, weil sie eingesehen hatte, daß sie keine Chance bei dem Alten hatte und das Spiel aus war. Und nachdem sie zu Hause war, hat sie möglicherweise ein bißchen nachgedacht und ist dann zurückgefahren, um die Sache mit ihm ins reine zu bringen, da sie wußte, daß Billy mit Gore nach Boston wollte, und er allein sein würde. Der Alte konnte ziemlich widerlich werden, und ich kann mir gut vorstellen, wie er da in seinem Sessel lag und sich ins Fäustchen lachte, als die junge Frau merkte, daß sie reingelegt worden war. Na ja, da lag der Revolver . . .»

«Junge, Sie haben den falschen Beruf ergriffen», sagte McLure. «Sie hätten stellvertretender District Attorney werden und vor einer Jury plädieren sollen. Ist Ihnen klar, daß Sie kein einziges Faktum haben, um Ihre Story zu beweisen?»

«Nun, da wären diese vielen Schüsse», entgegnete Lanigan. «Und die Tatsache, daß sie am nächsten Morgen gleich wieder dort war und die Leiche als erste entdeckte.»

«Ach so, Sie spielen auf den alten Spruch an, daß es den Verbrecher an den Ort seiner Tat zurückzieht!» sagte McLure sarkastisch.

«Mit der geheimnisvollen Anziehungskraft, die ein Tatort für den Verbrecher haben mag, kenne ich mich nicht aus, aber mir scheint doch, wenn ich am Abend zuvor in der Hitze der Emotionen einen Mann erschossen und dann Angst bekommen habe und davongelaufen bin, würde ich, sobald ich wieder klar denken kann, schon dorthin zurückkehren, um nachzusehen, ob ich vielleicht etwas fallen gelassen habe, ein Taschentuch etwa, das mich verraten könnte.»

«Nun ja . . .»

«Und vergessen Sie nicht, wie wir ihn gefunden haben: in seinem

Lehnsessel. Wenn jemand anders gekommen wäre, sollte man meinen, er wäre aufgestanden und hätte die Tür geöffnet. Doch als es klingelt, und er fragt, wer es ist, und hört dann, es ist Martha, sagt er vielleicht: ‹Kommen Sie rein, die Tür ist offen›, und sitzt einfach da und grinst sie an, während sie anfängt zu schimpfen. Wie dem auch sei, ich möchte, daß Sie sie überprüfen, Eban. Alles. Fangen Sie beim Supermarkt an. Ist sie häufig mit Jordon zusammengekommen, als sie dort noch arbeitete? Gab es Klatsch? Gab es jemanden, dem sie sich anvertraute? Kapiert?»

«Was ist denn nun mit diesem Stanley?» erkundigte sich McLure. «Wie Gore behauptet, hat der ihn doch bedroht.»

«Den müssen wir uns natürlich holen. Und . . .»

«Nein, brauchen wir nicht, Hugh», widersprach Jennings. «Wir haben ihn schon unten auf dem Revier. Ich habe vorhin wegen einer anderen Sache dort angerufen, und da haben sie's mir erzählt. Sie haben ihn in der Fairbanks Street gefunden, er saß schlafend in seinem Auto, stockbetrunken. Einer der Anwohner benachrichtigte die Polizei, und die haben ihn dann geholt. Jetzt schläft er in der Zelle seinen Rausch aus.»

«Gut. Bleibt noch der junge Bursche – Billy.»

«Haben Sie eine Suchmeldung nach ihm rausgegeben?»

«Warten wir ab, ob in den Abendnachrichten was kommt. Machen Sie deutlich, daß er nicht verdächtigt wird, daß wir lediglich an den Informationen interessiert sind, die er uns geben kann.»

Jennings kritzelte in seinem Notizbuch; dann blickte er fragend auf. «Sonst noch was, Hugh?»

«Ja, fahren Sie nach Hause und essen Sie was Anständiges. Wir sehen uns dann später auf dem Revier.»

27

Da Rabbi Small am Sabbat weder Radio noch Fernseher einschaltete, hörte er erst in der Synagoge von dem Mord. Die etwa zwölf Männer, die sich zur Abendandacht versammelt hatten, hielten die Sabbatregeln weit weniger gewissenhaft ein als der Rabbi und wußten daher alles darüber. Die meisten hörten Julius Rottenberg zu, der ein *mewen* war, ein Experte für kriminologische Fragen, denn er führte eine Kaffeestube unmittelbar neben dem Gericht in der benachbarten Stadt Lynn und stand daher mit dem District Attorney («Kaffee, aber mit viel Sahne»), den stellvertretenden D. A's, sämtlichen Polizisten und sogar dem Vorsitzenden Judge («Tee mit Zitrone und ein bißchen heißes Wasser extra, Julius») auf freundschaftlichem Fuß.

«Es war natürlich der Junge», sagte er gerade, als der Rabbi die Kapelle betrat, wo sie auf den Beginn der Andacht warteten. Dick und kahl und normalerweise immer mit einem eifrigen Lächeln auf dem Gesicht, bewies Julius jetzt nur noch eine überhebliche Verachtung für jemanden, der gemeint hatte, es sei möglicherweise ein Fremder aus Jordons Vergangenheit, der den Alten erschossen habe.

«Hah», sagte er mit einer abschätzigen Handbewegung. «Das sagt die Polizei immer. Damit halten sie sich ein Schlupfloch offen. Kapiert? Aber es war der Junge. Der ist ganz verrückt nach Waffen. Wie alle Jungen. Was kann man auch anders erwarten, bei den vielen Western im Fernsehen und den Gangsterfilmen und so. Er klaut die Kanone in der Bank, wo er arbeitet. Um jemanden zu überfallen oder im Wald damit zu schießen? Bestimmt nicht. Einfach, um ihn in der Hand zu halten, das Ziehen zu üben, ihn um den Finger wirbeln zu lassen wie die Revolvermänner in den Western. Dann erwischt ihn der Alte mit der Waffe, befiehlt ihm, sie hinzulegen, und schickt ihn auf sein Zimmer. Dann gehen die Gäste – es hat so eine Art Dinnerparty gegeben –, und der Alte setzt sich in seinen Lehnsessel, um ein Nickerchen zu halten.

Jetzt sind sie also ganz allein, und der Alte schläft. Also kommt der Junge aus seinem Zimmer, um sich den Revolver noch mal anzusehen, ihn in die Hand zu nehmen und damit zu zielen. Und dann geht er los. Also, jetzt sitzt er in der Patsche, deswegen sagt er sich, nun kann ich gleich Nägel mit Köpfen machen, und feuert das ganze Magazin leer. Und als er fertig ist, ist Ellsworth Jordon tot.»

«Ja, aber warum ist Jordon nicht aufgesprungen und hat ihn am Schießen gehindert, Julius?»

Julius nickte wichtigtuerisch. «Gute Frage. Meine Theorie lautet, der Alte hatte solche Angst, daß er wie erstarrt war.»

Ein Neuankömmling verkündete: «He, Männer! Ich habe gerade gehört, daß die Polizei Stanley verhaftet hat.»

«Stanley? Unseren Stanley? Weswegen?»

«Keine Ahnung. Ich habe nur gehört, daß sie ihn verhaftet haben. Habt ihr ihn heute schon gesehen?»

«Gestern abend war er auch nicht da. Werft mal einen Blick in den Andachtsraum; da steht noch das ganze Zeug von unserem Imbiß, das schmutzige Geschirr, und alles.»

«Meint ihr, wir sollten aufräumen?»

«Das ist Sache des Hausausschusses.»

Während der ganzen Andacht fiel es dem Rabbi schwer, seine Gedanken nicht abschweifen zu lassen. Sogar die Havdala-Zeremonie, die den Sabbat vom Rest der Woche trennt, vollzog er unkonzentriert. Immer wieder mußte er daran denken, daß jetzt, da Jordon tot war, und falls Henry Maltzman im Hinblick auf ihn recht gehabt hatte, die Synagoge vielleicht das anstoßende Grundstück für die Religionsschule erwerben konnte.

Ein wenig beschämt über seine Gedanken und seine Unkonzentriertheit beim Gebet, blieb der Rabbi nicht wie üblich nach Beendigung der Andacht bei den Mitgliedern des *minjen* stehen, um mit ihnen zu plaudern, sondern entschuldigte sich und ging geradewegs nach Hause. Kaum hatte er das Haus betreten, da klingelte das Telefon.

«Rabbi Small», meldete er sich.

Am anderen Ende ertönte ein Kichern. «Hatte ich mir doch gleich gedacht, daß Sie jetzt wohl zu Hause sein müßten, Rabbi.»

«Stanley?»

«Ganz recht. Ich bin auf dem Polizeirevier, und man hat mir gesagt, ich dürfte mal telefonieren.»

«Soll das heißen, daß man Sie verhaftet hat? Aber weswegen? Wie lautet die Beschuldigung?»

«Ich glaube, ich war wohl ein bißchen betrunken.»

«Na schön. Ich komme rüber und rede mit ihnen.»

28

Der Sergeant vom Dienst musterte Rabbi Small zweifelnd. «Tja», sagte er, «ich weiß nicht recht, Rabbi. Sie sind doch kein Anwalt, oder? Ich meine, Sie haben nicht Jura studiert.»

«Nein . . .»

«Er hat natürlich das Recht, mit seinem Anwalt zu sprechen, aber anderen Besuch? Wahrscheinlich wäre alles in Ordnung, wenn Sie sein geistlicher Beistand wären, aber Stanley ist kein Jude, also müßte sein geistlicher Beistand ein Pastor sein oder ein Priester, je nachdem, ob er katholisch oder evangelisch ist. Verstehen Sie? Ich meine, nur weil er bei Ihnen in der Synagoge arbeitet, sind Sie noch nicht sein geistlicher Beistand, und da Sie kein Anwalt sind . . .» Ratlos kaute er auf seiner Unterlippe. «Er sagte, er wollte einen Anruf machen, deshalb dachte ich, er wollte seinen Anwalt anrufen, aber Sie behaupten, er hat Sie angerufen.» Der Sergeant war verärgert, als hätte Stanley sein Vertrauen mißbraucht und ihn hereingelegt.

«Warum fragen Sie Chief Lanigan nicht, ob ich mit ihm sprechen kann?» schlug der Rabbi vor.

«Der hat ziemlich viel zu tun. Tja . . .» Er kam zu einem Entschluß, stand auf, ging den kurzen Flur hinunter und klopfte an Lanigans Bürotür. Als der Chief öffnete, sah er sofort den Rabbi draußen. Ohne eine Erklärung des Sergeants abzuwarten, sagte er: «Hallo, Rabbi! Was führt Sie her? Sie wollten mich sprechen? Kommen Sie rein!»

Der Rabbi nickte Lieutenant Jennings zu und nahm auf dem angebotenen Stuhl Platz. «Ich habe einen Anruf von Stanley Doble bekommen . . .»

«Ach so, *Sie* hat er angerufen! Wollen Sie ihn sprechen?»

Der Rabbi lachte kurz auf. «Offenbar möchte *er* mich sprechen. Ich nehme an, er ist verhaftet worden. Können Sie mir sagen, weshalb?»

Das Telefon klingelte; Lanigan griff zum Hörer.

«Ja, gut. Verbinden Sie.» Er legte die Hand über die Sprechmuschel und sagte zu Jennings: «Wieder ein Billy-Anruf.»

«Das wäre der siebente», sagte Jennings.

«Hier Lanigan», meldete er sich und zog sich einen Notizblock heran. «Wie war Ihr Name? . . . Wie schreibt man das? . . . Mit zwei ‹e› . . . Okay, Mr. Beech . . . Wo ist dieses Motel? Von wo aus rufen Sie an? . . . North Adams? . . . Hm-hm . . . Hm-hm . . . Ja, gut. Und wie sah er aus? Wie groß war er nach Ihrer Meinung? . . . Eins-sechzig? Nein, der Mann, den wir suchen, ist viel größer. Fast einsachtzig . . . Nein, ich glaube kaum, daß man die Größe verändern kann, aber vielen Dank für den Anruf. Wiederhören.»

Er wandte sich an Jennings: «Ein Motelbesitzer aus North Adams. Ein junger Mann hat sich gerade als William Grey eingetragen, aber Mr. Beech meinte, er habe vor dem ‹e› gezögert.»

«North Adams liegt ganz am anderen Ende des Staates. Wenn der Junge nicht bald auftaucht, kriegen wir noch Anrufe aus Texas und Kalifornien», sagte Jennings.

«Und selbst wenn er auftaucht», korrigierte Lanigan. Er fuhr sich mit seiner großen, fleischigen Hand über das breite Gesicht, als wolle er die Linien der Sorge und Müdigkeit wegwischen. Dem Rabbi erklärte er: «Wir sitzen seit heute morgen an diesem Fall. Ich habe zum Lunch ein Sandwich gegessen, und zum Dinner nicht viel mehr. Gladys hatte mich nicht zu Hause erwartet. Und zehn Tassen Kaffee in Pappbechern. Die Nachrichten kamen vor einer Stunde, und seitdem haben wir sieben Anrufe von Leuten bekommen, die ihn gesehen haben wollen. Sind Sie sicher, daß es sieben waren, Eban? Kommt mir viel mehr vor.»

«Doch, sieben. Ich habe mitgezählt.»

«Plus weitere Anrufe von Leuten, die alle möglichen Ratschläge für uns hatten. Alle sinnlos. Und einen von einem Spinner, der seinen Namen nicht nennen wollte, aber fest überzeugt war, daß wir einen Unschuldigen verfolgen. Davon werden wir sicher noch mehr kriegen. Und das alles außer den berechtigten Anrufen – von meinen eigenen Leuten, die Bericht erstatten und sich Instruktionen holen wollen, vom District Attorney . . .» Er lächelte. «Zum Teufel damit! Was kann ich für *Sie* tun, Rabbi?»

«Ich bin wegen Stanley hier. Schon vergessen? Darf ich aus seiner Anwesenheit hier schließen, daß er irgendwie mit dem Mord in Verbindung gebracht wird?»

«Stanley? Richtig. Also, Jordon wurde gegen halb neun erschossen. Ungefähr eine Stunde zuvor hatte Stanley mit ihm in seinem Haus einen

Streit. Er wurde schließlich hinausgeworfen, aber er drohte, er werde zurückkommen.»

«Und deshalb haben Sie ihn verhaftet?»

Lanigan grinste. «Nicht direkt. Meine Leute fanden ihn in seinem geparkten Wagen, stockbetrunken und schlafend, und nahmen ihn mit, damit er seinen Rausch ausschlafen konnte.»

«Nun, inzwischen wird er ihn ja wohl ausgeschlafen haben, nicht wahr?»

«Ja, aber wir möchten ihm gern noch ein paar Fragen stellen.»

«Wie wär's denn, wenn Sie ihm diese Fragen jetzt stellen und ihn dann gehen lassen? Er hat schließlich Pflichten.»

Lanigan preßte nachdenklich die Lippen zusammen. «Na schön.» Telefonisch beauftragte er den Diensthabenden, Stanley hereinzuschicken. «Aber sagen Sie bitte kein Wort, während ich ihn vernehme.»

«Natürlich nicht», entgegnete der Rabbi.

Es klopfte höflich, dann brachten der Sergeant und ein uniformierter Polizist einen zerknirschten, zerzausten Stanley herein. Als die Beamten sich wieder entfernt hatten, sagte Lanigan: «Also, Stanley, jetzt erzählen Sie mir mal genau, was passiert ist, als Sie gestern abend noch mal zu Jordon gefahren sind.»

«Was soll das heißen, ‹noch mal›?» fragte Stanley widerborstig. «Ich bin nicht noch mal hingefahren. Keinen Fuß würde ich in dieses beschissene Haus setzen. Hat er das behauptet?»

«Na schön, dann erzählen Sie uns, was Sie gemacht haben, nachdem Sie bei Jordon waren. Sie waren doch bei ihm, oder nicht?»

«Den Teufel war ich! Mit dem habe ich nichts zu schaffen. Ich wollte Martha Peterson abholen, mit der ich verabredet war. Und dann sagten sie mir, sie sei nicht da, sie würde unten am Tor auf mich warten. Warum hatte ich sie aber dann nicht gesehen, als ich in die Einfahrt einbog? Oder, wenn ich sie übersehen hatte, weil ich aufpassen mußte, daß ich nicht gegen die Torpfosten fuhr – warum hat sie mich dann nicht gesehen? Und hat gerufen? Aber na ja, sie hätte sich schließlich ein Stückchen vom Tor entfernen können, also fuhr ich wieder runter. Aber sie war nicht da. Deshalb dachte ich mir, die hätten mich angelogen, oder sie hätte sie dazu angestiftet, weil sie es sich anders überlegt hätte und sich nicht mit mir treffen wollte.»

«Also was haben Sie gemacht? fragte Jennings.

«Ich hab 'n paar Bier gekippt.»

«Um sich den Entschluß zu erleichtern, nehme ich an», sagte Jennings ironisch.

«Ganz recht. Und dann fiel mir ein, sie könnte vielleicht schon nach Hause gegangen sein, bevor ich überhaupt ankam. Also bin ich zu ihr gefahren, und da war sie auch.» Triumphierend blickte er von einem der drei Männer zum anderen.

«Und was haben Sie dann gemacht?» erkundigte sich Lanigan.

«Na ja, reinlassen wollte sie mich nicht, und rauskommen wollte sie auch nicht. Wir haben so durch die Tür geredet. Sie hatte die Kette vorgelegt. Aber sie hat mir vorgeworfen, sie hätte meinetwegen den Job verloren. Und da dachte ich mir, vielleicht sollte ich noch mal zu Jordon fahren und die Sache in Ordnung bringen.»

«Um wieviel Uhr war das?» fragte Lanigan beiläufig.

«Ach, so acht, halb neun, vielleicht auch ein bißchen später. Wissen Sie, ich dachte nämlich, es wäre besser, vorher schnell noch ein Bier zu trinken. Na ja, ich kam dann die Elm Street runter, und als ich bremste, um links in die Einfahrt einzubiegen, sah ich, daß alles dunkel war. Das heißt, richtig hell ist es da ja eigentlich nie. Kaum Licht genug, um die Schnaken anzulocken. Der alte Geizhals wollte Geld sparen. Aber diesmal war alles dunkel, als wäre er zu Bett gegangen. Und während ich noch darüber nachdachte, ob der wohl wirklich im Bett ist, und ob ich klingeln oder an die Tür hämmern soll, um wenigstens zu erreichen, daß er aufstehn muß, kommt dieser Wagen aus der anderen Richtung und biegt in die Einfahrt ein. Also dachte ich, zum Teufel damit, hat doch keinen Zweck, mit ihm zu reden, wenn er Besuch hat. Also bin ich weitergefahren, nach Salem rüber, wo ich auch eine Freundin habe.»

«Hat diese Freundin einen Namen?» erkundigte sich Lanigan.

Zum erstenmal zögerte Stanley jetzt. Unsicher sah er den Rabbi an. Schließlich antwortete er: «Also, an ihren Namen kann ich mich nicht so richtig erinnern. Wir nennen sie immer bloß Frenchy, weil sie irgendwie von Franzosen abstammt.»

«Dieser Wagen, den Sie in die Einfahrt einbiegen sahen – was für eine Marke war das?» fragte Lanigan lässig, als interessiere es ihn eigentlich gar nicht, und er mache nur Konversation.

Stanley schüttelte den Kopf. «Er kam mir entgegen und hatte das Fernlicht an.»

«Und um wieviel Uhr war das?»

«Wie gesagt, es kann halb neun gewesen sein, vielleicht aber auch ein bißchen später.»

Das Telefon schrillte, und als sich Lanigan meldete, kam vom anderen Ende eine erregte Stimme. «Der junge Mann, dieser Green, ist gerade aufgetaucht, Chief. Wir haben ihn erwischt, als er durchs Fenster hinten einsteigen wollte.»

Sofort wurden Lanigan und Jennings munter. «Na schön, fort mit Ihnen, Rabbi. Ich habe zu tun.»

«Und was ist mit Stanley?»

«Nehmen Sie ihn mit.»

29

Die Vernehmung dauerte Stunden. Als Lanigan und Jennings in Jordons Haus eintrafen, war McLure bereits da und hatte mit der Befragung begonnen. Billy schluchzte und stammelte. McLure unterbrach sich kurz, um den beiden Beamten in einer entfernten Ecke den Stand der Dinge zu erklären.

«Er behauptet, nichts von dem Mord gewußt zu haben, bis er vorhin herkam», sagte er, «aber ich bin überzeugt, daß er's war, und es ist lediglich eine Frage der Zeit, bis er's gesteht.»

«Schon mal was von Miranda gehört?» fragte Lanigan kühl.

McLure war ganz großäugige Unschuld. «Ich habe ihn nicht beschuldigt, ich befrage ihn nur als Zeugen – rein zur Information.»

«Und warum weint er?»

«Der Tod Jordons hat ihn so tief getroffen – sagt er.»

«Was war Jordon für ihn? Hat er das gesagt?»

«Er sagt, der Alte wäre ein Freund seiner Mutter gewesen.» McLures Augen blitzten unternehmungslustig. «Und wissen Sie, wer diese Mutter ist? Hester Grimes. Die ist seine Mutter.»

«Wer ist Hester Grimes?» erkundigte sich Jennings.

«Aber Sie müssen sie doch mal im Fernsehen gesehen haben! Sie ist Nightclubsängerin. Man sieht sie viel bei diesen Talkshows.»

«Und wo ist sie?» fragte Lanigan. «Wie können wir sie erreichen?»

«Im Moment auf Europatournee. Was ich bis jetzt aus ihm herausgekriegt habe . . .»

«Lassen Sie nur. Ich rede selber mit ihm. Wenn er seine Story ändert, können Sie ihn befragen, sonst aber wäre ich Ihnen dankbar, wenn Sie sich ruhig verhielten.» Lanigan ging zu dem Jungen hinüber und setzte sich neben ihn. «Ich bin Chief Lanigan vom hiesigen Polizeirevier, Billy.»

«Ja. Ich kenne Sie.»

«Ich möchte gern genau hören, was passiert ist», fuhr Lanigan fort. «Wir müssen diese schreckliche Sache, die gestern abend passiert ist, untersuchen. Hat Mr. Gore Sie gebeten, den Revolver mitzunehmen?»

«O nein! Er hat mich gebeten, sozusagen als bewaffneter Begleitschutz mitzufahren, wenn er das Peter-Archer-Silber nach Boston brachte, aber ich wußte genau, daß er nur meinte, ich sollte neben ihm sitzen. Aber dann dachte ich mir, wenn nun irgend jemand . . . Na ja, wissen Sie, dieses Silber ist ziemlich wertvoll, und was konnte ich denn schon tun? Ich meine, ich bin nicht groß und kräftig. Und Mr. Gore auch nicht. Deswegen dachte ich, falls wir angehalten werden sollten . . . Na ja, von diesem Gesetz hier in Massachusetts hatte ich keine Ahnung. Ich wußte zwar, daß man einen Waffenschein braucht, aber ich dachte, Mr. Gore hätte einen, weil er schließlich Bankpräsident ist und Pistolenschütze und so, und weil ich ja die ganze Zeit mit ihm zusammen sein würde. Und wenn nichts passierte, wollte ich ihn einfach wieder zurücklegen, und keiner würde davon erfahren.»

Lanigan quälte ihn nicht und versuchte auch nicht, ihn durcheinanderzubringen, aber er war hartnäckig: «Und nachdem Sie eingeschlossen worden waren, wann sind Sie da ausgerissen?»

«Sofort.»

«Wie schnell – sofort?»

Zum erstenmal grinste Billy. «Na ja, als er sagte, er würde mich einschließen, dachte ich: ‹Ach, wirklich?› Und bin zum Fenster.»

«Nun gut. Und wohin sind Sie gegangen?»

«Ich bin so schnell wie möglich abgehauen. Die hintere Einfahrt hinunter, die wir nicht mehr benutzen, zur Elm Street.»

«Warum da hinaus? Hatten Sie Angst, er könnte Sie sehen, wenn Sie die vordere Einfahrt benutzten?»

«Genau. Ich dachte, Mr. Gore würde vielleicht rauskommen, und ich wollte nicht, daß er mich sieht.»

«Warum nicht?»

«Na ja, weil's mir eben peinlich war. Ich war ganz schön sauer. Wissen Sie, Mr. Jordon hatte mich ja schon öfter eingeschlossen, und ich bin jedesmal ausgerückt. Mir machte das nichts weiter aus. Es war so eine Art Spiel zwischen uns beiden. Wissen Sie, auf die Art hat er mir gezeigt, daß ich was falsch gemacht hatte. Gestört hat mich das wirklich nie. Ich bin jedesmal einfach weg. Und das wußte er. Aber er hätte es nicht vor Mr. Gore tun dürfen. Wissen Sie, Mr. Gore ist mein Chef, und er ist wie ein Freund zu mir. Und Mr. Jordon behandelte mich wie ein kleines Kind. Es war furchtbar peinlich für mich, deswegen wollte ich nicht, daß Mr. Gore mich sah. Das hätte mich . . . in Verlegenheit gebracht. Ich habe sogar überlegt, ob ich überhaupt wieder in die Bank gehen sollte.»

«Und was haben Sie dann gemacht?»

«Na ja, ich wußte nicht recht, was ich tun sollte, weil ich auf keinen Fall früh zurück sein wollte, am liebsten erst nach Mitternacht. Aber ich kenne niemanden in Barnard's Crossing, und unternehmen kann man hier auch nichts. Na ja, da warteten ein paar Leute auf den Bus, und als er kam, bin ich mit eingestiegen.»

«Haben Sie irgend jemanden im Bus erkannt?» fragte Lanigan.

Billy schüttelte den Kopf. «Ich habe niemanden gesehen, den ich kannte.»

«Man sollte doch meinen, als Kassierer in einer Bank müßten Sie viele Leute wiedererkennen», sagte Jennings. «Und selbst wenn Sie sie nicht erkennen, würden die Sie vielleicht erkennen und guten Tag sagen.»

Billy schüttelte abermals den Kopf. «Wir sind in North Barnard's Crossing. Hier unten geht jeder zur Deposit and Trust.»

«Was wollten Sie in Boston?» erkundigte sich Lanigan.

Billy zuckte die Achseln. «Einfach so rumlaufen und dann einen späten

Bus zurück nehmen. Aber dann habe ich überlegt. Mr. Jordon hatte mir da einen häßlichen Streich gespielt, vielleicht konnte ich es ihm heimzahlen. Als ich also nach Boston kam, ging ich zum großen Busbahnhof und nahm einen Bus nach New York. Wissen Sie, ich dachte mir, wenn ich in dieser Nacht nicht nach Hause kam, würde er sich Sorgen machen, und das geschähe ihm nur recht.»

«Ich glaube, Sie mochten ihn nicht sehr, wie?» meinte McLure.

Billy sah ihn erstaunt an. «Aber natürlich mochte ich ihn. Warum auch nicht?» Wieder traten ihm Tränen in die Augen. «Er hat mir immer was mitgebracht, wissen Sie, wenn er uns besuchte, schon damals, als ich noch klein war. Und er hat mich auch öfter hierher eingeladen, nicht wahr? Ich weiß noch, einmal, als ich ungefähr zwei Wochen hier war, da wurde ich krank. So ein Vierundzwanzigstundenfieber. Aber Mr. Jordon kam die ganze Nacht über immer wieder in mein Zimmer, um nachzusehen, wie es mir ging.»

«Na schön», sagte Lanigan, «kommen wir zurück zu Ihrem Ausflug. In dem Bus nach New York kannten Sie vermutlich auch niemanden, wie?»

Billy schüttelte den Kopf.

«Was für ein Bus war das übrigens?»

«Ein Greyhound. Der um neun. Die fahren jede Stunde. Das heißt, eigentlich ging er um fünf Minuten vor neun.»

«Was haben Sie in New York gemacht?» fragte Jennings.

«Na ja, es war schon ziemlich spät, als ich hinkam, oder vielmehr, ziemlich früh am Morgen. Also aß ich ein bißchen was im Busbahnhof, und dann wollte ich eigentlich nach Hause fahren. Aber dann dachte ich, der Portier würde mir alle möglichen Fragen stellen. Wir haben so 'ne Art Freundschaft geschlossen, der Portier und ich. Also dachte ich, ich könnte mich noch 'n bißchen umsehen oder in eines von den Kinos am Times Square gehen, die die ganze Nacht offen haben. Denn wissen Sie, wenn ich am Morgen oder tagsüber nach Hause ging, dann sähe das nicht so, na ja, komisch aus, und der Tagesportier, den kenne ich nicht so gut, also würde der mir auch keine Fragen stellen. Aber dann dachte ich mir, in diesen Kinos am Times Square würden bestimmt viele Betrunkene sein. Also wußte ich nicht, was ich tun sollte, und als ich da saß, im Busbahnhof, und überlegte, bin ich eingeschlafen.»

«Ich könnte mir vorstellen, daß Sie im Bus geschlafen haben», sagte Jennings. «Das tue ich immer.»

«Ich hab's versucht, aber es ging nicht», erwiderte der junge Mann. «Ich hatte mich 'n bißchen aufgeregt. Mag sein, daß ich mal eingedöst bin, aber später, im Busbahnhof, da habe ich richtig fest geschlafen. Als ich aufwachte, war es Morgen, und ich war ganz steif und fühlte mich ungewaschen. Also machte ich mich auf der Herrentoilette frisch, kaufte mir in einem der Läden im Busbahnhof einen Kamm –» er fingerte in seiner Jackentasche und zog einen Kamm heraus –, «sehen Sie, da ist er.

‹Souvenir aus New York›, steht drauf. Dann hab ich gefrühstückt. Und dann bin ich mit dem Bus in die Stadt gefahren und bin rumgelaufen.»

«Warum sind Sie nicht nach Hause gegangen?» fragte Lanigan.

«Na ja, ich hab mir Sorgen wegen Mr. Jordon gemacht. Ich dachte mir, daß er sich furchtbar aufregt, weil er vielleicht zufällig entdeckt hat, daß ich gar nicht zurückgekommen bin. Wo er doch so ein schwaches Herz hatte. Also bin ich wieder zum Busbahnhof und hab den Bus nach Boston genommen. Dann hab ich einen Bus nach Barnard's Crossing genommen und bin an der Elm Street ausgestiegen, wo ich zuerst auch eingestiegen war. Da war es schon ziemlich dunkel, also kam ich die hintere Einfahrt rauf und wollte wieder durchs Fenster steigen. Aber als ich zum Haus kam, sah ich sofort, daß irgendwas los war. Meine Zimmertür stand offen, und ich konnte ins Wohnzimmer sehen. Und dann sah ich einen Cop – äh – Polizisten, und da wußte ich, daß was nicht stimmte. Ich dachte, Mr. Jordon hätte vielleicht die Polizei geholt, als er merkte, daß ich nicht da war. Und mein Fenster war fest zu und sogar verriegelt. Als ich dann versuchte, den Riegel zu heben, kam ein Polizist und packte mich. Und dann hörte ich, was passiert war. Und ich denke die ganze Zeit, wenn ich nicht ausgerissen wäre, dann wäre es vielleicht nicht passiert.»

Sie fragten ihn noch weiter aus, aber um elf machte Lanigan erst einmal Schluß. Die drei Beamten zogen sich in eine entfernte Zimmerecke zurück und diskutierten Billys Geschichte mit leiser Stimme. «Scheint mir ziemlich logisch zu sein», meinte Lanigan, «aber es ist natürlich möglich, daß er lügt.»

«Zeit genug, sich eine Story auszudenken, hat er ja gehabt», lautete McLures Kommentar.

«Wir könnten den Fahrer des Bostoner Busses fragen», schlug Jennings vor.

«Ja, natürlich», stimmte Lanigan zu. «Wir besorgen uns ein Foto von ihm, und wenn der Busfahrer sich an ihn erinnert, kennt er vielleicht ein paar von den Leuten, die diesen Bus regelmäßig benutzen, und vielleicht erinnern die sich an ihn. Außerdem der Fahrer des New Yorker Busses und der Fahrkartenverkäufer.»

«Ich halte es für wichtiger, die Fahrer der späteren Busse zu fragen», erklärte McLure. «Ich möchte wetten, er hat den Zehn-Uhr-Bus nach New York genommen, vielleicht sogar erst den um elf. Das habe ich oft genug erlebt. Jemand tut etwas, kann aber den Gedanken daran nicht ertragen. Also verdrängt er die Erinnerung daran und arrangiert seine Story so, daß es einfach nicht geschehen sein *kann*. Verstehen Sie? Wenn er uns sagt, er hätte den Bus um neun genommen, dann bedeutet das, daß er den Alten nicht um halb neun umgebracht haben kann. Aber den Rest der Story läßt er so, wie er ist, damit er sich besser erinnern kann.»

Lanigan musterte ihn neugierig. «Und Sie sind sicher, daß es so war?»

«Aber hören Sie! Man sieht doch gleich, daß er die Sorte Mensch ist, auf der jeder rumtrampelt. Nehmen Sie doch mal dieses Einschließen in seinem Zimmer. Bestraft man so einen normalen Achtzehnjährigen? Würde ein anderer sich das gefallen lassen? Und überhaupt, welcher Jugendliche in diesem Alter würde sich aufs Land zu einem alten Mann verfrachten lassen, damit seine Ma in Europa rumgondeln kann? Okay. Seinem Chef tut er leid, und er fordert ihn auf, mit ihm in die Großstadt zu fahren. Diese Art Junge ist ganz verrückt nach Waffen. Sie verleihen ihm ein Gefühl der Macht. Nun demütigt ihn der Alte vor seinem Chef und schickt ihn auf sein Zimmer. Als Gore also geht und der Alte einschläft, klettert er aus dem Fenster. Aber er geht nicht geradewegs zum Bus. O nein, er schleicht zur Haustür und kommt herein. Und da liegt der Revolver auf dem Tisch. Er will ihn unbedingt in die Hand nehmen. Ich vermute, er hat ihn genommen und damit rumgespielt, und dann ist er losgegangen. Vielleicht hat er das Licht ausgeschossen, und es wurde dunkel im Zimmer. Jetzt weiß der Bengel, daß er in der Tinte sitzt, er bekommt Angst und schießt einfach weiter. Und als er wieder zur Besinnung kommt, ist der Alte tot. Also läuft er davon – nach Boston und dann nach New York.»

«Und warum ist er zurückgekommen?» fragte Lanigan.

«Wie gesagt, er hat diese Episode aus seiner Erinnerung gestrichen. Man könnte ihn von einem Psychiater hypnotisieren und sie wieder ans Licht holen lassen.»

«Was wollen Sie heute nacht mit ihm anfangen, Hugh?» fragte Jennings. «Hier kann er nicht bleiben.»

«Nun, für diese eine Nacht, dachte ich, könnten wir ihm eine von unseren Zellen anbieten. Wenn wir ihm ein Hotelzimmer mieteten, würde die Gemeinde sicher nicht für die Unkosten aufkommen, und außerdem würde er, sobald sich die Nachricht herumspricht, von allen möglichen Leuten belästigt werden.»

«Das wird er ohnehin, wenn er am Montag wieder zur Arbeit geht», warnte Jennings.

«Ja, es sei denn . . . es sei denn . . . Hören Sie, Eban, ist eigentlich Tom Hegerty jetzt auf der Insel?»

«Seit dem Labor Day.»

«Ob der wohl einen Untermieter aufnimmt?»

«Einen Gehilfen würde er sicher nehmen.»

«Das ist noch besser. Sehen wir zu, was wir arrangieren können.» Er ging zu dem jungen Mann hinüber. «Hören Sie, Billy», sagte er, «Sie können heute nacht hier nicht schlafen, weil wir hier arbeiten müssen. Für ein Hotelzimmer ist es zu spät, also wie wär's, wenn Sie bei uns auf dem Revier schlafen würden?»

«Ja, natürlich. Ich möchte Ihnen keine Mühe machen.»

«Gut. Abgemacht. Also, ich möchte, daß Sie während der nächsten paar Tage die Stadt nicht verlassen, aber ich halte es für besser, wenn Sie vorläufig noch nicht wieder zur Bank gehen.»

«O Gott, nein! Ich möchte wetten, da würden dauernd Leute an meinen Schalter kommen und mich anstarren, als wär ich 'n Monstrum.»

«Das macht mir auch Sorgen», sagte Lanigan. «Deswegen habe ich da eine Idee. Kennen Sie Children's Island unten im Hafen?»

«Wo im Sommer das YMCA-Lager für Kinder ist? Da war ich noch nie.»

«Also, da wohnt Tom Hegerty und bringt das Lager für den Winter in Ordnung. Hätten Sie Lust, ihm ein bißchen dabei zu helfen, anstreichen, ein bißchen tischlern . . .»

«Tja, aber so was hab ich noch nie gemacht.»

«Spezialkenntnisse brauchen Sie nicht», beruhigte ihn Lanigan. «Sie werden ihm wahrscheinlich immer nur Sachen anreichen oder halten müssen, wenn er daran arbeitet, oder hier und da etwas holen.»

«Wenn ich das kann, macht es mir nichts aus. Ist wahrscheinlich ganz hübsch, auf 'ner Insel zu wohnen.»

«Gut. Dann wäre das erledigt. Ich arrangiere alles.»

Er kehrte zu den beiden anderen zurück und nickte zufrieden.

«Und was ist jetzt mit Miranda?» spöttelte McLure.

Lanigan sah ihn erstaunt an. «Was hat Miranda damit zu tun? Ich habe dem jungen Mann lediglich einen Job besorgt.»

30

Als Herb Mandell nach dem Dinner von seinem Verdauungsspaziergang zum Drugstore zurückkam, wo er die Sonntagszeitungen gekauft hatte, fand er Henry Maltzman und Molly auf dem Sofa im Wohnzimmer, die Köpfe eng zusammengesteckt, über einem Blatt Papier, das sie auf dem Teetisch vor sich ausgebreitet hatten. Sein Erscheinen erschreckte sie ein wenig, und sie fuhren auseinander.

«Oh, hallo, Herb!» Maltzman winkte ihm lässig zu. «Ich dachte, da dies Ihre erste Vorstandssitzung ist, könnten wir gemeinsam hinfahren, in Ihrem Wagen oder meinem, und unterwegs könnte ich Ihnen dann alles erklären.» Er deutete auf das Blatt Papier. «Ich habe gerade mit Molly die Liste durchgesehen. Wir haben fünf sichere Stimmen, drei wahrscheinliche und zwei bis drei eventuelle.»

«Ich glaube, Mrs. Melnik zählt auch zu den wahrscheinlichen», sagte Molly. «Und Mrs. Kaufman können Sie praktisch als sicher eintragen.»

«Das ist immer noch zu riskant», erwiderte Maltzman. «Ich möchte eine klare Entscheidung ohne Diskussion. Das Beste ist, wir vertagen die Entscheidung für eine Woche. Dann haben wir Zeit, die Wahrscheinlichen zu bearbeiten . . .»

«Ich spreche mit Anne Kaufman», erbot sich Molly. «Die kann ich ganz bestimmt auf unsere Seite bringen.»

«Wunderbar. Und ich kümmere mich um Joe Krasker und Harvey Gorin. Wenn wir sie alle drei kriegen, haben wir acht und sind aus dem Schneider.» Er war aufgestanden. Jetzt ergriff er Herb Mandells Arm und sagte: «Also Herb, Sie werden folgendes tun . . .»

Maltzman fuhr – und redete. Herb hätte gern seiner eigenen Meinung hinsichtlich dieses Problems mit dem Rabbi Ausdruck verliehen, doch jedesmal, wenn er dazu ansetzte, sagte Maltzman: «Hören Sie zu!» Sein Ton war nicht direkt gebieterisch, er war sogar eher freundlich, aber Herb wurde unruhig; er hatte das Gefühl, wie ein Kind behandelt zu werden.

Sobald sie jedoch die Synagoge erreichten, änderte Maltzman sein Verhalten. Einen Arm um Herbs Schultern gelegt, führte er ihn zu den anderen Mitgliedern, die im Korridor des Souterrains standen, und stellte ihn jenen, die ihn nicht kannten, mit der jovialen Bemerkung vor: «Herb ist der kommende Mann, der wird diesem Vorstand noch mal Substanz verleihen.»

Die Gruppe ging an den Klassenzimmern der Religionsschule vorbei zum Vorstandszimmer am anderen Ende. Es war nur ein recht kleiner Raum. Genau wie die Klassenzimmer hatte er beigefarben verputzte Wände und eine niedrige Decke. An einer Seite befand sich in Erdbodenhöhe eine Reihe kleiner, oben aufgehängter Fenster, die nach innen geöffnet werden konnten. Über den Fenstern verliefen die mit Asbest verkleideten Heizungsrohre. Der Raum unterschied sich von den Klassenzimmern nur insofern, als er statt Pulten einen langen, von kleinen Stühlen umgebenen Mahagonitisch aufwies, der fast den ganzen Platz einnahm – bis auf eine kleine Ecke nahe der Tür, wo auf einer Holzstaffelei eine Schultafel stand.

Sie gingen zu ihren Plätzen rund um den Tisch, während Maltzman neben der Tafel stehenblieb. Während sie auf Maltzmans Eintreffen warteten, hatten sie sich über den Mord unterhalten, und nahmen nun, als sie saßen, dieses Gespräch wieder auf.

«Es muß der Junge gewesen sein», sagte Harvey Gorin. Er zählte die Beweispunkte an den Fingern ab. «Er war der letzte im Haus. Er ist davongelaufen . . .»

«Aber er ist wiedergekommen.»

«Verbrecher kehren immer an den Tatort zurück.»

«Ist er zurückgekommen, oder hat man ihn zurückgebracht? Das möchte ich wissen.»

Maltzman klopfte auf den Tisch. «Ein bißchen Ruhe, bitte, damit wir anfangen können. Wer Ellsworth Jordon umgebracht hat, das rauszufinden, ist Sache der Polizei . . .»

Doris Melnick, ehemals Lehrerin für Staatsbürgerkunde an der High School, sagte vorwurfsvoll: «Ein Mord geht jeden Bürger an, Henry.»

«Ach, wirklich? Na, mich könnt ihr aber dabei streichen. Dieser Jordon war der schärfste Antisemit hier in der Stadt, und der, der ihn umgebracht hat, verdient einen Orden.»

«Woher wissen Sie das, Henry?»

«Kannten Sie ihn, Henry?»

«Haben Sie näher mit ihm zu tun gehabt, Henry?»

«Es stimmt», bestätigte Mrs. Melnick. «Ich glaube, es ist besser, wenn Sie das nicht so rumposaunen.»

«Und warum nicht?» fragte Maltzman.

«Weil das in der Stadt Stimmung gegen uns alle machen könnte und die Polizei möglicherweise auf den Gedanken bringt, *uns* zu befragen.»

«Soll sie doch. Wir haben nichts zu verbergen. Aber jetzt wollen wir endlich anfangen. Wenn ihr über den Mord reden wollt, kann ich ja gehen, denn ich habe Wichtigeres zu tun.» Er sah sich im Zimmer um. Sie waren unruhig, aber sie schwiegen.

Er klopfte scharf mit den Knöcheln auf den Tisch und verkündete: «Also, ich rufe den Vorstand jetzt zur Ordnung. Bevor wir mit der Tagesordnung beginnen, möchte ich noch ein paar Worte sagen. Als ich bei der letzten Sitzung erklärte, ich wolle Herb Mandell als Ersatz für Joe Cohen in den Vorstand holen, weil dieser zurückgetreten ist und die neuen Statuten dem Vorsitzenden das gestatten, hatte ich Herb noch gar nicht gefragt. Ich habe ihn überhaupt nicht gefragt, ob er in den Vorstand will. Ich habe ihm nur gesagt, daß ich ihn zum Mitglied ernannt habe und von ihm erwarte, daß er seine Pflicht tue. Warum? Das will ich euch sagen. Weil Herb Mandell eben so ist. Sagt man zu Herb, da ist etwas, das muß erledigt werden, und man sagt ihm, er soll es erledigen, antwortet Herb nur: ‹Okay›. Und so einen Mann brauchen wir in unserem Vorstand. Und deswegen habe ich auch nicht lange gezögert, als Joe Cohen zurücktrat. Nun gut. Also fangen wir jetzt an. Die Sekretärin liest das Protokoll vor.»

Herb Mandell hörte aufmerksam zu, während das Protokoll verlesen wurde, die Ausschußvorsitzenden ihre Berichte erstatteten, die Mitglieder Fragen und Einwände zu den Berichten vorbrachten. Er hätte gern an der Diskussion teilgenommen, und sei es auch nur, um dem Ruf gerecht zu werden, den Maltzman ihm verliehen hatte, aber es war ihm alles noch zu neu, und außerdem handelte es sich um Dinge, von denen er gar nichts wußte.

Schließlich verkündete Maltzman: «Wenn keine weiteren Einwände erhoben werden, möchte ich die anderen Punkte der Tagesordnung vorerst ad acta legen und die Abstimmung über das Budget vorschlagen. In Ordnung? Mike, Sie sind dran.»

Meyer Andelman, Vorsitzender des Budgetausschusses, bückte sich und hob einen Aktenkoffer auf, der auf dem Boden zwischen seinen Füßen gestanden hatte. «Obwohl wir bei der letzten Sitzung einige Punkte besprochen und uns alle Punkte wenigstens angesehen haben, hielt ich es für besser, alles noch einmal schwarz auf weiß festzuhalten. Meine Sekretärin hat Fotokopien angefertigt, damit ihr die Aufstellung alle vor euch habt, wenn wir die einzelnen Punkte diskutieren. Ich werde sie jetzt gleich verteilen. Außerdem schlage ich vor, daß wir uns diesmal nicht an die Regeln halten, sondern daß jeder, der etwas zu diesem oder jenem Punkt zu sagen hat, es einfach sagt. Seht euch die Aufstellung jetzt erst einmal gründlich an, dann beginnen wir bei Punkt eins und gehen dann der Reihe nach weiter.»

Das war Herb Mandells Stichwort. «Herr Vorsitzender, ich möchte einen Vorschlag machen. Da wir dies alles schriftlich haben, könnten wir dann nicht die Abstimmung über das Budget um eine Woche verschieben, damit wir uns diese Aufstellung zu Hause in aller Ruhe ansehen können?»

Meyer Andelman antwortete: «Dazu möchte ich etwas sagen, Herr Vorsitzender. Es ist so, Herb. Wir haben jetzt den Monatsersten, oder vielmehr, den Sonntag, der dem Monatsersten am nächsten ist. Und wir stimmen am ersten November über das Budget ab.»

Maltzman räusperte sich. «Tja, also . . .»

«Steht es in den Statuten, daß wir das müssen?» erkundigte sich Mandell.

«Nein», mußte Andelman zugeben. «Aber wir tun es eben immer.»

Mandell stieß nach. «Wenn es nicht in den Statuten festgelegt ist, warum vertagen wir die Abstimmung nicht, damit wir uns gründlich mit der Materie befassen können?»

«Aber einen großen Teil haben wir doch schon letzte Woche besprochen», wandte Andelman ein.

«Ja, aber ich war letzte Woche nicht dabei.»

«Nun ja, sicher, Herb; aber bei den Punkten, über die Sie sich nicht klar sind, können Sie sich ja der Stimme enthalten. Ich persönlich glaube nicht, daß Ihre Stimme so wichtig ist. Ich meine, ich glaube kaum, daß es einen Punkt gibt, bei dem die Abstimmung so knapp ausfällt, daß eine Stimme wichtig ist. Verstehen Sie mich?»

«Selbstverständlich verstehe ich Sie, Meyer», erwiderte Mandell. «Aber vielleicht können Sie mich ebenfalls verstehen. Es geht bei mir da ums Prinzip. Sehen Sie, ich bin Buchhalter. Also geht es mir gegen den Strich, daß ich eine Bilanz vorgelegt bekomme und sie billigen soll, bevor ich sie mir richtig habe ansehen können. Das liegt an meiner Ausbildung, wissen Sie. Gut, Sie können sagen, ich kann mich der Stimme enthalten. Aber solange ich Mitglied dieses Vorstands bin, halte ich es für meine Pflicht, mich in finanziellen Fragen zu engagieren. Vielleicht ist das nicht richtig, aber so denke ich nun mal.»

«Ach was, Mike, vertagen wir's doch!» rief jemand.

«Sicher! Was soll das Hin und Her? Herb möchte eine Woche Zeit, um sich die Aufstellung anzusehen. Warum nicht? Ich hätte eigentlich gern selber auch ein bißchen mehr Zeit.»

«Ist es nicht egal, ob jetzt oder nächste Woche?»

Andelman sah sich unsicher um. «Nun ja, wenn der Vorstand allgemein es so will . . .»

Rasch ließ Maltzman darüber abstimmen. «Alle, die für die Vertagung der Diskussion über das Budget sind, sagen Ja. Alle, die dagegen sind, sagen Nein. Die Ja-Stimmen haben gewonnen.»

Als die Sitzung kurz darauf geschlossen wurde, winkte Maltzman Herb Mandell, er möge doch auf ihn warten. Als die anderen durch den Korridor zum Parkplatz hinausgegangen und die beiden allein im Zimmer zurückgeblieben waren, sagte Maltzman: «Ich wollte Ihnen nur sagen, Herb, daß Sie Ihre Sache einfach fabelhaft gemacht haben. Diese Idee, zu erklären, es verstoße gegen Ihre Prinzipien als Buchhalter, die war –» er suchte nach dem richtigen Wort –, «die war genial. Und jetzt verstehen Sie sicher auch, warum ich wollte, daß *Sie* das tun. Wäre der Einwand von einem meiner Freunde gekommen, hätte die Gegenseite Unrat gerochen. So aber – nichts!» Er zwinkerte ihm zu und knuffte ihn spielerisch in den Arm.

31

Als der Anruf am Montagmorgen kam, war sein erster Impuls, Jennings, McLure oder sogar Sergeant Holcombe zu schicken. Aber es war schönes Wetter, ein kühler Tag Anfang November, und so fand er dann, er werde einen Tag in Boston vermutlich genießen, vor allem, weil er einmal vom Büro wegkam, obwohl das bedeutete, daß er nach Hause fahren und sich in Zivil werfen mußte, da er das für passender hielt, wenn er außerhalb seines Zuständigkeitsbereichs etwas zu tun hatte.

Schon als er die Halle betrat, registrierte sein erfahrener Verstand das Bürogebäude automatisch als zweitklassig. Es war ein altes Haus, modernisiert mit einem neuen Selbstbedienungslift und imitierter Mahagonitäfelung aus Plastik. Diese Renovierung erstreckte sich jedoch nicht auf die oberen Stockwerke. Dort waren die Flure mit abgetretenen braunen und gelben Linoleumplatten belegt, die sich mit dem kranken Limonengrün der Wände bissen.

Die Kanzlei von Charles Sawyer, Rechtsanwalt, paßte zum Stil des übrigen Gebäudes. Auf dem Fußboden lagen die gleichen braun-gelben Linoleumplatten, und die Wände prangten im selben Limonengrün. Es war ein kleiner Raum mit einem einzigen Fenster, vor dem sich unmittelbar ein anderes Bürogebäude erhob. An einer Wand standen mehrere Stühle und ein kleiner runder Eichentisch, auf dem ein Stapel alter Zeitschriften lag. An einem kleinen Schreibtisch saß eine grauhaarige Frau mit freundlichem Gesicht, die flink irgendeinen Text tippte. Als Lanigan eintrat, hielt sie inne und blickte ihm fragend entgegen.

«Ich bin Chief Lanigan von der . . .»

«Ach ja!» Und mit einer Kopfbewegung zu einer Tür neben ihr, die nur angelehnt war, sagte sie: «Gehen Sie nur hinein. Er hat gerade nichts zu tun.»

Das innere Büro war zwar ein wenig größer, hatte aber auch nur ein Fenster. An einer Wand stand ein verglaster Bücherschrank mit Gesetzesfolianten, mit Aktenheftern, Papieren und Firmensiegeln auf den unteren Regalen. Vor einem großen, grünen Metallschreibtisch stand ein einziger Besucherstuhl. Sobald mehr als nur ein Mandant anwesend war, mußten die anderen, wie Lanigan vermutete, entweder stehen, oder es wurden Stühle aus dem Vorzimmer hereingeholt.

Hinter dem Schreibtisch, die Hände auf dem Bauch verschränkt und in seinem Drehsessel wippend, saß Charles Sawyer, ein lächelnder Mann mit rundem Schädel und kleinen Ohren, die so flach anlagen, als seien sie festgeklebt. Seine Haare waren schütter und grau.

«Ich bin Chief Lanigan von der Polizei Barnard's Crossing, und . . .»

«Können Sie sich ausweisen?»

«Aber sicher.» Lanigan holte seine Brieftasche heraus und zeigte seine Marke vor.

Das kleine höfliche Lächeln auf Sawyers Lippen vertiefte sich zu einem richtigen Lächeln. «Wenn es um kriminelle Angelegenheiten geht, muß ich vorsichtig sein», erklärte er. «Ich hatte mal einen Reporter hier, der sich als einer von den Leuten des District Attorney ausgab.» Laut rief er: «Emily, wann war das doch, als dieser Reporter mich reinzulegen versuchte?»

«Vor zwei Jahren. Im Fall Blatz», kam die Antwort aus dem Vorzimmer. Als Lanigan sich umdrehte, sah er, daß die Tür, die er beim Eintreten geschlossen hatte, wieder aufgesprungen war und angelehnt stand.

«Viele Kriminalfälle kriege ich nicht», berichtete Sawyer, «aber einige schon, und da habe ich gelernt, vorsichtig zu sein.» Er lächelte abermals. «Dazu ist ja ein Anwalt da, nicht wahr? Daß man jemanden auf seiner Seite hat, der es versteht, vorsichtig zu sein.»

«Ich glaube schon. Waren Sie Ellsworth Jordons Anwalt?»

«Tja, also – hin und wieder.» Er stand auf, ging um den Schreibtisch herum und schloß die Tür, indem er sie mit der Schulter zudrückte und gleichzeitig den Knauf drehte. Diesmal blieb sie geschlossen, und er kehrte an seinen Platz hinter dem Schreibtisch zurück. «Ich habe mich immer wieder bei der Hausverwaltung über die Tür beschwert, aber Sie wissen ja, wie's mit dem Service heutzutage aussieht.»

Lanigan lächelte mitfühlend.

«Es ist zwar nicht schlimm, wenn Emily hört, was wir besprechen. Sie weiß über alles Bescheid, was in diesem Büro vorgeht. Aber es könnte ja jemand kommen, während wir uns hier unterhalten, ein anderer Mandant . . .»

«Selbstverständlich.»

«Ich war am Wochenende verreist – nur ein kleiner Ausflug –, daher hörte ich das mit Jordon erst gestern abend, als die Meldung über diesen William Green kam. Ich arbeite, wann irgend möglich, gern mit der Polizei zusammen. Das muß sein, wissen Sie, denn als Anwalt gehöre ich zum Justizsystem. Aber es hatte ja keinen Sinn, gestern abend nach elf noch bei Ihnen anzurufen. Ich fand, heute morgen sei früh genug.»

«Machen Sie sich keine Gedanken», beruhigte ihn Lanigan.

«Nun gut. Jetzt zum Geschäft.» Energisch rieb er sich die Hände. «Vor ein paar Monaten kam Ellsworth Jordon zu mir und bat mich, ein Testament für ihn aufzusetzen. Nun war Ellsworth zwar ziemlich genau, was Geld anging, und hätte niemals einen Penny genommen, der ihm nicht gehörte, aber er hatte dafür auch ein stark ausgeprägtes Gefühl für *meum* und *tuum*. Und in diesem Sinne war *tuum* die Regierung, die Bundes- und die Staatsregierung.» Wieder vertiefte sich sein kleines Lächeln und verriet seine Belustigung. «Er war über die Erbschaftssteuer empört. Er sah nicht ein, wieso er eine Erbschaftssteuer bezahlen sollte, wo er doch für das Geld, als er es verdiente, bereits Einkommensteuer bezahlt hatte. Und er wollte, daß ich einen Plan ausarbeite, möglicherweise einen Treuhandfonds, der die Erbschaftssteuer auf ein Minimum reduzierte, ja, falls möglich, sogar gänzlich eliminierte. Ich schlug vor, er solle doch lieber zu einem Steueranwalt gehen, aber er bestand darauf, daß ich diesen Auftrag übernahm, selbst wenn ich dabei einen Spezialisten zu Rate ziehen müßte. Also machte ich mich auf dieser Basis an die Arbeit. Und es war gar nicht so einfach, wissen Sie. Ich machte ihm verschiedene Vorschläge, aber immer hatte er Einwände dagegen. Schließlich aber hatte ich alles hineingearbeitet, was er wünschte oder wenigstens widerstrebend hinnahm.»

«Und wer war der Begünstigte?»

«Tja, also, deswegen habe ich Sie ja angerufen. Es war dieser junge Mann, William Green, Ellsworth's unehelicher Sohn. Er wollte ihm alles hinterlassen.»

Lanigan nickte langsam. «Das erklärt, warum Jordon ihn zu sich eingeladen hatte. Nur, als ich ihn gestern abend danach fragte, sagte er, Jordon sei nur ein alter Freund der Familie.»

«Sehr wohl möglich, daß der junge Mann es nicht besser weiß», entgegnete Sawyer. «Jordon war sicher, daß er keine Ahnung hatte.»

«Und Billy erbt sein ganzes Vermögen?»

Sawyer schüttelte den Kopf. Sein Lächeln wurde so breit, daß es fast von einem Ohr zum anderen reichte. Er stieß ein Gurgeln aus, das Lanigan als Lachen interpretierte. «Nein, keinen Penny kriegt er. Überhaupt nicht. Wahrscheinlich geht alles an den Staat.»

«Aber warum denn? Ist irgendwas nicht in Ordnung mit dem Testament?» fragte Lanigan verwirrt.

«Es gibt kein Testament. Es gibt lediglich meinen Entwurf für ein Testament. Ich habe ihn Jordon vor wenigen Tagen geschickt, und er schickte ihn mit ein paar bleistiftgeschriebenen Veränderungsvorschlägen an mich zurück. Freitagmorgen kam er hier an. Und ist nicht mehr unterschrieben worden.» Diesmal lachte er laut heraus. «Der Mensch denkt, Gott lenkt . . . Sie wissen schon.»

Lanigan musterte ihn verwundert, fragte sich, wieso der Mann so erfreut darüber war, daß Jordons Pläne schiefgegangen waren. «Kennen Sie Jordon eigentlich schon lange?» erkundigte er sich.

«Aber ja!» antwortete Sawyer munter. «Ziemlich lange.»

«Und Sie mochten ihn nicht?»

Sawyer schürzte die Lippen. «Also, so würde ich das nicht ausdrücken. Ich amüsierte mich über ihn.»

«Sie amüsierten sich über ihn? Wieso?»

Statt einer Antwort deutete Sawyer auf sein Büro. «Das hier läßt nicht auf eine blühende Kanzlei schließen, nicht wahr?» sagte er dann. «Nun, das ist es auch nicht. Ich halte mich für einen guten Anwalt, Mr. Lanigan, aber aufsehenerregende Fälle mit großen Honoraren, die ein besonderes Talent verlangen, das ich leider nicht besitze, die habe ich nicht. Trotzdem konnte ich immer recht gut leben. Nicht besonders luxuriös, aber Sie wissen schon, eben angenehm. Tja, und wenn Sie nun ein Millionär wären wie Ellsworth Jordon, warum sollten Sie dann zu jemandem wie mir kommen, um sich ein Testament aufsetzen zu lassen, vor allem, wenn Sie dazu aus Barnard's Crossing nach Boston kommen müßten?»

«Vielleicht dachte er, wenn er zu einem einheimischen Anwalt geht, würden sich die Bedingungen des Testaments doch irgendwie herumsprechen», meinte Lanigan.

«Das ist unwahrscheinlich, Mr. Lanigan, absolut unwahrscheinlich, das kann ich Ihnen versichern. Außerdem hat er sich im Laufe der Jahre immer wieder einmal an mich gewandt, gewöhnlich, wenn es sich um große, eindrucksvolle Käufe oder Verkäufe von Grundstücken handelte. Niemals etwas so Kleines und Unbedeutendes wie der Verkauf einer einzigen Parzelle und niemals als Verteidiger bei einem Prozeß. Und ich bin sicher, daß er verklagt worden ist. Bei einem Mann wie Ellsworth kann man das voraussetzen.»

«Und was ist der Grund?»

«Der Grund, Mr. Lanigan, ist Emily . . .» Wieder ein Kopfnicken zum Vorzimmer hinüber. «Unsere Bekanntschaft, die von Ellsworth, mir und Emily, datiert ganz bis zum College zurück. Wir besuchten alle verschiedene Schulen, aber wir gehörten zu einem Gesellschaftsclub namens ‹The Collegiates›. Er war ziemlich verliebt in Emily, ging sehr häufig mit ihr aus und bat sie schließlich, seine Frau zu werden.» Das Lächeln wurde wieder breiter. «Aber sie gab ihm einen Korb und heiratete mich. Ich bin sicher, und Emily ist auch meiner Meinung, daß er jedesmal nur in der Absicht herkam, uns zu zeigen, wie gut es ihm ging. Der Auftrag, sein Testament aufzusetzen, diente natürlich nur dem Zweck, ihr das Ergebnis seiner erfolgreichen Laufbahn unter die Nase zu reiben und sie wissen zu lassen, daß er, auch wenn er nicht geheiratet hatte, dennoch nicht ganz ohne die Freuden partnerschaftlicher Gemeinsamkeit gelebt hatte und der Vater eines Sohnes war.»

«Meinen Sie damit, daß er sie immer noch liebte – Ihre Frau?»

Sawyer schüttelte den Kopf. «Ich glaube, er scherte sich einen Dreck um sie. Wenn er hierherkam, wechselte er kaum ein Wort mit ihr. Er wollte ihr lediglich beweisen, was für einen furchtbaren Fehler sie begangen hatte, als sie ihn abwies. Wundert es Sie noch immer, Mr. Lanigan, daß ich ihn amüsant finde?» Durch seine halb geschlossenen Augen musterte er den Chief. «Es ist doch mindestens interessant, meinen Sie nicht?»

«Ja, interessant ist es allerdings. Wissen Sie noch mehr über ihn, das . . . interessant ist? Und das mir weiterhelfen könnte?»

«Nun ja, es gäbe da schon etwas – rein als Anwalt gesprochen, natürlich. Die Tatsache, daß der Junge jetzt bei ihm wohnt, deutet darauf hin, daß er noch immer Kontakt mit seiner Mutter hat. Und wenn er dem Jungen auch nicht gesagt hat, daß er ihn als seinen Erben einsetzen wollte, hat er sich möglicherweise doch seiner Mutter anvertraut. Vielleicht lohnt es sich, danach zu forschen, wo sie am Freitagabend war.»

«In Europa.»

«Sind Sie sicher?» fragte Sawyer spitz.

«Nun ja . . .» Lanigan hatte eine Idee, deshalb lächelte er. «Wo waren *Sie* denn am Freitagabend – Emily und Sie?»

Sawyer begann zu lachen, ein kehliges Gurgeln, das klang, als müsse er ersticken. Endlich hörte er wieder auf und trocknete sich die Augen mit einem Taschentuch. «Ausgezeichnet, Mr. Lanigan!»

«Also, wo waren Sie?»

Sawyers Miene verriet Ärger. «Hier waren wir und haben bis in die Nacht hinein an diesem verdammten Testament gearbeitet, weil er es unbedingt am Samstag haben wollte.» Dann lächelte er wieder und sagte freundlich: «Der Nachtportier hat zweifellos den Zeitpunkt notiert, zu dem wir das Gebäude verlassen haben.»

32

Es war Herb, der dem Sergeant die Tür öffnete. Sie waren gerade mit dem Sonntagsessen fertig. Seine Mutter war in ihr Zimmer hinaufgegangen, um ein bißchen zu schlafen, und er hatte, während Molly in der Küche das Geschirr einräumte – sie hatten es sich so eingeteilt, daß er spülte, sie abtrocknete und wegräumte –, im Wohnzimmer die Sonntagszeitung gelesen.

«Sergeant Holcombe», stellte sich der Besucher vor und zeigte ihm seine Marke in der Lederhülle.

«Was kann ich für Sie tun, Sergeant?»

«Darf ich hereinkommen?»

Herb trat beiseite und bot ihm einen Sessel an.

«Sie sind Mr. Mandell? Sie unterrichten in der High School, nicht wahr?»

«Ganz recht.»

«Meine kleine Schwester hat Buchhaltung bei Ihnen.»

Molly rief aus der Küche herüber: «Was ist denn, Herb?»

«Nur eine Schulangelegenheit», antwortete er.

Der Sergeant war ein wenig verlegen. «O nein, ich bin nicht wegen meiner Schwester gekommen; deswegen hätte ich Sie niemals zu Hause aufgesucht und dazu noch an einem Sonntag, sondern in der Schule, Mr. Mandell. Oder wahrscheinlich überhaupt nicht. Ich meine, dann wäre mein Vater zu Ihnen gekommen. Nein, ich wollte Mrs. Mandell sprechen.»

«Weswegen?»

«Ach, nur Routine, Mr. Mandell. Könnte ich sie einen Moment sprechen? Dürfte ich sie fragen . . .»

Aber Molly war mit dem Geschirr schon fertig und kam ins Wohnzimmer. Fragend blickte sie den Sergeant an.

«Wirklich nur reine Routine», wiederholte er entschuldigend. «Ich habe da ein paar Fragen . . .»

«Selbstverständlich, Sergeant.» Sie nahm neben Herb auf dem Sofa Platz und wartete, während der Sergeant eine unbeschriebene Seite in seinem Notizbuch suchte.

«Es geht um Freitagabend, Mrs. Mandell. Mr. Gore sagte, er hätte auf dem Weg nach Boston an einer Tankstelle gehalten und Sie angerufen . . .»

«Soll das heißen, Sie verdächtigen Mr. Gore?» erkundigte sie sich indigniert.

«O nein! Aber der Chef möchte gern alles ganz genau wissen. Dieser Fall ist ziemlich wichtig, darum muß alles hundertprozentig stimmen. Ich glaube, er will jetzt vor allem den genauen Zeitpunkt herausfinden, als . . . na ja, als es passiert ist. Mr. Gore erinnert sich nicht mehr, wieviel Uhr es war, als er an der Tankstelle hielt, aber er weiß noch, daß er Sie angerufen hat. Und der Tankwart erinnert sich auch nicht, wieviel Uhr es war, aber er weiß noch, daß Mr. Gore telefoniert hat, weil nämlich die Telefonzelle nicht funktionierte und Mr. Gore den Apparat im Büro benutzt hat. Darum dachte ich, Sie erinnern sich vielleicht an die Zeit.» Hoffnungsvoll, den Bleistift gezückt, sah er sie an. «Er hat Sie doch angerufen, nicht wahr?»

«Ja, er hat mich angerufen», antwortete sie. «Und ich weiß auch noch, wieviel Uhr es war. Es war halb neun.»

Der Sergeant schrieb glücklich in seinem Notizbuch und sah dann auf. «Sie sind sehr sicher, was den Zeitpunkt betrifft. Warum?»

«Weil ich auf meine Uhr geschaut habe, natürlich.»

«Und wieso haben Sie auf Ihre Uhr gesehen? Hat er Sie nach der Zeit gefragt?»

«Nein, nein. Ich arbeitete an einem Bericht für die Bank. Mr. Gore rief mich an, um zu sehen, wie ich vorwärtskam. Ich war fast fertig und sah auf die Uhr, um zu überlegen, wie lange ich noch brauchen würde.»

Der Sergeant schüttelte verwundert den Kopf. «Für die Bank, sagten Sie? Machen Sie das öfter?»

Sie lächelte. «Ich nehme mir häufig Arbeit mit nach Hause, und Mr. Gore tut das, soviel ich weiß, beinahe jeden Tag. Das tun die meisten Leute von der Bank, das heißt, die leitenden Angestellten.»

Er nickte langsam. «Er rief Sie also an und fragte, wie Sie vorwärtskommen, und Sie sahen auf die Uhr und antworteten, Sie seien fast fertig.»

«Richtig.»

«Und auf Ihrer Uhr war es halb neun?»

«Hm-hm.»

Lächelnd stand der Sergeant auf. «Und sind Sie dann auch fertig geworden?»

Sie lächelte ebenfalls. «Ja, Sergeant.»

Der Sergeant las noch einmal, was er sich notiert hatte. «Sonst noch etwas, das Sie mir sagen könnten, Mrs. Mandell?»

«Zum Beispiel?»

«Ach, alles, was mit diesem Fall zusammenhängen könnte.»

Sie zögerte; dann schüttelte sie langsam den Kopf.

Dem Sergeant kam ein Gedanke. «Der Chief möchte vermutlich, daß ich dies mit der Maschine schreibe und von Ihnen unterzeichnen lasse», sagte er.

«Dann werde ich es natürlich unterzeichnen.»

Als Mandell ihn zur Haustür brachte, sagte der Sergeant: «Meine Schwester, die bei Ihnen Unterricht hat – Ihre Stunden gefallen ihr sehr.»

«Das freut mich», gab Mandell zurück. «Wie hieß sie noch?»

«Genau wie ich. Holcombe. Doris Holcombe.»

«Ach ja! Groß und blond. Eine gute Schülerin.»

«Das werde ich ihr ausrichten, Mr. Mandell.»

«Tun Sie das, Sergeant.»

33

Die Stimme am Telefon klang aufgeregt und ungeduldig. «Rabbi Small? Ich muß Sie sprechen. Es ist furchtbar wichtig. Haben Sie bestimmte Sprechstunden?»

«Wenn es furchtbar wichtig ist, habe ich vierundzwanzig Stunden am Tag Sprechstunde. Wer ist denn da?»

«Sie kennen mich nicht. Mein Name ist Segal. Es geht um . . . Wissen Sie, ich möchte lieber nicht am Telefon darüber reden. Wenn Sie mir sagen würden, wann ich Sie aufsuchen darf . . .»

«Ich habe den ganzen Abend Zeit, Mr. Segal. Sie können jederzeit kommen. Wenn Sie wollen, auch jetzt gleich.»

«Bin schon unterwegs, Rabbi.»

Zwanzig Minuten darauf schüttelten sie sich die Hand, und Rabbi Small sagte: «Ich habe schon von Ihnen gehört, Mr. Segal.»

«Wirklich? Haben Sie etwa an der Börse spekuliert?» Und als der Rabbi verneinend lächelte: «Ach so, ich weiß! Dieser Immobilienmakler, Mr. Maltzman, hat mit Ihnen gesprochen. Das hatte er nämlich vor. Aber er hat mir noch nicht Bescheid gegeben. Geht alles in Ordnung?»

«Wir würden uns freuen, wenn Sie Mitglied unserer Gemeinde würden, Mr. Segal. Aber eine besondere Zeremonie ist dazu nicht notwendig.»

«Aber die Bar Mitzwa . . .»

«Sie hatten Bar Mitzwa, als Sie dreizehn wurden, ob Sie das nun gefeiert haben oder nicht. Es bedeutet lediglich, daß Sie nach unseren Gesetzen großjährig sind.» Er setzte ihm die Bedeutung der Zeremonie auseinander und erklärte ihm, wie sie sich zu den gegenwärtigen Proportionen entwikkelt hatte. Segal hörte zu, aber ohne großes Interesse.

«Gut», sagte er, als der Rabbi endete. «Wissen Sie, nachdem ich zugesagt hatte, habe ich darüber nachgedacht. Ich war bereit, mitzumachen, aber ich fand es doch ein wenig peinlich. Ich bin wahrhaft froh, daß es nicht nötig ist.»

«Wollten Sie mich deswegen sprechen, Mr. Segal?»

«O nein! Mit der Synagoge hat das nichts zu tun. Es geht mir um diesen William Green, der in den Mordfall verwickelt ist. Haben Sie die Sache verfolgt?»

«Ich habe in der Zeitung davon gelesen und die Nachrichten im Rundfunk gehört.»

«Wissen Sie, Rabbi, ich wohne augenblicklich im Hotel und nehme dort auch meine Mahlzeiten ein. Da hört man unwillkürlich, worüber sich die Leute unterhalten, und im Augenblick sprechen sie nur davon. Alle sind sich einig darin, daß dieser William Green der Mörder ist. Wie ich vermute, ist er fremd hier in der Stadt und war nur bei dem Ermordeten zu Besuch. Man scheint außerdem auch der Meinung zu sein, daß der junge

Mann etwas sonderbar ist, daß er keine Freunde hat und sehr zurückhaltend ist. Ein Mann sagte, der Beweis für seine Schuld sei, daß die Polizei ihn in Gewahrsam hält. Daran ist sicherlich etwas Wahres, denn in der Zeitung stand, die Presse komme nicht an ihn heran, und in den Abendnachrichten heute wurde behauptet, er sei für Interviews mit Reportern nicht erreichbar. Dann hieß es noch, er sei der Sohn von Hester Grimes, der bekannten Nightclub- und Fernsehsängerin. Da habe ich aufgehorcht, Rabbi, denn ich kenne Hester Grimes.»

«Und Sie meinen, er ist gar nicht ihr Sohn?»

«Oh, das weiß ich nicht. Ich meine, *so* gut kenne ich sie nun wieder nicht. Ich wollte nur sagen . . . Hören Sie, ich werde immer wieder aufgefordert, an Ausschüssen für Bürgerinitiativen und Wohltätigkeitsaktivitäten teilzunehmen. Nicht etwa, weil ich mehr Nächstenliebe und Bürgersinn hätte als die anderen, sondern weil man meint, ich hätte verwaltungsfachliche und unternehmerische Qualitäten, vor allem aber, weil man annimmt, daß ich eine große Geldspende gebe und meine reichen Freunde ebenfalls dazu veranlasse. Nun hatte ich letztes Jahr mit einem Wohltätigkeitsbasar zu tun, zu dem wir viele Leute vom Showgeschäft geholt hatten. Und wenn die kommen, dann kümmern sich die Ausschußmitglieder um sie, gehen mit ihnen zum Essen aus, laden sie zu sich nach Hause ein und so weiter, weil sie für ihren Auftritt nämlich keine Gage bekommen, verstehen Sie? Jedenfalls, mir wurde Hester Grimes zugeteilt. Ich ließ sie vom Flughafen abholen und zu uns ins Hotel bringen. Dort aßen wir zu Abend, und nach ihrem Auftritt bei dem Basar luden wir sie zu uns ein. Sie ist eine reizende, charmante Frau, und als wir da saßen und uns unterhielten, hat sie uns viel über sich erzählt. Grimes ist nur ihr Bühnenname, Rabbi. Ihr richtiger Name lautet Green.»

«Ach, daher also . . .»

«Sie heißt Esther Green. Sie ist Jüdin, Rabbi.»

Der Rabbi schürzte nachdenklich die Lippen, während Segal erwartungsvoll schwieg. Dann fragte er ruhig: «Und was soll ich Ihrer Ansicht nach tun, Mr. Segal?»

«Tja, also, Rabbi, da ist dieser junge Mann, fast noch ein Kind, ohne Freunde, die Mutter irgendwo in Europa und weiß vermutlich gar nichts von all dem hier. Ich bin zwar neu hier, und ich kenne die Stadt noch nicht, aber ich weiß, wie die Behörden arbeiten. Sie wollen keine Schwierigkeiten, und wenn ihnen etwas Mühe macht, sehen sie zu, daß sie die Sache möglichst schnell vom Hals kriegen. Wenn er unter Anklage gestellt wird, schickt man ihm einen Anwalt, vielleicht sogar einen Pflichtverteidiger, aber . . . Sehen Sie, es ist mir gleich, wie fair und anständig die Polizisten oder die Stadtväter hier sind, ich weiß, daß ein junger, unreifer Bursche nicht so behandelt wird wie ein Erwachsener und daß ein Fremder ohne Freunde anders behandelt wird als ein Einwohner der Stadt mit Familie und Freunden. Deswegen dachte ich, da er doch Jude ist und

Sie hier der Rabbi sind, könnten Sie Ihren Einfluß geltend machen. Ich meine, selbst wenn ich ihm einen Anwalt besorgte, könnte der doch nicht einfach hingehen und sagen, er vertrete William Green, nachdem der gar nicht nach ihm gefragt hat. Verstehen Sie mich?»

«Also gut, Mr. Segal. Ich werde versuchen, ob ich William Green sprechen kann, und dann werde ich ihm sagen, daß er nicht allein ist.»

34

Henry Maltzman trommelte ungeduldig mit den Fingern auf seiner Schreibtischplatte. «Wenn Sie Ihr Haus verkaufen wollen, Joe, müssen Sie renovieren. Sie müssen es streichen lassen . . .»

«Streichen?» Krasker war entsetzt. «Das kostet mich mindestens tausend bis tausendfünfhundert Dollar!»

«Na und? Dafür verkaufe ich es um fünftausend mehr.»

«Geben Sie mir das schriftlich?»

«So weit kommt's noch! Hören Sie, Joe, kriegen Sie das doch endlich in Ihren dicken Schädel: Häuser werden nicht *ge*kauft, sie werden *ver*kauft. Und wenn man sie verkaufen will, müssen sie attraktiv aussehen. Letzte Woche bin ich mit einem Interessenten zu Ihrem Haus rausgefahren; da zieht der ein Taschenmesser heraus und stößt es in den Türrahmen, dort, wo die Farbe abblättert. Ich hab ihn gefragt, was er da tut, und er hat geantwortet, er wollte sehen, ob das Holz verrottet ist. Kapiert? Wenn ein Haus ungepflegt ist, denken die Kunden immer, daß es schlimmer ist, als es aussieht. Aber soviel wird es Sie gar nicht kosten, wenn Sie es herrichten lassen. Es muß ja nicht erstklassige Arbeit sein, so als machten Sie es für sich selbst. Ich habe da ein paar junge Griechen, die klatschen Ihnen für billiges Geld ein bißchen Farbe drauf, und dann sieht es wieder großartig aus.»

Krasker ließ sich überzeugen. «Na schön. Die Männer sollen kommen und mir einen Kostenvoranschlag machen.»

Maltzman lehnte sich zufrieden lächelnd im Sessel zurück. «Ich werde persönlich mit ihnen sprechen und sie bitten, Ihnen einen möglichst günstigen Preis zu machen. Ich vermittle ihnen eine Menge Arbeit, und die Leute sind gut. Übrigens, was ist mit Sonntag? Ich verlasse mich darauf, daß Sie mitmachen.»

Krasker wand sich voll Unbehagen auf seinem Stuhl und heftete den Blick auf die Schreibtischplatte. Es war nicht so einfach, anderer Meinung zu sein als Henry Maltzman. «Ich weiß nicht, Henry», sagte er. «Ich habe lange darüber nachgedacht. Ich finde es schrecklich, einen Rabbi zu feuern, vor allem, wo er doch gar nichts getan hat.»

«Das ist es ja gerade: Er hat nichts getan», antwortete Maltzman schnell. «Ich weiß nicht, wie oft ich den Vorschlag gemacht habe, die Synagoge auszubauen, die Mitgliederzahl zu erhöhen, und statt einverstanden zu sein oder sich wenigstens neutral zu verhalten, hat er sich doch tatsächlich gegen mich gestellt und gesagt, er werde es nicht dulden, es sei gegen die Religion oder so ähnlich. Und praktisch jeder frühere Vorsitzende hat dieselben Schwierigkeiten mit ihm gehabt. Außerdem feuern wir ihn doch gar nicht. Wir stimmen nur gegen eine Verlängerung seines Vertrags.»

«Wo ist da der Unterschied?»

«Kommen Sie, Joe! Ich habe mich ganz genau erkundigt. Als er anfangs kam, erhielt er einen Einjahresvertrag, sozusagen als Probezeit. Dann bekam er einen Fünfjahresvertrag. Dann, vor ein paar Jahren, wurde ihm ein Vertrag auf Lebenszeit angeboten, und er lehnte ihn ab. Er wollte nur einen Einjahresvertrag, der jedes Jahr verlängert werden muß. Und was bedeutet das? Es bedeutet, daß er jederzeit gehen kann. Und jedesmal, wenn sein Vertrag ausläuft, gibt es praktisch einen neuen – so wie bei einem Mietvertrag. Ich schlage ja nicht vor, daß wir ihm einen Brief schreiben, er müsse gehen, oder wir wollten einen neuen Rabbi. Ich möchte lediglich, daß ihm die Sekretärin schreibt: ‹Lieber Rabbi, der Vorstand hat mit acht zu sieben oder zehn zu fünf oder was sonst beschlossen, Ihren Vertrag nicht mehr zu verlängern.› Also das bedeutet doch nicht, daß er gefeuert wird. Es bedeutet, daß er so etwas ähnliches ist wie ein jederzeit kündbarer Pächter. Er könnte ohne weiteres noch jahrelang bleiben. Nur eben ohne festen Vertrag.»

«Würden wir ihn bezahlen?»

«Ja, natürlich! Wenn er arbeitet, müssen wir das. Wir würden ihn so bezahlen wie Stanley, den Hausmeister. Der hat ebenfalls keinen Vertrag.»

Krasker nickte. «Na schön, dann ist er jederzeit kündbar. Aber wie Sie schon sagten, er könnte noch jahrelang bleiben. Und was haben wir davon? Sie wollen ihn raus haben. Und ich muß zugeben, ich hätte auch lieber einen anderen Rabbi. Aber es ist doch alles umsonst, wenn er hierbleibt, ohne daß er einen Vertrag bekommt!»

«Mehr oder weniger», gab Maltzman zu. «Aber ganz doch sicher nicht. Wenn jemand keinen Vertrag hat, kann er jederzeit gefeuert werden. Okay, sagen wir, es kommt so weit, daß er gegen etwas opponiert, was wir vom Vorstand beschlossen haben. Dann können wir jederzeit sagen: ‹Wenn es Ihnen nicht paßt, Rabbi, nehmen Sie Ihre Siebensachen und verschwinden Sie.› Aber ich glaube kaum, daß es so weit kommt. Ich bin überzeugt, sobald er diesen Brief bekommt, wird er sich hinsetzen und uns seine Kündigung einreichen. Bestimmt!» Er lächelte. «Und wir schreiben ihm sofort zurück, daß wir seine Kündigung akzeptieren.»

«Tja . . .»

«Ich verlasse mich auf Sie, Joe!»

«Aber was passiert, wenn wir abstimmen, und der Rabbi gewinnt?»

Maltzman zuckte die Achseln. «Gar nichts. Dann stehen wir wieder auf Feld eins. Die Sekretärin schreibt ihm, der Vorstand habe per Abstimmung beschlossen, seinen Vertrag zu verlängern, und . . .»

«Nein.» Krasker schüttelte ungeduldig den Kopf. «Es wird ganz sicher durchsickern, wer gegen den Rabbi gestimmt hat. Und das könnte peinlich werden, wenn man ihn wegen einer Bar Mitzwa oder einer Hochzeit aufsuchen muß.»

«Sicher, daran habe ich auch schon gedacht. Wir werden also geheim wählen. Die einzelnen Stimmen werden von der Sekretärin gezählt. Gewinnt der Rabbi, sagt sie es. Verliert der Rabbi, und es gibt Ärger, nennt sie die Stimmergebnisse. Namen werden nicht genannt, weil niemand seinen Stimmzettel unterschreibt.»

«Ja, aber, wie sieht es aus?»

«Kritisch, Joe. Verdammt kritisch. Ich muß zugeben, daß ich mich auf Sie verlasse. Gestern habe ich mit Bill Shaefer gesprochen. Sie machen seine Buchhaltung, nicht wahr?»

«Seit Jahren.»

«Nun, also, ich bin jeden Namen durchgegangen, und mit Ihnen sind wir gerade acht; das ist knapp. Bill war überzeugt, daß Sie mitmachen würden, aber ich sagte, das wollte ich von Ihnen selbst hören. Also, was ist nun, Joe? Kann ich mit Ihnen rechnen?»

Der Hinweis auf Bill Shaefer, einen seiner größten Klienten, beeindruckte Krasker. «Aber sicher, Henry. Ich wollte nur das Für und Wider erwägen. Verstehen Sie?»

«Selbstverständlich. Ich kann's Ihnen nicht verdenken.» Er langte nach einem Aktenhefter auf seinem Schreibtisch.

Aber Krasker ging noch nicht. «Was Sie da am Sonntag bei der Sitzung über diesen Jordon gesagt haben – ist das wahr? Daß er ein Antisemit war?»

«Allerdings.»

«Weil ich nämlich diesen Klienten habe, einen Arzt, und wir unterhielten uns über den Mord, und der sagte, was für ein netter Mensch Jordon doch sei, und daß er immer große Spenden für den Krankenhausfonds gegeben habe.»

«Na und? Er hat vermutlich auch Hunde gemocht und war nett zu kleinen Kindern. Hitler hat auch Hunde gemocht. Und Musik. Aber uns hat er nicht gemocht. Das eine hat mit dem anderen nichts zu tun.»

«Na ja, ich dachte nur, es interessiert Sie vielleicht.»

35

Anne Kaufman war Silberschmiedin und hatte ihr Geschäft in der Innenstadt. Es war kaum mehr als ein kleines Loch mit einer anschließenden Werkstatt, wo sie auf einem hohen Hocker an ihrem Arbeitstisch saß und die Ringe, Anhänger, Ohrringe und Manschettenknöpfe herstellte, die sie in ihrem winzigen Laden verkaufte. Wenn die Türglocke ertönte, stieg sie von ihrem Hocker und kam nach vorn, um ihre Kundschaft zu bedienen.

Trotz ihres Altersunterschieds – Annes Kinder waren bereits in der High School – waren Anne und Molly Mandell eng befreundet. Molly hatte ihren Einfluß in der Bank dazu benutzt, ihr das Darlehen zu beschaffen, mit dem sie ihr Geschäft aufgebaut hatte, deswegen war sie der Jüngeren dankbar. Und da sie beide den größten Teil des Tages im Geschäftsviertel der Stadt verbrachten, sahen sie einander häufig. Deswegen hatte sich Molly erboten, mit ihr über Maltzmans Plan zu sprechen.

Als Anne anrief, um sie zu fragen, ob sie schon eine Verabredung zum Lunch habe, hielt sie das für eine günstige Gelegenheit.

«Bisher nicht. Ich wollte eigentlich bei *Creighton* ein Sandwich essen. Was hast du denn vor?»

«Ich dachte, du könntest im Delikatessenladen vielleicht ein Sandwich kaufen und es mit herbringen. Ich mache uns einen Kaffee.»

«Klingt gut. Also bis heute mittag.»

Als sie wenige Minuten nach zwölf Uhr kam, schloß Mrs. Kaufman die Ladentür ab und hängte ein Schild ins Fenster: *Bin um ein Uhr wieder zurück.* Sie bot ihrem Besuch den alten Korbsessel an, in dem sie sich gelegentlich ausruhte, und nahm selbst auf ihrem Hocker Platz. Sie schenkte Kaffee ein, und Molly packte ihr Sandwich aus; dann sagte sie: «Kanntest du diesen Ellsworth Jordon? In der Zeitung stand, er sei Aufsichtsratsmitglied eurer Bank gewesen.»

«O ja, den kannte ich», antwortete Molly grimmig. «Der kam beinahe jeden Tag. Nicht weil er im Aufsichtsrat war, sondern weil er nichts anderes zu tun hatte. Die anderen Aufsichtsratsmitglieder bekommt man höchstens einmal im Monat zu sehen.»

«War er wirklich – du weißt schon – Antisemit?»

«Er war ein schmutziger alter Mann. Das war er.» Sie lächelte säuerlich. «Ob er Antisemit war, weiß ich nicht. Ich weiß nur, daß er mich ständig belästigte. Und er wußte, daß ich Jüdin bin.»

«Wirklich? Wie hat er dich denn . . .»

«Ach, du weißt schon, zufällig-absichtlich ein Klaps auf den Po und so.»

«Hast du das denn deinem Chef nicht gesagt?»

«Einmal habe ich's erwähnt, aber er hat sich so aufgeregt, daß ich ihm lieber nicht mehr damit gekommen bin.»

«Was hast du gemacht?»

«Ach, als er wieder einmal damit anfing, war ich darauf vorbereitet.

Statt zusammenzuzucken, wie es natürlich gewesen wäre, blieb ich eisern und hab ihm den spitzen Ellbogen in die Rippen gebohrt.»

«Und was hat er gemacht?»

Molly lachte. «*Er* ist zusammengefahren – und hat einen Hustenanfall gekriegt.» Sie kaute ihr Sandwich; dann fragte sie: «Warum interessierst du dich so für Jordon?»

«Nun ja . . .» Mrs. Kaufman warf einen Blick in den schräg oben an der Wand angebrachten Spiegel, mit dessen Hilfe sie den Laden und die Ladentür überblicken konnte. «Heute morgen saß ich hier oben und arbeitete, wie immer. Als die Tür aufging, blickte ich auf und sah, daß es diese beiden alten Weiber waren, die ewig kommen, aber nie etwas kaufen. Deswegen hatte ich es nicht eilig, rüberzugehen. Aber ich konnte sie reden hören, und eine von ihnen sagte, das wüßten doch alle, daß es die Juden getan hätten, weil er sie ‹gefressen hätte›. Genau diesen Ausdruck benutzten sie. Er habe versucht, eine geheime Absprache zu arrangieren, daß niemand ihnen ein Grundstück auf dem Point verkauft, und deswegen hätten sie's getan. Dann hustete ich oder räusperte mich, und vermutlich merkten sie, daß ich sie hören konnte, denn im Spiegel sah ich, wie eine von ihnen den Finger auf die Lippen legte und zur Werkstatt hier herübernickte.»

«Hm. Ist ja interessant. Was hast du gemacht?»

«Gar nichts», antwortete Mrs. Kaufman. «Nach einer Weile ging ich raus. Eine von ihnen bat mich, ihr ein bestimmtes Stück aus dem Schaufenster zu zeigen, und ich erklärte ihr, das sei schon verkauft, der Kunde werde es morgen abholen. Vielleicht spürten sie, daß sie nicht willkommen waren. Wie dem auch sei, daraufhin gingen sie. Und ich rief dich an.»

«Machst du dir Sorgen?» fragte Molly.

«Ein bißchen schon», gab Anne zu.

«Ist doch sinnlos, sich über alles aufzuregen, was die Leute so daherreden», versuchte Molly sie zu beruhigen.

«Aber wenn die das sagen, sagen andere das vielleicht auch.»

«Und was sollen wir dagegen tun?»

«Irgendwas *müssen* wir einfach dagegen tun, finde ich», sagte Anne. «Vielleicht könnte Rabbi Small . . .»

«Rabbi Small? Glaubst du etwa, du könntest ihn dazu bewegen, in irgendeiner Sache was zu unternehmen?»

«Na ja . . .»

«Hör mal, Anne, von Rabbi Small brauchst du überhaupt nichts zu erwarten. Das hat er praktisch selber gesagt, als Henry Maltzman ihn wegen der Gleichberechtigung der Frauen beim Gottesdienst aufsuchte. Er behauptet, eine Veränderung zieht andere nach sich, und davon könnten einige negativ sein, deswegen wolle er kein Risiko eingehen. Also, ich bitte dich!»

«Na gut, das hat was mit Religion zu tun, aber dies ist eine Frage des . . . des . . .»

«Des Rechts? Der Politik? Na schön. Letzte Woche hat der Magistrat dafür gestimmt, seine Billigung der Verkehrsampeln bei der Synagoge noch einmal zu überdenken. Übrigens, das war auch eine von Ellsworth Jordons schmutzigen Machenschaften. Und hat Rabbi Small etwas dagegen unternommen? Hat er wenigstens an die Presse geschrieben und gegen den Beschluß des Magistrats protestiert?»

«Das weißt du doch gar nicht. Vielleicht hat er doch etwas getan, oder er . . .»

Mollys Augen blitzten vor Belustigung. «Also, du glaubst doch wohl nicht etwa, daß Rabbi Small Jordon ermordet hat, wie?»

«Aber Molly! Wie kannst du nur so was sagen! Ich meine, er hat vielleicht mit dem Magistrat gesprochen oder wird es noch tun.»

Molly schüttelte den Kopf. «Wenn gehandelt werden muß, brauchst du auf Rabbi Small nicht zu zählen. Darüber müssen wir uns klar sein. Er ist großartig darin, uns zu erklären, was wir nicht tun dürfen und was der Talmud darüber sagt, aber wenn es um aktive Taten geht, kannst du ihn sofort vergessen.»

«Ja, aber was sollen wir denn tun?»

«Einen anderen Rabbi nehmen», antwortete Molly prompt.

«Aber wie? Und woher sollen wir wissen, ob der andere besser ist?»

«Wir nehmen ihn nur, wenn er uns entsprechende Unterlagen einreicht. Und was Rabbi Small angeht . . .» Molly erklärte ihr Maltzmans Plan.

Sie diskutierten ihn eingehend. Anne erhob Einwände, wies auf Probleme und Schwierigkeiten hin. Aber als Molly ging, um in ihr Büro zurückzukehren, konnte sie Maltzman berichten, daß ihre Freundin zugesagt hatte.

36

«Er ist auf Children's Island», sagte Chief Lanigan. «Was wollen Sie von ihm?»

«Was macht er drüben auf der Insel?» erkundigte sich Rabbi Small.

«Er wohnt dort. Er arbeitet dort. Am ersten Abend kam er hierher zurück und schlief in einer unserer Zellen. Da er jedoch nicht unter Anklage steht, konnte ich ihn nicht hier behalten. Und in Jordons Haus konnte ich ihn auch nicht zurückkehren lassen, selbst wenn er das gewollt hätte. Wir haben das Haus versiegelt. Und in der Bank arbeiten wollte er jetzt noch nicht wieder. Er meint, die Leute würden ihn mit neugierigen Fragen belästigen. Dann fielen mir die Hegertys ein. Sie wohnen ungefähr bis Thanksgiving auf der Insel, reparieren die Hütten, streichen sie und hängen für den Winter die Fensterläden ein. Dabei ist ihnen jede Hilfe willkommen. Also habe ich sie gefragt, und der Junge war einverstanden, sogar interessiert, und so hab ich's dann arrangiert.»

«Er steht doch nicht unter Arrest?»

«Nein. Der District Attorney meint, wir haben keine Beweise gegen ihn. Andererseits wollen wir ihn aber noch eine Weile hierbehalten. Und dies schien mir die ideale Lösung zu sein.»

«Hat er einen Anwalt? Ist seine Mutter benachrichtigt worden?»

«Wozu braucht er einen Anwalt? Er ist nicht angeklagt, sage ich Ihnen. Und was seine Mutter betrifft – er will nicht, daß die was erfährt. Weil er glaubt, sie würde dann sofort angerannt kommen. Na ja, er ist achtzehn, also großjährig, daher . . .»

«Wie komme ich zu ihm?» fragte der Rabbi.

Lanigan lächelte. Er lehnte sich im Sessel zurück und verschränkte die Hände über dem Bauch. «Tja, wenn Sie ein Boot hätten, könnten Sie vielleicht rüberrudern. Oder Sie könnten sich von jemandem mit einem Motorboot rüberfahren lassen. Oder Sie könnten sich von der Hafenpolizei rüberfahren lassen. Aber das würde ich an Ihrer Stelle nicht tun, denn im Grunde geht Sie die Sache ja gar nichts an.»

Rabbi Small berichtete von seinem Gespräch mit Ben Segal. «Da er also eine jüdische Mutter hat, ist der Junge ebenfalls Jude, und als einziger Rabbi hier in der Stadt . . .»

«Kommt das nicht auf den Vater an?»

«Nein, bei uns auf die Mutter», antwortete der Rabbi.

«Kennen Sie den Vater?»

Der Rabbi schüttelte den Kopf.

Lanigan lächelte. «Und wenn ich Ihnen nun sagen würde, es war Ellsworth Jordon?»

Wenn er erwartet hatte, den Rabbi mit dieser Mitteilung erschüttern zu können, wurde er jetzt enttäuscht. «Deswegen wohnte er also bei ihm! Es wundert mich nicht im geringsten.»

«Vielleicht erklärt das auch Jordons Antisemitismus», sinnierte Lanigan. «Ich meine, wenn er diese Hester Grimes oder Esther Green sehr geliebt und sie ihn abgewiesen hat . . .»

«Andererseits», wandte der Rabbi ein, «hat sie ihn vielleicht abgewiesen, weil er Antisemit war.»

«Auch möglich», gab Lanigan zu. «Es interessiert Sie vielleicht, zu hören, daß Jordon Billy zu seinem Erben machen wollte.»

«Hat Ihnen der junge Mann das gesagt?»

«Nein, ich hab's von Jordon's Anwalt. Laut Billy war Jordon nichts weiter als ein alter Freund der Familie. Entweder weiß er nicht, daß Jordon sein Vater war, oder er will es nicht sagen.» Er musterte den Rabbi nachdenklich. «Wenn Sie ihn sehen, werden Sie es ihm mitteilen?»

Mit unbewegtem Gesicht fragte der Rabbi zurück: «Soll das heißen, Sie möchten, daß ich es ihm sage?»

Lanigan gab sich unbeteiligt. «Es könnte ganz interessant sein.»

Lächelnd schüttelte der Rabbi den Kopf. «Das muß seine Mutter tun, falls sie es will. Wenn sie es all diese Jahre lang geheimgehalten hat, wird sie schon ihre Gründe gehabt haben, und dann kann ich mich nicht einmischen. Nein, ich möchte nur mit ihm sprechen.»

«Warum?»

«Weil das meine Aufgabe ist», antwortete der Rabbi prompt. «Er ist allein, hat keine Familie und keine Freunde, und er hat Probleme. Ich . . .»

«Wie kommen Sie darauf, daß er Probleme hat? Er steht nicht unter Anklage.»

«Weil Sie sagten, es gebe keine Beweise gegen ihn. Das läßt darauf schließen, daß er zu den Verdächtigen gehört. Und obwohl Sie keine Beweise haben, suchen Sie wahrscheinlich danach und . . .»

«Wir suchen nach allen möglichen Beweisen», wandte Lanigan ein. «Ganz gleich, auf wen sie hindeuten.»

«Gewiß, und wenn Sie welche finden, die auf ihn hindeuten, wird der District Attorney Anklage gegen ihn erheben, und da es sich um einen Mordfall handelt, muß er ins Gefängnis, während sein Pflichtverteidiger, ein überarbeiteter Mann, immer wieder Aufschub erwirkt, um Zeit für die Ausarbeitung der Verteidigungsstrategie zu gewinnen. Und die ganze Zeit sitzt der Junge hinter Gittern. Ich bitte lediglich um die Möglichkeit, mit ihm zu sprechen und ihn kennenzulernen. Nein, mehr noch, damit er mich kennenlernt, so daß er, falls etwas passiert, sich an mich und durch mich an die jüdische Gemeinde wenden kann. Was finden Sie so schlimm daran? Also, wie und wo kann ich mir ein Motorboot leihen?»

«Ach was, verdammt! Ich lasse Sie mit dem Polizeiboot rüberbringen.»

37

«Ich glaube, ich habe bisher noch nie einen Rabbi gesehen», sagte Billy. Und dann, ein wenig besorgt: «Sind Sie gekommen, um für mich zu beten?»

Sie saßen auf der Veranda vor einer der Lagerhütten. Billy hockte auf der obersten Stufe, an den Stützpfeiler gelehnt, in einem schmutzigen Overall, der ihm mehrere Nummern zu groß war, und der Rabbi saß auf dem Geländer, den Mantelkragen gegen den frischen Wind vom Wasser her hochgeschlagen.

«Das hatte ich eigentlich nicht vor.» Rabbi Small blickte zu dem kleinen Anlegesteg hinüber, gegen den das Motorboot der Hafenpolizei bei jeder Welle schlug. Der Polizist, der ihn hergefahren hatte – in dickem Rollkragenpullover statt in der Uniformbluse – lag lang auf dem Steg, die Mütze auf dem Gesicht, und genoß die warme Nachmittagssonne. Jetzt rollte er sich herum und winkte dem Rabbi zu, der freundlich zurückwinkte. Dann wandte er sich wieder dem jungen Mann zu. «Natürlich, wenn Sie gern möchten, daß ich . . .»

«Nein, nein! Ich meine, es ist mir gleich.» Und damit es nicht undankbar klang, ergänzte er: «Ich meine, wenn Sie hierhergekommen wären, um für mich zu beten, dann hieße das, daß ich in der Tinte säße, nicht wahr? Tue ich das?»

«Das weiß ich nicht», antwortete der Rabbi. «Ich bin gekommen, weil ich hörte, daß Sie Jude sind, und weil ich der Rabbi in dieser Stadt bin.»

«Ja, aber *so* ein Jude bin ich nicht.»

«Nein? Was für einer denn?»

«Nun ja, ich bin nur Jude, weil meine Mutter Jüdin ist. Sie wissen schon, weil ich so geboren bin. Der Agent von meiner Mutter, Sol Katz, der redet immer von ‹wir Juden›, darum habe ich meine Mutter gefragt, und sie hat mir erklärt, es gäbe zweierlei Juden – solche wie Sol, die an die jüdische Religion glauben, und solche wie uns, die nicht daran glauben, aber Juden sind, weil sie zufällig als Juden geboren wurden. In Wirklichkeit aber sind wir einfach Amerikaner. Das stimmt doch, nicht wahr?»

«So kann man es auch sehen», gab der Rabbi zu. «War das auch Mr. Jordons Ansicht?»

«Ach, darüber haben wir nie gesprochen.»

«Nein? Worüber denn?»

Der junge Mann lachte. «Meist über Geld. Er redete ständig von Aktien und Wertpapieren und wie man erkennt, ob man sie kaufen soll oder nicht, wissen Sie, auf Grund ihrer Bilanzen. Und Grundbesitz und Häuser und daß man kaufen soll, was im Wert steigen wird. Er war der Ansicht, Geld sei wichtig, weil man unabhängig ist, wenn man genug davon besitzt. Und wenn man unabhängig ist, kann man alles aussprechen, was einem in den Sinn kommt. Und wenn man alles aussprechen kann, kann man auch alles denken . . .»

«Das war doch sicher umgekehrt, nicht wahr?»

«Nein», versicherte Billy. «So hat er es gesagt. Wenn man weiß, man kann alles sagen, dann kann man auch denken, wie man will. Aber wenn man das Gefühl hat, nicht sagen zu können, was man will, dann neigt man dazu, gewisse Dinge nicht zu denken.»

«Ich verstehe. Und Sie mochten ihn?»

«Na klar mochte ich ihn. Und er mochte mich, glaube ich, auch. Natürlich hat er das nie gesagt, weil . . . na ja, so was sagte er einem eben nicht ins Gesicht.» Nachdenklich legte er den Kopf auf die Seite. «Er war schon komisch. Manchmal wirkte er richtig gemein, aber sicher konnte man es nicht sagen. Zum Beispiel sagte er manchmal richtig böse Dinge zu Martha, und sie schimpfte zurück. Und er lachte bloß. Später erklärte er mir dann, das täte er, damit sie wüßte, daß sie zur Familie gehört und nicht nur Dienstbote sei. Verstehen Sie?»

«Ich glaube schon.»

«In manchem war er ja ziemlich eigen», fuhr der junge Mann fort. «Mit der Zeit, zum Beispiel, weil nämlich, wie er sagte, jeder Mensch nur so und soviel davon hat, und mehr nicht. Im Wohnzimmer auf dem Kaminsims stand eine Uhr, und die stellte er jeden Tag nach dem Radio. Und wenn ich, sagen wir, zu spät zum Essen kam, und wenn's auch bloß ein paar Minuten waren, funkelte er mich wütend an und zeigte schweigend auf die Uhr. Man merkte genau, wie zornig er war.

Und Geld. Bis auf den letzten Penny. Zum Beispiel, wenn Martha einkaufen ging, dann gab er ihr Geld, und am Ende der Woche gab sie ihm die Kassenzettel vom Supermarkt und den anderen Läden und das restliche Geld. Und wenn es zu wenig war, auch nur um drei Cent, dann sagte er es ihr und ließ es sich von ihr geben. Und einmal, da war's anders herum, und er hatte gerade kein Kleingeld bei sich. Sie sagte, es sei schon gut, aber da wurde er böse. ‹Es ist nicht gut›, behauptete er, ging ins Schlafzimmer, suchte in seiner Kommodenschublade und holte das passende Kleingeld heraus.»

«Wie hat er Sie genannt?» fragte der Rabbi.

«Meistens Billy. Aber manchmal, wenn er sich ein bißchen über mich geärgert hatte, nannte er mich Sir.»

«Und wenn er sich sehr über Sie geärgert hatte?» fragte der Rabbi lächelnd.

«Dann sprach er überhaupt nicht mit mir», antwortete der junge Mann prompt. «Und wenn er wirklich wütend wurde, schickte er mich auf mein Zimmer. Und wenn er an die Decke ging, wie . . . wie neulich abends, dann schloß er mich ein.»

«Und wie haben Sie darauf reagiert?»

«Na ja, als es zum erstenmal passierte, das war, weil ich meiner Mutter nicht geschrieben hatte, und er hatte ihr versprochen, daß er dafür sorgen würde, daß ich schrieb. Er wurde ganz rot im Gesicht und regte sich so furchtbar auf, daß ich Angst hatte, er kriegt einen Herzanfall. Er hatte nämlich ein schwaches Herz. Deswegen bin ich brav in mein Zimmer gegangen. Aber innerlich war ich ziemlich sauer darüber, daß er mich wie ein Kind behandelte. Deswegen dachte ich, ach was, zum Teufel . . . Oh, bitte entschuldigen Sie!»

«Schon gut», wehrte der Rabbi ab. «Solche Ausdrücke benutzen doch heutzutage alle.»

«Na ja, ich dachte, warum soll ich hierbleiben. Also schob ich das Fenster hoch und riß aus. Sehen Sie, ich hatte Mr. Gore versprochen, ihm bei seinem Silber zu helfen, und ich wollte ihn nicht enttäuschen. Zurückgekommen bin ich auf demselben Weg, aber falls er mich gehört haben sollte, hat er nichts gesagt. Dann, ehe ich zu Bett ging, hörte ich, wie er den Schlüssel rumdrehte. Das bedeutete, er wußte, daß ich weggewesen war. Und am nächsten Morgen tat er, als wäre nichts passiert. Und von da an

Er war ziemlich pingelig …

. . . der Mr. Jordon, mit der Zeit und mit dem Geld. Es sind aber auch zwei kostbare Gaben.

Das Dumme ist nur: Je mehr Geld, desto weniger Zeit hat einer. Die Umkehrung trifft meistens auch zu. Und was nützt dem schon das Geld, der keine Zeit hat? Und was soll einer mit seiner Zeit anfangen, wenn er kein Geld hat?

Zeit ist eben nicht Geld, wenn man nichts als Zeit hat.

war es immer so.» Er lachte. «Einmal schloß er mich drei Tage lang ein, und jeden Tag kletterte ich zum Fenster hinaus und ging zur Bank. Eines Tages kam er sogar in die Bank und sah mich natürlich, aber er tat, als wäre ich nicht da.» Abermals lachte er fröhlich auf. «Das war wirklich komisch. Ich kam von der Bank nach Hause, und da stand mein Essen in meinem Zimmer. Wissen Sie, es war wie ein Spiel zwischen uns. Ich dachte mir, schlagen darf er dich nicht und mein Taschengeld zurückbehalten auch nicht und so. Und mich anzuschreien traute er sich nicht, wohl wegen seinem schwachen Herzen, oder weil das vielleicht zu einem richtigen Krach geführt hätte, bei dem wir dann Dinge gesagt hätten, die . . . na ja, die wir hinterher bereuen würden.»

«Wenn es ein Spiel war, warum sind Sie dann nach New York ausgerissen?» erkundigte sich der Rabbi neugierig.

Der junge Mann wurde ernst. «Das war was anderes. Das war in Gegenwart von Mr. Gore. Der wußte, daß ich aus dem Fenster steigen würde, weil ich es ihm erzählt hatte. Als guten Witz. Aber das direkt vor seinen Augen zu tun . . . Ich dachte, ich könnte ihm nie wieder ins Gesicht sehen. Begreifen Sie das?»

«Ich glaube schon. Sagen Sie, haben Sie Ihre Mutter informiert, über . . . über das, was geschehen ist?»

Der junge Mann schüttelte den Kopf.

«Meinen Sie nicht, daß Sie das tun sollten, da er doch ein alter Freund der Familie war?»

«Wozu? Dann glaubt sie nur, sie müßte herkommen und sich um mich kümmern. Aber mir geht's gut. Und sie hat einen Riesenerfolg da drüben, also warum alles abblasen?»

Der Rabbi nickte. Er sprang vom Geländer und sagte: «Ich muß jetzt gehen, aber wenn Sie wieder in der Stadt sind, würde ich mich freuen, wenn Sie mich mal besuchten.»

«Sicher, warum nicht? Aus einem besonderen Grund?»

«N-nein, aber falls Sie mal Hilfe brauchen . . .»

«Was für Hilfe?»

Der Rabbi lächelte. «Irgendeine Hilfe.»

38

An jedem Mittwochabend hielt der Magistrat seine Sitzung ab, und der Rabbi hatte sich den Tag im Kalender notiert. Kurz nach dem Dinner rief er Lanigan auf dem Revier an, um ihn zu fragen, ob er teilnehmen werde.

«Man erwartet von mir, daß ich an allen Magistratssitzungen teilnehme, und wenn nichts besonderes vorliegt, gehe ich auch gewöhnlich hin. Sie machen sich Sorgen wegen der Verkehrsampeln, wie? Dann kommen

Sie doch mal kurz herüber, damit wir unser Vorgehen abstimmen können.»

«Ich komme sofort.»

«Wie sieht's aus?» erkundigte sich der Rabbi, als er fünfzehn Minuten später in Lanigans Büro saß.

«Ich habe nachgedacht, nachdem Sie anriefen», berichtete Lanigan. «Diese Magistratsmitglieder nehmen sehr viel Rücksicht aufeinander. Ich habe das schon ein paarmal erlebt. Wenn einer um neuerliche Diskussion eines Antrags bittet, unterstützen ihn die anderen aus Höflichkeit. Wenn er seine Bitte dann wieder zurückzieht, unterstützen sie ihn dabei auch. Deswegen habe ich Albert Megrim angerufen. Ich dachte, vielleicht können wir ihn überreden, den Antrag, den er letzte Woche gestellt hat, zurückzuziehen.»

«Und?»

«Er war nicht da. Ich habe mit seiner Frau gesprochen. Die sagt, er kommt am Mittwoch nie zum Dinner nach Hause. Er geht in den *Agathon*, ißt dort und fährt dann gleich zur Sitzung. Also dachte ich, wir fahren am besten in den *Agathon*.»

«Sie meinen, wir beide?»

Lanigan musterte ihn fragend. «Gehen Sie nicht gern hin? Weil es bei mir nämlich genauso ist. Die haben für Katholiken genausowenig übrig wie für Juden.»

«Nun ja, wir gehen schließlich dienstlich hin.»

«Das habe ich mir auch gesagt», erwiderte Lanigan. «Ich bin gelegentlich mal zum Dinner dorthin eingeladen worden und habe jedesmal unter einem Vorwand abgesagt. Doch wie Sie ganz richtig meinten, diesmal ist es rein dienstlich.»

Unterwegs erklärte ihm Lanigan den Grund für seine Strategie. «Wenn wir der Sache ihren normalen Verlauf lassen, werden wir möglicherweise ohnehin gewinnen. Aber man kann nie wissen. Neulich abends hat Sturgis im Republican Club erklärt, wie wichtig es sei, daß die Stadt ihre Ausgaben niedrig halte. Er stimmt vielleicht dagegen, nur weil es Geld kostet und er das Gefühl hat, er müßte konsequent sein. Und Cunningham, der pensioniert ist, macht sich ständig Sorgen über die Steuern. Megrim wiederum könnte dagegen stimmen, weil er zuvor eine Neuabstimmung beantragt hat. Damit hätten sie dann die Mehrheit, und wir ständen dumm da.»

«Und nun?»

«Tja, nun versuchen wir Megrim zu überreden, daß er seinen Antrag zurückzieht, und wenn er das tut, und wenn die anderen ihn unterstützen, sind wir wieder bei unserem ursprünglichen Abstimmungsergebnis angelangt, das zugunsten der Verkehrsampeln ausgefallen war.»

Im Club wurde ihnen mitgeteilt, Megrim sitze in der Bar. «Den Korridor entlang bis ganz zum Ende, dann die linke Tür.»

Als sie die Bar betraten, waren nur Albert Megrim und Dr. Springhurst anwesend. Das Magistratsmitglied erhob sich, als er sie sah. «Ich habe Sie schon erwartet, Hugh», sagte er. Und auf Lanigans fragenden Blick: «Ich habe eben zu Hause angerufen, und da berichtete mir Alice von Ihrem Anruf. Sie kämen her, sagte sie mir. Rabbi Small? Gesehen habe ich Sie schon, aber kennengelernt haben wir uns noch nicht. Ist Ihnen Dr. Springhurst bekannt?»

«Ich kenne Rabbi Small», sagte der Pastor.

«Wir haben uns bei der Seelsorgerkonferenz kennengelernt», bestätigte der Rabbi.

«Wir kommen wegen der Verkehrsampeln, Al», sagte Lanigan, als sie Platz genommen hatten.

«Das habe ich mir gedacht, als ich sah, daß Sie den Rabbi mitgebracht haben», entgegnete Megrim. «Warten Sie mal, das Thema kommt, glaube ich, heute abend zur Sprache. Was wollen Sie?»

«Nun ja, nachdem Sie vor ein paar Wochen dafür stimmten, haben Sie letzte Woche eine Neuabstimmung beantragt», sagte Lanigan. «Vermutlich, weil Ellsworth Jordon Sie darum gebeten hat, wie?»

«Ganz recht. Er war Anlieger und war nicht benachrichtigt worden.»

«Sicher, aber jetzt betrifft ihn das nicht mehr», stellte Lanigan gefühllos fest.

«Ich soll dagegen stimmen, wo ich doch derjenige war, der Neuabstimmung beantragt hat?»

«Warum denn nicht? Sie haben die Neuabstimmung beantragt, nachdem Sie dafür gestimmt hatten. Aber ich sehe nicht ein, warum Sie überhaupt abstimmen müssen. Warum können Sie nicht einfach Ihren Antrag auf Neuabstimmung zurückziehen?»

«Weil der Magistrat bereits für eine Neuabstimmung gestimmt hat», erwiderte Megrim.

«Na und? Sie haben darüber abgestimmt, weil Sie es so wollten, aus Höflichkeit einem Magistratsmitglied gegenüber. Wenn Sie nun sagten, Sie wollten Ihren Antrag auf Neuabstimmung zurückziehen, würde jemand etwas dagegen einzuwenden haben?»

«Nun, möglicherweise nicht.»

«Worum geht es hier überhaupt?» erkundigte sich Dr. Springhurst.

Megrim erklärte es ihm, und Lanigan fügte hinzu: «Mein Interesse daran geht dahin, daß ich nicht jeden Tag dort einen Mann postieren müßte.»

«Und was hatte Jordon dagegen?» fragte der Doktor.

«Als Anlieger hatte er das Recht, benachrichtigt zu werden», antwortete Megrim, «und das hat man vergessen. Er war ziemlich aufgebracht darüber. Behauptete, der Magistrat sei überheblich. Deswegen stellte ich Antrag auf Neuabstimmung. Ich weiß nicht mal, ob er tatsächlich etwas gegen die Verkehrsampeln vor der Synagoge hatte. Er war wohl einfach nur sauer darüber, daß man ihn nicht benachrichtigt hatte.»

«Oh, ich glaube bestimmt, daß er etwas dagegen hatte», meinte Dr. Springhurst jetzt. «Ich glaube, er hatte etwas dagegen, weil die Synagoge davon profitiert hätte.»

«Wie kommen Sie darauf?» fragte der Rabbi.

«Ich bin fest davon überzeugt», sagte Dr. Springhurst. «Ellsworth Jordon war ein einsamer alter Mann ohne Freunde und Familie. Einmal in der Woche kam er hierher in die Bar. Warum hierher? Weil man in einer Bar herumsitzen und sich zwanglos mit jedem unterhalten kann. Im Speisesaal oder sonstwo im Club bekam man ihn nie zu sehen. Nur hier. In einer Bar braucht man kein Blatt vor den Mund zu nehmen, man kann die ungeheuerlichsten Dinge sagen, ohne deswegen einen Vorwurf zu bekommen. Wenn es ganz schlimm wird, glauben die Leute, man hat zuviel getrunken und tolerieren es.» Er lächelte ein wenig. «Vielleicht komme auch ich deswegen her. Jedenfalls erinnere ich mich, daß er vor einiger Zeit hier war, als wir uns über den Antrag auf Mitgliedschaft von diesem Ben Segal unterhielten, der die Rohrbough Corporation übernommen hat. Ellsworth sagte, er werde gegen ihn stimmen, weil er Jude sei, obwohl es absolut eindeutig war, daß diejenigen, die damals mit am Tisch saßen, für seine Aufnahme waren. Gewiß, wir haben keinen von Ihren Leuten in unserem Club, Rabbi, aber ich glaube auch nicht, daß jemals für einen ein Antrag gestellt worden ist. Merkwürdig ist nur, daß ausgerechnet Larry Gore für Segal gutsagte, und der ist, wie ich hörte, mit Jordon verwandt.»

«War Gore dabei, als er das sagte?» erkundigte sich Lanigan.

«O nein!» Dr. Springhurst schüttelte den Kopf. «Manchmal brachte ihn Gore mit her und holte ihn wieder ab, wenn er nach Hause fuhr. Ellsworth fuhr nicht gern im Dunkeln. Aber Gore blieb niemals hier. Er ging immer sofort zum Schießstand hinunter. Er ist ganz wild auf die Schießerei, wie ich hörte. Club-Champion, glaube ich.»

«Ganz recht. Larry trinkt nicht», bestätigte Megrim. «Ich erinnere mich gut an den Abend, als Jordon über Segal und Ihre Leute im allgemeinen herzog. Er hasse sie, weil alle Juden Christen geworden seien, und solchen Unsinn. Aber ich habe ihn noch öfter so reden hören. Er machte kleine, garstige Bemerkungen. Na schön, ich mache mit. Ich werde meinen Antrag zurückziehen.» Als ihm ein Gedanke durch den Kopf schoß, sah er Rabbi Small neugierig an. «Ich nehme an, von Ihrem Standpunkt aus war Jordons Tod die Strafe des Himmels für seine Einstellung Ihrer Rasse gegenüber, nicht wahr?»

«Aber nein!» widersprach der Rabbi schnell. «Dieser Gedanke wäre mir zuwider.»

Megrim riß die Augen auf. «Wirklich?»

«Selbstverständlich», antwortete der Rabbi. «Weil die logische Folgerung daraus wäre, daß entweder jeder böse Mensch, der lebt und wohlhabend ist, gar nicht richtig böse ist, oder daß Gott nicht weiß, was er tut.»

Dr. Springhurst lachte. «Aha, dann glauben Sie also genau wie wir daran, daß die Bösen nach dem Tod bestraft werden.»

«N-nein, daran glauben wir auch nicht», antwortete der Rabbi. «Das würde heißen, den Menschen seines freien Willens berauben. Wir glauben, daß Tugend ihr eigener Lohn ist und daß das Böse seine eigene Strafe birgt.»

«Aber wenn er gesund, wohlhabend und glücklich ist?» warf Lanigan ein.

«Ist er trotzdem reduziert. Durch seine Sünde ist er weniger, als er war. Das ist wie ein Staubkörnchen auf einem feinen Mechanismus. Es hält ihn nicht an, aber es verhindert, daß er mit der Präzision funktioniert, die er ursprünglich besaß. Und jede weitere Sünde und Schlechtigkeit vermindert das Potential der Maschine weiter.»

«Und eine gute Tat ist wie ein Öltropfen auf dem Mechanismus?» fragte Dr. Springhurst.

«So ungefähr.»

Megrim warf einen Blick auf die Uhr und stand auf. «Wenn wir pünktlich zur Sitzung kommen wollen, müssen wir jetzt gehen.»

«Moment noch, Albert», sagte Dr. Springhurst. «Ich möchte den Rabbi nur noch fragen, was er damit meinte, als er sagte, daß Lohn und Strafe nach dem Tod den Menschen seines freien Willens berauben.»

Der Rabbi, der – ebenso wie Lanigan – auch aufgestanden war, blieb stehen. «Nun», sagte er, «es kommt darauf an, was Sie unter freiem Willen verstehen.»

«Die Freiheit der Wahl, natürlich. Das Recht, zu wählen . . .»

«Zwischen Brot und Toast?» unterbrach ihn der Rabbi herausfordernd. «Zwischen rechts und links an einer Kreuzung? Diese Art von freiem Willen haben die niederen Tierarten. Für den Menschen bedeutet der freie Wille die Freiheit der Wahl, etwas zu tun, von dem er weiß, daß es falsch, böse, schlecht ist, nur, weil es ihm materiellen Vorteil bringt. Aber dazu bedarf es einer fairen Chance, nicht entdeckt und bestraft zu werden. Würde jemand stehlen, wenn er von Polizei umgeben wäre und sicher wüßte, daß er verhaftet und bestraft werden wird? Und andererseits, wieviel ist eine gute Tat wert, wenn man des Lohnes sicher ist? Da Gott angeblich allsehend und allwissend ist, bleibt keine Übertretung unentdeckt, bleibt keine gute Tat verborgen. Was für ein freier Wille ist denn das? Wie unterscheidet er sich von dem freien Willen der Versuchsratte, die mit Futter belohnt wird, wenn sie in einem Irrgarten den einen Weg wählt, und einen elektrischen Schock erhält, wenn sie den anderen wählt?»

«Und was geschieht denn Ihrem Glauben zufolge nach dem Tod?»

Der Rabbi lächelte. «Wir geben nicht vor, das zu wissen.»

Dr. Springhurst machte ein nachdenkliches Gesicht. «Ein überaus interessanter Standpunkt.» Er erhob sich und reichte Rabbi Small die Hand.

«Sagen Sie, trinken Sie auch gelegentlich mal ein Glas? Oder verstößt das gegen Ihre Prinzipien oder Ihre Religion?»

«Nein, nein, ich trinke schon zuweilen. An jedem Sabbat und an den meisten Feiertagen ist es uns sogar vorgeschrieben.»

«Würden Sie mir dann die Ehre erweisen, einmal des Abends hierherzukommen und etwas mit mir zu trinken?»

«Mit Freuden, Doktor.»

39

Obwohl Rabbi Small lieber zu Hause arbeitete, benutzte er am Donnerstag immer das Rabbinerbüro in der Synagoge, denn dann kam die Putzfrau, die Miriam half, das Haus für den herannahenden Sabbat zu säubern, und das Geräusch des Staubsaugers sowie der Geruch der Möbelpolitur machten ihm das Konzentrieren unmöglich.

Kaum hatte er das Büro betreten, den Mantel abgelegt und hinter dem Schreibtisch Platz genommen, da klopfte es an der Tür, sie wurde aufgestoßen, bevor er antworten konnte, und herein kam Morton Brooks, der Direktor der Religionsschule. Er war ein auffallender, jugendlich wirkender Mann ungefähr ebenso alt wie der Rabbi, das heißt, Anfang Vierzig. Da er früher einmal Buchhalter im jiddischen Theater von New York gewesen war und man ihm dort, um eine Schauspielergage zu sparen, gelegentlich eine winzige, stumme Rolle gegeben hatte, betrachtete er sich als dem Theater zugehörig und schlug hier angeblich nur die Zeit tot, während er auf einen Anruf von einem Agenten wartete, der ihn wieder dorthin zurückholte. Gekleidet war er überaus modisch in einem Freizeitanzug mit ausgestellter Hose und buntem, offenstehenden Hemd. Um den Hals trug er ein farbenfrohes, lässig seitlich geknotetes Tuch.

«Warum klopfen Sie an, wenn Sie ja doch nicht warten, bis ich Herein rufe?» fragte ihn der Rabbi verdrossen.

«Warum? Ich hab Sie vom Ende des Korridors aus gesehen, daher wußte ich, daß Sie allein sind.»

«Und warum klopfen Sie dann überhaupt?»

Brooks hockte sich zwanglos auf eine Schreibtischecke, schlug die Beine übereinander und sagte: «Um Ihnen Gelegenheit zu geben, würdevoll und steif zu sein.»

Lächelnd lehnte sich der Rabbi zurück. «Na schön, ich bin so würdevoll und steif, wie es nur geht. Ist was Besonderes?»

«Ich wollte Sie nach der Entscheidung des Magistrats wegen der Verkehrsampeln fragen. Die ist doch gestern abend gefallen, nicht wahr?»

«Ich glaube schon.»

«Dann sind Sie gar nicht hingegangen? Hören Sie, David, das war aber wichtig! Sie hätten hingehen müssen.»

«Oh, aber ich habe was Besseres getan», erwiderte der Rabbi voller Genugtuung. «Ich habe vor der Sitzung Albert Megrim aufgesucht, den Mann, der den Antrag auf Neuabstimmung gestellt hat, und der hat versprochen, seinen Antrag zurückzuziehen.»

«Wirklich?» Mit neuem Respekt sah Brooks den Rabbi an. «Wie kommt das denn?»

«Ach, es war Chief Lanigans Idee. Die Polizei ist ebenso daran interessiert, die Ampeln aufzustellen, wie wir. Daher fanden wir, es sei das Beste, wenn ich nicht mit zur Sitzung ginge, damit Megrims Antrag als strikt parlamentarische Maßnahme galt.»

Das Telefon klingelte. Es war Henry Maltzman. «Ich habe bei Ihnen zu Hause angerufen, Rabbi, aber Sie waren nicht da.» Das klang vorwurfsvoll.

«Nein, ich bin hier.»

«Ich wollte Ihnen nur mitteilen, daß der Magistrat für die Verkehrsampeln gestimmt hat.»

«Oh, das sind aber gute Nachrichten!»

«Ich hatte Sie bei der Sitzung zu sehen erwartet, Rabbi. Es wäre Ihre Pflicht gewesen, dort zu sein.»

«Nun, ich . . .»

«Aber es ist alles gut gegangen. Ich habe kurz vor Beginn der Sitzung mit Megrim gesprochen. Er war einverstanden, seinen Antrag zurückzuziehen.»

«Wie schön!»

«Ich wollte es Ihnen nur mitteilen.»

Als der Rabbi auflegte, sagte Brooks, der beide Seiten der Konversation hatte mitanhören können: «Warum haben Sie es ihm nicht gesagt, David?»

«Um mich mit ihm um die Anerkennung dafür zu streiten?»

«Um ihm zu zeigen, daß Sie Ihre Pflicht tun und daß Sie es waren, der dieses Ergebnis erzielt hat. Er hat Sie beschuldigt, Ihre Pflicht zu vernachlässigen.»

Der Rabbi zuckte die Achseln.

Brooks schüttelte mitleidig den Kopf. «David, David, Sie lernen es nie! Bei einem Job wie dem Ihren und dem meinen muß man ständig und immer gedeckt sein. Man darf nicht zulassen, daß sie auch nur eine Kleinigkeit gegen uns in die Hand kriegen. Vergessen Sie nicht, sie sind der Feind.»

«Wer sind ‹sie›?»

«Der Vorsitzende, der Vorstand, jawohl, die Gemeinde, die Eltern. Vergessen Sie nicht, wir stehen im Blickpunkt der Öffentlichkeit, das heißt, die Öffentlichkeit sucht immer etwas zu kritisieren an uns. Und das heißt, wir müssen uns wehren.» Er glitt vom Schreibtisch und ging auf und ab. Als er dann fortfuhr, geschah es im Ton eines Lehrers vor seiner Klasse.

«Es ist aus zwei Gründen so furchtbar wichtig. Der eine ist, daß wir die Dinge richtigstellen müssen. Und der zweite und wohl noch wichtigere, ihnen zu zeigen, daß wir uns nicht herumschubsen lassen. Dann überlegen sie zweimal, bevor sie sich mit einem auf einen Kampf einlassen. Und dieser Maltzman, David, der mag Sie nicht.»

«Woher wissen Sie das?»

«So etwas sehe ich. Ich sehe es, wenn er mit Ihnen spricht. Ihre Vibrationen harmonisieren nicht.»

«Vibrationen?»

«Vibrationen. Sie wissen doch, daß jeder Mensch Vibrationen abgibt wie . . . wie eine Stimmgabel. Und wenn zwei Menschen zusammenkommen, deren Vibrationen nicht harmonisieren, gibt es einen Mißklang.»

«Ach so. Und meine Vibriationen passen nicht zu seinen?»

«Ehrlich gesagt, David, Ihre Vibrationen harmonisieren mit denen der meisten anderen Menschen nicht. Sie sind nicht jedermanns Geschmack. Es ist nicht leicht, Sie zu mögen. *Ich* kann es, auf Grund meiner Ausbildung.»

«Wirklich? Was für eine Ausbildung ist das denn?»

Brooks sah ihn verwundert an. «Meine Ausbildung am Theater, natürlich. Ein Schauspieler schlüpft immer in die Persönlichkeit der Rolle, die er spielt. Stimmt's? Dabei trainiert er sein Verständnis für die Menschen. Und vergessen Sie nicht, David, verstehen heißt vergeben, ja sogar mögen.»

«Ich werd's mir merken.»

Sein Sarkasmus war an Brooks verschwendet. «Na schön. Setzen wir also voraus, dieser Maltzman will Sie loswerden. Und Wollen ist für einen Mann wie Maltzman gleichbedeutend mit Handeln. Na und? Werden Sie sagen. So was kommt vor. Aber diesmal, David, ist es anders.» Er blieb vor dem Schreibtisch stehen und blickte mitleidig auf den Rabbi hinab. «Wissen Sie, was schuld daran ist, daß Sie nach all den Jahren noch hier sind, David? Ich werde es Ihnen sagen. Trägheit. Einfach ganz schlichte Trägheit. Die Vorsitzenden und ihre guten Freunde im Vorstand wären Sie gelegentlich ganz gern losgeworden, aber die Gemeinde hat nicht mitgemacht. Und warum? Trägheit. Es war ihnen zu mühsam. Es hätte Diskussionen bedeutet und Kampf und Parteinahme. Jetzt aber ist die Lage anders. Ich habe gehört, daß Frauen sagten, die einzige Möglichkeit, Gleichberechtigung beim Gottesdienst zu erreichen, bestehe darin, einen anderen Rabbi zu nehmen. Sie sehen also, jetzt ist es die Gemeinde, oder vielmehr die Frauen in der Gemeinde, die Sie loswerden wollen. Deswegen frage ich: Was werden Sie unternehmen?»

«Ich verschwinde», sagte der Rabbi und stieß seinen Stuhl zurück.

«Wirklich?» Brooks war entgeistert.

«Ganz recht. Ich nehme mir den Nachmittag frei. Es ist draußen zu schön, um in der Stube zu hocken.»

«Ach so! Einen Augenblick dachte ich . . . Himmel, ich würde ja gern mit Ihnen gehen, aber ich muß noch zwei Bar Mitzwas drillen.»

40

Es war nicht etwa Ärger über Morton Brooks, was Rabbi Small veranlaßte, sein Arbeitszimmer so abrupt zu verlassen. Denn insgeheim hatte er sogar Spaß an dessen Impertinenz, an seiner theatralischen Angeberei. Während Brooks' kleiner Vortrag über die Gemeindepolitik seine Reaktion zwar ausgelöst haben mochte, war der eigentliche Grund für den plötzlichen Aufbruch, daß er genug hatte – von der Synagoge, von Maltzman, von seiner eigenen Position als Rabbi. Er wollte weg von all dem, sei es auch nur für ein bis zwei Stunden, weg vom Telefon, irgendwohin, wo ihm kein Gemeindemitglied mit Fragen oder Beschwerden kommen konnte.

Er stieg in seinen Wagen und nahm die Straße nach Boston in der unbestimmten Vorstellung, die Großstadt würde ihm – wenigstens vorübergehend – jene Anonymität gewähren, nach der er sich sehnte. Doch als er auf der Hauptstraße mit ihrem dichten Autoverkehr dahinrollte, überlegte er sich, wenn er in der Stadt sei, müsse er wahrscheinlich ewig nach einem Parkplatz suchen, und wenn er ihn gefunden habe, sei es vermutlich Zeit zur Heimfahrt. Also bog er statt dessen auf die Straße nach Revere ab, einem nahegelegenen Erholungsort mit einem langgestreckten Strand, gesäumt von einer ebenso langen Reihe Vergnügungsbuden, von denen die meisten um diese Jahreszeit geschlossen sein würden. Dort konnte er sich auf die Strandmauer setzen oder in den Strandpavillon mit Blick aufs Meer und zusehen, wie die Wellen heranrollten. Wenn ihn dort jemand ansprechen sollte, dann höchstens, um nach der Zeit zu fragen, um Feuer zu bitten oder eine Bemerkung über das Wetter zu machen.

Es war ziemlich menschenleer, und die meisten Buden hatten, wie er vermutet hatte, jetzt geschlossen, ihre sonst so bunt dekorierten Fassaden durch ungestrichene Holzverschalungen, die sie im Winter schützen sollten, verunstaltet. Hier und da jedoch war eine Bude offen, der Besitzer stützte sich auf die Theke, blickte erwartungsvoll die Straße auf und ab, für den Fall, daß einer der wenigen Passanten Interesse zeigen sollte, und rief ihnen zu, wenn sie vorbeigingen: «Treten Sie näher! Jedes Los gewinnt! Niemand verliert! Treten Sie näher!»

Ein paar Eis- und Hot-Dog-Stände hatten ebenfalls geöffnet, und in der Ferne entdeckte der Rabbi einen Laden, der so aussah, als gäbe es dort Kaffee. Er hoffte, daß er ihn in einem Pappbecher mitnehmen und im Pavillon trinken konnte, während er einfach dasaß und nichts tat. Auf einmal hörte er, daß jemand seinen Namen rief; er blieb stehen und sah sich um. Der einzige, der ihn gerufen haben konnte, war ein hochgewachsener junger Mann in T-Shirt und Blue jeans, der am Tisch einer Schießbude lehnte, an der er soeben vorbeigekommen war. Er kehrte um.

«Mann, ich war nicht ganz sicher, ob Sie das wirklich waren, Rabbi. Ich meine, hier draußen bei uns . . .»

Jetzt erkannte der Rabbi ihn. «Sumner, nicht wahr?»

«Hm-hm. Sumner Leftwich. Ich war vor zwei Jahren in Ihrer Nachkonfirmationsklasse. Kommen Sie öfter hier heraus?»

«Nein, nicht oft. Arbeiten Sie ständig hier? Ich dachte, Sie gingen noch zur Schule.»

«Stimmt. Massachusetts State. Ich helfe hier manchmal aus. Die Bude gehört dem Vater meiner Freundin. Wenn das Geschäft so flau geht wie jetzt, kann ich hier genauso gut lernen wie zu Hause oder in der Bibliothek. Und ich bekomme noch Geld dafür.» Er musterte den Rabbi schüchtern. «Wollen Sie's nicht mal versuchen, Rabbi? Zehn Schuß fünfundzwanzig Cent.»

«Ich habe noch nie einen Schuß abgegeben.»

«Ist nichts dabei, Rabbi. Sie zielen und ziehen ab. Das heißt, Sie *ziehen* nicht richtig ab, sondern drücken den Abzug ganz langsam durch.»

Der Rabbi blickte die Straße hinauf und hinunter und sagte sich, der junge Mann habe schließlich bis jetzt kaum Kunden gehabt. Also fischte er einen Vierteldollar aus der Tasche und beobachtete interessiert, wie der junge Mann einen Ladestreifen in die Kammer schob.

Der Rabbi setzte das Gewehr an die Schulter und spähte durch das Visier zu einer Reihe von Tonröhrchen, einer Reihe dahingleitender Enten, einer Reihe Karnickel, die hintereinander daherhoppelten, und zu einem riesigen Pendel hinüber, das langsam hin und her schwang. Dann erinnerte er sich unbestimmt, daß es beim Schießen zu einem Rückstoß kommt; also nahm er die Brille ab und steckte sie sorgfältig in seine Brusttasche. Als er jetzt wieder ein Ziel anvisierte, erkannte er nur weiße Flecken und Kleckse. Aber das war nicht weiter wichtig; es gab ja so viele Dinge, die man treffen konnte.

Immer wieder zog er ab, bis ihm ein Klicken verriet, daß er keine Munition mehr hatte. Er legte das Gewehr hin und setzte die Brille auf.

«Perfekte Serie», sagte der junge Mann grinsend.

«Wirklich?»

«Aber sicher. Zehn Schuß, zehn Fahrkarten. Wahrscheinlich stimmt was nicht mit dem Visier. Hier, versuchen Sie das mal. Kostet Sie nichts.»

«Nein, danke. Wirklich . . .»

«Ach was, los, Rabbi!»

Achselzuckend nahm der Rabbi abermals die Brille ab und setzte das Gewehr an die Schulter. Als er es diesmal hinlegte, schüttelte der junge

Mann bedauernd den Kopf, zum Zeichen, daß er schon wieder danebengeschossen hatte.

«Ich glaube, es liegt an Ihnen, Rabbi, nicht am Gewehr.»

«Ich fürchte, ich werde nie ein guter Schütze werden», entgegnete der Rabbi. «Übrigens, ich wollte mir gerade einen Kaffee holen. Soll ich Ihnen einen mitbringen?»

«Ja, könnte ich gut gebrauchen. Milch und nur ein bißchen Zucker. Wenn Sie denen sagen, er ist für mich, wissen sie schon, wie ich ihn trinke.»

Als der Rabbi mit dem Kaffee zurückkam, sagte Sumner: «Hören Sie, Rabbi, was halten Sie davon, wenn Sie eine Extraklasse einrichten würden oder eine Art Club – für die jungen Leute, die jetzt im College sind?»

«Das haben wir einmal versucht, aber es kamen so wenige, daß wir es wieder aufgaben.»

«Ja, aber ich habe da eine Idee . . .»

Erst nach einer ganzen Weile gelang es ihm, sich zu verabschieden. Er beschloß, nach Barnard's Crossing zurückzukehren, denn wahrscheinlich war es ihm bestimmt, daß er seine Pflichten nicht hinter sich lassen konnte.

41

Außerhalb von Boston hatte McLure, als State Detective, immer mehr oder weniger das Kommando gehabt. In den kleineren Städten und Dörfern gab es nur selten mal einen Mordfall, die Polizei besaß wenig Erfahrung und war dankbar für seinen fachmännischen Rat. Als ihm der Fall Jordon zugewiesen wurde, hatte er keinerlei Schwierigkeiten erwartet, vielmehr angenommen, die Polizei von Barnard's Crossing würde mit ihm kooperieren – das war der Ausdruck, den er benutzte –, statt, wie sich herausstellte, er mit ihr. Er ärgerte sich darüber, daß Chief Lanigan ihm Aufträge erteilte und seine Ergebnisse bewertete, genau wie er es mit seinen eigenen Untergebenen tat. Und auch als McLure dem District Attorney gegenüber andeutete, er sei es nicht gewöhnt, so zu arbeiten, wurde ihm keine Genugtuung zuteil.

«Ich weiß, Sergeant. Ich kann mir Ihre Gefühle vorstellen», entgegnete der District Attorney beruhigend. «Aber Barnard's Crossing ist eine merkwürdige Stadt. Sie wurde in der Kolonialzeit von ein paar Leuten gegründet, die Salem verlassen hatten, weil sie sich von den örtlichen Behörden nicht vorschreiben lassen wollten, was sie zu tun und zu lassen hatten. Jahrelang hatten sie praktisch überhaupt keine Regierung. Und weil sie noch immer nicht mit der großen Herde trotten, haben sie etwas dagegen, daß Fremde kommen und sich einmischen. Sie, Sergeant, sind dort ein Fremder. Bei diesem Verbrechen handelt es sich um einen lokalen

Fall, und Hugh Lanigan, der ein Einheimischer ist, obwohl seine Familie katholische Iren waren, kennt die Szene besser als jeder Fremde. Er weiß, wie man mit diesen Leuten umgehen muß.»

Ganz typisch war sein Auftrag, Henry Maltzman zu vernehmen. «Sollte ich ihn nicht lieber herbringen, damit wir ihm richtig Daumenschrauben anlegen können?» sagte er zu Lanigan. «Schließlich ist er derjenige, der gesagt hat, er würde Jordon eine Kugel durch den Kopf jagen.»

«O nein, Sergeant, so kann man Henry nicht behandeln», entgegnete Lanigan. «Er ist ein komischer Mensch. Man muß ihn mit Glacéhandschuhen anfassen. Außerdem ist uns bekannt, daß er in der Synagoge war, als der Mord geschah. Das hat uns die Frau des Rabbis gesagt, und ihr Wort genügt mir. Ich glaube kaum, daß wir aus Henry viel herauskriegen, doch da er diese Drohung ausgestoßen hat, müssen wir ihn routinemäßig überprüfen.»

Da es sich um Routine handelte, empfand McLure diesen Auftrag als nicht besonders dringlich, und so suchte er Maltzman erst am Donnerstag nach dem Mord in dessen Geschäftsräumen auf. Er stellte sich vor, und Maltzman führte ihn in sein Büro.

Sobald er saß, zog McLure Bleistift und Notizbuch heraus und fragte brüsk: «Also, um wieviel Uhr haben Sie Jordon an jenem Freitag aufgesucht?»

Maltzman grinste. «Wie kommen Sie darauf, daß ich bei ihm gewesen bin?»

«Sie haben ihn doch angerufen, nicht wahr?»

Maltzman zuckte die Achseln. «Ich telefoniere viel. Das gehört dazu, wenn man Immobilienmakler ist. Manchmal hänge ich zwei Stunden lang an der Strippe und habe das Gefühl, der Hörer ist mir am Ohr angewachsen.»

«Wir wissen aber, daß Sie ihn angerufen haben», sagte McLure.

«Kann sein, daß ich ihn angerufen habe.» Maltzman zuckte gelassen die Achseln.

«Und Sie haben gesagt, Sie würden ihm eine Kugel durch den Kopf jagen.»

Maltzmans Grinsen wurde breiter. «Wer sagt das?»

«Wir haben unsere Informationen», behauptete McLure eisern.

Maltzman blickte nachdenklich zur Decke. «Wissen Sie, ich kann mir nicht vorstellen, woher», erklärte er. «Es ist einfach unmöglich. Sie behaupten, ich hätte ihn angerufen und gedroht, ihm eine Kugel durch den Kopf zu jagen. Also, wenn sein Apparat keinen Nebenanschluß hat und zufällig jemand mitgehört hat, *können* Sie diese Information gar nicht haben.»

«Wir haben sie von Jordon persönlich», fuhr McLure ärgerlich auf. «Er hat den Gästen, die er erwartete, erzählt, daß Sie ihn kurz zuvor angerufen hätten . . .»

«Er lügt. Oder vielmehr, er hat gelogen. Sie wollen behaupten, daß Jordon jemandem erzählt hat, ich hätte angerufen. Und der hat es dann Ihnen gesagt. Das ist Hörensagen, und zwar von jemandem, der nicht anwesend ist, um Ihre Behauptung zu bestätigen. Und woher sollte der wissen, daß ich es war, der angerufen hat? Also ich bitte Sie, Sergeant!»

«Na schön, Mr. Maltzman, versuchen wir's anders herum. Sagen Sie mir, wo Sie am Freitagabend waren.»

«Ich war jedenfalls nicht bei Jordon. Soviel steht fest.»

«Das reicht nicht, Mr. Maltzman. Wo waren Sie?»

«Das geht Sie nichts an.»

«Es geht hier um Mord, Mr. Maltzman. Wir können Sie zur Aussage zwingen.»

«Ach, wirklich? Vielleicht vor Gericht, nachdem ich vereidigt worden bin. Aber bestimmt nicht hier in meinem eigenen Büro, nachdem Sie mir nichts als Ihre Marke gezeigt haben.»

«Und wenn ich Sie aufs Revier mitnehme?»

«Haben Sie einen Haftbefehl?»

Jetzt dämmerte es McLure, daß Lanigan recht gehabt hatte, daß man Maltzman wirklich mit Glacéhandschuhen anfassen mußte. Unvermittelt wechselte er die Taktik. «Hören Sie, Mr. Maltzman, hier ist ein Mord begangen worden, und es ist Ihre Pflicht als Staatsbürger, der Polizei bei der Suche nach dem Mörder zu helfen.»

«Nun, Sergeant, da bin ich ganz Ihrer Meinung. Ich selbst halte sehr viel von Gesetz und Ordnung. Sobald Sie mir Fragen stellen, die mit diesem Fall in Zusammenhang stehen, werde ich sie nach bestem Wissen und Gewissen beantworten.»

«Schön, Mr. Maltzman. Es freut mich, daß Sie das jetzt einsehen. Also, wir möchten von Ihnen wissen, wo Sie am Freitagabend waren.»

Maltzman schüttelte langsam den Kopf.

«Was ist los? Erinnern Sie sich nicht mehr?»

«Ich werde Ihre Frage nicht beantworten.»

«Warum nicht? Sie haben eben erklärt, Sie würden jede Frage beantworten, die ich Ihnen stelle.»

«Nur, wenn sie mit diesem Fall in Zusammenhang steht.»

«Diese Entscheidung überlassen Sie ruhig uns, Mr. Maltzman», sagte McLure selbstsicher.

«Hören Sie, Sergeant, lassen wir diesen Unsinn. Angenommen, ich sage, daß ich bei einem Basketballspiel gewesen bin. Würde das zur Lösung Ihrer Probleme beitragen?»

«Und – waren Sie dort?»

«Nein.» Zum Zeichen, daß er nichts mehr zu sagen hatte, stand Maltzman auf.

McLure protestierte. «Mr. Maltzman, so können Sie nicht . . .»

«Wenn Sie von mir erwarten, daß ich Ihnen helfe, lediglich, indem ich

Ihnen sage, wo ich am Freitagabend war, hat es keinen Sinn, dieses Gespräch fortzusetzen.»

«Wieso? Was könnten Sie mir sonst noch sagen? Haben Sie irgendwelche Informationen?»

«Die habe ich allerdings, Sergeant. Ich kann Ihnen erzählen, was für ein Mensch Ellsworth Jordon war. Er war ein widerlicher, gemeiner, giftiger, geiziger, antisemitischer Schweinehund, und wenn Sie vorhaben, alle zu vernehmen, die ihn gelegentlich mal zum Teufel gewünscht oder gesagt haben, sie würden ihm eine Kugel durch den Kopf jagen, dann müßten Sie die halbe Stadt befragen und so ungefähr alle, die jemals etwas mit ihm zu tun gehabt haben. Und jetzt entschuldigen Sie mich bitte, ich habe zu tun.»

42

Trotz seiner Enttäuschung meldete McLure, als guter Polizist, am nächsten Tag Lanigan das Ergebnis seines Gesprächs mit Henry Maltzman. Falls er erwartet hatte, der Chief werde ärgerlich sein, hatte er sich geirrt. Im Gegenteil, sowohl Lanigan als auch Jennings amüsierten sich sehr über seinen Bericht. Es schien ihnen sogar eine gewisse Genugtuung zu bereiten, daß ein Einwohner ihrer Stadt einem Fremden Trotz geboten und ihn übertölpelt hatte.

«Hat er Ihnen tatsächlich gesagt, das ginge Sie nichts an?» fragte Lanigan lachend. «Das ist typisch Henry Maltzman. Wahrscheinlich haben Sie ihn mit Ihrer Art in Harnisch gebracht. Aber machen Sie sich keine Sorgen. Ich werde dieser Tage mal bei ihm vorbeischauen und mir seine Aussage holen, damit die Unterlagen vollständig sind.»

«Nur, damit die Unterlagen vollständig sind?» McLure war pikiert. «Halten Sie ihn denn nicht für verdächtig?»

«Nein, bestimmt nicht», antwortete Lanigan weise. «Und ich frage mich, warum Sie das tun.»

«Weil er ein Jude ist.»

«Und was hat das damit zu tun?» Lanigans Stimme hatte an Schärfe zugenommen.

«Alles. Ich habe Erkundigungen über Jordon eingezogen und überall herumgehorcht. Er mochte die Juden nicht und hat das zu erkennen gegeben. Und zwar nicht nur durch eine Bemerkung hier und da. Zum Beispiel gehörte ihm ein Grundstück in der Stadt, und das wollte er ihnen nicht verkaufen. Ich habe sogar von einem Gentlemen's Agreement munkeln hören. Also, das verstößt gegen das Gesetz. Und vergessen Sie nicht, daß Maltzman Immobilienmakler ist. Ich kenne eine Menge Juden. Zum größten Teil sind das gute, gesetzestreue Mitbürger. Wenn sie tatsächlich Verbrecher werden, dann nur als Schreibtischtäter. Aber jetzt gibt es eine ganz neue Generation bei ihnen, wie diese Israelis, die keine Sekunde zögern, sondern sofort zurückschlagen. So kommt mir dieser Maltzman vor. Ein jüdischer Captain bei den Marines – dann *muß* er ja einfach so sein. Wenn der zu Jordon gegangen wäre und es hätte eine Auseinandersetzung gegeben – der wäre nicht einfach still davongeschlichen. Der hätte zurückgeschlagen.»

Lanigan nickte. «Ich will nicht behaupten, daß es unvorstellbar ist. Und außerdem ist Henry hitzig. Als Offizier bei den Marines hat er gelernt, mit Waffen umzugehen. Aber diese vielen Schüsse, das paßt nicht zu ihm. Und er hat ein Alibi. Wir wissen, daß er in der Synagoge war, als der Mord begangen wurde.»

McLure stand auf. «Ich wünschte, ich hätte einen Dollar für jedes wasserdichte Alibi, das ich geknackt habe. Wenn Sie nichts dagegen haben, werde ich weitermachen mit meinen Ermittlungen über Bruder Maltzman.»

Als McLure fort war, sagte Jennings: «Wissen Sie, Hugh, irgend etwas stört mich doch bei Maltzmans Alibi in der Synagoge. Sehen wir mal in der Akte nach. Ja, da ist es. Wir haben Mrs. Small gefragt, ob Maltzman in der Synagoge war, und sie hat geantwortet: «Ich glaube schon. Ja, ich bin sicher, daß er da war.»

«Und?»

«Nun, wenn sie gesagt hat, ich glaube schon, würde das denn nicht heißen, daß sie keineswegs sicher war?»

«Keine Ahnung. Wahrscheinlich nur so eine Redensart.»

«Aber so etwas hätte sie doch wissen müssen, Hugh! Haben Sie jemals an einem Gottesdienst in der Synagoge teilgenommen?»

«Nein.»

Jennings grinste voller Genugtuung. «Das kommt davon, daß ihr Katholiken nicht bei unserem Kirchenbesuchsprogramm vor zwei Jahren mitgemacht habt. Euer Pater Regan war zwar dafür, daß die Leute in seine Kirche kamen, aber er wollte nicht, daß seine Leute andere Kirchen besuchten. Sehen Sie, Hugh, ihr Katholiken seid manchmal recht engstirnig, bei manchen Dingen, während wir Methodisten . . .»

«Kommen Sie zur Sache, Eban – bitte!»

Jennings richtete den Blick seiner blaßblauen Augen auf den Chief und sagte in einem Ton, der zugleich gekränkt und verzeihend klang: «Das tu ich ja, Hugh. Denn sehen Sie, da gibt es so eine Art Plattform in der Synagoge, und da steht in der Mitte die Bundeslade, in der sie ihre heilige Schrift aufbewahren. Und rechts und links von der Bundeslade stehen je zwei besonders schöne Sessel. Der Rabbi und der Gemeindevorsitzende sitzen auf der einen Seite, während der Vizevorsitzende und der Kantor auf der anderen sitzen, das heißt, solange er nicht singt, der Kantor, meine ich, und das tut er meistens, und dann steht er ganz vorn . . .»

«Weiter, Eban!»

«Sicher, Hugh. Also ich meine, Maltzman ist doch der Vorsitzende, also müßte er direkt neben Rabbi Small sitzen, wenn er anwesend wäre, und dann wüßte Mrs. Small hundertprozentig genau, ob er da war, denn auf der Plattform können ihn alle sehen.»

«Dann hat er an jenem Abend vielleicht nicht da oben gesessen, sondern unten bei den anderen Gemeindemitgliedern.»

«Das meine ich ja, Hugh. Wenn ich Sie zum Beispiel fragen würde, ob Pater Regan am Sonntag in der Kirche war, würden Sie antworten: ‹Natürlich war er da.› Wenn ich Sie jedoch fragen würde, ob Mrs. Murphy am Sonntag in der Kirche war, würden Sie vielleicht sagen, Sie glaubten schon, und dann würde es Ihnen möglicherweise einfallen und Sie würden sagen: ‹Doch, ich bin sicher, daß sie da war.›«

«Wer ist Mrs. Murphy?»

«Ach was, Sie wissen schon! Ich hab sie doch nur als Beispiel genommen.»

«Na schön. Worauf wollen Sie hinaus?»

«Nun ja. Warum hat Henry Maltzman nicht auf seinem Platz gesessen? Vielleicht, weil er an jenem Abend nervös war und nicht vor aller Augen da oben sitzen wollte?»

«Eher, würde ich sagen, weil er zu spät gekommen ist, nachdem der Gottesdienst schon begonnen hatte, und . . . Aber ja, vielleicht ist er wirklich zu spät gekommen!» Lanigan trommelte mit den Fingern auf dem Tisch. «Wenn er zu spät gekommen ist, wollte er sicher nicht bis ganz nach vorn durchgehen und dann auf die Plattform hinaufsteigen . . .»

«Vor allem, wenn er nervös war, oder?»

«Na schön. Wir haben Miriam nicht gefragt, um wieviel Uhr er gekommen ist, darum hat sie auch nichts gesagt. Denn schließlich wußte sie nicht, warum wir sie überhaupt gefragt haben. Okay, Eban, an jenem Abend müssen mindestens hundert Personen in der Synagoge gewesen sein, und irgend jemand von ihnen *muß* gesehen haben, wie Henry kam.»

«Am Freitagabend steht immer ein Beamter von uns vor der Synagoge, der den Verkehr zum Parkplatz regelt. Vielleicht hat der irgendwas bemerkt.»

«Gut. Erkundigen Sie sich, und wenn Sie was erfahren haben, werde ich mir Henry vorknöpfen.»

43

«Das ist die Stelle, an der der Bus eingesetzt wird», erklärte Sergeant Holcombe, «der Fahrer kann sich also auf gar keinen Fall irren. Er sagt, es sind nur zwei Personen eingestiegen, und keine davon war Martha Peterson. Er kennt die beiden Passagiere gut, weil sie jeden Abend mit dem Acht-Uhr-Bus nach Lynn fahren.»

Chief Lanigan faltete die Hände hinter seinem Kopf und lehnte sich im Stuhl zurück. «Sie hat vielleicht ein Taxi genommen.»

«Ich habe mich bei beiden Taxiunternehmen der Stadt erkundigt», antwortete der Sergeant. «Und bei den anderen, in den benachbarten Orten. Bis Lynn bin ich sogar gegangen. Die noch weiter entfernten, Revere oder Chelsea, hätten es nicht rechtzeitig schaffen können.»

«Es sei denn, ein Wagen von ihnen wäre hier in der Nähe gewesen und hätte Funkverbindung gehabt», meinte Jennings.

«Ja, aber ich glaube kaum, daß man sich überhaupt an sie wenden würde», entgegnete der Sergeant. «Soll ich sie trotzdem überprüfen?»

«Nein, lassen Sie nur», antwortete Lanigan. «Wenn sie noch einmal zurückgefahren wäre, hätte sie den Bus genommen. Und wenn sie gemerkt hätte, daß es für den Acht-Uhr-Bus zu spät war, hätte sie auf den um halb neun gewartet. Und wenn sie unbedingt sofort hätte hinfahren wollen, hätte sie eins von den hiesigen Taxis gerufen.»

«Vielleicht wollte sie nicht, daß jemand davon erfährt», meinte Jennings. «Vielleicht hat sie deswegen ein Taxi aus einem anderen Ort bestellt.»

«Warum sollte sie wollen, daß niemand davon erfährt?» fragte Lanigan. «Sie wollte ihn schließlich nicht umbringen. Sie wußte doch gar nicht, daß eine Waffe auf dem Tisch lag. Sie wäre nur hingefahren, um ihr Gehalt abzuholen oder um sich ein bißchen mit ihm zu streiten. Oder um ihm die Möglichkeit zu geben, mit ihr zu streiten, damit sie sich hinterher versöhnen konnten und sie ihren Job zurückbekam. Na schön, Sergeant, was ist mit der Zeit vor acht Uhr? Hätte sie früher hinfahren können, sich möglicherweise von jemandem mitnehmen lassen . . .»

«Nein, Sir. Das wäre zu knapp. Diese Nachbarin von ihr, die ist ziemlich neugierig, die hat sie kommen hören und war überzeugt, daß sie das Haus nicht mehr verlassen hat. Außerdem hat sie gehört, wie sie sich gegen acht mit Stanley durch den Türspalt unterhalten hat . . .»

«Woher wußte sie, daß es gegen acht war?» erkundigte sich Jennings.

«Weil gerade ein neues Fernsehprogramm anfing», antwortete er.

«Heutzutage erfährt man den Zeitpunkt eines Ereignisses immer nur durch die Fernsehprogramme», sagte Jennings.

«Na schön, Sergeant», sagte Lanigan. «Irgendwas Neues über Stanley Doble?»

«Nein, Sir. Ich bin noch mit den Ermittlungen in Salem beschäftigt.»

«Okay, machen Sie da weiter», trug Lanigan ihm auf. Und zu Jennings sagte er: «Ich glaube, damit ist Martha aus dem Spiel. Schade.»

«Warum? Wollten Sie ihr unbedingt was anhängen? Was haben Sie gegen Martha Peterson?»

«Gar nichts. Nur, daß das Schema der Schüsse auf eine Frau zu passen scheint, auf eine Frau, die mit geschlossenen Augen einfach drauflosballert. So kam es jedenfalls dem Polizeiarzt vor, und so kommt es mir ebenfalls vor. Nun ist Martha aber die einzige Frau, von der wir wissen, und jetzt scheint sie aus dem Schneider zu sein.»

«Dieser Wagen, den Stanley in die Einfahrt einbiegen sah», sagte Jennings. «Der hätte doch auch von einer Frau gefahren worden sein können.»

«Möglich, aber ich glaube viel eher, daß Stanley das nur geträumt hat. Oder er ist bei weitem schlauer, als wir gedacht haben. Vergessen Sie nicht, daß er uns diese Version als Beweis dafür aufgetischt hat, daß er Jordon nicht noch einmal aufgesucht hat.»

«Ja, aber ich kann mir einfach nicht vorstellen, daß Stanley Jordon erschossen haben soll.»

«Und warum nicht?»

«Eben wegen dieser vielen Schüsse», antwortete Jennings. «Stanley geht häufig auf Jagd, und jedesmal bringt er etwas mit nach Hause.»

«Ja, aber an dem Abend war er betrunken.»

«Na und? Glauben Sie, auf einem Jagdausflug wäre er nüchtern?»

«Hm. Da bleibt uns nicht viel, oder?»

«Es gibt immer noch Billy.»

«Tja, wir kommen immer wieder auf Billy zurück», bestätigte Lanigan düster.

«Die Idee, daß Billy es sein könnte, gefällt Ihnen wohl nicht – oder?»

«Ihnen vielleicht?»

«Na ja, wenn er es war . . .»

«Ja, aber wenn er es nun nicht war? Wir haben genauso wenig gegen ihn einen Beweis wie gegen jeden anderen. Aber was passiert, wenn ich alles, was wir haben, Clegg vorlege. Der sieht sofort, daß Billy der wahrscheinlichste Verdächtige ist – weil er die Waffe mitgebracht hat, weil Jordon ihn vor seinem Chef gedemütigt hat, weil er davongelaufen ist. Aber mehr noch: der Junge ist hier ganz allein und hat keine Freunde, und das macht ihn zur bequemen Zielscheibe.»

«Aber Clegg ist ein recht anständiger Bursche, deswegen . . .»

«Er ist der District Attorney, und das bedeutet, er ist vor allem Politiker. Und das bedeutet weiter, er ist an Publicity interessiert. Jetzt haben wir hier einen Verdächtigen, dessen Ma eine Fernsehgröße ist. Können Sie sich vorstellen, was Clegg damit bewirken kann? Und wissen Sie auch, was er Billy und seiner Mutter damit antun kann?»

«Okay. Dann haben wir also nur noch Maltzman.»

«Haben Sie ihn überprüft?»

«Wann denn?» Jennings seufzte. «Ich mußte doch fast immer hier bei Ihnen bleiben. Aber ich habe durchgegeben, daß Patrolman MacIsaac sich hier melden soll, sobald er dienstfrei hat. Der hatte an jenem Abend vor der Synagoge Dienst. Vielleicht hat er . . .»

«Sie haben MacIsaac vor der Synagoge Dienst machen lassen?»

Jennings grinste. «Na ja, ich fand, das paßt.» Er warf einen Blick auf die Uhr. «Er müßte jeden Moment kommen.» Er schaltete die Gegensprechanlage ein und sprach mit dem Diensthabenden. «Ist MacIsaac schon da?»

«Kommt gerade herein, Lieutenant», lautete die metallisch verzerrte Antwort.

«Gut. Schicken Sie ihn rein.»

MacIsaac war ein hochgewachsener junger Mann mit knochigem, sommersprossigem Gesicht und roten Haaren. Er war ziemlich neu, als Polizist, und erstarb fast noch vor Ehrfurcht vor dem Chief. Vor dem Schreibtisch nahm er Haltung an.

«Hatten Sie letzte Woche am Freitagabend Dienst vor der Synagoge?» erkundigte sich Lanigan.

«Jawohl, Sir. Jeden Freitagabend. Der Streifenwagen setzt mich kurz nach acht ab und holt mich dann ungefähr um neun wieder ab.»

«Um neun? Der Gottesdienst beginnt doch um halb neun, nicht wahr?»

«Jawohl, Sir, aber es kommen immer Leute zu spät. Manche sogar erst, wenn ich schon wegfahre. Wie ich hörte, gibt es nach dem Gottesdienst Erfrischungen, und ich glaube, manche kommen nur deswegen und um sich zu unterhalten. Das sagt jedenfalls Stanley Doble. Der kommt manchmal raus und unterhält sich mit mir. An diesem Freitagabend nun war der Streifenwagen um Viertel nach neun noch immer nicht da, und ausgerechnet um die Zeit traf jemand erst ein. Es war der Vorsitzende persönlich. Mr. Maltzman.»

«Woher wissen Sie, daß es Mr. Maltzman war?» fragte Jennings. «Kennen Sie ihn?»

«O ja, natürlich! Wir haben unser Haus bei ihm gekauft. Als er mich sah, hielt er mit seinem Wagen an, und wir unterhielten uns ein bißchen. Er fragte mich, ob viele Leute da wären. Und ich antwortete, es sähe so aus.»

«Sind Sie sicher, daß es Viertel nach neun war?»

«Na ja, kurz nach neun begann ich mich zu fragen, warum der Streifenwagen nicht kam. Und dann kam Mr. Maltzman, und wie ich schon sagte, ich redete mit ihm, und dabei sah ich, daß der Streifenwagen kam und am Bordstein hielt, um auf mich zu warten. Ich fragte Sergeant Lindquist, der am Steuer saß, wieso sie so spät dran wären. Das war, nachdem Mr. Maltzman weiterfuhr, um zu parken, direkt danach, wissen Sie. Und der Sergeant sah auf seine Uhr und antwortete, es sei doch erst Viertel nach.»

«Um wieviel Uhr ist Maltzman ganz genau gekommen? Das ist wichtig.»

«Nun ja, ich würde sagen, zwischen zehn und Viertel nach neun.»

Als MacIsaac fort war, sagte Lanigan: «Ich glaube, wir sollten uns ein bißchen mit Henry Maltzman unterhalten. Und zwar hier, auf dem Revier. Jetzt möchte ich nämlich wirklich wissen, wo er war.»

«Und wenn er nicht kommen will und behauptet, es geht Sie nichts an, Wie bei McLure?»

«Dann werde ich dafür sorgen, daß er kommt. Ich werde mir von Richter Turner einen Haftbefehl besorgen und ihn hierher bringen lassen.»

«Einen Haftbefehl wegen Mordverdacht?»

«Genau.»

«Glauben Sie wirklich, daß er es war?»

«Nein. Aber er wird reden; sonst wird er hier sitzenbleiben, bis . . .»

«Glauben Sie, daß er etwas weiß, was uns weiterhilft?» fragte Jennings.

«Ich glaube kaum.»

«Hören Sie, Hugh», sagte Jennings ernst, «Sie sind irgendwie frustriert bei diesem Fall, und Sie urteilen voreilig. Wenn Sie nicht glauben, daß er wirklich etwas weiß, das uns weiterhilft und . . .»

«Montagmorgen werde ich zunächst einmal mit dem District Attorney sprechen. Ich werde ihm auseinandersetzen müssen, daß wir nicht den geringsten Beweis gegen irgend jemanden haben. Ich werde mit ihm jeden analysieren, der mit dem Fall zu tun hat, und wenn wir zu Maltzman kommen, werde ich sagen, daß ich nicht weiß, wo er zum Zeitpunkt des Mordes war, weil er gesagt hat, das gehe uns nichts an. Na? Und das von einem Mann, der gedroht hat, Jordon umzulegen? Genauso umzulegen, wie wir ihn auch tatsächlich gefunden haben?»

«Ich verstehe. Ich frage mich nur, wie die Juden hier in der Stadt reagieren werden, vor allem Rabbi Small, Ihr Freund.»

Lanigan nickte. «Vielleicht sollte ich ihn zuvor unterrichten.»

44

Vor der Abänderung der Statuten hatte es immer drei Vizevorsitzende gegeben. Das war deswegen so eingerichtet, damit der erste Vizevorsitzende den Vorsitzenden ablösen konnte, sobald dessen Amtszeit abgelaufen war, und dann konnten die anderen beiden die Leiter raufklettern, und man brauchte nur einen neuen Vizevorsitzenden zu wählen. Das Ziel war eine Art sich selbst erneuernder Vorstand, auf dessen Zusammensetzung die Gemeindemitglieder dann wenig Einfluß hatten. Es klappte nie. Man wählte weiterhin drei Vizevorsitzende, aber diese Positionen waren ausschließlich Ehrenämter.

Nach der neuen Ordnung gab es nur einen Vizevorsitzenden, dessen einzige Funktion es war, in Abwesenheit des Vorsitzenden die Sitzungen zu leiten. Barry Fisher hatte zwar nicht für das Amt des Vizevorsitzenden kandidieren wollen, hatte sich dann aber doch einverstanden erklärt, weil Henry Maltzman ihn darum gebeten hatte. Er war ein guter Freund von Maltzman und ihm seit der gemeinsamen Schulzeit treu ergeben. Jetzt, im mittleren Alter, standen sie einander noch näher, zum Teil, weil Fishers Versicherungsagentur Maltzmans Immobiliengeschäft sehr schön ergänzte und sie in der Lage waren, einander Gefälligkeiten zu erweisen. Es war zwar bedauerlich, daß sich ‹die Mädchen›, ihre Ehefrauen, nicht gut verstanden, aber das beeinträchtigte ihre Freundschaft kaum. Sie trafen sich mehrmals in der Woche des Abends und fuhren gemeinsam zu Hockey- oder Baseballspielen nach Boston oder besuchten den örtlichen Fitnessclub. Sie gingen fast täglich miteinander zum Lunch oder konferierten per Telefon.

Es war Samstagnachmittag, und sie hatten soeben ein Spiel Squash beendet, das Barry Fisher, schlank und drahtig, mühelos gewonnen hatte. Er war überhaupt gut bei Spielen mit Ball und Schläger, durchquerte mit seinen langen Beinen flink das Spielfeld und erwischte mit seinen langen Armen auch noch Bälle, die fast unmöglich zu sein schienen. Wie gewöhnlich, entschuldigte er sich: «Ich hab eben Glück gehabt.»

Woraufhin Maltzman gewöhnlich großmütig erwiderte: «Nein, Barry, du bist einfach gut.» Um dann klagend hinzuzufügen: «Jesus, du schwitzt ja nicht einmal!»

«Vielleicht habe ich nichts, weswegen ich schwitzen müßte.»

Sie duschten, trockneten sich ab und gingen dann in den Umkleideraum. Als Barry Fisher sah, daß sie allein waren, fragte er: «Was meinst du, wie sieht es mit morgen aus?»

«Alles klar», antwortete Maltzman. «Wir haben acht Stimmen. Einwandfrei.»

«Dann steht es acht zu sechs. Ich würde sagen, das ist ziemlich knapp.»

«Zwei Stimmen Unterschied. Was willst du mehr?»

«Ja, Hank, aber wenn einer von uns sich auf die Gegenseite schlägt, steht es unentschieden, sieben zu sieben.»

«Dann habe ich immer noch die entscheidende Stimme. Aber glaub mir, Barry, unsere acht Stimmen sind bombensicher.»

«Könnte man nicht noch einen von den anderen sechs gewinnen? Wie wär's mit Jessica Berger oder Linda Svolitch?»

Maltzman schüttelte den Kopf. «Allen Glick hat mit Jessica gesprochen. Keine Chance. Sie war mit Mrs. Small in irgendeinem Ausschuß zusammen und lobt sie in den höchsten Tönen. Glaubst du wirklich, die würde gegen eine Verlängerung des Vertrages stimmen?»

«Und Linda?»

«Du meinst, weil sie für Women's Lib ist, nicht wahr? Also, ich hatte auch an sie gedacht, obwohl sie eher orthodox ist. Deswegen habe ich mit Mike Svolitch gesprochen. Ja, und wenn man ihn reden hört, ist Rabbi Small der Allergrößte. Gut, daß ich ihn nicht direkt gefragt habe, sonst wäre er bestimmt sofort damit zum Rabbi gerannt.» Er lachte. «So aber habe ich ihm nur gesagt, ich hätte munkeln hören, einige Vorstandsmitglieder, unter anderem auch Linda, hätten vor, gegen die Verlängerung des Vertrages von Rabbi Small zu stimmen; ob da wirklich etwas Wahres dran wäre.»

«Du hast dich also dumm gestellt», sagte Fisher bewundernd.

«Genau. Und als er mir sagte, was er und Linda von dem Rabbi halten, hab ich sofort einen Rückzieher gemacht und gesagt, manche Leute hätten doch nie was Besseres vor, als Gerüchte rumzuerzählen. Nein, diese sechs Stimmen sind genauso sicher wie meine acht.»

«Ich halte es immer noch für ziemlich knapp, Hank. Hör mal, ich habe da eine Idee. Wir wär's, wenn ich den Antrag stelle, da es eine geheime Wahl ist, solle man dem Vorsitzenden erlauben, genauso zu wählen wie alle anderen? Schließlich wählt der Präsident der Vereinigten Staaten ja auch. Manche fahren dafür sogar in ihre Heimatstadt. Das sieht man immer wieder im Fernsehen.»

«Nichts zu machen, Barry», antwortete Maltzman energisch.

«Aber warum nicht? Dann wären es neun gegen sechs, und . . .»

«Ich will dir sagen, warum nicht. Weil du dann eine große Sache daraus machst. Dann klingt es ungeheuer wichtig, und irgend jemand merkt, daß was faul dran ist. Dann gibt es eine Diskussion, der eine oder andere würde bestimmte Dinge sagen, andere darauf reagieren. Ich könnte mir vorstellen, daß ein paar ganz Dickköpfige sogar die Sitzung verlassen, und dann sind wir nicht mehr beschlußfähig. Nein, ich will, daß es ein ganz normaler Punkt der Tagesordnung bleibt, genau wie die Abstimmung über die Lichtrechnung oder die Versicherung. Geheim soll die Wahl lediglich sein, damit die Vorstandsmitglieder keine Hemmungen zu haben brauchen, so zu wählen, wie sie es wirklich wollen. Mehr nicht. Verstanden?»

«Aber wenn es hinterher großes Geschrei gibt? Wenn eine Neuabstimmung beantragt wird?»

«Wie denn? Eine Neuabstimmung beantragen kann nur, wer mit der Mehrheit gestimmt hat. So lautet die parlamentarische Regel. Okay, sagen wir, sie fühlen sich nicht wohl in ihrer Haut, laufen rum und sammeln Stimmen für ein Referendum. Aber bevor sie das geschafft haben, ist der Brief an den Rabbi, in dem wir ihm mitteilen, daß sein Vertrag nicht verlängert wird, längst rausgegangen. Und wie ich den Rabbi kenne, werden wir postwendend ein Kündigungsschreiben von ihm bekommen. Und er bekommt dann sofort wieder von mir einen Brief, in dem ich mein Bedauern ausdrücke und so, seine Kündigung aber akzeptiere.»

45

Sie hatten das Sonntagsdinner beendet, und da Molly nicht zu Hause war, hatte Mrs. Mandell das Geschirr eingeräumt, während Herb im Wohnzimmer die Sonntagszeitung las. Jetzt erschien sie an der Zimmertür und bemerkte: «So war das nicht, bei deinem Pa und mir, vor allem an einem Sonntag.»

«Was?» Herb blickte von seiner Zeitung auf. «Was hast du eben über Pa gesagt?»

«Ich habe gesagt, dein Pa wäre niemals auf den Gedanken gekommen, ohne mich auszugehen, genauso, wie ich auch ohne ihn niemals ausgegangen wäre. Einige von unseren Freunden, das heißt, die Ehemänner, gingen regelmäßig einmal die Woche aus, zu einer Logenversammlung oder zum Bowling. Wenigstens haben sie das gesagt. Aber dein Pa nicht. Wenn ich nicht mitkommen konnte, oder auch nur, wenn ich keine Lust hatte, ging er auch nicht. Und bei mir war es dasselbe. Na schön, zum Bridge oder zu einem Schwesternschaft-Luncheon ging ich wohl allein, wenn er im Büro war. Aber abends oder am Sonntag, wenn er zu Hause war, niemals! So bin ich nun mal erzogen worden, mit dem Gedanken, daß eine richtige Ehe so sein soll, zwei Menschen immer zusammen. Aber heutzutage ist ja alles anders.»

«Ach, hör doch auf, Ma! Im Museum gibt's eine Ausstellung von Peter Archer-Silber, die hat ihr Chef selbst arrangiert, und sie hat ihm dabei geholfen. Wenn er also alle Bankangestellten einlädt, muß sie natürlich mitgehen. Sieh mal, wenn unser Schuldirektor eine Party für das Lehrerkollegium geben würde, müßte ich doch auch hingehen, nicht wahr?»

Sie schniefte mißbilligend. «Glaubst du etwa, er hätte SIE gefeuert, wenn SIE ihm gesagt hätte, SIE könnte nicht mitkommen? Oder er hätte ihr das Gehalt gekürzt? Das scheint doch ein echter Gentleman zu sein, ihr Chef. Und sicherlich hätte er mehr von ihr gehalten, wenn SIE ihm gesagt hätte: ‹Tut mir leid, Mr. Gore, aber ich gehe niemals ohne meinen Mann aus, und der kann nicht mitkommen, weil er heute zu einer wichtigen Vorstandssitzung in der Synagoge muß.›«

«O ja, natürlich!» spöttelte er. «Und neulich am Freitag, als ich den Gottesdienst der Bruderschaft in der Synagoge leitete, hätte ich wohl auch sagen sollen, ich könnte nicht kommen, weil Molly zu Hause bleiben mußte, wie?»

«Das war was anderes. Das war kein gesellschaftliches Ereignis, das war Religion.»

«Der Gottesdienst am Freitagabend ist immer eher ein gesellschaftliches Ereignis als ein religiöses. Der springende Punkt ist, sie ist hier geblieben . . .»

«Vielleicht hatte sie ihre Gründe, hierzubleiben, während du weggingst.»

«Was soll das heißen?»

Die ganze Woche hatte sie es ihm schon erzählen wollen, aber es hatte sich nie eine Gelegenheit ergeben. Immer wieder hatte sie ihre Story rekapituliert und sich vorgenommen, wenn es so weit war, ruhig und gelassen zu bleiben, als sage sie es ihm nur aus Sorge und Pflichtgefühl; doch nun, da die Gelegenheit plötzlich gekommen war, begannen ihre Augen zu glitzern, und sie spie ihm ihre Worte haßerfüllt ins Gesicht. «Das soll heißen, daß SIE nicht sehr lange zu Hause geblieben ist, nachdem du fort warst. SIE dachte, ich schlafe. SIE dachte, ich höre sie nicht, aber ich habe SIE doch gehört. Ich habe gehört, wie der Wagen startete, da bin ich aus dem Bett gestiegen und hab aus dem Fenster geschaut, und da hab ich gesehen, wie SIE wegfuhr.»

«Das hast du geträumt.»

«O nein, bestimmt nicht!» Und jetzt war sie tatsächlich ruhig. Sie brachte sogar ein kleines Lächeln zustande. «Ich schlief gar nicht. Vielleicht bin ich eingedöst, wie manchmal, wenn ich hier in meinem Sessel sitze. Aber geschlafen habe ich nicht. Ich hörte SIE telefonieren. Dann hörte ich Schritte auf der Treppe und merkte, daß SIE auf Zehenspitzen zu mir heraufkam. Also tat ich, als schliefe ich. Und tatsächlich, SIE machte leise die Tür einen Spalt auf und schaute herein. Dann schlich SIE wieder auf Zehenspitzen nach unten. Da war ich aber hellwach, kann ich dir sagen! Und kurz darauf klappte die Hintertür. Dann hörte ich den Wagen starten, ich stieg aus dem Bett, spähte durch die Vorhänge hinaus und sah SIE wegfahren. Das war ungefähr zu dem Zeitpunkt, wo in der Synagoge der Gottesdienst angefangen haben muß, und nach Hause kam SIE erst nach neun. SIE kam dann noch einmal herauf, um nach mir zu sehen, und ich tat wieder, als schliefe ich fest.»

Unvermittelt schoß es Herb durch den Kopf, daß Maltzman an jenem Abend erst ziemlich spät in die Synagoge gekommen war, kurz nach neun. «Ich glaube trotzdem, daß du das geträumt hast», sagte er.

«Wirklich? Dann frag SIE doch! Warte nur ab, was SIE dann sagt!»

Sie hatten das Sonntagsdinner beendet, und Laura Maltzman hatte sich auf den Weg gemacht, um ihre Mutter im Genesungsheim zu besuchen, während ihr Mann sich anschickte, zur Vorstandssitzung in die Synagoge zu fahren. Er hatte gerade sein Jackett angezogen, als es klingelte. Es war Lieutenant Jennings.

«Ich komme wegen der Jordon-Sache, Mr. Maltzman. Ich möchte Sie bitten, mit aufs Revier zu kommen und ein paar Fragen zu beantworten, die Chief Lanigan Ihnen stellen möchte. Und eventuell eine offizielle Aussage zu machen.»

«Und wenn ich mich nun für diese Jordon-Sache nicht interessiere?»

«Das können Sie dem Chief auf dem Revier erzählen.»

Mit belustigt funkelnden Augen fragte Maltzman: «Haben Sie einen

Haftbefehl, Lieutenant?»

«Habe ich.»

Verdutzt stammelte Maltzman: «Sie . . . Sie haben einen?»

«Bitte sehr.»

Als Jennings in seine Brusttasche langte, wehrte Maltzman hastig ab: «Schon gut, ich glaube Ihnen. Sie wollen also, daß ich mit aufs Revier komme, eine Aussage mache und einige Fragen beantworte. Na schön. Aber ich habe in wenigen Minuten drüben in der Synagoge eine wichtige Sitzung. Sobald sie beendet ist, komme ich hin.»

Mit nervös hüpfendem Adamsapfel schüttelte Jennings den Kopf. «Nein, Sir. Ich habe Anweisung, Sie sofort mitzubringen.»

«Hören Sie, Sie können doch nicht einfach hier eindringen und mich von meinen Pflichten abhalten . . . .»

«O doch, das kann ich. Solange ich einen Haftbefehl habe.»

«Ich möchte mit Chief Lanigan sprechen. Welche Nummer?»

«Das nützt Ihnen auch nichts. Er ist noch nicht da. Seine Anweisungen für mich lauteten, Sie aufs Revier zu bringen, bevor er zurück ist. Also machen Sie keine Schwierigkeiten, Mr. Maltzman.»

Maltzman biß sich auf die Lippen und überlegte. Schließlich sagte er: «Nun gut. Ich will nur meiner Frau eine Nachricht hinterlassen, damit sie weiß, wo ich bin.» Er ging in die Küche. Als der Lieutenant ihm folgte, sagte er: «Keine Angst, ich reiße nicht durch die Hintertür aus.» Mit einer Heftzwecke befestigte er den Zettel an dem Anschlagbrett und langte nach dem Telefon auf dem Regal darunter. «Ich muß telefonieren.»

«Wollen Sie Ihren Anwalt anrufen?» erkundigte sich Jennings höflich.

Maltzman lächelte verkniffen. «Noch nicht.» Er wählte Barry Fishers Nummer. «Barry? Hank. Hör mal, mir ist was dazwischen gekommen, deswegen kann ich heute nicht zur Sitzung kommen . . . Ich weiß, ich weiß. Macht ihr es nur ohne mich, und zwar genau, wie verabredet . . . Hör mal, Barry, wir haben acht sichere Stimmen. Wenn du den Vorsitz übernimmst, haben wir immer noch sieben. Sieben zu sechs ist genauso gut wie acht zu sechs . . . Ja . . . Ja . . . Wiederhören.»

Er wandte sich zu Jennings um. «Okay», sagte er, «gehen wir.»

Sie hatten das Sonntagsdinner beendet, und Miriam hatte die Kinder nach oben gescheucht, wo sie fernsehen konnten, ohne ihren Daddy zu stören, der lesen wollte. Als es klingelte und sie Chief Lanigan sah, fragte sie mit spitzbübischem Lächeln: «Na, Chief – waren Sie wieder mal zufällig in unserer Gegend? David – es ist Chief Lanigan!»

«Nein, Miriam», antwortete Lanigan ernst. «Diesmal hatte ich den Besuch geplant.» Und er erklärte ihr den Grund.

«Glauben Sie wirklich, daß Maltzman ihn erschossen hat?» fragte der Rabbi.

Lanigan wand sich ein bißchen. «Ich kann nicht sagen, ob er es war oder nicht. Das müssen Richter und Geschworene entscheiden. Ich leite lediglich die Ermittlungen.»

«Dann verdächtigen Sie ihn ernsthaft?»

«Was soll das heißen? Ob ich ihn für einen geborenen Killer halte? Natürlich nicht. Aber wer von den Beteiligten ist das schon? Ich weiß nur, daß er Jordon am selben Tag bedroht hat. Er hat gesagt, er würde ihm eine Kugel durch den Kopf jagen. Und genauso ist Jordon gestorben. Das genügt für uns, um aktiv zu werden. Aber ich habe ihn mir nicht gleich geschnappt, weil ich dachte, er wäre zum Zeitpunkt des Mordes in der Synagoge gewesen. Dann stellte sich heraus, daß er nicht dort war. Und damit war er dringend verdächtig. Als wir ihn dann fragten, wo er an jenem Abend gewesen sei, antwortete er, das gehe uns nichts an. Tja, morgen muß ich Clegg Bericht erstatten, und wenn ich ihm sage, daß ich von Maltzman keine Erklärung verlangt habe, weil er gesagt hat, das ginge uns nichts an, würde er denken, ich sei unfähig, und dann würde *er* gegen ihn Anklage erheben.»

«Dann verhaften Sie ihn also, damit er redet?»

«Genau.» Er sah auf seine Armbanduhr. «In diesem Augenblick, würde ich sagen.»

«Und wenn er nichts sagt?»

«Stecke ich ihn über Nacht in eine Zelle», antwortete Lanigan prompt. «Und am nächsten Vormittag spreche ich mit Clegg, und wenn ich mich nicht sehr irre, wird der ihn vor den nächsten Richter schleppen und Anklage erheben. Und dann eine Presseerklärung abgeben. Und da es ein Mordfall ist, kommt eine Kaution nicht in Frage und er wird hinter Gittern bleiben. Tut mir leid, David, aber so ist es nun mal.»

Der Rabbi nickte.

«Tut mir wirklich leid.»

«Vielen Dank, daß Sie es mir gesagt haben.»

46

Falls Mrs. Mandell gehofft hatte, ihr Sohn werde seine Frau bei ihrer Rückkehr zur Rede stellen, so wurde sie enttäuscht. Als Molly das Haus betrat, rief sie laut: «Hallo, Mutter! Alles gut gegangen mit dem Dinner?», gab ihrem Mann einen liebevollen Kuß und lief die Treppe zum Schlafzimmer hinauf. «Ich muß mich umziehen», sagte sie dabei. «Ich hab einer Bekannten versprochen, ihr bei ihrem Bridge zu helfen.»

Wenige Minuten später erschien sie wieder. Sie hatte das Kleid, das sie in Boston getragen hatte, gegen Hose und Pullover vertauscht, bequeme Kleidung, die sie für Barnard's Crossing passender fand.

«Welcher Bekannten?» fragte Herb, als sie zur Tür eilte.

«Ach, kennst du nicht», antwortete sie vage. «Eines von den Mädchen im Büro.»

Kaum hatte sie die Tür hinter sich geschlossen, da stand er auf, reckte sich träge und verkündete: «Na, dann gehe ich wohl besser auch. Macht es dir was aus, allein zu bleiben, Ma?»

«Nein. Aber wozu die Eile? Du hast noch viel Zeit.»

Er hatte tatsächlich noch eine halbe Stunde Zeit, aber die wollte er im Moment nicht unbedingt mit seiner Mutter verbringen. Er hätte ja doch nur Molly gegen ihre Andeutungen in Schutz nehmen müssen.

«Ja, aber es findet noch eine Versammlung vor der Sitzung statt, an der ich teilnehmen soll. Einige Vorstandsmitglieder wollen etwas Wichtiges besprechen.»

Er fuhr zum Strand hinunter und parkte. Da das Wetter schön geblieben war und immer noch Leute kamen, die am Wasser spazierengingen oder sich hinsetzten und die Brandung beobachteten, waren die Eßbuden noch geöffnet. Er kaufte sich einen Kaffee und nahm ihn mit zum Wagen zurück.

Es standen mehrere Wagen in seiner Nähe; in einem davon saß ein Pärchen und schmuste, was ihn unerklärlicherweise ärgerte. Er trank seinen Kaffee, rauchte eine Zigarette und dachte über Mollys Verhalten nach. Er mußte zugeben, daß seine Mutter wahrscheinlich doch nicht geträumt und tatsächlich gesehen hatte, was sie behauptete. Na und? Der Anruf, den sie gehört hatte, mußte der von Gore gewesen sein. Und dann war sie für eine halbe Stunde weggefahren. Na schön, sie hatte den ganzen Abend an diesem Bericht gearbeitet und brauchte ein bißchen frische Luft. Gewiß, sie hätte Ma nicht allein lassen dürfen, aber schließlich war sie ja zuvor hinaufgegangen, um nach ihr zu sehen. Und Molly meinte ja schon immer, daß Ma in der Nacht nicht so hilflos sei, wie sie immer tat. Und das war sie natürlich auch nicht. Er wußte, daß seine Mutter dazu neigte, ihren Zustand zu dramatisieren – um Mitleid zu erregen und vielleicht auch, weil sie einsam war. Aber dennoch . . .

Er setzte den Wagen in Bewegung und fuhr zur Sitzung. Dabei beschloß er, Molly gegenüber nichts zu sagen. Es gab schon genug Spannungen zwischen den beiden Frauen, was möglicherweise normal war, wenn eine Frau mit ihrer Schwiegermutter im selben Haus lebte. Aber falls Molly auf die Idee kam, seine Mutter spioniere hinter ihr her und klatsche dann später bei ihm über sie, könnte das einen heiligen Terror auslösen. Und wer wußte denn, wohin das noch führen würde?

Als Herb eintraf, begaben sich die Vorstandsmitglieder gerade an ihre Plätze. Er nickte jenen zu, deren Blick er begegnete, und setzte sich schüchtern auf den nächstbesten Stuhl. Barry Fisher stand auf, um die Tür zu schließen. Dann ging er zu dem Platz am Kopfende des Tisches und verkündete: «Henry hat mich angerufen, ihm sei etwas Wichtiges dazwischengekommen, und er könne heute nicht an der Sitzung teilnehmen. Also kommen wir zur Tagesordnung. Wenn ich mich recht erinnere, hatten wir beschlossen, diesmal über das Budget zu sprechen, über sonst nichts, also können wir wohl auf das Verlesen des Protokolls und der Ausschußberichte verzichten. Sie, Herb, hatten mehr Zeit zum Überprüfen des Budgets verlangt. Deswegen haben wir die Abstimmung auf heute verschoben. Also, haben Sie es sich angesehen?»

«Hm-hm.»

«Okay, dann wollen wir anfangen. Erster Punkt: Haushaltskosten. Möchten Sie uns etwas über die Zahlen sagen, Mike?»

«Ich dachte, wir gehen das Budget Punkt für Punkt durch, Herr Vorsitzender.»

«Tun wir.»

«Warum nehmen wir dann nicht den ersten zuerst?»

«Okay.»

«Der erste Punkt sind die Heizkosten. Wie Sie sehen, haben wir die dafür vorgesehene Summe erhöht. Also, ich hätte nun ja einfach auf die ursprüngliche Summe den Betrag draufschlagen können, den wir im letzten Jahr für die Heizung nachzahlen mußten, aber ich hielt es für richtiger, diesen Betrag um zehn Prozent zu erhöhen, weil wir uns auf eine eventuelle Ölpreiserhöhung gefaßt machen müssen.»

«Andererseits, Mike, war der letzte Winter extrem kalt. Es ist nicht sehr wahrscheinlich, daß der nächste genauso kalt werden wird.»

«Also, ich habe im Fernsehen gehört, daß das ganze Klima wahrscheinlich kälter wird. Der Mann meinte, es könnte durchaus sein, daß wir einer neuen Eiszeit entgegengehen. Das hat irgendwas mit der Ozonschicht zu tun.»

«Ach was! Das ist doch Science Fiction. Wir dürfen keinen zweiten Winter wie den letzten bekommen. Das würde das Land nicht durchstehen.»

«Soll der Kongreß vielleicht ein Gesetz dagegen verabschieden, Bill?»

Sie debattierten darüber, zankten sich wie Hunde um einen Knochen und akzeptierten schließlich den ursprünglichen Betrag. Das gleiche geschah mit dem nächsten Punkt und dem übernächsten. Insgesamt verhielten sich die weiblichen Vorstandsmitglieder geschäftsmäßiger und logischer als die Männer, neigten aber auch dazu, miteinander zu flüstern, verloren zuweilen den Faden und verlangten, daß die letzten Argumente wiederholt wurden.

«Okay, jetzt also die Gehälter. Möchten Sie dazu etwas sagen, Doris?»

«Allerdings.» Doris Melnick war Vorsitzende des Schulausschusses. «Als Mike mich nach den Gehältern der einzelnen Lehrer fragte, antwortete ich ihm, die könne ich ihm nicht nennen, ich könne ihm nur die Gesamtsumme aller Gehälter des Lehrkörpers geben. Den Grund dafür möchte ich jetzt erklären. Unser Schulausschuß bespricht mit jedem Lehrer sein Gehalt – streng vertraulich. Das haben wir von Anfang an so gehalten, und es hat sich als richtig erwiesen. Kein Lehrer weiß, wieviel der andere bekommt, solange dieser es ihm nicht sagt. So können wir dem besseren Lehrer, falls notwendig, ein bißchen mehr geben, ohne daß Neid und Eifersucht aufkommen . . .»

Sie diskutierten natürlich darüber, weil sie über jeden Punkt der Tagesordnung diskutierten; zum Schluß aber bekam Mrs. Melnick ihren Willen, und sie stimmten über die Gesamtsumme ab.

Da das Gehalt des Kantors vertraglich festgelegt war, sollte man meinen, in diesem Punkt sei eine Diskussion unnötig gewesen. Dennoch wurde die Frage gestellt, ob nicht der Kantor die Honorare, die er für seine Dienste bei Beerdigungen und Hochzeiten und vor allem für die Vorbereitung der Jungen auf den gesanglichen Teil der Bar Mitzwa-Zeremonie bekam, abgeben solle, da dies schließlich zu den normalen Pflichten seines Berufs zählte. Es war ein Problem, das jedes Jahr wieder aufgeworfen wurde, jedesmal mit denselben Argumenten dafür und dagegen.

«Nehmen wir an, er muß ein besonders dummes Kind auf die Bar Mitzwa vorbereiten und braucht dafür außergewöhnlich viel Zeit, und der Vater des Jungen ist ihm dankbar und möchte ihm für seine Mühe ein paar Extra-Dollar geben . . .»

«Also, wenn ich Kantor wäre, dann wäre mir das unangenehm. Was ist denn schließlich so ein Honorar? Ein Trinkgeld, weiter nichts – oder?»

«Ja, aber was ist ein Trinkgeld? Ein Zeichen der Anerkennung, nicht wahr? Hat man einen guten Kellner, gibt man ihm ein gutes Trinkgeld. Hat man einen schlechten, gibt man ihm gar nichts oder nur das Minimum. Jedenfalls mache ich das so.»

«In vielen Restaurants werden die Trinkgelder zusammengelegt.»

«Ich möchte mal wissen, wie ihr das machen wollt. Wollt ihr etwa öffentlich verkünden, Honorare für den Kantor seien verboten? Oder wollt ihr, daß er sie einsteckt und dann dem Vorstand übergibt? Und woher wollt ihr wissen, ob er auch wirklich alles abgibt? Wollt ihr den Spender fragen, wieviel er ihm gegeben hat?»

Schließlich ließen sie alles so, wie es war, genau wie sie es in all den vorangegangenen Jahren getan hatten. Stanley Dobles Gehalt löste kaum Diskussionen aus. Aber es kamen einige – zumeist anekdotische – Dinge über ihn selbst zur Sprache.

«Wißt ihr noch, wie er am Freitagabend stockbesoffen war?»

«Und Freitag vor einer Woche, als die Bruderschaft den Gottesdienst veranstaltet hat – wie er überhaupt nicht gekommen ist?»

«Mir wäre es lieber, wenn er gar nicht käme, als wenn er betrunken ankäme.»

Der Vorschlag eines weiblichen Vorstandsmitglieds, man solle sich vielleicht nach einem anderen Hausmeister umsehen, der ein bißchen zuverlässiger wäre, wurde sofort vom Vorsitzenden selbst abgelehnt. «Nichts zu machen. Natürlich könnten wir eine Menge Hausmeister kriegen, die zuverlässiger sind, aber woher sollen wir einen nehmen, der das kann, was

Stanley kann? Wenn irgendwo mal was kaputt ist – und das Haus ist jetzt so alt, daß ständig irgend etwas kaputt geht –, kann Stanley es gewöhnlich reparieren, ob's nun die Installationen sind, die elektrischen Leitungen oder die Heizung. Er ist ein recht guter Tischler, verbringt fast den ganzen Sommer mit Streichen, Fugen abdichten und alles für den Winter in Ordnung bringen. Na schön, er flippt manchmal aus und trinkt zuviel, und man kann sich nicht immer auf ihn verlassen. Aber sehen wir's doch mal so: Wenn er hundertprozentig zuverlässig und immer nüchtern wäre, würde er gar nicht bei uns als Hausmeister arbeiten. Ich finde, wir haben's ganz gut mit ihm getroffen. Und wenn's jetzt keine weiteren Diskussionen mehr über Stanley gibt, können wir zum letzten Punkt übergehen, zum Rabbi.»

Das war Herb Mandells Stichwort. Er hob die Hand, und als er das Wort erhielt, sagte er: «Herr Vorsitzender, mir scheint, daß dieser Punkt ein bißchen anders liegt als die übrigen.»

«Ach ja? Wieso denn?»

«Nun, bei den anderen ging es vor allem um die Gehaltsfragen. Bei diesem aber handelt es sich nicht so sehr um das Gehalt des Rabbi, da er ja einen festen Vertrag hat, der in jedem Jahr verlängert wird. Ich meine, sein Gehalt liegt bis auf die Lebenskostensteigerung fest, deswegen können wir darüber nicht diskutieren. Nein, die eigentliche Frage ist die Verlängerung.»

«Da haben Sie recht, Herb», bestätigte Cy Morgenstern. «Also, was schlagen Sie vor?»

«Nun, ich finde, wir sollten über diesen Punkt geheim abstimmen. Ich meine, falls jemand gegen den Rabbi stimmen will, müßte er das tun können, ohne zu fürchten, daß der Rabbi davon erfährt und dann möglicherweise böse auf ihn ist.»

Der Vorsitzende strich sich nachdenklich das Kinn. «Das klingt vernünftig», sagte er dann. «Also gut, wir werden geheim abstimmen.» Und zur Sekretärin sagte er: «Gladys, verteilen Sie doch bitte etwas Papier. Wir stimmen mit Ja oder Nein. Wer für die Verlängerung des Vertrages ist, schreibt Ja, wer dagegen ist, schreibt Nein. Alles verstanden?»

Die Sekretärin riß mehrere Seiten aus ihrem Notizbuch, faltete sie und riß sie zu Vierteln, die sie rund um den Tisch verteilte.

«Können Sie's denn auch wirklich entbehren?» fragte Pollock, der Witzbold.

«Für Ja oder Nein ist es groß genug», sagte Mrs. Melnick, die typische Lehrerin. Und dann, mit zuckenden Lippen: «Hoffentlich können Sie's richtig schreiben.»

«Falls nicht, geben Sie mir dann Nachhilfestunden?» Hämisch grinste er sie an.

Einige beschrieben ihre Stimmzettel in aller Offenheit, die meisten jedoch kritzelten hinter der vorgehaltenen Hand. Die ersteren falteten ihre

Stimmzettel nur einmal und warfen sie nachlässig auf den Tisch, damit sie weitergereicht wurden. Die Vorsichtigeren falteten sie mindestens zweimal und reichten sie persönlich der Sekretärin, ja standen sogar auf und gingen zu ihr hinüber, um sie ihr in die Hand zu drücken.

Während Herb darauf wartete, daß sein Nachbar fertig wurde, damit er sich dessen Bleistift ausleihen konnte, wurde er von Zweifeln heimgesucht. Er hatte nichts gegen den Rabbi. Er tat dies nur, weil Molly und Maltzman es so wollten. Molly und Maltzman. Molly, die sich davonschlich, obwohl sie bei seiner Mutter bleiben sollte, und Maltzman, der zu spät zum Gottesdienst kam. Molly und Maltzman, die ihre Köpfe zusammensteckten und an ihren Listen arbeiteten. Molly, die einer Bekannten bei ihrer Bridgeparty half – «Kennst du nicht» –, und Maltzman, der anrief, er könne nicht an der Sitzung teilnehmen. Sein Nachbar reichte ihm den Bleistift. Herb zögerte einen Moment; dann schrieb er Ja.

Die Sekretärin wartete, bis alle Stimmzettel abgegeben waren. Dann begann sie sie zu entfalten und teilte sie in zwei Häufchen. Erst zählte sie das eine, dann das andere. Und verkündete: «Dreizehn Stimmen insgesamt. Sieben Ja, sechs Nein. Die Ja-Stimmen haben gewonnen.»

47

«Was machen wir jetzt?» fragte Miriam tragischen Tones, als Lanigan fort war.

Der Rabbi schüttelte den Kopf. «Ich weiß nicht, ob wir überhaupt etwas tun können. Das kommt auf Maltzman an, und wenn der . . .»

«Ach was, Maltzman ist mir egal. Ich dachte vielmehr an die Gemeinde, und wie die Stadt wohl reagieren wird.»

«Du meinst, wie die Stadt auf die Gemeinde reagieren wird? Glaube mir, Miriam, es wird überhaupt keine Reaktion geben. Die Leute denken heute nicht mehr so. Sie glauben nicht mehr, daß die Taten einzelner die Einstellung der Gruppe spiegeln, der sie angehören. Falls es eine Pressemeldung gibt, wird vermutlich auf die Tatsache hingewiesen, daß er ein prominentes Mitglied der Gemeinde ist, und damit meine ich die Stadt Barnard's Crossing und nicht die jüdische Gemeinde. Man wird erwähnen, daß er der Vorsitzende der Synagoge, Präsident der Handelskammer und ein großes Tier im Veteranenbund ist. Ein Prominenter eben. Das ist alles.»

«Ja, aber auch um seiner selbst willen – meinst du nicht, du solltest versuchen, ihm zu helfen?»

«Was kann ich denn schon tun?»

«Also, David, ich weiß nicht, was in letzter Zeit in dich gefahren ist!» brauste sie auf. «Du bist so gleichgültig geworden. Es sieht so aus, als würde der Vorstand deinen Vertrag diesmal nicht verlängern, aber was tust du? Du kämpfst nicht darum, sondern sagst, du willst es Gott überlassen. Und jetzt, wo der Vorsitzende der Gemeinde wegen Mord verhaftet worden ist, sagst du nur: ‹Was kann ich denn schon tun?› Glaubst du wirklich, daß er's getan hat?»

«Nein.»

«Weil er nicht der Typ ist?»

«Jeder Typ ist zu einem Mord fähig und zu allem anderen», erwiderte er ernst. «Wer kennt die verborgenen Tiefen eines Mitmenschen? Nein, ich halte ihn nicht für schuldig, und zwar aus eben dem Grund, aus dem Lanigan ihn verhaftet hat: weil er nicht reden will. Ich meine, wenn er es wirklich getan hätte, dann hätte er sich ein Alibi zu verschaffen gesucht, oder er wäre mit einer plausiblen Erklärung gekommen, und wenn er auch nur gesagt hätte, er habe verschlafen. Aber der Polizei zu sagen, das gehe sie nichts an, läßt auf ein gutes, ein wasserdichtes Alibi schließen, auf das er verweisen kann, falls es absolut nötig ist.»

«Du meinst also, er deckt jemanden?»

«Möglicherweise. Aber ich glaube eigentlich nicht. Wenn er nur dieses eine Mal zum Freitagsgottesdienst zu spät gekommen wäre, dann könnte es möglich sein, daß er so spät kam, weil er etwas gesehen hat, vielleicht einen guten Freund, der ungefähr zur Tatzeit Jordons Haus betreten oder verlassen hat. Aber Maltzman ist am Freitag davor ebenfalls zu spät gekommen und letzten Freitag wieder. Insgesamt hat er, glaube ich, während der letzten drei bis vier Freitage nicht neben mir gesessen. Nein, nein, es muß sich hier um etwas handeln, das jede Woche zur selben Zeit stattfindet. Und er will's nicht sagen, weil er sich schämt oder weil es ihm peinlich ist.»

«Meinst du, daß er eine Freundin hat?» erkundigte sich Miriam eifrig.

«Möglich, in Anbetracht seines Rufes. Aber ich bezweifle es. Weil ich Laura Maltzman jedesmal auf ihrem gewohnten Platz in der ersten Reihe gesehen habe, und sie saß da von Anfang an. Hinterher, beim Imbiß, war sie dann wieder mit ihm zusammen, und alles schien zwischen ihnen in Ordnung zu sein.»

«Aber wenn sie's vielleicht gar nicht weiß . . .»

«Das könnte einmal passieren. Er könnte eine wichtige Geschäftsbesprechung vorschützen und ihr sagen, sie soll schon vorgehen, er komme nach. Aber nicht jeden Freitag. Was er auch tut, ich bin überzeugt, daß sie davon weiß.»

«Mag sein . . . Doch, natürlich, sie muß davon wissen. Vielleicht nimmt er an einem Kursus teil.»

«Das könnte er der Polizei doch sagen. Nein, es muß etwas sein, das jeden Freitag um dieselbe Zeit stattfindet, etwas, von dem sie weiß und das sie billigt, das aber dennoch so peinlich ist, daß . . .» Er schnalzte mit den Fingern. «Du hast den Nagel auf den Kopf getroffen, Miriam!»

«Wirklich?»

«Er nimmt tatsächlich an einem Kursus teil: an einem Kursus, einer Behandlung beim Psychiater.»

«O David, ja! Genau das ist es! Henry Maltzman ist haargenau der Mann, der sich schämen würde, wenn es sich herumspräche, daß er zum Psychiater geht. Er würde fürchten, die Leute hielten ihn für verrückt. Aber das wäre doch eine Aktionsbasis für uns. Wenn du mit ihm sprechen und andeuten würdest . . .»

«Er würde nicht mit mir sprechen wollen», erwiderte der Rabbi nüchtern. «Selbst wenn ich ihn besuchen dürfte, würde er sofort den Mund halten, wenn er merkt, worauf ich hinaus will. Aber weißt du, es könnte sich lohnen, mit Laura zu sprechen.»

«Warum mit Laura?»

«Weil ich ihr offen sagen kann, was ich denke. Wenn ich recht habe, besteht die Möglichkeit, daß sie mir den Namen des Arztes nennt. Und dann . . . Warte mal, ich fahre jetzt sofort zu ihr.»

Eine Zeitlang, nachdem ihr Mann das Haus verlassen hatte, blieb Miriam auf Grund seiner Sicherheit froh gestimmt. Dann kamen ihr Zweifel. Wahrscheinlich war Laura Maltzman genau so halsstarrig wie ihr Mann. Möglicherweise dachte sie so wie er über psychiatrische Behandlungen. Und wenn nicht, hielt sie es vielleicht für unloyal, das zu verraten, was ihr Mann so hartnäckig für sich behielt. Es mußte doch eine andere Möglichkeit geben! Und dann hatte sie eine Idee. Sie griff nach dem Telefon und rief im städtischen Krankenhaus an.

«Sie haben doch sicher eine Liste der einheimischen Ärzte, nicht wahr?» erkundigte sie sich bei der Vermittlung, ängstlich bemüht, das Zittern in ihrer Stimme zu unterdrücken. «Könnten Sie mir . . .»

«Einen Moment. Ich verbinde Sie weiter.»

Sie atmete ein paarmal tief durch, und es gelang ihr, zu der Frau, die sich jetzt meldete, energisch zu sagen: «Ich hätte gern eine Liste der hiesigen Psychiater, die Sie empfehlen können.»

«Wer ist denn dort, bitte?»

«Mrs. Small.»

«Mrs. David Small? Die Frau des Rabbi?»

«Ganz recht. Können Sie mir helfen?»

«Mrs. Small, ich bin Mrs. Clausen. Der Rabbi meldet sich bei mir an, wenn er zu seinen regelmäßigen Besuchen kommt. Es geht ihm doch hoffentlich gut?»

«O ja! Es geht hier um einen Fall, den er bearbeitet, und er hat mich gebeten . . .»

«Verstehe. Nun, es sind nicht allzu viele. Wahrscheinlich denken Sie an die Ärzte, die hier in der Gegend praktizieren, nicht wahr? Denn wir haben auch eine ganze Anzahl, die zwar hier wohnen, ihre Praxis aber in Boston haben. Sehen wir mal . . .»

«Wissen Sie zufällig, welche von ihnen Patienten auch am Abend empfangen?»

«Wenn's sich um einen Notfall handelt . . .»

«Nein, ich meine regelmäßig.»

«Nun, das schränkt die Zahl ziemlich ein. Einen Moment. Dr. Boles hat es früher getan, aber ich weiß, daß er es jetzt nicht mehr tut. Er ist zu alt. Abner Gordon tut es normalerweise nicht, würde es aber vielleicht tun, wenn der Rabbi mit ihm spricht, vor allem, wenn er sich für den Fall interessiert. Ich meine, wenn es dabei um etwas geht, über das er gerade eine Abhandlung schreibt.»

Schließlich hatten sie eine Liste von vier Namen, von denen Miriam zwei sofort ausschied, weil sie ganz eindeutig jüdisch klangen. Sie war überzeugt, daß Maltzman bei einem jüdischen Arzt vermutete, die Chance, daß etwas in der Gemeinde durchsickere, sei wesentlich größer. Einer der letzten beiden Namen war weiblich. Minutenlang überlegte Miriam; dann sagte sie sich, daß Maltzman seine persönlichen Sorgen wohl eher einer Frau als einem Mann anvertrauen würde.

«Dr. Sayre? Ich hätte gern gewußt, ob ich bei Ihnen zur Behandlung . . .»

Eine energische Altstimme fragte: «Mit wem spreche ich, bitte?»

«Mein Name ist . . . Myra, Myra Little.»

«Miss oder Mrs.?»

«Miss.»

«Also gut. Und weswegen wollen Sie zu mir kommen?»

«Es ist . . . Ich möchte das nicht so gern am Telefon sagen . . . Ich meine, falls jemand mithört . . .»

«Wer hat Sie an mich verwiesen, Miss Little?»

«Na ja, kein Arzt, sondern einer von Ihren Patienten. Henry Maltzman.»

«Ah ja.» Es war nichts als höfliche Zustimmung und bedeutete möglicherweise gar nichts, aber sie verlieh Miriam den Mut, weiterzumachen.

«Er sagte mir, Sie nähmen manchmal auch abends Patienten, das ist nämlich die einzige Zeit, wo ich kommen könnte.»

«Das stimmt, aber nur manchmal.»

«Tja also, könnte ich vielleicht am Freitagabend einen Termin haben? So gegen halb neun?»

«Freitagabend? Sehen wir mal. Oh, das ist Mr. Maltzmans Termin.»

«Sind Sie ganz sicher, Frau Doktor? Weil er nämlich sagte . . .»

«Ganz sicher. Er . . .»

Aber Miriam hatte schon aufgelegt, und die Ärztin blickte verdutzt auf ihr Telefon, das so unvermittelt verstummt war.

Als der Rabbi kurz darauf heimkam, sah man ihm seine Enttäuschung an. «Ich hätte zuvor anrufen sollen», sagte er. Als ich hinkam, war niemand da.»

«Macht nichts, David», antwortete sie. «Macht wirklich nichts.» Sie war freudig erregt über ihren Erfolg, fürchtete jedoch, er könne ihr Handeln mißbilligen.

Der Rabbi hörte schweigend zu, als sie ihm alles berichtete.

Dann schüttelte er verwundert den Kopf und lächelte. «Wie ich vorhin bereits bemerkte, wer kennt die verborgenen Tiefen seiner Mitmenschen?»

«Bist du jetzt böse? War das sehr schlecht von mir?»

«Der Talmud verbietet, den Kaufmann nach dem Preis seiner Ware zu fragen, wenn man nicht die Absicht hat, etwas zu kaufen. So etwas weckt in ihm die Hoffnung, ein Geschäft machen zu können, und bereitet ihm unnötigen Kummer, wenn man ihn enttäuscht. Ich nehme an, dasselbe trifft auf die Ärzte zu.» Er warf den Kopf in den Nacken und lachte fröhlich. «Aber es war herrlich clever von dir. Und jetzt sollte ich wohl Lanigan aufsuchen.» Er zögerte. «Hast du vielleicht noch andere kluge Ideen, die du ausprobieren kannst, während ich weg bin, Miriam?»

«Ach David!»

«Also, Chief, ich versichere Ihnen, daß ich an jenem Abend – und an jenem Tag – keinen Fuß in die Nähe des Jordon-Hauses gesetzt habe. Und ich bin bereit, das zu beschwören. Ich weiß verdammt genau, daß Sie mich keineswegs verdächtigen, etwas mit dem Mord zu tun zu haben, und ich betrachte es als schwere Verletzung meiner Rechte.»

Lanigan lauschte mit wachsender Ungeduld. Schließlich explodierte er. «Verdammt noch mal, hier geht es nicht um verkehrswidriges Parken! Hier geht es um Mord und . . .»

Über die Gegensprechanlage kam die Stimme des Diensthabenden. «Chief, Rabbi Small ist hier. Er möchte Sie sprechen.»

«Sagen Sie ihm, ich bin beschäftigt. Vielleicht später.»

«Jawohl, Sir, aber er sagt, es sei furchtbar wichtig, und er muß Sie unbedingt sofort sprechen.»

«Na schön.» Zu Henry Maltzman sagte er: «Bis jetzt habe ich Sie mit Glacéhandschuhen angefaßt, aber wenn ich zurückkomme, Henry, werden Sie reden, oder ich lasse Sie von Lieutenant Jennings in eine Zelle sperren. Dann haben Sie erst morgen wieder Gelegenheit, den Mund aufzumachen. Passen Sie gut auf ihn auf, Eban.»

Als er hinausging, sagte er statt einer Begrüßung zu Rabbi Small: «Ich hoffe, es ist wirklich wichtig, David.»

«Es *ist* wichtig, Chief», antwortete der Rabbi ernst und berichtete ihm von Miriams Einfall.

Lanigan lachte: «Während Sie nicht zu Hause waren, wie? Sie ist einfach großartig. Wenn Sie nach Hause kommen, fragen Sie sie doch, ob Sie nicht hier für uns arbeiten will. Na schön. Wir werden das wahrscheinlich bei Dr. Sayre überprüfen müssen, aber für den Augenblick reicht's». Und, als sich der Rabbi zum Gehen wandte: «Ach ja, und grüßen Sie Miriam herzlich von mir.»

Wieder in seinem Büro, musterte Lanigan Maltzman säuerlich. «Okay, Sie können gehen», sagte er dann. «Der Lieutenant wird alles erledigen.»

«Ist Rabbi Small meinetwegen gekommen? Lassen Sie mich deswegen raus?»

«Gehen Sie schon! Sonst überlege ich's mir noch anders.»

48

Als Herb von der Vorstandssitzung nach Hause kam, sah er verwundert, daß Molly bereits da war. «Dein Bridge hat aber nicht sehr lange gedauert», sagte er.

«Oh, ich hatte gar nicht vor, zu bleiben. Ich habe ihr nur bei der Dekoration geholfen. Es sollte eine Geschenk- und Bridgeparty für eine Braut werden.»

«Mutter?»

Sie deutete zur Decke. «Ruht sich aus.» Dann fragte sie eifrig: «Na, wie ist die Sitzung verlaufen? Wie geplant?

«Nein, der Vertrag von Rabbi Small ist verlängert worden. Es war knapp, aber der Rabbi hat gewonnen.»

«Aber wieso denn? Henry hatte doch acht Stimmen.»

Er lächelte säuerlich. «Ich nehme an, er mußte ein bißchen Druck ausüben, um die acht zusammenzukriegen. Aber dann hat er sich mit seiner Idee von der geheimen Abstimmung selbst reingelegt.» Voller Genuß erklärte er es ihr. «Denn siehst du, woher soll Big Brother Henry wissen, wie jeder gestimmt hat, wenn die Abstimmung geheim vor sich geht?»

«Das verstehe ich nicht.» Sie schien völlig verwirrt zu sein, schien es nicht begreifen zu können. «Ich verstehe es einfach nicht.»

«Oh, das macht nichts», antwortete er munter. «Es gibt sehr viele Dinge, die *ich* auch nicht verstehe.» Es war das Zusammentreffen der beiden Tatsachen gewesen, daß Maltzman der Sitzung fernblieb, während sie angeblich zu einem Bridgenachmittag ging, was ihn veranlaßt hatte, seine Meinung zu ändern. Jetzt mußte er sie zur Rede stellen. «So verstehe ich zum Beispiel nicht, warum du an jenem Abend ausgegangen bist, als ich den Gottesdienst der Bruderschaft leiten mußte, während du doch bei Mutter bleiben solltest.» Er merkte, daß er ihr einen Schreck eingejagt hatte, und sie besaß sogar den Anstand, zu erröten.

«Hat Stanley dir das gesagt? Ich hatte mir doch gedacht, daß es seine Klapperkiste war, die ich gesehen habe, als ich in die Einfahrt einbog.»

«In was für eine Einfahrt?»

«Die Einfahrt von Ellsworth Jordon, natürlich. Ich bin hingefahren, um den Bericht abzuliefern, an dem ich gearbeitet hatte.»

«Hat Gore dich darum gebeten?»

«Nein, ich habe mich dazu erboten.»

«Warum?»

«Weil ich merkte, daß Larry fürchtete, den Bericht nicht rechtzeitig abliefern zu können. Dann hätte die Bank vermutlich einen wichtigen Kunden verloren. Jordon konnte in solchen Dingen sehr eklig sein.»

«Und du hast ihn abgeliefert?»

Sie schüttelte den Kopf. «Als ich hinkam, war alles dunkel. Ich dachte, er wäre vielleicht früh zu Bett gegangen oder auch weggegangen, deswegen fuhr ich wieder nach Hause.» Sie zögerte. «Ich hab immer wieder daran denken müssen, daß er vielleicht . . . Glaubst du, er könnte da schon . . . du weißt doch . . . tot gewesen sein?»

«Möglich wäre es», gab er vorsichtig zu. «Aber da du ihn nicht gesehen hast und es auch nicht wissen konntest, hättest du doch nichts für ihn tun können. Also vergessen wir das Ganze lieber.»

«Aber als dieser Polizist kam und sich nach Mr. Gores Anruf erkundigte, hätte ich ihm da nicht sagen müssen, daß ich an dem Abend zu Jordon gefahren bin?»

«Großer Gott, ja! Das hättest du unbedingt tun müssen. Es könnte ein wichtiger Hinweis sein. Warum hast du ihm nichts davon gesagt?»

«Weil du hier warst», antwortete sie mit einem Anflug von Bitterkeit. «Deswegen wollte ich nicht sagen, daß ich weggefahren bin, obwohl ich versprochen hatte, zu Hause zu bleiben. Ich wollte den Beamten später aufsuchen und ihm alles sagen, aber ich hab's immer wieder aufgeschoben und bin nie dazu gekommen. Und wenn sie jetzt merken, daß ich Informationen zurückgehalten habe . . .»

«Wie sollten sie das in Erfahrung bringen?»

«Nun ja, Stanley hat es dir gegenüber doch auch erwähnt, nicht wahr? Genauso gut kann er es der Polizei gegenüber erwähnen.»

Bei dem Bewußtsein, daß sie zu Jordon gefahren war, statt zu Maltzman, fiel ihm ein Riesenstein vom Herzen. Jetzt schämte er sich seiner Zweifel an ihrer Treue, und er empfand große Zärtlichkeit für sie. Er verstand, daß sie sich Sorgen machte und ein bißchen verängstigt war, und er wollte ihr diese Angst gern nehmen. Andererseits, nachdem er sie in dem Glauben gelassen hatte, daß er es von Stanley erfahren hatte, wäre es dumm, jetzt noch zuzugeben, daß er es von seiner Mutter wußte.

«Ach was, ich glaube nicht, daß Stanley zur Polizei gehen würde. Warum sollte er auch?» Und er erläuterte ihr ausführlich, daß die Menschen normalerweise nicht gleich zur Polizei laufen, auch wenn sie wichtige Informationen haben – einfach, weil sie nicht in etwas hineingezogen werden wollen; daß es bei Leuten wie Stanley, die sich zuweilen betrinken und dann womöglich deshalb verhaftet werden, noch weniger wahrscheinlich ist, daß sie der Polizei helfen; daß sie der Polizei gegenüber eine angeborene Abneigung empfinden; und daß sie überhaupt nichts zu fürchten habe.

Aber er merkte, daß er sie nicht hatte überzeugen können. Schließlich sagte er: «Weißt du was? Ich gehe zum Rabbi und frage ihn, was wir tun sollen.»

«Was hat denn der damit zu tun?»

«Er steht mit Chief Lanigan auf sehr freundschaftlichem Fuß. Wie ich hörte, kommen sie auch manchmal privat zusammen. Ich könnte ihm die Sachlage erklären. Schließlich kennt er uns, und er kennt Mutter. Vielleicht spricht er mit Lanigan, dann brauchen wir das nicht zu tun. Oder er ebnet uns wenigstens den Weg.»

«Nein, den Rabbi können wir nicht um Hilfe bitten.»

«Warum denn nicht?»

«Weil wir dann ein schlechtes Gewissen hätten. Ich . . . Wir haben ihn doch weg haben wollen. Jetzt können wir nicht einfach eine Kehrtwendung machen und ihn um Hilfe bitten.»

Herb grinste. «Keine Sorge, Liebling. Denn ich habe für den Rabbi gestimmt, und vermutlich war es meine Stimme, die den Ausschlag gegeben hat.»

«*Du* hast für ihn gestimmt?»

Zu spät wurde ihm klar, daß er sich in eine Falle hineinmanövriert hatte, und daß er am besten jetzt restlos auspackte.

«Ich war eifersüchtig», erklärte er offen. «An jenem Abend, als du fortgefahren warst, kam Henry Maltzman erst nach neun zum Gottesdienst. Und dann, letzten Sonntag, als ich die Zeitung holen gegangen war, saß er hier, und du schienst . . . na ja, überaus freundlich zu ihm zu sein. Und dann heute bist du zu diesem Bridgenachmittag gegangen, und als ich zu unserer Sitzung kam, hörte ich, daß Henry angerufen und gesagt hatte, es sei ihm etwas dazwischen gekommen. Also habe ich zwei und zwei zusammengezählt und . . .»

«Du warst eifersüchtig auf Henry Maltzman? Du dachtest, ich flirte mit Henry Maltzman? Ich hätte gedacht, daß du mich besser kennst! So ein professioneller Macho-Typ wie dieser Maltzman – nicht für mich!»

«Bitte verzeih», sagte er. «Weißt du, Molly, ich liebe dich so sehr, daß ich manchmal einfach nicht logisch denken kann.»

Sie wurde weich. Er war ein richtiger großer Junge. Sie kam zu ihm, nahm ihn in die Arme und murmelte: «Dummer Herbie!»

Er strahlte. «Aber es hat sich alles zum Guten gewendet, nicht wahr? Denn jetzt kann ich den Rabbi ruhig um einen Gefallen bitten.»

49

«Wissen Sie, Rabbi, sie ist so loyal. Als sie merkte, daß Gore sich Sorgen machte, weil er dem Alten den Bericht wahrscheinlich nicht pünktlich zukommen lassen konnte, erbot sie sich, ihn hinzubringen. Ich glaube, sie dachte, Gore würde sonst einen guten Kunden verlieren. Jordon war so.» Er lachte. «Und das Komische dabei ist, daß die Endsummen nicht einmal stimmten.»

«Hatte es denn dann überhaupt einen Sinn, den Bericht abzuliefern?»

«Das habe ich auch gefragt, Rabbi. Aber Gore meinte wohl, Hauptsache sei, daß der Bericht pünktlich da war.»

«Und dem Kriminalbeamten hat sie nicht mitteilen können, daß sie hingefahren war, weil Sie bei der Befragung anwesend waren?»

«Genau. Sie wollte ihn später aufsuchen und ihm alles sagen, aber Sie wissen ja, wie das so geht: Sie hat es immer wieder aufgeschoben.»

«Weiß sie, daß es Ihre Mutter war, die Ihnen erzählt hat, daß sie an dem Abend weggefahren ist?»

«N-nein. Sie denkt, es war Stanley, weil ich gerade aus der Synagoge gekommen war, von der Vorstandssitzung, wissen Sie . . .»

«Wieso Stanley?»

«Weil sie glaubte, seinen Wagen gesehen zu haben, als sie in Jordons Einfahrt einbog, und da hat sie natürlich angenommen, daß er sie gesehen hat. Und ich habe nicht widersprochen.»

«Aha. Und was soll ich jetzt tun?»

«Na ja, ich dachte, nachdem Sie Chief Lanigan doch so gut kennen, könnten Sie es ihm vielleicht erklären.» Eifrig fragend sah er den Rabbi an.

«Nein, Mr. Mandell. Sie müssen einsehen, daß ich das nicht tun kann. Chief Lanigan würde Ihre Frau trotzdem vernehmen müssen. Das ist seine Pflicht. Und im Endeffekt würde ein Versuch von mir, Ihnen den Weg zu ebnen, ihn höchstens mißtrauisch machen.»

«Was sollen wir dann aber tun?»

«Ich würde Ihnen raten, Mr. Mandell, mit Ihrer Frau zusammen so bald wie möglich zu Chief Lanigan zu gehen, heute nachmittag oder jetzt gleich, wenn Sie Zeit haben, und ihm die ganze Geschichte so zu erzählen, wie Sie sie mir erzählt haben. Wahrscheinlich wird er ärgerlich sein, weil Sie so lange damit gewartet haben, aber je länger Sie jetzt noch warten, desto unangenehmer wird es für Sie sein. Und wenn er es von anderer Seite erfährt, könnte es sogar sehr ernst für Sie werden.»

Etwas später, als Miriam merkte, daß der Rabbi ungewöhnlich geistesabwesend war, fragte sie ihn: «Machst du dir Gedanken über die Mandells, David? Glaubst du, Lanigan wird sie ziemlich hart rannehmen?»

«Das glaube ich auf jeden Fall, und wenn er's nur tut, um ihnen zu zeigen, daß man der Polizei in einem Mordfall keine Informationen vorenthalten darf. Aber das ist zum größten Teil nur gespielt, weil er genau weiß, daß das immer wieder geschieht. Er hat mir mehr als einmal erklärt, daß das bei der Polizei zum täglichen Brot gehört. Nein, was mir Sorgen macht, ist vielmehr, daß Mrs. Mandells Story anscheinend beweist, daß sich Stanley zum kritischen Zeitpunkt in der Nähe von Jordons Haus befand. Möglicherweise entschließt sich Lanigan, dieser Spur zu folgen und ihn zu verhaften.»

«Aber er ist doch unschuldig . . .»

«Wahrscheinlich wird er letzten Endes davonkommen. Bis dahin aber werden sie ihm das Leben schwermachen. Sie könnten folgern, wenn sie seinen Wagen erkannt hat, müßte er den ihren ebenfalls erkannt haben, und weil er ihnen das verschwiegen hat, sei das ein Zurückhalten von wichtigen Informationen.»

«Aber Mr. Mandell hat es doch gar nicht von Stanley erfahren. Seine Mutter hat ihm gesagt, daß Molly das Haus verlassen hat.»

«Sicher. Aber das wird Mr. Mandell nicht zugeben wollen, denn seine Frau wird dabei sein, und er will nicht, daß sie es erfährt. Irgendwie finde ich das alles Stanley gegenüber furchtbar unfair.»

Zwei Stunden später jedoch erhielt der Rabbi einen Anruf, der ihm bewies, daß seine Befürchtungen grundlos oder wenigstens fehl am Platz waren. Es war Herb Mandell. Und er war wütend und anscheinend ein bißchen verängstigt. Das merkte man an seinem sarkastischen Ton. «Ich danke Ihnen vielmals für Ihren Rat, Rabbi! Wir haben getan, was Sie uns vorgeschlagen haben. Lanigan hat Molly über eine Stunde lang ausgefragt. So lange, bis sie in Tränen ausbrach. Aber das ist noch nicht alles. Er verlangt, daß sie die Stadt nicht verläßt. Ihnen haben wir es zu verdanken, daß sie nun zu den Verdächtigen zählt und daß ihr auf Schritt und Tritt Polizisten folgen.»

«Oh, aber doch nicht . . .»

«Nein? Nun, vor ein paar Minuten habe ich zum Fenster hinausgesehen und festgestellt, daß in unserer Straße, schräg gegenüber von unserem Haus, ein Wagen mit zwei Polizisten parkt. Und ich möchte wetten, daß in der Francis Street auch einer steht, damit sie sehen können, ob einer von uns zur Hintertür hinausgeht.»

«Sie müssen sich irren, Mr. Mandell. Gewiß, Chief Lanigan wird sie in der Nähe haben wollen, damit er sie jederzeit zu einer Aussage holen kann. Wenn Sie wollen, setze ich mich mit ihm in Verbindung und erkundige mich, falls möglich, wie die Lage steht.»

«Jawohl, das will ich!»

50

Nachdem er Maltzman entlassen hatte, schlug Lanigan Lieutenant Jennings vor, nach Hause zu gehen und sich ein bißchen auszuruhen.

«Gute Idee, Hugh. Meine Frau hat sich schon darüber beschwert, daß sie seit zwei Wochen immer allein essen muß. Aber was ist mit Ihnen? Wollen Sie nicht auch heimfahren?»

«Später vielleicht. Jetzt muß ich erst mal alles für meine Sitzung mit Clegg vorbereiten. Wir sehen uns morgen.»

Wenige Stunden später jedoch, als Jennings inmitten der ringsum verstreuten Sonntagszeitungen auf dem Diwan schlummerte, wurde er durch einen Anruf von Lanigan geweckt. Es habe eine neue Entwicklung gegeben. Ob er gleich kommen könne.

Er merkte, daß der Chief erregt war. «Bin sofort da!»

Obwohl er kaum zehn Minuten darauf eintraf, knurrte Lanigan ihn mürrisch an: «Wo bleiben Sie denn?» Und als Jennings mit hüpfendem Adamsapfel indigniert antworten wollte: «Na, lassen Sie nur. Es gibt zum erstenmal einen Lichtblick. Es ist tatsächlich jemand ungefähr zur Tatzeit in der Nähe gewesen. Und wir brauchen es nicht zu beweisen. Sie gibt es zu.»

«Sie?»

«Ganz recht.» Er berichtete dem Lieutenant vom Besuch der Mandells. «Von Anfang an hatte ich das Gefühl, daß das Schema der Schüsse ein wesentlicher Hinweis in diesem Fall sein mußte. Doc Mokely hat das ganz richtig erkannt, als er sagte, es sehe so aus, als hätte eine Frau die Augen zugekniffen und drauflosgeballert, bis die Waffe leer war. Und ich bin da völlig seiner Meinung. Deswegen wollte ich unbedingt wissen, was Martha an jenem Abend gemacht hat. Als wir sie streichen mußten, dachte ich, der Junge könnte in Frage kommen, aber ganz wohl war mir bei dieser Idee nicht. Und jetzt kommt eine zweite Frau . . .»

«Aber sie sagt doch, es war alles dunkel, und Stanley sagt auch, es war alles dunkel.»

«Jordon hat nur das Erdgeschoß bewohnt, und das liegt praktisch ganz hinter den Bäumen versteckt. Von der Straße aus kann man nicht sehen, ob im Wohnzimmer Licht brennt. Und außerdem, was sollte Mrs. Mandell denn anderes sagen?»

«Ja, Hugh, aber wo ist das Motiv? Warum sollte sie Jordon umbringen wollen?»

«Das weiß ich nicht. Warum sollte sie sich freiwillig erbieten, den Bericht abzuliefern, wo sie dann doch ihre Mutter . . .»

«Ihre Schwiegermutter.»

«Na schön, ihre Schwiegermutter allein lassen mußte. Sie wollte nicht mit in den Gottesdienst gehen, wo sie den großen Auftritt ihres Mannes hätte miterleben können, weil sie die alte Dame angeblich des abends nicht allein lassen durfte. Also, ich weiß nicht, was es zwischen ihr und Jordon gab, aber als ich vorhin die Akte noch einmal durchsah, habe ich einen gewissen Hinweis gefunden. Als wir Gore verhört haben, sagte er, Jordon habe seine Sekretärin belästigt. Und das genau ist Mrs. Mandell – seine Sekretärin. Und was meinte er mit ‹belästigen›? Es könnte natürlich nichts weiter sein, als daß ein schmutziger alter Mann einer hübschen jungen Frau einen Klaps auf den Hintern gegeben hat. Aber es könnte ebensogut sein, daß Gore ein Techtelmechtel zwischen den beiden beobachtet hat und daß Mrs. Mandell das kaschieren wollte, indem sie behauptete, Jordon hätte sie belästigt.»

Jennings kniff die Lippen zusammen und schüttelte den Kopf.

«Ich weiß, viel ist es nicht. Ich sagte ja, es ist nur so ein gewisser Hinweis. Aber ich möchte, daß Sie sich bei den Bankangestellten umhören; nehmen Sie sich jeden einzeln vor. Aber behutsam, verstehen Sie? Sehen Sie zu, was Sie herausbringen. Klatsch, Gerüchte, alles, was ich als Aufhänger für eine richtige Vernehmung der Dame benutzen kann.»

«Sicher, Hugh. Aber eine Frau, die in einer Bank arbeitet – die kann man sich nur schwer als Mörderin vorstellen.»

«Dies war kein Profi-Mord, Eban, also kann es durchaus jemand wie Mrs. Mandell gewesen sein, ein normaler Durchschnittsmensch wie der Gemüsehändler, ein Lehrer, sogar ein Cop. Sicher, manche stellen sich gleich danach selbst. Aber gewöhnlich nicht aus Reue, sondern weil sie überzeugt sind, entdeckt zu werden. Manchmal dagegen sind sie clever, und der Fall wird nie gelöst. Stimmt's?»

«Ja, schon.»

«Und noch etwas, Eban. Das Haus der Mandells muß beobachtet werden.»

«Glauben Sie, die laufen davon?»

«Nein, kaum. Aber wenn ich morgen mit Clegg spreche, und er will mit ihr reden, möchte ich nicht feststellen müssen, daß sie sich entschlossen hat, eine Tante in Kanada zu besuchen. Postieren Sie einfach einen Beamten bei ihrem Haus. Ob sie was merkt, spielt keine Rolle. Es wäre sogar gut, wenn sie was merkt. Dann wird sie zweifellos unruhig und nervös. Also arrangieren Sie das jetzt, und dann können Sie wieder nach Hause gehen. Vor morgen können Sie mit der Befragung in der Bank ohnehin nicht anfangen.»

«Fahren Sie ebenfalls nach Hause?»

«Nein. Ich glaube, ich fahre noch mal zum Jordon-Haus und sehe mich ein bißchen um.»

51

Als der Rabbi auf dem Revier anrief, wurde ihm mitgeteilt, der Chief sei nicht da.

«Können Sie mir sagen, wo er ist?»

Der Diensthabende antwortete ausweichend: «Tja, also, Rabbi, ich weiß nicht so recht . . .»

Der Rabbi rief Lanigans Privatnummer an, und Mrs. Lanigan sagte: «Nein, Rabbi, hier ist er nicht. Ist es denn wichtig?»

«Sehr wichtig sogar.»

«Dann werde ich Ihnen wohl sagen müssen, wo Sie ihn erreichen. Er hat mir gesagt, er wolle sich noch mal in Jordons Haus umsehen.»

Als Lanigan die Tür öffnete und sah, wer sein Besucher war, zeigte er sich nicht allzu erfreut. «Ach, Sie sind das!» lautete seine Begrüßung. Aber dann fügte er hinzu: «Kommen Sie rein. Ich nehme an, ich bin Ihnen was schuldig für Ihre Hilfe bei Maltzman.»

Als der Rabbi das Wohnzimmer betrat, sah er sich neugierig um. Er deutete auf den Lehnsessel. «Hat man da den Toten gefunden?»

«Hm-hm.»

Er deutete auf die Uhr, die am Boden lag. «Und die Uhr?»

«Sie wurde da unten gefunden. Außer der Leiche ist nichts bewegt worden. Ursprünglich stand die Uhr dort auf dem Kamin. Sie wurde von einer Kugel getroffen und zu Boden geschleudert.» Er deutete auf verschiedene Dinge im Zimmer. «Ein zweiter Schuß hat das Porträt da mitten in den Mund getroffen. Ein weiterer die Glühbirne, wieder ein anderer den kleinen Knauf auf der Lampe, und einer hat das Pillenfläschchen da auf den Fußboden geworfen. Das stand, laut Martha Peterson, der Haushälterin, ursprünglich dort auf dem Tisch. Aber wenn Sie mich sprechen wollen, kommen Sie doch mit ins Eßzimmer. Das benutze ich als Büro.»

Lanigan setzte sich an den Tisch, sammelte die Papiere ein, die er vor sich ausgebreitet hatte, und legte sie wieder in den Aktenhefter. Der Rabbi nahm auf der anderen Tischseite Platz. Die Ellbogen auf der Tischplatte, das Kinn auf die Hände gestützt, musterte Lanigan seinen Besucher und stellte fest: «Wie ich annehme, kommen Sie wegen Mrs. Mandell.»

«Ganz recht. Ist sie verdächtig?»

Lanigan schürzte die Lippen. «Kein Kommentar.»

«Wenn sie nämlich verdächtig ist», fuhr der Rabbi fort, «bin ich in einer ziemlich peinlichen Situation. Sehen Sie, Mrs. Mandell ist auf meinen Rat hin zu Ihnen gekommen. Das heißt, sogar auf mein nachhaltiges Drängen hin.»

Lanigan überlegte. Der Rabbi war sein Freund, und als fair denkender Mann hielt er seine Bitte um Information für berechtigt. Außerdem, was konnte es schaden? Er konnte sich darauf verlassen, daß der Rabbi vertrauliche Auskünfte auch vertraulich behandelte.

«Na schön», sagte er schließlich. «Sie ist verdächtig.»

«Nur, weil sie an jenem Abend hier war?»

«Deswegen, und weil sie eben sie ist.» Er lächelte. «Kommen Sie noch mal mit rüber; ich zeige Ihnen, was ich meine.» Er ging voraus und blieb ungefähr fünf Meter vor dem Lehnsessel stehen. «Jordon lag in diesem Sessel und schlief wahrscheinlich. Unsere Ballistiker nehmen an, daß die Person mit der Waffe genau hier gestanden hat, Wo ich jetzt stehe. Also, nehmen wir an, er schießt und trifft nicht. Ein Zweiundzwanziger macht nicht viel Lärm, aber in einem solchen Zimmer würde auch dieser Knall genügen, jemanden zu wecken, ganz gleich, wie tief er schläft. Jordon erwacht also. Wird er etwa liegen bleiben, Während jemand vor ihm steht und auf ihn schießt? Natürlich nicht. Er wird versuchen, aufzustehen, davonzulaufen, sich zu verstecken – alles, bloß nicht liegenbleiben und auf den nächsten Schuß warten. Stimmt's?»

«Bitte weiter.»

«Wir nehmen daher an, daß er vom ersten Schuß getroffen wurde. Aber die Kugel traf ihn mitten in die Stirn, deutlich sichtbar. Der Mörder muß sofort gewußt haben, daß er ihn getroffen hatte und daß er höchstwahrscheinlich tot war. Falls er jedoch nicht sicher war, wäre er zweifellos an ihn herangetreten und hätte noch einen Schuß auf ihn abgegeben. Aber nein, er bleibt hier stehen und schießt weiter, bis die Waffe leer ist. Aber warum? Einen Schuß kann man vielleicht unbemerkt abgeben, aber ein halbes Dutzend? Die können durchaus von jemandem gehört werden. Es ist einfach unlogisch. Also haben wir uns ein Szenario – wie es jetzt heißt – zurechtgelegt, nach dem eine Frau den Revolver packt, die Augen zukneift und schießt, bis es nur noch klickt und keine Kugeln mehr da sind. Dann macht sie die Augen auf und sieht, daß sie ihn erschossen hat. Selbstverständlich ist es möglich, daß nicht der erste Schuß ihn getroffen hat, daß aber der erste bei ihm einen Herzanfall ausgelöst hat und er entweder daran gestorben ist oder sich nicht bewegen konnte. Aber das ändert nichts an der Sachlage, und der Arzt meint, daß es nicht sehr wahrscheinlich ist. Nun ja, die einzige Frau in diesem Fall, die einzige, von der wir wußten, war Martha Peterson, die Haushälterin. Auf die haben wir uns konzentriert. Aber unsere Ermittlungen haben ergeben, daß sie zur Tatzeit nicht hier gewesen sein kann. Also dachten wir an Billy Green . . .»

«Als einen Jungen, der beim Schießen die Augen zukneift?»

«So ungefähr. Oder er hat den Alten erschossen und sich dann gedacht, er könnte die restlichen Kugeln auch noch schnell verschießen. Wir haben sogar Stanley Doble in Erwägung gezogen – er hätte an jenem Abend so betrunken sein können, daß er nicht mehr wußte, was er tat. Aber so ganz zufrieden waren wir damit auch nicht.»

«Und dann schickte ich Ihnen Mrs. Mandell.»

«Genau.»

«Aber könnte es nicht auch so sein, daß der Mörder, nachdem er Jordon mit dem ersten Schuß getötet hatte, aus einem ganz bestimmten Grund weiterschoß?» sagte der Rabbi beharrlich. «Vielleicht hat er zum Beispiel die Lampe ausgeschossen, weil er nicht gesehen werden wollte.»

Lanigan grinste. «Dann wäre es doch viel einfacher gewesen, sie auszuschalten, nicht wahr? Gewiß, man könnte sich alle möglichen Gründe für die Schüsse ausdenken. Auf das Porträt hat er geschossen, weil er das Original haßte. Auf die Pillenflasche hat er geschossen, weil er einer von diesen Naturfanatikern ist und etwas gegen Medizin hat. Auf . . .»

«Auf die Uhr hat er vielleicht geschossen, um sich ein Alibi zu verschaffen», bemerkte der Rabbi. «Vielleicht hat er sie vorgestellt und dann auf sie geschossen, damit sie stehenblieb.»

Lanigans Grinsen wurde breiter. «Sicher. Nur daß uns niemand ein Alibi angeboten hat, weder Stanley noch Billy, Martha Peterson oder Gore . . .»

«Der hat ein Alibi», unterbrach ihn der Rabbi.

«Aber er hat es uns nicht angeboten. Als wir ihn verhörten, sagte er nur, er habe auf der Fahrt nach Boston angehalten, um jemanden anzurufen, und das sei irgendwann nach acht gewesen. Er hätte sich gut ein Alibi verschaffen können, denn in dem Büro der Tankstelle, wo er seinen Anruf tätigte, hing eine große Uhr mit einer Reklame für Motoröl an der Wand. Er hätte nur einfach zum Tankwart zu sagen brauchen: ‹He, geht Ihre Uhr da oben richtig?› Aber er hat es nicht getan. Er hat überhaupt kein Alibi angeboten. Wir mußten es ermitteln.»

«Vielleicht ist das die beste Art.»

«Welche?»

«Die Art Alibi, die die Polizei erst ermitteln muß.»

Das Telefon schrillte. Mit einem leisen Fluch nahm Lanigan den Hörer ab und sagte, nachdem er eine Weile gelauscht hatte: «Ja, er ist hier. Einen Moment.» Laut rief er: «Für Sie, David. Miriam.»

Der Rabbi nahm den Hörer entgegen. Miriam sagte: «Ach, David, weißt du schon, wann du nach Hause kommst? Die Reuben Levys haben angerufen. Sie sind hier, in Cambridge, auf einer Hochzeit. Sie hatten uns gestern nicht anrufen wollen, weil Sabbat war. Aber sie möchten uns, falls möglich, gern sehen. Ich habe gesagt, du rufst zurück.»

«Die Reuben Levys?»

«Du weißt doch, vom Seminar.»

«Ach ja, natürlich. Die Stimme.»

«Genau.»

«Die Stimme ist hier? Na, so was! Ja, ich würde ihn auch gern wiedersehen, aber . . . Paß auf, ruf ihn doch an und frag ihn, ob du ihn etwas später anrufen kannst.»

«Du meinst, ich soll ihn jetzt anrufen und . . . Ja, schon gut. Ich habe verstanden.»

Es war ein ziemlich geistesabwesender Rabbi, der ins Wohnzimmer zurückkehrte. Lanigan lächelte mitfühlend. «Ein alter Freund, der angerufen hat?»

Aber der Rabbi antwortete nicht. Er hatte haltgemacht und stand ganz still da, aufrecht, die Arme an den Seiten, die Fäuste geballt. Er hatte den Kopf zurückgelegt und starrte zur Decke hinauf.

«Was ist los?» erkundigte sich Lanigan beunruhigt. «Stimmt irgendwas nicht?»

Der Rabbi entspannte sich und antwortete verlegen: «Nein, ich habe nur an was gedacht. Sagen Sie, haben Sie jemals mit geschlossenen Augen geschossen?»

Lanigan sah ihn verwundert an; es war eine so unerwartete Frage. «Nein», sagte er vorsichtig, «noch nie.»

«Ich aber», erklärte der Rabbi und berichtete ihm von seinem Erlebnis an der Schießbude in Revere. «Mit der Brille kann ich ziemlich gut sehen, aber wenn ich sie abnehme, kann ich die Augen ebensogut schließen, wenn es um Dinge geht, die mehr als ungefähr einen Meter entfernt sind.»

«Warum haben Sie sie dann abgenommen?»

«Weil ich mal gehört habe, daß es bei Gewehren einen Rückstoß gibt, und weil ich fürchtete, sie könnte dabei zerbrechen.»

«Bei einem Zweiundzwanziger in einer Schießbude?»

Der Rabbi errötete. «Die Brille war irgendwie im Weg, als ich das Gewehr ansetzte. Vermutlich hielt ich es nicht richtig. Der junge Mann von der Schießbude schien auch belustigt zu sein. Aber ich wollte im Grunde ja gar nichts treffen, ich wollte ihn nur an einem schlechten Tag ein bißchen Geld verdienen lassen.»

«Und wie war das Ergebnis?»

Der Rabbi lächelte. «Einfach perfekt.»

«Tatsächlich?»

«Hm-hm. Zehn Schüsse, zehn Fahrkarten. Der junge Mann meinte, das Visier sei nicht in Ordnung, und gab mir ein anderes Gewehr, aber mit dem ging es mir genauso. Verstehen Sie, worauf ich hinaus will?»

«Ich verstehe nur, daß Sie ein miserabler Schütze sind.»

«Nein, nein! Es ist noch mehr. Da war also ein kleiner Raum, höchstens ungefähr fünf Meter breit, in dem es alle möglichen Dinge gab: reihenweise Tonröhrchen, Enten, die sich in die eine Richtung bewegten, während Kaninchen in die andere hoppelten, ein großer, runder Kreis an einem Pendel, das hin und her schwang . . . Man hätte schwören mögen, daß jede Kugel, die man ins Blaue hinein auf die Rückwand abschoß, irgend etwas treffen mußte. Und bei mir gingen alle Schüsse fehl. Hinterher habe ich darüber nachgedacht, habe mir überlegt, wie ich zu diesem schier unglaublichen Ergebnis kommen konnte. Und dann wurde mir klar, daß der leere Raum um sehr vieles größer war als der Raum, den die

Zielscheiben einnahmen. Ich meine nun, wenn Molly oder Martha Peterson die Augen zugemacht und sechs Schuß in die allgemeine Richtung des Lehnsessels abgegeben hätten, würden Sie die Kugeln in der Wand oder in der Decke gefunden haben. Aber all diese kleinen Ziele zu treffen . . .»

«Das Bild ist nicht klein.»

«Aber der Schuß ging direkt in den Mund. Und der kleine Knauf auf der Lampe, und die Pillenflasche und natürlich das Opfer selbst, mitten zwischen die Augen – das war ausgezeichnet geschossen, würde ich sagen, von einem Meisterschützen.»

Lanigan musterte den Rabbi argwöhnisch. «Wollen Sie mich etwa mit Ihrem Talmud-Hokuspokus reinlegen – wie heißt das doch noch: *pilpil*?»

«*Pilpul*? Nein. Aber ich will auf eine andere Talmudtechnik oder -methode hinaus. Sehen Sie, die alten Gelehrten, die den wahren Sinn von Gottes Geboten erkunden wollten, waren sehr genau. Sie testeten ihre Interpretationen, indem sie alle möglichen Beispiele zu Hilfe nahmen, alle möglichen Alternativen, so weit hergeholt sie auch sein mochten. Denn nur, wenn sie auch auf den Extremfall zutraf, wußten sie, daß ihre Interpretation richtig war. Das fiel mir plötzlich ein, als Miriam mir am Telefon von Reuben Levy berichtete . . .»

«Wer ist denn das?»

«Ein Klassenkamerad aus dem Seminar. Ich glaube, ich habe Ihnen einmal von ihm erzählt. Statt eine Predigt mit einer guten Story anschaulicher zu gestalten, machte er es genau umgekehrt und baute die Predigt um die Story herum. Sie meinten damals, das sei wie der Mann, der als Meisterschütze galt, weil er zuerst schoß und dann eine Zielscheibe um das Einschußloch malte.»

«Ach ja! Ich erinnere mich . . .»

«Und mir kam die Idee, daß man es auch anders herum machen könnte. Nehmen wir an, Sie hätten ein halbes Dutzend Zielscheiben und träfen bei jeder genau ins Schwarze, und dann entfernten sie alle Zielscheiben bis auf eine. Also müßte doch jemand, der all diese verstreuten Schüsse sieht, die nicht mal den äußeren Rand der letzten Zielscheibe berühren, überzeugt sein, daß Sie schlecht schießen und das Schwarze bei der letzten Zielscheibe nur durch Zufall getroffen haben. Und dann fiel mir ein, was neulich im Agathon gesagt wurde, als wir rüber fuhren: daß Gore ein Meisterschütze und Club-Champion sei. Deswegen schlage ich ein anderes Szenario vor: Ein Mann, ein Meisterschütze, hat sein Opfer mit einem einzigen Schuß zwischen die Augen getötet, steht da, kühl, selbstsicher, ein kleines, selbstzufriedenes Lächeln auf den Lippen, und leert die Waffe, indem er auf ein winziges Ziel nach dem anderen schießt.»

«Wollen Sie sagen, er hat das Risiko auf sich genommen, all diese Schüsse abzufeuern, nur um den ersten, perfekten Treffer zu kaschieren? Das ist doch unlogisch. Er hätte . . .»

«Nicht den ersten Schuß. Den zweiten.»

«Den zweiten?»

«Den auf die Uhr. Er mußte sich ein Alibi verschaffen. Nachdem er also Jordon erschossen hat, stellt er die Uhr auf halb neun, tritt dann zurück und schießt auf sie, damit sie stehenbleibt und die angebliche Mordzeit verrät. Aber wenn er dann alles so gelassen hätte, nur die zwei Schüsse, hätte die Polizei sofort Verdacht geschöpft. Deswegen kaschiert er sie, indem er die übrigen Schüsse auch noch abfeuert. Anschließend brauchte er nur dafür zu sorgen, daß er gegen halb neun weit von hier entfernt war.»

«Aber, verdammt noch mal, er hat sich kein Alibi ‹verschafft›. Ich habe Ihnen doch erklärt . . .»

«O doch, das hat er», widersprach der Rabbi schnell. «Er machte sich auf den Weg nach Boston und hielt unterwegs an, um vom Büro einer Tankstelle aus zu telefonieren. Wenn da ein Tankwart ist, vor allem, wenn's auf den Ladenschluß zugeht, wird der sich bestimmt an die Zeit erinnern. Und außerdem wird sich derjenige erinnern, den man anruft. Handelt es sich um eine Hausfrau, weiß sie genau, wann sie das Abendessen auftischt, um wieviel Uhr sie mit dem Essen fertig sind, und wie lange es dauert, bis das Geschirr gespült ist, vor allem, wenn sie noch etwas zu erledigen hat. Wenn's bei dem Alibi nicht um Sekundenbruchteile geht, kann dann die Polizei mit Hilfe der beiden, dem Tankwart und der Hausfrau, einen Zeitpunkt ermitteln, der ausreichend genau sein dürfte. Aber man kann nicht einfach irgend jemanden anrufen, jedenfalls nicht, wenn man unterwegs nach Boston ist. Man kann nicht einfach einen alten Bekannten anrufen und sagen, man hätte gerade an ihn gedacht. Nicht auf dem Highway. Es muß einen triftigen Grund für den Anruf geben, eventuell einen geschäftlichen. Deswegen rief er Mrs. Mandell an.»

Obwohl Lanigan beeindruckt war, dachte er noch nicht daran, klein beizugeben. Er brachte sogar einen überheblichen, desinteressierten Ausdruck zustande. «Und sein Motiv, David? Sie wollen doch wohl nicht behaupten, er hätte nur beweisen wollen, wie gut er schießen kann, wie?»

Der Rabbi lächelte. «Nein, nein, nichts so psychologisch Abwegiges. Ich denke, er hat es wegen Geld getan.»

«Meinen Sie, weil der Bericht nicht stimmte?»

«Diese Tatsache fand ich bezeichnend, aber . . .»

«Das können Sie vergessen», unterbrach Lanigan ihn. «Wir haben einen Buchprüfer an Jordons Konto gesetzt. Es war erstklassig in Ordnung.»

«Nein, daran hatte ich nicht gedacht», entgegnete der Rabbi. «Ich dachte an eine Bemerkung, die Dr. Springhurst neulich abends im *Agathon* gemacht hat: daß Jordon weder Freunde noch Familie hatte. Und etwas später kam dann die scheinbar widersprüchliche Bemerkung, daß Gore mit Jordon verwandt sei. Ich nehme an, er meinte, daß Jordon keine engere Familie hatte und daß Gore vielleicht ein Vetter zweiten oder dritten Grades war. Wenn es jedoch keine anderen Angehörigen gab und Jordon ohne Testament verstarb, würde Gore ihn natürlich beerben. Nun nehmen wir doch mal an, daß Jordon Gore anvertraut hat, Billy sei sein Sohn und er wolle ein Testament zu seinen Gunsten machen . . .»

«Jetzt verstehe ich!» gab Lanigan zu. «Und es wäre durchaus möglich. Obwohl Sie sich zweifellos darüber klar sind, daß wir auch nicht den Schatten eines Beweises dafür haben.»

«Fingerabdrücke?» meinte der Rabbi hoffnungsvoll.

«Von Gore? Jede Menge. Aber das war ja zu erwarten; er hat den Abend hier verbracht.»

«Ich meine, möglicherweise auf der Uhr. Billy sagte mir, daß Jordon diese Uhr sehr schätzte und niemanden an sie heranlassen wollte, nicht mal zum Aufziehen. Wenn also Gores Abdrücke drauf sind, wäre das doch ein Beweis, nicht wahr?» Der Rabbi ging in die Hocke und betrachtete die Uhr, die auf dem Fußboden lag.

Lanigan holte den Aktenhefter aus dem Eßzimmer und blätterte darin herum. «Warten Sie mal, hier sind Vergrößerungen von verschiedenen Fingerabdrücken, und . . . Ach ja, da ist es! Eine Zusammenfassung der Ergebnisse unserer Spurensicherung. ‹Kutschenuhr, auf dem Fußboden, keine Abdrücke.› Wahrscheinlich ist sie abgewischt worden.»

«Aber ist das denn nicht schon an sich verdächtig? Es müßten doch Fingerabdrücke drauf sein, und wenn's nur von Jordon wäre, als er sie das letzte Mal aufgezogen hat.»

«Wahrscheinlich hat Martha hier geputzt.»

«Dann sollten wenigstens ihre drauf sein», sagte der Rabbi.

«Wenn sie nicht diese Gummihandschuhe getragen hat, die die Frauen jetzt immer benutzen. In der Küche gibt es so ein Paar.» Er ging neben dem Rabbi in die Hocke.

«Wie zieht man sie auf?» erkundigte sich der Rabbi.

«Man kann sie hinten öffnen.» Er hob sie an ihrem Messing-Klappgriff obendrauf auf und trug sie zum Tisch. Die Uhr war etwa fünfzehn Zentimeter hoch und bestand aus rechteckigen, abgeschrägten Glasscheiben – von denen zwei durch die Kugel zersplittert waren – in einem Messingrahmen. «Man bezeichnet sie als Kutschenuhr, und normalerweise befindet sie sich in einer gepolsterten Lederschatulle. Im Grunde ein altmodischer Reisewecker. Man trug sie hier, an diesem Griff, und wenn man in einem Gasthaus oder Hotel abstieg, konnte man sie auf dem Kamin stellen. Zum Aufziehen nahm man sie aus der Lederschatulle und öffnete sie hinten. Sehen Sie den viereckigen Stift in dem Loch hier? Da zieht man sie auf. Man braucht aber einen Schlüssel dazu.»

«Nein, zwei», stellte der Rabbi fest. «Der Stift in dem anderen Loch muß zum Verstellen der Zeiger dienen. Er ist kleiner als der andere. Wo würde man Ihrer Ansicht nach diese Schlüssel aufbewahren?»

«Tja, wir haben in unserem Wohnzimmer auch eine Uhr, die man aufziehen muß. Der Schlüssel liegt immer dahinter auf dem Kaminsims.» Er ging zum Kamin, streckte den Zeigefinger aus und rief: «Ein Schlüssel, Rabbi, aber ein doppelter. Die eine Seite zum Aufziehen, die andere zum Verstellen der Zeiger. Unsere Uhr zu Hause zieht man von vorn auf, und die Zeiger verstellt man mit der Hand.»

«Den hat Martha bestimmt nicht abgestaubt», sagte der Rabbi. «Vor allem, wo er hinter der Uhr liegt.»

«Und bestimmt nicht, wenn sie die Gummihandschuhe angehabt hat.» Er wandte sich wieder dem Aktenhefter zu. «In der Zusammenfassung ist nichts von dem Schlüssel erwähnt. Ich glaube kaum, daß unser Mann dort nach Fingerabdrücken gesucht hat. Ich werde ihn gleich mal anrufen.»

52

Während sie im Eßzimmer auf das Eintreffen des Experten für Fingerabdrücke warteten, dachte Lanigan laut über den Fall nach. «Ich hatte Gore schon von der Liste der Verdächtigen gestrichen, bevor wir hinter sein Alibi kamen. Ich war der Ansicht, er sei der einzige, der den Mord nicht begangen haben konnte, weil er der einzige war, der wußte, daß sich noch jemand im Haus befand. Er war der einzige, der sah, wie Billy in sein Zimmer geschickt und eingeschlossen wurde. Irgendwie muß er herausgefunden haben, daß der Junge ausgerissen war.»

Der Rabbi nickte. «Als ich Billy auf der Insel besuchte, sagte er mir, Gore wüßte, daß er jedesmal ausriß, wenn der alte Jordon ihn in seinem Zimmer einschloß. Er hatte es ihm erzählt, und sie hatten zusammen darüber gelacht. Trotzdem glaube ich, daß Gore kein Risiko eingegangen ist. Vielleicht hat er gehört, wie das Fenster hochgeschoben wurde . . .»

«Ja, der Fensterrahmen ist aus Holz, und die Tür ist dünn. Wenn Gore unmittelbar an der Tür stand, konnte er zweifellos alles hören», stimmte Lanigan zu.

Sie sprachen von Gore und was für ein Mensch er sei. «In der Stadt hat er einen guten Ruf», berichtete Lanigan. «Tut viel für die Öffentlichkeit, wie zum Beispiel diese Silbersammlung. Er ist geschieden, und wie ich hörte, eben auf Grund seiner Öffentlichkeitsarbeit. Wissen Sie, alle möglichen Aktivitäten, und kaum noch zu Hause. Wieviel Geld er als Bankpräsident verdient, weiß ich nicht, aber er lebt recht bescheiden. Wenn wir das nachprüfen, stellen wir vielleicht sogar fest, daß er gespielt hat. Wenn er mit dem Geld knapp dran ist, wären Jordons zwei Millionen für ihn eine Hilfe.»

«Man braucht nicht mit Geld knapp zu sein, um an zwei Millionen kommen zu wollen», bemerkte der Rabbi.

«Da haben Sie allerdings recht.»

«Und wenn er genau wußte, daß er das Geld erben würde, hat er nach einer Weile vielleicht das Gefühl gehabt, es sei im Grunde wirklich seins und Jordon sei nur so eine Art vorübergehender Verwalter.»

Es klingelte. Der Fingerabdruckexperte kam. Lanigan ging mit ihm zum Kamin hinüber und zeigte ihm den Uhrenschlüssel. «Als Sie neulich hier gearbeitet haben, Joe – haben Sie da den Schlüssel auch überprüft?»

«Den hab ich überhaupt nicht gesehen, Chief.» Er glaubte sich verteidigen zu müssen. «Wir können schließlich nicht alles kontrollieren, sonst wären wir ja 'ne ganze Woche hier. Nein, nur eben alles, was uns wahrscheinlich vorkommt. Ich würde zum Beispiel niemals die Decke bearbeiten, oder den Fußboden, oder . . .»

«Schon gut, Joe. Niemand macht Ihnen einen Vorwurf. Aber bitte, nehmen Sie sich jetzt den Schlüssel vor.»

Gespannt sahen sie zu, wie er den Schlüssel einstäubte und dann durch sein Vergrößerungsglas sah. «Jawohl, da ist ein großartiger Abdruck. Daumenspitze, würde ich sagen. Mit größter Wahrscheinlichkeit der rechte Daumen.»

«Okay, Joe. Hier sind die Vergrößerungen der verschiedenen Abdrükke, die Sie hier genommen haben. Sehen Sie sie sich bitte an und vergleichen Sie sie.»

«Nicht nötig, Chief. Den hier kenne ich. Der gehört Ellsworth Jordon.»

«Ach!» Dieser enttäuschte Seufzer kam sowohl von Lanigan als auch vom Rabbi. Lanigan schüttelte ärgerlich und frustriert den Kopf, aber der Rabbi sagte: «Was ist denn mit der anderen Seite?» Er deutete auf den Schlüssel. «Dieser Abdruck ist auf der größeren Seite, mit der man die Uhr aufzieht. Vielleicht gibt es aber noch einen auf der dünneren Seite, die man zum Verstellen der Zeiger benutzt.»

«Das ist eine Idee!» gab Joe zurück. Er holte einen kleinen Schraubenzieher aus seiner Tasche, schob ihn in die Öffnung und drehte den Schlüssel um. Abermals stäubte er ihn ein und verkündete kurz darauf: «Jawohl! Und das hier ist ein anderer.»

«Sind Sie ganz sicher?» erkundigte sich Lanigan eifrig.

«Hören Sie, Chief!» antwortete Joe vorwurfsvoll. «Dabei kann man sich gar nicht irren. Hier verläuft eine feine Narbenlinie. Der Abdruck stammt von Lawrence Gore.»

«Wie kamen Sie eigentlich auf Gore?» fragte Lanigan. «Hatten Sie schon vor Miriams Anruf an ihn gedacht?»

Der Rabbi nickte. «Von dem Moment an, als ich von dem Vierteljahresbericht hörte, den Molly Mandell abliefern wollte. Um mir zu zeigen, wie töricht Molly gehandelt hatte, wies mich ihr Ehemann darauf hin, daß der Bericht nicht einmal stimmte.»

«Ja, das hat er mir auch gesagt. Und sie ebenfalls. Nahmen Sie an, daß Gore in die Kasse gegriffen hat? Das hat er nicht; wir haben es gründlich überprüft.»

«Nein, der Gedanke ist mir nicht gekommen. Ich fand es nur seltsam, daß Gore den Bericht bei Jordon abliefern lassen wollte, obwohl die Endsumme nicht stimmte. Einerseits war Gore ängstlich darauf bedacht, den Bericht pünktlich abzuliefern, andererseits schien es ihm nichts auszumachen, daß er nicht stimmte. Das war unlogisch. Normalerweise hätte er sich doch sagen müssen, es habe keinen Sinn, ihn abzuliefern, bevor er ihn nicht korrigiert hatte, daß der alte Mann wahrscheinlich sogar noch wütender sein würde, wenn die Summen nicht stimmten, als wenn der Bericht zu spät eintraf.»

«Ja», mußte Lanigan zugeben. «Wenn man es recht bedenkt . . .»

«Deshalb dachte ich mir, daß Gore nichts dagegen hatte, daß Molly ihn ablieferte, weil er wußte, es konnte ja nichts passieren. Weil Jordon tot war.»

53

Rabbi Reuben Levy hatte zugenommen, seit Rabbi Small ihn zum letztenmal gesehen hatte. Er hatte ihn als groß und beinahe mitleiderregend mager in Erinnerung, in den dazwischenliegenden Jahren aber hatte er ziemlich angesetzt und sogar eine Andeutung von Bauch bekommen.

Als Rabbi Small eine Bemerkung darüber machte, sagte Rabbi Levy bedauernd: «Ich weiß, ich weiß. Aber wir haben über tausend Familien in unserer Gemeinde, und da vergeht kaum ein Tag, an dem nicht eine Bar Mitzwa, eine Verlobung oder eine Hochzeit stattfindet. Und zu allem werden wir eingeladen. Das macht es schwierig, sein Gewicht zu halten.»

Seine schöne Baritonstimme klang jetzt sogar noch voller und wohltönender. Und er besaß die dazu passende Persönlichkeit und Selbstsicherheit. Als sie in der Cocktail-Lounge des eleganten – und teuren – Hotel *Lafayette* in Cambridge saßen, sahen Rabbi Small und Miriam voll Bewunderung, wie er den Kellner mit einem angedeuteten Heben des Kopfes herbeirief.

Auch Mrs. Levy besaß als Frau eines eminent erfolgreichen Rabbi Haltung und Selbstsicherheit. Sie war nicht gerade herablassend oder gönnerhaft, aber sie legte die vornehme Finesse der Großstadt an den Tag.

Die beiden Rabbiner unterhielten sich über ihre früheren Klassenkameraden, doch Rabbi Levy war es, der auf Grund dessen, daß er aus New York und somit dem Zentrum aller Dinge kam, genau wußte, was sie alle taten, welche Gemeinde sie betreuten und welche Probleme sie dort hatten.

«Und wie läuft's mit deiner Gemeinde, David?» erkundigte er sich.

«Ach, weißt du, ich habe auch so meine Probleme», antwortete Rabbi Small.

«Du hast doch einen Vertrag auf Lebenszeit, nicht wahr?»

Diese Frage beantwortete Miriam: «Man hat ihm vor einigen Jahren einen angeboten, aber er hat abgelehnt. Er will lieber nur einen Jahresvertrag.»

Rabbi Levy machte große Augen. «Aber warum, David?»

Rabbi Small zuckte die Achseln. «Es ist mir lieber so. Ich fühle mich ungebundener.»

«Aber gibt es denn nicht jedes Jahr, wenn dein Vertrag verlängert werden muß, Auseinandersetzungen?»

«Gelegentlich», mußte Rabbi Small zugeben.

«Augenblicklich auch gerade», erklärte Miriam. «Wegen des kommenden Jahres. Und David weigert sich, etwas dagegen zu unternehmen.»

«Also, David, das ist grundfalsch», behauptete Levy wichtig. «Wir dürfen nie vergessen, daß der Rabbi zwar seiner Gemeinde dienen soll, aber er führt sie auch wie der Dirigent eines großen Symphonieorchesters. Und genau, wie der Dirigent zur Leitung des Orchesters sich hundertprozentig auf den Konzertmeister verlassen können muß, muß der Rabbi einen harten Kern –» er machte eine Faust, um den harten Kern zu demonstrieren – «von treuen Freunden unter den führenden Gemeindemitgliedern haben, die seine Politik vertreten, seine Pläne fördern und, jawohl, ihm zu Hilfe eilen, wenn er in Schwierigkeiten gerät.»

Rabbi Small kam der Gedanke, daß Levy aus einer Predigt zitierte oder auch aus einem Vortrag, den er vor einer Gruppe Rabbinerstudenten gehalten hatte. Oder, überlegte er, er dachte überhaupt immer so.

«Ich werd's mir merken, Reuben», sagte er.

Als sie sich verabschiedeten, war es nach Mitternacht, und die Smalls gingen zu ihrem Wagen, mit dem sie die weite Strecke nach Barnard's Crossing zurücklegen mußten. Der Rabbi fingerte eine Zeitlang am Türschloß herum, dann gab er Miriam den Schlüssel. «Ich glaube, es ist besser, wenn du fährst», sagte er. «Ich habe wahrscheinlich ein bißchen mehr getrunken, als ich beabsichtigte.»

«Geht es dir schlecht, Liebling?» erkundigte sie sich besorgt.

«O nein! Aber morgen früh werde ich wohl Kopfschmerzen haben.»

Am nächsten Morgen hatte er tatsächlich Kopfschmerzen, und als er aufwachte, war es zu spät für die Morgenandacht. Ja, sogar als Lanigan um die Mittagszeit auftauchte, war er noch immer in Bademantel und Hausschuhen. Er hatte sich zwar mehr oder weniger erholt, sah aber trotzdem abgespannt aus.

Lanigan musterte ihn kritisch. «Entweder Sie haben die Grippe, oder Sie haben gestern abend gefeiert.»

«Ich fürchte, ich habe das Wiedersehen mit meinem alten Klassenkameraden ein bißchen mehr gefeiert, als das Ereignis es rechtfertigen könnte. Mein Gott, wie schafft ihr Nichtjuden das bloß?»

«Ist es das erste Mal?» fragte Lanigan mitfühlend.

«O nein! Am Passahfest müssen wir immer vier Becher Wein trinken, und der ist mir schon manchmal zu Kopf gestiegen. Und am Simchas Tora, wenn wir das Lesen der Schriftrollen beenden und wieder von vorn anfangen, neigen wir häufig dazu, unserer Freude und unserem Glück mit starken Getränken Ausdruck zu verleihen, gelegentlich auch allzu enthusiastisch. Ach ja, und am Purimfest ist Überfluß sogar praktisch Gebot.»

«Ist das nicht schrecklich?» warf Miriam ein.

Lanigan lachte. «Wie ich hörte, ist Tomatensaft gut dagegen. Aber ich bin gekommen, um Ihnen zu berichten, wie unser Fall steht. Weil ich finde, Sie haben ein Recht darauf, informiert zu werden. Wir haben Gore gestern abend verhaftet, und heute morgen ist es über die Nachrichten gekommen. Haben Sie's nicht gehört?»

Der Rabbi schüttelte den Kopf. «Ich habe bis zehn geschlafen.»

«Kann ich mir vorstellen», entgegnete Lanigan grinsend. «Aber es hieß da auch nur, daß Lawrence Gore in Verbindung mit dem Jordon-Mord verhaftet wurde. Für die Mittagsnachrichten werden wir dann wohl weitere Informationen haben.»

«Wie hat er reagiert, als . . .»

«Ich habe die Verhaftung selbst durchgeführt. Weil ich jeden Fehler vermeiden wollte, wissen Sie – zum Beispiel, ihm vorzulesen, welche Rechte ihm zustehen. Dann erklärte ich ihm, welche Beweise wir gegen ihn haben. Und wissen Sie, was er darauf antwortete? Er sagte nur: ‹Das war gut geschossen, nicht wahr?› Was halten Sie davon?»

«Na ja, die Leute sind auf die verschiedensten Dinge stolz.»

«Er war ganz offen mit uns, nachdem er sah, daß wir ihn hatten. Nur einmal regte er sich auf, weil Jennings da etwas über Billy gesagt hatte. Er behauptete, er habe es nie so aussehen lassen wollen, als wäre der junge Mann der Täter. Das hat er mehrmals wiederholt.»

Der Rabbi nickte. «Kann ich mir vorstellen, daß ihn das beunruhigte. Er muß sich doch klar darüber gewesen sein, daß so etwas nahe lag. Hat er gesagt, falls Billy verhaftet worden wäre, hätte er sich freiwillig gestellt?»

«Ich habe ihn nicht danach gefragt.»

«Und Billy?»

«Ich war heute morgen drüben bei ihm auf der Insel.»

«Haben Sie ihm mitgeteilt, daß er jetzt frei ist?»

«Aber hören Sie, David! Wir haben nie Anklage gegen ihn erhoben. Er hätte gehen können, wann immer er wollte.»

«Vorausgesetzt, er hätte so weit schwimmen oder sich ein Ruderboot leihen können?»

Lanigan machte ein verlegenes Gesicht. «Ich gebe zu, es gab da einige Hindernisse . . .»

«Und wie hat er die Nachricht über Gore aufgenommen?»

«Tja, also das ist interessant. Er sagte, das überrasche ihn nicht. Er habe sich gedacht, daß Gore es gewesen sein müsse. Weil Gore der einzige war, der bei dem Alten saß, als er zum Fenster hinausstieg. Und außerdem, weil Jordon durch einen perfekten Schuß mitten zwischen die Augen getötet worden war. Also erzählte ich ihm von den anderen Schüssen und von Gores Alibi. Aber er sagte nur: ‹Na ja›, als sei ihm das völlig gleichgültig. Was sagen Sie dazu?»

Der Rabbi lächelte. «Ich würde sagen, es ist der Beweis dafür, daß man alt, erfahren, reif und weise sein muß, um sich täuschen zu lassen. Was will er denn jetzt anfangen? Will er nach New York zurück?»

«Nein. Es gefällt ihm auf der Insel, deswegen möchte er bis Thanksgiving bleiben, bis die Arbeit beendet ist. Dann kommt auch ungefähr seine Mutter zurück, deswegen möchte er warten, bis sie wieder in den Staaten ist. Übrigens, ich soll Sie von ihm grüßen. Er kommt am Wochenende mit den Hegertys rüber und läßt fragen, ob er Sie aufsuchen darf.»

«Aber von Herzen gern! Wann kommt er denn? Am Freitag? Am Samstag?»

«Am Freitagnachmittag, sagt Tom Hegerty.»

«Vielleicht würde er gern am Freitagabend zum Dinner kommen», meinte Miriam.

«Das würde ihn ganz bestimmt sehr freuen», antwortete Lanigan. «Ich werd's ihm ausrichten.»

«Es war Ben Segal, der mich auf ihn aufmerksam gemacht hat», sagte der Rabbi. «Wie wär's, wenn wir die Segals auch einladen, Miriam?»

«Wunderbar! Ich werde sie anrufen», gab sie zurück. «Sicher freuen sie sich über eine selbstgekochte Mahlzeit.»

54

Der Brief kam Dienstag mit der Post. Der Rabbi öffnete ihn. «Sehr geehrter Rabbi Small», las er. «Hiermit möchten wir Ihnen mitteilen, daß der Vorstand die Verlängerung Ihres Vertrags beschlossen hat . . .»

Miriam, die gehört hatte, daß der Briefträger klingelte, kam aus der Küche. «Gibt's was Neues?» fragte sie.

«Nicht viel.» Und er reichte ihr den Brief.

Während sie las, gab sie sich Mühe, sich ihre Erleichterung und Freude nicht anmerken zu lassen. Es gelang ihr sogar, verärgert zu tun, als sie schließlich sagte: «Die haben sich wahrhaftig Zeit damit gelassen!» Dann aber lachte sie. «Ach David! Ich bin ja so froh!»

Er grinste sie an. «Siehst du? Und ich hab keinen Finger dafür rühren müssen.»

Fred Breinersdorfer

Reiche Kunden killt man nicht
(2517)

Das kurze Leben des K. Rusinski
(2538)

Frohes Fest, Lucie
(2562)

Noch Zweifel, Herr Verteidiger?
(2621)

Das Netz hat manchmal weite Maschen
(2642)

Der Dienstagmann
(2685)

Notwehr
(2750)

Schlemihl und die Narren
(2792)

thriller rororo

C 1098/5

A Faint Cold Fear Thrills Through My Veins · William Shakespeare

Zu diesem Buch

‹Sie fühlte mehr als sie sah, wie die Hand sich näherte. Sie spürte sie an ihrem Hals und war im Begriff, sich ihm lächelnd zuzuwenden, als die Hand ihre silberne Halskette packte. Sie wollte protestieren, ihm sagen, daß er die Kette zu eng zusammenziehe, aber da war es schon zu spät. Die Hand riß die Kette mit einem Ruck ganz eng zusammen. Sie konnte sich nicht wehren. Sie konnte nicht einmal schreien. Sie schwamm in rotem Nebel. Und dann wurde alles schwarz.›

‹Lanigan stand auf. «Trotzdem – schönen Dank für Ihre Hilfe, Rabbi.»

«Ich bitte Sie – das war doch selbstverständlich.»

«Ach, übrigens ...» Lanigan wandte sich in der Tür noch einmal um: «Ich hoffe, Sie brauchen Ihren Wagen nicht gleich. Meine Leute haben ihn sich vorgenommen.»

Der Rabbi sah ihn verblüfft an.

«Es ist nämlich ... Wissen Sie, die Handtasche der Toten lag nämlich drin.»›

Die Tote ist Anfang Zwanzig, blond, hübsch. Sie war Hausangestellte, und man weiß wenig von ihr. Nur eines stellte sich heraus: Sie war schwanger. Aber das hilft Polizeichef Lanigan auch nicht weiter. Es gibt keinen Verdächtigen. Wer sollte in der muffigen Ehrbarkeit der New England-Kleinstadt ein solches Verbrechen begehen? Ein Mann allerdings müßte eigentlich etwas bemerkt haben: der Rabbiner, unter dessen Fenster der Mord geschah. Aber auch seine Vernehmung fördert nichts Neues zutage.

Harry Kemelman erhielt für seinen ersten Kriminalroman, Am Freitag schlief der Rabbi lang (Nr. 2090), den Edgar Allan Poe Award. Sein zweiter, Am Samstag aß der Rabbi nichts (Nr. 2125), wurde von der Darmstädter Jury zum Buch des Monats gewählt. Es folgten Am Sonntag blieb der Rabbi weg (Nr. 2291), Am Montag flog der Rabbi ab (Nr. 2304), Am Dienstag sah der Rabbi rot (Nr. 2346), Am Mittwoch wird der Rabbi naß (Nr. 2430), Der Rabbi schoß am Donnerstag (Nr. 2500), Eines Tages geht der Rabbi (Nr. 2720) und Ein Kreuz für den Rabbi (Nr. 2860). Acht Detektivstories erschienen unter dem Titel Quiz mit Kemelman (Nr. 2172).

Harry Kemelman

Am Freitag schlief der Rabbi lang

Deutsch von
Liselotte Julius

rororo

Rowohlt

rororo thriller
Herausgegeben von Bernd Jost

Veröffentlicht im Rowohlt Taschenbuch Verlag GmbH,
Reinbek bei Hamburg, Mai 1990
Die deutsche Erstausgabe erschien im Rowohlt Taschenbuch Verlag GmbH,
Reinbek bei Hamburg, 1966
Die Originalausgabe erschien bei Crown Publishers, Inc., New York,
unter dem Titel «Friday the Rabbi Slept Late»
Umschlagfoto Fred Dott
Umschlagtypographie Peter Wippermann / Nina Rothfos

Gesetzt aus der Linotype-Cornelia
und der Baskerville (Bauersche Gießerei)
Gesamtherstellung Clausen & Bosse, Leck
Printed in Germany
ISBN 3 499 42992 6

Die Hauptpersonen

Elspeth Bleech	eine Unschuld vom Lande, die ein Kind erwartet und stirbt
Rabbi David Small	ein sanfter Gelehrter, in dessen Auto ihre Handtasche liegt
Al Becker	ein jähzorniger Kaufmann mit sozialen Vorurteilen
Stanley Doble	ein heimlicher Kunstliebhaber ohne Vorurteile
Melvin Bronstein	ein schwacher Charakter, der in die Klemme gerät
Joe Serafino	ein Nachtclubbesitzer mit vorbildlichem Familienleben
William Norman	ein Polizist mit schlechtem Gedächtnis
Hugh Lanigan	ein Polizeichef mit dem Mut zu unpopulären Maßnahmen

Für
meinen Vater
und
meine Mutter

1. Kapitel

Sie saßen im Betsaal und warteten. Neun Männer, die auf den zehnten warteten, um den Morgengottesdienst beginnen zu können. Jacob Wasserman, der bejahrte Gemeindevorsteher, hatte die Gebetsriemen bereits befestigt. Der junge Rabbi David Small war gerade eingetroffen, zog den linken Arm aus der Jacke und rollte den Hemdsärmel bis zur Achsel hoch. Er legte die kleine schwarze Kapsel mit den Thora-Stellen auf den linken Oberarm gegenüber dem Herzen, wickelte den einen Gebetsriemen siebenmal um den Unterarm, dreimal um den Handteller – das bedeutet den ersten Buchstaben vom Namen des Herrn – und schließlich um den Mittelfinger, als Symbol für den Bund mit Gott. Nun befestigte er den zweiten Gebetsriemen mit der Kapsel an der Stirn; zusammen mit dem ersten gilt das als buchstäbliche Erfüllung des biblischen Gebotes: *Und sollst die Worte Gottes binden zum Zeichen auf deine Hand, und sollen dir ein Denkmal vor deinen Augen sein.*

Die anderen, die mit Fransen besetzte seidene Gebettücher und schwarze Käppchen trugen, saßen in Gruppen herum und unterhielten sich. Von Zeit zu Zeit verglichen sie ihre Armbanduhren mit der runden Wanduhr.

Der Rabbi war jetzt für das Morgengebet bereit und schlenderte den Mittelgang auf und ab, nicht ungeduldig, eher wie ein Reisender, der zu früh auf den Bahnhof gekommen ist. Gesprächsfetzen drangen an sein Ohr: Geschäftliches, Familie und Kinder, Urlaubspläne, die Chancen einer Baseballmannschaft wurden erörtert. Nicht gerade passende Themen, wenn man beten will, dachte er, und wies sich sofort zurecht. War nicht übertriebene Frömmigkeit gleichfalls Sünde? Sollte der Mensch nicht die guten Dinge dieses Lebens genießen – die Freuden, die Familie, Arbeit und Ruhe nach der Arbeit schenken? Er war noch sehr jung, knapp dreißig, und selbstkritisch, so daß er ständig Fragen aufwarf und diese wiederum in Frage stellte.

Wasserman war hinausgegangen und kam jetzt zurück. «Ich habe eben bei Abe Reich angerufen. Er ist in etwa zehn Minuten hier, hat er gesagt.»

Ben Schwarz, ein kleiner, rundlicher Mann in mittleren Jahren, sprang auf. «Mir reicht's», murrte er. «Wenn ich diesem Reich noch dankbar sein muß, daß wir mit ihm den *minjen* zusammenkriegen, bete ich lieber zu Hause.»

Wasserman eilte ihm nach und holte ihn am Ende des Ganges ein. «Du willst uns doch jetzt nicht etwa sitzenlassen, Ben? Dann sind wir ja wieder nur neun, auch mit Reich.»

«Tut mir leid, Jacob», sagte Schwarz steif, «ich habe eine wichtige Verabredung und muß weg.»

Wasserman hob die Hände. «Du bist doch extra hergekommen, um den *kadisch* für deinen Vater zu sagen. Wieso hast du es da plötzlich so eilig mit deiner Verabredung, daß du nicht mal die paar Minuten warten kannst, um für deinen toten Vater zu beten?» Wasserman war Mitte Sechzig und somit älter als die meisten Gemeindemitglieder. Er hatte einen leisen Akzent, der sich vor allem in seinen Bemühungen um eine besonders korrekte Aussprache äußerte. Er merkte, daß Schwarz schwankend wurde. «Übrigens hab ich selber heute *kadisch*, Ben.»

«Schon gut, Jacob, hör mit der Seelenmassage auf. Ich bleibe.» Er grinste sogar.

Wasserman hatte noch etwas auf dem Herzen. «Warum bist du denn so wütend auf Abe Reich? Ihr seid doch immer gute Freunde gewesen.»

Schwarz gab bereitwillig Auskunft. «Ich werd dir sagen, wieso. Letzte Woche . . .»

Wasserman wehrte ab. «Du meinst die Geschichte mit dem Auto? Von der hab ich schon gehört. Wenn du glaubst, er schuldet dir Geld, verklag ihn eben, dann hast du's hinter dir.»

«Einen solchen Fall bringt man nicht vor Gericht.»

«Dann seht zu, wie ihr sonst klar kommt. Aber wenn zwei prominente Gemeindemitglieder noch nicht mal im gleichen *minjen* sein wollen, ist das einfach eine Schande.»

«Sieh mal, Jacob . . .»

«Was stellst du dir eigentlich vor, wozu die Synagoge in einer Gemeinde wie unserer da ist? Hier sollten die Juden ihre Streitigkeiten vergessen.» Er winkte den Rabbi heran. «Ich hab gerade zu Ben gesagt, die Synagoge ist eine heilige Stätte, und alle Juden, die sie aufsuchen, sollten hier ihren Frieden miteinander machen und ihre Differenzen beilegen. Das ist vielleicht sogar noch wichtiger als das Beten. Was meinen Sie, Rabbi?»

Der junge Rabbi sah unsicher von einem zum anderen. Er errötete. «Ich fürchte, ich kann Ihnen da nicht beipflichten, Mr. Wasserman», erklärte er. «Die Synagoge ist in dem Sinn keine heilige Stätte. Der Tempel in Jerusalem war es natürlich, aber eine Gemeindesynagoge wie die unsere ist nichts weiter als ein Gebäude, das für Gebete und Studien bestimmt ist. Heilig kann man sie wohl nur insofern nennen, als jedem Ort, wo sich Menschen zum Gebet zusammenfinden, diese Bezeichnung zukommt. Aber nach der Tradition obliegt es nicht der Synagoge, Zwistigkeiten zu schlichten, sondern dem Rabbi.»

Schwarz schwieg. Er fand es unpassend, daß der junge Rabbiner dem Gemeindevorsteher so offen widersprach. Wasserman war immerhin sein Vorgesetzter und hätte den Jahren nach sein Vater sein können. Doch Jacob verübelte es offenbar nicht, im Gegenteil. Augenzwinkernd wandte er sich an den Rabbi: «Was würden Sie also vorschlagen, Rabbi, wenn sich zwei Gemeindemitglieder streiten?»

Der junge Mann lächelte flüchtig. «Tja, in alten Zeiten hätte ich einen *din-tojre* vorgeschlagen.»

«Was ist denn das?» erkundigte sich Schwarz.

«Eine Verhandlung, ein Urteilsspruch», erklärte der Rabbi. «Übrigens gehörte das zu den Hauptaufgaben des Rabbiners – zu Gericht zu sitzen. Früher wurde der Rabbiner in den europäischen Gettos nicht von der Gemeinde, sondern von der Stadt angestellt, und zwar nicht als Leiter des Gottesdienstes oder als Oberhaupt der Gemeinde. Er hatte vielmehr über die Fälle zu Gericht zu sitzen, die ihm vorgetragen wurden, und sein Urteil in juristischen Fragen abzugeben.»

«Und wie hat er seine Entscheidungen gefällt?» fragte Schwarz unwillkürlich interessiert.

«Wie jeder Richter hat er sich den Fall angehört, manchmal allein, manchmal zusammen mit ein paar gelehrten Männern aus dem Dorf. Er stellte Fragen, verhörte Zeugen, falls notwendig, und fällte dann nach dem Talmud sein Urteil.»

«Damit kämen wir wohl kaum weiter, fürchte ich», meinte Schwarz lächelnd. «Hier handelt es sich nämlich um ein Auto. Und mit Autos befaßt sich der Talmud doch sicher nicht.»

«Der Talmud befaßt sich mit allem», erklärte der Rabbi entschieden.

«Aber Autos?»

«Selbstverständlich ist im Talmud nicht von Autos die Rede, aber von Schadensfällen und Schadenersatzpflicht. Bestimmte Gegebenheiten sind zwar in jeder Zeit verschieden, die allgemeinen Grundsätze jedoch nicht.»

«Na, Ben, bist du einverstanden, deinen Fall vor den Rabbi zu bringen?» fragte Wasserman.

«Von mir aus kann die ganze Gemeinde erfahren, was Abe Reich für ein *ganew* ist.»

«Ich meine das ganz im Ernst, Ben. Ihr seid beide im Vorstand. Und ihr habt beide, ich weiß nicht wie viele Stunden für die Gemeinde geopfert. Warum willst du dann einen Streitfall nicht nach altem jüdischen Brauch bereinigen?»

Schwarz zuckte die Achseln. «Von mir aus ...»

«Wie steht's mit Ihnen, Rabbi? Wären Sie bereit ...»

«Wenn Mr. Reich und Mr. Schwarz beide einverstanden sind, werde ich einen *din-tojre* abhalten.»

«Abe Reich kriegen Sie im Leben nicht zu so was», meinte Schwarz.

«Ich garantiere dir, daß Reich kommt», versicherte Wasserman.

Schwarz war jetzt interessiert. «Na schön, und wie geht's nun weiter? Wann soll dieser . . . dieser *din-tojre* sein, und wo?»

«Ginge es heute abend? Hier in meinem Arbeitszimmer?»

«Von mir aus gern, Rabbi. Sehen Sie, es war nämlich so: Abe Reich . . .»

«Finden Sie es nicht richtiger, mit Ihrer Geschichte zu warten, bis Mr. Reich dabei ist, wenn ich den Fall entscheiden soll?» fragte der Rabbi freundlich.

«Freilich, Rabbi. Ich wollte ja nicht . . .»

«Bis heute abend, Mr. Schwarz.»

«Ich komme bestimmt.»

Der Rabbiner nickte und schlenderte davon. Schwarz sah ihm nach. «Weißt du, Jacob, wenn man sich's genau überlegt, habe ich mich eben in eine ziemlich alberne Geschichte eingelassen.»

«Wieso albern?»

«Weil . . . weil . . . Nun, ich habe mich ja gewissermaßen mit einer regelrechten Gerichtsverhandlung einverstanden erklärt.»

«Na, und?»

«Na, und wer ist der Richter?» Verdrossen sah er zu dem Rabbi hinüber, bemerkte den schlecht sitzenden Anzug, das zerzauste Haar, die staubigen Schuhe. «Sieh ihn dir doch an . . . Ein grüner Junge. Ich könnte schließlich sein Vater sein, und da soll ich ihn über mich zu Gericht sitzen lassen? Nein, Jacob, wenn ein Rabbi wirklich eine Art Richter sein soll . . . Ich meine, dann haben Al Becker und die anderen recht, die sagen, wir müßten einen älteren, reiferen Mann haben . . . Glaubst du tatsächlich, daß Abe Reich mit der Sache einverstanden ist? Ich meine, wenn er nicht zu diesem . . . Na, zu dem Dingsda kommt, wird dann wegen Abwesenheit zu meinen Gunsten entschieden?»

«Da ist ja Reich», antwortete Wasserman. «Wir fangen gleich an. Und wegen heute abend mach dir keine Sorgen. Er wird da sein.»

Das Arbeitszimmer des Rabbiners lag im zweiten Stock, mit Aussicht auf den großen asphaltierten Parkplatz. Wasserman und der Rabbi trafen gleichzeitig ein.

«Ich hatte keine Ahnung, daß Sie auch kommen», sagte der Rabbi.

«Schwarz begann kalte Füße zu kriegen, deshalb hab ich gesagt, ich würde dabei sein. Stört Sie das?»

«Aber durchaus nicht.»

«Wie ist das, Rabbi», fuhr Wasserman fort, «haben Sie so was eigentlich schon mal gemacht?»

«Einen *din-tojre* abgehalten? Natürlich nicht. Wer würde heutzutage selbst in den orthodoxen Gemeinden Amerikas noch zum Rabbi gehen und um einen *din-tojre* bitten?»

«Aber dann . . .»

Der Rabbi lächelte. «Keine Angst, es wird alles seine Richtigkeit haben. Das verspreche ich Ihnen. Ich weiß einigermaßen Bescheid über das, was in der Gemeinde vorgeht. Mir sind Gerüchte zu Ohren gekommen. Die beiden waren immer gute Freunde, und jetzt hat etwas diese Freundschaft gestört. Ich nehme an, beide sind nicht sehr glücklich darüber und werden sich nur zu gern wieder versöhnen. Unter diesen Umständen müßte es mir gelingen, eine gemeinsame Basis zu finden.»

Wasserman nickte. «Ich fing schon an, mir etwas Sorgen zu machen. Es stimmt, die beiden waren seit Jahren befreundet. Höchstwahrscheinlich wird sich herausstellen, daß die Frauen dahinter stecken. Bens Frau Myra hat ein böses Mundwerk, sie ist ein regelrechter *kochlefel*.»

«Ich weiß, ich weiß», seufzte der Rabbi.

«Schwarz ist ein Waschlappen», fuhr Wasserman fort. «Bei ihm zu Hause hat die Frau die Hosen an. Die Familien Schwarz und Reich haben immer gute Nachbarschaft gehalten, bis Ben Schwarz nach dem Tod seines Vaters etwas Geld geerbt hat . . . Ach ja, heute vor zwei Jahren muß er gestorben sein, weil Ben zum *kadisch* in der Synagoge war . . . Na ja; jedenfalls sind die Schwarzens dann nach Grove Point gezogen und haben sich mit den Beckers und den Pearlsteins angefreundet – mit der ganzen Clique. Und jetzt hab ich den Verdacht, der Schlamassel kommt vor allem daher, daß Myra ihre alten Bekannten abhängen will.»

«Das werden wir ja bald erfahren», meinte der Rabbi. «Das muß einer von beiden sein.»

Die Tür schlug zu, und sie hörten Schritte auf der Treppe. Ben Schwarz und Abe Reich traten ein. Allem Anschein nach hatte einer auf den anderen gewartet. Der Rabbi placierte sie rechts und links vom Schreibtisch einander gegenüber.

Reich war groß und sah mit der hohen Stirn und dem zurückgebürsteten eisgrauen Haar recht gut aus. Im Augenblick war er verlegen, was er hinter einer gleichgültigen Miene zu verbergen suchte.

Auch Schwarz war verlegen, bemühte sich jedoch, die ganze Angelegenheit als Witz hinzustellen, den sich sein alter Freund Jake Wasserman ausgedacht hatte und bei dem er kein Spielverderber sein wollte.

Schwarz und Reich hatten seit ihrem Eintritt kein Wort gesagt und es sogar vermieden, einander anzusehen. Reich knüpfte ein Gespräch mit Wasserman an, und so wandte sich Schwarz an den Rabbi. «Und was geschieht nun?» fragte er grinsend. «Ziehen Sie Ihren Talar an, und müssen wir alle aufstehen? Fungiert Jacob als Protokollführer oder als Geschworener?»

Der Rabbi lächelte, rückte seinen Sessel zurecht, als Zeichen, daß er bereit sei. «Ich nehme an, Sie verstehen beide, worum es hier geht», sagte er gelassen. «Es gibt keine formellen Verfahrensvorschriften. Normalerweise bekunden beide Parteien ihre Bereitschaft, die Zuständigkeit und die Entscheidung des Rabbis anzuerkennen. In diesem Fall möchte ich jedoch nicht darauf bestehen.»

«Ich habe nichts dagegen», sagte Reich. «Ich bin bereit, Ihre Entscheidung anzuerkennen.»

Schwarz wollte nicht zurückstehen und erklärte hastig: «Ich habe weiß Gott nichts zu befürchten. Ich mache auch mit.»

«Um so besser», meinte der Rabbi. «Sie sind der Geschädigte, Mr. Schwarz. Ich schlage deshalb vor, Sie berichten uns, was vorgefallen ist.»

«Da gibt's nicht viel zu erzählen», erklärte Schwarz. «Die Geschichte ist ganz einfach. Abe hat sich Myras Wagen geliehen und ihn durch reine Fahrlässigkeit ruiniert. Ich muß einen neuen Motor kaufen. Das ist alles.»

«Die wenigsten Fälle liegen so einfach», entgegnete der Rabbi. «Können Sie mir schildern, unter welchen Umständen er den Wagen geliehen hat? Und ob es sich um Ihren oder um den Wagen Ihrer Frau handelt. Sie sprachen von dem Auto Ihrer Frau, sagten aber gleich darauf, Sie müßten den neuen Motor kaufen.»

Schwarz lächelte. «Es ist mein Wagen in dem Sinne, daß ich ihn bezahlt habe. Und ihrer in dem Sinne, daß sie ihn normalerweise benutzt. Ein Ford-Kabriolett, Baujahr 65. Ich fahre einen Buick.»

«Baujahr 65?» Der Rabbi zog die Augenbrauen hoch. «Dann ist er ja praktisch neu. Da läuft doch die Garantie noch?»

«Sie machen wohl Witze, Rabbi?» Schwarz lachte erbittert auf. «Kein Händler erkennt die Garantie an, wenn der Schaden aus Fahrlässigkeit des Besitzers entstanden ist. Becker Motors, wo ich den Wagen gekauft habe, ist bestimmt eine anständige Firma, aber als ich Al Becker damit kam, hat er mich ganz schön abblitzen lassen.»

«Ich verstehe.» Der Rabbi bedeutete ihm, fortzufahren.

«Also, wir haben einen Kreis von Freunden, mit denen wir alles gemeinsam unternehmen – Theaterbesuche, Autoausflüge und so weiter. Diesmal wollten wir nach Belknap in New Hampshire zum Skilaufen. Mit zwei Wagen. Die Alberts sind mit den Reichs in ihrer Limousine hingefahren. Ich hab den Ford genommen, und wir hatten Sarah Weinbaum mit. Sie ist Witwe. Die Weinbaums gehörten zu unserem Kreis, und seit dem Tod ihres Mannes kümmern wir uns soviel wie möglich um sie . . . Na ja.

Wir sind also am Freitag kurz nach Tisch losgefahren. Man braucht nur drei Stunden, und wir konnten so vor Dunkelheit noch ein bißchen skilaufen. Am Sonnabend waren wir alle draußen, bis auf Abe. Er hatte eine schwere Erkältung. Am Samstag abend bekam Sarah einen Anruf von ihren Kindern – sie hat zwei Söhne, einer ist siebzehn, der andere fünfzehn –, sie hätten einen Autounfall gehabt. Sie schworen, es sei nichts Ernstliches passiert, und so war's dann auch – Bobby hatte eine Schramme, und Myron, der Ältere, mußte genäht werden. Trotzdem war Sarah furchtbar aufgeregt und wollte unbedingt nach Hause. Weil sie mit uns hingefahren war, bot ich ihr unseren Wagen an. Aber es war spät und neblig, und Myra wollte sie keinesfalls allein fahren lassen. Und da hat sich Abe erboten, sie zurückzubringen.»

«Gehen Sie mit dem bisher Gesagten einig, Mr. Reich?» erkundigte sich der Rabbi.

«Ja, genauso ist es gewesen.»

«Gut; berichten Sie bitte weiter, Mr. Schwarz.»

«Als wir Sonntag abends nach Hause kamen, war der Wagen nicht in der Garage. Das regte mich nicht weiter auf. Abe wollte ihn offenbar nicht bei uns lassen und dann zu Fuß nach Hause gehen. Am nächsten Morgen fuhr ich mit dem Buick weg, und meine Frau rief wegen des Wagens bei Abe an. Und da hat er ihr erzählt . . .»

«Einen Moment bitte Mr. Schwarz. Wenn ich recht verstehe, können Sie bis hierher aus eigener Kenntnis berichten. Ich will damit sagen, von jetzt ab würden Sie wiedergeben, was Sie von Ihrer Frau gehört und nicht, was Sie selber erlebt haben.»

«Sie haben uns doch vorhin ausdrücklich erklärt, hier gebe es keine Verfahrensvorschriften und so was . . .»

«Die gibt es auch nicht. Aber wir wollen ja erst mal die ganze Geschichte hören, und da ist es doch zweifellos besser, wenn Mr. Reich weiterberichtet. Ich möchte alles in der chronologisch richtigen Reihenfolge haben.»

«Ach so. Na gut.»

«Bitte, Mr. Reich.»

«Es war genauso, wie Ben erzählt hat. Ich fuhr mit Mrs. Weinbaum los. Es war neblig und natürlich dunkel, aber wir sind flott und zügig gefahren. Kurz vor Barnard's Crossing blieb der Wagen stehen. Zum Glück kam ein Streifenwagen vorbei, und der Polizist fragte, was los sei. Ich sagte ihm, daß der Motor streikt, und er versprach, uns abschleppen zu lassen. Ungefähr fünf Minuten später kam ein Abschleppwagen aus einer Garage von außerhalb und brachte uns in die Stadt. Es war spät – nach Mitternacht, glaube ich – und kein Mechaniker mehr zu haben. Also holte ich ein Taxi und brachte Mrs. Weinbaum nach Hause. Und dann ... Sie werden es nicht für möglich halten: Als wir hinkamen, war alles finster, und Mrs. Weinbaum hatte ihren Schlüssel vergessen.»

«Wie sind Sie denn hereingekommen?» fragte der Rabbi.

«Sie sagte, sie läßt oben immer ein Fenster offen, und man braucht bloß auf das Dach der Veranda zu klettern ... Mir war so mies, daß ich noch nicht mal eine steile Treppe geschafft hätte, und sie konnte da natürlich auch nicht rauf. Der Taxifahrer war zwar noch ein junger Kerl, behauptete aber, er hätte ein lahmes Bein – vielleicht hatte er nur Angst, wir wollten ihn zum Einbruch verleiten. Aber er sagte uns, der Polizist von der Nachtstreife mache gewöhnlich um diese Zeit eine Kaffeepause in der Molkerei. Mrs. Weinbaum hatte mittlerweile fast die Nerven verloren. Also schickten wir den Taxifahrer los, um den Polizisten zu holen. Und wie sie eben zurückkommen, wer taucht auf ... Die beiden Jungen! Sie waren in der Stadt im Kino! Na ja, Mrs. Weinbaum war so erleichtert, wie sie die beiden wohlbehalten vor sich sah, daß sie sogar vergessen hat, sich bei mir zu bedanken. Sie ist mit den Jungen ins Haus und hat es mir überlassen, dem Polizisten alles zu erklären.»

Schwarz empfand das als unausgesprochene Kritik und warf ein: «Sarah muß furchtbar aufgeregt gewesen sein. Sonst ist sie immer sehr höflich.»

Reich äußerte sich nicht dazu, sondern fuhr fort: «Ich hab also dem Polizisten erklärt, was passiert ist. Er sagte kein Wort, sondern sah mich nur mit dem mißtrauischen Blick an, den sie alle haben. Sie können sich vorstellen, wie mir zumute war. Ich habe vor Schnupfen keine Luft mehr gekriegt, jeder Knochen tat mir weh, und Fieber hatte ich auch ... Sonntag bin ich im Bett geblieben. Als Betsy – meine Frau – aus Belknap zurückkam, schlief ich fest und hörte sie nicht mal. Am nächsten Morgen war mir immer noch miserabel, und ich beschloß, nicht ins Büro zu gehen. Bei Myras Anruf war Betsy am Apparat. Sie weckte mich, und ich erzählte ihr, was sich abgespielt hatte, und gab ihr Namen und Adresse von der Garage. Ungefähr zehn Minuten später klingelte das Telefon wieder. Myra bestand darauf, mit mir zu sprechen. Also bin ich aufgestanden. Sie hätte eben in der Werkstatt angerufen. Die haben ihr gesagt, ich hätte ihren Wagen ruiniert, ich sei ohne Öl gefahren, und der ganze Motor ist hin, und sie macht mich haftbar – und so weiter und so fort. Sie war ganz hübsch grob. Ich fühlte mich ziemlich mies, und da hab ich ihr gesagt, sie soll gefälligst machen, was sie will. Dann hab ich eingehängt und bin wieder ins Bett gegangen.»

Der Rabbi sah Schwarz fragend an.

«Meine Frau behauptet zwar, er hätte noch einiges mehr gesagt, aber ich glaube schon, so etwa ist's gewesen.»

Der Rabbi schwenkte den Sessel herum und schob die Glastür des Bücherschranks hinter sich auf. Er betrachtete die Bände auf dem Regal prüfend und zog einen heraus. Schwarz zwinkerte Wasserman grinsend zu. Reich unterdrückte ein Lächeln. Der Rabbi jedoch blätterte gedankenverloren das Buch durch. Hin und wieder stockte er bei einer Seite und überflog sie nickend. Mitunter rieb er sich die Stirn, als wolle er die Gehirntätigkeit anregen. Seine kurzsichtigen Augen irrten auf dem Schreibtisch umher. Endlich fand er ein Lineal, mit dem er eine Stelle festhielt. Kurz darauf markierte er eine andere mit einem Briefbeschwerer. Dann zog er einen zweiten Band heraus, der ihm anscheinend vertrauter war, da er den gesuchten Abschnitt rasch fand. Schließlich schob er beide Bücher beiseite und sah die Männer vor sich wohlwollend an.

«Gewisse Aspekte des Falles sind mir noch nicht ganz klar. Zum Beispiel stelle ich fest, daß Sie, Mr. Schwarz, von Sarah sprechen, während Sie, Mr. Reich, Mrs. Weinbaum sagen. Bedeutet das bloß, daß Mr. Schwarz weniger konventionell ist? Oder ist die Dame mit der Familie Schwarz enger befreundet als mit den Reichs?»

«Sie gehörte zu unserer Clique. Wir waren alle befreundet. Wenn einer von uns Gäste hatte oder eine Veranstaltung besuchte, lud er sie immer dazu ein, genau wie neulich.»

Der Rabbi sah Reich an.

«Ich würde schon sagen, daß sie enger mit ihnen befreundet war. Wir haben die Weinbaums erst durch Ben und Myra kennengelernt.»

«Das mag wohl richtig sein», räumte Schwarz ein. «Was hat das mit der Sache zu tun?»

«Und Mrs. Weinbaum ist in Ihrem Wagen mitgefahren?» fragte der Rabbi.

«Ja. Es hat sich so ergeben . . . Worauf wollen Sie denn hinaus?»

«Meiner Auffassung nach war sie in erster Linie Ihr Gast, und Sie fühlten sich mehr für sie verantwortlich als Mr. Reich.»

Wasserman beugte sich vor.

«Ich glaube, das trifft zu», bestätigte Schwarz wiederum.

«Tat dann Mr. Reich nicht gewissermaßen Ihnen einen Gefallen, als er sie heimfuhr?»

«Sich selbst aber auch. Er war schwer erkältet und wollte nach Hause.»

«Hatte er irgend etwas in der Richtung geäußert, bevor Mrs. Weinbaum angerufen wurde?»

«Nein. Aber wir wußten alle, daß er nach Hause wollte.»

«Glauben Sie, daß er Sie auch ohne den Anruf um Ihren Wagen gebeten hätte?»

«Wahrscheinlich nicht.»

«Wir können also wohl als gegeben annehmen, daß er Ihnen einen Gefallen tat, wenn er Mrs. Weinbaum nach Hause fuhr – so sehr es auch in seinem eigenen Interesse gelegen haben mag.»

«Hm ... Ich verstehe nicht recht, was das für einen Unterschied macht. Worauf wollen Sie hinaus?»

«Ganz einfach: Im einen Fall wäre er in der Rechtslage des Entleihers gewesen, im zweiten aber ist er de facto Ihr Bevollmächtigter, und dafür gelten andere Gesetze. Als Entleiher obliegt ihm die volle Verantwortung dafür, Ihren Wagen in einwandfreiem Zustand zurückzugeben. Um nicht schadenersatzpflichtig gemacht zu werden, hätte er den Beweis antreten müssen, daß der Wagen einen Defekt hatte und daß auf seiner Seite kein fahrlässiges Verschulden vorlag. Ferner hätte er sich bei Übernahme des Wagens vergewissern müssen, daß er in einwandfreiem Zustand war. Als Ihr Bevollmächtigter jedoch konnte er mit Recht voraussetzen, daß der Wagen in einwandfreiem Zustand war, und die Beweislast liegt bei Ihnen. Sie müssen ihm grobe Fahrlässigkeit nachweisen.»

Wasserman lächelte.

«Für mich besteht da kein großer Unterschied. Ich bin vielmehr der Ansicht, daß er in jedem Fall grob fahrlässig gehandelt hat. Das kann ich auch beweisen. Es war kein Tropfen Öl im Motor. Das hat der Mechaniker in der Garage gesagt. Also ist er ohne Öl weitergefahren, und das ist grobe Fahrlässigkeit.»

«Und woher sollte ich bitte wissen, daß der Wagen Öl brauchte?» fragte Reich.

Bisher hatten beide nur über den Rabbi miteinander gesprochen. Jetzt aber wandte sich Schwarz um, sah Reich direkt an und sagte: «Du hast doch unterwegs getankt, nicht wahr?»

Reich drehte sich ebenfalls um. «Allerdings. Beim Einsteigen habe ich gesehen, daß der Tank nicht mal mehr halb voll war. Nach etwa einer Stunde hab ich dann an einer Tankstelle gehalten.»

«Aber du hast den Ölstand nicht kontrollieren lassen», wandte Schwarz ein.

«Nein. Und das Kühlwasser, die Batterie und den Reifendruck auch nicht. Neben mir saß nämlich eine nervöse, hysterische Frau, die es kaum abwarten konnte, bis der Tank voll war. Warum sollte ich auch alles nachkontrollieren lassen? Der Wagen war ja so gut wie neu.»

«Sarah hat aber zu Myra gesagt, sie hätte das mit dem Öl erwähnt.»

«Freilich – zehn, fünfzehn Kilometer nach der Tankstelle. Auf meine Frage sagte sie, du hättest den Ölstand auf der Hinfahrt kontrollieren lassen und zwei Liter nachgefüllt. Daraufhin sagte ich, dann brauchen wir bestimmt keins, und damit war der Fall erledigt . . . Sie ist eingenickt und erst wieder aufgewacht, als wir steckenblieben.»

«Na, ich bin schon der Meinung, daß man auf einer langen Fahrt bei jedem Halt Öl und Wasser kontrollieren läßt», beharrte Schwarz.

«Einen Augenblick, Mr. Schwarz», unterbrach der Rabbi. «Ich bin zwar kein Mechaniker, aber ich verstehe nicht recht, wieso ein neuer Wagen gleich zwei Liter Öl braucht.»

«Weil irgendeine Dichtung defekt war. Gar nicht weiter gefährlich. Ich entdeckte ein paar Öltropfen auf dem Garagenboden und sprach mit Al Becker darüber. Er sagte, er bringt das bei der nächsten Inspektion in Ordnung; ich kann inzwischen ruhig weiterfahren.»

Der Rabbi sah Reich an, ob er darauf etwas zu erwidern hätte, lehnte sich dann zurück in seinem Drehstuhl und dachte nach. Endlich richtete er sich auf und straffte die Schultern. Er ließ die Hand auf die Bücher vor sich heruntersausen. «Hier liegen zwei von den drei Bänden des Talmud, die das allgemeine Thema Schadenersatz behandeln, wie wir es heute nennen würden. Er befaßt sich sehr ausführlich damit. Der erste Band geht auf die üblichen Schadensursachen ein; zum Beispiel enthält der Abschnitt über den Ochsen, der etwas auf die Hörner nimmt, rund vierzig Seiten. Es werden allgemeine Grundsätze aufgestellt, nach denen die Rabbiner sich in den verschiedenartigsten Fällen weitgehend richten konnten. Sie unterschieden zunächst zwischen *tam* und *muad*, das heißt zwischen dem zahmen Ochsen und dem, der bereits als bösartig bekannt ist. Hatte nun ein solcher Ochse abermals etwas auf die Hörner genommen, so wurde sein Besitzer weit strenger zur Verantwortung gezogen als der des zahmen Ochsen im gleichen Fall, da er ja durch die früheren Vorkommnisse gewarnt war und entsprechende Vorsichtsmaßnahmen hätte ergreifen müssen.» Er warf Wasserman einen Blick zu, der bestätigend nickte.

Der Rabbi stand auf und begann hin und her zu wandern. Er sprach jetzt im singenden Tonfall der Talmudisten, während er den Faden weiterverfolgte. «In diesem Fall nun wußten Sie, daß Ihr Wagen Öl verlor. Und ich vermute, daß es sich zumindest beim Fahren um mehr als nur ein paar Tropfen handelte, da Sie auf dem Hinweg zwei ganze Liter nachfüllen mußten. Wäre nun Mr. Reich als Entleiher aufgetreten, hätte er beispielsweise erklärt, er fühle sich nicht wohl und wolle nach Hause, und hätte er Sie gebeten, ihm Ihren Wagen für die Heimfahrt zu leihen, dann wäre es an ihm gewesen, sich entweder bei Ihnen über den einwandfreien Zustand zu vergewissern oder sich persönlich davon zu überzeugen. Und wenn er das versäumt hätte, wäre er selbst unter genau den gleichen Umständen verantwortlich gewesen und für den entstandenen Schaden haftbar. Wir sind uns jedoch bereits darüber einig geworden, daß er kein Entleiher war, sondern in erster Linie Ihr Bevollmächtigter. Somit waren Sie verantwortlich und mußten ihn darauf hinweisen, daß der Wagen Öl verlor und daß er auf den Ölstand achten solle ...»

«Einen Augenblick, Rabbi», unterbrach Schwarz. «Ich brauchte ihn nicht persönlich zu warnen. Der Wagen hat ja eine Ölkontrollampe. Wenn man fährt, muß man auf das Armaturenbrett achten. Und wenn er das getan hätte, dann hätte er an dem roten Licht gesehen, daß kein Öl mehr drin war.»

Der Rabbi nickte. «Ein guter Einwand. Was haben Sie dazu zu sagen, Mr. Reich?»

«Die Ölkontrollampe leuchtete allerdings auf», bestätigte dieser. «Aber das war unterwegs und weit und breit keine Tankstelle in Sicht. Bevor ich eine finden konnte, blieben wir stecken.»

«Aha.»

«Der Mechaniker meinte, er hätte den brenzligen Geruch lange vorher bemerken müssen», beharrte Schwarz.

«Nicht bei starkem Schnupfen. Und Mrs. Weinbaum schlief ja.» Der Rabbi schüttelte den Kopf. «Nein, Mr. Schwarz: Mr. Reich hat nur getan, was jeder durchschnittliche Fahrer unter den obwaltenden Verhältnissen getan hätte. Deshalb kann man ihn nicht als fahrlässig ansehen. Und wenn er nicht fahrlässig war, ist er auch nicht verantwortlich.»

Sein entschiedener Ton zeigte an, daß die Verhandlung beendet war. Reich stand als erster auf. «Mir ist es wie Schuppen von den Augen gefallen, Rabbi», sagte er leise. Der Rabbi nahm seinen Dank entgegen.

Reich drehte sich unsicher zu Schwarz um in der Hoffnung auf eine versöhnliche Geste. Doch Schwarz blieb sitzen, blickte starr auf den Fußboden und rieb sich verärgert die Hände.

Reich wartete einen Moment und sagte dann: «Na ja, ich gehe jetzt.» An der Tür blieb er stehen. «Ich habe deinen Wagen nicht auf dem Parkplatz gesehen, Jacob. Kann ich dich mitnehmen?»

«Ich bin zu Fuß gekommen», sagte Wasserman. «Aber ich würde ganz gern heimfahren.»

«Ich warte unten.»

Nachdem er die Tür hinter sich geschlossen hatte, hob Schwarz den Kopf. Er war sichtlich gekränkt. «Ich hatte wohl eine falsche Vorstellung von dem Zweck dieser Verhandlung, Rabbi. Oder vielleicht liegt ein Mißverständnis vor. Ich habe Ihnen gesagt oder zu sagen versucht, daß ich nicht beabsichtige, Abe zu verklagen. Immerhin kann ich die Reparaturkosten viel leichter erschwingen als er. Wenn er mit irgendeinem Angebot gekommen wäre, hätte ich es abgelehnt, aber wir wären Freunde geblieben. Statt dessen hat er meine Frau beschimpft, und ich mußte sie verteidigen. Vermutlich ist sie ausfallend zu ihm geworden. Ich kann jetzt begreifen, warum er so reagiert hat.»

«Aber dann ...»

Schwarz schüttelte den Kopf. «Sie verstehen mich nicht, Rabbi. Ich hatte gehofft, daß wir in dieser Verhandlung zu irgendeinem Vergleich kämen, daß sie uns wieder zusammenbrächte. Statt dessen haben Sie ihn vollständig entlastet – was bedeutet, daß ich absolut im Unrecht gewesen sein muß ... Aber was habe ich denn schon getan? Zwei Freunde von mir wollten rasch nach Hause, und ich habe ihnen meinen Wagen geliehen. War das unrecht? Ich habe den Eindruck, daß Sie nicht als unparteiischer Richter gehandelt haben, sondern eher wie sein Anwalt. Alle Ihre Fragen und Argumente waren gegen mich gerichtet. Ich bin kein Jurist und kann deshalb nicht feststellen, wo der Fehler in Ihren Ausführungen steckt. Doch ich bin überzeugt, wenn ich mit einem Rechtsanwalt hier erschienen wäre – der hätte es sofort gemerkt. Jedenfalls hätte er bestimmt einen Vergleich zustande gebracht.»

«Aber wir haben doch sogar noch mehr erreicht», sagte der Rabbi.

«Wie meinen Sie das? Sie haben ihn von jeder Fahrlässigkeit freigesprochen, und ich werde um ein paar hundert Dollar ärmer.»

Der Rabbi lächelte. «Ich fürchte, Sie haben die volle Bedeutung des Beweismaterials nicht erfaßt, Mr. Schwarz. Es stimmt, Mr. Reich wurde von jeder Fahrlässigkeit freigesprochen, aber das macht Sie doch nicht automatisch schuldig.»

«Das kapier ich nicht.»

«Betrachten wir doch einmal den Tatbestand. Sie haben einen Wagen gekauft, der Öl verlor. Als Sie den Schaden bemerkten, verständigten Sie den Hersteller durch seinen Vertreter, Mr. Becker. Nun handelte es sich fraglos um einen geringfügigeren Defekt, und weder Mr. Becker noch Sie hatten Veranlassung zu der Annahme, daß er sich in unmittelbarer Zukunft verschlimmern würde. Der Gedanke, daß dies bei einer langen Fahrt eintreten könnte, ist Mr. Becker offenbar nicht gekommen, sonst hätte er Sie doch darauf aufmerksam gemacht, und Sie wären in diesem Fall zweifellos nicht nach New Hampshire gefahren. Tatsächlich hat sich jedoch auf der langen Strecke die undichte Stelle vergrößert, weshalb Sie ja auf dem Hinweg zwei Liter Öl nachfüllen mußten. Der Hersteller kann nun unter diesen Umständen nur von Ihnen verlangen, daß Sie die normale Sorgfalt walten lassen. Sie werden mir wohl beipflichten, daß Mr. Reich nichts getan hat, was nicht jeder sorgfältige Fahrer . . .»

«Dann ist also eigentlich die Fabrik schuld, Rabbi?» Schwarz' Miene hellte sich auf, und seine Stimme klang aufgeregt. «Wollen Sie das damit sagen?»

Wasserman strahlte über das ganze Gesicht.

«Genau, Mr. Schwarz. Ich behaupte, die Schuld liegt beim Hersteller, und er muß seine Garantie erfüllen.»

«Also wissen Sie, Rabbi . . . Das ist ja einfach phantastisch! Becker wird blechen, da bin ich sicher. Schließlich ist es nicht sein Geld . . . Dann ist ja alles in Ordnung! Hören Sie, Rabbi, falls ich was gesagt habe, das . . .»

Der Rabbi fiel ihm ins Wort. «Unter den Umständen durchaus verständlich, Mr. Schwarz.»

Schwarz wollte alle zu einem Drink einladen, aber der Rabbi entschuldigte sich. «Vielleicht ein andermal. Beim Blättern bin ich eben auf ein paar Punkte gestoßen, die mich interessieren . . . Nein, es hat nichts mit unserer Sache zu tun, aber ich würde mich gern näher damit befassen, solange ich es noch frisch im Kopf habe.» Er schüttelte beiden die Hand und begleitete sie zur Tür.

«Na, und was hältst du jetzt von dem Rabbi?» fragte Wasserman, kaum waren sie auf der Treppe.

«Ein doller Bursche», meinte Schwarz.

«Ein *charif*, Ben, ein regelrechter *charif*.»

«Ich hab zwar keine Ahnung, was ein *charif* ist, Jacob, aber wenn du's sagst, wird's schon stimmen.»

«Ein *charif* ist . . . Na, ein heller Kopf. Und was ist mit Abe?»

«Also, Jacob, dir gesagt, es war hauptsächlich Myra. Du weißt doch, wie Frauen sind, wenn's um ein paar Dollar geht.»

Aus dem Fenster seines Arbeitszimmers sah der Rabbi auf den Parkplatz hinunter, wo sich die drei Männer offensichtlich versöhnt unterhielten. Er lächelte und trat zurück. Sein Blick fiel auf die Bücher am Schreibtisch. Er rückte die Leselampe zurecht, setzte sich auf den Drehstuhl und zog die Bücher näher heran.

Elspeth Bleech lag auf dem Rücken und betrachtete die Decke, die langsam von einer Seite zur anderen schwankte. Sie krallte sich an den Laken fest. Der Wecker hatte wie gewöhnlich gerasselt, doch als sie sich aufrichtete, wurde ihr plötzlich schwindlig, und sie ließ den Kopf aufs Kissen zurücksinken. Schweiß trat ihr auf die Stirn.

Mit großer Willensanstrengung setzte sie sich wieder auf und stürzte in das winzige Badezimmer, ohne erst die Hausschuhe anzuziehen. Nach einer Weile wurde ihr besser. Sie ging zurück, hockte sich auf die Bettkante, trocknete das Gesicht ab und überlegte, ob sie sich nicht noch eine halbe Stunde hinlegen sollte. Da klopfte es an die Tür, und die beiden Kinder, Angelina und Johnnie, schrien. «Elspeth! Elspeth! Zieh uns rasch an! Wir wollen raus.»

«Schon gut, Angie», rief sie. «Ihr geht jetzt wieder nach oben und spielt schön leise. Ich stehe gleich auf. Aber vergiß nicht, schön leise spielen. Ihr wollt doch Mammi und Pappi nicht aufwecken.»

Zum Glück gehorchten sie. Elspeth seufzte erleichtert. Sie schlüpfte in den Bademantel und die Hausschuhe, goß eine Tasse Tee auf und machte sich Toast. Nach dem Essen fühlte sie sich wohler.

Sie hatte schon eine Weile seltsame Symptome, aber in letzter Zeit waren sie schlimmer geworden. Heute hatte sie sich zum zweitenmal übergeben. Als es gestern früh passierte, hatte sie es auf die Ravioli vom Vorabend geschoben. Womöglich hatte sie zuviel davon gegessen. Aber gestern hatte sie den ganzen Tag wenig zu sich genommen – vielleicht zuwenig.

Ob sie mit ihrer Freundin Celia Saunders sprechen sollte? Celia war älter als sie und müßte eigentlich einen Rat wissen. Ihr war jedoch klar, daß es unangebracht wäre, die Symptome allzu genau zu schildern. Im Hintergrund bohrte die Angst, die Übelkeit könnte möglicherweise eine ganz andere Ursache haben.

Die Kinder oben begannen zu lärmen. Mrs. Serafino sollte sie nicht zu Gesicht bekommen, bevor sie angezogen war und etwas Rouge aufgelegt hatte. Noch mehr scheute sie die Begegnung mit Mr. Serafino. Sie eilte in ihr Zimmer zurück, um sich fertig zu machen. Nachdem sie Bademantel und Nachthemd abgelegt hatte, musterte sie sich prüfend im Spiegel des Kleiderschrankes. Nein, sie war bestimmt nicht dicker geworden ... Trotzdem beschloß sie, den neuen Hüfthalter zu nehmen; er war fester als der alte und gab mehr Halt.

Als sie angezogen war, fühlte sie sich wie immer. Schon das Spiegelbild in der adretten weißen Uniform hob ihre Stimmung. Wenn es nun doch die andere Ursache wäre? Sie brauchte sich nicht unbedingt davor zu fürchten, sondern könnte das sogar zu ihrem Vorteil ausnutzen. Aber natürlich mußte sie ganz sicher sein. Das bedeutete einen Besuch beim Arzt. Vielleicht am nächsten Donnerstag, wenn sie frei hatte ...

«Warum, zum Donnerwetter, läßt du dir dann nicht vom Rabbi den Brief an die Fordwerke schreiben?» fragte Al Becker. Er war klein, untersetzt, und sein kräftiger Oberkörper saß auf kurzen, stämmigen Beinen. Nase und Kinn sprangen angriffslustig hervor; um den schmallippigen Mund lag ein streitsüchtiger Zug. Er paffte eine dicke schwarze Zigarre. Wenn er sie herausnahm, hielt er sie zwischen dem gekrümmten Daumen und Zeigefinger der rechten Hand – eine glühende Waffe in der geballten Faust. Die Augen waren stumpfe blaue Murmeln.

Ben Schwarz war erfüllt von der Freudenbotschaft bei ihm erschienen. Er glaubte, sein Freund würde die Nachricht mit Begeisterung aufnehmen, daß er den teuren neuen Motor nicht zu bezahlen brauchte.

Doch Becker war alles andere als erfreut. Freilich würde es Becker Motors keinen Cent kosten, aber es bedeutete eine Menge Scherereien, vielleicht einen ausgedehnten Briefwechsel, um der Firma Ford das Ganze auseinanderzusetzen.

«Wieso kümmert sich eigentlich der Rabbi um solche Sachen?» erkundigte er sich. «Du bist doch ein vernünftiger Mensch, Ben. Ich frage dich, ist das die Aufgabe eines Rabbiners?»

«Das verstehst du nicht, Al», erklärte Schwarz. «Es ging ja gar nicht um die Reparaturen ... Doch, schon; natürlich – aber ...»

«Was ist nun ... Ja oder nein?»

«Ja, freilich; aber ich hab mich nicht deswegen an ihn gewandt. Er hat zufällig gehört, daß ich wütend auf Abe Reich war, und da hat er einen *din-tojre* vorgeschlagen ...»

«Einen *din* ... was?»

«Einen *din-tojre*», wiederholte Schwarz. «So nennt man das, wenn zwei Parteien mit einer Streitfrage oder einer Auseinandersetzung zum Rabbi gehen, und er hört sich den Fall an und spricht ein Urteil nach dem Talmud. Rabbis tun das schon immer.»

«Das erste, was ich höre.»

«Na schön, ich geb ja zu, ich hab vorher auch nichts davon gewußt. Jedenfalls hab ich mich damit einverstanden erklärt. Reich, ich und Wasserman – als eine Art Zeuge, nehme ich an – wir sind also beim Rabbi gewesen. Der hat dann die ganze Sache klargelegt und festgestellt, daß weder Reich noch ich fahrlässig waren. Und bei Gott, wenn ich nicht fahrlässig gewesen bin und der Fahrer auch nicht, hatte eben der Wagen einen Defekt, und die Herstellerfirma muß dafür geradestehen.»

«Verdammt noch mal, die Herstellerfirma denkt gar nicht daran – nicht ehe ich ausdrücklich den Antrag stelle. Und ich seh einfach nicht ein, weshalb ich denen bei Ford eine solche Räuberpistole erzählen soll!» Becker hatte von Natur aus ein lautes Organ, aber wenn er wütend war, brüllte er.

Schwarz riß die Geduld. «Aber da war eine Dichtung kaputt!» brüllte er zurück. «Ich hab's dir auch gesagt.»

«Freilich, ein paar Tropfen in der Woche. Davon geht kein Motor in'n Eimer!»

«Ein paar Tropfen, wenn der Wagen in der Garage stand, ja. Beim Fahren muß es nur so rausgesprudelt sein. Auf dem Weg nach New Hampshire hab ich zwei Liter Öl nachgefüllt. Das sind schließlich keine paar Tropfen. Und da bin ich selber dabeigewesen.»

Die Tür ging auf, und Beckers Juniorpartner Melvin Bronstein kam herein. Ein jugendlicher Vierziger: groß, schlank, welliges schwarzes Haar mit ergrauenden Schläfen, tiefe, dunkle Augen, Adlernase und ein sensibler Mund.

«Was ist denn hier los?» fragte er. «Habt ihr privat Krach, oder darf man mitmischen? Wetten, daß euch der ganze Block gehört hat?»

«Was los ist? Das werd ich dir sagen. Wir haben uns für unsere Gemeinde einen Rabbi eingekauft, bei dem wir sicher sein können, daß er alles Mögliche und Unmögliche tut, nur nicht das, was er eigentlich soll», erklärte Becker.

Bronstein sah Schwarz verständnislos an, der erfreut war, einen etwas weniger explosiven Zuhörer gefunden zu haben. Er berichtete Bronstein alles haarklein, während Becker betont gleichgültig an seinem Schreibtisch saß und mit Papieren raschelte.

Bronstein winkte ihn zu sich, und Becker ging zögernd zur Tür. Schwarz begab sich diskret außer Hörweite.

«Ben ist schließlich ein guter Kunde, Al», flüsterte Bronstein. «Ich glaub nicht, daß Ford Einwände machen würde.»

«Was du nicht sagst! Ich hab jedenfalls schon mit Ford gearbeitet, als du noch auf der Oberschule warst, Mel», erwiderte Becker laut.

Doch Bronstein kannte seinen Partner. Er grinste ihn an. «Überleg mal, Al: Wenn du Bens Reklamation zurückweist, kriegst du's nur mit Myra zu tun, und . . . Ist sie nicht dieses Jahr Präsidentin vom Frauenverein der Gemeinde?»

«Voriges Jahr auch schon», warf Ben ein.

«Fürs Geschäft wäre es keinesfalls gut, wenn sie uns auf dem Kieker hat», sagte Bronstein mit gedämpfter Stimme.

«Der Frauenverein kauft schließlich keine Autos.»

«Aber die Ehemänner von sämtlichen Mitgliedern.»

«Verdammt noch mal, Mel, wie soll ich Ford erklären, daß sie einen neuen Motor in einem Wagen einbauen müssen, weil der Rabbi von meiner Gemeinde findet, sie wären dazu verpflichtet?»

«Du brauchst doch den Rabbi überhaupt nicht zu erwähnen. Noch nicht mal den Hergang. Du kannst einfach sagen, das Öl ist während der Fahrt ausgelaufen.»

«Und wenn die Fordwerke nun jemand herschicken, der den Schaden untersucht?»

«Haben sie das schon mal bei dir gemacht, Al?»

«Nein, aber bei anderen Vertretungen.»

«Wenn einer kommt», meinte Bronstein grinsend, «kannst du ihn ja in Gottes Namen zum Rabbi schicken.»

Beckers Laune schlug plötzlich um. Er lachte glucksend in sich hinein und wandte sich an Schwarz. «Gemacht, Ben; ich schreibe nach Detroit und sehe zu, daß die Sache in Ordnung kommt. Aber nur, verstehst du, weil du Mel mit dem Schmus eingeseift hast. Er ist nämlich der leichtgläubigste Trottel in der ganzen Stadt.»

«Du bist ja nur so hochgegangen, weil der Rabbi damit zu tun hat», sagte Bronstein. Und zu Schwarz: «Al hätte gleich richtig geschaltet und sich außerdem gefreut, einem guten Kunden helfen zu können, wenn du nicht den Rabbi erwähnt hättest.»

«Was hast du eigentlich gegen den Rabbi, Al?» erkundigte sich Ben.

«Was ich gegen den Rabbi habe?» Becker nahm die Zigarre aus dem Mund. «Ich werd dir genau sagen, was ich gegen den Rabbi habe. Er ist nicht der geeignete Mann für den Posten; das hab ich gegen ihn. Er soll unser Vertreter sein, aber würdest du ihn etwa als Vertreter für deine Firma engagieren, Ben? Komm, sei ehrlich.»

«Sicher würde ich ihn engagieren», entgegnete Schwarz, doch es klang nicht überzeugend.

«Wenn du tatsächlich so dumm wärst, kann ich nur hoffen, du bist wenigstens gescheit genug und setzt ihn vor die Tür, sobald er aus der Reihe tanzt.»

«Wann ist er denn aus der Reihe getanzt?» fragte Schwarz.

«Ach, hör doch auf, Ben. Denk bloß an das Schulfest, zu dem wir diesen Baseball-Star eingeladen hatten, damit er zu den Jungen spricht. Der Rabbi soll ein paar einführende Worte sagen, und was tut er? Er hält den Kindern einen langen Vortrag, daß unsere Helden Gelehrte und keine Sportler sind! Mich hätte fast der Schlag getroffen.»

«Na ja, aber . . .»

«Und damals, wie deine Frau ihn in den Frauenverein holte? Da sollte er die Damen für irgendeine Wohltätigkeitsveranstaltung begeistern – eine Spendenaktion oder so was. Und was tut der Unglücksmensch? Er erzählt ihnen, es wäre für jüdische Frauen wichtiger, ihr Judentum im Herzen zu tragen und koscher zu kochen, als Spenden zu sammeln.»

«Moment mal, Al. Natürlich möchte ich nichts gegen meine eigene Frau gesagt haben, aber Recht muß Recht bleiben. Bei der Versammlung hat Myra zum Lunch Krabben-Cocktail serviert. Das ist nicht koscher. Da kannst du's einem Rabbi nicht verdenken, wenn er verärgert ist.»

«Und bei all dem Getue willst du mich dauernd überreden, daß ich der Gemeinde beitrete», sagte Bronstein und zwinkerte Schwarz zu.

«Sicher», nickte Becker. «Als Jude und als Einwohner von Barnard's Crossing bist du es dir und deiner Gemeinde schuldig, Mitglied zu werden. Und was den Rabbi angeht – der bleibt auch nicht ewig.»

3. Kapitel

Der Vorstand hielt seine regelmäßige Sonntagssitzung in einem der leeren Klassenzimmer ab. Jacob Wasserman als Gemeindevorsteher und Vorsitzender des Vorstandes, saß am Lehrerpult. Die übrigen fünfzehn hatten sich auf die Schülerplätze gezwängt und streckten die Beine in die Gänge. Hinten hockten ein paar auf den Schreibtischen, die Füße auf die vordere Stuhlreihe gestützt. Außer Wasserman waren es lauter jüngere Männer, die Hälfte in den Dreißigern, die anderen in den Vierzigern und Anfang Fünfzig. Wasserman hatte einen leichten dunklen Straßenanzug an, die übrigen trugen lange Hosen, Sporthemd, Jacke oder Golfpullover, wie es in Barnard's Crossing an einem warmen Junisonntag allgemein üblich war.

Durch die offenen Fenster hörte man einen elektrischen Rasenmäher knattern, den der Hausmeister Stanley betätigte; durch die offene Tür drang das schrille Singen der Kinder aus dem Gemeindesaal hinten am Korridor. Es ging höchst zwanglos zu; jeder sprach, wann es ihm gerade einfiel, und meistens redeten mehrere durcheinander wie eben jetzt.

Wasserman klopfte mit dem Lineal auf den Tisch. «Aber, meine Herren, immer nur einer auf einmal. Was hast du gesagt, Joe?»

«Ich versuchte zu sagen, daß ich mir nicht vorstellen kann, wie wir bei dem Krach alles erledigen wollen. Außerdem sehe ich nicht ein, wieso wir für unsere ordentlichen Sitzungen nicht den kleinen Betsaal benutzen.»

«Gegen die Geschäftsordnung», rief eine Stimme von hinten.

«Was heißt gegen die Geschäftsordnung?» erkundigte sich Joe kampflustig. «Na schön, dann stelle ich eben einen Antrag, daß alle Versammlungen von jetzt ab im kleinen Betsaal abgehalten werden.»

«Aber, meine Herren . . . Meine Herren! Wer etwas Wichtiges zu sagen hat, kann es jederzeit tun, solange ich Vorsitzender bin. Unsere Versammlungen sind ja nicht so kompliziert, daß wir nicht gelegentlich von der Geschäftsordnung abweichen könnten. Der Sekretär kann das ohne weiteres im Protokoll ändern. – Wir tagen nicht im Betsaal, Joe, weil dort für den Sekretär kein Platz zum Schreiben ist. Wenn aber die Mitglieder der Ansicht sind, ein Klassenzimmer sei für eine Versammlung nicht geeignet, können wir uns von Stanley einen Tisch in den Betsaal stellen lassen.»

«Damit erhebt sich eine andere Frage, Jacob. Was ist mit Stanley? Ich halte es nicht für richtig, daß unsere christlichen Nachbarn ihn sonntags draußen arbeiten sehen. Schließlich ist er selber Christ und hat genauso Feiertag wie die anderen.»

«Und was glaubst du, was unsere christlichen Nachbarn am Sonntag tun? Geh doch mal durch die Vine Street, da siehst du sie alle Rasen mähen, Hecken stutzen oder Boote anstreichen.»

«Trotzdem hat Joe da völlig recht», sagte Wasserman. «Wenn Stanley etwas dagegen hätte, würden wir natürlich nicht darauf bestehen. Er muß sonntags hier sein wegen der Schule, aber es wäre vielleicht besser, wenn er drinnen bliebe. Andererseits, kein Mensch hat je verlangt, daß er draußen arbeitet. Er ist sein eigener Herr und kann sich das einteilen, wie er will. Deshalb ist er auch jetzt draußen.»

«Schon, aber es macht keinen guten Eindruck.»

«Es dauert ja nur noch zwei Wochen», meinte Wasserman. «Im Sommer hat er sowieso sonntags frei.» Er zögerte und warf einen Blick auf die Uhr an der hinteren Wand. «Damit kommen wir zu einer Frage, über die ich gern kurz sprechen möchte. Wir haben zwar noch zwei Versammlungen, bevor wir uns den Sommer über vertagen, aber ich finde, wir sollten uns überlegen, was wir mit dem Vertrag für den Rabbi tun.»

«Warum denn, Jacob? Er läuft doch erst nach den hohen Festtagen ab, oder?»

«Stimmt. Die Verträge sind immer so gehalten, damit die Gemeinde für die Gottesdienste an den Festtagen einen Rabbi hat. Eben deshalb ist es üblich, den neuen Vertrag um diese Jahreszeit zu besprechen. Falls die Gemeinde sich für einen Wechsel entscheidet, hat sie so Gelegenheit, sich nach einem neuen Rabbi umzusehen. Und wenn sich der Rabbi verändern will, kann er sich ebenfalls eine neue Gemeinde suchen. Ich schlage vor, jetzt darüber abzustimmen, ob wir den Vertrag für unseren Rabbi ein weiteres Jahr verlängern und ihm das schriftlich bestätigen wollen.»

«Wieso? Sieht er sich nach was anderem um, oder hat er mit dir darüber gesprochen?»

Wasserman schüttelte den Kopf. «Nein. Ich fände es nur besser, ihm mit unserem Brief zuvorzukommen.»

«Moment mal, Jacob, woher wissen wir denn, ob der Rabbi den Vertrag überhaupt verlängern will? Müßten wir nicht seinen Brief abwarten?»

«Ich glaube, es gefällt ihm hier, und er würde gern bleiben», sagte Wasserman. «Es ist üblich, daß die Gemeinde den Rabbi schriftlich benachrichtigt. Natürlich müßten wir sein Gehalt erhöhen. Ich halte fünfhundert Dollar für angemessen als Zeichen der Anerkennung.»

«Herr Vorsitzender!» Das war die rauhe Stimme von Al Becker. Er saß rittlings auf seinem Stuhl und beugte den massigen Oberkörper vor, wobei er sich mit den Fäusten auf den Schreibtisch stützte. «Herr Vorsitzender, mir kommen fünfhundert Dollar reichlich viel vor als Prämie, wenn man bedenkt, was uns die neue Synagoge und all das gekostet hat.»

«Ja, fünfhundert Dollar sind ein Haufen Geld.»

«Er ist doch erst ein Jahr hier.»

«Ist es nicht am passendsten, ihm die Prämie nach dem ersten Jahr zu zahlen?»

«Wir müssen ihm irgendeine Erhöhung geben, und fünfhundert Dollar sind nur etwas über fünf Prozent seines Gehaltes.»

«Aber, meine Herren!» Wasserman klopfte mit dem Lineal auf den Tisch.

«Ich beantrage, die Entscheidung ein bis zwei Wochen zu vertagen», sagte Meyer Goldfarb.

«Was ist denn daran zu vertagen?»

«Wenn's ums Geldausgeben geht, ist Meyer immer für Hinausschieben.»

«Herr Vorsitzender . . .» Wieder Al Becker: «Ich befürworte Meyers Antrag, die Entscheidung bis nächste Woche zu vertagen. Das haben wir doch jedesmal so gemacht, wenn es sich um eine große Ausgabe handelte. Und ich halte es nach wie vor für eine große Summe. Fünfhundert Dollar sind viel Geld. Wir sind heute eben mit Ach und Krach beschlußfähig – ich finde, für eine so wichtige Frage müßten wir eine größere Sitzung einberufen. Ich beantrage, daß Lennie an sämtliche

Vorstandsmitglieder schreibt und sie bittet, nächste Woche unbedingt zu erscheinen, da wir eine vordringliche Angelegenheit zu beraten haben.»

«Es liegt doch schon ein Antrag vor.»

«Dabei geht es ja um das gleiche. Na gut, dann stelle ich eben einen Zusatzantrag.»

«Irgendwelche Bemerkungen zu dem Zusatzantrag?» fragte Wasserman.

«Einen Augenblick bitte», rief Meyer Goldfarb. «Der Zusatzantrag betrifft meinen Antrag. Wenn ich ihn also akzeptiere, brauchen wir darüber nicht mehr zu beraten. Es ist dann so, als ob ich meinen Antrag geändert hätte, nicht wahr.»

«Na schön, dann formuliere deinen Antrag neu.»

«Ich beantrage, daß der Antrag, den Vertrag des Rabbis zu verlängern . . .»

«Moment mal, Meyer; ein solcher Antrag lag nicht vor.»

«Jacob hat ihn doch gestellt.»

«Jacob hat überhaupt keinen Antrag gestellt. Er hat lediglich einen Vorschlag gemacht. Außerdem war er . . .»

«Meine Herren!» Wasserman klopfte abermals mit dem Lineal auf den Tisch. «Was hat denn das alles für einen Sinn? Antrag, Zusatzantrag, Zusatzantrag zum Zusatzantrag . . . Ich habe keinen Antrag gestellt, ich habe doch einen Antrag gestellt . . . Ist die Versammlung der Meinung, daß wir die Entscheidung über den Vertrag des Rabbi bis nächste Woche vertagen sollten?»

«Ja.»

«Warum denn nicht? Der Rabbi läuft uns schon nicht weg.»

«Vom Rabbi mal ganz abgesehen, müßten wir mehr Leute sein.»

«Gut», sagte Wasserman, «dann vertagen wir es eben. Wenn nichts weiter vorliegt . . .» Er wartete einen Augenblick «. . . ist die Sitzung geschlossen.»

4. Kapitel

Am Dienstag war es schön und warm. Elspeth Bleech und ihre Freundin Celia Saunders, die zwei Häuser weiter bei den Hoskins als Kindermädchen arbeitete, führten ihre Schutzbefohlenen in den sogenannten Park. Er bestand aus einem ungepflegten Stück Rasen und lag ein paar Straßen hinter der Synagoge. Für den kleinen Johnny Serafino nahm Elspeth immer den Kinderwagen mit. Manchmal marschierte er vor den beiden Frauen her und hielt sich krampfhaft am

Chromgriff fest, manchmal kletterte er auch hinein und wollte unbedingt geschoben werden.

Alle fünfzehn Meter blieben Elspeth und Celia stehen, um nach den Kindern Ausschau zu halten. Wenn sie weit zurückgeblieben waren, riefen sie oder liefen zurück, trennten Kampfhähne oder entrissen Forschern von morgen einen interessanten Fund aus dem Rinnstein oder einer Mülltonne.

Celia wollte ihre Freundin überreden, den freien Donnerstag gemeinsam in Salem zu verbringen. «Adelson hat Ausverkauf; ich möchte mich nach einem neuen Badeanzug umsehen. Wir könnten den Ein-Uhr-Bus nehmen . . .»

«Ich wollte nach Lynn fahren», sagte Elspeth.

«Was willst du denn in Lynn?»

«Weißt du, neulich war mir so schlecht, und da hab ich mir gedacht, ich sollte mich lieber mal untersuchen lassen. Vielleicht kann mir der Doktor was verschreiben.»

«Quatsch; du brauchst keine Medizin, El. Was du brauchst, ist 'n bißchen Bewegung und Zerstreuung! Komm mit nach Salem; wir kaufen in aller Ruhe ein und können nachmittags noch ins Kino. Dann essen wir irgendwo 'ne Kleinigkeit und gehen hinterher kegeln. Donnerstag abends gibt's da jede Menge nette Jungens. Wir amüsieren uns bestimmt himmlisch. Und dabei ist's ganz harmlos, keiner von denen wird kess. Wir albern rum, weiter gar nichts.»

«Hm . . . Ich glaub schon, daß es da nett ist, aber mir ist einfach nicht nach so was, Cel. Nachmittags bin ich meistens todmüde, und wenn ich morgens aufwache, wird mir immer schwindlig.»

«Den Grund kann ich dir verraten», erklärte Celia energisch.

«Wirklich?»

«Du hast nicht genug Schlaf. Weiter fehlt dir nichts. Für mich ist's ja ein reines Wunder, daß du dich überhaupt noch auf den Beinen halten kannst, wo du jede Nacht bis zwei, drei aufbleibst. Und das an sechs Tagen in der Woche. Ich kenne außer dir keine, die Sonntag nicht frei hat. Die Serafinos nützen dich richtig aus – du schuftest dich ja zu Tode.»

«Ach, ich hab schon genug Schlaf. Ich muß auch gar nicht aufbleiben, bis sie kommen.» Sie zuckte die Achseln. «Ich geh nur nicht gern ausgezogen ins Bett, wenn ich mit den Kindern allein im Haus bin. Deshalb schlafe ich die meiste Zeit auf der Couch. Und nachmittags lege ich mich auch immer hin. Wirklich, Cel, ich schlafe mehr als genug.»

«Aber sonntags . . .»

«Na ja, das ist doch der einzige Tag, an dem sie ihre Freunde besuchen können. Mir macht's gar nichts aus. Mrs. Serafino hat zu mir gesagt, wie ich angefangen habe, wenn ich mal einen Sonntag frei haben will, richtet sie's schon so ein. Sie sind wirklich sehr nett zu mir. Und Mr. Serafino hat gesagt, wenn ich in die Stadt zur Kirche will, fährt er mich hin, weil die Busverbindungen doch sonntags so schlecht sind.»

Celia blieb stehen und sah Elspeth scharf an. «Sag mal, belästigt er dich vielleicht?»

«Wie meinst du das . . . belästigen?»

«Du weißt schon – wird er unverschämt, wenn die Gnädige nicht da ist?»

«Ach wo, keine Spur», sagte Elspeth hastig. «Wie kommst du denn bloß auf so 'ne Idee?»

«Ich trau diesen Nachtclubfritzen nicht. Und mir gefällt die Art nicht, wie er einen ansieht.»

«Das ist doch Quatsch. Er spricht kaum ein Wort mit mir.»

«Wirklich? Ich will dir mal was sagen. Die vor dir da war – Gladys hat sie geheißen –, die hat Mrs. Serafino rausgeschmissen, weil sie ihren Mann mit ihr erwischt hat . . . Und die Gladys war nicht halb so hübsch wie du.»

Stanley Doble war ein typischer Barnard's Crosser. Man hätte ihn sogar als Prototyp eines gewissen Bevölkerungsteils der Old Town bezeichnen können: Ein vierschrötiger Vierziger mit rotblondem, ergrauendem Haar und tiefgebräunter Lederhaut, die verriet, daß er sich vorwiegend im Freien aufhielt. Stanley konnte Boote bauen, Rohr- und Lichtleitungen installieren, Rasen pflegen, Autos reparieren oder auch den Motor einer Barkasse, während sie bei rauher See auf und ab tanzte. Mit all diesen Tätigkeiten hatte er sich seinen Lebensunterhalt verdient, außerdem mit Fisch- und Hummerfang. Er hatte immer leicht Arbeit gefunden und stets nur soviel getan, um gerade das Nötigste zu verdienen. Das änderte sich, als er bei der Kultusgemeinde anfing. Diese Stellung hatte er behalten. Damals, als die alte Villa gekauft und renoviert wurde, die als Schule, Gemeindehaus und Synagoge zugleich diente, spielte er eine überaus wichtige Rolle; ohne ihn wäre sie auseinandergefallen. Er sorgte dafür, daß der Boiler funktionierte, brachte die Rohr- und Lichtleitungen in Ordnung, besserte das Dach aus und strich im Sommer das Haus innen und außen. Seit der Vollendung des neuen Gebäudes hatte er natürlich andere Aufgaben. Zu reparieren war kaum etwas, aber dafür mußte er alles sauberhalten, den Rasen pflegen, im Winter die Heizung und im Sommer die Klimaanlage regulieren.

Heute, an diesem strahlenden Donnerstagmorgen, harkte er den

Rasen. Mehrere große Körbe waren bereits mit Gras und Blättern gefüllt. Obwohl er erst knapp die Hälfte fertig hatte und noch die ganze Seite drüben machen mußte, beschloß er, eine Lunchpause einzulegen. Danach konnte er, wenn er Lust hatte, drüben weiterarbeiten oder es bis zum nächsten Tag liegen lassen. Es hatte wirklich keine Eile.

Er überlegte, ob er nicht lieber ein Glas Bier trinken sollte. Sein Wagen, ein schäbiges 1947er Ford-Kabriolett ohne Verdeck und mit den Farbresten vom letzten Hausanstrich hellgelb bemalt, stand auf dem Parkplatz vor der Synagoge. Er konnte zum *Ship's Cabin* fahren und in einer Stunde zurück sein. Er war niemand Rechenschaft schuldig, aber Mrs. Schwarz hatte gesagt, sie würde ihn vielleicht brauchen beim Dekorieren des Gemeindesaales für den Frauenverein. Deshalb hielt er es für besser, erreichbar zu sein.

Er wusch sich die Hände, holte Milch und Käse aus dem Kühlschrank und nahm sie mit hinunter in seine Privatecke im Kellergeschoß, die mit einem wackeligen Tisch, einem Feldbett und einem Korbsessel möbliert war. Sie stammten von einem seiner zahlreichen Ausflüge auf den städtischen Schuttabladeplatz, wohin manche Einwohner von Barnard's Crossing mit Vorliebe pilgerten. Er saß am Tisch, kaute schmatzend und starrte mürrisch durch die Sträucher vor dem schmalen Kellerfenster auf die Beine der Passanten: Männerbeine in Hosen und nylonbestrumpfte Frauenbeine, schlank und kühl. Manchmal beugte er sich seitwärts, um einem außergewöhnlichen Exemplar Damenbeine besser nachblicken zu können. Dann nickte er beifällig und flüsterte: «Klasse.»

Nach dem letzten Schluck Milch wischte er sich den Mund mit dem knorrigen, behaarten Handrücken, stand auf, dehnte sich faul und setzte sich wieder hin, diesmal auf das Feldbett; er kratzte sich mit den kräftigen, ungeschlachten Fingern die Brust und den grauen Kopf. Dann streckte er sich aus und grub sich eine bequeme Mulde in das Kissen. Er starrte auf die Röhren und Leitungen an der Decke, die wie Venen und Arterien auf einer anatomischen Darstellung kreuz und quer liefen. Seine Blicke schweiften zur Wand, an die er eine Galerie von ‹Kunstfotos› geklebt hatte: Frauen in verschiedenen Entkleidungsstadien, alle mollig, keß und verführerisch. Seine Augen wanderten von einer zur anderen, der Mund entspannte sich zu einem befriedigten Lächeln.

Draußen, direkt vor dem Fenster, ertönten weibliche Stimmen. Er drehte sich um und erkannte zwei Paar Frauenbeine, beide in weißen Strümpfen, und gleich dahinter die Räder eines Kinderwagens. Er glaubte zu wissen, wer es war; er hatte sie oft genug vorbeikommen gesehen. Es bereitete ihm einen besonderen Genuß, ihre Unterhaltung zu belauschen; das war beinahe, als ob er sie durch ein Schlüsselloch beobachtete.

«. . . wenn du fertig bist, kannst du den Bus nach Salem nehmen. Ich hole dich dann ab, und wir essen am Bahnhof.»

«Ich hab mir schon überlegt, ob ich in Lynn bleiben und ins *Elysium* gehen soll.»

«Da gibt's doch den Film, der so ewig dauert. Wie willst du denn nach Hause kommen?»

«Ich hab mich erkundigt, er ist um halb zwölf aus. Da kann ich allemal noch den letzten Bus erwischen.»

«Hast du keine Angst, so spät allein nach Haus zu gehen?»

«Ach, mit dem Bus fahren 'ne Masse Leute, und von der Haltestelle sind's nur noch ein paar Straßen . . . Angie, wirst du wohl sofort herkommen!»

Kinderfüße trippelten. Dann verschwanden die Frauenbeine aus dem Gesichtsfeld.

Er wälzte sich wieder auf den Rücken und betrachtete die Bilder an der Wand. Auf einem war ein dunkelhaariges Mädchen, nur mit einem schmalen Strumpfhaltergürtel und schwarzen Strümpfen bekleidet. Während er sich ganz darauf konzentrierte, wurden die Haare blond und die Strümpfe weiß. Sein Mund öffnete sich, und er begann zu schnarchen, ein gleichmäßiges, rhythmisches, heiseres Geräusch wie ein Schiffsmotor bei rauher See.

Myra Schwarz und die zwei Damen vom Frauenverein, die den Saal für die abendliche Versammlung dekorierten, traten zurück, die Köpfe schief geneigt.

«Könnten Sie's ein bißchen höher halten, Stanley?» fragte Myra. «Was meinen Sie?»

Stanley saß auf der Trittleiter und hob gehorsam das Kreppapier um ein paar Zentimeter.

«Ich finde, eine Idee niedriger wäre besser.»

«Vielleicht haben Sie recht. Könnten Sie's eine Idee niedriger halten, Stanley?»

Er schob es wieder an den alten Platz.

«Halten Sie's da fest, Stanley», rief Myra. «So ist's genau richtig, was meinen Sie?»

Emmy Adler und Nancy Drettman stimmten begeistert zu. Sie waren noch nicht lange im Frauenverein. Sie dekorierten nicht gerade leidenschaftlich gern, aber solche Arbeiten wurden nun einmal den neuen Mitgliedern überlassen.

Vorläufig übten sie sich darin, Stanley herumzukommandieren. Als sie eine Stunde vor Mrs. Schwarz eintrafen, baten sie ihn um Hilfe, obwohl sie wußten, daß er lieber draußen den Rasen harkte. «Fangen Sie ruhig schon mal an, meine Damen», erwiderte er. «Ich komm' dann 'n bißchen später.»

Mrs. Schwarz jedoch hatte keine Ausflüchte geduldet, sondern energisch erklärt: «Sie müssen mir helfen, Stanley.»

«Ich muß aber den Rasen harken, Mrs. Schwarz.»

«Das hat doch Zeit.»

«Jawoll, *ma'am*, komme sofort.» Und damit hatte er den Rechen weggestellt und war die Leiter holen gegangen.

Es war eine langweilige, umständliche Arbeit, die ihm keinen Spaß machte. Außerdem ließ er sich von harten, strengen Frauen wie Mrs. Schwarz ungern herumkommandieren. Er hatte die Dekoration gerade an der gewünschten Stelle befestigt, als sich die Tür öffnete und der Rabbi den Kopf hereinsteckte. «Kann ich Sie einen Moment sprechen, Stanley?» rief er.

Stanley kletterte prompt von der Leiter, wodurch das Kreppapier absackte. Die Reißzwecke löste sich aus der Wand, und die drei Frauen stöhnten. Der Rabbi bemerkte sie erst jetzt, nickte ihnen entschuldigend zu und wandte sich an Stanley. «Ich erwarte ein Eilpaket mit Büchern. Sie müßten in ein, zwei Tagen hier sein. Es sind seltene, wertvolle Bücher. Lassen Sie sie nicht herumliegen, sondern bringen Sie sie bitte sofort in mein Arbeitszimmer.»

«Selbstverständlich, Rabbi. Woran kann ich denn erkennen, ob's die richtigen Bücher sind?»

«Am Absender. Sie kommen vom Dropsie College.» Wieder nickte er den drei Frauen flüchtig zu und entschwand.

Myra Schwarz wartete ungeduldig, daß Stanley zurückkam. «Der Rabbi muß ja was ganz Wichtiges gehabt haben, wenn er Sie hier wegholt», bemerkte sie bissig.

«Ich wollte ja sowieso gerade runter und die Leiter verrücken . . . Er erwartet ein paar Bücher, und um die soll ich mich dann kümmern.»

«Allerdings äußerst wichtig», sagte sie sarkastisch. «Seine Heiligkeit dürfte in den nächsten Tagen noch eine andere kleine Überraschung zu erwarten haben.»

«Er hat uns wohl zuerst gar nicht gesehen», meinte Emmy Adler.

«Ausgeschlossen. Er mußte uns gesehen haben», sagte Mrs. Drettman. Zu Myra gewandt fuhr sie fort: «Was Sie da eben erwähnten . . . Mein Morrie ist doch im Vorstand, und . . . Gestern hat Mr. Becker angerufen, er soll unbedingt zu der Sondersitzung kommen . . .»

Myra Schwarz zeigte auf Mrs. Adler. «Darüber soll nicht gesprochen werden», flüsterte sie.

5. Kapitel

Obwohl sie ab zwölf frei hatte, schaffte es Elspeth selten, vor eins aus dem Haus zu kommen. Mrs. Serafino machte einen solchen Wirbel, wenn sie die Kinder füttern sollte, daß Elspeth es lieber selber tat und den Ein-Uhr-Bus nahm oder sogar den um halb zwei.

Heute kam es ihr gar nicht drauf an, weil sie erst um sechzehn Uhr bestellt war. Es war ein heißer Tag mit hoher Luftfeuchtigkeit, und sie wollte bei der Untersuchung frisch sein. Am liebsten wäre sie bis drei zu Hause geblieben, aber dann hätte Mrs. Serafino womöglich Fragen gestellt.

Sie gab den Kindern ihr Essen, als Mrs. Serafino herunterkam. «Ach, Sie haben schon angefangen», sagte sie. «Das war doch nicht nötig. Ich mache jetzt weiter. Sie können sich anziehen.»

«Wir sind fast fertig, Mrs. Serafino. Wollen Sie nicht frühstücken?»

«Meinetwegen, wenn es Ihnen nichts ausmacht. Ich würde brennend gern eine Tasse Kaffee trinken.»

Mrs. Serafino war kein Mensch, der eine Gefälligkeit ablehnte, und sie bedankte sich auch nicht überschwenglich bei Elspeth. Sonst bildete sich das Mädchen vielleicht noch etwas ein. Nachdem Elspeth die Kinder gefüttert hatte und sie nach oben brachte, saß Mrs. Serafino immer noch beim Kaffee und rührte sich nicht.

Die Kinder zum Mittagsschlaf fertigzumachen, war eine ebenso schwierige Aufgabe. Als Elspeth endlich hinunterkam, telefonierte Mrs. Serafino in der Diele. Sie unterbrach sich und hielt den Hörer zu. «Sind die Kinder schon im Bett, El? Ich wollte gerade raufgehen und sie hinlegen.» Damit nahm sie ihr Gespräch wieder auf.

Elspeth ging in ihr Zimmer neben der Küche, machte die Tür zu und schob den Riegel vor. Sie warf sich aufs Bett und drehte mechanisch das Radio auf dem Nachttisch an. Mit halbem Ohr hörte sie die muntere Stimme des Ansagers: «. . . und das war Bert Burns mit dem neuesten Hillbilly-Schlager *Cornliquor Blues*. Und jetzt die Wettermeldungen. Die bereits erwähnte Tiefdruckzone nähert sich. Das heißt, wir müssen gegen Abend mit Bewölkungszunahme und Nebel rechnen, vielleicht auch mit einigen Niederschlägen. Na, in jedem Leben muß es wohl mal Regen geben, haha. Und jetzt für Mrs. Eisenstadt, 24 West Street in Salem, die ihren dreiundachtzigsten Geburtstag feiert, die *Happy Hooligans* mit ihrer neuesten Platte, *Trash Collection Rock*. Recht herzliche Glückwünsche zum Geburtstag, Mrs. Eisenstadt.»

Während dieses Songs schlief Elspeth halb, drehte sich dann um und starrte an die Decke. Ein gräßlicher Gedanke, sich bei der feuchten

Hitze anziehen zu müssen. Schließlich erhob sie sich schwerfällig und zerrte das Kleid über den Kopf. Sie hakte den Büstenhalter auf, zog am Reißverschluß des Hüftgürtels und rollte ihn hinunter, ohne die Stumpfhalter zu öffnen. Dann warf sie die Wäsche in die unterste Kommodenschublade und hing das Kleid in den Schrank.

Durch die Tür hörte sie, daß Mr. Serafino heruntergekommen war, den Kaffee aufwärmte und Orangensaft aus dem Eisschrank holte. Elspeth warf einen Blick auf die verriegelte Tür, ging beruhigt in das winzige Bad und drehte die Dusche auf.

Als sie eine halbe Stunde später ihr Zimmer verließ, trug sie ein ärmelloses gelbes Leinenkleid, weiße Schuhe, weiße Handschuhe und eine weiße Plastikhandtasche. Das kurze, straff zurückgekämmte Haar wurde durch ein weißes elastisches Band gehalten. Mr. Serafino war nicht mehr da, nur seine Frau saß in der Küche – immer noch in Morgenrock und Pantoffeln – und trank eine weitere Tasse Kaffee.

«Nett sehen Sie aus, El», sagte sie. «Haben Sie heute abend was Besonderes vor?»

«Nein, nur Kino.»

«Na, dann amüsieren Sie sich gut. Haben Sie Ihren Schlüssel?»

Das Mädchen öffnete die Handtasche, um den Schlüssel vorzuweisen, der an der Reißverschlußschlaufe eines Innenfaches befestigt war. Sie trat wieder in ihr Zimmer, schloß die Tür hinter sich und ging durch einen kurzen Korridor zur rückwärtigen Haustür. Ein paar Minuten später hatte sie die Straßenecke erreicht und erwischte gerade noch den Bus. Sie setzte sich hinten an ein offenes Fenster. Sobald der Bus anfuhr, zog sie die Handschuhe aus und kramte in ihrer Tasche nach einem schweren, altmodischen goldenen Ehering. Sie steckte ihn an den Finger und streifte die Handschuhe wieder über.

Als Joe Serafino in die Küche zurückkam, war er rasiert und angezogen. «Ist das Mädchen schon fort?» fragte er.

«Du meinst Elspeth? Ja, sie ist vor ein paar Minuten gegangen. Wieso?»

«Ich dachte, sie wollte nach Lynn, da hätte ich sie mitnehmen können.»

«Seit wann fährst du denn nach Lynn?»

«Ich muß den Wagen in die Werkstatt bringen. Die Schließautomatik vom Verdeck muß nachgesehen werden. Neulich hat es sich im Regen verklemmt, und ich bin klatschnaß geworden.»

«Warum hast du damit bis heute gewartet?»

«Bei dem schönen Wetter hab ich's wohl vergessen», antwortete er leichthin. «Eben beim Rasieren hab ich den Wetterbericht gehört. Es soll Regen geben ... Sag mal, wozu eigentlich der dritte Grad?»

«Das ist doch kein dritter Grad ... Darf man denn nicht mal mehr eine harmlose Frage stellen? Wann kommst du nach Hause? Oder darf ich mich danach auch nicht erkundigen?»

«Frag nur ruhig weiter.»

«Also?»

«Ich weiß es nicht. Vielleicht bleibe ich in Lynn und esse eine Kleinigkeit im Club.» Wütend lief er aus der Küche.

Sie hörte die Vordertür zuschlagen und dann das Anlassen des Motors. Sie starrte auf Elspeths Zimmertür und überlegte angestrengt. Weshalb war ihr Mann, der sonst immer so tat, als wüßte er gar nicht, daß das Mädchen überhaupt existierte, plötzlich so beflissen? Und warum hatte er sich um diese Zeit rasiert? Gewöhnlich wartete er damit bis kurz vor der Abfahrt in den Club. Er hatte einen so starken Bartwuchs, daß sich schon im Lauf der Nacht wieder Stoppeln zeigten, wenn er sich früher rasierte.

Je mehr sie darüber nachdachte, desto verdächtiger erschien die ganze Sache. Weshalb hatte das Mädchen heute so herumgetrödelt? Sie hatte ab zwölf Uhr frei ... Warum hatte sie sich erboten, die Kinder zu füttern, und sie dann auch noch ins Bett gebracht? Niemand hatte sie darum gebeten. Kein anderes Mädchen würde das an ihrem freien Tag tun. Sie war erst gegen halb zwei gegangen ... Hatte sie auf Joe gewartet?

Und dann dieses Verriegeln ihrer Zimmertür. Bis jetzt hatte sie das immer nur amüsiert. Wenn Besuch da war und das übliche Dienstmädchenthema aufkam, erzählte sie jedesmal davon. ‹Elspeth riegelt sich immer ein. Ob sie etwa Angst hat, mein Joe könnte hereinkommen, wenn sie im Bett liegt oder sich anzieht?› Und dabei lachte sie immer hell auf, als sei die Vorstellung, ihr Mann könnte sich für das Dienstmädchen interessieren, völlig absurd. Doch jetzt fragte sie sich, ob das wirklich so lächerlich war. Wäre es denkbar, daß Elspeth sich vor *ihr* einriegelte und gar nicht vor Joe? Man konnte durch den Hintereingang in ihr Zimmer gelangen. Tat Joe das gelegentlich? Er wußte ja, daß die Tür zur Küche verriegelt war und er keine Störung durch seine Frau zu befürchten brauchte ...

Noch etwas fiel ihr ein: Elspeth war nun schon über drei Monate bei ihnen und hatte anscheinend bisher keinen Freund. Ihre einzige Freundin war dieser Trampel von Celia, die bei den Hoskins in Stellung war. Aber kein Mann ... Alle anderen Mädchen hatten an ihren freien Tagen Rendezvous. Warum sie nicht? Lag es vielleicht daran, daß sie ein Verhältnis mit Joe hatte?

Sie lachte sich aus wegen ihrer törichten Verdächtigungen. Schließlich war sie ja ständig mit Joe zusammen. Sie sah ihn jeden Abend im Club. Jeden Abend ... bis auf Donnerstag. Und am Donnerstag hatte Elspeth Ausgang.

Melvin Bronstein hatte ein paarmal zum Telefon gegriffen und immer wieder die Hand zurückgezogen, ohne den Hörer von der Gabel zu nehmen. Es war nach sechs, und die Angestellten hatten Feierabend gemacht. Nur Al Becker saß in seinem Büro und würde wohl noch eine Weile bleiben, nach den auf seinem Schreibtisch ausgebreiteten Büchern zu schließen.

Jetzt könnte er Rosalie ungestört anrufen. Die ganze Woche beschäftigte sie seine Gedanken nicht so stark, donnerstags jedoch wurde seine Sehnsucht nach ihr übermächtig. In dem einen Jahr ihrer Bekanntschaft hatte sich eine feste Routine herausgebildet. Jeden Donnerstag rief sie ihn nachmittags an, und sie trafen sich in einem Lokal zum Abendessen. Danach fuhren sie aufs Land und blieben in einem Motel. Kurz vor Mitternacht brachte er sie nach Hause, weil der Babysitter dann gehen wollte.

Doch in letzter Zeit war alles anders geworden. An zwei Donnerstagen hatte er sie nicht gesehen, weil sie von dieser unsinnigen Angst besessen war, ihr Mann lasse sie von Detektiven beobachten.

«Auch keine Telefongespräche, Mel», hatte sie gebeten.

«Aber dabei kann doch nichts passieren. Oder glaubst du etwa im Ernst, daß sie sich die Mühe machen und dein Telefon anzapfen?»

«Nein ... Es ist nur ... Wenn ich deine Stimme höre, lasse ich mich womöglich überreden. Und dann fängt alles von vorne an.»

Als sie sich nicht umstimmen ließ, hatte er schließlich eingewilligt. Außerdem hatte sie ihn mit ihrer Nervosität angesteckt. Und heute war wieder Donnerstag. Er sollte doch anrufen, und wenn er sich nur erkundigte, ob sich irgend etwas geändert hätte. Er mußte einfach mit ihr sprechen. Dann würde ihr Verlangen, das genauso groß war wie seines, bestimmt über ihre Angst siegen.

Becker kam herein und bemühte sich angestrengt, ungezwungen zu erscheinen. «Du, Mel, jetzt hätt ich's doch fast vergessen ... Sally hat nämlich gesagt, ich soll dich heute abend zum Essen mitbringen – keine Widerrede!»

Bronstein lächelte verstohlen. Seitdem Al und Sally ihn vor einem Monat mit einer Fremden gesehen hatten, versuchten sie mit allen möglichen Tricks, ihn an den Donnerstagabenden mit Beschlag zu belegen.

«Darf ich ein andermal auf die Einladung zurückkommen, Al? Ich bin heute nicht in der Stimmung, unter Menschen zu gehen.»

«Wolltest du zu Hause essen?»

«Nnnein . . . Debbie hat ihren Bridgezirkel. Ich wollte irgendwo 'ne Kleinigkeit essen und dann ins Kino.»

«Ich werd dir was sagen, mein Junge – komm doch ein bißchen später rüber und bleib den Abend bei uns. Sally hat ein paar neue Platten bekommen – irgendwas gräßlich Klassisches. Die können wir uns anhören und nachher unten Billard spielen.»

«Also gut – mal sehen. Vielleicht schaue ich auf einen Sprung herein.»

Becker ließ nicht locker. «Ich hab noch 'ne bessere Idee: Wie wär's, wenn ich Sally anrufe und ihr sage, daß ich in der Stadt bleibe? Dann könnten wir beide uns einen vergnügten Abend machen – irgendwo gut essen, dann ein paar Drinks und hinterher kegeln?»

Bronstein schüttelte den Kopf. «Laß gut sein, Al. Fahr du schön nach Hause, iß Abendbrot und ruh dich aus. Um mich mach dir keine Sorgen. Vielleicht schau ich später mal rein.» Er ging um den Schreibtisch und faßte Becker um die Schulter. «Hau ab. Ich schließe zu.» Sanft, aber energisch schob er Becker zur Tür.

Dann nahm er den Hörer ab und wählte. Er hörte das Rufzeichen. Einmal. Zweimal. Dreimal. Nach einer Weile legte er auf.

Es war bereits nach sechs, als der Doktor die Untersuchung beendete. Elspeth bedankte sich bei der Sprechstundenhilfe für den Diätplan und die Broschüre über Schwangerschaft, faltete beide sorgfältig zusammen und steckte sie in die Handtasche. Im Aufbruch fragte sie, ob im Hause eine öffentliche Fernsprechzelle sei.

«Unten in der Halle ist eine. Sie können auch unser Telefon benutzen, wenn Sie wollen.»

Elspeth errötete und schüttelte schüchtern den Kopf. Die Sprechstundenhilfe lächelte verständnisvoll.

In der Telefonzelle wählte sie die Nummer und betete, daß er zu Hause sein möge. «Ich bin's – Elspeth», flüsterte sie, als sie seine Stimme hörte. «Ich muß dich unbedingt heute abend sprechen. Es ist furchtbar wichtig.»

Sie lauschte und sagte dann: «Du hast nicht richtig verstanden. Ich muß dir was erzählen . . . Nein, das kann ich nicht am Telefon . . . Ich bin jetzt in Lynn, aber ich fahre nach Barnard's Crossing zurück. Wir können zusammen Abendbrot essen. Ich wollte ins *Surfside* und mir nachher den Film im *Neptune* ansehen.»

Sie nickte zu seinen Worten, als ob er sie sehen könnte. «Ich weiß, du kannst heute abend nicht mit mir ins Kino gehen. Aber essen mußt du doch sowieso, da können wir doch auch zusammen . . . Ja. Also, ich bin gegen sieben im *Surfside* . . . Ja, sieh zu, daß du's schaffst . . . Wenn du bis halb acht nicht da bist, weiß ich, daß du nicht kommen konntest . . . Aber du versuchst es wenigstens, ja?»

Sie machte in einer Cafeteria halt, bevor sie zum Bus ging. Während sie ihren Kaffee trank, las sie die Broschüre über Schwangerschaft zweimal durch. Als sie sicher war, daß sie die paar einfachen Vorschriften begriffen hatte, steckte sie das Heft hinter das lederne Sitzkissen. Sie durfte es nicht behalten; das war zu riskant. Mrs. Serafino könnte es entdecken . . .

6. Kapitel

Um halb acht klingelte Jacob Wasserman an der Wohnung des Rabbi. Mrs. Small öffnete. Sie war klein und lebhaft und hatte üppiges blondes Haar, das sie zu erdrücken schien. Ohne das feste, entschlossene Kinn hätten die großen blauen Augen und das offene Gesicht naiv gewirkt.

«Kommen Sie doch bitte herein, Mr. Wasserman. Das ist aber nett, daß Sie uns besuchen.»

Als er den Namen hörte, erschien der Rabbi, der in ein Buch vertieft gewesen war, in der Diele. «Schau an, Mr. Wasserman . . . Wir haben gerade gegessen, aber Sie trinken doch eine Tasse Tee mit uns? Würdest du uns bitte Tee machen, meine Liebe?»

Er führte Wasserman ins Wohnzimmer, während seine Frau das Wasser aufsetzte. Der Rabbi legte das Buch neben sich auf den Tisch und sah Wasserman fragend an. Wasserman erkannte plötzlich, daß der Blick des Rabbis zwar sanft und freundlich, aber zugleich durchdringend war.

Er versuchte zu lächeln. «Als Sie seinerzeit zu uns kamen, Rabbi, haben Sie angeregt, selbst an den Vorstandssitzungen teilzunehmen. Ich war sehr dafür. Wenn man einen Rabbi engagiert, damit er beim Aufbau einer Gemeinde mithilft, ist es doch am besten, ihn zu den Versammlungen hinzuzuziehen, auf denen die verschiedenen Vorhaben geplant und erörtert werden. Aber ich wurde überstimmt. Und wissen Sie auch, warum? Die anderen sagten, der Rabbi ist doch Angestellter der Gemeinde. Nimm mal an, wir wollen über sein Gehalt oder seinen Vertrag reden . . . Und was war das Ende vom Lied? Das ganze Jahr ist nicht einmal davon die Rede gewesen – bis zur letzten Versammlung. Da hab ich vorgeschlagen, wir sollten über Ihren Vertrag für das nächste Jahr entscheiden, weil ja bis zur Sommerpause nur noch zwei Sitzungen stattfinden ...»

Mrs. Small kam mit einem Tablett. Sie schenkte den Tee ein, nahm sich ebenfalls eine Tasse und setzte sich.

«Und was wurde wegen des Vertrages beschlossen?» fragte der Rabbi.

«Gar nichts haben wir beschlossen. Wir haben es auf die nächste Versammlung verschoben – das heißt, auf kommenden Sonntag.»

Der Rabbi betrachtete seine Teetasse mit gerunzelter Stirn. Dann sagte er, ohne aufzublicken: «Heute ist Donnerstag. Noch drei Tage bis zur Sitzung. Wäre das Ja gesichert und die Abstimmung nur eine Formsache, hätten Sie bis Sonntag gewartet, um mir davon zu erzählen. Wäre die Zustimmung wahrscheinlich, aber nicht absolut sicher, hätten Sie es vermutlich bei unserer nächsten Begegnung erwähnt, also am Freitagabend beim Gottesdienst. Wenn es aber so aussähe, als sei das Ergebnis unsicher oder voraussichtlich negativ für mich, würden Sie am Freitagabend lieber nichts darüber sagen, weil Sie mir den Sabbat nicht verderben wollen ... Ihr Besuch heute abend kann also nur bedeuten, daß Sie Grund zu der Annahme haben, mein Vertrag wird nicht verlängert werden – stimmt's?»

Wasserman schüttelte bewundernd den Kopf. Dann drohte er Mrs. Small scherzhaft mit dem Zeigefinger. «Versuchen Sie ja nicht, Ihren Mann hinters Licht zu führen, Mrs. Small. Er kommt Ihnen im Handumdrehen auf die Schliche.» Er wandte sich wieder an den Rabbi. «Nein, Rabbi, ganz so ist es nicht. Ich werd's Ihnen erklären. Wir haben fünfundvierzig Vorstandsmitglieder – fünfundvierzig, stellen Sie sich das vor! Mehr als im Aufsichtsrat von General Electric. Von den fünfundvierzig kommen nun vielleicht fünfzehn regelmäßig zu den Versammlungen; ungefähr zehn weitere ab und zu. Der Rest läßt sich das ganze Jahr nicht blicken. Wenn nun am Sonntag nur die fünfzehn kämen, der Stamm, würden wir mit großer Mehrheit gewinnen. Für die meisten von uns war es eine reine Formsache. Wir hätten auf der Stelle über den Vertrag abgestimmt. Aber wir konnten nicht gegen den Antrag an, die Sache eine Woche zu vertagen. Das erschien einleuchtend, und wir halten es bei allen wichtigen Entscheidungen so. Die Opposition, Al Becker und sein Anhang, führt jedoch offenbar was anderes im Schilde. Al Becker kann Sie nicht leiden. Gestern bin ich dahintergekommen, daß er die dreißig Leute, die nicht regelmäßig zu den Sitzungen kommen, angerufen und unter Druck gesetzt hat ... Als Ben Schwarz mir das gestern erzählte, habe ich selbst mit den Leuten Fühlung aufgenommen. Aber ich kam zu spät. Die meisten hatten sich schon bei Becker festgelegt ... So stehen die Dinge im

Augenblick. Haben wir die übliche Sitzung mit den üblichen Mitgliedern, wird alles glatt gehen. Aber wenn er den ganzen Vorstand ranschleppt . . .» Er hob die Arme, die Handflächen nach oben gedreht.

«Ich kann nicht behaupten, daß mir das völlig überraschend kommt», meinte der Rabbi niedergeschlagen. «Ich wurzele im traditionellen Judentum und wollte ein Rabbi von der Art werden, wie mein Vater einer gewesen ist und vor ihm mein Großvater. Ich wollte das Leben eines Gelehrten führen – nicht abgeschlossen, nicht im Elfenbeinturm, sondern inmitten der jüdischen Gemeinde, um sie lenken zu können . . . Heutzutage soll der Rabbi gewissermaßen ein Manager sein, der Clubs organisiert, Reden hält und was weiß ich . . . Vielleicht bin ich hoffnungslos altmodisch, aber das ist nichts für mich.»

Wasserman nickte ungeduldig. «Alles braucht seine Zeit, Rabbi, vergessen Sie das nicht. Die Leute in unserer Gemeinde sind zwischen den beiden Weltkriegen aufgewachsen. Die meisten ohne religiöse Erziehung . . . Was glauben Sie, was ich für Schwierigkeiten hatte, als ich die Gemeinde zu organisieren versuchte! Damals hatten wir hier fünfzig jüdische Familien, und trotzdem war's beim Tod vom alten Levy schwierig, auch nur die nötige Anzahl Leute für das Totengebet zusammenzukriegen . . . Zuerst wollte ich eine jüdische Schule einrichten und im gleichen Haus den Gottesdienst abhalten. Da haben die einen gefürchtet, das wird zu teuer; andere wollten ihre Kinder nicht nachmittags in eine eigene Schule schicken, damit sie den Unterschied zwischen sich und den Gojim-Kindern nicht empfinden . . . Aber mit der Zeit hab ich sie rumgekriegt. Als wir dann endlich ein eigenes Haus kaufen konnten, sind sie abends und sonntags alle gekommen und haben geholfen – großartig, was für ein Geist damals in unserer Gemeinde herrschte!»

«Und dann?» fragte die Frau des Rabbi.

Wasserman lächelte schief. «Dann wurde die Gemeinde größer. Ich schmeichle mir gern, daß die Schule und die Synagoge was mit dem Zuzug zu tun hatten. Bei fünfzig Familien kannte jeder jeden, und Meinungsverschiedenheiten konnten in persönlichen Diskussionen bereinigt werden. Aber bei dreihundert und mehr Familien wie jetzt ist das was anderes. Heute gibt es getrennte soziale Schichten. Nehmen Sie Becker und seinen Kreis – alle, die in Grove Point wohnen . . . Die bleiben unter sich. Becker ist kein schlechter Mensch, verstehen Sie mich recht. Er ist sogar ein feiner Mensch – alle, von denen ich sprach, sind feine Menschen. Sie haben eben nur eine andere Einstellung als Sie und ich. Je größer und einflußreicher die Gemeinde ist, desto besser. Das ist ihr Standpunkt. Aber ich meine . . .»

Er wurde durch die Türglocke unterbrochen. Der Rabbi öffnete. Es war Stanley. «Sie haben doch so auf die Bücher gewartet, Rabbi», sagte er, «und da hab ich mir gedacht, ich schau auf dem Heimweg einen Sprung bei Ihnen vorbei und sag Ihnen, daß sie da sind. Es war 'ne große Kiste, ich hab sie gleich in Ihr Arbeitszimmer raufgebracht und den Deckel aufgestemmt.»

Der Rabbi dankte ihm und ging ins Wohnzimmer zurück. Er konnte seine Aufregung kaum verhehlen. «Meine Bücher sind gekommen, Miriam.»

«Das freut mich aber, David.»

«Es macht dir doch nichts aus, wenn ich rasch rüberfahre und sie durchschaue?» Plötzlich fiel ihm sein Gast ein. «Die Bibliothek vom Dropsie College hat mir ein paar seltene Bücher geschickt. Ich brauche sie für eine Abhandlung über Maimonides, an der ich gerade arbeite», erklärte er.

«Ich wollte sowieso gerade gehen, Rabbi.» Wasserman stand auf.

«Sie müssen noch ein bißchen bleiben, Mr. Wasserman. Sie haben ja Ihren Tee noch gar nicht ausgetrunken. Es wäre mir sehr peinlich, wenn Sie jetzt gehen. Laß ihn nicht weg, Miriam.»

Wasserman lächelte gutmütig. «Ich merke doch, Rabbi, wie Sie's zu Ihren Büchern zieht ... Ich möchte Sie nicht aufhalten. Gehen Sie ruhig; ich leiste Mrs. Small noch etwas Gesellschaft.»

«Nehmen Sie es mir auch bestimmt nicht übel?» fragte er über die Schulter zurück.

Seine Frau stellte sich ihm in den Weg, das feste kleine Kinn hochgereckt. «Ohne Überzieher verläßt du mir nicht das Haus, David Small», verkündete sie.

«Aber es ist doch ganz warm draußen!» protestierte er.

«Bis du zurückkommst, wird es ziemlich frisch sein.»

Ergeben holte der Rabbi seinen Mantel aus dem Schrank, zog ihn jedoch nicht an, sondern legte ihn trotzig über den Arm.

Mrs. Small ging wieder ins Wohnzimmer. «Er ist wie ein kleiner Junge», sagte sie entschuldigend.

«Nein», widersprach Wasserman. «Ich glaube, er wollte eine Weile allein sein.»

Das *Surfside* hatte einen guten Ruf: die Preise waren mäßig, die Bedienung nicht allzu schlecht, und trotz der einfachen Aufmachung aß man anständig; die Fischgerichte waren sogar hervorragend. Mel Bronstein war noch nie im *Surfside* gewesen. Als er sich dem Lokal näherte, fuhr ein vor dem Eingang geparkter Wagen weg. Das nahm er als Zeichen, zumal ihm einfiel, daß er schon viel Lobendes über das

Restaurant gehört hatte. Und so manövrierte er seinen großen blauen Lincoln in die freigewordene Parklücke.

Es war nicht sehr voll drinnen. Bronstein steuerte auf eine Nische zu und bestellte einen Martini. An den Wänden hingen Fischnetze und andere maritime Gegenstände: zwei Ruder, ein Steuerrad aus Mahagoni, und eine ganze Wand wurde von einem wahrhaft imposanten Schwertfisch eingenommen, der auf ein Brett montiert war.

Er entdeckte keinen Bekannten; die meisten Nischen waren von Paaren besetzt, nur schräg gegenüber saß ein junges Mädchen allein. Sie war nicht hübsch, machte jedoch einen sympathischen, frischen Eindruck. Da sie immer wieder auf die Uhr sah, vermutete er, daß sie jemand erwartete; sie hatte noch nicht bestellt, sondern trank nur ab und zu einen Schluck Wasser.

Die Kellnerin kam an seinen Tisch, und er bat um einen zweiten Drink.

Das Mädchen gegenüber wurde anscheinend immer nervöser. Jedesmal wenn sie die Tür aufgehen hörte, fuhr sie herum. Plötzlich richtete sie sich gerade auf, als sei sie zu einem Entschluß gekommen. Sie zog die weißen Handschuhe aus, stopfte sie in die Handtasche und schickte sich offensichtlich an, zu bestellen. Er sah, daß sie einen Ehering trug. Sie streifte ihn ab, öffnete die Tasche und ließ ihn ins Portemonnaie fallen.

Sie blickte auf und merkte, daß er sie beobachtete. Errötend wandte sie sich ab. Er schaute auf die Uhr. Viertel vor acht.

Nach kurzem Zögern verließ er die Nische und ging zu ihr hinüber. Sie schreckte zusammen.

«Mein Name ist Melvin Bronstein», sagte er. «Ich habe bestimmt keine finsteren Absichten. Ich esse nur so ungern allein, und mir scheint, Ihnen geht es ähnlich. Möchten Sie sich nicht vielleicht zu mir setzen?»

Sie riß die Augen groß auf wie ein Kind, schlug sie nieder, blickte wieder zu ihm hoch und nickte.

«Darf ich Ihnen noch etwas Tee einschenken, Mr. Wasserman?»

Er bejahte. «Ich kann Ihnen gar nicht sagen, wie unangenehm mir die ganze Geschichte ist, Mrs. Small. Schließlich und endlich habe ich ja Ihren Mann hergeholt.»

«Ich weiß, Mr. Wasserman. Wir haben uns damals beide gewundert. Gewöhnlich ist es doch so: wenn eine Gemeinde einen Rabbiner engagieren will, läßt sie eine Anzahl Kandidaten nacheinander am Sabbat kommen, um den Gottesdienst zu leiten, den Gemeindevorstand oder den Ritualausschuß kennenzulernen. Sie aber sind allein im

Seminar gewesen und haben David auf eigene Verantwortung genommen.» Sie musterte ihn abwägend und senkte sofort wieder den Blick.

«Glauben Sie etwa, ich habe mich danach gedrängt? Sie können versichert sein, Mrs. Small, ich hätte die Entscheidung lieber dem Ritualausschuß oder dem Vorstand überlassen. Aber ausgerechnet Becker hat darauf bestanden, ich soll allein fahren. ‹Was verstehen wir denn schon von Rabbis, Jacob?› Das waren seine Worte. ‹Fahr du lieber hin und suche ihn aus. Wir sind mit jedem einverstanden.› Vielleicht hatte er viel zu tun, vielleicht hat er es auch wirklich so gemeint. Schließlich haben Reich und Becker wirklich keine Ahnung. Und so habe ich eben eingewilligt, allein nach New York zu fahren.»

«Und warum haben Sie David ausgesucht, Mr. Wasserman?»

Er antwortete nicht gleich. Er hatte es mit einer sehr gescheiten, persönlichkeitsstarken jungen Frau zu tun, das wußte er, und deshalb mußte er genau überlegen, was er sagte. Was hatte ihn eigentlich so an ihrem Mann angezogen? Einmal seine beachtlichen Kenntnisse des Talmud. Zweifellos auch, daß er aus einer alten Rabbinerfamilie stammte und daß seine Frau ebenfalls Rabbinertochter war. Doch seine erste Begegnung mit David Small hatte ihn enttäuscht: er sah keineswegs eindrucksvoll, sondern wie ein ganz gewöhnlicher junger Mann aus. Im Gespräch jedoch bestachen ihn David Smalls freundliches Wesen und sein gesunder Menschenverstand.

Unmittelbar nachdem Wasserman alles geregelt hatte, überfielen ihn Zweifel. Nicht daß er selber unzufrieden war, aber er befürchtete, Rabbi Small möchte wohl doch nicht den Vorstellungen der meisten Gemeindemitglieder entsprechen. Einige erwarteten einen hochgewachsenen, ernsten Mann mit tiefem, volltönendem Organ, etwa einen Bischofstyp; Rabbi Small war nicht groß, seine Stimme leise, sanft und sachlich. Die Jungverheirateten erhofften einen fröhlichen Studententyp in grauen Flanellhosen, der auf dem Golf- oder Tennisplatz zu Hause war und ihre Interessen teilte; Rabbi Small war dünn, blaß, Brillenträger und erfreute sich zwar einer ausgezeichneten Gesundheit, war aber zweifellos unsportlich. Manche wiederum stellten sich einen dynamischen Managertyp vor, einen Organisator, einen forschen Draufgänger, der Komitees gründete und die ganze Gemeinde unaufhörlich in Schwung brachte; Rabbi Small war eher geistesabwesend, mußte ständig an Verabredungen erinnert werden und hatte weder von Zeit noch von Geld die leiseste Ahnung. Vorschlägen war er durchaus zugänglich, vergaß sie allerdings ebenso leicht wieder, vor allem, wenn sie ihn nicht auf Anhieb interessierten.

Wasserman wählte seine Worte sorgfältig. «Das werd ich Ihnen sagen, Mrs. Small. Einmal gefiel er mir persönlich. Aber da war noch was anderes. Sie wissen ja, ich hab mit mehreren gesprochen. Wir haben uns gegenseitig abgetastet – das tut man ja immer bei solchen Gesprächen –, und sobald sie meine Ansichten erkannt zu haben glaubten, teilten sie sie mir als ihre eigenen mit, nur viel besser formuliert ... Ihr Mann dagegen schien sich überhaupt nicht für meine Ansichten zu interessieren. Und als ich sie äußerte, widersprach er mir, nicht unhöflich, sondern ruhig und fest ... Wer sich um einen Posten bewirbt und seinem zukünftigen Arbeitgeber nicht zustimmt, ist nun entweder ein Narr, oder er hat Überzeugungen. Und ich hatte weiß Gott keinen Anlaß, Ihren Mann für einen Narren zu halten.

Jetzt hab ich Ihre Frage beantwortet, Mrs. Small, und Sie müssen mir meine beantworten: Warum hat sich Ihr Mann um den Posten beworben und ihn angenommen? Das Vermittlungsbüro im Seminar hat die Kandidaten doch sicher darüber aufgeklärt, um was für eine Gemeinde es sich handelt. Und ich habe Ihrem Mann auf all seine Fragen offen Auskunft gegeben.»

«Sie meinen, er hätte sich um eine Stellung in einer ältereingesessenen, traditionsgebundeneren Gemeinde bewerben sollen?» Sie stellte die leere Tasse auf den Tisch. «Wir haben darüber gesprochen, und er sagte, die hätten keine Zukunft. Nur in eingefahrenen Geleisen zu arbeiten, nur auf der Stelle zu treten, das liegt David nicht, Mr. Wasserman. Freilich, er hat seine Überzeugung und glaubte, sie Ihrer Gemeinde vermitteln zu können. Daß man jemand wie Sie allein losgeschickt hat, um den Rabbiner auszusuchen, und kein Komitee mit den üblichen Leuten wie Mr. Becker, bestärkte ihn in dem Glauben, daß er hier eine Chance hätte. Und jetzt scheint es ganz so, als habe er sich doch geirrt. Wollen sie ihn wirklich hinauswerfen?»

Wasserman zuckte die Achseln. «Einundzwanzig geben offen zu, daß sie gegen ihn stimmen werden. Sie hätten es Al Becker oder Dr. Pearlstein oder sonst jemand versprochen. Zwanzig sagen, sie wollten für den Rabbi stimmen. Aber mindestens bei vier von ihnen bin ich gar nicht so sicher. Sie hatten schon eine faule Ausrede parat, sie müßten am Samstag wegfahren, würden aber alles daransetzen, rechtzeitig zurück zu sein. Vielleicht kommen sie also gar nicht.»

«Das sind einundvierzig. Wie steht's mit den restlichen vier?»

«Die wollen es sich noch überlegen. Das bedeutet, daß sie sich bereits gegen den Rabbi entschieden haben, sich aber mit mir in keine Diskussion einlassen wollen. Was soll man denn schon zu jemand sagen, der verspricht, es sich zu überlegen? Nein, überleg nicht?»

«Na ja, wenn sie es nicht anders wollen ...»

Er lächelte trübe. «Vielleicht male ich zu schwarz. Vielleicht wollen es sich die vier tatsächlich noch überlegen. Vielleicht kommt von denen, die wegfahren müssen, doch noch der eine oder andere rechtzeitig zurück ... Unsere Aussichten sind nicht sehr rosig, aber eine Chance besteht immerhin ... Eins will ich Ihnen klipp und klar sagen, Mrs. Small. An manchem ist Ihr Mann selber schuld. Viele in der Gemeinde – und damit meine ich nicht nur Beckers Freunde – sind der Ansicht, der Rabbi sei vor allem ihr persönlicher Vertreter in der Öffentlichkeit. Und diese Leute stoßen sich an der ganzen Haltung Ihres Mannes. Ihm sei das alles wohl ziemlich gleichgültig, sagen sie. Er vernachlässige seine Verabredungen, sein Äußeres, und das sogar in der Synagoge. Seine Kleider sind meist zerdrückt. Das macht keinen guten Eindruck.»

Sie nickte. «Ich weiß. Und vielleicht geben einige von diesen Kritikern mir die Schuld. Eine Frau muß auf ihren Mann achten. Aber was soll ich tun? Ich sehe, daß seine Sachen in Ordnung sind, wenn er morgens weggeht – aber kann ich den ganzen Tag hinter ihm her sein? Er ist ein Gelehrter. Wenn er sich in ein Buch vertieft, zählt nichts anderes mehr. Und wenn er Lust hat, im Liegen zu lesen, zieht er nicht erst die Jacke aus. Wenn er nachdenkt, fährt er sich mit den Händen durchs Haar, und dann sieht er aus, als ob er eben aus dem Bett gestiegen wäre. Beim Studieren macht er sich Notizen auf Karten und steckt sie in die Taschen, so daß sie nach einer Weile ausgebeult sind. Er ist eben ein Gelehrter, Mr. Wasserman. Ein richtiger Rabbi. Ich verstehe Sie, und ich weiß auch, was für einen Mann die Gemeinde haben will: Er erhebt sich in einer öffentlichen Versammlung, um Gott anzurufen. Er senkt den Kopf, als stehe der Allmächtige direkt vor ihm. Er schließt die Augen, damit Sein Glanz ihn nicht blende, und spricht dann leise, sonor – nicht etwa mit seiner alltäglichen Stimme, nein – mit einer besonderen, wie ein Schauspieler ... Mein David ist kein Schauspieler. Glauben Sie, Gott läßt sich von einem leisen, sonoren Organ beeindrucken, Mr. Wasserman?»

«Meine liebe Mrs. Small, ich bin ja durchaus Ihrer Meinung. Aber wir leben nun mal auf dieser Welt. Und das verlangt die Welt eben heutzutage von einem Rabbi, folglich muß er sich danach richten.»

«Eher verändert David die Welt, als daß die Welt meinen David ändert, Mr. Wasserman.»

7. Kapitel

Als Joe Serafino im Club ankam, sah er ein neues Mädchen hinter der Garderobe. Er schlenderte zum Oberkellner hinüber, der in seiner Abwesenheit als Geschäftsführer fungierte.

«Wer ist denn die Neue, Lennie?»

«Das wollte ich Ihnen gerade erzählen, Joe. Nellies Kind ist wieder mal krank, und da hab ich das Mädchen als Aushilfe angeheuert.»

«Wie heißt sie?»

«Stella.»

Joe musterte sie von oben bis unten. «Die Uniform füllt sie jedenfalls aus», meinte er anerkennend. «Okay, wenn's ruhiger wird, schikken Sie sie zu mir ins Büro.»

«Keine krummen Touren, Joe. Keine Annäherungsversuche. Sie ist so 'ne Art entfernte Kusine von meiner Frau.»

«Stellen Sie sich nicht so an, Lennie. Ich muß doch schließlich Name, Adresse und Sozialversicherung notieren, nicht wahr?» Joe lächelte. «Oder soll ich etwa mit dem Buch hier draußen aufkreuzen?» Er trat seine Runde durch den Speiseraum an. Gewöhnlich ging ein großer Teil des Abends damit hin, daß er von Tisch zu Tisch wanderte, hier einen Gast begrüßte, dort einem zuwinkte, sich gelegentlich zu einem Stammgast setzte, ein paar Minuten plauderte und dann einem vorbeieilenden Kellner zurief: «Bringen Sie den Herrschaften einen Drink, Paul.» Donnerstags jedoch, wenn die Dienstmädchen Ausgang hatten, herrschte eine andere Atmosphäre. Zahlreiche Tische standen leer, die Gäste tranken mäßig, unterhielten sich gedämpft und waren offensichtlich nicht in Stimmung. Selbst die Bedienung war verändert; die Kellner lungerten bei der Küchentür herum, statt wie sonst durchs Lokal zu flitzen und zu servieren. Wenn Leonard sie streng fixierte oder mit den Fingern schnalzte, um sie aufzuscheuchen, trennten sie sich widerstrebend, nur um sich erneut zusammenzuscharen, sobald er den Rücken gekehrt hatte.

Donnerstags hielt sich Joe meistens in seinem Büro auf und beschäftigte sich mit den Rechnungen. An diesem Abend machte er bald Schluß, um auf der Couch ein wenig zu schlafen, als es an die Tür klopfte. Er stand auf, setzte sich an den Schreibtisch und legte die Bücher aufgeschlagen vor sich hin. «Herein», rief er kurz und geschäftsmäßig.

Er hörte, wie sich der Türknauf vergebens drehte, erhob sich lächelnd und zog den Riegel zurück. Mit einer Geste bedeutete er dem Mädchen, sich auf die Couch zu setzen. «Nehmen Sie Platz, Kindchen», sagte er. «Ich bin gleich soweit.» Gleichgültig warf er die Tür zu, kehrte zu dem Drehstuhl hinter dem Schreibtisch zurück und vertiefte sich stirnrunzelnd in die Bücher. Ein paar Minuten machte er sich eifrig zu schaffen, kritzelte Notizen aufs Papier und verglich die Spalten seiner Hauptbücher. Dann schwang er sich zu ihr herum und ließ den Blick langsam über sie hingleiten. «Wie heißen Sie?»

«Stella. Stella Mastrangelo.»

«Wie schreibt sich das? Lassen Sie nur, kommen Sie lieber her und notieren Sie's.»

Sie ging zum Schreibtisch und beugte sich vor, als sie den Namen zu Papier brachte. Eine junge, kräftige Person, mit zarter, bräunlicher Haut und dunklen, herausfordernden Augen. Die Hand juckte ihm, ihr einen Klaps aufs Hinterteil zu geben, um das sich die prallen schwarzen Satinshorts der Uniform so verführerisch spannten. Doch er durfte sein Interesse nicht zeigen, und so sagte er in unverändert sachlichem Ton: «Schreiben Sie auch Ihre Adresse und die Nummer der Sozialversicherung auf. Und die Telefonnummer, falls wir Sie mal rasch erreichen wollen.»

Als sie fertig war, richtete sie sich auf, ging aber nicht sofort zur Couch zurück. Sie lehnte sich an die Schreibtischkante und musterte ihn. «Ist das alles, was Sie wünschen, Mr. Serafino?»

«Ja.» Er studierte das Papier. «Es kann sein, daß wir gelegentlich Arbeit für Sie haben. Nellie hat davon gesprochen, daß sie gern noch einen weiteren freien Abend hätte. Dann könnte sie sich mehr um ihr Kind kümmern.»

«Das wäre fein, Mr. Serafino.»

«Na ja, mal sehen. Haben Sie Ihren Wagen dabei?»

«Nein, ich bin mit dem Bus gefahren.»

«Wie wollen Sie denn dann heimkommen?»

«Mr. Leonard hat gesagt, ich darf kurz vor Mitternacht gehen. Dann könnte ich den letzten Bus erwischen.»

«Haben Sie denn keine Angst, so spätnachts allein nach Hause zu fahren? Das ist doch eine blödsinnige Einteilung. Ich werd Ihnen was sagen – ich bringe Sie heute nacht mit dem Wagen heim. Nächstes Mal können Sie es sich dann besser einrichten. Pat, der Parkwächter, hat für solche Fälle immer einen Taxichauffeur an der Hand.»

«Das kann ich doch nicht annehmen, Mr. Serafino.»

«Warum denn nicht?»

«Ja . . . also . . . Mr. Leonard hat gesagt . . .»

Er hob die Hand. «Es braucht ja niemand zu erfahren», sagte er leichthin und lockend. «Die Tür hier führt direkt auf den Parkplatz. Sie machen um Viertel vor zwölf Schluß, gehen zur Bushaltestelle und warten auf mich. Ich hole Sie dann dort mit dem Wagen ab.»

«Aber Mr. Leonard . . .»

«Na schön, Lennie will mich sprechen und kommt hierher. Die Tür ist verschlossen, und er weiß dann, daß ich ein Nickerchen mache. Er wird sich hüten, mich beim Schlafen zu stören. Okay? Und schließlich haben wir ja geschäftlich miteinander zu reden, nicht wahr?»

Sie nickte und klapperte mit den Augendeckeln.
«Okay, Kindchen, geh jetzt. Bis nachher.» Mit einem väterlichen Klaps entließ er sie.

Tagsüber wurden im *Ship's Cabin* belegte Brote, Schmalzkringel und Kaffee serviert. Abends gab es warme Gerichte: Spaghetti und Fleischklößchen, gebackene Muscheln und Pommes frites, Baked Beans und Frankfurter Würstchen. Die schmierigen, mit Fliegenschmutz übersäten Speisekarten steckten im Rahmen des Barspiegels. Die Gerichte waren numeriert; Stammgäste wie Stanley bestellten nach der Nummer, in der Hoffnung, schneller bedient zu werden.

Bei Tag und am frühen Abend wurde nicht viel getrunken. Die Mittagsgäste spülten ihre belegten Brote meist mit Bier hinunter. Zum Abendbrot wurde gelegentlich vorher ein Whiskey bestellt. Doch die Stammgäste kamen im allgemeinen gegen neun zurück. Dann ging der Betrieb im *Ship's Cabin* erst richtig los.

Nach dem Besuch beim Rabbi fuhr Stanley in seiner gelben Klapperkiste zum *Ship's Cabin*, verzehrte seine gewohnte Abendmahlzeit, eines der drei Spezialgerichte, und trank dazu ein paar Glas Bier. Er saß an der Theke und stopfte mechanisch Bissen auf Bissen in den Mund, die er mit gleichmäßig mahlenden Kinnladen zermalmte. Er beschäftigte sich nur mit seinem Teller, um die Gabel vollzuschaufeln, und wandte sich dann sofort wieder dem Fernsehgerät oben in der Ecke zu. Von Zeit zu Zeit griff er nach dem Glas und nahm einen tiefen Schluck, ohne den Bildschirm aus den Augen zu lassen.

Stanley sprach mit keinem Menschen; er wechselte lediglich mit dem Barmann eine Bemerkung über das Wetter, als dieser ihm das Essen hinschob. Das Fernsehprogramm war zu Ende, er leerte das zweite Glas, wischte sich den Mund mit der Papierserviette ab, die zusammengefaltet neben dem Teller lag, und schlenderte zur Kasse, um seine Rechnung zu bezahlen.

In der Tür winkte er dem Barmann zu und fuhr die paar Blocks zu Mama Schofield. Es hatte keinen Sinn, noch länger herumzuhocken; die nächsten ein, zwei Stunden war doch nichts los.

Mama Schofield saß im Wohnzimmer. Er steckte den Kopf hinein, um ihr guten Abend zu sagen. Oben in seinem Zimmer zog er die Schuhe, die Drillichhose und das Arbeitshemd aus und legte sich, die Hände im Nacken verschränkt, auf das Bett und starrte an die Decke. Hier gab es keine Bilder wie im Kellergeschoß der Synagoge. Der einzige Wandschmuck bestand aus einem Kalender, auf dem ein kleiner Junge und ein junger Hund um Sympathien für die Kohlenhandelsgesellschaft von Barnard's Crossing warben.

Gewöhnlich schlief er etwa eine Stunde, aber an diesem Abend war er aus irgendeinem Grund unruhig. Er wußte, es war einer seiner häufigen Anfälle von Einsamkeit. Seine Bekannten betrachteten sein Junggesellendasein als Beweis dafür, daß er zu schlau war, um sich einfangen zu lassen. Jetzt grübelte er bedrückt, ob er sich nicht zum Opfer eines Selbstbetrugs gemacht hatte. Was führte er denn schon für ein Leben? Abends eine fettstarrende Mahlzeit, die er auf einem Barhokker verschlang; dann zurück in ein möbliertes Zimmer; als einzig erfreuliche Aussicht nachher das gemütliche Beisammensein mit den Zechkumpanen im *Ship's Cabin*. Wenn er verheiratet wäre ... Und seine Gedanken verloren sich in einen herzerquickenden Wunschtraum vom Eheleben. Bald darauf schlief er ein.

Als er aufwachte, war es beinahe zehn. Er stand auf, zog seine guten Sachen an und fuhr zum *Ship's Cabin*. Der Traum begleitete ihn. Er trank mehr als sonst, um ihn zu verscheuchen. Doch sowie das Gespräch stockte oder der Lärm vorübergehend abflaute, kehrte er wieder.

Gegen Mitternacht begann sich die Runde aufzulösen. Stanley erhob sich. Die Einsamkeit war stärker als je zuvor. Ihm fiel ein, daß Donnerstag war und daß wahrscheinlich irgendein Mädchen an der Haltestelle Oak und Vine Street aus dem letzten Bus steigen würde. Vielleicht war sie müde und ließ sich gern mit dem Auto nach Hause bringen ...

Elspeth saß auf dem Rücksitz des Wagens. Der Regen hatte etwas nachgelassen, aber noch immer klatschten dicke Tropfen auf den Asphalt und verwandelten ihn in eine glänzende schwarze Pfütze. Sie war jetzt ruhig und entspannt; zum Beweis zog sie langsam und graziös wie eine Schauspielerin an ihrer Zigarette. Beim Sprechen sah sie starr vor sich hin und warf nur gelegentlich einen raschen Blick auf ihren Begleiter, um festzustellen, wie er reagierte.

Er saß kerzengerade; die Augen waren weit aufgerissen und unbeweglich, die Kinnladen verkrampft, der Mund zusammengepreßt ... Wut? Enttäuschung? Verzweiflung? Sie wußte es nicht. Sie beugte sich vor, um die Zigarette in dem Aschenbecher an der Rückseite des Vordersitzes auszudrücken.

Sie fühlte mehr als sie sah, wie die Hand sich näherte. Sie spürte sie an ihrem Hals und war im Begriff, sich ihm lächelnd zuzuwenden, als die Hand ihre silberne Halskette packte. Sie wollte protestieren, ihm sagen, daß er die Kette zu eng zusammenziehe, aber da war es schon zu spät. Die Hand riß die Kette mit einem Ruck ganz eng zusammen. Sie konnte sich nicht wehren. Sie konnte nicht einmal schreien. Sie schwamm in rotem Nebel. Und dann wurde alles schwarz.

Eine Silberkette am Hals . . .

...wirkt gut und würgt gut. Die These, man könne grollende Damen mit Schmuck nur vorübergehend zum Schweigen bringen, ist damit endgültig widerlegt. Und erneut ist der Beweis erbracht, wie gefährlich es ist, Geld in Schmuck anzulegen. Welch treffliches Argument gegen schmuckheischende Damen!

Was dann zur Geldanlage? Goldbarren? Damit kann man erschlagen werden. Häuser? Können samt Insassen in die Luft gesprengt werden. Konsumieren? Vorsicht vor Gift. Am ungefährlichsten sind und bleiben doch Papiere.

Er saß da, den Arm ausgestreckt, die Hand umklammerte die silberne Kette wie das Halsband eines bissigen Hundes. Nach einer Weile lockerte er den Griff. Als sie vornüber kippte, hielt er sie an der Schulter und setzte sie wieder aufrecht. Er wartete. Dann öffnete er vorsichtig die Wagentür und spähte hinaus. Als er sich vergewissert hatte, daß niemand zu sehen war, stieg er aus, beugte sich in den Fond, nahm sie auf die Arme und holte sie heraus. Ihr Kopf fiel schlaff zurück.

Er schaute sie nicht an. Mit einer Hüftdrehung schlug er die Tür zu. Er trug sie zur niedrigsten Stelle der Brüstung, die knapp neunzig Zentimeter hoch war. Er lehnte sich hinüber und versuchte, sie drüben vorsichtig auf dem Gras hinzusetzen, aber sie war zu schwer und entglitt seinen Armen. Er tastete in der Dunkelheit umher, um ihr die Augen zuzudrücken, fühlte jedoch nur ihr Haar. Es hatte wohl keinen Sinn, wenn er sie umzudrehen versuchte.

8. Kapitel

Der Wecker auf Rabbi Smalls Nachttisch klingelte um Viertel vor sieben. So blieb ihm Zeit, zu duschen, sich zu rasieren und für den Morgengottesdienst um halb acht anzuziehen.

Er langte hinüber und stellte das Läutwerk ab. Doch statt aufzustehen, grunzte er zufrieden und drehte sich wieder um.

Seine Frau rüttelte ihn. «Du versäumst den Gottesdienst, David.»

«Heute früh gehe ich nicht hin.»

Sie glaubte zu verstehen und drängte ihn nicht. Außerdem wußte sie, daß er vergangene Nacht sehr spät heimgekommen war, lange nachdem sie sich hingelegt hatte.

Später sprach Rabbi Small in seinem Arbeitszimmer das Morgengebet, während Miriam ihm in der Küche das Frühstück machte. Als sie hörte, wie sich seine Stimme frohlockend zum *Sch'ma Israel* hob: *Höre, Israel, der Herr, unser Gott ist ein einziger Gott!*, stellte sie das Wasser auf; beim Gemurmel des *Amida* legte sie die Eier ein und ließ sie kochen, bis er das *Alenu* anstimmte. Dann nahm sie sie heraus.

Wenige Minuten später kam er aus dem Arbeitszimmer, rollte den linken Hemdsärmel hinunter und knöpfte die Manschette zu. Wie immer betrachtete er bestürzt den gedeckten Tisch. «Soviel?»

«Das tut dir gut, mein Lieber. Alle sagen, das Frühstück ist die wichtigste Mahlzeit des Tages.» Ihre Schwiegermutter hatte höchst energisch darauf gedrungen: «Du mußt aufpassen, daß er ißt, Miriam.

Frage ihn nicht, was er haben will, denn wenn es nach ihm geht, ist er mit einer Brotrinde zufrieden, sobald er nur ein Buch vor sich hat oder ihm ein Gedanke im Kopf herumgeht. Du mußt dafür sorgen, daß er regelmäßige Mahlzeiten hat, gemischte Kost mit viel Vitaminen.» Miriam achtete darauf, daß er die Grapefruit aß, und stellte ihm dann die Getreideflocken hin mit einer Miene, die keinen Widerspruch duldete. Sobald er den letzten Löffel im Mund hatte, setzte sie ihm die Eier und dazu die bereits mit Butter bestrichenen Toastscheiben vor. Der Trick dabei war, jede Verzögerung zu vermeiden, während der seine Gedanken abschweifen konnten und er das Interesse verlor. Erst als er mit den Eiern und dem Toast anfing, schenkte sie sich eine neue Tasse Kaffee ein und setzte sich ihm gegenüber.

«Ist Mr. Wasserman noch lange geblieben?» fragte er.

«Ungefähr eine halbe Stunde. Er findet offenbar, ich müßte besser für dich sorgen und mich darum kümmern, daß deine Anzüge immer geplättet sind und dein Haar gekämmt ist.»

«Ich sollte wirklich mehr Wert auf mein Äußeres legen. Ist jetzt alles in Ordnung? Keine Eiflecke auf der Krawatte?» erkundigte er sich besorgt.

«Tadellos, David. Aber das bleibt wahrscheinlich nicht so.» Sie musterte ihn kritisch. «Vielleicht solltest du Kragenstäbchen nehmen, damit die Krawatte nicht verrutscht.»

«Dafür braucht man Hemden mit besonderen Kragen», erklärte er. «Ich hab's mal mit einem probiert. Das drückt am Hals.»

«Könntest du nicht vielleicht ein Mittel benutzen, das dem Haar mehr Halt gibt?»

«Willst du etwa, daß mir die Frauen nachlaufen? Wäre dir das recht?»

«Erzähl mir bloß nicht, du bist über so etwas erhaben und möchtest bei Frauen keinen Eindruck schinden.»

«Meinst du, das würde genügen?» Er tat, als sei er Feuer und Flamme. «Ein Hemd mit Kragenstäbchen und Haarfestiger?»

«Ernsthaft, David ... Es ist wichtig. Mr. Wasserman schien es sogar für sehr wichtig zu halten. Meinst du, sie werden deinen Vertrag nicht verlängern?»

Er nickte. «Höchstwahrscheinlich. Ich bin überzeugt, er wäre gestern nicht zu uns gekommen, wenn er anderer Ansicht wäre.»

«Was werden wir tun?»

Er zuckte die Achseln. «Das Seminar verständigen, daß ich arbeitslos bin. Die sollen mir eine andere Gemeinde suchen.»

«Und wenn wieder dasselbe passiert?»

«Werden wir sie wieder benachrichtigen.» Er lachte. «Aber wenn wir das Herumziehen satt haben, kann ich ja eine Stellung als Dozent annehmen. Kein Mensch kümmert sich darum, wie Dozenten angezogen sind.»

«Warum tun wir das denn nicht gleich, statt darauf zu warten, daß man uns aus einem halben Dutzend Gemeinden rauswirft? Ich wäre gern Dozentenfrau. Du könntest als Semitist an ein College gehen, vielleicht sogar ans Seminar. Stell dir doch nur vor, David, ich brauchte mir keine Sorgen mehr darum zu machen, ob die Präsidentin des Frauenvereins mich für eine gute Hausfrau hält oder ob ihr mein Kleid gefällt . . .»

Der Rabbi lächelte. «Dann käme es nur noch auf die Frau des Dekans an. Und ich – ich müßte nicht dauernd an offiziellen Essen teilnehmen.»

«. . . und ich brauchte nicht jedesmal zu lächeln, wenn ein Gemeindemitglied zu mir hinsieht.»

«Machst du das denn?»

«Freilich. Bis mir jeder Gesichtsmuskel weh tut. Ach, laß uns an ein College gehen, David!»

Er sah sie erstaunt an. «Das kann doch nicht dein Ernst sein!» Sein Gesicht wurde düster. «Glaub nur nicht, daß ich unter dem Fehlschlag hier nicht leide, Miriam. Es belastet mich, weil ich etwas angefangen und dabei versagt habe, und auch, weil ich weiß, die Gemeinde braucht mich. Sie wissen es noch nicht, aber ich weiß es. Was wird denn aus diesen Gemeinden ohne mich oder jemand wie mich? Als religiöse Institutionen, das heißt als jüdische religiöse Institutionen, hören sie zu existieren auf. Ich meine damit nicht etwa Mangel an Aktivität. Sie sind sogar von einer bienenemsigen Betriebsamkeit mit ihren zahllosen verschiedenen Gruppen und Clubs und Komitees. Da werden Geselligkeit und Kunst, Wissenschaft und Forschung, Wohltätigkeit und Sport gefördert, aber . . .»

Es klingelte.

Miriam machte auf. Ein untersetzter Mann mit freundlichem irischem Gesicht und schlohweißem Haar stand vor ihr.

«Rabbi David Small?»

«Ja?» Der Rabbi sah fragend von ihm auf die Karte, aus der hervorging, daß er Hugh Lanigan vor sich hatte, den Polizeichef von Barnard's Crossing.

«Kann ich Sie unter vier Augen sprechen?» erkundigte sich Lanigan.

«Selbstverständlich.» Der Rabbi führte ihn in sein Arbeitszimmer. Er schloß die Tür und bat seine Frau, dafür zu sorgen, daß sie nicht gestört würden.

Er bot seinem Besucher einen Sessel an, setzte sich ebenfalls und blickte ihn gespannt an.

«Ihr Wagen hat die ganze Nacht auf dem Parkplatz der Synagoge gestanden, Rabbi.»

«Ist das nicht gestattet?»

«Doch, doch – selbstverständlich. Der Parkplatz ist Privateigentum. Wenn überhaupt jemand ein Recht hat, dort zu parken, sind Sie es.»

«Ja, und?»

«Ja, und da haben wir uns gefragt, weshalb Sie ihn wohl dort gelassen und nicht in Ihre Garage gefahren haben . . .»

«Dachten Sie, er könnte gestohlen werden? Die Erklärung ist ganz einfach. Ich habe ihn dort gelassen, weil ich ohne Schlüssel nicht wegfahren konnte.» Er lächelte verlegen. «Ich fürchte, das hört sich ziemlich unklar an. Ich bin gestern noch einmal in die Synagoge gefahren und habe den Abend in meinem Arbeitszimmer verbracht. Es waren nämlich ein paar Bücher angekommen, die ich mir gern näher ansehen wollte. Als ich dann ging, habe ich die Tür meines Arbeitszimmers hinter mir zugemacht und sie damit versperrt . . . Sie verstehen?»

Lanigan nickte. «Die Tür hat ein Schnappschloß.»

«Ja. Der Schlüsselring mit meinen sämtlichen Schlüsseln, auch dem zum Arbeitszimmer, lag drin auf dem Schreibtisch. Da ich ja nicht aufsperren und ihn holen konnte, mußte ich zu Fuß nach Hause gehen. Das ist das ganze Geheimnis.»

Lanigan wiegte nachdenklich den Kopf. «Soviel ich weiß, haben Sie jeden Morgen eine Andacht. Heute früh sind Sie nicht hingegangen, Rabbi.»

«Das stimmt . . . Einige Mitglieder der Gemeinde sehen es zwar wahrscheinlich nicht gern, aber daß sie sich deshalb gleich bei der Polizei beschweren, hätte ich doch nicht erwartet.»

Lanigan lachte auf. «Kein Mensch hat sich beschwert. Zumindest nicht bei mir, nicht in meiner Eigenschaft als Polizeichef . . .»

«Hören Sie, Mr. Lanigan, es ist doch offenbar etwas passiert, eine Polizeisache, die mit meinem Wagen zu tun hat . . . Nein, sie muß mit mir zu tun haben, sonst hätten Sie mich ja nicht gefragt, warum ich heute früh nicht in der Synagoge gewesen bin. Wenn Sie mir erzählen würden, was geschehen ist, könnte ich Ihnen vielleicht die gewünschte Auskunft geben oder Ihnen wenigstens besser behilflich sein.»

«Sie haben ganz recht, Rabbi. Sie wissen ja, daß wir uns an unsere Vorschriften halten müssen. Mein gesunder Menschenverstand sagt mir, daß Sie als Geistlicher gar nichts damit zu tun haben können, aber als Polizist . . .»

«Als Polizist wird nicht von Ihnen erwartet, daß Sie Ihren gesunden Menschenverstand gebrauchen? Meinten Sie das?»

«Na, also ... Ja, so ungefähr. Andererseits hat es natürlich seinen guten Grund. Wir sind verpflichtet, jeden zu verhören, der in den Fall verwickelt sein könnte. Obwohl ich nun weiß, daß ein Rabbi ein solches Verbrechen, wie wir es untersuchen, ebensowenig begehen würde wie ein Priester ...»

«Ich würde nicht zu entscheiden wagen, was ein Priester täte und was nicht, Mr. Lanigan. Aber eines weiß ich: ein Rabbi wäre zu den gleichen Dingen fähig wie jeder andere Mensch. Wir unterscheiden uns in nichts von gewöhnlichen Sterblichen. Wir sind nicht einmal Geistliche, wie Sie es nennen. Ich habe keinerlei Pflichten oder Privilegien, die nicht auch jedes Mitglied meiner Gemeinde hat. Von mir wird nur erwartet, daß ich das Gesetz kenne, nach dessen Vorschriften wir leben sollen.»

«Nett von Ihnen, daß Sie es so formulieren, Rabbi. Ich will ganz offen zu Ihnen sein. Heute morgen wurde der Leichnam einer jungen Frau von etwa neunzehn bis zwanzig Jahren auf dem Gelände der Synagoge gefunden, direkt hinter der niedrigen Mauer zwischen Parkplatz und Rasen. Sie wurde offenbar irgendwann im Laufe der Nacht getötet. Sobald das Laboratorium mit den Untersuchungen fertig ist, werden wir über den Zeitpunkt ziemlich genau Bescheid wissen.»

«Getötet? Ein Unfall?»

«Es war kein Unfall, Rabbi. Sie wurde mit einer silbernen Kette erdrosselt, die sie um den Hals trug, einer von diesen schweren Gliederketten mit Medaillon. Ausgeschlossen, daß es sich um einen Unfall handelt.»

«Das ist ja furchtbar. War sie ... gehörte sie zu meiner Gemeinde? Kenne ich sie?»

«Kennen Sie eine Elspeth Bleech?» fragte der Polizeichef.

Der Rabbi schüttelte den Kopf. «Ein ungebräuchlicher Name ... Elspeth.»

«Kommt von Elizabeth. Ein englischer Name. Das Mädchen stammte aus Nova Scotia.»

«Aus Nova Scotia? Eine Touristin?»

Lanigan lächelte. «Keine Touristin, Rabbi; eine Hausangestellte. Elspeth Bleech war bei den Serafinos in Stellung. Kennen Sie die Serafinos, Rabbi?»

«Der Name klingt italienisch.» Er lächelte. «Sollte ich Italiener in meiner Gemeinde haben, so bin ich mir dessen jedenfalls nicht bewußt.»

Lanigan grinste ihn an. «Die Serafinos sind tatsächlich Italiener.

Aber ich weiß, daß sie nicht in Ihre Kirche gehen, sondern in meine, die *Star of the Sea*-Kirche.»

«Sie sind Katholik? Das wundert mich allerdings. Ich hätte nicht gedacht, daß ein Katholik in einer Stadt wie Barnard's Crossing Polizeichef werden kann.»

«Seit der Revolution leben hier ein paar katholische Familien, darunter auch meine. Wenn Sie die Geschichte der Stadt kennen würden, wüßten Sie, daß Barnard's Crossing zu den wenigen Gemeinden im puritanischen Massachusetts gehört, in denen ein Katholik in Frieden leben konnte. Die Stadtgründer waren nicht gerade fanatische Puritaner.»

«Sehr interessant. Damit muß ich mich gelegentlich eingehender beschäftigen.» Er zögerte und fragte dann: «Diese Elspeth Bleech ... Ist sie überfallen oder belästigt worden?»

Lanigan machte eine zweifelnde Gebärde. «Allem Anschein nach nicht, aber vielleicht stellt der medizinische Sachverständige etwas fest. Es gab keinerlei Kampfspuren, weder Kratzer noch zerrissene Kleider. Das heißt, ein Kleid hatte sie gar nicht an – nur einen Unterrock, einen leichten Mantel, und darüber eine von diesen durchsichtigen Regenhäuten ... Das arme Mädchen hatte keine Chance. Die Kette, die sie trug, schließt eng am Hals an. Der Mörder brauchte sie nur hinten zu packen und umzudrehen.»

«Scheußlich», murmelte der Rabbi. «Und Sie meinen, daß es auf dem Synagogengelände passiert ist?»

Lanigan spitzte den Mund. «Da sind wir durchaus nicht sicher. Soweit wir bis jetzt wissen, könnte der Mord auch woanders begangen worden sein.»

«Weshalb hat er sie dann dorthin gebracht?» fragte der Rabbi. Es beschämte ihn, daß er automatisch an einen Plan dachte, der die jüdische Gemeinde mit einem Ritualmord belasten sollte.

«Weil der Platz für den Zweck gar nicht schlecht ist, wenn Sie sich's genau überlegen. Sie denken vielleicht, hier draußen in den Vororten kann man eine Leiche überall loswerden, aber das stimmt nicht. Die meisten in Frage kommenden Stellen können von irgendwoher eingesehen werden, und die unbebauten Gegenden sind von Liebespärchen bevölkert ... Nein, ich würde schon sagen, das Gelände bei der Synagoge ist sehr geeignet. Da ist es dunkel; es gibt keine Häuser in der unmittelbaren Nachbarschaft, und nachts ist es dort meist menschenleer.» Er hielt inne und warf dann beiläufig hin: «Ach ja, von wann bis wann waren Sie übrigens in der Synagoge?»

«Sie wollen wissen, ob ich etwas gehört oder gesehen habe?»

«Eh ... Ja.»

Der Rabbi lächelte. «Und außerdem wüßten Sie gern, was ich in der kritischen Zeit getan habe. Also gut. Ich ging gegen halb acht, acht zu Hause weg. Wie spät es genau war, kann ich Ihnen nicht sagen, weil ich nie auf die Uhr schaue. Meistens trage ich nicht mal eine. Ich trank Tee mit meiner Frau und Mr. Wasserman, unserem Gemeindevorsteher, als Stanley – unser Hausmeister – vorbeikam. Er berichtete, eine Büchersendung, die ich erwartete, sei eingetroffen und stehe in meinem Arbeitszimmer. Deshalb entschuldigte ich mich und fuhr zur Synagoge ... Ich bin kurz nach Stanley weggegangen. Sie müßten also mit Hilfe von meiner Frau, Mr. Wasserman und Stanley den Zeitpunkt ziemlich exakt feststellen können. Ich parkte meinen Wagen bei der Synagoge und ging direkt hinauf in mein Arbeitszimmer im zweiten Stock. Dort blieb ich bis nach zwölf. Das weiß ich, weil ich zufällig um Mitternacht auf meine Schreibtischuhr sah und es an der Zeit fand, nach Hause zu fahren. Da ich aber mitten in einem Kapitel war, bin ich nicht sofort aufgebrochen.» Plötzlich fiel ihm etwas ein. «Vielleicht können Sie damit die Zeit genauer bestimmen: kurz bevor ich zu Hause war, kam ein Wolkenbruch, so daß ich den Rest des Weges rennen mußte. Solche Dinge werden doch vermutlich von der Wetterwarte verzeichnet.»

«Das war um Viertel vor eins. Wir haben das als erstes nachgeprüft, weil das Mädchen ja einen Regenmantel trug.»

«Aha ... Normalerweise brauche ich zu Fuß zwanzig Minuten von der Synagoge bis zu meiner Wohnung. Das weiß ich, da wir ja am Freitagabend und am Sonnabend laufen. Aber ich nehme an, daß ich letzte Nacht langsamer gegangen bin, weil ich an die Bücher dachte, die ich gelesen hatte.»

«Andererseits sind Sie doch einen Teil der Strecke gerannt.»

«Nur ungefähr die letzten hundert Meter. Setzen Sie fünfundzwanzig Minuten an, das dürfte ziemlich genau hinkommen. Das hieße also, daß ich die Synagoge um zwanzig nach zwölf verlassen habe.»

«Haben Sie unterwegs jemand getroffen?»

«Nein, nur den Streifenpolizisten. Er kennt mich anscheinend, da er gegrüßt hat.»

«Das war Norman.» Er lächelte. «Es ist nicht gesagt, daß er Sie kennt, wenn er gegrüßt hat. Er erstattet um ein Uhr über das Polizeitelefon in der Vine Street gleich hinter der Synagoge Meldung. Von ihm kann ich die genaue Zeit erfahren.»

«Notiert er das etwa?»

«Kaum, aber er wird sich erinnern. Norman ist ein tüchtiger Beamter. Sie haben doch wahrscheinlich Licht gemacht, als Sie in die Synagoge kamen?»

«Nein. Es war ja noch nicht dunkel draußen.»
«Aber in Ihrem Arbeitszimmer haben Sie natürlich Licht gemacht?»
«Freilich.»
«Das hätte jeder Passant sehen müssen.»
Der Rabbi überlegte. Dann schüttelte er den Kopf. «Nein. Ich habe nur die Schreibtischlampe angeschaltet, nicht die Deckenbeleuchtung. Das Fenster habe ich zwar geöffnet, aber die Jalousie heruntergelassen.»
«Warum denn?»
«Offen gestanden, weil ich nicht gestört werden wollte. Es hätte ja jemand von der Gemeinde im Vorbeigehen das Licht bemerken und heraufkommen können, um ein bißchen zu schwatzen.»
«Wenn also jemand in der Nähe der Synagoge gewesen wäre, hätte er das Gebäude für leer halten müssen. Stimmt das, Rabbi?»
Der Rabbi dachte kurz nach und nickte.
Der Polizeichef lächelte.
«Ist denn das für Sie wichtig?»
«Hm ... Ja, damit könnten wir die Zeitfrage klären. Nehmen wir mal an, man hätte doch einen Lichtschein sehen können. Da ja außerdem Ihr Wagen auf dem Parkplatz stand, wäre die Vermutung naheliegend gewesen, daß noch jemand im Haus war, der jederzeit herauskommen konnte. In dem Fall könnten wir mit Recht folgern, daß die Leiche hinter die Mauer geschafft wurde, nachdem Sie weggegangen waren. War jedoch kein Licht von draußen zu erkennen, hätte man daraus schließen können, daß Ihr Wagen für die ganze Nacht dort geparkt war. Dann könnte die Leiche sehr wohl auf den Rasen gelegt worden sein, während Sie noch oben saßen. Nach der ersten Schätzung des medizinischen Sachverständigen wurde das Mädchen gegen ein Uhr umgebracht. Im jetzigen Untersuchungsstadium ist das nur eine Hypothese, die freilich untermauert worden wäre, wenn Sie nicht abgedunkelt hätten. Da Sie das aber nun einmal getan haben, kann die Tote durchaus hingebracht worden sein, während Sie sich noch in Ihrem Arbeitszimmer befanden, das heißt zu jedem beliebigen Zeitpunkt von den frühen Abendstunden an.»
«Ich verstehe.»
«Denken Sie bitte genau nach, Rabbi: Haben Sie etwas Ungewöhnliches gehört oder gesehen? Etwa einen Schrei? Oder ein Auto, das auf den Parkplatz fuhr?»
Der Rabbi verneinte.
«Und während Sie sich in Ihrem Arbeitszimmer aufhielten, war niemand bei Ihnen? Oder ist Ihnen auf dem Heimweg jemand begegnet?»

«Es war niemand bei mir, nein. Und ich habe nur den Polizisten getroffen.»

«Sie sagen, daß Sie Elspeth Bleech nicht kennen. Wäre es möglich, daß Sie sie doch vom Sehen her kennen und nur den Namen nicht wissen? Schließlich ist das Haus der Serafinos in der Nähe der Synagoge.»

«Das wäre immerhin denkbar.»

«Neunzehn bis zwanzig Jahre alt, blond, etwa einssechzig, ein bißchen pummelig, aber ganz attraktiv ... Vielleicht kann ich Ihnen später ein Bild zeigen.»

Der Rabbi schüttelte den Kopf. «Nach Ihrer Beschreibung erkenne ich sie nicht. Die trifft auf viele Mädchen zu, die ich vielleicht einmal gesehen habe. Jedenfalls fällt mir im Augenblick niemand ein.»

«Also dann will ich direkter fragen: Haben Sie in den letzten Tagen ein Mädchen im Wagen mitgenommen, auf das die Beschreibung passen könnte?»

Rabbi Small wehrte lächelnd ab. «Ein Rabbi muß in solchen Dingen genauso vorsichtig sein wie ein katholischer oder protestantischer Pfarrer. Ich würde keiner fremden jungen Frau anbieten, sie im Auto mitzunehmen. Die Gemeinde könnte das mißdeuten. Nein, ich habe niemand mitgenommen.»

«Ihre Frau vielleicht?»

«Meine Frau chauffiert nicht.»

Lanigan stand auf und streckte ihm die Hand hin. «Trotzdem – schönen Dank für Ihre Hilfe, Rabbi.»

«Ich bitte Sie – das war doch selbstverständlich.»

«Ach, übrigens ...» Lanigan wandte sich in der Tür noch einmal um: «Ich hoffe, Sie brauchen Ihren Wagen nicht gleich. Meine Leute haben ihn sich vorgenommen.»

Der Rabbi sah ihn verblüfft an.

«Es ist nämlich ... Wissen Sie, die Handtasche der Toten lag nämlich drin.»

9. Kapitel

Hugh Lanigan kannte jeden, der aus der Old Town stammte, und natürlich auch Stanley. Er traf ihn im Gemeindesaal an, wo er gerade eine lange Tafel aufstellte, auf der nachher die kleinen Kuchen und das Teegebäck serviert werden sollten, den üblichen Imbiß nach dem Gottesdienst am Freitagabend.

«Ich überprüfe nur die Geschichte, Stanley.»

«Freilich, Hugh, aber ich hab doch Eban Jennings schon alles gesagt, was ich weiß.»

«Du kannst es mir ruhig noch mal erzählen. Du bist also gestern abend zum Rabbi in die Wohnung gegangen, um ihm wegen einer Bücherkiste Bescheid zu sagen ... Wann sind die Bücher angekommen?»

«Gegen sechs. Vielleicht auch 'n bißchen später. War die letzte Lieferung von Robinson's Express.»

«Und wann bist du zum Rabbi gefahren?»

«So um halb acht rum. Ich hab die Kiste gekriegt, 'n Mordstrumm, und sie ist für den Rabbi. Zuerst weiß ich ja gar nicht, daß Bücher drin sind – ich meine, der Rabbi hat mir schon was von 'ner Büchersendung gesagt, auf die er wartet, aber ich hab ja keinen Schimmer gehabt, daß die in 'ner Holzkiste kommen. Aber dann seh ich den Absender: Dropsie College. Und der Rabbi hat was davon gesagt, daß die Bücher vom Dropsie College kommen. Und da hab ich mir gedacht, das sind sie ... die Bücher, meine ich.»

«Aha. Und dann?»

«Du wirst's kaum glauben, Hugh, aber der Rabbi ... Nichts gegen ihn zu sagen, er ist 'n netter Kerl, aber der weiß ja nicht mal, wie rum man 'nen Hammer hält. Also egal, was in der Kiste ist, aufmachen muß ich sie sowieso für ihn. Kapiert? Da denk ich mir, dann kann ich's auch gleich tun. Ich schlepp also den ganzen Krempel, die Kiste und alles gleich rauf in sein Arbeitszimmer. Hinterher hab ich meine Arbeit hier fertig gemacht und mir gedacht, ich sag ihm Bescheid, daß sie gekommen sind, weil er doch so drauf gewartet hat. Und ich muß ja sowieso bei ihm vorbeifahren.»

«Wo wohnst du denn jetzt, Stanley?»

«Ich hab 'n Zimmer bei Mama Schofield.»

«Hast du nicht immer in der Synagoge gewohnt?»

«Ja, früher. Da hab ich 'n Zimmer in der Mansarde gehabt. Klasse. Nicht übel, direkt am Arbeitsplatz zu wohnen. Aber dann haben sie Schluß damit gemacht. Sie haben mir jeden Monat 'n paar Dollar mehr gegeben für die Miete, und seitdem wohn ich bei Mama Schofield.»

«Warum haben sie damit Schluß gemacht?» fragte Lanigan.

«Ich erzähl dir, wie's gewesen ist, Hugh. Sie haben rausgekriegt, daß ich da oben manchmal Besuch gehabt hab. Keine dollen Parties, verstehst du, Hugh. So was würd ich nie tun, schon gar nicht, wenn Leute in der Synagoge sind. Nur eben ein paar Bekannte auf 'nen kleinen Schwatz und ein paar Gläser Bier. Aber sie haben sich wohl gedacht, ich könnt auf die Idee kommen, ein Weib mit raufzunehmen, vielleicht an einem von ihren Feiertagen.» Er lachte dröhnend und schlug sich auf die Schenkel. «Ich glaub, die hatten Angst, während sie unten beten, könnte ich oben ... Verstehst du?»

«Weiter.»

«Da haben sie mir gesagt, ich soll mir 'n Zimmer suchen, und das hab ich auch getan. Deswegen hat's keine Feindschaft gegeben.»

«Und wie ist's jetzt in dem neuen Haus? Übernachtest du manchmal hier?»

«Im Winter nach 'nem starken Schneefall, wenn ich frühmorgens die Bürgersteige räumen muß. Ich hab mir unten im Heizraum ein Feldbett aufgestellt.»

«Das wollen wir uns mal ansehen.»

«Ist recht.» Stanley führte ihn eine kurze Eisentreppe hinunter und trat beiseite, als Lanigan eine stahlverkleidete Tür aufstieß. Der Heizraum war tadellos in Ordnung, bis auf die Ecke, in der Stanley sein Feldbett aufgeschlagen hatte. Lanigan wies ihn darauf hin, daß die Decken zerwühlt waren.

«Sind die seit dem letzten Schneefall so?» fragte er.

«Meistens leg ich mich nach Tisch 'n bißchen aufs Ohr», sagte Stanley leichthin. Er sah zu, wie Lanigan im vollen Aschenbecher herumstocherte. «Hier runter kommt nie wer.»

Lanigan setzte sich auf den Korbstuhl und ließ die Blicke über Stanleys Kunstgalerie schweifen. Stanley grinste einfältig. Der Polizeichef winkte ihm, sich zu setzen, und er ließ sich gehorsam auf das Feldbett fallen.

«Weiter im Text», fuhr Lanigan fort.» Gegen halb acht hast du beim Haus des Rabbis gehalten, um ihm wegen der Kiste Bescheid zu sagen ... Warum konntest du nicht bis zum nächsten Morgen warten? Hast du damit gerechnet, daß der Rabbi abends seine Wohnung verläßt?»

Stanley war offensichtlich erstaunt über die Frage. «Aber klar doch, der Rabbi sitzt oft nachts hier oben und liest und studiert.»

«Hm hm ... Und was hast du danach getan?»

«Bin nach Hause gefahren.»

«Hast du unterwegs haltgemacht?»

«Freilich, im *Ship's Cabin.* Hab dort 'ne Kleinigkeit gegessen und zwei Bier getrunken. Dann bin ich zu Mama Schofield gefahren.»

«Bist du dort geblieben?»

«Ja, den ganzen frühen Abend.»

«Und dann hast du dich ins Bett gelegt?»

«Na ja, vor dem Schlafengehen bin ich noch 'n Bier trinken gewesen. Im *Ship's Cabin.*»

«Und wann bist du diesmal weggegangen?»

«Kann so gegen Mitternacht gewesen sein. Vielleicht 'n bißchen später.»

«Und du bist gleich nach Hause gefahren?»

Einen Augenblick zögerte er «Eh . . . Ja.»

«Hat dich jemand reinkommen gesehen?»

«Nee, wieso denn auch? Ich hab doch 'n Schlüssel.»

«Gut. Wann bist du heute morgen zur Arbeit gekommen?»

«Wie immer. Kurz vor sieben.»

«Und was hast du getan?»

«Um halb acht haben sie Gottesdienst. Da hab ich Licht gemacht und die Fenster geöffnet, damit frische Luft reinkommt. Dann hab ich mich an meine Arbeit gemacht. Um die Jahreszeit hab ich meistens mit dem Rasen zu tun. Das gemähte Gras zusammenrechen und so. Gestern hab ich drüben an der Maple Street angefangen. Da hab ich weitergemacht, wo ich aufgehört hab, und dann so allmählich hinten ums Haus rum auf die andere Seite. Da hab ich das Mädchen gesehen. Sie sind gerade vom Gottesdienst gekommen und in ihre Autos gestiegen, wie ich sie da an der Ziegelmauer entdeckt hab. Ich bin rübergegangen und hab gesehen, daß sie tot war. Ich hab über die Mauer gelinst, und Mr. Musinsky – ein Stammgast, ich meine, er kommt jeden Morgen –, der war noch nicht in seinem Auto, und da hab ich ihn gerufen. Er hat sie sich angeschaut und ist dann gleich zurück ins Haus und hat bei euch angerufen.»

«Hast du den Wagen des Rabbis bemerkt, als du heute morgen gekommen bist?»

«Freilich.»

«Hat dich das überrascht?»

«Nicht besonders. Ich hab mir gedacht, er wär zum Morgengottesdienst gekommen und nur 'n bißchen früh dran. Wie ich gesehen hab, daß er nicht im Betsaal gewesen ist, hab ich mir gedacht, er wird in seinem Arbeitszimmer sein.»

«Du bist nicht raufgegangen und hast nachgesehen?»

«Nein. Warum?»

«Gut.» Lanigan stand auf, Stanley ebenfalls. Der Polizeichef schlenderte auf den Korridor, dicht gefolgt von Stanley. Er wandte den Kopf und sagte knapp: «Du hast das Mädchen natürlich erkannt.»

«Ich? Nee . . .» widersprach Stanley hastig.

Lanigan drehte sich um und musterte ihn scharf. «Soll das heißen, du hast sie nie vorher gesehen?»

«Du meinst das Mädchen, das . . .»

«Von wem reden wir denn die ganze Zeit?» fragte Lanigan frostig.

«Na ja, wenn ich hier beim Haus arbeite, seh ich natürlich 'n Haufen

Leute. Also gut, ich hab sie gesehen. Ich meine, ich hab sie gesehen, wie sie mit den beiden kleinen Spaghettifressern spazierengegangen ist.»

«Kanntest du sie?»

«Eben hab ich doch gesagt, ich hab sie gesehen.» Es klang gereizt.

«Hast du mal bei ihr landen wollen?»

«Wie kommst du denn da drauf?» erkundigte sich Stanley.

«Na, du bist schließlich kein Säulenheiliger!»

«Aber ich hab's nicht getan.»

«Hast du mal mit ihr gesprochen?»

Stanley zog ein schmutziges Taschentuch aus einer Tasche seines Overalls und wischte sich die Stirn.

«Was ist denn los? Wird dir warm?»

Stanley explodierte. «Verdammt noch mal, Hugh – du willst mir da was anhängen! Klar hab ich mit ihr gesprochen. Ich steh vor dem Haus, und 'n junges Ding kommt an mit zwei Kindern im Schlepptau, und eins reißt an den Sträuchern rum – klar sag ich da was!»

«Natürlich.»

«Aber ausgegangen oder so bin ich nie mit ihr.»

«Hast du ihr auch nie deine Bildergalerie da unten im Keller gezeigt?»

«Nee. Hallo, oder schönes Wetter heute morgen, weiter nichts», behauptete Stanley stur. «Und meistens hat sie nicht mal geantwortet.»

«Kann ich mir vorstellen. Na gut – woher wußtest du, daß die Kinder Italiener sind?»

«Weil ich sie mit ihrem Vater gesehen hab. Den Serafino kenn ich. Ich hab mal bei ihm gearbeitet.»

«Wann war das?»

«Wann ich ihn gesehen habe? Vor zwei, drei Tagen ungefähr. Er ist mit seinem Kabrio angekommen, und da sieht er das Mädchen und die Kinder und fragt, ob Vati ihnen 'n Eis kaufen soll. Und sie quetschen sich alle auf den Vordersitz, das Mädchen und dann die Kinder, und zanken sich, wer an der Tür sitzen soll. Und das Mädchen schlängelt sich rüber, um Platz zu schaffen, und der Alte tätschelt ihr den Hintern. Widerlich.»

«Weil du's nicht warst?»

«Ich bin wenigstens nicht verheiratet und hab keine zwei Kinder.»

Die Serafinos hatten einen bewegten Vormittag. Obwohl Mrs. Serafino donnerstags zeitig zu Bett ging, stand sie gewöhnlich am Freitag nicht vor zehn auf. An diesem Morgen jedoch war sie durch die Kinder geweckt worden, die erfolglos bei Elspeth angeklopft hatten und nun ins Schlafzimmer stürmten und angezogen werden wollten.

Sie war wütend, weil das Mädchen verschlafen hatte, warf den Morgenrock über und ging nach unten, um sie zu wecken. Laut rufend hämmerte sie an die Tür. Als keine Antwort kam, fiel ihr ein, daß Elspeth vielleicht gar nicht in ihrem Zimmer war. Das konnte nur bedeuten, daß sie die ganze Nacht weggeblieben war. Für ein Hausmädchen ein schweres Vergehen, das mit fristloser Entlassung bestraft wurde. Sie wollte nach draußen laufen und sich durch einen Blick ins Fenster von der Richtigkeit ihres Verdachtes überzeugen, als es an der Haustür läutete.

Sie war sicher, daß es Elspeth war – wahrscheinlich mit einem Schauermärchen, sie habe ihren Schlüssel verloren –, rannte durch den Korridor und riß die Eingangstür auf. Ein Polizist in Uniform. Ihr Morgenrock hatte sich geöffnet, einen Augenblick stand sie wie benommen da und starrte ihn fassungslos an. Er errötete vor Verlegenheit. Sie merkte plötzlich, daß sie halb nackt war, und raffte den Mantel hastig zusammen.

Was nun folgte, war ein Albtraum. Weitere Polizisten erschienen, in Uniform und in Zivil. Das Telefon läutete ununterbrochen. Sie mußte ihren Mann wecken, damit er sich anziehen und einen Beamten begleiten konnte, um die Leiche zu identifizieren.

«Könnte ich das nicht erledigen?» fragte sie. «Mein Mann braucht seinen Schlaf.»

«Er muß gute Nerven haben, wenn er bei dem Rummel überhaupt schlafen kann», meinte der Beamte und dann, nicht unfreundlich: «Glauben Sie mir, es ist besser, Sie überlassen das ihm. Es ist kein schöner Anblick.»

Die Kinder setzten es irgendwie durch, gefüttert und angezogen zu werden, und Mrs. Serafino machte sogar für sich so etwas wie ein Frühstück. Und während sie aß, prasselten ständig Fragen auf sie hinunter; es war ein formelles Verhör, bei dem ein Beamter ihr gegenüber am Tisch saß und ein anderer Notizen machte. Fragen prasselten auf sie ein, während das Zimmer des Mädchens vermessen und fotografiert wurde, unvermittelt abgeschossene Fragen, die sie überrumpeln sollten.

Nach einer Weile gingen die Beamten. Die Kinder waren hinten auf dem Hof, und Mrs. Serafino hatte beschlossen, sich ein paar Minuten auf der Couch auszuruhen. Da klingelte es abermals an der Haustür. Es war Joe.

Sie forschte ängstlich in seinem Gesicht. «War sie's?»

«Natürlich war sie's. Wer denn sonst? Glaubst du etwa, die Polypen wußten nicht schon, wer sie war, bevor ich sie identifizierte?»

«Wozu haben sie dann dich noch gebraucht?»

«Weil's das Gesetz verlangt, deshalb. Eine Routinesache, die erledigt werden muß.»

«Haben sie dir Fragen gestellt, Joe?»

«Polypen fragen dauernd was.»

«Zum Beispiel? Was haben sie dich gefragt?»

«Hatte sie Feinde? Hatte sie einen festen Freund? Freundinnen? Wirkte sie in letzter Zeit verwirrt? Wann hab ich sie zum letztenmal gesehen?»

«Und was hast du ihnen gesagt?»

«Was meinst du wohl, was ich ihnen gesagt habe? Ich weiß nichts von einem Freund. Diese Celia, die bei den Hoskins arbeitet, ist die einzige Freundin, von der ich weiß. Sie hat auf mich ganz wie immer gewirkt. Ich habe keine Anzeichen dafür entdeckt, daß sie durcheinander war. Das hab ich ihnen gesagt.»

«Und hast du ihnen erzählt, wann du sie zuletzt gesehen hast?»

«Freilich – gestern mittag gegen eins oder zwei . . . Meine Güte, was sollen diese Fragen? Erst die Polypen, und kaum komm ich nach Hause, fängst du auch an! Und ich hab den ganzen Vormittag noch nicht mal 'ne Tasse Kaffee gekriegt.»

«Ich hole dir welchen, Joe. Möchtest du Toast dazu haben? Eier? Getreideflocken?»

«Nein, nur Kaffee. Ich bin völlig fertig, mein Magen ist wie zugeschnürt.»

Sie wärmte den Kaffee auf. Ohne sich umzudrehen, fragte sie: «Wann hast du sie nun wirklich zuletzt gesehen, Joe? Um eins oder um zwei?»

Er blickte zur Decke. «Mal überlegen. Ich bin runtergekommen und habe gefrühstückt – gegen zwölf, stimmt's? Da hab ich sie gesehen. Ich glaube, ich habe . . .» Er brach unsicher ab. «Jedenfalls hab ich gehört, wie sie den Kindern ihren Lunch gegeben und sie nachher zu Bett gebracht hat. Dann bin ich aufgestanden, um mich anzuziehen, und wie ich zurückgekommen bin, war sie schon weg.»

«Danach hast du sie nicht mehr gesehen?»

«Was meinst du denn damit? Zum Teufel, worauf willst du hinaus?»

«Du wolltest sie doch nach Lynn fahren, weißt du nicht mehr?»

«Und?»

«Und da hab ich mir überlegt, ob du sie vielleicht vor der Bushaltestelle eingeholt hast? Oder ob du vielleicht in Lynn in sie hineingelaufen bist?»

Eine schwache Röte überzog sein bräunliches Gesicht. Langsam stand er vom Küchentisch auf. «Na schön, dann pack mal aus. Worauf spielst du an?»

Sie war jetzt etwas eingeschüchtert, hatte sich aber zu weit vorgewagt, um noch zurück zu können. «Meinst du, ich hab nicht bemerkt, wie du sie mit Blicken verschlungen hast? Woher soll ich denn wissen, ob du dich nicht an ihrem freien Tag mit ihr getroffen hast? Vielleicht sogar hier im Haus, wenn ich nicht da war?»

«Das ist es also! Ich sehe hinter einer Puppe her, und schon heißt das, ich schlafe mit ihr. Und wenn ich sie satt habe, murkse ich sie ab, was? Als gute Staatsbürgerin wirst du das wohl jetzt brühwarm der Polizei erzählen, stell ich mir vor.»

«Du weißt genau, daß ich so was nicht tun würde, Joe. Ich überlege nur, ob dich vielleicht jemand gesehen hat. Dann könnte ich ja behaupten, sie hätte was für mich zu besorgen gehabt oder so. Um dich zu decken.»

«Ich sollte dir das ins Gesicht werfen!» Er nahm die Zuckerdose in die Hand.

«Ach nee? Spiel du bei mir bloß nicht den Unschuldsengel, Joe Serafino!» keifte sie. «Erzähl mir ja nicht, du machst dich nicht an eine ran, die unter einem Dach mit uns wohnt. Ich hab dich beobachtet, wie du mit dem Mädchen und den Kindern spazierengefahren bist. Und wie du dich an sie gedrückt hast, als du ihr aus dem Wagen geholfen hast. Warum hast du mir noch nie aus dem Wagen geholfen? Hier durch das Küchenfenster hab ich dich beobachtet. Und wie war's denn mit der anderen, mit Gladys? Red mir bloß nicht ein, daß nichts gewesen ist zwischen euch. Wo sie praktisch splitterfasernackt rumgelaufen ist, wenn du hier in der Küche gesessen hast und die Tür halb offen stand. Und wie oft ...»

Die Türglocke läutete.

Es war Hugh Lanigan. «Mrs. Serafino? Ich hätte ein paar Fragen an Sie.»

11. Kapitel

Alice Hoskins hatte das exklusive Mädchen-College Bryn Mawr absolviert, war Mutter zweier Kinder und erwartete sichtlich das dritte. Sie führte den Polizeichef ins Wohnzimmer. Der Boden war ganz bedeckt von einem silbergrauen gemusterten Spannteppich. Moderne dänische Möbel, bizarr geformte Stühle aus hochpoliertem Teakholz und schwarzem Segeltuch, allem Anschein nach verkehrt herum gebogen, dennoch erstaunlicherweise bequeme Sitzgelegenheiten. Ein Couchtisch, eine Platte aus dunklem Walnußholz auf vier gläsernen Füßen. An einer Wand hing ein großes abstraktes Gemälde, das entfernt an einen weiblichen Kopf erinnerte, an einer anderen eine groteske Ebenholzmaske, deren kantige Züge weiß nachgezeichnet waren. Überall standen eckige Kristallaschenbecher herum, die vor Zigarettenstummeln überquollen. Einer von jenen Räumen, die nur dann attraktiv wirken, wenn sie tadellos aufgeräumt sind und alles an seinem Platz ist; hier jedoch herrschte ein Tohuwabohu: Der Boden mit Spielzeug übersät, ein roter Kinderpullover über einem schmiedeeisernen, mit weißem Leder bezogenen Sessel; auf dem Kaminsims ein viertelvolles Glas Milch; auf der Couch eine verknüllte Zeitung.

Alice Hoskins war bis auf den vorgewölbten Leib lang und dünn. Sie watschelte zur Couch, fegte die Zeitung auf den Boden und setzte sich. Mit einer einladenden Handbewegung wies sie Lanigan den Platz neben sich an, hielt ihm eine Kristalldose mit Zigaretten hin und nahm sich ebenfalls eine. Als er nach dem passenden Tischfeuerzeug griff, sagte sie: «Es funktioniert nicht ...» und zündete ein Streichholz für ihn an.

«Celia ist gerade mit den Kindern draußen, aber sie müßte bald zurückkommen», erklärte sie.

«Das macht absolut nichts.» Er kam sofort zur Sache: «War sie eng mit Elspeth Bleech befreundet?»

«Celia ist mit aller Welt befreundet, Mr. Lanigan. Sie gehört zu den unansehnlichen Mädchen, die Freundschaft als Lebensaufgabe betrachten. Sie wissen doch, ein häßliches Mädchen muß sich ja einen Ersatz schaffen. Sie ist vergnügt, kein Spielverderber und ganz versessen auf Kinder. Und die Kinder sind ebenso verrückt nach ihr. Ich bin nur dazu da, um sie zu kriegen; nachher kümmert Celia sich um sie.»

«Ist sie schon lange bei Ihnen?»

«Sie kam vor der Geburt des ersten her. Ich war damals im neunten Monat.»

«Dann ist sie also ein gutes Stück älter als Elspeth?»

«Meine Güte, natürlich. Celia ist acht- oder neunundzwanzig.»

«Hat sie sich mit Ihnen über Elspeth unterhalten?»

«O ja. Wir reden über alles mögliche. Wir verstehen uns ausgezeichnet. Celia hat eine gute Portion gesunden Menschenverstand, wenn es auch mit ihrer Schulbildung ein bißchen hapert. Sie ist viel herumgekommen und kennt die Menschen. Elspeth tat ihr leid ... Celia hat immer Mitleid mit allen Leuten. In diesem Fall wohl mit einer gewissen Berechtigung – wo Elspeth doch fremd hier war und so weiter. Und außerdem war sie wirklich schüchtern. Überhaupt nicht unternehmungslustig. Celia geht regelmäßig zum Kegeln und Tanzen, im Sommer auf Strandfeste und im Winter Schlittschuh laufen. Aber sie konnte Elspeth nie dazu bewegen, mitzukommen. Gelegentlich ist sie mit ihr im Kino gewesen, und natürlich waren sie nachmittags meistens mit den Kindern zusammen draußen, aber Celia hat sie nie dazu gekriegt, sie zum Kegeln oder Tanzen zu begleiten – irgendwohin eben, wo ein Mädchen Männerbekanntschaften machen kann.»

«Bestimmt haben Sie auch über den Grund gesprochen.»

«Selbstverständlich. Celia hielt sie für schüchtern von Natur aus – so was gibt's ja öfter, nicht wahr? Und sie meinte, vielleicht hätte Elspeth auch nicht die passende Garderobe. Ich vermute außerdem, Celias Bekannte waren für Elspeth einfach zu alt.»

Lanigan kramte einen Schnappschuß von dem Mädchen mit den beiden Kindern aus der Tasche. «Das hat mir Mrs. Serafino gegeben. Das einzige Bild, das sie von ihr hatte. Finden Sie es gut getroffen?»

«Freilich, das ist sie.»

«Ich meine, würden Sie es als charakteristisch im Ausdruck bezeichnen, Mrs. Hoskins? Wir wollen es nämlich eventuell in den Zeitungen veröffentlichen ...»

«Etwa mit den beiden Kindern?»

«Aber nein, die retuschieren wir weg.»

«Die Sensationslust des Publikums muß ja wohl befriedigt werden, aber ich wußte bisher nicht, daß die Polizei das noch unterstützt», sagte sie eisig.

Er lachte. «Gerade umgekehrt, Mrs. Hoskins. Wir hoffen auf die Unterstützung der Presse. Wenn sie das Bild veröffentlicht, können wir vielleicht genau rekonstruieren, wo Elspeth gestern überall gewesen ist.»

«Ach so ... Verzeihen Sie.»

«Würden Sie den Ausdruck als charakteristisch bezeichnen?» wiederholte er.

Sie sah sich den Schnappschuß noch einmal an. «Ja, das ist typisch Elspeth. Sie war wirklich ein ganz hübsches Mädchen. Ein bißchen pummelig, aber sonst ... Natürlich habe ich sie immer nur mit den Kindern gesehen, so gut wie gar nicht zurechtgemacht und mit glatt zurückgekämmtem Haar – aber welcher Frau steht schon Hausarbeit und Kinderhüten? Einmal habe ich sie in großer Gala erlebt: hohe Absätze, Ballkleid und richtig frisiert. Ganz reizend. Damals hatte sie gerade bei den Serafinos angefangen. Ich erinnere mich jetzt – im Februar war es, zu Washingtons Geburtstag. Wir hatten zwei Billetts für den Polizei- und Feuerwehr-Ball gekauft und sie natürlich Celia geschenkt . . .»

«Natürlich», murmelte Lanigan.

«Na ja . . .» Sie stockte und wurde rot. «Ach, verzeihen Sie . . .»

«Sie brauchen sich nicht zu entschuldigen, Mrs. Hoskins. Alle Leute verschenken sie weiter – meistens an Dienstmädchen.»

«Was ich sagen wollte», fuhr sie fort, «es sah Celia ähnlich, Elspeth einzuladen statt einen ihrer Freunde. Elspeth holte sie hier ab, weil mein Mann die beiden hinfahren wollte.»

An der Haustür lärmte es. Mrs. Hoskins sagte: «Da kommt Celia mit den Kindern.»

Die Tür barst auf, und die zwei Kinder platzten herein, gefolgt von der langen, wenig attraktiven Celia. Hugh stand hilflos inmitten des Wirbels, während sich die beiden Frauen bemühten, die Kinder aus ihren Pullovern und Mützen herauszuschälen.

«Ich gebe ihnen zu essen, Celia», sagte Mrs. Hoskins. «Sie können sich mittlerweile mit dem Herrn unterhalten. Er kommt wegen der armen Elspeth.»

«Polizeichef Lanigan von Barnard's Crossing», stellte er sich vor, sobald sie allein waren.

«Ich weiß. Ich hab Sie auf dem Polizei- und Feuerwehr-Ball gesehen, an Washingtons Geburtstag. Sie haben mit Ihrer Frau die Polonäse angeführt . . . Sie ist hübsch, Ihre Frau.»

«Danke.»

«Und gescheit. Ich meine, man merkt, das sie oben was drin hat.»

«Oben? Ach so. Ja, Sie haben ganz recht. Sie sind eine gute Menschenkennerin, Celia. Erzählen Sie mir mal, was für einen Eindruck Sie von Elspeth hatten.»

Celia überlegte sich die Frage anscheinend gründlich. «Hm, die meisten Leute haben sie für einen ruhigen, stillen Menschen gehalten, aber wissen Sie, das hätte auch nur äußerlich gewesen sein können.»

«Wie meinen Sie das?»

«Sie wahrte Abstand – nicht hochnäsig, nein, mehr zurückhaltend. Ich hab mir damals gedacht, das arme Ding ist ganz allein hier und hat keine Freunde. Und weil ich doch schon länger in der Gegend wohnte, fühlte ich mich verpflichtet, sie aus ihrem Schneckenhaus rauszulocken. Ja, und da hatte ich die zwei Karten für den Polizei- und Feuerwehr-Ball, die Mr. Hoskins mir geschenkt hat, und hab sie eingeladen. Sie kam auch mit und hat sich blendend amüsiert. Jeden Tanz hat sie getanzt, und in der Pause hatte sie einen Kavalier.»

«War sie vergnügt?»

«Sie hat nicht gerade den ganzen Abend gelacht und gekichert, aber man hat schon gesehen, daß sie sich auf ihre ruhige Art gut unterhalten hat.»

«Ein vielversprechender Anfang.»

«Hab ich auch gedacht. Aber damit war's auch schon Schluß. Danach habe ich sie x-mal aufgefordert. Zum Tanzen oder zum Ausgehen zu viert. Sie hat immer abgelehnt. Ich habe viele Freunde und hätte ihr praktisch jeden Donnerstag ein Rendezvous verschaffen können, aber sie wollte nie.»

«Haben Sie mal nach dem Grund gefragt?»

«Freilich. Sie hat immer gesagt, ihr ist einfach nicht danach, oder sie ist zu müde und will zeitig nach Hause, oder sie hat gesagt, sie hat Kopfweh.»

«Vielleicht fühlte sie sich wirklich nicht wohl», meinte Lanigan.

Celia schüttelte den Kopf. «Keine Spur. Ein Mädchen, das wegen Kopfschmerzen ein Rendezvous sausen läßt, so was gibt's gar nicht. Erst hab ich gedacht, vielleicht hat sie nichts anzuziehen und ist einfach schüchtern. Aber dann kam ich drauf, daß es vielleicht einen anderen Grund hatte ...» Sie dämpfte die Stimme: «Ich hab mal in ihrem Zimmer gewartet, als wir zusammen ins Kino wollten. Sie zog sich an, und ich hab mir die Sachen auf ihrer Kommode angeschaut, während sie sich frisierte. Sie hatte da so eine kleine Schatulle stehen mit Nadeln, Knöpfen, Haarklammern und solchem Kram. Und ich hab ein bißchen drin rumgestöbert und mir alles angeschaut – nicht aus Neugier, verstehen Sie, bloß so –, und da hab ich den Ehering in der Schachtel gesehen. Da hab ich gefragt: ‹Willst du etwa bald heiraten, El?› So aus Jux. Und sie ist knallrot geworden und hat das Kästchen zugeklappt und gesagt, der Ring hätte ihrer Mutter gehört.»

«Wollen Sie damit sagen, daß sie vielleicht heimlich verheiratet war?»

«Das würde doch erklären, warum sie nicht mit Männern ausging, oder?»

«Möglicherweise ... Was hat Mrs. Hoskins dazu gemeint?»

«Ich hab's ihr gar nicht erzählt. Es ist schließlich Els Geheimnis, hab ich mir gedacht. Wenn ich Mrs. Hoskins was davon sage, spricht sie vielleicht mit jemand darüber. Und dann könnte es bis zu den Serafinos rumkommen, und Elspeth verliert womöglich ihre Stellung ... Na ja, so ein Unglück wär das ja auch wieder nicht gewesen. Ich hab ihr oft genug gesagt, sie soll sich 'ne andere Stellung suchen.»

«Warum? Hat Mrs. Serafino sie nicht gut behandelt?»

«Doch, soweit schon, glaube ich. Natürlich standen sie nicht so miteinander wie Mrs. Hoskins und ich, aber das kann man ja auch nicht erwarten ... Nein, mich hat nur gestört, daß sie jede Nacht ganz allein mit den Kindern im Haus sein mußte, wo doch ihr Zimmer im Erdgeschoß war.»

«Hatte sie Angst?»

«Zuerst ja, das weiß ich. Später hat sie sich wohl daran gewöhnt. Die Gegend hier draußen ist hübsch und ruhig, und ich denke mir, nach einer Weile hat sie sich ganz sicher gefühlt.»

«Aha ... Na schön. Nun zu gestern: Wußten Sie, was sie vorhatte?»

Celia schüttelte langsam den Kopf. «Ich hab sie die ganze Woche nicht gesehen. Seit Dienstag nicht, wie wir mit den Kindern spazierengegangen sind.» Ihr Gesicht erhellte sich. «Sie hat was erzählt, daß sie sich nicht wohl fühlte, und an ihrem freien Tag wollte sie zum Arzt, und hinterher vielleicht ins Kino ... Ach ja – jetzt fällt's mir ein – sie hat was gesagt, daß sie ins *Elysium* will. Und ich hab gesagt, dort läuft ein furchtbar langer Film, aber sie hat gemeint, sie kriegt trotzdem noch den letzten Bus, und ihr macht es nichts aus, wenn sie so spät von der Haltestelle nach Hause laufen muß ... Und dann passiert genau das, wovor ich Angst hatte und sie immer gewarnt habe.» Celias Augen füllten sich mit Tränen, und sie betupfte sie mit dem Taschentuch.

Die Kinder waren zurückgekommen und betrachteten die beiden Erwachsenen mit weit aufgerissenen Augen. Als Celia zu weinen anfing, lief der eine der kleinen Jungen zu ihr und streichelte sie, während der andere mit der winzigen Faust auf Lanigan einhieb.

Er bückte sich und hielt ihn fest. «Immer sachte, mein Junge», sagte er lachend.

Mrs. Hoskins erschien im Türrahmen. «Er denkt wohl, Sie haben Celia zum Weinen gebracht? Ist das nicht köstlich? Komm her, Stephen. Komm zu Mutter.»

Es dauerte einige Minuten, bis die Kinder besänftigt und wieder hinausgeführt worden waren. «Also, Celia», begann Lanigan, «wovor hatten Sie nun Angst, und wovor haben Sie Elspeth immer gewarnt?»

Celia sah ihn verständnislos an. Dann fiel es ihr wieder ein. «Ach so, ja. Davor, spätnachts allein nach Hause zu gehen. Ich täte das im Leben nicht, hab ich ihr immer gesagt. Es ist stockdunkel in den Straßen hinter der Bushaltestelle, mit all den Bäumen und so.»

«Etwas Spezielles meinten Sie also nicht?»

«Na, ich finde das schon was Spezielles.» Wieder stiegen ihr Tränen in die Augen. «Sie war so 'n junges, unschuldiges Ding. Das Mädchen, das die Serafinos vor ihr hatten, die Gladys, die war nicht viel älter als sie, aber mit der bin ich nie so richtig warm geworden, auch wenn wir oft zusammen ausgegangen sind. Die war mit allen Wassern gewaschen. Aber Elspeth ...» Sie ließ den Satz in der Luft hängen und fragte impulsiv: «Wie sah sie aus, als sie gefunden wurde? Ich meine, war sie ... Sie verstehen schon ... War sie arg zugerichtet? Sie soll splitternackt gewesen sein, hab ich gehört.»

Er schüttelte den Kopf. «Nein. Keinerlei Anzeichen für eine Vergewaltigung. Und in Kleidern war sie auch.»

«Ach, da bin ich aber froh ... Danke, daß Sie mir das gesagt haben», erklärte sie erleichtert.

«Es steht sowieso in den Abendzeitungen.» Er erhob sich. «Sie waren sehr hilfsbereit. Sollte Ihnen noch etwas einfallen, geben Sie mir Nachricht, ja?»

«Darauf können Sie sich verlassen.» Sie streckte ihm die Hand hin. Lanigan war erstaunt über den festen Griff. Wie ein Mann, dachte er. An der Tür blieb er stehen, als sei ihm plötzlich etwas eingefallen. «Ach richtig ... Wie war Mr. Serafino eigentlich zu Elspeth? Hat er sie anständig behandelt?»

Sie schenkte ihm einen beifälligen, sogar bewundernden Blick. «Jetzt machen Sie Nägel mit Köpfen.»

«Ja?»

Sie nickte. «Sie gefiel ihm. Er tat zwar immer so, als ob sie Luft für ihn wäre, und sprach kaum ein Wort mit ihr. Aber er hat sie förmlich mit den Blicken verschlungen, wenn er dachte, es merkt niemand. Mr. Serafino ist einer von den Männern, die 'ne Frau mit den Augen ausziehen. Das hat Gladys immer gesagt. Der hat das Spaß gemacht, und sie hat ihn sogar noch ermuntert.»

«Und was ist mit ihr passiert?»

«Mrs. Serafino wurde eifersüchtig und hat sie rausgeworfen ... Ich behaupte ja, wenn 'ne Frau eifersüchtig ist, hat sie meistens auch ihre Gründe dafür.»

«Ich hätte mir vorgestellt, daß sie danach eine Ältere engagiert.»

«Woher soll sie die wohl für so 'nen Job kriegen? Sechs Tage in der Woche, und bis zwei, drei Uhr früh?»

«Das stimmt allerdings.»

«Und außerdem hatte er wohl auch ein Wörtchen mitzureden, wer ins Haus kam.»

Lieutenant Eban Jennings von der Polizei in Barnard's Crossing, ein knochiger Endfünfziger, hatte blaue, ständig tränende Augen, die er ununterbrochen mit dem Taschentuch bearbeitete.

«In der ersten Juniwoche fängt das an und hört bis Ende September nicht mehr auf», schimpfte er, als Hugh Lanigan ins Revier kam.

«Wahrscheinlich eine Allergie, Eban. Laß dich doch mal untersuchen.»

«Hab ich ja, vor zwei Jahren. Ich bin allergisch gegen einen Haufen Dinge, haben sie festgestellt, bloß haben die alle nichts mit dieser Jahreszeit zu tun ... Vielleicht bin ich einfach gegen Sommergäste allergisch.»

«Schon möglich. Aber die tauchen doch nie vor Ende Juni hier auf.»

«Stimmt. Kann ja 'ne Art Vorahnung sein. Gibt's was Neues?»

Lanigan warf den Schnappschuß, den er von Mrs. Serafino bekommen hatte, auf den Schreibtisch. «Das geht an die Zeitungen. Vielleicht bringt uns das auf eine Spur.»

Jennings betrachtete das Bild eingehend. «Gar nicht übel – jedenfalls sieht sie da viel hübscher aus als heute morgen. Ich hab's gern, wenn ein bißchen was dran ist ... Du weißt schon, was ich meine.»

«Genau, Eban.»

«Ich hab auch was für dich, Hugh. Der Bericht vom Amtsarzt ist da.» Er reichte seinem Vorgesetzten einen Bogen Papier. «Lies mal den letzten Absatz.»

Lanigan pfiff leise durch die Zähne. «Schau einer an ... im zweiten Monat!»

«Na, und was sagst du nun?»

«Das wirft ein neues Licht auf den Fall, findest du nicht? Mrs. Serafino, ihre Freundin Celia und Mrs. Hoskins sind sich darin einig, daß sie sehr schüchtern war und keine männlichen Freunde hatte.»

In diesem Augenblick ging ein Streifenbeamter draußen vor der offenstehenden Tür vorbei. Lanigan rief ihn herein. «Ach, Bill – kommen Sie doch mal eben rein.»

«Jawoll, Sir.» Streifenpolizist William Norman war ein junger Mann mit dunklem Haar und ernstem, sachlichem Auftreten. Obwohl er Hugh Lanigan von klein auf kannte und sie sich privat mit Vornamen anredeten, stand er jetzt stramm und behandelte ihn ganz als Vorgesetzten.

«Nehmen Sie Platz, Bill.»

Norman holte sich einen Stuhl, wobei er den Eindruck zu erwecken vermochte, daß er immer noch strammstand.

«Tut mir wirklich leid, daß ich Ihnen letzte Nacht nicht freigeben konnte, aber ich hatte keinen Ersatzmann. Mehr als bitter, wenn man von der Verlobungsfeier weg zum Dienst muß.»

«Ach, das macht gar nichts, Sir. Alice hat es völlig eingesehen.»

«Ein großartiges Mädchen. Die wird mal eine gute Frau. Die Ramsays sind überhaupt nette Leute.»

«Ja, Sir; vielen Dank.»

«Ich bin mit Bud Ramsay in die Schule gegangen, und Peggy seh ich noch mit Rattenschwänzen vor mir ... Sie sind stockkonservativ, die Ramsays, und ziemlich puritanisch; aber die Sorte ist ja das Salz der Erde ... Garantiert hatten sie nichts dagegen, daß Sie Ihren Dienst wie sonst gemacht haben – ganz im Gegenteil.»

«Alice sagt, die Feier war kurz darauf zu Ende. Ich habe vermutlich nicht viel versäumt ... Die Ramsays sind auch gegen langes Aufbleiben.» Er wurde rot.

Lanigan wandte sich zu seinem Schreibtisch, um den Dienstplan zu konsultieren. «Vergangene Nacht fing Ihr Dienst um elf an?»

«Ja, Sir. Um halb elf bin ich bei den Ramsays weggegangen, um die Uniform anzuziehen. Der Streifenwagen hat mich abgeholt und ein paar Minuten vor elf am Elm Square abgesetzt.»

«Sie hatten die Runde zwischen Maple und Vine Street?»

«Ja, Sir.»

«Um ein Uhr sollten Sie über das Polizeitelefon in der Vine Street Meldung erstatten.»

«Ja Sir, das habe ich auch getan.» Er zog ein kleines Notizbuch aus der Hüfttasche. «Drei Minuten nach eins habe ich angerufen.»

«Irgend etwas Auffälliges?»

«Nein, Sir.»

«Haben Sie auf Ihrer Runde jemand getroffen?»

«Getroffen? Wieso?»

«Ist Ihnen jemand auf der Maple Street entgegengekommen?»

«Nein, Sir.»

«Kennen Sie Rabbi Small?»

«Vom Sehen, ja. Ich bin ihm auch schon in dem Viertel begegnet.»

«Letzte Nacht aber nicht? Er sagt, er sei Ihnen begegnet, als er von der Synagoge nach Hause gegangen ist. Das müßte kurz nach halb eins gewesen sein.»

«Nein, Sir. Seitdem ich die Türen im Gordon-Block kontrolliert hatte – gegen Viertel nach zwölf – bis zu meinem Anruf im Revier habe ich keinen Menschen getroffen.»

«Merkwürdig. Der Rabbi sagt, er habe Sie gesehen und Sie hätten ihn gegrüßt.»

«Nein, Sir, das war nicht gestern, sondern vorgestern. Da habe ich ihn spät aus der Synagoge kommen gesehen und ihn gegrüßt. Vergangene Nacht nicht.»

«Also gut Was haben Sie gemacht, als Sie bei der Synagoge anlangten?»

«Ich habe kontrolliert, ob das Tor zugesperrt ist. Auf dem Parkplatz stand ein Wagen, den habe ich mit der Taschenlampe abgeleuchtet. Und dann . . . Ja, dann hab ich im Revier angerufen.»

«Und Sie haben nichts Ungewöhnliches gesehen oder gehört?»

«Nein, Sir, nur den Wagen auf dem Parkplatz. Und das war ja nicht so ungewöhnlich.»

«Okay, Bill. Danke.» Damit verabschiedete ihn Lanigan.

«Der Rabbi hat dir also erzählt, er sei Bill begegnet?» fragte Jennings, nachdem Norman weg war.

Lanigan nickte.

«Dann hat er geschwindelt. Was bedeutet das, Hugh? Glaubst du, er könnte es getan haben?»

Lanigan schüttelte bedächtig den Kopf. «Ein Rabbi? Ziemlich unwahrscheinlich.»

«Warum eigentlich nicht? Gelogen hat er jedenfalls. Das heißt, er war nicht da, wo er behauptet, gewesen zu sein. Und das bedeutet wiederum, er könnte da gewesen sein, wo er nicht sein sollte.»

«Warum in einer Sache lügen, die wir so leicht nachprüfen können? Das wäre doch sinnlos. Viel wahrscheinlicher hat er die Tage verwechselt. Er ist so ein Gelehrtentyp und in Gedanken meistens bei seinen Büchern. Der Gemeindevorsteher war zu Besuch bei ihm in der Wohnung, als Stanley vorbeikam und ihm berichtete, daß eine Büchersendung eingetroffen sei, die er erwartete. Und der Rabbi hat nichts Eiligeres zu tun, als sofort in die Synagoge zu rennen, um sie anzusehen . . . Dann bleibt er in seinem Arbeitszimmer sitzen und liest bis nach Mitternacht! Ein solcher Mensch kann leicht durcheinanderbringen, in welcher Nacht er nun dem Streifenbeamten begegnet ist. So etwas Nebensächliches merkt er sich nicht genau.»

«Ich finde es schon reichlich seltsam, daß er seinen Gast sitzenläßt, noch dazu den Gemeindevorsteher. Er behauptet, er hätte die ganze Nacht in seinen Büchern studiert. Na, und woher wissen wir, ob er nicht in seinem Arbeitszimmer mit dem Mädchen verabredet war? Der Amtsarzt setzt den Eintritt des Todes auf ein Uhr fest. Rechne einen Spielraum von je zwanzig Minuten. Der Rabbi gibt zu, daß er um die Zeit dort war.»

«Nein; zwanzig vor eins ist er seiner Schätzung nach ungefähr zu Hause gewesen.»

«Und wenn er da nun ein bißchen gemogelt hätte? Nur um fünf bis zehn Minuten? Niemand hat ihn gesehen. Die Handtasche des Mädchens war in seinem Wagen. Und noch was ...» Jennings hob den Zeigefinger: «Heute ist er nicht zum Morgengottesdienst gegangen, den sie täglich haben. Weshalb? Wollte er etwa nicht dort sein, wenn die Leiche entdeckt wurde?»

«Du lieber Himmel, er ist Rabbiner, ein frommer Mann ...»

«Na und? Immerhin ist er ein Mann, oder? Und jeder Mann kann mal Scherereien mit einer Frau kriegen», meinte Jennings. «Für mich das einzige, wogegen ihn sein Beruf nicht schützt. Bei jedem anderen Verbrechen – Diebstahl, Einbruch, Fälschung, tätliche Bedrohung ... Da kannst du einwenden, weder ein katholischer oder protestantischer Pfarrer noch ein Rabbi würden so was tun. Auf Geld legen sie nicht soviel Wert, und sie haben sich auch besser in der Gewalt ... Aber eine Frau – das kann jedem Mann passieren.»

«Da ist was dran, Eban.»

«Und noch was: Wenn's nicht der Rabbi war – wer denn sonst?»

«Wir haben doch eben erst angefangen. Und sogar jetzt kommen schon etliche als Verdächtige in Frage. Zum Beispiel Stanley. Er hat einen Schlüssel zur Synagoge. Er hat unten im Keller ein Feldbett. Und die Wand darüber ist mit Fotos von nackten Mädchen bepflastert.»

«Stanley hat das Zölibat nicht erfunden, das stimmt.»

«Und wer hat sie hinter die Mauer geschleppt, wo wir sie gefunden haben? Das Mädchen war ziemlich schwer, und der Rabbi ist kein Riese. Aber für Stanley wäre das eine Kleinigkeit gewesen.»

«Gut. Aber würde er nachher die Tasche des Mädchens dem Rabbi in den Wagen legen?»

«Nicht ausgeschlossen. Vielleicht haben sie auch dort vor dem Regen Schutz gesucht. Stanleys Karre hat kein Verdeck ... Und noch was: Nehmen wir an, der Mörder hatte kurze Zeit mit ihr ein Verhältnis – lange genug auf alle Fälle, daß sie schwanger wurde. Bei wem von den beiden würde man wohl leichter dahinterkommen? Ich wette, Stanley hätte es innerhalb einer Woche gemerkt, wenn der Rabbi und das Mädchen im Arbeitszimmer zusammengewesen wären. Er macht ja jeden Morgen dort sauber. Der Rabbi aber hätte auch in einem Jahr noch keine Ahnung gehabt, falls Stanley sich mit dem Mädchen im Keller vergnügt hätte.»

«Das ist allerdings richtig. Was hat Stanley dazu gesagt?»

Lanigan zuckte die Achseln. «Er behauptet, er hat im *Ship's Cabin* ein paar Bier getrunken und ist dann heimgefahren. Er wohnt bei Mama Schofield; er hat aber keinen Zeugen dafür, wann er heimgekommen ist. Er kann sich nach dem Kneipenbesuch mit dem Mädchen getroffen haben, und damit sind wir genauso schlau wie vorher.»

«Dasselbe hat er mir erzählt», sagte Jennings. «Warum verhaften wir ihn denn nicht und stellen ihm ein paar Fragen?»

«Weil wir ihm nichts beweisen können. Du hast gefragt, wer es gewesen ist, wenn nicht der Rabbi; deshalb habe ich Stanley als möglichen Täter genannt. Ich kann dir noch einen anbieten: Wie wär's mit Joe Serafino? Es wäre denkbar, daß er in seinem eigenen Haus ein Verhältnis mit ihr angefangen hat. Mrs. Serafino macht die Einkäufe und die Hausarbeit; Elspeth kümmerte sich nur um die Kinder. Joe muß also reichlich Zeit und Gelegenheit gehabt haben, in Abwesenheit seiner Frau mit dem Mädchen zusammen zu sein. Kam seine Frau überraschend zurück, gab es ja einen Riegel an der Tür. Mrs. Serafino konnte also durch die Küche nicht hinein, und Joe hätte seelenruhig durch den Hintereingang aus dem Zimmer spazieren können ... Das würde auch erklären, warum das Mädchen keinen Freund hatte. Sie brauchte ja keinen, wenn sie den Liebhaber direkt im Hause hatte. Außerdem wäre dann noch der seltsame Aufzug verständlich, in dem wir sie gefunden haben. Sie muß erst nach Hause gegangen sein, denn ihr Kleid hing im Schrank. Angenommen, Joe erschien gleich darauf in ihrem Zimmer und überredete sie zu einem kurzen Spaziergang. Da es regnete und sie sowieso einen Mantel nehmen mußte, machte sie sich nicht die Mühe, das Kleid wieder anzuziehen. Wenn sie so intim waren, hatte er sie ja schon wesentlich spärlicher bekleidet gesehen. Mrs. Serafino aber schlief und ahnte nichts.»

«Da steckt allerhand drin, Hugh», erklärte Eban begeistert. «Sie können spazierengegangen und bis zur Synagoge gekommen sein, als es richtig zu schütten anfing. Was wäre natürlicher, als im Wagen des Rabbis Schutz zu suchen?»

«Außerdem haben sowohl Stanley wie Elspeths Busenfreundin Celia auf eine Beziehung zwischen Serafino und dem Mädchen angespielt. Und ich hatte das Gefühl, Mrs. Serafino war etwas ängstlich, daß ihr Mann mit dem Fall in Verbindung gebracht werden könnte. Zu dumm, daß ich ihn nicht gleich heute früh sprechen konnte.»

«Ich habe ja mit ihm gesprochen, als wir ihn aus dem Bett holten, um die Leiche zu identifizieren. Er war aufgeregt, sicher; aber nicht mehr, als man unter den Umständen erwarten kann.»

«Was für einen Wagen fährt er?»

«Ein Buick Kabrio.»

«Ich habe es vorhin nicht gesehen.»

«Wir könnten ihm ja ein paar Fragen stellen», meinte Jennings.

Lanigan lachte. «Und du wirst erfahren, daß er von Donnerstag abend gegen acht bis Freitag früh um zwei in seinem Club war, und wahrscheinlich ständig im Blickfeld von einem halben Dutzend Angestellten und etlichen Dutzend Gästen ... Ich wollte dir ja nur klarmachen, Eban, daß die Zahl der Verdächtigen unbegrenzt ist, wenn du erst mal überlegst, wer Gelegenheit zur Tat gehabt haben könnte. Hier ist noch eine: Celia. Angeblich die einzige Bekannte der Toten. Eine große, kräftige Person.»

«Du vergißt, daß Elspeth schwanger war. Damit kann Celia beim besten Willen nichts zu tun haben, und wenn sie noch so groß und kräftig ist.»

«Ich vergesse das keineswegs. Du setzt voraus, daß der Vater des Kindes auch ihr Mörder war. Das ist nicht unbedingt gesagt. Angenommen, Celia war verliebt in einen Mann, und Elspeth hat ihn ihr ausgespannt ... Sie wurde schwanger, und Celia kam dahinter. Mir gegenüber hat sie zugegeben, Elspeth habe erwähnt, sie wolle sich untersuchen lassen. Nehmen wir mal an, sie hatte den richtigen Verdacht, oder Elspeth vertraute sich ihr an. Das wäre nur natürlich gewesen, da sie hier ganz allein war. Sie kann ihr sogar erzählt haben, wer der Vater war, wenn sie nicht wußte, daß Celia denselben Mann liebte.»

«Aber Elspeth kannte doch gar keine Männer.»

«Behauptet Celia. Mrs. Serafino glaubt zwar auch nicht, daß sie Männerbekanntschaften hatte, erwähnt aber etwas von Briefen, die Elspeth regelmäßig aus Kanada erhielt. Überdies war Celia an dem Abend aus und ist wahrscheinlich spät nach Hause gekommen – Mrs. Hoskins schlief vermutlich schon und dürfte keine Ahnung haben, wann Celia zurück war. Stell dir nun folgendes vor: Celia sieht Licht in Elspeths Zimmer. Sie weiß von dem Besuch beim Arzt, geht also hinein, um sich zu erkundigen. Elspeths Befürchtungen sind gerade bestätigt worden, und sie möchte mit jemand darüber sprechen. Celia überredet sie, rasch einen Mantel überzuwerfen und einen Spaziergang zu machen. Die Gegenwart ihrer Freundin würde ebenfalls ihre unvollständige Kleidung erklären. Es regnet heftig, als sie zur Synagoge kommen, also setzen sie sich in den Wagen des Rabbis. Dort erfährt Celia von Elspeth, wer der Mann ist. Celia kriegt einen Wutanfall und erdrosselt sie.»

«Hm ... Hast du noch mehr Kandidaten?»

Hugh lächelte. «Das reicht für den Anfang.»

«Ich tippe nach wie vor auf den Rabbi», meinte Eban.

Sobald Lanigan sich verabschiedet hatte, ging der Rabbi zur Synagoge. Er tat es aus einem gewissen Pflichtgefühl heraus und nicht, weil er glaubte, irgendwie helfen zu können. Bedauerlicherweise konnte er gar nichts für das arme Mädchen tun. Genaugenommen kam es auf das gleiche heraus, ob er zur Synagoge ging oder zu Hause blieb. Aber da die Synagoge nun einmal durch den Fall betroffen war, fand er, er müsse dort sein.

Von seinem Arbeitszimmer aus beobachtete er, wie die Polizisten geschäftig ausmaßen, fotografierten und das Gelände absuchten. Ein Schwarm von Neugierigen – einige Frauen, meist aber Männer – folgte ihnen über den Parkplatz und drängte sich dicht heran, sobald ein Wort fiel.

Es gab zwar nicht viel zu sehen, doch der Rabbi konnte sich nicht vom Fenster losreißen. Er hatte die Jalousien heruntergelassen und die Stäbe so gestellt, daß er hindurchspähen konnte, ohne daß man ihn vom Parkplatz aus beobachten konnte. Ein Polizist in Uniform bewachte seinen Wagen und hielt die Gaffer zurück. Reporter und Pressefotografen waren inzwischen auf dem Schauplatz erschienen, und er fragte sich, wie lange es noch dauern würde, bis sie ihn hier oben entdeckten und ihn interviewen wollten. Er hatte keine Ahnung, was er ihnen sagen und ob er überhaupt mit ihnen sprechen sollte. Vielleicht wäre es am gescheitesten, sie an Jacob Wasserman zu verweisen, der sie seinerseits wahrscheinlich zum Rechtsanwalt der Gemeinde schicken würde. Aber sähe es nicht verdächtig aus, wenn er sich weigerte, über den Fall zu reden?

Als es schließlich an die Tür klopfte, waren es nicht die Reporter, sondern die Polizei. Ein großer Mann mit tränenden Augen stellte sich als Lieutenant Jennings vor. «Stanley hat mir gesagt, daß Sie hier sind.»

Der Rabbi wies auf einen Stuhl.

«Wir möchten Ihren Wagen in die Polizeigarage bringen, Rabbi, um ihn gründlich zu untersuchen. Das geht am besten dort.»

«Selbstverständlich, Lieutenant.»

«Haben Sie einen Anwalt, Rabbi?»

Der Rabbi schüttelte den Kopf. «Wäre das angebracht?»

«Na ja, vielleicht sollte nicht gerade ich Sie darauf aufmerksam machen, aber wir erledigen alles gern freundschaftlich. Ein Anwalt könnte Ihnen sagen, daß Sie sich damit nicht einverstanden erklären müssen, wenn Sie nicht wollen. Natürlich würden wir in dem Fall ohne Schwierigkeiten eine gerichtliche Verfügung erwirken ...»

«Völlig in Ordnung, Lieutenant. Wenn Sie der Auffassung sind, es könnte Ihnen in dieser entsetzlichen Sache helfen, meinen Wagen in die Stadt zu schaffen, dann tun Sie es ruhig.»

«Kann ich die Schlüssel haben?»

«Sicher.» Der Rabbi nahm sie von dem Ring, der noch auf dem

Schreibtisch lag. «Das ist der Zündschlüssel, er paßt auch für das Handschuhfach. Und hier ist der Kofferraumschlüssel.»

«Ich schreibe Ihnen eine Empfangsbestätigung für den Wagen.»

«Das ist doch nicht notwendig.»

Er sah vom Fenster aus, wie der Lieutenant in seinen Wagen stieg und wegfuhr. Erfreut stellte er fest, daß gleichzeitig die meisten Zuschauer verschwanden.

Im Laufe des Tages versuchte der Rabbi mehrfach, seine Frau telefonisch zu erreichen. Es war ständig besetzt. Bei einem Anruf in Wassermans Büro erfuhr er, dieser sei nicht im Hause und werde auch nicht zurückerwartet.

Er schlug eines der Bücher auf seinem Schreibtisch auf und blätterte darin. Nach wenigen Minuten machte er sich eine Notiz auf eine Karte. Er las eine Stelle in einem anderen Buch nach und notierte abermals etwas. Bald war er völlig in seine Arbeit vertieft.

Das Telefon läutete. Miriam.

«Ich hab drei- oder viermal versucht, dich zu erreichen, aber es war immer besetzt», sagte er.

«Ich hatte den Hörer ausgehängt», erklärte sie. «Gleich nachdem du weg warst, riefen alle möglichen Leute an und erkundigten sich, ob wir es schon gehört hätten, und wollten wissen, ob sie etwas tun könnten. Einer behauptete sogar, du seist verhaftet worden . . . Da hab ich den Hörer ausgehängt. Aber dann sind so komische kratzende Geräusche im Apparat, und man fragt sich, ob man vielleicht einen wichtigen Anruf versäumt. Hat bei dir jemand angerufen?»

«Kein Mensch.» Er lachte. «Vermutlich will niemand zugeben, daß er noch mit dem Volksfeind Nummer eins von Barnard's Crossing spricht.»

«Bitte, hör auf! Darüber macht man keine Witze . . . Was werden wir tun, David?»

«Tun? Was gibt's denn da zu tun?»

«Ich dachte, mit dem ganzen . . . Na ja, Mrs. Wasserman hat angerufen und uns eingeladen, bei ihnen zu bleiben . . .»

«Aber das ist doch lächerlich, Miriam! Heute abend ist Sabbat. Ich beabsichtige, ihn in meinem eigenen Hause und an meinem eigenen Tisch zu begrüßen. Mach dir keine Sorgen – es wird schon alles gut! Ich bin rechtzeitig zum Essen daheim, und dann gehen wir wie immer zum Gottesdienst.»

«Und was treibst du jetzt?»

«Ich arbeite an meiner Abhandlung über Maimonides.»

«Muß das ausgerechnet jetzt sein?»

Er wunderte sich über ihren scharfen Ton. «Was sollte ich denn sonst tun?» fragte er nur.

13. Kapitel

Zum abendlichen Gottesdienst waren vier- bis fünfmal soviel Menschen erschienen wie gewöhnlich, sehr zur Bestürzung der Damen vom Frauenverein, die Kuchen und Tee für den anschließenden Imbiß im Gemeindesaal vorbereitet hatten.

Der Rabbi war nicht sonderlich erfreut, wenn er an die Ursache für den unerwartet starken Besuch der Synagoge dachte. Er saß auf dem Podium neben der Thorarolle und beschloß verbittert, keinerlei Anspielung auf den Mordfall zu machen. Er tat, als sei er in sein Gebetbuch vertieft, und warf verstohlen finstere Blicke auf Gemeindemitglieder, die noch nie am Freitag abend zum Gottesdienst erschienen waren.

Da Myra Präsidentin des Frauenvereins war, nahmen die Schwarzens stets am Gottesdienst teil, saßen aber sonst immer ziemlich weit hinten, in der sechsten oder siebenten Reihe. Diesmal jedoch setzte sich Ben zwar auf seinen üblichen Platz, während Myra weiter nach vorn in die zweite Reihe ging. Sie ließ sich neben Rabbi Smalls Frau nieder, beugte sich zu ihr, tätschelte ihr die Hand und flüsterte ihr etwas ins Ohr. Miriam erstarrte – und quälte sich dann ein Lächeln ab.

Der Rabbi beobachtete den kleinen Zwischenfall. Dieser Beweis von Takt rührte ihn, zumal er völlig spontan wirkte. Doch als er darüber nachdachte, begann ihm zu dämmern, was das eigentlich bedeutete. Es war eine beruhigende, tröstliche Geste, eine Kundgebung des Mitgefühls für die Frau eines Verdächtigen. Das bot eine weitere Erklärung für den starken Andrang. Einige mochten wohl in der Hoffnung erschienen sein, er würde über das Verbrechen sprechen, andere aber wollten nur sehen, ob er Anzeichen von Schuld zeigte. Wenn er schwieg und den Fall gar nicht erwähnte, könnte das einen falschen Eindruck erwecken und so ausgelegt werden, als fürchte er sich, darüber zu reden.

In seiner Predigt berührte er das Thema nicht, aber kurz vor Ende des Gottesdienstes sagte er: «Bevor sich die Leidtragenden in der Gemeinde erheben, um den *kadisch* zu sprechen, möchte ich Ihnen den wahren Sinn des Gebetes ins Gedächtnis rufen.»

Die Gemeindemitglieder strafften sich und beugten sich vor. Jetzt kam es.

«Die Ansicht ist weit verbreitet», fuhr der Rabbi fort, «das Sprechen des *kadisch* sei eine Pflicht, die der Trauernde dem geliebten Verstorbenen schuldet. Wenn Sie jedoch das Gebet oder die Übersetzung auf der gegenüberliegenden Seite lesen, werden Sie feststellen, daß es weder den Tod erwähnt noch eine Fürbitte für die Seele des Toten enthält, sondern den Glauben an Gott, an Seine Kraft und Herrlichkeit ausdrücklich bestätigt. Der *kadisch* ist kein Gebet für den Toten, sondern für den Lebenden. Ein Mensch, der kürzlich einen geliebten Angehörigen verloren hat, bekundet hier sein unerschütterliches Gottvertrauen. Trotzdem hält unser Volk an der Auffassung fest, der *kadisch* sei eine Verpflichtung, die man dem Toten schulde. Nun entspricht es unserer Tradition, daß aus der Gewohnheit ein Gebot wird, und deshalb werde ich den *kadisch* mit den Trauernden sprechen für eine, die kein Mitglied unserer Gemeinde gewesen ist, die nicht einmal unserem Glauben angehört hat – für einen Menschen, von dem wir wenig wissen, dessen Leben aber durch einen tragischen Unglücksfall unsere Gemeinde berührte . . .»

Auf dem Heimweg von der Synagoge sprachen der Rabbi und seine Frau kaum. Endlich brach er das Schweigen. «Mrs. Schwarz hat sich ja große Mühe gegeben, um dir ihr Mitgefühl zu bezeigen.»

«Sie hat's gut gemeint, David.»

«Hm hm . . .»

Wieder schwiegen sie eine ganze Weile. Dann sagte Miriam plötzlich:

«David . . .»

«Ja?»

«David, ich habe Angst. Diese Tote . . . Es kann eine schlimme Sache werden.»

«Das glaube ich allmählich auch.»

Als sie sich ihrem Haus näherten, hörten sie drinnen das Telefon klingeln.

14. Kapitel

Der religiöse Eifer hielt nicht bis zum Morgengottesdienst am Samstag an; es erschienen nur – wie üblich – etwa zwanzig Personen. Als der Rabbi nach Hause kam, erwartete ihn Lanigan.

«Ich störe Sie ungern an Ihrem Sabbat», entschuldigte er sich. «Aber wir unterbrechen ebenso ungern unsere Ermittlungen. Für Polizisten gibt es keine Feiertage.»

«Das macht doch überhaupt nichts. In unserer Religion haben dringende Fälle stets den Vorrang.»

«Mit Ihrem Wagen sind wir beinahe durch. Einer von meinen Leuten wird ihn morgen im Laufe des Tages herbringen. Sollten Sie in die Stadt kommen, können Sie ihn auch selber abholen.»

«Ausgezeichnet.»

«Ich möchte gern das, was wir gefunden haben, mit Ihnen durchgehen.» Er zog mehrere Plastikbeutel, die mit schwarzer Tinte beschriftet waren, aus der Aktentasche. «Das war unter dem Vordersitz.» Er schüttete den Inhalt auf den Schreibtisch: ein paar Münzen, eine mehrere Monate alte Quittung über eine Wagenreparatur, die Hülle eines Schokoladeriegels zu fünf Cent, ein kleiner Kalender mit jüdischer und englischer Zeitrechnung sowie eine Haarspange aus Plastik.

Der Rabbi warf einen flüchtigen Blick darauf. «Das stammt alles von uns. Zumindest die Spange meiner Frau erkenne ich wieder. Vielleicht fragen Sie sie aber sicherheitshalber auch noch selber.»

«Ist bereits geschehen.»

«Für das Schokoladenpapier oder das Geld kann ich mich nicht verbürgen, aber ich habe die Schokolade gegessen. Sie ist koscher. Kalender wie dieser werden von zahlreichen Firmen und Geschäften zum jüdischen Neujahrsfest verschenkt. Ich bekomme jedes Jahr Dutzende davon.» Er zog die Schreibtischschublade auf. «Hier ist noch einer.»

«Gut.» Lanigan tat alles wieder in den Beutel und leerte den nächsten auf dem Schreibtisch aus. «Das war in dem Abfallbehälter unter dem Armaturenbrett.» Mehrere verknüllte Abschminktücher mit Lippenstiftflecken, der Stiel von einem Eis mit Schokoladeüberzug und eine leere zerknautschte Zigarettenpackung.

«Das dürfte in Ordnung sein», meinte der Rabbi.

«Stammen die Flecken vom Lippenstift Ihrer Frau?»

Der Rabbi lächelte. «Warum prüfen Sie das nicht mit ihr selber nach?»

«Haben wir ja getan; es ist ihrer.» Dann zeigte er ihm den nächsten Beutel mit dem Inhalt des Handschuhfachs: eine verdrückte Schachtel mit Papiertaschentüchern, ein Lippenstift, mehrere Straßenkarten, ein Gebetbuch, ein Bleistift, ein Kugelschreiber aus Plastik, ein halbes Dutzend Fahrscheine, eine Taschenlampe und ein zerknülltes Zigarettenpäckchen.

«Scheint auch zu stimmen», sagte der Rabbi. «Ich glaube, ich kann das sogar bei dem Lippenstift mit Sicherheit behaupten, weil ich mich an eine Bemerkung meiner Frau erinnere. Nachdem sie ihn gekauft hatte, meinte sie, er wäre überaus wertvoll, wenn all die Steine echt wären. Er hat wohl einen oder anderthalb Dollar gekostet, aber sehen Sie sich mal das Glitzerzeug an, mit dem er besetzt ist.»

«Die werden zu Tausenden verkauft. Sie können also unmöglich mit Bestimmtheit wissen, ob gerade dieser hier Ihrer Frau gehört.»

«Nein, aber anders wäre es zweifellos ein merkwürdiger Zufall.»

«Solche Zufälle gibt es, Rabbi. Das Mädchen benutzte den gleichen

Lippenstift. Übrigens ist das gar nicht so erstaunlich. Es handelt sich nämlich meines Wissens um eine sehr beliebte Marke und um einen von Blondinen bevorzugten Farbton.»

«Sie war also blond?»

«Ja. Auf der Taschenlampe sind keine Fingerabdrücke, Rabbi.»

Der Rabbi überlegte kurz. «Soweit ich mich erinnere, habe ich sie das letzte Mal benutzt, um den Ölstand zu prüfen. Danach habe ich sie natürlich abgewischt.»

«Jetzt bleibt nur noch der Inhalt der Aschenbecher. In dem rückwärtigen lag eine Zigarette mit Lippenstiftspuren. In dem vorne waren zehn Stummel, alle von der gleichen Marke und alle mit Lippenstift beschmiert. Vermutlich stammen sie von Ihrer Frau. Sie sind ja Nichtraucher.»

«Allerdings. Und andernfalls hätten meine Zigaretten wohl kaum Lippenstiftflecken.»

«Das wär's also. Wir behalten das alles vorläufig.»

«Lassen Sie sich nur soviel Zeit wie Sie brauchen ... Wie geht die Untersuchung vorwärts?»

«Wir wissen schon erheblich mehr als bei meinem gestrigen Besuch. Der medizinische Befund hat keine Anzeichen für eine Vergewaltigung erbracht, aber eine andere bemerkenswerte Tatsache: das Mädchen war schwanger.»

«Ist es möglich, daß sie verheiratet war?»

«Nicht einmal das wissen wir genau. Unter ihren Sachen haben wir keine Heiratsurkunde gefunden, aber in der Handtasche, die wir in Ihrem Wagen sichergestellt haben, war ein Ehering. Mrs. Serafino hielt sie für ledig. Wenn sie trotzdem verheiratet gewesen wäre, hätte sie das garantiert vor ihrer Arbeitgeberin verheimlicht, um ihre Stellung nicht zu verlieren.»

«Aus dem Grund könnte sie ja auch den Ring in der Tasche verwahrt haben», meinte der Rabbi. «Sie trug ihn, wenn sie mit ihrem Mann zusammen war, und zog ihn wieder ab, bevor sie nach Hause kam.»

«Das wäre immerhin eine Möglichkeit.»

«Haben Sie inzwischen irgendeine Theorie, wie die Tasche des Mädchens in meinen Wagen gelangt sein mag?»

«Der Mörder könnte sie absichtlich hineingelegt haben, um den Verdacht auf Sie zu lenken. Kennen Sie jemand, der Ihnen so etwas antun würde?»

Der Rabbi schüttelte den Kopf. «Es gibt zwar etliche Leute in meiner Gemeinde, die mich nicht mögen, aber daß mich einer so haßt, daß er mich in eine solche Geschichte hineinzuziehen versucht ... Nein, das kann ich mir beim besten Willen nicht vorstellen. Außer den Mitgliedern meiner Gemeinde kenne ich aber so gut wie niemand hier.»

«Hm ... ja, das dürfte wirklich ziemlich unwahrscheinlich sein ... Wenn aber niemand die Tasche hineingelegt hat, so kann man daraus nur schließen, daß die Ermordete irgendwann in Ihrem Wagen war und danach aus unbekannten Gründen – vielleicht hatte der Mörder das Licht in Ihrem Arbeitszimmer entdeckt – an die Stelle gebracht wurde, wo wir sie gefunden haben.»

«Richtig.»

Lanigan grinste. «Es gibt noch eine andere Theorie, Rabbi. Und wir sind verpflichtet, sie in Erwägung zu ziehen, weil sie zu den uns bekannten Tatsachen paßt.»

«Ich weiß schon: Als Stanley auftauchte und mir erzählte, daß meine Bücher eingetroffen seien, benutzte ich das als Vorwand, um wegzukommen und mich mit dem Mädchen zu treffen. Wir hatten ein Verhältnis, und unsere Zusammenkünfte fanden in meinem Arbeitszimmer statt. Ich wartete dort auf sie, bis ich müde wurde, oder glaubte, sie würde nicht mehr kommen. Aber sie erschien gerade in dem Augenblick, als die Tür hinter mir zuschnappte. Deshalb haben wir uns in meinen Wagen gesetzt. Sie teilte mir mit, sie erwarte ein Kind von mir und verlangte, daß ich mich von meiner Frau scheiden lasse und sie heirate, um ihrem Kind meinen Namen zu geben. Daraufhin habe ich sie erdrosselt, den Leichnam auf den Rasen hinter der Mauer geschleppt und bin kaltblütig nach Hause spaziert.»

«Zugegeben, das klingt lächerlich, Rabbi, aber ... Es wäre durchaus denkbar, was Zeit und Ort anbetrifft. Ich würde sagen, die Möglichkeit, daß es so war, steht eine Million zu eins. Trotzdem ... eh, sollten Sie beispielsweise eine längere Reise planen, müßte ich Sie leider bitten, sie zu verschieben.»

«Ich verstehe», sagte der Rabbi.

In der Tür drehte sich Lanigan um. «Ach ja, noch etwas, Rabbi. Streifenpolizist Norman erinnert sich nicht, Ihnen oder sonst jemand in der fraglichen Nacht begegnet zu sein.» Als er die verblüffte Miene des Rabbis sah, grinste er.

15. Kapitel

Elspeth Bleechs Bild erschien in den Samstagszeitungen. Ab achtzehn Uhr begannen bei Hugh Lanigan die Informationen einzulaufen, mit denen er gerechnet hatte. Sie hatte das Haus der Serafinos am frühen

Nachmittag verlassen und war den ganzen Tag unterwegs gewesen. Natürlich mußte sie einer Anzahl von Leuten begegnet sein. Manche riefen sofort an, andere wieder mochten es sich erst überlegen, bevor sie sich mit der Polizei in Verbindung setzten.

Der erste Anruf kam von einem Arzt in Lynn. Er glaube, die fragliche junge Frau sei am Donnerstag nachmittag unter dem Namen Mrs. Elizabeth Brown bei ihm gewesen. Die Adresse stimmte, nur die Hausnummer war umgedreht. Sie hatte die Telefonnummer von Familie Hoskins angegeben.

Wie der Arzt weiter berichtete, hatte er bei der Untersuchung festgestellt, daß sie im ersten Schwangerschaftsstadium und ihr Gesundheitszustand ausgezeichnet war. Nein, sie habe keinen aufgeregten oder nervösen Eindruck gemacht; nicht mehr als andere Patientinnen in dieser Lage. Viele nahmen die Mitteilung, daß sie ein Kind erwarteten, begeistert auf, aber es gab auch eine ganze Menge, die betroffen reagierten, selbst wenn sie verheiratet waren.

Nein, sie habe nicht erwähnt, was sie am Spätnachmittag oder abends vorhatte, höchstens seiner Sprechstundenhilfe gegenüber, und die sei jetzt nicht mehr in der Praxis. Wenn die Polizei das für wichtig halte, wolle er sich gern mit ihr in Verbindung setzen und sie danach fragen. Lanigan bat ihn darum, und der Arzt versprach, es sofort zu tun.

Unmittelbar darauf kam ein weiterer Anruf, diesmal von der Sprechstundenhilfe. Sie hatte das Bild in der Zeitung gesehen und bestätigte, daß die Ermordete am Donnerstag nachmittag in der Praxis gewesen sei. Nein, sie habe nichts Ungewöhnliches bemerkt. Nein, die junge Frau habe nichts von ihren Plänen für den Spätnachmittag oder Abend erwähnt. O ja, bevor sie gegangen sei, habe sie gefragt, wo sie telefonieren könne. Sie habe ihr den Apparat in der Praxis angeboten, aber Mrs. Brown . . . eh, Bleech. Also, sie habe lieber die öffentliche Fernsprechzelle benutzen wollen.

Danach setzte Hochbetrieb ein. Anrufe von Leuten, die mit Sicherheit erklärten, sie gesehen zu haben – einige in Geschäften in Lynn, was möglich gewesen wäre, andere in Städten in der Umgebung, wo die Wahrscheinlichkeit geringer war. Ein Tankwart berichtete, sie habe auf dem Rücksitz eines Motorrades gesessen, das bei ihm gehalten und nach dem Weg gefragt habe. Der Geschäftsführer eines Vergnügungsparks in New Hampshire behauptete sogar steif und fest, das Mädchen sei gegen fünfzehn Uhr dort gewesen und habe sich wegen einer Stellung erkundigt.

Lanigan blieb bis neunzehn Uhr an seinem Schreibtisch und fuhr dann nach Hause. Er hinterließ strikte Anweisung, alle Anrufe, die

Elspeth Bleech betrafen, in seine Wohnung weiterzuleiten. Doch es kamen keine. Als er gerade mit dem Abendessen fertig war, klingelte es an der Tür. Er öffnete. Agnes Gresham, die Inhaberin des *Surfside*-Restaurant, stand vor ihm, eine gutaussehende Sechzigerin mit wunderbar frisiertem schlohweißem Haar.

«Ich rief im Revier an und hörte, du seist nach Hause gefahren, Hugh», begann sie in leicht mißbilligendem Ton.

«Tritt näher, Aggie. Darf ich dir eine Tasse Kaffee anbieten?»

Sie setzte sich. «Nein, danke. Es handelt sich um eine geschäftliche Sache», erklärte sie.

«Kein Gesetz verbietet, daß wir es uns gemütlich machen, während wir uns geschäftlich unterhalten ... Aber ganz wie du willst. Betrifft es mein Geschäft oder deines?»

«Deines, Hugh Lanigan. Die junge Frau, deren Bild in der Zeitung veröffentlicht ist ... Sie hat Donnerstag abend in meinem Lokal gegessen.»

«Um welche Zeit etwa?»

«Von kurz vor halb acht, als ich während Mary Trumbulls Abendbrotpause die Kasse übernahm, bis gegen acht.»

«Bist du ganz sicher, Aggie?»

«Absolut. Mir ist das Mädchen aufgefallen.»

«Weshalb?»

«Wegen des Mannes, mit dem sie zusammen war.»

«Ach? Kannst du ihn beschreiben?»

«Ungefähr vierzig, dunkel, gutaussehend. Nach dem Essen sind sie in einen großen blauen Lincoln gestiegen, der vor dem Eingang parkte.»

«Weshalb hast du so besonders auf ihn geachtet? Haben sich die beiden gestritten?»

Sie schüttelte ungeduldig den Kopf. «Kein Gedanke. Sie sind mir aufgefallen, weil ich ihn kenne.»

«Wer war es denn?»

«Ich habe keine Ahnung, wie er heißt, aber ich weiß, wo er arbeitet. Ich habe meinen Wagen bei der Becker Ford Agency gekauft und ihn dort einmal an einem Schreibtisch gesehen.»

«Du hast uns sehr geholfen, Aggie. Ich danke dir.»

«Ich kenne schließlich meine Pflicht.»

«Daran habe ich nie gezweifelt.»

Sobald sie gegangen war, rief er in Beckers Wohnung an.

«Mr. Becker ist nicht zu Hause. Hier spricht Mrs. Becker. Kann ich Ihnen behilflich sein?»

«Vielleicht, Mrs. Becker.» Lanigan stellte sich vor. «Können Sie mir sagen, wie der Angestellte Ihres Mannes heißt, der einen blauen Lincoln fährt?»

«Mein Mann fährt einen schwarzen Lincoln.»

«Nein, es handelt sich um einen blauen.»

«Dann muß es Melvin Bronstein sein, der Partner meines Mannes. Er hat einen blauen Lincoln ... Ist was passiert?»

«Nein, gar nichts, *ma'am*.»

Danach läutete er Lieutenant Jennings an. «Glück gehabt bei den Serafinos?»

«Viel nicht, aber wenigstens etwas. Die Simpsons gegenüber haben Donnerstag nacht, um Mitternacht oder sogar noch später, beobachtet, daß ein Wagen vor dem Haus der Serafinos parkte.»

«Ein blauer Lincoln?»

«Woher weißt du denn das schon wieder?»

«Laß gut sein, Eban. Komm doch bitte gleich aufs Revier. Es gibt Arbeit.»

Bei seiner Ankunft war Eban Jennings schon da. Hugh erzählte ihm von Aggie Greshams Mitteilungen. «Ich möchte ein Bild von diesem Melvin Bronstein haben, Eban. Fahr bitte in die Redaktion vom *Lynn Examiner*.»

«Woher willst du denn so genau wissen, daß die eins haben?»

«Weil Bronstein in Grove Point wohnt. Leute dieser sozialen Größenordnung beruft man in einen Ausschuß oder wählt sie in einen Vorstand. Dann lassen sie sich zuerst mal fotografieren und ihr Bild im *Examiner* veröffentlichen ... Such ein gutes, deutliches Bild aus und laß dir ein halbes Dutzend Abzüge machen.»

«Sollen die an die Zeitungen gehen?»

«Nein. Sobald sie fertig sind, klapperst du eventuell mit Smith und Henderson – ich muß mir den Dienstplan ansehen und zwei bis drei Männer aussuchen – die Fernstraßen Nummer 14, 69 und 119 ab. Ihr haltet bei jedem Motel, zeigt Bronsteins Bild vor und stellt fest, ob er irgendwann in den letzten Monaten dort abgestiegen ist. Nach dem Register könnt ihr nicht gehen, weil er sich möglicherweise unter falschem Namen eingetragen hat.»

«Das kapier ich nicht.»

«Was ist denn daran nicht zu kapieren? Wohin würdest du mit einem Mädchen gehen, mit dem du schlafen willst?»

«In den nächsten Heuschober.»

«Ja – du! So, und jetzt laß den Unsinn und mach dich auf die Socken.»

Es war ein strahlender, sonniger Sonntagmorgen mit wolkenlosem Himmel; vom Wasser wehte eine leichte Brise. Ein ideales Golfwetter, wie sich auch in der Kleidung vieler Vorstandsmitglieder der Gemeinde zeigte, die nach und nach im Versammlungssaal eintrafen.

Jacob Wasserman sah sie zu zweit und dritt hereinkommen und wußte, daß er geschlagen war. Er wußte es, weil ihm blitzartig klarwurde, daß die überwiegende Mehrzahl zum gleichen Typ gehörte: aalglatte, erfolgreiche Geschäftsleute, für die die Zugehörigkeit zur Gemeinde in erster Linie eine gesellschaftliche Verpflichtung darstellte und die einem schlampig gekleideten, altmodischen Rabbi gegenüber etwa die gleiche Haltung einnehmen würden wie gegenüber einem unfähigen Angestellten.

Wasserman rief die Versammlung zur Ordnung und verlas zunächst Protokoll und Ausschußberichte. Alle seufzten hörbar auf, als er damit fertig war und auf den Vertrag des Rabbis zu sprechen kam.

«Die meisten von Ihnen erleben den Rabbi nur in seiner öffentlichen Funktion als Leiter der Gottesdienste oder als Redner auf Versammlungen. Doch daneben hat er eine Fülle weiterer Aufgaben. Er hält ständig Verbindung mit dem Leiter der Religionsschule. Und dann hat er Dutzende – was heißt Dutzende? – Hunderte von Anrufen zu erledigen: Juden und Christen, Einzelpersonen und Organisationen, die manchmal gar nichts mit der Gemeinde zu tun haben, überhäufen ihn mit Fragen, Bitten, Plänen, die bedacht und diskutiert werden müssen . . . Ich könnte noch stundenlang weitermachen, aber dann kämen Sie heute nicht mehr zum Golfspielen.»

Beifälliges Gelächter.

«Die meisten unter Ihnen haben keine Ahnung von diesen und den zahllosen anderen Aufgaben, die der Beruf des Rabbiners mit sich bringt», fuhr er ernst fort. «Ich aber kenne sie. Und ich möchte abschließend sagen, daß der Rabbi sich sogar noch besser bewährt hat, als ich es mir damals bei seiner Einstellung erhofft hatte.»

Al Becker hob die Hand und erhielt das Wort. «Ich weiß nicht recht, ob ich so begeistert bin, wenn der Rabbi, der von uns engagiert ist und den wir bezahlen, sich mit tausend Dingen zu schaffen macht, die gar nichts mit der Gemeinde zu tun haben. Aber vielleicht übertreibt unser verehrter Vorsitzender ein wenig.» Er lehnte sich vor, stützte sich mit geballten Fäusten auf den Tisch, ließ den Blick von einem zum anderen schweifen und sprach mit erhobener Stimme weiter: «Niemand hier hat mehr Respekt vor unserem Vorsitzenden Jake Wasserman als ich. Meine Achtung gilt dem Menschen wie der Arbeit, die er für unsere Gemeinde geleistet hat; sie gilt seiner Integrität und seinem Urteilsvermögen. Wenn Jake Wasserman zu mir sagt, der Sowieso ist ein guter Mann, gehe ich jede Wette ein, daß er recht hat. Und wenn er jetzt erklärt, der Rabbi sei ein guter Mann, bin ich auch davon überzeugt.» Er schob den Unterkiefer kampfbereit vor. «Trotzdem sage ich, der Rabbi ist hier am falschen Platz. Er mag sicher ein ausgezeichneter Rabbi sein, doch nicht für unsere Gemeinde. Es heißt, er sei ein hervorragender Gelehrter, aber dafür haben wir momentan keinen Bedarf. Unsere christlichen Nachbarn und Freunde betrachten uns als eine unter mehreren Glaubensgemeinschaften in dieser Stadt. Wir brauchen einen würdigen Repräsentanten, einen Mann, der in der Öffentlichkeit eindrucksvoll auftreten kann, der sich auf Public Relations versteht ... Der Direktor der High School hat mir vertraulich mitgeteilt, daß er im nächsten Jahr dem geistlichen Oberhaupt unsrer Gemeinde die ehrenvolle Aufgabe übertragen will, die Rede bei der Abschlußfeier zu halten. Wenn ich mir nun unseren jetzigen Rabbiner auf dem Podium vorstelle, in verbeulten Hosen und ungebügelter Jacke, mit ungekämmtem Haar und schiefsitzender Krawatte, wie er seine Rede mit Histörchen aus dem Talmud würzt und seine üblichen Haarspaltereien betreibt – also, offen und ehrlich, das wäre mir peinlich.»

Abe Reich erhielt das Wort. «Ich weiß aus eigener Erfahrung, was Mr. Wasserman meint, wenn er sagt, daß der Rabbi sich mit vielen anderen Dingen befaßt, die sich die meisten von uns gar nicht klarmachen. Ich selber hatte die Ehre, ihn von dieser Seite kennenzulernen, und ich kann Ihnen versichern, das war für mich ein großes Erlebnis. Seitdem empfinde ich Bewunderung für den Rabbi. Er mag kein Festredner sein, aber was er im Gottesdienst sagt, hat Hand und Fuß und leuchtet mir ein. Mir ist das lieber als jemand, der ein Riesentamtam macht und mit großen Worten um sich wirft. Wenn er spricht, spüre ich, er ist aufrichtig, und das kann ich weiß Gott von vielen hochberühmten Rabbinern, die ich gehört habe, nicht behaupten.»

Dr. Pearlstein stand auf, um seinen Freund Al Becker zu unterstützen. «Wenn ich einem Patienten etwas verschreibe, höre ich ein dutzendmal jede Woche die Frage, ob er nicht die Medizin vom letzten Jahr nehmen könne, oder die, die ich einem Bekannten von ihm bei den gleichen Symptomen verordnet habe. Ich muß dann erklären, daß ein verantwortungsbewußter Arzt jedem Patienten in jedem Einzelfall individuell ...»

«Keine Reklamesendung, Doktor», kam ein Zwischenruf, und der Arzt stimmte in das allgemeine Gelächter ein.

«Ich will damit folgendes sagen: Al Becker hat die Sachlage treffend geschildert. Kein Mensch behauptet, der Rabbi sei unfähig oder ein Scharlatan. Die Frage lautet vielmehr: Ist er der Rabbi, den unsere Gemeinde im jetzigen Zeitpunkt braucht? Ist er das, was der Arzt diesem speziellen Patienten für seinen speziellen Zustand verordnet hat?»

«Ja, aber vielleicht ist ein anderer Arzt anderer Meinung.»

Ein Stimmengewirr erhob sich, und Wasserman klopfte mit dem Lineal auf den Schreibtisch.

Einer von denen, die nie zu einer Vorstandssitzung erschienen waren, bat ums Wort. «Hört doch mal zu, Leute», sagte er, «was hat denn das für einen Sinn, darüber zu diskutieren? Eine Idee oder ein Projekt werden klarer, je mehr man darüber redet. Aber wenn man über einen Menschen spricht, führt das doch zu gar nichts. Es gibt nur einen Haufen Ärger. Wir alle kennen schließlich den Rabbi und wissen, ob wir ihn haben wollen oder nicht. Ich sage, Schluß mit der Debatte, wir stimmen jetzt ab.»

«Sehr richtig!»

«Abstimmen!»

«Jawohl – abstimmen!»

«Einen Augenblick noch!» Alle erkannten Abe Cassons dröhnendes Organ, dessen heisere Klangfarbe und Umfang in tausend politischen Versammlungen erworben worden waren. «Bevor Sie abstimmen, möchte ich ein paar Worte zur Lage im allgemeinen sagen.» Er stand auf und wanderte durch den Gang nach vorn, um seine Zuhörer im Auge zu haben. «Ich will nicht darüber rechten, ob der Rabbi sein Amt gut oder schlecht führt. Aber zum Thema Public Relations, das mein Freund Al Becker angeschnitten hat, würde ich mich gern kurz äußern.»

Er sprach jetzt gedämpfter und mehr im Konversationston. «Ich bin nun seit beinahe zehn Jahren Vorsitzender des republikanischen Bezirksausschusses und kann wohl mit Recht von mir behaupten, daß ich die Mentalität unserer nicht-jüdischen Freunde und Nachbarn gut kenne. Sie begreifen nicht, nach welchen Gesichtspunkten wir einen Rabbi engagieren oder entlassen. Sie kapieren nicht, daß es bereits zwanzig Minuten nach seinem Eintreffen in der Stadt eine Partei für und eine gegen ihn gibt. Sie verstehen nicht, wieso einige Gemeindemitglieder zu Gegnern des Rabbiners werden, nur weil ihnen die Hüte seiner Frau nicht gefallen – na, so ist es doch bei uns! Sobald ein Rabbi eine neue Gemeinde übernimmt, hat er die Gruppe der Freunde seines Vorgängers automatisch gegen sich. So ist es bei uns. Und die Christen verstehen das nicht; ehe ein Pfarrer sein Amt verliert, muß schon etwas Handfestes gegen ihn vorliegen ... Wenn wir also den Rabbi hinaussetzen, werden sie als erstes einen stichhaltigen Grund dahinter wittern. Und was wird ihnen da wohl unweigerlich einfallen?

Vor wenigen Tagen wurde hinter der Synagoge ein junges Mädchen ermordet aufgefunden. Bekanntlich war der Rabbi um die Tatzeit allein in der Synagoge, in seinem Arbeitszimmer. Sein Wagen stand auf dem Parkplatz, und darin wurde die Handtasche des Mädchens gefunden. Nun wissen zwar Sie und ich und ebenso die Polizei, daß der Rabbi es nicht getan haben kann ...»

«Und warum kann der Rabbi das nicht getan haben?» fragte einer.

Totenstille herrschte, nachdem ein Verdacht, der vielen Anwesenden keineswegs ganz ferngelegen hatte, offen ausgesprochen worden war.

Casson donnerte los: «Wer das auch gesagt hat, der sollte sich schämen! Ich kenne Sie alle, die hier versammelt sind, und bin überzeugt davon, daß keiner von Ihnen ernstlich annimmt, der Rabbi könne diesen scheußlichen Mord begangen haben. Als Lokalpolitiker kann ich Ihnen versichern, daß ich einigermaßen über die Ansichten der Polizei im Bilde bin. Und ich sage Ihnen, sie glauben keine Sekunde, daß es der Rabbi getan hat. Aber ...» Sein Zeigefinger richtete sich nachdrücklich gegen die Versammlung: «... aber er muß in Erwägung gezogen werden. Wäre er nicht Rabbiner, so wäre er der Verdächtige Nummer eins; wir haben nur sein Wort, daß er sich ununterbrochen in seinem Arbeitszimmer aufgehalten hat. Es gibt keinen anderen Verdächtigen.»

Er sah bedeutsam in die Runde. «Und jetzt, zwei Tage danach, wollen Sie ihn hinauswerfen ... Wie wirkt sich das wohl auf die Public Relations aus, Al? Was werden deine christlichen Freunde denken, wenn sie erfahren, daß der Rabbi zwei Tage, nachdem er zum Verdächtigen in einem Mordfall geworden ist, von seiner Gemeinde hinausgeworfen wird? Was willst du ihnen darauf erwidern, Al? ‹Ach, deswegen haben wir ihn doch nicht entlassen, sondern weil seine Hosen nicht gebügelt waren?›»

Al Becker stand auf. Er war nicht mehr so selbstsicher. «Ich habe doch nichts gegen den Rabbi persönlich. Das möchte ich ausdrücklich feststellen. Ich denke nur an das Wohl der Gemeinde. Wenn ich der Ansicht wäre, daß man die Argumente, die unser Freund Abe Casson gerade vorgebracht hat, gegen den Rabbi auswerten, daß er durch die Entlassung in den Mord verwickelt werden könnte – das heißt, noch mehr, als es bereits der Fall ist –, dann würde ich sagen, nein. Aber Sie wissen alle genausogut wie ich, daß die Polizei ihn nicht ernstlich mit dem Verbrechen in Verbindung bringen kann. Und Sie wissen auch, daß sie es ihm nicht etwa deshalb anhängen wird, weil wir ihn entlassen. Wenn wir das aber jetzt versäumen, haben wir ihn das ganze nächste Jahr am Hals.»

«Einen Augenblick, Al!» Das war wieder Casson. «Ich fürchte, du hast den springenden Punkt nicht begriffen. Mir geht es nicht darum, was für Folgen dieser Schritt für den Rabbi hätte – ich denke an die Gemeinde. Manche werden sagen, wir hätten ihn entlassen, weil wir ihn für schuldig hielten. Es wird heißen, daß in unserem Rabbinat ja ein feines Sammelsurium von Leuten sitzen muß, wenn einer von ihnen so schnell in Mordverdacht geraten kann. Andere wieder werden es absurd finden, den Rabbi überhaupt in Erwägung zu ziehen. Und alle werden sie denken, daß wir Juden einander nicht über den Weg trauen und unser geistliches Oberhaupt auf einen bloßen Verdacht hin entlassen ... Das wird sich nicht sehr vorteilhaft ausnehmen in diesem Land, wo jeder Mensch so lange als unschuldig gilt, bis ihm das Gegenteil nachgewiesen worden ist. Begreifst du das, Al? Es geht mir nur um uns.»

«Nun, ich bin gegen einen neuen Vertrag für den Rabbi.» Becker lehnte sich mit gekreuzten Armen zurück, um damit zu zeigen, daß er sich an der weiteren Debatte nicht mehr beteiligen werde.

«Wozu streiten wir uns eigentlich?» meldete sich einer der Männer zu Wort, die Becker hergelotst hatte. «Ich kann den Gesichtspunkt von Abe Casson verstehen und den von Al Becker auch. Aber warum wir uns ausgerechnet heute entscheiden müssen, das verstehe ich nicht. Nächste Woche findet doch noch eine Sitzung statt. Heutzutage arbeitet die Polizei schnell. Vielleicht ist die ganze Angelegenheit bis zur nächsten Sitzung geklärt. Ich schlage vor, die Sache solange zu vertagen. Schlimmstenfalls können wir immer noch eine weitere Versammlung einberufen.»

«Im schlimmsten Fall braucht ihr euch deswegen keine Kopfschmerzen mehr zu machen», knurrte Abe Casson.

17. Kapitel

Wasserman war fest davon überzeugt gewesen, daß der Rabbi bei einer Abstimmung verlieren würde. Die Erleichterung über den Ausgang stand ihm im Gesicht geschrieben.

«Sie können mir glauben, Rabbi», sagte er, «die Zukunft sieht rosiger aus. Wer weiß schon, was in den nächsten ein, zwei Wochen passiert? Angenommen, die Polizei erwischt den Täter nicht – meinen Sie wirklich, wir lassen uns auf eine weitere Vertagung ein? Nein, dann schlage ich mit der Faust auf den Tisch und werde den Leuten ins Gesicht sagen, wie unfair es ist, Sie auf diese Weise hinzuhalten, während

Sie sich nach etwas anderem umsehen könnten. Das wird ihnen bestimmt einleuchten. Und selbst wenn die Polizei den Mann findet, denken Sie, daß Al Becker für die nächste Sitzung ebenso viele Teilnehmer zusammentrommeln kann? Nein, das schafft er nicht – ich habe doch meine Erfahrungen mit der Gesellschaft! Einmal geht so was, aber dann ist Schluß . . . Und mit den Leuten, die ständig kommen, gewinnen wir glatt, das gebe ich Ihnen schriftlich.»

Der Rabbi war bedrückt. «Ich habe das Gefühl, als ob ich mich ihnen mit aller Gewalt aufdränge. Vielleicht sollte ich doch verzichten. Es ist für einen Rabbiner nicht angenehm, nur geduldet zu sein. Es ist würdelos.»

«Aber ich bitte Sie, Rabbi! Wir haben über dreihundert Mitglieder. Wenn die ganze Gemeinde abstimmen würde, bekämen Sie die Mehrheit, das können Sie mir glauben. Ich sag Ihnen, die überwiegende Mehrzahl ist für Sie. Diese Leute im Vorstand – die vertreten doch nicht die Gemeinde, sondern nur sich selber. Becker hat sie vor mir erwischt, deshalb haben sie in sein Horn geblasen. Aber wenn er sie zur nächsten Sitzung auffordert, wird er von allen zu hören bekommen, daß sie bereits anderweitig verabredet sind.»

Der Rabbi lachte. «Wissen Sie, Mr. Wasserman, im Seminar hatten wir Studenten ein beliebtes Thema, wenn wir zusammensaßen: Was kann ein Rabbi tun, um seine Stellung zu sichern? Wir haben da verschiedene Möglichkeiten ausgeknobelt – aus schierem Flax, verstehen Sie mich recht . . . Aber jetzt könnte ich noch einen Weg anbieten: Man braucht bloß Verdächtiger in einem Mordfall zu werden . . . Eine glänzende Lösung für einen Rabbi, der seine Stellung sichern will.»

Doch nachdem der Rabbi Wasserman zu seinem Wagen begleitet hatte, war er längst nicht mehr so unbeschwert. Düster sah er Miriam bei ihren gewohnten Handgriffen nach dem sonntäglichen Mittagessen zu: sie arrangierte die Obstschale auf dem Couchtisch im Wohnzimmer, schüttelte die Kissen auf der Couch und den Sesseln auf, staubte die Tische und Lampen schnell noch einmal ab.

«Erwartest du jemand?» fragte er.

«Nicht direkt, aber am Sonntag nachmittag kommen doch immer Leute vorbei, vor allem bei so schönem Wetter. Willst du nicht lieber die Jacke anziehen?»

«Ehrlich gesagt, im Augenblick habe ich von meiner Gemeinde die Nase voll . . . Ist dir eigentlich klar, Miriam, daß wir fast ein Jahr in Barnard's Crossing wohnen und uns die Stadt noch nie richtig angesehen haben? Los, wir schwänzen! Zieh dir bequeme Schuhe an. Wir fahren mit dem Bus in die Stadt und bummeln einfach herum. Was hältst du davon?»

«Und was tun wir?»

«Gar nichts ... Wenn du meinst, daß wir tatsächlich einen Vorwand brauchen, könnten wir ja bei der Polizei vorbeigehen und den Wagen abholen. Aber ich möchte am liebsten nur wie ein Tourist kreuz und quer durch die engen, krummen Straßen der Old Town wandern ...»

Sie verließen den Bus am Rande der Old Town, schlenderten weiter und blieben stehen, sobald sie etwas Interessantes entdeckten. Im Rathaus bewunderten sie die alten Standarten, die in Glaskästen an den Wänden ausgestellt waren. Sie studierten die Bronzetafeln an den historischen Gebäuden. Einmal gerieten sie in eine Horde von Touristen, die den Erklärungen des Fremdenführers zuhörten, und sie gingen mit, bis die Gesellschaft wieder in ihren Bus einstieg. Dann spazierten sie durch die Hauptstraße, betrachteten die Schaufenster der Antiquitätenläden, der Andenkengeschäfte und die Auslagen der Schiffsausrüster mit Leinen und Trossen, Ölzeug, Messingbeschlägen, Laternen, Kompassen und Ankern. Sie entdeckten einen kleinen Park mit Aussicht auf den Hafen, setzten sich auf eine Bank und sahen den Segelbooten zu. Schweigend genossen sie die friedliche Szene.

Endlich machten sie sich auf die Suche nach der Polizeigarage und verliefen sich prompt. Etwa eine Stunde irrten sie durch ein Gewirr kleiner Sackgassen mit Bürgersteigen, so schmal, daß sie nicht nebeneinander gehen konnten. Zu beiden Seiten standen Holzhäuser, oft nur dreißig Zentimeter voneinander entfernt; durch die schmalen Lükken sah man winzige altmodische Gärten mit Stockrosen, Sonnenblumen und kleinen, mit Wein bewachsenen Lauben.

Die Sonne brannte heiß, und sie wurden allmählich müde. Weit und breit war niemand, den sie nach dem Weg zurück zur Hauptstraße fragen konnten. Dann gerieten sie plötzlich auf eine Straße, die sich am Ufer entlangzog, und eine Ecke weiter entdeckten sie die Hauptstraße mit ihren vielen Geschäften. Sie schritten rascher aus, um sie nicht wieder aus dem Auge zu verlieren. Doch als sie gerade einbiegen wollten, rief sie Hugh Lanigan an, der auf seiner Vorderveranda Siesta hielt. «Kommen Sie doch herein und setzen Sie sich ein Weilchen.» Sie ließen sich das nicht zweimal sagen.

«Ich dachte, Sie arbeiten», begrüßte ihn der Rabbi lächelnd. «Oder ist der Fall geklärt?»

Lanigan lächelte zurück. «Ich gönne mir nur eine Schnaufpause, Rabbi – genau wie Sie. Aber zwischen meiner Arbeit und mir liegt nur der Weg zum Telefon.»

Die Veranda war geräumig und behaglich. Sie hatten sich gerade in den Korbsesseln niedergelassen, als sich Mrs. Lanigan zu ihnen gesellte, eine schlanke grauhaarige Frau in langen Hosen und Pullover.

«Sie dürfen sich doch einen Drink genehmigen, Rabbi?» fragte Lanigan besorgt. «Oder verstößt das gegen Ihren Glauben?»

«Nein, wir sind keine Abstinenzler. Sie wollen mir vermutlich das gleiche anbieten, was Sie trinken.»

«Richtig. Sie kriegen nirgends einen so guten Gin Fizz wie bei meiner Frau.»

«Wie geht die Untersuchung vorwärts?» erkundigte sich der Rabbi.

«Wir machen Fortschritte», erklärte Lanigan munter. «Und wie geht's Ihrer Gemeinde?»

«Die macht auch Fortschritte», erwiderte der Rabbi lächelnd.

«Ich habe gehört, Sie haben Ärger.»

Der Rabbi sah ihn forschend an, sagte jedoch nichts.

Lanigan lachte. «Ich darf Ihnen eine kleine Lektion über die Arbeitsweise der Polizei geben, Rabbi. In jeder Großstadt existiert ein Bevölkerungsteil, den man als konstant kriminell bezeichnen könnte. In ihm sind die meisten Verbrecher zu suchen, nach denen die Polizei fahndet. Und wie hält die Polizei diesen Kreis unter Kontrolle? Vorwiegend durch Information. In einer Stadt wie Barnard's Crossing gibt es keine Kriminellen, nur ein paar chronische Störenfriede. Aber wir bedienen uns derselben Methode, um auf dem laufenden zu bleiben. Allerdings haben wir keine richtigen Spitzel; wir hören uns bloß den Haufen Klatsch aufmerksam an, der uns so zu Ohren kommt ... Ich bin fast genausogut wie Sie darüber im Bilde, was in Ihrer Synagoge geschieht. An der heutigen Sitzung haben ungefähr vierzig Personen teilgenommen. Und als sie nach Hause kamen, erzählten sie natürlich alles haarklein ihren Frauen. Sie glauben doch nicht etwa, daß in einer Stadt wie unserer achtzig Leute ein Geheimnis bei sich behalten können, noch dazu, wenn es gar keins ist? Ach, Rabbi, in unserer Kirche erledigen wir solche Dinge wesentlich einfacher. Bei uns gilt, was der Pfarrer sagt.»

«Ist er denn soviel besser als die anderen?» entgegnete der Rabbi.

«O ja, gewöhnlich ist der Pfarrer schon ein guter Mann», sagte Lanigan, «weil die meisten Unfähigen durch den Ausleseprozeß ausgesiebt werden. Natürlich haben wir ein paar verdammte Narren im Klerus, aber darum dreht sich's ja gar nicht. Der springende Punkt ist: Wenn Sie auf Disziplin Wert legen, brauchen Sie unbedingt jemand, an dessen Autorität nicht zu rütteln ist.»

«Das dürfte wohl der Unterschied zwischen den beiden Systemen sein», meinte der Rabbi. «Wir fördern den Zweifel ... in allem.»

«Sogar in Dingen des Glaubens?»

«Da wird sehr wenig von uns verlangt. Wir sehen lediglich ein, daß es zu nichts führt, an der Existenz eines einzigen allmächtigen, allwissenden, allgegenwärtigen Gottes zu zweifeln. Aber wir haben kein formuliertes Glaubensbekenntnis, das wir anerkennen müssen. Bei meiner *S'micha* zum Beispiel – Sie nennen es Priesterweihe – wurde ich weder über meinen Glauben befragt, noch habe ich einen Eid abgelegt.»

«Wodurch unterscheiden Sie sich dann von Ihren Gemeindekindern?»

Der Rabbi lachte. «Zunächst kann man nicht von meinen Gemeindekindern sprechen, zumindest nicht in dem Sinn, daß sie meiner Obhut anvertraut sind und daß ich Gott für sie Rechenschaft schulde. Tatsächlich habe ich keine Verantwortung und, notabene, auch kein Privileg, die nicht für jedes männliche Mitglied meiner Gemeinde von seinem dreizehnten Lebensjahr an ebenfalls gelten. Mutmaßlich unterscheide ich mich von dem durchschnittlichen Mitglied meiner Gemeinde nur dadurch, daß man von mir eine profundere Kenntnis der Gebote und unserer Tradition erwartet. Das ist alles.»

«Aber Sie erteilen doch den Segen, Sie besuchen die Kranken, Sie übernehmen Trauungen und Beerdigungen . . .»

«Zu Trauungen bin ich durch die Zivilbehörden ermächtigt; ich besuche die Kranken, weil das jedes Menschen Pflicht ist; ich tue es routinemäßig und folge damit weitgehend dem Beispiel Ihrer Pfarrer. Selbst die Erteilung des Segens ist offiziell jenen Gemeindemitgliedern vorbehalten, die von Aaron abstammen, wie es auch in orthodoxen Gemeinden geschieht. Wenn in einer liberaler eingestellten Gemeinde wie der unseren der Rabbiner diese Aufgabe übernimmt, ist das eigentlich ein Eingriff.»

«Jetzt verstehe ich, weshalb Sie sagen, Sie seien kein Geistlicher», meinte Lanigan. Dann fiel ihm etwas ein. «Aber wie halten Sie nun Ihre Gemeinde bei der Stange?»

Der Rabbi lächelte melancholisch. «Das gelingt mir doch allem Anschein nach nicht gerade sonderlich, wie?»

«So habe ich das nicht gemeint. Ich dachte dabei nicht an Ihre momentanen Schwierigkeiten, sondern wollte wissen, wie Sie Sünden verhindern.»

«Mit anderen Worten: wie funktioniert das System? Vermutlich, indem man jedem einzelnen das Verantwortungsgefühl für seine Handlungen beibringt.»

«Also Willensfreiheit? Die haben wir auch.»

«Natürlich, aber bei uns ist es ein bißchen anders. Die katholische Kirche gibt ihren Anhängern Willensfreiheit, aber sie hilft ihnen auch, wenn sie straucheln. Sie haben einen Priester, der die Beichte anhören und Absolution erteilen kann – und dann kann ja auch bei Ihnen mit

Hilfe von Himmel und Hölle jedes Unrecht im irdischen Leben wettgemacht werden. Für uns gibt es nur die eine Chance. Wir müssen unsere guten Werke auf dieser Erde und in diesem Leben tun. Und da niemand die Last mit uns teilt oder sich für uns verwendet, müssen wir eben selber die Verantwortung für unser Tun tragen.»

Zuerst hatte der Rabbi einen sachlichen Konversationston angeschlagen, dann war er jedoch feierlich geworden, so daß es beinahe wie eine Predigt klang. Miriam räusperte sich warnend. «Wir müssen aufbrechen, David», sagte sie.

Der Rabbi sah auf die Uhr. «Es ist wahrhaftig spät geworden. Tut mir leid, daß ich pausenlos geredet habe. Das war nicht meine Absicht. Es liegt wohl an dem Gin Fizz, fürchte ich.»

«Mir hat das Freude gemacht, Rabbi», sagte Lanigan. «Es mag Sie vielleicht verwundern, aber ich bin sehr an religiösen Fragen interessiert ... Freilich gibt es nicht allzuoft Gelegenheit, darüber zu diskutieren. Die meisten Menschen scheuen sich vor solchen Gesprächen.»

«Vielleicht ist es ihnen nicht mehr so wichtig», meinte er.

«Das könnte durchaus sein, Rabbi. Jedenfalls hat es mir viel Freude ...»

Das Telefon schellte; Mrs. Lanigan ging hinein und kam sofort zurück. «Eban ist am Apparat, Hugh.»

Ihr Mann hatte inzwischen begonnen, den beiden Smalls den kürzesten Weg zur Polizeigarage zu erklären. «Sag ihm, ich rufe ihn zurück», rief er.

«Er ist nicht zu Hause, sondern in einer Telefonzelle.»

«Ach so ... Na, dann muß ich wohl ...»

«Wir finden's schon», sagte der Rabbi. Lanigan nickte abwesend und eilte ins Haus.

Während er die Verandastufen hinunterstieg, fühlte sich der Rabbi auf unbestimmte Weise irritiert.

18. Kapitel

Am nächsten Morgen kurz nach sieben wurde Melvin Bronstein verhaftet. Das Ehepaar saß noch beim Frühstück, als Eban Jennings und ein Sergeant, beide in Zivil, erschienen.

«Sind Sie Melvin Bronstein?» fragte Jennings den Mann, der die Wohnungstür öffnete.

«Ja – bitte?»

Der Polizist zeigte seine Dienstmarke. «Mein Name ist Lieutenant Jennings von der Polizeistelle Barnard's Crossing. Ich habe einen Haftbefehl für Sie.»

«Aus welchem Grund?»

«Sie sollen vernommen werden in der Mordsache Elspeth Bleech.»

«Beschuldigen Sie mich des Mordes?»

«Ich habe lediglich Anweisung, Sie zum Verhör auf die Polizei zu bringen», erklärte Jennings.

Debbie Bronstein rief aus dem Eßzimmer: «Wer ist denn da, Mel?»

«Einen Augenblick, Liebes», rief er zurück.

«Sie werden es ihr sagen müssen», meinte Jennings wohlwollend.

«Würden Sie bitte mitkommen?» bat Bronstein leise und führte ihn ins Eßzimmer.

Debbie Bronstein sah verblüfft auf.

«Die Herren sind von der Polizei, Liebes», sagte er. «Ich soll aufs Revier mitkommen, um ein paar Auskünfte zu geben und Fragen zu beantworten.» Er schluckte schwer. «Es handelt sich um das arme Ding, das hinter der Synagoge gefunden wurde.»

Debbie Bronsteins von Natur blasses Gesicht rötete sich etwas, sie blieb jedoch völlig gelassen. «Weißt du denn irgend etwas über den Tod des Mädchens, Mel?»

«Über ihren Tod nicht», erklärte Bronstein tiefernst, «aber über das Mädchen selber. Die Herren glauben, das könnte ihnen bei den Ermittlungen helfen.»

«Kommst du zum Mittagessen nach Hause?» erkundigte sich seine Frau.

Bronstein sah die Polizisten fragend an.

Jennings räusperte sich. «An Ihrer Stelle würde ich nicht damit rechnen, *ma'am.*»

Debbie Bronstein legte die Hände an die Tischkante und stieß sich leicht ab. Die Polizisten merkten jetzt erst, daß sie in einem Rollstuhl saß.

«Wenn du der Polizei bei dieser schrecklichen Geschichte helfen kannst, Mel, mußt du natürlich alles tun, was in deinen Kräften steht.»

Er nickte. «Es wird am besten sein, wenn du Al anrufst und ihn bittest, er soll sich mit Nate Greenspan in Verbindung setzen.»

«Selbstverständlich.»

«Soll ich dich ins Bett zurückbringen, oder möchtest du aufbleiben?»

«Ich lege mich wohl lieber wieder hin.»

Er bückte sich und hob sie aus dem Rollstuhl. Einen Augenblick stand er regungslos da und hielt sie auf den Armen. Sie sah ihm tief in die Augen.

«Es ist alles in Ordnung, Liebste», flüsterte er.
«Natürlich», murmelte sie.
Dann trug er sie aus dem Zimmer.

Die Nachricht verbreitete sich wie ein Lauffeuer. Rabbi Small kam nach einem arbeitsreichen Vormittag in der Synagoge zurück und wollte sich gerade zu Tisch setzen, als Ben Schwarz anrief, um ihm die Neuigkeit zu berichten.

«Sind Sie sicher?» fragte der Rabbi.

«Es ist ganz offiziell, Rabbi. Wahrscheinlich bringen sie es in den nächsten Rundfunknachrichten.»

«Wissen Sie Näheres?»

«Nein. Nur daß er verhaftet wurde, weil sie ihn vernehmen wollen.» Nach einer Pause fuhr er fort: «Tja ... Rabbi, ich weiß nicht recht, inwieweit das Ihre eventuellen Pläne beeinflussen könnte, aber ich finde, Sie sollten doch wissen, daß Bronstein nicht zu Ihrer Gemeinde gehört.»

«Aha. Haben Sie jedenfalls vielen Dank.»

Er erzählte Miriam von dem Gespräch. «Schwarz schien der Meinung zu sein, ich könnte das Ganze ignorieren, wenn es mir paßt. Ich vermute wenigstens, daß er darauf hinauswollte, als er mir sagte, Bronstein sei kein Gemeindemitglied.»

«Willst du das tun?»

«Aber Miriam!»

«Und was hast du nun vor?»

«Das weiß ich noch nicht genau. Auf jeden Fall werde ich ihn besuchen. Dafür werde ich wohl eine amtliche Genehmigung brauchen und wahrscheinlich auch eine von seinem Anwalt. Vielleicht wäre es sogar noch wichtiger, daß ich mit Mrs. Bronstein spreche.»

«Wie wäre es, wenn du dich mit Lanigan in Verbindung setzt?»

Der Rabbi schüttelte den Kopf. «Was kann ich ihm denn schon sagen? Ich habe ja keine Ahnung, was für Beweismaterial die Polizei hat; ich kenne die Bronsteins kaum. Nein, ich rufe gleich bei Mrs. Bronstein an.»

Eine Frau meldete sich und sagte, Mrs. Bronstein könne nicht ans Telefon kommen.

«Hier spricht Rabbi Small. Würden Sie sie bitte fragen, ob sie mich heute irgendwann empfangen könnte?»

«Bleiben Sie am Apparat.» Kurz darauf kam sie zurück und berichtete, Mrs. Bronstein lasse ihm für seinen Anruf danken; ob er am frühen Nachmittag vorbeikommen könne.

«Sagen Sie Mrs. Bronstein, ich bin um drei Uhr bei ihr.»

Er hatte gerade aufgelegt, als es an der Tür klingelte. Es war Hugh Lanigan.

«Ich komme eben von der Synagoge», berichtete er. «Wir haben jetzt einen bestimmten Anhaltspunkt, den wir nachprüfen müssen. Haben Sie von Bronstein gehört?»

«Allerdings. Die Vorstellung, daß er der Täter sein könnte, erscheint mir reichlich phantastisch.»

«Kennen Sie ihn gut, Rabbi?»

«Nein.»

«Dann hören Sie erst mal zu, ehe Sie übereilte Schlüsse ziehen ... Bronstein war in der Mordnacht mit dem Mädchen zusammen. Das ist keiner von den phantastischen Irrtümern, die der Polizei hin und wieder unterlaufen. Er gibt es selbst zu, daß er mit ihr gegessen und den ganzen Abend verbracht hat. Er gibt es zu, Rabbi.»

«Freiwillig?»

Lanigan lächelte. «Sie denken an den dritten Grad, vielleicht einen Gummischlauch, so in der Richtung? So fortschrittlich sind wir hier noch nicht.»

«Nein, ich dachte eher an endlose Verhöre, in denen der eine oder andere Lapsus passiert und so lange aufgebauscht wird, bis man ihn als Schuldbekenntnis werten kann.»

«Nein, Rabbi, da sind Sie auf dem Holzweg. Sobald er im Revier war, machte Bronstein eine Aussage. Er hätte sie verweigern können, bis er mit seinem Anwalt gesprochen hatte, aber das tat er nicht. Er erklärte, das Mädchen im *Surfside* Restaurant aufgelesen zu haben. Er hat sie nie zuvor gesehen, sagt er. Nach dem Essen seien sie in Boston im Kino gewesen und hätten anschließend noch eine Kleinigkeit gegessen. Dann will er sie nach Hause gebracht haben und heimgefahren sein ... Hört sich alles ganz klar und einfach an, nicht wahr? Aber die Leiche des Mädchens wurde Freitag morgen entdeckt. Heute ist Montag. Vier Tage später. Warum hat er sich denn nicht freiwillig gemeldet und der Polizei alles mitgeteilt, was er wußte, wenn er nichts mit der Sache zu tun hatte?»

«Weil er verheiratet ist. Er hatte unüberlegt gehandelt, und diese Unbedachtheit nahm plötzlich gewaltige Dimensionen an. Es war falsch von ihm, nicht zur Polizei zu gehen; es war feige, töricht, wenn Sie wollen – deswegen wird er noch nicht des Mordes schuldig.»

«Das ist ja nur Punkt eins, Rabbi. Weiter: Das Mädchen war schwanger. Mrs. Serafino, ihre Arbeitgeberin, war ehrlich verblüfft, als sie das hörte. Einmal war Elspeth Bleech ein ruhiges, zurückhaltendes Mädchen und trieb sich nicht herum, und außerdem ging sie nie mit Männern aus. Soviel Mrs. Serafino weiß, wurde Elspeth in der ganzen Zeit, die sie bei ihnen war, nie von einem Mann abgeholt. Sie hat auch nie erzählt oder angedeutet, daß sie mit einem Kavalier ausgewesen sei. An ihrem freien Donnerstag ging sie abends gewöhnlich ins Kino, allein oder mit einer Freundin, die ein paar Häuser weiter arbeitet. Wir haben diese Celia verhört; wie sie sagt, hat sie mehrfach angeboten, ein Rendezvous für Elspeth zu arrangieren, die das aber immer ablehnte. Als Elspeth erst ganz kurze Zeit hier war, überredete Celia sie, den Polizei- und Feuerwehrball zu besuchen. Da gehen alle Hausangestellten hin. Außer diesem einen Mal war sie nie tanzen. Celia meint, Elspeth hätte vielleicht in Kanada einen Freund gehabt – sie bekam von Zeit zu Zeit Briefe –, anders kann sie es sich nicht erklären. Celia war Elspeths einziger Umgang in Barnard's Crossing, und sie kann mit Elspeths Schwangerschaft ja nicht gut etwas zu tun haben. Also mußten wir weitersuchen. Wir haben uns ein bißchen umgehört und festgestellt, daß Ihr Freund Bronstein mindestens ein halbes Dutzend Mal in verschiedenen Motels an den Fernstraßen 14 und 69 abgestiegen ist. Meistens hat er sich als Brown eingetragen. Er war in Begleitung einer Dame, die er als seine Frau anmeldete. Soweit wir in Erfahrung gebracht haben, fanden diese Ausflüge immer donnerstags statt. Mit Hilfe eines Bildes konnten wir ihn einwandfrei identifizieren; in einem Motel hatte man außerdem seine Autonummer notiert. Einige Motelbesitzer erinnern sich genau, daß die sogenannte Ehefrau blond war und dem Foto der Toten ähnlich sah, das wir ihnen zeigten ... Das ist Punkt zwei, Rabbi.»

«Haben Sie ihm das mit den Motels gesagt?»

«Natürlich, sonst hätte ich es Ihnen ja nicht erzählt.»

«Und was hat er erwidert?»

«Er gibt zu, in den Motels gewesen zu sein, bestreitet aber, daß Elspeth die Begleiterin war; er spricht von einer anderen, deren Namen er nicht nennen will.»

«Wenn das wahr ist – und warum sollte es nicht wahr sein? –, dann ist das wirklich bewundernswert von ihm.»

«Ja, wenn ... Aber wir haben noch mehr herausgebracht. Punkt drei: Elspeth hat am Donnerstag nachmittag einen Frauenarzt konsultiert. Wahrscheinlich trug sie den Ehering, den wir in ihrer Tasche gefunden haben – aus naheliegenden Gründen. Sie war zum erstenmal in der Sprechstunde, also war sie sich über ihren Zustand bis Donnerstag nicht im klaren, selbst wenn sie einen Verdacht gehabt haben mag. Sie hat sich als Mrs. Elizabeth Brown angemeldet. Und Bronstein hat in den Motels immer Mr. und Mrs. Brown eingetragen, wie ich Ihnen eben sagte.»

«Der Name ist ungefähr so häufig wie Smith», wandte der Rabbi ein.

«Richtig.»

«Außerdem stimmt das alles nicht mit der Tatsache überein, daß sie unter dem Mantel und der Regenhaut nur einen Unterrock anhatte. Ganz im Gegenteil. Er muß sie nach Hause gebracht haben, wie er sagte, weil sie ihr Kleid dort gelassen hat. Es besteht doch vermutlich kein Zweifel daran, daß Mantel und Regenmantel ihr gehören und daß das Kleid, das sie trug, in ihrem Zimmer gefunden wurde?»

«Allerdings, und damit kommen wir gleich zu Punkt vier. Dazu muß ich Ihnen die Raumeinteilung im Hause Serafino kurz erläutern. Sie kennen die Serafinos nicht; danach habe ich Sie wohl schon gefragt ... Serafino betreibt eine Art Nachtclub. Ein kleines Lokal, in dem die Leute an winzigen Tischen hocken und getauften Schnaps trinken. Er spielt manchmal Klavier, und seine Frau trägt Chansons vor – schlüpfrige, gelegentlich eindeutig obszöne Liedchen ... Nicht besonders sympathisch, könnte man sagen; aber daheim leben sie wie ein ganz normales junges Ehepaar. Sie haben zwei kleine Kinder und gehen jeden Sonntag in die Kirche. Der Club schließt erst um zwei Uhr früh; deshalb brauchen sie jemand, der nachts auf die Kinder aufpaßt. Nur an den Donnerstagen bleibt Mrs. Serafino zu Hause, und ihr Mann ist allein im Lokal. Donnerstags ist nämlich wenig los, weil die Dienstmädchen Ausgang haben und die Stammkundschaft deshalb daheimbleiben muß. Jedenfalls brauchen die Serafinos ein Kindermädchen, das im Hause wohnt – für Leute in bescheidenen Verhältnissen gar nicht so leicht zu bekommen. Und das sind sie, trotz aller Vorstellungen, die man sich von Nachtclubbesitzern macht. Ihr Haus hat zwei Stockwerke. Eltern und Kinder schlafen oben. Von der Küche im Erdgeschoß zweigt eine Art Appartement für das Mädchen ab: Schlafzimmer, eine kleine Toilette, eine Duschecke und vor allem ein separater Eingang. Können Sie sich das alles vorstellen?»

Der Rabbi bejahte.

«Eine Wohnung, die fast ganz vom übrigen Haus getrennt ist. Was sollte also unseren Freund Bronstein hindern, mit dem Mädchen hereinzukommen ...»

«Und sie hat das Kleid ausgezogen, während er im Zimmer war?»

«Warum denn nicht? Wenn unsere Theorie stimmt, hat sie bei früheren Gelegenheiten erheblich mehr abgelegt als nur das Kleid.»

«Aber weshalb ist sie dann wieder nach draußen gegangen?»

Lanigan zuckte die Achseln. «Ich gebe zu, daß wir uns da auf reine Vermutungen einlassen. Es wäre sogar denkbar, daß er sie bereits in ihrem Zimmer erdrosselt und nachher hinausgetragen hat. Ein Nachbar gegenüber war gerade beim Zubettgehen und sah Bronsteins blauen Lincoln bei den Serafinos vorfahren. Das war kurz nach zwölf. Eine halbe Stunde später stand der Wagen immer noch da. Dies wäre also Punkt vier.»

«Hat der Nachbar beobachtet, daß sie aus- oder wieder eingestiegen sind?»

Lanigan schüttelte den Kopf.

«Ich verstehe nicht viel von solchen Dingen», meinte der Rabbi bedächtig, «aber als Talmudist bin ich durchaus in der Lage, juristischen Gedankengängen zu folgen . . . Ihre Theorie hat tausend Haken.»

«Zum Beispiel?»

«Zum Beispiel die Sache mit dem Mantel und der Regenhaut. Falls er sie in ihrem Zimmer umgebracht hat, warum hat er ihr dann einen Mantel und darüber einen Regenmantel angezogen? Und warum hat er sie zur Synagoge gebracht? Und wie ist ihre Handtasche in meinen Wagen gekommen?»

«All diese Einwände habe ich bedacht, Rabbi, und noch andere, die Sie nicht erwähnten. Trotzdem habe ich mehr als genug in der Hand, um seine Festnahme zu rechtfertigen und ihn so lange dazubehalten, bis wir einiges nachgeprüft haben. So ist das immer – Sie kriegen einen Anhaltspunkt, und von da aus müssen Sie weiterarbeiten. Dann finden Sie nach und nach Antworten auf alle Fragen.»

«Gewiß. Und wenn Sie sie nun nicht bekommen, entlassen Sie den Mann nach einer Weile, und er ist ruiniert», sagte der Rabbi bitter.

«Tja . . . Das gehört eben zu den Nachteilen, die das Leben in einer organisierten Gesellschaft mit sich bringt.»

19. Kapitel

Nathan Greenspan war ein Gelehrtentyp, langsam im Denken und Sprechen. Er saß hinter dem Schreibtisch, stocherte mit einem löffelähnlichen Gegenstand in seiner Pfeife herum, blies dann ein paarmal durch, um sich zu vergewissern, daß sie richtig zog, und begann sie bedächtig und methodisch zu stopfen. Währenddessen lief Becker, die unvermeidliche Zigarre in der Faust, im Zimmer auf und ab und teilte Greenspan mit, was passiert war, was er befürchtete und was er von ihm erwartete: Greenspan solle das Polizeirevier stürmen, Bronsteins sofortige Freilassung verlangen und andernfalls mit einer Klage wegen rechtswidriger Verhaftung drohen. So ungefähr stellte es sich Becker vor.

Der Rechtsanwalt hielt ein Streichholz an die Pfeife, paffte, bis sie richtig brannte, und drückte den Tabak fest in den Kopf. Er lehnte sich zurück und sprach in den Pausen zwischen mächtigen Rauchwolken. «Ich kann einen Haft . . . prüfungstermin beantragen, wenn . . . es den Anschein hat . . . daß er zu Unrecht festgehalten wird . . .»

«Natürlich wird er zu Unrecht festgehalten! Gar keine Frage. Er hatte nichts damit zu tun.»

«Woher wissen Sie das?»

«Weil er es sagt . . . Und weil ich ihn kenne. Sie wissen doch auch, was für ein Mensch Bronstein ist. Finden Sie etwa, daß er wie ein Mörder aussieht?»

«Nach allem, was Sie mir vorhin erzählt haben, hat die Polizei ihn ja nicht wegen Mordes verhaftet, sondern ihn nur festgenommen, um ihn zu verhören. Er besaß Informationen, an denen die Polizei ein berechtigtes Interesse hatte – wie er sagte, ist er mit ihr ausgewesen in der Nacht, in der sie umgebracht wurde. Selbst wenn das nicht der Fall gewesen wäre, selbst wenn er sie nur gekannt hätte oder irgendwann einmal mit ihr ausgegangen wäre, würde die Polizei ihn verhören wollen.»

«Man hat zwei Polizisten zu ihm geschickt, um ihn zu verhaften.»

«Weil er nicht freiwillig gekommen ist – was er nebenbei hätte tun sollen.»

«Na schön, meinetwegen. Aber Sie wissen ja selber, was das bedeutet hätte . . . Nein, er wollte sich ganz einfach aus der Sache raushalten. Das war also falsch – na schön; trotzdem ist es noch kein Grund, ihn zu verhaften – zu Hause und vor den Augen seiner Frau!»

«Das ist die übliche Praxis, Al. Jedenfalls ist es passiert.»

«Und was schlagen Sie nun vor?»

«Ich werde ihn natürlich aufsuchen. Wahrscheinlich wird er über Nacht dort bleiben müssen. Wenn ihn die Polizei jedoch länger festhalten will, muß sie ihn einem Richter vorführen und glaubhafte Gründe vorbringen. Ich vermute, sie hat dafür nicht genügend Material, falls sie das überhaupt beabsichtigt . . . Es ist wohl am aussichtsreichsten, daß ich zum *District Attorney* gehe und festzustellen versuche, was im einzelnen gegen ihn vorliegt.»

«Warum können Sie sie nicht zwingen, ihn freizulassen, wenn sie nicht imstande sind, ihm die Tat nachzuweisen?»

Greenspan seufzte leise. Er legte die Pfeife auf einen Aschenbecher und nahm die Brille ab. «Hören Sie mal zu, Al: Ein Mädchen ist umgebracht worden. Im Augenblick wollen alle um jeden Preis den Mörder finden. Das heißt, jede Justizstelle sympathisiert mit der Polizei und wird ihr mit jedem Gesetz, jeder Verordnung zu Hilfe eilen. Wenn ich nun loslege, um ihn mit juristischen Kniffen freizubekommen, werden alle – die Zeitungen eingeschlossen – sich daran stoßen. Mel hätte keine gute Presse, und das wäre sehr ungünstig für ihn, egal, was passiert. Andererseits wird der *District Attorney* uns jede nur mögliche Chance einräumen, wenn er den Eindruck bekommt, daß wir mit ihm zusammenarbeiten wollen.»

«Und was soll ich tun?»

«Überhaupt nichts, Al. Sie üben sich nur in Geduld.»

Geduld war jedoch Al Beckers schwächste Seite. Wenn die Führung der Untersuchung von der Haltung des *District Attorney* abhing, so überlegte er, dann konnte er den Gang der Dinge vielleicht beschleunigen, indem er seinen Freund Abe Casson veranlaßte, Druck dahinterzusetzen. Der *District Attorney* verdankte dem einflußreichen Casson sein Amt[1].

«Was erwartest du denn von mir, Al?» fragte Casson. «Ich kann dir nur versichern, daß bereits jetzt allerhand Beweismaterial gegen Mel vorliegt. Man könnte sogar damit schon vor die Geschworenen gehen; sie wollen ihren Fall aber erst noch unangreifbar machen.»

«Mel hat es nicht getan, Abe.»

«Woher weißt du das?»

«Weil er es mir gesagt hat. Und weil ich ihn kenne.»

Casson schwieg beharrlich.

«Menschenskind, du kennst doch Mel Bronstein auch. Ist ihm so was zuzutrauen? Er ist sanft und empfindsam wie eine Frau. Das ist doch Unsinn.»

«Diese Fälle klingen immer unsinnig, bis sie geklärt sind. Dann ergeben sie auf einmal sehr viel Sinn.»

«Sicher», sagte Becker bitter. «Wenn noch ein winziger Fetzen Beweismaterial fehlt, liefert man ihn. Und wenn es noch eine Lücke gibt, wird sie verstopft. Verdammt noch mal, Abe, du weißt doch genau, wie das vor sich geht. Man hat einen Anhaltspunkt und beginnt ihn zu verfolgen. Man setzt alle bis zum letzten Mann auf die Fährte. Man weiß ja, was man beweisen will, deshalb bohrt man immer weiter und beweist es schließlich auch – bis man den armen Hund restlos fertiggemacht hat. Und der wahre Mörder geht frei aus.»

«Was kann ich denn tun, Al?»

«Du bist doch auf du und du mit dem *District Attorney*. Er hört bestimmt auf dich. Du kannst ihn sicher dazu bewegen, daß er die Augen offenhält und auch andere Spuren verfolgt.»

1 Der *District Attorney* – der Staatsanwalt – wird in den Vereinigten Staaten auf Zeit gewählt.

Abe Casson schüttelte den Kopf. «Das tut er sowieso. Das ist seine Pflicht. Die derzeitige Untersuchung liegt in den Händen von Polizeichef Lanigan, und der tut es auch ... Du willst deinem Freund helfen? Geh zum Rabbi.»

«Zum Rabbi? Warum? Damit er ein Gebet für ihn spricht?»

«Weißt du, Al, du hast eine mächtige Klappe. Manchmal glaube ich, das ist der einzige Teil in deinem Kopf, der wirklich funktioniert ... Hör mir jetzt mal zu: Aus irgendeinem Grund hat Hugh Lanigan großen Respekt vor unserem Rabbi. Sie stehen ausgezeichnet miteinander. Neulich hat der Rabbi mit seiner Frau den ganzen Nachmittag auf Lanigans Veranda gesessen.»

«Auf meiner Veranda hat der Rabbi noch nie gesessen.»

«Wahrscheinlich hast du ihn nie eingeladen.»

«Na schön, also der Polizeichef mag ihn. Was kann der Rabbi für mich tun?»

«Vielleicht das, was ich deiner Ansicht nach beim *District Attorney* für dich tun sollte.»

«Meinst du, er wäre dazu bereit, wo er doch genau weiß, daß ich derjenige bin, der ihn raussetzen will?»

«Glaubst du ernstlich, er würde dich das in einem solchen Fall entgelten lassen? Da kennst du den Rabbi aber schlecht. Wenn du meinen Rat hören und deinem Freund wirklich helfen willst – das ist mein Vorschlag.»

Miriam konnte sich nicht verstellen; sie empfing Al Becker ziemlich frostig. Der Rabbi begrüßte ihn förmlich. Al ließ sich jedoch durch den kühlen Empfang nicht abschrecken, falls er ihn überhaupt registrierte. Er fixierte den Rabbi mit seinem streitbarsten Blick und begann: «Mel Bronstein kann das unmöglich getan haben, und ... Sie müssen da was unternehmen, Rabbi.»

«Jeder könnte es getan haben», entgegnete der Rabbi milde.

«Ja, ja, ich weiß», knurrte Becker gereizt. «Ich wollte nur sagen, daß er der letzte ist, dem so was zuzutrauen wäre. Bronstein ist eine Seele von Mensch, Rabbi. Er liebt seine Frau. Sie haben keine Kinder. Nur die beiden, und er hängt abgöttisch an ihr.»

«Ist Ihnen das Beweismaterial bekannt, das gegen ihn vorliegt?» fragte der Rabbi.

«Sie meinen, daß er fremd gegangen ist? Na, wenn schon. Wissen Sie, daß seine Frau seit zehn Jahren mit multipler Sklerose im Rollstuhl sitzt? Seit zehn Jahren können sie nicht mehr ... Eh, ich meine, als Mann und Frau ... Na, Sie verstehen schon.»

«Das war mir unbekannt.»

«Ein gesunder Mann braucht eine Frau. Sie als Rabbi werden das nicht verstehen . . .»

«Rabbiner sind nicht kastriert.»

«Entschuldigen Sie. Dann wissen Sie ja, wovon ich rede. Die Mädchen, die er ausgeführt hat, haben Mel nicht *soviel* bedeutet.» Er schnippte mit den Fingern. «Er ist mit ihnen ins Bett gegangen, na schön . . . Wenn er statt dessen auf dem Sportplatz trainiert hätte, wär's aufs gleiche herausgekommen.»

«Davon bin ich nicht so überzeugt, aber das tut nichts zur Sache . . . Was erwarten Sie nun von mir?»

«Keine Ahnung. Sie waren den ganzen Abend in Ihrem Arbeitszimmer. Vielleicht könnten Sie sagen, Sie hätten aus dem Fenster gesehen und bemerkt, wie ein Mann vom Parkplatz weggefahren ist, und beschwören, daß es kein blauer Lincoln war . . .»

«Verlangen Sie von mir, daß ich einen Meineid leiste?»

«Mein Gott . . . Entschuldigen Sie, Rabbi; ich bin so durcheinander, daß ich nicht mehr weiß, was ich sage . . . Ich werde noch meschugge über der Geschichte! Heute früh – stellen Sie sich vor, heut früh hab ich einen Kunden verloren, der jedes zweite Jahr bei mir einen Lincoln Continental gekauft hat. Seit zehn Jahren – regelmäßig wie ein Kalender . . . Samstag sind wir handelseinig geworden. Mittags wollte er vorbeikommen und den Vertrag unterschreiben . . . Als er nicht erscheint, ruf ich ihn an, und er sagt auf einmal, er will den alten Wagen doch noch ein Weilchen behalten, oder vielleicht will er sich lieber einen kleineren zulegen . . . Wissen Sie, warum er plötzlich abgesprungen ist? Dreimal dürfen Sie raten! Fünfzehn Jahre lang haben Mel und ich den Laden aufgebaut, und jetzt geht er über Nacht in die Brüche.»

«Machen Sie sich nun Sorgen um Ihr Geschäft oder um Ihren Freund?» fragte der Rabbi kühl.

«Um beides! Mel war nicht nur mein Partner oder mein Freund – für mich war er wie ein jüngerer Bruder. Wenn Sie mal fünfzehn Jahre daran verwendet haben, einen Laden aufzubauen, ist das nicht nur ein x-beliebiger Broterwerb für Sie. Der Laden, das ist ein Stück von mir selber!»

«Ich kann Ihre Lage verstehen, Mr. Becker», sagte der Rabbi nicht unfreundlich. «Ich wünschte, ich könnte Ihnen helfen. Aber Sie sind nicht hergekommen, um mich zu bitten, daß ich Ihrem Freund geistlichen Trost spende. Was Sie verlangen, ist gänzlich ausgeschlossen. Ich fürchte, die Sache hat Ihre Urteilsfähigkeit getrübt. Sonst müßte Ihnen klar sein, daß man mir nicht glauben würde, selbst wenn ich bereit wäre, Ihrem Vorschlag zu folgen.»

«Ich weiß, ich weiß ... Ich bin eben völlig durchgedreht, Rabbi. Aber eines müßte Ihnen möglich sein ... Sie sind doch sein Rabbi, nicht wahr?»

«Ich habe Grund zu der Annahme, daß ich kritisiert wurde, weil ich meine Zeit Fragen widme, die nichts mit der Gemeinde zu tun haben», bemerkte er ruhig. «Meines Wissens ist Mr. Bronstein kein Gemeindemitglied.»

Becker wurde wütend. «Na, wenn schon! Heißt das, daß Sie ihm nicht helfen dürfen? Er ist schließlich Jude, oder? Er gehört zur jüdischen Gemeinde von Barnard's Crossing, und Sie sind der einzige Rabbiner am Ort ... Sie können ihn doch wenigstens besuchen, wie? Und Sie können auch zu seiner Frau gehen. Die Bronsteins sind keine Gemeindemitglieder, sagen Sie. Na schön, aber dafür ich. Helfen Sie mir.»

«Also ehrlich gesagt, habe ich bereits eine Verabredung mit Mrs. Bronstein und wollte gerade einen Besuch bei Mr. Bronstein vereinbaren, als Sie geklingelt haben.»

Becker war nicht dumm. Er brachte sogar ein Grinsen zustande. «Na schön, Rabbi. Eins zu null für Sie. Wahrscheinlich habe ich das verdient ... Was haben Sie vor?»

«Polizeichef Lanigan war vorhin hier und hat mir in großen Umrissen erklärt, was gegen Mr. Bronstein vorliegt. Ich fand zunächst einmal, das Beweismaterial ließe sich auch anders auslegen. Aber ich kenne die Bronsteins ja kaum. Deshalb dachte ich, daß ich als erstes versuchen sollte, das nachzuholen.»

«Die nettesten Leute, die Sie sich vorstellen können, Rabbi.»

«Sie wissen doch, wie eine große Organisation arbeitet, Mr. Becker. Die Polizei ist eine große Organisation ... Sie sehen sich überall um, bis sie einen Verdächtigen finden – von dem Augenblick an konzentrieren sie sich ganz auf ihn. Natürlich sind sie verpflichtet, weiter zu suchen, solange noch Zweifel bestehen. In der Praxis aber ... Ich dachte mir nun, daß ich Lanigan vielleicht dazu bewegen könnte, sich auch weiterhin um andere Spuren zu kümmern.»

«Genau das hat mir vorgeschwebt, Rabbi», sagte Becker begeistert. «Genau das habe ich zu Abe Casson gesagt. Fragen Sie ihn selber ... Mann, jetzt ist mir schon wesentlich wohler!»

Das Gefängnis bestand aus vier kleinen, mit Stahl vergitterten Zellen im Erdgeschoß des Polizeigebäudes von Barnard's Crossing. Jede Zelle enthielt ein schmales eisernes Feldbett, eine Toilette und ein Waschbecken; an der Decke hing eine Glühbirne in der Porzellanfassung. Der Korridor war Tag und Nacht schwach erleuchtet. Am einen Ende befand sich ein vergittertes Fenster und am anderen die Wachstube. Daneben lag Lanigans Büro.

Hugh Lanigan zeigte dem Rabbi die Zellen und führte ihn dann in sein Büro. «Kein großartiges Gefängnis», sagte er, «aber zum Glück brauchen wir nicht mehr.»

«Wo essen die Häftlinge?» erkundigte sich der Rabbi.

Lanigan lachte. «Gewöhnlich existieren sie bei uns nicht im Plural, höchstens vielleicht Samstag nacht. Da nehmen wir manchmal ein paar betrunkene Randalierer fest und lassen sie ihren Rausch ausschlafen. Wenn wir zu den Mahlzeiten jemand hier haben, lassen wir uns von einem Restaurant in der Nähe einen Lunchbeutel schicken.»

«Bleiben Ihre Häftlinge bis zur Gerichtsverhandlung in den kleinen Zellen?»

«O nein. Sollten wir uns entschließen, Anklage gegen Ihren Freund zu erheben, führen wir ihn morgen im Laufe des Tages einem Richter vor. Und wenn der entscheidet, daß er in Haft bleiben soll, wird Bronstein in das Gefängnis von Salem oder Lynn verlegt.»

«Beabsichtigen Sie, Anklage zu erheben?»

«Das hängt weitgehend vom *District Attorney* ab. Wir legen ihm das Material vor, das wir haben; vielleicht stellt er ein paar Fragen und entscheidet sich dann. Möglicherweise beschließt er, keine Anklage wegen Mordes zu erheben, ihn jedoch als wichtigen Zeugen festzuhalten.»

«Wann kann ich ihn sehen?»

«Jetzt gleich, wenn Sie wollen. Sie können ihn in seiner Zelle besuchen oder sich hier in meinem Büro mit ihm unterhalten.»

«Ich möchte ihn lieber allein sprechen, wenn es Ihnen nichts ausmacht.»

«Selbstverständlich, Rabbi. Ich lasse ihn holen und verziehe mich dann.» Er lachte. «Sie haben doch keine versteckten Waffen bei sich? Oder eine Feile?»

Der Rabbi klopfte lächelnd auf seine Jackentaschen. Lanigan öffnete die Tür zur Wachstube und rief einem Polizisten zu, er solle den Häftling in sein Büro bringen. Dann machte er hinter sich zu und ließ den Rabbi allein. Kurz darauf erschien Bronstein.

Er wirkte wesentlich jünger als seine Frau, was der Rabbi dem unterschiedlichen Gesundheitszustand und nicht dem Alter zuschrieb. Sichtlich verlegen begann er: «Ich weiß Ihren Besuch wirklich zu schätzen, Rabbi, aber ... Na, es wäre mir lieber, wenn wir uns woanders begegnet wären.»

«Sehr begreiflich.»

«Wissen Sie, ich muß ständig daran denken, was für ein Segen es ist, daß meine Eltern das nicht mehr erlebt haben, und ... Ja, und daß ich keine Kinder habe ... Ich könnte ihnen nicht mehr in die Augen sehen – selbst wenn die Polizei schließlich den Täter findet und mich laufen läßt.»

«Das verstehe ich. Aber Sie müssen sich klarmachen, daß jeder Mensch Pech haben kann. Dagegen sind nur die Toten gefeit.»

«Das ist alles so häßlich ...»

«Jedes Unglück ist häßlich. Sie dürfen nicht dauernd darüber nachgrübeln. Erzählen Sie mir von dem Mädchen.»

Bronstein antwortete nicht gleich. Er stand auf, wanderte nervös umher und rang sichtlich um Konzentration und Fassung. Dann blieb er abrupt vor dem Rabbi stehen und stieß hastig hervor: «Ich habe sie an dem Abend das erste Mal in meinem Leben gesehen. Das schwöre ich beim Grab meiner Mutter. Ich bin fremd gegangen, das gebe ich zu. Manche Menschen sagen vielleicht, wenn ich meine Frau liebte, hätte ich sie nicht betrogen, nicht einmal unter den gegebenen Umständen ... Kann sein, daß ich ihr treu geblieben wäre, wenn wir Kinder gehabt hätten. Oder wenn ich mehr Charakter hätte; ich will nichts beschönigen. Ich hatte meine Affären, ja; aber keine einzige war ernst oder ging tief. Außerdem habe ich immer mit offenen Karten gespielt. Nie habe ich versucht, die Tatsache zu verheimlichen, daß ich verheiratet bin. Und nie habe ich bei einer Frau die Platte vom unverstandenen Mann aufgelegt oder eine Scheidung als möglich hingestellt. Es war immer eine ganz saubere, klare Sache. Ich hatte eben gewisse Bedürfnisse. Na ja, viele Frauen sind schließlich in der gleichen Situation und greifen zu dem gleichen Mittel. Die Frau, mit der ich öfter in Motels abgestiegen bin ... Es war nicht dieses Mädel, Rabbi. Sie ist verheiratet; ihr Mann hat sie verlassen, und sie hat die Scheidung eingereicht.»

«Wenn Sie der Polizei den Namen nennen ...»

Bronstein schüttelte heftig den Kopf. «Das würde ihre Scheidung komplizieren. Vielleicht werden ihr dann sogar die Kinder abgesprochen ... Keine Sorge, wenn man mir tatsächlich den Prozeß macht, und der Ausgang davon abhängt, wird sie sich schon melden.»

«Sie haben sich jeden Donnerstag mit ihr getroffen?»

«Nein, in den letzten drei Wochen nicht mehr. Sie wurde nervös; sie bildete sich steif und fest ein, daß ihr Mann sie durch Detektive beobachten lassen könnte.»

«Und da haben Sie also das Mädchen angesprochen – gewissermaßen als Ersatz?»

«Ich will ganz offen sein, Rabbi. Als ich sie ansprach, hatte ich durchaus kein rein platonisches Motiv. Ich habe sie in einem Restaurant aufgegabelt, im *Surfside*. Wenn die Polizei wirklich an der Wahrheit interessiert wäre, statt mir die Sache anzuhängen, würde sie sich bei den Kellnerinnen und Gästen erkundigen. Einige würden sich bestimmt daran erinnern, daß ich zuerst an einem Tisch saß und sie an einem anderen, daß ich zu ihr gegangen bin und mich vorgestellt habe. Jeder konnte sehen, daß es eine Zufallsbekanntschaft war . . . Aber ich wollte eigentlich auf etwas anderes hinaus: Nachdem wir gegessen und uns eine Weile unterhalten hatten, merkte ich, daß das arme Ding verängstigt war – zu Tode verängstigt. Sie gab sich die größte Mühe, es nicht zu zeigen und vergnügt zu sein, aber . . . Beweist das nicht, daß sie etwas Unangenehmes erwartete?»

«Möglich. Jedenfalls lohnt es sich, dem nachzugehen.»

«Sie tat mir leid. An Annäherungsversuche dachte ich gar nicht mehr. Ich wollte nur noch einen netten Abend verbringen. Wir fuhren nach Boston und gingen ins Kino . . .» Er zögerte; dann beugte er sich vor und dämpfte die Stimme, als fürchte er, belauscht zu werden: «Ich will Ihnen was verraten, was ich der Polizei nicht erzählt habe, Rabbi. Die silberne Kette, die sie trug und mit der sie erdrosselt wurde – Gott verzeihe mir –, die habe ich ihr gekauft, bevor wir ins Kino gingen.»

«Und das haben Sie der Polizei verschwiegen?»

«Allerdings. Denen sag ich doch freiwillig nichts, was sie gegen mich verwenden können! Nach dem Verhör zu schließen, wäre das ein gefundenes Fressen für die – ein klarer Beweis, daß ich den ganzen Abend vorhatte, sie umzubringen . . . Ihnen hab ich's gesagt, damit Sie sehen, daß ich Ihnen reinen Wein einschenke.»

«Gut. Wo waren Sie danach?»

«Nach dem Kino haben wir in einem Restaurant Pfannkuchen gegessen und Kaffee getrunken. Und dann hab ich sie heimgefahren. Der Wagen stand direkt vor ihrem Haus, ganz offen und ehrlich.»

«Sind Sie mit hineingegangen?»

«Selbstverständlich nicht. Wir saßen noch eine Weile draußen im Auto und haben uns nur unterhalten. Nicht mal den Arm hab ich um sie gelegt. Nur so dagesessen und geschwatzt. Dann bedankte sie sich, stieg aus und ging ins Haus.»

«Haben Sie sich wieder mit ihr verabredet?»

Bronstein schüttelte den Kopf. «Es war ein netter Abend für mich und für sie auch, glaube ich. Auf der Heimfahrt wirkte sie wesentlich gelöster als beim Abendessen. Aber ich sah keine Veranlassung für eine Wiederholung.»

«Sie sind also von dort direkt nach Hause gefahren?»

«Stimmt.»

«Ihre Frau schlief schon?»

«Ich nehme es an. Manchmal denke ich, sie stellt sich nur schlafend, wenn ich spät heimkomme. Jedenfalls lag sie im Bett, und das Licht war aus.»

Der Rabbi lächelte. «Genauso hat sie es mir geschildert.»

Bronstein blickte rasch hoch. «Heißt das, daß Sie mit meiner Frau gesprochen haben? Wie geht es ihr? Wie nimmt sie das alles auf?»

«Ja, ich war bei ihr.» Er vergegenwärtigte sich die magere, bleiche Frau im Rollstuhl, deren Haar grau zu werden begann und aus der hohen, glatten Stirn zurückgebürstet war; ein sympathisches, feingeschnittenes Gesicht mit wachen, intelligenten grauen Augen. «Sie machte einen durchaus heiteren Eindruck.»

«Heiter?»

«Vermutlich hat sie sich sehr zusammengenommen. Trotzdem hatte ich das Gefühl, daß sie fest an Ihre Unschuld glaubt. Wenn Sie es getan hätten, sagte sie, dann hätte sie das auf den ersten Blick gesehen.»

«Ein solcher Beweis dürfte vor Gericht wohl kaum anerkannt werden, Rabbi, aber . . . Wir stehen uns wirklich sehr nahe. In den meisten Ehen gehen die Frauen ganz in ihren Kindern auf, wodurch die Männer mehr oder minder zurückgesetzt werden. Seit der Erkrankung meiner Frau vor etwa zehn Jahren waren wir viel mehr zusammen als Ehepaare sonst. Bei uns ist einer für den anderen ein offenes Buch. Verstehen Sie, Rabbi?»

Der Rabbi nickte.

«Wenn sie sich natürlich nur schlafend stellte . . .»

«Sie bleibt immer auf und wartet auf Sie, hat sie gesagt, außer am Donnerstag. Als ich die Vermutung äußerte, daß ihre Bridgegäste sie wohl sehr angestrengt hätten, widersprach sie. Sie wußte, daß Sie mit einer Frau ausgegangen waren, und wollte Sie nicht in Verlegenheit bringen. Das ist der Grund.»

«Großer Gott!» Er verbarg das Gesicht in den Händen.

Der Rabbi sah ihn mitleidig an und fand eine Predigt jetzt unangebracht. «Es hat sie nicht gekränkt, sagt sie. Sie hat es verstanden.»

«Tatsächlich? Sie versteht es?»

«Ja.» Dem Rabbi war nicht wohl bei der Wendung, die das Gespräch genommen hatte, und er versuchte, das Thema zu wechseln. «Ist Ihre Frau völlig ans Haus gefesselt, Mr. Bronstein, oder kommt sie manchmal heraus?»

Sein Gesicht wurde weich. «Freilich. Bei schönem Wetter fahre ich sie im Auto spazieren, wenn sie sich wohl genug fühlt. Das ist dann ein bißchen so wie früher, wenn sie neben mir sitzt. Da erinnert mich kein Rollstuhl daran, daß sie krank ist. Ich habe allerdings einen im Kofferraum, einen zusammenklappbaren. An warmen Abenden parke ich gelegentlich am Ufer-Boulevard, setze sie in den Rollstuhl und fahre sie am Wasser entlang.»

«Wie kommt sie in den Wagen?»

«Ganz einfach. Ich trage sie auf den Vordersitz.»

Der Rabbi stand auf. «Bei ein oder zwei Punkten lohnt es sich nach meinem Dafürhalten, die Polizei darauf aufmerksam zu machen.»

Bronstein erhob sich ebenfalls. Zögernd streckte er dem Rabbi die Hand hin. «Bitte, glauben Sie mir, Rabbi – ich bin Ihnen wirklich dankbar für Ihren Besuch.»

«Behandelt man Sie anständig?»

«Aber ja.» Er nickte zu den Zellen hinüber. «Seit ich alle Fragen beantwortet hatte, bleibt die Zellentür unverschlossen, so daß ich im Korridor auf und ab gehen kann, wenn ich Lust dazu habe. Es sind auch schon Polizisten auf einen Schwatz zu mir gekommen und haben mir Zeitschriften gebracht. Ich frage mich . . .»

«Ja?»

«Ich frage mich, ob Sie wohl meiner Frau Bescheid geben könnten, daß es mir gut geht. Ich möchte nicht, daß sie sich Sorgen macht.»

Der Rabbi lächelte. «Ich setze mich mit ihr in Verbindung, Mr. Bronstein.»

21. Kapitel

Als er das Gefängnis verließ, überlegte der Rabbi bekümmert, daß seine ersten Hilfsversuche lediglich zwei Punkte aufgedeckt hatten, beide unwesentlich und beide nachteilig für den Verhafteten: Von Mrs. Bronstein hatte er gehört, daß sie gerade Donnerstag nacht nicht mehr aufgewesen war, um ihren Mann zu begrüßen. Es hätte ohnehin nicht viel genutzt, wenn sie aussagen könnte, daß er keinen erregten Eindruck gemacht habe; als Ehefrau wäre sie keine absolut glaubwürdige Zeugin, und in jedem Fall war es nur ein negativer Beweis. Und aus seiner Unterhaltung mit Mel Bronstein war ihm das Bild im Gedächtnis haftengeblieben, wie er seine Frau aufhob und sie in den

Wagen setzte. Es war ihm immer als schwierig und umständlich erschienen, daß der Mörder die Leiche von einem Wagen zum anderen getragen haben sollte; aber jetzt hatte ihm Mel Bronstein gezeigt, daß es dazu keines Tricks bedurfte, ja, daß er darin Übung besaß.

Bronstein hatte einen großen Lincoln, er dagegen einen Kompaktwagen. Das mochte einen Unterschied bedeuten. Zu Hause fuhr er in die Garage, stieg aus und studierte den Wagen; sein mageres Gelehrtengesicht hatte sich verfinstert. Dann rief er Miriam.

Sie stellte sich neben ihn und folgte seiner Blickrichtung. «Blechschaden?»

Statt einer Antwort umfaßte er geistesabwesend ihre Taille. Sie lächelte liebevoll; er beachtete es nicht und riß die Wagentür auf.

«Was soll das, David?»

Er saugte an der Unterlippe, während er das Wageninnere inspizierte. Dann beugte er sich wortlos zu ihr und hob sie auf.

«David!» Sie begann zu kichern.

Er stolperte mit seiner Last zur offenen Wagentür und versuchte, sie auf den Sitz zu verfrachten. «Laß den Kopf nach hinten hängen», befahl er.

Statt dessen schlang sie, immer noch kichernd, die Arme um seinen Hals und schmiegte das Gesicht an seine Wange.

«Miriam! Bitte!»

Sie biß ihn ins Ohr.

«Ich versuche zu ...»

Herausfordernd ließ sie die Beine baumeln. «Was würde wohl Mr. Wasserman dazu sagen, wenn er uns jetzt sähe?»

«Amüsieren Sie sich gut?»

Sie fuhren herum. Im Eingang stand breit lächelnd Hugh Lanigan.

Hastig setzte der Rabbi seine Frau ab. Er kam sich albern vor. «Ich habe nur experimentiert», erklärte er. «Es ist gar nicht so einfach, eine Leiche auf einen Wagensitz zu manövrieren.»

Lanigan nickte. «Nein. Aber obwohl das Mädchen wahrscheinlich mehr wog als Ihre Frau, ist Bronstein immerhin auch ein gutes Stück größer und kräftiger als Sie.»

«Das macht wohl einen Unterschied», gab der Rabbi zu, während sie in sein Arbeitszimmer gingen.

Als sie sich gesetzt hatten, erkundigte sich Lanigan, was er bei Bronstein erreicht habe.

«Ich habe ihn ja erst heute kennengelernt», entgegnete der Rabbi. «Er gehört nicht zu den Menschen, denen so etwas zuzutrauen wäre, und ...»

«Aber Rabbi – ich bitte Sie!» unterbrach ihn Lanigan ungeduldig. «Glauben Sie ernstlich, ein Dieb sieht diebisch aus? Oder ein Betrüger betrügerisch?»

«Wenn das Äußere und das Auftreten trügen, wird doch jeder Eindruck neutralisiert», wandte der Rabbi sanft ein. «Dann ist es schwer vorstellbar, wie das Geschworenensystem überhaupt funktionieren kann. Worauf sollen sie denn ihre Urteilssprüche gründen?»

«Auf Beweismaterial, Rabbi. Auf mathematisch exaktes Beweismaterial, wenn wir es beschaffen können, sonst auf die an Sicherheit grenzende Wahrscheinlichkeit.»

Der Rabbi nickte bedächtig und fragte beiläufig: «Ist Ihnen unser Talmud ein Begriff?»

«Ihr Gesetzbuch, stimmt's? Hat das irgend etwas hiermit zu tun?»

«Unser Gesetzbuch ist es nicht direkt. Das sind die Bücher Mose. Der Talmud liefert die Kommentare zum Gesetz. Ein direkter Zusammenhang mit unserem Fall dürfte wohl nicht bestehen. Doch selbst das sollte man nicht allzu fest behaupten, denn im Talmud findet man praktisch so gut wie alles ... Ich dachte im Augenblick weniger an den Inhalt als an die Methode des Studiums. In der Religionsschule wurden alle Fächer – Hebräisch, Grammatik, Literatur, Heilige Schrift – auf die übliche Art gelehrt; wir saßen an Schreibtischen und der Lehrer an einem größeren auf einem Podest – na, wie eben der Unterricht in allen Schulen vor sich geht. Die Unterweisung im Talmud aber war völlig anders. Stellen Sie sich einen großen Tisch vor, um den eine Schülergruppe versammelt war. Am Kopfende saß der Lehrer. Wir lasen einen Passus, eine kurze Darlegung des Gebotes. Dann folgten Einwände, Erklärungen, Argumente der alten Rabbiner, wie diese Stelle genau zu interpretieren sei. Ehe es uns noch recht bewußt war, steuerten wir unsere eigenen Argumente bei, unsere eigenen Einwendungen, unsere eigenen Haarspaltereien und Verdrehungen ... Eine solche Diskussion nennen wir den *pipul*, das heißt Pfeffer. Manchmal übernahm es der Lehrer, einen bestimmten Standpunkt zu verteidigen, und dann pfefferten wir ihm unsere Fragen und Bedenken hin ... Beginnt man erst zu argumentieren, tauchen ständig neue Gedanken auf. Ich erinnere mich noch an einen meiner ersten Studienfälle: eine Talmudstelle, die sich mit der Schadensfestsetzung befaßt, wenn durch einen Funken vom Hammer des Hufschmieds ein Feuer entstanden ist. Wir haben zwei volle Wochen mit diesem einen Passus zugebracht, und als wir schließlich widerstrebend aufhörten, hatten wir das Gefühl, kaum angefangen zu haben ... Das Talmudstudium hat auf die Juden einen enormen Einfluß ausgeübt. Unsere großen Gelehrten haben ihr Leben damit verbracht, nicht etwa, um durch exakte Auslegung des

Gesetzes ihre akuten Probleme zu lösen, sondern weil es sie als geistiges Training faszinierte. Es regte sie zu den vielfältigsten Gedankengängen an . . .»

«Und Sie schlagen nun vor, mit dieser Methode unser derzeitiges Problem anzupacken?»

«Warum nicht? Untersuchen wir doch einmal, ob die an Sicherheit grenzende Wahrscheinlichkeit Ihrer Theorie im einzelnen standhält.»

«Schön, legen Sie los.»

Der Rabbi erhob sich und begann im Zimmer auf und ab zu wandern. «Wir werden nicht mit der Leiche anfangen, sondern mit der Handtasche.»

«Weshalb?»

«Weshalb nicht?»

Lanigan zuckte die Achseln. «Okay, Sie sind der Lehrer.»

«Die Handtasche ist nämlich ergiebiger für uns, und sei es auch nur, weil drei Personen damit zu tun haben, während es bei der Leiche hinter der Mauer bloß zwei sind: Das Mädchen und sein Mörder. Die Handtasche jedoch bezieht zu diesen beiden noch mich mit ein, weil sie in meinem Wagen gefunden wurde.»

«Also gut.»

«Auf welche Art und Weise konnte nun die Handtasche an den Fundort gelangt sein? Das Mädchen oder der Mann, der sie umgebracht hat, könnten sie dort hinterlassen haben. Oder auch eine dritte unbekannte, unverdächtige und bislang unberücksichtigte Person.»

«Haben Sie einen Trumpf im Ärmel, Rabbi?» erkundigte sich Lanigan argwöhnisch.

«Nein, ich gehe bloß sämtliche Möglichkeiten durch.»

Es klopfte. Miriam erschien mit einem Tablett. «Ich dachte mir, daß ihr vielleicht gern einen Kaffee hättet.»

«Vielen Dank», sagte Lanigan. «Wollen Sie sich nicht zu uns setzen?» fragte er, als er bemerkte, daß nur zwei Tassen auf dem Tablett standen.

«Darf ich?»

«Selbstverständlich. Wir haben nichts Vertrauliches zu besprechen. Der Rabbi erteilt mir nur meine erste Talmudlektion . . .» Und als sie mit einer Kaffeetasse zurückkam: «Gut, Rabbi – wir haben alle Personen erfaßt, von denen die Handtasche in Ihrem Wagen zurückgelassen worden sein könnte. Wie kommen wir damit weiter?»

«Natürlich erhebt sich als erstes die Frage, weshalb sie überhaupt die Tasche bei sich hatte. Vermutlich nehmen manche Frauen ganz automatisch ihre Tasche mit, wenn sie das Haus verlassen.»

«Viele befestigen ihren Hausschlüssel in der Handtasche mit einer Kette», meinte Miriam.

Lanigan nickte ihr zu. «Gut geraten. Der Hausschlüssel war mit einer kurzen Kette an dem Ring befestigt, mit dem der Reißverschluß an einer Innentasche aufgezogen wird.»

«Sie schleppte also lieber die ganze Tasche mit, bloß um sich die kleine Mühe zu sparen und den Schlüssel loszumachen», fuhr der Rabbi fort. «Jetzt wollen wir uns nacheinander die Personen vornehmen, die die Tasche in meinem Wagen gelassen haben könnten. Zuerst den Dritten, den großen Unbekannten, um ihn zu eliminieren. Es müßte jemand gewesen sein, der zufällig vorbeikam und die Tasche entdeckte, vermutlich weil sie in der Nähe meines Wagens auf der Erde lag. Er hätte sie zweifellos geöffnet, und wenn er nur einen Hinweis auf die Besitzerin suchte, um die Tasche zurückgeben zu können, wahrscheinlicher aber aus purer Neugier. Wenn es ein unehrlicher Finder gewesen wäre, hätte er sämtliche Wertgegenstände gestohlen, was aber nicht geschehen ist.»

«Woher wissen Sie das, Rabbi?» Lanigan wurde plötzlich hellhörig.

«Weil Sie einen goldenen Ehering erwähnten, den Sie gefunden haben. Ein unehrlicher Finder hätte ihn natürlich gestohlen. Da er es nicht tat, vermute ich, daß alle anderen Wertsachen – wie etwa Geld – ebenfalls unberührt geblieben sind.»

«Es war allerdings etwas Geld im Portemonnaie», gab Lanigan zu. «Zwei Scheine und ein paar Münzen; ganz normal.»

«Ausgezeichnet. Wir können also unterstellen, daß es sich hier nicht um jemand handelt, der die Tasche gefunden, alle Wertgegenstände herausgenommen und die für ihn jetzt wertlose Tasche dann weggeworfen hat, damit sie nicht bei ihm entdeckt wurde.»

«Also gut – einverstanden. Und jetzt? Hilft Ihnen das weiter?»

«Nur zur Klarstellung. Angenommen nun, er war ehrlich und wollte sie lediglich dem rechtmäßigen Eigentümer wiedergeben. Also legte er sie in meinen Wagen, weil er sie in der Nähe gefunden und vermutet hatte, sie gehöre dahin, oder weil er dachte, der Fahrer würde sich die Mühe machen und sie dem rechtmäßigen Besitzer zurückerstatten . . . Wenn er weiter nichts mit der Tasche zu tun hatte, warum hat er sie dann hinten auf den Boden gelegt, statt auf den Vordersitz, wo der Fahrer sie viel eher finden mußte? Ich wäre tagelang herumgefahren, ohne sie zu entdecken.»

«Schön – also hat weder ein ehrlicher noch ein unehrlicher Unbekannter die Tasche im Wagen liegen lassen . . . Ich habe das auch nie behauptet.»

«Jetzt zu dem Mädchen . . .»

«Die scheidet aus. Um die Zeit war sie bereits tot.»

«Woher wollen Sie das so sicher wissen? Die wahrscheinlichste Erklärung ist doch wohl, daß sie selber die Handtasche im Wagen gelassen hat.»

«Hören Sie zu, Rabbi: Die Nacht war warm; Sie haben doch bestimmt bei offenem Fenster in Ihrem Arbeitszimmer gesessen, nicht wahr?»

«Ja. Das Fenster war offen, aber die Jalousien waren heruntergelassen.»

«Der Wagen stand sechs Meter vom Haus entfernt. Ihr Arbeitszimmer liegt im ersten Stock – sagen wir, rund vier Meter über dem Erdboden . . . Der Wagen war praktisch vor Ihrer Nase geparkt . . . Besser: vor Ihren Ohren. Wenn jemand in das Auto gestiegen wäre, geschweige denn gestritten hätte und darin ermordet worden wäre, so hätten Sie das unweigerlich gehört, egal, wie vertieft Sie in Ihre Studien waren.»

«Aber es könnte doch passiert sein, nachdem ich die Synagoge verlassen hatte», wandte der Rabbi ein.

Lanigan schüttelte den Kopf. «Nicht so ohne weiteres. Sie sagen, Sie sind irgendwann nach Mitternacht weggegangen, etwa zwanzig nach zwölf. Der Streifenpolizist Norman kam die Maple Street in Richtung Synagoge entlang und hatte sie um diese Zeit oder ganz kurz danach im Blickfeld. Von da ab konnte er den Parkplatz bis drei Minuten nach eins beobachten, als er von dem Polizeitelefon an der Ecke aus seine Meldung machte. Dann ging er die Vine Street hinunter, wo die Serafinos wohnen und über die logischerweise das Mädchen gekommen sein müßte.»

«Gut. Dann später?» meinte der Rabbi.

Abermals schüttelte Lanigan den Kopf. «Nichts zu machen. Der Amtsarzt hat in seinem ersten Bericht angegeben, das Mädchen sei gegen ein Uhr umgebracht worden, mit einem Spielraum von je zwanzig Minuten. Diesem Befund lagen Körpertemperatur, Leichenstarre und so weiter zugrunde. Von Bronstein erfuhren wir, daß sie nach dem Kino noch etwas gegessen hatten; damit konnte der Arzt den Eintritt des Todes nach dem Mageninhalt bestimmen, was erheblich exakter ist. Er hat uns einen zusätzlichen Bericht geschickt, in dem er ein Uhr als äußersten Zeitpunkt festsetzt.»

«In dem Fall müssen wir die Möglichkeit in Betracht ziehen, daß ich trotz der geringen Entfernung zum Wagen zu vertieft war, um etwas zu hören. Bedenken Sie, die Wagenfenster waren geschlossen; sie brauchten also nur die Tür vorsichtig auf- und zuzumachen und sich leise zu unterhalten . . . Außerdem wurde sie ja erdrosselt, sie hätte also gar nicht laut schreien können.»

«Verzeihen Sie, Rabbi», grinste Lanigan. «aber jetzt reden Sie Unsinn. Warum hätten sie wohl die Wagentür vorsichtig auf- und zumachen und flüstern sollen, wenn sie keinerlei Grund zu der Annahme hatten, daß jemand in Hörweite war? Wären sie vor dem Regen dort gewesen, so hätten sie die Fenster heruntergekurbelt – es war warm, vergessen Sie das nicht. Wenn sie jedoch während des Regens im Wagen gesessen hätten, wären sie Norman bestimmt aufgefallen. Und schließlich existiert kein Anhaltspunkt dafür, daß das Mädchen in Ihrem Wagen gewesen ist. Sehen Sie sich das an ...» Er öffnet seine Aktenmappe, nahm einige Papiere heraus und breitete sie auf dem Schreibtisch aus. «Dies ist eine Liste mit allem, was wir in Ihrem Wagen gefunden haben. Hier ist eine graphische Darstellung vom Wageninneren, die zeigt, wo jeder Gegenstand lag. Da, auf dem Boden unter dem Sitz, wurde die Handtasche gefunden. In dieser Seitentasche aus Plastik waren Papiertaschentücher mit Lippenstiftflecken, die aber vom Lippenstift Ihrer Frau stammen. Auf dem Boden, unmittelbar hinter den Vordersitzen, lag eine Haarklammer, die ebenfalls Ihrer Frau gehört. Im vorderen Aschenbecher fanden wir mehrere Zigarettenkippen und eine im rückwärtigen, und alle hatten Spuren vom Lippenstift Ihrer Frau; es war ihre Marke, die gleiche wie das halbvolle Päckchen im Handschuhfach.»

«Einen Augenblick bitte», unterbrach Miriam. «Die Kippe im rückwärtigen Aschenbecher kann aber nicht von mir stammen. Ich habe noch nie hinten gesessen, seit wir den Wagen haben.»

«Was sagen Sie da? Sie haben nie auf dem Rücksitz gesessen? Ausgeschlossen!»

«Wirklich?» fragte der Rabbi sanft. «Ich habe immer nur den Fahrersitz benutzt. Wenn ich mir's überlege, muß ich sagen, daß tatsächlich noch nie jemand auf dem Rücksitz gesessen hat. Wir haben den Wagen erst ein paar Monate und bisher keine Gelegenheit gehabt, einen Gast mitzunehmen. Ich fahre, und wenn Miriam dabei ist, sitzt sie neben mir ... Was ist daran so merkwürdig? Wie oft sitzen Sie denn in Ihrem Wagen hinten?»

«Aber irgendwie muß doch die Kippe dahin gekommen sein! Der Lippenstift gehört Ihrer Frau; es ist ihre Zigarettenmarke ... Sehen Sie sich mal die Liste mit dem Inhalt der Handtasche an. Keine Zigaretten.»

Der Rabbi las sie aufmerksam durch und wies auf eine Stelle. «Hier ist ein Feuerzeug aufgeführt. Das bedeutet, daß sie rauchte. Und was den Lippenstift betrifft, so haben Sie selber gesagt, es sei die gleiche Marke und die gleiche Farbe wie die von Miriam. Immerhin sind beide blond.»

«Einen Moment», sagte Lanigan. «Die Haarklammer wurde hinten gefunden, also müssen Sie ...»

Miriam schüttelte den Kopf. «Da ich vorn saß, muß die Haarklammer logischerweise nach hinten fallen.»

«Ja, das ist allerdings richtig», murmelte Lanigan. «Trotzdem ergibt das immer noch kein klares Bild. Sie hatte keine Zigaretten – zumindest waren keine in ihrer Tasche, stimmt's?»

«Stimmt. Aber sie war nicht allein. Es war jemand bei ihr – der Mörder. Und der hatte wahrscheinlich Zigaretten.»

«Wollen Sie damit etwa sagen, daß Elspeth Bleech in Ihrem Wagen ermordet wurde?»

«Eben das will ich sagen. Die lippenstiftverschmierte Zigarette im Aschenbecher hinten beweist, daß eine Frau auf dem Rücksitz meines Wagens saß. Und die Handtasche auf dem Boden im Fond beweist, daß diese Frau Elspeth Bleech war.»

«Gut – sagen wir, sie war dort. Gestehen wir sogar zu, daß sie in Ihrem Wagen ermordet wurde. Inwiefern hilft das Bronstein?»

«Ich würde sagen, es entlastet ihn.»

«Sie meinen, weil er selber ein Auto hatte?»

«Ja. Warum sollte er mit dem Mädchen auf den Parkplatz fahren, sich neben meinen Wagen stellen und dann umsteigen?»

«Er hat sie vielleicht in seinem Wagen getötet und dann die Leiche in Ihren gebracht.»

«Sie vergessen die Zigarette im rückwärtigen Aschenbecher. In meinem Wagen hat sie noch gelebt.»

«Angenommen, er hat sie gezwungen, in Ihren Wagen zu steigen?»

«Aus welchem Grund?»

Lanigan zuckte die Achseln. «Vielleicht, um in seinem keine Kampfspuren zu hinterlassen.»

«Sie erkennen die Beweiskraft der Zigarette nicht in ihrem vollen Umfang. Wenn Sie sie auf dem Rücksitz meines Wagens geraucht hat, muß sie ganz ruhig und entspannt gewesen sein. Niemand packte sie an der Kehle – niemand bedrohte sie. Noch etwas: Wenn sie aus irgendeinem Grund zu Bronsteins Wagen zurück mußte, nachdem sie ihr Kleid ausgezogen hatte, wozu dann der Regenmantel?»

«Weil es geregnet hat natürlich!»

Der Rabbi schüttelte ungeduldig den Kopf. «Der Wagen stand direkt vor dem Haus. Wie weit? Fünfzehn Meter? Sie hatte einen Mantel über den Unterrock angezogen. Für eine so kurze Strecke bot das bestimmt genügend Schutz.»

Lanigan stand auf und begann hin und her zu wandern. Der Rabbi beobachtete ihn. Er wollte seinen Gedankengang nicht stören. Doch als der andere weiterhin beharrlich schwieg, sagte Small: «Zugegeben – Bronstein hätte zur Polizei kommen müssen, sobald er von dem Mord erfahren hatte. Vor allem hätte er das Mädchen gar nicht erst ansprechen dürfen. Aber selbst wenn er da einen unverzeihlichen Fehler gemacht hat, so ist es doch verständlich, von seiner häuslichen Situation her gesehen. Und ebenso kann man zwar nicht verzeihen, aber doch verstehen, daß er der Polizei Informationen vorenthalten hat. Die Festnahme und die Publicity hinterher, das ist doch Strafe genug, finden Sie nicht? Hören Sie auf mich, Lanigan: Lassen Sie ihn laufen!»

«Dann hätte ich ja keinen Verdächtigen mehr.»

«Das sieht Ihnen aber nicht ähnlich.»

«Wie meinen Sie das?» Lanigan wurde rot.

«Ich kann mir nicht vorstellen, daß Sie einen Menschen festhalten, bloß um der Presse Fortschritte berichten zu können. Außerdem würde Sie das nur bei Ihren Ermittlungen behindern ... Sie werden ständig über Bronstein nachdenken und Theorien zu entwickeln versuchen, die auf ihn zugeschnitten sind. Sie werden in seiner Vergangenheit herumstochern und alles, was Sie herausfinden, unter dem Gesichtspunkt seiner möglichen Täterschaft werten ... Daß Ihre Untersuchung damit die falsche Richtung nehmen würde, das dürfte doch wohl klar sein.»

«Hm ... Na ja ...»

«Sehen Sie denn nicht, daß Sie gar nichts gegen ihn in der Hand haben, bis auf die Tatsache, daß er nicht sofort bei Ihnen gewesen ist und ausgepackt hat?»

«Aber der *District Attorney* will ihn morgen früh verhören.»

«Dann erklären Sie ihm, daß Bronstein freiwillig erscheinen wird. Ich verbürge mich für ihn. Ich garantiere Ihnen, daß er kommt, wann Sie es wünschen.»

Lanigan nahm seine Aktentasche. «Also gut, ich lasse ihn laufen ...» Er ging zur Tür und blieb stehen, die Hand am Knauf. «Sie wissen natürlich, daß Sie damit Ihre eigene Lage nicht gerade verbessert haben.»

Der Rabbi nickte langsam.

22. Kapitel

Al Becker gehörte nicht zu den Menschen, die eine Gefälligkeit vergessen. Am Morgen nach der Freilassung seines Partners suchte er Abe Casson auf, um ihm persönlich für seine Hilfeleistung zu danken.

«Ja, ich habe zwar mit dem *District Attorney* gesprochen, aber nicht viel erreicht. Wie ich dir schon sagte, hat die hiesige Polizei den Fall weitgehend in der Hand, zumindest bis jetzt.»

«Ist das üblich?»

«Hm, ja und nein. Die Zuständigkeiten sind nicht klar abgegrenzt. Gewöhnlich schaltet sich in Mordfällen die staatliche Kriminalpolizei ein, ferner der *District Attorney*, in dessen Amtsbezirk ein Kapitalverbrechen begangen wird und dessen Dienststelle als Anklagevertreter auftritt. Dann mischt die örtliche Polizei mit, weil sie die Verhältnisse kennt ... Hier bei uns führt Hugh Lanigan die Untersuchung. Mel wurde auf seine Anordnung festgenommen und wieder freigelassen ... Und ich will dir noch was verraten: Lanigan hat sich entschlossen, Mel auf freien Fuß zu setzen, nachdem sich Rabbi Small eingeschaltet hat – er hat Lanigan offenbar klargemacht, daß man das vorliegende Beweismaterial auch anders interpretieren kann, als es die Polizei bisher getan hat.»

Al Becker nahm das zuerst nicht ganz ernst. Er bezweifelte nicht, daß der Rabbi mit Lanigan über den Fall gesprochen hatte, und hielt es auch durchaus für denkbar, daß im Verlauf der Unterhaltung eine zufällige Bemerkung Smalls dem Polizeichef neue Perspektiven eröffnet hatte. Aber daß der Rabbi überzeugende Argumente zur Entlastung Bronsteins beigesteuert haben sollte, daran glaubte er nicht. Dennoch meinte er, den Rabbi aufsuchen und ihm danken zu müssen.

Auch diesmal verlief ihre Begegnung nicht ungezwungen. Becker steuerte direkt auf sein Ziel los. «Ich habe gehört, daß Sie eine gewisse Rolle bei Mel Bronsteins Freilassung gespielt haben, Rabbi.»

Es wäre einfacher gewesen, wenn der Rabbi das – wie erwartet – bescheiden in Abrede gestellt hätte. Doch er antwortete unumwunden: «Ja, das glaube ich auch.»

«Eh ... So. Aha ... Ja, natürlich. Na, Sie kennen ja meine Einstellung zu Mel. Ich hänge an ihm wie an einem jüngeren Bruder. Da können Sie sicher verstehen, wie dankbar ich bin. Ich habe nicht gerade zu Ihren glühendsten Anhängern gezählt ...»

Der Rabbi lächelte. «Und jetzt ist Ihnen das ein bißchen peinlich. Dazu besteht gar keine Veranlassung, Mr. Becker. Ich bin überzeugt davon, daß Ihre Einwände in keiner Weise persönlich gemeint waren. Sie finden, ich sei nicht der richtige Mann für das Amt, das ich innehabe. Es steht Ihnen absolut frei, bei dieser Meinung zu bleiben. Ich habe Ihrem Freund geholfen. Das gleiche hätte ich für Sie oder jeden anderen, der es braucht, getan. Ich bin ganz sicher, daß Sie unter ähnlichen Umständen genauso gehandelt hätten.»

Becker rief Abe Casson an, um ihm von seinem Gespräch mit dem Rabbi zu berichten, und schloß: «Er macht's einem schon verdammt schwer, ihn zu mögen. Ich bin zu ihm gegangen, um ihm zu danken, weil er Mel geholfen hat, und um mich mehr oder weniger dafür zu entschuldigen, daß ich in der Vertragsgeschichte gegen ihn gearbeitet habe. Und er erklärt mir klipp und klar, daß er meine Freundschaft nicht nötig hat und daß es ihm egal ist, ob ich auch in Zukunft gegen ihn bin.»

«Den Eindruck habe ich nach deiner Erzählung nun nicht gerade. Weißt du, Al, vielleicht bist du zu gerissen, um einen Menschen wie den Rabbi zu verstehen. Du bist daran gewöhnt, zwischen den Zeilen zu lesen und zu erraten, was die Leute wirklich meinen. Ist dir je der Gedanke gekommen, daß der Rabbi genau das sagen könnte, was er wirklich meint?»

«Na schön, ich weiß schon, du, Jake Wasserman und Abe Reich – ihr seid hingerissen von ihm. Für euch drei kann der Rabbi nichts Falsches tun, aber ...»

«Nun, für dich hat er doch anscheinend auch richtig gehandelt, Al.»

«Ich will ja gar nicht sagen, daß er mir und Mel keinen Gefallen getan hätte, und bin ihm dafür dankbar. Aber du weißt sehr gut, daß Mel in jedem Fall freigekommen wäre, vielleicht einen, vielleicht sogar zwei Tage später. Sie hatten doch überhaupt nichts gegen ihn in der Hand.»

«Sei da nur nicht so sicher. Du hast keine Ahnung, wie so was gefingert wird. In einem gewöhnlichen Fall, wo einer wegen eines gewöhnlichen Verbrechens vor Gericht gestellt wird – freilich, da bestehen Aussichten, daß er freikommt, wenn er unschuldig ist. Aber hier gibt's noch ein anderes Moment. Das ist kein bloßer Rechtsfall mehr. Da spielt Politik hinein, und dann schert sich keiner mehr darum, ob jemand schuldig ist oder nicht. Sie beginnen in anderen Begriffen zu denken: haben wir genug, um damit vor ein Geschworenengericht zu gehen? Wenn der Mann unschuldig ist, soll sich doch sein Anwalt darum kümmern, und wenn der's nicht tut, ist das eben Pech. Die Sache wird zu einer Art Fußballmatch: auf der einen Seite der *District Attorney*, auf der anderen der Verteidiger, und in der Mitte der Richter als Unparteiischer. Und der Angeklagte? Der ist der Fußball.»

«Ja, aber ...»

«Und noch was, Al. Wenn du das Ganze wirklich aus der richtigen Perspektive sehen willst, frag dich doch nur mal: Was passiert jetzt? Wer ist der Hauptverdächtige? Ich will's dir sagen – der Rabbi ist es. Was immer du von Small halten magst, dumm kannst du ihn nicht nennen. Du kannst also sicher sein, daß er genau gewußt hat: Wenn ich Bronstein loseise, reite ich mich selber rein ... Denk mal in Ruhe darüber nach, Al, und dann frag dich noch mal, ob es tatsächlich so schwer ist, den Rabbi zu mögen.»

23. Kapitel

Am Sonntag regnete es seit den frühen Morgenstunden. Im Korridor und in den Klassenzimmern der Sonntagsschule hing der Geruch nach feuchten Regenmänteln und Gummischuhen. Jacob Wasserman und Abe Casson standen hinter der Eingangstür und starrten mißgelaunt auf den Parkplatz, wo die Regentropfen auf den spiegelnden Asphalt klatschten.

«Viertel nach zehn, Jacob», sagte Casson. «Scheint nichts zu werden mit der Sitzung heute.»

«Ein bißchen Regen, und schon trauen sie sich nicht mehr raus.»

Al Becker gesellte sich zu ihnen. «Abe Reich und Meyer Goldfarb sind hier. Ich glaube nicht, daß ihr viel mehr zusammenkriegt.»

«Warten wir noch eine Viertelstunde», meinte Wasserman.

«Wer bis jetzt nicht da ist, kommt auch nicht mehr», erklärte Casson schroff.

«Wie wär's mit Telefonieren?» schlug Wasserman vor.

«Wenn sie Angst vor dem bißchen Regen haben, hilft kein Anruf», widersprach Becker.

Casson schnaubte verächtlich. «Glaubst du etwa, das hält sie ab?»

«Was denn sonst?»

«Meiner Ansicht nach haben sie kalte Füße bekommen. Begreifst du denn nicht, Al? Die wollen alle da nicht reingezogen werden.»

«In was reingezogen?» fragte Becker. «Wovon zum Henker sprichst du eigentlich?»

«Von dem Mädchen, das ermordet worden ist. Und von einer eventuellen Beziehung zwischen dem Rabbi und ihr. Wir wollten heute über den neuen Vertrag für den Rabbi abstimmen, erinnerst du dich? Meiner Meinung nach haben einige von den Leuten über die möglichen Folgen nachgedacht. Angenommen, sie stimmen dafür, daß der Rabbi bleibt, und dann stellt sich heraus, daß er schuldig ist – was würden wohl ihre Freunde dazu sagen, vor allem die christlichen? Wie würde sich das auf ihr Geschäft auswirken? Kapierst du jetzt?»

«Das wäre mir nie eingefallen», begann Becker langsam.

«Weil dir wahrscheinlich auch nie der Gedanke gekommen ist, daß der Rabbi es getan haben könnte», entgegnete Casson. Er sah Becker eindringlich an. «Sag mal, Al, hast du keine Anrufe gekriegt?»

Becker machte ein verdutztes Gesicht; Wasserman jedoch wurde rot.

«Aha, du hast also welche bekommen, Jacob», fuhr Casson fort.

«Was denn für Anrufe?» fragte Becker.

«Erzähl's ihm, Jacob.»

Wasserman zuckte die Achseln. «Wer kümmert sich schon darum?

Spinner, Narren, Fanatiker – soll ich mir die etwa anhören? Da gibt's nur eins für mich – ich hänge ab.»

«Und du hast auch welche gehabt?» wandte sich Becker an Casson.

«Ja. Ich nehme an, sie haben Jacob angerufen, weil er Gemeindevorsteher ist. Und mich, weil ich mich mit Politik befasse und deshalb bekannt bin.»

«Und was hast du dagegen unternommen?» bohrte Becker weiter.

Casson zuckte die Achseln. «Dasselbe wie Jacob – nichts. Was kann man denn dagegen unternehmen? Wenn der Mörder gefunden ist, hört das sowieso auf.»

«Na schön, aber etwas tun sollte man doch. Zumindest müßten wir die Polizei informieren oder ...»

«Und was können die machen? Was anderes wäre es, wenn ich eine Stimme wiedererkennen sollte.»

«Hm ...»

«Das ist neu für dich, wie? Für Jacob wahrscheinlich auch. Aber für mich nicht. Diese Sorte von Anrufen habe ich in jedem Wahlkampf bekommen. Die Welt wimmelt von Verrückten – von verbitterten, enttäuschten, verstörten Menschen. Als Individuen sind sie meist harmlos. Im Kollektiv aber flößen sie einem Unbehagen ein. Sie schreiben schmutzige, obszöne Briefe an die Zeitungen oder an Leute, die namentlich in den Nachrichten erwähnt werden. Und wohnt jemand im gleichen Ort, rufen sie ihn eben an.»

Wasserman sah auf die Uhr. «Nun, Herrschaften, ich fürchte, wir werden heute keine Sitzung haben.»

«Es wäre nicht das erste Mal, daß wir nicht beschlußfähig sind», meinte Becker.

«Und was soll ich dem Rabbi sagen? Daß er sich noch eine Woche gedulden soll? Und daß wir nächste Woche bestimmt beschlußfähig sein werden?» Er musterte Becker spöttisch.

Becker errötete. Dann bullerte er plötzlich wütend los. «Wenn wir heute nicht beschlußfähig sind, dann eben nächste Woche oder übernächste oder überübernächste ... Du hast ja die Stimmen. Braucht er's denn schriftlich?»

«Du hast eine Kleinigkeit vergessen, Al: die Gegenstimmen, die du selber zusammengetrommelt hast», erinnerte ihn Casson.

«Über die braucht ihr euch keine Sorgen mehr zu machen», entgegnete Becker steif. «Ich habe meinen Freunden gesagt, daß ich für eine Erneuerung des Vertrages bin.»

Hugh Lanigan erschien an jenem Abend auf einen Sprung beim Rabbi. «Ich wollte Ihnen zu Ihrer Begnadigung gratulieren. Meine Informationsquelle weiß zu berichten, daß die Opposition gegen Sie zusammengebrochen ist.»

Der Rabbi lächelte unverbindlich.

«Sie scheinen nicht sehr glücklich darüber zu sein», sagte Lanigan und sah ihn prüfend an.

«Es kommt mir ein bißchen so vor, als wenn man durch die Hintertür wieder hereinspaziert.»

«Ach so – Sie meinen, Sie wurden wieder ernannt oder gewählt oder was auch immer, weil Sie Bronstein helfen konnten. Nun, in diesem Fall kann ich Ihnen mal eine Lektion erteilen, Rabbi. Ihr Juden seid skeptisch, kritisch und logisch.»

«Ich war stets der Ansicht, daß wir als überaus gefühlsbetont gelten», erwiderte der Rabbi.

«Das seid ihr auch, aber eben nur in Gefühlsdingen. Ihr Juden habt überhaupt keine Ader für Politik, und wir Iren besitzen ein Naturtalent dafür. Wenn ihr kandidiert, steigt ihr in all euren Reden und eurer Propaganda sofort in die Kernfragen ein. Und wenn ihr verliert, tröstet ihr euch mit dem Gedanken, daß ihr für die Kernfragen gekämpft und vernünftig und logisch argumentiert habt. Es muß ein Jude gewesen sein, der mal gesagt hat, er sei lieber im Recht – als Präsident der Vereinigten Staaten ... Ein Ire ist nicht so dumm; er weiß genau, daß man gar nichts tun kann, wenn man nicht gewählt wird. Deshalb heißt sein oberster Grundsatz in der Politik, daß man gewählt werden muß. Und der zweite lautet: ein Kandidat wird nicht auf Grund von logischen Argumenten gewählt, sondern wegen seines Haarschnitts, seines Hutes oder seines Akzentes. Deshalb lassen Sie sich keine grauen Haare über die Gründe oder die Art Ihrer Wahl wachsen. Freuen Sie sich lieber über die Tatsache.»

«Mr. Lanigan hat recht, David», warf Miriam ein. «Wir wissen, du hättest eine ebenso gute oder bessere Stellung bekommen können, wenn dein Vertrag nicht erneuert worden wäre, aber du bist doch gern hier in Barnard's Crossing ... Übrigens ist Mr. Wasserman sicher, daß die Gehaltserhöhung bewilligt wird, und die können wir gut gebrauchen.»

«Darüber ist bereits disponiert, meine Liebe», sagte der Rabbi hastig.

Sie schnitt ein Gesicht. «Noch mehr Bücher?»

Er schüttelte den Kopf. «Diesmal nicht. Wenn die Geschichte endlich vorbei ist, nehme ich das Extrageld als Zuschuß für einen neuen Wagen. Der Gedanke an das arme Mädchen ... Jedesmal wenn ich einsteige, überfällt mich beinahe ein Schaudern. Und ich erfinde Ausreden, um laufen zu können und nicht fahren zu müssen.»

«Verständlich», meinte Lanigan. «Vielleicht ändert sich dieses Gefühl, sobald wir den Mörder haben.»

«Ach? Wie sieht's damit aus?»

«Wir erhalten ständig neues Material. Wir arbeiten Tag und Nacht ununterbrochen. Gerade jetzt haben wir wieder vielversprechende Fingerzeige bekommen.»

«Anders formuliert: Einstweilen sitzen Sie in der Sackgasse.»

Lanigans Antwort bestand in einem Achselzucken und einem schiefen Lächeln.

«Wenn Sie meinen Rat hören wollen», sagte Miriam, «dann schlagen Sie sich die Sache jetzt mal aus dem Kopf und trinken lieber eine Tasse Tee.»

«Sehr vernünftig», nickte Lanigan.

Sie tranken Tee und plauderten über die Stadt, über Politik, über das Wetter – ziellos und oberflächlich, wie unbeschwerte Menschen Konversation betreiben. Endlich erhob sich Lanigan widerstrebend. «Es hat gutgetan, nur hier zu sitzen und zu schwatzen, Mrs. Small, aber ich muß jetzt zurück.»

Er war noch im Aufbruch, als das Telefon klingelte. Obwohl der Rabbi am nächsten stand, lief seine Frau zum Apparat und nahm ab. Sie meldete sich, lauschte einen Augenblick und preßte den Hörer fest ans Ohr. «Bedaure, falsch verbunden», sagte sie energisch und legte auf.

«In den letzten zwei Tagen scheint es ziemlich viele falsche Verbindungen zu geben», bemerkte der Rabbi.

Lanigan, die Hand auf dem Türknauf, ließ den Blick vom harmlosen, freundlichen Gesicht des Rabbis zu Miriam wandern. Ihre Wangen hatten sich gerötet – Verlegenheit? Verdruß? Zorn? Er glaubte, ein fast unmerkliches Kopfschütteln wahrzunehmen, und ging lächelnd hinaus.

Im *Ship's Cabin* fand sich allabendlich etwa derselbe Kreis in der runden Nische gegenüber dem Eingang zusammen. Manchmal waren es sechs Personen, meistens aber nur drei bis vier. Sie nannten sich die Ritter von der Tafelrunde und randalierten gern. Alf Cantwell, der Besitzer, war zwar streng und brüstete sich, seinen Laden korrekt zu führen, neigte jedoch ihnen gegenüber zur Nachsicht, weil sie Stammgäste waren; außerdem trugen sie ihre gelegentlichen Händel immer nur untereinander aus. Selbst bei den zwei oder drei Gelegenheiten, als er seinem Barmann Anweisung geben mußte, ihnen nichts mehr auszuschenken, und sie sogar aufgefordert hatte, das Lokal zu verlassen, waren sie nicht beleidigt gewesen, sondern am nächsten Abend mit der leicht zerknirschten Entschuldigung wiedererschienen: «Gestern nacht waren wir wohl ’n bißchen angesäuselt, Alf. Tut uns leid, soll nicht wieder vorkommen.»

Als Stanley am Montag abend gegen halb zehn das Lokal betrat, saßen sie zu viert am Tisch. Buzz Applebury, ein hochgewachsener, magerer Mann mit langer Nase, rief ihn sofort an. Er besaß ein Malergeschäft, und Stanley hatte gelegentlich für ihn gearbeitet. «Hallo, Stanley! Komm her und trink was.»

«Hm . . .» Stanley war unschlüssig. Gesellschaftlich standen sie eine Stufe über ihm, denn sie waren Kaufleute, er dagegen nur Arbeiter: Harry Cleeves, Inhaber einer Elektroreparaturwerkstatt, Don Winters, Besitzer eines kleinen Lebensmittelladens, und Malcolm Larch, der ein Immobilien- und Versicherungsbüro hatte.

«Los, zier dich nicht und setz dich zu uns, Stanley», drängte Larch und rückte auf die runde Bank hinüber, um ihm Platz zu machen. «Was willst du trinken?»

Sie hatten Whisky vor sich stehen. Stanley trank immer Bier und wollte nun die gebotene Gastfreundschaft nicht ausnutzen. «Für mich ’n Bier», sagte er.

«Prima, Junge, bleib du nur nüchtern. Du mußt uns nämlich vielleicht nach Haus verfrachten.»

«Na klar», grinste Stanley erfreut.

Harry Cleeves, ein blonder Riese mit rundem Babygesicht, hatte die ganze Zeit mürrisch in sein Glas gestiert und keinerlei Notiz von Stanley genommen. Jetzt wandte er sich ihm zu und fragte gewichtig: «Arbeitest du immer noch in der jüdischen Kirche?»

«In der Synagoge, meinst du? Klar.»

«Du bist schon lange dort», bemerkte Applebury.

«Zwei . . . Nee, drei Jahre.»

«Hast du auch so ’n kleines Käppi auf wie die Brüder beim Gebet?»

«Klar, wenn sie ihren Gottesdienst haben und ich Dienst mache.»

Applebury wandte sich an die anderen. «Wenn sie ihren Gottesdienst haben und er Dienst macht, sagt er.»

«Woher weißt du denn, ob du dadurch kein Jude wirst?» erkundigte sich Winters.

Stanley sah rasch von einem zum anderen und kam zu dem Schluß, daß sie ihn aufziehen wollten. Lachend erwiderte er: «Meine Fresse, Don, von so was wird man doch noch kein Jude.»

«Natürlich nicht, Don», sagte Applebury und schielte mißbilligend an seiner langen Nase herab auf seinen Freund. «Das weiß doch jedes Kind. Jude wirst du erst, wenn sie dir dein Dingsbums abschneiden. Haben sie dich beschnitten, Stanley?»

Stanley war überzeugt davon, daß das ein Witz sein sollte, und lachte pflichtschuldig. «Klasse», fügte er hinzu, um damit zu zeigen, daß er den Spaß auch richtig zu würdigen verstand.

«Gib bloß acht, Stanley», fuhr Winters fort, «wenn du dich mit den Juden einläßt, wirst du eines Tages selber so gerissen, daß du gar nicht mehr zu arbeiten brauchst.»

«Ach was, so gerissen sind die ja gar nicht», meinte Applebury. «Ich hab mal für einen von den Brüdern oben in Point gearbeitet. Bitten die mich doch um 'n Kostenvoranschlag, und ich schlag vorsichtshalber gleich mal 'n Drittel auf, weil ich doch damit gerechnet hab, daß die mich sowieso runterhandeln. Und was sagt der Jude zu mir? ‹Fangen Sie an, aber machen Sie Ihre Sache gut!› Na ja, und da ist dann seine Frau gekommen und hat die Farben so und kein bißchen anders haben wollen. Da hieß es nur dauernd: ‹Würden Sie wohl diese Wand eine winzige Schattierung dunkler streichen als die andere, Mr. Applebury?› Und: ‹Könnten Sie wohl die Leisten ganz mattieren, Mr. Applebury?› Na ja, und das war vielleicht schon den Preisunterschied wert ... Es war wirklich 'ne nette kleine Frau», fügte er in Erinnerung versunken hinzu. «Sie hat immer solche engen schwarzen Hosen angehabt, und beim Gehen hat sie immer so mit ihrem kleinen Hintern gewackelt. Das hat mich richtig aus der Arbeit rausgebracht.»

«Ich hab gehört, Hugh Lanigan will Jude werden», sagte Harry Cleeves. Die anderen lachten, was er jedoch offenbar nicht registrierte. Plötzlich wandte er sich an Stanley. «Wie steht's damit, Stanley? Hast du was davon gehört, daß die da unten Vorbereitungen treffen, um Hugh Lanigan zu vereidigen?»

«Nee.»

«Aber ich hab was davon läuten hören, Harry», warf Malcolm Larch ein. «Hugh hat nicht etwa vor, zu den Brüdern überzutreten. Es dreht sich nur um die Sache mit dem Mädchen. Ich denke mir, Hugh steckt mit denen ihrem Rabbi unter einer Decke, damit nur ja nichts durchsickert ... Ich meine, kein Beweis dafür, daß der Rabbi das auf dem Kerbholz hat.»

«Wie kann er denn so was tun?» fragte Cleeves. «Ich meine ... Wenn's der Rabbi gewesen ist, wie kann Hugh das dann vertuschen?»

«Also ich hab's so gehört: Er hat versucht, es statt dessen diesem Bronstein anzuhängen, weil Bronstein nicht zu ihrem Verein gehört. Aber dann stellt sich auf einmal raus, daß er zu einem von ihren hohen Tieren Beziehungen hat. Was bleibt ihnen übrig? Sie müssen ihn wieder laufenlassen. Jetzt suchen sie sich bestimmt irgendeinen Außenstehenden als Sündenbock ... Bitte, das sagen Leute, die es wissen müssen. Hat dich Hugh mal unter Druck gesetzt, Stanley?» fragte er betont harmlos.

Stanley war jetzt sicher, daß sie ihn durch den Kakao zogen, aber er fühlte sich auf einmal unbehaglich. Er zwang sich zu einem Grinsen. «Nee. Hugh schert sich 'nen Dreck um mich.»

«Eins versteh ich nicht», murmelte Cleeves nachdenklich. «Aus welchem Grund wollte der Rabbi die Kleine eigentlich umbringen?»

«Das gehört zu ihrer Religion, hat einer zu mir gesagt», erklärte Winters. «Aber . . . Ich meine, das hört sich ja nun ziemlich unwahrscheinlich an.»

«Ich halte da auch nicht viel von, zumindest nicht hier in der Gegend», meinte Larch. «In Europa vielleicht, oder in 'ner Stadt wie New York, wo sie mächtig sind und mit so was durchkommen könnten. Aber nicht bei uns.»

«Was hat er denn dann von so 'nem jungen Ding gewollt?» fragte Winters.

«Sie war doch schwanger, oder?» wandte sich Cleeves abrupt an Stanley. «Hat er das von ihr gewollt, Stanley?»

«Ach, ihr habt ja 'n Dachschaden!» knurrte Stanley. Sie lachten, ohne daß sich die Atmosphäre merklich entspannte. Ihm war ungemütlich zumute.

Larch sagte: «Du, Harry, mußt du nicht mal telefonieren?»

Cleeves sah auf die Uhr. «Ist's nicht schon 'n bißchen spät?»

«Je später, desto besser, Harry.» Er zwinkerte seinen Freunden zu und sagte: «Stimmt's nicht, Stanley?»

«Kann schon sein.»

Das rief neuerliches Gelächter hervor. Stanleys Gesicht war zur grinsenden Maske erstarrt. Er wollte aufbrechen, wußte aber nicht recht, wie. Alle beobachteten jetzt stumm, wie Cleeves die Nummernscheibe drehte und dann in die Muschel sprach. Nach wenigen Minuten kam er wieder heraus und machte mit Daumen und Zeigefinger ein O, um zu zeigen, daß der Anruf erfolgreich gewesen war.

Stanley stand auf, damit Cleeves wieder auf seinen Platz konnte. Da wurde ihm klar, daß jetzt der Augenblick gekommen war, sich zu verdrücken. «Tja, ich geh dann mal heim», murmelte er.

«Mach doch keinen Unsinn, Stanley. Trink lieber noch eins.»

«So jung kommen wir nicht wieder zusammen, Stanley.»

«Der Abend hat doch eben erst angefangen . . .»

Applebury packte ihn beim Arm, aber Stanley schüttelte ihn ab und marschierte zur Tür.

Carl Macomber, Stadtverordnetenvorsteher von Barnard's Crossing, war von Natur aus ein Grübler. Lang, dürr, grauhaarig, seit vierzig Jahren Kommunalpolitiker, davon rund die Hälfte im Stadtparlament. Als Vorsteher erhielt er zweihundertfünfzig Dollar jährlich, fünfzig mehr als seine Kollegen. Diese Summe war fraglos keine angemessene Entschädigung für die drei oder mehr Stunden wöchentlich, die er das Jahr über in Sitzungen verbrachte, auch nicht für die zahllosen Stunden, in denen er für die Stadt arbeitete, noch für die hektischen Wochen des Wahlkampfes alle zwei Jahre.

Ohne Zweifel hatte sein kleines Herrenartikelgeschäft unter seiner Leidenschaft für Politik gelitten. Bei jeder Wahl gab es ausgiebige Debatten mit seiner Frau, ob er wieder kandidieren solle. Er erklärte oft, sie zu überzeugen, sei für ihn die größte Hürde im ganzen Wahlkampf.

«Aber, Martha, ich muß einfach bei der Stange bleiben, wo's jetzt darum geht, daß das Dollop-Grundstück vom Staat enteignet werden soll. Über das ganze komplizierte Drum und Dran weiß außer mir kein Mensch Bescheid ...»

Beim vorigen Mal war es die neue Schule gewesen, und davor die neue Gesundheits- und Hygiene-Abteilung, und davor die Überprüfung der Gehälter der städtischen Angestellten, und davor wieder etwas anderes. Manchmal wunderte er sich selbst darüber. Seine starre Yankeeseele erlaubte es ihm nicht, sich eine so sentimentale Anwandlung wie die Liebe zu seiner Geburtsstadt einzugestehen. Vielmehr bemäntelte er es damit, daß er eben gern im Mittelpunkt des Geschehens und über alles im Bilde sei und daß er nur seine Pflicht tue, weil er nun einmal für diese Aufgabe befähigter sei als sämtliche anderen Kandidaten.

Wenn man die Geschicke der Stadt lenken will, pflegte er zu sagen, darf man sich nicht erst mit den Problemen beschäftigen, wenn sie akut werden – da ist es bereits zu spät. Nein, fuhr er dann fort, man muß eine Krise im Werden wittern können und ihr zuvorkommen ... Um eine solche Situation handelte es sich jetzt bei dem ‹Synagogen-Mord›, wie die Zeitungen den Fall betitelt hatten. Das wollte er nicht in der regulären Sitzung erörtern. Schon die fünf Mitglieder waren ihm zuviel – er brauchte ja nur drei Stimmen für die Mehrheit, um jeden Beschluß mit einem Minimum an Diskussionen in einer offiziellen Versammlung durchzupeitschen. Er hatte Heber Nute und George Collins angerufen, nächst ihm die ältesten im Amt. Jetzt saßen sie in seinem Wohnzimmer, tranken eisgekühlten Tee und kauten

Ingwerplätzchen, die Martha Macomber auf einem Tablett hereingebracht hatte. Sie unterhielten sich über das Wetter, den Geschäftsgang und die allgemeine politische Lage der Vereinigten Staaten. Endlich rückte Carl Macomber mit der Sprache heraus.

«Ich hab euch hergebeten wegen der Sache mit der Synagoge unten in Chilton. Das macht mir Kummer. Neulich abend war ich im *Ship's Cabin* und hab da ein Geschwätz gehört, das mir gar nicht gepaßt hat. Ich saß in einer der Nischen, konnte also nicht gesehen werden. Es waren die üblichen Tagediebe, die dort ihr Bier trinken und sich am liebsten selber reden hören. Sie sagten, der Rabbi müsse es getan haben, und es geschehe nichts, weil die Polizei von den Juden bestochen sei. Hugh Lanigan und der Rabbi seien dicke Freunde und besuchten sich dauernd gegenseitig.»

«Da war wohl Buzz Applebury der Wortführer, was?» erkundigte sich George Collins, ein dicker, umgänglicher Mann. «Vor ein paar Tagen war er bei mir wegen eines Kostenvoranschlages – ich will die Fensterrahmen streichen lassen ... Da hat er auch so dahergeredet. Natürlich hab ich ihn ausgelacht. Einen armen Irren hab ich ihn genannt.»

«Stimmt schon, es war Buzz Applebury», gab Macomber zu. «Aber außerdem noch drei oder vier andere. Sie schienen alle ein Herz und eine Seele zu sein.»

«Und das macht dir Kopfschmerzen, Carl?» fragte Heber Nute. Er war nervös, reizbar und wirkte ständig verärgert. Auf der straffgespannten Haut seiner Glatze schwoll eine Zornesader an. «Verdammt noch mal, um solche Leute darf man sich doch gar nicht kümmern!» Seine Stimme bebte vor Empörung darüber, daß er wegen einer Bagatelle hergeholt worden war.

«Du irrst dich, Heber; es war ja nicht nur dieser Wirrkopf Applebury. Und die anderen fanden das offenbar durchaus vernünftig. Dieses dumme Geschwätz macht längst die Runde, und es kann gefährlich werden.»

«Ich sehe nicht, was du dagegen tun kannst, Carl», bemerkte Collins bedächtig. «Du kannst ihm nur wie ich sagen, daß er ein armer Irrer ist.»

«Genützt hat das offenbar auch nichts», warf Nute griesgrämig ein. «Du hast doch noch was auf dem Herzen, Carl. Ein Kerl wie Applebury bringt dich doch nicht so aus der Fassung. Also, was ist los?»

«Es ist ja nicht Applebury allein. Von meiner Kundschaft habe ich den gleichen Blödsinn gehört. Mir gefällt das nicht. Überall dieses Gerede, seitdem die Geschichte losgegangen ist. Es hat sich ein bißchen gelegt, als Bronstein festgenommen wurde, aber nach seiner Freilassung ist es nur noch schlimmer geworden. Wenn's nicht Bronstein war, muß es eben der Rabbi gewesen sein, sagen die Leute. Und daß der Rabbi nicht angeklagt wird, weil er mit Hugh Lanigan befreundet ist.»

«Hugh ist durch und durch Polizist», erklärte Nute. «Er würde seinen eigenen Sohn verhaften, wenn der was ausgefressen hätte.»

«Hat denn nicht der Rabbi diesen Bronstein losgeeist?» fragte Collins.

«Stimmt; aber das wissen die Leute ja nicht.»

«Sobald sie den Mörder erwischt haben, gibt's Ruhe», meinte Collins.

«Woher willst du wissen, daß es nicht der Rabbi war?» fragte Nute.

«Na, und woher wollen wir wissen, daß sie den Mörder finden?» konterte Macomber. «Solche Fälle werden manchmal nie aufgeklärt. Und in der Zwischenzeit wird ein Haufen Unheil angerichtet.»

«Unheil? Wieso?»

«Wenn Gehässigkeit und Bosheit geschürt werden. Die Juden sind empfindlich und reizbar. Und hier handelt sich's schließlich um ihren Rabbi.»

«Das ist eben ihr Pech», knurrte Nute. «Aber ich sehe nicht ein, warum wir Samthandschuhe anziehen sollen, bloß weil sie empfindlich sind.»

«In Barnard's Crossing leben über dreihundert jüdische Familien», entgegnete Macomber. «Da die meisten von ihnen in Chilton wohnen, kannst du den derzeitigen Marktwert ihrer Häuser auf rund zwanzigtausend Dollar pro Stück veranschlagen. Bei unserer Steuerveranlagung werden fünfzig Prozent des Marktwertes zugrunde gelegt. Das heißt dreihundert mal zehntausend, also drei Millionen Dollar. Drei Millionen Dollar bringen ganz hübsche Steuern ein.»

«Na, und wenn die Juden nun ausziehen, kommen eben Christen dafür», meinte Nute. «Das würde mich nicht kratzen.»

«Du machst dir nicht viel aus Juden, nicht wahr, Heber?» fragte Macomber.

«Nein, könnte ich nicht behaupten.»

«Und wie steht's mit Katholiken und Farbigen?»

«Für die hab ich auch keine besondere Vorliebe.»

«Und für Yankees?» fragte Collins grinsend.

«Aus denen macht er sich genausowenig», sagte Macomber ebenfalls grinsend. «Weil er nämlich selber einer ist ... Wir Yankees können keinen Menschen leiden, uns selber eingeschlossen, aber wir tolerieren jeden.»

Sogar Heber gluckste.

«Also deswegen habe ich euch heute abend hergebeten», fuhr Macomber fort. «Weil ich an Barnard's Crossing denke und an die Veränderungen in den vergangenen fünfzehn, zwanzig Jahren. Unsere Schulen können heute jede Konkurrenz aushalten. Wir haben eine Bibliothek, die als eine der besten in Städten unserer Größenordnung gilt. Wir haben ein neues Krankenhaus gebaut. Wir haben das Kanalisationsnetz um viele Kilometer erweitert und viele Kilometer von Straßen gepflastert. Unsere Stadt ist in den fünfzehn Jahren nicht nur größer, sondern auch besser geworden. Und das ist den Bewohnern von Chilton zu verdanken – Juden und Christen. Täuscht euch da nicht. Die Leute in Chilton – ich spreche jetzt von den Christen – sind anders als wir hier in Old Town. Sie haben in ihrem Wesen mehr Ähnlichkeit mit ihren jüdischen Nachbarn als mit uns. Junge leitende Angestellte, Wissenschaftler, Ingenieure – kurz, Intellektuelle. Die meisten von ihnen haben promoviert, ihre Frauen waren auf dem College, und ihre Kinder sollen auch mal aufs College. Und ihr wißt ja, weshalb sie hergekommen sind ...»

«Weil sie eine halbe Stunde von Boston entfernt und im Sommer nahe am Ozean sind», platzte Nute heraus. «Das ist der Grund.»

«Es gibt noch andere Städte am Meer. Von denen hat keine einzige auch nur halb soviel getan wie wir, und alle haben sie einen höheren Steuersatz», erwiderte Macomber ruhig. «Nein, es ist was anderes. Damals bei der Hexenjagd in Salem sind etliche zu uns geflüchtet, und wir haben sie versteckt. Bei uns hat's nie eine Hexenjagd gegeben, und ich möchte auch heute keine haben.»

«Bitte, keine Vorlesung in Lokalgeschichte!» knurrte Collins. «Komm endlich zur Sache, Carl. Du hast doch was, das merke ich doch. Dich bedrückt doch nicht nur die Schandschnauze Buzz Applebury ... Raus mit der Sprache – was ist los?»

Macomber nickte. «Es dreht sich um Anrufe. Anonyme Anrufe von Verrückten, manchmal spätnachts. Becker, der die Lincoln-Ford-Vertretung hat, war bei mir, um ein Angebot für den neuen Streifenwagen der Polizei zu machen. Das war jedenfalls der Vorwand. Und dann hat er gesprächsweise erwähnt, daß ihr Gemeindevorsteher Wasserman und Abe Casson – ihr kennt ihn – Anrufe bekommen haben. Ich hab mich mit Hugh darüber unterhalten. Er hat nichts davon gehört, wie er sagte, aber es würde ihn nicht wundern, wenn sie auch den Rabbi telefonisch belästigen.»

«Dagegen können wir doch nichts unternehmen, Carl», sagte Nute.

«Da bin ich nicht so sicher. Wenn wir der ganzen Stadt klipp und klar zeigen, daß wir strikt gegen so was sind, würde das vielleicht helfen. Nun konzentriert sich ja alles hauptsächlich auf den Rabbi – obwohl, wenn ihr mich fragt, der ist nur eine bequeme Ausrede für Buzz

Applebury, damit er sich aufspielen kann ... Und da hab ich mir überlegt, ob wir nicht vielleicht den Unsinn benutzen sollten, den sich die Handelskammer vor zwei oder drei Jahren ausgedacht hat. Ich meine das Segnen der Boote zu Beginn der Regattawoche. Einmal hat das Monsignore O'Brien übernommen, und einmal Dr. Skinner ...»

«Und im vorigen Jahr Pastor Muller», warf Collins ein.

«Das sind zwei Protestanten und ein Katholik. Wie wär's denn, wenn wir ankündigten, daß dieses Jahr Rabbi Small die Boote segnet? Damit können wir doch zeigen, daß wir gegen diese Vorgänge sind.»

«Aber ... Nein, das kannst du doch nicht machen, Carl! Die Juden haben ja nicht mal einen Segelclub. Bei den *Argonauten* sind eine Menge katholische Mitglieder. Deshalb haben sie auch Monsignore O'Brien aufgefordert. Im *Northern* und im *Atlantic* gibt's keine Katholiken, geschweige denn Juden. Die werden sich das nicht bieten lassen. Sie haben sich sogar gegen den Monsignore mit Händen und Füßen gesträubt.»

«Die Stadt tut sehr viel für die Jachtclubs», meinte Macomber. «Und wenn man ihnen erklärt, daß der Magistrat einstimmig dafür ist, müssen sie sich's eben gefallen lassen, verdammt noch mal.»

«Kreuzdonnerwetter, das kannst du doch den Jachtclubs nicht zumuten!» protestierte Nute. «Du kannst ja auch nicht von den Leuten verlangen, daß sie ihre Kinder vom Rabbi taufen lassen!»

«Na, ich bitte dich! Wer hat denn die Boote gesegnet, bevor die Handelskammer auf diesen glorreichen Einfall kam?»

«Kein Mensch.»

«Also ist das Ganze überflüssig. Ich habe jedenfalls nichts davon bemerkt, daß sie auch nur einen Knoten mehr machen, seitdem wir mit dem Segnen angefangen haben. Schlimmstenfalls könnten die Leute sagen, daß der Segen des Rabbiners nichts genützt hat – genausowenig wie der protestantische oder der katholische Segen.»

«Na ja, laß gut sein», sagte Nute. «Was sollen wir nun tun?»

«Gar nichts, Heber. Ich gehe zum Rabbi und frag ihn. Ihr müßt mir nur den Rücken stärken, falls wir mit den beiden anderen im Magistrat Scherereien kriegen.»

Joe Serafino stand im Eingang zum Speiseraum und ließ den Blick über die besetzten Tische wandern. «Allerhand los heute, Lennie», bemerkte er.

«Hm hm ... Ganz gut besucht.» Dann murmelte der Oberkellner, ohne die Lippen zu bewegen: «Sehen Sie sich mal den Polypen an – am dritten Tisch vom Fenster.»

«Woher wissen Sie ...?»

«Ich riech 'nen Bullen meilenweit, und den da kenn ich sowieso. Er ist von der staatlichen Kriminalpolizei.»

«Hat er Sie angesprochen?»

Leonard zuckte die Achseln. «Seit der Geschichte mit dem Mädchen schnüffeln die doch dauernd hier rum. Aber heute ist das erste Mal einer reingekommen und hat 'n Drink bestellt.»

«Wer ist denn die Frau neben ihm?»

«Wohl seine eigene.»

«Dann gönnt er sich vielleicht nur 'ne kleine Schnaufpause.» Plötzlich erstarrte er. «Was tut denn die Kleine hier, die Stella?»

«Richtig! Das wollte ich Ihnen ja erzählen: Sie will mit Ihnen sprechen. Ich hab ihr gesagt, daß ich ihr Bescheid gebe, wenn Sie kommen.»

«Was will sie denn?»

«'ne feste Stellung, denk ich mir. Ich kann sie ja abwimmeln, wenn Sie wollen. Ich sag ihr, Sie haben zuviel zu tun heute und rufen sie an.»

«Machen Sie das ... Ach nein. Lassen Sie nur; ich spreche mit ihr.»

Er schlängelte sich zwischen den Tischen hindurch, blieb da und dort stehen, um einen alten Stammgast zu begrüßen. Ohne in ihre Richtung zu blicken, manövrierte er sich allmählich zu ihrem Platz. «Was soll das, Mädchen? Wenn du wegen 'ner Stellung gekommen bist, hast du nichts bei den Gästen zu suchen.»

«Mr. Leonard hat gesagt, ich soll mich hierhersetzen. Er hat gesagt, das sieht besser aus, als wenn ich im Vorraum warte.»

«Also, was willst du?»

«Ich muß mit Ihnen reden – unter vier Augen.»

Er meinte, einen drohenden Unterton in ihrer Stimme zu entdecken, und sagte: «Okay. Wo ist dein Mantel?»

«In der Garderobe.»

«Hol ihn dir. Weißt du, wo mein Wagen steht?»

«Wo Sie ihn immer parken?»

«Ja. Geh hin und warte auf mich. Ich komme gleich nach.»

Er setzte seine Runde bis zur Küchentür fort und schlüpfte rasch hinein. Eine Minute später hastete er über den Parkplatz.

Er schob sich hinter das Steuerrad und fragte: «Also, was hast du auf dem Herzen? Ich hab nicht viel Zeit.»

«Die Polente war heute vormittag bei mir, Mr. Serafino.»

«Was hast du ihnen erzählt?» fuhr es ihm heraus. Er merkte sofort, daß er einen Schnitzer gemacht hatte. Betont desinteressiert erkundigte er sich, was die Polizei gewollt habe.

«Keine Ahnung. Ich war nicht zu Hause. Sie haben mit der Frau gesprochen, bei der ich wohne. Der haben sie einen Namen und 'ne Telefonnummer hinterlassen; da soll ich anrufen ... Ich hab gesagt, wenn sie wieder anrufen, soll sie sagen, ich bin den ganzen Tag weggewesen ... Ich wollte erst mal mit Ihnen sprechen. Ich hab Angst.»

«Wovor denn? Du weißt doch gar nicht, was sie von dir wollen.»

Im Dunkeln sah er, wie sie nickte. «Ich kann's mir schon denken. Sie haben nämlich meine Wirtin gefragt, ob sie weiß, wann ich nach Hause gekommen bin ... Damals nachts ... Na, Sie wissen schon.»

Er zuckte gleichgültig die Achseln. «Du hast doch in der Nacht hier gearbeitet. Deshalb müssen sie dich natürlich fragen. Sie haben sich alle hier vorgenommen. Reine Routinesache. Wenn sie noch mal kommen, sag ihnen ruhig die Wahrheit. Du hast Angst gehabt, an deinem ersten Tag hier so spät allein nach Hause zu gehen. Und da hab ich dich eben im Wagen heimgefahren und gegen Viertel nach eins abgesetzt.»

«Aber das stimmt doch nicht! Es war früher, Mr. Serafino.»

«Ach? War's erst eins?»

«Wie ich reingekommen bin, hab ich auf die Uhr gesehen, Mr. Serafino. Halb eins war's.»

Jetzt wurde er wütend – wütend und ein wenig ängstlich. «Du willst wohl schlau sein, Mädchen, was? Versuchst du etwa, mich in eine Mordsache reinzuziehen?»

«Ich versuche gar nichts, Mr. Serafino», widersprach sie. «Ich weiß genau, es war halb eins, wie Sie mich vor meinem Haus abgesetzt haben, sogar 'n bißchen eher, weil ich um halb ja schon drin war ... Ich kann so schlecht lügen, Mr. Serafino. Da hab ich mir gedacht, ich haue vielleicht lieber nach New York ab – 'ne Schwester von mir ist dort verheiratet. Und dort such ich mir 'n Job ... Wenn das stimmt, was Sie sagen, und die Polizei nur 'ne routinemäßige Überprüfung bei mir gemacht hat, dann kümmern die sich doch wahrscheinlich gar nicht mehr um mich, wenn ich einfach verdufte.»

«Hm ... Da hast du vielleicht recht ...»

«Ich brauch aber 'n bißchen Taschengeld, Mr. Serafino ... Für Spesen. Erst mal die Fahrkarte; und dann muß ich ja meiner Schwester was fürs Wohnen und Essen zahlen. Außerdem find ich's besser, wenn ich nicht gleich zu ihr ziehe.»

«Wieviel hast du dir denn so gedacht?»

«Kommt drauf an, ob ich sofort 'ne Stellung kriege. Dann brauch ich ja nicht soviel. Aber ... Na, sagen wir mal ... Fünfhundert Dollar? Ja – die müßt ich schon haben. Auf alle Fälle.»

«Ein hübscher, kleiner Erpressungsversuch, ja?» Er beugte sich zu ihr. «Jetzt paß mal gut auf. Du weißt, daß ich mit dem Mädchen gar nichts zu tun hatte.»

«Ich . . . ich weiß wirklich nicht, was ich denken soll, Mr. Serafino.»

«O doch, das weißt du ganz genau.» Er wartete auf Antwort, aber sie blieb stumm. Er sprach in verändertem Ton weiter. «Die Idee mit dem Abhauen nach New York – das ist Quatsch. Wenn du verduftest, wird die Polente sofort mißtrauisch. Die finden dich, verlaß dich drauf. Und fünfhundert Dollar – das schlag dir mal aus dem Kopf, Puppe. Ich kann nicht mit dem Geld um mich schmeißen.» Er zog die Brieftasche und entnahm ihr fünf Zehndollarscheine. «Ich hab gar nichts dagegen, dir ein bißchen unter die Arme zu greifen. Du kannst ab und zu 'n Zehner haben, wenn du was brauchst – aber mehr ist nicht drin, kapiert? Wenn du brav bist, kann ich dir vielleicht im Club 'n festen Job verschaffen – aber damit hat sich's. Und wenn dich die Polente fragt, wann du damals nachts nach Hause gekommen bist, sagst du einfach, du kannst dich nicht erinnern. Es war jedenfalls spät, wahrscheinlich eins durch . . . Und daß du schlecht lügen kannst, darüber laß dir keine grauen Haare wachsen. Die Polypen erwarten in solchen Fällen sowieso, daß man nervös und aufgeregt ist.»

Sie schüttelte den Kopf.

«Was ist denn los?»

Im trüben Schein der Leuchtschrift sah er, daß ein leichtes, arrogantes Lächeln auf ihrem Gesicht lag.

«Nee, Mr. Serafino . . . Ich kann mir nicht vorstellen, daß Sie mir überhaupt was geben würden, wenn Sie wirklich gar nichts damit zu tun haben. Und wenn's nicht stimmt, und Sie hatten doch was damit zu tun, dann haben Sie mir zuwenig geboten.»

«Hör zu: Ich hatte nichts mit dem Mädchen zu schaffen – gar nichts. Laß dir das gesagt sein. Und das Geld . . . Paß auf, ich erklär's dir. Jeder Nachtclubbesitzer ist für die Polizei Freiwild. Sie können ihm die Hölle heiß machen, kapiert? Wenn die erst mal Ernst machen mit mir, ist mein Laden im Eimer. Der Bronstein – der, den sie hoppgenommen und dann wieder laufengelassen haben – der Bronstein verkauft Autos. Das ist was anderes. Ganz andere Branche. Bei mir dagegen . . . Wenn mir so was passiert, muß ich die Bude dicht machen. Und ich hab 'ne Frau und zwei kleine Kinder. Deshalb laß ich ein paar Piepen springen, um keine Scherereien zu kriegen. Das ist aber auch alles.»

Abermals Kopfschütteln.

Er saß ganz still und trommelte leise mit den Fingern auf dem Lenkrad. Dann wandte er ihr den Rücken und sprach aus dem Fenster: «Im Nachtclub-Geschäft gerät man an alle möglichen Typen.

Wenn man da seine Ruhe haben will, muß man 'ne Art Versicherung abschließen ... Da fängt einer an, einem einzuheizen, und zuerst versucht man, sich gütlich zu einigen. Klappt das nicht, setzt man sich eben mit seinem ... eh ... Versicherungsvertreter in Verbindung – klar? – Du würdest dich wundern, was für Dienstleistungen man sich so für fünfhundert Piepen kaufen kann! Und wo sich's um ein hübsches Ding wie dich dreht, da kenn ich Vertreter, bei denen ich 'n Sonderpreis kriege – vielleicht machen sie's sogar ganz umsonst. Manche von diesen Burschen spielen gern, vor allem mit so was Nettem. Die tun's aus reinem Spaßvergnügen.» Er warf ihr aus den Augenwinkeln einen Blick zu und sah, daß sie begriffen hatte. «Wie gesagt, ich möchte gern alles freundschaftlich regeln. Es macht mir nichts aus, 'ner Freundin hin und wieder unter die Arme zu greifen. Eine Freundin sucht dringend 'n Job – okay. Kann ich immer schaukeln. Oder sie braucht ein paar Piepen, sagen wir, für 'n schickes neues Kleid, da laß ich mich schon erweichen.»

Er streckte ihr das Geld abermals hin.

Diesmal nahm sie es.

25. Kapitel

Macomber hatte seinen Besuch telefonisch angekündigt.

«Macomber? Kennen wir einen Macomber?» fragte der Rabbi, als Miriam ihm von dem Anruf erzählte.

«Es handelt sich um irgendwas Kommunalpolitisches, hat er gesagt.»

«Ach – ist das womöglich der Stadtverordnetenvorsteher? Ich glaube, der heißt Macomber.»

«Frag ihn doch nachher selber», entgegnete sie kurz angebunden und fügte dann versöhnlich hinzu: «Er will um sieben hier sein.»

Der Rabbi sah seine Frau forschend an, sagte jedoch nichts. Sie war bereits seit mehreren Tagen verstimmt, aber er fragte sie nicht gern aus.

Der Rabbi erkannte Macomber sofort und wollte ihn in sein Arbeitszimmer führen, weil er annahm, er wolle über die Gemeinde oder die Synagoge mit ihm sprechen, aber Macomber winkte ab.

«Ich will Sie nicht lange aufhalten, Rabbi. Ich wollte mich nur erkundigen, ob Sie eventuell an der Eröffnungsfeier für die Regattawoche teilnehmen würden.»

«Ich? Was soll ich dabei?»

«Seit ein paar Jahren ziehen wir das ziemlich groß auf. Vor Beginn veranstalten wir eine Feier im Hafen – mit Kapelle, Fahnenhissen und so weiter, und zum Abschluß werden die Boote gesegnet. Zweimal hatten wir dafür protestantische Pfarrer und einmal einen katholischen. Deshalb fänden wir es sehr schön, dieses Jahr einen Rabbiner zu nehmen, wo wir doch jetzt einen haben.»

«Ich begreife nicht ganz, was ich da eigentlich segnen soll», sagte der Rabbi. «Es handelt sich doch um Fahrzeuge, die zu ihrem Vergnügen herkommen, um ein Wettrennen auszutragen. Sind damit irgendwelche Gefahren verbunden?»

«Nicht direkt. Bei starkem Wind kann natürlich immer mal was passieren ... aber das ist ziemlich selten.»

Der Rabbi war verdutzt und unsicher. «Dann soll ich also für den Sieg beten?»

«Na ja, selbstverständlich sehen wir es gern, wenn unsere Leute gewinnen, aber es handelt sich hier nicht um einen Städtewettkampf.»

«Habe ich Sie richtig verstanden – ich soll die Boote selbst segnen?»

«Das ist der Sinn der Sache, Rabbi. Sie müßten die Boote segnen; nicht nur unsere, sondern alle, die um die Zeit im Hafen liegen.»

«Ich weiß nicht recht», sagte der Rabbi zweifelnd. «In diesen Dingen fehlt es mir an Erfahrung. Bei uns gibt es kaum Bittgebete. Wir bitten weniger um etwas, das wir nicht haben, sondern danken vielmehr für das, was uns beschert wurde.»

«Das ist mir nicht ganz klar.»

Der Rabbi lächelte. «Nun, ungefähr so: Bei den Christen heißt es: ‹Vater unser, der Du bist im Himmel, unser täglich Brot gib uns heute.› Bei uns lautet das entsprechende Gebet: ‹Gepriesen seiest Du, o Herr, der Du das Brot aus der Erde hervorbringst.› Das ist freilich allzusehr vereinfacht, trifft aber doch den Kern. Natürlich könnte ich für die Boote danken, die uns das Vergnügen des Segelns schenken. Das ist ein bißchen weithergeholt; ich müßte darüber nachdenken. Ich bin nicht aus der segenspendenden Branche, wissen Sie.»

Macomber lachte. «Eine hübsche Formulierung ... Monsignore O'Brien und Dr. Skinner halten sich bestimmt auch nicht für Angehörige der segenspendenden Branche. Trotzdem haben sie's übernommen, und ... Ich meine, es geht doch in erster Linie um die Zeremonie.»

«Auf das Gebet hört sowieso kein Mensch – das wollen Sie doch sagen?»

Macomber lachte auf. «Ich fürchte, Rabbi, genau das war's. Und jetzt habe ich Sie gekränkt.»

«Keineswegs. Ich bin mir genauso klar darüber wie Sie, daß die

Menschen nicht zuhören können . . . Bei dem Rabbi hören sie nicht auf die Gebete, bei dem Stadtverordnetenvorsteher nicht auf die schwerwiegendsten Argumente . . . Mich bewegt weniger die Frage, ob die Menschen am Hafen wirklich fromm gestimmt sind, als vielmehr, ob das Gebet nicht einem allzu oberflächlichen Zweck dient.»

Macomber sah enttäuscht aus.

«Warum wollen Sie denn unbedingt meinen Mann für Ihre Feier haben?» erkundigte sich Miriam.

Macomber sah sie an. Ihr ruhiger Blick und das entschlossene Kinn sagten ihm, daß es keinen Sinn hatte, Ausflüchte zu machen. Und so entschied er sich für die Wahrheit. «Wegen der üblen Reaktion auf diese unglückselige Geschichte. Vor allem in den letzten paar Tagen hat es Gerede gegeben – höchst unerfreuliches Gerede. So etwas kannten wir bisher nicht. Es paßt uns nicht. Da kamen wir auf die Idee, daß es vielleicht von Nutzen sein könnte, wenn wir offiziell mitteilen, der Magistrat habe Sie aufgefordert, das Segnen der Boote zu übernehmen . . . Ich gebe Ihnen völlig recht, das Ganze ist ziemlich albern – die Handelskammer hatte vor ein paar Jahren diesen genialen Einfall. Aber in Ihrem Fall würde es die Tatsache unterstreichen, daß die gewählten und verantwortlichen Vertreter der Bürgerschaft diese schändlichen Geschehnisse nicht billigen und sich davon distanzieren.»

«Das ist überaus freundlich von Ihnen, Mr. Macomber», sagte der Rabbi. «Aber sehen Sie die Situation nicht vielleicht zu schwarz?»

«Nein, glauben Sie mir. Es mag sein, daß Sie persönlich noch nicht belästigt wurden, oder im anderen Fall haben Sie es vermutlich mit einem Achselzucken abgetan und sich gedacht, da sind ein paar Verrückte – schön; sie werden schon damit aufhören, wenn der Täter ergriffen wird . . . Nun sind Morde dieser Art am schwierigsten und oft überhaupt nicht aufzuklären. Mittlerweile können anständige Menschen Schaden erleiden . . . Ich behaupte ja nicht, daß mein Plan eine Patentlösung darstellt, aber helfen würde er fraglos ein bißchen.»

«Ich bin Ihnen wirklich dankbar, Mr. Macomber, und ich erkenne Ihre Absichten und Beweggründe hoch an . . .»

«Sie willigen also ein?»

Der Rabbi schüttelte bedächtig den Kopf.

«Warum nicht? Verstößt es gegen Ihre Religion?»

«In der Tat. Es steht ausdrücklich geschrieben: ‹Du sollst den Namen des Herrn, Deines Gottes, nicht unnützlich führen.›»

Macomber erhob sich. «Da bleibt wohl nichts mehr zu sagen. Aber ich wünschte aufrichtig, Sie überlegen es sich noch einmal. Es dreht sich ja nicht nur um Sie, sondern um die ganze jüdische Gemeinde.»

Nachdem er weg war, murmelte Miriam: «Ein anständiger Mensch.»
Ihr Mann nickte stumm.

Das Telefon klingelte. Er nahm den Hörer ab. «Rabbi Small», meldete er sich und lauschte. Erschreckt beobachtete Miriam, wie ihm die Röte ins Gesicht stieg. Er legte auf und wandte sich an seine Frau. «Das sind also die falschen Verbindungen, die du in letzter Zeit gehabt hast», sagte er ruhig.

Sie nickte.

«War es immer derselbe Anrufer?»

«Manchmal ist es eine männliche, manchmal eine weibliche Stimme. Jede klang verschieden. Einige haben nur mit obszönen Ausdrücken um sich geworfen, aber die meisten sagen gräßliche Dinge.»

«Dieser Anrufer, nebenbei eine ganz sympathische Stimme, erkundigte sich, ob wir für unseren bevorstehenden Feiertag ein Menschenopfer gebraucht hätten ... Vermutlich hat er damit Pessach gemeint und nicht gewußt, daß das schon im April war.»

«Aber nein!»

«Aber ja.»

«Grauenhaft ... Da gibt es in ein und derselben Stadt Menschen wie Hugh Lanigan und Mr. Macomber, und gleichzeitig diese Leute am Telefon ...»

«Das sind doch Irre», sagte er verächtlich. «Nichts weiter als ein paar bösartige Irre.»

«Es sind ja nicht die Anrufe allein, David.»

«Nein? Was denn noch?»

«Vorher waren die Verkäufer in den Geschäften immer so freundlich. Jetzt sind sie nur noch höflich. Und die anderen Kunden weichen mir plötzlich aus.»

«Bist du sicher, daß du dir das nicht bloß einbildest?» Es klang nicht mehr so überzeugt.

«Ganz sicher, David ... Kannst du denn gar nichts tun?»

«Zum Beispiel?»

«Keine Ahnung. Vielleicht solltest du Lanigan Bescheid sagen. Oder einen Anwalt konsultieren. Oder dir Macombers Angebot noch einmal überlegen.»

Er gab keine Antwort, sondern kehrte ins Wohnzimmer zurück. Als sie hineinsah, saß er in seinem Sessel und fixierte die gegenüberliegende Wand. Auf ihr Angebot, Tee zu kochen, hatte er nur ein abweisendes Kopfschütteln. Später wagte sie sich noch einmal hinein. Er saß unverändert da und starrte vor sich hin.

«Würdest du mir bitte den Reißverschluß aufmachen?» fragte sie.

Ohne aufzustehen, zog er automatisch den Reißverschluß am Rükken ihres Kleides auf. Dann erwachte er offenbar aus seiner Geistesabwesenheit und erkundigte sich: «Warum ziehst du das Kleid aus?»

«Weil ich müde bin und ins Bett gehen möchte.»

Er lachte. «Verständlich ... Dumme Frage. Im Kleid kannst du schließlich nicht zu Bett gehen ... Wenn du nichts dagegen hast, bleibe ich noch ein bißchen auf.»

In dem Augenblick hörten sie einen Wagen vorfahren und vor der Haustür bremsen. «Wer kann wohl so spät noch kommen?» meinte er.

Sie warteten. Nach einer Weile läutete es. Miriam hatte mit einigen Verrenkungen schnell den Reißverschluß wieder hochgezogen und wollte aufmachen. Als sie sich der Haustür näherte, heulte ein Motor auf, und Reifen knirschten im Kies. Sie öffnete und schaute hinaus. Sie sah nur noch das Schlußlicht eines Wagens, der die Straße hinunterjagte und in der Dunkelheit entschwand.

Hinter ihr ein Aufschrei: «O mein Gott!» Sie drehte sich um. Jetzt sah sie es auch: Ein Hakenkreuz an der Tür. Die rote Farbe war noch frisch und tropfte wie Blut.

Er fuhr vorsichtig mit dem Zeigefinger darüber und starrte wie betäubt auf den roten Fleck. Miriam brach in Tränen aus. «Ach, David ...» schluchzte sie.

Er hielt sie fest, bis er spürte, daß sie sich wieder gefaßt hatte. Dann flüsterte er heiser: «Bring mir einen Lappen ...»

Sie preßte das Gesicht an seine Schulter. «Ich habe Angst, David. Ich hab schreckliche Angst.»

26. Kapitel

Obwohl in den Zeitungen Bilder sämtlicher Personen, die mit dem Fall zu tun hatten, erschienen waren, erkannte Mrs. Serafino den Rabbi nicht, als er bei ihr läutete.

«Ich bin Rabbi Small», stellte er sich vor. «Ich hätte Sie gern ein paar Minuten gesprochen.»

Sie wußte nicht recht, wie sie sich verhalten sollte, und hätte am liebsten ihren Mann um Rat gefragt. Aber der schlief noch. «Handelt es sich um den Mord? In diesem Fall möchte ich lieber nicht ...»

«Ich wollte mir Miss Bleechs Zimmer ansehen.» Sein Ton war so bestimmt und selbstsicher, daß sie eine Ablehnung seiner Bitte als ungehörig empfunden hätte. Nach kurzem Zögern sagte sie: «Das geht schon, denke ich ... Es ist hinten neben der Küche.» Sie ging voraus.

Plötzlich klingelte das Telefon. Sie stürzte an den Apparat, um nach dem ersten Rufzeichen abzunehmen, und legte nach ein paar knappen Worten wieder auf. «Entschuldigen Sie. Wir haben nämlich einen Anschluß neben dem Bett, und ich wollte Joe nicht wecken.»

«Aha.»

In der Küche öffnete sie eine Tür und trat beiseite. Er ging hinein und sah sich um: Ein Bett, daneben ein Nachttisch, eine Kommode, ein kleiner Sessel. Auf dem Brett am Nachttisch standen ein paar Bücher. Er überflog die Titel und warf dann einen flüchtigen Blick auf den kleinen Radioapparat darunter. Er schaltete ihn ein und wartete, bis die Stimme des Ansagers kam: «Hier ist die Rundfunkstation WSAM, Sender Salem. Wir bringen Ihnen jetzt Musik . . .»

«Ich glaube, Sie dürfen nichts anfassen», sagte sie.

Er drehte ab und lächelte entschuldigend. «Hat sie viel Radio gehört?»

«Ununterbrochen – dauernd diese verrückte Tanzmusik.»

Die Tür des Kleiderschranks stand offen. Er bat sie um Erlaubnis und sah dann hinein. Die Tür zum Bad öffnete Mrs. Serafino selbst.

«Vielen Dank», sagte er. «Das wäre wohl alles.»

Sie führte ihn zurück ins Wohnzimmer. «Haben Sie was Besonderes gefunden?»

«Das habe ich gar nicht erwartet. Ich wollte mir nur ein Bild von dem Mädchen machen. War sie hübsch?»

«Eine Schönheit war sie nicht gerade, aber . . . Na, auf ihre Art schon attraktiv, so ein bißchen pummelig-ländlich, verstehen Sie: dicke Taille, dicke Beine und Fesseln . . . oh, pardon!»

«Keine Sorge, Mrs. Serafino», beruhigte er sie. «Fesseln und Beine sind mir durchaus geläufige Begriffe. Machte sie einen zufriedenen Eindruck?»

«Ich denke doch.»

«Aber sie hatte keine Freunde, wie ich höre.»

«Na ja, manchmal ist sie mit dieser Celia, die bei den Hoskins zwei Häuser weiter arbeitet, im Kino gewesen.»

«Keine männlichen Bekannten? Oder wüßten Sie das nicht?»

«Von einem Rendezvous hätte sie mir bestimmt was erzählt. Sie wissen ja, wie das ist – wenn zwei Frauen zusammen in einem Haus sind, schwatzen sie . . . Nein, ich bin sicher, sie hatte keine Verehrer. Wenn sie am Donnerstag abend ins Kino gegangen ist, dann allein oder mit Celia. Aber die Zeitungen schreiben ja, sie war schwanger, also muß sie doch wenigstens einen Mann näher gekannt haben.»

«Ist Ihnen an dem betreffenden Donnerstag irgend etwas aufgefallen? War sie anders als sonst?»

«Nein, es war so ziemlich wie immer. Ich war beschäftigt, deshalb hat sie den Kindern ihr Mittagessen gegeben, ist aber gleich darauf gegangen. Meistens ist sie immer schon vorher verschwunden.»

«Aber es war nicht außergewöhnlich, daß sie das Haus erst nach Tisch verließ?»

«Das würde ich nicht sagen.»

«Nun, vielen Dank, Mrs. Serafino. Das war sehr liebenswürdig von Ihnen.»

Sie begleitete ihn zur Tür, sah ihm den Vorgartenpfad nach und rief: «Hallo, Rabbi Small! Da kommt Celia. Wenn Sie mit ihr reden wollen – die mit den beiden Kindern ...» Er eilte die Straße entlang und sprach Celia an.

Rabbi Small unterhielt sich einige Minuten mit Celia, verabschiedete sich, ging zur Ecke und inspizierte den Briefkasten. Dann stieg er in seinen Wagen und fuhr nach Salem. Dort hielt er sich eine Weile auf, ehe er nach Hause zurückkehrte.

Joe Serafino stand kurz nach zwölf auf. Er wusch sich, rieb an den blauschwarzen Bartstoppeln, beschloß, sich erst abends zu rasieren, und ging hinunter in die Küche. Hinter dem Haus spielte seine Frau mit den Kindern. Er winkte. Sie kam herein und stellte ihm das Frühstück hin. Er saß am Küchentisch und las die Comics in der Morgenzeitung, während sie sich am Herd zu schaffen machte.

Sie schwiegen, bis er mit dem Frühstück fertig war. Dann begann sie: «Wetten, daß du nie errätst, wer heute morgen hier war?»

Keine Antwort.

«Rabbi Small», fuhr sie fort. «Du weißt schon ... in seinem Wagen haben sie die Handtasche gefunden.»

«Was wollte er denn?»

«Mich was wegen Elspeth fragen.»

«Eine Unverschämtheit! Du hast ihm doch nichts erzählt?»

«Natürlich hab ich mit ihm gesprochen. Warum denn nicht?»

Er sah sie fassungslos an. «Weil er in dem Fall Partei ist. Und weil alles, was du weißt, Beweismaterial ist. Darum.»

«Aber er ist doch so ein netter junger Mann – gar nicht so, wie man sich einen Rabbiner vorstellt ... Ich meine, er hatte keinen Bart oder so.»

«Heutzutage ist das nicht mehr üblich. Erinnerst du dich nicht an die Hochzeit von den Golds, bei der wir voriges Jahr gewesen sind? Der Rabbiner hatte auch keinen Bart.»

«Er war nicht mal so wie der, so ... na ja, würdevoll. Ein ganz gewöhnlicher junger Mann, wie ein Versicherungsvertreter. Richtig nett und höflich. Er wollte ihr Zimmer sehen.»

«Ihr Zim ... Und du hast's ihm gezeigt?»

«Freilich.»

«Die Polizei hat gesagt, du sollst die Tür abgeschlossen lassen. Wie kannst du denn wissen, daß er nichts klauen wollte ... Oder Fingerabdrücke verwischen ... Oder sogar was reinschmuggeln?»

«Weil ich die ganze Zeit dabei war. Er ist ja sowieso nur ein paar Minuten geblieben.»

«Also, ich will dir sagen, was ich jetzt tue. Ich rufe die Polizei an und berichte das.» Er stand auf.

«Ja, aber ... Warum denn?»

«Weil es sich um einen Mordfall handelt. Weil alles in dem Zimmer zum Beweismaterial gehört. Und weil er Partei in dem Fall ist und womöglich das Beweismaterial manipuliert hat ... Und danach sprichst du mit niemand darüber, kapiert?»

«In Ordnung.»

«Mit keinem Menschen, hast du gehört?»

«Ja, gut – ich tu's ja schon nicht.»

«Ich wünsche, daß du kein einziges Wort mehr darüber verlierst, verstehst du?»

«Ja, schon gut. Warum regst du dich denn so auf? Du bist ja puterrot geworden.»

«Man hat doch wohl noch das Recht auf Ruhe und Frieden in seinem eigenen Haus!» tobte er.

Sie lächelte ihn an. «Du bist einfach überreizt, Joe. Komm, setz dich hin und trink noch 'ne Tasse Kaffee.»

Er setzte sich hin und verschanzte sich hinter der Zeitung. Sie holte eine saubere Tasse und schenkte den Kaffee ein. Sie war stutzig geworden, unsicher und verängstigt.

27. Kapitel

Der Rabbi war keineswegs überrascht, als Hugh Lanigan abends erschien. «Ich habe gehört, daß Sie heute früh bei den Serafinos waren.»

Er wurde rot und nickte.

«Sie haben Detektiv gespielt, geben Sie's zu, Rabbi?» Lanigans Lippen zuckten verräterisch, während er sich bemühte, eine strenge Miene aufzusetzen, obwohl ihn die Situation offensichtlich amüsierte. «Lassen Sie das mal hübsch bleiben. Sie verwischen sonst womöglich Spuren, und die sind weiß Gott so schon schwach genug. Außerdem darf ich Sie darauf hinweisen, daß das Verdacht erregen könnte. Mr. Serafino, der uns telefonisch von Ihrem Besuch unterrichtete, meinte, Sie hätten vielleicht etwas Belastendes aus dem Zimmer des Mädchens entfernen wollen.»

«Das habe ich nicht bedacht, verzeihen Sie bitte», sagte er zerknirscht. Nach kurzem Zögern fuhr er schüchtern fort: «Mir war nämlich eine Idee gekommen, die ich nachprüfen wollte.»

Lanigan warf ihm einen raschen Blick zu. «Und zwar?»

Der Rabbi sprach hastig weiter: «In jeder Folge von Ereignissen gibt es einen Anfang, eine Mitte und ein Ende. Als wir das letzte Mal über den Fall diskutierten, haben wir am Ende angefangen, fürchte ich. Mit der Handtasche. Meiner Meinung nach würden Sie weiterkommen, wenn Sie am Anfang anfangen.»

«Und was nennen Sie den Anfang? Daß das Mädchen schwanger wurde?»

«Das könnte sein, aber wir haben keine absolute Gewißheit darüber, daß das mit dem Tod des Mädchens zusammenhing.»

«Wo würden Sie also beginnen?»

«Wenn ich die Untersuchung führen würde», entgegnete der Rabbi, «würde ich zuerst wissen wollen, warum sie noch einmal weggegangen ist, nachdem Bronstein sie nach Hause gebracht hatte.»

Lanigan erwog diesen Vorschlag und zuckte dann die Achseln. «Das kann tausenderlei Gründe gehabt haben. Vielleicht wollte sie einen Brief einwerfen.»

«Warum hätte sie dazu das Kleid ausgezogen?»

«Um die Zeit hat es geregnet», bemerkte Lanigan. «Vielleicht wollte sie nicht, daß das Kleid naß wird.»

«In dem Fall wäre sie einfach in einem Mantel oder eine Regenhaut geschlüpft – was sie ja auch getan hat. Übrigens wird der Briefkasten erst am nächsten Morgen um halb zehn geleert. Davon habe ich mich überzeugt.»

«Also gut, dann ging sie eben aus einem anderen Grund – vielleicht wollte sie nur noch ein bißchen frische Luft schnappen.»

«Im Regen? Nachdem sie den ganzen Nachmittag und Abend weggewesen war? Nebenbei gilt hier derselbe Einwand – warum hätte sie dazu das Kleid ausziehen sollen? Das ist überhaupt die grundlegende Frage: *Warum hat sie das Kleid ausgezogen?*»

«Na? Warum hat sie's getan?»

«Weil sie sich zu Bett legen wollte, natürlich», verkündete der Rabbi triumphierend.

Lanigan sah ihn verständnislos an. Endlich sagte er: «Das kapier ich nicht. Worauf wollen Sie hinaus?»

Der Rabbi konnte seine Ungeduld nicht ganz verhehlen. «Sie kommt von ihrem Ausgang heim. Es ist spät, und sie muß am nächsten Morgen früh aufstehen. Also beginnt sie, sich für die Nacht fertigzumachen. Sie legt das Kleid ab und hängt es ordentlich in den Schrank. Normalerweise hätte sie sich weiter ausgezogen, aber da wurde sie unterbrochen. Ich vermute, durch irgendeine Nachricht.»

«Sie meinen einen Anruf?»

Rabbi Small schüttelte den Kopf. «Nein, oben ist ein Anschluß, so daß Mrs. Serafino das Läuten gehört hätte.»

«Wie dann?»

«Durch das Radio. Mrs. Serafino sagt, sie habe es ständig laufen lassen. Bei Mädchen dieses Alters ist das Einschalten des Radios eine Art Reflexhandlung. Genauso automatisch wie Atmen. Meiner Ansicht nach hat sie es angedreht, sowie sie das Zimmer betrat.»

«Also gut, sie hat das Radio eingeschaltet. Was für eine Nachricht könnte sie bekommen haben?»

«Der Sender Salem von WSAM bringt um zwölf Uhr fünfunddreißig eine Zusammenfassung der Tagesmeldungen. Die letzten paar Minuten sind Lokalnachrichten vorbehalten.»

«Und Sie meinen, unter den lokalen Meldungen war eine, die sie in den Regen hinausgejagt hat? Zu welchem Zweck?»

«Weil sie jemand treffen mußte.»

«Um diese Zeit? Wie konnte sie wissen, wo sie diesen Jemand treffen würde? Ich kenne das Programm – es bringt ganz gewöhnliche Lokalnachrichten ... Und wenn sie tatsächlich jemand treffen wollte, warum hat sie sich dann nicht erst mal ein Kleid angezogen? Ich muß schon sagen, Rabbi ...»

«Dazu hatte sie keine Zeit, weil sie bis ein Uhr an Ort und Stelle sein mußte», erwiderte der Rabbi gelassen. «Und sie wußte genau, daß er dort sein würde, weil er um diese Zeit über das Polizeitelefon Meldung erstatten mußte.»

Lanigan starrte ihn an. «Sie meinen doch nicht etwa ... Bill Norman?»

Der Rabbi nickte.

«Aber das ist doch undenkbar! Er hatte sich gerade mit der Tochter von Bud Ramsay verlobt. Ich war auf der Verlobungsfeier. Am selben Abend. Als Ehrengast.»

«Ja, ich weiß. Das hatte das Radio gemeldet. Ich war heute im Sender Salem und habe das nachgeprüft. Denken Sie mal kurz darüber nach und vergessen Sie nicht, daß sie schwanger war. Alle, die sie kannten, erklären übereinstimmend, daß sie nur ein einziges Mal in männlicher Gesellschaft war: auf dem Polizeiball in Old Town. Ich nehme an, dort hat sie Norman kennengelernt.»

«Sie wollen damit doch nicht etwa sagen, daß ... eh ... daß der Polizeiball für ihren Zustand verantwortlich war?»

«Kaum. Der Ball fand ja bereits im Februar statt. Aber sie hat damals Normans Bekanntschaft gemacht. Wie diese Bekanntschaft erneuert wurde, weiß ich natürlich nicht genau, kann es mir aber vorstellen. Daß der Streifenpolizist während seiner Runde in regelmäßigen Abständen telefonisch Meldung erstatten muß, ist mir wie den meisten Laien geläufig. Ich hatte immer gedacht, daß die Zeitspanne zwischen diesen Anrufen davon abhängt, wie lange er für den Weg von einem Polizeitelefon bis zum nächsten braucht.»

«Das stimmt nicht ganz», begann Lanigan. «Er hat dabei einen gewissen Spielraum.»

«Das habe ich vor ein paar Wochen entdeckt, als ich einen Streit zwischen zwei Mitgliedern unserer Gemeinde schlichten sollte. Der eine mußte spätnachts in ein Haus und hatte keinen Schlüssel. Der Taxifahrer ging auf die Suche nach dem Streifenpolizisten, der um diese Zeit immer in der Nähe seine Kaffeepause machte.»

«Ein Streifenbeamter hat acht Stunden hintereinander Dienst. Man kann nicht von ihm verlangen, daß er die ganze Zeit auf den Beinen ist, ohne zwischendurch mal auszuruhen», verteidigte sich Lanigan sofort. «Und im Winter muß man sich ja hin und wieder auch mal aufwärmen.»

«Selbstverständlich», pflichtete der Rabbi bei. «Nachdem ich mir das überlegt hatte, wurde mir klar, daß es nicht mehr als recht und billig ist, ihm einen beträchtlichen Spielraum zuzubilligen, und sei es auch nur für die Ermittlungen, die er eventuell unterwegs machen muß. Ich habe mich mit einem Ihrer Beamten namens Johnson unterhalten, der dieselbe Runde bei Tag hat. Er erklärte mir, daß der Streifenbeamte vom Nachtdienst sich das meistens selber einrichtet. Auf dieser Runde beispielsweise macht er eine Weile Station bei dem Nachtwächter vom Gordon-Block. Dann in der Molkerei, und wenn Stanley einmal in der Synagoge übernachtete, dort ebenfalls ... Nun haben wir das Haus der Serafinos, in dem Elspeth – von den Kindern abgesehen, die oben schlafen – bis zwei Uhr nachts oder noch später ganz allein ist. Ein schneidiger junger Polizist, überdies Junggeselle, muß um eins über das Polizeitelefon Ecke Maple und Vine Street Meldung erstatten und kommt dann auf seiner Runde die Vine Street hinunter direkt zum Haus der Serafinos. Was kann es in kalten, unwirtlichen Nächten Besseres geben, als auf eine halbe Stunde bei dem Mädchen hereinzuschauen, eine Tasse Kaffee zu trinken und gemütlich zu schwatzen, ehe man wieder in die Nacht hinaus muß?»

«Und wie steht's mit den Donnerstagen? Hätte sie nicht erwarten können, daß er an ihrem freien Tag abends mit ihr ausgeht?»

«Warum sollte sie das? Sie sah ihn doch die ganze Woche über jede zweite Nacht. Und da er Nachtdienst hatte, brauchte er tagsüber seinen Schlaf. Ich nehme an, sie liebte ihn und glaubte, daß er sie auch liebte. Wahrscheinlich rechnete sie darauf, ihn zu heiraten. Nichts spricht dafür, daß sie ein lockeres Mädchen war – im Gegenteil; wahrscheinlich ist sie seinetwegen nicht mit anderen Männern ausgegangen und hat Celia für Verabredungen zu viert immer einen Korb gegeben. Sie betrachtete sich als verlobt.»

«Sehr scharfsinnig», räumte Lanigan ein, «aber es beruht auf reinen Vermutungen.»

«Zugegeben. Trotzdem paßt alles zusammen und ermöglicht es uns, die Ereignisse jenes verhängnisvollen Donnerstags auf die einzig sinnvolle Weise zu rekonstruieren. Sie befürchtet, schwanger zu sein, sucht also an ihrem freien Tag einen Arzt auf. Sie zieht sich nett an und vergißt auch nicht, einen Ehering anzustecken – wo immer sie ihn her haben mag. Im Vorzimmer des Arztes gibt sie als Namen Mrs. Elizabeth Brown an, nicht Bronsteins wegen, den sie da noch gar nicht kannte, sondern weil es ein gebräuchlicher Name ist wie Smith und weil man natürlich die Anfangsbuchstaben beibehält. Bleech, Brown ... beides fängt mit B an. Der Arzt untersucht sie und erklärt ihr, sie sei in anderen Umständen.

Laut Bronstein hat sie in dem Restaurant dauernd auf die Uhr gesehen, als erwarte sie jemand. Sie haben sicher inzwischen bei den Kellnerinnen nachgeprüft, daß sie zunächst nichts bestellt hat. Ich vermute nun, daß sie sich zwar sonst donnerstags nicht sahen, sie diesmal aber ihren Liebhaber angerufen und sich mit ihm verabredet hat.»

«Wie die Sprechstundenhilfe sagt, hat sie sich erkundigt, ob eine öffentliche Telefonzelle im Hause sei», warf Lanigan ein.

Der Rabbi nickte. «Norman muß eingewilligt oder zumindest versprochen haben, er werde sich bemühen zu kommen, so daß sie im *Surfside* auf ihn gewartet hat.»

«Trotzdem ist sie mit Bronstein ausgegangen.»

«Wahrscheinlich war sie gekränkt, als Norman nicht erschien – gekränkt und vielleicht auch ängstlich. Bronstein sagt, er habe sie erst angesprochen, als er merkte, daß sie ... hm ... versetzt worden war. Und er habe sie nur gebeten, ihm Gesellschaft zu leisten, weil er nicht gern allein essen wollte. Er war viel älter als sie, und so hielt sie das wahrscheinlich für ungefährlich. Immerhin war sie ja in einem öffentlichen Restaurant. Während des Essens kam sie vermutlich zu dem Schluß, daß er ein anständiger Mensch sei, und willigte ein, den Abend mit ihm zu verbringen. Wahrscheinlich hatte sie ein dringendes Bedürfnis nach Gesellschaft – sie muß sehr niedergeschlagen gewesen sein. Er brachte sie heim, und sie machte sich fertig zum Schlafengehen. Sie hatte das Kleid bereits ausgezogen, als sie die Meldung von Normans Verlobung hörte. – Da sie wußte, daß . . .»

«. . . daß sie Norman um ein Uhr Ecke Maple und Vine Street erreichen würde, und da es ungefähr fünf Minuten vor eins war, mußte sie sich beeilen. Also warf sie hastig den Mantel und eine Regenhaut über, weil es regnete und sie ein paar Straßen weit laufen mußte . . . Ist das richtig so, Rabbi?»

«Ich würde sagen, ja.»

«Und was ist dann Ihrer Meinung nach geschehen?»

«Nun, es goß in Strömen. Er hatte meinen Wagen vor der Synagoge stehen gesehen und ihr vermutlich vorgeschlagen, einzusteigen und die ganze Sache durchzusprechen. Sie setzten sich in den Fond, und er bot ihr eine Zigarette an. Sie unterhielten sich eine Weile. Vielleicht stritten sie. Vielleicht drohte sie ihm, zu seiner Braut zu gehen. Da packte er ihre Halskette und drehte sie zusammen. Natürlich konnte er die Leiche nicht im Wagen lassen, da es zu seinen Aufgaben gehören dürfte, jedes die Nacht über im Freien geparkte Auto zumindest oberflächlich zu inspizieren. Wenn die Leiche im Wagen gefunden worden wäre, hätte er einige Erklärungen abgeben müssen. Deshalb schleppte er sie zum Rasen hinüber und versteckte sie hinter der Brüstung. Daß die Handtasche auf den Boden gerutscht war, hatte er einfach nicht bemerkt.»

«Es ist Ihnen doch klar, Rabbi, daß Sie nicht ein Jota von all dem beweisen können?»

Der Rabbi bejahte stumm.

«Aber es ist in sich logisch», fuhr Lanigan nachdenklich fort. «Wenn sie mit ihrer Geschichte zu den Ramsays gegangen wäre, hätte es das Ende seiner Verlobung mit Alice bedeutet. Ich kenne die Ramsays. Anständige Leute – aber stolz. Und ich hatte mir auch eingebildet, ihn zu kennen . . .» Fragend zog er eine Braue hoch: «Sie haben sich das alles ausklamüsert und sind dann zu den Serafinos gegangen, um Ihre Theorie nachzuprüfen?»

«Nicht direkt. Ich hatte zwar eine vage Vorstellung, aber eine Erklärung begann sich erst zu formen, als ich das Radio im Zimmer des Mädchens sah. Natürlich war ich Ihnen gegenüber im Vorteil, weil ich von Anfang an Veranlassung hatte, Norman zu mißtrauen.»

«Wieso?»

«Er bestritt, mir in jener Nacht begegnet zu sein, aber ich wußte, daß er mich gesehen hatte. Welchen Grund konnte er dafür haben?

Da er mich nicht kannte, schied persönliche Abneigung aus. Wenn er zugegeben hätte, mich gesehen zu haben, hätte das seine Situation in keiner Weise verbessert – nur meine. Damit wäre ja die Tatsache bestätigt worden, daß ich die Synagoge bereits geraume Zeit vor dem Mord verlassen hatte. War er jedoch schuldig oder irgendwie in die Sache verwickelt, dann konnte es nur zu seinem Vorteil sein, wenn der Verdacht auf einen anderen fiel.»

«Warum haben Sie mir das nicht vorher erzählt, Rabbi?»

«Weil es nur ein Verdacht war. Außerdem ist es nicht leicht für einen Rabbiner, mit dem Finger auf einen Menschen zu weisen und zu erklären, er sei ein Mörder.»

Lanigan schwieg.

«Natürlich haben wir immer noch keinen wirklichen Beweis», bemerkte der Rabbi bescheiden.

«Den kriegen wir schon. Da habe ich gar keine Angst.»

«Was schlagen Sie als nächsten Schritt vor?»

«Hm ... Im Augenblick weiß ich nicht recht, ob ich Norman fragen soll, was Elspeth Bleech ihm am Donnerstag nachmittag am Telefon gesagt hat, oder warum er nicht ins *Surfside* gekommen ist ... Zunächst sollte ihn sich vielleicht diese Celia mal ansehen. Sie hat mir erzählt, daß Elspeth auf dem Polizeiball fast den ganzen Abend mit einem Mann zusammen war; wenn Ihre Theorie stimmt, dürfte das wohl Norman gewesen sein. Ferner werde ich mich bei den Simpsons erkundigen, die gegenüber von den Serafinos wohnen. Falls er sie so oft besucht hat, wie Sie annehmen, haben sie ihn vielleicht spätnachts ins Haus gehen gesehen.» Er lächelte gepreßt. «Wissen wir erst mal, wonach wir suchen, Rabbi, dann macht es uns nicht allzuviel Schwierigkeiten, es auch zu finden.»

28. Kapitel

Die Sitzung des Gemeindevorstands war insofern ungewöhnlich, als der Rabbi daran teilnahm, der Jacob Wassermans Aufforderung erfreut und dankbar begrüßt hatte. «Sie müssen natürlich nicht, Rabbi ... Ich meine, wir nehmen es Ihnen keineswegs übel, wenn Sie nicht wollen. Sie sollen nur wissen, daß wir uns jederzeit glücklich schätzen, Sie dabei zu haben, ganz wie es Ihnen beliebt.»

Und nun saß er also das erste Mal in der Versammlung. Er lauschte aufmerksam, als der Sekretär das letzte Sitzungsprotokoll vorlas und die Vorsitzenden der verschiedenen Ausschüsse referierten. Das Hauptthema der Geschäftsordnung war ein Antrag, den Parkplatz nachts mit Scheinwerfern zu beleuchten.

Al Becker hatte diesen Antrag eingebracht und stand jetzt auf. «Ich hab mich ein bißchen umgetan und mir diesen Elektroinstallateur kommen lassen, der ja schon viel für uns gearbeitet hat. Er sollte sich mal alles anschauen und uns einen annähernden Kostenüberschlag machen. Er sagt, es gibt für uns zwei Möglichkeiten: entweder lassen wir drei Maste aufstellen, wobei einer auf etwa zwölfhundert kommen würde, oder sechs Spezialscheinwerfer am Gebäude anbringen. Das wäre zwar billiger, würde aber die Fassade beeinträchtigen. Wir könnten sie für fünfhundert das Stück kriegen, das heißt also dreitausend gegenüber drei-sechs. Dann brauchten wir eine Kontrolluhr, mit der die Scheinwerfer automatisch ein- und ausgeschaltet werden. Die wäre nicht teuer, aber wir müßten die Stromkosten einkalkulieren. Alles in allem ließe sich die Sache mit maximal fünftausend Dollar erledigen.»

Becker war gereizt über das allgemeine Aufstöhnen. «Ein Haufen Geld, ich weiß, aber es muß unbedingt sein. Ich bin froh, daß unser Rabbi heute hier ist. Niemand weiß ja besser als er, wie wichtig nachts die Beleuchtung für unseren Parkplatz ist.»

«Denk doch dran, Al, was uns das Jahr für Jahr kostet. In die Dinger kannst du keine Sechzig-Watt-Birnen einschrauben. Im Winter brennen sie ungefähr vierzehn Stunden.»

«Wäre es euch etwa lieber, wenn sich Liebespärchen auf unserem Parkplatz rumtreiben, oder wenn wir vielleicht noch mal so 'ne Geschichte wie neulich erleben?» entgegnete Becker heftig.

«Wenn ich mir die zahllosen Moskitos vorstelle, die im Sommer von den Scheinwerfern angezogen werden!»

«Na, und? Dann gibt's wenigstens unten keine mehr.»

«Und was glaubt ihr, was die Leute in der Nachbarschaft dazu sagen, wenn ein Parkplatz von der Größe die ganze Nacht über angestrahlt wird?»

Der Rabbi murmelte etwas.

«Was gibt's, Rabbi?» fragte Wasserman. «Wollten Sie sich zur Sache äußern?»

«Ich habe bloß nachgedacht», erklärte der Rabbi zerstreut. «Es gibt doch nur die eine Zufahrt zum Parkplatz. Können Sie nicht einfach eine Schranke einbauen lassen?»

Plötzliches Schweigen. Dann begannen alle auf einmal ihre Kommentare zu liefern.

«Freilich, auf dem asphaltierten Platz kampiert bestimmt keiner mit seinem Mädchen.»

«Vorn ist sowieso alles zugewachsen. Wir müßten nur die Zufahrt abriegeln.»

«Stanley könnte die Schranke jeden Abend schließen und sie morgens als erstes öffnen.»

So plötzlich, wie sie angefangen hatten, verstummten sie auch wieder und sahen ihren jungen Rabbi voller Respekt an.

Rabbi Small saß zu Hause am Schreibtisch, vor sich einen dicken Wälzer, als seine Frau in der Tür erschien. «Mr. Lanigan ist da, mein Lieber.»

Small wollte aufstehen, doch Lanigan wehrte ab: «Behalten Sie nur Platz, Rabbi.» Dann entdeckte er das Buch. «Stör ich?»

«Überhaupt nicht.»

«Es gibt gar nichts Besonderes», fuhr Lanigan fort. «Seitdem wir den Fall aufgeklärt haben, vermisse ich unseren Schwatz. Ich war sowieso in der Gegend, und da hab ich mir gedacht, schau doch aus lieber, alter Gewohnheit auf einen Sprung herein und sag guten Tag.»

Der Rabbi lächelte erfreut.

«Mir ist gerade ein kleines Musterbeispiel an Pedanterie begegnet. Das wird Sie vielleicht amüsieren», erzählte Lanigan. «Jede zweite Woche muß ich die Gehaltsliste für die Dienststelle dem städtischen Rechnungsprüfer zur Kontrolle und Genehmigung einreichen. Ich führe darin die regulären Dienststunden einzeln auf, gegebenenfalls Überstunden, Sonderaufträge, und addiere alles für jeden Mann zusammen . . . Verstehen Sie?»

Der Rabbi nickte.

«Und nun ist mir der ganze Krempel zurückgeschickt worden . . .» Lanigans Stimme verriet seine Verärgerung darüber «. . . weil ich bei Norman die volle Dienstrunde eingetragen hatte. Der Rechnungsprüfer erklärt, ich hätte ihm die Zeit nach dem Mord abziehen müssen. Denn als Verbrecher habe er keinen Anspruch mehr darauf gehabt, in der Gehaltsliste der Polizei geführt zu werden . . . Wie finden Sie das? Ich weiß nicht recht, ob ich mich mit ihm deswegen herumstreiten oder die Sache sang- und klanglos begraben soll.»

Der Rabbi spitzte den Mund und warf einen Blick auf das dicke Buch vor sich. Er lächelte. «Wollen wir mal nachsehen, was der Talmud dazu meint?»

Harry Kemelman

Quiz mit Kemelman
8 Kriminalstories (2172)

Am Montag flog der Rabbi ab
(2304)

Am Dienstag sah der Rabbi rot
(2346)

Am Mittwoch wird der Rabbi naß
(2430)

Der Rabbi schoß am Donnerstag
(2500)

Am Freitag schlief der Rabbi lang
(2090)

Am Samstag aß der Rabbi nichts
(2125)

Am Sonntag blieb der Rabbi weg
(2291)

Eines Tages geht der Rabbi
(2720)

Ein Kreuz für den Rabbi
(2860)

thriller rororo

C 358/12

Das Thriller-Magazin, herausgegeben von Klugmann/Mathews, präsentiert neue Stories, berichtet über Fälle, Täter und Autoren.

rororo thriller 2753

rororo thriller 2802

«. . . Schwarze Beute ist seit Jahren das bestgemachte, witzigste und spannendste Buch zum Thema Kriminalität und Kriminalliteratur.»
Rainer Stephan in der Süddeutschen Zeitung

rororo thriller 2888

rororo thriller 2933

C 2332/2

A Faint Cold Fear Thrills Through My Veins · William Shakespeare

Zu diesem Buch

Sie fanden Isaac Hirsh am Vorabend von Jom Kippur, dem höchsten jüdischen Feiertag, tot in seiner Garage. Er saß im Wagen; der Motor lief nicht mehr, weil das Benzin alle war, aber die Zündung war noch eingeschaltet. Die Polizei entdeckte keinen eindeutigen Beweis für Selbstmord und stellte Unfalltod fest.

Die Lebensversicherung ermittelt nun auf eigene Faust: Bei Unfalltod muß sie die doppelte Summe zahlen, bei Selbstmord gar nichts. Durch diese Ermittlungen aber wird der alte Goralsky stutzig: Hat der Rabbi den Friedhof der jüdischen Gemeinde entweiht, indem er einen Selbstmörder dort beisetzte? Der alte Goralsky ist strenggläubig und starrsinnig. Und die Gemeinde ist bereit, ihm jeden Wunsch zu erfüllen: Goralsky steht im Begriff, einen Anbau an die Synagoge zu finanzieren – und der Gemeindevorsteher ist Architekt.

So gerät Rabbi David Small zwischen die Mühlsteine: Das Begräbnis ist eine rituelle Handlung, die er nur vor seinem Gewissen zu verantworten hat – kein Gemeindevorstand darf ihm da hineinreden. Aber ein Gemeindevorstand kann sich jederzeit nach einem anderen Rabbiner umsehen... Rabbi Small spricht den Fall mit Polizeichef Lanigan durch, er diskutiert mit dem Detektiv der Versicherungsgesellschaft – immer in der Absicht, einen Beweis gegen die Selbstmordtheorie zu finden: Es muß ein Unfall gewesen sein! Aber er gerät nur in eine Patt-Situation: Die Versicherung kann den Selbstmord nicht beweisen und er nicht den Unfall.

Und dann wird dem Rabbi auf einmal klar, daß es weder das eine noch das andere gewesen sein kann – es war Mord.

Aber das läßt sich erst recht nicht beweisen.

Harry Kemelman erhielt für seinen ersten Kriminalroman, Am Freitag schlief der Rabbi lang (Nr. 2090), den Edgar Allan Poe Award. Sein zweiter, Am Samstag aß der Rabbi nichts (Nr. 2125), wurde von der Darmstädter Jury zum Buch des Monats gewählt. Es folgten Am Sonntag blieb der Rabbi weg (Nr. 2291), Am Montag flog der Rabbi ab (Nr. 2304), Am Dienstag sah der Rabbi rot (Nr. 2346), Am Mittwoch wird der Rabbi naß (Nr. 2430), Der Rabbi schoß am Donnerstag (Nr. 2500), Eines Tages geht der Rabbi (Nr. 2720) und Ein Kreuz für den Rabbi (Nr. 2860). Acht Detektivstories erschienen unter dem Titel Quiz mit Kemelman (Nr. 2172).

Harry Kemelman

Am Samstag aß der Rabbi nichts

Deutsch von
Eva Rottenberg

rororo

Rowohlt

rororo thriller
Herausgegeben von Bernd Jost

Veröffentlicht im Rowohlt Taschenbuch Verlag GmbH,
Reinbek bei Hamburg, Mai 1990
Die deutsche Erstausgabe erschien im Rowohlt Taschenbuch Verlag GmbH,
Reinbek bei Hamburg, 1967
Die Originalausgabe erschien bei Crown Publishers, Inc., New York,
unter dem Titel «Saturday the Rabbi Went Hungry»
Umschlagfoto Fred Dott
Umschlagtypographie Peter Wippermann / Nina Rothfos

Gesetzt aus der Linotype-Aldus-Buchschrift
und der Palatino (D. Stempel AG)
Gesamtherstellung Clausen & Bosse, Leck
Printed in Germany
ISBN 3 499 42992 6

Die Hauptpersonen

Patricia Hirsh	hat nach Ansicht aller Leute nicht zu ihrem Mann gepaßt
Isaac Hirsh	wird das Opfer eines Unfalls, dessen Begleitumstände sonderbar sind
Polizeichef Lanigan	übersieht zunächst die Begleitumstände
Charles Beam	hofft, in Anbetracht der Begleitumstände Geld zu sparen
Peter Dodge	ist im entscheidenden Augenblick nicht aufzutreiben
Moses Goralsky	kann hebräische Texte auswendig, ohne sie zu verstehen
Ben Goralsky	empfiehlt einen Mann, den er nicht ausstehen kann
Mortimer Schwarz	verwechselt seine Interessen mit den Interessen der Gemeinde
Marvin Brown	verkauft, was nicht niet- und nagelfest ist
Ronald Sykes	setzt sich für einen Untergebenen ein
Rabbi Small	beerdigt einen Selbstmörder, der keiner ist
Miriam Small	erwartet ein Kind

Für Anne

1

... Am zehnten Tag des siebenten Monats ist der Versöhnungstag – heilige Berufung sei er euch, und ihr sollt fasten ... und keinerlei Arbeit sollt Ihr verrichten an diesem Tag: eine ewige Satzung für eure Geschlechter in allen euren Wohnsitzen. Eine Sabbatfeier sei er euch, und ihr sollt fasten. Am neunten Tag des Monats sollt ihr beginnen und von Abend bis Abend eure Feier begehen.

Dieses Jahr fiel *Jom Kippur,* der Versöhnungstag, auf einen Sabbat, da der neunte Tag des hebräischen Kalendermonats ein Freitag und der zehnte ein Samstag war. Das machte den Tag zwar nicht heiliger – das war gar nicht möglich –, aber die Juden brauchten ihre normale Arbeitswoche nicht zu unterbrechen. Am Freitagnachmittag bereitete sich die jüdische Gemeinde von Barnard's Crossing auf diesen heiligsten Tag im Jahr wie die Juden auf der ganzen Welt vor. Die Frauen richteten das Abendessen, das der Tradition gemäß besonders reichlich war, um die nötige Kraft für den anschließenden vierundzwanzigstündigen Fasttag zu spenden. Die Männer waren früh von der Arbeit nach Hause gekommen, damit sie noch in Muße baden, die Feiertagskleider anziehen, Abendbrot essen und vor Sonnenuntergang zur Synagoge gehen konnten, wenn der *Kol Nidre*-Gesang den hohen Tag einleitete.

David Small, der junge Rabbi der Gemeinde, stand fertig angezogen vor seiner Frau Miriam. Sie musterte ihn mit kritischem Blick. Er war mittelgroß und trotz seiner guten Gesundheit blaß und mager; dunkle, tiefliegende Augen blickten nachdenklich hinter den Brillengläsern. Er hielt den Kopf leicht vorgeneigt und ließ die Schultern hängen wie ein Mann, der ständig über Büchern sitzt.

Seine Frau war zierlich und lebhaft und trug einen üppigen blonden Haarschopf, der sie zu erdrücken schien. Sie hatte große blaue Augen und ein offenes Gesicht, das ohne das entschlossene kleine Kinn naiv gewirkt hätte. Sie hatte etwas Kindliches trotz des vorstehenden Bauches, der den letzten Monat ihrer Schwangerschaft verriet.

«Dein Anzug, David ... die Jacke sitzt schief. Steh grad und zieh die Schultern hoch!»

Er riß sich zusammen.

«Der oberste Knopf stimmt nicht. Falsch angenäht. Er verzieht die Jacke.»

«Er war abgerissen, da hab ich ihn wieder angenäht ... Du warst gerade aus.»

«Komm, ich näh ihn dir richtig an.» Sie untersuchte den Knopf. «Warum hast du für einen grauen Anzug blauen Faden genommen?»

«Er ist eigentlich gar nicht blau, sondern weiß. Ich hab ihn mit dem Füller gefärbt. Und überhaupt, beim Gottesdienst trage ich ja den Talar drüber.»

«Und auf dem Weg zum Tempel? Und nachher, wenn du mit den Leuten sprichst? Deine Schuhe sind auch ganz schmutzig.»

Er begann den Schuh am Hosenbein abzureiben.

«David!»

«Sie werden ja doch wieder staubig, wenn wir zur Synagoge gehen», rechtfertigte er sich.

«Nimm wenigstens die Schuhbürste.»

Aufseufzend ging er hinaus. Sie hörte, wie er mit der Bürste energisch über die Schuhe fuhr. Als er wieder hereinkam, half sie ihm in die Jacke, rückte sie zurecht wie ein Schneider und machte die Knöpfe zu. Dann strich sie über den Kragen und erklärte: «So, jetzt sieht's besser aus.»

«In Ordnung? Kleiderappell beendet?»

«Du siehst gut aus, David.»

«Also weiter im Text.» Er entnahm seiner Brieftasche zwei Dollarnoten, gab ihr eine und behielt die andere für sich. Mechanisch wollte er die Brieftasche wieder einstecken, überlegte einen Moment und legte sie in die Schreibtischschublade. Am Sabbat trug er kein Geld bei sich.

Mit einem Gebetbuch in der Hand kam er zurück, blätterte und gab ihr das offene Buch: «Da ist das Gebet.»

Sie las den hebräischen Abschnitt, der erläuterte, daß dieses Geld für wohltätige Zwecke bestimmt sei – eine Art Buße für begangene Sünden. Dann faltete sie den Geldschein und steckte ihn in den Schlitz der blauen Sparbüchse auf dem Küchenschrank, deren Inhalt von Zeit zu Zeit wohltätigen Zwecken zugeführt wurde.

«Ist ein Dollar genug, David?»

«Es ist nur symbolisch.» Auch er stopfte seine Dollarnote hinein. «Mein Großvater schenkte immer einen lebendigen Hahn – der Mann opferte einen Hahn und die Frau ein Huhn. In deinem Zustand müßtest du ein Huhn und ein Ei nehmen.»

«Du machst Witze!»

«Nein, ganz im Ernst.»

«Und was tut man nachher mit dem Ei?»

«Wahrscheinlich ißt man's.»

«Klingt irgendwie kannibalisch.»

Sie setzten sich zu Tisch, und er sprach den Segen. Da klingelte das Telefon.

Der Rabbi nahm den Hörer ab. «Ja?»

«Ist dort Rabbi Small?» Die Stimme war sehr laut. «Hier spricht Stanley. Stanley Doble vom Tempel.»

Stanley war der Hausmeister in der Synagoge, und obwohl er den Rabbi fast täglich sah, identifizierte er sich am Telefon jedesmal feierlich als ‹Stanley Doble vom Tempel›, als sei das eine Art von Adelstitel. Er konnte sonst mit allem, was mit Elektrizität und Mechanik zu tun hatte, sehr geschickt umgehen, betrachtete aber offenbar das Telefon als Verbindungsrohr, durch das man möglichst laut schreien muß, um gehört zu werden.

«Entschuldigen Sie die Störung, Rabbi, aber der Lautsprecher ist kaputt.»

«Was ist los damit?»

«Na, die Anlage ist kaputt. Funktioniert nicht richtig. Sie heult.»

«Vielleicht geht's bis heute abend wieder», meinte der Rabbi, für den alle technischen Einrichtungen etwas Geheimnisvolles hatten – aus irgendeiner Laune heraus versagten sie plötzlich, um dann aus ebenso unerklärlichen Gründen auf einmal wieder zu funktionieren. «Vielleicht ist's nur eine kleine Reparatur?» fragte er hoffnungsvoll.

«Ich hab die Kabel kontrolliert und nichts gefunden ... muß wohl am Mikrophon liegen. Wahrscheinlich futsch.»

«Kann man nicht jemand holen? Vielleicht die Firma, die damals die Anlage installiert hat?»

«Die ist in Boston.»

Der Rabbi warf einen Blick auf die Uhr. «Das hat jetzt keinen Sinn mehr ... Gibt's niemand in Lynn oder Salem?»

«Die Geschäfte sind schon zu, Rabbi.»

«Dann werde ich eben lauter sprechen müssen. Rufen Sie den Kantor an und sagen Sie ihm Bescheid.»

«Okay, Rabbi. Tut mir leid, daß ich gestört hab, aber ich dachte, 's ist besser, Sie wissen's vorher.»

Der Rabbi begann die Suppe zu löffeln, da klingelte es wieder. Mrs. Robinson, die Präsidentin des Frauenvereins, war am Apparat.

«Hallo, Rabbi? Hier spricht Sue Robinson ...» Sie war ganz außer Atem. «Verzeihen Sie, wenn ich Sie noch so kurz vor Festbeginn beim Meditieren störe, aber es ist entsetzlich wichtig ... Sie werden doch ganz bestimmt die Blumendekorationen erwähnen? Kann ich mich drauf verlassen?» Es klang wie ein Vorwurf.

«Selbstverständlich. Einen Moment, bitte.» Er schlug das Gebetbuch auf, in dem ein Zettel steckte: «Da hab ich's schon. Die Blumenarrangements wurden vom Frauenverein gestiftet.»

«Da muß was geändert werden ... Haben Sie Papier und Bleistift? Ich warte.»

«Ich bin bereit.»

«Rose Bloom ... Nein, schreiben Sie lieber: gestiftet von Mr. und Mrs. Ira Bloom zum Andenken an ihren Vater David Isaac Levin ... Haben Sie's? Ich hätte schon früher angerufen, aber Mrs. Bloom hat es mir erst vor einer halben Stunde gesagt.»

«Ich will dran denken.» Er las ihr noch einmal vor, was er sich notiert hatte.

«Großartig, Rabbi. Und vielen Dank.»

«Bitte schön.»

Er setzte sich wieder an den Tisch, aß ein paar Löffel Suppe und schüttelte den Kopf. «Ich glaube, ich bin satt», entschuldigte er sich.

«Sie ist sicher kalt geworden.» Sie nahm den Teller. «Warte, ich wärm sie dir rasch, damit...»

Das Telefon. Mrs. Rosoff.

«Sagen Sie, Rabbi», schnaufte sie aufgeregt, «wieviel wiegt die Thora? Die Rolle, wissen Sie.»

«Die Tho... Also das weiß ich wirklich nicht, Mrs. Rosoff. Die Rollen sind nicht alle gleich groß und daher verschieden schwer... Ist es so wichtig? Ich würde sagen, im Schnitt so bei fünfundzwanzig, dreißig Pfund.»

«Und ob das wichtig ist! Mein Mann hat letzte Woche eine Mitteilung bekommen, daß er an *Jom Kippur* zu einem Ehrendienst aufgerufen werden soll – als *Hagboh*. Ich hab erst jetzt erfahren, was das bedeutet: Er muß die Thorarolle an den beiden Griffen hochhalten. Hoch überm Kopf... Ich bitte Sie, Rabbi – ehrt man so einen Mann, der vor drei Jahren einen Herzinfarkt gehabt hat? Sind das die Ehren, die man austeilt, Rabbi? Wollen Sie, daß er vor dem Thoraschrank zusammenbricht?»

Der Rabbi versuchte ihr zu erklären, daß dafür die Ritualkommission zuständig sei und daß man dort über Mr. Rosoffs Gesundheitszustand sicherlich nicht Bescheid gewußt habe.

«Es ist nicht weiter schlimm, Mrs. Rosoff, weil *Hagboh* der eine von einem Paar ist. Die beiden heißen *Hagboh* und *Glilloh*. *Hagboh* hebt die Thorarolle hoch, und *Glilloh* rollt sie auf und bindet sie zu... Ihr Mann braucht nur zu sagen, daß er lieber die Thora aufrollen möchte, dann wird sie der andere hochheben.»

«Rabbi, Sie kennen meinen Mann nicht. Glauben Sie, daß er auf die Ehre verzichtet, wenn er schon dazu aufgefordert wird? Lieber riskiert er einen Herzanfall.»

Der Rabbi versprach, sich selbst um die Sache zu kümmern. Er wollte sich nicht auf sein Gedächtnis verlassen und rief gleich Mortimer Schwarz an, den Gemeindepräsidenten, der die Ehrenämter von der Kanzel zu verkünden hatte.

«Gut, daß Sie anrufen, Rabbi», sagte Schwarz, nachdem er die Nachricht gehört hatte. «Ich wollte Sie schon anrufen, aber es war schon spät, und ich wollte Sie nicht mehr stören... Haben Sie von der Lautsprecheranlage gehört?»

«Ja, Stanley hat's mir gemeldet.»

«Ist sicher nur halb so schlimm. Es summt ein wenig, wenn man direkt ins Mikrophon spricht, aber man muß einfach die Lautstärke leiser stellen. Denken Sie bitte daran.»

«Ich glaube, ich brauche das Mikrophon gar nicht.»

«Heute vielleicht nicht, aber morgen wird es schön anstrengend werden. Das ist kein Kinderspiel, ein ganztägiger Gottesdienst auf leerem Magen.»

«Wir werden's schon schaffen. Der Raum hat eine gute Akustik.»

«Vielleicht find ich noch einen Mechaniker, der heute abend nach dem Gottesdienst ...»

«Kommt nicht in Frage!» warf der Rabbi rasch ein.

«Na schön, Sie haben recht. Es würde uns mehr schaden als nützen, wenn die Leute merken, daß ausgerechnet heute in der Synagoge gearbeitet wird ... Macht's Ihnen wirklich nichts aus?» Rabbi Small versicherte, es mache ihm wirklich nichts aus, und setzte sich wieder an den Tisch. «Mortimer Schwarz wird rücksichtsvoll», bemerkte er. «Das macht zweifellos die *Jom Kippur*-Stimmung.»

Er hatte die Hälfte seines Brathähnchens gegessen, als das Telefon erneut klingelte. Miriam wollte abnehmen, aber er winkte ab und nahm den Hörer. «Rabbi Small ...»

«Oh, Rabbi – gut, daß ich Sie erwische ... Hier spricht Mrs. Drury Linscott. Ich gehöre nicht Ihrem Glauben an, aber mein Mann und ich haben eine hohe Meinung von Ihren Leuten; der engste Mitarbeiter meines Mannes ist auch Jude ...»

Sie hielt inne und erwartete offenbar eine Dankesbezeugung seinerseits.

«Tatsächlich?» murmelte der Rabbi.

«Ja. Und jetzt kommt mein Mann und sagt, daß Morton ... Das ist er, wissen Sie. Der Mitarbeiter. Morton Zoll heißt er ... Kennen Sie ihn?»

«Ich ... Nein, ich glaube nicht.»

«Ein feiner Mensch. Und so zuverlässig ... Also, mein Mann behauptet, Morton hätte gesagt, daß er von heute abend bis morgen abend nichts essen und trinken darf, nicht einmal einen Schluck Wasser ... Ich kann das einfach nicht glauben. Da hat mein Mann doch sicher was falsch verstanden?»

«Nein, nein. Es ist schon so, Mrs. Linscott. Wir fasten von Sonnenuntergang bis Sonnenuntergang.»

«Wirklich? Und während der Zeit darf er nicht arbeiten?»

«Nein.»

«Oh ...»

Der Rabbi wartete.

«Na ja, dann ...» Sie hängte ein.

Der Rabbi starrte verdutzt auf den Hörer. Dann legte er ihn langsam auf die Gabel.

«Was war denn diesmal?» fragte Miriam.

Er berichtete.

«Von jetzt an werde ich antworten», entschied sie. Im selben Moment schrillte der Apparat wieder.

Sie nahm den Hörer. «Mrs. Small ... Ach so, Sie sind's.» Sie deckte die Muschel mit der Hand zu: «Kantor Zimbler», flüsterte sie.

«Laß mich ran.»

Der Kantor schien außer sich. «Rabbi, haben Sie das gehört wegen der Lautsprecheranlage? Stanley rief mich an, und ich bin gleich zur Synagoge gelaufen. Ich ruf von hier an. Es ist fürchterlich. Ich hab mal probiert – es klingt wie ein dreißig Jahre altes Grammophon mit einer stumpfen Nadel. Sobald man den Kopf bewegt, heult es wie die Feuerwehrsirene ... Was sollen wir tun, Rabbi?»

Der Rabbi mußte lächeln; er fragte sich, ob Zimbler für die Probe wohl das Kantorengewand angezogen und das weiße Käppchen aufgesetzt hatte. Das dicke Männchen mit dem kurzen schwarzen Spitzbart sah aus wie der Koch auf einer Spaghettireklame. Sie teilten miteinander das Umkleidezimmer, und der Kantor hatte darauf bestanden, daß neben der Tür ein hoher Spiegel angebracht wurde. Bis vor zwei Jahren hatte er in einer orthodoxen Gemeinde gesungen; seinem Bewerbungsschreiben um die neue Stelle hatte er ein Konzertplakat beigelegt, auf dem er sich *Jossele Zimbler* nannte. Neuerdings trat er nur noch als *Reverend Joseph Zimbler* auf. Die Umwelt formt den Menschen.

«Mit Ihrer Stimme brauchen Sie doch keinen Lautsprecher», sagte Rabbi Small.

«Meinen Sie wirklich?»

«Bestimmt nicht. Außerdem – Sie sind doch orthodox, oder nicht?»

«Na und?»

«Da werden Sie doch sicherlich auf die ganze Lautsprecheranlage verzichten wollen ... Wenn ich mich nicht täusche, ist es ein elektrisches System, bei dem der Stromkreis durch die Schwingungen der Stimme ständig geschlossen und wieder unterbrochen wird.»

«Na und?»

«Das ist doch dasselbe, als ob Sie das Licht anknipsen.»

«So?» Der Kantor schien nicht ganz überzeugt.

«Aus diesem Grund benutzen viele orthodoxe Gemeinden keinen Lautsprecher für den Sabbatgottesdienst, geschweige denn am *Jom Kippur*, dem höchsten aller Feiertage.»

«Ja, dann ...» Der Kantor gab sich geschlagen.

Rabbi Small kehrte lachend zum Tisch zurück. «Diese Kantoren sind wie kleine Kinder. Vielleicht brauchen sie deshalb ihren Namen immer in der Verkleinerungsform – Jossele, Mottele, Itzikel.»

«Wenn ich dich jetzt Davidel rufe, bleibst du dann endlich beim Tisch sitzen, bis du fertig gegessen hast?»

Das Telefon läutete nicht mehr, und er konnte den Kaffee in Ruhe trinken. Miriam räumte ab, spülte das Geschirr und zog sich an.

«Macht es dir wirklich nichts aus, zu Fuß zur Synagoge zu gehen?» fragte er besorgt.

«Aber nein. Der Arzt sagt doch, ich soll mir möglichst viel Bewegung machen ... Komm, gehen wir, sonst geht das blödsinnige Geklingel wieder los.»

Es war noch eine Stunde bis zum Sonnenuntergang, aber der Gottesdienst sollte fünfzehn Minuten früher beginnen. Und wenn man auch bis zur Synagoge nur zwanzig Minuten brauchte, so war es an diesem

Abend doch ratsam, zeitig dort zu sein. Als sie zur Tür gingen, schrillte nochmals das Telefon.

«Laß läuten, David.»

«Damit ich mir den ganzen Abend den Kopf zerbreche, wer es wohl war? Ich mach's kurz.»

«Rabbi?» Die heisere Stimme klang aufgeregt. «Hier spricht Ben Goralsky. Ich hab eine große Bitte an Sie: Könnten Sie auf dem Weg zur Synagoge rasch hier vorbeikommen? Es ist furchtbar wichtig. Mein Vater ... Er ist sehr krank.»

«Wir waren schon am Gehen, und ... Es ist schon spät, und Ihr Haus liegt nicht auf dem Weg.»

«Sie müssen kommen, Rabbi! Es geht um ein Leben. Ich schick Ihnen einen Wagen, und nachher fahr ich Sie selber zur Synagoge ... Sie werden bestimmt zur Zeit dort sein.»

«Also ...»

«Der Wagen ist schon unterwegs. In ein paar Minuten ist er bei Ihnen.»

2

Hugh Lanigan, der Polizeichef von Barnard's Crossing, war ein untersetzter Mann mit einem freundlichen irischen Gesicht und schneeweißem Haar. Er ließ sich in seinen Drehstuhl sinken und schwang sich herum, um seinen Besucher zu mustern: «Was kann ich für Sie tun, Herr Pfarrer?» fragte er zuvorkommend.

Der Mann auf dem Stuhl gegenüber war jung – höchstens fünfunddreißig. Er war groß und breitschultrig. Auf dem kräftigen Nacken saß ein schöner, markanter Kopf. Das blonde Kraushaar begann seitlich am Stirnansatz schütter zu werden. Trotz des klerikalen Stehkragens sah er eher wie ein Footballspieler als wie ein anglikanischer Geistlicher aus. Peter Dodge hatte tatsächlich mehrere Jahre lang als Profi gespielt, ehe er sich dann für die geistliche Laufbahn entschloß.

«Peter Dodge, Assistent von Dr. Sturgis an der Pfarrei von St. Anselm's», stellte er sich mit tiefer Baritonstimme vor.

Lanigan nickte.

«Ich möchte mich über zwei von Ihren Leuten beschweren.»

«Oh? Über wen denn?»

«Ich weiß nicht, wie sie heißen.»

«Kennen Sie die Nummern ihrer Dienstmarken?»

«Nein. Aber es waren die beiden Beamten, die am Mittwochabend den Streifenwagen fuhren.»

Lanigan warf einen Blick auf den Plan, der an der Wand hing.

«Loomis und Derry ... Beides gute Leute. Was haben sie angestellt?»

«Ach, es gab da irgendwelchen Ärger in *Bill's Café* – es liegt an der Straße nach Salem ...»

«Ich weiß, wo es liegt.»

«Jedenfalls, Bill ... eh, der Wirt, forderte die Radaubrüder auf, das Lokal zu verlassen. Sie gehorchten ohne Widerrede, aber dann lungerten sie draußen herum und fingen die Gäste ab, die ins Lokal wollten ... Schön, sie haben sich schlecht benommen; aber es war nicht ernsthaft gemeint.»

«Obwohl sie die Gäste nicht hereinließen?»

«Ich habe mit dem Wirt gesprochen; er sagte, die Sache sei gar nicht so schlimm gewesen ...»

«Ach, Sie waren nicht dort, als es passierte?»

«Nein. Ich kam erst später hinzu.»

«Auf Ihrem täglichen Abendspaziergang?»

Der junge Pfarrer war erstaunt. «Woher wissen Sie, daß ich jeden Abend einen Spaziergang mache? Stehe ich etwa unter Polizeiaufsicht?»

Lanigan lächelte. «Unsere Stadt ist klein, Herr Pfarrer, aber wir müssen ein großes Gebiet überwachen. Dafür haben wir nicht genügend Leute; wir müssen versuchen, möglichst Bescheid zu wissen, ehe was passiert. Die Betonung liegt auf ‹Bescheid wissen›! ... Sie sind neu hier, nicht wahr?»

«Ja, ich bin erst seit ein paar Monaten ...»

«Und Sie kommen wohl aus einer Großstadt?»

Dodge nickte. «South Bend.»

«Aus dem Mittelwesten, aha. Ich dachte es mir. Man hört's an der Aussprache ... Sehen Sie, Stadtleute merken meistens erst, daß es eine Polizei gibt, wenn sie sie brauchen. Die Polizei ist etwas, das einfach immer zu funktionieren hat – wie das Wasserwerk oder die Stromversorgung. Aber an kleinen Orten wie hier sind Polizisten noch Nachbarn und Freunde; man kommt mit ihnen zusammen wie mit anderen Bekannten. Unsere Aufgabe ist es, alles zu wissen. Wenn nachts ein Fremder durch die Straßen geht, wird ihn der Streifenpolizist vermutlich ansprechen ...» Er schaute den jungen Pfarrer belustigt an: «Hat Sie noch nie ein Polizist angesprochen?»

«Doch – kurz nachdem ich hergezogen bin. Aber er fragte nur, ob er mir behilflich sein könne. Wahrscheinlich dachte er, ich suche eine Straße.»

«Worauf Sie ihm erklärten, daß Sie immer nach dem Abendessen einen Spaziergang machten?»

«Oh ...»

«Sehen Sie, so einfach ist das. Sie marschieren jeden Abend von Mrs. Oliphant, bei der Sie logieren, durch die Oak Street bis hinter Colonial Village, biegen dann in die Main Street in Richtung Salem ein und gehen dann am Wasser entlang nach Hause.»

«So macht ihr das also?»

«Ja, so machen wir das.»

«Und wenn ich statt dieser Kleider einen ... gewöhnlichen Anzug anhätte?»

«Dann wäre der Beamte genauso höflich gewesen, nur hätte er Ihnen mehr Fragen gestellt. Und wenn Sie ihm gesagt hätten, daß Sie zur Bushaltestelle wollen, hätte er Ihnen wahrscheinlich angeboten, auf den Streifenwagen zu warten, damit er Sie dort absetzt.»

«Ach so.»

«Ja, also ... Ich nehme an, daß Sie so gegen halb neun bei Bill vorbeikamen. Die Jungen standen rum und schimpften. Sie fragten ...»

«Einer von ihnen ist in unserer Kirche. Er sagte – und die anderen bestätigten es –, daß sie von den beiden Beamten angebrüllt und unnötig grob behandelt worden seien. Zwei Negerjungen waren auch dabei; auf sie hatten es Ihre Leute besonders abgesehen.»

«Sie beschweren sich also darüber, daß meine Leute ungebührlich grob waren. Haben sie zugeschlagen? Haben sie ihre Knüppel benutzt?»

«Ich möchte vorerst klarstellen, daß man die Polizei gar nicht gerufen hat. Der Streifenwagen fuhr rein zufällig vorüber.»

«Wir schauen jeden Abend ein paarmal bei Bill herein.»

«Also es war auch Ihrer Ansicht nach an jenem Abend dort nichts besonderes los?»

«Ganz recht.»

«Ich finde es höchst bedenklich, daß die Negerjungen schlecht behandelt wurden. Wir sind doch nicht in Alabama.»

«Ach so ... Sie gehören wohl der Bürgerrechtsbewegung an?»

«Jawohl.»

«Na gut. Und was ist diesen farbigen Jungen passiert, daß Sie sich so empören?»

«Einmal protestiere ich dagegen, daß sie strenger angefaßt wurden als die anderen. Und dann, sie wurden herumgestoßen; einer von ihnen fiel sogar hin ... Ihre Leute sind zu weit gegangen. Ich glaube nicht, daß sie als Hüter der öffentlichen Ordnung ...»

«Das ist es ja gerade, Herr Pfarrer. Ich meine, daß sie Hüter der öffentlichen Ordnung sind. Aber sie betrachten sich vor allem als die Hüter der Ordnung in Barnard's Crossing, und die beiden Burschen sind nicht aus unserer Stadt.»

«Woher wissen Sie das?»

«Weil wir in Barnard's Crossing keine farbigen Familien haben ... Und bevor Sie irgendwelche voreiligen Schlüsse ziehen: Es liegt nicht daran, daß wir sie nicht wollen oder gar stillschweigend boykottieren. Es liegt an den Bodenpreisen. Sie sind hier sehr hoch, und die meisten Neger können sich's einfach nicht leisten ...»

Er fragte sich, ob es überhaupt Sinn habe, diesem ‹Ausländer› auseinanderzusetzen, wie es in Barnard's Crossing zuging.

«... Sie müssen die Situation hier verstehen, Herr Pfarrer. Ed Loomis – ich vermute, er war es – und ich, wir haben keinerlei Vorurteile gegen Schwarze. Oder gegen sonst jemand. So sind wir nicht hier in Barnard's Crossing; wenn Sie erst eine Zeitlang hier gewohnt haben, werden Sie's selbst merken ... Die meisten Familien stammen ursprünglich aus Salem; sie sind von dort weggezogen, weil sie die Theokratie satt hatten. Sie wollten sich nicht mehr vorschreiben lassen, was sie tun und was sie nicht tun durften. Während einer langen Zeit gab es hier weder Kirche noch Pfarrer. Es war ein derber Menschenschlag, aber die Leute waren tolerant, und ich habe das Gefühl, daß diese beiden Eigenschaften bis heute erhalten geblieben sind... Meine Leute waren alle irische Katholiken, und sie leben hier seit der Kolonialzeit, ohne daß jemand was dagegen gehabt hätte. Wir sind tolerant, aber wir haben aus jener Zeit noch ein einziges Vorurteil – es richtet sich gegen Fremde. Fremde sind Leute, die nicht aus Barnard's Crossing stammen. Und die beiden Jungen waren aus Salem... Ich bin ganz sicher, daß Ed Loomis nichts gegen die Jungen hatte. Nichts Persönliches. Wohlgemerkt, ich heiße es nicht gut, daß unsere Polizei mit fremden Jungen härter umspringt als mit den einheimischen, aber ich kann es verstehen, weil ich die Hintergründe kenne.»

«Sie entschuldigen also diese Haltung?»

«Ich entschuldige sie nicht, aber ich verstehe sie.»

«Ich denke, damit ist die Sache noch nicht abgetan. Mr. Braddock, der Vorsitzende des Stadtparlaments, gehört zu unserer Kirche. Ich habe die Absicht, ihn von dem Vorfall zu unterrichten.»

Lanigan spitzte die Lippen, sagte aber nichts. Dann blickte er auf die Wanduhr und lehnte sich in seinem Drehstuhl zurück, bis er über den anschließenden Korridor den Schreibtisch des diensttuenden Sergeant sehen konnte. «Sag mal dem Streifenwagen Bescheid, Joe», rief er ihm zu. «Sie sollen zur Synagoge fahren und den Verkehr regeln. Ich hab mit dem Rabbi gesprochen; er sagt, die ersten kommen so gegen halb sieben, aber zwischen Viertel vor und Viertel nach wird's Gedränge geben... Nachher sollen sie die Streife wieder aufnehmen.»

Dann wandte er sich mit einem Lächeln wieder an seinen Besucher: «Gehen Sie ruhig zu Alf Braddock und beschweren Sie sich bei ihm über Ed Loomis – er kennt ihn recht gut. Die beiden sind im gleichen Ruderclub.»

3

Colonial Village war die erste Stadtrandsiedlung von Barnard's Crossing. Die üblichen Witze, die man über Wohnkolonien zu machen pflegt, trafen auf Colonial Village nicht zu; es bestand hier nicht die Gefahr, daß der Ehemann am Abend ins falsche Haus trat. Die Häuser hatten zwar alle denselben Grundriß, doch gab es drei unterschiedliche Fassadentypen, und keine zwei benachbarten Häuser waren gleich. Die Parzellen waren nicht allzu groß, aber sie gestatteten doch ein Privatleben, ohne enge nachbarliche Beziehungen zu erschweren.

Die älteren Bewohner der Stadt betrachteten Colonial Village etwas von oben herab. Sie selbst wohnten in häßlichen, aber soliden und geräumigen viktorianischen Häusern und bezeichneten die Siedlung als ‹Keksdosenkolonie›; sie spöttelten auch gern über die ‹Schwimmbecken mit Dach› – eine boshafte Anspielung auf die Tatsache, daß es anfangs nach Regenfällen gelegentlich überschwemmte Keller gegeben hatte. Außerdem hielt sich hartnäckig die Vorstellung, daß hier überwiegend Juden lebten.

Tatsächlich wohnten fast ebenso viele Nichtjuden im Village, am oberen Teil der Bradford Lane zum Beispiel, wo Isaac und Patricia Hirsh wohnten, gab es zwar sehr viele jüdische Familien, aber am anderen Ende lebten die Venutis, die O'Hearnes und der Pole Stan Padefsky.

Immerhin herrschte am Vorabend des Versöhnungstages in vielen Häusern von Colonial Village geschäftiges Treiben; überall machte man sich für den Tempel bereit. Nur bei den Hirshs ging es verhältnismäßig ruhig zu. Patricia Hirsh, eine große aparte Frau in den Dreißigern mit rotem Haar und hellen blauen Augen im sommersprossigen Gesicht, hatte bereits gegessen und das Geschirr abgeräumt. Sie aß oft allein, weil sie nie wußte, wann ihr Mann aus dem Labor nach Hause kam. Sonst machte es ihr nichts aus, aber heute hatte sie Liz Marcus von gegenüber versprochen, die Kinder zu hüten, damit sie zum *Kol Nidre*-Gottesdienst gehen konnte. Pat ärgerte sich über die Verspätung ihres Mannes. Sie hatte ihn ausdrücklich gebeten, früh nach Hause zu kommen. Sie hatte für ihn in der kleinen Eßnische, die durch eine Bücherwand vom Wohnzimmer getrennt war, den Tisch gedeckt. Sie sah gerade auf die Uhr und überlegte, ob sie im Labor anrufen sollte, als sie ihn die Tür aufschließen hörte.

Im Gegensatz zu seiner attraktiven jungen Frau war Isaac Hirsh klein und dick. Ein Kranz stahlgrauer Haare umrahmte die Glatze des Fünfzigjährigen. Unter der rotgeäderten Knollennase saß ein borstiger Schnurrbart.

Sie gab ihm einen flüchtigen Kuß. «Ich hab' dir doch gesagt, daß ich Liz Marcus versprochen habe, auf die Kinder aufzupassen. Und daß ich zeitig drüben sein will.»

«Es reicht noch längst, Baby. Der Gottesdienst beginnt frühestens um sieben, kurz vor Sonnenuntergang.»

«Woher weißt du das?» fragte sie. «Du gehst doch seit Jahren nicht mehr in die Synagoge.»

«So was vergißt man nicht, Baby.»

«Wenn du's nicht vergessen kannst, warum gehst du dann nicht hin?»

Er zuckte die Achseln und setzte sich zu Tisch.

«Es ist sicher wie bei uns mit Weihnachten», meinte sie nachdenklich. «Ich geh nie in die Kirche, zu Hause haben wir uns nicht viel draus gemacht – aber Weihnachten, das ist was anderes ... Als Ma und Pa noch lebten, bin ich zu Weihnachten immer heim nach South Bend gefahren.» Sie brachte ihm das Essen.

«Ist doch bei allen dasselbe, oder nicht?»

Er überlegte. «Jaaa ... Ja, wahrscheinlich ist es aber für die meisten Leute im Grunde doch nur eine Art Aberglaube. Und ich bin nun mal nicht abergläubisch.»

Sie setzte sich ihm gegenüber und sah ihm beim Essen zu.

«Manche Juden sind fürchterlich stolz darauf, Juden zu sein», fuhr er fort, «obwohl sie ja schließlich nichts dafür können. Und andere wieder sind unglücklich, daß sie als Juden geboren wurden. Im Grunde ist es dasselbe mit umgekehrten Vorzeichen.» Er fuchtelte beim Sprechen mit dem Löffel herum. «Sie setzen alles daran, um davon loszukommen ... Arme Teufel.»

Sie nahm ihm den Teller weg und brachte einen neuen.

«Wenn sie aus ihrer Geburtsstadt fortziehen, ändern sie den Namen», sagte er. «Wenn sie bleiben, ist es nicht ganz so einfach, aber auch dann versuchen sie es zu vertuschen. Ich bin Jude, aber ich bin weder stolz darauf, noch schäme ich mich deswegen; ich verheimliche es nicht, aber ich trompete es auch nicht in die Welt hinaus. Ich bin, was ich bin, weil ich so geboren wurde. Es ist lediglich eine Kategorie; und man kann nach allen möglichen Kriterien Kategorien einteilen.»

«Das verstehe ich nicht.»

«Schau, du kommst aus South Bend. Bist du stolz darauf? Schämst du dich darüber? Du bist eine Frau ...»

«Das allerdings hab ich schon oft bedauert!»

Er nickte. «Gut; vielleicht habe ich auch schon mal bedauert, daß ich Jude bin. Es ist nur menschlich ...» Er wurde nachdenklich. «Ich glaube sogar, daß ich Glück hatte. Als Wissenschaftler kommt es nicht so darauf an. In manchen Berufen schlagen viele Türen zu, wenn man Jude ist; vielleicht hätte ich es dann verheimlicht, oder ich wäre übergetreten ... Aber für einen Mathematiker ist es kein sonderlicher Nachteil – im Gegenteil, manche Leute reden sich sogar ein, daß wir eine besondere Begabung dafür haben. Wenn man sich irgendwo bewirbt, hat man den Vorteil eines Italieners, der ein Engagement bei einem Opernensemble sucht.»

«Mein Gott, bist du heute aber philosophisch!»

«Möglich. Ich bin völlig erschossen. Davon kann einer schon philosophisch werden.»

«Hat dir Sykes wieder einmal zugesetzt?» fragte sie mitfühlend. «Ach, übrigens, er hat vorhin angerufen.»

«Sykes? Wann denn?»

«Vor einer Viertelstunde ungefähr ... Du sollst ihn zurückrufen.»

«Schön.»

«Rufst du ihn nicht an?»

«Nein. Ich geh später nochmals ins Labor zurück. Deswegen hat er wahrscheinlich angerufen.»

«Aber du bist doch müde!» protestierte sie. «Und außerdem ist es doch ein Feiertag für dich ...»

«Ach was! Sykes weiß, daß ich nicht in die Synagoge gehe. Der Alte hat ihn abgekanzelt, und natürlich muß ich das wieder mal ausfressen.»

«Etwas nicht in Ordnung, Ike?» fragte sie besorgt.

Er zuckte die Achseln. «Das Übliche. Man wälzt eine Idee im Kopf und meint, sie taugt was; man arbeitet Tage und Wochen daran, und dann stellt sich raus, daß alles für die Katz war.»

«Aber das kommt doch immer wieder vor, nicht? Das ist doch normal, daß ...»

«Klar. Und es ist auch weiter nicht tragisch, wenn man Grundlagenforschung an einer Universität betreibt. Wenn man aber für die Industrie arbeitet wie wir und dem Auftraggeber hinterher eine Rechnung schicken muß, ist es schon peinlicher ... Dieses Projekt war ein Auftrag von Goraltronics – entsetzlich schwierige Leute. Aus irgendeinem Grund sind sie jetzt noch ungeduldiger als sonst, und alles leidet darunter ... Na, sollen sich die großen Herren die Köpfe einrennen; ich bin ja bloß ein Kuli. Ich mach meine Arbeit und steck den Lohn ein.»

«Dann wirst du also wieder bis in die Nacht hinein arbeiten?»

«Zwei Stunden vielleicht. Warum?»

«Peter Dodge rief an. Er kommt vielleicht auf einen Sprung vorbei.»

«Zur mir oder zu dir?»

Sie wurde rot. «Ich bitte dich, Ike ...»

Er lachte über ihre Verlegenheit. «Ich mach ja nur Spaß, Baby ... Komm mal her!»

Sie trat zu ihm, und er legte den Arm um sie und streichelte ihre Hüfte.

«Er ist ein alter Freund», verteidigte sie sich, «das ist alles ... Wir stammen aus derselben Stadt, und ...»

Das Telefon läutete. Sie machte sich von ihm frei, und während sie zum Apparat ging, meinte sie: «Sicher Sykes, der sich wundert, warum du ihn nicht angerufen ... Ja, bitte?» meldete sie sich.

«Hallo, Pat ...» Es war Liz Marcus, und sie klang ungeduldig. «Ich dachte, du wolltest früh kommen?»

Sie versprach, gleich aufzubrechen, und wandte sich zu ihrem Mann: «Ich muß gehen, Liebling. Bleib nicht zu lange.»

«Schon gut, Baby.»

Unter der Tür spitzte sie die Lippen und warf ihm einen Kuß zu.

4

Für die Alteingesessenen von Barnard's Crossing war der ausgedehnte Besitz der Goralskys immer noch die Northcliffe-Villa. Vor drei Jahren war das Anliegen in die Hände der Goralskys übergegangen, und Myron Landis, der Makler, der das Geschäft zustande gebracht hatte, wurde nie müde, davon zu berichten:

«Also, auf die Annonce melden sich zwei Männer, ja – ein Greis mit einem Bart und sein Sohn, auch schon so um die Fünfzig. Der Alte sagt: ‹Sind Sie der Agent für Northcliffe?› Und das mit einem Akzent, daß man ihn kaum versteht.

‹Ja, Sir›, sag ich.

Da fragt er: ‹Wieviel kostet das Grundstück?›
‹Hundertundzwanzigtausend›, sag ich.
Er nickt seinem Sohn zu, und die beiden verziehen sich in eine Ecke und diskutieren hin und her. Ich hab kein Wort verstanden – sie sprachen nicht auf englisch. Dann stellt der Junge einen Scheck aus und gibt ihn dem Alten zur Unterschrift. Der Alte nimmt die Brille ab, setzt eine andere auf und liest den Scheck durch; dabei wackelt er immer so mit dem Kopf. Dann holt er einen altmodischen Füller raus, so einen, wo die Feder noch rausgeschraubt wird, ja, und malt sorgfältig seinen Namen hin. Schließlich gibt er mir den Scheck hin, und ich lese schwarz auf weiß: Einhunderttausend Dollar, unterzeichnet von einem gewissen Moses Goralsky.
Sag ich: ‹Das sind aber nur hunderttausend. Der Preis ist hundertzwanzigtausend.› Natürlich ist es hirnverbrannt, so was zu sagen – kein Mensch kauft auf diese Weise, ohne das Grundstück überhaupt gesehen zu haben und ohne nach der Finanzierung zu fragen, nach Hypotheken und so ... Ich hab so was noch nie erlebt. Na ja, und am Ende hat er's gekriegt – für die hunderttausend.»
Das große graue Herrschaftshaus war durch eine breite Rasenfläche von der Straße getrennt. Ein hohes Eisengitter umgab den Besitz. Die hintere Front des Hauses blickte aufs Meer, und als Rabbi Small und Miriam durch das Hauptportal fuhren, hörten sie die Brandung gegen den Damm schlagen und spürten die kühle Brise.
Der Wagen hielt vor dem Haustor. Der Fahrer sprang heraus und öffnete den Schlag. Im gleichen Moment trat Ben Goralsky zu ihnen, ein hochgewachsener, stämmiger Mann mit roten Wangen und dichten schwarzen Augenbrauen.
Er schüttelte dem Rabbi die Hand. «Danke, daß Sie gekommen sind. Ich hätte Sie selbst abgeholt, aber ich wollte Vater nicht allein lassen ...»
Er wandte sich an den Fahrer: «Sie können gehen, aber lassen Sie den Wagen hier. Ich fahre meine Gäste selbst zurück!» Dann wieder zu dem Rabbi: «Wissen Sie, wir haben dem ganzen Personal bis auf die Haushälterin heute abend und morgen frei gegeben. Vater will es so. Er meint, sie dürfen nicht arbeiten, weil sie zu unserem Haushalt gehören ... Ich werde Sie aber selbst zur Synagoge fahren, keine Sorge – Sie werden rechtzeitig dort sein.»
«Wie geht's ihm?» erkundigte sich der Rabbi.
«Nicht gut. Der Arzt war vor einer halben Stunde da – ein Professor aus Harvard. Soll eine Kapazität auf seinem Gebiet sein.»
«Ist Ihr Vater bei Bewußtsein?»
«Ja. Manchmal döst er ein wenig, aber sonst ist er immer bei vollem Bewußtsein.»
«Kam es ganz plötzlich? Ich habe ihn doch vor kurzem noch in der Synagoge gesehen.»
«Stimmt – am Dienstagmorgen ging er noch zum *Minijan.* Am Mittwoch fühlte er sich nicht so gut, und am Donnerstag bekam er Fieber

und hustete. Als es heute nicht besser wurde, holte ich den Arzt. Er sagt, es ist eine Infektion. Und Sie wissen ja, in dem Alter kann aus der kleinsten Erkältung etwas Ernstes werden ...»

Er blieb in der pompös ausgestatteten Halle stehen. «Macht es Ihnen was aus, hier unten zu warten, Mrs. Small?»

«Aber nein, Mr. Goralsky. Ganz und gar nicht.»

«Hier hinauf, bitte.» Er führte den Rabbi über die breite Marmortreppe mit dem dicken roten Teppich.

«Wann hat er nach mir verlangt?» wollte der Rabbi wissen.

«Eh ... er hat eigentlich nicht nach Ihnen verlangt. Es war meine Idee», murmelte Goralsky verlegen. «Wissen Sie, es ist, weil ... Er will seine Medizin nicht schlucken.»

Der Rabbi blieb stehen und starrte ihn ungläubig an.

Auch Goralsky war stehengeblieben. «Sie verstehen mich nicht ... Der Arzt hat gesagt, er muß alle vier Stunden seine Medizin einnehmen, auch während der Nacht. Wir sollen ihn sogar aufwecken. Aber er will sie nicht nehmen, die Medizin ...»

«Und jetzt soll ich sie ihm einlöffeln?»

Goralsky bemühte sich, dem Rabbi die Sache klarzumachen. «Nein, das kann ich auch, aber ... Er will nicht, weil *Jom Kippur* ist. Er will das Fasten nicht unterbrechen.»

«Weil *Jom* ... Aber das ist doch Unsinn! Die Vorschrift gilt nicht für Kranke.»

«Ich weiß. Aber er hat einen harten Kopf. Darum dachte ich, Sie könnten ihn noch am ehesten überzeugen. Wenn Sie mit ihm reden, meine ich, wird er Sie vielleicht ernst nehmen.»

Der Rabbi schüttelte den Kopf; sie gingen weiter. Im ersten Stock stieß Goralsky eine Tür auf.

«Hier, Rabbi ...»

Als sie eintraten, erhob sich die Haushälterin, und Goralsky bedeutete ihr, draußen zu warten. Das Zimmer war ganz anders eingerichtet als die Räume, die der Rabbi gesehen hatte. Mitten im Raum stand ein breites, altmodisches Messingbett, in dem der Alte auf hochgetürmten Kissen lag. Ein wuchtiges, zerkratztes Eichenpult, über und über mit Papieren bedeckt, stand an der Wand, davor ein Mahagoni-Drehstuhl mit riesigem Lederpolster. Außerdem gab es noch zwei mit grünem Plüsch bezogene Stühle, von denen der Rabbi vermutete, daß sie einmal zur Eßzimmereinrichtung der Goralskys gehört hatten.

«Der Rabbi kommt dich besuchen, Papa», sagte Goralsky.

«Ich danke ihm», antwortete der Greis. Er war klein; das wachsbleiche Gesicht verschwand zur Hälfte unter einem struppigen Bart. Die dunklen, eingesunkenen Augen glänzten fiebrig. Eine knochige Hand zupfte nervös an der Bettdecke.

«Wie geht es Ihnen, Mr. Goralsky?» fragte der Rabbi.

«Dem Nasser sollt's gehn wie mir», gab er zurück. Das Lächeln wirkte gezwungen.

Auch der Rabbi lächelte. «Warum wollen Sie Ihre Medizin nicht einnehmen?»

Der Greis schüttelte langsam den Kopf. «Am *Jom Kippur* faste ich, Rabbi.»

«Aber das Fastgebot gilt nicht für Medikamente. Es ist eine Ausnahme, ein besonderes Gesetz.»

«Ich versteh nichts von Sondergesetzen und Ausnahmen. Was ich weiß, hab ich von meinem Vater selig gelernt. Er war kein Gelehrter, aber in seinem Städtchen drüben in dem alten Land gab es keinen, der so beten konnte wie er. Er glaubte an Gott wie an einen Vater. Er stellte keine Fragen, und er machte keine Ausnahmen. Einmal, ich war dreizehn oder vierzehn Jahre alt, stand er zu Hause in der Stube beim Morgengebet. Da sind besoffene Bauern ins Haus gekommen. Sie wollten Streit. Sie schrien meinen Vater an, er solle ihnen Schnaps geben. Meine Mutter und ich, wir hatten Angst; aber mein Vater schaute sie nicht einmal an und ließ kein einziges Wort von seinem Gebet aus. Einer von den Kerlen wollte auf ihn losgehen, und meine Mutter fing an zu schrein, aber Vater betete unbeirrt weiter, bis es den Strolchen zu dumm wurde. Sie zerrten ihren Kameraden mit und gingen davon.»

Der Sohn hatte die Geschichte offenbar schon oft gehört, denn er schnitt ungeduldige Grimassen, doch der Alte achtete nicht auf ihn und erzählte weiter. «Mein Vater hat sich abgerackert, aber für Essen und Kleider reichte es immer. Und bei mir war's genauso. Er hat mir eine gute Frau gegeben, und sie hat gelebt, bis ihre Jahre voll waren; und gute Söhne hat sie mir gegeben, und im hohen Alter Reichtum obendrein.»

«Halten Sie es für so was wie eine Unfallversicherung, wenn man betet, den Sabbat heiligt und am *Jom Kippur* fastet?» fragte der Rabbi. «Gott hat Ihnen auch einen Verstand gegeben, Mr. Goralsky, und ein Leben, für das Sie ihm verantwortlich sind.»

Der Alte zuckte die Achseln.

«Es steht ausdrücklich geschrieben, daß Kranke nicht fasten dürfen», sagte der Rabbi eindringlich. «Es ist eine Grundregel unserer Religion.»

«Hören Sie, Rabbi: Ich bin ein alter Mann; seit mindestens fünfundsiebzig Jahren faste ich am *Jom Kippur* ... Glauben Sie, daß ich jetzt plötzlich beginnen werde zu essen?»

«Medikamente sind kein Essen», widersprach der Rabbi und fuhr ernst fort: «Sind Sie sich bewußt, Mr. Goralsky, daß es als Selbstmord ausgelegt werden könnte, falls Sie, Gott behüte, sterben sollten, weil Sie Ihre Medizin verweigern?»

Der Alte lachte nur.

David Small fühlte, daß es dem Greis ein boshaftes Vergnügen bereitete, mit einem jungen Rabbi zu argumentieren; er mußte lächeln, machte aber doch noch einen letzten Versuch. Er gab sich Mühe, finster und unheilvoll zu klingen: «Bedenken Sie, Mr. Goralsky – ein Selbstmörder erhält kein rituelles Begräbnis. Man würde an Ihrem Grab keine

Rede halten und keinen *Kaddisch* sagen. Genaugenommen müßte man Sie sogar abseits beerdigen, am Rand des Friedhofs. Sie dürften nicht neben Ihrer Frau liegen, und es wäre eine Schande für Ihre Kinder und Enkel ...»

Der Alte hob eine magere, blaugeäderte Hand hoch. «Keine Sorge, Rabbi, ich werd schon nicht ausgerechnet heute nacht sterben ... Benjamin, ihr müßt jetzt gehen, sonst kommt ihr zu spät zu *Kol Nidre.*» Er schloß die Augen zum Zeichen, daß er in Ruhe gelassen werden wollte.

«Es tut mir leid», sagte der Rabbi, während sie die Treppe hinunterstiegen, «ich konnte nicht sehr viel ausrichten. Aber ich hätte geglaubt, daß er auf Sie hört.»

«Seit wann hören Eltern auf ihre Kinder, Rabbi?» fragte Goralsky verbittert. «Für ihn bin ich immer noch ein kleiner Junge. Er ist stolz, wenn man mich lobt. Letztes Jahr erschien im *Time Magazine* ein Artikel über mich. Er hat die Seite ausgeschnitten und trägt sie in der Brieftasche herum und zeigt sie allen Leuten ... Im Geschäft hört er zum Glück noch auf mich, aber wenn es um seine Gesundheit geht, da redet man wie gegen eine Wand.»

«War er sonst immer gesund?»

«Er war noch nie im Leben krank. Er verachtet die Ärzte. Das Unglück ist, daß er sich für unverwüstlich hält; und wenn dann so was passiert, tut er nichts dagegen.»

«Er muß schon recht alt sein.»

«Vierundachtzig», sagte Goralsky stolz.

«Dann hat er vielleicht recht», meinte der Rabbi. «Wenn er in dem Alter gesund ist und nie zum Arzt geht, weiß er wahrscheinlich instinktiv, was gut für ihn ist.»

«Kann sein. Jedenfalls danke ich Ihnen für Ihre Mühe, Rabbi. Ich werde Sie jetzt mit Ihrer Frau zum Tempel fahren.»

«Kommen Sie nicht zum Gottesdienst?»

«Nein. Ich glaube, es ist vernünftiger, wenn ich zu Hause bleibe.»

5

Ein kleiner Lieferwagen mit der Aufschrift JACKSON'S SPIRITUOSEN hielt vor dem Haus der Levensons, die gegenüber den Hirshs wohnten. Der Fahrer stieg mit einem Paket unter dem Arm aus, klingelte an der Haustür und wartete. Als niemand öffnete, läutete er nochmals, während er nervös auf den Aluminiumdeckel seines Quittungsblocks trommelte. Da bemerkte er Isaac Hirsh, der aus dem Haus trat und auf seinen Wagen zuschritt.

Eilig ging er zu ihm hinüber. «Wohnen Sie in diesem Haus, Mister?»

«Ja.»

«Kennen Sie zufällig ...» Er las den Namen auf dem Paket: «einen Charles Levenson?»

«Ja. Er wohnt da drüben.»

Dem Fahrer riß die Geduld. «Das weiß ich auch, Mister ... Schauen Sie, das ist meine letzte Lieferung heute abend, und es ist schon spät. Morgen habe ich nur Lieferungen am anderen Ende der Stadt. Es ist niemand zu Hause, und ich will das Paket nicht draußen lassen, wo jeder ran kann – Sie wissen schon, was ich meine ... Können Sie's nicht Mr. Levenson geben, wenn Sie ihn morgen sehen?»

«Doch, natürlich.»

«Vielen Dank ... Unterschreiben Sie hier, bitte.»

Hirsh zog an dem Maskottchen, das am Rückspiegel baumelte, so daß es an der Gummischnur auf und nieder hüpfte. «Hat's da drin nicht geschwappt, Herr Einstein?» Die Puppe mit dem struppigen Haarschopf schien zu nicken. «Das müssen wir mal näher untersuchen», murmelte er und ließ den Worten die Tat folgen. Vorsichtig öffnete er das Paket und zog eine Flasche hervor. «Echter Wodka!» Er stieß einen leisen Pfiff aus. «Und die beste Marke ...» Er las das beigeheftete Kärtchen im Schein der Armaturenbeleuchtung: *Für Charlie Levenson mit herzlichen Geburtstagswünschen* ... «Ist das nicht rührend, Einstein? Ich habe große Lust, auf das Wohl unseres Freundes und Nachbarn Charlie Levenson zu trinken ... Aber erst mal scharf nachdenken: Seit sechs Monaten haben wir keinen Tropfen mehr ... Was sagst du – seit acht Monaten? Na ja, auch möglich. Jedenfalls ist's lange her ... Einerseits 'ne Schande, rückfällig zu werden; aber ... Es wäre doch andererseits auch höchst rüpelhaft, nicht auf die Gesundheit unseres braven Charlie zu trinken ... Was sagst du? Ich kann nicht mehr aufhören, wenn ich einmal angefangen hab? Möglich, aber wie weiß man das, alter Junge, wenn man nicht von Zeit zu Zeit die Probe aufs Exempel macht? Und schließlich ist es ja auch nicht unsere Schuld – wir wollten brav ins Labor gehen, und da fliegt uns das Ding aus heiterem Himmel in den Schoß ... Ich bitte dich, das ist doch ein Wink des Schicksals. Besonders heute abend. Und morgen ist Samstag, da können wir ausschlafen ... Was meinst du? Levenson wird seine Flasche vermissen? Das ist ja gerade der Witz an der Sache, Junge! Charlie kommt erst spät von der Synagoge nach Hause. Und am Versöhnungstag trinkt er nichts. Morgen kaufen wir ihm eine neue Flasche, und er wird nie etwas erfahren ...»

Er schraubte den Deckel ab und nippte versuchsweise. «Ich hab dir's ja gleich gesagt, Einstein: Die beste Sorte.» Er nahm einen zweiten Schluck und setzte den Deckel wieder auf. «Das fegt einem die Spinnweben aus dem Hirn. Und heute brauchen wir einen besonders klaren Kopf.» Er legte die Flasche ins Handschuhfach und fuhr an.

Unterwegs hielt er mehrmals an, um auf Charlies Wohl zu trinken. Einmal hupte jemand laut hinter ihm; er erschrak und schlug so scharf rechts ein, daß das Rad den Bordstein streifte und der Wagen nach links schleuderte. Erneutes Hupen; dann überholte der andere. Man konnte ihn fluchen hören.

«Muß das Fenster offen haben», folgerte Hirsh scharfsinnig. «Weißt du, Einstein, der Verkehr auf Fernstraße 128 ist nichts für uns... Der Kopf ist zwar klar, aber die Reflexe... Wie wär's, wenn wir mal anhalten würden? Ein paar hundert Meter vor dem Labor ist ein Rastplatz. Dort können wir verschnaufen.»

Er hielt den Wagen an. Ungelenk fingerte er an der Verpackung herum, riß schließlich ungeduldig das Papier von der Flasche und warf es samt der Schachtel im Schwung aus dem Fenster. «Man muß seine Grenzen kennen – das ist die ganze Kunst.» Er stellte den Motor ab und löschte die Scheinwerfer. «In 'ner halben Stunde sind wir wieder fit. Erst ein kleines Nickerchen, und dann auf ins Labor... Merk dir, Einstein, alter Knabe, ich weiß es aus Erfahrung – mein Hirn funktioniert wie ein Computer, sobald ich wieder wach bin.»

6

Die Smalls kamen gerade noch rechtzeitig im Tempel an. Miriam trat mit ein paar Nachzüglern durch das Hauptportal ein. Der Rabbi eilte durch eine Seitentür, die über eine enge Treppe zum Ankleidezimmer neben dem Synagogenraum führte. Das Zimmer diente gleichzeitig zum Aufbewahren von alten Gebetbüchern, leeren Blumenkörben, Notenstapeln mit lithurgischer Musik und zwei Drahtrollen, die der Elektriker liegengelassen hatte, als der Bau vor drei Jahren fertiggestellt wurde. Der Rabbi legte Mantel und Hut ab, setzte sein Käppchen auf und zog den weißen Talar an. Da es keinen Stuhl gab, lehnte er sich an den Schrank und tauschte die Straßenschuhe gegen weiße Turnschuhe aus – die moderne Kompromißlösung für das alte Gesetz, das das Tragen von Lederschuhen am Versöhnungstag verbietet. Schließlich legte er den seidenen Gebetsmantel um die Schultern, warf einen raschen Blick in den Spiegel und öffnete die Tür zum Podium vorn im Synagogenraum.

Links und rechts der Bundeslade standen je zwei rote Samtstühle mit hoher Lehne. Auf der einen Seite saßen der Vizepräsident und der Kantor; die beiden Plätze neben dem Ankleideraum waren für den Rabbi und den Gemeindevorsteher, Mortimer Schwarz, bestimmt.

«Das war aber höchste Eisenbahn, Rabbi», sagte Schwarz. «Ein Wunder, daß Sie noch einen Parkplatz gefunden haben.» Er war ein großer, jugendlicher Fünfziger mit dünnem grauschwarzem Haar, das er nach hinten gekämmt trug, um die hohe Stirn noch mehr zu betonen. Er hatte ein langes, schmales Gesicht und eine fein geschwungene Nase. Der kleine Mund mit den vollen Lippen schien wie zum Kuß zugespitzt. Er war Architekt, und die Art, wie er sich kleidete, deutete auf einen Hang zum Künstlerischen hin. Er sah sehr gut aus, und nach seiner Haltung und seinen Bewegungen zu schließen, wußte er das auch. Zwischen ihm und dem Rabbi herrschte ein Waffenstillstand, der sich in scherzhaften, aber oft recht scharfen Sticheleien äußerte.

«Miriam und ich gehen zu Fuß nach Hause. Ich bin eben etwas altmodisch ...»

«Sind Sie zu Fuß gekommen? Warum haben Sie mir nichts gesagt? Ich hätte dafür gesorgt, daß man Sie abholt.»

«Wir sind im Wagen gekommen. Sogar sehr vornehm ... in einem Lincoln Continental. Ich war schon am Gehen, als mich Ben Goralsky anrief. Er bat mich, zu seinem Vater zu kommen – es gehe um Leben und Tod ... Da konnte ich nicht anders. Nachher hat er uns hergefahren.»

Schwarz schien plötzlich sehr besorgt. «Ist dem Alten was passiert?»

Der Rabbi lachte. «Er wollte seine Medizin nicht einnehmen.»

Schwarz runzelte die Stirn über diese leichtfertige Bemerkung. In seiner Beziehung zum Rabbi war Humor sonst nur sein Privileg. «Das klingt aber ernst ... Steht es schlimm?»

«Es ist immer ernst, wenn jemand in dem Alter krank wird. Aber ich glaube, daß er sich wieder hochrappeln wird ...» Und er erzählte kurz von seinem Besuch.

Die finstere Miene des Präsidenten hellte sich nicht auf – im Gegenteil: «Was? Sie haben dem alten Mann mit einem Selbstmördergrab gedroht? Das muß ihn schwer gekränkt haben.»

«Ich glaube nicht. Wahrscheinlich hat es ihm sogar Spaß gemacht, mit mir zu diskutieren. Er wußte, wie es gemeint war.»

«Hoffentlich.»

«Warum interessieren Sie sich so sehr für Mr. Goralsky? Er ist erst seit kurzem Mitglied unserer Gemeinde und außerdem ein ewiger Nörgler.»

«Ja, die Goralskys sind neu. Ich glaube, sie sind ungefähr vor einem Jahr der Gemeinde beigetreten, als die alte Dame starb und sie das große Grab in der Mitte des Friedhofs kauften ... Leute mit so einem Vermögen sind für uns wichtig, Rabbi. Sie wissen selbst, daß eine Organisation wie die unsere viel Geld verschlingt. Und wenn man keins hat – welche Synagoge hat schon Geld? –, sucht man sich reiche Mitglieder.»

«Ja, anscheinend sind sie sehr vermögend. Aber das Geld gehört doch sicher dem Sohn.»

Schwarz lächelte. «Es sieht so aus, nicht wahr? Aber in Wirklichkeit ist der Vater der Kopf und der Sohn nur ein Laufbursche – jedenfalls solange der Alte lebt.»

«Mit anderen Worten: der Vater ist bereit, Geld zu geben, und der Sohn nicht?»

«Nein, nein – beide sind bereit, zu spenden. Bei diesem Vermögen kann man sich's leisten, und außerdem wird's von einem erwartet ... Der Alte war sein Leben lang ein frommer Jude; wenn so einer Geld spendet, dann sicher nur für die Synagoge.

Aber der junge Ben ist durch und durch Geschäftsmann. Und wenn ein Geschäftsmann beschließt, eine Schenkung zu machen, betrachtet er es vom geschäftlichen Standpunkt aus. Angenommen, er läßt eine Synagoge zum Andenken an die Familie Goralsky bauen: Wer wird das merken außer den Einwohnern von Barnard's Crossing? Aber», fuhr er leiser fort, «wenn er einer Universität ein Labor stiftet? Das ‹Goralsky-Forschungslaboratorium für Chemie› zum Beispiel? Klingt doch besser, nicht wahr? Davon würden Wissenschaftler und Gelehrte in der ganzen Welt hören.»

Die Leute hatten ihre Plätze eingenommen, und es wurde still. Alle blickten erwartungsvoll nach vorn. Der Rabbi sah auf die Uhr und sagte, man könne beginnen.

Die beiden Männer erhoben sich und nickten dem Kantor und dem Vizepräsidenten zu. Der Kantor zog den weißen Samtvorhang vor der heiligen Lade auf. Als er die beiden Holztüren des Thoraschrankes zurückschob und die kostbaren Thorarollen sichtbar wurden, erhob sich die Gemeinde. Nun stimmte der Kantor den wehmütigen und zugleich erhebenden *Kol Nidre*-Gesang an. Dreimal sang er das Gebet, und dann war die Sonne untergegangen. Der Versöhnungstag war angebrochen.

«Wie ging es mit dem Lautsprecher?» fragte Miriam auf dem Heimweg. «Mußtest du dich sehr anstrengen?»

«Überhaupt nicht. Ich hab nur etwas langsamer gesprochen.» Er schmunzelte. «Aber unser guter Präsident war sehr verärgert. Man konnte ihn kaum verstehen, als er bekanntgab, wer zur Thora aufgerufen werden sollte. Wer hinten saß, kriegte es nicht mit, und Schwarz mußte die Ersatzleute aufrufen – du weißt ja, wer voraussichtlich drankommen wird, der wird vorher verständigt, damit er auch da ist. Goldman hörte nicht, als Schwarz ihn aufrief; Marvin Brown, der Ersatzmann, meldete sich aber auch nicht, obgleich ihn Schwarz drei- oder viermal rief – es gab ein ziemliches Durcheinander, und Schwarz schimpfte den ganzen Abend über die schlechte Akustik... Erst dachte ich, er sei neidisch, weil der Kantor und ich es schafften, aber dann hatte ich das Gefühl, daß er irgendeinen Hintergedanken hatte. Besonders, als er uns beide für morgen nach dem Fasten einlud... Hat dich Mrs. Schwarz angerufen?»

«Ja, heute früh. Ethel hat uns zum Kaffee eingeladen... Ist das nicht überall so Sitte? Nach dem *Jom Kippur*-Ausgang sind wir doch immer beim Gemeindevorsteher zum Kaffee eingeladen.»

«Ja, schon. Aber zu Wassermans und selbst zu Beckers Zeiten habe ich es nie als ‹Sitte› empfunden. Ich hatte immer den Eindruck, daß sie uns einluden, weil sie uns mochten; bei Mortimer Schwarz ist es irgendwie anders... Weißt du, bei deinem Zustand können wir uns leicht drücken.»

«Es werden sicher viele Leute dort sein, David. Wir müssen ja nicht lange bleiben. Ethel schien auf unsere Anwesenheit großen Wert zu legen. Sie geben sich solche Mühe, nett zu sein. Sicher wollen sie einen Strich unter alles Vergangene ziehen.»

Der Rabbi schien davon nicht restlos überzeugt zu sein.

«Ihr habt euch jedenfalls recht angeregt unterhalten», meinte Miriam.

«Wir können doch nicht da oben sitzen und einander anglotzen. Nach außen hin ist alles in bester Ordnung. Wir frotzeln sogar miteinander – bei ihm klingt's zwar immer ein bißchen gönnerhaft, aber... Wahrscheinlich macht er mit seinen Angestellten dieselben Witze. Wenn ich aber im selben Ton antworte, findet er es unverschämt, obwohl er natürlich kein Wort sagt.»

Sie war besorgt. «Vielleicht bildest du dir das alles bloß ein, weil er damals gegen die Verlängerung deines Vertrages gestimmt hat.»

«Ich glaube nicht. Es gab noch andere, die gegen mich waren, aber als mein Fünfjahresvertrag angenommen wurde, kamen sie zu mir und beglückwünschten mich. Kann sein, daß sie wieder gegen mich stimmen werden, wenn die fünf Jahre um sind; aber in der Zwischenzeit verhalten sie sich korrekt und arbeiten mit mir zusammen. Nur bei Schwarz hab ich das Gefühl, daß er mich am liebsten schon morgen rauswerfen würde, wenn er könnte.»

«Das ist es ja, David: Er kann nicht. Du hast einen Fünfjahresvertrag, der erst in vier Jahren abläuft. Und seine Amtszeit dauert nur ein Jahr. Du überlebst ihn auf alle Fälle.»

«Der Vertrag taugt nicht sehr viel, weißt du», sagte er.

«Wieso?»

«Es steht praktisch nur darin, daß sie mich nicht entlassen können, solange ich mich anständig benehme. Was aber ‹anständiges Benehmen› ist, das entscheiden sie allein. Und wie *sie* sich benehmen müssen, darüber steht gar nichts drin... Sie können alles mögliche tun, ohne daß ich mich dagegen wehren kann. Nehmen wir an, sie wollen irgendeine Änderung in der Gottesdienstordnung einführen und ich bin damit nicht einverstanden – was dann? Dann kann ich höchstens zurücktreten.»

«Und du glaubst, daß Schwarz so etwas...?»

«Nur um mich loszuwerden? Nein. Aber er könnte jede Meinungsverschiedenheit zwischen uns als Vorwand benutzen... Ich will ihn nicht schlechtmachen: Er wäre davon überzeugt, daß es zum Wohl der Gemeinde ist.»

7

Kurz vor Mitternacht klingelte das Telefon.

«Barnard's Crossing Police Department, Sergeant Jeffers...» meldete sich der diensttuende Beamte. «Ja. Ich verstehe... Ja. Wie war der Name? Bitte buchstabieren... H-I-R-S-H... Ja, ohne C, Mrs. Isaac Hirsh», wiederholte er, während er schrieb. «Bradford Lane... In Colonial Village, nicht wahr? Wann hat er das Haus verlassen? So, ja... Und wann haben Sie im Labor angerufen... Aha. Ja, ich verstehe... Können Sie mir den Wagen beschreiben? Wie ist das Kennzeichen? Irgendwelche besonderen Merkmale am Wagen? Gut, Mrs. Hirsh. Ich werde alle Dienststellen in der Umgebung benachrichtigen. Und ich schicke gleich einen Wagen bei Ihnen vorbei ... Ja, in ein paar Minuten. Würden Sie bitte das Licht vor dem Haus anknipsen ... Ja, natürlich. Wir tun unser möglichstes.»

Der Streifenwagen antwortete sofort auf das Funksignal.

«Notier mal, Joe: Viertürige Chevrolet-Limousine, hellblau, am hinteren linken Kotflügel Lackschaden, Kennzeichennummer 438972 – ich wiederhole: 438972. Eigentümer ist Isaac Hirsh, Bradford Lane 4 ... Es ist gleich an der Ecke; das Licht brennt vor dem Haus. Seine Frau hat eben angerufen. Er arbeitet im Goddard-Laboratorium an der Fernstraße 128 ... Sie hat bei Nachbarn auf die Kinder aufgepaßt. Als sie zurückkam, war er noch nicht da. Nichts Außergewöhnliches, er geht oft abends ins Labor. Aber als sie im Labor anrief, hieß es, er war gar nicht dort ... Schau bei ihr rein und sprich mit ihr. Laß dir ein Foto geben, damit wir ein Funkbild durchgeben können.»

«Okay, Jeffers. Wir fahren sofort ... Ach, du – Moment mal: der, den wir vor ein paar Monaten nach 'ner Sauftour schließlich in irgendeiner miesen Absteige in Boston gefunden haben?»

«Jaaa ... Ja, das kann stimmen! Ich kam nicht gleich drauf. Ich geb's mal nach Boston durch. Die sollen die Augen offenhalten. Wahrscheinlich hatte er wieder mal Durst gekriegt ... Frag seine Frau, ob sie was vermißt – den Alkohol zum Einreiben oder so. Sone saufen alles, wenn es über sie kommt.»

«Okay. Ende.»

«Was ist los?» fragte der zweite Beamte im Wagen. «Ein Säufer, der vermißt wird? Schaun wir uns mal in ein paar Kneipen um in der Stadt unten. Vielleicht ist er dort.»

«Nee, nicht von der Sorte. Was Besseres. Ein Wissenschaftler. Trinkt nur von Zeit zu Zeit, aber dann gleich gründlich. Manchmal dauert's tagelang. Das letzte Mal war er drei Tage spurlos verschwunden. Das muß jetzt – wart mal ... Na, so acht Monate muß es jetzt her sein. Schließlich fanden ihn die Bostoner Kollegen in einem miesen, kleinen Hotel im South End ... Das ist das Haus.»

Patricia Hirsh öffnete die Tür, ehe er läuten konnte. «Danke, daß Sie so schnell gekommen sind.» Sie war sehr aufgeregt, aber ihre Stimme war beherrscht.

«So schnell wir konnten, Ma'am.» Er zog Notizblock und Bleistift aus der Hüfttasche seiner Uniform. «Können Sie mir sagen, was Ihr Mann anhatte?»

Sie ging zum Schrank in der Diele. «Einen leichten Überzieher, dunkelgrau, Fischgrätmuster. Und ... Nein, der Hut ist hier. Darunter einen gewöhnlichen dunkelbraunen Anzug.»

«Können Sie Ihren Mann beschreiben? Größe, Gewicht und so.»

«Er ist ziemlich dick, ungefähr achtzig Kilo, und einsfünfundsechzig groß ...» Sie spürte seinen unwillkürlichen Blick und fuhr fort: «Ja, er ist kleiner als ich ... und auch viel älter. Er ist einundfünfzig, und eine Glatze hat er auch. Und einen Schnurrbart.»

«Haben Sie ein Bild von ihm?»

«Ja. Im Schlafzimmer oben ... Soll ich's holen?»

«Ja, bitte.» Und während sie schon zur Treppe ging, rief er hinter ihr her: «Ich geh nur eben zum Wagen raus und gebe die Personalbeschreibung durch.»

«Was über Funk gekommen?» fragte er seinen Kollegen im Wagen.

Der schüttelte den Kopf: «Nee ... Hör mal, vielleicht solltest du das Haus unter die Lupe nehmen, Joe. Das Garagentor ist zu. Als wir um acht die erste Runde machten, standen fast alle Garagen offen, wahrscheinlich weil die meisten Leute in der Synagoge waren.»

«Gut, ich schau zur Sicherheit rein. Gib unterdessen die Beschreibung durch.» Er wiederholte die Beschreibung, die ihm Mrs. Hirsh gegeben hatte, und ging wieder ins Haus zurück. Sie erwartete ihn bereits mit dem Bild. Er betrachtete es kurz und erkundigte sich dann vorsichtig: «Ist Ihnen aufgefallen, ob ... eh, ob irgendwas fehlt?»

«Ob etwas ... Nein. Wieso? Was zum Beispiel?»

«Zum Beispiel Whisky ...»

«Haben wir nie im Haus.»

«Kochwein?»

«Ich verwende keinen.»

«Vielleicht Franzbranntwein oder Alkohol zum Einreiben?»

«Nein, nichts Derartiges.»

«Schön. Dann machen wir uns gleich auf die Suche ... Legen Sie sich doch hin, Mrs. Hirsh. Sie sind sicher müde ... Ich geh durch die Hintertür hinaus.»

«Die führt nur zur Garage.»

«Macht nichts. Ich finde schon raus.»

Sie zuckte die Achseln. «Sie werden mich doch sofort verständigen, nicht wahr? Auch wenn es mitten in der Nacht ist?»

«Selbstverständlich.» Er ging durch die Küche, öffnete die Garagentür und zog sie rasch hinter sich zu. Der Wagen stand in der Garage. Auf dem rechten Vordersitz hockte Isaac Hirsh.

Obwohl Joe schlank war, konnte er sich nur mühsam zwischen der Garagenwand und dem Wagen durchdrücken. Er öffnete die Vordertür und beugte sich über den Fahrersitz, um den Mann zu berühren. Im Lichtschein seiner Taschenlampe prüfte er die Stellung des Zündschlüssels. Sein Blick fiel auf die halbleere Wodkaflasche. Dann schloß er die Wagentür. Er zwängte sich bis zum vorderen Garagentor durch, schob es hoch, bis er unten durchschlüpfen konnte, und zog es wieder hinunter.

Er kletterte in den Streifenwagen. Sein Kollege wollte schon anfahren, aber er zog ihm die Hand vom Schalthebel weg.

«Nein, Tommy, wir bleiben hier ... Ich hab ihn gefunden. In der Garage.»

«Besoffen wie das letzte Mal?»

«Besoffen, aber zum letztenmal.»

8

Der *Jom Kippur*-Gottesdienst, der den ganzen Tag dauert, begann um neun Uhr mit dem Morgengebet. Es waren erst wenige Leute da, meist ältere Männer, und auf der erhöhten Plattform vorn saß nur der Rabbi. Selbst der Kantor fehlte. Es war Sitte, daß ihn beim Morgengebet jemand ablöste, um ihm eine Atempause zu gönnen. Gewöhnlich wurde Jacob Wasserman mit diesem Ehrenamt betraut. Er war der erste Präsident der jungen Gemeinde gewesen und hatte sich stets sehr aktiv für sie eingesetzt.

Dauernd strömten Leute herein. Als nach zehn Uhr die Thora ausgehoben wurde, war die Synagoge voll. Manche Andächtige schalteten zu dieser Zeit eine Pause ein und gingen ein wenig Luft schöpfen. Beim *Jiskor*, der Seelenfeier, waren wieder alle vollzählig versammelt. Viele kamen nur zu diesem Teil des Gottesdienstes, um ihrer verstorbenen Angehörigen zu gedenken. Andere – jüngere Leute vor allem – gingen hinaus, denn es gilt nach der Tradition als schlechtes Omen, wenn jemand, dessen Eltern noch leben, am *Jiskor* teilnimmt. Rabbi David Small hielt dies zwar für reinen Aberglauben, aber er wußte, daß draußen festtäglich gekleidete Jungen und Mädchen lachend und schäkernd beisammen standen und daß kleinere Kinder auf dem Synagogengelände spielten, war nicht zu überhören. Ihr Kreischen störte bisweilen die Andacht, so daß von Zeit zu Zeit jemand herauskam und sie zur Ruhe mahnte.

Gegen vier Uhr war der Gottesdienst schon so weit fortgeschritten, daß nicht abzusehen war, wie er bis zum Sonnenuntergang ausgedehnt werden konnte. Der Rabbi hatte seine Predigt schon aus dem Stegreif erweitert und sehr langsam gesprochen; jetzt trat er an das Vorlesepult und sagte zu dem Kantor: «Wir haben zuviel Vorsprung, Zimbler. Können Sie etwas langsamer vorbeten?»

Der Kantor zuckte die Achseln. «Was soll ich tun, Rabbi? Die Noten dehnen?»

Der Rabbi lächelte. «Dann legen wir eben eine Pause ein ...» Er wandte sich an die Gemeinde und verkündete: «Wir haben so eifrig gebetet, daß wir der Sonne vorauseilen. Wir machen eine halbe Stunde Pause.»

Man vernahm ein anerkennendes Schmunzeln aus den Reihen. Die Leute waren froh über die Unterbrechung und unterhielten sich mit ihren Nachbarn. Nach einer Weile erst begann man mit den Schlußgebeten.

Der Präsident reckte sich auf seinem Stuhl. «Wissen Sie, Rabbi, es ist seit langer Zeit wieder das erste Mal, daß ich am *Jom Kippur* faste, und ich fühle mich ausgezeichnet ... Ich meine, ich habe mich sonst auch nicht gerade satt gegessen – höchstens am Mittag ein Sandwich und eine Tasse Kaffee, aber ... Also ich finde, als Präsident ist es meine Pflicht, zu fasten. Ich bin zwar ein bißchen schwach auf den Beinen, aber sonst geht's mir wirklich blendend.»

«Mr. Goralsky hat mir gestern erzählt, daß er seit fünfundsiebzig Jahren fastet, und es scheint ihm nicht geschadet zu haben.»

«Da fällt mir ein – haben Sie was gehört, wie es ihm geht? Ich hab den Jungen den ganzen Tag nicht gesehen. Das will mir gar nicht gefallen, Rabbi. Sein Vater ist sicher schlecht dran, sonst wäre Ben gekommen.»

Der Rabbi musterte ihn neugierig. «Sind Sie so sicher, daß eine große Spende herausschauen wird?»

«Ich habe mit dem Alten gesprochen ... natürlich ganz unverbindlich», bemerkte Schwarz. «Fest versprochen hat er nichts, aber er ist jedenfalls nicht abgeneigt.»

«Und was will er spenden?»

Schwarz blickte den Rabbi verwundert an. «Ich hab's doch gestern abend schon gesagt, Rabbi – eine kleine Synagoge.»

«Ach so ... Ich dachte, Sie hätten das nur so als Beispiel erwähnt. Meinen Sie, daß er tatsächlich dazu bereit ist? Wie hoch wäre die Spende?»

«Na – so hunderttausend, hundertfünfzigtausend.»

Der Rabbi spitzte die Lippen zu einem tonlosen Pfiff. «Die Goralskys sind in der Elektronikbranche, nicht wahr?»

«Ja. Elektronische Geräte und Transistoren. Sie haben eine große, neue Fabrik an der Fernstraße 128 ... Sie stinken vor Geld; es heißt, daß sie mit einer großen Gesellschaft im Westen fusionieren wollen. Ihre Aktien sind in den letzten Wochen enorm gestiegen, fast aufs Doppelte ... Und wissen Sie, womit sie angefangen haben, die Goralskys? Mit einer Geflügelhandlung.»

«Einer Geflügelhandlung?»

«So wahr ich da steh. Meine Großmutter kaufte noch bei ihnen im Laden frischgeschlachtete Hühner. Der alte Goralsky hat sie selber bedient, mit dem Strohhut auf dem Kopf, die blutverschmierte Schürze umgebunden ... Sie haben sich ganz allmählich hochgearbeitet, hier ein bißchen investiert und dort ein bißchen. So kamen sie zu Geld. Eines Tages hörten sie, daß eine Transistorenfirma einen Partner suchte, und steckten ihr ganzes Geld hinein. Mit der Zeit kauften sie ihren Partner aus, und dann wurden sie richtig groß ... Haben Sie den Artikel über Ben Goralsky im *Time Magazine* gelesen?»

Der Rabbi schüttelte den Kopf.

«Anderthalb Spalten, mit Foto ... Ich wollte ihn in den Vorstand setzen, aber er sagt, er hat keine Zeit.» Es klang verdrießlich.

«Glauben Sie, wenn er im Vorstand ist, stiftet er eher eine Synagoge als ein Chemielabor?»

«Wenigstens müßte er sich dann für unsere Organisation und ihre Probleme interessieren.»

«Wozu brauchen wir eigentlich eine zweite Synagoge? Wir haben hier reichlich Platz ...»

Schwarz sah ihn an. «Rabbi, eine Gemeinde, die im Wachsen ist, hat nie genug Platz. Wenn es auch für heute noch reicht, wird es schon morgen nicht mehr reichen. Außerdem ...» Schwarz lächelte herablassend: «Vergessen Sie nicht, daß ich Architekt bin ... Kommen Sie doch nachher mit Miriam zu uns rüber! Ethel erwartet Sie beide.»

«Gern, wenn Miriam nicht zu abgekämpft ist.»

«Gut. Dann will ich Ihnen mal was zeigen ... Die Augen werden Ihnen übergehen.»

Von ihrem Platz aus bedeutete Miriam ihrem Mann, daß sie ihm etwas sagen wollte. Er stieg zu ihr hinunter, während sie bereits auf den Ausgang zusteuerte.

«Ist dir nicht gut, Liebste?»

«Ich bin ein bißchen angeschlagen. Wahrscheinlich fehlt mir mein Nachmittagsschlaf. Alice Fine fährt nach Hause und nimmt mich mit.»

«Mach dir zu Hause eine Tasse Tee. Oder noch besser ein Glas warme Milch. Und iß was ... Fehlt dir wirklich nichts?»

«Bestimmt nicht, David. Es ist alles in Ordnung.»

«Ist ihr nicht gut?» fragte Schwarz, als der Rabbi zurückkam. David sagte, Miriam sei ein wenig müde.

«Kein Wunder», versetzte Schwarz. «Hoffentlich fastet sie nicht.»

«Doch. Aber sie hat mir jetzt versprochen, eine Kleinigkeit zu essen.»

Die Sonne war am Untergehen, als Kantor und Gemeinde den Wechselgesang des *Owinu Malkenu* anstimmten: «Unser Vater, unser König ...» Dann sprachen sie voller Inbrunst das *Sch'ma Jisrael*: «Höre, Israel, der Ewige, unser Gott, ist ein einziger Gott.» Zuletzt riefen Kantor und Gemeinde siebenmal hintereinander aus: «Der Herr ist unser Gott.» Sie riefen es mit jedemmal lauter und leidenschaftlicher, bis der lange, fremdartige und frohlockende Ton des *Schofars*, des Widderhorns, das Ende des Versöhnungstages ankündigte.

Dann wurde noch der *Kaddisch* für die Hinterbliebenen gebetet, und der Rabbi sprach den Segen, während die Männer bereits ihre Gebetsmäntel zusammenfalteten, den Nachbarn die Hände schüttelten und einander ein glückliches neues Jahr wünschten.

Der Rabbi gab Mortimer Schwarz, dem Kantor und dem Vizepräsidenten die Hand.

«Bis heute abend, nicht wahr?» fragte Schwarz.

«Ja ... Wenn sich Miriam wohl fühlt.»

9

Widerwillig schlurfte Jordan Marcus zum Telefon. Während er nach dem Hörer langte, machte er einen letzten Versuch: «Weißt du, Liz, wir sollten uns da nicht einmischen. Erstens sind wir noch nicht lange in der Gemeinde ...»

«Na und?» gab seine Frau zurück. «Du hast deinen Beitrag bezahlt, oder nicht?»

«Du weißt verdammt gut, daß ich geblecht hab! Hundert Dollar sind doch kein Pappenstiel, plus fünfzig für die beiden Platzkarten...»

«Was hätten wir sonst tun sollen an den Feiertagen? Ins Kino gehen?»

«Kein Schwanz hat nach den Karten gefragt. Wir hätten einfach reingehen können...»

«Und die Levensons und die Baylisses und alle anderen? Glaubst du, die hätten dich nicht gesehen und gewußt, daß du kein Mitglied bist?»

«Wir hätten zu meinen Verwandten nach Chelsea fahren können. Dort kostet der Platz zehn Dollar. Ich hätte mir hundertdreißig Dollar sparen können.»

«Und nächstes Jahr, wenn Monti in die Religionsschule muß? Hättest du ihn auch dreimal in der Woche nach Chelsea gebracht?»

«Dann wären wir eben nächstes Jahr beigetreten. Und überhaupt, es ist eine Gemeinheit, nur Kinder von Mitgliedern in die Religionsschule aufzunehmen.»

«Das ist überall so. Wahrscheinlich kommen sie nicht drum herum. Und was ist schon der Unterschied, ob dieses Jahr oder nächstes?»

«Hundertdreißig Dollar, das ist der Unterschied.»

«Sollen vielleicht alle merken, daß du in der letzten Minute beigetreten bist, weil's nicht mehr anders ging? Willst du, daß man uns für geizig hält?»

«Mir ist es allmählich piepegal, wofür man mich hält. Ich hab für tausend Dollar Spannteppiche verlegen lassen, damit mich die Leute nicht für geizig halten. Ich hab den Chevrolet gegen einen Pontiac vertauscht, damit sie mich nicht für geizig halten...»

«Na und? Wir leben jetzt in Barnard's Crossing. Du kannst nicht aus der Reihe tanzen. Wir haben eine Verantwortung den Kindern gegenüber, und darum bist du in die Gemeinde eingetreten. Jetzt hast du genausoviel zu sagen wie alle andern. Mach kein Theater und ruf schon den Rabbi an.»

«Er ist sicher erst von der Synagoge zurückgekommen und ißt gerade Abendbrot... Außerdem ist es viel komplizierter, als du meinst. Nur Mitglieder können im Friedhof begraben werden. Und ich soll vom Rabbi verlangen, daß er eine Ausnahme macht für jemand, der nicht mal eine jüdische Frau hatte? Wenn's wenigstens ein Verwandter wäre, aber... Ich hab diesen Hirsh schließlich kaum gekannt! Nein, nein, nein. Ich sag dir, Liz, wir sollten die Finger davon lassen.»

«Wir haben sie uns ja schon verbrannt. Patricia Hirsh saß in unserer Wohnung und hütete deine Kinder, während ihr Mann keine hundert Meter von hier in der Garage gestorben ist. Und außerdem haben wir ihr zugeredet, sie soll ihn jüdisch begraben lassen.»

«Wir? Wir ist gut. Du hast ihr zugeredet – ich nicht. Und überhaupt, sie wollte es ohnehin. Und da hast du gesagt, das ist eine prima Idee, und wir könnten mit dem Rabbi reden... Dann sagte sie, daß sich dieser Dr.

Sykes, der Chef ihres Mannes, um alles kümmerte und selbst mit dem Rabbi sprechen wollte. Wenn er's tut, was sollen wir uns auch noch einmischen?»

«Du vergißt, daß ich hier praktisch ihre einzige Freundin bin und daß sie auf unsere Kinder aufgepaßt hat. Es war das mindeste, daß wir rübergingen, als wir davon hörten.»

Er war nur sehr widerwillig gegangen; es graute ihm vor dem Weinen und Lamentieren. Aber es war dann nicht so schlimm, wie er sich vorgestellt hatte ...

Außer den Levensons von gegenüber waren alle anderen Besucher Christen. Dr. Sykes, der Vorgesetzte von Hirsh, hatte offensichtlich die Zügel in die Hand genommen. Er öffnete die Tür und machte die Gäste miteinander bekannt. Es war auch ein Geistlicher da, ein Reverend Peter Dodge, der die Familie zu kennen schien, weil er mit Hirsh in der Bürgerrechtsbewegung zusammengearbeitet hatte. Als die Marcus' ankamen, verabschiedeten sich gerade die MacCarthys vom unteren Ende der Straße. Liz umarmte Mrs. Hirsh, und beide weinten ein bißchen, aber dann riß sich Mrs. Hirsh zusammen. Als die Frage der jüdischen Beerdigung erörtert wurde, mußte sie sogar über eine Bemerkung Dodges lächeln.

«Ich kenne Rabbi Small recht gut», sagte er, «aber ich glaube nicht, daß es angebracht ist, wenn ich ihn bitte, die Beerdigung vorzunehmen, Pat. Schließlich sind wir Konkurrenten.»

Worauf Sykes erklärte, daß er alles arrangieren würde.

Als sie wieder draußen waren, sagte Jordan zu seiner Frau: «Das hast du prima gemacht. Ich hatte schon Angst, wir müßten den ganzen Vormittag dort sitzen.»

«Als ich sah, was los war, hatte ich keine Lust zu bleiben», antwortete sie trocken. «Pat kennt diesen Dodge noch von South Bend – sie stammen beide von dort. Hast du gesehen, wie er sie angeschaut hat? Und duzen tun sie sich auch.»

«Wie hat er sie denn angeschaut?»

«Na, so ... so hungrig, ja?»

«Du lieber Gott! Ihr Weiber habt doch nichts anderes im Kopf. Der arme Kerl ist noch nicht einmal begraben, und du verkuppelst sie schon mit einem anderen ...»

Jordan Marcus seufzte, ging aber gehorsam ans Telefon und wählte; in Gedanken memorierte er, was er sagen wollte.

«Rabbi Small? Oh, Mrs. Small ... Stör ich gerade beim Essen?»

«Ist das die Frau?» Liz riß ihm den Hörer aus der Hand. «Mrs. Small, hier spricht Liz Marcus – erinnern Sie sich? Ich saß am Filmabend des Frauenvereins hinter Ihnen; Sie fragten mich, ob mich Ihr Hut stört ... Was ich sagen wollte, eine gute Freundin von uns ... Na ja, sie ist keine Jüdin, nein, aber sie hat ein Herz aus Gold ...»

«Eine Mrs. Marcus», berichtete Miriam, als sie zum Tisch zurückkehrte. «Sie sind neu in der Gemeinde ...»

«Ich weiß schon. Joe ... nein, Jordan Marcus.»

«Ja. Sie rief wegen eines gewissen Isaac Hirsh an – er ist letzte Nacht gestorben. Das ist schon der zweite; als ich von der Synagoge nach Hause kam, rief ein Dr. Sykes an und wollte auch deswegen mit dir sprechen. Ich hab ihn auf morgen herbestellt. Kanntest du den Mann?»

«Hirsh? Nein. Soviel ich weiß, haben wir keinen Isaac in der Gemeinde.» Er lächelte. «Schade; es ist ein guter, alter Yankee-Name. Heißt nicht der Stadtschreiber Isaac Broadhurst? Wie wär's mit Isaac für den zukünftigen Small?»

«Wir haben uns doch auf Jonathan geeinigt», sagte sie nachdrücklich. «Isaac kommt ohnehin nicht in Frage. Dein Onkel heißt so, und deine Familie würde niemals einen zweiten Isaac dulden, solange er lebt.»

«Da hast du recht. In dieser Hinsicht haben es die Christen viel leichter. Wenn ihnen nichts einfällt, können sie ihr Kind immer nach dem Vater nennen oder nach der Mutter ... David Small junior – wie klingt das?»

«Und wenn es ein Mädchen wird?»

Der Rabbi schüttelte den Kopf. «Wohl kaum. Meine Mutter ist eine Frau von Charakter, und sie hat beschlossen, daß unser erstes Kind ein Junge sein wird. Ich glaube nicht, daß sie ihre Meinung so leicht ändert.»

«Ich bin auch charakterfest, aber in letzter Zeit wünsche ich mir eher ein Mädchen. Ein Mädchen würde dir sicher gefallen, David. Mädchen sind lieb und sanft, und ...»

«Charakterfest, ich weiß. Übrigens, es paßt nicht zu charakterfesten Damen, wenn sie vor lauter Familiendebatten zu spät kommen – wie wär's, wenn wir jetzt gingen und später weiterdiskutierten? Wir hätten nämlich schon vor zehn Minuten bei den Schwarzens sein müssen.»

10

«Und jetzt», verkündete Schwarz, «will ich Ihnen etwas zeigen.» Die anderen Gäste waren nach und nach aufgebrochen, und um Mitternacht waren nur noch der Rabbi und seine Frau da. Ethel Schwarz servierte Tee und Konfekt. Man saß um den Eßzimmertisch und hielt Rückschau auf den Versöhnungstag – die Predigt des Rabbi, den Gesang des Kantors, die mangelhafte Lautsprecheranlage. Zu Rabbi Smalls großer Verwunderung war Schwarz ungewöhnlich zuvorkommend und freundlich. Jetzt würde sich herausstellen, weshalb er sie zurückbehalten hatte, nachdem alle anderen gegangen waren.

«Kommen Sie ...» Schwarz stand auf und führte sie durch die Diele in sein Arbeitszimmer. Hier gab es keine Bücherregale; am Fenster stand ein großes, verstellbares Zeichenpult und an der Wand ein breiter Schrank mit Schubladen für die Zeichnungen. Auf einem Tisch mitten im Zimmer stand ein Modell. Das Modell einer Synagoge, sauber aus Pappe ausgeführt, umgeben von Gras aus grünem Filz und Gebüsch aus winzigen Zweigen. Kleine Gipsfiguren vermittelten einen Eindruck von den Größenverhältnissen.

«Wie hübsch!» rief Miriam aus.

«Siebzig Stunden Arbeit», erklärte Schwarz. «Aber das beste haben Sie noch gar nicht gesehen.» Er führte die beiden um den Tisch herum. An die rückwärtige Wand der Synagoge war eine zweite, kleinere Synagoge angebaut. Der Bau besaß eine Kuppel, welche die Architektur des Heiligen Landes andeuten sollte. Eine Säulenhalle aus doppelten Zylindern – offensichtlich eine Versinnbildlichung der Thorarollen – bildete den Eingang.

«Was sagen Sie dazu?» fragte Schwarz und fuhr fort, ohne erst eine Antwort abzuwarten: «Es ist gleichzeitig klassisch, einfach und elegant. Wie finden Sie die Idee, Thorarollen als Säulen zu verwenden? Gibt es etwas Naheliegenderes? Die Form des Zylinders verbindet ein Optimum an Tragfähigkeit mit dem geringsten Materialaufwand. Warum sollen wir Anleihen in der griechischen Architektur machen, wenn wir in der Thorarolle den doppelten Zylinder haben – gewissermaßen das höchste Symbol unserer Religion?»

«Gewiß ... ein interessantes Projekt», murmelte der Rabbi. «Aber verändert es nicht ... wie soll ich sagen – die Gesamtwirkung des ursprünglichen Baus?»

«Das will ich hoffen!» rief Schwarz erregt. «Aber es wirkt nicht als Fremdkörper, sondern als harmonische Ergänzung. Das war ja der Haken an der Sache. Wenn ich freie Hand gehabt hätte ... aber ich mußte auf den Pseudo-Modernismus von diesem Sorenson Rücksicht nehmen ...» Er brach ab, holte tief Atem und fuhr ruhiger fort: «Wissen Sie, als man die Synagoge plante, wurden verschiedene Kommissionen gebildet. Ich war ziemlich überrascht, daß man mich nicht in die Baukommission wählte – schließlich bin ich der einzige Architekt in der Gemeinde. Ich deutete es sogar einmal Jake Wasserman an ... ganz beiläufig. Er sagte, er habe mich schon vorgeschlagen, aber der Vorstand hätte gefunden, man sollte mich eher auffordern, selber einen Entwurf einzureichen, und da könnte ich schließlich nicht gut in der Kommission sitzen, die über die endgültige Wahl beschließt ... Schön und gut. Und wie's dann soweit war, bin ich eben *nicht* aufgefordert worden. Ich bitte Sie, Rabbi – ich kann doch nicht einfach auf gut Glück etwas einreichen, ohne daß man mich ... Schließlich bin ich ein angesehener Architekt und nicht irgendwer! Ja, ich weiß: Es heißt, ich war nur hinter dem Auftrag her. Hinter dem Geld ... Rabbi, ich schwör's Ihnen: Ich hätte keinen Cent genommen. Bloß meine Spesen ... Na, ich hab mich dann mal vorsichtig erkundigt. Da hieß es, das Projekt sei noch lange nicht aktuell ... Und was hör ich als nächstes? Christian Sorenson hat den Auftrag gekriegt – ein Nichtjude, mit Verlaub! Haben Sie Worte? Erst wählt man mich nicht in die Baukommission, weil ich Architekt bin und selber einen Entwurf ... Und dann werd ich ausgespielt.»

Miriam schüttelte verständnisvoll den Kopf.

«Ich mache Jake Wasserman keinen Vorwurf. Er war hochanständig und hat mir die Stange gehalten; er hat mich ja dann auch in den Vorstand geholt. Aber diese Idioten von der Baukommission ... Nehmen irgendeinen Bluffer, nur weil er bei einer bekannten Firma arbeitet, die ein paar Kirchen gebaut hat.»

«Gewiß ...» fing der Rabbi an.

«Aber jetzt bin ich Gemeindevorsteher und damit automatisch Vorsitzender der Baukommission. Diesmal wird man mich nicht ausspielen!» Schwarz schlug mit der flachen Hand auf den Tisch.

Dem Rabbi war die Szene peinlich. «So ein Gebäude kostet doch sicherlich sehr viel Geld?»

«Der alte Goralsky wird es geben, ich bin davon überzeugt. Ich hab mit ihm gesprochen. Ich hab ihm mein Projekt geschildert und alles erklärt. Es gefällt ihm.»

«Aber ... Brauchen wir es wirklich?»

«Wie können Sie so etwas sagen, Rabbi? Es handelt sich doch nicht nur darum, ob man's wirklich *braucht*! Es ist eine Sache der geistigen Einstellung. Sehen Sie sich die großen Kathedralen in Europa an – da hat auch kein Mensch danach gefragt, ob man sie wirklich *gebraucht* hat ... Voriges Jahr waren wir dort. In Italien, zusammen mit den Wolffs. Und wissen Sie, was mich am meisten beeindruckt hat – mich als gläubigen Juden? Die Kirchen, die Kathedralen! Nicht nur vom architektonischen Standpunkt aus – nein. Es war noch etwas ganz anderes. In Florenz zum Beispiel, in Santa Croce ... Charlie Wolff sagte zu mir, und dabei versteht er von nichts was als von Damenoberbekleidung: ‹Mort›, sagt er, ‹das war für mich ein religiöses Erlebnis› ... Und da dachte ich mir, warum kann ich nicht einen Tempel bauen, der unseren Leuten ein ähnliches Gefühl gibt? Warum sollte ich's nicht wenigstens versuchen?»

«Manchmal», sagte der Rabbi bedächtig, «verwechseln wir Ästhetik mit religiösem Erlebnis.»

«Ich fürchte, Ethel», sagte Schwarz mit bitterem Lächeln, «daß der Rabbi von unserem Projekt nicht sehr begeistert ist.»

Der Rabbi errötete. «Es wäre geheuchelt, wenn ich behauptete, daß mir das Aussehen und die Größe meiner Synagoge gleichgültig wären. Aber Raum nur um des Raumes willen? Wenn keine Notwendigkeit dafür besteht? Nicht einmal in absehbarer Zukunft? Barnard's Crossing ist eine kleine Gemeinde, und selbst an Feiertagen haben wir meist noch leere Plätze ...»

«Soll das heißen, daß Sie Goralsky die Stiftung ausreden wollen?»

«Nein. Aber wenn er mich fragen sollte, was ich davon halte, müßte ich ihm wohl meine Meinung sagen.»

«Daß Sie dagegen sind?»

«Das hängt davon ab, was er mich fragen würde», schränkte der Rabbi ein.

«Was soll das heißen?»

«Na ja, wenn er mich fragen würde, ob ich etwas gegen den Neubau einzuwenden hätte, würde ich sagen, daß von traditioneller Sicht aus nichts dagegen spricht.» Er zuckte die Achseln. «Wenn er aber fragen sollte, ob ich eine zweite Synagoge für notwendig halte, könnte ich nicht mit gutem Gewissen ja sagen. Und sollte er fragen, ob es ein würdiges Projekt sei, eine nützliche Anwendung des Geldes, so müßte ich ihm sagen, daß ich ein Dutzend bessere Verwendungsmöglichkeiten wüßte.»

«Hast du Worte!» Schwarz schüttelte wütend den Kopf. «Das kommt davon, wenn man den Leuten zuviel Sicherheit gibt. Als sie ihm den Fünfjahresvertrag geben wollten, war ich dagegen. Und weiß Gott, ich wußte, warum.»

«Er nimmt kein Blatt vor den Mund, dein Rabbi», meinte Ethel, während sie das Spülwasser einlaufen ließ. «Aber ich versteh's eigentlich nicht... Es ist doch im Grunde für sein Wohl... Ich meine, die neue Synagoge wäre schließlich für ihn da.»

«Das ist's ja gerade. In gewissem Sinn würde er am meisten davon profitieren. Warum ist er also dagegen? Soll ich dir sagen, warum? Um mir eins auszuwischen. Einen anderen Grund gibt's nicht.»

«Ich weiß nicht, was er sich dabei gedacht hat; auf alle Fälle fand ich ihn ziemlich taktlos. Als unser Gast hätte er wenigstens sagen können, daß er das Modell schön findet.»

«Das sag ich ja die ganze Zeit. Er hat sich geradezu Mühe gegeben, möglichst unfreundlich zu sein. Und das kann sich doch nur gegen mich richten... Vielleicht hat er noch nicht verdaut, daß ich gegen seinen Vertrag gestimmt habe, und jetzt will er's mir heimzahlen.»

«Glaubst du, daß er mit Goralsky darüber sprechen wird?»

«Er soll sich unterstehen! Dann sorg ich dafür, daß ihm der Boden unter den Füßen zu heiß wird – Vertrag hin, Vertrag her.»

«Es hätte nichts geschadet, wenn du ein bißchen mehr Begeisterung gezeigt hättest, David. Er hat sich solche Mühe gegeben, nett und freundlich zu sein... Du hättest ihm wenigstens ein Kompliment über seinen Entwurf machen können.»

«Ich wollte, Miriam, ehrlich. Aber ich konnte dann einfach nicht... Ich mußte mir dauernd vorstellen, wie lächerlich unsere Synagoge aussehen würde mit diesem... wie war das? – klassischen, einfachen, eleganten Monstrum daneben, und ich konnte beim besten Willen nicht heucheln. Sorensons Gebäude ist bestimmt kein Meisterwerk, aber es hat eine schlichte Grazie, die Schwarz verderben will, nur um zu beweisen, daß er nicht nur Supermärkte bauen kann... Wir brauchen eine zweite Synagoge so dringend wie... wie eine Kegelbahn! Hast du nicht gemerkt, daß es ihm gar nicht um die Synagoge geht? Es geht ihm nur um die Reklame für sich selber.»

«Ich habe nur gemerkt, daß er sich Mühe gab, freundlich zu sein. Und du hast ihn abblitzen lassen.»

«Schau, Miriam – ein Rabbi ist so etwas wie eine öffentliche Institution; ich muß zu allen möglichen Leuten nett und freundlich sein. Ich muß mich für Sachen interessieren, die mich zu Tode langweilen; ich muß mich um Dinge kümmern, für die meine Zeit einfach zu schade ist... Ich tu's trotzdem. Ich tu's, auch wenn es mir noch so widerstrebt, sobald es der Gemeinde etwas nützen kann. Aber wenn ich Schwarz vorgeschwärmt hätte, wie herrlich sein Projekt ist und welcher Segen es für die Gemeinde sein wird, einen zweiten Betsaal zu haben... Miriam, das hätte doch nur den Sinn haben können, mich bei Schwarz anzuschmeißen und meinen Posten zu sichern. Und das konnte ich nicht.»

Sie antwortete nicht, und ihr Schweigen war ihm unbehaglich. «Was ist los, Miriam? Was bedrückt dich? Hast du Angst, Schwarz könnte etwas gegen uns unternehmen?»

«Oh, David – du weißt, daß ich immer zu dir gehalten habe, bei jeder wichtigen Entscheidung: Als du nach dem Abschlußdiplom hintereinander drei Stellen ablehntest, weil dir die Gemeinde nicht paßte, hab ich nicht widersprochen, obwohl wir beide von meinem Sekretärinnengehalt leben mußten... Ich hab dir sogar noch zugeredet. Es macht mir nichts aus, weiter ins Büro zu gehen, hab ich gesagt, und unsere Einzimmerwohnung gefällt mir, auch wenn sie im Winter eiskalt und im Sommer brütend heiß war, und...»

«Worauf willst du hinaus?» unterbrach er sie.

«Ach, David – damals hat das alles keine Rolle gespielt, aber jetzt...»

«Was ist jetzt? Ist es jetzt anders? Laß ich mir etwa teure Maßanzüge machen? Kauf ich mir seidene Hemden, seit wir in Barnard's Crossing sind?»

«Seidene Hemden! Ich wollte, deine Hemdkragen wären wenigstens nicht durchgescheuert.»

«Komm zur Sache!» rief er ungeduldig.

«Die Sache ist die, daß alles schön und gut war, solange es nur um uns zwei ging. Aber jetzt erwarte ich ein Kind!»

«Aber Miriam... Hast du Angst, ich könnte meine Stelle verlieren und dich und das Kind nicht mehr ernähren? Ich bitte dich! Solange wir nicht im Luxus leben wollen... Wenn's nicht hier ist, dann eben woanders. Und wenn ich keine Gemeinde finde, kann ich eine Lehrerstelle annehmen; oder schlimmstenfalls such ich mir einen Posten als Buchhalter oder so was... Man braucht keine Rabbinerstelle, um Rabbi zu sein; früher durfte der Rabbi für das Lehren nicht einmal Geld nehmen: ‹Mach nicht aus der Thora eine Hacke, um mit ihr zu graben›, heißt es. Aber glaub nicht, daß ich mir keine Gedanken mache. Ich bin mir meiner Verantwortung voll bewußt... Und was Schwarz angeht – Miriam, mein Vater war auch Rabbiner. Einmal war ich dabei, wie er mit einem Gemeindemitglied eine Auseinandersetzung hatte; hinterher sagte er: ‹David, im Leben muß man manchmal wählen, ob man Gott oder den Menschen gefallen will. Auf lange Sicht ist es besser, Gott zu gefallen – er hat das bessere Gedächtnis...›»

Miriam schwieg lange; dann sagte sie leise: «David, ich möchte nicht, daß du etwas gegen deine Überzeugung tust. Nur ...» Sie blickte zu ihm hoch: «Könnten wir nicht bitte Gott gefallen, *nachdem* das Baby da ist?»

11

Am nächsten Mittag hielt ein Taxi vor der Haustür des Rabbi. Ein schlanker, trotz des schütteren Haars jungenhaft wirkender Mann von Anfang Vierzig stieg aus; auf den ersten Blick hätte man ihn fast für einen Studenten halten können. Aber dann sah man das lange, schmale Gesicht mit den wissenden Augen. Der Mann trug feste englische Schuhe, graue Flanellhosen und eine Tweedjacke.

Der Besucher stellte sich als Dr. Ronald Sykes vor. «Ich komme wegen meines verstorbenen Freundes und Kollegen Isaac Hirsh», sagte er, nachdem er im Arbeitszimmer des Rabbi Platz genommen hatte. «Sie haben sicherlich von seinem Tod gehört.»

«Ja ...» Der Rabbi nickte und fuhr leicht verlegen fort: «Aber ich habe ihn nicht gekannt. Er war kein Mitglied meiner Gemeinde, soviel ich weiß.»

«Ach so ... Ich dachte, Sie kennen ihn, weil ... Er war schließlich Jude, und er wohnte hier.»

Der Rabbi schüttelte langsam den Kopf.

«Nun, er ist Freitagabend gestorben, und seine Frau, vielmehr seine Witwe, möchte ihn nach jüdischem Ritus beisetzen lassen. Ist das möglich? Ich meine, weil er kein Mitglied Ihrer Gemeinde war?»

«Sicherlich. Unser Friedhof ist zwar nur für Gemeindemitglieder bestimmt, aber es können auch andere Juden dort bestattet werden – gegen einen geringen Beitrag werden sie nominelle Mitglieder. Allerdings schließt das den Preis für das Grab nicht mit ein. Andererseits kann Mr. Hirsh als Bewohner von Barnard's Crossing auch auf dem städtischen Friedhof Grove Hill beigesetzt werden. Ich könnte ihn auch dort nach jüdischem Ritus beerdigen.»

Dr. Sykes schüttelte den Kopf. «Nein, ich glaube, daß ihn Mrs. Hirsh unter seinesgleichen beisetzen lassen möchte. Mrs. Hirsh ist nicht jüdisch.»

«Ach so ...»

Sykes bemerkte das Zögern. «Macht das einen Unterschied?» fragte er.

«Unter Umständen schon ... In dem Fall müßte ich die Gewißheit haben, daß der Verstorbene tatsächlich Jude war, das heißt, ob er Jude geblieben ist.»

«Ich verstehe nicht ganz ... Seine Frau betrachtet ihn als Juden, und seitdem wir uns kennen – also seit einem Jahr – hat er sich nie als etwas anderes ausgegeben.»

Der Rabbi lächelte. «Es ist eine religiöse und nicht so sehr eine ethische Unterscheidung. Das Kind einer jüdischen Mutter – wohlverstanden, die Mutter und nicht der Vater ist ausschlaggebend – gilt automatisch als jüdisch, sofern es nicht zu einer anderen Religion übergetreten ist oder sein Judentum öffentlich verleugnet hat.»

«Soviel ich weiß, gehörte er keiner anderen Kirche an.»

«Sie sagten, Mrs. Hirsh sei nicht jüdisch. Ist sie katholisch? Oder protestantisch?»

«Also, das weiß ich nun wirklich nicht... Ich glaube, anglikanisch. Jedenfalls war der anglikanische Pfarrer bei ihr, als ich sie besuchte.»

«Die Sache ist so: Wenn die beiden zu mir gekommen wären und mich gebeten hätten, sie zu trauen, hätte ich es nur unter der Voraussetzung tun können, daß sie zum Judentum übergetreten wäre. Möglicherweise hat sich Mr. Hirsh taufen lassen, ehe er heiratete... Sagen Sie, warum hat sich Mrs. Hirsh nicht selbst mit mir in Verbindung gesetzt?»

«Sie hat den Schock noch nicht überwunden, Rabbi. Sie kriegt noch Beruhigungsmittel, und... Na, als Abteilungsleiter ihres Mannes – als seinen Chef, wenn Sie so wollen – hat sie mich gebeten, alle Formalitäten zu erledigen. Und was seine Religion betrifft, so glaube ich kaum, daß er sich auch nur der Form halber hätte taufen lassen. Er hat sich nie viel aus dem ganzen Klimbim gemacht...» Er hielt erschrocken inne. «Verzeihen Sie, aber das hat er mal gesagt. Es waren seine eigenen Worte. Soviel ich weiß, hatte er keinerlei religiöse Bindungen... Armer Teufel; wenn er am letzten Freitag zur Synagoge gegangen wäre wie alle anderen Juden, wäre er vielleicht noch am Leben.»

«Ach, er starb ganz unerwartet?»

«Er wurde tot in seiner Garage gefunden. Patricia Hirsh rief mich am nächsten Morgen an, und ich bin gleich hinübergefahren.»

«Herzschlag?»

«Kohlenmonoxyd.»

«Oh...» Der Rabbi, der entspannt dagesessen hatte, richtete sich auf und begann nachdenklich, mit den Fingern auf der Schreibtischplatte zu trommeln.

«Sie denken an Selbstmord, Rabbi? Würde das etwas an der Sache ändern?»

«Unter Umständen schon.»

«Man kann die Möglichkeit eines Selbstmordes wohl nicht ausschließen», sagte Sykes langsam; «obwohl... Er hat keine Zeile hinterlassen. Wenn er sich umgebracht hätte, würde er doch einen Brief an seine Frau... Er hat sie sehr geliebt. Jedenfalls, im amtlichen Protokoll steht ‹Unfalltod›. Wissen Sie, er hatte eine Unmenge getrunken...»

«Sie meinen, er war betrunken?»

«Sehr wahrscheinlich. Er hat in relativ kurzer Zeit eine halbe Flasche Wodka gekippt. Vermutlich ist er ohnmächtig geworden, während der Motor noch lief.»

«War er ein starker Trinker?»

«Er war Alkoholiker. Aber seit er bei uns arbeitete, war nie etwas passiert... Diese Menschen trinken ja oft lange Zeit nichts; bloß wenn sie mal angefangen haben, können sie nicht mehr aufhören.»

«Und hat sich das nicht auf seine Arbeit ausgewirkt? Was war er übrigens von Beruf?»

«Er war Mathematiker in meiner Abteilung am GODDARD FORSCHUNGS- UND ENTWICKLUNGSLABORATORIUM.»

Der Rabbi nickte nachdenklich. «Alkoholiker sind bei uns sehr selten. Es wundert mich, daß Sie ihn trotz diesem ... diesem Handikap eingestellt haben.»

«Wissen Sie, Rabbi, gute Mathematiker gibt's nicht in Scharen, wenigstens nicht vom Format eines Isaac Hirsh ... Vielleicht erklärt es den Grund für seine Einstellung und zugleich für sein Trinken, wenn ich Ihnen sage, daß er mit Fermi zusammen an der Atombombe gearbeitet hat. Und er ist nicht der einzige, dem das später zu schaffen gemacht hat – nach Hiroshima.»

«Dann kann er auch nicht mehr jung gewesen sein.»

«Anfang Fünfzig. Er ist 1935 in Harvard promoviert worden ... Ich auch, aber erst 1943.»

«Und trotzdem waren Sie sein Vorgesetzter?»

«Eigentlich nur, weil ich zuerst dort war. Ich bin gleich nach der Universität bei Goddard eingetreten.»

«Hm, hm, ja ... Wie haben Sie ihn angeredet?»

«Wie ich ihn ... Ach so.» Er errötete ein wenig. «Meistens einfach ‹Doktor›. Er war ja viel älter als ich, nicht wahr? Manchmal nannte er mich Ronald oder Ron, und ich sagte Ike zu ihm ... Aber meistens blieb es doch beim ‹Doktor›, weil ... Sehen Sie, da sind dauernd irgendwelche Techniker dabei, und wenn man sich da beim Vornamen anredet, fangen die auch an, uns so zu nennen, und aus ist's mit der Disziplin ... Sagt jedenfalls unser Direktor. Er war früher bei der Armee.»

«Ich verstehe.» Der Rabbi dachte einen Augenblick nach. «Es ist wohl am besten, wenn ich selbst mit Mrs. Hirsh spreche. Kann ich sie im Laufe des Nachmittags besuchen?»

«Ich denke schon ... Ja, sicher.»

«Setzen Sie sich unterdessen am besten mit dem Vorsitzenden unserer Friedhofskommission in Verbindung. Wenn Sie wollen, kann ich Mr. Brown gleich mal anrufen – kennen Sie ihn vielleicht? Marvin Brown. Er ist Versicherungskaufmann.»

«Nein.» Sykes schüttelte den Kopf. «Wenn ich ihn jetzt gleich aufsuchen könnte, wäre es mir sehr recht ... Ach, könnten Sie mir wohl bitte ein Taxi bestellen?»

«Selbstverständlich.» Der Rabbi begleitete Sykes zur Tür. «Ach, noch etwas – ich nehme an, die Witwe schwimmt nicht gerade in Geld: Bei uns ist ein einfacher Tannenholzsarg ohne Verzierung üblich.»

Marvin Brown war ein quecksilbriger Draufgänger. Ein rühriger Geschäftsmann, der wußte, daß Zeit Geld ist und daß jeder Dollar hundert

Cent hat. Im Lauf der Jahre hatte seine Frau gelernt, sich seinem Tempo anzupassen; Mitzi pflegte um sechs Uhr Abendbrot zu essen, denn Marve kam oft später nach Hause und hatte dann schon irgendwo gegessen.

Mitzi machte sich manchmal Sorgen. Marvin war fast vierzig, und es kam ihr so vor, als schufte er von Jahr zu Jahr mehr. Er kümmerte sich nicht nur um seine Versicherung; da war noch die Synagoge und der Elternbeirat, dessen Vizepräsident er war, und der Gemeindefonds, dem er vorstand. Wenn Mitzi protestierte, daß es bei seiner Arbeit heller Wahnsinn sei, sich immer noch mehr aufzuhalsen, erklärte er, daß im Grunde alles zum Versicherungsgeschäft gehöre – es bedeute neue Verbindungen, und das ganze Versicherungsgeschäft bestehe eigentlich darin, neue Verbindungen anzuknüpfen. Sie wußte jedoch, daß es ihm einfach Spaß machte. Wenn er geschäftig herumrennen konnte, war er in seinem Element. Und sie mußte zugeben, daß ihm dieses Leben einstweilen recht gut bekam.

Marvin Brown verdankte seinen Erfolg nicht nur seinen vielen Verbindungen. Er hatte ein Prinzip: *Man besucht einen Kunden nie auf gut Glück; man muß vorher soviel wie möglich über ihn in Erfahrung bringen.* Als ihm seine Frau berichtete, der Rabbi habe den Besuch eines gewissen Dr. Sykes angekündigt, rief er sofort an, um herauszufinden, worum es ging.

«Er kommt im Auftrag der Witwe von diesem Isaac Hirsh, der am Freitag gestorben ist», sagte der Rabbi.

«Was? Isaac Hirsh? Du lieber Himmel! Mit dem hab ich vor einem knappen Jahr eine Versicherung abgeschlossen!»

«Wirklich? Eine Lebensversicherung? Wissen Sie noch, über wieviel?»

«Nicht auswendig ... Fünfundzwanzigtausend, glaube ich. Aber ich kann ja nachsehen. Warum?»

«Sagen Sie, Mr. Brown, ist er bei der ärztlichen Untersuchung glatt durchgekommen?»

«Ich denke schon ... Aber das will nicht viel besagen. Manche dieser Doktoren nehmen sich nicht mal die Mühe, die Leute abzuhorchen. Sie stellen ein paar Fragen, und wenn der Patient einigermaßen gesund aussieht, lassen sie ihn laufen ... Was war's denn? Herzschlag?»

«Meines Wissens steht im Protokoll der Polizei Unfalltod.»

«Unfall? Oh ... Bei Unfalltod zahlen wir doppelt. Das heißt, die meisten Versicherungen werden so abgeschlossen. Es kostet kaum mehr. Die Witwe kann sich freuen ... Ich meine, weil er so abgeschlossen hat. Falls er tatsächlich so abgeschlossen hat. Aber ich glaube ... Ja, ich erinnere mich. Ging ganz glatt, ohne viel Zureden.»

«Ja, also dieser Dr. Sykes handelt im Auftrag der Witwe. Mr. Hirsh war kein Gemeindemitglied, aber seine Frau wünscht, daß er auf dem jüdischen Friedhof nach jüdischem Ritus beigesetzt werde. Sie selbst ist Christin.»

«Bin im Bild, Rabbi. Kümmern Sie sich um gar nichts. Ich mach das schon.»

12

Sykes hatte den Rabbi mit keinem Wort auf Mrs. Hirsh vorbereitet. Er war überrascht, eine große junge Frau von Anfang Dreißig anzutreffen – erstaunlich jung für einen fünfzigjährigen Mann. Die blauen Augen waren verweint und geschwollen, aber sie wirkte trotzdem faszinierend mit dem leuchtend roten Haar. Auf den ersten Blick fand er, sie wirke reichlich aufgetakelt; sie trug zwar ein schwarzes Kleid, aber es war aus glänzender Seide und mit Volants und Rüschen besetzt und sah nicht aus wie ein Trauerkleid. Dann fiel ihm ein, daß sie es wahrscheinlich nicht zu diesem Anlaß gekauft hatte und es nur trug, weil sie nichts Passenderes besaß.

Er stellte sich vor.

«Oh, treten Sie ein, Rabbi. Dr. Sykes rief mich an und sagte, daß Sie kommen würden... Peter Dodge war auch schon hier; er kennt Sie offenbar. Dann kam der lutherische Pfarrer, dann einer von den Methodisten und schließlich ein Unitarier – ich kann mich nicht über Mangel an geistlichem Zuspruch beklagen.»

«Sie wollten Sie trösten.»

«O ja. Es war nicht zu überhören... Und Sie? Wollen Sie mir jetzt auch erzählen, daß Ikes Seele im Himmel ist oder in einer besseren Welt, oder was weiß ich?»

Der Rabbi wußte, daß Trauer und Schmerz vielerlei Gesichter haben, und nahm ihr die zynische Bemerkung nicht übel. «Ich bedauere sehr, aber den Artikel führen wir nicht», gab er zurück.

«Wollen Sie sagen, daß Sie nicht an ein Leben nach dem Tod... an ein Jenseits glauben?»

«Wir glauben, daß seine Seele in Ihrer Erinnerung und im Gedächtnis seiner Freunde weiterleben wird. Hätte er Kinder gehabt, würde er natürlich auch in ihnen weiterleben...» Er brach ab und überlegte, wie er auf den eigentlichen Grund seines Besuches zu sprechen kommen sollte. Es fiel ihm schwer. Kondolenzbesuche fielen ihm immer schwer.

Sie kam ihm zu Hilfe. «Dr. Sykes sagte, Sie wollten mir ein paar Fragen über meinen Mann stellen?»

«Ja.» Er nickte dankbar. «Ein Begräbnis ist eine rituelle Handlung, Mrs. Hirsh, und ich muß die Gewißheit haben, daß Ihr Mann Jude im Sinne unseres Gesetzes war. Da er außerhalb seines Glaubens geheiratet hat...»

«Ist er dadurch weniger jüdisch?»

«Nein, aber vielleicht durch die Umstände. Sagen Sie bitte, wie sind Sie getraut worden?»

«Standesamtlich. Wollen Sie den Trauschein sehen?»

Er lächelte. «Ihr Wort genügt mir.»

Da sagte sie spontan: «Verzeihen Sie, Rabbi... Ich war giftig, nicht wahr?»

«Na... ein bißchen, ja.»

Jetzt lächelte sie auch. «Also fangen wir noch mal von vorn an. Fragen Sie mich alles, was Sie wollen.»

Er lehnte sich im Sessel zurück. «Gut. Warum wollen Sie ihn jüdisch beerdigen lassen?»

«Weil Ike Jude war. Er hat sich nie für etwas anderes gehalten.»

«Obwohl er unsere Religion nicht ausübte?»

«Nun ... Er sagte immer, es gäbe zwei Arten, jüdisch zu sein – man könne entweder die Religion ausüben oder sich einfach als Jude betrachten, weil man als Jude geboren wurde ... Ist das falsch?»

«Eh ... nein», sagte er vorsichtig; «aber ein jüdisches Begräbnis ist eine religiöse Zeremonie. Wäre das in seinem Sinne gewesen?»

«Ich weiß, daß es auch ein Beerdigungsinstitut machen kann; aber das wäre so ... so unpersönlich, nicht? Nein, wahrscheinlich hätte er es so haben wollen. Wir haben nie darüber gesprochen, aber ... ihm persönlich wäre es vielleicht gleichgültig gewesen. Aber meinetwegen hätte er wohl irgendeine Zeremonie gewünscht. Und was hätte ihm etwas bedeutet, wenn nicht die jüdische Zeremonie?»

«Gut. Ich werde ihn beisetzen ... Es ist Sitte, ein paar Worte am Grab zu sprechen, und leider kannte ich Ihren Mann nicht; Sie müssen mir von ihm erzählen. Er war um einiges älter als Sie, nicht wahr?»

«Zwanzig Jahre. Aber wir waren glücklich.» Sie wurde nachdenklich. «Ja, er war gut zu mir. Und ich war die Richtige für ihn. Daß er soviel älter war ... Na ja, ich hatte genug von dem anderen, bevor ich ihn traf. Er brauchte mich, und ich brauchte ihn. Es war eine gute Ehe.»

Der Rabbi zögerte, dann überwand er sich. «Ich verstehe, daß sein Tod indirekt eine Folge seiner ... seiner Trunksucht war. Hat es Sie nicht gestört? Ich meine, das Trinken?»

«Das will euch einfach nicht in den Kopf, was? Wenn Sie's wissen wollen: Es hat auch Ike sehr gestört. Es hat uns das Leben sauer gemacht. Er verlor deswegen gute Stellen; wir mußten immer wieder umziehen, und es ist nicht so leicht, jedesmal von vorn anzufangen ... Aber es war nie so, daß ich Angst vor ihm hatte. Er war nie abstoßend, wenn er betrunken war – eher schwach, und er hat geweint wie ein kleines Kind. Aber grob war er nie. Es störte mich nicht sonderlich. Erst später, als es schlimmer wurde und er manchmal in Ohnmacht fiel, bekam ich Angst. Aber nur seinetwegen. Daß ihm etwas zustoßen könnte.»

«Und ist es häufig vorgekommen?»

Sie schüttelte den Kopf. «In den letzten Jahren hat er kaum einen Tropfen angerührt, bis auf ein oder zwei Rückfälle ... Er hat nicht dauernd getrunken, verstehen Sie. Er hat sich große Mühe gegeben. Aber wenn's ihn mal packte, dann gleich richtig. Das letzte Mal war ... Ach, ich weiß nicht mehr. Vor Monaten.»

«Und dann am Freitag wieder.»

«Ach so, ja. Freitag. Daran hab ich nicht gedacht.» Sie schloß die Augen, und der Rabbi fürchtete, sie würde weinen. Aber sie riß sich zusammen und zwang sich sogar zu einem Lächeln.

Er stand auf, um sich zu verabschieden. Da fiel ihm noch etwas ein: «Merkten Sie jeweils im voraus, wann es wieder losging?»

Sie schüttelte den Kopf.

«Können Sie sich erklären, weshalb er plötzlich zu trinken begann? Hatte er Sorgen?»

Wieder schüttelte sie den Kopf. «Ich glaube, er machte sich ständig wegen irgend etwas Sorgen. Ich habe immer versucht ihn zu beruhigen – ihm das Gefühl zu geben, daß ich für ihn da bin, daß ich ihn verstehe ...»

«Vielleicht waren Sie besser für ihn als er für Sie», sagte der Rabbi leise.

«Wir waren beide gut füreinander», erklärte sie mit Nachdruck. «Ich war ja auch kein Unschuldsengel, als ich Ike kennenlernte. Ich hatte schon einiges hinter mir. Und er war der erste, der wirklich gut mit mir war ... Und ich war gut zu ihm.»

«Und trotzdem hat er getrunken.»

«Das hat er schon getan, ehe er mich kannte ... Zum Glück», fügte sie herausfordernd hinzu. «Sonst hätte ich ihn wohl nie kennengelernt.»

«Wieso?»

«Er hat sich in dem kleinen Hotel einquartiert, wo ich am Zigarettenkiosk arbeitete. Wie hätte ich je einen Mann wie ihn kennengelernt, wenn er nicht zufällig auf einer Sauftour gewesen wäre?»

«Und glauben Sie, daß Sie das bessere Geschäft gemacht haben?»

«Das beste Geschäft ist immer, wenn beide Partner das Gefühl haben, sie seien besser weggekommen.»

13

«Ja, hier spricht Ben Goralsky. Okay, ich warte ... Hallo, hallo ...»

Die Stimme am anderen Ende der Leitung sprach jetzt offenbar mit jemand anderem dort im Zimmer. Dann:

«Mr. Goralsky? Hier ist Ted Stevenson.»

«Oh, Ted. Nett, daß Sie anrufen. Wo stecken Sie?»

«Im Büro.»

«Am Sonntag? Müßt ihr denn Tag und Nacht schuften?»

«Wer in unserem Laden mit an der Spitze sitzt, Mr. Goralsky, der hat keine geregelte Arbeitszeit. Nicht, wenn es um Geschäfte geht. Und *falls* Sie mal bei uns mitmachen sollten, wird es Ihnen nicht anders ergehen.»

Goralsky erriet den Zweck des Anrufes. Der Unterton, der in diesem *falls* mitschwang, entging ihm keineswegs.

«Wir wollten schon gestern anrufen», fuhr Stevenson fort, «aber Sie hatten Ihren Feiertag, und wir nahmen an, Sie wären in der Synagoge.»

«Nein, ausnahmsweise nicht. Ich war die ganze Zeit zu Hause. Mein Vater ist plötzlich krank geworden, und in dem Alter ...»

«Oh, das tut mir leid. Wie geht's ihm?»

«So einigermaßen. Aber es war ziemlich kritisch.»

«Freut mich, daß es wieder aufwärtsgeht. Grüßen Sie ihn bitte. Und gute Besserung.»

«Danke; werd ich gern ausrichten.»

Die Stimme am anderen Ende der Leitung änderte plötzlich den Tonfall. «Hören Sie, Goralsky – die Börsenentwicklung Ihrer Aktien im Lauf der letzten Wochen hat uns etwas ... eh, beunruhigt.»

«Na ja – mein Gott, Ted – Sie wissen doch, wie das ist ... Gerüchte über eine Fusion sickern immer durch. Wir haben hier unser möglichstes getan, und soviel ich weiß, haben alle dicht gehalten. Es muß Sie jemand erkannt haben, als Sie mit Ihren Herren bei uns waren, oder ... Irgend so was in der Preislage. Als ich dann merkte, was los ist – ich dachte, mich trifft der Schlag. All das ist wohl bei solchen Dingen nicht zu ver ...»

«Doch, Mr. Goralsky, das ist durchaus zu vermeiden. Es ist uns klar, daß vor einem Zusammenschluß allerlei Gerüchte kursieren und den Börsenwert der Aktien beeinflussen können. Aber Ihre Aktien sind so steil gestiegen, daß wir der Sache nachgegangen sind. Wir haben bei guten Freunden an der Bostoner Börse Erkundigungen eingeholt und erfahren, daß der Grund für das Anziehen der Aktien nicht das Gerücht über die Fusion mit uns ist, sondern ein neues Verfahren.»

«Eh ... ja ... Aber das war leider falscher Alarm», murmelte Ben.

«Das haben wir auch herausgefunden. Natürlich kann so was vorkommen bei einem Forschungs- und Entwicklungsprogramm. Aber wenn wir den Eindruck gewinnen würden, daß eine absichtliche Manipulation dahintersteckt, um den Wert Ihrer Aktien vor dem Zusammenschluß hochzutreiben, dann müßten wir in Anbetracht dieses ... eh ... unorthodoxen Vorgehens das ganze Projekt ... eh, neu überdenken.»

«Das könnte ich Ihnen nicht verdenken, Mr. Stevenson. Aber ich gebe Ihnen mein Wort, daß ...»

Der andere unterbrach ihn schroff. «Wir sind nicht an Erklärungen und Entschuldigungen interessiert. Wir wollen von Ihnen etwas ganz anderes ...»

Als Ben schließlich auflegte, war er schweißgebadet. Eine ganze Weile blieb er reglos sitzen und starrte das Telefon an.

14

Der Rabbi hatte eigentlich vorgehabt, nach dem Besuch bei Mrs. Hirsh gleich nach Hause zu fahren. Tief in Gedanken verloren, fuhr er dann aber in die entgegengesetzte Richtung los, und erst als er sich in dem Gewirr der engen Gäßchen der Altstadt verirrt hatte, bemerkte er seinen Irrtum. Hier kannte er sich nicht mehr aus; er bog von einer Straße in die andere ein in der Hoffnung, sich wieder zurechtzufinden. Das

Rathaus auf dem Hügel drüben schien zum Greifen nahe; jene Gegend war ihm vertraut, aber keine der Straßen wollte dorthin führen. Links und rechts erhaschte er zwischen hübschen, ein wenig verwitterten Häuschen kurze Blicke in altmodische Gärten. Er sah malerische Läden von Handwerkern und Antiquitätenhändlern und die Auslage eines Schiffsausrüsters, vollgestopft mit faszinierenden Dingen: Kompasse aus Messing, Rollen von Tauwerk, Schiffsglocken, geheimnisvolle nautische Geräte und gleich daneben ein Paar prosaischer Gummistiefel.

Und dann, in einer besonders engen Gasse, blieb sein Motor stehen. Im Nu bildete sich eine Autoschlange hinter ihm; verzweifelt betätigte er den Anlasser, trat aufs Gaspedal, nichts. Hinter ihm hupte jemand ungeduldig. Andere folgten dem Beispiel, und es entstand ein Höllenlärm.

«So wird das nichts, Rabbi», sagte eine Stimme durch das offene Fenster. «Der Motor ist abgesoffen.»

Er sah auf und begrüßte erleichtert Hugh Lanigan, den Polizeichef von Barnard's Crossing, der grinsend neben dem Wagen des Rabbi stand, in Sporthemd und Khakihosen, eine Sonntagszeitung unter den Arm geklemmt.

«Lassen Sie mich mal», sagte Lanigan.

Der Rabbi zog die Handbremse und rückte beiseite. Die Huperei hatte aufgehört – entweder, weil die Leute den Polizeichef erkannt hatten, oder weil ihnen klargeworden war, daß der Verkehrssünder da vorn ernstlich in der Klemme saß. Der Polizeichef trat das Gaspedal ganz durch, drehte den Zündschlüssel, und prompt sprang der Motor an.

«Na bitte...» Lanigan sah den Rabbi an und lächelte. «Wie wär's mit einem Drink bei mir zu Hause?»

«Gern. Aber fahren Sie.»

«Wenn Sie wollen.» Mühelos steuerte Lanigan den Wagen durch die engen Gassen. Vor seinem Haus angelangt, führte er den Rabbi auf die Veranda und rief nach drinnen: «Wir haben Besuch, Gladys!»

«Ich komme», antwortete seine Frau, und kurz darauf stand sie in der Tür. Sie trug lange Hosen und einen Pullover und sah aus, als hätte sie gerade im Garten gearbeitet. Das weiße Haar war jedoch sorgfältig frisiert, und sie hatte frischen Lippenstift aufgelegt. «Schau an, das ist aber eine nette Überraschung – Rabbi Small!» Sie streckte ihm die Hand entgegen. «Ich war eben dabei, Manhattans zu mixen – Sie nehmen doch auch einen?»

«Aber gern...» Plötzlich lachte der Rabbi, während Mrs. Lanigan schon die Drinks richten ging: «Jedesmal, wenn ich Sie besuche, krieg ich einen Drink...»

«Geistliches für die Geistlichen, Rabbi.»

«Ja, aber wenn Sie zu mir kommen, hab ich Ihnen immer nur Tee angeboten.»

«Das war ja wohl meistens dienstlich, und im Dienst trinke ich keinen Alkohol.»

«Keinen Alkohol, so ... Sagen Sie, waren Sie schon mal betrunken?»

«Wie bitte?» Der Polizeichef schaute ihn verwundert an. «Klar. Sie vielleicht nicht?»

Der Rabbi schüttelte den Kopf. «Nein ... Und Ihre Frau? Was hat die dazu gesagt?»

Lanigan lachte. «Nichts. Was sollte sie auch sagen? Gladys hat auch schon mal 'n Schwips hier und da ... Und außerdem, so richtig sinnlos betrunken war ich nie. – Worauf wollen Sie hinaus, Rabbi?»

«Ich komme eben von Mrs. Hirsh ...»

«Ach so.»

«Ja. Und ich möchte es gern verstehen. Ihr Mann war Alkoholiker, und da kenne ich mich nicht sehr gut aus. Bei Juden kommt es ziemlich selten vor.»

«Richtig. Woran liegt das wohl?»

Der Rabbi zuckte die Achseln. «Ich weiß nicht. Unter Chinesen und Italienern gibt es auch wenig Alkoholiker, obwohl sie keine Abstinenzler sind, genausowenig wie wir ... Vielleicht liegt es gerade daran, daß es nicht verboten ist oder als Sünde gilt. Der Reiz des Verbotenen fehlt.»

«Kann sein», meinte Lanigan nachdenklich.

«Und vielleicht ... Sehen Sie, eines haben wir Juden mit den Chinesen gemeinsam: Auch in ihrer Religion spielen die Ethik, die Moral und der Anstand eine große Rolle, während bei euch Christen der Glaube wichtiger ist. Primitiv ausgedrückt: Vielleicht neigen wir dadurch weniger zu Schuldkomplexen.»

«Was hat der Glaube damit zu tun?»

«Im Christentum ist er der Schlüssel zur Erlösung. Aber es ist nicht immer leicht, zu glauben. Ich stelle mir vor, daß man als Christ manchmal zweifelt, Fragen stellt, Perioden erlebt, in denen man nicht glauben kann ...»

«Ja und? Da komm ich nicht mehr mit.»

«Kein Mensch ist immer und jederzeit Herr seiner Gedanken. Sie kommen ungebeten – beängstigende, schreckliche Gedanken. Und wenn man davon überzeugt ist, daß Zweifel, also Nichtglauben, zur Verdammnis führen kann ... Ich stelle mir vor, daß man sich dann schuldig fühlt. Daß man etwas tun will gegen diese Gedanken. Und was wäre da geeigneter als Alkohol?»

Lanigan lächelte. «Ja ... aber jeder reife, intelligente Mensch weiß, wie der Verstand funktioniert und trägt dem Rechnung.»

«Jeder intelligente, reife Mensch, ja. Aber die anderen?»

«Ach so ...» Lanigan lächelte. «Ein bißchen überspitzt, würde ich sagen. Aber vielleicht ist was dran ... Ich weiß nicht, ob man nur deswegen zum Trinker wird, aber ...»

«Ach, das ist ja auch nur so eine Theorie. Ich meditiere einfach vor mich hin. Ich denke ins Unreine, während ich auf einen Drink warte ...»

«Gladys», rief Lanigan. «Wo bleibst du denn? Der Rabbi ist am Verdursten!»

«Ich komm ja schon ...»

Sie erschien mit einem Tablett, auf dem drei Gläser und ein Krug standen. «Füllen Sie nach, sooft Sie Lust haben, Rabbi.»

«Und Isaac Hirsh?» fragte Lanigan, während er das Glas hob und seinem Gast zutrank. «Nach Ihrer Theorie kann er sich wohl nicht sehr um seine Religion gekümmert haben?»

«Er hatte vielleicht andere Schuldgefühle ... Das vermutet zumindest sein Vorgesetzter, Dr. Sykes. Er glaubt, daß Hirsh zum Alkohol Zuflucht nahm, weil er seinerzeit an der Hiroshima-Bombe mitgearbeitet hat.»

«Ach?» Lanigan trank. «Und wie kommt es, daß Sie mit der Sache zu tun haben?» fragte er dann. «War Hirsh in Ihrer Gemeinde?»

«Nein. Aber seine Witwe will ihn auf unserem Friedhof beisetzen lassen.»

«Aha ... jetzt geht mir allmählich ein Licht auf. Sie fragen sich, ob es wirklich ein Unfall und nicht etwa Selbstmord war. Habt ihr Selbstmördern gegenüber nicht dieselbe Einstellung wie wir? Ich meine, was das Begräbnis anbelangt.»

«Nicht ganz, aber doch ziemlich ähnlich. Es wird nicht öffentlich getrauert, man hält keine Grabrede, und strenggenommen müßte der Verstorbene am Rand des Friedhofs begraben werden ... Der Unterschied liegt woanders; Mr. Lanigan, Sie sind Katholik; Ihre Kirche ist eine große, straffe Organisation ...»

«Was macht das für einen Unterschied?»

«... mit einheitlichen, allgemeingültigen Vorschriften in gewissen Bereichen.»

«Während Sie Ihr eigener Boss sind?»

«Mehr oder weniger. Jedenfalls bin ich in meinen Entschlüssen nicht von einer religiösen Behörde abhängig.»

«Wenn also der Rabbi gutmütig ist oder leicht umzustimmen ...»

«Er ist vor seinem Gewissen verantwortlich», erklärte der Rabbi bestimmt. «Aber davon einmal abgesehen, wir haben eine etwas andere Einstellung gegenüber dem Selbstmord. Wir verurteilen jedoch keinen, der aus Wahnsinn, großem Schmerz oder innerer Not heraus Selbstmord begeht. Im Alten Testament ist von mehreren Selbstmördern die Rede, deren Andenken wir ehren – König Saul zum Beispiel.»

«Aber was bleibt noch übrig, wenn ihr den Selbstmord durch Wahnsinn oder innere Not rechtfertigt?» fragte Lanigan. «Das umfaßt doch praktisch alle Möglichkeiten.»

«Nun ja, es läßt uns ziemlich freien Spielraum», gab der Rabbi zu. «Aber ich glaube kaum, daß es einen Rabbi gibt, der beispielsweise das Harakiri der Japaner gutheißen würde – den Freitod aus gekränkter Ehre.»

«Na, das trifft ja wohl bei Hirsh nicht zu ...»

«Hirsh, ja ... Demnach glauben Sie also, daß es Selbstmord war? Warum steht dann im Protokoll, es sei ein Unfall gewesen?»

«Weil wir nichts beweisen können. Und um die Witwe zu schonen. Vergessen Sie nicht, Selbstmord ist hierzulande ein Verbrechen, und ohne stichhaltigen Beweis dürfen wir niemanden zum Verbrecher stempeln.»

«Ja ... Ja, natürlich. Und meine erste Frage? Nehmen Sie an, daß es Selbstmord war – ganz abgesehen von der Beweislage?»

«Nein. Sobald von einer Kohlenmonoxydvergiftung die Rede ist, denken alle Leute immer gleich an Selbstmord, aber das ist Unsinn. Es passieren laufend Unfälle mit Auspuffgasen. Verdammt tückische Sache. Es braucht nur einer in der Garage an seinem Wagen rumzubasteln; es ist kalt, er macht die Garagentür zu ... schon wird er bewußtlos. Wenn man ihn nicht rechtzeitig findet, ist er tot ... Und noch eins: Ich habe im Laufe der Jahre eine ganze Menge von Selbstmordfällen miterlebt. Merkwürdigerweise vor allem bei jungen Leuten. Natürlich waren auch Erwachsene darunter, aber die hinterlassen meistens einen Brief. Die Jungen nicht. Vielleicht wollen sie einfach, daß man um sie weint – was weiß ich. Wer älter ist, wer eine eigene Familie hat, der schreibt vorher einen Brief.»

«Also nur weil Hirsh keinen Abschiedsbrief hinterlassen hat ...»

«Nein. Es gibt noch einen Grund, obwohl er vor Gericht keine Beweiskraft hätte: Sehen Sie, Rabbi – es wird hier sehr viel getrunken. Reiche Leute, die nicht wissen, was sie mit ihrer Zeit anfangen sollen; nervöse Manager, die sich Magengeschwüre ansaufen ... Na, und unsere Fischer, die trinken sowieso. Und nun hab ich noch nie erlebt, daß ein Trinker Selbstmord begangen hätte ... Noch nie, verstehen Sie? Ich hab mal einen Psychiater gefragt, warum das so ist; da hat er gemeint, Alkoholiker *sind* Selbstmörder; bei ihnen geht es nur langsamer.»

«Na ja ... Aber wie steht's mit rechtsgültigen Beweisen? Haben Sie etwas in Händen?»

«Nein. Ich weiß nur, daß Hirsh keinen Brief hinterlassen hat und daß er betrunken war. Das letztere scheint mir schwerer zu wiegen ... Selbstmord ist sehr selten eine Kurzschlußreaktion; wer Schluß macht, hat es sich vorher gründlich überlegt, und wenn er es tut, dann mit klarem Kopf. Er betrinkt sich nicht, ehe er Hand an sich legt. Außerdem: Soweit wir rekonstruieren konnten, was vor dem Rausch geschehen ist, entspricht Hirshs Verhalten nicht dem eines Selbstmörders. Im Gegenteil: das Ganze sieht eher aus wie eine Kette grotesker Zufälle.

Als uns Mrs. Hirsh mitteilte, daß ihr Mann nicht nach Hause gekommen sei, meldeten wir es der State Police und den umliegenden Polizeirevieren. Eine Polizeistreife hatte tatsächlich einen Wagen gesehen, der der Beschreibung entsprach. Er parkte an der Fernstraße 128, nicht weit vom Goddard-Laboratorium. Die Streife fuhr nach unserem Fahndungsersuchen dorthin zurück. Der Wagen war nicht mehr da, aber sie fanden die Verpackung einer Wodkaflasche. Eine Glückwunschkarte lag dabei, die an Hirshs Nachbar gerichtet war. Eine einfache Routineuntersuchung ergab, daß die Flasche bei den Levensons – das sind die Nachbarn – abgegeben werden sollte, aber sie waren bereits zur Synagoge gegangen. Zufällig kam Hirsh vorüber, und der Fahrer bat ihn, das Paket für die Levensons anzunehmen und zu quittieren.»

«Ach so ...»

«Ja, und dann muß Hirsh die Flasche ausgepackt haben – wohl kaum, um sie zu betrachten. Er muß schon kräftig daran genippt haben – warum hätte er sonst kurz vor dem Laboratorium noch geparkt? Er war auf dem Weg dorthin, das steht fest. Dann, als er schon einen kleinen in der Krone hatte, fand er, es sei besser, heimzufahren und ganze Arbeit zu machen ... Das erklärt auch, weshalb er überhaupt rückfällig wurde. Er ging nicht in einen Laden und kaufte sich eine Flasche Schnaps – er hatte sich ja die ganze Zeit beherrscht. Aber eine Flasche Wodka, die einem aus heiterem Himmel in den Schoß fällt – er muß es wohl als so was wie höhere Fügung angesehen haben.»

«Ich zweifle sehr, ob selbst ein frommer Jude eine Flasche Wodka, die ihm unerwartet in den Schoß fällt, als höhere Fügung betrachten würde – und Hirsh war alles andere als fromm», meinte der Rabbi lächelnd. «Aber Ihrer Ansicht nach deuten jedenfalls alle Anzeichen auf einen Unfall hin?»

«Ja. Alles scheint dafür zu sprechen ... Allerdings dürfen Sie nicht vergessen, daß wir nicht scharf darauf waren, zu einem anderen Resultat zu kommen. Die Versicherungsgesellschaft wird die Sache mit anderen Augen ansehen.»

«Ach? Hat die Versicherung Nachforschungen angestellt?»

«Nein, noch nicht», erwiderte Lanigan. «Aber das kommt noch – verlassen Sie sich drauf!»

15

Pat Hirsh kam mit Liz Marcus in der Limousine des Beerdigungsinstituts zu Hause an. Dr. Sykes erwartete sie bereits. Sein kleiner ausländischer Sportwagen hatte die Strecke vom Friedhof viel rascher bewältigt als die schwere Limousine.

«Komm doch rein, Liz», bat Pat. «Ich mach noch 'ne Tasse Tee.»

«Danke, aber ich muß gehen. Joe hütet die Kinder, und er erwartet mich, weil er wieder ins Büro muß.» Liz küßte sie impulsiv und versprach, am Abend hinüberzukommen, sobald die Kinder schliefen. Die ganze Angelegenheit schien ihr nähergegangen zu sein als Pat, der eigentlich Betroffenen ...

Dr. Sykes hielt Pat Hirsh die Tür auf. «Sie hätten sich die Limousine sparen können, Mrs. Hirsh. Ich hätte Sie doch abholen und nach Hause fahren können.»

«Ich weiß, aber wie sieht das aus – in einem Sportwagen zur Beerdigung ... Trinken Sie etwas?»

«Nein, danke, ich muß ins Labor zurück. Ich wollte nur rasch reinschauen, ob alles in Ordnung ist.»

«Es war ein schönes Begräbnis, nicht wahr?» sagte sie, während sie den Mantel auszog.

«Ich kann's nicht beurteilen. Es war ja alles auf hebräisch.»

Sie kramte in ihrer Tasche. «Der Rabbi hat mir ein kleines Buch gegeben, da stehen alle Gebete mit der Übersetzung drin; so konnte ich wenigstens mitlesen. Ich war derart durcheinander, daß ich es einfach eingesteckt habe.»

Er blickte ihr über die Schulter, während sie in dem Büchlein blätterte.

«Es steht gar nicht viel vom Tod drin», bemerkte sie. «Meistens ist vom Lob Gottes die Rede ... Und was sagen Sie zu dem Kantor? Hat er nicht wunderschön gesungen?»

«Jaaa ... Ein bißchen fremdartig, nicht? Mit den vielen Trillern und Schleifen, und alles in Moll ...»

«Irgendwie hat's mich an Ike erinnert. Er hat oft solche Melodien vor sich hingesummt, wenn ihn ein Problem beschäftigte. Dann ging er im Zimmer auf und ab und sang leise vor sich hin ... Armer Ike. Er war so allein. Er hatte keine Familie, keine Freunde, er sonderte sich von seinen Leuten ab ...»

Sykes fürchtete, sie würde anfangen zu weinen. «Es waren viel mehr Leute da, als ich eigentlich erwartet hatte», lenkte er ab.

Ihr Gesicht erhellte sich. «Ja, nicht wahr? Ich wußte, daß Liz Marcus kommen würde. Aber bei den Levensons und Aaron und Molly Drake war ich nicht sicher. Sie sind gute Freunde. Der kleine Magere war von der Versicherung, ein Mr. Brown – ich war überrascht, daß er auch da war.»

«Er ist Vorsitzender der Friedhofskommission. Wahrscheinlich wollte er sich vergewissern, daß alles klappte.»

«Wer waren die drei Männer hinter dem Rabbi?»

«Alles Leute von der Firma. Der eine ist unser ‹Mädchen für alles›, und die beiden anderen sind Techniker. Sie mochten Ihren Mann gut leiden.»

«Nett, daß sie gekommen sind. Ach, und haben Sie Peter Dodge gesehen?»

Er schmunzelte. «Ja. Er hatte seinen Priesterkragen nicht an.»

«Das ist doch verständlich unter den Umständen», verteidigte sie ihn. «Wer war der große, stämmige Mann, der etwas abseits stand?»

Er sah sie überrascht an. «Kennen Sie ihn nicht?»

Sie schüttelte den Kopf.

«Das war Ben Goralsky – der große Goralsky von Goraltronics.»

«Na so was – daß der sich die Zeit für Ikes Beerdigung genommen hat ... Ich hätte ihn begrüßen müssen. Allerdings, er ist hinterher gleich weggegangen.»

«Ja, ich weiß. Seine Mutter ist auch da beerdigt. Wahrscheinlich wollte er noch zu ihrem Grab.»

«Ich finde den Friedhof sehr schön. Er hätte Ike gefallen – ein freies Feld auf einem Hügel, mitten in der Landschaft.»

«Es sind erst zwei oder drei Gräber da.»

«Er ist ja auch ganz neu. Mit der Zeit werden sie einen Weg anlegen und einen hohen Zaun bauen müssen; aber mir gefällt es auch so. Und Ikes Grab liegt gleich beim Eingang. Alle müssen dran vorbei...» Sie hielt inne, als sei ihr etwas eingefallen. «Ach, Dr. Sykes...»

Er setzte sich lässig auf die Couchlehne. «Ja?»

«Wer war eigentlich der kleine Mann mit dem roten Gesicht?»

«Ein kleiner Mann mit rotem... Ach der. Keine Ahnung. Ich hab ihn noch nie gesehen.»

«Er hat mich die ganze Zeit angestarrt. Jedesmal, wenn ich aufsah, glotzte er zu mir herüber.»

«Na, Sie waren schließlich die Hauptperson, sozusagen.»

«Vielleicht ist er mit Dodge befreundet. Sie standen nebeneinander... Da kommt er ja; wir können ihn gleich fragen.»

Sykes ging zur Haustür, um Peter Dodge zu öffnen; die beiden Männer schüttelten sich feierlich die Hand. «Das haben Sie ausgezeichnet organisiert», meinte Dodge. «Alles hat großartig geklappt. Ich hätte ja auch gern geholfen, aber das wäre vielleicht nicht ganz das Richtige gewesen – ausgerechnet ein...»

«Schon gut. Ich habe ja gar nicht viel getan. Die Herren von der jüdischen Gemeinde haben sich um alles gekümmert... So, Mrs. Hirsh, jetzt haben Sie ja Gesellschaft, da kann ich ins Labor zurück.»

«Oh, müssen Sie wirklich gehen, Dr. Sykes?» Sie gab ihm die Hand. «Ich habe Ihnen noch nicht einmal gedankt für alles, was Sie für mich getan haben.»

«Ich freue mich, wenn ich Ihnen etwas abnehmen konnte. Ihr Mann war ein Freund... ein richtiger Freund. Er wird uns sehr fehlen.» Er wandte sich an Dodge: «Ach, übrigens – wer war der kleine Mann, der neben Ihnen stand?»

Der Pfarrer schüttelte den Kopf. «Keine Ahnung. Warum?»

«Wir dachten, es sei ein Freund von Ihnen. Na ja, dann war's wohl jemand von der Gemeinde.»

«Glauben Sie? Er sah aber gar nicht jüdisch aus.»

«Wie kann man das heutzutage wissen?»

Die beiden Männer lachten. Dodge stand in der Tür, bis Sykes in seinen Sportwagen gestiegen war; dann ging er nach drinnen, nahm die Frau bei den Händen und schaute sie bewundernd an. «Du warst großartig, Pat», lobte er sie. «Zweimal dachte ich, du würdest zusammenbrechen, aber du hast dich phantastisch gehalten. Ich war so stolz auf dich...»

16

Das große, einstöckige Gebäude der Goraltronics-Werke war durch einen gepflegten, breiten Rasen von der Fernstraße 128 getrennt. Der Parkplatz hinter dem Haus bot vierhundert Wagen Platz. Benjamin Goralsky, der Direktor des Unternehmens, saß in seinem modernen Büro mit dem grauen Spannteppich und schnippte mit dem Daumen die Visitenkarte in seiner Hand. «Untersuchungsbeamter», las er laut. «Mit anderen Worten: Detektiv ... Sie sind mir schon auf dem Friedhof aufgefallen. Sie sehen nicht aus wie ein Detektiv, Mr. Beam.»

Auf der anderen Seite des Schreibtisches saß ein kleines, dickes Männchen, das mit seinem runden roten Gesicht an einen Edamerkäse erinnerte. Die dunklen Augen verschwanden fast, wenn er lachte. Und er lachte oft.

«Ein Detektiv, der wie ein Detektiv aussieht, taugt wahrscheinlich nicht viel», grinste er. «Aber ich bin kein Detektiv – auf alle Fälle keiner von denen, die in Büchern vorkommen. Ich hab keinen Revolver bei mir, rassigen Blondinen komme ich auch nicht zu Hilfe. Ich stelle bloß Fragen.»

«Und jetzt wollen Sie mir wegen Isaac Hirsh Fragen stellen. Warum ausgerechnet mir?»

«Na also ... Zum Beispiel, weil Sie zu der Beerdigung gegangen sind, Mr. Goralsky. Alle anderen – ich habe mich erkundigt – waren Freunde der Witwe oder Mitarbeiter des Verstorbenen oder Leute vom Gemeindevorstand. Aber Sie? Ein Geschäftsmann Ihrer Größenordnung, und mitten in der Arbeitszeit?»

«Auf eine Beerdigung zu gehen, ist für uns eine *Mizwah*, eine gute Tat. Der Rabbi hat es beim *Mirjan*, beim täglichen Morgengottesdienst, angekündigt und alle gebeten, zu kommen, die es einrichten können ... Eine Beerdigung ist Gottesdienst, und deshalb müssen eigentlich mindestens zehn Männer anwesend sein. Die anderen konnten sich nicht frei machen, aber ich bin mein eigener Boss, und ... Na ja, ich bin also hingegangen. Außerdem liegt meine Mutter dort, und ich habe ihr Grab besucht.»

«Ja, dann ...»

«Sagen Sie mal, was soll das alles? Macht Ihre Gesellschaft jedesmal ein solches Theater, bevor eine Lebensversicherung ausbezahlt wird?»

«Nein. Nur wenn es Unklarheiten gibt, Mr. Goralsky.»

«Was ist da unklar?»

«Wenn einer in seine Garage fährt, die Scheinwerfer ausschaltet, die Garagentür hinter sich schließt und dann tot aufgefunden wird, weil er den Motor nicht abgestellt hat ...»

«Selbstmord?»

«Isaac Hirsh hat sich vor weniger als einem Jahr für fünfundzwanzigtausend Dollar versichern lassen. Alle unsere Policen enthalten eine zweijährige Selbstmordklausel; bei Unfalltod zahlen wir jedoch die doppelte Summe. Wenn es tatsächlich ein Unfall war, muß die Gesellschaft fünfzigtausend Dollar auf den Tisch blättern. Wenn es aber Selbstmord war, zahlen wir keinen Cent. Und da sind wir der Meinung, fünfzigtausend Dollar sind schon eine kleine Untersuchung wert.»

«Ja … Ja, begreiflich. Und was glauben Sie jetzt, nachdem Sie Ihre kleine Untersuchung gemacht haben?»

Beam lächelte, seine Augen verschwanden. «Ich bin nicht die Direktion, aber ich glaube kaum, daß sie glatt auszahlen wird, wenn mein Bericht erst vorliegt. Die Direktion wird's drauf ankommen lassen, daß Mrs. Hirsh gegen uns klagt … Sie müssen nämlich wissen, daß die Garage sehr eng ist; und rechts steht noch eine Mülltonne. Um den Wagen so hineinzustellen, daß er die Tür aufschließen konnte, mußte Hirsh zwischen der Mülltonne auf der einen Seite und der Garagenwand auf der anderen ganz nach vorn fahren. Der Abstand ist sehr knapp – ich hab's ausgemessen. Auf jeder Seite nur ein paar Handbreit … Verstehen Sie jetzt? Für einen Betrunkenen ist's schon allerhand, da hineinzufahren. Dann schaltet er die Scheinwerfer aus, aber läßt den Motor laufen; er drückt sich am Lenkrad vorbei auf den Mitfahrersitz, weil er auf seiner Seite nicht raus kann – er war klein und dick, ungefähr wie ich. Ja, und dann zieht er die Garagentür hinunter, geht wieder zurück und quetscht sich auf den Mitfahrersitz, wo ihn die Polizei dann findet – ich bitte Sie! Jeder normale Mensch stellt ganz automatisch den Motor ab, sobald er in der Garage ist. Und Hirsh war immerhin noch klar genug, um den Wagen heil in die Garage zu kriegen, die Scheinwerfer auszuschalten und die Garagentür zu schließen! Das hätte er doch wohl kaum geschafft, wenn er so blau gewesen wäre, daß er den Motor abzustellen vergaß.»

«Wie kommt denn die Polizei zu ihrer Unfalltheorie?»

«Die Polizei! Mr. Goralsky: Hirsh ist amerikanischer Staatsbürger; er hat eine wichtige Stellung bei Goddard, einem der größten Unternehmen hier in der Gegend … Was sollen sie tun? Stunk machen? Bevor die Brüder einen Selbstmord offiziell zugeben, verlangen sie eine schriftliche Erklärung des Toten – notariell beglaubigt.»

«Ich verstehe … Aber was wollen Sie von mir?»

«Alles, Mr. Goralsky … Alles, was Sie mir sagen können.»

Die Gegensprechanlage summte. Goralsky drückte auf einen Knopf. «Ja?»

«Mr. Stevenson von den Halvordsen-Werken erwartet Sie», meldete die Stimme aus dem Kästchen auf dem Pult.

«Ich komme gleich.» Erregt wandte er sich an Beam: «Tut mir leid, Mr. Beam – eine äußerst wichtige Besprechung. Ich kann Ihnen nichts sagen … rein gar nichts.»

17

Mrs. Hirsh führte Dr. Sykes ins Wohnzimmer und fragte: «Ist etwas nicht in Ordnung?» Er hatte sie vom Labor aus angerufen und gesagt, er müsse ihr etwas Wichtiges mitteilen.

«Nicht in Ordnung ist zuviel gesagt, aber ich dachte, Sie sollten es wissen: Der kleine Dicke mit dem roten Gesicht, der bei der Beerdigung war – erinnern Sie sich? Sie sagen, er hat Sie die ganze Zeit angestarrt ...»

«Ja, ich erinnere mich.»

«Er heißt Beam. Charles Beam. Als ich ins Labor kam, war er dort. Er ist Untersuchungsbeamter bei der Gesellschaft, mit der Ihr Mann die Lebensversicherung abgeschlossen hatte.»

«So? Ja, aber ... Was hatte er bei der Beerdigung zu suchen?»

«Gute Frage. Wahrscheinlich hat er untersucht.»

«Worauf wollen Sie hinaus, Dr. Sykes? Was gibt's da zu untersuchen?»

«Zu schnüffeln, um es ganz klar zu sagen ... Mrs. Hirsh. Die Police Ihres Mannes enthielt wie jede Police eine Selbstmordklausel. Und auch eine Klausel für den Fall des Unfalltodes.»

«Ja, ich weiß.»

«Na also ... Bei Selbstmord zahlt die Versicherung keinen Cent; bei Unfall muß sie die doppelte Summe auszahlen – fünfzigtausend Dollar. Das ist schon eine ganze Menge Geld, und da wollen sie die Gewißheit haben, daß es kein Selbstmord war.»

«Das ist verständlich. Aber sie haben Pech: Die Polizei hat die Sache nämlich auch untersucht und offiziell bestätigt, daß es ein Unfall war. Damit hat sich's wohl.»

«Ich fürchte, es ist nicht ganz so einfach. Die Polizei braucht erst mal eine Todesursache für ihre Akten. Na, und solange sie keinen positiven Beweis haben, schreiben sie doch nicht ‹Selbstmord› – das dürfen sie ja gar nicht. Sie schreiben ‹Tod durch Unfall› – es kostet sie ja nichts, im Gegensatz zu der Versicherung; es ist auch weniger unangenehm für die Hinterbliebenen.»

«Aber warum sollte Ike Selbstmord begehen? Er hatte nicht die geringste Ursache. Es gefiel ihm hier. Wir verstanden uns gut.»

Sykes schwieg.

«Die Versicherung muß doch beweisen können, daß es Selbstmord war, nicht wahr? Sie kann doch nicht auf Grund des Verdachts die Zahlung verweigern?»

«Nein ... Nein, natürlich nicht.»

«Also?»

«Schauen Sie, Mrs. Hirsh: In solchen Fällen ist es üblich, eine Untersuchung einzuleiten. Wenn sie dabei zu dem Ergebnis kommen, daß es Selbstmord war, verweigert die Gesellschaft die Zahlung und zwingt Sie so, Klage einzureichen. Wenn die Versicherung nun den völlig umstößlichen Beweis nicht erbringen kann, wird sie Ihnen vermutlich einen Vergleich vorschlagen – fünfundsiebzig Prozent der Summe oder fünfzig Prozent – je nach dem, wie stark sie die eigene Position einschätzt.»

«Das muß ich mir doch nicht gefallen lassen.»

«Gewiß nicht. Aber Sie sollten über alles informiert sein, ehe Sie Entschlüsse fassen.»

«Was soll das heißen?»

«Nun... Deswegen bin ich hier.» Er wählte sorgfältig seine Worte: «Ich wollte es Ihnen eigentlich nicht sagen, Mrs. Hirsh, aber... Wenn ich es trotzdem tue, dann nur, weil es im Zusammenhang mit all diesen Versicherungsfragen wichtig für Sie sein könnte: Ihr Mann stand vor der Kündigung, und er wußte es.»

«Kündigung? Ja, aber... Wieso? Ich dachte, er macht seine Arbeit gut, und...»

Sykes war sichtlich verlegen. «Ihr Mann war einmal eine Kapazität», sagte er langsam. «Er hatte in Fachkreisen einen sehr guten Namen. Aber seit er bei uns war – und vielleicht auch schon früher... Es war einfach nicht mehr dasselbe. In dem knappen Jahr hat er ein halbes Dutzend Fehler gemacht. Ich hab ihn jedesmal bei der Geschäftsleitung gedeckt, aber... Diesmal war's ziemlich schlimm; und ausgerechnet bei einem Auftrag von einem unserer größten Kunden... Ich hab mein möglichstes getan, aber der Boss blieb hart. Er hatte Ike für Montag morgen bestellt, um...»

«Was hat er denn gemacht?»

«Schwer zu erklären. Ich meine, weil Sie nicht vom Fach sind... Er arbeitete an einem neuen Verfahren, um ein bestimmtes Produkt billiger und besser herzustellen – tut mir leid, aber ich kann leider nicht auf Einzelheiten eingehen. Die Sache hatte sich herumgesprochen, worauf die Aktien der betreffenden Gesellschaft stark gestiegen waren. Und dann stellte es sich heraus, daß sich Ihr Mann geirrt hatte. Natürlich wurde der Kunde wütend. Das Schlimme an der Sache ist aber, daß die Firma mit einer anderen Gesellschaft fusionieren will, und jetzt sieht's so aus, als hätte sie ihren Börsenwert manipuliert.»

«Hat Ike das alles gewußt?»

Dr. Sykes schwieg.

«Ach, Ike... Lieber, armer Ike... Er wußte es bestimmt und wollte es vor mir verheimlichen. Er hat sicher Angst gehabt, wir müßten wieder einmal unseren Kram packen und von hier fortziehen. Wir sind schon so oft umgezogen. Immer wegen der Trinkerei... Er wußte, daß ich es satt hatte. Daß ich hierbleiben wollte. Er wußte, daß es mir hier gut gefiel...» Sie hielt inne; dann fuhr sie hastig fort: «Dr. Sykes – hat er gewußt, daß er nicht mehr... Ich meine, Sie sagen, er hat Fehler gemacht; er hat früher nie Fehler gemacht. Glauben Sie, er hat Angst gehabt, sein Verstand läßt nach? Wegen des Alkohols womöglich?» Ihr Blick hing an seinem Gesicht. «Aber er mußte doch wissen, daß... Es wäre mir doch ganz schnuppe gewesen! Für mich war er immer noch gescheit genug.»

«Das wußte er sicher, Mrs. Hirsh.»

Sie setzte sich aufrecht und nahm die Schultern zurück.

«Also, was soll ich jetzt tun?»

«Nichts. Sie brauchen überhaupt nichts zu tun. Warten Sie ab, wie die Versicherung reagiert, dann können Sie Ihren Entschluß fassen.» Er stand auf. «Wenn ich Ihnen irgendwie behilflich sein kann, Pat, rufen Sie mich bitte an.»

Sie nickte. «Ja, ich weiß. Sie waren uns immer ein guter Freund.»

18

«*Possel*? Was heißt das – *possel*?»

«Es ist so was Ähnliches, wie nicht *koscher* – ungeeignet, unbrauchbar, unrein.»

«Na hören Sie, Mr. Goralsky! Unser Friedhof ist doch nicht unrein!»

«Doch. Weil ein Selbstmörder da begraben liegt. Selbstmörder müssen abseits beerdigt werden, am Rand. Und ihr habt ihn zuvorderst beerdigt. Darum ist der Platz *possel*.»

«Wir haben keinen Selbstmörder begraben, Ben. Von wem sprechen Sie eigentlich?»

«Machen Sie mir nichts vor, Mr. Schwarz. Gestern habt ihr Isaac Hirsh auf dem Friedhof beigesetzt. Ich war selbst dabei. Und heute besucht mich der Untersuchungsbeamte von der Versicherung. Es gibt praktisch keinen Zweifel daran, daß der Kerl sich das Leben genommen hat... Was glauben Sie, was sich mein Vater darüber aufregt!»

«Warum denn?»

«Warum? Weil, mit Verlaub, meine Mutter auch da begraben ist! Sie war ihr Leben lang eine gute, fromme Frau; sie hat ein *koscheres* Haus geführt und die Gebote gehalten, und jetzt liegt sie neben einem Selbstmörder!»

«Hören Sie, Ben... eh, Mr. Goralsky: Ich hab keine Ahnung, wer dieser Isaac Hirsh ist. Ich hör den Namen zum erstenmal. Für die Angelegenheit ist die Friedhofskommission zuständig. Es gibt sicher eine Erklärung dafür. Hat ihn der Rabbi beigesetzt?»

«Wer denn sonst? Die Grabrede hat er gehalten, die Gebete hat er gesprochen... Vor ein paar Tagen hat er meinem Vater gedroht – ich hab's selbst gehört –, daß er ihn wie einen Selbstmörder am Rande des Friedhofs begraben wird, wenn er seine Medizin nicht einnimmt und deshalb stirbt – und dann kommt dieser Isaac Hirsh, der nicht mal zur Gemeinde gehört hat, wo der Friedhof doch nur für Gemeindemitglieder bestimmt ist, und die Frau ist keine Jüdin... Und was tut der Rabbi? Er beerdigt ihn mit allem Pomp! Sie sagen, es gibt sicher eine Erklärung dafür? Das stimmt: Ihr wollt eine Grabstelle verkaufen, und für die paar hundert Dollar ist es euch scheißegal, was mit den anderen passiert, die auch da begraben sind.»

«Nein, nein, nein – das stimmt nicht. So kann es nicht gewesen sein! Marvin Brown, der Vorsitzende der Friedhofskommission, würde das nie zulassen. Und der Rabbi auch nicht. Das Ganze muß ein Mißverständnis sein. Vielleicht hat sich dieser Untersuchungsbeamte geirrt.»

«Wie kann der sich geirrt haben? Er hat mir den Fall geschildert –

es ist ganz eindeutig: Dieser Hirsh fährt in seine Garage, schließt die Tür hinter sich zu, setzt sich in den Wagen und besäuft sich, während der Motor läuft ... Ist das Selbstmord oder nicht?»

«Na ja, es klingt vielleicht so, aber ... Hören Sie, wenn wir irgend etwas tun können ...»

«Sie können ihn da fortschaffen.»

«Sie meinen, den Leichnam exhumieren? Unmöglich, Ben! Das können Sie doch nicht von uns verlangen. Stellen Sie sich den Skandal vor! Außerdem, dazu brauchten wir die Zustimmung der Witwe. Die ganze Stadt würde ...»

«Hören Sie, Schwarz ...» Goralskys Ton war eiskalt: «Sie haben meinem Vater mit Ihrem Projekt den Kopf verdreht, und er hat sich von Ihnen um den Finger wickeln lassen ... Ich persönlich finde, daß die Gemeinde eine zweite Synagoge ungefähr so nötig hat wie ein Pogrom. Aber wenn's der Alte will – bitte schön. Eins lassen Sie sich jedoch gesagt sein: wenn Sie diese Friedhofsgeschichte nicht in Ordnung bringen, finanzieren wir noch nicht einmal ein Zweimannzelt!»

«Du weißt, Mort, ich bin kein glühender Anhänger des Rabbi – so wenig wie du. Aber du mußt doch auch zugeben, daß er sein Fach versteht. Wenn er Hirsh beerdigt hat, ist die Sache sicher hundert Prozent *koscher.*»

«Mensch, bist du aber schwer von Begriff. Du hast immer noch nichts kapiert, Marvin», versetzte Schwarz ungehalten. «Der Rabbi hat sich wahrscheinlich überhaupt nicht näher mit der Frage befaßt. Vielleicht hatte er den Verdacht, vielleicht auch nicht. Und wenn ja, was tut er? Er ruft seinen Freund an, den Polizeichef, und der teilt ihm den offiziellen Befund mit: ‹Unfalltod.› Folglich hat er grünes Licht. An seiner Stelle hätte ich auch so gehandelt. Wenn wir ihn fragen, sagt er bestimmt, alles ist in bester Ordnung. Er wird doch nicht zugeben, daß er einen Fehler gemacht hat.»

«Na also. Außerdem, was können wir jetzt noch tun? Wir können doch den Leichnam nicht ausgraben.»

«Vielleicht ... Wenn die Witwe nichts dagegen hat ...»

«Quatsch. Selbst wenn sie einverstanden wäre – und du kannst Gift drauf nehmen, daß sie's nicht ist –, brauchen wir die Genehmigung vom Gesundheitsamt in Darbury, in dessen Bereich unser Friedhof liegt, und von dem Gesundheitsamt, das für den Friedhof zuständig ist, auf dem er endgültig begraben werden soll. Überleg mal, was das für Scherereien gibt – Papierkrieg, Gerede ...»

«Es war ja auch nur eine Idee von Ben Goralsky. Ich hab ihm das alles auch schon gesagt, Marve.»

«Und? Weißt du was Besseres?»

«Ich denke mir», begann Schwarz vorsichtig, «so was kommt doch sicher verhältnismäßig oft vor – jemand stirbt, wird begraben, und dann taucht ein Abschiedsbrief auf oder was weiß ich; auf alle Fälle, es war Selbstmord... Es muß doch eine Möglichkeit geben, das wieder in Ordnung zu bringen – irgendeine Läuterungszeremonie, die der Rabbi vornimmt, damit der Friedhof wieder *koscher* ist. Wenn der Rabbi so etwas aufziehen würde, mit viel Tamtam... Was ist los?» unterbrach er sich.

Marvin schüttelte langsam den Kopf. «Ich glaube kaum, daß der Rabbi das tun würde.»

«Verdammt noch mal, wenn's der Vorstand anordnet, hat er's zu machen.»

«Ich weiß nicht... Ich bin nicht so sicher, ob der Vorstand so etwas anordnen kann. Das müßte doch eher der Rabbi entscheiden. Ich bin nicht sehr begeistert von der Idee.»

«Warum nicht?»

«Weil es dem Friedhof schaden würde.»

«Was soll das heißen?»

«Schau, Mort, du bist Architekt; du verstehst vielleicht nicht sehr viel von Verkaufspsychologie. Glaubst du, es ist leicht, Friedhofsplätze zu verkaufen? In unserer Gemeinde haben wir überwiegend junge Leute; die denken an alles andere als an Gräber. Aber ein guter Geschäftsmann wird sie trotzdem überzeugen. Du appellierst an ihre Loyalität zur Synagoge oder an ihr Verantwortungsgefühl gegenüber ihren Frauen, ihren Familien... Na ja, so kriegst du sie schließlich dazu. Aber welche Taktik du auch immer anwendest – die Ware, die du verkaufst, muß immer tadellos sein. Sobald der Kunde merkt, daß du ihm Ramsch andrehst, bist du erledigt. Ich sage dir, Mort: Wenn rauskommt, daß etwas faul ist mit dem Friedhof, kann ich gleich dreiviertel der Anwärter von der Liste streichen.»

«Aber wenn wir nichts unternehmen, können wir auch die Goralskys streichen.»

Marvin schien das nicht zu beeindrucken. «Zugegeben, es ist ganz schön, jemand wie Ben Goralsky in der Gemeinde zu haben. Aber ich hab keine Lust, jedesmal ins Knie zu brechen, bloß weil er...»

«Ich will dir was verraten, Marvin; du mußt es aber für dich behalten: Ich habe praktisch das Versprechen von dem alten Goralsky, daß er eine zweite Synagoge stiften wird. Es geht nicht einfach um eine große Spende, verstehst du – es geht um die ganzen Kosten von A bis Z. Ungefähr hundertfünfzigtausend Dollar.»

Marvin pfiff durch die Zähne. «Hundertfünfzigtausend?»

«Vielleicht auch mehr.»

Marvin zog einen Bleistift aus der Tasche. «Das ist was anderes... Wart mal.» Er suchte nervös in seiner Rocktasche nach einem Stück Papier.

Schwarz schob ihm seinen Block zu.

«Danke.» Er zeichnete ein Quadrat und malte ein kleines x in die untere rechte Ecke. «Das ist der Friedhof... und da liegt das Grab von Hirsh. Also: Goralsky behauptet, daß ein Selbstmörder in einer Ecke am

Rand des Friedhofs beerdigt werden muß, ja? Schön, also machen wir eine Ecke am Rand...» Er zeichnete einen Kreis innerhalb des Vierecks, der die gesamte Fläche bis auf die vier Ecken einschloß. «Wenn wir einen kreisförmigen Weg anlegen, innerhalb dessen in Zukunft die Gräber liegen, so rutscht Hirshs Grab automatisch in eine Ecke am Rand... Die wenigen anderen Gräber liegen glücklicherweise alle innerhalb des Kreises. Na?»

Schwarz starrte staunend auf die Zeichnung. «Marvin, du bist ein Genie! Hast du dir das jetzt ausgedacht?»

«Na ja, ich hab schon in einem anderen Zusammenhang mit dem Gedanken gespielt. Wege müssen wir eines Tages ohnehin anlegen auf dem Friedhof, und ein Ringweg ist die einfachste Lösung: Er garantiert den besten Zugang zu allen Teilen des Friedhofs bei geringstem Geländeverlust... Wir brauchen ja nur einen Teil auszubauen, wenn das Budget nicht reicht. Wir fangen einfach in der Ecke an, in der Hirsh liegt.»

«Also wirklich – du bist ein Genie», rief Schwarz noch einmal.

Marvin machte ein zweifelndes Gesicht. «Und der Rabbi?»

«Der Rabbi? Wieso?»

«Müssen wir's ihm sagen?»

Schwarz überlegte. «Ich glaube, ja. Schon um zu erfahren, ob die Sache hieb- und stichfest ist.»

19

«Das kann doch nicht Ihr Ernst sein!» rief der Rabbi bestürzt. «Wir leben schließlich nicht im Mittelalter!»

«Aber Sie haben doch selbst dem alten Goralsky damit gedroht, sagt sein Sohn», entgegnete Schwarz.

«Gedroht? Ich wollte ihn ins Bockshorn jagen, das ist alles. Er wußte sehr genau, daß es mir nicht Ernst damit war... Es ging doch nur darum, ihn dazu zu bringen, daß er seine Medizin einnimmt – ich hab's Ihnen doch schon in der Synagoge erzählt.»

«Ja, aber Ben Goralsky hat es jedenfalls ernst genommen», gab Schwarz zurück.

«Damals bestimmt nicht», wandte der Rabbi ein. «Und überhaupt, weshalb soll Hirsh Selbstmord verübt haben? Die Polizei hat Tod durch Unfall festgestellt. Überdies habe ich noch mit dem Polizeichef darüber gesprochen, und er findet, daß alle Indizien eindeutig auf einen Unfall hinweisen!»

«Und wenn es sich zum Schluß doch herausstellen sollte, daß es Selbstmord war?» beharrte Marvin. «Müßten wir... müßten Sie dann nichts unternehmen?»

«Was wollen Sie da unternehmen? Er wurde beerdigt – und das ist bereits eine läuternde Handlung. ‹Die Erde ist des Herrn und alles, was sie füllet.› Wollen Sie etwa sagen, daß die sterbliche Hülle dieses Menschen Gottes Erde verunreinigt? Und wenn dem so wäre – wie weit reicht die Verunreinigung? Bis zur Friedhofsgrenze, die das Katasteramt festgelegt hat? Oder bis zur Küste? Oder greift sie aufs Meer über?»

«Vielleicht gibt's irgendein Gebet...»

«Ach, ich soll irgendeinen Hokuspokus über dem Grab machen... Haben Sie das gemeint, Mr. Brown?»

«Schauen Sie, Rabbi», sagte Schwarz, «wir sind praktische Leute, und wir stehen vor einem praktischen Problem. Ob der Friedhof unrein ist oder nicht, kümmert Marvin und mich einen alten Hut. Aber Ben Goralsky und sein Vater, die nehmen es damit sehr genau. Nennen Sie es Aberglauben, wenn Sie wollen, nennen Sie es Unwissenheit – jedenfalls nehmen sie Anstoß daran.

Nun haben wir, Marvin und ich, eine Lösung gefunden; wir möchten von Ihnen nur wissen, ob aus ritueller Sicht auch nichts dagegen einzuwenden ist...» Er zog die Skizze aus der Tasche und erläuterte Browns Idee.

Als er geendet hatte, stand der Rabbi auf. Er schaute abwechselnd von einem zum anderen, als ob er seinen Ohren nicht traue. «Ist denn ein Mensch ein Hund», fragte er mit verhaltenem Zorn, «daß ihr euch anmaßt, seine Leiche nach Belieben herumzuschubsen? Vorige Woche habe ich zusammen mit anderen Rabbinern eine Petition an das State Department unterschrieben, worin ersucht wird, bei der Sowjetregierung gegen die Entweihung jüdischer Gräber zu protestieren – und jetzt soll ich einwilligen, in unserem eigenen Friedhof ein Grab zu entweihen, nur wegen des Aberglaubens von einem albernen und unwissenden Greis und seinem ebenso albernen und unwissenden Sohn? Seit wann verkaufen wir unsere religiösen Zeremonien dem Meistbietenden?»

«Moment mal, Rabbi. Wer entweiht da ein Grab? Wir haben nicht die Absicht, Hirshs Grab zu schänden.»

Die Stimme des Rabbi war jetzt fast tonlos. «Eine andersgläubige Frau bittet uns, ihren Mann auf unserem Friedhof zu beerdigen, weil er Jude war. Sie betrachtet es als letzten Beweis ihrer Loyalität und Liebe, wenn sie ihn bei seinem eigenen Volk zur Ruhe bettet. Und jetzt kommen Sie und wollen sein Grab von allen anderen absondern? Wenn das keine Entweihung ist... Sie hat im guten Glauben teures Geld gezahlt – drei oder viermal soviel wie ein Platz auf dem Gemeindefriedhof gekostet hätte –, nur damit ihr Mann wie ein Aussätziger begraben wird?»

«Ich wette, daß ich ihre Einwilligung kriege», sagte Marvin.

«Es ist eine rein verwaltungstechnische Angelegenheit», sagte Schwarz.

«Sie sind ein geschickter Verkäufer, Mr. Brown», fuhr der Rabbi fort. «Es ist schon möglich, daß Sie die Witwe überzeugen können. Aber mich werden Sie nicht überzeugen. Und ich betrachte es auch nicht als reine verwaltungstechnische Angelegenheit, Mr. Schwarz. Ich werde da nicht mitmachen.»

«Schade, daß Sie es so sehen, Rabbi», versetzte Schwarz. «Ich sehe es als praktische Lösung eines praktischen Problems an. Mich gehen die

Lebenden mehr an als die Toten. Für mich ist es wichtiger, ob die Goralskys auch weiterhin zu der Gemeinde gehören, als ob das Grab eines gewissen Isaac Hirsh, der nicht einmal ein Gemeindemitglied war, auf der einen oder anderen Seite des Weges liegt.»

«Ich kann das nicht gutheißen, und das werde ich auch dem Vorstand sagen, sobald die Angelegenheit zur Sprache kommt.»

Schwarz lächelte. «Es tut mir leid, Rabbi, aber wir werden auch ohne Ihre Zustimmung handeln. Und vor den Vorstand wird die Angelegenheit gar nicht kommen – sie betrifft einzig und allein die Friedhofskommission.»

«Dort werden wir selbstverständlich abstimmen», warf Marvin ein.

«Abstimmung hin oder her, ich verbiete es.»

«Hören Sie, Rabbi, wir hätten ja gar nicht erst zu Ihnen kommen müssen. Wir wollten nur nichts hinter Ihrem Rücken machen.»

«Aber jetzt sind Sie gekommen, und ich verbiete es.»

Schwarz zuckte die Achseln. Er erhob sich, und die beiden Männer gingen. Der Rabbi stand neben seinem Schreibtisch und sah ihnen nach. Er war zornig und verwirrt.

«Was soll das heißen, er verbietet es?» fragte Marvin. «Kann er was dagegen tun?»

«Was denn?»

«Ich weiß nicht… Ein Rabbinergremium zusammenrufen oder so was.»

«Unsinn. Unsere Synagoge ist eine autonome Körperschaft. Der Rabbi ist bloß ein Angestellter. Das einzige, was er tun kann, ist, seinen Rücktritt einreichen, wenn ihm die Sache nicht paßt.»

«Das wäre offenbar noch lange nicht das Schlimmste, was uns passieren könnte.» Schwarz sah hoch. «Hast du was gegen ihn?»

Brown zuckte die Achseln. «Ich hab ein Geschäft. Ich hab einen Haufen Angestellte. Und sie mögen so tüchtig sein, wie sie wollen – wer nicht parieren kann, fliegt.»

«Hm, hm …» Schwarz nickte langsam. «Ja; genau das meine ich auch. Sag mal, wer sitzt alles im Friedhofskomitee?»

«Sumner Pomeranz, Bucky Lefkowitz und Ira Dorman. Aber keiner von ihnen rührt jemals auch nur den kleinen Finger.»

«Das sind drei. Du bist der Vierte … Hab ich nicht noch jemand bestimmt, damit es eine ungerade Zahl ist?»

«Du bist ex officio dabei. Das macht fünf.»

«Gut. Wir brauchen also noch eine Stimme für die Mehrheit… Knöpf dir die Leute schon mal vor, Marve, damit sie wissen, worum es geht.»

«Kein Problem.» Brown machte eine wegwerfende Handbewegung. «Sie widersprechen mir nie. Sie sind zufrieden, wenn ich die ganze Arbeit mache.»

«Gut. Wenn du soweit bist, ruf den Rabbi an und sag ihm, ihr habt abgestimmt, und die Kommission ist einstimmig für den Friedhofsweg.»

«Mach ich, Mort. Gute Idee – dann kommt er nicht auf den Gedanken, Schwierigkeiten zu machen.»

«Ja, eben ... Sag mir dann Bescheid, wie's ausgegangen ist. Ich will nicht, daß der Rabbi noch querschießt.»

20

Marvin war in bester Stimmung, als er am Freitagvormittag Schwarz anrief. «Ich hab gerade mit dem Rabbi gesprochen. Ich sagte ihm – ganz ohne Schadenfreude –, daß der Beschluß der Kommission einstimmig gewesen sei.»

«Was hat er gesagt?»

«Nichts.»

«Verdammt noch mal, er muß doch irgendwas gesagt haben.»

«Bloß ‹aha› oder so. Das war alles.»

«War er sauer?»

«Keine Ahnung. Wahrscheinlich hat er gemerkt, daß er nicht durchkommt mit seinem Protest. Jetzt müssen wir also mit Volldampf an die Sache ran.»

«Ich bin nicht mehr so sicher, Marve. Ich hab mir das Ganze nochmals durch den Kopf gehen lassen.»

«Was soll das heißen?»

«Es kann uns unter Umständen mehr schaden als nützen. Was passiert, wenn er am Sonntag den Fall dem Vorstand vorlegt ...»

«Und Wasserman und Becker unterstützen ihn und ziehen noch ein paar andere auf ihre Seite? Ja ... eigentlich hast du recht. Aber was sollen wir tun?»

«Wir müssen die Leute für uns gewinnen. Vielleicht sollte ich noch vor der Sitzung mit ein paar Vorstandsmitgliedern ... Was habt ihr morgen abend vor?»

«Eh ... Mitzi wollte sich diesen ausländischen Film ansehen, der gerade läuft.»

«Fürchterlicher Mist. Ethel und ich haben ihn letzte Woche in der Stadt gesehen. Kommt lieber zu uns rüber. Ich lad noch ein paar Leute ein ...»

«Ach so – du willst ihnen das Modell zeigen?»

«Hm, hm.»

Die Gäste begaben sich vom Arbeitszimmer wieder ins Wohnzimmer zurück, wo Ethel Schwarz Kaffee, Eis und Gebäck aufgetischt hatte.

«Weißt du, Mort», sagt Hal Berkowitz, «mir will einfach nicht in den Kopf, warum ausgerechnet der Rabbi gegen dein Projekt ist. Schließlich ...»

«Ganz recht», unterbrach ihn Abner Sussman. «Es ist gewissermaßen sein Arbeitsplatz, oder nicht?»

«Na, und vor allen Dingen könnte diese Synagoge ein regelrechtes Paradestück für die ganze Nordküste werden», ereiferte sich Nelson Bloomberg. «Ich will nicht behaupten, daß ich viel von Ästhetik verstehe – obwohl, in der Konfektionsbranche braucht man schon ein gewisses Stilgefühl, sonst kann man gleich einpacken ... Nein, aber ich finde, Morts Projekt haut hin. Es ist die Art von Gebäude, wie man sie nachher in Zeitschriften abgebildet sieht. Für mich stellt es Fortschritt dar. Und was steht dem im Weg? Ein Gespenst ... Nein, nicht mal ein Gespenst – ein Toter. Ein Toter namens Hirsh, der gar nicht zur Gemeinde gehört hat! Da haben wir etwas Fortschrittliches, etwas Nützliches und Lebendiges – und da kommt der Rabbi und vermasselt alles!»

«Nel hat den Nagel auf den Kopf getroffen», erklärte Nate Shatz. «Wir waren in einer schwierigen Situation. So eine Kompromißlösung die alle zufriedenstellt – Goralsky, die Witwe und die Gemeinde – hätte eigentlich der Rabbi aushecken müssen. Und was passiert? Marve und Mort zerbrechen sich den Kopf, und statt daß der Rabbi dankbar ist, verbietet er es. Und wir sollen ja und amen sagen ... Ich finde, das geht ein bißchen zu weit. Ich schlage vor, wir bauen die Straße. Soll er zurücktreten, wenn's ihm nicht paßt.»

«Hat er dir was getan?» erkundigte sich Jerry Feldman. «Das hat eben ziemlich verärgert geklungen.»

«Ich bin auch verärgert ... Dieser Mensch tut, als ob er was Besseres wäre als unsereiner. Neulich war seine Frau bei uns zum Bridge – meint ihr, sie hat was angerührt? Nichts hat sie genommen, bloß eine Tasse Tee ... Wenn die Leute zu fein sind, mit uns zu essen, braucht er uns auch nicht zu predigen.»

«Na ja, wenn ihr nicht *koscher* eßt, und sie will das nicht mitmachen – das kann ich noch verstehen», meinte Feldman. «Aber sonst ... Also ich hab auch nicht gerade viel für ihn übrig.»

Schwarz sah ihn an. «Es kommen doch viele Leute zu dir ins Geschäft, Abner ... Wie sprechen sie über ihn?»

Sussman drehte die Hand hin und her. «Teils – teils. Die einen finden ihn zu reserviert; einen unnahbaren Rabbi mag man nun mal nicht. Andere wieder mögen seine Freitagabendpredigten nicht ... Aber denkt nur nicht, er hätte keine Freunde; im Gegenteil. Vielen gefällt die Art, wie er spricht – mit gesundem Menschenverstand und nicht der übliche Mumpitz. Manche finden auch, er sollte sich anständig anziehen und nicht wie ein Buchhalter mit fünfundsiebzig Dollar die Woche. Aber eben das kommt ihm auch oft wieder zugute – es spricht bei den Frauen den mütterlichen Instinkt an. Und Frauen haben viel Einfluß auf ihre Männer.»

«Und seine Anhänger?»

«Na, wie gesagt, er hat seine Freunde; eine feste Gefolgschaft kann man's nicht nennen. Aber er ist nicht der Typ, der sich um so was kümmert ... Was macht denn ein Rabbi als erstes, wenn er eine neue Stelle angetreten hat und nur ein bißchen gerissen ist? Er streckt die Fühler aus, wer wichtig ist in der Gemeinde und wer nicht. Dann organisiert er seine Partei, seine Clique. Wenn er dann irgendwas haben will, wendet er sich nicht an den Vorstand, sondern steckt es einem seiner einflußreichen Freunde – und bevor man ‹gut Schabbes› sagen kann, ist die Sache erledigt.»

«Ja, so ungefähr.»

«Aber unser Rabbi hat keine solche Clique hinter sich.»

«Und Wasserman und Becker und Dr. Carter?»

Sussman schüttelte den Kopf. «Das ist keine Clique. Wasserman unterstützt ihn, weil er ihn hergebracht hat, und Becker fühlt sich ihm verpflichtet, weil der Rabbi damals seinem Partner aus der Patsche geholfen hat, als der unter Mordverdacht stand.»

«Schön», sagte Schwarz zusammenfassend, «dann sind wir uns also einig ...»

Marvin Brown blieb noch zurück, nachdem die anderen gegangen waren. «Weißt du, Mort, wenn da doch noch was schiefgeht, stehen wir schön da ...»

«Aber ich bitte dich – was soll da noch schiefgehn? Nel Bloomberg hat uns das Stichwort gegeben, als er sagte, der Rabbi bekämpfe praktisch den Fortschritt. Das wird jetzt unsere Parole: Der Rabbi ist gegen den Fortschritt.»

«Ich spreche nicht vom Rabbi, sondern vom alten Goralsky. Was für Garantien hat er dir gegeben?»

«Es ist so gut wie sicher. Der einzige Hemmschuh war Ben, aber jetzt wird er auch auf unserer Seite sein.»

«Ja? Wie meinst du das?»

«Als er mich wegen der Friedhofsgeschichte anrief, machte er eine Anspielung, daß sein Vater dem Bau einer kleinen Synagoge nicht abgeneigt sei; aber er drohte, daß wir sie nicht bekämen, wenn wir die Sache nicht in Ordnung brächten. Wenn wir's hinkriegen und ihm erzählen, daß wir deswegen mit dem Rabbi Krach hatten, wird er nicht mehr gut kneifen können.»

«Vielleicht nicht, aber ... Ach, du weißt doch, wie so was manchmal ausgeht. Er kann's hinausschieben. Der Alte kann sagen, er hätte es in sein Testament aufgenommen ... Warum nicht?» fragte er, als Schwarz den Kopf schüttelte.

«Weil ich gerade beschlossen hab, daß wir den Bau ‹Hannah-Goralsky-Synagoge› nennen werden. Kapiert? Es wird eine Synagoge zum Andenken an seine Frau beziehungsweise Bens Mutter. Wird da der Alte nicht bei der Grundsteinlegung und bei der Eröffnungsfeier dabeisein wollen? Und beim ersten Gottesdienst als erster zur Thora aufgerufen werden?»

Marvin Brown mußte lachen. «Du bist nicht auf den Kopf gefallen, Mort. Ich glaube, wir haben den Rabbi endgültig ausgespielt.»

21

Am Samstag beim Morgengottesdienst hatte der Rabbi starke Halsschmerzen. Als er nach Hause kam, fühlte er sich schlapp und hatte keinen Appetit. Er hatte vorgehabt, den Nachmittag im Studierzimmer der Synagoge zu verbringen, aber die Glieder taten ihm so weh, daß er sich auf die Wohnzimmercouch legte und einnickte. Am Nachmittag fühlte er sich etwas besser und ging zum Abendgottesdienst. Als er nach Hause kam, hatte er Schüttelfrost und einen heißen Kopf.

«Hast du dich erkältet?» fragte Miriam, als er laut niesen mußte. Sie legte die Hand auf seine Stirn. «Du bist heiß. Wahrscheinlich hast du Fieber.»

«Ach wo. Es geht mir ausgezeichnet.» Aber er mußte wieder niesen. Sie ging ins Badezimmer und erschien gleich wieder mit dem Fiebermesser. Mit fachmännischer Handbewegung schüttelte sie ihn und steckte ihn trotz seinem Protest in seinen Mund.

«38,1. Du hast Fieber», erklärte sie. «Zieh dich sofort aus, David, und ins Bett mit dir.»

«Mach doch kein Theater wegen einer kleinen Erkältung», murrte er. «Bis morgen bin ich wieder auf dem Damm.»

«Wenn du dich nicht legst, ganz bestimmt nicht.» Sie fütterte ihn mit Apfelsinensaft und Aspirin, doch am späten Abend war die Temperatur auf 38,5 hochgeklettert.

«Ich ruf Dr. Sigman an», meinte sie.

«Wozu? Es ist nur eine Erkältung. Er kann auch nicht helfen. Bitte, ruf nicht an.»

«Warum nicht?»

«Weil er sofort kommen wird, und das ist überflüssig, und hinterher keine Rechnung schicken wird, und das ist mir peinlich.»

«Ich kann ihn ja fragen, ob er dich sehen will.» Ihr Tonfall verriet ihm, daß jede Diskussion sinnlos war.

«Er hat's letzte Woche selbst gehabt», verkündete sie, als sie ins Schlafzimmer zurückkam. «Er sagt, es ist eine Virusinfektion, die momentan umgeht. Es dauert nicht lange, nur ein paar Tage. Du sollst im Bett bleiben, Aspirin nehmen und viel trinken – und keinesfalls ausgehen, bevor du vierundzwanzig Stunden fieberfrei warst.»

«Ein paar Tage! Und morgen hab ich Vorstandssitzung.»

«Jetzt nicht mehr. Du bleibst mir bis Montag im Bett. Der Vorstand wird ausnahmsweise auch ohne deinen weisen Rat auskommen.»

«Aber morgen ist es besonders wichtig. Ich *muß* dabei sein.»

«Wir werden noch sehen. Aber rechne nicht damit.»

Die Vorstandssitzung begann um zehn. Die Abwesenheit des Rabbi gab zu keinen besonderen Kommentaren Anlaß. Es war schon öfters vorgekommen, daß er verhindert war. Doch Mortimer Schwarz und Marvin Brown legten es anders aus.

«Es ist doch ganz eindeutig, oder nicht?» triumphierte Schwarz. «Er hat inzwischen gemerkt, daß er kein Bein auf den Boden kriegt, wenn er Stunk macht. Daß er dann entweder den Schwanz einziehen oder kündigen muß. Beides will er nicht – also bleibt er einfach weg.»

«Hm, hm. Und was tun wir jetzt?»

«Weißt du, Marve, nachdem der Rabbi nicht da ist, sieht das alles ein bißchen anders aus, finde ich. Es langt, wenn du über die Tätigkeit des Friedhofskomitees berichtest – du brauchst Hirsh gar nicht zu erwähnen. Erzähl ihnen nur, wie wichtig dieser Weg ist; am besten verlangst du gleich eine Budgeterhöhung ...»

In dem Augenblick winkte Arnold Green, der Sekretär, Schwarz zu sich hinüber.

«Was ist los, Arnie?»

Green zog den Gemeindevorsteher in eine Ecke und zeigte ihm einen Brief. «Lies das mal ... Es lag heute im Vorstandsbriefkasten; dem Poststempel nach muß er schon Samstag angekommen sein. Ein Brief vom Rabbi. Ich wollte ihn dir zeigen, bevor ich ihn vorlese.»

Schwarz überflog den Brief, faltete ihn zusammen und steckte ihn wieder in den Umschlag. «Hör zu, Arnie», sagte er nachdrücklich, «ich will nicht, daß dieser Brief heute dem Vorstand vorgelesen wird. Vergiß, daß er je angekommen ist, verstanden?»

«Aber ich muß doch alles vorlesen, was eingegangen ...»

«Der Brief war gar nicht für dich bestimmt. Er ist an mich adressiert ... Versprich mir, daß du kein Wort sagst!»

«Was soll das alles?»

«Ich weiß nicht viel mehr als du; aber ich muß bald dahinterkommen, sonst gibt's einen Riesenkrach in der Gemeinde ... Weißt du noch, wie es war, als es um die Verlängerung seines Vertrages ging? Du willst doch nicht wieder so ein Theater, oder?»

«Natürlich nicht. Aber wenn der Rabbi dem Vorstand einen Brief schickt, wird er sich wundern, warum er nicht vorgelesen wurde.»

«Der Rabbi ist ja gar nicht da. Mach dir keine Sorgen ... Man wird ihn schon vorlesen – eine Woche früher oder später, das kommt doch nicht drauf an.»

«Ja, dann ... Wenn du's so haben willst – von mir aus.»

«Ja, so will ich's haben. Und jetzt wollen wir endlich mit der Sitzung anfangen.»

«Der Rabbi hat eine leichte Grippe», verkündete Dr. Sigman, als sich alle gesetzt hatten. «Gegen Mitte der Woche ist er sicher wieder auf den Beinen.»

Marvin Brown, der ziemlich weit hinten saß, warf Schwarz einen vielsagenden Blick zu; der nickte kurz und eröffnete die Sitzung. Der Sekretär verlas das Protokoll, dann kamen die einzelnen Kommissionsberichte an die Reihe. Marvin Brown legte keinen Bericht vor, bat aber um das Wort.

«Ich weiß nicht, ob das zu einem Kommissionsbericht gehört hätte. Ich habe einen Antrag zu stellen, aber vorher möchte ich noch ein paar erklärende Worte dazu sagen.»

«Stell erstmal deinen Antrag, und hinterher, wenn er unterstützt wird, kannst du in der Diskussion immer noch deine Erklärung abgeben.» Al Becker, der im Vorjahr Gemeindepräsident gewesen war, hielt sich streng an die parlamentarischen Regeln.

«Du hast schon recht, Al, aber angenommen, mein Antrag wird nicht unterstützt – dann hab ich auch keine Chance, mich zu äußern.»

«In dem Fall ist deine Erklärung auch nicht mehr nötig.»

«Wenn ich nun zum Beispiel als Präsident der Friedhofskommission abdanken will und du fragst mich nach dem Grund, dann antworte ich, daß ich ihn in der Erklärung, die ich nicht abgeben durfte, mitgeteilt hätte.»

«Hört mal zu, Leute. Es ist doch sinnlos, sich über so was aufzuhalten», lenkte Schwarz ein. «Du hast vollkommen recht, Al, was das korrekte Verfahren betrifft; aber anscheinend hat Marve etwas auf dem Herzen. Ich denke, wir sollten ihn anhören. Ich kann ihn ja immer noch zur Ordnung rufen, wenn er nicht zur Sache spricht.»

«Ich will ihn ja nicht am Reden hindern», entgegnete Becker. «Ich sage nur, daß wir uns an die Regeln halten müssen. Aber wenn ihr's so haben wollt, bitte schön.»

«Also, schieß los, Marvin.

«Nun ja, die Sache ist die. Ich hab's endgültig satt, unverkäufliche Ware anzubieten ... Ich bin Kaufmann, das wißt ihr, und ein Kaufmann muß von seiner Ware überzeugt sein. Aber diese Grabstellen, die ich verkaufen soll ... Allmählich verliere ich die Lust. Wir müssen den Problemen endlich mal realistisch ... eh, ins Auge blicken. Und ich bin der Meinung, daß jetzt die Zeit dafür gekommen ist.»

«Worauf willst du hinaus, Marve?»

«Augenblick noch ... Also, welches sind die Probleme? Erstens einmal sind die meisten Gemeindemitglieder jung. Sie haben noch nie daran gedacht, daß sie eines Tages einen Platz da draußen brauchen werden. Und seien wir ehrlich – hundertfünfzig Dollar sind ein Haufen Geld für einen Friedhofsplatz, wenn jemand, sagen wir mal, Mitte Dreißig ist ... Und dann, viele Gemeindemitglieder arbeiten hier in der Industrie und können jederzeit in eine andere Stadt versetzt werden – sollen sie hierher zurückkommen, um sich begraben zu lassen? Ich hab mir da so meine Gedanken gemacht; ich finde, daß wir die Friedhofsplätze auf Raten verkaufen sollten; zehn Dollar im Jahr, zahlbar zusammen mit dem Beitrag. Außerdem bin ich für eine Klausel im Vertrag, wonach die Grabstelle jederzeit ohne Verlust wieder an uns abgegeben werden kann; wenn also jemand fortzieht, kann er sein Geld sofort zurückbekommen. Ich spiele sogar mit dem Gedanken, die Friedhofsplätze nach dem Prinzip der Lebensversicherung zu behandeln: Wer stirbt, bevor er voll bezahlt hat, dessen Angehörige brauchen den Rest nicht mehr zu bezahlen.»

«Ist das dein Antrag, Marve?»

«Nein, das ist er nicht. Ich erwähne das lediglich, um zu zeigen, daß sich das Friedhofskomitee ernsthaft um die Dinge kümmert. Aber es gibt da noch ein Argument, das ich häufig zu hören bekomme...» Er blickte in die Runde, um sich zu vergewissern, daß alle gut zuhörten. «Die Leute sagen: ‹Kommen Sie wieder, wenn Sie einen richtigen Friedhof haben und nicht ein ödes Feld.› Leider haben sie recht: Unser Friedhof ist ein Feld mit einem defekten Drahtzaun, ohne gärtnerische Anlagen und vor allem ohne ordentlichen Zugang zu den hinteren Gräbern. Und das ist momentan unsere größte Sorge.»

«Das alles ist ja geplant, aber es war vorgesehen, die Erschließung aus den Einkünften zu finanzieren.»

«Wenn man eine Kuh melken will, muß man sie vorher füttern.»

«Ihr habt doch ein Budget von zweitausend Dollar!»

«Na und? Das reicht gerade, um das Gras schneiden zu lassen und einen Aushilfswärter zu bezahlen.»

«Wieviel brauchst du denn? Fünfundzwanzigtausend? Für eine Parkanlage, damit du ein paar Plätze zu hundertfünfzig Dollar loswirst?»

«Ich glaube, ihr tut Marve unrecht», warf Schwarz ein.

«Ich will euch sagen, was ich brauche: Genug Geld, um einen anständigen Weg anzulegen. Dann kann ich überall auf dem Friedhof Plätze verkaufen, und nicht nur am Rand neben dem zerbrochenen Zaun. Ich denke an einen kreisförmigen Weg, der Zugang zu allen Teilen des Friedhofs verschafft. Für den Anfang langt eine Erhöhung des Friedhofsbudgets auf fünftausend Dollar – das reicht, um die Straße erst mal zu trassieren – da bleibt sogar noch was übrig; dann können wir Offerten für das Pflaster einholen. Wenn dann das erhöhte Budget nicht ausreichen sollte, müßte der Vorstand die Differenz begleichen... Das ist mein Antrag.»

Der Sekretär blickte von seinen hastig hingekritzelten Notizen auf. «Ein Antrag ist gestellt worden – unterstützt ihn jemand?»

«Ich unterstütze den Antrag.»

«Ich auch.»

«Gut. Es wurde ein Antrag gestellt, das Budget der Friedhofskommission auf fünftausend Dollar zu erhöhen zwecks Anlegung einer Straße...»

«Schreib lieber, eine kreisförmige Straße.»

«Also... einer kreisförmigen Straße innerhalb des Friedhofareals, wobei alle möglicherweise zusätzlich entstehenden Kosten...»

Nach der Sitzung steuerte Mortimer Schwarz auf Marvin Brown zu. «Alle Achtung, Marve, das hast du gut hingekriegt... Ich dachte schon, du wolltest deinen Rücktritt erklären.»

Marve grinste. «Man muß eben seine Ware verkaufen können.»

«Auf alle Fälle hast du was los.» Er grinste: «Ich möchte sehen, wie der Rabbi dagegen ankommt.»

Keiner will ein Grab kaufen . . .

... das ist verwerflich, leichtsinnig und kurzsichtig gehandelt, zumal in einem Kriminalroman, wo jeder damit rechnen kann, sein Grab bald benützen zu dürfen.

Andererseits ist das Zögern beim Grabkauf verständlich: Man kann mit einer solchen Anschaffung nicht viel anfangen, kann sie nur einmal benützen, und selbst dieser einmalige Gebrauch soll von zweifelhaftem Genuß sein.

Wer sein Geld schon auf lange Frist anlegt, will auch in der Zwischenzeit bis zur Fälligkeit etwas davon haben. Zinsen zum Beispiel.

22

Jacob Wasserman, Gründer und erster Präsident der Gemeinde, galt in Synagogenangelegenheiten als tonangebend. Mit seinen sechzig Jahren war er um einiges älter als die meisten Gemeindemitglieder. Er hatte die Organisation sozusagen allein auf die Füße gestellt, indem er bei den rund fünfzig jüdischen Familien, die kurz nach dem Zweiten Weltkrieg in Barnard's Crossing wohnten, abends Hausbesuche machte. Die ersten Gottesdienste waren im Kellergeschoß seines Hauses abgehalten worden.

Al Becker, sein Nachfolger und zugleich der Vorgänger von Mortimer Schwarz, begleitete ihn bei seinem Besuch zum Rabbi. Becker war ein untersetzter Mann mit einer heiseren Baßstimme, die immer aufzubegehren schien. Er hatte nicht Wassermans Bildung, ganz zu schweigen von der Kenntnis jüdischer Tradition, und stimmte regelmäßig in allen Vorstandsangelegenheiten wie er.

«Ein Glück, daß Becker und ich einen Krankenbesuch bei Ihnen vorhatten, Rabbi», sagte Wasserman. «Ich wußte, daß der alte Goralsky ein einfacher, primitiver Mensch ist, aber daß auch sein Sohn, der schließlich in Amerika geboren und aufgewachsen ist, so ein abergläubischer Trottel wäre, hätte ich nie gedacht.»

«Moment, Jacob», protestierte Becker. «Alles, was recht ist: Wie kannst du behaupen, der Alte ist primitiv? Er ist fromm; er kann alle Gebete auswendig ...»

«Misch dich nicht in Dinge, von denen du nichts verstehst. Schon möglich, daß er die Gebete auswendig kennt – warum auch nicht? Schließlich sagt er sie seit achtzig Jahren jeden Tag morgens und abends. Aber er versteht ihren Sinn nicht.»

«Du meinst, er versteht nicht, was er sagt?»

«Verstehst du vielleicht die hebräischen Gebete?»

«Eh ... nein. Ehrlich gesagt, ich benutze meistens die englische Übersetzung.»

«Na, siehst du? Aber was tun wir jetzt?»

Becker schüttelte bekümmert den Kopf. «Dumm, daß Sie ausgerechnet jetzt krank sind. Wenn Sie gestern abend dabeigewesen wären, hätten Sie erklären können, worum es geht ...»

«Ich glaube kaum, so wie Sie's mir geschildert haben. Es handelte sich um einen ganz gewöhnlichen Antrag: Die Friedhofskommission wollte Geld zum Ausbau des Friedhofs. Und die Idee finde ich an und für sich gut ... Unter den Umständen hätte ich nicht gut aufstehen und Marvin Brown und den Präsidenten irgendwelcher Hintergedanken bezichtigen können.»

«Natürlich nicht», stimmte Wasserman bei. «Und außerdem – ich glaube kaum, daß die Mehrheit des Vorstandes einer Hunderttausend-Dollar-Synagoge zugestimmt hätte, nur damit das Grab eines Außenseiters nicht ...»

«Ich erlaube nicht, daß ein jüdisches Grab von eigenen Glaubensgenossen entheiligt wird», fiel ihm der Rabbi ins Wort.

«Was können Sie dagegen tun?» entgegnete Becker. «Seien wir vernünftig. Der Bau der Straße ist bewilligt. Es geht jetzt nicht mehr um diesen Hirsh. Es geht darum, wer in der Gemeinde maßgebend ist, Sie oder der Vorstand.»

«Nicht ganz, Mr. Becker», versetzte der Rabbi. «In diesem Bereich hat der Vorstand nichts zu sagen.»

«Das versteh ich nicht, Rabbi.»

«Das ist doch ganz einfach: Ich bin zwar Angestellter der Gemeinde – arbeitsrechtlich. Aber ich bin nicht ihr Werkzeug; sie kann nichts von mir verlangen, was gegen die Prinzipien meines Berufes verstößt. In Fragen des jüdischen Glaubens und der Tradition darf meine Entscheidung von der Gemeinde nicht angetastet werden.»

«Aber ...»

«Eine Witwe kommt zu mir», fuhr der Rabbi unbeirrt fort, «und bittet mich, ihren verstorbenen Mann auf dem jüdischen Friedhof nach jüdischem Ritus zu beerdigen. Es ist an mir, zu entscheiden, ob er Jude gewesen ist – und ich entschied, daß er einer war. Und wiederum ist es an mir – an mir allein –, zu bestimmen, ob sein Tod ein Begräbnis nach jüdischem Ritus gestattet. Liegt ein Selbstmordverdacht vor, so muß wiederum ich entscheiden, welches Gewicht den Indizien beizumessen ist und ob mildernde Umstände zu berücksichtigen sind. Das ist keine Gemeindeangelegenheit, sondern ein rein rabbinisches Problem.»

«Tja, wenn Sie so wollen ...»

«Ich habe also meine Entscheidung getroffen und die Witwe an die Friedhofskommission verwiesen. Mr. Brown hat ihr eine Grabstelle verkauft, nachdem sie gemäß der Gemeindesatzung eine bestimmte Summe bezahlt hatte, wodurch der Tote nachträglich Gemeindemitglied geworden ist. Darum muß ihn die Gemeinde jetzt wie jedes andere Mitglied begraben.»

«Das steht nicht nur in den Statuten, sondern entspricht der Tradition», warf Wasserman ein.

«Angenommen, es stellt sich später heraus, daß Hirsh tatsächlich Selbstmord begangen hat: Dann bin wiederum nur ich befugt, zu entscheiden, ob sein Leichnam den Friedhof entehrt. Würde ich es bejahen, so wäre es an mir allein, die weiteren Maßnahmen zu beschließen. Aber was passiert? Der Vorstand folgt in der Angelegenheit Mr. Goralsky.» Der Rabbi hatte sich in Zorn geredet; jetzt lehnte er sich zurück und lächelte entschuldigend. «Ich habe Schwarz und Brown gesagt, daß ich die Entwürdigung von Hirshs Grab nicht dulden werde. Bei den momentanen Beziehungen zwischen mir und der Gemeinde ist mein Verbot so gut wie wirkungslos. Darum habe ich meinen Rücktritt eingereicht.»

«Was? Ihren Rücktritt?» Wasserman war entgeistert.

«Wollen Sie sagen, daß Sie ihn schon abgeschickt haben?» fragte Becker.

Der Rabbi nickte. «Nachdem mir Brown gesagt hatte, daß man sich über meine Ansichten hinwegsetzen würde, habe ich mein Rücktrittsgesuch geschrieben und abgeschickt. Freitag war das.»

«Aber warum denn, Rabbi? Warum?» jammerte Becker.

«Das hab ich Ihnen ja gerade erklärt.»

Wasserman war außer sich. «Sie hätten mich wenigstens anrufen können! Ich hätte schon mit Schwarz gesprochen; ich hätte die Sache vor den Vorstand gebracht. Ich hätte ...»

«Das ging nicht. Es war eine Sache zwischen Brown, Schwarz und mir. Hätte ich zu Ihnen laufen sollen, damit Sie mir helfen, meine Autorität auszuüben? Abgesehen davon, was hätte es genützt? Sie hätten die Gemeinde gespalten, und am Ende hätte der Vorstand doch mit Schwarz gestimmt. Sie sagten es ja selbst: wenn man die Wahl hat zwischen der Leiche eines Unbekannten und einem Hunderttausend-Dollar-Projekt, besteht da ein Zweifel, wie die Abstimmung verlaufen wird?»

«Und wie denkt Ihre Frau darüber?» wollte Wasserman wissen.

«Moment mal, Jacob», unterbrach ihn Becker: «Der Rabbi sagt, er hat den Brief am Freitag aufgegeben; er muß also am Samstag angekommen sein ... Wie kommt es, daß er in der Sitzung nicht vorgelesen wurde?»

«Eine gute Frage ...» murmelte Wasserman.

«Das bedeutet doch, daß Schwarz den Rücktritt nicht akzeptiert.»

«Möglich», sagte Wasserman bedächtig, «aber ich glaube es kaum.»

«Vielleicht wollte er mit dem Rabbi noch mal darüber sprechen?»

«Kann sein. Aber ich bezweifle es.»

«Was sonst?»

«Ich vermute, er will es zuerst mit seinen Freunden im Vorstand besprechen und eine Mehrheit auf seine Seite ziehen. Wenn er dann die Sache in der Sitzung vorträgt, kann er durchdrücken, was er will.»

«Ja, glaubst du, daß er den Rabbi loswerden will?»

«Ich glaube, daß ihn nichts auf der Welt von seinem Synagogen-Projekt abbringen kann.»

«Warum liegt ihm so viel an diesem Neubau? Wir brauchen ihn doch gar nicht.»

«Weil es ein Neubau ist, darum. Weil das Ding mindestens hunderttausend Dollar wert ist, weil er hinterher sagen kann: ‹Bitte schön, das habt ihr mir zu verdanken› ... Was meinen Sie, Rabbi?»

Der Rabbi hatte sich vorgenommen, das persönliche Interesse von Schwarz nicht zu erwähnen; er nickte langsam. «Ja, mag schon sein.»

«Na schön ...» Wasserman seufzte. «Es wird nicht leicht sein, Rabbi, aber wir werden unser möglichstes tun.»

«Mir hättest du's ja wenigstens sagen können», protestierte Miriam. «Ich wäre beinahe reingeplatzt, als ich hörte, was du Wasserman und Becker erzähltest.»

«Verzeih, Miriam; es war nicht recht von mir, aber ... Ach, ich wollte dir keine unnötigen Sorgen machen. Ich dachte, die Sache renkt sich wieder ein. Ich bin nicht auf die Idee gekommen, daß Schwarz meinen Brief unterschlagen könnte.»

«Und wenn er ihn vorgelesen hätte und der Vorstand hätte auf ihn gehört?»

«Das glaube ich nicht – und schon gar nicht, wenn ich dabei gewesen wäre und den Fall geschildert hätte.» Bis jetzt hatte er sich zu rechtfertigen gesucht; jetzt änderte er den Ton. «Und wenn sie's trotzdem getan hätten, wäre mir nichts anderes übriggeblieben, als zurückzutreten. Für mich ist das eine grundsätzliche Frage.»

«Und was tust du jetzt?»

Er zuckte die Achseln. «Was kann ich tun? Ich habe die Fäden nicht mehr in der Hand. Hoffen wir, daß Wasserman und Becker genug Rükkendeckung bekommen...»

«Und du wirst mit verschränkten Armen dasitzen und warten, wie die Sache ausgeht?»

«Was soll ich denn sonst tun?»

«Wenn es um die Entweihung eines Grabes geht, kannst du dich ja an die Behörden wenden. Oder mit Mrs. Hirsh sprechen, damit sie es tut.»

Er schüttelte den Kopf. «Das geht nicht. Ich bin immerhin bei der Gemeinde angestellt, und wenn ihre Vertreter etwas gegen meinen Willen beschließen, kann ich nicht zu den Behörden laufen und mich beklagen.»

«Mir scheint», versetzte sie bissig, «daß dir der Streit mit dem Vorstand mehr Sorgen macht als das Grab von Hirsh. Du erklärst dich nicht solidarisch mit ihnen – schön und gut. Aber wenn es dir wirklich so sehr um die Entweihung des Grabes geht, warum tust du nichts dagegen?»

«Nun...»

«Du könntest zumindest beweisen, was in Wirklichkeit geschehen ist.»

«Ach nee... Wie denn?»

«Na, dieser Kerl von der Versicherungsgesellschaft schnüffelt doch auch in der ganzen Stadt herum und will beweisen, daß es Selbstmord war. Wegen der Summe, die seine Gesellschaft...»

«Er kann genausowenig beweisen, daß es Selbstmord war, wie ich beweisen kann, daß es ein Unfall war.»

«Ja, aber er kann ihr einen Haufen Scherereien machen... David, du mußt etwas unternehmen.»

«Aber was, Miriam? Was?»

«Ich weiß nicht... Schließlich bist du der Rabbi! Es ist deine Sache. Wenigstens könntest du's versuchen.» Ihr Gesicht war angespannt.

Er sah sie an. «Gut, Miriam», sagte er langsam. «Ich will es versuchen... Ich rufe Lanigan an, damit er mit mir den ganzen Fall durchgeht. Vielleicht kommen wir der Sache auf die Spur.»

«Nein, nein, nein! Das machen wir anders», sagte Lanigan. «Sie sind schließlich krank; ich komme heute abend zu Ihnen und bringe die ganzen Unterlagen mit.»

«Ja, aber... Ich möchte Ihnen keine Umstände...»

«Sie tun mir sogar einen Gefallen. Gladys hat ein paar Freundinnen eingeladen, und ich hab keine große Lust, in ein Damenkränzchen zu geraten.»

«Ach so... Das ist was anderes!» Der Rabbi lachte.

«Ach, sagen Sie...» Dem Polizeichef fiel noch etwas ein: «War Charlie Beam bei Ihnen?»

«Beam?»

«Der Mann von der Versicherung, der die Untersuchung macht... Kann ich ihn mitbringen?»

«Gut, bringen Sie ihn mit.»

«Fein», sagte Lanigan. «Ich freue mich schon drauf.»

«Na, hören Sie mal – finden Sie den Anlaß wirklich so...»

«Nein; natürlich nicht. Aber die Umstände: Sie wollen, daß es ein Unfall war; Beam will beweisen, daß es Selbstmord war... Und ich hänge ausnahmsweise nicht drin. Mich geht's nichts an – ich darf zusehen, wie ihr euch in den Haaren liegt...»

23

Der Gäste wegen hatte der Rabbi den Schlafrock abgelegt und Hosen und ein Sporthemd angezogen. Nach der Begrüßung blieb Miriam im Zimmer. Sie fand, daß die Besprechung auch sie anging.

«Am besten wiederhole ich die Fakten, soweit sie uns bekannt sind», begann Lanigan. «Später können wir darüber diskutieren.» Er schlug ein Aktenheft auf. «Also... Isaac Hirsh, wohnhaft Bradford Lane, verheiratet, Hautfarbe weiß, einundfünfzig Jahre alt, ungefähr einssechzig groß, Gewicht sechsundachtzig Kilo... Kannten Sie ihn, Rabbi?»

Der Rabbi schüttelte den Kopf.

«Er hatte ungefähr Charlies Statur. Vielleicht etwas kleiner...»

«Ich bin einssiebenundsechzig», sagte Beam.

«Ja, so hätte ich's auch geschätzt. Ich hebe das besonders hervor, weil es eine Rolle spielt bei der Sache... Es ist Freitag abend, der Vorabend des Versöhnungstages. Hirsh kommt wie gewohnt kurz nach sechs nach Hause. In diesem Fall ist das ungewöhnlich, weil praktisch alle jüdischen Angestellten wegen des Feiertags schon früh freigenommen haben. Hirsh war zwar Jude, aber er ging nicht zur Synagoge und arbeitete deshalb den ganzen Tag. Zu Hause angekommen, ließ er den Wagen draußen stehen, anstatt ihn in die Garage...»

«Weil er zu bequem war, auszusteigen und die Garagentür zu öffnen?» fragte Beam.

«Nein; die Garage stand offen. Das ist hier üblich. Wir haben nicht viele Diebe in der Gegend. Man läßt die Tür tagsüber offen und schließt nur für die Nacht.»

«Wissen Sie das im Falle Hirsh?» erkundigte sich Beam.

«Ja. Wir kommen noch später darauf zurück ... Also weiter: Patricia Hirsh, die Frau von Isaac Hirsh, ging zu der in der Nachbarschaft wohnenden Familie Marcus, um die Kinder zu beaufsichtigen, während die Eltern in der Synagoge waren. Sie hatte versprochen, früh drüben zu sein, deshalb stellte sie Hirsh das Abendbrot auf den Tisch und verließ um 18 Uhr 30 das Haus. Hirsh ging nach dem Essen gegen 19.00 Uhr fort.»

«Stimmt die Zeit?» fragte der Rabbi.

«Ja, ziemlich genau. Wir haben das von dem Mann, der den Schnaps abgeben sollte – Sie erinnern sich? Gut; Hirsh fuhr dann in Richtung Labor los. Als nächstes wurde er von der Besatzung eines Streifenwagens auf einem Rastplatz an der Fernstraße 128 gesehen, etwa vierhundert Meter vom Labor entfernt. Die Streife fuhr, wie Sie wissen, später nochmals zurück und fand die Verpackung der Flasche.»

«Wann war das?»

Lanigan zuckte die Achseln. «Die Beamten haben die Zeit nicht notiert – es bestand keinerlei Veranlassung. Sie wissen nur noch, daß es irgendwann am Abend war; sie erinnerten sich nicht einmal an die genaue Stelle und mußten erst sämtliche Rastplätze in ihrem Sektor abklappern, bis sie den richtigen fanden. Wir wissen also nur, daß Hirsh im Laufe des Abends dort war. Das war das letzte Mal, daß er lebend gesehen wurde.»

«Moment mal ... Sagten Sie nicht, daß er selbst nicht gesehen wurde, sondern nur sein Wagen?» fragte der Rabbi.

«Nun, sie sahen eine Gestalt im Wagen. Wir nehmen an, daß es Hirsh war ... Ist das wichtig?»

«Wahrscheinlich nicht. Weiter.»

«Mrs. Hirsh kam kurz nach elf nach Hause, und ...»

«So spät?» warf der Rabbi ein. «Der Gottesdienst war bereits um Viertel nach zehn zu Ende.»

«Die Marcus' sind nicht direkt nach Hause gegangen; sie haben noch Freunde besucht», erklärte Beam. «Ich weiß es von Mrs. Marcus.»

«Und dann haben sie noch sicher eine Weile mit Mrs. Hirsh geplaudert», sagte Lanigan. «Jedenfalls, gegen Mitternacht rief sie im Labor an, um ihren Mann zu fragen, wann er nach Hause ...»

«Woher wußte sie, daß er dort war?» wollte der Rabbi wissen.

«Er hatte es ihr beim Abendbrot gesagt. Außerdem ging er oft noch einmal hin ... Der Nachtwächter teilte ihr mit, Hirsh sei nicht dort gewesen.» Lanigan berichtete weiter, wie sie einen Streifenwagen zu Mrs. Hirsh geschickt hatten, um nähere Einzelheiten zu erfahren, und wie dem Beamten die geschlossene Garagentür aufgefallen sei – er hatte sich erinnert, daß sie kurz zuvor noch offen gewesen war.

«Er ging also in die Garage», fuhr Lanigan fort. «Der Wagen stand dort, ganz dicht bei der Wand. Er drückte sich durch, öffnete die Wagentür und fand Hirsh tot auf dem Mitfahrersitz liegen, neben sich die halbleere Wodkaflasche. Die Zündung war angestellt, aber der Motor lief nicht – kein Benzin mehr. Der Beamte benachrichtigte das Revier, worauf wir den Arzt und einen Fotografen hinschickten – die übliche Prozedur.»

Er zog ein großes Foto hervor. «Diese Aufnahme zeigt am besten die Situation; sie wurde von der Einfahrt aus gemacht. Beachten Sie den geringen Abstand zwischen Fahrersitz und Wand – höchstens fünfzig Zentimeter. Auf der anderen Seite steht eine Mülltonne, knapp dreißig Zentimeter vom Wagen entfernt. Das ist wichtig; darauf basiert Charlie Beams Selbstmord-Hypothese ... Was man nicht auf dem Bild sieht: Die Stoßstange berührt die Garagenwand. Also gut; da der Wagen kein Benzin mehr hatte, ließen wir ihn stehen und nahmen die Leiche heraus. Erst am nächsten Morgen holten wir ihn ins Revier – er steht übrigens noch dort; Mrs. Hirsh fährt selbst nicht, und wir haben ihn noch nicht zurückgebracht ... Ja, das wär's wohl.» Er lehnte sich zurück, aber dann fiel ihm noch etwas ein: «Ach ja – wir ließen die Autopsie vornehmen; die im Körper enthaltene Alkoholmenge entsprach dem, was in der Flasche fehlte. Der Eintritt des Todes wurde an Hand des Mageninhalts bestimmt und auf etwa halb neun festgesetzt.»

Die vier saßen eine Weile schweigend da. Schließlich sagte der Rabbi: «Sie haben da verschiedenes nicht erwähnt, Lanigan, weil es uns allen bekannt ist, wahrscheinlich. Zum Beispiel, daß Hirsh Alkoholiker war ... haben Sie nicht selbst betont, daß Alkoholiker selten Selbstmord begehen?»

Beam lächelte. «Ach, das ist nur eine von diesen Verallgemeinerungen, Rabbi. Über Alkoholismus gibt's so viele Theorien wie Wissenschaftler, die sich damit befassen ... Damit kommen wir nicht weiter.»

«Na schön ... Was anderes: Alles spricht dafür, daß Hirsh seine Frau sehr geliebt hat. Allein die hohe Lebensversicherung zeigt, wie sehr er um ihr Wohl besorgt war. Glauben Sie, daß er sich das Leben genommen hätte, ohne eine Zeile für sie zu hinterlassen?»

«Das gibt's oft. Manchmal findet man auch den Brief erst später oder es läßt ihn jemand verschwinden – eben wegen der Versicherungsbedingungen, nicht wahr?»

«Hm ... Ja. Aber nach allem, was wir wissen, hat in seinem ganzen Verhalten nichts darauf hingewiesen, daß er Selbstmord begehen könnte.»

«Nach allem, was wir wissen, ja. Aber was heißt das schon? Wer weiß, was einen Mann dazu treibt? Vielleicht hat für Hirsh die Tatsache eine Rolle gespielt, daß *Jom Kippur* war – das ist doch so was wie der Tag des Gerichts, oder?»

«Was wollen Sie damit sagen?» fragte der Rabbi.

«Daß er es vielleicht schon lange vorhatte, und dann die Wodkaflasche, die ihm am Tag des Gerichts sozusagen in den Schoß fällt... Kann man doch fast als ein Omen auslegen, wenn man will.»

«Ich glaube eher, daß er die unerwartete Flasche dankbar als gute Ausrede benutzt hat», meinte der Rabbi. «Wir wissen, daß er sie auf dem Rastplatz ausgepackt hat, und wenn er dort zu trinken anfing, muß er ganz schön blau gewesen sein, als er zu Hause ankam.»

«Und trotzdem war er in der Lage, eine Strecke von gut zehn Meilen zu fahren und anschließend noch glatt in die Garage zu kommen, ohne die Wand auf der einen Seite und die Mülltonne auf der anderen zu streifen?»

Der Rabbi sah Beam an. «Das ist Ihr ganzer Beweis, ja? Daß er ohne Unfall heimgekommen ist und den Wagen heil in die Garage gefahren hat?»

«Das», antwortete Beam, «und die Tatsache, daß er nüchtern genug war, die Scheinwerfer auszuschalten, aus dem Wagen zu klettern, die Garagentür zu schließen und dann auf den Mitfahrersitz zu steigen. Nur den Motor hat er nicht abgestellt... Wenn er so betrunken war, daß er nicht wußte, was er tat – warum ist er dann nicht gleich ins Haus gegangen? Er wußte, daß er drinnen allein sein würde, ungestört. Auch wenn er nicht regelmäßig zur Synagoge ging, muß er gewußt haben, daß der Gottesdienst kaum vor zehn zu Ende sein würde.»

«Alkoholiker haben oft ein ausgeprägtes Gefühl dafür, wo sie trinken können und wo nicht», warf Lanigan vorsichtig ein. «Vermutlich war für ihn das Haus tabu. Aber was anderes: Warum hat er sich vorn in den Wagen gesetzt, nachdem er die Garagentür geschlossen hatte? Nach Ihrer Theorie hat er den Selbstmord geplant, und wahrscheinlich wollte er sich vorher mit Alkohol betäuben – schön. Warum ist er dann aber vorn eingestiegen? Hinten sitzt man bequemer, und der Rücksitz war viel leichter für ihn zu erreichen.»

Beam zuckte die Achseln. «Wahrscheinlich aus Gewohnheit... Ausschlaggebend ist nur, daß er offensichtlich nüchtern genug war, um sich durch den schmalen Raum zwischen Mülltonne und Garagenwand zu quetschen und...»

«Moment mal», unterbrach der Rabbi. «Was ist das für ein Mülleimer? Er sieht aus wie eines von diesen modernen Plastikdingern.»

«Stimmt. Es ist ein roter Plastikeimer mit einem Deckel. Faßt fünfundsiebzig Liter.»

«War er voll oder leer?»

«Er muß leer gewesen sein, David», bemerkte seine Frau. «Es war ein Freitag...» Sie erklärte Beam, daß die Müllabfuhr bei den Häusern mit geraden Nummern am Freitagvormittag vorbeikam. «Meistens stellen die Männer am Donnerstagabend die Mülleimer vors Haus, und die Frauen holen sie am nächsten Morgen wieder rein.»

«Ihre Frau hat recht», sagte Lanigan. «Die Mülltonne war leer.»

«Na und?» Beam zuckte die Achseln.

«Das ist ein großer Unterschied», belehrte ihn der Rabbi, wobei seine Stimme einen dozierenden Tonfall annahm. «Es besteht einmal ein Unterschied zwischen einem vollen und einem leeren Eimer; zum anderen besteht ein noch größerer Unterschied zwischen einem Eimer aus Zinkblech und einem aus Plastik.»

Lanigan grinste. «Kommen Sie wieder mit so einem talmudischen Dreh, Rabbi? Mit einem ... Wie heißt das? Ein Pil ... irgend so was.»

«Mit einem *Pilpul,* meinen Sie? Warum nicht, wenn es uns weiterhilft.»

Lanigan wandte sich an Beam: «Der Talmud ist das jüdische Gesetzbuch, und ein *Pilpul* ist ... na, eine besondere Art zu argumentieren.» Sein Grinsen wurde breiter. «Damit hat er mich schon mal aufs Kreuz gelegt, der Rabbi. Es ist so eine Haarspalterei ...»

«Eher ein Aufspüren von feinsten Unterscheidungen», verbesserte der Rabbi.

«Nichts gegen feinste Unterscheidungen», sagte Beam wohlwollend, «aber was macht es in unserem Fall aus, ob der Eimer voll war oder leer, aus Metall oder aus Plastik?»

«Es gibt vier Möglichkeiten ...» Der Rabbi war aufgestanden und ging im Zimmer auf und ab, die Hände tief in den Hosentaschen. «Der Eimer kann aus Metall sein und voll oder leer; oder aus Plastik und voll oder leer ... gut; nehmen wir erst mal den Unterschied zwischen dem vollen und dem leeren Eimer: Der volle ist schwer und läßt sich nicht ohne weiteres verschieben; der leere dagegen ist leicht. Wenn also der Eimer voll war, kann man ihn als festes Hindernis betrachten. Einem Nüchternen würde es nicht einfallen, dagegenzufahren – so wenig wie gegen eine Mauer. Aber wenn der Eimer leer war? Dann ist er verhältnismäßig leicht, und selbst wenn man ihn streift, kann dem Wagen nicht viel passieren. Und es macht auch nichts, wenn er umkippt – es fällt ja nichts heraus. Aber ...» Er hob mahnend den Zeigefinger: «Für einen nüchternen Fahrer wäre es in keinem Fall ein Problem; er hat auf jeder Seite mindestens dreißig Zentimeter Platz ... Das reicht sogar für einen Fahrer von meinem Kaliber. Und wie steht's mit dem betrunkenen Fahrer? Er hätte wahrscheinlich Schwierigkeiten, wenn der Eimer voll ist. Aber er weiß, daß er leer ist ...»

«Halt!» unterbrach ihn Beam. «Woher weiß er, daß der Eimer leer ist?»

«Weil er in der Garage stand. Wäre der Eimer voll gewesen, hätte er auf dem Gehsteig gestanden, wo Hirsh ihn am Abend zuvor hingestellt hatte ... Wir haben also einen Mann, der seinen Wagen in eine schmale Garage fahren will. Er weiß, daß er links aufpassen muß – da ist die Wand; rechts hingegen ist lediglich ein leerer Eimer ... Selbst im Rausch wüßte er in seinem Unterbewußtsein, daß das kein ernsthaftes Hindernis ist; trotzdem würde er wahrscheinlich bestrebt sein, nicht dagegenzufahren, und seine Fähigkeit, es zu vermeiden, könnte also gewisse Rückschlüsse auf den Grad seiner Betrunkenheit – oder Nüchternheit – zulassen. Aber, wohlgemerkt: es ist kein *Metall*eimer, der den Kotflügel zerbeulen oder den Lack beschädigen kann – es ist ein *Plastik*eimer; ein *leerer* Plastikeimer. Wenn man gegen einen leeren Plastikeimer fährt, passiert gar nichts. Er fällt um. Er rutscht beiseite ...»

Er verfiel in einen leiernden Singsang; sein Zeigefinger beschrieb rhythmisch Kreise in der Luft.

«Wenn es jemand nichts ausmacht, gegen einen leeren Metalleimer zu fahren, dann macht es ihm bei einem leeren Plastikeimer erst recht nichts aus ...» Er wandte sich an Lanigan: «Nachdem Sie sich dafür interessieren – diese Art der Argumentation ist typisch für den Talmud. Man nennt es *kal w'chomer*. Das bedeutet ‹leicht und schwer›. Es kommt dabei darauf an, zu demonstrieren: Wenn ein Argument stichhaltig ist, muß ein zweites, stärkeres Argument, das in die gleiche Richtung weist, die Sache noch stichhaltiger machen und kann darum als Beweis angesehen werden ... In diesem Licht betrachtet, stellt der leere Plastikeimer kein Hindernis dar – Hirsh kann ihn sogar gerammt haben, und er ist am Kotflügel abgeprallt und in seine jetzige Lage zu stehen gekommen.»

Der Polizeichef schüttelte bewundernd den Kopf. «Na, Charlie? Jetzt hat er Sie fertiggemacht. Der leere Plastikeimer schmeißt Ihre ganze Theorie übern Haufen.»

«Immer langsam ... Rabbi, wie erklären Sie sich, daß Hirsh den Wagen haarscharf vor der Garagenwand zum Halten brachte? Eine verdammt gute Leistung für einen, der so besoffen ist, daß er den Motor abzustellen vergißt.»

Der Polizeichef schaute erwartungsvoll auf den Rabbi, doch der schien die beiden völlig vergessen zu haben. Er saß zurückgelehnt in seinem Sessel und starrte zur Decke.

«Na?» drängte Beam.

Der Rabbi ging nicht auf die Frage ein. «Es gibt noch eine andere Art der talmudischen Argumentation», murmelte er wie im Selbstgespräch; «das *im – kehn*-Argument. Die beiden Wörter bedeuten ‹wenn – so›. In unserem Fall sähe das etwa so aus: *Wenn* der Wagen links *so* dicht an der Wand stand, wie konnte Hirsh auf der Fahrerseite aussteigen? Und *wenn* er *so* dicht beim Mülleimer stand, wie konnte er drüben aussteigen?»

«Ja, aber ...» Lanigan schaute den Rabbi verwundert an: «Die Frage haben Sie doch schon beantwortet! Sie haben bewiesen, daß der Eimer kein Hindernis ...»

«Kein Hindernis für den Wagen; sehr wohl aber für Hirsh auf dem Weg zur Garagentür.»

«Wieso? Er brauchte ihn nur mit dem Fuß wegzustoßen.»

«Aber er hat es nicht getan – Ihr Foto da zeigt es ja: Der Eimer stand immer noch dort, als Hirsh gefunden wurde.»

«Also, ich versteh nicht, worauf Sie hinauswollen», murmelte Lanigan.

«Gott sei Dank», sagte Beam. «Ich auch nicht.»

«Ja, sehen Sie ... Also, Hirsh parkt den Wagen, ja? Auf der Seite des Fahrersitzes kann er nicht aussteigen; der Platz reicht nicht. Also steigt er auf der anderen Seite aus. Er stößt den Eimer beiseite, geht zur Garagentür und zieht sie runter. Soweit in Ordnung. Er kommt wieder zum Wagen zurück, am Eimer vorbei. Und was tut er dann? Stellt er den Eimer wieder auf? Warum sollte er?»

«Nun ... eh ... Verdammt noch mal – er muß es doch getan haben!» rief Lanigan erregt. Er starrte den Rabbi an. «Wir wissen, daß er links nicht aussteigen konnte; das steht fest. Und jetzt soll er auf der anderen Seite auch nicht ausgestiegen sein? Das sind aber doch die beiden einzigen Möglichkeiten, den Wagen zu verlassen, also ...» Er hielt inne.

«Na los – sprechen Sie's aus!» drängte der Rabbi. «Wenn er auf keiner Seite ausgestiegen ist, muß er ja wohl im Wagen sitzen geblieben sein. Die Garagentür war jedoch zu; folglich muß sie jemand anders heruntergezogen haben. Und diese Person war aller Wahrscheinlichkeit nach der Fahrer; Hirsh saß auf dem Mitfahrersitz, weil er tatsächlich der Mitfahrer war. Das wiederum erklärt uns, wie jemand einen halben Liter Wodka trinken und trotzdem heil nach Hause und in seine Garage kommen kann: Es ging so glatt, weil er nicht selbst fuhr, sondern gefahren wurde. Und in der Garage stieg der Fahrer aus – links; er muß also viel dünner gewesen sein als Hirsh. Er zog die Garagentür von außen zu und machte sich aus dem Staub ... Hirsh hat wahrscheinlich überhaupt nichts davon gemerkt; auf alle Fälle war er zu betrunken, um etwas zu unternehmen.»

Lanigan schaute den Rabbi verdutzt an. «Aber dann ... Das ist ja Mord!»

Der Rabbi nickte.

Eine Stunde später diskutierten sie immer noch.

«Das ist doch einfach ... einfach verrückt, Rabbi!»

«Aber plausibel. Vieles spricht gegen einen Selbstmord; anderes spricht gegen einen Unfall. Aber es gibt keinen logischen Einwand gegen einen Mord ... Im Gegenteil, ein Mord würde alles erklären.»

«Und ich hab mich gefreut, weil mich die Sache nichts angeht!» knurrte Lanigan.

«Werden Sie einen Bericht für die Staatsanwaltschaft machen?» fragte der Rabbi.

«Vorläufig noch nicht; den District Attorney laß ich noch in Ruhe. Ich muß erst noch einiges nachprüfen.»

«Was denn?»

«Ich muß mit meinen Leuten sprechen. Vielleicht haben sie die Aufnahme nicht sofort gemacht, nachdem sie die Garagentür geöffnet hatten. Vielleicht sind sie noch selber um den Wagen rumgegangen, oder ...» Der Polizeichef war sichtlich durcheinander. «Außerdem, ich brauch doch irgendwelches Beweismaterial! Ich kann doch dem District Attorney nicht mit Ihrer verdrehten Talmud-Logik kommen, Rabbi ... Ich könnte vermutlich nicht einmal mehr alles wiederholen. Ich brauch was Handfestes! Ich muß *beweisen* können, daß der Eimer nicht von der

Stelle bewegt wurde und daß Hirsh unmöglich daran vorbei konnte. Das muß alles genau ausgemessen werden.»

«Sie sagen, Hirsh sei klein gewesen, höchstens einssechzig. Es ist anzunehmen, daß der Fahrer größer war», sagte der Rabbi. «Vielleicht kann man aus der Einstellung des Fahrersitzes erkennen, ob jemand anders als Hirsh am Steuer saß – ein größerer Mann?»

«Ach du lieber Himmel!» Lanigan machte eine wegwerfende Handbewegung. «Selbst wenn sie den Sitz nicht verstellt haben, als sie die Leiche rausholten – spätestens Wachtmeister Jeffers hat es getan, als er den Wagen ins Revier brachte. Er ist über einsachtzig. Vielleicht erinnert er sich noch daran, aber das wäre kein brauchbarer Beweis... Nee, wir haben die Sache gründlich vermasselt.» Er machte eine hilflose Geste. «Aber wie konnten wir wissen, daß ein Mord dahintersteckt?»

«Wie steht's mit Fingerabdrücken?» erkundigte sich Beam.

Lanigan schüttelte betrübt den Kopf. «Warum hätten wir Fingerabdrücke nehmen sollen? Der Beamte, der Hirsh fand, mußte die Wagentür öffnen, und später haben mindestens drei Leute angepackt, um die Leiche herauszuschaffen... Wenn da Fingerabdrücke waren, sind sie längst verwischt worden.»

«Und die Scheinwerfer?» fragte der Rabbi. «Jemand hat sie in der Nacht ausgeknipst.»

«Na und?»

«Nun, wenn Ihre Leute den Wagen am Tag zur Polizeigarage fuhren, haben sie den Schalter sicher nicht berührt.»

«Alle Achtung, Rabbi! Sie haben recht... Das ist noch eine Chance. Der Wagen steht seither unter Verschluß.»

Er griff nach dem Telefon. «Ich hetze Lieutenant Jennings drauf», erklärte er, während er wählte; «er ist unser Fingerabdruckexper... Hallo, Eban? Lanigan. Sei in fünf Minuten auf dem Revier... Nein, ich bin noch nicht da, aber bis dahin hab ich's auch geschafft... Ja, gut. Bis dann.» Er legte auf. «Kommen Sie mit, Rabbi?»

«Du solltest noch nicht ausgehen», widersprach Miriam besorgt.

Lanigan nickte. «Ihre Frau hat recht. Ich ruf Sie nachher an.»

«Kann ich mitkommen, Chef?» fragte Beam.

«Von mir aus – wenn Sie hier fertig sind?»

Beam lächelte; seine Augen verschwanden. «Der Rabbi hat mich davon überzeugt, daß es ein Mord war. Aber ich bleibe noch eine Weile in der Stadt; da sind noch ein paar interessante Details... Mrs. Marcus erzählte mir, sie hätte an jenem Abend zu Hause angerufen, um Mrs. Hirsh Bescheid zu sagen, daß es etwas später werden würde – aber es meldete sich niemand. Sie rief dann später von ihren Freunden aus noch einmal an; es dauerte sehr lange, bis Mrs. Hirsh endlich am Apparat war. Sie sei eingenickt, hat sie gesagt.»

«Aha. Und?»

«Wer sagt uns, daß das stimmt? Vielleicht hat sie sich nicht gemeldet, weil sie gar nicht da war?»

«Mrs. Hirsh?» Lanigan winkte ab. «Die hat bestimmt nichts mit der Sache zu tun. Sie kann nicht einmal Auto fahren.»

«Das ist auch gar nicht nötig. Sie brauchte nur die Garagentür zuzumachen.»

«Wollen Sie damit sagen, daß Mrs. Hirsh ... Daß sie es getan hat?»

«Gott – vielleicht hat sie auch nur Beihilfe geleistet.»

«Warum wollen Sie's ausgerechnet ihr anhängen?»

Abermals verschwanden die Augen. «Weil ein Mörder laut Gesetz keinen Nutzen aus seinem Verbrechen ziehen kann.»

«Hallo, Rabbi?»

«Lanigan? Na endlich! Was ist?»

«Fehlanzeige. Keine Fingerabdrücke.»

«Keine Fingerabdrücke? Unmöglich! Der Wagen ist doch nachts gefahren worden ... Jemand *muß* die Scheinwerfer ausgeschaltet haben!»

«Hm, hm», knurrte Lanigan. «Und hinterher hat er seine Fingerabdrücke weggewischt ... Wissen Sie, was das heißt?»

«Ich ... Ja. Ja, ich denke schon.»

«Eben. Jetzt kann keiner mehr sagen, er ist weggegangen und hat vergessen, den Motor abzustellen. Es war vorsätzlicher Mord.»

24

«Sieh mal, wer da kommt, David!» rief Miriam. «Kommen Sie doch rein, Mr. Dodge.»

Peter Dodge bückte sich unwillkürlich, als er eintrat. «Ich höre, es hat Sie auch erwischt, David ... Ich habe Sie auf alle Fälle mal auf meine Krankenbesuchsliste gesetzt.»

«Nett von Ihnen ... Aber es war nur eine leichte Grippe. Morgen gehe ich wieder in die Synagoge.»

«Sie treiben zu wenig Sport, David – das kommt davon. Es braucht ja nichts Anstrengendes zu sein, aber Sie sollten wenigstens jeden Tag einen langen Spaziergang machen. Das härtet ab. Ich gehe jeden Abend meine Strecke, immer die gleiche – egal, wie das Wetter ist. Und wenn ich's einrichten kann, spiel ich nachmittags Tennis.»

«Wo spielen Sie?»

«Wir haben einen Platz hinter dem Gemeindehaus ... Wollen Sie nicht mal rüberkommen? Dann spielen wir einen Satz oder zwei. Würde Ihnen sicher guttun.»

Der Rabbi lachte. «Was würde meine Gemeinde denken, wenn ihr Rabbi bei der Konkurrenz Tennis spielt?»

«Wahrscheinlich dasselbe wie meine Leute, wenn ich zu euch in die Synagoge ginge ...» Er zögerte. «Ich höre, man macht Ihnen das Leben sauer?»

Der Rabbi und seine Frau schauten ihn überrascht an. Dodge mußte lachen. «Sie sind aus New York, nicht wahr? Und ich bin aus South Bend. Wir sind Städter und werden uns wohl nie daran gewöhnen, wie schnell Neuigkeiten in einem Nest wie Barnard's Crossing die Runde machen.»

«Was haben Sie gehört, Peter?» fragte Miriam.

Dodge wich aus. «Ach, irgendwas wegen Ike Hirsh – daß er Selbstmord begangen haben soll, und Sie hätten ihn nicht beerdigen dürfen ... Es leuchtet mir nicht ganz ein. David konnte ja nicht wissen, daß es Selbstmord war. Im offiziellen Polizeibericht steht schließlich ‹Unfalltod›. Ihre Gemeinde kann doch nicht von Ihnen erwarten, daß Sie jedesmal Detektiv spielen, wenn jemand stirbt.»

«Kannten Sie Hirsh?» fragte der Rabbi. «Moment mal – natürlich kannten Sie ihn. Sie waren doch bei der Beerdigung.»

«Hirsh? Ja, gewiß; ich kannte ihn. Er war auch in der Bewegung.»

«In welcher Bewegung?»

«In der Bürgerrechtsbewegung ... Er überwies eine kleine Spende, worauf ich ihn zu Hause besuchte. Sie machen sich keinen Begriff, was das oft ausmacht – die Leute rücken viel mehr heraus ... Na ja; ich komme auf meinem täglichen Spaziergang ohnehin an seinem Haus vorbei, und da hab ich einfach auf gut Glück geklingelt. Und wer macht mir auf? Pat Maguire, mit der ich zusammen zur Schule gegangen bin! Mittlerweile hieß sie Pat Hirsh ... Die Welt ist klein, nicht? Seither habe ich ab und zu bei ihnen reingeschaut; ich bin auch schon mal zum Abendbrot eingeladen worden ...»

«Was für ein Mensch war Hirsh?»

«Ein hochanständiger Kerl. Erst glaubte ich, er hätte einen Haß auf den Süden und die Südstaatler ... Er hatte nämlich eine Zeitlang dort gelebt. Aber später merkte ich, daß es einfach ehrliche Sympathie für alle Unterdrückten war ... Einmal sagte er sogar so was, er wolle nach Alabama hinunter, um dort zu demonstrieren. Na ja – ich hab's nicht so ernst genommen; das höre ich öfters.»

«Wollten Sie Demonstranten für Alabama rekrutieren?» fragte Miriam.

«Oh, das wollen wir eigentlich die ganze Zeit. Aber jetzt arbeiten wir auf Hochtouren. Ich organisiere MOGRE hier an der Nordküste.»

«Mog ...?»

«M-O-G-R-E, Rabbi. *Men of God for Racial Equality*. Es ist eine Vereinigung von Geistlichen aller Religionen, die sich für die Rassengleichheit einsetzen. Es sind überwiegend Protestanten, aber wir haben auch einen griechisch-orthodoxen Priester, und jetzt verhandeln wir mit der katholischen Erzdiözese ... Ach ja, und ein paar Rabbiner haben wir auch.» Er lächelte. «Wie wär's mit Ihnen, David?»

Der Rabbi lächelte.

«Überlegen Sie sich's doch.» Dodge rückte mit seinem Stuhl näher. «Ich wette, es würde sogar Ihr Problem mit der Gemeinde lösen.»

«Wie denn?»

«Nun, es heißt, Sie hätten den Bau einer Friedhofsstraße verboten, und darüber will man sich hinwegsetzen... Wenn Sie nun wortlos zuschauen und nichts dagegen unternehmen, wie sieht das aus? Aber wenn die Leute wissen, der Rabbi ist im Süden und demonstriert für eine gute Sache – schauen Sie, dann können Sie vorläufig gar nichts tun; niemand erwartet es von Ihnen. Und hinterher, wenn Sie wieder da sind, haben Sie an Prestige gewonnen und bei den Diskussionen einen besseren Stand.»

«Falls er überhaupt zurückkommt.»

«Falls er... Wie meinen Sie das, Mrs. Small? Ach so. Sie denken an die Gefahr... Es ist aber gar nicht so schlimm; jedenfalls nicht für MOGRE-Leute. Wir werden unsere Talare tragen und die Rabbiner, soviel ich weiß, ihr Käppchen und den... na, den Gebetsmantel – wie heißt das?»

«Den *Talles*.»

«Ja, richtig. Auch wenn die Leute da unten nicht so genau Bescheid wissen – daß es was mit Religion zu tun hat, das merken sie schon... Es wird Zwischenfälle geben, ja. Aber wenn man sich vor Augen hält, daß man sich für die Sache Gottes einsetzen darf...»

«Ich dachte, es sei für die Sache der Neger.»

Dodge lächelte, um zu zeigen, daß er Spaß vertragen konnte. «Das ist doch dasselbe, David; es ist zum Ruhme Gottes, der sich im Menschen offenbart – in allen Menschen, ob schwarz oder weiß... Nun? Was halten Sie davon?»

Der Rabbi schüttelte den Kopf. «Nein, Peter. Sehen Sie, ein Rabbiner ist kein *Man of God*, kein ‹Gottesmann› im Sinne der christlichen Kirchen. Ich bin es nicht mehr als andere Menschen... Ich könnte natürlich als Privatperson mitmachen, aber...» Er zuckte die Achseln. «Es drängt mich nicht, es zu tun; es wäre also nicht ehrlich. Ich würde aus anderen Gründen mitmachen – wie Sie es angedeutet haben: Um eines Prestigegewinnes willen zum Beispiel. Und das wäre Heuchelei.»

25

«Der District Attorney hat eine Sauwut auf mich», berichtete Lanigan, als er auf dem Heimweg bei den Smalls hereinschaute. «Und über Sie ist er auch nicht gerade entzückt, Rabbi.»

«Was hab ich ihm denn getan?»

«Ein District Attorney braucht einen klaren Fall, mit dem er vor Gericht geht und gewinnt. Er hat es nicht gern, wenn man ihm einen Mord auf den Schreibtisch legt, bei dem der Täter wahrscheinlich nie entdeckt wird, das paßt ihm nicht in den Kram... Darum ist er über Sie verschnupft. Und über mich noch viel mehr, weil er denkt, ich hätte alles vermasselt. Ich weiß nicht, wie ich seiner Ansicht nach auf die Idee hätte kommen sollen, daß es ein Mord ist, aber...» Er grinste. «Ja, ich weiß –

Sie sind auf die Idee gekommen. Aber ich bin bloß ein schlichter Polizist... Immerhin, ich wäre ganz anders vorgegangen, wenn ich an die Möglichkeit eines Mordes gedacht hätte. Aber so... Ich mache auf alle Fälle keine besonders gute Figur bei der Sache.»

«Sie werden eine um so bessere machen, wenn Sie den Täter finden», munterte ihn Miriam auf.

«Ja – wenn!» Er lachte trocken. «Das wird nicht so leicht sein. Es ist kein normaler Fall.»

«Warum nicht?»

«Nun, bei jedem Verbrechen gibt es drei grundlegende Fragen – drei Richtlinien für die Untersuchung, wenn man so will; und wo sich die Linien schneiden, dort ist die Antwort: Erstens, Gelegenheit zur Tat; zweitens, Zugang zu der Waffe; drittens, das Motiv. Fangen wir mal mit der Waffe an – mit dem Wagen also. Praktisch hat jeder, der fahren kann, Zugang zur Waffe gehabt – ja, er brauchte nicht einmal unbedingt fahren zu können.»

«Wieso? Das versteh ich nicht ganz.»

«Sagen wir, Hirsh hat's noch mit knapper Not geschafft bis in die Garage; dann hat er die Besinnung verloren. Das bedeutet doch, daß jeder, der ihn sah, die Garagentür zumachen konnte.»

«Aber dann hätte Hirsh am Steuer gesessen und nicht auf dem Mitfahrersitz», widersprach der Rabbi.

«Ach so, ja... Ja, Sie haben recht. Also gut: Der Mörder, oder zumindest ein Komplice kann Auto fahren. Das läßt uns ziemlich viel Auswahl, nicht? Weiter: Gelegenheit zur Tat: Da die Waffe so leicht zugänglich war, ist jeder, der gegen acht Uhr abends in der Umgebung von Hirshs Haus war, potentiell verdächtig.» Lanigan grinste. «Das bedeutet praktisch ein kollektives Alibi für Juden – die waren alle in der Synagoge.»

Der Rabbi lächelte schwach. «Und das Motiv?»

«Ja, das Motiv... Hier wird's nun ganz vertrackt: Zu diesem Mord braucht man nicht unbedingt ein schwerwiegendes Motiv.»

«Nanu – wieso?»

«Weil alles so sang- und klanglos ablaufen konnte. Der Täter brauchte nicht viel Mut, er mußte nicht im voraus planen... Stellen Sie sich vor, Sie sehen einen Ertrinkenden. Obwohl Sie ein guter Schwimmer sind und ihn ohne weiteres retten könnten, wenden Sie sich einfach ab... Verstehen Sie jetzt, was ich meine? Jemanden vorsätzlich ertränken, dazu braucht man Entschlußkraft und Kaltblütigkeit. So etwas tut man nur, wenn man den anderen haßt und ihm den Tod wünscht. Aber um einfach davonzulaufen, dazu braucht es nicht viel. Warum soll ich mir für den Kerl ein Bein ausreißen? denkt man sich; das Leben wäre ohne ihn viel leichter...»

«Das ist schließlich auch ein Motiv.»

«Zugegeben. Aber keines, mit dem Sie operieren können. Haß, Eifersucht, Habgier – damit kann man was anfangen, aber so... Wohlgemerkt, ich behaupte nicht, daß Haß, Eifersucht und Habgier keine Rolle bei der Sache spielten – vielleicht tun sie's. Ich weiß es nicht. Natürlich muß es ein Motiv geben – von nichts ist nichts. Aber bei einem Mord, der mehr oder weniger zufällig zustande kommt, entdeckt man auch oft das Motiv nur durch Zufall.»

«Und wenn Sie die Geschichte in den Zeitungen veröffentlichen? Vielleicht kommt dabei etwas ans Licht.»

Lanigan schüttelte den Kopf. «Damit müssen wir noch ein paar Tage warten. Der District Attorney meint, wir finden eher etwas heraus, wenn wir die Sache geheimhalten.»

«Dann haben Sie also doch eine Spur?»

«Spur ist zuviel gesagt ... Es ist Beams Idee, aber der District Attorney möchte sie nachprüfen lassen. Rein logisch gesehen, ist es natürlich möglich ... Beam hat sich in den Kopf gesetzt, daß es die Witwe war – dann braucht nämlich seine Versicherung nicht zu blechen. Sein Argument ist, daß sie als einzige vom Mord profitieren würde: Erstens kriegt sie fünfzigtausend Dollar, und zweitens wird sie einen Mann los, der ihr Vater hätte sein können und auch sonst keine tolle Partie war.»

«Als sie ihn heiratete, wußte sie, daß er Alkoholiker war. Glaubt Beam, daß er ihr unsympathischer wurde, nachdem er einigermaßen geheilt war?»

«Ich wiederhole nur seine Argumentation ... Ja, und noch was: Beam meint, die ganze Sache mit dem jüdischen Begräbnis war nur ein großes Theater, um zu demonstrieren, wie ergeben sie ihm war und was weiß ich; normalerweise hätte sie sich bestimmt nicht so viel Mühe gegeben, weil er sich bei Lebzeiten nie viel draus machte.»

«Ich hätte unseren Freund Beam einer derartig subtilen Psychologie gar nicht für fähig gehalten», murmelte der Rabbi.

«Na ja, er hat in den Dingen Erfahrung», rechtfertigte Lanigan. «Ich kann schon begreifen, daß es ihm verdächtig vorkommt. Und vor allem ist da ja auch noch die Sache mit dem Telefon – daß sie sich nicht meldete, als Mrs. Marcus anrief.»

«Das war nach zehn. Laut dem Autopsiebericht war Hirsh bereits vor neun Uhr tot.»

«Und laut Beam beweist es, daß sie nicht im Haus war. Sie konnte ja auch schon früher mal weggegangen sein ... Nehmen wir an, sie sieht zufällig, wie er in die Garage fährt – das Haus der Marcus' liegt ja genau gegenüber. Also, er fährt rein, aber er kommt nicht wieder raus. Sie läuft hinüber; vielleicht versucht sie, ihn wachzurütteln. Vielleicht ist sie auch plötzlich angewidert und sagt sich, von mir aus, bleib, wo du bist, altes Ekel ... Und kurz nach zehn, gerade bevor Mrs. Marcus anruft, geht sie noch mal rüber und sieht nach: Läuft der Motor noch? Lebt er noch? Sie findet ihn tot. Sie geht zurück, und in dem Moment schellt das Telefon – der zweite Anruf. Dann erst überlegt sie sich, was sie tun muß. Sie wartet auf die Marcus', dann geht sie nach Hause, tut so, als sähe sie nicht, daß die Garagentür zu ist und ruft die Polizei an, um sie die Leiche entdecken zu lassen.»

«Sie zitieren immer noch Beam. Was halten Sie davon?»

«Tja ... Ich würde sagen, ich trau's ihr nicht zu. Der Hirsh, meine ich. Es paßt nicht zu ihr. Aber ich weiß aus Erfahrung, daß man schwer danebenhauen kann. Und außerdem, es ist der einzige logische Anknüpfungspunkt, den wir haben. Wir kennen außer ihr niemand, der von seinem Tod profitieren könnte.»

«Ich verstehe ...»

«Wir lassen die Sache einstweilen schmoren; wir sagen gar nichts. Wenigstens bis wir Mrs. Hirsh gründlich auf die Finger geschaut haben.»

«Und wenn nichts dabei herauskommt? Haben Sie sonst noch jemand in Verdacht?»

«Wir nehmen alle Personen unter die Lupe, mit denen Hirsh zu tun hatte. Mehr können wir nicht tun. Gestern hab ich den großen Boss bei Goddard besucht.»

«Mr. Goddard?»

«Nein. Lemuel Goddard ist schon seit ein paar Jahren tot. Der Aufsichtsrat hat damals beschlossen, in Zukunft keinen Wissenschaftler mehr an die Spitze der Firma zu berufen, sondern einen geschickten Administrator an die Spitze der Organisation zu setzen, und da sind sie dann auf einen ehemaligen General verfallen – Amos Quint heißt er. Schreibtischstratege. In Washington nannten sie ihn ‹Eisenarsch-Quint› ...» Er warf Miriam einen Blick zu. «Entschuldigen Sie, Mrs. Small, das ist mir so rausgerutscht.»

Miriam lächelte. «Ich muß das Wort schon mal gehört haben.»

«Ein ziemlicher Armleuchter, wenn Sie mich fragen», fuhr Lanigan fort. «Die Sekretärin, die mich zu ihm führte, hat beinahe die Hacken zusammengeschlagen ...» Er mußte lachen. «Ich hab ihn gefragt, ob er Hirsh gut gekannt hat ... Wissen Sie, was er sagte? ‹Ich mache es mir zum Prinzip, meine Leute nicht gut zu kennen.› Was sagen Sie dazu?»

«War es Cäsar oder Napoleon – einer von beiden hat seine Soldaten mit dem Vornamen angeredet.»

«Das ist heute vermutlich gegen das Reglement. Quint sagte wörtlich: ‹Wenn man eine dynamische Organisation leitet und nicht in einem Haufen Kleinkram ersticken will, muß man delegieren können. Ich sehe die Leute, wenn ich sie einstelle und wenn ich sie rausschmeiße. Das genügt vollauf.› Wenn also Hirsh dem alten Eisen ... eh, wenn er Quint etwas mitteilen wollte, konnte er ihn nur über seinen Vorgesetzten erreichen – über Dr. Sykes.»

«Ach so: Die feinen Leute reden nur mit den ganz feinen Leuten, und die ganz feinen Leute reden nur mit dem lieben Gott ...»

«Ja, so ungefähr. Aber Quint hat natürlich die Personalakten und weiß ziemlich genau Bescheid. Na, und in letzter Zeit stand Hirsh nicht sehr hoch im Kurs. Er soll schwerwiegende Fehler gemacht haben; den letzten ein paar Tage vor seinem Tod.»

«Warum hat Quint ihn nicht einfach gefeuert?»

«Hab ich ihn auch gefragt. Er hat es vorgehabt; die letzte Panne scheint ein ziemlich dicker Hund gewesen zu sein. Quint war die Geduld gerissen ... Das wäre ein weiteres Argument für Selbstmord gewesen, wenn ich es gewußt hätte.»

«Hm ... Es wundert mich, daß Quint ihn nicht schon früher hinausgeschmissen hat. So wie Sie ihn schildern, scheint er mir nicht ein Typ zu sein, der lange Federlesens macht. Vor allem nicht mit einem Angestellten, der so tief unten sitzt wie Hirsh.»

«Hirsh hatte das Sykes zu verdanken. Quint sagt, Sykes habe sich jedesmal für ihn eingesetzt. Auch bei einer Gelegenheit übrigens, als sich Hirsh im Labor betrank. Sie arbeiteten damals an einer Methode, um Whisky schneller ausreifen zu lassen, indem sie elektrischen Strom durch die Flüssigkeit leiteten oder so ähnlich. Einer der Chemiker reichte das Zeug zum Kosten herum; Hirsh gehörte zu diesen Versuchskaninchen und konnte nicht mehr bremsen ... Dem Chemiker wurde übrigens gekündigt.»

«Warum?»

«Das ist typisch für diesen Laden. Man sollte glauben, daß die Leute zusammen arbeiten und die Probleme miteinander besprechen ... Aber keine Spur. Sie arbeiten nämlich vor allem für die großen Industrien, und wenn da irgendwas durchsickert, kann es den Aktienkurs der betreffenden Kunden beeinflussen. Offenbar haben einige wissenschaftliche Mitarbeiter auf Grund solcher Geheimtips spekuliert; daraufhin wurde angeordnet, daß sich jeder stur mit seiner Aufgabe zu befassen hätte, ohne nach links oder nach rechts zu schielen. Höchstens die Abteilungsleiter wissen, was im Nebenzimmer vorgeht.»

«Interessant ... Aber viel haben Sie offensichtlich nicht aus Quint herausbekommen. Haben Sie mit anderen Angestellten gesprochen?»

«Ja, aber ohne viel Erfolg. Wie gesagt, jeder arbeitet für sich. Und Hirsh war ohnehin ein Eigenbrötler.»

«Das hilft uns nicht weiter.»

«Nein.» Lanigan schaute den Rabbi erwartungsvoll an. «Was meinen Sie dazu? Haben Sie irgendeine Idee?»

Der Rabbi schüttelte bedächtig den Kopf.

«Nun, manchmal hilft's, einfach darüber zu sprechen.» Man merkte Lanigan jedoch die Enttäuschung an. Er sah dem Rabbi prüfend in die Augen. «Wußten Sie übrigens, daß Ben Goralsky ihn gekannt hat? Hirsh, meine ich.»

«Nein. Aber ich sah ihn bei der Beerdigung.»

«Goralsky hat Hirsh die Stelle bei Goddard verschafft.»

26

Ein Dienstmädchen mit Häubchen und Schürze öffnete die Tür. Sie führte ihn in die Bibliothek. Mr. Goralsky käme gleich, meldete sie.

Ben Goralsky erschien im nächsten Augenblick und bot dem Rabbi einen Sessel an. «Ich freue mich, daß Sie gekommen sind, Rabbi. Sie machen meinem Vater eine große Freude mit Ihrem Besuch.»

«Ich wäre eher gekommen, aber ich war selbst ein paar Tage krank.»

«Ja, ich weiß.» Er zögerte. «Wie ich höre ... Eh ... Ich habe Ihnen da offenbar was eingebrockt mit dieser Hirsh-Geschichte.»

«Ja, es gab tatsächlich Schwierigkeiten», gab der Rabbi zu.

«Das tut mir wirklich leid.»

Der Rabbi wurde neugierig. «Ihrem Vater liegt sehr viel an der Sache, nicht wahr?»

«Ich hab nur ein einziges Mal mit ihm darüber gesprochen. Dieser Beam sagte doch, es war vermutlich Selbstmord; das hab ich meinem Vater erzählt, und er hat sich fürchterlich aufgeregt ... Es ging ihm sehr schlecht an diesem Tag; er muß wohl gedacht haben, das Ende kommt. Er hat getobt; es verstößt gegen das Gesetz, hat er geschimpft, und der Friedhof wird nicht nach der orthodoxen Regel geführt ...»

«Hm, hm.»

«Er behauptet, Hirsh hätte ohne jede Zeremonie am Rand begraben werden müssen. Er war ganz außer sich, daß Hirsh normal beerdigt wurde.»

Der Rabbi wollte sich erheben, aber Ben Goralsky winkte ihm ab. «Mein Vater schläft noch. Das Mädchen sagt Bescheid, sobald er wach ist. Haben Sie's eilig?»

«Nein. Ich wollte ohnehin hauptsächlich zu Ihnen ... Sie kannten Isaac Hirsh, nicht wahr?»

«Ja – warum? Ich kannte die ganze Familie. Früher, in Chelsea, da waren wir Nachbarn. Ich kannte seine Eltern, und ich kannte ihn.»

«Und deshalb haben Sie ihn für die Stelle bei Goddard empfohlen?»

Goralskys massiges Gesicht verzog sich zu einem breiten Grinsen. Er schüttelte langsam den Kopf. «Ich hab ihn empfohlen und alle Hebel in Bewegung gesetzt, damit er den Posten bekam – wir sind gute Kunden von Goddard, und Quint – das ist der Direktor – hat allen Grund, mir gelegentlich einen Gefallen zu tun ... Ich hab Hirsh die Stelle verschafft, weil ich ihn nicht riechen konnte.» Er lachte dröhnend über die verdutzte Miene des Rabbi.

«Wie gesagt, die Hirshs waren unsere Nachbarn. Es ging uns beiden ziemlich mies. Wir hatten eine Geflügelhandlung, sein Vater eine kleine Schneiderwerkstatt. Mrs. Hirsh war eine anständige Person. Als sie starb, gingen wir alle zur Beerdigung. Mein Vater schloß den Laden, damit wir alle gehen konnten. Der alte Hirsh ... das ist ein Kapitel für sich. Ein Nichtsnutz, ein Windmacher, der bloß immer mit seinem Wunderkind von Sohn geprotzt hat. Wir waren vier Geschwister – ich hab noch zwei Brüder und eine Schwester –, und nach der Schule und auch sonntags mußten wir alle im Laden helfen – es ging nicht anders damals. Ich hab nicht mal High School-Abschluß. Aber Ike Hirsh, der ging aufs College, und später hat er seinen Doktor gemacht ... Als Kind spielte er nie mit den anderen Jungen in der Straße. Er war klein und pummelig, und wir haben ihn immer ausgelacht. Er hockte zu Hause über seinen Büchern, und sein Vater kam zu uns rüber und prahlte mit ihm. Sie können sich denken, wie sehr sich mein Vater grämte, wenn er uns Kinder mit dem jungen Hirsh verglich. Und der Alte hat's ihm ständig unter die Nase gerieben.

Na, kurz und gut – Hirsh junior kriegte dann irgendeine Stelle bei der Regierung oder bei einer Firma, die Regierungsaufträge hatte – so genau weiß ich das nicht; es muß aber was ziemlich Wichtiges gewesen sein. Es war im Krieg, auf alle Fälle... Wir haben ihn damals nie zu Gesicht bekommen.

Unterdessen hatten wir uns ganz hübsch hochgearbeitet. Mein Vater hatte mal Glück mit einem Grundstückskauf, aber hauptsächlich war's unsere Arbeit. Na ja, und die Konjunktur der Nachkriegsjahre. Wir hatten jetzt eine Geflügelgroßhandlung, aber Vater stand trotzdem jeden Morgen im Laden. So ist er nun mal...»

«Und Hirsh?» lenkte der Rabbi vorsichtig zum Thema zurück.

«Ja, Hirsh... Eines Tages tauchte er bei uns auf. Er hätte ein Verfahren zum Herstellen von Transistoren entwickelt. Nichts Revolutionierendes, aber immerhin könnte man damit die Herstellungskosten um zehn bis zwanzig Prozent verringern... Ich hatte keinen Schimmer von Transistoren, und mein Vater noch viel weniger; aber er hatte Vertrauen zu Hirsh. Der sagte auch, er hätte Kontakt zu allen möglichen Regierungsstellen und würde uns Regierungsaufträge zuschanzen, und so weiter und so fort.

Kurz und gut, Vater ließ sich überreden, zehntausend Dollar zu investieren. Hirsh brauchte keinen Cent hineinzustecken, aber er war mit fünfzig Prozent beteiligt.

Wir mieteten also ein Lokal und starteten die Fabrikation. Hirsh war das große Genie und ich der Trottel – gerade gut genug, um den Versand zu kontrollieren und die Arbeiter zu beaufsichtigen. Nach einem Jahr waren zehntausend Dollar zum Teufel samt unserer ursprünglichen Investition. Und dann kriegten wir plötzlich einen Auftrag – nichts Großes, aber immerhin konnten wir uns damit eine Weile über Wasser halten. Zur Feier des Tages kaufte ich eine Flasche Whisky, und wir tranken gerade auf den Erfolg, da wurde ich aus irgendeinem Grund abgerufen. Als ich nach ein paar Stunden zurückkam, war Hirsh sternhagelvoll.»

Bei der Erinnerung spiegelte sich immer noch das Entsetzen in seinem Gesicht. «Stellen Sie sich vor, Rabbi – ein gebildeter Jude... und ein Säufer! Ich sagte meinem Vater kein Wort. Ich redete mir ein, es war ein unglücklicher Zufall; er hat nicht aufgepaßt, das Maß verloren – kann ja mal vorkommen, nicht? Na, am nächsten Tag kam er überhaupt nicht ins Geschäft; tags darauf saß er wieder da, als wenn nichts geschehen wäre. Aber am folgenden Tag war er wieder sinnlos betrunken... Zwei Wochen lang hab ich mir das mitangesehen; dann wurde es mir zu bunt und ich erzählte es meinem Vater. ‹Schmeiß ihn raus›, sagte er. ‹Schmeiß ihn raus, bevor er uns ruiniert.›»

«Und? Haben Sie ihn rausgeschmissen?»

Goralsky nickte finster. «Ich habe ihm freigestellt, uns auszukaufen oder von uns ausbezahlt zu werden. Natürlich hatte er kein Geld. Wir zahlten ihm fünfzehntausend Dollar glatt auf den Tisch und trennten uns von ihm. Und was soll ich Ihnen sagen, Rabbi – mit einem Schlag ging's aufwärts. Zwei Monate später bekamen wir einen Bombenauftrag von der Regierung, und seither läuft der Laden.»

«Haben Sie von diesem Auftrag gewußt, als Sie Hirsh auskauften?»

«So wahr ich lebe, Rabbi – ich hatte keine Ahnung! Wir hatten vor Monaten eine Offerte eingereicht, aber nie eine Antwort gekriegt.»

«Gut. Und wann sahen Sie ihn als nächstes?»

«Ich hab ihn seither nie mehr gesehen. Wir wurden immer größer, wandelten die Firma in eine Aktiengesellschaft um und bauten schließlich den Konzern auf. Wir dachten nicht mehr an Hirsh. Da kam eines Tages ein Brief von ihm – er habe sich um eine Stelle bei Goddard beworben und ob ich nicht ein Wort für ihn einlegen könne – ich kennte die Leute doch sicherlich, na, und so weiter ... Ich habe Quint gleich angerufen, ihm die Sache nahegelegt und ihn gebeten, Hirsh wissen zu lassen, daß er die Stelle meinem Einfluß zu verdanken hatte.»

«Das versteh ich nicht. Sie sagen doch, Sie konnten Hirsh nicht ausstehen?»

«Ganz recht. Ich wollte ihm zeigen, daß er samt seinem Doktor und seiner ganzen Bildung zu mir kommen mußte, um eine Stelle zu kriegen.»

«Ach so ... Na ja. Und Sie haben ihn hier nie gesehen?»

Goralsky schüttelte den Kopf. «Er hat ein paarmal angerufen, aber ich ließ ihm durch das Mädchen bestellen, ich sei nicht zu Hause. Der Mann hatte uns einmal Unglück gebracht – ich hatte Angst. Ich war ein gebranntes Kind ... Und ich habe leider Recht behalten: Vor zwanzig Jahren haben wir wegen Hirsh fast Pleite gemacht; und was passiert jetzt? Er war schon wieder im Begriff, mich zu ruinieren.»

«Wie meinen Sie das?»

«Wir standen vor einem kleinen technischen Problem, und ich übergab die Sache Goddard, damit sie sich den Kopf zerbrachen. Sie teilten uns in einem Vorbericht mit, daß sie ziemlich sicher eine Lösung gefunden hätten. Zu diesem Zeitpunkt spielten wir mit dem Gedanken, mit einer anderen Gesellschaft durch Austausch von Aktien zu fusionieren ... Das ist streng vertraulich, Rabbi.»

«Selbstverständlich.»

«Das heißt ...» Goralsky lachte auf. «Streng vertraulich! Jeder Börsenmakler in Boston munkelt davon ... Sie kennen nur die Gerüchte, aber so was kann man nicht ganz geheimhalten. Ich will bloß nicht, daß es heißt, es kommt direkt von mir ... Okay?»

Der Rabbi nickte.

«Unsere Aktien stiegen also ... Das ist normal, sobald Gerüchte von einer möglichen Fusion durchsickern. Nach einer Woche waren sie um fast hundert Prozent geklettert. Aber ich weiß ganz genau, daß es nicht bloß wegen dieser Fusion war. Da war noch was: ein Gerücht, daß wir ein neues Verfahren entwickeln ... Das kann man wohl ebensowenig geheimhalten. Na, erst war ich ein bißchen sauer; ich dachte, vielleicht hat da einer bei Goddard versucht, klammheimlich ein bißchen abzukochen – Sie verstehen schon, selber Aktien kaufen, dann eine gezielte Indiskretion ... Na, ich dachte, mir schadet's ja nichts – im Gegenteil: Ich hatte damit gerechnet, zwei von meinen Aktien für eine von der anderen Firma geben zu müssen, und plötzlich sieht's aus, als könnte ich eins zu eins tauschen. Um so besser, dachte ich. Und es war ja auch absolut korrekt: Wenn ich ein neues Verfahren entwickle, dann sind meine Aktien auch mehr wert ... Kommen Sie mit, Rabbi?»

«Ja.»

«Ja, und dann kommt am Freitagnachmittag ein Anruf von Quint. Es war kurz vor *Kol Nidre*, ich war schon am Gehen. Er bedauere sehr, hat er gesagt, aber der Bericht sei leider verfrüht gewesen – sie hätten Bockmist gemacht. Verstehen Sie?»

«Sie meinen, es war falscher Alarm?»

«Ja. Und wie steh ich da? Es muß doch so aussehen, als hätte ich das Ganze manipuliert, um mehr herauszuschlagen.»

«Ja, allerdings.»

«Was kann ich tun? Es ist *Jom Kippur*; und wie ich nach Hause komme, ist Vater auch noch krank. Am Sonntag krieg ich einen Anruf von den Leuten. Sie sind natürlich mißtrauisch. Und stocksauer. Am Montag geh ich zu Goddard, um Quint den Kopf zu waschen ... Es war ihm entsetzlich peinlich, und er hat sich gewunden, bis er schließlich mit der Wahrheit rausrückte: ‹Ich muß Ihnen leider gestehen, Mr. Goralsky – Ihr Mr. Hirsh ist an allem schuld ...› Mir blieb die Spucke weg. Verstehen Sie jetzt, warum ich sage, der Kerl bringt Unglück ... Ich meine, er brachte Unglück. Verstehen Sie jetzt, warum ich zu seiner Beerdigung ging?»

«Eh ... Offen gesagt, nein.»

«Weil ich sicher sein wollte, daß er auch wirklich unter die Erde kam!»

Der Rabbi wußte nicht, ob er weinen oder lachen sollte. Ehe er jedoch etwas sagen konnte, steckte das Dienstmädchen den Kopf zur Tür herein: «Ihr Vater ist aufgewacht, Mr. Goralsky.»

Während sie die Treppe hinaufstiegen, bat Goralsky: «Erwähnen Sie die Friedhofsgeschichte mit keinem Wort, Rabbi. Ich will nicht, daß er sich aufregt.»

«Natürlich nicht.»

Der Alte war in einen Sessel gebettet und streckte eine dünne, blaugeäderte Hand zum Gruß aus. «Sehen Sie, Rabbi, ich hab gefastet, und es geht mir schon besser.»

«Sie sehen gut aus, Mr. Goralsky. Das freut mich wirklich.»

«Ich bin noch nicht ganz gesund...» Der Alte warf seinem Sohn einen vorwurfsvollen Blick zu. «Benjamin, soll der Rabbi stehen? Bring ihm einen Stuhl.»

«Bemühen Sie sich nicht», wehrte der Rabbi ab, doch Ben zog schon einen Stuhl herbei. Er selbst setzte sich auf den Bettrand.

«Es ist das erste Mal in meinem ganzen Leben, daß ich bei *Kol Nidre* nicht dabei war», sagte der Alte. «Ben sagt, Sie haben eine schöne Rede gehalten.»

Der Rabbi schielte zu Ben hinüber. Bens weitaufgerissene Augen waren eine einzige stumme Bitte, ihn nicht bloßzustellen. Der Rabbi schmunzelte. «Am *Jom Kippur* gibt man sich eben besonders Mühe. Nächstes Jahr, so Gott will, werden Sie selbst zuhören, Mr. Goralsky.»

«Wer weiß, ob ich's erlebe... Ich bin ein alter Mann. Ich hab mein Leben lang schwer gearbeitet.»

«Gerade deshalb sind Sie noch so rüstig. Harte Arbeit...»

«Das sagt er, seit ich ihn kenne», knurrte Ben.

Der Greis blickte seinen Sohn tadelnd an. «Benjamin, du hast den Rabbi unterbrochen.»

«Ich wollte nur sagen, daß harte Arbeit noch keinem geschadet hat... Machen Sie sich keine Sorgen, was nächstes Jahr sein wird. Sie müssen vor allem rasch gesund werden.»

«Sie haben recht. Man weiß ja doch nicht, wer an die Reihe kommt. Ich hab gehört, daß der junge Hirsh am *Kol Nidre*-Abend gestorben ist. Er war ein braver Junge und so gebildet...»

«Er war ein Säufer», murmelte Ben.

Der Alte zuckte die Achseln. «Das war früher. Trinken ist etwas Schreckliches. Vor ein paar Tagen hab ich in der jüdischen Zeitung gelesen, daß Trinken eine Krankheit ist... Ein Arzt hat darüber geschrieben. Hirsh konnte nichts dafür.»

«Er hat sich das Leben genommen, Papa.»

Der Alte nickte traurig. «Das ist was Schreckliches... Er hat sicher viel mitgemacht. Vielleicht, weil er ein Säufer war. Er war schließlich ein gebildeter Junge. Vielleicht war es für ihn dasselbe wie für andere Leute der Krebs.»

«Kannten Sie ihn gut?» fragte der Rabbi.

«Isaac Hirsh? Und ob! Ich kannte ihn, da hat er noch in den Windeln gelegen. Und seinen Vater und seine Mutter, die kannte ich auch. Sie war eine feine Frau, aber er...» Nachdenklich neigte er den Kopf zur Seite. «Ja, ja... schwer zu sagen, was das Rechte ist. Da ist einer wie der alte Hirsh – sein Leben lang faul und hinter den Frauen her; es hieß, keine anständige Frau hat sich von ihm ein Kostüm machen lassen, weil, bei der Anprobe... Na, Sie verstehen schon. Er konnte die Hände nicht bei sich behalten. Und als seine Frau starb, hat er kaum das Trauerjahr abgewartet, ehe er wieder heiratete. Aber sein Sohn... Der

Isaac, der ging auf die Universität, und Stipendien hat er gekriegt, und ein Doktor ist er geworden... Ich hab mich abgerackert mein Leben lang und die Gebote gehalten, aber keins von meinen vier Kindern ist auf die Universität gegangen.»

«Nun...»

«Aber eins muß ich sagen, Rabbi. Meine Kinder sind alle gesund und stark und haben's zu was gebracht. Und sie sind gut zu mir. Aber Isaac Hirsh... Er ist nicht zur Beerdigung von seinem eigenen Vater gekommen. Und jetzt ist er selber tot... Nein, nein – man weiß nie, was das Rechte ist.»

«Dann... Vielleicht denken Sie jetzt auch anders über Hirshs Begräbnis?» sagte der Rabbi tastend.

Der Greis kniff die Lippen zusammen. «Nein, Rabbi. Gesetz ist Gesetz.»

27

Der District Attorney ließ keine offizielle Meldung veröffentlichen. Nur im *Lynn Examiner* stand eine kurze Notiz, daß die Staatsanwaltschaft die näheren Umstände im Zusammenhang mit dem Tod von Isaac Hirsh am 18. September, wohnhaft gewesen Bradford Lane 4, Barnard's Crossing, untersuche. Möglicherweise werde ein Antrag auf Exhumierung der Leiche gestellt werden.

Marvin Brown entdeckte den Artikel, als er morgens während der Kaffeepause die Zeitung durchblätterte. Er rief sofort Mortimer Schwarz an.

«Mort, da steckt der Rabbi dahinter – jede Wette!» Erregung schwang in seiner Stimme. «Das ist doch sicher wieder einer von seinen Tricks!»

«Aber was hat der Rabbi beim District Attorney zu schaffen? Und überhaupt, was hat er davon?»

«Er ist doch dick befreundet mit Polizeichef Lanigan, und der geht bei der Staatsanwaltschaft ein und aus. Und was er davon hat – ich bitte dich, Mort: Er blockiert unseren Plan!»

«Du meinst den Weg? Den Bau der Straße? Was geht den District Attorney unser Friedhofsweg an?»

«Na hör mal! Wenn wir jetzt anfangen, eine Straße zu bauen, die ausgerechnet Hirshs Grab vom restlichen Friedhof abtrennt – das sieht doch verdammt komisch aus, oder? In der Zeitung steht, sie wollen den Leichnam exhumieren. Wie sieht das aus, wenn wir die Straße anlegen, während sie die Leiche ausgraben! Die fragen uns doch Löcher in den Bauch!»

«Also, ich seh keinen Grund zur Aufregung. Die Straße und die Exhumierung, das sind doch zwei Paar Stiefel. Das hat doch nichts miteinander zu tun... Und außerdem, ich glaube nicht, daß der Rabbi so ein Theater veranstalten würde – damit ändert er doch nichts! Nein, nein;

ich tippe eher auf diesen Beam. Schließlich steht für seine Versicherung ein Haufen Geld auf dem Spiel. Und so eine Gesellschaft hat auch mehr Einfluß auf den District Attorney als der Rabbi.»

«Du kannst sagen, was du willst, Mort; ich fang mit der Straße erst an, wenn der District Attorney aus der Sache draußen ist.»

«Na schön. Ich seh's nicht ein, aber wenn du's so haben willst – bitte. Dann warten wir eben noch eine Woche.»

«Ja – aber die Vorstandssitzung nächsten Sonntag? Es ist riskant, den Rücktritt des Rabbi bekanntzugeben, solange die Hirsh-Affäre nicht erledigt ist.»

«Hm ... Da ist was dran, Marve. Sag mal ... Du willst unter keinen Umständen mit der Straße beginnen, ehe ...»

«Nein.»

«Gut. Weißt du, was wir tun? Wir blasen die Vorstandssitzung ab.»

«Abblasen? Du, ich weiß nicht recht ... Ist das nicht ein bißchen stark?»

«Warum? Als Präsident kann ich auch eine Sondersitzung einberufen, oder nicht?»

«Ja, aber ...»

«Also. Da kann ich ebensogut eine Sitzung abblasen. Oder ... Ja, das ginge auch: Ich ruf unsere Freunde an und sag ihnen, sie sollen einfach wegbleiben. Dann sind wir nicht beschlußfähig.»

«Das klingt besser.»

«Na, ich laß es mir noch durch den Kopf gehen. Halt du inzwischen Augen und Ohren offen.»

Brown merkte plötzlich, daß seine Sekretärin in der Tür stand. Wie lange stand sie schon da? Es war ihm unbehaglich bei dem Gedanken. Was hatte sie mitbekommen? Er schaute sie fragend an.

«Da sind zwei Herren, Mr. Brown ... von der Polizei.»

Seit dem Tod ihres Mannes hatte Patricia Hirsh keinen Abend allein verbracht. Freunde und Nachbarn nahmen sich ihrer an, luden sie zum Essen ein oder kamen zu ihr, um ihr Gesellschaft zu leisten, wenn sie zu müde zum Ausgehen war. Deshalb war sie nicht überrascht, als eines Abends Peter Dodge dastand. Sie hatte ihn seit der Beerdigung nicht mehr gesehen.

«Ich hab dich vernachlässigt, Pat, ich weiß. Aber ich hatte entsetzlich viel zu tun mit den Vorbereitungen für die MOGRE-Fahrt.»

«Ich verstehe», sagte sie. «Du mußtest sicher auch deinen täglichen Spaziergang aufgeben.»

Er schien verlegen. «Nein, ich bin ... Ich wollte schon ein paarmal reinschauen, aber du hattest immer Besuch.»

«Ja und? Es sind nur Nachbarn oder Bekannte.»

«Wahrscheinlich war's albern von mir. Ich ... ich wollte nicht, daß sie denken, ich käme aus ... Na, aus beruflichen Gründen.»

«Aus beruflichen ... Wieso?»

«Na ja, du hast doch hauptsächlich jüdische Freunde und Nachbarn; ich wollte nicht, daß sie denken, ich wollte dich ‹zurückgewinnen›, nachdem dein Mann nicht mehr da ist.»

«Aber ich bin ja gar nicht übergetreten», entgegnete sie. «Ike und ich waren nur standesamtlich verheiratet.»

«Ich weiß, es war idiotisch von mir. Verzeih, Pat.»

«Es gibt nichts zu verzeihen, Peter.»

«O doch. Du warst allein, und ich hätte dir beistehen sollen. Schließlich bin ich dein ältester Freund hier, und ...» Er verhedderte sich endgültig.

Sie lächelte. «Also gut, Peter: Ich verzeih dir.» Sie streichelte seine Hand.

Er hielt sie fest: «Sag mir, wie geht es dir wirklich? Ich weiß, es muß ein entsetzlicher Schock für dich gewesen sein. Hast du dich schon ein bißchen gefangen?»

Sie entzog ihm sanft ihre Hand. «Ja, Peter. Ich fühle mich natürlich einsam, aber alle sind sehr nett zu mir.»

«Und was hast du vor? Willst du nach South Bend zurück?»

«Ich glaube nicht. Ich hab dort niemand mehr, und auch sonst nirgends ... Ich bin noch zu keinem Entschluß gekommen. Wahrscheinlich bleib ich hier und such mir eine Stelle. Wenn irgend möglich, will ich das Haus behalten; wenn ich es aufgeben muß, nehme ich wahrscheinlich eine kleine Wohnung in Lynn oder Salem.»

«Das mit der Stelle ist eine gute Idee. Es wird dich ablenken.»

«Das auch, ja. Vor allem kann ich dann aber auch regelmäßig essen ...» Sie lächelte. «Weißt du, man gewöhnt sich daran.»

Er erschrak. «Ich wußte nicht ... Hat Ike nicht ...»

«Für mich gesorgt? Wir haben ein kleines Sparkonto, etwas über tausend Dollar. Viertausend haben wir für das Haus angezahlt; die kriege ich sicher wieder raus, wenn ich verkaufen muß ... Den Wagen will ich auf alle Fälle loswerden. Nach dem, was passiert ist, will ich ihn nicht mehr sehen.»

«Und ... Keine Lebensversicherung?»

«Doch. Aber sie enthält eine Selbstmordklausel, und die Versicherung stellt schon eine Untersuchung an. Wenn sie entscheiden, daß es Selbstmord war, zahlen sie nur die bereits geleisteten Prämien zurück.»

«Aber ... Nein, Pat, so geht das nicht! Die können doch nicht aufs Geratewohl ... Das müssen sie doch beweisen!»

«Sie können auch einfach die Auszahlung verweigern und sich verklagen lassen. So ein Protest kann sich über Jahre hinziehen. Dr. Sykes sagt, wahrscheinlich bieten sie mir eine Abfindung an, aber das wäre dann viel weniger, als die Police vorsieht ... Wenn der Betrag halbwegs vernünftig ist, werde ich wohl darauf eingehen.»

«Aber warum? Du glaubst doch nicht, daß er Selbstmord begangen hat?»

Sie nickte langsam. «Vielleicht doch.» Und sie erzählte ihm, was bei Goddard losgewesen und wie es immer weiter abwärtsgegangen war.

Als sie geendet hatte, schwieg Dodge eine Weile. Schließlich sagte er: «Ich kann es nicht glauben. Ich kannte deinen Mann sehr gut, er war einer der klügsten Köpfe, die mir je begegnet sind...» Er zuckte die Achseln und erhob sich. «Ich muß jetzt gehen, Pat. Ich fliege heute abend wegen dieser Bürgerrechtssache in den Süden; ich wollte dir nur rasch auf Wiedersehen sagen. Ich bleibe ein, zwei Wochen fort – allerhöchstens drei; genau weiß man das nie im voraus da unten.»

Sie streckte ihm die Hand entgegen, und er umschloß sie fest mit beiden Händen. «Versprich mir, daß du nichts unternehmen wirst, bis ich wieder da bin. Wegen der Versicherung und auch sonst... In meiner Gemeinde sind ein paar einflußreiche Leute, mit denen will ich mal sprechen. Die können dir sicher auch helfen – wenn du Arbeit suchst... Ich will, daß du hier bleibst, Pat.»

«Schauen Sie, Rabbi, diese Friedhofsgeschichte... Wir stehen auf verschiedenen Seiten, Sie und ich. Ich weiß nicht, wer recht hat; ich weiß nur so viel, daß ich für die Gemeinde das Beste will... Es ist nicht meine Art, jemand was zu verkaufen und dann das Geschäft wieder rückgängig zu machen. Da ist die Sache mit der Grabstelle, die ich Mrs. Hirsh für ihren Mann verkauft hab... Also, Rabbi, selbst wenn die Sache nicht ganz *koscher* war, ich meine, mit seinem Tod und so – ich bin der letzte, der ein Gewein macht, obwohl, prinzipiell bin ich nur für korrekte Geschäfte. Aber – Mort Schwarz kommt und sagt, es war nicht ganz *koscher*, und es kann die Gemeinde einen Haufen Geld kosten – wegen der neuen Synagoge, ja? Ich zerbrech mir also den Kopf; ich find eine Lösung; und... Schön – Sie sind dagegen, Rabbi; okay. Ihr gutes Recht. Aber seien Sie mir nicht bös, das ist jetzt einfach unfair!»

«Könnten Sie mir erst mal sagen, wovon Sie eigentlich sprechen, Mr. Brown?»

«Ich bitte Sie, Rabbi – die ganze Stadt weiß, daß Sie mit dem Polizeichef auf du und du sind!»

«Und?»

«Ich finde, ein Außenstehender sollte seine Nase nicht in eine interne Synagogenangelegenheit stecken.»

«Wollen Sie mir erzählen, daß Lanigan zu Ihnen gekommen ist und gesagt hat, Sie sollen Ihren Standpunkt in der Hirsh-Affäre ändern?»

«Er ist nicht selber gekommen. Aber er hat einen Lieutenant Jennings geschickt und noch einen Beamten, beide in Zivil... Sie wollen mich sprechen, sagen sie. Meine Sekretärin sagt ihnen, ich bin beschäftigt, und ob sie ihnen vielleicht helfen kann. Nein, sie müssen mich persönlich sprechen. Sagt sie, es geht aber wirklich nicht. Da zeigen sie ihre Dienstmarke und sagen, wetten, daß es doch geht? – Stellen Sie sich doch mal vor, was das für einen Eindruck macht in einem Büro! Meine Angestellten waren dabei, und Kunden auch...»

«Die Polizei hat das Recht, jeden zu verhören, Mr. Brown. Wollen Sie etwa andeuten, daß ich sie zu Ihnen geschickt habe?»

«Na, sie kamen wegen Hirsh. Sie wollten wissen, was ich für Beziehungen zu ihm hatte... Beziehungen ist gut, ich hab ihn kaum gekannt. Als er hierherzog hab ich ihm einen Werbebrief geschickt – das tun wir bei allen neuen Einwohnern, es gehört zum Geschäft. Später schickte ich ihm einen zweiten... Na, und so weiter. Schließlich hat er unterschrieben, und das war das einzige Mal, daß ich ihn gesehen hab. Alles andere läuft bei mir übers Büro. Aber die beiden haben sich angestellt, als ob ich ein Verbrecher wäre. Und Fragen haben sie gestellt! Warum ich die Straße ausgerechnet *so* anlegen will? Ob ich nicht gemerkt hab, daß Hirshs Grab dadurch abgesondert wird? Was ich gegen Hirsh hätte? Ich konnte ihnen natürlich nichts von der Goralsky-Geschichte erzählen; das ist vorläufig alles noch intern. Soviel ich weiß, hat ja Ben Goralsky dem Projekt noch gar nicht zugestimmt. Da hab ich gesagt, unser Gesetz verbietet es, Selbstmörder rituell zu begraben. Komisch, sagen sie, nach Ansicht des Rabbi ist es nicht gesetzwidrig, und es muß wohl was anderes dahinterstecken... Und dann haben sie mich gefragt, wo ich in der Nacht war, in der Hirsh gestorben ist.»

«Sie hatten doch ein Alibi. Es war *Kol Nidre*-Abend.»

«Klar. Die wollten mich bloß ein bißchen durch den Wolf drehen... Sagen Sie bloß nicht, es kann mir nichts passieren, wenn ich unschuldig bin! Ich rede gar nicht von der Zeit, die sie mir nehmen. Aber nur schon die Tatsache, daß sie mich vernommen haben, kann mir schaden. In der Versicherungsbranche muß man frei von jedem Verdacht sein. Was passiert, wenn es sich rumspricht, daß die Polizei bei mir war und mich verhört hat? Glauben Sie, das nützt meinem Geschäft?»

Dem Rabbi blieb die Antwort erspart, weil das Telefon klingelte. Es war Lanigan.

«Erinnern Sie sich, Rabbi – ich sagte Ihnen, daß Hirsh auf Ben Goralskys Empfehlung bei Goddard eingestellt wurde?» Es klang triumphierend.

«Ja. Warum?»

«Wußten Sie auch, daß Hirsh und Goralsky ursprünglich Partner waren? Und daß die Goralskys mit einem Verfahren, das Hirsh ausgeknobelt hatte, ein Vermögen gemacht haben? Daß sie ihn rechtzeitig aus der Firma ausgekauft haben?»

«Ja, das wußte ich.»

Eine lange Pause. «Das haben Sie aber nie erwähnt», sagte Lanigan endlich. Er sagte es sehr kühl.

«Ich dachte, es sei unwichtig.»

«Ich habe das Gefühl, Rabbi, wir sollten uns noch einmal unterhalten. Paßt's Ihnen heute abend?»

«Gern... Übrigens, Mr. Brown ist gerade bei mir. Marvin Brown. Er sagt, Ihre Leute hätten ihn aufgesucht.»

«Ja, und er war alles andere als hilfsbereit.»

«Möglich. Aber mich stört vor allem, daß er glaubt, es sei auf meine Veranlassung geschehen. Haben Ihre Leute etwas in der Richtung erwähnt?»

«Ich bitte Sie, Rabbi!»

«Aber warum sind Sie denn ausgerechnet an ihm interessiert?»

«Weil ... Ich hab da gerade etwas erfahren. Und wenn er schon bei Ihnen sitzt, tun Sie mir den Gefallen und fragen sie ihn, warum er die Synagoge vor Ende des Gottesdienstes verlassen hat.»

«Vor ... Sind Sie sicher?»

«Ganz sicher, Rabbi.» Damit legte Lanigan auf.

Der Rabbi wandte sich Marvin Brown zu. «Das war Lanigan.»

Browns Lächeln schien zu bedeuten: *Ich hab's ja gleich gesagt.*

«Sagen Sie, Mr. Brown, haben Sie am Freitagabend die Synagoge früher verlassen?»

Marvin Brown wurde rot.

«Ach – deshalb sind Sie nicht aufgestanden, als Sie zum Ehrendienst aufgerufen wurden? Ich dachte, die defekte Lautsprecheranlage ... Warum sind Sie früher gegangen?»

«Das ... Ich brauche das nicht zu beantworten. Ich bin hier nicht ... Soll das ein Verhör sein? Das ist ganz allein meine Sache. Ich bin Ihnen keine Rechenschaft schuldig.»

28

«Ich bin vor allem anderen Polizist», sagte Lanigan, «und es mißfällt mir, daß Sie mir Informationen vorenthalten.»

«Hätte ich aus der Tatsache, daß Goralsky Mr. Hirsh eine Empfehlung gegeben hat, schließen sollen, daß er ihn umbringen wollte?» Der Rabbi war ebenso kühl und höflich wie der Polizeichef.

Lanigan seufzte. «Ich hab Ihnen doch alles schon mal erklärt, Rabbi. Wir haben eine Waffe, die praktisch jedermann benutzen konnte, und praktisch keine Ahnung über das mögliche Motiv. Bleibt noch die Gelegenheit zur Tat – und auf die müssen wir uns konzentrieren. Wie gesagt, die Juden von Barnard's Crossing hatten mehr oder weniger ein gemeinsames Alibi. Sie waren zu jenem Zeitpunkt alle in der Synagoge, und wer nicht dort war, muß es irgendwie erklären können. Und Ihr Freund Marvin Brown war nicht dort. Soviel ich weiß, ist er irgendein hohes Tier in der Gemeinde ...»

«Er ist im Vorstand.»

«Na also? Wenn jemand dort zu sein hatte, dann er. Wir wissen aber, daß er die Synagoge früher verlassen hat – und er will nicht sagen, warum. Außerdem hat er mit Hirsh eine Versicherung abgeschlossen. Einverstanden, das heißt noch lange nichts, aber es beweist doch, daß da eine Verbindung bestanden hat. Brown wird also vernommen – was kann ich dafür, wenn er sich aufregt? Das kann jedem passieren.»

«Muß man den Leuten nicht sagen, weshalb man sie vernimmt? Und muß man bei einem Mordfall nicht darauf hinweisen, daß seine Aussagen gegen ihn verwendet werden könnten?»

«Wir haben ihn nicht beschuldigt. Wir wollten nur ein paar Auskünfte von ihm haben ... Einstweilen laß ich ihn im eigenen Saft schmoren. Vergessen Sie nicht, einstweilen soll niemand erfahren, daß Hirsh ermordet worden ist.»

«Wie lange wollen Sie das durchhalten?»

Der Polizeichef lachte zum erstenmal seit Beginn des Gesprächs. «Es ist kein Geheimnis mehr. Nachdem ich dem District Attorney Bescheid gesagt hatte, mußte es wohl oder übel die Runde machen; so was kann man nicht verheimlichen. Ihr Freund Brown kann zwei und zwei zusammenzählen; er weiß, daß wir ihm nicht zwei Beamte auf den Hals hetzen und sein Alibi nachprüfen, wenn es nicht um Mord oder so was Ähnliches geht ... Außerdem, in der Abendausgabe des *Examiner* steht bereits in Fred Stahls Klatschspalte etwas darüber. Andeutungen ... Haben Sie's nicht gelesen?»

«Ich lese keine Klatschspalten.»

«Schade; manchmal lohnt sich's. Der Artikel fragt: ‹Was verheimlicht die Polizei? Warum stellt die Staatsanwaltschaft Untersuchungen über den Tod eines bekannten Wissenschaftlers an? Warum diese Geheimniskrämerei über seinen Tod? Hat die Polizei einen Fehler gemacht, und versucht sie ihn jetzt zu vertuschen?› So in der Tonart.»

«So wird das also gemacht?» murmelte der Rabbi traurig. «Andeutungen in Klatschspalten, Gerüchte, Vermutungen ... Und wenn nun Browns Sekretärin und seine Angestellten den Artikel sehen? Und wenn daraus seine Kunden schließen, daß er in einen Mordfall verwickelt ist? Gehört das auch zu den Dingen, die jedem passieren können? Und alles nur, weil das Opfer eine Versicherung bei ihm abgeschlossen hat?»

«Es war nicht nur diese Versicherung. Er hat auch der Witwe die Grabstelle verkauft und hinterher versucht, die Leiche praktisch ... eh, auszuquartieren ... Rabbi, in diesem verzwickten Fall, wo wir überhaupt keine Anhaltspunkte haben, müssen wir der kleinsten Spur nachgehen.»

«Und verdächtigen Sie vielleicht auch Ben Goralsky, weil er seinem früheren Partner Hirsh eine Stelle verschafft hat? Und weil er auch nicht in der Synagoge war ... Die Goralskys sollen sehr orthodox sein, da ist es doch um so seltsamer, daß er nicht zum Gottesdienst ging.»

«Ich nehme an, Sie haben auch gehört, daß der Alte sehr schwer krank war.»

«Ja. Aber nicht von Ihnen, Rabbi.» Die anfängliche Spannung lag wieder in der Luft.

«Sie betonen, daß Sie vor allem anderen Polizist sind, Lanigan. Nein, ich bin vor allem anderen Rabbiner. Mr. Goralsky ist in meiner Gemeinde, und ich darf sein Vertrauen nicht mißbrauchen, um die Polizei zu informieren.»

«Mit anderen Worten, Sie würden die Polizei nicht informieren, auch wenn Sie wüßten, daß jemand in Ihrer Gemeinde einen Mord begangen hat?»

«Für mich gelten genau dieselben Pflichten wie für jeden anderen Bürger», erklärte der Rabbi steif.

«Aber Sie unterstützen uns nicht.»

«Ich werde bestimmt keine unschuldigen Leute in Verdacht bringen, damit sie von der Polizei belästigt werden ...»

«Belästigt? Glauben Sie, wir vernehmen sie, weil's uns Spaß macht?»

«Im Endergebnis kommt es auf dasselbe hinaus. Brown war aufgeregt und hatte Angst. Aber bestimmt nicht, weil er den Mord begangen hat; er hat Angst um sein Geschäft; er denkt an seine Freunde, an seine Familie.»

«Aber er hat die Synagoge früher verlassen und will nicht sagen, warum.»

«Na und? Viele Leute gehen zwischendurch mal hinaus. Es ist ein langer Gottesdienst, man will Luft schnappen oder die Beine strecken ...»

«Und ist es eine Schande, das zuzugeben?»

«Natürlich nicht. Aber vielleicht ist Brown aus einem anderen Grund fortgegangen, den er nicht eingestehen will ... Vielleicht ist er nach Hause gegangen, um etwas zu essen, und es ist ihm unangenehm, wenn es herauskommt, daß er nicht durchfastet.»

«Und vielleicht ist er auch zu Hirsh gegangen, um ihn umzubringen.»

«Warum? Weil er ihm eine Versicherungspolice verkauft hatte? Sie können ebensogut alle anderen verdächtigen, die mit Hirsh in irgendeiner Geschäftsverbindung standen: den Bäcker, den Fleischer, den Tankwart ... -zig Leute. Und sicherlich überwiegend keine Juden mit Kollektiv-Alibi.»

«Ich sage ja nicht, Brown ist des Mordes verdächtig, weil er die Synagoge früher verlassen hat. Aber in einem Fall, wo die Waffe jedermann zugänglich und kein klares Motiv vorhanden ist ...»

«Vielleicht versteifen Sie sich zu sehr darauf.»

«Wie meinen Sie das?»

«Nun, es muß nicht unbedingt so sein. Vielleicht hat der Mörder schon monatelang vorgehabt, Hirsh umzubringen, aber entweder brachte er den Mut dazu nicht auf oder es bot sich nie die Gelegenheit. Mag sein, daß er die Absicht hatte, Hirsh auf irgendeine konventionelle Art zu töten, aber dann machte er sich die Situation zunutze.»

«Ja, vielleicht, aber ... Ich sehe nicht ein, wie uns das weiterhilft.»

«Wir müssen der Untersuchung eine andere Richtung geben.»

«Zum Beispiel?»

Der Rabbi zuckte die Achseln. «Wir wissen, daß Hirsh seinerzeit an der Entwicklung der Atombombe beteiligt war. Vielleicht lohnt es sich, da nachzuforschen ... Ich weiß, es klingt wie ein Hintertreppenroman, aber es ist doch vorstellbar, daß er Informationen besaß, die jemand haben wollte – oder umgekehrt: Er wußte etwas, das unter keinen Umständen weiterdringen durfte ...»

«Rabbi, Hirshs Mitarbeit an der Bombe liegt zwanzig Jahre zurück; es ist kaum anzunehmen, daß er etwas weiß, was heute noch nicht im Physikbuch für die Oberstufe steht... Außerdem, warum hätte der Täter so lange gewartet?»

«Wahrscheinlich haben Sie recht; aber können Sie die Möglichkeit einfach wegwerfen? Bisher lebte er in einem anderen Teil des Landes. Jetzt kommt er an die Ostküste zurück, wo es von Wissenschaftlern nur so wimmelt. Vielleicht hat er bei Goddard einen früheren Kollegen wiedergetroffen...»

«Wir können ja in den Personalakten nachprüfen, ob sonst noch jemand bei Goddard an der Bombe mitgearbeitet hat», meinte der Polizeichef skeptisch.

«Tun Sie das. Aber weiter: Was ist mit der Tatsache, daß Mrs. Hirsh eine attraktive junge Frau ist?»

Lanigan schaute den Rabbi verwundert an. «Ich hätte nicht gedacht, daß ein Rabbi so etwas merkt.»

«Ich könnte mir vorstellen, daß sogar ein katholischer Priester in der Lage ist, da gewisse Unterschiede festzustellen.»

Lanigan grinste. «Ich glaube, wir können die Möglichkeit nicht ausschließen...» Dann wieder ernst: «Wollen Sie andeuten, daß die Witwe einen Liebhaber...»

Der Rabbi wiegte den Kopf hin und her. «So wie ich sie einschätze, glaube ich es kaum; ausgeschlossen ist es nicht. Ich könnte mir eher denken, daß es von dem Mann ausgeht – einem jüngeren Mann wahrscheinlich, der es auf sie abgesehen hat und dem Hirsh im Weg war.»

«Das klingt schon vernünftiger. Man müßte es nachprüfen.»

Plötzlich wurde er mißtrauisch: «Oder versuchen Sie etwa, den Verdacht von Brown und Goralsky abzulenken, Rabbi?»

«Ich will nur zeigen, daß es nicht unbedingt ein Mitglied meiner Gemeinde gewesen sein muß, das aus dem einen oder anderen Grund nicht beim Gottesdienst war.»

«Na schön. Aber wir werden trotzdem versuchen, dahinterzukommen, was Ihre Freunde an jenem Freitagabend getrieben haben.»

Er stand auf. «Na, dann gute Nacht, Rabbi. Ich bin ein bißchen enttäuscht, offen gesagt... Ich nehme an, ich brauche Ihnen nicht zu sagen, daß Sie sich nach dem Gesetz dieses Landes unter Umständen der Mittäterschaft schuldig machen, wenn Sie Goralsky oder Brown einen Wink geben.»

29

In einer Kleinstadt gibt es keine Geheimnisse. Ein Geheimnis ist dort nicht etwas, das niemand weiß, sondern etwas, worüber man nicht offen spricht. Als sich die Staatsanwaltschaft schließlich am Donnerstag der Presse stellte, wußte alle Welt, daß es bei Hirshs Tod nicht mit rechten Dingen zugegangen war. Der District Attorney trug in seiner Pressekonferenz jedoch nicht viel zur Klärung der Lage bei. Den Reportern, die ihn mit ihren Fragen in die Enge trieben, bestätigte er lediglich, daß die Polizei von Barnard's Crossing gewissen Hinweisen nachginge, die es möglich erscheinen ließen, daß Isaac Hirsh nicht an den Folgen eines Unfalls gestorben sei.

«Gibt es Indizien, die auf einen Selbstmord hinweisen?»

«Wir schließen eine solche Möglichkeit nicht aus.»

«Deuten Anzeichen auf einen Mord hin?»

«Auch die Möglichkeit ist nicht auszuschließen.»

«Können Sie uns sagen, in welche Richtung die neuen Hinweise führen?»

«Ich glaube nicht, daß dies im gegenwärtigen Zeitpunkt von öffentlichem Interesse ist.»

«Isaac Hirsh hat an der Entwicklung der A-Bombe mitgearbeitet. Besteht zwischen dieser Tatsache und seinem Tod eine Verbindung?»

«Wir schließen die Möglichkeit nicht aus.»

«Welche Maßnahmen beabsichtigen Sie zu ergreifen, Sir?»

«Die Untersuchung wird hauptsächlich durch die Polizei von Barnard's Crossing durchgeführt, in Zusammenarbeit mit der Staatspolizei.»

«Ist es nicht ungewöhnlich, den Fall der Polizei einer Kleinstadt zu übergeben, obwohl möglicherweise Dinge im Spiel sind, die Washington betreffen?»

«Wir haben größtes Vertrauen in Polizeichef Lanigan. Er kennt seine Stadt, und wir sind der Überzeugung, daß er am besten geeignet ist, die Untersuchung zu leiten. Selbstverständlich kann Washington jederzeit durch meine Behörde eingeschaltet werden, falls es sich herausstellen sollte, daß die Regierung von der Angelegenheit betroffen ist.»

«Soll Isaac Hirshs Leichnam exhumiert werden?»

«Unter Umständen.»

Mehr war aus ihm nicht herauszubekommen. Auf alle anderen Fragen antwortete er stur: «Darauf möchte ich im Augenblick noch nicht eingehen.»

Lieutenant Eban Jennings war groß und mager, sein graues Haar schütter. Er betupfte sich in kürzeren Abständen die tränenden blauen Augen mit einem gefalteten Taschentuch. Wenn er sprach, hüpfte der Adamsapfel an seinem hageren Hals ständig auf und ab.

«Ich war gerade bei der Hirsh ... Mensch, Hugh, da ist aber wirklich alles dran!»

«Wie meinst du das?»

«Na, so ...» Er brauchte beide Hände zu einer Geste, die sich nur auf Mrs. Hirshs Oberweite beziehen konnte. «Und einen niedlichen Popo hatse auch.»

«Alter Lüstling!»

«Du hast gesagt, geh hin und schau sie dir an!» verteidigte sich Jennings. «Und wenn du mich fragst – da ist ein tolles Weib, höchstens fünfunddreißig, verheiratet mit einem dicken Gartenzwerg, der ihr Vater sein könnte – Glatze und Schmerbauch, und obendrein noch ein Jud. Wie kommt so eine dazu, einen wie den zu heiraten? Gut, vielleicht isses ihr dreckig gegangen, und sie wollte mal einen, der sie anständig behandelt ... Aber das kann doch auf die Dauer nicht gut gehn, verdammt noch mal!»

«Hast du etwas gehört? Gerüchte, Klatsch?»

«Nee. Ich hab ja auch nicht rumgefragt. Ich hab nur die Dame selber ein bißchen ausgenommen: Ob an dem Tag was Ungewöhnliches passiert ist – irgendwelche Briefe, Telefonanrufe, Besuche ... Nein, sagt sie. Bloß dieser junge Pfarrer, dieser – na ... Dodge, ja ... der hätte Hirsh an dem Abend besuchen wollen.»

«Peter Dodge?» Lanigan fiel plötzlich etwas ein. «Moment mal ... Der war doch mal hier, um sich zu beschweren, und ... Ja, wir haben uns ein bißchen unterhalten, und dabei kam raus, daß er aus South Bend stammt. Genau wie sie.»

«Ach nee? Dann paß mal gut auf: Ich wollte diesen Dodge daraufhin fragen, ob er vielleicht noch bei Hirsh war; ich ging also zu Milly Oliphant – bei der wohnt er. Und was glaubst du – er ist verreist.»

«Verreist?»

«Verreist, ja. Nicht für ganz ausgezogen. Bloß nach Alabama geflogen, sagt Milly. Mit einer Gruppe von Geistlichen; sie wollen demonstrieren ... Und jetzt hör gut zu: Die Gruppe zieht erst in ein paar Tagen los. Das hab ich von Dr. Sturgis erfahren, dem Boss von Dodge. Er sagt, Dodge ist früher gefahren, um einige organisatorische Einzelheiten zu regeln.»

«Peter Dodge? Ja aber ... ein Geistlicher?»

«Mensch, Hugh, ein Geistlicher ist doch auch 'n Mann, oder? Glaubst du im Ernst, bloß weil einer im schwarzen Kittel rumläuft und den Kragen verkehrt rum anhat – ich red jetzt gar nicht von Katholiken, obwohl ... Na, das ist Ansichtssache; wahrscheinlich gibt's überall sone und solche. Der Dodge ist auf alle Fälle kein Katholik. Er ist auch noch nicht so sehr lange Pfarrer. Und früher hat er Football gespielt – 'n Kerl wie ein Kleiderschrank ist das. Er ist im gleichen Alter wie die Hirsh. Und unverheiratet. Und jetzt ist er weg.»

«Willst du mir einreden, daß er getürmt ist?»

«Na ja – ist doch komisch, nicht? Wo seine Gruppe erst in ein paar Tagen fährt ... Er sollte mit den anderen fahren, und jetzt hat er die Reise vorverlegt.»

«Worauf willst du hinaus?»

«Er ist abgehauen, gleich nachdem im *Examiner* stand, daß im Zusammenhang mit dem Tod von Mr. Hirsh möglicherweise was nicht stimmt.»

30

An diesem Freitag fühlte sich Miriam ziemlich elend. Sie hatte während ihrer ganzen Schwangerschaft kaum Beschwerden gehabt, aber heute war sie todmüde und hatte geschwollene Füße von der zusätzlichen Hausarbeit für die Vorbereitung des Sabbat. Ihr Mann hätte sich bestimmt Sorgen gemacht, wenn sie gesagt hätte, sie wolle lieber nicht zur Synagoge gehen; so fragte sie ihn nur, ob sie heute nicht ausnahmsweise fahren könnte.

Darüber machte er sich natürlich auch Sorgen. «Fühlst du dich nicht gut? Oder ... Ist es schon ...»

«Nein, es ist noch nicht soweit.» Sie zwang sich ein Lächeln ab. «Es ist nur, weil ich den ganzen Tag auf den Beinen war, ich kann kaum noch laufen ... Ich ruf die Margolis' an, ob sie mich mitnehmen.»

«Kommt nicht in Frage. Du fährst mit mir.»

«Aber David, du fährst doch nicht am Sabbat!»

«Heut fahr ich eben; basta.»

«Und wenn sie dich vorfahren sehen? Dann wird es heißen, jetzt, wo er zurücktritt ...»

Er lachte. «Ach so – der große Heuchler, jetzt zeigt er sein wahres Gesicht, weil's nicht mehr drauf ankommt? Laß sie denken, was sie wollen. Komm jetzt.» Er nahm ihren Arm und führte sie zum Wagen.

Und dann sprang der Motor nicht an. Fünf Minuten später betätigte David immer noch den Anlasser ... Nichts. Er murmelte allerlei Unfreundliches, und Miriam wollte gerade munter verkünden, sie sei gar nicht mehr müde und es mache ihr nichts aus, zu Fuß zu gehen – da sprang der Motor an.

Sie fuhren die Straße hinunter, und der Rabbi wollte nach rechts abbiegen.

«Nach links», dirigierte ihn Miriam.

«Aber die Synagoge ist rechts», protestierte er.

«Mit dem Wagen haben wir reichlich Zeit.»

Er zuckte die Achseln, als wolle er sagen, wer kann schon mit einer schwangeren Frau diskutieren, und tat, wie ihm geheißen.

Ein paar Blocks weiter sagte sie: «Halte mal an.» Er merkte, daß sie vor der Zentrale der Taxigesellschaft von Barnard's Crossing standen, und ihm ging ein Licht auf.

«In letzter Zeit hatten wir Scherereien mit unserem Wagen», erklärte Miriam dem Besitzer, der herausgekommen war. «Ich muß irgendwann in den nächsten Tagen ins Krankenhaus ... Kann man Sie zu jeder Zeit rufen?»

«Vierundzwanzig Stunden am Tag, Mrs. Small.»

«Und was passiert, wenn alle Wagen unterwegs sind?» fragte der Rabbi.

«Keine Bange, Rabbi. Ich hab vier Taxis laufen, und es passiert so gut wie nie, daß alle vier gleichzeitig unterwegs sind ... Ja, neulich, an dem hohen Feiertag in Ihrer Synagoge, da ging's eine Weile wild zu – so bis kurz nach halb acht. Aber dann war Schluß. Aus. Gar nichts mehr... Der nächste Wagen wurde irgendwann nach Mitternacht gebraucht. Ich weiß nicht, wie Ihre Leute heimgekommen sind», schloß er etwas pikiert.

«Dann können wir uns also auf Sie verlassen, falls mein Mann Schwierigkeiten mit unserem Wagen hat?» überbrückte Miriam geschickt die peinliche Pause.

«Hundert Prozent, Mrs. Small. Ich bring Sie sogar mit Zwillingen garantiert rechtzeitig hin.» Er lachte schallend über seinen eigenen Witz.

Als sie losfahren wollten, streikte der Wagen wieder. Der Taxibesitzer legte ein fachmännisches Interesse an den Tag.

«Muß der Vergaser sein», erklärte er. «Das sollten Sie bald reparieren lassen.»

In dem Moment sprang der Wagen an. «Wird gemacht», rief der Rabbi dem Mann zu und fuhr los.

«Ich bin froh, daß du daran gedacht hast», meinte er. «Sicher ist sicher.»

«Ist es nicht eher, weil du Lanigan nicht gern um eine Gefälligkeit bitten möchtest? Ich meine, daß er einen Streifenwagen schickt, falls...»

«Ach wo», murmelte er abweisend.

Der Parkplatz hinter der Synagoge schien heute voller als sonst beim Freitagabendgottesdienst.

«Sie haben sicher alle von deinem Rücktritt gehört», meinte Miriam, «und jetzt wollen sie dir zeigen, daß sie dir die Stange halten.»

«Ich glaube, es ist eher Neugier. Sie wundern sich, was mit mir los ist. Wahrscheinlich haben sie auch allerlei Gerüchte über Hirshs Tod gehört.»

«Das klingt aber ziemlich bitter, David.»

Er sah sie überrascht an. «Keine Spur. Im Grunde ist es ein Beweis, daß unser Bethaus seine eigentliche traditionelle Funktion als Gemeindezentrum erfüllt... In den engen Gettos im alten Europa pflegte sich jede Neuigkeit wie ein Lauffeuer von Haus zu Haus zu verbreiten; hier in Barnard's Crossing haben wir kein ausgesprochen jüdisches Viertel, und wenn etwas passiert, das die Juden besonders interessiert, kommen sie eben zur Synagoge, um Näheres zu erfahren... Ich bin keineswegs verletzt. Im Gegenteil, ich freue mich darüber.»

Wer aber gehofft hatte, daß sich der Rabbi über die Gründe seines Rücktritts auslassen würde, der sah sich in seinen Erwartungen getäuscht. Es war ein Freitagabendgottesdienst wie jeder andere. Wie immer begab sich der Rabbi anschließend in den Gemeindesaal, wo der Frauenverein Tee und Kuchen zu servieren pflegte. Die Unterhaltung war angeregt; das Hauptthema war natürlich der Tod von Isaac Hirsh. Da und dort schnappte der Rabbi Gesprächsfetzen auf:

«Ich wette, der Rabbi weiß alles. Sein Rücktritt hat sicher was damit zu tun.»

«Wie meinst du das?»

«Keine Ahnung. Aber es ist bestimmt kein Zufall, daß beides zusammenfällt.»

Wenn ihn jemand rundheraus fragte, was er von der Hirsh-Affäre halte, sagte er nur immer: «Ich weiß es nicht. Ich habe den Mann nicht gekannt.»

Miriam, die sonst neben ihm stand, hatte einen der Klappsessel zur Wand gezogen und sich hingesetzt. Einige Frauen umstanden sie und gaben ihr gute Ratschläge.

Mrs. Wasserman rückte ihren Sessel neben den Miriams. Sie war eine mütterliche Frau in den Sechzigern und hatte sich vom ersten Tag an der Smalls angenommen.

«Man wird rascher müde, was?» meinte sie freundlich.

«Na ja – ein bißchen», gab Miriam zu.

Mrs. Wasserman tätschelte ihre Hand. «Bald haben Sie's hinter sich. Nur keine Angst. Ich wette, es wird ein Junge.»

«Hoffentlich. David würde gar nichts anderes akzeptieren – und seine Mutter erst!»

Mrs. Wasserman lachte. «Sie werden auch ein Mädchen nehmen! Und nach zwei Tagen würden Sie's nicht für zehn Jungen hergeben ... Ist der Rabbi aufgeregt?»

«Bei ihm weiß man das nie.»

«Bah! Sie tun nur alle so, als kümmerten sie sich nicht drum. Aber das ist nur Bluff. In Wirklichkeit ... Als mein Ältester auf die Welt kam, hat sich Jacob beinahe umgebracht – wenn er dachte, ich merke nichts davon. Und ich bin sicher, Ihr Mann ist genauso!»

Miriam lächelte schwach. «Sie kennen meinen David nicht.»

«Er hat eben sehr viel zu tun.»

«Wenigstens hab ich es durchgesetzt, daß wir vorhin bei der Taxizentrale vorbeigefahren sind und einen Wagen bestellt haben für den Fall, daß unserer nicht anspringen sollte. Aber sonst ...» Sie lächelte. «Er denkt, es ist genug, wenn er ständig sein Gewissen prüft und nichts Schlechtes tut.»

«Vielleicht ist es so am besten», murmelte Mrs. Wasserman.

Morris Goldman, der Garagenbesitzer, schlenderte durch die Menge und näherte sich der Stelle, wo der Rabbi stand; er redete und gestikulierte heftig: «... ein kleiner, glatzköpfiger Dickwanst war er, und jetzt stellt sich heraus, daß er mit einer tollen Rothaarigen verheiratet ist, noch dazu eine *Schickse*, und doppelt so groß und halb so jung wie er ... Oh, gut Schabbes, Rabbi. Ich sprach eben über diesen Hirsh.»

«Kannten Sie ihn?»

«Na ja, wie man seine Kunden eben kennt. Wie das so ist: Die Leute warten auf ihren Wagen, und man sagt ihnen guten Tag. Ihn kannte ich vielleicht ein bißchen besser, weil mit seiner alten Karre dauernd was los war ... Bremsen, Reifenpannen und so. Einmal hab ich einen neuen Auspuff montiert.»

«Wie kam er zu Ihnen?» fragte einer der Umstehenden. «Ihre Garage liegt doch außerhalb der Stadt.»

«Er hat doch bei Goddard gearbeitet – die kommen alle zu mir. Meine Garage liegt fünfhundert Meter vom Labor entfernt, an der Fernstraße 128, gleich bei der Kreuzung ... Sie bringen morgens den Wagen zum Abschmieren oder zur Inspektion, und dann gehen sie zu Fuß in die Firma.»

«Führen Sie alle Reparaturen aus?» fragte der Rabbi.

«Na klar. Warum? Ist Ihr Wagen nicht in Ordnung, Rabbi?»

«Er startet so schlecht. Und beim Bremsen bleibt der Motor oft stehen.»

«Na, das kann alles mögliche sein ... Kommen Sie doch gelegentlich vorbei, dann seh ich mir das Ding an.»

«Mach ich», sagte der Rabbi und ging zu Miriam hinüber. «Bist du müde, Liebling? Möchtest du heim?»

«Ich glaube, es wäre vernünftiger», meinte sie. «Ich hol meinen Mantel.»

Während er auf sie wartete, steuerten Jacob Wasserman und Al Bekker auf ihn zu. Sie strahlten.

«Na, Rabbi? Jetzt sieht die Sache anders aus, was?»

«Was meinen Sie?»

«Nun, diese Mitteilung der Polizei und ... Nee, das war ja der District Attorney», korrigierte sich Becker. «Hirsh ist ermordet worden! Und Sie sind raus aus der Sache, Rabbi.»

«Wenn Sie das Begräbnis meinen, Mr. Becker – ich habe den District Attorney nicht nötig, um ‹raus aus der Sache› zu kommen. Außerdem betrachte ich den gewaltsamen Tod eines Menschen nicht als das ideale Mittel zu meiner Rehabilitierung – selbst wenn ich eine Rehabilitierung brauchte.»

«Nun ja – freilich, ein Mord ... Ich bedaure das ja auch sehr. Aber merken Sie denn nichts? Es nimmt Mort Schwarz und seiner Bande den Wind aus den Segeln! Haben Sie schon gehört, daß er sogar die Vorstandssitzung am Sonntag abgeblasen hat?»

«Nein ... Das wußte ich nicht.»

«Sie bekommen sicher morgen die Nachricht mit der Post.»

«Hm, ja; wahrscheinlich ... Was halten Sie davon?»

Wasserman rieb sich vergnügt die Hände. «Wahrscheinlich wollen sie unter den gegebenen Umständen abwarten, wie sich die Hirsh-Affäre entwickelt, bevor sie Ihr Rücktrittsgesuch bekanntgeben. Marvin Brown soll sich geweigert haben, mit dem Bau des Friedhofsweges zu beginnen – ich weiß es aus zuverlässiger Quelle.»

«Geweigert? Warum denn?»

«Weil die Staatsanwaltschaft die Leiche exhumieren lassen will.»

Der Rabbi lächelte wehmütig. «Dann haben sie ja im Grunde erreicht, was sie erreichen wollten ...»

«Na, aber das ist doch ganz was anderes, Rabbi», entgegnete Wasserman. «Jetzt handelt es sich um die Behörden, die ein Verbrechen aufklären müssen.»

«Ja, allerdings.»

«Überlegen wir uns lieber, wie wir vorgehen sollen. Für den armen Hirsh...» Er zuckte die Achseln: «Für ihn spielt es keine Rolle mehr, wie er zu Tode gekommen ist; wir müssen uns jetzt um die Lebenden kümmern... Also wie steht's mit Ihrem Rücktritt? Das ist doch nicht Ihr Ernst?»

«Wenn diese Sache nicht passiert wäre, hätte ich bestimmt nicht daran gedacht.»

«Gut. Dann müssen wir uns also was einfallen lassen, was Schwarz daran hindert, den Brief dem Vorstand vorzulesen. Becker und ich haben lange hin und her diskutiert; wir finden, Sie sollten Schwarz einen Brief schreiben, in dem Sie Ihr Rücktrittsgesuch widerrufen... Nein, nein!» winkte Wasserman ab, als der Rabbi protestieren wollte. «Sie können sagen, daß angesichts der letzten Ereignisse keine Meinungsverschiedenheiten zwischen dem Vorstand und Ihnen mehr bestehen und daß Sie aus diesem Grund Ihr Gesuch zurückziehen.»

«Nein.»

«Ja, aber... Begreifen Sie doch, Rabbi – dann ist es ein ganz normales Rücktrittsgesuch; Schwarz muß es nur vorlesen und darüber abstimmen lassen... Strenggenommen ist die Abstimmung nicht einmal nötig; eine einfache Mitteilung genügt. Aber wenn zwei Briefe vorliegen, muß er erklären, worum es bei der ganzen Auseinandersetzung ging. Dann haben wir wenigstens Oberwasser.»

Der Rabbi schüttelte den Kopf. «Es tut mir leid, meine Herren, aber...»

«Nehmen Sie doch Vernunft an, Rabbi», drängte Becker. «Jake und ich haben uns Ihretwegen große Mühe gegeben; wir wollen Ihnen doch nur helfen – aber Sie müssen auch was tun! Sie können nicht erwarten, daß wir uns verrückt machen, überall herumtelefonieren, die Leute besuchen und ihnen die Sache erklären, wenn Sie selbst nicht mithelfen.»

«Ich erwarte gar nichts.» Er bemerkte Miriam, die aus der Garderobe kam. «Entschuldigen Sie mich bitte. Meine Frau ist sehr müde.»

Becker sah ihm nach und schüttelte den Kopf. «Das hat man davon, wenn man den Leuten helfen will.»

Wasserman schüttelte den Kopf. «Er ist verletzt. Er ist noch sehr jung, und er ist zutiefst verletzt...»

Während sie über den Parkplatz zu ihrem Wagen gingen, fragte Miriam: «Was ist denn mit Becker und Wasserman los? Sie kamen mir ziemlich kühl vor. Du hast sie doch nicht vor den Kopf gestoßen, David?»

Er erzählte ihr von dem Gespräch, und sie lächelte traurig. «Jetzt hast du's also glücklich mit allen verdorben – mit Wasserman, Lanigan und Schwarz... Mußt du dich denn mit allen Leuten streiten, David?»

«Ich habe mich nicht mit ihnen gestritten. Ich habe mich nur geweigert, Schwarz zu bitten, meinen Brief als nicht geschrieben zu betrachten. Das käme auf dasselbe heraus, als wenn ich um die Stelle bettelte.»

«Aber du würdest doch gern hierbleiben, oder nicht?»

«Sicher. Aber ich kann nicht darum bitten – begreifst du das denn nicht? Wenn ich zum Vorstand betteln gehen muß, damit sie mich behalten trotz einer Auseinandersetzung, in der ich recht hatte – wie kann ich da jemals einen Einfluß auf die Gemeinde ausüben? Wie kann ich sie lenken? Sie würden mich einfach als ein Aushängeschild betrachten und tun, was ihnen gefällt.»

«Du hast wahrscheinlich recht», gab sie zu. «Aber ...» Sie zögerte.

«Aber was?»

«Aber ich bin schließlich eine junge Frau; ich lebe Hunderte von Meilen von meinen Eltern entfernt, und ich erwarte in den nächsten Tagen ein Kind.»

«Na und?»

«Und da wäre ich froh, wenn mein Mann eine feste Stelle hätte.»

31

«Ich misch mich nie ein, Hugh, das weißt du genau. Ich bin kein Polizist und der letzte, der dir sagen wollte, was du zu tun hast. Aber die Polizeiabteilung untersteht dem Sadtparlament, und unsere Aufgabe ist es, die große Linie ...» Eine ausladende Handbewegung: «... festzulegen.»

Alford Braddock war kein typischer Stadtverordneter von Barnard's Crossing. Selbstverständlich stammte er aus der Stadt – es war undenkbar, daß jemand, der nicht aus Barnard's Crossing gebürtig war, ins Stadtparlament gewählt wurde. Während jedoch die anderen Mitglieder meist kleine Kaufleute mit einem Hang zur Lokalpolitik waren, besaß er ein ansehnliches Vermögen und eine Maklerfirma in Boston. Während die anderen persönlich um Stimmen werben und bei Logenzusammenkünften und vor der Frauenliga Reden halten mußten, konnte er sich Wahlplakate und Hausbesuche von bezahlten Wahlhelfern leisten. So gewann er regelmäßig die meisten Stimmen und wurde infolgedessen zum Vorsitzenden des Stadtparlaments gewählt. Er war groß und sah mit seinem schlohweißen Haar und den hellblauen Augen sehr distinguiert aus.

«Also – was hast du auf dem Herzen, Alford?» erkundigte sich Lanigan freundlich.

«Es ist ... Also Dr. Sturgis sagt, ihr hättet Erkundigungen über Peter Dodge eingezogen; und jetzt hat er sich in den Kopf gesetzt, daß es mit dieser Hirsh-Geschichte zusammenhängt. Ich habe ihm natürlich versichert, daß mir das höchst unwahrscheinlich vorkommt. Was kann Dodge schon mit diesem Isaac Hirsh zu tun gehabt haben? Welche Verbindung ...»

«Vielleicht wollte er ihn bekehren?» meinte Lanigan mit einem Lächeln.

«Bekehren? Ach so, ja ... möglich. Er ist sehr eifrig, der junge Dodge. Stammt aus dem Mittelwesten.» Er sagte es, als ob dies alles erkläre.

«Außerdem wissen wir, daß er Hirsh in der Mordnacht besuchen wollte», bemerkte Lanigan. «Vermutlich wegen dieser Bürgerrechtsgeschichte.»

«Ja, das muß es wohl gewesen sein. Die Verbindung zwischen Dodge und Hirsh, meine ich.» Er schien erleichtert.

«Sie hatten noch einen anderen gemeinsamen ... eh, Berührungspunkt, Alford. Dodge kennt Mrs. Hirsh. Sie kommen beide aus derselben Stadt – aus South Bend.»

«Was sagst du da – er kannte Mrs. Hirsh? Worauf willst du hinaus, Hugh?»

«Auf gar nichts. Wir möchten lediglich Mr. Dodge ein paar Fragen stellen ... Wir haben nach Alabama telegrafiert, er soll sich mit uns in Verbindung setzen – keine Antwort. Wir haben sein Hotel in Birmingham angerufen – er war nicht dort; seit seiner Ankunft vor ein paar Tagen hatten sie ihn nicht mehr gesehen ... Bitte, ich schildere nur den Tatbestand; ich ziehe einstweilen keinerlei Schlüsse daraus. Es kommt bei diesen Leuten von der Bürgerrechtsbewegung öfters vor, daß sie ein Hotelzimmer nehmen, damit sie eine Adresse angeben können, und dann nie mehr dort auftauchen; erst ehe sie abreisen, geben sie das Zimmer wieder auf ... Na ja. Wir haben die Behörden von Alabama um Amtshilfe gebeten. Bisher haben wir aber nichts gehört.»

«Amtshilfe, so ... Hugh, da steckt doch was dahinter! Verdammt noch mal, rück endlich raus damit ... Du willst mir einreden, daß Dodge was mit der Hirsh hatte und infolgedessen in den Mord verwickelt ist. Und daß er jetzt getürmt ist ...»

«Es könnte so sein.»

«Aber verdammt noch mal, er ist doch ein Geistlicher und dazu noch von meiner Kirche!»

«Aber er ist jung, unverheiratet und ... wie hast du's ausgedrückt – sehr eifrig.»

«Ja, bist du dir eigentlich klar, was das bedeuten kann?»

«Ja. Aber offen gestanden, ich glaub nicht dran. Wir haben auch nichts gegen ihn in der Hand. Wir wollen ihn nur fragen, ob er Hirsh an dem Abend getroffen hat. Und wenn ja, wann er wieder weggegangen ist.»

«Ach so.» Braddock atmete auf. «Du wirst sehen, seine Abwesenheit vom Hotel hat bestimmt eine ganz harmlose Ursache. Steht doch jeden Tag in der Zeitung: Diese Bürgerrechtler quartieren sich oft demonstrativ bei Nig ... bei Negern ein, und dann sind sie praktisch unerreichbar.» Braddock lächelte breit: «Mensch, Hugh – einen Moment lang hätt ich dir's beinah abgekauft ...»

Lanigan grinste.

«Und jetzt leg mal die Karten auf den Tisch, Hugh: Ihr habt doch schon jemand in Verdacht, ja? Diesen Versicherungsfritzen vielleicht?»

«Marvin Brown? Wir interessieren uns für ihn, ja. Zumindest wüßten wir gern, wo er zu jenem Zeitpunkt war.»

«Kein Alibi, hm?»

«Wir haben ihn noch nicht gefragt.»

«Warum nicht?»

«Immer mit der Ruhe! Es liegt nichts gegen ihn vor; er hat nur bei einer Gelegenheit mal mit Hirsh zu tun gehabt... Der läuft uns nicht davon. Ich laß ihn einstweilen schmoren; diese impulsiven, nervösen Typen drehen ganz von allein durch, wenn man sie in Ruhe läßt; und dann machen sie oft einen Fehler.»

«Ich verstehe.» Braddock rieb sich die Hände; er fand das Ganze außerordentlich spannend, und er freute sich, daß sein Amt ihm einen Logenplatz sicherte, wenn es um die Arbeit der Polizei ging. «Ich verstehe», murmelte er noch einmal.

«Eigentlich finden wir Benjamin Goralsky viel interessanter.»

«Goralsky?» Braddock fuhr auf. «Ben Goralsky von Goraltronics? Moment mal, Hugh, jetzt bist du aber auf dem falschen Dampfer! Den Mann kenne ich nämlich. Gut sogar. Geschäftlich zuerst, und dann auch so. Er beschäftigt über tausend Leute hier aus der Gegend... Also, der hat bestimmt nichts damit zu tun!»

«Mag sein. Aber wir wollen ihn uns mal vorknöpfen und ihn verschiedenes fragen.»

«Völlig ausgeschlossen, Hugh. Kommt nicht in Frage. Ich laß das nicht zu... Ihr könnt ihm nichts nachweisen; ihr wollt ihn einfach aufs Geratewohl ausquetschen, und... Also das erlaube ich nicht! Da ist einiges in Vorbereitung, wovon ihr nichts wißt; wenn ihr dem Mann jetzt Ärger macht, kann es unabsehbare Folgen für Barnard's Crossing haben.»

«Du meinst die Fusion?»

«Wer sagt etwas von einer Fusion? Was weißt du von einer Fusion?»

«Komm schon, Alf... Jedes Kind weiß, daß Goraltronics vor einer Fusion stehen.»

«Na ja, es ist nicht ausgeschlossen. Es könnte sein, daß in gewisser Hinsicht... Ach, Quatsch: Ja, es stimmt. Aber behalt's um Gottes willen für dich! Es kann für die ganze Gegend eine großartige Sache werden. Ich gebe auch zu, daß meine Firma am Rande auch daran interessiert ist... Aber im Augenblick ist die Situation äußerst heikel, verstehst du? Darum müßt ihr mir die Finger von Ben Goralsky lassen.»

«Damit dann womöglich ein Mörder frei rumläuft?»

«Verdammt noch mal, er hat den Mord nicht begangen! Beweis mir das Gegenteil, und ihr könnt ihn haben. Aber solange du keine handfesten Beweise hast, laß den Mann gefälligst in Ruhe – und das ist ein Befehl, Hugh! Wenn ihr ihm auf die Nerven geht, und es war dann für die Katz – Hugh, das kann dich deine Stellung kosten.»

32

Sergeant Whitaker war jung und ehrgeizig. Drei Abende in der Woche hörte er an der Bostoner Universität Rechtsvorlesungen. Wenn alles glatt ging, würde er in vier Jahren sein Anwaltsexamen machen. Eine fürchterliche Paukerei, aber zum Glück hatte Polizeichef Lanigan Verständnis und sorgte dafür, daß er an jenen drei Abenden dienstfrei hatte. Heute war Freitag, und der Freitag war vorlesungsfrei; Whitaker mußte heute länger Dienst tun. Es machte ihm nichts aus. Er hatte zwar noch nicht zu Abend gegessen, und Aggie regte sich jedesmal auf, wenn er nicht mit ihr und den Kindern essen konnte; Lieutenant Jennings bestand jedoch darauf, daß alle Dienstaufträge erledigt sein mußten, bevor seine Leute Feierabend machten, ganz gleich, wie spät es wurde. Whitaker war noch nicht lange Sergeant und wollte den Lieutenant nicht enttäuschen.

Er saß in der Küche der Goralsky-Villa; ihm gegenüber Mrs. Chambers, die Haushälterin. Das Notizbuch lag aufgeschlagen vor ihm; er gab sich alle Mühe, respekteinflößend zu wirken, ganz unpersönlicher Polizeibeamter. Aber das war gar nicht so einfach, denn Mrs. Chambers kam aus der Old Town und hatte ihn noch als kleinen Gassenjungen gekannt.

«Was willst du eigentlich? Wenn du Mr. Goralsky Schwierigkeiten machst, kriegst du's mit mir zu tun. Ich mach da nicht mit. Mr. Ben ist ein feiner, hochanständiger Herr, und sein Vater ist ein lieber, alter Mann, auch wenn er ein Ausländer ist und manchmal 'n bißchen komisch redet.»

«Ich hab's Ihnen doch schon erklärt, Mrs. Chambers. Eine reine Routineuntersuchung.»

«Das klingt so hübsch – Routineuntersuchung... Und was untersuchst du, mit Verlaub?»

«Wir befragen jeden, der irgendwann einmal mit dem verstorbenen Isaac Hirsh Verbindung hatte – mit dem Mann, dessen Bild ich Ihnen gezeigt habe. Reine Routinesache», wiederholte er und blätterte in seinem Notizbuch. «Ich hab den ganzen Tag damit zugebracht. An die zwanzig Leute hab ich heute schon...»

Sie ließ ihn nicht ausreden. «Ich hab den Mann nie gesehen.»

«Ist er nie hier im Haus gewesen? Denken Sie scharf nach.»

«Wie redest du eigentlich mit mir, Henry Whitaker? Ich sag dir doch, ich hab ihn nie gesehen.»

«Und Mr. Goralsky? Hat Mr. Ben Goralsky nie den Namen Hirsh erwähnt?»

Achselzucken. «Mir gegenüber jedenfalls nicht.»

«Und der Alte?»

«Nicht daß ich wüßte.»

«Gut. Und jetzt versuchen Sie mal, sich an den Abend des 18. September zu erinnern. Es war ein Freitag. Und ein hoher jüdischer Feiertag...»

«An dem Abend wurde der alte Herr krank.»

«Und der junge kam vermutlich früh nach Hause. Alle anderen ... Also, alle anderen Juden hörten früher als sonst mit der Arbeit auf. Er sicher auch.»

«Ja. Und das ganze Personal bekam frei.»

«Aber Sie ...»

«Ich bin hiergeblieben. Klar. Wer hätte sonst den alten Herrn pflegen sollen? Wo er doch so hohes Fieber hatte?»

«Wann kam Mr. Ben nach Hause. Um drei? Um vier?»

«Es muß so gegen vier Uhr gewesen sein.»

«Ich nehme an, er war die ganze Zeit zu Hause, bis er in die Synagoge ging.»

«Er ist nicht in die Synagoge gegangen. Jedenfalls nicht zum Beten. Er hat nur den Rabbi mit seiner Frau hingefahren und kam gleich wieder zurück.»

«Und in der Zeit waren Sie allein mit dem alten Herrn?»

«Ja. Ich saß an seinem Bett.»

«Und nachdem Mr. Ben den Rabbi bei der Synagoge abgesetzt hatte, kam er nach oben, um zu sehen, wie es seinem Vater geht?»

«Nein.» Sie schüttelte energisch den Kopf. «Er kam nicht nach oben, weil er nicht wollte, daß sein Vater merkt, daß er nicht in der Synagoge ist. Der alte Herr hätte sich sonst schrecklich aufgeregt. Darum hat sich Mr. Ben versteckt.»

«Hm ... so ... Und woher wissen Sie, daß er gleich wieder zurückkam?»

«Weil er mir's gesagt hat. Woher denn sonst?»

«Hat er's Ihnen am nächsten Morgen gesagt?»

«Nein. Später am Abend. Der alte Herr war eingeschlafen, und ich machte mir was zu essen in der Küche. Da sah ich Mr. Ben im Wohnzimmer.»

«Wann war das?»

«Neun, halb zehn.»

«Sie haben ihn also zwischen sieben, als er den Rabbi zum Tempel brachte, und neun Uhr nicht gesehen.» Whitaker studierte mit finsterer Miene sein Notizbuch. «Aber Sie haben ihn doch sicher gehört, als er heimkam?»

«Nein, hab ich nicht», gab sie bissig zurück. «Ich hab Mr. Goralskys Schlafzimmertür zugemacht, weil es sonst zieht. Und das Wohnzimmer ist auf der anderen Seite des Hauses.»

«Haben Sie wenigstens gehört, wie der Wagen vorfuhr?» bohrte er weiter.

«Nein.»

«Nein? Das ist aber komisch.»

«Da ist überhaupt nichts komisch dran, Henry Whitaker: Glaubst du vielleicht, Mr. Goralsky fährt mit so 'ner alten Kiste rum, daß man's durch die Mauern von so einem Haus hören kann? Bei der Brandung?»

«Ach so, ja – die Brandung ...» murmelte er kleinlaut.

«So, und wenn du jetzt mit deiner Fragerei fertig bist, geh ich wieder an meine Arbeit. Mr. Ben wird gleich von der Synagoge zurück sein und noch 'ne Kleinigkeit essen wollen.»

33

«Sie haben Ihren Fall also gelöst, ja?» knurrte Lanigan. «Sie wissen haargenau, wie sie's getan hat? Warum bleiben Sie nicht noch in der Stadt, bis sie ein Geständnis ablegt? Ich geb Ihnen gern eine Kopie; die können Sie sich dann einrahmen lassen und über den Schreibtisch hängen.»

Aber Beam ließ sich nicht provozieren. «Hören Sie, Chef – ich mach meine Arbeit, und Sie machen Ihre. Es ist nicht meine Aufgabe, Verbrechen aufzuspüren; ich führ meine Untersuchung durch, und dann mach ich meinen Bericht ... Gestern hab ich mit der Direktion gesprochen. Sie finden, daß der Tatbestand ausreicht, um der Witwe die Zahlung zu verweigern. Wenn es sich herausstellt, daß sie schuldig ist, bekommt sie ohnehin nichts. Falls keine anderen Begünstigten da sind, fällt der ganze Betrag an den Staat ... Natürlich, wenn Sie einen anderen Täter finden, zahlen wir anstandslos aus.»

«Und wenn wir keinen anderen Täter auftreiben, sitzt ihr weiter auf dem Geld und sagt der Witwe, na los, verklag uns doch ... Aber wehe, sie tut's – dann tretet ihr den ganzen Stadtklatsch breit; und selbst wenn sie den Prozeß gewinnt, nimmt kein Hund in Barnard's Crossing mehr ein Stück Brot von ihr.»

«Nein, Hugh», warf Jennings ein, «sie drohen ihr bloß damit. Und dann bieten sie ihr zehn Cent pro Dollar als Abfindung an.»

«Das ist normales Geschäftsverfahren», erklärte Beam.

«Als nächstes werden Sie wohl nach South Bend fahren und dort auch rumschnüffeln, was?»

«Ach, ihr Polizisten habt ganz einfach was gegen Privatdetektive», philosophierte Beam. «Und Versicherungsgesellschaften hat sowieso jeder auf der Latte ... Aber ich bin nicht zum Streiten hergekommen. Ich wollte nur auf Wiedersehen sagen. Sie haben mich zurückgerufen.»

«Wiedersehn.» Lanigan blickte Beam mürrisch nach, als er das Zimmer verließ.

«Was hältst du von ihm?» fragte Jennings.

«Der würde seine eigene Großmutter verkaufen, wenn seine Gesellschaft was davon hätte.»

«Jetzt stehen wir schön da. Die Witwe muß praktisch beweisen, daß sie unschuldig ist.»

«Hm, hm. Und das kann sie nur, wenn wir den Schuldigen finden. Und vorläufig haben wir nichts in der Hand.»

«Also, ich tippe immer noch auf Dodge ... Ist doch schon sehr seltsam, daß er unmittelbar nach Fred Stahls Artikel verduftet ist. Seine Wirtin sagt, er wollte erst am Wochenende abreisen.»

«Das kann ein Zufall sein. Außerdem, Dodge liest bestimmt nicht Stahls Klatschspalte.»

«Und warum ist er seither verschollen?»

«Wahrscheinlich rennt er von einer Versammlung zur anderen, damit sie ihn nicht einlochen. Als Demonstranten, meine ich. Und die Polizei – Gott, wahrscheinlich würden sie uns in diesem Fall liebend gern den Gefallen tun, bloß um ihn abschieben zu können. Aber wenn gerade Demonstrationen sind, haben sie sicher größere Sorgen.»

«Ein Kerl wie Dodge...» grübelte Jennings. «Ein großer, gut aussehender Bursche... So einer muß doch leicht zu finden sein.»

«Na und? Ich meine, und wenn sie ihn finden – was willst du dann mit ihm anfangen? Wir können ihm nichts nachweisen.»

«Abwarten! Immerhin, Gelegenheit zur Tat hat er gehabt. Er spaziert jeden Abend um diese Zeit dort vorbei. Außerdem kennt er Mrs. Hirsh von früher; sie ist eine hübsche Frau, er ist ledig und in ihrem Alter, im Gegensatz zu Hirsh...»

«Ja, ja – ich weiß. Alles zugegeben. Ich hab ja nicht gesagt, er ist nicht tatverdächtig. Aber einstweilen haben wir nichts gegen ihn in der Hand. Wir müssen warten, bis ihn die Kollegen in Alabama finden. Wenn wir ihn erst beim Wickel haben, können wir ihn durch den Wolf drehen. Aber ich kann doch nicht einfach die Beine auf den Tisch legen und hoffen, daß er eines Tages wieder auftaucht!»

«Jaaa... Und dieser Marvin Brown?»

«Gegen den haben wir auch nichts in der Hand.»

«Außer, daß er sich bei seiner Vernehmung angestellt hat wie eine Jungfrau in der Hochzeitsnacht. Nichts war aus ihm rauszukriegen. Alibi hat er auch keins, und obendrein weigert er sich, dem Rabbi zu sagen, warum er die Synagoge früher verließ.»

«Stimmt alles. Und was glaubst du, was mir der District Attorney erzählt, wenn ich ihm damit komme?»

«Also gut – weiter: Wie wär's mit Goralsky?»

«Goralsky, ja... Der interessiert mich schon eher.»

«Wieso eigentlich? Dem kannst du auch nicht viel mehr nachweisen.»

«Nein? Und was sagst du dazu?» Er zählte an den Fingern auf: «Erstens war er nicht in der Synagoge. Zweitens wollte er Hirsh unbedingt aus dem Friedhof draußen haben. Drittens kannte er Hirsh noch von früher – als einziger in Barnard's Crossing. Viertens waren sie Geschäftspartner, und Goralsky ist durch Hirsh ein reicher Mann geworden, ohne daß Hirsh was davon gehabt hätte. Und schließlich verschafft ihm Goralsky die Stelle bei Goddard.»

«Ja, aber sie sind sich nie mehr begegnet.»

«Sagt Goralsky.»

«Das sagt auch Mrs. Hirsh.»

«Vielleicht haben sie miteinander telefoniert – was weiß ich?»

«Ja, eben – was weißt du? Das sind doch alles nur Vermutungen!»

«Schön – halten wir uns an die Tatsachen: Die beiden waren Partner. Goralsky drängt Hirsh aus der Firma und baut sie mit einer Erfindung seines Ex-Partners zum milliardenschweren Konzern aus ... Das wäre zumindest ein Tatmotiv.»

«Moment mal – du bist im Begriff, nachzuweisen, warum Hirsh den Goralsky umgebracht hat!»

«So? Was weißt du denn, wie die beiden tatsächlich miteinander gestanden haben? Sieh mal: Sie hatten seinerzeit Krach, als sie noch Partner waren – stimmt's?»

«Stimmt.»

«Und zwanzig Jahre später will Hirsh eine Empfehlung von Goralsky, um einen Posten bei Goddard zu kriegen. Goralsky gibt ihm nicht nur die besten Referenzen; er rammt ihn den Leuten bei Goddard geradezu in den Hals ...»

«Stimmt auch.»

«Und nachdem er ihm so die Stelle verschafft hat, weigert er sich, Hirsh zu sehen – Mensch, da stimmt doch was nicht! Wenn der Krach damals so wuchtig war, daß Goralsky dem Hirsh nach zwanzig Jahren nicht begegnen will, warum empfiehlt er ihn dann? Oder andersrum: Wenn er sich so viel Mühe gibt wegen Hirsh, warum weigert er sich dann, ihn zu sehen? Das kann doch nur eines bedeuten ...»

Jennings stieß einen Pfiff aus. «Du meinst ...»

«Ja: Erpressung! Und wenn du's unter diesem Gesichtspunkt betrachtest – ist es nicht recht sonderbar, daß ausgerechnet Hirsh bei dieser Fusion Sand ins Getriebe gebracht hat?»

«Klar!» Jennings schlug auf den Tisch. «Das wäre allerdings für Goralsky ein Grund, ihn um die Ecke zu bringen!»

«Nein, wart mal ...» Lanigan überlegte. «Nein, das ist nicht überzeugend. Es reicht eigentlich nicht für einen Mord, finde ich. Außerdem ist die Fusion ja noch gar nicht endgültig geplatzt. Und nachdem Hirsh ohnehin rausgeschmissen werden sollte ... Ich meine, er hätte dann ja keinen Schaden mehr anrichten können.»

«Das ist es ja gerade, Hugh!» Jennings war ganz aufgeregt. «Was du selber die ganze Zeit sagst: Es ist die Art von Mord, zu dem man kein ausgeprägtes Motiv braucht.»

«Jaaa ...» Lanigan nickte. Dann sagte er: «Er ist auch mein Lieblingskandidat.»

«Goralsky? Wieso – kennst du ihn denn?»

«Nein.»

«Ja, aber ...»

«Ich bin auch nur ein Mensch. Alle reden sie auf mich ein, ich soll die Finger von Goralsky lassen. Erst der Rabbi, dann Alf Braddock – das war schon eine handfeste Drohung, was Braddock gesagt hat. Und jetzt will ich's denen mal zeigen... Wenn wir recht haben mit unserer Theorie – denen würde ich's mit Wonne unter die Nase reiben.»

«Na, dann nehmen wir ihn doch fest.»

Lanigan schüttelte den Kopf. «Er hat ein Alibi. Sein Vater und die Haushälterin würden Stein und Bein schwören, daß er den ganzen Abend zu Hause war.»

«Wir haben schon ganz andere Alibis kleingekriegt. Los, wir holen ihn!»

«Du hast gut reden. Wenn's schiefgeht, bin ich dran.»

Der Diensthabende steckte den Kopf durch die Tür: «Ein gewisser Marvin Brown will Sie sprechen, Chef. Will eine Aussage machen, sagt er.»

Lanigan ordnete die frischgetippten Seiten. «Wer ist Ihr Anwalt, Mr. Brown?»

«Oscar Kahn – von Kahn, Kahn, Channing und Spirofsky. Warum?»

«Das ist eine ernste Angelegenheit. Es handelt sich um einen Mordfall, und ich möchte, daß alles korrekt vor sich geht. Sie werden das unterschreiben müssen – das hab ich Ihnen vorher gesagt. Vielleicht sollte es Ihr Anwalt durchsehen, bevor Sie unterschreiben.»

«Das kapier ich nicht», sagte Marvin Brown; er gab sich Mühe, selbstsicher und ruhig zu erscheinen. «Erst fallen Ihre Leute im Büro über mich her und quetschen mich aus wie eine Zitrone; sie machen kein Hehl daraus, daß sie von der Polizei sind, und ich denke mir, die kommen noch öfters, womöglich auch in meine Wohnung, um meine Frau auszufragen... Na, sag ich mir, spar ihnen die Mühe; geh hin und mach deine Aussage... Und jetzt erzählen Sie mir, ich brauch einen Anwalt?»

«Ich will nicht, daß Sie hinterher sagen, wir hätten Sie überfahren, Mr. Brown. Ich gebe Ihnen nur einen Rat...»

Es klopfte.

«Herein!» brüllte Lanigan.

Sergeant Whitaker öffnete die Tür. «Kann ich Sie einen Moment sprechen, Chef?»

34

Der Rabbi sah den Wagen über den Parkplatz fahren und vor der Synagogentür anhalten. Ein livrierter Chauffeur riß den Schlag auf und half dem alten Goralsky heraus. Für Anfang Oktober war der Morgen ungewöhnlich mild, aber der alte Herr trug Mantel und Schal. Er stützte sich auf den Arm des Chauffeurs.

Der Rabbi eilte ihm entgegen. «Wie schön, daß Sie wieder gesund sind, Mr. Goralsky, und zum Gottesdienst kommen... Hat es der Arzt auch erlaubt?»

«Ich frag nicht den Arzt, wenn mir mein Gewissen sagt, was ich tun muß. Und heute muß ich beten. Sie haben in der Früh meinen Benjamin geholt.» Seine Stimme zitterte, die Augen füllten sich mit Tränen.

«Wer hat ihn geholt? Was soll das heißen? Was ist passiert?»

«Wir saßen noch am Frühstückstisch. Ich war noch nicht mal richtig angezogen... Seit ich krank war, geh ich den ganzen Tag im Morgenrock herum, wissen Sie, weil ich mich immer wieder hinlegen muß... Da kam die Polizei. Sie waren sehr nett und höflich und auch nicht in Uniform; sie waren angezogen wie Sie und ich. Der eine holt sein Abzeichen aus der Tasche. Der andere zeigt eine Karte – 'ne Visitenkarte, wie ein Vertreter. Er ist der Polizeichef. Was wünschen Sie, meine Herren? fragt mein Benjamin. Ich denk, vielleicht ist in der Fabrik was passiert oder mein Gärtner hat sich wieder mal besoffen. Aber nein, sie wollen meinen Benjamin. Sie wollen ihn ausfragen. Wegen Isaac Hirsh, von dem es heißt, er hat sich umgebracht, und jetzt ist es offenbar doch kein Selbstmord.

Wenn Sie Fragen stellen wollen, sagt mein Benjamin, bitte schön – fragen Sie. Nehmen Sie Platz, machen Sie sich's bequem und stellen Sie Ihre Fragen. Vielleicht möchten Sie auch eine Tasse Kaffee? Nein, sie möchten keinen Kaffee, und in meinem Haus können sie meinem Sohn keine Fragen stellen... Ist es vielleicht nicht groß genug, das Haus? Doch, es ist groß genug, das Haus, aber mein Benjamin muß mit ihnen aufs Revier, und dort werden sie ihn ausfragen... Rabbi, was sind das für Fragen, die sie ihm dort stellen können und zu Hause nicht? Und dazu haben sie's eilig... Mein Benjamin sitzt gern gemütlich mit mir am Tisch, und wir reden – über das Geschäft, über diesen oder jenen Kunden. Aber nein, sie können's kaum abwarten, bis mein Benjamin die Krawatte angezogen hat und die Jacke, so eilig haben sie's...»

«Wollen Sie sagen, daß er verhaftet worden ist? Was werfen sie ihm denn vor?»

«Das hab ich sie auch gefragt, und mein Benjamin hat es gefragt... Es ist keine Verhaftung, sagen sie; sie wollen ihm bloß Fragen stellen... Warum nahmen sie ihn denn mit, wenn er nicht verhaftet ist? Ich seh keinen Unterschied... Nein, keinen Unterschied. Ja, und da hab ich mich angezogen und bin hergekommen.»

Der Rabbi nahm den Arm des alten Mannes und wandte sich an den Chauffeur: «Ich führe ihn schon...» Und dann, zu dem Alten: «Fühlen Sie sich kräftig genug, um vorzubeten, Mr. Goralsky?»

«Sicher. Wenn Sie mich als Vorbeter wollen...»

«Gut. Dann kommen Sie... Hinterher können wir uns unterhalten.»

Das Dutzend Männer, das zum Gottesdienst gekommen war, wollte schon beginnen. Als sie aber Goralsky am Arm des Rabbi eintreten sahen, gingen sie auf ihn zu, schüttelten ihm die Hand und beglückwünschten ihn zu seiner Genesung. Der Rabbi half ihm aus dem Mantel und legte ihm den Gebetsschal um die mageren Schultern; dann führte er ihn zum Vorlesepult vor dem Thoraschrank.

Der Alte betete mit hoher, zittriger Stimme, die sich zuerst gelegentlich überschlug, dann aber fester wurde; und als er das *Olenu* anstimmte, das Schlußgebet, klang es klar und laut durch den Raum, und das magere, kleine Männchen stand plötzlich ganz aufrecht und wirkte viel größer.

«Mir ist nicht wohl bei der Sache, Rabbi», gestand Goralsky, als sie nach dem Gottesdienst in der leeren Synagoge saßen. «Ich fahr heute zum erstenmal in meinem Leben am Sabbat, und trotzdem lassen Sie mich vorbeten ...»

«Machen Sie sich deswegen keine Sorgen, Mr. Goralsky. Sagen Sie – haben Sie Ihren Anwalt benachrichtigt?»

Der Alte schüttelte den Kopf. «Das hat noch Zeit. Mein Benjamin, der hat ja auch gemeint, ich soll den Anwalt anrufen, aber ... Was kann er tun? Wie soll er helfen? Nein, nein. Die Polizei glaubt, mein Benjamin hat was zu tun mit dem Tod von diesem Hirsh. Deshalb haben sie ihn mitgenommen. Weil sie einen Verdacht haben ...» Er sah den Rabbi fragend an, als erwarte er Widerspruch.

Doch der Rabbi entgegnete nur: «Ja, das ist schon möglich.»

«Aber es ist ausgeschlossen, Rabbi! Ich kenne meinen Sohn. Er ist brav, er hat ein Herz aus Gold ... Früher, da hat er mir Sorgen gemacht, weil er schlecht war in der Schule – Sie wissen doch, jeder Vater will, daß sein Sohn studiert und eine gute Bildung hat. Aber mein Benjamin ... Na ja, es war eine schwere Zeit, und ich hab ihn gebraucht im Geschäft. Aber wenn er einen Kopf zum Studieren gehabt hätte, dann ... Also, es wär gegangen. Aber er wollte nicht lernen. Und der Hirsh von nebenan, der hatte einen Sohn, das war ein regelrechtes Genie, und dauernd hat er Stipendien gekriegt. Aber später hab ich mir oft gedacht, vielleicht war's gut so, denn der Isaac Hirsh hat nie mehr den Fuß in eine Synagoge gesetzt, seit er erwachsen war. Und dann hat er getrunken und auch noch eine Christin geheiratet, ja ... Und jetzt heißt es, er hat sich umgebracht.»

Der Rabbi schüttelte den Kopf. «Nein, Mr. Gor ...»

«Ich weiß, es stimmt nicht. Ich sag ja nur, was mir so durch den Kopf gegangen ist ... Aus meinem Sohn, der nicht einmal alle Klassen gemacht hat, ist trotzdem ein feiner, *koscherer* Junge geworden, und das Geschäft versteht er wie kein zweiter – sogar im *Time Magazine* haben sie von ihm geschrieben, was er für ein großartiger Geschäftsmann ist ... Glauben Sie mir, Rabbi, es ist ein Irrtum von der Polizei. Was soll mein Benjamin nach all den Jahren von diesem Isaac Hirsh wollen?»

«Sie müssen die Situation verstehen», wandte der Rabbi ein. «Hirsh wohnte erst seit kurzem hier und hatte kaum Bekannte. Dann fand man heraus, daß er mit Ihrem Sohn aufgewachsen ist und daß sie später Geschäftspartner waren. Und als er sich dagegen wehrte, daß Hirsh im Friedhof begraben worden ist ...»

Der Alte faltete die knochigen Hände, daß die Knöchel weiß wurden. «Gott verzeih mir's ... Daran bin ich schuld, Rabbi. Ich hab ihm das eingeredet.»

«Ich weiß. Aber da war auch noch die Sache mit diesem Empfehlungsschreiben für die Stelle bei Goddard ...»

«Na sehn Sie? Das zeigt, was er für ein gutes Herz hat. Er war nie mit ihm befreundet, mit dem Isaac Hirsh, auch nicht, als sie Kinder waren ...»

«Ich verstehe Sie ja. Aber gerade deshalb muß die Polizei nachprüfen, ob Ihr Sohn nicht doch in letzter Zeit mit Hirsh in Verbindung gestanden hat ... Sie sollten unbedingt mit Ihrem Anwalt sprechen, Mr. Goralsky!»

«Nein.» Der Alte schüttelte den Kopf. «Mit einem Anwalt wird es so offiziell: Er geht zum Richter, er stellt Anträge, er schreibt in die Akten, was weiß ich – und schon steht's in der Zeitung. Und mein Benjamin ist nicht irgendwer; er ist ein wichtiger Mann, und wenn die Zeitung erfährt, daß ihn die Polizei mitgenommen hat – Rabbi, es wird ein Riesenskandal!»

«Aber was wollen Sie tun?»

«Deswegen bin ich zu Ihnen gekommen, Rabbi. Sie sind doch mit dem Polizeichef befreundet.»

«In letzter Zeit nicht mehr», sagte der Rabbi bedauernd. «Aber auch sonst hätte ich kaum etwas unternehmen können.»

«Sie müssen mit ihm sprechen. Sie müssen herausfinden, was er will von meinem Sohn. Sie müssen ihm alles erklären ... Bitte, Rabbi! Versuchen Sie's doch ...»

«Also gut.» Rabbi Small brachte es nicht übers Herz, die Bitte abzuschlagen. «Ich werde mit Lanigan sprechen. Aber machen Sie sich keine Illusionen. Hören Sie auf mich und nehmen Sie einen Anwalt.»

«Den Anwalt kann ich immer noch nehmen. Aber zuerst reden Sie mit dem Polizeichef ... Es muß nicht gleich sein, Rabbi – ich will nicht, daß Sie, Gott behüte, am Sabbat arbeiten ... Aber vielleicht heute abend?»

«Der gute Ruf eines Mannes steht auf dem Spiel. Wenn Sie am Sabbat fahren, kann ich auch am Sabbat arbeiten.» Er lächelte. «Abgesehen davon, für einen Rabbi ist der Sabbat ohnehin ein Arbeitstag.»

35

Lanigan war im Aufbruch, als der Rabbi anrief. «Ich muß Sie unbedingt sprechen – es ist wegen Goralsky.»

«Tur mit leid, Rabbi», sagte Lanigan. «Ich bin gerade am Gehen.»

«Es ist aber sehr wichtig.»

«Im Augenblick geht's unmöglich ... Ich bin in zwanzig Minuten draußen bei Goddard verabredet; Amos Quint und Dr. Sykes erwarten mich. Wenn wir Glück haben, kriegen wir jetzt endlich was Handfestes zu fassen.»

«Sie machen einen großen Fehler, Lanigan. Sie versteifen sich auf Goralsky ... Sie tun ihm unrecht.»

«Rabbi, es tut mir schrecklich leid, aber ich muß jetzt weg ... Ich komm später bei Ihnen vorbei, ja?»

«Später ist es vielleicht schon zu spät.»

«Es wird uns schon nichts davonlaufen.»

«Doch, Lanigan: Gerüchte und Tratsch laufen einem immer davon. Ihr habt Goralsky festgenommen; bald wird's die ganze Stadt wissen.»

«Also gut – treffen wir uns bei Goddard ... okay? Wenn Sie wollen, können Sie zuhören bei der Besprechung – das heißt, wenn es Ihnen nichts ausmacht, am Sabbat zu fahren.»

«Ich werde eine Ausnahme machen. Aber ich möchte Miriam in ihrem Zustand nicht allein zu Hause lassen.»

«Bringen Sie sie auch mit, in Gottes Namen.»

«Gut, dann kommen wir beide ... Bis gleich.»

Er legte auf und rief Miriam, sie solle sich bereit machen. «Wir treffen Lanigan draußen bei Goddard.»

«Glaubst du, daß er tatsächlich was gegen Goralsky in der Hand hat?» fragte Miriam, während sie über die Fernstraße 128 fuhren.

«Keine Ahnung. Ich hab seit einer Woche nichts mehr von ihm gehört; vielleicht haben sie inzwischen etwas entdeckt. Aber dann hätten sie ihn vermutlich sofort verhaftet und nicht bloß zum Verhör ins Revier mitgenommen ... Sie werden sich schon irgendein plausibles Motiv einfallen lassen – wie Lanigan den Fall sieht, können sie jedem ein plausibles Motiv anhängen.»

«Wie sieht er ihn denn?»

«Er ist davon überzeugt, daß der Mord nicht vorausgeplant war. Der Mörder brauchte so gut wie nichts zu tun – bloß wegzugehen. Und das tut man – immer nach Lanigan – auch ohne starkes Motiv. Die ‹Waffe› war allgemein zugänglich: das Garagentor. Und was die Gelegenheit zur Tat angeht – Goralsky war nicht in der Synagoge, und er kann Auto fahren – folglich kommt er in Frage. Das trifft zwar auf -zig andere Leute auch zu, aber Lanigan hat sicher noch irgendeine Karte im Ärmel, und ... Nein, das war unfair; ich meine, er kann eine Festnahme sicher rechtfertigen.»

«Aber am Ende müssen sie ihn doch wieder laufen lassen, oder?»

Er zuckte die Achseln. «Na und? Wäre damit alles aus und vorbei? Selbst wenn es nicht einmal zum Prozeß kommt, wenn sie ihn einfach freilassen – ganz Barnard's Crossing weiß, daß er in Haft war. Natürlich kann die Polizei der Presse eine Erklärung übergeben, aber ... Ich bitte dich! Das ist schlimmer als ein Freispruch mangels Beweises. Daraus schließt kein Mensch, daß Goralsky unschuldig ist; alle Welt wird glauben, daß er einfach zu gerissen war, daß sie ihn nicht überführen konnten und darum auf Anklageerhebung verzichtet haben. Nein, er wird erst dann wieder sauber dastehen, wenn sie den wirklichen Mörder fassen. Und wie oft kommt es vor, daß man ihn nie findet...»

Der Wagen verlangsamte plötzlich die Fahrt.

«Warum hältst du hier an?»

«Ich? Ich halte ja gar nicht. Der Wagen hält...» Er trat mit aller Kraft aufs Gas, doch es geschah nichts. Der Motor stand und wollte nicht mehr anspringen. Rabbi Small rollte mit dem letzten Schwung am Straßenrand aus. Der Anlasser surrte brav, aber erfolglos.

«Was ist los, David?»

«Keine Ahnung.» Er lächelte hilflos.

«Na fein... Was tun wir jetzt?»

«Ich hebe am besten die Kühlerhaube hoch, dann sieht man gleich, daß wir eine Panne haben. Hier kommen doch viele Streifenwagen vorbei, und... Miriam! Was hast du denn?»

Sie hatte die Fäuste geballt und biß sich auf die Lippen; auf ihrer Stirn stand plötzlich Schweiß. Nach einer Weile lächelte sie schwach. «Schau auf die Uhr, David, wann die nächste Wehe kommt... Ich glaube, du wirst Vater.»

«Bist du sicher? Das hat uns noch gefehlt! Ausgerechnet jetzt... Reg dich nur nicht auf. Bleib du schön ruhig hier sitzen, und ich halte einen Wagen an.»

«Sei vorsichtig, David!» rief sie ihm nach.

Noch vor ein paar Minuten hatte auf der Straße dichter Verkehr geherrscht, doch jetzt lag sie wie ausgestorben. Er zog sein Taschentuch heraus und baute sich mitten auf der Fahrbahn auf. In der Ferne tauchte ein Wagen auf; der Rabbi begann zu winken. Zu seiner Erleichterung verlangsamte der Wagen die Fahrt, lenkte an den Rand der Fahrbahn und hielt. Der Fahrer stieg aus; es war Dr. Sykes.

«Rabbi Small! Haben Sie eine Panne?»

«Nein... Oder doch, ja. Aber...»

«Kein Benzin mehr?»

«Nein, es muß was anderes sein. Es ist nicht so wichtig. Ich muß aber gleich...»

«Wissen Sie was? Ich ruf vom Labor aus eine Werkstatt an; ich bin dort mit Lanigan verabredet, und...»

«Meine Frau ist in den Wehen!» schrie der Rabbi verzweifelt.

«In was? In... Ach so.» Sykes sah erschrocken zum Wagen der Smalls hinüber. «Ja, dann... Halt mal! Nehmen Sie doch meinen Wagen; die paar Schritte zum Labor geh ich zu Fuß.»

«Vielen Dank, Dr. Sykes.» Der Rabbi kletterte in den kleinen Sportwagen und griff zaghaft nach dem Lenkrad. Verwirrt betrachtete er die vielen Instrumente und Bedienungsknöpfe auf dem Armaturenbrett. Sykes lehnte neben der offenen Tür und schaute ihm amüsiert zu.

«Knüppelschaltung mir vier Gängen, Rabbi. Macht mühelos über hundert Meilen... Kommen Sie, wir helfen Ihrer Frau.»

«Nein.»
«Ja, aber ... Warum? Was ist los?»
Der Rabbi war wieder ausgestiegen. «Nein, es geht nicht. Ich habe Angst, damit zu fahren. Ich trau mich nicht. Wir würden im Graben landen ... Bitte, Dr. Sykes, fahren Sie zum Labor und sagen Sie Lanigan Bescheid. Er wird schon irgendwas unternehmen ... Und jemand soll den Arzt anrufen – Dr. Morton Seligman. Sagen Sie ihm, daß wir auf dem Weg in die Klinik sind.»
«Mach ich, Rabbi. Wenn Ihnen das lieber ist ...» Sykes kletterte in den Wagen; der Motor heulte auf. «Viel Glück und alles Gute für Ihre Frau!» rief er im Anfahren.

«Immer mit der Ruhe», tröstete Lanigan über die Schulter hinweg das Paar im Rücksitz des Wagens. «Ich hab meine Laufbahn als Ambulanzfahrer begonnen und Dutzende von Frauen in die Klinik gebracht ... Ich bin zwar kein Arzt, aber meistens dauert's lang beim ersten Kind.»
«Die Wehen kommen jetzt alle zehn Minuten.»
«Da haben wir noch reichlich Zeit. Wenn's ernst wird, kommen sie rascher hintereinander ... Außerdem, ich hab auch schon Kinder auf die Welt gebracht – zweimal, als wir's nicht rechtzeitig schafften. Sie sind also in besten Händen.»
Er wollte Miriam offensichtlich ablenken; der Rabbi merkte es und war ihm dankbar dafür. Er hatte den einen Arm um seine Frau gelegt und hielt ihre Hand fest. Sie erreichten die Außenbezirke der Stadt.
«Wenn Sie wollen, kann ich eine Motorradeskorte anfordern, dann kommen wir schneller durch», schlug Lanigan vor.
«Nicht nötig», warf Miriam rasch ein, ehe der Rabbi etwas sagen konnte. Sie errötete. «Die Wehen haben aufgehört, glaub ich.»
«Das hat gar nichts zu sagen», versetzte Lanigan. Aber er drosselte das Tempo und fuhr mit normaler Geschwindigkeit zum Krankenhaus. «Ich warte, bis Sie wissen, was los ist, Rabbi.»
Der Rabbi dankte ihm und half Miriam aus dem Wagen. Behutsam führte er sie die Treppe hinauf.
Leicht verlegen erklärten sie bei der Anmeldung, daß die Wehen aufgehört hätten. Das sei nichts Außergewöhnliches, sagte ihnen die Schwester und ließ Mrs. Small auf ein Zimmer führen. Der Rabbi setzte sich ins Wartezimmer. Zehn Minuten später trat Dr. Seligman ein. Ein netter junger Arzt, der Sicherheit und Ruhe ausstrahlte.
«Die Wehen haben vorläufig aufgehört. Das ist oft so; wir behalten Ihre Frau die Nacht über hier. Auch wenn die Wehen wieder einsetzen, wird es Stunden dauern. Es hat keinen Sinn, daß Sie da warten.»
«Aber ... Geht's ihr gut?»
«Natürlich geht's ihr gut! Machen Sie sich keine Sorgen. Wissen Sie, Rabbi, in meiner ganzen Praxis ...»
«Ich weiß ... Sie haben noch nie einen Vater verloren.»
«Das war mein Text, Rabbi», sagte der Arzt vorwurfsvoll.

36

Der Rabbi setzte sich zu Lanigan in den Wagen. «Der Arzt meint, es kann noch lange dauern.»

«Das hab ich mir gedacht. Ich bring Sie noch heim, Rabbi.»

«Ich rechne es Ihnen hoch an, daß Sie uns abgeholt haben, Lanigan», sagte der Rabbi. «Ich war ziemlich verzweifelt.»

«Er sagt, er hat Ihnen seinen Wagen angeboten, aber Sie wollten nicht damit fahren ... Diese kleinen ausländischen Sportwagen sind im Prinzip nicht anders als unsere großen Schlitten. Man muß öfter schalten, ja – und die Lenkung ist direkter. Aber sonst ... Das hätten Sie schon geschafft.»

«Daran zweifle ich nicht. Nur wollte ich einem Mörder nichts schuldig sein, besonders nicht bei der Geburt meines Kindes.»

«Einem ... Wie war das – Mörder? Sykes?»

Der Rabbi nickte.

Lanigan trat auf die Bremse und parkte den Wagen am Straßenrand. «Packen Sie aus.»

Der Rabbi lehnte sich zurück. «Der Mann, der Hirsh nach Hause gefahren hat, muß zu Fuß gewesen sein – wäre er selbst mit dem Wagen unterwegs gewesen, hätte er ihn stehen lassen müssen. Aber die Fahndung lief ja schon sehr bald, und die Strecke wurde von Streifenwagen kontrolliert; ein leerer Wagen hätte der Streife auffallen müssen. Ein Anhalter scheidet auch aus – auf Fernstraße 128 ist die Anhalterei verboten, und das wird ziemlich scharf überwacht.»

«Stimmt; Anhalter werden fast immer aufgelesen, ehe sie einen gefunden haben, der sie mitnimmt. Und?»

«Die Angestellten von Goddard bringen ihre Wagen zur Inspektion, zum Abschmieren und so weiter in die Garage von Morris Goldman, weil sie nur ein paar hundert Meter vom Labor entfernt liegt; sie lassen den Wagen morgens dort, gehen zu Fuß zur Arbeit und holen ihn abends auf dem Heimweg wieder ab. Auch wenn's mal spät wird – Goldman hat lange auf.»

«Das ist nichts Neues.»

«Auf dem Weg vom Labor zur Garage kommt man an dem Rastplatz vorbei, auf dem Hirsh seinen Wagen geparkt hatte – es ist ungefähr auf halber Strecke. Und nun weiß ich zufällig, daß Sykes seinen Wagen an jenem Freitag bei Morris Goldman in der Werkstatt hatte. Als ich mich nämlich ans Steuer setzte, sah ich den Zettel an der Lenksäule – Ölwechsel und Abschmieren, sorgfältig ausgefüllt, mit Datum: 18. September. Das war der Tag, an dem Hirsh gestorben ist.»

«Moment mal! Das heißt noch nicht, daß Sykes zu Fuß gegangen ist; er kann seinen Wagen auch nach der Arbeit abgeholt haben – bevor Hirsh nach dem Abendbrot zum Labor zurückfuhr.»

«Nein.» Der Rabbi schüttelte den Kopf.

«Warum nicht? Sie sagten selbst, daß Goldman lange offen hat.»

«Aber nicht am *Kol Nidre*-Abend. Er mußte lange vor sechs geschlossen haben. Und wir wissen, daß Sykes zu dieser Zeit noch im Labor war, weil er Mrs. Hirsh anrief und ihrem Mann bestellen ließ, er solle ihn zurückrufen.»

«Na, und wenn er mit einem Taxi heimgefahren ... Was ist denn jetzt schon wieder?» unterbrach sich Lanigan unwillig, als der Rabbi abermals energisch den Kopf schüttelte.

«Die einzige Taxigesellschaft, die praktisch in Frage kommt, ist die von Barnard's Crossing; ich habe von dem Inhaber selbst erfahren, daß er an diesem Freitagabend ausschließlich damit beschäftigt war, Leute zur Synagoge zu bringen – keine anderen Fuhren. Es dürfte leicht nachzuprüfen sein; der Mann hat nur vier Wagen laufen.»

«Schön und gut, aber ... Mann, das sind doch alles nur Vermutungen!» protestierte Lanigan. Er wurde langsam ungeduldig.

«Auf alle Fälle hatte Sykes am Wochenende keinen Wagen.»

«Woher wissen Sie das?»

«Am Freitag hat er ihn nicht mehr abholen können; am Samstag war *Jom Kippur*, und Goldman hatte geschlossen. Am Sonntag besuchte mich Sykes, um Hirshs Begräbnis zu besprechen; er kam per Taxi und fuhr mit einem Taxi wieder weg; das tut man im allgemeinen nicht, wenn man einen Wagen hat ... Erst am Montag hatte er ihn wieder – er kam damit zur Beerdigung.»

Lanigan schwieg eine Weile. «Nach Ihrer Theorie», begann er schließlich, «und, wohlgemerkt, mehr als eine Theorie ist es einstweilen nicht ... Nach Ihrer Theorie hat also Sykes im Labor gesessen und auf Hirshs Anruf gewartet. Als er nicht kam, marschierte er los, um seinen Wagen zu holen, und entdeckte dabei Hirsh auf dem Rastplatz. Er bot Hirsh an – oder Hirsh bat darum –, ihn nach Hause zu fahren, und ...»

«Und Hirsh verlor unterwegs das Bewußtsein, ja.»

«Aber aus welchem Grund sollte er ihn umbringen wollen? Sykes war wahrscheinlich sein bester Freund in Barnard's Crossing; er hat Hirsh mehrfach gedeckt – Amos Quint sagt, er hätte ihn längst rausgeschmissen, wenn sich Sykes nicht für ihn eingesetzt hätte.»

«Und warum hat sich Sykes wohl so sehr für ihn eingesetzt?» fragte der Rabbi.

«Warum sich Sykes ... Wieso? Wie meinen Sie das?»

«Quint hat Hirsh ein einziges Mal gesprochen – am Tag, an dem er ihn einstellte. Die Verbindung zwischen Hirsh und Quint ging über den Abteilungsleiter Sykes. Wenn also Sykes wirklich verhindern wollte, daß Hirsh flog – warum hat er dessen Fehler überhaupt gemeldet? Warum ließ er es so weit kommen, daß er ihn ‹decken› mußte? Quint ist kein Wissenschaftler – er ist ein Verwaltungsmann; wenn Sykes etwas für Hirsh tun wollte, brauchte er nur den Mund zu halten, und Quint hätte nie etwas gemerkt ... Nehmen wir doch mal an, nicht Hirsh, sondern Sykes war an diesen Fehlern schuld: Da wäre es doch sehr bequem, Hirsh als Sündenbock hinzustellen, nicht wahr?»

«Um so mehr Grund, ihn leben zu lassen. Warum etwas Nützliches aufgeben? Quint wollte Hirsh ohnehin rausschmeißen; Sykes wäre aus allem draußen gewesen.»

«Na bitte – da haben Sie die Lösung!» Der Rabbi strahlte. «Es muß diesmal ein großer Fehler gewesen sein – einer, den auch Quint nicht übersehen konnte. Nun wissen wir von Quint – Sie haben's mir selber erzählt –, daß er seine Angestellten zweimal empfing: Bei der Einstellung und bei der Kündigung ... Sykes mußte also damit rechnen, daß Hirsh von Quint als Kündigungsgrund Fehler vorgehalten bekommen würde, die er selber gemacht hatte, daß Hirsh daraufhin sagt, O nein, Sir, das war ich nicht; das war Dr. Sykes – bitte, hier sind meine Berechnungen, ich habe den Fehler ja selbst entdeckt ...» Der Rabbi sah Lanigan erwartungsvoll an. «Na?»

Der Polizeichef faltete die Hände im Nacken und lehnte sich nachdenklich zurück. Dann schüttelte er den Kopf. «Die Sache scheint zwar Hand und Fuß zu haben, Rabbi, aber es sind doch nur Vermutungen. Wir haben nicht den geringsten Beweis.»

«Sie brauchen nur Sykes zu fragen, wie er am Freitagabend vom Labor nach Hause gekommen ist ... Fragen Sie ihn das mal.»

«Okay, wird gemacht.» Lanigan lächelte. «Irgendwie schaffen Sie es immer, Ihre Leute aus der Klemme zu holen.»

«Meinen Sie Goralsky und Brown?»

«Brown konnten wir ohnehin nichts nachweisen. Wir haben nur so herumgetastet; wir mußten irgendeinen Ansatzpunkt finden ... Wissen Sie, warum er früher aus der Synagoge gegangen ist? Er schämte sich, es Ihnen zu gestehen, aber bei uns hat er's dann zu Protokoll gegeben: Er hatte einen großen Versicherungsabschluß in der Schwebe, und der Kunde bestand darauf, die Police an jenem Abend zu unterschreiben.»

«Aha ... Ja, ich habe mir gedacht, daß es so was war. Es paßt zu ihm.»

«Von Ihrem Standpunkt aus muß das sicher etwas Schlimmes sein.»

Der Rabbi überlegte. «Nein, ich glaube nicht. Im Grunde freue ich mich sogar darüber.»

«Daß er aus dem Gottesdienst gelaufen ist, um ein Geschäft abzuschließen?»

«Nein – ich freue mich, daß er sich geschämt hat.»

37

Am Sonntagmorgen stand Schwarz mit seinen Anhängern mürrisch im Korridor vor dem Sitzungszimmer herum.

«Glaubst du, der Rabbi kommt heute?» fragte Marvin Brown.

«Kaum», sagte Schwarz. «Als zukünftiger Vater ist er sicher im Krankenhaus.»

Herman Fine trat zu ihnen. «Ich hab gehört, die Frau vom Rabbi ist gestern in die Klinik gekommen ... Vielleicht sollten wir das Rücktrittsgesuch nicht ausgerechnet heute vorlesen. Ich finde, es wäre ... eh, irgendwie unpassend.»

«Bist du verrückt?» fuhr Schwarz dazwischen. «Das mit dem Rücktritt, das ist vorbei. Aus. Erledigt ... Ich hab's den anderen gerade gesagt. Ich bin heute früh nach dem *Minjan* Ben Goralsky in die Arme gelaufen – eine geschlagene Viertelstunde lang hat er von nichts anderem geredet als von unserem großartigen Rabbi ... Man könnte meinen, Small hätte ihm das Leben gerettet!»

«Vielleicht hat er es auch», sagte Marvin Brown. «Es heißt immer, wenn einer unschuldig ist, passiert ihm auch nichts; aber wie oft kommt es vor, daß plötzlich jemand ein Verbrechen gesteht, für das ein anderer seit zwanzig Jahren sitzt ...» Er fuhr sich mit der Hand unter den Hemdkragen. «Ich bin auch ganz schön ins Schwitzen gekommen, kann ich dir sagen.»

«Also schön – der Rücktritt findet nicht statt», sagte Fine. «Mir recht. Aber was tun wir jetzt? Ich finde, wir sollten geradheraus sagen, wie's war. Mort müßte den Brief vorlesen, erklären, daß das Ganze auf einem Mißverständnis beruht, und dann den Vorstand auffordern, gegen das Gesuch zu stimmen.»

«Den Teufel werd ich tun!» knurrte Schwarz.

«Was soll das heißen, Mort?»

«Ich bin heilfroh, daß Ben Goralsky aus der Sache raus ist, und ich will es dem Rabbi gern zugute halten; vergessen wir also das Rücktrittsgesuch, sonst haben wir die Goralskys gesehen. Aber wenn ihr glaubt, ich *bitte* den Rabbi, daß er bleibt – na, hört mal! Dann hätte er uns alle in der Hand! Es braucht nur wieder eine Meinungsverschiedenheit zu geben und ... Achtung – Wasserman und Becker!»

«Morgen allerseits», sagte Wasserman. «Eine gute Nachricht: die *Rebezen* hat einen Jungen – ich hab gerade im Krankenhaus angerufen.»

«Fein.»

«Das ist wirklich mal 'ne gute Nachricht.»

«Wie geht's ihr?»

Sie umringten ihn und stellten ihm Fragen.

«Hört mal, Leute», sagte Schwarz, «wollen wir den ganzen Tag hier draußen stehen und quatschen? Fangen wir endlich mit der Sitzung an.»

Allgemeine Zustimmung.

«Was gedenken Sie mit dem Brief des Rabbi zu tun?» fragte Wasserman, während sie zur Tür gingen.

Schwarz schaute ihn überrascht an. «Welcher Brief, Wasserman? Von was für einem Brief reden Sie?»

Alle waren stehengeblieben; einige tauschten lächelnde Blicke.

Beckers Gesicht lief rot an. «Was wird hier gespielt, Mort? Du weißt ganz genau, von welchem Brief Jacob spricht! Ihr habt was vor! Ihr wollt ...»

Wasserman legte ihm beschwichtigend die Hand auf den Arm. «Bekker, wenn Mort nichts von einem Brief weiß, dann kann das nur bedeuten, daß er keinen Brief bekommen hat, nicht wahr?»

«Ja, aber ...» Becker schnappte nach Luft.

«Warum, war's was Wichtiges?» erkundigte sich Schwarz.

«Wohl kaum.» Wasserman zuckte die Achseln. «Wahrscheinlich irgendeine Routineangelegenheit ...»

38

«Ist die Dame des Hauses schon zurück?» fragte Lanigan.

«Morgen», antwortete der Rabbi strahlend. «Morgen hol ich die beiden heim.»

«Ich dachte, ich könnte den Kleinen sehen.»

«Er sieht aus wie ein alter Mann. Ganz runzlig.»

«Die ersten paar Tage sehen sie alle so aus; aber das gibt sich bald.»

«Kommen Sie doch morgen mit Gladys vorbei und begutachten Sie ihn.»

«Das hatten wir ohnehin vor. Ich bin nur zufällig vorbeigekommen und war neugierig ... Ich war beim District Attorney, Rabbi. Er hat mit Sykes' Anwalt gesprochen. Er wird Anklage wegen fahrlässiger Tötung erheben.»

«Wieso – nicht Mord?»

«Nein.»

«Aber Sykes hat doch ein Geständnis ...»

«Ja, er hat ein Geständnis abgelegt. Schriftlich sogar. Aber er hat keinen vorsätzlichen Mord gestanden ... Bei der Vernehmung haben wir wohlweislich nichts von den abgewischten Fingerabdrücken gesagt. Wir sagten ihm auf den Kopf zu, daß er am Wochenende keinen Wagen hatte und was wir über die Arbeit in seiner Abteilung bei Goddard wußten; wir deuteten beiläufig an, daß Hirsh mit großer Wahrscheinlichkeit einem Unfall zum Opfer gefallen sei; für ihn sei es sicherlich von Vorteil, mit uns zusammen zu arbeiten.» Verlegen wich er dem forschenden Blick des Rabbi aus. «Mein Gott, Rabbi – das macht man eben so! Hauptsache, man kriegt sein Geständnis!»

«Ich habe ja gar nicht widersprochen.»

«Er gab zu, daß er Hirsh unterwegs traf, so wie Sie vermutet hatten, und ihn nach Hause fuhr. Hirsh sei sinnlos betrunken gewesen, praktisch bewußtlos. Er behauptet, er habe ihn in der Garage wachzurütteln versucht, aber erfolglos. Da habe er beschlossen, ihn liegen zu lassen, bis er seinen Rausch ausgeschlafen hatte. Zu Hause sei ihm plötzlich eingefallen, daß er möglicherweise den Motor abzustellen vergessen hatte; er habe sich aber nicht mehr getraut, zurückzugehen und nachzusehen.»

«Und daß er Hirsh seine eigenen Fehler in die Schuhe schob – was sagt er dazu?»

«Das hat er zugegeben. Er schilderte uns sehr genau, wie es dazu kam ... Vermutlich war er raffiniert genug, um zu merken, daß wir es schließlich auch herausfinden würden, daß es für ihn am besten war, bei der Wahrheit zu bleiben ... Die Idee für das neue Herstellungsverfahren stammte von Hirsh; Sykes schrieb einen Vorbericht, den er mit Hirsh gemeinsam unterzeichnete. Dann teilte er Hirsh aber für eine andere Aufgabe ein und arbeitete allein an dem Projekt weiter. Er behauptet, er hätte nicht die Absicht gehabt, Hirsh auszuspielen; Hirsh habe sich nicht so sehr für die Sache interessiert, seinen eigenen Einfall wohl auch unterschätzt – jedenfalls habe er ihn auf dem laufenden gehalten und mehrfach mit ihm besprochen; ihm auch Berechnungen zum Überprüfen gegeben ...

Dann entdeckte Hirsh einen Fehler. Sykes bat ihn, den Mund zu halten – er wolle selbst Farbe bekennen, aber zugleich in einer Reihe von Zwischenberichten unerwartete Schwierigkeiten auftauchen lassen – na ja, er wollte die Sache so frisieren, daß es nicht so sehr auffiel. Hirsh wäre wahrscheinlich einverstanden gewesen, wenn sein Name nicht auf dem ersten Bericht gestanden hätte – und wenn nicht ausgerechnet Goraltronics die Auftraggeber gewesen wären.»

«Hm ... interessant. Ist das Ihre Vermutung oder hat Sykes erwähnt, daß Hirsh Skrupel wegen Goraltronics hatte?»

«Das hat Sykes gesagt ... Offenbar fühlte Hirsh sich Goralsky gegenüber verpflichtet, weil er ihm die Stelle verschafft hatte. Er drohte Sykes sogar, er werde Goralsky persönlich reinen Wein einschenken, falls Sykes es nicht täte – ob das nun ein Bluff war oder nicht, Sykes nahm die Drohung ernst. Er ging also am Freitagnachmittag zu Quint und beichtete; er sagt, er habe auch zugeben wollen, daß es seine Schuld war. Aber Quint hätte getobt, hätte ihn nicht ausreden lassen – was weiß ich. Als dann Quint fälschlicherweise annahm, Hirsh sei der Schuldige, korrigierte ihn Sykes nicht ... Quints Erregung ist verständlich; er wußte von der geplanten Fusion, vom plötzlichen Steigen der Aktien! Er wollte Hirsh rufen lassen und ihn auf der Stelle hinauswerfen, aber Sykes log ihn an und sagte, Hirsh sei wegen des Feiertags früher nach Hause gegangen ... Ist das nicht Ironie des Schicksals?»

«Es ist noch ironischer, als Sie denken», sagte der Rabbi langsam. «Als mich Sykes an jenem Sonntag besuchte, ließ er eine Bemerkung fallen – Hirsh würde noch leben, wenn er wie die anderen Juden zum Gottesdienst gegangen wäre.»

«Ja, weiß Gott ... Na, er hat sein Geständnis dann unterschrieben», fuhr Lanigan fort. «Und dann erst rückten wir mit den abgewischten Fingerabdrücken heraus ... Wir dachten, es gibt ihm den Rest; wenn wir schon am Anfang damit gekommen wären, hätte er wahrscheinlich gemerkt, daß es auf Mord hinausläuft und die Aussage verweigert. So haben wir wenigstens ein recht umfassendes Geständnis; wenn er zusammengebrochen wäre, wie wir es erwartet hatten, wäre alles herausgekommen. Aber so...» Er hob hilflos die Schultern. «Er kriegte die Zähne nicht mehr auseinander. Nur noch, um nach einem Anwalt zu schreien.»

«Aber Sie hatten immerhin schlüssiges Material für eine Mordanklage.»

Lanigan schüttelte düster den Kopf. «Nachdem sein Anwalt mit dem District Attorney gesprochen hatte, sah es mies aus. Die Sache mit den abgewischten Fingerabdrücken würde die Verteidigung im Prozeß in der Luft zerreißen, weil unsere Leute stundenlang in dem Wagen rumhantiert haben und die Abdrücke selber abwischen konnten – zufällig oder absichtlich. Und das Geständnis – na, so was zieht man einfach zurück und sagt, es sei unter Druck zustande gekommen.»

«Und wie wollte er vom Labor nach Hause kommen? Ich meine, er konnte ja nicht wissen, daß er Hirsh auf dem Parkplatz traf.»

«Ja, eben: Das konnte er nicht wissen; das ist es ja gerade! Das macht unsere Position eher schwächer... Er sagt, er habe nicht daran gedacht, daß er seinen Wagen nicht kriegen würde – und dann sei er ja in Hirshs Wagen gefahren. Und von Hirshs Wohnung sei er zu Fuß heimgegangen... Das stimmt ja wohl auch. Gesehen hat ihn dort niemand, aber selbst wenn: Er gibt ja zu, daß er dort war.»

«Doch, es hat ihn jemand gesehen: Peter Dodge.»

«Dodge? Der Pfarrer? Wann hat er Ihnen das gesagt?»

«Er war heute vormittag hier. Er ist gestern aus Alabama zurückgekommen.»

«Und er hat Sykes gesehen?»

Der Rabbi nickte. «Er machte seinen täglichen Abendspaziergang über die Bradford Lane. Er wollte Hirsh besuchen. Als er sah, daß im Haus kein Licht brannte, ging er weiter. Aber er bemerkte Sykes, der in die andere Richtung die Bradford Lane hinunterging. Damals kannte er ihn noch nicht; er nahm an, er sei ein Spaziergänger wie er.»

«Warum hat er uns das nicht gemeldet?»

«Warum sollte er? Er konnte ja nicht wissen, daß es um einen Mord ging.»

Lanigan begann zu lachen. «Das paßt zu der ganzen Geschichte... Wir haben von Anfang an falsch gemacht, was nur irgend falsch zu machen war. Und obendrein hatten wir Pech. Als wir Dodge in Alabama nicht erreichen konnten, haben wir die Kollegen eingeschaltet. Aber so was spricht sich schnell rum, und die Neger haben ihn versteckt, als sie merkten, daß die Polizei hinter ihm her war... Wahrscheinlich hat er selbst nicht gemerkt, warum wir ihn von einem Ort zum anderen hetzten... Na ja, das ist jetzt auch egal; es zeigt nur, wie sehr man oft davon abhängt, daß man Glück hat... Das mit Ihrer Lösung war schließlich auch reine Glückssache: Daß ausgerechnet Sykes dort anhielt und Ihnen seinen Wagen anbot, so daß Sie das Ölwechsel-Kärtchen bemerkten – das war wirklich ein glücklicher Zufall.»

«Ich bin nicht so sicher, daß es nur Glück war. Aus meiner Sicht... Schauen Sie, Lanigan – für mich hatte dieser Fall eine unübersehbare Beziehung zu unserem höchsten Feiertag; das Verhältnis von Hirsh zu Sykes und umgekehrt hat mich stark beschäftigt. Ich konnte mir nicht erklären, warum Sykes für ihn eingetreten ist, warum er ihn verteidigt hat – und als ich dann das Datum auf dem Kärtchen sah, kam mir blitzartig die Lösung: Die ganze Struktur, der ganze Grundriß des Verbrechens war in unserem *Jom Kippur*-Gottesdienst enthalten.»

«Wie meinen Sie das?»

«Nun, wir lesen an diesem Tag von der Opferung des Sündenbocks durch den Hohepriester im alten Israel. Und in meiner Predigt sprach ich von Abrahams Opfer. Dieser Thoraabschnitt wird am jüdischen Neujahrstag gelesen – zu Beginn der zehn Bußtage, die mit dem Versöhnungstag ihren Höhepunkt erreichen... Nun, und die Situation bei Goddard hatte etwas damit gemeinsam. Obwohl sich Hirsh von der jüdischen Gemeinschaft abgewandt hatte, spielte er dennoch die Rolle, in die Juden so oft hineingedrängt worden sind.»

«Welche Rolle?»

«Er war der Sündenbock.» Der Rabbi lächelte. «Sein Name sagt es ja schon.»

«Wieso – Hirsh?»

«Nein: Isaac.»

39

Rabbi Small schritt im Wohnzimmer auf und ab. Er feilte an seiner Predigt für *Chanukka*, das Fest der Lichter. Von Zeit zu Zeit warf er einen Blick auf sein Publikum – seinen Sohn, der in eine Couchecke gebettet lag.

«...wir dürfen daher das Lichterwunder nicht nur als ein Beispiel für das Eingreifen einer höheren Macht auffassen, sondern...»

Der Säugling begann zu wimmern.

«Gefällt's dir nicht? Du hast recht, ich finde es auch nicht besonders gut... Wie wär's mit dem: ‹Das wahre *Chanukka*-Wunder ist nicht so sehr die Öllampe, die acht Tage lang brannte statt nur einen, sondern die Tatsache, daß ein kleines Volk dem mächtigen Griechenland trotzen konnte...›»

Der Kleine holte Luft, verzog das Gesicht und fing an zu brüllen.

«Schlecht, was? Ja, dann...»

Miriam erschien in der Tür. «Er ist hungrig. Ich werd ihn gleich füttern.»

«Ist recht. Bring ihn nachher wieder rein; vielleicht ist er mit vollem Magen weniger kritisch.»

«Kommt nicht in Frage! Dann muß er doch schlafen... Nicht wahr, Jonathan?» Sie tätschelte ihn, bis das Schreien zum leisen Wimmern wurde und schließlich verstummte. «Außerdem ...» Sie trat ans Fenster und schaute hinaus: «Du bekommst Besuch, David.»

Draußen half der Chauffeur dem alten Moses Goralsky aus dem Wagen. Der Rabbi lief an die Haustür, um den Gast zu empfangen.

«Treten Sie ein, Mr. Goralsky ... Schön, daß Sie uns mal besuchen.»

«Ich hab eine Frage», begann Goralsky, als sie im Zimmer saßen. «Zu wem soll ich damit schon kommen, wenn nicht zum Rabbi?»

«Hoffentlich kann ich Ihnen helfen, Mr. Goralsky.»

«Wissen Sie noch, wie mein Ben damals in der Klemme gesessen hat und ich in die Synagoge kam, um zu beten?»

«Ich erinnere mich.»

«Ich sag die Gebete auf hebräisch; ich kann sie auswendig. Aber ich weiß nicht, was sie bedeuten ... Wann hätt ich's lernen sollen, Rabbi? Wir waren arme Leute. Mein Vater hat schwer gearbeitet, um uns durchzubringen, und ich hab ihm früh helfen müssen – das war damals bei den meisten von unseren Leuten so, drüben in Europa.»

«Ich weiß.»

«Heißt das nun, daß ich nicht bete, weil ich die Wörter nicht verstehe? Ich mach mir wohl meine Gedanken, während ich sie sag, und für mich ist das Beten ... Ist das richtig oder falsch, Rabbi?»

«Es hängt davon ab, was Ihre Gedanken sind.»

«Woran konnte ich schon denken an dem Samstag damals? An meinen Ben. An nichts anderes. Ich hab Gott gebeten, er soll ihm helfen, er soll machen, daß die Polizei den Schuldigen findet. Daß sie meinen Ben heimlassen.»

«Ich denke, das heißt Beten, Mr. Goralsky.»

«Jaaa ... Und beim Beten hab ich was versprochen. Daß ich was tu, wenn sie ihn freilassen. Eine Spende.»

«Gott braucht man nicht zu bestechen. Mit ihm brauchen Sie auch nicht zu handeln.»

«Es war kein Handel. Ich hab's mir einfach vorgenommen. Es war ein ... So wie ein Gelübde war das.»

«Gut.»

«Und das ist die Frage: Muß ich es halten, Rabbi?»

Der Rabbi lächelte nicht. Die Hände tief in den Taschen, durchmaß er mit nachdenklich gerunzelter Stirn das Zimmer. Schließlich blieb er stehen und sah dem Greis ins Gesicht.

«Es hängt davon ab, was Sie versprochen haben. Wenn es etwas Unmögliches oder Ungesetzliches war, sind Sie natürlich nicht gebunden. Nachdem Sie das Versprechen sich selbst auferlegt haben, können nur Sie allein entscheiden, ob Sie sich verpflichtet fühlen.»

«Ich erzähl Ihnen, wie's war, Rabbi: Vor ein paar Monaten sprach ich mit Mortimer Schwarz, dem Gemeindevorsteher. Ich sag, ich will was stiften zum Andenken an meine Hannah – sie war kurz davor gestorben ... schließlich, wir sind jetzt reich, und meine Hannah hat sich immer plagen müssen, und als wir dann Geld hatten, war sie schon krank und hatte nichts mehr davon... Also, fragt mich der Schwarz, an was denken Sie, Mr. Goralsky, und sie brauchen eine Klimaanlage für die Synagoge...» Der Alte zuckte die Achseln: «Soll ich zum Andenken an die Hannah eine Klimaanlage spenden? Wo machen sie da ihren Namen drauf – auf die Rohre? Nein, sag ich, das ist nicht das Richtige. Wenn schon, will ich ein Gebäude... Und der Schwarz, der war ganz Feuer und Flamme. Er will ein Bethaus an die Synagoge anbauen, hat er gesagt, wo dann wirklich nur Gottesdient ist und keine Veranstaltungen sonst, wie es jetzt ist in dem Saal. Gut, sag ich, das gefällt mir.»

«Und hat er Ihnen auch gesagt, wieviel es kosten würde?»

«Ahhh – Geld? Was ist Geld? Kann ich's mitnehmen, wenn ich... Und mein Ben, der hat genug... Ja, er hat's mir gesagt, der Schwarz. Über hunderttausend, hat er gesagt. Sag ich zum Schwarz, zweihunderttausend, wenn's sein muß.»

«Nun...»

«Aber später hat er mir eine Zeichnung gezeigt, und es waren lauter Säulen vorne dran, mit einem Dach, daß man herumstehen und plaudern kann nach dem Gottesdienst.»

«Hat er Ihnen auch das Modell gezeigt?»

«Ja.»

«Und? Wie fanden Sie es?»

Der Alte verzog das Gesicht. «Ich war nicht begeistert. Es ist schön, ja... So für sich, meine ich. Aber als Anbau zur Synagoge... Irgendwie paßt es nicht. Die Synagoge ist einfach und gerade, und das neue Gebäude ist so... pompös ist es. Aber schließlich, ich bin kein Architekt. Was versteh ich schon davon? Und so hab ich mir damals beim Beten vorgenommen, du stiftest das Gebäude, wenn sie deinen Sohn freilassen.»

«Und jetzt möchten Sie wissen, ob Sie das Versprechen halten müssen?»

«Ja, Rabbi.»

«Und Ihr Einwand ist, daß die beiden Gebäude – das alte und das neue – nicht zusammenpassen?»

«Ja, das auch. Aber außerdem... Rabbi, mein ganzes Leben lang bin ich ein Geschäftsmann gewesen. Wissen Sie, was das heißt? Wenn ein Geschäftsmann einen Dollar ausgibt, will er Ware für einen Dollar. Oder meinetwegen Wohltätigkeit für einen Dollar. Einen Gegenwert. Etwas, womit man was anfangen kann. Verstehen Sie das?»

«Ich denke schon. Ja, das verstehe ich.»

«Na, und der Anbau... Brauchen wir ihn, Rabbi? Ist er nötig? Oder geb ich Geld für einen Bau, der nur gebaut wird, damit er gebaut wird?»

«Ich verstehe...» sagte der Rabbi wieder. «Sagen Sie, Mr. Goralsky: Wenn das Gebäude für sich allein stünde, nicht an der Synagoge – würde Ihnen das besser gefallen? Eine Schule vielleicht? Ein Gemeindezentrum, mit Sportplätzen und so weiter?»

«Wozu, Rabbi? Rentiert sich die Synagoge noch, wenn ihr die Schule nicht mehr dort abhaltet? Und ein Gemeindezentrum mit Sportplätzen... Ja, in der Stadt, wo keiner einen Garten hat und es gefährlich ist, auf der Straße zu spielen, da braucht man das. Aber hier?»

«Sie haben vielleicht recht...»

«Verstehen Sie, Rabbi, ein Haus aufstellen, nur damit eins dort steht, das ist Unsinn. Dann ist's besser, wenn an dem Platz Blumen wachsen und Gras.»

Plötzlich kam dem Rabbi ein Gedanke. «Sie haben recht, Mr. Goralsky. Aber es gibt ein Gebäude, das wir tatsächlich brauchen: eine Friedhofshalle... Sie könnte weitgehend nach dem Entwurf von Schwarz gebaut werden – etwas kleiner vielleicht, und... Es wäre doch auch sehr passend, weil Ihre Frau als eine der ersten dort begraben worden ist.»

Goralskys Gesicht leuchtete auf. «Rabbi, Rabbi... Sie haben's getroffen! Das gleiche Gebäude, vielleicht etwas kleiner... Es würde dorthin passen... Und einen Zaun laß ich auch machen, und Blumen und Bäume sollen dorthin – wie in einem Park. Der Hannah-Goralsky-Park-Friedhof...» Er hielt plötzlich inne, und sein Blick verfinsterte sich. «Aber mein Gelübde, Rabbi? Ich hab versprochen, einen Anbau an die Synagoge zu stiften!»

Der Rabbi nickte langsam. Je mehr er über den Plan nachdachte, desto besser gefiel er ihm. Der Friedhof war für die Gemeinde wichtig – das wußte er genausogut wie Marvin Brown; Mortimer Schwarz könnte sein Projekt verwirklichen, beinahe so wie er es geplant hatte... Und der Alte hätte ein bleibendes Andenken an seine Frau – jeder würde das haben, was er wollte. Es ging nur noch darum, dem störrischen Goralsky einen Ausweg zu zeigen.

Rabbi Small blieb vor dem Bücherregal stehen und ließ den Blick über die dicken Lederbände des Talmud wandern. Schließlich zog er einen Band hervor, setzte sich damit an seinen Arbeitstisch und blätterte, bis er die gesuchte Stelle fand. Dann wandte er sich Goralsky zu:

«Ich sagte Ihnen schon, daß Sie nicht an Ihr Versprechen gebunden sind, wenn es etwas Unmögliches oder etwas Verbotenes ist – erinnern Sie sich?»

«Natürlich... Es ist nicht unmöglich, den Anbau zu machen. Ist es verboten?»

Der Rabbi lächelte. «Ich meine, daß auf diesen besonderen Fall das *Schatnes*-Verbot zutrifft.»

«*Schatnes*? Hat das nicht mit Kleidung zu tun? Daß man Leinen und Wolle nicht mischen darf?»

«Das ist die übliche Anwendung, ja. Aber in der Bibel taucht die Vorschrift auch in anderem Zusammenhang auf, an zwei Stellen sogar – im Dritten Buch Mose im Zusammenhang mit dem Verbot, verschiedene Vieharten zusammen weiden zu lassen und gemischte Samen zu säen. Und im Fünften Buch Mose steht, daß Ochs und Esel nicht zusammen vor dem Pflug gehen dürfen...» Er verfiel in einen Singsang: «Wenn die Bibel das gleiche zweimal sagt, kann es entweder bedeuten, daß es ein sehr wichtiges Gebot ist oder daß verschiedene Auslegungsmöglichkeiten gegeben sind. Aber hier ist an den beiden Stellen eben nicht genau das gleiche gesagt; wir können es also so auslegen, daß es generell verboten ist, zwei verschiedenartige Sachen zu mischen . . .»

Er lehnte in seinem Stuhl zurück und sprach mit seiner gewöhnlichen Stimme weiter: «Sie werden fragen, wo liegt da die Grenze? Wir haben es täglich mit allen möglichen Mischungen zu tun – Lederschuhe mit Gummisohlen, Häuser aus Holz und Stein. Derlei ist nicht zu vermeiden. Wir brauchen also einen Maßstab, mit dem wir bestimmen können, wo die alte Regel sinnvoll und anwendbar ist und wo nicht. Und was wäre ein besserer Maßstab als der gesunde Menschenverstand – wozu hätte Gott ihn uns sonst gegeben? Nein, Ihr erster Einwand gegen Schwarz' Projekt war, daß die beiden Gebäude verschieden im Stil sein und nicht zusammenpassen würden; Sie empfanden es von Anfang an als störend: Somit erkläre ich es als ein Beispiel von *Schatnes* und deshalb für verboten.»

Der Alte kratzte sich am Kopf; langsam breitete sich ein Lächeln auf seinem runzligen Gesicht aus. «Und im Friedhof steht das Gebäude allein . . . Rabbi, es ist zwar ein *Pilpul,* aber . . . Wissen Sie, jetzt ist mir auf einmal viel wohler.»

Boileau/Narcejac

Mensch auf Raten (2115)

Werthers zweiter Selbstmord (2666)

Ohne Spuren (2696)

Die trauernden Witwer (2707)

Aus dem Reich der Toten (2716)

Der Tod erlaub kein Double (2760)

Die Karten liegen falsch (2786)

Schußfahrt (2794)

Appartement für einen Selbstmörder (2839)

Mr. Hyde (2864)

In inniger Feindschaft (2913)

Das Geheimnis der gelber Geparden/ Schnitzeljagd/Katenkamp und der tote Briefträger (2887)

Das Leben im Alptraum/Ein Rotschopf wird gekidnappt/Die Frau hinter der Maske (2721)

Colin Dexter

Hüte dich vor Maskeraden
(2805)

Eine Messe für all die Toten
(2764)

Der letzte Bus nach Woodstock
(2718)

. . . wurde sie zuletzt gesehen
(2726)

Die schweigende Welt des Nicholas Quinn
(2748)

Die Toten von Jericho
(2782)

Das Rätsel der dritten Meile
(2806)

thriller rororo

C 2348/1

A Faint Cold Fear Thrills Through My Veins · William Shakespeare

Zu diesem Buch

Professor John Hendryx ist tot.

Die Todesursache liegt klar auf der Hand bzw. in Scherben auf dem Boden: Es ist die schwere Homer-Büste, die direkt hinter Hendryx' Schreibtischsessel im obersten Fach des Regals gestanden hat, heruntergefallen ist und dabei den kommissarischen Leiter der Englisch-Abteilung erschlagen hat.

Die Todeszeit scheint ebenso leicht zu fixieren zu sein: Am Freitag, dem 13., um 15 Uhr 05, ist im Windemere College von Boston eine Bombe explodiert, die durch den entstandenen Luftdruck die Büste ins Rutschen gebracht hat.

Für Polizei und Staatsanwaltschaft gilt es nur noch herauszufinden, wer die Bombe gelegt hat. Und auch dabei scheint es keine Schwierigkeiten zu geben.

Alles deutet auf die fünf Studenten hin, die sich entgegen ihren sonstigen Gepflogenheiten am Freitagnachmittag noch in den Räumen des College aufgehalten haben. Daß sie die Tat strikt bestreiten – nun, das war vorauszusehen.

Aber dann taucht das erste Faktum auf, das sich nicht in die lückenlose Beweiskette einfügen will.

Laut gerichtsärztlichem Befund muß Hendryx zur Zeit der Bombenexplosion schon eine halbe Stunde oder länger tot gewesen sein. Andererseits deuten ein aufgeschlagenes Buch und ein benutzter Aschenbecher darauf hin, daß Hendryx seine Wohnung noch einmal betreten hat, nachdem die Putzfrau aufgeräumt hat und gegangen ist. Und kurz vor drei gegangen ist – darauf leistet die Frau jeden Eid.

Rabbi David Small, der sich bereit erklärt hatte, im Sommersemester vertretungsweise drei Wochenstunden am College zu lesen, muß seine talmudische Gelehrsamkeit bemühen, um zu beweisen, daß bei zwei sich widersprechenden Aussagen nicht unbedingt eine falsch sein muß.

Harry Kemelman erhielt für seinen ersten Kriminalroman, Am Freitag schlief der Rabbi lang (Nr. 2090), den Edgar Allan Poe Award. Sein zweiter, Am Samstag aß der Rabbi nichts (Nr. 2125), wurde von der Darmstädter Jury zum Buch des Monats gewählt. Es folgten Am Sonntag blieb der Rabbi weg (Nr. 2291), Am Montag flog der Rabbi ab (Nr. 2304), Am Dienstag sah der Rabbi rot (Nr. 2346), Am Mittwoch wird der Rabbi naß (Nr. 2430), Der Rabbi schoß am Donnerstag (Nr. 2500), Eines Tages geht der Rabbi (Nr. 2720) und Ein Kreuz für den Rabbi (Nr. 2860). Acht Detektivstories erschienen unter dem Titel Quiz mit Kemelman (Nr. 2172).

Harry Kemelman

Am Dienstag sah der Rabbi rot

Deutsch von
Edda Janus

Rowohlt

rororo thriller
Herausgegeben von Bernd Jost

Veröffentlicht im Rowohlt Taschenbuch Verlag GmbH,
Reinbek bei Hamburg, Mai 1990
Die deutsche Erstausgabe erschien im Rowohlt Taschenbuch Verlag GmbH,
Reinbek bei Hamburg, 1975
Die Originalausgabe erschien bei Arthur Fields Books, Inc., New York,
unter dem Titel «Tuesday the Rabbi Saw Red»
Redaktion Brigitte Fock
Umschlagfoto Fred Dott
Umschlagtypographie Peter Wippermann / Nina Rothfos

Satz Aldus (Linotron 505 C)
Gesamtherstellung Clausen & Bosse, Leck
Printed in Germany
ISBN 3 499 42992 6

Die Hauptpersonen

John Hendryx	wird von Homer erschlagen.
Roger Fine	hat ein Alibi, von dem er keinen Gebrauch macht.
Millicent Hanbury	strickt – und dann verstrickt sie sich.
Macomber	unterschreibt ein Todesurteil.
Betty Macomber	sägt den Ast ab, auf dem sie sitzen möchte.
Kathy Dunlop	mogelt.
Aggie Nolan	bringt ein Haus und ein Alibi ins Wanken.
Ekko Abner Selzer	wollen helfen und brauchen dann selber Hilfe.
Harvey Shacter Lillian Dushkin Henry Luftig	lassen sich gegen ihren Willen fesseln.
Mrs. O'Rourke	wird scheinbar durch die Wissenschaft als Lügnerin überführt.
Detective Sergeant Schroeder	denkt logisch, aber nicht unbedingt richtig.
Assistant District Attorney Bradford Ames	entspricht den gestellten Anforderungen auf seine Art.
Rabbi David Small	findet die Lücke in einem Alibi, einer Beweisführung und einer Wand.

Für meine Enkel
Jonathon Dor Kemelman
und
Jared Daniel Rooks

1

«Was meinst du damit, du bist nicht interessiert?» George Chernow, kurz, gedrungen und jetzt cholerisch, beäugte seine Tochter entrüstet. «Ich habe seit Jahren Versicherungsgeschäfte mit dem Restaurationsbetrieb Lubovnik abgeschlossen. Das mindeste ist, daß du sie ein Angebot machen läßt.» Mit einer Stimme, die laut genug war, bis zu seiner Frau zu dringen, die sich in die Küche zurückgezogen hatte und dort zu bleiben gedachte, fuhr er fort: «Eine Hand wäscht die andere, ja? Ich verkaufe Versicherungen, und sie verkaufen Mahlzeiten. Ja, gut, man läßt sich nicht jedes Jahr ein Festessen kommen, aber wenn ich eine Tochter verheirate und dann nächstes Mal Morris Lubovnik wegen einer Prämienerhöhung besuche, und er mich nach der Hochzeit fragt, soll ich dann etwa sagen, wir haben bei Ihnen kein Angebot eingeholt, weil meine Tochter nicht interessiert war? Und jetzt komm mir nicht damit, daß ich ihm davon nichts zu sagen brauche», fügte er hinzu und gab selbst die Antwort: «Eine Hochzeit ist etwas, das du geheimhalten kannst?»

«Ich kenne das Zeug, das er liefert, und ich kann es nicht ausstehen.» Seine Tochter Edie wandte den Kopf zur Seite und schauderte übertrieben. «Jech! Die fettige Hühnersuppe, die öligen Knisches, die gehackte Leber –»

«Dann nimm was anderes. Besprich es mit ihm. Laß dir ein paar Menuvorschläge zeigen. Wenigstens weiß er dann, daß wir ihn nicht übergehen.»

«Ja doch! Ja doch! Also werd ich mit ihm sprechen», sagte Edie. «Aber ich warne dich hier und jetzt, wenn er nicht die Gerichte liefern kann, die ich will, dann nehme ich ihn nicht, ganz egal, wie viele Versicherungen er dir abkauft. Ich hab die Art von Hochzeit von vornherein nicht gewollt, und ich kann immer noch fortfahren und Roger irgendwo in aller Stille heiraten, ohne das ganze Tamtam.»

Letzteres war die Taktik, die sie von Anfang an eingesetzt hatte, um ihre Eltern zur Räson zu bringen. Sie hatte gleich zu Anfang, als sie ihnen beigebracht hatte, daß sie Roger Fine heiraten würde, erklärt, nur ein schlichtes Fest zu wollen, «unsere Familie und seine Familie und ein paar Freunde von uns, mehr nicht. Kein großes Schmeh mit einer Hochzeitstorte und einem Ringträger und lauter Lakaien und Brautjungfern.»

Aber das kleine Fest war gewachsen, je länger sie darüber sprachen. «Wie kann ich meine Tochter verheiraten und nicht meinen Onkel Joshua einladen, der wie ein Vater für mich war, nachdem mein eigener Vater gestorben ist?»

«Das heißt dann aber, daß ich Tante Rose einladen muß, die mir so nahesteht wie dir Joshua», gab Mrs. Chernow zu bedenken. «Und das bedeutet, daß ich die Mädchen auch einladen muß, weil sie im selben Haus wohnen.»

«Aber die Mädchen sind nur Cousinen zweiten Grades.»

«Ich hab ihnen mein ganzes Leben lang nahegestanden. Und abgesehen davon wird Rose mit dem Wagen kommen; sie haben genug Platz, und die Mädchen können sie beim Fahren ablösen. New York ist zu weit, als daß Rose allein fahren könnte.»

Ehe sie es sich versahen, war die Gästeliste von Edies ursprünglichem Dutzend auf über hundert angeschwollen. Und bei so vielen Leuten konnte man nicht einfach ein schlichtes Dinner in einem Restaurant essen. Es mußte in einem Saal stattfinden und geliefert werden. Das hinwiederum bedeutete natürlich ein Orchester und Tanz, weil man ja nicht hundert Leute, die sich fast alle nicht untereinander kannten, einfach herumwandern lassen konnte, bis es Zeit zum Essen war. Und hinterher konnte man sie auch nicht gleich nach Hause schicken. Und im übrigen, was für eine Hochzeit ist das, auf der nicht getanzt wird? Das aber bedeutete ein richtiges Hochzeitskleid für die Braut. «Alle kommen groß aufgemacht, und du willst ein Tweedkostüm tragen?»

Also fuhr Edie nach New York, denn, so erklärte sie Selma Rosencranz, ihrer besten Freundin: «In Boston ist einfach nichts aufzutreiben, nicht ein einziges, simples Kleid, das halbwegs anständig aussieht.»

Ihr Vater zumindest fand dies schwer zu glauben, besonders nachdem er die Rechnung bekommen hatte. «In ganz Boston hat sie kein Kleid finden können?»

«Du willst doch, daß sie hübsch aussieht, oder nicht?» fauchte Mrs. Chernow ihn an. «Du hast nur ein Kind, und das heiratet. Das kommt nur einmal im Leben vor, und da willst du knausern? Sie wird mit dem Bräutigam tanzen, allein auf der Tanzfläche, alle sehen zu, und du willst, daß sie irgendein altgekauftes Fähnchen trägt?»

«So, sie werden tanzen? Er kann tanzen?» fragte Mr. Chernow in gespieltem Erstaunen und nahm damit den Streit wieder auf, den er mit seiner Frau führte – niemals natürlich in Gegenwart ihrer Tochter –, seit er erfahren hatte, daß er im Begriff war, Robert Fine als Schwiegersohn zu erwerben: der junge Mann hinkte nämlich etwas und ging mit einem Stock. «Ich habe eine Tochter, ein hübsches Mädchen, und das Beste, was sie bekommen kann, ist angestoßene Ware?»

«Er ist leicht behindert. Na und? Außerdem hat er das aus dem Krieg.»

«Nicht aus dem Krieg. Er hat es *während* des Krieges bekommen. Es ist so was wie Arthritis. Er hat es mir selbst gesagt. Er hat in seiner ganzen Dienstzeit in Saigon hinter einem Schreibtisch gesessen.»

«Und? Stört ihn das in seinem Beruf?»

Und das traf wiederum einen empfindlichen Punkt bei Chernow: Roger Fine war Lehrer, und was verdiente ein Lehrer schon groß?

«Er ist nicht irgendein Lehrer», wehrte Mrs. Chernow ab. «Er ist ein Professor. Er unterrichtet Englisch. In einem College.»

«Er ist *assistant professor.*»

«Auch gut, *assistant professor.* Was erwartest du denn? Er ist ein junger Mann. Es ist seine erste Stellung.»

Es war nicht nur der Beruf des jungen Mannes, der Chernow irritierte, es war seine ganze Art und sein Wesen. Er war so selbstsicher, so überzeugt von seinen Meinungen – und seine Meinungen deckten sich nicht mit Chernows Meinungen. Wenn Chernow zum Beispiel über Politik sprach, hörte er zu, wie er dem Friseur beim Haareschneiden oder dem Taxifahrer zuhörte, der ihn zum Flugplatz fuhr, höflich, aber ohne Interesse. Chernow hatte den Verdacht, daß er ein Radikaler war. Wer konnte es wissen, vielleicht sogar ein Kommunist.

Weil sein Küchenbetrieb streng koscher war, behielt Morris Lubovnik von «Lubovnik – Stadtküche – Wir Haben Das Hochzeitsessen Ihrer Mutter Geliefert» den Hut auf, als er auf der Sofakante hockte, während seine Menuvorschläge und Preislisten auf dem großen, quadratischen Tisch vor ihm ausgebreitet waren. Edie Chernow, deren rundliche Hüften unter einer engen schwarzen Satinhose verborgen waren, saß auf der anderen Seite des Sofas, ein Bein untergeschlagen, das andere über den Sofarand baumelnd. Sie gab vor zuzuhören. Ihren Entschluß hatte sie schon beim Hereinkommen gefaßt, in dem Augenblick, in dem sie den verbeulten Filzhut mit dem fettigen Hutband, die Schweißperlen auf der Stirn, die blauen Schatten auf den Wangen und die heisere, krächzende Stimme in sich aufgenommen hatte. Lubovnik hielt beim Sprechen den Blick gesenkt, oder er sah auf die Papiere auf dem Tisch; er vermied es, sie direkt anzusehen, um ja nicht den Anschein zu erwecken, er starre auf die hautenge Hose oder auf ihre Brüste, die sich klar unter der weitausgeschnittenen weißen Nylonbluse abzeichneten. Er räusperte sich. «Es ist bei mir nicht einfach eine Frage des Geschäfts, Miss Chernow. Ich möchte ausschließlich meine Kunden zufriedenstellen. Ich möchte, daß sie noch nach Wochen die Augen zumachen können, um noch einmal den Wohlgeschmack der Knisches und der Fleischbällchen auf der Zunge zu spüren.» Er schloß die Augen und schmatzte mit den Lippen.

«Sie können entweder das Roastbeef oder die gebackenen Hähnchen nehmen – der Preis ist der gleiche. Unsere Kunden teilen sich in zwei Gruppen: in die, die schwören, daß Lubovniks Roastbeef das Beste ist, was sie jemals gegessen haben und in die, die dasselbe von unseren gebackenen Hähnchen behaupten.» Er lächelte breit, um anzuzeigen, daß dies ein kleiner Scherz sei. «Und dies hier», er tauchte in die Aktentasche, die auf dem Fußboden stand, und holte eine kleine Karte heraus, «ist bei unseren Auftraggebern in den vergangenen Jahren sehr beliebt geworden. Sie legen dies den Einladungen bei, und dann kann der Gast sich vorher aussuchen, ob er das Menu mit den Hähnchen oder das mit dem Roastbeef möchte. Auf die Art ist jeder zufriedengestellt. Dies ist ein Foto einer Auswahl von Desserts, die wir vor etwa zwei Monaten geliefert haben.»

Edie gelang es schließlich, ihn loszuwerden, indem sie versprach, die ihr überlassenen Menuvorschläge zu prüfen. Aber sogar noch, als sie ihn zur Tür drängelte, blieb er mehrmals stehen, um in der Aktentasche nach Fotos oder Dankbriefen zufriedener Kunden zu suchen. «Da fällt mir gerade ein: erst in der vorigen Woche . . .»

Völlig anders war der Mann von «Stillman's in Boston. Gegründet 1890». Erst einmal war er jung, nicht älter als dreißig, dann trug er eine graue, leicht ausgestellte Flanellhose und ein Sportsakko mit einem Tattersall-Karo. Er war auch nicht zudringlich, ganz im Gegenteil: er wirkte reserviert und etwas zweifelnd. «Wir schätzen diese Nationalgerichte nicht so sehr, Miss Chernow. Diese Knisches und gefüllten Kischke sind recht wohlschmeckend, wenn auch für meinen Geschmack ein bißchen schwer, aber leider machen wir das nicht. Wir bevorzugen schlichte Horsd'œuvres: kleine Toasthappen mit Gurke, Lachs oder Krabbensalat oder viellleicht geröstete Shrimps zu den Cocktails. Nach unserer Meinung soll die Vorspeise den Appetit wecken und ihn nicht erschlagen. Sie möchten doch nicht, daß die Hauptmahlzeit davon in den Schatten gestellt wird, nicht wahr?»

Edie stimmte ihm zu.

«Was nun das Hauptgericht anbelangt, da bieten wir meiner Meinung nach eine größere Auswahl als alle anderen Firmen. Zusätzlich zu den üblichen gebratenen Hähnchen und dem Roastbeef haben wir viele Fischgerichte und auch Hummer, aber da der Markt heutzutage so unzuverlässig ist, mußten wir den Hummer leider streichen. Dann haben wir Beef Stroganoff . . .»

Edie aß Beef Stroganoff leidenschaftlich gern.

«Wir haben das bei einer großen Hochzeit im Reform-Tempel B'nai Jacob in Boston geliefert. Es ist sehr gelobt worden.»

Edie dürstete es geradezu nach Lob.

Rabbi David Small öffnete die Tür und trat zur Seite, um Edie und Mrs. Chernow einzulassen. Obwohl die Chernows schon seit mehreren Jahren in Barnard's Crossing lebten, war es Edies erste Begegnung mit dem Rabbi. Bei den seltenen Gelegenheiten, in denen sie an den hohen Feiertagen für etwa eine halbe Stunde in den Tempel gegangen war, hatte er in einem der thronartigen Stühle neben der Bundeslade gelehnt oder vom Pult aus kurze Ankündigungen gegeben; sie war nie zur Predigt geblieben – und war wenig von ihm beeindruckt. Sie sah auch gar keinen Grund, ihre Meinung nun zu ändern. Er war mittelgroß und dünn und blaß. Er hielt mit krummem Gelehrtenrücken den Kopf nach vorn gestreckt und blickte kurzsichtig durch dicke Brillengläser. Beim Hereinkommen war ihr auch aufgefallen – sie hatte einen Blick für solche Dinge –, daß seine Schuhe staubig waren und die schlecht gebundene Krawatte schief hing.

«Kommt der Bräutigam nicht?» fragte der Rabbi.

«Oh, Roger war nicht abkömmlich.»

«Er ist Professor in einem College in Boston», erklärte Edies Mutter. «Er hat Vorlesungen.»

«Ach, so wichtig ist es auch nicht», erklärte der Rabbi. «Wenn die Hauptpersonen erst unter der *chupe* versammelt sind, das ist der Baldachin, gebe ich Ihnen schon die nötigen Belehrungen.»

«Gibt es eine besondere Regel, wer zuerst nach vorn kommt?» fragte Mrs. Chernow.

«Nein, Mrs. Chernow, das können Sie ganz so halten, wie es Ihnen gefällt, solange die Braut als letzte kommt, meistens am Arm des Vaters. Manchmal kommt der Bräutigam von der Seite her, entweder allein oder mit seinen Eltern; aber er kann auch durch den Mittelgang gehen, wenn Sie das lieber haben. Sie können eine Prozession bilden, der Bräutigam, seine Eltern, der Trauzeuge, vielleicht mit der Brautjungfer, dann die Mutter der Braut und am Ende die Braut am Arm des Vaters. Generell besteht die Neigung, die Gruppe der Braut von der des Bräutigams getrennt zu halten, bis sie sich unter dem Baldachin treffen, und sogar dort stelle ich sie normalerweise getrennt auf. Die Familie der Braut auf ihrer Seite und die des Bräutigams auf seiner.» Er lächelte. «Wie Sie dort hinkommen, ist nicht so wichtig wie das, was nach ihrer Ankunft geschieht. Ich lese den *ketubah*, das ist der Heiratsvertrag, den der Bräutigam schon vorher unterschrieben hat, und natürlich auch die Heiratsurkunde. Dann spreche ich die Segnungen, oder Sie können sie auch vom Kantor singen lassen. Danach trinken die Braut und der Bräutigam aus demselben Glas den Wein. Wenn sie einen langen Schleier tragen sollten, Miss Chernow, hält ihn üblicherweise Ihre Brautjungfer hoch, damit Sie trinken können. Dann spricht mir der Bräutigam Wort für Wort einen kurzen hebräischen Text nach, der besagt, daß Sie ihn mit dem Ring segnen, den er, entsprechend den Gesetzen von Moses und Israel, an Ihren Finger steckt. Dann wird noch einmal Wein getrunken, und danach zerbricht der Bräutigam das Glas, das ihm unter den Fuß gelegt wird.»

«Muß das sein, das Zerbrechen des Glases?» fragte Edie.

Der Rabbi sah überrascht aus. «Haben Sie etwas dagegen?»

«Ach, es kommt mir so albern vor, so – primitiv.»

Er nickte. «Es ist eine Tradition, die möglicherweise wirklich in primitive Zeiten zurückreicht. Ganz bestimmt ist es eine alte Überlieferung, so alt sogar, daß ihr Grund verlorengegangen ist. Natürlich gibt es Mutmaßungen, die verbreitetste davon ist, daß sie uns an die Zerstörung des Tempels erinnert. Oder, daß sie bedeutet, daß selbst in Glück und

Freude Trauer enthalten ist. Um ehrlich zu sein, ich finde keine der beiden Erklärungen sehr überzeugend. Ich sehe es lieber als ein Symbol. So wie das Glas, aus dem Braut und Bräutigam gemeinsam getrunken haben, nun zerbrochen ist, so kann keiner mehr in die eben geschlossene Einheit eindringen. Lassen wir es dabei, daß es eine Tradition ist, nicht sinnvoller als das Tragen des Eherings an der linken Hand. Aber es ist eine Tradition, die seit Jahrhunderten für jüdische Hochzeiten charakteristisch war, und darum behalten wir sie bei.» Er wandte sich an Mrs. Chernow. «Ich kann Ihnen einen Zweck sagen, dem es dient, und dem dient es sehr gut: es ist ein dramatischer Höhepunkt der Feierlichkeit. Der Bräutigam zerbricht das Glas, und alle sagen *Massel Tow*, viel Glück, und der Bräutigam küßt die Braut, und dann ist es zu Ende. Sie sind verheiratet.»

«Es ist nur so, daß der junge Mann hinkt», sagte Mrs. Chernow.

«Ach?» fragte der Rabbi. «Und Sie glauben, er könnte das Glas nicht mit dem Fuß zertreten?»

«Mutter! Natürlich kann er das!» fauchte Edie wütend.

«Na, dann ist das ja kein Problem», sagte der Rabbi hastig und fuhr eilig fort: «Danach gehen alle nach unten in das Vorzimmer vom Gemeindesaal. Jetzt gehen Braut und Bräutigam natürlich voran, und die ganze *chupe*-Gesellschaft folgt ihnen. Ich nehme an, daß sie einen kleinen Imbiß und Getränke vor dem Dinner anbieten werden. Die Gratulationscour könnten Sie dann dort abhalten. Bis jeder gratuliert hat, werden die Leute von Lubovnik fertig sein und die Türen vom Vorraum zum Saal öffnen, was das Zeichen ist, daß das Essen serviert werden soll. Sie können sich darauf verlassen, daß sie sich genau an die abgesprochenen Zeiten halten. Sie machen das sehr gut und haben auch viel Erfahrung damit.»

«Ja, aber wir sind nicht bei Lubovnik», sagte Edie.

«Nein?»

«Wir nehmen Stillman's aus Boston.»

«Von denen hab ich, glaube ich, noch nie gehört. Sind sie neu?»

Edie lachte fröhlich. «Wohl kaum, Rabbi. Sie machen das schon sehr lange. Sie kennen doch sicher das Restaurant Stillman in Boston?»

«Ah, ja, *davon* hab ich gehört. Aber ich hatte immer die Vorstellung, daß das kein jüdisches Restaurant wäre und ganz bestimmt nicht koscher.»

«Ja, natürlich nicht, Rabbi –»

«Dann können sie in unserer Synagoge nicht servieren, Miss Chernow. Unsere Küche ist koscher.»

«Aber das ist doch lächerlich», rief Edie. «Ich hab schon alles arrangiert.»

«Dann müssen Sie es wieder rückgängig machen», sagte der Rabbi leise.

«Und das Geld, das wir à Konto gezahlt haben, zum Fenster hinauswerfen?» fragte Mrs. Chernow entrüstet.

Die Finger des Rabbi trommelten leise auf dem Schreibtisch. «Das ist auch nicht schlimmer als das Geld, das Sie in den verflossenen Jahren für die Tempelgebühren gezahlt haben.»

«Tempelgebühren? Was meinen Sie damit?»

«Wenn Sie in den Jahren, in denen Sie hier wohnen, nicht das Prinzip begriffen haben, nach dem unsere Synagoge arbeitet, dann waren alle Ihre Jahresbeiträge doch eigentlich auch zum Fenster hinausgeworfen.»

Roger Fine, schlank und braun gebrannt, hatte die langen Beine im Wohnzimmer der Chernows ausgestreckt und klopfte mürrisch mit seinem Stock auf die Seite seines Schuhs, während er Edies Bericht über die Begegnung mit dem Rabbi folgte. Mit vor Entrüstung gepreßter Stimme sagte sie: «. . . und der Mann hatte den Nerv, ja die Unverfrorenheit, uns glatt ins Gesicht zu sagen, daß das Geld, das mein Vater jedes Jahr für die Synagoge gezahlt hat, praktisch verschwendet worden wäre. Ich hab den ganzen Nachmittag am Telefon gehangen und im Umkreis von zwanzig Meilen überall herumtelefoniert, um für den Abend noch einen Saal zu mieten, aber es war schon alles vergeben. Und wenn sie nicht vergeben waren, dann kochen sie da selber. Dazu kommt noch das Problem, daß wir allen schreiben müßten, um den neuen Ort anzugeben, und wir müßten einen anderen Rabbi auftreiben. Ich hab sogar schon daran gedacht, daß wir uns irgendeinen Friedensrichter suchen sollten. Ach, Roger, ich bin ganz verzweifelt!»

Roger Fine wußte, daß er sie nun in die Arme nehmen und beruhigen sollte, aber er blieb stumm und starrte weiter seinen Schuh an. Endlich sagte er: «Meine Leute würden uns sicher nicht für richtig verheiratet halten, wenn wir zum Friedensrichter gingen.» Er ließ den Stock auf dem Teppich kreisen. «Sie kommen zur Hochzeit extra von Akron angereist. Ich hoffe, daß sie dir gefallen, wenn du sie kennenlernst, und daß sie dich mögen. Und ich hoffe, daß sie mit deiner Familie gut zurechtkommen. Natürlich sind sie ein bißchen älter als deine Leute und auch ein bißchen altmodisch. Sie gehen in eine orthodoxe Synagoge, und meine Mutter kocht zu Hause koscher. Ich glaube nicht, daß sie das Beef Stroganoff essen würden, das du bestellt hast. Aber es ist auch möglich, daß sie sich überwinden und es essen, weil sie am Haupttisch sitzen und die Hochzeit ihres Sohnes nicht verderben wollen. Wahrscheinlicher ist allerdings, daß sie nur Brötchen mit Butter und den Salat und das Kompott essen. Sie machen bestimmt kein Theater. Das liegt ihnen nicht. Aber was glaubst du, wie ich mir vorkommen würde?»

Natürlich machte die Geschichte die Runde. Am Sonntag, als die Mitglieder des Direktoriums im Flur des Tempels auf den Beginn ihrer Sitzung warteten, sprachen sie darüber. Norman Phillips' Kommentar war sehr typisch: «Das sieht unserem Rabbi ähnlich.» Er tippte sich mit dem Zeigefinger an den Kopf. «So einfallslos. Er soll ja wohl ein gebildeter Mann sein, und vermutlich ist er das auch, weil er Rabbi ist, aber sehr geschickt ist er sicher nicht.»

«Ja, um Gottes willen, Norm, was soll er denn machen? Du weißt auch, daß unsere Regeln eine streng koschere Küche im Tempel verlangen. Und wenn du Gerichte nimmst, die nicht koscher sind, dann sind, wenn ich das richtig begriffen habe, automatisch alles Geschirr und alle Töpfe und Pfannen nicht mehr koscher. Willst du dann bei der nächsten Hochzeit oder beim nächsten Bar-Mizwa, das stattfinden soll, das ganze Geschirr neu kaufen? Es geht also nicht, daß du eine einmalige Ausnahme machen kannst. Wenn du nicht koschere Gerichte in der Küche zubereitest, dann ist's passiert. Von da an ist die Küche nicht mehr koscher. Aber selbst wenn du eine Ausnahme machen könntest, warum gerade für Chernow?»

«Wer sagt denn, daß wir eine Ausnahme machen sollten? Ich rede doch nur von der Art, wie der Rabbi das gemacht hat. Wir haben doch ein Hauskomitee, oder nicht? Nate Marcus ist der Vorsitzende, ja?»

«Ja. Und?»

«Wenn der Rabbi etwas geschickter gewesen wäre, hätte er gesagt –» und nun ahmte er die Stimme des Rabbi nach – «‹Sie müssen verstehen, Miss Chernow, daß alles, was mit der Benutzung der Einrichtungen zu tun hat, vom Hauskomitee gebilligt werden muß, und der Vorsitzende ist meines Wissens Nathaniel Marcus. Das betrifft auch jeden Restaurationsbetrieb, der bisher noch nicht an uns geliefert hat. Unsere Hausordnung verlangt, daß das Hauskomitee ihn vorher gutheißt. Wenn es Ihnen recht ist, werde ich Mr. Marcus anrufen und einen Termin ausmachen, wann Sie mit ihm sprechen können.›»

«Dann hätte Nate ihr das abschlagen müssen, nicht wahr?»

«Aber darum geht es doch. Nate ist kein Angestellter, der für ein Gehalt arbeitet und eines Tages die Stimme eines Gemeindemitglieds brauchen könnte. Auf die Art hat sich der Rabbi die Chernows zu Feinden gemacht, und das letzte, was der Rabbi in dieser Gemeinde brauchen könnte, ist ein weiterer Feind.»

Weil das Wetter so mild war, hatte der hinfällige alte Jacob Wasserman, der erste Präsident der Synagoge, den Mut gefaßt, an der Sitzung teilzunehmen. Er war von seinem Freund Al Becker abgeholt worden, und obwohl sie nun abseits von den anderen standen, hatten sie das Gespräch mitgehört.

«Ich gebe nicht viel auf einen Angeber wie Norm Phillips», stellte Becker leise grollend fest, «aber so unrecht hat er nicht. Warum muß der Rabbi sich immer so weit vorwagen?»

Wasserman lächelte. «Was ist ein Rabbi, Becker? Ein Rabbi ist ein Lehrer. Als ich damals in der alten Heimat in die Schule gegangen bin, war der Lehrer der Boss – nicht so wie hier. Manchmal, wenn man vielleicht frech war oder etwas Dummes sagte, bekam man eine Ohrfeige vom Lehrer. Du kannst mir glauben, ich hab als Junge oft Ohrfeigen bekommen.» In der Erinnerung vertiefte sich das Lächeln. «Aber Fehler, für die man Schläge bekam, Becker, die hat man nicht noch einmal gemacht.»

«Mag sein. Aber weißt du, was ich glaube? Ich glaube, dem Rabbi ist das inzwischen ganz schnurz.»

Wasserman nickte traurig. «Ja, das kann auch sein.»

2

Der Anruf kam Mitte September, gleich nach den hohen Feiertagen; er kam völlig unerwartet. Als die Stimme am Telefon sich als Bertram Lamden vorstellte, verband Rabbi Small ihn nicht sofort mit Rabbi Lamden, dem schnurrbärtigen, dunkelhäutigen jungen Mann, dem Hillel-Direktor an der Universität von Massachusetts, den er zum erstenmal beim Treffen des Rabbinischen Rates für Groß-Boston vor ein paar Wochen getroffen hatte.

«Ich habe in den letzten Jahren eine Vorlesung über ‹Jüdisches Denken und Jüdische Philosophie› am Windemere College hier in der Stadt gehalten», sagte Lamden, «aber in diesem Semester kann ich nicht. Ich habe mir die Freiheit genommen, Sie an meiner Stelle vorzuschlagen.»

«Wie sind Sie denn auf mich gekommen?» fragte Rabbi Small.

Er lachte kurz auf. «Um die Wahrheit zu sagen, Rabbi, weil der Dean des College zufällig in Ihrer Stadt wohnt. Kennen Sie sie vielleicht? Millicent Hanbury?»

«Ich glaube, das ist hier ein bekannter Name. In der Stadt gibt es eine Hanbury Street.»

«Ja. Also, es handelt sich um drei Wochenstunden, es ist in Boston, Sie brauchen also nicht ganz eine Stunde dorthin und bekommen dafür 3500 Dollar. Wollen Sie nicht mal anrufen?»

Rabbi Small fragte, wie es käme, daß sie eine Vorlesung über Jüdische Philosophie hätten.

Lamden lachte. «Ach, die haben viele jüdische Studenten aus unserer Gegend und aus dem Gebiet New York–New Jersey. Windemere hat keinen großen Ruf, aber das akademische Niveau ist ordentlich.»

«Sie ist *der* Dean? Der Dekan der Fakultät?»

«Ja, richtig. Es war früher ein reines Mädchen-College, das sich aus einem Pensionat für höhere Töchter entwickelt hat, wie sie um die

Jahrhundertwende in den Neu-England-Staaten große Mode waren. Seit etwa zehn Jahren haben sie Koedukation, aber die weiblichen Studierenden sind immer noch in der Überzahl. Aber vielleicht sprechen Sie erst mal mir ihr. Sie können sich ganz frei entscheiden.»

«Pensionat für höhere Töchter», «Neu-England», «Dean» und «Jahrhundertwende» hatten in seinen Gedanken ein Bild von Millicent Hanbury heraufbeschworen. Er sah sie als hagere, lange alte Jungfer vor sich, mit sorgfältig frisierten grauen Haaren und einem Kneifer an einer Goldkette. Nachdem er sie angerufen und ihre leise Altstimme am Telefon gehört hatte, reduzierte er ihr geschätztes Alter und stellte sie sich als adrette, geschäftstüchtige, moderne Frau vor, die klassische Schneiderkostüme bevorzugte.

Es war ein schöner Tag, und obwohl die Adresse, die sie ihm angegeben hatte, ziemlich weit entfernt war, beschloß er, zu Fuß zu gehen. Beim Anblick des alten, weiträumigen Hauses mit seinen Türmchen, Giebeln und unsinnigen Veranden mit den hundert Jahre alten Holzverzierungen, der wildwuchernden Büsche und des rissigen Betonpfades, der zu einer eichenen Haustür führte, die längst hätte gebeizt werden müssen, revidierte er die Schätzung ihres Alters abermals und machte sie wieder älter. So war es beinahe ein Schock, als eine sehr anziehende Frau von höchstens Anfang Dreißig ihm die Tür öffnete und ihm fest die Hand schüttelte.

Sie war groß und schlank, und das kurze, dunkle Haar war so sorgsam verwuschelt, wie es nur ein sehr guter Friseur fertigbringt. Mit freimütigem Blick aus den schönen grauen Augen gestand sie: «Um ehrlich zu sein: wir sind etwas in der Bredouille, Rabbi. In den vergangenen drei Jahren hat Rabbi Lamden auf der Basis eines Jahresvertrags die Vorlesung gehalten. Wir haben einfach damit gerechnet, er würde dieses Jahr wieder zur Verfügung stehen. Aber dann hat er uns mitgeteilt, daß er eine Reisegruppe nach Israel führen würde. Oh, ich mache ihm keine Vorwürfe», fügte sie hastig hinzu. «Wir hätten uns früher bei ihm melden müssen. Im Grunde ist es mein Fehler gewesen.»

Sie bot ihm einen Stuhl an. Auf einem anderen lag das Strickzeug, das sie aus der Hand gelegt hatte, als sie ihm die Tür öffnete. Sie wollte es forträumen, aber er sagte: «Meinetwegen brauchen Sie nicht damit aufzuhören.»

«Ja? Macht es Ihnen wirklich nichts aus?»

«Ich sehe gern zu, wenn eine Frau strickt. Meine Mutter strickt mit Begeisterung.»

«Heute ist das nicht mehr so üblich wie früher.» Sie setzte sich, nahm das Strickzeug auf den Schoß und erklärte ihm zur freundlichen Begleitmusik klickender Nadeln: «Es sind Weihnachtsgeschenke für Neffen und Nichten. Obwohl ich immer sehr früh damit anfange, werde ich am Ende nur knapp damit fertig. Ich hab immer drei oder vier Sachen gleichzeitig in Arbeit. Jedes ist in einem Extrabeutel an einem Platz, wo ich öfter sitze, damit ich es in der Nähe habe, wenn mir Zeit dafür bleibt. Ein Geschenk wird meistens viel mehr gewertet, wenn es selbst gemacht ist, finden Sie nicht auch?»

Während sie strickte, erzählte sie ihm über das College. Es gab etwas unter zweitausend Studenten, und das Verhältnis Schüler zu Lehrer war zwölf zu eins. «Das heißt nun natürlich nicht, daß unsere Kurse im Durchschnitt von zwölf Teilnehmern belegt werden, weil natürlich immer mehrere unserer Lehrer auf Urlaub sind und viele nur eine einzige Vorlesung halten. Die Vorlesung über Jüdische Philosophie wird etwa von fünfundzwanzig bis dreißig Studenten belegt. Halten Sie das für sehr viel? Einige der jüngeren Lehrer fühlen sich überfordert, wenn es mehr als zwanzig sind. Andererseits überschneidet sich natürlich viel, und Sie haben in einer Vorlesung nie alle beisammen, die belegt haben.»

«Es sind doch drei Stunden in der Woche?»

«Ja, Rabbi Small. Montags und mittwochs um neun, freitags um eins. Tut mir leid wegen der Zeit am Freitag. Am Freitagnachmittag stehen nur zwei Vorlesungen auf dem Stundenplan, und leider trifft es gerade Ihre Vorlesung, aber wegen der Raumnot ließ es sich nicht anders einrichten.»

«Was ist am Freitagnachmittag so schlecht?»

Sie sah von ihrem Strickzeug auf. «Ach, wissen Sie, die jungen Leute wollen gern früh zum Wochenende aufbrechen und schwänzen am Freitag besonders oft.»

«Solange ich um zwei Uhr fertig bin, hab ich nichts gegen den Freitag», sagte er. «Alles, was später ist, wäre schwierig, weil der Sabbat im Winter so früh einsetzt.»

«Natürlich.» Sie nickte verständnisvoll. «Dann dürfen wir also dieses Jahr mit Ihnen rechnen, Rabbi?»

«Ja, ich muß nur noch das Direktorium der Synagoge unterrichten.» Er sah, daß sie ein enttäuschtes Gesicht machte, und lächelte. «Es ist eine Formalität, aber ich muß es ihnen mitteilen. Natürlich, falls sie ernsten Widerspruch . . .»

«Wie bald können Sie mir eine definitive Antwort geben?»

«Sie treffen sich am Sonntagvormittag. Ich könnte Ihnen abends Bescheid geben.»

«Gut. Wenn dann alles in Ordnung ist, könnten Sie am Montag zum Fakultätstreffen kommen und Präsident Macomber kennenlernen; und ich werde Sie mit sämtlichen Formularen ausrüsten, die Sie ausfüllen müssen.»

Erst als er nach etwa einer Stunde wieder fortging, wurde ihm klar, daß sie ihn nicht nach seiner Qualifizierung gefragt hatte. Aber wahrscheinlich hatte Rabbi Lamden sie darüber aufgeklärt, welche akademischen Grade ein Rabbinat erforderte. Ebenfalls hatte sie nicht mit ihm über das

Thema der Vorlesung diskutiert oder darüber, wie er den Unterricht gestalten wollte. Möglicherweise fühlte sie sich nicht kompetent. Andererseits hatte auch er ihr nicht viele Fragen gestellt. Er grinste vor sich hin. Vielleicht lag ihm ebensoviel am College wie dem College an ihm.

Ein Streifenwagen der Polizei hupte und hielt neben ihm an. Das kantige rote Gesicht von Hugh Lanigan, dem Polizeichef von Barnard's Crossing, tauchte im Fenster auf. «Sollen wir Sie nach Hause fahren, Rabbi?» Als der Rabbi einstieg, fuhr er fort: «Ich hab Sie aus dem Hanbury-Haus kommen sehen. Wollen Sie etwa Millie bekehren?»

«Ach, kennen Sie sie?»

«Wie oft muß ich Ihnen noch erklären, daß ich jeden in dieser Stadt kenne oder zumindest über ihn informiert bin», entgegnete Lanigan grinsend. «Das gehört zu meinem Beruf. Die Hanburys sind eine alte Familie aus Barnard's Crossing, und Millie kenne ich seit ihrer Geburt.»

«Sie scheint eine sehr nette junge Frau zu sein. Ich habe gerade überlegt, warum sie ganz allein in einem so riesigen alten Kasten lebt.»

«Und Sie waren bei ihr, um sie das zu fragen?»

Der Rabbi lächelte. «Nein, nein. Das war nur ein ganz privater Nebengedanke.»

«Na, vielleicht kann ich Ihnen darauf die Antwort geben. Sie lebt dort, weil sie dort geboren ist. Es ist das Hanbury-Haus, und sie ist eine Hanbury. Es ist – ja – es ist eine Frage des Stolzes.»

«Was spielt der Stolz dabei für eine Rolle?»

«Es ist eine Frage des Herkommens», sagte Lanigan und fuhr langsamer, um einem radelnden Botenjungen auszuweichen. «Die Hanburys sind seit der Kolonialzeit bedeutende Leute in dieser Gegend gewesen. Josiah Hanbury war Captain der Bürgerwehr. Sein Name steht auf einer Bronzetafel im Rathaus. Er hatte ein eigenes Boot und hat als Kaperkommandant am Revolutionskrieg teilgenommen.» Lanigan lachte. «Setzen Sie statt Kaperkommandant roter Korsar, und dann stimmt es vermutlich auch. Auf jeden Fall hat es Geld eingebracht. Später waren die Hanburys im Walfang und noch später im Molasse-Rum-Sklaven-Handel. Die Hanbury-Schiffahrtsgesellschaft hat im Ersten Weltkrieg nicht schlecht verdient. Heute gibt es immer noch eine Firma Hanbury Shipping, aber sie haben keine Schiffe mehr. Es ist jetzt eine Versicherungsgesellschaft und ein Kommissionsgeschäft; die Aktien werden an der New Yorker Börse gehandelt. Sitz der Firma ist natürlich Boston; sie ist für Barnard's Crossing zu groß geworden. Alle Hanburys hatten und haben Geld. Alle, nur nicht Arnold Hanbury, Millies Vater. Sein Zweig der Familie war nie so wohlhabend und hat wohl auch nie Glück gehabt. Aber er war ein Hanbury, das durfte keiner außer acht lassen.

Das Haus, Rabbi, hat ihn fast an den Rand des Bankrotts gebracht, aber natürlich mußte er ein großes Haus haben, weil er ein Hanbury war.

Millie aber konnte nicht mit ihren reichen Cousinen und deren Freundinnen spielen – sie hatten als Kinder Ponies und, als sie größer wurden, Segelboote, und dann eigene Autos und danach Reisen nach Europa – für Millie war das alles nicht möglich. Dennoch durfte sie nicht mit den anderen Kindern aus der Stadt spielen. Sie war eben eine Hanbury.»

«Aber in der Schule hat sie doch sicher . . .»

Lanigan schüttelte entschieden den Kopf. «Sie begreifen das mit den Hanburys immer noch nicht. Ihre Cousinen waren alle in privaten Internaten, nur sie mußte in eine öffentliche Schule gehen, weil Arnold Hanbury sich nichts anderes erlauben konnte. Aber sie durfte sich mit dem gemeinen Volk nicht abgeben. Sie hatten eine alte Frau, die bei ihnen arbeitete, vermutlich für kaum mehr als Wohnung und Verpflegung – Nancy – Nancy Sowieso – es wird mir schon wieder kommen. Auf jeden Fall gehörte es zu ihren Aufgaben, am Schultor auf Millie zu warten und sie sofort nach Schulschluß nach Hause zu schleifen.»

«Und was war mit dem College?»

«Da war auch nichts. Sie war auf einem College in Boston und fuhr jeden Tag hin und her. Es war eine reine Mädchenschule, in der hauptsächlich Sport unterrichtet wurde. Wenn aber ein Mädchen einen Mann kennenlernen will, muß es dahin gehen, wo es Männer gibt, stimmt's? Viele Männer. Und ich kann mir nicht denken, daß es viel hilft, wenn man Absolventin einer Turnlehrerinnenschule ist. Eher könnte das die Männer in die Flucht treiben. Stellen Sie sich vor, ein Mann macht sich an ein Mädchen ran. Das schlimmste, womit er rechnet, ist eine Ohrfeige. Aber wenn sie eine ausgebildete Sportlerin ist, könnte es leicht mit einem Kieferbruch enden.» Lanigan lachte heiser. «Ich hätte selber eine Mordsangst. Die beiden Sportlehrerinnen an der High School sind übrigens auch nicht verheiratet.»

«Es ist immerhin erstaunlich, daß sie es mit einem Sportlehrer-Diplom bis zum Dean gebracht hat», stellte der Rabbi fest.

«Warum? Was macht denn so ein Dean?»

«Na, er ist Dekan einer Fakultät», sagte der Rabbi, «und meistens wird das nur ein anerkannter Wissenschaftler.»

«Könnte da Ihre Meinung nicht ein wenig veraltet sein, Rabbi? Ich kenne den Dean des College von Lynn. Der war vor etwa sechs Jahren Lehrer für Werkunterricht und Trainer der Footballmannschaft an der hiesigen High School. Meines Wissens wollen sie heutzutage Leute, die sich durchsetzen können und mit den Studenten fertig werden.»

Während sie weiterfuhren, erzählte ihm der Rabbi von Dean Hanburys Angebot.

«Und Sie wollen es annehmen?»

«Ich glaube schon. Es ist eine interessante Abwechslung.»

«Was sagt denn Miriam dazu?»

«Ich hab noch nicht mal mit ihr darüber gesprochen.»

Als der Rabbi über den Lehrauftrag berichtete, gab es wenig Schwierigkeiten. Natürlich wäre es keine Vorstandssitzung des Synagogendirektoriums gewesen, wenn es keine Fragen gegeben hätte.

«Was ist, wenn es an dem Tag, wo Sie unterrichten, eine Beerdigung gibt, Rabbi?»

«Dann benachrichtige ich meine Studenten, daß ich nicht kommen kann.»

«Was ist mit dem *minjan*, Rabbi? Bedeutet das, daß Sie an den Tagen, an denen Sie in Boston sind, nicht teilnehmen können?»

«Nicht unbedingt. Übrigens verlangt meine Rolle als Rabbi nicht, daß ich immer als zehnter Mann beim täglichen *minjan* fungieren muß. Es scheint ja auch ohne mich sehr gut zu gehen, wenn ich jetzt mal verhindert bin.»

Nachdem er sie verlassen hatte, und sie zum Parkplatz zu ihren Autos gingen, sagten sie, was sie wirklich dachten.

«Mir ist aufgefallen, daß der Rabbi immer nur vom Windemere College gesprochen hat. In Wirklichkeit heißt es Christliches College Windemere. Vielleicht bin ich altmodisch, aber mir kommt es komisch vor, daß ein Rabbi an einem christlichen College unterrichten soll.»

«Heutzutage hat das gar nichts zu sagen. Heute gehen Jungen auf Mädchenschulen und Mädchen auf Jungenschulen. Und jüdische Kinder gehen sogar auf katholische Schulen.»

«Ja, aber muß dieses *Christlich* gleich noch im Namen stehen! Wenn es, sagen wir mal, *Notre Dame* hieße, würde ich ja nichts sagen.»

«Notre Dame! Weißt du, was das bedeutet? Es heißt ‹Unsere Dame›. Und du wirst ja wohl wissen, welche Dame damit gemeint ist?»

«Na und? Ich meine, da merkt man es nicht gleich am Namen. Außerdem war Maria ja wohl ein jüdisches Mädchen, wie?»

Sie lachten. Dann brachte ein anderer einen neuen Einwand auf. «Mich stört nur die Art, in der er es uns erzählt hat. Er verkündet einfach, daß er unterrichten wird. Er fragt uns nicht. Er teilt es uns einfach mit.»

«Glaubst du, daß er dafür bezahlt wird?»

«Soll das ein Witz sein? Hast du schon mal von einem Rabbi gehört, der was umsonst macht?»

«Ich kann nur sagen, daß er hier ganztägig beschäftigt ist. Wenn er also Geld bezahlt bekommt, soll er es, bei Gott, unserem Schatzmeister geben. Wenn ein Ingenieur beim E-Werk von General Electrics eine Erfindung macht, gehört sie General Electrics.»

«Ja, ja, und das glaubst du?»

«Nein, aber ich meine, jemand sollte ihn fragen.»

«Gut. Ich setze dich an die Spitze eines Ein-Personen-Ausschusses.»

«Ich rede nicht von mir. Der Präsident oder der Schatzmeister müßten das übernehmen.»

«Mann, das machen die doch andauernd. Wenn die irgendwohin fahren, um einen Vortrag zu halten, geben sie dann das Geld ab? Und einige von diesen progressiven Rabbis reden mehr außerhalb des Tempels als darin.»

«Mir wäre es gar nicht so unlieb, wenn ein paar von den Predigten des Rabbi draußen gehalten würden, um ehrlich zu sein.»

Sie lachten vor sich hin.

«Wenn es noch Harvard oder das Massachusetts Institute of Technology wäre», bemerkte Norman Phillips, der mit Werbung zu tun hatte. «Das würde der Synagoge Ansehen verschaffen. Aber Windemere?» Er machte eine abfällige Geste. Obwohl Norm schon Mitte Vierzig war, kleidete er sich sehr modern: zweifarbige Schuhe, eine weit ausgestellte Hose, die auf der Hüfte saß und von einem breiten Ledergürtel mit einer schweren Messingschnalle gehalten wurde. Das lange Haar war nicht von einem Friseur, sondern von einem Haar-Stylisten geschnitten. Seine Meinungen hatten bei den anderen Mitgliedern des Vorstands ein gewisses Gewicht, da sie vermuteten, er wisse, was die jungen Leute aus der Gemeinde dachten.

«Was stimmt denn nicht an Windemere?» fragte Malcolm Selzer kriegerisch. «Mein Abner studiert da, und er sagt, es ist ein verdammt gutes College. Und er sollte es wissen, weil er im ersten Jahr in Harvard war, und ihm gefällt Windemere besser.» Malcolm Selzer war seiner Kleidung nach bestimmt nicht auf der Höhe der Zeit. Im Kühlschrank-Geschäft, wo man andauernd im Laden schwere Modelle herumschieben oder sogar beim Verladen Hand anlegen mußte, war es schon schwierig genug, die Anzüge sauber und unzerknautscht zu halten.

«Hat dein Abner nicht in der Zeitung gestanden, als damals die Bombe hochgegangen ist? Mir ist so, als hätte er eine Stellungnahme der Studentenorganisation verkündet.»

Malcolm Selzer nickte stolz. «Ja, das hat er. Er hatte natürlich nichts damit zu tun, aber in der Studentenorganisation ist er ein großes Tier. Er hat dauernd Verhandlungen mit den Fakultätsausschüssen und der Verwaltung. Die heutige Jugend beteiligt sich an allem; es ist anders als früher bei uns.»

Miriam, die Frau des Rabbi, hatte ebenfalls Fragen. Sie war winzig, und die Last der blonden Haare schien sie fast aus dem Gleichgewicht zu bringen. Sie hatte große blaue Augen, die ihrem Gesicht etwas Treuherziges gaben, aber der festgeformte Mund und das kleine, runde Kinn sprachen von Energie. «Bekommst du deswegen vielleicht Ärger mit dem Vorstand, David?»

«Das glaube ich nicht. Auf jeden Fall werde ich damit fertig.»

«Aber es bedeutet zusätzliche Arbeit für dich?»

«Gar nicht so schlimm. Hin und wieder werde ich Arbeiten korrigieren müssen. Aber die Vorbereitung der Vorlesungen braucht nicht viel Zeit.»

Sie fragte dann, ob er sich wirklich darauf freue, oder ob es ihm nur um das Geld gehe.

«Ach, das Geld ist schon sehr nützlich. Es ermöglicht uns leicht die nächste Reise nach Israel.»

«Und einen neuen Teppich fürs Wohnzimmer?»

Er lachte. «Und einen neuen Teppich fürs Wohnzimmer.»

«Auf jeden Fall ist es für dich mal was anderes. Es ist nur so . . .» Sie zögerte.

«Was ist?»

«Na, ich kenn dich doch. Ich weiß, daß es dir nicht um das Geld geht. Du möchtest gern unterrichten, nicht wahr?»

«Und?»

«Ach, ich hoffe nur, daß du nicht enttäuscht wirst. Die Colleges und die Studenten haben sich seit deiner Zeit sehr verändert.»

«Ach, das glaube ich nicht», sagte er zuversichtlich. «Im Grunde sicher nicht.»

3

Dean Hanbury lenkte den Wagen scharf um die Kurve, dann in eine enge Durchfahrt hinter zwei Reihen von Mietshäusern, bog nochmals ab und bremste schließlich vor dem Schutzgitter einer Reihe von Kellerfenstern ab.

«Ist das der Parkplatz der Schule?» fragte der Rabbi überrascht. Dean Hanbury hatte ihn mitgenommen, um ihm den Weg zu zeigen.

«Das ist *mein* Parkplatz», sagte sie und deutete auf ein kleines Holzschild, auf dem ihr Name stand. «Zumindest ist es meiner, seit wir vor ein paar Jahren dieses Wohnhaus auch übernommen haben. Ich finde ihn sehr praktisch, weil ich bei schlechtem Wetter durch die Hintertür gehen kann und dann genau gegenüber auf der anderen Seite der Straße der Eingang zum Verwaltungsgebäude liegt.»

Sie stiegen die Stufen des Verwaltungsgebäudes hinauf, das durch die Sandsteinplatten und roten Ziegelmauern sehr offiziell wirkte, während alle anderen Schulgebäude wie Wohnhäuser aussahen. «Dies ist das einzige echte Collegegebäude», erklärte sie. «Nachdem wir so angewachsen sind, haben wir hier draußen neu gebaut und nach und nach die angrenzenden Wohnhäuser aufgekauft.»

«Sind das denn alles Wohnheime für die Studenten?»

«O nein. Wir haben sie umgebaut. Das Haus da drüben kommt auch bald an die Reihe. Im obersten Stock sind die Mieter zwar schon ausgezogen, aber sie haben noch Möbel in den Wohnungen. Und dann wohnt Professor Hendryx dort. Im ersten Stock. Das hat sich ergeben,

Ach, das Geld . . .

als er aus dem Süden zu uns kam und hier noch keine Wohnung gefunden hatte.»

Sie führte ihn eine breite Treppe mit einem schweren Mahagonigeländer hinauf. «Übrigens werden Sie sich mit ihm ein Büro teilen müssen. Der arme Mann ahnt noch nichts davon, aber ich weiß einfach nicht, wo ich Sie sonst unterbringen könnte. Professor Hendryx ist kommissarischer Leiter der englischen Abteilung. Ich glaube, daß er Ihnen gefallen wird. Übrigens stammt er ursprünglich auch aus Barnard's Crossing. Da haben Sie schon etwas Gemeinsames.»

Sie schloß ihr Büro auf. «Meine Sekretärin hat die Woche zwischen den Trimestern frei», sagte sie. «Im Augenblick ist es hier wie in einer Leichenhalle, aber sobald der Unterricht beginnt, wimmelt es hier im Haus und in der Umgegend nur so von jungen Leuten. Sie haben Glück, wenn Sie einen Parkplatz finden. Es ist wichtig, daß Sie das einkalkulieren, denn Ihre Studenten warten nur acht Minuten nach dem offiziellen Beginn. Verlassen Sie sich drauf: wenn Sie erst nach neun Minuten kommen, sind alle fort.»

Sie schüttelte den Kopf. «Ich verstehe es nicht. Wenn sie noch ein bestimmtes Ziel hätten; aber meistens sitzen sie nur vor dem Haus auf der Treppe. Aber sie bleiben nicht im Zimmer, selbst wenn sie Sie auf der Straße kommen sehen. Sie sind heute alle so ungeduldig. Allerdings hat sich bei uns die Lage im letzten Jahr wesentlich beruhigt. Die Änderung der Gesetze über die Wehrpflicht spielt dabei sicher eine große Rolle. Natürlich haben wir von Zeit zu Zeit noch Studentenunruhen, aber mit den Jahren 1968 und 1969 läßt sich das nicht mehr vergleichen. Trotzdem hatten wir voriges Jahr noch einen Bombenanschlag. Das haben Sie sicher in den Zeitungen gelesen.»

«Ja, ich erinnere mich.»

«Unsere Studenten hatten nichts damit zu tun, da bin ich ganz sicher», beeilte sie sich zu versichern. «Die Polizei nimmt an, daß die Tat von Außenstehenden begangen wurde, wahrscheinlich von der Weathervane-Gruppe. Natürlich könnten einige unserer Studenten Mitglieder sein. – Und wenn Sie mich nun entschuldigen würden. Ich muß mich um die Post kümmern. Nein, erst will ich sehen, ob Präsident Macomber frei ist.»

Sie telefonierte. «Ella? Dean Hanbury. Ist Präsident Macomber schon im Hause? So? Ja. Gut, ich bin mit Rabbi Small in meinem Büro. Sagen Sie mir Bescheid, ja?»

Sie legte auf. «Er ist im Augenblick beschäftigt.»

Jemand klopfte an die halboffene Tür, und dann streckte ein Monteur mit einem Werkzeugkasten den Kopf herein. «Is das das Büro von Professor Hendryx?»

«Nein», sagte Dean Hanbury. «Nebenan. Aber er ist sicher noch nicht da.»

«Macht nichts, *ma'am*. Ich kann hier anfangen. Ich muß Ihre Leitung anzapfen.» Der Mann folgte mit fachmännischem Blick dem Telefondraht, der hinter ihr an der Wand nach oben ging, am Schrankrand entlanglief und der Bilderleiste folgte. «Sein Büro liegt also direkt hinter der Wand?»

«Ja.» Von der anderen Seite der Wand war ein lauter Bums zu hören. «Aha, dann ist er gerade gekommen», sagte sie. «Kommen Sie mit, Rabbi, ich mache Sie gleich mit ihm bekannt.»

Sie gingen über den Flur und bogen in einen Seitenteil ab. Sie blieb vor einer Tür stehen, deren Milchglasscheibe von einem Riß durchzogen war. «Die muß ausgewechselt werden», sagte sie mechanisch, als hätte sie es schon sehr oft gesagt.

Sie klopfte, und Professor Hendryx öffnete ihnen. Er war mittelgroß und trug einen van-Dyke-Bart, der die volle, sinnliche Unterlippe betonte. Aus dem einen Mundwinkel hing eine Pfeife. Die dunklen Augen wirkten durch die getönten Gläser der dicken Schildpattbrille noch dunkler. Er trug eine sportliche Hose und ein Tweedjackett mit Lederflecken auf den Ellbogen. Der Hemdkragen war offen, darunter trug er einen absichtlich leger geknoteten Seidenschal. Der Rabbi schätzte ihn etwas älter als sich ein, vielleicht achtunddreißig oder sogar vierzig.

Dean Hanbury machte die beiden Männer bekannt und sagte dann: «Tut mir leid, John, aber Sie und der Rabbi müssen sich das Büro teilen. Wir haben keinen Raum mehr frei. Mr. Raferty muß noch einen Schreibtisch hereinstellen.»

«Wohin?» fragte Hendryx überrascht und ärgerlich. «In diesem Loch kann man sich so schon nicht mehr umdrehen. Wenn Sie noch einen Schreibtisch reinstellen, bleibt nicht mal ein Durchgang frei. Sollen wir über die Tische klettern, wenn wir uns setzen wollen?»

«Ich dachte an einen kleineren Tisch, John.»

«Ich brauche eigentlich gar keinen Schreibtisch», sagte der Rabbi schnell. «Einen Haken für meinen Hut und Mantel und einen Platz für ein, zwei Bücher.»

«Na, dann ist ja alles gut», sagte sie fröhlich. «Ich lasse Sie allein, damit Sie sich besser kennenlernen können.»

Hendryx ging um den Schreibtisch herum und riß den Drehstuhl mit so viel Schwung heraus, daß er gegen die Wand prallte, und dem Rabbi damit erklärte, wieso Dean Hanbury gewußt haben konnte, daß er in seinem Büro war. David Small, dem es leid tat, der unschuldige Anlaß zu Hendryx' Verärgerung geworden zu sein, betrachtete die staubigen Bücherregale an der hinteren Wand. Die unteren Fächer waren mit Stapeln vergilbter Arbeitshefte gefüllt. «Es ist wirklich ziemlich eng», stellte er fest.

«Kaum mehr als ein Besenschrank, Rabbi, aber immer noch besser als der unverträgliche Lärm im Büro der englischen Abteilung im ersten

Stock, wo ich zwei Jahre gehaust habe. Dies hier war früher ein Abstellraum für Anfängerarbeiten und Prüfungsaufsätze und alte Bibliotheksbücher. Es ist mehr als trist, aber ich habe vor, ein paar persönliche Dinge herüberzuholen und es etwas besser einzurichten, sobald ich mal die Zeit finde. Der Druck –» er deutete auf eine große, gerahmte Zeichnung des mittelalterlichen London – «gehört mir und die Büste von Homer auch.» Er machte eine Kopfbewegung zu dem großen Gipskopf auf dem obersten Fach direkt über ihm. Er schob den Stuhl weit zurück und streckte die Beine lang aus, so daß er fast im Stuhl lag – seine typische Stellung, wie der Rabbi bald erfahren sollte.

Er suchte in der Tasche herum und holte eine winzige Messingfigur heraus, mit der er den Tabak in der Pfeife feststopfte. Während dieses Manövers paffte er vorsichtig, und als die Pfeife zufriedenstellend zog, steckte er den Stopfer wieder ein.

«So, Sie sind also der neue Lehrer für Jüdisches Denken und Jüdische Philosophie», sagte er. «Ich kannte Ihren Vorgänger, Rabbi Lamden. Laut einem meiner Studenten, der seine Vorlesung belegt hatte, hat er sich hauptsächlich über das Thema Moral ausgelassen – was für alle höchst befriedigend war. Soweit es die Studenten betraf, kassierten sie mühelos drei Punkte. Soweit es Lamden betraf, waren es ein paar angenehme Stunden in der Woche, für die er noch bezahlt bekam. Und sein Gewissen konnte er vermutlich mit dem Gedanken beruhigen, daß er seine Studenten zur Religion ihrer Väter zurückführte.»

«Aha.»

«Natürlich hatte die Verwaltung auch von der Vorlesung profitiert», fuhr Hendryx fort. «Sie wissen ja wohl, daß der offizielle Name Windemere Christian College lautet. Der Prospekt und die Begleitschriften, die wir an interessierte Studenten verschicken, betonen eigens, daß die Schule konfessionell nicht gebunden ist, und das entspricht auch den Tatsachen. Ich bin überzeugt, daß die Kuratoren – einer ist übrigens der große Versicherungsboss Marcus Levine; wenn man nach dem Namen geht, müßte er vermutlich zu Ihren Leuten gehören – das Wort *christlich* nur allzu gern streichen würden. Aber das brächte zu viele rechtliche Komplikationen mit sich. Und wir haben auch eine ganze Reihe jüdischer Studenten, nicht nur aus der Umgebung, sondern auch aus der Gegend von New York oder New Jersey. Es ist ein College, auf das sie zurückgreifen, wenn sie anderswo keinen Platz finden, und die Eltern könnten davor zurückscheuen, sie in eine Schule zu schicken, die sich betont als *christlich* bezeichnet. Daher ist es natürlich nützlich, wenn es eine Vorlesung über Jüdisches Denken und Jüdische Philosophie gibt, die von einem waschechten Rabbiner gehalten wird.» Er grinste breit. «Von deren Standpunkt aus sind Sie eine Art Gottesgeschenk.»

«Sie mögen offenbar keine Juden?» fragte David Small neugierig.

«Wie kommen Sie denn darauf, Rabbi? Einige meiner besten Freunde sind Juden.» Er lächelte ironisch. «Ich weiß, Sie und Ihresgleichen halten das für die typische Redensart aller Antisemiten, aber ich habe den Verdacht, daß es in gewisser Weise richtig sein könnte. Die Juden sind in der Hinsicht das genaue Gegenteil der Iren. Die einzelnen Juden, die man kennt, sind offen, idealistisch und selbstlos; dennoch ist man überzeugt, daß alle anderen, die man nicht kennt, schlau, habgierig und kraß materialistisch sind. Die Iren hinwiederum sollen fröhlich, phantastisch, ritterlich und weltfremd sein, obwohl die Iren, die man kennt, ständig betrunkene, streitsüchtige Schurken sein können, auf deren Wort kein vernünftiger Mensch was gibt.» Er lächelte und zeigte weiße, ebenmäßige Zähne. «Nein, ich halte mich wirklich nicht für antisemitisch, aber ich rede nun mal frei von der Leber weg, und wenn mir ein Gedanke kommt, spreche ich ihn auch gleich aus. Betrachten Sie mich als eine Art *advocatus diaboli.*»

«Dann zählen einige meiner besten Freunde zu Ihren Kollegen», sagte der Rabbi.

Jemand klopfte an der Tür. Hendryx richtete sich mit einem Ruck auf und ging um den Schreibtisch herum, um einen Mann mit einer kurzen Aluminiumleiter hereinzulassen. Es war der Mann von der Telefonfirma.

«Ich soll hier einen Apparat anschließen», sagte er. «Wo wollen Sie 'n hinhaben? Auf dem Schreibtisch?»

«Ja.»

Der Mann lehnte die Leiter gegen das Regal und maß die Wand mit einem Zollstock aus. Dann schob er die Leiter hinter den Drehstuhl und kletterte zum obersten Bord hinauf. Er umfaßte die Gipsbürste mit beiden Händen, um sie herunterzuheben, fand sie dann aber zu schwer und schob sie nur ein Stück zur Seite.

«He! Was machen Sie denn mit meiner Büste, Mann?» rief Hendryx. «Lassen Sie sie da, wo sie ist.»

«Ich stell sie schon wieder hin, keine Angst», sagte der Mann. «Der Draht muß direkt dahinter durch die Wand, damit er gerade zum Schreibtisch kommt.»

«Na, dann vergessen Sie's aber nicht.»

Der Mann bohrte das Loch und ging dann wieder ins Büro von Miss Hanbury. Hendryx hielt es offenbar für angebracht, sein ärgerliches Aufbrausen zu erklären. «Ich habe das Ding von der ersten Klasse geschenkt bekommen, die ich jemals unterrichtet habe. Gerade kein leichtes Gepäck. Es muß fünfzig, sechzig Pfund wiegen. Trotzdem hab ich es in den letzten zwölf Jahren von einem College zum nächsten mitgeschleppt.»

Der Rabbi nickte verständnisvoll, obwohl er vermutete, daß der Ärger mit dem Mann von der Telefonfirma immer noch von Hendryx' Enttäuschung herrührte, sein Büro mit ihm teilen zu müssen.

Es klopfte abermals; diesmal war es Dean Hanbury. «Wir können jetzt zu Präsident Macomber gehen», sagte sie.

Präsident Macomber war ein großer, grauhaariger Mann. Er trug eine Flanellhose, ein Sporthemd und eine Windjacke. Eine Tasche mit Golfschlägern lag in einer Ecke des Büros auf dem Fußboden. «Ich habe gerade neun Löcher gespielt», sagte er zur Erklärung seiner Aufmachung. «Spielen Sie Golf, Rabbi?»

«Nein, leider nicht.»

«Schade. Sie haben eine Pfarre oder . . .»

«Eine Gemeinde in Barnard's Crossing.»

«Ach, natürlich», er nickte lebhaft. «Sie sind aus der Heimatstadt von Dean Hanbury. Na, ich denke, es wird nicht viel anders sein als Pastor in einer Kirche oder Pfarrer einer Gemeinde. Ich meine, Sie haben sicher einen Kirchenvorstand, mit dem Sie sich arrangieren müssen.»

«Wir haben einen Synagogenvorstand.»

«Genau das meine ich. Ich meine auch, daß es Ihnen viel leichterfallen würde, mit diesem Vorstand zurechtzukommen, wenn Sie Golf spielten. Auf einem Golfplatz kann man sich so viel leichter verständigen als an einem Konferenztisch im grauen Anzug und mit Schlips und Kragen. Ein Collegepräsident ist heutzutage eine Kombination aus Verkäufer und Public-Relations-Mann; und Sie können es mir glauben: zum Geschäftemachen eignet sich nichts so gut wie ein Golfplatz. Denken Sie mal drüber nach. Auf jeden Fall, Rabbi, freue ich mich außerordentlich, daß Sie bei uns sind.»

Er streckte die Hand aus, um anzukünden, daß das Treffen beendet sei.

«Was hören Sie von Betty?» fragte Dean Hanbury.

Präsident Macomber lächelte. «Sie hat die erforderliche Aufenthaltszeit beinahe abgeschlossen.» Er schüttelte erheitert den Kopf. «Verzeihen Sie, Rabbi, aber es ist schwer, seinen typischen Berufsjargon abzulegen. Meine Tochter ist in Reno; sie will sich scheiden lassen.»

«Oh, das tut mir aber leid», sagte der Rabbi.

«Das braucht es nicht. So was kommt eben vor. Bei Ihnen gibt es doch Scheidungen, nicht wahr?»

«Doch. Als Lösung für unglückliche Ehen.»

«Na, das war es in diesem Fall.» Dann wandte er sich an Dean Hanbury. «Wenn alles so geht, wie es Hoyle vorausgesagt hat, kommt sie nächste Woche wieder als Betty Macomber zu mir zurück.»

«Ach, das ist schön», sagte Millicent Hanbury.

«Um es noch mal zu sagen, Rabbi, wir freuen uns, Sie bei uns zu haben. Und wenn es irgendwelche Probleme gibt, dann genieren Sie sich nicht, gleich zu mir zu kommen.»

Rabbi Small ging in sein Büro zurück, um seinen Hut und Mantel zu holen. Da er Professor Hendryx in Zensurenlisten vertieft und wenig mitteilsam fand, wanderte er zum ersten Stock hinunter und wartete auf den Beginn der Professorenkonferenz. Sie sollte um elf Uhr stattfinden. Ab halb elf begannen die Lehrer zu kommen. Der Rabbi vertrieb sich die Zeit mit der Besichtigung von Ehrentafeln, düsteren Ölbildern und vergilbten Porträtfotos früherer Präsidenten und Deans – Frauen in hohen Spitzenkragen, mit ovalen Kneifern, genauso, wie er sich Dean Hanbury vorgestellt hatte. Die Bilder hingen an den Wänden des in einem Rundbau befindlichen Foyers mit Marmorfußboden. Die Lehrer begrüßten sich; gelegentlich trafen ihn neugierige Blicke, aber niemand kam auf ihn zu.

Dann wurde sein Name gerufen. Er drehte sich um und sah die große Gestalt Roger Fines näher kommen. «Ich dachte doch, das müßten Sie sein», sagte Fine, «aber ich konnte mir nicht vorstellen, warum Sie hier sein sollten.»

«Ich soll eine Vorlesung halten», sagte der Rabbi, erfreut über das bekannte Gesicht. «Ich unterrichte Jüdisches Denken und Jüdische Philosophie.»

«Ich bin selber erst seit dem Februar hier», erklärte Fine. «Aber hat im Vorlesungsverzeichnis nicht ein anderer Rabbi gestanden?»

«Ja, Rabbi Lamden.»

«Ach, wechseln Sie sich während der Kurse ab?»

Rabbi Small lachte. «Nein. Er hatte in diesem Jahr keine Zeit, und da haben sie mich gebeten einzuspringen.»

«Ach, das ist ja prima», sagte der junge Mann. «Wenn es mit dem Stundenplan paßt, könnten wir vielleicht zusammen fahren. Haben Sie denn schon ein Büro?»

«Der Dean hat veranlaßt, daß ich bei einem Professor Hendryx untergekommen bin.»

«Im Ernst?» Er begann zu lachen.

«Habe ich etwas Komisches gesagt?»

Statt zu antworten, rief Fine einen jungen, dicklichen Mann, der gerade vorüberging. «He, Slim, komm mal einen Moment. Ich möchte dich mit Rabbi Small bekannt machen. Er hat mich verheiratet.»

Der junge Mann streckte die Hand aus. «Und jetzt kontrollieren Sie ihn, Rabbi?»

«Slim Marantz ist auch an der englischen Abteilung», erklärte Fine. «Der Rabbi hat den Kurs über Jüdische Philosophie übernommen, Slim, und Millie hat ihn gerade mit Hendryx in ein Büro gesteckt.»

«Das kann doch nicht dein Ernst sein?» Marantz lachte.

«Und du hast gedacht, Millie hätte keinen Sinn für Humor», sagte Fine.

Der Rabbi sah fragend von einem grinsenden jungen Mann zum

anderen. Fine übernahm endlich die Erklärung. «John Hendryx hat seit zwei Jahren, seit er nach Windemere gekommen ist, um ein eigenes Büro gekämpft.»

Marantz ergänzte das noch: «Er hatte strikte Einwände gegen das laute, freundliche Chaos im englischen Büro.»

«Es erlaubt keine Konzentration», ahmte ihn Fine nach.

«Und schafft ein total feindseliges Klima für alle seine klugen, hochfliegenden Manifeste über philosophische, psychologische und soziologische Themen.»

«. . . und rassische, im besonderen jüdisch rassistische», ergänzte Fine.

«Stimmt. Als er kommissarischer Leiter der Abteilung wurde, das war zu Anfang des Sommersemesters, forderte er ein Privatbüro, und Millie Hanbury fand denn auch einen etwas groß geratenen Schrank für ihn im zweiten Stock. Sehr klein, aber sein.»

«Das hat er wörtlich gesagt», erklärte Fine voller Entzücken. «Ich brauche wohl nicht zu betonen, daß die Trauer über seinen Auszug aus dem englischen Büro nicht sehr lautstark war. Niemand hat ihm eine Petition geschickt, wieder zurückzukommen. Es gab auch keine schwarzumrandeten Resolutionen tiefsten Bedauerns.»

«Um bei der Wahrheit zu bleiben», sagte Marantz, «es ist weder zwischen noch auf den Schreibtischen getanzt worden, aber es herrschte, im Rahmen akademischer Gemessenheit, überall stille Freude.»

«Und nun erzählen Sie, Rabbi, daß Millie Sie mit ihm zusammengesperrt hat», sagte Fine. «Wundert es Sie, daß wir das lustig finden?»

«Und ausgerechnet ein Rabbi!» Marantz schüttelte fassungslos den Kopf.

«Was für eine Rolle spielt die Tatsache, daß ich ein Rabbi bin?»

«Er ist ein antisemitischer Hund. Oh, ich meine nicht von der Sorte, die es mit den Weisen von Zion hat», sagte Fine. «Eher der Typ, der sagt: Einige meiner besten Freunde sind Juden.»

«Das hat er mir heute morgen erzählt», gab der Rabbi zu.

«Na bitte!»

«Ich fand das gar nicht beleidigend. Und im übrigen werde ich das Büro nicht viel brauchen. Ich glaube kaum, daß wir uns oft begegnen werden.»

«Verstehen Sie mich nicht falsch, Rabbi», sagte Marantz, «höflich ist er bestimmt. Im englischen Büro habe ich zwei Jahre lang Schreibtisch an Schreibtisch mit ihm gelebt, und es hat nie Krach gegeben. Andererseits hat unser lieber Fine ein aufbrausendes Temperament. Ich möchte wetten, Roger, daß es größtenteils auf dein Konto geht, wenn er unbedingt aus dem englischen Büro rauswollte. Es sei denn, er hätte eine private Bleibe gesucht, um junge Damen empfangen zu können.»

«Um sie über das Versmaß bei Chaucer zu unterrichten?» fragte Fine lachend.

«Bei der dunklen Brille, die er immer trägt, ist das schwer zu sagen, aber mich deucht, ich habe ein interessiertes Aufflackern entdeckt, wenn eine wohlgestaltete Kommilitonin vorüberschritt.» Er grinste von einem Ohr zum anderen. «Au! Könnte es etwa sein, daß er ein Auge auf Millie geworfen hat und darum in den zweiten Stock gezogen ist?»

«Na, das wäre aber eine Sensation», sagte Fine kichernd und verstummte dann mit einem Schlag. «Vorsicht», sagte er, «da kommt sie.»

Dean Hanbury kam geradewegs auf sie zu. «Da sind Sie ja, Rabbi. Ich wollte nur sichergehen, daß Sie wissen, wo die Konferenz stattfindet. Herzlich willkommen, Dr. Marantz und Professor Fine.»

4

Präsident Macombers sonst so heitere Züge verfinsterten sich beim Zuhören.

«Es steht einwandfrei fest», sagte Dean Hanbury. «Es sind zwei Arbeiten im Kurs dieser Miss Dunlop geschrieben worden: Fragen, die beantwortet werden mußten, und sie hat beide verhauen – gründlich verhauen. Die Abschlußarbeit war für alle sieben Kurse ihrer Abteilung dieselbe; sie bestand aus hundert Fragen.»

«Hundert?»

«Ja. Es sollte ein objektiver Test sein – es ging um kurze, zwei, drei Worte umfassende Antworten. Die jeweiligen Kursleiter reichten zehn Fragen ein, und Professor Hendryx fügte selber dreißig hinzu. Kein anderer hat die dreißig Fragen vorher gesehen, nur Professor Fine. Er hatte die Aufgabe, die Prüfungsblätter zu vervielfältigen.»

«Was ist mit Professor Hendryx' Sekretärin?» fragte der Präsident.

«Er hat keine. Außerdem hat mir Professor Hendryx bestätigt, die Matritze selbst geschrieben zu haben.»

«Gut.»

«Kathy Dunlop hat bei der Prüfung ein A geschrieben, womit sie in der Gesamtnote mit C minus abschnitt.»

«Sie könnte ja auch sehr fleißig gearbeitet und sich verbessert haben», stellte der Präsident fest.

«Professor Hendryx hat mit Mr. Bailen, ihrem Tutor, Rücksprache gehalten. Das Mädchen hat jede einzelne Frage richtig beantwortet. Mr. Bailen sagt, das hätte er selber nicht gekonnt. Fünfundachtzig richtige Antworten sind ein A; hundert ist noch nie dagewesen. Nach der ganzen Anlage dieser Art von Arbeiten kann praktisch niemand alle richtig beantworten.»

«Schon gut. Aber warum nehmen Sie an, daß Professor Fine der Schuldige ist?» fragte Macomber. «Das Mädchen hätte ein schlecht abgezogenes Blatt aus dem Papierkorb nehmen oder von einem der Hausmeister bekommen können.»

Dean Hanbury schüttelte den Kopf. «Professor Fine wurde eigens angewiesen, das automatische Zählwerk abzulesen, ehe er mit der Vervielfältigung begann, und dann noch einmal am Ende. Die Differenz der Zahlen betrug einhundertdreiundfünfzig, und das ist die genaue Zahl der Kopien, die er Professor Hendryx gegeben hat.»

«Hm. Haben Sie mit Professor Fine gesprochen?»

«Nein. Ich hielt das nicht für ratsam, ehe ich mit Ihnen gesprochen hatte. Vielleicht sollte ich noch erwähnen, daß sich, laut Professor Hendryx, Professor Fine bei mehreren Gelegenheiten über die Unsinnigkeit von Examen ausgelassen hat.»

«Oh, bei der Einstellung müßte Professor Fine bei seinen Studenten sehr beliebt sein», sagte Macomber sarkastisch.

«Ich glaube, das ist er», bestätigte sie, «übrigens auch bei den jüngeren Mitgliedern des Lehrkörpers. Er nimmt kein Blatt vor den Mund und gilt als engagiert. Das ist heutzutage das neue Wort – engagiert. Er war Führer der Bewegung zur Anwerbung schwarzer Studenten und hat sogar einen Fortbildungskurs für sie organisiert, den die jüngeren Professoren abgehalten haben. Von ihm stammt der Artikel in *The Windrift*, den ich Ihnen gezeigt habe. Erinnern Sie sich?»

«O ja. Ist das der Rothaarige, der am Stock geht?»

«Ja. Der. Er ist mitten im Jahr gekommen und hat einen Einjahresvertrag. Wenn Sie ihn also entlassen wollen, dürfte es mit dem Verband der Hochschullehrer keinen Ärger geben.»

«Na, na», sagte Macomber, «nicht ganz so hastig. Daß er nicht auf Dauer angestellt ist und kein Recht hat, eine Anhörung zu verlangen, bedeutet noch lange nicht, daß es keinen Ärger gibt, wenn wir sie ihm verweigern. Sie sagen doch selbst, daß er bei den Studenten und jüngeren Lehrern sehr beliebt ist. Gerade so etwas kann aufgebauscht werden und zu Studentenprotesten führen. Ich brauche Ihnen ja nicht zu sagen, Millicent, daß das das letzte ist, was wir jetzt, drei Tage vor Semesterbeginn, brauchen können.»

«Aber ein Lehrer des College hat einem Studenten bei einem Betrug geholfen! Haben Sie eine Vorstellung, was passiert, wenn das herauskommt?»

«Oh, ich glaube nicht, daß damit zu rechnen ist. Nicht wenn man in der richtigen Weise mit Professor Fine verhandelt. Ich meine, wir sollten es so machen . . .»

Roger Fine, der im Besucherstuhl saß, wirkte völlig gelassen. Nur die Fingerknöchel der Hand, die den Stock umfaßten, waren weiß. «Es ist Ihnen sicher klar, Miss Hanbury», sagte er, «daß Sie keinen stichhaltigen Beweis haben.»

«Streiten Sie es ab?»

«Ich streite nichts ab und bestätige nichts», sagte er gleichmütig. «Ich glaube nicht, daß ich überhaupt zu antworten brauche.»

Dean Hanbury trommelte mit den Fingerspitzen auf den Schreibtisch, während sie ihre Gedanken sammelte. Endlich fuhr sie fort: «Ich habe nicht mit Miss Dunlop gesprochen – noch nicht. Ich bin aber überzeugt, daß sie, wenn man ihr sagt, sie müsse wegen ihres phänomenalen Abschlußexamens eine Zusatzprüfung ablegen, alles gestehen wird.» Sie wandte den Blick ab. «Soviel ich weiß, hat sie ein kleines Stipendium einer religiösen Sekte in Kansas, bei der ihr Vater Pfarrer ist.»

«Was wollen Sie, Dean Hanbury?»

«Na ja, wir möchten keinen Skandal», sagte sie, den veränderten Tonfall verzeichnend, «und wir möchten keine neuen Auseinandersetzungen mit den Studenten.»

«Mit anderen Worten: Sie möchten, daß ich stillschweigend verschwinde.»

«Nein.»

«Nein?»

«Da das Semester bereits begonnen hat, werden einige Ihrer Freunde unter den Studenten möglicherweise vermuten, daß man Ihnen den Rücktritt nahegelegt hat und darum die Untersuchung des Falls verlangen – also das, was wir gerade vermeiden möchten.»

«Und was schlagen Sie vor, Dean Hanbury?»

Millicent Hanbury, die sich nun der Situation wieder gewachsen fühlte, nahm das Wollknäuel auf und begann zu stricken. «Sie haben einen Einjahresvertrag, der Ende dieses Semesters abläuft. Wir würden uns freuen, wenn Sie Ihren Vertrag erfüllten – allerdings mit dem gegenseitigen Einverständnis, daß er nicht erneuert werden wird.»

«Und wo ist der Haken?»

«Es gibt keinen Haken, Professor Fine. Aber als Rückversicherung, daß Sie Ende des Semesters ohne Widerstand gehen, bitte ich Sie, dieses Schriftstück zu unterzeichnen. Es ist Ihre Bestätigung, Miss Dunlop vorzeitig die Examensfragen gezeigt zu haben. Ich werde sie in einem versiegelten Umschlag in mein Safe legen, und damit ist das abgeschlossen.»

Im Zimmer war nur das Klicken der Stricknadeln zu hören. «Was verstehen Sie unter ‹abgeschlossen›?»

«Genau das», sagte sie. «Wir sind bereit, nicht mehr daran zu rühren, wenn Sie es auch sind. Wenn Ihr Vertrag abgelaufen ist, werden Sie Windemere verlassen, und dieser Umschlag wird vernichtet oder Ihnen zurückgegeben.»

«Und wie bekomme ich eine neue Anstellung?»

«Wir werden uns in keiner Weise einmischen», versicherte sie ihm.

«Ich möchte das gern klarstellen, Miss Hanbury. Wenn ich dieses

Schriftstück unterschreibe, legen Sie es fort und sagen nichts. Sie erwähnen nichts davon, wenn ich mich anderswo um eine Stellung bemühe und man Sie um Referenzen bittet?»

«Wir werden den Inhalt dieses Briefes nicht erwähnen. Wir werden streng nach der Form verfahren und Ihre Beurteilungsschreiben kommentarlos weitergeben. Ich glaube, Professor Bowdoin hat Ihnen vor seiner Pensionierung ein solches gegeben?»

«Sogar ein vorzügliches.»

«Und wie ist die Beurteilung der Studenten?»

«Ebenfalls vorzüglich. Aber was ist mit Hendryx?»

«Er ist nur kommissarischer Leiter Ihrer Abteilung und wird daher nicht um eine Beurteilung gebeten werden.»

«Also gut. Geben Sie mir das Blatt. Ich werde es unterschreiben.» Er nahm den Stock in die linke Hand und holte aus der Brusttasche einen Füller. Er warf einen Blick auf den kurzen, getippten Absatz und setzte zur Unterschrift an, als ihm noch etwas einfiel. «Was ist mit Miss Dunlop?»

Dean Hanbury lachte leise auf. «Oh, über sie machen wir uns keine großen Gedanken. Sie hat trotz des A nur mit Ach und Krach bestanden. Und nach ihren übrigen Noten zu urteilen, glaube ich kaum, daß sie das Rennen bis zum Ende durchsteht.»

5

Seit seine Frau vor drei Jahren gestorben war, lebte Präsident Macomber ein einsames Leben in seiner großen Dienstvilla, die von seiner tüchtigen, aber langweiligen Haushälterin, Mrs. Childs, in Ordnung gehalten wurde. Nach außen hin führte er ein aktives, geselliges Leben, ging zwei-, dreimal in der Woche abends zu Treffen, Konferenzen oder offiziellen Dinners. Einmal im Jahr lud er alle Lehrer des College zu sich ein; es gab Sherry, Gebäck und Käse, Kaffee und Kuchen, überwacht von Mrs. Childs, die von einer Mannschaft aus der Collegekantine unterstützt wurde. Ebenfalls einmal im Jahr lud er die Mitglieder des Kuratoriums zum Abendessen ein. Das Dinner wurde von einem Restaurant geliefert – sehr zum Leidwesen der wackeren Mrs. Childs, die das als eine persönliche Zurücksetzung betrachtete.

An den Abenden, die er zu Hause verbrachte, las er nach dem Essen die Zeitung, ein Buch oder sah fern. Um zehn Uhr pflegte Mrs. Childs mit dem Tee aufzutauchen, den sie auf dem Tisch neben seinem Sessel servierte, ihm eine gute Nacht wünschte und sich in ihre Räume hinter der Küche zurückzog. Meistens blieb er dann bis zu den Elf-Uhr-Nachrichten auf und ging danach zu Bett.

Kurz vor Beginn des Herbstsemesters rief Macombers Tochter Betty aus Reno an, um die frohe Botschaft ihrer stattgehabten Scheidung zu verkünden, und daß sie mit dem nächsten Flurzeug eintreffen würde. Er gab sich freundlichen Träumen hin, daß sich nun alles ändern werde. Jetzt würde jemand da sein, mit dem er beim Frühstück und Abendessen sprechen konnte. Vielleicht konnte er sogar einmal nachmittags schwänzen und eine Partie Golf einplanen. Sie waren beide leidenschaftliche Golfspieler.

Sie würde die Rolle der Dame des Hauses übernehmen, und dann konnte er endlich wieder private Einladungen geben, die nichts mit dem Beruf zu tun hatten, und die er seit dem Tod seiner Frau so vermißt hatte. Natürlich, Betty war noch jung – fünfunddreißig – und nach einiger Zeit würde sie ihren eigenen Kreis finden, jüngere Leute, deren Interessen sich nicht mit seinen deckten. Aber noch nicht gleich. Nach der unglücklichen Ehe würde sie sicher erst einmal Ruhe und Frieden haben wollen.

Aber es kam leider nicht so. Sie traf am frühen Abend ein. Ihre Maschine war mit Verspätung abgeflogen und hatte dann fast eine Stunde auf die Landeerlaubnis warten müssen. Der fröhliche Tonfall vom Anruf aus Reno war fort; sie war müde und schlecht gelaunt.

«Diese widerliche Fliegerei!» rief sie zur Begrüßung. «Ich hatte gehofft, ich könnte mich noch ein bißchen hinlegen, und jetzt bleibt mir kaum Zeit zum Duschen und Umziehen.

«Meinetwegen brauchst du dich nicht umzuziehen», sagte ihr Vater. «Mrs. Childs hat uns was zu essen gemacht. Ich kann dir gar nicht sagen, wie ich mich darauf freue, mal wieder in Ruhe mit dir zu reden und alles Neue zu hören.»

Sie war zerknirscht. «O Dad, das tut mir leid, aber die Sorensons erwarten mich zum Essen. Sie haben noch andere Gäste. Es soll eine Art Freiheitsparty für mich sein – weißt du, zur Feier meiner Scheidung. Und Gretchen hat gesagt, es käme ein fabelhafter Mann, den ich unbedingt kennenlernen müßte.»

Auch im Laufe der Zeit wurde das nicht viel anders. Er sah kaum mehr von ihr, als in der Zeit ihrer Ehe, als sie in einem entfernten Vorort wohnte. Sie ging fast jeden Abend aus, und selbst wenn sie mit ihm zu Abend aß, schien sie immer in Eile zu sein.

«Hör mal, Betty», sagte er leicht vorwurfsvoll, «mußt du schon wieder ausgehen?»

«Das kann ich nicht ändern, Dad. Ich hab es versprochen.»

«Aber du bist in dieser Woche an jedem Abend ausgegangen.»

«Dad, ich bin fünfunddreißig –»

«Das weiß ich. Ich will ja auch nicht den strengen Familienvater spielen, aber . . .»

«Du bist ganz rührend, Dad, aber du mußt verstehen, daß ich den Rest meines Lebens nicht allein verbringen will. Ich möchte wieder heiraten, und gerade weil ich fünfunddreißig bin, kann ich keine Zeit verschwenden.»

Er war altmodisch und die Kraßheit, mit der sie ihm ihre Lage erklärte, machte ihn etwas befangen. «Ja, natürlich, ich möchte auch, daß du wieder heiratest, Betty. Wahrscheinlich bin ich auch ziemlich egoistisch, aber ich hatte gehofft, wir könnten manchmal abends zusammensitzen, nur wir beide. Weißt du, der Präsident eines College ist wie wahrscheinlich jeder andere Präsident auch ein ziemlich einsamer Mann. Er muß so viele Entscheidungen treffen, und fast jeder, an den er sich um Rat wendet oder mit dem er etwas besprechen möchte, bringt seine privaten Interessen ins Spiel.»

Sie lachte. «Armer Dad. Gut, morgen bleibe ich zu Hause und – au, morgen kann ich nicht, und Donnerstag auch nicht. Am Freitag vielleicht?»

Das Wochenende kam natürlich nicht in Frage, weil sie da nach New Hampshire fahren mußte, um ihren Sohn Billy im Internat zu besuchen.

6

Am Montag mußten die Studenten sich einschreiben; die Kurse begannen am Dienstag, und daher war am Mittwochmorgen die erste Vorlesung von Philosophie, Nr. 268, Jüdisches Denken und Jüdische Philosophie: Mo. u. Mi. 9 Uhr, Fr. 13 Uhr, Verwaltungsgebäude, Zimmer 22 (3 Punkte werden auf das Pensum angerechnet).

Um Viertel vor neun trafen die ersten ein. Die Studenten aus dem ersten Semester prüften die Nummer auf ihrem Stundenplan nach; die älteren Semester sammelten sich in einer Ecke.

«He! Hallo, Harvey!» Ein großer, überschlanker Junge in gelbkarierter Hose, dunkelrotem Hemd und gelbem Seidenhalstuch tauchte unter der Tür auf und wurde sofort von der Gruppe in der Ecke begrüßt. «Wie steht's denn so?»

«Hast du den Kurs auch belegt?»

Harvey sah sich nach allen Seiten um, um festzustellen, ob hübsche neue Mädchen aufgetaucht seien, und schlenderte dann herüber. «Na sicher hab ich belegt.» Harvey Shacter parkte sein elegant gekleidetes Hinterteil auf der Armlehne von Lillian Dushkins Stuhl. «Könnt ihr euch vorstellen, daß Onkel Harvey auf drei geschenkte Punkte verzichtet? Kennt ihr Cy Berenson? Der hat die Vorlesung letztes Jahr gehört und nicht mal die Abschlußprüfung gemacht. Der Rabbi hat ihn eine Fünfhundert-Wort-Arbeit schreiben lassen und ihm ein B gegeben.»

«Ja, aber Berenson hat jedesmal die Jarmulke auf dem Kopf gehabt», sagte Henry Luftig, ein kleiner, dünner, eifriger junger Mann mit einer hohen, knochigen Stirn unter einer pechschwarzen Mähne. «Wahrscheinlich hat der Rabbi gedacht, er wüßte sowieso alles.»

«Jarmulke? Ach, du meinst diesen kleinen schwarzen Glatzendeckel? Okay, wenn das die Garantie für ein B ist, setze ich auch die Jarmulke auf.»

«Mann, ich kann's kaum abwarten.»

Lillian Dushkin kicherte: «Wer weiß, vielleicht siehst du richtig süß damit aus.»

«Du, Lil», sagte Aaron Mazonson, «ich hab gehört, dieser Rabbi Lamden wär ziemlich scharf. Ein Mädchen braucht sich nur in die vordere Reihe zu setzen und ihm schöne Augen zu machen, und schon hat sie ihr A.»

Ein jüngerer Student mischte sich ein. «Dieses Jahr ist es gar nicht Rabbi Lamden; es kommt ein anderer.»

«Woher weißt du das?»

«Vom Einschreiben. Mein Tutor hat es gesagt, als ich ihm mein Studienprogramm gezeigt hab.»

«Im Verzeichnis steht aber Rabbi Lamden.»

«Ja, weil es erst im letzten Moment geändert worden ist.»

«Na großartig!» rief Shacter entrüstet. «Das fehlt mir gerade noch. Meine einzige gemütliche Vorlesung! Und jetzt kriegen wir einen Neuen, der uns erst mal beweisen wird, was für ein harter Bursche er ist.»

«Also lassen wir ihm die Luft ab», sagte Luftig grinsend.

Shacter dachte darüber nach, grinste ebenfalls und sagte: «Recht hast du. Wir lassen ihm die Luft ab.»

Die Straße stand voll von Autos, und auf den breiten Steinstufen des Verwaltungsgebäudes wimmelte es von Studenten, so daß Rabbi Small sich im Zickzack bis zur Tür vorarbeiten mußte. Im Haus, in der Marmorrotunde, standen Scharen von Studenten um Tische herum, auf denen große Schilder standen: HELFT EUREM COLLEGE – Kauf Sportkarten – Gültig für alle sportlichen Ereignisse. ABONNIERT THE WINDRIFT – Eure Zeitschrift! WERDET MITGLIEDER – Drama-Club. BETEILIGT? Kommt in die *Democratic Party*. ENGAGIERTE STUDENTEN kommen zum SDS. HÖRT DIE WAHRHEIT – kommt in die *Socialist Study Group*.

«He! Bist du ein Freshman? Dann mußt du zu den Sportveranstaltungen. Unterschreib das!»

«Sandra! Kommst du dieses Jahr wieder in den Drama-Club?»

«Hier hast du ein Freiexemplar von *The Windrift*.»

Der Rabbi schaffte die Treppe, die zu seinem Büro führte, ohne etwas zu kaufen, etwas zuzusagen oder zu unterschreiben. Froh und erregt über den ungewohnten Trubel blieb er vor dem Vorlesungsraum stehen, um Luft zu schnappen.

Achtundzwanzig Studenten waren anwesend; die ihm vor ein paar Tagen zugesandte Hörerliste enthielt dreißig Namen. Er stieg auf das Podest und schrieb an die Tafel: Rabbi David Small, Jüdisches Denken und Jüdische Philosophie. Dann sagte er: «Ich bin Rabbi Small. Ich halte diese Vorlesung an Stelle von Rabbi Lamden, der im Vorlesungsverzeichnis genannt ist.»

Harvey Slacter blinzelte Lillian Dushkin zu und hob müde die Hand. Der Rabbi nickte.

«Wie reden wir Sie an? Professor oder Doktor?»

«Oder Rabbi?» Das kam von Henry Luftig.

«Oder David?» fragte Lillian süß.

«Ich bin weder Doktor noch Professor. Rabbi ist ganz richtig.» Er warf Miss Dushkin einen strengen Blick zu und fuhr fort: «Dies ist eine einsemestrige Vorlesung, und unser Gebiet ist sehr umfangreich. Wir können nur hoffen, ein gewisses Verständnis für die Grundprinzipien unserer Religion und ihre Weiterentwicklung zu erlangen. Wenn Sie Gewinn aus dieser Vorlesung ziehen wollen, müssen Sie sehr viel lesen. Ich werde Ihnen von Zeit zu Zeit Bücher nennen, und ich hoffe, Ihnen innerhalb der nächsten zwei Wochen eine vervielfältigte Liste mit Literaturangaben geben zu können.»

«Ist das Pflichtlektüre?» fragte ein erschütterter Harvey Shacter.

«Einiges werden Sie lesen müssen, anderes ist mehr ein Begleittext. Wir beginnen mit der Lektüre der Fünf Bücher Moses und der Thora, den Grundlagen unserer Religion. Ich erwarte, daß Sie das in den nächsten zwei bis drei Wochen gelesen haben und werde dann eine einstündige Prüfung abhalten.»

«Das ist aber furchtbar viel», protestierte Shacter.

«Soviel ist das gar nicht. Ich erwarte auch kein intensives Studium. Lesen Sie es wie einen Roman.» Er hielt ein mitgebrachtes Exemplar des Alten Testaments hoch. «Sehen wir mal nach. In dieser Ausgabe umfaßt es etwa zweihundertfünfzig Seiten. Es ist ein großer, klarer Druck. Nicht mehr als der Umfang eines kurzen Romans. Ich kann mir nicht vorstellen, daß das für College-Studenten zuviel sein sollte.»

«Welche Ausgabe sollen wir benutzen?»

«Ist es im Buchhandel zu kaufen?»

«Legen Sie auf eine bestimmte Übersetzung wert?»

«Können wir das Original lesen?» Das war Mazonsons Frage.

«Aber selbstverständlich, wenn Sie das können», sagte der Rabbi lächelnd. «Für alle übrigen genügt jede englische Ausgabe. Wenn es nicht in der Hausbuchhandlung ist, werden Sie es überall sonst kaufen können. Aber es wäre mir lieb, wenn Sie es nicht bis zu den letzten Tagen vor dem Examen aufschöben. Wenn Sie sofort mit der Lektüre beginnen, werden Sie einen besseren Überblick über den Gegenstand meiner Vorlesung haben –»

«Was, soll das eine Vorlesung und Übung zugleich sein?» Henry Luftig war entgeistert.

«Was hatten Sie denn gedacht?» fragte der Rabbi nüchtern.

«Ja, ich dachte, es wäre eine – wissen Sie, nur eine Art Diskussion.»

«Und wie wollen Sie über etwas diskutieren, von dem Sie nichts wissen?»

«Ach, mehr als generelles Prinzip. Schließlich weiß doch jeder was über Religion.»

«Sind Sie da so sicher, Mr. . . .?» begann der Rabbi sanft.

«Luftig. Hank Luftig.»

«Sind Sie sicher, Mr. Luftig? Ich gebe zu, die meisten Menschen haben generelle Ideen, aber leider sind die meisten viel zu generell. Man kann sagen, die Religion ist eine Art Planzeichnung für unser Denken und unsere Einstellung zum Leben. Aber nun unterscheidet sich die jüdische Religion weitgehendst von der heute gültigen christlichen Religion. In manchen Punkten aber sind die Unterschiede sehr fein und differenziert.»

«Ja, und darüber müßten wir doch diskutieren, Rabbi», sagte Shacter.

Der Rabbi dachte nach und schüttelte den Kopf. «Sie meinen, daß Sie durch die Addition Ihrer Unkenntnis zu Kenntnis gelangen könnten?»

«Ja, also . . .»

«Nein, nein. Lassen Sie uns bei der traditionellen Methode bleiben. Wenn Sie einmal etwas wissen, dann können wir vielleicht über die Auslegung diskutieren.» Nachdem die Verfahrensfragen geklärt waren, begann der Rabbi mit seiner Einführung. «Ein sehr augenfälliger Unterschied zwischen dem Judentum und vielen anderen Religionen ist der, daß wir nicht durch ein offizielles Glaubensbekenntnis gebunden sind. Bei uns ist es mehr ein Zufall der Geburt. Wenn Sie als Jude geboren werden, sind Sie Jude; zumindest bis Sie offiziell zu einer anderen Religion konvertieren. Ein als Jude geborener Atheist ist darum immer noch Jude. Und andersherum: jemand, der nicht als Jude geboren ist, aber unseren traditionellen Gebräuchen folgt und unseren traditionellen Glauben teilt, würde trotzdem nicht als Jude betrachtet, solange er nicht offiziell zum Judentum übergetreten wäre.»

Er lächelte. «Vielleicht kann ich noch zugunsten etwaiger heißblütiger Verfechterinnen der Emanzipation der Frau hinzufügen, daß nach dem rabbinischen Gesetz nur das Kind einer jüdischen Mutter – bemerken Sie bitte: Mutter, nicht Vater – Jude ist.»

«Wollen Sie uns auf den Arm nehmen, Rabbi?»

Er war durch die Unterbrechung durch ein hübsches Mädchen aus der ersten Reihe erschrocken.

«Ich verstehe nicht ganz, Miss . . .?»

«Goldstein. Und ich schreibe es *Ms.* Goldstein.»

«Verzeihen Sie mir, Ms. Goldstein», sagte der Rabbi ernst. «Ich hätte das wissen müssen.»

«Ich meine, ist das nicht ein Dreh, den jüdische, männliche Chauvinisten Frauen gegenüber anwenden, um zu vertuschen, daß sie sie doch nur für zweitklassig halten? Die Frauen machen eine Gehirnwäsche durch, bis sie glauben, an Wichtigkeit gewonnen zu haben, weil sie entscheiden dürfen, ob das Kind der jüdischen Rasse, Nation oder was es sonst sein mag, angehört. Na, wunderbar! Dabei war es in Wirklichkeit doch wohl so, daß es bei den Juden als überall verfolgter Minderheit sicherer war, wenn man die Abstammung von der Mutter herleitete?»

«Ach, jetzt verstehe ich, was Sie meinen. Ja, ich nehme an, daß das der Grund gewesen sein mag», gab er zu.

Ein frostiges Lächeln huschte über ihr Gesicht. «Und stimmt es nicht auch, daß die Frauen bis zum heutigen Tag keinen Platz in der jüdischen Religion haben? In manchen Synagogen versteckt man sie sogar hinter einem Vorhang auf der Galerie.»

«Das gibt es nur in streng orthodoxen Gemeinden.»

«In unserer Synagoge sitzen sie an einer Seite», sagte Lillian Dushkin.

«Und sie dürfen nicht am Gottesdienst teilnehmen», fügte *Ms.* Goldstein hinzu.

«Das ist nicht wahr», sagte der Rabbi. «Der Gottesdienst ist die Rezitation einer Folge von Gebeten. Frauen, die am Gottesdienst teilnehmen, sprechen die Gebete genau wie die Männer.»

«Und was nützt das?» schnaubte Lillian Dushkin. «Sie werden nie aufgerufen, etwas vorzulesen oder vorzutragen.»

«Doch, das gibt es auch, in Reform-Synagogen», korrigierte der Rabbi.

«Ich weiß ganz genau, daß ein Mann sich von seiner Frau scheiden kann, indem er ihr einfach einen Brief schickt», sagte Mark Leventhal, nicht aus übergroßem Mitgefühl für die Frauen, sondern weil sie anscheinend ihren Lehrer in die Enge getrieben hatten. «Und sie kann sich von ihm nicht scheiden lassen.»

«Und wenn ihr Mann stirbt, muß sie ihren Schwager heiraten», sagte Mazonson aus demselben Grund.

Der Rabbi hielt beide Hände hoch, um sie zur Ruhe zu bringen. «Dies ist ein sehr gutes Beispiel», sagte er, «für die Gefährlichkeit von Diskussionen, die auf Unwissenheit und sehr begrenzten Kenntnissen basieren.»

Sie wurden nun wieder ruhiger.

«Erstens ist unsere Religion», fuhr er nun fort, «nicht so zeremoniell wie beispielsweise die katholische Religion, die einen geweihten, heiligen Ort, nämlich die Kirche, für ihre Ausübung braucht. Das Zentrum unserer religiösen Verrichtungen ist viel mehr das Heim als die Synagoge. Und im Heim nimmt die Frau nun ganz gewiß an jedweder Zeremonie teil. Sie bereitet das Haus für den Sabbat vor, und sie ist es, die die Sabbatkerzen segnet.»

Ms. Goldstein flüsterte ihrer Nachbarin etwas zu. Sie lachte.

«Wir sind nicht immun gegen die Einflüsse unserer Umwelt», der Rabbi hob die Stimme etwas an. «Solange es Geschichtsschreibung gibt, war die Gesellschaft patriarchalisch, aber die Zehn Gebote fordern, daß man Vater und Mutter ehrt, und normalerweise sprechen wir auch von Vater und Mutter, viel öfter als von dem schwächlichen Kollektivwort Eltern. Sogar in biblischer Zeit konnte eine jüdische Frau nicht gezwungen werden, gegen ihren Willen zu heiraten. Die Strafe für Ehebruch war der Tod, aber beide Ehebrecher traf dieselbe Strafe. Wenn eine Frau heiratete, blieb sie im Besitz ihres Vermögens, und wenn sie geschieden wurde, nahm sie es nicht nur mit, sondern sie erhielt auch eine hohe Summe, die vorher im Heiratsvertrag für den Fall einer Scheidung festgelegt worden war.»

«Aber ein Mann konnte sich jederzeit von seiner Frau scheiden lassen; sie konnte das nie.» Es war wieder Leventhal.

«Nein. Die Regeln dieses Vorgangs verlangten, daß der Mann die Scheidung gab und die Frau sie entgegennahm. Aber er muß vor ein rabbinisches Gericht gehen und die Richter überzeugen, ehe sie ihm ein *get* geben, einen Scheidebrief. Die Frau kann dasselbe tun. Der Unterschied ist, daß das rabbinische Gericht dann dem Mann befiehlt, ihr die Scheidung zu geben.»

«Und wenn er das nicht will?»

«Dann können die Rabbiner alle Zwangsmaßnahmen ergreifen, über die sie verfügen. Im modernen Israel stecken sie ihn ins Gefängnis, bis er einwilligt. Ich sollte noch hinzufügen, daß schon in früheren Zeiten, sogar nach heutigem Standpunkt, die Gründe für eine Scheidung sehr liberal waren, liberaler als in den meisten westlichen Staaten heute. Es gab zum Beispiel die Scheidung aus gegenseitigem Übereinkommen. Die Frau konnte die Scheidung verlangen, wenn ihr Mann ihr physisch unangenehm war, oder wenn er der in der Grundlage für das eheliche Leben festgelegten Pflicht nicht nachkam. ‹Laß einen Mann seine Frau mehr ehren als sich selbst und sie so lieben wie er sich liebt.› Nein, Ms. Goldstein, ich sehe in den Scheidungsgesetzen nichts, was eine Frau als zweitklassig erscheinen läßt.»

«Wie ist das mit der Witwe, die ihren Schwager heiraten muß?» fragte Mazonson.

«Oder andersherum?» fragte der Rabbi lächelnd. «Es kommt immer auf den Blickpunkt an.»

«Jetzt verstehe ich Sie nicht.»

«Offenbar kennen Sie das Gesetz oder vielmehr seine Absicht nicht. Das Gesetz verlangte nur dann die Heirat zwischen Witwe und Schwager, wenn sie kinderlos war. Aber der Zwang galt für beide, und nach der Bibel war die Absicht die, daß, falls sie ein Kind bekam, es nach ihrem toten Ehemann benannt würde, ‹daß sein Name nicht vertilget werde aus

Israel›.»

«Ja, aber ich hab gehört –»

«Warum sollte –»

«Mir kommt es so vor –»

«Und was ist mit Golda Meir?»

Der Rabbi klopfte mit den Knöcheln auf das Pult, um Ruhe zu erlangen.

«Und warum müssen wir dann in der Synagoge getrennt sitzen?» fragte Miss Dushkin.

«Bestimmt nicht, weil Frauen als minderwertig betrachtet werden», sagte er lächelnd. «Das geht noch auf primitive Zeiten zurück, als bei vielen Religionen ein Gottesdienst, an dem beide Geschlechter teilnahmen, in einer Orgie endete – was völlig im Sinne der Planung war, da es um Fruchtbarkeitsriten ging. In jüngerer Zeit war man der Meinung, daß die natürliche Anziehung der Geschlechter der Konzentration auf das Gebet hinderlich wäre.» Er spreizte die Hände und sagte trocken: «Wie lange ist es her, daß die Koedukation durch die Behauptung verunglimpft wurde, Jungen und Mädchen, die in einem Klassenzimmer säßen, könnten sich nicht auf den Unterricht konzentrieren? Aber sehen Sie», fuhr er fort, «Sie machen alle den Fehler, sich Ihre Meinungen nach einzelnen kleinen Brocken von Informationen oder Fehlinformationen, statt nach Ihren Erfahrungen zu formen. Denken Sie an Ihre eigenen Familien, und dann fragen Sie sich, ob die Frauen, Ihre Mütter, Großmütter oder Tanten von ihren Ehemännern oder ihren Familien als untergeordnet angesehen werden.»

Als sie am Ende der Stunde hinausgingen, drehte sich Harvey Shacter zu Henry Luftig um. «Ich dachte, du wolltest ihm die Luft ablassen?»

Luftig schüttelte den Kopf. «Ich weiß nicht. Ich dachte schon, wir hätten ihn in den ersten Runden in die Ecke gedrängt, aber dann hat er kolossal aufgeholt. Paßt bloß auf – der Bursche kann sich als ganz harter Brocken herausstellen.»

7

«Wie war's?» fragte Miriam, als er am Mittwochvormittag nach Hause kam.

«Nett», sagte er und lächelte dann. «Es hat mir Freude gemacht. Sehr große Freude sogar. Ich hab auf dem ganzen Heimweg darüber nachgedacht, Miriam, und bin zu dem Schluß gekommen, daß es wenig in diesem Leben gibt, das schöner wäre, als einem aufmerksamen Zuhörer Wissen zu übermitteln. Das ist mir schon mal aufgefallen. Damals, als wir den Ärger mit der Heizung hatten. Als der Monteur mir erklärte, wie die Heizung funktioniert und was nicht richtig war, habe ich gesehen, wieviel Freude ihm das machte.»

«Warum denn nicht? Er hat dafür neun Dollar in der Stunde bekommen», stellte sie fest.

Aber der Rabbi ließ sich nicht dämpfen. «Das war es sicher nicht. Es ist ein Gefühl der Überlegenheit. Ist doch klar, daß es einem guttut, wenn man über ein Thema sprechen kann, über das man mehr weiß als andere. Und wenn dieses Wissen das Leben oder den Lebensstil eines anderen beeinflußt, ist es noch viel befriedigender. Es ist schon was dran, an diesem Ego-Trip, wie es die Studenten nennen.»

«Ich bin nicht so sicher, David, daß sie das als etwas Gutes betrachten. Ich glaube, sie verwenden den Ausdruck eher abfällig.»

«Wirklich? Ach, das zeigt nur, wie wenig sie wissen. Ich vermute, es gehört mit zur angelsächsischen Ethik. Beim Sport, zum Beispiel, bringt man dem Champion bei, seinen Erfolg dem Trainer, den Mannschaftsgefährten oder einfach dem Glück zuzusprechen, nur um keinen Preis der eigenen Überlegenheit. Und das ist so offensichtlich falsch. Niemand glaubt es, aber die Tradition wird beibehalten. Ich kann nur sagen, daß ich meine erste Vorlesung ganz ehrlich genossen habe.»

«Das sehe ich», sagte sie. «Und für deine Bescheidenheit hat sie Wunder getan.»

«Ich habe nur versucht, deine Frage zu beantworten», sagte er steif. Dann sahen sie sich an und lächelten.

Aber Miriam war mit dem Thema noch nicht fertig. «Dabei ist das doch gar nichts Neues für dich. Du hältst jeden Freitag eine Predigt, die ja auch eine Art Vorlesung ist, und dazu noch an allen Feiertagen.»

«Nein», sagte er, «Predigten sind was anderes. Da stellt man moralische Betrachtungen an. Übrigens soll Rabbi Lamden, nach dem, was ich gehört habe, solche moralischen Betrachtungen in seine Vorlesungen eingebaut haben. Übrigens sind die Leute, die meine Predigten anhören, auch die, die mein Gehalt bezahlen; und ich habe immer das Gefühl, sie prüfen mich, um zu sehen, ob sie auch was für ihr Geld bekommen.»

Sie fand das lustig. «Oh, David, wie kommst du denn darauf?»

«Im übrigen sind sie nicht mehr flexibel. Ihr Denkschema ist eingefroren. Nichts, was ich sage, kann sie beeinflussen. Aber die jungen Leute im College, die sind noch beweglich; sie fürchten sich nicht, ihre Gedanken zu äußern. Meistens sind sie natürlich falsch, aber sie beharren auf ihnen und wollen sie auch verteidigen. Da war heute ein Mädchen, anscheinend eine Vertreterin von Women's Lib, die versucht hat, mich in die Enge zu treiben –»

«Das hätte ich gern miterlebt!» Miriam lachte.

Auch der Rabbi lachte. «Sie war gar nicht so schlecht.»

Er freute sich schon auf seine nächste Vorlesung am Freitag. Die Straße war fast leer, als er vor dem Verwaltungsgebäude anhielt. Einen Augenblick fragte er sich, ob seine Uhr vielleicht nachgehen könne, aber als er dann durch den Flur ging, hörte er Stimmen aus seinem Hörsaal. Als er die Tür öffnete, glaubte er an irgendeinen Irrtum. Nur ein kleines Grüppchen Studenten war da. Dann befiel ihn das beklemmende Gefühl, ihre Reaktion auf seine erste Vorlesung mißdeutet zu haben. Er zwang sich zu einem Lächeln. «Unsere Zahl scheint sehr geschrumpft zu sein.»

Einige erwiderten sein Lächeln, und einer lieferte eine Erklärung. «Die meisten schwänzen am Freitag, um einen besseren Start zu haben.»

«Einen besseren Start? Wozu?»

«Fürs Wochenende natürlich.»

«Ja, ich verstehe.» Jetzt wußte er, warum Dean Hanbury sich wegen der Einteilung seiner Vorlesung für den Freitagnachmittag entschuldigt hatte. Aber er war aus dem Takt und wußte nicht weiter. Sollte er mit dem Stoff weitermachen oder nur rekapitulieren, damit die Abwesenden nichts versäumten? Er entschloß sich, die Vorlesung zu halten, aber es ging nicht, wie es sollte. Er kam nicht dagegen an, er war beleidigt – und er war sicher, daß die Studenten das merkten und schadenfroh seinen Ärger registrierten.

Endlich war die Stunde zu Ende, aber sein Zorn hielt während der Heimfahrt an. Glücklicherweise steckte Miriam in den Vorbereitungen für den Sabbat, und so kam es zu keiner Erörterung.

Am nächsten Montag waren alle Hörer wieder da: achtundzwanzig. Am Mittwoch auch, aber am Freitag waren es womöglich noch weniger als eine Woche zuvor: lediglich zehn. Und so setzte es sich fort: viele Hörer montags und mittwochs, freitags nur eine Handvoll.

Als sie nach einem Monat das Pentateuch abgeschlossen hatten, kündigte er eine Arbeit an – für den Freitag. Von seiner Seite aus war das eine Kriegserklärung.

«Müssen wir sämtliche Namen kennen? Soundso zeugte Soundso, meine ich?»

«Nein, aber ich erwarte doch, daß Sie bestimmte genealogische Zusammenhänge kennen. Sicherlich sollten Sie die Namen der Kinder Adams oder Abrahams wissen.»

«Könnten wir die Prüfung nicht am Montag machen?»

«Glauben Sie, daß Sie montags mehr Glück haben?»

«Nein, aber wir hätten dann das Wochenende zur Vorbereitung.»

«Sehen Sie es anders: so haben Sie das Wochenende zur Erholung.»

Am Freitag ging er noch kurz in sein Büro; Professor Hendryx sah beim Anblick der Arbeitshefte überrascht auf. «Lassen Sie gern Arbeiten schreiben, Rabbi?»

«Nein, nicht besonders. Warum?»

«Wer am Freitag eine Arbeit schreiben läßt, muß sie zweimal schreiben lassen.»

«Das verstehe ich nicht.»

«Ganz einfach. Sie müssen nicht nur die erste Arbeit zusammenstellen, hinterher lesen und mit roter Tinte kommentieren und benoten, sondern die Wiederholungsarbeit auch noch. Am Freitag können Sie höchstens mit der Hälfte Ihrer Kursusteilnehmer rechnen.»

«Oh, die werden heute schon da sein», sagte der Rabbi zuversichtlich. «Ich habe es ihnen lange genug angekündigt und besonders betont, daß die Arbeit über die ganze Stunde geht und wichtig für die Note ist.»

Aber er kam in die Klasse und fand nur fünfzehn Studenten vor. Er verbrachte die Stunde wandernd, während die Studenten schrieben. Sobald einer fertig war, gab er das Heft ab und verließ eilig den Raum. Lange vor dem Klingelzeichen war der Rabbi allein im Zimmer.

Er sah die Arbeiten während des Wochenendes durch und gab sie am Montag zurück. Die Reaktion kam prompt.

«Sie haben gesagt, wir brauchten nicht zu wissen, wer wen zeugte.»

«Benjamin fällt da wohl kaum drunter. Benjamin spielt eine wichtige Rolle in der Geschichte von Joseph.»

«Wieviel zählt das bei der Endnote?»

«Das hängt von der Zahl der Arbeiten ab, die ich schreiben lasse.»

«Und sind die immer am Freitag?»

«Das kann ich nicht sagen. Wahrscheinlich.»

«Heh! Das ist unfair!»

«Wieso?»

«Weil wir – viele von uns – also, ich kann freitags nicht.»

Da war es. Er sagte kühl. «Das verstehe ich leider nicht. Die Vorlesung am Freitag gehört in den regulären Stundenplan. Wenn sie sich mit einer anderen Vorlesung überschneidet, hätten Sie diese nicht belegen dürfen.»

«Es geht nicht ums Überschneiden –»

«Nein?»

«Also, ich fahre an den Wochenenden nach New Jersey nach Hause. Und ich muß früh starten.»

Der Rabbi zuckte mit den Achseln. «Dazu kann ich nichts sagen.»

Er schlug das Buch auf, um anzudeuten, daß er die Diskussion für beendet hielt, aber die Stimmung hatte sich verwandelt. Sogar die Studenten, die die Arbeit mitgeschrieben hatten, waren mürrisch. Seine Vorlesung litt darunter, und zum erstenmal entließ er sie alle vorzeitig.

Als er in sein Büro zurückkam, lag Hendryx wie üblich lang ausgestreckt in seinem Stuhl und paffte vor sich hin.

«Wie klappt es denn, Rabbi?»

«Ach, ich weiß nicht so recht.» In den paar Wochen, die er am College unterrichtete, hatte er Hendryx höchstens fünf- oder sechsmal gesehen, und dann nur ein paar Minuten lang vor oder nach der Vorlesung. «Ich habe etwa sechsundzwanzig Teilnehmer an meinem Kurs, auf der Belegliste sind es dreißig, aber mehr als achtundzwanzig sind noch nie gekommen.»

«Nicht schlecht», sagte Hendryx, «im Gegenteil, verdammt gut, wenn man bedenkt, daß niemand die Studenten zwingt, daran teilzunehmen.»

«Ach, montags und mittwochs sind auch genug da, aber am Freitag habe ich Glück, wenn ein Dutzend da sind.»

«Um ein Uhr, am Freitag? Ich finde es erstaunlich, daß Sie noch so viele haben.»

«Aber warum?» beharrte der Rabbi. «Ich kann verstehen, daß einer oder zwei einen Ausflug fürs Wochenende planen und gern früh losfahren wollen –»

«Die haben alle Pläne fürs Wochenende, Rabbi. Handelt es sich um ein Mädchen, ist sie zu einem anderen College zum Footballspiel am Samstag eingeladen. Wenn sie Ihre Vorlesung besucht, ist sie erst um zwei fertig und kann kaum vor drei Uhr starten. Sie kommt also, wo sie auch hinfährt, für die Lustbarkeiten am Freitagnachmittag zu spät. Und die jungen Leute von heutzutage können es sich nicht leisten, sich irgendwelchen Spaß entgehen zu lassen. Das ist wie ein Zwang, fast wie eine Religion, könnte man sagen.»

«Sie meinen, daß alle, die fehlen, zum Wochenende verabredet sind?»

«Nein, nicht alle», sagte Hendryx. «Ein paar bleiben auch weg, damit ihre Freunde denken, sie hätten eine Verabredung. Andere wollen ein langes Wochenende haben. Manche – da bin ich allerdings sehr skeptisch – brauchen die Zeit, um für andere Fächer zu lernen. Das soll ja auch die rationale Erklärung für das nicht verbotene Schwänzen sein: man hält sie für reif genug, sich ihre Zeit selber einzuteilen.»

«Und was soll ich am Freitag tun, wenn weniger als die Hälfte meiner Studenten erscheint?»

«Ja», Hendryx sog tief an der Pfeife, «das ist eine gute Frage. Es gibt nicht sehr viele Vorlesungen am Freitagnachmittag. Joe Browder liest um ein Uhr im Blythe-Haus Geologie. Sonst wüßte ich niemand. Um zwölf Uhr mittags ist das College verlassen; sogar das Café ist zu. Ist Ihnen das noch nie aufgefallen?»

«Aber was soll ich denn machen?» fragte der Rabbi zäh. «Die Vorlesung nicht halten?»

«Genau das habe ich schon erlebt. Sie sagen die Stunde nicht offiziell ab, aber ein ums andere Mal sagen Sie, Sie wären leider verhindert.» Er sah den Rabbi an, ein schwaches Lächeln lag auf seinem Gesicht. «Aber ich glaube, das würde Ihnen nicht liegen, nicht wahr?»

«Nein, ich glaube nicht, daß ich das könnte.»

«Und was haben Sie nun gemacht?»

«Bisher habe ich so getan, als wäre es eine ganz normale Vorlesung. In der vorigen Woche habe ich eine Arbeit schreiben lassen, aber das wissen

Sie ja.»

«Ach, danach wollte ich Sie schon fragen. Wie viele sind denn aufgekreuzt?»

«Nur fünfzehn.»

Hendryx lachte vor sich hin. «Soso, nur fünfzehn, ja? Für eine einstündige Arbeit? Haben Sie heute die Hefte zurückgegeben? Sagen Sie, wie haben sie reagiert?»

«Das macht mir ja so zu schaffen», gestand der Rabbi. «Viele wirkten eingeschnappt und ein paar waren geradezu entrüstet, als hätte ich mich unfair verhalten.»

Hendryx nickte. «Wissen Sie, warum sie entrüstet wirkten, Rabbi? Weil sie entrüstet *waren*. Sie waren es, weil *Sie* unfair waren, zumindest nach ihrem Maßstab. Sehen Sie, Ihre Vorlesung ist traditionsgemäß etwas zum Faulenzen. Darum haben sich so viele bei Ihnen eingetragen. Warum setzen Sie Ihren Ehrgeiz darein, das zu ändern, Rabbi? Warum machen Sie's nicht wie wir anderen auch und finden sich mit den Dingen ab, wie sie sind?»

«Weil ich ein Rabbi bin», sagte er und fügte dann mit deutlicher Herablassung hinzu: «Und kein Lehrer.»

Hendryx lachte schallend über diese Herausforderung. «Aber Rabbi, ich dachte, gerade das wäre ein Rabbi. Ist das denn nicht die Bedeutung des Wortes – Lehrer?»

«So ist es nicht gemeint. Ein Rabbi ist ein Kundiger des Rechts, das unser Leben bestimmen soll. Seine größte, überlieferte Aufgabe ist zu richten, aber gelegentlich erläutert er auch das Recht zum Nutzen seiner Gemeinde. Die Art Lehrer, an die Sie denken, die die Jungen und Unreifen zum Lernen antreibt, die Lehrer der Kinder – das ist etwas ganz anderes. So einen Lehrer nennen wir einen *melamed*, und das Wort hat eine abfällige Bedeutung.»

«Abfällig?»

«Ja, das stimmt. Sehen Sie, da die Juden praktisch seit Jahrhunderten zu hundert Prozent des Lesens und Schreibens kundig waren», der Rabbi sagte es mit Wohlgefallen, «könnte jeder unterrichten. Aber bei etwas, das jeder andere auch kann, ist das gesellschaftliche Ansehen oder der finanzielle Nutzen nicht sehr groß. Daher war der *melamed* üblicherweise jemand, der bei allem versagt hatte und endlich auf das Unterrichten der kleinen Kinder zurückgreifen mußte, um existieren zu können.»

«Und Sie meinen, wenn Sie es Ihren Studenten zu leichtmachen, werden Sie zu einem *melamed*?» fragte Hendryx nun plötzlich viel interessierter. «Ist es das?»

«Oh, ich denke viel weniger an meine Stellung als an ihre Haltung. Wir Juden erwarten, daß ein Kind spielerisch ans Lernen herangebracht wird. Darum geben wir einem Kind, das in die Schule kommt, Kuchen und Honig, damit es das Lernen mit etwas Süßem, Wünschenswertem in

Verbindung bringt. Aber ich finde nicht, daß ich dieses Verfahren bei Erwachsenen fortsetzen sollte. Natürlich wollen nicht alle Erwachsenen Gelehrte werden, aber die, die das wollen und aufs College gehen, sollten sich wie Erwachsene auf den Unterricht einstellen. Ich muß sie doch nicht locken und verführen, damit sie lernen.»

«Das müssen Sie nicht», sagte Hendryx. «Und wir anderen tun das auch nicht. Wir unterrichten. Die, die kommen wollen, kommen, und die, die nicht wollen, bleiben fort.»

«Und die, die lieber fortbleiben – schaffen sie ihre Examen?»

«Ja, natürlich –»

«Aber das ist dann Betrug!»

«Jetzt kann ich Ihnen leider nicht folgen, Rabbi.»

«Lassen Sie es mich so erklären», sagte David Small, der nach einem Vergleich suchte. «Nach der Tradition wird man ein Rabbi, indem man sich bei einem Rabbi zur Prüfung meldet. Wenn man bei ihm das Examen besteht, gibt er einem ein *smicha*, ein Siegel der Ordination, der Einsetzung. Natürlich sind einige Rabbiner strenger und genauer bei ihren Prüfungen als andere, weil sie selber tiefschürfender denken und mehr wissen. Aber ich glaube doch, daß sie alle ehrlich in ihrer Entscheidung sind, denn dadurch, daß sie den Kandidaten zum Rabbi machen, erklären sie ihn für fähig, überalll in der jüdischen Welt Recht zu sprechen.

Nun hat aber auch der am College erworbene Grad überall auf der Welt Geltung und Bedeutung; und die Macht, ihn zu erteilen, ist dem College vom Staat übertragen worden. Das System des College verlangt, daß der Kandidat Punkte für sein Abschlußexamen sammelt, indem er an den Kursen mehrerer Lehrer teilnimmt und sie zu ihrer Zufriedenheit abschließt. Ich werde dafür bezahlt, daß ich einen kleinen Teil des Gesamtwissens weitergebe. Wenn ich also meine Arbeit nicht gründlich verrichte, handle ich unehrlich. Ich betrüge.»

«Wen betrügen Sie?»

«Jeden, der annimmt, der Grad sei eine Garantie dafür, daß eine gewisse Menge an Wissen erfolgreich erworben worden ist.»

«Heißt das, daß Sie Studenten durchfallen lassen wollen, die die Vorlesung am Freitag schwänzen?»

«Die, die keine Arbeiten mitschreiben oder sie verhauen.»

«Sehr interessant. *Sehr* interessant», sagte Hendryx. «In Kürze sollen wir dem Büro des Dean die Namen aller Studenten angeben, die bis zur Mitte des Semesters den Ansprüchen nicht genügen. Haben Sie vor, eine derartige Liste einzureichen?»

«Wenn das der Brauch ist, werde ich es selbstverständlich tun. Sie etwa nicht?»

«Na ja, in den letzten Jahren hab ich es langsam angehen lassen. Um genau zu sein: im letzten Jahr habe ich keinen einzigen meiner Studenten durchfallen lassen. Aber ich nehme an, daß Sie das vorhaben.»

«Wenn sie die Prüfungen nicht bestehen, muß ich doch ‹nicht bestanden› als Urteil angeben.»

«Na, da kann ich nur prophezeien, daß Sie ein sehr interessantes Jahr vor sich haben werden, Rabbi.»

8

Das College-Bulletin erschien Ende Oktober, anschließend an das halbjährliche Treffen der Kuratoriumsmitglieder des Windemere Christian College. Es wurde nicht nur auf seinen Inhalt gelesen, sondern auch auf das, was verschwiegen war. Während es so verkündete, daß Associate Professor Clyde zum Professor ernannt worden war, fand das niemand bedeutsam; alle wußten, daß Präsident Macomber ihn zur Beförderung empfohlen hatte, und das Kuratorium immer den Vorschlägen des Präsidenten folgte.

Andererseits fiel es allgemein auf, daß nichts von der Bestallung eines festen Leiters für die englische Abteilung erwähnt war. Das deutete klar an, daß Professor Hendryx, der jetzige kommissarische Leiter, nur auf Zeit eingesetzt war, bis die Verwaltung einen geeigneteren Mann gefunden hatte.

Dies wurde von einer beträchtlichen Zahl älterer Mitglieder der Abteilung und fast allen Jungen mit einer gewissen Schadenfreude notiert – dies aber in krassem Gegensatz zu ihrer Reaktion auf eine weitere Auslassung im Bulletin – nämlich die Vertragsverlängerung von Assistant Professor Roger Fine. Fine war bei fast allen Lehrern und Professoren sehr beliebt, und sogar die, die ihn nicht besonders schätzten, nahmen Anstoß, da es sich, nach Ansicht aller, nur um eine politische Entscheidung handeln konnte.

Albert Herzog, ein junger Instructor der Anthropologie, der in der Lehrergewerkschaft tätig war, ging zu Fine. «Du, Rog, was höre ich da? Man will dich nach Ende des Semesters absetzen?»

«Ich werde nicht abgesetzt. Mein Vertrag läuft einfach ab.»

«Na und? Der Posten ist doch frei. Sie müssen jemand an deiner Stelle einstellen. Dann können sie dich doch auch da behalten?»

«Das müssen sie aber nicht», sagte Fine. «Ich bin im vorigen Februar mit einem Einjahresvertrag oder für zwei Semester eingestellt worden. Ich hab während des Sommerkurses auch unterrichtet, das macht also drei Semester. Es ist also völlig legal und in Ordnung.»

«Ja, aber ein normaler Vertrag wird im allgemeinen von Jahr zu Jahr verlängert. Macomber hat doch nichts gegen dich, oder?»

«Aber nein», sagte Fine rasch.

«Dann kann es nur eine Bedeutung haben – sie schmeißen dich raus, weil du dich politisch betätigt hast. Und wenn das so ist, dann hat die Gewerkschaft da auch noch ein Wort mitzureden. Wir werden eine Anhörung fordern.»

«Al, komm von den Barrikaden runter», sagte Fine. «Der Gewerkschaftsvertrag mit dem College gibt dem Präsidenten eigens das Recht, einen Mann ohne Anhörung zu entlassen, wenn er nicht einen langjährigen Vertrag hat.»

«Aber nur, wenn es *nicht* um politische Gründe geht!» sagte Herzog und fuchtelte zur Unterstützung seines Arguments mit einem knochigen Finger. «Er kann dich rauswerfen, wenn ihm deine Nase nicht paßt, aber er kann dich nicht wegen deines Artikels in *The Windrift* raussetzen oder weil du die Schwarzen unterstützt hast. Das ist ein politischer Grund, und der ist durch den Vertrag ausgeschlossen. Nein, der Fall liegt klar, und darum werden wir uns um die Sache kümmern.»

«Bitte, Al, tu mir einen Gefallen, und kümmere dich um deine Angelegenheiten. Ich will keinen Krieg mit der Verwaltung anfangen.» Fine legte ihm die Hand auf die Schulter.

Herzog schüttelte sie ab. «Ich versteh dich nicht. Wenn ich einem Vertreter des Lehrkörpers zugetraut hätte, er würde für sein Recht kämpfen, dann wärst du das gewesen. Das ist doch der ewige Ärger mit den Lehrern: sie glauben, sie erreichen mehr, wenn sie Kotau machen und die Verwaltung auf sich herumtrampeln lassen. Aber du solltest dir klar sein, daß die Gewerkschaft, wann immer sie einen Kampf anfängt, ihn auch gewinnt. Ich werde veranlassen, daß eine Sitzung –»

«Nein!»

«Hör doch, Fine, es geht nicht nur um dich. Wenn die Verwaltung einen voll qualifizierten Mann wie dich rauswerfen und einen anderen anheuern kann, was wird denn dann aus der Beförderung nach dem Dienstalter?»

«Ich pfeife auf die Beförderung nach dem Dienstalter. Ich bitte dich um einen persönlichen Gefallen, Al. Ich will jetzt einfach nicht in einen Krieg verwickelt werden.» Er senkte die Stimme. «Weißt du, Edie bekommt ein Kind. Ich will nicht, daß sie sich aufregt.»

«Na, das ist ja fabelhaft. Herzliche Glückwünsche!» rief Herzog. «In Ordnung, Rog, der Groschen ist gefallen. Ich werd's mit den anderen besprechen und ihnen mitteilen, was du gesagt hast. Wir machen dann schon das Richtige.»

Am nächsten Tag aber stand ein neuer Tisch in der Rotunde. Er trug ein großes Plakat mit dem Bild eines übergroßen Baseballschlägers. UNTERSCHREIBT FÜR FINE! ER HAT FÜR EUCH GESCHLAGEN – JETZT SCHLAGT FÜR IHN!

Hinter dem Tisch saß Nicholas Ekkedaminopoulos und forderte alle auf, die Eingabe zu unterschreiben. Alle, die ihn näher kannten, sogar seine Lehrer, nannten ihn Ekko. Er war älter als die meisten seiner

Kommilitonen und hatte in der Army gedient. Von den anderen Studenten hob er sich ab, weil er glatt rasiert war – er war nicht nur bartlos, sondern hatte den ganzen Kopf kahlgeschoren. Er erklärte es so: «Mein Alter ist kahl, mein Onkel ist kahl. Und jetzt werde ich kahl. Bei uns ist das erblich. Mein Alter kämmt sich die paar Haare, die er noch an den Seiten hat, quer über den Kopf und pappt sie fest. Mein Onkel ist ein fescher Mann mit einer hübschen Frau; er gibt ein Vermögen für Kuren und Öle und Cremes aus – und ist trotzdem kahl. Also sage ich mir: warum dagegen ankämpfen? Ergo hab ich alles abrasiert.»

Roger Fine kannte ihn gut; sie waren gleich alt und hatten beide in Vietnam gekämpft. Sie waren Freunde geworden. Sie befaßten sich gemeinsam mit der Anwerbung schwarzer Studenten, und Fine hatte ihn im Sommer nach Barnard's Crossing eingeladen.

Als er jetzt in die Rotunde kam, sah er das Schild und rannte wütend zu dem Tisch. «Verdammt, was ist denn hier los, Ekko? Wer hat das veranlaßt?»

«Mann, Rog, das ist offiziell von den Studenten-Aktivisten beschlossen worden.»

«Komm mir nicht mit diesem offiziellen Mist, Ekko. Du weißt verdammt gut, daß die Studenten-Aktivisten nur aus dem halben Dutzend Leuten bestehen, das im Studenten-Ausschuß ist. Ich möchte wissen, wer dich dazu angestiftet hat. Al Herzog?»

«Der Klugscheißer? Nie!» Ekko senkte die Stimme. «Es herrschen schlechte Zeiten, Rog. Vor drei Jahren, als ich noch Freshman war, konntest du für alles, was dir nur in den Kopf kam, eine Liste auslegen, und du hättest noch vor Ende der Lunchpause fünfhundert Unterschriften gehabt. Die haben nicht mal gelesen, was sie unterschrieben haben. Und heute sitzen wir hier seit dem Morgen und wollen Unterstützung für unser Programm und können von Glück sagen, wenn wir fünfzig Unterschriften kriegen. Sie haben alle Gründe, sich zu drücken. Gemischte Wohnheime? Die Mädchen sagen, sie könnten das nicht unterschreiben, weil das wie ein Eingeständnis aussehe, daß sie mit jedem ins Bett gingen. Sogar, wenn es um freiwillige Prüfungen geht. Da glaubst du, jeder müsse dafür sein; aber nein, sie sagen, wenn sie Examen machen müssen, warum nicht die anderen auch? Dann kommt die Verwaltung und setzt dich vor die Tür. Da haben wir uns gedacht: jetzt haben wir unsere große Chance. Du hast viele Freunde in der Schule, und wir bekommen viele Unterschriften, dachten wir – ja, warum denn nicht – sollen sie doch gleich die Aktivisten-Resolution unterschreiben. Und es hat funktioniert!» Er sagte es triumphierend. «Ich sitze hier erst zwei Stunden und habe schon dreißig Unterschriften für deine Eingabe. Und sechs haben auch gleich für die Resolution unterschrieben.»

Fine schüttelte verzweifelt den Kopf. «Auf den Gedanken, mich zu fragen, ehe du diese Eingabe gestartet hast, bist du nicht gekommen?

Und daß es mir nicht in den Kram paßt, kannst du dir auch nicht denken?»

«O je, Roger, wir dachten, du würdest dich freuen. Und wenn wir's nicht gemacht hätten, hätte es der SDS gemacht. Vielleicht sogar die Spinner von Weathervane. Es muß dir doch lieber sein, wenn wir das machen, was?»

«Ich will es aber nicht, Ekko. Ich will, daß damit Schluß ist.»

«Okay, wenn du's unbedingt willst. Aber einen Moment noch –» Er hielt einen Studenten fest, der mit einem Mädchen vorüberging. «He, Bongo! Komm und unterschreib die Eingabe für Professor Fine.»

Roger Fine stürzte davon.

9

«Was hast du gegen John Hendryx, Dad?» fragte Betty Macomber. Es war der freie Abend von Mrs. Childs, und Betty räumte den Tisch ab, während er die Abendzeitung überflog.

«Hendryx? Ach, der Neue aus der englischen Abteilung?»

«Neu! Er ist seit zweieinhalb Jahren hier.»

«Wirklich. Da sieht man wieder, wie die Zeit vergeht. Aber warum? Ich hab nichts gegen ihn.»

«Warum ist er dann nicht Leiter der Abteilung geworden? Warum ist er nur kommissarischer Leiter?»

Präsident Macomber legte die Zeitung aus der Hand und sah zu seiner Tochter auf. Sie war groß und blond. «Meine Vikingerprinzessin», hatte er sie manchmal als kleines Mädchen genannt. Obwohl ihr Gesicht Spuren der Reife zeigte, war es faltenlos und immer noch schön. «Das ist Vorschrift», begann er, «der Leiter einer Abteilung muß ein gewisses Dienstalter haben, mindestens aber drei Jahre an der Abteilung gewesen sein. Hendryx ist noch nicht so lange bei uns. Er kann daher nur kommissarischer Leiter sein.»

«Aber früher sind die Leute auch Leiter der Abteilung geworden, ohne sich den Posten ersessen zu haben», beharrte sie. «Du hast mir selbst erzählt, daß Professor Malkowitz mit dem Tag seines Dienstantritts Leiter der mathematischen Abteilung geworden ist.»

«Malkowitz war ein Sonderfall. Er wäre sonst nie nach Windemere gekommen, und wir wollten ihn unbedingt haben. Die Kuratoren haben abgestimmt und ihm eine Garantie gegeben.»

Sie stellte die Brotschale und die Salatschüssel ab und setzte sich vor ihn auf das Fußkissen. «Und warum kannst du das bei Professor Hendryx nicht auch so machen?»

Er lehnte sich im Sessel zurück und lächelte. «Professor Malkowitz ist weithin bekannt. Er ist ein bedeutender Wissenschaftler.»

«Und an den Fähigkeiten von Professor Hendryx zweifelst du?»

An dem kriegerischen Tonfall ihrer Stimme war nicht zu zweifeln. Er wollte durch eine oberflächliche Antwort ausweichen. «Etwas spricht auf jeden Fall für ihn: er weiß, wie man weibliche Hilfskräfte anwirbt. Monatelang hat mich Millicent Hanbury seinetwegen unter Druck gesetzt, und jetzt kommst du. Bei ihr kann ich es verstehen. Sie sind alte Freunde oder kommen wenigstens aus derselben Stadt. Aber du! Ich wußte nicht mal, daß du ihn kennst.»

«Ich hab ihn am Tag meiner Rückkehr kennengelernt. Er war bei den Sorensons eingeladen.»

«Ach?»

«Und seither habe ich ihn ziemlich oft gesehen», fügte sie beiläufig hinzu.

Aber er fiel nicht darauf herein. «Hat er sich über die Behandlung hier beklagt?»

«Nein, das nicht», sagte sie. «Aber als ich von ihm als dem Leiter der englischen Abteilung gesprochen habe, hat er mich sofort korrigiert und erklärt, er wäre nur kommissarischer Leiter.» Sie hielt inne. «Wenn du etwas weißt, was gegen ihn spricht, Vater, würde ich es gern hören.»

Als ihm klar wurde, daß ihr Interesse nichts mit unpersönlicher Teilnahme an Collegedingen zu tun hatte, wurde er vorsichtig. «Er hat gute Examen. Ich glaube, er war in Harvard. Meines Wissens hat er auch einiges veröffentlicht. Aber wenn man mal ein so alter Hase ist wie ich, dann entwickelt man bei der Anstellung von Lehrkräften Instinkte. In den letzten zehn Jahren, ehe er zu uns gekommen ist, war er an drei verschiedenen Colleges. Und warum sollte er überhaupt zu uns kommen? Wir sind ein kleines und nicht sehr bekanntes College. Mit seinen Fähigkeiten müßte er leicht eine Stellung an einem berühmten College gefunden haben.»

«Dein großartiger Malkowitz ist auch gekommen.»

«Ja, hinter dem sind wir hergerannt und haben verlockende Angebote gemacht. Professor Hendryx hat sich mitten im Jahr bei *uns* beworben.»

«Vielleicht zieht er kleine Colleges vor. Das tun viele Männer.»

Er nickte. «Aber seine letzte Stellung war an einem kleinen College – Jeremiah Logan College in Tennessee, soweit ich weiß. Warum ist er nicht dort geblieben?»

«Vermutlich, weil es in Tennessee war. Jeder Neu-Engländer muß sich in einer kleinen Süd-Staaten-Stadt wie ein Fisch auf dem Trockenen vorkommen.»

«Das ist richtig», gab er zu, «und das hatte ich auch geglaubt, bis ich zufällig den Direktor von Jeremiah Logan beim Kongreß der College-Präsidenten im vorigen Jahr kennengelernt habe. Ich habe Hendryx erwähnt. Du weißt ja, heutzutage muß ein Verwaltungsmann, wie praktisch jeder Arbeitgeber, sehr vorsichtig sein mit dem, was er über einen früheren Angestellten sagt. Man setzt sich einer Klage aus, wenn man etwas erzählt, was man zwar haargenau weiß, aber nicht beweisen kann. Nun, dieser Mann von Jeremiah Logan war noch vorsichtiger als die meisten, aber immerhin habe ich seinen Worten entnommen, daß Hendryx an seinem College Ärger gehabt hat – es ging um eine seiner Studentinnen.»

«Das weiß ich alles», sagte sie gelassen. «Es war ein billiges kleines Flittchen; sie wurde bei Sigma Chi, aber auch bei allen anderen Studentenverbindungen, von einem zum anderen weitergereicht.»

«Das hat er dir alles erzählt? Warum?»

«Weil wir uns füreinander interessieren.» Sie stand auf.

«Betty, der Mann sagte, er wäre sexbesessen –»

«Das wäre nach Malcolm eine angenehme Abwechslung.»

«Betty!»

«Dad, am besten sage ich es dir gleich. John und ich wollen heiraten.»

Er starrte sie an.

«Mach kein so entsetztes Gesicht. Und du wirst es mir nicht ausreden, nur weil ein Mann von vierzig nicht wie ein Einsiedler gelebt hat. Wie wär's, wenn du mir jetzt mal Glück wünschtest?»

«Aber mit einer Schülerin!»

«Groß genug, alt genug. Du nimmst doch wohl nicht an, daß deine Studentinnen hier in Windemere alles Jungfrauen sind?»

«Nein, natürlich nicht», sagte er. «Aber ich kann trotzdem nicht gutheißen, daß Professoren – äh – Beziehungen haben, vielmehr ihre Stellung ausnutzen, um – äh – um Studentinnen zu verführen.» Er nahm einen neuen Anlauf. «Betty, ich bin in diesen Dingen so modern eingestellt, wie es einem Mann meiner Generation möglich ist. Aber für ein Mitglied des Lehrkörpers geht das nicht. Ich meine jetzt auch vom Standpunkt der Fairness aus, weil er eben seine Stellung ausnutzen kann. Denk doch wenigstens daran, was für ein Licht das auf seinen Charakter wirft.»

«Fairness, Charakter!» Sie lachte schroff. «Dad, darf ich dich über die Geheimnisse des Lebens in den siebziger Jahren aufklären. Sex geht die Frauen an; das ist ihre Spezialität und das Gebiet, auf das sie sich konzentrieren. Wenn es in Windemere Beziehungen zwischen Lehrern und Schülerinnen gibt – ich bin sicher, daß es sie gibt –, dann glaub mir, daß das Mädchen die Sache in Gang gebracht hat und in der Hand hat. Und normalerweise wird sie es auch sein, die sie beendet, wenn sie einen anderen gefunden hat oder meint, es sei nun genug. Um auf Johns Affäre in Logan zurückzukommen oder auf andere, die er an den anderen Colleges gehabt haben mag, an denen er auch unterrichtet hat: er wird schon glauben, er sei der Initiator gewesen, aber du kannst wetten, daß es in jedem Fall von dem Mädchen ausgegangen ist.»

«Betty, hast du eine Affäre mit ihm?»

«Ach, Dad, du bist süß. Nein, das habe ich nicht, aber nur, weil es sich nicht dahin entwickelt hat – noch nicht, auf jeden Fall. Habe ich dich jetzt schockiert?» Sie sah ihn erheitert an.

«Liebst du diesen Mann, Betty?»

«Ich bin kein bis über beide Ohren verliebtes kleines Mädchen, wenn du das meinst. Ich finde ihn anziehend. Er sieht gut aus und ist gescheit.»

«Aber du kennst ihn doch kaum. Du weißt nichts von ihm.»

«Ja, aber ich bin mit Malcolm aufgewachsen, und was ist daraus geworden? Ich kenne John jetzt seit fast zwei Monaten. Das ist lang genug.»

«Aber nur, weil du einmal einen Fehler gemacht hast –»

«Ich bin fünfunddreißig, und John ist vierzig. Wir stammen aus ähnlichen Verhältnissen. Er kommt aus einer alten Neu-England-Familie und hat keinen Anhang. Er ist der beste Mann, der hier zu haben ist. Wenn ich länger warte, werde ich am Ende einen Witwer mit Kindern nehmen müssen, der eine Haushälterin sucht, die umsonst für ihn arbeitet. Falls ich Glück habe. Und was die Verhältnisse mit seinen dummen kleinen Studentinnen anbelangt: ich meine, ich würde viel mehr Anlaß zur Besorgnis haben, wenn er sie nicht gehabt hätte. Was soll ein Junggeselle und Professor in einer kleinen College-Stadt denn sonst tun? Wäre es dir lieber, wenn er seine Zeit mit den Frauen seiner Kollegen verbrächte?»

«Die meisten Männer heiraten.»

«Dann wäre er für mich nicht erreichbar. Ach, Dad, ich werde ihn heiraten. Im Augenblick halten wir es noch geheim, weil er die fixe Idee hat, die Leute könnten es nicht verstehen, aber du kannst dich schon mal darauf einstellen. Mach dir doch keine Sorgen, Dad», sie umarmte ihn impulsiv, «ich weiß, daß er dir gefallen wird, wenn du ihn erst besser kennst.»

«Kennt Billy ihn denn schon?»

«Wir wollen ihn am Samstag zusammen besuchen. Ich bin sicher, daß er und Billy sich gut vertragen.»

«Und was für Pläne habt ihr für die Zukunft?»

«Das hängt von dir ab. John würde gern hierbleiben, aber er betrachtet seine augenblickliche Stellung als kommissarischer Leiter als herabsetzend. Als er im letzten Bulletin nicht erwähnt wurde, wollte er kündigen, aber ich habe ihm zugeredet, noch zu warten. Wenn er sich entschließt zu gehen, könnten wir eine Zeitlang mit dem Geld auskommen, das Mutter mir hinterlassen hat, bis er eine neue Stellung findet. Ich habe das vorgeschlagen, aber er ist zu stolz, darauf einzugehen. Aber wenn er einen langfristigen Vertrag bekommt und als Leiter der Abteilung eingesetzt wird, könnten wir sofort heiraten und würden dann in Zukunft hier leben.»

«Aber das geht nur durch die Wahl der Kuratoren.»

«Haben die schon jemals einen deiner Vorschläge abgelehnt?»

«Nein.»

«Bitte, Dad!»

Sie sah ihn flehend wie ein Kind an. Und was wußte er schon, was gegen Hendryx sprach? Dennoch ging es ihm gegen den Strich, den Einfluß seiner Stellung für rein familiäre Zwecke geltend zu machen. Andererseits war es ja nicht Betty allein. Dean Hanbury hatte ihn auch schon gedrängt, die Beförderung anzuregen; es würde also der Abteilung und dem College zugute kommen. «Na schön», sagte er zögernd, «ich spreche mal mit Dean Hanbury.»

Sie wußte, daß sie gewonnen hatte. «Oh, danke, Dad.» Sie küßte ihn wiederum. «Wann gehst du zu ihr?»

Er blätterte in seinem Taschenkalender. «Warte mal. Morgen ist Freitag. Da habe ich vormittags nichts Festes vor.» Er machte sich eine Notiz. «Freitag, der 13. Bist du abergläubisch?» Er lächelte sie an. «Ich gehe morgen vormittag zu ihr.»

Sie warf ihm eine Kußhand zu und rannte die Treppe hinauf. «Ich muß mich umziehen.»

«Ich dachte, du bliebst heute abend hier . . .»

«Aber ich muß doch John die Freudenbotschaft überbringen.»

10

Sie konnten sich nicht bei Abner Selzer treffen, weil sein Zimmergefährte Grippe hatte. Yance Allworth und Mike O'Brien wohnten beide zu Hause. Daher hatten sie verabredet, in Judy Ballentines Bude zusammenzukommen, obwohl das höllisch weit fort war, nämlich im Westend, genau am anderen Ende der Stadt. Wenigstens würden sie dort nicht gestört werden. Abgesehen davon: da Judy mit Ekko zusammen lebte, waren zwei der fünf schon dort. Sie wohnte im dritten Stock eines alten Mietshauses, das die Hyänen von Häusermaklern mit gekachelten Duschen und schrankgroßen Küchen ausstaffiert und mit ein paar Möbeln vollgestellt hatten, um von Studenten, Krankenschwestern und jungen Ärzten am Massachusetts General Hospital, die anderswo nichts hatten finden können, Wuchermieten zu erpressen.

Ekko hatte den einzigen Stuhl in Beschlag belegt. Es war ein Ohrensessel, dessen Bezug nicht nur verblichen, sondern auch voller Brandflecken war, die von den Zigaretten achtloser, wenn nicht gar vandalistischer früherer Bewohner stammten, die über die hohen Mieten wütend waren. «Stecken Sie doch einfach ein paar Spitzendeckchen darüber, dann sieht er wieder wie neu aus», hatte der Wohnungsmakler gesagt.

Judy, obwohl schon im Senior-Jahrgang, sah wie ein kleines Mädchen aus. Sie war winzig, und ihr Gesicht hatte durch den Rosenknospenmund und die großen, dunklen, unschuldigen Augen einen kindlichen Ausdruck. Sie saß auf dem Fußboden, den Kopf an Ekkos Knie gelehnt und schnippte ihre Zigarettenasche in die Richtung des Aschenbechers, der auch auf der Erde stand. Mit der anderen Hand massierte sie unter dem Hosenbein Ekkos Wade.

Auf dem schäbigen Sofa mit den durchgedrückten Federn saß Mike O'Brien, der halbtags in einer Bank arbeitete und darum einen Anzug, ein weißes Hemd und zu allem Überfluß auch noch einen Schlips trug; seine kleinen, dicken Finger ruhten verschlungen auf dem Schoß.

Yance Allworth lag auf dem Fußboden, sein hübscher Afro-Kopf ruhte auf einem Kissen, das er vom Sofa gezerrt hatte. Er trug gefranste dunkelrote Lederhosen und ein rosa Seidenhemd, das leuchtend von seiner sehr schwarzen Haut abstach. Während Abner Selzer, bärtig, mit bis auf die Schultern wallender Mähne, seine Unterhaltung mit Dean Hanbury wiedergab, hielt Yance die Augen geschlossen und schien zu schlafen.

«Ich hab es für heute auf halb drei verabredet, weil –» er brach ab. «Mensch, Judy, mußt du so an ihm rumfummeln, wenn wir hier eine Zusammenkunft haben?»

«Du kannst mich mal», sagte sie liebenswürdig.

«Mach weiter.» Ekko tätschelte ihren Kopf, als sei sie ein Hund.

«– weil Millie Hanbury es gern um die Zeit haben wollte», beendete er seinen Satz.

«Millie Hanbury kann mich mal», sagte Allworth durch halbgeschlossene Lippen.

«Vielleicht hätte ich da gar nichts gegen einzuwenden», sagte Selzer. «Die ist nicht ohne.»

«Du hättest bestimmt was dagegen.» Judy sah ihn an. «Sie hat's mit Damen.»

«Woher weißt du das?» fragte O'Brien interessiert.

«Das liegt doch auf der Hand. Sie hat Sport studiert. Alle Turnlehrerinnen sind so. Ich möchte nur wissen, warum wir uns um halb drei an einem Freitag mit ihr treffen müssen.»

«Am Freitag, dem 13.», murmelte Yance Allworth.

«Weil das College am Freitag wie eine Geisterstadt ist. Außer uns ist kein Mensch da. Nur wir.»

«Und was für einen Druck können wir fünf schon groß ausüben?»

«Mehr, als wenn wir das Treffen am Montagmorgen stattfinden ließen, wie du das vorgeschlagen hast, Judy», erwiderte Selzer. «Da bekommen wir vielleicht fünfzig, höchstens fünfundsiebzig Studenten zusammen. Die Hanbury sieht auf den ersten Blick, daß wir nur eine Handvoll zur Unterstützung haben und weiß von vornherein, daß sie die besseren

Karten hat.»

«Woher weißt du, daß wir nur fünfzig auftreiben?» fragte O'Brien.

«Weil das zur Zeit einfach so ist», sagte Selzer. «Weißt du, wieviel Unterschriften wir für die Eingabe wegen Roger Fine bekommen haben? Einhundertneunzehn! In einer ganzen Woche lausige hundertneunzehn Unterschriften. Darum hab ich, als die Hanbury Freitagnachmittag vorgeschlagen hat, sofort zugestimmt, weil sie dann nicht merkt, wie wenig wir sind.»

«Wetten, daß wir verdammt viel mehr Stimmen bekommen würden, wenn wir uns mit den Weathervanes verbündet hätten?» sagte O'Brien.

«Die Weathervanes können mich mal», murmelte Allworth.

«Mich auch», stimmte Ekko zu. «Das ist eine Bande von ausgeflippten Wahnsinnigen, zu denen ich nicht mal im Stoßverkehr in die Straßenbahn einstiege.»

«Aber echte Revolutionäre», beharrte O'Brien.

«Lebende Leichname sind das!» schimpfte Ekko. «Also halb drei, Abner? Gut, dann bleibt es dabei. Hast du ihr gesagt, warum wir sie sprechen wollten?»

«Nein, aber sie weiß natürlich, daß es uns um Fine geht. Sie muß ja das Plakat in der Halle gesehen haben.»

«Ich hab euch doch gesagt, daß Roger gegen unsere Aktion ist.»

«Roger Fine kann mich mal», sagte Allworth.

«Stimmt», Selzer nickte. «Aber wir machen das ja auch nicht für Fine. Er ist nur ein Demonstrationsbeispiel. Uns geht es um das Prinzip.»

«Ganz richtig», stimmte ihm Judy zu. «Wenn sie jeden Lehrer feuern, der auf unserer Seite steht, wie sollen wir uns dann im College durchsetzen?»

Sie redeten noch lange ergebnislos weiter, bis es Zeit zum Aufbruch wurde. Ekko begleitete sie hinaus, nahm sich aber Selzer auf dem Treppenabsatz zur Seite.

«Ich wollte das nicht vor den anderen sagen, aber Roger hat sich über die Eingabe ganz schön aufgeregt und noch mehr über das Treffen mit Millie. Er hat schon gekündigt, verstehst du.»

«Gekündigt? Was, zum Teufel –»

«Er mußte. Er sagt, sie hätten ihn in der Hand. Er hätte einen Kündigungsbrief schreiben müssen, den Millie in ihrem Safe eingeschlossen hat. Ich sollte das niemand weitererzählen, aber nach dem Treffen eben hab ich das Gefühl, wir lassen es besser langsam angehen. Weißt du, wir halten es ganz generell. Es kann uns sonst leicht passieren, daß wir als die Blamierten dastehen.»

«Hm.» Das Räderwerk in Selzers Kopf begann sich zu drehen, als er seine Strategie überdachte. Dann sah er Ekko zweifelnd an. «Ich weiß nicht. Vielleicht sollten wir abwarten, bis sie damit rausrückt, und dann sagen, wir wissen es schon, haben aber das Gefühl, er wäre dazu gezwungen worden.»

«Ich meine immer noch –»

Selzer fühlte sich als Führer angezweifelt. «Was ist, willst du es lieber übernehmen, Ekko?»

«Nein. Ich möchte nur nicht, daß Rog es am Ende ausbaden muß.»

«Reg dich nicht auf. Ich hab von Anfang an höchstens mit unentschieden gerechnet.»

«Wie meinst du das?»

«Daß wir bei Fine den kürzeren ziehen, aber dafür bei seinem Nachfolger ein Mitspracherecht kriegen.»

«Ja. Aber denk dran.» Ekko drehte sich um, sagte dann aber noch: «Du, weiß sonst noch jemand von dem Treffen?»

«Ich hab niemand was gesagt. Warum?»

«Weil ich es nicht gern hätte, wenn sich diese Weathervane-Spinner plötzlich einmischten. Dean Hanbury würde das bestimmt ausnutzen, und dann ist Roger endgültig weg vom Fenster.»

«Wer sollte es ihnen sagen?»

«Ach, Mike redet andauernd davon, wie die Weathervanes dies und jenes machen würden, und dann hab ich ihn mit dieser Aggie gesehen.»

Selzer überlegte kopfschüttelnd. «Nee, Mike nicht. Der quatscht nur viel. Das ist der Ausgleich für die Establishmentklamotten, die er in der Bank tragen muß.» Er lachte und polterte hinter den anderen her die Treppen hinunter.

Sie trennten sich am Charles Street-Bahnhof. Yance und Abner gingen auf den oberen Bahnsteig, während O'Brien in die Innenstadt zurückkehrte. Nach einem kurzen Stück Weg ging Mike in einem Drugstore in die Telefonzelle. Er zog die Tür fest hinter sich zu und wählte. Es klingelte sicher sechsmal, ehe abgenommen wurde. «Ja?»

«Ist Aggie da?» fragte O'Brien.

«Aggie wer?»

«Einfach nur Aggie. Ob sie da ist, möchte ich wissen?»

Er wartete, dann kam eine neue Stimme. Die Stimme eines Mädchens. «Hallo, bist du das?»

11

Rabbi Small sah den Freitags-Vorlesungen mit wenig Vorfreude entgegen, obwohl er jedesmal hoffte, diesmal das volle Kontingent vorzufinden. Und jedesmal war er dann wieder enttäuscht.

Er wußte zwar, daß er unvernünftig reagierte, konnte sich aber eines gewissen Ressentiments nicht erwehren. Am Freitag, dem 13., war es auch nicht anders: ein Dutzend Studenten war da, und er war ärgerlich.

Er schloß die Tür hinter sich und stieg ohne ein Wort der Begrüßung auf das Podest.

Er nickte flüchtig, kehrte ihnen den Rücken zu, um die Aufgabe an die Tafel zu schreiben, drehte sich wieder um – und glaubte seinen Augen nicht zu trauen: die Hälfte der Anwesenden war fort. Dann stellte er fest, daß sie nicht hinausgegangen waren, sondern in den Gängen zwischen den Tischen auf dem Fußboden saßen.

Er war zu keinen Scherzen aufgelegt; das war er freitags nie. «Ich darf doch sehr bitten!» rief er.

Sie reagierten nicht. Die, die noch auf den Stühlen saßen, senkten den Blick auf die aufgeschlagenen Hefte; keiner wollte ihm in die Augen sehen.

«Bitte, setzen Sie sich auf die Stühle.»

Sie rührten sich nicht.

«Ich kann nicht unterrichten, wenn Sie auf der Erde sitzen.»

«Warum nicht?» Harry Luftig fragte das vom Fußboden aus – nicht frech, nein, durchaus höflich.

Einen Augenblick wußte der Rabbi nicht, was er sagen sollte. Dann kam ihm eine Idee. «Auf dem Fußboden zu sitzen, ist bei uns Juden ein Zeichen der Trauer. Die Frommen sitzen während der siebentägigen Trauerzeit auf dem Fußboden. Wir tun das auch am 9. Aw, dem Tag der Zerstörung des Tempels. In der Synagoge sitzen wir auf niedrigen Hokkern und rezitieren aus dem Buch Jeremia. Jetzt aber ist Freitag nachmittag, und der Sabbat beginnt bald. Trauern ist am Sabbat ausdrücklich verboten.»

Natürlich dauerte es noch Stunden bis zum Sabbat, aber er spähte durch die dicken Brillengläser auf sie hinunter, um festzustellen, ob sie seine Erklärung als gesichtwahrenden Ausweg aus ihrem albernen Scherz akzeptieren würden. Er glaubte, einer wäre gerade im Begriff aufzustehen, aber er veränderte nur seine Stellung.

Plötzlich war er wütend – und verletzt. Das waren keine Kinder mehr. Warum sollte er sich mit dem abfinden müssen? Ohne ein weiteres Wort nahm er seine Bücher auf und ging hinaus.

Er marschierte energisch durch den Flur, seine Schritte widerhallten hohl im stillen Haus. Mit finsterem Gesicht stand er vor seinem Büro, schloß auf und ging hinein.

Er war überrascht, nicht sehr freudig, Professor Hendryx im Drehstuhl liegend und telefonierend vorzufinden.

Er winkte dem Rabbi mit der freien Hand zu, beendete das Gespräch, richtete sich zum Sitzen auf und legte den Hörer auf die Gabel.

Er warf einen Blick auf die Uhr. «Viertel nach eins. Haben Sie jetzt keinen Unterricht?»

Der Rabbi zog den Besucherstuhl vor und setzte sich ihm gegenüber an den Schreibtisch. «Ja, das hatte ich. Ich bin einfach rausgegangen.»

Hendryx grinste. «Was ist passiert? Haben sie versucht, Sie aufs Kreuz zu legen?»

«Ich weiß nicht, was sie versucht haben», sagte der Rabbi entrüstet, «aber was es auch war, ich fand ihr Benehmen einer Vorlesung nicht angemessen.»

«Was haben sie denn gemacht?»

Der Rabbi erzählte es ihm und sagte abschließend: «Nachdem ich mir durch die religiöse Deutung schon eine Blöße gegeben hatte, blieb mir keine Wahl.»

«Aber sie haben Ihnen das nicht abgekauft?»

«Leider nein. Keiner ist vom Fußboden aufgestanden.»

«Und dann sind Sie rausgegangen.»

Der Rabbi nickte. «Ich wußte nicht, was ich sonst hätte machen sollen.»

«Sie waren gestern nicht hier, Rabbi?» fragte Hendryx, scheinbar vom Thema abweichend.

«Nein. Ich komme nur zu meinem Kurs. Was war gestern?»

Professor Hendryx holte die Pfeife heraus und stopfte sie aus der Tabakdose auf dem Tisch. «Eigentlich hat es schon am Mittwoch begonnen.» Er rieb ein großes Streichholz an der Unterseite der Schreibtischplatte an und hielt es über die Pfeife, an der er sanft zog. Dann fuhr er fort: «Am Mittwoch berichteten die Zeitungen über einen Besuch des Bürgerausschusses für Strafrechtsreform im Norfolk-Jugenderziehungsheim für Jungen. Sie fanden die üblichen, beklagenswerten Bedingungen vor: Überbelegung, zerbrochene Fensterscheiben, Toiletten mit kaputter Spülung, Schaben in der Küche. Der Leiter der Anstalt gab die üblichen Entschuldigungen ab: zuwenig Geld, zuwenig ausgebildetes Personal, keine einheitliche Führung. Etwas allerdings war neu seit ihrem letzten Besuch. Im Aufenthaltsraum gab es keine Stühle, und die Insassen mußten auf dem Fußboden sitzen. Der Anstaltsleiter erklärte, er habe die Stühle hinausbringen lassen, weil sie in der Woche davor bei einer Revolte als Waffen verwendet worden seien. Die meisten Mitglieder des Ausschusses kauften ihm das nicht ab. Sie wiesen darauf hin, daß kein Teppich auf dem Fußboden liege, daß es kalt und zugig und die Gesundheit der kleinen Schurken in Gefahr sei, na und so weiter. Haben Sie das denn nicht gelesen?»

«Ja, aber was hat das mit meinen Studenten zu tun?»

«Darauf komme ich gleich.» Er paffte vor sich hin. «Präsident Macomber ist Mitglied dieses Ausschusses, und er war einer der wenigen, die nicht nur nicht protestierten, sondern den Anstaltsleiter auch noch unterstützten. Folglich beschlossen unsere Studenten am nächsten Tag – das war gestern –, bis zum Ende der Woche in allen Vorlesungen aus Protest gegen ihren Präsidenten auf dem Fußboden zu sitzen.»

«Haben sie das bei Ihnen auch gemacht? Was haben Sie unternommen?»

«Ach, ich habe es gar nicht beachtet. Ich habe mit der Vorlesung fortgefahren. Einige von den Lehrern haben sarkastische Bemerkungen gemacht, aber natürlich ohne Erfolg.» Hendryx lachte. «Ted Singer – der Soziologe, wissen Sie – hat gesagt, da es sowieso auf der Welt drunter und drüber ginge, sollten sie sich anpassen und sich gleich auf den Kopf stellen. Eines der Mädchen hat ihn beim Wort genommen und sich bis zum Ende der Stunde, zehn Minuten lang, sagt er, auf den Kopf gestellt. Vermutlich betreibt sie Yoga.» Er zeigte beim Lächeln ebenmäßige weiße Zähne. «Der Rock ist ihr natürlich heruntergerutscht, aber laut Singer trug sie leider eine von diesen Strumpfhosen, so daß nichts zu sehen war.»

Der Rabbi hatte den Verdacht, daß die Geschichte aufgebauscht sei, um ihn in Verlegenheit zu bringen. Vermutlich weil er ein Rabbi war, machte sein Kollege absichtlich anzügliche Bemerkungen und wartete dann auf seine Reaktion. «Sind Sie sicher, daß es nur für diese Woche geplant ist?»

«Soviel ich weiß, ja. Warum?»

«Weil ich einschreiten werde, wenn es länger dauert.»

Hendryx sah ihn erstaunt an. «Warum das? Warum macht es Ihnen was aus?»

«Es macht mir was aus.» Er warf einen Blick auf die Uhr. «Ich gehe am besten gleich zu Dean Hanbury.»

Hendryx starrte. «Und wozu das?»

«Na ja, ich habe schließlich den Vorlesungsraum verlassen.»

«Rabbi, lassen Sie mich Ihnen die Geheimnisse des akademischen Lebens erklären. Dem Dean ist es absolut schnurz, wenn Sie gelegentlich aus einer Vorlesung davonlaufen oder etwa gar nicht erst kommen. Was Sie während Ihrer Stunden tun, geht nur Sie was an. Im vorigen Jahr hat Professor Tremayne mitten im Februar eine dreiwöchige Lektüreperiode anberaumt und ist nach Florida gefahren. Nun ist Tremayne allerdings die Art von Pädagoge, die den Studenten durch ihre Abwesenheit mehr Gutes antut als durch ihre Gegenwart.»

«Trotzdem meine ich, ich sollte es ihr mitteilen. Im übrigen muß ich auch die für Mitte des Semesters fällige Meldung der Studenten mit ungenügenden Leistungen machen.»

Hendryx pfiff durch die Zähne. «Wollen Sie das wirklich, nach allem, was ich Ihnen gesagt habe?»

«Ich habe in der letzten Woche eine Mitteilung bekommen, die Listen müßten bis zum kommenden Montag eingereicht werden.»

«Rabbi, Rabbi», sagte Hendryx, «wann hatten Sie zum letztenmal mit einem College zu tun?»

«Ich habe Hillel-Gruppen unterrichtet.»

«Nein, ich meine eine richtige Beziehung zu einem College.»

«Nicht seit meiner Studentenzeit vor fünfzehn, sechzehn Jahren. Warum?»

«Weil sich in den letzten sechzehn Jahren – was sage ich, in den letzten sechs – alles verändert hat. Wo sind Sie gewesen? Lesen Sie denn keine Zeitungen?»

«Aber die Studenten –»

«Studenten!» knurrte Hendryx verächtlich. «Ja, glauben Sie denn, daß sich ein College um die Studenten kümmert? Die Hauptaufgabe eines College ist heutzutage, dafür zu sorgen, daß der Lehrkörper, eine Gesellschaft von als gelehrt betrachteten Männern, in angemessenem Wohlstand und Sicherheit leben kann. Es ist der Beitrag der Gesellschaft, solche ehrenwerten Vorhaben wie Forschung und Steigerung des Wissens zu unterstützen. Die Gesellschaft hat das unbehagliche Gefühl, daß jemand sich um solche Nichtigkeiten wie die Quelle von Shakespeares dramatischen Verwicklungen kümmern sollte, oder ob der Herr da über mir –» er machte eine Kopfbewegung in Richtung der Homer-Büste auf dem oberen Regalfach – «für die homerischen Epen zuständig ist, oder ob er nur einer aus einem Kollektiv war, oder um den Einfluß der flämischen Weber auf die mittelalterliche englische Wirtschaft, oder die Wirkung von Gammastrahlen auf Schraubenalgen.

Wir sitzen abgesondert im akademischen Elfenbeinturm und vertrödeln unser Leben, während der Rest der Welt sich der normalen Beschäftigung hingibt, Geld zu machen oder Kinder oder Krieg oder Krankheiten oder Umweltverschmutzung oder was er, in drei Teufels Namen, sonst eben treibt. Was die Studenten anbetrifft, die können uns, wenn sie wollen, über die Schulter blicken und etwas lernen. Oder sie können ihre Studiengebühren bezahlen, die uns zum Teil unterstützen, und sich hier vier Jahre lang gut amüsieren. Mir persönlich ist es völlig gleichgültig, was sie tun, solange sie mir mein bequemes Leben nicht verderben. Bitte schön.»

Er tat einen tiefen Zug aus der Pfeife und blies den Rauch zum Rabbi hinüber.

«Und Sie haben nicht das Gefühl, den Studenten etwas schuldig zu sein?» fragte dieser leise.

«Nichts und gar nichts. Sie sind einfach nur ein ins Spiel eingebautes Hindernis wie ein Sandbunker auf einem Golfplatz. Wenn man's genau nimmt, tun wir ja was für sie. Nach vier Jahren bekommen sie den akademischen Grad, über den Sie neulich sprachen, und der sie befähigt, sich für bestimmte Stellungen zu bewerben. Oder sie können den nächsten Grad ansteuern, der sich in Geld umsetzen läßt, wenn sie Ärzte, Rechtsanwälte oder Wirtschaftsprüfer werden. Vom Blickpunkt derer aus, die sich das College nicht leisten können, ist das keine sehr faire Einrichtung, aber in dieser unvollkommenen Welt doch ganz normal.

Himmel, ist es denn bei den innungsgebundenen Berufen anders, wo man erst eine sinnlose Lehre abschließen muß, ehe man aufgenommen wird?» Er schüttelte den Kopf, als beantworte er seine eigene Frage. «Ärger gibt es erst dann, wenn die Studenten, wie jetzt in den letzten Jahren, gleichziehen und aufrührerisch werden oder Demonstrationen inszenieren wie heute Ihre Klasse.»

«Aber wenn das College für die Lehrer existiert, und der Student nur seine Zeit absitzt, warum sollte man sich dann darum kümmern, was er tut?»

Hendryx lächelte. «Oh, ich kümmere mich nicht darum. Nur wenn die Gans geschlachtet wird, die die goldenen Eier legt. Aber das ist in den letzten Jahren geschehen. Der Student hat gemerkt, daß er an der Nase herumgeführt wird. Natürlich hat er schon immer gewußt, daß das, was er bekam, nicht das Geld wert war, das er dafür bezahlte. Ich habe mir einmal ausgerechnet, daß es ihn pro Vorlesung etwa zehn Dollar kostet. Meine Güte, das sind meine Vorlesungen wirklich nicht wert. Sind es Ihre? Wie schlau muß ein Student sein, sich das selber auszutüfteln? Aber er hat mitgespielt, weil er den Abschlußgrad braucht, um eine Stellung zu bekommen oder die weitere Ausbildung fortsetzen zu können. Aber dann haben sie ihn auch noch in den Krieg geschickt, und das wurde ihm ein bißchen viel: der akademische Grad, den wir ihm gaben, erwies sich als Fahrkarte, manchmal nur als einfache Fahrkarte, nach Vietnam. Darum hat er rebelliert.»

«Er hat ihm aber auch eine Vierjahres-Rückstellung vom Krieg beschert», stellte der Rabbi fest.

«Ja, das hat er, aber das entspricht dem Leben. In den letzten zwei Jahren haben sich die Dinge allerdings sehr beruhigt, einerseits wegen der Änderung der Wehrgesetze, andererseits wegen der Truppenrückziehung aus Vietnam, und entsprechend friedlich sind die Studenten geworden. Aber sie haben sich an den Protest, ja sogar an die Gewalt gewöhnt, und das wollen wir nicht. Wissen Sie, daß es hier ein Bombenattentat gegeben hat?»

«Ja, davon habe ich natürlich gelesen, aber das war im vorigen Jahr.»

«So was kann man nie wissen. Nehmen Sie den heutigen Nachmittag. Dean Hanbury erwartet einen Ausschuß wegen der Roger Fine-Geschichte. Vielleicht, wahrscheinlich, bleibt es beim Reden. Dennoch hat sie es für ratsam gehalten, mich herzubestellen, damit ich zur Hand bin.»

«Weil Sie Chef der englischen Abteilung sind?»

«Ich bin nur kommissarischer Leiter. Nein, sie wollte, daß ich hier bin, falls es Ärger gibt.»

«Ärger?» Der Rabbi überlegte. «Ich hab natürlich das Plakat in der Halle gesehen. Professor Fine muß bei den Studenten sehr beliebt sein, wenn sie seinetwegen eine Eingabe machen.»

Hendryx zog die Schultern hoch. «Kann sein. Andererseits ergreifen die Studenten – wenigstens einige von ihnen – jede Gelegenheit, einen Streit anzufangen. Ich weiß nicht, wie beliebt Roger Fine ist. Er sieht sehr gut aus, demnach werden wohl die Mädchen auf seiner Seite sein. Das schöne rote Haar –» Er verstummte. «Irgendwie bringe ich rotes Haar nicht mit Ihren Leuten in Verbindung. Glauben Sie, daß es zwischen seiner Mutter oder Großmutter ein Techtelmechtel mit einem russischen oder polnischen Soldaten gegeben haben könnte?»

«Wenn ja», sagte der Rabbi gleichmütig, «war es vermutlich unfreiwillig während eines Pogroms. Aber es gibt tatsächlich rotes Haar als Erbfaktor bei den Juden. König David soll rothaarig gewesen sein.»

«Ach? Na, wie dem auch sei, ein hübscher junger Professor ist bei den Frauen immer populär. Auch wenn er ein Krüppel ist.»

«Macht das denn einen Unterschied?»

«Oh, ich sage ja nicht, daß er so verkrüppelt ist, um abstoßend zu wirken. Er geht am Stock, und das macht ihn vielleicht auf irgendeine Art noch anziehender. Ein moderner Lord Byron. Er sieht ihm ein bißchen ähnlich, wenn man's sich recht überlegt. Mit dieser Locke, die ihm in die Stirn fällt.» Er lachte leise. «Ein rothaariger Byron. Ein kleiner physischer Fehler kann manchmal eine Bereicherung sein. Sehen Sie sich den Mann von der Hathaway-Hemdenreklame an, oder warum nicht Ihren General Moshe Dayan?»

«Warum wird er nicht weiterbeschäftigt?» fragte der Rabbi, zum Thema zurückkommend.

«Darum geht es ja. Sie brauchen keine Begründung zu geben. Vielleicht hat ihn der Präsident oder unsere Miss Dean mit offenem Hosenlatz auf dem Flur erwischt oder sogar im Clinch mit einer Studentin. Woher soll man das wissen? Es kann tausend Gründe geben.»

Der Rabbi ging durch den Flur zum Büro des Dean, aber gerade als er um die Ecke kam, sah er die Tür ins Schloß fallen. Er zögerte einen Augenblick, erinnerte sich dann an das gleich beginnende Treffen mit dem Studentenausschuß, und beschloß, sie nicht zu stören.

Beim Verlassen des leeren Hauses fiel ihm auf, daß das große Büro der englischen Abteilung im ersten Stock erleuchtet war. Er sah, daß Roger Fine allein und gedankenversunken an seinem Schreibtisch saß.

«Wollen Sie mit mir nach Barnard's Crossing zurückfahren?» rief er.

Fine blickte erschrocken auf. «Oh, hallo, Rabbi. Nein, ich bin mit meinem Wagen hier. Aber vielen Dank. Ich – ich warte noch auf einen Anruf.»

Als er aus dem Portal trat, überlegte der Rabbi, ob der arme Kerl wohl wirklich auf einen Anruf wartete oder etwa auf das Ergebnis der Besprechung, das sein Schicksal beeinflussen könnte.

Trotz des Spätherbstes war das Wetter mild, und David Small fuhr mit heruntergekurbeltem Fenster. Er begann sich zu entspannen und die Fahrt zu genießen, als er an einigen Studenten vorbeikam, die auf dem Gehweg saßen; sie erinnerten ihn an die Vorfälle während seiner Vorlesung. Er versuchte die Gedanken zu verdrängen, indem er sich auf den Beginn des Sabbat einstellte, an dem man doch mit der Welt in Frieden sein sollte. Er stellte sich Miriam beim Tischdecken vor, beim Herrichten der geflochteten Sabbatbrote, der Barches, und des Kiddusch-Weins.

Er stellte sich seine Ankunft und ihre Begrüßung vor. «*Schabbat Schalom*, David», und dann die unvermeidliche Frage: «Wie war's denn heute?»

Er würde antworten: «Ach, es war – weißt du, neulich hat Präsident Macomber das Erziehungsheim für Jungen besucht. Er ist Mitglied eines bestimmten Bürgerausschusses und . . .» Nein, so ging es nicht. Er konnte das Fiasko nicht verheimlichen. Wenn er es versuchte, würde sie spüren, daß er etwas verschwieg, und dann würde alles noch viel schlimmer werden.

Vor sich sah er das Café am Straßenrand; er bog ein. Er brauchte dringend eine Tasse Kaffee.

12

«Was willst du mit der Aktentasche?» fragte Abner, als er Ekko vor dem Verwaltungsgebäude traf. «Was ist da drin?»

«Nichts», sagte Ekko, «ich dachte nur, es macht sich besser. Schließlich gehen wir zu so was wie 'ner Konferenz.»

Abner betrachtete ihn zweifelnd. «Wenn wir nicht bald da oben aufkreuzen, gibt es keine Konferenz. Komm schon.»

Dean Hanbury stellte einige Stühle vor ihren Schreibtisch und schloß den Safe ab. Nachdem sie die Jalousie so gestellt hatte, daß die Sonne nicht blendete, setzte sie sich hinter den Schreibtisch und begann zu stricken. Sie erwartete die Ankunft der Delegation. Sie kamen pünktlich um halb drei herein. Erst Judy Ballantine und Abner Selzer, gefolgt von Ekko mit der Aktentasche, die er geheimnisvoll auf dem Schoß barg.

Miss Hanbury lächelte wohlwollend und strickte weiter, während die Studenten Blicke austauschten und nicht wußten, wie sie anfangen sollten. Irgendwie hatten sie das Gefühl, in die Defensive gedrängt worden zu sein, noch ehe die Konferenz begonnen hatte.

Ekko räusperte sich. «Also, hören Sie, Miss Hanbury –»

«Laß mal», befahl Selzer schroff. Dann sagte er: «Wir sind wegen einer Angelegenheit hier, die wir für sehr wichtig erachten, Dean Hanbury.»

Sie neigte den Kopf, Zustimmung anzeigend.

«Aber wenn Sie dabei stricken, bringt uns das aus dem Konzept, wenn Sie verstehn, was ich meine. Es macht den Eindruck, als fänden Sie es nicht sehr wichtig.»

«Oh, entschuldigen Sie, Mr. Selzer. Das ist eine Angewohnheit von mir. Ich muß gestehen, daß ich sogar bei den Fakultätskonferenzen stricke.»

Sie packte das Strickzeug in den Plastikbeutel zu ihren Füßen. «Ist das besser? Was kann ich für Sie tun?»

«Zuerst möchten wir gern über Professor Roger Fine sprechen», sagte Judy.

«Sie sagen ‹zuerst›, haben Sie noch andere Themen?»

«Ja, es gibt andere Themen.» Das kam von Selzer.

«Warum nennen Sie sie mir nicht? Viellleicht gibt es welche, über die wir weitgehendst einer Meinung sind und die sich sofort klären lassen.»

«Wir würden lieber eines nach dem anderen vorbringen, Miss Hanbury», sagte Abner.

Sie zuckte die Achseln.

«Wir möchten die Sache mit Roger Fine zuerst besprechen.»

«Bitte sehr. Aber lassen Sie mich vorweg fragen: in welcher Position sind Sie? Hat er Sie gebeten, ihn zu vertreten?»

«Wir vertreten ihn.»

«Ja, aber hat er Sie darum gebeten? Denn wenn Sie als seine offiziellen Vertreter auftreten, müßten Sie eine schriftliche Vollmacht von ihm besitzen.»

«Wir haben keine schriftliche Vollmacht, Miss Hanbury», erklärte Selzer leichthin, «aber er weiß, daß wir uns für seinen Fall interessieren. Ich meine, daß das jeder weiß, weil wir ja seinetwegen Unterschriften für eine Eingabe gesammelt haben.»

«Hat er das denn gutgeheißen? Und wie viele Unterschriften haben Sie bekommen, Mr. Selzer?»

«Wir haben viele Unterschriften, Miss Hanbury.»

«Darf ich die Eingabe sehen?» Sie sah die Aktentasche auf Ekkos Schoß an. «Haben Sie sie da drin?»

«Wir haben sie nicht mitgebracht», sagte Abner.

«Warum nicht? Sie geben eine Eingabe in Umlauf und sammeln Unterschriften. Ich nehme an, die Eingabe war an die Verwaltung adressiert. Ich verstehe nicht, warum Sie eine Eingabe machen und sie dann nicht mitbringen. War es nicht Anlaß dieses Treffens, oder wenigstens einer der Anlässe – die Eingabe offiziell zu übergeben, damit die Verwaltung sie berücksichtigen und darauf reagieren kann?»

«Sagen wir mal, es war nicht genau eine Eingabe, es war eher eine Resolution. Eine Eingabe würde bedeuten, daß wir um etwas bitten wollen. Wir bitten aber gar nicht.»

«Nein? Was dann?»

«Wir fordern.»

Alle nickten zustimmend.

Dean Hanbury dachte nach und nickte dann auch. «Gut, was fordern Sie denn nun? Und in wessen Namen? Ist dies eine Forderung nur Ihres Ausschusses oder sehen Sie sich als Vertreter der gesamten Studentenschaft?»

«Da haben Sie verdammt recht, wir vertreten die Studentenschaft!» explodierte O'Brien.

Selzer warf ihm einen vernichtenden Blick zu.

«Wenn Sie die Studentenschaft vertreten, Mr. Selzer», fuhr sie fort, «muß ich um so mehr die Eingabe oder Resolution, oder wie Sie es nennen, zu sehen bekommen. Ich brauche die Bestätigung, daß Sie mehr als fünfzig Prozent, also die Mehrzahl der Studentenschaft vertreten. Wenn Sie eine Forderung stellen, ist der normale Vorgang, falls keine Wahl stattgefunden hat, daß Sie die Unterschriften zählen, sich vergewissern, daß keine Namen doppelt vorkommen und daß alle Unterzeichneten eingetragene Studenten des College sind.»

«Hören Sie, Miss Hanbury», sagte Selzer, «das ist doch Spiegelfechterei. Definieren wir es so: wir vertreten die *engagierten* Studenten von Windemere. Und es spielt auch wirklich keine Rolle, ob wir die beauftragten Vertreter von Roger Fine sind oder nicht. Hier ist die Sache wichtiger als die Person. Die Sache ist, ob die Verwaltung das Recht hat, ein Mitglied des Lehrkörpers rauszuwerfen, weil ihr seine politische Einstellung nicht paßt. Darum geht es, und nur darum.»

«Ach, ich dachte, Sie hätten mehrere Themen.»

«Ich meine, das ist das einzige, worum es in diesem bestimmten Fall geht.»

«Das ist ein legitimer Punkt, Mr. Selzer, und ich gestehe Ihnen ohne weiteres zu, daß er wichtig genug ist, um jedes Mitglied des College zu berechtigen, Fragen zu stellen – wenn das der Wahrheit entspräche. Aber leider ist Ihnen da ein Irrtum unterlaufen. Professor Fine ist nicht ‹rausgeworfen› worden. Er war für eine befristete Zeit angestellt, und mit dem Ende dieses Semesters läuft sein Vertrag ab. Mehr ist an der ganzen Sache nicht dran. Wenn Sie zum Beispiel einen Elektriker anstellen, um eine bestimmte Anlage zu installieren, bezahlen sie ihn nach Fertigstellung, und er geht dann auch. Sie werden bestimmt nicht erwarten, daß er sich damit das Recht erworben hat, von nun an alle weiteren elektrischen Arbeiten bei Ihnen auszuführen. Professor Fine war sich gewiß über die Bedingungen seiner Anstellung im klaren – und seine politischen Meinungen haben damit gar nichts zu tun. Wäre er vor Ablauf seines Vertrages entlassen worden, hätten Sie Anlaß zur Beschwerde, aber noch unterrichtet er, und er wird weiter unterrichten, bis das Semester zu Ende und sein Vertrag erfüllt ist.»

«Warum ist sein Vertrag nicht verlängert worden?» fragte Selzer.

«Weil das schon bei seiner Anstellung nicht beabsichtigt war. Er ist zur Überbrückung einer Notlage und für eine ganz bestimmte Zeit eingestellt worden.»

«Aber Sie werden eine andere Lehrkaft für die englische Abteilung einstellen. Wir wissen sogar aus zuverlässiger Quelle, daß Sie zwei neue Lehrer anzustellen beabsichtigen.»

«Das kann sein», sagte Dean Hanbury. «Darüber entscheidet der Präsident, und ich kann nicht für ihn sprechen. Allerdings bezweifle ich, daß er sich schon entschieden hat. Doch das hat nichts mit der Situation von Professor Fine zu tun. So steht auch seiner offiziellen Bewerbung um diesen Posten nichts im Wege. Und in dem Fall würde seine Kandidatur mit der anderer Bewerber geprüft werden, und seine Tätigkeit bei uns wäre einer der Punkte, die berücksichtigt würden.»

«Und daß er als Radikaler gilt, ja?» sagte Judy Ballantine wütend.

«Ich weiß nichts über seine politische Einstellung», erwiderte Dean Hanbury. «Mit mir hat er nie darüber gesprochen und meines Wissens auch nicht mit dem Präsidenten.»

«Und was ist mit seinem Artikel über Vietnam und die Army in *The Windrift*?»

«Ich erinnere mich nicht daran, Miss Ballantine. Ich glaube kaum, daß ich ihn gelesen habe.» Sie drehte sich mit dem Stuhl herum und blickte aus dem Fenster auf die Straße.

Dem war Judy nicht mehr gewachsen. Sie sprang auf. «Das ist lauter Scheißdreck, und das wissen Sie! Jeder in der Schule hat ihn gelesen, und jeder hat darüber geredet.»

Dean Hanbury antwortete nicht; sie stand statt dessen auf und ging zur Tür. «Sie müssen mich entschuldigen», sagte sie, trat auf den Flur und schloß die Tür hinter sich.

Die Zurückgebliebenen wechselten unsichere Blicke. Selzer fuhr Judy an: «Du blöde Kuh!»

«Erlaube mal, Abner, Judy hat damit gar nichts zu tun. Wahrscheinlich hat sie nur mal nötig gemußt.» Ekko zog die Schultern hoch.

«Oder sie ist zum Präsidenten», mutmaßte O'Brien. «Sie wird schon wiederkommen.»

«Vielleicht will sie uns nur zeigen, daß sie beleidigt ist, damit wir ein schlechtes Gewissen haben und nicht mehr so scharf rangehen, wenn sie zurückkommt.»

Sie sprachen darüber, wanderten im Zimmer herum, betrachteten die Bilder, tippten auf die Tasten der Schreibmaschine und warteten.

«Wenn sie nicht mehr mit uns reden wollte, hätte sie doch sicher gesagt, wir sollten gehen», gab Judy zu bedenken.

Ekko glaubte immer noch, sie hätte nur mal gemußt.

«Na ja, kann sein», meinte Selzer, «aber dann dauert es verdammt lange. Sie ist sicher schon zehn Minuten oder eine Viertelstunde fort.»

«Ach, das ist bei Frauen ganz normal», erklärte Ekko.

«Und du?» fragte Judy wütend. «Du blockierst das Klo oft eine Stunde lang.»

Ekko grinste.

Selzer faßte einen Entschluß. «Los, Judy, geh du runter zum Mädchenklo und sieh nach, ob sie dort ist. Yance, du gehst zu Macombers Büro, Mike und ich suchen die anderen Büros ab.»

«Und was ist mit mir?» fragte Ekko.

«Jemand muß hierbleiben, falls sie wieder aufkreuzt.»

Als Ekko im Büro allein war, setzte er sich auf den Drehstuhl, wippte vor und zurück und legte endlich die Füße auf den Schreibtisch. Obwohl es ihm lieber gewesen wäre, wenn nicht gerade Judy die Besprechung gesprengt hätte, war er über ihr Ende nicht traurig. Selzer schien ganz vergessen gehabt zu haben, daß er die Fine-Sache nicht an die große Glocke hängen sollte. Die Dean-Dame war ein ausgekochtes Früchtchen. Wenn die Besprechung weitergegangen wäre – das glaubte er sicher –, hätte sie sie hingehalten und am Ende Fines Brief gezückt. Dann wäre die Sache im ganzen College bekannt geworden, und sein Freund Fine hätte es ausbaden müssen.

Nach und nach kamen sie wieder zurück, Selzer als letzter. «Ich war in jedem Zimmer vom obersten Stock bis in den Keller und auch noch in allen Telefonzellen. Sie ist fort.»

Sie sahen sich an.

«Was machen wir jetzt?»

13

Millicent Hanbury, äußerlich kühl und beherrscht, zog das Schnappschloß der Haupttür des Verwaltungsgebäudes zurück und ging hinaus. Draußen blickte sie zögernd zum Fenster ihres Büros hinauf, dann lief sie hastig über die einsame Straße zu ihrem Wagen.

Zu Hause fuhr sie den Wagen in die Einfahrt und sah auf die Uhr. Erst jetzt merkte sie, wie schnell sie gefahren war; sie hatte die Strecke in fünfunddreißig Minuten geschafft; das war ihr bisheriger Rekord.

Sie schloß die Haustür und lehnte sich einen Augenblick fest dagegen, als müsse sie sich selber klarmachen, daß sie in Sicherheit sei, in ihren eigenen vier Wänden. Aber es dauerte nur einen Moment. Dann ging sie zum Telefon.

«Barnard's Crossing, Polizeirevier, Sergeant Leffler», sagte eine Männerstimme.

«Hier ist Millicent Hanbury, Sergeant, Oak Street 48.»

«Ja, ich weiß Bescheid, Miss Hanbury.»

«Ich bin eben nach Hause gekommen und habe das Wohnzimmerfenster offen vorgefunden. Ich habe es bestimmt heute morgen zugemacht, ehe ich weggefahren bin.»

«Ist was gestohlen worden, Miss Hanbury? Sieht es aus, als hätte jemand herumgewühlt?»

«Nein. Mir ist nichts aufgefallen, aber ich habe auch noch nicht überall nachgesehen.»

«Lassen Sie das lieber. Ich schicke Ihnen gleich jemand rüber. Warten Sie am Telefon oder noch besser vor dem Haus. Der Streifenwagen kommt jeden Augenblick.»

Als der Streifenwagen kam, ging Officer Keenan Zimmer um Zimmer mit ihr ab, während sein Kollege im Wagen blieb. «Sieht wirklich alles richtig aus, Miss Hanbury? Fehlt nichts?»

Er untersuchte das offene Fenster von innen und außen. «Spuren von einem Stemmeisen kann ich nicht finden», sagte er. «Auf dem Betonweg kann man sowieso keine Fußspuren feststellen. War das Fenster verriegelt, Miss Hanbury?»

«Ganz sicher.»

«Na ja, es ist nicht weiter schwer, ein Fenster mit so altmodischen Riegeln aufzubekommen. Dazu genügt ein harter Plastikstreifen oder ein dünnes Stahllineal. Sie sollten sich wirklich fürs Erdgeschoß neue, sicherere Riegel anbringen lassen, Miss Hanbury.»

Vom Streifenwagen kam lautes, eindringliches Hupen. Keenan rannte hinaus, kehrte aber ebenso schnell zurück. «Hören Sie, Miss Hanbury, das Revier hat gerade die Nachricht bekommen, daß es in Ihrem College eine Explosion gegeben hat. Sie glauben, daß es eine Bombe war. Sie möchten umgehend nach Boston zurückkommen. Wir können Sie hinbringen, wenn Sie möchten.»

«Oh, David! Ich wollte dich anrufen, wußte aber nicht, wie ich dich erreichen sollte. Ich hab mich so aufgeregt. Gott sei Dank, daß dir nichts passiert ist!» Miriam brach in Tränen aus und warf sich ihm in die Arme.

«Was ist denn nur?» Er hielt sie auf Armeslänge von sich und sah sie an. «Fassung, Miriam. Ja, ich bin spät dran; ich hab unterwegs eine Tasse Kaffee getrunken.»

«Dann weißt du es gar nicht? Du warst nicht da, als es passiert ist?»

«Was weiß ich nicht?» Er wurde selber aufgeregt. «Als was passiert ist?»

«Die Explosion! Im Verwaltungsgebäude von deinem College hat es eine Explosion gegeben.»

«Was für eine Explosion? Wann? So rede doch, Miriam!»

«Eine Bombe. Sie sind sicher, daß es eine Bombe war.»

Sie wischte sich die Augen mit dem Taschentuch. «Ich hab den Fernsehapparat angehabt, und da haben sie die Sendung unterbrochen und es gemeldet. Erst vor einer Viertelstunde. Es gäbe offenbar keine Verletzten, haben sie gesagt, aber wo du nicht zu Hause warst . . .»

Er legte die Arme um sie und beruhigte sie.

«Du bist immer gegen drei Uhr zu Hause», flüsterte sie gegen seine Brust. «Und es war schon halb vier. Ich hab mir zwar gesagt, daß du die Zeit vergißt, wenn du mit was beschäftigt bist . . .»

«Das war's auch», gab er verlegen zu. «Ich hab beim Kaffeetrinken angefangen zu lesen und auf nichts mehr geachtet.»

«Ja, natürlich. Es macht ja auch nichts. Nichts macht was, wenn du nur gesund bist.»

«Ich bin heil und gesund, Miriam. Es tut mir nur leid, daß du dir Sorgen gemacht hast. Aber ich versteh es immer noch nicht. Ein Bombenanschlag? Und mehr haben sie nicht gesagt?»

«Nein, nur das. Es war eine kurze Meldung. Aber vielleicht kannst du jemand anrufen. Lanigan? Muß der das nicht wissen?»

«Nein, das geht die Polizei in Boston an.» Natürlich war er sehr beunruhigt, wollte es ihr aber nicht zeigen, um sie nicht noch mehr aufzuregen. «Sie werden sicher in den Abendnachrichten Einzelheiten bringen. Aber nun beginnt der Sabbat.»

Während sie alles vorbereitete, duschte er, zog sich um und spielte eine Weile mit seinen Kindern Jonathan und Hepzibah. Er wollte Miriam nicht allein lassen und beschloß daher, nicht zum Vorabendgebet, dem *mincha,* in die Synagoge zu gehen. Sehr bald war es dann auch schon Zeit für die Abendnachrichten.

Sie saßen zusammen auf dem Sofa, sein Arm lag um ihre Schultern. «Zuerst die wichtigste Meldung», sagte der Sprecher. «Heute nachmittag um 15 Uhr 05 explodierte im Verwaltungsgebäude des Windemere Christian College in Boston-Fenway eine Bombe. Die Beamten vom 15. Polizeirevier trafen innerhalb von Minuten am Unfallort ein, gefolgt von der Feuerwehr der Wache Boylston Street. Die Explosion hatte sich im Büro des Dean ereignet. Laut Angaben von Inspector Frank Laplace von der Feuerwehr ist nur geringfügiger Sachschaden entstanden. Da am Freitagnachmittag um diese Zeit keine Vorlesungen mehr stattfinden, wurde angenommen, daß das Haus leerstünde. Dennoch ordnete Lieutenant Hawkins vom 15. Revier eine gründliche Durchsuchung an. In einem der verschlossenen Büros wurde die Leiche eines Mannes gefunden. Er wurde von Mr. Laferty, dem Hausverwalter, als Professor John Hendryx identifiziert. Wir bringen nun ein Interview mit Lieutenant Hawkins . . .»

14

Sie saß auf dem Bett und sah zu, wie er seine paar Habseligkeiten zusammensuchte und in die Segeltuchtasche stopfte. Sie hatten sich nicht gestritten; er hatte auch nicht wütend gewirkt. Aber er wurde ja eigentlich nie wütend; das schätzte sie so an ihm. Er hatte lediglich verkündet, er müsse fort und dann die Segeltuchtasche aus den Tiefen des Schranks herausgewühlt.

Wenn es eine Regel gab, an die sie sich stillschweigend hielten, war es die, daß jeder kommen und gehen konnte, wie es ihm beliebte; und sollte einer aus irgendeinem Grund den Entschluß fassen, für immer zu gehen, durfte es keine Vorwürfe geben. Dennoch hatte sie das Gefühl, eine Erklärung stünde – nein, stünde ihr nicht zu, aber – ach, verdammt, sie stand ihr zu. Trotzdem bemühte sie sich, kein Beleidigtsein, sondern ganz normale Neugier zu zeigen. «Ist was passiert, Ekko?»

«Die verdammte Schule fliegt in die Luft, und sie fragt, ob was passiert ist! In einem Augenblick ist es still wie in der Leichenhalle, dann Bums! Und es ist wie am 4. Juli mit Bullen und Löschzügen und sogar dem Kerl mit dem Popcorn-Wagen.»

«Ach, das! Ich meinte, zwischen uns. Bist du sauer, weil ich bei dem Treffen ausfallend geworden bin?»

«Nee! Die hat ja nur nach 'nem Grund gesucht. Wenn's das nicht war, wär's was anderes gewesen.»

«Und warum gehst du dann weg?»

Er stopfte wieder etwas in die Tasche. «Weil sie hinter uns her sein werden, Baby. Sie greifen sich die Hanbury, und die erzählt ihnen von dem Treffen, und daß sie fortgegangen ist und wir allein im Haus geblieben sind. Sie gibt ihnen unsere Namen, und die sammeln uns ein. Dann fangen sie an, Fragen zu stellen und kriegen spitz, daß ich in Nam war und auch noch bei der schweren Artillerie, und eh ich mich umseh, bin ich der Bombenleger.»

«Aber sie haben doch gar nichts gegen dich.»

«Die brauchen auch nichts, um mit dem Treten anzufangen. Als ich aus der Army entlassen wurde, hab ich mir geschworen, mich nie wieder von jemand treten zu lassen.»

«Aber wenn du jetzt abhaust, machst du dich dann nicht verdächtig? Dann sind sie doch sicher, daß du's warst.»

«Laß sie glauben, was sie wollen, solange ich nicht in der Nähe bin.»

Sie schwieg und versuchte zu ergründen, warum er es auf sich nahm, durch die Flucht Verdacht zu erregen. Zögernd fragte sie endlich: «Hast du – warst du es, Ekko?»

Er schnaubte. «Warum sollte ich das verdammte College in die Luft jagen? Für Roger Fine?»

«Aber wer war's dann?»

«Wahrscheinlich diese idiotischen Weathervane-Spinner. Genau wie beim vorigen Mal. Die sind sowieso andauernd high und können nicht mehr denken. Sie müssen was über unser Treffen herausbekommen haben. Dann sehen sie die Hanbury fortgehen. Eine Viertelstunde später sehen sie uns gehen. Damit ist die Straße frei. Und Rums! Der 4. Juli!»

Sie sah ihn an. «Woher weißt du, daß sie es damals waren?»

«Ich weiß es eben.» Er packte weiter.

«Sie können dich morgen schon schnappen, Ekko.»

«Na klar, ich kann auch unter ein Auto kommen und morgen tot sein. Aber bis dahin bin ich frei.»

Sehr leise sagte sie: «Kommst du zurück?»

«Klar, sobald sich alles beruhigt hat. Das College wird die Sache nicht aufbauschen – es schadet dem Ansehen. Wie beim letztenmal. Der Computer war im Eimer, und sie haben den Zeitungen gesagt, es gäbe nur geringfügige Schäden. Diesmal wird's auch so. Das College unternimmt nichts, und nach einer Weile müssen die Bullen klein beigeben. Dann komm ich wieder.»

«Aber du hast die Studiengebühren bezahlt.»

«Für's halbe Semester. Das halbe Semester hab ich hinter mir. Ein Mordsgeschäft: das ganze is doch nur Bockmist. Vielleicht such ich mir Arbeit als Schreiner wie mein Alter. Da siehst du wenigstens, was du gearbeitet hast. Ja, vielleicht mach ich das. Als Schreiner kannst du sogar bis zu zehn Dollar die Stunde kassieren.» Er zog die Schnur zusammen und verschloß die Segeltuchtasche.

«Soweit kommt es doch gar nicht», sagte sie fast flehend. «Wenn die dich suchen, geben sie erst auf, wenn sie dich haben. Dein Foto ist im Archiv vom College, und mit dem kahlen Kopf haben sie dich sofort.»

«Meinst du? Dreh dich mal 'nen Moment um.»

Sie gehorchte zögernd.

«So, jetzt kannst du gucken.»

Sie erkannte ihn kaum wieder. Er trug eine dicke schwarze Perücke, und sein Gesicht war durch einen Mongolenbart verwandelt.

«Na, wie gefall ich dir?»

«So was Verrücktes!»

Er warf die Tasche über die Schulter. «Ich hab einen Freund im Westen des Staates, bei dem kann ich für ein paar Tage unterkommen. Dann is da ein Junge in Ohio, der ein Rehabilitations-Zentrum für Drogensüchtige leitet. Bei dem kann ich bestimmt einen Monat bleiben, ohne daß jemand was von mir merkt. Mach dir um mich keine Sorgen.» Er machte eine Pause. «Also, bis bald. Wir sehn uns.»

«Gehst du einfach so weg, Ekko?»

Er sah sie sehr genau an. «Okay, was soll's schon schaden, wenn's ein bißchen später wird?»

Später, als sie in seinen Armen lag, murmelte sie. «Ekko, ich hab

Angst.»
«Vor was?»
«Was sie machen, wenn sie mich verhaften.»
«Da brauchst du keine Angst zu haben. Dein Alter nimmt sich einen einflußreichen Anwalt, und von da an behandeln sie dich mit Glacéhandschuhen. Angst haben müssen nur so Typen wie ich. Mir werden sie's doppelt heimzahlen, weil sie an dich nicht rankommen.»
«Dann hab ich Angst um dich.»
«Keine Angst, mich finden sie in hundert Jahren nicht.»

15

«Habt ihr was?»
Detective Sergeant Schroeder von der Mordkommission hatte trotz seiner fünfzig Jahre noch kein graues Haar in der kurzgeschnittenen dunklen Mähne. Er hätte für 25 durchgehen können, wenn die kleinen Augen und die markanten Gesichtszüge nicht gewesen wären. Er stand unter der Tür des Büros des Dean und beobachtete die beiden Männer vom Bombenkommando, die sorgsam winzige Partikelchen auffegten.
Einer hob den Kopf. «Eine primitive Bombe.» Er richtete sich auf und zeigte auf den Safe. «Da drunter hat sie gelegen.»
«Glauben Sie, daß sie das Ding da aufsprengen wollten?»
«Auf die Art hat's noch keiner versucht. Aber die Tür haben sie demoliert. Die kriegt man jetzt nur noch mit einem Büchsenöffner auf.»
«Wieso ist das Fenster in diesem Büro noch ganz, wenn das andere nebenan kaputt ist?»
«Ach, Sarge, um ein Fenster zu zerteppern, dazu war die Explosion nicht stark genug, vor allem, weil der Safe den Druck abgefangen hat. Aber nebenan war das Fenster hochgeschoben und ist durch den Luftdruck runtergefallen, und dabei ist die Scheibe gesprungen.»
«Der Hausverwalter hat gesagt, sie hätte sowieso schon einen großen Sprung gehabt», erklärte der Lieutenant aus dem Revier.
«Das reicht aus», sagte der Bombenexperte.
Sergeant Schroeder ging über den Flur zu Hendryx' Büro, in dem Polizeifotografen den Raum aus allen Blickrichtungen aufnahmen. Er blieb stehen und betrachtete den leeren Türrahmen. «Ein Glück, daß die Scheibe zerbrochen ist», stellte er fest, «sonst wäre er kaum vor Montag gefunden worden.»
«Stimmt.» Der Lieutenant nickte. «Ich hab zwei Männer durch das ganze Gebäude geschickt, aber natürlich haben die sich nicht um abgeschlossene Büros gekümmert. Weil hier die Scheibe zerbrochen war, ist einer ins Büro reingegangen und hat die Füße unter dem Schreibtisch

gesehen, so wie er jetzt auch noch liegt. Es ist klar, was passiert ist. Der Professor hat hinter dem Schreibtisch gesessen; vielleicht hat er gelesen. Dann ist die Bombe losgegangen, und der Gipskopf – der muß gute fünfzig, sechzig Pfund wiegen – kippt vom Regal, ihm auf den Kopf und schlägt ihm den Schädel ein. Der Mann rutscht aus dem Stuhl unter den Schreibtisch.»

«Was hat er hier gemacht?» fragte der Sergeant. «Haben Sie nicht gesagt, daß hier am Freitagnachmittag keiner mehr im Haus ist?»

«Der Hausverwalter sagt, er wohnt – er hat genau gegenüber auf der anderen Straßenseite gewohnt und ist oft zwischen Wohnung und Büro hin- und hergependelt.»

Ein junger Mann trat zu ihnen und stellte sich als Dr. Lagrange vor.

«Sind Sie der Polizeiarzt? Wo is denn Doc Slocumbe?»

«Der war nicht abkömmlich.»

«Ich glaube nicht, daß wir schon mal zusammengearbeitet haben?» fragte Schroeder.

Der Arzt grinste. «Ich wüßte nicht wie. Ich bin neu.»

«Na gut, Doc, unsere Leute sind mit ihm fertig. Sie können ihn haben.»

Sie gingen wieder in Miss Hanburys Büro zurück. Die Bombenexperten waren schon fort; die Fotografen hatten auch das Feld geräumt. Schroeder setzte sich an den Schreibtisch und fragte nach dem Hausverwalter.

Pat Laferty war klein, sechzig Jahre alt, sauber und adrett gekleidet, in einem Arbeitsanzug, einem grauen Hemd und einer schwarzen Schleife. Er lächelte den Mann hinter dem Schreibtisch liebenswürdig an.

«Um welche Zeit schließen Sie hier ab, Pat?» fragte der Sergeant.

«Das wechselt. Wenn nichts los ist, keine Sitzungen sind oder so, dann gegen fünf.»

«Auch freitags?»

«Freitags ein bißchen früher, um vier vielleicht.»

«Und ehe Sie abschließen, gehen Sie durchs Haus und sehen nach, ob alle fort sind?»

«Na, so genau nicht. Ich sehe nach, ob kein Licht brennt und kein Wasserhahn läuft. Wissen Sie, damit kann viel Wasser verschwendet werden.»

«Und wie war's heute? Wann haben Sie abgesperrt?»

«Gar nicht. Dean Hanbury hatte eine Besprechung mit ein paar Studenten. Um halb drei. Ich wollte warten, bis das zu Ende war.»

«Demnach hätte bis etwa vier Uhr jeder ins Haus kommen können?»

«Ja, sicher.»

«Heißt das, daß jeder hier einfach reinlaufen kann?»

«Bis ich abschließe – aber zu was denn? Alle Büros sind abgeschlossen. Die Zimmer und Hörsäle nicht, aber was soll da einer holen? Kreide?»

«Ja, da werden Sie wohl recht haben», sagte Schroeder. «Also weiter. Sie sagten eben, Professor Hendryx wohnt gegenüber?»

«Ja. In dem Haus gleich auf der anderen Straßenseite. Er hat die Wohnung im ersten Stock, die mit den Vorhängen. Sehen Sie's?»

Schroeder rotierte mit dem Stuhl herum. «Scheint die einzige zu sein, die Vorhänge hat. Das Haus sieht ganz leer aus. Wie kommt denn das?»

Laferty erklärte die Abmachung mit Professor Hendryx. «Das war 'ne praktische Abmachung; er hatte eine Wohnung ganz in der Nähe, und das College hatte eine Art Wächter auf dem Gelände. Wissen Sie, die jungen Leute sehen, daß ein Haus leersteht; und ehe Sie sich's versehen, brechen sie auch schon ein und schlagen alles kurz und klein.»

«Sehr schön. Hat jemand Ihre Adresse notiert?»

«Ich hab sie dem Lieutenant gesagt.»

Ein Polizist streckte den Kopf durch die Tür. «Diese Dekanin is gerade gekommen, Sarge.»

16

Er nahm den Bus nach Albany, einfach weil das der erste war, der vom Busbahnhof abfuhr. Ekko setzte sich in der vierten Reihe von vorn ans Fenster, beobachtete die einsteigenden Fahrgäste und mutmaßte, wer sich wohl neben ihn setzen würde. Ein hübsches Mädchen mit langen, blonden Haaren stieg ein; er sah sie interessiert an, aber sie ging an ihm vorbei. Er drehte sich um und stellte fest, daß sie sich neben eine Frau gesetzt hatte.

Am Ende war es ein Mann in mittleren Jahren, mit quadratischem Gesicht und dichtem schwarzem Haar. Er trug eine dickrandige Plastikbrille, über der sich die schwarzen Augenbrauen fast über der Nasenwurzel trafen. Am Aufschlag seines dunkelgrauen Anzugs steckte ein Kiwanis-Abzeichen. Der Mann lächelte und sah auf die kleine, goldene, viereckige Uhr, die für das kräftige, behaarte Handgelenk viel zu zierlich war. «Es muß jeden Moment losgehen», sagte er.

«Ja, wird es wohl.»

Anscheinend wollte der Mann sich unbedingt unterhalten. «Ich war im Café und wollte eine Tasse Kaffee und einen Krapfen haben, aber, meine Güte! Die langweilige Bedienung! Ich hab's bleiben lassen, weil ich nicht noch den Bus verpassen wollte.»

«Manchmal bummeln die ganz schön.»

«Ich fahr gern mit dem Bus», fuhr der andere fort. «Man sieht was von der Gegend.»

«Na, diesmal werden Sie nich viel sehn», sagte Ekko. «Mitten in der Nacht.»

«Ja, da haben Sie recht, aber mir gefällt's trotzdem besser als mit dem Flugzeug. Fahren Sie bis Albany?»

«Falls ich's mir nicht anders überlege und vorher aussteige.»

Der Mann hob die schwarzen Brauen. «Wieso? Wissen Sie nicht, wie weit Sie fahren wollen? Fahren Sie spazieren?»

Ekko zuckte die Achseln. «Ich hatte einfach Lust auf eine Busfahrt. Der Bus hier fuhr zuerst ab, und da hab ich mir eine Fahrkarte gekauft und bin eingestiegen.»

Der Mann lachte in tiefem, grollendem Baß vor sich hin.

«Was ist daran so komisch?»

«Ihr jungen Leute ... Ihr seid großartig. Sie hatten Lust auf eine Busfahrt und haben sich einfach ...» Er konnte nicht aufhören zu lachen. «Sagen Sie, warum gerade ein Bus?»

Ekko grinste. Die offene Bewunderung ließ ihn auftauen. Der Mann war ein so ausgemachter Spießer, ein typischer Pendler, der von neun bis fünf arbeitete, eine fette Frau und eine aknebehaftete Tochter hatte, bei der sie sich sorgten, sie könnte sich mit einem Jungen vergessen. Er erklärte: «Wissen Sie, es ist so: man geht durch die Straßen –» er erinnerte sich an die Segeltuchtasche im Gepäcknetz – «sagen wir, man will Wäsche in die Wäscherei bringen, und plötzlich merkt man, daß man alles leid ist. Der ganze tägliche Mist steht einem bis hier. Verstehn Sie?»

Der Mann nickte.

«Also beschließt man, daß man Abwechslung braucht.»

«Ja, das versteh ich. Und weil Sie gerade auf dem Park Square waren, sind Sie in einen Bus gestiegen.»

«Stimmt.» Ekko nickte grinsend.

«Und wenn Sie zufällig beim Süd-Bahnhof gewesen wären, hätten Sie einen Zug genommen. Oder in Ost-Boston ein Flugzeug?»

Ekko maß ihn argwöhnisch, aber sein Gesicht war offen und harmlos. Er schüttelte den Kopf. «Nee, Zugfahren und Fliegen liegt mir nicht so, aber mit dem Bus fahr ich gern, besonders nachts. In einem Bus ist es nachts dunkel. Sie schalten das Licht aus, damit der Fahrer die Straßen besser sehen kann. In der Dunkelheit kann allerhand geschehen.»

«Was zum Beispiel?»

Ekko sah den Spießer an. «Ach, eine ganze Menge.»

«Ja, aber was?»

Seine Neugier war schon rührend. «Na, zum Beispiel damals, als ich mit dem Elf-Uhr-Bus von New York nach Boston gefahren bin. Ich hab wie jetzt am Fenster gesessen, und dann, ganz plötzlich, steigt dieses Mädchen ein und setzt sich neben mich. Na, ich war am Ende, hatte tagelang nich mehr geschlafen, Sie wissen ja, wie's in so 'ner großen Stadt ist.»

«Klar weiß ich das.»

Ekko grinste innerlich. «Ich seh mich im Bus um, und da sind überall noch freie Plätze, also, denk ich mir, will sie Gesellschaft haben. Man konnte sofort sehen, daß sie ein schickes Mädchen war und hübsch obendrein. Sie hat so einen langen Mantel an, der bis zu den Knöcheln reicht. Als sie ihn auszieht, sehe ich, daß sie prima gebaut ist. Sobald sie sitzt, sage ich dann so was wie: ‹Das ist genau der richtige Abend dafür.› Wissen Sie, um freundlich zu sein und die Sache ins Rollen zu bringen. Aber sie antwortet nur mit ‹Hm›, klappt so ein Gedichtbuch auf und fängt an zu lesen. Also denke ich mir: Okay, Mädchen, wenn du's so willst, und dann mach ich die Augen zu. Nach ein paar Minuten geht dann das Licht aus, und wir fahren los, und ich schlaf ein. Aber Sie wissen ja, wie das beim Busfahren ist, so ganz richtig schläft man nie. Man döst nur vor sich hin.»

«Ja, genau. Ich kann auch nie fest schlafen.»

«Na, als ich dann mal wach werde, schläft die Kleine fest, hat den Kopf ans Kissen gelehnt und den Mund ein bißchen offen. Und so 'ne kleine Strähne hängt ihr ins Gesicht, und jedesmal, wenn sie ausatmet, pustet sie sie fort, und dann fällt sie wieder zurück. Ich hab mich dann rumgedreht, um es besser sehen zu können, und beim Zusehen schlaf ich wieder ein. Und dann spür ich, daß mich jemand berührt und werde halb wach und sehe, daß es das Mädchen ist. Sie hat sich im Schlaf zusammengerollt und berührt mich im Schlaf. Und gerade da, wo ich's gern hab.»

Jetzt wurde der Spießer aufgeregt. «Und was haben Sie gemacht?»

«Na, ich bin näher an sie rangerückt und hab ihren langen Mantel, den sie auf dem Schoß hatte, über uns gezogen, damit wir zugedeckt waren.»

«Und dann?»

«Was glauben Sie? Ich hab mit der einen Hand ihre Titten gestreichelt, und als sie nicht aufgewacht ist, hab ich die andere unter ihr Kleid gesteckt.»

«Und was haben Sie dann gemacht?»

«Was wohl? Wir waren in einem Bus. Mehr konnte ich da ja wohl nicht machen. Wir haben uns so gehalten, und dann bin ich auch so eingeschlafen.»

«Und am Morgen?»

Der Mann kriegte vor Aufregung keine Luft mehr.

Ekko grinste. «Nichts. Als ich aufwachte, fuhren wir schon durch Boston. Sie war nicht mehr da. Sie muß in Newton ausgestiegen sein. – Na ja, das ist der Grund, warum ich gern mal eine Fahrt mit dem Bus mache.»

«Es ist also gar nichts gewesen», stellte der Mann bedauernd fest. «Sie haben sie nie wiedergesehen?»

«Nee.»

«Ich glaube, Sie haben das nur geträumt.»

Ekko lächelte in die Dunkelheit hinein. Sollte er ruhig leiden. «Nein, ich hab's nicht geträumt.»

Der andere blieb stumm sitzen. Nach einer Weile schlief Ekko ein. Es schien nur Minuten zu dauern, bis er vom Busfahrer geweckt wurde, der ankündigte, daß sie in zehn Minuten in Springfield halten würden. Der Mann hob einen kleinen Wochenendkoffer vom Gepäcknetz, setzte sich wieder und nahm ihn auf den Schoß.

«Springfield. Da steige ich aus.»

«Was, schon Springfield?»

«Hm. Wissen Sie, beinah wär ich Ihnen auf den Leim gegangen», sagte er dann.

«Wie meinen Sie das?»

«Ach, daß Sie gesagt haben, Sie fahren einfach Bus, weil Sie Lust haben, und Sie wissen noch nicht, wo Sie aussteigen werden.» Er lachte leise. «Ihr jungen Leute gebt immer damit an, daß ihr nur das tut, was euch paßt, aber das ist nichts als Gerede. Ihr fahrt irgendwohin, weil ihr genau dahin wollt, ebenso wie jeder andere auch. Sie sitzen jetzt in diesem Bus, weil Sie genau mit diesem Bus fahren wollten.»

Ekko wurde starr. «Woher wissen Sie das?»

Der Mann lachte tief grollend. «Weil ich Sie gesehen hab. Ich hab Sie in der Charles Street in den Zug steigen sehen. Ich stand direkt hinter Ihnen und hab Sie gesehen. Sie haben eine Segeltuchtasche getragen, und die liegt da oben im Netz. Dann hab ich Sie in Boylston aussteigen und direkt zum Busbahnhof gehen sehen. Nichts da mit dem durch die Straßen wandern und sich plötzlich entschließen, mit einem Bus zu fahren, weil sich die Chance ergeben könnte, daß sich ein Mädchen neben Sie setzt und Sie an sich rumfummeln läßt.»

«Sind Sie mir nachgegangen?»

«Nein, aber ich war direkt hinter Ihnen. Als wir zum Busbahnhof kamen, bin ich ins Café gegangen und Sie zum Fahrkartenschalter.»

«Das muß ein anderer gewesen sein», murmelte Ekko.

«Nein, war's nicht. Sie waren das. Sie sind mir gleich aufgefallen, weil ich gesehen hab, daß Sie eine Perücke tragen. Und der Bart ist auch nicht echt. Ich hab's auf den ersten Blick gesehen, weil ich Friseur bin und von Haaren was verstehe. Sind Sie kahl, ja?»

«Ja, da oben bin ich ziemlich nackt», gab er verlegen zu.

Der Bus hielt an, und der Mann stand auf. «Sie verkühlen sich andauernd den Kopf, was?»

«Nein, das is nur, weil die Mädchen was gegen Kahlköpfe haben.»

Der Mann lachte. «Na, hier steigen immer viele Leute ein. Vielleicht haben Sie für den Rest der Reise mehr Glück.» Er winkte freundlich und bahnte sich den Weg durch den Gang.

17

Wie jeder District Attorney war Matthew Rogers aus Suffolk County, wozu ganz Boston gehört, in erster Linie Politiker und erst in zweiter, sehr schwacher Linie Anwalt. Rogers war groß, erstaunlich gut aussehend und einer der Jüngsten, die jemals diesen Posten innegehabt hatten. Die Parteibonzen sagten ihm eine große Zukunft voraus: mit Gewißheit würde er Attorney General des Staates werden, vielleicht sogar noch höher steigen. Obwohl er irisch-katholischer Abstammung war, sah er nicht so aus; und sein Name – Vor- und Nachname – war nicht so typisch irisch, daß es den Angehörigen anderer Volksgruppen schwergefallen wäre, ihn zu akzeptieren.

Kurz nach Beendigung des Jurastudiums – er hatte in Harvard studiert, nicht am katholischen Boston College – sagte ihm sein Schwiegervater, der in der Politik war, er hätte sich bei den Kollegen umgehört und sie wären bereit, ihn bei der Wahl für ein politisches Amt zu unterstützen. «Wenn die Kollegen dich unterstützen, Matt, bist du praktisch schon in der Legislative des Staates.»

«Ich hatte mich eigentlich beim Schulausschuß bewerben wollen», sagte Matthew Rogers.

«Bloß nicht, Matt. Was verdienst du denn da? Du mußt an Kathleen und die Mädchen denken. Und wenn du in den Schulausschuß willst, mußt du dich in der ganzen Stadt zum Kandidaten aufstellen lassen.»

«Aber bei der Legislative bin ich einer unter zweihundert, und beim Schulausschuß bin ich einer von fünf. Über das Gehalt mache ich mir keine Sorgen. Bei den Millionen, über die der Schulausschuß jährlich verfügt, müßte ich genug Aufträge als Anwalt an Land ziehen können, um mit dem gleichzuziehen, was ich bei der staatlichen Legislative verdienen würde.»

Matthew Rogers firmierte als Familienvater, als engagierter Vater von Kindern, die die öffentlichen Schulen besuchten. Alle Wahlplakate und Handzettel zeigten ihn sitzend, flankiert von seiner schönen Frau, während die beiden niedlichen kleinen Töchter zu ihren Füßen saßen. Er gewann spielend.

Beim Schulausschuß verschrieb er sich den Belangen der Lehrer. Sein Schwiegervater argumentierte: «Warum setzt du dich für eine Gehaltserhöhung der Lehrer ein? Das bedeutet doch nur Steuererhöhung, Matt, und dafür dankt dir keiner. Lehrer sind keine Polizisten oder Feuerwehrmänner. Sie sind scheue Kaninchen und keine Kämpfer. Bei der nächsten Wahl reißen sie sich nicht für dich die Beine aus. Ja, sie werden dich wählen, aber die Duckmäuser bekommst du nie dazu, für dich Klinken zu putzen.»

«Aber sie haben bessere Kontakte zu den Medien», wandte Matthew Rogers ein.

Die Gehaltserhöhung endete in einem Kompromiß, aber er galt nun als der einzige Liberale im Ausschuß, und wenn die Reporter oder Fernsehkommentatoren über eine Sitzung des Schulausschusses berichteten, war er gewöhnlich derjenige, der interviewt wurde.

Nach zwei Perioden beim Schulausschuß hatte er sich als District Attorney bei der County zur Wahl gestellt, wiederum die Rolle des Familienvaters in den Vordergrund seiner Wahlkampagne stellend, mit dem Slogan: «Wählt Matt Rogers, und macht Suffolk County zu einer Gegend, in der ihr eure Kinder in Sicherheit großziehen könnt.» Diesmal zeigten die Wahlplakate ihn neben seiner etwas gesetzteren Frau, die beiden älteren Töchter, nun hübsche junge Damen, standen rechts und links von den Eltern, eine dritte Tochter saß vor ihnen auf der Erde, und die vierte auf dem Schoß der Mutter. Wiederum gewann er spielend.

Er hatte sein Amt unmittelbar vor Beginn der Studentenunruhen angetreten. Als es im Hollings College Ärger gab, ergriff er die Gelegenheit, seine Führungsqualitäten zu demonstrieren – gegen den Rat seines Stellvertreters, dem Senior Assistant District Attorney Bradford Ames.

«Laß das, Matt», sagte Ames. «Das sind keine Gangster, es sind College-Studenten aus guten Familien, von denen einige großen politischen Einfluß haben. Und wenn du sie vor Gericht bringst, wirst du feststellen, daß dich die College-Leitung nicht unterstützt. Halte dich aus der Schußlinie, und laß die Polizei das machen, sonst mußt du es bloß ausbaden.»

Rogers hatte ihn verständnislos angestarrt. «Sie haben sich in einem der Gebäude widerrechtlich festgesetzt, oder? Sie haben Häuser demoliert. Meinst du, ich soll tatenlos zusehen, wenn Privateigentum besetzt wird? Es geht doch um Privateigentum, oder?»

Bradford Ames war über fünfzig und ein ganzes Stück älter als sein Chef. Er stammte aus einer alten, reichen Bostoner Familie und hatte ohne Schwierigkeit gleich nach Abschluß seines Examens den Posten des Assistant District Attorney übernehmen können. Er war Junggeselle und fand im Büro des District Attorney den ihm angemessenen Platz, den er gern behalten wollte. Obwohl mittelgroß, sah er wegen seiner Rundlichkeit klein aus. Seine maßgeschneiderten Anzüge wirkten zerknittert und schlecht geschnitten, weil er sich krumm hielt. Er trug altmodische, anknöpfbare, gestärkte Kragen, die immer zu eng aussahen und seinen Kopf größer wirken ließen als er war. Er neigte zum Lächeln und kichernden Glucksen und hatte etwas Onkelhaftes, so daß bei den seltenen Gelegenheiten, bei denen sein Gesicht streng und ernst wurde, zum Beispiel, wenn er sich im Gerichtssaal an die Geschworenen wandte, jedermann das Gefühl bekam, es müsse tatsächlich ein entsetzliches Verbrechen geschehen sein. Er stand mit allen Gerichtsbeamten, Strafverteidigern und Richtern auf gutem Fuß, kannte ihre Eigenheiten und Idiosynkrasien, hatte aber gleichzeitig einen Instinkt für politische Erwägungen und war daher für eine Reihe von District Attorneys, die er unauffällig anlernte, von unschätzbarem Wert gewesen.

Jetzt trat er unter Rogers starrendem Blick unbehaglich von einem Bein aufs andere und stieß ein verlegenes Kichern aus. «Ja, einerseits ist es Privateigentum, andererseits aber nicht. Ein College ist genaugenommen eine Gemeinschaft von Gelehrten, die sich in eine Gesellschaft mit einem Kuratorium und Beamten umgewandelt hat, die den Präsidenten wählen. Im Mittelalter wurden übrigens viele Colleges von den Studenten gegründet. Sie stellten die Lehrer ein und ließen sie Strafe zahlen, wenn sie ihre Vorlesungen versäumten. Ich will damit sagen, daß man sich überlegen muß, ob das College nicht ebenso den Studenten wie der Verwaltung gehört.»

Aber Rogers hatte nicht nachgegeben – und es ausbaden müssen. Ein paar Tage lang war alles großartig gewesen; er hatte Verlautbarungen an die Presse gegeben, war fotografiert worden, hatte Konferenzen mit dem College-Präsidenten und dem Dean abgehalten und mit der Polizei den strategischen Einsatz geplant. Das führte am Ende zu einer hitzigen Auseinandersetzung zwischen Studenten und Polizei, wobei es nicht bei verbalen Beleidigungen blieb. Und ganz plötzlich war er der Buhmann, die Zielscheibe von Dutzenden von wütenden Leserbriefen in der Presse und sogar von ein, zwei Leitartikeln. Zu seiner Überraschung mußte er feststellen, daß viele Lehrer zu den Studenten hielten und sogar die Verwaltung einen Rückzieher machte. Als schließlich die Anführer vor Gericht gestellt wurden, merkte er voller Entrüstung, daß die College-Verwaltung die Strafverfolgung nur sehr hinhaltend betrieb und sogar der Richter, der eine kleine Strafe verhängte, bei seiner Zusammenfassung andeutete, daß die Staatsanwaltschaft vielleicht etwas übertrieben reagiert habe.

Rogers war Politiker, und er zog eine Lehre daraus. Von da an folgte er, wann immer es zu Studentenunruhen kam, dem Rat seines Stellvertreters Ames und ließ der Polizei freie Hand. Wenn es unumgänglich war, daß sich sein Büro einschaltete, übergab er den Fall dem jüngsten Mitarbeiter, einem jungen Mann, der gerade eben Examen gemacht hatte. Ames fuchste ihn dann ein: «Bleib in Deckung! Ja nicht vorpreschen! Denk dran, der Chef findet, daß das eine interne College-Angelegenheit ist, die sie selber regeln sollen. Wir wollen uns da raushalten.»

Um so überraschter war Bradford Ames, als er die Akte des Windemere College-Falls auf seinem Schreibtisch vorfand, mit einer Notiz seines Chefs: «Brad, bitte übernimm dies persönlich.» Er ging in Rogers Büro, um Rücksprache zu halten. «Wieso auf einmal, Matt?»

«Weil ich sie diesmal hinter Schloß und Riegel bringen will.»

«Warum?»

Die Erklärung fiel Rogers nicht leicht. Ein Sproß der Ames' aus Massachusetts sieht die Dinge anders als der Sohn des Postboten Timothy Rogers. Nahm man allein mal diese College-Kinder, die andauernd Rabbatz machten: Brad ergriff nicht gerade ihre Partei, aber er regte sich auch nicht groß über sie auf; es war fast, als sympathisiere er mit ihnen. Hinzu kam, daß der Mann Junggeselle war. Wie konnte er die Gefühle eines Mannes mit vier Töchtern verstehen? Für einen Mann mit Töchtern hatte der Lauf der Dinge etwas Beängstigendes: ein Mädchen lebte ganz offen mit einem Mann zusammen, und niemand, nicht einmal die Direktion des College, fand etwas dabei. Studenten, die in unflätigen Ausdrücken mit ihrem Dean redeten – einem weiblichen Dean noch dazu – und das für selbstverständlich hielten.

Gelegentlich fühlte sich Matthew Rogers durch die aristokratische Kühle seines Untergebenen in die Verteidigung gedrängt, und darum sagte er nun gefühlsbetonter als sonst: «Diesmal ist es anders, Brad. Ich weiß, du meinst, diese Studentenkrawalle gehen uns nichts an, und ich stimme dir da zu: aber diesmal geht es um Brandstiftung, und Brandstiftung ist ihrem Wesen nach kein hausinterner Sport mehr.»

«Das stimmt natürlich.»

«Und dann ist der Mann getötet worden.»

«Ja, das scheint aber ein Unfall gewesen zu sein.»

Nun wurde Rogers trotzig. «Ich halte es auch für politisch wichtig. Ich glaube, wir sind an einem Wendepunkt, Brad. Ich glaube, die Leute sind es verdammt leid, daß diese verdammten radikalen Studenten einfach machen, was sie wollen. Und wenn ich jetzt durchgreife, werde ich vielen damit einen Gefallen tun.»

Ames lächelte. «Hast du vor, für das Amt des Attorney General zu kandidieren?»

«Ich habe es erwogen», sagte Rogers gelassen.

Ames erkannte, daß es ihm damit ernst war.

«Wir haben nicht sehr viel vorzubringen, ist dir das klar? Die Studenten sagen, sie hätten nichts mit dem Bombenanschlag zu tun.»

«Natürlich.»

«Viele Beweise, daß sie es doch waren, haben wir nicht. Wenigstens nichts, was vor Gericht stichhaltig wäre.»

«Und wie steht's damit, daß einer von ihnen auf und davon ist?»

«Nicht mal das wissen wir», erwiderte Ames. «Er kann einfach fortgegangen sein, wie das heute viele junge Leute machen.»

«Und wie steht es mit der Zeit?» fuhr Rogers beharrlich fort. «Dean Hanbury sagt, sie sei gegen Viertel vor drei aus dem Büro gegangen. Die jungen Leute geben zu, bis drei Uhr geblieben zu sein. Ein paar Minuten später geht die Bombe hoch. Wer soll es denn sonst gewesen sein?»

«Der Hausmeister hat ausgesagt, die Türen des Gebäudes wären nicht abgeschlossen gewesen. Jeder hätte hereinkommen können. Es könnte eine ganz andere Studentengruppe gewesen sein. Soweit ich weiß, gibt es wenigstens ein halbes Dutzend radikaler Schattierungen.»

«Wie ist das, haben wir genug, um sie festzuhalten?»

Ames ließ sich nicht festlegen.

«Das hängt wahrscheinlich davon ab, wer für sie auftritt und welchem Richter sie vorgeführt werden. Sullivan, zum Beispiel, würde sie schon wegen ihres Aussehens und ihrer Kleidung in Haft behalten.»

Rogers nickte. «Dann richte es so ein, daß sie vor Sullivan oder noch besser, vor Visconte erscheinen. In der Zwischenzeit setze ich so viele Leute zur Ermittlung an, daß er sie festhalten muß.»

«Gut.»

«Und sie sollen in Haft bleiben, Brad. Keine Kaution!»

«Hör mal, Matt! Darauf läßt sich nicht mal Sullivan ein.»

«Warum nicht? Es ist doch wohl Mord, wie? Wenn jemand bei der Ausführung einer strafbaren Handlung einen Menschen tötet, ist das wohl Mord ersten Grades oder nicht? Ein Bombenattentat ist eine strafbare Handlung, ja? Wenn ein Professor dabei umkommt, ist es Mord. Steht das im Gesetz oder nicht?»

Ames wehrte ab. «So einfach ist das nicht, Matt. Das Grundprinzip ist, daß man in einem solchen Fall die Tötungsabsicht nachweisen muß. Und die Tötung muß so eng mit der strafbaren Handlung verbunden sein, daß es sich um ein und dieselbe Tat handelt. Ein zeitliches Zusammentreffen allein reicht nicht aus. Als die Tat geschah, war es Freitag nachmittag, an dem das Haus gewöhnlich leer ist, und das Opfer befand sich in einem anderen Raum.»

«Das kann der Strafrichter entscheiden, Brad.»

«Ja», gab Ames zu, «aber diese jungen Leute sind im College. Wenn wir sie ohne Gewährung einer Kaution festhalten, verpassen sie ihre Vorlesungen.»

Matthew Rogers hieb mit der flachen Hand auf den Schreibtisch. «Also, wenn du mich fragst, dann haben Studenten, die ihr College in die Luft sprengen wollen, wenig Interesse an ihren Vorlesungen. Ich will, daß diese jungen Schurken in Haft bleiben, verstehst du? Wir gehen von gegensätzlichen Standpunkten aus. Wenn ihre Anwälte sie gegen Kaution freibekommen, muß ich das hinnehmen, aber ich werde den Teufel tun, ihnen auch noch zu helfen. Ich bin gegen eine Kaution. Und wenn der Richter sich mir da nicht anschließt, mußt du die höchstmögliche Kaution fordern.»

«Wenn du es so handhaben willst.»

«Ja, das will ich», sagte Matthew Rogers.

«Hör mal, Matt.» Ames war nun ganz ernst. «Alles deutet darauf hin, daß es der getan hat, der jetzt verschwunden ist, der, den sie Ekko nennen und daß die anderen überhaupt von nichts gewußt haben.»

«Wie kommst du darauf?»

«Weil er anders ist als die übrigen. Älter, und außerdem war er in Vietnam.» Er hob einen mahnenden Zeigefinger. «Bei der Artillerie.

Dazu kommt noch, daß er – soweit wir das aus den ersten Verhören wissen – als einziger längere Zeit im Büro des Dean allein gewesen ist; die anderen haben Miss Hanbury im ganzen Haus gesucht. Und er hatte eine Aktentasche mitgebracht. Und schließlich ist er der einzige, der geflüchtet ist.»

«Hat einer von den anderen angedeutet, er könnte es gewesen sein?»

«Nein, aber –»

«Wenn sie es nicht mit Sicherheit wissen, kannst du Gift drauf nehmen, daß sie kein Wort sagen werden. Die halten immer zusammen.»

«Und?»

Matthew Rogers grinste. «Wäre es dann nicht besser für uns, wenn wir sie im Gefängnis aufheben? Wenn dieser Ekko das hört, vor allem, daß wir sein Mädchen haben, dann besteht die Chance, daß er freiwillig aufgibt.»

«Matt, das ist so, als hieltest du sie gegen Lösegeld fest», protestierte Ames.

«Hm.»

«Matt, das ist ein gemeiner irischer Trick!»

Roger grinste von einem Ohr zum anderen. «Hm.»

18

Der Rabbi zog sich zum Freitagabend-Gottesdienst um, als das Telefon klingelte. Der Babysitter nahm das Gespräch an, und als der Rabbi, sich gerade den Schlips bindend, unter die Wohnzimmertür trat, sah er die Augen des Mädchens groß werden.

«Wer ist es denn?»

Sie legte die Hand über die Muschel und flüsterte: «Die Polizei, Rabbi, aus Boston.»

«Schon gut, ich geh dran.» Sie gab ihm hastig den Hörer, als wäre sie froh, ihn loslassen zu können.

«Rabbi Small?» fragte eine rauhe Stimme. «Hier ist Sergeant Schroeder von der Mordkommission Boston.»

«Guten Tag, Sergeant», sagte der Rabbi freundlich.

«Ja, guten Tag. Hören Sie, Rabbi, ich möchte Ihnen ein paar Fragen stellen, über Professor Hendryx.»

«Bitte sehr, fragen Sie.»

«Nein, nicht am Telefon. Ich möchte mit Ihnen sprechen und dann eine schriftliche Aussage mit Ihrer Unterschrift haben. Es wäre mir lieb, wenn Sie nach Boston ins Präsidium kommen könnten.»

«Das kommt nicht in Frage, Sergeant.»

«Ich kann Ihnen einen Wagen schicken.»

«Das geht leider nicht, Sergeant. Ich bin gerade auf dem Weg zur Synagoge. Es ist Sabbat, und wir haben einen Abendgottesdienst.»

«Wann ist der zu Ende?»

«Gegen zehn Uhr. Warum?»

«Weil ich vorschlagen wollte, daß ich nach Barnard's Crossing komme. So etwa Viertel nach zehn?»

«Aber ich kann Ihnen gar nichts erzählen.»

«Sie sind wahrscheinlich der Letzte, der ihn lebend gesehen hat, Rabbi.»

«Das kann schon sein; ich hab ihn kurz nach zwei Uhr verlassen, da lebte er noch.»

«Ich möchte trotzdem mit Ihnen sprechen», beharrte der Sergeant.

«Dann müssen Sie leider bis morgen abend warten. Während des Sabbat bespreche ich keine geschäftlichen Dinge.»

«Aber es geht um Mord, Rabbi.»

«Trotzdem, ich kann Ihnen nichts erzählen, daß es rechtfertigen würde, den Sabbat zu entheiligen.»

«Und wenn ich zu Ihnen käme?»

«Würde ich nicht mit Ihnen sprechen.»

Am anderen Ende der Leitung wurde der Hörer aufgeworfen. Rabbi Small horchte noch einen Augenblick und legte dann leise auf.

Zornig und perplex starrte Sergeant Schroeder den Apparat an. Dann erinnerte er sich an Hugh Lanigan, den Polizeichef von Barnard's Crossing, den er von vielen Polizeikonferenzen kannte und der ihn eingeladen hatte, im Sommer einmal sonntags zum Segeln zu kommen.

Er rief Lanigan an. «Ich wollte fragen, ob Sie mir einen Gefallen tun können, Hugh. Könnten Sie wohl jemand für mich abholen und zum Verhör bringen? . . . Ja, es geht um die Sache am Windemere College . . . Nein, es gibt keinen Haftbefehl, ich möchte ihn nur zum Verhör haben . . . Wer es ist? Ein Rabbi Small. Sie kennen ihn? . . . Ja, ich hab ihn hergebeten, wollte ihm sogar einen Wagen schicken, aber er hat gesagt, er würde nicht mit mir reden, weil Sabbat wäre.»

«Ja, das paßt zu ihm.»

«So? Also ein harter Bursche?»

Lanigan lachte. «Kein bißchen, aber er heiligt seinen Sabbat. Die machen nun mal keine Geschäfte vom Freitag- bis zum Samstagabend; sie reden nicht mal darüber.»

«Das hat er gesagt, aber –»

«Bill, lassen Sie Dampf ab. Ich würde den Rabbi ebenso wenig am Sabbat stören wie Pater Aherne während der Messe. Auch wenn ich ihn darum bäte, würde er nicht zu Ihnen kommen. Und wenn ich mehr Nachdruck dahintersetzte, könnte ich Ärger bekommen. Dies ist keine Großstadt, Bill. Bei uns kennt jeder jeden. Wir machen das hier anders.

Wissen Sie was, warum fahren Sie nicht morgen nachmittag zu uns herunter und essen bei uns zu Abend? Es gibt Schinken und Bohnen und Schwarzbrot. Sie können sich da auf Gladys verlassen. Danach machen wir einen Besuch beim Rabbi. Ich garantiere Ihnen, daß Sie nicht die geringste Schwierigkeit mit ihm haben werden.»

Am nächsten Abend tauchten Lanigan und Schroeder bei den Smalls auf. Lanigan stellte den Sergeant vor und sagte: «Wie wär's, wenn Sie beide noch mal von vorne beginnen?»

Der Rabbi grinste. «Mit Vergnügen.» Dann führte er sie ins Wohnzimmer.

Der Sergeant sagte: «Gern. Verstehen Sie, Rabbi, ich wollte Sie nicht an Ihrem Feiertag stören, aber bei uns hat Mord nun mal immer den Vorrang.»

«Oh, bei uns auch», erklärte der Rabbi, «aber ich kann Ihnen bestimmt nichts erzählen, was Ihnen weiterhilft. Professor Hendryx war lebendig, als ich ihn verließ.»

«Und um welche Zeit war das?»

«Kurz nach zwei. Spätestens zehn nach zwei.»

«War er normalerweise um die Zeit im Büro?»

«Das kann ich Ihnen nicht sagen. Ich habe eine Vorlesung, die um zwei Uhr endet, danach gehe ich kurz ins Büro, um meine Bücher abzuladen und meinen Mantel zu holen. Manchmal war er dann dort. Soviel ich weiß, kommt seine Putzfrau immer freitags, da hat er sich gelegentlich ins Büro geflüchtet – er wohnt ja auf der anderen Straßenseite, wenn Sie sich vielleicht erinnern.»

«Ja, das wissen wir, Rabbi.»

«Aber gestern», fuhr der Rabbi fort, «hat er was davon erwähnt, daß Dean Hanbury ihn angerufen hätte, er sollte sich im Hintergrund bereithalten. Sie war mit einer Gruppe von Studenten verabredet und wollte ihn in der Nähe haben, falls sie aufsässig würden.»

«Aha!» rief Schroeder. «Sehen Sie, Sie hatten doch etwas Wichtiges zu erzählen.»

«So?»

«Aber ja. In Ihrer Aussage hat Dean Hanbury nichts davon erwähnt, Hendryx angerufen und um Hilfe gebeten zu haben.»

«Und wieso ist das wichtig?» fragte Lanigan interessiert.

«Na, nehmen wir an, sie hat was mit der Sache zu tun.» Er blickte von einem zum anderen. Der Rabbi schürzte zweifelnd die Lippen; Lanigan lächelte. «Ich meine –» Damit gab Schroeder auf und lachte. «Tut mir leid, Rabbi, ich fürchte, ich war doch noch ein bißchen beleidigt, daß Sie mich gestern abend nicht sprechen wollten. Gut. Als Sie am Freitag gegangen sind, haben Sie da irgend jemand, irgendwen noch im Haus gesehen?»

«Die Tür vom Büro des Dean wurde gerade geschlossen, als ich durch den Flur kam. Obwohl ich sie selber nicht gesehen habe, nehme ich an, daß sie in ihrem Büro war. Einen Stock tiefer hab ich Professor Fine im Büro der englischen Abteilung gesehen; er sagte, er erwarte einen Anruf.»

«Um welche Zeit sind Sie nach Hause gekommen, Rabbi?»

«Ziemlich spät erst», gab er zu. «Etwa um halb vier.»

Lanigan zog die Brauen hoch. «Hatten Sie eine Panne?»

«Nein, ich hab unterwegs angehalten und Kaffee getrunken.»

«Na, das hat doch sicher nicht lange gedauert.»

«Es war so ein Drive-in, wo man im Wagen sitzen bleibt», erklärte der Rabbi. «Ich hab angefangen zu lesen und die Zeit vergessen.»

Als sie den Rabbi verlassen hatten, fragte Schroeder: «Was halten Sie von dieser Geschichte Ihres Freundes?»

«Sie kennen ihn nicht», sagte Lanigan. «Glauben Sie mir, das ist ganz typisch für ihn.»

«Aber . . .»

«Ach, Sergeant, es gibt keine Ermittlung ohne kleine Ungereimtheiten. Und die beste Methode, sich festzufahren, ist es, wenn man sich auf die konzentriert, statt auf die Hauptsache. Aber wem sage ich das? Sie wissen es besser als ich.»

«Ja, schon, aber manchmal gibt einem das doch zu denken. Warum, zum Beispiel, hat mir die Dame Dean nichts von dem Anruf bei Hendryx und ihrer Bitte um Hilfe erzählt?»

«Finden Sie das so schwer zu verstehen?» fragte Lanigan. «Sie hat es nicht gesagt, weil sie es vergessen hat; und sie hat es vergessen, weil sie es vergessen wollte; und sie wollte es vergessen, weil es sonst bedeuten würde, daß sie für seinen Tod verantwortlich war.»

19

Am Sonntagmorgen war es beim *minjan* meistens ziemlich voll. Der Morgengottesdienst fand anderthalb Stunden später statt als an Wochentagen, um neun statt um halb acht, und im übrigen schloß sich um zehn Uhr das Treffen des Synagogenvorstands daran an, so daß die meisten früh kamen und am zwanzigminütigen Gottesdienst teilnahmen.

Obwohl Malcolm Selzer kaum je in der Woche am *minjan* teilnahm – er war um halb acht immer schon im Lager – versäumte er ihn sonntags nie. Er gehörte zu der Handvoll Gemeindemitglieder, die noch in der alten Tradition erzogen war und die Liturgie kannte; er wurde oft zum Vorbeten aufgefordert. An diesem Sonntag aber erschien er nicht. Seine Abwesenheit wurde bemerkt.

Obwohl der Name als Abner Seldar, Adam Sellers und Aaron Selger auftauchte, bezweifelte niemand in Barnard's Crossing, schon gar nicht in der jüdischen Gemeinde, daß die in den Zeitungsberichten über die Bombenexplosion genannte Person der Sohn von Malcolm, Abner Selzer, war. Und die große Beteiligung am sonntäglichen *minjan* entsprach zweifellos dem sehr menschlichen Wunsch nach mehr Information.

Die Nachrichten vom späten Samstagabend und die Sonntagszeitungen hatten ausführlichere Berichte geliefert: daß sich Dean Millicent Hanbury mit einer Studentendelegation getroffen hatte, um über Klagen der Studenten zu diskutieren, daß sie das Treffen verlassen hatte – unter nicht genannten Gründen; daß kurz darauf die fünfköpfige Delegation Büro und Gebäude verlassen hatte; daß keine fünf Minuten später die Bombe explodiert war. Das Büro des District Attorney hatte angekündigt, daß alle Studenten verhört werden würden.

Als die Männer die Gebetschals zusammenfalteten, bemerkte Dr. Malitz, einer der älteren: «Ich vermute, daß es ihm zu peinlich war zu kommen.»

Dr. Greenwood, wie Malitz Zahnarzt, schüttelte den Kopf. «Warum muß es ausgerechnet ein jüdischer Junge sein?»

«Was meinen Sie damit, ein jüdischer Junge?» sagte Norman Phillips mißbilligend. «Es waren insgesamt fünf, und der junge Selzer war der einzige Jude. Und was hat es auf sich, daß er Jude ist? Er ist Amerikaner, oder? Er hat dieselben Rechte wie jeder andere, oder vielleicht nicht?»

Dr. Malitz kam seinem Zahnarztkollegen zur Hilfe. Dr. Greenwood war kein Kieferspezialist und schickte ihm Patienten. «Wenn Sie in der Zeitung lesen, daß jemand mit einem jüdischen Mann eine wissenschaftliche Entdeckung gemacht hat – Sie wissen schon, etwas Gutes vollbracht hat –, dann sind Sie stolz, weil es einer von uns war, stimmt doch? So geht es uns allen. Und wenn wir dann etwas lesen, was nicht so hübsch ist, fühlen wir uns natürlich –»

«Wir fühlen uns schuldig. Ja? Also ich nicht» stellte Phillips stur fest. «Ich habe als amerikanischer Bürger dieselben Rechte wie jeder andere, und das bedeutet, daß mich etwas, das jemand namens Cohen oder Levy betrifft, nicht stärker angeht, als wenn es sich um einen namens Cabot oder Lodge handelt. Selbstverständlich tut mir Mal Selzer leid, aber in gewisser Weise hat er es ja herausgefordert.»

Greenwood starrte ihn an. «Was soll das heißen? Welcher Vater verdient es, daß sein Sohn in Schwierigkeiten gerät?»

«Na, sehen Sie, mein Junge geht ins College, ins Rensselaer Polytechnicum. Doc Malitz hat auch einen Sohn im College. Über Ihren Jungen weiß ich nichts, Doc, aber meiner haut schon mal ein bißchen über die Stränge. Er ist jung, verstehen Sie? Beispielsweise hatten sie im vorigen Jahr in seinem College Zoff. Die Polente kommt, die Reporter, alles, was dazugehört. Mein Junge sagt, er hätte nur zugesehen, sich den Spaß angeschaut. Vielleicht stimmt's, vielleicht auch nicht. Ich gehöre nicht zu den Vätern, die ihren Kindern nichts Böses zutrauen. Na, sie nehmen ihn hopp, er verbringt die Nacht im Kittchen und muß eine Strafe zahlen. Er? Ich hab bezahlt.»

«Und?»

«Ich will nur sagen: bin ich rumgezogen und hab angegeben, daß mein Junge ein großer Studentenführer ist?»

«Dann geben Sie mit was anderem an, was Ihr Sohn gemacht hat, vielleicht damit, daß er in Rensselaer ist!»

«Das hab ich nur erwähnt, weil –»

«Sei's drum», sagte Greenwood. «Väter geben mit ihren Kindern an. Ich bin sicher, Malcolm Selzer würde lieber damit angeben, daß sein Junge gute Examen macht und Stipendien bekommt.»

Dr. Malitz hatte eine Eingebung. «Woher wissen wir überhaupt, daß der junge Selzer was mit dem Bombenattentat zu tun hat? In den Zeitungen steht nur, daß er an der Besprechung teilgenommen hat und daß er vom District Attorney verhört werden soll.»

«Wenn es erst mal zum Verhör kommt, landet er im Gefängnis», sagte Phillips. «Was ich wissen möchte, ist, was der Rabbi darüber weiß. Er unterrichtet dort. Mir ist aufgefallen, daß er heute auch nicht da war.»

«Er ist heute morgen Gastredner in der Bibelklasse der Männer bei der Methodistenkirche von Lynn», erklärte Dr. Malitz. «Es hat in der Zeitung gestanden.»

«Unser sprichwörtliches Glück», murrte Phillips voller Zorn. «Jetzt kriegen *die* den Augenzeugenbericht und nicht wir.»

20

Der Rabbi kam kurz vor zwölf Uhr mittags nach Hause und wurde von einem ungeduldigen Malcolm Selzer erwartet. «Ihre Frau hat gesagt, Sie müßten jede Minute kommen. Und meine Frau war so überzeugt davon, daß Sie uns helfen könnten, daß ich nicht den Mut hatte, ihr zu sagen, ich hätte Sie nicht angetroffen.»

«Nun beruhigen Sie sich, Mr. Selzer, und sagen Sie mir, was Sie auf der Seele haben.»

Selzer sah ihn dankbar an und setzte sich. «Am Freitag hab ich wie alle anderen auch die Nachrichten gehört. Und ich muß zugeben, ich hatte gleich so ein komisches Gefühl, daß mein Abner da vielleicht mit drinsteckte. Er hob eine Hand hoch. «Ich meine nicht, daß ich ihn für fähig halten würde, Bomben zu legen, das nicht. Ich kenne meinen Sohn. Der tut keiner Fliege was. Aber ich dachte, er könnte was wissen, vielleicht, daß es eine Gruppe war, zu der er Kontakt hat – Sie wissen doch, was man so denkt und auf was für komische Ideen man kommen kann?»

«Natürlich. Lassen Sie sich Zeit, und erzählen Sie mir, was geschehen ist.»

Selzer nickte. «Am Samstag hab ich dauernd vorgehabt, Abner anzurufen. Nicht, um direkt zu fragen, wissen Sie, mehr wie es so geht und was es Neues gibt. In der Art. Wenn er wirklich mit drinsteckte, hätte er es sagen können. Eigentlich war es auch mehr meine Frau, die so gedrängelt hat. ‹Ruf ihn an; du hast einen Sohn, sprich doch mal von Zeit zu Zeit mit ihm!› Und um die Wahrheit zu gestehen: ich hätte es auch gemacht, wenn ich nicht Angst gehabt hätte, es damit herauszufordern. Meine Mutter, möge sie in Frieden ruhen, hat immer gesagt: ‹Nur nicht dran rühren!›»

«In dem Sinn, daß man das Schicksal nicht herausfordern soll», sagte der Rabbi mit dem Anflug eines Lächelns.

«Richtig.» Selzer freute sich, daß der Rabbi ihn verstand. «Na, dann hab ich meiner Frau vorgeschlagen, ins Kino zu gehen. Wissen Sie, um auf andere Gedanken zu kommen; und im übrigen natürlich auch, weil sie mich nicht mitten während des Films zum Telefonieren schicken würde.»

Er blickte ins Leere, als müsse er seine Gedanken sammeln. «Ich dachte, wir könnten hinterher noch irgendwo eine Tasse Kaffee trinken. Das machen wir meistens. Aber meine Frau wollte unbedingt gleich nach Hause; sie hatte so ein Gefühl. Als wir dann auf der Auffahrt sind, weiß ich schon, daß was los ist, weil in der Küche Licht brennt, und das bedeutet, daß Abner zu Hause ist. Und warum soll er am Samstagabend nach Hause kommen, wenn nicht, weil es Ärger gegeben hat? Na ja, meine Frau tut dann auch so, als wäre gar nichts los. ‹Hast du gegessen, Abner? Wir haben noch Hühnerfleisch. Soll ich dir ein Brot machen? Er ist so dünn. Sieh dir an, wie dünn er ist, Malcolm.› Natürlich fällt keiner darauf rein, ich nicht, Abner nicht und sie auch nicht. Sie will bloß Zeit gewinnen und es hinauszögern, bis wir ihn fragen müssen, warum er nach Hause gekommen ist. Aber ich bin Geschäftsmann, ich mache keine albernen Spielchen. Ich frag ihn also ganz direkt: ‹Hast du Ärger, Abner? Bist du in den Bombenanschlag verwickelt?›» Selzer hob den Zeigefinger achtungfordernd. «Verwickelt, hab ich gesagt, Rabbi. Nicht: hast du es gemacht. Ich hab ihn nur gefragt, ob er in die Sache verwickelt sei. Was heißt schon verwickelt? Verwickelt kann jeder sein. Wenn es mein Sohn ist, bin ich verwickelt, ist meine Frau verwickelt, ist die Polizei verwikkelt. Verwickelt zu sein, ist kein Verbrechen.»

Er schüttelte traurig den Kopf. «Damit ist es losgegangen. Ich traute ihm nicht, schreit er. Er kommt nach Hause, und ich denke an nichts anderes, als daß er das College in die Luft sprengen will oder ein gräßliches Verbrechen begangen hat. Daß ich zum Establishment gehöre, und das Establishment das Nicht-Establishment zu unterdrücken versucht, und sie nur versuchen, eine lebenswerte Welt zu schaffen, und meine

Generation sie daran hindert. Und daß wir die Bullen benutzen, um sie zu unterdrücken. Damit meint er die Polizei, wissen Sie?»

Selzer stand auf und begann im Zimmer herumzulaufen. «Er schreit, und ich schreie vermutlich auch, und meine Frau heult. Und nach einer Stunde weiß ich nicht mehr als vorher auch. Schließlich beruhigen wir uns alle ein bißchen, und ich sage freundlich, leise und ruhig zu ihm: ‹Abner, ich beschuldige dich nicht. Ich frage nur; nicht weil ich neugierig bin, sondern weil ich helfen möchte. Willst du, daß ich mich an meinen Anwalt wende?›» Er klopfte mit den Fingerknöcheln auf die Tischplatte. «Hat der Tisch mir geantwortet? Das war seine Antwort. Kein Wort, als wäre er plötzlich taub und stumm. Er sitzt einfach da und lächelt so vor sich hin, als wär das alles sehr komisch, und dann sagt er endlich was. Was sagt er? Er sagt: ‹Ich glaub, ich hau mich in die Falle. Morgen kann es ein langer Tag werden.› Und dann steht er auf und geht ins Bett. Und meine Frau? Die fällt über mich her. Warum muß ich so mit ihm reden? Warum kann ich nicht an ihn glauben? Warum jage ich unseren Sohn fort? Sie kennen meine Frau, Gott schütze sie, für sie ist Abner unfähig, etwas Böses zu tun. Was er auch haben will: gib es ihm. Was er auch tut: wunderbar. Wenn ich versuche, ihn ranzunehmen, zum Studieren zu bringen, zu einem verantwortungsbewußten Menschen zu machen, beschimpft sie mich, daß ich nur an ihm rumnörgle. Er war in der High School Klassenbester; wenn ich will, daß er im College gute Noten bekommt, was tue ich? Ich nörgle. Warum war er Klassenbester? Weil ich hinter ihm her war. Ich bin Geschäftsmann, und ich weiß, wie schwer es heute für einen jungen Mann ist, sich durchzusetzen. Wenn man nicht in ein rennomiertes College geht, gilt man heute nichts. Also geht er nach Harvard. Das war schlecht? Das war Nörgelei? Und wenn er zu Hause gewohnt hätte, wie ich es wollte, und nicht im College, wie er es wollte, wobei seine Mutter ihn unterstützt hat, dann wäre er jetzt immer noch in Harvard. Und wäre das schlecht? Ich sage Ihnen, Rabbi, der Ärger mit den Kindern heutzutage ist der, daß ihre Eltern *nicht* nörgeln.»

Der Rabbi hatte ihn nicht unterbrochen, weil er spürte, daß Selzer reden wollte, aber jetzt brachte er ihn ganz schroff zum Thema zurück. «Was ist denn nun geschehen, Mr. Selzer? Warum sind Sie zu mir gekommen?»

«Heute morgen», sagte Selzer ganz ausdruckslos, «sind die Bullen gekommen und haben ihn abgeholt. Wer waren die Bullen? Lieutenant Tebbetts, sein Pfadfinderführer, von dem Abner soviel geredet hat, daß ich fast eifersüchtig geworden bin. Der war der Vertreter der Bullen.»

«In dem Fall meine ich ja doch, Sie sollten sich mit Ihrem Anwalt in Verbindung setzen, Mr. Selzer.»

«Zwei Minuten!» rief Selzer. «Zwei Minuten nachdem mein Sohn aus der Tür war, hab ich Paul Goodman angerufen. Eine halbe Stunde später war er schon da – als ich anrief, war er noch nicht angezogen – und dann sind wir zusammen zum Polizeirevier gefahren.»

«Und?»

«Nichts. Mein Sohn wollte nicht mit mir sprechen und nicht mit Goodman. Nur: ‹Ach, du bist das.› Spricht so ein Sohn mit seinem Vater, Rabbi?»

«Was haben Sie denn gesagt?»

«Nichts! Ich hab mich vor Goodman geschämt und nicht gezeigt, daß ich wütend war. Ich hab ihn nicht angeschrien. Ich hab nichts gesagt, ihm nur mitgeteilt, daß dies Mr. Goodman, sein Rechtsanwalt, sei. Ich hab sie allein gelassen. Danach aber, als Goodman heraufkam – wir haben ihn in seiner Zelle im Souterrain besucht, wissen Sie – sagte er, der Junge hätte es abgelehnt, sich mit ihm zu besprechen.»

«Aber er will ihn trotzdem verteidigen?»

«Ja, sicher. Er hat ja nichts zu verlieren. Er kommt doch nicht ins Gefängnis.» Selzer stand auf, als Miriam hereinkam. «Oh, jetzt halte ich Sie vom Essen ab. Und dabei wollte ich Sie nur bitten, ihn zu besuchen. Reden Sie ihm Vernunft ein. Ich weiß, daß er sehr viel von Ihnen hält, seit er damals bei Ihnen im Unterricht war. Auf Sie wird er hören.»

«Er muß schrecklich verletzt worden sein», sagte Miriam, als Selzer gegangen war.

«Wie meinst du das? Von wem?»

«Na, von seinem Vater natürlich. Stell dir doch mal vor, es ginge das Gerücht um, du hättest etwas Schreckliches getan, etwas, das dir von innen heraus widerstrebte. Und dann stell dir vor, statt zu wissen, daß du so etwas überhaupt nicht tun könntest, fragte ich dich, ob das Gerücht stimmt. Es könnte sein, du erklärtest ganz geduldig, wie unmöglich das wäre. Andererseits aber könntest du auch so verletzt sein, vor allem wenn du jünger wärst, in Abners Alter, daß du gar nichts mehr sagen würdest.»

«Ja, das verstehe ich.»

«David, geh den Jungen besuchen.»

«Um ihm was zu sagen?»

Sie lächelte. «Du könntest ihm doch vielleicht sagen, er möge versuchen, seinem Vater zu verzeihen.»

21

«Die Bostoner Polizei hat uns gebeten, den jungen Selzer festzunehmen, also haben wir ihn festgenommen.» Chef Lanigan saß zu Hause am Eßtisch und hatte die Sonntagszeitungen vor sich ausgebreitet.

«Haben die denn stichhaltige Beweise gegen ihn?» fragte der Rabbi.

Lanigan zuckte die Achseln. «Sie wissen doch, wie so was funktioniert. Der District Attorney prüft, was sie haben, und er gibt die Anordnungen.

Mir würde er es jedenfalls nicht erzählen. Nicht mal der D. A. meiner eigenen County würde mich notwendigerweise bei etwas ins Vertrauen ziehen, was hier in meinem Bezirk geschehen ist. Aber nach dem, was Schroeder sagte, genügt das, was sie über ihn haben. Er war einer der Gruppe, die sich mit Dean Hanbury getroffen hat. Sie haben eine Zeitlang geredet, dann ist einer von ihnen ausfallend geworden, und Dean Hanbury hat das Zimmer verlassen. Sie warteten, daß sie wiederkäme, als sie aber nicht kam, sind sie auch gegangen. Ein paar Minuten danach geht in ihrem Büro die Bombe hoch. Na bitte, das reicht ja wohl als Begründung eines Verdachts. Fügen Sie dem noch ein paar kleine Punkte hinzu: erstens, im Frühjahr hat es schon einen Bombenanschlag im College gegeben; zweitens, ein Mitglied ihrer Gruppe, einer namens Ekko – weiß nicht, ob das sein richtiger Name oder ein Spitzname ist – haut ab. Das läßt ja wohl auf Schuld schließen.»

«Andererseits», stellte der Rabbi fest, «ist nichts davon ein wirklich stichhaltiger Beweis. Das Gebäude ist offen, jeder kann hereinkommen. Dean Hanbury hat ihr Büro nicht abgeschlossen, es hätte also jeder reingehen können, nachdem die Studentendelegation fort war. Nach dem wenigen, was ich über das College weiß, gibt es andere Studentengruppen – mehr oder weniger revolutionär –, die untereinander ebenso verfeindet sind wie mit der Verwaltung.»

«Mich brauchen Sie nicht zu überzeugen, Rabbi. Sie müssen die Einwohner von Suffolk County überzeugen.»

«Ist es Ihnen recht, wenn ich jetzt zu dem Jungen gehe?»

«Sicher. Ich ziehe mir eben Schuhe an, dann fahre ich Sie zum Revier. Wenn Sie wollen, können Sie ihn in meinem Büro sprechen.»

Der junge Mann war sichtlich überrascht, als er den Rabbi erblickte. «Ach, Sie», sagte er, «ich dachte, es wäre wieder dieser Anwalt.» Er ging einmal durch das Zimmer und sah aus dem Fenster. Dann machte er kehrt. «Diese Cops! Nicht mal wie Menschen können sie sich benehmen. Glauben Sie, die machen sich die Mühe, mir zu sagen, wer da ist? Nein, der Kerl sagt nur, jemand will mich im Büro des Chefs sprechen. Und wenn ich sage, ich hab dazu keine Lust – weil ich denke, es wär der Anwalt oder mein Alter – sagt er: ‹Ein bißchen dalli, Großmaul›, und schleift mich praktisch hier rauf.»

«Wahrscheinlich hat er auch nicht gewußt, wer es war», sagte der Rabbi milde.

«Rabbi, Sie kennen diese Typen nicht. Da fehlt Ihnen die Erfahrung.»

«Das mag stimmen», gab er friedfertig zu. «Und aus welchem Grund wollen Sie nun nicht mit Ihrem Anwalt reden?»

Abner Selzer spreizte die Hände und ließ die Schultern verzweifelt hängen. «Goodman! Der hat mich gar nichts gefragt. Er hat gesagt, wenn ich dran dächte, eine Rede zu halten, sollte ich es bleiben lassen. Ich käme vor Richter Visconte, und der wäre hart. Der hielte sich an den Buchstaben des Gesetzes. Wenn der Richter was fragt, sagt er zu mir, muß ich aufstehen und ihn mit ‹Euer Ehren› ansprechen. Sonst soll ich still sein und nicht mit den anderen flüstern. Gerade sitzen, geradeaus sehen, genau auf den Richter, und ein interessiertes Gesicht machen. Plant man so eine Verteidigung? Dann sieht er mich an und sagt, ich soll mich anständig rasieren und einen Anzug anziehen, wenn ich morgen vor Gericht komme. Rabbi, wie soll ich denn mit so einem Mann sprechen? Schließlich habe ich vorgeschlagen, ich könnte vielleicht einen Kilt tragen, die Beine übereinanderschlagen und den Geschworenen meine Geschlechtsteile vorführen.»

Der Rabbi lachte, und der junge Mann grinste. «Was hat er dazu gesagt?»

«Er war sauer und hat nur noch erklärt, er würde mich in Boston vor Gericht wiedersehen.»

«Ich glaube nicht, daß das viel ausmacht», sagte der Rabbi. «Diese Vorführung vor den Richter ist eine Formalität. Soweit ich weiß, verlangt das Gesetz, daß Sie innerhalb von vierundzwanzig Stunden nach Ihrer Verhaftung dem Richter vorgeführt werden müssen.»

«Und wenn man unschuldig ist?»

«Das geht den Richter bei der Vorführung nichts an, Abner. Er hat nur zu entscheiden, ob die Polizei genügend Beweise hat, Sie in Haft zu halten und vor ein Schwurgericht zu stellen. Wenn die Polizei will, daß Sie in Haft bleiben, geht der Richter meistens darauf ein. Gut, das mit dem Anwalt kann ich verstehen, aber warum wollen Sie denn nicht mit Ihrem Vater reden?»

«Damit er mich anschreien kann? Wir können uns keine fünf Minuten unterhalten, ohne daß er schreit.»

«Weswegen schreit er denn?» fragte der Rabbi neugierig.

«Ach, über alles, meistens aber – bis jetzt wenigstens – über Noten. ‹Reiß dich zusammen›, sagt er dauernd. Oder – warum ich mich nicht zusammenreiße, oder manchmal: ‹Reiß dich am Riemen oder mach Schluß.› Als ich hier noch auf der High School war, ging's an. Ich war gut auf der Schule, und die Väter von den anderen haben sich auch so aufgeführt. Aber in Harvard mußte ich mit all den anderen guten Schülern konkurrieren, und ich hab nicht zu Hause gewohnt, wo er mich jeden Abend abhören konnte. C oder B minus war ihm nicht gut genug. Es mußten A's sein. Eine Zeitlang hab ich mir Mühe gegeben, aber ohne Streben ging das nicht, und dann war ich's leid.»

«Sie haben also gar nicht mehr gearbeitet?»

«Ja, warum nicht? Ich hab schwer geschuftet und B minus bekommen, aber das war ihm nicht gut genug. Da hab ich mir gesagt, wenn ich wie ein Mensch lebe und C oder C minus bekomme, kann's auch nicht schlimmer werden.»

«Aber Sie hatten ein schlechtes Gewissen.»

Der junge Mann überlegte. «Ja, ich glaub schon, anfangs wenigstens. Jetzt nicht mehr.»

«Sind Sie sicher?»

«Ja, ganz sicher. Ich sag Ihnen was, Rabbi. Mein Vater hat sich nicht drum gekümmert, ob ich was gelernt habe oder nicht. Er wollte bloß gute Noten sehen, damit ich an einer guten juristischen Fakultät ankam und auch wieder gute Noten bekam, egal ob ich was lernte oder nicht. Es ging nur darum, daß ich in eine gute Anwaltsfirma eintreten konnte.»

«Ich denke mir, er will Sie auf das Leben vorbereiten, wie er es sieht.»

«Und warum ist es falsch, wenn man versucht, dieses Leben zu verändern?» fragte Selzer.

«Weil Sie es zum Schlechten verändern könnten», stellte der Rabbi ironisch fest. «Aber auf jeden Fall, und das geben Sie selber zu: was Ihr Vater auch tut, ob er es nun richtig oder falsch macht, er tut es für Sie.»

«Rabbi», Abner wurde sehr ernst, «es wird Sie schockieren, aber wenn ich ehrlich bin, mache ich mir nicht viel aus meinem Vater. Ich achte ihn nicht –»

Als der Rabbi ihn unterbrach, war es aber Abner, der schockiert wurde. «Ach, das ist doch völlig normal.»

«Wie – was sagen Sie da?»

«Ich meine, ja. Darum ist es doch eines der Zehn Gebote. ‹Ehre deinen Vater und deine Mutter.› Wenn das so natürlich wäre, brauchte man doch nicht extra ein Gebot dafür, nicht wahr?»

«Na gut. Und warum sollte ich dann von jemand Hilfe annehmen, den ich nicht achte?»

«Weil es kindisch und dickköpfig wäre, Hilfe abzulehnen, wenn man sie braucht», sagte der Rabbi. «Sie bekommen einen Anwalt, ob Sie ihn haben wollen oder nicht. Wenn Sie keinen eigenen haben, stellt Ihnen das Gericht einen Verteidiger. Vielleicht ist er besser als Mr. Goodman, obwohl das nicht wahrscheinlich ist, bestimmt aber ist er weniger erfahren. Vernünftig wäre es, den Besten zu nehmen, den Sie bekommen können.»

22

Richter Visconte nickte leise beim Verlesen der Klageschrift. Als er die Blätter aus der Hand legte, fuhr sein Kopf zu nicken fort. – Er war ein alter Mann, weit über siebzig, mit schneeweißem Haar über einer hohen, schrägen Stirn. Sein gut geschnittenes italienisches Gesicht mit der langen Römernase sah gütig und großväterlich aus.

Er wandte sich an Bradford Ames. «Macht der Staat Massachussetts

Vorschläge über die Frage der Kaution?»

«Der Staat hat einen Vorschlag, Euer Ehren», sagte Ames. «Der Staat ist der Ansicht, daß ein Mann in der Folge einer Bombenexplosion getötet worden ist und es sich daher hier um einen Mordfall handelt, bei dem eine Kaution nicht zugelassen werden sollte.»

Der Richter nickte heftig in offensichtlicher Übereinstimmung. Dann neigte er den Kopf und nickte in einem etwas abgewandelten Winkel, was der Beisitzer als Zeichen deutete, daß Seine Ehren mit ihm zu konferieren wünsche. Er beugte sich über den Richtertisch; sie flüsterten. Es sah so aus, als wäre alles zu Ende.

Paul Goodman erhob sich. Er stand neben dem Verteidigertisch. «Ich bitte um das Wort, Euer Ehren.»

Der Richter nickte gnädig.

«Um dem Ehrenwerten Gerichtshof Zeit zu sparen, spreche ich nicht nur für mich, sondern auch für meine drei Kollegen, die je einen der jungen Beklagten vertreten. Euer Ehren, es erscheint mir, daß die Empfehlung des Staates als Strafe gedacht ist und nicht als Rückversicherung, daß die Beklagten zu ihrem Prozeß auch vor Gericht erscheinen. Diese jungen Leute sind keine Berufsverbrecher; sie sind nicht vorbestraft. Sie sind am College immatrikuliert; wenn sie gehindert werden, an den Vorlesungen teilzunehmen, können sie ihre Kurse nicht abschließen. Sie bis zur Verhandlung in Haft zu belassen, entspricht einer Bestrafung, ehe ihre Schuld bewiesen ist.»

Der Richter nickte gütig. «Es ist immer eine Bestrafung, nicht wahr?» sagte er sanft. «Ein Arbeiter büßt den Lohn ein, ein Geschäftsinhaber muß manchmal seinen Laden oder sein Büro schließen. Und in jedem Fall leidet die Familie.»

«Wenn Sie erlauben, Euer Ehren», fuhr Goodman fort, «spricht das doch um so mehr dafür, diese jungen Leute nicht unnötig in Haft zu halten, zumal die Gefahr ihres Nichterscheinens bei der Verhandlung nur gering ist.»

«Aber die Anklage lautet auf Mord, Herr Verteidiger.»

«Ich bin mir bewußt, daß es im Staat Massachusetts die übliche Praxis ist, des Mordes angeklagten Inhaftierten keine Kaution zu gewähren. Aber meines Wissens entspringt die Tendenz –»

«Sagten Sie Tendenz?»

«Ja, Euer Ehren. Ich sagte, daß die Tendenz – in derartigen Fällen eine Kaution zu verweigern – dem Gedanken entspringt, daß Geld an Wichtigkeit verliert, wenn das Leben eines Menschen auf dem Spiel steht. Da aber nun der Oberste Gerichtshof der Vereinigten Staaten die Todesstrafe für eine grausame und unübliche Strafe erklärt hat, entfällt diese Befürchtung.»

«Andererseits», gab der Richter zu bedenken, «neigen diese jungen Leute dazu – und ich habe sehr viele Erfahrungen mit ihnen – ja, sie neigen dazu, Geld wenig wichtig zu nehmen. Wenn ich eine Kaution gewähren würde, auch eine sehr hohe Kaution, die ihre Eltern möglicherweise stellen könnten, besteht durchaus die Möglichkeit – und ich spreche aus Erfahrung –, daß sie nicht zur Verhandlung erscheinen, weil sie die ihren Eltern dadurch entstehenden schweren finanziellen Verluste geringschätzen. Nein, Counselor, ich glaube, ich schließe mich der Empfehlung des Staates an und beschließe, daß sie ohne Kaution in Haft verbleiben.»

23

Als der Rabbi am Montagmorgen zu seiner Vorlesung kam, hing die Fahne auf dem Verwaltungsgebäude des Windemere College auf halbmast. Der Unterricht fiel aus, und viele Studenten und Lehrer waren schon wieder gegangen. Mittags sollte in der Kapelle ein Gedenkgottesdienst für Professor Hendryx abgehalten werden. Die noch anwesenden Studenten standen alle in der Halle herum.

Der Rabbi überlegte noch, ob er nach Hause fahren oder an der Trauerfeier teilnehmen sollte, als ihn Professor Place, den er nur flüchtig kannte, zu einer Tasse Kaffee einlud.

Der Rabbi war zum erstenmal in der Cafeteria der Lehrer. Er sah sich interessiert um. Es war ein kleiner Raum mit zwei großen Tischen, beide waren etwa zur Hälfte besetzt. Es fiel ihm auf, daß sich die älteren Lehrer an den einen, die jüngeren an den anderen Tisch gesetzt hatten. Professor Place ging zur großen Kaffeemaschine und füllte eine Tasse für den Rabbi.

«Zehn Cents pro Tasse.» Er warf ein Fünfundzwanzig-Cent-Stück in einen Karton. «Es geht auf Treu und Glauben. Nein, ich hab schon für Sie bezahlt, sogar ein bißchen zuviel», wehrte er ab, als der Rabbi nach Kleingeld suchte. «Manchmal vergißt man's auch. Unser Kaffee-Ausschuß berichtet, daß manchmal Pennies, Knöpfe und nicht unterschriebene Schuldscheine gefunden werden. Vermutlich ist das auf Ihrem Sammelteller ganz ähnlich.»

«Wir geben keinen Sammelteller herum. Unsere Regeln verbieten es, am Sabbat Geld bei sich zu haben.»

«Wie lobenswert! Unsere Methode, bei jedem Gottesdienst zu sammeln, riecht ein bißchen stark nach einer Geschäftstransaktion, eine Art *quid pro quo* mit der Gottheit.» Er führte den Rabbi zu einem der Tische. «Darf ich Sie mit einigen Ihrer Kollegen bekannt machen? Professor Holmes, Professor Dillon und Miss Barton. Oder ist es Professor Barton oder Dr. Barton, Mary?»

«Im nächsten Semester hoffentlich Dr. Barton», sagte sie vergnügt, «und dann auch bald Professor Barton, wenigstens sagt das Dean Millie. Aber vorläufig bleibt es bei Miss Barton.» Sie hatte ein freundliches, nettes Gesicht.

«Sie haben sich mit Hendryx das Büro geteilt, nicht?» fragte Professor Holmes. Zu einem sehr schmalen Gesicht hatte er noch eine lange Nase und ein spitzes Kinn.

«Ja. Aber ich hab nicht oft dort gearbeitet.»

«Ihr Handikap ist es, daß Sie mit zu niedrigem Rang eingestiegen sind», sagte Mary Barton. «Als was laufen Sie, als Lektor, *Instructor*? Wenn Sie sich hätten länger bitten lassen, wären Sie als außerordentlicher Professor eingestellt worden und hätten ein anständiges Büro bekommen. Natürlich, wenn Sie lange genug durchgehalten hätten und sehr nötig gebraucht worden wären, hätten Sie als ordentlicher Professor anfangen können, das heißt mit Privatbüro und Sekretärin. Ein Professor, Rabbi, ist nur ein Lehrer, der am längeren Hebel sitzt.»

«Wie Sie sehen, ist Marys Einstellung zur Professorenschaft ziemlich zynisch», sagte Professor Holmes.

«Wozu sie allen Grund hat.» Das kam von Professor Dillon, einem fröhlichen, rundgesichtigen Mann mit einem Walroßbart. «Sie unterrichtet hier seit – wie lange, Mary? Fünfzehn Jahren?»

«Sechzehn.»

«Seit sechzehn Jahren, und weil Sie den Doktor nicht hatte, ist sie *Instructor* geblieben. Darum – und weil sie eine Frau ist – und das, wohlgemerkt in einem ehemaligen Mädchen-College, das immer noch zu über sechzig Prozent von Mädchen besucht wird.»

«Oh, unser Vorkämpfer für Women's Lib», murmelte Holmes.

«Ja, aber es stimmt doch, oder nicht?» fragte Dillon.

«Natürlich stimmt es, aber Sie kennen die Gründe genausogut wie ich. Mary hat alle Energie auf das Lehren und nicht auf das Forschen und Publizieren gerichtet, was sich heutzutage eben nicht auszahlt. Wissen Sie, Mary, Sie haben den natürlichen Fehler gemacht anzunehmen, daß ein College ein Ort wäre, zu dem die Studenten kommen, um zu lernen, und daß die Lehrer unterrichten. Das trifft aber schon seit Jahren nicht mehr zu. Sobald die Verwaltungen herausbekamen, daß es mehr Stiftungsgelder und sogar mehr Studienbewerbungen gibt, wenn jemand aus dem Lehrkörper eine Entdeckung macht, die in die Schlagzeilen kommt, war es mit der alten Ordnung vorbei und Leute wie Sie wurden zum *dinosaurus rex*.»

«Aber sie macht doch gerade ihren Doktor», wandte Place ein.

«Ja, natürlich», Holmes nickte. «Sie hat sich ergeben. Ewig kann man nicht kämpfen. Hab ich recht, Mary?»

Der Rabbi wußte nicht, ob sie Miss Barton neckten und ob sie sich was draus machte. Er sah Holmes an und fragte: «Was ist mit den Studenten?»

«Was soll mit ihnen sein?»

«Sie sagten, ehe die alte Ordnung sich wandelte, kamen die Studenten zum Studieren, und die Lehrer unterrichteten. Jetzt forschen sie, statt zu lehren. Was ist mit den Studenten, die zum Lernen kamen? Haben die sich auch gewandelt?»

«Aber ja. Jetzt kommen sie wegen der Noten, wegen der Abschlußexamen, um bessere Posten zu bekommen. Es ist wie mit Rabattmarken. Man klebt ein Buch voll und bekommt einen akademischen Grad. Aber nicht mal mehr die Noten muß man selber verdienen. Buchläden, sogar die College-Buchhandlungen, verkaufen ganz offen die genauen Texte zu den Hauptvorlesungen. Bei einer Arbeit bekommen Sie von den Studenten immer dieselben, genau gleich formulierten Antworten.»

«Diese Texte gab es schon, als ich noch auf dem College war», sagte Dillon.

«Aber es galt als Betrug, sie zu benutzen», widersprach Holmes. «Und sie wurden heimlich unter der Theke verkauft. Jetzt kann man schon eine Semesterarbeit für zwei Dollar die Seite kaufen.»

«Drei Dollar», wandte Place ein.

«Drei Dollar, wenn sie neu angefertigt ist», korrigierte Mary Barton.

Der Rabbi sah sie der Reihe nach an und fragte sich, ob sie ihn wohl verulkten. «Ich bin sicher, daß es noch ein paar Studenten gibt, die studieren.»

Professor Place stimmte zu. «Aber sicher. Vielleicht sogar die Hälfte. Aber sogar ihre Noten sind nicht astrein. In den letzten beiden Jahren, Rabbi, hatten wir Studentenstreiks – zum Gedenken an die Schießereien am Kent State College, glaube ich. Sie brachen vor den Abschlußexamen aus, also machen die Studenten kein Examen. Wir schieben die Termine hinaus, aber darauf gehen sie nicht ein. Nein, sie gehen auf Nummer Sicher und finden sich in dem Fach mit einem schlichten ‹bestanden› ab, auch eine Alternative, die wir anbieten. Aber wer fragt sie denn schon später nach den Noten? Es kümmert sich doch niemand darum.»

«Ich kümmere mich darum», sagte Mary Barton.

«Ja, richtig. Mary kümmert sich darum, weil sie jung und töricht ist.» Place sah sie fast zärtlich an. «Und wir hier kümmern uns ein bißchen, weil wir uns erinnern, wie es einmal war. Und per Kassiber habe ich gehört, Rabbi, daß es Ihnen auch nicht egal ist.»

«Wirklich?»

«Einer meiner besseren Studenten hört Ihre Vorlesung. Wenn ich nach ihm gehen darf, lassen Sie sich nichts vormachen.» Er sah den Rabbi forschend an.

«Ich tue nur das, wofür ich bezahlt werde.»

Professor Holmes schüttelte den Kopf. «Die Antwort reicht nicht, Rabbi, nicht wenn Sie dafür mit Ihrer Gesundheit bezahlen. Ich hätte gedacht, das Beispiel Ihres früheren Bürokollegens, dessen wir heute

Mittag ehrend gedenken, müßte Ihnen zu denken gegeben haben. Ich kannte ihn nicht sehr gut, hatte aber den Eindruck, daß er die zeitgenössische College-Szene richtig erfaßt hätte. Er war nur zwei oder drei Jahre hier und hat es schon bis zum Chef der Abteilung gebracht.»

«Zum kommissarischen Leiter», verbesserte Mary Barton.

«Na schön. Aber er wäre sehr bald zum amtierenden Leiter gemacht worden.»

«Da bin ich mir nicht so sicher», sagte sie. «Nach den Regeln hätte er von der Abteilung einstimmig gewählt werden müssen.»

«Ach, hatte er denn einen Opponenten?» fragte Holmes.

«Den älteren Lehrern war es ziemlich egal. Ich hatte nichts gegen ihn, aber die jüngeren Männer mochten ihn überhaupt nicht. Er gab sich ihnen gegenüber gern sarkastisch. Einer von ihnen, Roger Fine, hätte ihn einmal fast verprügelt.

«Roger Fine?» Dillon sah sie fragend an, erinnerte sich dann aber. «Ach ja, der, der den Artikel in *The Windrift* geschrieben hat.» Er zuckte die Achseln. «Kann mir nicht denken, daß der viel zählt. Er ist doch nur für ein Jahr eingestellt worden.»

«Denken Sie das lieber nicht. Er hatte unter den jüngeren Lehrern viele Freunde, und nicht nur bei uns.»

Professor Place fragte nach seinem Streit mit Hendryx.

Sie errötete und warf einen vorsichtigen Blick auf den Rabbi. «Roger hielt ihn für einen – einen Antisemiten. Einmal, als sie allein im Büro der englischen Abteilung waren, haben sie ganz schön heftig diskutiert. Ich bin mitten hineingeplatzt und habe Roger sagen hören, er würde ihm seinen Stock in den Bauch rammen, wenn er noch so einen blöden Witz machte. Durch mein Auftauchen hat sich die Atmosphäre abgekühlt», fügte sie fast bedauernd hinzu.

«Wie war das, Rabbi?» fragte Holmes. «Hat er antisemitische Sachen gesagt?»

«Eigentlich nicht. Oder nicht zu mir.»

«Was ich nicht begreife», sagte Dillon, «ist, wieso er es überhaupt zum kommissarischen Leiter gebracht hat, wo doch Hallett und Miller in der Abteilung sind.»

«Ich vermute, das hatte er Millie Hanbury zu verdanken. Er kam ja ursprünglich aus Barnard's Crossing, ihrer Heimatstadt.»

«Sind sie zusammen aufgewachsen?»

«Nein, das glaube ich nicht», sagte Mary. «Er war fünf oder sechs Jahre älter als sie; und seine Eltern sind fortgezogen, als er etwa vierzehn war. Er hat es mir mal erzählt.

«Trotzdem –»

«Pst!» zischte Mary Barton, die der Tür gegenüber saß. «Dean Millie im Anmarsch. – Hallo Millie!»

24

Als er nach dem Gedächtnisgottesdienst am Nachmittag nach Hause kam, fand er endlich Zeit, Miriam vom Sitzstreik während der Vorlesung am Freitag zu erzählen.

Sie hörte kommentarlos bis zum Ende zu und sagte dann: «Warst du nicht ein bißchen arg pedantisch, David?»

«Hm, ja, das war ich wohl», gab er bedrückt zu.

«Das paßt nicht zu dir», stellte sie fest.

«Ach, weißt du, es ging nicht nur darum, daß sie auf dem Fußboden saßen! Es kam alles zusammen. Ich bin wütend, daß am Freitag immer nur ein Drittel meiner Studenten auftaucht.»

«Aber sind es nicht immer dieselben, die freitags kommen?»

«Ja, und was heißt das?»

«Warum bist du dann auf sie wütend, statt auf die anderen, die fortbleiben?»

«Ja, schon, aber – ja – ich sehe das ein. Ich sollte mich nicht an denen abreagieren, die kommen. Aber . . .» Er ließ mutlos die Schultern hängen. «Das ganze ist so enttäuschend», gestand er leise. «Ich hatte es mir anders vorgestellt. Ich komme nicht über das Gefühl hinweg, daß sie gar nichts von der Vorlesung haben. Sie kommen herein, klappen ihre Hefte auf, und dann sehe ich nur noch gesenkte Köpfe, weil sie meine weisen Worte mitschreiben.»

«Na, das zeigt wenigstens, daß sie interessiert sind.»

«Es zeigt, daß sie interessiert sind, die Abschlußprüfung zu bestehen, mehr nicht. Wenn sie sich ehrlich für das Thema interessierten, würden sie nicht schreiben, sondern zuhören. Und gelegentlich würde mal ein Gesicht aufleuchten, und ich wüßte dann, daß ich sie erreiche und sie etwas lernen.»

«Stellt denn keiner mal Fragen?»

«Ein paar, aber das sind weniger Fragen als Herausforderungen. Sie suchen keine Belehrung, sondern Argumente – vermutlich, um die Zeit schneller rumzukriegen. Sie wissen nichts, aber sie stecken voller Meinungen. Nimm diesen Henry Luftig, den Vertreter der radikalen Linken. Er ist von Mitgefühl für die Unterdrückten erfüllt – für die Schwarzen, die Araber, alle, nur nicht die Juden. Er hat einen Spezi namens Harvey Shacter. Ein nett aussehender junger Mann, der sich für nichts zu engagieren scheint, aber Luftig immer unterstützt; wahrscheinlich mehr aus Loyalität als aus Überzeugung. Danach kommt ein Mädchen, Lillian Dushkin, die ihre Partei ergreift, vielleicht nur, weil sie Absichten auf den jungen Shacter hat. Ich wäre gar nicht überrascht, wenn sie aus einer strenggläubigen Familie käme und viel mehr über das Thema weiß, als sie zu erkennen gibt. Aber sie verbirgt es, weil sie sich schämt.»

«Sie ist nicht besonders hübsch, ja?»

«Warum sagst du das?»

«Weil sich ein hübsches Mädchen frei entwickeln kann; ein unschönes muß sich eine Rolle suchen, und bis sie eine gefunden hat, ist sie nie sicher.»

Der Rabbi nickte. «Ja, besonders hübsch ist sie wohl kaum, aber das ist schwer festzustellen, weil sie sich die Augen so übertrieben schminkt; sie sieht wie ein Waschbär aus. Aber wenn sie nach einer Rolle sucht, tue ich das vermutlich auch.»

Sie sah ihn sehr aufmerksam an. «Bisher hast du dir noch nie selber leid getan, David.»

Er lachte auf. «Ja, so hört sich das wohl an, und wahrscheinlich stimmt es auch. Wann immer ich an meiner Eignung zum Rabbiner einer Gemeinde zweifelte, dachte ich an das Unterrichten als mögliche Alternative. Ich habe immer geglaubt, ich würde einen guten Lehrer abgeben. Ja, und nun sieht es so aus, als wäre ich als Lehrer nicht besser als Rabbi. Das ist schon ziemlich frustrierend.»

«Wie kommst du darauf, daß du kein guter Lehrer bist, David? Weil so viele am Freitagmittag fortbleiben? Wäre das denn nicht für jeden anderen Lehrer jedes anderen Fachs auch so?»

«Doch, das ist möglich.»

«Du glaubst, es wäre dir nicht gelungen, ihr Interesse zu wecken? Gut, vielleicht bietest du ihnen nicht das, was sie erwartet haben.»

«Sie haben erwartet, auf eine bequeme Tour drei Punkte einzuheimsen», sagte er voller Zorn. «Das haben sie erwartet. Und als sie gemerkt haben, daß sie sie nicht bekommen . . .» Er verstummte kopfschüttelnd.

«Nein, David. Das ist nicht der Grund, warum Studenten einen bequemen Kurs wählen, wenigstens nicht der einzige Grund. Als ich im College war, hab ich mir manchmal leichte Vorlesungen ausgesucht; du wirst das sicher auch gemacht haben. Aber das war, weil mich das Thema interessierte, und die leichten Punkte waren der Zuckerguß auf dem Kuchen. Ich erinnere mich, daß es einen Kurs über Musikverständnis gab, den fast alle belegten. Vielleicht haben es ein paar getan, weil der Professor lieb und trottelig war und alle bestehen ließ, aber die meisten gingen hin, weil es interessant war und wir das Gefühl hatten, daß man darüber etwas wissen müsse. Gleichzeitig gab es einen Kurs über etwas, das Forschungsmethodologie hieß. Dabei schnitt nie einer schlechter als mit B ab, aber der Professor schaffte es nie, mehr als zehn Hörer anzulokken. Das lag daran, daß er langweilig war und die Vorlesung auch.»

«Dann sind meine Studenten vielleicht einfach nicht an der Geschichte und Entwicklung der grundlegenden jüdischen Ideen interessiert», murmelte er bitter.

«Wahrscheinlich nicht», sagte sie liebenswürdig. «Aber wie können sie sich dafür interessieren, wie sich unsere Vorstellungen von Nächstenliebe, Gerechtigkeit und so weiter entwickelt haben, wenn sie nicht wissen, was sie sind? Verstehst du nicht, David, die meisten von ihnen haben zu Hause keinen Religionsunterricht gehabt und in der Schule wahrscheinlich auch nicht. Während ihrer Schulzeit war das gerade nicht Mode. Aber in den letzten Jahren hat sich das gewandelt, vor allem seit dem Sechs-Tage-Krieg. Sie haben immer gewußt, daß sie Juden waren und ein bißchen anders als ihre nichtjüdischen Freunde und Nachbarn, aber sie und ihre Eltern hatten die Neigung, diesen Unterschied zu bagatellisieren. Jetzt aber sind sie in einem Alter, in dem der Unterschied wichtig wird: sie haben ernste Beziehungen zu Mädchen und denken ans Heiraten. Ich möchte wetten, daß die meisten von ihnen deine Vorlesung belegt haben, um herauszufinden, welches die Unterschiede sind und ob man sich ihrer schämen muß oder stolz darauf sein kann.»

«Aber College-Studenten –»

«Das sind sie doch nicht, David, wenigstens nicht ausschließlich. Sie sind Juden. Sag du ihnen, was sie wissen möchten, und glaub mir, sie werden sich dafür interessieren.»

25

Während Schroeder auf Mrs. O'Rourke, die Putzfrau, wartete, ging er durch Hendryx' Apartment und versuchte, ein Gespür für die Wohnung und den Mann zu bekommen, der in ihr gelebt hatte.

Ein Makler hätte es als Drei-Zimmer-Apartment bezeichnet, aber ein zukünftiger Mieter hätte sicher entgegnet, die Küche wäre winzig und eines der Zimmer kaum größer als ein Schrank. Der kleinere Raum war offenbar das Arbeitszimmer des Professors gewesen, denn dort standen sein Schreibtisch und ein Bücherschrank. Der andere Raum diente als Wohn- und Schlafzimmer. In ihm waren eine große Couch, eine Kommode, der Fernsehapparat, ein Schaukelstuhl und ein gewaltiger Sessel aus Kunstleder mit einem passenden Fußkissen. Neben dem Sessel stand ein Rauchtisch aus Mahagoni. Im großen Glasaschenbecher lagen eine Pfeife und das halbe Dutzend Streichhölzer, mit dem sie angezündet worden war. Ein aufgeklapptes Buch lag mit dem Rücken nach oben auf einer der breiten Armlehnen des Sessels. An einem Wandtisch standen mehrere Bücher zwischen Buchstützen aus Bronze, eine große Messingschale und ein Pfeifenständer, in dem fünf Pfeifen hingen, und der sechste Platz leer war.

Schroeder ging in die Küche und öffnete den Kühlschrank. Er enthielt einen Pappbehälter Milch, ein Päckchen Speck, eine Schachtel mit Eiern und ein Stück Schmelzkäse. Offenbar hatte der Professor zu Hause gefrühstückt und die anderen Mahlzeiten in der College-Kantine oder in Restaurants eingenommen.

Schroeder verließ die Wohnung und ging durch den kurzen, schlecht beleuchteten Flur zur Tür, die zum Hintereingang des Hauses führte. Sie war nicht abgeschlossen. Der Schlüssel, den man in Hendryx' Tasche gefunden hatte, paßte nicht nur in die Wohnungstür, sondern auch ins Haustürschloß. Schroeder war immer wieder verblüfft, wie genau die Menschen auf der einen Seite Sicherungsvorschriften einhielten, um auf der anderen so leichtsinnig zu sein. Zum Beispiel bauten sie Spezialschlösser in Türen und hatten dafür an den Parterrefenstern billige Riegel, die man bequem hochschieben konnte.

Er kehrte in die Wohnung zurück und prüfte sie nun sehr viel systematischer. Anscheinend war Hendryx sauber und ordentlich gewesen. Die Anzüge hingen gerade im Schrank, die Kommode mit der Wäsche war gut aufgeräumt. In einer flachen, oberen Schublade lagen die Taschentücher, in einer Schale war der übliche männliche Kleinkram: Manschettenknöpfe, Krawattennadeln, zwei abgelegte Feuerzeuge, eine ausrangierte Brieftasche, eine Armbanduhr, eine Taschenuhr; in einem Glasschälchen lag Kleingeld, nicht mal im Wert eines Dollars. In der nächsten Schublade lagen die Hemden, dann kam die Unterwäsche, aufgeteilt in Fächer für Unterhemden-, Hosen und Socken. Darunter waren dann die Pyjamas. Die unterste Schublade war leer. Schroeder nahm an, daß Hendryx sich nicht gern bückte, wenn es sich vermeiden ließ.

Der Schreibtisch war ähnlich ordentlich. In den Schubladen lagen Notizen und Manuskripte, letztere in Heftern, auf deren Umschlag das Thema vermerkt war.

Ein Polizeiwagen setzte Mrs. O'Rourke ab; sie war eine magere, abgearbeitete Frau von etwa sechzig. Obwohl es ein warmer Tag war, trug sie einen schweren Webpelzmantel und einen formlosen, aus lila Wolle gehäkelten Hut.

«Nur ein paar Fragen», sagte Schroeder. «Sie haben am Freitag hier gearbeitet?»

«Ja, Sir.»

«Wann haben Sie angefangen?»

«Ich komme gegen zehn, ein paar Minuten davor oder danach. Genau weiß ich das nich. Ich will um zehn kommen, aber es hängt vom Bus ab.»

«Und wann sind Sie gegangen?»

«Kurz vor drei, Sir, vielleicht schon um Viertel vor.»

«Sind Sie sicher? Überlegen Sie's noch mal genau. Es ist wichtig.» Man mußte mit der Art Frauen streng umgehen, wenn man etwas genau wissen wollte.

«Ja, Sir. Ich fahre am liebsten mit dem Drei-Uhr-Bus von der Ecke ab, darum gehe ich immer ein paar Minuten vor drei hier weg. Sonst muß ich nämlich fast eine halbe Stunde warten. Sie wissen ja, wie unregelmäßig die Busse fahren.»

«Ja, ja. Und Sie haben den Drei-Uhr-Bus bekommen?»

«Ja, Sir.»

«Gut. Was haben Sie hier in der Wohnung gemacht?»

Sie sah ihn etwas erstaunt an. «Wieso? Ich putze hier und wische Staub, ich poliere die Möbel, ich mache das Bett und räume im Bad auf. Ich mache die ganze Wohnung.»

«Räumen Sie auch die Kommodenschubladen auf?»

«Nein, Sir!» Sie war beleidigt. «Ich mache keine Schublade auf, und das kann mir keiner vorwerfen. Professor Hendryx hat mir gesagt, ich soll die Schubladen in Ruhe lassen und nichts auf dem Schreibtisch anrühren. Daran hab ich mich gehalten. Ich nehm höchstens mal die Bürsten und den Kamm von der Kommode, damit ich Staub wischen kann.»

«Schön, Mrs. O'Rourke, ich hab ja auch nur gefragt. Sie haben die Wohnung also genauso zurückgelassen, wie sie jetzt ist?»

«Aber nein», protestierte sie. «Ich würd doch keine Asche und Streichhölzer im Aschenbecher lassen. Und das Buch hätte ich fortgelegt. Aber das hab ich nicht, weil da keins rumlag.» Sie sah sich um. «Den Hocker da stell ich auch immer vor den Fernseher, denn da, wo er jetzt steht, wär er mir im Weg.»

«Einen Moment. Sagen Sie damit, daß jemand hier war, nachdem Sie fortgegangen sind?»

«Nein, nur Professor Hendryx. Der is immer zwischen der Schule und der Wohnung hin- und hergependelt.» Sie seufzte. «Wär er doch hiergeblieben, dann lebte der arme Herr heute noch. Ist es nicht schrecklich, was die Studenten heutzutage treiben?»

26

Sie waren ungewöhnlich leise und zahm, als er am Mittwochmorgen in den Hörsaal kam. Die, die am Freitag dagewesen waren, mußten den übrigen erzählt haben, was sich ereignet hatte. Oder war es nur ihre Reaktion auf die Explosion?

Während der Fahrt von Barnard's Crossing hatte Rabbi Small mit seinem Gewissen gerungen. Er hatte seine Studenten nicht mehr gesehen, seit er aus dem Zimmer gelaufen war. Sollte er einfach fortfahren, als sei nichts geschehen, oder sollte er sich entschuldigen? Sicher, ihr Benehmen war unter aller Kritik gewesen, andererseits aber, das sah er nun ein, hatten sie keine persönliche Kränkung beabsichtigt. Ganz im Gegenteil: offensichtlich glaubten sie, etwas Gutes und Anständiges zu tun. Aber warum hatten sie es nicht erklärt? Und warum hatte er nicht gefragt? Aber sie waren die Jüngeren und schuldeten ihrem Lehrer Respekt. Aber er war älter und hätte einsichtsvoller sein müssen. Aber sie hätten sich klarmachen müssen ... Nein, er hätte sich klarmachen müssen ...

«Denen, die am letzten Freitag nicht hier waren», begann er, «möchte ich mitteilen, daß die Vorlesung ausgefallen ist. Bei denen, die hier waren, möchte ich mich entschuldigen, daß ich den Raum verlassen habe. Mir war zu der Zeit der Grund nicht bekannt, warum sich einige der Anwesenden so seltsam betragen haben. Ich habe das erst nachträglich erfahren und entschuldige mich jetzt dafür, mich nicht bei Ihnen erkundigt zu haben.» Er wollte weitersprechen, als Mazelman die Hand hob. «Ja?»

«Ich möchte fragen, ob Sie es für richtig halten, daß wir – ich war einer davon – uns auf den Fußboden gesetzt haben?»

Er erwiderte, er habe gerade erklärt, nun den Grund zu kennen.

«Nein, ich meine es anders. Gehört es nicht zum Judentum? Ist es nicht Sache der Juden, gegen Ungerechtigkeit zu protestieren?»

«Das ist Sache eines jeden», sagte der Rabbi vorsichtig. «Das ist kein Monopol der Juden. Aber sind Sie denn sicher, daß eine Ungerechtigkeit geschehen ist? Meines Wissens sind die Stühle aus dem Aufenthaltsraum der Haftanstalt quasi als Schutzmaßnahme entfernt worden, weil sie bei einem früheren Aufruhr als Waffen verwendet wurden.»

«Ja, schon, aber nicht alle Jungen haben sich am Aufruhr beteiligt, aber auf dem Fußboden sitzen mußten sie alle», stellte einer der Studenten fest.

«Und Präsident Macomber hat zugegeben, im Unrecht zu sein», rief ein anderer.

«Ich habe seine Darstellung gelesen», erklärte der Rabbi streng. «Er sagt, er habe nicht beabsichtigt, einen Kommentar über diesen Vorfall abzugeben, sondern er habe sein Vertrauen in die Leitung der Haftanstalt ausdrücken wollen.»

«Ja, aber er hat einen Rückzieher gemacht und sich nicht an das gehalten, was er zuerst sagte. Und dazu wäre es nie gekommen, wenn die Studenten nicht demonstriert hätten.»

«Ist er dadurch überzeugt oder gezwungen worden?» forschte der Rabbi. «Wenn seine Aussage tatsächlich ein Rückzieher war, wurde er dann dadurch verursacht, daß Sie zwei Tage lang auf dem Fußboden gesessen haben oder dadurch, daß er es für klüger hielt, in der augenblicklichen Situation am College einen kleineren Aufstand im Keim zu ersticken, ehe er aus der Hand geriet. Und wo ist die Gerechtigkeit, wenn Sie jemand zwingen, Ihnen zuzustimmen?»

«Woher wissen Sie, daß er nicht überzeugt worden ist?»

Jetzt kamen die Zurufe von allen Seiten.

«Was nützt es, herumzusitzen und zu reden?»

«Was ist mit den Menschenrechten? Hat man über die nicht Jahrhunderte geredet?»

«Und mit Vietnam?»

«Jawohl, und Kambodscha?»

«Was ist denn mit den arabischen Flüchtlingen?»

Der Rabbi hämmerte auf das Pult, und das Stimmengewirr verebbte allmählich. Im darauffolgenden Augenblick der Stille hörten alle Harry Luftigs sarkastische Stimme. «Sollen wir nicht das auserwählte Volk sein?»

Die freche Bemerkung erntete lautes Gelächter, das erst verstummte, als sie alle feststellten, daß ihr Lehrer offensichtlich wütend war. Aber als er sprach, blieb seine Stimme ganz ruhig.

«Ja, das sind wir. Wie ich sehe, halten das einige von Ihnen für komisch. Ich vermute, für Ihren modernen, rationalistischen und wissenschaftlich orientierten Verstand ist der Gedanke, daß der Allmächtige mit einem Teil Seiner Schöpfung einen Pakt eingeht, wahnsinnig lustig.» Er nickte abwägend. «Gut, das kann ich verstehen. Aber wie ändert das die Lage? Ihr moderner Skeptizismus läßt sich nur auf die eine Seite des Paktes anwenden, auf die Seite Gottes. Sie können bezweifeln, daß Er einen solchen Pakt angeboten hat; Sie können sogar Seine Existenz bezweifeln. Aber Sie können nicht bezweifeln, daß die Juden daran geglaubt und danach gehandelt haben. Das ist eine Tatsache. Und wie kann man sich gegen Zweck und Ziel des Auserwähltseins stellen: heilig zu sein, ein Volk von Priestern zu sein, ein Licht unter den Völkern?»

«Aber Sie müssen zugeben, daß das ganz schön arrogant ist.»

«Die Idee, auserwählt zu sein? Warum? Sie ist nicht nur den Juden eigen. Die Griechen hatten sie, die Römer auch. In einer Zeit, die unserer näher liegt, hielten es die Engländer für ihre Pflicht, sich die Bürde des weißen Mannes aufzuladen; die Russen und die Chinesen fühlen sich beide verpflichtet, die Welt zum Marxismus zu bekehren, während unser Land meint, es müsse die Ausbreitung des Marxismus verhindern und allen Völkern die Demokratie lehren. Der Hauptunterschied besteht aber darin, daß in allen anderen Fällen die Doktrin verlangt, Menschen etwas anzutun, meistens durch Gewalt. Die jüdische Doktrin verlangt von den Juden, daß sie sich einem hohen Standard anpassen, um anderen zum Beispiel zu werden. Daran sehe ich nichts, worüber man lachen oder sich lustig machen sollte. Im Grunde verlangt sie einen hohen Standard des persönlichen Verhaltens. Er manifestiert sich in Verzichten, die wir uns auferlegen. Einige davon, zum Beispiel die Beschränkung auf koschere Speisen, erscheint Ihnen vielleicht als primitives Tabu, aber die Absicht ist die Erhaltung der Reinheit von Körper und Seele. Auf jeden Fall zwingen wir dieses Gebot nicht anderen auf. Vielleicht aber ist es naheliegender, an die Ermahnung zu denken, die Sie gelegentlich von Ihren Eltern oder wahrscheinlicher von einem Ihrer Großeltern gehört haben. ‹Das ist kein anständiges Benehmen für einen Juden.› Da sehen Sie, wie die Lehre von der Auserwähltheit sich auf das tägliche Leben auswirkt.»

Er sah sich nach allen Seiten um. «Das bringt uns nun zu Mr. Mazelmans Frage: ist es unsere Pflicht als Juden, in allen Reformbewegungen die Führung zu ergreifen? Ich glaube, dazu haben wir eine gewisse Neigung, die historisch bedingt ist. Aber weder in unserer Religion noch in unserer Tradition gibt es etwas, das uns diese Pflicht auferlegt. Sie verlangt nicht, daß wir wie die Ritter von König Artus' Tafelrunde unser Leben einsetzen, um Unrecht wiedergutzumachen.»

Jetzt hörten sie ihm alle zu. Der Rabbi spürte das und fuhr etwas weniger vehement fort: «Unsere Religion ist sehr praktisch und fordert ein praktisches Leben. Auf der Welt geschehen so viele Ungerechtigkeiten, und wenn wir nun auszögen, sie wiedergutzumachen – selbst wenn wir das könnten –, wann sollten wir denn unser Leben leben? Und können wir denn sicher sein, daß wir im Recht sind? Und daß unsere Methode der Reform die Dinge auch bessert? Sogar bei einer so kleinen Sache wie dem Sitzstreik gab es Meinungsverschiedenheiten. Ich, zum Beispiel, war weder überzeugt, daß Präsident Macomber im Unrecht war, noch daß die Methode, ihn zu überzeugen, richtig gewählt war. Denken Sie bitte an das, was ich über den Unterschied unserer Art von Auserwähltsein und der anderer Völker gesagt habe. Unsere Religion verlangt von uns, unser Leben in Rechtschaffenheit und Gerechtigkeit zu leben und nicht, daß wir dies anderen aufzwingen.»

«Aber was ist dann mit Israel?» rief Henry Luftig laut. «Warum können sie dort die Araber nicht gerecht behandeln?»

«Verglichen mit wem?» fragte der Rabbi sofort zurück.

«Ich verstehe Sie nicht, Rabbi.»

«Es ist ganz einfach, Mr. Luftig. Wir kritisieren die Juden und das Judentum durch einen verunglimpfenden Vergleich mit irgendeinem Ideal. Aber um gerecht zu sein, müssen wir sie mit etwas Wirklichem und nicht etwas Imaginären vergleichen. Darum frage ich Sie, welche andere Nation ist besser oder auch nur gleich gut mit ihren Feinden umgegangen wie Israel mit den Arabern?»

«Na, und wie haben die Vereinigten Staaten Deutschland und Japan behandelt?»

«Aber das war nach der Unterzeichnung eines Friedensvertrags; nicht während das andere Land sich noch als im Krieg befindlich betrachtete.»

«Ja, gut, aber alle sagen, sie sollten nicht so hartnäckig sein.»

Der Rabbi grinste voller Ingrimm. «In unserer Religion gibt es aber ein Verbot des Selbstmords.»

«Aber die Palästinenser sind aus ihrer Heimat vertrieben worden.»

«Sie haben sie *verlassen*!» rief Mark Leventhal quer durch den Raum. Wie Mazelman stammte er aus einer konservativen Familie und hatte Religionsunterricht bekommen. «Die Araber haben ihnen versprochen, sie könnten wieder nach Hause zurückkehren, wenn sie die Juden ins Meer getrieben hätten. Sie haben ihnen auch das Eigentum der Juden

versprochen.»
«Das glaube ich nicht.»
«Es stimmt aber.»
Lillian Dushkin sagte mit schriller Stimme: «Ein Junge, den ich kenne, hat mir erzählt, es gäbe in Israel eine Menge Juden, die denken, die Juden hätten kein Recht, dort zu sein, bis der Messias kommt.»
«Ach nee? Was tun die denn da?»
Und weiter ging die Diskussion, aber diesmal machte der Rabbi keinen Versuch, sie zu unterbrechen. Er saß auf dem Schreibtischrand, hörte ihnen unbestimmt ärgerlich zu und kam nicht dagegen an, daß es ihn gelegentlich doch interessierte. Dann klingelte aber die Glocke, und die Studenten sammelten ihre Hefte ein.
«Einen Augenblick noch», rief er.
Sie warteten.
«Sie haben offenbar viele Fragen, die in enger oder loser Verbindung zum Thema der Vorlesung stehen. Ich reserviere den nächsten Freitag, vielleicht auch die folgenden Freitage, sie zu behandeln. Sie können fragen, was Sie wollen, und ich werde mir große Mühe geben, alles zu beantworten.»
«Meinen Sie schriftlich?»
«Schriftlich oder mündlich. Wenn Sie wollen, können Sie sie auch an die Tafel schreiben.»
Als er die breite Treppe zur Straße hinunterging, schlossen sich ihm Luftig und Shacter an, die bisher am Geländer gelehnt hatten.
«Das war heute dufte, Rabbi», sagte Luftig, und sein schmales Gesicht leuchtete.
Er sah ihn an. «Finden Sie? Haben Sie das Gefühl, etwas gelernt zu haben?»
Luftig sah überrascht – und verletzt aus. «Na, klar doch.»
«Was zum Beispiel?»
«Was speziell, meinen Sie? Na, ich wußte nicht, daß es Juden gibt, die glauben, sie müßten auf den Messias warten, ehe sie in Israel leben dürfen. Und dann, daß die Araber das jüdische Eigentum an sich bringen wollen. Und – ach 'ne Menge eben.»
«Gut. Aber erst mal dies: das mit dem Messias ist falsch. Der Einwand betrifft nicht das Leben in Israel, sondern die Errichtung eines Staates. Und im übrigen: wenn Sie ein Palaver abhalten wollen, warum machen Sie sich dann die Mühe, ins College zu gehen und Studiengebühren zu bezahlen?»
«Aber das hat doch Spaß gemacht», wandte Shacter ein.
«Es ist nicht meine oder des College Aufgabe, Sie zu amüsieren», sagte er steif.
Als der Rabbi abfuhr, fragte Chacter: «Mann, warum ist der bloß so empfindlich?»

27

In der kurzen Zeit seit dem Vorfall war die Windemere-Akte recht umfangreich geworden. Sie enthielt Fotografien von den Büros von Professor Hendryx und Dean Hanbury und Planskizzen, die zeigten, wie sie zueinander in Verbindung standen. Den Hauptumfang der Akte aber machten die getippten Aussagen der vielen Leute aus, die Sergeant Schroeder vernommen hatte.

Er las die Aussagen nun noch einmal durch, während er sich auf die Beratung mit dem Assistant District Attorney vorbereitete. Er hatte schon früher mit Bradford Ames gearbeitet und war sehr von ihm beeindruckt. Wenn Ames einen Fall vorbereitete, blieb nichts dem Zufall überlassen. Schroeder lächelte, als er zur Aussage von Dean Hanbury kam.

... das Mädchen sagte etwas Beleidigendes, und ich faßte den Entschluß fortzugehen.

Frage: Was hat sie gesagt, Miss Hanbury?

Antwort: Das möchte ich nicht gern wiederholen. Es war ein unanständiges Wort.

Frage: War es an Sie persönlich gerichtet?

Antwort: Es war an mich gerichtet. Ich bin nicht gewöhnt – Ich dulde diese Art von Ausdrucksweise bei einem kleinen Gänschen – bei einer Studentin nicht. Auf jeden Fall hielt ich es für sinnlos, dieses Gespräch fortzuführen und sagte darum: «Ich muß jetzt gehen», und dann ging ich auch. Ich verließ das Haus, ging zu meinem Wagen und fuhr nach Hause.

Frage: Um welche Zeit war das, Miss Hanbury?

Antwort: Gegen halb vier. Wenn die genaue Zeit wichtig ist, können Sie sie sicher von der Polizei von Barnard's Crossing bekommen, weil ich dort unmittelbar nach meiner Ankunft angerufen habe. Sie notieren vermutlich alle Anrufe. Wissen Sie, bei mir war ein Fenster offen –

Frage: Nein. Ich möchte wissen, wann Sie diese Sitzung verlassen haben.

Antwort: Der Termin war halb drei. Ich muß sagen, daß sie sehr pünktlich waren. Wir haben vielleicht zehn oder fünfzehn Minuten diskutiert, und dann hat das Mädchen –

Frage: Ja, Miss Hanbury. Würden Sie sagen, daß es Viertel vor drei war?

Antwort: Das müßte ungefähr stimmen.

Frage: Zwei Uhr fünfundvierzig bis drei Uhr dreißig. Das ist sehr schnell, um nach Barnard's Crossing zu kommen, nicht wahr?

Antwort: Ach, es war wenig Verkehr, und vielleicht bin ich auch schon um zwei Uhr vierzig gegangen. Wollen Sie mir eine Strafe wegen zu schnellen Fahrens geben, Sergeant?

Die Aussagen der vier Studenten unterschieden sich deutlich von der des Dean, und zum Teil wichen sie auch untereinander ab, zum Beispiel über den Grund ihres Aufbruchs; es wurde betont, daß sie wegen der Bemerkung nicht wirklich beleidigt gewesen wäre, sondern sie nur als Vorwand benutzt hätte, die Diskussion abzubrechen. Judy Ballantine, die Verursacherin des Vorfalls, behauptete natürlich am entschiedensten, es sei eine List gewesen. Abner Selzer hinwiederum meinte, Dean Hanbury wäre wirklich gekränkt gewesen. «Sie sollten mal meine Mutter sehen, wenn jemand so redet, vor allem ein Mädchen.» Er bestätigte ebenfalls die von Dean Hanbury genannte Zeit ihres Aufbruchs.

Antwort: Wir sind ein paar Minuten vor drei alle wieder ins Büro zurückgekommen, nachdem wir sie gesucht hatten. Ich hab nämlich auf die Uhr gesehen und gesagt, wir sollten bis drei Uhr warten und dann auch gehen. Wir müssen fünf bis zehn Minuten gebraucht haben, bis wir das Haus durchsucht hatten. Das würde also bedeuten, daß sie zwischen zwanzig vor und zehn vor drei weggegangen ist.

Frage: Und Sie sind alle um drei Uhr gegangen?

Antwort: Ja, das stimmt.

Frage: Was haben Sie dann gemacht?

Antwort: Wir sind alle zum Café an der Ecke gegangen, wo wir über die Sache reden wollten. Gerade als wir reingingen, haben wir den Knall gehört. Wir sind also wieder raus und haben schon Rauch aus dem Verwaltungsgebäude kommen sehen. Da sind wir natürlich rüber, und zwei Minuten später wimmelte es nur so von Leuten, und die Feuerwehr kam. Wir sind noch eine Weile herumgestanden und haben uns dann getrennt.

Frage: Wo haben Sie die Bombe her?

Antwort: Wo ich – nun begreifen Sie doch mal, wir haben nichts mit der Bombe zu tun!

Frage: Wer dann?

Antwort: Woher soll ich das wissen? Vielleicht war's derselbe wie beim vorigen Mal.

Frage: Und wer war das?

Antwort: Woher soll ich das wissen?

Frage: Hören Sie, Abner, wenn Sie mit uns zusammenarbeiteten –

Antwort: Ich sage kein Wort mehr. Verdammt noch mal, kein einziges Wort.

Er hatte es bei ihnen allen versucht; eine Serie harmloser Fragen, von einer plötzlichen Beschuldigung gefolgt, nicht aus der Hoffnung heraus, sie zu einem Geständnis zu bekommen, sondern auf gut Glück, um sie so zu erschüttern, daß er sie weichmachen könnte. Er hätte sich die Mühe sparen können. Yance Allworth sagte: «Mann, ich weiß ja nicht mal, wie so 'ne Bombe *aussieht.*» O'Brien sagte: «Sie sind falsch gewickelt, Sergeant. Wir sind alle zusammen ganz brave Liberale.» Judys Antwort lautete: «Jetzt lassen Sie den Krampf doch mal nach, Polizist.» Und als er fragte, wer es denn getan haben könnte, wenn nicht ihre Gruppe: «Vielleicht hat die Dame Dean ein Ei gelegt, das explodiert ist.»

Das letzte Blatt in der Akte war ein Zeitplan, nach den Aussagen der von ihm verhörten Zeugen zusammengestellt.

13.00–13.15	Hendryx verläßt seine Wohnung und geht ins Büro. (Aussage von Mrs. O'Rourke – nicht bestätigt.)
14.01–14.03	Rabbi betritt sein Büro. (Vorlesung von 13.00–14.00)
14.10	Rabbi verläßt das Haus. (Seine Aussage.)
14.30	Studentenabordnung betritt das Büro des Dean. (Aussagen aller Mitglieder der Abordnung und Dean Hanburys.)
14.40–14.50	Dean verläßt Besprechung, macht sich auf den Heimweg. (Aussagen der Studenten und Dean Hanburys. Frühere Zeit vermutlich nach der Ankunftszeit zu Hause berechnet.)
14.45–14.55	Mrs. O'Rourke verläßt die Wohnung, um Drei-Uhr-Bus zu erreichen. (Ihre Aussage – nicht bestätigt.)
15.00	Abordnung verläßt das Haus. (Ihre Aussagen. *nota bene:* Selzer hat auf die Uhr gesehen.)
15.05	Bombe explodiert. (Aussage von Lt. Hawkins, 15. Revier.)

Dann fiel ihm ein, daß er noch nicht den Bericht des Gerichtsarztes bekommen hatte. Er war im Augenblick nicht besonders wichtig, da ja Zeit und Todesursache bekannt waren. Andererseits: wenn er ihn nicht hatte, ließ das auf schludrige Vorbereitung schließen, was Ames nie hinnehmen würde.

Er rief unten beim Schalter an und fragte, ob der Bericht des Gerichtsarztes eingegangen sei.

«Vor einer halben Stunde etwa. Ich hab ihn in Ihr Fach gelegt.»

«Jennie, seien Sie ein liebes Kind und bringen Sie ihn mir rauf.»

Er schlitzte den Umschlag auf und überflog mit Expertenblick den Bericht. Als Todesursache wurde ein Schlag mit einem Objekt von etwa sechzig Pfund Gewicht angegeben. «... zertrümmerter Schädel ... Bruchstücke kranialer Knochen im Gehirn eingebettet ...» Der Tod war praktisch sofort eingetreten. «Todeszeit: zwischen 14 Uhr 10 und 14 Uhr 40 am 13. November.»

Er entdeckte den Fehler sofort. Der gute Doktor hatte zweifellos zwischen 14 Uhr 40 bis 15 Uhr 10 gemeint. Wahrscheinlich hatte sich seine Sekretärin bei der Abschrift aus dem Stenogramm geirrt.

Er rief die Zentrale an und bat um eine Verbindung mit Dr. Lagrange.

Während des Wartens kaute er ärgerlich auf der Unterlippe. Als das

Telefon klingelte, war es wieder Jennie. «Er ist nicht da. Er ist für ein paar Tage verreist und kommt nicht vor Montag zurück.»

«Wohin ist er gefahren? Haben sie was gesagt?»

«Es ist ein Camping-Ausflug.»

«Meldet er sich nicht telefonisch und hält Kontakt?»

«Das hab ich gefragt, aber sein Mädchen sagte, bisher hätte er sich nicht gemeldet. Ich hab ihr gesagt, daß er uns sofort anrufen soll, wenn er's tut.»

«Rufen Sie sie noch mal an. Ich möchte mit ihr sprechen.»

Dann sagte er: «Hören Sie, Miss, ich habe Dr. Lagranges Bericht vor mir liegen. Hat er Ihnen das diktiert?»

«Ja, Sir.»

«Ich glaube, Sie haben sich bei der Abschrift geirrt. Hier steht, daß der Tod zwischen 14 Uhr 10 und 14 Uhr 40 eingetreten ist. Er muß die Zeiten verdreht haben und meinte in Wirklichkeit zwischen 14 Uhr 40 und 15 Uhr 10.»

«Einen Moment, Sergeant, ich seh mal in meinem Stenoblock nach.»

Er mußte einen Augenblick warten. «Ich hab es hier, Sergeant. ‹Todeszeit: zwischen 14 Uhr 10 und 14 Uhr 40 . . .› Ich weiß noch, daß er erwähnt hat, die Zeit ließe sich so genau bestimmen, weil er die Gelegenheit gehabt hätte, die Leiche so kurz nach erfolgtem Exitus untersuchen zu können. Tut mir leid, Sergeant, der Bericht ist korrekt.»

28

«Schroeder ist ein guter Mann», sagte Matthew Rogers, als er die dicke Akte durchblätterte. «Man kann sich immer darauf verlassen, daß er seine Arbeit korrekt macht.»

Bradford Ames kicherte leise und riet ihm, sich den Bericht des Gerichtsarztes noch einmal anzusehen.

«Warum?» Aber er tat es und stolperte sofort über die Todeszeit. «Das ist sicher ein Schreibfehler. Ruf mal Dr. Lagrange an.»

«Hab ich, Matt. Er sagt, seine Angabe wäre genau richtig.»

«Dann hat er einen Fehler gemacht. Er ist noch neu. Das war sein erster Fall, was?»

«Ja, aber Dr. Slocumbe sagt, wenn Lagrange die Zeit so genau angegeben hätte, dann stimmte es auch.»

«Aber, Brad!» Rogers wurde ganz erregt. «Das ergibt doch keinen Sinn. Ich weiß nicht, was bei seiner Untersuchung schiefgegangen ist, aber es ist was schiefgegangen. Vielleicht was Lächerliches, daß seine Uhr stehengeblieben ist. Aber diesmal haben wir den seltenen Fall, daß die Zeitangabe des Gerichtsarztes unwichtig ist, weil wir andere und bessere

Beweise dafür haben, wann der Tod eingetreten ist.»

«Das nützt nichts, Matt. Die Gegenseite bringt die Frage in dem Augenblick aufs Tapet, da sie merkt, daß wir sie nicht anrühren. Dann mußt du damit rausrücken, und wir kommen beim Richter in Teufels Küche – bei den Zeitungen übrigens auch –, weil wir Beweismaterial unterdrückt haben. Nein, du wirst diese Kinder laufenlassen müssen.»

«Wie meinst du das, sie laufenlassen?» fragte der District Attorney kriegerisch.

«Weil Hendryx nach Aussage unseres eigenen Sachverständigen, des Gerichtsarztes, getötet wurde, *ehe* die Bombe hochging. Wir können die jungen Leute nicht für seinen Tod verantwortlich machen.»

«Aber der Arzt ist unfehlbar? Was ist denn mit dem Fall, wo die Leiche in die Tiefkühltruhe gelegt wurde, und Doc Slocumbes Kalkulationen nicht mehr stimmten?»

«Sieh es doch mal so, Matt. Wenn ich den ärztlichen Bericht beim Vorführungstermin vor Richter Visconte schon gehabt hätte, wäre ihnen dann auch die Kaution verwehrt worden?»

«Vielleicht nicht, aber –»

«Es sind College-Studenten. Wenn das Geschworenengericht sich weigert, sie schuldig zu sprechen und die Anklage fallengelassen wird, dann haben sie trotzdem eine Haftstrafe hinter sich, die ihnen die Zukunft verdirbt.»

«Du vergißt was, Brad. Ich habe nicht den geringsten Zweifel, vermutlich Richter Visconte auch nicht, daß sie die Bombe gelegt haben.»

«Das streiten sie ab.»

«Das ist doch klar.»

«Vielleicht war's der, der ausgerissen ist, dieser Ekko», sagte Ames zäh. «Möglicherweise wissen die anderen wirklich nichts davon.»

«Das ist schwer zu glauben.»

«Warum denn? Er ist der einzige, der geflohen ist.»

«Gut, ich bin bereit zuzugeben, daß er vielleicht der eigentliche Täter war, aber wieso glaubst du, die anderen hätten nichts davon gewußt?»

«Weil er anders ist als sie. Einmal ist er viel älter. Wenn die Verteidigung diesen Standpunkt eingenommen hätte, wäre der Richter möglicherweise darauf eingegangen und hätte eine Kaution festgesetzt. Dann wären sie jetzt frei und wieder im College.»

«College!» wiederholte der District Attorney zornig. «Was bedeutet das College schon für diese Hippiebande, außer daß man da Rabatz inszenieren kann? Prüf das mal nach. Du wirst feststellen, daß sie nie an den Kursen teilnehmen. Sie gammeln da nur rum, rauchen Pot und machen Demonstrationen und Sitzstreiks, und wenn es das nicht ist, dann bumsen sie. Dieser Ekko hat mit der kleinen Ballantine zusammen gelebt, offen und frei, bitte sehr. Der Teufel soll sie alle holen!»

«Du richtest über ihren Lebensstil, nicht über ihre Schuld, Matt.»

«Klar, ich berücksichtige ihren Lebensstil, wenn ich mir über ihre Schuld klarwerden will, genauso wie das die Geschworenen tun, wenn sie die Glaubwürdigkeit eines jeden Zeugen erwägen, den sie im Zeugenstand vor sich sehen. Jeder Richter tut dasselbe. Was paßt dir daran nicht? Wenn wir nicht nach solchen Dingen urteilen würden, wären die einzigen, die wir je schuldig sprechen könnten, die, die freiwillig ein Geständnis ablegen. Worauf willst du hinaus, Brad? Willst du, daß ich den Fall einem anderen übergebe, vielleicht Hogan?»

«Ich weiß es nicht», sagte Ames nüchtern. Er rutschte unglücklich auf seinem Stuhl herum und beschloß dann, einen letzten Versuch zu wagen. «Können wir nicht mal, sagen wir, als Übung in angewandter Logik, unterstellen, daß Dr. Lagranges Bericht den Tatsachen entspricht?»

«Sehr schön, dann will ich dir sagen, wie's weitergeht. Nach Lagrange soll der Tod zwischen 14 Uhr 10 und 14 Uhr 40 eingetreten sein, so ist es doch? Sagen wir also, um halb drei. Das hieße dann aber, daß Hendryx nicht in seine Wohnung zurückgekehrt, sondern im Büro geblieben ist. Und das hieße ferner, daß er schon tot war, noch ehe die Studentenabordnung beim Dean eintraf. Und das hieße, daß jemand in sein Büro gegangen und hinter den Schreibtisch getreten sein muß. Er mußte irgendwie zum obersten Bord hinaufreichen, auf dem die Büste stand, und sie herunterwerfen. Wer kann denn bis zum obersten Bord reichen? Das ist doch ein altes Haus mit sehr hohen Decken. Unser geheimnisvoller Mörder müßte auf eines der unteren Fächer gestiegen und sich vielleicht mit einer Hand festgehalten haben, während er mit der anderen nach der Büste geangelt hat. Und Hendryx hat sich das alles mitangesehen und nicht mal gefragt, was der Kerl da treibt?»

«Und wenn er nun geschlafen hätte, eingedöst wäre?»

«Wie ist dann dieser Mensch in sein Büro gekommen? Es war doch versperrt?»

«Die Tür hätte offen sein können. Vielleicht ist das Schloß nicht eingeschnappt, als der Rabbi fortging.»

«Möglich, aber wenig wahrscheinlich.»

«Und wenn der Mörder einen langen Stock mit einem gebogenen Griff gehabt hätte, einen Spazierstock zum Beispiel», fuhr Ames fort, «hätte er den Gipskopf leicht herunterziehen können.»

«Ja, aber wie erklärst du dann die Pfeife und den Hocker und das aufgeklappte Buch in Hendryx' Wohnung?»

«Da könnte immerhin die Putzfrau geschwindelt haben. Sie will natürlich so früh wie möglich Schluß machen. Und wenn sie glaubt, Hendryx kommt nicht mehr und kann sie nicht kontrollieren, hat sie vielleicht bei der Arbeit gehudelt.»

«Warum hat sie's dann nicht zugegeben?»

«Dazu kann ich nur sagen: wenn es meine Putzfrau gewesen wäre, die hätte es auch nicht freiwillig eingestanden. Es gibt da eine Art Berufsstolz.»

«Dann nimm sie noch mal ins Verhör», sagte Rogers gutmütig. «Wenn du es schaffst, daß sie ihre Geschichte ändert, werde ich noch mal über Lagranges angegebene Todeszeit nachdenken.»

29

Bei Klassentreffen und anderen nostalgischen Zusammenkünften bot sich der Name Bradford Ames immer als gutes Diskussionsthema an.

«Hast du Brad Ames gesehen? Was macht er denn jetzt? Immer noch Assistant District Attorney? Da sieht man mal wieder, wie Geld die Karriere verderben kann.» Karl Fisher war wie die drei Freunde, mit denen er sich im Club zum Lunch getroffen hat, Anfang Fünfzig. Sie waren alle wohlhabend.

«Wie meinst du das?»

«Als wir anderen das Jurastudium abgeschlossen hatten, sind wir alle herumgerannt und haben uns Stellungen gesucht», sagte Fisher. «Und ihr wißt ja noch, wie schwer das damals war und was man bezahlt bekam. Also haben wir unsere eigene Praxis aufgemacht, uns vom Vater oder Schwiegervater ein paar hundert Piepen gepumpt, um alte Möbel und ein Corpus Juris anzuschaffen.»

«Als ich vom Studium kam», erzählte Gordon Atwell, «hab ich mit sechs anderen eine Bürogemeinschaft gegründet, und ihr könnt mir glauben, wir sieben mußten alles zusammenkratzen, um unserer einzigen Sekretärin ihren Wochenlohn auszahlen zu können.»

«Ja», stimmte Fisher ihm zu, «aber wir haben durchgehalten, und nach und nach ging es dann aufwärts, und am Ende, wer hätte das gedacht? – hatten wir eine Existenz. Und als wir dann so um die Vierzig waren, hatten einige von uns große Praxen, andere waren Richter geworden oder in die Politik gegangen oder sie waren Leiter der Rechtsabteilungen großer Firmen. Ich meine, die meisten haben was erreicht, einige sogar sehr viel.

Aber das liegt nur daran, daß wir uns durchschlagen mußten. Wenn du nämlich ein Ames bist, und Geld dir nichts bedeutet, denkst du nicht so. Und deine Familie denkt auch nicht so, und du stehst einfach nicht unter dem Druck, unter dem wir gestanden haben. Wir mußten uns nach der Decke strecken. Wir mußten sofort voll ran. Ich hatte mich fürs Strafrecht interessiert, aber glücklicherweise habe ich erkannt, daß ich es mir nicht leisten konnte, Strafverteidiger zu werden. Vielleicht arbeitete ich dann heute für die Gangster wie Bob Schenk oder ich würde, und das ist wahrscheinlicher, kleine Gauner verteidigen, deren verwitwete Mütter

Hypotheken auf ihr klein Häuschen aufnehmen müßten, um mein Honorar zu bezahlen. Jetzt hab ich mich aufs Grundstücksrecht verlegt, und ihr wißt ja, wie groß unsere Praxis ist, und daß es mir nicht schlecht geht.

Brad Ames hat sich auch fürs Strafrecht interessiert. Aber für ihn war das kein Problem. Seine Familie hat ihm den Posten des Assistant District Attorney in der County beschafft, und da sitzt er seither. Nicht nur, daß er Strafrecht praktiziert, er braucht sich nicht mal Vorwürfe zu machen, einem armen Schwein die Ersparnisse seines Lebens für sein Honorar abgejagt zu haben, oder sich darüber Sorgen zu machen, daß das Geld, mit dem er bezahlt wird, gestohlenes Geld ist, weswegen der Kerl ja gerade einen Anwalt braucht.

Natürlich, das Gehalt eines Assistant District Attorney ist nicht großartig. Keiner von uns könnte davon leben, wenigstens nicht nach unserem heutigen Standard. Aber für Brad Ames ist das sowieso nur ein Taschengeld. Er hat keine Frau, und seine Familie setzt ihn nicht unter Druck, Geld heranzuschaffen.»

«Kann schon sein», sagte Gordon Atwell, der jünger als die anderen aussah, «kann aber auch sein, daß persönliche Gründe dahinterstehen.»

«Wie meinst du das?» fragte Fisher.

«Na, du weißt doch, wie Ames aussieht – dieser Kugelkopf auf dem fetten Rumpf, und das Gegrinse und Gekichere, als wäre er ein Idiot –»

«Der und ein Idiot!» Andrew Howard lachte. Er hatte eine gewöhnliche Anwaltspraxis und war der einzige, der mit Strafsachen zu tun hatte. «Hast du vergessen, daß er ins Law Review gekommen ist?»

«Ich hab nicht gesagt, er *wäre* ein Idiot, nur daß er wie ein Idiot aussieht. Ich meine, er hat nicht das Aussehen, das einem Mandanten Vertrauen einflößt.» Atwell sah Fisher hilfesuchend an.

«Laßt euch davon nur nicht täuschen», fuhr Howard fort. «Vielleicht ist es ein nervöser Tick, aber glaubt mir, wenn er will, kann er das ganz schnell abstellen. Und wenn er das tut, seht euch vor! Ich bin mal bei einer Vergewaltigungsklage gegen ihn aufgetreten. Mein Mandant war ein nett aussehender junger Mann, kühl und gelassen. Er mußte aussagen, aber ich dachte, er würde es durchhalten und sich nicht gehenlassen. Er hat seine Geschichte gut vorgetragen, und ich merkte, daß er auf die Geschworenen einen guten Eindruck machte. Dann fing Brad Ames mit dem Kreuzverhör an. Er stellte seine Fragen, und sie waren ganz gutartig. Wißt ihr, wie ich das meine? Kein Druck. Und dann seine ganze Art. Er sah wie ein grinsender Buddha aus. Und immer dieses leise Gekicher, als wäre alles nur ein besserer Scherz. Gar nicht lange, dann war mein Mandant ganz gelockert und grinste auch. Sie verstanden sich wie alte Freunde. Aber hin und wieder schob Ames eine unzulässige Frage ein, die mein Mandant beantwortete, ehe ich eingreifen konnte. Der Richter, Richter Lukens war das damals, ließ sie streichen, aber die Geschworenen hatten sie gehört. Das ging fast eine Stunde lang, immer freundlich und höflich. Und dann, ganz plötzlich, macht Brad ein strenges Gesicht – adieu, Buddha. Er hält das Kleid des Mädchens hoch, damit die Geschworenen sehen können, wie es aufgerissen ist. ‹Das hat sie sich also selber ausgezogen?› fragt er. Mein Mandant begann zu stottern und stammeln, und von dem Augenblick an wußte ich, daß er verspielt hatte.»

«Oh, ich bestreite ja gar nicht, daß er gut ist», sagte Fisher. «Aber es ist trotzdem keine richtige Karriere. Assistant District Attorney. Wenn er wirklich Ehrgeiz gehabt hätte, wäre er nach ein paar Jahren aus dem Büro des D. A. ausgeschieden und hätte die Stellung als Sprungbrett für eine private Praxis als Strafverteidiger benutzt.»

«Da bin ich anderer Meinung», sagte Sam Curley, der bisher stumm geblieben war. «Ich habe seit Jahren ab und an geschäftlich mit Brad zu tun gehabt. Wir befassen uns nicht mit Strafsachen, aber gelegentlich hat einer unserer Mandanten oder seine Familie Ärger, und dann erwarten sie natürlich, daß wir für sie auftreten. Wenn es um was Schwerwiegendes geht, empfehlen wir sie natürlich an einen Fachmann weiter, aber normalerweise übernehmen wir die Fälle. Vor etwa drei Jahren hatte ich so einen Fall, und Brad vertrat den Staat. Es war im Sommer, und als ich Brad anrief, lud er mich zum Wochenende nach Barnard's Crossing auf den alten Familiensitz ein. Sie haben ein eindrucksvolles Haus am Point. Es war gutes Wetter, und wir haben gesegelt. Am Sonntag kam sein älterer Bruder Stuart zum Essen –»

«Der Richter?»

«Ja, der. Nach dem Essen saßen wir auf der großen Terrasse über dem Meer. Wir tranken Tom Collins aus großen Gläsern. Es war sehr gemütlich, und wir unterhielten uns, wie man sich eben nach einem guten Essen unterhält, und der Richter machte eine halb scherzhafte Bemerkung, wann Brad endlich die in ihn gesetzten Erwartungen erfüllen wolle. Und wißt ihr, wie er das gemeint hat? Er meinte, es wäre Brads *Pflicht* als ein Ames, der Gesellschaft und dem Land sein Bestes zu geben.

Nun reden normale Leute aber nicht so, weil sie – na, weil ihre Denkungsweise nicht so funktioniert. Ich meine, normale Leute würden sagen: wann machst du mal was aus deinen Möglichkeiten und wirst ein berühmter Mann? Wenn du so schlau bist, warum bist du dann nicht reich? In der Art eben. Aber daran hat Stuart Ames überhaupt nicht gedacht. Er meinte, sein Bruder habe eine Verpflichtung gegenüber der Gesellschaft und die erfülle er nicht. Er denkt tatsächlich so. Und das Komische daran war, daß Brad das auch so empfand. Er fing also an, über seinen Beruf zu reden, anfangs halb im Spaß, im Tonfall seines Bruders, im Grunde aber ebenso todernst wie der. Das Gespräch vergesse ich nie. Er sagte: ‹District Attorneys kommen und gehen. Je besser sie sind, um so schneller gehen sie wieder, weil das für sie nur ein Sprungbrett für den nächsten Posten ist. Aber Assistant D. A.s bleiben. Nun muß aber einer die District Attorneys einfuchsen, und das ist meistens meine Aufgabe, weil ich schon so lange da bin.›»

«Daran hab ich noch nie gedacht, aber es leuchtet mir ein», sagte Andrew Howard.

«Danach erklärte er, daß die Assistants im Büro des District Attorney diejenigen sind, die den Laden schmeißen. Sie entscheiden, wer vor Gericht gestellt wird, und wem man noch mal eine Chance gibt. Das macht nicht der Richter und nicht der Verteidiger, ja nicht mal der D. A., wohl aber der Assistant District Attorney. Er fällt die Entscheidung, ob Anklage erhoben wird oder nicht. Ihr könnt mir glauben, er hat das glänzend dargelegt. Mich hat er auf jeden Fall überzeugt, und seinen Bruder vermutlich auch. Seitdem sehe ich ihn irgendwie in einem anderen Licht. Vorher hatte ich genau wie ihr geglaubt, es wär für ihn eine Art Steckenpferd. Er hätte Spaß am Strafrecht, und da er es sich leisten konnte, begnüge er sich eben mit dieser Ebene und ginge einer Neigung nach. Aber am Ende dieses Nachmittags sah ich ihn als einen Top Sergeant, der die Arbeit macht und die Entscheidungen trifft, es aber dem Lieutenant oder dem Captain überläßt, den eigentlichen Befehl zu geben und den Ruhm zu kassieren. Der Mann, der den ganzen Gerichtsapparat in Gang hält, ist nicht Richter oder Strafverteidiger und nicht mal Polizist, sondern es ist der unscheinbare Assistant District Attorney.»

Bradford Ames sah unglücklich hinter dem District Attorney her und suchte nach einem Entschluß. In Gedanken wußte er, daß Rogers die vier Studenten schon als schuldig befunden hatte – schuldig wessen? Radikale zu sein, sich primitiv auszudrücken, ein Leben zu führen, das er nicht gutheißen konnte – und aus all diesen Gründen war er entschlossen, sie so lange im Gefängnis zu lassen, wie er nur eben konnte. Wochen oder Monate, bis zum Tag des Prozesses. Seine vier Töchter waren es, die sein Urteilsvermögen trübten, fand Ames, und dankte Gott, daß er Junggeselle war.

Natürlich, wenn der Fall erst einmal zur Verhandlung kam, mußte der gerichtsärztliche Befund bekannt werden, und dann würde die Anklage wegen Mordes fallengelassen, während das Verfahren wegen Brandstiftung fortgesetzt werden würde. Aber die Studenten wären dann die ganze Zeit über in Haft gewesen. Außerdem bestand die Gefahr eines juristischen Rückschlags; wenn der Prozeß von einem Star wie Richter Harris zum Beispiel geführt wurde, würden sie möglicherweise allerhand über die Unterschlagung von Beweismaterial durch den D. A. zu hören bekommen. Er begriff nicht, daß jemand den politischen Gegebenheiten gegenüber so blind sein konnte, kam dann aber zu dem Schluß, daß sein Chef sich der politischen Rückwirkung durchaus bewußt sein mochte und davon ausging, daß seine Wähler nicht das geringste dagegen haben würden, wenn er das Recht ein wenig dehnte, um diese jungen Radikalen eine Weile aus dem Verkehr zu ziehen.

Normalerweise würde ein dem Verteidiger gegebener Wink die Sache erledigt haben, aber jeder der vier Angeklagten wurde von einem anderen Anwalt vertreten, und Ames kannte keinen von ihnen. Der junge O'Brien hatte einen jungen Anwalt beauftragt, der gerade erst Examen gemacht hatte; Allworth hatte jemand, der ihm von einer der radikalen schwarzen Organisationen gestellt worden war, und das Mädchen, Judy Ballantine, deren Vater reich war, wurde von einer New Yorker Anwaltsfirma vertreten. Nur Paul Goodman, der Verteidiger des Selzer-Sohns war eine Möglichkeit, aber er blieb eine unbekannte Größe, da er weitgehendst in Essex County und nicht in Suffolk auftrat. Trotzdem nahm Ames sich vor, Auskünfte über ihn einzuholen und, falls sie günstig ausfielen, ihn auf das Thema anzusprechen.

Von den vielen in Barnard's Crossing verbrachten Sommern her kannte Ames den dortigen Polizeichef. Er rief ihn am Abend zu Hause an. «Hugh Lanigan? Hier ist Bradford Ames.»

«Oh, hallo Mr. Ames. Wie geht es Ihnen?»

«Hören Sie, kennen Sie in Ihrer Stadt einen Anwalt namens Paul Goodman?»

«Ja, ich kenne Mr. Goodman.»

«Er vertritt Abner Selzer. Das ist der junge Mann, der –»

«Ja, ich weiß, Sir.»

Ames spürte die Vorsicht am anderen Ende der Leitung und sagte hastig und beruhigend: «Ich plane nichts Hinterhältiges. Bestimmt nicht gegen ihn oder seinen Klienten. Im Gegenteil, ich möchte ihm am liebsten helfen, aber da das alles sehr vertraulich ist, würde ich gern wissen, was für eine Art Mensch dieser Goodman ist.»

«Hm», murmelte Lanigan zweifelnd. «Viel kann ich Ihnen nicht erzählen. Er ist der Anwalt der jüdischen Gemeinde, und er ist ein paarmal vor der Magistratsversammlung aufgetreten, meistens wegen Fragen der Gebietsordnung. Meiner Meinung nach ist er hier sehr angesehen.»

«Und was für ein Mann ist er?» Ames beschlich der Verdacht, daß es ein Fehler gewesen war, sich an Hugh Lanigan zu wenden. «Ist er ansprechbar? Ein vernünftiger Mann? Sie wissen ja wohl, wie ich das meine?»

«Wissen Sie was», sagte Lanigan. «Ich hab eine Idee. Warum rufen Sie nicht den Rabbiner an? Rabbi Small. Er ist ein guter Mann und sehr gescheit. Fragen Sie ihn nach Mr. Goodman. Dieser Goodman ist eine Art Kirchenvorstand von der Synagoge. Der Rabbi muß also genau über ihn Bescheid wissen.»

Der Rabbi? Aber klar! Er konnte es dem Rabbi sagen und so seine Mitteilung auf einem Umweg an Goodman weiterleiten. Und wenn der Rabbi schlau war, brauchte der Name Ames nicht einmal zu fallen.

Er bedankte sich beim Polizeichef, legte auf und wählte unmittelbar darauf die Nummer von Rabbi Small. Er stellte sich vor und erklärte, daß er den Fall gern mit ihm besprechen würde.

«Gewiß», sagte der Rabbi. «Ich habe morgen von neun bis zehn Vorlesung. Danach kann ich jederzeit zu Ihnen ins Büro kommen.»

Ames zögerte. Er fand es nicht ganz richtig, daß der Rabbi zu ihm kommen sollte, wo doch er es war, der um eine Gefälligkeit bitten wollte. Endlich sagte er: «Wie wär's, wenn ich Sie um zehn vor Ihrem Hörsaal abholte, Rabbi?»

30

Die Glocke klingelte, der Rabbi entließ seine Studenten. Er sammelte Bücher und Papiere ein und ging hinaus. Auf dem Flur, direkt vor der Tür, stand ein gedrungener Mann von mittleren Jahren.

«Bradford Ames, Rabbi. Hoffentlich mache ich Ihnen keine Ungelegenheiten?»

«Nein, überhaupt nicht. Mein Büro ist hier am Ende des Flurs.»

Als er den Schlüssel ins Schloß steckte, fragte Ames: «Ist das Büro immer abgeschlossen?»

«Alle Büros. Dies hat einen Türschließer, der automatisch die Tür ins Schloß zieht.»

Ames sah sich neugierig um. «Und das ist der Schreibtisch, an dem Hendryx gesessen hat?»

«Ja.»

«Und die Büste?»

«Stand da oben auf dem obersten Regal.»

Sie setzten sich; der Rabbi auf den Drehstuhl, Ames in einen Besuchersessel an der anderen Schreibtischseite. Er sah sich stumm den Raum an. Als er zu schweigen fortfuhr, erkundigte sich David Small höflich: «Haben Sie noch weitere Fragen?»

Ames kicherte. «Ich bin nicht hergekommen, um Sie auszufragen, Rabbi. Vermutlich hat sich das aber am Telefon so angehört. Eigentlich möchte ich Ihnen nämlich was erzählen.»

«Bitte sehr.»

«Sie wissen sicher, wie die Anklagen gegen die vier Studenten lauten?»

Der Rabbi nickte. «Ich denke schon. Brandstiftung und Mord?»

«Jawohl. Das Zünden einer Bombe ist Brandstiftung, und das ist ein Verbrechen. Wir nehmen an, daß die Explosion die Statue zu Fall gebracht hat und Professor Hendryx dadurch getötet wurde. Das macht die Tat zu Mord.»

«Das ist mir klar.»

«Und da es in diesem Staat bei Mord keine Freilassung gegen Kaution gibt, halten wir die Studenten in Haft, bis sie dem Schwurgericht vorgeführt werden. Nehmen die Geschworenen die Anklage an, bleiben sie im Gefängnis, bis der Prozeß beginnt.»

«Ja, das weiß ich auch.»

«Was halten Sie davon?» fragte Ames überraschend.

Der Rabbi fühlte sich überrumpelt. «Das verstehe ich nicht. Spielt das, was ich denke, eine Rolle?»

«Nein, ich fürchte nicht, aber ich würde es trotzdem gern wissen.»

Der Rabbi lächelte. «Es ist kein sehr bedeutsamer Zufall, aber ich habe erst gestern im Talmud nach Material für eine Predigt gesucht und kam dabei auf einen Abschnitt, der ein ähnliches Problem berührte.»

«Talmud? Ach, das ist eines Ihrer religiösen Bücher?»

«Es ist eigentlich unser Gesetzbuch. Und der Abschnitt befaßte sich nicht mit Mord, sondern mit dem Bürgschaftsrecht und der Verantwortlichkeit des Bürgen.»

«Heißt das, daß dieser Talmud sich mit dem Zivilrecht befaßt?»

«O ja», bestätigte der Rabbi, «und mit dem Strafrecht und dem Kirchenrecht – mit allen Rechtsarten, die unser Leben beeinflussen. In unserer Religion trennen wir sie nicht. Also, in diesem Fall ging es um Verlust durch zufälligen Schaden, und es gab Beweise für die Nachlässigkeit des Bürgen. Es ging um die Frage seiner Haftung. Ein Rabbi stellte sich auf den Rechtsstandpunkt, daß Fahrlässigkeit am Anfang einer Handlung, die einen Schaden zur Folge hat, wenn auch durch Zufall, den Bürgen haftbar macht.»

«Ja, das ist auch der Standpunkt, den wir einnehmen.»

«Aber ein anderer Rabbi war der Ansicht, daß das Grundprinzip anders sein müsse. Selbst wenn am Anfang Fahrlässigkeit vorgekommen ist, ist er nicht haftbar, wenn der Schaden durch einen Zufall verursacht wird.»

«Und wie wurde der Fall entschieden?» fragte Ames, der auf einmal Interesse gewann.

Der Rabbi lächelte. «Er wurde gar nicht entschieden. Wie bei einer größeren Anzahl solcher Fälle wurde die endgültige Entscheidung bis zur Wiederkehr des Propheten Elias hinausgeschoben.»

Ames lachte. «Sehr gut. Ich wollte, wir könnten auf so etwas zurückgreifen.»

Auch der Rabbi lachte. «Das können Sie nicht, es sei denn, Sie glaubten, Elias käme wirklich wieder.»

«Das würde die Lage natürlich verändern.» Ames entdeckte, daß ihm der Rabbi gefiel, und beschloß, sich ihm anzuvertrauen, wie er es geplant hatte. «Um auf den akuten Fall zurückzukommen, Rabbi, gestehe ich Ihnen ein, daß ich über die augenblickliche Situation keineswegs glücklich bin. Die jungen Leute können eine bestimmte Zeit in Untersuchungshaft behalten werden, obwohl sie noch nicht durch ein Gerichtsverfahren für schuldig befunden worden sind. Ich weiß, das ist ein Risiko, dem jeder Bürger ausgesetzt ist. Es kann jedem geschehen. Natürlich ist es dem einzelnen gegenüber ungerecht, aber andererseits muß der Staat seine Bürger schützen. Wir treffen viele Vorsichtsmaßnahmen, die verhindern sollen, daß ein Unschuldiger darunter zu leiden hat. Die Polizei kann niemand länger als vierundzwanzig Stunden festhalten, ohne daß ein Richter seine Zustimmung gibt, ebenso wie wir Menschen nicht dem Ungemach und den Härten eines Prozesses aussetzen, ehe nicht ein Schwurgericht entschieden hat, daß es gute Gründe gibt, die gegen sie sprechen.»

«Ich kann kaum annehmen, Mr. Ames, daß Sie gekommen sind, mir die Vorzüge unseres Rechtssystems darzulegen.»

Ames kicherte. «Recht haben Sie, Rabbi. Folgendes: der Gerichtsarzt hat gerade seinen Befund eingereicht. Seiner Ansicht nach ist der Tod Ihres Kollegen einige Zeit vor der Explosion eingetreten. Nun sind die Untersuchungsergebnisse nicht beweiskräftig. Es können dem Arzt Fehler unterlaufen, wahrscheinlich ist das hier geschehen, aber wenn der Richter damals schon den ärztlichen Befund vorliegen gehabt hätte, würde er niemals die Stellung einer Kaution abgelehnt haben, davon bin ich überzeugt.»

«Aha», sagte der Rabbi. «Was tun Sie denn nun in einer derartigen Situation? So etwas muß ja sicher früher schon einmal vorgekommen sein – nicht genau wie in diesem Fall, aber doch so, daß neue Beweise aufgetaucht sind.»

«Oh, das kommt häufig vor. Normalerweise würde ich in so einem Fall den Verteidiger anrufen und ihm anraten, den Verzicht oder die Verminderung einer Kaution zu beantragen. In diesem speziellen Fall aber hat der District Attorney eine sehr festgelegte Meinung, und dadurch wird alles ein bißchen schwierig. Verstehen Sie?» Er blickte erwartungsvoll zum Rabbi hinüber.

«Ich glaube schon», sagte der Rabbi zögernd. Und dann: «Haben Sie in den anderen Fällen erst die Genehmigung des District Attorney eingeholt?»

«Nein, nein. Ich bearbeite meine Fälle ganz unbeeinflußt. Es ist nicht üblich, daß jemand eingreift.»

Der Rabbi sah ihn an. «Und warum können Sie diesmal nicht genauso vorgehen?»

Ames suchte im Besucherstuhl nach einer etwas bequemeren Stellung. «Weil wir schon darüber gesprochen haben und er dagegen ist.»

«Nehmen wir mal an, Sie machten sich nicht die Mühe, es ihm zu sagen, riefen aber trotzdem an. Würde er nicht vermuten, der Verteidiger hätte den Antrag von sich aus gestellt?»

«Wenn es ein Anwalt wäre, den ich kenne, mit dem ich schon zu tun gehabt habe, ließe sich das ohne jede Schwierigkeit machen. Ich würde durchblicken lassen, daß ich auf eigene Faust handle, und man besser kein

Wort darüber verliert. Wissen Sie, in der County gibt es gar nicht so viele Anwälte, die Strafsachen machen, und im Laufe der Jahre habe ich mit den meisten von ihnen gute Kontakte entwickelt. Aber diesmal kenne ich keinen der Männer, die für die Studenten auftreten. Im übrigen geht es um vier Anwälte, und da würde bestimmt etwas durchsickern.»

«Ah, jetzt sehe ich Ihr Problem.» Der Rabbi schwieg kurze Zeit. Endlich sagte er: «Als Sie mit mir den Fall besprochen haben, haben Sie es unter der Voraussetzung getan, daß ich als Rabbi, das heißt als Priester, der Schweigepflicht unterliege und das, was Sie gesagt haben, als vertrauliche Mitteilung betrachten muß?»

Ames kicherte wiederum. «Sie begreifen schnell, Rabbi. Um aber Ihre Frage zu beantworten: wenn Sie im Zeugenstand stünden, Rabbi, und aus diesen Gründen die Aussage verweigerten, würde der das Verhör führende Anwalt sofort darauf hinweisen, daß, wenn einer der Gesprächsteilnehmer ein jüdischer Rabbi und der andere ein unitarischer Christ wären, das Recht des Priesters zur Aussageverweigerung keine Anwendung finden könne.»

«Sehr gut, gehen wir von dieser Basis aus. Sagen Sie mir, Mr. Ames, warum sind Sie gerade zu mir gekommen?»

«Von den vier Anwälten scheint mir Paul Goodman der einzig mögliche zu sein. Er ist erfahren; er stammt aus der Gegend. Dennoch wollte ich erst etwas über ihn erfahren. Ich habe Chef Lanigan angerufen, und er hat den Vorschlag gemacht, ich sollte mit Ihnen reden. Ich habe dem entnommen, daß Sie sich gut kennen.»

Der Rabbi sagte lachend: «Ja, wir haben schon miteinander zu tun gehabt.»

31

Bradford Ames ging langsam durch die Wohnung, blieb vor dem Bücherregal stehen, las Buchtitel oder betrachtete ein Bild an der Wand.

«Was suchen Sie?» fragte Sergeant Schroeder.

«Das weiß ich nicht.» Ames schüttelte den Kopf. «Mir fällt nichts ein. Dieser Hocker da, ist das der, von dem die Putzfrau sagt, er hätte nicht so gestanden, als sie fortgegangen ist?»

«Ja, das hat sie gesagt.»

«Und die Pfeife und der Aschenbecher? War sie sicher, daß die nicht dort standen?»

«Nicht bei der Pfeife. Sie sagt, sie hätte den Aschenbecher saubergemacht, weiß aber nicht, ob eine Pfeife drin gelegen hat oder nicht. Aber wenn, hätte sie sie in den Ständer gehängt.»

«Das wird stimmen, Sergeant. Als alter Junggeselle weiß ich, daß

Putzfrauen immer Aschenbecher saubermachen, ob es nötig ist oder nicht.»

«Frauen auch.»

«Ja?» fragte Ames geistesabwesend. «Tja, Sergeant. Ich neige dazu, ihr das zu glauben.»

«Haben Sie das vorher nicht getan?» fragte Schroeder erstaunt. «Warum nicht?»

«Weil die ganze Sache nicht mehr paßt, falls das, was sie sagt, richtig ist.

«Wieso nicht?»

Ames hob einen rundlichen Zeigefinger. «Sie sagt, sie wäre kurz vor drei Uhr, vielleicht zehn vor, fortgegangen. Wir wissen, daß die Bombe kurz nach drei Uhr explodiert ist. Das bedeutet: Hendryx mußte in seine Wohnung gehen, den Hocker umstellen, ein Buch aus dem Regal ziehen, die Pfeife anzünden, sich zum Lesen in den Sessel setzen und dann mit einem Affenzahn in sein Büro rüberrennen, um sich von der Statue erschlagen zu lassen – und das alles in fünfzehn Minuten.»

«Er hätte ja mit brennender Pfeife hereingekommen sein können.»

«Ein guter Punkt, aber auch wieder nicht so gut, weil ein halbes Dutzend Streichhölzer im Aschenbecher liegt.»

«Das machen die doch andauernd», wandte Schroeder ein. «Sie benötigen mehr Streichhölzer als Tabak. Meinen Sie, das hätte er in fünfzehn Minuten nicht schaffen können?»

«Na, möglich wäre es», sagte Ames, «aber mehr auch nicht. Möglich, wenn man gegen eine Stoppuhr rennt. Genügt Ihnen das?»

«Nein, Sir», gab der Sergeant zu. «Aber Sie kennen doch den Spruch: wenn du alles andere ausgeschlossen hast, muß das, was übrigbleibt, die Lösung sein. Andererseits, Mrs. O'Rourke kann mit der Zeit ein bißchen gemogelt haben und in Wirklichkeit ziemlich viel früher gegangen sein. Aber warum sollte sie deswegen lügen?»

Ames zuckte die Achseln. «Die schwindeln immer. Wenn sie ans Telefon gehen, während man nicht da ist, sagen sie, die Verbindung wäre schlecht gewesen, statt daß sie sich die Mühe machen, einen Bleistift zu holen und eine Nachricht aufzuschreiben. Wenn sie was kaputt machen, verstecken sie's, statt es einem zu sagen. Ich hatte eine, die legte Sachen, die sie kaputt gemacht hatte, an Stellen, wo ich drüber stolpern mußte, damit ich denken sollte, ich wär's gewesen.»

«Wir könnten Sie noch mal fragen», schlug Schroeder vor.

Auch Ames hielt das für angebracht.

«Was ist mit dem Gerichtsarzt?» fragte der Sergeant. «Hat er zugegeben, daß er sich geirrt haben könnte?»

«Nein. Er besteht darauf, daß seine Zeitangabe stimmt.»

«Dann ergibt das alles keinen Sinn, überhaupt keinen», sagte Schroeder kopfschüttelnd.

Ames kicherte. «Sergeant, über Ärzte kann ich Ihnen was erzählen. Der Arzt ist noch nicht geboren, den ich nicht im Kreuzverhör über eine Todeszeit in Widersprüche verwickeln könnte. Natürlich tue ich das nicht. Meistens sind sie ja auch auf meiner Seite. Aber man braucht wirklich nur die einschlägige Literatur zu lesen, um zu sehen, wie viele Variationen es über den Abschied von dieser Welt gibt. In unserem Fall sagt der Arzt, der Tod wäre zwischen 14 Uhr 10 und 14 Uhr 40 eingetreten. Also fragen Sie ihn, ob es nicht ein wenig früher und ein bißchen später hätte sein können, sagen wir von 14 Uhr 05 bis 14 Uhr 45, und das muß er natürlich als Möglichkeit zugeben. Sie dehnen die Spanne also immer um fünf Minuten aus, bis er dann Einspruch erhebt und sagt, so früh oder so spät hätte es unmöglich sein können. Mittlerweile trauen ihm aber die Geschworenen schon nicht mehr so ganz. Dann fragen Sie, warum er zwischen 14 Uhr 10 und 14 Uhr 40 angegeben hätte, wenn er jetzt zugesteht, daß es zwischen Viertel vor zwei und Viertel nach drei sein könnte. Selbst wenn es ihm gelingt, sich zu beherrschen – die Chance, daß er das nicht kann, ist groß –, werden die Geschworenen ihn nicht für einen sehr objektiven, wissenschaftlichen Zeugen halten, sondern annehmen, er versuchte nur, der Partei zu helfen, von der er bezahlt wird.»

«Donnerwetter!»

«Aber, Sergeant», sagte Ames kichernd, «das sind nur juristische Feuerwerke. Wenn er ein guter Mann ist, der was von seinem Beruf versteht, würde ich merken, daß er die Wahrheit sagt, selbst wenn ich ihn im Zeugenstand zu Hackfleisch verarbeite.»

Schroeder war nun doch sehr verwirrt. «Irrt er sich denn nun oder nicht?»

«Das ist das große Problem, Sergeant. Wenn der Gerichtsarzt nämlich recht hat, dann war es nicht die Explosion, die die Büste zum Fallen gebracht hat, sondern etwas anderes. Ich habe schon an Erschütterung durch einen vorbeifahrenden schweren Laster gedacht oder um den Schallmauerdurchbruch eines Düsenflugzeugs – aber so etwas muß schon öfter vorgekommen sein, und die Büste ist dabei nie umgekippt. Nein, nein, es deutet alles darauf hin, daß jemand das Ding heruntergezogen hat. Absichtlich. Und das ist Mord, nicht die Folge einer verbrecherischen Tat, sondern glatter, klarer Mord.»

«Wir könnten in Hendryx' Vergangenheit nachforschen, ob es jemand gibt, der ihm den Tod wünschen könnte», schlug der Sergeant vor.

Ames nickte heftig. «Ja, tun Sie das. Unbedingt. Ich würde jeden vernehmen, der an dem Nachmittag im Haus war. Ich würde mir auch die Leute aus der englischen Abteilung vornehmen. Ganz besonders würde ich mich dafür interessieren, warum er nicht wie jeder andere seinen Schreibtisch im großen Büro der Abteilung hatte.»

«Sehr wohl, Sir, ich werde mich darum kümmern.»

Dean Hanbury strickte gemächlich vor sich hin, während sie die Fragen des Sergeant beantwortete. «Warten Sie . . . zwischen 14 und 15 Uhr war ich natürlich hier und habe auf die Studentendelegation gewartet. Präsident Macomber könnte in seinem Büro gewesen sein, aber meine Sekretärin geht freitags schon um zwölf. Dann war Rabbi Small da und natürlich seine Studenten.»

«Er hat gesehen, wie Sie die Tür zugemacht haben.»

Sie lachte. «O je, hat er das gesehen? Das tut mir leid. Es war nicht sehr nett von mir. Er ist ein reizender Mensch, aber er nimmt alles so ernst. Jeden Freitag kommt er herein, um mir zu erzählen, wie wenige wieder an seinem Kursus teilgenommen haben. An diesem Freitagmittag wollte ich wegen des Treffens mit den Studenten, und weil der Vormittag so hektisch gewesen war, einfach niemand mehr sehen.»

«Können Sie mir was über Professor Hendryx erzählen?»

«Was, zum Beispiel, Sergeant?»

«Na, über sein Privatleben, seine Freunde, seine engsten Mitarbeiter –»

Sie schüttelte bedauernd den Kopf. «Ursprünglich stammt er aus meiner Heimatstadt, Barnard's Crossing. Ich kenne ihn seit frühester Jugend. Er war natürlich viel älter als ich, aber in einer kleinen Stadt kennt jeder jeden. Als wir ihn bei uns angestellt haben, haben wir seine akademische Laufbahn sehr gründlich überprüft, aber das ist alles. Er hat irgendwo im Westen noch Angehörige. Hier hatte er als Junggeselle keine engen Kontakte.»

Als Antwort auf ein lebhaftes «Herein!» betrat Sergeant Schroeder das Büro von Präsident Macomber, der gerade dabei war, einen Golfball über den Teppich in Richtung auf ein umgekipptes Wasserglas am anderen Ende des Zimmers zu schlagen. «Ah, Sie sind das. Ich dachte, es wäre meine Tochter. Was kann ich für Sie tun?»

«Wir sammeln noch ein paar letzte Auskünfte und überprüfen noch einmal alle Aussagen von Personen, die so zwischen zwei und drei Uhr noch im Hause waren.»

«Oh, ich war auch hier. Ich muß ein paar Minuten vor oder nach halb drei gegangen sein.»

Er hob das Glas auf und ließ den Ball in die Hand rollen. Er wollte schon das Glas wieder auf den Teppich legen, überlegte es sich dann anders und stellte es auf den Schreibtisch. Dann schob er den Golfball in die Tasche und setzte sich. Den Schläger hielt er immer noch in der Hand. «Das ist eine unglückselige Geschichte, Sergeant. Wissen Sie, Dean Hanbury war andauernd hinter mir her, ich sollte Hendryx zum Leiter der englischen Abteilung ernennen. Er war nur kommissarischer Leiter. Und ausgerechnet an dem Morgen habe ich ihr mitgeteilt, ich würde ihn befördern. Da sieht man mal wieder die Bestätigung des alten Spruchs: Der Mensch denkt und . . .»

Sergeant Schroeder sagte, davon habe Dean Hanbury ihm gegenüber aber nichts erwähnt.

«Na, das ist doch klar. Unter den Umständen, und nachdem es nicht öffentlich bekannt gegeben worden war, warum sollte sie? Außerdem meinte sie sicher, das wäre meine Sache.»

«Ja, das denke ich mir auch», sagte der Sergeant. «Wie ist das, können Sie mir was über Professor Hendryx' Privatleben, seine Beziehungen zu anderen Kollegen oder zu Studenten und besonders zu Studentinnen erzählen? Er war ja schließlich Junggeselle und lebte allein –»

«Die Frage kann ich Ihnen beantworten, Sergeant», sagte Betty Macomber, die gerade das Büro betreten und seine Frage mitgehört hatte. «Professor Hendryx hatte keine Beziehungen der Art, wie Sie sie andeuteten. Ich kannte ihn sehr gut und habe ihn sehr oft gesehen. Wir wollten nämlich heiraten.»

Mary Barton, sehr bald schon Dr. Barton, plauderte ohne jede Bosheit oder Hemmung drauflos. «Ach, ich mochte ihn, aber er war nicht jedermanns Geschmack. Er wurde leicht scharf und sarkastisch und machte gern spitze Bemerkungen, die die Leute verärgerten. Mich hat das nie gestört. Im Gegenteil, mich amüsiert so was. College-Professoren geben sich oft so überheblich, und unsere Abteilung ist da keine Ausnahme, und ich fand es lustig, wenn er ihre kleinen Eitelkeiten bloßstellte . . . Nein, *gehaßt* hat ihn wohl keiner, aber als er ankündigte, er zöge aus dem großen Büro aus, hat ihn bestimmt niemand zum Bleiben überredet . . . Wie ich das meine? Na, zum Beispiel hat Professor Hallett mal erwähnt, er wolle in Urlaub fahren, worauf Hendryx bemerkte: ‹Davon werden Ihre Studenten aber sicher profitieren.› Und dann hat er die Juden immer gefrozzelt. Als er in einem Kurs auf den ‹*Kaufmann von Venedig*› zu sprechen kam, hat er gesagt: ‹Na, da werde ich von den Auserwählten aus meinem Kurs viel Interessantes zu hören bekommen.› Wir haben im Kollegium unter den jüngeren zwei oder drei Juden.» Sie lachte. «Wissen Sie, als ich in den fünfziger Jahren hier angefangen habe, war es allgemeine Politik, in der englischen Abteilung keine Juden einzustellen. Mathematik, Naturwissenschaften, Wirtschaftskunde – Okay, aber nicht für Englisch. Ich erinnere mich, daß sie Albert Brodsky abgelehnt haben . . . Ach, das ist der, der das fabelhafte Buch über Linguistik geschrieben hat . . . Professor Brodsky von Princeton? Sie haben nie von ihm gehört? Na, glauben Sie mir, der ist absolute Spitze . . .

Aber was wollte ich sagen? Ach ja, sie waren natürlich alle etwas peinlich berührt und haben so getan, als hätten sie's nicht gehört. Alle, nur nicht Roger Fine. Der hat sich gegen Hendryx gewehrt. Nicht nur das. Ich hab ihn einmal sagen hören, er würde Bekanntschaft mit seinem Stock machen, wenn er nicht den Mund hielte. Fine ist ein bißchen lahm und geht am Stock ... Ja, sicher muß das um eine Bemerkung gegangen sein, die Fine als antisemitisch empfand. Vielleicht ist er etwas überempfindlich, aber das sollte ich nicht sagen, weil ich ja nicht jüdisch bin. Ich meine, wenn ich es wäre, würde ich vielleicht anders empfinden. Ich erinnere mich, ich habe Rabbi Small gefragt, ob er Hendryx für einen Antisemiten hielte, aber darauf hat er mit nein geantwortet. Natürlich war das nach dem Tod von Hendryx, vielleicht dachte der Rabbi: *De mortuis* ... Richtig, es war kurz vor dem Gedenkgottesdienst für Hendryx ... Ach, ich dachte, Sie kennen das. Es ist ein lateinischer Spruch. *De mortuis nihil nisi bonum.* Das bedeutet, daß man über die Toten nur Gutes sagen soll.»

«Sagt mal, sind die Cops auch bei euch aufgekreuzt?» rief Mazelman in die Klasse. «Bei mir tanzt doch tatsächlich ein Sergeant zu Hause an und quetscht mich aus –»

«Was meinst du damit?»

«Na, wer am Freitag in der Vorlesung war, an dem Freitag, an dem es Hendryx erwischt hat? Hab ich jemand im Haus gesehen? Allmählich kommt dann raus, daß es um die Zeit zwischen zwei und drei Uhr geht. Ich hab ihm dann gesagt, daß ich um zwei schon am Flughafen war, weil der Rabbi mucksch war und uns hat sitzenlassen. Mann, war der platt!»

«Du Arschloch!»

Mazelman verfärbte sich. «Was soll das, Luftig?»

«Warum mußtest du ihm denn das sagen?»

«Warum nicht? Is das ein Geheimnis?»

«Ich hab's nicht gern, wenn man seine schmutzige Wäsche in der Öffentlichkeit wäscht», beharrte Luftig.

«Na, das hat sich einfach so ergeben. Übrigens, seit wann bist du denn so ein großer Spezi vom Rabbi? Du zankst dich doch dauernd mit ihm rum.»

«Na und? Muß ich ihn deshalb gleich den Wölfen vorwerfen?»

«Wer wirft ihn denn den Wölfen vor?» begehrte Mazelman auf. «Und im übrigen, mach dir keine Sorgen um den Rabbi. Ein so gerissener Kerl kann auf sich selber aufpassen.»

«Wenn man erst mal anfängt zu graben, findet man auch was», sagte Sergeant Schroeder in grimmiger Selbstzufriedenheit zu Bradford Ames, der gerade seinen Bericht zu Ende gelesen hatte. «Warum zum Beispiel, hat uns diese Dekanin nicht gesagt, daß Hendryx Leiter der Abteilung werden sollte?»

«Weil sie es, als Sie sie zum erstenmal gefragt haben, vermutlich nicht für wichtig gehalten hat. Den Grund, den Präsident Macomber nannte, halte ich für stichhaltig.»

«Ich begreife das nicht. Ein Mann ist ermordet worden.»

«Sie müssen doch jetzt einen neuen Mann für den Posten benennen, nicht wahr? Warum sollen sie ihm sagen, daß er zweite Wahl ist?»

«Ja, gut ...» Der Sergeant war nicht überzeugt. «Ich muß natürlich noch eine Reihe anderer fragen.»

«Ja, Sie sagten, Sie wollten noch mal mit der Putzfrau reden.»

«Sie wollten mit dabei sein, Sir.»

«Stimmt, das will ich unbedingt. Gibt's was über den ausgerückten Studenten, diesen Ekko?»

Schroeder grinste zufrieden. «Ich glaube, dem sind wir auf der Spur. Freitag, am Spätnachmittag, ist ein junger Mann in den Bus nach Albany gestiegen. Er hat sich neben einen Mann gesetzt, der in Springfield ein Friseurgeschäft hat. Nun stellt sich heraus, daß der Friseur einem seiner Kunden von dem jungen Burschen erzählt hat, der ihn zum Besten halten wollte, und dem er es damit heimgezahlt hat, daß er ihm auf den Kopf zugesagt hat, er trüge eine Perücke und einen falschen Bart. Unser Glück will es, daß der Kunde ein Mann von der Kriminalpolizei in Springfield ist und unsere Meldung über diesen Ekko gelesen hat, der kahl wie ein Ei ist. Der Beamte hat daraufhin dem Bild auf dem Steckbrief Haare und einen Schnurrbart aufmalen lassen – und der Friseur hat ihn einwandfrei erkannt. Ich glaube, es wird nicht mehr lange dauern, bis wir ihn haben.»

«Sehr gut», lobte Ames. «Sind Sie mit dem College schon durch?»

«Nein, es fehlen noch Professor Fine, der Rest der Studenten des Rabbi und natürlich der Rabbi selber. Mit dem werde ich mich wohl etwas näher befassen müssen.»

«Mit dem Rabbi?» Ames sah erstaunt auf.

«Ganz richtig. Der hat 'ne Menge zu erklären. Ich hab Ihnen doch erzählt, daß er damals nicht mit mir reden wollte, weil Sabbat war. Na, und als er sich dann endlich dazu bequemt, erwähnt er kein Wort darüber, daß er schon nach zehn Minuten nach Kollegbeginn aus seiner Klasse davongelaufen ist.»

«Und warum messen Sie dem so große Bedeutung zu?»

«Überlegen Sie doch, Sir. Wenn er seine Klasse kurz nach eins, das Haus aber erst nach zwei Uhr verlassen hat, dann war er über eine Stunde mit Hendryx zusammen. Bitte, was haben sie in der Zeit gemacht?»

«Was am naheliegendsten ist – geredet.»

«Jawohl!» Schroeder schien dies als verdächtig anzusehen. «Und nun erinnern Sie sich an die Aussage dieser Miss Barton. Hendryx war ein Antisemit.»

«Worauf wollen Sie hinaus, Sergeant?»

«Also: wenn der Rabbi zugibt, gegen zehn nach zwei gegangen zu sein, und der Arzt die Todeszeit zwischen zehn nach zwei und zwanzig vor drei festlegt, und der Rabbi bis zu diesem Zeitpunkt mit Hendryx allein war, mit Hendryx, einem bekannten Antisemiten, und er dazu noch ein Rabbi . . . Nehmen wir an, sie haben gestritten. Nehmen wir an, der Arzt liegt mit der Zeit nicht ganz richtig. Es geht um die zehn oder fünfzehn Minuten, von denen Sie selber gesprochen haben – nur, daß es *früher* ist, nicht später. Sir, wenn nun gar kein Plan erforderlich gewesen wäre, wenn es eine spontane Handlung . . .»

Bradford Ames starrte ihn an, als sähe er ihn zum erstenmal. Schroeder hatte es offenbar noch nicht verwunden, daß der Rabbi sich anfangs geweigert hatte, mit ihm zu sprechen.

«Und wie zieht er den Gipskopf herunter, Sergeant?» fragte Ames sanft. «Haben Sie darüber nachgedacht?»

«Hab ich», sagte Schroeder. «Auf den Regalen liegen alte Bücher und Hefte. Nehmen wir an, der Rabbi entdeckt ein Buch, das er lesen oder ansehen will. Wenn es auf dem obersten Bord steht, muß er raufklettern. Er klettert also rauf und ist direkt neben der Büste. Dann braucht er ihr nur einen kleinen Stoß zu geben. Vielleicht war es ja auch wirklich nur ein Unfall.» Er hatte plötzlich einen Gedanken. «Vielleicht wollte er deswegen zu Dean Hanbury, um ihr zu sagen, es sei ein Unfall passiert, und sie solle einen Arzt rufen. Aber sie macht ihm die Tür vor der Nase zu. Er muß natürlich ganz durcheinander gewesen sein. Und jetzt frage ich Sie: geht ein Mann, der gerade so etwas erlebt hat, direkt nach Hause?» Er schüttelte den Kopf. «Nein, Sir. Er fährt eine Weile herum und versucht, sich klarzuwerden, was er tun soll. Darum ist er so spät nach Hause gekommen. Und dann, als ich angerufen habe, hatte er schon von der Bombenexplosion gehört. Klar, daß er nicht mit mir reden wollte, ehe er einen festen Plan hatte.»

«Aber –»

Der Sergeant beugte sich aufgeregt vor. «Jetzt kommt der Knüller! Erinnern Sie sich, was für Gedanken wir uns gemacht haben, wie der Mörder hereingekommen ist, ohne daß Hendryx aufstehen mußte, um ihm die Tür zu öffnen? Bitte, es gibt eine Person, die das konnte, und das ist der Rabbi. *Weil er selber einen Schlüssel hatte!* Oh, ich habe eine Menge Fragen für den Rabbi –»

«Nein.»

«Nein?»

«Nein, Sergeant, *ich* werde mit ihm sprechen.»

33

Nur ein paar der engsten Freunde der Selzers waren gekommen, um ihnen zur Freilassung ihres Sohnes zu gratulieren. Jetzt lauschten sie dem Vater in verzückter Aufmerksamkeit.

«Und da kommt der Rabbi, und ich offeriere ihm eine Tasse Kaffee. Dabei hatte ich zu der Zeit gar keine Lust, Besucher zu bewirten, versteht ihr. Aber wenn ich der Chefin erzählt hätte, der Rabbi wäre gekommen und ich hätte ihm nichts angeboten, Mann, hätte ich was zu hören bekommen!» Er sah liebevoll seine Frau an, die neben ihm auf dem Sofa saß und seine Hand streichelte.

«Aber er sagt, er hat's eilig und kann nicht lange bleiben. Und dann sagt er: ‹Ich glaube, es wäre eine gute Idee, wenn Sie mal mit Mr. Goodman sprächen. Sagen Sie ihm, er soll einen Antrag auf Freilassung Ihres Sohnes stellen; er soll selber bürgen oder eine mäßige Kaution anbieten.› Einfach so. – Nun hab ich aber, seit uns das geschehen ist, von allen Leuten gute Ratschläge bekommen. Nicht nur von Freunden und Bekannten, sondern auch von Leuten, die ich kaum kenne oder die mir ganz fremd sind. Einer ruft mich an und sagt, ich soll den Anwalt nehmen, von dem die Presse behauptet hat, daß er alle seine Mandanten freibekommt. Ein anderer sagt, ich soll an alle Zeitungen schreiben und eine Pressekampagne starten. Und dann haben ein paar Irre angerufen und gesagt, wenn ich mich Jesus unterwürfe, würde er es in die Hand nehmen. Und einer ist tatsächlich zu mir gekommen und hat gesagt, ich könnte Abner morgen zu Hause haben, wenn ich Ströme in meinem Gehirn aktiviere, die sich dann mit denselben Strömen in den Köpfen des Richters und des D. A. verbänden und ihnen sagten, sie müßten Abner entlassen und nach Hause schicken. Gott sei mein Zeuge! Es war ihm todernst damit, und er redete wie ein College-Professor.»

«Nun erzähl schon weiter», unterbrach ihn seine Frau.

«Recht hast du. Also: da war der Rabbi und sagte mir, was ich meinem Anwalt erzählen sollte. Und er schlägt das nicht nur vor – ich sollte das mit Goodman besprechen oder ihn fragen, ob das nicht eine gute Idee wäre. Nein. Er sagt: ‹Sagen Sie ihm.› Aber ihr kennt mich ja. Wenn ich krank werde oder einer aus der Familie, was Gott verhüten möge, dann rufe ich nicht einen Arzt an und sage ihm, was für Pillen er mir geben soll. Er ist schließlich der Fachmann. Und darum bezahle ich ihn auch. Mit einem Anwalt ist das genauso. Wenn ich ihm sage, was er machen soll, wozu brauche ich ihn dann?»

Selzer sah sich im Zimmer um. «Andererseits werde ich das dem Rabbi nicht ins Gesicht sagen, weil er – na, weil er der Rabbi ist. Ich meine, vielleicht bin ich darin komisch oder es liegt an meiner Erziehung, aber mit einem Rabbi rede ich nicht so wie mit einem normalen Menschen. Wenn mir ein Rabbi sagt, ich soll was tun, dann tu ich es vielleicht, vielleicht aber auch nicht, nur rechten würd ich nie mit ihm. Nun liegt es aber so, daß ich Rabbi Small für einen guten Mann halte und finde, daß wir Glück haben, daß er hier ist. Als Rabbi, meine ich jetzt natürlich, versteht ihr? Denn dies ist eine praktische Sache, und ich halte nun mal Rabbi Small oder irgendeinen anderen Rabbi nicht für einen praktischen

Mann. Darum hab ich mich sehr höflich bei ihm für seine Teilnahme bedankt und hätte wahrscheinlich alles vergessen, wenn ich nicht wegen der neuen *Times* zum Drugstore gegangen wäre. Und wen treffe ich da? Den alten Jake Wasserman, der mit Al Becker spazierengeht.»

«Ach?» sagte Berkowitz. «Wie geht's dem alten Knaben? Ich hab ihn seit Monaten nicht gesehen.»

«Er sieht prima aus, wirklich prima», erwiderte Selzer. «Natürlich ist er schrecklich dünn, und seine Haut ist fast durchsichtig, so blaß ist er. Beim Gehen schlurft er vor sich hin und hält sich an Becker fest, als würde er umfallen, wenn er losließe, aber sonst fand ich ihn sehr gut aussehend. Natürlich bleiben wir auf einen Schwatz stehen, und er fragt, was es in der Sache meines Jungen Neues gäbe, und ich sage ihm, es gäbe nichts Neues, alles wäre wie immer. Na, während wir so reden, bemerkte ich so nebenbei, daß der Rabbi bei mir war, und was er gesagt hat.

Und da fragt Wasserman: ‹Haben Sie es denn Goodman mitgeteilt?› Darum erkläre ich ihm, daß ich keinen Sinn drin sehe, einem Anwalt zu sagen, wie er seine Arbeit tun soll. Aber der alte Jake schüttelt den Kopf und zeigt, daß er nicht meiner Meinung ist, und dann sagt er: ‹Der Rabbi ist zu Ihnen gekommen? Sie sind ihm nicht zufällig über den Weg gelaufen wie jetzt uns beiden?› – ‹Nein, nein›, sage ich. ‹Er ist zu mir gekommen.›

Als nächstes fragt Al Becker: ‹Nur deswegen, oder hat er noch was anderes von Ihnen gewollt?› – ‹Nein›, sage ich, ‹nur deswegen.›

Ja, und dann legt mir Wasserman die Hand auf den Arm und sieht mir tief in die Augen. ‹Glauben Sie mir, Mr. Selzer›, sagte er dann ganz ernst, ‹wenn der Rabbi sich extra die Mühe macht, Ihnen das zu sagen, dann sollten Sie seinem Rat folgen.›»

Selzer sah von einem zum anderen. «Also, um die Wahrheit zu gestehen, ich wollte lachen und es abwehren. Wasserman ist ja schließlich ein sehr alter Mann.»

«Und wir wissen alle, daß er glaubt, die Sonne geht mit dem Rabbi auf und unter.»

«Das kann man wohl sagen», stimmte Selzer zu. «Darum wollte ich es ja auch abtun, aber dann sagt auch noch Al Becker, der ein praktischer und sehr erfolgreicher Geschäftsmann ist: ‹Das ist ein guter Rat, Selzer, und wenn Sie den nicht befolgen, werden Sie sich hinterher noch lange Vorwürfe machen.›

Tja, und da bin ich unruhig geworden. Wenn man bedenkt: ein Mann wie Becker, ein großer Geschäftsmann, was der schon alles mit Anwälten zu tun gehabt hat! Ich meine, der weiß doch Bescheid. Und dann denke ich: vielleicht verpasse ich doch eine Chance. Und warum hab ich eigentlich Angst vor Paul Goodman? Ich meine, ich bezahle ihn doch, oder nicht? Ich bin kein Wohlfahrtsfall. Na, als ich nach Hause gekommen bin, hab ich ihn angerufen. Und um eine lange Geschichte kurz zu machen; er stellt den Antrag. Und was passiert? Dank unserem Rabbi ist Abner oben und holt den verpaßten Schlaf nach.»

34

«Nur eine Frage, Rabbi», sagte Bradford Ames und lächelte liebenswürdig. Sie saßen wieder in dem winzigen College-Büro des Rabbi. «Warum haben Sie Sergeant Schroeder nicht erzählt, daß Sie am Freitag vorzeitig aus Ihrer Vorlesung gegangen sind?»

Rabbi Sall wurde rot. «Vermutlich, weil es mir peinlich war. Er hat auch nicht gefragt, um welche Zeit ich aus dem Hörsaal gekommen bin, sondern nur, wann ich das Gebäude verlassen habe. Sicher, ich hätte es erwähnen sollen, aber Lanigan war dabei und meine Frau, und ich habe mich geniert zuzugeben, daß ich Ärger mit den Studenten gehabt hatte.»

«Gut, dann frage ich das jetzt, Rabbi. Wann haben Sie den *Hörsaal* verlassen?»

«Es kann kaum später als zehn oder Viertel nach eins gewesen sein», antwortete der Rabbi prompt. «Und ich bin sofort hierhergekommen.»

«War Hendryx hier?»

«Er saß oder vielmehr lag in eben diesem Stuhl.»

«Und Sie sind bis kurz nach zwei Uhr hiergeblieben?»

«Hm.»

«Sie saßen hier etwa eine Stunde lang zusammen und haben ein freundschaftliches Gespräch geführt?»

«Ja, so war es, Mr. Ames.»

«War es freundschaftlich, Rabbi? Haben Sie ihn als Freund betrachtet?»

«Nein, das nicht gerade», sagte der Rabbi. «Wir teilten uns dieses Büro, mehr war nicht dran.»

«Aber Sie haben sich immerhin eine Stunde lang unterhalten», gab Ames zu bedenken. «Worüber, wenn ich fragen darf?»

«Ach, zum größten Teil über Erziehungstheorien.» Der Rabbi errötete schon wieder. «Anfangs wollte ich nur abwarten, ob einer aus der Klasse käme, um sich für ihr Benehmen zu entschuldigen. Und dann bin ich geblieben, weil ich – ja, weil ich schließlich für die Zeit bezahlt wurde.»

Ames sah den Rabbi neugierig an. «Eine erfreuliche Einstellung, wenn Sie mir diese Bemerkung gestatten. Und dann, auf der Heimfahrt, haben Sie unterwegs angehalten, eine Tasse Kaffee getrunken und sich in ein Buch vertieft. Sie sind erst ziemlich spät nach Hause gekommen.»

«Ja, das stimmt», bestätigte der Rabbi.

Ames kicherte und lachte dann laut auf. «Ich glaube Ihnen, Rabbi. Und wissen Sie warum? Weil es eine so verdammt unwahrscheinliche Erklärung ist, daß ich mir einfach nicht vorstellen kann, daß Sie sie erfunden haben.»

Der Rabbi grinste.

«Haben Sie jetzt alles erzählt?» fragte Ames und zog ihn ein bißchen auf. «Halten Sie nichts zurück, weil es Ihnen peinlich sein könnte oder Sie es für unwichtig erachten?»

«Wie soll ich das wissen?» fragte der Rabbi. «Wie soll ich entscheiden, was wichtig ist und was nicht, wenn ich nicht weiß, in welche Richtung sich Ihre Gedanken bewegen oder in welchem Stadium sich Ihre Ermittlung befindet.»

Ames nickte. Sollte er es ihm sagen? Normalerweise würde er nie einem Außenseiter die Resultate einer nicht abgeschlossenen Ermittlung anvertrauen, aber, andererseits, der Rabbi konnte vielleicht helfen. Er war klug und feinfühlig und hatte fast eine Stunde lang mit Hendryx kurz vor dessen Tod gesprochen. Wenn er wußte, wonach sie suchten, erinnerte er sich vielleicht an eine Bemerkung, die wichtig sein konnte. Sergeant Schroeder würde zweifellos nichts davon halten, wahrscheinlich der District Attorney auch nicht. Und das gerade gab den Ausschlag. Er gewann Gefallen an seiner Idee und erzählte bis in alle Einzelheiten, was sie bisher entdeckt hatten. «Sehen Sie», sagte er dann abschließend, «am Ende bleiben nur zwei Möglichkeiten übrig: entweder lügt Mrs. O'Rourke oder der Gerichtsarzt hat einen Fehler gemacht.»

Der Rabbi saß lange still, dann stand er auf, umkreiste den Schreibtisch und ging auf und ab. «Die beiden halten sich nicht die Waage», sagte er endlich. «Sie haben nicht das gleiche Gewicht. Denn wenn Sie dem Gerichtsarzt Glauben schenken –» ganz unbewußt fiel er in den talmudischen Singsang – «dann müssen Sie nicht nur annehmen, daß Mrs. O'Rourke gelogen hat, sondern auch, daß die Büste nicht durch die Explosion der Bombe zu Fall gebracht worden ist. Wenn Sie aber glauben, daß dem Gerichtsarzt ein Fehler unterlaufen ist, und Mrs. O'Rourke die Wahrheit gesagt hat, dann ist es möglich, daß Hendryx mittelbar durch die Bombe getötet wurde. Aber das ist nicht wahrscheinlich. So haben Sie nun eine Unmöglichkeit auf der einen und eine Unwahrscheinlichkeit auf der anderen Seite.»

«Ich verstehe, wie Sie das meinen, daß die beiden sich nicht die Waage halten.» Ames rutschte lachend auf dem Stuhl herum. «Ihr Gesinge –»

«Oh, hab ich gesungen? Das ist mir nicht aufgegangen. Es ist die übliche Begleitung zu talmudischem Argumentieren. Ich glaube, ich mache das, ohne daß es mir bewußt wird.»

«Ich verstehe.» Ames kehrte zum Thema zurück. «Natürlich, Sie haben recht damit, daß wir im besten Fall mit einer Unwahrscheinlichkeit enden. Das offene Buch und der am falschen Platz befindliche Hocker sind eine Sache von ein, zwei Minuten. Sie können sich zum Lesen in einem Sessel niederlassen, sich erinnern, daß Sie noch etwas zu erledigen haben, und das Buch aus der Hand legen, ohne eine Zeile gelesen zu haben. Aber die Pfeife und die vielen Streichhölzer . . .»

Der Rabbi, der die Wanderung fortgesetzt hatte, blieb nun stehen. «Rauchen Sie?»

«Nein, vielen Dank.»

«Oh, so hab ich es nicht gemeint. Ich wollte nur wissen, ob Sie rauchen.»

«Nein», sagte Ames, «nie, auch früher nicht. Ich hatte als Kind Asthma und hab nie damit angefangen.»

«Ich habe geraucht, aber aufgehört, als es mir zu schwer wurde, während der Woche zu rauchen und es am Sabbat nicht zu dürfen. Während meiner College-Zeit hab ich Pfeife geraucht. Als Student konnte man dem kaum widerstehen, wenigstens nicht zu meiner Zeit.»

«Das war in meiner Zeit auch so.»

«Ich hab's mir allerdings nie richtig angewöhnt», fuhr der Rabbi fort. «Das taten nur die wenigsten Studenten. Es ist ein Trick dabei, und lange ehe man den gelernt hat, hat man sich die Zunge verbrannt und aufgegeben. Wenn *ich* mich also in den Sessel gesetzt und eine Pfeife geraucht hätte, ergäben die vielen Streichhölzer, die Sie gefunden haben, einen Sinn. Bis man es kann, geht einem andauernd die Pfeife aus, und man muß sie wieder neu anzünden. Man macht aus seinem Mund einen Blasebalg und zieht und pufft – und sie geht trotzdem aus. Aber nicht bei Hendryx. Der konnte Pfeife rauchen und genoß es. Ich habe ihm dabei zugesehen und ihn fast beneidet. Er hat sie angezündet – mit nie mehr als einem Streichholz –, hat den Tabak runtergedrückt und sie dann in Gang gehalten, absolut mühelos.»

«Was wollen Sie damit sagen, Rabbi?»

«Wenn jemand sechs Streichhölzer brauchte, um die Pfeife anzuzünden und in Gang zu halten, dann war es nicht Professor Hendryx.»

«Sie unterstellen also, daß jemand in die Wohnung kam und eine seiner Pfeifen rauchte, um den Anschein zu erwecken, Hendryx sei zurückgekommen, nachdem die Putzfrau schon gegangen war?»

Der Rabbi nickte.

«Aber das kann dann nur bedeuten, daß die betreffende Person vortäuschen wollte, Hendryx sei zu einer Zeit noch am Leben gewesen, während er bereits tot war.»

Wiederum stimmte der Rabbi zu.

«Das aber bedeutet, daß der Pfeifenraucher sich selbst ein Alibi geschaffen hat, weil er Hendryx ermordet hat.»

«Wenigstens kommen wir so zu einer dritten Möglichkeit», sagte der Rabbi mit dem Anflug eines Lächelns.

«Wieso eine dritte?»

«Sie sagten zu Anfang, es gäbe nur zwei: entweder irrte sich der

Gerichtsarzt oder die Putzfrau. Dies aber deutet darauf hin, daß beide recht hatten, daß der Arzt die richtige Zeit angegeben hat und die Putzfrau die Wahrheit sagt.»

Ames stimmte ihm zögernd zu. Dann kam ihm ein Gedanke. «Aber nehmen wir mal an, die Fingerabdrücke auf der Pfeife stellen sich als die von Hendryx heraus?»

«Das wäre nur zu erwarten. Seine Abdrücke müßten auf all seinen Pfeifen sein. Der Mörder mußte nur vorsichtig sein und sie nicht verwischen. Die Putzfrau hat sie bestimmt nicht abgestaubt. Eine Pfeife ist ebenso persönlich wie eine Zahnbürste.»

Bradford Ames lehnte sich zurück. «Wissen Sie, Rabbi, daß Sie ein sehr schlaues Kind sind? So, und nun erzählen Sie mir noch, wie der Mörder in die Wohnung gekommen ist.»

Der Rabbi schüttelte den Kopf. «Das weiß ich nicht.»

35

Es war Sergeant Schroeder anzumerken, daß er sehr zufrieden war. «Wir haben diesen Ekko festgenommen», berichtete er, kaum daß er Hendryx' Wohnung betreten hatte.

«Gratuliere. Hat er geredet?» erkundigte sich Ames.

«Nein, aber das wird schon kommen.» Schroeder war zuversichtlich. «Wir lassen ihn eine Weile im eigenen Saft schmoren, nehmen dann den Deckel ab, und dann kocht alles über. Warten Sie's ab.» Er verstummte, als draußen ein Streifenwagen der Polizei vorfuhr. «Da kommt Mrs. O'Rourke.»

Die Frau machte einen etwas verstörten Eindruck. Schroeder begann sehr brüsk: «Wir werden Ihnen einige Fragen stellen, Mrs. O'Rourke, und diesmal möchten wir die Wahrheit hören.»

«Überlassen Sie das bitte mir, Sergeant», griff Ames ein.

Die Frau war sichtlich erleichtert. «So, Mrs. O'Rourke», sagte er nun ganz freundlich, «ich möchte Sie bitten, etwas für uns zu tun. Können Sie die Wohnung für uns noch einmal genauso putzen, wie Sie es beim letztenmal gemacht haben? Verstehen Sie?»

«Ja, Sir. Gleich?»

«Das wäre am allerbesten, Mrs. O'Rourke.»

«Ja, also meistens fange ich da an.» Sie folgten ihr in die kleine Küche. Sie gab vor, Geschirr vom Tisch zu nehmen und in das Spülbecken zu stellen. «Meinen Sie so?»

«Einen Moment, Mrs. O'Rourke», warf Ames ein. «Behalten Sie dazu immer den Mantel an?»

«Nein, den ziehe ich natürlich erst aus und hänge ihn in den Schrank.»

«Dann tun Sie das bitte jetzt auch. Und wie kommen Sie herein?»

«Ich klingle an der Tür, und Professor Hendryx macht auf.»

«Schön. Dann gehen Sie bitte raus, und wir fangen von vorn an.»

«Das ist wie ein – wie ein Theaterstück, nicht, Sir?» fragte die entzückte Mrs. O'Rourke.

«Ja, Mrs. O'Rourke», sagte Ames ganz ernst. Er und Schroeder sahen stumm zu, während sie vorgab, die Wohnung zu säubern.

«Wenn ich mit diesem Zimmer fertig bin», sagte sie, sich für ihre Rolle erwärmend, «kippe ich meistens den Papierkorb aus.»

«Lassen Sie sich nicht stören.»

«Aber er ist doch leer.»

«Lieber Himmel, Frau! Dann tun Sie so, als wäre er voll», stöhnte Schroeder.

Gehorsam nahm sie den Papierkorb auf und öffnete die Tür.

«Lassen Sie die Tür offen?» fragte Ames.

«Nein. Hier zieht's zu oft, dann schlägt sie zu.»

«Dann machen Sie sie zu, und Professor Hendryx öffnet Ihnen, sobald Sie klopfen?»

«Nein, Sir, das würde ihn doch stören. Ich schiebe den Riegel vor.»

Ames ließ es sich vorführen. Sie sahen ihr nach, wie sie über den Flur zum Hintereingang ging und in einer schwungvollen Bewegung den Papierkorb scheinbar in einen großen Abfallbehälter leerte. Dann kam sie mit dem Papierkorb wieder zurück und trug ihn an seinen Platz.

«Ziehen Sie jetzt nicht den Riegel an der Tür zurück?»

«O nein, Sir, weil ich doch immer wieder raus muß, um die Zeitungen rauszutragen und den Mopp auszuschütteln.»

«Aha. Und was ist, wenn Professor Hendryx nicht hier ist?» fragte Ames. «Wenn er ins College gegangen ist?»

«Mach ich's auch so. Es kommt nie jemand herein, und ich bin doch nur bei der Hintertür.»

«Und als Sie damals fertig waren und gehen wollten, haben Sie da dran gedacht, den Riegel zurückzuschieben?»

Ihre Hand flog an den Mund; sie starrte schuldbewußt in die strengen Gesichter der beiden Männer.

«Nun?» Ames Stimme war plötzlich hart.

«Ich kann mich nich erinnern, Sir», jammerte sie. Dann verteidigte sie sich ganz automatisch. «Aber was macht das denn aus? Der Professor ist doch immer den ganzen Tag mal hier und mal dort gewesen, und es war doch nur eben über die Straße. Und hier ist es gar nicht passiert; es ist doch drüben geschehen.» Ganz plötzlich legte sie die Hände vors Gesicht und begann zu weinen.

36

Die Geschichte über die Rolle, die der Rabbi bei der Freilassung des jungen Abner Selzer gespielt hatte, verbreitete sich rasch; die Selzers hatten keinen Anlaß, sie zu vertuschen, ganz im Gegenteil. Die Reaktionen waren unterschiedlich.

«Ich bin gar nicht so sicher, daß der Rabbi da was Gutes getan hat. Haben die Studenten die Bombe gelegt oder nicht? Und wenn du mich fragst: das Gefängnis ist genau der richtige Platz für sie.»

Andere freuten sich. «Unser Rabbi, also, Hut ab! Ich weiß nicht, wie er's macht und was er überhaupt macht, aber für so was muß er einen sechsten Sinn haben. Erinnert ihr euch noch an die Sache mit Hirsh? Alle glaubten, er hätte Selbstmord begangen, und es gab das Theater über die Beerdigung auf unserem Friedhof, und dann hat der Rabbi entdeckt, daß der Kerl ermordet worden ist, und damit war dann alles gut.»

Einige versuchten die Rolle des Rabbi herunterzuspielen. «Willst du wissen, was ich meine? Ich meine, der Rabbi hat mit Selzer gesprochen, schön und gut, und er hat auch geraten, er soll ihn gegen Kaution rausholen. Das hätte ja jeder so gemacht. Und dann, als es geklappt hat, hat Selzer groß die Trommel gerührt, weil der Rabbi seiner Meinung nach ein wahres Gottesgeschenk für Barnard's Crossing ist. Also bitte, ich sage nichts gegen unseren Rabbi, persönlich stehe ich ganz hinter ihm, na, fast ganz. Sagen wir es so: wenn du die Gemeinde in Pro-Rabbi und Anti-Rabbi aufspalten wolltest, dann würd ich mich schon der Pro-Rabbi-Seite anschließen. Aber deswegen braucht man ja nicht gleich außer Rand und Band zu geraten. Was ist daran schon so großartig?»

Als Paul Goodman von einem Freund darauf angesprochen wurde, grinste er und sagte geheimnisvoll: «Darum erlauben Sie vor Gericht keine Beweise, die auf Hörensagen beruhen.»

«Meinst du, er hat nichts damit zu tun gehabt? Aber Selzer sagt doch –»

«Das habe ich nicht behauptet. Mr. Selzer ist zu mir gekommen, um mich zu bitten, einen Antrag zu stellen. Das hatten wir sowieso vor, sobald dieser andere junge Mann von der Polizei festgenommen wäre. Übrigens erinnert mich das an etwas, was mir Doc Simons, der Kinderarzt, mal erzählt hat. Fast immer stellte er fest, daß er die Mutter behandeln muß und nicht das Kind. In einer Strafrechtspraxis ist das genauso, wenn du einen jugendlichen Klienten vertrittst. Da mußt du dir die meiste Mühe mit den Eltern geben. Und wenn es dann noch jüdische Eltern sind . . .»

Es war nicht verwunderlich, daß die Gegner des Rabbi seinen Beitrag abzuwerten suchten. Sie gaben zwar zu, daß er es geschafft hatte, deuteten aber an, daß der Rabbi vermutlich einen Wink von seinem Freund Lanigan, dem Polizeichef, bekommen habe, der es wiederum von der

Bostoner Polizei wissen müsse, «weil die Polizisten alle unter einer Decke stecken».

Lanigan traf den Rabbi bald danach. «Bradford Ames hat sich bei der Sache nicht in die Karten sehen lassen», sagte er. «Sogar mein Freund Schroeder war überrascht. Er glaubt, der D. A. hätte die Kinder laufenlassen, weil er sich von einem Prozeß gegen diesen Ekko mehr verspricht, als wenn er alle fünf anklagt.»

«Haben sie den jetzt gefunden?» erkundigte sich der Rabbi.

«Ach, wußten Sie das noch nicht? Laut Schroeder ein reiner Glückstreffer. Glück braucht man schon, weil diese jungen Leute heutzutage einen richtigen Untergrund haben. In jeder Stadt gibt's Adressen, wo sie hingehen können. Wenn früher ein Verbrecher auf der Flucht war, hatte er es schwer. Je intensiver er verfolgt wurde, um so schwerer fand er ein Versteck. Aber bei diesen jungen Leuten ist es genau umgekehrt. Wenn einer vor der Polizei davonrennt, nicht nur vor den Eltern, um so hilfsbereiter werden sie. Seit etwa einem Jahr ist es ein bißchen besser geworden, weil das FBI eine Menge von diesen Gruppen infiltriert hat, aber trotzdem finden wir nicht viele, die nicht gefunden werden wollen. Sie sehen alle gleich aus – die gleiche Kleidung, wilde Haare und Bärte. Und die Mädchen lassen die Haare herunterhängen, daß sie das halbe Gesicht verdecken. Wenn sie geschnappt werden, dann meistens, weil sie nicht mehr länger rennen mögen.»

«Hat Schroeder gesagt, wie die Anklage gegen den jungen Mann lauten wird?» fragte der Rabbi.

«Ich schätze, daß sie die Mordanklage fallenlassen; sie werden sich an die Brandstiftung halten, weil sie da leichter einen Schuldspruch erzielen. Es sollte mich übrigens nicht wundern, wenn gar nichts dabei herauskäme.» Lanigan schüttelte den Kopf. «Sie sollten mal hören, wie bitter sich die Polizeibeamten beklagen. Für den Normalbürger sind das verirrte oder irregeführte Kinder, aber doch keine Verbrecher! Niemals! Wenn ein Student klaut, dann nur, um das Geld dem Friedens-Fonds oder dem Umweltschutz zu geben. Sie sind lauter kleine Robin Hoods.»

Lanigan strich sich über das Gesicht und sprach verbittert weiter. «Früher mal hat ein Gauner gestohlen, um sich ein neues Auto und schicke Kledasche zu kaufen. Aber diese jungen Leute fahren alte Klapperkästen und tragen zerlumptes Zeug. Das beweist, daß sie alle Idealisten sind, ja? Nein! Unsere Leute wissen, daß sie Hi-Fi-Stereoanlagen im Wert von ein paar tausend Dollar haben und daß sie für ihren Rauschgiftkonsum bis zu hundert Dollar pro Tag ausgeben.»

Lanigan hatte sich jetzt in ein Stadium düsteren Zynismus hineingeredet. «Ich sage Ihnen jetzt schon, Rabbi, aus dem Fall an Ihrem College wird nichts. Ich würde mich nicht wundern, wenn der Staat die Anklage fallenläßt, weil er weiß, daß er keine Verurteilung bekommt. Und die Polizei darf machtlos zusehen.»

Aber am nächsten Tag wurde Roger Fine verhaftet und des Mordes am amtierenden Leiter seiner Abteilung, Professor John Hendryx beschuldigt.

37

«Glaubst du, daß die aufkreuzt?» fragte Selma Rosencranz, während sie mischte. Von den vier Frauen, die jeden Mittwochnachmittag zum Bridge zusammenkamen, war sie die einzige ernsthafte Spielerin; für die anderen war es mehr ein geselliges Beisammensein, was man ihrem Spiel anmerkte. Selma gehörte außerdem einer weiteren Vierergruppe an, die montags spielte, und dann ging sie noch am Dienstagabend zum Mah Jong, wenn ihr Mann seinen üblichen Pokerabend hatte.

«Ich hätte vollstes Verständnis, wenn sie nicht käme», sagte Annabelle Fisher, die Gastgeberin dieser Woche. Sie ging in die Küche, um nach den winzigen getoasteten Sandwiches zu sehen, die sie später anbieten wollte. Sie war die schlechteste Spielerin, der es am meisten an Konzentration mangelte, aber wann immer sich die Freundinnen bei ihr trafen, gab es etwas Neues – und ganz Exquisites – zu essen. Jetzt kam sie aus der Küche zurück. «Wenn mein Mann gerade verhaftet worden wäre, stände mir nicht der Sinn nach Kartenspielen.»

«Aber dann sollte sie anrufen», sagte Flossie Bloom, eine dünne, farblose junge Frau mit einem kleinen, schmalen Mund, die stolz darauf war, als offen und ehrlich zu gelten. «Das würde ich jedenfalls tun.» Ihr Mann war Vertreter und nicht so erfolgreich wie die Ehemänner der anderen. «Wenn Edie nicht kommt –»

«Spielen wir eben nicht», sagte Selma. Sie begann eine Patience zu legen.

«Glaubst du, daß er es getan hat?» fragte Flossie.

«Absolut ausgeschlossen», antwortete Annabelle Fisher.

«Harvey sagt, er weiß aus ganz zuverlässiger Quelle, daß Roger sich stark mit diesen radikalen Studenten liiert hat», berichtete Flossie. «Mit denen, die all diese Tumulte inszeniert und die Häuser besetzt und Einrichtungen zertrümmert haben.»

«Oh, das glaube ich nicht.» Annabelle Fisher konnte einfach nicht schlecht über jemand denken, den sie kannte.

«Die Acht geht auf die Neun», murmelte Flossie. «Sagt mal, habt ihr das Gerücht über den Rabbi gehört – über den Rabbi und Roger, meine ich?»

«Ich hab gehört, Roger hätte sich über den Rabbi mokiert», sagte Selma und schob einen Talon Karten auf eine andere Reihe. «Und das ist ja verständlich, nach dem Ärger, den er ihm und Edie bei der Hochzeit gemacht hat.»

«Nein, ich meine ganz was anderes», sagte Flossie. «Ich hab gehört, der Rabbi hätte den jungen Selzer freibekommen, indem er statt dessen Roger beschuldigte.»

«Das ist doch absolut lächerlich!» rief Annabelle.

«Ich finde das nicht lächerlich», stellte Selma ungerührt fest, während sie die Kartenreihen überflog. «Alle sagen, der Rabbi hätte die Entlassung des jungen Selzer erreicht. Bitte, wie konnte er vorher wissen, daß sie den Jungen freilassen würden, wenn er nicht auch gewußt hätte, daß sie Roger verhaften würden? Ich glaube nicht, daß unserem Rabbi schon Engelsflügel gewachsen sind, bestimmt nicht. Erinnert euch doch, wie biestig er vor der Hochzeit zu Edie war, und daß er nicht mal bei der Feier einlenken wollte. Glaubt ihr, er wäre nicht wie jeder andere Mensch nachtragend? Und wenn sich ihm die Gelegenheit böte . . . Wo hast du das her, Flossie?»

«Ach, ich hab's mehrfach gehört», sagte Mrs. Bloom vage. «Die Geschichte macht die Runde.»

Selma stellte fest, daß sie nicht weiterkam. Sie schob die Karten zusammen. «Ich will euch etwas sagen: wenn sich das als richtig herausstellt, dann sehe ich nicht tatenlos zu. Ich unternehme was.»

«Wieso? Was willst du denn machen?» fragte Annabelle.

«Mir fällt schon was ein. Wart's mal ab. Und ich sorge dafür, daß der Rabbi und die ganze Gemeinde genau erfährt, was ich davon halte.»

Es klingelte an der Haustür.

«Das muß Edie sein», sagte Annabelle. Sie lief hinaus, und gleich darauf hörten sie sie sagen: «Wir dachten schon, du kämst nicht.»

«Tut mir leid, daß ich mich verspätet habe», sagte Edie Fine. «Ich hab Roger noch besucht.»

«Wie geht es ihm?»

«Behandeln Sie ihn ordentlich?»

«Das muß ja schrecklich für dich gewesen sein.»

Sie setzte sich zu ihnen an den Tisch. «Also das ist vielleicht ein Laden», sagte sie. «Ein komisches Gefühl, wenn man da reingeht. Und die Leute, diese Typen, die da rumhängen!» Sie schüttelte fassungslos den Kopf.

«Wie war das denn?» fragte Flossie.

«Zuerst muß man ein Formular ausfüllen und abgeben. Und dann wühlen sie nicht nur in deiner Handtasche, nein, dann mußt du auch noch durch eine Schleuse mit einem Metalldetektor.»

«Wie beim Fliegen.»

«Viel schlimmer. Sie sind ganz genau. Ich hab Mr. Winston gefragt – das ist Rogers Anwalt –, wie sie denn die Waffen und das Zeug reinschmuggeln, von dem man immer hört. Er hat nur gelacht und gesagt: ‹Die Wärter werden nicht durchsucht.› Was sagt ihr dazu? – Dann bin ich in ein kleines Zimmer gegangen. Mr. Winston hat eine Sondergenehmigung bekommen, sonst hätten wir uns in einem Saal mit einem Gitter in der Mitte treffen müssen, ganz wie im Kino. Na, ich kam rein, und Roger wartete schon. Er sah mich zweifelnd an, als wüßte er nicht, wie ich reagieren würde, da hab ich natürlich gelächelt. Er hat dann auch gelächelt, und dann war alles gut. Wir setzten uns an so einen kleinen Tisch. Er fragte, ob ich glaubte, er hätte es getan, und ich hab ihm natürlich gesagt, daß mir nie der Gedanke gekommen wäre. Das hat ihn ganz glücklich gemacht. Wirklich, danach war er ganz fröhlich, fast so, als machte es ihm Spaß. Er hat mich beschworen, mich nicht aufzuregen. Kann sein, daß er mir was vorgespielt hat, so wie ich ihm am Anfang, aber ich glaub das eigentlich nicht.»

«Aber wie ist er –» Flossie setzte erneut an. «Ich meine, wie ist die Polizei darauf gekommen . . . Hat er das gesagt?»

«O ja», sagte Edie. «Er war zu der fraglichen Zeit im Verwaltungsgebäude. Wißt ihr, er hat mit diesem Kampf um soziale Gerechtigkeit zu tun, und er wartete auf einen wichtigen Anruf. Es geht darum, daß das Haus am Freitagnachmittag so gut wie leer ist, und der Rabbi –»

«Der Rabbi?»

«Ja, der hält am Freitagmittag die letzte Vorlesung. Und als er fortgegangen ist, kam er an Rogers Büro vorbei und hat ihn dort gesehen.»

Selma sah Flossie Bloom bedeutungsvoll an; dann richteten beide den Blick auf Annabelle Fisher.

38

Wie schon bei ähnlichen Anlässen, schlenderte Aggie Nolan langsam die Commonwealth Avenue entlang und wartete auf drei kurze Huptöne. Sie hatte das FBI angerufen und ihrem Verbindungsmann mitgeteilt: «Commonwealth auf der Höhe der Fairfield. Elf Uhr.»

Um Viertel nach elf hörte sie endlich das Signal. Sie trat auf die Fahrbahn und hielt den Daumen hoch. Fast im selben Augenblick verlangsamte ein Wagen die Fahrt und hielt neben ihr an.

«Sie sind spät dran», sagte sie und stieg neben dem Fahrer ein.

«Ich bin zweimal an Ihnen vorbeigefahren. Beim erstenmal stand ein Kerl an der Straßenecke. Ich hatte das Gefühl, daß er Sie ansah.»

«Kerle tun das gelegentlich, wissen Sie», sagte Aggie.

«Und ob ich das weiß!» grinste er anerkennend. «Beim zweitenmal haben Sie den Daumen nicht hochgehalten. Ich hab Ihnen doch gesagt, Sie müssen den Daumen hochhalten.»

«Ach, dieses Räuber-und-Gendarm-Spiel ist so blöd.»

«Kann sein, aber solange Sie mit mir arbeiten, halten Sie sich an meine

Regeln. Das ist genauso sehr zu Ihrem Schutz wie zu meinem. Na gut. Was gibt's?»

«Sie haben Ekko geschnappt und ihn eingesperrt.»

«Wieso interessiert Sie das? Ist er Ihr Freund?»

«Das war er mal. Es ist lange vorbei, aber er ist ein anständiger Kerl.»

«Um den brauchen Sie sich keine Sorgen zu machen. Sie haben die anderen laufenlassen, ihn werden sie auch laufenlassen, vor allem jetzt, wo sie diesen Professor unter Mordanklage gestellt haben.»

«Da bleibt immer noch die Brandstiftung. Die anderen sind gegen Kaution freigelassen. Ekko hat das Geld nicht.»

«Ich seh immer noch keinen Grund zur Aufregung. Glauben Sie mir, die Sache kommt bestimmt nicht zur Verhandlung. Der D. A. hat nicht genügend Beweise. Und selbst wenn es zum Prozeß käme, würden sie alle freigesprochen.»

Sie drehte sich zu ihm um. «Das reicht mir nicht. Mein Auftrag lautete, den Weathervanes beizutreten, und das hab ich getan. Ich hab sogar Ihren idiotischen Vorschlag mit der Bombe ausgeführt, um denen zu zeigen, wie ernst es mir ist.»

«Na, hat es geklappt oder nicht?»

«Aber ich habe niemand damit umbringen wollen.»

«Haben Sie ja auch nicht. Was diesen Hendryx betrifft, so hat die Bombe nichts mit seinem Tod zu tun.»

«Ich will aber nicht, daß jemand anders die Schuld dafür in die Schuhe geschoben kriegt. Ich hab nichts gegen die, schon gar nicht gegen Ekko. Also: holen Sie ihn raus.»

Er seufzte. «Na schön. Ich rede mit dem Chef. Er soll dem D. A. einen Tip geben. Okay?» Er streichelte ihr Knie.

Sie rutschte ein Stück von ihm ab. «Sie können mich gleich hier absetzen.»

«Warum so eilig? Wie wär's mit einer Spazierfahrt?»

«Nein. Da an der Ecke. Das ist dicht beim College.»

Er zuckte die Achseln. «Ganz nach Ihrem Wunsch, liebe Dame.»

39

District Attorney Matthew Rogers fand, er habe Anlaß, etwas verstimmt zu sein. «Warum haben sie uns nicht vorher Bescheid sagen können, wenn sie so was in unserem Bezirk aufziehen?»

Bradford Ames gluckste schon wieder. «Weil, selbst wenn die örtlichen Leute absolut vertrauenswürdig sind, immer noch die Chance besteht, daß sie einen Fehler machen und damit den FBI-Agenten verraten.»

«Kann schon sein. Trotzdem könnten sie Vorwarnung geben. Jetzt haben wir diese anständigen jungen Leute verhaftet, sie ewig lange festgehalten, ihren Familien jede Menge Ärger gemacht; hätten die ein Wort gesagt, wäre es nie dazu gekommen, und wir hätten alles auf kleiner Flamme schmoren lassen.»

«Vielleicht glaubten sie, das könnte Verdacht erregen», gab Ames zu bedenken.

Rogers brütete eine Weile stumm darüber nach. «Ich habe nichts dagegen, mit dem FBI zusammenzuarbeiten. Ich begrüße es sogar, vor allem, wenn sie Geheiminformationen haben, daß die von uns verhafteten Leute in Wirklichkeit unschuldig sind. Wir können ein Verfahren immer wegen Mangels an Beweisen einstellen, obwohl uns das, wenn es zu häufig vorkommt, in den Verdacht bringt, übereifrig mit Verhaftungen zu sein. Vergiß das nicht, Brad.»

Ames nickte pflichtschuldigst.

«Aber ich möchte über die Vorgänge informiert werden.»

«Du warst mit der Budget-Vorbereitung beschäftigt», sagte Ames. «Da wollte ich dich nicht mit Routinesachen behelligen.»

Roger maß ihn scharf. «Ja, das ist völlig richtig, Brad, aber trotzdem –»

«Und dann muß ich zugeben», fuhr Ames fort, «daß ich es für besser hielt, wenn du offiziell nichts von dieser Angelegenheit wußtest, weil sie ja nicht so ganz korrekt –»

«Du hast recht, Brad. Aber du weißt doch, falls du mal in die Bredouille kommen solltest, daß ich für dich geradestehe.»

«Das waren mehr politische Gedankengänge.»

«Ja, das ist wahr», sagte der District Attorney. «In der Politik muß man gelegentlich bestreiten, von etwas zu wissen, das im eigenen Namen geschehen ist. Aber sogar dann kannst du dich darauf verlassen, daß ich die volle Verantwortung übernehme.» Er suchte im Gesicht seines Assistenten zu lesen.

«Eben darum habe ich gedacht, ich könnte es ruhig machen. Wenn mein Urteil sich als falsch er–»

«Aber nicht doch, Brad. Ich habe volles Vertrauen zu dir. Das weißt du. Und wie willst du nun eigentlich gegen den echten Schuldigen vorgehen?»

«Wir sind gebeten worden, nichts zu unternehmen, Matt.»

«Nichts? Aber Brad, ein Verbrechen ist in meinem Amtsbereich begangen worden. Ein Bombenattentat. Ich kann doch nicht meine Hände in Unschuld waschen und so tun, als wäre nie etwas geschehen.»

«So ein schweres Verbrechen war's auch wieder nicht, Matt.»

Rogers war entrüstet. «Ist es für dich kein schweres Verbrechen, wenn man ein College in die Luft sprengt?»

«Na ja, die Wand im Büro des Dean ist beschädigt worden, ein kleiner Brandschaden ist entstanden, und eine Glasscheibe in der Tür eines angrenzenden Büros ist zu Bruch gegangen. Wahrscheinlich keine hundert Dollar Schaden. Ein geschickter Anwalt könnte einen wohlmeinenden Richter dazu bekommen, es ‹Vergehen› zu nennen. Aber abgesehen davon hat der FBI-Agent die Tat begangen.»

«Großer Gott!»

Ames rutschte auf dem Stuhl herum; sein runder Kopf wackelte, als er seine Körperfülle dem Stuhl anpaßte. «Wir leben in einer bösen Welt, Matt. Versteh doch, wenn man einen Agenten in eine radikale Organisation einschleust, zum Beispiel bei den Weathervanes, kann er – in unserem Fall ist es eine sie – kann sie sich nicht im Hintergrund halten und nur beobachten. Das ist eine kleine, engverfilzte Gruppe, in der von jedem einzelnen Taten verlangt werden. Und wenn einer was inszeniert, um so besser. – Das mußt du begreifen.»

Rogers stimmte ihm ernst zu.

«In diesem Fall hatten die Weathervanes auch gar nicht vor, großen Schaden anzurichten, sie wollten nur der Gruppe eins auswischen, die die Abordnung zum Dean geschickt hat. Ursprünglich wollten sie bloß eine Gegendemonstration aufziehen. Als aber dann die Agentin von einem Informanten aus dieser Gruppe erfuhr, daß diese Abordnung am Freitagnachmittag mit dem Dean reden wollte, zu einer Zeit, in der das College praktisch verlassen ist, nutzte sie die Gelegenheit aus. Sie wartete im Gebäude, und als die anderen fort waren, hat sie eine kleine Explosion verursacht. Sie sollte nicht viel Schaden anrichten und nur die Abordnung reinlegen, weil die ja ganz bestimmt beschuldigt würde.»

«Und das ist tatsächlich eine Frau?»

«Ein zierliches junges Mädchen, das Mut hat und sein Land liebt.»

Rogers sah zweifelnd seinen Vertreter an. Er war nicht sicher, ob er es ernst meinte. «Aber, verdammt noch mal, Brad, sie hat Schaden verursacht und jemand ist getötet worden!»

«Nicht doch. Wir wissen jetzt, daß die Explosion damit nichts zu tun hatte.»

«Ja, bleibt nur noch Fine. Hoffentlich stellt sich nicht heraus, daß er auch ein FBI-Agent ist, was?»

«Reg dich nicht auf.» Ames kicherte. «Gegen den haben wir genug.»

«Na, wenigstens ein Trost.» Rogers rieb sich zufrieden die Hände. «Und das Mädchen – nachdem das passiert ist, wird sie ja bei den Weathervanes voll anerkannt sein, ich meine, jetzt ist sie doch sicher über jeden Verdacht erhaben?»

«Wie Caesars Frau.»

«Wie bitte? Oh, ich verstehe.»

«Und bei uns ist sie auch über jeden Verdacht erhaben.»

«Ja, natürlich . . .»

«Matt, ist dir nicht aufgefallen, wie schlecht es bei uns steht, wenn wir schon Doppelagenten einsetzen müssen, um dem Anschein nach Recht und Ordnung aufrechtzuerhalten? Daß wir einen Rechtsbruch vertuschen müssen, um einen anderen zu verhindern? Und wir maßen uns allein das Richteramt an zu entscheiden, welcher wichtiger ist. Ist das nicht ein Charakteristikum für einen Polizeistaat?»

Rogers betrachtete ihn unsicher. Er hörte sich so ernst an, als glaube er an seine radikale Rede. Aber dann gluckste Ames wieder, und da wußte Rogers, daß alles stimmte.

40

WARUM ESSEN JUDEN KEINEN SCHINKEN?
WARUM SETZEN JUDEN SCHWARZE GLATZENDECKEL AUF, WENN SIE BETEN?
GOTT IST TOT – RICHTIG ODER FALSCH?
WARUM ...?
WARUM ...?

Der Rabbi stand unter der Tür und las etwas verwirrt die lange Liste von Fragen an der Tafel. Jede war in einer anderen Handschrift geschrieben.

«Sie haben gesagt, wir dürften heute Fragen stellen», stellte Harvey Shacter fest.

«Ja, das hab ich, Mr. Shacter.» Er trat in den Raum, den Blick immer noch auf die Tafel gerichtet. «Und bei einer so langen Liste sollten wir besser sofort anfangen. Wir nehmen sie der Reihe nach vor. Die erste Frage betrifft den Schinken: das hat mit unseren rituellen Diätvorschriften zu tun. Kurz gefaßt, wir dürfen nur das Fleisch von Tieren essen, die paarzehig sind und wiederkäuen. Beide Bedingungen müssen erfüllt sein, um als koscher zu gelten, das heißt als rituell eßbar. Fisch muß Schuppen und Flossen haben, womit sämtliche Schalentiere ausscheiden; Vögel mit gekrümmten Schnäbeln und Klauen – Raubvögel also – sind auch tabu. Es gibt wissenschaftliche Rechtfertigungen für diese Gesetze – gesunde und nahrhafte Tiere sind erlaubt, für Krankheiten anfälligere Tiere, die sich für die menschliche Ernährung weniger eignen, sind verboten – aber das ist eine moderne, vernunftgebundene Erklärung. Nach der Tradition befolgen wir diese Diätgesetze, weil es uns in der Bibel befohlen worden ist. Da das Schwein kein Wiederkäuer ist, gilt es als unsauber, und daher ist Schinken verboten.»

«Ja, aber haben wir nicht gegen das Schwein mehr als gegen andere nichtkoschere Tiere?» fragte Leventhal.

«Das ist richtig, Mr. Leventhal. Wir haben eine besondere Abneigung gegen das Schwein, möglicherweise weil es einer Reihe heidnischer Völker als Gegenstand der Anbetung diente. Allerdings neige ich zum Glauben, daß es einen viel triftigeren Grund gibt. Alle anderen Haustiere dienen während ihres Lebens zum Nutzen des Menschen. Die Kuh gibt Milch, Schafe liefern Wolle, das Pferd leistet Arbeit und dient zur Fortbewegung, der Hund bewacht das Haus, die Katze hält die Mäuse in Schach. Nur das Schwein als einziges aller koscheren oder nichtkoscheren Haustiere dient keinem anderen Zweck als geschlachtet und gegessen zu werden. Nun verbietet unsere Religion Tierquälerei. Tatsächlich gibt es in der Bibel Dutzende von Vorschriften, ebenfalls in den Auslegungen der Rabbiner, die verlangen, daß wir Tiere gut behandeln. Man darf dem Ochsen beim Dreschen nicht das Maul verbinden; ein Esel und ein Ochse dürfen nicht in ein Joch gespannt werden; Arbeitstiere müssen am Sabbat Ruhe haben; und die Jagd als Sport ist verboten. Bei einer solchen Einstellung werden Sie sicher verstehen, daß die Aufzucht eines Tiers, nur um es schließlich zu schlachten, uns widerwärtig sein muß.»

Der Rabbi hakte die Frage an der Tafel ab. «Gut, gehen wir zur nächsten Frage, zum schwarzen Glatzendeckel. Wer möchte das übrigens wissen?»

Harvey Shacter hob die Hand.

«Ich habe diese Bezeichnung für den *kipah* noch nie gehört», stellte der Rabbi grinsend fest, «aber sie hat etwas für sich. Warum tragen wir das? Es ist einfach ein Brauch, Mr. Shacter. Es gibt keine biblische Regelung. Allerdings möchte ich darauf hinweisen, daß bei uns Bräuche leicht zum Gesetz werden. Es braucht nicht schwarz zu sein und auch nicht rund. Jede Kopfbedeckung reicht aus. Manchmal war es Sitte, barhäuptig zu gehen, ein anderes Mal mußte der Kopf bedeckt werden. Die letztere Sitte scheint sieghaft gewesen zu sein, abgesehen von Reform-Synagogen, wo sie meistens barhäuptig beten.»

Er hakte die Frage ab, zögerte einen Augenblick und strich dann die folgende auch. Dazu bemerkte er: «‹Gott ist tot›, darüber müßten Sie eher mit protestantischen Theologen als jüdischen Rabbinern diskutieren.»

«Warum das?» rief Henry Luftig.

«War's Ihre Frage, Mr. Luftig?»

«Ja, Sir.»

«Es ist eine theologische Frage, und wir haben keine Theologie im allgemein anerkannten Sinn.»

«Warum nicht?»

«Weil wir sie nicht brauchen», sagte der Rabbi schlicht. «Unsere Religion beruht auf der Idee eines einzigen Gottes, eines Gottes der Gerechtigkeit. Wenn Sie darüber nachdenken, verlangt das Prinzip der Gerechtigkeit einen einzigen Gott, weil es einen einzigen Begriff beinhaltet. Und weil Er unendlich ist, ist Er für endliche Geister unerkennbar. Wir verbieten es nicht, Ihn zu studieren, verstehen Sie das? Aber wir betrachten es als sinnlos. Etwa so, wie ein Ingenieur einen jungen Kollegen ansehen würde, der versucht ein Perpetuum Mobile zu konstruieren.

Vielleicht würde er sagen: ‹Wenn du willst, kannst du daran arbeiten, aber du verschwendest nur deine Zeit, weil es theoretisch unmöglich ist.› Weil wir also glauben, daß es sinnlos ist, das Unerkennbare erkennen zu wollen, haben wir keine Theologie.»

«Warum haben sie dann die Christen?» fragte Luftig.

«Ich hatte die Absicht, mich in dieser Stunde mit Ihren Fragen über das Judentum zu befassen, nicht über das Christentum», mahnte der Rabbi fast vorwurfsvoll.

«Wie können wir etwas über das Judentum lernen, wenn wir nichts haben, womit wir es vergleichen können?»

Der Rabbi spitzte die Lippen und erwog das. «Sie haben recht, Mr. Shacter. Gut. Ich will versuchen, es zu erklären. Wie wir glauben auch die Christen an einen einzigen Gott. Zusätzlich aber haben sie ein weiteres göttliches Wesen in der Gestalt von Jesus als Sohn Gottes. Und da ein Sohn eine Mutter impliziert, haben sie auch noch Maria, die zumindest halbgöttlich ist. Nun sind die Familienbeziehungen zwischen Gott und Jesus, Maria und Jesus, Maria und Gott und alle anderen möglichen Variationen, gar nicht erst zu reden von der menschlich-göttlichen Natur von Jesus – nicht leicht zu erklären.»

«Ist das das, was sie Heilige Dreifaltigkeit nennen?»

«Nein», sagte der Rabbi, «dies ist die Heilige Familie. Die Dreifaltigkeit besteht aus dem Vater, dem Sohn und dem Heiligen Geist, und die Beziehungen unter ihnen sind Sache der christlichen Theologie. In dieser Angelegenheit gibt es sehr feine Unterscheidungen zwischen den verschiedenen christlichen Richtungen.»

«Ja, aber sind das nicht nur Wortspielereien zwischen Pfarrern und Priestern?»

«Zehntausende sind in Religionskriegen von der Zeit Konstantins im vierten Jahrhundert bis zur heutigen Zeit wegen dieser sogenannten Wortspielereien getötet worden», sagte der Rabbi. «Nein, Mr. Luftig, die Meinungsstreite der Theologen kann man nicht so leicht abtun.»

Lillian Dushkin wedelte mit der Hand. «Ein Bekannter von mir macht bei dieser Juden-für-Jesus-Sache mit, und er sagt, Jesus ist der Messias, an den die Juden glauben, und daß er gekommen ist, die Menschheit zu retten.»

«Vor was zu retten?» Die Frage kam von dem jungen Mann, der immer so emsig mitschrieb. Dem Rabbi kam der Gedanke, daß er zum erstenmal, wie alle anderen auch, mehr zugehört als mitgeschrieben hatte.

«Vor der Hölle natürlich», antwortete Mazelman verächtlich. «Stimmt das nicht, Rabbi?»

«Ja, so ist es gemeint», sagte er. «Hölle war der Versuch, die uralte Frage zu beantworten, warum die Guten leiden, während es den Bösen so oft wohl ergeht. Alle Religionen haben mit diesem Problem gerungen.

Die Hindus lösen es durch die Lehre von der Reinkarnation. Man verdient sich seinen guten Nachtisch im nächsten Leben mit dem, was man in diesem Leben getan hat. Die christliche Lehre hält sich daran, daß die Bösen im ewigen Höllenfeuer braten, während die Guten mit dem ewigen Leben im Himmel belohnt werden.»

«Und wie lautet die jüdische Antwort?» fragte Lillian Dushkin. «Glauben wir nicht an Himmel und Hölle?»

«Im Grunde nicht, Miss Dushkin. Der Begriff ist von Zeit zu Zeit eingedrungen, ist aber nie aufgegriffen worden. Unsere ‹Antwort›, wie Sie es formuliert haben, wird am besten im Buch Hiob ausgedrückt, und sie ist leider nicht sehr trostreich. Wir sagen, es ist einfach der Lauf der Welt – die Sonne scheint ebenso hell auf die Bösen wie auf die Guten und Gerechten –, aber die Güte trägt ihre eigene Belohnung in sich wie das Böse seine Strafe. Wenigstens hat dies den Vorteil, realistisch zu sein und unsere Aufmerksamkeit auf diese Welt zu lenken, um sie zu verbessern zu suchen, wohingegen man sagen kann, daß sich der christliche Blick auf die nächste Welt richtet und diese hier nur als eine Art Aufenthalt betrachtet. Natürlich stammt diese Anschauung aus einer Zeit, in der die Welt voller Unruhe war, und traditionelle Ideen und Einrichtungen ebenso zusammenbrachen wie in der Gegenwart.»

«Wie in der Gegenwart?»

«Ja, Mr. Luftig. Denken Sie doch an die weltweite Revolte der jungen Leute gegen das, was sie Establishment nennen.»

«Na, vielleicht beweist das, daß Gott tot ist!» attackierte ihn Luftig. «Mir ist keine Hinwendung zur Religion oder neuen Kulten aufgefallen –»

«Nein?» unterbrach ihn der Rabbi. «Ja, wie würden Sie denn dann die plötzliche Faszination Ihrer Generation durch Astrologie und Yoga und Zen und das I-King und Tarot-Karten und makrobiotische Ernährung und Drogen und Kommunen – soll ich weitermachen? – erklären? Alle bieten sie Abkehr von der Wirklichkeit oder augenblickliche Erkenntnis oder unmittelbare mystische Verzückung.»

Am gebannten Schweigen erkannte er, daß er sehr gefühlsbetont gesprochen hatte. Um die entspannte Atmosphäre wiederherzustellen, fuhr er in normalem Tonfall fort: «Vom Wesen her ist das Christentum eine mystische Religion und bietet die psychologischen Erfüllungen, die aus dem Mystizismus erwachsen. Es ist überweltlich, himmelsorientiert, während unsere Religion sich dem Diesseits zuwendet. Wir kämpfen gegen das, was böse in der Welt ist und genießen die guten Dinge geistiger oder materieller Art, die sie zu bieten hat. Wir kehren uns nicht durch Asketentum von der Welt ab oder versuchen, uns durch Mystizismus über sie zu erheben, der übrigens im Judentum nur wenige Anhänger hat.»

«Was ist mit den Chassidim?» fragte Mark Leventhal.

Der Rabbi nickte. «Ja, sie haben Tendenzen in diese Richtung, aber ich würde nicht sagen, daß die chassidische Bewegung im Kern unseren Traditionen entspricht. Es ist bezeichnend, daß Martin Buber, der größte moderne Apologet der Chassidim, christliche Theologen viel stärker beeinflußt hat als die Juden. Wir glauben nicht, daß der eine ekstatische Augenblick einer Fast-Vereinigung mit Gott für alle Zeit Tugend verleiht. Für uns muß es eine tagtägliche bewußte Ausübung von Gerechtigkeit und Tugend sein. Aber wir verlangen menschliche Tugend, nicht die übermenschliche Tugend eines Heiligen. Unsere Religion fordert uns auf, uns praktisch der Welt anzupassen, wie sie ist. Sie ist eine Religion der Arbeit und der Ruhe, des Lebens und des Todes, der Heirat, der Kinder und ihrer Ausbildung und Erziehung, der Freude am Leben und der Notwendigkeit, sein Leben zu fristen.»

«Na, ihre Religion muß aber funktionieren», sagte Shacter. «Sie sind viel besser im Geschäft als wir.»

Die Studenten lachten, und der Rabbi stimmte mit ein, so die Spannung lösend. «Ja, Mr. Shacter, das Christentum ist eine sehr angenehme Religion. Es bietet viele sehr erstrebenswerte Antworten auf Fragen, die den Menschen seit aller Zeit beschäftigt haben. Er fürchtet den Tod und findet das Leben zu kurz, und die Kirche bietet ihm eine Welt nach dem Tode mit immerwährendem Leben. Alles, was wir in der Hinsicht bieten können, ist die Hoffnung, daß er in seinen Kindern und in der Erinnerung seiner Freunde fortleben wird. Er sieht den guten Menschen leiden und den Bösen im Glück leben, und die Kirche versichert ihm, daß es in der anderen Welt umgekehrt sein wird. Wir können dazu nur sagen, daß dies der Lauf der Welt ist. Für die täglichen Nöte und die Mühsal des Lebens bietet ihm die Kirche den Frieden, der entsteht durch die Unterwerfung unter die Barmherzigkeit Christi und die guten Werke zahlloser Heiliger, zu denen er um Hilfe beten, ja sogar um Wunder bitten kann. Und in zeitlichen Abständen kann er seinen Glauben durch die Vereinigung mit Gott durch einen magischen Akt erneuern. Aber wir haben keine Magie, keinen Abkürzungsweg, nur die lebenslange Mühe. Ich glaube, das gibt dem Spruch, daß es schwer ist, Jude zu sein, eine andere Art von Bedeutung.»

Lillian Dushkin war verwirrt. «Aber wenn bei ihnen alles so viel besser ist, warum übernehmen wir das nicht?»

Der Rabbi lächelte. «Die Sache hat einen kleinen Haken, Miss Dushkin. Man muß glauben. Und wir können nicht glauben.»

«Ja, und was haben wir dann von dem Ganzen?»

«Was wir davon haben, wie Sie es kraß formulieren, ist die Genugtuung, uns der Wirklichkeit zu stellen.» Er sah, wie aufmerksam nun alle waren. «Es erlaubt uns nicht, Problemen auszuweichen, aber es hilft uns, sie zu lösen, sei es nur, weil wir ihre Existenz erkennen. Und ist das nicht, wenn man es genau nimmt, das, was die moderne Welt nun zu tun beginnt? So erscheint es nun, als käme nach Tausenden von Jahren unsere Art endlich in Mode. Und was das Besser-im-Geschäft-sein betrifft, Mr. Shacter, sehen Sie sich um und Sie werden feststellen, daß die großen Veränderungen im Denken und Handeln, die die westliche moderne Zivilisation geschaffen haben, ihre Parallele im jüdischen religiösen Gedankengut finden – die Gleichheit der Menschen, die Rechte der Frauen, das Recht aller Menschen auf Wohlstand, die Verbesserung der Lebensbedingungen auf der Erde, die Achtung vor dem Leben, auch dem der Tiere, die Bedeutung der Bildung.»

«Sie meinen, das haben die alle von uns?»

«Ob sie das haben oder ob sie endlich von sich aus darauf gekommen sind, ist eigentlich nicht besonders wichtig. Wichtig ist, daß diese Dinge von Anfang an in unserer Religion enthalten waren, und das bedeutet, daß sie der Wirklichkeit entspricht.»

Die Glocke klingelte, und der Rabbi stellte ganz erstaunt fest, daß die Stunde zu Ende war. Er stellte außerdem fest, daß er nicht die übliche Kopfzählung veranstaltet hatte, und als er sich nun umsah, entdeckte er, daß es einundzwanzig waren, mehr als je zuvor an einem Freitag. Er lächelte und nickte ihnen freundlich zum Abschied zu.

41

Annabelle Fisher freute sich, als Selma Rosencranz anrief, um sie für Freitag einzuladen. Das war typisch Selma, einfach aus dem Blauen heraus ein paar Freundinnen einzuladen, ohne großes Planen, ohne Vorbereitungen.

«Ich backe Schokolade-Nuß-Plätzchen», versprach Annabelle.

Selmas Haus war ein Betonbau mit Verkleidungen aus schwarzem, in Chrom gefaßten Glas; es war von einem Architekten entworfen und sogar in einer Zeitschrift abgebildet worden – eine Tatsache, die Selma ganz nebenbei erwähnte, wenn jemand zum erstenmal kam. «Seine Idee ist funktionales Wohnen», sagte sie und suchte nach dem Artikel. «Aber da, lesen Sie das selber. Er kann das sehr viel besser erklären als ich.»

Annabelle drückte auf den Klingelknopf, das Glockenspiel antwortete mit den ersten vier Takten von ‹*How Dry I am*›. Sie kicherte jedesmal, wenn sie das hörte. Selma hatte oft so verrückte Einfälle. Selma, in einem eleganten Hosenanzug und Silbersandalen, öffnete ihr selbst die Tür und rief über die Schulter: «Das ist Annabelle Fisher. Sie hat Plätzchen mitgebracht. Wer von euch noch nie Annabelles Schokoladen-Nuß-Plätzchen probiert hat, wird staunen.»

Annabelle gab Selma ihren Mantel und die Schachtel mit den Plätzchen und ging in den großen tiefer gelegenen Wohnraum. Flossie Bloom war schon da und mehrere andere, die Annabelle alle kannte oder schon getroffen hatte.

Als Selma wiederkam, fragte Annabelle, ob sie an zwei Tischen spielen wollten.

«Falls wir überhaupt zum Spielen kommen», sagte Selma. «Wir haben geschwätzt und auf dich gewartet. Übrigens dachten wir, es könnte ganz lustig sein, wenn wir heute abend alle zum Gottesdienst gingen. Du warst doch schon da, nicht? Wie ist es denn?»

«Zum Gottesdienst vom Freitagabend? Ja, sicher war ich da, zwei-, dreimal, mit Joe. Wie soll's sein? Na, wie ein Freitagabend-Gottesdienst eben. Der Kantor singt, man betet, und dann hält der Rabbi eine Predigt.»

«Was, er predigt?» fragte Selma. «Bist du sicher? Jeden Freitag abend?»

«Wenigstens jedesmal, wenn ich da war. Bestimmt macht er das jeden Freitag. Warum?»

«Ach, weil wir nicht hingehen würden, wenn der Rabbi nicht predigte.»

Flossie Bloom lachte leise. «Dann hätt's ja keinen Sinn.»

«Wie lange dauert das? Die Predigt, meine ich?» fragte Natalie Wolf.

«Also auf die Uhr gesehen hab ich nicht.» Annabelle genoß es, im Mittelpunkt zu sein. «Ich schätze, so zwischen zwanzig Minuten und einer halben Stunde.»

«Gut, dann richten wir uns auf zehn Minuten ein.» Flossie Bloom warf den anderen glitzernde Verschwörerblicke zu. «Annabelle, was passiert danach?»

«Ich glaube, danach singt der Kantor noch mal, dann werden ein oder zwei Gebete gesprochen, und dann gehen alle nach unten in den Gemeindesaal und es gibt Tee und Kuchen.»

«Ich meine ja, es wäre ganz am Anfang am besten», stellte Selma fest.

«Das finde ich auch», bestätigte Natalie Wolf, «dann sieht es nicht so aus, als hätte es was mit dem zu tun, was er gerade geredet hat.»

Annabelle sah unsicher von einer zur anderen; ihr so freundliches Lächeln war auf dem Gesicht festgefroren. «Habt ihr geplant, alle zusammen zu gehen? Es ist wirklich gut, und es dauert auch nicht lange. Ich meine, ihr langweilt euch bestimmt nicht.» Sie sah sie lächeln und fragte sich, ob sie etwas Dummes gesagt haben könnte. Natürlich, sie kannte sie alle, aber einige eben doch nicht so gut. Natalie, das wußte sie, war geschieden, und es ging das Gerücht, sie ließe nichts anbrennen. Aber wenn sie eine Freundin von Selma war, konnte nichts gegen sie einzuwenden sein. Genevieve Fox und Clara Nieman hatte sie auch schon oft getroffen, aber eigentlich verkehrten sie in einem ganz anderen Kreis. Genevieve fuhr einen weißen Jaguar, Clara war nicht verheiratet und wohnte in einer Atelierwohnung unten in der Stadt, direkt am Wasser.

«Ja, wir hatten uns das so ausgedacht», sagte Selma. «Wir dachten, wir

wir wollten alle zusammen gehen. Möchtest du auch mitkommen?»

«Ach, wunderbar! Natürlich möchte ich das. Aber ich muß vorher noch Joe fragen. Vielleicht hat er vor, heute hinzugehen, und dann muß ich natürlich mit ihm gehen.»

42

Der Gottesdienst vom Freitag begann pünktlich um halb neun. Die Andächtigen trafen schon ab acht Uhr ein, blieben aber im Foyer, um sich zu begrüßen und mit Freunden zu plaudern. Erst um Viertel nach acht gingen sie nach und nach in den Synagogenraum, wo sie sich setzten und ganz automatisch ehrfurchtsvoll die Stimmen zu einem Flüstern senkten.

Meistens saß die Frau des Rabbi dann schon auf ihrem Platz in der zwölften Reihe am Mittelgang. Das war weit genug hinten, um festzustellen, ob der Rabbi laut genug sprach, und wenn nicht, ihm ein Zeichen zu geben. Alle, die ihren Blick einfingen, nickten ihr zu, und sie antwortete mit einem Lächeln und einem von den Lippen geformten *«Gut Schabbes»*. Auf dem *bima* neben der Bundeslade saßen der Rabbi und der Kantor zusammen, letzterer in der Pracht seiner schwarzen Robe, des langen, seidenen Gebetschals und der hohen, mit Fransen verzierten samtenen *jarmulke*. Er saß gerade und hoch aufgerichtet, neigte den Kopf gelegentlich, wenn der Rabbi ihm etwas zuflüsterte, und antwortete mit einem würdevollen Nicken.

Der kleinere Rabbi, der noch kleiner wirkte, weil er so krumm in dem thronartigen Stuhl saß, gab neben ihm eine armselige Figur ab. Trotz vieler Winke vom Ritual-Ausschuß weigerte er sich, eine schwarze Robe zu tragen, und sein Gebetschal war zwar sauber, aber aus Wolle und sah neben der glänzenden weißen Seide des Kantors gelblich aus. Auch seine *jarmulke* war das übliche, schwarze anliegende Käppchen, wie es die Mitglieder der Gemeinde trugen. Und da er zu Fuß zur Synagoge ging, waren die schwarzen Schuhe, die alle sehen konnten, fast immer staubig. Im Umkleideraum lag eine Schuhbürste, aber trotz aller Beschwörungen Miriams, vergaß er es regelmäßig.

Die Zahl der Tempelbesucher wechselte von Woche zu Woche, was weitgehendst vom Wetter abhing. An schönen Abenden kamen etwa hundert. Sie sammelten sich meistens auf den mittleren Plätzen, was hieß, daß sie am Mittelgang saßen, so etwa ab der dritten oder vierten Reihe. Nach ein paar Minuten geflüsterter Unterhaltungen, begannen sie dann in den Gebetbüchern zu blättern, als wollten sie sich für den Gottesdienst in die richtige Stimmung versetzen. Die Nachzügler, die erst unmittelbar vor Beginn kamen, setzten sich so unauffällig wie möglich in den Hintergrund.

An diesem Abend aber, als der Rabbi gerade vortreten wollte, um anzukündigen, daß der Kantor nun den Gottesdienst durch den Gesang von *ma towu,* wie gut sind deine Zelte, O Jacob, einleiten würde, tauchte ein halbes Dutzend jüngerer Frauen im hinteren Teil der Synagoge auf. Sie blickten sich einen Moment um, marschierten dann entschlossen durch den Mittelgang und setzten sich in die zweite Reihe. Der Rabbi wartete, bis sie saßen, und trat dann vor, um seine Ankündigung zu machen.

Mrs. Nathanson, die wie die meisten Gemeindemitglieder über die Störung etwas ärgerlich war, flüsterte ihrem Mann zu: «Selma Rosencranz und ihre Clique. Vermutlich hatten sie nichts Besseres vor.» Ehe Mr. Nathanson antworten konnte, warf der Kantor den Kopf zurück, hielt das Gebetbuch auf Armeslänge von sich und begann zu singen.

Als nächstes sang er *lecha dodi,* den Gruß an die Sabbatbraut, bei dem die Gemeinde in den Refrain einstimmte. Darauf folgte das wechselseitige Lesen eines Psalms in englisch, das vom Rabbi geleitet wurde, und dann der Gesang des *hinemi heani mi maass,* das Spezialgebet und Lieblingsstück des Kantors, da seine Wiedergabe seine stimmliche Leistung voll zur Wirkung brachte. Darauf sprach die Gemeinde das *schema* laut und erhob sich anschließend, um stumm das *amida* zu beten. Während der ganzen Zeit verhielten sich die Frauen aus der zweiten Reihe absolut richtig. Sie standen auf, wenn sie aufstehen sollten oder sprachen die Antworten, wenn es erforderlich war.

Der Rabbi wartete, bis alle das stumme Gebet beendet hatten und wieder saßen, um dann, nachdem er den Gebetschal zurechtgerückt und den Sitz des Käppchens geprüft hatte, zum Pult vor der *bima* zu treten und die Predigt zu halten. Die Gemeinde klappte die Gebetbücher zu, und alle setzten sich zurecht. «In dem Teil der Bibel, den wir morgen lesen werden», begann er und hielt inne.

Die Frauen aus der zweiten Reihe waren alle gleichzeitig aufgestanden, hatten sich aus der Sitzreihe gedrängt und marschierten nun, so kühn wie sie hereingekommen waren, durch den Mittelgang und hinaus.

Einen Augenblick lang herrschte erschrockenes Schweigen, dann kam leises Stimmengewirr, während alle miteinander tuschelten.

Der Rabbi wartete, bis sich die Tür zum Synagogenraum wieder geschlossen hatte, dann flüsterte er so leise, daß nur die aus der ersten Reihe die Worte verstehen konnten: «Sie müssen es schon vorher gewußt haben.» Danach setzte er wiederum an: «In dem Teil der Bibel, den wir morgen lesen werden . . .»

Sie gingen stumm bis zur nächsten Straßenecke, bis sie die Synagoge nicht mehr sehen konnten, dann sagte Miriam: «Du hast das sehr gut gemacht, David. Du hast überhaupt kein bißchen ärgerlich oder aus dem

Konzept gebracht ausgesehen.»

«Das war ich auch nicht. Aber das ist beunruhigend, nicht?»

«Wie meinst du das? Ich versteh dich nicht.»

«Ich weiß nicht mal, ob ich es selbst tue», sagte der Rabbi. «Ich hätte mich ärgern sollen. Bei der Gelegenheit wäre es angebracht gewesen, aber ich hab es nicht. Es war mir gleichgültig. Warum, weiß ich auch nicht.» Er verhielt plötzlich den Schritt und sah sie an, als erwarte er einen Angriff. Als sie stumm blieb, fuhr er fort: «Vielleicht liegt es daran, daß ich nie was von diesem späten Abendgottesdienst gehalten habe; er ist mir zu gekünstelt. Dieses Gesinge von *lecha dodi* als Begrüßung des Sabbat, nachdem der Sabbat längst begonnen hat, und dann diese Predigt, die nichts anderes ist, als ein Tempowechsel nach den Gebeten, sorgfältig zusammengestellt, damit sie nicht ermüdend wirkt. Ich hab was dagegen, daß wir jede Woche über hundert Leute zusammenbekommen, wenn wir auf der anderen Seite für den normalen *maariw*-Gottesdienst nur mit Mühe den *minjan* beten können.»

«Aber so war es doch immer schon», sagte sie endlich.

«Vielleicht, aber ich habe bisher keine Möglichkeit gehabt, Vergleiche ziehen zu können.»

Sie sah ihn groß an. «Meinst du, weil du jetzt Unterricht gibst?»

«Das könnte was damit zu tun haben», gab er zu. «Ich bin mit meiner Klasse am College keineswegs zufrieden, aber wenigstens habe ich das Gefühl, dort etwas zu tun, was sich lohnt. Hier bin ich dessen nicht so sicher. Diese Frauen», er drehte sich zu ihr um, «kennst du die alle? Mir kamen ein paar bekannt vor, aber es waren auch welche da, die ich bestimmt nie zuvor gesehen habe.»

«Es war Selma Rosencranz mit ihren Bridge-Freundinnen», erklärte Miriam bedrückt.

«Ach, ich wußte gar nicht, daß sie sich für Religion interessieren. Sie haben eine etwas theatralische Art gewählt, ihre Meinung über den Freitagabend-Gottesdienst kundzutun, oder vielleicht auch über mich, denn sie sind in dem Augenblick gegangen, als ich mit der Predigt anfangen wollte.»

«Aber, David!» rief Miriam. «Denen ist der Gottesdienst genauso schnurz wie deine Predigt.»

«Aber sie –» er brach ab. «Gibt es was, Miriam, was du weißt, und was ich nicht weiß?»

«Ja. Selma ist eine gute Freundin von Edie Fine, und es geht das Gerücht um – ich kann mir nicht vorstellen, daß jemand das ernst nehmen kann! –, daß du den jungen Selzer freibekommen hast, indem du die Polizei auf Roger Fine als viel geeigneteren Verdächtigen aufmerksam gemacht hast.»

«Nein!»

Sie nickte stumm.

Und jetzt *war* er ärgerlich. Sie merkte es an seinen raschen, weitausholenden Schritten. Sie mußte fast laufen, um auf einer Höhe mit ihm zu bleiben.

43

«Was hast du dir denn da für einen Blödsinn ausgedacht?» fragte Sumner Rosencranz. «Was bist du, eine Art Hippie? Warum trägst du dann kein Plakat mit dir rum und boykottierst die Synagoge? Was wirft das für ein Licht auf mich, wenn meine Frau mitten im Gottesdienst aufsteht und den Rabbi sitzenläßt?»

«Ich dachte, du hältst nichts von ihm», sagte Selma kühl.

«Was hat das denn damit zu tun? Es gibt 'ne Menge Leute, von denen ich nichts halte; gehe ich deswegen herum und beleidige sie in aller Öffentlichkeit? Auf deine alte Dame bin ich auch nicht gerade scharf –»

«Und läßt es dir deutlich anmerken. Du zeigst es ihr jedes, aber auch jedes Mal, wenn sie zu uns kommt.»

«Verdammt noch mal, ich hab kein einziges Wort zu ihr gesagt, das ein vernünftiger Mensch für beleidigend halten könnte.»

«Ach, ist das so? Wie war das denn, als sie dir das Hemd zum Geburtstag geschenkt hat? Und was war, als sie dich gebeten hat, ihr aus dem Drugstore die Schönheits-Lotion zu holen?»

«Jetzt wart mal einen Moment. Einen Moment, ja? Das hab ich schon dutzendmal erklärt. Ich habe nur gesagt, es würde doch nichts nützen. Diese teuren Wässerchen sind nichts als aufgelegter Schwindel; sie nützen niemand was, und sie könnte ihr Geld für was Besseres ausgeben. Mehr hab ich nicht gemeint. Und was das Hemd betrifft, da hab ich nur gesagt . . . also, ich hab nur was an dem Hemd auszusetzen gehabt. Das ist keine Beleidigung deiner Mutter. Und wie behandelst du eigentlich meine Mutter, wenn sie zu Besuch kommt?»

«Hör mal», sagte Selma, «deine Mutter behandle ich genauso, wie sie mich behandelt. Wenn sie als Gast zu uns kommen will, ist sie herzlich willkommen. Aber ein Gast inspiziert nicht heimlich den Kühlschrank und macht auch keine anzüglichen Bemerkungen über meine Freundinnen. Meine Freundinnen gehen nur mich was an, und ich halte zu ihnen. Edie Fine ist seit Jahren meine beste Freundin. Wir sind zusammen zur Schule gegangen, und wenn jemand sagt, sie wäre mit einem Mörder verheiratet und, was noch schlimmer ist, auch zur Polizei geht und ihn dort als Mörder angibt, wo sie gerade ein Kind bekommt und ruhig leben und sich nicht aufregen soll, dann ist es mir piepegal, ob er der Rabbiner an unserer Synagoge oder der Chef-Rabbiner von Israel ist. Dann zeig ich ihm, was ich von ihm halte, egal wer alles das mitbekommt.»

«Woher weißt du das, Clare? Wie willst du wissen, ob der Rabbi diesen Fine bei der Polizei verpfiffen hat?»

«Aber, Mike, das ist bekannt. Alle wissen es.»

«Und woher wissen sie es?» fragte er beharrlich weiter. «Wer hat es dir zum Beispiel erzählt?»

«Richtig erzählt hat es mir niemand. Ich meine, nicht eine bestimmte Person, die mir jetzt einfällt. Wir haben zusammengesessen und geredet. Woher weißt du, daß Kolumbus Amerika entdeckt hat? Einer hat es irgendwem erzählt, der es wieder jemand anderem erzählt hat. Woher wußte denn jeder, daß es der Rabbi war, der den Selzer-Jungen freibekommen hat? Jeder wußte es, und niemand hat es bestritten. Jawohl, und genauso wußten eben alle, daß er Fine belastet hat.»

«Na und? Wenn Fine schuldig ist, und der Rabbi es zufällig gewußt hat, muß er es dann nicht sagen? Ist das nicht die Pflicht eines guten Bürgers?»

«Mike, wie kannst du so reden? Ein Rabbi soll sich doch nicht wie ein normaler Bürger benehmen. Rabbiner und Priester und solche Leute brauchen nicht mal vor Gericht zu erscheinen. Ich meine, man kann sie nicht zu Zeugenaussagen zwingen. Das nennt man religiöse Freiheit. Und im übrigen: wenn der Rabbi es nicht gewesen ist, warum sagt er es denn nicht?»

«Ja, das ist ein Argument.»

«Das meine ich doch. Selma Rosencranz ist eine meiner besten Freundinnen; sie hat es angeregt, und wir haben alle zugestimmt. Es tut mir auch nicht leid.»

Voll widerwilliger Bewunderung schüttelte er den Kopf. «Ich muß ja zugeben, diese Selma hat Mumm. Aber trotzdem, es war ein starkes Stück, einfach aufzustehen und rauszugehen.»

«Also, was mich bettifft: dieser Fine ist ein frecher Hund. Edie mag ich gern, aber ihr Mann . . .»

«Du kennst ihn doch kaum.»

«Ich kenne ihn gut genug. Der große Professor! Weißt du noch, die politische Debatte, die wir damals bei Al Kaufman hatten, und wie er da über mich hergefallen ist? Ich hab ihn für einen Radikalen gehalten, wenn nicht für einen Roten. Und wenn man gegen seine Reden Einwände machte, hat er so getan, als wäre man ein Idiot. Natürlich sehr höflich, und mit feinen, hochtrabenden Ausdrücken, aber jeder, der nicht mit ihm übereinstimmte, bekam sein Fett ab. Na ja, nachdem ich sein kommunistisches Gerede gehört hab, kann ich mir denken, daß er zu so was fähig wäre. Weißt du, für die ist das ja kein Mord, die liquidieren nur.»

«Nun glaub mir doch, du siehst das ganz falsch.»

«Tu ich das? Schön, wenn du meine Meinung hören willst: wenn der

Rabbi ihn verpfiffen hat, dann wußte er warum, und dieser Widerling Fine ist unter Garantie schuldig.»

«Benimmt sich so eine jüdische Frau? Im ersten Augenblick begriff ich gar nicht, was los war. Ich dachte, vielleicht ist einer von ihnen schlecht geworden. Ich schätze, der Rabbi hat es im ersten Augenblick ebensowenig begriffen, aber dann mußte ihm ja ein Licht aufgehen. Ich hätte es ihm wirklich nicht verargt, wenn er dann wütend geworden wäre. Glaub mir, ich an seiner Stelle hätte das mehr als krumm genommen. Jeder hätte das. Und ich hätte kein Blatt vor den Mund genommen, das kannst du mir glauben. Nicht aber der Rabbi. Der ist eiskalt geblieben. Er hat sogar gelächelt und einen Scherz gemacht. Er sagt, jeder geht nach der Predigt, aber was für Leute gehen schon vorher?»

«Und was für einen Witz hat er gemacht?»

«Das war er doch. Ich hab's dir eben erzählt.»

«Das war aber ein Witz!»

«Na, in dem Moment hat's sich komisch angehört, und alle haben gelacht. Hör mal, es geht nicht drum, ob der Witz komisch war oder nicht. Es geht darum, daß er in der Situation überhaupt in der Lage war, einen Witz zu machen.»

Gladys Lanigan gab ihrem Mann das Glas mit dem Gin Tonic und mixte sich dann selbst einen. «Ich war heute morgen im *Shipshape* auf eine Tasse Kaffee», sagte sie. «In der Nische nebenan haben sich zwei Frauen unterhalten. Ich hab sie ganz unfreiwillig belauscht.»

«Du hast dich nicht zurückgelehnt und die Ohren gespitzt?» fragte Lanigan liebevoll.

«Hab ich nicht!» Sie lachte. «Die haben nämlich so laut geredet, daß ich das gar nicht brauchte. Es scheint gestern abend in der Synagoge Ärger gegeben zu haben. Eine Gruppe von Frauen ist aufgestanden und hinausgegangen, gerade als Rabbi Small mit seiner Predigt anfangen wollte.»

«Ach? Warum denn das?»

«Leider konnte ich mich nicht weit genug zurücklehnen, um das genau mitzubekommen. Es scheint so, daß diese Frauen mit den Fines befreundet sind. Weißt du, mit dem, der wegen der Windemere-Affäre verhaftet worden ist. Sie hatten die Idee, es wäre die Schuld des Rabbi. Weißt du was darüber, Hugh?»

Er verneinte verwundert.

«Warum machen Leute nur so was? Und der Rabbi ist doch so ein netter junger Mann.»

«Vermutlich aus schierer Bösartigkeit.» Er schüttelte sehr philosophisch den Kopf. «Sie möchten ihn loswerden. Und weißt du, aus welchem Grund? Weil er da ist. Bei ihnen ist das anders als bei uns. Es gibt eine Menge Leute, die Father Aherne nicht leiden können, aber keiner würde dran denken, ihn loswerden zu wollen. Sie wüßten nicht mal, wie man so was anfängt. Das liegt daran, daß er vom Erzbischof eingesetzt ist, und wir dabei nichts zu sagen haben. Bei ihnen ist das so: sie stellen den Rabbiner an und können ihn daher auch rauswerfen. Aber ich sag dir was, Gladys, bei aller Sanftheit ist David Small ein hartgesottener Bursche. Und er bleibt hier, solange er will. Den gibt's einfach nicht, der ihn rausdrängt.» Er setzte sein Glas ab. «Aber ich könnte morgen mal bei ihm reinschauen.»

«Oh, das würde ich nicht tun», sagte sie schnell.

«Warum nicht?»

«Weil sie nämlich der Meinung sind, der Rabbi habe seine Anschuldigungen gegen Fine nur an den Mann bringen können, weil er mit dir befreundet ist.»

Er starrte sie in zornigem Nichtbegreifen an.

44

Obwohl es Sabbat war, die Zeit der Ruhe und Erholung, der stillen Freude, in der weltliche Gedanken aus dem Geist des frommen Juden verbannt sein sollten, war der Rabbi schon den ganzen Tag lang abgelenkt und hatte kaum ein Wort mit Miriam gesprochen. Und nun, am frühen Abend, nachdem der Sabbat vorbei war, ging er ins Wohnzimmer und war bald in einem Buch versunken.

«Glaubst du, daß er es getan hat?» fragte Miriam aufgebracht. «Roger Fine. Glaubst du, daß er es war?»

Er zog die Schultern hoch. «Woher soll ich das wissen?» Dann wandte er sich wieder dem Buch zu.

«Ja, willst du denn nichts unternehmen?»

Mit einem ungeduldigen Seufzer klappte er das Buch zu. «Was kann ich denn machen?»

«Wenigstens kannst du ihn besuchen.»

«Ich bin gar nicht sicher, ob das ratsam ist. Fine hat nicht nach mir verlangt, und seine Familie hat mich auch nicht aufgefordert. Hinzu kommt, daß sie nach den Unerfreulichkeiten vor der Hochzeit nicht darum bitten werden, schon gar nicht nach dem Vorfall von gestern abend in der Synagoge. Wenn sie schon Gerüchte verbreiten, daß ich ihn angeklagt oder denunziert hätte, dann möchte ich nicht wissen, was sie daraus machen werden, wenn ich ihn jetzt auch noch im Gefängnis besuche.»

«Früher hat es dir nie was ausgemacht, was die Leute dachten», stellte sie leise fest. «Du hast getan, was du für richtig hieltest, egal was die

Leute dachten.»

«Na, vielleicht bin ich jetzt etwas weiser», bemerkte er zynisch.

Sie sah rasch auf. Das paßte gar nicht zu ihm. Er fing ihren Blick auf und fand, daß er ihr eine Erklärung schuldig sei. «Ich bin nie ein rauschender Erfolg in Barnard's Crossing gewesen. Anfangs dachte ich, es wäre die Schuld der Gemeinde, und wenn sie einmal umgestimmt wäre, würde alles gut werden. Jedesmal, wenn es eine Krise gegeben hat – und praktisch ist es jedes Jahr, solange ich hier bin, zu einer gekommen – und sie endlich vorüber war, habe ich gedacht: jetzt ist alles im reinen und ich kann endlich anfangen zu arbeiten. Aber dann kam die nächste Krise. Es war wie bei unserem ersten Auto, erinnerst du dich? Wir hatten Ärger mit der Zündung, und als wir die repariert hatten, dachten wir, jetzt wäre alles gut. Dann war die Benzinpumpe im Eimer. Also haben wir eine neue besorgt, und in weniger als einer Woche war's der Auspufftopf. Danach war's dann das Getriebe, und sie verlangten – wieviel – zweihundert Dollar? Dreihundert?»

«Dreihundert haben wir für den Wagen bezahlt», sagte sie.

«Jedesmal, wenn was kaputtging, dachten wir, es wäre nur was Einmaliges, und wenn das repariert wäre, wäre alles in Ordnung. Aber bei einer Serie von Einzelfällen ist es nicht mehr einmalig. Dann herrscht Murphys Gesetz.»

«Murphys Gesetz?»

«Ja. Ich habe es zuerst kennengelernt, als ich als Geistlicher bei der Army war. Murphys Gesetz besagt, daß ein Unfall oder eine Panne, die geschehen können, auch geschehen werden. Darum hab ich dann auch nach einiger Zeit angefangen zu denken, daß es vielleicht an mir und nicht an der Gemeinde läge.» Er lächelte reuemütig. «Du kennst doch das alte talmudische Sprichwort: Wenn dir drei Leute sagen, du bist betrunken, geh nach Hause und leg dich hin.»

«Du willst dich also hinlegen?»

«Miriam, wenn *du* mich nicht mehr verstehst –»

«Aber ich versuche es doch, David», sagte sie leidenschaftlich. «Ich versuche es wirklich.»

«Weißt du, in den früheren Fällen, wenn es Krach gegeben hat, blieb mir immer das Gefühl, daß die Gemeinde mich respektierte. Wenn wir auch über Prinzipien verschiedener Meinung waren, so achteten sie mich doch. Aber dies – ach, das war schon wie eine Demonstration. Gegen mich persönlich gerichtet – von meiner eigenen Gemeinde.»

«Einige von diesen Frauen sind nicht mal Mitglieder der Gemeinde.»

«Andere aber doch.»

Sie war verwirrt. «Versuchst du zu sagen, David, daß du das Rabbinat leid bist?»

Er lachte verbittert. «Nein, aber das würde ich auch gern mal versuchen.»

«Was meinst du denn?»

Er stand auf und ging im Zimmer herum. «Mein Großvater war Rabbiner einer kleinen orthodoxen Gemeinde. Der hielt keine kleinen Ansprachen vor Bar-Mitzwa-Knaben. Er ist während der Feiertagsgottesdienste nicht aufgestanden, um die Seiten im Gebetbuch anzusagen. Er hat sein Leben größtenteils mit Studien verbracht. Wenn jemand in seiner Gemeinde eine Frage hatte, die die Religion betraf, kam er zu ihm, und er forschte im Talmud und beantwortete sie. Wenn es zwischen zwei oder mehr Mitgliedern der Gemeinde zu einem Streit kam, gingen sie zu ihm, und er hörte alle Seiten an und sprach Recht. Und sie hielten sich an seinen Spruch. Er verrichtete die traditionelle Arbeit eines Rabbiners.»

«Aber dein Vater –»

«Mein Vater ist ein konservativer Rabbi. Er hat eine alte, eingesessene Gemeinde, die Gefühl und Verständnis für die Aufgaben des Rabbiners hat; die Menschen vertrauen ihm uneingeschränkt. Sie sind nicht zu ihm gegangen, um seinen Richtspruch zu erbitten, und die Fragen, die meinem Großvater vorgelegt wurden, interessieren sie nicht sonderlich, aber ihre jüdische Religion ist ihnen wichtig, und sie verlassen sich auf die Führung meines Vaters.»

«Ja, aber ist das nicht das, was du auch tust?»

«Was ich zu tun versucht habe. Es ist das, was ich tun würde, wenn die Gemeinde mich nur ließe. Aber sie hindern mich auf Schritt und Tritt. Erst glaubte ich, ich könnte sie allmählich gewinnen, um ihnen dann so zu dienen, wie mein Vater seiner Gemeinde gedient hat.»

«Aber –»

«Aber jetzt sehe ich, daß das Rabbinat nicht das ist, wofür ich es gehalten habe.»

Sie sah ihn an. Er wirkte entmutigt.

«Von Generation zu Generation verändert sich alles, David», begann sie leise. «Du bist Rabbiner geworden, weil dich das Richteramt deines Großvaters inspirierte. Wie ist es denn mit dem Arztsohn, der sich berufen fühlt, Mediziner zu werden, durch das Beispiel seines Vaters, der die Nacht am Bett eines Schwerkranken durchwacht? Heute muß er sich spezialisieren, muß Ordinationszeiten an fünf Tagen der Woche einhalten und hat den Mittwochnachmittag frei. Statt einen Menschen zu behandeln, gibt er sich mit einer Kette von Mägen oder Herzen ab. Und bei den Handwerkern ist es ebenso. Als Mr. Macfarlane neulich hier war, um die Fenster in Ordnung zu bringen, hat er mir erzählt, sein Vater hätte das Haus, in dem sie wohnen, ganz allein gebaut. Und während des Winters hat er auch noch viele Möbel selber getischlert. Aber unser Mr. Macfarlane macht – abgesehen von kleinen Reparaturarbeiten am Rande – nichts anders als Fußbödenlegen. Die Methoden ändern sich, aber die Berufe nicht. Ärzte heilen immer noch Kranke, Tischler bearbeiten Holz, und Rabbis leiten ihre jüdische Gemeinde und sorgen dafür, daß sie jüdisch bleibt. Und was ist mit den Lehrern?»

«Ich hab nicht das Gefühl, auf dem Gebiet erfolgreich tätig gewesen zu sein», sagte er düster.

«Jetzt redest du Unsinn!» fuhr sie hoch. «Du bist ein ausgezeichneter Rabbi und auch ein ausgezeichneter Lehrer. Mit deiner Gemeinde hast du Schwierigkeiten, *weil* du ein guter Rabbi bist.»

«Was meinst du damit?»

«Wenn du nur mit deiner Gemeinde gut auskommen willst, wenn du populär sein willst, David, dann gehst du auf sie ein, statt sie zu führen und zu leiten. Du darfst sie nie vor harte Wahrheiten stellen. Und wenn ein Lehrer bei seiner Klasse beliebt sein will, dann versucht er nicht, sie zum Lernen zu zwingen.»

«Ja, natürlich . . .»

Aber sie sah nun, daß sich seine Stimmung gewandelt hatte. Mit einer großartigen Mißachtung aller Logik sagte sie: «Und du brauchst Fine auch nicht im Gefängnis zu besuchen, wenigstens nicht gleich. Ich könnte mir denken, daß es besser wäre, erst mit diesem Bradford Ames zu sprechen und die Lage zu klären. Schließlich ist er dir was schuldig, weil du ihm mit den Selzers geholfen hast.»

Der Rabbi überdachte das. «Ich könnte es versuchen.»

«Dann ruf ihn doch gleich zu Hause an. Es kann nicht so viele Leute mit dem Namen Bradford Ames geben, nicht mal in Boston.»

Ames schien sich über seinen Anruf zu freuen. «Ich würde mich sehr gern mit Ihnen treffen, Rabbi. Und ausgerechnet morgen komme ich in Ihre Gegend, um unser Haus für den Winter dicht zu machen. Wissen Sie, wo es ist? . . . Fein, dann erwarte ich Sie irgendwann am späteren Vormittag.»

45

Das Ames-Haus lag am Point, einem felsigen Landfinger, der in die Hafeneinfahrt zeigte. Es war ein großes weißes Holzhaus, rundherum von einer breiten Veranda umgeben. Auf der Hafenseite überragte es die Flutmauer. Bei Hochwasser lag es über dem Meer und gab einem das Gefühl, an Bord eines Schiffes zu sein. Es war ein warmer Altweibersommertag, und Bradford Ames genoß das schöne Wetter in einem großen Korbsessel auf der Veranda. Als der Rabbi kam, rief er: «Kommen Sie gleich herauf, Rabbi. Ich dachte, wir sollten uns in die Sonne setzen, solange sie noch so schön scheint.»

David Small trat ans Geländer und blickte in das Wasser unter ihm. «Schön», sagte er, «sehr schön.» Er atmete tief die salzige Luft ein.

«Ich bin immer ein bißchen traurig, wenn es wieder Zeit wird, das alte

Haus für den Winter zuzumachen. Ich suche mir extra einen schönen Tag dafür aus, und wenn ich fertig bin, sitze ich noch ein wenig draußen, nehme vom Meer Abschied und trinke ein Glas, ehe ich wieder in die Stadt zurückfahre.» Er deutete auf eine Flasche. «Kann ich Ihnen was anbieten, Rabbi? Sie sind doch kein Abstinenzler, oder?»

«O nein, das sind wir nicht.»

Ames schenkte ein. Als sie beide in den tiefen Korbsesseln saßen, tranken sie sich stumm zu. «Ich könnte mir vorstellen, daß Sie sich für Roger Fine interessieren», stellte Ames endlich fest. «Er ist doch wohl Mitglied Ihrer Gemeinde?»

«Nein, aber er gehört zu den jüdischen Bürgern von Barnard's Crossing. Und als einziger Rabbi am Ort . . .»

«Fühlen Sie sich verantwortlich.» Ames kicherte. «Und als der einzige Rabbi unter den Lehrern des Windemere College können Sie sich für jedes jüdische Mitglied gleichermaßen verantwortlich fühlen, ja?»

«Das war mir noch gar nicht aufgegangen», gestand der Rabbi, «aber da Sie es jetzt erwähnt haben . . .»

Ames rutschte im Stuhl nach hinten. «Gut, ich spreche sehr gern mit Ihnen über Fine, Rabbi. Ich glaube auch, ich bin es Ihnen schuldig, nachdem Sie für mich die Kastanien aus dem Feuer geholt haben, als Sie dafür sorgten, daß die Studenten einen Antrag auf Kaution stellten.» Er war so weit im Stuhl heruntergerutscht, daß sein runder Kopf gerade noch in Höhe der Tischplatte war. «Ich erwähne das, Rabbi, um anzudeuten, daß es mir nicht um Verurteilungen nur um der Verurteilung willen geht.»

«Das ist klar.»

«Ich werde Ihnen sagen, was wir gegen Fine haben. Ich will Ihnen den Fall darlegen. Ich lege alle unsere Karten offen auf den Tisch.» Er drehte den Kopf so weit herum, daß er zum Rabbi aufblicken konnte. «Und nun fragen Sie mich, warum ich das tun will.»

Der Rabbi grinste. «Schön. Warum wollen Sie das tun?»

«Weil ich dem jungen Mann helfen möchte. Oh, ich hab eine Menge Belastungsmaterial, und ich werde meinen Schuldspruch bekommen. Aber das Strafmaß, das ist ein anderer Fall. Das kann von hier bis dort reichen.» Er hielt die Zeigefinger dicht nebeneinander und breitete dann die Arme immer weiter aus.

«Das heißt, Sie möchten, daß ich Professor Fine beeinflusse, ein Geständnis abzulegen?»

«Das könnte sehr gut sein – gut für ihn», sagte Ames, «wenn Sie es fertigbrächten. Ach, das ist übrigens kein Vorschlag unter der Hand. Ich habe darüber mit seinem Anwalt, Jerry Winston, gesprochen.»

«Und?»

Ames richtete sich wieder zu voller Höhe auf. «Es ist eine Art Spiel von uns, Rabbi. Vor Gericht sind wir höflich-kühl. Ich meine, der Assistant

Distrcit Attorney und die Strafverteidiger. Wir sind auch nicht darüber erhaben, gemeine juristische Tricks anzuwenden oder uns anzupöbeln. Aber außerhalb des Gerichts stehen wir sehr gut miteinander. Was wieder nicht bedeutet, daß Winston nicht mit aller Kraft für seinen Klienten kämpft, wie ich für den Staat kämpfe. Wir sind Profis, verstehen Sie. Aber einen großen Unterschied gibt es. Winston kämpft mit Klauen und Zähnen für einen Freispruch, aber ich kämpfe nur dann für seine Verurteilung, wenn ich von der Schuld des Mannes überzeugt bin. Obwohl er der Ankläger ist, ist es auch Aufgabe des District Attorney, die Unschuldigen zu schützen.»

«Ich verstehe.»

Ames trank einen Schluck aus seinem Glas. «Schön, lassen Sie mich Ihnen darlegen, was wir haben; danach werde ich erklären, wie Sie helfen können. Professor Fine hat von Anfang an unter Verdacht gestanden, einfach weil er zur Tatzeit im Haus war. Aber richtig haben wir uns erst für ihn interessiert, als wir *Sie* überprüft hatten.» Er lachte glucksend über das erstaunte Gesicht seines Gastes. «O ja, Rabbi, eine Weile waren Sie Sergeant Schroeders Hauptverdächtiger. Er hat einen sehr überzeugenden Fall gegen Sie aufgebaut. So hatten Sie zu erwähnen versäumt, daß Sie Ihre Studenten vorzeitig verlassen haben.»

«Wie sollte –»

«Das bedeutete, daß Sie, statt sich nur eben auf dem Heimweg von Hendryx zu verabschieden, eine ganze Stunde lang mit ihm allein im Büro gesessen haben. Sie beide, in einem winzigen Büro mit nur einem Schreibtisch und einem ziemlich wackeligen und unbequemen Besucherstuhl. Letzteres kann ich persönlich bezeugen.» Er lehnte sich behaglich an die fächerförmige Rückenlehne des Korbsessels. «Innerhalb dieser Stunde haben Sie sich unterhalten – ein Rabbi und ein Mann, der allgemein als Antisemit galt. In einer Stunde gibt es ausreichend Gelegenheit zu argumentieren und wütend zu werden, und wenn Sie wütend genug waren . . .»

«Aha. Ich wurde also so wütend, daß ich beschloß, ihn umzubringen. Und wie habe ich das angestellt? Ich kann nicht einfach nach oben greifen und die Büste herunterziehen. So weit kann ich nicht reichen. Hat der freundliche Sergeant dafür auch eine Erklärung?»

«Lassen Sie die Ironie, Rabbi. Der Sergeant hat den Fall sehr gut dargelegt. Es liegen Stapel ausrangierter Bibliotheksbücher auf den Regalen; Sie hätten nur hinaufzuklettern brauchen, um nach einem zu suchen, und dabei hätten Sie leicht aus Versehen den Gipskopf zu Fall bringen und damit das Rededuell endgültig gewinnen können. Der Sergeant räumte sogar ein, daß es auch ein Unfall hätte sein können.»

«Wie nett von ihm.»

Ames gluckste. «Sie sind natürlich entsetzt. Ihre erste Reaktion ist vielleicht, es jemand mitzuteilen. Wem anderem als dem Dean? Aber gerade, als Sie um die Ecke kommen, sehen Sie, wie sich ihre Tür schließt. Vielleicht betrachten Sie das als Omen. Vielleicht aber wird Ihnen nun klar, daß sie nichts von dem Vorfall mitgekriegt haben kann. Auf jeden Fall verlassen Sie das Haus. Sie sind natürlich völlig durcheinander und fahren einige Zeit in der Gegend herum, um sich schlüssig zu werden, was Sie tun sollen. Und das ist der Grund für Ihre verspätete Heimkehr. Aber als Sie dann daheim sind, hören Sie von dem Bombenattentat und erkennen, daß der Vorfall dadurch eine ganz andere Dimension annehmen kann. Als sich dann der Sergeant bei Ihnen meldet, suchen Sie nach einem Vorwand, ihn abzuwimmeln und gewinnen somit Zeit herauszufinden, was passiert ist und sich eine Geschichte auszudenken.»

«Alles zusammengenommen ergibt das einen guten Fall», gab ihm der Rabbi recht.

«Ich könnte noch darauf hinweisen, daß Sie einen Schlüssel für das Büro hatten und hineingehen konnten, ohne daß Hendryx aufstehen mußte. Jeder andere hätte klopfen müssen. Es ist wirklich ein guter Fall», sagte Ames fast bedauernd.

«Aber Sie haben ihm das nicht abgenommen?»

Ames schüttelte mit einem breiten Grinsen den Kopf. «Ich glaube nicht mal, daß Schroeder selbst davon überzeugt war. Ich vermute, es war nur seine Rechtfertigung, mit Ihnen nicht gerade sanft umzuspringen.»

«Ja, aber warum wollte er das?»

«Na, wahrscheinlich hat er daran gedacht, wie Sie ihn behandelt haben, als er ganz höflich bei Ihnen angerufen hat. Das hat ihn gewurmt. Sie müssen einen Mann wie Schroeder verstehen. Er ist fast am Ziel seines Ehrgeizes. Als Detective Sergeant arbeitet er weitgehend selbständig. Natürlich bekommt er Weisungen von seinen Vorgesetzten, aber in der Öffentlichkeit, besonders wenn er mit einem wichtigen Fall befaßt ist, ist er sein eigener Chef und nicht daran gewöhnt, daß seine Machtvollkommenheit angezweifelt wird.»

«Aber er hat mich gar nicht in die Mangel genommen.»

«Weil ich eingeschritten bin. Ich habe ihm gesagt, ich wollte Sie selbst verhören. Ihre Erklärungen für Ihr spätes Nachhausekommen am Freitag und Ihr Versäumnis, dem Sergeant zu sagen, daß Sie Ihre Klasse haben sitzenlassen, waren derartig naiv, daß ich gar nicht anders konnte, als sie für wahr zu halten.»

Der Rabbi lachte.

«Natürlich war das eine gefühlsmäßige Entscheidung. Denn genaugenommen konnte ich die Auslegung Schroeders nicht mit gutem Gewissen so einfach von der Hand weisen. Ein ungebildeter Mensch wird für seine verdächtigen Handlungen die Erklärung liefern, die ihm plausibel erscheint, aber sie wird auffällige Lücken haben, und wir werden sie einfach wegen ihrer inneren Widersprüche widerlegen können. Ein intelligenterer Mensch wird mit einer Erklärung aufwarten, die weder auffällige Lücken noch Widersprüche enthält. Sie muß nicht notwendigerweise unseren Verdacht beseitigen, aber wir werden wahrscheinlich zusätzliche Beweise finden müssen, um sie zu widerlegen.» Er machte eine Pause. «Ein ungewöhnlich intelligenter Mensch, Rabbi, könnte eine ganz und gar unwahrscheinliche Erklärung abgeben.»

«Soll das alles heißen, daß ich immer noch unter Verdacht stehe?» fragte der Rabbi.

Ames schüttelte den Kopf. «Nein, Sie haben Ihre Unschuld bewiesen, als Sie den Widerspruch zwischen dem gerichtsärztlichen Befund und der Aussage der Putzfrau aufzeigten. Wenn Sie schuldig wären, wäre es sinnlos gewesen darzulegen, daß das Buch und die Pfeife in Hendryx' Wohnung ein Alibi waren, und das gleich darauf wieder zu entkräften.»

«Na, es ist schon eine Erleichterung zu wissen, daß ich nicht verdächtig bin, obwohl es mir nie aufgegangen ist, daß ich jemals zu den Verdächtigen gehörte. Aber Sie sagten eben, Sie hätten begonnen, Roger Fine zu verdächtigen, als Sie dabei waren, mich zu überprüfen.»

«Das stimmt. Sie haben uns darauf gebracht, uns Gedanken zu machen, wie die Büste heruntergefallen sein könnte, nachdem es nicht die Erschütterung durch die Explosion verursacht haben konnte. Sie könnte von jemand heruntergestoßen worden sein, der am Regal hinaufkletterte, aber das ist nicht sehr wahrscheinlich. Einmal ist sie ganz schön schwer; mehr als zweiundsechzig Pfund kippt man nicht durch eine ungeschickte Handbewegung um. Und Hendryx hätte auch nicht einfach still gesessen und sich das angesehen.»

«Das ist mir sofort eingefallen, als Sie zum erstenmal davon sprachen», sagte der Rabbi. «Darauf hatte ich meine Verteidigung aufgebaut.»

Ames nickte. «Also, wie ist sie dann heruntergeholt worden? Wir haben die Scherben zusammengekittet und experimentiert. Mit einem Stock ging es nicht, da hat man keinen Ansatzpunkt. Wenn man einen langen Stab hätte, mit einem Haken, zum Beispiel wie man ihn für das Öffnen von hohen Fenstern benutzt, hätte man ihn dahinterschieben und dann ziehen können. Das würde gehen, aber dann stürzt das Ding zur Seite ab. Nur mit einem Stock mit einer Krümmung am Ende –»

«Ein Stock mit einer Krümmung?»

«Ja, einem Spazierstock. Damit ist es ein Kinderspiel. Man schiebt nur die Krücke dahinter und zieht. Damit wäre das ‹Wie› erklärt. Die Gelegenheit: er war zur fraglichen Zeit im Haus. Und die Waffe –»

«Die Waffe war die Büste, und die konnte jeder benutzen», widersprach der Rabbi.

Ames schüttelte den Kopf. «Ja, sicher, sie war dort, aber nur für einen Mann mit Spazierstock benutzbar. Professor Fine ist der einzige Mann im College, der zu jeder Zeit einen Stock mit sich trägt.»

Der Rabbi blieb einen Augenblick stumm und fragte dann: «Und das

Motiv? Was für ein Motiv hatte er?»

Ames wehrte mit einer Handbewegung ab. «Wer weiß schon, was einen Menschen in Wirklichkeit motiviert? Häufig weiß er das selber nicht. Wir können nur vermuten oder raten – bis er gesteht. Wir wissen, daß sie Streit gehabt haben, daß Fine ihn für einen Antisemiten hielt –»

«Er machte kleine, spitze Bemerkungen, gelegentlich einen Scherz, nichts, das mehr als eine scharfe Entgegnung rechtfertigte», wandte der Rabbi ein.

«Von Ihnen. Aber Professor Fine ist jünger als Sie. Trotzdem schließe ich mich Ihnen an: das ist kein Motiv für einen Mord. Dann aber haben wir diesen Ekko aufgegriffen, das fünfte Mitglied der Studentengruppe; nach einiger Zeit hat er ausgepackt. Es stellte sich heraus, daß Professor Fine das Treffen der Delegation mit dem Dean wie auch die ganze Studentenkampagne gegen seine Entlassung verhindern wollte.»

«Aber warum denn?» fragte der Rabbi.

«Ja», sagte Ames, «das konnten wir auch nicht verstehen. Bis Ekko mit etwas herausrückte, das Fine ihm im Vertrauen mitgeteilt hat. Sehen Sie, am Ende des Sommerkursus hat Fine einer Studentin die Examensfrage verraten. Hendryx hat das entdeckt und gemeldet.»

«Hat Fine das zugegeben?»

«Schriftlich, Rabbi, sogar schriftlich. Sein handgeschriebenes Geständnis lag im Safe vom Büro des Dean. Es war eine Bürgschaft dafür, daß er keinen Ärger machen würde, wenn sie ihn nach Ablauf seines Vertrags nicht mehr weiterbeschäftigten.»

«Und Ekko hat versucht, den Safe zu sprengen, um das Schriftstück zu beseitigen?»

«Nein, nein», sagte Ames hastig. «Das heißt, das haben wir anfangs geglaubt. Aber dann hat sich herausgestellt, daß er nichts mit dem Bombenanschlag zu tun hat, gar nichts.»

Der Rabbi hätte gern gewußt, wer denn nun tatsächlich für die Bombe verantwortlich war, aber als er merkte, daß Ames seiner Bemerkung nichts mehr hinzufügen wollte, fragte er: «Sie wollen doch wohl nicht andeuten, daß Fine Hendryx ermordete, weil er ihn bei Dean Hanbury angeschwärzt hat?»

«Das gibt ihm ein Motiv.»

«Aber Sie sagen, das alles wäre im Sommer geschehen. Dann hat er sich aber eine Menge Zeit damit gelassen», stellte der Rabbi trocken fest.

«Manchmal schwelen solche Dinge lange vor sich hin.»

«Und schwelen weiter, bis der Ärger verraucht und vergessen ist», sagte der Rabbi.

«Aber nehmen wir mal an, am Tag des Mordes geschah etwas, das das Feuer neu entfachte. Etwas, das es Fine unmöglich gemacht hätte, weiter als Lehrer zu arbeiten? Wie hätte Fine dann reagiert?»

«Was hätte das denn gewesen sein können?» fragte der Rabbi.

«Ich weiß leider nicht, nach welchen Gesichtspunkten Colleges ihre Lehrer einstellen», sagte Ames faul. «Aber ich kann mir vorstellen, daß es nicht so sehr auf die Referenzen des kommissarischen Leiters einer Abteilung ankommt, da er ja nur für Verwaltungsdinge zuständig ist. Aber auf die des Leiters einer Abteilung kommt es an. Und am Tag des Mordes, Rabbi, ist Hendryx zum Leiter der englischen Abteilung ernannt worden.»

Der Rabbi spitzte die Lippen. «Mir hat Hendryx nichts davon gesagt.»

«Das durfte er auch nicht, weil es noch nicht offiziell verkündet worden war. Präsident Macomber hat Dean Hanbury gebeten, nichts zu erwähnen, bis das Kuratorium es offiziell bekannt gegeben hatte.»

«Aber wie sollte Fine dann davon erfahren haben?»

«Oh, ich schätze, daß Hendryx es ihm gesagt hat.» Er sah den Rabbi an und genoß offensichtlich dessen Verwirrung. «Passen Sie auf: Hendryx und Betty, die Tochter des Präsidenten, wollten heiraten, und sie hat ihren Vater rumbekommen, ihn zu befördern.» Er kicherte. «Dean Hanbury hatte sich die ganze Zeit schon für seine Ernennung eingesetzt, aber ohne Erfolg. Eine Tochter aber, eine einzige Tochter, hat anscheinend mehr Durchsetzungskraft. Ich kann mir vorstellen, daß Macomber nicht gegen sie ankommt.»

Der Rabbi begriff immer noch nicht, was das mit Fine zu tun hatte.

«Rabbi, haben Sie denn gar keine Phantasie? Erinnern Sie sich: dieser Ekko hat uns gesagt, daß Fine gegen die Studenteneingabe zu seinen Gunsten war, weil er Dean Hanbury und vermutlich auch Hendryx versprochen hat, keinen Ärger zu machen. Und ausgerechnet an diesem Nachmittag kommt eine Studentenabordnung, um seinetwegen eine Bittschrift einzureichen. Da Dean Hanbury beschäftigt ist, geht Fine zu Hendryx ins Büro, um ihm zu versichern, daß er nichts mit der Studentenabordnung zu tun hat. Ich kann mir ausmalen, wie Hendryx, der schon am Abend davor von Betty Macomber von seiner Bestallung gehört hat, sich in seinen Stuhl zurücklegt und die Situation bis zur Neige auskostet. Ich kann mir vorstellen, wie er mit einem gewissen sadistischen Vergnügen dem jungen Mann mitteilt, daß er nun der Chef der Abteilung ist und Fine nicht auf ein Empfehlungsschreiben von ihm hoffen darf und daß er vielleicht mal über einen neuen Beruf nachdenken soll.»

«Vielleicht», sagte der Rabbi. «Aber das Motiv scheint doch zum größten Teil aus Ihrer Einbildung zu stammen.»

«Jetzt sind Sie nicht objektiv, Rabbi», sagte Ames vorwurfsvoll. «Sie sprechen wie der Verteidiger. Soweit sind wir noch nicht.»

«Gut. Machen Sie weiter. Oder ist das schon alles? Was ist mit dem Alibi? Haben Sie herausgefunden, wie Fine in Hendryx' Wohnung gekommen sein kann?»

Ames strahlte. «In dem Punkt bin ich sogar sehr mit mir zufrieden. Ich habe die Putzfrau noch mal vernommen, und es scheint so, daß sie die Tür immer offen gelassen hat, während sie herein- und herausging, um die Papierkörbe zu leeren. Als sie fortging, hat sie einfach vergessen, den Riegel wieder zurückzuziehen.»

«Aber woher sollte Fine das wissen? Oder hat er es nach Ihrer Theorie auf gut Glück probiert?»

«Oh, wir wissen von anderen Mitgliedern seiner Abteilung, daß Hendryx sich dauernd über seine Putzfrau beklagt hat, auch darüber, daß sie immer die Tür offenließ.»

Der Rabbi schwieg, und Ames wartete ein paar Sekunden, bevor er fortfuhr: «Damit haben wir alles: Gelegenheit, Motiv und Waffe – letztere besonders typisch für den Tatverdächtigen. Wir haben uns also Fine geschnappt und ihn verhört. Natürlich hat er alles abgestritten und sich geweigert, über seine Unternehmungen an dem betreffenden Nachmittag Rechenschaft abzulegen.»

«Das ist doch sein gutes Recht, oder nicht?» fragte der Rabbi.

«Selbstverständlich. Aber warum sollte er sich weigern? Wenn er ein Alibi hat, braucht er es uns nur zu sagen. Wir würden es überprüfen, und wenn es einwandfrei ist, würden wir ihn entlassen. Aber wenn es kein sehr gutes Alibi ist, sagen wir, ein frisiertes Alibi, das er uns vor Gericht als Überraschung liefern will, so daß wir es vorher nicht prüfen können – derartiges könnte einem schlauen jungen Mann wie Fine schon einfallen –, tja, Rabbi, dann würden Sie ihm einen Gefallen tun, wenn Sie ihn von seiner Torheit überzeugten. Denn wir werden das Alibi zerpflücken, glauben Sie mir. Aber die Tatsache, daß er es probiert hat, könnte sich schlecht auf den Richter und das Strafmaß auswirken. Ich habe mit Winston darüber gesprochen.»

«Und was sagt er dazu?»

Ames lächelte. «Ach, Strafverteidiger geben nie was zu. Das gehört zum Spiel. Selbst wenn sie einlenken, geben sie nicht zu, daß ihr Mandant schuldig ist. Ich glaube nicht, daß Jerry sich auf ein frisiertes Alibi einlassen würde, aber wenn er sich dessen nicht ganz sicher wäre, könnte es doch sein.»

«Kann ich ihn besuchen?»

«Fine? Ich glaube schon. Ich würde es aber gern erst mit Jerry Winston absprechen. Ich rufe ihn morgen an, dann können Sie ihn am Dienstag besuchen.»

46

Sie war klein und dünn. Sie trug ein Maxikleid aus Baumwolle, das beinahe den Boden berührte. Es wurde unter den Brüsten zusammengehalten, und es war deutlich zu sehen, daß sie keinen Büstenhalter trug.

Von ihrem Hals baumelte ein großes silbernes Kruzifix an einem Samtband. Das braune Haar war glatt heruntergekämmt und wurde von den Bügeln einer Nickelbrille aus dem Gesicht gehalten. Sie hatte große, dunkle Augen und war auf eine traurige, gedämpfte Weise recht anziehend.

«Rabbi Small?» Sie stand vor dem Hörsaal.

«Ja?»

«Ich bin – mein Name ist Kathy Dunlop, und ich wollte fragen, ob ich Sie ein paar Minuten sprechen kann?»

«Natürlich, Miss Dunlop.» Er sah sie forschend an.

«Es könnte doch ein bißchen länger als nur ein paar Minuten dauern. Ich dachte, wenn Sie Zeit hätten . . .»

«Aber selbstverständlich. Wollen Sie mit in mein Büro kommen?»

Sie nickte dankbar und folgte ihm. Er bot ihr den Besucherstuhl an, setzte sich dann hinter den Schreibtisch und wartete.

Sie spielte mit dem Kreuz auf ihrer Brust und faßte dann Mut. «Es ist so, Rabbi, meine Freundin – sie ist Christin wie ich. Sie geht nicht hier aufs College, aber ich hab ihr von Ihnen erzählt, ich meine, daß Sie ein Rabbi sind und hier eine Vorlesung halten. Und da hat sie mich gebeten, Sie mal zu fragen.»

«Ah, ja.»

«Ja, also, sie ist Christin, und sie ist in einen jüdischen Jungen verliebt.»

«Und sie möchten heiraten?» sagte der Rabbi prompt.

«Noch nicht sofort, verstehen Sie. Ich meine, sie liebt ihn, und er liebt sie. Sie weiß das ganz sicher. Ich meine, ich kenne die beiden, da gibt es wirklich keine Frage.»

«Gut», sagte er leise. «Ich verlasse mich auf Ihr Wort.»

«Ja, und nun wollte ich wissen, also, sie möchte das wissen, und ich sollte Sie fragen, ob es richtig wäre, daß sie den Glauben wechselt.»

«Sie will zum Judentum überwechseln?»

«Ja. Was muß sie dazu tun?»

Er lächelte. «Sie müßte mit einem Rabbi sprechen.»

Das Mädchen ließ das Kreuz aus der Hand fallen. «Natürlich, ich weiß schon, daß das ein Rabbi machen muß, aber was muß *sie* dabei tun?»

David Small lehnte sich zurück. «Das hängt davon ab, zu welchem Rabbi sie geht. Die meisten Rabbis werden ihr sagen, sie soll den Jungen aufgeben und sich einen ihres eigenen Glaubens suchen.»

«Sie meinen, der Rabbi würde es nicht tun?» fragte sie überrascht. «Aber das ist nicht fair; ich meine, wenn Sie überzeugt sind, den wahren Glauben zu haben, dann müßten Sie es doch jedem, der dazu übertreten möchte, schuldig sein, ihm den rechten Weg zu zeigen, ihn zu überzeugen, ihm die Rettung zu bieten.»

«Aber wir haben es nicht mit der Rettung, Miss Dunlop.»

«Nein? Aber Sie bekehren doch Menschen. Ich weiß das, weil ich jemand kenne.»

«Ja, wir tun das, aber wir fördern es nicht. Es ist nicht leicht, Jude zu sein, und darum versucht der Rabbi, es ihnen zu ihrem eigenen Besten auszureden. In der Theorie sollen wir niemand bekehren, es sei denn, daß jemand aus innerer Überzeugung danach verlangt. Auf jeden Fall nicht einfach deshalb, weil jemand einen Juden heiraten möchte.»

«Ja, aber wenn jemand in einen Juden verliebt ist und mit ihm – wissen Sie, alles mit ihm teilen möchte und so denken wie er – nein, ich finde das wirklich nicht fair!» Sie begann von neuem: «Ich meine, wenn Sie was wissen, was ich nicht weiß, und Sie glauben, es ist die Wahrheit, sollten Sie dann nicht den Wunsch haben, es mir zu sagen? Könnte die Liebe dieses Mädchens zu dem Jungen – könnte das nicht der Anfang sein, daß sie konvertiert, nein, daß sie überzeugt wird?»

«Ja. Ich glaube auch, daß das die Begründung ist, die die meisten Rabbis bei solchen Fällen angeben.» Er seufzte. Wie sollte er es diesem so ernsten und so eifrigen Mädchen beibringen? Er überlegte, ob sie schwanger sein könnte und ob das, was er sagen würde, notwendig wäre, ihr zur Lösung ihres dringendsten Problems zu helfen. «Warum tragen Sie dieses Kreuz?»

«Oh, stört Sie das?»

«Nein. Ich habe mir nur Gedanken gemacht. Tragen Sie es immer oder nur heute?» Er hätte gern gewußt, ob sie es als Talisman betrachtete, der sie schützen sollte, wenn sie mit einem Rabbi sprach.

«Ich trage es, weil ich Christin bin», sagte sie. «Das habe ich Ihnen doch gesagt.»

«Ja, aber die meisten Christen tragen keine großen Silberkreuze.»

«Es ist ein Geschenk, ein besonderes Geschenk meines Vaters. Er ist Geistlicher. Er bekehrt immerzu Leute. Ich meine, das gehört zu seinem Beruf, daß er Menschen zu Jesus bekehrt.»

«Und wie bekehrt er sie?» fragte der Rabbi.

«Er predigt ihnen. Er überzeugt sie, daß sie durch Jesus zu besseren Menschen werden, daß sie wie neugeboren sein werden und frei von ihren Sünden.»

«Und was müssen sie tun?»

«Sie müssen nur Jesus annehmen. Mehr braucht es nicht – sie müssen den Willen haben, Jesus anzunehmen, ihre Herzen zu öffnen und Ihn hereinkommen zu lassen; denn wenn jemand an Ihn glaubt, ist das schon fast alles, was nötig ist.»

«Ja, das ist bei uns etwas anders», sagte er. «Wissen Sie, in dem Sinn haben wir keine Religion. Die Dinge, an die wir glauben, glauben auch viele Menschen, die keine Juden sind. Aber das macht sie deswegen nicht zu Juden. Und es gibt viele Juden, die nicht daran glauben, aber trotzdem Juden sind. Die Faustregel geht so: jeder, der von einer jüdischen Mutter geboren ist, die nicht zu einer anderen Religion übergewechselt hat, ist Jude. Es ist mehr die Zugehörigkeit zum jüdischen Volk, zur Familie, als das Annehmen eines bestimmten, spezifischen Glaubens.»

«Das verstehe ich nicht. Wenn es eine Religion ist –»

«Haben Sie mal römische Geschichte gelernt?»

Das überraschte sie. «Ja, in der High School. Aber was hat das damit zu tun?»

«Wissen Sie, was die Laren und die Penaten waren?»

«Warten Sie mal», sagte sie, als wäre sie gerade in der Schule drangekommen. «Waren das nicht Idole oder Statuen, die die Römer in ihren Häusern hatten?»

«So was Ähnliches», sagte der Rabbi. «Sie waren die Hausgötter, die Familiengötter. Die Götter, die eine bestimmte Familie mit sich nahm, wo immer sie hinging. Sehen Sie, Miss Dunlop, ein bißchen ist das bei uns auch so. Der Judaismus ist eine Familienreligion. Es ist eine Zusammensetzung von Überzeugungen, Praktiken, Riten, eine Lebensweise, die uns eigen ist, unserer Familie, den Nachkommen Abrahams. Die Bekehrung ist wie eine Adoption in die Familie. Der Konvertit nimmt sogar einen neuen Namen an, einen jüdischen Namen, bei einem Mann ist es gewöhnlich Abraham, Sarah bei einer Frau.»

«Also, was muß man dann tun?» fragte sie nun ungeduldig. «Um adoptiert zu werden, meine ich.»

«Zuerst», sagte er, «müssen Sie die Bräuche und die Riten lernen.»

«Kennen die alle Juden?»

«Nein», gestand er, «aber von Konvertiten wird es verlangt.»

«Dauert das lange?»

«Monate, manchmal Jahre.»

«Jahre? Aber das ist nicht gerecht. Ich meine, wenn sogar Juden sie nicht kennen.»

«Ich nehme an, daß es absichtlich so ist, um die Konvertiten zu entmutigen. Allerdings gibt es auch die Theorie, daß jeder, der als Jude geboren ist, das Wissen um die jüdische Art unbewußt übernommen hat, sozusagen mit der Muttermilch. Ein anderer muß dafür Arbeit leisten.»

«Aber Jahre!»

Der Rabbi war mitfühlend. «Es scheint kaum der Mühe wert, nicht wahr? Warum sagen Sie Ihrer Freundin nicht, sie soll versuchen, den Jungen zu vergessen, ihn aufgeben? Anfangs mag es ihr unmöglich erscheinen, ohne ihn leben zu können, aber sie wird erfahren, daß sie das kann. Wissen Sie, Menschen verlieben sich immer wieder in Menschen, die sie nicht heiraten können. Zum Beispiel kann der andere schon verheiratet sein.» Er lächelte. «Meistens überleben sie's.»

Sie blieb stumm und machte keine Anstalten zu gehen.

«Ist dies, was ich Ihnen erzählt habe – ist das ein Schock für Sie gewesen?» fragte er freundlich.

«Nein, es war das, was er vorausgesagt hat.» Sie holte tief Luft, und ihr Gesicht nahm einen entschlossenen Ausdruck an. «Rabbi, Sie kennen doch Professor Fine? Den, der verhaftet worden ist?»

«Ja. Ich kenne ihn. Warum?»

«Weil er es nicht getan hat. Er kann es nicht getan haben, weil er bei mir war. Als das geschehen ist, meine ich.»

Langsam stellte der Rabbi den Stuhl wieder gerade. «So? Und wo war das?»

«In einem Motel, dem *Excelsior*, an der Route 128. Ich habe uns ein Zimmer genommen, dann hab ich ihn hier angerufen, hier im College, und ihm die Nummer gesagt, und er ist sofort gekommen.»

«Um welche Zeit ist er abgefahren?»

«Um Viertel nach zwei.»

Er sah sie an. «Wie kommt es, daß Sie die Zeit so genau wissen?»

«Weil ich, nachdem ich das Zimmer genommen hatte, nicht – nicht sicher war. Ich hatte irgendwie Angst bekommen. Ich hab so was noch nie vorher gemacht. Und wie die Frau vom Motel mich angesehen hat, als ich ihr sagte, mein Mann machte noch ein paar Besorgungen und käme etwas später . . . Wissen Sie, es liegt ganz dicht bei einem Einkaufszentrum. Ich dachte, ich könnte zum Büro zurückgehen und sagen, ich hätt's mir anders überlegt und mein Geld zurückfordern. Dann dachte ich, ich könnte mich einfach in meinen Wagen setzen und abfahren, ohne was zu sagen, und auf das Geld verzichten. Dann dachte ich, ich würde bis Viertel nach zwei warten.»

«Warum gerade Viertel nach?»

«Weil es da gerade ein paar Minuten nach zwei war, und mir Viertel nach für einen Entschluß gut geeignet erschien.»

«Und dann haben Sie ihn angerufen?»

Sie nickte.

«Gibt's bei dem Motel eine Telefonzentrale, oder kann man direkt wählen?»

«Ich hab nicht vom Zimmer aus telefoniert. Auf dem Parkplatz ist eine Telefonzelle. Ich hab von da aus angerufen, weil ich nicht wollte, daß die Frau vom Motel mithört.»

«Und wie sind Sie gerade auf dieses Motel gekommen?»

Sie senkte den Blick. «Eines der Mädchen aus dem Studentenheim hat es mir empfohlen.»

«Hm. Und wann ist Professor Fine gekommen?»

«Ich – ich weiß es nicht genau. Aber er hat gesagt, er führe sofort los und würde nicht . . . Ich meine, wenn er zu mir käme, würde er nicht unterwegs . . .»

«Nein, das glaube ich auch nicht», sagte der Rabbi freundlich. Und dann: «Haben Sie zufällig aufgepaßt, wann er bei Ihnen eingetroffen ist?»

Sie schüttelte langsam den Kopf. «Nein, ich habe erst später auf die Uhr gesehen, als ich Angst hatte, es könnte zu spät für ihn werden, aber er hat gesagt, er wäre nicht eilig. Seine Frau war irgendwo eingeladen, und er hatte ihr gesagt, er würde in der Stadt bleiben.»

«Weiß die Polizei von der ganzen Sache?»

«Natürlich nicht, sonst wäre er längst frei, nicht?»

«Wenn sie ihm glauben», sagte er. «Hat jemand im Motel Sie zusammen gesehen?»

Sie wehrte sehr entschieden ab. «Nein, bestimmt nicht. Wir waren sehr vorsichtig. Darum haben wir ja auch ausgemacht, daß ich das Zimmer nahm. Er wollte nicht gesehen werden. Er hatte Angst, daß sich der Besitzer wegen seiner roten Haare und des Stocks an ihn erinnern könnte und daß es eines Tages herauskommen würde.»

«Hm.»

«Er würde es nie erzählen», sagte sie überzeugt, «weil er mich da nicht reinziehen will.»

«Obwohl er deswegen im Gefängnis bleiben muß?»

«Ja, sicher.»

47

David Small füllte seinen Besucherschein aus und schob ihn in die Schale unter dem dicken, kugelsicheren Glas.

«Wie in einer Bank», stellte er fest.

Der Wärter lachte automatisch. Die Bemerkung wurde Dutzende von Malen jeden Tag gemacht. «Ja, das is ja auch 'ne Art Bank. Wenn Sie jetzt bitte die Taschen ausleeren und an der Scheibe vorbeigehen möchten.»

Der Rabbi legte Brieftasche, Kleingeld und Armbanduhr auf ein Häufchen und trat unter einen Bogen.

«Nun kommen Sie zurück.»

Die Nadel an der Skala bewegte sich.

«Sie haben immer noch was aus Metall an sich.»

Er klopfte seine Taschen ab, und als er dann die Hand in die Seitentasche seines Jacketts schob, spürte er die aufgeplatzte Naht im Futter. Er hatte immer wieder vergessen, Miriam zu bitten, sie zuzunähen. Er förderte einen Bleistiftstummel ans Licht. «Der ist ins Futter gerutscht. Ich hab das ganz vergessen.»

«Schon gut. Gehen Sie noch mal durch. Jetzt ist es okay.»

«Meinen Sie, der Bleistift gibt einen Ausschlag?»

«Nein, die Metallhülse vom Radiergummi», sagte der Wärter.

Rabbi Small sammelte seine Sachen ein, wurde durch einen kurzen Flur und eine schwere Tür aus Stahlbalken gewiesen, die sich klickend hinter ihm schloß. «Erste Tür links», rief der Wärter hinter ihm her. «Warten Sie dort.»

Es war ein kleiner Raum, der nur mit ein paar Stühlen und einem Tisch möbliert war. Während er wartete, fragte sich der Rabbi, was er sagen sollte. Wußte Fine, was am Freitagabend in der Synagoge vorgefallen war? Sollte er erwähnen, daß Ames die Anregung zu seinem Besuch hier gegeben hatte? Die Tür öffnete sich, und Roger Fine kam herein. Ihm folgte ein schwarzer Wärter mittleren Alters.

«Ich muß hier warten, Professor Fine», sagte der Mann, «aber Sie können die Tür zumachen.»

«Okay, John, danke. Ach, das ist übrigens Rabbi Small. Er unterrichtet auch in Windemere. John Jackson, Rabbi. Sein Sohn ist Student am College.»

«Tag, Rabbi», sagte der Wärter und zog die Tür hinter sich zu.

«Sein Sohn ist einer von denen, die ich im Sommer unterrichtet und ins College bekommen habe», sagte Fine. «Ein netter Kerl.»

«Ich hab von Ihrem Programm gehört. Ich kann mir denken, daß das viel Mut erfordert hat.»

«Nicht Mut, Rabbi, Teilnahme.» Er ließ sich auf einen Stuhl fallen und hängte den Stock an den Tischrand. Er schien dünner zu sein als bei ihrer letzten Begegnung, und sein Gesicht war hart.

«Und wie hat es sich nun gemacht?» fragte der Rabbi. «Haben Ihre Schützlinge sich bewährt?»

Fine zuckte die Achseln. «Manche ja, manche nicht so sehr. Aber Sie, Rabbi, haben sich doch mit dem Establishment angebiedert. Was haben denn die darüber zu sagen?»

Der Rabbi lachte kurz auf. «Anbiedern würde ich es nun bestimmt nicht nennen – es beschränkt sich auf eine gelegentliche Tasse Kaffee in der Cafeteria. Und daß sie das Establishment sind, war mir auch nicht aufgegangen, ich hielt sie für die älteren Lehrer. Aber ich habe von ihnen gehört, daß die Gruppe, die Sie unterrichteten, nicht die richtige Vorbereitung fürs College hatte, daß sie aus Roxbury kamen und die meisten schon seit Jahren aus der Schule waren.»

«Und was bedeutet das?» fragte Fine. «Die Erfahrung, sich im Getto durchzuschlagen, ist zehnmal mehr wert als ein Latein- oder Algebrakursus in der High School.»

«Gut möglich», sagte der Rabbi, «aber darum geht's ja nicht, nicht wahr? Ein Algebrakurs mag im Getto wenig nützen, aber er ist wahrscheinlich eine notwendige Vorbereitung für Physik oder Chemie im College.»

«Genau darum haben wir sie ja auch im Sommer unterrichtet», sagte Fine hitzig.

«Und was konnten Sie im besten Fall dadurch erreichen? Wenn Sie mehrere Jahre der College-Vorbereitung in zwei Monaten aufholen konnten, dann ist unser höheres Schulsystem eine Farce. Wenn es das nicht ist, ist Ihr Projekt der Nachholkurse eine Farce, die nur dazu dient, die Leute in einen Studiengang zu bringen, dem sie dann nicht gewachsen sind.»

«Was soll das?»

«Was soll das?» wiederholte der Rabbi wie ein Echo.

«Ja, was soll das?» Fine lachte verächtlich. «Für was halten Sie Windemere? Oder jedes andere College? Es ist eine verknöcherte Institution – wie der Wahlmännerausschuß oder die britische Monarchie oder das Oberhaus. Heutzutage ist das College nur eine Institution zur Erhaltung des plutokratischen Klassensystems. Es soll dazu dienen ...» Seine Stimme verlor sich, als er die Augen seines Besuchers starr an sich vorbeigerichtet sah. Er wandte sich um, folgte dem Blick des Rabbi und sah eine Küchenschabe über die Wand laufen. Er schlug sie mit dem Stock herunter und trat sie tot. «Dies ist hier nicht gerade das Ritz, aber dafür kostet es auch nichts.» Er lachte. «Das ist eine der Redensarten, die man hier so hört. Nicht umwerfend komisch, aber es hebt die Stimmung.»

Der Rabbi nickte und fuhr dann nach einer Pause fort: «Es ist merkwürdig. Professor Hendryx glaubte auch nicht daran, daß es noch die Aufgabe des College sei, junge Leute zu unterrichten. Er glaubte, seine gegenwärtige Funktion wäre es, College-Professoren zu unterhalten.»

«Das ist typisch Hendryx», sagte Fine. «Aber wenn Sie mal seine Wirkung auf die Gesellschaft untersuchen, finden Sie, daß das College nichts anderes tut, als die Schafe von den Ziegen oder die weißen von den blauen Kragen zu trennen.»

«Es überrascht mich, daß Sie sich dieser Ansicht anschließen wollen», sagte der Rabbi liebenswürdig.

«Ach, da gibt es noch so eine kleine Nebenwirkung, auf die das Establishment vielleicht noch nicht gestoßen ist, und die ist der Grund, warum wir mitmachen und warum wir diese Sommerkurse aufgezogen haben.»

«Und die wäre?»

«Jeder von der anderen Seite des Zauns, dem es gelingt einzusteigen, wird automatisch sozial angehoben. Man kann nicht abstreiten, daß das College der Weg ist, der zum sozialen Aufstieg führt. Das ist eine Tatsache, die von allen Soziologen und den meisten Pädagogen erkannt ist.»

«Ich muß gestehen, daß ich Ihren Glauben an die Weisheit der Soziologen und Pädagogen nicht teile.»

«Verdammt noch mal, Rabbi –»

«Natürlich ist meine Ansicht die traditionelle jüdische Ansicht», fuhr er ganz ungestört fort, «daß Lernen um des Lernens willen geschehen soll. Ein College mit philosophischer Fakultät wie Windemere ist ein Platz für die, die mehr wissen möchten als das, was man ihnen in der

High School beigebracht hat. Wenn Sie es zu einem Mittel zum sozialen Aufstieg umwandeln, wie Sie das eben genannt haben, oder in etwas allzu Praktisches, um das nicht zu vergessen, erfüllt es seinen Zweck nicht mehr.»

«Sie meinen, man sollte Colleges mit einer philosophischen Fakultät den klügsten jungen Leuten vorbehalten?»

«Keineswegs, obwohl ich nicht weiß, was Sie unter den ‹klügsten jungen Leuten› verstehen oder wie Sie sie auswählen wollen. Gute Noten belohnen meistens die gefügigsten Schüler, die, die sich der Meinung ihrer Lehrer anschließen. Lernen hat nichts von einem Wettbewerb an sich, es ist etwas, das jeder für sich allein tut. Ein dicker Mann, der Gymnastik betreibt, um abzunehmen, konkurriert nicht mit einem, der dort ist, um seine Muskulatur zu entwickeln, ja nicht einmal mit einem anderen, der auch abnehmen möchte. Jeder ist da, um seine eigenen Zwecke zu erreichen.»

«Also sind Ihrer Meinung nach die einzigen, die in ein philosophisches College gehen sollten –»

«Nicht die klügsten, sondern die, die wirklich dort studieren wollen, die ihr Wissen erweitern möchten», sagte der Rabbi abschließend.

Fine gelang es kaum, sein leicht triumphierendes Lächeln zu verbergen, als er sagte: «Warum erheben Sie dann Einwände gegen unser Programm, Neger ins College zu bringen?»

«Das tue ich nicht.» Der Rabbi blieb völlig unberührt. «Für die, die lernen wollen, habe ich keine Einwände, vorausgesetzt, sie haben die nötige Vorbildung. Aber ohne die werden sie die Arbeit nicht leisten können, ebenso wie der dicke Mann in der Gymnastikschule die physische Anstrengung nicht zu seinem Zweck auswerten kann, wenn er einen schweren Herzfehler hat. Und Sie tun diesen Studenten nichts Gutes an. Nein. Ganz im Gegenteil.»

Der rothaarige junge Mann lehnte sich in seinem Stuhl zurück und schüttelte verwundert den Kopf. Erst grinste er, und dann lachte er laut.

«Habe ich etwas Komisches gesagt?» fragte der Rabbi.

«Nein, Sie sind ganz in Ordnung, Rabbi. Wissen Sie, als mein Anwalt gesagt hat, Sie kämen, hab ich mich gefragt warum. Würden Sie kommen, um den Verurteilten zu einem Geständnis zu bewegen? Um ehrlich zu sein: ich war nicht wild auf Ihren Besuch, aber Winston, das ist mein Anwalt, schien es für sinnvoll zu halten. Und da sitzen wir jetzt in einem kleinen Zimmer im City Jail und sprechen – ausgerechnet – über Erziehungstheorien und Philosophie. Sie müssen zugeben, Rabbi, daß das komisch ist.»

Der Rabbi grinste. «Sie haben recht, es ist komisch.»

Fine beugte sich vor. «Ich würde mich Ihrer Theorie nur zu gern anschließen, Rabbi, aber das System kämpft ja gerade gegen Ihre großartige Liebe zum Lernen an. Da belegen sie Kurse auf einem Dutzend verschiedener Gebiete ohne Zusammenhang, ohne Beziehung, und der Hauptgegenstand ist Tage nach dem Abschlußexamen vergessen – es verhindert ja nur, daß jemand eine anständige Ausbildung bekommt. Mann, der normale College-Absolvent kann keinen vernünftigen wissenschaftlichen Aufsatz schreiben.»

«Und wessen Fehler ist das?» schlug der Rabbi zurück. «Sie haben Ihre Ansprüche heruntergeschraubt, weil Sie länger glauben, es wäre Ihre Aufgabe zu unterrichten, Sie wollen nur sozial aufwerten, und wie das geschieht, ist Ihnen egal. Jede Art, den Studenten bestehen zu lassen, ist Ihnen recht, Hauptsache er besteht.»

Fine sah den Rabbi scharf an. «Ist das eine allgemeine Bemerkung, Rabbi, oder denken Sie vielleicht an eine gewisse Schwierigkeit, die ich mit Hendryx und dem Dean hatte?»

«Davon weiß ich.»

«Ach ja, Sie saßen ja mit Hendryx im selben Büro.»

«Aber er hat es mir nicht gesagt», warf der Rabbi ein.

«Wer dann –» Fine machte eine abwehrende Kopfbewegung. «Das spielt auch keine Rolle.»

«Hören Sie», sagte der Rabbi, «kennen Sie zufällig eine Kathy Dunlop?»

Die Atmosphäre kühlte sich sofort ab. «Ja, ich kenne Kathy. Was ist mit ihr?»

«Sie hat mich gestern besucht.»

«Hat sie es Ihnen erzählt?»

«Nein, sie hat nichts über das Examen gesagt. Sie wollte wissen, was ein Mädchen machen muß, wenn es zur jüdischen Religion übertreten will. Anscheinend ist eine Freundin von ihr in einen jungen Juden verliebt.»

Fine rückte nervös auf dem Stuhl herum. «So?»

«Natürlich», fuhr der Rabbi fort, «war es klar, daß sie über sich sprach. Vorfühlende Fragen werden oft auf diese Art gestellt. Sind Sie der Mann, den sie zu heiraten gedenkt?»

Fine blieb stumm. Der Rabbi wartete, und als es so aussah, als würde er nicht antworten, sagte er: «Sie hat erzählt, daß Sie beide sich lieben.»

Abrupt stand Fine auf und ging um seinen Stuhl herum. «Ja», sagte er, «ich liebe Kathy. Aber glauben Sie nicht, ich hätte jemals angedeutet, ich würde mich von meiner Frau scheiden lassen und sie heiraten.» Er hockte nun auf der Tischkante.

«Offenbar nahm sie das aber an.»

Fine zog die Schultern hoch. «Von mir ist sie nicht dazu ermutigt worden. Ich habe ihr sogar gesagt, ich würde nur immer wieder ein jüdisches Mädchen heiraten. Das war mir ernst. Glauben Sie mir das?»

Der Rabbi überlegte einen Augenblick. «Ja, ich glaube Ihnen.»

«Überrascht Sie das?»

«Nein.»

«Na, mich überrascht es.» Er warf sich wieder auf den Stuhl. «Es ist mir unverständlich, aber es stimmt; ich fühle das. Hier bin ich, modern, aufgeklärt, intellektuell und, in aller Bescheidenheit, sogar intelligent. Meine Vernunft sagt mir, daß Religion, Gebete, Glaube – all das – nichts als Unsinn sind. Tut mir leid, Rabbi, aber so empfinde ich. Trotzdem habe ich ein jüdisches Mädchen geheiratet, und würde nie eine heiraten, die es nicht wäre. Vermutlich ist es so, weil meine Eltern sich aufregen würden, und dabei habe ich gar keine so enge Bindung an sie. Verrückt, was?»

«So verrückt ist es gar nicht. Ich kenne einen Juden, der sich völlig vom Judentum losgesagt hat, aber keine Butter auf dem heimischen Eßtisch duldet, wenn er Fleisch ißt. Er behauptet, es bekäme ihm nicht. Wenn er aber in einem Restaurant ißt, macht es ihm nichts, Butter und Fleisch zusammen zu essen.»

«Leider sehe ich da die Verbindung nicht. Doch, ich glaube fast, ich sehe sie. Sie meinen, daß in gewissen Dingen der rationalste Mensch irrational handelt.»

«Wie nimmt Ihre Familie es auf, daß Sie hier sind?»

«Sie wissen es nicht. Sie sind auf einer von diesen Drei-Wochen-Reisen nach Israel. Ich hoffe, daß ich alles hinter mir habe, bis sie zurückkommen.»

«Und wenn das nicht gelingt?»

Der junge Mann stützte die Stirn in die Hand.

«Kathy –» bedrängte ihn der Rabbi. «Sie haben Sie an dem Nachmittag getroffen. Der Anruf, auf den Sie warteten, war von ihr?»

«Was soll das alles?» fragte er kriegerisch.

«Es könnte Sie hier herausholen. Es könnte Ihnen ein Alibi geben.»

Fine beugte sich vor und sagte leidenschaftlich: «Wenn sie mit der Geschichte zur Polizei geht – oder wenn Sie das tun –, ich streite alles ab. Ich werde sagen, sie ist eine dumme kleine Gans, die sich in mich verknallt hat und die Phantasie mit sich durchgehen läßt. Außerdem wird niemand ihre Geschichte bezeugen können. Mich hat keiner gesehen, dafür habe ich gesorgt.»

«Aber warum?»

«Weil meine Ehe daran kaputt, wahrscheinlich zu Ende gehen würde. Verstehen Sie das nicht? Ich liebe meine Frau.»

«Eben haben Sie gesagt, Kathy zu lieben.»

«Und? Monogamie ist eine gesellschaftliche Institution, sie ist kein Naturgesetz. Ich würde nicht mit Kathy ins Bett gehen, wenn ich sie nicht liebte. Aber das heißt nicht, daß ich meine Frau nicht auch liebe. Wenn Sie zehn Jahre jünger und kein Rabbi wären, könnten Sie das vielleicht verstehen.»

«Ich war zehn Jahre jünger und zu der Zeit kein Rabbi», sagte er gutmütig, «und ich habe ein gutes Gedächtnis. Ich möchte Sie verstehen.»

«Na gut», sagte Roger Fine. «Meine Frau und ich führen eine gute Ehe. Im Bett haben wir Spaß miteinander. Jetzt gerade bekommt sie mein Kind, und ich bin froh, daß sie es ist, mit der ich ein Kind haben werde. Aber Kathy – wissen Sie, Edie ist ein nettes, anständiges, bürgerliches jüdisches Mädchen. Das ist eine gute Sorte, aber sie hat ihre Grenzen. Mit Kathy – oh, wir haben uns begehrt, und als wir zusammenkamen, unterwarf sich jeder dem anderen mit seinem Geist, seiner Seele und seinem Körper. Es war gut, und darum kann es nicht falsch sein.»

«Ich begreife das.»

«Ja, wirklich?» fragte Fine. «Begreifen Sie es wirklich?»

«Natürlich. Sie möchten Ihren Kuchen behalten und ihn gleichzeitig auch aufessen.»

48

«Ich riskiere meinen Kopf, ist Ihnen das klar?» sagte Chef Lanigan, als er den blauen Polizeiwagen mit dem goldenen Polizeiwappen von Barnard's Crossing in den dichten Verkehr auf der Route 128 lenkte.

«Weil es in Swampdale ist und nicht in Barnard's Crossing?» fragte der Rabbi. «Ach, das ist nur eben über der Grenze.»

«Nein, um Swampdale geht's nicht. Barney Rose ist ein guter Freund von mir und macht sich nichts draus, wenn ich einer reinen Routinesache wegen auf sein Territorium übergreife. Nein, ich denke an die Polizei von Boston. Das ist ihr Fall, und sie könnten sehr unfreundlich auf eine Einmischung reagieren.»

«Ja, das verstehe ich», sagte der Rabbi. Seine Miene hellte sich aber gleich auf. «Genaugenommen überprüfen Sie ja nur die Geschichte von Kathy Dunlop. Wenn Sie entdecken, daß ein Mann mit ihr im Motel gewesen ist, ein rothaariger Mann, der hinkte, der Professor Fine sein könnte, der in Barnard's Crossing wohnt, dann fällt das doch unter *Ihre* Gerichtsbarkeit.»

«Ja, ja, David, vielleicht sind solche Haarspaltereien bei Ihren rabbinischen Freunden akzeptabel, aber ich würde sie nicht so sehr gern bei Schroeder oder Bradford Ames ausprobieren.» Er warf einen Blick auf seinen Begleiter. «Nicht daß mir das Kummer macht, ich maule nur ein bißchen. Das ist die Art von Konversation, die Bullen führen.»

«Auf jeden Fall bin ich dankbar, daß Sie sich die Mühe machen.»

«Ach, das ist keine Mühe.» Lanigan fiel etwas ein; er lachte. «Haben Sie auch bestimmt keine Angst, daß der Mann vom Motel Sie für den betrogenen Ehemann halten könnte?»

«Der Gedanke ist mir auch schon gekommen», antwortete der Rabbi lachend. «Wissen Sie was über den Laden? Über seinen Ruf?»

«Früher waren es immer Hühner», sagte Lanigan scheinbar ganz aus dem Zusammenhang gegriffen. «Ein Mann arbeitete sein ganzes Leben, sparte sich ein bißchen Geld und fand dann heraus, daß er die Stadt, den Schmutz und den Lärm leid war. Er und die Frau schwärmten vom Landleben, und dann setzte ihnen einer die Idee von der Hühnerfarm in den Kopf. Gerade genug Arbeit, um nicht ganz abzustumpfen, frische Landluft und ein regelmäßiges Einkommen durch die Eier und das Geflügel. Joe Gargan, der als Lieutenant den Abschied nahm, war ganz versessen darauf. Er hat mir erzählt, was man für das Futter zahlt, und was man für die Eier bekommt und was für die Viecher selbst. Es konnte einfach nicht schiefgehen. Nur, daß eben manchmal die Futterkosten stiegen, und man dann nichts verdiente. Manchmal konnte auch der gesamte Bestand an einer Krankheit eingehen. Und dann kamen andere Ausgaben dazu, mit denen man nicht gerechnet hatte. – Na ja, jetzt sind die Hühner passé. Jetzt sind Konzessionen die Masche, wenn ich recht unterrichtet bin. Man zahlt seine gesamten Ersparnisse und verschuldet sich noch weiß Gott wie hoch, um einen Stand aufzumachen, an dem man für jemand anderen Würstchen oder Buletten oder Eis verkauft. Sie sagen einem, daß man nur für sich arbeitet, und sie können beweisen, daß man einfach Erfolg haben muß.»

Er schüttelte verständnislos den Kopf. «Vor gar nicht langer Zeit waren es Motels. Man brauchte nicht mehr zu tun als am Morgen die Betten zu machen und frische Handtücher ins Bad zu hängen. Ein Vormittag Arbeit für einen Mann und seine Frau oder nur für die Frau, während der Mann sich ums Büro kümmerte.»

«Wird das *Excelsior* von einem Ehepaar geführt?»

«Ja, es liegt gleich neben einem kleinen Einkaufszentrum. Sie wissen doch, wie es mit diesen Motels geht. Haben sie eine gute Lage, und läuft das Geschäft, sind sie anständig, legal und achtbar. Aber lassen Sie das Geschäft mal abflauen, sofort werden sie ein bißchen nachlässiger und vermieten Zimmer an Straßenmädchen oder College-Studenten, die sich ein paar Stunden lang amüsieren wollen.»

«Und wie ist das Geschäft im *Excelsior*?»

«So lala. Hat sie zufällig gesagt, warum sie gerade dahin gegangen ist?»

«Nur, daß es ihr von einem Mädchen aus dem Wohnheim empfohlen worden ist», sagte der Rabbi trocken.

«Wundert mich gar nicht. Da sind wir übrigens.»

Eine Messingtafel auf einem dreieckigen Mahagoniblock nannte den Namen von ALFRED R. JACKSON. Mr. Jackson, mit einem Sporthemd und Golfpullover bekleidet, kam heraus, um sie zu empfangen und stellte sich vor. «Kann ich Ihnen helfen, Gentlemen?»

«Ich würde gern telefonieren», sagte Lanigan.

«Bitte schön, bedienen Sie sich.» Er schob den Apparat herüber.

«Ist irgendwas nicht in Ordnung?» fragte er den Rabbi, während der Chef wählte.

Rabbi Small winkte ab. Lanigan sagte ein paar Worte in die Muschel und legte dann auf. «Nur eine Routineuntersuchung», erklärte er. «Kann ich mal Ihre Gästekartei vom 13. dieses Monats sehen?»

«Jemand Bestimmtes?» fragte Jackson, als er zum Karteikasten ging. «Der 13., das war ein Freitag, nicht?»

«Ja. Katherine oder Kathleen Dunlop. Sie müßte sich irgendwann am Nachmittag eingetragen haben.»

«Hier ist eine Mrs. Kathy Dunlop. Nummernschild von Massachusetts 863–529. Hat sich um 13 Uhr 52 eingetragen.» Er zog eine Karte heraus und legte sie auf den Schreibtisch.

«Das heißt nicht Mrs., das heißt Ms.», stellte der Rabbi fest.

«O ja, stimmt. Women's Lib.» Er lachte, als wäre das ein guter Witz.

«War sie allein?» fragte Lanigan.

«Au, das weiß ich nicht mehr, Captain – hm, Chef. An den Tag erinnere ich mich gut, weil es Freitag, der 13., war. Ich bin nicht abergläubisch, aber so was erinnert man eben.»

«Sie hat gesagt, sie hätte mit einer Frau verhandelt», teilte der Rabbi Lanigan mit.

«Ach, das war dann meine Frau. Einen Augenblick.» Er öffnete eine Tür und rief: «Martha, kommst du mal?»

Eine Frau in einer Kittelschürze und mit Plastiklockenwicklern gesellte sich zu ihnen. «Ich seh schrecklich aus», entschuldigte sie sich. «Ich wollte mich gerade umziehen.»

«Die Gentlemen interessieren sich für eine Kathy Dunlop, die sich am Freitag, dem 13., am frühen Nachmittag bei uns eingetragen hat. Erinnerst du dich an sie? Du hast sie aufgenommen.»

«Ja, doch. Eine winzige Person. Ein nettes Mädchen.»

«Wie kommen Sie darauf?» fragte Lanigan.

«Ach, das weiß ich selber nicht genau; sie war bescheiden und höflich und – ach ja, sie trug ein Kreuz um den Hals und unterschied sich dadurch von den Mädchen, die man sonst sieht. Sie hat gesagt, sie wäre seit dem vorigen Abend durchgefahren und wäre müde. Darum hab ich ihr Nr. 6 gegeben, weil es da so ruhig ist. Ach, dann hat sie noch gefragt, ob ein Telefon im Zimmer wäre, und ich hab gesagt, sie müßte entweder die Zelle auf dem Parkplatz gegenüber benutzen oder hier das Telefon im Büro.» Zu ihrem Mann sagte sie: «Erinnerst du dich nicht, Al? Ich hab gesagt, Freitag, der 13., bringt Unglück, und an dem Tag hatten wir den Ärger mit der Telefonanlage.»

Lanigan fragte, ob sie im Büro telefoniert habe.

«Ich kann mich nicht erinnern, aber das auf dem Parkplatz ist viel näher.»

«Hatte sie Besucher?»

«Ich spioniere nicht hinter meinen Gästen her», erklärte sie tugendhaft. «Wenn ein Gast ein Zimmer nimmt, kann er dort Besuch empfangen wie bei sich zu Hause.»

«Haben Sie sie mit jemandem gesehen? Mit einem rothaarigen Mann mit einem Stock?» forschte Lanigan.

Mrs. Jackson schüttelte den Kopf.

«Wer war zu der Zeit noch hier?» fragte der Rabbi.

Sie sah fragend ihren Mann an. «Das Ehepaar aus Texas?»

«Nein, die sind schon gegen elf abgereist. Um die Zeit müssen wir keine anderen Gäste gehabt haben.»

Sie erläuterte das. «Um diese Jahreszeit treffen die Leute erst im Laufe des Nachmittags oder am frühen Abend ein. Sie blätterte die Karteikarten durch. «Da – 16 Uhr 20 – 16 Uhr 38 – 17 Uhr 05.»

«Wann ist Miss Dunlop wieder abgereist?» fragte Lanigan.

Die Frau errötete. «Ich meine, ich erinnere mich, daß sie am Abend den Schlüssel abgegeben hat. Sie sagte, sie wollte noch was essen. Ich glaub nicht, daß sie – nein, ich bin sicher, sie ist nicht zurückgekommen. Weißt du noch, Al, ich sagte, sie wäre vielleicht ins Kino gegangen?»

Lanigan fragte Mrs. Jackson, ob sie am nächsten Morgen das Zimmer gerichtet habe und ob das Bett benutzt worden sei.

«Ich erinnere mich nicht», sagte sie vorsichtig. «Wenn es nicht benutzt worden wäre, würde ich mich bestimmt erinnern.»

«Von ein oder zwei Personen?»

«Woher soll ich das wissen?»

«Ach, das würden Sie bestimmt wissen.»

«Ich – ich erinnere mich nicht.»

Als sie wieder abfuhren, sagte Lanigan: «Tut mir leid, David, aber ich fürchte, Ihr Freund Fine hat kein Alibi. Weder der Mann noch die Frau haben ihn gesehen, im Motel waren keine weiteren Gäste, und da das Telefon nicht in Ordnung war, konnte niemand dort anrufen.»

«Wir haben immer noch das Mädchen . . .»

«Nein, die nützt uns nichts. Die ist in ihn verliebt und würde ohne weiteres für ihn lügen. Natürlich kann Fines Anwalt sie in den Zeugenstand rufen und hoffen, daß sie auf die Geschworenen einen guten Eindruck macht. Und das kann sie sogar – bis der D. A. sie sich vornimmt. Er macht aus ihr spielend eine ganz gewöhnliche Nutte oder Schlimmeres, da sie ja wußte, daß er verheiratet ist.»

49

Als Lanigan und der Rabbi das Polizeirevier betraten, rief ihnen der diensthabende Beamte zu: «He, Chef! Grace hat gerade angerufen, daß sie sich ausgesperrt hat. Könnte ich wohl mal eben hinfahren und ihr den Schlüssel bringen?»

«Okay», sagte Lanigan. «Ich bleibe solange hier.»

Er warf einen Blick auf den Block. «Warum haben Sie den Anruf nicht eingetragen?»

«Wieso, sie ist doch meine Frau? Es war privat.»

«Eine Mitbürgerin ruft an, daß sie aus ihrem Haus ausgesperrt ist, und ich schicke einen Sergeant los, um ihr zu helfen. Das ist normale Polizeiarbeit. Jedes Gespräch muß eingetragen werden. So, und jetzt machen Sie, daß Sie fortkommen.»

Als Lanigan den Anruf eintrug, fragte er: «Wollen Sie Mrs. Fine besuchen, David?»

Die Frage überraschte den Rabbi. «Warum sollte ich das wohl wollen?»

Lanigan maß ihn aufmerksam. «Sie haben ihren Mann im Gefängnis besucht, nicht wahr? Wenn das bei uns passierte, würde der Priester selbstverständlich zu ihr gehen.»

«Aber ich bin kein Priester. Ich habe nicht diese Art von Verbindung zu den Mitgliedern meiner Gemeinde. Und im übrigen hab ich vor einiger Zeit Ärger mit ihr gehabt.»

«So?»

«Ach, nichts Wichtiges», wehrte der Rabbi ab.

Auf der Heimfahrt war er keineswegs davon überzeugt, daß er Mrs. Fine besuchen müsse. Wahrscheinlich war sie nicht einmal zu Hause. Wahrscheinlich wohnte sie bei ihren Eltern; und er hatte nicht das geringste Verlangen, Mr. und Mrs. Chernow auch noch wiederzusehen.

Aber er kam sowieso am Haus der Fines vorbei, und als er Licht sah, hielt er an.

Edie Fine öffnete auf sein Klingeln. «Ach, Sie sind das, Rabbi», sagte sie offensichtlich überrascht. «Ich – ich wollte gerade zu meinen Eltern gehen . . .»

«Darf ich hereinkommen?»

«Ja, gut, nur, ich hab nicht viel Zeit. Sie erwarten mich zum Essen.» Sie führte ihn ins Wohnzimmer. «Sie wollen mir vermutlich sagen, daß Sie nichts mit Rogers – ich meine, wegen dieser Sache am Freitagabend. Ich hab sie nicht dazu aufgewiegelt, glauben Sie's mir.»

«Ach, schon gut, Mrs. Fine. Ich habe Ihren Mann heute morgen besucht. Er war ruhig und gar nicht deprimiert.»

«Das ist eine gute Nachricht. Ich weiß natürlich, daß das ein schreckliches Mißverständnis ist und daß es jedem passieren kann, aber es läßt einen doch über manches nachdenken.»

«Worüber nachdenken, Mrs. Fine?»

«Über alles mögliche. Ob es noch Gerechtigkeit auf der Welt gibt. Über die Polizei und die Gerichte und – ob es sich lohnt, anständig zu sein –»

«Mrs. Fine!» Er sprach streng. «Ich freue mich, sagen zu können, daß Ihr Mann seine Last tapfer trägt. Ich nehme an, daß das so ist, weil er sich seiner Unschuld gewiß ist. Wenn ich ihn wiedersehe, würde ich ihm gern sagen, daß auch Sie guten Mutes sind.»

Sie starrte ihn an, dann plötzlich verstand sie ihn. Sie sagte leise und mit beherrschter Stimme: «Ja, sagen Sie ihm das. Danke.»

Statt Miriam, als er nach Hause kam, seinen Mantel zu geben und sie wie üblich flüchtig auf die Wange zu küssen, umarmte er sie und küßte sie fest auf den Mund.

«Nanu», sagte sie staunend, «wie kommt denn das?»

«Ich hab einen unerfreulichen Tag hinter mir, aber ich hab dabei gelernt, daß ich dich sehr liebe.»

«Wenn du das gelernt hast, mußt du mir alles erzählen.»

«Ich kann nicht.»

«Dann will ich dir wenigstens einen Whisky holen.»

«Nein, aber eine Tasse Kaffee hätte ich gern.»

«Ich auch.» Sie ging in die Küche und setzte Wasser auf.

Er band die Schuhe auf und schleuderte sie fort, dann schob er sich ein Kissen zurecht und legte sich lang auf den Diwan. Aber dann klingelte das Telefon, und er mußte aufstehen. Es war der Assistant District Attorney.

«Ja, Mr. Ames. Was kann ich für Sie tun?»

«Sergeant Schroeder war gerade bei mir. Er ist ziemlich wütend auf Sie. Und ich bin auch nicht gerade entzückt.»

«Es tut mir leid, das zu hören», sagte der Rabbi. «Ist es ein generelles Gefühl, oder glaubt er, ich hätte was Bestimmtes getan?»

Ames kicherte anerkennend. «Am liebsten hätte er es, wenn ich Sie als Hauptzeugen verhaften ließe. Es geht um etwas, was Sie vermutlich eine Unterlassungssünde nennen würden. Eine Kathy Dunlop hat Sie besucht und Ihnen Informationen gegeben, die mit unserem Fall zu tun haben. Er findet, Sie hätten das der Polizei melden müssen.»

«Aha. Sie ist also mit ihrer Geschichte auch zu Ihnen gekommen?»

«Ja, das ist sie.»

«Ich habe darüber nachgedacht», sagte der Rabbi, «und befunden, daß der Polizei wenig mit einer unbelegbaren Geschichte gedient wäre, während meine Meldung einer Angelegenheit für die ich mich verantwortlich fühle, sehr schaden würde. Ich habe eins gegen das andere abgewogen und beschlossen, vorläufig nicht davon zu berichten.»

«So, haben Sie das? Um was geht es denn, Rabbi?»

«Die Beziehung zwischen Mr. und Mrs. Fine. Ich habe die beiden getraut, wissen Sie.»

«Sie hatten Angst, Schroeder könnte zu Mrs. Fine gehen?» Es folgte eine Pause. «Gut, Rabbi, ich nehme Ihnen das ab. Aber was ist mit Ihrem kleinen Ausflug zum *Excelsior*? Da handelt es sich um eine reine Polizeiangelegenheit.»

«Auch dafür habe ich eine Rechtfertigung.»

«Sparen Sie sie sich, Rabbi. Treffen wir uns doch morgen nach Ihrer Vorlesung im Apartment von Hendryx. Dort können Sie mir dann alles erzählen. Und, Rabbi», fügte er hinzu, «ich hoffe, daß Ihre Geschichte gut ist.»

Er legte auf, als Miriam gerade mit dem Tablett ins Zimmer kam. «Noch mehr Ärger?» fragte sie besorgt.

«Nichts Ernstes. Und nichts, worüber ich mir vor morgen Gedanken machen müßte. Heute freue ich mich auf einen ruhigen Abend zu Hause.»

Sie hörte ein Auto und trat ans Fenster.

«Oh, David, jetzt hält ein Streifenwagen vor dem Haus.»

Und gleich darauf klopfte es auch schon energisch. Miriam öffnete die Tür. Der Polizist tippte an seine Mütze und sagte: «Guten Tag, Mrs. Small. Ich hab Ihnen die Karten für den Polizeiball gebracht.»

«Ach, liefern Sie die jetzt persönlich ab?» fragte der Rabbi.

«Der Chef meint, es wäre gut für unsere Kontakte mit den Bürgern. Wissen Sie, so lernen wir die Leute kennen. Kontakte zu den Bürgern sind jetzt bei uns im Revier die große Mode.»

«Na, ich finde das eine sehr gute Idee», sagte Miriam. «Warum machen Sie keine Nägel mit Köpfen und kommen auf einen Kaffee herein?»

«Das ist sehr freundlich von Ihnen, Mrs. Small, aber mein Kollege sitzt im Wagen.»

«Dann holen Sie ihn doch rein.»

«Bei der Polizei sind Public Relations jetzt der letzte Schrei», sagte der erste Beamte noch einmal, als er und sein Kollege auf den Stuhlkanten saßen und die Kaffeetassen vorsichtig auf den Knien balancierten. «Es geht alles auf das Konto der jungen Leute, die uns ‹Schweine› und was sonst nicht alles nennen. Und wenn man dann einen von ihnen verhaften muß, schreien sie gleich von Polizeibrutalität. Und darum soll dieser Feldzug dazu dienen, daß die Leute die Polizei kennenlernen und dann eher unterstützen. Vermutlich hat es schon einen Sinn, aber ich persönlich meine, daß die, die keinen Ärger machen, schon lange wissen, daß die Polizei zu ihrem Schutz da ist, und die anderen sind gegen uns, weil wir sie am Unfugmachen hindern.»

«Ist das auch Ihre Ansicht?» fragte Miriam den anderen.

«Na, in der Stadt könnte es anders sein, *madam*. Aber hier in Barnard's Crossing kennt jeder jeden, der bei der Polizei ist. Für mich sind diese Public Relations nichts wie Überstunden.»

«Auf die Sie verzichten könnten, was?» fragte der Rabbi.

«Ach, das macht mir nichts aus», sagte er schnell. «Wir machen das freiwillig. Es macht Spaß, die Leute kennenzulernen, Kaffee mit ihnen zu trinken und zu reden. Außerdienstlich, wissen Sie.»

«Vielleicht sollten sie das ruhig auch mal in der Stadt probieren», schlug Miriam vor.

Der Polizist schüttelte den Kopf. «Da funktioniert so was nicht. Nehmen Sie mal die jungen Leute. Hier kennen wir sie alle. Ich hab bei ihnen geschiedsrichtert, als sie noch in der Jugendmannschaft waren, und Joe hat seit Jahren eine Baseballmannschaft trainiert. Sie nennen uns bei den Vornamen. Aber in der Stadt kennen sie die Polizei nicht, und die Polizei kennt sie nicht. Die, die hier so nett und freundlich zu uns sind, können in der Stadt zu einer Bande von Wahnsinnigen werden, wenn sie der Polizei gegenüberstehen.» Er drehte sich zu seinem Kollegen um. «Weißt du noch, wie sie sich damals aufgeführt haben, als wir Miss Hanbury zum College zurückfahren mußten?»

«Ja, das war der Tag, an dem da die Bombe hochging. Ich kann Ihnen sagen, die waren vielleicht wild.»

«Sie haben Miss Hanbury nach dem Bombenanschlag zurückgefahren?» fragte der Rabbi. «Warum denn das?»

«Ach, die war gerade zu Hause angekommen», sagte Joe. «Sie hatte uns angerufen, als sie entdeckte, daß eins ihrer Fenster offenstand. Meistens lassen die Leute sie offen und vergessen es dann, und wenn sie nach Hause kommen, rufen sie die Polizei an, weil sie glauben, es könnte einer eingebrochen haben.» Er wandte sich an Miriam. «Lassen Sie sich aber ja nicht dadurch abhalten, uns anzurufen, wenn Sie glauben, daß was nicht stimmt, Mrs. Small. Uns macht das nichts aus. Wir sind nur froh, wenn sich herausstellt, daß Sie es selber gemacht und dann vergessen haben. Na, damals sind wir sofort zu Miss Hanburys Haus gefahren, und ich hab nach Fußabdrücken oder nach Schrammen von einem Stemmeisen auf dem Fensterbrett gesucht, hab aber nichts finden können.»

«Und während er gesucht hat», fuhr sein Kollege fort, «kam übers Radio die Meldung von der Explosion im College. Sie wollten, daß Miss Hanbury sofort wieder nach Boston käme. Aber wo sie doch gerade erst hier angekommen war, haben wir ihr angeboten, sie hinzufahren. Und als wir dann beim College ankamen, war da diese Horde von jungen Leuten, die die Beamten beschimpfte, die das Haus bewachten. Sie haben sie angepöbelt und ausgelacht, obwohl die doch bloß ihre Pflicht taten. Wissen Sie, wenn so etwas hier passiert, kennen wir jeden einzelnen beim Namen und könnten mal mit den Eltern reden.»

Als sie gegangen waren, kümmerte sich Miriam ums Abendessen. Während sie arbeitete, sprach sie mit ihm – über die Kinder, über die Begegnungen am Morgen im Supermarkt. Sie hob die Stimme, damit er sie auch aus der Küche hören könnte, aber er reagierte nicht.

Als sie dann schließlich ins Wohnzimmer kam, um ihn zum Essen zu rufen, sagte er: «Ich hab im Augenblick überhaupt keinen Hunger, Miriam.»

«Ist was, David?»

«Nein, ich bin nur nicht hungrig. Ich – ich muß noch was arbeiten.» Damit stand er auf und ging in sein Arbeitszimmer.

Später, sehr viel später, war er immer noch dort. Er las nicht, er arbeitete nicht, er starrte nur blicklos ins Leere. Als sie ihn fragte, ob er nicht ins Bett gehen wolle, gab er ihr keine Antwort, sondern schüttelte nur irritiert den Kopf.

50

Der morgendliche Verkehr war dichter als sonst, und der Rabbi fand erst ein paar Minuten nach neun Uhr einen Parkplatz. Bis er sein Büro erreicht hatte, war es schon zehn nach neun. Er war überzeugt, daß alle Studenten schon gegangen wären, rannte aber dennoch los, weil vielleicht ja doch ein paar gewartet hatten. Zu seiner Überraschung fand er im Hörsaal das normale Kontingent vor.

«Auf der Brücke hat's eine Panne gegeben», erklärte er quasi zu seiner Entschuldigung, «sie war auf der ganzen Strecke nur einspurig zu befahren.»

«Ach, das macht nichts, Rabbi», sagte Harvey Shacter großmütig. «Wir haben abgestimmt, bis Viertel nach zu warten.»

«Das war sehr rücksichtsvoll von Ihnen.» Er lächelte. «Vielleicht ist das ein Zeichen dafür, daß Sie die traditionelle jüdische Einstellung zum Lernen und Studieren angenommen haben.»

«Heißt das, daß wir eine spezielle Einstellung haben?» fragte Shacter.

«Natürlich», erklärte sein Freund Luftig verächtlich. «Bekomme A's, werde Ehrenstipendiat und hochverdienter Wissenschaftler.»

«Nein, Mr. Luftig, so ist das nicht», sagte der Rabbi. «Ganz im Gegenteil. Die Rabbiner postulierten, Wissen solle nicht als Spaten gebraucht werden, mit dem man umgräbt; damit meinten sie, es solle keinem praktischen oder materiellen Nutzen dienen. Lernen und Studieren sind bei uns eine religiöse Pflicht und infolgedessen kein Wettbewerbsobjekt. A-Noten und Ehrenprädikate sind Belohnungen bei einem Wettbewerb.»

«Wenn man keinen praktischen Nutzen davon hat, wozu dann das Ganze?» fragte Shacter.

«Weil der Wunsch nach Wissen, Wissen um seiner selbst willen, den Menschen vom Tier unterscheidet. Alle Tiere brauchen praktisches Wissen – wo die besten Nahrungsquellen zu finden sind, die besten Verstecke oder Lager – aber nur der Mensch unterzieht sich der Mühe, etwas zu lernen, einfach weil er es noch nicht weiß. Der Geist des Menschen hungert nach Wissen wie der Körper nach Nahrung. Und dieses Lernen dient ihm ganz allein, wie die Nahrung, die er ißt.»

«Sie meinen also, es ist nicht koscher, wenn einer studiert, um Arzt oder Anwalt zu werden?» fragte Shacter.

«Er meint, er soll dafür kein Geld nehmen», erklärte Mazelman.

«Nein, Mr. Mazelman, das meine ich nicht. Die Gelehrsamkeit, die man erwirbt, um Arzt oder Rechtsanwalt oder auch Schreiner und Klempner zu werden, ist von ganz anderer Art. Es ist praktisches Lernen zum Nutzen der Gesellschaft. Und diese Art von Lernen erkennen wir ebenfalls an. Es gibt auch ein rabbinisches Sprichwort, das besagt, daß ein Vater, der seinem Sohn kein Handwerk beibringt, einen Dieb aus ihm macht. Sie müssen sehen; es gibt zwei Arten des Lernens: eine für sich selbst und eine für die Gesellschaft.»

«Was ein Arzt oder ein Anwalt lernt, ist das nicht auch für ihn selbst?» fragte Lillian Dushkin.

«Es füttert seinen Geist, das bestimmt; alles Erlernte tut das. Aber in erster Linie bildet er sich aus, um der Gesellschaft zu dienen. Ein Arzt lernt nichts über alle möglichen Krankheiten, nur um sich selber zu kurieren. Gewisse Zweige der Medizin haben gar nichts mit ihm zu tun, zum Beispiel die Geburtshilfe –»

«Die treffen für Ärztinnen zu.»

«In der Tat, Ms. Draper», bestätigte sie der Rabbi.

Luftig war auf einen Gedanken gekommen. «Wenn es zwei Arten des Lernens gibt, sollte es dann nicht auch zwei Arten des Lehrens geben?»

Der Rabbi erwog das. «Das ist ein guter Punkt, Mr. Luftig. Ein berufsgebundenes Studium sollte zweckdienlich sein. Ich sehe keinen Sinn darin, einem Jurastudenten mittelalterliches Kirchenrecht beizubringen oder einem Medizinstudenten die Humoraltheorie über Krankheiten.»

«Sollte nicht jedes Studium zweckgebunden sein?»

«Warum? Warum sollte das an einer philosophischen Fakultät eine Rolle spielen, Mr. Luftig? An ihr ist alles – was Sie interessiert, und das *könnte* mittelalterliches Kirchenrecht oder lateinische Inschriftenkunde sein – wert, studiert zu werden. Oder, um es anders auszudrücken: an einer philosophischen Fakultät ist alles relevant.»

«Wie rechtfertigen Sie dann schriftliche Arbeiten?» fragte Mark Leventhal. «Brechen Sie nicht Ihre eigenen Regeln, indem Sie uns Noten geben?»

«Ja, ich glaube, ich tue das. Aber ich muß mich an die Regeln des College halten.»

«Was würden Sie tun, wenn Sie es bestimmen könnten?» fuhr Leventhal beharrlich fort.

Der Rabbi überlegte einen Augenblick. «Ja, nachdem Sie aus einem abgelegten Examen Nutzen ziehen, müßte ich zwischen denen unterscheiden, die sich größte Mühe gegeben haben und denen, die das nicht taten. Ich würde also nur zwei Noten nehmen – bestanden und nicht bestanden. Und dann würde ich mir Examensfragen ausdenken, die mehr das Interesse als das nur Angelernte aufzeigen würde.»

«Wie könnten Sie das?»

«Im Moment weiß ich das auch nicht. Ich stelle mir vor, daß Sie die Wahl haben würden, alle Fragen zu beantworten, oder nur ein paar oder nur eine, aber die ausführlich.»

«Au, das ist eine gute Idee.»

«Klar, warum machen wir es nicht einfach so?»

«Vielleicht hätten die anderen Lehrer –»

«Sagen Sie, Rabbi, unterrichten Sie eigentlich im nächsten Semester wieder?»

Es war eine von vielen Fragen, aber die Klasse verstummte, nachdem Shacter sie gestellt hatte, als hätte jeder von ihnen dasselbe fragen wollen.

«Ich hab es nicht vorgehabt.»

«Vielleicht könnten Sie ja hauptberuflich unterrichten», schlug Lillian Dushkin vor.

Aus ihrer Fragestellung leitete er ab, daß man ihn als Lehrer anerkannte, und freute sich darüber. «Warum sollte ich das wohl wünschen, Miss Dushkin?»

«Na, es muß doch viel einfacher sein als zu rabbinern.»

«Ja, aber es bringt weniger ein», erklärte Shacter.

«Ach, das wäre ihm doch piepe», warf Luftig ein.

«Ein Rabbi ist sowieso ein Lehrer», sagte Leventhal. «Das ist die Bedeutung des Wortes.»

Ihm kam der Gedanke, daß er diese freie Diskussion über seine Zukunft noch vor gar nicht langer Zeit als unverschämt empfunden hätte, aber seit seiner ersten Unterrichtswoche hatte er sich sehr gewandelt. «Sie haben durchaus recht, Mr. Leventhal», sagte er. «Und Sie auch, Miss Dushkin. Unterrichten ist leichter. Aber ich will weiter ein Rabbi bleiben und einer Gemeinde dienen.» Er blickte aus dem Fenster zur Wohnung auf der anderen Straßenseite hinüber und sah Männer, die er für Polizeibeamte in Zivil hielt, zwischen der Hendryxschen Wohnung und einem vor dem Haus geparkten Wagen hin- und hergehen. Er drehte sich wieder zu den Studenten um und lächelte verhalten. «Was das Unterrichtgeben im nächsten Semester betrifft: ich bin nicht mal sicher, ob ich dieses zu Ende bringen werde.»

Hinterher, als die Stunde vorbei war und er in sein Büro ging, schloß sich ihm Mark Leventhal an. «Wissen Sie, Rabbi, meine Familie möchte, daß ich nach Cincinnati gehe, wenn ich mit dem College fertig bin. Sie hätten es gern, wenn ich Rabbiner würde.»

«Ach? Und was halten Sie davon?»

«Ich hatte eigentlich vor, auf die Universität zu gehen und dann Lehrer an einem College zu werden.»

Sie waren beim Büro angekommen. Der Rabbi holte den Schlüssel aus der Tasche. «Haben Sie jetzt eine Vorlesung, Mr. Leventhal?»

«Ja, aber ich könnte schwänzen.»

«Dann kommen Sie herein.» Er bot dem jungen Mann den Besucherstuhl an und setzte sich hinter den Schreibtisch auf den Drehstuhl. «Suchen Sie Rat, welchen Beruf Sie wählen sollen?» fragte er.

«Ach, wissen Sie, ich würd nur gern hören, was Sie davon halten, wo Sie doch beides machen.»

«Es ist natürlich heute alles anders», sagte der Rabbi. «In den kleinen Gettostädten in Osteuropa, dem Zentrum der jüdischen Kultur, wurde der Rabbiner von der Stadt und nicht von der Synagoge angestellt. Er wurde von den Bürgern unterhalten, verbrachte den größten Teil seines Lebens mit Studien und diente der Gemeinschaft dadurch, daß er Recht sprach, wenn die Gelegenheit es erforderte. Er hielt keine Gottesdienste ab und predigte nicht einmal. Er mußte nur zweimal im Jahr vor der Öffentlichkeit sprechen, und das war dann meistens keine Predigt, sondern eine These über eine religiöse oder biblische Frage.»

Als er fortfuhr, erkannte er, daß es ihm ebensosehr darum ging, Klarheit in seine eigenen Gedanken zu bringen, wie den jungen Mann zu beraten. «Er wurde vielfach von den Bürgern hochgeachtet, aus dem einfachen Grund, weil er der gelehrteste Mann der Gemeinde war, und zwar auf dem einzigen Wissensgebiet, das sie hatten, der Religion, dem Talmud, der Bibel. Aber hier in Amerika ist alles völlig anders. Er spricht nicht mehr Recht; dafür haben wir die Gerichte. Und sein Wissen ist nicht mehr alleinstehend; es wird von seiner Gemeinde nicht einmal mehr als sehr wichtig betrachtet. Medizin, Jura, Naturwissenschaften, Technik gelten in der modernen Welt – und natürlich auch in seiner Gemeinde – als sehr viel bedeutsamer.»

«Meinen Sie, daß man ihm nicht mehr die gleiche Achtung entgegenbringt, wie es früher der Fall war?»

Der Rabbi lächelte. «Das könnte man sagen. Er muß sich seine Position selber erarbeiten, und die besteht größtenteils aus Verwaltungsarbeit und Politik.»

«Politik?»

«Ja. In doppeltem Sinn: er ist normalerweise der Kontaktpunkt zwischen seiner Gemeinde und dem Rest der Bürgerschaft; und er muß sich auf seinem Posten halten. Wie jeder Mensch, der in der Öffentlichkeit auftritt, hat er immer eine Opposition, mit der er sich abfinden muß.» Er erinnerte sich an das, was Miriam gesagt hatte. «Im Grunde ist der Beruf, obwohl er sich so sehr geändert zu haben scheint, immer noch derselbe.»

«Wie meinen Sie das?»

«Vom Wesen her war es seine Aufgabe, die Gemeinde zu führen und zu lehren. Und das ist immer noch seine Aufgabe, nur ist heute seine Gemeinde weniger formbar, weniger folgsam, weniger interessiert und sogar weniger bereit, sich führen zu lassen. Der Beruf ist viel schwerer geworden, Mr. Leventhal, als er es früher war, und auch viel, viel schwerer als der Unterricht an einem College, wo Ihre Tätigkeit als Lehrer sich auf eine begrenzte Zahl von Kursen zu bestimmten Zeiten mit Prüfungen und Notengeben beschränkt.»

«Ja, warum wählen Sie dann aber das Rabbinat, statt am College zu unterrichten?» fragte der junge Mann forschend.

Der Rabbi lächelte, weil er wußte, daß er nun seine eigene Antwort gefunden hatte. «Wir sagen, es ist schwer, Jude zu sein, und ich meine, es ist noch schwerer, Rabbiner zu sein, weil der eine Art professioneller Jude ist. Aber haben Sie das nicht in Ihrem eigenen Leben schon festgestellt, Mr. Leventhal: je schwerer die Aufgabe, desto größer ist die Befriedigung, sie zu erfüllen?»

51

Der Rabbi klingelte schüchtern an der Wohnungstür von Hendryx. «So, Sie sind das», sagte Sergeant Schroeder angriffslustig. «Mit Ihnen hab ich ein Wörtchen zu reden.»

«Das hat Zeit, Sergeant», sagte Bradford Ames. «Kommen Sie rein, Rabbi.»

Das Zimmer war strahlend hell von mehreren Scheinwerfern erleuchtet. Beamte in Zivil maßen, fotografierten und bestäubten Gegenstände, um Fingerabdrücke abzunehmen. Ames erklärte, daß Hendryx' Verwandte von der Westküste kommen und seine Sachen abholen wollten, und es ihre letzte Chance sei, die Wohnung noch einmal gründlich zu untersuchen.

«Was ist mit der Kommode? Soll ich die Schubladen fotografieren, Sergeant?»

«Ja, jede einzeln. Dann haben wir gleich ein Inventar.»

Ames zeigte auf das Bett. «Setzen Sie sich, Rabbi. Da sind Sie aus dem Weg. Ich akzeptiere übrigens Ihre Erklärung der Kathy Dunlop-Story, aber andererseits muß ich Ihnen sagen, daß Ihre kleine Ermittlung im *Excelsior*-Motel – na ja, das hängt von Ihrem Ergebnis ab.» Er ließ sich keinen Ärger anmerken, sein Ton war aber merkbar kühl.

Der Rabbi berichtete, was er erfahren hatte – daß keiner im Motel Roger Fine gesehen und an dem Tag die Telefonzentrale nicht funktioniert hätte. «Es hätte ihn also niemand von außerhalb anrufen können.»

Schroeder rieb sich die Hände. «Das ist ja geradezu großartig. Ganz großartig.»

Auch Ames lächelte zufrieden. Mit etwas freundlicherer Stimme erklärte er: «Verstehen Sie, wenn es anders gewesen wäre, wenn die Hoffnung auf ein Alibi bestanden hätte, dann hätte Ihre Fragerei den Gedanken im Kopf des Zeugen festsetzen oder ihn erst darauf bringen können.»

«Ich hatte eigentlich nach Kathys Geschichte kein Alibi erwartet. Sie erinnerte sich nur an die Zeit, zu der sie ihn im College angerufen hat. Allerdings meinte sie, wenn Fine gerade jemand getötet hätte, würde er ihr kaum unmittelbar danach einen Besuch abgestattet haben.»

«Trotzdem gibt es in der Literatur Fälle», sagte Ames, «in denen gerade das geschehen ist. Soweit ich informiert bin, soll es dem Liebesakt ein gewisses Flair verleihen.»

«Am nächsten Tag», fuhr der Rabbi fort, «hab ich Fine im Gefängnis besucht und es nachgeprüft, weil Kathy ja was vergessen haben könnte. Aber er wollte nicht, daß die Sache herauskam, ich meine, daß er bei ihr gewesen war. Auch wenn ihm das zu einem Alibi verhelfen würde, wollte er es nicht benutzen. Um selber festzustellen, ob Miss Dunlops Bericht stimmte, wollte ich mit den Leuten vom Motel sprechen.»

«Ihre Gründe kann ich verstehen», gab Ames zu, «aber diese Ermittlung hätte der Polizei überlassen bleiben müssen.»

«He, Sarge», rief der Fotograf, «die unterste Schublade ist leer.»

Ames ging zu ihm. Der Rabbi schloß sich ihm an; er hatte nicht das Gefühl, daß ihm befohlen worden war, auf dem Bett sitzen zu bleiben. «Die Schublade hat er sicher für die schmutzige Wäsche gebraucht», sagte Ames. «Im Hotel mache ich das auch immer so.»

«Das glaube ich nicht, Sir», sagte Schroeder. «Im Bad steht dafür ein Wäschekorb.»

«Dann hatte er vielleicht nichts, was er da unten hineintun konnte.»

«Aber alle anderen Schubladen sind ziemlich voll, fast vollgestopft», stellte der Rabbi fest.

«Ach?» Ames kicherte. «Es sieht so aus, als brauchten wir den Talmudtrick, von dem Sie mir erzählt haben. Wir müssen auf wen – Elias? – warten, damit er das Problem für uns löst.»

«Die Talmudisten griffen erst dann darauf zurück, wenn sie jede andere Möglichkeit ausgeschöpft hatten», sagte der Rabbi vorwurfsvoll.

«Nachdem ich mit Ihnen darüber gesprochen hatte, hab ich mich über das Thema informiert, Rabbi. Aus reiner Neugier. Aber laut dem Absatz im Lexikon ist Ihr Talmud nur eine Sammlung von Geschichten, Altweibergewäsch und Moralpredigten. Und sogar der Teil, der sich mit den Gesetzen befaßt, so heißt es, war größtenteils nur ein uferloses, unsystematisches Gerede über manchmal ganz unwahrscheinliche Fälle.»

«Der Talmud enthält von allem ein bißchen», gestand ihm der Rabbi zu, «aber seine nützlichste Funktion ist die in ihm entwickelte Methode.»

Die Techniker waren nun fertig und hatten zusammengepackt. Schroeder fragte Ames, ob er ihn ins Stadtzentrum mitnehmen könne.

«Noch einen Augenblick, Sergeant. Der Rabbi gibt mir gerade Unterricht im Talmud.» Er lachte leise. «Und was ist das für eine Methode, Rabbi?»

«Im Grunde geht es darum», sagte der Rabbi ganz ernst, «jeden Aspekt eines Problems von jedem möglichen Blickpunkt aus zu betrachten. Vermutlich meint das Ihr Lexikon, wenn es andeutet, einige der Fälle wären höchst unwahrscheinlich. Diese alten Talmudisten hatten viel Zeit, die jüngeren übrigens auch, und sie befaßten sich auch nicht, wie zum Beispiel das Gewohnheitsrecht, mit dem Irrelevanten, dem Nebensächlichen und dem Nichtzuständigen. Nehmen wir doch mal diese leere Schublade –»

«Ja, was hätten Ihre Talmudisten zu einer leeren Kommodenschublade gesagt?»

Der Rabbi grinste. «Auf jeden Fall hätten sie zwei Möglichkeiten erwogen: a) daß die Schublade nie voll gewesen war; und b) daß sie voll war und dann geleert worden ist.»

«Ich kapier es nicht», sagte Schroeder. «Ich will nichts Ehrenrühriges gegen diesen Talmud sagen, was immer das sein mag, aber was für einen Unterschied macht es, ob das Ding voll war und geleert worden ist oder ob es nie benutzt wurde? Jetzt zumindest ist es leer.»

«Nun, wenn die Schublade nie benutzt worden wäre, würden Sie sich dann nicht nach dem Grund fragen? Offenbar liegt es nicht daran, daß er nichts zum Hineintun hatte. Sehen Sie doch mal, wie er da die Pullover auf die Unterhemden gestapelt hat.»

«Na, vielleicht hat er sich nicht gern gebückt.»

«Er mußte sich aber bücken. Seine Schuhe standen unten im Kleiderschrank», stellte der Rabbi fest.

«Schon gut», unterbrach Ames ungeduldig. «Nehmen wir also an, ursprünglich hat sich etwas in der Schublade befunden. Was ergibt das?»

«Die nächste Frage: wer hat sie ausgeräumt? Es war entweder Hendryx oder jemand anderes.»

«Donnerwetter, ist das logisch!» sagte Schroeder ironisch. «Sie können auch sagen, daß entweder ich das war oder ein anderer, oder George Washington oder sonst wer.»

Ames grinste, aber der Rabbi fuhr fort, als wäre er nie unterbrochen worden. «Oder es könnten beide gewesen sein.»

«Ich glaube nicht, daß zwei Leute gebraucht werden, um eine Kommodenschublade auszuräumen», sagte Ames.

«Ich meine nicht, daß sie es zusammen gemacht haben. Ich wollte andeuten, daß Hendryx wahrscheinlich die Schublade geleert hat, um für etwas anderes Platz zu schaffen. Und daß dieses andere danach wieder entfernt wurde.»

«Und zwar von jemand anderen? Wollen Sie drauf hinaus, Rabbi?»

Der Rabbi nickte Ames zu.

Dem Sergeant dämmerte es plötzlich. «Moment! Ich weiß, was er damit sagen will! Hendryx räumt die Schublade aus, um etwas Spezielles hineinzutun, Papiere vielleicht oder Dokumente. Dann wird er ermordet, und – jetzt passen Sie auf – Roger Fine kommt hierher, um sie zu holen, weil sie für ihn natürlich wichtig sind – es ist sein Geständnis und die Prüfungsaufgabe. Das sind die einzigen Beweise, daß er die Aufgaben verraten hat. Als er dann hier ist, sieht er, wie leicht es ist, vorzutäuschen, daß Hendryx noch einmal in seine Wohnung gegangen ist, nachdem die Putzfrau fort war, und sich dann ein Bombenalibi zu verschaffen. Also legt er die Pfeife in den Aschenbecher und brennt ein paar Streichhölzer ab.»

Der Rabbi nickte anerkennend. «Das ist ausgezeichnet, Sergeant, nur trifft das nicht auf Roger Fine zu.»

«Warum nicht?»

«Weil Fine kein Alibi hat. Außerdem brauchte Hendryx für die Papiere, von denen Sie gesprochen haben, keine Schublade leerzuräumen. Er würde sie doch wohl in den Schreibtisch gelegt haben.»

«Was hat er dann in die Schublade getan?»

«Vermutlich das, was jeder in eine Schublade legt, Kleidungsstücke.»

«Sie meinen, es wären Kleidungsstücke des Mörders drin gewesen, und er wäre gekommen, sie zu holen?» fragte Ames. «Warum? Ich verstehe es immer noch nicht.»

«Versuchen Sie's mal mit *sie*», schlug der Rabbi vor. «Sie ist gekommen, sie zu holen.»

«Eine Frau?» Ames dachte einen Moment darüber nach. «Ja, wenn sie –»

«Mann, warum denn nicht!» rief Schroeder. «Der Bursche war Junggeselle, wieso sollte der sich nicht gelegentlich was Liebes an Land ziehen?» Plötzlich fiel ihm Ames ein, und er verstummte.

«Schon gut, Sergeant», sagte dieser, «ich kenne die Tatsachen des Lebens.»

«Also, Sir, ich meine ja nur, wenn er mal eine Frau zu Besuch hatte, dann würde sie doch natürlich über Nacht geblieben sein.»

«Natürlich.»

«Vielleicht hat sie ein Nachthemd und ein bißchen Wäsche hier gehabt, wenn sie öfter kam.» Er schnippte mit den Fingern. «Klar! Betty Macomber! Sie waren heimlich verlobt. Heutzutage wartet doch keiner mehr. Und wenn man's mal genau überlegt – so am Boden zerstört war die gar nicht, nicht so, wie man es von einer Frau erwarten sollte, deren Verlobter plötzlich gestorben ist.»

«Sie sagten ja auch, daß der Vater sich nicht sehr aufgeregt hätte», bemerkte Ames.

«Ja, das stimmt. He! Der ist ein Golfnarr. Einer von der Sorte, die sogar die Schläger ins Büro mitnimmt. Als ich damals zu ihm gegangen bin, hat er auf dem Teppich Putting geübt.»

«Und was hat das hiermit zu tun?» fragte Ames schroff.

«Sehen Sie's denn nicht, Sir? Ein Golfschläger hat auch ein gekrümmtes Ende – wie ein Spazierstock.»

«Hm ...» Ames nickte langsam. «Vater und Tochter. Wenn ihm die Verbindung nicht zusagte ...»

«Oder entdeckte, daß sie mit ihm schlief», riet Schroeder.

«Würde er ihn umbringen?» Der Rabbi machte ein erstauntes Gesicht. «Obwohl sie verlobt waren? Und dann kam er her, um das Nachthemd seiner Tochter zurückzuholen, damit ihre Ehre nicht befleckt würde?»

«Wie Sie das sagen, hört es sich albern an», gab Ames zu.

Der Rabbi fuhr fort: «Hat denn Präsident Macomber ein Alibi? Oder etwa seine Tochter?

«In dem Fall scheint keiner eines zu haben», gestand Schroeder.

«Bis auf Millicent Hanbury», sagte der Rabbi.

«Die Dekanin?» rief Schroeder laut. «Na, hören Sie!»

«Eine anziehende Frau», gab der Rabbi zu bedenken. «Noch recht jung. Unverheiratet. Sie haben als erster auf sie hingewiesen, Sergeant.»

«Ich?»

«Als Sie damals mit Lanigan zum erstenmal zu mir kamen, ließen Sie durchblicken, sie könnte in die Sache verwickelt sein. Wir haben uns darüber lustig gemacht, soweit ich mich erinnere, aber das zeigt nur, daß Intuitionen eines erfahrenen Ermittlungsbeamten nicht leichthin abgetan werden sollten.»

«Ja, das hab ich, nicht wahr?»

Ames kicherte. «Das Alibi, von dem Sie eben sprachen –»

«Es gab sogar mehrere», sagte der Rabbi. «Das Treffen mit der Studentendelegation um halb drei – meines Wissens hat sie die Zeit bestimmt. Dann das Hinauslaufen aus der Besprechung – ein ausgezeichnetes Alibi, weil es so ungekünstelt war. Jemand nach der Uhrzeit zu fragen, erweckt automatisch Verdacht. Aber aus einer Konferenz herauszulaufen und nicht wiederzukommen, ist eine Garantie, daß die Leute nach einer Weile unruhig werden und auf die Uhr sehen. Aber der Höhepunkt war, als sie nach Barnard's Crossing kam und die Polizei anrief, um mitzuteilen, daß in ihrem Haus ein Fenster offenstünde. Sie konnten keinen Hinweis finden, daß es aufgestemmt worden war, natürlich nicht, aber der Anruf hatte seinen Zweck erfüllt – die genaue Zeit stand im Dienstbuch des Reviers. Durch einen reinen Zufall hab ich entdeckt, daß die Polizei von Barnard's Crossing es mit den Eintragungen sehr genau nimmt.»

«Das tun alle Polizeidienststellen», sagte Ames. «Aber der Mord wurde früher begangen, wahrscheinlich gegen zwanzig nach zwei, und alle diese Alibis sind für eine spätere Zeit.»

«Darum mußte sie es ja so einrichten, daß es so aussah, als wäre Hendryx, als sie fortfuhr, noch am Leben gewesen. Und die Studenten mußten dies Alibi noch bestätigen.»

«Und was ist mit der Obduktion des Gerichtsarztes?» beharrte Ames. «Sie muß doch gewußt haben, daß er sich nicht in der Todeszeit irren würde.»

«Sie hatte ja nicht ahnen können, daß die Leiche so kurz nach dem Tod untersucht werden würde», sagte der Rabbi. «Und das geschah auf Grund der Bombenexplosion. Normalerweise wäre die Leiche nicht vor Montag morgen gefunden worden. Wahrscheinlich von mir, sobald ich ins Büro kam. Das wäre sechzig Stunden später gewesen, und dann hätte kein Gerichtsarzt die Zeit so genau auf eine Stunde mehr festlegen können. Und im übrigen hätten die Beweise in seiner Wohnung gezeigt, daß Hendryx, lange nachdem sie das Haus verlassen hatte, noch am Leben gewesen war.»

Ames stimmte zu. «Und da sie wußte, daß wir seine Wohnung durchsuchen würden, ist sie reingegangen und hat ihr Nachthemd geholt? Höschen, Strümpfe? Aber wie hätte man daraus auf sie schließen können?»

«Wie wäre es mit etwas Persönlicherem?»

«Persönlicher als Höschen?» fragte Ames lächelnd.

«Ich dachte an einen Beutel mit Strickzeug.»

«Aber ja», rief Ames. «Ich begreife, daß sie das holen mußte.»

«Hören Sie», sagte Schroeder. «Ich bin vielleicht nur ein blöder Bulle, aber Sie haben immer noch nicht erklärt, wie sie die Gipsbüste runterholen konnte, ohne daß es zu einem Kampf kam.» Er überlegte kurze Zeit. «Auch wenn sie früher mal Turnlehrerin war.»

Auch Ames warf dem Rabbi einen fragenden Blick zu.

«Kehren wir wieder zum Talmud zurück», sagte der Rabbi. «Es geht wieder darum, alle Möglichkeiten zu überdenken. Eine Büste auf einem Regal kann herunterfallen, wenn es eine Erschütterung gibt – sagen wir, eine Bombenexplosion. Den Standpunkt nahm die Polizei ein, als sie damals die Studenten verhaftete. Sie kann aber auch heruntergezogen werden: das war der Ausgangspunkt Ihres Verdachts gegen Fine – und eben erst, Sergeant – gegen die Macombers. Man kann sie aber auch vom Regal *stoßen*, und das ist, meiner Meinung nach, in Wirklichkeit geschehen.»

«Stoßen?» wiederholte Ames. «Wie konnte sie gestoßen werden?»

Der Rabbi erklärte: «Unser Bürotelefon hängt am gleichen Kabel wie der Dekanatsapparat; die Leitung führt durch ein Loch in der Wand oberhalb des obersten Regalfachs, dicht unter der Decke. Die Büste stand direkt davor. So dicht davor, daß der Monteur sie zur Seite schieben mußte, um das Loch bohren zu können.»

«Gut, es ist also ein Loch in der Wand, durch das die Leitung geht», sagte Ames unwillig. «Na und?»

«Der Draht geht durch, aber es bleibt genügend Platz, um eine dünne, aber starke Stahlnadel durchzuschieben», sagte der Rabbi.

«Eine dünne Stahl- . . . eine Stricknadel!» rief Ames.

«Ja», sagte der Rabbi. «Ich denke mir, daß sie, als sie mich fortgehen hörte – und man kann alles hören, die beiden Büros haben nur eine einfache Trennwand –, den Schreibtisch an die Wand gerückt hat und darauf geklettert ist. Dann hat sie die Stricknadel durch das Loch geschoben und die Büste zum Kippen gebracht. Sie wußte, daß Hendryx' Stuhl direkt darunter stand. Und das Ding ist ihm auch prompt auf den Kopf gefallen und hat ihn getötet.»

Ames blieb lange Zeit stumm. «Und das Motiv, Rabbi?» fragte er endlich. «Haben Sie eine Theorie über das Motiv?»

«Ich hab schon eine», sagte der Rabbi schüchtern. «Ich nehme an, sie glaubte fest, daß sie und Hendryx heiraten würden, vielleicht gleich nachdem er zum Leiter der Abteilung befördert worden wäre. Es ist kein Geheimnis, daß sie sich sehr dafür eingesetzt hat, bisher aber ohne Erfolg. Hendryx muß sich mehr davon versprochen haben, wenn sich die Tochter des Präsidenten für ihn verwendete, also nahm er sie aufs Korn, und es kam zu einer Verlobung. Am Freitagvormittag, als Präsident Macomber zu Dean Hanbury ging und ihr mitteilte, daß Hendryx endlich befördert werden würde, hat er ihr wahrscheinlich auch von der Verlobung erzählt. Er wußte ja nichts von ihrer Beziehung zu seinem zukünftigen Schwiegersohn.»

«Eine fabelhafte Theorie, Rabbi», sagte Ames, «und sie scheint wirklich auf alles zu passen. Aber es ist Ihnen wohl klar, daß Sie nicht die Spur eines Beweises haben.»

«Ich bin nicht mal sicher, ob sie wirklich auf alles paßt», warf Schroeder ein. «Sie sagen, sie hat den Schreibtisch an die Wand geschoben?»

«Oh, das muß sie gemacht haben», sagte der Rabbi. «Die Stühle wären alle zu niedrig.»

Schroeder winkte ab. «Der Schreibtisch steht gute drei Fuß von der Wand entfernt, und er ist am Fußboden festgeschraubt. Sie hätte ihn nicht verrücken können.»

Der Rabbi runzelte die Stirn. Bradford Ames gluckste nervös.

«Drei Fuß? Ja, das dürfte hinkommen.» Das Gesicht des Rabbi hellte sich auf. «Dann kann ich Ihnen vielleicht sogar einen Beweis liefern, Sergeant.» Er stand auf, stellte sich in etwa drei Fuß Abstand vor die Wand, streckte den rechten Arm aus und stützte sich mit der Handfläche an die Wand. Dann zog er einen Bleistift aus der Brusttasche und tippte mit ihm gegen die Wand. «So hoch oben dürfte der Abdruck wahrscheinlich noch vorhanden sein.»

Sie blickte von ihrem Strickzeug auf, als die drei Männer das Büro betraten. «Sie erinnern sich an mich, *ma'am*?» fragte Schroeder höflich.

«Natürlich. Sie sind von der Polizei.»

«Und dies ist Mr. Bradford Ames, der Assistant District Attorney. Er leitet die Untersuchung.»

«Guten Tag, Mr. Ames. Und wer ist dieser Herr?»

«Er ist unser Fingerabdruckfachmann, Miss Hanbury», sagte Ames. «In Ordnung, Bill.»

Der Mann betrachtete die Wand. «Ich brauche was, worauf ich mich stellen kann», sagte er.

«Klettern Sie doch einfach auf den Schreibtisch», schlug Ames vor.

Sie sah interessiert zu, wie Bill auf den Schreibtisch stieg und die Wand absuchte. «Ja, da ist es», sagte er. «Abdruck einer ganzen Handfläche und aller fünf Finger. Ganz ausgezeichnet.»

Sie beugte sich lächelnd über ihre Strickerei. «Dann wissen Sie es also.»

«Ja, Miss Hanbury, wir wissen es.»

52

Einige Zeit danach kam Ames zum Rabbi in das Apartment.

«Ich könnte eine Tasse Kaffee vertragen», sagte er. «Ich glaube, in der Küche war ein Glas Pulverkaffee.»

Mit der Praxis eines geübten Junggesellen machte er sich in der Küche zu schaffen, kochte Wasser, spülte Tassen aus und deckte den Tisch.

Sie saßen beide am Küchentisch, die dampfenden Tassen vor sich, ehe Ames zu sprechen begann. «Trotz des talmudischen Boheis müssen Sie eine Idee gehabt haben, wohin Sie zielten. Und, bitte, ersparen Sie mir den Schmus, daß mein braver Sergeant Sie als erster auf Dean Hanbury gebracht hatte. Was war es wirklich?»

Der Rabbi setzte die Tasse ab. «Vom ersten Tag des Kennenlernens an hab ich mir Gedanken über Millicent Hanbury gemacht. Vermutlich liegt es an unserer generellen Art, die Dinge zu betrachten: am biblischen Gebot fruchtbar zu sein und sich zu mehren. Für uns ist die unverheiratete Frau, die alte Jungfer, eine tragische Gestalt, weil sie nicht die Gelegenheit gehabt hat, ihren normalen Lebenszyklus zu vollenden. Im *Städtl*, den kleinen Gettostädten in Rußland und Polen, wo jedes Mädchen eine Mitgift in die Ehe bringen mußte, wurde den armen Mädchen oder Waisen eine Mitgift von der Gemeinde gestellt, damit sie nicht zu einem Leben als alte Jungfer verurteilt würden. Selbst wenn das Mädchen häßlich war, brachten sie sie irgendwie an den Mann. Im *Städtl* gab es keine alten Jungfern.»

«Und was war mit den Junggesellen?»

«Die gab es gelegentlich.» Der Rabbi lächelte. «Sie galten weniger als tragische Gestalten, denn als Leute, die ihre Pflicht nicht erfüllten, den Anforderungen nicht gerecht wurden.»

«So, Sie auch?» Als Antwort auf den fragenden Blick des Rabbi erklärte er: «Das hab ich fast mein Leben lang von meiner Familie zu hören bekommen – ich würde den Anforderungen nicht gerecht, ich erfüllte meine Pflicht nicht. Aber nicht, weil ich nicht geheiratet habe, sondern weil ich als Anwalt kein großes Tier geworden bin. Ich mache nichts aus meinen Möglichkeiten, heißt es meistens.»

Der Rabbi lachte leise. «Ach, in unserer modernen Zeit, in der man aus romantischer Liebe heiratet, ist es mehr oder minder eine Glücksfrage, ob man heiratet oder nicht. Aber ich wage zu behaupten, daß Sie im alten System der arrangierten Eheschließung kein Junggeselle geblieben wären, und Miss Hanbury wäre bestimmt auch nicht ledig geblieben. Sie ist viel zu hübsch. Darum hab ich mir auch Gedanken gemacht, warum sie nicht geheiratet hat. War es der akademischen Laufbahn wegen?» Er verstummte, als wäre ihm ein plötzlicher Gedanke gekommen. «Wissen Sie, wenn Sie geheiratet hätten, wäre es ohne weiteres möglich gewesen, daß Ihre Frau für Ihre Karriere als großer Anwalt gesorgt hätte.»

Ames lachte vor sich hin. «Dann ist es eigentlich gut, daß es bei uns keine arrangierten Heiraten gibt.»

Der Rabbi grinste mitfühlend. «Na ja, kurz darauf hab ich zufällig Chef Lanigan getroffen, und er hat mir von Millicent Hanbury erzählt. Sie ist eine Hanbury, und Hanburys verkehren nicht mit jedem. Da sie aber einem armen Zweig der Familie angehörte, verkehrte sie nicht mal mit denen, die sie für gleichberechtigt hielt. Sie durfte es nicht. Es war eine Frage des Familienstolzes und ihrer Erziehung. Und darüber verkümmerte ihr Gefühlsleben.»

«Ich kenne ähnliche Fälle», sagte Ames.

«Ja, das kann ich mir denken. Eines Tages tauchte dann Hendryx auf, der als Junge aus Barnard's Crossing fortgezogen war. Und die Hendryx' waren aus derselben Schublade wie die Hanburys. Sie hat ihn damals gekannt, und es ist durchaus möglich, daß sie trotz des Altersunterschieds als Kind für ihn geschwärmt hat.»

«Sehr wahr. Und nun kommt er und will von ihr angestellt werden. Er ist nicht verheiratet. Sie beschafft ihm nicht nur die Stelle, sondern sie macht ihn sogar zum kommissarischen Leiter der Abteilung.»

«Er war dafür qualifiziert?»

«Ja, sicher. Soviel ich weiß, war er nichts Großartiges, hatte aber gute Examen gemacht und auch einiges veröffentlicht.»

«Warum war er dann ohne feste Anstellung, als er in Windemere auftauchte?» fragte Ames. «Wir haben festgestellt, daß er in den letzten zehn Jahren mehrfach gewechselt hat.»

«Das könnte an seiner Persönlichkeit gelegen haben. Er war stolz und anmaßend und tendierte zu spitzen, verletzenden Bemerkungen. Vielerorts entscheiden die eigenen Kollegen über Beförderungen und Vertragsverlängerungen, und ich kann mir denken, daß diese Eigenschaften vielen Leuten gegen den Strich gegangen sind – wie bei Fine übrigens. Aber ich hatte den Verdacht, daß er hier in Windemere Fuß fassen wollte. Er war nicht mehr so jung, schon über vierzig, und wenn man sich bis dahin noch keinen Namen gemacht hat, ist es in dem Alter nicht mehr so einfach, eine Stellung zu finden.»

Ames nickte.

«Ich bin überzeugt, daß Miss Hanbury mit der Heirat rechnete. Ich kann mir einfach nicht vorstellen, daß sie – wie hat der Sergeant das noch mal genannt? – sich von ihm hat an Land ziehen lassen. Ihr Stolz hätte auf Dauer so eine Regelung nie zugelassen.»

Ames bestätigte das. «Als wir sie verhört haben, sagte sie, sie hätten heiraten wollen, sobald Hendryx einen festen Vertrag gehabt hätte. Dann hätte sie den Beruf aufgeben können, sie hätte es übrigens gemußt, denn hier gibt es eine Regel, daß Mann und Frau nicht gleichzeitig am College unterrichten dürfen.»

«Ach ja.» Der Rabbi fuhr fort: «Aber solange er nur auf Zeit angestellt war, hatte sie den wesentlich besseren Job. Wenn sie also bald heiraten wollten, hätte er gehen und sie ihn unterhalten müssen. Damit hätte sie sich bestimmt nicht abgefunden, er übrigens auch nicht. Es war also eine Frage der Zeit.»

«Aber er konnte nicht warten?»

«Das vermute ich», sagte der Rabbi. «Hendryx muß sich gedacht haben, daß er sein Ziel über die Tochter des Präsidenten schneller und sicherer erreichen könnte. Und es hat ja auch funktioniert. Doch Millicent Hanbury war stolz, zu stolz, um sich einfach gebrauchen und dann fortwerfen zu lassen.» Er blickte nachdenklich vor sich hin. «Ich möchte wissen, wie er das geschafft hat, die eine Frau zu hofieren und die andere –»

«Zu bumsen?» Ames lachte. «Sogar verheiratete Männer schaffen das oft spielend. Für einen Junggesellen ist es noch viel einfacher.»

53

«Ich hoffe, es stört Sie nicht, daß ich Sie heute nachmittag hergebeten habe, Rabbi», sagte Präsident Macomber, «aber Freitag nachmittags ist das Haus praktisch leer. Wir können uns privat unterhalten, ohne gestört zu werden. Aber sagen Sie mir erst, ob Ihnen der Unterricht hier Freude macht?»

«O ja. Ich hatte heute fünfundzwanzig Studenten.»

«Wirklich?» murmelte Macomber.

Der Rabbi merkte, daß der Präsident keine Ahnung hatte, was er damit meinte. Er erklärte es sofort.

«Das ist sicher die Folge Ihres guten Unterrichts», sagte Macomber höflich. Er spielte mit einem Bleistift und wirkte befangen. Endlich räusperte er sich. «Sie haben sich mit Hendryx ein Büro geteilt. Haben Sie mit ihm gesprochen?»

«Ja, gelegentlich. Nicht sehr oft und meistens nur recht kurz.»

«Sagen Sie mir, Rabbi», er lehnte sich im Stuhl zurück, «war Professor Hendryx Ihrer Meinung nach ein Antisemit?»

Der Rabbi schob die Lippen vor. «Das möchte ich nicht behaupten! Er war voreingenommen, das wohl. Die meisten Menschen sind gegen die eine oder andere Gruppe eingestellt. Es ist eine natürliche Reaktion auf den Fremden, auf das Mitglied einer Minorität. Wir Juden haben darunter mehr als andere gelitten. Vermutlich, weil wir in so vielen Ländern eine Minorität dargestellt haben. Aber ich nenne es nicht Antisemitismus, wenn man mich nicht mag, auch wenn man mich nicht mag, weil ich Jude bin. Ich betrachte das nicht als Antisemitismus, falls das Vorurteil nicht in politische, legale oder soziale Handlung umgesetzt wird. Zum Funktionieren einer vielschichtig zusammengesetzten Gesellschaft gehört es nicht, daß ein Teil der Bevölkerung jeden anderen Teil schätzt. Das ist utopisch. Es geht schon, wenn jeder Teil dem anderen gleiche Rechte zubilligt, gleichgültig, ob sie sich schätzen oder nicht. Was nun Professor Hendryx anbelangt, so machte er dann und wann abwertende Bemerkungen über Juden, aber das tat er auch bei Iren, Italienern und Negern. Er neigte dazu, fast über jeden bittere, sarkastische Bemerkungen zu machen. Für mich war er ein gequälter, unglücklicher Mann.»

Macomber nickte langsam. «Ja.»

«Sie scheinen enttäuscht zu sein.»

Der Präsident lachte kurz auf. «In gewisser Weise bin ich das. Es wäre für mich leichter, wenn Professor Hendryx ein Antisemit gewesen wäre.» Er blieb stumm und sagte dann schließlich: «Jetzt, wo das Semester zu Ende geht, ist bei uns alles durcheinander. Wir sind ohne Dean, und die englische Abteilung hat nicht mal einen Vorsitzenden. Normalerweise wäre letzteres nicht so bedeutsam, aber wir sind sowieso schon unterbesetzt. Und wo nun Professor Fine geht –»

«Muß er gehen?»

«Das ist ja der Punkt.» Macomber griff nach einem langen weißen Umschlag, der auf der Tischplatte lag. «Vor seinem Tod hat Professor Hendryx schwere Beschuldigungen gegen Professor Fine bei Dean Hanbury geäußert, Beschuldigungen, die sie mir mitgeteilt hat, und die mich bewogen haben, seinen Vertrag nicht zu verlängern. Ich nehme mir heraus, mit Ihnen darüber zu sprechen, weil Mr. Ames andeutete, daß

Sie mit den Umständen vertraut sind.» Er sah den Rabbi fragend an.

Der Rabbi bestätigte es.

«Ich kann diese Beschuldigungen nicht einfach außer acht lassen, obwohl Dean Hanbury durch die seither erfolgten Ereignisse nicht mehr als zuständig betrachtet werden kann. Es ist etwas, worüber ein Präsident des College einfach nicht hinweggehen kann. Nicht wenn er ein Gewissen hat.»

«Verstehe ich richtig, Präsident Macomber, daß Sie Fine gern behalten würden, weil Sie zu wenig Lehrer haben –»

«Und weil ich ihn für einen guten Lehrer halte.»

«Aber weil Sie Grund zu der Annahme haben, daß er Examensaufgaben verraten hat, erlaubt Ihr Gewissen nicht, dies zu übersehen?»

«Hm – ja, so etwa meine ich es», sagte Macomber unglücklich.

«Und wenn ich nun gesagt hätte, Hendryx sei Antisemit gewesen, dann hätten Sie sich einreden können, die Beschuldigungen entstammten einem Vorurteil, und Sie brauchten sie nicht so ernst zu nehmen?»

«Wenn ich in Betracht zog, daß ich sie nur von Dean Hanbury gehört hatte. Ich habe nicht selbst mit Hendryx gesprochen.»

«Und sie ist inzwischen in Mißkredit geraten.»

«Ja, unglücklicherweise gibt es aber noch diesen Umschlag. Er enthält den Beweis für die Anklage. Wie Sie sehen, ist er versiegelt, und Fine hat seinen Namen quer darüber geschrieben. Aber ich weiß, was drin steht, weil ich Dean Hanbury gesagt habe, wie ich es haben wollte. Ich habe den Text persönlich formuliert.» Er öffnete eine Schublade und nahm eine Mappe heraus. Sie enthielt ein einziges Blatt, das er über den Schreibtisch reichte. «Lesen Sie das.»

«Es ist nicht unterschrieben», sagte der Rabbi lesend. «Das Datum fehlt.» Er sah forschend auf.

«Das war, damit wir ein neueres Datum einsetzen konnten, falls Professor Fine sich nicht an sein Versprechen hielt.»

Der Rabbi las weiter: *Ich gestehe hiermit aus freien Stücken, daß ich eine Kopie der abschließenden Examensarbeit des Englischkurses Nr. 74 an eine Teilnehmerin des Kurses weitergegeben und ihr damit ermöglicht habe, das Sommersemester mit einer besseren Note abzuschließen. Ich bedaure diese Handlung und garantiere, daß so etwas in der restlichen Zeit meiner Vertragsdauer nicht wieder vorkommen wird.*

«Das Blatt im Umschlag ist natürlich von Professor Fine unterschrieben», sagte Macomber.

Der Rabbi blieb kurze Zeit stumm, dann sagte er: «Die traditionelle Aufgabe eines Rabbiners ist es, Recht zu sprechen. Wußten Sie das?»

Macomber lächelte. «Ames hat etwas Ähnliches erwähnt, als er mit mir über – den Fall gesprochen hat. Wollen Sie andeuten, daß Sie die Beschuldigung anders betrachten würden, wenn Sie der Richter wären?»

«Würde mir der Fall vorgetragen, könnte ich dies nicht als Beweis annehmen. Es steht im Gegensatz zum talmudischen Gesetz.»

«Da Roger Fine Jude ist», sagte Macomber, «läge wohl eine gewisse Gerechtigkeit darin, ihn nach talmudischem Recht zu behandeln. Also gut, wie würden Sie verfahren?»

«Ich würde erst seine Ankläger hören.»

«Aber das ist unmöglich. Sie sind beide –»

«Eben.»

«Aber hier ist sein eigenes Geständnis.»

«Ich könnte das nicht als Beweis werten. Nicht nach unserem Recht. ‹Keiner darf sich selbst einen Übeltäter nennen.› In unserem Strafrecht ist das ein grundlegendes Prinzip.»

«Wenn ich es mir genau überlege, trifft das für unsere ebenso zu», sagte Macomber.

«Nein, da gibt es einen Unterschied. Nach amerikanischem Recht kann ein Mensch nicht gezwungen werden, gegen sich selbst auszusagen. Nach jüdischem Recht *kann* er nicht gegen sich aussagen, selbst wenn er es möchte.»

«Aha, wenn Sie also in diesem Fall der Richter wären?»

«Würde ich die Klage abweisen», sagte der Rabbi prompt.

Macomber lächelte. «Das wäre ja nun wirklich ein Ausweg, aber trotzdem –»

«Trotzdem sind Sie nicht zufrieden?»

«Ja, das ist wahr.»

«Ich auch nicht», gab der Rabbi zu. «Vermutlich liegt das daran, daß wir es hier weniger mit einer Rechts- als mit einer Gewissensfrage zu tun haben. Ich glaube, ich habe es anfangs eine Sünde und nicht ein Vergehen genannt. Diese Sünde, einen Examenstext zu verraten – betrachten Sie, als Präsident des College, so etwas für unverzeihlich?»

«Keine Sünde ist unverzeihlich, würde ich sagen.»

«Was muß dann einer tun, um eine Sünde verziehen zu bekommen?»

«Das scheint mir mehr in Ihrer als in meiner Linie zu liegen, Rabbi. Vielleicht durch eine Beichte, durch Reue und das Versprechen, es nicht wieder zu tun.»

Der Rabbi begann zu strahlen. «Na, hat Fine das nicht getan?»

«Wann? Jetzt?»

«Nein, hier auf diesem Blatt Papier. ‹Ich gestehe hiermit aus freien Stücken› – das ist ein Geständnis. ‹Ich bedaure diese Handlung› – das ist Reue. ‹Und garantiere, daß so etwas nicht wieder vorkommen wird› – das ist der dritte Punkt.»

Macomber erwog das. Dann lachte er leise. «Ja, ich glaube, das genügt. Und damit wäre auch das Problem der englischen Abteilung gelöst.» Er lehnte sich strahlend auf seinem Stuhl zurück. «Sagen Sie, Rabbi, vermutlich wollen Sie nicht mal ausprobieren, wie Sie sich als Dean machen? Oder etwa doch?»

ENDE

A Faint Cold Fear Thrills Through My Veins · William Shakespeare

Zu diesem Buch

Tod durch Ersticken, stellt der Arzt fest: Der junge Mann hat innerhalb eines kurzen Zeitraums große Mengen Whisky zu sich genommen; die Alkoholvergiftung hat zu einer Lähmung des Atemzentrums geführt – Exitus.

Moses, genannt Moose, Carter ist erstickt, das steht außer Zweifel; und daß er eine halbe Flasche Whisky auf einmal heruntergeschüttet hat, wird von mehreren Zeugen bestätigt. Aber dann stellt sich heraus, daß ihm jemand einen Möbelüberzug aus Plastikfolie eng um den Kopf gewickelt hat, während er seinen Rausch ausschlief – also Mord.

Hugh Lanigan, der Polizeichef des New England-Städtchens Barnard's Crossing, fahndet nach dem Mörder. Er hat die Auswahl zwischen einer ganzen Reihe von Verdächtigen: Da sind die Teilnehmer an dem Picknick am Strand, nach dem Moose gestorben ist; da ist der junge Neger, den der Tote bis zur Weißglut gereizt hatte; da ist auch der Arbeitgeber des Ermordeten, von dem die Polizei annimmt, er sei möglicherweise Mitglied eines Rauschgiftrings – und in Mooses Taschen ist Marihuana gefunden worden... Dann wird im nahen Boston ein zweiter Toter entdeckt; ein Mann, von dem einwandfrei feststeht, daß er Rauschgifthändler war. So stellt sich die Frage, ob zwischen den beiden Verbrechen ein Zusammenhang besteht. Der Polizeiapparat läuft auf Hochtouren.

Unterdessen hat Rabbi David Small wieder einmal Ärger mit seiner Gemeinde – oder sie mit ihm; das ist Auffassungssache. Die ehrgeizigen Sozialpläne des neuen Synagogenvorstands stoßen auf Ablehnung konservativer Gemeindemitglieder; eine Spaltung der Gemeinde droht, und der Rabbi überwirft sich mit allen Beteiligten.

Und eben da geschieht der erste Mord. Er geschieht in dem Haus, in dem die Konservativen die neue Synagoge einrichten wollten. Einige Mitglieder der jüdischen Gemeinde sind der Tat verdächtig. So kommt es, daß sich der Rabbi nolens volens wieder einmal in einen Mordfall hineingezogen sieht – und diesmal erweist sich Polizeichef Lanigan als eine harte Nuß.

Harry Kemelman erhielt für seinen ersten Kriminalroman, Am Freitag schlief der Rabbi lang (Nr. 2090), den Edgar Allan Poe Award. Sein zweiter, Am Samstag aß der Rabbi nichts (Nr. 2125), wurde von der Darmstädter Jury zum Buch des Monats gewählt. Es folgten Am Sonntag blieb der Rabbi weg (Nr. 2291), Am Montag flog der Rabbi ab (Nr. 2304), Am Dienstag sah der Rabbi rot (Nr. 2346), Am Mittwoch wird der Rabbi naß (Nr. 2430), Der Rabbi schoß am Donnerstag (Nr. 2500), Eines Tages geht der Rabbi (Nr. 2720) und Ein Kreuz für den Rabbi (Nr. 2860). Acht Detektivstories erschienen unter dem Titel Quiz mit Kemelman (Nr. 2172).

Harry Kemelman

Am Sonntag blieb der Rabbi weg

Deutsch von
Eva Rottenberg

rororo

Rowohlt

rororo thriller
Herausgegeben von Bernd Jost

Veröffentlicht im Rowohlt Taschenbuch Verlag GmbH,
Reinbek bei Hamburg, Mai 1990
Die deutsche Erstausgabe erschien im Rowohlt Taschenbuch Verlag GmbH,
Reinbek bei Hamburg, 1973
Die Originalausgabe erschien bei G. P. Putnam's Sons, New York,
unter dem Titel «Sunday the Rabbi Stayed Home»
Umschlagfoto Fred Dott
Umschlagtypographie Peter Wippermann/Nina Rothfos

Gesamtherstellung Clausen & Bosse, Leck
Printed in Germany
ISBN 3 499 42992 6

Die Hauptpersonen

Ben Gorfinkle	ein Synagogenvorsteher mit großen Rosinen im Kopf.
Meyer Paff	ein Kegelbahnbesitzer mit Prinzipien.
Joseph Begg	ein Hausmeister, der durch geschlossene Vorhänge sehen kann.
Moses («Moose») Carter	ein toter Spitzensportler in Klarsichtpackung.
Raphael Carter	ein verhinderter Engel mit dem Flammenschwert.
Alan Jenkins	ein Neger, der sich daran gewöhnt hat, ein Neger zu sein.
Wilcox	ein undurchsichtiger Herr, der seinen Mörder nicht ernst nimmt.
Madelaine Spinney	eine Zeugin, mit der nichts anzufangen ist.
Chief Lanigan	ein Polizist, der nur an beweisbare Tatsachen glaubt.
David Small	ein Rabbiner, der beweist, daß es auch ohne Beweise geht.

I

«Das nenne ich beten, Rabbi!» sagte Harvey Andelman. «Wir sind fünf ...» Ein Blick auf die Armbanduhr: «... nein – sieben Minuten vor der Zeit fertig geworden.»

Rabbi David Small lächelte und fuhr fort, die Gebetsriemen aufzurollen. Er war jung, Mitte Dreißig, und obwohl er bei guter Gesundheit war, wirkte er blaß und mager und hielt den Kopf leicht vorgeneigt wie ein Kurzsichtiger beim Lesen. Tatsächlich hatte er den Gottesdienst im Eiltempo hinter sich gebracht und war deswegen etwas verlegen. «Wissen Sie, ich muß nämlich verreisen ...»

«Klar, und da wollen Sie möglichst bald losfahren.» Andelman, der in Salem ein Geschäft hatte und selbst immer darauf bedacht war, das Morgengebet rasch zu erledigen, um rechtzeitig bei der Arbeit zu sein, hatte dafür volles Verständnis. Er ärgerte sich immer, wenn er herumstehen und warten mußte, bis die zehn Männer für das *Minjan* beisammen waren. Sobald er den zehnten erblickte, pflegte er ihn zur Eile anzutreiben wie einen Läufer kurz vor dem Ziel: «Schnell, schnell, nu mach schon, los!» Heute aber genoß er die gewonnenen Minuten und wartete, bis der Rabbi Gebetsriemen und Gebetsmantel versorgt hatte. «Wenn Wasserman oder der Kantor vorbeten, könnte man meinen, es ist *Jom Kippur*, und sie haben den ganzen Tag vor sich ... Na ja, die haben ja auch nichts anderes zu tun. Aber wer ins Geschäft muß ... Also, Wiedersehn, Rabbi!» Er eilte zu seinem Wagen.

Weil er wegen des schnellen Betens ein schlechtes Gewissen hatte, schlenderte Rabbi Small besonders langsam den Korridor entlang zu seinem Arbeitszimmer. Zum erstenmal seit langem fielen ihm die kahlen weißen Mauern wieder auf, die ohne ersichtlichen Grund in der Mitte durch einen schwarzen Plastikstreifen quergeteilt wurden; die ebenso unterteilte leuchtendgelbe Ziegelwand, der Boden mit den Kunststoffplatten, der noch vom Bohnern glänzte und auf dem die Spuren der Bohnermaschine ein kreisförmiges Muster hinterlassen hatten. Das Ganze roch steril wie ein Krankenhauskorridor.

Als er vor sechs Jahren nach Barnard's Crossing gekommen war, hatte der funkelnagelneue, moderne Synagogenbau freundlich gewirkt. Jetzt wies er bereits Spuren der Abnutzung auf. An den Wänden bröckelte der Verputz ab, und an der Decke war ein gelber Fleck, wo einmal ein Rohr undicht geworden war ... Die Synagogen von Anno dazumal mit dem geschnitzten Mahagoni- oder Nußbaumgetäfel altern eleganter, dachte der Rabbi.

Als er sich dem Arbeitszimmer näherte, hörte er das Telefon klingeln und begann zu laufen. Wahrscheinlich Miriam, die ihm noch in letzter Minute etwas auftragen wollte ... Aber dann meldete sich eine Männerstimme. Sie klang vorwurfsvoll.

«Rabbi? Hier Ben Gorfinkle. Ich hab bei Ihnen zu Hause angerufen, aber Ihre Frau sagte, Sie seien in der Synagoge.»

«Der Morgengottesdienst ...»

«Ach so», sagte der Gemeindevorsteher, als akzeptiere er eine Entschuldigung. «Hören Sie, Rabbi, vorhin beim Frühstück erwähnte Sarah, daß Sie nach Binkerton wollen ...»

«Das habe ich Ihnen doch schon vor ein paar Wochen mitgeteilt», bemerkte der Rabbi.

«Ja, schon. Das heißt, ich wußte, daß Sie bei irgendeiner Studentengruppe einen Sabbatgottesdienst abhalten wollen. Aber daß es ausgerechnet in Binkerton ist, das hab ich damals wohl nicht mitgekriegt ... Die Welt ist klein. Mein Stuart studiert nämlich dort.»

«Ach ja? Das wußte ich nicht.»

«Ja. Und ... Rabbi, ich hab gedacht, ob Sie vielleicht mal bei ihm vorbeischauen könnten ...»

«Aber selbstverständlich, Mr. Gorfinkle.»

«Er wird sicher zu Ihrem Gottesdienst kommen, aber für alle Fälle geb ich Ihnen doch noch seine Telefonnummer.»

Der Rabbi notierte sie.

«Es ist ein Studentenwohnheim. Wenn er nicht dort ist, können Sie ja eine Nachricht hinterlassen.»

«Wird gemacht.»

«Wenn Sie ihn gleich nach Ihrer Ankunft anrufen, wird er Ihnen sicher das Universitätsgelände zeigen.»

«Gute Idee.»

Im Hintergrund hörte man eine Stimme. «Moment mal, Rabbi», sagte Gorfinkle. Gedämpftes Tuscheln hinter dem abgedeckten Hörer. «Es kann natürlich sein, daß er am Nachmittag noch Vorlesung hat oder so ...»

«Schon gut.» Der Rabbi mußte lächeln. Vermutlich hatte Mrs. Gorfinkle ihrem Mann zugeflüstert, daß ihr Sohn wohl kaum große Lust haben werde, den Rabbi plus Familie einen ganzen Nachmittag lang am Hals zu haben. «Wir werden sicher erledigt sein nach der Reise und uns ein bißchen ausruhen wollen.»

«War ja auch nur ein Vorschlag. Wann fahren Sie wieder zurück, Rabbi?»

«Samstagabend, gleich nach *Hawdalah*.»

«Gleich nach Sabbatausgang?» Gorfinkle schien überrascht. «Stuart sagt doch ...» Dann klang es wieder wie immer, jovial und selbstbewußt. «Ach, übrigens – da fällt mir gerade ein ...»

«Ja?» Endlich rückt er mit dem wahren Grund seines Anrufes heraus, dachte der Rabbi.

«Rabbi, wenn Sie vielleicht noch Platz im Wagen haben, und wenn es Ihnen nichts ausmacht ... Wissen Sie, Stuart kommt für *Pessach* nach Hause, er hat eine Woche Ferien ...»

«Soll ich ihn mitnehmen?»

«Ich meine, nur, wenn es keine Umstände macht . . .»

«Aber nein, Mr. Gorfinkle. Mach ich gern.»

Kaum hatte er aufgelegt, da klopfte es an der Tür, und Morton Brooks, der Leiter der Religionsschule, stürmte herein; ein rühriger, jugendlich wirkender Mann von vierzig Jahren mit theatralischen Allüren.

«Gott sei Dank erwisch ich Sie noch! Ich bin gleich nach dem Anruf losgerannt.»

«Was ist denn passiert?»

«Arlene Feldberg hat die Masern! Der Arzt hat es gestern abend festgestellt, aber Mrs. Feldberg hat mich erst heute früh benachrichtigt.» Es klang, als spräche er von einem schweren Fall von Landesverrat.

«Arlene Feldberg?»

Brooks fingerte nervös an den langen Haarsträhnen, die er sorgfältig über eine kahle Stelle gekämmt hatte. «Sie kennen doch Arlene Feldberg – die Kleine aus der ersten Klasse, die am *Seder*-Abend die Vier Fragen auf englisch stellen sollte . . .»

«Ach so, Harry Feldbergs Tochter. Natürlich, das geht in Ordnung.» Der Rabbi war sichtlich erleichtert. Im ersten Augenblick hatte er geglaubt, der Lehrer befürchte eine Epidemie. «Da soll halt der Kleine, der den hebräischen Text liest . . . wie heißt er doch gleich?»

«Geoffrey Blumenthal.»

«Richtig. Na, dann soll eben Geoffrey Blumenthal auch die Übersetzung lesen.»

«Unmöglich, Rabbi!»

«Warum? Weil er nicht versteht, was er auf hebräisch liest?»

«Natürlich versteht er's!» wehrte sich Brooks empört. «Aber einfach so runterlesen, ohne Proben – das geht doch nicht! Und selbst wenn wir noch Zeit hätten, es ihm einzupauken, geht's nicht. Die Feldbergs wären tödlich beleidigt, wenn er beide Texte lesen würde. Sie würden mir das nie verzeihen; sie würden es überall rumposaunen – und sie sind doch mit den Paffs befreundet, und mit den Edelsteins, den Gorfinkles, den Epsteins und den Brennermans ... mit denen sind sie sogar verwandt.»

«Na und? Nehmen Sie das nicht ein bißchen zu ernst, Morton?»

«Ganz und gar nicht», erwiderte der Schulleiter mit Nachdruck. «Glauben Sie mir, Rabbi – das ist meine dritte Schule; ich kenn mich da aus. Sie sollten ein bißchen hellhöriger sein für das, was sich in Ihrer Gemeinde abspielt. Sie nehmen zwar an den Vorstandssitzungen teil – schön und gut; aber die wichtigen Dinge – die werden in der Schule ausgekocht.»

«In der Religionsschule?» Der Rabbi machte aus seiner Belustigung kein Hehl.

«Natürlich ... Schauen Sie, Rabbi: Die Hohen Feiertage sind nur einmal im Jahr. Und an den weniger bedeutenden Festtagen, wenn sie auf einen Wochentag fallen, finden sich höchstens fünfundsiebzig Menschen ein, nicht mehr als zu einem Freitagabendgottesdienst. Aber zur Schule gehen die Kinder dreimal in der Woche, und sie berichten alles brühwarm zu Hause ... Sie wissen ja, wie verrückt wir Juden mit unseren Kindern sind. Die kleinste Ungerechtigkeit, und die Eltern schreien Zeter und Mordio, als wär ein Pogrom ausgebrochen.»

Der Rabbi lächelte. «Und was gedenken Sie zu tun in dieser ... eh, Krise?»

«Das ist ja gerade das Problem. Die meisten Mitglieder halten zu Hause ihren eigenen *Seder* ab, also werden nur wenige Kinder aus der ersten Klasse beim Gemeinde-*Seder* teilnehmen. Die Paffs und die anderen einflußreichen Leute gehören zu den älteren Jahrgängen, und ihre Kinder sind zumeist in den oberen Klassen ... Ich hab mir also etwas ausgedacht mit der Geschichte von den vier verschiedenen Arten von Söhnen – Sie wissen doch: der Kluge, der Böse, der Einfältige und der des Fragens Unfähige.»

«Ich weiß», bemerkte der Rabbi trocken.

«Also, ich hab mir überlegt, wie man das dramatisieren

könnte, verstehen Sie ... Sie rezitieren zum Beispiel den Anfangsabschnitt; dann gehen die Lichter aus, nur ein Scheinwerfer strahlt den Tisch in der Mitte an ...» Er trippelte mit kleinen Schritten auf den Schreibtisch des Rabbi zu, während er die Hände trichterförmig zusammenlegte, um den Lichtkegel zu demonstrieren. «Dann treten der Reihe nach die vier Söhne auf. Erst der Kluge, vielleicht mit einer Brille und einem Buch oder mit einem Rechenschieber in der Hand. Er blickt auf und stellt seine Fragen, aber auf eine moderne Art. Er könnte etwa sagen: ‹Das ist aber komisch, Paps. Warum verlangt der Herrgott von uns, daß wir das ganze Theater machen?› Und den Bösen stell ich mir in einer schwarzen Lederjacke vor, mit Schildmütze und Sonnenbrille – oder er kann auch als Hippie auftreten: barfuß, mit Halsketten und langem Haar und verwaschenen Jeans.» Er schlurfte lässig durchs Zimmer, den Kopf seitwärts geneigt, und nuschelte, als hinge ihm eine Zigarette im Mundwinkel: ‹He, wozu habt ihr euch so rausgeputzt? Verrückt, Mensch, völlig besoffen!› ... Verstehen Sie, wie ich's meine?»

«Ja, aber wie hilft Ihnen das aus der Klemme?»

«Na, wir haben einfach mehr Auswahl bei den älteren Kindern. Der Edelstein-Junge könnte zum Beispiel den Bösen spielen – den einzigen, der im Kostüm auftritt ... Das wird den Eltern lieblich eingehen!»

«Wie wär's mit einer Rock-and-Roll-Band für die Lieder?»

«Tolle Idee, Rabbi!»

«Nein, Morton, nein!» wehrte der Rabbi energisch ab. «Wir wollen einen traditionellen *Seder* abhalten. Die Blumenthals und Feldbergs werden sich damit abfinden müssen.» Er stand auf und ging zur Tür. «Ich muß jetzt wirklich gehen.»

«Lassen Sie sich's übers Wochenende noch mal durch den Kopf gehen, Rabbi», beharrte Brooks.

«In jeder freien Minute», versprach der Rabbi sarkastischer, als es sonst seine Art war.

Aber Brooks ließ sich nicht so leicht abwimmeln. «Im

Ernst, Rabbi; man kann doch die Zeremonie ein wenig auflockern, damit die Kinder auch was davon haben. Das tun sie doch alle jetzt – die Katholiken und alle anderen. Sie halten sogar die Messe bei Jazzmusik. Schließlich ist der *Seder* eine Feier. Warum sollen da die Kinder nicht ihren Spaß haben?»

Der Rabbi blieb in der Tür stehen. «Weil der *Seder* mehr ist als eine bloße Feier, Morton. Es ist ein Ritual, bei dem jeder Verrichtung eine bestimmte Absicht zugrunde liegt. Der Sinn eines Rituals ist ja gerade, daß alles immer gleichförmig wiederholt wird, um eine bestimmte Wirkung zu erzielen. Jetzt muß ich aber wirklich gehen.»

Draußen blieb er stehen und vergewisserte sich, daß die Fenster des Arbeitszimmers geschlossen waren. Dabei fiel ihm auf, daß auch die Außenfront des Gebäudes verwittert war. Die Säulen aus rostfreiem Stahl, die laut Architekt Christian Sorenson ‹die Reinheit der Religion und ihre Widerstandsfähigkeit gegen die Unbill der Zeit› symbolisieren sollten, waren von der salzhaltigen Luft schmutziggelb angelaufen. Und die langen, mit weißglasierten Ziegeln verkleideten Mauern, die zu beiden Seiten aus dem massigen, kubischen Gebäude vorsprangen, um in sanftem Bogen auszulaufen – ‹wie ausgebreitete Arme, welche die Leute zum Gebet einladen› –, waren stellenweise abgeschlagen und zeigten schwarzklaffende Löcher wie Zahnlücken.

Auf dem Parkplatz wurde der Rabbi abermals aufgehalten. Als er in den Wagen steigen wollte, sprach ihn Wasserman an, der ehemalige Vorsteher der Gemeinde. Wasserman, der über siebzig war und erst vor kurzem eine Krankheit überstanden hatte, wirkte hager und zerbrechlich; dicke blaue Adern durchzogen die durchsichtige Hand, die er dem Rabbi auf den Arm legte. Er sprach leise und betont akzentfrei.

«Sie werden doch bei der Vorstandssitzung am Sonntag anwesend sein, nicht wahr, Rabbi?»

«Sicher. Wir wollen Samstagabend gleich nach *Hawdalah*

aufbrechen – so um sechs. Dann sind wir um neun, spätestens zehn wieder zu Hause.»

«Sehr gut.»

Der Rabbi horchte auf. «Erwarten Sie denn etwas Besonderes?»

«Ich erwarte jeden Tag etwas Besonderes, vor allem aber am Sonntag, wenn Vorstandssitzung ist. Diesmal wird es wohl eine ernste Sache werden.»

«Warum ausgerechnet an diesem Sonntag?»

Wasserman hielt einen Finger hoch. «Weil am nächsten Sonntag der erste *Seder*-Abend ist und somit die Sitzung ausfällt.» Er streckte den zweiten Finger hoch. «Am Sonntag darauf ist wieder Feiertag, folglich wieder keine Sitzung. Wenn Gorfinkle also etwas Wichtiges im Sinn hat, muß er diesen Sonntag damit herausrücken, weil es drei Wochen lang keine Sitzung mehr gibt.»

«Und wenn er, wie Sie sagen, etwas Wichtiges im Sinn hat – wie kann ich ihn daran hindern, damit herauszurücken?»

«Sie sind der Rabbi – das heißt, daß Sie weder auf der einen noch auf der anderen Seite stehen; Sie sind unparteiisch. Deshalb können Sie Sachen sagen, die wir uns nicht erlauben können.»

«Sie denken an die Änderungen, die der Vorsteher beantragen will?» Er setzte sich ans Steuer. «Die wird er so oder so durchsetzen.»

Wasserman schüttelte den Kopf. «Dann gibt's aber Stunk, und wennschon, dann lieber später als jetzt. Sie sind zwar der Rabbi, aber ich bin ein alter Mann und habe vieles gesehen, das Sie vielleicht nur aus Büchern kennen ... Es ist wie mit der Ehe: Solange es nicht zum offenen Bruch kommt, ist noch alles zu retten. Manche Ehepaare fangen schon gleich nach der Hochzeit an zu streiten, aber solange nicht einer von den beiden seine Sachen packt und zum Anwalt läuft, sind die Chancen groß, daß die Ehe hält.»

«Ist das nicht etwas ...» Er musterte den Alten. Dem ging die Sache offensichtlich nahe, und so änderte der Rabbi den

Kurs. «Es geht ja hier nur um eine Vorstandssitzung, Mr. Wasserman.»

Wasserman sah ihn beschwörend an. «Versuchen Sie, dort zu sein, Rabbi!»

Während er nach Hause fuhr, um Miriam und Jonathan abzuholen, machte er sich Gedanken über die Rolle, die ihm da zugeschoben wurde. Ihm war nicht wohl bei der Sache. Schließlich war er Rabbiner, der Tradition nach ein Gelehrter und Lehrer. Warum sollte er sich in die Händel der Gemeindepolitik einmischen? Selbst Jacob Wasserman, den er achtete und zu seinen wenigen Freunden in der Gemeinde zählte, der einzige, bei dem er Verständnis für die traditionelle Rolle des Rabbiners voraussetzte – selbst Wasserman wollte ihn in die kleinkarierte Synagogenpolitik hineinziehen. Es war beinahe, als gönnten sie ihm die paar Tage Ferien nicht.

Vor einem Monat hatte er den Plan gefaßt, als Robert Dorfman, der Rabbi der *Hillel*-Gruppe, der jüdischen Studentenvereinigung in Binkerton, mit seiner Frau zu einem Verwandtenbesuch nach Lynn gekommen war. Bei dieser Gelegenheit hatten sie auch die Smalls im benachbarten Barnard's Crossing besucht, denn die beiden Männer waren zusammen auf dem Rabbinerseminar gewesen. Bob Dorfman erwähnte im Gespräch, daß er sich für eine Rabbinerstelle in New Jersey beworben hätte.

«Sie haben mich eingeladen, damit ich einen Freitag- und Samstaggottesdienst abhalte.»

«Du, die meinen es ernst!»

«Ja, sicher. Es ist nur ... Weißt du, das Datum paßt mir nicht. Es ist das letzte Wochenende vor den Frühjahrsferien.»

«Wollen dir etwa die *Hillel*-Leute für das Wochenende nicht freigeben?» Rabbi Small war erstaunt.

«Nein, daran liegt es nicht. Aber *Pessach* fällt in die Ferienzeit, und deshalb würde ich noch gern den Abschiedsgottesdienst halten.»

«Dann laß dir doch in New Jersey einen anderen Termin geben.»

Rabbi Dorfman schüttelte den Kopf. «Du weißt doch, wie das ist. Vielleicht haben sie eine ganze Reihe von Kandidaten für mehrere Sabbatgottesdienste bestellt.»

«Bist du sehr scharf auf den Posten?»

«Eigentlich schon ... Die Arbeit mit den College-Studenten ist zwar wichtig, aber eine richtige Gemeinde wäre mir lieber.» Er lachte verlegen. «Weißt du, ich würde gern von Zeit zu Zeit eine *Bar-Mizwah*-Rede halten. Wahrscheinlich haben wir alle so was wie ein messianisches Sendungsbewußtsein, sonst hätten wir diesen Beruf gar nicht erst gewählt; aber ich glaube, ich könnte den *Bar-Mizwah*-Jungen wirklich etwas mit auf den Weg geben. Ich würde auch gern mal bei einer *Brith-Milah* dabeisein ...»

«Bei einer Beschneidung, ja ... Und Grabreden halten?»

«Warum nicht, wenn man den Angehörigen Trost spenden kann?» Bob Dorfman war untersetzt und hatte ein rundes Gesicht; wie er so erwartungsfroh seinen Freund anblickte, sah er aus wie ein pausbäckiger Schuljunge, der auf das Lob des Lehrers wartet.

«Glaub mir, Bob», meinte Rabbi Small, «es ist ganz anders, als du dir's vorstellst. Bei der *Hillel*-Arbeit hast du wenigstens viel freie Zeit. Du bist in einer akademischen Umgebung, kannst studieren ...»

«Aber man hat keine Beziehung zum wirklichen Leben.»

«Vielleicht ist das ein Glück. Und außerdem hast du eine gewisse Sicherheit. In einer Gemeinde – im wirklichen Leben, wie du so schön sagst – weißt du nie, wann du gerade ins Fettnäpfchen trittst und an die Luft gesetzt wirst.»

Dorfman grinste. «Ich weiß, du hast Ärger gehabt. Aber jetzt ist doch alles wieder eingerenkt. Du hast einen langfristigen Vertrag ...»

Rabbi Small schüttelte langsam den Kopf. «Unsere Verträge sind gewöhnliche Dienstverträge, das heißt, daß sie vor Gericht so gut wie wertlos sind. Und wenn du trotzdem gerichtlich vorgehst und klagst, dann kriegst du nie mehr einen Posten als Rabbiner ... Ich habe einen Fünfjahresvertrag, und wenn er Ende dieses Jahres ausläuft, bekomme ich vermutlich einen neuen. Und eine Gehaltserhöhung.»

«Siehst du! Du bist versorgt.»

«Dafür gibt's andere Nachteile. Du mußt vierundzwanzig Stunden am Tag für die Gemeinde dasein. Du hast keine Minute für dich ...» Er lächelte. «Mit der Zeit wird es etwas mühsam, selbst wenn du hie und da eine Beschneidung oder eine *Bar-Mizwah*-Feier hast.»

«Es geht mir ja nicht nur darum, eine eigene Gemeinde zu kriegen», wandte Dorfman ein. «Ich will die *Hillel*-Arbeit loswerden ... Auch aus finanziellen Gründen – mit einer wachsenden Familie muß man an die Zukunft denken. Aber vor allem: Ich komme mit den Studenten nicht gut zurecht. Ich hab bei ihnen immer das Gefühl, an die Wand zu reden. Sie wissen alles besser und nehmen nichts ernst.»

«Ach, weißt du, ich glaube, sie zeigen's bloß nicht, wenn sie's ernst nehmen», meinte David Small. «Allerdings hab ich hier nicht sehr viel mit Studenten zu tun ... Wenn sie in den Ferien nach Hause kommen, besuchen sie mich meistens. Sie kommen mir ganz lebendig und aufgeweckt vor. Und wenn sie sich zynisch geben ... Zyniker sind meist im Grunde Idealisten, die irgendwann einmal enttäuscht worden sind.»

Dorfman zuckte die Achseln.

«Sag mal ...» David Small zögerte, fuhr dann aber fort: «Sag mal, Bob, wäre dir geholfen, wenn ich dich an diesem Wochenende vertreten würde?»

«David!» Dorfmans Gesicht hellte sich auf. «Das wäre herrlich, aber ... Kannst du's hier einrichten?»

«Warum nicht? Die Männergemeinde hält jedes Jahr einmal einen Gottesdienst allein ab. In diesem Jahr, glaube ich, eine Woche vor deiner geplanten Reise. Ich muß noch genau nachsehen. Aber das ließe sich sicher auf die folgende Woche verschieben, und ich könnte nach Binkerton kommen.»

Als er vorfuhr, standen Miriam und Jonathan vor der Haustür bereit. Die zierliche, lebhafte Miriam hatte große blaue Augen, ein offenes Gesicht und ein kräftiges, entschlossenes Kinn.

«Muß er so eingemummelt sein?» Der Rabbi deutete auf den kleinen Jonathan. «Er wird vor Hitze umkommen.»

«Ach, das Wetter ist so unbeständig ... Wenn es zu warm wird, zieh ich ihm einfach was aus.»

«Na schön ... Los, einsteigen!»

Als Miriam die Autotür schließen wollte, hörte sie das Telefon klingeln. Sie hielt inne. «Moment, das Telefon ...»

«Geh nicht ran!» sagte er scharf.

Sie stutzte. «Warum nicht?»

«Weil ich endlich abfahren will. Ich bin müde.»

Sie sah ihn zweifelnd an, dann schlug sie die Tür zu, während das Telefon weiterklingelte.

Schweigend schnallte sie Jonathan in seinem Kinderstuhl auf dem Vordersitz fest und setzte sich neben ihn.

Als sie losfuhren, wiederholte der Rabbi entschuldigend: «Ich bin müde, einfach müde ...» Und nach einer Weile: «Ich habe heute das Morgengebet rasend schnell heruntergerasselt, ich war ungeduldig zu Morton Brooks, ich hab mich über Wasserman geärgert, und ...»

Sie streichelte seine Hand auf dem Steuerrad. «Schon gut, David. Jeder braucht von Zeit zu Zeit mal einen Tapetenwechsel.»

2

Der Laden war groß, gemessen an dem in Barnard's Crossing Üblichen: zwanzig Fuß breit und mehr als doppelt so tief. Die Schaufenster waren schmutzig und dahinter alles verstaubt. Die giftgrünen und bonbonrosa Kreppapier-Girlanden, die Blumen und Papierschlangen um das Coca-Cola-Plakat in der Auslage waren längst vergilbt und voller Wasserflecke, aber noch immer posierten die kurvenreichen Mädchen aus Pappe in den einst aufreizenden, nunmehr aber hoffnungslos altmodischen Badekostümen. Sie hatten die Beine hochgezogen, um die Schenkel zu betonen, und saßen mit hohlem Kreuz, damit der Busen hervortrat und die Andeutung der Brustwarzen unter dem Badekostüm gerechtfertigt war. Sie hatten die Augen halb geschlossen und hielten Coca-Cola-Flaschen an die gierigen Lippen. Im Kreppapier-Gewühl lagen verstaubte Colaflaschen verstreut; eine davon war vor längerer Zeit ausgelaufen, und ihr Inhalt schlängelte sich als schmales, eingetrocknetes Rinnsal am Fensterbord entlang.

Drinnen war der Zugang zum Schaufenster durch eine Music Box, zwei Spielautomaten und eine Metallkiste mit Sodawasserflaschen versperrt, was den traurigen Zustand des Schaufensters wenigstens zum Teil erklären mochte. An der Wand entlang zog sich eine Theke mit einem schön geschnörkelten Zapfhahn für Soda-Getränke, an dem ein Schild mit der Aufschrift AUSSER BETRIEB hing. Hinter der Theke hing ein halbblinder Spiegel; auf ihrer Marmorplatte standen Dosen mit alten Biskuits, Krapfen und Erdnüssen. Gegenüber waren Regale mit Zeitschriften, Taschenbüchern und Glückwunschkarten. Quer durch den hinteren Teil des Ladens zog sich ein Gestell voller Hefte, Notizblocks und Schachteln mit Bleistiften, Linealen, Radiergummis, Kompassen, Bleistiftspitzern, Leimtuben, Klebestreifen, Bindfadenrollen, Schlüsselringen, Kämmen, Handspiegeln und anderen Dingen, die Schulkinder kaufen.

Im hinteren Abteil standen ein altmodisches Rollpult und ein Drehstuhl, dessen Füße von einem Draht zusammengehalten wurden, der gleichzeitig als Fußstütze diente. In der Mitte des Raumes gab es etwa ein halbes Dutzend runde Tische und Stühle, die den Teenagern als Treffpunkt dienten.

Draußen auf dem Firmenschild stand:

BÜCHER UND SCHREIBWAREN
Joseph Begg, Esquire

Begg war ein kräftiger, muskulöser Mann von fünfzig mit großer Glatze, die man jedoch nur selten sah, weil er immer einen Hut aufhatte. Von seinem Rollpult aus regierte er den Laden. Er war knurrig, streitsüchtig und barsch, aber das Geschäft war trotzdem beliebt bei der Jugend. Hier verabredete man sich, nahm ein Paket Kekse von der Theke oder eine Flasche Soda aus der Eiskiste, zeigte im hinteren Teil des Lokals seine Einkäufe vor und bezahlte. Der Inhaber wurde allgemein mit ‹Mr. Begg› angesprochen; nur einige der älteren Jungen nahmen sich heraus, ihn ‹Squire› zu nennen – als Anspielung auf das Schild draußen. Das war aber auch schon der gewagteste Scherz, den man sich mit ihm leisten konnte.

«Cola und Krapfen. Zwanzig Cent, Mr. Begg.»

Sie streckten ihm die Münzen hin, die er in eine alte Zigarrenschachtel auf seinem Pult klirren ließ. Oder: «Bitte Kleingeld für die Spielautomaten, Mr. Begg!» Worauf er mißtrauisch den Geldschein oder die Münze prüfte, bevor er mürrisch das Wechselgeld herausgab. Wenn man ausgetrunken hatte, mußten die leeren Flaschen in das Gestell geräumt werden. Wer es vergaß, wurde angeschrien: «He, du – stell die Flasche weg!» – Und jeder gehorchte brav.

Mr. Begg hatte früher an der High School unterrichtet, dann aber irgendwann den Lehrerberuf aufgegeben – kein Mensch wußte, warum, seine jungen Kunden am allerwenigsten. Eine Amtszeit lang hatte er auch dem Magistrat angehört; jetzt kümmerte er sich nicht mehr um die Lokalpolitik – abgesehen von scharfen Beschwerdebriefen, die er gelegentlich an die Wochenzeitung schrieb und in denen er meistens gegen irgendwelche Projekte polemisierte, die der Jugend zugute kommen sollten.

«Er kann Kinder nicht ausstehen», sagten die Leute; «darum hat er auch den Lehrerberuf aufgegeben.»

«Aber es kommen nur Kinder in seinen Laden.»

«Nun, das hat sich zufällig so ergeben: Zuerst war es eine Buchhandlung; dann nahm er Glückwunschkarten und Schreibwaren auf ... Als er merkte, daß vor allem die Schulkinder bei ihm einkauften, schaffte er eben noch andere Artikel für sie an – schließlich muß ja der Schornstein rauchen, nicht wahr?»

Am Freitagmorgen machte Begg erst spät auf. Er saß noch keine fünf Minuten an seinem Pult, als die Tür aufging und Moose Carter eintrat.

«He, wo haben Sie gesteckt, Squire?» Carter war ein großer, stämmiger Bursche und hatte die breiten Schultern und den kräftigen Nacken eines Footballspielers. Er hatte blaue Augen, eine Stupsnase und ein breites Grinsen. «Ich war schon vor 'ner halben Stunde da, aber da war noch zu.»

Statt einer Antwort wandte sich Begg ab und traf zielsicher in den Spucknapf neben dem Pult.

Der junge Mann ließ sich nicht beeindrucken. «Wollen Sie nicht den Laden für den Sommer herrichten?»

«Ich mach die Doppelfenster raus und häng die Fliegengitter ein», brummte Begg.

«Brauchen Sie da keine Hilfe?»

«Schön wär's ja ... Anderthalb Dollar die Stunde.»

«Das ist nicht viel. Auf der Kegelbahn krieg ich zwei Dollar die Stunde. Und Trinkgelder außerdem.»

«Anderthalb Dollar.»

Moose zuckte die Achseln. «Meinetwegen. Wann brauchen Sie mich?»

«Sonntagfrüh.»

Moose überlegte. «Sonntag? Das kostet mehr. Sonntagsarbeit.»

«Warum?» knurrte Begg. «Weil du dann nicht mit deinen Leuten in die Kirche gehn kannst?»

«Also gut!» Moose lachte. «Ich werde da sein ...» Er sah

sich um, dann sagte er leise: «Ich hab morgen ein Rendezvous. Kann ich ein paar Pariser kriegen?»

«Drei für 'nen Dollar.»

«Hören Sie, ich bin gerade ein bißchen knapp. Könnten Sie's nicht gegen meinen Lohn vom Sonntag verrechnen?»

Begg musterte den jungen Mann, dann langte er in die Schreibtischschublade und gab Moose ein kleines Päckchen; der junge Mann steckte es in die Hosentasche.

«Danke, Squire . . .» Er grinste: «Und mein Mädchen läßt auch danken.»

3

Der Schlüssel lag unter der Türmatte. Während sich der Rabbi, beladen mit Koffer und Mänteln, mit dem Schloß abmühte, kämpfte Miriam mit Jonathan, der Arme und Beine wie ein Seestern von sich streckte und sich freistrampeln wollte, weil er hinten im Garten eine Schaukel erspäht hatte.

«Nein, Jonathan!» sagte Miriam mechanisch. «Erst essen, dann schlafen. Später darfst du spielen.»

Sie traten in die Diele und sahen sich um. Links lag das Eßzimmer, dem Wohnzimmer gegenüber. Während Miriam ihren Sohn aus den warmen Sachen schälte, inspizierte der Rabbi das Bücherregal im Wohnzimmer. Er zog ein Buch heraus, blätterte darin und setzte sich damit auf die Couch. Nach wenigen Minuten streifte er die Schuhe ab und legte sich lang, ohne die Lektüre zu unterbrechen. Er lag auf der Couch, den Kopf auf die Seitenlehne gestützt, und hielt das Buch in die Höhe, so daß Licht vom Fenster auf die Seiten fiel.

Miriam fand einen Kleiderhaken im Flurschrank und hängte Jonathans Sachen auf. Nachdem auch die Mäntel versorgt waren, die ihr Mann achtlos über den Koffer geworfen hatte, entdeckte sie auf dem Korridortisch einen Briefumschlag, auf dem ihr Name stand. Er enthielt zwei engzeilig getippte Zettel.

Liebe Miriam, willkommen in Binkerton. Hoffentlich habt Ihr Euch an die Abmachung gehalten und kein Essen mitgebracht. Alles ist vorbereitet – das ganze Sabbatessen. Ich hoffe, es reicht fürs Wochenende. Alles steht im Eisschrank, muß nur aufgewärmt werden. Glühzünder linke vordere Flamme funktioniert nicht. Nimm Streichhölzer vom Bord überm Herd. Kiddusch-*Wein im Eßzimmerbüfett, Teller für Fleisch – blauer Rand – im Schrank rechts, wenn Du vor dem Küchenfenster stehst ... Bestecke für Fleisch ebenfalls rechts, mit Blumenmuster. Töpfe und Pfannen für Fleisch im rechten Schrank. Linke Seite alles für Milchernes. Achtung beim Geschirrspülen – Hahn spritzt, wenn voll aufgedreht. Babysitter bestellt; heißt Kathy (15, sehr zuverlässig), wohnt nebenan, Tochter von Professor Carson, Mathematik, sehr nett. Du kannst jederzeit anrufen, falls Du etwas brauchst. Weitere Wolldecken zuoberst im Schlafzimmerschrank. Bob hat für Jonathan Gitter an Rachels Bett befestigt. Haben keine automatischen Lichtschalter für Sabbat, sind nicht sooo orthodox. Wenn Ihr's seid, einfach Licht brennen lassen. Prof. Bill Richardson, philosoph. Fakultät, guter Freund von uns, war sehr beeindruckt von Davids Essay über Maimonides und gibt am Samstagabend eine Party für David. Vielleicht hat es Bob David schon gesagt?*

Miriam steckte den Kopf ins Wohnzimmer und sah ihren Mann auf der Couch liegen. «David!» rief sie ärgerlich. «Setz dich auf!»

«Ich hab doch die Schuhe ausgezogen!» protestierte er.

«Und die Jacke? Sie wird zerknittert sein heute abend.»

«Ich zieh den schwarzen Anzug an. Inzwischen hängt sich die Jacke aus.»

Sie seufzte. «Hat dir Bob etwas von einer Party am Samstagabend erzählt?»

«Nein, ich glaube nicht.»

«Damit du's weißt – ein gewisser Professor Richardson gibt eine dir zu Ehren.»

Der Rabbi setzte sich mit einem Schwung hoch. «Dazu habe ich überhaupt keine Lust. Außerdem wollte ich nach Barnard's Crossing zurückfahren. Ich habe es Wasserman praktisch versprochen.»

«Aber die Party ist dir zu Ehren, schreibt Nancy. Wir können uns nicht drücken.»

4

In Malden meldete der Manager der Kegelbahn eine gesprungene Fensterscheibe. «Muß in der Nacht passiert sein, Mr. Paff. Als ich zumachte, war alles in Ordnung. Erst beim Öffnen heute früh . . .»

«Wieso haben Sie heute morgen geöffnet? Wo ist Hank?»

«Wollt ich Ihnen gerade erklären. Hank hat angerufen und mich gebeten, für ihn aufzumachen. Er fühlt sich elend, hat er gesagt.»

«War er betrunken?» fragte Paff rasch.

«Da bin ich überfragt, Mr. Paff. Er hat mich einfach angerufen und wollte, daß ich die Tagschicht mache. Da hab ich ihm den Gefallen getan. Er ist schließlich letzte Woche auch mal abends für mich eingesprungen.»

«Schon gut. Verkleben Sie das Fenster mit Leukoplast oder so was. Ich melde den Schaden der Versicherung. Vielleicht wollen sie sich's noch ansehen, bevor ich es reparieren lasse.»

«Wird gemacht, Mr. Paff», versprach der Manager. «Und könnten Sie jemand für die Abendschicht auftreiben? Wenn's unbedingt sein muß, arbeite ich durch, aber es ist ein langer Tag.»

«Haben Sie im Büro angerufen?»

«Ja, aber da antwortet niemand.»

«Ach ja – hab ich ja ganz vergessen: Die Sekretärin hat heute frei. Na, ich fahr rasch hin und schau die Liste durch. Mal sehen, was sich machen läßt.»

Der Goldbelag auf dem Aushängeschild der Kegelbahn von Melrose bröckelte ab und löste sich an den Enden. Paff stellte es ärgerlich fest. Die goldene Kugel, das Wahrzeichen der Firma, sah jetzt aus wie ein tadelndes Auge.

«Wann ist das passiert?» fragte er den Manager und wies auf das Schild.

«Das? Das war schon immer so, Mr. Paff.»

«Ich hab's noch nie bemerkt.»

«Übrigens, die beiden hinteren Bahnen sind außer Betrieb. Die automatische Aufstellung klemmt wieder.»

«Haben Sie den Mechaniker angerufen?»

«Ja, gestern schon. Und heute noch mal ... Er sagt, er kommt gleich. Aber das hat er gestern auch schon gesagt.»

«Saupack, diese Mechaniker!» Paff schüttelte den Kopf. «Ach, übrigens ... Könnten Sie heute in Malden drüben die Abendschicht übernehmen?»

«Tja, Mr. Paff, also ... Ich würd's Ihnen zuliebe gern tun, aber meine Frau hat für heute abend schon was vor ...»

In Medford war das Geschäft flau. «Das kommt von diesem neuen Billard-Salon im Einkaufszentrum», erklärte der Manager. «Alle sind plötzlich verrückt auf Billard. Sogar die Frauen. Stellen Sie sich vor – die bringen sich 'ne Handarbeit mit! Sitzen da und stricken, bis sie an der Reihe sind.»

Paff fragte, ob er Lust hätte, die Abendschicht in Malden zu übernehmen.

«Ja, wie – wollen Sie denn hier schließen, bloß weil das Geschäft ein paar Tage schlecht war?»

«Nein, nur heute abend, zum Aushelfen.»

«Ach so . . . Klar. Klar, ich spring immer gern ein. Bloß Freitagabend geht's nicht. Da hab ich diesen Job . . .»

Er fuhr nach Chelsea zu seinem Büro. Als er endlich einen Parkplatz gefunden hatte, merkte er, daß er den Büroschlüssel vergessen hatte.

Der Pförtner war neu und kannte ihn nicht.

«Schauen Sie, da ist mein Führerschein. Ich bin Meyer Paff. Genügt Ihnen das nicht?»

«Nee. Sie sind Meyer Paff, okay. Aber Sie wollen ins Büro der GOLDEN BALL ENTERPRISES, und davon steht nichts in Ihrem Führerschein.»

Paff biß sich ärgerlich auf die Lippen, aber der Mann hatte schließlich recht. «Ich muß nur ein paar Leute anrufen», sagte er. «Sie können dabeibleiben.»

«Tut mir leid, Mister. Ich hab meine Anweisungen, und die Hausverwaltung ist da sehr streng. Weil, wir haben schon ein paar Einbrüche.»

Paff zwang sich zur Ruhe. «Ist Dr. Northcortt noch in seiner Praxis, oder ist er schon essen gegangen? Wissen Sie, der Zahnarzt im dritten Stock.»

«Ich hab ihn nicht weggehn sehen.»

«Gut, dann fahren Sie mit mir hoch. Er wird Ihnen sagen, wer ich bin.»

Der Zahnarzt war ungehalten, weil er mitten in einer Behandlung gestört wurde, aber er identifizierte Paff.

Heute geht auch alles schief, dachte Paff, als er in seinem Büro die Adressenkartei durchblätterte. Er wählte eine Nummer und wartete, doch niemand nahm ab. Schließlich legte er auf und wählte eine andere Nummer. Auch hier keine Antwort. Beim dritten Anruf meldete sich eine Frau. «Nein, Marty ist nicht zu Hause. Soll ich ihm was bestellen?» Er hatte keine Lust, lange Erklärungen abzugeben.

Beim nächsten Anruf hatte er Glück. «Ich hab mir schon gedacht, daß Sie anrufen, Mr. Paff. Hank hat mir Bescheid gesagt, weil ich doch neulich schon mal für ihn eingesprungen bin. Ich hab gesagt, geht in Ordnung, das mach ich.»

«Hören Sie, da ist eine Scheibe kaputt. Ted hat sie provisorisch verklebt. Kontrollieren Sie bitte, ob der Klebestreifen ordentlich hält, ja?»

Beim Weggehen machte er dem Pförtner ein Kompliment für sein korrektes Verhalten und drückte ihm ein paar Zigarren in die Hand.

«Vielen Dank, Mister ... eh ...»

«Paff.»

«Ach ja. Also danke schön, Mr. Paff. Nächstes Mal kenn ich Sie bestimmt.»

Als er zum Parkplatz zurückkam, war sein Wagen zwischen zwei anderen Autos eingekeilt, und er mußte sich mühsam herausmanövrieren. Er war schweißgebadet. Ich werde alt, dachte er; das wächst mir alles über den Kopf ... Dann fiel ihm ein, daß er noch nicht gegessen hatte. Der Parkplatz des nächsten Restaurants war voll. Verdrossen fuhr er weiter und beschloß, unterwegs zu essen. Er hielt vor einem Schnellrestaurant. Der einzige freie Platz war direkt neben dem Grill. Mürrisch sah er dem kleinen Koch in der schmutzigen Schürze zu und würgte ein trockenes Hacksteak hinunter. Der Kaffee war auch schlecht.

5

In der Cafeteria für die leitenden Angestellten der HEXATRONICS, INC., an der Fernstraße 128 gab es einen langen Tisch für die Direktoren. Wer Gäste hatte und sich ungestört unterhalten wollte, setzte sich in eine der Nischen, die eine

Wand des Raumes einnahmen. Ted Brennerman saß in einer Nische und studierte das Menü. «Ihr sorgt ganz gut für euch», sagte er zu Ben Gorfinkle, seinem Gastgeber. Nachdem sie bestellt hatten, lehnte sich Brennerman über den Tisch und redete leise auf Ben ein:

«Also, wie gesagt, in der Synagoge haben siebenunddreißig Leute Namensschilder an ihren Plätzen; außerdem haben weitere fünfzig oder sechzig ihre festen Plätze – das macht ungefähr hundert. Wir übrigen sind die Proleten, sozusagen; wir ergattern manchmal einen guten Platz, oder wir setzen uns irgendwo in die hinteren Reihen. Letztes Jahr saß ich in der allerletzten Reihe. War auch keine Tragödie – durch die Lautsprecheranlage hört man überall gleich gut. Aber die meisten denken nicht so. Die wollen vorn sitzen.» Brennerman lächelte sein ansteckendes Lächeln. Er war ein großer, gutaussehender junger Mann, der irgendwie eifrig wirkte.

«Na, immerhin haben die guten Plätze allerhand gekostet», wandte Gorfinkle ein. «Jedenfalls die mit den Namensschildern.»

«Von wegen! Ich bin der Sache nachgegangen. Ich habe das Protokoll der Sitzung damals gelesen – vor fünf Jahren war das, als die Sammelaktion zugunsten des Baufonds organisiert wurde. Um die Sache den Leuten schmackhaft zu machen, versprach Becker, der damalige Vorsteher, jedem einen festen Platz in der Synagoge, der 1000 Dollar spendete. Es war kein offizieller Beschluß, verstehst du – das kam ganz spontan, ohne Abstimmung und so. Na ja, und dann ...» Er packte Gorfinkle am Arm: «Dann mußte natürlich der Vorstand Becker irgendwie decken. Also beschloß man bei der nächsten Versammlung, daß für alle, die 1000 Dollar gespendet hatten, die Plätze jedes Jahr bis zum letzten Tag des Platzkartenverkaufs reserviert werden sollten. Aber im Jahr darauf wurden die Platzkarten dann abgeschafft – man mußte einfach den Jahresbeitrag bezahlen, und Schluß. Und da finde ich, daß jetzt niemand mehr ein festes Anrecht auf die feinen Plätze hat ... Es kommt noch hinzu, daß längst nicht alle, die ein Namensschild an ihrem Platz haben, auch 1000 Dollar gespendet haben.»

«Jaaa ...» Gorfinkle, ein gedrungener Mann von Mitte Vierzig mit einem kantigen Gesicht, überlegte. «Irgendwann wird ja doch eine Theaterbestuhlung angeschafft werden. Vielleicht sollten wir bis dahin warten.»

«Nussbaums Idee!» Brennerman lachte. «Kaum hatten sie mich zum Vorsteher der Männergemeinde gewählt, da ist er mir schon damit auf die Pelle gerückt: Ich solle die Mitglieder auffordern, Geld für neue Stühle zu spenden ... Vorige Woche hat er mich schon wieder damit geplagt. In den letzten vier Jahren hat er jedem Vorsteher damit in den Ohren gelegen. Ich hab ihm aber klipp und klar gesagt, daß er damit auf keine große Gegenliebe stoßen wird.»

«Na, ich weiß nicht ... Ich finde die Stühle entsetzlich unbequem. Und die Hälfte des Geldes haben wir ja auch schon beisammen.»

«Ja ... Es ist ein Jammer: Das Geld ist da, und wir dürfen's nicht anrühren! Mann, wenn wir den Betrag für den Sozialfonds verwenden könnten ... Moment mal: Kann man Mrs. Oppenheimers Testament nicht so auslegen, daß wir von dem Geld neue Polster für die alten Stühle kaufen?»

Gorfinkle schüttelte den Kopf. «Das ist sinnlos. Die Sitze würden dann noch höher, und sie sind so schon viel zu hoch. Es liegt auch nicht am Sitz; es liegt an der Lehne – die ist einfach zu steil. Der einzige, der was davon hat, ist Dr. Klein, der Osteopath. Nach *Jom Kippur* hat er jedesmal mehr Patienten mit Rückenschmerzen als das ganze Jahr über.»

Brennerman lachte. «Wer hat eigentlich damals diese Stühle ausgewählt?»

«Niemand. Der Architekt war berühmt – also ließ man ihm freie Hand ... Es sollen Kopien alter englischer Kirchenstühle sein. Na ja – ihm konnte es ja egal sein; er muß schließlich nicht drauf sitzen. Hauptsache, es sah gut aus ... Aber das mit den Synagogenplätzen ist eine merkwürdige

Sache. In der *Schul*, in der mein Vater früher betete, da spielte es eine große Rolle, wo man saß. Traditionsgemäß saßen die angesehenen Männer immer in den vorderen Reihen – je näher an der Heiligen Lade, desto wichtiger waren sie. Es gab sogar eine Bankreihe an der Wand neben der *Thora*, auf der man mit dem Gesicht zur Gemeinde saß ... Ich erinnere mich noch an die Männer, die dort ihren Platz hatten: alles bärtige Greise in langen wollenen Gebetsmänteln; mein Vater nannte sie die *P'nai* ... Mein Gott, ich hab seit Jahren nicht mehr an das Wort gedacht – es bedeutet *Gesichter*. Mein Vater hat mir erklärt, dies wären die Gesichter der Gemeinde, die frömmsten und gelehrtesten Männer.»

«Bei uns gibt's nicht viele von der Sorte; höchstens der alte Goralsky und Wasserman.»

«Meyer Paff hält sich auch für einen.»

Die beiden Männer lachten.

«Eins macht mir Sorgen», fuhr Gorfinkle fort. «Ich finde, wir sollten dieses neue Sozialprogramm der Gemeindeversammlung vorlegen. Wir haben es ja nicht einmal offiziell dem Vorstand unterbreitet.»

«Ich bitte dich, Ben – mit diesem Programm haben wir uns zur Wahl gestellt damals; alle kennen es. Und dann haben sie uns gewählt; wir haben die Mehrheit und also auch das Recht, unsere Vorstellungen zu verwirklichen!»

«Trotzdem ...»

«Und außerdem», fuhr Brennerman eifrig fort, «schlagen wir's ja beim Gottesdienst der Männergemeinde vor ... Zu einer gewöhnlichen Gemeindeversammlung kommen höchstens hundert Leute, aber am Gottesdienst der Männergemeinde werden fast dreimal soviel teilnehmen. Und der Rabbi ist nicht dabei ... Wenn ihm an unserem Programm was nicht paßt – hinterher kann uns das egal sein.»

«Er weiß es zwar noch nicht», grinste Gorfinkle, «aber er wird auch zu der Sitzung vom Sonntag nicht dasein.»

«Warum nicht?»

«Er wollte gleich nach dem Abendgottesdienst am Samstag heimfahren. Aber Stu sagt mir, daß irgendein Professor eine Party für ihn gibt. Folglich kann er erst Sonntag früh losfahren. Sie haben ja das Kind bei sich.»

«Klingt logisch.»

«Der Rabbi stört mich nicht mal so sehr. Wer mir Kummer macht, ist Meyer Paff.»

«Der?» Brennerman schmunzelte. «Laß den ruhig meine Sorge sein!»

6

Der Laden war leer. Meyer Paff sah sich unsicher um, dann ging er auf Begg zu, der ihn finster musterte.

«Meyer Paff», stellte er sich vor. «Mr. Morehead hat mir gesagt, Sie hätten den Schlüssel zur Hillsonschen Villa. Sie wären sozusagen der Hausverwalter . . .»

«Ich wohne im alten Kutscherhaus und passe ein wenig auf», sagte Begg gelassen.

Meyer Paff war sehr groß, und seine Bewegungen wirkten schwerfällig. Alles an ihm war groß: der runde Schädel mit dem grau-blonden Haar, die fleischige Nase, die spatenförmigen weißen Zähne, die roten Pranken mit den Wurstfingern, die Füße in den ausgetretenen Schuhen. Er sprach mit tiefer Baßstimme, wobei er die breiten Lippen kaum bewegte, so daß der Ton direkt aus dem Bauch zu kommen schien. Ein Hüne von einem Mann. Und doch fühlte er sich unbehaglich unter dem prüfenden Blick des anderen.

«Morehead sagt, er habe Sie angerufen . . .»

«Ja. Heute früh.»

«Wenn ich also den Schlüssel bekommen könnte . . .»

Statt einer Antwort bückte sich Begg und holte unter dem

Pult ein Pappschild mit der Aufschrift BIN IN EINER STUNDE ZURÜCK hervor.

«Oh, Sie müssen nicht mitkommen. Wenn Sie mir nur den Schlüssel ...»

«Das Haus ist möbliert. Ich gebe den Schlüssel nicht an Fremde», sagte Begg unverblümt. Und als er sah, wie Paff errötete, fügte er hinzu: «Um die Tageszeit kommt sowieso keine Kundschaft. Haben Sie einen Wagen? Dann fahren Sie hinter mir her.»

Hillson House und das benachbarte Kutscherhaus lagen auf der Landspitze, die als Tarlow's Point bekannt war. Es waren die beiden einzigen Gebäude weit und breit; sie lagen etwa 40 Fuß von der Straße entfernt. Eine hohe, dichte Hecke säumte den Rasen rings um das Haus und ging dann in eine Gruppe von struppigen Föhren über, die sich zum Strand hinzog.

Paff zeigte auf einen schmalen Pfad hinter der Hecke, der zum Wasser hinunterführte. «Gehört der Weg zum Grundstück?» fragte er.

«Ja und nein. Er gehört dazu, aber gleichzeitig ist es ein öffentlicher Durchgang. Die Hillsons hatten deswegen jahrelang Streit mit der Stadtverwaltung.»

«Es ist also kein Privatstrand?»

«Die Hillsons behaupten, es ist einer. Die Stadt sagt, das Grundstück jenseits der Straße» – er wies mit dem Kinn in die Richtung – «hat ein Recht auf Zugang zum Strand. Da haben die Hillsons dann das Grundstück gekauft und gedacht, jetzt gehört ganz Tarlow's Point ihnen. Der Stadtrat meint aber, das Gebäude hätte ebensogut an jemand anders verkauft werden können, und der hätte dann auch ein Durchgangsrecht gehabt.»

«Ach so.»

Begg führte ihn zum Haupteingang. «Und jetzt verkaufen sie also die ganze Klitsche?» erkundigte er sich.

«Soviel ich weiß, ja.»

Die Tür führte in eine kleine Vorhalle. Dahinter lag ein

geräumiges Wohnzimmer mit drei Fenstern, von denen zwei auf den Rasen vor dem Haus, das dritte auf das Kutscherhaus blickten. Über den Spitzenvorhängen hingen schwere, altmodische rote Samtgardinen, halb zurückgezogen und in der Mitte mit einer Kordel aus demselben Material zusammengehalten. Die Möbel waren mit großen Plastiküberzügen verhüllt; darunter schimmerte das gleiche Rot durch. Es waren schwere, dickgepolsterte Sofas, damastbezogene Fauteuils und wuchtige Mahagonitische.

«Und das war eine Sommervilla?» staunte Paff. «Die Möbel passen nicht gerade in . . .»

«Sie standen wohl ursprünglich im Stadthaus der Hillsons in Cambridge. Damals hat man gute Möbel nicht einfach weggeschmissen wie heute.»

Begg führte Paff durch einen Flur in den hinteren Teil des Hauses und öffnete unterwegs links und rechts die Türen. Die erste führte in ein kleines Studierzimmer, das eine Couch, Bücherregale, zwei Sessel und einen Schreibtisch enthielt. Auch hier waren Couch und Sessel mit Plastikhüllen zugedeckt. Die übrigen Zimmer waren Schlafräume mit plastikgeschützten Betten.

Paff klopfte an eine Wand. «Ist das eine Stützmauer?»

«Ich glaube nicht.»

An einer Schlafzimmerwand prangte ein großer Tintenklecks. Paff zeigte darauf. «Ein kleiner Wutausbruch?»

«Vandalen!» schimpfte Begg. «In letzter Zeit ist es bei den Schulkindern Mode, in die umliegenden Sommerhäuser einzubrechen, alles mögliche zu klauen oder kurz und klein zu schlagen . . . Deswegen hab ich auch den Job bekommen. Wollen Sie auch noch nach oben?»

«Ach, ich denke, ich habe einstweilen genug gesehen.»

Sie standen jetzt in der Küche. Aus den Fenstern sah man zwischen den Föhren das Meer schimmern. «Jetzt ist Ebbe», erklärte Begg; «bei Flut steigt das Wasser bis zum Damm und schneidet die Landzunge vom übrigen Strand ab.»

«Wie hoch steigt es?»

«Na – mindestens zwei, drei Fuß.»

Der Rasen fiel sanft zum Strand ab; etwa ein Dutzend Stufen führten vom rückwärtigen Ausgang hinunter.

«Können wir uns eben noch mal hinter dem Haus umschauen?»

«Mister, ich hab noch eine Nebenbeschäftigung.»

«Klar», sagte Paff. «Fahren Sie schon los. Ich will mich noch ein wenig umsehen.»

«Wie Sie meinen.» Er öffnete die hintere Tür, und Paff stieg die Stufen hinunter. Begg schloß hinter ihm ab, verließ das Haus durch den Vordereingang und kletterte in seinen Wagen.

Paff ging bis zu der Baumgruppe, dann drehte er sich um und betrachtete das Haus. Muß mal mit einem Bandmaß herkommen und einiges ausmessen, dachte er. Vielleicht gleich mit dem Architekten. Innen sollten ein paar Wände raus. Wahrscheinlich müssen dann Träger eingezogen werden ... Oben könnte ich eine Küche einrichten, mit einem Speiseaufzug. Unten überall Nischen mit Tischen und Stühlen. Und hinter dem Haus bau ich Baracken an für die Kegelbahnen. Dann ist auch der Speisesaal ruhiger ... Ringsum Fenster brechen mit Blick aufs Meer. Angenehm kühl im Sommer ... Das Grundstück jenseits der Straße kann ich asphaltieren lassen, als Parkplatz ...

Während er zu seinem Wagen schlenderte, überlegte er, ob er zuerst nach Lynn oder nach Gloucester fahren sollte. Lynn war näher, aber die Straße nach Gloucester führte an der Küste entlang und war viel hübscher. Er konnte ein bißchen Entspannung gebrauchen.

In Gloucester hatte der Manager der Kegelbahn nichts Außergewöhnliches zu berichten.

«Wirklich alles in Ordnung?»

«Was ist denn los, Mr. Paff? Trauen Sie mir nicht mehr zu, daß ich den Laden schmeiße? Wissen Sie, ich hab schon ...»

«Schon gut, Jim. Ich hatte einen verrückten Tag. Überall gab's Ärger.»

«Kommt vor. Machen Sie jetzt Feierabend?»

«Ich schau noch in Lynn rein, dann ist Schluß für heute.»

«Also dann – schönes Wochenende, Mr. Paff. Und machen Sie sich keine Gedanken.»

Die Kegelbahn in Lynn lag ausgestorben. Nur der Manager lehnte an der Theke und paffte an seiner Zigarre.

«Lahmer Tag, was, Henry?»

«Vor dem Abendessen ist nie viel los. Sie kommen doch sonst immer viel früher, Mr. Paff.»

«Ich war heute zuerst in Gloucester. Alles in Ordnung hier? Es wäre kein ausgesprochener Luxus, wenn die Aschenbecher mal ausgeleert würden.»

«Ich wollt nur ein paar Minuten verschnaufen. In 'ner halben Stunde ist hier der Teufel los.»

«Sie haben ja nur noch eine Stunde Dienst.»

«Ja – falls Moose pünktlich ist. Bisher ist er diese Woche jeden Abend zu spät gekommen.»

Draußen fuhr ein Wagen vor; zwei Männer stiegen aus und gingen auf die Tür zu.

Henry hob eine Augenbraue. «Bullen!» sagte er leise.

«Polizei? Was hat denn die hier zu suchen?»

«Hallo, Jungs!» begrüßte Henry die Polizisten in Zivil. «Bißchen kegeln?»

«Heute nicht, Henry. Wir wollen uns bloß mal in deinem Laden umsehen.» Der eine schritt zielbewußt auf den schmalen Gang zu, in dem sich die Toiletten befanden. Henry kam hinter der Theke hervor und beobachtete ihn, wie er vor der Tür mit der Aufschrift LADIES stehenblieb.

«Jemand drin?» rief er.

«Nein, aber Sie können da nicht rein!» protestierte Henry.

«Warum nicht?»

«Können Sie nicht lesen? Das ist das Damenklo.»

«Na und? Ich hab eben so was Feminines.» Er stieß die Tür auf.

Der zweite Polizist hatte einen der Aschenbecher auf den Boden geleert und untersuchte den Inhalt.

Paff ging auf ihn zu. «Was soll das alles?» fragte er.

«Warum fragen Sie? Wer sind Sie?»

«Ich heiße Paff. Ich bin der Besitzer.»

«Gehn Sie mal zur Seite – Sie stehn mir im Licht.» Er erhob sich, ging zur nächsten Bahn und wiederholte das Manöver. «Polizeisache», knurrte er endlich. «Wir haben einen Tip bekommen und müssen der Sache nachgehen . . . Kommen Sie oft her?»

«Na ja – so alle paar Tage. Manchmal auch nur einmal in der Woche, je nachdem.»

«Sagen Sie mal – wollen Sie den Dreck so liegenlassen?» erkundigte sich Henry böse.

«Warum? Habt ihr keinen Staubsauger?»

«Schon. Aber habt ihr einen Durchsuchungsbefehl?»

«Nicht, Henry», sagte Paff. «Lassen Sie doch!»

«Durchsuchungsbefehl?» Der Polizist sah den Manager überrascht an. «Wozu denn? Dies ist ein öffentliches Lokal, und mein Kollege mußte mal aufs Klo.»

«Aber nicht aufs Damenklo.»

«Schluß, Henry!» Paff wandte sich an den Polizisten. «Würden Sie mir jetzt sagen, was Sie hier suchen?»

«Wir suchen *pot*, Mister. Marihuana.»

«Ausgerechnet hier?»

Der zweite Beamte, der hinzugetreten war, schüttelte den Kopf als Antwort auf den fragenden Blick seines Kollegen.

«Wir haben einen Tip bekommen, und jetzt müssen wir der Sache nachgehen», fuhr der erste fort. «Kommen hier manchmal Jugendliche her, die *high* sind?» erkundigte er sich bei dem Manager.

«Die spielen doch alle *high*!» fauchte Henry. «Aber deswegen dürft ihr noch lange nicht ohne Durchsu . . .»

«Ach nee? Hör zu, Junge: Wenn wir erst mit'm Befehl kommen, dann nehmen wir den ganzen Laden hier auseinander.»

Paff legte sich ins Mittel. «Kein Grund zur Aufregung», sagte er zu dem Beamten. «Natürlich helfen wir der Polizei – ganz klar.»

«So? Dann sagen Sie das gefälligst auch dem da.»

Zu Hause wurde Paff schon an der Haustür von seiner Frau empfangen. «Wo warst du? Es ist schon spät – ich hab mir Sorgen gemacht... Komm schnell, das Essen steht schon auf dem Tisch!»

«Ich bin nicht hungrig, Laura. Ich bin todmüde. Ich werde später essen.»

«Aber wir müssen zur Synagoge, Meyer. Es ist Freitagabend.»

«Ich glaube, ich geh heute nicht. Ich bin zu erledigt.»

«Komm, Meyer – setz dich und iß was; dann wirst du dich gleich besser fühlen... Und dann gehen wir in die Synagoge, und hinterher kannst du dich ausruhen. Heute ist doch Gottesdienst der Männergemeinde, da gehst du doch immer gern hin.»

7

Ted Brennerman schritt zum Rednerpult, während sich die Gemeinde erwartungsvoll zurücklehnte. Er galt als temperamentvoll und eigenwillig. («Der Brennerman, das ist 'ne Nummer. Der nimmt kein Blatt vor den Mund!») Er stützte sich in einer unübersehbar von Rabbi Small entlehnten Pose aufs Rednerpult. «Guten Abend, liebe Gemeinde; hier spricht der nette Rabbi Brennerman...» Belustigung im Saal. Er fuhr fort: «Spaß beiseite; ich habe schon oft öffentlich gesprochen, aber das ist das erste Mal, daß ich eine Predigt halten soll – und ich kann Ihnen versichern, das ernüchtert ganz ungemein!» Wiederum ein verständnisinniges Kichern; es war allgemein bekannt, daß Brennerman einen guten Tropfen nicht verachtete.

«Als ich erfuhr, daß ich predigen sollte, bat ich unseren Rabbi, mir sein Predigtbuch zu borgen (Gelächter). Doch er behauptet, er hat keines; er schreibt seine Predigten selber – und ich dachte gleich, jetzt weiß ich endlich, was ich ihm zum nächsten Geburtstag schenken kann ... (Gelächter) Verstehen Sie mich nicht falsch: Niemand hat vor unserem Rabbi mehr Respekt als ich. Er ist einer der klügsten Männer, die mir je begegnet sind. Das hat er heute wieder bewiesen, indem er diesen Abend schwänzt ... (Gelächter)

Unser Rabbi konnte mir also nicht helfen. So beschloß ich, den Dienstweg nicht einzuhalten und gleich seinen Boss zu konsultieren; ich holte die alte Familienbibel hervor und sah nach, was unser guter Moses zu sagen hat. Ich las den englischen Text, weil ich meine hebräische Brille gerade verlegt hatte ... (Gelächter) Ich muß euch sagen, es war für mich eine Offenbarung. Und das soll kein Kalauer sein ... Wir alle kennen die Geschichte vom Auszug aus Ägypten, von den zehn Plagen und so weiter. Wenn man die Bibel liest, wird einem aber erst klar, was für Armleuchter diese Ägypter waren mitsamt ihrem Pharao ... Allerdings hat sich daran in den letzten 3000 Jahren offenbar nicht viel geändert – höchstens, daß sie uns heute loswerden wollen, und damals wollten sie uns nicht weglassen ... Schrecklich unentschlossen, die Leute (Gelächter).

Beim Weiterlesen merkte ich jedoch, daß unsere eigenen Leute nicht viel besser waren. Stellt euch vor: Gott hatte ihnen seine Macht bewiesen – die großartigste Demonstration, die je der Menschheit zuteil geworden war. Er hatte immer wieder gezeigt, daß er den Kindern Israels wohlgesinnt war. Er hatte das Land der Pharaonen von Heuschrekken und Ungeziefer heimsuchen lassen, von Finsternis und Tod, und die Israeliten waren jedesmal heil davongekommen. Brauchten sie noch mehr Beweise? Nein. Aber dennoch gab er sie ihnen: Er trennte die Wasser des Roten Meeres, damit sie trockenen Fußes hindurchschreiten konnten. Und was taten die Israeliten? Folgten sie endlich ihrem Führer Moses? Keine Spur. Sobald sie merkten, daß ihnen die Ägypter auf den Fersen waren, begannen sie Moses anzuöden: ‹Hast du uns in die Wüste hinausgeführt, weil es in Ägypten nicht genug Gräber gibt?› Und ihren Brüdern warfen sie vor: ‹Haben wir euch nicht immer gepredigt, in Ägypten zu bleiben und den Ägyptern zu dienen? Immer noch besser, als in der Wüste zu verdursten!› Nun, wir wissen, was Gott darauf geantwortet hat. Als die Ägypter ankamen, ließ er die Wellen zusammenschlagen, so daß alle ertranken.

Aber das Jammern und Wehklagen nahm immer noch kein Ende. Wenn nicht gerade alles wie am Schnürchen klappte, begannen die Miesmacher zu meutern: In Marah, als das Quellwasser bitter war; dann wieder, als das Essen knapp wurde und sie sich nach den Fleischtöpfen Ägyptens zurücksehnten ... Gott schickte Manna. Aber später, als sie kein Wasser mehr hatten, glaubten sie, Gott werde sie verdursten lassen ... Moses schlug mit seinem Stab auf den Felsen, und Wasser quoll heraus. Als aber Moses bald darauf auf den Berg Sinai stieg, um die Gesetzestafeln in Empfang zu nehmen, da glaubten sie gleich, es müsse etwas schiefgegangen sein, als er nicht sofort zurückkam, und sie zwangen Aaron, das Goldene Kalb zu machen ...»

Brennerman sprach nun sehr ernst, und die Gemeinde hörte aufmerksam zu.

«Moses hat ihnen also die Gesetze gebracht. Es waren keine Vorschriften über rituelle oder kultische Fragen, sondern Gesetze für das tägliche Leben, Gesetze, um die Gesellschaft funktionsfähig zu machen. Jene Gesellschaftsordnung war noch primitiv; es fehlte noch an den elementarsten Sittlichkeitsgeboten; an Gesetzen wie *Du sollst nicht töten* und *Du sollst nicht stehlen* und *Du sollst kein falsches Zeugnis ablegen*. Heute wissen wir, daß es keine Gesellschaftsordnung geben kann, solange man duldet, daß Menschen einfach töten, stehlen und falsches Zeugnis ablegen. Eine Gesellschaft, die das zuließe, würde sich über Nacht auflösen. Damals aber waren solche Gesetze notwendig, damit sich die Menschen weiterentwickeln und zu Wohlstand gelangen konnten. Ist das nicht im Grunde der Kern unserer Religion – eine Reihe von Gesetzen, nach denen der Mensch leben kann?

Heute leben wir aber in einer komplexeren Gesellschaft, und folglich brauchen wir andere Gesetze – oder eine neue Auslegung der alten. Wenn heutzutage große Teile der Bevölkerung hungern und obdachlos sind, so wissen wir, daß das eine Form des Mordes ist. Wenn wir die Neger daran hindern, ihre Forderungen vorzubringen, so legen wir gewissermaßen falsches Zeugnis ab. Wenn unsere Jugend nicht auf die Stimme ihres Gewissens hören darf und von uns gezwungen wird, sich dem Willen der Mehrheit zu unterwerfen, dann verehren wir einen anderen Gott, den Gott des Establishments ... Was ich damit sagen will: Die wahre Aufgabe einer Gemeinde – sei sie christlich oder jüdisch – besteht darin, die Gesellschaft ihrer Epoche funktionsfähig zu erhalten. Heute bedeutet das, sich für die Bürgerrechtsbewegung einzusetzen, für soziale Gerechtigkeit und den Frieden in der ganzen Welt.»

Brennerman schob sein Käppchen zurecht und fuhr fort: «Ich möchte erreichen, daß sich unsere Gemeinde zu all den Fragen positiv einstellt. Ich möchte erreichen, daß wir aktiv werden und daß unsere Stimme gehört wird – daß wir gemeinsam Resolutionen fassen und die Lokalpresse und unsere Kongreßabgeordneten über unsere Beschlüsse informieren.

Und das genügt noch nicht, meine ich. Wenn unsere schwarzen Brüder für soziale Gerechtigkeit demonstrieren, dann sollte sich ihnen eine Abordnung unserer Gemeinde anschließen. Und wenn es zu einem Hearing über soziale Fragen kommt, dann sollen wir im Saal vertreten sein und erklären, daß das für uns religiöse Fragen sind.

Darüber hinaus schlage ich die Gründung eines besonderen

Sozialfonds vor, damit unser Tempel Bestrebungen unterstützen kann, die es verdienen – ich denke etwa an die Unterstützung politischer Häftlinge in den Südstaaten oder vielleicht gelegentlich auch Wahlpropaganda für einen fortschrittlich gesinnten Politiker, wenn dessen Gegenkandidat ein notorischer Reaktionär ist.

Ich habe nie ein Hehl aus meiner Einstellung gemacht, und sie wird sicher niemanden überraschen, denn sie war die Plattform, auf der meine Kandidatur für das Amt des Vorstehers der Männergemeinde basierte. Der gesamte gegenwärtige Synagogenvorstand vertritt diese Ansichten. Die Tatsache, daß wir gewählt wurden, zeigt, daß uns die Mehrheit der Gemeinde Vertrauen schenkt. Unser Motto läßt sich in einem Satz zusammenfassen: Die Aufgabe des Tempels ist es, wahre Demokratie verwirklichen zu helfen.

Für Sie alle ist dies, wie gesagt, nichts Neues, da wir es seit eh und je predigen. Aber Predigen und Tun sind zweierlei. Deshalb möchte ich heute die erste Neuerung innerhalb unseres Synagogenprogramms bekanntgeben ... Demokratie muß bekanntlich zu Hause beginnen; so wollen wir an Stelle der alten Synagogenordnung, nach der immer die gleichen paar Leute ihre reservierten Plätze hatten, ein neues System einführen nach dem alten Satz ‹Wer zuerst kommt, mahlt zuerst›.»

Ein erregtes Tuscheln ging durch die Versammlung, doch Brennerman fuhr unbeirrt fort: «Ich weiß, daß lange nicht alle Gemeindemitglieder unserer Ansicht sind. Ich weiß, daß viele unter uns finden, eine Synagoge sei zum Beten da und nur zum Beten. Das sind aber Menschen vom Schlag jener, die Aaron gezwungen haben, das Goldene Kalb zu machen, kaum daß Moses auf den Sinai gestiegen war. Menschen, die sich nie für eine Sache einsetzen, die Angst haben, auf Widerstand zu stoßen. Ihr Ideal ist eine Religion, die in ihnen ein paar fromme Regungen weckt. Ich betrachte das als Paff ... Pardon – als Pfaffenreligion» (Lautes Kichern).

Er sprach noch eine Weile und verglich immer wieder die wahre Religion mit dem, was er Pfaffenreligion nannte, und er achtete jedesmal darauf, sich nicht wieder zu versprechen. Er übertrieb es etwas. Endlich schloß seine Ansprache mit einem Appell zur Einigkeit: «Bemühen wir uns, die stärkste religiöse Gemeinde an der ganzen Nordküste zu werden!»

Dann ging er zu seinem Platz neben Gorfinkle zurück, der sich dem Brauch gemäß erhob und ihm die Hand schüttelte. Als sie wieder saßen, bildete Gorfinkle, versteckt hinter dem Gebetbuch, mit Daumen und Zeigefinger ein O zum Zeichen der Anerkennung.

8

«*Hello there, Hughie m'boy* ... Hier spricht dein alter Freund Kevin O'Connor!»

«Ach, du bist's ...» Hugh Lanigan, der Polizeichef von Barnard's Crossing, mochte es nicht, wenn ihn jemand mit ‹Hughie› anredete. Und Kevin O'Connor, den Polizeichef der Nachbargemeinde Lynn, mochte er auch nicht besonders; sein übertrieben irisches Getue ging ihm auf die Nerven. Kevin war in Amerika geboren, und der irische Akzent war einfach billige Schauspielerei.

«Du kommst doch zum Frühjahrsball der Polizei, Hughie, nicht wahr?»

«Weiß noch nicht.»

«Ich hätte dich gern auf meiner Liste. Ich bin im Komitee und möchte einen guten Eindruck machen. Viele Karten verkaufen und so.»

«Ich melde mich bei dir, falls ich komme.»

«Du brauchst das Formular nicht einzusenden, Hughie ...»

Lanigan bemerkte amüsiert, daß der irische Akzent allmählich schwand.

«... Ruf mich einfach an, und ich setz deinen Namen auf

die Liste. Das Geld kannst du mir später geben. Hat keine Eile.»

«In Ordnung, Kevin.»

«Ach, sag mal ...»

Aha. Natürlich kam noch etwas.

«Sag mal, kennst du zufällig einen gewissen Paff? So 'ne jüdische Type. Soll in eurem Nest wohnen.»

«Meyer Paff?»

«Richtig.»

«Ja, den kenne ich», antwortete Lanigan vorsichtig. «Was willst du über ihn wissen?»

«Na, das Übliche ... Hat er Dreck am Stecken? Hast du schon mit ihm zu tun gehabt? Dienstlich, meine ich.»

«Er ist ein angesehener Bürger. Hat nie Scherereien mit der Polizei gehabt ... Was sollte er denn angestellt haben?» Lanigan kritzelte den Namen auf einen Notizblock.

«Keine Ahnung. Ich weiß nur, daß er hier eine große Kegelbahn besitzt.»

«Er besitzt ein halbes Dutzend Kegelbahnen in der Gegend», entgegnete Lanigan.

«Ja, überall – außer in Barnard's Crossing.» Es klang wie ein Vorwurf.

«Stimmt. Wir haben hier keine. Aber die von Salem tut's auch ... Was ist denn in eurer Kegelbahn los?»

«Ach, wir haben ein paar Schulkinder erwischt – Marihuana. Und die treiben sich ständig in der Kegelbahn rum.»

«Willst du sagen, daß Paff mit dem Zeug handelt?» Lanigan strich den Namen auf dem Block durch. «Kann ich mir nicht vorstellen bei ihm ... Ganz abgesehen davon, daß er in der jüdischen Gemeinde eine große Rolle spielt.»

«Also, Hughie, das ist doch kein Alibi.»

«Nein ... Weißt du was? Ich geh der Sache mal nach – wenn ich mal nichts Gescheiteres zu tun habe.»

«Mach du nur deine Witzchen ... Habt ihr gar keinen Ärger damit?»

«Mit Marihuana? Gott – hin und wieder mal», sagte Lanigan vorsichtig. «Kommt offenbar aus Boston, das Zeug.»

«Also – wenn du irgend etwas über diesen Paff hörst ... Ruf mich gleich an, ja?»

«Na sicher doch, *Kevin m'boy*!» Lanigan knallte den Hörer auf die Gabel und starrte das Telefon einen Augenblick lang zornig an. Dann lachte er auf.

9

«Das war eine hübsche Predigt, Ted», bemerkte Meyer Paff.

Die meisten Leute hatten die Synagoge bereits verlassen und strömten zum Gemeindesaal hinunter, wo ein Imbiß serviert wurde. Paff hatte sich im Mittelgang aufgepflanzt und auf Brennerman und Gorfinkle gewartet.

«Hat sie Ihnen wirklich gefallen?» fragte Brennerman eifrig – eine Spur zu eifrig.

«O ja – und wie!» knurrte Paff in seinem tiefen Baß. «Die ganze Zeit hab ich gedacht: Da zahlen wir dem Rabbi ein Bombengehalt – wofür eigentlich? Doch damit er Predigten hält, nicht wahr? Den übrigen Kram – die kurzen *Bar-Mizwah*-Ansprachen, die Trauungen, die Krankenbesuche – das alles könnte der Kantor ebensogut. Oder der Gemeindevorsteher ... Hauptsache sind wirklich die Predigten. Und jetzt kommen Sie und beweisen, daß irgend so ein junger Spund das ebensogut kann.»

«Also, Moment mal ...»

«Das ist kein Ort zum Streiten, Meyer», sagte Gorfinkle halblaut.

«Wer streitet denn?» gab Meyer Paff zurück. Die wenigen Leute, die sich noch im Raum befanden, blieben stehen und horchten auf. «Ich würde niemals in einer Synagoge streiten.

So bin ich nicht erzogen worden. Ich würde auch nie von der Kanzel herab ein Gemeindemitglied beleidigen.»

«Beleidigen? Wer ist da beleidigt worden?»

«Na, vielleicht Dr. Edelstein. Er ist dagegen, daß in der Synagoge Politik getrieben wird. Und wahrscheinlich hat er's nicht gern, wenn man ihn als Götzendiener hinstellt ... Er hat sich immer für einen guten Juden gehalten. Er hat die Synagoge mit begründet und hat sich mit Geld und Arbeit für sie eingesetzt. Und mein Freund Irving Kallen zum Beispiel – er war zwar heute abend nicht da, aber auch er hat viel für den Tempel gespendet. Vielleicht ist es Ihnen nicht bekannt, aber die Kallen-Familienstiftung unterstützt seit Jahren eine der großen Negerorganisationen – die NAACP, glaube ich. Trotzdem ist Irv Kallen nie auf die Idee gekommen, ich müßte die Farbigen unterstützen, bloß weil er es tut ... Sie haben da die Sache mit den Namensschildern an einigen Plätzen erwähnt. Vielleicht ist es Ihnen entgangen, daß auch die Kanzel, von der Sie sprachen, und der Stuhl, auf dem Sie saßen, ein kleines Messingschild tragen, auf dem steht, daß es eine Spende der Kallen-Familienstiftung war – ebenso wie die ganze Einrichtung auf der Empore, einschließlich der Heiligen Lade und der Lautsprecheranlage, die Sie benutzt haben ... Vielleicht hätte es sich Kallen anders überlegt, wenn er gewußt hätte, daß ihn eines Tages ein junger Klugscheißer von da oben einen Anbeter des Goldenen Kalbes nennen würde.»

«Geld ist nicht alles», warf Gorfinkle ein. «Sie haben deswegen nicht das Recht ...»

«Stimmt – Geld ist nicht alles. Manche Leute haben kein Geld, dafür ein um so besseres Mundwerk ... Ich war nicht auf der Universität wie Sie beide – ich bin auf der Straße aufgewachsen. Aber ich hab trotzdem einiges gelernt. Zum Beispiel, daß reden billig ist. Wenn bei uns einer eine große Klappe hatte und keine Ahnung, wovon er redete, dann sagten wir zu ihm, steck doch dein Geld da rein, wo du mit dem Maul schon bist!»

«Also ich bitte Sie ...»

«Nur eine Frage ... Sie brauchen mir nicht zu sagen, was Sie mit Ihrer Predigt erreichen wollten – das ist mir klar. Der Tempel wächst; er wird zu groß für uns beide ... Meinen Sie nicht auch, es ist besser für alle Beteiligten, wenn er wieder ein bißchen kleiner wird?»

«Ich habe nichts ...»

«Aber was ich Sie eigentlich fragen wollte: Als Sie da oben so schön predigten – haben Sie sich für Moses gehalten? Oder für Gott?»

10

In der kleinen Studentensynagoge des *Hillel*-Hauses waren kaum fünfundzwanzig Personen zum Freitagabendgottesdienst versammelt. Rabbi Small hatte den Verdacht, daß nicht alle Juden waren. In der hintersten Reihe entdeckte er einen Mann, der einen schwarzen Anzug und einen Geistlichenkragen trug – das war bestimmt keiner. Sicher der Leiter des Newman-Clubs der Universität, dachte der Rabbi. Seine Vermutung erwies sich als richtig, als sich der Mann am Ende des Gottesdienstes vorstellte. Father Bennett war ein jugendlich aussehender, schlanker Mann von dreißig, der gern lachte.

«Treiben Sie Werkspionage, Father?» neckte ihn der Rabbi.

Der Priester lachte. «Ich fürchtete schon, Sie würden mich als zehnten Mann für Ihr *Minjan* brauchen ... Ist das richtig – *Minjan*?»

«Ja, so heißt es. Und Sie haben recht; es waren enttäuschend wenig Leute da.»

«Wenig? Ich bin erstaunt, daß überhaupt so viele kamen. Die meisten Studenten sind gleich nach der letzten Vorlesung

Geld ist nicht alles . . .

... warf Gorfinkle ein. Stimmt – Geld ist nicht alles. Geld ist für den Menschen nur, was das Wasser für die Pflanze ist: nicht alles, aber ...

Der Mensch braucht mehr als Geld. Aber was braucht der Mensch mehr als Geld?

losgefahren ... Nicht, daß sie zu Rabbi Dorfman in Scharen kämen; verstehen Sie mich nicht falsch. Zu mir kommt auch nur etwa ein Viertel der Studenten, mit denen man eigentlich rechnen müßte», fügte er schnell hinzu, gewissermaßen als Trost. «Bei uns ist es immerhin verständlich. Die Kirche ist in einem Übergangsstadium; wir versuchen, mit der Zeit zu gehen, aber unsere Jugend ist sehr skeptisch. Sie akzeptiert nicht blind. Sie stellt Fragen, diskutiert und macht Einwände.»

«Finden Sie das beunruhigend?»

«Ganz und gar nicht», antwortete der Geistliche. «Aber manche Fragen können wir einfach nicht beantworten. Zum Beispiel das Problem der Geburtenkontrolle: Viele von unseren katholischen Studenten stammen aus kinderreichen Familien – aus Familien, in denen vor ihnen noch nie jemand auf die Universität gehen konnte. Klar, daß sie nicht die Absicht haben, sechs oder sieben Kinder in die Welt zu setzen – höchstens zwei oder drei; und das bedeutet Geburtenkontrolle.»

«Na und?»

«Ich weiß, daß sie bei Katholiken der sogenannten gehobenen Schicht längst praktiziert wird. In den oberen Einkommensklassen sind kinderreiche Familien die Ausnahme. Aber diese moderne Jugend ist so erschreckend ehrlich. Wenn ihnen ein kirchliches Gesetz nicht paßt, ignorieren sie es nicht einfach, wie es die frühere Generation getan hat. Die Jungen ziehen eher die Konsequenzen und distanzieren sich vollständig von der Kirche.»

«Die Jungen bleiben schließlich nicht immer jung, und die meisten Leute werden mit dem Alter einsichtiger oder zumindest toleranter», bemerkte der Rabbi.

«Vielleicht», meinte Father Bennett. «Unter uns gesagt, ich hoffe, daß auch die Kirche toleranter wird. In der Frage der Geburtenkontrolle zum Beispiel hat der damit befaßte Ausschuß auf dem Konzil empfohlen, den Gebrauch der Pille nicht zu verbieten.»

«Und hat sich damit nicht durchsetzen können, ja.»

«Zumindest vorläufig nicht. Viele Leute hoffen, daß sich das einmal ändert.»

«Ich weiß nicht ...» Der Rabbi schüttelte den Kopf. «Das geht doch gar nicht.»

«Warum nicht? Es ist kein Dogma», erklärte der Geistliche lächelnd. «Wissen Sie, die Kirche ist eine sehr humane Institution.»

«Aber auch eine sehr logische», wandte der Rabbi ein. «Kollidiert eine Geburtenkontrolle nicht mit Ihrer Vorstellung von der Heiligkeit der Ehe? Und die ist ein Dogma.»

«Hm ... Sagen Sie, wie stellt sich die jüdische Religion eigentlich zur Ehe?»

«Wir betrachten die monogame Ehe als etwas ziemlich ... na – Artifizielles, ja? Aber zugleich auch als die beste Möglichkeit unter den gegebenen gesellschaftlichen Verhältnissen. Die Ehe ist bei uns ein Vertrag, der durch Scheidung wieder aufgelöst werden kann, falls das Zusammenleben für die beiden Partner unmöglich wird. Bei euch dagegen ist sie ein Sakrament. Ehen werden im Himmel geschlossen, heißt es ja; daher könnt ihr keine Scheidung gestatten – das würde doch bedeuten, daß sich der Himmel geirrt hat, und der Gedanke ist untragbar. Ihr könnt die Ehe höchstens annullieren – eine juristische Spitzfindigkeit, die darauf hinausläuft, daß sie nie geschlossen wurde ...»

«Was ist heute abend in dich gefahren, David?» fragte Miriam, als sie wieder allein waren. «Hast du diesen netten Pfarrer absichtlich so attackiert?»

Erstaunt blickte er sie an, dann lächelte er. «Mit Father Burke in Barnard's Crossing würde ich mich kaum über solche Themen unterhalten. Irgendwie fühle ich mich hier freier. Vielleicht die Atmosphäre der Universität ... Glaubst du, er hat es krummgenommen?»

«Ich weiß nicht», antwortete sie. «Jedenfalls hat er sich nichts anmerken lassen.»

Professor Richardson bewohnte ein altes viktorianisches Haus. Die große quadratische Diele war durch eine Schiebetür vom Wohnzimmer getrennt; eine weitere Schiebetür führte vom Wohnzimmer zum Eßzimmer, doch nun standen beide offen, so daß sich ein riesiger L-förmiger Raum ergab. Um neun an diesem Samstagabend war die Party in vollem Gang. Die Gäste standen plaudernd in kleinen Gruppen herum. In einer Ecke des Raumes saßen der Rabbi und Mrs. Small mit ihrem Gastgeber um einen niedrigen Tisch. Professor Richardson, ein jugendlich wirkender, athletischer Mann, mußte immer wieder aufstehen, um neue Gäste zu begrüßen und dem Rabbi vorzustellen. Mrs. Richardson machte die Runde zwischen den Grüppchen und hastete von Zeit zu Zeit in die Küche, um gleich darauf mit frisch beladenen Tabletts wiederaufzutauchen.

Der Rabbi wurde mit den unvermeidlichen Fragen bestürmt: «Alle diese Speisevorschriften – sind das nicht ursprünglich reine Hygienemaßnahmen?» – «Warum schafft man sie nicht ab? Die moderne Kühltechnik . . .» – «Was tut man bei Ihnen, um den Gottesdienst moderner zu gestalten?»

Die Älteren unter den Anwesenden, meist Dozenten, kamen ebenfalls an den Tisch, um ein paar Worte mit David Small zu wechseln. Auch sie stellten Fragen, aber es blieb bei konventionellen Party-Themen: «Woher kommen Sie, Rabbi?» – «Wie finden Sie unsere Universität?» – «Werden Sie Bob Dorfmans Stelle annehmen?»

Die jungen Leute waren offensichtlich weniger wegen des Ehrengastes gekommen, als um einander zu treffen. In einer Ecke saßen sechs oder acht Studenten auf dem Fußboden. Ein Junge lag auf dem Bauch, die Füße in den ausgelatschten Schuhen in der Luft schlenkernd. Dem gespannten Schweigen nach zu schließen, das immer wieder von schallendem Gelächter unterbrochen wurde, mußten sie sich wohl Witze erzählen. Einige begrüßten den Rabbi und entschuldigten sich, daß sie am Freitaggottesdienst nicht teilgenommen hatten. Als sich der Leiter der jüdischen Studentenschaft zu ihm setzte, erwähnte der Rabbi dies.

Der Junge nickte verständnisvoll: «Sie wissen ja, wie das so ist, Rabbi: Man kann noch soviel Reklame machen – es ist halt nur ein Gottesdienst. Das kommt doch niemals an eine Party ran, wo man seine Freundin mitbringen kann und sich amüsiert ... Verstehen Sie?»

Ein schlaksiger blonder Lulatsch kam auf den Rabbi zu. «Hallo, Rabbi ... guten Abend, Mrs. Small.» Es war Stuart Gorfinkle.

«Ach, da sind Sie ja, Stu – wir haben schon versucht, Sie zu erreichen», sagte der Rabbi.

«Ja, wir haben mehrfach angerufen», bestätigte Miriam. «Hat man's Ihnen ausgerichtet?»

«Ja, danke. Ich konnte gestern abend nicht zum Gottesdienst kommen. Ich hatte eine Verabredung.»

«Schon gut!» Der Rabbi winkte ab. «Fahren Sie mit uns heim? Wir wollen morgen gegen neun ...»

«Ja, eh ... Nein, Rabbi. Ein paar Freunde von mir, die in Gloucester wohnen, die fahren nämlich heute abend noch rüber, und sie haben noch einen Platz für mich ...»

Der Rabbi kam ihm zu Hilfe: «Aber selbstverständlich, Stuart.»

«Übrigens ... falls Sie morgen mittag zu Hause sind ... Ich meine, ich wäre gern mal bei Ihnen vorbeigekommen.» Der Junge ließ sich in einen Stuhl fallen.

«Selbstverständlich. Kommen Sie nur; wir erwarten die Studenten, die Ferien haben.»

Father Bennett setzte sich neben den Rabbi. Er nickte Stuart kurz zu, offensichtlich unsicher. Dann begrüßte er Miriam mit einem Lächeln.

«Muß ich mich eigentlich bei Ihnen entschuldigen, Father?» erkundigte sich der Rabbi. «Meine Frau findet, ich sei gestern abend aggressiv geworden.»

«Aber nein!» lachte er. «Wissen Sie, Mrs. Small, Ihr Mann ist ein richtiger Jesuit. Meine Stärke sind diese theologischen

Haarspaltereien leider nicht ... Haben Sie da nicht einen bestimmten Ausdruck dafür, Rabbi?»

«*Pilpul*», antwortete er. «Obwohl es nicht ganz dasselbe ist wie bei den Jesuiten.»

«Das mag sein. Jeder soll das tun, wozu er taugt – Schuster, bleib bei deinem Leisten ... Ich bemühe mich, meinen Leuten den einfachen Glauben beizubringen; die Raffinessen überlasse ich denen von der Ersten Garnitur ... Wenn ein Mensch glaubt, kommt alles andere von selbst – das ist meine Überzeugung. Und da wir in dieser Hinsicht wohl alle die gleichen Vorstellungen haben, betrachte ich dies als meinen bescheidenen Beitrag zum ökumenischen Gedanken.»

«Nun ...» Der Rabbi räusperte sich verlegen: «So ganz die gleichen Vorstellungen haben wir da auch wieder nicht, Father. Ihr Katholiken seid ... na – jenseitsorientiert, ja? Wir Juden hingegen geben uns mit dieser Welt zufrieden ... Sagen Sie – da gab es doch im Mittelalter einen Heiligen, der nie lachte ...»

Der Priester nickte. «‹Mein Heiland ist gekreuzigt, wie soll ich da lachen?›»

«Ja, den meine ich ... Von Ihrer Warte aus eine logische Einstellung. Ihr Katholiken strebt nach Heiligkeit. Wir dagegen begnügen uns mit gewöhnlichem Menschentum ... Nicht, daß es uns an Inbrunst fehlt, am Streben», fügte er hinzu; «wir glauben aber, daß man um so tiefer fallen kann, je höher man strebt.»

«Aber der Glaube, Rabbi! Wenn Sie an Gottes Ruhm und Erhabenheit glauben ...»

«*Wenn;* ja eben.»

«Ja, aber Rabbi ...» Der Priester war entsetzt. «Der Glaube ist doch ...»

«Von uns wird kein Glaube verlangt – nicht als unabdingbare Forderung, wie in Ihrer Religion. Ich denke, Glauben – das ist eine besondere Gabe; die einen haben sie, die anderen nicht. Unsere Anschauung entspricht im großen und ganzen der Stelle aus dem Propheten Micha: ‹Was verlangt der Herr von dir, außer daß du Seinen Pfad gehest?›»

«Ist das nicht dasselbe?»

«Nicht ganz. Man kann Seinen Pfad gehen und dennoch Zweifel an Seiner Existenz haben. Schließlich ist man nicht immer Herr über seine Gedanken. Zum Glück müssen wir, wenn wir zweifeln, keine Angst- und Schuldgefühle haben wie ihr. Und das kommt mir gesünder vor, psychologisch gesehen.»

«Und Sie, Rabbi? Glauben Sie?»

Der Rabbi mußte lächeln. «Es geht mir vermutlich wie Ihnen und wie allen Sterblichen – manchmal glaube ich, und manchmal nicht.»

Stuart erhob sich. «Ich muß gehen, Rabbi – wir fahren bald los ... Also, bis morgen.»

«Auf Wiedersehen, Stuart.»

«Fahrt vorsichtig!» mahnte Miriam.

Der Rabbi bemerkte, daß fast alle Studenten inzwischen gegangen waren. «Ich glaube, wir sollten auch aufbrechen», meinte er, zu Father Bennett gewandt.

Professor Richardson war an den Tisch getreten und hatte es gehört. «Oh, Sie dürfen noch nicht gehen, Rabbi», sagte er. «Wir erwarten noch Lucius Rathbone ... Ach, da ist er ja schon.» Er eilte dem Gast entgegen, um ihn zu begrüßen.

«Lucius Rathbone?»

«Der Lyriker», erklärte Father Bennett. «*Lieder aus dem Ghetto. Blaue Noten.* Er ist unser Hauspoet.»

Der Rabbi sah neugierig zur Tür und entdeckte einen langen, hellhäutigen Neger in schwarzseidener Nehru-Jacke und weißem Rollkragenpullover. Er mochte um die Vierzig sein. Um den Hals trug er an einer Silberkette ein Medaillon, mit dem er lässig spielte. Während Richardson ihn ins Zimmer führte, lächelte er da und dort Bekannten einen Gruß zu, wobei zwischen einem schmalen Schnurrbart und einem Spitzbärtchen blendendweiße Zähne sichtbar wurden. Er trug den Kopf im Nacken und sah zwischen halbgeschlossenen Lidern auf Richardson herab, der ihn vorstellte.

«Mrs. Small, Rabbi Small – Lucius Rathbone ... Rabbi Small ist diese Woche für Bob Dorfman eingesprungen, Lucius.»

«Wir müssen jetzt wirklich gehen, Professor. Unser Babysitter wartet.»

«Nur noch eine Tasse Kaffee!»

Der Rabbi ließ sich überreden. Es saßen noch etwa ein Dutzend Leute um den Tisch. Der Lyriker stand im Mittelpunkt des Gesprächs.

«Was schreiben Sie gerade Interessantes, Lucius?»

«Was halten Sie von der afro-amerikanischen Studentenliga?»

Dem Rabbi wurde klar, daß die Leute hauptsächlich gekommen waren, um den Dichter zu treffen. Der genoß es sichtlich, so umschwärmt zu werden. Seine Antworten kamen prompt; meist ironisch, oft sogar bissig und stets sehr autoritativ. Es machte ihm offensichtlich Spaß, den Fragesteller in Verlegenheit zu bringen. Wenn es ihm gelang, warf er den Kopf zurück und lachte schallend, wie um zu zeigen, daß es nicht so ernst gemeint sei. Das Spiel amüsierte ihn. Als der Rabbi auf die Uhr blickte, rief er ihm über den Tisch hinweg zu:

«Sie wollen doch nicht schon aufbrechen, Rabbi?» Es klang fast, als sei ihm das nicht recht.

«Ich fürchte, wir müssen ...»

In das Gesicht des Dichters trat ein lauernder Zug. «Mein Onkel war nämlich auch Rabbi.»

«Ach ja?» Der Rabbi merkte, daß Rathbone etwas im Schilde führte.

Rathbone begann plötzlich mit dünner Fistelstimme im Slang des Negerghettos: «Wir ham ihn so gerufen, auf alle Fälle. Prediger isser gewesen. Reverend Lucius Harper. Sie ham mich nach ihm genannt. Er hatte 'n Laden gemietet: *Temple of Zion* hat er drangeschrieben ... Mein Alter hat immer gesagt, die Sekte, die hat er bloß erfunden, um sich beim Hausbesitzer anzuschmeißen, weil das war 'n Jud, und damit der vielleicht keine Miete nimmt. Aber Rabbi Harper hat behauptet, es is Überzeugung, und das Alte Testament is genug für uns Nigger, da simmer besser mit dran ... Was halten Sie davon?»

«Aus meiner Sicht ist das natürlich richtig», sagte der Rabbi.

«Ach ja?» Er sprach wieder normal. «Wie kommt es dann, daß alle Läden in unserem Viertel Juden gehörten, die sich an uns bereicherten?»

«Ich bitte Sie, Lucius ...» Professor Richardson war bestürzt.

Das sonst so blasse Gesicht des Rabbis bekam Farbe. Gelassen sagte er: «In meiner Stadt gab es nur einen einzigen jüdischen Händler im Negerviertel. Sein Vater hatte das Geschäft gegründet, lange bevor Ihre Leute in die Gegend zogen. Und reich war er bestimmt nicht. Er konnte den Laden in dieser Nachbarschaft dann nicht mehr verkaufen, und er hatte auch nicht genug Geld, um in einer anderen Gegend ein neues Geschäft aufzumachen ... Schließlich ergab sich die Lösung von selbst: Es kam zu Krawallen im Viertel; sein Laden wurde kurz und klein geschlagen und geplündert.»

Der Neger ließ sich nicht einschüchtern. Er sah dem Rabbi starr in die Augen: «Soll ich vielleicht schockiert sein, weil meinen Leuten die Geduld gerissen ist und sie sich etwas von dem zurückgeholt haben, was ihnen ohnehin gehörte? Vierhundert Jahre lang habt ihr uns unterdrückt, geknechtet, versklavt; ihr habt unsere Traditionen zerstört und uns unserer Männlichkeit beraubt ...»

Der Rabbi erhob sich; auch Miriam stand auf. «Wir müssen wirklich gehen, Mrs. Richardson.» Und zu dem Negerdichter gewandt: «In den vierhundert Jahren, die Sie erwähnten, Mr. Rathbone, lebte mein Volk in den Ghettos Europas – in Polen, Rußland und Deutschland. Mein Großvater, der um die Jahrhundertwende aus einem kleinen russischen Städtchen nach Amerika kam, hatte noch nie im Leben einen Neger gesehen, geschweige denn versklavt, geknechtet und seiner

Männlichkeit beraubt.» Miriam stand neben ihrem Mann, der ihren Arm nahm. Er sah dem hellhäutigen Neger gerade in die zornigen Augen: «Können Sie von Ihren Vorfahren das gleiche behaupten, Mr. Rathbone?»

II

«Ihr habt mich schön reingelegt», jammerte Irving Kallen, «du und der Doktor!»

Meyer Paff grinste. «Keine Kunst, Irving, es war die letzte Runde – da haben wir versucht, den Einsatz hochzutreiben.»

«Glaub ihm kein Wort, Irving!» sagte Dr. Edelstein, ein dicklicher, ständig lächelnder Mann. «Die normale Taktik, um den Bluffer herauszuholen.»

«Immerhin hast du gewonnen, oder?» fragte Paff.

«Nee.» Kallen reihte die kleinen Spielmarkenhäufchen aufeinander. «Laß mal sehen ... Ich verliere zweiunddreißig – nein, siebenunddreißig Cent. Gewonnen hast du, wie üblich.»

Paff sammelte die Spielmarken ein und legte sie in den Kasten zurück.

«Einfach Dusel, so was», meinte Kallen.

«Von wegen. Gewußt wie!» grinste Paff.

«Auch gut. Ich spiele lieber Bridge.»

«Wenn du Kartengefühl hast, kannst du alles spielen», warf Kermit Arons ein.

«Also gestern abend, da haben wir bei Nelson Shaffer Bridge gespielt, und ...»

«Aha, jetzt kommt's raus!» Paff schlug auf den Tisch: «Wenn du am Sabbat Karten spielst, statt in die Synagoge zu gehen, dann verlierst du beim nächstenmal haushoch – ist doch klar!»

«Na, also – siebenunddreißig Cent, das ist nicht die Welt. Und wenn man die beiden Abende zusammenzählt, hab ich ganz schön gewonnen ... Überhaupt», fügte er boshaft hinzu, «nach dem, was ich so höre, wärst du vermutlich froh, wenn du gestern abend auch in die Synagoge gegangen wärst.»

«Brennerman hat Meyer ganz schön durch den Kakao gezogen», sagte Arons, «aber eigentlich hat er uns alle gemeint.»

«Wegen der Sache mit den Plätzen?» fragte Dr. Edelstein. «Also, ich sitze genauso gern hinten. Mit der Lautsprecheranlage hört man überall gleich gut – und, ehrlich gesagt, ich bin ganz gern in der Nähe der Tür: Da kann man an den hohen Feiertagen, wenn's von früh bis abends geht, zwischendurch mal draußen frische Luft schnappen, ohne daß es gleich alle merken.»

«Und wenn sie dich eines Tages in den Gemeindesaal runterschicken? Weißt du noch? Letztes Jahr gab es zwei Gottesdienste, einen oben und einen unten im Gemeindesaal.»

«Ja, aber nur die neuen Mitglieder saßen unten. Die alten ...»

«Das ist es ja gerade: Sie wollen die Sitzordnung demokratisieren. Wenn es keine reservierten Plätze mehr gibt, muß man in den Gemeindesaal hinunter, sobald die Synagoge voll ist.»

«Ja, dann allerdings ... Das geht ein bißchen weit, finde ich.»

«Ich sitze nicht gern hinten», erklärte Kallen. «Und mein Vater, der betrachtet unsere Sitze in der ersten Reihe als so was wie Ehrenplätze ...»

«Und das viele Geld, das wir für die Plätze gezahlt haben?» empörte sich Arons. «Ich hab tausend Dollar für den Baufonds gespendet, bar auf den Tisch – damals, als Becker noch Gemeindevorsteher war. Dafür haben sie mir einen festen Synagogenplatz versprochen. Ich betrachte das als Vertrag, den ich mit der Synagoge geschlossen habe – und wenn der Tempel vertragsbrüchig wird, wer soll dann noch Verträge einhalten?»

«Ja eben!» Kallen nickte heftig. «Ich bin völlig deiner Meinung, Kerm. Wenn man nicht mal dem Tempel trauen kann ...»

«Schön und gut. Aber was können wir tun?»

«Ich will dir sagen, was wir tun können, Meyer», verkündete Kallen: «Ich gehöre schließlich noch dem Vorstand an; ich kann die Sache zur Sprache bringen und verlangen, daß entsprechende Maßnahmen ergriffen werden.»

«Und was erreichst du damit? Dann ergreifen sie Maßnahmen – das heißt, sie lassen abstimmen; und dabei kriegen Gorfinkle und seine Clique die Mehrheit.»

«Wenn sich der Vorstand nicht mehr an seine Versprechen hält, dann hat er mich aber gesehen!»

«Und wohin wirst du gehen, Irv? Nach Lynn? Oder nach Salem? Wo dich kein Mensch kennt?»

«Wißt ihr, was ich täte?» fragte Edelstein. «Ich würde bleiben; aber die könnten sich bei nächster Gelegenheit den Mund fusselig reden, bis sie auch nur einen Cent von mir zu sehen kriegten!»

«Nein, Doc.» Paff schüttelte den Kopf. «Das geht vielleicht in einer christlichen Gemeinde, aber nicht in der Synagoge. Bei uns bitten sie dich nicht um Spenden – sie fordern. Das gehört zur Tradition. Ihr kennt doch den alten Witz: Das einzige, worüber sich zwei Juden einigen können, ist die Summe, die der dritte für die Synagoge spenden soll ... Wenn du weniger gibst als im Vorjahr, dann hast du noch Glück gehabt, wenn die Leute nur glauben, deine Praxis geht schlecht. Und gar nichts geben – schlag dir das aus dem Kopf. Das schaffst du einfach nicht. Sie löchern dich so lange, bis du schließlich weich wirst.»

«Meyer hat recht.» Arons nickte. «Wißt ihr, worauf das praktisch hinausläuft? In Zukunft dürfen wir das Geld aufbringen – wir und unsere Freunde –, das die Gorfinkle-Clique dann ausgibt ... Noch nicht mal fragen werden sie uns vorher – ihr werdet sehen!»

«Kern hat recht», sagte Paff. «Ihr seid euch doch darüber

im klaren, daß die Sache mit der neuen Sitzordnung dem Vorstand nie vorgelegt worden ist?»

«Du meinst, es war nur so eine Idee von Ted Brennerman? Ja, aber dann ... Das geht doch nicht, verdammt noch mal! So eine Änderung gehört doch vor den Vorstand!» schimpfte Kallen.

Paff zuckte die Achseln. «Oh, sie werden's in der Versammlung pro forma erwähnen, damit alles seine Richtigkeit hat; dann wird eine Weile diskutiert, plötzlich stellt einer den Antrag, Abstimmung – und schwupps ...» Er schnippte mit den Fingern: «... schon ist die Sache erledigt. Und von jetzt an wird es mit allem so gehen, da könnt ihr Gift drauf nehmen.»

«Nach dieser Methode werden sie auch bei diesem Sozialfonds vorgehen: Sie reißen sich alle möglichen Gelder unter den Nagel, und dann machen sie damit, was sie wollen. Wir geben, sie geben aus – klare Arbeitsteilung.»

«Nu mal langsam!» bremste Kallen. «Wieviel können sie schon zusammenschnorren? Fünfhundert Dollar? Tausend? Was ist das schon! Mein Vater erzählt, daß es früher in jeder Synagoge einen Fonds gab, den der Gemeindevorsteher verwaltete und über den er frei verfügen konnte, wenn zum Beispiel ein Fremder in die Stadt kam und keinen Schlafplatz hatte oder kein Geld für eine warme Mahlzeit ...»

«Das ist Wohltätigkeit», wandte Paff ein. «Das ist was anderes. Aber diese Gelder sind für politische Zwecke bestimmt, wenn's nach Brennerman geht. Außerdem kommt es mir nicht auf die Höhe der Summe an; mir geht's um das Prinzip.»

«Schön und gut. Aber sie haben die Vorstandswahl gewonnen, und jetzt sind sie dran. Wir müssen uns eben vor der nächsten Wahl am Riemen reißen, wenn wir sie wieder loswerden wollen.»

«Macht euch nichts vor», sagte Paff. «Die werden wir nicht wieder los. Die bleiben ... Die Gorfinkles haben eine völlig andere Einstellung zu diesen Dingen. Sie betrachten die Tempelorganisation als so was Ähnliches wie eine Aktiengesellschaft ... Als Wasserman damals Vorsteher wurde, oder auch noch Becker und Mort Schwartz – die haben sich Leute in den Vorstand geholt, von denen zu erwarten war, daß sie gute Arbeit leisten. Aber Gorfinkle und sein Anhang, das sind alles leitende Angestellte in großen Firmen, die werden praktizieren, was sie da gelernt haben: Wer die Aktienmehrheit hat, der besetzt erst einmal sämtliche Direktorensessel mit seinen Leuten ... In Zukunft wird niemand in den Synagogenvorstand berufen werden, der nicht Gorfinkles Ansichten teilt – da könnt ihr Gift drauf nehmen!»

«Immerhin könnten wir morgen bei der Vorstandssitzung Krach schlagen», schlug Arons vor. «Vielleicht kriegen wir genug Leute zusammen, die uns unterstützen.»

«Geht nicht», brummte Paff in seinem tiefen Baß.

«Warum nicht?»

«Was, um Gottes willen, sollen die Leute denn unterstützen? Einen Antrag von uns, daß wir weiterhin reservierte Plätze in den vorderen Reihen kriegen? Also, weißt du!»

«Na ja ...»

«Vielleicht werden uns nach dem, was morgen passiert, doch ein paar Leute unterstützen», meinte Kallen.

«Wieso? Was soll denn morgen passieren?» fragte Paff.

«Ich war doch gestern abend bei Nel Shaffer, ja? Hab ich ja schon erzählt ... Nel und ich, wir sind befreundet, aber er hockt eigentlich mehr mit Leuten aus Gorfinkles Clique zusammen, mit Bill Jacobs und Hymie Stern. Na ja, und Nel hat so einiges angedeutet ... Demnach bin ich ziemlich sicher, daß Gorfinkle morgen die Neubesetzung der Ausschüsse bekanntgeben wird. Und einige seiner Kandidaten werden uns ganz und gar nicht in den Kram passen – und uns nicht allein.»

«Zum Beispiel?» fragte Edelstein.

«Zum Beispiel Roger Epstein als Präsident der Ritualkommission», antwortete Kallen.

«Der Ritual ...» Edelstein schnappte nach Luft. «Nein! Das traut er sich nicht!»

«Warum nicht? Epstein ist sein bester Freund. Und auch die beiden Familien ...»

«Aber ausgerechnet die Ritualkommission!» protestierte Edelstein. «Der Mann kann doch kein Wort Hebräisch! Wenn der Rabbi nicht die Seitenzahl ausrufen würde, wüßte er nicht einmal, welches Gebet dran ist. Er gehört zum erstenmal in seinem Leben einer Gemeinde an. Er stammt aus einer Familie von Freidenkern, von ... von Radikalen! Und seine Frau ... sie ist Nichtjüdin!»

«Mit ihrem Übertritt ist sie Jüdin geworden», erinnerte Paff. «Das ist das Gesetz ... Aber diese Sache wollen wir gar nicht aufrühren. Es ist auch so ein Affront der Gemeinde gegenüber, Epstein zu ernennen – und ich sag das nicht, weil er mich ersetzen soll.»

«Sobald er es verkündet, machen wir Stunk», schlug Arons vor.

«Nein!» sagte Paff mit Nachdruck. «Ich hab da eine Idee, Leute ... Wenn Gorfinkle morgen in der Sitzung die neuen Ausschüsse bekanntgibt, sagen wir kein Wort. Wir mucksen uns nicht.»

Alle sahen ihn an.

«Ja – aber was nutzt uns ...» begann Edelstein.

«Verlaßt euch auf mich. Ich hab eine Idee ... Tut mir leid, aber ich kann im Moment noch nicht mehr sagen. Hört auf mich. Wir wollen erst mal sehen, was morgen passiert. Wenn ich den Mund halte, schweigt ihr auch – okay?» Er blickte in die Runde. «Hab ich euch jemals im Stich gelassen?»

12

«Aber warum ausgerechnet die Ritualkommission?» fragte Roger Epstein, als die Frauen in der Küche verschwunden waren.

Die Gorfinkles besuchten die Epsteins mindestens einmal in der Woche, meistens am Samstagabend. Sie waren eng befreundet. Man ging zusammen ins Kino, spielte Bridge oder plauderte auch nur, wie an diesem Samstagabend.

«Warum nicht?» gab Ben Gorfinkle zurück.

«Na, du weißt doch, aus welchem Milieu ich stamme ... Was passiert, wenn der Rabbi Einspruch erhebt?»

«Kann er nicht.» Gorfinkle grinste. «Er ist morgen gar nicht da.»

Epstein war ein kleiner, gedrungener Mann. Sein Schädel war kahl bis auf eine einzige Haarsträhne, an der er immer herumzupfte, wenn er aufgeregt war. Jetzt zupfte er daran. «Na und? Dann schlägt er Krach, sobald er zurück ist. Und zu Recht.»

«O nein», widersprach Gorfinkle. «Die Ernennung von Kommissionen und Kommissionspräsidenten ist die Aufgabe des Vorstehers. Eine rein administrative Angelegenheit.»

«Aber hier geht es um die Ritualkommission, und die ist für die Gebetsordnung zuständig. Ich finde, das geht auch den Rabbi was an. Außerdem, was weiß ich schon über Ritualfragen? Na, und dann – vergiß nicht, daß Samantha ...»

«Ach, geh, Roger – Unsinn! Was hat denn deine Frau damit zu tun? Und besondere Kenntnisse brauchst du auch nicht. Glaubst du etwa, Paff wußte über Ritualfragen Bescheid, ehe er das Amt übernahm? Dafür ist der Rabbi da ... Wie ich es sehe, hat die Ritualkommission etwa die gleiche Funktion gegenüber der Gemeinde wie etwa die Schulkommission gegenüber den Bürgern. Man muß nicht Pädagoge sein, um in der Schulkommission zu sitzen. Wozu gibt es Schulräte, Direktoren und Lehrer? In Kommissionen braucht man Leute mit gesundem Menschenverstand, die um das allgemeine Wohl besorgt sind ... Und so ist es auch mit der Ritualkommission. Es gibt eine bestimmte Gebetsreihenfolge, die im Gebetbuch festgelegt ist. Für besondere Fragen haben wir den Rabbi. Und für alles andere bist du die richtige Person.»

Epstein war immer noch nicht überzeugt. «Aber warum gerade ich?»

«Nun, die Ritualkommission verteilt die Ehrenämter bei den Gottesdiensten, vor allem an den Feiertagen. Das ist eine sehr wichtige Aufgabe, und da brauche ich jemand, auf den ich mich verlassen kann. Dazu bist du Künstler ...»

«Graphiker», bemerkte Epstein mit einer abschätzigen Handbewegung.

«Künstler!» beharrte Gorfinkle. «Der Gottesdienst muß auch dem Auge etwas bieten, und da ist ein Künstler eben der richtige Mann.»

«Also ...»

«Der Kaffee kommt gleich!» rief Samantha aus der Küche. Sie erschien in der Tür. «Wie wär's mit englischem Teegebäck?»

Sie war ein gutes Stück größer als ihr Mann. Mit ihrem blonden Haar, den blauen Augen und breiten Backenknochen sah sie aus wie eine Wikingerin.

«Für mich nur Kaffee, Sam», sagte ihr Mann. «Zuviel Kalorien.»

«Sei doch nicht so, Liebling. Heute abend darfst du. Du warst doch die ganze Woche brav.»

«Also gut – aber du bist schuld!»

«Du nimmst doch auch Gebäck, Ben?»

«Und ob.»

«Machst du Kaffee, Mammi?» rief ihre Tochter Didi von oben herunter. Einen Augenblick später kam sie ins Zimmer gestürmt: ein schlankes, elfenhaftes Geschöpf; das Haar trug sie in der Mitte gescheitelt und in zwei Zöpfen geflochten. Sie begrüßte die Gäste ihrer Eltern.

«Warst du die ganze Zeit schon da?» fragte Gorfinkle. «Was hast du denn gemacht?»

«Telefoniert», sagte ihre Mutter, noch ehe sie antworten konnte. «Was denn sonst?»

«Also, Mammi!» protestierte Didi. Dann, zu den Gorfinkles: «Wir organisieren am Montagabend ein Picknick am Strand. Wann kommt Stu nach Hause?»

«Vermutlich Sonntag gegen Mittag», antwortete Gorfinkle.

«Hoffentlich hat er noch nichts vor. Es sollen alle dabei sein, auch die Jungen, die auswärts studieren. Ich denke, bis morgen sind alle da. Darum haben wir den Montag gewählt.»

«Wo soll das Picknick denn stattfinden, Liebling?» fragte die Mutter.

«Drüben an Tarlow's Point.»

«Montag? Da habt ihr nicht mehr viel Zeit für große Vorbereitungen. Hast du alle benachrichtigt?»

«Nein, nur Bill Jacobs, Sue Arons und Adam Sussman. Die meisten kommen erst heute abend spät oder morgen im Laufe des Tages zurück. Wir sehen uns ohnehin morgen nachmittag beim Rabbi.»

«Warum?» fragte Gorfinkle. «Hat er euch eingeladen?»

«Nicht so richtig. Aber das ist immer so: Die älteren Kinder schauen am ersten Feriensonntag bei ihm rein. Jeder kommt und geht, wie er Lust hat; man erzählt, wie's in der Schule war und an der Universität und so.»

«Hm ... interessant.» Gorfinkle fand es wirklich interessant. «Wie kommt das? Ich meine, woher stammt diese ... eh ... Tradition?»

«Früher hat er manchmal die Abschlußklassen bei sich zu Hause unterrichtet. Da hat sich's halt eingebürgert, daß man von Zeit zu Zeit zu ihm geht – einfach so.»

«Sag mal ... Ist er bei euch jungen Leuten beliebt? Mögen ihn alle?»

Sie überlegte. Die Frage schien einiges Nachdenken zu erfordern. «Er ist nicht gerade amüsant», meinte sie zögernd, «aber ... Er schmeißt sich nicht an, verstehen Sie? Und ...»

«Ja?»

«Er nimmt einen für voll», sagte sie schließlich. Sie hatte jetzt die richtigen Worte gefunden. «Er redet mit einem wie mit einem Erwachsenen.»

13

Sofort nach der Rückkehr rief der Rabbi bei Wasserman an, der eben von der Vorstandssitzung zurückkam.

«Mr. Wasserman? Rabbi Small. Tut mir leid, ich hab's nicht früher geschafft. Die Leute vom College haben gestern abend für mich eine Party gegeben. Ganz unerwartet.»

«Na ja – so was gibt's. Wenn's eine Party für Sie war, da mußten Sie natürlich hingehen.»

«Erzählen Sie ... Wie war die Sitzung? Hat's was Besonderes gegeben?»

«Es war, wie ich's erwartet hatte. Gorfinkle hat die Besetzung der Kommissionen bekanntgegeben.»

«Tatsächlich? Und wer sitzt drin?»

«Wenn's ihm darum ging, tüchtige Leute zu nehmen, dann hat er die richtigen. Aber wenn er vorhat, einen Streit vom Zaun zu brechen, dann hat er auch die richtigen.»

«Ist es wirklich so schlimm? Was sagt denn Paff dazu? War er dabei?»

«Ja. Aber er hat den Mund nicht aufgemacht. Edelstein auch nicht, Kallen nicht – keiner. Wahrscheinlich geben sie nach. Eine Zeitlang werden wir wohl Ruhe haben. Wer weiß, wie lange.»

Dem Rabbi war die Sache nicht geheuer. «Wie meinen Sie das – den Mund nicht aufgemacht ... Hatten sie überhaupt

Gelegenheit zum Sprechen? Gab es Zeit für eine Diskussion?»

«Oh, mehr als genug. Aber sie haben nicht diskutiert – kein Einwand, keine Widerrede. Nichts.»

«Hm . . .» Der Rabbi zögerte. «Das gefällt mir nicht», sagte er schließlich.

«Warum nicht?» fragte Wasserman. «Erinnern Sie sich, was ich Ihnen damals gesagt hab? Es ist wie mit der Ehe. Solange es nicht zu einem offenen Bruch kommt, ist noch alles zu retten.»

«Ja – aber wenn die beiden überhaupt nicht mehr miteinander reden? Wenn der Mann die Frau beschimpft, und sie antwortet nicht einmal – das kann bedeuten, daß sie ihren Entschluß bereits gefaßt hat . . . Ich finde, Paff hätte reagieren müssen. Und daß die andern auch geschwiegen haben . . . Nein, das gefällt mir ganz und gar nicht.»

«Meinen Sie, die haben was vor? Na ja – möglich wär's. Nach dem, was Freitagabend im Gottesdienst passiert ist . . .»

14

«Also, Meyer», sagte Dr. Edelstein zu Paff, der den Wagen durch den dichten Verkehr manövrierte, «wie geht's jetzt weiter? Wir haben getan, was du gesagt hast. Wir haben den Mund gehalten. Gorfinkle konnte ungestört Roger Epstein zum Präsidenten der Ritualkommission ernennen und Ted Brennerman zum Präsidenten der Sitzkommission . . . Es war sozusagen das Ausrufungszeichen hinter seiner Predigt am Freitag. Und jetzt will ich endlich wissen, was du eigentlich vorhast!»

Nach der Vorstandssitzung hatte Paff darauf bestanden, daß Edelstein, Kallen und Arons in seinen Wagen stiegen. «Ich verspreche euch, in einer halben Stunde sind wir wieder da; rechtzeitig zum Mittagessen. Ich will euch nur was zeigen.»

Vor Hillson House hielt er an. Während der ganzen Fahrt hatte er kein Wort gesprochen, auf keine Frage geantwortet; er hatte nur vielsagend vor sich hin gelächelt.

«Da wären wir!» sagte er.

Die drei wechselten fragende Blicke. «Was soll das, Meyer? Spinnst du?»

Paff sah Edelstein an, dann wandte er sich zu Kallen und Arons im Rücksitz. «Herrschaften, vor euch liegt das Grundstück für die neue Synagoge. Erstklassige Lage, direkt am Meer ... Du hast gestern gesagt, du würdest aus der Gemeinde austreten, Irving; ich habe dich daraufhin gefragt, wo du dann in Zukunft in die Synagoge gehen willst ... Bitte schön – hier!»

Alle schwiegen, doch Paff schien das keineswegs aus der Fassung zu bringen. Sein Baß dröhnte: «Wir haben alle noch und noch Geld in die Synagoge gesteckt. Sollen wir uns jetzt von diesen Grünschnäbeln rumschubsen lassen?»

«Du meinst, wir sollen *hier* eine neue Synagoge bauen? Da, wo diese Bruchbude jetzt steht?» brachte Edelstein schließlich heraus. Er sprach aus, was die beiden anderen dachten.

«Nein. Ich meine, daß diese Bruchbude, wie du dich ausdrückst, unsere neue Synagoge werden soll. Sie ist hundertfünfzig Jahre alt, zugegeben. Aber solide. Damals konnte man noch bauen ... Es wird natürlich einiges kosten, bis sie wieder instand gesetzt ist.»

«Einiges?» rief Arons. «Ein Vermögen kostet das!»

«Na und? Ich bin zu spät im Leben zu Geld gekommen, um noch meine Gewohnheiten zu ändern. Meine Frau liegt mir ständig in den Ohren, ich soll Maßanzüge tragen und was weiß ich noch alles ... Wozu denn? Kleider interessieren mich einen Dreck. Und beim Pokern spiel ich um Pennies. Aber es macht mir genausoviel Spaß, neunzig Cent zu gewinnen, wie neunzig Dollar. Und Irving ist genauso sauer, wenn er zweiunddreißig Cent verliert.»

«Siebenunddreißig.»

«Richtig – siebenunddreißig ... Versteht ihr, was ich meine? Keinem von uns würde es einfallen, um höhere Einsätze zu spielen, als er's sich leisten kann, und deshalb ist es egal, ob wir um Dollars spielen oder um Cents – der Spaß ist der gleiche ... Früher, da hab ich mir alle drei, vier Jahre einen neuen Wagen geleistet; jetzt steig ich alle zwei Jahre um, und jedesmal versucht Al Becker, mir einen Lincoln anzudrehen. ‹Jemand wie Sie›, sagte er, ‹sollte einen *großen* Wagen fahren ...› Jemand wie ich? Lächerlich! Wer bin ich denn? Ein junger Flegel, der es nötig hat, einen großen Schlitten zu fahren, um irgendwelchen Flittchen zu imponieren? Für mich ist ein Wagen ein Transportmittel, aus ... Aber die Synagoge – das ist was anderes. Ich hab von Anfang an mitgemacht. Als Jake Wasserman den Tempel gründete, hab ich ihn unterstützt. Ich habe schwer geblecht, wann immer es nötig war. Sollen wir jetzt brav dasitzen und zuschauen, wie Gorfinkle und seine Clique uns das alles unterm Hintern wegholen? Sollen wir uns weiter anschnorren lassen, damit die dann einen großen Bogen spucken können? Nee, Leute. Wir machen uns selbständig. Konkurrenz hebt das Geschäft, sage ich!»

«Aber das Geld ...»

«Geld? Was ist Geld? Für Sachen, die mich nicht interessieren, geb ich keines aus. Wenn ich auch nichts ausgeben will für etwas, das mir am Herzen liegt – wofür soll ich's dann ausgeben?»

«Also, was hast du im Sinn?» fragte Edelstein.

«Sie verlangen achtzigtausend ...»

«Achtzigtausend? Für den Schuppen?»

«Die Lage, Irv! Direkt am Strand ... Und das Grundstück auf der andern Seite der Straße gehört dazu. Das gibt einen schönen Parkplatz ... Glaub mir, es ist eine gute Investition – auch kaufmännisch betrachtet.»

«Du meinst, wir sollen die Klitsche kaufen – einfach so, mit unserem privaten Geld?»

«Wir und andere; ich denke da an ein paar Leute. Wir gründen eine Gesellschaft und kaufen den Platz. Dann verkaufen wir ihn der neuen Gemeinde zum Selbstkostenpreis und lassen uns Wechsel geben für unser Geld. Inzwischen können wir die Summe von der Steuer absetzen. Sobald die neue Gemeinde die Gelder aufgebracht hat, zahlt sie uns zurück, und wir sind nicht nur aus der Sache raus, sondern haben auch noch ein gutes Werk getan ...» Vertraulich fügte er hinzu: «Wißt ihr, eigentlich hatte ich vor, das Grundstück selbst zu kaufen.»

«Wie – noch eine Kegelbahn ...?»

«Ja. Aber keine gewöhnliche. Kombiniert mit einem Restaurant und einem Tanzlokal; vielleicht auch einem Billardsalon – das ist neuerdings sehr populär ... Na ja. Jedenfalls, als wir uns gestern abend unterhielten, ist mir aber plötzlich aufgegangen, was am Freitagabend eigentlich passiert ist.»

«Teds Predigt?»

«Die hat eigentlich nur das Faß zum Überlaufen gebracht ... Ich hatte den ganzen Tag nichts als Ärger gehabt – so ein Tag, an dem alles schiefgeht; ihr kennt das doch auch ... Und als wir dann beisammensaßen, da dachte ich auf einmal, hast du das eigentlich nötig – *noch* ein Geschäft? In deinem Alter? Und dann stellte ich mir dieses Haus als Synagoge vor ... Heute baut man oft alte Häuser in Synagogen um – und glaubt mir, die meisten sind lange nicht so schön wie dieses hier! Wir könnten Träger einziehen und im Parterre ein paar Wände einreißen; das wäre der Synagogenraum, und da gehen spielend hundert Menschen rein ... Wir brauchen nur noch eine neue Heizung – ja, und vielleicht noch neue sanitäre Anlagen. Das ist alles. Der Kasten ist solide gebaut ... Im ersten und zweiten Stock könnten wir Schulräume einrichten.»

«Na, ich weiß nicht ...» Kallen schüttelte den Kopf. «Ein vergammeltes altes Haus, enge Schlafzimmer als Klassenräume, eine Synagoge, die immer aussehen wird wie eine mißglückte Wohn-Eßzimmer-Kombination – da kannst du anstellen, was du willst ... Wie in Salem: Dort haben sie vor zehn Jahren mit fünfzig Mitgliedern angefangen; heute sind es immer noch fünfzig, und sie kriegen das Geld für einen Neubau einfach nicht zusammen.»

«Stimmt, Irv. Aber das ist nicht dasselbe. Unser Haus liegt am Meer.»

«Na und?»

«Ich zeig's euch mal.» Er führte sie den Pfad zum Strand hinunter. Unterwegs redete er weiter auf sie ein:

«Warum tritt man einer Gemeinde bei? Manche Leute tun es sicher aus gesellschaftlichem Ehrgeiz; sie wollen eine Rolle spielen. Aber dem Vorstand anzugehören, haben die meisten keine Lust. Sie wissen, daß das ein teurer Spaß ist – Vorstandsmitglieder werden geschröpft ... Nein, die Mehrzahl will einfach einen Synagogenplatz für die Hohen Feiertage und eine Religionsschule für die Kinder. Aber das bringt eine Gemeinde nicht weiter. Die Hohen Feiertage, das sind nur drei Tage im Jahr. Und der tägliche Gottesdienst? In der ganzen Gegend gibt es keine einzige Synagoge, in der man sicher sein kann, daß jeden Tag zehn Leute für ein *Minjan* zusammenkommen. Und wie viele kommen schon an Freitagabenden? Fünfzig? Fünfundsiebzig? Dafür langt dieses Haus hier allemal ...»

Er hielt inne, um den anderen Gelegenheit zu geben, die Aussicht auf das Meer zu genießen. Dann fuhr er fort: «Nein – was die Leute wirklich lockt, ist ein Ort, wo man *Bar-Mizwah* und Hochzeiten feiern kann. Bis jetzt konnten wir für derartige Anlässe nur den Gemeindesaal im Souterrain anbieten. Und jetzt vergleicht das mal mit dem hier ...» Er führte sie zur Ufermauer. «Stellt euch das im Sommer vor – und die meisten Hochzeiten finden doch im Sommer statt: Terrasse, Blick aufs Meer ... Wenn jemand seine Tochter verheiratet, kostet ihn die Hochzeitsfeier einen Haufen Geld, so oder so. Die Frau und die Tochter wollen eben, daß es ‹schick› wird – dem Mann liegt vielleicht nicht soviel daran, aber den Damen um so mehr. Sie schauen sich also den Gemeindesaal an – dann kommen sie zu uns. Wir zeigen ihnen, was wir zu bieten haben: eine Hochzeitsfeier in einer prachtvollen alten Villa am Meer, bei schönem Wetter im Freien ... Wißt ihr übrigens, daß eine orthodoxe Hochzeitsfeier im Freien stattfindet? Was hat also mehr Chancen – die alte Synagoge oder unser Haus? Wetten, daß alle zu uns kommen? Auch was die Mitgliedschaft angeht ... Wir könnten es uns sogar leisten, wählerisch zu sein. Wir brauchen noch lange nicht jeden zu akzeptieren. Die Leute müßten erst einen Antrag stellen ...»

«Und wenn wieder dasselbe passiert, Meyer?» fragte Edelstein. «Wenn uns die neuen Mitglieder mit der Zeit zahlenmäßig über den Kopf wachsen und uns verdrängen wollen?»

«Hab ich mir auch schon überlegt. Dem kann man leicht vorbeugen: Wir beschränken die Zahl der Vorstandsmitglieder und halten in den Statuten fest, daß die Gründungsmitglieder automatisch dem Vorstand angehören. Kein Problem. Überhaupt, ich möchte in den ersten zwei, drei Jahren noch gar nicht so viele Leute haben ... Ich hab die Nase voll von diesen Schuhverkäufern, Versicherungsagenten und Handelsvertretern, von diesen kleinkarierten Gorfinkles. Ich finde, der neuen Gemeinde sollten erst mal Leute wie wir angehören – Leute, die man nicht erst auf den Kopf stellen und schütteln muß, bis ein paar Dollars rausfallen.»

«Wie sieht der Kasten eigentlich innen aus?» fragte Kallen.

«Endlich ein vernünftiges Wort!» Paff wußte, daß er gewonnen hatte. «Habt ihr das Kutscherhaus vorn neben der Einfahrt gesehen? Gehört auch dazu. Ein mieser alter Yankee wohnt da – ist so was wie ein Hausmeister. Er hat den Schlüssel.»

Er ging voraus und klingelte an der Tür. «Auch für dieses Haus hab ich schon meine Ideen», erklärte er. «Ein Ankleideraum für die Braut, wie wär das? Vielleicht mit dem Hauptgebäude durch einen überdeckten Gang verbunden? Oder zusätzliche Klassenräume? Oder vielleicht ein Clublokal für die jungen Leute, mit Ping-Pong-Tischen und Turngeräten?»

«Niemand zu Hause», meinte Arons, als sich nichts rührte.

«Wißt ihr was?» schlug Paff vor. «Ich laß mir den Schlüssel vom Makler geben, und wir treffen uns morgen abend hier. Sagen wir, halb neun?»

«Einverstanden.»

«Ja, das paßt mir auch.»

«Okay ...» Arons fiel noch etwas ein: «Sag mal, Meyer – du hattest die Idee doch schon gestern abend?»

«Ja. Warum?»

«Warum sollten wir dann heute morgen in der Versammlung unbedingt die Klappe halten? Ich bin überzeugt, daß viele auf unserer Seite gewesen wären, wenn wir angefangen hätten, Krach zu schlagen.»

Paff schüttelte energisch den Kopf. «Ganz falsch, Kerm ... Vor vielen Jahren gab es in Chelsea einen kleinen Krämerladen, da kaufte meine Mutter, sie ruhe in Frieden, immer ein. Er gehörte zwei Brüdern, Moe und Abe Berg. Eines Tages zerstritten sich die beiden, und Abe machte einen eigenen Laden am anderen Ende der Straße auf. Obwohl nun der neue Laden bedeutend näher lag, kaufte meine Mutter weiter bei Moe ein. Als mein Vater selig dann mal fragte: ‹Warum kaufst du nicht in dem neuen Laden›, da sagte sie: ‹Was fällt dir ein? Damit alle glauben, ich geh in den neuen Laden, weil ich meine, Moe ist im Unrecht und Abe im Recht? Wo ich davon überzeugt bin, daß Moe im Recht ist?› Seht ihr, wir dürfen die Leute nicht zwingen, Stellung zu nehmen. Sonst müssen sie sich entscheiden, wer recht und wer unrecht hat; und wer sich einmal gegen uns entschieden hat, der kommt nicht mehr – und wenn wir einen niedrigeren Jahresbeitrag verlangen.»

«Einverstanden», sagte Kallen. «Aber es wäre doch ganz gut, wenn wir ein paar von den angesehenen Gemeindemitgliedern herüberziehen könnten. Wenn Wasserman und Bekker zu uns kämen ...»

«Wasserman? Niemals!» meinte der Arzt.

«Ich weiß, was ihn überzeugen würde», sagte Arons langsam.

«So? Was denn?»

«Wenn der Rabbi auf unserer Seite wäre.»

Alle sahen ihn an.

«Ich glaube kaum, daß der Rabbi zu uns kommt», sagte Paff. «Und ich bin auch nicht so sicher, ob wir ihn haben wollen. Er ist ziemlich . . . na, eigenwillig.»

«Er ist beliebt bei den jungen Leuten», beharrte Arons. «Sie haben ihn gern. Und heutzutage führen die Kinder das große Wort. Sie gehen zwar nicht gern in den Religionsunterricht, aber . . . Na ja. Jedenfalls, wenn wir den Rabbi hätten, auf den die Kinder schwören, dann würden die Eltern auch zu uns kommen – und wenn auch nur, damit die Kinder in die Schule gehen und ein bißchen Hebräisch lernen.»

«Das ist ein Argument», gab Paff zu. «Nur werde ich ihn nie im Leben rumkriegen.»

«Wetten, daß Wasserman es könnte?»

«Jetzt drehen wir uns im Kreis», stellte Paff fest. «Wir haben davon gesprochen, daß wir Wasserman rumkriegen könnten, wenn wir erst den Rabbi haben!»

«Wie steht's mit Becker?» fragte Kallen.

«Der macht bestimmt mit! Und er würde auch versuchen, den Rabbi zu überzeugen. Und wenn wir den Rabbi haben, dann haben wir auch Wasserman.»

«Ja . . .» überlegte Paff, «ja, so könnte es gehen . . . Wißt ihr was? Morgen rück ich Becker mal auf die Bude.» Er zwinkerte: «Ich bin mal wieder dran mit einem neuen Wagen . . . Vielleicht nehm ich diesmal doch einen Lincoln.»

15

Miriam steckte den Kopf ins Arbeitszimmer ihres Mannes: «Mr. Carter ist da.»

«Mr. Carter?»

«Ja, der Tischler. Er soll die Fenster richten und die Fliegengitter einsetzen.»

Carter, ein massiver, vierschrötiger Mann, stand im Türrahmen. Er hielt den schweren Werkzeugkasten in der knochigen Pranke wie eine leere Aktentasche. Eine schwarze Haarsträhne fiel ihm in die fliehende Stirn. Sein Gesicht war braun und wie gegerbt von der Arbeit im Freien.

«Ich hab mit der Dame auf heute früh abgemacht», erklärte er, «aber das Haus war zu und keiner daheim ... Heute hab ich nicht mehr viel Zeit, aber ich fang schon mal an und mach morgen fertig. Oder am Dienstag.»

«Das tut mir leid; wir sind aufgehalten worden. Wir sind erst vor einer Stunde angekommen.» Der Rabbi runzelte die Stirn. «Offen gesagt, Mr. Carter, es wäre mir lieber, wenn Sie nicht ausgerechnet am Sonntag hier arbeiten würden. Es ist immerhin Ihr Sabbat.»

«Nee, Rabbi, ist es nicht. Nicht für mich. Und die meisten wissen das; Sie brauchen sich keine Gedanken darüber zu machen, was die Leute denken werden.»

«Nanu?» Der Rabbi lächelte. «Sind Sie hier der Dorf-Atheist, oder was?»

«Nein, ich bin kein Atheist. Ich geh nicht in die Kirche, aber Atheist bin ich keiner. Mein Sabbat fällt auf den gleichen Tag wie Ihrer.»

«Sind Sie also Adventist?»

«Auch nicht, nein. Obwohl, vieles von dem, was die glauben, halte ich für richtig ... Ich halte den Sabbat an dem Tag, den mir der Herr befohlen hat.»

«Der Herr hat es Ihnen befohlen? Wie meinen Sie das?»

«Tja, also ... Es ist ein bißchen schwer zu erklären, ja?

Wissen Sie, Er hat es nicht so richtig mit Worten gesagt. Aber wenn man's in Worten ausdrücken würde, dann hieße es ungefähr so: ‹Raphael, Ich hab sechs Tage gearbeitet, um die Welt zu erschaffen, und dann hab Ich geruht. Und das war gut so. Und was für Mich gut ist, ist auch für dich gut, weil Ich dich nach Meinem Ebenbild geschaffen habe. Ich will, daß du sechs Tage in der Woche arbeitest, und am siebenten ruhst du dich dann aus. Das ist die richtige Einteilung. Und beides ist gleich wichtig, das Arbeiten und das Ausruhen.›»

Der Rabbi musterte ihn mißtrauisch. Wollte der Mann ihn veräppeln? Aber das Gesicht des Tischlers war offen und arglos.

«Und wann war das?» fragte der Rabbi vorsichtig. Er kam nicht recht dahinter, mit wem er es da eigentlich zu tun hatte.

«Sie meinen, wann mir der Herr das befohlen hat?»

«Ja. Wann hat er zu Ihnen gesprochen?»

«Sie sind gut . . .» Der Tischler lachte. «Das tut Er doch dauernd. Na ja – manchmal öfter, manchmal weniger oft. Manchmal fast tagtäglich, und dann vergehen Wochen, ohne daß ich was höre . . . Als es das erste Mal so lange stillblieb, da hab ich mir richtig Sorgen gemacht. Ich hab versucht, mit Ihm in Verbindung zu kommen; ich hab gebetet, Ihn gefragt: ‹Hat Dein Diener etwas getan, was Dir mißfällt?› – Nichts. Keine Antwort . . . Erst am nächsten Tag wieder. Er hat gesagt, ich soll mir keine Sorgen machen, auch wenn ich nichts von Ihm höre; Er spricht nur dann zu mir, wenn Er mir was wirklich Wichtiges zu sagen hat. Und wenn Er schweigt, dann heißt das, es ist alles in Ordnung . . . Wie ich's mir nachher überlegte, mußte ich tatsächlich zugeben, daß es mir in letzter Zeit gutgegangen war – kein Ärger, keine Probleme, alles schön glatt – der normale Trab, wie man so sagt.»

Unter dem Reden hatte er mit der Arbeit begonnen. Er kratzte den alten Kitt aus den Fensterrahmen, dann nahm er frischen aus einer Dose und knetete ihn in der Hand. Als er aufblickte, fielen dem Rabbi die scharfen, klarblauen Augen in dem dunkelgegerbten Gesicht auf.

«Es war kurz nach unserer Hochzeitsreise zu den Niagarafällen, Rabbi; meine Frau und ich machten die Runde bei ihren Verwandten – wissen Sie, um mich vorzuführen, wie man so sagt ... Und dann hab ich sie bei meinen Leuten vorgeführt; das war damals so Sitte ... Wir besuchten auch ihre Tante Dorset und Onkel Abner in Lynnfield drüben. Es waren noch mehr Verwandte dort, lauter Vettern und Basen. Wir sitzen also in der Stube und reden so, und Tante Dorset reicht die Obstschale rum, da hör ich plötzlich eine Stimme: ‹Erhebe dich, auf daß Ich zu dir spreche!› Ich steh also auf, und die Stimme liest mir die Schöpfungsgeschichte vor ... Das Komische an der Sache ist, daß ich vorher noch nie auch nur eine Zeile aus der Bibel gelesen hatte; aber nach dem Besuch bei Tante Dorset konnte ich das ganze erste Kapitel Genesis auswendig.»

«Und was sagte Ihre Frau dazu? Und die Verwandten?»

«Sie erzählten mir nachher, ich bin einfach so dagestanden und hab eine ganze Weile keinen Ton gesagt. Sie wollten schon den Doktor holen.»

«Und dann?»

«Am nächsten Tag genau dasselbe. Ich war mitten in der Arbeit, da hör ich wieder ein Kapitel. Und so ging das weiter – jeden Tag ein Kapitel. Bis ich durch alle fünf Bücher Moses durch war.»

«Und dann?»

Carter schüttelte den Kopf. «Nachher bekam ich nur Botschaften, wenn ich sie brauchte.»

Er verschmierte eine Fuge mit Kitt – schnell, geschickt, fachgerecht.

«Wie meinen Sie das – wenn Sie sie brauchten?»

«Na, zum Beispiel ...» Er betrachtete sein Werk prüfend; dann wandte er sich einer anderen Stelle zu. «... zum Beispiel damals, als die Stadtverwaltung darüber abstimmen ließ, ob dem Trinkwasser Fluor beigegeben werden soll ...

Die Sache hat mich sehr beschäftigt. An sich hielt ich's für Blödsinn; ich glaub nicht an so chemisches Zeug ... Ich meine, daß man so was künstlich dem Körper zuführen soll. Aber meine Frau hat damals gerade unser Jüngstes erwartet, und da hab ich mal mit dem Doktor drüber gesprochen. Er war sehr dafür, und da kamen mir Zweifel ... Ist ja klar – er als gebildeter Mann und von allen respektiert ... Und dann erhielt ich eine Botschaft, und ich wußte, daß ich recht gehabt hatte ...» Er schloß das Fenster und wandte sich dem Rabbi zu: «Schauen Sie mich an, Rabbi: Ich bin achtundfünfzig; ich war noch nie im Leben krank. Ich hab noch alle Zähne, und ich brauch keine Brille ... Das kommt davon, weil ich richtig lebe. Ich esse kein Fleisch und keine Süßigkeiten. Ich trink weder Tee noch Kaffee, noch Alkohol.»

«Daß Sie kein Fleisch essen sollten, war das auch eine Botschaft? Das entspricht nämlich nicht den Speisegesetzen der Bibel.»

«Darüber läßt sich streiten, Rabbi. Er erwartet eben, daß der Mensch seinen Verstand braucht ...» Er prüfte den Fensterriegel. «Es steht doch geschrieben: ‹Du sollst nicht töten.› Und es steht auch geschrieben, daß man keinen Teil von einem lebendigen Tier essen darf. Mit anderen Worten – man darf kein Fleisch essen ... Ich weiß, in der Bibel ist gesagt, welche Tiersorten man essen darf – alle Wiederkäuer mit gespaltenen Hufen. Aber ich denk mir, das ist für die große Masse, für die vielen, die nicht fest sind im Glauben und sich immer noch nach den Fleischtöpfen Ägyptens sehnen. Die kommen irgendwie nicht los davon, und darum erlaubt Er ihnen, gewisse Tiersorten zu essen. Aber es ist doch klar, daß es Ihm lieber wäre, wenn überhaupt kein Fleisch gegessen würde.»

«Ich verstehe.»

«Ja, und dann bekam ich auch noch eine Botschaft, als ich weder ein noch aus wußte wegen meines ältesten Jungen ...»

Der Rabbi wollte wissen, wie viele Kinder Mr. Carter hatte.

«Fünf. Drei Jungen und zwei Mädchen. Moses ist mein Ältester... Vielleicht haben Sie schon von ihm gehört? Moose Carter; sie nennen ihn Moose, Elch, weil er so ein Mordsbrocken ist. War der beste Footballspieler hier an der Highschool. Siebenundsechzig Colleges haben sich um den Jungen gerissen, Rabbi – siebenundsechzig!»

Der Rabbi war beeindruckt. «War er ein guter Schüler?»

«Nee. Konnte bloß Football spielen... Die Trainer sind seinetwegen hierhergekommen, um ihn anzuwerben. Die tollsten Angebote haben sie ihm gemacht. Einer hat ihm sogar Mädchen angeboten.»

«Mädchen?»

«Ehrenwort... Er hat gesagt, in seinem College stehen die Mädchen Schlange, um einen so gutaussehenden Footballstar zu heiraten. Und dann hat er so gezwinkert und zu Moose gesagt: ‹Du brauchst sie ja nicht unbedingt zu heiraten...› Den hab ich vielleicht rausgeschmissen! Also ich, ich wollte den Jungen ja überhaupt nicht aufs College schicken, und schon gar nicht auf so eins. Ich wollte, daß er arbeiten geht. Aber schließlich hat er doch eins der Angebote angenommen. An einem College in Alabama... Seine Mutter hat das durchgesetzt.»

«Und dann? Wie ist es weitergegangen?»

Der Tischler schüttelte den Kopf. «Bis Weihnachten war er dort. Bis die Footballsaison zu Ende war; dann wollten sie nichts mehr von ihm wissen. Er hatte sich am Knie verletzt, da konnten sie ihn nicht mehr brauchen. Und wie gesagt, er war ein schlechter Schüler... Jetzt ist er wieder daheim. Über drei Monate hockt er schon rum, und noch keine volle Woche hat er gearbeitet. Manchmal hilft er abends in Lynn an der Kegelbahn aus, oder er nimmt von Zeit zu Zeit auch mal 'n Aushilfsjob an. So verdient er sich ein bißchen Taschengeld. Meine Frau schiebt ihm sicher zwischendurch ein paar Dollar zu. Er ist ihr Liebling – der Älteste...» Wieder schüttelte er den Kopf. «Ich hab ihm vorgeschlagen, bei mir das Handwerk zu lernen. Aber er sagt, da schaut kein Geld raus. Heutzutage gibt's nur eins, um Geld zu verdienen, sagt er, man muß sein eigener Herr sein. Sportmanager will er werden ... Ich sag Ihnen, Rabbi, dieses College hat meinen Jungen verdorben. Wenn meine Frau nicht wäre, ich hätt ihn schon aus dem Haus gejagt.»

Er richtete sich auf und sah sich im Zimmer um. «So, hier hätten wir's ... Hat ein bißchen länger gedauert, als ich dachte. Heute werd ich nicht mehr fertig mit den anderen Räumen – aber keine Angst; wenn ich was angefangen hab, mach ich's auch zu Ende.»

«Richten Sie sich's ein, wie's am besten paßt», sagte der Rabbi und sah ihm zu, wie er seine Werkzeuge sorgfältig in der Kiste verstaute. «Ich erwarte heute nachmittag ohnehin den Besuch von ein paar jungen Leuten.»

«Dann komm ich also morgen oder Dienstag, je nachdem.»

«Schön, Mr. Carter. Wann immer Sie Zeit haben.»

16

«Dann hat er gesagt: ‹Ich werde jetzt Listen mit den Namen der neuen Kommissionsmitglieder verteilen; nehmen Sie sie mit nach Hause und studieren Sie sie in aller Ruhe. In der nächsten Sitzung – das ist in drei Wochen – wollen wir dann über die Vorschläge abstimmen und sie definitiv bestätigen.›» Malcolm Marks hatte unwillkürlich den Tonfall des Gemeindevorstehers imitiert; jetzt sprach er normal weiter. «Er verteilt also diesen vervielfältigten Wisch, und ich beobachte Meyer Paff. Er liest die Liste; sein Zeigefinger wandert über die Seite, und dann kommt er zur Ritualkommission und liest den Namen Epstein ... Also, ich habe gedacht, jetzt trifft ihn der Schlag!»

«Warum denn?» fragte seine Frau. «Es muß ihm doch klar

gewesen sein, daß ihn Ben Gorfinkle nicht wieder vorschlagen würde.»

«Natürlich.» Marks machte aus seiner Ungeduld kein Hehl. «Aber ausgerechnet Roger Epstein!»

Das Telefon schrillte. «Ich geh schon!» rief ihre Tochter Betty aus dem Nebenzimmer. Und einen Augenblick später: «Es ist für mich.»

«Was gibt's denn an Roger Epstein auszusetzen?»

«Gar nichts, als Mensch. Im Gegenteil; er ist ein richtiger Idealist – so einer, der immer die Sorgen der ganzen Welt auf seinen Schultern trägt ... Aber hier geht's um die Ritualkommission! Bei jedem anderen Ausschuß hätte kein Mensch etwas gegen Roger einzuwenden. Aber für die Ritualkommission genügt es noch nicht einmal, genaugenommen, daß einer religiös ist, den Sabbat hält und *koscher* ißt; er muß sich überdies auch in rituellen Fragen auskennen – er muß sozusagen ein zweiter Rabbi sein ... Zugegeben, wir haben nicht viele von der Sorte. Höchstens Jake Wasserman; sonst fällt mir im Moment keiner ein.»

«Na, aber wenn ohnehin keiner die Voraussetzungen erfüllt, dann kann's doch ebensogut Roger Epstein sein.»

«Es ist ja nicht so, daß keiner dazu fähig ist. Ich meine nur, wenn man schon keinen hat, der wirklich für das Amt geeignet ist, sollte man einen nehmen, der zumindest nach außen hin okay ist. Meyer Paff ist nicht gerade ein Gelehrter, aber wenigstens führt er ein *koscheres* Haus.»

«Bah! Nur weil seine Schwiegermutter bei ihnen wohnt, und die würde keinen Bissen essen, wenn sie nicht zweierlei Geschirr hätten für Milch und Fleisch ... Er kann die Frau schließlich nicht verhungern lassen, oder?»

«Genau das versuch ich dir ja die ganze Zeit klarzumachen! Es kommt nicht so sehr drauf an, ob einer wirklich dran glaubt; Hauptsache, er hält sich dran ... Das meine ich mit ‹nach außen hin›.»

«Also gut. Und was ist dann passiert?» fragte seine Frau.

«Wann passiert?»

«Na ja, als Paff sah, daß Roger Epstein zum Präsidenten der Ritualkommission ernannt war. Was ist da geschehen? Was hat er gemacht? Was hat er gesagt?»

«Nichts!» verkündete ihr Mann triumphierend.

Sie war verblüfft. «Was soll also das ganze Theater? Warum regst du dich so auf?»

«Begreifst du denn nicht? Paff hatte schon immer das große Wort in der Gemeinde. Er war nie Gemeindevorsteher, aber immer so eine Art von grauer Eminenz ... Ted Brennerman hat ihn ja am Freitagabend in aller Öffentlichkeit fertiggemacht – und da soll keiner erzählen, daß Gorfinkle das nicht vorher gewußt hat! Na ja; Paff soll Ted gleich nach dem Gottesdienst auf die Hörner genommen haben ... Das war die erste Runde: eins zu eins. Paff hat kein Blatt vor den Mund genommen; er ist viel schärfer geworden als vorher Ted. Dafür waren nur wenige Leute dabei, während Ted vor versammelter Gemeinde mit ihm Schlitten gefahren ist. – Also gut; zweite Runde: Gorfinkle kuscht nicht; im Gegenteil, er fordert Paff heraus: Wehr dich, Paff, wenn du dich traust; *ich* kneif den Schwanz nicht ein – nun gerade nicht! Ich mach sogar meinen Freund Epstein zum Vorsitzenden der Ritualkommission, zu *deinem* Nachfolger ... Ich weiß, daß er nach Ansicht vieler Leute nicht besonders geeignet ist, und normalerweise hätte ich ihn niemals gewählt. Aber jetzt tu ich's aus Daffke – nur um dir zu zeigen, wer hier der Boss ist ... Friß oder stirb!»

«Und er hat's natürlich gefressen?»

«Meyer Paff? Der nicht! So leicht gibt der nicht auf. Der bereitet sich auf die nächste Runde vor. Nach der Vorstandssitzung hieß es, er mobilisiert seinen Anhang; er will aufs Ganze gehen ... Es heißt sogar», flüsterte er vertraulich, «daß er aus der Gemeinde austreten und eine eigene Synagoge gründen will.»

«Nur weil Roger Epstein die Ritualkommission bekommt? Na hör mal!»

«Deswegen und wegen einiger anderer Dinge.» Er fühlte

sich in die Defensive gedrängt. «Es hat schon seit langem geschwelt.»

Sie sah ihn an. «Und wo stehst du in der Sache?»

«Das ist's ja gerade. Ich sitze zwischen Stuhl und Bank ... Ich wurde seinerzeit von Schwartz ernannt, und meine Amtszeit läuft noch ein Jahr. Mit Ben Gorfinkle, Roger Epstein und den übrigen komm ich ganz gut aus. Andererseits bin ich auch mit Meyer Paffs Clique befreundet. Schließlich rufen wir Dr. Edelstein, wenn, Gott behüte, jemand bei uns krank ist ... Es steht ganz bei mir, auf welchen Gaul ich setze. Vermutlich werden jetzt beide Seiten versuchen, mich zu keilen.»

Seine Tochter Betty stürmte ins Zimmer. Sie war von kleinem Wuchs, wie ihre Eltern; das lange blonde Haar war seitlich gescheitelt und fiel ihr über die Schultern. Am Haaransatz schimmerte es schwarz durch; eine frische Tönung war wieder fällig. Ihre unschuldigen dunklen Augen wirkten dank Lidschatten und dunklem Lidstrich altklug. Der Pullover spannte sich über kessen Brüsten, und beim Gehen wiegte sie sich herausfordernd in den Hüften.

Die Mutter sah sie fragend an.

«Morgen abend gibt's ein Picknick draußen an Tarlow's Point», berichtete sie. «Didi Epstein wollte wissen, ob ich mitkomme.»

Marks schoß seiner Frau einen vielsagenden Blick zu, den sie geflissentlich übersah. «Hast du zugesagt, Liebling?»

«Ja. Sie sagt, Stu Gorfinkle holt mich ab. So gegen fünf.»

«Wer ist sonst noch dabei?» fragte Mrs. Marks.

«Sue Arons und Gladys Shulman und Bill Jacobs und wahrscheinlich auch Adam Sussman – weißt du, alle College-Studenten, die für die Ferien nach Hause kommen.»

«Das wird sicher nett», meinte ihre Mutter, «so viele alte Freunde wiederzusehen ...»

«Siehst du, es geht schon los», triumphierte ihr Mann, nachdem Betty gegangen war.

«Was geht los?»

«Sie schmeißen sich an ... Solange Betty in die High School

ging, haben sie sich einen Dreck um sie gekümmert – diese Didi Epstein und der junge Gorfinkle taten immer, als wären sie was Besseres.»

«Unsinn! Sie war letztes Jahr auch zu Didi Epsteins Examensfeier eingeladen.»

«Da war die ganze Klasse eingeladen.»

«Aber sie haben sich auch schon vorher um sie bemüht – als sie ins College aufgenommen wurde ... Sie hat in ihrem kleinen Finger mehr Grips, als die anderen alle zusammen in ihren Köpfen, und das spüren sie natürlich. Stu Gorfinkle ist erst überall abgewiesen worden, bis ihn dann endlich dieses College in Massachusetts genommen hat. Und Didi hat mit Ach und Krach die Kunstgewerbeschule in Boston geschafft. Und dieser Grünschnabel Sussman ... Ich weiß noch, wie seine Mutter bei einem Mittagessen des Frauenvereins geprahlt hat, ihr Sohn habe sich in Harvard, Yale und Columbia beworben – und wo ist er gelandet? In einem miesen kleinen College in Ohio, von dem noch kein Mensch gehört hat!»

«Na schön. Aber denk dran, was ich gesagt habe!»

«Gut, gut, aber ich bin todsicher, daß ...»

Das Telefon klingelte. «Für dich, Dad!» rief Betty.

«Wer ist denn dran?»

«Mr. Paff.»

Marks schenkte seiner Frau ein triumphierendes Lächeln und ging zum Apparat.

17

Am Sonntagabend gab es bei den Gorfinkles gewöhnlich nur einen kleinen Imbiß. Heute aber war Stuart zu Hause, und Mrs. Gorfinkle wäre sich wie eine Rabenmutter vorgekommen, wenn sie ihm kein warmes Abendbrot aufgetischt hätte.

Als er heimkam und sich erkundigte, was es gebe, sagte sie darum: «Wie wär's mit Hamburger Steaks? Ich kann auch noch Pommes frites machen.»

«Ist recht. Mir ist alles recht.»

«Ich hätte zur Abwechslung auch mal Lust auf ein Hamburger Steak», sagte sein Vater. «Und ein Cola dazu, ja?»

«Und ich Milch», wünschte Stu.

«Milch? Zu Fleisch?»

«Machst du auf *koscher*, seit du Gemeindevorsteher bist?» spöttelte Stu.

«Nein, aber in meinem eigenen Haus stört es mich, wenn beides zusammen gegessen wird.»

«Ach so? Und im Restaurant macht's dir nichts aus? Wo ist da die Logik?»

Gorfinkle ärgerte sich, aber er nahm sich zusammen. «Die Speisegewohnheiten der Leute sind nie logisch, Stu. Deine Mutter zum Beispiel kocht nie Fleisch mit Butter. Als Kind wäre mir schon beim Gedanken daran übel geworden. Aber wenn ich auswärts esse, streiche ich immer Butter aufs Brot, auch beim Fleischgang.»

Als seine Frau ausgerechnet in diesem Moment mit einem Krug Milch hereinkam, wäre ihm beinahe der Kragen geplatzt. Wie immer, wenn er verärgert oder böse war, verzerrten sich seine Mundwinkel zu einem verkrampften, humorlosen Lächeln. Seine Untergebenen in der Fabrik kannten dieses Lächeln nur zu gut.

«Er ist so mager», entschuldigte sie sich, während sie Stus Glas füllte.

«Wo warst du eigentlich den ganzen Nachmittag?» fuhr Gorfinkle seinen Sohn an.

«Beim Rabbi. Wir waren alle da. Er erwartet das zu Anfang der Ferien.»

«Und worüber hat er gesprochen? Offenbar nicht über Speisegesetze?» Er konnte sich die Bemerkung nicht verkneifen.

«Nein ... Ach, nur so. Wir erzählen dann von der Schule. Didi Epstein hat ihm unter die Nase gerieben, daß sie in der

Kunstgewerbeschule oft ein ‹Bildnis oder ein Gleichnis› malen muß.»

«Diese Didi!» sagte Mrs. Gorfinkle mißbilligend. «Hat er sie zurechtgestaucht?»

«Nein. Er hat gesagt, solange sie ihre Produkte nicht anbetet, ist es ihm egal ...» Stu grinste. «Für einen Rabbiner hat er überhaupt ganz schön liberale Ansichten. Ihr hättet ihn in Binkerton hören sollen, auf dieser Party, die sie für ihn gegeben haben.»

«Oh?» sagte seine Mutter.

«Father Bennett war auch da, der Leiter des Newman-Clubs – das ist so was wie der *Hillel*-Club, aber für Katholiken ... Er saß an unserem Tisch, und der Rabbi hat ihn so ein bißchen aufgezogen – über religiöse Fragen natürlich. Der Priester pflaumt zurück und fragt den Rabbi, ob er eigentlich richtig glaubt, ja? Sagt doch der Rabbi: ‹Es geht mir wahrscheinlich so wie Ihnen – manchmal glaub ich, und manchmal nicht ...› Gut, was?»

«Ich finde, solche Reden gehören sich nicht für einen Rabbi», empörte sich Mrs. Gorfinkle.

«Warum nicht?»

«Na, das mindeste, was man von einem Rabbi verlangen kann, das ist doch wohl, daß er die ganze Zeit glaubt!»

«Ach was! Glaubst du vielleicht die ganze Zeit? Oder Dad?»

«Moment mal!» fuhr sein Vater dazwischen. «Ich glaube nicht die ganze Zeit und deine Mutter vermutlich auch nicht – aber wir sind auch keine Rabbiner! Was deine Mutter meint, ist, daß er als Rabbi die Pflicht hat zu glauben ... Er kann von mir aus mit dem Geistlichen so reden, wenn sie unter sich sind. Dann können sie fachsimpeln, soviel sie wollen. Schließlich sind sie ja gewissermaßen von derselben Branche. Aber vor dir und den anderen jungen Leuten dort hätte er nicht so sprechen dürfen.»

«Warum nicht?» fragte Stuart.

«Weil du nicht reif genug bist, um das zu ...»

«Und was jetzt hier in unserer Gemeinde passiert – bin ich da auch nicht reif genug, um das zu verstehen?»

«Was passiert denn in der Gemeinde, wenn ich fragen darf?» erkundigte sich Gorfinkle.

«Die Gemeinde spaltet sich», platzte Stu heraus; «das passiert!»

«Hat das der Rabbi gesagt?» Gorfinkle sprach beherrscht. «Hat er etwas von einer Spaltung erwähnt?»

«Das nicht. Aber er schien durchaus nicht überrascht, als Sue Arons danach fragte.»

«Ich verstehe ... Und was hat er geantwortet?»

«Wenn du's genau wissen willst», erklärte Stuart aggressiv, «er hat gesagt, es gibt keinerlei Anlaß für eine Spaltung, und wenn es doch dazu kommt, sind beide Parteien gleichermaßen daran schuld.»

Gorfinkle trommelte auf die Tischplatte. «Ich verstehe», sagte er wieder. «Und hat er angedeutet, wie er sich im Falle einer solchen ... hm ... Spaltung verhalten wird?»

«Ja. Beide Seiten können ihn mal.»

«Beide Seiten ... *was*?»

«Mein Gott – er hat's natürlich nicht wörtlich so gesagt!» Stu fand seinen Vater zum Verzweifeln – alles nahm er wörtlich ... «Er stellt sein Amt zur Verfügung, hat er gesagt, wenn es zu einer Spaltung kommt.»

«Das hätte er nicht sagen dürfen!» Das verkrampfte Lächeln spielte wieder um Gorfinkles Mund. «Nicht zu euch Kindern.»

Stu merkte, daß sein Vater jetzt sehr sehr ärgerlich war, aber die Unterstellung, ihn und seine Freunde gehe das alles nichts an, wurmte ihn. «Was soll das heißen – euch Kindern?»

«Ich meine, daß er euch beeinflussen wollte. Und dazu hat er kein Recht.»

«Ist es nicht eben die Aufgabe des Rabbiners, Leute zu beeinflussen. Besonders junge Leute?»

«Es gibt eine legitime Beeinflussung, und es gibt eine Beeinflussung, die ganz und gar unverantwortlich ist», gab sein

Vater zurück. «Wenn der Rabbi von der Kanzel über unsere Religion und Tradition predigt, so ist das legitim. Dafür wird er bezahlt. Aber er hat kein Recht, sich in die Gemeindepolitik einzumischen. Wenn er die eine Partei der andern vorzieht, so darf er es nicht zeigen. Und wenn er unreifen Halbwüchsigen seine Ansichten aufdrängt – Kindern, die keine Ahnung haben, worum es geht –, dann ist es unverantwortlich ... Ich werde mal ein Wörtchen mit ihm reden!»

«Augenblick mal!» Stu war plötzlich beunruhigt. «Das kannst du doch nicht machen!»

«So? Und warum nicht?»

«Weil er dann sofort weiß, woher du das hast.»

«Na und? Was glaubst du denn, warum er euch das alles erzählt hat? Doch nur, damit ihr's euren Eltern wiedererzählt!»

«Das stimmt nicht! So ist er nicht. Er ist aufrichtig.»

«Aufrichtig? Er hat keine Lust, seinen Job loszuwerden – das ist alles.»

Stu knallte das angebissene Brötchen auf den Tisch, stieß den Stuhl zurück und stand auf. Er war weiß vor Wut. «Ach, mach doch von mir aus alles kaputt ... Für dich ist die Gemeindearbeit doch nur ein Hobby, mit dem du angeben kannst! Aber wenn sich einer für die Sache einsetzt, weil sie sein Lebensinhalt ist – den willst du dann fertigmachen ...»

«Iß doch weiter, Stu!» bat die Mutter.

«Setz dich!» fuhr ihn der Vater an. «Du weißt ja nicht, was du redest.»

Stu wandte sich zur Tür.

«Wo gehst du denn hin, Stu?» rief ihm die Mutter nach.

«Fort!»

Einen Augenblick später fiel die Haustür krachend zu.

«Warum mußt du immer mit ihm streiten?» jammerte Mrs. Gorfinkle.

«Weil er ein Idiot ist.» Auch Gorfinkle stand auf.

«Wohin ... Was hast du vor?»

«Telefonieren.»

Aber als er die Hand nach dem Hörer ausstreckte, klingelte das Telefon.

Es war Ted Brennerman. «Ben? Du, paß mal auf ... Das Gerücht geht um, daß Paff und seine Clique anfangen, Leute zu mobilisieren.»

«Um gegen meine personellen Entscheidungen zu stimmen? Klar tun sie das. Was hast denn du erwartet?»

«Nein, Ben – sie wollen uns nicht überstimmen. Sie spielen nicht mehr mit. Sie wollen eine neue Gemeinde gründen.»

«Hm, hm ... Von wem hast du das gehört?»

«Von Malcolm Marks. Paff hat ihn angerufen.»

«Und ich bin dahintergekommen, daß der Rabbi den jungen Leuten so allerhand erzählt, damit sie ihre Eltern unter Druck setzen ... Allmählich wird mir so Verschiedenes klar ... Hör zu: Wir müssen uns unbedingt treffen – noch heute abend. Hast du eine Liste der Vorstandsmitglieder? Du weißt doch, auf wen wir uns hundertprozentig verlassen können – ruf sie an! Nimm die von A bis M; den Rest übernehme ich ... Wir treffen uns bei mir, so gegen zehn.»

18

Moose Carter holte ein paar karierte Socken aus der Kommodenschublade. Obgleich es Montag war und schon auf Mittag ging, war er noch nicht angezogen. Er hockte sich auf den Bettrand, streifte achtlos die Socken über und konzentrierte sich auf das vordringlichste Problem – Geld. Im Nebenzimmer, das wußte er, lag seine Schwester Sharon auf dem Bett und las. Sie las immer.

«He, Sharon!» rief er durch die Wand. «Hast du ein paar Dollar für mich?»

«Nein.»

Er hatte es nicht anders erwartet; immerhin, einen Versuch war es wert ... Er lehnte sich an die Wand und sagte eindringlich: «Weißt du, ich hab da 'n Job in Aussicht. Aber er ist in Boston, und ich muß ...»

Er hörte ihr Bett quietschen, dann schlug eine Tür zu. Weg war sie.

«Luder!» knurrte er.

Er hob die Matratze hoch und zog die grauen Flanellhosen hervor, die er über Nacht daruntergelegt hatte. Während er sie anzog, wog er die Chancen ab, die sich ihm im Zimmer seines Bruders Peter boten. Peter trug Zeitungen aus und hatte immer Geld – bloß, er verborgte es nicht. Nicht ums Verrecken ... Er war jetzt nicht zu Hause; aber er dachte sich immer die unwahrscheinlichsten Verstecke aus, und wenn Sharon ihn jetzt in Peters Zimmer herumsuchen hörte, würde sie ihn verpetzen ... Er verdrängte rasch die Erinnerung an seinen letzten Anleiheversuch, den sein Vater sehr mißbilligt hatte – unter Zuhilfenahme einer anderthalbzölligen Latte.

Unten ging die Haustür – die Mutter! Sie würde ihm etwas geben ... Er gab den Gedanken an einen Abstecher in das Zimmer seines Bruders endgültig auf und suchte aus dem dünnen Stapel das gelbe Hemd heraus. Der schwarze Schlips, bereits geknotet, mußte nur noch zurechtgerückt werden. Dann zog er die Sportjacke an, zwängte die Füße in die Slipper und rannte die Treppe hinunter.

Sie stand in der Küche und packte die Einkaufstasche aus. «Ein Mädchen?» fragte sie mißmutig mit einem Blick auf seinen Aufzug. «Schon so früh?»

Er lächelte strahlend – es war ein ansteckendes Lächeln. «Mädchen sind für den Abend, Ma, das solltest du wissen. Nein, ich muß in die Stadt.»

«In die Stadt?»

«Hm, hm. Nach Boston. Hab da 'n Job in Aussicht. Prima. Sache ... Wird wahrscheinlich spät heut abend.»

«Vater mag es nicht, wenn du zum Abendbrot nicht da bist.»

«Ich weiß, Ma, aber ich komm per Anhalter zurück.»

«Heißt das, daß du kein Geld für den Bus hast?»

«Nee. Bloß noch zehn Cent. Wirklich wahr. Der alte Begg schuldet mir noch was – ich hab da was vorlegen müssen für Material neulich, wie ich gearbeitet habe bei ihm. Ich hab ganz vergessen, mir's zurückgeben zu lassen.»

«Und deinen Lohn hast du auch noch nicht gekriegt?»

«Nein. Er zahlt mich immer am Freitag aus.»

«Und dieser Mr. Paff von der Kegelbahn?»

«Von dem krieg ich heute abend Geld.»

«Wie sieht das aus – ein Junge wie du und per Anhalter!» tadelte sie. «Wann suchst du dir endlich eine feste Arbeit?»

«Als Tischler, hm? Wie Pa? Danke für Obst! Ich hab mich immerhin durchgeschlagen, seit ich wieder daheim bin, oder? Jeder kann mal pleite sein. Und wenn die Sache heute klappt, dann bin ich aus allem raus.»

«Was für eine Sache?» fragte sie.

«So 'ne Art Kundenwerbung ... Jemand, den ich vom College her kenne. Er kommt rauf in den Norden und will hier 'n großen Laden aufziehen.»

«Und du gehst da hin ohne einen Penny in der Tasche?»

«Ich werd ihm nicht auf die Nase binden, daß ich blank bin», knurrte er.

«Das merkt er trotzdem. Man sieht's dir ja am Gesicht an», sagte sie. «Ich hab's auch sofort gemerkt ...» Sie fummelte in der Schürzentasche herum und zog einen Geldbeutel hervor. «Da, nimm – zwei Dollar. Mehr kann ich dir nicht geben, aber wenigstens reicht's für den Bus hin und zurück.» Sie streckte ihm die zerknitterten Scheine entgegen. «Aber weh dir, wenn du jetzt nicht rechtzeitig zum Abendbrot da bist!»

«Du weißt doch, wie das ist, Ma. Vielleicht will er noch was Geschäftliches besprechen, oder er lädt mich zum Abendessen ein. Da kann ich doch nicht gut sagen, tut mir leid, aber Mammi und Pappi haben gesagt, ich muß zu Tisch zu Hause sein!»

«Wenn du merkst, daß es später wird, rufst du gefälligst an. Du kannst dich ja entschuldigen und sagen, du mußt eine Verabredung absagen. Und dann rufst du an. Wenn das ein seriöser Geschäftsmann ist, wird's ihm nur Eindruck machen.»

«Okay, Ma. Du hast sicher recht ... Danke für das Geld; du kriegst's am Freitag zurück.»

Er nahm seinen hellen Regenmantel aus dem Schrank im Flur, schlug den Kragen hoch und musterte sich im Korridorspiegel. Er war zufrieden mit dem Anblick – ein College-Boy, wie einem Herrenmagazin entsprungen. Im Spiegel sah er, wie ihn seine Mutter stolz beobachtete. Er zwinkerte seinem Spiegelbild zu, dann ging er.

«Bis bald», rief er noch über die Schulter.

19

Didi legte die Hand über die Muschel: «Es ist dieser farbige Junge aus meiner Klasse, von dem ich dir mal erzählt habe – Alan Jenkins. Er ist in Lynn und möchte mal vorbeischaun ... Was soll ich ihm sagen?»

«Lad ihn ein, wenn du Lust hast», sagte Mrs. Epstein sachlich. «Hat er einen Wagen?»

«Er hat ein Motorrad. Aber ich muß doch zum Picknick ...»

«Frag ihn doch, ob er mitkommen mag.»

«Glaubst du, ich kann ihn so einfach mitbringen?»

«Warum nicht? Wie ist er denn?»

«Och ... Er ist etwas älter als die anderen; er hat vorher ein paar Jahre gearbeitet. Wahnsinnig begabt. Und nett und unkompliziert – nicht so ... Na, du weißt schon – nicht so verbiestert, wie sie manchmal sind. Bei uns in der Schule werden da keine Unterschiede gemacht, verstehst du – schließlich ist es eine Kunstakademie. Wir betrachten ihn eben als unseresgleichen, verstehst du.»

«Dann ...» Mrs. Epstein zuckte die Achseln.

Didi nahm die Hand von der Muschel: «Alan? Tut mir leid; ich mußte dich warten lassen ... Hör zu, ich hab da eine Verabredung mit ein paar ehemaligen Mitschülern – Picknick am Strand. Kommst du mit? ... Wir sind etwa sechs bis acht ... Klappt es? Fein. – Ach, du, da fällt mir ein – ich hab unserem Rabbi versprochen, das Bild rüberzubringen, das ich zuletzt ... Ja, Moses mit den Gesetzestafeln. Könntest du mich dort abholen? ... Nein, wir bleiben schon nicht kleben ... Also gut, paß auf: du fährst die Küstenstraße entlang aus Lynn raus und immer weiter bis zur ersten Ampel ...»

Alan ließ den Motor kurz hochdrehen und stellte ihn ab. Didi, in langer weißer Hose, kletterte vom Mitfahrersitz herunter, und er schob das Motorrad die Einfahrt hinauf.

«Netter Kerl, euer Rabbi», meinte Alan. «Komisch – ich hatte einen alten Knacker mit langem Bart erwartet. Ich dachte immer, alle Rabbiner haben lange Bärte.»

«Nein ...» Didi fing an zu kichern: «Bloß die Jungs bei uns in der Schule haben welche.»

«Ich hatte schon Angst, er würde daherreden wie ein Prediger – weißt du, vom lieben Gott und so ...»

«Rabbiner sind nicht in erster Linie Prediger, sie sind eher Lehrer», sagte sie. «Und ihre eigentliche Aufgabe ist es, das Gesetz auszulegen und anzuwenden – so hat er's uns jedenfalls mal erklärt.»

Mrs. Epstein begrüßte sie im Wohnzimmer. «Zum erstenmal in Barnard's Crossing, Mr. Jenkins? Didi hat mir schon viel von Ihnen erzählt.» Er war ein gutaussehender Junge von dunklem Kaffeebraun. Die bläulichen Lippen waren verhältnismäßig schmal, die Nase gerade und wohlgeformt. Sein

Haar war kurz geschoren, und sie stellte befriedigt fest, daß er nicht versucht hatte, es zu entkräuseln. Er war mittelgroß und breitschultrig.

«Ja, *ma'am*. Ich war aber schon öfters in der Gegend. Ich hab einen Bekannten in Lynn, der von Zeit zu Zeit mal ein Bild von mir verkauft . . .»

«Ein Kunsthändler? Ich wußte gar nicht, daß es in Lynn eine Kunsthandlung gibt . . .» Sie bot ihm einen Stuhl an.

«Er ist kein Kunsthändler; er hat einen Buchladen und verkauft auch Glückwunschkarten, Geschenkartikel und solches Zeug. Wenn er Platz hat, hängt er meine Bilder auf, und wenn er eins verkauft hat, rechnen wir ab.»

«Verkaufen Sie viel auf diese Weise?»

Er lachte; ein herzliches, offenes Lachen: «Nicht genug, um mich zur Ruhe zu setzen . . . Ich will morgen früh nach New York, und da dachte ich, frag mal nach, ob er ein bißchen Reisegeld hat für dich – aber es war Essig.»

«Was malen Sie denn so, Mr. Jenkins?»

«Oh, Alan malt ganz tolle abstrakte . . .»

Draußen erklang eine Autohupe. «Das ist Stu. Komm, Alan», rief Didi.

«Nimm eine Jacke mit, Liebling. Es wird sicher kühl dort draußen.»

«Nicht nötig.»

«Also dann – amüsiert euch gut! Auf Wiedersehen, Mr. Jenkins. Und viel Glück mit Ihren Bildern.»

20

Moose fand die Straße im südlichen Boston, und je länger er sich zwischen überquellenden Mülleimern und Rudeln kreischender Kinder seinen Weg bahnte, um so weniger gefiel ihm seine Umgebung. Gewiß, es mußte einmal eine gute Gegend gewesen sein; die Fahrbahnen waren durch einen breiten Grünstreifen getrennt, auf dem in regelmäßigen Abständen Holzbänke zum Sitzen einluden. Aber der Rasen war ungepflegt, und unter den Bänken häuften sich Papierabfälle, Konservenbüchsen und Flaschen. Sandsteinhäuser säumten den breiten Gehsteig; Treppen mit schmiedeeisernen Geländern führten zu geschnitzten Haustüren, aber nur Schraubenlöcher zeigten, wo einmal Klopfer und Klinken aus Messing oder Schmiedeeisen gesessen haben mochten, und am Holzwerk blätterte die Farbe ab und gab den Blick frei auf eine bunte Palette noch älterer Anstriche. Hohe, schmale Fenster ließen einstige Eleganz repräsentativer Räume ahnen, die dahinter lagen. Heute waren die Scheiben blind, zerbrochen oder auch durch verwittertes Sperrholz ersetzt. Gehsteige und Hauswände waren mit Kreide bekritzelt.

Endlich fand Moose die gesuchte Hausnummer. An Stelle des Klingelbretts ringelte sich ein Knäuel von Drähten aus einem Loch in der Wand. Als sich auf sein Klopfen niemand meldete, stieß er die Tür auf. Sie wurde durch eine stramm gespannte Spiralfeder zugehalten und schlug krachend zu, als er sie losließ. Der Lärm lockte eine schlampige Alte in den Flur hinaus. Sie musterte ihn mißtrauisch.

«Ich suche Mr. Wilcox», sagte Moose.

«Oberster Stock, letzte Klingel», knurrte sie und verschwand hinter einer Tür.

Moose entdeckte eine Reihe Briefkästen und drückte die Klingel unter dem Namen.

«Hallo!» tönte es prompt durch die Gegensprechanlage.

«Ich bin Moose Carter, Mr. Wilcox», rief er ins Mikrophon. «Wir haben miteinander telefoniert.»

«Kommen Sie rauf.»

Angesichts des Raumes, in den er trat, verflüchtigte sich sein anfängliches Unbehagen. Ein großes, elegant eingerichtetes Zimmer; Teppiche, Ölgemälde in schweren Goldrahmen, Polstersessel; gegenüber dem Atelierfenster, das den Blick auf die benachbarten Hausdächer freigab, ein großes Sofa. Hinter dem Mahagonischreibtisch saß Mr. Wilcox auf einem modernen, mit schwarzem Leder gepolsterten Stahlsessel.

Moose hatte sich den Mann eigentlich ganz anders vorgestellt. Flanellhosen, Tweedjacke – er erinnerte eher an einen der jungen Professoren, die er am College kennengelernt hatte. Das braune, an den Schläfen angegraute Haar war kurz geschnitten.

«Nicht schlecht, die Aussicht», sagte Moose und trat ans Fenster.

«Ich mag sie auch», bestätigte Wilcox. «Am liebsten sitze ich auf dem Sofa und blicke über die Dächer ... Sehr entspannend.»

«Hübsch hier, wirklich. Hätte ich nicht ...» Moose hielt inne.

«... erwartet? Nach der Straße zu urteilen, ja? Viele dieser Häuser werden jetzt aufgekauft und instand gesetzt, so wie dieses hier.» Er lächelte – ein angenehmes Lächeln: «Eine Art Slum-Sanierung auf privater Basis, wenn man so will. Diese Wohnung hat einem Freund von mir gehört – einem Maler. Er hatte einen langjährigen Mietvertrag und baute sie als Studio aus; daher das Atelierfenster. Dann ging er nach Europa ... Die Lage ist recht angenehm hier.»

«Ist das Ihr Büro, Mr. Wilcox?»

Der andere sah ihn forschend an. «Gott – einiges Geschäftliche erledige ich auch von hier aus», sagte er ausweichend. Dann bot er Moose auf dem Sofa Platz an und setzte sich zu ihm.

«Also, Sie wollen bei uns mitarbeiten?»

«Gern, Sir.»

«Nun, die Ware, die wir vertreiben, ist hier in der Stadt nicht schwer zu bekommen; und es gibt viele Leute, Kleinhändler, die das Zeug direkt bei Hinz und Kunz kaufen. Wahrscheinlich verdienen sie ganz ordentlich. Aber wir arbeiten anders. Wir sind eine Organisation. Auf den ersten Blick sind die Betriebskosten höher, aber unsere Leute finden, es macht sich letzten Endes bezahlt. Wer bei uns kauft, kriegt garantiert prima Ware für sein Geld. Bei uns wird nicht irgendwelcher Dreck beigemischt – das gibt nur Scherereien. Wer bei uns Hasch verlangt, der kriegt Hasch und sonst nichts. Es gibt ja schließlich so was wie Geschäftsmoral . . .

Eine Organisation hat ihre Vorteile», fuhr Wilcox fort. «Wir halten die Konkurrenz in Schach. Wenn da mal jemand in der Gegend aufkreuzt und das Zeug an Freunde abgibt, zum Selbstkostenpreis womöglich – da kümmern wir uns nicht darum. Aber wenn ein Berufshändler in Ihrem Gebiet auftaucht, dann greifen wir ein. Es kann auch mal vorkommen, daß Sie in Schwierigkeiten geraten – auch da helfen wir, soweit es möglich ist . . . Wir sind an Ihnen interessiert, weil die jungen Leute Sie kennen; weil Sie auf freundschaftlicher Basis arbeiten können – das ist immer gut.»

Moose zögerte. «Ist aber nicht schon . . .»

Wilcox nickte. «Richtig. In dem Bezirk arbeitet schon jemand. Aber wir sind mit den Ergebnissen nicht sehr zufrieden. Außerdem könnte man argumentieren, daß die Sache einer einzigen Person mit der Zeit über den Kopf wächst . . .» Er überlegte. «Ja, das klingt ganz überzeugend: Um den Bezirk richtig abzugrasen, ist einer zuwenig. Gehen Sie also zu ihm und bestellen Sie ihm von uns, daß Sie in Zukunft mit ihm zusammenarbeiten, und zwar auf der Basis halbe-halbe . . . Halt – seinen augenblicklichen Vorrat hat er natürlich vorausbezahlt: Bieten Sie ihm an, den Rest gegen prozentuale Beteiligung abstoßen zu helfen. Fünfundzwanzig Prozent, würde ich sagen. Das scheint mir fair. Ein Viertel für die alte Ware und halbe–halbe für die neue . . . Mal sehen, wie sich's einspielt; vielleicht entschließen wir uns eines Tages zu einer . . . eh, Neuregelung.»

«Neuregelung?»

Wilcox spitzte den Mund. «Na ja, wenn alles glatt geht, wie ich hoffe, gibt's keinen Grund, weshalb Sie nicht eines Tages den Laden allein schmeißen sollten; wir könnten ihm ja einen anderen Bezirk geben. Das ist so üblich ... Ja, wir geben ihm einfach einen anderen Bezirk.» Wilcox öffnete eine Zigarettendose auf dem Salontisch und bot Moose eine Zigarette an.

«Wann soll ich anfangen?» fragte Moose, während er die Zigarette anzündete.

«Warum nicht gleich? Morgen, übermorgen, heute abend noch – wie es Ihnen paßt.»

«Und wann reden Sie mit ihm? Ich meine, wann soll er's erfahren?»

Wilcox lächelte. «Ich dachte, das erledigen Sie.»

«Ich? Aber wenn er mir nicht glaubt?»

«Tja ... Ich rechne eigentlich damit, daß es Ihnen gelingt, ihm die Sache plausibel zu machen ... Eine Art Test, ja? Sehen Sie, eine Organisation wie die unsere muß mit wenig Personal auskommen; jeder, der bei uns arbeitet, ist auf sich allein gestellt, und es geht einfach nicht, daß unsere Leute wegen jeder Kleinigkeit die Zentrale anrufen ... Sie wissen, was Sie zu tun haben. Sie schaffen das schon.» Sein Blick wanderte über Mooses breite Schultern: «Sie haben so etwas Überzeugendes ... Aber falls er uns anrufen sollte, sagen wir ihm natürlich, was los ist.»

«Selbstverständlich, Mr. Wilcox. Ich verstehe. Nur ... ich möchte Ihnen noch sagen, wie dankbar ich Ihnen bin für die Chance. Ich werde mir die größte Mühe geben ...»

Wilcox lächelte spöttisch.

«Ehrlich, Sir, ich ...»

Wilcox schnitt ihm mit einer Handbewegung das Wort ab. «Jeder sieht zu, daß er nicht zu kurz kommt. Das ist einkalkuliert. Aber übertreiben Sie's nicht ...» Er griff nach seiner Brieftasche. «Brauchen Sie einen Spesenvorschuß?»

«Danke, ich komm schon zurecht.»

Wilcox blätterte in einem Bündel Banknoten und zog zwei neue Zwanziger heraus. «Hier – als Vorschuß ... Augenblick noch.» Er ging aus dem Zimmer und kam gleich wieder mit einem Tabaksbeutel aus Plastik, den er Moose zuwarf. «Da –

das ist eine Unze; betrachten Sie's als Werbemuster. Kostet Sie nichts. Aber dann nur noch gegen bar – kapiert?»

«Klar. Also nochmals vielen Dank!»

Wilcox holte die Zigarettendose und drückte einen versteckt angebrachten Knopf. Die obere Lage Zigaretten glitt zur Seite und legte eine zweite Schicht frei. Es waren offensichtlich Selbstgedrehte. «Mögen Sie?»

«Das ist aber Klasse!»

Wilcox lächelte. «Ein kleiner Trick. Aber die Bullen fallen auf so etwas schon lange nicht mehr rein.»

Moose nahm eine Zigarette aus der Dose, roch daran und rollte sie zwischen den Fingern.

«Rauchen Sie sie lieber nicht hier. Aber Sie können sich ein paar davon mitnehmen ... Haben Sie ein Zigarettenetui? Moment mal ...» Er wühlte in der Schreibtischschublade und förderte ein flaches versilbertes Zigarettenetui zutage. Er schob einige Zigaretten unter das Gummiband. «Da, nehmen Sie!» Aber als Moose nach dem Etui greifen wollte, fiel Wilcox noch etwas ein. Er nahm einige von den gewöhnlichen Zigaretten und verteilte sie zwischen den anderen. «Jetzt haben Sie ein hübsches Sortiment», sagte er.

21

Der Strand war steinig und der spärliche Sand grob wie Kies, aber man war ungestört auf dieser einsamen Halbinsel, die bei Flut – und augenblicklich war Flut – auf drei Seiten von Wasser umschlossen war. Dürre Kiefernäste boten reichlich Brennmaterial; außerdem wurde viel Treibholz angeschwemmt, da die Landzunge in die Strömung hinausragte.

Bill Jacobs, der in den letzten zwei Sommern als Lagerleiter gearbeitet hatte, übernahm automatisch das Kommando: «Stellt Bier und Cola zum Kühlen ins Wasser! Die Jungen suchen große Steine für die Feuerstelle, die Mädchen sammeln Holz!»

Alle liefen geschäftig auseinander. Bill baute aus großen Steinblöcken die kreisförmige Feuerstelle, und als die Jungen mit ihrer Arbeit fertig waren, halfen sie den Mädchen beim Holzsuchen. Bald hatten sie einen großen Haufen zusammengetragen. «Halt!» rief Bill. «Jetzt reicht's.»

«Ich hab Lust auf ein Bier!» stöhnte Adam.

«Ja, ich auch», meinte Stu. Er schaute auf die Uhr. «Verflucht, ich muß um halb sieben weg, um meine Alten rasch nach Lynn zu fahren. Ich komm aber anschließend wieder her.»

«Ausgerechnet, wenn wir kochen!» protestierte Didi. «Du verpaßt das Essen.»

«Nichts zu machen. War die einzige Möglichkeit, den Wagen zu kriegen . . . Was ist nun eigentlich mit dem Bier?»

«Wann machen wir das Feuer an, Bill?»

«Sobald es dunkel ist und wir alle Hunger haben. . . . Hat schon jemand Hunger?»

«Nein, nein, warten wir noch.»

Das Meer war ruhig, fast unnatürlich ruhig. Leise schwappend schlugen kleine Wellen gegen die Ufermauer. In der Ferne kreischten Möwen. Sonst war alles still. Es lag etwas in der Luft, das jedes laute Wort erstickte. Sie saßen paarweise beisammen, flüsterten leise miteinander und warteten auf die Dunkelheit.

Adam Sussman hatte den Kopf in den Schoß seiner Freundin gebettet; durch sein Beispiel ermutigt, rückten auch die andern Pärchen näher zusammen. Plötzlich richtete sich Sussman auf und rief halblaut: «Wir kriegen Besuch . . .» Er deutete auf eine einsame Gestalt, die sich ihnen näherte. «Der hat uns gerade noch gefehlt!»

«Moose Carter», sagte Stu.

«Der Tröster der einsamen Mädchen», murmelte Didi.

«Hallo, Moose!» Bill Jacobs winkte ihm lässig zu.

«'n Abend allerseits . . . Hallo, Bill, Stu . . . Didi, Sue . . .

Ja, gibt's dich auch noch, Betty Baby?» Dann entdeckte er Jenkins. «Mensch, ich werd verrückt – 'n richtiges Bürgerrechtlerpicknick, hm?»

«Nimm dir 'ne Büchse Bier und red keinen Stuß», sagte Bill Jacobs kurz.

«Sehr wohl, ich bin so frei ...» Er riß den Deckel einer Bierdose auf. «Habt ihr das schon mal gesehen?» fragte er, warf den Kopf in den Nacken und ließ das Bier die Kehle hinuntergurgeln, ohne daß sich der Adamsapfel bewegte.

«Alan Jenkins – Moose Carter», stellte Jacobs vor.

Keiner machte Anstalten, dem anderen die Hand zu schütteln. Beide murmelten etwas, das wie «Hallo!» klang.

«Nimm dir noch ein Bier», sagte Jacobs.

«Ich sag nicht nein ... Rückt mal zusammen!» Er bemerkte, daß Stu zur Seite rutschte, um ihm neben Jenkins Platz zu machen. «Nee, laß man; ich setz mich lieber dort rüber», sagte er, «zu Betty, meiner alten Liebe. Ich bin nicht gern im Abteil für Farbige.»

Didi spürte, wie sich Stus Hand unter der ihren zusammenballte. Sie blickte auf ihre Armbanduhr. «Es ist halb sieben. Wenn du deine Eltern abholen willst, mußt du los.»

«Vielleicht sollte ich besser in der Gegend bleiben», knurrte er.

«Nein, geh ruhig», flüsterte sie. «Ich komm schon klar.»

Kaum war Stu gegangen, da fielen die ersten Tropfen.

22

Wenn Ben Gorfinkle vor den jungen Leuten von der Führungsreserve seiner Firma über Fragen der Personalpolitik zu sprechen hatte, pflegte er sein Referat mit einer Betrachtung über den widerborstigen Untergebenen zu beenden:

Wenn Sie's mit einem Untergebenen zu tun haben, der aus der Reihe tanzt, geben Sie ihm zuerst einmal die Chance, seinen guten Willen zu zeigen – auch wenn Sie alle Trümpfe in der Hand haben und ihn einfach feuern könnten. Wenn er nämlich etwas taugt und sich daraufhin zusammenreißt, haben Sie der Firma einen guten Mann erhalten. Wenn Sie ihn aber feuern, müssen Sie ihn ersetzen. Und wer sagt, ob Ihnen der Neue nicht genausoviel Scherereien machen wird? Auf alle Fälle ist eine Aussprache immer das beste.

Am Montag rief Gorfinkle gleich nach Feierabend den Rabbi an. «Können wir uns nicht mal zusammensetzen, Rabbi? Wir haben uns noch nie in Ruhe unterhalten, seit ich Gemeindevorsteher bin. Ich meine, es gibt eine ganze Menge zu besprechen.»

«Selbstverständlich. Wann immer Sie wollen.»

Meist ist es gut, die Aussprache möglichst langfristig anzusetzen – soll er ruhig ein wenig zappeln. In manchen Fällen ist es jedoch vorteilhafter, den Mann sofort zu bestellen, damit er möglichst unvorbereitet ist. Das hängt ganz von den Umständen ab.

«Wie wär's heute abend?»

«Um sieben muß ich zum *Minjan.*»

«Und ich habe eine Verabredung zum Abendessen ... Wie sieht's denn vorher aus?»

«Vorher paßt es mir.»

«Fein. Es ist nur ... Stu hat nämlich meinen Wagen ...»

«Ich kann ja zu Ihnen kommen.»

Schaffen Sie eine freundschaftliche Atmosphäre. Er soll sich wohl fühlen in seiner Haut ... Gorfinkle führte den Rabbi ins Wohnzimmer und bot ihm einen Sessel an. *Ermutigen Sie ihn zum Sprechen, aber halten Sie ihn stets in der Defensive ...* Er lächelte wohlwollend:

«Sagen Sie, Rabbi, was ist Ihrer Meinung nach Ziel und Zweck des Tempels, und welches sind die Aufgaben des Rabbiners?»

Der Rabbi lächelte; er erkannte den Eröffnungszug und wich aus. «Ich bin seit sechs Jahren hier tätig. Sie haben mich wohl nicht so dringend gerufen, wo Sie selbst unter Zeitdruck sind, damit ich hier wiederhole, was ich seit eh und je predige. Sicher haben Sie mir noch etwas anderes zu sagen.»

Gorfinkle nickte zustimmend. Er schwieg einen Augenblick, dann sagte er: «Wissen Sie, Rabbi, ich glaube, Sie begreifen nicht richtig, worum es in einer Gemeinde geht. Ich denke, kein Rabbiner begreift das so ganz. Ihr seid da alle viel zu engagiert; ihr habt nicht den nötigen Abstand.»

«Ach ja? Nun, vielleicht können Sie es mir erklären.»

Geben Sie sich ehrlich und offen, Ihr Partner soll das Gefühl haben, daß Sie nichts zu verbergen suchen.

Gorfinkle ignorierte die Ironie. «Sie betrachten die Gemeinde als eine Vereinigung, die von einigen frommen Leuten gegründet wird und dann mit der Zeit religiös Interessierte anzieht ...» Er schüttelte den Kopf: «Es gibt hier vielleicht einen einzigen wirklich frommen Mann, nämlich Wasserman; alle andern sind an der Synagoge lediglich als Organisation interessiert. Wenn eine solche Organisation erst erfolgreich ist – und dazu braucht es viel Zeit und Arbeit –, dann braucht man ganz andere Leute an der Spitze, weil die alte Leitung allmählich zu einem Hemmschuh wird. Manchmal kommen sich die Gründungsmitglieder so wichtig vor, daß man mit ihnen nicht mehr auskommen kann; sie führen sich verdammt selbstherrlich auf, nur weil sie von Anfang an mit dabei waren – und damit bürsten sie alle später Dazugekommenen gegen den Strich ... Genau das ist auch bei uns passiert, und in gewissem Sinn bin ich deswegen zum Vorsteher gewählt worden ... Aber das ist nicht alles: Eine Organisation auf die Beine zu stellen, ist eine Sache; sie am Leben zu erhalten, eine ganz andere. Für das erste braucht man einen ganz anderen Typ als für das zweite.»

«Immerhin braucht man in beiden Fällen Juden», bemerkte der Rabbi.

«Das ist nicht der springende Punkt, Rabbi.»

«Ach ja? In einer jüdischen Gemeinde?»

«Allerdings.» Gorfinkle nickte. «Sie wissen, daß es in unserer Gemeinde zwei ... na – Fraktionen gibt: die meine und die von Meyer Paff. Paff geht es aber bei all seiner orthodoxen Einstellung gar nicht so sehr um Judentum oder Religion ganz allgemein ... Glauben Sie, daß die Leute Gemeindearbeit leisten, weil sie religiös sind? Oder daß Religion für sie wichtig ist?» Er schüttelte heftig den Kopf. «Nein, Rabbi. Sie sind lediglich an der Synagoge als Organisation interessiert, das ist alles.

Sehen Sie mal – jeder will doch etwas sein – jemand sein, ja? Man ist zur Schule gegangen, dann aufs College, man hat immer davon geträumt, mal ein großes Tier zu werden, eine Rolle zu spielen ... Und wie geht's dann weiter? Man nimmt 'ne Stelle an oder macht ein kleines Geschäft auf und denkt sich, endlich geht's voran. Aber mit fünfunddreißig wird einem so langsam klar, daß man weder Präsident der Vereinigten Staaten wird noch General, noch Nobelpreisträger; man merkt allmählich, daß sich da nicht mehr viel ändern wird: morgens auf zur Arbeit, abends heimkommen und schlafen, damit man am nächsten Tag wieder arbeiten kann ... Und das bleibt dann so, bis man stirbt. Ein harter Brokken, sich damit abzufinden, besonders in einer Gesellschaft wie der unseren, wo der Erfolg zählt und sonst nichts. Was tun die Leute also? Sie werfen sich irgendeiner Organisation in die Arme; sie werden fanatische Vereinsmeier. In einer Yankee-Stadt wie Barnard's Crossing ist es für unsereinen sehr schwer, in der Kommunalpolitik Erfolg zu haben – für Nichtjuden übrigens auch, wenn sie neu zugezogen sind. Aber die Synagoge, das ist was anderes; da kann jeder von uns beweisen, was er kann. Man muß nur ein bißchen aktiv sein, dann fällt einem mit der Zeit automatisch ein Amt zu – und wenn es nur der Vorsitz in irgendeinem Ausschuß ist, man wird doch gelegentlich mal in der Zeitung erwähnt ... Sie meinen, das sei lächerlich? Täuschen Sie sich nicht! Darauf kommt es den Leuten an – genau darauf.

Aber zurück zu Paff. Als er noch ein Amt hatte, war er ein wichtiger Mann. Damit ist es jetzt vorbei – und das wurmt ihn, Rabbi!»

«Wenn es ihm nur darum ginge», wandte der Rabbi ein, «hätte er dann so große Summen gespendet? Hätte er dann seine ganze freie Zeit der Gemeindearbeit geopfert?»

Gorfinkle zuckte die Achseln. «Was für Sie eine große Summe ist, Rabbi, das ist doch für Meyer Paff ein Pappenstiel! Der Mensch ist ein Gewohnheitstier. Auch wenn man zu Geld kommt, kann man seinen Lebensstil nicht plötzlich ändern. Man kauft sich einen größeren Wagen, man läßt sich ein paar Maßanzüge schneidern ... Aber was ist das schon, wenn einer wirklich *viel* Geld hat? Gar nichts ist das! Was tut man also? Man kauft eine Villa und läßt sie von einem Innenarchitekten einrichten; man kauft teure Bilder – nicht etwa, weil man plötzlich Sinn für Kunst entwickelt hätte – o nein; man will den andern nur beweisen, daß man *erfolgreich* ist: Mit ihrem Respekt – oder auch mit ihrem Neid – wächst dann das Selbstbewußtsein ... Die einen protzen mit Besitz, die andern lassen sich mit eleganten Frauen sehen – und der Typ Meyer Paff spendet Geld für wohltätige Zwecke.»

«Und Sie?» fragte der Rabbi.

Wenn der andere Sie herausfordert, so zögern Sie nicht, eigene Unzulänglichkeiten zuzugeben. Es verbessert die Atmosphäre.

Gorfinkle zog die Achseln hoch. «Zugegeben, ich bin auch nicht viel anders.» Er grinste: «Sie können sogar sagen, ich bin ein klassisches Beispiel ... Ich habe mich an der TH auf Elektronik spezialisiert. Als ich mein Studium abschloß, war das Gebiet noch relativ neu. Ich war einer der besten Studenten meines Kurses und dachte, mit dreißig bist du Chef irgendeines großen Unternehmens ... Dann kam der Krieg; ich wurde eingezogen und verlor wertvolle Jahre. Na ja, das ging mir nicht allein so. Aber später merkte ich dann, daß es bei den Beförderungen nicht immer auf die beruflichen Fähigkeiten ankommt. Und obendrein war ich Jude – es gibt

Dinge, die einer Karriere förderlicher sind. Hinzu kam noch, daß mittlerweile so ungefähr jeder zweite in meinem Fach den Doktor macht ... Lauter studierte Nichtskönner, aber die sind gefragt. Andererseits, wenn man Frau und Kind hat, kann man nicht noch mal eben ein paar Semester einschieben. Was tut man also? Man wechselt die Stelle in der Hoffnung, vielleicht klappt's woanders – was natürlich Quatsch ist. In dieser Branche muß man mit dreißig oben sein, oder man schafft's nicht mehr ... Mit meinen fünfundvierzig Jahren bin ich jetzt Abteilungsleiter, und sehr viel weiter werde ich's bis zur Pensionierung wohl nicht bringen ...» Er zuckte die Achseln. «Als ich anfing, mich um die Synagogenarbeit zu kümmern, da tat ich es, weil ich glaubte, ich könnte es besser machen als andere – ehrlich! Und bis zu einem gewissen Grad gilt das auch heute noch. Aber im großen und ganzen ...» Wieder das Achselzucken: «Ich geb's zu; ich bin wie die andern. Ich möchte einfach eine Rolle spielen, Einfluß haben, jemand sein.»

«Sie geben sich da sehr zynisch», warf der Rabbi ein. «Übersehen Sie dabei nicht etwas ganz Wesentliches? Das soll ja Zynikern manchmal passieren ... Sie behaupten, daß die einen mit Luxusvillen protzen und die andern mit Geldspenden; das sei der einzige Unterschied, sagen Sie. Schön – wir leben im Zeitalter der Psychologie; wir bilden uns ein, die Beweggründe für unsere Handlungen zu durchschauen ... Tun wir das aber wirklich? Und selbst wenn – ich finde, letzten Endes kann man solche Dinge nur vom Resultat her beurteilen. Und da ist mir ein Mann, der mit Wohltätigkeit protzt, lieber als ein anderer, der nur eben protzt ... Sie haben eine sehr zynische Einstellung zur Synagoge, Mr. Gorfinkle. Aber wissen Sie, Zynismus ist nichts anderes als enttäuschter Idealismus. Wir Juden betrachten uns als ein Volk von Priestern. Um unserem Ideal treu zu bleiben, dürften wir eigentlich nichts tun als philosophieren und beten ... Es ist auch versucht worden, früher, in den polnischen und russischen Ghettos. Aber jemand mußte wohl oder übel arbeiten, und das waren dann notgedrungen die Frauen. Ich muß sagen, diese Einstellung liegt mir nicht. Ich finde überhaupt, man bewältigt das Leben nicht, indem man ihm ausweicht. Unsere Religion ist eine praktische Religion; *Parnassah*, Lebensunterhalt ist für uns so wichtig wie beten, und die Welt, in der wir leben, ist so wichtig wie die Synagoge.»

Sagt er etwas, das sich einigermaßen mit Ihrem Standpunkt vereinen läßt, so lassen Sie ihn das wissen – notfalls, indem Sie seine Worte etwas zurechtbiegen. Sie ermöglichen ihm damit unter Umständen einen ehrenvollen Rückzug ohne Gesichtsverlust.

«Wenn Sie so denken», warf Gorfinkle rasch ein, «warum kritisieren Sie dann eigentlich unser Programm, Rabbi? Wir wollen den Leuten ja gerade klarmachen, daß die Synagoge nicht im luftleeren Raum existieren kann, daß sie in dieser Welt angesiedelt ist und Aufgaben in ihr hat.»

«Ich habe gar nichts gegen Ihr Programm, wenn ich es auch für richtiger hielte, die Entscheidung über diese Dinge dem einzelnen zu überlassen. Mich stört nur, daß Sie die Gegenpartei damit vor den Kopf stoßen – und zwar in einem Maß, daß sie aus der Gemeinde auszutreten droht ... Fairerweise: die andere Seite hat sich genauso unvernünftig benommen. Auf den Vorstandssitzungen ist seit Monaten nicht mehr sachlich diskutiert worden. Wenn die einen etwas vorschlugen, waren die andern prinzipiell dagegen und umgekehrt. Den Belastungen, die solche Spannungen mit sich bringen, ist keine Gemeinde auf die Dauer gewachsen. Und jetzt hat Ihre Gruppe offenbar auch noch die letzten Hemmungen abgelegt. Brennermans Predigt ...»

«Was ist mit Brennermans Predigt?»

«Er hatte kein Recht, die Kanzel auf solche Weise zu mißbrauchen.»

«Moment mal, Rabbi. Im Gegensatz zu Ihnen habe ich die Rede im Wortlaut gehört, und im großen und ganzen bin ich Brennermans Ansicht.» Gorfinkle lächelte sein verkrampftes, humorloses Lächeln.

«Dann sind Sie gleichermaßen schuldig, Mr. Gorfinkle.»

«Na hören Sie mal! Sie vergessen, daß ich Vorsteher der Gemeinde ...»

«Ganz recht, Mr. Gorfinkle: Sie sind Vorsteher der Gemeinde – der Gemeindeorganisation, wie Sie betonen. Aber die Kanzel gehört dem Rabbi.»

«Das war mir nicht bekannt, Rabbi», sagte Gorfinkle liebenswürdig. «Ist das ein jüdisches Gesetz, oder wie?»

«Es ist ein Gebot des Anstands! Ich übernehme ja auch nicht einfach den Unterricht in irgendeiner Religionsklasse, ohne vorher das Einverständnis des zuständigen Lehrers einzuholen – obwohl die gesamte religiöse Unterweisung dem Rabbi untersteht.»

«Also gut ...» *Manchmal lohnt es sich, in unwichtigeren Punkten nachzugeben.* «Ted hat vielleicht ein bißchen übers Ziel hinausgeschossen. Er ist immer gleich Feuer und Flamme, und manchmal geht ihm eben der Gaul durch.»

«Da ist noch etwas ... Sie haben gestern auf der Vorstandssitzung Roger Epstein zum Vorsitzenden der Ritualkommission nominiert?»

«Was haben Sie gegen Roger Epstein?» brauste Gorfinkle auf.

«Persönlich gar nichts. Aber bis er hierherzog, wußte er kaum, wie eine Synagoge von innen aussieht. Und jetzt soll er als Vorsitzender der Ritualkommission über die Gebetsordnung mitentscheiden? Da ist es doch begreiflich, daß Paff und seine Freunde darin einen Affront sehen – konservativ, wie sie sind!»

«Langsam, Rabbi – langsam! Ich habe Roger gewählt, weil die Ritualkommission die wichtigste ist und er mein bester Freund ... Es ist doch völlig gleichgültig, ob er die Gebetsordnung kennt oder nicht – da können Sie sich ja darum kümmern, gemeinsam mit dem Kantor meinetwegen. Aber der Vorsitzende der Ritualkommission vergibt an den Feiertagen die gottesdienstlichen Ehrenämter, und auf die wird allgemein großer Wert gelegt – und solange Meyer Paff das

Amt hatte, hat er immer politisches Kapital daraus geschlagen ... Übrigens, wenn wir schon von unkorrektem Verhalten sprechen, Rabbi: Finden Sie es korrekt, eine Gruppe von Kindern einzuladen, darunter auch meinen Sohn, um vor ihnen vom Standpunkt der Gegenpartei aus über diese Dinge zu referieren? Ist das etwa nicht ein Mißbrauch Ihres Privilegs?»

«Kinder? Für uns gilt der Dreizehnjährige bereits als Mitglied der Männergemeinde. Er kann zur Thoralesung aufgerufen werden; er darf sogar vorbeten ... Sind aufgeweckte achtzehn- und neunzehnjährige College-Studenten nicht reif genug, um zu verstehen, was sich in ihrer Gemeinde abspielt?»

«Das klingt nach einem talmudischen Dreh, Rabbi; lassen Sie mich damit in Frieden. Ich betrachte das als Einmischung in die Gemeindepolitik, und ich wünsche, daß das aufhört.»

Der Rabbi lächelte. «Mit andern Worten, ich soll aufhören, zu den jungen Leuten zu sprechen?»

«Sie sollen aufhören, ihnen von den Problemen der Gemeinde zu erzählen. Und dies ist keine Bitte, sondern eine Anordnung.»

«Das geht nicht, Mr. Gorfinkle. Ich bin der Rabbi, und ich entscheide, was ich den Mitgliedern der Gemeinde sagen will und was nicht.»

Wenn die Diskussion einen Punkt erreicht, wo kein Kompromiß mehr möglich ist, reden Sie nicht mehr um den Brei herum. Machen Sie kurzen Prozeß.

Gorfinkle nickte. «Sie haben mir zur Genüge bewiesen, daß Sie auf Paffs Seite sind. Das erstaunt mich keineswegs; wir hatten es ohnehin vermutet ... Unsere Gruppe hatte gestern abend eine Sitzung; und wir haben im Vorstand eine klare Mehrheit, wie Sie wissen ... Man hat mir aufgetragen, mit Ihnen zu sprechen – in der Hoffnung, Sie zur Einsicht zu bringen. Deshalb habe ich heute abend diese Aussprache herbeigeführt. Wenn ich nun meinen Freunden von dem Verlauf unseres Gesprächs berichte, wird man vermutlich beschließen, Ihnen den Rücktritt nahezulegen.

Natürlich können Sie dagegen angehen – aber wir wissen beide, daß es nicht sinnvoll wäre: Ein Rabbiner, der um seinen Posten kämpft und verliert, verbaut sich die Chance, je wieder eine andere Anstellung zu bekommen. Und Sie werden verlieren, das versichere ich Ihnen. Nach der nächsten Sitzung sind Sie nicht mehr Rabbi unserer Gemeinde.» Gorfinkle stand auf – das Gespräch war zu Ende.

Auch der Rabbi erhob sich. «Ich habe mein Rabbinerdiplom nicht von Ihnen erhalten», sagte er, «und Sie können es mir nicht entziehen. Ich bin der Rabbi der Juden von Barnard's Crossing; die Synagoge bezahlt mich, aber sie hat mich nicht gekauft. Im übrigen, ein Rabbi braucht keine Synagoge, um seine Aufgaben zu erfüllen.»

Draußen ertönte ein lautes, anhaltendes Hupen.

«Das ist Stu ...» Gorfinkle zuckte die Achseln. «Tut mir leid, Rabbi», sagte er im Konversationston, «ich muß jetzt weg.»

23

Wilcox saß mit offenem Kragen und gelockerter Krawatte im Lehnstuhl, die Beine auf einen Schemel hochgelagert. Er war mit sich und der Welt zufrieden. Er spürte es schon – es würde wieder ein berauschender Trip werden, jenseits von Zeit und Raum ... Er hörte deutlich den langsamen, gleichmäßigen Gang der Zahnräder in seiner Armbanduhr. Und dann das Klingeln an der Tür. Wie Begleitmusik. Ein dunkles, drängendes Läuten. Er stand auf, um zu öffnen – ein abenteuerliches Unterfangen, bei dem jeder einzelne Körperteil seine Funktion hatte; es erinnerte ihn an ein kompliziertes Truppenmanöver – oder nein ... an ein Ballett, bei dem Arme, Beine, Hände und Finger selbständige Rollen hatten, einer vorgegebenen Choreographie gehorchen mußten. Die Tür öffnen, den Besucher einlassen, zum Sessel zurückgehen – das alles schien Stunden zu dauern; dennoch ermüdete ihn die unerhörte Kraftanstrengung überhaupt nicht.

Die Gestalt auf dem Stuhl gegenüber wuchs, wurde größer und größer wie ein Ballon beim Aufblasen. Dann schrumpfte sie wieder, wurde klein, immer kleiner, um plötzlich wieder anzuschwellen. Aber es war nicht beängstigend: es war eher komisch, sobald man dahinterkam, daß es sich bei dem seltsamen Phänomen um den alltäglichen Vorgang des Atmens handelte. Heftiges, stoßweises Atmen augenscheinlich; was aber nicht unlogisch erschien, wenn man eiliges Treppensteigen voraussetzte. Schweißtropfen glitzerten auf der Stirn: Wilcox sah sie alle gleichzeitig und beobachtete doch jeden einzelnen auf dem Weg vom Haaransatz zur ersten bremsenden Stirnfalte, die sich füllte, überlief ... die zweite Stirnfalte ... Dann verschwanden die Tropfen im struppigen Dschungel der Augenbrauen. Die Person sagte etwas; er verstand es genau, aber es war zu lächerlich, zu albern, um überhaupt darauf einzugehen. Den Wagen um die Ecke parken oder so was. Idiotisch. Wen interessiert das? Schwierigkeiten beim Finden der Türklingel, so. Und man muß eine Frau fragen, welche Klingel die richtige ist oder so ähnlich. Na und? Aber das komische Würstchen ist ärgerlich, das merkt man irgendwie. Man merkt es nicht nur, man spürt es. Auf der Haut spürt man es. Wie Brandung. Wie Wellen. Wellen der Abneigung. Unangenehm. Es soll aufhören ... Wilcox sprach zu dem Gast, aber seine Stimme klang von weit her. Er setzte dem albernen Geschöpf alles ganz genau auseinander, und das alberne Geschöpf verstand ihn offenbar auch, denn es erhob sich, stand ... Nicht sehr hell auf der Platte, trotzdem; extrem niedriger Intelligenzquotient ... Immer noch dieses heftige Atmen. Nimmt sogar zu ... Komisch. Na endlich – Aufbruch! Aber die Tür ist doch dort – warum kommt der Ballon ... Ja, jetzt sieht's wieder aus wie ein Ballon ... Warum kommt der Ballon immer näher? Ach so – will sich verabschieden, der Ballon. Jetzt ganz nah. Soll ich aufstehen? Und so groß. Riesengroß. Monströs ... Was will das Monstrum mit meiner Krawatte? Vielleicht verabschiedet man sich neuerdings, indem man ... Aber warum ... Nein, nicht würgen. Es tut weh. Der Druck soll aufhören sehr weh Schmerz Luft warum eigentlich die Zahnräder in der Uhr sind so laut Kirchenglocken es dröhnt und dröhnt dröhnt rot ganz hell es

24

Mr. Carters Blick wanderte langsam um den Abendbrottisch und blieb an dem leeren Platz zu seiner Rechten hängen. Seine Frau saß am unteren Ende des Tisches, die Kinder zu beiden Seiten; die beiden Jungen rechts, die beiden Mädchen links. Alle saßen sehr aufrecht, die Hände auf der Tischkante gefaltet, und warteten, daß er das Tischgebet spreche.

«Wo ist Moses?» fragte er.

«Er ist noch nicht zu Hause», murmelte seine Frau. «Er ist nach Boston gefahren, um sich für einen Job zu bewerben ... Sicher ißt er unterwegs etwas. Er hat gesagt, es kann später werden.»

«Hast du ihm nicht gesagt, daß er zum Abendbrot da zu sein hat? Er sollte es allmählich wissen. Wenn er aufgehalten wird, kann er anrufen. Wir haben schließlich das Telefon.»

«Bitte, Pa!» beschwor sie ihn. «Warum hackst du dauernd auf dem Jungen rum? Vielleicht war gerade kein Telefon in der Nähe. Oder er hat angerufen, und bei uns war besetzt. Die Mädchen hängen ja dauernd am ...»

«Ich dulde es nicht, daß man in diesem Haus kommt und geht, wie es einem paßt. Wir sind eine Familie, und wir bleiben eine Familie. Das verlangt die Moral. Wenn jeder plötzlich tut, was er will, fällt die Familie auseinander. Das Mahl ist ein Sakrament, und jeder in diesem Haus hat daran teilzunehmen.»

«Vielleicht wurde er von dem Gewitter überrascht», meinte seine Frau, «und hat gewartet, bis es vorbei war; als er merkte, daß es spät wurde, hat er sicher irgendwo einen Happen gegessen und ist dann direkt zur Kegelbahn gegangen ... Ach übrigens – da fällt mir ein: Er hat irgendwas gesagt, daß er montags früher da sein muß ...»

«Genug!» sagte ihr Mann. «Wir warten nicht länger. Ich spreche jetzt das Tischgebet. Wer später kommt, kriegt kein Essen. In meinem Haus ißt keiner, ohne vorher den Segen gehört zu haben.» Er blickte in die Runde.

Alle Köpfe waren andächtig gesenkt.

Er faltete die Hände und schloß die Augen. Eine volle Minute lang verharrte er so; dann hob er den Kopf: «Herr, wir danken Dir für Deine Gnade, und daß Du uns Nahrung gibst, den Körper zu stärken, auf daß wir Deine Arbeit verrichten. Wir haben Deine Gebote befolgt; unser Mahl enthält nicht das Fleisch eines Deiner Geschöpfe, nur die Früchte Deiner Erde. Wenn wir gesündigt haben, so ist es, weil wir schwach und gedankenlos sind. Vergib uns, o Herr, und urteile gnädig über uns ...» Dann murmelte er: «Ich danke Dir, Gott; ich bin Dein Diener, und ich werde gehorchen.»

Er öffnete die Augen und blickte um sich. «Nun wollen wir essen.»

Schweigend aßen sie; jeder war darauf bedacht, möglichst bald vom Tisch aufstehen zu können. Mr. Carter starrte mißmutig und stumm auf seinen Teller. Als dann endlich abgetragen war, drückten sich die jungen Leute leise aus dem Zimmer.

Mr. Carter blieb sitzen, während seine Frau und die Mädchen in der Küche das Geschirr wuschen. Schließlich trat seine Frau ins Zimmer.

«Es gießt immer noch in Strömen, Pa», sagte sie. «Vielleicht sollte Michael den Wagen nehmen und sich in der Stadt nach Moose umsehen ...»

Er sah sie an, und sie hatte Mühe, seinem Blick standzuhalten.

«Ich werde selbst nach ihm suchen», erklärte er.

«Ach, laß nur ... Ich bin wohl ein bißchen überängstlich. Er wird sicher bald ...»

Das Telefon klingelte.

«Das ist er!» rief Mrs. Carter.

Sharon ging zum Telefon. «Es ist die Kegelbahn», rief sie gleich darauf. «Sie wollen wissen, wo Moose steckt. Er ist nicht zur Arbeit gekommen.»

Mr. Carter zog den Regenmantel an und stapfte aus dem Haus. In der Garage wählte er eine anderthalbzöllige Latte aus dem Vorrat, der dort gestapelt lag, und ließ sie ein paarmal prüfend durch die Luft sausen.

25

Der Rabbi ließ sich Zeit; er wollte Ordnung in seine Gedanken bringen, ehe er zu Hause ankam. Was sollte er Miriam sagen? Oder vielmehr, wie würde er es ihr sagen? Ziellos fuhr er durch die Stadt. Der Regen prasselte gegen die Windschutzscheibe; die Scheibenwischer schafften es kaum. Von Zeit zu Zeit erhellten zuckende Blitze den finsteren Himmel, unmittelbar gefolgt vom Krachen des Donners. Es war unheimlich und zugleich faszinierend; es war eben das richtige für den augenblicklichen Gemütszustand des Rabbis.

Er hätte sich gern mit jemand ausgesprochen, bevor er Miriam unter die Augen trat; es fiel ihm aber niemand ein, dem er sich anvertrauen mochte. Da war höchstens – er mußte unwillkürlich lächeln – Hugh Lanigan, der Polizeichef von

Barnard's Crossing, ein umgänglicher, rotgesichtiger Ire, mit dem ihn seit Jahren etwas verband, was einer Freundschaft recht nahekam ... Vermutlich, weil keiner vom andern profitieren kann, dachte er sarkastisch. Natürlich, da war auch noch Jacob Wasserman; er nahm in der Gemeinde so etwas wie die Stellung eines Alterspräsidenten ein und war über kleinliche Streitigkeiten erhaben. Er hatte sich immer gut mit ihm verstanden, und der Rabbi schätzte die Einsicht und das gesunde Urteil des Alten. Einer plötzlichen Eingebung folgend, fuhr er zu Wassermans Haus.

Als Mrs. Wasserman ihn erkannte, faßte sie ihn in ihrer mütterlichen Art am Arm und zog ihn ins Haus. «Kommen Sie, Rabbi, kommen Sie ... Das macht doch nichts; die Teppiche trocknen schon wieder!» beruhigte sie ihn, als er kaum von dem Abtreter wegzubekommen war.

«Wer ist da?» rief ihr Mann. «Der Rabbi? Kommen Sie rein, Rabbi ... Kommen Sie! Es muß was Ernstes sein, wenn Sie bei dem Wetter ... Aber es ist schön, Sie wieder mal zu sehen! In letzter Zeit ... Wissen Sie, ich kann nicht mehr so gut zum *Minjan* kommen; ich geh kaum noch aus dem Haus ... Becker ist auch da. Er hat mit uns zu Abend gegessen ... Wenn Sie mich unter vier Augen sprechen wollen, kann er meiner Frau in der Küche Gesellschaft leisten – ich bin nicht eifersüchtig. Aber wenn's um Gemeindeangelegenheiten geht, kann er vielleicht auch dabeibleiben ...»

«Keine schlechte Idee», sagte der Rabbi.

Der Alte führte ihn ins Wohnzimmer. «Wir haben Besuch bekommen, Becker», verkündete er. Und zu seiner Frau: «Bring doch dem Rabbi eine Tasse Tee!»

«Ich komme eben von Gorfinkle», berichtete der Rabbi und erzählte ausführlich, was vorgefallen war. Er hatte erwartet, die Nachricht würde wie eine Bombe einschlagen, doch die beiden nahmen sie erstaunlich gelassen auf.

«Er hat also gedroht, Ihren Vertrag im Herbst nicht zu verlängern?» wiederholte Becker, als wolle er sich vergewissern, daß er alles richtig mitbekommen hatte.

«Nein. Er will beantragen, ihn vorzeitig zu beenden.»

«Das geht doch nicht! Vertrag ist Vertrag ... Außerdem muß der Vorstand erst darüber abstimmen.»

«Na und?» Wasserman zuckte die Achseln. «Da Gorfinkle die Mehrheit hinter sich hat, macht es keinen Unterschied, ob die Sache vor den Vorstand kommt oder nicht ... Sie werden den Rabbi auszahlen. Ganz einfach.»

Der Rabbi erwartete, daß Becker auffahren würde, aber er sah nur Wasserman an und fragte: «Sagen wir's ihm?»

Wieder zuckte der alte Mann die Achseln. «Warum nicht?»

«Es ist schon komisch», begann Becker, «daß Sie ausgerechnet heute abend kommen, Rabbi ... Meyer Paff war heute bei mir. Es sieht so aus, als ob sich die Gemeinde spalten würde, und Paff wollte Wasserman und mich für seine Partei gewinnen.»

«Und? Haben Sie ihm zugesagt?»

«Für uns ist es kein Problem, Rabbi. Als ehemalige Gemeindevorsteher gehören wir automatisch dem Vorstand an. Einer andern Gemeinde beizutreten, bedeutet für uns lediglich, auch dort den Mitgliedbeitrag zu zahlen. Als ich Vorsteher war, war ich gleichzeitig Mitglied in Lynn, und Jacob ist sogar in Lynn und Salem eingeschrieben ... Aber dann kam das Gespräch auf Sie, Rabbi. Paff hat mich beauftragt zu fragen, ob Sie sich seiner neuen Gemeinde anschließen würden. Mit einem langfristigen Vertrag und höherem Gehalt. Jacob und ich sprachen gerade darüber, als Sie kamen.»

Der Rabbi sah Wasserman prüfend an; als der Alte keine Miene verzog, wandte er sich an Becker: «Ich hätte gar nicht gedacht, daß ich bei Mr. Paff so hoch im Kurs stehe.»

«Rabbi, ich will Ihnen nichts vormachen. Natürlich erkennt Paff an, was Sie hier geleistet haben; vor allem aber hofft er, daß Sie viele Mitglieder nachziehen werden ... Nun, das kann Ihnen ja schließlich egal sein: Sie verbessern sich nur bei der Sache.»

«Sind Sie davon so überzeugt, Mr. Becker?»

«Sie würden sich um dreitausend Dollar im Jahr verbessern, wenn Sie's genau wissen wollen. Und da fragen Sie noch? Erkundigen Sie sich doch mal bei Ihrer Frau – die muß täglich einkaufen!»

Der Rabbi ging nicht darauf ein. «Wie die Dinge liegen, Mr. Becker, bin ich der Rabbi der Juden von Barnard's Crossing», sagte er. «Ich bin für alle da, nicht für eine bestimmte Gruppe. Und so fasse ich auch meine Aufgabe auf. Ein Rabbi ist nicht einfach Teil des Synagogenmobiliars.»

«Aber der Kantor ...»

«Das ist etwas anderes. Ein Kantor braucht eine Synagoge oder zumindest eine Versammlung, um sein Amt auszuüben. Er kann sich doch nicht selber vorsingen. Ein Rabbi hingegen ... Sehen Sie, wenn die Gemeinde hier wächst, wird wahrscheinlich eines Tages ohnehin eine zweite Gemeinde für die weniger Strenggläubigen entstehen, und ein Teil der Leute wird sich ihr anschließen. Natürlich werden sie auch einen eigenen Rabbi nehmen ... Aber das ist eine Spaltung aus Anschauungsgründen und somit gerechtfertigt. Der neue Rabbi wird der Rabbi der liberalen Juden von Barnard's Crossing sein, während ich der Rabbi der konservativen Juden bleiben werde.»

«Aber in jeder Gemeinde gibt es solche Spaltungen!» wandte Becker ein.

«Gewiß. Wenn nicht aus ideologischen Gründen, so aus geographischen – etwa, wenn eine Anzahl Leute in ein anderes Viertel umzieht, das weit von der Synagoge entfernt ist: Da es verboten ist, am Sabbat zu fahren, baut man eine neue Synagoge in der Nähe des neuen Wohnviertels. Das ist auch ein akzeptabler Grund ... Aber die Trennung, die ihr plant, beruht weder auf ideologischen noch geographischen Gründen. Hier soll ganz einfach eine Art Konkurrenzunternehmen aufgezogen werden, und Sie finden, ich würde mich gut machen im Schaufenster des neuen Ladens ... Nein, danke! Unter den Umständen würde ich meine jetzige Stelle auch aufgeben. Eine Synagoge ist kein Geschäft, das die Konkurrenz braucht, um in Schwung zu bleiben – und wenn Sie die Sache so anpacken, dann zwingen Sie Gorfinkle und seine Gruppe, genau das gleiche zu tun: Kommt in unsere Synagoge – wir haben eine Klimaanlage und gepolsterte Sitze. Unser Kantor singt schöner, und unser Rabbi hält kürzere und flottere Predigten. Feiert eure Feste in unseren Räumlichkeiten – bei uns gibt's Rabattmarken!»

«Also, hören Sie, Rabbi ...»

«Mr. Paff braucht mich nicht. Eine Synagoge braucht keinen Rabbi, und ein Rabbi braucht keine Synagoge. Vorbeten und predigen sind nicht die wichtigsten Aufgaben des Rabbiners. Vorbeten kann jeder dreizehnjährige Junge, und Predigten sind für die meisten Leute nur eine willkommene Unterbrechung der Eintönigkeit des Gottesdienstes ... Nein, Mr. Becker, ich habe nicht die Absicht, als zusätzliche Attraktion in Ihre Synagoge hinüberzuwechseln.»

«Und wenn es Gorfinkle gelingt, Sie vor die Tür zu setzen?»

Der Rabbi warf Wasserman einen fragenden Blick zu.

Der Greis breitete die Hände aus. «In dieser Welt muß man zuerst fürs tägliche Brot sorgen, Rabbi. Paff bietet Ihnen eine Stelle an, mit mehr Gehalt sogar. Vielleicht sind die Bedingungen nicht ideal, schön ... Wo sind sie schon ideal? Aber es ist doch eine Stelle!»

Der Rabbi biß sich auf die Lippen. Er hatte angenommen, wenigstens Wasserman werde ihn verstehen ... «Ist Barnard's Crossing etwa der einzige Ort in der Welt, wo ich mein Brot verdienen kann? Nein, Mr. Wasserman; wenn es zu einer Spaltung kommt, werde ich hier keinen Vertrag annehmen – weder von Paff noch von Gorfinkle. Dann werde ich Barnard's Crossing verlassen.»

26

Der Regen hatte nachgelassen; ein leichter Nebel lag über der Straße. Stuart Gorfinkle war von Lynn, wo er seine Eltern abgesetzt hatte, auf dem Rückweg nach Tarlow's Point.

Ein wenig beunruhigt fragte er sich, ob die andern wohl irgendwo Unterschlupf gefunden hatten. Ob das Gewitter hier auch so heftig gewesen war wie auf dem Weg nach Lynn? Unter diesen Gedanken erreichte er die Halbinsel und stellte den Wagen ab.

Der Strand lag verlassen. Leere Bierdosen, zurückgelassene Zellophantüten und sonstige Abfälle deuteten auf fluchtartigen Aufbruch hin.

Dann bemerkte er den Pfeil auf dem Baumstamm. Langsam stieg er zum Haus hinauf, legte das Ohr an die Tür und horchte ... Nichts. Er ging um das Gebäude herum zum Haupteingang und horchte abermals; dann klopfte er zaghaft an die Tür ... Diesmal glaubte er, Geräusche zu hören.

Er klopfte lauter und rief: «Ich bin's – Stu ... Seid ihr da drin?»

Gleich darauf wurde die Tür geöffnet, und seine Freunde drängten sich um ihn.

«Na, euch kann man ja suchen!»

«Wir dachten, du kommst nicht mehr ... Wir haben mit Lippenstift einen Pfeil gemalt. Hast du ihn gesehen?»

«Wie seid ihr da reingekommen?» fragte Stu. «War das Haus offen?»

«Nein; wir sind durch ein Hinterfenster eingestiegen.»

«Dann verschwinden wir lieber hier», meinte Stu. «Der Streifenwagen kommt hier vorbei. Sie kontrollieren die leeren Häuser. Sie haben eine Liste.»

Als sie alle dicht gedrängt im Wagen saßen und Stu auf den Anlasser drückte, rief Adam Sussman plötzlich:

«Und Moose? Was machen wir mit ihm?»

«Was ist mit Moose?» fragte Stu.

«Er ist noch im Haus. Er hat einen sitzen. Wir haben ihn auf eine Couch gepackt.»

«Nehmen wir ihn lieber mit. Wir können ihn doch nicht einfach dalassen.»

«Mitnehmen? Wie denn? Kein Platz. Und in seinem Zustand ...»

«Er war schließlich nicht eingeladen.»

«Aber er hat uns immerhin gezeigt, wie man ins Haus kommt, als das Gewitter losging.»

«Nun macht doch schon! Ich will heim ...» begann eines der Mädchen zu jammern. «Meine Eltern werden sich zu Tode ängstigen.»

«Fahr schon los, Stu», sagte Bill Jacobs. «Wir können ihn ja später abholen.»

Stu und Bill Jacobs luden Didi als letzte ab; Alan Jenkins fuhr mit, weil er sein Motorrad bei den Epsteins in die Garage gestellt hatte. Das Haus war dunkel. Auf dem Küchentisch lag ein Zettel:

Sind im Kino. Gehen anschließend
vielleicht noch einen Kaffee trinken.

Gruß,
Mama

«Kaffee gefällig?» fragte Didi.

«Ich könnte was Warmes vertragen», sagte Jacobs.

«Eigentlich sollte ich losfahren», meinte Jenkins. «Aber ... Na ja.»

«Was machen wir mit Moose?» fragte Stu.

«Der läuft uns nicht davon!» grinste Jacobs. «In dem Zustand, in dem er ist ...»

«Habt ihr gesehen, wie er das Zeug runtergegossen hat?» Stu schüttelte den Kopf. «Trotzdem ist es komisch, daß er von Bier k.o. geht. Ich hätte gedacht, er kann mehr vertragen.»

«Das kommt nicht vom Bier», erklärte Bill Jacobs, «obwohl er einige intus hatte. Im Haus nachher, da hat er 'ne Flasche Scotch gefunden und sich damit produziert – wie vorher mit dem Bier: Kopf zurück und rein in die Kehle ... Die Flasche war im Nu halb leer.»

«Eine halbe Flasche?» staunte Stu. «Und dann? Dann ist er umgekippt? Na, kein Wunder. Und was habt ihr mit ihm gemacht? Auf dem Boden liegenlassen?»

«Natürlich nicht!» Jacobs war empört. «Wir haben ihn auf 'ne Couch gelegt.»

«Na ja ... Vom Boden kann man nicht runterfallen», verteidigte sich Stu.

Jenkins lachte.

Jacobs sagte grimmig: «Wir haben schon dafür gesorgt, daß er nicht runterfällt.»

«Wir haben ihn in eine Plastikfolie gewickelt», erklärte Jenkins. «Lag überall rum, das Zeug. Zum Möbelabdecken.»

«Und ringsum festgesteckt», fügte Jacobs befriedigt hinzu. «Wie man's bei kleinen Kindern macht.»

Didi brachte den Kaffee. Sie tranken ihn schweigend. Jeder hing seinen eigenen Gedanken nach.

Plötzlich fuhr Stu auf. «He – wie kommen wir wieder ins Haus? Ich hab keine Lust, durchs Fenster zu klettern. Du hast die Tür zugeschlagen, Bill!»

«Keine Angst», sagte Jacobs. «Ich hab vorher den Hebel umgelegt – das Schloß schnappt nicht ein. Du brauchst nur aufzuklinken.»

Jenkins stellte seine Tasse ab und stand träge auf. «Ich hau ab. Muß morgen in aller Herrgottsfrühe aufstehn.»

«Und Moose? Stu fährt den Wagen; wenn der Bursche anfängt und spielt verrückt, weiß ich nicht, ob ich mit ihm fertig werde ... Kannst du nicht mitkommen?»

Jenkins schüttelte lächelnd den Kopf. «Da bist du an der falschen Adresse. Von mir aus kann er dort liegenbleiben, bis er Moos ansetzt.»

Als das Motorgeräusch der schweren Maschine in der Ferne erstarb, fragte Stu: «Warum ist er so sauer auf ihn?»

«Ach, Moose hat ihn den ganzen Abend durch den Kakao gezogen», sagte Didi. «Ich kann Alan verstehen.»

«Rausholen muß ihn da jemand», knurrte Jacobs. Er sah zum Fenster hinaus. «Und es gießt wieder in Strömen.»

Sie saßen plaudernd herum und warteten, daß der Regen nachließ.

Von Zeit zu Zeit ging einer zum Fenster und blickte auf die regennasse Straße.

Plötzlich durchzuckte ein Blitz den Himmel, unmittelbar gefolgt von krachendem Donner, und das Zimmer lag im Dunkeln.

«Muß wohl einen Transformator erwischt haben», sagte Jacobs, während er die stockfinstere Straße hinunterblickte. «Oder die Verteilerstation; die ganze Straße ist dunkel.»

«Hast du Kerzen, Didi?» fragte Stu.

«Ich ... Ja, ich glaube.»

Didis Stimme klang ängstlich. Er fühlte, wie ihre Hand die seine suchte. Er legte den Arm um sie.

«Wißt ihr was? Statt hier im Dunkeln herumzuhocken, könnten wir doch losfahren und Moose holen. So ein Wolkenbruch dauert ja nicht ewig.»

27

Mr. Morehead erging sich in tausend Entschuldigungen. «Glauben Sie mir, Mr. Paff, wenn ich nicht meine Frau abholen müßte ...»

«Aber ich bin mit meinen Partnern bei der Villa draußen verabredet. Sie hätten mir das vorher sagen können.»

«Ich hab sie erst morgen erwartet, Mr. Paff. Nun ruft sie

plötzlich aus New York an, vom Flughafen ... Wissen Sie was? Sie brauchen mich ja gar nicht. Holen Sie einfach den Schlüssel bei ...»

«Schicken Sie mich nicht wieder zu diesem Begg! Er wird mir wieder erzählen, daß er seinen albernen Laden nicht allein lassen kann. Und den Schlüssel rückt er auch nicht raus, weil ich offenbar so aussehe, als würde ich Möbel klauen.»

Morehead grinste. «Begg ist eben ein sturer alter Yankee ... Wissen Sie was? Ich könnte den Schlüssel irgendwo in Lynn für Sie hinterlegen.»

«In Lynn? Das ginge ... Ich habe dort ohnehin in der Kegelbahn noch was zu erledigen.»

«Fein. Kennen Sie den Drugstore an der Ecke, wo mein Büro ist? Ich werde den Schlüssel dort lassen. Sie können ihn da abholen.»

«In Ordnung ... Geben Sie auf alle Fälle meinen Namen an und beschreiben Sie den Leuten, wie ich aussehe, damit es kein Theater gibt ... Es darf keine Panne geben. Verstehen Sie?»

«Keine Sorge, Mr. Paff. Und nehmen Sie sich ruhig Zeit. Sie können das Haus in aller Ruhe anschauen. Aber bitte machen Sie überall das Licht aus, ja? Und schließen Sie ab, wenn Sie gehen.»

Der Manager der Lynner Kegelbahn sagte als erstes: «Ihre Frau hat gerade telefoniert, Mr. Paff. Sie sollen einen Mr. Kermit Arons anrufen.»

Arons war zerknirscht. «Also, Meyer, mir ist was Saublödes passiert. Es ist wegen der Verabredung heute abend ... Ich hatte ganz verschwitzt, daß meine Schwägerin Hochzeitstag hat. Sie schmeißt eine Riesenparty, und wenn ich da nicht hingehe, hab ich spätestens übermorgen Gift in der Suppe ... Tut mir wahnsinnig leid, aber das wird bei mir nichts heute abend.»

«Kerm, Mann – wir müssen rasch handeln! Wir können das nicht auf die lange Bank schieben.»

«Dann beschließt doch allein. Ich versteh sowieso nichts von Häusern und so. Wenn ihr mir alle sagt, es ist in Ordnung, dann soll mir's recht sein.»

Kaum hatte er aufgelegt, da wollte der Manager etwas von ihm.

«Moose fehlt schon wieder, Mr. Paff. Ich hab bei ihm angerufen, aber zu Hause war er auch nicht. Und ich hab noch keinen Bissen gegessen.»

«Gehen Sie rasch was essen. Ich paß solange hier auf und kümmere mich um eine Aushilfe.»

«Und wenn Moose noch aufkreuzt?»

«Wenn er kommt, solange ich noch da bin, schmeiß ich ihn gleich raus. Andernfalls morgen ... Los, gehn Sie schon essen; ich hab noch eine Verabredung.»

«Geht in Ordnung, Mr. Paff ... Ach, übrigens – ich kenne da einen Burschen, der gern hier arbeiten würde. Sehr zuverlässig ...»

«Ja, ja ... Wir sprechen später darüber. Haun Sie schon ab!»

Während er zur Tür ging, rief ihm Paff nach: «Sagen Sie – war die Polizei wieder da?»

«Nee ... Machen Sie sich keine Gedanken, Mr. Paff. Mit denen werd ich schon fertig.»

«Ja, eben: Ich lege keinen Wert darauf, daß Sie ‹mit denen fertig werden›. Ich wünsche nicht, daß Sie da eine Lippe riskieren – klar?»

«In Ordnung. Mr. Paff.» Draußen war er.

Gleich darauf klingelte das Telefon: Dr. Edelstein.

«Meyer, deine Frau hat mir diese Nummer gegeben ... Ich hab gerade einen Anruf bekommen. Muß zu einem Eilfall. Dringende Sache ... Tut mir leid.»

«So was Blödes! Kerm Arons hat auch abgesagt – seine Schwägerin hat Hochzeitstag. Und jetzt kommst du ...»

«Es geht um ein Menschenleben, Meyer.»

Meyer Paff saß in seinem Wagen unter der Straßenlaterne gegenüber von Hillson House und wartete. Er beschloß, Irving Kallen noch fünf Minuten zu geben und dann loszufahren.

Es ist leichter, von den Leuten Geld zu kriegen als Zeit, dachte er verärgert. Er fühlte sich unbehaglich. Es goß in Strömen, so daß er die Fenster schließen mußte, und im Wageninnern war es heiß und stickig. Er hätte im Haus warten können – der Schlüssel steckte in seiner Tasche. Aber Begg hatte ja gesagt, es sei schon einige Male eingebrochen worden, und er hatte keine Lust, allein hineinzugehen. Hinter der dichten Hecke sah das Haus finster und bedrohlich aus, und Donner und Blitz machten die Sache auch nicht besser ...

Er blickte auf die Uhr – jetzt wartete er schon fast eine halbe Stunde. Er startete den Motor und fuhr davon.

28

«... Nein, *ma'am* – das Elektrizitätswerk; die sind zuständig. Aber Sie können sich die Mühe sparen; die wissen schon Bescheid. Stromausfall im ganzen Viertel ... Ja, das Gewitter ...»

Sergeant Hanks wandte sich an Smith vom Streifendienst, der mit aufgeknöpfter Jacke dasaß und Kaffeepause machte. «Das reinste Irrenhaus! Das war der ... na, vielleicht der hundertste Anruf war das! Das E-Werk ist besetzt, und da rufen die Leute eben bei uns an.»

Smith grinste verständnisvoll, doch der Sergeant war schon wieder am Apparat.

«Polizeiwache Barnard's Crossing, Sergeant Hanks ... Ja, Mr. Begg ... Ja, der Streifenwagen kontrolliert das Haus regelmäßig ... Nein, wurde nichts gemeldet ... Was? Das Licht brannte? ... Komisch, die ganze Gegend hat doch Stromausfall. Haben Sie Licht? Ach so, vorher, als es noch brannte ... Nein, Mr. Begg, ich habe mich nicht mit meiner Freundin unterhalten – erstens bin ich verheiratet, und zweitens ist hier seit einer Stunde dauernd besetzt, weil alle Leute hier anrufen wegen diesem Kurzschluß ... Ja, ich schick den Streifenwagen vorbei ...» Hanks legte auf und schwang sich in seinem Drehstuhl herum. «Armleuchter!»

«Begg? Na! Den kennt doch jeder», stimmte Smith zu. «Hab ich dir schon mal erzählt, wie er ...»

«Ich geb's auf alle Fälle mal an den Streifenwagen durch», unterbrach ihn der Sergeant. «Diesem Begg sähe es ähnlich, daß er auf die Uhr schaut und kontrolliert, wie lange wir ... Hallo, Bob? Hier Hanks. Wart ihr schon an Tarlow's Point draußen? Ach so ... Könnt ihr mal hinfahren? Der alte Begg behauptet, da hat Licht gebrannt im Haus ... Nee, gerade vor dem Kurzschluß ... In Ordnung. Ende.»

29

Didi saß zwischen den beiden Jungen auf dem Vordersitz. Die Scheibenwischer kämpften mühsam gegen den strömenden Regen an.

«Den Jenkins beneide ich nicht», sagte Stu; «bei dem Wetter auf dem Motorrad ...»

«Er kann sich ja irgendwo unterstellen, bis der Regen nachläßt», meinte Jacobs.

Dann hielten sie vor der Hillson-Villa. Stu holte eine Taschenlampe aus dem Handschuhfach und knipste sie an.

«Nanu?» sagte Jacobs, als der Lichtstrahl den Vordereingang traf. «Die Tür steht ja offen!»

«Vielleicht ist Moose inzwischen aufgewacht und gegangen», meinte Stu hoffnungsvoll.

«Wir müssen trotzdem nachsehen. Gib mir die Lampe.»

Bill lief die Stufen hinauf, gefolgt von Stu. Er stieß die Eingangstür auf und leuchtete den Raum ab. Dann ging er voraus zum Arbeitszimmer, wo sie Moose deponiert hatten. Auf der Schwelle blieb er stehen und richtete den Lichtkegel auf die Couch, auf der unter einer silbrig glitzernden Plastikhülle eine Gestalt lag.

«Den habt ihr aber gründlich verpackt ...» Stu kicherte nervös. «Warum habt ihr auch den Kopf zugedeckt?»

Jacobs stand schon neben der Couch. «So haben wir ihn nicht ... Na los – hilf mir doch!»

Die Gestalt war ganz und gar verhüllt. Ein Zipfel der Folie war über den Kopf geschlagen und fest in die Falten gestopft, die das Material auf Höhe des Halses gebildet hatte.

Mit einem Ruck legte Jacobs den Kopf frei, zerrte weiter, schälte Rumpf und Beine aus der Umhüllung. Das Gesicht war eigentümlich blaß. Jacobs befühlte Stirn und Wangen ... Eiskalt. Er gab Stu die Taschenlampe und begann Mooses Hände zu massieren. Dann ließ er sie angewidert fallen.

«Was ist los?» Stu flüsterte unwillkürlich.

«Du, ich glaube, der ist tot ...» Er schob die Hand unter das Hemd, um den Herzschlag zu fühlen.

«So kannst du das nicht feststellen», belehrte ihn Stu. «Man muß ihm einen Spiegel vor die Lippen halten, und ...»

«Wo soll ich denn einen Spiegel hernehmen?» fauchte Bill. «Vielleicht geht's mit der Taschenlampe, mit der Scheibe über der Birne ...»

Stu hielt ihm die Lampe hin, aber Bill nahm sie nicht.

«Ich hau ab», sagte er. «Komm ... Nichts wie weg!» Sie gingen aus dem Zimmer, schritten schneller aus, begannen zu rennen, nahmen die Stufen vor der Haustür mit einem Satz und hetzten zum Wagen.

«Wo habt ihr Moose?» fragte Didi und rückte beiseite, um Stu hinter dem Lenkrad Platz zu machen.

«Ist doch ganz egal.» Stu ließ den Motor anspringen. Aber er kam nicht mehr dazu, loszufahren.

Ein Wagen raste auf sie zu; Scheinwerfer blendeten. Reifen quietschten, als das Fahrzeug schliddernd bremste und quer vor ihnen zum Stehen kam. Gleich darauf wurde die Vordertür auf der Fahrerseite aufgerissen; Stu starrte in eine Pistolenmündung, hinter der undeutlich eine Polizeiuniform zu erkennen war.

«Los – alle raus!» kommandierte eine Stimme.

30

Ben Gorfinkles Schwager, Harvey Kanter, war zehn Jahre älter als er. Im Privatleben war er Atheist und in seinen Ansichten radikal und respektlos; in der Öffentlichkeit gab er sich als Chefredakteur der Lynner *Times-Herald* konservativ und trat als zäher Verteidiger der bestehenden gesellschaftlichen Verhältnisse auf. In seinen Leitartikeln trat er für Gesetz und Ordnung, Buchzensur und Schulgebet ein und polemisierte gegen Hippies, Studentenrevolten und Gefängnisreformen. Er war ein hochgewachsener, schlaksiger Mann, dessen graue Haare immer so aussahen, als sei er zu ungeduldig, sie zu kämmen. Alles an ihm wirkte ungeduldig. Er war das reinste Nervenbündel. Keinen Augenblick konnte er ruhig sitzen; er war fahrig und nervös, sprang immer wieder auf und wanderte im Zimmer auf und ab, und wenn er einmal saß, rutschte er auf dem Stuhlrand hin und her.

Seinen Schwager nahm er nie ganz ernst, und seine Frau behandelte Mrs. Gorfinkle, ihre jüngere Schwester, immer ein bißchen von oben herab. Trotzdem nahmen die Gorfinkles ihre Einladungen immer an, teils aus purer Gewohnheit, teils weil Ben Gorfinkle an den Diskussionen mit seinem Schwager ein perverses Vergnügen fand.

Nach dem Essen saßen die beiden Männer im Wohnzimmer, während die Frauen den Tisch abräumten und das Geschirr spülten. Kanter biß das Ende einer Zigarre ab, zündete sie umständlich an und sagte schließlich:

«Ach, übrigens – dieser Tage habe ich euren Rabbi kennengelernt ... Hab ich dir das schon erzählt?»

«Nein», antwortete Gorfinkle vorsichtig. «Wann denn?»

«Vor ungefähr einer Woche. Er war bei einer Veranstaltung der Handelskammer als Gastredner eingeladen.»

«Nanu? Ich dachte, du gehst da nie hin?»

«Jemand von der Redaktion mußte schließlich, und es ergab sich irgendwie, daß es an mir hängenblieb ... Gar nicht übel, der Mann.»

«Worüber hat er gesprochen?»

«Gott – so das Übliche ... Die Stellung der Synagoge in der heutigen Welt. In den letzten sechs Monaten hab ich sicher ein Dutzend Geistliche aller möglichen Bekenntnisse anhören müssen. Alle sprachen sie unweigerlich über die Stellung der Kirche – in diesem Fall der Synagoge – in der heutigen Welt ... Ich denke mir, sie reden so viel darüber, weil sie insgeheim nicht viel von der Sache halten. Na ja. Aber was euer Rabbi gesagt hat, das klang eigentlich ganz vernünftig.»

«So? Was hat er denn gesagt?»

«Es lief auf die Feststellung hinaus, daß unsere zivilisierte Welt heute endlich dieselben Ziele verfolgt, die die jüdische Religion seit Jahrtausenden predigt – soziale Gerechtigkeit, Bürgerrechte, Rechte der Frau – na, und so weiter. Mit anderen Worten, er meint, nach ein paar tausend Jahren kommt die jüdische Religion allmählich in Mode.»

«Sehr interessant ... Zufällig habe ich mich vorhin mit ihm mehr oder weniger über dasselbe Thema unterhalten. Allerdings vertrat er mir gegenüber eine ganz andere Meinung. Manche Leute haben anscheinend die Begabung, so oder so zu argumentieren – je nach Bedarf.»

«Ich hatte eigentlich nicht den Eindruck, daß er von dieser Sorte ist», meinte Kanter. «Worum ging es denn?»

«Ach, unser Problem in der Gemeinde ... Es haben sich

zwei Gruppen gebildet, zwei Fraktionen, könnte man sagen – meine und die, na, Opposition, angeführt von Meyer Paff ... Du kennst ihn.»

«Ja, ich kenne ihn.»

«Unsere Gruppe möchte erreichen, daß sich die Synagoge politisch engagiert – Bürgerrechtsbewegung und so, ja? Paffs Gruppe findet jedoch, der Tempel sei ein Ort, wo man an den Feiertagen und an Freitagabenden betet; weiter nichts. Nun bin ich dahintergekommen, daß sich der Rabbi mehr oder weniger öffentlich für Paff eingesetzt hat. Na, und da hab ich ihm halt die Leviten gelesen.»

«Und? Wie ist es ausgegangen?»

«Ich habe ihm klipp und klar zu verstehen gegeben, daß wir das nicht dulden werden – und wir sind eindeutig in der Mehrheit.» Er beugte sich im Sessel vor: «Weißt du, was er gemacht hat? Er hat die jungen Leute aufgehetzt. Er hat ihnen erklärt, wir seien im Unrecht. Die Jungen mögen ihn gern, und das versucht er auszunutzen. Damit sie dann die Eltern beeinflussen, verstehst du?»

«Aha ... Und wie hat er's geschluckt?»

«Aufs hohe Roß hat er sich gesetzt! Er ist der Rabbi, hat er gesagt, und niemand hat ihm Vorschriften zu machen. Was er sagen darf und was nicht, darüber entscheidet er allein.»

«Und jetzt? Wie geht's nun weiter?»

Gorfinkle stellte befriedigt fest, daß sein Schwager ausnahmsweise einmal interessiert war; er lächelte. «Ich habe ihm kurzerhand mitgeteilt, daß die Mehrheit des Vorstandes entschlossen ist, ihm auf der nächsten Sitzung die Kündigung nahezulegen, falls er nicht nachgibt.»

«Ihr habt ihn also gefeuert?»

Gorfinkle spitzte die Lippen und legte den Kopf zur Seite. «Darauf läuft es hinaus, ja.»

Kanter stand auf und durchmaß das Zimmer. Schließlich blieb er vor seinem Schwager stehen. «Weiß der Himmel – ihr netten, anständigen, staatserhaltenden Bürger habt wirklich ein sagenhaftes Talent, alles erreichbare Porzellan zu zertöppern ... Da machen sie dich zum Vorsitzenden, und noch ehe der Stuhl unter deinem Hintern warm geworden ist, fängst du schon an, Leute rauszuschmeißen!»

«In einer Organisation kann nicht jeder hü oder hott sagen, wie es ihm paßt», protestierte Gorfinkle. «Wenn wir Fortschritte erzielen wollen ...»

«Fortschritte? Warum zum Henker willst du Fortschritte erzielen? Damit die Bilanz besser wird als die des Vorjahres? Das will jede Aktiengesellschaft auch. Ihr seid aber keine Aktiengesellschaft – ihr seid eine ... wie nennst du das – eine ‹Organisation›, die immerhin ein paar tausend Jahre überdauert hat!»

«Ja, aber wenn sie dynamisch bleiben soll ...»

«... dann müßt ihr auf den falschen Zug aufspringen, ja? Bürgerrechtsbewegung, Slum-Sanierung, Arbeitsbeschaffung – das trägt der feine Mann heute, und da wollt ihr natürlich mitmischen, ihr Liberalen – was? Da wollt ihr mal wieder euer Herzblut vergießen, ja? Ach, ihr seid zum Kotzen ... Seit wann bist du überhaupt so verdammt liberal? Wieviele Schwarze arbeiten eigentlich bei HEXATRONICS?»

«Ich bin nicht Personalchef.»

«Aber ich nehme an, du veranstaltest Sitzstreiks vor seinem Büro?»

«Die *Times-Herald* ist auch nicht gerade liberal», bemerkte Gorfinkle trocken, «und dort bist du der Chef.»

«Ich mache die Zeitung im Auftrag der Eigentümer, und ich mach sie so, wie sie's haben wollen – stimmt. Du kannst sagen, das ist Prostitution – okay. Die meisten Zeitungsleute prostituieren sich ... Aber wenigstens mach ich mir nichts vor. Und 'ne Nutte ist mir lieber als ein Heuchler!»

«Nun, ich habe guten Grund zur Annahme, daß Rabbi Small einer ist. Daher auch mein Beschluß», meinte Gorfinkle selbstgefällig.

«Warum? Wickelt er die Gebetsriemen falsch rum? Zieht er den Gebetsmantel verkehrt an?»

«Seit wann beschäftigst du dich so intensiv mit Rabbinern und religiösen Fragen?» spöttelte Gorfinkle.

«Ich beschäftige mich nicht mit religiösen Fragen, und euren Rabbi kenne ich kaum. Aber ich hab was dagegen, wenn anständige Leute über die Klinge springen müssen ...» Er sah seinen Schwager prüfend an: «Und die Auswirkungen auf die Gemeinde? Hast du darüber schon mal nachgedacht?»

Gorfinkle zuckte die Achseln. «Er hat so gut wie keinen Anhang. Na ja, die Jungen – schön. Aber die zählen nicht. Im übrigen, um die Gemeinde ging es mir ja gerade bei der Aussprache. Wenn du's genau wissen willst ...» Er senkte die Stimme: «Ich wollte eine Spaltung der Gemeinde verhüten! Zwei Gruppen stehen sich gegenüber: Die alte Garde – eine Minderheit, die unser Programm prinzipiell ablehnt –, und wir, die Fortschrittlichen; ob du das Wort magst oder nicht ... Und wir sind in der Mehrheit. Also müssen die andern mitmachen – oder aus der Gemeinde austreten ... Wenn sie gehen, um so besser; es sind nur zwei, drei Dutzend Leute. Wenn wir aber zulassen, daß der Rabbi so weitermacht, werden vielleicht hundert oder noch mehr weggehen. Und das wäre dann allerdings schlimm.»

«Ihr wollt also die Opposition zum Schweigen bringen?»

«Natürlich. Sollen wir ihr vielleicht noch eine Rednertribüne zur Verfügung stellen?»

«Ja. Das wäre demokratisch. Die Regierung tut das auch.»

Sie stritten laut und lange, bis die Gorfinkles schließlich aufbrachen, ohne daß es einem der beiden Männer gelungen wäre, den andern zu überzeugen. Höflich und steif verabschiedeten sie sich voneinander, wie schon so oft nach ähnlichen Diskussionen.

Kaum waren sie abgefahren – in einem Taxi –, da klingelte das Telefon. Harvey Kanter nahm ab.

«Polizeiwache Barnard's Crossing, Sergeant Hanks am Apparat ... Kann ich bitte Mr. Benjamin Gorfinkle sprechen?»

«Tut mir leid – er ist eben gegangen.»

«Wohin, Sir? Nach Hause?»

«Ich nehme an, ja ... Was ist denn los?»

«Gut. Dann können wir ihn ja dort erreichen.»

«Moment mal, Sergeant – ich bin sein Schwager, Harvey Kanter von der *Times-Herald* ... Ist ein Unfall passiert? Oder wurde bei den Gorfinkles eingebrochen?»

«Nein, Mr. Kanter, nichts Derartiges.» Und der Beamte legte auf.

Kanter hatte ein unangenehmes Gefühl in der Magengegend und überlegte, was er tun sollte.

31

Sergeant Herder von der Bostoner Polizei war bekannt für seine Engelsgeduld; aber die Vernehmung der alten Schlampe, die ihm gegenübersaß, stellte sie auf eine harte Probe.

«Schaun Sie mal, Madelaine – wir sind auf Ihre Mitarbeit angewiesen ... Erinnern Sie sich noch, was ich Ihnen gesagt habe? Der Mann weiß, daß Sie ihn gesehen haben, als er die Wohnung von Wilcox verließ. Darum hat er jetzt wahrscheinlich Angst, und das kann gefährlich werden ... Verstehen Sie?»

Sie nickte eifrig und glotzte ihn weiter an wie hypnotisiert.

«Was verstehen Sie?»

«Er kann gefährlich werden.»

«Gefährlich für wen?»

Sie schüttelte den Kopf. «Weiß ich nicht.»

Sergeant Herder erhob sich und ging mit raschen Schritten zum andern Ende des Zimmers. Er blieb vor der Wand stehen, starrte sie mit leerem Blick an und kam dann langsam zurück. «Er könnte versuchen, Sie umzubringen, Madelaine. So, wie er Wilcox umgebracht hat.»

«Ja, Sir.»

«Ja, Sir – was?»

«Er könnte versuchen, mich umzubringen.»

«Gut. Vergessen Sie das nicht. Wir müssen ihn kriegen, bevor er das womöglich tut. Und um ihn zu finden, müssen wir wissen, wie er aussieht ... Verstehen Sie?»

«Ich weiß doch, wie er aussieht.»

«Ich weiß, daß Sie's wissen. Aber wir müssen's auch wissen. Darum müssen Sie's uns sagen ... Wie groß war er etwa? War er groß oder klein?»

«Also ... So mittel, ja?»

«Welche Haarfarbe?»

«Er hat 'n Hut aufgehabt.»

«Na schön. Und welche Farbe hatte der Hut?»

«Na, eben wie so 'n Hut.»

«Wie ein Hut – fein. Und jetzt passen Sie mal auf, Madelaine: Mein Kollege Donovan hier, der ist ein Künstler. Er kann Bilder malen.»

«Ich weiß, was ein Künstler ist», erklärte sie mit Würde.

«Natürlich wissen Sie's. Endlich kommen wir voran ... Donovan wird Ihnen jetzt ein paar Zeichnungen vorlegen. Auf jeder ist ein anderes Gesicht. Schauen Sie sich die Bilder genau an, und sagen Sie mir dann, welches dem Mann, den Sie gesehen haben, am ähnlichsten sieht ... okay?»

Sie nickte.

«Zeig ihr eins mit Hut, Donovan!»

«Jaaa ...» Sie betrachtete die Skizze. «Also, er war mehr verknautscht, der Hut», erklärte sie schließlich.

«Und das Gesicht?»

«Ja, so hat er ausgesehn.»

«Sehr gut. Jetzt kommen wir weiter ...»

«Moment mal!» Donovan zeichnete mit raschen Strichen ein zweites Gesicht auf ein Blatt, völlig verschieden von dem ersten, und hielt es der Frau vor die Nase: «Und das Gesicht hier?»

«Ja, so hat er auch ausgesehn.»

«Vielleicht probierst du's doch besser noch mal mit den Fotos aus der Kartei», schlug Donovan vor.

Herder schüttelte müde den Kopf. «Wenn sie ihn sähe, würde sie ihn wiedererkennen, da bin ich sicher . . . Sie kann ihn bloß nicht beschreiben.»

«Ich frag mich allmählich, ob sie ihn überhaupt gesehen hat.»

«Mit dem andern war's doch dasselbe Theater, mit diesem abgetakelten Footballstar, wegen dem dieser Dings – na . . . Lanigan aus Barnard's Crossing angerufen hat . . . Aber dann hat sie doch sein Bild unter den Fotos rausgefunden, die wir ihr vorgelegt haben . . .» Er wandte sich wieder zu der Frau: «Also Madelaine: Ich werde Ihnen jetzt Bilder zeigen, Fotos . . . eine ganze Menge Fotos. Wenn Sie ihn auf einem davon erkennen, sagen Sie Halt . . . Kapiert?»

«Klar, Sergeant. Ich mach alles, was Sie wollen.»

32

Als das Telefon klingelte, war Mrs. Carter sicher, daß es Moose sein müsse. Aber dann war es eine fremde Stimme:

«Kann ich Mr. Carter sprechen, bitte?»

«Er ist ausgegangen», antwortete sie. «Soll ich ihm etwas bestellen?»

«Hier ist die Polizeiwache von Barnard's Crossing. Wissen Sie, wo Mr. Carter zu erreichen ist? Wann erwarten Sie ihn?»

«Er ist nach dem Abendessen ausgegangen», sagte sie. «Und ich weiß nicht . . . Moment mal! Ich höre einen Wagen . . . Vielleicht ist er's. Bleiben Sie am Apparat . . .»

Sie hörte, wie jemand die Tür aufmachte. «Bist du's, Raphael?» rief sie. «Da ist ein Anruf für dich . . .»

Er griff nach dem Hörer. «Ja? Carter hier . . .»

«Polizeiwache Barnard's Crossing, Lieutenant Jennings. Könnten Sie bitte zu Hause bleiben, Sir? Sergeant Hanks wird gleich bei Ihnen vorbeikommen.»

«Die Polizei? Ja, aber ... Was soll denn das?»

«Sergeant Hanks wird es Ihnen gleich erklären», sagte die Stimme, und dann machte es *Klick*.

Lieutenant Jennings hatte aufgelegt.

33

«Schon merkwürdig, daß eure Eltern allesamt ausgegangen sind», meinte Polizeichef Lanigan. «Wann kommen sie denn nach Hause?»

Stu zuckte die Achseln.

Didi sagte: «Ich hab einen Zettel auf dem Küchentisch gefunden. Sie sind ins Kino – das ist alles, was ich weiß ... Das heißt, im *Seaside* sind sie nicht; den Film kennen sie schon ... Und hinterher wollten sie vielleicht noch irgendwo 'n Kaffee trinken.»

«Dann werden wir eben immer wieder anrufen – so lange, bis wir sie erreichen. Ihr bleibt inzwischen hier ... Macht keinen Ärger, ja?»

Er ließ die drei in seinem Büro zurück. Die beiden Jungen hockten stumm auf einer Bank an der Wand, Didi saß in einem Sessel am Fenster. Sie sah verstört aus; ihre Augen waren verschwollen. Der Schock hatte sie aus der Fassung gebracht: Erst der Tod des Jungen, mit dem sie eben noch gesprochen hatte, und dann die Festnahme ... Aber sie hatte sich wieder einigermaßen in der Gewalt; mißmutig starrte sie aus dem Fenster in die Dunkelheit hinaus.

Stu rückte näher zu Bill Jacobs. «Du, die lassen uns erst laufen, wenn unsere Alten uns hier abholen», flüsterte er. «Soll ich ihnen sagen, daß meine bei Tante Edith zu Besuch sind?»

«Du hast ihnen doch erzählt, du weißt nicht, wo sie sind», flüsterte Bill zurück.

«Nein, hab ich nicht. Er hat nur gefragt, ob wir wüßten, wann unsere Eltern heimkommen. Wo sie sind, hat er nicht gefragt.»

«Laß mal. Wir halten besser den Mund. Wenn er immer wieder anruft, und es meldet sich keiner, dann läßt er uns vielleicht laufen.»

Stu lehnte sich mißmutig zurück und trommelte nervös mit den Fingern auf der Bank. Nach einer Weile rückte er wieder zu Bill. «Du, Bill ... Sollten wir ihnen nicht sagen, wie wir Moose gefunden haben?»

«Klar. Warum nicht? *Du* bist ja aus'm Schneider», sagte Bill bitter. «Dir kann's egal sein.»

«Wie meinst du das?»

«Na ja, du warst zuerst nicht im Haus, während dem Gewitter. Und als wir wieder rein sind, war er schon tot. Aber Didi und ich ...»

«Früher oder später kommen sie bestimmt dahinter.»

«Hinter was denn? Ich hab vorhin gehört, wie sie sich unterhalten haben. Sie tippen auf Alkoholvergiftung.»

«Na ja – die haben natürlich keine Ahnung. Aber bei der Obduktion ... Ein Arzt merkt doch, ob einer an Alkoholvergiftung eingegangen ist, oder ob er erstickt worden ist!»

«Ich sag ja nicht, daß wir es verschweigen sollen», lenkte Bill ein. «Aber ich glaube, wir brauchen ihnen nichts zu sagen, ehe wir mit einem Anwalt gesprochen haben – und das dürfen sie nicht zu unseren Ungunsten auslegen», erklärte er mit einer Sicherheit, die er in Wirklichkeit nicht empfand. «Das ist Gesetz.»

«Vielleicht hast du recht ... Wenn nur endlich mein Alter käme!» murmelte Stu mutlos. «Er wird mich anschnauzen, weil ich da reingeschliddert bin. Aber wenigstens weiß er, was zu tun ist. Er wird schon dafür sorgen, daß sie uns anständig behandeln ... Was meinst du, wer es getan hat?»

Bill schüttelte den Kopf. «Ich hab die Tür nicht abgeschlossen. Jeder konnte rein.»

«Sag mal – dieser Jenkins ... Ihr habt doch erzählt, Moose

hat ihn dauernd auf die Schippe genommen, und ... Du, die lassen sich neuerdings auch nicht mehr alles gefallen.»

«Jaaa ... Und nachdem er bei Didi losgefahren war, hatte er reichlich Zeit, noch vor uns nach Tarlow's Point ...»

Sie sahen sich an, aber keiner sagte etwas.

34

«Was hast du anderes erwartet, David? Mr. Wasserman ist ein alter Mann und denkt praktisch. Ich weiß, wie dir zumute ist, aber manchmal muß man eben Kompromisse schließen. Du selbst hast gesagt, *Parnassah* sei wichtig, um gut zu leben ...» Sie umsorgte ihn mütterlich, brachte ihm die Hausschuhe, goß ihm heißen Tee mit viel Whisky und Zitrone ein. «Trink, Liebling», drängte sie ihn zärtlich, «das tut gut gegen die Erkältung.»

«Den Lebensunterhalt verdienen, das ist eine Notwendigkeit», entgegnete er. «Gut zu leben, viel Geld zu verdienen, das ist Luxus. Ich brauche keinen Luxus, um mich wohl zu fühlen ... Ich habe nichts dagegen; ich bin kein Asket. Aber viel Geld ist keine Lebensnotwendigkeit.»

«Aber wohin du auch gehst, gibt es mehr als eine Synagoge – außer in Provinznestern wie Barnard's Crossing. Und das bedeutet Konkurrenz.»

Er schüttelte müde den Kopf. «Du verstehst mich nicht, Miriam. Der Rabbi wird zwar von der Gemeinde bezahlt, weil das zufällig das einfachste, das sinnvollste Verfahren ist. Aber das macht ihn noch lange nicht zum Angestellten der Synagoge. Ein Richter, der vom Staat bezahlt wird, bleibt trotzdem unabhängig in seinen Entscheidungen. Und wenn das Gerichtsgebäude abbrennt, bedeutet das doch nicht, daß er dadurch plötzlich aller Pflichten und jeder Verantwortung ledig wäre ... Aber wenn sich die Gemeinde hier spalten sollte, ergäbe sich zwangsläufig eine sehr unerfreuliche Situation. Die beiden Rabbiner wären dann automatisch so etwas wie Verkaufsargumente bei der Mitgliederwerbung ... Und da mach ich nicht mit.»

«Wenn du aber immer darauf bestehst, der Rabbi sämtlicher Juden einer Gemeinde zu sein, werden wir zeitlebens in der Provinz leben müssen!»

«Nun, ich mag kleine Städte. Du nicht?»

«Jaaa ... Aber Kleinstädte bedeuten kleine Gemeinden, und kleine Gemeinden zahlen niedrige Gehälter. Hast du denn gar keinen Ehrgeiz?»

«Doch – natürlich!» Er sah sie erstaunt an. «Sonst würde ich doch nicht so viel Zeit an meine Studien hängen. Aber mein Ehrgeiz besteht darin, Rabbi zu sein und weiter nichts. Ich habe nicht die Absicht, das Rabbinat als Sprungbrett für eine besser bezahlte und angesehenere Tätigkeit zu benutzen. Es sagt mir nichts, mit viel Pomp in einer großen Gemeinde zu amtieren, wo ich mich den Menschen nicht mehr widmen kann, weil ich ständig auf Vortragsreisen bin. Das liegt mir nicht ...» Er streichelte zärtlich ihre Hand: «... und dir auch nicht. Vielleicht wärst du am Anfang stolz auf mich, wenn mein Bild in der jüdischen Presse erschiene. Aber auch daran würdest du dich bald gewöhnen. Abgesehen davon wäre ich dazu wohl kaum geeignet.»

«Manchmal muß man Kompromisse schließen, David. Sonst ...»

«Sonst was?»

«Sonst werden wir nie lange an einem Ort bleiben.»

«Wir sind immerhin schon fast sechs Jahre hier. Aber du hast recht, wir können nicht ewig umherzigeunern. Schon wegen Jonathan nicht. Und ich habe darüber nachgedacht: Ich kann hingehen, wo ich will – es gibt überall Gorfinkles und Paffs.»

«Was hast du also vor?» fragte sie leise.

Er zuckte die Achseln. «Oh, ich fahr diese Woche mal nach

New York zu Hanslick und sag ihm, daß ich eine andere Stelle suche. Vielleicht als Studentenrabbi ...»

«David, bist du deshalb so ...» Störrisch, hatte sie sagen wollen; sie stockte jedoch und verbesserte sich: «... so resolut angesichts dieser Situation?»

Er blickte sie forschend an, dann mußte er lächeln. «Katholiken haben ihren Beichtvater, Juden ihre Frauen ... Ich mag übrigens unser System lieber.»

«Du weichst mir aus!» sagte sie streng, mußte dann aber doch lachen.

«Tu ich das? Hmmm ... Ja, wahrscheinlich hast du recht. Und ich glaube, meine starre Haltung hängt tatsächlich damit zusammen – zum Teil wenigstens. Aber hat es dir nicht gefallen in Binkerton, die drei Tage? Weißt du, ich habe die ewigen Streitereien einfach satt. Und das geht nun schon sechs Jahre lang so ... Ja, natürlich – mit einem bißchen Stunk hin und wieder hatte ich gerechnet, vor allem zu Anfang. Aber hier komme ich ja nicht dazu, mich meinen eigentlichen Aufgaben zu widmen! Ich bin ja dauernd damit beschäftigt, um meine Stellung zu kämpfen! Nein, Liebling: Ich bin es einfach leid!»

«Du hattest doch auch in Binkerton eine Auseinandersetzung», wandte sie ein.

«Das war etwas anderes. Eine Prinzipienfrage ... Ich weiß nicht, vielleicht bin ich hier in die falsche Gemeinde geraten. Die Leute sind so ... so händelsüchtig.» Er wanderte nervös im Zimmer auf und ab, die Hände in die Hosentaschen vergraben.

«Na ja, Passivität war nie eine jüdische Eigenschaft», bemerkte Miriam sanft. «Glaubst du etwa, die Söhne und Töchter in den Colleges werden anders sein als die Eltern?»

«Nein. Aber ich hoffe, daß sie über wichtigere Dinge streiten werden als ... Na, als die Sitzordnung in der Synagoge. Überhaupt, es ist nicht nur das. Ein Rabbi ist vor allem ein Gelehrter. Und um zu studieren, braucht er Muße. Ich denke, daß ich als Studentenrabbi mehr Zeit hätte, um ...»

«Aber hier leistest du praktische Arbeit, David! Im College würdest du nur trockene Vorlesungen halten.»

«Und wenn mir das zur Abwechslung einmal Spaß machen würde?»

«Ach, du ...» Sie biß sich auf die Lippen. «Du bist ein Traumtänzer, David. Sag mir lieber, wie das jetzt hier weitergehen soll. Wirst du den Gemeinde-*Seder* Sonntag abhalten? Hast du dir das schon überlegt?»

«Nein. Aber da du's erwähnst: Ich finde, solange ich nicht gekündigt habe oder abgewählt bin, so lange bin ich hier der Rabbi. Folglich werde ich den *Seder* abhalten ... Gorfinkles neue Ritualkommission könnte natürlich auch den Kantor bestimmen oder Brooks. Mir wäre das gleichgültig. Für einen abgeschossenen Rabbi ist es vielleicht ohnehin ein bißchen peinlich ... Der *Seder* ist ja auch im Grunde keine Gemeindeveranstaltung, sondern ein Familienfest. Sie machen's ja überhaupt nur deshalb in der Synagoge, weil viele Leute zu faul sind, zu Hause einen *Seder* abzuhalten. Oder weil sie nicht wissen, was dabei zu tun ist.»

«Und was machst du, wenn sie jemand anders bestimmen?»

«Dann bleib ich eben daheim.»

«Aber ...»

Es klingelte an der Tür.

«Wer kann denn das noch sein?» rief der Rabbi. «Es ist gleich elf.»

Miriam eilte zur Tür. «Ach – Sie, Mr. Carter? Bitte ... Treten Sie ein.»

Er ließ sich ins Zimmer führen und setzte sich behutsam auf die Vorderkante des Sessels, der ihm angeboten wurde. Er saß sehr aufrecht. «Mein Sohn ist tot», sagte er.

Der Rabbi und seine Frau sahen sich bestürzt an.

«Oh, Mr. Carter, das ist ja ...» Miriam schüttelte den Kopf. «Das ist ja entsetzlich!»

«Wie ist es passiert?» fragte der Rabbi ruhig. «Erzählen Sie. Kann ich etwas für Sie tun?»

«Vielleicht», sagte Carter. «Die Polizei hat angerufen, und

dann kam einer, mit dem mußte ich auf die Wache ... Ich hab ihn immer wieder gefragt, aber es war nicht aus ihm rauszukriegen, was eigentlich los war. Na ja – Lanigan hat's mir ja dann gleich gesagt. Er war selber da ... Ich mußte ihn identifizieren ...» Er lachte bitter auf: «Das Bild meines Jungen war letztes Jahr fast jede Woche in der Zeitung, und alle haben sie ihn gekannt. Aber ich mußte ihn identifizieren!»

«Vermutlich eine Formsache», bemerkte der Rabbi. «Das muß wohl sein.»

«Ja, wahrscheinlich.»

«Wie ist er denn gestorben? Woran, meine ich?»

«Sie haben sich da nicht so festgelegt. Sie haben nur gesagt, daß er getrunken hat, und zwar eine Menge ... Na klar, das Zeug ist Gift. Eine Intoxikation, haben sie gesagt ... Das ist lateinisch und heißt Vergiftung. Wußten Sie das?»

Der Rabbi nickte.

«Sie haben ihn im Krankenwagen gebracht», berichtete Carter weiter. «Da lag er drin, unter einer Decke. Der Kopf war vorn im Wagen, und ich mußte reinklettern ... Lanigan kommt hinterher und zieht die Decke weg. ‹Ist das Ihr Sohn?› fragt er. ‹Ja›, sag ich, ‹das ist mein Sohn› ... Dann haben sie mir erzählt, wie sie ihn gefunden haben. In der Hillson-Villa. Er lag auf der Couch und roch nach Whisky. Wenn man das Zeug so schnell trinkt, daß es der Körper nicht mehr loswerden kann, sagt Lanigan, ist es lebensgefährlich ... So muß das dann ja wohl passiert sein.»

«Sie sagten, ich könnte vielleicht helfen», erinnerte der Rabbi. «Soll ich mich nach näheren Einzelheiten erkundigen?»

«Nein.» Der Tischler schüttelte den Kopf. «Es wird schon so gewesen sein, wie Lanigan sagt. Ich wußte, daß Moose trank. Schon in der High School ...» Er verstummte. Nach einer Weile fuhr er fort: «Lanigan hat mich heimgefahren und gewartet, bis ich's meiner Frau beigebracht hatte ... Sie hat durchgedreht. Lanigan hat den Arzt geholt, und der gab ihr 'ne Spritze ... Gott wird mir verzeihen, daß ich nicht das Herz hatte, es zu verhindern.»

«Wie geht es ihr jetzt?» fragte Miriam mitfühlend.

«Sie schläft. Meine Älteste ist bei ihr.» Er rieb sich die Augen. «Ich bin dann noch mal zur Polizei, um zu fragen, wann ich die Leiche holen lassen kann, wegen der Beerdigung. Lanigan war inzwischen auch wieder da, und er hat mir gesagt, er kann noch nicht beerdigt werden, weil sie erst eine Obduktion machen müssen. Um die Todesursache mit Sicherheit festzustellen.»

«Das verlangt wohl das Gesetz», sagte der Rabbi.

«Ich will das aber nicht. Ich kenne die Todesursache. Lanigan hat's mir ja gesagt. Warum wollen sie ihn da noch aufschneiden?»

«Um ganz sicher zu sein, nehme ich an.»

«Ja, wie sicher müssen sie denn noch sein? Ich denke, sie sind sicher – Lanigan hat's doch gesagt ... Nein, ich will das nicht. Der Körper ist der Tempel des Geistes, Rabbi. Und wenn auch der Geist jetzt nicht mehr drin ist, deswegen darf man den Tempel noch lange nicht zerstören. Das kann ich nicht zulassen. Es ist gegen meinen Glauben ...» Er sah den Rabbi durchdringend an. «Verstehen Sie mich recht – ich suche keinen Streit mit der Polizei oder mit der Stadtverwaltung, aber wenn die darauf bestehen, wird es Streit geben. Ja, und ...» Er zögerte, fuhr aber gleich wieder fort: «Es heißt, daß Sie mit Lanigan befreundet sind, Rabbi. Da hab ich mir gedacht, vielleicht können Sie mal mit ihm reden.»

«Ja – aber auf welcher Rechtsgrundlage? Ich bin kein Anwalt; ich kann Sie nicht vor dem Gesetz vertreten. Warum nehmen Sie keinen Anwalt?»

Carter schüttelte den Kopf. «Ich will keinen Streit, Rabbi. Wenn die Sache vor Gericht kommt, werd ich mir schon einen Anwalt nehmen. Einstweilen geht's nur darum, ob man Lanigan überzeugen kann ... Bitte, Rabbi! Versuchen Sie's. Um meinetwillen und um meiner Frau willen!»

«Gut. Ich werde mit ihm sprechen», erklärte der Rabbi.

«Aber machen Sie sich keine großen Hoffnungen. Wie ich Lanigan kenne, würde er eine solche Bitte nicht abschlagen, wenn er nicht gute Gründe dafür hätte. Und wenn er die hat, werde auch ich nicht viel ausrichten können ... Aber wenn Sie wollen, spreche ich mit ihm.»

«Wann?» fragte Carter mit Nachdruck.

«Wann Sie wollen.»

«Dann tun Sie's gleich. Jetzt. Heute abend noch.»

35

«Hast du schon mit den Hillsons gesprochen?» fragte Lanigan.

«So gut wie.» Lieutenant Jennings grinste. «War aber nicht ganz einfach ... Die Haushälterin hat sich gemeldet. Mann, die hat vielleicht Haare auf den Zähnen – na! Die Mädchen schlafen schon, hat sie gesagt ... Mädchen ist gut; die jüngere von den beiden Schwestern ist Mitte Siebzig ... Ja, und sie wird sie auf keinen Fall wecken, und überhaupt, um die Tageszeit rufen anständige Leute nicht mehr an, und es ist ihr ganz egal, ob ich auf der Polizeiwache sitze oder im Pentagon.»

«Hat sie Pentagon gesagt?»

«Wörtlich. Und aufgelegt ... Ich ruf sie also wieder an und sag ihr, wenn sie das noch mal macht, laß ich sie von der Streife abholen. Daraufhin wurde sie umgänglicher und wollte wissen, was los ist. Ich sag zu ihr, jetzt ist keine Zeit für lange Erklärungen – so ganz ruhig, ja? Keift sie mich doch an, jetzt langt's ihr aber, jetzt ruft sie die Polizei an – *ihre* Polizei ... Also, es war schon sehr lustig. So nach und nach hab ich dann rausgekriegt, daß sie das Haus verkaufen wollen, und die Maklerfirma Bellmore in Lynn hat die Schlüssel.

Gott sei Dank fiel mir gleich ein, daß das bloß der Firmenname ist, zusammengezogen aus Bell und Morehead, und daß John Morehead hier in Barnard's Crossing wohnt. Ich ruf ihn also an, und er sagt, er hat den Schlüssel jemand gegeben, einem Interessenten, der heute abend um halb neun mit ein paar Leuten da draußen verabredet war. Er konnte nicht selber rausfahren, sagt Morehead, weil ...»

«Hat er gesagt, wer die Leute sind?»

«Wußte er selber nicht. Er kennt nur den Mann, dem er den Schlüssel gegeben hat.»

«Und wem hat er ... Mensch, mach's doch nicht so spannend!»

«Meyer Paff. Weißt du, der ...»

«Ja, ich weiß. Der mit den Kegelbahnen.»

«Genau. Überall hat er welche: in Lynn, in Revere ... bis rauf nach Gloucester.»

«In Lynn ...» Lanigans Augen glänzten. «Ausgerechnet in Lynn! Kevin O'Connor hat mich vor ein paar Tagen angerufen und sich nach Paff erkundigt ... Die Polizei von Lynn hat ein Auge auf die Kegelbahn dort. Möglicherweise ein Umschlagplatz für Hasch.»

«Na, ich weiß nicht ... Da kann er viel überwachen; wo sich junge Leute rumtreiben, wird heutzutage mit Hasch gehandelt.»

«Ja, aber überleg doch mal: Moose Carter ist tot, und wir finden das Zeug in seiner Tasche. Eine Zeugin hat ihn ein paar Stunden zuvor in Boston bei diesem Wilcox gesehen – bei Wilcox, der im Verdacht steht, mit Rauschgift zu handeln. Bei Wilcox, der auch tot ist ... Und wo wird Moose gefunden? In der Hillson-Villa, zu der Meyer Paff den Schlüssel hat, wo er heute abend verabredet war ... Der gleiche Meyer Paff, der eine Kegelbahn in Lynn hat, von der die dortige Polizei annimmt, daß dort Rauschgift gehandelt wird – und wo Moose gearbeitet hat ... Ich finde, das addiert sich ganz nett!»

«Du addierst Zufälle.»

«Hm ... Immerhin, der Zufall, daß beide mit Rauschgift zu tun haben – also gut, im Fall Paff habe ich nur den Namen in Zusammenhang mit Rauschgift nennen hören ... Durch diesen Zufall bin ich ja erst auf die Idee gekommen, mal bei den Kollegen in Boston anzurufen: Wilcox rauschgiftverdächtig, tot; Moose, Rauschgift in der Tasche, tot ... So sind wir dann darauf gekommen, daß Moose heute diesen Wilcox besucht hat ... Hast du Paff schon angerufen?»

Lieutenant Jennings blickte seinen Chef aus hellblauen, wässerigen Augen vorwurfsvoll an. «Ich hab doch eben erst mit Morehead gesprochen, Hugh.»

«Schon gut. Knöpf dir den Paff mal vor.»

«Heute abend noch? Jetzt gleich?»

«Ja. Schaff ihn her. Er soll eine Aussage machen ... Vielleicht kann er nachher besser schlafen.»

Jennings grinste. «Kapiert.»

36

Polizeichef Lanigan sah erstaunt auf, als der Rabbi vor ihm stand. «Sind Sie Hellseher, Rabbi?»

«Wieso?»

Lanigans breites rotes Gesicht verzog sich zu einem Lächeln. Er fuhr sich mit der Hand durch den weißen Haarschopf und lehnte sich entspannt in seinen Drehstuhl zurück. Trotz des Lächelns blieben die ehrlichen blauen Augen wachsam. «Ich freu mich immer, wenn wir uns mal sehen, das wissen Sie, Rabbi. Aber ich kann mir nicht vorstellen, daß Sie bei dem Sauwetter rübergekommen sind, bloß um mir guten Abend zu sagen ... Oder hatten Sie zufällig in der Gegend zu tun?»

«Ich komme wegen Moose Carter. Sein Vater ...»

«Erzählen Sie mir nicht, der gehört zu Ihrer Gemeinde!» grinste Lanigan. «Die Angelegenheit fällt wohl nicht ganz in Ihr Ressort.»

«Ich bin auf Carters ausdrücklichen Wunsch hier. Genügt das nicht als Legitimation?»

«Na ja ... Nicht so ganz, fürchte ich.» Lanigans Grinsen wurde noch breiter.

Der Rabbi verstand Lanigans Haltung nicht, aber er ließ sich nicht aus dem Konzept bringen. «Sie haben Carter gesagt, sein Sohn sei an einer Alkoholvergiftung gestorben. In Ordnung; er akzeptiert Ihren Befund. Er will nichts weiter als ein anständiges Begräbnis für den Jungen. Aber, wenn ich recht verstehe, wollen Sie die Leiche nicht freigeben. Sie haben von einer Obduktion gesprochen. Nun hat Carter seine Grundsätze. Seine religiöse Überzeugung läßt eine Obduktion nicht zu.»

«Religiöse Überzeugung? Ich bitte Sie! Der Kerl spinnt doch einfach!»

«Nicht in dem Maß, wie Sie meinen. Er würde sich nicht widersetzen, wenn es darum ginge, die Todesursache festzustellen. Aber das ist ja hier nicht der Fall – die kennen Sie ja.»

«Eben da irren Sie, Rabbi. Ich habe Carter gesagt, was ich von der Sache *halte*. Vieles spricht für eine Alkoholvergiftung, aber so genau wissen wir das noch nicht. Es muß da noch eine ganze Menge geklärt werden ... Kannten Sie den Jungen?»

Der Rabbi schüttelte den Kopf.

«Er war ein Hüne, um die zweihundert Pfund schwer. Und bei Alkoholvergiftung spielt bekanntlich das Gewicht eine Rolle, die Größe, ganz allgemein die körperliche Verfassung. Ein großer, dicker Mann verträgt mehr als ein Fliegengewicht. Wenn man eine entsprechende Menge Alkohol schnell runtergießt – schneller, als sie der Körper verarbeiten kann –, so tritt eine Lähmung der Nerven ein, die den Atmungsapparat steuern, und damit der Erstickungstod.

Nach dem bisherigen Stand der Untersuchung spricht nichts dafür, daß er eine tödliche Menge intus hatte ... Aber die Sache hat noch einen anderen Aspekt. Kommen Sie – ich will Ihnen was zeigen.»

Er führte den Rabbi in einen Büroraum neben dem Haupteingang. Aus einem Aktenschrank holte er einen großen braunen Umschlag und leerte den Inhalt auf den Tisch: einen Tabaksbeutel aus Plastik, den er aufmachte und dem Rabbi unter die Nase hielt: «Was halten Sie davon?»

Der Rabbi schnupperte daran, dann nahm er ein wenig von dem grünlichen Zeug und führte es vorsichtig an die Zungenspitze.

«Vorsichtig, Rabbi! Sie kommen mit dem Gesetz in Konflikt.»

«Dann ist es also ...»

«*Grass, pot,* Hasch, Marihuana ... Wir haben's in Mooses Hosentasche gefunden. Und hier ist seine Brieftasche ...» Er öffnete sie. «Mit zwei nagelneuen Zwanzig-Dollar-Noten. Und jetzt dürfen Sie mich fragen, was daran so interessant ist.»

«Also gut: Was ist daran so interessant?»

«Die Tatsache, daß Moose Carter bis gegen Mittag keinen Cent besaß. Für die Fahrt in die Stadt mußte er seine Mutter um zwei Dollar anpumpen.»

«Sie meinen, er hat mit dem Zeug gehandelt?»

«Möglich. Aber die Hauptsache kommt erst: Heute ist in Boston ein Mann namens Wilcox ermordet worden. Es kam über den Fernschreiber; das Rauschgiftdezernat der Bostoner Polizei hatte ihn schon seit einiger Zeit in Verdacht. Kurz vor Schalterschluß hatte er in seiner Bank einen Scheck über fünfhundert Dollar eingelöst und bekam lauter nagelneue Zwanzigerscheine – und neue Scheine sind immer fortlaufend numeriert. Als wir dann in Mooses Tasche den Beutel mit dem Zeug fanden, rief ich auf gut Glück die Kollegen in Boston an ... Vielleicht besteht da irgendeine Verbindung, dachte ich. Und so kamen wir auch auf die Sache mit dem Geld.

Wilcox hatte noch vierhundertsechzig Dollar bei sich, laufend numeriert – und die beiden Scheine, die Moose hatte, tragen die folgenden Nummern.»

«Glauben Sie, daß Moose diesen Wilcox umgebracht hat?»

«Nein. Es steht fest, daß Wilcox noch am Leben war, als Moose das Haus verließ.»

«Steht auch zweifelsfrei fest, daß Moose bei ihm war?»

«Die beiden Geldscheine sprechen ziemlich eindeutig dafür», meinte Lanigan trocken. «Mir würden sie jedenfalls als Beweis genügen.»

«Er kann sie ja von jemand bekommen haben, der sie von Wilcox hatte.»

«Könnte er, ja. Hat er aber nicht. In Boston haben sie einen Augenzeugen, der Moose zu Wilcox gehen sah . . . Verstehen Sie jetzt, daß ich die Leiche vorläufig nicht freigeben kann?»

Der Rabbi nickte langsam.

«Na also.» Lanigan lächelte wieder. «Warum fragen Sie nicht, wie wir Moose überhaupt gefunden haben?»

«Schießen Sie los.» Der Rabbi hatte ein ungutes Gefühl.

«Wir erhielten einen Anruf von einem gewissen Begg. Er wohnt in einem Nebengebäude vom Hillson House – das ist die leerstehende alte Villa draußen am Tarlow's Point, wissen Sie . . . Ja, und er sagte, er hätte Licht im Haus gesehen. Wir schickten gleich einen Streifenwagen hin, und die Beamten stellten vor dem Haus drei Jugendliche, die gerade davonfahren wollten; ein Mädchen und zwei Jungen . . . Und wissen Sie, wen wir da aufgegriffen haben, Rabbi? Der eine Junge ist der Sohn Ihres Gemeindevorstehers, und die beiden anderen jungen Leute, William Jacobs und Diane Epstein, gehören auch zu Ihren Schäfchen.»

37

«Hast du Sorgen, Liebling?» fragte Samantha und goß Kaffee nach.

«Sorgen? Nein. Warum?»

«Du bist so schweigsam heute abend.»

«Ach, ich habe nur darüber nachgedacht, wie Ben wohl mit dem Rabbi zurechtgekommen ist», sagte Roger Epstein. «Ich hatte eigentlich erwartet, daß er anruft und berichtet.»

«Sie wollten zu ihrer Schwester nach Lynn – Sarah sagte gestern so etwas ... Na, Ben wird den Rabbi über eure neue Synagogenpolitik aufgeklärt und ihm nahegelegt haben, mitzumachen.»

«Ja, eben. Und wie ich den Rabbi einschätze, ist er kein ... na – Befehlsempfänger.»

Samantha blickte von ihrer Tasse auf. «Du meinst, er ist störrisch?»

«Nnnein ... Nein, das nicht. Aber ich glaube, er ist kein Mann, der Kompromisse schließt. Er ist einer, der nichts tut, wovon er nicht restlos überzeugt ist.»

«Aber wenn es Ben anordnet ...»

«Und wenn er sich trotzdem weigert?»

«Muß er denn nicht tun, was Ben sagt? Er ist ja schließlich kein Priester, der vom Bischof eingesetzt wird. Ihr könnt ihm doch kündigen oder nicht?»

«Können wir, ja. Und das haben wir auch auf der Vorstandssitzung beschlossen: Ben soll ihm erklären, was wir vorhaben; wenn er dann nicht mitspielen will – oder wenn Ben den Eindruck gewinnt, er will nicht mitspielen; das zu beurteilen haben wir Ben überlassen – dann soll er dem Rabbi sachte beibringen, daß er hier nicht mehr sehr alt wird ...» Er fuhr sich mit der Hand durchs Haar. «Ich habe mir das alles noch mal durch den Kopf gehen lassen, und jetzt frage ich mich, ob das eine sehr gute Idee war. Im ersten Augenblick hatte mich Ben überzeugt: Der Rabbi könnte seine

Stellung ausnutzen, um die Opposition zu unterstützen – in seinen Predigten, beim Sabbatgottesdienst, beim Gemeinde-*Seder* nächste Woche und was weiß ich noch alles. Wenn es nicht gelingt, ihn zu neutralisieren, meinte Ben, dann müssen wir ihn eben feuern ... Keiner von uns hat widersprochen.»

«Das klingt doch ganz vernünftig.»

«Mag sein. Aber vielleicht übertreibt Ben ein bißchen. Und außerdem ...» Er zögerte.

«Außerdem?»

«Außerdem habe ich ein komisches Gefühl bei der Sache.»

«Wieso? Wie meinst du das?»

«Na ja ... Schau mal, ich bin da einfach so reingeschliddert, ja? Das ist doch alles neu für mich. Ich bin erst seit ein paar Jahren in der Gemeinde – weil mich Ben Gorfinkle dazu überredet hat ... Ja, gut – und weil ich dachte, daß ich die Gemeinde als Institution benutzen könnte, um verschiedene Dinge zu fördern, die mir am Herzen liegen. Die Sache mit den Sozialfonds zum Beispiel. Aber sonst ... Na, also, ich bin jedenfalls neu in der Branche, ja? Wie komme ich da eigentlich dazu, einem Rabbi Vorschriften zu machen, ihn womöglich zu feuern? Ich finde das verdammt überheblich von mir.»

38

«Also gut – es fing an zu regnen, und ihr seid zum Haus gelaufen», wiederholte der Rabbi. «Und dann?»

«Zuerst haben wir uns unter das vorspringende Dach gestellt», berichtete Bill Jacobs. «Aber das Gewitter wurde immer heftiger, und da bekamen die Mädchen Angst ... Es war ganz nahe – man kann das leicht ausrechnen, wenn man den Zeitraum zwischen Blitz und Donner ...»

«Ich weiß. Weiter.»

«Ja, also ... Dann hat Moose vorgeschlagen, wir sollten doch reingehen.»

«Der Vorschlag kam von ihm? Bist du sicher?»

«Ja, das stimmt», bestätigte Didi. «Ich weiß es noch genau: Einer fragte ihn, wie wir da reinkommen sollten; da hat er bloß abgewinkt und gesagt, kleine Fische. Und dann hat er sich kurz an einem der rückwärtigen Fenster zu schaffen gemacht, und schon war's auf – es ging so schnell, daß ich nicht gesehen habe, wie er es angestellt hat.»

«Hattet ihr keine Angst, daß euch jemand sehen könnte?»

«In der ganzen Gegend gibt's nur noch ein weiteres Haus», sagte Bill. «Das, wo dieser Begg wohnt, der dann auch die Polizei gerufen hat. Und Moose hat gesagt, der läßt uns bestimmt in Ruhe.»

«Dann ist also einer ins Haus geklettert und hat die andern reingelassen?»

«Ja, Adam Sussman – er ist der kleinste.»

«Das Fenster geht nach hinten hinaus, sagst du. Habt ihr auch den hinteren Eingang benutzt?»

«Ja.»

«Warum seid ihr dann im Wohnzimmer im vorderen Teil des Hauses gelandet?»

«Wir wollten kein Licht machen, und in das Wohnzimmer fiel ein bißchen Licht von der Straßenlaterne gegenüber. Außerdem war es das einzige Zimmer, wo's genügend Stühle gab.»

«Seid ihr die ganze Zeit in diesem Raum geblieben?»

«Mehr oder weniger. Am Anfang gab's ein bißchen Hin- und Hergelaufe – jemand hat das Klo gesucht und so –, aber die meiste Zeit waren wir im Wohnzimmer. Außer Moose natürlich.»

«Wieso natürlich?»

«Weil er plötzlich mit einer Whiskyflasche auftauchte. Folglich muß er ein bißchen rumgestöbert haben.»

«War sie voll?»

«Ja. Er mußte erst die Kapsel aufkriegen ... Er hat ringsum angeboten, aber keiner von uns wollte. Da hat er den Whisky runtergekippt wie vorher am Strand unten das Bier. Nur so, zum Angeben.»

«Und dann?»

«Dann hat er angefangen zu randalieren.»

«Zu randalieren? Was hat er denn angestellt?»

«Er ist hinter den Mädchen hergewesen.»

«Und was habt ihr andern da getan?»

Jacobs wurde rot.

«Ach, wissen Sie, er hatte viel zuviel getrunken, um ernstlich ... Wir fanden es eigentlich nur komisch. Ein- oder zweimal haben wir ihm gesagt, jetzt langt's, laß das. Aber sonst ... Wir haben halt gelacht ... Er hat euch doch nicht wirklich belästigt, Didi?»

Sie schüttelte den Kopf.

«Und dann war's auf einmal soweit. Er lief knallrot an und setzte sich einfach auf den Fußboden. Der Schweiß lief ihm runter; er sah schrecklich aus. Ich sagte, komm, wir pakken dich irgendwo auf 'ne Couch, und er wollte auch, aber er kam nicht hoch. Da haben wir ihn abgeschleppt, Adam, Jenkins und ich ... Jenkins, das ist der Neger, ja? Und kaum hatten wir ihn glücklich in der Horizontalen, da fing er auch schon wieder an, Jenkins dumm anzureden – dreckiger Nigger und so –, und er schlug um sich, wollte aufstehen und was weiß ich noch alles ... Nun lag auf der Couch so 'n Schonbezug aus Plastik, ja? Sag ich, was ist – wickeln wir ihn doch einfach in das Ding, dann wird er schon Ruhe halten ... Das haben wir dann getan. Und dann ist er gleich eingeschlafen.»

«Woher weißt du, daß er schlief?» fragte der Rabbi scharf.

«Weil er geschnarcht hat.»

«Gut. Und ihr habt euch wieder ins Wohnzimmer verzogen?»

«Ja. Bis Stu auftauchte.»

«Und später seid ihr zurückgefahren, um Moose abzuholen?»

«Ja», bestätigte Bill. «Wir sind in das Zimmer gegangen, wo wir ihn gelassen hatten. Ich knipste die Taschenlampe an, und . . .» Er zögerte und blickte Stu und Didi fragend an.

«Weiter!» Stus Stimme klang heiser. «Sag schon alles!»

39

«Ja, ich habe einen Schlüssel für die Hillson-Villa.» Paff war auf der Hut.

«Waren Sie heute abend dort?» fragte Lieutenant Jennings.

«Ich war dort, aber ich bin nicht hineingegangen . . . Sagen Sie mal, was soll das alles?»

«Ach, es gab da ein bißchen Ärger, und jetzt müssen wir der Sache nachgehen», sagte Jennings leichthin. «Also, wann waren Sie dort?»

«Ich war um halb neun vor dem Haus verabredet. Ich kam etwas später, und ich dachte, bei dem Regen kommt sowieso keiner. Als dann tatsächlich weit und breit kein Mensch zu sehen war, bin ich gleich weitergefahren.»

«Kamen Sie nicht auf den Gedanken, daß sich Ihre Freunde vielleicht auch verspätet hatten? Ich finde es merkwürdig, daß Sie nicht gewartet haben.»

Paff zuckte mit den Achseln. «Ursprünglich hatten wir uns zu viert verabredet. Dann rief der erste an und entschuldigte sich – er könne nicht kommen. Und gleich darauf sagt der zweite ab. Da war ich schon sauer und hatte keine rechte Lust mehr. Na, und das Gewitter . . . Ich dachte, was soll's – zwei haben mich versetzt, jetzt darf ich wohl auch mal einen versetzen! Aber das ist mir nicht geglückt: Wie ich nämlich nach Hause komme und bei ihm anrufe, sagt er, er ist erkältet, und bei dem Dreckwetter geht er nicht aus.»

«Danke», sagte Jennings und klappte sein Notizbuch zu. «Das wär's wohl ... Aber der guten Ordnung halber möchte ich Sie bitten, noch mit zur Wache zu kommen und eine Aussage zu machen.»

«Was war denn das, wenn nicht 'ne Aussage?»

«Ich meine, offiziell. Mit Protokoll und Unterschrift.»

«Sagen Sie mal, muß das ...»

«Es dauert nicht lang. Höchstens eine halbe Stunde», versicherte Jennings.

«Na schön. Ich kann ja morgen früh vorbeikommen zum Unterschreiben.»

«Ich glaube, dem Chef wär's heute abend lieber.»

«Wie – jetzt gleich?»

«Warum nicht? Sie sind ja noch angezogen. In zehn Minuten sind wir unten, und ich fahr Sie wieder zurück.»

Paff war alles andere als begeistert, aber ihm fiel kein plausibler Grund zur Ablehnung ein. «Na schön, ich sag rasch meiner Frau Bescheid und zieh ein Paar Schuhe an.» Er war schon an der Tür, da blieb er stehen und drehte sich noch einmal um: «Sagen Sie, was ist denn eigentlich passiert? Wurde eingebrochen, oder ...»

«Wie kommen Sie darauf?» fragte Jennings rasch.

«Na ja, das soll schon öfter passiert sein, heißt es.»

Jennings nickte. «Ja, wieder mal ein Einbruch ... Aber diesmal haben wir einen Toten gefunden – einen Angestellten von Ihnen», fügte er befriedigt hinzu.

40

«Ich sage so was nicht gern zu einem Geistlichen, aber ...»

«Ich bin kein Geistlicher.»

«... aber Sie sind höllisch unverfroren, Rabbi. Die jungen

Leute berichten, daß sie einen ihrer Freunde ermordet aufgefunden haben – und Sie verlangen von mir, daß ich sie laufen lasse!»

«Warum nicht?»

«Da ist ja noch einiges andere.» Lanigan zählte die Argumente an den Fingern ab: «Erstens Einbruch . . .»

«Damit hat Stu Gorfinkle nichts zu tun.»

«Beim zweitenmal war er auch dabei.»

«Das war kein Einbruch. Die Tür stand offen.»

«Lassen wir die Haarspalterei, Rabbi! Zweitens befanden sie sich mit einer Person im gleichen Raum, die im Besitz von Rauschgift war . . .»

«Das haben sie nicht gewußt.»

«Das Gesetz macht da keinen Unterschied – nicht hier in Massachusetts. Drittens: In dem Haus, in dem sie eingebrochen waren, wurde ein Mord begangen. Viertens: Sie könnten diesen Mord begangen haben. Und fünftens haben sie keine Anzeige erstattet . . . Und da verlangen Sie, daß ich sie laufen lasse!»

Lanigans Gesicht war vor Entrüstung noch röter als gewöhnlich.

«Ja, ich verlange, daß Sie sie freilassen», beharrte der Rabbi. «Es sind keine Landstreicher ohne festen Wohnsitz, sondern Kinder ehrbarer Bürger dieser Stadt. Wenn Sie sie vernehmen wollen, werden sie sich Ihnen zur Verfügung stellen . . . Es stimmt, daß sie technisch einen Einbruch begangen haben – in der Situation verständlich; sie bestreiten es auch gar nicht. Wenn die Staatsanwaltschaft deswegen Anklage erheben will, werden sie vor Gericht erscheinen . . . Das angebliche Rauschgiftdelikt dagegen beruht auf einem Gesetz, das man hier sicherlich nicht wörtlich auslegen darf – oder würden Sie etwa sämtliche Fahrgäste einer Straßenbahn verhaften lassen, weil einer unter ihnen Rauschgift in der Tasche hatte? Dieses Gesetz soll es doch nur ermöglichen, Personen festzunehmen, die im Verdacht stehen, etwas mit Rauschgift zu tun zu haben, aber nicht im Besitz der Drogen angetroffen werden. Oder meinen Sie, die Jungen hätten Marihuana geraucht, während sie auf Stu warteten?»

«Und der Mord?»

«Es war falsch, aber unter den Umständen verständlich, daß sie nicht sofort die Polizei gerufen haben. Es sind noch halbe Kinder, und sie haben den Kopf verloren. Es war ihnen klar, daß ein Verdacht auf sie fallen könnte. Darum wollten sie sich erst absprechen – nicht *ob*, sondern *wie* sie es beichten sollten. Wenn Sie aber wirklich glauben, daß sie etwas mit dem Mord zu tun haben, können Sie sie ebenfalls jederzeit verhören ...» Er lächelte. «Früher waren Sie doch immer so aufgeschlossen für Vorschläge, die auf talmudischer Denkschulung beruhen ...»

«Kommen Sie mir wieder mit diesem *Pil* ... Wie heißt das doch wieder?»

«*Pilpul*? Nein; hier trifft das *Miggo*-Prinzip zu.»

«Das ist was Neues. Damit haben Sie mich noch nie aufs Kreuz gelegt ... Wie funktioniert denn das?» Lanigan war wider Willen interessiert.

«Nennen wir es das Prinzip der abgeleiteten Glaubwürdigkeit. Der Rabbi pflegt es bei der Rechtsprechung anzuwenden. Es beruht auf der psychologischen Wahrscheinlichkeit, daß sich niemand eines schwerwiegenderen Verbrechens schuldig bekennt, wenn er sich damit aus der Affäre ziehen kann, ein leichteres zuzugeben.»

«Also ... Nein. Da komm ich nicht mit.»

«Ich gebe Ihnen ein klassisches Beispiel: Eine heiratsfähige Frau kommt aus einem fremden Land in eine Gegend, wo sie keiner kennt. Sie sagt, sie sei verheiratet gewesen und geschieden und könne jetzt wieder heiraten. Man glaubt ihr beides, sowohl die Heirat als auch die Scheidung, denn sie hätte ebensogut verschweigen können, daß sie je verheiratet war.»

«Schön und gut, aber was hat das mit unserem Fall zu tun?»

«Nachdem die Jungen den Toten von der Plastikhülle befreit hatten, wies nichts mehr auf einen Mord hin. Sie hätten den Mund halten können, und Sie hätten angenommen, Moose sei eines natürlichen Todes gestorben – oder doch auf alle Fälle keines gewaltsamen Todes: alle Anzeichen einer Alkoholvergiftung, keine äußeren Verletzungen ... Aber die Jungen machten aus ihrer Entdeckung kein Hehl; sie haben Ihnen alles erzählt. Ich meine, bei Anwendung des *Miggo*-Prinzips spricht das für ihre Unschuld.»

Lanigan stand auf und wanderte im Zimmer auf und ab; der Rabbi beobachtete ihn schweigend. Schließlich blieb der Polizeichef vor ihm stehen und breitete hilflos die Arme aus:

«Was soll ich tun, Rabbi? Ich habe die Eltern angerufen – keine Antwort. Das Mädchen sagt, ihre Eltern sind im Kino; in welchem, weiß sie nicht ... Soll ich sie vielleicht in allen Kinos der Stadt ausrufen lassen? Der junge Gorfinkle hat endlich damit herausgerückt, daß seine Leute zu seiner Tante gefahren sind; wie ich dort anrufe, heißt es, gerade sind sie aufgebrochen. Und die Jacobs sind auf einer Party in Boston; Bill weiß nicht einmal, wie die Leute heißen – sagt er ... Begreifen Sie doch, daß ich sie nicht laufen lassen *kann*, bevor ich die Eltern aufgetrieben habe – es sind doch alles noch Minderjährige.»

«Hören Sie auf mich und lassen Sie sie laufen! Wenn Sie warten, bis die Eltern anrücken, haben Sie hier ein Irrenhaus voller hysterischer Mütter und gerade aus dem Bett getrommelter Anwälte; es wird gegenseitige Beschuldigungen hageln, und morgen früh kursieren die wildesten Gerüchte in der Stadt, bringen Unschuldige und Unbeteiligte in Verlegenheit ... All das wird Ihre Untersuchung ganz erheblich komplizieren.»

Lanigan schüttelte störrisch den Kopf. «Wenn es sich später herausstellen sollte, daß doch jemand von diesen jungen Leuten mit dem Mord zu tun hat, dann bin ich der Vollidiot, der einen Mörder heimgeschickt hat, den er schon auf der Wache ... Ja, was ist, Tony?»

Ein Streifenbeamter war eingetreten. «Kann ich Sie mal 'n Moment sprechen, Chef?»

Die beiden verzogen sich in eine Ecke. Der Streifenpolizist flüsterte; Lanigan unterbrach ihn nach einer Weile mit einer gemurmelten Frage; neuerliches Geflüster.

Endlich sagte der Chef: «Danke, Tony; das bringt uns schon weiter ...» Und zum Rabbi gewandt: «Also gut, Rabbi: Die jungen Leute können heimgehen – wenn Sie dafür haften, daß sie jederzeit erreichbar sind.»

Der Rabbi zögerte einen Augenblick. Dann sagte er: «Einverstanden. Ich übernehme die Verantwortung.»

41

Sie diskutierten schon fast eine Stunde, und noch war keine Einigung in Sicht. Ab und zu appellierte jemand an den Rabbi, damit der unterstütze, was der jeweils Sprechende vorgeschlagen hatte, aber der Rabbi ließ sich nicht in die Debatte verwickeln.

Als ihm Lanigan vorgeschlagen hatte, sämtliche jungen Leute, die an dem Picknick teilgenommen hatten, zu einer ungezwungenen Aussprache zusammenzutrommeln, hatte er seine Bedenken geäußert:

«Das geht aber nicht ohne die Zustimmung der Eltern.»

«Dann machen Sie den Eltern klar, daß ich lediglich den genauen Sachverhalt erfahren will – sonst nichts. Ich habe bestimmt nicht vor, mir einen Sündenbock rauszupicken. Ich will bloß die Geschichte in allen Einzelheiten hören, das ist alles.»

«Sie werden verlangen, daß ihre Anwälte dabei sind», gab der Rabbi zu bedenken.

«Kommt nicht in Frage! Ja, meinen Sie vielleicht, ich

komme weiter, wenn mir bei jeder Frage einer von diesen Wortverdrehern über den Mund fährt? Wenn's der eine nicht tut, so tut's der andere ... Ich kenn doch die Brüder!»

«Vielleicht kann ich erreichen, daß sich alle auf einen Anwalt einigen.»

«Glauben Sie an den Klapperstorch? Und wenn's durch ein Wunder doch dazu käme, müßte der Bursche zwangsläufig so vorsichtig sein, daß er jede freiwillige Aussage von vornherein unterbinden würde.»

«Ja, dann ...» Der Rabbi lächelte. «Dann können Sie sich Ihren Plan wohl in den Kamin schreiben.»

«Früher oder später knöpf ich mir die Bande doch vor», knurrte Lanigan. «Hier liegt einwandfrei Einbruch vor, und das betrifft sie alle miteinander ... Zugegeben, sie kriegen mildernde Umstände, und vermutlich gibt es keinen Richter, der sie verurteilen würde. Aber das ändert nichts daran, daß sie fast alle in einen Mordfall verwickelt sind – direkt oder indirekt; zumindest als potentielle Zeugen. Und das reicht aus, um sie erst mal in Gewahrsam zu nehmen ... Wenn dann erst das Semester wieder anfängt, werden sie im eigenen Saft schmoren – sie und ihre Eltern.»

Der Rabbi hatte schließlich widerwillig zugestimmt und Mr. Jacobs ersucht, die betroffenen Eltern zu einer Aussprache zu bitten.

Man traf sich im Arbeitszimmer des Rabbis, der kurz die Sachlage schilderte, im weiteren aber nicht in die Diskussion eingriff. Er saß hinter seinem Schreibtisch und hörte aufmerksam zu. Ausnahmsweise führte Gorfinkle einmal nicht das große Wort. Der Rabbi vermied es, in seine Richtung zu blikken.

«Wenn dieser Lanigan meine Tochter verdächtigt, etwas mit dem Mord an diesem ... diesem *Kicker* zu tun zu haben – *na*! Erst soll er mal Beweise bringen!» keifte die Mutter von Betty Marks. «So eine Unverschämtheit! Und *ich* soll *ihm* erlauben, *sie* zu vernehmen! Und *ohne* Anwalt!»

«Er verdächtigt sie doch gar nicht, Mrs. Marks!» versuchte

sie Roger Epstein zu beruhigen. «Er will nur so schnell wie möglich Licht in die Affäre bringen. Wenn wir nicht mithelfen, kommt er nicht vorwärts. Und dann wird auch der Fall nicht gelöst.»

«Na und?» schnaubte Mrs. Marks. «Ist das vielleicht unser Bier?»

«Und ob ... Schauen Sie: Solange der Fall nicht gelöst und der Mörder nicht überführt ist, bleibt der Verdacht an unseren Kindern hängen. Und das wollen wir doch alle nicht.»

«Hinzu kommt, daß die Kinder tatsächlich eingebrochen haben», meinte Mr. Shulman. «Das steht eindeutig fest ... Wenn wir der Polizei nicht helfen, kann sie dafür sorgen, daß Anklage erhoben wird. Meine Gladys hat gleich nach den Ferien ein wichtiges Examen. Soll sie ein ganzes Semester verlieren, bloß damit ich Lanigan ärgern kann? Außerdem habe ich volles Vertrauen zu meiner Gladys.»

«Wollen Sie damit sagen, daß ich kein Vertrauen zu meiner Betty ...»

«Ich bin sicher, daß Sie ihr blind vertrauen können, Mrs. Marks», warf Epstein rasch ein.

«Ich denke, Bill ist alt genug, um zu wissen, was er sagt», meinte Mr. Jacobs. «Von mir aus kann Lanigan ihn ausfragen.»

«Na, Bill war ja auch dabei, als sie die Leiche fanden», bemerkte Sussman. «Bei ihm liegt der Fall ganz anders als bei Stu Gorfinkle.»

«Seh ich nicht ein», widersprach Gorfinkle senior. «Stu war ja überhaupt nicht im Haus. Erst als sie den Jungen holen wollten ...»

«Ach so – Sie meinen, er ist aus'm Schneider, was?» Sussmans Stimme klang ein wenig schrill. «Daher Ihre Bereitschaft, mit der Polizei zusammenzu ...»

«Wenn wir so weitermachen», unterbrach Arons, «sitzen wir morgen früh noch hier ... Worum geht's überhaupt, Leute? Lanigan möchte unsere Kinder befragen – ganz formlos. Nun ist er ohne jeden Zweifel berechtigt, sie zu befragen; wir hingegen sind berechtigt, die Anwesenheit eines Anwalts zu verlangen ... Wenn Lanigan jeden von unseren Sprößlingen einzeln ausquetscht, kriegt er raus, was er rauskriegen will – mit oder ohne Anwalt. Was der eine nicht sagt, das sagt der andere ... Nun halte ich Lanigan für einen anständigen Burschen, Herrschaften. Ich glaube nicht, daß er dazu neigt, jemand ein Bein zu stellen.»

«Noch was: Die Aussagen dürfen hinterher vor Gericht nicht gegen die Kinder verwendet werden, wenn kein Anwalt anwesend war», warf Mr. Sussman ein. «Vielleicht sind wir also ohne Anwalt viel besser dran.»

«Er hat recht!» pflichtete Shulman bei.

«Klar. Da hat sich der gute Lanigan wohl selber ein Bein gestellt – ob er nun zum Beinstellen neigt oder nicht ...»

«Trotzdem – ich finde, einer von uns sollte anwesend sein!»

«Ich weiß nicht, was Lanigan dazu sagen würde», entgegnete Jacobs; «jedenfalls möchte ich nicht derjenige sein. Die Verantwortung könnte ich nicht auf mich nehmen. Angenommen, eins der Kinder verplappert sich, und ...»

«Sagt mal – wie wär's denn, wenn wir uns auf eine neutrale Person einigten?» schlug Epstein vor. «Auf jemand, der mit der Sache nichts zu tun hat?»

«Wer zum Beispiel?»

«Na, vielleicht ...» Mr. Arons sah sich um. «Wenn vielleicht der Rabbi ...»

42

Lieutenant Jennings überflog nochmals die getippten Seiten, dann gab er sie seinem Chef. «Paffs Aussage, Hugh. Steht nichts von Belang drin. Es ist mir nur aufgefallen, daß er ein wenig nervös war.»

«Jeder wird nervös, wenn er hier sitzt», sagte Lanigan.

«Das macht uns ja gerade das Leben so schwer...» Er las laut vor: «FRAGE: *Welches Interesse haben Sie an der Hillson-Villa?* – ANTWORT: *Ich wollte sie ... ich meine, wir wollten sie kaufen.* – FRAGE: *Zu welchem Zweck?* – ANTWORT: *Aus geschäftlichen Erwägungen ...*» Lanigan blickte auf. «Und es war nicht rauszukriegen, was er mit dem Kasten will?»

«Nein. Große Geheimniskrämerei. Ich wollte ihn nicht drängen, weil ich da keinen Zusammenhang sah ... Ist ja ganz verständlich: Wenn er was Geschäftliches damit vorhat, wird er's natürlich nicht an die große Glocke hängen.»

«Hm, hm ... Ja, vielleicht. Weißt du wenigstens, wer die anderen Interessenten sind?»

«Ja; nach und nach hab ich ihm ein paar Namen aus der Nase gezogen. Ein gewisser Arons, übrigens der Vater von einem der jungen Leute, und Dr. Edelstein – den kennst du ja – und ein gewisser Kallen. Irving Kallen. Paff sagt, sie waren vor der Villa verabredet, aber es kam keiner; da ist er wieder nach Hause gefahren.»

«Komisch», überlegte Lanigan. «Wenn man früh zu so einer Verabredung kommt, wartet man. Klar. Und wenn man selber spät ist, wartet man erst recht – in der Hoffnung, daß sich der eine oder andere auch verspätet ...»

«Du hast noch nicht alles gelesen, Hugh. Edelstein und Arons hatten vorher angerufen und abgesagt. Außerdem goß es in Strömen, und da war er ziemlich sicher, daß Kallen ihn auch versetzen würde ...» Jennings las, über Lanigans Schulter gebeugt, vor: *«Ich verlangsamte die Fahrt, sah, daß niemand da war und das Haus im Dunkel lag, und fuhr gleich wieder weiter.»*

«Hm ... möglich. Und die Sache mit seinen Kegelbahnen?»

«Mensch, Hugh – Kegeln ist doch nichts direkt Unanständiges, oder? Vielleicht will er in dem alten Kasten ein paar neue Bahnen einrichten oder so was Ähnliches.»

«Kann sein. Aber – ich finde das komisch.»

«Was ist denn komisch daran?»

«Zum Beispiel der Anruf von Kevin O'Connor. Zugegeben,

Kevin ist ein Idiot. Aber außerdem ist er auch Polizist. Er würde sich nicht grundlos nach Paff erkundigen; ich kann das nur so verstehen, daß die drüben in Lynn tatsächlich einen Verdacht haben ... Jedenfalls ein seltsamer Zufall. Und daß er einen Schlüssel für die Villa hat, ist ein weiterer Zufall. Dritter Zufall: Ausgerechnet am Abend des Mordes war er dort ... Bißchen viel Zufälle, hm?»

«Aber was hat ein Mann in seiner Position mit Leuten wie Moose Carter zu tun?»

«Na, immerhin hat Moose für ihn gearbeitet.»

«Na und?»

«Es beantwortet deine Frage: die beiden hatten miteinander zu tun ... Nimm doch mal an», sagte Lanigan langsam, «Paff handelt mit Rauschgift – nur mal angenommen, ja? Und vergiß nicht, daß die jungen Leute dauernd zum Kegeln kommen ... Nimm weiter an, Moose kommt Paff eines Tages auf die Schliche – er hat immerhin eine Weile bei ihm gearbeitet. Nun kennst du ja den Typ Moose Carter: Die Sorte läuft nicht zur Polizei – die Sorte hält lieber die Hand auf ... Und nun fährt Paff also zu der Villa hinaus, wo er verabredet ist. Seine Freunde lassen auf sich warten, und er beschließt, sich das Haus nochmals anzusehen. Er geht durch alle Zimmer und findet schließlich Moose ... Vielleicht hat der Junge bisher nur kleine Summen von ihm gefordert, aber Paff weiß, daß es nicht dabei bleiben wird. Und plötzlich wird ihm klar, daß er die Angelegenheit ein für allemal erledigen kann – er braucht nur den Zipfel der Plastikfolie schön luftdicht unter die Verpackung zu stecken, die der Junge von den andern verpaßt bekommen hat ...»

«Du meinst, Paff hat ihn umgebracht, um nicht mehr erpreßt zu werden? Obwohl die Forderungen noch niedrig waren?»

«Es wäre eine einzigartige Gelegenheit gewesen, wie sie sich nicht alle Tage bietet. Und über die Höhe der Forderungen wissen wir ja nun wirklich nichts. Das war nur eine Annahme.»

«Das Ganze ist doch nur eine Annahme, Hugh – und sie ist an den Haaren herbeigezogen, wenn du mich fragst.»

«Ich ziehe alle Möglichkeiten in Betracht, das ist alles. Die jungen Leute sind nach wie vor eine weitere Möglichkeit – oder eine ganze Reihe von Möglichkeiten: Jeder einzelne könnte der Täter sein, Jungen oder Mädchen.»

«Na prima! Jetzt hätten wir also auch noch die acht Kinder unter Verdacht – nein, sieben: der junge Gorfinkle war ja nicht dabei ... Bist du sicher, daß du ihm nicht trotzdem was anhängen kannst?»

Lanigan überhörte den Spott. «Nein, beim besten Willen nicht. Er ist aus der Sache raus.»

«Und was hältst du vom alten Carter?»

«Carter? Der Vater von Moose?»

«Stiefvater, Hugh.»

«Ach ja, stimmt. Hatte ich ganz vergessen. Aber das kommt doch auf das gleiche raus. Er hat ihn adoptiert, ihn wie sein eigenes Kind aufgezogen ... Wer war übrigens der richtige Vater?»

Jennings grinste. «Gute Frage. Na ja, jedenfalls nicht Carter. Der Alte hat das nie verschmerzen können. Wenn es mit dem Jungen Ärger gab – und den gab's öfter –, machte er die Abstammung des Jungen dafür verantwortlich. Einmal, als Moose was ausgefressen hatte, beklagte sich Carter bei mir, das käme nur davon, daß Moose ein Kind der Sünde sei.»

«Ziemlich übel, so was.»

«Was kannst du von so einem Religionsfanatiker erwarten? Ach, übrigens ... Carter war in der Mordnacht auch nicht die ganze Zeit daheim. Er kam gerade ins Haus, als wir anriefen.»

«Du kannst ihn ja mal fragen, wo er war», sagte Lanigan, ohne viel Interesse zu zeigen. «Haben wir sonst noch jemand?»

«Da ist noch dieser Farbige.»

«Ach so, ja. Na, dann haben wir ja schon unseren Täter:

Wenn ein Farbiger in Frage kommt, ist ja alles klar ...» Er grinste und wurde gleich wieder ernst: «Spaß beiseite – wir dürfen keine Möglichkeit auslassen.»

43

Der Manager der Kegelbahn in Lynn sagte als erstes: «Schlimme Sache, das mit dem Jungen.»

«Weiß Gott, ja ...» Paff schüttelte bedauernd den Kopf. «So ein junger Kerl, gut aussehend, athletisch ...»

«Also, ich hab doch noch bei ihm zu Hause angerufen ... Seine Mutter war am Apparat, und ich frag sie noch, wann er heimkommt ... Wenn ich mir vorstelle, daß er vielleicht schon tot war – schauerlich.»

«Hm, hm.»

«Haben Sie schon einen Ersatz für ihn, Mr. Paff? Das Leben geht schließlich weiter, nicht wahr, und ich mach natürlich gern ein paar Überstunden, aber ...»

«Ich kümmere mich darum. Spätestens morgen abend hab ich jemand.»

«Falls Sie niemand auftreiben können, ich kenn einen Jungen aus meiner Nachbarschaft ... Hab ich Ihnen ja schon erzählt. Heller Bursche.»

«Was tut er jetzt?»

«Na ja, momentan nicht sehr viel. Schaut sich 'n bißchen um.»

«Ja, also ...»

«Soll ich ihn für morgen abend herbestellen? Damit Sie sich mal mit ihm unterhalten können?»

«Im Augenblick hab ich wahnsinnig viel um die Ohren.»

Ein Kunde klopfte ungeduldig mit einer Münze auf die Theke. Der Manager eilte hin, um ihn zu bedienen. Als er zurückkam, kramte er einen Zettel aus seiner Hosentasche. «Ach ja, hätt ich ja beinahe vergessen: Hat sich gestern abend noch ein Mr. Kallen bei Ihnen gemeldet? Er rief an, kaum daß Sie weg waren. Er ist mit Ihnen verabredet, hat er gesagt...» Ein Blick auf den Zettel: «... an der Hillson-Villa. Aber er kann nicht kommen...» Er hielt inne, dann fragte er: «Sagen Sie mal, Hillson-Villa – ist das nicht das Haus, wo...»

«Ja, ich habe noch mit ihm telefoniert. Übrigens...» Paff winkte ihn ans andere Ende der Theke: «Ich war gestern abend ein bißchen nervös – verstehen Sie? Es war so ein Tag, an dem alles schiefgeht.»

«Klar, Mr. Paff. Kann doch mal vorkommen. Ist ja nur menschlich.»

«Falls jemand kommt und will ein paar Auskünfte – es ist zwar nicht sehr wahrscheinlich, aber für alle Fälle –, erwähnen Sie lieber nicht, daß ich den Jungen feuern wollte. So was kann falsch ausgelegt werden...» Er lachte gezwungen. «Ich hätte nie das Herz gehabt, ihn rauszuschmeißen – einen Jungen aus meiner Stadt, ich bitte Sie!»

«Kapiert, Mr. Paff. Was der Bulle nicht weiß, macht ihn nicht heiß.»

«Verstehen Sie mich recht – ich will, daß die Polizei unsere volle Unterstützung hat; Sie können ihnen alles sagen, was sie wissen wollen. Es hat bloß keinen Sinn, ihnen mit Belanglosigkeiten zu kommen... Aber wenn sie zum Beispiel fragen, wann ich von hier weggefahren bin, dann sagen Sie ihnen ganz offen und ehrlich, daß es kurz nach acht war.»

«Da irren Sie sich, glaube ich. Ich meine, es war viel früher...»

«Aber nein! Ich hab noch auf die Uhr geschaut – es war schon fast Viertel nach... Sagen Sie, dieser Junge: Sie meinen also, er kommt hier zurecht?»

«Bestimmt, Mr. Paff. Den kenn ich doch.»

«Na schön; ich glaube, Sie haben einen ganz guten Blick

für Menschen ... Er soll morgen abend anfangen; ich stell ihn dann ein.»

«Prima, Mr. Paff. Vielen Dank. Und verlassen Sie sich auf mich; ich werd ihn schon einarbeiten. Sie werden's nicht bereuen.»

44

Lanigan war sich darüber im klaren, daß die jungen Leute keineswegs aus freien Stücken gekommen waren. Wenn er sich übertrieben freundlich gab, würden sie ihm nur noch mehr mißtrauen. So spielte er mit offenen Karten.

«Ich sage nicht, macht's euch bequem – diese scheußliche Sache bleibt für alle Beteiligten höchst unbequem, solange sie nicht aufgeklärt ist. Aber da steht Kaffee und Konfekt, und wer lieber was Kaltes möchte, kann Cola haben ... Bedient euch.»

«Ich nehme eine Tasse Kaffee», sagte Adam Sussman.

«Ich auch», sagte Jacobs.

«Mir bitte ein Cola», sagte Betty Marks.

Lanigan reichte Getränke und Gebäck herum; der Rabbi half ihm dabei. Als sich alle bedient hatten, fuhr der Polizeichef fort: «Ihr wart am letzten Montagabend zu einem Picknick draußen an Tarlow's Point ...»

«Moment», warf Jacobs ein. «Einer fehlt.»

«Meinst du Alan Jenkins?»

«Ja.»

«Ich hatte die Bostoner Polizei gebeten, ihn für uns aufzustöbern. Er wohnt in einer Pension, und seine Wirtin sagt, er ist nach New York gefahren. Jetzt sucht ihn die New Yorker Polizei; unterdessen werden wir ohne ihn auskommen müssen ... Also weiter: Im Laufe des Abends stieß Moose

Carter zu euch. Bald darauf mußte Gorfinkle seine Eltern abholen, und so hattet ihr keinen Wagen, als das Gewitter losging. Ihr seid zur Villa gelaufen, habt ein Fenster aufgebrochen und seid eingedrungen, um ...»

«Das sagen Sie», unterbrach ihn Adam Sussman. «Ich gebe gar nichts zu.»

Lanigan seufzte. «Paß mal auf, Sussman ... Paßt alle mal auf: Ich habe nicht die Absicht, euch reinzulegen. Alles, was ich bisher gesagt habe, und alles, was ich sagen werde, kann ich leicht beweisen. Ich versuche lediglich, dahinterzukommen, was tatsächlich passiert ist. Und ich wollte euch klarmachen, daß ihr alle einen Einbruch auf dem Kerbholz habt, rein technisch betrachtet. Unter den Umständen ist euer Verhalten einigermaßen begreiflich; es war wirklich ein sehr starkes Gewitter, und außerdem habt ihr offenbar nichts anderes getan, als Obdach gesucht – es ist nichts zerschmissen, nichts gestohlen ... Aber es war ein Einbruch, und darauf kann ich euch festnageln.» Er sah sie der Reihe nach scharf an.

«So was nennt man Erpressung, glaube ich», murmelte Jacobs.

«Stimmt», erwiderte Lanigan freundlich.

Es entstand eine Pause.

«Was wollen Sie also wissen?» fragte Sussman schließlich.

«So ist's recht ... Fangen wir noch mal von vorn an.»

Sie fingen noch einmal von vorn an, rekonstruierten, wer wann was getan hatte und mit wem. Es kam nichts Neues dabei heraus.

«Na schön», sagte Lanigan, um die Sache voranzutreiben, «ihr beide, Jacobs und Sussman, habt Moose dann ins Arbeitszimmer geschafft ... Moment mal!» Er ging zum Flurschrank und kam mit einem Paket zurück. «Ich habe heute nachmittag so eine Plastikfolie zum Möbelabdecken gekauft. Die Größe stimmt ziemlich genau überein.» Er breitete sie auf dem Boden aus. «Gorfinkle, leg dich mal drauf. Jacobs soll uns vormachen, wie er Moose eingewickelt hat.»

Stu legte sich auf die Decke, während alle ihre Hälse reckten, um besser zu sehen. Doch Bill Jacobs schüttelte den Kopf. «Die Decke war schräg über die Couch gebreitet, so daß Moose in der Diagonale lag ... Rück mal rum, Stu! So – halt, jetzt stimmt's.» Er gab eine genaue Demonstration, indem er jede Phase kommentierte: «Zuerst zogen wir ihm diesen Zipfel über die Füße. Dann wickelten wir das linke Ende fest um seinen Körper, schlugen das rechte darüber und stopften es unter ihm fest ... So!»

«Hat Moose während der Prozedur etwas gesagt, oder war er schon bewußtlos?»

«Er hat Stein und Bein geschimpft. Vor allem auf Jenkins.»

«Und Jenkins? Wie hat er reagiert?»

«Ich weiß nicht mehr. Erst als Moose reglos dalag und schnarchte, sagte Jenkins ... aber das war nur im Spaß ...»

«Was sagte er?»

«Wir hätten seine dämliche Visage auch noch zudecken sollen, oder so ähnlich. Aber das war bestimmt nicht ernst gemeint.»

«Natürlich nicht.» Lanigan nickte bereitwillig. «Und als ihr dann später zurückkamt, um Moose zu holen – wie habt ihr ihn da gefunden? War er noch genauso verpackt, wie ihr ihn verlassen hattet?»

«Ja – bis auf den vierten Zipfel von diesem Plastikdings. Der war jetzt über seinen Kopf gezogen und seitlich festgesteckt.»

«Zeigt mir das mal.»

«He!» schrie Stu. «Moment mal!»

«Keine Angst, Gorfinkle, wir lassen dich nicht so liegen», versicherte Lanigan.

Bill Jacobs hob den oberen Zipfel der Plastikdecke hoch, zog ihn über Stus Kopf und stopfte ihn unter ihm fest.

«Nein!» kreischte Sue Arons hysterisch. «Nimm das weg!»

45

Pearl Jacobs war in Gesellschaft immer vergnügt und manchmal sogar von einer fast hektischen Fröhlichkeit, doch im Familienkreis konnte sie sehr nüchtern und berechnend sein. Als ihr Mann mit seinem Bericht über die Elternzusammenkunft beim Rabbi zu Ende war, sagte sie:

«Eines versteh ich nicht: Wieso hat der Rabbi ausgerechnet dich angerufen? Warum nicht Gorfinkle? Schließlich ist er der Gemeindevorsteher.»

«Er sagt, weil Bill als einziger von A bis Z in der Sache drinhängt. Aber ich vermute, es war ihm einfach peinlich, Ben Gorfinkle anzurufen, nachdem der mehr oder weniger im Begriff ist, ihn rauszuschmeißen.»

«Wetten, daß Ben nicht mehr gewählt würde, wenn heute noch mal abgestimmt würde?»

«Warum? Weil er den Rabbi kaltstellen will? Glaubst du, der Rabbi ist so beliebt?»

«Nein. Ich meine, ich weiß nicht, wie beliebt der Rabbi ist. Er hat keine ausgesprochene Anhängerschaft, das ist wahr. Und einige von den betroffenen Eltern haben sicher eine Wut auf ihn, weil er diese Kollektivvernehmung bei Lanigan arrangiert hat.»

«Meinst du wirklich?»

Sie nickte. «Es war auch meine erste Reaktion. Aber dann sagte ich mir, daß die Polizei früher oder später doch rauskriegt, was sie wissen will. Außerdem war mir der Gedanke unsympathisch, daß ein Mörder frei herumläuft . . .»

«Was hat das mit Ben Gorfinkle zu tun?» erkundigte sich ihr Mann geduldig.

Sie sah ihn überrascht an. «Nichts – nur finden viele von uns Frauen, daß er diesen Streit in der Gemeinde besser nicht vom Zaun gebrochen hätte.»

«Aber ihr Frauen wählt ja nicht.»

«Nein», antwortete sie, «aber viele von uns können die

beeinflussen, die das Stimmrecht haben ... Jedenfalls sind viele von uns der Ansicht, daß es idiotisch ist, erst mühsam eine Gemeinde zu schaffen, um sie dann wegen so etwas Albernem wie der Sitzordnung in der Synagoge auseinanderplatzen zu lassen.»

«Ich hoffe, du verkündest das nicht vor allen Leuten, Pearl. Wir wollten die Gemeinde gewiß nicht spalten, und der Streit über die Sitzordnung ist nebensächlich. Wir haben ein Programm aufgestellt, ein verdammt gutes Programm sogar, aber Paff und seine Clique sabotieren es. Da wir uns mit diesen Leuten nicht einigen können, ist es wohl vernünftiger, wenn jede Partei ihre eigene Synagoge hat. Dann kann jeder tun, was er für richtig hält, statt den andern Steine in den Weg zu legen. Hab ich nicht recht?»

«Typisch Mann!» Sie schüttelte den Kopf. «Du sagst, ihr wollt keine Spaltung – aber ihr tut alles, damit es soweit kommt ... Wir Frauen sind da viel realistischer. Ihr stellt euch an wie Kinder: Solange das Ding keinen Namen hat, existiert es nicht ... Weißt du, was ihr damit erreicht? Nicht nur, daß es zwei Synagogen geben wird; die beiden Gruppen werden sich auch gegenseitig aus dem Weg gehen ... Euch Männern ist das egal; ihr hockt den ganzen Tag in eurem Büro und seid abends zu müde, um noch was zu unternehmen. Aber wir Frauen ... Nimm zum Beispiel Marjie Arons und mich. Stell dir vor, die Gemeinde spaltet sich, und sie gehört zu der einen Synagoge und ich zu der andern. Das würde uns doch auseinanderbringen, nicht wahr?»

«Wir verkehren doch kaum mit den Arons», wandte Jacobs ein.

«Nicht mit Einladungen und so. Weil du ihn nicht ausstehen kannst. Mir liegt er ja auch nicht ... Aber Marjie und ich, wir treffen uns oft. Und was soll aus den Kindern werden?»

«Was haben denn die Kinder damit zu tun?»

«Bei zwei Gemeinden wird es immer zweierlei Veranstaltungen geben, und die eine Gruppe wird nicht zu den Veranstaltungen der anderen gehen und umgekehrt. Unser Bill sitzt in diesem miesen kleinen College in Minnesota, von dem noch kein Mensch gehört hat. Er sagt, es gibt kaum ein Dutzend jüdischer Familien in dem Kaff, von jüdischen Mädchen ganz zu schweigen ... Glaubst du etwa, das macht mir keine Sorgen? Aber wenigstens hat er massenhaft jüdische Mädchen zur Auswahl, wenn er in den Ferien nach Hause kommt – noch! Aber das soll ja nun anders werden ... Möchtest du, daß dein Sohn, Gott behüte, eines Tages womöglich eine Nichtjüdin heiratet?»

«Nun hör schon auf, Pearl! Du übertreibst maßlos. Wenn Bill mit einem Mädchen ausgehen will, wird er sich einen feuchten Kehricht darum kümmern, welcher Gemeinde ihre Eltern angehören! Außerdem ist die Synagoge kein Institut für Eheanbahnung. Der Rabbi ...»

«Ach, der Rabbi! Der hat doch keinen Schimmer. Der ist doch auch nur ein Mann ... Aber frag doch mal seine Frau – die versteht uns bestimmt!»

«Ach so!» Er lachte ... «Jetzt kapier ich endlich – Aufstand der Weiber! Wann soll denn die ‹Machtübernahme› stattfinden?»

«Aber wir denken ja gar nicht daran ... Ihr Männer wollt Politik treiben? Bitte schön! Ihr kommt mir nur vor wie Kinder, denen man ein Spielzeug gibt. Erst spielt ihr schön damit, dann habt ihr plötzlich genug und laßt es rumliegen – oder ihr macht es kaputt ... Nur immer zu – organisiert und plant schön weiter, wählt Ausschüsse, stimmt ab, faßt Resolutionen; seid ‹aktive Sozialreformer unserer Gemeinde›, wie Ben Gorfinkle so schön sagt – aber bitte, bitte, zerstört nicht alles! Die Gemeinde ist nämlich nicht nur für euch da, sondern für uns alle, einschließlich unserer Kinder.»

«Ach, sind die lieben Kleinen auch beteiligt an eurer Palastrevolution?» fragte er spöttisch.

«Unterschätz sie nicht. Die sind oft vernünftiger als ihre Eltern. Unser Bill ist kein Dummkopf. Er hat sich mit mir ausgesprochen. Er fürchtet, der Rabbi könnte kündigen – die Kinder haben ihn nämlich gern und respektieren ihn und haben Vertrauen zu ihm ... Deswegen hat Bill ja auch der Polizei alles gesagt – weil's ihm der Rabbi geraten hat.»

«Denkt Mrs. Paff auch so wie du?»

«Sie hat keine Kinder, darum berührt sie das alles nicht so sehr. Aber wenn ich Paff wäre, mit seinem Geschäft, das überwiegend auf die Kundschaft junger Leute angewiesen ist – also, ich an seiner Stelle würde es nicht mit ihnen verderben wollen!»

46

«Also, was halten Sie davon?» fragte Lanigan.

«Sehr viel Neues haben Sie nicht erfahren», meinte der Rabbi. «Immerhin gibt es ein paar interessante Punkte. Sie stimmten alle darin überein, daß es Moose Carters Vorschlag war, in die Villa einzubrechen. Er war es auch, der versicherte, daß niemand etwas merken würde.»

«Na klar!» Lanigan grinste. «Er kann ja nicht mehr widersprechen.»

«Allerdings.»

«Eine Bemerkung der kleinen Epstein fand ich sehr interessant: Moose sei letztes Jahr mit dem Marks-Mädchen ausgegangen.»

«Ist das von Belang? Sie sind gar nicht darauf eingegangen.»

«Jetzt nicht. Werde ich aber noch.»

«Wenn Sie meinen ... Ich hielt das eher für – na, für Neid auf die Konkurrentin», bemerkte der Rabbi. «Das einzige, was ich wirklich interessant fand, war die Sache mit der Haustür.»

«Ja? Was war mit der Haustür?»

«Bill Jacobs sagte, er hätte das Schloß blockiert, so daß

es nicht einschnappen konnte; sie mußten ja noch einmal ins Haus, um Moose zu holen.»

«Ach so, ja ... Warum messen Sie dem solche Bedeutung bei?»

«Weil praktisch jeder Zutritt zu dem Haus hatte, nachdem sie gegangen waren.»

«Ja, jeder, der wußte, daß die Tür nicht verschlossen war», schränkte Lanigan ein. «Andererseits spielte es überhaupt keine Rolle für jemand, der einen Schlüssel besaß.»

«Auf wen spielen Sie an?»

«Auf einen gewissen Paff. Kennen Sie ihn? Er gehört Ihrer Gemeinde an.»

«Meyer Paff?»

«Ja. Er hatte einen Schlüssel, und er war an jenem Abend zur passenden Zeit an Tarlow's Point.»

Rabbi Small antwortete nicht gleich. «Hören Sie, Lanigan», sagte er schließlich, «ich bin natürlich nicht voll informiert. Ich erhebe auch keinen Anspruch auf volle Information; ein Mordfall ist Sache der Polizei. Aber wenn Mitglieder meiner Gemeinde in den Fall verwickelt sind und Sie auf meine Mithilfe zählen wollen ...»

«Nur immer mit der Ruhe, Rabbi! Ich hatte ohnehin vor, Sie ‹voll zu informieren› ...» Er verließ den Raum und kam gleich darauf mit einer Aktentasche zurück, der er ein Schriftstück entnahm. «Hier – die Kopie von Paffs Aussage.»

Der Rabbi las das Protokoll, dann sah er auf. «Das klingt alles ziemlich offen und ehrlich», meinte er.

«Das ist auch mein Eindruck. Aber in Verbindung mit einigen weiteren Fakten wird es trotzdem ganz interessant ... Er war also am Tatort – das sagt er selber. Nun kommt aber hinzu, daß er den Toten kannte: Moose hat für ihn gearbeitet.»

«Das besagt nicht viel. Mr. Paff ist Mitglied verschiedener Clubs und kennt vermutlich die meisten jungen Sportler in Barnard's Crossing.»

«Zugegeben. Aber es geht weiter: Die Polizei von Lynn hat seit einiger Zeit ein Auge auf die dortige Kegelbahn geworfen. Die Kollegen halten es für möglich, daß da Rauschgift gehandelt wird ... Und wer hat abends dort gearbeitet? Moose Carter, in dessen Tasche wir welches fanden. Wer ist der Besitzer der Kegelbahn? Meyer Paff.»

«Wollen Sie sagen, daß Moose das Zeug vertrieben hat und Paff ihn deswegen umbrachte?»

«Das wäre doch vorstellbar», sagte Lanigan nachdenklich.

«Vorstellbar ist eine ganze Menge.» Der Rabbi zuckte die Achseln. «Aber ich kann mir zum Beispiel *nicht* vorstellen, daß Sie Meyer Paff ernstlich verdächtigen.»

«Ach ja? Und warum nicht?»

«Weil Sie dann kaum die jungen Leute mühsam hier zusammengetrommelt und den ganzen Abend vorgenommen hätten.»

«Richtig», schmunzelte Lanigan. «Aber im Gegensatz zu Ihnen fand ich das Gespräch recht aufschlußreich.»

«Wirklich?»

«Es hat mir bestätigt, was ich die ganze Zeit vermutet hatte: Alles weist eindeutig auf Jenkins hin ... Sie haben natürlich recht», fügte er hinzu: «Die Sache mit der Haustür ist wichtig.»

«Hm ... Also Jenkins?»

«Ja. Die ganze Geschichte beginnt in dem Augenblick, als Moose zu der Gruppe stößt. Er beginnt, Jenkins anzupöbeln ... na ja – aufzuziehen. Alle Aussagen stimmen darin überein, daß der junge Neger stocksauer geworden ist.»

«Aber er hat sich nichts anmerken lassen. Er hat die ganze Zeit kein Wort gesagt», bemerkte der Rabbi. «Auch darin stimmen die Aussagen überein.»

«Richtig. Und es wäre wahrscheinlich besser gewesen, wenn ihm der Kragen geplatzt wäre. So hat er sich zusammengenommen, hat alles runtergeschluckt und ... na, ‹aufgeladen›, ja? Erst als Moose eingewickelt war, sagt er, eigentlich sollte man den Kopf auch drunterpacken ... Jacobs sagt, es sei ein bissiger Witz gewesen, aber ... In jedem Witz dieser Art steckt ein Stück Wahrheit.»

«Hm ... Sprechen Sie weiter.»

«Nächster Punkt: Jacobs läßt die Haustür unverschlossen. Außer ihm weiß das zu diesem Zeitpunkt niemand ... Erinnern Sie sich? Er sagt, er hat als letzter das Haus verlassen und dann das Schloß blockiert. Dann gingen sie zu Epsteins und berieten darüber, ob sie Moose abholen müßten; und da fragte Gorfinkle, wie sie denn überhaupt ins Haus kommen sollten. Erst dann erzählte Jacobs, das Schloß sei blokkiert: Es ist ein normales Sicherheitsschloß mit diesen beiden Knöpfen; mit dem einen bringt man das Schloß zum Zuschnappen, beim anderen wird es blockiert – das heißt, die Tür ist zu, kann aber durch einfaches Aufklinken geöffnet werden ... Und nun erklärt Jenkins plötzlich, er muß nach Hause, weil er am nächsten Morgen sehr früh nach New York fahren will.»

«Und Sie meinen, er hat unterwegs bei der Hillson-Villa angehalten und ...?»

«Ich bin so gut wie sicher. Er hatte die Gelegenheit – das heißt, das Transportmittel: sein Motorrad. Und er hatte ein Motiv ... Er ist der einzige, von dem wir mit Sicherheit wissen, daß er ein Motiv hatte.»

«Weil Carter ihn durch den Kakao gezogen hat? Er dürfte an derlei gewöhnt sein. Es passiert ihm alle Tage; dieser Zwischenfall war nur einer von vielen.»

«Stimmt. Aber der Krug geht nur so lange zum Brunnen, bis er bricht, und irgendwann läuft das Faß über – vielleicht war das Gerede von Carter gerade der entscheidende Tropfen ... Warum wehren Sie sich gegen meine Theorie? Ich hätte gedacht, sie kommt Ihnen entgegen.»

«Warum sollte sie das? Weil ein junger Mann, der mich kurz zuvor noch in meinem Hause besucht hat, des Mordes verdächtigt wird?»

«Denken Sie doch mal praktisch, Rabbi! Moose Carter ist ermordet worden, ja? Mit anderen Worten: Jemand hat ihn umgebracht. Und auf wen fällt der Verdacht? Erst mal auf junge Leute aus Ihrer Gemeinde; in zweiter Linie auf Meyer

Paff, auch einer von Ihren Leuten ... Da sollte man doch meinen, Sie wären froh, wenn sich herausstellt, daß es ein Fremder war!»

«Ach so – der Fremde. Gott sei Dank, wir haben einen Sündenbock!» Der Rabbi stand auf und begann im Zimmer auf und ab zu wandern. «In einigen Tagen feiern wir *Pessach*, Mr. Lanigan. Das ist kein Fest wie die andern, und wir begehen es auch auf eine besondere Weise. Zuerst schaffen wir sämtliche Lebensmittel aus dem Haus. Während der *Pessach*-Woche kaufen wir andere ein und bereiten sie in besonderen Töpfen zu, die sonst während des ganzen Jahres nicht benutzt werden. Wir essen auch von anderen Tellern und mit anderem Besteck als sonst ... Am Vorabend und am ersten Abend des Festes gibt es ein großes Essen, dem an beiden Tagen eine Zeremonie vorangeht: Der jüngste Anwesende stellt bestimmte Fragen über die Bedeutung des Festes. Die übrige Tischgesellschaft antwortet; sie berichtet, wie wir als Sklaven in Ägypten unterdrückt waren und wie Gott unser Klagen erhört und uns aus Sklaventum und Unterdrückung befreit hat.»

«Sehr schön, Rabbi. Mir ist das Fest bekannt. Aber was wollen Sie damit sagen? Worauf wollen Sie hinaus?»

«Darauf, daß *Pessach* nicht ein gewöhnliches Dank- und Freudenfest ist ... Wir haben auch solche Feiertage, aber nur an *Pessach* ist ein bestimmtes Ritual vorgeschrieben, das in einem Buch festgelegt ist, der *Haggadah*; und deren Anweisungen müssen wir genau befolgen ... Warum wohl?»

«Sagen Sie es mir.»

«Um uns die Moral von der Geschichte einzuprägen», sagte der Rabbi. «Die *Pessach*-Bräuche sind eine Gedankenstütze, eine Art Knoten im Taschentuch, wenn Sie so wollen: Damit wir uns stets vor Augen halten, was wir sonst verdrängen oder vergessen würden.»

«Einmal im Jahr wäscht der Papst den Bettlern die Füße», bemerkte Lanigan.

«Richtig. Zum Zeichen der Demut ... Es wäre noch besser, alle Ihre Glaubensbrüder müßten das tun.»

Lanigan lachte. «Schon gut, Rabbi. Und was leiten Sie aus dem *Pessach*-Fest für unseren Fall ab?»

«Mit *Pessach* hängt ein Gebot eng zusammen, das in unserer Religion eine wichtige Rolle spielt: *Und wenn ein Fremder in eurer Mitte weilt, sollt ihr ihm kein Unrecht tun ... Er sei gleich einem aus eurer Mitte; denn Fremde wart ihr im Lande Ägypten.*»

«Wollen Sie damit sagen ...» Langian runzelte die Stirn: «.... daß ich Jenkins gegenüber unfair bin, weil er schwarz ist und nicht aus unserer Stadt?»

«Haben Sie ihn schon festgenommen? Hat er gestanden?»

«Nein. Aber wir kriegen ihn schon noch ... Es liegt nur an diesem verdammten Motorrad: Ein Auto muß man irgendwo parken, aber das Ding kann man in jedem Hausgang verstekken ... Die New Yorker Polizei ist verständigt. Sie werden ihn schon auftreiben.»

«Aber Sie können ihm gar nichts nachweisen. Sie unterstellen ihm ein Motiv; das ist einstweilen alles.»

«Sind Sie sicher?» Lanigan grinste. «Was glauben Sie wohl, weshalb ich die jungen Leute am Abend des Mordes heimgeschickt habe?» Er wurde wieder ernst. «Rabbi, wir haben uns ein bißchen umgeschaut da draußen an Tarlow's Point. Vor dem Haus ist eine dichte Hecke, und dahinter haben wir etwas entdeckt ...» Er hielt einen Augenblick inne, dann fuhr er fort: «Reifenspuren. Von einem Motorrad.»

47

Der Zimmermann trat schwerfällig ein, nahm den altmodischen Filzhut mit der breiten Krempe ab und setzte sich, vom Rabbi aufgefordert, auf die Stuhlkante.

«Meine Frau hat gesagt, ich soll mich umziehen», rechtfertigte er seinen schwarzen Anzug. Die Schuhe waren auf Hochglanz poliert, der Kragen des weißen Hemdes war zu eng und die Krawatte zu bunt. «Weil Sie doch schließlich eine Respektsperson sind.»

Der Rabbi begriff nicht ganz, worauf Carter hinauswollte. Er nickte ihm zu und hoffte, er werde bald zur Sache kommen.

«Lanigan hat heute früh angerufen. Der Junge darf beerdigt werden. Sie machen ihn nicht auf ... Vorhin war ich noch auf der Polizeiwache, um alles zu regeln.»

«Gut.»

«Ja ... Und da dachte ich, ich schau mal bei Ihnen rein, um Ihnen zu danken.»

«Ich habe nichts damit zu tun, Mr. Carter. Gar nichts.»

«Wenn Sie nicht zu Lanigan gegangen wären ...»

«Nein, Mr. Carter», sagte der Rabbi mit Bestimmtheit, «das hat nichts damit zu tun. Lanigan hat sich sogar entschieden geweigert, die Leiche freizugeben, weil noch Zweifel bezüglich der Todesursache bestanden – zu Recht, wie sich inzwischen herausgestellt hat. Als sich dann später herausstellte, daß Moose erstickt war, hielt der Arzt eine Obduktion nicht mehr für erforderlich, weil sie nichts Neues ergeben würde – der Tod tritt bei einer Alkoholvergiftung ebenfalls durch Ersticken ein, soviel ich weiß. Der Alkohol lähmt das Atemzentrum oder so ähnlich.»

«Aber wenn Sie nicht hingegangen wären, hätten sie's vielleicht trotzdem getan ... Die Ärzte machen das manchmal einfach so zum Üben, das ist doch bekannt», fügte er düster hinzu.

«Wie wollen Sie es mit der Beerdigung halten?» fragte der Rabbi, um ihn abzulenken.

«Im engsten Familienkreis. Wir wollen nicht einen Haufen Volk. Nur die Angehörigen und ein Freund von mir, der Prediger ist. Er wird ein paar Worte sprechen.»

«Ich glaube, das ist wohl das beste.»

«Wissen Sie, Rabbi, ich ...» Carter ballte die Fäuste: «Ich

hätte den Jungen retten können ... Ich bring's nicht fertig, es meiner Frau zu sagen. Aber Ihnen sag ich's.»

«Wie meinen Sie das?»

«Ich habe nicht auf den Herrn gehört, Rabbi. Der Herr hat zu mir gesprochen, und ich habe nicht auf Ihn gehört.»

Der Rabbi sah erstaunt auf. «Oh?»

«Ja. Ich bin fortgegangen, um Moose zu suchen. Ich hab in alle Kneipen reingeschaut – ich war sicher, daß ich ihn in einer davon finden würde ... Aber nichts. Da bin ich einfach ziellos rumgefahren, kreuz und quer durch die Gegend. Und auf einmal war ich draußen an Tarlow's Point ... Ich bitte Sie, Rabbi: Wäre ich da rausgefahren, wenn mich nicht der Herr geführt hätte? Bei der Hillson-Villa hab ich sogar gebremst ... Der Herr hat mich gelenkt, das ist ganz klar. Aber ich war wütend auf den Jungen, und ich ließ die Wut laut werden in mir, und die Wut war lauter als Seine Stimme. Hätte ich meine Wut beherrscht, so hätte Er zu mir gesprochen und mir gesagt, wo ich den Jungen suchen muß. Aber ich habe mich Ihm verschlossen, Rabbi, und so konnte Seine Stimme nicht durchdringen.»

«So dürfen Sie nicht denken, Mr. Carter.»

«Ich bin froh, daß ich mich bei Ihnen aussprechen kann. Ich hab's nicht übers Herz gebracht, es meiner Frau zu sagen ... Oh, ich weiß, die Wege des Herrn sind unerforschlich, und alles ist Teil eines göttlichen Planes, den ich nicht begreifen kann ... Wenn ich in meinem Zorn die Stimme des Herrn überhört habe – das ist vielleicht auch ein Teil Seines Planes. Oder eine Lehre, um mir zu zeigen, daß mein Zorn Sünde war.»

«Meinen Sie im Ernst, Gott hat Ihren Sohn sterben lassen, damit Sie sich in Zukunft zusammennehmen?» fragte der Rabbi scharf.

«Ich weiß es nicht. Aber Seine Diener müssen versuchen, Ihn zu verstehen. Warum wäre mir sonst der Gedanke gekommen?»

«Nicht alle Gedanken kommen von Gott, Mr. Carter, und

nicht alles, was geschieht, geschieht nach dem göttlichen Plan. Sie dürfen Gott nicht einfach alles in die Schuhe schieben – so einfach ist das nicht! Vieles geschieht durch unser eigenes Verschulden und anderes durch reinen Zufall.»

«Das ist nicht gut, was Sie da sagen, Rabbi.» Carter erhob sich; er schien verletzt. «Es zeugt von mangelndem Gottvertrauen. Das hätte ich niemals von Ihnen erwartet ... Aber vielleicht sagen Sie es nur, um mich zu trösten.» Er wollte zur Tür, blieb aber wieder stehen. «Sie müssen nur glauben, Rabbi, dann wird alles gut ...» Sein Gesicht hellte sich auf, er lächelte sogar. «Übrigens, sie haben diesen Neger erwischt, der meinen Sohn umgebracht hat. Als ich bei Lanigan war, haben sie ihn gerade gebracht.»

Als Carter gegangen war, rief der Rabbi nach seiner Frau. «Wo ist mein Mantel, Miriam? Ich muß zu Lanigan!»

48

Ben Gorfinkle rief am Vormittag seine Frau an, um zu sagen, er werde zum Mittagessen nach Hause kommen. «Ich habe mit Stu zu reden ... Er ist doch hoffentlich daheim?»

«Er liegt noch im Bett, Ben», berichtete seine Frau.

«Um elf? Na, vielleicht geruht der Herr, bis Mittag aufzustehen!»

«Hör mal, schließlich warst du es, der ihn gestern bis gegen Mitternacht über diese Zusammenkunft bei Lanigan ausgefragt hat.»

«Eben. Ich bin also genauso spät ins Bett gekommen wie er. Deswegen bin ich heute früh trotzdem aufgestanden und zur Arbeit gegangen.»

«Reg dich doch nicht auf! Er ist noch jung, und junge Leute brauchen mehr Schlaf ... Ist was Besonderes los?»

«Ich habe mit ihm zu reden – genügt das nicht? Sieh zu, daß er daheim ist, wenn ich komme.»

Gorfinkle hatte sein karges Mittagessen (bestehend aus einem Sandwich und einer Tasse Kaffee) bereits eingenommen, als Stu erschien, gähnend, im Morgenrock.

«Was ist denn los, Dad?»

«Wenn du nicht die Nachrichten verschlafen hättest, dann hättest du's im Radio hören können. Sie haben diesen Jenkins verhaftet.»

«Ach ja?»

«Ich habe mit einem von unseren Firmenanwälten gesprochen, Stu. Er meint, es war ein Fehler, euch ohne Anwalt zu Lanigan gehen zu lassen.»

«Na klar. Er ist eben Anwalt. Was soll er denn sonst sagen?»

Mein Sohn, dachte Gorfinkle stolz. Der Apfel fällt nicht weit vom Stamm ... «Er war der gleichen Ansicht wie ich», sagte er; «bei dir liegen die Dinge anders als bei den übrigen. Wenn du deine Karten richtig ausspielst, wirst du gar nicht erst in die Sache hineingezogen.» Er sah, daß sein Sohn widersprechen wollte und fuhr rasch fort: «Paß gut auf: Es gibt drei ... eh, Hürden, die wir nehmen müssen. Erstens eine prinzipielle Frage: Darf man draußen an Tarlow's Point überhaupt picknicken? Wenn es ein Privatstrand ist, darf man es nicht. Soweit ich weiß, war es nicht deine Idee, das Picknick dort zu veranstalten; anderseits hast du die anderen hingefahren. Nun sind sie sich aber nicht einmal bei der Stadtverwaltung darüber einig, ob es ein Privatstrand ist oder nicht. Du gibst also frei und offen zu, daß du dabei warst; du sagst nur, du hast geglaubt, es ist ein öffentlicher Strand, weil dort früher auch schon Picknicks abgehalten wurden.»

«Ja, aber ...»

«Unterbrich mich nicht! – Also gut: Du bist vor Ausbruch des Gewitters weggefahren; du hattest nichts mit dem Einbruch zu tun. Und als du zurückkamst – ich meine das erste

Mal –, da bist du nicht hineingegangen ... Ist das richtig?» Stu nickte stumm. Er fragte sich, worauf sein Vater hinauswollte.

«Du hast die andern im Haus gehört und gerufen, geklopft, oder was weiß ich, und da haben sie dir aufgemacht. Richtig?»

«Ja, ich hab geklopft ...»

«Aber vorher hast du sie im Haus gehört. Darum hast du ja geklopft: Damit sie wußten, daß du wieder da warst. Hineingegangen bist du aber nicht ... Ist das richtig? Du bist nicht hineingegangen?»

«Nein. Die anderen sind rausgekommen.»

«Na siehst du ... Bis hierher bist du aus allem heraus. Du warst so was wie ein Chauffeur, der seine Passagiere zu einer Party bringt und sie wieder abholt. Der erste Fehler war, daß du noch einmal hingefahren bist, um Moose zu holen. Du hattest kein Recht, das Haus zu betreten. Zu deinen Gunsten spricht allerdings, daß die Tür offen war. Also war es kein Einbruch ... Aber vor allem merk dir eines: Du dachtest die ganze Zeit an nichts anderes als an deinen Freund, der da drin lag – krank und elend, allein ...»

«Moose? Der war doch nicht mein Freund!»

«Also dein ehemaliger Klassenkamerad ... Hattest du mal Krach mit ihm? Na also – dann war er dein Freund. Und er war krank ...»

«Besoffen war er.»

«Das wußtest du ja nicht. Du wußtest nur, was dir die andern gesagt hatten – daß er umgekippt war. Das ist dasselbe wie ohnmächtig geworden. Das ist was Ernstes ... Du hattest einen Wagen, und du wolltest ihm helfen. Das ist doch nur natürlich!» Er beschwor seinen Sohn mit Blicken: Laß meine Auslegung gelten! Widersprich mir nicht!

Stu sagte nichts.

Gorfinkle beugte sich vor. «Jetzt kommt das Wichtigste: Als du Moose sahst, wußtest du nicht, was mit ihm los war – klar? Schließlich bist du kein Arzt ... Er lag einfach bewegungslos da. Dein erster Gedanke war: Sofort Hilfe holen – die Polizei, einen Arzt ... Du hast nicht im Traum daran gedacht, daß da vielleicht ein Mord geschehen sein könnte. Dir ist nichts an ihm aufgefallen, gar nichts – er hat nur irgendwie komisch ...»

«Aber es mußte doch Mord sein! Es hatte ihm doch jemand dieses Plastikding über den Kopf gezogen.»

«Wußtest du denn, wie sie ihn ursprünglich hingelegt hatten?»

«Nein, aber ...»

«Schau, ich versuche dir klarzumachen, daß du mit der ganzen Sache nichts zu tun hattest: Du hast den Ort nicht ausgewählt. Du bist nicht eingebrochen. Du bist zurückgefahren, um Moose zu holen, weil er krank war und du einen Wagen hattest. Und als du sahst, daß er offenbar *sehr* krank war, wolltest du möglichst schnell Hilfe holen.»

«Aber Didi und Bill haben gesagt ...»

«Daran kannst du dich nicht mehr erinnern. Ich bitte dich – in deiner Erregung ... Du weißt nur noch, daß sie irgend etwas daherredeten – wie sie ihn auf die Couch gepackt hatten und so. Von den Einzelheiten hast du keine Ahnung. Du warst ja nicht dabei. Du hast nichts gesehen. Du weißt von nichts.»

«Klar. Ich zieh den Schwanz ein und winsle ein bißchen.»

«Genau das!» bestätigte sein Vater befriedigt.

Stu stand auf. «Und hinterher? Wenn alles vorbei ist? Dann kann ich mir ja neue Freunde suchen, wie? Oder einfach in eine andere Stadt ziehen, ja? Ich brauch ja nicht unbedingt jeden Morgen in den Spiegel zu schauen, hm? Ich bin ja bloß ein dummer Junge, und du bist die ausgelernte Führungskraft ... Aber jetzt willst du zu schlau sein! Das glaubt mir doch kein Aas – daß ich die ganze Zeit bloß edle Gedanken gedacht habe und sonst nichts ... Lanigan glaubt das am allerwenigsten! Nein, Dad – wenn ich mit der Sache nichts zu tun habe, wird mir Lanigan auch nichts anhängen – der nicht ... Aber dir kauf ich die väterlichen Sorgen nicht ab: Dir geht's doch nur um deine Reputation, um Prestige, um ... Ach, laß mich doch in Ruhe!» Er ging hinaus und knallte die Tür hinter sich zu.

«Was war denn los?» Mrs. Gorfinkle streckte den Kopf ins Zimmer. «Oh ... wo ist Stu? Bist du mit ihm fertig?»

«Ja, ich bin fertig mit ihm», bestätigte Gorfinkle mit zusammengebissenen Zähnen.

«Schon wieder Streit?»

«Da schuftet man und rackert sich ein ganzes Leben lang ab ...» Gorfinkle sprach mehr zu sich selber als zu ihr. «Für wen denn eigentlich? Doch für die Kinder, oder? Und das ist dann der Dank ...»

49

Jenkins sah Lanigan an, dann den Rabbi, dann wieder Lanigan. «Ich sag Ihnen doch – den ganzen Abend hat er auf mir rumgehackt ... Und da wundern Sie sich noch, weil ich keine Lust hatte, ihn nach Hause schaffen zu helfen, damit sein Alter nicht merkt, daß er besoffen war? Von mir aus hätte er ihn skalpieren können! Ich glaube nicht an den frommen Spruch mit der anderen Wange und so.»

«Ich auch nicht», sagte der Rabbi. «Das ist ein christlicher Grundsatz.»

«Und da wollten Sie's ihm also heimzahlen, ja?» Lanigan sah den Neger erwartungsvoll an.

Der zuckte die Achseln. «Auf die Idee bin ich gar nicht gekommen. Ich wollte bloß weg. Das sind doch alles noch Kinder ... Sie sind nett, aber ein bißchen zu jung für mich.»

«Sie wollten also nach Hause – das war alles?» fragte der Rabbi, ein wenig suggestiv.

«Sag ich doch ... Es war ein ziemlich mieser Abend ... Gott, die Jungs konnten ja nichts dafür; aber geholfen hat mir auch keiner. Ich wollte weg. Ich hatte die Nase voll. Da holte ich mein Motorrad bei Didi ab und fuhr los. Na, und dann fing's doch gleich wieder an zu regnen ... Klar, ich hätte auch zu Didi zurückfahren können. Aber dann fiel mir diese Villa ein – und ich wußte ja, daß die Tür nicht abgeschlossen war.»

«Was war näher, die Villa oder Didis Haus», fragte der Rabbi.

Jenkins zuckte die Achseln. «Die Villa lag auf dem Weg. Zu Didis Haus hätte ich zurück gemußt.»

«An Moose haben Sie natürlich gar nicht gedacht?» fragte Lanigan sarkastisch. «Und schon gar nicht daran, daß er jetzt schön eingepackt war und daher hilflos – ganz abgesehen davon, daß er blau war?»

«Nein. Erst als ich im Haus war», erklärte Jenkins aufgeräumt.

«Immerhin haben Sie Ihr Motorrad im Gebüsch versteckt.»

«Na klar. Ich hatte doch da drin nichts zu suchen, ob die Tür nun offen war oder nicht ...» Er sah vom einen zum andern, wie um zu sehen, ob sie seine Situation begriffen. «Ich bin also rein und hab die Tür hinter mir abgeschlossen.»

«Ach? Warum denn?»

«Irgend jemand hat was von der Polizeistreife gesagt. Daß die manchmal kontrolliert da draußen. Ja, und wie ich dann mal zufällig aus dem Fenster schaue, sehe ich gerade einen Wagen herankommen. Vor dem Haus bremst er, fährt ganz langsam vorbei, gibt dann aber gleich wieder Gas und fährt weiter.»

«Paff», meinte Lanigan. Der Rabbi nickte.

«Da wurde ich nervös», fuhr Jenkins fort, «und ließ die Jalousien runter. Ich hatte eine Taschenlampe bei mir, aber das Licht der Straßenlaterne schimmerte immer noch durch die Jalousien. Ich dachte, dann kann man den Schein der Taschenlampe womöglich von der Straße aus sehen, und zog diese schweren Samtvorhänge zu, bis es stockfinster war. Dann erst knipste ich die Taschenlampe an.»

«Haben Sie mal nach Moose geschaut? War zu diesem Zeitpunkt noch alles in Ordnung?»

«Ich brauchte nicht nach ihm zu schauen. Ich konnte ihn schnarchen hören ... Aber auf die Straße hab ich geschaut von Zeit zu Zeit, durch den Vorhangspalt. Und einmal, da stand ein Auto unter der Laterne. Am Steuer saß einer und hatte offenbar massig Zeit.»

«War es der gleiche Wagen?» warf Lanigan ein.

«Keine Ahnung.» Jenkins schüttelte den Kopf. «Beim erstenmal hab ich ja praktisch nur die Scheinwerfer gesehen. Aber ich glaube eigentlich nicht, daß es derselbe Wagen war ... Ich habe mich nicht so darum kümmern können, weil dann dieser dritte Wagen ...»

«Moment mal – ein dritter Wagen?»

«Ja. Der erste, das war der, der ganz langsam vorbeigefahren ist. Der zweite bleibt stehen und wartet ... Als ich den dritten sah, dachte ich, jetzt bist du dran – das ist wie mit dem Zündholz, an dem man keine drei Zigaretten anzünden darf. Der dritte hält an und kommt ins Haus, dachte ich.»

Lanigan verfolgte die Sache zunächst nicht weiter. Er fragte, und es klang zweifelnd: «Und die ganze Zeit haben Sie kein einziges Mal an Moose gedacht?»

«Klar hab ich an ihn gedacht», antwortete Jenkins bereitwillig. «Ich hab daran gedacht, daß er ... wie haben Sie das ausgedrückt ... so schön hilflos daliegt.»

«Aha!» Lanigan rückte mit seinem Stuhl vor.

«Ja – ich wollte es ihm heimzahlen! Ihm irgendeinen blöden Streich spielen, egal was – dann wäre mir wohler gewesen ... Ich hatte mein Malzeug nicht bei mir, sonst hätte ich ihm vielleicht einfach das Gesicht schwarz angemalt. Kindisch, klar. Aber ich lachte mich schief bei dem Gedanken, was er wohl macht, wenn ihn die andern so finden ... Ich dachte auch daran, ihm die Haare abzuschneiden, meine Initialen hineinzuscheren oder so was. Oder ihm die Schuhe zu verstecken ... Aber dazu hätte ich ihn auspacken müssen, und dazu hatte ich keine Lust.»

«Verständlich», bemerkte Lanigan trocken.

«Ach – Sie denken wohl, ich hatte Angst vor ihm?»

«Der Gedanke ging mir schon mal durch den Kopf.»

Jenkins machte eine wegwerfende Handbewegung. «Auf einen Boxkampf nach den internationalen Regeln oder so hätte ich mich nie mit ihm eingelassen – ich bin doch nicht verrückt! Er wiegt ... Er hat bestimmt fünfzig Pfund mehr gewogen als ich. Aber wenn wir beide am Strand unten allein gewesen wären, als er seine faulen Sprüche losließ, da wär ich mit 'nem Stein auf ihn los.»

«Und jetzt waren Sie mit ihm allein.»

«Hm, hm. Ich hatte 'ne Stinkwut: Da war meine Chance, und mir fiel nichts Vernünftiges ein ... Schließlich hab ich ihm sein Zigarettenetui geklaut. Ich gebe zu, es war kein besonders origineller Einfall.»

«Sie haben sein Zigarettenetui ...?»

«Ja. Das Ding war mir schon am Abend aufgefallen. Auf der einen Seite normale Zigaretten, auf der andren ...» Er hielt inne.

«Marihuana?» Lanigan hob die Brauen.

«Ja.»

«Hat er am Abend davon geraucht?» fragte Lanigan.

«Nein, nur von den normalen. Aber ich hatte die andern gesehen. Sie kamen mir sehr gelegen, weil ich am nächsten Tag nach New York wollte. Da hab ich mir also das Etui geangelt – aus der Brusttasche seines Hemdes. Dann bin ich ins Wohnzimmer zurück und hab noch mal rausgeschaut. Der Wagen war weg. Da hab ich gemacht, daß ich wegkam.»

«Und die Tür haben Sie offengelassen, damit Gorfinkle und Jacobs wieder ins Haus konnten, ja?» fragte der Rabbi.

Jenkins schüttelte den Kopf. «Wozu denn?» Er lächelte. «Nee, die Tür hab ich auf Verriegelung gestellt und hinter mir zugeknallt ... Die wollten doch bloß kommen, um diesen Moose abzuholen.»

50

Der junge Mann war empört. «Ich seh, wie sie den Häftling reinbringen, und da will ich ein Bild schießen – ist doch klar. Aber dieser Lieutenant Jennings stellt sich dazwischen. Dann will ich von Lanigan ein paar Fragen beantwortet haben, aber der knurrt mich bloß an: ‹Kein Kommentar ...› Also beschließ ich, zu warten und ihn später auszufragen, wenn die erste Aufregung vorbei ist, ja? Und jetzt passiert's: Kommt da doch einer rein und marschiert in Lanigans Büro – einfach so! Und die Presse lassen sie schmoren! Der da rein ist, das war der hiesige Rabbiner, hat mir einer von den Polizisten gesagt ... Gleich darauf kommen die beiden raus, Lanigan und dieser Rabbi, und gehn runter zu den Zellen. Die wollen den vernehmen, denk ich, und nichts wie hinterher. Na, und was glauben Sie – haut mir doch Lanigan die Tür vor der Nase zu?! Der Rabbi darf, aber die Presse ... Und nicht, daß der Häftling etwa 'n Jude ist – 'n Neger ist das ...»

«Schon gut. Regen Sie sich nicht auf.» Harvey Kanter schickte den jungen Mann weg und griff nach dem Telefon.

«Hallo, Hugh? Harvey Kanter. Wie geht's?»

«Gut. Und dir?»

«Bestens. Und deiner Frau?»

«Alles in Ordnung.»

«Fein ... Sag mal, habt ihr nächsten Sonntagabend was vor?»

«Bis jetzt noch nicht.»

«Wir wollten euch zum Essen einladen. Edith will ein Fischessen machen – Fischsuppe, Muscheln, Hummer und solches Zeug.»

«Hm, klingt vielversprechend. Aber habt ihr da nicht einen Feiertag?»

«Mann!» Kanter lachte. «Mein Schwager ist Synagogenvorsteher, aber ausgerechnet ein Katholik muß mir sagen, wann unser *Seder*-Abend ist ... Unter uns, ich hab mich da schon so lange nicht mehr darum gekümmert – ich weiß gar nicht mehr, wie die Zeremonie geht. Kommt ruhig trotzdem ... Abgemacht?»

«Gern. Das heißt, ich will noch Gladys fragen.»

«Edith kann sie ja mal anrufen. Also, dann ... Ach, Moment mal. Wo ich dich schon an der Strippe habe: Stimmt es, daß du einen von meinen Reportern rausgeschmissen hast, oder so ähnlich?»

«Na, rausgeschmissen ... Er war ein bißchen aufdringlich. Bringt den jungen Leuten erst mal Manieren bei.»

Kanter lachte. «Heutzutage bringt man denen nichts mehr bei. Die kommen frisch von der zeitungswissenschaftlichen Fakultät und wissen schon alles. Er ist sonst ein netter Junge. Hat wahrscheinlich zu viele Fernsehkrimis gesehen ... Er behauptet übrigens, ihr hättet Jenkins hinter Schloß und Riegel. Hat er was gesagt?»

«Der? Der hat allerhand gesagt ...»

Kanter langte nach Bleistift und Papier.

51

«Das ist doch gelogen, ich bitte Sie! Das kauf ich ihm einfach nicht ab, daß er zur Villa rausgefahren ist, bloß um sich trokken unterzustellen! Und daß er dann nichts getan hat, als ab und zu aus dem Fenster zu schauen, ob dieses Auto noch da ist ... Wenn die Racheaktion wirklich nur im Klauen eines Zigarettenetuis bestanden hat, warum hat er dann die Tür zugesperrt?»

«Weil die Polizei ...»

«Also gut – akzeptiert. Aber warum läßt er die Jalousien runter und zieht die Vorhänge zu? Nein, Rabbi – der hat in den zwanzig Minuten was anderes gemacht! Kann sein, daß er es ursprünglich nicht vorhatte; aber ich bin sicher, daß er Moose nicht nur das Etui weggenommen hat. Er hat ihm auch dieses Plastikding über den Kopf gezogen – paßt genau zu seiner Bemerkung vorher ... Damit wäre übrigens auch der Vorsatz nachzuweisen ... Sie werden sehen, Rabbi – es war bestimmt auch Jenkins, der zuerst den Vorschlag gemacht hat, Moose in die Folie zu wickeln. Auch das wird gegebenenfalls nachzuweisen sein.»

«Darauf bin ich gefaßt», sagte der Rabbi resigniert. «Sie werden es – ohne jede böse Absicht – Jacobs so lange suggerieren, bis er schließlich glaubt, sich daran zu erinnern.»

«Sie meinen, am Ende glaubt jeder das, was er glauben möchte ...» Lanigan zuckte die Achseln. «Mag sein. Wir sind alle nur Menschen. Nun ist es aber ebenso menschlich wie gleichfalls verkehrt, eine diametral entgegengesetzte Haltung einzunehmen und alles zu ignorieren, was gegen einen Verdächtigen spricht, der einem leid tut ... Es ist auch gar nicht so wichtig, wer auf die Idee mit dem Plastikfetzen kam. Aber Sie haben meine Theorie noch nicht entkräftet.»

«Nun, wie paßt denn das Folgende zu Ihrer Theorie: Gorfinkle und Jacobs fanden die Tür halb offen; Jenkins sagt aber, er hat sie zugesperrt ... Warum sollte er in diesem Punkt lügen? Es wäre sinnlos.»

«Gott – manchmal schnappt so ein Schloß nicht richtig ein! Oder der Wind hat die Tür wieder aufgestoßen – was weiß ich. Das ist doch ziemlich nebensächlich.»

«Also weiter: Die Jungen sagen, sie haben Moose von Kopf bis Fuß eingewickelt gefunden – daran haben sie ja erst gemerkt, daß es ein Mord war. Wenn nun aber Jenkins der Täter war: Warum hat er dann die Folie nicht wieder zurückgeschlagen? Das wäre doch das einzig Vernünftige gewesen. Dann wäre kein Mensch auf die Idee gekommen, der Junge sei vielleicht keines natürlichen Todes gestorben. Erst die Total-Verpackung liefert den Beweis für den Mord ... Und Jenkins ist kein Dummkopf! Einen solchen Schnitzer hätte er nie gemacht.»

Lanigan zog die Schultern hoch. «Vielleicht hat er einfach durchgedreht ...»

«Nachdem er zwanzig Minuten lang in aller Ruhe herumgesessen hat?»

«Woher wissen Sie, daß er so ruhig war? Vielleicht war er in Panik ... Wer sagt uns überhaupt, daß er zwanzig Minuten lang da war? Moose muß viel rascher erstickt sein. Und das mit dem Wagen, der vor dem Haus geparkt haben soll – das ist doch ein Märchen! Wer fährt schon so spät da hinaus – bei einem Gewitter obendrein? Höchstens ein Liebespaar. Aber Liebespaare parken im allgemeinen nicht ausgerechnet unter Laternen ... Nein, Rabbi – den geparkten Wagen hat er einfach erfunden, um uns irrezuführen. Damit wir glauben, jemand ist nach ihm noch im Haus gewesen oder was auch immer.»

Er sah den Rabbi an, aber der sagte nichts. Lanigan schüttelte den Kopf und fuhr fort:

«Halten wir uns an das Wesentliche: Jenkins war wütend, weil Moose ihn durch den Kakao gezogen hatte. Den Gedanken, ihm die Folie über den Kopf zu ziehen, hatte er vorher schon – das bestreitet er ja auch gar nicht. Er wollte mit Moose abrechnen; auch das gibt er offen zu. Er gibt sogar zu, daß er das Zimmer betrat, in dem Moose lag ... Alles weitere liegt doch auf der Hand: Er steht da, betrachtet Moose, es fällt ihm alles wieder ein, was er hat schlucken müssen; er erinnert sich auch an seinen eigenen, zunächst nicht ernst gemeinten Vorschlag – na ja. Und dann tut er's eben ... Wenn Sie das nicht akzeptieren, Rabbi, dann bleibt Ihnen nur der Große Unbekannte. Oder ...» Er machte eine vielsagende Pause. «Oder es bleiben Ihnen Ihre jungen Freunde Gorfinkle und Jacobs.»

52

Sie hatten nicht direkt etwas dagegen; sie waren nur nicht besonders angetan von der Idee. Roger Epstein konnte das nicht verstehen.

«Ich denke, wir brennen alle darauf, in solchen Fällen aktiv zu werden?» fragte er ratlos. Zu Brennerman gewandt, fuhr er fort: «Du hast doch selber gesagt, der Tempel müsse aktive Sozialarbeit leisten ... Und du, Ben – du hast feierlich erklärt, du willst mit deinem Programm einen sozialen Akzent setzen. Aber das gilt offenbar nur, wenn es um Südstaatenprobleme geht, ja? Wenn es weit weg ist von Barnard's Crossing?»

«Aber das stimmt doch nicht, Roger!» wehrte Gorfinkle ab. «Es geht uns um soziale Gerechtigkeit, ja – aber doch vor allem um *Gerechtigkeit*. Hast du nicht eben die Nachrichten gehört? Ich habe meinen Schwager angerufen – ich wollte Näheres erfahren. Er sagt, der Bericht stimmt; er hat es von Lanigan persönlich ... Vielleicht täusche ich mich, aber ich habe den Eindruck, dieser junge Neger ... Wie heißt er wieder? Ach ja, Jenkins ... dieser Jenkins ist der Täter.»

«Das meine ich auch», sagte Brennerman.

«Na klar», sekundierte Jacobs.

«Wie könnt ihr so sicher sein?» fragte Epstein.

«Na, hör mal – du glaubst doch selbst nicht, daß er wegen ein paar Zigaretten zurückgefahren ist!» sagte Gorfinkle.

«Vergiß eines nicht, Roger», warnte Jacobs: «Unsere Kinder sind in die Affäre verwickelt – deine Didi ebenso wie mein Bill und Bens Stu.»

«Ja eben: Stell dir doch vor, dein Bill wär in der Lage von diesem Jenkins ...» Epstein schlug auf den Tisch. «Egal, ob er's getan hat oder nicht – er hat das Recht auf einen fairen Prozeß.»

«Na, den kriegt er doch auch! Wir sind schließlich nicht in Alabama oder sonst irgendwo im Süden ... Keine Angst, es wird ihn schon keiner lynchen.»

«Er hat ja nicht einmal einen Anwalt!» entrüstete sich Epstein.

«Wenn das dein einziger Kummer ist, kann ich dich beruhigen», sagte Gorfinkle. «Soviel ich weiß, ist noch nicht formell Anklage erhoben. Und wenn es dazu kommt, wird das Gericht einen Pflichtverteidiger bestellen, falls er selbst keinen hat oder sich keinen leisten kann.»

«Ja, ich weiß. Dafür steht dann eine feste Summe zur Verfügung – fünfhundert Dollar, glaube ich. Und was für einen Anwalt man dafür kriegt, das ist ja leicht vorstellbar.»

«Was sollen wir denn also deiner Ansicht nach tun, Roger?»

«Beweisen, daß wir nicht nur Phrasen dreschen, verdammt noch mal! Jenkins hat das Recht auf einen anständigen Anwalt, einen guten Strafverteidiger – auf jemand wie Warren Donohue zum Beispiel ... Wie wär's, wenn wir einen Jenkins-Verteidigungsausschuß gründeten, um das Geld für Donohues Honorar aufzubringen? Ich bin sicher, bald werden auch andere Organisationen auf die Idee kommen. Warum sollen wir nicht die ersten sein?»

Gorfinkle überlegte. «Schön und gut, aber ... muß es denn gleich Donohue sein? Der nimmt's doch von den Lebendigen!»

«Na und?» Brennerman hatte Feuer gefangen.

«Fragt sich auch noch, ob er das Mandat übernimmt.»

«Warum nicht?» meinte Jacobs. «Wenn wir ihn bezahlen ...»

«Wir müssen eben die ganze Gemeinde mobilisieren», erklärte Epstein. «Aber es darf keine Ansammlung von Einzelspenden werden – die jüdische Gemeinde muß als Organisation dahinterstehen.»

«Ja – das entspricht genau unserem Konzept!»

«Halt! Dann gibt es gewisse Probleme», bremste Gorfinkle. «Sobald die Synagoge dahintersteht, kann der Rabbi auch mitreden. Und augenblicklich steh ich bei ihm nicht sehr hoch im Kurs. Er weiß, was ihm bei der nächsten Vorstandssitzung blüht.»

«Ich fürchte, du warst da ein bißchen voreilig, Ben», sagte Brennerman düster. «Du hättest ihn nicht gleich feuern ...»

«Ich habe ihn nicht gefeuert», gab Gorfinkle zurück. «Ich habe ihn bloß gewarnt. Und wenn jetzt nicht diese dumme Geschichte dazwischengekommen wäre ...»

«Wir waren schließlich alle dafür», warf Brennerman ein. «Schiebt jetzt nicht die ganze Schuld auf Ben.»

«Ich mach dir ja keinen Vorwurf, Ben», sagte Epstein, «aber ich finde, wir haben überstürzt gehandelt. Ganz abgesehen von der augenblicklichen Situation. Mir ist nicht ganz wohl bei der Sache.»

Von dieser Seite hatte Gorfinkle keine Kritik erwartet. «Wobei ist dir nicht wohl, Roger?»

«Na, die ganze Geschichte liegt mir im Magen. Ich komme mir ziemlich komisch vor, wenn ich über die Weiterbeschäftigung oder Entlassung eines Rabbiners mitentscheiden soll ... Ihr wißt alle, daß ich im Grunde keine Ahnung habe von all diesen Dingen, mit denen sich der Mann sein Lebtag beschäftigt hat ... Wie komme ich dazu, die Ritualkommission zu leiten? Das hat ja überhaupt den ganzen Krach ausgelöst. Wenn ich das geahnt hätte, hätte ich mich nicht dazu überreden lassen ... Na ja, vielleicht läßt sich das alles noch einrenken. Ich habe beschlossen, zurückzutreten.»

«Zurückzutreten?» fragte Jacobs verblüfft.

«Ja. Ich nehme die Ernennung zum Vorsitzenden der Ritualkommission nicht an. Und ich werde auch nicht warten, bis ihr das bei der nächsten Sitzung offiziell bekanntgebt. Nach all dem Theater möchte ich es dem Rabbi selber sagen ... Das wäre zugleich eine gute Gelegenheit, ihn für den Jenkins-Verteidigungsausschuß zu gewinnen. Und vielleicht spricht er dann mit Paff, und die Spaltung läßt sich vermeiden.»

«Mit andern Worten, ich soll Paff als Vorsitzenden der Ritualkommission behalten? Ist es das, worauf du hinauswillst, Roger?» fragte Gorfinkle.

«Nein. Aber ich sehe nicht ein, warum du nicht eine neutrale Person ernennen willst – Wasserman zum Beispiel.»

«Jaaa ...» Brennerman sah sich in der Runde um. «Wie wär's denn nun mit Wasserman?»

53

Sie spielten, aber keiner war so recht bei der Sache. Irving Kallen stieß seinen Stuhl zurück und warf die Karten hin. «Mir reicht's», erklärte er. «Ich kann mich heute nicht konzentrieren.»

«Noch einmal rum?» fragte Paff.

«Von mir aus.»

Aber auch Dr. Edelstein hatte keine Lust mehr. «Ach, wozu denn ... 'ne Tasse Kaffee – das wäre mir jetzt am liebsten.»

«Kein Problem ...» Paff lehnte sich in seinem Sessel zurück und rief über die Schulter ins Nebenzimmer: «Kriegen wir einen Kaffee, Laura?» Er sammelte die Karten vom Tisch ein.

«Gestern war ich in Chelsea», sagte er, «und da habe ich zufällig einen Bekannten getroffen – sein Bruder ist Rabbi und streng orthodox, ja ... Ich hab mich so ganz beiläufig erkundigt, wie das so ist, wenn jemand in einem Gebäude stirbt, in dem eine Synagoge eingerichtet werden soll ... Er meint, es spielt keine Rolle. Aber zur Sicherheit wird er noch seinen Bruder fragen.»

«Die Mühe kann er sich sparen, Meyer.» Kermit Arons winkte ab. «Das wird sowieso nichts mehr. Es geht ja nicht nur darum, daß dort jemand gestorben ist – schließlich hatte Arthur Barron vor zwei Jahren auch einen Schlaganfall in der Synagoge, und ...»

«Vor drei Jahren», verbesserte Dr. Edelstein. «Aber er ist nicht in der Synagoge *gestorben*. Wir haben ihn ins Krankenhaus gebracht; ich habe erst dort den Tod festgestellt.»

«Solange es sich um einen natürlichen Tod handelt, spielt das alles sowieso keine Rolle. Aber wir haben es mit Mord zu tun. Und selbst wenn ein Rabbinergremium den Ort als zulässig erklärt – das ändert auch nichts an der Sache: Es ist und bleibt das Haus, in dem jemand umgebracht worden ist. Wer wird denn schon so einer Synagoge beitreten wollen? Also, offen gestanden – mir wäre auch nicht ganz geheuer bei der Vorstellung, daß der Junge vielleicht auf meinem Platz ... Na, ist doch wahr!»

«Wo stehen wir also?» fragte Paff.

«Wieder am Anfang», sagte Kallen. Und dann hellte sich sein Gesicht auf. «Du hast dir das zwar nicht so vorgestellt, Meyer, aber im Endergebnis war es ein geschickter Schachzug, daß wir auf der letzten Sitzung den Mund gehalten haben: Wenn wir damals Krach geschlagen hätten, als Gorfinkle die Neuernennungen bekanntgab, müßten wir jetzt einen Rückzieher machen!»

«Ja, eben», meinte Edelstein; «Irv hat ganz recht. Wir stehen wieder dort, wo wir angefangen haben. Wir haben nie öffentlich erklärt, daß wir eine neue Synagoge gründen wollten. Wir haben auch nicht protestiert, als die neuen Kommissionen verlesen wurden; wir haben geschwiegen – und werden einfach weiter schweigen.»

«Richtig.»

«Was heißt hier richtig? Wie denkt ihr euch ...»

«Soll ich vielleicht stumm zusehen, wie uns die auf der Nase rumtanzen?» knurrte Paff.

«Wir können ja im Vorstand gegen sie stimmen», sagte Edelstein.

«Können wir. Aber es nützt nichts. Sie haben die Mehrheit.»

«Glaubt ihr, daß sie den Rücktritt des Rabbi verlangen werden?» fragte Edelstein. «Ich finde, es wäre eine Gemeinheit – nach allem, was er jetzt für die Kinder getan hat.»

«Wieso – was hat er denn getan?» fragte Arons. «Er hat Stu Gorfinkle und den jungen Jacobs überredet, der Polizei alles zu sagen ... Ich persönlich halte das für richtig, wohlgemerkt; aber die meisten Eltern sind ziemlich sauer. Vor allem natürlich Gorfinkle und Jacobs ... Nur gut, daß sie jetzt diesen Neger geschnappt haben.»

«Du glaubst also, die Kündigung geht durch?» fragte Edelstein.

«Eh ... nein», meinte Arons zögernd. «Wahrscheinlich werden sie vorläufig nichts unternehmen. Solange der Fall nicht gelöst und der Rabbi mit dem Polizeichef so dick befreundet ist, wäre es eine Dummheit, ihn zu entlassen, nicht wahr? Nein, sie werden wohl einfach warten, bis sein Vertrag ausläuft und ihn dann nicht mehr verlängern.»

«Der muß ganz einfach verlängert werden – dafür werden wir schon sorgen!»

Alle sahen Paff erstaunt an, und Arons sprach aus, was sie alle dachten:

«Seit wann bist du so scharf auf den Rabbi?»

«Bin ich gar nicht», knurrte Paff. «Mir geht's um was ganz anderes ... Ja, kapiert ihr denn nicht?»

«Was gibt's da viel zu kapieren? Sie werden ihn an die Luft setzen, und damit hat sich's.»

«O nein! Sie werden *versuchen*, ihn an die Luft zu setzen», korrigierte Paff. «Das ist nicht ganz das gleiche.»

«Aber sie haben doch die Mehrh ...»

«Ja», gab Paff zu, «im Vorstand haben sie die Mehrheit; das ist nicht zu ändern. Aber die Entscheidung, ob ein Rabbi nach immerhin sechs Dienstjahren entlassen werden soll, das ist nicht ausschließlich Sache des Vorstands. Das geht die ganze Gemeinde an ... Ich weiß nicht, wie beliebt der Rabbi ist. Aber ich weiß, daß es den meisten Leuten viel schwerer fällt, jemand rauszuwerfen, als ihn zu behalten. Niemand schmeißt gern Leute raus.»

«Na und?»

«Und das ergibt am Ende so etwas wie ein Gleichgewicht

der Kräfte, wenn es funktioniert, wenn der Rabbi bleibt ... Wenn wir im Vorstand opponieren, überstimmen sie uns einfach. Aber wenn er opponiert, macht er meistens eine Prinzipienfrage daraus und verbeißt sich in religiöse oder rituell bedingte Argumente ... Dann müssen die Gorfinkles entweder klein beigeben, oder sie müssen wieder versuchen, den Rabbi rauszuschmeißen. Das können sie aber nicht ohne Zustimmung der Gemeinde, und ... Na, wie gehabt.»

Edelstein lächelte. Kallen dachte nach, dann nickte er langsam. Und Arons sagte: «Nicht schlecht, Meyer ... gar nicht schlecht!»

54

Während der ganzen Woche wurde bei den Smalls emsig geputzt und gefegt – die üblichen Vorbereitungen für die *Pessach*-Woche. Der Rabbi legte überall mit Hand an. Er hatte die wacklige Leiter aus dem Keller geholt und reichte Miriam das *Pessach*-Geschirr herunter, welches das Jahr hindurch im obersten Fach des Küchenschranks aufbewahrt wurde. Miriam hatte alle Hände voll zu tun. Am Samstagabend waren sie endlich soweit. Miriam streckte sich wohlig auf der Wohnzimmercouch aus, während der Rabbi mit dem kleinen Jonathan die traditionelle symbolische Suche nach dem *Chomez* vornahm, den Brotstückchen, die man vorher überall verteilt, um sie dann im Licht einer Kerze einzusammeln. Das Brot wird mit einer Feder auf einen Holzlöffel geschoben, der dann am nächsten Morgen mitsamt den Krumen verbrannt wird.

«Ist dir Jonathan im Weg? Soll ich ihn zu mir nehmen?» rief Miriam ihrem Mann zu, ohne ernsthaft zu glauben, daß er ihr Angebot annehmen würde.

«Aber nein ... Als ich klein war, half ich auch immer meinem Vater beim *Chomez*-Suchen. Es macht Spaß ... Weißt du zufällig, wo ich die Kerze hingelegt ... Schon gut, ich hab sie.» Dann sprach er den Segen: *«Gelobt seist Du, Herr ... Der uns befohlen, alles Gesäuerte zu entfernen ...»* Sein Sohn sah beim flackernden Kerzenlicht mit großen Augen zu, wie er die Brotstückchen in einen Lappen wickelte und beiseite legte. Er sagte den alten Spruch auf: *«Alles Gesäuerte, das sich in meinem Besitz befindet und das ich nicht gesehen und entfernt habe, soll ungültig sein und als Staub der Erde betrachtet werden.»*

«Morgen», versprach er Jonathan, «darfst du zusehen, wie wir es verbrennen.» Er rief Miriam zu, sie solle ihn ins Bett stecken; Mr. Epstein müsse jeden Augenblick eintreffen.

Der Rabbi schüttelte den Kopf. «Tut mir leid, Mr. Epstein. Sie meinen es bestimmt gut, aber ich glaube, Sie machen einen großen Fehler.»

«Ja, aber ... Also Rabbi, ich versteh Sie nicht! Wir müssen Jenkins mit allen Mitteln helfen! Es geht uns doch alle an. Meine Tochter hat ihn zum Picknick eingeladen, und die anderen waren alles junge Leute aus der Gemeinde ...»

«Warum brechen Sie eigentlich nicht ins Gefängnis ein und holen ihn mit Gewalt heraus?»

«Das ist doch lächerlich, Rabbi!»

«Richtig. Aber damit wäre ihm immerhin geholfen ... Ich will damit nur sagen, daß sich nicht alle wohlgemeinten Handlungen unbedingt positiv auswirken müssen. Nun haben Sie also diesen Donohue mit seiner Verteidigung beauftragt. Ich habe schon viel von ihm gehört. Ein bekannter Anwalt ... ein Staranwalt ... Und jetzt erzählen Sie mir, er will beantragen, daß der Prozeß vor einem auswärtigen Gericht verhandelt wird – mit der Begründung, der Junge habe in dieser Stadt kein faires Urteil zu erwarten ... Ich möchte aber nicht, daß die jüdische Gemeinde in den Ruf kommt, an der Sauberkeit der hiesigen Justiz zu zweifeln; soweit mir bekannt ist, gab es in all den Jahren nie einen Anlaß. Was Sie vorhaben, das wird allerdings Anlaß zu etwas geben, zu der Vermutung nämlich, daß Sie von Jenkins' Schuld überzeugt sind ... Sollte er tatsächlich schuldig sein, so muß er verurteilt werden. Aber solange das nicht erwiesen ist, werde ich mich vor allem hüten, was als Präjudizierung ausgelegt werden könnte.»

«Aber Rabbi, es ist doch eine Standardtaktik, einen Fall der Zuständigkeit eines bestimmten Gerichtes zu entziehen und ...»

«Ja, aber was Sie als Standardtaktik betrachten, könnte anderen Leuten als unfaire Taktik erscheinen ... Bei Ihrem Sozialprogramm machen Sie im Grunde den gleichen Fehler, wenn ich das mal sagen darf: Sie begnügen sich nicht damit, was Sie persönlich tun können; Sie wollen durchsetzen, daß jedes Gemeindemitglied mitmachen muß. Nun enthält unsere Religion zwar einen Sittenkodex, eine Richtschnur für das Verhalten – aber es ist jedem einzelnen anheimgegeben, diese Richtschnur nach seinem Gewissen und gemäß seiner Intelligenz auszulegen ... Der eine schließt sich einem Proteststreik an, der andere wird für eine gerichtliche oder auch außergerichtliche Klärung der strittigen Fragen sein – das muß jeder für sich entscheiden. In der Synagoge überwiegt ja auch das Einzelgebet ... Es steht Ihnen natürlich frei, eine Kampagne zu starten, zu Spenden aufzurufen, oder was immer Sie wollen; aber solange auch nur ein einziges Gemeindemitglied dagegen ist, haben Sie kein Recht, im Namen des Tempels zu handeln – auch wenn im Vorstand die Mehrheit dafür ist.»

«Ich versteh dich nicht, David!» Miriam mußte sich zusammennehmen, um nicht heftig zu werden. «Er ist mit der besten Absicht gekommen. Er hat sich alle Mühe gegeben, die Sache wieder einzurenken. Er ist anständig.»

«Natürlich ist er anständig. Gorfinkle und die anderen sind auch anständig, sonst wären sie nicht so sehr um das Schicksal eines armen Negers besorgt, der in der Tinte sitzt. Aber Anständigkeit ist nicht alles. In den Religionskriegen haben auch lauter anständige Leute gekämpft – aber ihre Anständigkeit hat sie nicht gehindert, Zehntausende zu töten.»

«Ach, David – du bist so … so starrköpfig! Kannst du nicht einmal ein klein wenig nachgeben? Oder wenigstens einlenken?»

Er sah sie erstaunt an. «Doch, sicher. Das kann ich durchaus. Und ich tu's auch, wo es angebracht ist. Aber mit dem Einlenken ist es so eine Sache; man muß aufpassen, daß man nicht vor lauter Lenken nicht mehr geradeaus fahren kann.»

55

Am Sonntag begann der Gottesdienst um neun statt um halb acht, wie an den Wochentagen. Obwohl das Wetter schön war und er noch reichlich Zeit hatte, nahm der Rabbi den Wagen. Er fuhr nicht direkt zur Synagoge, sondern machte einen Umweg über die Küstenstraße. Ein- oder zweimal hielt er an, um sich an dem Blick auf die Brandung und die tief über die Wellen dahingleitenden Möwen zu freuen.

Die Straße verlief eine Weile parallel zum Strand; dort, wo sie landeinwärts abbog, sah der Rabbi plötzlich die Hillson-Villa vor sich auftauchen. Als er sich dem Haus näherte, nahm er das Gas weg; er war schon halb entschlossen, anzuhalten und sich ein wenig umzusehen. Aber als er den Mann entdeckte, der an einem Fenster des Nebengebäudes stand und telefonierte, fuhr er doch weiter. Er kam gerade rechtzeitig zum Gottesdienst.

Heute wurde im Anschluß noch ein Imbiß gereicht, weil sich die Tochter eines Gemeindemitglieds verlobt hatte. Man stand umher, trank Tee oder Kaffee und aß Kuchen und Gebäck – alles aus ungesäuertem Teig zubereitet, wie dies zu

Pessach vorgeschrieben ist; das Fest sollte am Abend beginnen.

Arthur Nussbaum war wieder bei seinem Lieblingsthema angelangt. «Es hat doch keinen Sinn, das viele Geld auf der Bank liegenzulassen und . . .»

«Na, immerhin wirft es Zinsen ab!»

«Ja – die von den steigenden Kosten aufgefressen werden! Und früher oder später müssen wir die Stühle ja doch auswechseln . . . Wenn wir's damals gleich in Auftrag gegeben hätten, als der Synagoge die Erbschaft zufiel, hätten wir für den Betrag die halbe Synagoge neu bestuhlen können. Heute reicht's noch für ein Drittel, wenn wir Glück haben.»

«Stell dir das mal vor – zweierlei Stühle in der Synagoge . . . Grauenvoll!»

«Um so besser. Je mieser es aussieht, je mehr sich die Leute darüber ärgern, um so eher rücken sie mit dem Geld für die restlichen Stühle heraus!»

«Bist du sicher? Also, erst gibt's mal Krach. Und wenn du glaubst, du weißt, was Krach ist seit der Kabbelei um die reservierten Plätze, dann wart mal ab, was los sein wird, wenn im vorderen Drittel lauter neue Bänke stehen!»

Der Rabbi, der das Gespräch mitangehört hatte, murmelte: «Warum muß man unbedingt vorn anfangen? Man kann doch auch zuerst die hinteren Plätze auswechseln . . .» In diesem Augenblick entdeckte er Paff und verließ die Gruppe, um zu ihm hinüberzugehen.

«Sollte das eben ein Witz sein?» fragte Nussbaum unsicher.

«Das würde doch alles nur noch schlimmer machen. Dann wären aber auch restlos alle sauer.»

«Na, ich weiß nicht . . .» Dr. Edelstein wiegte den Kopf.

«Wenn ihr hinten Polstersitze einbauen wollt – ich bezahl einen, wenn ich ihn reserviert kriege.»

«Warum nicht?» Irving Kallen nickte. «Mir persönlich kommt's nicht so darauf an – ich bin ja gut gepolstert. Aber mein Vater . . .»

«Wenn man sich's überlegt», sagte Nussbaum nachdenklich, «so ist es eigentlich nur fair.»

Brennerman, der in der Nähe stand, begann schallend zu lachen. «Wahrhaftig, Nussbaum – du hast recht! Der Rabbi hat die ideale Lösung gefunden.»

Alle sahen ihn ungläubig an.

«Na klar ... Vorne *Jiches,* hinten *Toches.* Jetzt kann sich's jeder aussuchen, ganz nach Belieben.» Er bemerkte Gorfinkle, winkte ihn heran und erzählte ihm lachend die Episode.

Der Rabbi winkte Paff heran und nahm ihn beiseite, so daß sie ungestört waren ...

«Ich habe das Protokoll Ihrer Aussage bei der Polizei gelesen, Mr. Paff», begann er. «Ich nehme an, Sie interessieren sich für die Villa an Tarlow's Point, um sie zu einer Synagoge umzubauen?»

«Stimmt, Rabbi ...» Paff grinste. «Aber jetzt ist die Sache natürlich ins Wasser gefallen. Wir legen den Plan vorläufig auf Eis.» Es fiel ihm etwas ein: «Ich wollte Sie natürlich davon unterrichten, dann ist aber Becker gekommen und hat gesagt, Sie sind nicht interessiert ...»

«Ganz richtig», bestätigte der Rabbi rasch. «Ich war und ich bin es nicht. Nein – ich wollte mir lediglich in einigen Punkten Klarheit verschaffen – mir ganz persönlich und privat, Mr. Paff, im weiteren Zusammenhang mit diesem Mordfall ... Sie haben bei der Polizei gesagt, daß Sie vor der Villa die Fahrt verlangsamt hätten und dann weitergefahren seien. Stimmt das?»

«Ja.»

«Sie haben überhaupt nicht angehalten?»

Paff überlegte. «Na ja ... Einen Moment vielleicht.»

«Sind Sie sicher, daß es nur ein Moment war? Wie lange ist das überhaupt – ein Moment?»

«Worauf wollen Sie hinaus, Rabbi?»

«Darauf, daß Sie dort eine ganze Weile gehalten haben. Fünfzehn, zwanzig Minuten; vielleicht noch länger.»

«Warum behaupten Sie das?»

«Weil mich Ihre Erklärung nicht überzeugt. Da stimmt etwas nicht ... Ich bin heute früh an der Villa vorbeigefahren, Mr. Paff. Die Straße verläuft dort schnurgerade; keine Wegbiegung, weit und breit nichts im Blickfeld. Selbst bei strömendem Regen kann man von weit her sehen, ob jemand dort wartet oder nicht. Es wäre also nicht nötig gewesen, die Fahrt zu verlangsamen. Da Sie aber verabredet waren, haben Sie sicherlich angehalten und ... Na, ich würde sagen, Sie haben mindestens eine Viertelstunde gewartet.»

«Na schön; nehmen wir mal an, es war so. Was dann?»

«Dann wird sich die Polizei fragen, warum Sie wohl in der ganzen Zeit nicht ins Haus gegangen sind.»

«Ich bin aber wirklich nicht reingegangen – ich schwör's Ihnen, Rabbi!»

«Und warum nicht?»

«Ich weiß es wirklich nicht», murmelte er resigniert. «Ich war schon öfters dort, aber immer nur tagsüber, wenn es hell war; an diesem Abend war es stockfinster, und es hat gegossen ... Ich hatte einfach keine Lust, allein reinzugehen.»

«Warum haben Sie der Polizei nicht die Wahrheit gesagt?»

«Ach – Sie wissen doch, wie das ist, Rabbi ... Moose Carter ist in dem Haus gefunden worden – tot; Moose, der für mich gearbeitet hat, den ich gekannt habe ... Wenn ich gesagt hätte, daß ich ungefähr eine halbe Stunde draußen im Wagen gesessen habe, hätten sie mich durch den Wolf gedreht: Was haben Sie gesehen? Was haben Sie gehört? Warum haben Sie nichts gesehen? Warum sind Sie draußen im Auto sitzen geblieben – Sie hatten doch den Schlüssel ... Rabbi, ich wollte meine Ruhe haben, das war alles. Ich wollte nicht in die Sache hineingezogen werden.»

«Dafür sitzen Sie jetzt um so tiefer drin ... An Ihrer Stelle würde ich gleich zur Polizei gehen. Sagen Sie, Sie wollen Ihre Aussage berichtigen.»

«Aber das heißt ja ... Rabbi, das heißt praktisch, zugeben, daß ich gelogen habe! Damit mach ich mich doch verdächtig!»

«Sie machen sich noch viel verdächtiger, wenn Sie warten, bis die Polizei von allein darauf kommt, Mr. Paff.»

«Also gut ...» Paff seufzte. «Sie haben wohl recht, Rabbi.»

56

Als der Rabbi zu Hause ankam, saß Lanigan da und wartete auf ihn.

«Tut mir leid, daß Sie warten mußten, Mr. Lanigan. Was kann ich für Sie tun? Kommen Sie dienstlich zu mir oder privat?»

Lanigan lachte. «Halb und halb, wie immer, wenn ich Sie besuche ... Sagen Sie, Rabbi – ich habe da was von einem Jenkins-Verteidigungskomitee munkeln hören. Wissen Sie Näheres darüber?»

«Einigermaßen, ja. Warum? Haben Sie etwas dagegen einzuwenden?»

«Na ja, also natürlich hat jeder das Recht ... *Ja*, verdammt noch mal – ich *hab* was dagegen!» platzte Lanigan heraus. «Ich kenn doch Donohue! Er wird ein großes Theater machen und in der ganzen Stadt die Atmosphäre vergiften. Und wenn Sie glauben, daß er Jenkins damit helfen wird, dann täuschen Sie sich. Er wird bloß eine große Bürgerrechtsschau abziehen – sozialer Ausgleich, Rechte der Unterprivilegierten und was weiß ich noch alles. Mit dem eigentlichen Fall wird das nichts mehr zu tun haben. Jenkins bekommt hier so oder so einen fairen Prozeß – egal, ob er schwarz ist oder weiß oder grün und gelb getupft!»

«Immerhin habe ich den Eindruck, daß zumindest Sie schon jetzt von seiner Schuld überzeugt sind.»

«Ich habe nicht darüber zu befinden, ob er schuldig ist oder nicht, Rabbi. Das ist Sache der Geschworenen und des Richters. Aber das schließt nicht aus, daß ich so was wie eine eigene Meinung habe ... Ich bin weiß Gott fair geblieben – Sie waren doch bei der Vernehmung dabei, Rabbi: Hab ich ihn fertiggemacht? Hab ich ihn auch nur angebrüllt? Ich hab ihn praktisch angefleht, sich einen Anwalt zu nehmen. Aber er hat sich geweigert.»

«Aber als er seine Version erzählte, haben Sie ganz automatisch alles akzeptiert, was auf eine mögliche Täterschaft hinwies, und alles, was für seine Unschuld sprach, als einen Wust von Lügen abgetan, nicht wahr?»

«Gott, Rabbi – das ist doch immer so: Man muß sich entscheiden, was man für glaubhaft hält, und was nicht ... Nehmen Sie doch nur mal seine Behauptung, da hätte ein Auto etwa zwanzig Minuten lang vor der Villa ...»

Der Rabbi ließ ihn nicht ausreden. «Der Wagen hat tatsächlich dort geparkt.»

«Was sagen Sie da?»

Der Rabbi berichtete von seiner Unterredung mit Paff.

Lanigan lief im Zimmer hin und her und dachte laut vor sich hin: «Das heißt also, Paff hat möglicherweise gesehen, wie Jenkins ins Haus gegangen ist ... Was tut er daraufhin? Er wartet, um zu sehen, wie's weitergeht ... Jenkins bleibt eine Weile im Haus ... Fährt Paff einfach wieder davon? Er ist am Tatort; er hat ein Transportmittel, aber kein brauchbares Alibi ...» Lanigan blieb stehen. «Nein, Rabbi!» Er schüttelte energisch den Kopf. «Nein – das kauf ich Ihnen nicht ab. Sie werfen doch nicht ein Mitglied Ihrer Gemeinde den Wölfen zum Fraß vor ... Da steckt doch noch etwas dahinter!»

«Ich will Ihnen nur zeigen, daß es noch andere Möglichkeiten gibt. Sie selbst sprachen von Gorfinkle junior und Bill Jacobs ... Sehen Sie, Jenkins ist eben nicht der einzige Verdächtige. Ganz abgesehen davon, daß Ihre Beweisführung gegen ihn Löcher hat wie ein Sieb.»

«Zum Beispiel?»

«Zum Beispiel der Tod jenes Mannes in Boston. Was hatte Jenkins damit zu tun?»

«Ich behaupte ja gar nicht, daß er was damit zu tun hatte. Zwischen dem Tod dieses Mannes und seinem Kontakt zu Moose braucht doch kein Zusammenhang zu bestehen!»

«Es gibt solche Zufälle, das bestreite ich nicht. Aber sie sind selten ... Nein, mein Hauptargument gegen Ihren Verdacht auf Jenkins ist, daß dieser Nachbar ...»

«Begg?»

«Ja, Mr. Begg ... daß er das Licht brennen sah. Deshalb hat er ja dann bei Ihnen angerufen.»

Lanigan stutzte einen Augenblick, dann grinste er. «Ach so – jetzt verstehe ich ... Sie wollen darauf hinaus, daß jemand nach Jenkins ins Haus gegangen ist, das Licht angeknipst und Moose umgebracht hat – vielleicht Ihr Mr. Paff ... Nett ausgedacht, Rabbi, aber leider nicht stichhaltig: Jenkins sagt, er hat die Vorhänge zugezogen, bevor er Licht machte ... Richtig?»

«Richtig.»

«Und er hat keinen Anlaß, in diesem Punkt zu lügen.»

«Einverstanden.»

«Wenn also Paff oder irgendein geheimnisvoller Unbekannter Licht gemacht hätte, war es draußen nicht zu sehen.»

«Ja, eben. Wie konnte also Begg das Licht sehen?»

«Eh ... wie?»

«Die Jungen stimmen darin überein, daß sie das Licht nicht angeknipst haben; Jenkins hatte eine Taschenlampe, aber er zog erst die Vorhänge zu.»

«Wie konnte dann also Begg Licht im Haus sehen?»

«Das fragte ich Sie soeben», versetzte der Rabbi spitz. «Aber ich kann Ihnen die Antwort sagen: Die einzige Möglichkeit, bei verdunkelten Fenstern ein Licht zu sehen, ist, selber ins Haus zu gehen und es anzuknipsen.»

«Sie meinen, daß ...»

«Ich meine, daß Begg wartete, bis Jenkins das Haus verließ, und dann selber hineinging – als Hausmeister hatte er ja den Schlüssel; die von Jenkins verschlossene Tür war also kein Hindernis. Begg knipst das Licht an, geht durch sämtliche Zimmer ... Und ich behaupte, daß er dem Jungen die Plastikfolie über den Kopf gezogen hat. Dann läßt er das Licht brennen, damit er einen Grund für den Anruf bei der Polizei angeben kann, und geht hinüber, um zu telefonieren.»

«Und vergißt die Eingangstür zu schließen?»

«Nein. Die hat er absichtlich offengelassen. Entweder, damit es die Polizeistreife entdeckt – in diesem Fall hätte er nicht anzurufen brauchen –, oder um die Frage, wie der Mörder ins Haus gekommen war, gar nicht erst aufkommen zu lassen.»

Lanigan rieb sich mit der roten Pranke das viereckige Kinn und dachte angestrengt nach. Dann fing er plötzlich an zu lachen: «Jetzt hätten Sie mich doch um ein Haar aufs Kreuz gelegt, Rabbi! Klingt alles sehr plausibel – bis auf eine Kleinigkeit ...» Er hielt einen belehrenden Zeigefinger hoch: «Beim Verlassen der Villa hätte er merken müssen, daß von draußen kein Licht zu sehen war – eben weil die Vorhänge zugezogen waren. Er hat also bestimmt nicht von seinem Haus aus angerufen.»

«Stimmt.» Der Rabbi nickte. «Noch dazu steht sein Telefon in einem Zimmer, von dem aus man die Villa sieht – ich bin heute früh dort vorbeigefahren; er stand zufällig am Fenster und telefonierte. Er hätte also noch bei seinem Anruf bei der Polizei merken müssen, daß aus der Villa kein Licht drang ... Und hier kommt nun tatsächlich der Zufall mit ins Spiel.»

«Welcher Zufall?»

«Während Begg noch in der Villa war, ging im ganzen Viertel das Licht aus.»

«Sie meinen den Stromausfall während des Gewitters?»

«Ja. Das war der einzige Zufall in der ganzen Geschichte.»

«Und warum ist er überhaupt ins Haus gegangen?»

«Das war nun allerdings kein Zufall mehr: Wegen Jenkins. Vielleicht hat er ihn weggehen sehen, oder er hat das Motorrad gehört; auf alle Fälle ist er hinübergegangen, um nach dem Rechten zu sehen ... Alles scheint in Ordnung; die Tür ist zu, alles ist dunkel. Aber trotzdem will er sich vergewissern. Er hat den Schlüssel, er schließt auf, macht Licht ... Vielleicht horcht er noch eine Weile, vielleicht ruft er: ‹Ist da jemand?› Dann geht er durchs Haus und findet Moose ... Ja, und später hat er dann angerufen, weil ihm daran lag, daß die Leiche möglichst bald gefunden wurde – am besten noch am selben Abend.»

«Warum noch am selben Abend?»

«Weil er sie sonst selber hätte finden müssen – er war schließlich Hausmeister. So fand sie die Polizei – und sie fand auch gleich Zigarettenstummel, Bierdosen und sonstige ‹Täterspuren›.»

«Bravo, Rabbi!» Lanigan lächelte. «Ich werde also auch Begg auf meine Liste setzen – zu Jenkins, Paff, Carter und den sieben Jugendlichen ... Wenn man sich ein bißchen anstrengt, reicht's bei jedem von denen auch zur Anklageerhebung – und zugleich gibt es auch wieder bei jedem einen Haken. Das gilt übrigens auch für Begg: Er konnte nämlich nicht wissen, daß Moose in der Villa war.»

Der Rabbi schüttelte den Kopf und schwieg.

Lanigan fuhr fort: «Auch wenn er Grund hatte, Moose umzubringen – auf die Frage nach dem Motiv sind Sie bisher nicht eingegangen –, so hatte er doch keine Veranlassung, das Haus zu betreten. Wenn er Einbrecher darin vermutete, wäre die normale Reaktion gewesen, einfach die Polizei zu verständigen und abzuwarten. Was wollte er also in der Villa?»

«Ich denke mir, er wollte nachsehen, ob nichts fehlte.»

«Was sollte denn fehlen? Möbel?»

«Nein, Möbel nicht. Aber Marihuana zum Beispiel. Es war dort besser versteckt als in seiner Wohnung.»

«Der alte Begg ... ein Rauschgifthändler? Nein, Rabbi! Also, alles was recht ist ... Nein! Er wohnt seit vielen Jahren hier; er ist ein solider Bürger, ein Yankee, wie er im Buch steht!»

«Ja. Und da er außerdem früher mal Lehrer war und in der Kommunalpolitik eine Rolle gespielt hat, scheidet er als

Täter ohnehin aus ...» Der Rabbi lächelte spöttisch: «Sie haben völlig recht: Es kann nur ein Fremder gewesen sein.»

«Also gut, Rabbi – den Hieb hab ich wohl verdient. Ich habe mich unklar ausgedrückt; ich wollte sagen, daß er ein knurriger alter Querkopf ist, der uns dauernd in den Ohren liegt ... Wenn er mit Rauschgift handeln würde, dann würde er doch eher einen großen Bogen um die Polizei machen, nicht wahr?»

«Das kann auch Tarnung sein», entgegnete der Rabbi. «Ist doch viel sicherer – vor allem in einem kleinen Nest: Er galt schon immer als komischer Kauz, und den Ruf versuchte er weiterhin aufrechtzuerhalten, als er mit dem Zeug zu handeln begann. Wenn er seine Gewohnheiten geändert hätte, das wäre viel mehr aufgefallen.»

Lanigan schwieg eine Weile. «Wie sind Sie auf Begg gekommen?» fragte er dann. «Hat das wieder mal was mit Ihrer talmudischen Denkschulung zu tun?»

«Ganz und gar nicht. Ich kam auf Begg, weil die Verdachtsmomente gegen ihn am stärksten sind – und wenn Sie sich nicht gleich auf Alan Jenkins festgelegt hätten, den Fremden, den Farbigen obendrein, dann hätten Sie ebenfalls auf Begg getippt.»

«Aber ausgerechnet Begg – der Außenseiter, der Spinner ...»

«Ganz so schlimm ist das wohl nicht. Er ist vielleicht ein bißchen exzentrisch, aber es bleibt doch im Rahmen; ein Yankee-Dickschädel, der ewig meutert – das ist alles.»

«Warum ist er Ihnen dann verdächtig vorgekommen?»

«Erstens einmal besteht seine Kundschaft fast ausschließlich aus Halbwüchsigen. Er verkauft ihnen Sodagetränke und Papierwaren, und manchmal spielen sie am Flipperkasten; Sie kennen ja den Laden sicherlich; er ist gar nicht so klein. Da habe ich mich gefragt: Wie kann er davon leben und auch noch die Miete bezahlen? Weiter: Als Moose zu der Picknickgruppe stieß, konnte er nur von Beggs Haus kommen – die Flut war am Steigen, und es war der einzige Weg auf die Halbinsel. Als dann die Jungen einbrachen und Angst hatten, vom Nachbarhaus aus gesehen zu werden, hat Moose sie beruhigt und gesagt, Begg würde ihnen bestimmt nichts tun – ausgerechnet Begg, ein stadtbekannter Stänkerer ... Warum war Moose so sicher? Weil er genau wußte, daß Begg weggegangen war – vermutlich sind die beiden gleichzeitig aufgebrochen. Ja, und schließlich habe ich auf Begg getippt, weil es mir sonderbar vorkam, daß er wegen einer brennenden Lampe bei der Polizei anrief. Er ist schließlich alles andere als schüchtern; warum hat er nicht selbst nachgesehen, was los war?»

«Sie meinen also, in der Hillson-Villa gibt es ein Marihuanalager?»

«Ich würde sagen, es gab eines. Vermutlich hat er das Zeug fortgeschafft, ehe er die Polizei anrief. Eben deshalb ist er in das Haus hinübergegangen ... Wo er seinen Vorrat jetzt hat, das weiß ich natürlich nicht. In seiner Wohnung bestimmt nicht.»

Lanigan sagte: «Ist Ihnen klar, Rabbi, daß wir ihm überhaupt nichts nachweisen können? Selbst wenn wir seine Fingerabdrücke in der Villa finden – er ist schließlich der Hausmeister.»

«Fragen Sie ihn doch, wie das mit dem Licht war, das er gesehen haben will.»

Lanigan stand wieder auf und wanderte im Zimmer auf und ab. «Das ist kein Beweis ... Er braucht nur steif und fest zu behaupten, er hat es eben gesehen. Oder er hat gemeint, es zu sehen – kein Mensch kann verurteilt werden, weil er behauptet, ein Licht gesehen zu haben, das er gar nicht sehen konnte. Irren ist menschlich – der Scheinwerfer eines Wagens, das Licht einer Straßenlaterne ... Schade, Rabbi, aber hier kommen wir mit Ihrem Talmud auch nicht weiter.»

«Wir könnten es immerhin versuchen.»

Lanigan horchte auf. «Wie denn?»

«Nun, da ist ja auch noch dieser Mann, der am selben Tag

in Boston umgebracht wurde. Nehmen wir ihn doch ein wenig unter die Lupe ...»

«Wilcox?»

«Ja, Wilcox ... Wir wissen, daß Moose bei ihm war – er hatte die beiden Zwanzig-Dollar-Noten in der Tasche.»

«Und das Rauschgift.»

«Das könnte auch aus einer anderen Quelle stammen. Aber die beiden Banknoten stammen aus einer Serie fortlaufend numerierter Scheine; sie können nur von Wilcox kommen.»

«Stimmt. Weiter!»

«Wie ist Moose in ihren Besitz gekommen?» fragte der Rabbi.

«Wie meinen Sie das?»

«Entweder er hat sie genommen, oder man hat sie ihm gegeben.»

«Ach so. Ganz offensichtlich hat sie ihm Wilcox gegeben. Wenn er sie gestohlen hätte, würde er sich kaum mit zweien begnügt haben.»

«Ja, eben. Und wofür hat er sie bekommen? Wohlverstanden, es waren immerhin zwei Zwanziger.»

«Wofür? Keine Ahnung.»

«Passen Sie auf: Angenommen, Moose hat im Laufe des Gesprächs erwähnt, er sei pleite. Dann ist es vorstellbar, daß sich Wilcox bereit erklärt hat, ihm etwas zu pumpen. Normalerweise wären das ein, zwei Dollar gewesen, vielleicht auch fünf, oder meinetwegen sogar zehn. Und selbst wenn Wilcox nur Zwanzigerscheine bei sich hatte, würde er ihm höchstens einen davon gegeben haben. Aber er hat ihm vierzig Dollar gegeben ... Was bedeutet das?»

Lanigan schüttelte den Kopf. «Ich passe.»

«Es bedeutet, daß es sich um Bezahlung für etwas handelt. Da Moose aber pleite war und kaum etwas im Gegenwert von vierzig Dollar bei sich gehabt haben dürfte, das für Wilcox von Interesse war, müssen wir annehmen, daß es eine Vorauszahlung war, ein Vorschuß.»

«Ein Vorschuß worauf?»

«Natürlich kann man das nicht mit Sicherheit sagen. Aber haben Sie nicht erwähnt, dieser Wilcox sei in eine Rauschgiftaffäre verwickelt?»

«Die Bostoner Polizei ist davon überzeugt.»

«Schön. Und nachdem Sie eine nicht ganz unbeträchtliche Menge Marihuana in Mooses Besitz gefunden haben, und Jenkins überdies zugibt, daß er ihm zehn Marihuanazigaretten weggenommen hat, da bin ich nun der Meinung, daß es sich bei dem Geld um einen Vorschuß auf ein festes Gehalt oder auf eine Provision handelt. Mrs. Carter erzählte doch, Moose sei wegen eines Jobs nach Boston gefahren ... Offenbar hat er ihn bekommen.»

«Möglich», sagte Lanigan zögernd. «Ja, vielleicht waren die vierzig Dollar eine Art Startkapital. Aber was hat das mit seinem Tod zu tun? Und mit Begg?»

«Moment, Moment!» bremste der Rabbi vorwurfsvoll. «Wir sind noch nicht fertig mit Mooses weiteren Unternehmungen!»

«Ach so? Was hat er denn noch unternommen?»

«Er ist nach Barnard's Crossing zurückgefahren und geradewegs zu Begg gegangen.»

«Aha ... Noch etwas?»

Der Rabbi schüttelte den Kopf. «Ich habe den Jungen nicht gekannt, aber ... Schauen Sie mal: das unmäßige Trinken, sein ganzes Verhalten während des Picknicks und später in der Villa – alles das läßt darauf schließen, daß er sich in einem euphorischen Zustand befand. Außerdem ist er nicht zum Abendbrot zu Hause gewesen – ein schweres Vergehen bei den Carters. Mit anderen Worten: Er hatte alle Hemmungen abgelegt; er hatte keine Angst mehr vor seinem Vater. Und es ist nun naheliegend, daß dies mit dem neuen Job zusammenhing; daß er sich plötzlich frei von der früheren Abhängigkeit fühlte.»

«Aha», sagte Lanigan noch einmal. Sarkastisch fuhr er fort: «Und Begg? Was hat Begg getan? Wohin ist er gegangen, nachdem er mit Moose fertig war?»

«Ja ... Also, das ist nun reine Spekulation», erklärte der Rabbi pedantisch.

«Na, Sie werden doch jetzt nicht aufgeben? Bisher hatten Sie doch auch keine Hemmungen in dieser Beziehung.»

«Also gut ...» Der Rabbi ging nicht auf die Bemerkung ein. «Ich denke, Begg ist zu Wilcox gegangen. Die Tatsache, daß Moose gleich nach seinem Besuch bei Wilcox den alten Begg aufsuchte – gleich nachdem er offensichtlich angeheuert worden war also –, diese Tatsache läßt darauf schließen, daß Begg ebenfalls mit Wilcox in Geschäftsverbindung gestanden hat – als Agent oder als Partner. Wenn er Agent war, hat er sich bestimmt gegen die neue Konkurrenz in seinem Bezirk gewehrt. Und wenn er Partner war, hat er vielleicht aus anderen Gründen Einwände gegen Mooses Einstellung erheben wollen – er kannte ihn schließlich.»

Lanigan lehnte sich zurück und sah den Rabbi schweigend an. Schließlich sagte er: «Wissen Sie, wenn Sie jetzt auch noch die eine oder andere *Tatsache* anbringen könnten ...»

Der Rabbi grinste freundlich. «Ich habe Ihnen ja gleich gesagt, es ist die reine Spekulation ... Aber wenn wir es mal vom anderen Ende her anpacken, dann klingt es doch ziemlich plausibel. Zum Beispiel hätten wir hier zum erstenmal ein glaubhaftes Motiv für den Mord an Moose: Als Begg das Haus verließ, muß Moose klar gewesen sein, wohin er gehen würde. Er hätte also sofort gewußt, wer Wilcox umgebracht hatte.»

Lanigan starrte den Rabbi an. «Jetzt lassen Sie Begg also auch noch Wilcox umbringen ...» Er seufzte.

«Es paßt ins Bild.»

«Und die Beweise?»

«Beggs Fingerabdrücke in Wilcox' Wohnung, zum Beispiel.»

Lanigan schüttelte den Kopf. «Nicht nach einer Woche. Bei den vielen Beamten, die da rumgewühlt haben ...»

«Moment mal – haben Sie nicht etwas von einer Frau gesagt, die den Mörder von Wilcox gesehen hat?»

«Ja. Madelaine Sowieso ... Spinney. Madelaine Spinney.

Die Kollegen in Boston haben sich einiges von ihr versprochen, weil sie Moose nach einem alten Zeitungsfoto erkannt hat. Aber sie hat ihn wohl nur erkannt, weil das Bild ein anderes Format hatte als die Fotos in der Verbrecherkartei – weil es anders war ... Sie ist nicht besonders helle. Sie hat sich vielleicht auch unterbewußt an andere Fotos aus Mooses Footballtagen erinnert. Den Mörder hat sie auf alle Fälle nicht beschreiben können, und vermutlich könnte sie ihn auch nicht identifizieren.»

Der Rabbi sagte langsam: «Aber vielleicht würde doch der Mörder diese Madelaine identifizieren ...?»

57

«Sein Wagen steht in der Auffahrt? Gut; dann ist er zu Hause.» Im Sprechfunkgerät sagte jemand *Ende.* Lanigan stellte es ab.

«Also, wie packen wir's an, Chief?» fragte der Beamte aus Boston.

«Sie fahren bis zum Haus und halten an, ohne den Motor abzustellen», sagte Lanigan. «Wie jemand, der nur eben nach dem Weg fragen will. Dann steigen Sie aus, Madelaine. Knöpfen Sie Ihren Mantel zu und schlagen Sie den Kragen hoch ... Ja, so. Den Kopf ein wenig mehr gesenkt ... Gut! Sie gehen zum Haus und klingeln. Wenn er öffnet, nehmen Sie den Kopf hoch – er soll Sie genau ansehen können, aber nicht zu früh ... Dann fragen Sie ihn, wo es nach Boston geht. Sie brauchen keine Angst zu haben; schlimmstenfalls knallt er Ihnen die Tür vor der Nase zu.» Zu dem Beamten gewandt, fuhr er fort: «Sie bleiben im Wagen, falls nichts Außergewöhnliches geschieht.»

«Zum Beispiel?»

«Zum Beispiel, falls er sich nicht so benimmt wie jemand, den man nach dem Weg fragt ... Wir bleiben dicht hinter euch, aber außer Sicht. Nur wenn Sie aussteigen, greifen wir ein. Okay?»

«Okay.»

Die beiden Wagen fuhren los, Madelaine Spinney und der Bostoner Polizist vorneweg, hinter ihnen Lanigan und Jennings. An Tarlow's Point stieg die Frau aus, ging auf Beggs Haus zu und klingelte. Einen Augenblick später wurde die Tür geöffnet.

«Ja?»

Sie hob den Kopf, wie es Lanigan verlangt hatte. Die beiden starrten sich an.

«Sie ...!»

Der Polizist sprang aus dem Wagen und rannte zum Haus.

58

Es war später Nachmittag. Miriam beobachtete besorgt ihren Mann, der im Zimmer auf und ab ging. Von Zeit zu Zeit blieb er stehen, schlug ein Buch auf, begann darin zu lesen, legte es aber gleich wieder weg und nahm seine Wanderung wieder auf.

«Solltest du nicht in die Synagoge, David? Nur um zu sehen, ob alles in Ordnung ist?»

«Nein. Ich warte, bis sich Lanigan meldet. Jemand wird schon nach dem Rechten sehen – der Kantor oder Brooks oder vielleicht Mr. Wasserman.»

Jedesmal, wenn das Telefon klingelte, griff er hastig nach dem Hörer. Die meisten Anrufe waren auch für ihn; er faßte sich so kurz wie möglich, um die Leitung für Lanigan freizuhalten. Endlich, gerade ehe es Zeit war, zum *Seder* in die Synagoge zu gehen, rief Lanigan an.

Der Rabbi hörte gespannt zu, dann lächelte er. «Schön», sagte er. «Und vielen Dank, daß Sie angerufen haben.»

«Ist alles in Ordnung?» fragte Miriam, nachdem er aufgelegt hatte. «Können wir jetzt gehen?»

«Ja, jetzt können wir gehen.»

Das Mädchen, das auf Jonathan aufpassen sollte, wartete schon seit einer halben Stunde, daß sie endlich gingen und sie das Fernsehgerät einschalten könnte. Miriam gab ihr noch hastig einige Anweisungen und eilte hinaus zum Wagen. Der Rabbi folgte ihr; er trug das Tonbandgerät, das er sonst zum Diktieren von Briefen benutzte. Will er Aufnahmen in der Synagoge machen? dachte Miriam, ein wenig belustigt von diesem plötzlichen Anflug von Sentimentalität.

Als sie im Tempel ankamen, herrschte noch hastiges Kommen und Gehen. Die Leute suchten ihre Plätze, begrüßten sich oder versuchten, die Tischkarten auszuwechseln, um neben ihren Freunden zu sitzen. Die Tische waren mit weißem Damast und glänzendem Silber festlich gedeckt. Die lange Haupttafel schmückte ein prächtiges Blumenarrangement. An jedem zweiten Platz stand ein Lehnstuhl mit einem Kissen, damit sich die Männer gemäß dem Ritual anlehnen konnten, und daneben ein gewöhnlicher Stuhl für die Frauen. Neben dem Gedeck des Rabbis lagen die drei mit einer Serviette zugedeckten *Mazzoth* und die *Seder*-Platte mit dem Ei, dem angebratenen Knochen, den Bitterkräutern, der Petersilie und den beiden kleinen Schalen, eine für den Meerrettich und die zweite für den Brei aus gehackten Nüssen und Äpfeln. An der Spitze der Tafel hatten die Leute bereits Platz genommen. Der Rabbi ging reihum, um jeden persönlich zu begrüßen.

«Gut bei Stimme, Kantor?»

«Na sicher, Rabbi.»

Mr. Wasserman sah alt und zerbrechlich aus in dem wuchtigen Lehnstuhl, der für den Vorsitzenden der Ritualkommission bestimmt war. Er ergriff mit beiden Händen die Hand des Rabbis. «Den *Seder* verbringe ich eigentlich am liebsten zu Hause, aber in diesem Jahr konnten meine Kinder nicht kommen. Und von Zeit zu Zeit tut es gut, unter Menschen zu sein ...»

Gorfinkle beobachtete aus den Augenwinkeln, wie der Rabbi die Runde machte. Als er auf ihn zukam, stand er auf und streckte ihm betont förmlich die Hand entgegen.

«Fährt Stu morgen wieder ins College zurück?»

Gorfinkle zuckte die Achseln. «Er hatte es vor, aber bis jetzt hat sich Lanigan nicht gemeldet. Vielleicht ruft er heute abend noch an.»

«Es ist in Ordnung. Er kann fahren.»

«Und die andern?» fragte Gorfinkle hastig.

«Die auch.»

Gorfinkle strahlte. Er war überwältigt. «Das ist wunderbar, Rabbi – einfach wunderbar ... Ich weiß nicht, wie wir Ihnen danken sollen!»

Der Rabbi beendete seinen Rundgang und nahm Platz. Er blickte sich in dem vollen Saal um und wartete, bis alle saßen.

Nachdem die Kellner alle Weingläser gefüllt hatten, erhob sich der Kantor und sang mit hochgehaltenem Kelch den Segen über den Wein.

Die Männer an den Ehrenplätzen gingen hinaus, um sich nach der Vorschrift die Hände zu waschen. Als sie zurückkamen, tauchte der Rabbi einen Petersilienstengel in ein Gefäß mit Salzwasser und sprach den Segen über die Frucht der Erde.

Er deckte die *Mazzoth* auf, nahm das Ei und den Knochen von der Platte und gab sie an Mr. Wasserman weiter, der das *Holachmo anjo* sprach: *«Seht, dies ist das Brot der Armen, das unsere Väter im Land Ägypten aßen; jeder, der hungrig ist, komme und esse, und jeder Bedürftige komme und feiere das Pessachfest ...»*

Zum zweitenmal wurden die Weingläser gefüllt. Der

Rabbi nickte einem der Kinder zu, das aufstand und mit schüchterner Stimme das *Manischtana* aufsagte.

Nachdem das Kind die vier Fragen vorgetragen hatte, stellte der Rabbi das Tonbandgerät auf den Tisch. «Arlene Feldberg hätte die englische Übersetzung vorlesen sollen», verkündete er. «Leider liegt sie mit Masern im Bett, aber wir werden sie trotzdem hören ...» Er drückte auf eine Taste, worauf seine eigene Stimme in den Saal dröhnte: *... mit freundlichen Grüßen ... bitte einen zusätzlichen Durchschlag, Miriam.* Unmittelbar darauf folgte die hohe Piepsstimme der kleinen Arlene:

Worin unterscheidet sich diese Nacht von allen andern Nächten? Das langsame, geschraubte Deklamieren verriet wochenlanges Einstudieren. *In allen andern Nächten essen wir Gesäuertes oder Ungesäuertes, diese Nacht jedoch nur Ungesäuertes ...*

Der Rabbi warf Miriam einen Blick zu. «Siehst du?» flüsterte er ihr zu. «Ich kann mich anpassen, wenn's sein muß ...»

«Und es kommt an!» flüsterte sie zurück.

Warum essen wir bittere Kräuter ... Warum tauchen wir unser Essen zweimal ein ... Warum essen wir angelehnt?

Mr. Wasserman zupfte den Rabbi am Ärmel, und der Rabbi beugte sich zu dem alten Mann hinüber, statt das Tonbandgerät abzustellen.

... will, daß du absagst, Miriam – verstehst du? Laß dir doch irgendeine Ausrede einfal ...

KNACKS! Der Rabbi hatte die richtige Taste erwischt.

Die Tischgesellschaft brach in schallendes Gelächter aus. Der Rabbi errötete und sagte hastig: «Wir wollen jetzt alle gemeinsam lesen ...»

Das Festessen wurde aufgetragen. Nach dem gefüllten Fisch und der Hühnerbrühe gingen einige Gemeindemitglieder mit den kleineren Kindern nach Hause. Die meisten blieben jedoch bis zum Schluß, sprachen die Gebete und Segenssprüche und sangen die traditionellen Lieder. Zuletzt trank man das vierte Glas Wein, und alle sprachen im Chor, laut mit froher Stimme, was Juden in aller Welt seit vielen Jahrhunderten am Ende der *Pessach*-Feier rufen: *«Nächstes Jahr in Jerusalem!»*

Der Rabbi neigte sich zu Miriam hinüber: «Warum nicht?» flüsterte er.

«Was?»

«So wie's aussieht, sind wir nächstes Jahr frei. Warum sollen wir nicht einmal nach Jerusalem fahren?»

59

«Sie haben das Protokoll der letzten Sitzung im vollen Wortlaut gehört. Möchte jemand etwas richtigstellen? Oder etwas hinzufügen? Bitte, Mr. Sokolow . . .»

«Wir haben während der Sitzung stundenlang über den neuen Vertrag für den Rabbi gesprochen, aber im Protokoll ist kein Wort davon erwähnt.»

«Du bist früher weggegangen, Harry», sagte Gorfinkle. «Aus naheliegenden Gründen wurde beschlossen, das nicht ins Protokoll aufzunehmen. Stell dir vor, der Rabbi wäre heute da. Das wäre vielleicht peinlich.»

«Und woher soll ich wissen, was beschlossen wurde?»

«Ich habe eine Kommission bestimmt, mit Al Becker als Vorsitzendem . . . Würdest du's ihm bitte kurz erläutern, Al?»

«Gewiß.» Becker erhob sich und ging zum oberen Ende des Tisches. «Wir haben vor allem über die Vertragsbedingungen diskutiert. Die einen schlugen vor, den Vertrag auf weitere fünf Jahre zu verlängern – mit Gehaltserhöhung natürlich . . . Es gab aber auch viele Stimmen, die für einen Vertrag auf Lebenszeit waren. Das müßte man aber mit dem Rabbi persönlich besprechen.»

«Was habt ihr also beschlossen?» fragte Sokolow.

«Nun, vorläufig wollen wir ihm noch nichts sagen», antwortete Becker. «Da ist nämlich noch etwas, und ich meine, das sollten wir erst unter uns besprechen.» Er räusperte sich. «Am Ende dieses Jahres endet auch das sechste Dienstjahr des Rabbis in unserer Gemeinde. Der neue Vertrag beginnt also mit dem siebten Jahr. Wie Sie wissen, geben viele Gemeinden ihrem Rabbi das siebte Jahr als sogenanntes Sabbatjahr frei. Nun sollten wir nicht unvorbereitet dastehen, falls der Rabbi die Frage aufs Tapet bringt, und wir wollten wissen, was der Vorstand dazu meint ... Ich persönlich bin dafür, daß wir ihm das Jahr von uns aus freigeben, ehe er überhaupt danach fragt.»

Sogleich setzte eine stürmische Diskussion ein.

«Viele Synagogen geben überhaupt kein Sabbatjahr ...»

«In der Gemeinde meines Bruders hat der Rabbi zwar ein Jahr freibekommen, aber der war zwanzig Jahre in der Gemeinde ...»

«Bei Universitätsprofessoren ist es auch üblich ...»

«Ja, aber nur wenn sie eine wissenschaftliche Arbeit ...»

«Meine Frau sagt, die Rabbitzin hat erzählt, sie wollten nach Israel fahren. Das klingt doch vernünftig für ein Sabbatjahr – für einen Rabbi ...»

«Was hat er das nötig? Schließlich hat er den ganzen Sommer frei. Wenn ich mir das leisten könnte ...»

Mr. Wasserman meldete sich zu Wort. «Das siebte Jahr ist etwas ganz Besonderes, das Sabbatjahr ... Was ist das eigentlich – Sabbat? Das haben wir doch in die Welt gebracht, oder? Sechs Tage soll man arbeiten und am siebenten ruhen ... Früher haben die Leute sieben Tage die Woche gearbeitet; aber wir haben das abgeschafft. Und die ganze Welt hat's akzeptiert – ein Tag in der Woche ist Ruhetag ... Der einzige, der keinen Ruhetag hat, ist der Rabbi. Am Sabbat ruhen wir aus, er aber muß arbeiten. Und auch an den Wochentagen. Unser Rabbi, das ist ein Gelehrter. Er studiert Tag und Nacht. Und wenn er nicht über seinen Büchern sitzt, muß er Reden halten oder an Sitzungen teilnehmen; da ist mal eine *Bar-Mizwah,* dann eine Trauung oder, Gott behüte, ein Begräbnis ... Er kann sich nur ausruhen, wenn er einmal weit weg ist von der Gemeinde. Ich finde, wir müssen dem Rabbi diesen Sabbat schenken, wenn er ihn verlangt. Er muß sich auch mal von der Gemeinde erholen.»

Niemand sagte ein Wort. Schließlich brach Paff das Schweigen, indem er in seinem tiefen Baß Dr. Edelstein etwas zumurmelte.

«Was ist los?» Gorfinkle sah auf. «Haben Sie etwas gesagt, Mr. Paff?»

«Ich hab nur gesagt», dröhnte Paff, «daß es andersherum ebenfalls stimmt – manchmal muß sich auch die Gemeinde vom Rabbi erholen ...»

Brennerman grinste. Edelstein kicherte. Jacobs platzte laut los ... Sie lachten eine ganze Weile.

«Da ist was dran, Meyer», brachte Gorfinkle endlich heraus. «Weiß Gott – diesmal haben Sie den Nagel auf den Kopf getroffen!»